施公案

上册

［清］不题撰人◎著

经典书香

中国古典公案小说丛书

浙江人民美术出版社

图书在版编目(CIP)数据

施公案/(清)不题撰人著. —杭州:浙江人民美术出版社,2017.1

(经典书香. 中国古典公案小说丛书)

ISBN 978-7-5340-4897-5

Ⅰ.①施… Ⅱ.①不… Ⅲ.①侠义小说-中国-清代 Ⅳ.①I242.4

中国版本图书馆 CIP 数据核字(2016)第 078059 号

责任编辑 雷 芳
特约编辑 袁 梅
策　　划 未来趋势文化传媒(北京)股份公司
责任校对 张陈丽
责任印制 陈柏荣

经典书香 中国古典公案小说丛书

施公案(上册) [清]不题撰人 著

出版发行: 浙江人民美术出版社
地　　址: 杭州市体育场路 347 号
网　　址: http://mss.zjcb.com
制　　版: 北京久椰图文制作中心
印　　刷: 三河市明华印务有限公司
开　　本: 620mm×889mm 1/16
印　　张: 130
字　　数: 1516 千字
版　　次: 2017 年 1 月第 1 版 · 第 1 次印刷
书　　号: ISBN 978-7-5340-4897-5
定　　价: 325.80 元(全三册)

前　　言

《施公案》又名《施公案奇闻》《百断奇观》。清代公案小说，讲述康熙年间清官施仕伦断案的故事。与《包公案》《狄公案》《刘公案》并称中国古典四大公案小说。

施仕伦，清康熙人，助清政府收复台湾的靖海侯施琅之子。曾任泰州、扬州、江宁知府，漕运总督等官职，著有《南堂集》。《清史稿》有传。

《施公案》故事先以说唱的形式流传于民间，后经文人敷演为小说，既有说书艺人的独创，又有对前代的继承改编。主要描写清康熙年间江都知县施仕伦，在侠士黄天霸为首的一班义士辅佐下，审案平冤战胜邪恶的故事。书中塑造的施公，是一位清明如镜、持廉如水、料事如神、除暴安良、执法如山、伸张正义的青天大老爷。

小说刊出后，经过众口流传，又被艺人们编成各种说唱、戏曲搬上舞台，施公、黄天霸、窦尔敦等主要人物成为富有传奇色彩而又家喻户晓的艺术形象。

本次出版，对原书中一些错漏、笔误和疑难之处，分别做了校勘、修正和注释，以便于读者阅读。由于时间仓促，水平有限，其中难免疏漏之处，望专家、读者予以指正。

编　者

2016 年 5 月

目　录

施公案

经典书香　中国古典公案小说丛书

圣朝康熙年间，风调雨顺，国泰民安。扬州府江都知县，姓施名仕伦，御赐讳不全。为人清正，五官甚陋。系镶黄旗汉军籍贯。（东四旗在东城，西四旗在西城，乃为八旗①。鼓楼就是界限）住鼓楼东罗锅巷内。他父世袭镇海侯爵位。

诗曰：施公为官甚清廉，秉正无私不惧权。

百张呈词一日审，不顺人情不爱钱。

第一回

胡秀才告状鸣冤　施贤臣得梦访案

话说江都县有一秀才，姓胡，名登举，他的父母为人所杀，头颅不见。胡登举合家吓得胆裂魂飞，慌忙出门去禀县主。跑到县衙正遇升堂，就进去喊冤。走至堂上，打了一躬，手举呈词，口称："父师在上，门生祸从天降。叩禀老父师，即赐严拿。"说着，将呈词递上。书吏接过，铺在公案，施公静心细阅。上写：

具呈生员胡登举，祖居江都县。生父曾作翰林，告老家居，广行善事，怜恤穷苦，并无苛刻待人之事。不意于某日夜间，生

① 八旗——清代兵制。清太祖努尔哈赤所定，原为四旗，后增至八旗。皇太极时，分设蒙古八旗，后又分设汉军八旗。清朝统一全国后，八旗兵分为京营和驻防两类。施仕伦祖上做过汉军八旗将领，他因此荫生出仕。

父母闭户安眠。至天晓，生往请安，父母俱不言语，生情急，踢开门户，见父母尸身俱在床上，两个人头并没踪影。生忝①居学校，父母如此死法，何以身列胶庠②对双亲而无愧乎？为此具呈，嚎叩老父师大人恩准，速赐拿获凶手，庶生冤仇得雪。感戴无既，沾仁。上呈。

施公看罢，不由点头，暗暗吃惊，想道：“夤夜入院，非奸即盗，胡翰林夫妇年老被杀，而不窃取财物。且将人头拿去，其中情由，显系仇谋。此宗无题文章，令人如何做法?”为难良久，说道：“即委捕厅四老爷③前去验尸。你只管入殓，自有头绪结断。”胡秀才一听，只得含泪下堂，出衙回家，伺候验尸。

且说施公吩咐速去知会四衙，往胡家验尸呈报。把呈词收入袖内，吩咐退堂。进内书房坐下，长随送茶毕。用过了饭，把呈词取出，铺在案上翻阅。低头细想，踌躇此案难结。欠身伸手，在书架上拿了古书一部，放在桌上要看过，对证此案，即日好断这没头之事。将《拍案称奇》自头至尾看完，又取了一部，系海瑞参拿严嵩的故事。不觉困倦，放下书本，伏于书案之上，蒙眬打睡。梦中看见外边墙头之下，有群黄雀儿九只，点头摇尾，唧嘈喳啦不住乱叫。施公一见，心中甚惊。又听见地下哼哼唧唧的猪叫，原来是油光儿的七个小猪儿，望着贤臣乱叫。施公梦中称

---

① 忝（tiǎn）——有愧于，自谦之辞。

② 胶庠（xiáng）——据《礼记·王制》记载：“周人养国老于东胶，养庶老于虞庠。”古时胶庠指国家的大学。后世通称学校为胶庠。

③ 四老爷——县里辅丞，负责捉拿人犯，验尸执刑的差事。又称四衙。

奇，方要去细看，那九只黄雀儿，一起飞下墙来，与地下七个小猪儿，点头乱哨。那一个小猪儿站起身来，望黄雀拱爪，口内哼哼乱叫。雀哨猪叫，偶然起了一阵怪风，把猪雀都裹了去了。施公梦中一声惊觉，大叫说："奇怪的事！"施安在旁边站立，见主人如此惊叫，不知何故，连忙叫："老爷醒来！醒来！"施公听言，抬头睁眼，沉吟多时，想梦中之事，说："奇哉！怪哉！"就问施安这天有多时了，施安答道："日色西沉了。"施公点头，又问："方才你可见些什么东西没有？"施安说："并没见什么东西，倒有一阵风刮过墙去。"施公闻言，心中细想，这九只黄雀、七个小猪奇怪，想来内有曲情。将书搁在架上，前思后想，一夜未睡。

直到天明，净面整衣，吩咐传梆升堂。坐下，抽签叫快头英公然、张子仁上来。二人走至堂上，跪下叩头。施公就将昨日梦见九只黄雀、七个小猪为题标写，说："限你二人五日之期，将九黄、七猪拿来，如若迟延，重责不饶。"将签递于二人。二人跪爬半步，口称："老爷容禀：小的们请个示来。这九黄、七猪，是两个人名，还是两个物名，现在何处？求老爷吩咐明白，小的们好去访拿。"言罢叩头。施公一听，说个："无用奴才！连个九黄、七猪都不知道，还在本县面前应役么？分明偷闲躲懒，安心抗差玩法。"吩咐："给我拉下去打！"两边发喊按倒，每人打了十五板。二人跪下叩头，复又讨示，叫声："老爷，究竟吩咐明白，待小的们好去拿人。"施公闻言，心中不由大怒，说："好大胆的奴才！本县深知你二人久惯应役，极会搪塞，如敢再行啰唆，定加重责！"二人闻言，万分无奈，站起退下去，访拿九黄、七猪而去。施公也随退堂。

施公一连五日假装有恙，并未升堂。到了第六日一早，吩咐点鼓升堂，坐下，衙役人等伺候。只见一人走至公堂案下，手捧呈词，口称：“父师，门生胡登举父母被杀之冤，求父师明鉴。倘迟久不获，凶犯走脱难捉。且生员读书一场，岂不有愧？如门生另去投呈申冤，老父台那时休怨！”言罢一躬，将呈递上。施公带笑道：“贤契①不必急躁。本县已经差人明捕暗访，专拿形迹可疑之人，审得自然替你申冤。”胡登举无奈，说道：“父台！速替门生申冤，感恩不尽！”施公说：“贤契请回，催呈留下。”胡登举打躬下堂，出衙回家。

且说施公为难多会，方要提胡宅管家的审问，只见公差英公然、张子仁上堂，跪下回禀：“小的二人，并访不着九黄、七猪，求老爷宽限。”施公闻言，激恼成怒，喝叫左右拉下，每人打十五大板。不容分说，只打的哀求不止，鲜血直流。打完提裤，战战兢兢，跪在地下，口尊：“老爷，叩讨明示，以便好去捉人。”施公闻言无奈，硬着心肠说道：“再宽你们三日限期，如其再不捉凶犯，定行处死！”二差闻听，筛糠打战，只是磕头，如鸡啄碎米一般。施公又说：“你们不用多说，快快去转访要紧。”施公见二役两次受刑，亦觉心中不忍，退堂进内。可怜二人还在下面磕头，大叫：“老爷，可怜小的们性命罢！”言毕，又是咚咚磕

① 贤契——有道德而且志趣相投的朋友。

头。县堂上未散的三班六房①之人，见二人这样，个个兔死狐悲，叹息不止，一起说："罢呀！起来罢！老爷进去了，还求那个？"二人闻言，抬头未看见老爷，忍气站起，腿带棒伤，身形晃乱。旁边上来四个人，用手搀架下堂。

且说施公退堂，书房坐下，心中想："昨日梦得奇怪，黄雀、小猪，我即以九黄、七猪为凶人之名，出票差人。无凭无据，真难察访。不得已，两次当堂责差役，倘不能获住，去官罢职甚属小事；怨声载道，而遗臭万年。"前思后想，忽然灵心一动，转又欢悦，如此这般方好。随叫施安说道："我要私访。"施安听得，不由吓了一跳，口称："老爷，如要私访，想当初扮做老道，熊宅私访，危及性命，幸亏内里有人护救。而今再去，内外人役，谁不认得？"施公一听，说："不必多言，你快去就把你穿的破烂衣服取来换上。"施安不敢违拗，只得答应。出书房到自己屋内，将破烂衣服搬出，送至老爷房内。

且说施公将衣换上，拿几百钱带在身上，以为盘费之用。施公自到任后，没有家眷，只跟来施安等二人，衙内并无多人，还有两名厨子。施公吩咐晚饭用毕，趁着天黑，好出衙门，以便办事。吩咐施安小心看守，施安答应，随将主人悄悄送出，又对看门皂隶说道："老爷今日出去私访，不许高声，快快开门。"施公步出，一溜一点而去。

施公正走中间，只见茶坊之内，一些人在灯下坐着吃茶。往

---

① 三班六房——明清时州县衙门中吏役的统称。分快、壮、皂三班。前面说"快头"就是快班头领。吏分六房：吏、户、礼、兵、刑、工。其中的吏，又称书办。

里面钻，走堂的见衣服破烂得不像个吃茶的客人，就出言不逊。施公一听，心下不悦，后又叹息：既然私访，再说什么话？只装不闻，说："走堂的，快拿茶来，要用香片，快些泡来。无论什么点心，只管拿来，吃完照数给你们银钱。"走堂的闻言，就不敢怠慢了。随即端上茶来，并各样点心。施公坐着吃茶，侧耳听那些人言言语语，内中一人道："你们这县内老爷清正，自到任来，体惜民情，诸事廉敏，一方福星，真真可谓青天！"众人说完，大家走散。施公一见，欠身将茶钱会清出店。夜晚路上人稀，忽然乌云密布，狂风大起，细雨纷纷。甚为焦急，又觉身疼，忽然想起："我何不到城隍庙里去避雨投宿？"随即迈步前行，一瘸一点来至庙前。瞧一瞧四顾无人，庙门坚闭。那雨密密而下，沉吟叹气，没奈何且在山门之下容身。可喜雨止云散，一轮月光。地湿难行。鼓楼已交三更，只觉身上寒冷，实在满目凄凉。

贤臣只为民情，绝无反悔之处，自知为官与民除害，慎重人命，如何访出真犯，如何结案？耳内忽听交五鼓，堪堪黎明，一夜未眠，渐至天亮。见有往来行人，连忙起身，出了台阶，一溜一点，向街坊上走。把这顶破帽子按了个齐眉，纵然撞着熟人，把头一低而过。留神细访那土豪恶棍，以及那杀人凶犯。堪堪时交巳刻①，肚内饥饿，见有个饭店，要进去吃饭，迈步前走。那知掌柜的一见施公相似乞丐，浑身破绽，面目漆黑。一声大喝，

① 巳（sì）刻——我国古代把一天分为子、丑、寅、卯、辰、巳、午、未、申、酉、戌、亥，共十二个时辰。巳时指上午九点到十一点。

叫："那穷人不要进来!"施公一听，即住脚步，带笑回答，叫道："掌柜的，不必口出恶言，我是照顾你的，并非讨饭之人。我如今会过了钱，然后吃饭何如?"说罢将钱取出交于柜上。于是方端东西来。施公一边吃，一边暗叹，正叹世情之薄，往外观看，见一个半老妇人，走到店前，又哭又喊。年纪约三十余岁，披头散发，脸上青紫。怀抱小儿，两眼流泪，口内数数落落道："奴家现有千般怨恨，这段冤枉，活活屈死人了！欲去告状，偏偏的县主又病，衙门人拦住。我这屈情，挨到几时申冤？听说县老爷官清似水，谁知竟不坐堂了。未知病系真假。若是假病躲懒，有负皇恩；不理民词，枉为民之父母！明早我且告去，击鼓鸣冤，如再不准我告，我就一头撞死!"说完，又哭又骂。后面围绕许多人看。施公听见，暗说道："好叫人不解！一个妇人，他竟敢毁骂官府。但不知所为何情？待我出店跟他去，自得其详。"

且说访拿九黄、七猪二役，回到家中，吃酒商量九黄、七猪的事情，竟无法访缉。子仁说："英兄，咱二人日期都忘了。你我歇一夜，明日假装乞丐，再于城里关外，日夜巡访。不怕为难事，只怕不专心。"公然闻言，点头道："既办公事，要自己竭力。"二人酒饭都已吃完，安息一宿。次早起来，即忙改扮停当，同出门去，要访九黄、七猪的消息。子仁说："今日乃是七月十五日，往年江都县里关外观音院寺，我见办会的不少。我二人现未访着凶犯，何不到此关外莲花院庙中走走?"英公然答应："使得。"二人一同迈步，直向庙而来。登时到了门首，看一看清门净户，并不办会。二人立了一回，见庙中角门内，走出两个小沙弥来。留心细看，但见大的约有十五六岁，小些的有十一二岁，个个生得唇红齿白，即如小女孩一样。一个手拿笤帚，一个手拿斗箕，嬉嬉笑笑，走至山门以下。二差看见，忙忙让开。两个小和尚抬头看见二人身上褴褛，点头叹息道："你等可来不着了！往年间我们院里，必做盂兰盆会①。二位穷大哥，要吃点个斋饭是容易的。今年不能了，我们庙内来些人，倒像闹丧的，因此不办了。你哥儿们既来，也无空回之理。如肯替我们打扫打扫，我自然与你饭吃。"

二差听说，一个来接笤帚，一个来接斗箕，一面扫地，一面同小沙弥讲话。问道："二位小师父，几时做和尚的？师父叫何名字呢？"二人答道："我本是良家子弟，因自小多病，无奈做了和尚。起早至晚烧香、扫地、念经。我师父真厉害，他的法号人称'九黄僧人'。"小和尚说的无心之话，两公差闻言，不由心内一动。英公然向子仁挤挤眼："九黄"二字对了！又见一人从外挑了一担菜蔬，往庙内送去，还有鸡鸭鱼肉。公然看见，要察访真情，叫声："二位小师父，我今胆大借问一声。依我想来，此乃善地。不知用此等物何故？既不办会，或是请客么？"小和尚见问，就望着大沙弥连忙扯嘴。小沙弥方交十二岁，哪知好歹，先就嘴快说："穷大哥听我细细说来，千万外面勿要告诉别人！我家师父真真厉害，手使单刀，有飞檐走壁之能，结交天下英雄，江湖弟兄。今当东请客，故买鸡肉。还有一言，我们庙内缺

① 盂兰盆会——佛教徒为追荐祖先所举行的一种仪式。意为"救人倒悬"。传说目连母亲死后受苦，如处倒悬。佛令目连在僧众夏季安居终了之日（农历七月十五），供养十方僧众，以救其母。

少烧火之人，二位愿意，岂不是好?”

二差听了此言，正中机关。子仁带笑又问道：“令师想在庙中，我们进去见见，如其果能用我二人，深感大情。”沙弥见问，又低声说道：“我们家师，今日早晨进城，未回庙中，在城里尼姑庵内。七月十五办会，请客演戏，夜晚还放烟火。那女尼是我家师的干妹子，年纪二十多岁，生的美色。家师代他买的庙宇，传授他武艺，跨马抡刀，件件皆能。法名叫七珠姑姑，远近皆知。”大沙弥在旁听见，大喝一声，骂道：“小秃驴！你又混嚼舌！前者师父打谁呢？又说瞎话！叫师父知道，把筋还要打断了你的！”正说间，忽从内里走出一人，凶眉恶眼，粗壮高大之人，大叫一声：“大沙弥，后面的哥儿们叫你！”大沙弥答应，即忙跑进去了。且看下文分解。

第　二　回

暗探人头案　公差得消息

且说公然见天色将晚，叫子仁到别处吃饭，既得真信，快快回衙。子仁答应：“一同出寺，进城禀报，好结此案消签，也算你我第一的功劳。”说着，满心欢喜。

且说施公从饭店出来，跟随那妇人，窃听哭诉告状的缘故，竟白跟了一回，不得明白。见天色尚早，不便回衙，“何不出城访访，等天晚回衙……”想过，迈步出了城门，可巧正遇二差欣然而来。施公远远望见二差，是乞丐打扮，不由赞叹：“我且躲避，任他过去。”不意二人早已看见，随后跟来。施公进庙，公差紧行，也进了庙中。施公坐在台阶，二人看一看无人，抢步下跪，叫声：“老爷，小的等奉差访拿九黄、七猪，今在莲花院内，访得恶僧九黄与七珠，乃是干兄妹，系苏州人，先奸后拐到此。”施公听说，忧化为喜。又问：“因何名叫九黄、七猪？”二差说：“他徒弟曾对小的说过：因他师父背后有黄豆大的九个瘊子，故名九黄；尼姑因胸前七个黑痣子，故名七珠。恶僧庙内，还有盗寇十二名，无所不为。”从头一一禀明。施公听说，沉吟良久道：“天色不早，你二人随我进城。天黑到十字横街，瞧瞧凶僧淫尼举动。”言罢站起。

二差跟从施公进城。看那军民人等，闹闹吵吵，听那些人议论纷纷：也有说“县主比前任好”的，也有说“耳软听信衙役”的，也有说“私访爱百姓”的，也有说“县主真真清廉”的。正中一人喊一声说：“你们住口，莫要乱说，仔细县衙人听见，你可吃不了的包子！”施公在众人之内窃听闲话，为的是公案不结。抬头只见一片灯光，人语喧哗，又见挤挤嚷嚷：“到了！到了！”

施公站在众人之中，看见这法台上正对观音庵门，搭了一座高台，台上结彩悬纱，花灯挂满。正面设了一法座，座上一个和尚，浓眉大眼，满脸横肉；头戴佛冠，身搭红衣。口宣佛号，手叠佛印，混捏酸款。两边众僧陪坐。细看非尽男僧，还有女僧，一旁接音，年纪俱在三十上下。因七月佳节，天气还热，个个光头无帽，身搭偏衫。虽说接音，其中一人，杏眼含春，与凶僧眉来眼去，喜笑颜开，还不住地东张西望，卖弄轻狂。施公看罢，又往台下一瞧，正中设摆高桌，两旁板凳。数了一数，一边九个尼姑，两边共十八位，皆穿法衣，俱是光头脑袋，接打各样法器。年纪俱在二十上下，个个风骚，人人袅娆。虽无脂粉，俱是齿白唇红，面似桃花。虽然俱打着法器，口念佛语，也是视南瞧北，看那满面芙蓉，并无一点道心。贤臣看罢，暗暗点头：“怪不得搅乱江都，原来如此。这正位上坐者，必是九黄。且众尼之中，未知哪是七珠？”细看桌子上首，有个打鼓钟的女僧，别有风流，较之众尼，更生美貌。施公看后，暗说：“难怪招惹僧俗乱心！”听见法器连打三阵，天有二更时分，施食放完，许多军民四散。施公同了二差，说：“这九黄、七珠缘故，我全知晓。你二人明日先不用进衙门，还到莲花院中，千万小心，引诱小和尚，套问真情；把那十二名盗寇根由访明，回衙定计，以便拿获。”二役答应，于是施公趁天黑回衙。

施安迎接施公进房，净面更衣。酒饭用完，上床安息一夜。至次早，起来净面，吩咐点鼓升堂。施公坐了大堂，众役排班。施公伸手拔签二枝，向下叫王仁、徐茂。二人答应，即上前跪下。施公说：“你火速去把十字街观音庵七珠尼姑请来，本县要办吉祥道场。还到城外莲花院把九黄和尚请来，本县要僧尼对坛。”二人答应，下堂而去。又往下吩咐：去请振守府；又派那些马步三班人役预备。

且说去请九黄、七珠的王仁、徐茂二人，会在一处同行，彼此闲谈县主之事，不觉来到观音庵前，一同步进庵里。那七珠淫尼，正在禅堂内，心中思想九黄和尚情浓，忽听院内走的脚步响动，心下惊疑，说道：“什么人？一定是施主送香来的。”想罢，喊一声：“小尼。”那里答应：“来了。”小尼走入禅房，满面笑迎，口称：“师父，不知呼唤弟子有何吩咐？”淫尼见问，说道：“你快去看看，是谁在那里走的脚步响？”小尼闻言，忙忙跑出，一见二人就问：“你们是哪里来的？怎么往里硬闯？我们这是女僧所在，岂可轻易进来么？”二差听说道：“我们是县衙里头儿。你快去告诉令师，我们奉县主之命，来请七珠姑姑，立刻进衙去办吉祥道场。”小尼一听，即回言道：“呵呀！原来是衙役老爷呢！略等一等，我回明家师，回头再来请你进去。”言罢，即转身进禅房，将公差之言，说了一遍。七珠一听，心中不解，说：“县主请我办事？”细想：“施不全与我并无往来。闻近日众家寨主们，闹的多少人命案件了，莫非有什么知觉？若不去，他是一县之主，居他治下；若去，又恐不便。”沉吟了一会，偶生一计，说：“有了，我何不如此这般允他？”遂叫：“小尼，请他们来见我。”小尼答应出去，把二差引入禅房。

七珠偷眼一看，两差人不过是缨帽袍套，拐古唧当的打扮，鹰儿爪①的相貌。七珠心烦，无奈口称：“上差到此何干？”小尼献茶。二人一见，浑身软麻，神飘魂荡，意马难拴。人人说七珠美貌，今见方知话不虚传。淫尼与二差问了姓名，二差便说：“我二人奉县主之命，来请你到衙，办吉祥道场。须得尊驾亲自跟我们同去方好。”说罢，怔忡忡歪着脖，目不转盼②，看着尼姑。七珠一见，暗骂：“二役皮脸可恶，如不是王法之地，立刻叫你的头落地。今施不全叫人来请，有些吉凶难定。我想城内人命极多，或有动静消息，亦未可知。倘无动静，不去又是不便。”沉吟一会：“管他什么，少不得的要去走走。就有变动，料着外有九黄哥哥、众家寨主；自己又能飞檐走壁，马上双刀，何足畏哉！恼一恼马践江都，杀他个魂飞胆裂！就见他何妨？”想罢，假意带笑，叫声：“上差，不知单叫我进县，果还叫那别的人？”徐茂说：“请北关莲花院的九黄师父。你们就走罢，我家县主立候着呢！”七珠带笑说：“上差少坐，待我更换衣服，一同进衙。”二差听说就走，心中欢喜。七珠即换了一套新衣服出来，二差鼻子里，只是闻着阵阵的兰香。留神一看，真真可爱，一言难尽，把他个心中难熬，口内不住的赞叹，说道：“快走！”七珠出了禅房，叫小尼快来关门。小尼说：“来了。”淫尼在前，公差跟着在

① 鹰儿爪——形容其一副帮凶形状。

② 目不转盼——即目不转睛。盼，看。

后，一同出庵。

且说徐茂相伴七珠进衙，叫王仁出城去请九黄和尚。王仁答应而去，不敢怠慢。出了北关，无心看那庙外之景，忙进角门，正往里走，抬头看见公然、子仁，倒吓一跳，他两个打扮乞丐的形相，在那里打扫山门后庭。王仁心下纳闷，方要上前说话，只见公然把手忙摆，子仁摇头抛眼，他二人恐有旁人识破机关，走漏消息。王仁心灵，连连点头，往外而行，窃喜庙内无人瞧见。三人先后出了庙，走到僻静所在，各叙各人之事。王仁说："奉差来寺，特请九黄进县。"公然、子仁听说，心下吃惊，叫声："老弟！快些回去！你想请他，万万不能。"王仁道："还求二兄指教，小弟如何行法才好？"公然说："贤弟！此凶僧大为厉害，单刀双拐，半空能行，过了楼房，如走平地。现今聚了许多强盗，个个武艺纯熟，万夫之勇。"王仁听完公然之言，不由扑哧笑了一声，叫声："英哥，休要惊吓！俺在六扇门里走动，若要没此本领，小弟如何敢在公门应役？今日务要将九黄和尚请去。"又说："只须如此这般，管叫他应允。二兄但请放心。"说罢，张、英二差站起，先进庙去。

王仁略迟一会，迈步进庙，走至院中，一声大叫："庙内有人么？"庙中走出僧人，一见就问王仁："你是哪里来的？是做什么的？"王仁道："你说我是谁？"僧人带笑说："你好像衙门中公差么？请入内堂吃茶！"王仁跟僧人走入庙堂，让坐敬茶已毕，王仁说道："我无事不来，今领县主之命，立刻请你九黄师父，进县去办吉祥道场。"僧人一听，带笑说："上差少坐，待我禀明了当家，就来请你们去见。"说罢，迈步穿门，走入密室。九黄和尚正同十二个响马①，饮酒作乐，忽抬头看见小僧，说："你不在外面照看门户，为何进来?"小僧就将王仁之言，告诉九黄。九黄心中不悦，带怒道："你去回复他，就说我少时出来见他。"小僧答应，出了密室，来见王仁说："我师父就出来。"且说凶僧听得公差来请他，望着众寇说道："列位寨主，依我想来，施不全差人来请，不知是好意是歹意。同你们倒要商议商议，方保无事。且闻他有诡计多端，狐迷假道，若进衙恐其不便。"众寇见问，一同说道："虽说是你们所行之事甚大，我等料大胆之人，不敢惊动于你。江都文武官员，何畏之有？如有风吹草动，战马撒开，杀得他个江都县天昏地暗！请你，你就去见他何妨？随机应变，见景生情。若设坛场，你就念经，自今来往走动。你我交好，又怕何人？我们在此打听消息，九哥又能走壁飞檐。果有不测，弟兄都在这里，一同努力上前，杀官劫库，把人斩尽，翻城变海。我等高山啸聚，官兵无可奈何!"凶僧一听，心中大悦道："众位言之有理。你们在此，我到前面，见他有何言语。若是礼貌恭敬，我就应允。倘是自夸上差，即便把他杀了。"说罢站起，凶僧歪歪斜斜出来，狂言大话："何人请我念经？九老爷不受钱的。"王仁看见九黄凶恶，暗道："倒应了他二人之话，自应小心。"便问小僧："这就是你当家的师父么?"小僧说："正是。"王仁恼在心内，忙移步至凶僧面前。见九黄闭目合眼，酒气喷人。王仁心中灵明，走至九黄身旁，带笑道："大师父好呀!"九黄虽醉，心里明白，听公差问好，把醉眼一睁，答道："我好!

① 响马——旧时称在路上抢劫旅客的强盗，因抢劫时先放响箭而得名。

你好么?”王仁肚里骂:“好个撒野的贼秃,令人可恼!”又暗想:“且住!我来求他,少不得下些气儿。”无奈何,答道:“承重九老爷一问,何以克当①。”且看下文分解。

① 克当——敢当。

第　三　回

公差请凶僧　守府助贤臣

且说凶僧斜着两眼说："你就是县衙里公差么？"王仁答道："我就是。特奉县主之命，来请九老爷法驾，进衙去办吉祥道场。故此小的方到宝刹①惊动。"凶僧听说，心中不悦，叫声："朋友，你可了不得了！你瞧不起人。我银钱多有，也不等念经的钱用。你自己去说与你老爷，我不去的。"王仁听了，心中着忙：不去如何是好，不如再与他些软话，再看如何。忽听凶僧复又冷笑道："岂有此理！难道说满江都县界内，除九老爷一人，和尚都死尽了？别说施不全请我不去，不是九老爷说句大话，就是万岁宣我，我不去，也不过平常事情。"王仁一听，即忙带笑，打了一躬，叫声："九老爷，不用生气！你老人家不去，小的该倒运了。如何回复县主之命？九老爷若不发点善心，小的回去，县主要将我活活打死了！九老爷是佛门弟子，无处不行慈悲，那不是行好么？我的九老爷，只可怜我王仁当差役的苦处，千万相求，开一线之路，求九老爷的法驾一行，我小的就得有命了。"

凶僧坐在椅子上，正在生气，耳内只听得九老爷长，九老

① 宝刹——敬辞。指寺庙。

爷短，说了多少趋奉之好话，方见扑哧一笑，骂道："鬼嘴的猴儿头！呕得你九老爷也没有法儿了。也罢！你九老爷如不怜你，这就苦了你。"王仁一听凶僧应允，喜不自胜，就连连打躬道："真是救命了！谢过九老爷，少不得劳法驾起身。小的还有个伙计，先请观音庵的那一位七珠尼僧，进县共办道场，已经去了。咱们赶上，一同进县，县主一见齐到，岂不甚好！"凶僧听的明白，心中大悦，肚内暗想："我当只请我一人，谁知还有七珠妹妹。如知请他，我早应允，大胆去也何妨？施不全若是诚心请我，没有什么歹意，大家平安。"心方想罢，说："上差少等就去。"步入禅堂，往后而行。众寇笑脸相迎，问明原由，俱各敬酒已毕。凶僧进房换上美色衣服，暗带防身兵器，辞别众寇，往外而走，叫道："上差！你我同走。"王仁答应，出庙进城。

且说施公自忖暗度擒九黄、七珠之计。差役上来跪说："本城守府振大老爷衙前下马。祈老爷定夺。"施公一听，坐下摆手，说："知道了。"贤臣忙出公座，下了大堂迎接。二位老爷手挽手，说着满洲语①。施公见堂上人多，不便言讲心事，吩咐："尔等不必散去，本县与振老爷讲话，回来办事。"众役答应伺候。且说施公与守府，进二堂坐下，长随献茶吃毕，施公见左右无人，说道："今日特请驾临，烦鼎力相帮。只因几件人命盗案。今日凶僧、淫尼，与众寇作了许多人命案件未结。现发差请九

① 满洲语——满族语。

衿。个个布衣，容貌平常，年纪不过四十上下，来到公堂，一同跪下，满口乱嚷。施公喝住：“你等无知，既来告状，何用吵嚷？慢慢说来，再若吵嚷，本县立刻用刑！”二人闻言，不敢高声，这个口称：“老爷，小人姓朱，名有信，祖居江都人氏。自幼攻书，也知义礼。我现在小本贸易度日。只因前赴码头起货，路过钱铺，换银九两八钱，整整四块。掌柜的用秤子秤了。适有小的母舅经过，慌忙放下银子，去迎舅母。相叙罢时，回来取银，他不承认。昧银拐赖，因此告状。求老爷判明。”诉罢，叩头碰地。施公问那一人：“你开钱铺的么？”那人见问，叩头禀道：“小人姓刘名永。本系扬州人氏，带领家口，来此江都，钱铺生理。开了已十余年，老少无欺。朱有信来，并未见他银子甚样儿的，明明讹诈，撕破我衣衫。旁人来劝，破口大骂，左右问我要银四块，九两八钱银子。小的往前，并没会过，不知他是哪里人氏，叩求老爷公断。若不与民人做主，只恐逞了刁诈之心思了。”且看下文分解。

第五回

县主判断曲直　民妇言讲道理

话说刘永诉罢叩首，屈的他二目垂泪。施公一听，沉吟良久：想这江都民刁，颇能撒赖。此事无凭无据，怎得问明？再三踌躇，主意拿定，带笑叫声："朱有信，本县问你：世界上银钱最为要紧，你自不小心失落银两，先有罪过，还来告状？"那人气得满口大叫。施公故意动怒，喝了："下去！少时再问！"朱有信诺诺①而退。施公叫声："刘永，本县问你，果真没有见他的银子么？"刘永说："小人实未见朱有信的银子。如若昧心，岂无个天理？"施公说："你既没有见他银子，也就罢了。本县如今吩咐你，你如不遵，立刻重处。"施公说："你近前来听着。"刘永站起，走至公案旁边，方要下跪，施公摇手，即站在一旁。施公提起朱笔，说："刘永伸手过来！"刘永手伸在公案，施公写了"银子"二字，把笔放下，带笑吩咐说："刘永听真：你去面向外，跪在月台之下，不许东张西望，只看着手中'银子'二字。如若擦去一点，立刻叫你将银赔出，还要重责！"刘永答应，不敢不遵，心中含怒，走至月台跪下，只看着手中"银子"二字。施公又叫衙役上前来，附耳低言，如此这般，快去快来。

---

① 诺诺——连声答应。表示顺从。

衙役答应出衙去后，施公又见打角门进来一个妇人，披头散发，面上青肿，脚步慌乱，年纪约有五旬，喊叫冤枉，口称：“青天救命!”气得疯疯癫癫，跑至案桌前跪下，数数落落，悲声凄惨。施公叫声：“那妇人有什么冤情，款款诉来，本县与你公断。”那妇人见问停悲，口尊：“老爷，小妇人告夫主万恶!”施公一听大怒道：“放刁胡言！自古至今，妻告夫者，先有罪的。律有明条，难以容恕，你快把夫主恶迹、你所告夫的情由说来，我立刻拿来对词。”那妇人口称：“老爷，小妇人丈夫名董六，嫖行不规。求老爷差人拿来，当堂对讯，就知小妇人的冤枉。”施公听罢说道：“既然如此，你下去等候。”那妇人答应，下堂伺候。施公即出签去拿董六，不在话下。

但见所差去青衣，把钱铺刘永之妻，带上公堂跪下。施公见那妇人雅淡不俗，就说：“你丈夫欠下官银数两，他叫把你传来，交还此款。或有或无，快快说来!”妇人见问，口称：“老爷言之差矣！凡事自有家主，小妇人的丈夫该下官钱，理宜追究他还。小妇人难道自有银偿还么？小妇人清白良家闺阁女子，传我前来，什么缘故？抛头露面，进县见官见吏，岂不令人笑谈？知道的，言是丈夫拖累了妻子，不知道的，说我败坏闺阁。只恐良家邻右，人言不逊。老爷本是一县之主，为民父母，做官不正，甚是糊涂，枉受皇家爵禄之封。”施公听民妇言之有理，心中倒觉欢悦，并不动怒。且看下文分解。

第 六 回

施公审银子 断姜酒烂肺

且说施公含笑讲话："那妇人休得乱道。俗言：为臣要忠，为子要孝。官清吏肃，上有法律，朝廷定例。公堂放刁，虽云不斩无罪之人，你且休要含怨，凡事自有神鉴，你今略待片时，就知详细。人有亏心，天必不容。"说完，施公叫差役上来吩咐。又叫那妇人："不用生气了，你往那月台上瞧瞧，因你男人欠银不交，罚跪在那里。等本县当了你问他，听他说有银无银，你就不怨本县了。"那妇人一听，扭头一瞧，见男人果跪在月台之下，低着头，不知看手中什么。妇人看了，正在纳闷，施公吩咐公差："你去站立堂口，高声问刘永有银子没有？"公差答应，走至堂口，一声大叫："刘永呵！老爷问你，银子有是没有？"刘永只当问手内写的银子二字，高声答道："银子有。"公差回禀："老爷，方才那刘永答应，银子有，不敢动。"施公叫："那妇人，你可听见你丈夫说银子还未敢动，故此他叫本县传你来的。本县想你家中，必有银子，你不肯实说，本县此时也不深究于你。你既不念夫妇之情，本县无怜民之意，严刑追迫你的丈夫，你可休怨本县！"一面说，一面偷看。

那妇人听见这话，就有些犯相之形。施公故意作威，将惊堂[①]拍得连响震耳，喝叫："快抬大刑伺候!"众役同去，把夹棍抬来，哗啷一声，放在当堂。原是吓他，施公并不叫人动刑，倒向旁边站立书吏说："汝等伺候本县，也知道本县法重刑狠，铁面无私。本县甚有怜念贸易之人，苦挣财利，养妻赡子。今刘永之妻进衙，认赔官项，岂不大家省事，且显本县之德。哪知这妇人不明道理，还怨本县。他不念夫妇之情，本县不得不用刑法了。"那书吏明白，深知本县心事，回答道："老爷至明，理该重究，才服民心。"施公又看那妇人的动静，低垂粉颜。施公又将惊堂连拍威吓，叫人动手，夹他男人。吓得妇人面目变色，在下连连叩头，说道："青天且莫动刑，我实说就是了。"施公微微冷笑，回手一指，叫那妇人："快说！若是有理，就免动刑打你丈夫。"妇人道："银子家中有一包，不知多少，叫我收起，不许言语。先蒙老爷追问，我不敢说出有银子的话来。方才老爷问他，他说有银子没动，小妇人方敢直诉。求老爷开恩，情甘将银子拿交官项，恳求宽免大刑。"

施公一听，哈哈大笑，传刘永问话。青衣忙到堂口，叫："刘永上堂，与你妻对词。"刘永一听，遂即迈步上行，来至堂上，看见妻子，不由吓了一跳，知瞒银之事已露，顿改面色，到堂跪下。施公叫声："刘永，银子动了没动?"刘永见问，把手往上一伸，说："银子还在。"施公点头，说："有银子就是。"忽听刘永对他妻子说："你不在家，为何至此?"吴氏见问，面带怒

① 惊堂——即惊堂木。旧时官吏庭审时用来拍打桌面以显示声威的长方形木块。

色，骂："臭货！你还有脸问我！我且问你，你是男子，欠下官项，你做主意，该交不该交凭你，为何又叫老爷把我女人家传进衙门，抛头露面？你可晓得，面目何存，你怎见亲友？快些去把你给我的银子——我放在棚顶上皮箱里面，拿来交还官项，好免老爷来打。"吴氏这些话，把刘永说得目瞪口呆，无言可答。迟至一会，吴氏不知其故，偏偏追逼，说："你还不快去，难道发呆就算了账么？"刘永一听，就大骂："好个蠢妇，谁叫你多话！"施公听他这事现已败露，心中大怒，一声大喝："你夫妇再要争吵，即行打嘴！"刘永、吴氏都吓得低头不语。施公带怒，叫声："刘永，你昧他这些银子，你已欺心。并不想天理昭彰，鬼神鉴察。该死奴才，人生天地之间，全凭忠孝节义、廉耻信行，大丈夫严妻训子，须要守分；买卖交易，秉心公平，老少无欺，处处正道，神佛自然加护，贸易必得兴隆。害人之心一萌，孰料神佛先知，默默之中，早已照察。适才朱有信换银，你欲瞒昧，天不容逃。还敢扭打到衙门里来，仍是胡赖。非本县神明如电，赃证俱无，何处判断？你自知陡起亏心，你哪知本县判事如神，略施小计，即入圈套。理宜加等重责枷号，本县姑念你愚昧无知，罚银子五两，自新改过。如再放刁，决定重处！"且看下文分解。

第 七 回

瞒银倒罚银 碰死真烈妇

施公又向了吴氏说："你妇人埋怨本县，今可听我吩咐：你丈夫并非欠的官项，他竟敢欺心讹诈换银之人。因为当堂追问，尚不肯认。所以本县设计传你进衙。原先你怪本县不该传你对词，事今败露，无有话说。为何妇人暗起亏心害人？本县仍念你是妇道，宽免刑责。"吴氏闻言，叩头求老爷格外施恩。刘永在旁，吓得脸黄面青，叩头磕地，口称："老爷，小人情甘受罚。"施公一听，哈哈大笑，吩咐："把刘永拉下去，重打十五板，以戒下次昧心之事。"衙役答应，把刘永拉下，打完十五板。吴氏见夫受刑，疼忍不过。施公又叫把朱有信带上来问话，说道："你银失落，皆由大意。原要财不离人，纵与娘舅说话，理该将银收起。如或被左右贼人盗去，就难明白了。幸而刘永欺心瞒昧，以致争吵入衙。本县如不将银判出，你必埋怨本县不明，在外面议论，言不逊顺。今日判银归你，这其中你也有过。本欲责以粗心，本县宽恩饶恕。以后凡事必须留心。"朱有信磕头谢恩。施公复又开言，叫声："刘永，你昧良心，本县责打于你，何以又罚银子五两？所罚之银，入官济贫，为得是叫你知过自新，上有王法，暗有鬼神！"施公言正名顺，不但刘永知感，而三班六房，个个点头心服。施公又往下叫一人跟去钱铺，把原银取还，交付朱有信。外取罚银五两，以作公款。又问刘永、朱有信二人："本县方才话听真了没有?"二人回说："听真了。""既是如此，一放你等回去。"众人叩谢，下堂而去。公差跟着刘永，出衙取银。

且说施公正要退堂，又见自角门进来二人，走至月台。一人挑了剃头担子，放在廊下，同上堂跪下，向上说："小的将董六儿传到。"施公摆手，公差站起，施公说："把那妇人叫上来问话。"公差答应，转身而行。施公往下一看，留神打量董六形色相貌：粗皮大眼，鼻子高耸，燕尾须，年有四旬上下，凶气满面，怒色忿忿。施公看罢，心内明白，往下就问："姓何名谁?快快说!"那人见问，只是叩头，叫声："老爷，小人世居江都县中，姓董名铠。原是良民，排行六儿，剃头生理度日。不知为何传小的进衙?"施公一听说道："你妻告你。"董六闻听，就惊了一跳。且看下文分解。

第　八　回

审决真情用刑具　替前夫申冤雪恨

董六叫声："老爷，小的妻子冯氏，他偶得气迷之症，于今半年有余。小的不知他告状，只求老爷叫他来当面问明，到底告的是什么条款?"施公说："本县早已想到，他告你，若要没理，一来欺天灭伦；二来他必是疯症。因此才将你传来，对对口供，便见真假。"吩咐青衣抬过大刑来伺候，众役答应。

早有人把冯氏带上，跪在一旁。董六一见，叫声："蠢妇，自家有病，就该保养为是，为何闹进衙门?"冯氏闻言，气得浑身发抖，骂道："天杀的！你这狂言么！罢了罢了！算来你我是对头冤家!"施公一听，大声喝道："何用你胡吵？先叫冯氏说来，你在旁如要争论，一定掌嘴。"冯氏叩头，叫声："老爷！小妇人的冤枉之事，铁石人闻之也要痛惜。我家世居江都，父母俱亡。哥嫂把奴嫁与郝遇朋。丈夫开设成衣铺，本好贪杯，老实之人，交这不义之徒。董六为人轻狂。夫主在时，引他入内，穿房入户，好似至亲，与夫同来同往，情谊交厚。哪知这贼人面兽心，看上奴貌，暗起不良之心。自后同夫终日饮酒，不治果菜，只用姜酒敬他。不上几月，夫主得了重病，身肿吐血而亡。可怜奴家①孤苦，又无伯

① 奴家——青年女子的自称。多见于早期白话文。

叔兄弟，正当天气炎热，出于无奈，舍身改嫁。将身价银数两，为葬夫主之计。可恨忙乱之中，并没主意，也无心问及，只得随行。过数十家门口，及到他家见面，方知是董六所娶。”且看下文分解。

第　九　回

捉拿僧尼盗　土地祠判鬼

话说冯氏说："我有心不允，更难追悔身价银已经花用。小妇人无奈，含忍将就而过。数载以来，生下两个儿女。谁料天网恢恢，疏而不漏，真正报应不差。前日恶人吃得沉醉而归，神差鬼使，通说实情。他说：'为奴用尽心机，姜酒烂肺，无人知晓。百日之功治死你的前夫，方得娶你快乐，如今生儿养女。我今将实情告诉于你，谅也不怕。夫妻儿女关心，你疼不疼?'言罢沉沉而睡。小妇人闻言，痛气交迫。伏思既生男子于世间，全凭忠孝；女生宇宙，贞节为重。不讲礼义廉耻，何异于猪狗?当在老爷堂下，如今难顾儿女牵连，也都付流水。若顾儿女骨肉，前夫不能申冤。今幸与夫报仇，小夫虽身至九泉之下，瞑目无憾。我与此贼，恩爱反为仇寇。小妇人惟求老爷伸此冤枉，千刀万剐，情所愿受。"冯氏诉罢，令人凄惨。董六在旁一听，急得不顾王法，大骂："淫妇满口胡说，尽是疯言！你就为着吃穿短了点子，也要耐性，何必对青天老爷乱吵。你该想想我董六打着许多钗儿呢！岂是容易的?你这泼妇疯癫，告我有何证据?幸蒙老爷宽厚，不曾怪你，由你泼妇乱说。"只见冯氏气得面目发紫，骂个："囚徒，还敢强辩！鬼神使着你自己说出姜酒烂肺之言，谋死我前夫图奴家。当着清官，尚不承认么?"董六闻言骂道："嫌汉子的淫恶泼妇！你的前夫死后，没有埋葬之资，你央媒人求我，说着愿嫁与我。乃是明媒正娶，已经数载，生儿育女。你因在家中衣食不给，气成疯疾，装出鬼魔告状，说我谋你夫，图你为妻。有何证据害你前夫？再者你既知我是仇家，就该早告，我问你为什么嫁了我，又来告我，何故？”冯氏只气得打颤，口不能言。

施公心中明白，故意皱眉，大骂：“泼妇疯癫！无有告夫主之理。三从四德①，全然不知。既知前夫死亡有故，就该早来鸣冤。你既嫁于他，又成仇寇，不是同谋害却你夫么？过了这数年，怎么再来告夫主？料此人又是不趁你心。古有句俗言：‘毒妇心似鹤顶红。’”便叫青衣抬大刑过来，“我把你这刁妇！有心恕你过，犹恐不改，又生害人之心。”施公越说越怒，命：“左右拉下，把这恶妇，领到班房，快动大刑！”众人答应上前，如鹰捉燕雀，不肯容情，拉着往下就走，套绳刑具后跟。真叫冯氏气得浑身打颤，急得张口结舌，高声喊叫：“冤枉我！”喉咙叫哑，无人理问。青衣把妇人带进了班房。不多时，妇人哭喊，倒像受刑的声音。

且说施公未传董六之先，就吩咐过：虽叫冯氏入班房去，并不用刑，叫他假装受刑之声，众役又把刑具弄得响声不绝。这是计套真情，好鸣不白之冤。恶人莫知其故，一闻妻子叫苦之声，心中疼忍不过，他就往前跪扒半步，口称：“老爷，容民细禀：小的原因他有病症，叩老爷宽恩免刑。留他十指，好做针线，以

① 三从四德——封建礼教束缚、压迫妇女的道德标准之一。三从指“未嫁从父，既嫁从夫，夫死从子”。四德指“妇德、妇言、妇容、妇功”。

度光阴。听这刑法，也够他受的了，叫他知道改过前非罢了。”施公听罢大喝道：“你这大胆的奴才，就该打嘴！此乃朝廷设立衙门，理化军民，也许你夫妻到此胡闹！道本县做你家的官儿不成？”吩咐人：“快去班房，说与动刑的，格外加重！”青衣答应，跑至班房门口，高声大叫，传话已毕。只听一阵刑具响动，衙役发喊；又听冯氏叫唤，十分悲苦。

施公偷眼下看，但见董六不住回头往外看，十分怜惜。施公叫道：“董六，你心莫恕那个恶妇，叫他受刑法，向后就知厉害，再不敢告丈夫。我且问你：先曾娶过妻没有？娶这冯氏有几年了呢？现在生有几个儿女？实在说与我听，我好开恩与你。”恶人见问，口称：“老爷容禀：小的父母双亡，没有手足姐妹。学个剃头生意，以后开了个剃头棚，交了个郝遇朋裁缝，甚是兴隆。我与他穿房入户，往来走动，彼此难分，好似至亲。后来他不幸得病而亡，妻子孤苦无倚无亲，少儿缺女，又没兄弟，可怜无力殡葬，听到他妻悲啼无法。可喜冯氏贤惠，鬻①身改嫁葬夫。偏偏媒人提到小的名下，打听我自幼并未娶过亲事，到铺诉说一番，气得小的两目发红。巧嘴媒人甜言蜜语，又说：‘朋友不过义气，且是一举两得。’小的因思郝兄死后，需钱治备棺木，冯氏嫂子也有倚靠。死者入土为安，生者终身有赖。小的那日带酒应允，聘礼拿去。小的酒醒，追悔莫及。刚过七日，催娶过门。想起郝兄，至今惭悔。幸而夫妻和顺，女儿已长成七岁。不料蠢妇偶得气迷疯癫，进衙告状。此是以往实情。小的代妇恳求宽恕

① 鬻（yù）——卖。

回家，感恩不浅。”连连叩头碰地，施公微微冷笑，叫声：“董六，念其朋情，又是明媒正娶，何言后悔？此事世上常有。本县再问你，郝兄是何病身亡？”董六见问，鬼神拨乱，不因不由答道：“老爷，他哪里有什么病，吃酒死的。”施公故意哈哈大笑说：“什么？喝酒就把人喝死了？”且看下文分解。

第一〇回

诱哄恶人得实言　吩咐重刑讯凶徒

施公问："本县问你，你也会吃酒不会？"恶人见问，只认好话，答道："小的也会吃点酒。"施公又问："不知你吃酒乘量，吃得多少呢？多吃害人不害人么？"恶人说："小的也不瞒哄老爷，还吃过数斤。"施公说："这等说来，你还吃不过本县了。本县除了办事，退堂后，是吃酒为喜。只有一宗毛病很不好：最好饮酒，懒意吃菜；就爱吃的姜儿，图他性暖有火料也！"恶人一听此言，大声叫道："老爷，老爷！快别拿姜下酒，很不好呢！"此必是吃死冤魂当报，怨鬼拨乱他的性。施公听得话内有因，故意说："姜酒不可同吃，也不知怎么讲说呢？你若解说的明白，真有不好之处，本县要不用了。"恶人见问，才觉住口，惊得浑身打战，张口结舌，又不敢不说。施公见此光景，冷笑骂道："迷徒！你既不说，本县少不得要动刑追你。"吩咐把冯氏带上来对词。青衣答应而去。施公又问姜酒不可同吃之故，恶人不敢说出，只是发怔，立刻把脸变青。施公心中明白，复又哈哈大笑。看见青衣把冯氏带来跪下，施公吩咐："冯氏，你把董六谋死你前夫细细说来。"冯氏答应，又照前所告之言，一一哭诉。施公问："董六，你可听真了么？难怪你方才说姜酒不可同吃，内中有此隐情，烂肺之事，你这该死的囚徒，快快说来，免得用刑。"

恶人见问，不住地叩头，泪下满面，无可奈何，口称："老爷，小的贸易守法，不敢越礼胡行。小的便娶冯氏，乃是明媒正娶，他心愿从。今来告我，无凭无据。若以姜酒烂肺，谋死前夫，何不早告？含冤数年，忽又喊冤，而且赃证全无。他有疯症，是以枉告。"施公大喝一声，说："你这囚徒！张口利舌，事已败露，亲口自言姜酒害人。你与郝遇朋生前，每日一早，空心以姜饮酒。此乃《本草》遗留'六沉八反姜酒烂肺毒方'。谅你不懂药性赋，若依本县想来，必有主谋之人，问真再议。"吩咐动刑起来，众役一起答应上堂，把董六拉下倒地，两腿套上夹棍，左右拉绳。只听恶人叫"哎哟"，魂离天外。青衣用凉水照脸连喷几口，恶人醒来，疼得叫苦哀哉。施公问道："招不招？"青衣回说："他不招。"施公又问："冯氏，你丈夫不招。倘若你再不实招，立即追你之命！"冯氏说："小妇人所告，并非谎言。一有不实，情愿领死。"施公一听，吩咐将夹棍收绳。恶人听得，魂飞胆裂，大声叫道："招了！招了！"

青衣住刑。施公说："哪怕你坚心似铁，难尝官法如炉。"吩咐松棍带上来。青衣将夹棍绳放下，把董六拉上去，跪下招供怎样与郝遇朋交好，入房见色，欺心害命占妻。因用姜酒百日烂肺之功，治死郝遇朋，得娶冯氏……从头至尾，细说一番，招供是实。施公听罢，又问道："你这个毒方，从何而来？其中必有主谋之人，告诉于我。快快说来，免得受刑。"青衣接口，一旁喊道："快说！若迟了，老爷又要用刑。"恶人胆怯，叫声："老爷，听小的实说传方之人。因小的见色迷乱，终日神魂不定，小的干妈妈，见此光景，问小的有何心事？小的即将前情告诉于他，是以将方传与小的。不料小的酒后失言，该死。叩求老爷免刑。”

施公闻言，见恶人招承，伏在台阶，眼瞧着冯氏说：“你来告状，你也想想：生儿育女已经多年，生米煮成熟饭。也罢了！我董六死了，我与你也是解不开的这段扣儿！”冯氏一听，只气得浑身打战，用手一指，骂声：“伤天理的狠贼！当着老爷，你还敢胡言！从前我丈夫受了你这囚徒牢笼。你说的却也不错，奸因夫引，若不引焉有此事？如今老爷断事如神，青天有报。你醉后失口泄机，还讲什么夫妻？大家命该尽了。”冯氏气恼在心，说：“你就该打死！”又用口咬。打罢倒退，向着阶柱一头碰死。施公夸奖：“好个贞女！”复又大怒，骂声：“董六你这囚徒，只顾你与王婆定计，连害二命。本县问你：你这干妈妈住在何处？快说！”恶人心想，不说又怕受刑，叫声：“老爷，王婆住在东街关帝庙南首，门前挂着收生的招牌就是。”施公闻言，立刻差人把王婆拿来。王婆上堂跪下，眼见冯氏气恼，又见董六受了刑法，心中害怕。且说恶人见了王婆，大叫一声：“干妈，多谢你的仙方传的不错！”施公一听，喝住：“再要多言打嘴！”喝声：“王婆！你干儿子供出你传他的药方，害死郝遇朋，谋娶冯氏。是与不是，快快说来，免得受刑。”王婆回说道：“小妇人并无此事。”下文分解。

第一一回

拿王婆结案　僧尼等念经

施公吩咐："贱妇，不拶①不招。"青衣答应，将王婆拶起。王婆疼痛难忍，大叫："老爷不用拶了，我都说了罢！"施公吩咐："松刑，快快说来！"王婆子说："小妇人与董六通奸数年。传方是实。"施公闻言大怒道："姜酒烂肺之事，料你不懂。是谁传你？说来！"王婆叫声："老爷，小妇人的丈夫在日，是个医生，常言六沉八反之药方子，所以记得，不敢撒谎，老爷详情。"施公听罢，吩咐宽刑。众役答应，把刑松了。施公提笔判断：王婆子先与董六通奸，后又传方。良妇被他谋娶。水落石出，冯氏自尽。按律王婆应绞，秋后处决。董六奸谋，毒死前夫，谋娶冯氏为妻，依律处斩正法。判毕，叫拿下去画押，吩咐收监。立刻禁子将王婆、董六收禁看守不题。且说施公叫人把冯氏娘家人传来领尸。可巧罚刘永银五两，差人呈上，施公吩咐与冯氏买棺。董氏家产，断给亲丁变卖，养赡他儿女。众人叩谢出衙。堂上三班人役，个个称奇。施公吩咐书吏，拟稿详报上司。

堂事方毕，又见请九黄、七珠的王仁、徐茂上堂，跪下，口尊："老爷，小的二人，把僧尼都传了来，在衙门外等候。"施公

---

① 拶（zǎn）——拶子，旧时夹手指的刑具。此处指用拶子夹手指。

吩咐：“进来！”二役答应出去，领僧尼上堂。施公看那恶僧：豹头环眼，黑肉满脸，须七寸许，年纪四旬。又看淫尼：白面如粉，唇红齿白，年纪不过二十以外，生得袅娆，站在堂前，并不下跪，打躬问讯，含笑问道：“老爷叫我何事？”施公一听，心中暗怒，勉强含笑道：“奉请二位，本县虔诚还愿，许下僧尼对坛念经，各请十三位拜忏。行观灯、破狱、取水、金桥过往、放烟火、施食，行水陆吊挂、金身佛相。幡帜宝盖，要扯满棚。僧冠僧衣，普化一切，都要新鲜。香烛斋食，有烦二位费心。明早设坛三天，共要多少费银？”僧尼闻得施公之言，九黄叫声：“大老爷，小僧承县主吩咐，不辞辛苦，应当照办。”淫尼带笑说：“九黄爷，小尼穷介。”九黄复叫声：“大老爷，明早登坛，我们二人先要取些银子，以备请客之资，余待事毕再算。”施公叫施安取银，交付僧尼，出衙而去。每人又各请僧尼十三名，预备行事，及应用物件，一切齐备。且看下文分解。

第一二回

县衙念经办会　僧尼行香游街

且说施公见僧尼领银去后，吩咐移文去知会守府，暗派兵丁，捉拿凶僧、淫尼二人。衙前搭起对面彩台、芦棚各五间。又悄悄分派役内三班人等，明日如此这般。施公吩咐已毕，又见胡登举上堂，手捧催呈，一旁打躬。施公接呈子，说："贤契请回，本县虽未捕获，现今暗中查有踪迹，事在早晚结案。"胡登举答应，出衙回去。又见堂下走上二人，跪在左右，都举呈词，同口呼冤。施公就问："尔等何事？不用如此，个个讲来！"齐声答应，一个说："小人名叫海潮，久在本县居住，昨晚偶出怪事：贼人盗去东西，又把女儿抢去。婆家日后要娶，如何是好？求恩派人拿贼，以消其恨。"施公一听大惊，又问："这个你为何事？"那人说："小人名叫李天成，南北贸易。昨在界内，被强盗将伙计砍死路旁，货物劫去，求老爷差人速拿强人。"施公闻说，就知是九黄和尚与那十二名强盗做的事。施公道："尔等呈子留下，听传结案。"二人答应而去。施公退堂，众役散出，个个你言我语。

且说凶僧淫尼，领银各回庵院。九黄进寺，会晤绿林①，言

① 绿林——古代指聚集山林反抗官府或抢劫财物的团伙。

讲："县衙办事，明早设坛，我已应允。倘有吉凶，众兄弟必须商议而行。"不言众寇提防。且说施公退堂，书房闷坐，沉吟："江都这些豪霸，施某略用小计，必要捉清。那人命盗案，犹如雪片，还有无头案情，观音庵里尼姑，莲花院内凶僧，还有十二个响马。我今设计要拿凶徒，先捉强盗，再拿余党。"施公前思后想，不觉三鼓，宽衣安睡。次日，起来净面，更衣已毕，吩咐施安，到外面预备停当，专等僧尼对坛，施公好出去拜佛。

且说九黄和尚，先打点铺排一应佛像，送至县衙，在经棚内陈设。凶僧随后请众僧，一同进县，共办佛事。七珠也是先将法器送至县衙，各样陈设，结彩挂灯。鼓楼旁边，搭起高棚。不多时，僧尼陆续入县，各归各棚，茶房献茶已毕。守府振公，来至衙门外下马，入报，施公迎出大门。二公都是蟒袍补褂。施公在僧棚内拜佛主坛；守府在尼棚内参拜主坛。九黄、七珠个个身藏兵器，提防不测。二公进棚拜佛，九黄留神偷看，并不带多人跟随。凶僧淫尼，一见这般光景，就不以为有别的意了，一起站立。施公带笑，望九黄说："和尚请坐，大众不用多礼。"众僧回答："不敢。"都站立合掌向心。施公上行礼毕，起身外走，带笑说："本县失陪。"二公出棚，大堂设椅而坐，闲谈。僧尼点鼓敲磬①，打了三通，烧香开赞，宣毕，止了法器，就叫茶房送茶。献毕，僧尼就铺排幅幡执事等物，运出衙门。守府县公所为，人民随着走看，那街市上三教九流，都看热闹行香。走了四条街，回至衙前，鼓手吹打大锣大鼓，响声应天。住了法器，斋房吃

① 磬——此指佛教的打击乐器，形状像钵，用铜制成。

斋。二人带领多人，拥进棚来。吩咐下役人等，将汤、饭、菜，不住的折换新鲜的，使唤人的手脚不闲。僧尼留神，看视二位老爷动静，还是别无他意，都放下心怀，安然吃斋。饭毕，各入经棚，茶罢。且看下文分解。

第一三回

施食台上开法　军民进衙看会

话说众僧茶毕，取水请神，天晚施食一台，三更方散。僧尼出衙，各归寺院。次早进县。凶僧淫尼，见无动静，才觉放心。施食已毕，散出回寺。

话说施公叫施安：“快去如此这般，到北关外莲花院内，传英公然、张子仁，叫他暗暗进衙，有机密事用他。”施安答应出衙。不多时二人进衙，施安到书房禀明。二差跪下叩头，施公含笑说：“起来，听我吩咐。”二人站起，施公说：“你们在庙中，怎么样来呢?”二人口称：“老爷在上，那庙中十二寇与众僧，个个俱是全身本领。小的们看着些手段，论起来真好武艺。”施公听说道：“不用你们夸讲，本县深知你的武艺也不弱。现有一事，须你二人去办，别人反要误事。这莲花院十二寇，烦你二人，设法拿他。若是走脱一个，拿你家口入监，限今夜将他等捉来。”二役一听，浑身打战，复又跪下，说：“强盗实是厉害，刀马纯熟，求老爷多派人去。”施公听说大怒道：“你二人本领，本县深知。总要你等今晚三更到庙，捉拿十二寇与众小和尚。但有错误，唯你二人是问。”二役不敢再说，诺诺连声而退。且看下文分解。

第一四回

二役复入莲花院　两官再三定宁计

且说庙中那些和尚，一早都进衙入棚，念经作法。见无动静，并不介意。凶僧、淫尼俱不带防身兵器。念完经时，各上斋堂，斋完仍归棚内，伺候施食。

且说宁府、县公，彼此讲满洲话，如此定计，到晚拿捉僧尼。及至天黑，点灯之时，僧尼都上法堂。在施食台上，正位是九黄，左右接拨文的是别僧，施公就在九黄身后坐定。二公伺候两三日，施食都是这样的，凶僧故不理会。

这一日，振公暗挑好汉，外穿长衣，内穿绑身小衣，暗带兵器，跟随左右，好捉凶僧。自下两溜高桌，两边坐着两溜和尚，接打法器；尼姑那边也照样办理。振公也照施公行事，专坐在七珠背后；台上跟随两人伺候。只等施公那边动手，这边也就动手。内外埋伏停当，专等号令，一拥而入，并力帮获。

且说二差去庙中，拿十二个响马。二役走至庙中，两个小和尚一见带笑道："两位穷大哥，你们不打扫佛殿，往哪里去来?"公然说："你有所不知。昨日听见城中吴乡宦家放堂①，打量去赶个早儿，哪知给了点子稀汤。"小和尚笑盈盈道："你们运气不

① 放堂——旧时富户设粥棚赈济左右乡民，称为放堂。

好，我们给你们送菜，找你不着，到晚上吃罢！再烦二位上楼打扫。”二役大喜答应，正好趁机打听响马消息，便好下手。随即取了笤帚、簸箕，上楼打扫。渐渐天晚，点了灯烛，十二强盗聚会上楼饮酒。且看下文分解。

第一五回

众盗饮酒在高楼　二差定计倒扣门

且说两公差将楼打扫干净，强盗上去坐定饮酒，猜拳行令，将到三更时分，都吃得有几分酒了。因等九黄回家再饮，商量要去打劫人家。二公差趁空将蒙汗药浸在樽中。二公差又要哄小和尚取酒菜，以戏法为由，把小和尚绑个结实，棉花塞口。二公差转身叩门，又到厨房，看众僧个个贪杯，一见二人，说："穷大哥，与我们张罗，再谢。"英公然、张子仁同说："使得。"出厨房至楼下，听上面还有人声，就知药性尚未行到。二人暗急曰："此时县内还无救应，如何是好？"

且说县里施食台上僧尼之事。九黄舒展喉咙，声音响亮，吐字真切。台下僧配法器，虽然配着法器，个个看着僧尼。堪堪三更时分，施公看棚里外埋伏兵役甚多，专等号令动手。施公一看见，洋洋得意，暗送眼色。快头心下明白，就知凑空叫动手了。又送眼色与壮丁、马快、兵役。快头不敢怠慢，走到凶僧背后，把九黄连腰抱住，滚在台下。各人各持铁尺短棍，乒乓一阵，把九黄两肘两腿打伤，难以转动，绳捆结实。振公那边，见众人大乱，也就动手。七珠方散施食，正在闹热间，忽听人声，尼姑正在暗惊，守府站起，忙使饿虎扑食的架式，把七珠后腰一抱。七珠复用力争扎，二人一起跌倒尘埃。七珠用解法要跑，两个快头扑上，手持铁尺，当肩一下。七珠空手，难以躲避，打得二目发昏，跌倒在地。振公爬起说道："好厉害！淫尼力大。"叫兵役捆住。即时皆捆起来，守府这才放心。淫尼满口混喊，守府令人打了一顿嘴巴，淫尼不敢喊叫。其余僧尼，也不敢转动，令人看守。

二人会同，带领兵役开北门，灯笼火把，照如白日，直到莲花院庙内。公差等得心急，只见远远一片灯光，就知城内人马来了，说道："我们快去迎接!"二人往前紧跑几步，迎着跪下报名。施公带笑问道："你二人办的事情如何?"二人见问，随即将事说明。施公一听大悦，叫声："振阿哥，你我先守住山门。叫他们二人带了兵役进去，将强盗拿住。其余众僧全行捆绑，一同回衙。"守府答应，随吩咐公然、子仁："带兵五十名进庙，将强盗与众僧捆绑，抬进城去，重赏尔等。"且看下回分解。

第一六回

小和尚实诉　遭难妇有救

且说二公差领兵一拥而进，直至玉皇阁。十二寇被蒙汗药治住，俱被擒了。又领至厨房，余僧醉卧，登时被擒。二役报明，二公下马进庙，廊下坐定，灯火照如白日。吩咐带上众寇与僧等问话。公然说："众寇被药酒所迷，尚未醒来。小和尚明白。"施公说："带上来！"二役走至空房，掀开棉被，把口中棉花挖去，解开脚上之绳，提到二公前。施公用手一指，喝道："你休得胡言！九黄已经被擒，若不实说，立取你狗命！"小和尚听见九黄、七珠被擒，知是不好了，说："老爷不用动刑，我们实说了。"就将从前怎生进寺，如何作恶，如何奸淫，夫妻如何避雨，诱女进庙内，乱棍打死他男人，把妇人养在庙中，尸首现在庙后……一一说明。施公一闻，就说道："既有妇人，衙役跟去唤来。"

不多时带到，施公一看，那妇人泪眼愁眉，形容憔悴。施公问道："你是哪里人氏？丈夫到那里去了？"那妇人口叫："老爷，小妇人丈夫，姓杨名进宝，被和尚害死，将小妇人强占在寺。"施公说："为何不替你夫告状？缘何夫死从僧？"那妇人说："关在空房，万难脱身。"施公说："也该一死全节，何忍偷生，不顾大义？本县不明，细说其故。"那妇人说道："小妇人住在罗文路，名叫罗凤英。丈夫贸易折本，无奈投亲。只因大伯住在江都城内十字街上作生理，小妇人同夫投奔到此，还可度日。不料至此落雨，暂在山门避雨。适遇恶僧无故用棍把夫打死，将奴身藏住宣淫。小妇人无奈，只望拨云见日，替夫申冤，叫大伯领尸入土，小妇人纵死九泉，也可闭目。”施公一听，意甚悯切。天已大亮，施公吩咐：“你且起来，随本县进城，自有公断。”又吩咐将十二寇并一切人等带着，留兵看守庙宇。分派已毕，二公出庙，上马进城。大街两旁之人，观看拥挤不开，议论纷纷不表。

且说两个男子，一个妇人，拦马跪倒，口喊：“冤枉!”二公勒马，打量这女子，年纪约有三旬，头挽仙髻，桃面朱唇，腰似杨柳，青衣蓝裤，三寸金莲①，杏眼微睁。两个男子，一个相貌凶恶，衣帽齐整；一个口眼歪斜，一身粗衣，白袜尖鞋，睁目张口，满面发青。施公看罢，说道：“尔等都是告状的么?”那恶人先答应道：“是。”忽又一人喊冤，系告土地，其人不过是俗常打扮。施公吩咐：“一并带起，当堂再问。”青衣答应上锁，二公并辔进衙，至滴水檐下马，立刻升堂。振公旁坐，三班排列。

只见角门跑进二人，上了公堂，大叫：“县主爷爷，小人来报屈情。”且看下文分解。

① 金莲——旧时指缠足妇女的脚。

第一七回

状告泥土地　哑巴喊冤枉

且说施公坐堂，看那告状之人，身穿绸绫，生得清秀，年纪四旬有余，面貌慈善。看罢，施公道："报上姓名来，有什么怪事？"那人道："小的姓王，名叫自臣，住在东关。父母亡故，只有妇室。小的在东关作典当生理。家之对门，有座地藏①尼庵，女尼在内。昨晚小的回家稍迟，月明当空，约三更时分，小的来至家门首叩门，忽见庵门之上，挂着两个男女人头。吓得小的魂魄俱无，急进家门，将门关上。直到天明，不敢隐瞒。今早尼庵中女僧老尼，反来怪人。不得不报。"施公闻言，心中暗想："真正奇事都出此地。除非如此……"想罢，吩咐衙役，跟王自臣传了庵主来。该直②答应，随同而去。

施公又叫衙役，速去带那告奸的海潮来听审，再将报抢劫杀命的李天成并胡登举传来听审。众役答应而去。施公吩咐先带凶僧听审。公差答应，立刻带上，一起呼堂施威，凶僧并不下跪，施公大怒，骂声："凶徒，快快实招过犯！"九黄大叱："贫僧如来佛教之下的弟子，谨守规法。原是请办佛会，为何拿我？大清法严，凭甚锁擒？"施公见他一派不忿之气，用手一拍："本县给

---

① 地藏——佛教大乘菩萨之一。

② 该直——指当班衙役。直，通"值"。

你个对证！”叫两个小和尚上来跪下。九黄一见，骂道：“小秃驴来此何干？”小和尚说：“你的事情犯了！你不如早点招认罢！免的驴脚吃苦。”施公道：“你的凶恶，本县已访真切。”吩咐把凶僧带下去，将莲花院众僧带上来。青衣答应，把八个僧人，带上公堂跪下。施公反带笑脸开言道：“你等实说，本县定然轻恕。”和尚们一听，叩头回道：“求老爷只问九黄，则人命盗案，登时就明。”

施公吩咐带下去，又把十二寇带上，一起跪下，相貌狰狞。此时众寇药酒都醒，知道被擒。施公说：“本县有一言，与你们好汉商议。目下九黄、七珠被拿。本县颇有好生之德，你们实言讲来。要替九黄、七珠瞒昧的，反误自己。不但自家受了罪过，还不知性命如何，你们想想。”强盗一听施公吩咐，个个感化，不约而同，口称：“老爷，小人们不敢不招，方才宪训煌煌①。只求老爷把九黄叫上来，好当面对词，即见清浑。”众寇说完，又说：“叩祈老爷超生！”施公听罢众寇之言，说道：“少时即唤问凶僧。你们报名上来，本县好分别结案，以便开脱。俱各说了姓名，再叫九黄到堂面对。”众寇一听，都报姓名，说道：“凤眼郭义、上飞腿赵六、宽胳膊吴老四、快马张八、抱星鬼周九、铁头刘五、活阎王王乔八、独眼龙王三唤、小银枪杜老叔、朴刀赵二、单鞭胡七。”挨次报名已毕。且看下文分解。

---

① 煌煌——明亮。

第一八回

告土地人诉苦　哑巴着急难言

施公吩咐将名记了，又叫把这班人带下，另在一处，勿与九黄见面。原差答应押下。又叫告土地的那人，立刻提到公堂跪下。施公说："你是告土地的么?"那人答应："是。""即将实情诉来。"那人口称："老爷听禀：小人今出无奈，舍命告土地尊神。小人家住县城以外桃花村，名叫李志顺，妻子就是本村王氏之女。自幼联婚。父母亡故，又无兄弟儿女，因家贫困，没奈何出外经营。小人束手空拳，有开药铺的亲眷，留小人学生意。刻苦三年，积了五六十两银子。牵挂妻子无靠，小人辞回，仍扮讨饭之人。那日到家，要试妻子之心。小人走进土地庙内，四望无人，把银子埋在香炉之内，交结本庄土地庙回家。可敬妻子耐守苦节。次日到庙内香炉中取银子，那银子却不见了。小人思想无计，还来告当方土地之神。叩求青天大老爷判明。"施公一听微笑，两班衙役，个个抿嘴。施公叫道："李志顺，你的银子交与土地，虽无人见，那神是泥塑的，混来胡告，就该打嘴。今且准你，你且回去，明日在庙内伺候，本县去审土地。"李志顺答应，叩头出衙而去。

施公又叫把告状的男女三人带来问话。原差答应带上，男左女右，跪在地下。施公道："你告状为何事？快快说来！若有虚言，本县官法如雷。”下面那雄壮之人先说，叫声：“老爷，小人姓周名顺，住在城外五里桥。父母不在，缺弟少兄。此妇是我妻子，素贤而守清贫。积善之家，偏生祸乱。那一个他是哑巴，姓武，原系无籍之人。怜其贫苦，留他家中使唤。吃了饱饭，改变心肠，他是狠心，竟敢讹我妻是他妇，拿刀持杖，竟与小的拼命。小人无法，同妻进城，在老爷台下告状，叩求老爷做主，判断申冤。”诉罢叩头。旁边急得哑巴连声喊叫，二目如灯，泪似雨下。说话不明，急得拍拍胸膛，抓耳挠腮，不能言语。不顾王法，呜呜乱喊，只像疯癫，堂上人皆发笑。施公向下说道：“你不必着急，你与周顺先下去。少迟与你们结案。”施公设计问妇人道：“本县问你，想必你们夫妇心慈。那哑巴素日老实，你与周顺怜其孤苦，留在家中使唤，也是有的。可恼不怕王法的，妄生讹心，说你是他的妻子。本县也恼这种狠心人，该重打，逐出境外，免得你夫妇受害，这是正理。本县问你，你到底是哑巴之妻，还是周顺之妻呢？快些说来！”那妇人答道：“小妇人乃是周顺之妻。”施公又说：“本县想来，你素与哑巴非亲非戚，焉肯招来。入内行走，便不回避么？只用你实说一句，本县立刻一顿大板，追了哑巴的狗命，决不姑容这人在江都地方胡闹。你快说来！”

施公一片虚言，那妇人认以为真。即说道：“小妇人不敢谎言。那哑巴是我哥哥，小妇人是他妹子。因丈夫叫他在家过活，谁知他改变，衣冠中禽兽。因此丈夫无法，才来告他。”施公引诱实情，毫不动怒，吩咐下去，带周顺上堂跪下。施公含笑道：“周顺，你听了本县初任江都，最恼棍徒。你好心待人，反成冤家。哑巴真是不良的棍徒，本该打板枷号示众。本县问你，这哑巴不是亲戚，焉能留下？面生之人，岂能进门？必是哑巴无理，得罪于你，反目无情。快实说来！”周顺见问，心慌意乱，张口结舌。施公见周顺这般形相，便说道：“周顺你不用着急，快说来！”众役便排刑具。周顺见追得紧了，更没主意，说道：“小的与哑巴，是有些亲。”又转说道：“是姑舅亲。”施公哈哈大笑道：“你们到底是姑舅亲。”吩咐把周顺带下去。又叫哑巴问话。

只见堂下两个人上来，看是先前尼姑庵门口来报挂人头的王自臣与尼姑，跪在下面。王自臣道：“老师父，当家师我是多年邻居，你自说昨晚山门挂人头的，今往哪里去了，你说实话。”施公听了大喝道：“好奴才！上堂混闹。自有本县裁处，你先下去！”王自臣随即下堂。施公说道：“女僧你不必害怕，这事依本县想来，你若欺心，庵中把人害死，岂肯将头反挂在山门？必是你早晨开门，看见了心中害怕，藏起来也有的。”尼姑一听，心中发战，且看下文分解。

第一九回

地藏庵出异事　尼姑隐匿人头

施公看他如此，又叫："女僧不用思虑，只管说来，本县自有开处你的道理。"尼姑口尊："老爷，小尼祖居本县人氏。父母俱亡，自幼出家，谨守清规。今降大祸！小尼并不知有什么人头，恳求老爷恩典。"施公听罢尼姑之言，故意带笑说："女僧，适才王姓诬证。"再问王自臣，叫声："王自臣，你见人头挂在庵门，你来主报。这里尼姑反说没有。"王自臣说："老爷，小的与尼姑往日并无仇恨，岂敢生事赖人。求老爷用刑严问。即使无有此事，情甘认罪。"言罢叩头。施公吩咐把尼姑拶起来。青衣答应上来，拶起尼姑，左右把绳一摆，"哎呀！"吓得浑身打颤，说道："老爷，小尼招了。小尼开门，见了两个人头挂在庵门，一时心中害怕，叫老道抛在野外，给他纹银五两，是实。"

施公听了尼姑之言，说道："好大胆的恶尼，见了人头，就该来报才是。权且下去！"青衣答应带下。吩咐把庵中老道拿来对词。公差答应而去。不一时拿到，战战兢兢跪下。施公问道："老道人，你将人头抛在何处？从实招来！"老道说："小的今年七十五岁，一身孤零，栖身庵内。那日图银几两，包送人头，恐人看见，抛在隔墙一家院子以内，即回庵中，是实。"

施公一听，说道："好个迷徒！"吩咐公差，同他到那一家，把人头取来。倘无人头，把那家主带来，公差答应。出去不多时，带了一人上堂跪下，公差回道：“小的同老道到了那家，原是广货铺子后院。小的问他们人头一事，那店主与众人异口同声说：‘没见人头。’小的就把店主带来了，请老爷定夺。”且看下文分解。

第二〇回

审老道追逼首级　转拿人究问真情

施公听罢，叫声："老道，你把人头果然抛在他家院子里的？"老道答应："是的。"施公就问那店主说："老道将人头抛在你院中，你见过？只管直说，此事与你无干。"那人叩头说道："老爷容禀：小的祖居山西，今到江都贸易。三间门面广货铺子，到后房共有五进，买卖做了十有余年。小的姓刘名叫君配，今年五旬，铺中伙计十多人。小的墙内，未见人头。若说是有，焉敢无因诳哄老爷，况且人多目众，谁人不晓？求老爷明察。"

施公听罢，吩咐再把他店中伙计叫一人来。公差答应，去不多时，带一人上堂跪下。施公见此人衣帽随时，年纪不过四旬，就问道："你是刘君配的伙计么？"答应："是。"又说："那地藏庵内老道，说将两个人头抛在你家后院之内，快些说来！"那人口叫："老爷在上，容小民细禀：小的祖居山西，与店东同府。姓王名公弼，今年四十五岁。有个表弟，昨日早晨往后院去，如今未回，不知去向，也无踪迹。正在愁烦，老爷使查人头之事。小的全然不晓，只求老爷台前恩赐，速找小的表弟。"言罢痛哭。

施公说："奇了！正追人头，又出怪事。"思忖良久，心生一计，何不如此这般，事情对景。想罢，叫声："王公弼，你的表弟往后院一去，就不见了？"王公弼说："正是。"又说："小的那日听财东说：‘表弟到后院跳出墙口，随即就找不见踪迹。’”施公听了，心内明白，吩咐王公弼：“你且下去伺候。”答应退下。施分吩咐：“把老道夹起来！”众役发声一拥而上，抬过大刑，摆在当堂。那老道人吓得魂飞天外。且看下文分解。

第二一回

判断异事相连　人命又套命案

且说众役扳倒老道，拉去鞋袜夹起。施公吩咐："拢起！"老道发昏，用水喷醒，口称："青天！小的原本抛在后院是实。"施公说："松了夹棍，抬在一旁。"又叫："刘君配，那老道所言，你听见否？你若不招，本县要来夹你了！"刘君配说："小的真正没见。"施公大怒，吩咐："夹起来再问。"众役上来，将刘君配夹上一拢，昏迷过去，用水喷醒，又问不招，吩咐敲起几扛子。刘君配受刑不过，说："招了。"施公说："官法如雷，不怕不招。快些实说！"

君配招道："那日微明，小的肚痛要出恭，就至后院。忽然一响，看见却是男女两个人头。小的即至院外一看，并无一人。心中正想，王公弼的表弟开门，也到后院，看见人头，与小的要诈银洋；若不依他，就要告状。因此小的忽起杀人之意，哄骗允他。哄他至坑旁，使他不防，当头一棍打死。小的把那两个人头，俱埋在此坑之内。铺内无人知晓是实。"施公一听，吩咐写供。又叫人知会捕衙，立刻去验起人头，对词结案。不多时，捕衙回署。施公见有男女人头，放在当堂。公差把胡登举传来，登举方要打躬，见有人头，上前细看，说是父母的头，双手捧定，一阵大哭。施公道："胡贤契，这就是令尊、令堂的首级么？"胡登举含悲道："正是！"口称："老父台，速拿凶贼，替生员父母申冤，感恩不浅。"施公说："贤契稍待，以便结案。"胡登举立在一旁。

施公吩咐带九黄和尚听审。不多时带上凶僧，昂然站立。施公大怒道："你这囚徒，事已败露，还敢强硬。夹起来再问！"众役发喊推倒，把刑一拢，九黄"哎哟"昏绝，用水喷醒，叫道："老爷，小僧照实招认定供。"施公吩咐把小和尚带来对词，衙役带上跪下。施公道："本县先问你，杀死胡翰林夫妇，为何将人头挂在尼庵门上？快说，饶你不死！"小和尚说："老爷若问，小僧深知。那九黄在庙饮酒，小僧常时伺候。他与七珠原系通奸。城中胡乡宦，本是庵内施主。那日翰林同夫人小姐到庵内焚香，看破了淫尼，甚属不堪，翰林催了夫人小姐回家。七珠羞愧，九黄替他报恨。那日酒后，跳墙而过去了。一个时辰，手提两个人头回来，七珠心中大喜。"施公又问："如何挂在尼姑庵门呢？快讲！"小和尚说："老爷，那九黄是色中饿鬼。那日进城，从地藏庵门口过，见一个美色尼姑，把他魂引去。因不得到手，九黄回庙，愁思无门可入。若将人头挂在庵门，必将庵主锁拿进县，得空他好飞檐走壁，夤夜①淫骗。倘若不允，用刀杀死。"施公听罢，吩咐将小和尚带下。施公又问九黄凶僧："小和尚之言，可听见否？"凶僧一听，就说："罢了！应该命尽。老爷不必再问，小僧招了。"施公吩咐书吏写招词。又叫七珠上堂跪下，一见九黄和尚受刑，自己也就招认画了押。施公吩咐传胡相公上来。且看下文分解。

---

① 夤（yín）夜——深夜。

第二二回

贤臣判结案　行文斩众凶

且说胡登举上来，站立一边，施公带笑说："贤契，方才九黄、七珠等对词，都听真了?"胡登举含悲说："门生听真了。叩求老父师严究候结。"施公道："祸因自招，才能生事。令尊当朝身居翰林，贤契也读孔圣之书。嗣后莫招三姑六婆之人。令堂不到尼庵，焉有此灾？以恩作怨，七珠、九黄才下狠心。这首级，贤契带回府去安葬，专等回文斩贼。再劝你免悲伤。"胡登举听毕跪叩，说："多谢恩师指教之恩，今与门生报仇，来生衔环。"言罢叩首站起，退至旁边，脱下衣服包好，抱在怀中，下堂出衙回家不题。

再说施公正在叹息，又叫把刘君配带来，与王公弼地藏庵的道人带上来对词结案。差役答应，全带上来。先问尼姑说："祸因你起，听本县判断：见头就报，焉有此患？带累多人！财买老道抛去首级，迷徒图银，忘却残生。人头抛在人家后院，哪知移祸与人，暗有神明。君配就该当官来报。事可逢巧，又生祸端。遇公弼表弟，心生不良；见头讹诈银子五百，刘君配疼银，又生拙志，棍打顾生，埋在一处。天网恢恢，疏而不漏。"问老道："你是哪里人氏?"老道说："小的河南人氏，名叫吴琳。只因家贫流落江都。"施公说："尼姑给你五两银子呢?"吴琳向腰中取出，公差接过，放在公案。又问尼姑：“你隐藏人头，移害与人。拉下去重责十五大板！放起下去。”又叫：“王自臣，此事算你有功。老道之银五两，赏你去罢！”又吩咐将老道收监，取有回文发落。又往下叫：“王公弼、刘君配，你二人听我吩咐。”公弼说：“叩求老爷，替小人表弟报仇。”施公说：“本县作文具报，但等回文正法。你将表弟速速埋葬，随时传你亲眷，报仇申冤。”公弼听罢，叩首谢恩。施公又叫：“君配，当日见人头早报，焉有今日？因你起了亏心害人，应当抵命。本县详文回来，再行定判。”施公叫人解押刘君配回铺，算清账目，交了贾伙，带回入监。且看下文分解。

第二三回

判案已毕等回文　断女子亲父收领

且说公差押刘君配下堂回铺交代，及至铺内，交代了王公弼以后，进衙入监不题。且说施公吩咐行文，报明上司。又见衙役下跪回话，说："被盗财物强奸女儿的海潮带到。"施公说："叫上来！"不多时海潮上堂跪下。施公道："你告失女盗骗。众凶已被本县拿住，少时叫你结案。"吩咐把九黄、七珠带下去，再把十二寇带上来。众役答应，立刻带上跪下。施公叫："海潮，你认认十二人之内，见过哪几个，好与结案。"海潮答应，上前挨次看了一遍，跪下口称："老爷在上，容小人禀明。那日晚上眼花昏迷了，叫女儿上前来认罢！"施公说："使得。"

海潮叩首而去。不多时同女儿上堂，跪在一旁。施公见他愁眉不展，两眼含泪，见人惭愧。施公看罢，道："海潮，叫你女儿上前去认。"答应："领命。"走下来至寇盗面前认盗。海潮说："那晚就是这些个贼，把我口中塞棉花的。那个捆绳子的，把我打的。吓得我二目昏花，认不真切。因此叫吾儿认真切记。"女儿认罢，上堂回明。施公带怒，叫十二寇说："你们偷盗人财，罪难轻恕；见色强奸，罪上加罪，快些实说！"十二盗各自招认。施公吩咐海潮领女回家。详文到时，再领贼赃，谢恩而去。且看下文分解。

第二四回

螃蟹鸣冤枉　飞签拿老庞

且说施公只见二人上堂跪下，呈签回话："小的将失物的李天成带到。"施公说："李天成，本县拿获十二寇在此。你既失盗被害，你必认识。且把你伙计丧命之由说来，本县与你结案。"李天成答应，从头至尾说了一遍。施公听所说与诉呈①相符。施公道："你休要伤感，本县判断公平。"又叫众寇上前跪下，问："你们在南北两路打劫事情，从实招来，免受苦刑。"众寇一听，共说："小的等作恶，原是不假，情愿治罪画供，求老爷免刑。"施公闻言大悦道："你等顺理，本县岂无好生之德？"遂叫："李天成，你可听见了？这强盗都招口供，你事可结案，先回收殓你伙计尸首，再听传领赃物。"李天成答应，出衙而去。

且说施公又问众寇："那海潮、李天成二人之赃，现放何处？"众寇说："两家赃物，银钱花费一半，下剩在莲花院内。"施公一听，吩咐将招单拿下去，叫众寇画押呈上。施公带笑说："你们听我吩咐，我这里行文，详报上司。少不得委屈你们，在监候着喜信。本县但有开脱生路，无不尽力。"众寇认作好话，

① 呈——呈文。旧时公文的一种，下对上用。

个个心喜，一起答应。施公叫禁役收监，吩咐小心。禁子答应，把十二寇带去收监，多加防范。

施公又叫小和尚上来，说："你们再把凶僧之过，说与本县听听，好结此案。"小和尚遵命，自始至终，又说了一遍。施公听罢，与招单相符，又提僧尼，画押呈上。立刻吩咐：连十二寇共作移文，详报上司。回文一到，以便正法结案。又吩咐禁子，当堂给九黄钉了铓锐；又把七珠打了三十大板，打个死去活来，这才同收监内。又把施食的十二个和尚带来跪下，施公说："尔等内有莲花院中僧人否？"众僧回道："我等十人，各庙居住，他们是莲花院的。"施公说："你们十人，既不是九黄庙中之僧，与你们无干。从今以后，你们谨守清规，本县今日开放你们，去罢！"众僧一一谢恩，叩首起来，下堂念经出去，各回本庙而去。施公又看二僧，面貌慈善，都有年纪，不像行恶之人，说："你二人同这小和尚回庙，焚修去罢！"四僧叩首谢恩，爬起回莲花院。又带上莲花院余僧，俱跪下，施公看去，腰粗膀大，凶眉恶眼，个个都是不法之人。不问情由，抽签掷下：每人打三十大板，一面枷在江都县路口上，一月示众。问："情愿还俗，即发回家为民！"

又叫施食的十二尼姑跪下。一看就认出不贤惠的有四个尼姑，吩咐带在一旁。向那八个尼姑说道："你们听本县吩咐，你们各回庵去。七珠自作自受。从今你们须守清规。那七珠的观音庵内，每人轮流照看焚修。但有风吹草动，本县查出，定不宽恕。去罢！"八尼一起答应，叩头而去。四个尼姑都担惊怕，施公说："你们四人做的坏事，你们自己明白。还有什么辩处，快快实说！本县好结此案。”四尼不敢强辩，个个叩头，口称：“老爷，小尼心邪。不料老爷的神目如电。小尼等岂敢虚言强辩，只求老爷看佛面。小尼以后改邪归正，谨守清规了。”且看下文分解。

第二五回

当堂申文详报　判哑巴打手势

且说施公听了四尼之言，大笑道："国法难免，把四尼推下，每人重责十五大板。"皂役答应，齐喊拉将下去，登时打完。断离庵还俗配人。施公放了四尼，又吩咐知会四老爷，亲到莲花院，清查赃物。传海潮、李天成领赃；再叫他等文书回来，看立斩众盗，以解心中之恨。公差答应下堂去，知会四衙，传海、李二姓，跟去莲花院查赃物。

且说施公又叫将哑巴带上来，登时带到跪下。但见二目流泪，急得搓手抓肚拍心，指指口，摇摇手。众役与振公都不解其意，施公说："武二你不必着急，方才你抓抓肚子，是自恨不会说话；拍拍心，是心中明白本县打的手势。只要你把手势打得明白，本县就立刻替你审明。"哑巴一听，心中暗喜，连连叩头。施公说："你家住何处？"哑巴见问，用手向东一指。施公说："东关以外。"哑巴点点头。施公又问："什么地名？"哑巴用手指头，满地混画。施公吩咐给他纸笔写来。哑巴接了，立刻写完，衙役呈上。施公说："家住双塔寺。"哑巴点点头。施公又问："你家中有什么人？"哑巴摇摇头。施公说："只你一人，父母手足全无，是不是？"哑巴点头。施公叫声："武二，少时本县叫周顺夫妇上来，不许你多嘴，你再打手势。"哑巴点头。施公吩咐把周顺夫妇带上来，叫道："周顺，你与武二是什么亲眷？再说一遍，好替你结案。"周顺心内打算主意说：先前问我说是姑舅亲，少不得还照旧又说了一回。施公听罢，微微冷笑，说："本县问你，与哑巴是姑舅亲么？"答应："正是。"又问："你这门亲，你女人知道么？"说："老爷，小的与武二系表兄弟，千真万真。小的女人焉有不知之理？"施公说："既是真亲，你女人固然知道。少时叫你女人上来，不许你开口！"答："小的岂敢多话。"

施公叫那妇人上来跪下，施公道："本县要问你。你也知道，方才你可听见你夫主说：'父母俱亡，田宅花尽，你哥哥不成器，胡闹。'不知真假。本县问你是否？"那妇人答道："小妇人出嫁六年，我哥哥口不能言，自幼哑巴。"周顺听见，就多言起来。施公动怒，吩咐打嘴。不管他，乒乓乒乓打完，打得血水淋漓。施公叫道："你妇人不用胡思乱想，实诉真情，本县自有公断。你要听真，少时本县问哑巴，不许你多嘴。"那妇人应道："晓得。"跪在一旁。施公叫道："武二，本县问你，不许撒谎，周顺是你什么亲戚？"武二摆手摇头。施公说："你与他无亲？"武二点点头。又问："那个妇人与你什么亲眷？"武二听了，把手指那妇人，又指指自己。且看下文分解。

第二六回

清官参透手势　巧判哑巴奇冤

施公问哑巴说："你与那妇人有什么亲？"哑巴指了自己，将两手第二指十字架儿①，反正比比；又把身子仄②倒，将手比枕：二人同睡之相。又起身抓抓肚子，拍拍心口，急得呵呵连哭带诉。施公带笑叫声："武二，本县深晓。你才用手指指他，说你们不是兄妹；又把手指指头十字比比，说你们是夫妻；躺在地，你们是同枕之人；抓抓肚子，是不能说话；拍拍心，是心里明白。你的冤枉，别人不知，本县猛省是不是？"武二听毕，登时止泪，拍着胸膛，又指指施公，又往外朝上指指天，又连叩了几个响头。施公深知他心里，说："指指天，指指官，言官可比天，判的是了。"施公说："不用比，有了：那妇人是你妻子。本县问你，你现有丈母没有？"武二摇头。又问："你有丈人没有？"武二点点头。施公说："你既有丈人，岂不是有了活口么？好对证了。"说罢大笑，吩咐差人跟了武二去，立刻把他丈人传来，问明了好结案。差役答应而去，将武二带下同往。周顺与那妇人一听去传武二的丈人，登时变了面色。施公看得明白，吩咐将他二人押去收监，要小心看守。牢头答应，带下收监。天晚，守府见

① 十字架儿——这里指交叉。
② 仄（zè）——倾斜。

施公判案如神，心中大悦，欠身告辞。施公相送，二公手拉手儿走着，守府大笑，夸奖施公，一口满洲言语。说着送至衙外，彼此哈哈欠腰分手。

施公进衙，又见一公差跪下回话道："小的奉命跟了白獭去，到了北关外汇河，那个白獭往河内指着，乱叫一声，旁有一洞，钻入里面去了。小的回来禀明，请老爷定夺。"施公听说，一声大喝道："好个奴才胆大，竟敢把那白妖放走，空身回来。待本县明早亲自去验，再看缘故，追你狗命。起去!"公差起来，吓得诺诺而退。施公吩咐："明早起来伺候本县往桃杏村判泥土地。"衙役答应。施公退入后堂，走入书房坐下。用饭已毕，在灯下开看古今书籍。施安就溜出去躲懒。且看下文分解。

第二七回

俟天明往审土地　问老者赖亲结案

且说施公独坐看书，天交二更时候，耳内忽听唧唧鼠叫。施公往下细看，拿灯一照，只见地下跑过二个水鼠，咬在一处。看见施公看他，他两个一起立起，前爪儿拱，口中唧唧的乱叫。施公心下自疑，说："这也奇怪，往日鼠每见人必躲，今日为何大胆，竟不怕人，莫非它也来告状么?"想罢，取灯细看，两鼠齐往房外而去。施公秉着灯烛随去，找到书房门首，即不见了；地上只有新瓢半片。施公拾起来，转身将灯放在桌上，坐下细想这瓢片、水鼠之故，不觉自叹。忽见施安送茶进来，站在一旁。施公手内拿茶，暗想为官那得清闲，晨起晚眠，我想当显显威名，岂知官司烦难。又听衣架上衣服掉落，施公闻声，即叫施安拈起，搭在架上。连掉几次。施公心内就明白了：明早升堂，这般断法。想罢宽衣上床而寝。次早，净面更衣吃茶，吩咐伺候升堂。登时鼓响梆敲，升了公堂，众役呼堂。施公想昨晚之故，伸手抽签二枝，高叫："徐茂、郭龙。"二役答应，上前跪下。施公吩咐："徐茂，你去把瓢鼠限五日拿到。郭龙，你去把流衣限五日拿到。若过限日，重责不饶。"二役答应，接签为难，无奈下堂出衙而去。

且说施公方要起身去审土地，只见公差同押了哑巴的丈人，来到跪下。青衣回话。施公看那老人：面皮苍老，形容瘦弱，发须皆白，色如银丝；吁吁而喘，还带咳嗽，二目昏花，微有泪痕；头戴毡帽，浑身布衣、布鞋、布袜，手持拐杖，年纪花甲，面貌慈善。施公看毕，问道："你是哑巴什么亲戚?"老人见问，口叫："老爷，哑巴是小的女婿，同村居住，情好结亲。他的父母亡故，小人无奈，招他上门。只因女儿不甚贤惠，憎夫不能言语，暗中偷逃，不见踪迹。哑巴心急，也出在外。今蒙老爷传唤进城，叩求老爷判明情由。"施公带笑说："不必悲伤。本县问你，家住哪里？你叫什么名字?"老人回道："小人住双塔寺，名叫鲍君美。"施公说："有个周顺，你可认得么?"老人说："周顺乃是小人的内侄儿。自从女儿逃了，至今也没有见他。"

施公一听大怒："把周顺并那妇人提来。"青衣不敢怠慢，立刻带来跪下。老人一见周顺、女儿，明白了八九分，不由不发怒。施公道："周顺，快把拐骗之事说来!"周顺仍不肯招，施公吩咐夹起来。众役发喊，一起上前推倒，套上夹棍，将绳一收，周顺昏将过去。周顺醒来，又见那妇人手也拶起，痛彻于心。只得实招说：他姨妹嫌弃哑巴，二人偷情，后又逃走，要成夫妇。一一招认。施公听他二人招供，吩咐书吏写供，拿下与周顺同那妇人画押呈上。施公过目，定罪已毕，吩咐把周顺打了二十大板，拖起跪下。施公说："周顺，你通奸拐骗，恕你不死，收监，伤好充军!"君美、哑巴见那周顺收监不表。施公吩咐把那妇人拉下，重责十五大板，以戒私通。打的淫妇声叫，哑巴求情。打完，施公说："你们翁婿听了：此妇带回家去，切莫招闲杂人等来。日后久而知羞，改邪归正。去罢!"君美、哑巴叩谢，三人出衙而去。

施公吩咐前往土地庙去审事，下堂上轿，吩咐执事人等，登时出了北门。那跟白獭的公差，跪下回话，说："白獭从此钻入水去。"施公一听，说："你等起去，待我验看。"施公轿内远远察看树下之穴无数，大小不同。验罢，施公说："他用嘴指了几指，钻入树下？"答应："正是。"施公说："罚你下河摸上来！"那两个公差无奈，只得下河，幸当天气温和，脱去衣服鞋袜，跳在河内。有一顿饭时，慌忙上岸，不顾穿衣，跪在轿前，心内战战兢兢，口叫："老爷，小的摸着一个死尸，用绳子拴着一扇小磨子，搬不起来，回明老爷知道。"施公听了，沉吟一回，吩咐卫豹："下去，把那拴的尸首将绳用刀割去搬上，再把磨子拿上来。本县重赏你。"卫豹复又下去，即将死尸拉上，次把石磨拉上岸来，穿好衣裳，立在一旁。施公验尸，浑身无衣，又看石磨一个眼儿。那些百姓，看的不少。

且说施公在轿内暗想，只一扇阴磨有眼，将尸坠下，要有那一扇有脐的阳磨，定然明此冤枉。遂差李茂："你领签，不许怠慢！限五日以内必要见真，若是粗心大意，重责不恕。"说罢，又吩咐起轿来至东关。方上吊轿，忽然天变，狂风大作震天动地，灰尘红沙乱滚，日色无光，耳内只听人声乱喊。霎时风定尘伏，施公就问众役："方才是什么响？"众役答应，近前看见轿顶没了。连忙回说道："轿顶刮去。想必被风刮落河内。"施公一听，心内大惊，吩咐起去，将此处地保传来。公役即时叫来，跪在轿前报名："地方王保伺候。"施公说："此段地方你管的？本县轿顶刮落河内，与我快些找来。"地保答应，脱下鞋袜，去摸了多时不见。复又去摸，把轿顶摸着，上岸穿衣，手持轿顶，走至轿前跪下，口叫：“老爷，小的摸着轿顶了。”施公一见大悦，说道：“你且起来。”即将轿顶安上，“本县问你，轿顶在何处摸着?”地保回说：“小人摸到桥桩之下，有二尺多深，伸手摸着的。”施公见事有可疑，又问：“你叫什么名字?”回说：“小的姓夏名叫进忠。”施公说：“你再到那摸轿顶之处，不论何物，摸来我看。”夏进忠复又去摸，不知摸着何物，下文分解。

第 二 八 回

解开螃蟹情弊　差人访拿凶犯

且说水手夏进忠下去摸了多时，并无一物，只有一蟹，拿来请验细看。施公细看有碗口大的螃蟹，浑身发青，其形可疑，四个爪儿，两个钳子。看罢，心内暗说：“奇怪！”灵机忽动：方才狂风阻路，刮去轿顶；轿字拆开，乃“车、乔”二字，却像光棍之相。又摸出此蟹，四根爪儿。必须如此这般，方能结案。发签差王仁说：“你领此签，限三日把车乔拿进衙门听审。”王仁无奈，接签答应而去。施公吩咐起身，不一时将到桃杏村，忽听喊冤之声。施公用脚一蹬，轿夫连忙停步。门子上前，揭起轿帘，施公问：“什么人喊冤？”公差带上，原是一个贫妇，口称告穷。施公一听，不由发之一笑：“世上也有告穷的么？这是你生成八字，想来你无依靠了。我念你年老，发在尼姑庵中，叫差役送你去罢！就说本县之言，交代明白。”青衣答应，贫妇谢恩，而军民称颂不表。

且说施公往桃杏村审土地，人役马夫，前呼后拥，登时进村。地保跪迎轿前报名：“东关里地方王麻子迎接老爷。”门子说：“起来引路！”入村不多时，大轿到土地庙前。施公下轿，思先看破绽，再升公座。想罢进庙，闪目看了上面供奉一位土地，左右侍立二位小童。供桌以下，左判官，右小鬼，并无别的陈设，只有一个大香炉。施公看罢，心中纳闷，肚中自语：“这事全无题目可做，怎么是好？”不得转身出庙，升了公堂，吏役人等，左右侍立。施公往四面看了一看：来看的男男女女，如佛头一般，周围环绕。施公看罢，将脸一变，说：“要审土地！”吩咐：“叫告土地的李志顺上来。”公差一听，回说道：“李志顺伺候多时。”施公点头，又叫把庙内土地抬出来听审。众役答应，不敢怠慢，一个个跑入庙内，立刻把位泥土地尊神抬出。施公故意做腔站起，带笑把手一拱，高声说：“施某今日惊动老兄了，请坐。”言罢回头，吩咐看座。青衣答应，拿了一张椅子，放在下面，众役把土地抬起，放在椅子上坐定，青衣在旁扶着。施公设智推情，忙出公座，往前一溜一点，哈着腰紧行几步，故伸双手，倒像与人拉手的那一种款式。又见施公把手拉了，复倒退几步，哈着腰带笑，大声说：“贤契请坐！”又吩咐：“把我的公座抬过来，对坐好商议事情。”青衣答应，把椅子拿来，放在土地对面。施公又故意哈哈腰退步坐下，眼望土地讲话。叫声：“贤契，休要见怪，惊动尊驾，为的民情。我是知县，你也是一方之主。我与你居官一样，阴阳一理，原无二致，都受皇恩，所事不过管辖百姓，公判民间冤枉，不负朝廷雨露之恩。请问本村李志顺回家，将银子埋在炉中，老贤契就该留心照应才是，为什么被人窃去？为何知情不举？既为守主，贤契只管告诉与我，好拿窃银贼人。你我官官相护，我不碍你；若是不说，即作表文，升天参事，你莫后悔，”施公满口正捣鬼语，忽然听见众人之中，有人冷笑一声说：“真真捣鬼！是哄愚人。”施公一听大怒：“什么人说话？带他过来！”衙役即行到众人内找寻，将说话之人，带至公案前跪下。施公问道："你姓什么？名叫什么？你笑本县是哄愚人，想来偷银你必知情，从实说来！如不招认，立刻处死。"那人叩头，口叫："老爷，小人叫刘二。因见老爷审问土地，是以小人不觉失笑。小的该死，叩求老爷施恩。"施公又问："你如何知土地庙内有银？"刘二说："小的是李志顺同村之人。那日晚间，李志顺回来，酒店相遇，上前问候他，李志顺不理。小的气愤不过，随后即跟他去。他夫妇叙话，方知他的银子在香炉内。小的即到庙中，将银取了。现闻李志顺在老爷台下投告土地，老爷已收他状。今日审土地，是以带来，分文未动。"即将银包呈上。施公吩咐叫志顺上来，打开银包，看过定件数目，跪禀："银数不少。"施公大怒道："你今银子有了，本县问你知罪否？可恼你不念糟糠之妇，反怀疑心，才有失银之故，理应重责。那刘二虽偷银，原是气愤戏弄。盗听言语，本该重责枷号。但本县有好生之德，罚你二人修理土地神庙，重装金身。"二人叩头谢恩。施公吩咐打轿回衙。此案施公审土地事，不得而已；既为民之父母，不得不为民分忧。失银无证，从何处追回。岂不知土地泥塑，何能说话？借审土地之名，百姓晓得奇闻之事，看者千万，同在内中，察其形色。不料果然刘二说出，始得结案。可见施公为民用竭苦心，不愧民之父母。

且说李茂奉差缉访磨盘踪迹，访了数日，并无影子。限期又到，恐怕责打，只得四处找寻。那一日进一酒店，看了桌子底下，放着一扇有脐的小磨子，用心细看，与河内小磨相同。即问："开店的，你桌下小磨，那上扇放在那里？我要借用一用，就还。"开店的见问，回说道："老客人，那上扇磨盘没有。我自到这李姓铺子，只有下扇。如有上扇，客人只管借用。”李茂闻言冷笑道：“我倒有上片，不知是一副不是一副呢！须把你这半扇配去合合，是不是?”站柜的心中不悦，说道：“客人酒并未吃，倒说醉话。既不照顾，请便出去。”公差一听，心中大怒，说：“爷们与你好说不去，牵着才走。”便将那锁绳拿出，套在颈上，不由分说，牵着就走。说：“你不认得，我们是奉太爷之命，特来叫你带这小磨进衙门里去。”管柜的无奈，只得立起，同出店门。

且说施公大轿前呼后拥，方进东关。街道狭窄，人多拥挤，执事前行。忽听道旁一人，高声哭喊不止。施公轿内一听不悦，心内说：“此人胆大！知本县过路喊叫，定有奇冤。”施公吩咐：“住轿，把喊叫之人，立刻拿来。”该值一听，连忙跑去，一拥上前，拉到轿前跪下。那民浑身打战叩头。施公就问：“你有什么冤枉？快说来!”青衣又喝：“快说!”那人说：“小的住在南关以外，姓王名叫王二。父亲去世……”且看下文分解。

第二九回

戚胡子告妻　黑犬闯公堂

话说王二说："小的父亲去世，慈母在堂，兄弟全无，卖豆腐为生。因为躲老爷，被众人所挤，石狮子打倒，一盘豆腐都打碎了。"施公听罢说："带起王二来，锁拘石狮子听审。"军民人等听见审石狮子，以为新闻，三五成群，甚是热闹。

且说奉命锁拿石狮子的公差，见施公大轿去远，齐至石狮子跟前。只见多年狮子横歪在地，被土埋了半截。卖豆腐人在旁。众公差抱抱怨怨，渐渐掘出，用绳抬进县衙。贤臣立刻升堂，书吏三班喊堂。才要吩咐书吏，看那些结的招供，忽听堂下叫一声——不知从那里进来一只黑犬，跪至堂口。可也奇怪，竟至公堂，他就不胡跑乱跳，把身形伏地，前爪儿跪下，抬起头来，望贤臣汪汪大叫三声，不住摆尾。清官与书吏三班人等，留神察看。各役举棍要打，贤臣喝退。施公腹内自思说："这狗来的奇怪。跑上公堂，他竟会下跪，大叫三声就不动。我施某有心不究，古云：'马有垂缰之力，狗有守户之功。'他果有灵性，问他必懂。"贤臣想罢，带笑说："那只犬，你是畜生，敢来闹公堂，大叫三声。果有屈情，再叫三声。"那犬听见吩咐，随又叫了三声，叫毕趴伏不动。贤臣称奇，说："尔等去叫人跟了他去，若有缘故，立刻拘拿见我。"该签役名叫韩禄，进来答应，上前接签。那犬咬着公差衣服，拉着出衙而去。贤臣吩咐退堂。

施公用毕茶饭，传出点鼓升堂。清官升堂，书吏三班，站立两边。贤臣说："带上石狮子听审！"公差答应，无奈将石狮子抬上堂来。又把王二带到。施公叫声："王二，本县因从前躲轿子，被石狮子绊倒，碎了你的豆腐，你才大叫。"王二答应："是。"施公说："少时我问石狮子，他若不应，算你说谎言不实，难免责打。你且过去，跪石狮子一旁，好与他对词。"王二至石狮子旁边跪倒。贤臣原是哄骗。贤臣离坐，一跛一点，走下公堂，至石狮子跟前站住。吩咐："拿椅子来！"该值人答应，把椅子拿来。贤臣瞧看军民甚多，心生一计，勃然变怒，吩咐衙役将仪门关锁，传众百姓上堂。衙役答应，高声叫道："老爷传众人上堂问话！"众人无奈，皆上堂跪倒。施公道："尔等是什么人？"众人同声说："是买卖人。"施公说："来本县衙门何事？尔等既是生意之人，理宜守店，各做其事。何得擅入衙门，听审官事？吵吵闹闹，应该何罪？"众人磕头，说道："子民无知该死，求老爷施恩饶恕。"施公思想良久，说："尔等求饶，本县姑念愚民免责，每人罚钱十文，与王二以作资本。"众人身边带有钱文，随即交接；也有未带钱的，向相熟借给。衙役挨次凑得钱，共有串余，拿到施公面前，贤臣吩咐："传王二上来领钱。"王二跪倒，施公说："你将钱拿去回家，尽心生理，孝养寡母，不可枉费。"王二磕头，谢太爷恩典。施公吩咐开放仪门，众人俱各散出衙门，议论纷纷不提。

且说贤臣吩咐退堂，施安献茶用饭。堪堪天晚秉烛，施公灯下观看古今书籍，看到天有三更，人都去偷懒，独有施安伺候。

忽听门外脚步之声，贤臣往外问：“什么人?”那人豪气答应：“我呀!”一掀帘帏，闯进书房。贤臣留神观看：小帽青衣，浑身纽扣，腰紧褡包，单刀横腰，薄底快靴；年纪二旬有余，颌下无须，满面凶恶，带着怒容，身轻体健，甚是健壮。贤臣看罢，不慌不忙，面带春风：“请问壮士，夤夜入内有何事情?”那人见问，大叫道：“施不全听真！我本豪杰英雄。江湖朋友被拿进监，我心不平，有意反狱。着你把众家兄弟快放出来，若有一字不允，今晚伤你之命，除却众害，好叫朋友任性而行。”言罢抽出刀来，用刀一扬，举在空中。施安一见，魂不附体，躲在外边桌底之下。贤臣高叫：“壮士停手！施某好比笼中之鸟，救应全无。生死任从尊意，暂容片刻，再杀不迟。壮士来此何为？本县就死，也是要忠言尽心，即死闭目。”那人闻听，横刀住手，微微笑说：“有话快快言来!”下文分解。

第三〇回

飞贼书房行刺　施公言明大义

且表那人听闻，一声大叫："施不全有话快说！你好闭目受死！"贤臣一见，虽然心中胆怯，忠字在心中，全无显出惧色，满面含笑，叫声："壮士，既容言明肺腑，施某将言语奉剖细详。大礼忠孝节义，人生世间都须有点，不枉奔走风尘。凡相我施某官居县宰，清廉自守，难称百人之心。俗说为臣要忠，作子必孝，大丈夫不忠不孝，枉生世界。为官要与地方除害，尽忠岂能顾众？因此多人恨我。"贤臣又云："人有善念，天必从之；心怀恶意，众祸相侵。不思己过，还怨恨别人。壮士为义，人不犯法，而律虽严，无罪之人，心也不惊。既要作孽，天地难容，施某若是留情，我即不忠。他们果系英雄好汉，你今害我，情愿倾生，主意尽死何惧哉？壮士想想，那些猫鼠同眠，无能之辈，可惜好汉前来，一行善心。仕伦死后，今古标名，可惜壮士反落不义之名。"清官言罢，故意哈哈大笑道："壮士要杀要剐，任从于你，我不全皱眉，算个什么人。"

那人被施公这些话，说了个进退两难，低头一想，叫声："不全！我要杀你，易如反掌。你今把做官的印给我，拿去见江湖众友，作进衙凭据。"贤臣闻听，眉头一皱，计上心来，一阵冷笑道："壮士不用留情，一刀把我杀死，倒也爽快。想施某为官失印，也是一死，求壮士请杀。”那人闻听，心中不悦道：“不全，不拿印出来，定要杀你。”施公无奈，故意迟迟拿出一个布包，在桌上打开，取出一物，点头叹气，双手递过。那人随手接去，不管真假，出房就走了。贤臣说：“好汉留名!”那人见问，微微冷笑说：“吾便留名，有何惧哉，吾大名就叫‘我’!”告罢，纵身一跳，踪迹全无。施公呆了半晌，叫声：“哎哟！吓死我也!”吓了一身冷汗，口中自叹说：“不亏三寸不烂舌，吾命休已!”叹罢，回书房来找施安。忽听桌下哼哼，施公秉烛一照，施安浑身打战。施公大骂：“畜生！如此恩待你，畏刀避剑，若不思你勤劳，我决不恕!”

一夜未眠，天亮吩咐升堂，点鼓喊堂，贤臣坐下，抽签叫王栋、王梁。二人答应，上前跪倒。贤臣说：“本县差你兄弟两人领签，限五天将名叫‘我’拿住，来见本县。如要违限，定行处死。去罢!”王栋、王梁叩头，口尊：“老爷，与小的个示下。这个‘我’到底是谁？吩咐明白，小的好去拿。”施公见问，硬着心肠，一声断喝：“哇①！满口胡说。你们既闯江湖，连‘我’也不认得？下去。”二人无奈，领签下堂不表。

且说施公又见那只黑犬跑上公堂，摆尾摇头，爬在堂下。又见跟犬的公差，跑了个张口结舌，上堂跪倒。贤臣叫声：“韩禄!”见公差进门叩头喘吁，口尊：“老爷容禀：小的跟犬出了北关数里之遥，蛮荒无人之处。此狗跑进芦苇之内，前爪刨土，鼻

① 哇（dōu）——怒斥声（多见于早期白话）。

子又闻。小的借锄，搜掘了三尺多深，底土埋一死尸，身上无衣，有刀伤血迹。年纪不老，相似病形。小的看罢，用土掩盖，留下地方看守尸首，小的特来禀报。”贤臣听罢，沉吟多会，腹内自说了：必须如此这般。下文分解。

第三一回

庆贺三官唱戏　栋梁巧遇拿“我”

贤臣灵机活动，叫声：“韩禄，将此犬你就带去，小心喂养。再去知会四老爷，验明尸首刀伤，留地方看守！”公差答应爬起。贤臣往下叫：“那黑犬听真：古言良马比君子，畜类也是胎产。既有鸣冤之故，心必灵通。你就跟韩禄进去，叫他喂养，不可乱跑。但有不遵，本县把你重处！”那犬听得此言，爬起跑过，随在差役后边，不表。

贤臣又见二人抬着磨盘一扇，公差跟进角门上堂，带着一人，跪在一旁。青衣跪倒回话：“小的将阳磨拿到！”贤臣吩咐：“放在旁边，将河中那扇磨盘取来。”李茂答应，不多时，取到放在一处。吩咐李茂：“二扇合在一处看看。”公差连忙端起，往一处一合。只听得响，合在一处，不大不小，正是一付。贤臣往下叫那人：“本县问你，河内小磨坠尸，被本县搜出。如今小磨相对。快把害人之故，从实招来，免得用刑。”洪顺只得叩头，口尊：“青天，磨盘坠尸，小人不知。小民祖居江都，北关外桃柳村姓李的开设一座酒铺，嗣后不开，才盘给小人。一应器皿，言明价银一十两。当时交足银子，不知他的去向。收拾铺子，才见一扇小磨，在后面存放。昨日公差拿来小人见老爷。至于死尸，不知情是实。”施公又问：“你叫什么名字？”回答：“小人名叫洪顺。”施公说：“虽然你到铺原有一扇，此话思来，也是有的。你果不知李姓去向?”

正然讲话，忽见堂下跑上一人跪倒，高声大叫：“老爷，要找李姓，小的知道。”施公说：“你姓什么?”回道：“姓王名德，与洪顺是表兄弟。”施公说：“若不拿来，将你治罪。”贤臣抽签道：“李茂，你就跟王德前去，把这李姓拿来问话。”公差接签，王德叩头爬起，一同下堂。且听下文分解。

第 三 二 回

王梁要伏旧路　王栋劝解粗心

且说贤臣心神不爽，往下吩咐：“人来，尔等把这两扇小磨拿来收好。洪顺带下看守。”随即吩咐退堂。且说奉命拿“我”的公差王栋、王梁二人，带签出衙，一直就走。王梁向王栋说道：“想当年咱何等快乐。只因身犯官司，拿进衙门。前幸县主开恩，收在衙内应役。如今逢到这难办差使，叫咱无处去拿，我想依旧去做绿林。”言罢，回身就要走。王栋用言劝了几句，王梁无奈，随兄去访。

且言奉命拿流衣的公差郭龙，他爱吃一杯，吃了个大醉，走打出店来，唧唧嚷嚷的骂人。耳内听见有人谈论，只道浑身发热，肚子胀大，访医调治。又一人说道：“有异人，此人姓刘，由南关来的，不想是个高人，我的病症是他治好。看好就谢，国手刘医。”郭龙闻得此言，立刻酒醒。“刘医”二字，管他是与不是，拿走搪塞免打。忙行几步，赶上那人。郭龙问：“刚才你说刘医，但不知他住在何处。我有要事求他，借问一声。”那人说：“郭爷，刘医生大夫，是我街坊。跟了我来，到他家去。”

且言王栋、王梁一连九天，没有访着消息。一日，南关三官庙唱戏，弟兄无心打听，王梁叫声：“兄长，何不到酒楼去吃酒?”王栋说：“使得。”二人迈步向前，刚至楼下，忽听楼上一声大叫："谁敢拿我？"王栋、王梁听见，慢慢上楼。悄言说："有了踪迹，咱们进铺，瞧探明白，好上楼去拿他。"王梁低低回答："晓得。"他二人追向程店家，一见认得的，店主带笑，忙忙站起，口尊："上差，无事不来小铺，今日光降，奉敬！"王栋、王梁说："楼上有什么？"掌柜的说："今来了一个恶人，拍桌子打凳，吃了烂醉，闹得不像样，年轻雄壮。"王栋、王梁说："不如趁醉下手要紧。"说罢，忙上前楼。强人正在睡梦之中。二人上去捆住，就用扛子抬往县衙而来，不表。

且说公差徐茂，一连几天，并无题目。这一日入茶铺消愁，明为吃茶，暗暗留神。只见又来几人，内中一人，大怒说道："我自吃茶，不用了。他瓢老鼠如今长大混充财主，忘记他父卖瓢，瓢半片，即是他父外号。"徐茂正访瓢鼠，听见提"瓢老鼠"三字，心中一动，正打主意，外面又有一人，骂骂咧咧的，徐茂就不吃茶，起身会钱，出铺观看。但见五短三粗，凶眉恶眼，有人拉扭。公差上前说："列位闪开，让我们走！"余人退后，徐茂说："你先不用打，事犯咧！"那人闻听，话截心病，登时变色，说："罢了！跟你去见老爷，回来再说。"徐茂点头，倒出无情锁，套在那人项上，扣上疙瘩，拉了去了。且看下文分解。

第 三 三 回

义士保贤臣　私访关家堡

且说公差郭龙跟那人去带大夫刘医，他转弯抹角，登时①来到。那人用手指说："这门里就是，你大叫罢！我有事不能奉陪。"一拱就走而散。公差闪目观看，黑漆门上有板牌，上书"国手刘医"。看罢，郭龙上前用手击门，高声叫道："里边有人么?"不多时，里边走出一人，摇摇摆摆，手中拿扇，长袍短褂，体面不过，年纪四旬上下。郭龙一见，不容分说，伸手扭住。刘大夫气得大声嚷叫："你是何人，为什么揪我?"郭龙说："你事犯了。""哗啷"倒出锁来，套在项上，拉着就走。

且说贤臣一连两天，并未升堂，闷坐书房，思索无形之案难结。次早吩咐点鼓升堂。只见王仁、赵虎二差，叩头求限，再拿众犯。贤臣硬着心肠说："尔等二人，久役必猾，专会求限。"伸手抽签，"拉下每人打五大板！"挨次打完。贤臣说："再限十天，如违加倍重责。"二人谢恩下去，无奈出衙办事。

仪门又进来三人，走上公堂跪倒，回话："小的跟着王德，将李姓拿来。"施公摆手，公差退后。贤臣叫声："王德，这人就是前面开铺子李姓么?"王德答应："是。"贤臣说："与你无事，

① 登时——立刻。

下去！”王德叩头，爬起而去。施公往下问那人：“你姓李么？”答应：“是。”“名字叫什么？”回道：“小人名叫李龙池。”又问：“当日北关外桃柳村，你开过铺子吗？”答：“是。”又问：“为什么不开盘与洪顺？从实讲来。”李龙池说：“因伙计回家去，小人一人，不能照应，才盘与洪顺。”施公说：“你伙计那里人氏，姓甚名谁？那时回去？”龙池说：“老爷，小的伙计苏州人，姓郝名叫良玉，年三十九岁。”贤臣闻听，话已相对。书吏把北关验尸报呈拿过一看，贤臣就明白了。复叫：“李龙池，你的伙计苏州人，本县把他带来，与你对词。洪顺告你之故，你可晓得么？”李姓闻听，就答应回说道：“老爷，只管拿文去提。”贤臣闻听，微笑：“人来，带洪顺问话。”该值人答应，番身①下堂，立刻带来，跪在一旁。施公说：“洪顺，铺店主李龙池盘与你么？”洪顺回答：“是他。”又问：“你盘他铺，见过他的伙计无有？”洪顺说：“小的未见。”

且说堂外有王德，听得明白，冒冒失失，跑上堂来，跪下口尊：“老爷，小的见过郝良玉的。”贤臣闻听大喜，道：“将王德带往北关外，叫他把尸认认，回来再问。”公差答应，不多时，回到公堂，公差退后。王德跪下口尊：“老爷，那尸竟是郝良玉的。不知何人谋死，抛在河内。可怜可怜！”施公闻言，叫声：“王德，与你无干，下去。李龙池你可听着了？分明是你谋害伙计，贻害于人。”吩咐：“拿夹棍来夹起！”两边答应，如虎如狼，一起拥上掀倒，拉去鞋袜，套刑一拢，昏迷。冷水喷活，仍然巧

① 番身——翻身。即转身，回身。

辩。施公说："本县与你据证。快把两扇磨子拿来！"差役答应，立刻抬放堂下。凶徒还辩不招。施公说："必是见财起意谋害。还敢强辩！人来，夹棍上加刑。"公差答应，上前用棍敲打。恶人死去活来，说："招了！"施公吩咐："诉上来！"恶人忙将见财起意，把伙计灌醉勒死，拖往河内，磨盘坠尸，不能漂起，日后将店盘去避祸之故，滔滔说了一遍。施公听毕，提笔判断。下文分解。

第三四回

风吹檐前瓦　七人告王豪

且说施公吩咐书吏呈招，提笔定案：李龙池图财勒死伙计，律应抵偿。折产追赃存库。申文到苏州，招郝良玉亲人收尸领赃。死尸暂掩官地。洪顺释放，王德有功，赏钱十千。判毕，拿下给恶人画招呈上。施公叫书吏作文详报，令禁卒把李龙池收监。王德、洪顺领赏而去。

又见公差王栋、王梁回话，说："小的二人，把'我'拿到，现在衙外。"施公闻听大笑，说道："带进来！"王栋答应，不多时，抬进一人。王梁把单刀放在堂口，站立。施公离坐，一溜一点，细看见那"我"是谁？怎见得，有诗一首，诗曰：

自小生来胆气豪，八岁学成武艺高。
大胆江湖无伴侣，今朝带酒灾殃遭。
龙逢浅水未升飞，满怀志量不能标。

施公见他浑身上下，廿八道绕了一身绳子，双合二目。施公点头叹息，弯腰与那人亲手松绑。王栋、王梁一见着忙，跪倒回话："老爷要是松了他，倘若逃走，再要拿他，比登天还难。"施公说道："有眼不识泰山！他乃盖世英雄，焉落逃走之名？"二役无奈，闪在左右。但见与那人把绳子全解，那人翻身爬起，盘膝坐在地上，闪目垂头不语。施公见他不跪，带笑说："壮士受惊了!"又善化一回。野性知化，翻身下跪说："老爷今释放我，心下何忍，愧见朋友，愿求一死。不然，投到老爷台下，少效犬马微劳，以报饶命之恩。"施公说："你有真心，施某万幸。"那人说："小人若有私心，死不善终。"施公听说，伸手拉起，说："好汉，你的大名，本县不知。"那人回答："小的名叫黄天霸。"施公说："此名叫之不雅，改名施忠，壮士意为如何?"天霸说："太爷吩咐就是。"施公大悦，转身升堂。吩咐施安说："王栋、王梁每人赏银五两，免差。"二人领赏谢恩不表。

又见二人跪倒回话："小的徐茂，奉命将瓢老鼠拿到。小的郭龙，奉命把大夫刘医拿到。"施公说："此二人音同字不同。"吩咐："带上来!"答应不多时，带至跪在左右，公差退下。施公闪目观看，问："瓢姓，你名实叫何名?从实说来，本县好放你。"那人见问，不敢撒谎，说："小的本县穷民。小的父亲在日，卖过瓢，所以诸人取笑叫瓢半片。"施公闻听，对了那晚鼠拉半片破瓢之故。那人又说："小人本姓毛，名姓毛老儿，玩笑人叫瓢老鼠。小的无过犯，公差锁拿，不知何故?"言罢叩头。施公又问："大夫，你叫"流衣"么?"那人回答："小人名叫刘凤。因大夫二字，称名'刘医'。小人分外守法，不知为何锁拿?"施公闻听，心中有些为难，无据无证，怎么动刑?坐下思维，心生一计，说："有了。"往下叫声："徐茂，把他暂且带下，不许作践。拿住对头再问。"又叫郭龙近前，附耳低言说："把那城隍庙内……十日限期，如此设法……不可泄漏。"郭龙奉令下堂，赶上徐茂，同往庙内用计。

且说施公同书吏，低低要秘说话，书吏点头答应去后，堂前忽然狂风骤起，只见檐瓦掉落三块，跌的粉碎。施公大惊说："莫非是房上堂瓦三块，檐三片。"书吏接言："此方有个恶人阎三福，前任刘县主坏在他手内。"施公才要追问，忽听一片喊冤进门，留神下看，有许多人，老老少少，上堂跪下，哭哭啼啼，一个说："恶霸名叫关大胆，打死小的父亲，叫犬吞吃。"一个说："小的妻子被硬霸做妾。"一个说："徒赖小的欠他银钱。"一个说："强奸小的女儿；刚交十五岁小的儿子，霸去做奴仆。"一个说："小的母亲，从他门前经过，拉进家去，配成夫妇；看见小的家房屋好，假契一张，就叫腾出。"一个说："知道小的稻田禾壮，硬割去。"一个说："恶奴管家阎三福，爱者就抢。老爷不与民做主，苦死江都良善百姓。"言罢众人磕头，施公闻听众人诉罢，腹内暗思。下文分解。

第三五回

施公收民状 改姓又私访

施公说："尔等不必混嚷！准告。"又说："哪一人把他的事，慢慢实说。"一人答应，口称："大老爷，小的细禀：关宅仗势厉害，他父做过本朝监院，告老回家，甚是豪富。他父辞世，生一子名叫关升，见人妇女美貌，谋害奸骗。远近叫他关大胆，杀人如同儿戏，遭害者不少。前任县主，小的等告他，可惜清官被参。今复舍死投天。"施公说："尔有状拿来。"七人答应，每人递上呈子。施公一张一张看完，与他们说："待对词结案。"众人答应，叩谢而去。吩咐退堂。

施公书房坐下，仆人献茶，手拿茶杯。不多时摆饭，施忠同桌而食。饭罢茶毕，施公思想，短叹长吁。施忠看见施公为难，走过来口尊："恩主，又何疑难心事？小的自能出力报效。"施公就将告关家之事，又前次访扮老道，二次为九黄、七珠扮乞丐，备说①一遍，这次仍欲私访。义士回答："这有何难，只用老爷扮作客商，小的改扮跟随。老爷骑驴，小的跟随老爷，到了饮马河关家堡，私访贼徒。纵然难得消息，小的黄夜施展走壁之能，暗进贼室，何愁大事不成？"施公闻听大喜，连连说"好！"叫声：

① 备说——详尽地说。

"施安，明日掩门，只说老爷有恙。"次早改妆，腰中带钱。施忠随身收拾停当起身。施忠忙把行李搭在驴上，拉出宅门而去。一路听军民议论纷纶，不觉来到饮马河边。施公低低叫声："施忠，少时若入虎穴，你要小心。"好汉答应，心中早有主意。主仆私访不表。

且说王仁自从讨限，挨了十五大板；又给十天限期，无心打彩，混了两天。这日私访到北关以外，肚饥饿了，有个熟饭铺内坐下吃饭。忽听铺外嚷闹说："爷们一个钱也是照顾，算你养身父母，缘何瞧不起我？要这样也没有，要那样也没有。我才知道江都县欺人。我在家何人敢慢待我车乔。"公差听见"车乔"二字，即走向前。下文分解。

第三六回

王仁巧遇车乔　豪奴识破贤臣

王仁走到跟前，打量了打量，不容分说，套锁拉起那人就走。来到县衙，听老爷染恙，只等升堂，好交签票。且将车乔锁在那里。

且说施公到了关家堡，见那边树下，有人乱跑。他一溜一点，走到跟前一看，原是老叟，须发皆白。含笑问说："借问一声，此地何名?"老叟见有人问话，抬头打量，是买卖人打扮，站起带笑回答，口说："不敢。客官要问此地，往南去，名叫饮马河。"老者复又往东一指，说："那边有树围绕，那里叫做关家堡。可恶得紧！千万不要往那里去。"老叟才要往下说，却听见那壁厢一片马蹄之声，闪目细看，但见是一群人马，蜂拥而来。老者一见，只吓得魂飞天外，把舌头一伸，转身磕头，绊绊奔走而去。施公不解何故，才要回步，那一群人马来至面前。施公举目细看，有赞为证：

恶人妆扮胆气豪，前排顶马带腰刀。

家奴万恶多任意，英英耀耀眼眶高。

人人缨帽红映日，个个短褂配长袍。

独霸此方文武惧，性好贪花任逍遥。

豪奴三鞭举头上，专打黎庶灾殃遭。

前呼后拥多威武，扬鞭打马四下瞧。

三五成群频抢妇，败兴无耻少多姣。

见色妄自号大胆，远近居民望影逃。

又见中间一人，骑着骏马，衣帽华丽，年有三旬，扬眉吐气。旁有一人，兔头蛇睛，衣帽应时，年有五旬，面前一个随奴。施公耳中听得咆哮声音。那年老人嘴内响响哼哼几声，人们一拥过去，有一箭之遥。又见“吓的的”，“吧拉拉”，跑来几匹马，来至施公面前，一个个扑扑跳下马来。内有那年老人，上前带笑，举手望施公说话，口尊：“客家，老爷请客官一叙。”施公心下惊疑，腹内自思：“莫非他识破本县？若应去吉凶不保；不去，又可惜施某劳苦。俗言不入虎穴，焉得虎子。”望施忠，施忠点头，施公暗喜：“有你保我，何足惧哉？”施公望众人带笑说：“愚本与你主人素不认识，未必是叫请我。”众人齐声道：“不错。”施公说：“既承贵老爷美意，就到府上一拜。”言毕迈步，随众而走。

施公一路仔细看，来到关家堡。据濠沟旁边，桃柳槐桧，板桥直过府门下，两株大树下，立着许多院奴。施公暗叹：不亚虎穴龙潭！众人下马停步。施公无心观看。下文分解。

第三七回

贤臣入虎穴　吊打问口话

施公随恶奴走至门外，见那人进内打一躬，上前至恶棍跟前，双膝跪倒，口尊："老爷，小人们奉命，把文人叫来伺候。"关升闻听，说："罢了！"那人叩首站起，闪过一旁。恶棍闪目外看，站立一人：麻脸、缺耳、歪嘴，鸡胸项肩，身躯瘦弱，容甚不好。看罢心中不悦，叫："那客人既进了我的宅舍，缘何发惧？只管来见。"施公闻听，心下着忙，腹内说："罢了，罢了！可算入绝地了！"想毕，把心一横，迈步溜点进门，强赔笑脸，把手望恶人一拱，说："买卖人有礼。"恶人望施公说："施县主，你来的意思，我已知道。且坐下，我有事问你。"施公闻听恶人识破，明知祸事到身，也就怕不得许多，故把手望恶人拱了一拱，带笑说："买卖人大胆谢坐！"转身一屁股坐下。恶人一见微笑说："不枉你我通家之好，前来看我。"复又叫声："施县主，我且问你，你此来必为你黎民。总而言之，你我乃明家达子①，来意倒要实讲，咱们露面不藏私。知道你未曾上任，扮云游老道，捉五虎，此方的光棍，被你杀尽。又听为九黄、七珠，假扮乞丐说话，念经拿捉，也叫你拿到。这次难为，休好高想：扮作客人

① 明家达子——黑话。明人不做暗事之意。

前来哄我。话要实说，只怕还有商量。我已经把你机谋看破，你不实说，也难放你回去了！”

施公听恶人之言，心中着急，勉强赔笑：“哎哟，官长错认了人了，我是做官之人，焉肯自寻死路？请上裁想，吾真贸易之人。既承呼唤，还求吩咐明白，放我出去。”故意装愚人之相，站起向恶人深打一躬，转回身子，就要出走。关升坐上微微冷笑说：“施知县，你先莫慌，来意我已透彻：私访关某作恶之情。”施公听罢说：“世界上广有同姓同貌之人，官长赖我是县堂，岂不活活把人急煞。”恶棍闻听此言，心头火起，叫声：“人来！尔等与我把这可恶的赃官，绑捆起来，高高吊在喂马棚，拷打一顿！”众奴答应一拥上来，贤臣只吓了个身软体战。阎三片说：“且自从容！”又问施公，见不说实言，三片说：“既不招认，与我绑了！”众奴答应齐上，四马拴蹄绑起，立刻就到喂马棚，用绳抛过驼梁，把位县主拉在悬空。恶奴阎三片说：“打！”好厉害，施公被打得死去活来。不表。

且说义士施忠，看见恩主去后，把驴送在店中，回来好等消息。等至天黑不回，想施展走壁之能，黉夜入院，以救恩官。义士想罢，连忙牵驴到店拴上，就将酒食煎炒吃尽。天气不早，腰带利刃，起身出店，到关家堡打探消息。四下寻找，不见踪影。又见宅门紧闭，他心内着急，就知其故有些不妥，急想窥探。忙解单刀，插在背后，慌忙迈步，往里行走。急煞好汉，四面寻找了多时，并无影踪。英雄一想，不敢怠慢，跑跳过沟去。走至墙根，暗暗蹿高，施展武艺，将身纵到墙上。施忠舍命去找恩主，天井内房，都找遍了。爬到瓦垄，往下观瞧。忽听房下脚步响声，留神细听，是妇人的声音。好汉救那恩官的心急，又听这边说话声音。口中不言，心内自思：好像熟人言语，莫非江湖一拜之朋？不在绿林，黄夜至此，有何事情？仔细看准，好救难中之人。想罢，偷眼隔窗瞧看，提刀人越瞧越是贺天保的形容。好汉仔细看罢，心中欢喜，即忙迈步往房内就走，将利刃拿在手内，为的是日久不见，难以凭信。咳嗽一声，就往里面。

贺天保手拿短刀，正自威吓难民王二，刀映灯光射入两目，难民苦口哀告。忽听一人进房，不由吃惊。认是结拜弟兄，说："老弟为何黄夜到此？"施忠听说话亲热，满面春风，叫声："兄长，自从那年分手之后江湖闲游。闻听江都拿住响马朋友，县衙行刺。见贤臣忠心治国安民，是以饶命，当即留名。后来吃酒被获擒拿，与我亲解其绑，以恩报怨，舍死放我。感动天地，弃却绿林，报效县主。"从头说了一遍。施忠又说："兄长既在关宅，必知详细。"天保见问，也将情形告诉了施忠。二人直奔马棚，回手取刀，"嚓嚓"挑断施公身上绳缚。天保把手提起贤臣，不闻哼吟之声。施忠说："恩主醒来！"不见动转。天保恐人瞧见，双手提起施公，浑身攒力，高擎上去。叫声："贤弟上墙，小心接住。"施忠上墙，伏身探望，双手抓住施公，天保挺身送上，好汉就力拉上去了。施忠回身将贤臣放在棚上，提出天罗地网之门。又低叫道："兄长快出墙去，我好送恩官下来。"天保答应说："晓得。"好汉对着施忠，要显本领手段，在墙拐角把身子一拧，脚朝上头往下，展翅之状，手扒房檐，伸脚挂住瓦垄，挺身跃起来，至施公一处。施忠说："兄长快下墙外，好救县主出去。"天保依言从墙上跳下，等接贤臣。施忠也不敢怠慢，双手提起贤臣，放在墙头；忙解腰带，拴在腰间，这才用力把贤臣系到墙下，天保接住，解开带子，将施公背在肩头而去。施忠不见动静，低声叫唤：“贺哥，你在哪里?”不听答应，好汉随即下墙。

施忠耳边忽听哨声响，便顺音如飞追去。只见松林透出灯光，施忠进林一看，内有残庙，殿中有灯，又听人声不断。施忠进入庙内，那伙人借灯光认出施忠，嚷说：“黄寨主到了!”众人闻听，轰的都奔向施忠，随手拉住一个，施忠一看，原来旧日朋友。好汉满脸暗笑，真乃三生有幸，都拉了拉手。随见他们已将施公放在桌上，天保一旁站立。施忠与众人详道细说。个个动气，才要粗暴，却被施忠拦住。好汉见施公面如金纸，只当伤命，心中一急，拿出单刀，才要自刎，只见恩官伸腿伸手，大叫一声：“腰肋疼杀我也!”施忠尊声：“老爷醒来。施忠在此，小的无能，使恩公受刑。”贤臣听见“施忠”二字，睁眼复又伸了伸手，说：“虽然疼痛，觉着有些活动。”贤臣翻身坐起在供桌上，看见施忠又气又喜，瞧瞧满殿灯光，人有许多。暗想：“我刚才吊在马棚受刑，莫非命尽?……不然焉能到此?”叫声：“施忠。”好汉连忙答应。施公说：“本县问你，我与你梦中相会呢?还是在阳世?”下文分解。

第 三 八 回

回县审豪霸　举监闹公堂

施忠回答老爷说："今又幸，恩公现在阳世。"就把自关宅同天保如何搭救到此，备说其细。正说间，贺天保走过叩头，又叫众家弟兄过来叩头，个个跪倒，天保口尊："老爷，小的等俱是响马，叩求太爷开恩，从今改正，愿投太爷台下，以助犬马之劳。"贤臣闻听，说："好汉请起，有话商议。"众人站起。施公说："众位好汉，本县有拙言奉告：依我瞧来，你们这样的壮士，何愁高迁。今言投顺施某，感情不尽，就只一宗，本县此时官卑权小，众位目下不能显达，施某岂不埋没了众位好汉，那时悔之晚矣，列位三思。"贤臣又带笑说："施某还有一件奉恳：拿捉关升、三片，再把王姓夫妻救出。一并解进官衙。难民好作状头。本县动刑严究，好定恶人重罪。"

众好汉一起答应，留下两个保守贤臣，其余八人前去。越墙进院，拿住两个家奴引路，登时关升、三片，及众恶奴，个个用绳绑起。又把男女救出。王二夫妻上前叩谢救命之恩。好汉叫声："王二，少时你挽你妻，同我们去见老爷，一同回县。"王二夫妻答应，叩首站起，闪在一旁。又吩咐关宅家奴引路，开门送出宅外。王姓夫妻在前，众寇押关升、三片。见恶人迟慢，拿刀背就打。

不表关宅家奴，投亲友送信，天亮进城搭救。且说众寇离了关家堡，登时回到庙中，押进殿门，见了贤臣，一起告明就里。贤臣听见得了关升、三片，少不得心中欢喜，仰天大笑。贤臣说："有劳众位，异日再谢。"众人各散。又说："趁此回县。"施忠答应，转身望天保说："兄长保护老爷，少等一刻。我去把驴牵来，老爷骑回衙。"天保说："快来！"施忠答应，迈步出殿，到店把驴牵到庙前。贤臣一见，慌忙出殿。两家好汉，扶持老爷上驴。施忠拉着关升、三片，王二夫妻跟随天保后面，押出三义庙上路。此时天亮，王二挽妻不顾鞋弓袜小，紧紧跟随。恶人主仆面上讨愧不走，天保拳打脚踢，无奈只得随驴紧走。豪奴恶棍嘴说受屈，心中不服，军民一见，议论不表。

且说贤臣骑驴，多人围随，登时进了江都城门，到了县衙。就有那些县役，见了贤臣，个个上前跪接进衙，至滴水檐下驴。立刻升堂，传齐内外书吏、马步三班人等，喊堂站班。只见施忠、天保带领关升、三片、王二夫妻上堂。施公一摆手，施忠等站立一旁。贤臣吩咐书吏写牌，一面放告，又叫人传先前告状七人进衙，当堂对词。分派已毕，叫声："施忠，请贺壮士！"天保闻听，忙上前双膝及地，往上跪倒。贤臣一见大悦："壮士免礼。"带笑讲话说："救命之恩，永存报答。理应留在衙内，犹恐不雅，怕招风声。"天保闻听点头，叩谢县主饶恕之恩；又与施忠说了几句，下堂出衙而去。

且说贤臣见施忠带天保出衙，施公心才放下。但见角门以外，进来多人，个个手举状呈，跪在月台前。贤臣一见，就知是见牌告状。心中大悦，吩咐："人来，尔等把告状人都叫他们起来，站在月台下东边。既有呈状，接上来，本县看明呈词，叫着上堂回话。"下役答应，立刻接状，不许喧哗，将状送上公案，贤臣伸手，一张一张阅完。下文分解。

第三九回

严讯三片贼　细问受害情

贤臣看完状词，吩咐把关升带来听审。众役知关宅势力，也怕贤臣法度森严，无奈一起迈步至堂外，把恶人关升、三片紧推拥，扯到堂下。众役齐声喊叫："下跪!"恶人不跪。贤臣一见，不由微微冷笑，骂声："凶徒，真真大胆！无法无天，坑害黎民。差人拿你，竟敢不服，私打官兵。本县为民父母，与民除害，私自访你。恶奴关升、三片，你竟认识本县，把我骗进室内，胆敢吊在马棚之上，藤鞭打我。你一心害我，幸神佛保佑，暗里有救。家将施忠，一刻救出虎穴。你们作为，我亲眼看见；今又有多人告你。再者，罪犯见官不跪，应该死罪。你们二人实招，免受刑法。"关升大叫："施知县，你我官司打不清。私访由你，不该勾通响马。明为暗访，私行打劫，抢去首饰、衣服、金银。不用审我，问你罢！或是官休私休，快些说来!"三片接言："话实不错，做官不该与响马私通。"施公闻听大怒，叫："人来！尔等把他二人的耳朵拧上，再着人用棍打腿，看他在本县面前跪不跪?"

众役答应，立刻将两个恶徒，苦打一顿。恶人疼痛不过，只得跪下。贤臣骂声："该死囚徒!"骂毕，叫声："人来！把王二夫妻带上对词。"下役答应，立刻带至堂前跪倒。贤臣说："王二，你夫妻怎么遭害，快快言明！”王二见问，泪流叩头，口尊：“青天爷爷，容民细禀：小的父死，只有寡母。一家三口，离关家堡不远，做小本生意。那日妻子站在门前，看见关升骑驴经过。妻子陶氏回避不及，便叫家奴抢去。讹赖小的欠他银子百两，有银交还，放给妻子；若是无银，算作妾婢。无奈小的赶去哀告，被拉进他家，用非刑苦打，锁在屋内，夤夜暗暗谋害。幸亏爷爷家人，将小的一同救出。只因那凶恶人侄儿，搬抢吵打，家中寡母，活活吓死，尸灵还在床上。”诉罢叩头。贤臣闻听，用手指定关升，骂声：“大胆囚徒！敢做这样伤天害理之事，从实招来！”关升仍是不招，贤臣吩咐打嘴巴，各打了三十个嘴巴。两个恶人哪里架得住，打得满口流血。贤臣又叫青衣退后。

施公才要叫原告对词，动夹棍严究，只见打角门进来四人，摇摇摆摆，往上厅走。四个穷酸，一起带笑说：“关大爷受惊了。”三片说：“反了！事毕再议！”贤臣坐上，听的明白，早已参透来意，带笑下问：“四位贤契来意，我已深知。免开尊口，请回。”正说话间，州尊差尤义投书，拆开一看，不近情理——为恶棍关升讲情。吩咐把五人往外逐出。尤义回州复命。州官怀仇派施公拿黄河套水寇银勾大王。四穷酸气愤忿回家，打点行赃州尊，坏施公事情不表。

且说那告状之人，与瞧看书吏、军民下役等，一见贤臣把五人硬叫拖出衙门堂外避处，个个皆言忠正。却说施公见下役把五人拖出，心中气平。还恐有人来搅扰，吩咐立刻闭门看守，不放一人出入，有心严究恶人定案。叫：“人来，快带关升、三片上来！”差人答应，立时带上。两个恶人，不肯下跪，坐在地上。

贤臣微微冷笑，说："关升、三片，你这两个囚徒，好手段，真乃不错！我问你两个，还有什么变动？料你纵有拨天的本领，也不怕你两个。今日先尝尝夹棍的滋味！"吩咐："动手夹起。只待本县取了口供，才好定罪，与那些仇未报冤未伸的了案。"言犹未报，下边答应，一起发喊，弄翻倒地。关升、三片走了真魂，口内齐说："不好，救星全无。早知施公如此厉害，不该在马棚吊打！"耳边只听堂上传响当当，撂下夹棍。公差于腰拉去鞋袜，叫两恶人上下骑上。两个人，一人掌刑，拢着夹棍；一人手提犯人胸膛，绳子一拢，二恶人死去。施公吩咐："住手。"停了一会，关升"哎呀！"一声，阎三片忍痛咬牙，哼了一声，说道："爷爷宽恩饶恕，从前已往，我尽招认。"关升也即一一招认。

施公闻听两个恶人齐都招认，叫书吏把众人告的状子呈上，按重款定了个十恶不赦的斩罪，叫人拿下。恶人写画了招认呈上。施公过目，叫人卸刑。又叫："告状人等，听本县严究关升、三片同招，定成死罪。本县即刻辞详上司，回文立斩。那时传尔等瞧看，正法报仇。请你四老爷，把尔等带到关宅，把霸去人丁妻子，各认领回，不许冒认。再占去房产、地亩、物件，仍归本主。"众人闻听，齐口称："谢太爷救命之恩。"施公吩咐："起来。"众人答应。施公叫人把告状人等带去；知会四爷到关宅招认。施公吩咐而行。杀死人命，责在关升，不用细说。施公吩咐传禁卒上堂，把恶人主仆，上刑收监。生员人等，叫书吏作稿，说他们藐法闹堂一节，安心作对。差人送到府学。那穷酸交官通吏，行贿府学。老师接住文书，怎作恶人？下文分解。

第四〇回

施公修家书 差施忠上京

施公也怕关升走眼州官、众儒怀仇报复，恐有不便。堂毕，写封家书上京，一来与大老爷上寿；二来也要保自己头巾[1]。立起退堂。书吏、马快、三班瞧看军民人等，议论纷纷，都与施公担惊不表。且说施公退堂，进书房归座，施安献茶。施公思想州官怀仇；又想道：大老爷的生辰，理当差人上京拜寿。施公伸手，拿过纸笔，将片家书登时写毕，封好，差义士施忠到京。

不言施忠随至次日起程，且说施公天晚秉烛，独自看那未结呈词招稿，明早升堂，不觉天交三鼓。施公困倦，上床安歇。次早起来，净面更衣，吩咐点鼓升堂，坐下。书吏上堂，衙役伺候。拿车乔差人王仁上堂，跪下回话："小的奉命把车乔拿到。"施公一摆手，王仁站起。施公虽说出签叫拿车乔，今日到了，又无原告题目，如何判断？沉吟良久，无奈下问："你叫车乔？"答应："是。小人本姓乔。因为车造营生，人都叫小人车乔。"施公听见不是江都声音，说的一口京话。施公说："你是何处人氏？"车乔说："小人是京都人。"问："来此江都何干？不许隐瞒，快快实诉，好放你回京。"车乔口尊："老爷，容小人细禀：小人祖

① 头巾——官帽。这里指官职。

居京城。父亲早丧，只剩寡母，并无弟兄，住海岱门外栏杆市标杆胡同，赶车催牲口为生。花儿市口程万全堂老药铺，有个蛮子姓陈，吃茶饮酒，彼此相好；他认小的母亲作为干母。他因得病，想回家乡，雇车叫送至扬州，择日起身。小的抛母送他到家，挂念老母，要速回京。路过江都，小的到店吃饭，走堂欺是远客，张口就骂。小的与他理论。遇着老爷公差，不容分说锁来！真正冤枉。求老爷明断，放小的回家探母，感恩不浅。”说罢，不住叩头落泪。施公闻听点头，心中为难。

且说暗中鬼魂，岂肯相容。差人韩禄带进喂养之犬，死尸冤魂附在黑犬身上，看车乔在堂上跪着，连忙跑跳到恶人身边，带耳连腮咬得一口。恶人魂惊：“哎哟！那家喂养的犬？好不顾王法！”想要站起，怎奈魂伏黑犬，哪肯放松，摇头摆尾，不撒口儿，咬得车乔乱叫：“救命！”施公想起黑犬郊外刨出死尸，今见此犬上堂痛咬，就知应此人身上。施公高叫：“黑犬听着！若是为故主报冤，畜生能通灵性，听我吩咐：此乃朝廷设立公堂，焉许混闹？他有过恶，自有王法治罪。再要无礼，定要重处。闪在一旁，听本县问他可也！”畜生那时闻听，松口退在一旁。但魂伏黑犬，张牙瞪眼，哼哼嗔此恶人。又见车乔口中咿咿胡说：“谋财害命，如今害着自家。冤冤相报，焉能逃脱？”施公便有主意了，叫声：“王仁，上前跪在一旁，本县问你，不知他牲口上，还驮着何物？”王仁回说：“驮的是被套行李，现存店中。”施公说：“取来我看。”王仁下堂，去不多时，取到放在地下。众目同观：一个有墙子的大褥套，一个小褥套儿，取出来堆了一堆，棉袄、单袍、小衣、靴袜、被褥全有。小套里取出一个包儿，银钱不少。施公看罢，参透其故，带怒叫声：“车乔，本县问你，你送亲回家，如何还有这样饱载行李？快些从实说，免动严刑，问你休生含糊！”

恶人见问，故意作屈，泣哭不招。“人来，将他夹起！”众役答应，一拥齐上，请过大刑，伸手推倒，车乔嘴脸胡尘。拉去鞋袜，套上夹棍。恶人害怕，口叫：“冤屈！”夹棍拢的凶恶，犯人昏迷。用水喷过。车乔睁眼，叫：“青天爷爷，小人实招。”施公吩咐：“住刑！”公差答应退后。施公说声：“车乔，快说真情！”“大老爷，小的原系送陈姓回家。他乃江都城中城隍庙后居住。小的见他衣服、银钱，偶起贪心。一路无得下手，行至江都临近荒地，小的见四下无人，把陈姓用刀扎死，抛埋水坑。天黑歇店，次日起身，被人拿住解县。自知害人，无人知觉，那晓犬来执证。当日陈姓在万全堂药铺中，从小抱养此狗，昼夜不离左右。把黑犬养大，得病回家，难舍此狗，带犬回家。小的害陈姓，此狗吓的跑了，踪影全无。哪知这黑畜生，竟会告状鸣冤！这是已往真情，只求免刑，情甘领罪。”施公听罢，说：“好大胆奴才，既已认亲，就该好好送他回家，与理才通。缘何又有歹意，谋害人死？上天不容！只晓黑犬是一畜生，即不理论。你哪知道黑犬有救主报恩。用刀杀死他主，掩埋水坑下边，边上蒙此犬看真，当堂来告，领人掘出死尸拿你。你今朝把事情犯了，报应循环，真真不错。黑犬鸣冤，可垂千古。你的恶名不朽！”

施公一番话，说得车乔无言可对。施公吩咐人来卸了恶人夹棍；又叫书吏呈招，拿下恶人画了十字呈上。且说贤臣提笔，断车乔谋财杀命，应该抵偿不赦。断毕，又差人到城隍庙后，把陈姓嫡亲立刻传来，当堂言明其故。陈姓至亲，哭恨不绝。贤臣吩咐："把车乔的牲口，立刻变卖，连衣服银钱等物，交其领去，取尸掩埋。"又叫陈姓亲自把黑犬带回去恩养。分派明白，不必细表。贤臣又叫书吏作稿，立刻申详文；又令禁卒将车乔收监，等回文正法不提。

施公才要退堂，忽见门上人慌慌张张跑上公堂，跪倒回话说："衙外马上一人，口称有州尊太爷的紧急公文到了。请老爷定夺。"施公闻报变色，一摆手，那人叩首爬起，回身下堂。贤臣心中细想报内，说：这狗官人，有什么动静？他若与关贼讲情，也未可知。遂即吩咐："着他进来。"州官来人，随即上堂，将文呈上，回去。且说贤臣展开，上写："本州示江都县知悉：顷奉上文，以渡口黄河套一带水寇作乱，劫伤客商，名曰银勾大王，为贼之首，伙同刘六、刘七，藏在海面，招募会下水人几百。素知江都捕快，个个能干。限一月内获到。如拿不到，革职！旬月日期。"贤臣看罢，心中大怒，骂声："狗官！害我不浅！"思想多会，计上心来：何不如此这般，将先谋而用兵。施公吩咐，下文分解。

第四一回

州文催办事　县尊瞧来文

施公吩咐退堂不表。且说着去拿老庞、解四的两名公差，自从领了签票，城里关外，访了几回，不见形影。到了这日，赵虎、刘奇两人，关外撞见，同到一座小庙，坐在石板，彼此抱怨，说道：“十天限期将满，违限定例要打。纵然宽限寻找，又没原告，先要人犯，只得耐性访拿。”二人讲话，只听打呼震耳。公差举目观瞧，殿内一人，躺着睡觉，满身破烂。那人一翻身，如神差鬼使，忽说睡语，咿咿唔唔，一声大骂：“解四，我把你这狗娘养的，躲着我走，又不与我言。”呼噜又睡。赵虎闻听，低言望刘奇说道：“老弟你听见么？咱们何不如此这般，给他个巧诈，是不是？再讲。”刘奇回答：“使得。”二人站起，一同迈步进殿。刘奇走到那人身边，也冒冒失失，用手往那人肩上加劲一拍，大叫一声：“老庞呵！解四回来了。”那人闻听，梦中惊醒，一翻身坐起，忙问：“在哪里呢？”公差回答：“就是我。”那人睁眼一看，认得是公差，忙忙站定笑说：“二位上差，为何与我取笑？”二人闻听，立刻变脸，张口就骂：“老庞，我把你狗娘养的！解四在哪里呢？跟我们找找他去，要有了他就没你。”那人闻听，只当真话，口尊：“二位公差，他家我认得的，里面找找他。倘不在家中，我再领爷们去找找有何不可？”二人回答：

"快走，到了他的门口，如叫不出来，只管骂他，有祸与你无干。"那人回答说："是。"不多时，来至解四门首。那人上前用手拍户，叫几声不见答应，依着公差，放着高声叫着解四就骂，公差们在一旁。

且说解四正与妻闲话，耳内听的门外骂得不堪，心中之气往上直冲。神差鬼使，他哪里受得住气话，即迈步出房开门，冒冒失失，照着那人就气呵呵大叫："老庞，没廉耻！"他二人揪起就打。两名公差听得明白："有了解四的名字。"一起抢步上前，不容分说，回手抖出铁锁，套上二人，拉起就走，往县而来不表。

且说施公退堂，进内书房，取出州里来文细看，心中发恨，点头想计：施忠不在，如何是好？忽然想起一人，着施安即去传李升立刻来见。去不多时，传进朝上跪倒。施公说："起来。"李升叩首站起。施公满面带笑将州文要拿水寇的话，说了一遍。"我今着你同施安去探黄河套事情，若得真信即回。"李升答应说："老爷吩咐，小的与施安同去。"施公叫声："施安，莫辞辛苦，你同李升前去办理。"施安次日同李升早晨起身不表。且说施公用毕晚饭，茶罢，天色黄昏，秉上灯烛。施公独坐，看那未结之案。看到三鼓，才宽衣上床安歇。次日，施公起来净面，吩咐升堂上坐。书吏衙役伺候。施公往下吩咐："尔等马步三班听真：今日本县往城隍庙内判事，吏役伺候。"众役答应，个个手忙脚乱，登时执事刑具，预备停当。轿夫抬轿，施公上轿出衙。

且说未访关升之前，奉命访拿瓢鼠、刘医的徐茂、郭龙两个公差，昨日就知道今日老爷在城隍庙内审事，他们就照施公之命，用计出衙。二人先带瓢鼠、刘医二人，出了店门，也往城隍庙而走，二人一边用计说话。不说瓢鼠、刘医两个私谈所行之事，不觉一起来到城隍庙门首。只见老道门首站立，一见公差锁拉二人，道人满脸带笑，口尊：“二位上差何往？进小观坐坐吃茶。”徐、郭二人闻听，带笑说：“好说。道兄，我二人特来扰茶，恐当不便。”道人执请相让，一同进了城隍庙的角门。刚越灵官殿，来到配殿，徐茂叫声：“道兄，今日午间，老爷到你观中问事，少不得茶水早早预备才好。”老道回答：“有现成的。”五人又进西殿看了看，原是一座子孙殿。徐茂把瓢老鼠、刘大夫，一边一个，锁在小鬼脚上。郭龙带笑，望着郭、刘二姓说话：“你们弟兄两个，也无用发迷了，听我告诉。你们哥儿两个自把主意拿正，若是见了我们老爷，只管响唧唧的回话。古人云：‘越怕越有鬼。’实告诉你们罢，我们终日跟着老爷，深知他欺软怕硬。”二人回答：“多谢上差的指教。”言毕，公差与道人出了殿回去，仍用锁把殿门锁上，三个人说说笑笑，耳闻其音都往后边去了。下文分解。

第四二回

施公审木柜　戚胡子弃妻

话说瓢老鼠、刘医见两名公差锁了殿门，与道人往后去了，配殿就坐他二人。迟有顿饭之时，不听人声。他二人闪目细看，只见正座供着九位娘娘，下面两边都是众神。紧靠着那边，一口破木柜，余外并无别物。满殿尘土，厚有指许，蜘蛛结网。瓢老鼠看罢，先就长吁短叹，又迟一会，忽叹不止，低声往那边刘医说："谁能知我的这宗事情，除你外人不知。家兄有病，请你看脉吃药不效；家嫂原系风流，彼此招情。家兄在时，不能称心，因此才生谋害之意，商议用砒霜毒死病兄。家嫂守寡，与我通奸事情，做得安妥。邻居亲朋不知，平平安安载余，与嫂嫂暗里夫妻。何故今日拿咱两个，莫非你口齿不紧?"那刘医听了说道："你我既做了亏心，谁敢口齿不紧？人命关天，非同儿戏，岂肯老实告诉与人？依我猜来，一定是你嫂子又续了人，这欢喜间，信口说出。人听在腹中，醉后对人乱讲。当差的闻风禀到县尊，因才拿你我。少时县主判问，咱们拿个主意，趁此无人，早些商议。"老鼠说："好的。"刘医又说："咱们两个，舍作下身不要，且不可招。如若招出，决然抵命。挺刑不招，还得活命。必须改过前非，学做好人。"老鼠闻听点头说："刘先生，你的主意不错。"

二人正自私语，打定主意，忽听痰嗽之声，吓了一跳，并无听准声音在哪里。复又细听，多时不闻人声。老鼠又忍不住，叫声："刘先生，刚才是你痰嗽?"刘大夫回答："我无有病，为什么痰嗽呢?"瓢老鼠听说："我无痰嗽，外面又无人影，这就奇了，殿中就只你我，都没痰嗽，可是怪呢!"瓢老鼠思想多会，说："是了，刘先生不是你我胡猜，这一定是上面的娘娘，闻之不顺，痰嗽一声，拦隔咱们。"刘医闻听，低低回声："老鼠你了不得了！你竟吓得满嘴胡说。刚才我听的声音，像你身后。缘何赖娘娘呢？阿弥陀佛，也不敢当了。"瓢老鼠闻听，扭项一看，自己身后就只有顶破木柜，自己颈子锁在小鬼腿上。二人有够多时，复又说："是了，一定是鬼大哥见怪。"言罢，吓得他回身冲着泥小鬼跪倒磕头，祷告说："鬼大爷，鬼祖宗，饶过我们罢!"吓得刘医也没脉了，登时发怔。

且说施公坐轿出衙，来到城隍庙里，公差道人在道旁站立，等候迎接。三人跪下通名，门子一旁喝道："起来。"三人答应站起。施公下轿，迈步进庙，至灵官殿坐下，问郭龙、徐茂："事情委办妥么?"二人回答："小的们遵照老爷吩咐所行。"施公说："带瓢鼠、刘医问话。"公差答应，忙叫道人拿钥匙开锁，推开门把二人拉出殿来，跪在公案之前。下文分解。

第四三回

书吏出柜外　施公回县衙

施公说："尔等把所犯过恶，快快实招，免得受刑！"二人见问，叩首："老爷在上，容小的奉禀：二人江都良民，并无犯罪。"贤臣闻听，微微冷笑，高声往殿里问话："有了没有?"殿内有人答应："回老爷，定然有。"施公吩咐人把殿中那项木柜抬出来，众役立刻把柜抬出放在对面，施公吩咐开柜。道人答应，上前用钥匙开柜。开了柜门，自里面跑出一人，手拿纸笔，走到公案，放在桌上。贤臣闪目一看，心中明白。唯有瓢老鼠、刘医一见，只吓了个胆裂魂飞，浑身打战："头里听见痰嗽之声，我尔胡猜。原来柜内有人。"贤臣说："瓢鼠、刘医，谅你二人无可巧辩，跟本县回衙定案。"二人闻听，泪眼愁眉，不敢张言。贤臣吩咐："搭轿回衙！"众役答应，贤臣起身。

刚出庙门，才要上轿，忽听对过门有男女吵嚷之声，又听妇人喊骂，又说："清官难断家务事情！"贤臣闻听，心中不悦，吩咐："人来，尔等速拿吵嚷之人，进衙问话。"青衣答应："是！"贤臣上轿回衙。公差领定瓢鼠、刘医跟随，登时进衙升堂。贤臣吩咐："带瓢鼠、刘医结案。"衙役立刻带进，跪在堂下。施公微哂①说："你二人还有辩处没有?"二人见问，叩头求恕，情愿领

---

① 哂（shěn）——微笑。

罪。贤臣叫人立把瓢鼠嫂子拿到，当堂跪倒，那妇人一一承招。即时判断：瓢老鼠毒兄图嫂，本应立斩。梅氏通奸谋夫，即刻处决。刘医图财卖方，毒死良民，应当充军烟瘴①。判毕拿下，恶人画花押，贤臣过目。又叫把男女三人重责三十大板，交禁子收监。立刻作稿，申详上司，等回文正法。

又见堂上带上男女二人，披头散发，跪在那边。下役打千②回话："小的把吵嘴之人拿到。"施公下看男女二人，带怒问说："你们系何亲眷?"男子口尊："老爷容禀：小的并非亲故，乃是夫妻，因事不明拌嘴，被老爷差人拿来。"施公闻听，心中不悦，一声断喝："哇！你们夫妻吵嘴，人间常有，缘何骂我？应该何罪?"那个见问，叩头说："老爷容禀：小的姓戚名顺，本县居民，贸易为生，昨日讨了五十两银子，酒醉归家，暗把银子放在床上铺内。今朝不见，问妻不知，因此吵嘴。小的要当官鸣冤，狗妇回言，失口自犯。被老爷听见拿来，叩恳老爷公断。"贤臣闻听，并不生嗔，反为带笑，又问那妇人："你的男人藏银，你没有看见，因此争吵，是与不是?"那妇人说："老爷明见。"施公眉头一皱，计上心来，带怒叫："戚顺，你乃在路带酒，是自不小心，失去银子，也是有的。误赖妻子，以致吵嚷，算无家教，理当归罪于你。人来！看守戚顺，明日重处。"其妻释放归家。下文分解。

---

① 烟瘴——即瘴气，热带或亚热带山林中的湿热空气。明清刑律对流刑中极重者，发配到有烟瘴的地区充军，终身不能返还。

② 打千——旧时的敬礼，右手下垂，左腿向前屈膝，右腿略弯曲。

第四四回

贤臣审竹床　判断告妻案

话说施公吩咐："搭轿。"又说："带戚顺同去。"不多时到了戚顺家，吩咐："带戚顺夫妻问话。"二人跪下。施公说："戚顺，你的银子放在床下坛内，除你夫妻，再无外人知晓?"施公又问："戚顺之妻，本县问你，娘家姓什么?"那妇人说："小妇人娘家姓刁。"施公问："你夫带酒回家，银子藏在床下坛内，你无有看见么?"妇人说："不知。"施公说："适才复验床下踪迹，只见有往来手扒的手印；紧里边又有个人身子印子。事甚可疑。"施公验毕，出房归座。故意施威："人来！快把大胆床坛拿来，本县严审。"差役跑进几人，把床坛拿出。施公大叫："床坛，听真，尔等家主告你，问藏银快快实讲，不然本县就要动刑!"复又故意点头。"缘何你们说不知？岂有此理！人来！快把竹床重处再问。"下役虽然答应，心里暗笑，不敢怠慢。施公又想一想，说："竹床翻过。"一看，床下蜘蛛结网全无，点了点头，吩咐："着实打起来!"登时把张床打得破烂。施公说："住刑。叫他诉招。"迟了一会，施公自言："怪不得，因年深日久，受了男女阴阳气候，得空参星拜斗，得了点精气，不能正果。偷了家主银五十两，交与城隍庙小道，为得是好上供烧香祈神，脱他轮回之苦。"施公又说："偷银既与道士，人来！即拿城隍庙的小道，一同戚顺、刁氏，赴县听审结案。将门封锁。”

施公进衙，立刻升堂。只见下面把戚顺夫妻带来，跪在左右。差人退下。且说施公叫声：“戚顺，听本县吩咐！你银交床坛，被人盗去，交结城隍庙的小道。竹床受刑俱招，都是刁氏之过。少不得本县就要难为汝妻。人来，把他夹起来再问。”众役发喊，一起同上，立刻拶上刁氏，只疼得粉面焦黄。刁氏忍刑不过，认：“情愿实招。”施公摆手停刑。施公冷笑，骂声：“恶妇！哪怕你心似铁，不怕你不招，快快说来！”刁氏回答：“老爷在上，小人细禀：小妇人今年二十九岁，半路改嫁戚门。与小道士偷认的，是以得往来。丈夫戚顺贸易，时常在外。前日夫主出去讨账，那晚小道在小妇人家中。不料丈夫面带酒色归家叫门，慌得小妇人把小道藏在床下，披衣开户。丈夫大醉，小妇人又不敢秉烛，怕他看出形容。细听睡熟，小妇人既便送小道出门。次早夫起，床下去摸，不见银子，说小妇人偷去。因此吵嚷。”施公叫声：“戚顺，你的银子有了。你听刁氏所供，有点不好。”施公吩咐：“动刑！”登时夹起小道，高声喊叫：“招了，招了！”施公摆手，停住刑具，定了招稿。下文分解。

第四五回

气恼黄杰士　智擒三水寇

贤臣叫人将银取来，叫戚顺看，道："不少。"贤臣吩咐卸了男女的刑具，又令人拿下招词，男女画了招字，复又呈上。贤臣叫声："戚顺，本县问你，你妻还要否?"戚顺见问，往前跪倒半步，口尊："老爷，不用问了，想这种老婆，小的不要他了，叩求老爷当堂发卖。"贤臣说："算你还有男子之志。"随提笔判断：妙龄不守清规，通奸盗银，二罪俱犯，应重责三十大板，城隍庙前枷号一月；卸枷之日，照律重处还俗。戚顺自不小心，应贾贸易失察。刁氏与小道通奸，忘其夫妇恩义，应该处治；传官媒当堂领下官卖，价银领去。判毕拿下，叫戚顺画了个字，发放已毕，不表。

贤臣忽想起出签拿老庞、解四的事，赵虎、刘奇各拉一人上堂。庞大先说："小的庞大，他叫解四。小的们乃是本县人氏，因为开铺折本，盘与钱姓。"贤臣又问："你姓什么?"那人见问，叩头碰地，口称："老爷容禀：小的是本县居民，姓钱名叫廷玉。父母早丧，只有小的一人。要寻买卖为生，可巧他那边有铺，一应家伙，中人说合，倒与小的。言明制钱五千。中人名叫解四，铺主姓庞。小的接生意，只有两月，不知把小的二人拿来何故?"贤臣说："你二人做的事情，还来问本县么？人来，先把他二人夹起再问。”那老庞受刑不过，扭项大叫：“解四！我顾不得你了！说了老爷叫人快招，不用动刑了。小的两个开铺正没趣致，那日夜晚，见一孤客，被套有银。小的两人诱哄进铺，用酒灌醉谋杀，将尸首砍得数块，装在麻袋放在鱼池边。淹埋之后，各分银六十两，衣裳在外。恐有祸事，是以倒铺与钱姓。小的招认的是实，不连累好人。”贤臣说：“解四，你招不招？”解四见庞大招认，只得招承。施公吩咐书吏定了口供，拿下画了手押呈上。施公提笔判断，批的：害杀过客——不知家乡，解四应该抵偿，立斩。老庞年老，应定秋后绞罪。追解四家产，变卖入库。令人到池边找着尸首，赏棺木仍埋鱼池之旁；墓前立碑，一面上写被害情由。施公判毕，立刻作稿，申详上司，不必说了。

且说施公至三鼓而寝，次日升堂，忽有鸣冤之声，自角门进来一个少年女子，跪在堂下，泪流满面。施公吩咐接状。书吏答应，接上呈词，放在公案。施公举目观看，上写：

具呈为万恶侄谋夺家产，斩宗灭后，冤辱贞节事。妾王氏贞娘，叩禀青天大老爷台前。亡夫方节成，本系盐商，家财数万，九十无子。妾父数受方公之恩，以妾报德，亡夫一宿而终，妾怀孕足月，生男襁褓。不料族侄方刚，嫉妒生谋，冤妾为私情不节——岂九十老儿生子？亲邻皆顺方刚之言。族中长幼二十余房，公分夫主家财，推出母子无归。妾之父母，皆以方刚之言为准，冤辱逼妾于死路。幸得母舅收留。往往呈告，皆被方刚买通官吏，各有司衙门，不准辩白，以致冤成覆盆。今日幸睹天颜，恩准陈情上告。再乞告青天大老爷，恩准提究灭伦欺孤之恶侄，救正脉之香烟。庶妾身得洗清污名，不枉操持节志，生死血沐，记恩于万世矣。

施公看罢状词，往下开言，问说："王氏，你的父亲叫什么名字？做何生理？你今多少年纪？嫁与那盐商时，有几多岁数？"那妇人说："老爷，少妇的父亲名叫王守成，领方盐商一千两资本，出外为客。不料遭风，资本消尽，不敢露面。只因祖母身亡，缺少棺木殡葬之资，小妇人父亲无奈出门，方遇盐商闻知，叫小妇人父亲前去，说道：'作客为商，赚钱折本乃是常事，何必挂怀前项。'又送纹银百两。殡葬祖母之后，又叫小妇人父亲与他侄方刚共办行商之事。小妇人父亲感其大恩，更叹老者九十无子，情愿将妾献与商人为妾，苦苦哀求，方公允纳。不料一宿怀孕，次日方公身亡。家产俱系方刚执掌，余事俱载呈状之上。"施公听了，又看妇人举止端庄，叫声："王氏，你是几岁嫁的？"王氏叩头说道："小妇人嫁他之时，才十六岁。二月二十日过门，二十二日数尽。奴情愿守志，族人不容，逼奴改嫁，以死不从。自产婴儿之后，步步谋害羞骂。小妇人爷娘无奈，将小妇人领回，要害妾命。喜幸母舅收留，以全方门之后。已经六载，含冤未伸，今天始得拨云见日。"施公想当日长沙太守寿高八十养儿，记长沙周文碑题道：

诗曰：

九十公公养一娃，有人耻笑有人夸。

若是老夫亲骨血，后来依旧作长沙。

施公心说："可知方公九十生子，积德感动上苍。"想罢叫声："王氏，难为你贞心持节，扶养幼子，本县给你分清皂白。"王氏见准状词，连连叩头。施公叫声："王贞娘，明朝把你父母、舅舅带着德保同来堂上听审。”王氏听说，拭泪下堂。施公随即出票，传那方刚族中老幼，限明日午堂听审。公差答应，接票而去。

且说施公升堂，吩咐：“带上王守成夫妻来。”青衣答应，夫妇走上跪倒。施公说：“你女贞娘告状。快把此事情节，细细诉来。”王守成夫妇见问，叩头流泪，禀：“老爷，贞娘乃是小人之幼女。”施公微微冷笑，骂声：“奴才！满口胡说！亲生女子，谁不心疼？你说以女报恩，你这奴才，非是疼女，系误其终身也。不是生男养女，分明是你那女儿行为不端，干出丑事。如再巧辩，一定动刑！”施公怒说，“你女既无别事，为甚被逐回家？方姓血口喷人，你岂受其辱，你为何追逼女死？快把情由说明。若有言差语错，动刑拷问。”王守成含泪口尊：“老爷，小的也曾分辩：若不满十月，算小的闺门不谨；已经十个月满足，如何是为败坏？怎奈方宅族人不依，当面受污。小的也觉荒唐，是以领回，逼他毒死。偶遇内弟刘之贵苦求，贞娘随他舅家过活。贞娘屡次要告，无遇清官。今幸青天荣任，乞祈公断。”施公听罢，吩咐刘之贵、贞娘母子二人上堂。青衣答应，带至下跪。施公先看德保，虽然仅五六岁，却是品貌端庄清秀，天庭饱满，地角方圆，两耳垂肩，鼻如悬胆，十分安详。身穿锦红棉袄，随他母跪在一旁。施公心中大喜，把他抱上来，接在怀中。

施公便向之贵说话：“你甥女被方刚丧其名节，王守成尚且疑心，你夫妇留下，是何缘故？”刘之贵跪扒半步说：“老爷，小的知道甥女从小遵守规矩，嫁与方宅，成其夫妇；花烛二日，太翁而终，令人可疑。适喜十月满足，诞生一子。方宅族借以九十生子为辞，图赖产业情真。”施公说：“你言有理。世间也有九十生子之理乎？”之贵见问不言。施公又问：“你为何不答？”刘之贵说：“若论九十生子的话，也有半信半疑。小的默思，甥女平日是个最贤惠的，若要冤他有私心，小的死也不信，因财图害甥女是实。”施公闻言含笑说：“难为你凭信贞娘，真乃眼力高强。九十老儿种子，世间也算奇事。因你们少读诗书，那得知道？本县自有凭据，除其疑心。”贞娘一闻此言，连忙叩头。施公吩咐道：“刘之贵、王氏起来，站在一旁，听候发落。”

施公又命人传方刚和族人等，上堂听审。施公说：“尊宅哪位是族长？”只见上来一人，名叫方敏文，扫地一恭，口尊：“老父台，方家支派族长，就是商人。”说罢下跪。施公说：“去世的方节成是你的何人？”方敏文回答：“是商人的嫡派族侄。”施公说：“你那堂侄娶王氏，族中知道么？”方敏文说：“这件事，族中都皆知道。但只不是明媒正娶，原是通房使妾。”施公说：“九十纳宠。你们为何不拦？”敏文说：“商人同合族也曾劝过。怎奈贞娘之父，苦苦缠扰，以恩酬情。族侄虽然九十，身体康健，两下情愿。不料竟只一宿而终。贞娘如同催命之鬼！望父台判断。”施公微微冷笑，叫声：“年兄，莫非贞娘暗里有什么隐情？你侄之死，若有屈意，只管实说。本县严刑拷问！”方敏文闻听，不由暗喜。施公又说：“我且问你，老者无子，几时去世？合房全无挂孝，莫非你们是一姓两字？快实讲来罢！”下文分解。

第 四 六 回

巧折辩服众　救孤寡回家

话说方敏文说：“商人们与节成是嫡派亲支，现有家谱可证。”施公说：“是嫡派亲支堂叔，也有一年反服，今无一人穿孝。”敏文说：“节成已经死了五载，方刚是他嫡亲堂侄，过继与节成为嗣。三年孝服已满，邻里街坊可证。”施公闻言，故意吃惊，说：“又来了！你越发胡说。既你侄儿死过五载，连他死的情由也不明白，还要本县追问，还敢说亲支嫡派？”问得敏文无话回答，只见磕头。施公伸手指定，连骂：“你就该死！真是衣冠畜生！既为嫡派族长，为什么人死情由，不去问明？安顿王氏，心怀反意，分明你们长幼谋害。你贪图堂侄家产，不顾纲常。恐其娶妾生下子嗣，难分家业，所以害其父，今又谋其母子。岂不知苍天难容！一宿成胎，冤枉贞娘私情，逞强逐出，家财肥己。全不想图谋家财灭嗣，应该何罪？你既为族长，即是头一罪人。”施公吩咐：“先打戒方三十再究！”青衣答应，就要动手。

忽见敏文长子二府方标，捐纳①出身，领头向前一躬，尊声：“老爷台，暂息雷霆，听治下细将情由禀明。”施公吩咐暂且停

① 捐纳——指通过捐资纳粟得到官职。

住。说："年兄有何分辨？你是方节成的何人？"方标说："节成是职员堂兄；家君本是族长。堂兄有疾而终是真。九十老如风中之灯，草上之霜，绝不该纳宠合欢。不惜性命，丧其残生，尚无嗣子。现有成嗣之人，族中之人甚众，谁敢来侵吞家产？堂兄果是有人谋死，尸骸必有伤痕。老父台不信，开棺请验。若有参错，情愿领罪。堂兄果能种子，也是阴德所感，谁不愿从？但只过门一宿，族兄年老，无人凭信，所以将贞娘逐出。虽说通房使妾，行出丑事，关系方门声名。到底王氏年轻，不知羞耻，必有私情。十月生子，如何算得？"施公闻听，微微冷笑说："据你说来，却也有理。节成入殓，既无伤痕，你父如何又说请本县拷问王氏呢？"方标听说，满面通红，口尊："老父台，拙家君今来到此，乃疼人气忍在心，望老父台宽恩。"说罢一躬。施公说："年兄，据你讲来，实是量狭之故，想着官报私仇。这也容易，把王氏叫来，夹几夹棍，拶几拶子，给他出了气如何？"方标闻言，连连打躬道："职员无知冒犯，情愿领罪。"施公叫声："年兄何言领罪。本县说个人情，少缓加刑，重处那淫乱之妇告你合族。且你贤父子当堂说他送暖偷香。但此事无凭无据，你父子岂肯无故飞言？"又说："孤儿不是节成之子，通情何人？求年兄说出名姓，拿到立刻严刑究问。"方标闻听，连忙控身，尊声："父台，若问王氏淫邪，实无凭据，只因服侍亡兄一宿而亡。但是年老，血败精枯，是以起疑。老父台明镜高悬，细细判断。"施公含笑说："年兄现在爵禄临身，将来也要临民，岂肯顺着那些无知愚蠢之人乱说！贼情以赃为证，奸情以双为凭。若不满十个月生儿，是他父母拘禁不严；既满十个月，就是你方宅门中之事，德保既不是节成骨血，要拿奸夫是谁？若是无凭无证，即为以强欺弱。年兄之父，身为族长，自有家法，快说奸夫姓名，以便论罪王氏。若无证据，难怪他含冤。”

施公问得方标张口结舌，汗流如雨，不住打躬①，口尊：“老父台吩咐的极是。家君虽是族长，原不同居。王氏虽是通房使妾，先兄家中奴仆最多，持家不严，也是方刚之过。族人因方刚年幼，所以不便深究。只可逐出无耻之妇，免得再生祸乱。”且看下文分解。

① 打躬——弯身。这里形容恭顺恳求的样子。

第四七回

仗乡绅巧言折辩　差二府追问奸夫

施公闻听不由发之大笑，说："年兄越发糊涂起来！日后还要为官出仕，道理不明，谁肯相服？方刚年轻，族长就该照应，岂不知小儿作罪，祸遗家主，那容家下作乱。未曾逐他，就该先把情由问出。若说不知踪影、姓名，明明愚蒙本县。凭你狡辩，全然无理，年兄多费工夫！"施公登时动怒，方标一见着忙，无言回答，自觉理屈，羞愧满面。

施公吩咐传方刚上堂，下面答应。方刚战战兢兢，阶前跪倒。施公说："你多少岁数了？"方刚说："商人二十二了。"施公向方标说："他竟比王氏还长一岁，你如何说他年幼无知？"方标不住地打躬领罪。施公又问："方刚，你承嗣几年了？快快说来！"方刚说"商人过继之时，刚十七岁。"施公说："既在他家已经六年，你说年老当家，必然是你。"方刚闻听，越发怔，无头绪对答，跪在下边。施公把惊堂木一拍，问道："你为何一言不发？"方刚说："不知老爷所问何事？"施公说："你来为什么呢？你仗是盐商，在本县跟前推诿。我且问你，把王氏逐出，说他做了丑事，与何人苟合？你可说来！"方刚说："商人终日在外办事，并不知情。"施公说："你既然不知，如何把德保驱逐出门？德保又是谁人骨血呢？"方刚回禀道："原是族人说的。"施公说："既是私情，就该拷问根底。你只顾分财肥己，即不辨真假，仗势威吓。寡妇孤儿，含冤负屈，申冤到此，叫本县与他判断分明。你今若指出奸夫，有了凭据，将王氏定罪；无凭据，显系斩宗灭嗣。该当何罪？你哪知王法无情！"

方刚闻言，登时变色，磕头碰地说道："商人粗心该死，合族生疑是真。王氏若有败门之事，家下共有百十余人，岂无一人知觉？断不是商人家做的事，定是他父母家中作来之事。他虽生孩儿，岂能方家承嗣？王氏一派力辨。族长也曾苦苦追问查奸，王氏父母恐众观不雅，代其哀求，是以带王氏而回。"施公怒嗔，叫声："方刚！若是他父母闺门不紧，如何到十个月才生？你们合族人的妇女们，都是怀胎几个月生子呢？"方刚目看族长，不能对答。他的堂兄方连，是新科进士，见他对答不来，连忙上前打拱，口尊："老父师容禀：十月生儿，论理难怨王氏含冤。九十老者种子，也难怪方家疑心。老父师明鉴如神，此事古今罕闻。贞娘不无暗地私情，若谆谆拷问，有碍颜面。今王氏告状公堂，求父师断明。"施公含笑叫声："年兄，贵族说王氏无耻，并无什么凭据，真假难辨，是不是呢？"方连说道："老父师明镜高悬。"下文分解。

第四八回

讲论古典服众　一验寒暑明冤

施公说："莫怪你族中少见少闻，又还欠读书。自古以来，老人生子，如刘元普八十余尚生一子，皆因他阴功浩大，故天以报其德。节成九十，较之八十，又长十年，谅来贵族不能辨其真假。要求清白，又有何难辨出，把家产仍归于他。若果有私情，将王氏当堂立刻处死！"方连闻之，心内欢喜，向上打躬说道："老父师吩咐分明。"施公说："这件事年兄虽依，贵族分去家财花尽，如何是好？"方连说："合族情愿公赔。"施公说："年兄金榜题名，清高贵客，断无失言之理，只恐内中有不情愿的，年兄方与贵族言明如断。"

方连暗思纳闷："这施公先说少见少闻，还欠读书，莫非有什么比例？"思想多会，即道："老父师，若怕族中人不应允，何不齐叫上堂，问了一问。"施公说："有理。"遂把方宅合族叫上，将前情说了一遍。合族同声答应说："公同赔完，终无更改。"施公听罢说道："昔日文王曾生百子，八十五岁而生周公旦，乃九十九子。武王未登殿时，周公旦之外，又得雷霆子大义男，凑成百子。固论你方族有这许多读书之人，岂不知晓？因分家财，就推不知。此中一比就有效验，你们难解。但凡过古稀能生子者，此子骨髓不满，身不耐寒，惧热怕寒；站在日中无影，即有也须细看才能看出——先天不足之故。本县之言，尔等皆不信。《藏经》之中，有七言绝句一道：

七十生儿惧暑寒，精神衰微形影单。

老者生儿能健壮，定有旁人拜孝男。”

贤臣说：“德保方交五岁，你们家有与此子同年的抱来比比，自然分出真假。本县说你们少读诗书，见识甚少，你们未必宾服①。”方家族人闻听，惊喜交集，堂下叩首打躬，口尊：“老父师若能验出真假，德保果系无影，节成有后；王氏贞娘烈节，祖宗增光，感恩不浅。”

方标令人即叫管家把病孩儿抱来，施公观看：比德保短小，骨瘦如柴，身穿夹袄，愁眉不展。施公冷笑，遂把众人骂了几声：“畜生，与本县还敢胡混！小儿有病怕冷，比孤儿胜似一层。”下文分解。

① 宾服——这里指佩服。

第四九回

众商人堂前请拜　不白人洗却沉冤

施公看罢婴儿，向方进士说道："此是何人之子?"方连回说："来保之子。来保今年二十七岁。"施公说："此子虽然有病，穿的是夹袄。德保那样肥胖，当此初秋，却穿一件棉袄，可见比那孩子大不相同了。"

施公又命衙役到街市上，将五岁孩子找了几个来。施公将五岁孩子叫了几个来，将德保递给差役，都下在丹墀。又叫拿各样东西玩耍，领食物等类，哄着玩耍，同在院中间闹哄哄。那瞧看的军民，议论不表。施公叫上方宅族长，下去看看德保影儿。方敏文答应，静心细看：个个小孩皆有形影，惟德保形影总看不甚明。只当年老眼花，仔细又看，并无影儿，这不就是。族长登时如小儿呆望，打躬叩头，恳求赦免。施公吩咐青衣："先将孩子送出，每人赏银一两，都在族长方敏文家去领给。"青衣答应，遵依而行。

施公说："你们不肯认罪，恳求本县，使我劳尽心力。你等若是愚民，还可恕了。尔等乡绅读书明理之人，似觉难容，若不深究，人说本县赏罚不公。若诸公无意吞谋产业，为什么将有病孩童抵塞混充？自然更怕冷，以致本县当堂审问不真。你们存心不善，情理实实难容。本县有心加刑治罪，念你们宦家体面何在？族众每各罚米五十石①，以备冬月济贫。族长家法不慎，额外罚银百金，庆贺去世老翁生子之德，旌奖王氏贞娘操守之真。限三日把家产归齐。尔族将轿子、合族绅埭②，都到刘门迎请节妇、德保，好叫他光宗耀祖，转回家门。至于方刚立嗣，不该逐出孤寡，从今一应家务，由王氏掌管，永不准方刚经手。如有人不遵，来禀本县定夺。”方族人等，一起打拱，叩头拜谢。

施公这才吩咐传王氏、刘之贵、王守成夫妇上堂跪倒，施公叫声：“王守成，本县为汝女贞娘，判明泾渭。当日被方宅之人，怨你女儿作了无耻之事，你夫妇逼那节妇自尽，险些儿误他母子之命。本当加刑治罪，姑念你因羞辱，实出无奈。你还要怜年少烈孀孤儿，从今必须诸事照前。若是有人欺压他母子，只管来禀本县知道。”王守成夫妇闻听，往上叩头说：“大老爷今将女儿污名洗清，小的就死也安。”施公听罢，又叫声：“王氏，听本县吩咐：难为你泾渭分清，今朝辨白，你心无愧，暂且跟你母舅回家去。三日内家财归齐，花红鼓乐，迎接回转方门，执掌家务，与方刚无干。看他孝你如何，若有不好，立刻赶出。乃与老翁守节，抚养幼子。本县详请，门第增光，香流万世。”贞娘听罢谢恩。施公又向刘之贵说：“可羡你能识贞娘节操，恩养甥女、外甥孙，非是容易。总要照常照应他母子。一应家用物，盐行买卖，也须你时刻经手料理。德保成人，子承父业。他族人若有侵

---

① 石——旧时计量单位，十斗等于一石。

② 绅埭——应为绅衿（jīn），泛指地方上有地位权势的人。绅，指有官职或中科第而退居在乡的人。衿，青衿，指旧时念书人穿的衣服。

欺孤子寡妇之处，来禀本县拿究。”刘之贵叩谢。

方敏文心中暗想：草木翎毛，尚且有影，真真奇怪！这定是节成亲生骨血。可见是有屈情。施公见方敏文呆思，就知应验，吩咐：“传方商人上堂。”敏文堂前跪下。施公说：“你看德保有影无影？”敏文口呼：“青天老爷，真正无影。”施公说：“这就是老翁有德，上天不爽①之故。小儿健阴之体，赤身亦无妨碍，你将有病孩儿充领过来，比德保瘦弱，仅穿夹衣；街上众童却是单衣，在堂前脱衣一试，立刻分明。”施公说：“人来，你们把各家孩子都脱去衣裤，哄着玩耍。”青衣答应，遵依而行，把病孩子也是脱去。小儿贪吃贪玩，俱都喜悦，不怕寒冷；唯独德保不耐风寒，与他果子银钱俱不要，哭着要穿衣服，口中呼唤妈妈。方盐商合族人等，面面相觑。施公坐在上面摆手，吩咐：“青衣，把小孩抱着，与他穿衣服，交与王氏，领在一旁，伺候发落。”

施公又叫上方家合族之人，说：“你等胡言，无凭无据，又没比例，所以心内怀疑不信。今日当堂试过，有什么不服，只管讲明。”方宅族人闻听，含羞抱愧，面面飞红，一起打拱叩头，都说：“青天传览古今，明见如神。寒族无知，冤枉王氏贞娘。哪知节成阴德，怀下子嗣。从此再不胡行，望父台开恩。”施公听罢，微微冷笑说道：“这等说来，诸公的疑心去了，没有不服之处？”方宅合族一口同音说：“谢太爷的大恩，给绝户断出孩儿，为节妇洗明冤枉，并无有不服之处。”施公说：“你们不该冤枉节妇有那外事，因家财坏节妇之名。怎知贞娘青春嫁与老者，

① 不爽——不犯过失之意。

为他爷娘受过恩德，哪料一宿而终。可怜操持，立志不去改嫁，给你方门增光。此乃去世老翁阴功大，使王氏产养后代。你们为家财逐他出来，若非告到本县案前，王氏贞娘之屈，如何得伸？臭名莫洗。你们既系乡宦读书之家，岂不知律有明条，全不想斩宗灭嗣，应该何罪！快快说来，按律定罪。”下文分解。

第五〇回

遵古验寒暑　因节赐旌表[1]

方家合族之人，听得施公要按律治罪，叫他们自招，吓得魂飞。惟施公又派人押下家族人等，限三日取齐，家产交明。各人允纳，俱各散出。施公后又差人挂匾额一面，美贞娘节烈；立刻禀明上司，当堂存案。吩咐退堂，入书房。刑房书吏，送来人犯招稿。施公灯下观看，至晚宽衣上床而寝。

次早，施公净面整衣升堂。放告牌招挂出，只听喊冤之声由角门而入，至堂前下跪，说："小妇人冤枉！求大爷爷恩准判断。"施公闪目观看：原是一年老贫婆，有五旬上下，身穿布衣，两眼垂泪。施公说："你为何事？家住哪里？细细说来！"贫婆说："小妇本姓崔氏，家居城外双杨树。孤儿寡妇，母子务农为生。今年种了几亩田，每日种灌，结的茄子甚大。实指望卖钱还税，不料被人偷去。儿子因怒染病。不但无钱交纳国税，冬天衣食全无，只有死路。幸值老爷判事如神，因此前来告状，求老爷拘贼救命！"施公闻听，微微笑道："你种茄子，岂无街坊邻居。所稼种之地，晚间必要巡查。"崔寡妇见问，说："老爷，小妇的园子紧靠河边，夜间没有人巡查，不知哪贼来偷去。"说罢，放

① 旌表——表彰。自汉代以来，历代王朝，提倡封建礼教，对"义夫、节妇、孝子、顺孙"，常由官府立牌坊，赐匾额，称为旌表。

声大哭。施公说：“贼人不过偷盗茄子，难道连茄根都拔去不成?”崔寡妇说：“他要茄根何用？只恐茄子长大，还是窃偷。”施公说：“茄子已被偷去，也有几回？据实说来!”寡妇回答：“茄子偷去有六七回，算来价钱五千有零。虽然茄根仍在，只能给了粪钱、人工钱。”施公叫声：“崔氏，茄子已经失落有六七回，又不比别的盗案，拿着有赃可证。贼偷茄子，挑到长街，随时卖去，又不知姓名是谁，既拿住也是枉然。无凭无据，怎样查问？本县念你孤寡，逢贼之害，秋季钱粮免你。偷茄子只可认个晦气，且自回去。”崔氏不肯下堂，青衣将他扶出。那些瞧看军民不悦，议论纷纷不表。

施公见崔氏去后，却又差青衣前去查访有无，暗同崔氏定计。这日施公升堂，时才午初，差往双杨树崔氏家的八个公差，当堂回说。施公一见，便问：“你们可将本县吩咐之言，告诉崔寡妇么?”众役回禀道：“依办。”正说话间，又有差去叫卖茄子的公差回话说：“小人们奉差把守东门，将卖茄子的俱都拿来。”施公闻听，满心欢喜，吩咐：“连担子全带进来听审。”不多时，担子筐儿都放到堂前，个个害怕，跪下叩头。施公留神观看，下问说：“你们都是江都百姓么?”施公又问：“叫什么名字？报上来!”齐说：“赵大、刘二、周三、阿四、金五、王六。”个个书吏记明，各写一帖儿，就令各人即去认各人的担子，将帖贴上，站定。青衣上堂复命。施公连忙离座，来到茄子跟前，数了一数，共四十三担。施公细细看验，瞧到二十筐的上面，伸手拿起一个，看来多时，看出破绽。又见几个茄苞，又看筐上贴的姓名。

施公看过，放下茄子，转身归座，往下吩咐：“把偷茄之人白进忠、白进义带来听问。”青衣答应，立刻带上跪倒。二人不住叩头，口尊：“大老爷听禀下情：小的弟兄，本籍江都，小买卖营生，不敢越理胡行。不知拿到什么事情？”施公闻听说：“万恶凶徒，你二人欺心胆大，还敢在公堂说谎。崔家与你何仇？不顾别人，把茄子偷来。孤儿寡妇，痛心伤情。你早些实招，免得动刑。”二人闻言叩头，口尊：“青天老爷，寡妇茄子不知何人偷去，小的不知其故。”施公见不肯招认，带怒骂声：“贼徒！竟敢巧辩。分明是你们偷去，还说屈情。本县给你个真赃实犯。”吩咐：“青衣，把筐内茄子，多拿几个上来观看！”公差答应，不多时拿到，放在公案上面。施公说：“白进忠、白进义，你们口称未偷崔氏茄子，本县问你，既是自家种的，为何茄苞儿还未长大，因何就摘？”二人闻听，一起强辩。施公说：“这茄子因何个个打着窟窿，这又是什么缘故？”二人闻听，一起发怔，说：“虫咬的，或被风打的，也是有的。”施公闻听，不由大怒，说：“分明偷的茄子，公然肥已。今日事犯，尚敢胡说！昨日崔氏告状，本县故意施下暗计，差人察访，令他母子在茄子上扎一些小小窟窿，不论大小茄苞扎过。你二人今日已经中计，还辩什么？”吩咐公差拿下给他们看。

青衣接茄来至二人跟前，二人一见，个个都有针眼，这才无言可对，只是磕头求饶，说：“小的原是一时起有歹心，当夜窃盗。”施公闻听冷笑，说：“你这两个该死的奴才！要是你们自种的茄子，岂肯一时尽摘？只顾自己过活，不肯顾别人，天理何存？你们还说什么？可叹崔家母子好容易种的，真正费心费力，只望卖些银钱度日。你们坑害于他，真正可恶！今日实犯难逃，依律处治。还是依晚盗人家律例，还是赔补？此二条遂你们择！”二人说：“情愿赔补。”施公说：“本县儆戒你下次！将二人拉下，每人重责二十大板，再叫他赔补。”青衣答应，上前重责。二犯叫苦哀哉！施公吩咐：“传崔寡妇上堂。”不多时，跪在下面。施公说：“你茄子着他赔偿。”一起退下。

施公正要退堂，忽见施安进来，遂问李升访拿水寇之事。不知施安如何回答，下文分解。

第五一回

施安报凶信　施公痛义士

施安见贤臣问李升，不由心中一痛，泪如雨下。贤臣一惊，说："难道其中有什么缘故？你快快讲来。"施安拭泪心悲，口尊："老爷，要问李升，不由不痛。前者小的奉命私探黄河套，扮作客人。那一日赶到黄河套，小的们下在渡口旅店之中。天有下晚之时，小的身乏打睡，李升独自出了店门。小的睡醒问他，店中回说不知，李升出店，并无留信。小的有心去找，不知去向，等至黄昏，不见回店。小的坐到三更时分，忽然睡去。李升迈步进房，小的如同梦中，一见他说：'老爷恩重如山。我私探水寇，误上贼船。到了江心，忽听胡哨一声。四下来了许多船只，将我命丧水中。'"施公闻听，不觉泪下，即问："如今怎么拿贼报仇？"施安又说了一番。施公又哭之不已，则叫施安拿银送到李升家里，安其妻子之心，不可说此凶信。施安说："晓得。"不表。

且说外面云板响声。不多时，只见施忠进来。施公看见义士，心中甚喜。好汉上前请安，口尊："老爷在上，小的施忠回转京内，老太爷都好。今有回书一封，请老爷过目。"遂从怀内取出，双手呈上。施公接过，为国心烦，不看家书，先告诉李升之事。施忠闻听水寇之猛，李升之义，心中难忍，一声大哭起来，说："老爷不必悲哀，今李升已死，老爷何用胆惊？等小的去会水寇，与李升报仇，兼答恩养之德！"又说："小的还讨二人，此二人乃是兄弟，名叫王栋、王梁，武艺高强，小的深知。"施公点头，伸手提笔，立刻标写红票，递与施忠收起。施公复又吩咐说："你三人务要机密行事，不可招祸。你去打点行李，明早好走。"好汉答应，回到自己房中不表。

且说施公把家书打开，留神细看一遍，看完不觉二鼓。施公困倦，站起收了家书，宽衣解带，上床而寝。次早升堂办事，叫施忠等三人起身，一同迈步出衙。众差役纳闷私言不必说。且说他三人到无人之处，施忠这才言谋奉差的缘故，一一告诉栋、梁二人知道。又将李升死的话，说了一遍。三人不胜叹息。王栋带笑说："当日我们兄弟二人，绿林贸易，山东一带，颇有名望，不入江湖吃多少亏。昔年撞见捕官，甚是厉害，弹弓无虚；长枪短棒，人人惊怕。围住我们，兄弟两胁中箭。忽见一人骑着黄马，扬手发镖，并不脱空，伤了几人。我们赶上，请他留名：外号飞镖黄三太。生得仪表，如此一面，分手而别，至今未曾相逢。"施忠闻听说："二位，这就是先父，那匹黄马，日行千里。他独作绿林，嗣后改换心肠，归农学作耕种。小的八岁，学会家传之艺。父母西归，亦入绿林。十五出马，并无对手。今年二十二岁。"栋、梁闻听，说："原是令尊大人，失敬，失敬！"三人即时叙了年庚八字，结为生死之交。王栋居长，次者施忠，王梁居三。三人叙说，天已三更，方才安歇。次早起来，出店去探水寇消息，连住江口，探听几天，并无踪影。三个好汉，正是着急。下文分解。

第五二回

水寇孤店贪杯　施忠展翅擒贼

且说店东自知三家好汉，也是江湖客人，莫不知是县中差役，高声大语，叫："小心，早掩店门!"

且说三名水寇，今晚是刘六、刘七的东道，请银勾大王挂角蛟。堪堪天晚，水寇驾舟，离江出岸，竟奔刘家店而来。三寇贪杯好色，正在热闹。且说施忠等三个好汉，店中商议妥当，知会店中拿贼之故；各带随身兵器，侧耳细听，那边歌声震耳。王栋说："天气不早，你我过墙行事。"施忠答应，三人上墙，观看动静。翻身顺墙溜下，脚占实地，大叫："尔等水寇听真：今逢狭路，快快出来受死。口言不字，把刀斩尽。"且说三寇正然高兴，酒有八分，银勾大王怀抱娼妓取乐。闻听人喊，心慌意乱，往外就跑，被施忠拿住绑起。好汉这才通名，说："我名施忠。三人奉县主之命，特拿你等。"把三人捆起，天明到渡口。武职衙门廉三元千把等官，哪敢怠慢，立刻传令发兵到店，等候护送。三个好汉叫："把水寇抬在车上。"两家店主，不敢言语，只求无事。

且说施忠看见有群人来得不善，施忠说："列位小心，等我挡住那些鼠寇。"下车站住，迎面拦挡。喽啰水卒们看见，个个跑散，各保性命，而施忠方又走转回来。

且说贤臣这一日升堂。廉三元上堂口尊："老爷，今有京都差官，不久到县。"施公闻报，吩咐书吏三班人等伺候，到接官亭迎接，众役答应，贤臣上轿，到接官亭等候。廉三元跪倒回话，禀："老爷，差官离此不远。"贤臣说："再去打探！"三元答应退去，贤臣又吩咐："人来，即回县衙，门上结彩悬花传鼓乐伺候。"该值答应而去。

且说贤臣起身出亭，闪目一看：尘垢飞空，对子马、龙旗、王仗拥来。贤臣急走几步，跪在尘埃报名。马上差官说："起来。"施公站起，不乘轿，骑马绕道先行进城。衙前下马，躬自等候。扬州官员得信，也到江都县衙之前。州官引领，跪接钦差大人。钦差上堂居中站立，众官跪听宣读。钦差高声朗诵：

江都县知县施仕伦，为官爱民，做事清廉。不惧势利，忠正可嘉。再扬州做官不清，有害黎姓，贪赃殃民，有坏国风，革职为庶，宽恩免究。扬州现在令二衙①暂权，不日补缺，命江都知县会同知州二衙，盘查扬州仓库；但有亏空，行文上报，治罪议处。钦此。

钦差读罢，众官叩头谢恩。州官立刻脱去吉服，换上便衣。贤臣含笑，躬身望钦差说话，口尊："大人，卑职等斗胆，请大人敝邑暂歇金亭馆驿，卑职等好尽恭敬之诚。"钦差伸手拉住施

① 二衙——知府、知州的辅职官员，又称二府、二老爷。

公的手，叫声："贤公说哪里话，你我乃通家之好，何言恭敬。可贺贤公初任成名，不日高迁。出京见过令尊翁之面，本欲盘桓几日，奈钦限紧严，不敢停留，暂别再会。"未知后事如何，且看下文分解。

第五三回

众寇得凶信　会议江都县

差官告辞下堂，众官跟随出衙，送到界外，众官回转江都。扬州坏官，先告辞出衙，等候交任，盘查仓库。扬州二衙，姓王名辉，乃东昌人氏，以文才选的。为人耿直，深服施公断才。王辉带笑望施公说话，口尊：“县令，贪官坏任，上谕命你我二人，盘查仓库；又令下吏代理，少不得领教，一同进州。”贤臣素闻王辉与贪官不合，是个正人，一闻王辉之言，施公忙忙站起，躬身口尊：“州尊大人，卑职焉敢多言，任凭尊裁。”王辉闻听，起身赔笑说：“贤公请坐，你我乃通家之好，何须套言。”施公连忙回答：“恕卑职斗胆。”王辉笑说：“下次再提卑职二字，有失孔圣，令人耻之。贤公请坐，公议正事要紧。”施公坐下，对王州尊说：“你我先攘他回州，好作手法。如此这般，大家取便，岂不美善？”王辉闻听，回答：“甚妙。”

二公正议之间，忽见施忠进来，走至贤臣身旁，跪倒回话说：“小的奉命到黄河套。水寇带酒被擒来，营兵护送。”从头至尾，说了一遍。贤臣闻听，说：“事毕领赏！”施忠站起，又叫书吏写了回票。好汉手拿回文出衙，交与班头带回黄河口不表。且说贤臣即命书吏出告示，贴在十字要路口，上写：

扬州府江都县正堂施，为晓谕江都远近受屈人等知悉：今奉上文到县，五日以后出斩九黄、七珠，并莲花院十二寇。内有恶人关升、豪奴三片；还有那些应斩之徒，尽行诛之。传其仇家，到法场瞧看正法，以为报仇雪恨。无论军民人等，知悉。

话说贤臣与二衙一同出衙，马步快兵跟随。施忠、王栋、王梁保护水寇车辆，前呼后拥，到江都城。瞧看军民，称赞不表。施公与二衙解水寇，兼上扬州盘查仓库。

且言扬州、江都远近有四名响马，称为南方四霸，个个武艺精通。黄天霸改名施忠，手使镖枪三支，改邪归正。一名贺天保，苏州人氏，年三十六岁，黄胡子，马腰蜂仁，使的朴刀，骑红鬃马。第二名濮天雕，年三十二岁，黑面目，五短三长，江南人氏，手持单刀，坐骑青马。第三名武天虬，杭州人氏，二十六岁，手持亚虬枪，坐骑白头马。下回分解。

第 五 四 回

杀场斩众犯　骑马闹江都

且说三公议到江都劫法场，救莲花院十二寇——因有兔死狐悲之故。贺天保见过施忠，打那关家堡同救施公，知道贤臣忠正，施忠义主。若说不到，有伤绿林之好。偶生一计，公私两便。面议：各带手下到江都，到西门外观斩犯。看了一座酒店住下，令人暗暗打听。

且说贤臣同王辉押解水寇，进了扬州。贪官坏任无职。二衙、县令进州。施公把三名水寇交与州官收监。当即二衙受事，与知县盘查仓库，所有亏空要赔。官住馆驿，变产交还。贤臣告辞回衙，进书房坐下。施忠献摆茶饭完毕。天黑秉灯，施公查对各犯呈词，想起杀场斩囚，犯人甚众，难保无事。施忠见施公为难，好汉参透其意，说："老爷，倘杀场之内有变动，小的承管，只请放心。"施公当时坐堂，施忠旁立。一面吩咐王栋、王梁兄弟，答应上前跪下。贤臣先叫："王栋，传你到西门外，正面高搭凉棚五间。门前要悬花结彩，内设文武公案，伺候明日吉时行刑，不可错误。"王栋答应，叩首下堂办事。贤臣又叫："王梁，你去知会府守振大老爷。就说本县奉请，明早借兵卒，先到西门外保护法场。人马雄壮，器械鲜明。务必请大老爷驾到；并晓谕江都门军，明日西门紧闭。"王梁答应出衙而去。又叫："徐茂，你去说与禁子①，明日五鼓预备。”徐茂答应转身下堂。又吩咐：“你们内外马步三班人等听真：明日五鼓，全班伺候。”贤臣分派已毕，站起退堂。进内书房坐下，望施忠讲话，说：“你出衙察探事情如何?”施忠说：“小的已见贺天保面，说有人要反牢劫狱。”施忠又向贤臣说：“依小人意，即将九黄、七珠、十二寇在衙前先行斩去，可无妨碍。”贤臣听施忠之言，略略放心。贤臣又看这些应斩之人，件件理清，不觉心内也安，待至三更时分，方才安寝。

次早净面用茶已毕，贤臣升堂，吩咐：“再搭囚棚二间。你们诸事小心，事毕有赏。”英公然答应，回身下堂办事不表。又往下叫道：“张子仁，你去出城请振大老爷。说明马步兵营，巡查四面，若有仇家来进杀场，瞧着正法报仇。问对了姓名放进，寸铁不许带入监斩棚。右边站立，不许叫喊。你把守囚棚，等本县押犯出城，一同守府监斩。”又叫跟随人役，在南牢门首，即设公案；再预备刽子押犯，公差答应登时预备停当。贤臣移步至狱门首升坐，该值人手取斩犯牌高擎，如飞来到监门，高声大叫：“里面禁子听着！牌提五处出监；又提四个恶犯：关升、阎三片、五虎、花大。”那贤臣手提朱笔点名，押赴西门而来。王梁一见，开放城门，押着众犯，来至杀场。见守府振公带领兵马，在囚棚巡查严密。

且说众寇在住处等信。武天虬、天雕先发小卒，探听消息。这名小卒哨探杀场外面，回绕兵丁巡查，城门紧闭，只说城内绑

① 禁子——禁卒。旧时称在牢狱中看守罪犯的人。

犯；这名小卒忙忙进店急报，众寇也就不敢迟慢，打扮各样人物，暗带兵器。濮天雕未曾出店，先传暗令不表。且说这贤臣把西门系的囚犯绑出门外。刘医、瓢老鼠早已发去。贤臣吩咐："快提四寇并众犯都提出监来听点名。"差役答应，手举囚犯牌，跑到监门喊道："里面听着，犯人按名照数点提！"禁子闻听，一拥进牢，提出四寇并众犯，点名拥出衙外。施忠一见，吩咐营兵，查看巷口。屠家走过抡刀如飞，登时斩完。又点出四名。总而言之，一连三次，把十二寇斩了。施公这才点九黄与七珠僧尼二人，照样上绑。下文分解。

第五五回

州县官闻志　捉风审小鬼

话说从牢内绑出九黄、七珠凶僧恶尼，贤臣、施忠命众役推出衙外，屠家刀举头落。且说施忠见杀了十二寇、九黄、七珠，大事定矣！此乃提防劫法场之处，近步进衙跟着，施公大悦，起身上轿出衙，施忠乘骡后跟。四名行刑的屠户，带领士兵人等，紧随县主，竟奔西门而来。王梁一见，哪敢怠慢，叫门军将门开放。贤臣轿出西门，众人役跟随飞奔杀场。

且说武天虬一见城门已开，眼望天雕说道："杀场来的犯人甚奇，怎不见我一拜之朋？都是无干人犯。兄长你挨开门。"又道："出来人夫轿马。莫非此来，内有众友见面？此时须要齐心努力，刀杀官役。今日踏平江都，不必留情。"天雕点头。

且说施公登时进了杀场，下轿。人报守府到。两人分旁而坐。且说城中瞧探的那名小卒跑来，口呼："众家寨主不好了！"即将城中十二寇、九黄、七珠已斩，说了一遍。贺天保闻听，不以为然。唯有天雕、天虬，一闻此言，一声大喊："呀！气死人也！好个不义黄短命，不思神前一拜。少不得大家与你作对。"言罢，看见二寇气填胸坑，即向众寇一声暗号。只见八名强寇，站立一字排着，个个拿出兵器。贺天保一见，即行劝住，说："你们众家兄弟，不必动手。人已经被斩了。十二人虽系朋友，已作取死。此道官也遵的王法。无要动手，二位寨主、众家兄弟听真，此事何用作难，古人云，死不能复生，他等无耻，自作自受，即是黄天霸能知时务可敬。”众人闻听，个个止气，默默无言。大家又暴怒一会，齐取兵器，瞧看热闹。

且说施公与振公在监斩囚棚内，二人闲谈，等施忠去了动斩刑犯，取悦人心。施公正与振公谈话间，探报子下马，上前跪倒：“小的来报，廉三元与老爷叩头。”施公说：“所报何事？快快言来。”探报子答应：“小的回老爷，扬州补缺州官到任，请老爷前去迎接。”施公说：“我已晓得。”探报即起马出杀场而去。施公吩咐：“带人犯进棚。”五虎、关升、三片，姜酒烂肺谋奸的董六、老庞、解四、车乔、瓢老鼠、李龙池、刘君配、梅氏、王婆等不过是杀绞，斩而诛之。立刻仵作抬尸，散了杀场。有那瞧看了仇家的，个个合掌念佛。真乃是军悦民欢，不必细表。

且说施公与守府二公，出棚上马，乘轿进城，十字口分手。施公因接迎州官回衙，进内更衣。出来吩咐马步三班人等，不用跟随。轿夫散去，牵马伺候。不多时拉到两匹马。施公乘马，施忠拔刀随同出衙。他主仆二人，已刻进了扬州衙门。施忠服侍施公下马，同进州衙角门。但见堂前彩结悬灯，三班六房闹闹哄哄，大小官员，站起迎接恭敬。施公站在居中，官吏带笑，齐呼：“县主，专候台驾到临。州尊太爷，将才来到，怪县主未去迎接，带怒进内。又传话出来，有礼相见，既履堂规。”施公闻听，恼怒在心：“我今奉旨监斩犯人，是以未能远接太爷。但言有礼相见，这说他升官，便要铺堂的？不用商议，快去打点礼物。”官吏闻得，信以为真，齐说：“县主速去办理，以免太爷见怪。”言罢，个个出衙回去。施公带笑说：“列位还是伺候州尊，勿要远去。我也回去打点金银。”州役答应：“小的晓得。”

施公吩咐即往外行出衙，同施忠步行往西一座饭店。施公进去，施忠挽马拴住，随后进铺。好汉旁站。堂官过来带笑：“请问：爷们用酒用饭?”施公回答：“不拘什么，这好吃的，快办来些。”走堂端上汤饭，排了桌上。主仆二人用毕会钞。施公与施忠商议州礼之事。不知后事如何，且听下文分解。

第五六回

州官罚县把门　硬驳众官礼物

话说施忠办买八色水礼，开礼单，写手本。贤臣起身，出铺上马；施忠拿着食盒，往衙而来。州官可巧回衙。贤臣叫声："施忠，拿手本礼单。"施忠递过。施公吩咐："你可拉马在此等候，我进去投递。"贤臣带笑上堂，望书吏问话："不知哪位是内司？"内中书吏回答，说："那边坐的就是。"贤臣闻听，扭项观看，来到那人面前，把手本礼单奉上，带笑说："奉烦投递。"那人接手本礼单，往内宅回话。口尊："老爷，今有江都知县施仕伦，具手本礼单。"赃官闻言，心中大悦。瞧了瞧礼单，不过是平常礼物，并无银两，心下沉吟，不由动怒，将手本礼单扯碎。叫声："进才出去，快快告诉于他，本州不敢擅受礼物，少时升堂。"进才答应，来至大堂，见了施公，就把吩咐之话，说了一番。贤臣听罢，转身下堂出衙。施忠上前，口尊："老爷，不知事情如何？"贤臣心有气，不便细说，叫声："施忠，把那礼物，叫抬盒人拿了去罢。"说罢，起身走至台阶，赌气坐下，专等机会怄气。又暗骂贪赃狗官！众同寅及书吏上前，就问说："老爷生气，为送礼之故？"贤臣说："太爷清正，我施某带来重礼不受，反罚我小官把门。是以在此代太爷辞礼。"众官吏听施公之言，个个迟疑，半晌讲话说："县主，既是州尊之命，焉有不遵之理？我等何苦碰钉？吩咐将礼抬回。”专等贪官升堂行礼，齐至大堂伺候。

就有内司走过，问门包礼，是官吏回言——照着施公讲的话，说了一遍。内司听了，心中恼怒，去见贪官，叫声：“老爷，了不得了！不用等礼。小的才见施知县，投帖送礼。老爷动气，说：‘偏不要！’他赌气，放下坐褥，把守大门。见众官的礼到，竟大胆吩咐说：‘太爷一概免礼！’众人把礼拿回。老爷还讲什么？”州官听说：“快去吩咐外班，我立刻升堂。”进才走到外宅，高声说道：“三班伺候，太爷坐堂！”只听得梆点齐鸣，赃官上堂拜印已毕。官吏参拜；官役、牢头、禁卒，各乡的地方、保甲人等，叩头已罢。贪官要寻施公，带怒便叫：“江都知县问话。”施公遂即向前，口称：“施不全参拜。”州尊听见贤臣报名，慌忙站起一摆手，即便说：“请起。”施公站起，躬身一旁侍立。州官又叫：“施知县，本州在说你知罪么？”施公躬身回答：“卑职不知，在大人台下领教。”州尊刘元见问，含怒说：“本州钦受御旨，点我扬州管理万民。大小官员都来迎接，惟少贵县。莫非轻视本州？你等我盘查仓库再讲，若有一点私弊，立刻革职。”贤臣闻听，强笑躬身行礼说：“非是卑职莫来迎接。惟因今朝奉旨监斩人犯，国规完毕，始敢动身。及赶到衙门，大人驾已早到，万望大人宽容。盘查仓库，请算；或足或少，自然有数。”刘元听罢，面带愧色。

忽见堂下走上一人，公案前跪倒，手举呈词。州官接状词观看，上写：

具诉呈人东邻赵大、西舍王二、前居张三、后住李四、地方

陈虎，呈为本郡南关以里，东路口坐东向西，有三教寺一座。山门正殿，四层配殿，群房共计七十九间。数年并无僧道在内焚修，每逢初一十五，有邻人进寺烧香。本月十五日，众人进庙献供，进殿遇见怪事，众目同视：第四层魁星殿内，泥小鬼项挂少妇人头一颗，并无尸骸。不敢隐匿，众人共同叩恳大老爷秦镜高悬，宜伸不白之冤。子民感叩洪恩，万世无既。

州官看罢，不由肺腑吃惊。他在座上不好明言，暗叫自己："我刘元大运不济，上任就逢此事。头一人施不全对头，还未判断；他是我命中仇星，到手银子，他偏横逆。"贪官急中生计，肚内说："何不如何这般，公报私仇！"刘元故意叫声："县令施不全伺候。"贪官说："今寺中有人头无尸一案，委汝验明，三日内断出尸亲。本州才升到此，不能办理。我出批，你作速去办！"言罢，提笔写上：

州批县审。批为本州南关以里，路东三教寺内魁星殿中，泥鬼项上，挂少妇人头一颗，无尸投告，前后邻居、地方人等公举。必须三日内断出尸亲回复。倘三日内不结，该令才短：摘印后递取，决不轻恕。

州官写毕下递，贤臣接过。贪官下叫："陈虎，你领县官速到三教寺断鬼回复。"施公深打一恭，走下堂来。刘元吩咐退堂。众官散出，都与施公担惊。贪官又派人役取刑具。贤臣看见州批，微微冷笑出衙。忽见一人慌慌张张，走至施公身旁跪倒，乃是地方陈虎，奉州官之命，赶来回话。好汉扶侍施公上马，施忠乘驴，地方引路，竟奔三教寺而来。

贤臣偶然灵机一动，叫地方陈虎上来。贤臣说："本县问你：

你缘何呈报人头之事，不带凶犯上来？理该把你重处。”地方回答：“人头挂在鬼项。”贤臣却说：“又来了，你既呈报妇人头挂在鬼项，本该就把小鬼带来。是谁把人头挂在他的项上，好明不白之冤。快去！”地方赌气爬起，转身去拿绳扛。不多时陈虎进庙，令人伺候公案，一应铺设停当。地方引路，贤臣进内升坐。又见本州四名衙役刑房、乡绅保甲、牢头人等，上前叩见，报名已毕。贤臣下叫陈虎，地方答应跪倒。施公说：“传四邻回话。”陈虎答应，翻身下行。立刻就有人跪下说：“小的张三、小的李四、小的赵大、小的王二，老爷在上，小的叩头。”施公说：“我问尔等人，知此妇死的缘故么？”四人从头至尾，诉说一遍，呈词无异。下文分解。

第五七回

传四邻问话　各人报姓名

四邻报名诉罢，退下出殿。贤臣安心要看庙内破绽，好推情断事，审人头屈冤之案。贤臣站起离座下殿。施公同众役与施忠，从新绕殿，转过游廊、配殿，群墙瞧遍，并垣墉之处；又至后殿梓童殿上，左照右观，并无尸骸。心想：少不得打草惊蛇，再察形迹。主意已定，连忙回至大殿。下役人等围随。贤臣升座留神，只见那些瞧的军民，闹闹哄哄乱说："从未见过审泥鬼的这稀奇事。"纷纷说话不题。

且说贤臣吩咐带小鬼，陈虎答应抬上。施公安心展才惊众，判断泥鬼。贤臣伸手提笔，上写：

州批县审。本州南关以里，路东有三教古庙一座。山门大殿共三层，计七十九间。后有梓童殿中，小鬼项挂少妇人头一颗，无尸。今本地方呈报，众目同观事实。此庙内数年以来，并无僧道焚修。现今原被告全无，州尊委本县严断，限三日以内回复。尤恐此郡举监生员，三教军民不知，今出示晓谕知悉：愿瞧者赴庙听审泥鬼。倘有断不清明之处，许尔等公举，特示。

写完住下，又叫陈虎："你把告示速去贴在冲要之处。"贤臣又说："听我吩咐，今州尊委我，派你等四人，大家公办。审清人头，大家有功。若是你我怠慢，州尊恼怒，罪名非轻。"四公差闻言，也是鼻内流酸。贤臣恼在腹中，故作不知，说道："陈虎，你去把住庙门，并吩咐举监军民三教之人，他们既来进庙瞧看，许进不许出。如有不遵，立刻锁拿去见州尊严究，就算杀人之犯。莫怨施某断事不明。你要徇私，放出一个，本县送你算犯法之人。"陈虎闻听，吓得一跳，无奈答应："小的晓得。"这地方把告示贴上，回来复命。贤臣一摆手，地方闪在一旁。

天色将晚，贤臣瞧月台上站着泥塑小鬼，项挂少妇之头。看罢眉头一皱，计上心来。离座出殿，走至月台。带笑高声说话："你们这内中举监人役，贤愚不等，瞧看本县审鬼，须听得我施某吩咐，不可顽法。"只听答应，上来跪下。贤臣就问："你是仵作，名叫什么?""小的名叫张五。"施公说："你把鬼项挂的少妇首级验看，是何物所伤，不许粗心谎报。"张五答应，至泥鬼跟前，取出一根筷子，拉着少妇之头，细细瞧看多时，回身进殿回话："老爷，小的细验明白：妇人头上，致命斧伤二处；脑袋是斧子斫下来的。"贤臣闻听，一摆手，仵作①退下。贤臣设计，诱哄愚民，审鬼是由头，好追寻题目。说："本县奉州尊所委，势难诿卸。皇上点我做官，岂肯有负圣恩。本县幼年习学法术，与你报仇雪恨。"霎时间，忽见东南狂风大作，旋风来回乱滚，垂着泥鬼打转。贤臣一见，就知其意，不由的暗喜，感动佛祖神圣。往下高叫："风中女鬼，听我吩咐，不可徇私，快捉人犯；本县差人带你到人群里找去。"随叫："马腾你跟旋风，不可拦挡，任他旋转。倘有可遇之处，领来见我。"

---

① 仵作——旧时官府中检验命案死尸的人。

马腾答应，思想无奈，迈步出殿，跟定旋风，东就东，西就西。旋风滚的急快，公差两眼似灯。马腾高叫：“列位开路，莫挡风神。”众人闻听瞎叫，心中无病还好；有病之人，面如金纸。旋风在人空中钻出钻进，找寻仇人不见，又起一阵狂风，往寺外而滚。马腾也随即跟出，转眼不见，心下为难。正在犯想，忽见旋风从阴沟里进庵，复又出庵来引公差进内。那风习习连转三转，从阴沟刮入庵内去了。公差一见，说：“想来杀人之犯，一定在内，何不进庙?”用手拍门，高叫：“里面有人么?”女僧正坐，忽听外面打门，忙唤：“小尼，看外面什么人打门?”小尼回身来至角门开开门。公差迈步进庵，闪过找风。只见旋风声习习，往里直滚。公差那管内外，跟风往里就来。那风忽进禅堂，声习习围着大尼姑团团而转，刮的尼姑用袖遮面。马腾一见，不管好歹，回手取锁“哗啷”一声，就套在女僧项上。那风出房，又起一阵大风，刮去不见。把个尼姑吓得白面焦黄，口中直叫。公差不由分说，拉起就走，穿街越巷，直奔三教寺而来。

那些瞧看军民人等一见，个个说：“人拿来了！咱们快听老爷断鬼。”贤臣听的明白，闪目外观，只见锁拉一人，却是女僧，头上无帽，白面秋波，桃腮杏眼，樱桃小口，甚是窈窕。身穿绫罗，足登镶鞋，年纪三旬。迈步上台阶进殿跪下，公差报名：“小的带女僧。”贤臣闻听摆手，马腾退后。贤臣点头，难怪尼姑性乱，败坏法门。叫声：“女僧听真，今有屈死女鬼，在本县台下投告，私通谋杀他命，冤魂聚而成风，引领差人拿你。快快实诉，免得动刑。”尼姑口尊：“老爷，小尼本州人氏，多病出家。奉公守法，不敢为非。老爷就便夹死，岂不冤枉佛门弟子么?”

贤臣闻听，微微冷笑，往下吩咐一声："女尼不用强辩，你去在台上把鬼项挂的人头看真，回来再讲。"尼姑只得爬起出殿，走到泥鬼面前，睁眼一看那颗人头，不由心中害怕，忙忙回身进殿跪倒，口尊："老爷，小尼看过，不识其面。"贤臣闻听微笑："你竟是满口胡说。本县知道其故，屈死冤魂，是你所害，因奸杀命，还不肯实招。"喝道："两边与我拶起来再问！"众役答应，把女僧拶起。十指连心，痛不可忍。又吩咐："加拶。"只见陈虎回话："禀老爷，今有本州三老爷①，奉太爷之命到寺。"不知何事，下文分解。

① 三老爷——县州、府之辅丞，与二衙分管钱粮、水利、河海、民讼等项事务，又称为"三衙"。

第五八回

三衙奉命催审　蛮人心怀愤恨

扬州三衙奉州官刘元之命催审，马到寺门，见人进报，不见县公迎接，心中不悦。此人系蛮地之人，捐纳三衙到此，不觉暗恼在心："待我进寺，看他怎样审法?"走上月台。贤臣难越大理，离座下迎，一瘸一点，至殿槛就不肯外迎，满脸说些带笑客套。高叫："三爷，恕我有事在身，失迎之过，另日赔礼。"三衙回答道："岂敢。"迈步进殿。下役设座，三衙把手一拱，二公坐下，又言讲人头之事，三天限满之话。这位三衙姓穆，名叫做印，在旁听审。且说尼姑上拶不肯招认。贤臣吩咐："加拶。"尼姑总不招认。贤臣用手一指，喝叫："大胆恶尼！你不招认，且下去。"叫声："施忠，你同马公差速到庵内，将所有庵内尼僧，不论大小，都拿来问话。"

好汉答应，迈步前行，与马腾立离三教寺，竟往白衣庵而去。不多时拿到众尼，上殿跪倒。贤臣观瞧女僧已罢，说："你师父犯下之罪，他赖你们害命。你要实说，莫要虚言。"尼僧见问，吓得磕头碰地，口尊："青天爷爷，小尼今年十八岁，命犯孤寡。八岁进庵，蒙师训诲，紧守清规，法度最严。不知何故，将师徒全拿送寺？叩求青天爷爷秦镜高悬！"贤臣大怒，吩咐动刑。一连三拶，可怜把小尼十指拶伤。怎奈心坚似铁，不肯招认，只求超生。又说："小尼并无过犯。"贤臣说："他不招，吩咐卸去刑具带过，不许与那小尼见面，换过答话。"青衣答应，遵依而行。

且说施公为难，吩咐："人来，把那二个小尼带上问话。"下役答应，立刻带到，吓着叫他下跪。只见那小尼，浑身旧衣褴褛，头呕扣眼，漆黑的麻子，长的不堪。施公看罢，腹内暗转，要明此冤，得诱哄于他。满脸笑着，忙出公位，小尼面前，伸手拉住，叫声："小孩子起来，不用啼哭。你的师父、师兄先回庵中去了。跟了我来，我好叫人送你回庵中，不用哭。不听人说，我还叫人把你锁上，还打一顿板子，跟了来罢!"言毕，拉起小尼，往上走来。施公复归公位坐下，也不嫌脏，取这腰间纺绸手巾，替小尼擦那眼泪，鼻涕拭干。细细观看，带笑问话："小孩子，太爷问你，你今年几岁了？不要哭，不害怕，告诉我，好买东西你吃。"回头叫声："施忠，你去买些果子，与他吃吃，饱了，好送他回庵。"好汉答应，去不多时，买了些水果糖食。施公伸手拿起，递与小尼，复又带笑说："小孩子吃罢。吃的饱饱的，好送你回庵，不害怕。"小尼闻听，快活活，笑嘻嘻，接过就吃。且说三衙暗笑：我看他审事平常，倒会哄小孩子，若到临期怎了？下文分解。

第五九回

奸夫与尼对词　判结人头公案

不言三衙有气。且说贤臣安心诱哄真情，一回手，把腰间小荷包解下，拴在小尼胸前。俗言小孩子识哄，那里见得吃的？又见给一个最好荷包，乐得他眉开眼笑，指手画脚的，叫声："太爷，你给这个荷包，我可好装钱，便宜了我师父了。"施公听出题头，不由心中大悦。扭项叫声："施忠，把你腰中散钱给我些。"好汉答应，回手腰中打摸些钱，递与贤臣接过，都给小尼装在荷包里。贤臣带笑说："小孩子，这些钱带回庵去，好买东西吃。我问你，不知昨晚来的那位太爷，是你什么人呢？告诉于我，我好叫人送你回庵去。"小尼见说，心喜欢得手脚乱动，一面欢笑说："太爷你问我，我不敢说，师父要打我。"施公说："你师父不在这里，你只管说，好送你回去。"小尼四处一看，果不见师父，这才说："那位太爷，比你还俊。他每晚半夜，总到庵中，带些酒肉饽饽，与我师父、师兄，饮酒玩耍。饽饽和肉，我吃饱了，打发我睡，还给我钱。每日晚上，嘱咐于我，不准告诉外边之人。那太爷白日并不见来。"

施公闻听大悦，叫："人来，快把那老小二尼带来对词。"下役答应，翻身下走。不多时，把二尼拿来跪下。贤臣说："你们不招，有人招了。叫那孩子，把告诉我的话，对你的师父、师兄，再说一遍。”小尼见问，复又啼哭，叫声：“太爷，我不和你好咧！我说了告诉你，不叫我师父、师兄知道，因何又叫他们来对话呢？我不说，我怕打。”旁边老尼闻听着忙，叫声：“你不要胡说，回庵送了你的小命！”贤臣说：“人来，掌嘴巴！”一声答应，上前边五下嘴巴，打得牙落。贤臣又问小尼，又照前说了一遍。二尼闻听，无言可对，个个仰面长叹道：“命该如此。”口尊：“老爷，不用再问，小尼招了：师徒同与西茶铺陈姓往来是实。”贤臣吩咐：“人来，带下老小二尼，少时对词。”下役答应，立刻带下。

施公吩咐马腾：“你速拿西关茶铺陈姓听审！”马腾接签下拜出寺。不多时将陈姓带到上殿跪下。贤臣叫声：“今州尊委我断人头公案，鬼诉真情，旋风到庵，捉拿女僧，诉说：尔因奸杀命。快快实招，免得动刑！”那人见问叩头，口尊：“老爷容禀：小的与尼姑并无通奸之事。如杀人，更没此事。老爷上裁。”贤臣说：“你倒言通理顺，善问如何肯招！”吩咐人来，把他夹起。下文分解。

第六〇回

判明妇人头　回复见州尊

下役答应一声，夹起夹棍。陈公义见无据证，忍刑不招。贤臣说：“好一个恶徒!”吩咐：“人来，快把三名女僧带来对词。”下役立刻带上跪下。贤臣叫声：“小尼，你认认那人，是你假太爷不是？快说！不说打嘴。”小尼跪下害怕，即细看回答，叫声：“老爷，这就是那个太爷。”贤臣闻听，事情都对，心中大悦，问那老尼：“你快把实情招来，免得动刑。”老尼见问，不由仰面长叹。眼望公义叫声：“冤家，不用强辩，老尼替你招罢!”尊声：“太爷听禀：小尼俗家姓屈。父住东关，无儿，只生二女。小尼年幼多病，因此许进西关白衣庵中。不多几年，师父在外募化修塔。后来小尼又收两个徒弟，紧守清规。遇见西关茶铺陈公义，见小尼容貌，安下反心，用计进庵许愿，常常往来。请小尼到他家里，不防被他灌醉奸骗。酒醒无奈，续通奸了徒弟。打算无人知觉。不幸父母去世，发送事毕。小尼妹妹许嫁与人，妹夫姓贾名君车，贸易在外。妹夫出门，妹子暂住庵中。公义那晚来至庵内，看中妹妹芳容，忍心要行苟且之事。妹妹不依，气得寻死觅活，只要告状！陈公义带酒行凶，用斧砍死，尸首埋在庵后。他半夜将人头拿出尼庵，嗣后不知怎样挂在鬼项？只求青天再问公义便明。”贤臣扭项下问：“公义，从实招来。如有一字虚假，立刻处死！”

陈公义见问，回答：“小人情犯是实，不敢强辩。小人南关有一仇家，想着移祸雪恨。那晚仇家有事，人烟不断，小人未曾得手，故把人头隔墙抛在三教寺内。小人不知怎样挂在鬼项。是实。”贤臣闻听说：“鬼神使招，不必深究。”吩咐带下，跪在一旁伺候。又叫带过老小三尼，事情算结。少时贤臣又叫：“地方看守人头，等回复州尊，再起这头。”那瞧看军民，议论不表。

且说贤臣同三衙到了州衙门首，下马进了角门。下役带着犯人。贤臣向书吏手中接过招词，一跛一点，方至州尊衙内。施公带笑说：“烦你代我通报一声。”那人站起说：“老爷请坐少等，我替老爷递进。”伸手接过，迈步进里，内司把招词递给贪官，瞧上一遍，不过因谋奸不允，害死尼妹。奸夫理宜身头二处，回复起尸完案。刘元看罢，心中又喜又恼。喜的是不全的断法精奇；恼的是江都县有他作对，不能行事。贪官眉头一皱，计上心来：何不打点一份重礼，差心腹家人，暗暗上京，求皇亲索老爷快快提拔些他离江都。贤臣借贪官的仇，升转顺天府不表。且说贪官又叫人传出，命三衙起尸验明，早入堂结案，暂把人犯寄监。刘元的内司奉命上堂，见了贤臣，不过说了几句褒奖之语。贤臣随即出衙，叫声：“施忠，天色晚了，到馆驿歇息，明早起身。”

次日，主仆出了扬州，在路上正言贪官的过恶。贤臣抬头，见迎面跑过几匹马来，又听得内有一人大叫：“伙计们，不用上扬州去报，这位老爷就是江都县的清官施公！”只见那些人听说，跑回坐骑，个个跳下马来。一人跪在当头，哭诉情由。贤臣不解，勒马留神，都系买卖打扮。个个惊慌，挡在马头，口中只嚷。内有一人腮流痛泪，口尊：“老爷，小的前已告过失盗情形，蒙老爷拿获斩犯报仇。另搭伙计，别处治货。从此经过五里碑，路遇一伙强盗劫财，尽行抢去。吓得小的等抱头不顾财帛，只得逃命。小的等特奔扬州来报贼情，幸而途遇爷爷。叩求青天救命。小的名叫李大成。”说罢。一起磕头。贤臣闻听李大成三字，想起前番的十二寇那一案，就是此人失盗。贤臣长叹，叫声：“李大成，可叹你命犯贼星！今搭伙又被寇盗。但五里碑不是本县地界，属扬州的辖管。”客人闻施公言语，似有不管之意，放声大哭。这些人哭的贤臣心软，说：“你等莫哭。寇去有多远？人有多少？”那些人口尊：“老爷，贼去多远，小的等只顾逃命，未曾细看，不知几人，只闻称贺寨主，声音渐去无踪。”

施公闻听，想必是贺天保在内，彼时临别，言过保江都无事，此地方乃属扬州地方。嗣又劫法场，多亏义士施恩吓退。贤臣想罢，何不拿话说于施忠。说：“施忠，方才他言，内有贺天保，想是绿林之人。他当初原说保我江都安然无事。此地虽属扬州管辖，然与我交界接壤。今番又猖狂抢劫客商，其情可恶，真不啻匹夫小人之谈。但不知你管与不管？”施忠一听羞愧，一声大叫曰：“气杀我也！”双脚跳了几跳，说：“恩主不用急躁，老爷略等，小的前去。”言罢催马而行，未顿饭之工赶上，果是贺天保同众朋友，施忠一见喜悦。贺天保见施忠说他言而无信，亦觉惭愧。天虬、天雕面红说道：“原物未动，老弟拿回送还客人，我等就此散去，免伤弟兄和气。”言毕，带怒叫声：“众友，想你我尘土不染，方称英雄，义气为重。”其余众人抛下货物，是鞍上马，高叫："黄老弟，但愿你指日高升，才见得朋友。"众人将手一拱，齐磕坐骑，扬长而去。

众人去后，贺天保自知理短，羞过一阵，无奈眼望施忠讲话，叫声："黄老弟，为你一个，愚兄伤却众友。没的说，你把货物银两拿去，交还原客。我也告辞了。"施忠尊声："兄长，你我焉比他们，他等含羞自散，何用介意，另日狭路相让。"随叫众客原物照数收去，众客千恩万谢而去。施忠等回来，下文分解。

第六一回

皇恩诏贤臣　回京都引见

贤臣见施忠回来，就问："事情办得如何？"好汉从头至尾详禀一番，贤臣甚喜。又向众好汉说道："容日再谢！"贺天保等九人，闻听施公之言，就势告辞。各上坐骑，施公相送。众寇望施公说话："异日再会！"言罢一起上马，催驹回归林中。

施忠回到树下站立。贤臣说："施忠，就此起马进县。"好汉闻言牵马，施公乘马，施忠扳鞍。主仆并辔正走之间，抬头看见江都城门。进了闹厢，入门闹市，耳内听得斧斤之声。闪目一瞧，路东一家好齐整宅舍，原是水作，在那里安盖大门。贤臣一见，肚内把天干地支，细细推算；值日神将，从头暗数。心中说道："既盖大门，岂不择日？他家看来不懂礼义，难道他家无有读书之人？今日黑道五鬼破坏，要想兴隆，万万不能。其中必有缘故。本县何不问其内里之情？"随叫："施忠，你去把安门的家主叫来，我有话问他。"好汉下马，迈步走到那家门首，带笑开言，说："借问你们一声，哪位是家主？"门里一人，年有四旬，应声答道："不敢，愚下就是。不知有何见谕？"施忠说："本县老爷，有话问你。"那人闻听，连忙整衣戴帽，迈步出门，跟定好汉，来至施公马前。那人并不下跪，深深一躬，口尊："老父师，生员不知驾到，未得远接。"施公说："贤契免礼。本县一事未明。贤契既读孔圣之书，必达周公之礼。安门换户，乃是吉祥之事，今日五鬼破坏，动土岂不有损？”那人闻听，复打一躬，口尊：“老父师，门主既读诗书，安门岂有不看宪书之理？奈门生家设有学馆，请了一位先生，性情格外，安门烦他择吉，说道今日甚好。门生也有些不懂，问他之故？他说不用提起，安门之时，必有明公问，故此门生伺候这里。今听老父师呼唤，门生特出拜见。”贤臣闻听，心中纳闷，叫声：“贤契，此人大约与你有仇。”那人回答：“无仇。”施公说：“既是这样，你去把他叫来，本县有话问他。”

那人答应，回身去不多时，回来手举字柬，口尊：“老父师，门生家先生有书一封，叫门生拿来，求老父师一看。”又说：“今日理当叩见，恐其冲破县尊，眼下不能高迁矣！”贤臣闻听心悦，说：“此人奇异。我先看看字体，是何言语。”想罢，伸手接过封皮，上写：“今月今日今时，县尊驾到……”贤臣心惊，面视时分相对。贤臣点头说：“妙哉！待我看里面如何？”上写：

山东曲阜县民人孔净，字奉江都县主。今日今时，台驾回转，路过此户。马上有观。吾乃孔圣之后，微习天文地理之妙术。今日系五鬼破坏之期，内有吉星冲破，不敢报名，恐泄天机，神鬼见怪。此户转祸为祥，家道丰盛，顶带绵绵。子在父死，夫存妻亡，代代恒足矣！民人孔净数字不恭，求恕具。

贤臣看罢，不由唬了一惊。心中默言，此人挟术通神，未来预知；字柬犹如板下三舒所言，真正不错。我只知古人书中之理，却不晓陋室之中，有此高人。但能有日官到极品，必请孔净主文。有心此时行聘，唯恐轻妄前程。贤臣沉吟多会，除非如此这般。想罢带笑说："贤契听我一言，回府替我多多拜上孔先生。就说本县路过，不曾修帖奉拜，容日再谒。"那人闻听，又打一躬，说："门生请教老父师，今日安门到底好不好？"施公见问，含糊答道："贤契不必追问，今日最大吉大利，贤契请回言罢！"贤臣把字柬插入靴筒里。贤臣讲罢，不多时主仆进县。

这日黎明，点鼓开堂，书吏人等伺候。忽见廉三元上堂回话："老爷在上，小的探得京都传牌到了，召老爷回京。此缺新补江都老爷，不日就要上任，老爷定夺。"贤臣闻说，吩咐："再去打探回报。"且说贤臣暗说："我若回京见主，遇了机会，我必参你！"贤臣心恨州尊，即叫六房盘查清结，好交代，以备回京。

诸事分派停当，只见从角门来一人，上堂至公案旁跪下，口尊："少爷在上，老奴请安。"贤臣含笑叫声："施孝，你来江都有何事情？老太爷、老太太安否？"老奴见问，答道："满宅俱各平安。太老爷叫老奴前来接少爷进京。查清仓库，太老爷说：'不可缺少，务要盘查仓廒毕一同进京。'"施孝答应站起。廉三元下面叫到："小人禀老爷，新任老爷离此不远了！"贤臣一摆手，上报退去。贤臣离座上轿，出城至接官厅等候。不多时新官已到，二人礼毕，一同进署交印。盘查仓库诸事，具结交代明白。新官送施公出衙。施忠、王栋、王梁三人，把贤臣送进馆驿。

且说贤臣专等明早起程，又写字一封，打发施忠去请孔先生到京。施忠接柬，领命出馆。不多时回来，上前禀话："小的奉差役投书孔先生，无容相见。回字一封，请老爷过目。"施公接过，书皮上写："民人孔净，字奉贤公。此柬不可令旁人观看；目下也不可自观。明公到了官居总漕，身逢大难，再观此柬，必有应验。"贤臣看罢，暗道真神人也！依言将书收入锦囊之中。下文分解。

第 六 二 回

三人意懒心灰 商议告归林下

且说施忠、王栋、王梁他三人，见施公严肃，个个溜到避人之处。王梁带笑开言，望施忠、王栋说话，叫声："二位老弟，愚兄一言公议。明日县主回京，你我早定主意。自当差以来，我先灰却上进之心。新官上任，要想在施爷台下办事，断然不能。且又未知新任情性，可与施公性贤。孰料你我命小福薄。若是跟随进京，谅来也是小县。倒不如辞决师爷，退归林下①，与众朋友无拘无束，岂不快乐？望二位三思而行。"施忠闻言，沉吟不语。王栋答说："讲的不错，确在理上。"施忠见他二人都是如此言说，不由意动，心活点头。三人一同迈步，进庭到施公面前，一起下跪。施公一见不解，忙问说："你三人这等光景，有何事情？"王梁先就接言，口尊："老爷，容小的细禀：今日老爷高迁，明日起身，小的等不忍分别。再者，小的三人蒙老爷恩待，深感高厚。本欲伺候老爷进京，奈小的有家口牵连，因此叩见，小的等不能进京。"贤臣闻得一惊，自思："王家兄弟，不跟尤可，听其口气连施忠也有不跟之意。"施公不悦，望施忠说话，叫声："施忠，我问你，他二人不跟我进京，有恋新官之意。你

① 林下——山林田野。借指退隐的地方。

想想，你不跟我去，岂不有负当初意？你今日败子回头金不换。我念你侠义，待你可也不薄。兼之你父母俱故，缘何你也辞我？”施忠见问，口尊：“老爷，小的父母虽已辞世，祖茔在此，不肯远离，断了祭扫。古人云：为臣要忠，作子要孝。老爷高升，乃万千之喜。无如小人草木之身，不敢言忠，命小福薄，不敢上京，情愿墓庐守孝。”言罢叩头求恕，只恳老爷恩典。

施公竟无言可对，沉吟多会，开口说：“你三人今日齐辞本县，你们心灰意懒，不愿跟去。古言：孝悌忠信，纲常大义。人生天地间，不过占一个字，要想十全，万万不能。俗云：尽忠者，不能尽孝。居官怜下，有伤国体，误了清名。欲尽忠，想恋故土，即不能远行。本县难以留你同我进京，请问你们意归何处？告诉于我。”三人见问，一起叩首：“老爷请听，小的等仍归林下，须学古人。”“本县还有一句话：好歹莫愚，要心不改，岂不闻猛虎回头，落那朽名。”三人闻说，猛然点悟，叩谢：“老爷指教之恩。老爷，小的若无冲天明志，死后怎入祖坟？”施公说：“驷马难追，总要信行。”言罢，把手一摆，下面三人，叩头皆起。

又见一人上庭跪下，口尊：“老爷，小的是振守府大老爷的家人。老爷奉差公干未回，知道老爷高升回都，不能亲送。小姐、太太吩咐小的，送来路费银五十两；还有家信一封。求老爷带上京去。”从怀内把银子、书信取出，一并递上。下文分解。

第六三回

十里亭乡宦饯行　桃花店得信心慌

施公接过，带笑说：“多承你家老爷费心。回去告诉太太，替我致意道谢。我钦限急紧，不能面辞，容日到京拜见。”家人答应，出馆而去。且说贤臣带笑望施忠、栋、梁说话：“我无物可敬，还是银子五十两，留与你三人，莫嫌菲薄。每人做件衣，所为念。”言罢，把银递与三人。施忠接过，三人复又叩头。登时天晚，贤臣用饭已毕，秉上灯烛坐谈，闲话一夜，未几，天已大亮。举监军民人等，候送贤臣回京，众人又敬酒饯别。施忠、栋、梁随众而散。

贤臣的驮轿驮子、家人马匹，围随上了官塘大道，竟奔京都，趱①行程途。正逢七月佳景，驮轿撑起窗子，往外观看甚真：雁过成对，秋成普野，万种更新。贤臣思思想想，天晚进店，次早登程。这日正走，大有饭时，俄而一座店面，贤臣打尖歇息。施孝下马，上前伺候。贤臣下了驮轿，护送上房坐下。施安等外面照看骡夫、驮子。卸下驮件，喂上牲口。店小二揩桌，带笑问道：“老爷吃什么东西？吩咐小的好去传话。”贤臣见他一团和气，回答：“不拘什么东西，荤素都使得，只要快速。”店小二答

---

① 趱（zǎn）——快走。早期白话文常用。

应晓得。不多时用手托定，摆在桌上。贤臣用毕拿下，与下人吃完。施安会账。贤臣拿茶。忽然听隔壁房中有人讲话说：“伙计咱们快些吃饭，收拾收拾，等这位坐驮轿的老爷走，好搭伴同行。你不曾走过，出了这座桃花镇，不远漫洼，那就是恶虎庄。眼力要差，不是玩的。若是撞见他哥儿们，所有行李都得留下。”又一人回答说：“老弟放心走吧！咱们有什么，除了性命就是人。再者，不过是旧衣服，他也不要；就拿了去，怕他怎的？可恼远近官员，都为家身，惧怕贼寇，由了他们胡闹：损人利己，路截运商！”又一人说“你们哥儿俩也不用怕。贼不同党，这南路一带有四霸，谁人敢惹的？有个姓黄的名叫天霸，比那三霸行事能干。虽说是贼，专截贪官污吏，不截孝子节妇、孤客穷商。闻听黄天霸投到扬州府江都县施老爷。你没见过好官府，真正清似水，明如镜，断事如神。又闻得天霸改名施忠，当了内司，盗贼还怕他几分。昨日你听见施老爷升进京都，施忠不跟，告辞不知去向，也怕不得许多造化。”闲说罢，出店挑起担子，也有背包的，走过门去。施公看得明白，心下钦服：“好汉施忠，名不虚传。放他走了，真正可惜！放他归林，便宜盗寇作乱。话说且住，我过恶虎庄，倘要被盗寇拦截，少不得借施忠名头，吉凶再讲。”

贤臣吩咐起身，下人答应，扶持上了驮轿，抬出店外；下人上马，出桃花镇，疾奔恶虎庄而走。贤臣思想后悔：不该放走施忠。自己怨恨自己行的不仁，才有今日担此惊怕，只恨不能插翅飞过此庄。众人正自奔走，心里都想逃过险地。刚到漫洼，忽听马嘶，四面跑马，登时围绕上来。众客商魂飞魄散，抛下被套，各顾性命。施公的驴夫，久惯路程，惧强盗的规矩，不敢前走，忙把驮子围住。四面人马围裹上来。得禄、得寿年轻，不管死活，开口大骂：“少要往上惊着老爷！你们狗命不保。”只听得把得禄刺于马下；得寿放马就跑。贤臣着忙，高叫：“好汉，且休动手！初到宝庄，有英雄好几位，认得施某。今日提名道姓，休要见罪。第一名姓贺名天保，第二名姓濮名天雕，第三名姓武名天虬，第四名姓黄名天霸。四家好汉，都与施某会几面，胜似同胞兄弟。”盗寇闻听，停刀说：“众家兄弟听真，休要动手。必须禀明寨主再讲。”

一人飞马进了恶虎庄，至门前下马，进厅口尊：“寨主，买卖到门，万千之喜！又遇施不全来临。我常听见兄长念及，因此不动手，请令而行。”天虬闻听，想起莲花院的十二寇都死在杀场；尤惧怕天霸，被其羞惭方还。直到而今，仇还未报。天虬沉吟多会，望天雕讲话道：“濮兄长，狗官到来，令人想起从前之事，抱怨在心。不可迟疑，就此出去。”吩咐拉马，二寇乘马，登时来到施公驮轿一旁，慌慌忙忙下马，故意忙行几步，跑至贤臣面前，迎着拱手，口称：“贤公既到，请进荒庄一叙。”贤臣答说：“多承寨主美意，少不得施某领情。”二寇闻听甚喜，随叫人引路，请贤公坐的驮轿骡子在前，二寇上了马，跟随后面，到恶虎庄而来。转眼至庄门首，众寇下马。施孝等上前与骡夫搭下骡轿，贤臣即曲躬下来。二寇相让，一同进门上厅，分宾主坐下，立刻置酒。贤臣告辞，不允。武天虬性快，口尊：“老爷，不知上京何事？”下文分解。

第六四回

恶虎庄遇寇　聚义厅报仇

贤臣见问，带笑就将奉旨召进京城，施忠离归林下的话，说了一遍。武天虬一闻施忠不在面前，称了心怀，满面得意笑容，口尊：“贤公，恕小人失陪。”贤臣说：“请便。”天虬望天雕眼色一递，当即告退，在僻静处会议。且言施公余寇相陪，贤臣一见强寇眉来眼去，才觉后悔，不该言施忠告退。越想越悔起来。贤臣专等二寇回转，见机告辞出庄，方才无害。且说二寇同到厅后，武天虬叫声：“兄长，理该冤仇当报了。黄天霸、贺天保既无跟随，咱们还怕哪个？”商议：即把施不全剥衣绑在厅柱之上，把他剐心，与十二弟兄享祭亡灵，有何不可？二人商议已定。

二寇复归座位，施公方欲告辞，天虬面带怒色，大叫：“施不全！今日大王有句话问你：有仇不报怎么讲？”贤臣就知命不远矣。施公心中也不怕了，面无惧色，答道：“寨主，有仇不报非君子。”天虬闻听，拍手大笑，说：“好！”即唤：“人来，把狗官拿下！剥去上身衣服，绑在厅柱之上，与死去十二寨主剐心祭奠。”小卒答应，一起拥上。吓得书吏等，一见吓走真魂，迈步想跑，濮天雕取刀下了绝情。又将施孝、施安、得禄、得寿绑起，将四人绑在厅柱之上。四人把死都弃于度外，破口大骂。堪堪主仆命在旦夕。

二强盗哭祭十二寇方毕，才要去取贤臣心肝献祭，从外跑进一人，在众寇面前跪倒，仰祈："众位大王，小的奉命四路哨探踩盘，今有一起贩红花紫草绸缎商人路过，离庄不远。打听明白，只有差官四名保护，本领平常，特禀寨主。"二寇摆手："再去哨探。"小卒爬起而去。天雕说："依愚兄看来，施不全好似笼中之鸟，还怕他飞上天不成？我们先出去满载而归。"那众寇一起出门，抓鬃上马前去。

且说施忠、栋、梁三人，自从施公告别之后，心中挂念施公。催马刚过桃花镇，带领众人，正要奔恶虎庄。又听行路之人言谈，众寇截夺一起人去。施忠望栋、梁说话，叫声："二位兄长，可都听见了么？必是濮天雕、武大虬他二人记怀前仇，今日狭路相逢，截住施公，不能前行。我们快走，施公必遭大难！"言罢，好汉催马如飞而去。

众寇正被李五一阵弹弓，打的着伤。无如强寇比先愈多，将李五围住。正在进退两难，认得是施忠，达官不由大喜，忍不住大叫："黄老弟，你从哪里来？想杀我李五哥。"施忠心中只记施公，留心细找，耳内忽听李五二字，按马一看：原来镖行神弹子李五。又望那边瞧见濮天雕、武天虬，并不见施公与家人驮轿骡子。施忠这才将心放下，带马上前，带笑回答："李兄长可曾会过武、濮二寨主么？"达官说："久已闻名，未曾会过。"施忠说："今日应了俗语：大水冲了龙王庙咧！无得说，今求众位赏我黄天霸点脸，大家笑合，也免被人耻笑。"言毕，催马过去。

众寇一见施忠到来，一起到来亲近。唯有天虬、天雕心惊，无奈叫声："黄老弟，贵体可安？"施忠赔笑答道："二位兄长与众家寨主，近来康泰。”施忠又问：“寨中二位嫂嫂可好？”二寇回答：“托赖安好。”又问说：“二位兄长难道不认得李兄么？”二寇回答：“不曾见过。”施忠说：“列位不用动手，大家见见。”话犹未了，栋、梁也到，众人不识。施忠代答，望众寇说话：“你们不认得他兄弟，这就是常说的王栋、王梁。”彼此在马上拉了拉手，见礼已毕。施忠说：“众位仁兄老弟，容我一言奉禀。这位李兄名昆，绰号神弹子。结交远近朋友，买走镖行。今日到庄，他算一客。”大家含笑说：“咱们既涉江湖，朋友要紧，免伤和气。”二寇依言。李五闻听，下马收弓，说道：“众位寨主，恕小弟多有得罪。”言罢，李五收拾货物起程，告辞施忠等而去。

施忠见李五去后，望二寇说：“兄长，小弟进庄拜见嫂嫂。”二寇闻言，不免心中着忙，答说：“老弟高情，我二人回庄替贤弟代问。”施忠闻二寇言，不由心中犯疑，带怒开言说：“二兄缘何今朝轻视于我，许久未见，理应让我进庄，为何外让？莫非小弟有短理之处？不然适才放过李五之货见怪于我？二兄重财轻人，岂是丈夫！你等无情，黄某也是无义。”英雄言罢，催马就走，二寇随后也即上马进庄。施忠忽然醒悟，说声：“不好！莫中二寇之计，往日敬我如上宾，今待我如草芥，其中必有别故。大概贤公遭难在庄也未可定。我何不暂且忍耐，回庄见景生情，方无一失。”好汉勒回马来，与栋、梁竟往庄内而来。二寇刚到庄头，又见施忠也到，为何去而复返？登时走到一处。二寇心下为难，施忠看破，故作不懂，眼望浑面强赔笑脸，高叫：“二位兄长，好的不错，我不过试探二位，我心毕竟看二位兄长必发人追赶，那料二位心直，竟不我为意。小弟有心去了，又恐兄长倒打一耙，怪我小弟，是以去而复返。”天虬、天雕闻听，估量施忠必要进庄，说：“黄老弟休要客套，咱们胜似同胞，一母所生，如何恼着愚兄？我等也参透你是假去必回何用追赶。”彼此说话，一同进庄。天雕催马到僻静处，叫心腹小卒速即回庄，如此这般。小卒答应飞去。天雕旋马复到一处，故意闲谈，慢慢进庄。施忠说：“二位兄长，小弟请问：此庙收拾得很好，未知内里供着何神？”天雕带笑回答：“此乃姓许的重造一座三义庙。”施忠说：“很好！三义庙。但不知内果有赵云无有？就与咱们一样，南有四霸天结义：贺天保居长，天虬居次，天雕居三，我岂不是四弟赵云么？”天虬说：“老兄弟你比赵云还使得；怎比兄是一个鲁莽张飞！这算你赖我了。”言毕催马进庄。

到了门首，一起下马，彼此谦让进内，众寇左右相陪。小卒上前巡杯。天虬望施忠说话，口内连呼：“老弟，你不在江都县跟官招福，未知到敝处何干？想当初愿结生死，都在绿林很好；偏你要想妻荣子贵，洗手不干。又不称心。”施忠闻言，气恼在胸，为施公忍耐在心。带笑说：“二哥，你的话讲得不是。我天霸虽做绿林中人，谁不晓得专截贪官污吏，爱劝孝子贤孙？当日因众友，才到江都县里行刺。施老爷哪知是位杰俊。施公进京面圣，我如要跟随，何愁不得高升？小弟因为祖茔在此，岂肯断了祭扫，弃其坟墓？故尔直辞施公不去，为的庐墓守孝。三哥言我天霸之过，岂有此理！”天雕听此一番急话，连忙高呼：“小卒，换大杯上来。”小卒答应，登时拿到。武天虬说：“老弟休要记念在心。”好汉接酒，用手举盏；看光景，难以问话，故意连饮数杯，现出酒形，装作说："我已醉了。"众寇说："老弟量如沧海，缘何说醉？千万不可逃席。我等敬酒。"施忠回答："少陪就到。"迈步出厅，闲步瞧看，至旧马圈，从门缝细观，被他看出破绽来了。下文分解。

第 六 五 回

见骡夫驮轿心惊　越墙找寻施县主

话说施忠隔着门缝一望，瞧见驮轿骡子都在院内；又望见那边马棚内，跌倒几人，躺在地上。好汉吃惊，酒气全无，说："不好，恩公有难，大约丧命。恨我匹夫，翻心误事。早来焉能落空?"心内一急，就将身纵在墙上，顺墙翻过那边，脚沾尘地。忙至马棚打听施公吉凶，瞧见骡夫，问道："你知老爷在何处?快快说来，好救尔等之命。"骡夫见说："老爷无有伤命，闻口内塞棉，用绳反背捆在那边空房之内。"施忠听见贤臣有命，减却愁容。连忙上前，回首取刀，把缚骡夫绳挑断。二人爬起。施忠说："你二人不用远离，我去救老爷要紧。"言罢，好汉迈步径奔空房。

且说跟施公的那名小卒，见好汉隔门越墙而过，不敢怠慢，跑在厅上，一声大叫："众家寨主不好了！黄寨主见锁着马圈之门，隔门缝一望，越墙而过，进圈去了。"天虬、天雕听闻，就知事情败露。二寇恼羞成怒，大叫："好个负义囚徒！安心要来寻气。"站起用手把桌子往栋、梁一推，只听"哗喇!"碗盏杯盘落地粉碎，豁了栋、梁一身菜汤。两个好汉气往上撞，随身都带着兵刃，不由怒从心上起，连忙站立，上前动手。地方窄狭，二人见空，各使飞步，跑出当院，回首就刷的抽出兵刃。武天虬一见，大叫：“二哥，你若擒拿这两个鼠辈；我去捉拿黄短命，好一并摘心。”天雕等答应，各抓兵器出厅，园里栋、梁动手。

天虬今日竟把施忠的厉害忘了，伸手在架上忙取把亚靶枪，迈步忙至圈门首。心头有气，也不顾叫人开门，用力一脚，“咯噔！”把门踢开，雄赳赳闯进圈门，高声大骂：“我把你无义之贼！吾来拿你。”好汉一见武天虬要动粗鲁，不由他动杀人之心。回首忙取镖托在手掌上，大叫：“武哥休得撒横，今朝小弟难顾刺血之盟。”两下相隔数步，施忠哪肯容情，单背一偕浑身之力，镖枪对着天虬，照心刷的一声响亮，武天虬“哎哟！”叽咯倒在地上，镖穿前心，魂魄飘荡，手脚乱动，命归泉世。施忠也觉伤心，为施公难以顾义，不免从今江湖落骂之名。好汉叹息上前，毛腰取镖，擦去血迹，收在身边。忽见家人王虎赶到，施忠叫声：“王虎小心看守房门，尚有舛错①，追你的狗命。”好汉嘱咐一番，迈步往前院来，帮栋、梁成功。下文分解。

① 舛（chuǎn）错——错误，错乱。

第六六回

镖死武天虬　自刎濮天雕

话说后跟小卒，看见天虬丧命，吓的惊魂失色，跑至前院，说："不好了！武寨主被黄寨主一镖穿心而过，死在马圈之内。"天雕闻听，大叫："哎哟！"一声："气死人也！"天雕抛下栋、梁，竟奔施忠，扑头一刀，好汉侧身躲过。天雕一刀砍空，气得破口大骂："狠心贼徒！你为保全一人，伤许多朋友，我与你势不两立。"高叫："众兄弟，大家拿住匹夫。"众寇答应，一起都奔施忠。好汉能飞墙走壁，身轻体健，并不招架，跑到那边。天雕砍空，使的力猛，往前一栽。施忠说："仔细栽着身体，小弟又要惹不便了！"天雕闻听，只羞了个面红。施忠又见余寇跑到墙下，复又将身纵起，站在墙上，展眼之工，上了大房。天雕一见，只急得怪嚷，众寇心惊。施忠坐在房脊上面，故意哈哈大笑，叫声："濮兄长，听小弟拙言奉劝，休要动气。小弟当初既为县主，难顾友情。古言：为人须要始终如一。半途而废，算的什么人物？小弟既然骑在虎身，要想下虎，万万不能。我天霸若无擒龙手段，焉敢长江把浪？况我的本事，众位深知。寨主留情，黄某有义，放了施公，领你大情；众位若无义气，以天虬为样，一镖一个，谅无处可跑，试试天霸狠毒手段。列位允与不允，快快讲来！"

群寇闻言，齐说：“不好!”惟天雕一声怪叫：“待我擒拿于他！今日先叫他试试我箭罢。”房上施忠闻听，暗想：“我何不先下手?”取出金镖，托在掌中。天雕方要去取弓箭，施忠此时不肯稍停，高叫：“兄长莫要怨我，你不留情，谁人有义?”只听刷的一声响亮，盗寇臂上受伤。濮天雕往后一仰，“啊呀!”显些跌倒。钢刀难举，抛于地上。疼得浑身是汗，眼望房上开言就骂：“断义绝交！你心太狠！彼时原说同生同死，有官同做，有马同乘。今镖伤同盟，理上欠通。”说着拿起刀来，天雕竟是自刎而死。众寇一见，登时散乱，不顾围着栋、梁。房上施忠心中暗叹自己绝情：固为施公一人，正忠感动天霸，绿林全伤义气。房上一声喊叫：“那个要动，黄某不容!”手捏房椽，翻身落下，脚站实地，满面带笑，说：“众家寨主，莫要见怪，人生天地之间，全凭忠孝节义。当日天霸归顺施爷，既有当初，必有今日。小弟全信难以全义，万望列位包涵。”下文分解。

第六七回

好汉救贤臣　天霸叙旧言

众寇闻施忠之言，一起弃棒并棍，口呼：“黄寨主，我等原是武、濮二位手下，他们既死，我等愿弃绿林，各自四散。”施忠闻听，带笑回答：“众位各随其便。”好汉望栋、梁说：“二位兄长，快跟我来，搭救施爷要紧。”二人又恐众寇相随，全进马圈来；先至空房门首，命家人王虎持刀把守房门，不准乱进。小卒将门开放，施公与施安等主仆五人，口内塞棉，二手反捆，正都愁死。忽听人声门开，心下着忙，腹内说：“不好，要命人来也！”开目细看，见是施忠、栋、梁，心中纳闷，肚里又说：“他三人到此来，莫非我心想的迷了？”正自惊疑。施忠赶上前，见贤臣光景，心里叹息，口呼：“恩公在上，恕小的等救应来迟。”贤臣闻听，急得口不能言，张口瞪眼，施忠纳闷，众寇上前来，赶忙的伸手与他主仆把塞口棉花掏出，又用小刀挑去绳缚。贤臣活动，心中惭愧，不觉泪下。施忠劝解恩公，站在旁观。吩咐小卒，立刻把衣服取来，与他主仆穿好。栋、梁左右搀扶，贤臣迈步回转西厅。

施公上坐，众寇两边站立。贤臣眼望栋、梁说话，叫声：“三位好汉，救我之恩，何以答报？容日结草，刻骨难忘。”施忠口尊：“老爷，容小的一言奉禀：小的二人，只知老爷回转京城，朝王见驾，就要升官。哪晓路遇无情之寇，把爷诓进恶虎村中，摘心祭灵，逢此大难。老爷虽不在眼前，天使其然，小的等到此救护，也是忠心感动天地。今日小的几句不平之话，当着绿林众友，表述心怀。我天霸为爷伤却江湖朋友，四海忘交。此时为爷，镖打天虬；天雕着伤自刎。小的今不顾人之秽骂，愧见天下弟兄。小的为老爷，只为图名上进，孰知劳而成空。当年为友行义，施展飞檐走壁，夜静更深，进衙书房以内，提刀行刺。老爷见小的，并不心惊，明言大义。小的醒悟，方知恩公是为能臣。要留姓名，小的即说：'叫我'，无伤爷命，是以留情。老爷送我出房，上墙而走。嗣后小的带酒遭擒，王家兄弟押进县衙，小的自知性命难保。恩公并不动怒，又蒙释放，亲解其缚。老爷在堂上讲说道：'一人成名，九祖光荣。作贼为寇，究竟不久。那个江湖害人者，寿过八旬?'小的听此金石之言，愿投拜恩公台前。小的为报恩改过：黄河擒拿水寇；关家堡救爷，捉拿恶豪；定计斩决十二寇。小的使碎心机，总买不动恩公之心。老爷只顾不用我天霸，闭塞投者，以挡后来。"好汉越说越有气，颜色更变。栋、梁旁边连忙相劝："黄老弟使不得，不必刚暴。皆因命小福薄，难怨贤公。再往下讲倒负恩公相待情分。"施忠点头后悔，知说错了，岂不叫别人瞧不起吗？回嗔作喜，吩咐："小卒，快杀猪宰羊，收拾酒饭。"

且说小卒答应，顷刻停备。天色将晚秉烛，小卒摆桌设椅，让贤臣上坐，众寇下陪。摆设肉山酒海，小卒巡行。酒过三巡，菜用美味已毕。此时施公这才答应，心里还想施忠上京。下文分解。

第六八回

施忠见二嫂　火烧恶虎庄

施忠高叫："众位仁兄、老爷，今晚听小弟有几句拙言奉禀：只因为信即难全义，镖打三兄，二哥自刎。小弟心中牵挂二位嫂嫂，到老归根，究靠何人？众位，二位长兄若是有后，何用悬心？日后成人长大，知道我伤他父亲，好报仇雪恨，黄某却乐，我伤人，人伤我，倒也理当。惟二位嫂嫂正在年轻，我们若是不管，又恐伤亡者之情，且是难事。众友请出嫂嫂，问问归期，我才放心。小卒快请二位夫人，前厅有话商议。"

小卒答应，登时将刘氏、李氏请到。众寇同施礼相见。观他雅淡梳妆，都在十八九外。施忠带笑，让二人上位正坐。好汉上前行叔嫂礼拜见，躬身请说："二位嫂嫂相见。小弟原本耿直，方才镖伤武兄，濮哥自刎。可惜二位兄长无后，嫂嫂倚靠何人？"二位夫人回言："黄叔叔不必多言。我们闻得你兄已死，我等坤道，冰霜节烈，何须多虑？我们惟寻死以报汝兄英名，少时便见分明。"施忠闻言，自觉惭愧无颜，勉强答应："二位嫂嫂，你去升天，我却放心。"刘、李二氏拜辞便行。少时小卒来报，二夫人自缢窗棂之上。

施忠暗叹，复又归座，高叫："众家寨主，此事并非天霸心毒，出乎自然，以尽他夫妻之情，倒也罢了！"吩咐天明，在此庄掩埋，四面放火烧之。众寇答应，搬运柴薪，依言办毕。

且说贤臣羞愧。又见众寇饮酒，眼望施忠，叫声："好汉，我还有一言特商。施某蒙你救命数次，屡蒙壮士搭救之情。只因我官卑权小，暂时委屈。而今圣旨召我进京见驾，倘能升擢，补报你的大德也！壮士若肯同我前去，管保有始自能有终。但可得意之处，也免人传我之不仁，还请三位细详。"施忠闻听冷笑，口尊："老爷，快快歇心，休提上京之话。小人们不敢从命；无如福薄，灰却上进之心。想起老爷未上任之先，带领施安装扮出门；熊家有难，命在顷刻。若非佛天保佑，来一壮士，外号傻三，名叫李升，夤夜救出险地。他不过得一马快兵役。黄河水寇，上司行文到县，限期一月捉齐，违限革职。彼时命傻三去访，命丧水中。嗣后老爷闻信，也属平常，赏银数两而已。他妻无靠，嫁与别人。算是跟官一场，白白丧命，痴心妄想，总成画饼。老爷恩收天霸，小的擒水寇，保住老爷前程，后来累次尽心。细想此事，如作春梦。临危急回头一想，因此心灰意懒。恩公免此设想，小的从此不再跟官了！"贤臣闻听，愧汗交流。栋、梁听不过意，叫声："黄兄长不必讲了。古云尽忠而不能怜下。恩公待你我三人，情出恒常，只是命途不济。大家畅饮。看看天亮，各干其事。"

且说施忠闻言，回嗔带笑，让贤臣用毕酒饭，撤去碗盏。吩咐："先把贤臣送出庄外。"又叫："小卒自家养的，各把家资领去，无论大小分资。"等候事毕，小卒放火。施忠又出庄至贤臣驮轿以前，带笑说："老爷此去上京，路上平安，指日高升。小的等不能远送。"就此告别，言罢乘骡而去。

贤臣一见，心下难忍，叹息不已，吩咐起程。骡夫答应，催动牲口。施安、施孝、得禄、得寿四人，围随入官塘大道。朝行夜宿，饥餐渴饮。这日天晚进了彰仪门，至西河沿，离前门不远，下住三合店。茶饮饭毕，骡夫喂料牲口，施孝看守骡子驮轿，施安等伺候贤臣。灯下正看面君的律例，耳内忽听丝弦之声。贤臣不解：莫非店中有家眷？既开店就该回避。贤臣正自思想，下文分解。

第六九回

贤臣心下疑　侧耳细听音

贤臣说："施安，你去打听正房内是什么弦唱，访真回话。"施安答应，转步出房，走到院中，听店外锣声三棒，瞧见门内闪出灯光。至门首把门一推推开，一人在灯下写账。听见门响，停笔一看，慌忙站起，口称："客官请坐。"施安带笑借问："上房是什么人饮酒?"店东在施安耳边低低说了几句。施安点点头，起身就走。连步走进东厢房，贤臣一见，就问："打听真了么?"施安说："小的大老爷，正房内是前门里西兵部巷黄带子①八老爷，与东娇氏巷红带子三老爷，把海岱门外、东边便门以里、雷震口下边双杨树的赛昭君八姐、赛天仙五娘子两名秧歌脚②，接到店中取乐。"贤臣闻听，想："京都大邦之地，也容这种人混闹。可笑朝中文武，俱是畏刀避剑之人，不管闲事，岂不有负皇恩？我今既遇此事，明早朝王必奏。"夜深贤臣安息。

次早，净面更衣，上驮轿。一应驮子，收拾妥当出店。家人一起跨鞍上马离店。霎时出了西河沿的巷口，转弯，听城门响，东西门大开。家人围随，缧夫加鞭，便拥进前门，来到镇海侯施

① 黄带子——清朝满族宗室（努尔哈赤直系）以系黄带子为标志，其他贵族以系红带子为标志。

② 秧歌脚——指民间卖唱的歌妓。

太爷门首。看门人一见，哪敢怠慢，跑出多人，搭下驮子，抬下驮轿，贤臣下来入内。正遇太老爷与夫人闲坐。贤臣上前请安，太老爷吩咐坐下。太老爷说："仕伦，你把江都做官情形，多陈与我听。"贤臣将自始至终，一一告禀，太老爷叹息一会，说："我儿乃皇亲题奏，明晨逢五入朝之日，带领引见。为父身体不爽，今日早发家人送告病职名去了。你今歇息一晚，明早先得须见国舅，好带你面君。"

且说贤臣答应告退，就回自己房内。夫妻相见，欢喜不胜。次早贤臣净面更衣，出来门首上马，到国舅府门前，事逢可巧正遇皇亲。贤臣一见慌忙下马，连忙抢步上前打躬，口尊："皇亲大人在上，卑职乃扬州府江都县施仕伦，请国舅大人安。"皇亲闻听，带笑哈着腰儿，伸手拉住贤臣的手，叫声："阿哥请起，昨日皇上还问你。我今带领引见面圣。"仕伦答应："卑职晓得。"言毕，皇亲先行上马，贤臣随后乘骡，竟奔朝门而来。登时来至外禁门。

早有引见官员等候，见国舅到来，举职名手本，曲着腰儿，往前紧跑几步，赶上躬身带笑，望皇亲翻着满话，说了几句。国舅闻言，说："我知道了。阿哥，你办事不错，少时面君，你们小心，皇上问什么，奏什么，不许多话。"众官答应。国舅命带领施公与引见人员，同时至内禁门，递了哈勒呢思哈①。皇亲回手接过职名，吩咐："尔等不必前进，都在此处伺候，听我好音，回带你等面君。"众官答应。

---

① 哈勒呢思哈——满语"哈勒"又念作"卡勒"，姓氏的意思。"呢思哈"，即纸牌，意为写有姓名的纸牌，类似于现代的名片。

且说此日，随膳奏事。等辰刻到进膳的时分，这日该梁、卫二位值日。卫公派人敦请。国舅哪敢怠慢，移步至梁九公跟前，躬身带笑，口尊："太府！"少停，高擎官员职名，说道："各该引见，恳求尊驾将职名带进，面君的牌子，写得甚清。借重你老，皇上若喜，官员无有不感高情。"太府闻听，含笑说："国舅免说客套。职分当为，敢不遵行？"伸手接过职名。"头名江都县施仕伦，闻听说此公做官清廉。"转身进去。顷刻饭时分，只见先是膳盒子，后是梁九公出来，站立金阶，高叫："旨下！"国舅闻听，令众人紧跑几步，近前跪听宣读。上面高声朗诵："这班人挨次升官补缺。今单宣施仕伦见驾。"众人望阙谢恩已毕，该引领散去。

且说命国舅与施公上前，梁太府一见贤臣，心中不悦，无奈说："跟我来。"二人答应，随后数步，登时领到太和殿前。皇亲与施公，无旨不敢近前，站立金阶。只见梁九公进殿，不多时出来点首。国舅同施公一见，站一旁哈着腰儿，紧跑几步，至九公面前。梁九公说："国舅候旨。仕伦跟我面君。"施公答应，随进了太和殿。九公退在一边，贤臣上前，行三跪九叩礼。皇上叫声："施仕伦，抬起头来。朕耳闻你在江都做官清廉，你今将所结之案，实奏朕听。"下文分解。

第七〇回

顺天府到任　秧歌脚出境

贤臣就把江都事情，从头至尾，说了一遍；又把施忠好处，奏了一遍。又奏扬州刘元到任，索要礼物一事。皇上听罢，说："起皇亲进殿！"梁九公答应，慌忙出殿，立刻把国舅召进金殿，跪在一旁。皇上怒说："国舅，刘元本是无耻之徒，汝何保举到任？索勒属官银钱，施仕伦送礼八色不收，竟罚仕伦把守大门。朕想其中，必有弊端。"索皇亲闻听，吓得脸黄，摘了帽子叩头，口尊："陛下，奴才无此大胆，焉敢欺主。刘元唐县素日清廉，不爱民财，奴才方敢保举扬州。州官路隔遥远，那知索取银钱。叩主天恩宽赦。"皇上闻奏大怒说："你欺君瞒朕，寡人有心既罪于你。且看皇亲，暂免不究，着你罚俸一年。"国舅谢恩，心内恐惧，叩首站起退出，痛恨贤臣。

且说万岁叫声："仕伦还有何事奏来？"贤臣答应。又将捉风审鬼之事，件件细奏。皇上听罢大怒，旨下："梁九公传出：即将刘元革职为民，查人另补。"九公答应，传出不表。皇上带笑又问："还有何事，只管奏朕。"贤臣答应奏道："那日钦差至江都县，主公召臣速即进京。新官到任，交代清白。星夜赶程，来至彰仪门。天黑难进城门，在西河沿三合店内住下。臣到夜晚，又逢怪事：丝弦嘹亮，妇人歌唱混乱，男女饮酒取乐。令人打听，乃是官家子弟宿店，荒淫酒色。这贱人名曰‘秧歌脚’，打扮风姿，惹得那无籍之徒，勾引那良家子弟，明唱暗卖，有害军民。”皇上闻奏不悦，说：“朕不知禁地有这种事情，乱国家风俗。卿家所奏，即行驱逐。”贤臣叩首谢恩。皇上叫声：“仕伦，听朕加封：即升顺天府尹。赐彩缎八端，白金千两。自今以后，准卿面君奏事。”贤臣叩头谢恩。皇上带笑说道：“朕问你，那黄姓已改名施忠，现在那里？快把他叫来，朕好重用于他。”贤臣连忙回奏说：“自恶虎庄救臣一命，当时回家而去。圣谕臣当差人找他前来，以受皇恩。”皇上闻奏说：“卿家出朝，即速召来，朕好重用。”言罢，龙驾还宫。

索国舅回府而去。贤臣也出禁门，家人扶上马。家丁前呼后拥，到了自己府门下马。进内与施侯太老爷太夫人请安已毕。正好外面报子到了。太老爷大悦，叫声：“仕伦，快叫人打发喜财，办你的事去罢！”施公答应起身，出厅到院，吩咐管家打发喜钱。只见远近亲朋，都来道喜。施公定日期庆贺。

次日天明，贤臣起来净面，更衣出来，大门外上马。就有顺天府的衙役都来伺候，迎接新官到任。贤臣进了顺天府衙，印绶①供在上面。贤臣参拜已毕，升位坐下。属员书吏，马快步三班人等，叩见已罢，复又喊堂。众役见贤臣身躯瘦小，暗笑。被贤臣瞧破，要想法警众；忽想起正事，伸手抽签，叫声：“陈虎！”公差答应上前跪倒。贤臣说：“你领此签，速到前三门外，限月内把‘秧歌脚’逐出境外。倘若玩法不遵，一并处死。”差

① 印绶——旧时称印信和系印的丝带。

人接签出衙不提。

且说贤臣忽听衙外喊冤之声，开目向外观看：只见门上人拦挡，急得那人喊叫。贤臣吩咐：“来人，尔等把那喊冤之人带来。”差人答应，翻身走出，大叫：“老爷吩咐：你们不必拦打那人，叫他问话！”随即带进跪倒。贤臣留神下看那人，头上无帽，面皮苍老，须发皆白，尖嘴缩颈，浑身褴褛，泪眼愁眉。贤臣看罢，说：“那一贫人，本府问你什么冤枉？只管慢慢实说！”那人叫声：“老爷，听老奴细禀：老奴姓董名叫董成，家住治东街药王庙门西小街口，年七十一岁，妻六十九岁。主母五十岁，小主三十七岁。老爷在日，做江西巡抚，做官八载得病。新官到任，盘查仓库饷亏空数万银两，家产变折尽绝。后来人丁转回京城。”董成一一哭诉。下文分解。

第七一回

施公准告金　退堂回私宅

贤臣一见老奴悲伤，不觉慈心一动，说："董成不必恸哭，屈情只管实诉，本府与你做主!"老奴闻听停悲，尊声："青天爷爷，老奴主仆坐吃山空，饥寒难受。无奈老奴苦作营生，常常作工，挣几文钱，到家糊口。因此衣服鞋袜烂完，故老奴忍饥饿在家。主母看老奴狼狈，不忍，说：'老爷居官之时，造金两锭，重二十两。上有团龙，原为传家的金。现受饥寒，拿金一锭去换，度过光阴。'老奴拿金去换，不料金铺小视董成，拿话盘问，老奴只得从实相告。他说：'今日天晚，明早取银。'"贤臣听说："董成，金子拿回，明日再换，何用为难?"老奴见问，说："老爷，金铺就将金子留下，明日取银。老奴就说：'明日取银，何为凭据?'众人说道：'换金老铺，远近无欺。留金自然与你执照。'财东提笔写毕，用一小印。那时老奴想念记挂主母忍饥，与他要钱一串，是以急急而回。主母怪老奴留金铺内，及次早赴铺取银，金铺竟装不认识老奴，怒目横眉断喝。老奴取出执照，放在柜上。不防跑过一人，抢到手中撕烂，扔入火炉焚化。急得老奴浑身打颤，与他说理。铺人反倒大骂!"贤臣说："董成住口。铺家瞒金情真，就该当众街坊，与其说理才是。"董成叩头，尊声："青天爷爷，金铺内倒跳出几人，当着众人说道：'人生天地之间，总要良心。愚下小铺年代已久，生意并无欺心。哪有黄金十两？若有不信，请进铺内一看。倘有金子，算是讹诈人家。分明穷徒讨钱不给，他便生歹心。就是换金子，又无执照，空口讹人！'众人听说齐笑，都骂老奴。不容分说，又打了老奴一顿。老奴无奈送信与主母，倒说老奴昧下金子，屈情难伸。”贤臣听罢，察言观色，却像是真。吩咐：“董成，本府与你访察。快快回家禀报你的主母，五日到衙拿金。”老奴闻听止泪，连忙叩头，道：“但能有了金子，申明屈情，纵死黄泉，也感厚恩。”站起而去。贤臣退堂回宅。

一日，吩咐备马。至大门乘骡到正阳门外，即访二条胡同。贤臣听老奴董成说的换金铺面，留神细看：见有坐北向南三间门面，金馆相对。贤臣带领了家人，到铺门首下马。贤臣到在这钱铺内，人不认得，只当换金赐顾之人，财东满面带笑让坐。贤臣坐在柜外饮茶。贤臣说：“在下要换十两重一锭金子使用，正面有龙的才好。”伙计答应：“倒有一锭。”这财东闻听，心中有病，忙说道：“那锭金子，早已兑换了。这位老爷要正面团龙十两一锭的，容日惠顾。”贤臣见那人拦说，却参透他是昧金是实。故意带笑：“请问贵姓？”那人回答：“贱姓陈。”贤臣又问：“宝铺是尊驾开的么？”那人回答说：“是愚下开的。”贤臣说：“扰茶了。既无现成的，改日再换。”言罢告辞，出铺上马。

主仆顿辔正走之间，只见满街人都乱跑。贤臣心下不解，留神观看，勒马慢行。军民彼此言说：“咱们快躲！今日九门提督①

① 九门提督——京都卫戍司令。九门分别为正阳、崇文、宣武、东直、西直、朝阳、阜成、安定、德胜。

查看营城。陶大人在万岁前有脸，满朝文武都怕，自从做提督以来，法度森严。”贤臣看罢，心里说：“一个提督出城，这等厉害，打的路绝人稀。要是王驾出都，就要把房子拆了?”贤臣正想催马前行，一名营兵上前，用黑鞭子拦住，说：“请回罢！让大人过去再走。”施公闻听默气，说：“正要见见大人去!”收住家人下马。贤臣一努嘴，家人把马牵进巷口。贤臣迎着提督的马头，双手伏地，高声报名：“臣顺天府知府施仕伦迎接王驾!”陶公大吃一惊，一勒丝缰，低头认得是不全施公，趴伏地上，吓得慌忙下马，伸手拉住说：“请起。”下文分解。

第七二回

贤臣跪提督　陶公求贤臣

贤臣反装惧罪之形，口尊：“陛下，恕臣之罪，臣今来此前门，为一宗公案，查城真情，求陛下赦免。”陶公闻听施公之言，吓的着忙，说：“休要取笑，施老爷你言说接驾二字，其实不该。吾乃提督，并非王驾。今日出城查营，跑过此间。贵府与我玩笑，不大要紧，笑坏军民。施大人快快请起，须要尊重。”

贤臣闻言站起身来，带怒说：“尊驾官威高大，国家封疆大臣。你既食君禄，必须秉正理民，持法平等，总是要遵礼。大人想自身不正，焉能治民。圣人之书，周公之礼，天子至贵，理当遵行。庞周定律，萧何之例①，古今法度，传到大清。圣上出宫，也不过如此威严，断人行。要像尊驾无礼，就得拆房行路。再者还有清朝仪制：亲王才放马②五对。提督并非国戚皇亲，私越国律，罪名非轻。今日出城，私摆对马五对，威严惊众，与埋不

① 庞周定律，萧何之例——“庞”即庞绛，传说中远古八位德才俱高的人之一。虞舜皇帝派他掌管国家土地大事，定立制度。“周”即周公，武王之弟，名旦。武王死后，成王尚幼小，由他辅佐摄政，制礼作乐，建典章制度，故传为“庞周定律”。萧何，西汉大臣，辅助刘邦统一天下，定律制度。

② 放马——对马、顶马皆是宗室贵族、达官显戚出门的仪仗，兼有护卫责任。

通。吓得我顺天府尹叩头，只当皇驾出城。施不全今日大胆，先行禀过。少不得惊动大人。且请放手，想你为冢宰①显臣，长街闹市，焉得不惧怕。古语云：臣不奏，臣之过也。既食君禄，理当报效。也算不全大胆，明早面君，必奏大人今日之事。且松手，尊驾只管查营。不全告辞进城，另有机密，不可明言。异日领教。”

九门提督一闻施公之言，羞的面红过耳，将手一摆，带愧叫声：“施老爷！留情要紧，须看同僚之分。晚上到府领教。”言罢，吩咐人来，告诉把对子马统行撤去，惟要顶马；也不用威吓人了。该值答应，依言撤去。且言陶公带笑，口尊：“施老爷先请。”贤臣闻听，也不肯久恋，回说：“不全有罪了！”言罢，二公彼此哈哈腰儿分别。家人拉马，二公扳鞍乘驹，分南北而去。贤臣心中有事，连饭也不吃了，带领家人进城回宅。

且说九门提督心中烦恼，不去查营，也回进城。到门首下马进内，多官散去，该值官伺候陶公，回进内书房坐下。茶饭懒用，心中大烦。想这祸难消，长吁短叹。谁知查营撞着施府尹令，低微须得提防，倘或明日参我，又当如何？左右为难，偶生一计，何不如此这般。想罢，吩咐管家进内传话。诸事妥当，来至书房，陶公修书一封，递与管事家人。复又吩咐：“如此这般。急去，不可使外人知晓，密投侯府下书，快去即回。”管家答应，照依主人行事，令人端定礼物出衙，竟奔侯府而来。

---

① 冢（zhǒng）宰——周代官名。为六卿之首。后来也称吏部尚书为冢宰。

且言施公进内，与太老爷太夫人请安已毕，回到自己住宅书房坐下。心中思想：明日面君参提督；事毕下朝，进顺天就好断金子。想罢手提逍遥①写参九门提督折子，底儿写款式誊清题奏。下文分解。

① 逍遥——这里指毛笔。

第七三回

撞见陶提督　私放对子马

贤臣写完折底，预备明日题奏。且说施侯这日厅上闲坐，忽见得寿、得禄笑吟吟走至身旁回话，口尊："太老爷在上，今陶提督差人来见，口称还有书札投递。"施侯闻听，心中烦想说："陶花歧与我并无来往。他今叫人下书，莫非有什么风声不好？"施侯问声："得禄，快把你大老爷叫来。"答应。不多时，上厅至太老爷身旁侍立。施侯说："坐了。"贤臣坐在下面，施侯就将下书之故说毕。施公闻听，心中明白，不敢瞒父，将前事告知。施侯说："为人不必过傲。陶花歧九门大人，权衡非小。而今满朝文武不敢拦阻。他久已私放对子马，科道各官，无人敢参。依你如今怎样？俗云：'踏人一脚，须防一拳。'要看同僚之分，凡事和气，何苦为仇？"

贤臣闻听，心中不悦，无奈带笑口尊："父亲何用挂心，受禄不做险中险，怎能名传天下扬。为儿在街当人已经夸口，若不面君，落人说谈。他既差人求见，看看来书上写何言。要是哀而不伤，若过得去，就是大家平安。仗势权威，我不惧怕，教他认认为儿的！父亲只请放心，为儿自有道理。得禄出去，见陶府管家的，只须如此这般。"得禄迈步至大门，只见陶府管家，上前带笑答应说："你就是陶府的人么？"那人见问，回答："不敢，愚下就是。”迎至下处，带笑说：“奉求替小弟进去回说：我家老爷请太老爷安。小柬一封，微礼一盒。见书札自然收礼。”言罢从怀中取出书信，双手递过。得禄接柬放在盒盖上面，弯腰端起盒子，揽在怀中；进去放在地，把柬奉到太老爷面前。施侯说：“与你大老爷看。”施公接过拆开，闪目瞧看。上写：

陶花歧柬奉贤公面前。须念同僚一殿之臣。某一时昏聩，行事稍错；私越国律，罪名非轻。贤公若将我过面君启奏，重则革职，轻则罚俸，陶某怎见合朝文武？望贤公海量宽恕，特肃上柬，如同亲造府门。微礼一盒笑纳，纹银千两，聊表寸诚。数字不恭，顿首拜具。

贤臣看毕，哈哈一笑，站起望施侯讲话，口尊：“父亲，此书竟是求儿恕他。”施侯闻听，叫声：“仕伦，他既恳情于你，尔可恕之，倒也罢了。这一盒礼物，不知什么东西？”下文分解。

第七四回

见书收礼物　面君奏国律

贤臣见施侯相问，连忙回答："是白银二十封。"施侯闻听，叫声："我儿，九门提督与你下书送礼，恐其科道闻风，有所不便，参你受贿作弊，反为不美。我儿难道只许你参人，不许人参你不成？必须三思而行，方保无虞。"贤臣闻说："父亲大人何用挂心，些微小事，他既送来，不收叫他反为担惊。明朝五鼓登殿，不参他越国法，为儿现有一计：收礼面君，不收礼更要登殿，以压众僚。"施侯点头。贤臣叫声："得禄打开礼物。"小厮答应，上前掀开盒盖，吩咐收进内室。贤臣又叫："得禄，把盒子拿出，见了陶府管家，说修书不及，如此这般告诉于他。"得禄答应，拿起盒子，转身下厅，带笑依言说了。陶府管家接过盒子，递与跟伴，哈哈腰儿分别。得禄进内，且说陶府管家回转，心中暗想："我家老爷职分不小，现今提调京管九门。大人威严赫赫，清朝文武尊敬，怎倒怕顺天府。拿着大盒银子，只买了个'知道了'，我不知'知道'二字这么贵重。投回府中，照样就说。"不多时来到府中，禀复主命。

且说贤臣提笔思想：已受人情，如何再参提督私放对子马款，为难多会。不若明早面君，如此这般启奏。倘或准本，岂不成清室定例！提笔刷刷，立刻写完草稿，从头至尾，看了一遍，折好装入木匣。安歇。微亮，贤臣净面，便出门上马，穿街越巷，登时来到禁门。个个下马下轿，王公侯伯、文武大人，至公议处，按品级而坐。

看看辰刻，请膳毕进宫。梁九公站上金阶筹事。那些官忽然听得里面人大叫道："有圣旨下，单宣府尹面君。"贤臣闻得有旨，连连答应，越众出班，一溜一点，走至禁门，秉正双膝跪下。口称："接旨。"俯伏在地。九公正面传宣召旨。梁九公一见，说："快跟我来。"贤臣平身，随后进太和门，至殿台阶下。梁九公进殿不多会，只见他站立殿外，望贤臣一点首。施公不敢怠慢，哈着腰儿，打一躬，走金阶，步玉路，同进殿内。九公退闪一旁。贤臣口呼"万岁"三声，行了三跪九叩朝王礼毕，俯伏在地。皇上问曰："仕伦，朕看卿家奏章，乃清室家例。依卿准奏。就命卿家亲自验看，晓谕八旗众家。朝臣对子马、顶马，自今规则已定，有人越例者，听参。

国家亲王，许放对子马四对；世子、驸马，许放对子马四对；贝勒、觉罗①，许放对子马三对；黄带子升五爵，许放对子马两对。九门提督，许放顶马二匹；六部大人，许放顶马一对。八旗古寨袭板板梅，许放顶马一匹②；无荫封的各旗，许放顶马一匹。"

---

① 贝勒、觉罗——贝勒，满语，贵族称号。原与亲王相等，后低于亲王。觉罗，也是满族贵族的一支。清兵入关后觉罗奉努尔哈赤之父为"大宗"，凡其子孙，称宗室；叔伯旁支，称觉罗。

② 八旗句——古寨，满语旗的意思。袭板，旗之大臣。板梅，队伍。全句大意是：八旗旗大臣的队伍，可用顶马一对。

皇上说："即命卿家晓谕，钦此钦遵。越例者，按律治罪。卿乃治国能臣，还有何事，只管奏朕。"贤臣见问，正中机会，叩首说："谢主龙恩。臣启陛下，清室江山一统，万国来朝，海晏河清，军欢民乐，五谷丰登。唯有穿宫太监，恐致弊端。必得挨次查验，以杜彼等邪思。"皇爷闻奏，龙心甚悦，叫声："仕伦，依卿准奏。就命卿家查验可也。"贤臣说："谢主龙恩。"皇爷一摆手，"卿平身。"万岁叫声："九公，朕赏不全一年全俸。"言罢转驾回宫。

且说梁九公在一旁听的明白，气得眼睛直呆呆地瞪着。贤臣分明见着，只装不知。九公见驾已回宫去，气得无话，多时方说出来，叫声："不全，跟我来!"走出下了玉路，梁九公看见无人，带怒说："施不全站住！我问你：先不过和你说句玩话，就同我们一个眼里插棒，参了一款。你先出去，少时我们与伴儿商议再讲!"贤臣一闻梁九公之言，叫声："梁老爷，何用动气，且停一步，听我一言。并非我有心参你，因他先教我参，才敢斗胆。有心不奏，又恐老爷笑我无才。不过随口之言，何用嗔怪呢?"九公闻听说："不用你巧辩。请罢!"贤臣下太和殿高声说道："旨下!"那些王公侯伯等官闻听，不敢怠慢。下文分解。

第 七 五 回

皇上准题本　恩赏一年俸

众朝臣谢恩已毕，一起站起，与施公拉手贺喜。散出朝来，乘轿骑马，各回府第内。九门提督有病，见贤臣并无题他，心中知情，双手哈着腰儿，向贤臣拉了拉手。彼此一笑，都不说破，分别各乘马回府。

贤臣顿辔加鞭，离府门不远，瞧见门前多人闹吵，原是内监。看见贤臣，一起发怒，跑过拦路说话，叫声："府尹，今朝咱们拼命！井水不犯河水。为什么无缘无故参我们一本?"众太监正然动粗，忽听背后有人断喝，说："众伴们不必混闹，有理讲理。"贤臣闻听扭项观瞧，认得是梁、卫二位到了，说道："首领二位老爷来得正好，省得去请。"梁、卫二位太监回答："不用老爷你叫，我们特来领教。"又望众内监高叫："众伴儿们，不用混闹，回去各按次第办事，有我俩呢。"众太监不敢稍迟，个个气愤而去。卫太监叫声："施老爷，我俩特来私宅相见。"贤臣回答："请到寒舍饮茶。"说罢，一起进府。贤臣让至内书房，分宾主坐下。梁、卫二位带笑说："府尹，令人进去，就说我二人请太爷的安。"贤臣说："岂敢。"遂叫管家进去不表。

梁、卫二公眼望贤臣，说："府尹老爷，我们请问：这宗事怎么个办法?"卫太监又望梁太监说话："早晨我先请膳进内，不知怎么个起见。”梁太监备述其细。卫太监说：“岂有此理。”叫声：“老弟，是你之过。言语不该小视于人，他乃黄堂，也算大臣。你我净身，虽当内监，随龙伴主，也秉忠心。怨咱自说轻话，其中有许多不便，你我时常传旨，自取灾祸，怨不得贤公。从今以后改过才好。”又望贤臣讲话，叫声：“施老爷，求恕我等。怎么想个法儿，把此事消灭，方感大情。”言罢站起，望施公深深一揖到地。施公行礼相还，带笑回答说：“二位老爷不用为难，我有主意。”把嘴伸到卫公耳边，悄语低言，叽叽喳喳……只见卫太监点着头说：“如此甚妙，只求老爷婉转些儿。”又叫：“梁老爷走罢！”随即告辞。

且说施公想起董成告金之故，吩咐进衙。施公到大门上马，家人跟随，登时到顺天府内。衙役一见本官，不敢怠慢，青衣喊道，进衙至滴水下马，贤臣上堂升坐。众役喊堂已毕，只见去逐秧歌脚的公差陈虎，上堂跪倒回话：“小的奉命晓谕堂国子的，限十日以内，把秧歌脚赶出境外。回禀大老爷。”施公一摆手，公差叩头退下。

又听衙外喧哗，见二人走进大门，上堂跪下，年纪却在三十上下。贤臣说：“你们来何事？从实诉来。”二人见问，叩头口尊：“老爷，小的二人乃系亲兄弟。父母早丧，分居。小的姓富，名叫富仁；他叫富义。因为弟在家遗失银子。他说小的劫去。因此争吵相打，告到大老爷台下断明。”施公闻听，下问：“你是兄，他是弟，你二人各住，他的银子怎么说你偷去？不知住在那里？家中还有什么人？从实讲来，不许放刁。”富仁说：“太爷容禀：小的家住东沿河，金太监寺对过街西，妻子钱氏。女儿今年十二岁，叫他大叔。现小的裱行手艺。全家三口，小的年三十八岁，妻三十四岁。因无买卖柴米之钱，听见兄弟弃卖房子，可得银二十两。小的无处借贷，无奈问他借二两，未应；留小的吃饭。兄弟去买东西。小的等了多时，外房只弟妇一人，似觉不便，是以小的走出回家。刚然坐下，见弟跟我来要银子，小的无见他的银子。即时动气。街居相劝，总是不听，把小的衣服拉破是实。”贤臣闻听，叫声：“富仁，你倒见过他的银子无有？”回答：“小的并没见过。凭空执诈。”贤臣说：“这就奇了！你且下去。”富仁叩头下堂。施公又叫：“富义，本府问你，家中有什么人？作何生意？银子放在何处？从实言来。”口尊：“大老爷，容小的细禀：小的家住钟鼓楼后。妻何氏，年三十二岁，小的三十五岁，子名素桂，八岁。钱铺生意。因乏银钱，才把铺屋变卖，银价二十两，心想添在铺内。不时兄长前来借贷。有心周济，未等出口，小的留兄吃饭，出去沽酒回来，兄长回家去了。小的就随即拉开抽屉，就不见银两。妻子说：‘屋中大伯坐着，又听抽屉之声。自兄长去后，再后无人来。’”贤臣闻听，叫声：“富义，你卖房二十两银子，共是几块？”下文分解。

第七六回

兄欺弟昧银　告当官灰心

贤臣说："你二人乃一母所生，私打闹上公堂。富义听妻之言，赖兄偷银。不思弟忍兄宽，俱有罪过。"贤臣故意大怒："本府问你，到底见过他的银子没有？"富仁回答："小的未见。只听旁人告诉小的，说他卖房二十两银子。小的方向他求借，见他是满口推辞，小的就回来家。"贤臣一听为难，想计，主意已定，由怒变喜，带笑叫声："富仁，你家住金太监寺街南对过，你妻钱氏。"贤臣又叫："富义，你家住钟鼓楼后，妻子何氏。银子不用问，向本府要罢。本府想来，你二人未必吃早饭。实说，吃了没有？"二人见问，异口同音："小的二人并未吃饭。"贤臣闻听，说："我说呢！不用你二人生气，银子向本府要。先赏你二人制钱三百文，先去吃饭，吃了饱饱的回来，好领银子。"言罢吩咐："来人，把他二人带去吃饭，不许为难。"该值人答应。贤臣又叫施安，给了差人二百钱，差人接过。三人叩首站起，一同往外就走。贤臣下坐，高叫："公差刘用，把他二人带回来！"差人答应，又把富仁、富义带回，跪在堂下。贤臣说："忘了一事。放你二人去吃饭，须得留下些东西。你们把袜子脱下，吃完回来好取银子。"兄弟答应，回身坐在地下，将袜脱了，当堂放下。二人穿鞋站起身来。贤臣吩咐："吃饭去罢！"二人出衙不表。

却说门外、堂下瞧看人等，不知其故。且说贤臣叫差人近前，附耳："如此这般，即去快来。"郭凤答应道："是。"翻身走至堂前，把富仁穿的袜子拿起，出衙竟奔富仁家门而去。贤臣坐在法堂上面，心内想法惊众。忽见原告董成带领少年人上堂，跪在面前。贤臣就问："董成，这少年人上堂何故？"董成见问，尊声："老爷，此人是老奴家主，名董凤鸣，今日拿金子以作明证。叩求老爷明冤洗状。老奴感恩非浅。"贤臣说："董凤鸣将金留下，本府好替你拿人。回家告诉你母，不可难为董成。断回金时，在家听待。"二人叩首谢恩，主仆爬起下堂回家。

且说公差郭凤手提富仁的袜子，出顺天府城，竟奔东直门金太监寺而来。不多时来至富仁门首，用手拍户。只听人声答问："是谁？"钱氏移动金莲，往外而行。来至门边，抽手开放门衙，闪在一旁，说："叫门那人，是做什么的？我家男人不在屋里。有什么事情，只管来说话，等他回来好说。"公差闻言，答话说道："我与富爷时见面，有个缘故，方来叩问。今早弟兄拌嘴，因为银子相争。他们两个告进顺天府里。现在兄弟俱受苦刑，我亲目看见。他受刑不过，招认家有二十两银子，是三个半银子，向大娘要拿出去，免受拷打。恐其不信，只说二十两银子，是三个半银子零四块。这不是还有他穿的袜子一双？因挨夹棍脱下来的，叫我拿来作证。"郭凤叫声："奶奶，难道人爷穿的袜子不认得吗？"钱氏闻之，又看见袜，信以为真，忙进内房，开了箱子，把银子一包拿出。回身出来，眼望公差说："就是我家丈夫交与我的这些银子，小妇人也不知有多少。"公差接过点了，那块数不错，连忙回身，迈步出门回衙，公案前面跪倒，打袜内取出银子，向上一举，口称：“老爷，小的郭凤奉命把银子拿到，请老爷过目。”

贤臣闻听，心中大悦。将银包打开看验，块数、成色，与富义说的相对。又见下役带富仁、富义上堂跪下。贤臣一见带笑说：“你二人吃饱了么?”二人回答：“多谢老爷恩赐，小的们吃饱了。”贤臣说：“你二人各把袜子穿上。”二人跑下几步，拿袜子穿好，复又跪下。贤臣下叫：“富仁，把你这个狗徒！手足无情，昧心盗银。那知本府略用小计，差人到你家中，向你妻钱氏把银子取来。我问你还有什么折辩无有?”富仁一听，心中不信，只说假话，用巧辩折证。贤臣大怒，便吩咐：“人来，将银子拿去他看。”下役答应，上前接了银包，回身放在他兄弟面前。二人一看，分毫不差。富仁见银只是发怔。贤臣坐下发怒，大骂：“富仁奴才！全不思千朵桃花，一株所生。你的心血，本府如一时心粗，用严刑拷问你兄弟，岂不冤枉了他！略施小计，献出银子，断出黑白之心。”吩咐左右拖下，重打三十大板。皂隶答应喊堂。富仁浑身打战。他兄弟替求怜，免了责，枷号半月，在富义钱铺门首示众。银子交还富义出衙。施公方要出签拿人，听得喊声不绝，留神一听，原是衙内门斗家中着火，满天通红，不由吃惊。下文分解。

第七七回

拿火头门斗之妻　因奸情究出陈蛮

话说贤臣见火心惊，衙内三班书吏并瞧看之人，一起害怕。贤臣不题出签拿人，唯恐烧着堂库。一跛一点，往后紧跑，站立滴水之下验看。都嚷门斗之家失火。街房邻舍，闹闹哄哄。地方报火，登时来了救火众军，都是急忙将桶取水。一片哭声震耳。时九门提督也来督令救火。顷刻房倒屋塌，压下火头；又用水泼，烟消火灭。即拿火头之家，霎时并无踪影，九门提督命四面提人。贤臣坐在下首①说道："救火之人，点名注册，都有赏赐。"

只见带着一个年少妇人。众官见其动作，非是良女。陶提督忙问："你们带来此妇何故？"大拨什库②见问，上前打个回话："此妇正是火头。"陶公心中不悦，说："你们都是胡闹！难道他家没有男人么？"拨什库说："大人，小的问过。他说他男人在顺天府当门斗，家中并无别人。他男人已在火中烧死了，因此将他拿到。"站立一旁。贤臣说道："本府问你，你既知火内有你男

① 下首——位置较卑的一侧，就室内说，一般指靠外的或靠右的（左右以人在室内而面朝外时为准）。

② 拨什库——满语意为"催促人"，清朝低微官职，管理粮饷仓库、文书庶务。

人，缘何不听见唤着救人。”那妇见问，口尊：“大老爷，火熄之后，不见男人。小妇人思量着，必是火内烧死。”

贤臣闻听，哼哼了几声，扭项望陶公说话，口尊：“陶大人，此妇大人不用带去，内有隐情。卑职带回衙门审问，内中必有缘故。”陶公闻言回答说：“使得。”贤臣随令人搜验尸首，果然搜出死尸。众大人说：“贵府将妇人带去。我们也走。”贤臣相送各位大人去后，回身升堂坐下，把那妇人带来跪在堂上，贤臣叫声：“妇人，你男人叫什么名字？从实讲来！”那妇人口尊：“大老爷容禀。”下文分解。

第七八回

当堂审张氏　张氏吐真情

那妇人叩头说道："小妇人男人，当顺天府门斗，姓孟名叫文科，好酒。今日吃醉，不幸烧死。小妇人因为不知，失了喊叫。"贤臣闻听大怒说："本府问你，与你男人还是结发，还是半路夫妻？从实说来！"那妇人说："娘家姓张，今年二十三岁，自十八岁嫁与孟姓为妻。小妇人是填房，迄今六载。男人今年四十九岁。他并无亲眷。小妇人父母俱在，父亲五十九岁；母亲陶氏四十岁。父名叫张义，现在换金铺内伙计。"贤臣闻听提起金铺，又问："金铺不知在何处？铺家姓什么？那里人氏？你父在铺作何手艺？俸金多少？"张氏见问，认为好话，口尊："大老爷，小妇人父亲在金铺打杂，每月只挣铜钱吊半。金铺在正阳门二条胡同，坐北朝南，姓陈。父亲住在琉璃厂东门。财东与父交好；他认我亲干姐。小妇人出嫁，花了他几多银子。今日到此与小妇人男人吃酒。男人吃醉，不幸被火烧死。"贤臣闻听，眉头一皱，计上心来，叫声："张氏，不用刁词。本府有心把你严刑重处，犹恐于心含怨；管叫你片刻甘心认罪。"贤臣吩咐："带过张氏。"

贤臣坐上闪目，往堂下一瞧，立刻得了主意，叫声："人来，就带至堂后，如此这般。"人役答应。贤臣又叫："人来，你即出衙公干。"不多时领命差人都办齐来。先领命的领了多人，立刻把倒墙整砖搬了许多，堆在堂口前面宽阔之处。又见后领命的差人进衙，手牵两只羊；后跟两人，挑定两担木柴，同至月台以下，放在一旁。差人上堂，跪倒回话：“小的禀太爷，将应用东西办到。”贤臣又叫人立刻把瓦匠叫来，用砖砌起四堵围墙。诸事完毕，发了工价①，匠役散去。

贤臣吩咐把羊杀死一只；连那一只活羊，一并放在墙里。令人把木柴用火引着烧羊。登时火着，烧得那只活羊怪叫。堂上书役，并瞧看之人，都不解其意，纷纷议论。且说贤臣看见活羊烧死。吩咐：“衙役，带领人去，如此这般。”公差答应，翻身下堂，依然把墙拆了，将砖搬去，打扫干净。把两只羊挪到孟文科死尸一旁，上堂回话。施公又吩咐：“人来，传仵作验尸。”青衣答应，高叫：“仵作！”下面答应，走至贤臣身边跪下。贤臣吩咐：“你去把死者孟文科的尸，两只羊的尸，都用木棍撑开，仔细看嘴内，或是干净，或是泥土。不可粗心。”仵作答应，迈步至死尸、死羊跟前，仔细验看明白。回说：“小的将死尸、死羊都验明白：烧死的孟文科口内，干干净净；死羊口内，也是干干净净。唯有活羊烧死，口内多是灰土。”贤臣闻听，带笑望月台两边瞧看之人说：“本府审案，不过推情评理。今日烧羊，有个缘故。常言良马比君子，畜类也是胎产。比如无论谁人，身遭回禄，四面全是烈焰围烧，岂有活羊等死之理？必然四处奔逃，口内喊叫，无处逃奔，才能烧死。你们想烧的房屋倒塌，灰烟飞起，人要开口喊叫；至于死后，焉能口内无灰之理？方才本府叫

① 工价——这里指工钱。

仵作验看孟文科口内干净：火之烧于死后，闭口瞑目，是以口内无灰。杀死的羊，也是如此。唯有活羊，众目同看：烧死火内，乱逃乱叫，不知无处可逃烧死，因此满口都有灰土。”

贤臣言罢，站起升堂。叫人把张氏带过，跪在下面。贤臣叫声：“张氏，你男人死的不明。从实讲来，免得受刑！”张氏口尊：“大老爷，丈夫醉后烧死的。”贤臣闻听冷笑，又将烧羊之证，从头至尾，分解明白：“烧羊与你夫同样。快快实说！”张氏跪求松刑。贤臣吩咐：“松刑。”张氏尊声：“大老爷容禀：此时只求恩典，叫人把妇人父母、金铺陈魁一并传来，当面一对就明。”贤臣闻言，说：“人来，你们领他到死尸、死羊跟前，叫他瞧瞧，口中有无灰土？好叫他甘心认罪。”衙役答应上前，带下张氏去看。贤臣又往下叫：“桂言玉、刘国柱你二人立刻到那正阳门外，二条胡同路北换金铺，把陈魁领来；再到琉璃厂东门将张氏父母锁拿对词。本府立等。”二人答应领票下堂。下文分解。

第七九回

瞎子生心讹诈　清官审断铜钱

且说二名公差，领票出衙而去。贤臣坐在堂上，查看招词。听得打角门走进几人，贤臣细看，都是年老的。大家一起上堂大嚷："我们是朝中内监。奉梁、卫二位首领之命来见，共十二名。首领们说：'来此看情也在你，不看情也在你！'"贤臣闻听，就知是前天缘故，带笑说："众位不用动气，我有道理。此乃奉旨之事，少不得验看。"言罢，站起带笑说："老爷们跟我来！"吩咐人外面伺候，不必跟临。伺候答应。内监同贤臣迈步来至二堂，让坐。贤臣带笑说话："梁、卫错瞧不起施某，拿话堵我。我才启奏皇爷，准抄查验。不全有心不验，又恐背旨；验看了，有碍众位体面。驾到府衙，少不得施某通私看情。老爷们出衙，只说都已验过净身。太府果然真回朝，多多拜上二位首领，万望担代。明早朝主，必然启奏，包管大家无事。"内监闻言，心中欢悦，带笑齐尊："府尹，从今以后，才知太爷是正人君子。都是我们首领之错，容日答报太府。"上马回朝。

且说贤臣正坐，从外跑进两个人，一个老年，一个相似瞎子。贤臣用手一指，骂声："刁奴才！有什么冤枉，快快说来。本府好与你们公断。何用吵嚷？"二人见问，有年纪的先说，口尊："大老爷容禀：小的是教门中回回；这瞎子也是回回。小的们乃表兄弟：小的是妈妈跟前的，他是姑妈生的。小的姑夫死了，他在齐化门外礼拜寺住，算命为生。小的现在顺天府西边鼓楼弯里，开一座羊汤铺生理。昨晚这瞎表弟进城到铺，小的问他来意，他说买卖不济，短少日用，姑妈叫他来找小的，要点费用。天色不早，留他睡了。一夜变了心肠，把小的血本铜钱两吊，拿着便走。因此告到仁明大老爷台下。可恨他瞎眼迷了血心，欺负年尊，与小的讲打。”

贤臣闻听说：“何用争嚷？”叫声：“瞎子，我问你，二目双瞎，还行坏事？人家钱你拿着便走，也使得吗？”瞎子见问，口尊：“大老爷，他说完了，小的细禀：小的名叫王兰芝，大老爷看小的眼瞎，心却公道。虽说姑舅亲，各衣另饭。上回大老爷说：人生天地间，不过凭的良心二字。”贤臣说：“王兰芝，依你说来，两吊钱真是你的了。”瞎子回答：“不是小的钱，小的就敢拿着走吗？内有缘故，这两吊钱，小的也不是容易积的。终日游街，算命打卦，挣不得多少钱文，少吃俭用，攒够两吊。小的心里想着要买两件衣服遮体。有心烦别人买，又恐赚小的钱文，是以思到表兄身上。闻他在鼓楼弯里开铺，典衣铺他很是熟识，烦他替小的买买，因此把两吊钱拿进城来找他。适遇天晚未买。因此留小的住在铺内，说今早去问。小的夜间思量：气候和暖，一时还用不着棉衣；何不把钱拿回家去，放给与人，加几文利息，养赡小的寡母。到冬再买衣服未迟。所以才不买了，一早起来拿钱要走。不料表兄为财昧了血心，只用他说一句良心话。仰求大老爷公断。”

施公闻听，心中为难，无据无证，沉吟多会。又问：“那个回回[1]，你什么名字？”回回见问，叩头口尊：“大老爷，小的名叫洪德。”施公说：“你铺中还有伙计？”洪德回答：“铺中一个伙计，他白日挑出净肉担子去卖，到晚回铺归钱。”施公说：“既是你的钱，可有记号未有？”回回尊声：“大老爷，小的串钱，不过是见数串起，那里来说记号呢？”贤臣又问王兰芝说：“你的钱可有记号对证没有？”瞎子见问，说：“大老爷，各人的钱，岂无记号，小的穿的钱，是满底子[2]。”贤臣命数过。施安回禀：“小的数过，分文不错。”

施公略思，吩咐公差：“快取砂锅一口，堂内架起干柴。沙锅内放入水，把钱放在锅内。”公差遵照办理完毕，回禀。施公吩咐：“将二人带上。”公差随即将二人带上堂来听审。公差答应，将回回、瞎子带到，一起跪下。施公说道：“二人争吵，告进衙门。本府非刑拷煮铜钱，他又不会说话。本府有妙处，叫你二人心服。”施公又令人：“去到锅边细看，锅内水面上飘的是什么东西？用鼻子闻闻，是什么气味？明白报本府知道。”差人答应，走至砂锅跟前细看：水底是钱，浮面飘着一层油，端起一闻，膻气之味，放下回身上堂，跪倒回明。贤臣又叫：“王兰芝，你可听见了么？快些与我动刑！”兰芝随说。下文分解。

① 回回——指回族人。

② 满底子——概为一整吊之意。

第八〇回

淫妇忘八进衙　母女当堂对词

贤臣说："王兰芝，快些招来！"瞎子口尊："老爷容禀。"就将见钱起意，待晚饭后，打发表兄睡熟，把钱摸得，话也是真，从头诉完。贤臣闻听，骂声："刁奴才！本府分解你听：若是你的钱，无别味；要是回回的钱，他不住的卖羊肉，接钱手上有油，钱上必有油气。不然皂白难明。哪知本府专判奇怪之事。本府看你讹钱之过，理应重处，另枷于羊肉铺门首示众。姑念你母孤寡无靠，拉下重打二十大板，免枷。"青衣答应，用头号板打得两腿崩裂，打完跪在一旁。贤臣叫："洪德，本府恕你苍老，免打回去。"叩头谢恩。回回见他表弟挨打，心内不忍，将两串钱领出，与瞎子一串。王兰芝摸着，不顾疼痛，一起叩头，欣然而大。

又见从角门进来男女几人，上堂跪下。下面差人上前回禀："小的等将陈魁、张义、陶氏带到。"贤臣摆手，公差退下。贤臣说："报名上来。""小的金铺陈魁。""小的张义。""小妇人陶氏。"贤臣听毕，叫声："人来，把陈、张二人带下去，命陶氏快快实说。"陶氏口尊："老爷请听：小妇人夫主贸易为生，金铺打杂。小妇人终日闭户家坐。单夫独妻，度过光阴。无故招灾，拿进衙门，莫把旁言，信以为真。"贤臣闻听动怒，说："刁妇住口！少得胡言。”吩咐：“与我拶起来！”青衣答应，上前拶起来。恶妇人实难忍，满口说招。贤臣闻听冷笑，骂：“狗妇！不怕你不招。”吩咐：“松刑，快些实说。”陶氏口尊：“大老爷，是小妇人害了女婿。祸起陈魁，都是张义之错。夫主无能，家道贫寒，金铺做手艺，引诱东家入我之门。张义饮酒吃醉，又将女儿灌醉硬奸。陈魁又定计：门斗孟文科，缺少三亲六眷。生心谋死，好拐女儿同走。安心把张义撂在京城。所以又请女儿叫他应允小妇人母女同着他去。陈魁唯恐小妇人女儿不去，取出攒龙金子稳他。”施公闻听，叫声：“陶氏，金子不知有多少重，快快说来！”陶氏说：“陈魁言及足足十两八钱。正面雕的玲珑。又说：‘金子为定，绝无更改。你母女跟我回南，快活无穷。你们母女害死孟文科，金子为聘，不必烦媒。若不允从此事，金子退还。’是以母女当时满口应允。小妇人三人定计，将文科灌醉，命根上用手一掐，孟文科立时丧命。放火把他烧的囫囵，料的真假无处去辨。掩埋，神不知鬼也不觉。哪知大老爷神目如电，看透其中情形，所招俱实。”

施公详理不假，内中又供出董成之金。施公想毕，又骂：“陶氏狗妇！叫你谋婿放火，带累邻右，齐遭回禄，居心何忍？”吩咐：“人来，先把他母女带下看守，不许交耳串话。”公差答应带下。施公复又想起一事，叫再把张氏带回问话。下役答应，带上跪下。“本府问你：放火之先，怎么谋害你夫？”张氏见问，回答：“小妇人回过：陈魁早把夫主灌醉，同小妇人抬到房内，他掐着颈子按紧，小妇人伸手揪他的性命根儿，用力连揪带掐，只听哼的一声气绝。陈魁才去，留话：再听消息。小妇人害了命，无奈放火烧房。”施公闻听，骂声：“狗妇下去！不许与陈魁答话。”公差退下。施公又叫：“人来，尔等去把孟文科邻右传来。”下役领命而去。立刻叫到堂上，跪下报名：“小的是门斗左邻张志忠。”“小的是孟文科右舍李有成。见大老爷叩头。”施公说：“本府传你二人，并无别故。既是孟文科紧邻，张氏谋夫，难道无听见响迹?”二人见问，一口同音，说：“并无动静。忽然今日起火。”下文分解。

第八一回

贪色借年貌 替娶亲得妻

张志忠、李有成说："孟文科之死，实不知其故。今日忽然起火烧房，实不知别情是实。"言罢，叩头在地。施公听罢，说："此事与你们无干。不许远离，少时定案，解部对词。"二人答应，叩头退下。施公吩咐："把张义、陈魁带上！"青衣答应，登时带到跪下。施公叫声："张义、陈魁，你们的事败露。从实招来，免得受刑。"张、陈二人见问，不肯实招。施公吩咐："夹起来！"登时上刑昏迷，用水喷醒，仍然不肯招。施公又说："把陶氏、张氏带上。"跪在一旁。施公说："你母女把孟文科之故，当他二人说来。如若不讲，即刻上拶。"张氏复又说了一遍。张义闻听女儿一派实言，心中后悔。陈魁听张氏供招，无奈何说："小的情甘领罪。"施公吩咐："书吏，把口供记了。与他卸去刑具。"施公又叫人："去到东直门北小街口，把董成传来圆案。"下役即领命而去。

施公又叫张义说："他母女与陈魁实招，本府问你：他母女与陈魁奸情，你哪有不知？"张义见问，还要嘴硬巧辩。施公又问："陶氏、张氏，你们与陈姓奸情，他说不知，须得你俩问他，不然又要动刑。"这妇人已经拶怕，听见动刑，心中害怕。陶氏就望男人说话，骂声："泼拉货！我问你：你说不知，那日你回家撞见我二人做那事儿，你为什么抽身回去？”张氏一旁接言，叫声：“父亲，我们已经三曹对案，全都招认。”张义听见他母女之言，无奈叫：“太爷，就算小的知道罢！”施公闻听，忍不住哈哈大笑，忙吩咐书吏作稿，拿下四人画了手字呈上。

施公过目，一边吩咐：“陈魁你定计留金，交与何人？”“小的交与陶氏。”施公叫声：“陶氏，那锭金子，现在何处？快快实说。”陶氏回答：“现在身边。”言罢，忍痛回首，取出上递。青衣接过呈上。贤臣叫施安也取出那锭金子看，一样分毫不错。吩咐把陶氏、张氏、张义带下。

只见公差把董成主仆传到，跪下。贤臣说：“董成，你看这下面受刑人，是开金铺的不是？”董成闻听，到那边看回答：“就是他！”贤臣又叫：“陈魁，你把昧金之故讲来？”陈魁怕刑，不敢强辩，口尊：“大老爷听禀：小的见他贫寒，金子明知是他的，因欺他年老，生下歹心。只知肥己，无人晓闻。哪知上天鉴察。小的贪色，给与陶氏。今朝事情败露，献出金子，原是董成之物。小的情甘领罪，叩求老爷免罪。”叩头流泪。施公又叫：“凤鸣，董成换金，若有歹意，焉敢告进衙门？若非审陶氏女奸情，只怕屈死董成了，永为怨魂。他果要昧金，势必逃走；岂有送信，又转家门。今日本府断金复归本主，倒要你另外加恩于他。”凤鸣答应说：“是。”施公含笑说：“董成，此事皆因粗心招祸，莫怨上人。回家千万莫改忠心，上天不负好人。”老奴叩首流泪，说：“大老爷训谕，自当遵行。”贤臣大悦，伸手把两锭金子拿起，叫声：“董成，把金拿回家去，见了你的主母，加意勤慎，商议度日去罢！”董成谢恩，答应爬起，上前接金。主仆下堂，欢天喜地出衙而去。

施公吩咐书吏："立刻办文，内有人命重情，送部定罪。"施公令该班人役，将陈魁、张义、张氏、陶氏带出衙去。才要退堂，又见走进一人跪倒。下文分解。

第八二回

小西来报机密　男女进衙告状

话说那人跪在公案一旁，说："小的来报机密。"施公细看来人，容貌年纪，约三十以外。施公看罢，开言说："有何机密？快讲！"那人见问，口尊："大老爷，小的在京都居住。原籍山西太原县人。父母双全，兄弟三人。小的姓关名叫关太，懒在家中，安心在京。父母给小的银子千两来京，托伙计经营。不幸本钱丧尽，无奈学走黑道，全凭折铁单刀护身。那晚刚进高山寺，谁晓刚进空房，撞见一人遭难。太爷，其中详细，小的有诉呈，一见便明。"随即呈上。贤臣接过一看大惊，叫声："关太，本府问你：此事都是眼见吗？你且起来，下堂等候。少时到我私宅内，有话问你。"关太答应退下。贤臣回手把呈词放在靴筒。

又见打外面进来几个男人，嚷上公堂，纷纷跪下。贤臣看毕，吩咐："你们男女，既到本府衙门，不许乱说。叫哪个哪个说。"贤臣说："那老妇人先讲。"老妇闻听，口尊："大老爷容禀：小妇人家住后门火神庙边，后河沿临街大门。夫主姓张，名叫张大，终日挑水，五十八岁，并无儿女。小妇人今年六旬，常与人家说媒，又会接喜，在渣子行程住。这位奶奶，与小妇相好，当日作过邻舍。去岁叫提亲事的，说的朱家闺女，今年二月过礼，二月间娶亲。是晚半夜，出了怪事。今日告状，内有隐情，只是一往之故。要问别情，只问他便知。”贤臣问第二名，说：“那妇人把你的情由讲来！”那妇答应说道：“小妇人家住火神庙对过门内，天师府斜对过。亡夫姓冯，名叫冯义，在日教学为生。不幸病过三载，留下儿女。女儿今年十八；儿子十二，名叫冯昆玉。现今母子耐守清贫。小妇人五十三岁，亡夫五十岁去世。无靠孤苦，做些针线度日。儿子做小本买卖。张媒与女儿提亲王家之子，今年二十。寡母性善，并无生理。父已去世，也无亲戚。在日布店经营。此子品貌端正，家道贫乏，母子称美，其人端正。小妇人想家贫寒，女儿长成，无奈应允，行聘过礼，择期就娶。郎才女貌，只也罢了。不料昨日过门，今旦偶出怪事。女儿发人来叫，提起情由，真真羞煞。下情只问亲家母罢！”

贤臣闻听，话内必有大变，只问他便知，叫：“那妇人，把你的情由禀上！”郝氏口呼：“大老爷，小妇人郝氏，今年四十四岁；亡夫四十八岁，姓王名玉麟。他在日布店交易。子名王振，年二十岁，他父死后，也在布店。多蒙财东看其父面，周济我子娶亲，算一番好意。哪知其中有变。小妇人家住后门方碎口内。夫主去世四载，儿子进店，每月工银一两。昨日娶媳进门，晚上亲朋散后，他两小夫妻入洞房。小妇人睡觉，将近半夜光景，忽听媳妇喊叫。当道他夫妻不和，小妇人连忙穿衣跑出房门，见一人往外飞跑，天黑看不真。却又见儿子从门外而进，劝他媳妇莫要做声。新人痛哭，拉住小妇人叫‘娘！’，只说‘坑杀人了！’，小妇人追问其故，回说：“你儿出去后，又进房。摸着他满嘴胡须，欲与我成亲。被我抓脸，他就跑，面目无从看真。’媳妇就要寻死。小妇人害怕，看守天明。请他母到家，公同[1]申冤。恳大老爷明镜高悬，判断仔细。”贤臣又问：“你家除汝母子，还有何人？”郝氏回答：“并无别人。”贤臣说：“少妇不必含羞，那人沾身无有？”少妇见问，羞得不语。贤臣深知其故，也就不问了。又叫：“王振，本府问你，小小年纪，快说实话。”王振口尊：“大老爷在上听禀：祸都由郭东家所起。”下文分解。

① 公同——共同。

第八三回

王振吐实话　玉山道真情

王振说："郭东家原籍太原府，名叫玉山，开布铺。小的父亲在日，每月身价三两。父亲去世，小的将铺接续。去岁小的商议亲事，一应费用，许以相助。小的回家，告诉母亲，是以央媒提亲。他说：'我与你看中一女，住天师府对过，可着媒去说。'小的应承，挽张媒一说即妥，择吉三月娶亲。财东他反说：'离家日久，欲要娶亲，奈本处不许外乡之人。自从看见冯家之女，想成疾病。此亲算我所娶。给你纹银五十两，另续新婚；再加工银三两，管你一世不受贫寒。若要不允，还我财礼，逐出铺外。'小的无奈应承，瞒哄母亲。昨晚小的成亲之后，故装出外，他在门首溜进房中。新人哭喊，手抓口嚷，抢天呼地。以是今日告状，全是他之错，今情愿领罪。"贤臣听罢大怒，骂："王振你这畜生该死！世上此事岂可允得的么?"往下又叫："郭玉山，好大年纪！行此伤天害理之事。"郭玉山说："大老爷在上，容小的细禀，那日收账路过此处，瞧见此女端庄，嗣后得病待死。因是定计，都是实真情。叩恳大老爷恩典宽免，以后痛改前非。"说罢叩首。

贤臣骂声："奸徒！倚势图奸，该当何罪？看大刑伺候。"贤臣叫："尔等男女六人听真：国法无私，本府按律治罪。祸因郭玉山而起，将才本府听罢六人之言，前后倒也相对。就只那郭玉山其情可恶！你替王振娶亲之事，实是愿意助他银两，又外给银五十两安家，每月加工银三两，再无更改。"郭玉山答应："不错。"贤臣闻听，道："冯朱氏，你女儿给王振为妻，乃系明媒正娶。内里生事，是郭玉山之过。可喜你女儿辨出鱼龙，保住节操。本府隐恶扬善。你女既为王振之妻，还有变动无有？"冯朱氏叩头："大老爷听禀：先嫁由父母，后嫁出自己。小妇人不敢做主，大老爷只问女儿，由他自专。"贤臣又问冯氏："本府问你，一生大事，不可不说。只顾含羞不语，岂不耽误自己？当堂实说。"冯氏见问，无奈叩头说道："可叹奴运不好，遇此歹人。母亲恩养十八岁，许配婚姻。妇人如何见得周到，难怪母亲误奴，都因夫主见短年轻，听信邪言，生米已成熟饭。母亲后悔也是枉然，将错就错，到底是错。小妇人嫁鸡随鸡，终无更改。好马不备双鞍，要是重婚，怎么见人。皆因婆母不知，才生祸端。夫主纵虎入门。小妇人不恨别人，可恼贼徒！"贤臣说："好一个将错就错，今自有操，唯天可表！本府无私不用含愧，包你意足无怨。"

贤臣下叫："张媒你是愿打愿罚？"张媒闻听，尊声："大老爷，小妇人请个示下：怎么愿打愿罚？"贤臣微笑说："愿打，责你个不见真实，十个嘴巴；说媒陷害良女，再打五十大板。愿罚，媒银退还原主。"张媒回答："小妇人愿罚，算是运气不济。银子无动，还在腰里带着。"回手把二两银子取出，递与公差，接过送上公案，退下。贤臣叫声："人来，到玉山铺，立刻取银五十两。"玉山跪倒。贤臣下叫："郭玉山，听本府定你的罪过。愿替王振娶亲，并无反悔。余外帮银五十两，每月长工银三两。因你自把量你赎罪之项，本府今且宽恕，快写无更改执照一张为凭。自今以后，不许你与王振穿房入户来往。倘自不遵，加倍罚银重处。"玉山闻听，只当领罪免刑，连忙讨取笔墨砚，铺在地上，趴伏立刻写完，双手上递。青衣接过呈上。贤臣从头至尾看了一遍，写得倒也通顺。看罢，又叫："郝氏，你领银三十两；朱氏，你领银二十两。听本府吩咐：你二人领银以为安家之费，自今安分度日，妇道不可门前站立。"又叫："郭玉山，本府今日恕你解部重处之罪，轻罪难饶。人来，将他拉下，重打三十大板。"皂隶答应，不容分说，登时拉下打毕。又叫："王振把执照赏你收去。自今以后，小心留意，不可生事。"王振答应，接下执照，回手揣在怀中，又复跪下。贤臣说："王振，本府瞧你妻母面，恕你重罪。年轻不思前后，败坏人伦，轻罪难饶。人来，把他拉下，重打二十大板。"贤臣又叫将郝氏、朱氏、冯氏、张媒四个妇人释放回去。诸事毕。

贤臣又吩咐书吏作文一道，立刻行到宛平县，把胡妻不见一案用文关来，带到私宅问明他故，请旨定夺。即将文书作成，命该司人役，持文到县提人。再说贤臣离座下堂，乘轿出衙，关太跟随至府。贤臣入内，取出关太诉状，重新又看，上写：

具禀：小的关太，因无生计，半夜至一山，名曰桃花岭，上有唐建桃花古寺一座，甚为宽大。小的作贼，挖窟进内。但见屋内空虚，并无银钱。正在自怨时衰，忽然逢着怪事：撞见一位公子，在秘室遭难。见着小的，误作杀他之人，惊跪在地，哀告求生，说是旗军，系官宦子弟，父为梅林章京，膝下只他一人，名叫巴州布。此寺是乃父辖下。该住持僧慧海，春秋二季上京，与伊父相往来，宾客相待。伊父供其银，作夏天避暑之所。伊今岁来寺攻书，住在山上。适恶僧上京，发售该山树果。寺中乏伴，偶然散步闲游。行经庙后，遇些青春妇女，欲即走避，奈不识路，以致互相逢见。不料恶僧回寺之后，初尚同用茶饭，既而往内复出，把伊拉到空房，举刀要命。跪求。看其父情，留下毒药等物，令其自死。免漏风声，将门锁上。如天明不死，仍是刀下倾生。小的闻言，气愤在心，随将来意述明。公子叫小的救命；又说恶僧万恶，还有众僧武艺精通。半夜搭救，逃走到京，好告诉他父，启奏调兵，擒拿恶僧。小的听言有理，当即救公子出寺，送至京城。到家几日，并无音信。小的不平，是以来此投书上禀。

贤臣看毕诉呈收起。又叫关太进书房，复又追问一遍。说："你有传家武艺宝刀一口，现在那里？拿来我看。"关太答应，把腰间取出。只听丁当一声，贤臣闪目细看，有诗为证：

刀柄可把，利刃吹毛。

倭钢炼就，上将魂销。

传家至宝，避邪降妖。

关太双手奉请大老爷过目："小的此刀，传家七代，名曰折铁倭刀。祖传三十六宗，变化多端。"重新将刀收好，一旁站立。

忽见守门人进书房回话："外有顺天府衙役求见。"贤臣吩咐令他进来。不多时带进，跪下报名："小的郭起凤、王殿臣叩头。小的二人，奉命到宛平县，把胡妻一案提来。"老少二人，跪在左右。公差退下。贤臣观看已毕，下文分解。

第八四回

翁婿当堂实诉　贤臣问得隐情

再言那人见问，口尊："大老爷，小的住在护国寺东廊以内。小的房主，官名都称按大爷，现为梅林章京。小人做工，住房一间，工钱五百，夫妻两口度日。老妻与房主煮饭，暂做月工。所生一女，名关姐，今年二十过门，这就是女婿。偶出怪事，小的女儿过门，未满一月。忽然那日他到小的家要女儿，回说未回家，他竟不依，反赖小的将女藏了。翁婿之冤，因此断不明白。告进宛平县，二月有余。幸喜青天提问，好似拨云见日。小的名叫马富，妻子秦氏，五旬。这是小的真情，望大老爷明镜高悬判断。"言罢叩头。贤臣说："少年之人说来，不许隐藏。"那人见问，尊声："大老爷，小的名叫胡六，白塔寺后住。寡母今年五十一岁，小的二十四岁。父在日定下亲事。困穷耽缓，今岁方娶过门。尚未一月，那晚忽然不见。小的次早去岳家吵闹，竟赖未归。告进二月有余。小的手艺耽误时日，叩求爷爷速判冤枉。可怜寡母无靠。"言罢叩头，哭的可伤。

贤臣听闻，忽然想起了一事，叫声："马富，有一个桃花寺慧海和尚，与按大爷家往来，不知你见过没有?"马富说道："如若老爷提起慧海和尚，小的怎么不认得的呢？是女儿干伯伯，认婿为干儿。女儿出嫁，曾来帮了好些东西。自此以后不来。"贤臣听闻，言言对景，心下明白，吩咐胡六、马富：“你二人不用胡赖，本府另有裁处。放你二人讨保回去，营生度日，汝女自有下落。暂且回去。”又叫：“郭起凤、王殿臣，你们将他带到衙门，告诉书吏，如此这般，事毕回话。”公差答应，带下去了。

且说次早贤臣吩咐备马上朝，来至禁门。随众出班，紧走几步，赶至梁九公跟前，带笑说：“梁老爷，少停贵步，卑职有机密事转奏圣上。”把木匣付与梁九公。太府接过木匣，转身进太和殿。不一时膳盒下来。九公一见，忙把本章呈上。皇爷接过，闪龙目细看：原来桃花寺凶僧慧海和尚作怪，隐藏妇女。看罢，龙心大怒，命内侍拿过文房，皇爷在本后批写了几句。九公接过御批，装入木匣掩定。转身至金阶，高声说：“旨下，施府君接旨。”贤臣答应，出班跪听宣读。梁九公带笑说：“皇爷准奏，照批行事。”贤臣谢恩站起，接过木匣，又说：“梁老爷，你把那数名老伴伴，多拿盘川，打发到顺天府，起路引，叫其回家。不过压压耳目，再上京来。也算遵旨办事。”梁九公说：“承情，知道了。”言罢，进内缴旨。

贤臣见众公俱散，也就乘马回府。下马至书房，展开本章。批写着：“依卿行事，私下便调将提兵。若有不遵旨者，立即拿问，带同赴京。”贤臣看完批语，甚喜。只见施安带进关太，郭起凤、王殿臣随后而入，三人上前叩见。贤臣说：“你三人来得正好，听我吩咐：今日本府起身，赶进桃花寺。明早你三人到寺，可要如此这般，千万莫误。”三人说：“知道。”贤臣回手提笔，写了一张批文，用印封严，叫声：“郭起凤、王殿臣，你二人奉批，乃奉旨之事：赶至芦沟桥飞虎厅武职衙门投批，不可错误。投批之后，与关太会齐。即于次日赶进桃花寺，这样如此打扮。见我报信，不可明说。大事定矣！自有重赏你们。”施公催马，施安、施孝跟随，径奔桃花寺山口而行。顷刻来到山下，忽见茶棚里面走出一个僧人，施公下马，相见已毕，僧人引进香棚，坐定吃茶歇息。那僧人口尊：“施主，来至荒山，莫非还愿烧香？请问贵府何处？贵姓大名？好易知照。因桃花寺近来官府，查得甚紧，为此叩问。”施公见问，思想了一回，说：“在下姓方名叫忠义，在南城琉璃厂路南居住，做买卖生理。”正话间，大头和尚进房，高叫：“今有仓平州与房山县老爷告条，贴在寺前，明晨初一开山门。”下文分解。

第八五回

二衙役投批　开中门迎接

话说慧海打发送告示差役去后，又有飞虎厅差人到来，照应凶僧。又与施公讲话。施公假言到庙参拜，明早还愿。慧海闻言点头，又叫僧人把施孝唤进，立刻备斋款待主仆。

且说郭、王二人至飞虎厅门首，说："借问，这就是飞虎厅么?"门上答说："这就是衙门。"王殿臣接说："京都顺天府施大老爷，奉旨遣役投批文。郭起凤、王殿臣求见。"门上人不敢怠慢，进内回禀。林公闻听，心中纳闷，接出了仪门。王殿臣怀中取出御批，双手举起，站立居中。林公一见，上前跪倒接批。林公展开批文，为皇上御批府尹示。此乃奉旨批文："芦沟桥西北有座桃花寺院，即在桃花岭内。庙大寺广，隐一群恶僧。为首和尚，法名慧海，无端惫赖①，任意胡行。寺内窝藏妇女，吃酒荒淫，苦害良民。总因下员失于觉查之故，扰乱地方。今有人告到本府衙门，施仕伦奏本皇上，当今准奏。批准私行进庙，探访凶僧。专等四月初一日，速发人马，我与你力擒拿凶僧慧海，解进京都严问。倘有风吹草动，以及过午不到，众官一体听参。"林公照批文叫声："上差，见施大人，就说我即率兵前去。"二人接

① 惫（bèi）赖——泼辣，无赖。

批，退出不提。

且说林公打发二役去后，即挑马上弓箭手一百名，藤牌手五十名，哨棍手五十名，都是年力精壮，器械鲜明。哪个敢违，按军法重处。该值将校，答应回身，出衙办事。林公回后，即命内丁备用，那些将佐千把总等官，军器半夜俱要齐备。林公又把将佐叫进书房，附耳说："你等如此这般，不可泄露机关。"

且说施公在庙，凶僧持斋已毕，吩咐小僧秉烛。慧海说："小僧失陪。"施公回说："请便。"凶僧起身，回至后房，与众妇人取乐。施公心下已参透八九，又暗察里面，有男女喧哗之声。贤臣同施安望喧哗处，只听淫媟欢笑讴歌。施安搀扶贤臣，上墙看看。忽然一僧提着"顺天府"之故，心下着忙。又听凶僧接言要害性命，又闻慧海僧要"盘问"，吓得惊疑不止。复又细听，贤臣不料失脚，被众僧听见，一起站起，皆往外走。贤臣听得明白，叫声："施安，同跑在菜地藏躲。"听着和尚开门出院，四下看看，并无人影，只有两只山羊。众僧不曾细照，回身关门，安寝宣淫。不表。

且说贤臣同施安躲菜地里，听得和尚进去关门，说："够了！够了！"主仆回到房中安歇。次早贤臣净面，正衣吃茶拜佛。留施安看守行李，他更衣出房，手擎香火，各处上香。那时贤臣双膝跪地，暗暗祝赞："圣母娘娘，保佑弟子，今日拿住凶僧，方显正直无私。"祝告已毕，上香叩头站起，叫施安将疏文送在火池焚化，送香资银五两。贤臣回身，忽见关太、郭起凤、王殿臣三人进庙，悄语低言，将调兵之故，细说一遍。贤臣附耳低言吩咐："王殿臣，你去唤一老者，唤一小妇，带一小童上山。你紧跟在后，倘有人啰唣①，命飞虎厅官兵锁拿了。”二人答应刚去，只听庙外山下兵器响亮。暗报人马到了。

忽有一僧偶听施公道：“郭起凤你去看。有个游庙凶徒，名叫李太岁。叫他出庙，令飞虎厅兵丁锁拿。”那僧听了，叫声性本说：“了不得了，我看那香客，果是施不全。为什么慧海要等的天明害他？恐后兵到。”性本闻听，吓得抽身便要逃走；又舍不得那些美娘。连忙告诉慧海，慧海说：“这有何难？不用胆怯，叫他看我的流星叉拐，有何惧怕？”忽见大头僧慌慌张张跑进，叫声：“当家的，将爷前队到了山门，快去迎接。”慧海和尚不敢怠慢，连忙站起，走至山门。只见闹闹哄哄，人马到了，迎面林公威风凛凛。二僧走上几步，双膝跪下：“老爷在上，小僧叩头。”林公马上含笑，说：“请起。”林公来至山门，弃鞍下马。二僧引路，进寺参神，稍坐吃茶。林公道：“此来我奉旨搜山，焉敢久羁。兼之领兵，还要找寻野兽，是以散步来此。”又到云堂。林公看贤臣认得，上次贤臣进京之时会过，要抢上去拉手。见贤臣着忙说：“我乃香客，失迎老爷，求恕。”林公闻听，深知其意，将计就计，说：“香客请坐，此处乃佛门善地，何论官民，都是一体。”贤臣闻听说：“老爷此言折死小的了。”两个凶僧见他，信以为实，心中暗喜，林公带笑望二僧，又说些闲话。用计稳住二僧。下文分解。

① 啰唣——纠缠，吵闹。

第 八 六 回

凶僧抢少妇　锁拿李太岁

话说众兵丁把座桃花寺围住，只见那些进香的男女，做买卖的人等惊慌。且言林公坐谈，专候机会拿僧。忽见兵丁进了房，至林公身旁跪倒，说："小的回老爷：小的兵头见有四僧强抢良妇，小的俱拿到。现在寺外，请爷定夺。"林公闻听，故意变脸，喝声："你等大胆，出来多事，无令擅自拿人。本欲捆打，又恐佛地不恭，暂恕你等之过。带进寺内，问明治罪。"小校答应站起，假装惊慌，往外行走。慧海和尚一旁恐惧。

且说兵丁登时带进老者、少妇、僧人跪倒下面，兵丁闪在一旁。林公座上打量已毕，向僧人说话："尔等身在佛门，不守清规胡行，何人主使？快些说来！你们若不实说，解进官衙，动刑拷问。"四僧见问，假捏虚词①，口尊："爷爷听禀：小僧等均已受戒，焉敢胡为。今日初开庙门，人烟稠密，山路崎岖，老者引领少妇、小童与小僧上山，挨肩过来，少妇嚷不肯休，被老爷巡兵听见，锁拿进寺。叩求老爷，看佛怜僧，莫冤佛教弟子。"林公用计提僧，不肯深究。又问少妇："僧人怎么胡行，快快讲来。"少妇见问叩头，尊声："老爷，听小妇人细禀：小妇人不敢

① 虚词——这里指扯谎。

虚词，老叟是小妇人的父亲。母亲金氏，五十三岁。小妇人十九岁，夫主就在山下居住，姓李名辉，耕种为业。公婆去世，却有妯娌。小童即是侄儿。旧岁，夫主染病，小妇人许愿上山拜佛。今亲丁四人前来。下车之时，算是粗心，撂下丈夫，手扶小童，进门拜佛，烧香还愿。不知夫主心恼不等，竟自赶车而去。父亲找着，一同出庙。瞧见无有车辆，心下为难。没奈扶父步行回家。忽见四个凶僧，一起上前。父亲年残，拦挡不住；侄儿喊叫，小妇人着急大嚷。幸喜官兵跑上，锁拿搭救。是以同来见老爷，叩求公断。"

林公听罢，故意含笑说："那老者，我问你，偌大年纪难道还是不知世路么？上庙烧香，古人所禁，你该拦阻才是。我自有道理。人来，把他父女、小童，送下山去。"兵丁答应，老者、少妇，一起叩头站起，随兵下山。又把四僧拉到僻处，每人重打二十棍。又将光棍李太岁带到，跪在下面。兵头闪过。林公观看说："那徒家住何方？姓甚名谁？"那人见问，口呼："老爷，小的住在山下李家村。父母双全，只生小的一人，名叫李宾。奉公守法，不知犯了何罪？无故锁拿进寺。俗云：国家刀快，不斩无罪之人。"恶棍说话，摇头摆脑。林公大怒，一声断喝："哇！该死的奴才，看你光景，必是光棍！人来，掌嘴。"兵丁答应，一拥齐上，打了二十个嘴巴。又见一人跪在下面，说道："老爷，今有部文到衙，限期紧急，不敢迟误。"双手奉上。林公拆开阅罢，说："国母开恩，普济天下庵观寺院。林某所辖地面，必须查明。先将桃花寺中，共有多少僧人，写明以便造册领赏。"众僧闻听，反为欢喜。林公同僧人查点，立刻写明清单。

且说贤臣吩咐施安，将行李般出，诸事俱备，施公告辞林公。贤臣迈步外行，出云堂小院，在外专等消息。且说林公见施公主仆下役出去，随即站起，擒拿二僧，猛纵身剪步向前。兵丁一见，不敢怠慢，一拥齐上，岂容动手。不料二僧暗藏器械，七手八脚，闹斗多时。贤臣闻报，遂使关太、王殿臣、郭起凤三人进寺，与二僧征战。二僧使得流星、双拐，井井有法。关太等三人，倭刀、短拐、铁尺、攮子。五人蹿跳蹦跃，丁当招架。看看天黑，林公吩咐兵丁秉起灯烛。下文分解。

第八七回

关太施英雄　倭刀破双拐

关太遂跟进，用刀砍中慧海和尚的头颈，“哎哟!”一声，栽倒在地，流星掷丢一旁。他翻身还想爬起，郭起凤迎近，用力把一铁尺打在凶僧拐子骨上，又连打几尺，把个慧海打得哀声不止。关太复用刀背在凶僧的两膀打了几下，慧海不能动转，趴在地上。关太等撇下慧海，三人围住性本，拐子扎去，铁尺又打。关太倭刀举在空中，性本忙来招架，心中害怕，架式散乱。只听慧海说话，大叫：“性本，休要动手。依我劝你，自受其缚。”

且说三人围住性本，王殿臣故意漏空，跟进一步，“哧”一棍子扎住性本的手腕子。“哎哟!”一声，疼得抛拐在地；又被郭起凤铁尺打中肩头，栽倒在地。关太赶上，耳边踢了一脚，凶僧发昏，不能复起。外面二公一见，心中大悦，吩咐兵丁上前，立刻把二僧捆绑起来，仔细看守。又令兵丁搜出妇女，并把余火救灭。此时天方大亮。贤臣大笑，尊声：“林老爷，施某今私访，调动兵将，事亏贤公良谋。兵围云堂，将勇兵强。借仗虎威，拿住二僧。起解回京，施某转奏圣明，加官晋职。兵丁自当奖赏功劳。”那林公闻听吃惊，愧颜通红，欠身行礼，口尊：“施大人，末将无才，全亏贵役。恳求包容。”贤臣见此光景说：“我面君之际，自有道理。”林公又打一躬：“多谢大人宽恕之情。”言罢，二公复回大殿坐下。贤臣吩咐：派十名兵卒，看守庙宇。又命那别的寺僧，照管经藏。令下即刻下山。拨车三辆，立刻押那僧人、淫妇，一起上车起解。二公乘骑。贤臣说："林老爷，不用送了。离京不远，请罢！"

林公闻听，随告辞领兵回汛。贤臣率领关太、郭起凤、王殿臣押解，顷刻进了京城。竟入顺天府衙门，升堂，差役站班。吩咐：把众僧妇女收监，派役监守。贤臣见天色将晚，退堂出衙回宅。到了门首，下马进内。父母前请安已毕，一旁坐下。施侯说："我儿可喜，获住恶僧。"贤臣遂将始末细禀一遍。施侯说："你也歇息去罢！明日好办事情。"贤臣退出，到自己房内安息。

次早起来，净面更衣出来。至外上马，到了衙门，升堂。吩咐："人来，传那告状的翁婿上堂对词。"又叫人立刻提慧海和尚、众女人听审。众役答应，齐往下跑，从监中提出慧海、众僧、妇女，上堂跪下。贤臣叫声："慧海、性本，你二人把诓骗众女之故，快快实说！"二僧见问，总而言之，混推诈赖，不肯实言。贤臣不由大怒，把惊堂一拍，说："人来，把慧海夹起再问！"众役答应，连忙夹起大刑，慧海昏迷，用水喷醒，大叫："青天！僧人招了。僧人在桃花寺内作恶。师父屡次相劝，一怒之间，害却他命，埋在寺后。又与性本商议，诓买些妇女上山。唯有桂姐是僧人拐带来的；他父母在京。有位梅林章京，名叫按大，护国寺旁边居住。小僧常往他家走动。桂姐父母就在门房里住。我与其母私通，因奸套奸，嗣后索性拐去。只知快乐，无人知闻，岂晓神佛不容。巴州布在寺攻书，闲游山景，看破机关，走漏风声，这是实情，愿领死罪。"贤臣闻言，吩咐下役，即刻卸去刑具。书吏连忙提笔写明口供，青衣答应卸刑。贤臣叫声：“性本招来！”性本口尊：“老爷，慧海作恶是真；性本主谋不假，甘愿领罪。”贤臣吩咐书吏写招，拿下二僧押了手印。贤臣又叫众僧：“你们既入佛门，不守清规。从实招来！”众僧见问，口称：“大老爷听禀……”内中说，游方、挑水、烧火、撞钟、擂鼓等僧，“有心修道，恐怕慧海驱逐，没奈随着胡闹，迷花恋酒，都是慧海作恶，不知别情。”诉罢叩头。贤臣吩咐书吏，拿下众僧，画了手印。众妇女听道。下文分解。

第八八回

施公回奏圣君　顺天当堂发放

贤臣说："尔等失身之故，本府眼见，不细追问。内中除桂姐，其余各报家乡、父母姓名上来。"众妇见问，各把姓名报完。贤臣闻听，叫声书吏记写。又传下役，把告弃妻的翁婿传来。贤臣叫声："人来，尔等且把众僧妇女带下，留慧海、桂姐对词。"众役答应。公差上前回话："小的将护国寺住的马富，白塔寺住的胡六传到。"贤臣叫声："马富、胡六，本府传你二人来认认，那边跪的是你什么人?"二人见问，抬头一看，说："是小的女儿。"胡六说："是小的妻子。"贤臣大笑："你们认的不错?"一起说："不错。"贤臣叫声："马富，全是你妻之故。本府不究，你就明白了；才引出你女儿私逃之事。"又叫："胡六，你妻被和尚拐去，本府奉旨访真拿来。明日早回奏，请旨正法。你二人下去。"二人答应，叩头，含悦而去。贤臣又叫："人来，你们快把众僧下监。"众役答应。

且说贤臣起身退堂，上马出衙。不多时回到私宅，灯下修本二道，事毕安歇。次早黎明，贤臣上朝，奏明皇上。旨意："慧海、性本败坏佛门应斩，余僧按例治罪。众妇除桂姐外，令本家认去。桂姐与翁婿之案，任其婿自主。钦此钦遵。"再谕："仕伦为国勤劳有功，应升通州仓场总督。"贤臣望阙谢恩，便出朝。到顺天府监中，提出慧海、性本，令役解送交部斩首。贤臣又提众僧，每人重责三十大板，定半年徒罪；期满各州县重起递解。其余还俗回家。又提众淫妇，每人三十大板，责罢收监。贤臣行文各州县，传其本家来顺天府领人。堂上留桂姐以完翁婿之案。按律议定：梅林章京按大家教子不严，知情不举，回奏罚俸二年。贤臣吩咐人来，传马富、胡六对词。青衣答应退下。不多时翁婿上堂跪倒。贤臣叫声："马富，皆因你家纵放妻子，私通和尚，因奸引出拐带之事。你女儿同慧海上山，就有心赖你女婿。若不亏有人首告，岂不便宜贼徒，屈了好人。本府按律公断，先问你赖人一个重罪。妻子之丑，本难宽恕。"

马富闻听，心内明白，自知己过，带愧叩头，口尊："大老爷，小的知罪，求乞饶恕。说我女儿，任凭女婿，自今再不欺心。"言讫痛泪悲伤。贤臣悯其受害，有意开恩，眼望胡六，说："本府问你，那妻要否？"那人见问，叩头说道："小的颇知其人，自甘一世无妻，也所深愿。小的叩求大老爷判断，只是恳求无事回家。"施公提笔定案，叫声："马富，因你家教不严，以致丑事，图赖良民。人来！拉下重打二十大板。胡六免究。"下役答应，拉下重打二十板。贤臣又问："胡六，汝妻还要不要？"胡六说："不要。"贤臣又叫："马富，你女婿不要你女儿了。你可领他回去。"马富叩头，口尊："大老爷，小的无脸领女，求大老爷公断。"贤臣闻听吩咐："传官媒带去桂姐，官卖价银。"有胡六跟去领银子不表。

再说那顺天府尹新任官进衙门，把已结未结之案，交代明白。贤臣退堂，出衙上马回宅，禀明太老爷升官缘由。太老爷、太夫人心中大悦，叫子随即报进，讨求发喜钱。贤臣又命人把关太、郭起凤、王殿臣传来，厚赏。又叫他跟随通州，三人闻听，请了假回去。下文分解。

第八九回

为政有功升仓场　行路偶遇盗官粮

诗曰：

九霄谪下一星君，为佐兴朝落世尘。
初任江都称令宰，终升漕运作良臣。
阎罗施老名何愧，宋代包公品亦真。
姓字直须留画阁，铭功应合上麒麐①。

话说施公自从关小西来投禀说这桃花寺淫僧恶迹，暗中采访确实，奏明康熙佛爷。复派关太、王殿臣、郭起凤调动芦沟桥飞虎厅官兵，将淫僧慧海、性本俱行擒拿，锁解进京，到顺天府衙门，审明口供画招毕，俱各收监。施公见天色已晚，回到宅内父母面前请安，来至书房急忙修本，写妥装入木匣安歇。

至次日五鼓入朝，将本章交付梁九公转奏圣上。康熙佛爷龙目览毕，御批："慧海、性本败坏佛门，内有人命，即行处斩。其余众僧按律治罪。寺内所藏妇女，除马桂姐之外，着本家亲丁认明领去。桂姐完毕翁婿之案，任其婿自便。钦此钦遵。施仕伦为国勤劳，有功应升通州仓场总督，即日赴任。"施公接了此旨，望阙叩头谢恩，领旨出朝，到顺天府，吩咐书吏，连夜会同刑

① 麒麐（lín）——传说中的一种神兽。这里借喻杰出的人物。麐，同"麟"。

部，遵旨将慧海、性本二僧正法。其余众犯，亦各按律定拟。发落已毕，新府尹前来上任。施公即至衙门，将已结未结案卷，交代明白。诸事办完，出衙门回府。来到门前，但见报喜之人，来往喧哗。施公走至厅堂，父母面前问安已毕，将奏事升官缘由禀明太老爷、太夫人。俱各心中大悦，吩咐管家开发喜钱。此时合宅庆乐不表。

且说贤臣派人将王殿凤、郭起凤、关小西寻来。不多时三人齐到，来至书房，见了施公，一同跪倒。叩喜已毕，侍立一旁。贤臣心喜，因三人破杀案有功，俱各加厚赏，复说带他们通州仓场当差。三人闻听，情愿同去。分派已定，即到各处拜客。府内演戏三日，亲朋齐来庆贺，贤臣应酬几日。有通州仓上人役前来，接到府门。施公不带家眷，只叫施安、王殿臣、郭起凤、关小西四人，收拾行李包裹。诸件齐备，叩辞了父母，告别了兄嫂，往外就走。众亲友送到府外，俱各哈哈腰儿。施公乘上坐骑，内司人役前呼后拥，跟随着大人往通州进发，要赶吉时上任。

不多时出了齐化门，贤臣马上观看，只见车马往来，拥挤难行。留心细瞧，大车上装的全是粮米。正在前行观望，听路上车夫喧嚷，因为争辙相打，各道字号，不肯逊让。这个说："你敢来欺我，该探问探问。外号儿人称显道神，谁不晓得？祖宗让过谁？"那个说："小子你别吹牛腿，大太爷在轮字行京通湾卫，朋友甚多。提起大号黑塔赛孟尝，那个不知？"只见彼此骂着，扭结不开。那时康熙年间，石路尚未修齐，所以车辆难行。

却说两个车夫只顾揪打，车上粮米撂在道旁，并不经管。猛见从四外跑来一群男女，并非近前劝解，轰的一声，竟抢了米车，一起动手。贤臣不解其意，勒马细察。但见这些人奔到车前，从袖内扯出明晃晃尖刀，照着米口袋往下便扎，登时粮米顺着窟窿直倾莫遏。那些人各从腰内解下布缝袋，撑开袋口对准窟窿接米。盛满了，扛在肩头飞跑而去。还有用簸箕撮的，衣裳兜的，乱纷纷，如蚁盘窝。不多时车上米粮约失大半。贤臣马上看的明白，甚为恼恨。正要分派人役前去锁拿，忽见有几名官兵手举马鞭，将盗米之人一顿乱打，打得四散。又将车夫喝开。二人不打斗了，回来看车，只见粮米被人盗去许多，口袋被刀扎了稀烂，满地撒白花花的粮米。二人适才着忙后悔，大骂几句，只得把车上口袋一起搬在地，连忙从近方买了些号粮，将口袋余剩的，倾出掺合完毕，连泥带土提在一处，比够凑足，复装在口袋，用绳捆紧，扛在车上。摇鞭赶车，恨恨而去。施公俱看在心，暗中说道："难怪在京八旗人等抱怨，好容易等到开仓，关了米去不值钱。原来竟是这些奴才弄弊。如此看来，真是可恨!"施公思想往前行走，但见扫米之人，成群搭伙，满路穿梭。贤臣看罢，甚是带怒，暗说："此等人万不可留，到任后必先除净。"

正在心中思想，不觉马到通州西门，抬头一看，前面执事甚是鲜明，属下官员排在两旁，前来迎接。吏役官员报名已毕，锣声震耳，青衣喝道，一直行到仓场总督衙门。只见内外悬红结彩，鼓乐喧天，众人衙门外跪接。亲随人等跟定贤臣，乘马来至大堂滴水檐前，人役伺候，连忙搀扶大人下马，即刻升堂。前任大人交代明白，告辞出衙，归驿等候盘查。不表。

且说属下官员吏役接连前来，叩拜已毕。天色将晚，众官等俱各散去。贤臣退堂歇息。次日清晨，净面用茶已毕，诸事完备，这才穿戴齐整，叫家人施安往外去传，吩咐人役外面顺轿。将执事列使两旁伺候，贤臣乘轿，带领从人，执帖回拜已毕。大人回在衙中升堂理事，人役两旁站立。讯明仓上成规，吩咐书吏按例出示晓谕：如有仓场内外舞弊之人，访查明白，重责治罪。又用朱笔标了几张手票，派人役沿河一带，雇各帮船户，倘有无故停留淹滞者，如被查出，立刻锁拿问罪。将王殿臣、郭起凤唤到，吩咐道："带领兵丁差役人等，在旱路上来往，察访扫米之徒。如若见扫米之人，不分男女，一并锁拿。"分派已完，贤臣退堂。

且说郭、王二人各遵一谕，带领一干人众，出衙而去。未及三日，将扫米之人拿住许多。二人进衙门禀明大人，立刻升堂。人役押到公堂，俱已下跪。贤臣一看，满脸含怒。用手一指，高声断喝："尔等这些无知的奴才，真是可恨！你们何得起意，私抢皇粮，也该想想国家法律。从南边运来米粮，俱是万岁爷着八旗兵丁之储，国家之需用孔①殷，哪许尔等妄行私窃的道理？清平世界，不务正道，竟敢大胆胡为。尔等只顾用刀扎破口袋，盗米肥己，岂知漕船比尔们偷得更多。那些狗才车夫，恐怕米粮数目不足，难以交仓，掺些泥土。仓上官吏并不留心查验，下入仓廒。等到八旗人等关粮之期，以致关去不能食用，岂不反苦害军民？在京旗人，年月演习弓箭，保国当差，并非容易。这米乃是老幼的口粮，似此连灰带土，原来尽是尔们这些奴才闹的诡弊。

① 孔——副词，甚、很的意思。

快快的实说，何人与尔等做主，竟敢如此胆大？尔等从实招来，免得皮肉受苦。”

众人见贤臣大怒，俱各往上叩头，哀求：“大人宽恩！小人们实系皆因家中寒苦无人，扫些土粮度日，并非受人主使。扎口袋，盗官粮，欺心妄作，小人断断不敢。恳求大人开天高地厚之恩，小人们实在冤枉！望大人恕罪。”贤臣一心要断此等之人，遂大声喝道：“你老爷亲自眼见，尔等还敢乱道。空口问贼，那肯实说。”喝“打！”吏役差人等随即答应着。“每人重责三十大板！”皂役不敢怠慢，每人重责，登时打完。众人望上叩头，求大人施恩。贤臣吩咐人役，由众人之中挑选几个，号枷在冲要之处示众三个月。从此扫米之人都知厉害，粮米堆在地上，无人敢来动。大人将书吏传来，遂吩咐出示晓谕：车船之上，凡运粮不拘水陆粮米到仓，监督收阅，查足数目，再看成色过斛①。倘有成色不佳，斛口不足，将押运官同船户、车夫一起治罪。书吏拟写已毕，钤上巨印，派人粘贴要路。大人退堂，关小西、王殿臣、郭起凤进内参见，大人说：“你等三人，明日出衙分路前去暗访，如有贪官污吏，恶棍土豪，把持仓中之事，搬弄是非，并同水陆路上窃粮盗米之徒，访明速来禀报。倘有立即锁拿。”三人领命，各去查访。

大人闷坐书房，正思仓中私弊该若何办理，关小西、王殿臣、郭起凤三人约在一处，走上前来与大人请安，站在一旁。大人座上问道：“你们三人在水陆粮道，查访事体何如？”三人见

① 斛（hú）——一种量器，古时以十斗为斛，后来又以五斗为斛。

问，躬身禀道："小人等前去各路查访，凡官吏、车夫、船户，而今都畏大人法令整严，不敢私弄情弊。"关小西禀道："小人风闻一件奇事，查访确实，特来禀报大人得知。"贤臣连忙问道："尔等三人不知风闻何事？细细说来。"关小西上前禀道："小人打听着，乃是八旗放俸的时候，王公、贝勒与官府人等，各旗掌档子领催，串通通州仓场书吏、花户作弊，每逢二、八月开仓，必出许多夹空黑档子①。小人们特来禀明大人，候开仓之时以便当心密访严查，以除此患。"贤臣说道："既然确实，必须禀明。无论王侯、公伯、贝子、贝勒，只管说来。他果然是搅乱妄行，你老爷自有办他们之法，管教他情甘认罪。"不知关小西到底说出何人，且听下回分解。

① 夹空黑档了——以非法项目冒领而贪污盗窃出去的米粮。

第九〇回

访恶霸仓场除害　行善事罗汉临凡

且说施公听关小西一番言语，忙问道："你三人访出仓上弄弊之人，不知是何人，姓甚名谁？住居何处？只管说来！"三人见贤臣究问此事，小西回道："大人若问根由，提起来这些人名头，俱皆不小。皇亲索国舅，有一个管家姓路名通，五府六部衙门，俱皆相熟。夙日结交官吏，勾串仓上花户，逢二八月开仓之时，暗行舞弊，诸事横行，黑档子米，竟敢大车小辆，任意运出仓门。还有几人皆是八旗满、汉、蒙古人，京都著名的，横行无道，仗着皇亲国戚府门上的管家、太监，时常往来，所以大胆胡为。有一人名叫常泰，也是国舅府中的恶奴。满洲骁骑①的阿达敦，蒙古领催花拉布，外号人称臊达子。一名额士英，汉军领催，外号人称钻仓鼠。这些人走眼甚大，合仓大小官吏皆通，黑档米出来的，实系不少。小人等访查俱已是实，并不敢妄言。大人必须在开仓之先，早作准备，曷以去其私弊，使这些土豪恶棍，惧怕大人法令。仓内之事自然严整。"贤臣听罢，满面含怒，连连说道："可恨哪可恨！仓库乃国家重地，此等鼠辈，竟如此

① 骁（xiāo）骑——清朝官名。"佐领"满语为"牛录额真"，箭主之意，亦即"牛录章京"，是管数百人的军事基层干部。其副手为"骁骑校"，又称"分得拨什库"。

胆大欺心，作此蒙弊之事，实属目无法律。我施某若不治绝这些恶奴，我岂食国家俸禄，再不能与国家出力，与军民人等除害。似此等之辈，候开仓之时，擒住恶棍，严刑审讯，重责不恕。那时事了之后，你三人再加升赏。本官自有办法，你等三人速去，照常四处访查办事要紧。千万口角严密，不可走漏风声，紧防偷漏之徒。”关小西听罢，连忙答应，转身出了书房，仍然各处查访。三人去后，施公坐在书房，吩咐施安取了一部《纲鉴》，大人观看不提。

且说通州城北出了一宗奇事：此庄离城三十里，地名叫圣义村。村中有一家姓刘，只有夫妻二人，家中小富，娶妻郝氏。平日吃斋念佛，广行善事，近方的人多称为刘好善。半世无嗣，年至四十岁，忽生一子，夫妻二人甚为欢悦，以为有了后嗣，更加修德，诸事谨言慎行。老夫妻二人总要教训儿子成名，才合心意。不料长成是个傻子，夫妻因此闷闷不乐。郝氏时常含泪叹气，刘好善劝解郝氏，随说道：“你与我总要望长处想。常言说：‘有子莫嫌愚’，愁闷也是无益于事。你我虽然子傻，尚不绝祖上香烟。倘然你我死后之时，任他去罢！凡人生天地间，各有一定的造化，儿女不能替死。纵然千思万想，也难逃幽冥之鬼。无儿女也不过如此，哪里黄土不埋人，你今太多此一举。”郝氏听罢，只得忍泪含悲道：“夫主，我岂不知‘眼前欢乐终归土，谁能替死见阎君’。话只如此，可惜你我吃斋念佛，修了傻子，看来总是无报。”好善说：“贤妻言之差矣！常言道的好，一人总有一种的造化，又何必多虑。”夫妻正在闲谈，忽听门响，傻子叫声：“妈呀！我饿了，吃点斋儿。”连喊带走，进得门来，站得在大奵面前，只是哈哈傻笑。夫妻看罢，不胜郁闷。又过了几年，老夫妻双亡，村中人怜其此子憨傻，又念老夫妻行善，合村人帮助发丧殡葬已了。剩下傻子伶仃孤苦，村中现有三官庙，村中人公议，将他送在庙中当和尚。庙中有一位老和尚年已七旬，把傻子收为徒弟。又过了几年，傻子长到十七八岁，还是人事不知，就是傻笑，老和尚教授他经卷，只会一句："我的佛。"

一日，天色将晚，老和尚命他关上角门，师徒只二人在禅堂对灯而坐，老僧想起傻和尚自家苦楚，不由点头叹息，老僧屡次地望他说话，全然不懂，就是傻笑不绝，却是心无二意。老僧正然思念傻和尚之事，暗自思想，忽听外面有人叩门，老僧只当是庄主前来闲坐，叫傻徒弟："你去开门，问是何人叩门?"徒弟应声而去，来至角门将门开放，问："是谁打门?"也不等人答话，望内就跑，对着师父只是傻笑。又听外面有人叫，老僧无奈，只得亲自出门去看，随问了一声，乃是借宿之人。

老和尚往里面相让，抬头一看，原来是两个僧人，其俊无比，又细看却是一僧一尼。老和尚看罢，也不说破，叫声："徒弟，你送他们二人在西配殿安歇去罢!"此时月色当空，不必点灯。老僧见傻子领他到西配殿，刚然转身要走，忽听女僧"哎哟"一声，口内只嚷："肚疼!"老僧走到门外，只见女僧坐在地上。老和尚连忙问道："所为何故?"那女尼言是："到了临月之期，求老和尚发一慈悲，借一席铺地。"老和尚听罢，暗自说："事已至此，哪不是行善?"叫傻弟子取了两把干草出来，交给他们。老僧与徒弟回到禅堂。不多一时，忽听小孩啼哭之声，老僧知女尼已是分娩，这才双手合掌，念了几声"救苦救难观世音菩萨!”又叫徒弟熬了些饭汤，端着一同送至配殿。

走到门首，只见殿门紧闭。老僧叫声：“小师父开门!”并无人答应，连叫数声，老和尚心中纳闷：“莫非僧尼殿中自缢？待我瞧瞧如何。”随叫：“徒弟掌灯来。”徒弟答应，端灯引路，老僧仍扶他肩膀来到角门，看了看各门都是闭着，只得复回到配殿门外。又叫数声，仍不见答应，正在猜疑，忽听殿内有痰声响，老僧听罢，大吃一惊，说：“傻子快放下灯来，殿前去救人!”傻子把灯放下，老师父两手把门推开进去，叫徒弟拿起灯来照看，并不见人影。满殿内都是香烟缭绕，耳闻隐隐有音乐之声。老师父诧异，复又振目细看，并不见血迹婴孩，连干草却也不见，地上并无别物。老师父叫：“徒弟，你且带上殿门。”徒弟答应，刚要用手带门，只听门后声音响亮，老和尚忙拿灯来观看，只见门后一边一束干草。老和尚暗想，这必是把孩子弄死，裹于草内，他二人逃去。随叫：“傻子，打开草捆。”忽闻一阵香气扑鼻，又细一看，内有一物放光。老和尚走至近前，原来是一部经典。

老和尚看罢，心中甚喜，知是神物所赐的珍宝，连忙念一声“阿弥陀佛!”打开看时，上面并无字迹。老和尚暗自吃惊，说道：“奇怪!”哪知这经是刘好善善心感动菩萨点化送来的，傻子本是罗汉临凡。一人得道，九祖升天。刘好善夫妻一生行善，所以感动神佛罗汉下界，是以神人送来金字真经点悟他。老和尚不知，拿着经卷去，说：“是何缘故？为何经卷无字？”傻子一旁站着哈哈大笑，说：“师爷那上面不是一大些黄字？怎说无字，对着他哭呢?”老和尚听罢，忽然醒悟说：“是了，这经原来是这傻子的造化。”想罢师徒回至禅堂，将真经供在佛龛之内，虔诚拜毕，天已将明。老僧坐在炕上，因夜间受了点风寒，第二日便就卧病不起，不多几日，竟自呜呼哀哉！合村公同帮着傻子殡葬已毕。从此庙内只剩他一人。这傻子自得了金经真经，暗有神圣传法，教他这部经典。傻和尚日夜虔修，便得了佛法，深明道理，往往说些个隐语。村中人看不透，只当作疯癫傻话，全不理论。和尚也不肯明彰异迹，终日在庙中傻说傻笑。

这年到了康熙四十三年，天下大旱，直至五月中旬尚未落雨，军民人等着忙，各处督抚进折表奏，佛爷览毕，降旨御驾亲临，拈香默祷。王公侯伯、五府、六部、十三科道，各衙门文武官员，俱沐浴候随圣驾。京都庵观寺院，僧道尼跪奉皇经。又颁行天下，各省禁宰杀，一体叩祈甘雨。顺天府转详各州府县文武官员，与各庙宇设立雨坛，令高僧、高道叩拜神佛。各衙一例遵办。禁荤食素。

且说贤臣在通州，会同合郡官员，连忙派人到城隍庙设下雨坛。僧、道扬幡挂榜，法器齐鸣，僧、道上坛各奉真经。贤臣蟒袍补褂，同众文武每日焚香，佛前拜祷叩求甘雨。这日正同文武佛前行礼，只见有人前来禀报说："有巡漕御史在城外下马，现时到了馆驿，小人们前来禀明。"不知这位御史姓甚名谁，且听下回分解。

够抽头呢！此乃头一箭，是开张市。我与计老爷赌上二十串钱。你若输了，就按此数目；我若是输了，按着此数加倍，但不知计老爷尊意如何？”知州见索御史追问，心中打算，欲要应允，又怕一堆钱输了；欲说不允，此言出口，教众人看着轻薄。实出无奈，尊声：“索大人，既然如此，卑职从命，请大人先赐一箭。”

索御史叫亲随取过弓箭，往前行了几步，对准鹄子，擎弓在手，两足站定。但见他不慌不忙，拽满弓弦，后手一松，一箭射去，忽听哧的一声响，这支箭正中鹄子上红心。众人喝彩。索御史赢了这一局，扬扬得意，说道：“计老爷与索某耍了一局，还有哪位出头？索某情愿领教。”话言未了，内有一人走至索爷面前，口尊：“大人！卑职斗胆请讨一箭。奈因不过取笑，并非特为开赌。望大人切莫见罪。”随说着满脸带些小殷勤，众人一看，原是通州司务厅札向阿。索爷道：“札老爷，你要射箭耍顽，不知要赌多少钱？大概也是二十串罢。”札向阿连忙说道：“卑职言过，原为消遣，赌钱五百。多了，实不敢奉命。”施公与众官尚未答言，索御史说道：“札老爷，你这五百钱的话，也说的出口来！你也是此处官员，不比庶民下役，三五百钱看得很重。你我大家俱受万岁爷爵禄，说出此话，岂不怕旁人耻笑？况且也不能预定谁胜谁负，难道说札老爷有先见之明？”

索御史这一片言词，说得札老爷面红过耳，带愧说道：“索大人，卑职不过说的笑谈，大人就信以为真。依大人要赌多少呢？”索爷道：“赌上十串何如？还先让你射头箭，若果中红心，你将这二十吊钱都拿去，你看如何？”札向阿暗想是个便宜，说：“卑职怎敢大胆，有僭钦差？”索爷道：“札爷不必太谦，就请罢。”札向阿回身拿过自己弓箭，走至红鹄对面，认扣搭弦，将弓拽满，看准了把后手一松，只听哧的一声响，扑通一响，连忙观瞧，原来射的太高，从鹄子上冒过，约有一尺，射到席上。众人看罢，俱皆暗笑。这样箭法还下场，何苦丢这个丑呢？札向阿见箭落空，一则输钱心疼，二则被众人耻笑，两气夹攻，急得二眼发赤，鼻凹、鬓角汗出直流。迟了半晌，无计奈何的，叫跟随一人拿过十吊钱，放在那边地下。瞧着那钱，口虽不言，暗中直是叹气恨。

但言施公坐在旁首，只见索御史箭不虚发，心内暗自说道：“索爷，你虽然箭法纯熟，只是一件，未免目中无人，眼空四海。这些彼此无能之辈，俱都教他将钱赢了，这虽小事，岂不日后更教他夸口？况且他的主意，与众人比较是个题目，原是安心教我在大众面前现丑，因此他才出这个主意。”施公想罢，暗说：“若不如此这般，他们如何肝胆佩服于我？”站起身来，勉强带笑，口尊：“钦差，我施某与大人讨一箭，对耍一局如何呢？”索色见贤臣说要射箭，正合其意，连忙带笑开言说道：“很好。我陪着大人就是。”众官要瞧施公出丑，一起说道：“二位大人上场，我等情愿监局打箭。”贤臣明知众人凑趣，心中暗骂：“好一群趋炎附势之徒，竟敢如此欺我，那岂不是妄想！尔等既如此，我若不教尔等甘心认罪，尔等岂肯佩服？”叫声：“钦差大人！你我今日入局，乃是初次，必须要多赌几十吊钱。我射中了赢三十吊，我若输了加倍。索大人你看如何？”索爷闻说，连连道：“是，还是施大人爽快仗义。就请大人先发一箭，我等领教。”施公听罢，并不推辞，吩咐施安拿过铁背花雕弓，宽去官服，亲随接去。大人忙将弩箭下入槽中，弦搬在撇子之上，安置停妥。大人走至鹄子迎面，双足站定，对准鹄子红心，一搬弩弓消息①，雕翎发出。只听吧的一声响，不料箭头略偏，那枝弩箭射到鹄架柱上。众官见他开弓架式，不敢明言，暗中发笑。施公早已明白，遂即走到堆钱之所，上前伸手就要拿钱。索爷连忙说道："大人，你输了，怎么反倒来拿钱?"说着用手拦住。正在乱忙之际，下边用脚将钱踏住。施公忙把索爷的双膝抱住，跪在地下，不知索御史如何，且听下文分解。

---

① 消息——这里指机关，控制机械运行的部分。

第九二回

施贤臣设计请客　索御史暗恼忠良

且说索御史见施公跪倒，抱住他的腿，大声喊道："救驾!"索爷大吃一惊，一时心中醒悟，连忙将脚收回，双手将施公搀起。尊声："施大人休要如此，你我不过取笑散心而已。"施大人站起身来，含怒说道："钦差大人，官级出品，为何知法犯法?此钱乃万岁的国宝，上有康熙二字。用脚踏住，岂不欺君太甚?"说声扭项对众官道："我施某上本，少不得添写众位作干证，由万岁发落!"众官听罢一起吃惊。众官一起走至施公前，拱背驮躬，带笑说道："索大人实出无意，望求施大人贵手高抬恕罪。我等也是感恩非浅。"贤臣听罢，满脸带怒，冷笑道："王子犯法，与庶民同罪。众位不必多言，听参就是了。"说罢，带怒往外便走。大家见施公出了庙堂，俱各哑口无言，心内害怕。索御史更加后悔，暗自说道："倒是我时运不至，自引火烧身。这事看来，必须如此这般，方能解和。"想罢，对庙内老道说："这堆钱，你们拿去作为香资。"复又吩咐亲随，将鹄子、弓箭收拾起来。家人答应，登时收妥。索爷迈步出庙，上马回至馆驿。众官见天色已晚，俱各散去不表。

且说施公回到衙门，用茶饭毕。家人秉烛，连忙修奏折稿。大人尚未写完，忽听外边响声，施公停笔，叫施安："你去到外边看看有何事？”施安应声而去，不多时上前禀道：“回大人，方才小人问明，言说索老爷特遣家人前来给大人请安；有书一封前来投递。”施公听罢，点头说：“施安，你将来人唤进来。”施安应命而去，将来人带到贤臣面前。那人跪在下面，口尊：“大人！奴才是索宅家人，名叫来喜。小人奉家主之命，前来给大人请安。”施公看来人身穿青衣，头戴凉帽，年约三旬之外，甚是强干。大人看罢，叫道：“管家起来。”那人站起身来，从怀内把书信取出，双手交与施安，转呈与大人，贤臣拆封观看，但见上写：

索色谨呈。前者在大人台前，实因粗心草率，误踏国宝，以致冒犯台驾，有越国律。大人若奏明圣上，索色难逃欺君之罪。拜恳大人施天高地厚之恩，宽恕过愆，决不敢有负深恩。如蒙见谅，现有薄礼一盒，望祈笑留。如不嫌弃，黄昏后遣小价奉上，幸遮合郡众人眼目。特此致意，万望勿却。

贤臣看罢，不好明言。心中暗自说道：“好索色你倚仗钦差二字，眼空四海，原来也是胆小之辈，惧怕提参。我想此礼若不收他，但放心不下，反怨我过于刻薄。这并非国家大事，参与不参，无甚要紧。但只一件，收下此礼，难免合郡官员不知。那时风声传出，圣上知道，岂不败坏我为官清廉正直之名，说我贪赃受贿。”左思右想，忽心生一计，除非如此这般，方保无事。想毕连忙提笔，写了一封回字，装在封筒之内，吩咐施安交与来人，说道：“管家，此书持回。呈与你家老爷，说施某多多拜谢钦差大人。”来人答应，将回字揣在怀内，转身而去。

不表来人，且说施公自将银收下，寻思将众官口舌缝住。坐在书房暗想："拿住他们款迹，还得叫他们知若许的人情。纵然日后传说，便也无妨于事。"想罢，叫施安："你速去吩咐书吏写几个请帖，差人送到合郡衙门文武官员：明日在城隍庙请吃午饭，不可有误。"施安领命而去，立刻叫书吏写完，派人投往各衙门送去。施安回来，贤臣又吩咐："派人叫几名厨役进衙。"施安传出此话，有下役答应，不多时叫到。施安将厨役带进来见了大人，望上叩头。贤臣说道："你等报名上来。"各自报名已毕，大人吩咐："你们起来，我有话说。"众厨役侍立一旁，贤臣叫施安取了一百两银子，这才对厨役说道："你们将这银子领去，明日午刻，在城隍庙预备一席素菜，须要如此治办，不可走漏消息。如不机密，重责不恕。事毕之后，你老爷有重赏。"众厨役望上叩头，说道："请大人宽心，小人谨遵钧谕，不敢有违。"说罢，站起身来，领了银子，一起到城隍庙，连夜备办。施公吩咐停妥，方才安寝。一夜未提。至次日清晨，净面更衣，用点心吃茶。施安上前回道："众吏役伺候齐备。"贤臣出衙上轿，顷刻间到了城隍庙。贤臣下轿，复又走到配殿。只见厨役人等，将座位设排的甚是整齐，桌椅收拾得停妥洁净。贤臣看罢，落座吃茶等候不表。

且说众官接了施公请帖，猜疑不定。暗想："为射鹄与索大人闹的不睦，曾说要上本提参，还要带写我等为证，怒不可遏出了庙门，今又反请吃饭。已听人说，他是惹弄不得，做事真叫人测摸不着头绪。既然相请，只得前去，到临期之时，再辨吉凶。"不表众官纳闷，且说康熙老佛爷祈雨之际，奉旨断屠，到处文武官员，俱皆奉旨吃素，故此施公派人命厨役全备办的是素蔬素面，俱往了城隍庙而来。这内中有位八老爷，官名厄尔清厄；有位五老爷，官名伊昌阿，二人俱守备之职，彼此同行，互相谈论。走至庙前，只见众官下马下轿，一个个鱼贯而入。到了庙内，俱各先至雨坛参拜佛像，然后来至大殿。施公站起相迎，俱各见礼，各按次序而坐，从人献茶。施公含笑说道："众位老爷，施某一时刚暴，已至如此；回衙自思，甚为后悔。今日特备一粗蔬，少伸致意，望众位大人海涵，休要介意。"众官听罢，大家连忙站起说道："我等实系不敢。还是大人量宽容恕，我等深感大德。今日又蒙赏赐筵席，卑职有何德能，敢领此盛意。"贤臣说道："不过几件粗菜，不知好与不好。众位不必太谦，望大家休得见笑。"彼此谦让，将要各按座位，不见索御史在座。施公道："钦差不到，其中必有所为。待施某想个妙策，必须将钦差请来。"怎样设法？且看下回分解。

第九三回

索御史惧参请罪　施贤臣假审庖人

话说贤臣见钦差大人未到，不能摆筵，叫施安："速取我的名片，到金亭馆请钦差大人，就说众位老爷耑候索大人驾到呢!"施安答应，出大殿，行至雨坛，见索御史入来。先到雨坛参拜神像，往前紧行几步，与施公行礼，说了几句客套，又与众官相见已毕，齐进大殿。茶罢，施公让索御史入座首席，彼此谦让，只得各随品级坐定。施公下席相陪，吩咐："施安，你去厨下传与厨役：天气炎热，苍蝇甚多，务要叫他们小心洁净。如若齐备，就摆上来。"施安答应，高声传给厨房。厨役不敢怠慢，派人撤茶盘，设下酒壶杯筷，摆上各式素菜。众家人俱在一旁侍立。施安轮流斟酒。贤臣坐在末位，含笑说道："承众位不弃，薄酒一杯，诸公须要尽量，切不可拘泥。"众官道："大人既赐盛馔，美意深情，我等何敢自外。酒足饭饱，各自随饮，何敢劳大人深让。"众官正在开怀畅饮不表。

又说座内有位多六老爷，乃正白旗人，素常为人心直口快，最喜奉承，爱戴高帽。若知他的性气，须着给他几句好话，你说要什么都行；你说他哪件事不能办，他偏要去办定咧！他见施公陪着众人殷勤相让，又不住嘴的吩咐厨子小心，这达子老爷心里甚喜。大声言道："我等蒙大人赏赐，大人不用费心照应。"只见他说着，并不等让，吸溜溜、呼噜噜就是几碗，还真爽快。可巧挨着他座位有位九老爷，系镶黄旗满洲人，官名怀忠之，因见他这般粗鲁，安心要给他个炭篓鬼戴，故意望着这位达子老爷点头夸好，说：“还是我们多老爷生成的福大量大。我看着吃的实是快爽，真叫我服佩。我出个主意，不知多六老爷敢许否？我料你大概不过四五碗面之量。你果再吃三碗宽卤面，我情愿输肥猪一口，美酒五坛。候开屠之后，奉请众位作陪，仍然在此筵宴。吃不了作为取笑，你看如何？”这位达子老爷本性高傲，听说此言，他不思忖能否，便满口应承。带笑道：“请众老爷作证，我如不能，加倍认罚。”众官齐说有理。施大人吩咐施安，叫厨役速速端面上来。这位六老爷本来食肠甚大，才见施公这等厚情，已经吃得十足了。今又被怀九老爷这一激，复逞能赌胜，还要再吃三碗。那知连一口尚未咽下，忽然“哇”的一声，连新带陈，张开口一喷，溅了怀九老爷满脸一身，急得九老爷大声嚷道：“你这是何苦？”话还未完，将衣服一抖，自已也觉撑持不住，一张口吐了个满桌子。众官正在嫌憎，他二人这宗气味难闻，又被恶味一冲，忽然都似翻胃恶心，难以忍耐，登时一个个吐了满地。俱是头晕眼花，有隐几而卧的，有靠椅而坐的，有蹲在地下，有伏在板凳的，等等不一。

施公看罢，连忙大声喝道：“这一定是众厨役粗心，卤菜不洁净，故此吃了恶心。众位请坐，施某判个笑话，大家听听。”只见施公满脸带怒，叫声：“施安，去将厨子传来！我要问问他们口供，因何如此？”施安答应，就将厨房人役叫到八名，一起跪在殿台上。施公一见，故作含嗔，用手一指，大声喝道：“好！

你们这些奴才真乃大胆！调卤煮面，你老爷曾不住的吩咐。为何众位老爷吃面之后，这样乱吐？叫你们小心，还敢如此。”厨子听了这一片言词，禀道：“这炎热天气，小人唯恐苍蝇乱飞，看着仔细留神。众位老爷吃了呕吐，小人们实不知情。”施公仍不息怒。众人一起相劝，说：“卑职等是无福消受大人的赏赐，求大人看我等面上，恕过厨子。大人为卑职责罚他们，倘后日传说难闻。”施公听罢，故意点头大声说：“若不看众位老爷情面，定将尔等重处。但只一件，施某暗想卤内即便落下苍蝇，不过一两位误食而呕吐。不知今日为何如此？其中大有情弊。我幼年看过药性赋，待我当面一试，便知分晓。”说着满脸带怒道：“尔等记打一次！速速下去将众位老爷吐的东西，拣来我看。”

厨子答应，连忙叩头，谢老爷饶恕之恩，一起站起出殿。不多时各持油盘，用筷子在殿地把所吐之物，俱挟在盘内。每人擎着一盘，走至施公面前，一起放在桌上。口称：“老爷，小人遵命把各处秽物，尽都拣在盘内，请老爷过目。”说罢一旁侍立。施公闻听，故装闪目观看，但见未化的肉食甚多。验罢对着众官把脸一沉，哼了两声，复又开言说道：“众位老爷请听，施某有一言。并非施某多事，常言说‘作子要孝，为臣要忠’。看着众位皆是明知故犯，少不得用本提参。”言罢，吩咐厨子：“尔等快将这些秽物撤去。将那肉物等类，俱用水洗净。我明日奏明圣上，好拿你作证。”厨子这才知用反胃药，为的是要拿各位老爷错处。众官彼此相看，后悔不及。正在慌张无计可施，索御史从殿外摆摇而来。到了施大人面前说些什么，下回分解。

第九四回

至尊下郊祈甘雨　番僧妄想讨御封

话说索御史吃了半碗，觉心腹发闷，连忙吃些槟榔、砂仁、豆蔻，压将下去。后来见众文武一起呕吐，便即走到殿阶之下。候众官吐罢，忽听施公在里边闹谣言。他领教过施公厉害，一听心中早就明白，走进殿内，至施公面前满面带笑。尊声："施大人，索某今日望大人跟前讨个全脸，望求大人开恩恕过，切莫奏闻圣上。不知大人可赏脸否?"施贤臣见索御史如此求情，连忙站立，满脸含笑。口称："钦差大人请坐，众位请坐。既都知过却好。适才施某一时刚暴，众位莫生嗔怒，还望涵容。你我既食君禄，必当报答君恩。皇上为国忧民，亲身祷雨，用素膳步行入坛；又颁旨各府州县遍贴告示，禁止屠宰。咱众文武同受雨露之恩，应遵皇上谕旨。咱们先违背圣谕，何能管理军民?知法故犯，罪加一等。众位既然知过，施某只得钦差面上念通家之好，不行深究。"众官听施公之言，一起打恭，这才将心放下，回衙安息不表。

且说康熙老佛爷自颁旨祷雨后，仍不见甘霖沛降，圣心深以为忧。暗想："民以食为生。五谷不能播种，小民何以为生?自古商汤祷雨桑林，引事自责。朕登九五，海晏河清，年丰岁稔，为何这等亢旱，缺雨苦民?莫非朕有失德之处，上帝震怒，警戒于朕?”老佛爷虑民饥苦，日日斋戒，并不骑马坐辇，步行入坛，光头不戴帽，率领文武虔心拜祷上帝。众文武官员见主上如此，俱都是光着脑袋，跟随圣驾就在太阳殿里晒着行走。五鼓进殿，黄昏圣驾还宫，这等虔心，传扬天下，军民无不感念圣恩浩荡，替圣上念佛。

此时惊动了一个水内精灵，他要借此机会，讨一金口封号，好修正果。他算计一定，慌忙化作番僧[1]模样，夤夜到了京都德胜门外，投在黑寺庙内住下，自称黑面僧人。这精灵修炼，颇有数百年道术，心灵性巧。暗想无由自荐，不能朝见圣主，暗中串通喇嘛僧，外面代他传扬，善能呼风唤雨。又打点庙主，代为奏明圣上。喇嘛僧受其所托，使委婉奏明：“庙内有一个番僧，善能祈雨。”圣上爱民恩重，并不深究，降旨准奏。这黑面僧亲手画了一张法台图样，奏呈万岁御览。圣上龙目看毕，降旨将图发交工部，遣官监验，照式起造。钦天监选择吉日，命僧人登坛，如有违误，交部议处。工部官员依旨，率领匠人在地坛布置既妥，立刻兴工。只见图样开写明白：法台一座高七尺，面宽三丈，要见方，上要天花，下铺地平。台下每一面放大水缸七口，每口盛净水半缸，其中各插柳枝七根。台上下四围，俱是悬花结彩。众官吩咐，匠人不敢迟误。治造齐毕告竣，专候选择良辰，黑面僧入坛，此话不表。

且说江西广信府，天师洪教真人，一日正在丹房打坐。有值日神来至面前，身打一躬，口尊：“法师，今有一岔事：只因上

① 番僧——外国僧人。

帝不降甘雨，真命天子恐其黎民不安，颁旨设坛求雨。惊动了黑旗角下一个妖精，化作番僧形状，以法术自炫。圣上降谕，强求甘霖。不但毋济于事，徒耗精神，反致招引邪教暗入京都，惑乱君心。我若隐匿不奏，岂不辜负圣恩，有玷洪教也。”真人即刻吩咐法官道：“尔等速备应用之物，明日起程入都面圣。”朝行夜宿，一路无话。这日来至通州，真人下船乘轿，法官骑马，到了齐化门，穿城而过，一直奔至九天宫住下。因恐惊走妖邪，不去朝见；只好临期陛见，与圣人睹面。又封牌一面，写诸神免见。又暗差法官，探听番僧何时入坛。法官讯问已毕，对天师禀道：“后日十三日良辰吉时，番僧上台求雨，万岁御驾亲临，众文武一起随驾。”真人听罢，暗想必须如此奏明，方为停妥。想罢眼望法官说道：“尔速行安置，以备朝见。”法官答应。

这日正是朝贺之期，钟鼓齐鸣，笙吹细乐，檀香扑鼻，净鞭三响，老佛爷驾登龙位。文武朝参已毕，分班侍立。当值官上前跪倒，口呼“万岁”三声。“臣启奏我主，今有江西龙虎山洪教真人来京朝见，候旨定夺。”老佛爷降旨召见。龙颜大悦，问道：“朕未出旨宣召爱卿，卿家何事来京？可细细奏明。”真人见问，连忙叩头，口尊：“万岁，听臣启奏。微臣并非擅自来京，臣既食君禄，应当报答君恩。降怪除邪，臣之道也。有事隐弊，即便欺君。只因京师妖气甚盛，臣恐主公被邪惑动，为臣不敢不奏明我主得知。”天子准奏罢。老佛爷闻奏，甚是惊疑，连忙说道：“朕降旨设坛，祷求甘露，为救黎民。正在望云思雨，朝臣奏闻：有一西方僧人善能祈雨。朕当准奏，命番僧求雨，以解民困。并未闻妖异之说。卿家不知有何风闻？可细细奏闻。”天师听罢佛爷之言，复又奏道："臣自汉至今，祖居龙虎山，世掌洪教，蒙恩封正乙真人。臣家世代相传，奉天敕命，每日有值日神轮流听事。臣在丹房静坐，值日神报，臣才得知。言：'苍天未能下雨，圣上怜民，宸衷切虑。圣驾率领百官，日日进坛祷雨。龙恩远播，军民仰望念佛。故此惊动妖邪，潜来帝阙'。伏我主若命他求雨，不但无益于民，而且有害稼穑。雨露飞霜，自有定期；年岁丰歉，系奉上帝旨所定；天意难测，人力岂能相强？臣故连夜来朝，奏明圣上，赦为臣胆大无旨进京之罪。"

且说康熙老佛爷乃是马上皇帝，不信邪言。天师奏罢，未免龙心暗想："这清平世界，白昼之间，妖怪何敢变化人形？"转想："天师敕封洪教真人，授五雷正印，历代所传。保国佑民，斩妖除邪，岂敢妄奏，自寻其罪？朕想那年朝贺，寡人方十二岁，朕见他童年称天师，不过是江西一个小蛮子，借祖上之名，靠他还有什么法力？朕要想难他，翻作满洲话，叫九梁公擎过三杯茶来。先赐他一碗，他用左手接过；又赐他一碗，用右手接过。朕安心试探，复又叫人送过一碗。朕思他必定放下一碗，接第三碗。谁知他将右手那一碗，往空中一送，便将第三碗接在手内。那一碗悬在空中，竟似有人托住一般。朕见他谢恩，将手擎两碗饮毕，递与内监接去，复又伸手将空中的茶碗擎在手内。朕只当他一饮，谁知他向空中一倾，却未见水点。彼时朕心甚是不悦，以为他卖弄法术，轻视于朕，只见他不慌不忙，递过茶盏，连忙跪倒叩头，口称：'万岁！微臣有事启奏：适因扬州天心府城十字街，偶遭天降火灾，微臣倾化落了一阵茶雨，已将回禄泼灭。'朕想起乘船，刚坐在船头，但见海水波涛陡起，浪比船高，几乎将船打翻。文武一起皆惊。朕见他将小手一摇，喊道：‘龙神免朝！’一声未了，水既归源，波平浪静。朕因心中甚喜，不枉天师名号。彼时赐些珍珠彩缎，又加公爵，以垂永久。天师回去，约至三年，忽有九个番僧来到朝门。该官奏朕说：‘北京乃兴龙之地，就只气脉不通。若能挑通河道，气脉流行，可以千年永固，国运日强。’朕思奏得有理，一时误信邪言，将要降旨动工。天师忽然来京，午门候旨。朕将他宣至金殿，谒朕已毕。他口呼：‘万岁！微臣伏闻主上降旨，京都挑通河路。此事于我主国运大有不便，九个番僧乃九条泥鳅精所变。我主不可被其蛊惑。’朕彼时闻奏问道：‘依卿如何将邪物治住？’他奏：‘微臣自有方略。此时如用法力擒捉，不但摇动军民不安，反觉费力。我主降旨止住兴工，这怪皆修炼年久，其性灵通，知微臣来京，即行暗遁。’朕因降旨停工。三日后，果然九个番僧不见踪迹……这几件事皆朕所亲见，足征先知之异。今日之事，仔细想来，大约不错。”老佛爷想罢，复又慢开金口说道：“朕承天运，唯恐百姓流离，今因荒旱，以至误信妖言。据卿所奏，番僧必是妖物化现，不但无益于民，反受其殃。此乃朕不明之故。若非爱卿护国来朝，未免堕其术中。不知卿家有何法术擒捉此怪？”未知如何，且听下回分解。

第九五回

张洪教擒拿妖怪　甘忠元控告潴[1]龙

却说佛爷听天师所奏，即欲降旨，把番僧擒至金殿，使天师法力，叫他现出原形，看他是何妖物。天师连忙叩头，口尊：“万岁，且擒住妖怪，叫他真形现出，方免惊我主龙驾。事毕，臣自有佛法求雨，以救生灵。”天师奏毕，俯伏金阶，老佛爷龙心大悦，叫声：“爱卿，果能求下甘霖，普救黎民，朕不负卿，依卿所奏。”天师随众步下金阶，出了合勒阿思哈门[2]。轿夫搭过金顶钢人轮，到了内东华门。路旁有人大叫：“冤枉！”嚷着跑到轿前，横拦去路，跪倒不住的叩头。天师在轿内沉吟不语，法官一见，连忙说道：“你这人好无分晓。”天师看罢，轿内开言说：“你这人，本爵看来，并非庸愚，难道你不知洪教天师专管擒怪，并不代理民词？有什么屈情，快到那有司衙门去告。”此时众军民见有人在天师轿前告状，一起拥挤观看，但见天师轿内说话。那人复又连连叩头，口尊：“真人，晚生自幼读书，世务不明，冒犯法驾，应该万死。无奈其中实出不得已，只得冒罪前来，拦真人法轿，叩求天师老爷救命！”天师听那人口称晚生，知是儒

---

① 潴（zhū）——水积聚的地方。

② 合勒阿思哈门——城门的侧门。合勒，满语为城。阿思哈门，侧门。

门之士。连忙说道："你既是文人，不必下跪。你且站起，慢慢说你的冤枉，本爵看是如何？"那人听天师之言，口尊："真人，晚生告的是城西河内猪龙。现有呈状在此，请真人过目。"天师接过，逐字看了一遍。只见上面写道：

具呈人甘忠元，祖居顺天府昌平州，庚子科举人。为潴龙肆横，良田变成泽国事。窃生有祖遗良田数顷，坐落在芦沟桥浑河上梢，距西岸五里，满门藉此衣食。不意九年前，忽被蛟龙霸据，竟成水族之窟。一家嗷嗷待哺，几致九死一生。因为此幽明结怨，含忍数年，抢地呼天，沉冤莫诉。今闻真人法驾到京，冒死奉牍，叩恳开天地之恩，施无穷法力，俾恶畜敛迹，沧海仍复良田。则生合家均蒙再造之恩，万代衔结不忘。上诉。

天师看罢呈词，沉吟多会，叫声："贤契不必伤心。本爵既接了你的呈词，自有道理。你今日暂且回去吧！明日不出红日，速来敝观，本爵自然将你这段事，判个水落石出。"甘忠元闻听天师之言，心中暗自欢喜，慌忙与天师跪倒，往上叩头，说道："多谢真人大恩。"天师站起身，连忙用手相搀，说："贤契请起，不必多礼。"甘忠元只得平身站起，告辞而去。

天师见甘忠元去，既至观中，仍在丹房静坐，吩咐法官收拾上雨坛的法物，随驾擒伏番僧。法官应声而去不表。只见守门军役前来跪倒，启禀："真人，昨日告潴龙的人求见。"天师听罢，吩咐法官到观门首，将甘举人请进来，法官答应而去。不多时一同甘举人来至丹房，甘忠元见真人深打一躬，将要屈膝下跪，天师连忙拦住，吩咐叫人看座。亲随不敢怠慢，就在旁首设座。天师道："贤契，此事实由贤契言语轻薄所致，所以借此为由，将你田地强占。这个仇怨，本爵只得与你们讲和。”说着吩咐看茶。忽门外有人答应一声，其音洪亮，韵似沉雷，把甘忠元唬了一跳。连忙闪目一看：但见一人手擎茶杯，往丹房而来。长大身躯，约有七尺，扫帚眉，窝扣眼，驴脸长腮，两耳轮厚，噘着尖嘴，大牙显露唇外，胡须亚似钢针；满身穿着全是皂色，足蹬鞹靴，打着裹腿。气昂昂走到天师一旁站住，一语不发，躬身侍立。甘忠元看罢，心中纳闷。暗想南方人多是生得清秀，何为如此这样凶狠？正在猜疑之际，只听天师说道：“甘贤契请茶，到此是客，必须先敬头碗茶，方显本爵恭敬圣门弟子。”

这甘忠元心中正在不解其意，只听天师说道：“甘贤契请茶。”甘忠元将茶饮毕。大汉气冲冲地接了茶碗，手托茶盘，扬扬而去。天师说道：“方才送茶大汉，你果认识此人否？”甘忠元回说：“不识。”天师说道：“这就是你的对头浑河猪龙。本爵将他拘到，一者判断此案，不能据听一面之词；二者使他献茶与汝，作为赔礼。贤契自此言语须要谨慎，不可再为毁谤龙王了。本爵看你应该是灾消难满，目前虽然是遭困，将来自有升腾之日，与本爵同为一殿之臣，须加奋勉修德为善。你的田地，候明日开河之日，自有分晓，绝不能短少。但是地近河岸，更须敬重河伯龙神。果然虔心供奉，自此家门清泰，地亩丰收。非为强派汝事敬龙神，本爵与你既然判断呈词，总要公平正直为是。贤契须要牢记。”甘忠元听毕，站起告辞，真人送出观门。且说真人见甘忠元去后，将法官叫到丹房问道：“尔将雨坛应用的法物可曾齐备？”法官道：“俱已备下。”真人一回手，取出五道灵符。未知天师如何擒妖，且听下回分解。

第九六回

张洪教暗进雨坛　傻和尚明警世界

话说洪教真人将甘忠元告猪龙一案办明。吩咐法官："明日到妖僧祈雨之期，陪驾进坛，与黑面僧相会，须要留神。各按方位，守住汛地。候邪僧上台，即刻把符焚化。我在龙驾伴主，尔等千万仔细，莫要惊动圣上。那时擒住番僧，也显洪教道法高。"不多时，万岁驾到午门，众人跪接，山呼已毕，一起相随御辇。真人隐在众人之内，前护后拥，出了正阳门，霎时进了雨坛。到了龙棚，佛爷下辇，升了宝座。众文武复又参拜，分为左右侍立。此时番僧尚未来到，天师同法官进坛，暗中布置齐毕，专候着番僧登坛，好焚符咒，此话不表。

且说圣义村三官庙傻和尚，自从观音菩萨与善财童子点化，授了金字真经，因他的根基本深，一至夜静，自有神人指教。不上几月工夫，不知不觉的悟醒得万法皆通。说的禅语，俗人全都不懂得。这夜至二更时，他在三官殿中静坐参禅，圆觉之际，毫光四起，竟将庙院照的通红。村中人皆以为庙内失火，火光冲天。众人约齐说道："咱们往庙里看看，到底是何缘故。"一同走至庙前，门却未闭，一起走入，打算要问问傻僧。走至殿前，只见傻和尚赤着身体，独坐三宝殿供桌之上，闭目沉睡，浑身淋汗。此时正在隆冬，天气甚为寒冷，他乃赤身，大汗淋漓。众人看罢，说道："有些奇异！"从此合村人无不供奉。

到次日早起，合村人约齐老少男女，同奔到三官殿内，见了傻和尚一起叩拜。傻僧一见，先傻笑了一阵，疯疯癫癫眼望众人说道："我的佛！你们都是胡闹！要求雨该求龙神，求我会下雨？要求我本事，只会吃斋。雨已眼下就到。我要借着乌云，入山去找龙神，那时你们求他。我的佛！"满嘴胡念了几句，复又傻笑了一阵，众人俱不懂他的话，但见他放倒身子，仍是酣睡，打起呼来。众人看看一起赞叹，互相抱怨走着，彼此暗骂秃驴可恶。傻和尚见众人去后，到了天晚，上课已毕。至次日清晨，把老和尚留下的破衲头，斜披肩上。手拿木鱼，举步出庙，回手倒扣庙门。因感庄主之恩，绕庄走了三遍，高声朗喧佛号。又将木鱼敲的声响震耳，念了几句偈①语道：

龙天不慈悲，晴天大日头。要祈甘露降，还得善人修。

声音不断，绕村念了三遍，招得犬声乱咬。此时天气尚早，村人俱未起来，梦中惊醒，听了俱各不解。及至起来寻觅，傻和尚踪影不见，众村人纳闷。

且说傻和尚围村念罢偈语，又到他父母坟墓之上磕了几个头，两腿如飞，竟扑奔通州北关。不多时到了关庙热闹之处，一边走着手敲木鱼，一面高声念道：

要相逢，不相逢，误进繁华一座城。天公不怒不垂泪，涂炭生灵心不公。傻不傻，灵不灵，前生造定难变更。

这方人，也识透：阿弥陀佛！天下安宁雨便倾。

---

① 偈（jì）——佛经中的唱词。此指和尚唱的词句。

傻僧念这几句，原隐着“方人也”三个字。当初贤臣作江都知县，假扮道人私访，将“施”字拆开，号称“方人也”。今傻僧安心显应，惊觉贤臣，故把这三字编成口号，满街念佛。军民不知，以为妖言，俱不在意。

此时施公仍是每日同合郡文武齐集城隍庙，参神祈祷。众官正在拈香已毕，忽听庙门外敲的木鱼连声响亮，口里念的听不出是念经卷是诗词，众官全不理会。唯有施公听他念的有因，不觉心内怀疑，将要派人去问，忽听诵的又改了话语。施公与众官复又侧耳细听。只听外面大声念道：

好哇！

先不该，我不傻来又不呆，昊天遣我下瑶阶。世人不公心太狠，感不动龙天泪下来。“方人也”，不明白，不拜灵山好怪哉！阿弥陀佛，可笑你，再迟时我转天台。

傻僧在城隍庙外喊念，贤臣在庙内听得甚为真切。又听木鱼打得震耳，只在庙前来回朗诵。众官听了，俱都不解，仍去闲谈。施公心内暗想，忽然醒悟，说：“哎呀！这内中分明隐着‘方人也’三字，应了我初任江都县，暗访五虎恶棍，路途甚远，此人如何得知？”施公想罢，暗自说道：“何不叫他进庙内盘问盘问？”叫声：“施安，你去把那喊叫之人，叫他进来。”施安答应，走出庙门外面，大声叫道：“僧人！我们老爷唤你进庙有话说。你快随我去。”傻僧闻听也不答言，随着往里便走。到了大殿之外，即便立住。贤臣与众官在殿中闪目观瞧，怎生模样，有赞为证：

蓬头赤足真不堪，破烂衲衣身上穿。

憨相面上油泥厚，点头傻笑带疯癫。

虱子浑身爬又滚，斗大木鱼挂胸前。

化现所为求甘露，安心惊觉施不全。

借此为由欲远遁，俗人哪视此机关。

可叹迷人参不透，真假不辨作笑谈。

施公与众人看罢，俱不知何意，当作挂单和尚看待。众官因知施公最难说话，俱不多嘴，暗瞧好笑。施公叫声："傻僧人，你进庙来，我有话问。"但见傻僧在庙外答应说："来了！特来问你，何必问我?"说着疯疯癫癫来至殿内，那种气令人难闻，众官各掩鼻躲到一旁。施公只得闭气问道："你这僧太也胆大！'方人也'三字，原是我的姓氏拆开；因在江都县任上，暗扮道人，私访恶霸。你何以隐在禅语之内，细细说来。"傻僧见问，说道："不用究问，听我说来。

你说你忠不算忠，你说你奸不算奸。好哇！忠奸二字难分辨，摄款提钞入私囊。忠呀奸！"

施公闻听隐语戳心，不觉怒恼，高声大喝："我听你这疯僧满口胡言，就该掌嘴！"众官见贤臣发怒，俱替傻僧担怕。那傻和尚却全无惧色，仍又傻笑。此时施公见他这等形状，隐语之中似有奇异，连忙问道："你能求雨么?"傻僧大笑道："那是我的拿手戏。"施公听罢说："能够求雨，恕你无罪。若要是无雨，一定重责不恕。"施公与众官谈论，只听殿房内把木鱼敲得连声响，憨声憨语，跪着宣读佛号。众人听着，都不甚懂。到了天晚，贤臣与众人议论，都不回衙，就在城隍庙过宿，候着明日午后应验否，此话不表。

且说正乙天师，随着圣驾到了雨坛，吩咐法官诸事备毕，仍然退在文武班内。圣上在宝座上闪龙目观看：但见正面高台一座，搭造得甚是齐整，悬花结彩。法台上下一概应用之物，俱已备好，甚是鲜明。蒙古包搭在台后，还有许多喇嘛穿各样套头，在那里正候着番僧。万岁看罢，传旨问天师话。真人连忙越众上前跪倒。老佛爷问道："今僧人上坛，不知卿家怎样行事？"真人口呼："陛下降旨，令僧人登坛，臣自有法术擒他。"万岁闻听，说："卿家暂且退下，朕自有道理。"真人仍然隐避在众文武官员身后。

此刻吉时已至，番僧来到。圣上传旨，命通事问："僧人辰时登坛，何时落雨？可以落几个时刻？"通事官[1]领旨，回身行至蒙古包内，见黑面僧问明：复到龙棚回奏万岁说道："奴才讯明僧人，他说：'辰时登坛，巳刻布云，午时落雨。可以落到日落黄昏，包管足用。'"万岁准奏，传旨命僧人上台。番僧从台后上了雨坛。老佛爷在龙棚对面，看得甚是分明。但见番僧重眉大嘴，黑面红须，身体矮胖，大肚累堆，长得甚是凶恶。又见他上了法台，对龙棚谢了圣恩，退在一旁。着令众喇嘛绕台已毕，好去作法。众喇嘛锣鼓齐鸣，犹如嵩祝寺、雍和宫、黑黄寺打鬼的一般。众喇嘛扮着二十八宿、九曜星官。今日番僧求雨，众喇嘛穿用那些物件，为的是显着威风好看。圣上看罢，一扭龙项，暗自传旨，叫声："张爱卿，你看番僧胡闹求雨，要这些何用？"真人见问，连忙跪倒，口尊："万岁！番僧如此，无非枉劳气力，

① 通事官——又称通官。系传译之官。

他如何能求得下雨来？臣启我主，容臣前去作法，以擒妖孽。恕臣慢君之罪。”佛爷说：“休令妖僧走脱！”张天师复又进了龙棚，回奏道：“臣启我主，微臣俱已备妥，大约妖邪插翅难飞，少时我主自明。”番僧是何怪物，且看下回分解。

第九七回

众水怪行雨助威　金甲神持鞭保驾

话说番僧原系水族之物，窠巢同类甚众。其居水深千尺，即世所传海眼。方近之人时见有水怪出现，都不敢近岸窥探。那里边精怪尚有道行浅的，因未能变化，只在沼内埋头，不敢出来滋事。这番僧未求雨之先，曾与众水怪计定，说是："天下干旱，真命帝主怜民，望雨甚切。趁此机会，讨一金口封号，日后得成正果。愚兄前去，只要感动人王帝主，事必可成。如到求雨之时，众位助我一阵风雨，不必论禾苗损益，五谷生与不生，但能应点，搪塞过圣朝天子，龙心一悦，必然钦加封号。愚兄果能得了好处，必要携带众位一起飞升，同入仙班。"众水怪听说落一场雨，受了御封，便可成仙，俱各欢欣无限，叫道："兄长只管前去！"

却说那怪听罢同类之言，方化作番僧形状，来投黑寺，并未算着天师来京，故此任意为能。他要早知天师在此，慢说还来登坛，也就潜逃远遁了。只因他虽修炼多年，可以化人形，吐人言，但只一件，他虽闻知洪教真人之名，未曾会过洪教真人之面。况又无人对他言讲，所以他不能知道。这番僧又自觉一概安置，众朝臣又不识他的根底，谁能破他的虚诬？所以他登坛之际，竟大着胆卖弄猖狂。

且说番僧分派雨坛上摆设得甚是齐整。只见番僧上了坛，先朝龙棚行朝驾之礼，随后椅上坐着，众喇嘛各打钟鼓铙钵，顺着雨坛绕了三匝，敲打得声音聒耳，言语都听不出来。番僧趁着音乐嘈杂之际，连忙又从左边椅上站起，行到正面向北稽首礼毕。见他又将铃儿摇了三下，口中念了几句，如鸟语一般，也不知是经是咒，听着难解。念罢，放下那个铜铃，掐着诀，口里仍是嘟嘟喃喃；拿着一道符往香烛上一点，顷刻焚化。那符焚讫，果然一股浓烟，飘飘摇摇直扑了西北。番僧暗通了他的水族，仍又退到椅子上，坐候等雨。

且说水中那些蛟、螭、龟、鳖、鼋、鼍、鱼、虾、蟹，这日正在沼中探头缩脑，忽然来一阵阴风刮到水面。众妖知是信符已到，不觉欢腾跳跃，一起呼兄唤弟，说道："大哥的信符已到，必是哄信人王帝主。咱们快去辅助他，得了御封荣归，你我都证仙班。"说罢各显术法，各驾妖风，乱哄哄吐雾喷云，从水沼起到半空。转眼烟雾迷漫天际，真正是狂风滚滚，大雨冲冲，霎时到了京师地面。看看离龙棚不远，众妖更加精神百倍。高兴之际，猛听对面如雷响之声，喝道："呔！好孽畜，还不与我退去！前面有真命帝王，我等奉洪教真人敕令，在此护驾，孽畜速退！少迟片刻，立即叫尔等金鞭碎顶！"那众水怪之内，原是忘八精领头，虾精紧围，随身后蛟精督队。这些怪物如乡屯浪子一般，初入北京，迷恋住烟花柳巷，不顾父母，乐而忘返。正在适意鼓勇前进，忽听这么一声如雷，那乌龟精先就唬了个倒仰，把小青果脑袋一哆嗦；猛又一抬头，见有一位金甲神横阻去路，相貌十分凶恶可畏。那怪知道是一位天神，怕得倒吸了一口凉气，连忙将长脖扭转，对后面众怪嚷道："快回去！不好！不好！幸耳灵眼快，颈子能屈能伸；要不是颈项速拳，那鞭早就落在顶梁上咧！我倒想着领你们在京师地面，秦楼楚馆，叫你们在前三门见见世面，开开眼界。再者我这几年保养颇好，打算在人烟稠密之处，出现出现我的伟胖身躯。不料正在兴头之际，忽听似雷的一声，先就惊了我目瞪痴呆；又一昂头，竟似汗蒸如雨。敢则是奉天师法旨，护驾的金甲天神喝说：'不行疾退。立刻便叫轻生！'我听罢惊慌无措，几乎把尿溺吓出。我想识时务者为俊杰，咱们总有些道行，料也敌不过天师。我故把脖子一缩，知会你们一声，赶忙跑回。从来交朋友，虽然患难相扶，亦不过尽其心力而已！现今世上都是你狼我狈，又有几个信义君子？何况我辈从此再不想脱凡壳成仙作祖咧！我自幼在龙宫里看门总不敢擅作威福，滋生事端，今日为朋友连累，险些遭杀身之祸。自今以后，再也不去受惊怕咧。"忘八精说着，尚吓得嘘嘘牛喘。有一鲇鱼精听罢，哈哈大笑道："乌大爷，平日见你雄赳赳，自夸体壮心高，不亚铜头铁臂。常说要出外去叫叫字号，闯闯光棍，遨游五湖四海，却原来是个银样镴枪头！前紧后松的软盖儿。见了真章儿，就有些虎头蛇尾咧！"又一虾儿精跳着说道："姥姥！你别张着大嘴笑人咧！今日还算乌大爷的运气旺，一眼瞧见那金甲神，急流勇退，忙叫撤步。不然，惹恼那位金甲神追赶下来，还许连巢窠里，闹个翻江搅海，一起抄讨入官呢！我只顾瞎抢似的，喊着前奔，猛听了那么一声，几乎把我的虾心惊落，虾魂惊散，真是可怕！"众水怪听罢，一起说道："算了罢！算了罢！咱们再要瞎闹，只怕大家都不安生。咱们不必讲交情厚薄咧！各保性命罢咧!"

不言众水怪被灵官赶散，不敢出头。且说番僧自焚罢信符，一心盼望同类相助。果然工夫不大，黑云直矗，疾风暴雨从西北直奔龙棚。番僧看罢，更是精神雄壮，暗喜道："还是我们龙潭中朋友，真不失信。只要在京城多落几刻，得了封号，何愁不身列仙班。"番僧正想得心满意足，猛然抬头，不觉吓得惊疑不定，暗说："不好！这事有些奇怪，怎么下了这几点儿就住的咧？这如何遮得去龙目？我的朋友平日不是这样无信行的，为何今日言清行浊，将我撮上台来，拔了梯去？莫非其中有什么错误缘故？领队的乌大哥与谁口角，作了气恼，赶忙回去？介士跌折了腿，不能前行？长须公公姥姥，都被渔人网去？真乃叫我着急、纳闷，不明其故。莫非他们等着？去一道信符，再求下一次雨。待我将三道符一起焚化，看是如何？"且听下回分解。

第九八回

惧诏问妖僧谎奏　破邪术天师出班

话说黑面僧见他自己说的时刻已到，不见雨落，急得坐立不安，心中怨恨同类，暗说："这事分明把我坑害。他们果真不来解救于我，人王帝主要是问将下来，有什么言语回答？龙心一怒，根究出破绽，那还了得！"心中暗自踌躇，偶然想出了一片欺诳之词，腹内说有咧！我何不这般如此，暂且掩饰过去。

且说佛爷坐在龙棚，候着落雨。起初看见僧人焚罢了符，果然陡起浓云，随着烈风骤雨，登时点点滴滴，地皮尽湿。只见坛外围着许多的军民大声念佛，复又欢声说道："还是万岁爷洪福齐天，感来这位神僧，佛法广大。有了这场甘霖，四方自然安定了。"众军民议论纷纷，佛爷龙心大悦，对着众官说道："朕看这僧人似乎有些来历。虽非正道，这雨却不能假。如果田禾足用，朕也不究他的根基。但这雨中气味着鼻仿佛硫磺炼的，朕心直觉发闷。"众文武听了佛爷之言，有亲王侍卫大臣齐行奏道："臣等俱觉头晕心乱，颇有可疑。我主可诏洪教真人近前一问，自见分明。"老佛爷叫一声："爱卿平身。"天师遵旨立起，皇爷道："适才僧人所行，料爱卿目睹其事。雨中带有腥膻之味，甚觉难受。且又所下无多，即便云消雨止。卿试言明其故，好展仙术擒住，免其祸民。斩首市曹，以清妖孽。"真人奉谕启奏道："此雨实非四海龙神奉上帝敕命所降，乃是妖物暗用邪符，通其成精作耗的一党前来弄的狂风暴雨，所以腥气难闻。这雨不但于田禾有损，兆民受了这一股邪气，还怕要起瘟疫之灾。”皇爷听说如此，不觉惊异道：“这事据卿所奏，甚为恐惧。朕特虔诚至祷者：原为虑民疾苦，冀上苍速施膏泽，以免百姓倒悬。若教妖僧这样妄行，朕却不为救民，反为陷民。爱卿须速行设法解散妖氛，朕于卿家必不有负。”却说真人见皇爷这般忧民孔亟，复又跪倒，叩头奏道：“老佛爷传下谕旨，召那番僧前来问话。”

侍官出了龙棚，即刻至雨坛蒙古包，先对通事谕知，旨下速召僧人。通事闻听，不敢延缓，登梯上坛，对番僧说明圣上谕召龙棚见驾。番僧正在心中想计，暗说：“皇上总恼怒，不过累黑黄寺喇嘛吃个误举之罪，也就罢了。想要拿我，万不能够。”番僧想罢，随说道：“圣上既要召问，只得依旨。”说罢随定通事顺梯而下，直奔龙棚。侍官先回明，皇爷传旨，即令带进龙棚。

侍官连忙引领而入。到了龙棚，通事带番僧一起跪倒，参驾礼毕，跪在尘埃。皇爷端相①番僧，迥非人类，在宝座用龙腕一指，说：“你这僧人何故罔朕？你奏明辰时登坛，午时下雨。为何时刻已到，只落了那么几点雨，便就天晴？你必须明白奏来。”番僧见问，也就连连叩头，咿哩哇啦照他暗中打定的主意谎了一遍话语，说罢，俯伏在地。众文武听他说话啁啾莫辨，俱不做声。皇爷听着一字不懂，龙颜不悦，向通事问道：“番僧所言，你须细细奏上。”通事跪在下面，叩头奏道：“启万岁，番僧说是

---

① 端相——端详。

今日求雨，有人破了神术，以致不灵。目下吉时已过，叩乞龙恩，准其至明日午刻，再行上坛祈祷一阵足雨，普救天下禾苗，以赎不验之罪。乞佛爷开天地之恩，赦其毋咎！”通事奏述已毕，皇爷尚未处分。只见天师从御座之后，转到圣驾一旁站立，眼望番僧用手一指，叫道：“怪物！你可认得我么？”番僧正在俯伏，忽听有人叫他怪物，急抬头一看，只见御驾旁首侍立一位道人，年约三旬，精神满足，生成仙风道骨。番僧看罢，把两个大眼一翻，头一晃，复是满嘴咿哩哇啦说了几句。天师也是听不分明，忙问通事。通事答道：“僧人说是未曾会过，不识是谁，请问姓字？”天师听罢，微微冷笑道：“料你也不知。我乃祖居江西龙虎山，敕封正乙真人。自汉迄今，护国佑民，宕魔除怪。姓张，料你不识，亦许闻名。我今特来看你求雨，问你求的雨在何处？”番僧一听说是天师，犹如半空中打个霹雷，登时魂飞胆落，伏在地下如木雕泥塑，一言不发。天师见他默而不答，说道：“孽畜，你可知罪？老佛爷为国忧民，设台祈雨。你胆敢借事生端，来到帝廷欺蒙主上，竟敢痴心妄想。应该回思已往，罪犯天条，迭遭雷劫。既然躲过，就宜潜心苦炼，改过自新。仍乃肆行不悛，妄起邪心。你想太乙金仙，有几个贼子奸臣、旁门邪教能成此正果的？况你这畜类所行，不想出身根底，妄想金口御封，要成仙道。若叫你这等列入仙阙，恐天下惑世诬民之术，皆成蓬莱三岛仙人矣！你求不下雨来，就该请罪；你反妄奏有人冲破你的法术。我早知道你纵然求得下雨来，亦是无益禾苗，有害百姓。兴妖欺主，该当何罪？你既自寻死路，料难再复姑容。依我说你在圣驾之前，将你原形现出。本爵慈悲，代你叩乞圣主体上天好生之德，赦你一条活命，速回水沼，苦励修行。若是痴迷不醒，圣主一怒，只怕性命难保！那时休怨本爵不施恻隐之心。”却说番僧听罢天师的一番言词，悚惶之极，要知如何事？且听下回分解。

第九九回

张手雷法台驱邪　掷铁牌龙潭致雨

话说黑僧伏在龙棚御座之下，被天师切责，因疑信参半，要试真假，他便暗怀毒计。偷眼看着，觉离他切近，便运足腹中黑气，对准真人一直喷去。那知天师见他跪在地下，不哼不语，早预防他不怀好意。看他那边把嘴一张，真人不肯容情，把手一撒，呼噜噜雷声震响，万道霞光，直拍奔番僧而来，倒将那股黑气反行卷回。番僧大吃一惊，知是天师毋疑，双足一跺，旋起一阵黑风，到了龙棚之外，飞奔云霄。众文武正然惊讶，见从御座后复起一阵香风，金光一闪，随着黑风直赶将下去。皇上同众文武尚不知何故，宝座上龙颜大怒，望天师说道："哎呀不好！番僧逃脱去了。爱卿作速使方略，休教伤了朕之子民。"真人连忙跪倒，口称："万岁！微臣有惊圣驾之罪，乞找主宽恩！"老佛爷龙腕一摆，说道："此乃爱卿降妖，何罪之有？速平身施法术擒妖邪要紧。"天师复又奏道："万岁且宽圣忧。怪物插翅难飞，微臣早已暗遣神将各守方隅。适才金光所起，乃是护法灵官追逐妖邪，绝不致遗害百姓。"皇上听罢，反忧为喜道："卿如此，可登雨坛祈祷，快施无穷法力，前去致祷！"真人奏道："微臣不须登坛，自能致甘霖下降。"老佛爷问道："爱卿不用上坛，如何求雨？"真人回身取来一物，尊声："万岁，速遣大臣一位，手持此物，飞马到黑龙潭掷在水中。不过一二刻，有细雨清风纷纷而降。”

皇上听天师所言，不知是何法宝，这等奇验。老佛爷接过仔细一看，原来是一黑漆铁牌：长有七寸，宽约三寸，正面上写着“洪教敕令”四朱红字，背面画着一道符印。老佛爷看罢，龙心暗度：“这样一个小铁牌，如何说便能求得雨下，看来也是难测。若是不灵，天师岂能虚谎？想来天下孔、张二家，皆有祖传至道，使后人不能不尊崇奉敬。朕今看来这个小铁牌，定有灵应。”却说天师见皇爷看牌沉吟，连忙奏道：“启我主速降谕旨，派一大员持此物扔在黑龙潭，不可回视，策马速归，雨便随落。”老佛爷龙心大悦，连忙对马五格谕道：“张爱卿适才所言，卿可曾听得明白？”马大人见圣上问话，连忙到驾前跪倒叩头，口尊：“万岁，奴才皆已闻知。”老佛爷道：“你既知道，即刻擎这铁牌，速去黑龙潭。”马大人叩头说：“领旨。”复身站起，接过铁牌，退步出了龙棚，忙吩咐家人牵过能行的坐骑，带一名仆人，一起扳鞍上马，如飞而去。转眼之间，已到了黑龙潭近处，弃镫离鞍，跟人将马拉过一旁。马大人自己走到潭边，但见水势潆洄，清鉴毫发。看罢，急将铁牌扔在潭里，连忙撤步回头，扳鞍上马，奔回雨坛。

且说黑龙之水，原系与海水相通，那时龙宫里水卒，正在潭中巡哨，忽见有一物沉下。水卒接过一看，乃是一面法牌。水卒不敢耽搁，连忙双手捧定，行至水府，禀知龙王，呈上铁牌。龙王一见，知是洪教真人的敕命来到，即刻差巡海都尉，到处知会雷公、电母、风婆、雨师，众神会集一处。龙王同众神率着水族，一起到了空中，登时布云掣电，发雷行雨。

不言龙王奉天师敕令，且说圣主自遣马大人黑龙潭去掷铁牌，坐在龙棚，复与天师言谈妖物。未二刻，只见马五格已走入棚中，驾前跪倒，口尊：“万岁，奴才遵旨将铁牌扔到龙潭，回马行至半途，知铁牌果然灵验，漫天乌云油然四起，现在雨亦沛然降下。奴才特行奏明。”老佛爷闻奏，龙心大悦，将龙腕一摆，马大人站立，退归班内。老佛爷随即欠起龙体，离了宝座，忙步到龙棚之外，闪龙目四面观看，众王大臣亦俱相随，仰天而望。但见满天云气蒸腾，电光闪烁，清风拂拂，雷雨交加。佛爷不觉龙心大悦，众文武跪倒齐呼“万岁！圣寿无疆！”，老佛爷一见，连忙说道：“众卿俱各速起。此乃张爱卿道术之神。朕心甚加愉快，亦不枉众卿相随劳碌。但雨虽然落下，不知怪物如何？张卿家再速施法擒来，使他本形现出。朕看他到底是何妖物，胆敢前来惑朕。”言罢，仍入龙棚，复归宝座。众文武亦各随入，排在鹭序鹓班①。天师进前奏道：“微臣已召请马、赵、关、岳四位神圣，各按东西南北把守汛地。复有六丁六甲、值日功曹诸神，各把方隅，犹如铺下天罗地网，一直在云端里守候。妖物料亦无处藏躲，不久便擒到驾前。”此话不表。

且说番僧足登黑云，从龙棚直起到空际，心里打算逃回沼去。猛一抬头往回里一看，只见有道金光，紧随在后，又听如雷似的大喊道：“精物哪里逃走？速速回去，现你原形！不然吾神鞭下，立刻叫你废命。”那妖正在惊慌之际，忽听怎么一响，唬

---

① 鹭序鹓班——鹭与鹓飞行有序，因喻文武百官朝见时排列有序。

了个走投无路，只得停住，偷眼一看，但见那追来的神圣甚是威猛，赤发红须，朱红面色，两只巨目；头戴金冠，大红袍衬黄金甲，腰束黄绒宝带，胸挂紫金牌，靴登五彩，手执金鞭，声音洪亮。妖邪看罢，知是灵官爷追将下来，几乎惊跌下来。道教之中，就是这位灵官王元帅，到了佛门就是韦驮①，凡妖魔鬼怪皆怕这个神圣。

有人阅看及此，问说这话叙的前后不符。他道：先前说黑面僧不认得天师，怎么这会就认得灵官呢？即便见过说是认得，为何先在龙棚之际，天师将灵官请下，在御座后保驾，众官看不见？俱系凡目。番僧他是妖怪，那时看不见，这会子在云端里就看见咧！既有此问，只得叙明。众妖大抵俱知，孟子说道："大而化之之谓圣，圣而不可知之之谓神②。"既为神圣，自然令人莫名其妙，有不可思议之处。不要说妖怪，假如凡人，神圣要叫你看见，把金光一闪，你便看见；要不叫你看见，把金光一隐，你想要看见万万不能。灵官爷先在龙棚，原是暗中保驾，隐闭金光。妖邪低头伏在御座之下，所以未能见法相。此时到了虚空，灵官爷现出金身，妖邪自是看得详细，从来天下奇奇怪怪之事，叫人想不来解不出的尽多，若以平常情理较论。往往骇人听闻。殊不知天之高，地之厚，万物之多，风土之异，人情之殊，年月之久，其间无奇不有，无怪不生。若以自己未闻未见，未曾作过

① 韦驮——佛教护法神。保护佛法，驱除邪魔，著甲胄，执金刚杵，貌作童子相。

② "大而化之"句——对事物道理能融会贯通的人，就是圣者。圣者中更为高深莫测，无可解其奥妙者，就是神人了。

的，便说世间并无此理，并无此情，并无此等事，究竟那是坐井观天，浅见薄识，知其一不知其二，少所见、多所怪之人耳！况且仙佛神圣，道高德重，自能变化无穷。不是那异端邪术，惑世诱人的障眼法儿，说出来荒唐难信。

闲言叙过不表，且说妖怪见了灵官爷圣像，意乱心迷，恨不能立刻钻天入地，得全性命。暗说："不好！料是多凶少吉，难逃公道。我实指乘机借求雨得点好处，归入大罗仙，得预蟠桃会，多么逍遥自在！哪知心高命蹇，晦气临头，不期遇了这个张天师来，破了我的机谋，倒弄得引火焚身。这个时运真乃不利。那个灵官真紧紧跟定，倘被他金鞭一击，恐难保这个残生。早知此来这样结局，何必跑到北京，担这个惊怕？倘要出了丑，不但遗笑江湖，怎么再回水沼见同类朋友？"垂头丧气，心中抱怨。只见灵官爷紧紧赶到，扬着金鞭往下要落，唬得妖怪浑身乱抖，不觉急中生智，暗想："我纵然跑到何处，他一定也是要追到何处。自古未有不慈悲的神佛，我且上前恳求一番，倘灵官爷发了善心，暗放了我逃走，免得如飞奔命。若是不允，再作道理。"想罢，战兢兢的停住妖风，扭身对着灵官爷跪倒云雾之中，连连叩首，口尊："上圣且息雷霆，小畜一定奉禀，望上圣原宥。小畜实因一时迷惑，误被同类怂恿。妄兴异念，想受皇恩，求借雨前来致这欺蒙之罪。小畜早知有干法律，绝不敢大胆欺心。如今自悔无及，叩求上圣施天地好生之德，怜小畜修炼之苦，暂求赦死。誓不敢再起邪心，出头滋事。倘得生还水沼，定当痛改前非，不负上圣仁慈，忘今日释放之恩。上圣要是打死小畜，不但小畜枉修苦功，归成人道一朝丧在涸辙沟渠之内，即上圣亦失上帝爱物、佛门为善之心。惟求上圣开一条生路，使留残喘。小畜要口是心非，将来必遭天雷轰顶。”那怪一面叩头一面哀求饶命。

却说灵官爷听罢，大吒一声道：“妖怪休得乱言，吾神乃奉洪教真人法旨，前来追捕于你，生死是否，悉凭真人做主，你虽饶舌亦是无益。速速跟我回去，到龙棚现了原相，凭人王帝主发落。若是执迷，枉丧金鞭之下，悔之晚矣！”常言蝼蚁且贪生，况这怪物修炼的非一朝一夕，灵通与人无异，焉有不怕死之理？更且有羞恶之心，唯恐回至龙棚，老佛爷不能轻恕，总不至丧了性命，现了原形，将来不好回见同类。还是低头哀告，不回雨坛。灵官见他不从，登时冲冲大怒，骂道：“好孽畜！胆敢违我法令！看鞭罢。”说着那金鞭照黑面僧头上，一直落将下去。不知妖僧头颅被灵官爷击的如何，要知端绪，且听下回分解。

第一〇〇回

王灵官拿妖缴令　番僧法坛现原形

话说妖僧哀告灵官爷，忽听怒声大叱，抡动金鞭照头便打。妖僧一时心内着忙，想已躲避不及，连忙将大嘴复又一张，吐出一股黑气，托住金鞭，撤身驾起妖风，往北逃走。妖邪低头前进，猛听临头大声喝斥："好孽畜！还不快到龙棚现形领罪！吾神奉天师敕令，等你多时了。"那妖从灵官爷鞭下逃出，已唬得发昏，今又忽遇天神相阻，更觉魂迷意乱，猛一抬头，乃是一位黑脸神将，坐骑斑斓猛虎，手擎竹节钢鞭，身穿黑袍，肩披黑甲，腰束乌玉宝带，足踏乌底官靴，头戴幞头，面如锅底，熊眉豹目，满部胡须，在一片祥云瑞气之中，举着钢鞭，如疾雷似的大声威喝，横拦去路。妖邪看罢，认得是黑虎玄坛。妖怪手无器械，不敢相斗。倒退了几步，连忙转身强打精神，复弄妖风，够奔南方逃走。此时玄坛爷见妖物前来，正要纵云擒捉，忽见一阵黑风向南疾下。玄坛往前追赶，到了龙棚，见妖物已经过去，只得停云守住汛地。

却说那怪跑过龙棚，想从南方暗遁，急得心似油煎，汗如雨下，暗说："厉害！"回头一瞧，但见玄坛爷不复紧追，微觉心定，恨不能一时得一藏匿之所。正在兴风一直南下，算计转弯脱身，忽听正南上也是一声大喊："妖怪休要前来，今有正乙真人法令，防你窃窜，令吾神把守南方捉获于你。你若求不死，速至圣天子御前化现真形，保尔活命；不然，刀下无情，立地叫你身首异处！”那怪又听这一声威叱，更觉魂不附体，暗说：“不好！南北俱有天神阻住。”连忙闪目从对面一看，但见那天神头戴五凤金盔，身披黄金宝甲，云里织锦绿征袍，腰束碧玉红绦带，脸挂护心宝镜，足登五彩云靴，坐下赤兔胭脂马，手持青龙偃月刀；面如重枣，丹凤眼，卧蚕眉，五绺美髯，飘飘颏下，英雄浩气，冲贯太虚，左右侍从围随前后。那怪看罢，知是伏魔协天大帝，不觉打个寒噤。暗想：这位神圣，更是伏魔上将，万事难以闯过，不如早奔他方。妖怪将要转身闪避，只见前面一声大喊：“吠！好畜生！看见我家老爷，还不速现本形，前去请死？真乃大胆！有吾圣取你的命。”说着一纵祥光，手提大刀，直扑那妖邪。那怪一见连忙拨转风头，望斜里又往正西扑去。周爷见妖物逃去，才要乘云追赶，但见圣帝把手一摆，周爷收住云光，仍在龙棚正南守住汛地。且说妖物暗想：“这四面八方，俱有天神把守着，无处得生，只怕今朝合该吾命休矣！”此话慢表。

且说灵官爷自纵金光，暗回龙棚，等候众神将怪物拿到驾前，好交法旨。迟了一刻，不见动静，灵官爷恐妖物哀求，众神慈悲将他释放，急忙复起香风，到了龙棚之外，用圣目遥看，但见众神虽围住妖邪，尚未动手捉获。妖怪站立中央，四顾发闷。灵官爷看罢，纵起祥云，直升碧落，到了妖怪切近，大声喝道：“畜生！真乃胆大！吾神良言示你明路，竟敢违背。料你是要吾神动怒。”说罢抡起金鞭，按着妖物顶上落下去。那物见灵官爷鞭到，无处可奔，连忙侧身躲过，趁势起阵黑风，来回与灵官爷旋转。灵官爷心中大怒，威声喊道："众位神圣，既奉真人敕令，捉获妖邪，还不齐上，等待何时？"众神一起喝道："妖邪休推睡梦，我俱奉天师法旨，特意在此捕捉于你。若非真人法令，要你的活口，此时早叫你骨化飞灰。要是自知罪孽，快到龙棚见了人王帝主，化现原形。真人开菩提之心，求免你一死，也不枉你千年道行，付于流水。要再痴迷不省，难免尸骨寸磔，性命不保！"

却说那怪听众神圣之言，身摇心荡，仰首四望：天兵天将围绕得密密层层，无隙可脱。不禁泪痕满面，暗叹：一着之差，灾祸临头！何苦当初生此痴想？连忙跪倒哀求不已。灵官爷一见大怒，骂声："好妖孽，真乃胆大！众神圣怜你千年道术，用良言指你明路，你反装聋作哑，料你这东西不知好歹，不遵法令。"说罢大喊一声："众位不必善劝。这孽畜自己寻死，何必容情？"那怪听灵官爷喊罢，只见四位天神挥动天兵，刀枪并举，齐往上攻，看罢心慌，暗忖，连连说是："不好，我若再不说是速转龙棚，必遭他们的锋刃。少不得再去求见真人，不叫我现出本形，少丢颜面，逃回去免得同类轻薄。要是圣主不赦死罪，那也就无的可说。料是在此哀恳，亦是枉然。"想罢连连叩头，口称："众神暂且息威，听小畜一言上诉：众圣既悯小畜，不即诛死，是要小畜得留活命。小畜何敢再违慈谕，不听善言？小畜惟求众圣开恩，使小畜见了天师，到了龙棚之外，然后再化原形。"灵官爷不等妖怪说完，大喝言道："即速到龙棚现出本形，吾神好交法旨！"那怪为难多会，算到别无良策，将心一横，两眼一闭，收住风头。暗想：丑妇难免见公姑，任凭运数罢了。呼的一声，从半空落到平地。众圣犹恐那妖欺诈，复从下方逃走，暗中紧紧拥护。只见妖物已伏龙棚之外，遂一起用金光隐住法相，在云中候那天师发落，好符送归位。

不表众神暗中卫护，且说皇爷自从天师铁牌求下蒙蒙膏雨，龙心喜悦，坐在龙棚，正与文武群臣称赞天师祖代灵迹。群臣将宁献王送天师的七言律诗，述诵圣听，有“黄金甲锁雷霆印，红锦绦缠日月符。天上晓行骑只鹤，人间夜宿解双凫”之句，老佛爷听罢，说：“自汉迄今，天师道术至高，仙踪之异，果然不枉上帝敕封之位。朕今看来，深自确信。”天师听罢老佛爷御言称赞，连忙跪倒叩头道：“为臣有何德能，敢劳我主过奖。”龙棚之内，君臣正在谈论着妖僧被获，忽听从云雾之中，下来一阵怪风黑气，见着一物跌落龙棚门首。皇爷同众臣齐吃一惊，离宝座闪目观瞧，原来就是那求雨番僧伏在地下。老佛爷一看，将要开金口下问。只见天师一转身躯，用手一指，喝声：“孽畜！真乃死有余辜！本爵用良言警戒，你胆敢违吾法谕。不但不悔罪现形，反倒喷毒逞恶，窃逃法网。不想你这点本领，焉能脱出吾指掌之中？今既被擒，可能再轻饶不得你过去。依本爵说还是快现原形，然后再请圣上下旨发落，判你的重罪。”

此时众文武随驾观看，但见番僧跪在龙棚门外，战战兢兢，低头受责。从来没有不贪生的人物，那怪从空坠下，不知老佛爷叫他是死是活，心内不定，喘作一团。今听天师教训一番，又见皇爷围着多少侍卫，那等威严，更觉恐惧。那怪眼含珠泪，连连叩头求饶。敢则是人是畜生，到了将死关头，心想得生，唯恐言语错乱惹祸，恼了生杀之权的立刻怒发，叫他废命。所以那怪到了此刻，恐防一时说的不明白，立即要命，此时说话，竟不似先前咿哩哇啦，也会说出清白的官话来了。但见那怪听罢天师之言，连连叩头求饶，口尊：“真人，小畜一时不明，迷了心前来，致生罪孽。小畜实非有心贻害百姓，望求真人救免，使小畜得不出丑，小畜再不敢生事害民。望求真人开一线之恩，永不敢忘大德。小畜要是心不应口，将来必遭雷击之报。”那怪说罢，仍是叩头不已。

却说皇爷见妖怪哀求，复归宝座。天师听罢那怪之言，俯首暗想，沉吟半刻，转身进了龙棚，连忙跪倒叩头。老佛爷一见，叫声：“爱卿，速起平身。有何言词，朕无不依，卿只管奏来。”真人听毕谢恩，侍立躬身，奏道：“臣启我主，这个妖物虽有邪道蒙君之罪，不过畜类之心，不明国法。原其情是为急成仙道，不该妄起贪相，前来钻谋营干，诳蔽朝廷。并非安心生灾作耗，惑世诬民。臣启万岁，赦他死罪，使他改过自新。臣算将来这孽畜身上，还有一段因果。”龙心默定。真人亦不敢预言，使天机泄漏，日后自见应验。凡物不该遭劫，一定将他治死，诚恐逆天不利。存他活命，现出原形。下回分解。

第一〇一回

施贤臣遵旨求雨　傻和尚闭锁空房

话表黑面僧现出原形，伏在龙棚。老佛爷同文武闪目观看：是一条金色鲤鱼，爬在地上。老佛爷看罢，用手一指，将要开口责说，忽见一阵腥风直扑面目，黑气上起。老佛爷觉腥膻难闻，忙往后退，复归宝座。又听呼的一声，那怪风仍刮得旋转天地。老佛爷复注目一看，还是那怪伏在旧处。看罢未及开言，天师连忙前行几步，大声喝道："你这畜生！真乃野心不退。为何这等性急，陡起妖风，几乎有惊圣驾。你不想本爵未曾送神，你焉能脱身？今日本爵一片慈心救你，你这孽畜便该捐除兽心，牢记誓愿。要是再蹈前非不改，必逢天怒，定受天诛！即犯在本爵之手，难再想轻饶放过。"畜类也具羞恶之心，听着真人切责，直是低头蹙缩，觳觫①之状，甚觉可怜。老佛爷本是仁德之主，看着不忍将他处死，叫声："妖物！今朝若非张爱卿代你说情，朕一定将你碎尸寸磔，以为兴妖祸世者戒。既洪教怜你修炼不易，概不根究，留你一命，再不可贻害生命。修得功圆行满，何愁不得归正？如今赦你无罪便了。"那怪听老佛爷圣谕，不住头点。真人见圣上已竟发落，急命法官符送众神归位；又转身喝声：

---

① 觳觫（húsù）——恐惧得发抖。

"妖物，以后莫负圣恩！速去！"那怪听真人开了活命之恩，真是漏网之鱼，连忙驾起风奔回水沼。见了同类，又气又怒，怨说众水怪无义。那些众怪述说有神阻路厉害，才知是天师预遣天神空中堵挡，不能前进之故。那怪自讨了这场没趣，俱各相戒，再不轻赴北京。每日在沼内纯修，后话不表。

且说老佛爷见雨已落，妖物现形，龙颜大悦，对天师叫声："爱卿，适才求雨的那面铁牌，朕想颇有灵效，可称是仙家宝物。今仍在龙潭，必是不能再得。卿为祈雨济民，却将灵牌遗弃，朕甚惜之。这等仙传之物，朕想用金牌更换，备存在龙神庙内，倘有时逢着旱灾流行，朕便派人用牌祈雨。"老佛爷言罢，真人连忙跪倒，口尊："我主，臣那面铁牌，更不过是符印之灵，并非仙传宝物。虽已掷在深潭，到了夜静，龙宫自差水卒前来缴送。我主圣谕存留，微臣遵旨，明日遣法徒，奉上龙神庙内。如逢时旱，我主仍命一位大员，不论何地龙潭，掷到水中，都有神验。天意所在，最忌宣泄，微臣不可预言。"老佛爷听罢，叫声："爱卿所奏，确为至理，朕为忧民事，亦当顺受天命。不知今日这雨落到几时？"天师道："微臣敕令龙神行雨，就在一日为止。但微臣复有一事启奏我主万岁：适才微臣仰观雨景，只见正东甲乙方，起有祥云瑞霭，笼罩一方。据臣看来，定有神人降凡。"老佛爷闻听忙问道："爱卿既然看出有神仙降世济民，这事不妨明奏，生在何处？日后访着实迹，必要钦加封号，不枉神仙盛世临凡。"

天师听老佛爷追问，连忙行礼，至龙棚清净之处，召遣值日神查明回报。值日神起到空中，霎时一看，便知就里，到天师面前报明。真人听罢，复对老佛爷奏道："微臣已悉其事。这灵光瑞彩，乃是佛门慧根发现，在通州郡内。始因本地刘姓夫妻，吃斋念佛，积善感动西方世尊，说他夫妻行善不懈，该生一佛子，将来使他夫妻终归极乐。因遣罗汉降生，化成痴傻。刘好善夫妻故去，村人怜他憨傻，送到本庄三官殿内为僧。后来有菩萨与善才童子幻化僧尼，授他无字真经；又默有神人点化传法，遂悟彻佛门微妙。如今这傻僧要遁入深山，欲极本处供养之义，暗用佛法度化愚迷。他知我主颁旨求雨，通州官员集在城隍庙内，他便前去惊觉官民；在众官面前，许定今日午时求雨济众。合郡官见他疯傻，锁在空房之内。那僧先知此处微臣敕令龙神行雨，他暗中诵经相助。现今雨已应候，众官说他有异，俱各信服。雨落禾苗，勃然生长，一方共乐岁丰，万民欢声遍野。一为积些善功，再为报答乡里。从此便匿迹藏名，脱身世外；幽岩古洞，以待脱了凡骨，复返西方，移带刘好善夫妻齐升仙界。今这傻僧还在空屋奉经劝世。值日神回报如此。我主暗访通州城内，自有实迹。"佛爷听罢天师所奏，龙心暗道："今民间有这等善人，能感动神佛，亦是国家祥瑞。朕还宫后，必须前去访明，看看这个神僧是何形象。"想罢，对张天师说道："今日妖伏雨落，皆是爱卿之功，候朕加封便了。"不须烦琐。

且说通州傻和尚，自从锁在静室之内，那一夜将木鱼敲的梆梆不住，吵得众官俱未得安。到了次日清晨，施公同众官净面用茶以毕，仍去照常行香，参神拜圣。众僧等仍然各依本教科仪，修醮念经，吹打法器。此时通州那些军民，听说有一游方傻僧，许定当日准能落雨，俱走来观看是怎样求法。来到庙里，闻说和尚锁在空房，一起纷纷说道："京都皇帝，派本处官员求了这许多日，并未求动龙神落几点儿雨。不知哪块来的这个傻秃，就敢说是行得了。现在旱得人都编出口号儿来咧！满街上作曲儿，唱什么：'朝也拜，暮也拜，拜的日头倒干晒；早也求，晚也求，求的水滴都不流。'看这个傻和尚也是白搗乱就完了！"军民彼此乱谈，忽听傻僧木鱼儿梆梆加力击了三声，大嗓音念道：

叹世人，真可惜！作贪官，为污吏。不积福，不克己，不忠不孝还不悌。口头言，甜如蜜；坏良心，黑似漆。坑拐谋骗把人愚。逞强梁，生巧计，机谋费尽千钧力，真可惜！并不顾头南脚北，倒成了手指东西！

嘴里念着，木鱼敲的声音略小。念罢又大击三声，往下又念道：

十方佛，他是谁？谁是我？黄粱大梦谁能脱？邀龙神，不得闲，布云童子哄了我。午时三刻不见云，未时六刻难救我。灵山佛，苦杀我，早沛甘霖慈悲我！

憨声憨气流水的朗诵。那些军民听了，也有笑的，有说编排得好听的。此时众官拜毕众神，庙院散步，听了都不为意。只见有一下役上前禀道："回众位老爷，西北起了黑云向东飞来。"众官闻听，各去纵目西望，果然云遮天日，似有风雨来到，俱各盼望。不料迟了片时，又一昂头，云已散尽，那红日炎炎如火一般，晒得大地更加炎热。看罢俱各烦闷，齐说："可异！明明雨已落下，转眼又雾退云消呢？这傻僧说的甚妙，难道见着一片云，便算求了雨咧？分明是饿疯了，前来调谎骗食，还大着胆自定时刻，看他到底怎样？"施公听着众人所说，暗想这傻僧果然求不下雨来，他岂肯特来找打？要说他一定可行，却又午时已到，不见有雨。

贤臣猜疑不定，忽听傻僧又打那木鱼更加乱响。众官道：“这傻僧也算有异处，精神不小。一夜闹得众人都不能闭目，咱们俱觉困倦。”只听他又在屋内傻喊道：

人人同说不着迷，一说善事便是疑。晨昏恶气冲天地，怒了龙天雨露稀。天不雨，你们急，怨说阴晴天不齐。天虽远，却难欺，人间善恶老天知。要求感召风合雨，一念之善起云霓。

众人听他念罢，刚要转身回去，只听空房里木鱼儿又大敲了三声。不知往下还有什么话语。要知后事，且听下回分解。

第一〇二回

念歌谣助雨济世　种银苗遁迹归山

话说傻和尚停了片刻，复将木鱼大敲三声，改了言词，念道：

见人人皆笑我痴傻，我笑乖的瞎作耍。来复去，这一朝，今朝无雨来你不饶。我的佛法无边，快来救我把雨洒。我自傻，你自乖，乖的求雨雨不来。我的佛，快显灵，慈悲我一念诚，送来风雨作交情。

众官在窗外听他念了又念，打着那木鱼似甚得意。有位守备说道："这分明是唱的谣言歌儿，焉能会求得来雨。似他此等模式，到乡村讨碗饭吃，岂不胜在此叫人监守？我看看不如趁早赶出庙去，免得讨人不安。果真要有大本事，又不致那样的衣不衣，履不履，饿疯了前来乱道咧!"说着，众官到了施公面前，述说了他念的话语，请命撵逐。施公听罢说道："众贤契不必气恼着急。他念的并非奸言，又非讥刺众人。常言匹夫一念至诚，便可感风雨，召鬼神。果然说大话，小结果，有头没尾的，空来溷扰，再责逐他。再等稍迟一刻，不见有雨，叫他心服口服的领责。"施公说罢，众官看了看天色午刻都过去，那日色热得真是可畏。此时众官民都知和尚说的时刻不曾有验，全在庙里围着，等看施公怎样摆布他。

众人正在交头接耳地乱说，猛听傻和尚大嚷之声，把众人倒吓了一跳。又一细听那傻僧嚷的，乃是："黑龙黑龙，快把雨行！甘露三尺，慰彼三农。"他那里嚷罢，忽来一阵轻风，众人对天远瞧，那浓云已满九霄，登时大雨直倾，雷电交作。众军民见那雨从未初直落到酉正，微止了半刻。众僧道各回本庙，天到黄昏，用罢斋饭安歇不表。

却说那雨先前瓢泼的直倾，停约一刻，复又蒙蒙，一夜未止。到了天明，四外一望，真落了个池满沟盈，运粮河水平添三尺。众官晨起，吃茶已毕，见知州到来，众官俱对施公相庆。贤臣说道："此是傻僧的功德。众位寅兄不知有何定论待他?"众官道："还是大人做主。"此时施公已测透傻僧的出处不是凡庸和尚，只得说道："你们先摆上斋饭，再叫他前来问他所欲，再作道理。"州官道："求雨乃是有益地方之事。下官的责任，卑职奉命请他到来。"说罢，带着跟人，行到房门外。

只见门尚虚掩，吩咐跟人将门推开，到室中一看，那傻僧卧在地下沉睡，忙令跟役呼唤。只见那人挺身爬起，蒙眬二目，憨声怒道："你们为何惊了我的瑶池圣宴？使我不得吃饱。"州官听了，猛然不解，暗说："这傻僧必是疯梦未醒，不然为何说出混话?"又知他憨傻无所畏惧，连施大人他还不怕，无可奈何，只得说道："下官奉施大人命，特来相请说话。将才至此，何致唐突有惊赴宴？和尚快出去罢！莫令大人见怪。"那傻僧听罢，不说去否，先翻着眼问道："你是谁呀？前来搅我。"跟役见他直说疯话，恐怕再说出不受听的言词，忙接口道："这是本处的父母官大老爷。"那傻僧一听，先哈哈大笑了一阵，道："我当是谁，这么拿糖作势，敢是州尊？那你们说他是父母，就该顾子妇。怎么不疼子妇，就爱那姓铜的、姓钱的方眼孔呢？”说罢，站起来又笑，拿起木鱼往外便走。将州官闹的面红耳赤，无法可施，只得随着来到前面大殿。

只见傻僧与施大人也不行礼。众官倒起来让他坐，他并不推辞，便坐在施大人对面。州官想着施公必要怒他无状，哪知施公一见便道：“这场雨幸和尚求下，救济万民，有此善功不小。今备素斋暂用一餐。再者，请问禅林往来何处？将来好派人赍送斋粮，使百姓尊礼。”施公说罢，吩咐备斋。下役答应，叫厨子制造些蔬菜素面送上。刚摆在桌上，那傻僧一看说道：“大人要请我吃饭，就是不吃那素物。”州官先前受他奚落，正在心里恼恨，忙接口道：“皇上自求雨以来，便颁旨断屠。”傻僧听了复大笑道：“你这州官也倒不错，分明当着施大人说谎遮掩。要不为吃肉，何能叫人捏住款柄。”内有位武职说道：“你这傻僧直是妄口诬人，有何凭据？”只见傻僧大笑道：“你们不服，派人到鼓楼南街上，张、许二屠家内，他那地窖内蒲草盖着，现有豚肩猪腿。就说已经下雨，官不计较，按价给他买上几斤，他必肯卖。”州官听罢，忙忙说道：“要是不准如何？”傻僧道：“要是不验，将我这化缘讨饭吃的神木鱼儿输给你，叫你衣钵传世。”州官怒气说道：“真乃晦气！这僧人过于憨，不畏法，满嘴说的是些什么话语？今倒要依你买去，如不准时，再行算账便了。”说着，吩咐下役而去。不多时把肉取来，回说：“小人去时，屠家初甚抵赖不承，后来说破他们藏肉之处，才心慌取出，并未讨价。”众官听罢，彼此相看，都不敢说嘴咧！

施公在一旁，也暗觉惊异，想道："这和尚大是神妙。将他求雨济民所行神迹，具表奏闻圣主，加他个封号，大修寺院，使一方不湮没了佛门显应的善缘。"贤臣想罢，将内司叫到近前，说是如此这般，急去快来。内司答应而去。此时天色尚在阴晴相半，施公吩咐摆上筵席。众官笑道："时已过午，和尚既要酒肉，叫他先用罢咧!"施公明知是憎傻僧多话之故，难以相强。看那傻僧并不逊让，手把木鱼槌，将木鱼儿打了几声。众官又不知何故，腹内窃笑。忽听他叫道："施大人，我有个小唱词儿，能知人心事，你们将耳朵伸开，听着我唱。"唱的是：

众位官儿休暗恼，官场规矩我不晓。
直言说的人怒了，低骂秃驴我不好。
从来都不知颠倒，吃斋睡觉合傻笑。
两足田野匪我功，敕令龙王张洪教。
爱敬忠来爱敬孝，不求御口加封号。
有心为善如不赏，你的金银我不要。
一步自比一步高，他年相会作总漕。
龙潭虎穴防惊险，不倚英豪恐不牢。
我本佛门一傻僧，人生定数我难明。
要求未到先知事，钦命东巡问孔生。
去来不必问行踪，佛法因缘异日逢。
去处来时来处去，黄金布满祇园中。
天相吉人忠与孝，真经一卷动天庭。
莫怪憨僧多管事，佛心无处不多情。

那傻僧念罢，走过去便坐在正面椅上。众官任他去吃筵席，暗说："这和尚怪极，心里骂他，都能知道，莫非是真神人，怎么又饮酒食肉呢？实在使人疑惧不明。"

不言众官纳闷，且说施公听罢他念的言词，心内也觉猜疑，暗说："这僧莫非是济颠①重来下界？我心想的事，他都念出。其中又有令人难解之处，我想给他奏明皇上，并想送他银子，只是适才的主意。说是恼他骂他，又说有人怨他，刚才说话、詈骂都是有的。那山东孔生，乃是在江都县之事，今日怎么说是要知过去未来，去向山东问他？又说是钦命东巡，又说有龙潭虎穴，还说是异日相逢，……这些话不知又说到何处？难道皇上命我去山东访孔圣后裔？此话断无此理。等着施安回来，赠他银子，看他如何；再将他带到馆驿，问他个确实。"贤臣正然思想，只见内司到来将银呈上，贤臣命放在桌旁。且说傻僧对着那酒肉并未下筷，他看见银子送到，仿佛长了精神一般，慌忙站起，到那银子近前，大声说道："众位老爷看着，我能借这大块银子种在地下，展眼长出银苗。"嚷道，"此项白银我无用，舍在山东济万民。"不知傻和尚之术如何，且听下回分解。

---

① 济颠——即《济公传》中的活佛济公，宋末僧人。俗姓李，名道济。因佯狂不拘小节，饮酒食肉，游行市井间，人以为颠，故而得名济颠。

第一〇三回

众仓户巧蒙作弊　施大人复申牌示

话说众官听说傻僧去种银子，都坐着等看如何变法，哪知他乃借此脱手呢？这傻僧早知施公心内之事，不欲明说，宣泄天数，所以借唱儿叫人听着，已经算是含糊对付了。他又知道施公还要往下详问，故此他见施安将银取到，便趁机会，说此种银生苗，哄得众人信了，要看他的异法，他才往庙后走出。他哪里真去做那无益之事？到了院后，便将银倾在地下，又从庙的后院绕到门前，徜徉而去。

众官候了多会，不见动静，就有那心急的说道："这和尚怎么不回？莫非拐银逃走？"施公道："不要妄口诬人，他与其拐走，我既说送他，何妨明着拿去呢？那银子许未长出苗儿来，不好意思前来，却是有的。天色已晚，不论哪位贵职前去看看，叫他不必作这法术了。看看如何，速来回话。"施公叫施安同着几人重到庙后，刚走到了那里，只见白花花一堆银子扔在地下。吩咐众役拣起，又到神殿禅堂找了一回，并不见傻僧，只得回来禀明施公。施公心中疑悟，想他唱的话语之内，已经宿着说是不要银子，不必问他来去行止。

且说贤臣自与众官求雨已毕，回到衙中安息一夜。天明起来，王殿臣、郭起凤、关小西进衙叩见，侍立一旁。贤臣问道：

"你们访查之事，何妨对我说来。"三人见问，连忙答道："小的等这几日，在仓里仓外、水旱道上，留心踩查，并未见有实在情弊。只是听人传说：先前仓廒官吏，并车船人役，相沿种种弊陋，不一而足。说是虽有正直无私的，又皆怕招嫌怨，互相隐瞒，不肯出首。那等奸猾仓吏，往往与皇亲国戚、各府的豪杰勾连，于中蔽混。每逢到了二八月，放各旗的米石，便生出许多鬼弊。说是历来廒中之米，都该出陈入新。他们生心先暗通奸商，将上等的好米侵挪抵盗；又暗与各旗的承领串合一气。捏造虚报，欺蒙冒领，乘机走出仓外，卖与米铺，分价各饱私囊。到了亏欠米数，复生奸计掩盖，不是用红朽的支应，便是用掺合沙土的搪塞。八旗兵丁，老实朴讷的，无法可使，不但领些个低米，还被他们七折八扣的尅落。小的等听说这些个弊病，全由奸诈花户，并著名豪匪作出来的缘故。听说那些属院不是不能详察，皆因有贪鄙的希图分肥，以为平空坐着得利，所以明知不举，反与他们掩遮奸迹。瞒得一年是一年，隐得一季是一季。此是小的在仓廒左右访闻的一派话语，特来禀知老爷。如今眼看又到开仓日期，小的先前访明的那几个积豪恶匪，还许仗着他们士人势力，诱花户结成一党，照旧的前来行欺作私。可否，老爷再行裁夺。"

且说贤臣本来就好管闲事，今听关小西等这么一说，未免心中气恼。点头说道："非汝等再来详言，我几忘之。吾想到任之后，应该例有条陈。先前出的那几道牌示，皆是书吏仿仓场从前的故套，如今既知还有这宗许多弊处，只得再自拟一道牌示。你们三人暂且下去，照常的缉访，吾自有主意惩办他们。"关小西等听了，一起退下。贤臣见三人退下，吩咐摆饭。用毕，心中思忖：一等到开仓，须得认真留心，务使一切仓弊尽绝。这些个奸吏棍徒，非要叫他们望影而逃。贤臣想罢，立刻吩咐内司。将纸笔放在桌上，将墨磨浓。贤臣提起笔，不多时自拟了一道牌示。将稿作完，叫施安交明仓书，另行缮正。施安即刻吩咐缮清送进，复呈与贤臣。施公阅看了，用朱笔标过掷下，叫仓吏传木匠造成木牌，粘贴上边，悬挂仓场门首并要路之处。要知后事如何，且听下回分解。

第一〇四回

奏条陈仓上守法　施大人领命出巡

且说仓上官吏，皆知施公新添了牌示，传说的人人皆来观看，一起走到近前，见上写着：

钦命仓场总督施，为再申牌示，以防弊漏，而重国储事：照得国家设立仓廒，积存粮米，原为八旗官员兵丁日食至要之需。一出一入，该员弁等均宜谨防，留心稽查升斗之米，不准营私，须要执法如山，秉心若水。倘有吏役舞弊，即宜禀明惩治，不得徽徇情面，隐忍不言，总期不负朝廷恩用人材之至意。近闻有等豪恶，影借主人权势，窥伺春秋二季，领放俸米、甲米，以为奇货可居，前来煽动胥吏，行欺行诈，弄鬼作奸。内外勾通，虚捏重领。恣意将黑档子米窃运出仓，瓜分肥己；种种弊习，闻之殊堪令人发指！更有等贪婪之员，不思洁行供职，反图分润私囊，知而不举，己先不正，故不能正人。致令此辈肆无忌惮，所以仓务日愈久而弊愈深也。本院自莅任以来，知从前牌示，尔等视为具文，故流弊至今不净。今本院皆闻已确，不惜舌敝唇焦，再申示谕。大概本院之声名，莫不知之有素，尔等须将从前心肠，早早收拾。倘再仍踵前弊，一经密察，定即按例严绳以法，绝不稍宽。各宜凛遵自爱，毋致噬脐①。特示。

---

① 噬（shì）脐——喻后悔不及。噬，咬。脐，肚脐。

康熙

年　月　日　立　实贴仓场

那些军民人等看罢牌文，个个赞美施公的贤能。那仓上官吏，平日不作弊的，便说有了这牌，往后即可止住弊病，免得日后查出错处，受其拖累。那等先前作弊的看了这牌，未免恶其害己，心内便生暗骂，说："这个歪骨头真正可恶！莫非打算着要在仓场一世，无故的又添了这道牌示。即便他走了，后任也必要较准，何苦挨这空心骂。"众人好恶不一。

且说贤臣自出牌示之后，每日将仓上之事，与那有才具的属员，议论讲究。凡仓上诸务，莫不悉心谘访。一日心中想起郭起凤等禀明有皇亲国戚家丁煽惑花户弄弊之事，遂唤内司取过文房四宝，拟了一道奏议，皆是深切仓场利弊条陈诸务，俱个正本清源。那时康熙佛爷正在励精求治，看了这个条陈，龙心甚喜，暗说："施仕伦之才能，真堪大用，不枉朕越级擢用，畀以重职。"遂朱批道：

施仕伦所陈仓场条款，均系慎重仓务，有益国储。着该户部定为成案。自此次定立章程之后，务各秉公实心任事，以赎前罪。果然始终奋勉，着该督随时奏请，即予升途。其贪赃舞弊者，该督随时确访，按例严办。至花户舞弊，系监督自行察出，即专治花户以应得之罪。如系通同，即照犯赃例议处。至开仓放米，再有恶仆豪奴，并肆横积匪，串诱吏胥，行飞诡之弊，该督查明据实参奏。不拘王公贝勒、国戚皇亲，文武第宅，即按约束家人不严之处分示罚。其奴仆即照恶棍、匪徒盗窃仓库之款定罪。施仕伦视国家犹如家务，竭尽勤劳，整顿仓储，纤悉备举，

不避权势，杜弊除奸。其才智心力，颇有古大臣之风。着加赏一年双俸；并颁赐荷包一对、折扇一柄，用旌其能。钦此。

自朱批旨意下，施公看罢，立刻望阙叩头，又上了一道谢恩赏的折子。那些仓上官吏怕得再也不敢舞弊。果然那年到了开仓，一概事务被施公治理得条条有款。先前索御史来查仓廒，半途回京，今又复来。到开仓之日，同着监放米的各旗员，一起来至通州，见了施公俱各赞美，并监验着放米。这一次放米，各人激劝，一毫陋处皆无。

不言施公的法令名声传遍京、通、湾、卫，且说那年各省，也有风雨调和之处，也有旱涝遭灾之处。先前表过，年成不能到处一样，各省督抚按例具折奏报。唯有山东一省，有数州县，由春及秋并未见雨，旱灾之甚，人民莫不惶惶。山野之处，半为盗薮。山东巡抚特疏奏知皇上，请蠲①请赈。老佛爷见了表章，即在龙案上展开。观看罢，龙颜便带忧愁，对两旁王大臣说道："不料山东遭灾如此，饥民不堪。据抚臣所奏，如今已是草食不周。朕览之殊觉忧思。想万民嗷嗷待哺，不急加抚恤，必致流离失所，为匪为盗，地方不安。但施赈必须得人公正廉明，方保地面官吏无尅漏之弊。倘不遴选才智素优之员，前去总理监察，百姓必不能得沾实惠。众卿等可保举一员，深悉民情疾苦，不负朕倚任的，速行前往，朕乃放心。"此时众公卿听罢老佛爷圣谕，遂乘机奏道："我主要赈济山东数百万饥黎，宣布国家德泽，非专差大臣监查不可。查有仓场总督施仕伦，才具明敏，廉洁贤

① 蠲（juān）——免除（租税、劳役等）。

能；又系任过知县，深谙民间之事，此时又总理仓务。若用施仕伦前往放赈，凡赈用的帑①款米款，该由何省拨发，他自能熟悉胸中，办理周到。臣等想来，非此人不能任此大事。果然臣等所举，有当圣意。祈我主降旨，召施仕伦来京朝见，命他前往。”老佛爷心里哪能想到他们暗藏奸计，要叫施公远离京都？

且说光阴似箭，日月如梭，转眼已过中秋佳节。施公在仓上已将那俸米、甲米，并补领的零档米石，俱一同索御史、众仓监督，将米放完。那日正在纳闷，闻听内司来禀说：“有圣旨到来。”贤臣听罢，连忙吩咐摆下香案，整理衣冠，前来接旨。此时差官已至仓场衙门。只见那里摆着香案，施公一瘸一点前来迎接。差官一见，勒住行脚，下马进衙，将旨意先供在香案。施公朝着圣旨行了三跪九叩之礼，然后跪听宣读。差官复又请起旨意，开读道：

奉天承运　　皇帝诏曰：贤能廉介，国之股肱；尽瘁鞠躬，臣之本分。兹尔仓场总督施仕伦，前者卿任知县，朕即知尔吏治才长；既迁府尹，治国治民，尔更能多筹广略。今复务陈仓务，不避威权，力除恶习，洞达利弊。卿之屡著劳绩，诚不愧为治世能臣。兹因山东一带赤旱成灾，禾稼无望。山东抚臣奏请颁赈。朕思保恤灾黎，必须精察廉明，方能镇慑不肖官吏并刁绅恶监势恶盗徒。朕总期穷民得沾实惠，免贪吏侵尅弊端。尔施仕伦才力有余，算无遗策，国计民生，谋尽周到。兹钦加尔太子少保之衔，前往山东救灾放赈。勿令一夫不得其所。倘有贪官污吏、恶

① 帑（tǎng）——国库里的钱财；公款。

霸土豪，尔只管认真惩办，莫使流毒害我良民。所有赈用银米若干款项，该由何省仓库拨用，料尔自能审时度势，随时制宜。察看民情，该如何措置，任卿便宜施行。尔拜受恩命之后，即便来京，请训驰往。其仓场事务，朕另派员暂行护理。尔其勿滞！钦此。

施公跪听读罢，三呼谢恩毕，方站起与差官相见，让到官厅吃茶款待，叙谈闲话。不表差官回京，且说施公心中想道："都中许多臣僚，老佛爷不肯差用，怎么转想到我施不全呢？莫非其中有人保奏，也未可知。"想到此，施公即刻吩咐施安，唤进关小西等，收拾行李起身进京。从此，这一进京，往山东放粮，施公的名声，人人传布。一路上又出了许多的奇冤异事，除了许多恶霸强贼。这正是天生贤臣，扶佐圣主。且听下回分解。

第一〇五回

入京师贤臣陛见　扮客商私访民情

且说施公自从接旨，即刻吩咐关小西等，收拾行囊，诸事安置已毕。贤臣出了仓场衙门，施安等扶持上马，王殿臣、郭起凤、关小西等，围随在后，星驰起程。仓上官吏，送有里许，贤臣便吩咐不令远送，嘱咐回衙，“须要好好当差，报效国家。”众人听罢，方才回去。贤臣带领着亲随，进了齐化门，吩咐关小西等，暂押着行囊，且先回宅，自己只带着施安，从东华门直入，进了禁地，叫施安在外等候，闲言不表。

且说施公那日到了朝房，众朝臣俱已朝散。彼时老佛爷正在南书房翻看史书，思想山东灾荒，求所以补救之策。当值的卫太监，只得到龙驾前跪倒，说道：“叩启我主万岁！现有仓场督臣施仕伦来京陛见，在朝房候旨定夺。”老佛爷传旨，命宣至宏德殿问话。卫太监叩头下去，来到朝房，对施公高声说道：“皇爷有旨：宣总督宏德殿见驾。”施公听罢，不敢怠慢，即由卫太监随着，从金阶一旁往里走，不多时，到了殿前。只见老佛爷已经先到那里，在御座上坐着，两旁有几个随驾的太监伺候。此时卫太监只得退闪一旁。施公低头上前，朝着老佛爷行了三跪九叩之礼，又跪伏在地。老佛爷一见，那等歪歪扭扭的身躯，也觉着可笑。天颜可喜，叫声：“仕伦，尔不愧为国之能臣，看你这形体，实在的跪伏不便，朕今赐你一个锦墩。”说着命内监取过。施公连忙谢恩，仍是半跪半坐。老佛爷又叫声：“仕伦，朕前者观尔条陈仓务，深切利弊，足证尔劳心国事。今因山东奏来荒旱，民间遭此颠连，殊堪悯恻。今将颁赈救恤，诚恐不得其人，百姓难得实惠。今特命卿前往放粮，并巡察贪官污吏。如有奸佞强恶之徒，任卿酌处。至该赈用粮米帑物，该由何省拨用，卿只管便宜行事。料卿此去，必能筹策得宜，万民不致呼号失所。兹特加卿太子少保职衔，出巡稽察。俟回京之日，另加升赏。卿宜速速起行，勿令小民流离载道。”施公听罢老佛爷圣谕，连忙奏道：“微臣实无才能，只不敢负我主厚恩，有误国家政事。微臣明日即便登程。”老佛爷听了，即命退朝。

贤臣受了恩命，至次日辞别了父母兄弟，并宅内一切众人，登程就道。且说贤臣出行的日子，乃是到了九月初一，金风凉爽，暑气全消，一路上逢州过县，轿马仪从，俱接驿站住宿；地方官送迎，并预备公馆，不必细述。过了芦沟桥，贤臣、小西二人先走，大轿在后，按站住宿良乡县。这日到了涿州地面，遇着一件可异之事。施公与关小西闪在路边，偷眼看着。只见乃是一家发殡的，车上送殡的是个少妇，旁边有一男子相随。那个少妇哭的声音并不哀切，坐在车里，直是与那男子眉来眼去的，一阵一阵的传情，不像丧家的气象。贤臣看罢，心中有些犯疑。抬头看了看，天色到了申未。叫声：“小西，天气不早咧！你去找个洁净旅店，住宿一宵，明日再走。”小西答应，往前边找去，不多时找着了。贤臣同着小西一起住下。到了店内，便叫小西出去访问，是何等人家出殡。

好汉闻听，连忙前去。不多时走回店来，慢慢对贤臣说了一遍：

“那少年男子，是个皇粮庄头。家业广大，倚财仗势，结交衙门吏役。好色纵淫，欺压良善，无所不为，全做的是些没天理的事情。此人姓马，外号人呼为马鬃，本名叫马大年。送殡的那妇人，是他的家人媳妇，娘家姓柳，外人唤他叫柳细腰。因他丈夫冯二点，不知所因何故，前日自缢而死。这个庄头，今日拿出钱来，发送他媳妇，所以马鬃跟在后面。”小西说着，贤臣心内早已明白，对小西说道：“这件事，我看来定有缘故，不用说是淫妇与那男子通奸，日久情热，谋害了亲夫。按这淫妇立刻就该究问明白，一起治罪。只是钦限紧急，要一详审，未免误了行程。只好赈济回来再行办理，暂叫恶人多活几日。”说罢，主仆用罢晚饭，安息了一夜。到次日清晨，店小二送来脸水，净面已毕，就势儿要了茶饭。用罢，小西算清店账，付了钱，扛起行囊，告别店主，迈步出了店门。

贤臣歪呀斜的跟随在后，关太前行，复又上路，一直的穿过涿州城去。贤臣身带残疾，焉能行走得动，只得又雇了两个赶程驴，搭上褥套；小西扶持施公坐上，然后自己就势也就乘上，前后顺着大道行去。那贤臣坐在驴子背上，就不是步行的那等样儿咧！也有了精神咧！瞧了瞧左右无人，遂叫声：“小西，常言说：‘多能多干多劳碌，不得浮生半日闲。’这话说得一点不错。只是人生都有个定数在内。有通州求雨，那傻僧已经说明，当下我尚纳闷，今日果然钦命出巡，山东放赈，岂不是个前定？可巧今日到了此处，便遇着这宗怪事。我有心在涿州立刻升堂，审问来历，又怕耽误钦限，有碍被灾之民，辜负了老佛爷轸念穷黎①的

① 轸（zhěn）念穷黎——疼爱、惦念穷苦百姓。

恩惠。”关小西说：“此事小的与大人，乃是暗行私访，不好明去札委知州？且又过了城池，不容易再返回去了。”贤臣听罢，叫声：“小西，你这主意，却倒不差：除恶安良！本地州官既然廉明有胆，大概足能审出这个冤情，除了这一方祸害。虽说咱们已经过了城池，我想着轿马人夫，尚未能过去，昨日一定也住在涿州公馆。由京起身之际，我已吩咐明白，令施安坐着大轿，逢州过县，俱按钦差的礼节，应待地面官员。料他习见熟惯，谅不至走漏风声，被人看出破绽。今日咱们起程甚早，料他们尚未动身。小西，你看前面，必是个村庄，索性赶到。”

贤臣与关小西进了村庄，四顾一望，只见路西里挂着茶牌，上写着：“扬子江心水，蒙山顶上茶。”粉皮墙上还写着：“家常便饭。”小西看罢，说是：“咱们就在这里吧！不用往前再走咧！”说着，好汉从驴上下来，扶持贤臣也落了平地。茶馆门外，有两根木柱，将驴拴好。主仆二人走进去，只见那里边甚是清净。原是一个年老的妇人，并一个十三四岁的小童，应酬茶客。贤臣一见，心中甚喜。小西上前找了一张桌子，将行李放下，主仆二人，一起归座。那小童送过茶叶，小西放在壶内，小童将开水泡上，徉徜而去。小西说是：“老爷速写札谕，小西好赶着前去。”说罢，带有现成纸笔墨砚，从褥套之内，掏将出来，放在桌上。贤臣提笔一挥，登时写了一道“详审奸情，以重民命”的札谕，其中悉述所见所闻，并访明奸夫淫妇的缘由，以及该当如何勘验，如何申详，“只管细心问拟，如有错误，自有本院做主。”贤臣写罢，即交与小西。英雄接到手中，如飞而去。

小西到了涿州公馆，可巧施安那里果然尚未动身。小西到了公馆，对施安等如此这般，说了一遍。王殿臣、郭起凤一起说道：“不须再奔州衙，大概知州必前来相送。‘钦差’回头交与他就结咧!”说罢，小西将札谕递给王殿臣，仍就大踏步去保护贤臣。后来施安见知州来送，即命王殿臣将札谕暗交州官。那知州本来不避权贵，又兼有施公札饬，果然将奸夫淫妇究出实情，按律治罪。施公以后知道，上折子将知州保举，升任知府，此是后话。不表施安坐着大轿而行，且说关小西急忙赶到茶馆，只见贤臣尚在那里吃茶坐等。一见英雄已到，便问办的如何？小西如何对答，要知后事，且看下回分解。

第一〇六回

少妇送殡露破绽　恶霸行路逞威风

且说关小西听了施公之言，连忙问道：“老爷，这奸夫淫妇害了本夫，今日如何看出他们的破绽？”贤臣说：“我并无别的法术，不过私访民情，处处留心。见闻之际，暗察声音动静。凡人于其亲爱之人，必是始病而忧，临死而惧，及其已死，哭泣哀切。适才见那妇人，哭已死之夫，声音不哀而怀惧。又见与那男子眉来眼去。闻声察色，知其因奸致杀，一定无疑也。”小西听罢，心中叹服，说道：“老爷真是烛照如神。”说罢给了茶钱，主仆仍然骑驴就道。

此书乃是大清小传，并不表五里遇着桃花店，十里过了杏花村。小西催赶着两匹驴，甚是快速，顷刻走了三十里程途。那里有个地名三家庄，主仆喂罢脚驴，找了一座干净饭铺，吃了便饭，复又登程。只见路上来往行人，也有骑马坐车的，也有推车肩担的。贤臣一同关小西，骑在驴上，听这些人言讲。贤臣眼望好汉，把头一摇，将驴一勒。好汉更会其意，只得也将驴暂住，让众人的驴过去，慢慢跟在后边。窃听二人谈说：“我倒有个兄弟，见过他亲小儿对我说来：这位施老爷，原籍是南方人儿，只因祖上挣下功劳，皇上加封，入在镶黄旗汉军之内，世袭的镇海侯爵。初任江都知县，代署过州印二任，顺天府三任，便升到仓场总督官印。仕伦这个人，听他说的不差，可见皇上重的文才，不是取的相貌。”那人听了，更加不服道：“我说这句话罢，尊驾再要夸奖他，不如先骂个猴儿崽子！不是在下夸嘴，愚下乃茂州人氏，我姓牛，外号儿人称牛腿炮，在茂州小小有个名望。不论几时，众位要是走着我的贱地，打听打听，没有个不知。列位往后撞着我，不必理我。常言‘人不辞路，虎不辞山。’将来众位总有到茂州去的。我们结拜的有四个弟兄，每日同在一处，义气相交，人人皆晓。我大哥姓武名貌，绰号人称铁金钢。我二哥姓金名玉山，家中广有产业，终日眠花宿柳。三哥姓赵名大璧，爱交江湖朋友、衙门官吏，人称独霸茂州。在下本名牛玉璜，皆因说话行事，没有板眼，所以人送外号牛腿炮。我们哥儿四个，不敢说有点小字号，就是皱皱眉头，那一个都称‘乖乖的！’众位有时到了贱地，倘有个大事小情，只管提说我牛腿炮一声，什么事情都可了结了。如今我这是从涿州探友回来，路过此处。你们说这些言词，实在叫我听着可恼！施不全果然山东放粮，必要从此路走，我看他将我怎样。他行的事，我都知根知底：贪财害众，奸诈欺人！怎么算得忠臣？在江都县有个黄天霸，却是一位英雄杰士，被施不全甜言巧语，哄的跟他捕贼办事。那黄天霸做官心盛，怕死望活，挣功立业，把他结拜的弟兄，为救施不全，都用镖镖死。你们猜后来怎么待遇黄天霸？竟如家奴一般驱使，并无一点儿提拔之处。黄天霸跟的日久咧！不知他是最奸不过的坏骨头。”众人只见他满面通红，带着酒气，是个醉汉，且是满嘴里胡言，全不理他，一起催驴，各自走去。

此时贤臣与小西俱跟在后，听了个详细。施公恐人看破，并不愤怒，仍是坦坦然的骑着驴行走。那关小西本来不曾念过诗书的，又兼手有艺业，英雄气象，自是粗鲁。听见人谈论贤臣，登时怒发冲冠，按捺不住，就想上前动手。刚一抬头一看贤臣，只见施公那里摇头。小西看罢，也就知道贤臣怕是泄漏机关，不肯叫他闯祸。复又把驴勒住，离那伙同行的，约有一箭之遥。贤臣又回头一看，并无人跟随在后，遂叫声："小西，将才我见你面红耳赤，似乎有些气恼。那如何使得？你想咱们未行之先，我就吩咐过：一路须耐性，不可妄动火性，自蹈危险。凡事我自有裁处调度。适才天使其然，叫恶人自诉供招，不过令他们多说几日，以后自然叫他们知道。"

一路上二人闲言不表。却说主仆催驴前进，过了三家店，又走了三十里，至新城县过站。由新城雇驴上路，又走了三十里，至白沟河。这日共走了九十里，到了天晚下店，用毕茶饭，安歇不表。至天明给钱，出了店门，复又催驴前走。这真是朝登古道，暮宿荒村。主仆虽是催驴赶路，却不论到了何处地面，要遇着行人众多，便将驴慢走；一为探听本处的官员贤否，二者为的是访察各处的土豪。

这日上了驿路，但见扶老携幼，男男女女四路奔走，如蜂似蚁。听说那些人全是由山东出来逃难的，也有说是投亲，也有说是访友。又有那多嘴的说道："你们这些逃走的，难道你们没有耳风？现在老佛爷知道山东灾旱甚重，特发帑米，钦派大员前来赈济。你们是到那里，谁能给你们蒸下包子煮下饭？不过也是忍饿受乞讨。常言说：'在家千日好，出外刻刻难。'在本处喝碗水，尚不至作难；若到了他乡外郡，只怕一口水想喝热的，都不现成。据我说，你们不如回去。带着少女幼妇，离乡背井，哪里都是那等好人？倘遇着凶霸之徒，不讲情理，看见你们饥饿，假意怜悯，生出主意。看见妇女面貌生得稍有姿色，或用银钱饵诱，或用强横欺凌。一入了牢笼，只得由他摆布。或是拐卖，或是强奸，许多的恶处，说不尽他们的阴谋。到那时虽然后悔，也就晚咧！现在听说康熙老佛爷，派的一位清官，钦赐国帑，救济饥人。这位清官，乃是三甲①荫生②出身，皇上都知道他刚直，不怕势力，专除赃官滑吏，恶霸土豪。并不是那等'养汉老婆穿裙子——假装正经人'那样子行事。判断公案，真是神钦鬼伏，那才能更不用说。做顺天府尹，做仓场总督，专与国家去弊，行那利益之事。王公、侯伯、驸马等，要叫他寻出过处，也是不肯饶恕。傲上怜下，朝野知名，真是一位有才学的清官！如今可就是差这位老爷前来放粮，他要一到，哪个官吏还敢通私作弊，坑害良民？一定能沾实惠。你们快赶回故土，等着去罢！"

不言行旅在途议论，且说贤臣听罢行人私语，自己点头暗想："据这人说来，却不枉我为民劳苦。可见善人说恶人不好，恶人也是说善人不好。张献忠论古今人物，他说西楚霸王是天下第一。真是物以类聚，人以群分。出都门未经几站，说的我便是好歹不一。但只一件，那说不好的，本是恶霸强徒，我偏访恶治他，岂肯还说我好的道理？这说我好的，一定他也是个好人，到

---

① 三甲——明清科举分为三甲，一甲赐进士及第，二甲赐进士出身，三甲赐同进士出身，通称进士。

② 荫（yìn）生——清制，因祖先的官职、功劳而得进国子监读书的叫荫生。荫生期满录用。

底不致埋没了我的为国为民之心，这就算是罢了。”贤臣想着得意，心中一喜，精神陡长，三十里路，不多一时，便到雄县。但见人烟稠密，街道上铺户甚多。主仆无心观看，只因钦限要紧，贤臣也顾不得残疾劳碌，饥餐渴饮，夜宿晓行，按站雇驴，盘桓前进。贤臣一边走着对小西说道：“据我看沿路之上，听来往行人话语之中，负屈含冤之民，到处不少。有心细访严查，立刻审问，又恐违了钦限，饿坏许多灾黎。”说着主仆每日不敢迟滞，真是往前一程一程的行走。一日由任邱县一早起程，走不四十里，到新中驿打尖。还是雇驴，又走三十里，来至河间府。换了驴又走，三十里至商家村，天色到黄昏之际。这日走了一百里，方才歇在店内。不知又甚事，且听下回分解。

第一〇七回

走漫洼小西取水　逢贼寇贤臣遇灾

话表施公与关小西只因赶路，错了站头。主仆商量着步行，走出十五里之外，到了献县，再雇脚力。贤臣此际也是无可如何，只得从权缓步当车。贤臣腿有残疾，步履艰难，一拐一溜，一步挪不开两脚。小西一看，只见贤臣浑身淋汗，满面通红，不要说是那残疾腿，连那好腿都似发涨的样儿。他歪着嘴一言不发，直是哼个不止。小西偷眼观瞧，累得他鸡胸越显，锅罗子越大。虽然如此，却无一言抱怨。好汉看罢，暗暗点头，赞叹贤臣忠心为国。不言小西暗赞，且说这漫洼之地，并无铺面，行人也都稀少。好汉心疼贤臣，抬头远望，但见前面有个古庙，相隔尚不甚近。贤臣无奈，叫声："小西，咱就在这庙内歇息歇息。倘有住持，就势儿借杯茶吃。"说罢，主仆一起进庙。其中并无僧道，前边禅房俱已倒坏，只有中间正殿尚存。贤臣抬头一看，中间挂着模模糊糊的一块横匾，上写着是"三义庙"。明柱上还有一联挂对，只见被风雨淋的也不清楚了。贤臣细看，方能辨认，其联云：

若傅粉，若涂朱，若泼墨，谁言心之不同如其面？

为君臣，为兄弟，为朋友，斯诚圣不可知之谓神。

施公看罢，知是祀的是"刘关张"，连忙上前叩拜。小西放下行李，也叩了三个头。又将行李铺在就地，让贤臣坐在上面。施公喘息多会，方才神定，忽觉着一阵干渴，说道：“是怎么得口凉水才好。”小西是个义士，惜施公是干国忠良，连忙答应说：“这却不难，只用老爷略等片刻，我近方寻取些前来，老爷好用。大约此处离献县就在六七里路，纵然少迟一刻，到那里也不很晚。”贤臣只得应允。小西如飞前去找水。这话暂且不表。

且说这漫洼地面，虽说离着献县不远，却是个荒僻之区。前不靠村，后不靠店，孤零零一座破庙，时常暗隐歹人，窝藏匪类。又兼那年山东大荒，盗寇如林，抢夺财物。皆因郑州是天下冲要之区，四方余寇，全来奔聚。那年郑州地面，著名之寇，乃是亚油墩李四、弯腰儿赵八、杉高尖周五、独眼龙王七、笑话儿崔三，他们的姓名不必表全，统共一十七个。因为踩盘子①的踩着了，有往郑州贩红花紫草的客商，本钱重大。他们知道大客人全有保镖的护送，探听明白，保护客商的，有十来个达官。亚油墩恐怕达官扎手，抵挡不过，又再三哀求一位有名的豪杰，出来帮助。那日他们踩准了那伙客人经过，亚油墩李四约会齐了，便去动手。他们邀的帮手武艺高超，一阵将达官杀退，得了饱赃而归。这漫洼三义庙内，他们作为分赃之所，知道的都不敢从那里经过。

今日贤臣，自打发小西去找水去后，自觉遍身走得筋骨疼痛，随便在铺的褥套上，靠着神台，闭目养神。不料每日行程过于劳乏，不知不觉便将躯倒在行李之上，合眼睡着了。常言说人

---

① 踩盘子——江湖黑话，指盗匪去侦察财源。

睡如死。外面众寇一见，心中大怒，一个个七手八脚，奔了贤臣。这个说："一定是只孤雁飞乏咧！藏在这里息腿呢！"那一个说："莫非是个奸细罢?"又一个说："不管他是做什么的，先把他收拾起来，出一出咱们的气。头里只顾与那达官厮杀时，不料那大汉保镖前来，真算有他的黑蛤蟆劲儿，冷不防他给了我一家伙，险些儿把我弄倒。如今有了这只孤雁儿，你们让我先出这口气罢咧！"常言说："人厉害叫做狠贼！"这个强盗一边说着，赶上去按着贤臣的大腿，用力往下一拉，咕咚的一声，扔在地下。摔的那贤臣叫："哎哟！"连忙睁开眼观看，只见满殿中是人，只不见小西在内。先前睡得两眼迷蒙，此刻添了个二目昏花，忙忙哀告道："啊呀！列位把我拉醒，所为何事？快快撒手。"再说众寇闻听，一声大喝道："你别做梦咧！拉醒了你，只是便宜你。实告诉你罢！如今你遇了催命判官咧！"说罢，不容分说，就又动起手来。贤臣一见，料是"不好！"自觉吃惊。暗道："我这命怎么这等多磨多难！果然要是前来特访恶人，遇着灾星，那是自招，无处可怨；今日走着道儿，无缘无故的来到这里歇腿，会碰见这伙强人，难道这也算我自投罗网？怎么就这等的凑巧！此站并无牲口，走得遍身酸痛。来到破庙安息，忽生焦渴，命小西去取水，以致离开。小西取水，去了好久为何还不回来？莫非这是前因后果，老天注定我该当此地逢绝？壮士呀！你早来一刻，还可相见，不然，我命休矣！"不知关小西立刻来否？要知后事如何，且听下回分解。

第一〇八回

众盗寇嘲笑对句　关小西闻信惊心

话说贤臣盼望关小西，不见来到，无法可施，只得还是哀求，此时也不顾官体咧！想着迟一会是一会好，候着小西回来。想罢叫声：“众位大王，暂且息怒，听我一言。”只得假意说道：“列位好汉请听！在下是京都人氏，今来献县，探望至亲。只因身带残疾，走到此处，步履难行，故此来到庙里，暂息片刻。可巧忽生困倦，不觉睡着，以致好汉贵驾到临，有失回避，罪实不轻。今既冒犯众位，就是碎剐零割，无处可怨。只是可怜在下是远方人氏，我一命不值蒿草，可惜我一双父母，必然饿死家中。好汉们若肯饶恕我一命，连我家中父母，也不致饿死。好汉们算是赦了我的一家三命。常言说‘救人一命，胜造七级浮屠’。大王等不杀三命，更是功德无量了。日后在下还家，每日焚香拜祝，愿大王们日日添财进宝。”贤臣哀告了一会子。

只见那独眼龙对众寇说道：“你们别瞧这个孤雁，长得虽然不甚够本，却倒舌能嘴巧。你们看这一派的蜜拌糖，说得我直觉心软咧！”那杉高尖也对着笑话崔三道：“万留不得的，把他绑在柱上，取一把牛耳刀，开了膛，接点心血，大家先喝了解解渴。等着大哥来到，拿出你们带的酒来，大家再就着尝一点儿，开发了他。同着大哥，连他的东西一总分了，咱们好各散。我今晚还要到阜庄驿，会会我那得意的人儿去呢！”周五、崔三二寇闻听，叫声：“四哥，你真也算越老越少心咧！那么一个养汉老婆，也值得这样挂在心上。这算什么事情，还说出口来。就是那样猪八戒的破货，也称‘得意人儿’？要真好，古来说的西施、昭君，生成一朵鲜花样儿的，还许买张八仙桌弄在家里当香花供养呢！你这才叫‘情人眼里出西施’。今日说的这好话，比作‘见了骆驼容长脸，抱着母猪唤貂蝉’，叫我们说，不如先将那心收了罢！等着大兄来到，诸事已毕，我们有个巧当儿，领了你去，管保叫你乐个有余便罢！”亚油墩李四便吩咐将施公上身衣服剥去，绑在柱子之上。

登时将贤臣唬得眼似銮铃，面貌失色，直望外瞧。心里暗暗叫声：“壮士呀，我的命只在眼前，你怎么还不见到？早知今日有祸，虽然渴死，也不叫你取水。纵然困死，也要挣扎着前行，赶过此处，何致今朝废命？”贤臣心中一急，气往上撞，大叫一声：“老天哪！真真的太不睁眼。”此是贤臣害怕，不知不觉地叫出这么一声来。哪知众寇一听，更加气恼。其中有一个叫白脸狼马九的，他见贤臣失声怨叹，便大叫一声，说道：“好这个不知死的东西！你既大胆前来，甘心纳命，你还敢怨天怨地的！多出言语，先割了你的脑袋，叫你吃了的窝窝头。”说罢照脸就是一掌，只听吧的一声响亮，又听“哎哟！”打的贤臣眼冒金星，鼻流鲜血，登时忍气吞声，不敢言语，只是点头自叹，暗痛在心。

且说李四见白脸狼马九打了贤臣，闲工夫还一掌，连忙阻道：“马九弟台且稍停手，忍着些，少时，就要他的活命，哪消与他生气。不必打他，你们老哥儿们不拘谁动手罢咧！”亚油墩话才住口，只见独眼龙与杉高尖二寇，一起大声嚷道："四哥，今日这点小事，让给我们开开利市①。往后打仗迎敌，免得胆怯，叫你们众位老兄笑话软弱。如今壮一壮胆子，再要杀人，也就容易咧！"二寇言罢，俱扯出明晃晃的利刃，手内擎着。杉高尖说："七弟，今日你先让我罢！"独眼龙说："五兄，你让兄弟今日试试好不好？"李四复又开言，叫声："二位也不用再争咧！左右咱们还得等着大哥。即有这个工夫，再容他一会儿。七兄弟，你素常对我说，会什么酒令儿，什么诗句。我如今出个主意，你们两个都得依着我。说一个对句，上联还有个曲牌名儿。你们哥俩对下一句，谁要能对上来谁先动手，对不上来的，不但叫他不能动手，还要罚他个东道，吃喝时叫他给众人斟酒。免得二位争论。"二寇听罢，只得将刀一起入鞘，都说："四哥说的最好，你先说一句，试试我们的才学，谁高谁低。"

亚油墩见二人应允，叫众寇一同团团坐下，说是："众位听着，如今我说的不好，众位也罚我个东道。"只听众寇一起答应，都说："四哥快说，我们好听着，有味没味。"李四道："我就指着这只孤雁说罢！雁落沙滩，撞着打牲人必死。"众寇听罢，齐都咂嘴，连声夸好道："真是比的不错，我们听着，这才学比那醉写的李白，不在以下。这该周五你们哥俩的咧！快对呀！"那周五本来斗大的字认不了七升，那能会对对联？急的张口瞪眼，抓耳挠腮。那王七却念过四五年书，心内灵透。他住家又挨着学堂，常听同村的那些学生，讲究什么对字，所以他懂得个大概。

---

① 利市——这里指吉利。

且说王七见周五对答不来，便得意说道："五哥你先慢慢的想想，我先对上一句，试试合四哥的意不合？"周五听了，并不言语。众寇一起开言，说是："很好！"王七带笑说："众位听着，不要见笑。劈破玉龙，彩凤飞任意高腾！"众寇闻听，一起大笑道："好的，好的！四哥说了个雁落沙滩，王七弟的对了个劈破玉龙，活的死的都有；又有两句曲牌名儿。"说着，又一起掐着指头，算了一算，都是十一个字数儿，遂哄然共赞道："大才！大才！吾等不敢不佩服你的。"此时周五急得面红通过耳，说是："你们可再等等。我对了，也对上句，看好不好。"众寇说："使得，你快想就是了。"

不表众寇咬文嚼字，且说贤臣被白脸狼击了一掌，不敢言，只得任其捆绑，低头思想，暗暗叹气，叫声："我的恩重圣主，只知微臣山东放赈，哪知我半路亡身？微臣一身死无妨碍，只可惜误了国家大事，有关亿万民命。不能实受皇恩，高堂父母，再不能侍奉养活。"不表。

却说壮士小西，自从往近方的去处取水，不敢迟慢，如飞的奔了村庄。走约三四里，但见前面有村子。好汉走上前来，瞧见偏东一家庄院，门前有座菜园，旁边一眼砖井。小西看罢，举步走至井边，并无汲水之物。刚要前去求告，忽见从里边走出一个老者，年纪五旬，肩担水桶，手内拿着细绳，来到井上。小西一见，连忙近前拱手，带笑开言，叫声："长者请了。在下是行路之人，从此经过。因伙计今身有残疾，步履艰难；一时焦渴思水，在下故此前来，万望发善心，赐一器皿，取点水回去，好去救伙计之渴。"那老者听了，说是："客人不必太谦，从来水火不算什么。这里有现成的水桶，你自己汲些儿上来。我去给你找一水罐，你好盛了，拿着回去。但不知你那伙计在哪里等候?”小西说道：“现在漫洼三义庙内。”那老者听罢，说是：“客人，你快着汲水，我去给你拿了水罐就来。”说罢，老者慌慌张张，须臾拿到。小西此时将水已经汲到桶内，那老者说：“客人，我有一句话告诉你，依我说，你快着取了水去罢。你那伙计，时运要好，还许无事；要是走着低运，只怕此时早就没了性命。你们远方人，是不知道。那三义庙内，好似杀人场，陷人坑，时常强寇那里歇马，害的行人不计其数。青天白日，鬼神现形。不遇着他们，那是万幸；若时巧了，一时碰上，只怕你说破了唇舌，也不肯饶放。你快回去看看罢！不是玩的。”小西听罢，登时吓了个真魂失散，连忙拿着水罐，说是：“多承指教。”告辞老者，流星似的往回里便跑。一面跑着，一面游疑，及到离庙不远，连忙闪目观瞧：但见庙外闹嚷嚷的，约有一二十匹马，拴在树上；许多小卒，坐在树下，树旁挂着几十撒袋。先前小西走过黑道儿①，一见这个光景，就知是江湖上的。众人都在那里席地而坐，一个个指手画脚，不知说些什么。看来看去，只不见贤臣的影形。好汉登时心下着忙，口内连连说道：“不好！一定应了那老者的话。”心中一急，怒气一攻，往庙里便闯将前去。不知关小西的性命如何，且听下回分解。

① 黑道儿——流氓盗匪等结成的黑社会组织。

第一〇九回

商家林贤臣被困　三义庙义士发风

话说关小西惊忙带怒，便闯进庙去；舍死忘生，找寻贤臣的下落。好汉站起身躯，大踏步往前走去。走了不远，心中忽然想道："俗语说：事要三思，免劳后悔。我这一进庙去，若论武艺，他们总有二三十人，要说擒住我，料亦费事。只是个'能狼难敌众犬'。果然我的恩主已经遇害，我今闯进去，或是我伤了他们，或是他们伤了我，不过拼着一死，倒也壮志，不负主恩。倘若主人未曾遭害，我今一粗心进去，与他们拼命，他们必定先害我的主人。要是如此，日后令人笑我，不但不能救主，反是送了主人的命。不如我再往近处，偷着看上一看，再作道理。"好汉想罢，复又找了一个土坡走上去，找着庙墙缺处，仔细观瞧。

先前皆因众寇乱哄哄的，或起或坐，并庙外小卒们，与树上拴着的那几匹马遮掩住了；又搭着那时好汉，也正在走得头昏，急得两眼迷离，所以未能看得真切。这时将心神略定，更加着留心察看，故此瞧见贤臣，小鸡子似的绑在那殿柱之上。好汉看见贤臣尚未被害，稍觉放心，只是无法解救，进退两难，暗说这事幸而不曾冒失；那时要是一冒失，杀将进去，倒是害了恩公。如今我须想个万全之策，才能救得出此火坑。好汉一面思想，只见旁边有株柳树。回身将取来的凉水提着，走到树后，自己喝了几口，仍然放下，蹲在树旁，思想妙计，此话暂且不表。

却说众盗寇只因等杉高尖思想那副对联。他满庙里乱走，忽然起来坐下，坐下起来，要想着往下答对，又无那等才学，正在急得坐卧不安。可巧有一卒前来报事。众公你道报的何事？只因关小西先前蹲在树下，心中想计，短叹长吁，急躁多会，总盘算不出计策，一时浑身觉着热汗，亚似蒸笼，淋漓不止。刚要想着站起身来凉快凉快，偏偏的那小卒前来撒尿，见一大汉在树下乱晃。这小卒也不顾出恭，一路乱跑，便喊叫着回庙。小西一见，知道形迹已露，不得不出头前去。又暗想：大丈夫死则死耳，纵然在这里蹲到明年，也保不住恩主残生。不如进庙，如此这般，再见机行事。好汉想罢，将主意安定，随后跟着那小卒慌忙迈步前往。比及小西到了庙前，那小卒已经将撒尿遇着大汉的话，先对众寇说了。那时杉高尖想对子，想的又羞又气，正然无法可施，忽听小卒如此这般一说，他便趁这机会，拉开了回钩儿咧！众寇俱未开言，他先一声怪叫：“哎哟，哪里来的狗男女，敢来此处窥探？”

且说好汉心中拿定主意，进庙去看风使船，忽见先前进庙的那个人跑出来，见好汉已在庙前站着，便叫道：“呔！你这厮做什么？来在我们这里张望。我们寨主已经知道，叫我传你进去，有话问你。我认你还在树下偷看呢！敢则自己投来。很好，看你倒是根棒子，还带着不怕死。”好汉听了，未及开言。那些庙前的众卒乱说道：“好好好！他自来在这里找他伙计的。这不是正央及着我们给他禀报呢？我们想着留他一条生路，劝他逃出，他还扭着性不肯。幸而莫叫他跑了。原来你对大王们说咧！你快带他进去，我们也不私做这主意了。他说‘生死情愿同伙计一处！’看来却倒是个耿耿朋友。进去罢！回来给你肚子上大大的拉一道口子，把心摘出来，再叫你波罗里①睡觉。”这些小卒狗仗人势，认好汉是那贪生怕死之徒，并不放在眼里，故说这几句谐话。好汉想着他们都是无能之辈，空长着眼睛，不过是个配搭，那里能认出石中璞玉，人中豪杰来。所以按捺风火之性，任凭他们乱道，总是假意带笑。说道：“借仗众位，领我进去一看，见见寨主的尊容。再者，会会我那伙计之面。生死存亡，无的可怨。”只听先前那小卒说道：“你不用忙，有屁股何愁挨打？待我领你进去。”说罢，那小卒在前引路，好汉紧随在后，进了庙门。那小卒说：“你先在此略站，待我禀明众家寨主，说你为找伙计来的。凭你的造化，听我们大王令下。”

小卒说罢，奔到殿阶之下，又如彼如此，大声回禀了一次。却说那众寇自派小卒儿出庙之后，你言我语，都在一处等看来人什么光景。如今听小卒儿说，是为找伙计前来，众寇便知与那柱上绑的是同伙儿，登时就恼了，几个吩咐道：“你们须要小心看守前后，休叫那厮跑了。快叫他前来！”小卒连忙答应。此时好汉就在庙门，俱听明白，并不言语。只听那小卒嚷道：“那只孤雁，我大王有令，唤你近前。”此时好汉真是将火性压了又压，心想既到此处，遭此事，遇此人，不得不低一低头，遂昂然往前

---

① 波罗里——众卒口误，应为“波罗蜜”。梵语，意译为“到彼岸”。

厅走。众寇一起闪目观瞧，但见一人穿着随身便衣，买卖人打扮，年纪约二十多岁，紫膛面色，齿白唇红，膀窄腰圆，身体雄壮；赤手空拳，并无一毫惊惧，大摇大摆，带笑往里直走。毕竟不知小西进去没有，且听下回分解。

第一一〇回

施贤臣被绑明柱　关义士独闯贼巢

话说小西撂下取来的凉水，从庙外墙缺，瞧见老爷在明柱绑着，心下着急。走到庙门口，听了会子消息，遂大摇大摆，赤手空拳，走将进去，众寇看见小西一人，赤手空拳进庙，毫无惧色，齐都观看。

不言众寇观瞧好汉，单言施公自从被绑，虽说一心等死，心内却也想着求生，正在暗祝。那名盗寇对字答不上来，耳轮内忽听小卒禀报，说是庙外柳树下有人探视。贤臣听了，知是小西，腹内暗中念佛。以后又听那名盗寇，要拿兵刃出去寻找，心中不觉又是惊恐，唯恐小西也被他等擒来，那就可无点盼望了。及听到众寇拦住，不叫去找，只命小卒将他唤来，贤臣遂又将心略略放下。却仍是暗自沉吟，想着神圣保佑；救命星虽说来到，就只一件，怕是他不能计出万全，仍是吉凶两可，不能预定准脱此祸。常言寡不敌众，这许多盗寇，小西一人，焉能阻挡？但愿想出个奇妙之计，那还可免遭擒之患。倘要被他们捉住，或是孤身空手撞来，纵有些艺业，一人难当那众手。贤臣正在思想，无奈心中左右旋转。只见报事的那小卒，从庙外回来，对众寇禀说："树下那只孤雁，是为前来寻找同伙的伙计而来。现在庙前，情愿进来，要见寨主。我已将他带进庙门，望大王等示下。"贤臣见众寇皆嗔怒，听说叫那小卒带进来，又听小卒答应，传唤之声，贤臣也就连忙偷眼细看。不看便罢，一看见是好汉，倒不由得心下着忙，吃这一惊更是不小。肚里暗说：“哎哟！小西你太粗率，为何器械不备，寸铁不持，便遽而闯进庙来。倘若与众寇变起脸来，如何遮挡？你分明不是前来找我，却是自来送死。”贤臣急得心中乱跳，二目如灯，又是怨恨，又是惊怕，瞧着好汉，暗暗叫苦不绝。

且说好汉关小西，随着小卒往前行走，心内虽是着急，外面不带声色，竟如无事一般。偷眼看了看绑的贤臣，那残疾身子，仍然乱动。知道不曾伤了性命，心里念佛，暗说：“这还罢了！幸而不曾粗鲁，以致误事。看这光景，只得用柔，凭我的嘴巧舌辩。”想罢，又暗瞧众寇，高矮肥瘦，虽是不同的体貌，却都狰狞健壮。一个个肋下悬带利刃，面上含着嗔怒。好汉看罢暗道：“今日吉凶，定在两可。我关某但凭我们主仆之命便了！”好汉拿定主意，故装作老实之状。只见小卒往前，对着众寇打千儿，说道：“禀报众位寨主，孤雁捉到，请示吩咐。”众寇一摆手，小卒转身，退在一旁。好汉此时随着进前，假意礼貌，满面带笑，把手一拱，口称：“众位寨主爷在上，过客有礼。望众位包容一二！”从来做好汉的，不肯屈膝强寇，这正是用那不卑不亢的礼数，一者不致激怒众寇；二者使众寇也不敢轻视。却说好汉对众寇说罢，不慌不忙，安安稳稳，站在一旁。那些众寇见好汉正在面前，有那和平的，看了这一番英雄光景，单身前来，就知不是个酒囊饭袋，心中便生喜爱；有那粗俗混浊的，未免动气，一声怒喊：“呔！你这厮真乃胆大包天。见了大王爷，不肯下跪，你还说有礼咧！你有礼，大王爷没礼？你既胆大前来寻死，要不叫你瞧个厉害，你也不知大王爷的手段：能摘人心，能喝人血！”说着掩袖磨拳，奔好汉就要动手。

此时那亚油墩李四，也看出好汉胆量过人，明知伙计入了虎穴，胆敢硬来寻索，必定有勇有义，不同寻常之人。因此连忙上前相劝道：“众位弟兄，暂且住手，先问问他。他既来问咱们要人，就是老虎口里夺脱骨。看这光景，必定有些武艺，当为先叫他施展施展，老爷们瞧瞧。果然也好，算他是个棒子，也有个交头儿，也免得我们绿林闭塞住了，往后叫那些英雄好汉闻名，好来入伙。你们想他要无惊人艺业，必不敢擅自进庙，自投死路。这也用不着动那真气。看他不过是笼中鸟，网内鱼一般。”那几个盗寇听罢亚油墩所言，还是带着气愤答道：“如此便宜这厮，且叫他多活一刻，料他插翅也飞不去。咱们就看看他的本事。可也是呀！一人敢来寻找伙计，也算有他的黑蛤蟆①！”众寇只顾你言我语，贤臣听着，暗暗念佛，说道：“这还许有点指望儿，小西的单刀，我是见过的，倒也很可以的。但不知他事到临头，未识怎样？”贤臣想到这里，却又担惊起来。只听那几个盗寇，复又一起大叫：“呔！那厮休要推睡里梦里！大王爷说了会子，你是怎么样罢？也不用尽自发愣咧！你既敢来找着伙伴，你说说有什么本领，讲究讲究，叫大王爷爷听听。”

好汉站在旁边，将众寇所言所行，俱看的明白，记在心中。总想着以柔取胜，好慢慢地看事行事，所以不透半点气怒。今见

---

① 黑蛤蟆——江湖黑话。指胆，胆通常呈紫黑色。

众寇这等追问，连忙抱拳，复又赔笑，口尊："寨主，不劳发动虎威，从容且再听小人奉禀：在下并非此处居住，乃是山西太原府人氏。只因在京贸易；搭的伙计，他是北京顺天人。只因我俩茂州置货，路过此处，在庙歇息。我去取水，回来才知他冲撞众位寨主。但求爷台，怜他家有双亲，年老无靠，赦其冒犯之罪。使我两人同来同去，免得小人不好回去见他二亲。倘若伙计命丧此地，北京亲友，必说小人暗行谋害。故此斗胆前来，叩恳众位寨主爷开恩饶放这个残疾之人。我二人果得生还，回去必要早晚焚香，暗祝众位大王爷，增财多寿。"言毕，复又弯腰，深深打了一躬。

众寇听罢好汉之言，登时发怒，高声喊道："呔！你这厮快快住口，不必弄这巧言。谁问你这些家常话来？唠唠叨叨的，信口胡诌。谁有那些工夫听你的闲话。真欲立刻要你的活命！爷赏脸问你的是正经话。是要会武艺，你就立时出现出现，我们看看，要不懂什么，那也就不必说咧！叫我们人将你绑上，一并诛死。你也不必含怨。你想唠叨会子，难道就算咧！快说罢！"好汉见问，复又勉强回答道："众家寨主请息威怒，要问小人的武艺，在众位寨主面前，不敢言会，不过略知一二。"亚油墩李四闻听说："我知道你必是个挠儿赛①！算计着你不会武艺，你也不敢独自进庙。你说罢，会使哪宗兵器，咱们好比并②比并。"好汉说："寨主要问小人准会哪宗，却是二九十八般兵刃，都晓得些。"不知好汉性命如何，且听下回分解。

---

① 挠儿赛——江湖黑话。翘着大拇指夸："好样的！"
② 比并——比试较量武艺。

第一一一回

关小西轻冒锋刃　施按院暗惊魂魄

且说那名盗寇扯出一把锋快的攮子，大喊道：“呔！那厮你既常走江湖，可知道孤雁前来撞虎，用攮子扎肉试胆。今日也无酒席，有把空攮子叫你试试，你可敢应么？”表过小西，本是门里①出身，又在年轻力壮，有心防备，不允，又怕众寇看轻了，故意把手自行倒背带笑说：“既承寨主赐光，何敢不领？”说罢只管将口张开，却目不转睛，留心瞅着贼人那把攮子来得是好意歹意。暗想：若是有心要命，那攮子必奔致命之处，一觉来得力猛，也就不肯留情，暗使办法闪躲开了，再与他们破命相撞；若觉来得不是歹意，那就另作一番举动。此乃好汉心里算计的。今见盗寇的攮子，果然来得不恶，一直奔嘴。所以好汉背着手，张着口，等着锋刃来到，浑身一攒劲，牙对牙巧力咬住；两眼却仍不住的瞋瞧着他，怎样用力。众寇本是心爱好汉，为试他胆量，若要安心要命，枪刀并举，一起拥上，任凭你有拨天本领，也是枉然。好汉把攮子咬住，众寇也有喝彩的，也有赞念的，走上前去，叫声：“老弟回手罢！这人胆量大，有英雄气概，不枉久闯江湖。果真再有出奇艺业，邀他入伙，又济一只膀臂。”

---

① 门里——指绿林行家。门外则是指绿林行外的人。

单说贤臣绑在柱上，见小西空手进庙，心里已觉着忙，今又见盗寇拿着攮子，直奔好汉，好汉并不防，反倒背手站立等候，更觉惊神失色。腹内想："罢咧！罢咧！不用说，一攮子扎个双关透，先收拾了他，然后再收拾我定咧。"及略一定神，但见那好汉已将攮子咬住，看罢倒吓了一身冷汗。暗道："够了够了！不料小西有这等惊人的武艺。看起来先前倒是我的过错。就据这样，总算好汉之中，出类拔萃。少时就敌不住众寇，施某虽死无怨。"

不表贤臣暗中称赞，且说那拿攮子的强盗，瞧得明白，见好汉咬住刀尖，脸上全无惧色，不由得心中也觉佩服。又听同伙多有夸奖之声，说是要约他入伙，劝着回手，只得连忙抽利刃。好汉把嘴一松，那盗寇撤回攮子，插在鞘内。大叫一声："众家弟兄，这位朋友真是罢了！就不知武艺怎样？"那名盗寇，话未说完，忽见又有一寇不服气，嚷道："你们何必长他人威风，灭自己志气！只咬攮子，又何足为奇？他既说十八般兵器都会，问他熟习哪宗？待我与他见个高低，分个左右。"一面说的，大声喊道："呔！那厮还敢来与你大王爷比并几合？"

却说好汉张口松了利刃，正听众寇互相赞美。又猛听一寇怒声大叱，连忙抬头一看：只见那人年约二旬，白面无须，身形壮伟，那等高傲样儿，远出相外，此人姓刘名虎，外号儿人称小银枪刘老鼠。自幼学习罗家枪法，使一根短戟杆，果然武艺出众，所以他专要来与好汉较量。且说好汉见盗寇刘虎说着就走至墙根，一伸手抓起他惯用的那杆枪来，扯去布袋，掖在腰内，拉开架式，走了个过门。又望着好汉，把手中枪一抖，只见枪尖上有许大的一块光华，射人二目。只听他大叫：“那厮快来比并！不然，你大王爷先就刺你三枪。”好汉闻听，连忙抱拳，赔笑中尊声：“寨主停手，我有几句浊言奉禀，万望众位海量见纳。小弟不过微浅艺业，焉敢与寨主较短论长？常言说‘班门弄斧’，太不知分量。今日怎敢在圣人面前来卖孝经？再者，古人说：‘刀枪无眼’。到那时倘要失了手，寨主伤了我们，可怜我们是他乡在外；要伤了寨主，我们更是担罪不起。还求寨主高抬贵手，饶放伙伴，免得他一门老幼，把眼望穿。若说比武，小弟愚蒙，实恐一时有伤尊驾。”说着仍是带笑打躬。

那盗寇刘虎听了，登时怒喊：“呔！你这厮不必在大王眼前闹这习就的利口。这里有的是兵器，任你拣择。大王到底试试你的本领。再要唠叨，大王这杆枪便是你的对命！”说着拧枪便要刺去。好汉一见着忙说：“寨主暂且停了。既承吩咐，情愿遵命。就是倘有不到之处，众位休得见笑。”嘴内虽然答应，腹内就知不妥。暗说：“罢了！罢了！这一比试，定是凶多吉少。”复又偷看贤臣：但见老爷面带惊惶，目不转睛地瞧他。好汉看罢，心如刀搅，暗暗叫苦说：“恩公啊！咱这性命只在旦夕。果然神天保佑，小的万一治伏众寇，咱主仆便可死里逃生；倘或众寇都动起手来，那就难保胜败。”好汉顷刻急得汗流满面，愁思无计，只得把心一横，暗说：“迟会子也是无用。”遂无笑带笑，口尊：“寨主不要动气，我既致意哀怜，寨主不容小的，只得斗胆献丑。但是寨主的兵刃，却不敢擅用。我有随身一口单刀，现在腰间，容我取出，与众位过目。”言罢回手，从腰中解下一条搭膊，取出那口刀来，先拿在手内；复又将腰紧好。然后去了裹刀那块青绢，使个怀中抱月的架式，抱定宝刀，好汉一晃在手。你看那等英雄气概，足使群寇钦佩，何见之，有西江月单赞小西捧刀之妙：

本是家传至宝，倭铁折就吹毛。

能工巧匠细锤敲，刀柄有把无鞘。

利刃挥动头落，上将一见魂消。

霞光闪铄助英豪，捧定专候比较。

常言说灵利不过光棍，先前关小西见施公被绑，命悬呼吸，一进庙门，何等的谦恭，那时惟怕众寇恼怒，所以用那一派的忍劲。及至央求会子，总是枉然，也便不肯竟用柔和，打算生死凭命一撞。今又见兵器到手，直似杀星附体一般，那等柔弱之话，一念全无。雄赳赳地昂然站立，抱着刀大声喊道：“哪位前来与我见个胜负!”好汉说罢，小银枪刘虎说是：“那厮不必再问，大王已久候多时，快来比并!”说着便急急地把枪展开。不知胜败如何，且听下回分解。

第一一二回

小银枪鏖战关太　众绿林箭射施公

话说众寇见小西轻冒刀锋，张口咬住利刃，个个喝彩，都说倒是硬汉子，不愧久闯江湖。盗寇内中惟小银枪刘虎不服，要与小西比试比试。小西也就亮出刀来，一个箭步，蹿出殿来，抢了个正上首，二人即便交锋。小西招架着，眼内留神：只见那寇来回蹿跳腾挪。此时众寇观瞧，俱鼓掌欢笑，夸奖刘虎枪法精通。那知施公听着，却似冒了真魂。暗说："你哪里知道我施某命尽贼手，前途再不能与你见面。"施公只听众寇贼乱嚷，所以心中害怕。那些众寇都认着好汉武艺不济，未看出用的是诓军之计，所以欢喜。无能之辈，心中藐视，蹿蹦跳跃，尽力地奋勇争先。大抵人生全仗父精母血，凡先天足壮的自不同先天单弱的。别的传奇一说比武交战，不是杀三昼夜不吃饭，便是杀两昼夜不离鞍这等荒唐之言，慢说人无那样精神，大约马也难说不饿。不表。

且说刘虎与关小西战约食顷，把刘虎累得筋麻力竭，声如牛喘，急得两眼都红咧！又怕伤脸，虽然气力不济，还不肯认输，喊叫如雷，勉强着拧枪上撞。好汉早已见出他那番意思，暗骂道："好强盗！你也有力软身份，看我怎么收拾你个样儿。"想罢，将刀慢慢展开，更了门路，闪砍劈剁，上下翻飞，行东就西，引得刘虎满院里来回奔走。众寇见他不能取胜，俱急得搓手。好汉一边智战，心中暗度："我只管与他这样比较，何时是了？有如生个方法，败中取胜，也不伤他，只想他出丑。"想定主意，故漏一空。小银枪不知是计，心里大悦，把枪一弹，照着好汉一直刺去，眼看枪尖离身不远，众寇又齐声喊道："好哇！到底刘寨主的枪法无敌呀！"施公一听，连忙抬头观看，心中乱跳，说："不好，小西之命休矣！"展眼之间，忽见好汉使了个黄龙翻身的进步，那枪尖从脊背上擦将过去，刺空从左肋扎过。单说好汉让过枪尖，不肯容强盗称能，急忙跟进一步，大声嚷道："寨主看刀！"那刘虎正在将枪刺空，一时难以抽回招架，忽听一喊，那刀已到头上。你看他把枪往地下一扔，脖一伸，大叫道："我不要这命咧！你砍罢！"呼吸呼吸，发喘不止。好汉见刘虎撒赖，忙把利刃抽回，叫声："寨主，只不过取笑而已。在下吃了熊心豹胆，不敢有伤尊驾。"小银枪闻听，羞得面红过耳，复又歇了片时，方才屈腰将枪抬起，立在原处，将那豪横之气，减去大半。眼望着好汉，对众寇说道："这位朋友的刀法，真是罢了！称得起江湖好汉。众位老哥儿们，休要轻视这人的武艺，总算数一数二的份儿。我今在众哥们跟前，先使个礼儿，看我份上，放了那个绑的孤雁，叫他们伙计二人去罢！这样的汉子，日后作个宾朋相识，也不辱没咱们绿林的名气。"

刘虎说罢，众寇似乎有些不愿。亚油墩李四说道："今日咱们遇着硬风，幸而邀出大寨主，得了这注资财，从此之后，他还是洗手不干。今日我瞧这人的武艺，却倒不错。常言说：'捉虎容易放虎难。'要是轻易将他放了，传扬出去，说咱们败在他的手内，未免这话不大好听。依我说，还是劝他入伙为是。一来免他在外传说；二来免得害伤人命；三来添上他作个膀臂，日后再遇硬风，自然无惧。”众寇听说，齐声道：“好！但有一件，只怕他不允。”李四说：“只须如此这般，管叫他坠入计中。”众寇商议停妥，一起来至殿前，把殿门堵住，一个个带笑说：“朋友，不知你贵姓高名？问明了你，咱们公同商议件事，管保大喜。”好汉不知众寇什么主意，听罢连忙抱刀赔笑，口尊：“寨主饶放我们二人，就是天大的造化。要问贱名，姓关名小西，不知寨主说的喜从何来?”亚油墩先说道：“并非别事，只因我们现有十七位同伙，打算圆成十八罗汉之数。今见你是个朋友，我们心里想着邀你入伙。”小西故意满面堆欢，叫声：“众位！既然抬爱，小弟慢说入伙，纵然牵马执鞭，也愿相从。只有一件，须将我这伙伴送回北京，叫他父子、夫妻相见，然后我再回来，任凭东西南北，随着众位，我心才安。”亚油墩说道：“朋友，你不必胡思乱想，从不从在你。实告诉你罢，绿林的规矩，起义时须要三牲①福礼，纸马飞空，人人都把中指刺破血滴碗内，斟上酒搅开，大家盟誓，挨次而饮。如今也不用费那些事，只要你自己刺破中指，盟心发誓，我们才信你是真心。”好汉听了这番言词，又对众寇说道：“我关小西从不欺心。寨主如果放出我等，绝不失信，如叫在下此刻滴血设誓，这件事纵舍残生，不能从命。常言说：‘爱之欲其生，恶之欲其死。’”

众寇听说好汉不肯入伙，登时大怒。齐说道：“四哥，不用任他唠叨了，合该他两命已尽。”言罢，齐拉兵刃，堵住三义庙

① 三牲——古代用于祭祀的牛、羊、猪。

门。又有几个早走出庙外，从树上把四付撒袋取下，挂在腰间，复进来站在庙前。一个个擎弓在手。好汉听众寇说要用箭相射，心中大怒。暗骂："这一群可恶强徒！我若非恩公累手，你们的弓箭何足惧哉？杀条血路，便可闯出重围。"想罢大声喊道："哎呀！罢了！罢了！大丈夫生而何欢，死而何惧。纵然射死，不落臭名。"众寇听见好汉这等大叫，一起说道："四哥他既愿死，说不得先射他几箭。"说罢那持兵刃的盗寇，往两旁一闪。只听嗖嗖嗖雕翎乱响，箭如飞蝗，照着好汉一直射去。表过贼人十七名，各样兵器虽然皆有，却只四付撒袋。好汉见贼人射得甚是凶勇，恐其伤着施公，连忙站立施公之前，挡住老爷的身体。手舞单刀，打的那箭满殿乱飞。此时施公吓得面如金纸，叫声："壮士！你不用顾我了，我死尽忠，理之当然，不可带累于你。依我看来，你有这口单刀，足可杀出，快快逃命要紧，莫误报信。"小西听了老爷一席话，好似万刀攒心，忙乱之间，不觉失声大叫："哎哟！老爷说哪里话来？小的报恩主，虽死无恨。"好汉说着，挥动单刀，遮前挡后，全无半点忧容。

却说亚油墩李四，听见好汉喊的称呼不对，即刻吩咐众寇止住弓箭。说道"众位哥儿们，你等听见了他俩的言语前后不符，先前这只野熊与那孤雁伙计相称，方才又叫恩主。其中定有缘故，令人可疑，须要问明白，免得误事。"说罢，望着好汉说道："朋友！听你的说话有些差异，头里你既说是伙计，怎么此时又称主仆？你须要说实话。"亚油墩话未说完，好汉怒不可遏，大叫一声："呔！众强盗，从来大丈夫不能更名改姓。你们既追情弊，实告你们罢！那绑上柱的，乃是皇上钦命的仓场总督，只因到山东放赈，我家老爷，是赤胆忠心，扮作客商，沿路私访民间冤枉。现今接了许多状词，专等赈济回来，与民判白。不幸走到此处，被尔等所绑。我家老爷姓施，做过江都知县，大料尔等不能不知。如今你们放了我们主仆，万事俱休；倘要痴迷不醒，害了我们主仆，将来动了官兵，叫你们俱遭横死！”

众寇当日闻施公在江都县，志断十二家盗寇，人人知晓。如今众寇听了关小西之言，个个想起旧恨。亚油墩李四先就一声怪叫：“啊！众家兄弟，你听明白了！咱们也不必叫他入伙咧！也不用往下再问咧！快快开弓放箭，要了他俩的命罢！要是放了他，久闻施不全最奸诈，倘若负恩怀仇，只怕咱们必有后患。”众寇闻听，齐说有理，一起开弓放箭，复又唰唰唰一阵乱射。常言说“一任重瞳①勇，难敌万刃锋”，好汉那口单刀，虽说抡开可挡乱箭，只是一口刀不能护卫两人；好汉顾了贤臣，顾不了自己。一见众寇箭如雨点，不禁圆睁二目，热汗直倾。心中着急，一散神，猛听吧的一声，左膀上中了一箭，好汉疼了个半边膀子发麻。施公看罢，心似油烹，大睁双睛，候着等死。

主仆正在急迫，忽见一名小卒，咕咚咕咚，如飞跑上殿来，口中大嚷：“报与众家寨主得知，现有大寨主的马，看看来到。”众寇听罢，亚油墩说道：“众位哥们暂且住手，迎接大哥进庙要紧。”说罢，十七名盗寇，留下一半，各持兵刃，阻住殿门，那几个一拥出庙。不知果系何人，众寇那等敬服。要知端的，且听下回分解。

① 重（chóng）瞳——目有二瞳子，相法上指超凡之人。

第一一三回

飞山虎喝退群伙　众草寇拜叩大人

话说好汉关小西，正要舍命搭救贤臣，忽听有人喊声，侧目一看，只见从庙外进来几人，内中有一为首者，未曾见过，暗说："这必是众寇迎接的大寨主，但不知他嚷'刀下留人'，所因何故？"正自不解。又听与他交锋的那几名盗寇，大声嚷道："老哥们快来，这只野熊蹿出殿外，与我们动手。我们竟有些'耗子啃旗杆——吃不躺'咧！快来帮着共擒那人。"好汉心内游疑。忽见那为首的走进前来，大声说道："兄弟们不要动手，我有话讲。"又对他含笑说道："朋友！你也住手，我有道理。"众寇闻听，一起止住器械，好汉只得站在一旁。众公你道来的此人是谁？正是飞山虎贺天保，暂且不表。

且说贤臣听说那名盗寇，先要杀他，正在等死。耳内忽听熟人讲话，偷眼观瞧，那人甚是面善，暗道："莫非是贺天保么？果然是他，吾命生矣。是不是叫他一声。"凡人最怕到急难之处，此时贤臣竟顾不得羞耻，说是："来者可是贺寨主么？"飞山虎闻听，连忙举目，只见绑的果是贤臣。一面答应，走到近前，亲身解去绳绑，吩咐小卒，取过衣服，给贤臣披上。又叫取被套，让贤臣坐定。扭项对众寇说道："众家兄弟，大家快来请罪！"施公再三推辞。贺天保道："老爷若不受我等之拜，他们也不放心。

老爷必定有挂怀之处。他们擅绑老爷，罪该万死！只求老爷开恩，我等赔礼。”施公料难推脱，只得应允。贺天保率领众寇，一起拜倒叩头。众寇俱不敢违拗。拜罢，站在两旁——众公你道飞山虎为何这等尊敬施公？只因素与黄天霸八拜之交，总要成全他黄老兄弟，叫人看着江湖义气深重。

且说贤臣受拜已毕，说了几句谦词，连忙叫声：“小西，快来相见。”此时壮士站在殿外，俱已听见老爷呼唤，连忙往里行走。贤臣叫他二人相见，关小西道：“久闻恩公讲说仁兄乃当世英雄，今幸相见。”贺天保道：“不敢！不敢！此乃老爷过奖之言。”彼此礼毕。贤臣道：“众位寨主，俱各坐下，有话好讲。”众人一起就地而坐。贺天保笑说道：“小人与老爷别后，贤公进京引见，自然位极人臣，官居极品。但不知这样打扮，从何处起身，又往那里访事？不知为何故入此庙，叫老爷受此一惊？仔细想来，皆是贺天保之罪。”贤臣听罢，说声：“不敢。”随着又将前事大概说了一遍，“今幸遇寨主，施某得了活命。但有句不知进退的话，请问壮士，休得嗔怪。今日众位饱载而归，不识从哪条路得来的买卖？”飞山虎见问，并不隐瞒，即将从郑州道上，打劫富商，告诉贤臣。施公听了，带笑叫声：“贺义士！你可记得关家堡同黄壮士救施某之后，你说过的话呀？那时因施某官卑，恐怕招摇耳目，未曾叫义士相随。你亲口说过，弃却绿林，候着施某进步，下书相邀；为的是久后挣个功名，轰轰烈烈。不料贺义士答不应口，复又拾起这个营生。大丈夫生于世上，应当全信，方是英雄。”

贺天保听到此处，不等施公话完，叫声：“老爷有所不知。

小人虽然不是奇男子，却也自负是个人物，绝不敢无信。”说着遂将别后之事、并这次为全江湖之义，实非入伙的话，也对贤臣说知。施公听罢，知义士不肯撒谎，点头说道：“义士，你与众位，自是不同。施某此去山东放赈，正在用人。今义士若肯相随，立几件功劳，施某定然启奏当今主上重用。豪杰自不愁身荣贵显，一来施某可报救命之恩；二来可全始终之信。不知义士心下如何？”贺天保听说，叫他随往山东放粮，忽然想起一事，暗吃一惊。

此是为何？皆因山东有座大芽山，列国时出了一位好汉，姓柳名展雄，曾在那座山上聚草屯粮，招军买马，故名红雀山。杀上邦封赠不受，杀下邦让位不坐，名闻天下。到了大清，那山上又出了两个小芽儿，虽说未成大事，也算山东的一宗祸害：一名于六，绰号儿赛袁达，手使一柄亚靶枪，甚是厉害，习就的飞抓，可以败中取胜；一名于七，外号小野龙，生来的心性灵巧，使两把铜锤，一柄软鞭，施展开人难招架；有一个谋士，名为方小嘴，颇有智略，外号人称赛姜公。只因那年山东大荒，他三人为首，招集了数百无籍之徒，隐在大芽山圈之内，时常出来作乱。本处官员，自保前程，不肯呈报，竟至任意抢夺商民。贺天保乃是南方一带豪杰，虽然不作绿林，久知此事。今听施公之言，猛然想到将来赈米一至，难保这伙人不生搅扰，所以心中着忙，急将此话对施公说了一遍。施公听罢，又惊又恨：惊的是到了山东，一时间防备不到，皇粮有失，其祸不小；恨的是本处官员，有此大盗，推聋装哑，不趁微嫩之时速治，到了盘根固蒂，欲治不能，致使倾害黎庶，搅乱村庄。如今幸遇贺天保，得闻其事，不然，真受其害，怎么回京交旨，老佛爷岂不嗔怪？看来这事非带着贺天保前去，不能放心。想罢，复带笑叫声："义士，你可知常言说：'猛虎不吃回头食。'适才施某对你说的一片话语，你是怎么样呢？你要果然跟我前去，据施某看于六、于七，不过疥癣之疾，容易擒灭。"施公说后，不知贺天保随与不随，且看下回分解。

第一一四回

贺义士随往山左　施钦差宿住济南

话说施公听贺义士所说于六、于七等在山东作乱一片言词，带笑开言说："据施某看于六、于七，猫贼鼠辈，不足为患。义士你若不符前言，就算是失信；不然，就是怕山东于六、于七，不愿跟随施某前去放粮。"看官，这是施公怕贺天保不去，故用话激他。贺天保听了，果然又羞又恼：羞的是再入绿林被施公撞见，面上觉着发羞，无地自容；恼的是施公说他怕于六、于七，羞恼交加，大声说道："老爷若提当初之话，他们也俱不知所行。今日说个明白，叫众位听听。"你看他带着气，滔滔的将初遇施公，及看黄天霸弃邪归正，他要相随，未得如愿，当时说过"后会有期"的话，又对着众人说了一遍："要不是众位说是达官扎手，再三请我相帮，贺天保怎肯又行此道？可巧被老爷撞见，不是失信，也是失信。方才老爷说吾惧怕山东于六、于七，不敢跟去，岂不可笑么？为今虽赴汤蹈火，就死在山东，我也是去定咧！我也不管众位哥们怎么个主意，我只得跟着大人，洗清了贺天保不是贪生失信之人。"众寇见天保这等重信，又见施公爱惜英雄，都愿改邪归正。齐说道："天保既然跟着大人，我等情愿一同与老爷牵马坠镫。"

施公见贺天保已经允从，心中暗喜，带笑说道："众位寨主，论理施某当奉请相帮。奈众位现在劫夺客商，他等失了金银，必要到州县禀报。倘若动了详文，说是钦差带着强盗，恐其中大有不便。施某放米回京，再行相邀。”贺天保知道施公是推托他们，听罢此话，叫声：“老爷，既然不带他们，小人就有一难事，请老爷示下。”贤臣不解其意，忙问：“壮士，有何难事？快些说来。”贺天保道：“劫来这些资财，还是叫他们拿了去呀，老爷还是另有个主意呢？”贤臣这才明白，暗说贺天保这是要把重担子放在施某身上，我有道理。想罢，带笑叫声：“壮士，论理这些资财，很该叫他们分散。但这一件，被盗的商人，必往本处官府呈报。这文武官必差兵丁衙役，踩拿原案。日子一多，前程难保，也是不好。欲待把这些资财交与地方官，给还失主，众位寨主白辛苦一次，也是不好。若依施某，列位无回空之礼，多少叫他们拿点儿。我有方法赔补失主，失主得赃不究；列位也无后患，倒是两全其美。”贺天保听了施公这一片话，他也不管别人依与不依，口内连说：“使得。很好！很好！列位哥儿，你只当认了嫖赌罢！”亚油墩李四见飞山虎这等发落，说：“大哥少礼了。别说还有大人话，就大哥你说一声儿，谁敢不依？”贺天保闻听，满心欢喜，上前伸手解开褡裢，拿出了四封银子，递与李四道：“众家弟兄拿了去，作个盘费，大家好早离此地。”此时众寇见李四接了银子，人未免不得一样，也有愿意的，也有不愿的。虽然贤愚不等，只是皆惧飞山虎，敢怒而不敢言，一起站立两旁，候着贤臣的吩咐，好去分赃四散。

飞山虎与众寇正然说话，忽见一名小卒，往里飞跑，到了殿内。只听叫声：“众位寨主得知，庙外边来了好些人马，还有一乘大轿。”众寇闻听，疑是官兵前来捕盗，心中正自不定。只见施公开言，叫声：“关壮士，你出庙去看看，想必是施安行到此处。”关小西连忙答应，返身来至庙外一看，果是施安坐在轿内，放着轿帘；王殿臣、郭起凤众人围随。还有河间府的文武官员，也随在轿后，都是全副的执事，在前引路。关小西看罢，料众官不知就里，必须假作一番礼节，好掩众人耳目。往前紧跑几步，在轿前跪倒，口中说：“小的关太迎接大人。”

郭起凤、王殿臣一见关小西，就知老爷在此庙内，也不敢漏了形迹。在马上说：“起去，大人正要到此庙内行香。”好汉答应个是，平身站起，引着轿子，进了三义庙。众官先在庙外伺候。施安到了大殿，出轿留神，但见大人坐在殿上，居中两旁，有许多人围住。看罢不明何故，只得同着郭、王二人，上前行礼。郭起凤又将众官庙外伺候的话，禀明贤臣。施公吩咐取过衣服，更换好了，传出话去，与众官相见。霎时文武齐到大殿，按仪注行礼。仔细一瞧，坐轿的人，站在一旁，那丑陋不堪居中坐的，才是真正钦差。看罢暗暗吃惊，就知是大人假扮私访。众官正在心耽恐惧，忽听贤臣说道：“众位前来迎接本部堂①，我早来到此地。现今访着贵处多有盗案，不知众位知与不知？施某既是奉旨前来，少不得上本启奏。”河间府众官员见贤臣说他们地面不清，要提参，俱难免罪，未免心中害怕，个个控背躬身，口尊：“钦差大人，卑职一时疏忽，失于觉察。万望大人宽恕，卑职等再不敢覆蹈前辙。”贤臣闻听，复说道：“尔等自知己过，本部堂

① 部堂——中央各部院长官，称堂官。省级总督有兼兵部尚书衔的，也可自称“部堂”。

也不深究。但只一件，我想失盗之人，必不甘休，你们看那地上，放的就是原赃。内里短银二百两，你等须要补上，叫失主领去。再者，这些好汉，都愿弃邪归正，不敢为匪，你们不必再行追捕。某吩咐过他们离开此处。”众官听毕，齐声说道：“钦差大人格外施恩，卑职等遵命。”说罢，领着原赃各自回衙。后来果照施公所说，完了此案。众寇见河间府官员去后，也俱告辞而去，此话不表。

且说贺天保、郭起凤、王殿臣，大家通了名姓，见礼已毕。伺候贤臣坐上大轿，他们俱各乘马随行。沿路上按着站道，有官员迎送，甚是威风。夜住晓行，不多几日，到了山东境内。贤臣在轿内，用目观看，店道村庄，甚是荒凉可惨。看罢，点头暗叹：“幸而老佛爷龙恩深重，不然这等年景，此处之民，何以全生?”一面暗想，离着济南省城不远，只看文武官员，郊外迎接。贤臣吩咐进城，不多时，到了公馆。文武官递了手本职名。贤臣叫暂且退去，次日相会。当下施公与贺天保等，用饭已毕，安歇一夜。到了清晨，施安伺候，贤臣净面用茶更衣。

此时文武齐到公馆相候，只听炮响三声，奏起音乐，内丁请大人升堂。贤臣出厅，升了公座，众官进见，行礼已毕，分左右侍立，候钦差示下。贤臣一一接见。先将老佛爷之恩，对众官颂扬了一遍。随后带笑问道：“此处这样年岁，幸而人心安靖，盗贼不生。将来河粮运到，大概不用防范，也可放心。”济南府众官，不知贤臣暗中访明白，是以话套话。听罢一起控背躬身，尊声：“钦差大人，将来拨运皇粮，须得加紧防守。此处有一大患，闹得甚凶。”如此如彼，对施公未曾说完，贤臣大加嗔怒说：“尔等这些言语，还竟敢对着本部堂讲说。施某早已知道！这伙贼匪，闹的凶恶。众位既怕呈报，有干罪名。本部堂不敢徇隐，明日只好飞章入奏。众位休怨施某无情。”不知后事如何，且听下回分解。

第一一五回

飞山虎行路遇险　施贤臣寓店逢贼

且说这些官员，甚觉无趣，面面相观，只得散出公馆，各自回衙，耽惊害怕不表。施公回至后面书房，叫人看坐。令天保、小西、殿臣、起凤等，一同落座，有话商议。四人告坐。贤臣带笑望天保说道："义士，如粮船来到，时至放赈，倘于六、于七真来搅乱皇粮，若有疏失，如何是好？"天保见施公有难色，随说道："此事大人不必为难，小人保举一人，可保无事。"施公闻言，忙问何人。贺天保说道："要降服于六、于七者，必得复请黄天霸出世。若论黄天霸本事，乃是祖传武艺，比我等强盛百倍，他乃是心直气爽。"施公说："烦贺壮士同往如何？"天保说："大人若不弃小人，情愿效劳。"施公吩咐殿臣，去外面访问粮船何日得到，王殿臣领命前去。大人又吩咐施安、郭起凤、关太："你等在公馆内，勿得泄漏。有人若问，就说施某身体不爽，等候痊愈，才出公馆。"安排已毕，一同天保更换衣服，扮作行客相似。被套盘费，应用物件，俱都装好。到了天交五鼓，吩咐备马十匹，命八人跟随，一同混出城去。只说有公事出城，各要小心。

施公吩咐已毕，王殿臣前来禀道，说："小人探访粮船，十日之外可到。"大人摆手，殿臣连忙站起。施公催促起身，王殿臣同亲随人等共八人跟着施公、贺天保出门。大众上马而去。施公与天保二马，匆匆行有二十余里，堪堪红日东升，清风凉爽。施公只是两眼望着遍野荒村，不住的长叹，说道："年岁饥荒，黎民涂炭。可恨赈济被那赃官污吏，俱是尽力私卖扣折，不顾民命，此皆酷吏虐民者也。纵不想阴骘，下民微贱，虽易虐命，对上苍造下罪孽，寿命不保，银钱何用？此乃迂之甚者也！"这是施公对景伤情，见得荒村寥落，民多面黄饥瘦，有感于官民之际，不觉发声长叹，原无意与天保言。天保闻言说道："想我等小辈，屈身于绿林，亦非本性，究竟是出不得已而为之。"施公闻言，自觉失言，安慰说："你们原无罪之民，所干系者小。再者，你们诸人，皆有向善之心，改过之念，转正破邪，即所谓安分者也，其功亦非浅鲜。且人孰无过，改之为贵。除恶安良，致君泽民之道，亦在其中矣！必当尽其力而为之，自有福荫子孙后世。今日若请得天霸来了时，那时是你奇功一件。施某得一膀臂，康熙老佛爷得一忠臣。保住皇粮，即万民得了全赈。"此时天已昏黑，不见村庄，只得往前行走。

约有数里之遥，偏北有一座漫洼，名叫张家洼，原是张虎、张豹兄弟二人。张虎少亡，只剩张豹一人，娶妻刁氏，自娘家跟他父兄，学了一身好武艺。论他拳脚，刀枪棍棒，也够八九。只是不守妇道，要讲穿吃玩耍。张豹本是务农，家中衣食丰足。自娶刁氏，日日教习枪棒，田园荒芜。张豹武艺学成，家业凋零。刁氏劝他开座劫客小店，有人投宿，夜间杀死，得些衣服行李，变卖度日。当时贺天保同施大人赶路，时至更深，正自心中焦灼，远远望见灯光，偏北不算甚远。天保与大人忙说道："前面必是村庄，暂且借宿一宵，明日再走。”大人在马上，蹾的身体瘫软，四肢无力，连说：“甚好。”主仆竟扑灯光而来，及至近前一看，不是村庄，只有一家草房数间，开了一个大门，两边白灰的墙，大书张家老店。贺天保下镫离鞍，下了坐骑，前来搀扶大人下马，转身上前叫门，说是行路人前来投宿。可惜施公忠正，天保义气，此一叫门，祸灾不小。此处好比当年的十字坡一般。正是：远方涉水，深浅不辨；异乡投宿，祸福不知。

且说店主张豹和刁氏，正在灯下饮酒，听得有人叫门，便觉喜从天降。张豹说：“来了！来了！我去开门，先瞧瞧肥瘦。”起身就走。刁氏怒道：“回来！你知道怎么瞧法？还有个住不住呢！你等我去看，自有主意。”张豹不敢多言，躲在旁首说：“你去看，你可别出大门。”刁氏说：“出门怎样？”张豹说：“你出门，怕你瞧着顺眼的，可就要不好。”刁氏说：“你不准我瞧，我偏偏要去瞧瞧。”

说罢点上灯笼，走到院中问道：“外面叫门的，可是住店的么？”贺天保听得妇女声音，心中有些不悦。只得问道：“你家可有男子么？”刁氏说：“没有，只我一人。”天保望施公说道：“没有男子，却不可住。”施公闻言，倒觉为难，也不答言。刁氏恐怕散了买卖，又连忙回道：“有呔！你快出来。”张豹连忙跑出，把住客人。施公前行，天保后面拉马进院。刁氏手执灯笼，说道：“客官爷们休要见怪，我们是两口子开店。他说：‘我伺候人不行。’我说：‘有客来，我独自伺候。’他说：‘这个不便，家有男人，客人岂不要问？’正说之间，贵客叫到，我叫他藏到一边，不许他出来。故此才说家中没有男子。偏遇客人是正大光明的君子，就要不住。我想着夤夜更深，道路难行，因此连忙叫他出来，好留贵客。”天保说：“既有男子，可都方便，不必多说。”

张豹早将马拴在挨墙的槽头之上，引客到了西厢房内，说：“就是这屋。”施公上炕里坐，天保坐在下面。刁氏赶紧端来一小盆净面水，说道：“客官洗脸罢。”大人在灯光之下，看那妇人，甚是凶恶，满面大麻子，宫粉涂了有钱厚，扫帚眉，母猪眼，巴掌似的大耳朵，蒜头鼻子紫又红，两膀宽厚，身体肥胖；绿布中衣，蓝布褂。施公说：“你家有男子，叫他来伺候，方才是理。”刁氏说：“客官不知，这是个偏僻小路，也没有多少行客，也雇不起伙计。我夫妻二人开此小店糊口，并无田产。因他在店内烧火，故此奴家前来伺候。”说罢自去。天保道：“这个动静，早已明白，列公他们如何瞒得绿林人的眼目。”欲待说破，又恐大人吃惊，无奈打开行李，把炕铺好，心中暗自留神，又不好说明，叫声：“老爷，这外面风景，车船店脚好心人稀少，到处都要小心。”说罢，张豹走进房来说道：“二位客官，用什么饭？这可是荒村野店，须得将就。”飞山虎灯下闪目，见那人彪形大身，一脸横肉，气相凶恶。看罢问道：“店主人贵姓？”店主人即回道：“在下姓张名豹，就恃此店度日。”贺天保说：“先把绿豆量几升，把马喂好。然后杀肥鸡二只，不论钱多钱少，明天再算账目，必不亏负于你。”

张豹前去，不多时拿进两只鸡子。天保自己动手，杀鸡添水，恐怕有别的毒药法术。张豹烧火，天保用话探听消息，说道：“店东，此地共有几家邻居？”张豹说：“只我一家。”天保说：“一家居此开店，岂不孤单？若有歹人住店，便怎么？”张豹说："本是祖居在此，父母、哥嫂去世，只剩我夫妻二人，故土难离。皆因年景不好，开店度日艰难，就有歹人，看我家穷，也不生心。"天保又问道："这里一灶二锅，这是何故？"张豹一惊，怕是问出破绽，有些不便，说道："一个锅台，安两口锅，不过省钱之法。这里做菜做饭，那里添水烧茶洗脸，就全有了，不过为省些柴草。"天保闻言，心中想道："别忙，少时必要搜出你的弊病来。"一面念叨着，想鸡肉必得，一伸手把锅盖掀起，一看果熟，便叫："张大哥，拿些盐来。"张豹把火止灭，取了一碟子盐，放在炕桌上。天保亲自动手，把鸡捞出，放在盘内，回手取出尖刀，将鸡拆开。他二人连吃带喝，施公用了不多，剩下的天保都将他吃尽，才叫张豹将家伙收拾下去。

天保道："我们不用什么东西。实告诉店东，我走乏了，也要早些歇息。"张豹自去。天保说："老爷请睡罢，我丢了东西，找着便睡。"施公不解其意，放倒身体自睡去。贺天保见大人睡下，又伸手把那个锅也捧下来，放在地下，掌灯细看，又惊又喜。乃是砌就的夹壁墙，隔开火道，那里任凭烧火多少，旁边总无烟气，也不热。往里看，却是黑暗的大窟窿。天保想道，此贼合该倒运。从此处上来一个，就杀一个。把锅搁上，将身倒在锅台上，手内拿着兵刃，竟等拿贼不表。

再说张豹回到自己住房，叫声："贤妻，今天来的这宗买卖虽好，只怕有些扎手。那残疾瘦羊，手到成功；那个肥的，只怕有些费事。"刁氏闻听说："你也知道买卖了。起初我也不给你出主意，做个营生，只怕你早就讨了饭了。你看行李马匹，都送到家来，你说倒是好哇不好？"张豹说："好是好，就是这个肥的，生成的雄壮，且又精细。咱们也得留神，别弄的发不成财，惹出大祸来。”且说张豹来到西房门口，但见里面有灯，知道未睡，即来叫门。天保早知其意，将门开放说：“你这才要去，为何又来?”张豹说：“方才忘了水瓢，故此又来惊动。”说着把屋里看了个遍，方才出去。天保复又将门关紧，来至大人面前，附耳低言，告诉施公，须得留神，且不可头向锅台，往里挪挪才好。随着用手将大人往里推了一推。施公虽不知他心意，料想也必有事。贺天保脱去长大的衣服，头向锅台，倒在那里，手执吹毛利刃，也是鼻鼾不止。要知如何拿法，且听下回分解。

第一一六回

刁氏女几年得利　张豹儿一旦被擒

且说张豹夫妻，二人商量动手。刁氏说："你看见肥羊在那边睡，瘦的在这里。"张豹说："肥的头冲着锅台，瘦的必在里面了。"刁氏说："你看真切，千万不可撒谎。"张豹忙说："我看准了，那有撒谎之理。"刁氏说："你快去把顺刀取出来，老娘好去办事。我再去听听动静如何。"遂蹑足潜行，来到西房窗棂外面窥听。听罢，又用手暗暗推门，门也紧闭。抽身回来说道："方才我听得明白，俱都睡熟，门户也是紧闭。老娘不得动手，你去从地沟进去，先拣肥的下手；剩下瘦的，我好试刀。两匹大马鞍韂，衣服褥套内，必然银钱不少。你要发财，就在今日。但有一件，你可在那肥的身上，多加小心方妥。"张豹见贺爷雄壮，又兼精细，早就怕在心里了，却又不敢明言。听得刁氏叫他在肥的身上多加小心，更觉着担惊，说："贤妻，从来咱们两口子度日，全是商量，你出主意，我无不从。今日你去杀那肥羊，瘦的你便一就势儿办了。你看如何呢？"刁氏闻言骂道："我把你这自在乌龟，你去忙置办酒菜，好给老娘庆功。"张豹答应，自去收拾。刁氏换了一身青衣，带上兵刃，入了地道。慢慢来至锅膛底下，伸手取过一个替身——何为替身？就是地沟一旁放着一个葫芦，大如人头，拿在手中，又往上走了几步。摸着锅底，轻轻把锅挪开，放在一边。不敢就出来，拿着替身，往上晃了几晃，蹲在一旁，听听动静。

且说施公在炕里头，口中打着呼声，眼不敢闭上。影影见锅台上有物件挪动，施公一大惊，心中也是乱跳。天保早看准了：如何挪锅，如何晃替身。想着暗笑：这是你爷爷办的旧招数，今天若不拿你们开张发市，枉为世间英雄。遂轻移身形，蹲倒挨墙，站立不动，圆睁二目。施公暗瞧天保离炕，心内着忙，身已无主，却也轻轻地起身，慢慢地挪到炕旮旯蹲着，口中仍不忘了打呼噜。且说那地道里面的刁氏，听了半刻的光景响声，暗自欢喜。手扒锅台，往上探身，听着打呼之声，由锅腔内抖身上来，轻移莲步，实指望临近，就是一刀，断送他们的性命。也是恶贯满盈，大数将终，他万没想到有人暗算。适才贺天保目不转睛，瞧定见他出了锅腔，未上两三步，贺爷把刀抡起，只听噗的一声，顶门上着了，脑浆迸裂，刀已落地，身子倒在尘埃。天保趁势又是一刀，结果了他的性命。将刀掖好，连忙打火点灯，低头来看，果是那个恶妇，连头带脑，削去大半。天保劈腿站在矮墙之下，抬头见施公蹲在炕旮旯，圆睁着那只好眼，口内仍是打呼，还带着哼哼之声。连忙上前安慰，禀道："大人休要害怕。此店只有张豹夫妻二人，方才杀了个女的，剩下男的，也不过手到成功。千万可别开门。我从锅腔内下去，大人把锅安好，坐在锅上面。"

单说贺爷顺着地道，摸着墙，慢慢的而行。到了上房底下，洞口透出灯光，不敢出头。只听上面有刀板之声。探头一看，见张豹面向里边切菜，口内倒念着说："此时必定杀完了，回来若是酒菜不得，又要找晦气。”正想那先前杀了几个行客，阴魂必来缠扰，忽又听见有动静，却不敢回头来看，口中只说：“贤妻回来，必然成功。”言还未了，在左胁下就是一刀。“哎哟！”一声，噗咚倒在地下。天保说：“这是你怕女人的好处！你的余党，现在何处？快快的说来。”张豹哀告道：“并无他人，只我夫妻二人。求好汉爷爷饶命。”天保说：“你们杀了多少人？”张豹说：“杀的不多，只有四人。好汉爷爷饶命罢！”天保说：“你劫杀人的性命，这是报应循环，天理昭彰。”噗吃的一刀，结果了他的性命。这就是“人见利而不见害，鱼见食而不见钩”。

好汉这才开门，手提钢刀，来到院内。到了西房门首，就叫：“老爷开门罢！全杀完了。”话言未了，从房上跳下一人，抡刀便砍。飞山虎招架不及，往外一蹿，跳在院中，举刀相迎。喊道：“老爷别开门，还有余党。”登时马棚上又跳下二人，一起来战贺爷。天保前遮后拦，上下翻飞，如入无人之境。事虽如此，究竟心内也是纳闷。

且言施公锅上坐着，又不敢动转，恐怕锅底下钻上人来。方才盼得天保叫门，心内稍安。才要动身，忽听外面又喊不必开门。听得外面战斗的声音乱响，心中不由得又怕起来了。怕的是倘若战败，二命皆休。不言施公担惊，且说那三人却也不软，二人使刀，一人使棍，围住贺爷，死也不放，紧紧往上杀来，天保毫无惧色。正杀到难解之中，忽听一人喊道：“二位贤弟，你看这东西，有些扎手，你我须要小心才是；若拿不住他，咱们回去，怎么见得众弟兄们？”二人齐说：“哥哥放心罢！大约他也跑不了。”言罢越加奋勇，上前围裹。飞山虎虽在垓心，倒也围裹不住。天保一口刀神出鬼没，来往冲突，并不有一点落空之处。抡开宝刀，如翻江搅浪一般，滚滚随人，无奈众寇紧跟不舍。飞山虎想着不能伤他们，心中着急，喊道：“小辈们休得逞能，今日若不斩你们这些狐群狗党，枉称四霸天之名。贺祖宗如何惧你们，来来来！咱们决一死战！”忽见二人停刀，一人止棍，遂说道：“莫非是贺大爷么？”贺爷闻听，倒觉吃惊，遂说道：“你们是何人？”不知后事如何，且听下回分解。

第一一七回

飞山虎贼店遇友　施大人觅径求贤

且说三名强盗与贺爷动手，不分上下。忽听说四霸天姓贺，三人收住了兵刃。内有一人问道："你可是飞山虎贺天保么？"好汉说："正是，你等是何人？"那人说道："我等是卧虎山飞熊峪黄老叔手下李俊、陈杰、张英便是。与大哥见过，你老人家可曾想得起来么？"天保说："你等到此何事？"李俊说："因有人传说，此处有个贼店，劫杀过往客官，有碍咱绿林之名。黄老叔差遣我们前来收拾了他。不料与大哥相遇。却不知大哥到此何故？"天保也将来意，说了一遍，彼此欢喜。天保叫开房门，与施公说明其故。施公这才放心。天保带领三人，走到屋内，见了大人，见礼已毕。天保把酒菜取出，饮至天明。李俊等三人还有别事，不能亲送，把卧虎山道路说明。天保拉马，捎好行李，先扶贤臣上马，然后取火把店点着。不消一刻，那房屋俱成飞灰。又与三人告辞，大家分手。

贺爷上马，保着施公，向飞熊峪道路而来。忽听犬吠，料想离此不远。天保将马拉到松树下，顺着崎岖小路，来到庄院门首，上前叩门。但见从里面走出十数岁的童儿，生得倒也伶俐，带笑开言说："爷台是哪里来的，到此何事？说明我好进去禀报。"贺爷带笑回答："你说是贺天保，同着一位姓施的，前来拜望。”小童应声而去。不多时，天霸与王栋出来。天霸看见飞山虎，忙紧抢了两步，执手言道：“哥哥，你可想煞小弟了。不知哪一阵风儿，把长兄刮来。不知恩公施大人现今在于何处？”贺天保遂说道：“现在外面团瓢之内等候，你我一同速去相见。”天霸、王栋连说：“是！是！”三人一同前往，后面有几名伴当跟随天霸。三人望见团瓢不远，只见施公早站起身，出外迎接。天霸、王栋急忙上前，走了几步，控背躬身说：“恩公老大人，宽恕小人未曾远迎，望大人恕罪。”说罢连忙跪倒。施公赶紧用手相搀，只说：“不敢不敢，快快请起，还求担待。施某来得仓促，殊为非礼。”说罢用手搀起。二人站起说：“老大人太谦，我们都是蠢笨愚人，不晓得礼法。”言罢，让施公前行，大家跟随。从人后面拉着马匹，进了庄院。施公今日观看那两层房，多是薄板盖的；又有两厢房相称，清静幽雅，另是一番世界。

只见天霸、王栋躬身说道：“大人贵驾到此，我等礼仪不周，多求宽恕。请归正坐，我等好行大礼。”施公说：“实不敢当。”二人行一常礼，一同落座。贤臣坐到上面，左边是贺天保，右边是天霸、王栋。从人献茶。天霸说：“大人到此荒山，并无别物，请大人吃杯水酒。”遂吩咐抬开桌椅。不多时，从人摆设已毕。天霸掌壶，王栋把盏，满满斟上，双手擎杯，放在施公面前。又斟一杯，递与贺爷；然后自己斟上。只见从人用油盘托来，俱是煎炒油炸的珍馐美味。施公带笑开言说：“我施某无故又来叨扰，何以克当？自从恶虎庄上，与三位壮士分别之后，时刻思念英雄救命之恩，刻骨难忘。无奈总未相会，幸得与贺壮士同来。”又向王栋说道：“不知令弟有何贵干？”王栋欠身说道：“大人不知，劣弟去年已亡故了。”施公说：“正在青春年少，真正可惜。”天保说：“恩公现今升了仓场总督。”天霸二人笑说：“恭喜。”施公说：“何喜？虽说奉旨前来山东放赈，皆因大芽山中，住了贼盗。此人名唤于六、于七，手下招聚贼兵数百，独霸山东一带，打劫商民。施某日夜焦愁。贺义士替某分心，知道二位贵寓，这才舍死忘生，奔到宝山面请。”

黄天霸闻听，心中一想：原不是念旧恩，却为这粮怕贼劫。此来你是枉费心机了。压住怒气，带笑开言说道：“恩公忘了恶虎庄中的话了。小人至今未忘，‘命里不该朱紫贵，不如林下做闲人’。请大人不必往下言讲了。此时心灰意懒，情愿老死山林，永不出仕，誓无二心。”施公听了，半晌无言，只是发怔。手擎酒杯，懒往下咽。天保听的明白，说道：“大人，我等栖身绿林，大碗酒，大块肉，要分金银着秤称。情性狂放，举动俗野。皆因天霸遵父遗训，故弃绿林，归了正道，才投江都，保着贤臣。关家堡他和小人又救了爷台大驾；活命之恩，非同小可。黄天荡内，擒拿水寇，老大人才功高爵显。我们大众，成全天霸成功，也非容易。若说官卑职小，也是实话。因为此他不上北京。后来赶到恶虎庄上，他想大人必有危难，舍死忘生，救了大人，比着前次，倒觉更难。那天虬、天雕，本是同盟一拜。算他一片心痴念旧，失了江湖信义之真，逼死两家人的性命。江湖上的朋友，无不怨恨。大人请想，他为何情意①？”施公连说：“是不错，贺义士说的句句全不假。此时官居二品，可以面君奏事，正好提拔

① 情意——此处应为情愿。

恩人。你一定要安心苦守宝山，我施某也就无意于功名了。我也在此山，寻些清闲自在何妨。”天霸说：“老大人莫生退心，别比我等之辈。我们是生成的野性。”

贺天保心中暗想说：“很好，你若不去，我与大人怎么出你这个门呢?”想罢开言说道：“老兄弟不必着急动气，是事都有三说三解。”天霸带怒说：“兄长言之差矣！叫我好不明白。”天保专用反激之计，激动英雄，复又望着施公说：“大人不知，小人与天霸自幼的朋友，他的性情，我一概尽知。不论谁有不平之事，叫他知道，他是闹个翻江倒海，总得他顺过这口气，才算撂手呢！这如今晓得事务了。”天霸说：“兄长，我自从十五岁出马，没玷辱绿林。兄长这话，小弟倒不明白。”贺爷说：“这个自然要说明白。自从你与那武天虬四人结拜，胜似同胞弟兄。先叫你逼死二位兄长，剩下天保一人。江湖上最重的是信义，那时节你不顾信义，要救恩公。这时候你不顾恩公，更无信义。”这一句黄天霸急得火星乱迸，说道：“兄长这些话，说死为弟了！朋友也算在五伦之内，死战荆轲，至今不朽。我天霸无父，就从兄长教训。背了人伦，枉生天地之间。生死存亡，皆听教训。就是跳油锅去也听命，哪怕立时就走！又何必用反激之计?”天保说：“不然，口后如若见面之时，便知于六、于七真假！实有此话，他弟兄在大芽山落草，招聚数百喽啰。还有一个方小嘴，足智多谋，人称赛姜公。那于六使的是混钢枪，力大无穷，还有败中取胜的飞抓。于七使的是铜锤，蹿跳蹦跃，还有一把软鞭，更精巧。虽则传言，临阵必须小心。”天霸眉头一皱，说道：“慢说他弟兄两个，就有十个八个，我天霸也放不到心上。”现时天气不早，吩咐从人将残席撤去。又吩咐从人掌灯搭铺，各自安歇不提。

次日天明起身，净面更衣，用过酒饭，天霸吩咐备马。手下人连忙将马备好。施公、贺天保、黄天霸、王栋四人，乘马出山，竟扑奔济南大路而来。一路无话。到了济南府，入城进了金亭馆。贤臣下马，天保、天霸、王栋一起下马，跟随施公，来至里面。早有关小西、王殿臣、郭起凤、施安等，齐来参见。天霸、王栋见礼毕。施公吩咐排酒宴来。不多时酒筵齐备。仍是施公的首座，大众各按次序落座，霎时间将酒吃毕，大家散坐，从人将残席撤去。天已不早，各自安歇，一夜无话。

到了次日清晨，施公梳洗已毕，即忙升坐。文武官各按仪法行礼毕，分左右侍立。施公眼望知府，开言说道："贵府可晓得粮船何时可到济南?"知府躬身说道："不过三五日可到。"施公点头说道："贵府把那已结未结的案卷备齐，一并拿来本部堂看。"知府答应，令书吏呈上。施公闪目观瞧，内有一案，是金有义无故杀死赵三，死鬼与凶犯，素不相识，并无仇恨；凶器又不见，问成抵偿，现在案内。施公看罢，心中暗想，这宗事叫人可疑。正自沉吟，忽听一只雁落到对面房檐上，不住的乱叫，令人诧异。正是：

天理昭彰人不醒，报应循环物显灵。

这只雁引出无穷的事故，且看下回分解。

第一一八回

鸿雁三声奇冤有救　新坟一祭旧恨方消

且说施公看得金有义一案，正自沉吟，忽听对面鸿雁来叫。施公暗想：这事定有屈情。伸手往签筒内抽了一根，见姚能名字，便叫：“姚能听差。”只见下面一人跪倒，施公说：“你拿此签，随着大雁前去。必要仔细留神，落在何处，有什么人物，只管报来。倘有徇私，追你的性命。”姚能大吃一惊，跪爬半步，往上叩头，口尊：“大人，下役这两条腿，怎能跟他那两个翅膀？他是穿街越巷出城，从空中而过。请大人开恩，他若展翅腾空飞没了，叫小人何处去找？”施公拍案，用手一指，高声断喝说：“好大胆奴才，你竟敢搪塞钦差。本部堂自从初任，审无头异案，审土地，他会说话；判官小鬼都问清；石头、水獭、猴儿能告状；虾蟆与狗都能诉冤。做知府，斗智捉旋风；顺天府断清人参案；罗鼓巷我审过皂君。今日我看金有义这一案，必有屈情。偏遇大雁鸣之怪异，这乃信义之鸟，天差他前来鸣冤。叫你跟去，即当速往。竟敢抗差不遵。给我拉下去，重责三十大板。”姚能见势不佳，连忙叩头：“下役愿往。”施公吩咐住刑。姚能起身拿签，来到鸟栖的廊檐之下，说是：“老雁呀！那有冤枉，快领我前去寻找。老雁只待慢飞，我才可跟了。你要一展翅，穿街过巷，明月芦花，可无处寻觅。说是大雁爷爷，咱们走哇！”只见孤雁点头，飞起看看姚能。众人无不惊疑称奇道：“异怪，不枉人称赛包公，真是不错。”

不言众文武衙役议论。众目观瞧那只雁，慢慢的飞转，真是等候公差的一般。那雁出城去，姚公差远望那雁，飞到大树林中，公差往上看那只雁，仍是对着他乱叫。姚能看罢，笑了一声说：“老雁哪！你在馆驿中，没听见大人吩咐，要找到一个水落石出，也好消差。”只见那雁不动，只是点头。姚能不懂其故，不住地着急。正然胡思乱想，忽见林外来了一人，公差连忙将身躲在树后偷看，却是半老的妇人，面目焦黄，愁眉泪眼，年岁在五旬上下，穿一件蓝布夹袄，青布单裙；鞋尖脚小，手拿香锞纸钱，来到坟头前。将壶放下，双膝跪倒，斟上酒，点着纸锞①，带泪说道：“三哥，你死的不久，若有灵有应，听我一言。我丈夫名叫金守信，我娘家姓任。夫主已去世十数年，撂下孤儿寡妇。我儿名叫金有义，年方二十。素日奉公守法。贸易为生，孝养寡母，并没有行凶杀人。三哥，你是被谁杀了，亡魂该知道。你要有点灵应，当叫杀人者偿命，为何冤枉好人？”直将那后来儿子如何入监，如何处斩，前后诉完。公差句句听的明白，心中暗暗称奇：大雁他会申冤。抬头一看，大雁早已飞去。又想着施公怎么就说金有义这案冤屈呢？看这妇人哭得实是可怜，我去劝劝他。

忽从远地又来了个妇人，三旬上下，身穿重孝，白布蒙鞋，满脸的怒气，走进林来，直奔那年老的妇人。不容分说，一把揪

---

① 锞（kè）——锞子，旧时作货币用的小金锭或银锭。

住那年老的妇人，摔倒在地，口中不住大骂：“你那狗种！金有义无故的杀了我夫主，你老娼妇还不解恨，又来找到坟上，下镇物。”把掌抡圆，不住的乱打。那年老妇人，满地乱滚，口中不住哀告说道：“不亲不友，无仇无恨，我来祭奠阴魂叫他显个灵应，拿住杀人的凶犯，免得屈了好人，并无别的。”少年妇人仍是不听，直是乱打。姚能出来，向前说道：“这位娘子，不必动怒。方才是我先来的，看见这位并没别意。”年青妇人住手说道：“你是何人？在此何事？”公差说：“我叫姚能，在济南当差。方才我跟大雁来寻找屈情，领我到此。想你丈夫，不是金有义所杀。适才施总督在济南放赈，由公馆看过招呈，看出金有义这案，必有屈情。就去了个大雁，叫唤鸣冤。大人差我跟大雁前来到此地。你们二人也不必争吵，跟我前去见大人。”

两妇人跟姚能进城，来到公馆。公差说：“你二人略等一等，我进去禀明。”走到大人面前，双膝跪倒，口尊：“钦差大人在上，下役奉谕跟雁出城，遇见老少两个妇人，正是金有义那案。现今将他带来，候钦差审问。”施公心中欢喜，先把姚能问了详细，然后叫带妇人回话。公差答应，站起身来，来到外面，说：“你二人进去，把情由细细说明。”二人进角门，到案前跪倒。

施公座上开言说：“你各报姓氏。”妇人口尊：“青天大老爷，小妇人丈夫金守信，十年前身亡。小妇人娘家姓任。所生一子，名叫金有义，年方二十。只因家贫，尚未娶妻，就是母子度日。儿子倒也孝顺，随小妇人苦守清贫。也是该当有事，住的是独门独院，三间正房，一明二暗。小妇人住东间，我儿住西间。那日晚间，母子在东首闲坐叙话，忽听西屋有妇人说话声音。小妇人生疑，只当金有义在外面，勾引无耻妇女，引到家中窝藏。金有义听见这话，急得跺脚捶胸说：‘我要有这些事，叫五雷把我轰死！’无奈何母子掌灯，往西屋去看，真是奇怪，有一铜锁木匣，锁上挂一把钥匙。小妇人一见，又起疑心。我想此匣来的奇怪，把锁开放一瞧，是五个元宝，各各缚着红绳。我儿欢天喜地，口中念佛。小妇人心中害怕，怕是来路不明，因财起祸。”施公说道：“这银子乃是天赐，为何害怕？”妇人说：“头一件怕的是我儿瞒着我。再说俗语‘外财不富命穷的人’，我母子再苦，也是前生注定，岂能更改？老爷，你老人家请想：小妇人寡妇失业的，带着孩子，过这苦日子。虽然说夫死从子，却何能尽由着他一个年轻的孩子？见了此事，如何有不追问之理？要是他偷来的，也就装不知道，跟着他吃喝，久后直是犯了事，我也有个教子不严之罪。这不是明中王法，就死后也愧见亡夫。故此屡次的追问，他又说不出来历。因此小妇人叫他扔出去，恐生出是非。金有义只是不舍。小妇人说：‘你要不说出这银子来历，连你带银同送到衙门去！’金有义就依妇人，不要这银子，说：自然有个来历。那日晚上刚睡觉，耳旁只听见人说话，唧唧喳喳听不准。想这银子必定是说话的送来。他就枕着匣子睡倒，试试他是财帛，可是邪怪。小妇人只得听从他，把匣子抱到东屋去。他枕着匣子就睡了。小妇人熄了灯光，也是和衣而睡，不能睡沉。那天不过三更时分，忽听金有义大叫：‘不好！’说是：‘母亲快来！’小妇人连忙起身，点着灯，来到西屋一看：只见金有义惊惶失色，只嚷有鬼。他说：‘我枕着金描匣子，合眼蒙眬，并未睡着。看见五个白胖的小孩子，穿着红缎子兜兜，手拉手儿，笑嘻嘻地说道：‘金有义，可叹你大运不通，押不住我们五个。今日给你个信，你可记清去处：离此三里之遥，有个富家洼，我们俱在那里住。你要我们，那里去找。’说完了话，手拉手儿出外去了。为儿惊醒，一身冷汗，回手摸匣子就不见了。”

这些文武官员连衙门的听得直是发愣，都说奇怪。施公座上开言说：“后来却又如何呢?”任氏说：“青天老爷，以后总是我儿财心太重，不肯听母劝。那日天有四鼓，一人出了门寻找银子去了。小妇人在家候信，等到天亮，也未回程，恐怕冤家惹祸，倚门盼望。邻舍告诉，方知准信，把民妇人魂也唬掉了。”说到此处，泪如雨下，大放悲声。施公沉吟说道：“金任氏再把邻人告诉你的话语，细细说来。”任氏止悲，口尊：“大人，那时有人告诉，说是：‘金大妈，可不好了！你儿子在富家洼杀了个人，把脑袋装在匣子里，抱着走呢！正撞见府尊太爷，将他锁拿进城，送入监中，单等秋后抵偿。’民妇无法，自己回家，只是打点往监中送饭。今日想起儿子冤枉，预备钱锞，往赵三坟前祭奠，求他阴魂有灵，保佑拿住凶手，好叫金有义不遭冤枉而死。祝赞未完，不想他妻来到，他说民妇来下镇物，揪住就打，不容分说。多亏大老爷的公差劝解。他说有鸿雁鸣冤，带领民妇前来。这是已往从前的话，并无半句虚言。”

施公暗想前后的话语，沉吟一会，说是：“贵府，你差人去把犯人金有义提出监来，本部堂亲审。”知府答应，连忙差人前去。不多时，但见公差锁来一人。施公说：“金有义!”有义看见他娘在公案前跪倒，金有义跪爬半步，口称：“青天大老爷，容小人细禀。”遂把始末原由，细说一遍。施公听罢，母子一言不错，真是字字相同，一字不讹，可见真是实情。施公又叫："金有义，你不该贪心妄想，以致平地起祸。你枕金漆匣子，梦见五个孩儿，他既说不在你家住，醒来不见，就该认他自去自来，你又贪心去找，不听母训。你又在何处拣那匣子？俱实禀来。"金有义说："小人不听母言，走出门，到富家洼。三里之遥，顿饭之时，到了富家后门口。星月之下，瞧见匣子。小人怕人瞧见，抱在怀中，回头就走。走不甚远，抬头看见一片灯笼火把，原来是府尊太爷。吓得小人才要躲避，谁知早被太爷看见，叫公差把小人叫到轿前。太爷追问匣子里面是什么东西，夤夜孤身往哪里去？小人见问，心忙意乱，吓了个张口结舌。待说是银子罢，又怕官府拿去算赃入库。那时小人话就迟了。太爷叫公差把匣子打开一看，并无一个元宝，原来是血淋淋的人头。府太爷叫人立刻给小人带上了锁子，跟到衙门。问小人为何害人？死尸存在何处？凶器现在何处？首级为何装在匣内？小人见问，心胆俱碎，本无此事，怎能应承？任凭说破唇齿，府太爷不听。各样刑罚，全受到了。只急的无奈，这才招认。府太爷问成死罪，这才收监。"

施公眼望知府说："贵府，金有义杀死赵三这一案，诉词内有隐情，你听听怎么样？本部堂审问清浑，内中有不到之处，只管提说。"陈知府控背躬身说："老大人才学深如渊海，卑职实不如也。又兼学疏才浅，卑职倘有不到之处，求老大人指教。"施公微微地冷笑说："贵府此言差矣！这刑官不得学疏才浅，不堪民命。你想这小民性命，都拿在府州、县令手内。屈枉民命，苍天不容！"施公又问："看见匣子又有几时？"说："天有二鼓。"

施公说："叮咛睡觉，到了何时？"说："正到三鼓。"施公说："你儿去追赶银子，却又何时？"说："在四鼓。"施公说："你儿出门，手拿何物？"说："是空手而出。"施公说："贵府在何处与金有义相逢？是何时候？"陈知府说："卑职正是四鼓撞见。"施公说："这话就不明了，金有义四更离家，贵府四更拿的凶犯，时候不对。再说这四鼓夜已深了，他手又无凶器，难道他空手杀人不成？金有义倘挟仇故把赵三杀死，再没有把人头盛在匣内，抱回家去的道理。本部堂不明，请问贵府，杀人是何凶器？"知府控背躬身说："卑职把金有义拿到衙门内审问，他在当堂招认：因挟夙日之仇，把赵三用刀杀死，凶器扔在河内，打捞不着。就此画招，卑职才敢定案。"施公微微冷笑，说是："贵府，本部堂有几句话，请听明白。你我既食君禄，即当报雨露之恩；审问民情，当知仔细。人命重案，更得留神。待施某审明此案，自有分晓。"

施公又问赵三妻子说道："你夫被人杀害，其中必有情弊，你也该知一二。金有义与你夫不亲不友，那里的仇呢？男女一样，都有天理良心，不许刁唆。明有王法，暗有鬼神，今日在本部堂下，若有一字不真，本院查出，定是不容。"梅氏见问，往上磕头，口尊："大人，民妇年三十岁，父母双亡。十八岁嫁与赵三，算来十年有余。膝下无儿无女，公婆早已弃世。丈夫嫖赌吃喝，狐朋狗友，任他所为。无论怎么不好，总是结发夫妻，恩情似海。一旦被人杀死，民妇岂有不痛之理？要说金有义本是素不相识，非亲非友，无仇无恨，他倒有个朋友，甚是相好。"施公连忙追问。不知梅氏说出何人？且听下回分解。

第一一九回

朱蠢妇直言无隐　郑公差应变随机

且说梅氏说出他丈夫有个朋友，施公问道："他那朋友是谁?"梅氏说："小妇人夫主在世，因为家贫，才搭伴去打牲，以为糊口之计，哪里还有银子？那金有义因仇害命，必不是图财。再者亡夫那时，并未在外。"施公赶紧问道："你丈夫不在外，必是在家丧命。"梅氏说："皆因常去打牲，交了一个朋友，住在前村，名唤冯大生。比亡夫还大两岁，时常来往，穿房入屋，亲弟兄一般。往日进来，同来同去。这天亡夫带酒，睡在家中。他说打牲要起早，手拿一根闷棍，出门而去；说他去找冯大生，临行叫民妇将门关上。小妇人天亮起身，有人告诉，说我丈夫被人害了，首级不见。民妇同乡保进城禀报。哪晓得天网恢恢，疏而不漏，凶手金有义，凑巧被府尊拿住；受刑不过，尽皆招认。民妇看见有人偿命，也就是了，不知其中屈直。"说罢叩头。施公点头说："梅氏，本部堂问你，须要实说。这冯大生他住在哪里?你家叫什么地名?"梅氏说："小妇人家住在后寨。两座村庄，一里之遥。"施公点头说："你夫被害，是何地名?"梅氏说："就在后寨村东富家洼，庄外有片芦苇。小妇人丈夫在那里丧命。"施公说："你夫主离家什么时候?"说："是三更。"说罢，往上叩头。

施公眼望知府，说是："贵府听见没有？你是四更天拿的人。金有义却是四更天离家的。这赵三也是三更天出的门。这是死鬼离家在先，凶手出门在后。金有义是四更天离的家，得了匣子，就被你拿住。这时辰前后不对，而又无凶器。你把金有义问成死罪，真是岂有此理。"知府躬身说道："钦差老大人，是天才神断，卑职实不如也。万望老大人宽恕一点。"施公微微地冷笑道："赵梅氏，你说赵三实寒苦，打牲度日，还有伙计冯大生？"梅氏说："只此一位，并无他人往来。"施公说："既然同行，大概都有约会。还是你夫主先找冯大生去？还是冯大生先找你夫主呢？"梅氏说："他二人谁先起来，谁就去找谁，不分你我，总要同行。"施公说："你说那日才交三鼓，手拿一条闷棍，去找冯大生。但不知找着冯大生否？"梅氏说："民妇见他去后，将门关闭，睡到炕上。只不多时，忽听外面叫门，说是'三婶子，三婶子'，连叫数声。民妇听来，就是冯大生。我说：'他早就去咧！'冯大生他说：'没找我去呢？'他在门外念念叨叨就走了。"施公听罢，说是："梅氏，冯大生素日来叫你丈夫，他是怎样叫法呢？"梅氏说："他素常来到门前，便大声叫道说：'老三哪！该起来罢，不早咧！'就是这个叫法。"施公说："这就是了。"伸手抓出一支签来，说是："速去锁拿冯大生来听审。"

公差接签，出了馆驿，直奔前村。进村见有几个庄民，内中有一个认的郑洪的，郑洪带笑开言说："在下有一点公事，才到贵村。借问一声，这前村有位打牲冯大生么？"那人说："郑大爷，你问那冯大生哪！他先和死鬼赵三搭伴。自赵三死后，冯大生也不打牲咧！如今他连门也不出，终日在家，闭门静坐。郑三爷，你往北走，第六个黑门便是他家。”郑洪带笑说：“多蒙指教了。”去走到冯大生的门首，用手拍门。且说那冯大生坐在家中，他妻子朱氏，总算是有造化的，得了这个外财。忽听得外面有人叫门，把冯大生吓了一跳，说：“贤妻，你去瞧瞧是谁？若是生人，问他姓什么名谁！若要找我，你就说这几天没回家来。”朱氏说：“不必叮咛，我自会说，你放心罢。”遂说遂走，来到门前，将门开出来一看，见一人头戴红缨帽，身穿蓝布袍子，站在门前，架子不小，看罢将门一掩。那郑洪看这妇人，不觉暗笑，开言说：“我与冯大生，又亲又友。今日有件事托付他，大娘子把他请出来，我们哥俩见面好说。”朱氏本是蠢人，听着此话，不辨虚实，带笑开言说：“既是亲友，且请到里面叙话吃茶。那冯大生就是我的夫主，终日在家闷坐，常想宾朋。”郑洪久惯当差，见话便说：“饶坐。”连忙走到近前打躬，叫声：“嫂嫂，头前引路。”

冯大生倾耳听得朱氏说话，听不甚真。又听外面呼兄唤嫂，直往里让，像是熟人。暗想必是来了亲友，顷刻抬头一看，却是官差，心中好不着忙，手足慌乱。朱氏说：“当家的快出来接进去罢！我给你领个兄弟来，不用愁闷了。”大生只得出来迎接。郑洪作揖，执手赔笑说：“大爷你好清静，坐家中许久不见。”冯大生无奈，说是：“不敢，在下实是瞌睡，一时懒得起来，望乞尊驾宽恕。请问尊兄贵姓高名，住居何处？”郑洪说：“你我相别不久，你就忘记了。想是你发了财了，不认得旧兄弟。有个衙门弟兄请你去。一提，你就想起来。我的名字叫郑洪。”冯大生说：“原来是郑大兄弟，总就是我的眼珠儿瞎，慢待你了。你可别恼人，都有个忘记。你说那个内司，倒是姓甚名谁？我怎么总想不起头绪来呢？”郑洪说：“我也不知底细。大料他想既请你，你一见自然明白了。”说着心眼一变，满屋里瞧了一遍，腰内取出锁链一条，说是：“带上的好，我怕大爷逃席。”一伸手把冯大生套上。大生立时变色，朱氏也自着忙。郑洪说：“他在外面做的事，想来嫂子也明白。”大生说：“既把我锁上，一定要打官司。”郑洪说：“把话语留下，我把锁给你开了何如？”大生说：“求上差开恩！”郑洪说：“好，依兄长的话。哪里不交朋友？况且你这也是不要紧的事。我看你也有个朋友，解下来，叫乡亲们也好看些罢！”二人一同进城，来到公馆。

此时施公用饭已毕，正然喝茶。差人回话说：“冯大生带到。”施公即刻升堂。任氏、冯大生、梅氏一切邻居，俱各传到，才好结案。施公说：“你叫大生么？”大牛回道：“小人冯大生，给大人叩头。”施公说道：“你作何生理？有几个伙伴呢？”大生说：“小人原系前村人氏。父母双亡，娶妻朱氏。打猎为生。有个伙计，名叫赵三，每日一同来往，谁知他被金有义杀死，剩我一人，难以打牲，在家中闲坐。奉公守法，非理不为。今日大人差役，把小人拿来，不知所因何故？”施公微微冷笑，说是：“贵府，你细留神听听。你是科甲出身，与捐纳不同，问事不可粗心。赵梅氏自言金有义非亲非友，又无仇恨；赵三又系寒苦之家，他杀人为何？就是无故杀人，把头装在匣内，往家里抱，又是何意？再说更次也不对，尸首又有别的因由。从富家洼前屯到后寨，三处离河多远呢?”陈知府躬身说道：“离河有二里之遥。”施公大笑说：“贵府这话说来，益发不通情理了。”要知大人怎样发落，且听下回分解。

第一二〇回

传邻右屈直共证　听堂词泾渭皆分

且说施公问事是一片爱民之心，明知情屈，仍怕有隐匿，故意惊喝金有义，金有义叩头说："小人赶元宝是实，并不曾杀人。小人哪知晓赵三往富家洼去，就往那里等着杀他去呢？少时大人叫了邻舍人来，一问便知。"施公说："你今日堂上回的话，何不在知府堂上如此说法？"金有义叩头说："青天老大人，小人在府台太爷那里，也是这样回法。怎奈府太老爷一句不听，百般拷问。小人实是受刑不过，这才招认。"霎时间，差人跪倒说："回钦差大人，三姓邻舍，俱已传到。"施公抬头，但见几个老民，跪在堂下。施公说道："传你们来，不为别的事，要分辨金有义这一案，是非曲直，全要实说，分毫不碍你们的事。若有虚言，保不住就有牵连。"又叫："冯大生，既是你伙计他被人害，你也必然知情。今日事犯，速行招认。"冯大生说："小人虽与赵三是伙计，他被人家害了，小人实不知情。求大人详察。"施公说："你们说来，谁是谁的街坊？"下面说道："小的赵大、王二是金有义的街坊。"施公说："金有义母子，素日好歹，实回上来。"二人说："大人请听：他母子俱皆安分，母慈子孝。"施公说："是了。"又有二人说："小的李永、孙昌是赵三的街坊。"施公说："赵三生前行为怎样？""回大人，赵三生前吃喝嫖赌，无所不为。他妻梅氏，却倒贤惠。”施公说：“是了，是了。”又有二人说：“小的王四、张六，是冯大生的街坊。”施公说：“冯大生为人如何？”“回大人，冯大生为人也好也不好。怎么说呢？外面却不生事，家内倒不安静。”

施公吩咐六个人下去。又问冯大生说道：“赵三是你打牲的伙计，他叫人杀死，你知道不知道呢？”说：“回大人，赵三与小人一同打牲。他被人钉死，小人不知道。”施公点头说：“既是同伙，若打牲去，你叫他不叫他呢？”说：“小人两个作伴，他也叫我，我也叫他。”施公说：“那日呢？”大生说：“那日小人起猛呢！约有四更天就出门。到了赵三的门首，高声喊叫：‘三婶子，三婶子！’喊个多时，里面才答应，说道：‘他去咧！’就回家等着他。”施公说道：“赵梅氏，你夫主是几时出的门，你可记得清吗？”说：“亡夫离家，时有三更，”施公说：“冯大生，赵三三鼓离家，你去找他是四更，到了赵三门首，如何叫法？要你说来！一字有差，重责不恕。”说：“往常叫他：‘老三起来吧！该走咧！天不早了。’”施公说：“赵梅氏，听冯大生之言真假？”说：“他说的倒是实。那日晚间，他来叫，民妇正在睡蒙之间，忽听见叫‘赵三婶子，三婶子，你把老三叫一声儿。’民妇说：‘他早去了。’他在外面说：‘怎么没碰见呢？我走了，碰见更好；碰不见，我在家里等他。’说罢他就走了。”施公说：“冯大生，你同赵三打牲，是使什么家伙？”说是：“飞禽走兽同打。打飞禽是下网下套子；打走兽，赵三一根齐眉棍，小的一口腰刀。”施公说：“那日你在家中等他，他去了没有呢？”说：“小人等他个大天亮，也没见他到。后来听见人说，他被金有义杀死了。”

施公冷笑，眼望众官衙役人等说道：“你们细听，凶手不是金有义，定是冯大生。不知因何将赵三杀死，又往他门首去叫，遮掩人的耳目。往日去找，叫赵三；那日去找，叫三婶子。分明是知道他不在家，假意去找，为的是瞒哄众人。再者有赵三杀身之祸，也必去找冯大生。人头装在匣内，抛于外边，谁拾他那匣子，算中了他的牢笼计。你们详察是不是？”众官控背躬身说：“老大人的高见，卑职等实不如也。”施公说道：“还没有真对证，少时间便有分晓。”说着提笔写了个红纸帖，用纸封好，说是：“郑洪。”“有。”连忙答应跪倒。施公说：“你认识字不认识？”说：“认识几个。”施公带笑说：“你拿此字去，照帖行事。不准叫旁边有泄漏，倘有人知觉，从重治罪。”“是。”

郑洪接了字帖，往外就走。后跟六七个衙役，全要瞧瞧，见见市面。郑洪把舌头一伸，说是：“我的舅母，这可实在不能瞧的。等我回来，自然明白。”说着，走到无人之处，打开一看，心内明白，出城竟扑前村冯大生门首拍门，说：“大嫂了，快开门来。”朱氏赶紧出来开门一看，认得是公差。郑洪跟随就往里走，说：“嫂子可不好了，他杀赵三事情犯了，当堂招认，画了口供。这还算好，没说有你，只他一人。他暗暗的求我，叫我告诉嫂子，趁着你家有这点底儿，叫你快去打点。省得他受刑不过。连你也拉出笼来，那时可就不好了。”朱氏闻听此言，想着倒对，说是：“你要不跟你哥哥相好，他也不叫你来。我实对你说罢！这宗底本可也有，我瞧透了，你们俩人必是亲兄弟一般。

你来罢!”说着把这口缸一挪，那底下用刀铲开，取一个布包拿到炕上。打开一看，看是五个元宝。朱氏才要说分银之事，那郑洪把脸一翻，将锁子掏出来说：“快走罢！到衙门再说。”朱氏真魂吓掉，要知后事如何，且看下回分解。

第一二一回

冯大生图财害命　金有义提审出监

且说公差郑洪见拿出元宝，朱氏总要想分开，说道："给他三个，也使不了。我留下三个，也使不的。不如他两我两，郑叔叔一个。给他两个打点官司；我这两个买些嫁妆，好留着嫁人。"郑洪见元宝对了数儿，说："嫂子这么分不行的，你跟我进城去，见了大人那里分去罢。"说着就把脸一翻，掏出锁子，把朱氏锁上，掏好了疙瘩说："嫂子走罢！堂上等问口供呢。"朱氏自知难脱，遂把银包好，扛在肩上，把门锁上。二人竟奔公馆，直到堂前跪下。

大生一见朱氏，不住着忙害怕。施公一见，并非良善之妇。遂问道："那一妇人从实的说来，哪里来的银子？若要与你夫主言语有差，便要重重的责打。所做之事实说。"朱氏跪说："小妇人不敢说谎。奴的夫主冯大生，与赵三是伙伴。那日他来叫我夫主去打牲。我夫主起来，拿了腰刀，出门去了。约有两个更次，天没亮，他回来叫门。小妇人将门开放，他走到屋里，连忙打火点灯，从怀内掏出五个元宝，用红绳捆成一包。"朱氏说罢，磕头碰地。冯大生听了这一片言语，真魂早已吓掉。施公说："冯大生，你有何曲折？要你细细讲来。"说："大人容禀：那日赵三前来叫小人出去，才知天尚未明，不过三更以后。想着要回家，忽然想起一件事来，往常起早，路过富家洼，常听有小孩吵闹。小人去看，却是富家一个菜园子，里面有五个小孩，浑身精光，都穿着红兜肚。屡次走到切近，就不见了。那一天小人就将此事，告诉赵三。我们两人去追赶，又不见。赶到芦苇坑边，赵三踢着个匣子，拿起来看，却有现成钥匙，开了一看，里面是五个元宝。我们二人看见了元宝，他也要多，我也要多，谁知财多是祸，我们二人争吵起来，叫我一刀把他砍死。元宝我独揣在怀内，把他的首级砍下来，放在匣内。小人想着这场官司，叫姓富替打，将匣子放在富家门首。我又去叫赵三的门，为的解人心疑。人是小人杀死，谁想青天大老爷的驾到；可好又有鸿雁鸣冤，可见得善恶都有报应。这雁替金有义鸣冤，内中也有个缘故：小人那日与赵三打了一只雁，可巧金有义走到跟前，他用三百钱买去，放了生咧！哪知他遭屈，就有雁来鸣冤，救他之命。真乃是行好得好，作恶恶报。求老大人也不必追问咧！小人这都是实供，情愿领死。”

且说施公听了冯大生所招的口供，料无虚假，带怒说道：“金有义，你母子可曾听见么?”他母子叩头说：“全都听见。”施公说：“金有义背母贪财，致有此祸，险些作了刀头之鬼。”金有义母子望上磕头说：“多亏青天大老爷，判明此案，我儿死去重生。不但小妇人深感大德，就是民妇亡夫在九泉下，也感念大人恩德非浅。”施公说道：“梅氏，你夫主赵三被冯大生杀死，你还不知，诬赖好人。”梅氏叩头说：“大老爷在上，此乃府尊老爷亲拿的凶犯，当堂审问，金有义当堂领罪，与小妇人无干。”说罢叩头。施公说：“贵府你可听见？请问赵三是金有义杀的不是？

本部堂这等问法，是与不是？倘有不到之处，贵府只管明言，施某绝不自是护短。”陈知府深打一躬说：“卑职无才，求大人宽恕。”

施公又提笔判断：冯大生杀死赵三，暂行收监，俟放粮之后，斩首示众。金有义贪财背母，应有罪过；念其遭冤，今释放回家。这几个元宝，虽然天赐，乃富家之物，也有金姓之分，赏与任氏两个元宝，以为祭奠赵三受梅氏痛打、为子悬心、家业困苦之费。任氏连连叩头说：“金有义今日蒙老爷救了性命，就是莫大之恩。又蒙赏赐银两，叫民妇刻骨难忘。只是焚香叩拜天地，愿老爷世世官高爵显，扶保朝廷。”言罢连连叩头。施公说：“梅氏，你娘家还有什么亲眷？”梅氏说：“小妇人亡夫在世，尽交狐朋狗友，并没有连心亲人。小妇人七岁丧父；出嫁之后，我母亲身亡。并没姑舅两姨亲眷，无倚无靠，孤苦伶仃。”言罢泪下如雨。施公说：“梅氏不必伤感。我看此事，有一举两得：金有义精明务正，他母亦有贤德，你的素行道也守正。可与金有义成就夫妇，贤孝一家，倒也相当。赏你三个元宝，为你夫死养身、夫妇过活之助。愿不愿即刻言明，我不嗔怪。”梅氏哭道：“青天大老爷，与亡夫辨明冤枉，得着正凶偿命，小妇人应当尽节才是。奈因赵三为人，也当不起尽节之妇。此时但凭青天老爷做主，恩深似海，愿依遵命，不敢有违。”施公闻言，满心欢喜，说是：“金任氏，你子虽遭冤枉，总算是前因后果。元宝为媒证，梅氏该当入你家门的。”任氏说：“叩谢老爷天恩，小妇人谨遵老爷之命。”施公扭项望知府说道：“贵府，你问此事，乃是诬良，应该降罪。这是你粗心之过，还有可恕——并不是贪赃。本部堂念你是两榜，正非容易，姑开恩赦你。以后事事须得留心仔细。”知府唯唯的听从。施公说：“罚你一宗银子：梅氏改嫁金有义，花烛之费，须得你办。”回说：“卑职情愿领命。”施公吩咐，将冯大生收监，余者尽释放回家。但见官属民役、闲杂人等，各各不胜欢喜，称扬施大人的天才。

施公退堂，归书房坐定，与天保、王栋、天霸、小西、殿臣、起凤等大家相见，言讲此事。说罢更衣，吩咐家丁设坐，叫众好汉一同落座。献茶。茶罢，又吩咐设摆酒席。施公亲自把盏，奉敬诸位英雄。众人领谢，各按次序坐定。手下人把酒盏酌上。施公带笑说道：“你们几位英雄，与施某同骨肉之情。自从江都天霸行刺，被我一片纲常大义之言，劝他弃邪归正，本有志气，要争功名。关家堡同着天保二人，救我出了火坑。这黄天荡擒拿水寇，黄壮士真算一举成功。斩犯，多亏了贺天保酒楼上泄漏机关，杀了盗寇。恶虎庄上，施某堪堪命尽，幸亏又遇英雄。后来不知哪件事，是我的错，叫义士寒心。这如今康熙老佛爷，钦点施某前来放赈。听说山东出盗寇，于家兄弟大有威风，施某心中为难。贺壮士一言提起，他又知道寓处，这才一同天保特请。行路走张家洼投宿，又遇强贼。贺义士夜未眠，才得拿住此贼。又到卧虎山，见了黄、王二义士，不忘旧义，幸来相从。这没的说，仍求众位扶保施某放粮，无事才好。上与国家出力，下能保养饥民。事完回京复旨，施某定要奏明圣上，绝不埋没英雄的功劳。施某若有一点忘恩负义之心，临危必不得善终。列位皆是正人君子，必是一样。”当时黄天霸不跟施公进京，以为施公负义，虽不能说，暗想跟到进京，也不过白效力，所以心中有些寒透。又搭着王栋、王梁当中使懈怠。彼时施公本无保奏之任，故此好汉辞了贤臣，云游山水。虽则如此，可总不提贤臣过处；想着既跟过大人，再说大人不好，岂不落江湖朋友耻笑？莫若自己善退了，彼此都不漏着方好看，这是英雄行事，过常人的地步。哪知他的命中，是个显达之运，不该闲散。又遇贤臣拜访，义不容隐，故又有这一番贤良相济。要知天霸如何，且听下回分解。

第一二二回

众官按户口造册　千总报漕运米粮

且说黄天霸听得天保防备于六、于七的话头，不由心中火起说："任他于家有多少狐群狗党，也不怕他。咱们只要同保恩公，各尽忠心奋勇，那虑他小小寇盗。"大家都说："有理。"施公带笑开言说："我也听见说于六、于七招聚人马不少。附近居民，皆受其害。怕是粮到之日，生出乱来。倘有疏忽不便，上有愧于朝廷，下有负于饥民，何以尽为国为民之心。必得商量万全之计，方得放心。"贺天保带笑开言说："钦差大人，须垂明训。我等无才，不能远虑，恐怕临时误事。"施公点头笑道："公事大家计议，可行则行，可止则止。"大家齐说："谨遵钧旨。"施公说："此事关系重大，倘然有差，可就不小。众位虽是武艺高强，总是人少势孤。不如调武营马步精兵，相与保护，方保无差。不知英雄以为如何？"天霸闻听，心中不悦道："大人，小人不是斗胆，依我拙见，既有我们六人，也就不必调官兵。凭着我甩头一子，三支飞镖，众哥哥们齐心努力，拿于六、于七，易如反掌。皇粮若有失错，我黄天霸誓不为人也。"

常言说："艺高人胆大。"天霸这话，全是一味高傲，只知有己，不知有人。若论这话，施公听着欢喜。一则说得雄壮；二则忠良深知他的本领，这些话当真说得起。再者只为保护皇粮，施公不惜辛苦，亲身到卧虎山，请了他来，这件事十成仗着他八九。当时说出这话，施公闻听，暗自欢喜。口中说道："黄义士之言，果然是实，擒拿的话真说得起。你的声名，天下皆知。从前说过，一件公事，大家商量，黄义士休要多心。不知你们几位意下如何？有话须说到当面。黄义士万不能多心。"这一些话，道得黄义士收起暴躁，使出和平来，带笑开言说："大人，我是年轻的人，没有深谋远虑；不过是一味忠直向热，有勇无谋。原来这事，关系重大，不是一人意见可成的。贺大哥与众位，有话只管讲。只要保得无事，大家的脸面，都算有光。"施公大笑数声，连说："好好，这真是英雄之言。保住皇粮不失，不枉你们受辛苦，黎民可沾皇恩。"贺天保带笑开言说："若无于家众盗贼，也不必费这番心机。皇粮来到河沿，贼徒聚众人来抢夺，黄老弟虽则英雄，怕的是首尾不能相顾。"施公说："'能狼难敌众犬'。于家兄弟人多，喽卒有数百，倘然一时防不到，必然皇粮有失。"贺天保带笑开言说："在下倒有一计，可保无虞。"施公满心欢喜，说是："英雄有何妙计，快快说来。"

天保带笑说道："老兄弟他不知于家虚实。不是我长别人志气，灭自己威风。今为保住皇粮，非比平常争剿寇贼，别弄的顾了打仗，顾不得皇粮。贺某尽知那于六。绰号叫做赛袁达，使一根混钢枪，门路精通，对面相争，管得取胜；外有一把飞抓，三十步之内，善能打人。于七的绰号叫做赛野龙。使两把铜锤，分量不小，善能取胜；又有一把软鞭，马上步下，全能取胜。还有一位姓方名成，因吃壮药，吃的牙关紧了，吃饭不能张大口，人都叫他方小嘴赛姜公；这人颇有歪才，机谋巧算，众贼中的谋士，有名的头目。还有二十余人，喽兵数百，在红土坡结寨，是个易下难上的去处。贤弟想想他的势力若小，本地官员岂不去征剿他们？不怕恩公嗔怪，若无我们在此，好歹却不管了。既有我们这些人跟随大人，要叫贼盗抢了粮去，不但是英名软透，还把前功尽去。不但众人枉费勤劳，且耽误大人的事。若依我，明日大人升堂理事，就对府县官说户口人丁，全造成册，河粮到了好开放。男女大小，全要公平。再差人打听粮船几时才到。那时我有一计，管叫一阵成功。大人即差人上卧虎山，将陈杰、李俊、张英等三人叫来，做我们的帮手，好并力成功。”施公遂教黄天霸写信一封，差人即往卧虎山去，叫陈杰、李俊、张英等三人前来不表，看官，黄天霸一则重义，二则他虽耿直，可不是那宗浑浊闷愣的样子，偏不依人的话，必要碰了硬钉子才算住手。英雄重义不是如此，听了贺天保的话依计而行。

次日，施公升堂。文武官齐来伺候。役吏排班，文武按着仪注，行过了礼。知府陈魁控背躬身，口尊：“钦差大人，有催船的报信说三日之内，粮船当到。”施公闻听，说是：“贵府，这粮船到日，先从济南放起。各处行文造册，送至省城，看守堆房，多加仔细。本部堂放完济南，然后挨次放去，全要亲身验看。沿河速搭芦棚，多派官兵衙役。官斛官斗备好，定日亲身开放，严查行私有弊，先派你先行。本部堂文书出示：兖、登、莱、青、泰安州、沂州、曹州、武定，挨次放去。”施公说罢，退堂回后更衣，来到书房，与众好汉相见。

忽又听该官回说：“明日粮船准到。”贺天保说：“大人如何分派？”施公遂把吩咐知府的话，说了一遍。贺天保说：“粮船来到河沿红土坡，必无动静，再不肯登船抢掠。必待收完，堆到岸上，须得留神。于六、于七，他若抢粮，必着人前来打探消息，防备全在此时。”施公说：“这话倒通，想来必是这样。但虑此时擒贼、保粮不能兼顾。”天保说：“船到，只管去收米，也得十天半月工夫。米若收完，贼人必来抢夺；多半是夜间。我管保临期无事，请大人放心。”施公更不究问，知道他的才能可当。遂吩咐摆酒饭，就在书房，六家英雄陪着施公共饮。黄天霸擎杯带笑说：“贺天保是四霸天中头一位，不但武艺精通，而且机谋广有，见识颇多。既说敢保无事，大人请放宽心。”施公笑道：“但得放粮无事，回朝交旨，施某敢保列位都有高迁之望。”天保说：“蒙大人提拔，只要我等有命。”施公说：“义士何出此言？列位俱是功名有分的。”说着话酒饭已毕，漱口喝茶。

且说陈知府奉钦差之命，先催促府内合州县差役，俱各全要精细公平。又往各府县，都行知会，速速造成清册，送至省城。河沿盖大芦棚，花红结彩；左右两溜小棚。斗行经纪有数百人。棚外席片堆成大垛，许多衙役兵丁看守。芦棚内设摆公案，新制朱笔砚签，大红缎桌帏椅垫，团龙飞凤，新绣鲜明，设摆齐整不表。

且说施公正坐叙话，门上报道：“有运粮千总拜见。”施公说：“叫他进来。”门人退下。须臾，千总们进来跪倒。施公说：“本部堂明日出城收粮。搀糠使水，抛欠数目，俱各不准。”千总说：“全无此弊。”一个个叩头，出了公馆。施公又望知府说道：“明日预备，我好出城，一应天明齐备。”知府答应，告退而去。次日天明，只见轿马执事，排列满街。施公坐上大轿，前面大炮三声，十三棒锣响，本府守备，骑马前引，参将跟随，顺大路前往出城。众好汉俱在公馆。施公出城收粮，这个消息。早有红土坡细作报知于六、于七，必是一场大祸。且看下回分解。

第一二三回

贺天保备兵擒寇　方小嘴设计抢粮

且说这日于六、于七在寨内闲谈，听粮船不远来到。赛袁达说："兄弟，你我生在济南，家中富足，习学把式。吃喝嫖赌，不务正经。家业凋零。以致栖身绿林，打劫些行商客旅。"于七带笑开言说："现在山东有赈济，若得了这宗粮米，足够吃几年。"于六说："别看你七哥一片浮言，你是诸事不加思量。"说罢叫摆酒来。小卒设摆桌椅，三人挨次坐下。这红土坡势派不小，足有数百余人。各有执事，并不错乱。说声摆酒，须臾齐备。三人坐下，于七先满斟一杯，递与方成，又与于六斟上，然后自斟。于六说："赈济粮船，已经到了。依方兄弟是怎样抢法？必得想个万全之计，方好行事。"方成带笑说："兄长要抢这项粮米，事干重大，必得商议周全，方可行事。若依七哥，立刻就要行事，视如探囊取物一般，不想其中曲折；登船去抢，必不中用。"于六说："上船抢米，总是不成。必得容他堆上河岸，方可成功。但是那里必有准备，须得细心。"小嘴说："那散粮，一人能带多少？若有官兵赶来，还是扔了。抢过一次，若不济事，再去更是不成，他必添兵守把。"

小嘴言尚未尽，于六、于七各自发愣，倒想了没个主意。于六说："方贤弟始终都想到咧！句句说的不错。这个粮米，抢来实难。但是这山中缺粮，也是要紧。还得方贤弟再想妙计。”方成说：“二位兄长，此事可就难了。这钦差仓场总督是康熙佛爷最心爱的人。他本是镇南侯爷的亲生子，官讳叫施仕伦。人人称他包公，在朝常参大臣。听他手下许多能人，武艺精通。咱弟兄下山抢粮，更得加意小心。”于七一旁发燥，说是：“我有一言，贤弟不必嗔心。这粮若不去抢，岂不叫江湖朋友笑话，说咱弟兄无能，尽欺良民客商，遇了大买卖，不能去做。”他又说：“为这事丧了残命，也是大大有名，叫江湖中称名道姓。”方成说：“此时必要抢粮，须要让他收完粮米，堆积河岸。静夜前去，攻其不备，事有可成。”于六说：“全仗贤弟调用，为兄无有不从。”小嘴说：“看他那米收得些日子呢！六哥即速差人下山，治办所用之物，莫要迟挨。务要十日之内办来。”于六立刻吩咐头目，带领小卒下山，四路附近村庄，抢骡、马、驴、牛、车辆，十日之内，俱要回来听用。众头目领令前去不表。方成又说：“头目十日回来，我另有一番调度，管保抢粮到手，也使钦差心惊。叫他知道此山有好汉，知道于家兄弟是英雄。”于六、于七满心欢喜，说道：“此事全仗你一人。”吩咐小卒：“速摆酒宴，先给贤弟庆功。”

再说施公收粮，直到天黑，方才上轿回来。到了公馆后面，与众英雄相见，说些收粮事情。每日去到芦棚收粮，晚间来归公馆。那日晚门上报说：“外面有人来见。”贺天保出来一见，乃是陈杰、张英、李俊三人，躬身问好。天保引进，见了施公行礼。施公赐坐，合众英雄分坐两旁。不多时，叫摆酒宴，大家共用酒饭。次日天明，施公又收粮，那日收粮已毕。红土坡细作报入山寨。这寨中于六、于七自那日就吩咐头目、小卒四路抢夺，俱是十日回来，见寨主缴令。各将抢来车辆、口袋、马匹，共有多少数目，各写一单呈上。三寇观瞧甚喜。方成说：“这些物件，不但劫粮，连山中也足使用了。”重赏头目小卒。又使人打探河粮。那日有人来报说：“粮米收完。”方成说：“二位兄长，小弟言过，若粮米收完，须待夜间行事。一拥齐上，他不知人有多少，自然心慌。趁势动手，无有不得之理。”于六点头说：“下山须得何日？”方成说：“这件事要做，还迟不得，若迟有变，就是今晚前去。叫手下将瘦牛、病马，杀了做饭煮肉，至天晚俱各饱食。我将年轻力壮、会武艺的小卒，挑二百名，跟咱弟兄三人在前，赶散守粮人役。再挑二百人，一百赶车，一百随着运米车辆，以挡追兵。来回搬送，到天明，岸上米管保全完。”方成说罢，于六连声夸奖说：“有理！真有奇谋！不枉人称赛姜公。”于七说：“众头目，就照方爷的话吩咐兵卒。二十名头目，就去挑选四百兵卒。”将方小嘴的话，又传说了一遍。满山中乱哄哄，杀牛宰马，喂牲口，预备兵器。余着在山上看守着寨堡。天色黄昏，俱各吃饱，备马套车，全都停妥不表。

且说施公收完粮米，在公馆中与天霸、天保、小西、王栋、陈杰、李俊、张英等商议防守粮米之计。贺天保说：“大人粮米运完，到了夜间，贼必抢粮。以后日夜严加防守。大人速传钧谕，拨精兵三百名，弓箭、挠钩、短刀齐备，天晚俱来馆外伺候，一起出城。大人就在馆内，明天一亮，静听消息。只管放心，小人管保无事。”施公说：“义士，这些英雄，俱是帮我，我岂有在公馆安居之理。我要亲瞧着壮士立功才是。”天保闻听，心内着忙，欲要阻拦，话语来得结实。有心任他出城观看，众贼争战，料无轻敌，黪夜之间，若有失闪，如何是好？又想着大人话不可拦，说："大人要出城看我等拿贼，借钦差的虎威，更又容易了。黄老兄弟，必须保护大人要紧。我们动手相争，你别管，只在棚中保护大人。"天霸连忙答应。天保眼望王栋说："贤弟你与李俊带领官兵五十名，看守米场东面，留心精细。炮响一声，速带兵到，奋勇先拿为首的人。若是被贼逃脱，须当惭愧。"王栋、李俊一起答应。天保又吩咐："关老弟同了陈杰领兵五十名，在米场南面守住。炮响一声，奋勇杀来，务要先擒为首贼将。若有疏失，自刎人头来见劣兄。"小西、陈杰连说："遵命。"天保又望王殿臣、郭起凤说："你二人带兵五十名，出城散走，米场西面站住。炮响为号，杀奔中场，拿为首的强盗要紧。若把为首的强人放走，自提首级来见大人。"起凤、殿臣答应。又望张英说："张贤弟，你我领兵五十名，在米场北方守把。"贺天保吩咐已毕，又说："大家这一出城，都要小心。奋勇拿住贼首，便是头功；放走贼头，就是大罪。各人不必恋惜。"看来个个答应。施公一旁惊问道："义士此话，我不明白。定谋设计，所为保米，为何舍米擒贼？"天保控背开言说："大人，这于六、于七、方成，红土坡的寨主，把他三人拿住，余者全都散心，粮米再无人抢了。即便抢去，一见寨主被拿，必然扔下逃命。大人请放心，小人管保无事。"施公点头，众人分列两行不表。

再说红土坡众寇，那天才一鼓，方成说："此刻就该下山。"于六便吩咐备马，各人带好兵器，一起搬鞍上马。后跟二百名喽兵，一直奔米堆而来。下回分解。

第一二四回

众官兵捆送方成　贺义士力追于六

话说方小嘴传下令来：听他的哨子响，齐往上闯。众贼依令。方小嘴领着众贼，来到米堆不远，只见高搭芦棚，桅杆上高挂灯笼，十几处米堆，高似山峰。巡逻兵丁衙役，往来不绝。猛听哨子一响，众人惊疑，不知其故。又听呐喊声音一片，似有几千人一般。兵丁衙役，吓得魂不附体。声过处，又听一人高声喊叫说："大王爷是太行山寨主，竟来借米，你们快快远走！稍若迟延，尽死刀下！"兵丁衙役害怕，又不能脱身，也是乱嚷，只叫："拿贼。"

早惊动施公，暗暗吃惊，想着天保真有见识。黄天霸暗恨强贼，真是胆大。正自思想，听得北面锣声响亮，连忙点起大炮。二个声响处，早惊动四面好汉兵卒，各整器械，抖擞精神前来。

这里众寇如入无人之境，来到米堆跟前。那二十名头目，二百小卒，赶着车辆，紧跟进来。众人一起动手，撮米的，撑口袋的，往车上装的，七忙八乱。贺天保等八名好汉，带领二百兵丁，从四面围裹上来，那五十个火把，全都点着，照耀如同白日。外有五十名，暗处呐喊。这众寇只顾抢粮，猛听似雷的大炮连响，又一阵声音呐喊，又瞧见红亮一片照耀。众贼不知虚实，大大吃惊，无奈不敢违令，只得拼命抢米。方成暗说："不好！

就白来一场？事到其间，只得闯上去了！”想罢，高声助威，说是：“山上的喽兵，不必胆小！现有我们挡住官兵。六哥、七哥把手下兵分开两路，只要奋勇当先，战败官兵才好！小弟这里催促小卒抢米，已经走了一拨了。”于六、于七答应，忙把小卒分开两路，各领一支，迎将上去，真杀实砍。猛见一人，马上高声大叫说：“你这强盗！坐山为寇，打劫客商良民。官兵不征，也就是了。竟敢擅动皇粮，多么大胆！棚内坐着钦差，四面俱有官兵，英雄好汉二十余位。大太爷姓贺名天保，四霸天中第一人——绰号人称飞山虎。前日曾在绿林，如今改邪归正，跟随施老大人，专杀土豪恶霸。”

方成听了冷笑几声说：“姓贺的听着！我与于家兄弟，同称寨主，山东省人人皆知。手下喽卒无数，你等能有几个能人，狗党狐群，乌能济事！”天保听罢，晓得必是小嘴方成，先把他当先拿住，好见钦差。才要催马，张英答话说：“哥哥，此件功劳让与我罢！”一催坐骑，更不答话，双举画戟，迎胸刺来。小嘴举刀相迎，一来一往，两马盘旋五六个回合。方成手快，张英些虚漏空，左耳带脑一刀削下半片，疼痛难忍，一倒身跌下马来。天保见势不好，连忙催马，口呼：“兵丁，快救张英！”官兵着忙，一拥前来，救起张英。二人扶着，向后去了。贺天保接住方成，与他交战，冲突十余合。天保一心想道：贼人若战败逃走。黑夜之间，无处寻找；再者自己有令在先。眼看方成刀法稍缓，天保奋勇，抢他的上首，提马跟紧不放。小嘴见势不好，怕难招架。好汉越发紧逼。贼将方成心一发慌，手迟眼慢，只听唰的一刀砍去，正中左背，深有四寸，小嘴翻身落马，余皆逃命，四散而去，全都顾不得要粮米。倒有些骑着驴马去的，粮米抛洒遍地。

天保带领官兵，押住方成和那二十名小卒，竟奔官棚。黄天霸远远望见一群人马，直奔前来。天霸叱咤：“呔！何处的人马？少往前进。”天保听准声音说：“老兄弟，天保来也。”赶至切近下马，就把拿住方成的话说了一遍。又说：“此时我不回棚，张英也不用去了。留下三十名兵看守贼徒。那二十人点着火把，看守米堆；瞧着那边打仗，往那边高举。”天霸答应，叫官兵把贼送入小棚看守。天霸进棚，对施公说知。

且说天保重新上马，那二个官兵高举火把，跟随了好汉，接应众人，来拿于六、于七不表。且说王栋、李俊二人，把赛袁达挡住，动手交锋。赛袁达于六把亚靶枪挡住二人的刀棍，竟不放在心上。三人往来冲杀，有半盏茶时，谁知李俊漏了一空，被于六一枪挑于马下。王栋见了，不由害怕心惊，暗说：“这名盗寇，真是骁勇！二人并战不胜，何况一人。”怎奈天保号令又严，欲战实难取胜，强弱不敌。正自犯难，忽听盗寇大叫：“那厮休得逞凶，我乃高山赛袁达姓于行六是也。特来抢米。大胆鼠辈听着：避我者生，挡我者死，你别枉送了性命。”王栋暗说，这就是于六，更放不得他了。只得跟他拚命一战！一着急催马抡刀，直取于六。于六举枪相迎。王栋左拦右遮，来往五六个回合，气力又乏，只是招架而已。王栋心中着忙，一旁又来一骑马，耀武扬威；两支火把，头里直跑。王栋心中好不着忙，真是寻路无地。却听一片声喊：“飞山虎贺爷爷来也。”王栋一听，倏然将心放下，精神渐长。

天保从旁一看，不见李俊，忙问兵丁，方知被枪挑死。大吃一惊！只见王栋刀法散乱，贼将越战越勇，进前叱咤说："王贤弟请暂歇马，让我擒拿此贼。方小嘴早被我拿住，又来拿于家弟兄。"王栋说："这就是于六，哥哥须得留神。"天保催马抡刀，直冲上来，就是一刀。于六用枪当啷一声架过去，复又旋转马头，唰儿的一声，钢枪高举，过去征战。天保又回头，一闪寒光，刀早砍去，枪复遮开。于六听说方成被擒，心中发惨，从怕中生出一股浊气，把心一横，就把生死置之度外，奋勇征战十数回合。无奈天保刀法门路精巧，于六暗暗点头说："这口刀与那两人大大不同。虽然不能胜我，我想赢他，也必是难。何不施展飞抓，早早成功为妙。"于六拿定主意，拧转枪杆，催马如风。飞山虎抡刀把浑铁枪磕开，抡来劫战三四回合。于六圈回坐马，败将下去。天保一见，认作真败，战马如飞，赶将下去。且说于六却不是真败，掏出飞抓——全是活骨节，纯钢打造，打出去，可就张开，把人抓住，往回一拽，比如人攥上拳头还结实，再也摘不开。不知飞抓把好汉怎样，且听下回分解。

第一二五回

飞山虎被抓亡身　赛袁达中镖落马

且说于六熟习飞抓，贺天保久已知晓，今日却没想起防备。一则满腔忠义，一心恨贼，自己号令得甚严，心急立功，为是好对众人；二则好汉命该如此。两马相离几步，并不言语。贼人下了毒手，使飞抓对准打去，正中面门，抓住脖项，钻皮刺骨，鲜血迸流。贼人于六，双手劲力一拽，天保马上一晃，坐牢雕鞍，说声：“不好！”伸手拿住绳儿，用刀一挑割断。于六只顾拽绳，绳断，猛然一闪，险些坠下马来。一见好汉中伤，忙勒马回来，正要加害英雄。只见灯笼火把，呐喊声音，官兵齐至。料想不能成功，抽枪催马回来，想要打听方成真死假死，再去接应他兄弟不表。

再说贺天保双手摘抓，只觉疼痛难忍。王栋直赶[illegible]看，心下着忙，速跳下马来细看，已不成模样，真似浑身血染一般。吩咐官兵：“把贺爷搀下马来。”有几支火把照耀，王栋亲手轻轻摘抓，好容易摘下去，王栋收起。把好汉疼个昏迷不醒，王栋说：“大哥伤重，且请回棚歇息。”天保答应。王栋吩咐十名官兵去送，千万小心留神。兵丁答应，扶了天保上马，竟扑官棚。好汉只觉风大，吹得脑浆子痛疼。不多时来到棚前，官兵扶持天保下马。天霸正在棚口站立，见官兵来到，连忙问及。兵丁将追赶于六，误中飞抓，王栋叫他们送来的话，说了一遍。天霸闻听，吃了一惊，连忙说："快搀下马。"施公细看分明，着忙用手扶天保依着东墙椅上坐下。施公低言问道："义士想必是贪功，误中暗器。快些回去，好叫该官请医调治。"

贤臣连问几遍，天保慢慢开言说："大人，小的因为追赶于六，误中飞抓，十分沉重。"那天保叫声："老兄弟呢?"天霸连忙答应说："小弟在此伺候。"天保说："你我自幼结拜，父子交往情同弟兄。我今误中飞抓，死而无怨。但愿你侍奉恩公，不可懈怠，必要始终如一，方是正人。后来你必前程远大。先拿于六、于七，好报仇恨。破木为棺，便可就殓我尸首。烦劳仁弟走一遭，把尸首送到我家，交与你秦氏嫂嫂。你侄儿今年十四岁，名叫贺人杰，会使两把短练铜锤，异人传授。孩儿无父，就是犹如你儿子一样疼。贤弟啊！别说'人在情在'，你且过来，我摸摸你，咱弟兄还要相逢，除非梦里来。"这一派托付天霸照应贺人杰的话，言有尽，意无穷，真是倾心吐胆之言，并无半点虚假。说的合棚人等，皆不能止住眼泪。天霸不觉捶胸蹬脚，却不敢高声。施公也恸泪直流。天保说罢，"嗳呀!"几声，须臾气绝。黄天霸往前一扑，栽倒在地，痰气上壅，背过了气去。施公正想义士的好处，两眼垂眼泪不止，忽见天霸栽倒，大吃一惊，忙令手下人扶起撅着。众人忙作一团，撅了半晌。施公附耳叫唤不止，天霸渐转过气来，叫声："仁兄，你可恸死我也!"上前抱住血脸，哭叫不止，立刻就要去拿于六。便恳钦差开恩："小人暂告一时之假，去拿于六。"施公见问，连说很好不表。

且说于七，但见迎面有支官兵，火把灯笼拦住去路。这支兵原来是王栋带领的。于七一见，心中大怒说："于七爷爷要回去，哪个胆大敢来找死？"王栋听说于七，忙令官兵放箭。忽听一阵弓弦响处，于七早中了几箭，未伤致命之处，也是刺肉钻皮，筋骨疼痛。正在为难，没法可使。忽来一阵狂风，飙的不能睁眼，灯笼火把都灭，贼于七趁此逃走。是他命不该绝，才遇这个巧机会。王栋见于七逃了活命，欲想自刎，却又难舍，蝼蚁尚贪性命。无奈何对官兵说了原委。官兵答应，回去说明。

不言王栋隐姓埋名退去。再说天霸心忙意乱，往前催马，正遇于六寻找于七、方成。迎面正遇天霸，此时两下相迎。于六先通姓名——这也是鬼使神差，天霸一见，两眼全红，恨不得一口把他咬死。取出飞镖，恶狠狠对准于六唰的一声，打将过去。后人有一段词句，专道黄天霸飞镖云：

号飞镖，猛英雄，纯钢打就两三支。凭百炼，却非轻，昼夜操练苦用功。战败中，能取胜。纵百发，能百中，专取敌人命残生。父传授，子用功，远合近，都能行。流落江湖传美名。是暗器，都有名：问马锤，箭与弓；有飞抓，有流星，不是野史混起名。祭法宝，混天绫，串心钉，晃魂钟，念念有词就腾空。这飞镖，迥不同。手头准，腕下轻，浑如巧匠运斤风。门路熟，武艺精，保护贤臣立大功。

且说于六正在找人之际，遇见战将，手按枪杆，预备争斗。听得面门一声响亮，头迷眼黑，翻身落马。恰好小西、陈杰带兵来到，把于六立刻上绑。又有王栋兵到跟前说："于七逃走。王栋抱愧在心，往他方去了。"此时东方已亮，天霸令小西追赶余寇。小西等率众连忙追赶，跑至红土坡，烧了山寨，即回官棚。天霸自己押着于六，来到官棚，见了贤臣，回说一遍。就在棚中设下贺、李二位灵位，把于六、方成斩首摘心祭灵。复又备木为棺，将贺、李二人成殓已毕。把李俊择了块地埋了；把天保的棺木，存在古庙内。忠良爷连忙差人上一道表章。康熙佛爷怜其义勇，就封天保世袭指挥之职。后人专赞贺天保义气，死后得世袭褒封。有七言律为证：

天保何惭义士名，一心报国顿忘生。
阵前奋勇曾无怯，身后追封亦有荣。
世袭指挥绵累祀，功昭史策显奇英。
至今浩气应常在，烈烈忠魂保大清。

且不言贤臣上表，皇上追封。再说黄天霸安置完了灵，忠良又嘱咐天霸送灵；一面分派众人回衙。众人伺候贤臣坐轿进衙。将至衙前，只见有一匹马跑到眼前。才要令人去问，忽听有人喊叫，说道："快报钦差大人，前来接旨！"施老爷闻听，吩咐急速进衙。差官下马，把圣旨请下，供奉在上面。众文武在圣旨香案前，行三跪九叩之礼。这位差官，手捧圣旨，高声朗诵云：

奉天承运，皇帝诏曰：谕尔放粮钦差施仕伦奏，山东红土坡著名草寇作乱，一省被害，擅抢皇粮，幸而爱卿擒贼，保住皇粮。无负朕念生民之至意。贺天保为国亡身，追封世袭正指挥之职，赏银安葬。黄天霸等功劳，待卿回朝之日，另行封赏。本地文武官员，纵容贼寇，殃及平民，本应褫革，永不叙用。朕姑开恩，暂行革职留任，以示惩戒。倘再疏忽，依律治罪，决不姑宽。钦此。

此差官读完圣旨，文武山呼万岁，叩头谢恩，拜毕，站起，闪在两旁。贤臣设席款待来使。酒饭毕，差官不敢久留，起身告辞，回京交旨不表。

再说施公复派兵将，速领人马，剿灭红土坡散处余寇。武职官领命前去不表。施公出衙坐轿，文武相送。回至金亭馆驿，天晚用毕茶饭，安歇不提。天明，施公带领合省文武，摆祭食祭奠贺天保，按指挥职分祭罢，叫黄天霸送灵回家。施公率领文武，送出城外，才回到东门米场。州官早把饥民齐传伺候，真乃人山人海。州官将册子呈上。老爷展开，按册放米。不消数日工夫，将赈放毕。大小应役官差，俱不敢作私弊。万民欢悦，无不诵圣德，夸奖施公。

那日黄天霸送灵回来，参见施公，说："贺天保一家大小，叩拜老爷天恩。"施公点头说："你坐下，我有话说。"吩咐从人摆酒。天霸陪着施公共饮，饭毕，撤下献茶。施公传出话去，明日便要回京。众官得信，连夜搭上送官棚，悬灯结彩。次日天明，施公吩咐免去执事不表。且说贤臣在路登程，逢州州送，逢县县迎，晓行夜住。那日来到德州地面，早有州官远接，他就双膝点地，跪在道旁，口内高声报名，说道："州官穆印岐跪接钦差大人。"内丁轿旁说："起去。"州官答应，刚然站起，猛抬头见前面滴溜溜起了一阵旋风，施公轿内看得明白。风定尘息，大人说："跟着旋风走。"家丁内班一起催马，赶到庄后，霎时旋风止息。现出稻田，轿到跟前站住。施公细看，并无别物，只见一丛稻米秧儿，穗叶全青。跟役连忙取来，大人接过一看，见稻穗甚是饱满肥大。又叫人来说："你们进村去，找锹镢使用。"从人答应，进村找来。施公说："从秧稻处往下刨。"跟役一起动手，只刨有六尺深，竟刨出一个尸首。众人吃惊。不知毕竟如何，且听下回书中分解。

第一二六回

见稻穗拟名派差　听民词新闻恶霸

且说内丁在稻秧下掘出尸首来，连忙回明大人。大人又叫埋上，吩咐州官派人看守。又叫："穆印岐，快速派你手下能干的差役，速拿旱道青带到德州官衙，候着听审。""是。"吩咐已毕，排开执事，进城不表。

且说穆印岐见轿去远，忙叫人："来来来！快着。"跟役答应，跑到面前报名说："小的张岐山、王朝凤叩头。"州官说："快起。去去去！快拿去呀！"差人说："老爷吩咐明白了，好去拿呀！"州官着了急，说："你们耳朵里塞上棉花咧？没听见叫快拿旱道青吗？"公差说："小的二人讨老爷示下，什么叫旱道青呢？"州官见差人追问，便急了说："你们这些糊糊涂涂的混账东西，我知什么叫旱道青？赶明日大人还要呢！"说完便叫拉马过来，上马带领役人，赶上施公，跟随轿后而去。那两名公差见本官走了，爬起来发愣说："这是哪里来的怪事？咱俩跟随十几年官，没见过这个糊涂虫。偏又遇见这宗奇事！合该是你我倒运。旱道青也不知是一人，是一物？州官浑虫，不问明白，就要差人去拿。"王朝凤说："不难不难，我有妙计，不用为难。"张岐山紧紧追问，朝凤只说："走走，街前自有主意。"一人捣鬼，一人追问。进了大街，找一酒馆，二人坐下，要了壶酒，两碟子菜，喝着酒闲谈。张岐山放心不下，又问："王哥有何妙计？快快说来。"王朝凤笑而不言，只说："你多喝几杯，我才告诉你呢！饮的时候不早，岐山忍不住又问，王朝凤手摸大腿说是："这宗差使，就得杠杠屁股，就算是妙计。"说着，二人大笑不止。

不言公差闲话。且说施公坐定大轿，前护后拥，甚是威严。锣鸣震耳，清道的旌旗，乡长、地方在前喝退闲散人等。大人在轿内观看，只见跑过一群人，道旁跪倒，皆嚷："冤枉！"施公闻听，忙叫："人来。""有。""快接冤枉状子。尔等众民人下去听传。"大人起轿入城，进了公馆，不表。

且说拿旱道青的公差，在酒馆叙话。酒馆掌柜姓郝名三道，其妻白氏。作这个买卖，带做卖豆腐、挂面。郝三道一见，就知是衙门的朋友，便就另眼看待。王朝凤说："郝大哥，咱这村中牌头，怎么不见？"郝三道说："他呀！老和尚代磬钟呢！"公差点头，又问："郝大哥，你们这路北那三间房子无人住么？"郝三道说着摆手："休题，休题。"低言说道："那三间房，原是皇粮庄头①盖的。有人原住。无人敢问姓名。先有一家王姓，管家乔三爷常和他来往，住了二年，忽然不见踪影。里面并无值钱的物件，有些破碟烂碗，全都扔了。后又有人搬进去，夜里闹鬼，又

① 皇粮庄头——清兵入关，满清贵族、八旗头目实行圈地政策，重新瓜分农民土地，推行皇庄、王庄制。皇庄，专派庄头经营，搜刮租银为内府使用。土地由汉人壮丁（农奴）或犯人耕作。庄头监工，极为残酷。庄头还利用皇庄特权，自己吞并农民土地，鱼肉乡民，为当时一大害。

走了。因此无人居住，闲了有一年多咧！”公差闻言点头。郝三道说：“这房主是咱德州一路诸侯——有名的黄隆基黄大太爷，谁敢惹他？”王朝凤说：“别说闲话咧！散散罢。这明日上堂，尝尝施不全的竹笋汤什么滋味，这是我的一条妙计。”说说笑笑，各人散去不表。

次日天明，公馆内施公早起，传出话去，今日进州衙办事。有司答应，立刻传到外面，公堂预备停妥。八人大轿，喝道鸣锣，不多时来到州衙，至滴水落桥，去了扶手，施老爷下轿，升公位坐下。文武行参已毕，两旁伺候。施公吩咐人来，带昨日那些告状人上来回话。州官一旁答应，着忙往下跑，到外面说：“人来，来来！快些把昨日告状的全都带进来。”公差答应，走出角门以外，高声大叫：“快快带昨日告状人进见。”外面听见，哄的一声，跑过几人，领着那些人进了角门，高声叫道：“告状人带进。”堂上接音：“哦！”那等威严，不亚到了刑部，真堪畏惧。那些人进来，一字跪倒。施公留神一看，老少不等，各各愁眉不展，衣帽各别。看来诸民都有冤枉。打头张状词一看，上写：“小民马滕璧，呈控皇粮庄头，无故殴伤人命，不准领尸一事。诸人强霸，不依王法，倚仗势力，侵占夺抢。”种种蔑法，俱写明白。施公越看越恼，往下开言说：“你这呈状，写的虚实，照此回话，如有假情，立追你命！”那人说：“不敢虚写。”施公说：“你再说上一遍。”

马滕璧两眼流泪，口尊：“大人，庄主黄隆基，住在城外，万岁爷爷三等庄头。家有良田一千多顷，房舍成堡，墙壁坚固，磨砖到顶，三丈多高；村两头搭桥两座，磨砖大门，盖的齐整。

桥上若有人走，先得通报打锣。家有獒①犬如虎。都叫他霸王庄，又叫他恶狗庄。他绰号叫乌马单鞭尉迟恭。上交王公侯伯、五府六部，还有个七星阿哥是朋友。招众天下绿林客，窝藏一群响马贼，州县官员不敢惹。他霸占人家房子田园地亩，还叫房主交纳租银，若是不交，送到官司，打板枷号，还得应承。此人专好美色，妻妾十几个不算，要瞧见别人妻女，略有姿色，叫人去说亲。本主若是不应，他说欠他多少银两，因不还才折算抢夺。若是出门，恶奴围随，一群民人，见他全都站起。若是不遵，就是一顿鞭子，抽的满地下乱滚。有个管家，叫赛郑恩乔三。他一日能行五百里，见人妻女，有些姿色，他硬抢去强奸。小人说不尽他的过恶。那日我父赶集，茶馆坐定，并未留神，没瞧见庄头。庄头恼他不站起来，叫他家人拉下来就打，一时叫他们打死，可怜他年老，又不禁打。打死不叫领尸首，拉到他家，说是叫狗吃了。小的告遍了衙门，全都不准。老大人可怜小人无处申冤。”说罢叩头。忠良一听，脸都气黄，暗暗切齿说：“哪有这样恶人，真是可恼！”又把别的状词，一张一张看过，言词虽是不同，却都是告他的多。施公暗想：“此人万恶多端，无奈势力过大，若要明拿，只怕不妥，必须如此如此，方能除暴安良。”老爷想罢，开言说：“你们暂且回家，各安生理，五日后听传对词。”众人答应，叩头出衙而去。

施公眼望州官开言说：“你把昨日拿旱道青的捕快叫上来，本部堂问话。”州官回身到堂外，高声叫道：“捕快王朝凤、张岐

① 獒（áo）——狗的一种，身体大，尾巴长，四肢较短，毛黄褐色。凶猛善斗，可做猎狗。

山，速来进见回话！”公差答应：“有。”来至跟前。州官说：“随我上堂去见大人。”“是。”“要小心回话。”“是。”公差来到案前左右跪下，自己报名说：“小人张岐山、王朝凤给大人叩头。”施公点头问说：“你二人拿的旱道青呢？”二公差口尊：“钦差大人，小人领了钧谕，各处留神细访。城内关外，查了一日一夜，并无有形踪。”施公见此光景，便抓了八支刑签，扔将下去。门子连忙拿起，指名叫道：“某役某役，快请头号刑来伺候。”一起答应。不知后事如何，且听下回分解。

第一二七回

误差使班头遭谴　求闪批①家口收监

且说施公摔下八支刑签，门子拿起，叫掌刑的伺候。皂班答应，齐说“有，有!”立刻将二人摺倒在地，退下中衣，皂班举起竹板，唱号五板一换，打的血流满地，每人二十。公差说：“打死小的也没处拿去，不知什么叫旱道青!”施公更加气恼说：“再掌嘴!”又是每人五个大嘴巴，打的公差不敢出声。施公吩咐：“抬出去，五日之内，要交旱道青！如再违限，便加重责；连官都有不是。”州官说：“是是!”不提。

单言那受刑的二名公差，方才板子、嘴巴，却不过瞒哄本官的耳目。他们一马三箭，演就的劲儿，官瞧着打的劲，撕皮掳肉，鲜血外冒，只是肉皮受苦，伤不着筋骨。两人见施老爷去远，忙叫人打了壶烧酒，喷在上面，用脚蹬柔了一阵子，便觉好了多半。挣扎起来，走了几步。张岐山、王朝凤拍掌，各玩笑臭骂一阵。内中有个班头，姓曹名叫栋虎，搭言说：“二位老弟，玩笑是玩笑，正事是正事。你们这差使，是奉钦差的命。依我想，这无名少姓的到哪里去找？今日受了比较，刑又太重，又给

① 闪批——地方官府发给差役办事、提人的签证。由于任务紧急，如同霹雷闪电，故称“闪批”。执行任务中，持闪批者拥有某些特殊权力。

了五天的限期，期内要办事认真，如拿不到人，如何是好？你们俩跟哥哥走罢！”说话之间，天晚，忽见小马儿跑进酒铺说：“三位爷们，不要喝咧！官府回衙去了。”三人闻听，忙忙站起。张、王二人，也不顾疼了，同到柜上，曹栋虎写了账，奔至衙门，到里面回明了州官。

穆印歧也牵挂着这宗事情，由公堂伺候大人回来，到了衙中。听见差人回来，只道是拿住了旱道青，令人忙把差人传进。三人上堂，叩见州官已毕，站在旁侧。州官连忙说“你二人拿住旱道青？”这公差说：“大爷听禀：这旱道青无影无形，实无法拿去。钦差大人传谕甚严，各处遍访并无影形。限满了拿不到，大人必怒生嗔，打死小的不算，还怕连累了大爷的前程。求闪批出城，昼夜找寻。三天内得着旱道青，保住老爷前程，我小的免受重刑，别的呈词由他办，事到临头再理论。”穆印歧听说，思前想后说：“你们这些混账东西，哄我来咧！我出闪批倒不要紧，好比开笼放鸟，你们无影无踪无影信，扔下鱼头，还是叫我搞不清。我想你们三人这般心眼，倒不如我先下这绝情。”叫：“内丁！”“有。”“快快看大刑！”曹栋虎着忙说：“太爷且住，容我三人细禀。”内丁止步，又使过一个眼色。曹栋虎一见满心欢喜。怎么说呢？从来官向官，吏向吏，又都知道州府前紧后松，是个糊涂虫子。故此紧爬了半步，口尊：“老爷。暂息盛怒。容小的三人细禀：求老爷开一线之恩，我三人感恩不尽。”言罢，咕咚咕咚叩头。印岐闻听，眉头一皱，生出一计说：“罢咧！既是你们苦苦哀怜，老爷从宽。你同他两人，立刻把你三人家眷入监，本州这才放心。”遂吩咐内丁，立刻传出：将他三人家口入监，盘费官领。内丁答应。又吩咐书吏，写了闪批，急速拿进用印。霎时写完，拿来用了印。州官说："他二人领批拿旱道青；你随本州办事。"又吩咐：赏他二人京钱五吊，以作路费。三人叩谢爬起。内丁送出后堂，吩咐：快把他三人的家口，押赴监禁。只吓得三家男女老少，不知如何是好。众伴们看着，俱皆叹息。

王朝凤、张岐山看这光景，虽不肯掉泪，也是无可奈何，硬着心肠说："曹哥，你老人家为我们受累罢了！连老嫂子跟着受此囹圄之罪，我等于心何忍？"曹栋虎闻听，带笑开言说道："这不甚要紧。你们俩放心去办差。使他们姐妹、孩子，要受一点委屈，我就不是朋友咧！"总而言之，一言难尽。直到天亮，分手出监。曹栋虎随着官府，办着差使。张岐山、王朝凤散淡游魂，出了衙门，信步而行，说些前后事故，愁眉不展。王朝凤说："老弟，依我说咱们离了德州，进北京城里。我有亲眷，咱们俩上那住几个月；再托人打听钦差信息。纵拿不住，差使完不了，还把家口定了什么罪名不成？施大人圣旨很紧，就不完案，他也得进京。咱们不管糨子州官，他坏不坏，将军不下马，各自奔前程。等他去了，咱们再露面接差，你看如何？"张岐山哈哈大笑，说是："好计，好计！施不全厉害，他杀不了家口，是时候也得进京交旨。只有一件，俗说：投亲不如访友，访友不如下店。现今的世态浇薄，见咱把差使扔了，不免冷淡咱们。我想禹城有座辛集镇，集上有座小店，店东与我相好，咱投了去，莫说住两三个月，就是住上一年，他也不好意思要房钱。咱们临走，也不白他。快些跟我走罢！"

二人说话之间，走到太阳平西，到了禹城的北门之外。不多时来到辛集，到了店门口，二人闪目观看：只见店面收拾得齐整鲜明，门柜上有一副对子，上首是：“兴隆人投兴隆店”；下首是：“发财客进发财门”。影壁上面四个大字：“张家老店。”看了一番，正往里走。店小二早瞧见说：“大叔从哪里来的？哪阵香风，刮到贱地？”张岐山说：“相公你可好，二三年不见了，你们爷的买卖越发兴旺了！你父亲在家，可是出外去了？”小二说：“我父亲上北京去了，目下就该回来了。大叔先进店罢！”二人走进店内。小二说：“请上房里坐罢，待小侄灌茶，打脸水去。”又将茶水送来，说道：“我到外面招呼招呼行客，你多住几天。”说罢笑嘻嘻跑到店外去了。二位公差，净面，吃茶。随时间就拿过酒饭。二人用罢，似乎困倦，早早安歇。到了次日，红日东升。他二人早早起来，净面，吃茶。王朝凤说：“你这里熟，你去弄只尖嘴来，再弄上三两斤肉。咱弟兄俩解解愁闷。”岐山说：“使得，使得。”遂拿了三吊京钱，去到街上，拐弯抹角，赶到集场。闹闹哄哄，只听吆喝：“黑大豆、高粱、小米、大米、芝麻、棒子。”又放前走，瞧见驴马市，牲口不少。霎时又到鸡鸭市，成筐成担。也有几个杂货摊子，设立两旁，有干鲜菜蔬、笸箩簸箕、条筐、竹篓，诸般器用不少。暗说这是乡村小集镇，这么热闹。忽瞧见鸡鸭市站着一位老翁，鬓发均白，有六七十岁，浑身褴褛，声声咳嗽。抱了一只鸡，二目模糊，看物不准，破鞋袜捆着钱串。岐山看了，良心发动，取出一吊京钱，叫声：“老者，你这鸡卖给我，我给你一吊钱。”老者闻言，满心欢喜说：“我这鸡那值这些钱，这是爷们行好的人，叫我多买几升米吃。”千恩万谢的去了。

张岐山提鸡往回走，猛抬头瞧见一锅猪肉，暗说我买生猪肉去。又走，见路南有两间土房，开着板搭，架子上吊着三四块肉，有几个人围住买肉呢！公差看罢，忙走到跟前，闪目看那买肉的人，又细看那卖肉的屠户：生的状貌凶恶，身高八尺，膀阔腰圆，麻面无须，粗眉怪眼，约有三十多岁；身穿蓝布衫，腰系蓝围裙，土色布的袜子，青布尖鞋。手拿一把砍刀，不住的割肉，这个一块，那个一块。那些人接过来就走，并不上秤，也不争论。张岐山看罢纳闷，暗暗称奇。这禹城离德州不远，怎么就两样呢？莫非是肉贵不成。正自思想，人都散去。张公差把鸡放下，用脚踏住，拿出小钱一吊，前来说："卖肉的大哥收钱，给我割三斤硬肋。"那屠户伸手接钱，也并不数，花拉就扔在大钱桶内，回首把猪肉端详端详。不知怎样惹气，且听下回分解。

第一二八回

张岐山割肉见怪　王朝凤饮酒得差

且说屠户韩道卿，往肉上端详端详，喀哧就是一刀，割了一块硬肋，回手就递给了他，把砍刀插在架子上。回身就往里走。张岐山一见，就说："大哥先别走，这肉可倒好，就是骨多肉少，没点油，怎么下锅去炒呢？你再添上块油。"屠户闻听，心中不悦说："尊驾必是远方来的。此处又是一样风景，买肉连油此处不行。不信你去访访，外号就叫一刀，没有两样。"公差又气又恼，想着人在外乡，目下又是孤身，且又心中烦闷，压下火气说："大哥不用生气，买卖人有三分纳性。算我乍进芦苇，不知深浅。俗说：'现钱买的手指肉。'再者，古人留下斗合秤，为的是公平。我原是德州人，相离不上七八十里地，就是两样行事？我实告诉大哥说，要在我们德州，别说饶油，就是白要，还得给上一块呢！我心不明，请示大哥，怎么就立下这个规矩呢？"屠户见问，回嗔作喜说："哦，这就是了。尊驾原不是本地的人，这就莫怨了。皆因今人不似古人，公平买卖一例。小人花钱治了酒席，请来本地举监生员，军民人等，议合定下规矩，也学古人。尊驾知道，姚通炊肉煮汤，有个屠户叫黄一刀，不论人要三五吊钱肉，就叫黄一刀，再不用还手。人回家去秤称，每斤足有十六两。因此卖肉不用秤。"公差说："古人姚通买肉，遇见黄一刀罢了；如今我买肉，也遇见黄一刀咧。”屠户说：“虽然我不是黄一刀，怎奈众亲友赴了我的酒席，公议也送了几句号儿，尊驾访访便知。”公差说：“你把那几句号告诉我，我也明白明白。”屠户说：“你问此话，听我道来：‘辛集韩道卿，卖肉不用称；准斤十六两，无欺更公平。’尊驾听真，并非我自夸，是此方乡亲们抬举于我，才定下肉规。请罢！不用唠叨了。”言罢回身干他的去了。把这公差说的傻呆呆地发了会子愣，无奈一手提鸡，一手提肉，只得回去。心中有气，暗暗想道：他论姚通，是《汉书》上有个姚二愣——招灾惹祸充军的人。马清、杜明陪着他住在店内。遇着恶屠户黄冈，割下一刀肉由着他算。近方居民，不敢争论。他自称黄一刀，后终于恶贯满盈。如今又出了韩一刀，有心和他弄气，又怕耽误了大事。

正自思念，忽见店门不远，迈步进店，来到上房。王朝凤一见，带笑骂了声：“小猴儿，如何去了这大半天，必定是叫黄莺撅伤腿咧！”张岐山说：“你们瞧这只鸡三斤肉，买的如何？”朝凤说：“好好，算你是吃嘴的好主儿。你快去，交与他们白煮罢；再叫他打一斤酒，烙三斤饼，叫他急快。”岐山说：“都交与我咧！”拿将出去，哪有一顿饭之时，小二用盘端来，全都齐备。小二笑嘻嘻说：“二位爷请用罢！要什么说话。小侄前面有事，不能伺候，担待侄儿罢。”二人说：“咱是自家人，不怪你咧！请罢。”小二答应而去。这二公差饮着酒，岐山说道：“你方才怪我来迟了。我在外遇见黄一刀。”王公差笑说：“什么叫黄一刀？”岐山说：“不论多少钱，要买三五斤，只割一刀，并无回手之说。”朝凤说：你全是鬼话，我不信。”岐山说：“若有句虚言，就是个忘八羔子。”王朝凤吃惊说：“有此事，特奇怪了。你细说我听。”张岐山遂将买肉前后的话，怎么接钱不许饶油，并屠户的模样，怎么说话，细说一遍。王朝凤听了，也是气恼。二人说说笑笑。王朝凤猛然想起，说是：“大喜大喜，咱今日吃的是喜酒，快些吃罢！”岐山纳闷说：“这怎么算是喜酒呢？”朝凤说：“有差使，岂不是喜酒呢？”岐山说：“又该你说鬼话了，这里哪来的差使呢？”朝凤说：“只管开怀畅饮，要没有差使，我就是鸡蛋，叫你生喝了。”岐山仍不解，又饮数杯。王朝凤说：“你想起差使没有？”岐山摇头。朝凤说：“你方才说那屠夫名字，叫什么？”说：“叫韩道卿。”“咱正是拿韩道卿来咧，岂不是有了差使？”岐山又念几遍说：“就是这字不同。”朝凤说：“这个音倒是全同。他必定是霸道一方。就有点不同，这差使我想交得下去。”岐山细想说：“王哥，倒是你参透，比我胜百倍。”二人遂低头商量一会，预备停当，叫小二收拾饼面，全不要了，说到外面走走再来。

二人遂即出了店门，直奔城里衙门投文，文武官员见是钦差公文，各派兵丁衙役前来，只言往辛集查集去。张、王二公差，忙的早就走下来了，二人共议，如何拿法。朝凤说：“咱哥俩到那里，先把他稳住，再等他们文武衙门的人，料他插翅难飞。”一路说些前后的话，却早来到辛集街上。看看天已晌午，集尚未散，乱乱哄哄，男女老幼，旗民僧道，买卖喧哗。二人无心观看，越巷穿街，走到肉铺门口。张岐山一丢眼色，低声说道：“就是这个卖肉的大汉，他叫韩道卿。”王朝凤吃惊说：“真长的凶恶！”二人一旁低言，定下了计策。忽听有人喊说：“老爷、二爷来查集呢！二爷是常在街上行走。”众人也不大理会。有人就过去先把街口查住。王朝凤拿了五吊多钱，来到肉铺说：“大哥，我今日可不是唠叨，这可是好几分子呢！”张岐山说：“韩大哥，真有你的。昨日我割那三斤肉，到家一秤，足有三斤十二两。怪不得不肯饶油，再给我割三斤。”王朝凤说：“你哪里这么急法呀？是我先递过钱的。”把钱往回一拉，串子断了，把钱撒了满地。屠户瞧见，就是捡钱。王公差说：“捡钱不忙，你先割肉。钱丢了算我的。”屠户手执砍刀等候。王公差说：“我割五斤，我二姨妈三斤，厢房大妈二斤半，倒座房大嫂子二斤。”屠户一咧嘴笑了，说：“我割一分，你再说一分。说了个乱七八糟，把砍刀扔到灌子里了！”王公差说：“咱先捡钱。”屠户闻听，这就屈下腰来捡钱，岐山用大棉袄向屠户的头上一蒙，掏出铁尺。未知拿住韩道卿如何，且听下回分解。

第一二九回

激将法巧烦好汉　探隐情偶遇佳人

且说屠户韩道卿屈腰捡钱，已是中计，张公差忙将大棉袄脱下，往屠户脑袋上一蒙，王公差踢起一脚把他跌倒，张公差腰内拔出铁尺，照手腕上打去，又照膀弯上打到腿脚。打得那人大声喊叫："乡亲们，快来救人！"王公差用脚蹬住说："你的事犯了！打你不算，还给你个地方。"但见铺外兵役一起上来，绳缚二臂。登时人报官府来了。忙设下座位。两名公差上前打千回话说："小的二人回老爷：此人乃是钦犯。多派几个人，押送德州去见钦差大人交批。"文武官回答："二位上差略待半时，我们自有办理。"公差答应，站在两旁。

县官与守备吩咐带过屠户来，下面答应，把韩道卿搭来。县官说："屠户，把你所犯情由说清，我好差人行文解你去见大人。内中干系，本县考程。"守备说："你如有一句虚言，文书轻重难分。"屠户见问，磕头碰地说："小人祖居河间府任邱县。父母双亡，并无兄弟。小的一人，飘流外乡，习学买卖，积攒数年钱财，娶妻许氏。丈人丈母去世，并无别眷亲眷。住在此地，卖肉为生，已有三年。奉公守法，童叟无欺，不知所犯何事？他二人买肉，并不为什么，他们动手就打。叩求老爷做主，给小的鸣冤。"列公，这守备乃步兵出身，幼年习学武艺，拿弓把子，捕盗拿贼，数立奇功，争到守备前程。这位老爷，姓张名光辉；知县乃捐纳出身，姓周名文魁。二位爷说："屠户，你叫什么名字?"屠户说："小人叫道卿，姓韩。"守备说："周老爷，你听听名字，与来批不对，文书上写的是旱道青。"这位县爷一肚子臭屎，自保身家，哪管别人的生死，遂即答道："张老爷，你我何用耽此惊怕？钦差、州官，俱是上司，德州来人拿的，不用追究，令人抬到车上。"又派地方看守肉铺。知县与守备一努嘴，早已预备，交与内丁；送了些规矩，又求那两名公差交批。

且说张、王二公差，先跳上车去，县里的捕快全上了车，天有半夜就到德州，官差进店歇息。那天将亮，忽听炮响，就知是开城，仍然上车押送，穿街越巷，来到州衙门外。且说德州州官穆印岐出州衙，下役跟随，张岐山、王朝凤见老爷出来，忙忙上前，跪倒报名说："拿住旱道青。"州官说："好好好，快带他来。"下役答应，搀住屠户，来到角门。该执役人喊报犯人告进。前有两人提着脖子，推推拥拥，到了滴水檐下，一起用力，把屠户咕咚摔在地。从役退下。州官侍立一旁，容他苏醒过来，哼哼有声。施公说："抬起头来说话。"屠户叩头说："小的祖居河间府任邱县，搬到辛集，娶妻许氏。开猪肉铺度日，并不为非作歹。这公差何故把小的浑身打伤，拿着个大铁尺打人。不知小的犯了何事？无赃无证，是差役错拿人了。求老爷做主释放，得命归家，焚香念佛。"磕头碰地。施公坐上暗想：没有对证，如何招认？一扭头说："如此如此，速去快来。"不多时带进一个人来，跪在一旁说："小人是地方，在黄庄居住。李姓的房后，有个旱道青来，伊妻许氏偷跑，并没音信。房子里闹鬼，以后无人敢住。”施公一摇手，地方叩头起身而去。施公发怒说：“我看你满脸凶恶，定是个匪徒！应该先打后问，姑宽恕一日，自有公断。人来！”“有。”“带下去，暂且收监，明日再问。”下役把韩道卿收监。施公吩咐州官说：“两名公差拿犯人有功，每人赏银五两。家口受惊，不论老幼，每人赏钱一吊，免差一月。”“是。”穆印岐答应，退步回身，出了公馆回衙。

再言施公与天霸闲谈，说些放赈红土坡的故事，又说旋风引路，掘出尸首的事，施公略有为难的意思。又说道：“本要拿旱道青，虽则是韩道卿，一字不同，看他相貌，绝不是好人。没有对证，如何他肯招认。但听得他妻许氏；姓李的妻，亦是许氏。二许之中，或有隐情。但此事必须暗访，恨无其人。”黄天霸欠身说：“恩公这是何言，此事亦不甚难，小人情愿效犬马之劳。”施公惯用此法，明是满心叫他去，偏说不敢劳动。天霸改换行装。施公吩咐传张岐山、王朝凤示谕明白，一同暗暗出了公馆，同天霸直扑德州大路，关乡而去。

路上张岐山说：“将爷，咱此去先奔黄庄。”天霸说：“先访李姓妻许氏的年貌，素日的行为，合李姓的形影。访真了好上辛集，再访拿韩道卿妻许氏，年纪形容。两下一对，便知详细。”岐山说：“我们听将爷主意而行。”天霸说：“是是，快赶路罢！”说说笑笑，来到黄庄，进村进了酒馆。岐山说：“大哥，给点现成酒菜来。”酒保说：“有有有，油炸果子，全都现成。坐下坐下。我拿火，先吃袋烟。”三位坐定，忽见又进来三人，公差认的是两个看尸首的，一个是地方周义。见了，笑说一阵，坐一桌，让天霸上坐，众人一围。岐山说：“周哥，你是此方地理图。

有偷跑的姓李妻许氏，你可知道么?”周义说：“上差你不问我，我也不说。偷跑的男子，姓李名贵，外号醉鬼，赶边猪为生。”岐山说：“李醉鬼赶边猪?”周义说：“不错，常不在家，他住的是黄隆基的房子。管家常来往，无人敢撵。不知因何逃走?他妻许氏，真是个风流人物。不是我说戏谑话，我倒常去；男的不在家，我们就去见许氏，叔嫂相称，爱斗个嘴唇，说些皮磕笑话拉倒咧！没别事情。那许氏的容貌，乡村之中，并无二个：长细软的杨柳腰，发如墨染，柳眉杏眼，耳戴排环，容长脸面似银盆，牙齿如石榴子，十指尖如春笋，玉腕佩金镯，满手的金银戒指，金莲不到三寸，曲儿唱的更妙。怎见得，有诗为证，诗曰：

漫道佳人是艳妆，不涂脂粉正相当。柳腰软摆风中韵，莲步轻移水里香。

一点秋波含意味，十分春色泄行藏。有情如此谁无感，除却无情不断肠。

这许氏岁数，今年二十六岁，他是三月初六日子时生。就是一样，可恨月下老天不公平，配了一个丑汉李贵。我说并不是虚言，这里有个缘故。德州城东北有位黄庄头，他有两名管家。一个叫乔三，一个叫刘德。这个美人，就是乔三包着。”天霸说：“同有公事，酒要少吃，叫他们散去，咱好赶路。”岐山说：“离辛集不远，咱到了就住张家店；我那里相熟，好会店主人，打听打听事情。访着实犯，好回去报功。大人一喜，至少又赏银五两。”天霸心中不悦说：“大丈夫须求名节，赏银几两，我都不要，全是你们的。今晚我去，大事就成。黉夜我进内院，你俩在外听候。若有知会，不可怠慢，凡事要加小心。”公差连说：“是是！”正走，抬头看见辛集，直奔张家店。店小二笑道：“昨日得了美差，连被盖都不要咧！”岐山说：“昨日押着犯人回去的，哪得工夫？快拿脸水、茶壶。”“是。”登时全都搬来说：“请三位爷先用酒，先用饭？”天霸说：“一起用。”“是。”答应，即刻端来说：“爷爷请用罢，这又是一只鸡，三斤肉白煮的，三斤饼随后就到，先喝酒吃肉。”张岐山想起说：“将爷，想跟我们走这一遭，还没有领教爷爷贵姓高名，哪里人氏？”天霸微微冷笑说：“祖上家乡，不必细表，子不言父讳。愚下姓黄名天霸，初在江都跟知县，不算有名人尽知。黄某年幼习武，家传刀法，外有镖枪三支，百发百中。剿灭贼寇，飞檐走壁。方在山东，拿住红土坡贼人于六、方成。数百喽兵，全都赶散。今保钦差到此。”二公差吓得魂飞魄散，忙站起来，躬身施礼，满脸赔笑说：“我两人实无知，是失敬，求爷爷耽代，恕我们愚蒙。”天霸说：“岂敢，岂敢。咱们同是当差，无分彼此，请坐请坐。”二人告罪，依旧坐下共饮，让酒让菜，加倍钦敬。

饮毕，三人出店，公差引路，登时来到韩屠户门口。天霸闪目观瞧，见两边有夹道通后街，铺后就是住房。看罢说：“二位少待，等我越墙而过，听听动静，千万不可声张。”二位说：“是是。”天霸遂走到墙根，一伸虎腕，纵身上去，轻便如猫。二公差点头说：“他的话果然不错，咱俩藏在暗处等候。”那天霸在墙上移动时，听见房中有人咳嗽。爬身轻移后坡，依房脊伏身听了一会，院中无人，移身前檐，伏身静听。屋内有人说话，咳嗽一声，姣似鸟音，说：“相公不要害怕，拙夫被人拿去，并无别的亲故，只管放心。就是昼夜同欢，也没人来哼一声！若同外人，就说你是我亲兄弟，还怕什么？我为你常在门前瞧望，一时不见，我坐卧不安。忘了亲夫，废了人伦，总是爱你的心盛。”又听一男子说：“自从那日瞧见你，我的魂就飞了。”天霸在房上句句听真，只气了个肺炸，一翻身轻轻落地，回手拉刀，要把狗男女一刀一个，立时杀了方才称心。要知后事如何，且听下回分解。

第一三〇回

李醉鬼冤沉得释　韩道卿恶满遭擒

且说许氏勾引情郎，正说到情密之处，天霸那里容得，恨不能刀剁两段。又听姣音滴滴的说："我为你这点真心，都掏出来了，你可别对外人说，别嫌奴残花败柳，侍奉郎君，管叫你称心如意。我那本夫姓李叫李贵，同着韩道卿作伙伴，赶边猪为生。因此人常到我家，不分内外，这就是奸从夫勾引。奸人入门，背着我夫，把奴奸骗。奴家不准，他就是要命。把奴拐到此处，叫奴家日夜愁思。那日看见相公，必是好人，你我到老也没二心。就在一处快乐。我叫许金莲，又叫三姐，今年二十三岁。本是屠户强占，我是没法。可喜他被人拿去，一定当堂拷打问话。"不表。

且说张岐山自从天霸上屋，忍不住叫王朝凤，托住他上墙来探头听话。只听见有男子的声音，心中纳闷，自说道："屠户被拿，该剩他妻一人，哪里的男子声音？想必天霸也行苟且呢？必得下去瞧瞧，我才放心。"想罢双脚落地，咕咚的一声，惊动屋里淫妇，说道："有人！"奸夫怕捉奸的，急忙站起，也不要美人咧！开门往外就跑。天霸见了，一个箭步，伸手抓住，说："你这娼妇养的，往那里跑？"只抓得他浑身筛糠相似。屋内淫妇大声喊叫："街坊爷们，了不得了，有贼了。"这一喊叫，前面看铺子的二人惊醒，连忙爬起，穿了衣服，一个使铁尺，一个使攮子，忙开后门出来，竟奔天霸。好汉一见，忙把狂生往张头那里一扔，咕咚栽倒。张岐山上前按住。天霸回身，不慌不忙，瞧见攮子，就将身子一闪让过，随跟进步，去使了个黄莺掏嗉，抓住了复又一推，咕咚栽在地下，只是哼声不止。后面那人着急，一个箭步上来，抡起铁尺，照脑袋打来。天霸一闪。铁尺打空，使的劲猛，往前一栽，天霸趁势一拳，打了个嘴按地，“嗐哟！嗐哟！”张岐山按住狂生，猛然想起这两人必是看铺子的人。连忙说：“将爷别打咧！问问他们，是做什么的。呔！我们是奉钦命前来公差。你们是什么人？”二人听得这说，连忙爬起说：“我们是县中捕役，奉命看守肉铺。忽听里面喊贼，哪有不管之理？哪知道全是自己人。求上差息怒，也算我们在圣人门前卖百家姓。”躬身连求恕罪。天霸带笑说：“方才二位直撞过来，我若不急闪，早中了重伤。”捕役说：“不知上差到此，求恕求恕。”天霸说：“天大亮，你们去一人到县，如此如此，急去快回。”回：“是。”

一人先到肉铺，取了几条绳子。天霸吩咐把这奸夫捆上，再去捆那许三姐。且说那三姐早听见好汉告诉县差那一片言语，自料自己的事情，遮掩不住了，听得浑身冷汗，粉面焦黄，也不敢浪叫咧！又见公差进房，知道无法可使，只得任凭差人，绳拴粉项。此时衣襟没扣，把县差也招出邪僻来了，不住地给他拉衣裳，趁机摸他两乳，叫：“小娘子慢慢的，别穿歪着鞋尖。多蒙你昨晚上给酒喝；你敢是耍朋友，叫你瞒哄了许多。不是上差在外，早把你按下了。快些走罢，好给你我对词去。”拉过奸夫，链在一处。霎时天亮，招惹得闲人齐来观看。也有说武禄春宦门弟子，不该这样下贱的；也有骂淫妇欺夫偷汉的。

众人正围着看笑话，忽见狂生的寡母跑来，见儿子犯法，一阵子发抖，大骂："武禄春好小子，放着书不念，干出这种无耻的事来，看你怎么有脸见人！"又骂声："小娼妇！我好端端的儿子，叫你这无羞的小娼妇引诱坏了。你心下何忍！"骂着赶上去就打，被众人上前拦住。

又见县中那名公差回来，望天霸说："将爷，我们县主说，多多拜上。县主有皇差，不能面会。今派大车一辆，马一匹，护送兵四名。这还有点茶资，望你将爷笑留。"言罢双手送过。天霸一见，笑而不言，望着岐山、朝凤说："你们俩哥替我收着罢。"张、王闻言，满脸赔笑接过去，是一大包银子，真是喜出望外，入了腰包。黄天霸换了便服，说："我先骑马回州去见大人。你们随后押解速走才好。"二公差回答说："将爷，诸事交给我们俩罢，放心先请。"县役引领出门，好汉上马，一抖丝缰，骑马如飞而去，先回德州。且说天霸沿路加鞭，早进了德州城，来到公馆。正遇施公办理公事，瞧见天霸，满面堆欢。天霸单腿下跪，口称："恩公。"把一往从前，细禀了一遍。施公点头说："此事已定，且请坐下，多受辛苦。"黄天霸侍立一旁。

且说二犯人的车到州衙门首，那些同事的，见张岐山、王朝凤得了差使，上前问明白缘故，无不欢喜。岐山叫声："曹头，你去替我们回一声，好交差销票。"曹头点头说："交与我罢，少等片刻。"言罢回身进衙。不多时只见他笑嘻嘻出来说："你二人大喜，官府很喜欢。少时出来，就带你二人去见钦差大人。"说话未了，只见州官骑马，带领跟役出来见了。朝凤、岐山带奸夫淫妇，跪在马前，把一往从前的事，回明了。州官闻听大悦，连啧嘴说："好好好，起来起来。快着快着，带他们去见大人。"言罢打马先走。青衣喊道："闪开，闪开！太爷来了。"吓得军民人等，往两旁一闪。张、王二人，带着差使下役，跟随来到公馆。州官下马前行，率领犯人来到仪门，知会门上，通报进去。不多时传出话来："外面当值人听真，钦差大人吩咐了：州官急速回衙，全班伺候。大人立刻上州衙升堂理事。"穆印岐连嘴说："是是是。"急忙回身出公馆上马，带着众人先回。内丁又吩咐："派执事全班，伺候搭轿。""哦！"该值答应。忽见仪门大开，走出贤臣，上了大轿。地方吆喝，青衣喝道，来至州衙堂口落轿。州官、三衙跪倒迎接。施公摆手，二人站起。

施公转身升公位坐下。三班喊堂。堂规已罢，站班齐整。州官、三衙站立公堂左右。施公吩咐："带奸夫、淫妇！""哦！"三班答应，跑至堂口，大叫："原差呢？带奸情！"张岐山、王朝凤一人站着、一人进角门，高声报道："犯人当堂！"外接声，公差来至月台，手提铁锁，往前一搭，又往后一按，把二犯咕咚摔倒，跪在地下。施公说："抬起头来。"两旁施威。奸夫淫妇，战战兢兢，一起抬头，施公细看奸夫：年岁不过二十上下，白面焦黄，两眼垂泪，相貌透着斯文。又看那淫妇：正值青年，杏脸桃腮，柳腰樱口，云鬓微斜，舒胸半露。施公看罢自思道："武禄春定是个书生，许氏必是个淫妇。须先问武生，便知详细。"遂说道："武禄春，要你实说委曲，若要虚假，立刻就动大刑。"武生见问，垂泪说："我父举人，早已辞世。剩下寡母孤儿。子不言父讳。文生武禄春，自十六岁入泮①，今年二十一岁，闭户读书，不敢招灾。隔壁住着韩屠户，他妻许氏太轻狂。他夫被捕役

---

① 入泮（pàn）——科举时代，学童考进县学称为生员，也叫入泮。

拿去，家中无人。文生走他门前过，他以俏目传情，翠眉欲舞，文生睹此形状，顿入情天，方寸难持，意不自主，即携手入室，随赴阳台①。我恨佳期过晚，他嘱明夜早来，笑脸相迎，并肩移送。总是淫妇勾引，非文生斗胆妄为。求大人施雨露之恩，文生终抱云天之德。”言还未了，许氏听得，真气得柳眉直竖，杏眼圆睁，忘了在大堂上咧，大声骂道：“好薄情东西呀，别混赖人。你常从铺前来往，见了奴家，就卖动风流。你见我夫被拿，你对我道，夫主不在家，独宿寒衾②苦，不嫌愚卤，愿偕枕席。我不理，你又来见，见铺旁无人，你摸我小腹，说：‘嫂嫂孕了没有?’奴要声张恐人耻笑，你见奴不嗔，你的胆子越觉大了，即问奴心下如何，奴因气忙了，不及发作，哪知你这薄幸的东西，生下不良之心，黉夜跳墙，来行奸骗。奴家不准，大喊救人。”未知后事如何，且听下回分解。

① 阳台——这里指男女合欢之所。

② 衾（qīn）——被子。

第一三一回

关好汉下帖吃惊　黄庄头闻名添喜

且说许金莲一派抵赖之词，惹恼钦差，一声吩咐："皂班，把他揪住!"扯开青丝发，用手扳住头，跪在地下，可怜他瘦小腰儿，雪嫩粉脸，挨着磕膝盖。掌刑的这位少年人，曾受过这害，弄得家产尽绝，亲友稀少，时常抱恨。今日见此淫妇，不由心中发恨说："我耿布顺也不顾大人嫌疑，我要多费些气力。"只听吧吧几声，可怜打得他粉面含青，玉牙活动，"哎哟哎哟!"连喊不止，姣嫩脂肤，如何禁得住这样重刑?

施公看的明白。只见淫妇说："不用打咧，我全招了，等我从头实说罢。小妇人娘家姓许，奴叫三姐，今年二十三岁，嫁与本村李贵，成就夫妻。夫因家贫，与人抱鞭赶猪；搭了个伙计，名叫韩道卿。常来常往，不分内外。那日李贵不在家，他硬行奸淫奴家。孤身妇女，实是无奈，才把贼从。谁知屠户胆大，把我亲夫杀死，暗暗埋在后院，他怕庄头知道，才把小奴拐到辛集。奴与韩道卿虽是同床共枕，其实不是本心情愿。后来才勾引武禄春，郎才女貌。天意该当丢丑，并无一句虚言。"说罢叩头。施公听罢，微微冷笑说："不怕不招。"随吩咐把韩道卿提来。众役答应，登时提到。韩道卿一见许氏，又有一书生，就知他又续了情人，事必坏了。他跪在地下。施公问许三姐，把前话又叙了一遍。施公叫声："屠户！"那屠户怕受刑法，俱各招认。书吏写了口供。施公提笔判断：韩道卿谋奸拐骗，伤害人命，该当斩罪。许氏通奸，谋害亲夫，照例应剐。武禄春有玷孔孟，虽未成奸，应发本学，革退秀才。死尸掩埋，俟等家属再领。判毕拿下，把三人亲笔供招画完，即刻带下收监，解学的送学。

诸事已完，施公正要退堂，忽见前面那一群告黄隆基的，一起上堂跪倒，口尊："青天大老爷！小的们等了数日，不听呼唤。今日冒死前来，叩求大老爷与民做主。"施公说："汝等暂回，我自然有个道理，你等听传。""哦！"众人站起退出，不表。且说施公眉头一皱，计上心来，伸手取拜帖，放在案上，笔走龙蛇，顷刻写完请酒字柬，望关小西说道："你只如此如此，千万留心，不可误事。本院立等回音。"小西答应，转身而去。施公这才退堂，上了大轿，复回公馆不表。

单言小西上路，心中暗想，请皇粮庄头，他与我无一面之交，那时见他，须得见景生情，不可误事。才要问路，只见酒旗飘摇，想着喝几杯，壮壮行色，再去打听，遂进酒铺，要了酒菜，一边喝酒，就问皇粮庄头的住处。店主一一说知，小西点头说："多多承教，就此告辞。"又就大路前行，不多一时，只见城墙高大，树木成林，深沟绕墙，绿水旋流。走到临近，又见一座石桥，桥旁有一酒铺，铺内出来一人，大声吆喝说："呔！你这厮要往哪里走？未曾来到霸王庄上，也不访访。如不是我瞧见再往里走，还叫狗吃了呢！是什么人使你来的？做什么的？快说！一字说错，先把你拴上。"好汉闻听，暗想说：话不虚传，他的奴才这等横暴，那庄头更不用说了。好汉又往前走了几步，压下火性，躬身赔笑说：“乡亲请了。”那人说：“谁和你是乡亲？有话快说，没工夫与你唠叨。”小西说：“列位何必动气呢？我是奉大人之命，不得不到宝庄。”一人带怒答话：“你说五府六部，朝郎驸马，王侯公伯，你叫了他来，哪个我不认的？你说是哪一家？我给你通报。”小西说道：“我奉康熙佛爷钦点镶黄旗汉军三甲、巡按老爷施大人之命，到此下帖。”那人听见，把手往上一扬说：“哦哦！我想起来了，尊驾贵姓？”小西说：“不敢，我姓关。”那人带笑说：“关爷，要提这位施大人，我更知道他的根底。他祖上海岛称为寨主，招安平服水寇，主上大加升赏世袭镇海侯，入了镶黄旗汉军。少爷进京受官诰，祖上镇海口，未尝动身。二爷升了知县，因拿桃花寺和尚有功，又钦点山东放粮。想必回京交旨，路过此地。他也知我们大爷根底，往来王公侯伯，还有位索皇亲七星阿哥，都是朋友。施大人必知道，你来的必是请帖。”小西说：“不错不错，真有先见之明，请问爷上贵姓高名。”那人说：“我姓胡名可用是也。”小西说：“没的说，借重尊驾通禀。”那人带笑说：“你可少待片时，待我去禀。若是别的大人下帖，未必能见，这位大人很有听头，是我领你同去。”

小西遂后跟着，霎时来至濠边桥头，有土房二间，檐下挂一小锣。从房里走出一人问：“胡哥带此人何往？”胡可用将一往从前，说了一遍。那人说：“等我打锣通知，你好带他过去。”遂举手连打三声，回身往屋里去。小西跟随过了板桥，来到砖堡门首，又走出一人，问明来历，取槌敲点三声，门内又出来一人，问个明白，又说：“胡大哥，咱俩进去，叫这位外面听信。”胡可用说：“使得。”一人说：“张大哥，你同此人作伴，一则看狗：

二则叫巡风的瞧见，你好说明来历。”那人答应。二人进去通报。

小西细看宅舍，真比王府威严。正自观看，忽见胡可用出来，笑说：“关爷大喜，我们太爷喜欢这位老大人，一听说差人下帖来请，满脸带笑说：这位施大人德州下马，我当先拜望他去，他倒反来先拜我。连说了几句：好一位知趣的施不全！我必得回拜他去，正是来而不往非礼也。吩咐：叫他进见。我告你须要小心，见了必须下跪。太爷若一欢喜，必定有赏，如得了赏给我一半，你须记着下跪。”小西说：“是了。”胡可用在前，好汉跟随，暗暗说道：这就是龙潭虎穴，见平安无祸才好，明日准去。要是稳中计，我必先杀庄头，死也有名。拿定主意，来到南边一小门：倒厅五间，出廊舍满院景致。胡可用说：“你就在台阶站住勿动！少时我们太爷就出来。”言罢跑出一人说：“小么们呢?”“有。”“快收拾干净，太爷来咧!”只见四个小童，扫掸灰尘已毕，从门外走进一人，衣服鲜明，仆人跟随不少。小西定睛一看，年有五旬已外，身体胖大，相貌凶恶，黑面大耳，豹子眼，连鬓胡须，鼻大口方，一脸黑肉；头戴西瓜皮帽儿，红顶青穗，迎面顶上嵌珠，又白又大。夹套上织就五爪团龙袍子，是天蓝的颜色。足登的厚底官靴，倭缎蟒袍，一色鲜明，一步三摇。后跟家奴一群。到了倒厅，坐在椅上，吩咐说：“快带来人！叫他说个明白，我好回拜施大人。”未知后事如何，且听下回分解。

第一三二回

关小西假请恶霸　赛郑恩暗算忠良

话说关小西看罢庄头黄隆基，原本生的恶相架子，款式倒不俗，腹内说，他虽乡下人，一切房屋陈设，甚是精致，比京都旗下老爷们不矮短。我将才见他从此一过，剜眼瞧我一眼，还不知吉凶怎样？不表小西暗自思虑，单言庄头在椅上坐定，笑着说："叫施不全打发来的小厮进来，我问他话。"家丁答应一声，望小西说："那人跟我来，太爷叫你呢！"好汉闻听，并不答应，举步向前，假充愣怔，两眼可直瞅着庄头；从怀中取出那字柬来，往上一递。黄隆基有点心中不悦，"啊啊啊"了几声，伸手把字柬接过，摇着头说："小厮，见了你太爷，也不下跪，也不叩头。别说你哥哥儿，就是你主人施不全，见了你老爷，也得哈哈腰儿。也罢，且看你主人施不全之面，暂且恕你出去。外边站着！"家奴一起大声说："愣头青听见了没有？太爷恕你不跪之罪，出去站着罢！快去。"小西仍不答应，暗说"爽利！"转身出门下台阶，还在原处站立不表。且说庄头用手从封筒内取出字柬，留神细看，只见上面写着：

本巡按施奉请　台驾光临，明日候教，勿却是幸。

不全拜

庄头看罢，点头扭项，望家丁们带笑说："施不全前作顺天府，我见过他，生了个四六不成材。可笑万岁就看上他咧！升为钦差大臣。耳闻他有个听头儿，会想邪钱，故此我喜欢他。又是好汉的后代。他也知道咱家爷们有个名望，因此才下请帖，请我相见。这要是六部九卿①大人们，哪有工夫会他们呢？"言罢，把红柬放在桌上，站起就往外走。走着说："叫那小厮等着我，施不全眼前既有我，来而不往非礼也，我就此更衣，同他进城，会会施不全大人才好。叫可用陪着，赏他杯茶吃。"除却胡可用，余者跟同庄头，蜂拥而出。

且说胡可用见众人俱去，左右无人，他上前伸手把小西一拉说："你到台阶上坐着歇歇。"小西答应，二人一起坐下。胡可用低言说道："关爷，你的造化不小，你不下跪，竟免了一顿脚踢。那时老爷回来问话，你跪下罢！光棍不吃眼前亏。"小西故意迟了一会说："我知道了，不用嘱咐。我有一事不明，说是院中狗多厉害，为何不见狗的影响？"胡可用说："关爷不知，宅内恶犬足有一百多只。派四个人喂养，都在北角，白日圈起，更定这才开撒。外人给起了外号，太皇庄叫做恶狗村。"小西点头。

不表小西、可用叙话，且说黄隆基家奴跟着，出了南院，来到自己住房，进内更衣。家奴都在门外伺候。忽见大管家乔三来到。

---

① 六部九卿——六部指吏、户、礼、兵、刑、工部。明代吏制，除六部尚书外，还有都察院都御史、大理寺卿、通政司使，这是大九卿，清代不将六部尚书算在九卿之内，所以大九卿的说法不明。而小九卿则是宗人府府丞、詹事、太常寺卿、太仆寺卿、光禄寺卿、鸿胪寺卿、国子监祭酒、顺天府府尹、左右春坊庶子。

众奴一起站起，个个垂手侍立，如同侍候主人一般。乔三见众人侍立，便说："孩子们坐着罢！"又问："太爷呢？"众人见问，即将施公下帖之事，回了一遍。乔三说："幸而我回来，几乎投入施公套圈。等我进去说罢！"迈步入内书房，但见庄头更衣。乔三上前打千回话说："太爷不用更衣咧！奴才有话回明了太爷，可行可止，再细酌斟。"庄头点头说："有话起来讲。"乔三站起，侍立一旁说："小的今早进城，到盐店当铺烧锅里算账，已闻施不全把告咱爷们的呈状收的不少。他差人下帖入城是计。太爷，此事恐有不利。"庄头说："依你说怎样办法？"乔三说："依小的拙见，先打发来人回去。咱到东院与响马商议商议，今夜叫绿林朋友去几位，潜入金亭驿，行刺如何？"庄头说："此计甚妙，就先打发来人回去。"乔三答应，望众奴说道："你们跟我去见投帖之人。"

众奴答应引路，霎时进了南院。胡可用见了乔三，连忙站起，又望小西低言说："你快站起，我们管家乔三爷来咧！"小西只得站起，偷眼观瞧，但只见一人出来，走进厅中。叫声："尔等快请那人来。"一人答应出门，眼望小西说："乔三爷请台驾呢！"好汉闻听，暗说："不好！这事有些差了。庄主说更衣出来就走，为何此人不来，打发管家出来呢？又加一个'请'字，其中必有缘故。见面听音，便知详细。"想罢带笑说："不敢。"跟那人进去。乔三见英雄，站起身说："看坐。"有一人拿过一张椅子来，放在对面说："上差请坐。"小西见恶奴带笑，以礼相待，只得赔笑回答说："爷上请坐，我小的有僭①了。"小西对面陪

① 僭（jiàn）——超越本分，古时指地位在下之人冒用地位在上之人的名义、器物或礼仪等。

坐。乔三扭项，又说："看茶来。"众奴答应走去。不多时托盘端了两杯茶，先让小西，然后递与恶奴乔三。茶罢接茶杯。乔三望小西赔笑开言说："家主进内更衣，才要进城，忽然心疼不止，老病发作，不能前去。尊驾回去，善为周旋。容日病好，必去赔罪。"小西回言："好说，好说。"就要告辞。乔三复又嘱托说："多有借重了。胡可用送上差出庄，小心恶犬。"可用答应："晓得。"眼望小西说："我送爷出庄。"好汉站起身来，乔三说："失送，望祈包容。"好汉回言："不敢。"乔三与小西哈腰而别。小西在后，可用引路，一同而行。到了庄外，二人拱手而别。

小西走路，心中犯想，我看恶奴言谈礼貌，强于他主百倍；他给家主托病，心内却藏奸诈。一路走，一路想，霎时来到金亭馆，面见施公，将已往之事细说一遍。贤臣点头，心中为难：请他不来，拿他又费了事咧！众军民呈状无数，无人原案，如何是好？忠良眉头一皱，计上心来，一摆手，小西退闪。贤臣忽闻天霸在一旁冷笑，施公暗里察见。待小西出去后，明知故问："壮士冷笑何故？"天霸见问，只得上前打千说："老爷容禀：想庄头那厮，不足为惧。久闻绿林中有人讲说，他手下有个管家名叫乔三，外号飞腿。他手使单鞭，坐骑乌马，黑面目，满部胡须，文武都通，人送他外号叫赛郑恩。他专爱结交盗寇，招聚能人，窝存好汉，足智多谋，心毒意狠。庄头见帖，真心前来，打算是要与大人交好，忽又推病。必是乔三识破咱的机关，拦住不叫主人前来，其中必有了毒计。依我细想：或者他夜叫贼人到驿馆来害老爷，千万提防才好。"贤臣闻听，心中不悦说："壮士此言差矣！恶人不过叫贼人来害施某，我想就算他文武精通，怎奈有官兵日夜巡查，何足惧哉?”黄天霸微微冷笑说：“恩官所想，虽是如此，怎奈暗箭难防，他并不讲争战之勇。依老爷讲，白日有兵将堵挡，夜晚有城守巡捕。自古道：‘能人背后有能人。’不可不防。想当初江都县衙内巡逻，衙外有兵丁，恩公灯下观看案稿，我小人夤夜进内，谁人知晓?”

施公被天霸几句话，说的低头不语，心中有些恐惧，不好明言。暗想：“明有防备，暗来行刺，令人难防。当日天霸行刺，不亏我三寸之舌，焉有今日?”思虑了一会，有些胆怯，可不肯带出惧色来，反倒含笑说：“壮士，依你怎样呢?”好汉说：“哪用恩公挂心？古云‘年年防火，夜夜防贼’。就只小的与小西二人，自己防备。我在户上，他在地下，每夜如此。大约贼人有天大胆子，白日也不敢来；即便夤夜行刺，不过一二人，何足惧哉!”施公点头，即吩咐小西一同防备不表。且说乔三打发小西去后，到东院见了众绿林，说几句客套话，一起坐下。吩咐厨役收拾酒菜，与众寇饮酒闲谈。要知后事如何，且听下回分解。

第一三三回

朱光祖行刺遇友 黄天霸信义全交

话说恶奴乔三与从绿林饮酒闲谈，正饮到半酣之际，才要提叙谋害之话，忽然跑进一人，走到乔三跟前，躬身带笑说道："庄外来了一人，年纪约有三旬，身形瘦小。穿平常衣服，坐骑白马，身带弓箭，拔一支骲头眼①，望空中射去，坠下；用弓梢接来，滴溜溜一转，接在手中。把弓箭插在囊中，下马躬身，口称：'线上的②来到。借重通报一声。'小人特来报知。"乔三尚未答话，忽见一位老江湖带笑说："三弟，此人来的正好。我们正想趁施不全奉旨山东赈济，饱载而归，截他些路费，哥们也好各奔前程。连连在此搅扰三年，我们心下不安。"乔三闻听，知道这家好汉，乃响马的瓢把子③，姓褚名彪，年有五旬，浑身武艺。手使双拐，一匹廿草黄马，一日能行三四百里。那马好像透骨龙，每日吃的都是小豆。恶奴见过他的本领，敬之如神，连忙带笑，尊声："老仁兄，你我却似同胞一般，何言搅扰二字。不知来的此人，怎样称呼？"褚彪说："此人姓朱名光祖。我素知他

---

① 骲（bào）头眼——骨簇之箭。

② 线上的——江湖黑话，即"合字""并肩"，同行之意。

③ 瓢把子——江湖黑话，指土匪头儿。

是真正好汉，少时请进，须要迎接才好。”乔三说：“快请。”那人答应，转身出去，霎时回报。

那人到了门前，乔三连忙站起，同众接出门去。褚彪连忙接马，上前拉手，光祖带笑问：“大哥好。”褚彪答言说：“三弟好。”又说：“老弟过来见见。这就是我常提的黑马单鞭的乔三爷。”朱光祖闻听，松了手往前紧走两步，与乔三拉手儿说：“久闻三太爷很圣明，今日特来拜望。”恶奴回答：“不敢，兄台过奖了。久闻大名，今观尊颜，三生有幸。”朱光祖谦逊了一会，只得先行，一同众盗进厅，让坐，分宾主位坐下，又添酒菜。敬酒已毕。席前乔三说道：“施公现在德州下马，不日回京。咱们借他些盘缠，烦劳众位，白日乔妆打扮像平人，混入德州城去，黉夜齐进金亭驿，杀了赃官施不全，抢去财物，众位只管四散。”朱光祖扑哧的笑说：“列位兄台，休生暴躁。古人云：‘将在谋不在勇，兵在精不在多’。”乔三闻听，答言：“若依贤弟，怎样办法?”光祖说：“这点小事，何用大众进城?交给小弟，只须如此这般，便可成功。”褚彪说：“别说过头话，事若不成可奈何?”光祖闻听，微微冷笑说：“仁兄，不必小看于我。我与仁兄一别几年，遍访明师，受异人传授，善能飞檐走壁。众位不信，当面打扮与众位看看。”光祖安心要显显本领与众观瞧，把众人请至当院。光祖蹿蹦跳跃，上房越脊，不亚如猴狲一般。乔三观之大悦，褚彪连声夸好。褚彪说：“愚兄与弟相别几载，哪知你强胜十倍。我们大家恭敬三杯。”光祖不好辞脱，带笑说：“小弟谨领。”褚彪说：“千斤重担，老弟不得卸肩了。”朱光祖酒已半酣，站起来说：“我既献丑，就有心兜揽。杀了施不全，回来好献功。”褚彪说：“贤弟把人头带回，方不负绿林好汉。”乔三吩咐唤酒，先与朱贤弟庆功。忽听朱光祖说：“小弟此去，不过天交了五鼓就回。”乔三与众寇闻听不表。

且说施公与天霸商议停妥，酒饭用毕。时已天晚，点上灯烛，吩咐各去方便，非呼唤免到。众内丁答应出厅，回身把槅扇掩关，虽不敢远离，却去偷安躲懒。剩下施公一人，心中事烦，回手向案上取过稿案来展开，灯下观看，但见呈词上，庄头所犯，尽是十恶不赦之罪。暗想：下帖请他不来，怎么与民原案？想了一会，“不如我明日亲身到霸王庄拜望，就中行事，何愁拿不住庄头？”想罢，不由心中大喜。

不言贤臣阅看呈状，却说朱光祖与众寇谈至天晚，好汉复又换上那一付行头，外罩一件大衣，告辞了。众寇等把他送出堡外。光祖两腿如飞，来到城下。看了无人，天黑无月，把身上大衣脱下，卷了卷掖在破壁之上。听了听锣打一棒，好汉让城上巡夜兵过去，施展走壁之能，扒上城墙。复又纵下，脚踏实地。忽又想起说：“哎哟！我好粗心！初至德州，又不知驿馆在哪巷内，该问明方是。此时天黑，即便问信，我这式样，漫说讨信，只怕人一看见就准嚷喊拿贼，行刺不成，还把我拴上呢！这可如何是好？”为难多会，说：“有咧，我何不溜着窃听私语？”看官，常说无巧不成书，光祖正在思想之间，那边来了二名更夫，一夫打锣，一夫打梆摇铃。此差乃大人下马后新添的，先前止一人打梆而已。且说好汉让过二名更夫，暗暗溜湫着窃听。只听前边那个打锣说："张老弟你须要屁股摇铃，手打梆子。往年差使，定更打锣。今钦差到此，官兵不断巡逻；新近又添这些夜防严密，半夜必到金亭驿点三次卯。"说着一直奔金亭驿而来。朱光祖跟着更夫，到了馆驿。更夫去到馆内点卯。他就在那围墙上绕走。但见前面大门之外更房那三面，全是风火后檐。看罢，走到后拐角，脚朝上，顶朝下，双手抱住墙角，双膝用力，霎时上去，爬在墙上。双脚一挺，上身一拧，翻身走起。又用双手扶瓦，身形一挺站起，掌手遥望；但见群房前面有灯，后面黑暗无人，两边配房，一边房内有亮，一边黑暗。又看正厅三间，前有卷棚，屋内透灯光，窗槅关闭，寂无人声，好汉看罢，暗说："施不全，你合该命尽。但见一面，将你杀死割下人头，带回好见众家兄弟。"

不言光祖房上暗想，且说黄天霸、关小西二人，早已议定，天霸令小西暗里躲藏，抛砖为号；天霸在正厅抱厦之下爬伏，双双暗中提防。黄天霸此时早已拿定主意，想着两边房后，并无进处，来人必得从前面进去，好汉忙把镖取出防备不表。且说朱光祖看罢，一伏身顺墙溜下，竟奔房后，打算必有进路，潜踪来到房后细看，但见沿下横窗一溜，上面是墙。心内说：何不上去，隔窗偷视动静如何，再打别路进去。想罢，走到墙根，把身一蹲，往上一蹿，嗖一声纵起身形，伸两手扳住窗台，又把身子一拧，轻轻上了窗台。手拉上面，扭项，用舌尖湿破纸窗，一只眼往里瞧看。由上往下一出溜，轻轻脚沾实地，绕过后面。回手腰内取出两把板斧来，双手抱定，直奔抱厦走来，进门来行刺。且说抱厦下的黄天霸与关小西，二人躲在暗地早已看真。天霸此时把镖擎在右手之中，暗骂："好个囚徒，竟敢来在金亭馆行刺，那知有贼祖宗在此等你！"言还未尽，只见贼人相离不远，好汉一声大喝："呔！贼人休走，看某镖到。"把右手一扬，单撒手只听吧的一声，天霸安心要留贼人的性命，往下三路打去，镖中大腿，哧！"哎哟！"光祖才要转身逃走。黄天霸听贼人中镖，忙忙跳下。小西听见"哎哟"一声，慌忙打了一箭步，从黑暗处咻一声，蹿至面前，举刀就砍。天霸一见，连忙嚷道："留活命要紧。"小西闻听，擎住利刃。话言未了，忽听贼人一声大叫："使镖的莫非是黄天霸?"好汉一听声音甚熟，忙回说道："中镖者别是朱光祖罢?"小西一旁听着发愣。

但见二人，他一个丢斧，一个插镖，凑到一处，执手相亲。这个问："仁兄一向可安?"那个说："老弟别来可好?"小西听了听，这才醒过来咧！抱刀说："你们二位既然相好，就乃是一家人，快请这位进房一叙，有何不可?"天霸此刻说道："此言有理。"望着朱光祖说："仁兄请。"朱光祖说："老弟且住，等劣兄把镖込你，然后讨坐。"言罢弯腰用手拔出腿上那支镖来，双手一递，带笑说："劣兄的贱肉皮裂了，老弟有药拿来，休怪休怪。"天霸带笑回言说："小弟斗胆，伤了贵体，求恕求恕。"忙回手从锦囊内取出一包灵药出来，打开与光祖。上在伤痕之处，立刻止血不疼。光祖毛腰拾起双斧，插在背后。天霸将镖入鞘，他二人拉手前行，小西在后。三人进了屋内，分宾主坐下。小西将刀入鞘，挂在壁上，走出去，不多时，端进茶来，每人一杯，茶罢，黄天霸带笑说："小弟请问一言，不知仁兄受何人之托，前来行刺?"一句话问得朱光祖面红过耳，迟疑半会，说："罢咧！此事把人真羞死。老弟跟官，劣兄实不知情。闻听人说施大人赶到德州下马。"二人正在讲论，忽听有人咳嗽一声，天霸说："这必是钦差大人前来，商议此计怎样行法。"不知商议什么计策，且听下回分解。

第一三四回

赛时迁暗保贤臣　施大人诓捉恶霸

话说黄天霸正与朱光祖私相谈议，忽听窗外有人咳嗽。天霸一听，知是施公声音，低声说道："大人来了。"光祖闻听心中胆怯，望天霸说："老弟，我是躲避不躲避?"天霸说："不用躲避，大家叩见便了。"朱光祖回答说："遵命。"言罢，天霸、小西在先，朱光祖随后，见了施公，自己通名，双膝点地说："小人乃盗寇罪人，今叩见大人。"施公闻听，不解其意，忙问："天霸，此乃何人?"天霸见问，打千下跪，忙将已往之事，细说一遍。贤臣闻知，如梦方醒，点头说："原来如此，快请同到正厅相叙。"天霸闻听，忙让光祖站起。贤臣起身前行，三家好汉后跟，同进了倒座正厅，三家好汉侍立两旁。老爷带笑说："关壮士，给朱壮士看坐。"小西答应，立刻设下座位。朱光祖侧坐。贤臣望天霸、小西说："众位不必拘礼，一同坐下，好公议。"二人回答："小人斗胆。"言罢同在光祖右边一起坐下。施公带笑开言说："三位义士，此事怎处? 施某领教。"表过天霸心直口快，一句话也藏不住，一闻贤臣之言，忍不住先就答话。施公也知他的秉性，但有点事儿，明用他又不肯明说，必须卖暴腌鱼，好叫他应承，即便赴汤蹈火，他也万死不辞，且说天霸见问，口尊："恩官，这有何难? 小人倒有一条放水拿鱼之计。大人只须如此这般：朱仁兄回庄，见了皇粮庄头管家乔三，只消随口哄过；再与绿林的朋友说明——借兄台的虎威，替恩公美言一二。大家同心合意，明日保大驾到霸王庄，里应外合，拿恶人如探囊取物一般。此小人拙见，未知恩公与仁兄意下如何?”忠良闻听，点头称赞。朱光祖亦咂嘴说：“妙，此计亚赛孔明。”正议论间，忽听更锣已敲三棒，施公要留朱光祖款待酒饭，好汉再三告辞。老爷同天霸、小西送至院内。光祖告别，走到墙根说道：“吾去也。”但见他把身形一蹲，往下一扭，腰又往上一纵，嗖一声蹿上墙头，由墙越房，展眼不见。施公点头，不好明言，腹内说道：“哎哟！今夜不亏小西、天霸，险遭毒手。”叹罢回步，进了倒厅。二位好汉相随进厅。

天已微明，内丁献茶。施公茶毕净面更衣，吩咐内丁传出话去：“叫马、步兵北门外扎营，文武官员一同来见。本院到皇庄拜客，不可有误。”内司答应，立刻传齐，文东武西，鱼贯而行，来至仪门。该值人高声喊道：“文武官员至厅台，各按品级行参拜!”拜毕平身，侍立两旁。施公按天霸之言，早已写定字柬几封，封面上写着文武职衔字号，内详要事，恐不机密，走漏风声，使各官自看，按柬而行。老爷座上看文武整齐，心中大悦。施公手擎字柬，对各官道：“尔等接本院字柬，各看明白，驿外等候。”且说天霸见施公吩咐已毕，走到小西身旁，把嘴伸到他耳边，低声悄语，说了几句，小西点头，又把王殿臣、郭起凤拉到身旁，低言说：“如此这般。”施公见好汉行事完，座上高声吩咐：“抬过轿来!”轿夫将轿搭到滴水檐，钦差上轿。三声炮响，出了辕门。全班执事，文武官摆队而行，通城兵丁，前后护卫，好似一窝蜂，登时来到霸王庄外。贤臣吩咐：“停住执事，就在此屯扎，不可前进。”下役答应。又叫：“小西！”好汉忙至轿旁，下马打千，一旁躬身侍立，贤臣说：“你来过。仍须你去答话才好。就说本院亲身来拜。”小西把马交与别人拉定，迈步走进原先那座酒馆之内，可巧胡可用又在铺内，小西就将施公前言，对胡可用说了不表。

且说八人轿抬至酒馆，胡可用一见点头说：“使得，跟我来。”胡可用在前，八人轿在后，霎时来至瓦房门首。仍如前次打锣，过桥来至砖堡门首，八人轿落地。四家好汉，并不骑马，都在轿旁两行侍立。胡可用上前报与看门之人。看门人复又击点三下。点声未住，忽见跑出一人，问明来意；回身进内，通报庄主。

黄隆基听家奴禀说：“钦差亲身临门拜见。”即便追问来人说：“钦差带了多少人马？”下人回答说：“带来的文武官员，都在桥西，就只主仆五人过桥，现在西堡门外。”庄主点头说：“呵，呵！”心中暗说：“钦差此来，并非歹意。昨日下帖拜请，理该先去回拜。误听乔三之话，未曾进城；他又亲身来拜。若说去见，乔三又不在跟前，只恐生变不测。若说不见，来而不往，非礼所在。再者，他乃奉旨钦差，职分非小，出京就是阃外①天子，大有威权，两次不见，他若一恼，怪罪下来，到那时反为不美。”沉吟多会，忽然转过一个少年来，不过十五六岁，眉清目秀，俊俏风流，不亚宋玉之美。走到庄头跟前，娇声媚语说：

① 阃（kǔn）外——郭门以外。亦指外任将领。

“太爷不必迟疑，钦差乃奉旨大臣，亲身来拜，是要与我交好。倘有什么歹意，早就出签票，拨官兵衙役，围困住咱的村庄咧！刚才人说，只有执事，都屯在堡外。虽有官员跟随，并未过桥。只有一乘大轿，跟随四人，何用等乔三商议？速去迎接才是。”隆基闻听，忙把衣服换上，带着四名小童，出了内院。众奴见家主出来，跟随上许多。庄头一摆手，家奴站住，庄头与小童五人前后而行，临行复又吩咐家奴说：“快杀猪羊，叫厨子治备筵席。”主仆五人，出门迎接钦差不表。

且说贤臣正在轿内观望，忽见大门内出来五个人。相离不远，但见当先一人，头戴立绒秋帽，大红丝缨石青夹套，四爪团龙天蓝缎袍，腰系丝带，荷包飘絛，两边相配。足登齐头官靴；粗眉大眼，鼻高唇厚，大耳有轮，方字大口，却是满脸横肉，半部胡须。年纪约有五旬开外，款步而行。后跟四个小童。老爷看罢，暗说：“此必是庄头。”四家好汉都在桥左右侍立，单等吩咐。不多时庄头走至轿前，口尊：“钦差大人在上，庄头要知大人驾到荒庄，理合远迎才是。迎接不周，庄头在大人轿前请罪。”言罢，假装屈膝，倒像下跪的模样，其实肆慢，不肯跪下。施公一见，正中机关。老爷也连忙带笑，在轿内躬身回答说：“施某拜见来迟，休得见过。你我乃通家之好，何必多礼，人来！”天霸、小西答应，转过轿前伺候。贤臣故意摆手摇头说：“贤契免礼，快请起来。”庄头听贤臣很谦虚，他更装下跪的样式，老爷说：“快搀起来。”天霸、小西二人上前，早已定下牢笼妙计。他二人上前忙一伸手去扶，庄头不知是计，反把两只胳膊递与两家好汉。小西、天霸各接住庄头一只胳膊，用劲往上端，跟进一步往后一拧，又用力往上一拥，按倒恶人嘴朝地。庄头着急，扭项才要问故，忽又走过郭起凤、王殿臣二人，毛腰把庄头的两条腿拳上，回手腰中取麻绳递与天霸，天霸忙把恶人黄隆基绑缚二臂，又一回手把单刀拿出，用刀背把恶人两膀打伤。

这时，小西飞身上马，天霸与郭起凤二人，把恶人搭起，递与关太马上按紧了。各人回手都亮出兵器，也一起上马。施安此时不敢怠惰，取火早把铁铳点着，只听咕咚响亮一声！他便回身上马，忙催坐骑，往回里奔走。虽说把恶人倒剪，仰面横担马上，他却不住的挣扎。天霸说："郭哥下马来，把这囚徒收拾收拾才好。"郭起凤答应，忙下坐骑。天霸说："关兄，你把恶人推下马来，等我两个，把他收拾妥当才好。省得叫他挣扎。"小西闻听，用力把恶人往下一推。只听咕咚一声响，便倒在马下。天霸、起凤二人，赶上前按住，拿绳子从那人胳肢窝里，穿过捆好。天霸说："郭哥，咱俩把他搭在马后再用绳子拴好，咱也放心。"起凤答应。二人毛腰把恶人搭起，捎在小西马后，用绳子从马肚子底下掏过来，凑了个结实，那头拴在胳肢窝，这边拴着腿弯子。恶人给拴在马上，只急得破口大骂。天霸弯腰抓了一把土，往恶人嘴里一塞，塞了满嘴，立时骂不出来。天霸复又上马过桥。这恶人还想挣扎，那里还动得了？贤臣、小西在前，众人围随在后，奔走不表。单言跟黄隆基的四个小童，见人把他主人拿去，他们跑进门来，一个个的抓住铜锣乱打一阵。乔三惊醒出去。毕竟不知后来如何，且听下回分解。

第一三五回

关小西押犯回衙　施大人候旨问罪

话说恶奴乔三听说家主被施公拿去，央及众绿林帮着出去，把家主搭救回来。哪知朱光祖暗保施公，想着里应外合，把恶霸杀个鸡犬不留，不等众寇答话，先开言说："乔三，你快去把庄汉传齐，赶上围住。我们随后就去。"乔三信以为真，立刻跑出去，招齐众庄汉，各执兵器，立刻出了庄门，顺着霸王庄大道，一直往北赶下去，展眼之间赶到。天霸听见后边赶来，连忙说："回老爷，后面赶来的人不少，老爷催督轿夫人马快走。"贤臣闻听，连连嘱咐壮士："只可堵挡下去，千万别轻伤人命，杀害良民。"天霸答应："小的知晓！"

不表天霸，且说那些德州武职官员，奉施公之命，同来在恶狗村外行围打猎。单听霸王庄村头的铁铳一响，他等好齐来迎接大人出了庄，好一同行围射猎。众武官每人各带五十名兵丁，离村近处，撒下围场，不敢远去。今忽听炮响，想是人齐了，正好出庄射猎。那知打围是假，其实是贤臣拿黄隆基的妙计：响铁铳是为调他们到来，好拥护恶人进州，回衙严究重惩，以结民案。且说忠良与小西等人马，刚出村庄之外，众武职也都带兵来到。贤臣一见，心中大悦。众武官见施公轿到，要下马接见。施公即吩咐："尔等一概不必下骑，拨几名前去，带着兵丁，吓退那些庄汉，不可伤人，如违令者一定重处。"有几名武职答应，用目瞧看，见马后捎着一人，捆作一团，连忙吩咐几个兵丁前去拥护不表。

且说那一支兵马，往恶狗村那边勒马慢走，等那些庄汉到来，以便挡住，好让贤臣出庄去。可巧这里武官领兵到来，庄汉也就赶来，天霸当先，把马搂住，对着庄汉说："站住。"武职兵丁，站在好汉左右。忽听黄天霸望着庄汉一声大喝。庄汉们又见有官兵阻挡，不由得胆战心惊。再者，又无黄姓的亲丁；又有两个，想起庄头素日待人的强横，乔三的打骂，说了一片懈怠话，谁肯轻生近前？说声散，就一起四散不表。

单言天霸见庄汉退回，扭项望武职说："他等既然退回，咱就快见大人，好同押解进州。"武职兵丁与小西等，押解黄隆基登时进了德州北门。早已惊动城关百姓，两旁观看。一霎时到了官衙，至滴水檐下轿，老爷款步升入公位坐下，众武职衙外下马，入衙与文官等上堂行礼，分班侍立。黄天霸同小西，把庄头推拥上公堂。众役发威，一起断喝："叫犯人跪下！"只见恶人把头一抬，气愤得回答说："尔等这些狗党！少要猖狂叫跪。少时，我那救兵到来，就给我磕头，你大太爷还未必肯依呢！"言罢，恶狠狠地站在那里，又说了些狠言大话。施公见恶人不跪，心中大怒，喝叫："人来！快拿夹棍。"众役答应，去不多时，夹棍取上堂来一撂。施公大叫："人来，你等快去把被害之人传来，当堂与恶人对词。"当值人答应出去，登时从角门外带进多人，一起退到堂下跪倒。青衣退闪开来。贤臣座上开言说："传尔等进衙，与黄隆基当堂对词，哪个若有虚言妄告；本院究出立即追命。尔等俱须据实上诉。"内中有个年老的，往上跪扒半步，口尊："青天大老爷，小民的儿子被他打死，诬赖欠账不还，恳求老爷给小民做主。"这个说："我的妹子年十六岁，被他抢去，硬作妾室，逼的我父投河而死。"那个说："把我妻子硬行霸占，怀抱小儿，活活饿死。"这个说："我的房屋他硬占去，连地亩一并而吞。"那个说："他见犬子生的美貌，硬行抢去，作为娈童①。"施公听罢，吩咐："尔等原告起去，一旁候着结案。"众人答应叩头，一起站立一旁。施公又叫："人来，上夹棍加刑。"下役答应，一起拥上，用杠子敲震夹棍，把恶人疼得痛入骨髓，怎奈心如铁石，总不招认。为是挺刑耐守，待救应一到，还想生路。审了一日一夜，夹了三次，敲震几十杠子，黄隆基一句也没招认，贤臣点头，暗说；"好个黄隆基，真乃名不虚传。"众多原告，见施公严刑问不出口供来，莫不害怕；怕是倘然他的情到，救出庄头，这告他的人，岂肯甘休?

人人都不得主意，忽见角门外闹嚷嚷，马上銮铃震耳。又见一人从角门跑进，慌慌张张跑上大堂，双膝跪倒，口尊："钦差大人在上，今有大人差去上京的人回来了，说圣旨来到，请大人快去接旨。"贤臣闻听，心中暗喜，忙忙站起。吩咐："人来，搭过恶人，放在一旁，俟接过圣旨再问。"下役答应上前，连恶人

---

① 娈（luán）童——旧时指被当作女子玩弄的俊美男孩。娈，相貌美。

带夹棍放在一旁不表。恶人此时听见圣旨到，只当情到，心中大悦不提。且说贤臣忙换衣服，众文武也都伺候。施公下堂在前，众官后跟步行，开中门迎至门外。但见施孝在马上，肩背圣旨，贤臣在马前双膝跪倒，众官也一起跪下，贤臣将旨意双手捧过，贤臣、众官站起平身，那马上的施孝这才下马。贤臣率众官走至大堂，将圣旨供在公案居中，行三跪九叩礼毕。未展圣旨，施公先就高声说道："尔等文武官员听真：施某素秉忠肝，报国为民。皇粮庄头黄隆基，作恶多端。尔文武官员，枉食君禄，自保身家，使民遭害。今奉旨严拿贪官污吏，尔等惧势殃民。俟本院请旨，定恶人之罪，与民报仇之后，尔等候查听参。"文武官闻听，一个个吓得魂不附体，诺诺而退，躬身施礼，口尊："老大人，怜恤卑职等，感恩世代。"贤臣闻听点头，展开御批，说："尔等跪听宣读。上写：

钦差施仕伦，奏皇粮庄黄隆基，恶款多端，俱十恶不赦之罪。旨到即按律治罪，即行处决。一切皇庄、房屋、土地，俟朕派员撤回，暂交妥人照管。及众官一并革职留任，俟有功后，官复原职。再要隐恶贪私，解京问罪。钦此。"

贤臣宣罢御批，文武叩头谢恩，爬起站立两旁伺候。贤臣说："尔等原告与堂下文武听真：现今有皇上旨意斩恶霸，与此方军民报仇除害。也不管黄隆基招与不招，施某按原告呈词定罪。只问尔等原告，所告他的恶款，可是都真实不虚？"众原告说："大老爷，小人们的呈状，一字不假。倘有妄控虚词，被查明情愿领罪。"施公点头，叫书吏按原告呈词写供。老爷又问：

"尔等文武官员听真：想黄隆基之恶，人人皆知。怎奈他忍刑不招，只得你们替他画招，好算凭据；众原告也画供为证，见好立刻处斩，安民除害。"此乃奉旨之事，谁敢不遵？一个个齐声答应，俱愿签押。施公点头大悦，立刻拿下稿去。众文武、原告，替他画了手字花押，呈上施大爷过目存案。复又往下吩咐：把黄隆基押至法场处决。不知后去如何，且听下回分解。

第一三六回

响号炮斩黄隆基　接皇宣审吴进孝

话说那些该值人，把黄隆基拥出监斩，恶棍坐在尘埃候死。忽听有人喊叫："刀下留人？皇宣到了：解往京都治罪。勿伤皇粮庄头性命。"吆吆喝喝，进了法场。刽子手停刀。但见那匹马竟奔棚口而来。且说恶棍黄隆基听得明白，喜出望外，心中暗念："阿弥陀佛。"马上人高声说："刀下留人！北关外差官催逼甚紧说是：倘有文武官员违背皇宣，一例问罪！"但见那马上之人说着话，在监斩棚外，弃骑离鞍，将马拴在棚柱，跪至公案前，双膝在地，口称："钦差大人台驾在上，德州四门紧闭，怎奈秘旨无法可入。差官现在北关，请大老爷的钧谕定夺。"那人言罢，叩首在地。施公忙在心里，却面带春风，叫声："报事人速速回去，隔城告诉差官，待我预备妥当，立刻去接旨请罪。"不表。

且说钦差打发报事人出棚去后，座上沉吟，暗想："这秘旨来得奇怪。我施某未拿恶棍之前，先写折本奏闻。圣上准本，御笔钦此，回旨与民除害。因何又有秘旨来到？自古君无戏言，哪有反悔之理？若说不是皇宣，谁敢假传秘旨？令人难解，真是怪事。再说不放恶霸，不去接旨，就是背旨欺君，我施某难免有灭门之祸。这可如何是好？"贤臣沉吟多会，心生妙计。高叫："尔等监斩文武官员听真：今日本院斩逆安良，偏遇皇宣赶到，赦免凶徒。施某去见真实。德州州官穆印岐暂替本院监斩，尔等都听他调用。如有不遵者，从重治罪。再者，杀场仍照旧巡察，恶棍黄隆基牢牢看守。候施某接了旨，再作定夺。哪个徇私，革职重处！”州官侍立一旁。贤臣说：“你拿此字帖自看，不可泄露机关。”且说贤臣又取一字帖，忙叫：“天霸、小西领命。”天霸、小西接过字帖一看，心中明白，又回到公案旁侍立。贤臣吩咐：“天霸、小西备马随本院去接皇宣。”二人答应，贤臣出棚上马，一扭项叫声：“施安、施孝，速随本院出城。”二人答应，随后也上坐骑。

天霸在贤臣前头打顶马，小西在马上揣着铁铳——预备着施公命令，好放号炮。主仆五人，竟奔北门而来不表。且说贤臣主仆，一拥出城，但只见北关龙旗玉仗，居中马上坐着一人，想是内监。脊背上背着皇宣，马后围着跟从人役，似一窝蜂。旨旁边，马上一人，相貌凶恶。贤臣看罢点头，暗说：“必是恶奴乔三。有心先接旨进城，恐怕走脱恶奴，我何不如此这般而行。”想罢，慌忙弃鞍下马，跑至差官马前，双膝跪倒，不住叩头，口尊：“钦差在上，施仕伦早知圣旨降下，理该接出德州境外。叩恳天恩，恕不知之罪。”言罢俯伏在地，但见那些打龙旗执事之人，一个个连忙下马，早被施公看出破绽。那背旨的太监，一见众人下马，他也心虚，连忙翻身下马。乔三也弃骑离鞍。但见那太监紧跑几步，满脸带笑，弯腰一伸手，拉住施公的手，口尊：“施大人请起。此番虽是旨意，乃娘娘的秘旨讲情，求大人宽恕皇庄之罪，我好回京交旨。快快请起。”施老爷乃天生聪明，又经见多识广，背旨的差官失了国体，就知是虚假。连忙站起，不肯说破，为是好拿恶奴乔三，一并治罪正法。贤臣也满面堆笑，口尊：“钦差老大人，卑职施不全请讨示下：不知哪位娘娘秘旨？讨明示下，好放皇庄。”背旨的见追问，便撒谎妄想虚词，道说：“施大人何用追问，不过是王贵妃的旨意。依我说，快快请秘旨进城，赦免皇庄，再作商议。”贤臣闻听，就参透机关，便随口答应说：“钦差言之有理。”言罢扭项叫声：“关小西，快些放炮，好叫刀下留人。”壮士答应，取出铁铳点着，只听咕咚一声炮响，为是叫城内州官听见，好早些行事。又听贤臣高声叫：“黄壮士听了，吩咐你问问来的这些人，如有皇庄的亲丁，叫他快随咱们的人飞跑进城，吆喝刀下留人；怕是救应去迟，有伤皇庄的贵体，难免施某违背玉旨之罪。”言尚未尽，忽听恶奴乔三高声答应：“小人愿往。”施公故问：“你乃何人？”恶奴见问，回答：“小人乃皇庄管家，名叫乔三。”施公说：“你去最妙。”恶奴答应，回身上马。施公叫声：“小西、天霸，你二人同乔三飞马进城，保住皇庄的性命要紧。我同差官进城，方不误事。”天霸、小西二人答应，飞身上马，一左一右，围住恶奴，星飞而去。

且说乔三救主心急，加鞭催马。说话之间，三人已到北关门外。天霸连叫开城门，门军答应，将城门开放，但见三匹马闯进门来。把守关门的武官，复又叫人把门闭好，照旧把守，专候施大人接旨进关，按下不表。且说天霸、小西、乔三进城，乔三大声喊叫：“刽子手停刀！休伤皇庄的性命。”不住的吆喝。天霸、小西暗说：“好个囚徒，已入牢笼，尚不知死，待少时爷们一定捉拿于你。”

不言天霸、小西另有妙计捉拿乔三。单言德州州官，他已看明施公的字帖，一同众官，送施公出监斩棚，复回身进棚，替贤臣办理，遵号炮暗令行事。忽听炮响，忙吩咐：“王殿臣、郭起凤，叫刽子手快把犯人黄隆基开刀。”一声叫，刽子手闻听，随即跑上前去，钢刀一落，只听喀哧一响，人头落地。此刻杀场四面，瞧看的那些仇家，见杀了恶霸，无不称心。州官回身，同文武各官进棚。忽又听杀场内外喊声震地说：“刀下留人！皇宣到了。”众人一起细看，但见三匹马如飞而来，当先马上，乃是恶奴乔三。众仇家一见眼都红咧！一起接声喊骂：“狗娘养的乔三来咧！咱们要不拿他，等到几时?”一声喊叫，一起拥上不表。且说黄天霸已知杀了黄隆基，不敢怠慢，将马离恶奴切近，一扬手背，照定乔三脊背叭的一巴掌，恶奴不防，只听咕咚一声，栽于马下。那马跑去不表。但见小西马到近前，连忙弃蹬下马，才要上前捉拿恶奴，回身不见了乔三。哪知恶奴爬起，撒腿就跑。天霸追赶问信，也有说往南跑的，又有说往北去的。总而言之，东、西、南、北赶去问遍，不见恶奴的踪迹。天霸、小西只是抱怨众人误事，如何见施公交令。此时天霸、小西二人知道狗党们已经入城，好放心擒拿恶党，此话不表。

且说贤臣同差官进城，把守城门的武官，复把关门紧闭，打锣有令知会。天霸、小西二人，无如之何，只得催马回去。且说催马奔法场，不多时来到。但见未散的军民，一起跑到叩头，口尊：“大人，把恶霸黄隆基尸首，赏给小人等，以消素日之恨。”说罢一起叩头不止。老爷一见点头，说道：“满城军民，留神细听。即将恶人尸首赏与尔等，任凭尔等处治去罢。”众人闻听，谢恩爬起动手不表。

且说吴进孝坐在马上，听得明白，心中着忙，又不能逃脱，吓得面如金纸，跟着施公，登时来至棚外，众官出棚跪接。忠良一见，马上摆手，众文武站起。施公下马，进棚坐下。但见差官如泥塑一般，老爷吩咐："快把假差官拿下。"左右一起呐喊，拉下马来，上了绑绳：那些打执事与跟随假差官的众人，吓得滚鞍下马，跪在尘埃，只是叩头求饶。口尊："老爷，我等都是乔三雇的，教假充跟随钦差之人。"施老爷一见，点头说："尔等既是良民，毋庸心怯，我自有道理。"叫："人来，快带差官！"该值人答应，立刻带过。那人明知事犯，吓得心惊胆战，双膝跪倒。施公座上微微冷笑，叫声："差官听真：这起打执事的是什么人？快快实说，以免本院动刑。"差官闻听，不敢隐瞒，口尊："大人，小人名字叫吴进孝。离州城百有余里地，名叫吴家村。十二岁净身入皇宫，只因我在宫内偷窃玉器，捆打四十大棍，撵出宫来，发回本地，永远不准入京……"不知后去如何，且听下回分解。

第一三七回

乔三脱逃黄关请罪　施公出示官役搜人

话说施公问明吴进孝的实话，要发放那些良民，忽抬头往外观瞧，但见两匹快马直奔棚口，霎时来到，细看乃是黄天霸、关小西，二人连忙下马，将马拴在棚柱，急忙走至公案下跪，口尊："恩主大人在上，我二人身该万死。"忙将走脱了乔三之故，细细回禀。言罢二人叩头在地。施公闻听，座上着忙，心内暗暗自语：好两个该打的奴才！有心归罪，内有天霸奉旨朝见升官，因此不肯定罪。迟疑多会，叫声："天霸、小西，本院不看你二人素日勤劳有功，立刻归罪。今仍罚你二人速去捉拿。拿住乔三恕罪，如若拿不住恶奴，决不轻恕。"二人答应，叩头爬起，回身出棚，到各处访拿不表。

且说施公又高声大叫："尔等打执事的众人，哪个是为首的？快快说来，好放尔等。"众人见问为首的，即回道："是那刘三、王五。他二人奉乔三差遣，雇的小人们。"施公闻听，座上点头，吩咐："立刻把刘三、王五上锁，其余众良民，每人重责三十大棍。"放起撵出棚外。众人一瘸一拐四散。贤臣又叫："武职官，快传命令：城上添兵，巡拿恶奴乔三。如有徇私放走乔三，与他一例治罪。"

且不提搜寻恶奴，亦不表贤臣出棚上马回衙。单说乔三被天霸一掌打落马下，恶奴闻听人嚷说杀了黄庄头，就知事情败露。现今若不找个藏人之所，教人赶上拿住，仍是命在旦夕。恶奴正自踌躇，忽然想起姐夫来了。看官，你道他姐夫是谁？乃德州土居之民，姓朱名亮，今年五十九岁。黄面净脸，满颏胡须，身高五尺。只因他年幼爱习枪棒，学会了浑身武艺，二十五岁上，入了公门为役。因捉拿盗寇，几次有功，现今升为步快头领。为人透灵，广有识谋，衙门的伴儿，给他送了个外号，叫赛孔明。他最爱交友，好玩笑吃喝，游耍一乐而已。因此满城军民，无不钦敬他。乔三想起朱亮，心中暗说："我何不投到他家，叫他出个主意，搭救我出城逃命。"想罢两腿如飞，忙忙奔到筒子胡同，走进巷内朱亮门口。可巧门半掩半闭，乔三不敢叫说，连忙进去，又回手把门紧闭，迈步往房中而来。房内惊动乔氏，只当夫主回家，即忙迎出。抬头一看，乃是兄弟乔三来到，但见满面汗流，往里直走。乔氏一见，便问："兄弟，如何这般慌忙？快进房来告诉我听。"恶奴见问，忙进房来，又把房门紧闭，入内坐下。乔三低言叫道："姐姐不知，容我细禀。"就将已往从前之事细说了一遍。乔氏闻听，吓了一跳，说："兄弟呀，这可如何是好？"乔三说："但能救我出关，你夫妻如同父母一般。"乔氏说："如今四门紧闭，你姐夫纵有手眼，也难救你出关。"姐弟正然打算，忽听胡同之内，乱哄哄的齐喊："谁家藏了乔三？如若不报，待搜寻出来，拿了一同问罪！"乔氏、乔三吓得浑身如筛糠一般，愣了多会，听着吆喝声音远了，才敢言语。

不言乔氏乔三姐弟家中害怕，且说快头领朱亮，遵奉钦差大人的钧谕，又奉州官穆印岐的差遣，带领手下，挨着户，大街小巷，高声喊叫，细细留神访拿，半晌并无影响。堪堪天晚，众役觉着饥饿。那朱亮素有义气，众伴儿要吃酒饭，他们走到僻处，一起止住脚步，俱各不走。内中有个户儿，姓李名顺，素日与朱亮玩笑，叫声："金星子别扒了，太爷有个巧当子，告诉你再扒。"朱亮闻听，叫声；"第二的，有屁早放。"李顺叫声："金星子，你别藏赃。听大朋友告诉与你，就怕说出来你不应。古语说：'官差也办，私事也办'。人是官的，肚子也是官的吗？少不得借你个光儿，吃顿饭再去访查。难道拿住乔三，咱就生借脸挂账；拿不住乔三，就饿着肚子不成？"朱亮闻听说："你说话，我爱听。要不还上王家饭铺；咱们当衙门的人，素日是吃了不还账的。"一边说一边走，登时来到王家铺门口，一起进店坐下，要酒要饭。众伴儿酒饭还未吃完，朱亮心中忽然想起一事，心内着忙。腹内说："哎呀！我只顾在外，忘了家里咧。我想乔三那个奴才，刚才拿他，毫无踪迹。这地方城内他别无亲故，莫非这狗头躲在我家中去了不成？"朱亮越想，心中越怕，连忙叫声："众伙伴计算吃完了饭咧！我想起一宗紧事来。你们哥儿六个，出铺之后，还是照旧吆喝访查。都在十字街面等候见面，咱再去见官回话，讨示下。"众人答应晓得，一起站起，同到柜上。朱亮大大的架子，叫声："王掌柜的，写上我罢！"掌柜带笑说："朱大太爷请罢。"大家一笑，彼此拱手相别出铺。

众人各皆依旧访查。朱亮心要回家，霎时走到自己门口，但见两扇门紧闭，静悄悄无人，上前敲门不表，但见他姐弟正然在屋内担惊害怕，忽听的打门三响，吓得乔三只当有人来捉他，低言叫道："姐姐快去门边问真，如若声不对，千万别开口。急急回来，再定主意。"乔氏说："知道。"言罢来至门口说："外面叫门是谁?"朱亮说："是我。"乔氏听见是夫主的声音，心中稍安，伸手忙拉插管，把门开放，让朱亮进门，乔氏复又把门插上。夫前妻后，同进了房门，朱亮抬头一看，瞧见乔三，不由吓得瞧着恶奴，只是呆呆发怔。恶奴见他姐夫回家，快忙站起，叫声："姐夫，快搭救我的性命要紧。"朱亮闻听说："难为你这胆！竟敢假传圣旨。拿住内监，全都认招，单等拿你去完案。"乔三闻听朱亮之言，愣了会子，叫声："姐夫，你不救我，我可就死定咧！常言说'人到难处，就如虎落深坑。'素日我知道你广有机谋，因此我才投奔你来。"朱亮闻听，叫声："我的儿好乖嘴！就只怕被人知道告发。我不告你，我就算救你的一样；你再想教我救你出坑，好似叫老虎拉车，我不敢。一来四门紧闭，二来兵将巡逻。救不成你，连我一起拿住，那就要了我的宝贝咧！我劝你早些滚罢!"乔三闻听，回答叫声："好老爷子，只求你老人家想条妙计，救我的性命，再不忘姐夫的天恩。"朱亮闻听，估量着眼下难以推托，前已表过，朱亮广有智谋，眉头一皱，计上心来，故意带笑，叫声："兔羔子，要老爷子救你不死，听我告诉你妙计。幸喜今年东北城角上，连日阴天，雨水浇坍 块城墙。少不得你装我的户儿，今夜晚送你越城墙逃命。你先等一等，我出去，一来打听打听；二来沽点酒儿，你喝了好壮壮胆子逃命。"言罢站起身来，走到厨房取酒壶。回头叫声："贤妻，跟我开门。"乔氏答应，同了丈夫出去，来到门口。朱亮出门，乔氏又复将门闭上，回房不表。单说朱亮手提酒瓶出胡同，登时来到大街，暗说："乔三，你今错想了。只知我救你，哪知你身入牢笼。少时回来先稳住你再拿。必须如此这般而行。你要想逃生，除非是认母投胎。"一边想一边走，不知到家如何拿法，且听下回分解。

第一三八回

拿恶奴朱亮献功　赴市曹囚徒枭首

话说朱亮手提酒瓶，到大街上打酒，紧往回走，暗说："乔三拿我当喜神，哪知是你的丧门星！少时到家，先稳住他，然后再拿，必须如此才好。要想逃走，万不能。"一面想一面走，只见满街各巷，人马来来往往，挨门按户，这家搜了，又进那家去搜。朱亮一见，心中着忙，恐怕搜到自己门上，忙忙沽酒回来叫门。乔氏听见，忙出房开门。朱亮进去，复又把门闭好，举步进房。乔氏接过酒菜，忙忙收拾了，放在桌上。乔三与朱亮对面坐下，乔氏把酒斟上。忽听朱亮说话，心中主意并不告诉妻子，带笑叫声："乔三我的儿，你放心喝酒，天气尚早，壮壮胆子。等到了五更时分，兵丁闹得人困马乏，老爷好趁空儿送你出城逃命。囚攮的，听爹爹主意；倘有人撞见问你，你就唱一出'一门五福'，说：'吾乃小孙孙是也。'我的儿，听为父之言，才算孝顺。非唱这出，难以逃命。"乔三闻听，信以为真，心中大悦，叫声："老爷！爸爸！——你骂舅太爷，今日全都让你。"朱亮闻听，叫声："舅爷，你喝酒，老爷子赏你脸，你就出浪声儿。我的主意虽然如此，吉凶祸福，只得听天由命。"乔三说："我的全是不对，老爷子任凭你罢。"言罢二人饮酒。朱亮在家，先稳住恶人不表。

且说钦差大人，出监斩棚，回至州衙升堂。不一时天到黄昏，满街高挂灯笼，施公座上暗想，拿了半日，这又定更时候，还搜不出恶人，莫非官吏有他亲眷，把他隐匿？座上开言说：“尔等不用伺候本院了，急听我谕令：传与文武官员四门城上严加防范。家家户户，无论举监生员，兵丁衙役，都去叫门仔细搜寻。天亮拿不住恶奴，不拘官吏，本院都问罪名。”该值人闻听，连连答应，急出州衙，遍传钧谕。文武官员，遵命而行，各派手下兵丁衙役，按户搜寻。直搅得各家妇女，咒骂恶奴，这且不表。再说钦差大人官衙坐等，忽听天交四鼓，还不见拿住恶人的音信。

不言钦差官衙坐等。再说朱亮力劝乔三饮酒，稳住恶奴。朱亮明说搭救乔三的性命，暗用牢笼捉拿恶奴，好保他自己性命，二人对坐，吃到天交四鼓。朱亮心毒意狠，做事不对妻子说知，为保全他夫妻脸面，明知乔三武艺精通，不是容易捉的，反怕不美，故此心内作事。见他姐弟吃酒，他也面带春风，看着他妻子，叫声：“老婆子，我要不看夫妻之面，再不搭救乔三这个王八羔子。”乔氏闻听，口尊：“夫主，言之差矣。古人云：‘一日为亲，终久托福’。你不瞧他，也须瞧我。”乔三心中有酒气壮胆，叫声：“老姐夫，骂是骂了，此时天不早咧！少时就亮。老舅爷子问问你，你要搭救我，有什么妙计快行？你要不救我呢，你就说不救，你我就拼上一拼。”说罢回身把腰中攮子一抽，说：“这就是你的对头。”朱亮听他急咧！他也真机灵，就便儿回答说：“好狗头！急什么？我既应了你，何用你着急呢？听老爷子告诉你明白，头里我去打听咧，我知道自有救你的时候。再者，你逃命出城，也须路费，待我给你带上几文钱，好买东西吃，何用你心急。”说罢走到柜边，开柜取钱，搭讪着工夫拿钱，就把蒙汗药下在酒里面了。这才带笑，与乔三讲话，说着斟上一杯酒，放在乔三面前。

乔三虽说喝到七分醉，冷眼瞧酒色忽变，一阵心疑，不端酒杯。乔氏叫声：“老三，不用你多心。等姐姐先喝，纵有毒药，先药死我，你再喝。”伸手端过乔三那杯酒，沾唇一气喝干。又复将酒斟上一杯，放在乔三面前。看官，此乃蒙汗药酒，其性迟慢。乔氏先抢那杯酒，饮在腹内。朱亮一见，正中下怀，忙忙接言，催劝乔三，叫声：“舅老爷，这可不用你多心了。你看你姐姐先喝咧！下剩的也不多咧！咱三人爽利的喝干了，好送你出城逃命呢！”他心中一喜，并不推辞，一饮而干。朱亮见乔三入了圈套，姐弟两人，把酒斟上，只顾喝，不一时酒净瓶干。忽见他姐弟二人眼发眩，口内只嚷头上发昏。又听门前人声喊叫，又细听了一听，乃是邻右担惊害怕，都喊：“咱们各加小心。”朱亮听罢，见乔三与妻俱皆昏倒在地，便找了一条绳子，把恶奴倒剪二臂。将乔氏先放在旁边，候报官先拿了乔三，再用凉水救活。

诸事停妥，朱亮连忙出房，并不开门，越墙而过，两脚如飞，直向十字街而来。不多时到了十字街，望众伙伴说道：“我已搜着乔三，快跟我去，回明钦差，好拿奴才问罪。”众人答应，一同前去，登时来至公馆，先禀明州官，说明实情。州官闻听，喜不自禁，立刻带了役吏去见钦差。霎时来到衙门口下马。天交五鼓，进衙到丹墀以下，双膝跪倒。但见钦差坐着堂上，冲冲大怒。高声说道：“尔等快将我的话传与兵将人等，赶天明拿不着乔三，一律问罪!”穆印岐听着钦差吩咐毕，这才口尊：“大人在上，现有卑职的步快朱亮，用计搜着乔三。”贤臣正自着急，听说有了乔三，不由心中大悦，连忙叫声：“贤契，不知恶奴现在何处?”州官忙将朱亮用计之故，从头至尾，说了一遍。贤臣闻听，又把朱亮叫上来，跪在下边，老爷又问了一遍，与州官说的一样。贤臣吩咐：“速把恶奴抬来，好与吴进孝对词完案。”州官答应，即饬朱亮衙役，急速一面派人知会游、守、千、把带领捕快人等，将人调全，穿街越巷，来到朱亮门首。班头朱亮，还是越墙而过，开了大门。州官在马上坐等，等下役进内，抬出乔三。但见恶奴人事不醒。州官吩咐：“急速进衙，禀见钦差大人。”下役答应，抬起乔三，急速来到衙门，放在当堂。

州官回明，贤臣叫人用凉水把恶奴喷醒。不多时乔三苏醒，翻身坐在下面，心内糊涂，冷呆呆往上瞧着发怔。施公坐上，用手一指，微微冷笑，骂声：“该死的奴才！尔等情由败露，快快明言，好把你定罪。”乔三闻听施公之言，心才明白，如梦方醒，后悔贪酒，入了圈套，口尊：“老爷，小人乔三有家主。常言说家奴犯法，罪归家主。叩求青天老爷，察覆盆之冤。”说着不住叩头。贤臣闻听大怒，用手一指，高声骂道：“大胆囚徒！还敢巧辩。带吴进孝上堂，对质口供。”下役答应，登时带到吴进孝，跪在下面。施公坐喝道：“尔等快把他两个夹起来再问。”下役答应，拉去鞋袜，套上刑具，用麻绳一扣，痛入骨髓，浑身发软。吴进孝不住叫喊，口尊：“老爷，小人招认，情甘领罪。都是乔三囚攮的把我害了。我头里已经全说实话，你纵不招认，也是枉然。”恶奴闻听，明知有死无生，即将已往从前俱都招认。钦差座上闻听，恨得咬牙切齿，吩咐：“下役，每人重打四十大板。打完了，绑出去开斩。”下役答应，一声呐喊，把两个人打得两腿崩裂。贤臣又吩咐把乔三、吴进孝搀出上绑，急命州官押解云阳市口监斩不表。

且说施公又吩咐：“尔等快提刘三、王五上堂。”青衣答应，立刻提到，跪在下面。老爷往下又吩咐说：“你两个，这罪过果知道不知道?”刘三、王五二人齐说：“小人不知，叩求青天大老爷宽恕。”老爷说：“私传圣旨，罪该斩决。幸而你两个不是事中之人，每人重打四十，罚你二人充军。”施公吆喝：“拉下去，重打四十大板。哪个留情，本院治罪。”青衣发喊，打了四十，打完放起，复又上锁。施公堂上提笔判断，书吏一旁作稿。诸事停当，即命公差起解，带出官衙不表。且说施公堂上，坐等杀场斩了乔三、吴进孝二犯，好进京交旨，心中正自着急。只见州官走进衙，上堂跪禀，斩了二犯。施公闻听，站起身来说：“本院钦限甚急，立刻搭轿，就要起身。”不知到景州，又访出什么事来，且听下回分解。

第一三九回

贤臣遣小西请客　天霸寻王栋出城

话说施公由德州城内拿住了飞腿乔三，就地正法。谁知乔三的兄弟，逃跑至黄隆基的小舅子家里，看官，你道黄隆基的妻弟是谁，此人大有名头，他兄乃千岁宫中一名首领，他兄弟现捐纳的州同，又借着哥哥势力，就无端作恶，欺压良民，通官交吏，无所不为，心傲气雄。此人姓罗名叫似虎，人送个名号，叫做恶阎王。那日乔四给他送了个信去，哭诉其情，恶棍听此信，气不可言，却有心和施不全作对，替姐夫、姐姐报仇。估量着施不全势力大，他乃奉旨钦差，犹如皇上一般。走动时，官役围随，到处官兵拥护，势派不小，难以下手。欲待不管，恨之有余。无奈写书一封，差人上京，送到首领哥哥那里给他姐夫报仇。他哥哥转求千岁，在圣上驾前奏言施不全过恶，不过是求其归罪于施公，方消此恨。若遇机会，好报此仇。

且不言恶徒罗似虎，再说施大人自从离了德州，转牌早到景州。大小官员，忙接钦差，排开执事，兵丁衙役，接出城外。文武跪在两旁，各举手本，自报花名。顶马施安传话，叫他们起去，到公馆中伺候。众官听了，平身站起，两旁分排，让钦差执事、顶马、轿子过去，这才一起上马，跟随钦差，前护后拥，进了景州城。霎时来到公馆滴水檐前落轿。钦差下轿进内，净面更衣，吃茶不表。且说众官不敢入内，将手本投递。长随接过，入内去不多时，出来高声说道：“大人吩咐：众官免见。明日在州衙伺候办事。”众官答应，各自散去。

且说施公在大厅用饭已毕，闲坐吃茶，郭起凤、王殿臣、施安等，在厅外伺候。内中唯有黄天霸、关小西，他二人在厢房，用饭已完，也是闲坐吃茶。为何他二人不在厅外伺候呢？有个缘故，关小西是自己投来，自愿效力，并非银钱买来的奴仆；二来又有几次功劳。黄天霸乃是施公亲自请来帮助的，这一入京，贤臣保举，引见圣上，还不定封他二人什么官爵，故此以客礼待之。闲言不叙。且说忠良在厅内叫声“施安”，长随答应，掀帘进内，在一旁垂手侍立。施老爷说：“你去把关壮士，黄壮士叫来，我有话说。”内司答应。出厅不多时，把二人带进来。他二人在下面，才要行礼，施公把手一摆，二人平身，一旁侍立。贤臣叫声：“二位壮士，本院叫你们不为别故，因本院当年有个同窗契友——此人乃中堂王希王老爷的族侄，名叫王年，现为陕西的学院，原是此郡人氏。他的父母俱在本乡居住。我今有一拜帖，关壮士可去一投。黄壮士暂与本院叙话，免我在此发闷。”关太说：“小人愿去。讨老爷示下，不知此人住什么地方？”施公说：“去岁王大老爷差人下书到京，书信上写的在此郡土家屯居住；再者你看门前有旗杆、挂进士匾者就是他家。”关太回答：“小人知道。”施老爷忙将书字递与好汉，小西接过，出厅而去。

黄天霸在一旁，口尊：“老爷，小的想起一件事来。”施公问什么事？天霸说：“小的先同王家兄弟在一处居住。听见他说过有个亲娘舅，乃是此地一家财主，此人有名的叫丁太保。我想王栋不辞而去，或是往他舅舅家来了。我的意思要想找他问问，他不辞而去临阵脱逃的缘故。看他怎么见我？不知老爷准与不准。”施公这次待黄天霸不比在江都县之时，乃是聘请前来，怎么好意思不令他前去？再者此处在州城之内，驿馆之中，许多兵丁卫役伺候，也无用他之处。至迟不过明日就来，后日就可起身，大略不至误事。二来也是合该有祸——施公不教他二人离开，焉有这场祸？且说施公闻听天霸要去找王栋，老爷沉了一沉说：“壮士此次既是要去，见着王栋，也不必浮躁。虽然走了于七，也非他一人之错。他如愿意跟官呢，你只管同他回来见我。施某这一进京，自然不肯难为他。如不愿回来呢，也就罢了。千万壮士早回来。”天霸回答：“晓得。”言罢转身出来不表。

且说贤臣打发天霸去后，天色已到黄昏，馆夫秉上灯烛。施公独坐看书，施安一旁侍立。霎时天交初鼓，施公心中惦记明日到衙内查看各案招稿，众官有无病弊亏空，好进京交旨。老爷心内一烦，合上书本，吩咐施安打铺安歇，内司应说：“回老爷，早已铺设妥当了。”施公说：“你去吩咐他们小心火烛，门户要紧。”施安转身出去，告诉了馆夫，把门闭好，自己在外间屋内安歇不表。施公熄烛上床，心中困倦，蒙眬睡去。不多时，天交二鼓，心血来潮，似睡不睡，忽听门外有喝道之声，不知何故，且听下回分解。

第一四〇回

忠心感神圣托梦　州衙看案卷察情

话说贤臣自小西、天霸去后，书房独坐，看了会子书。施公熄烛上床，似睡不睡。忽听有喝道之声，鞭板、锁子连声响亮。施公梦里心疑说："何处官员，半夜来临？"想罢闪目往外观看，但见一对红灯，走进门来，后又进来两个人，打扮格外异样：右边的穿戴乌纱圆领、羊脂玉带，足登粉底乌靴，手执牙笏，躬身侍立；他穿的四品补服，眉清目朗，白面长须，髯如黑墨。左边的年有七旬，两鬓如霜，脸上皱纹如鸡皮，颏下胡须，赛如白银；头戴万字巾一顶，身穿茧绸道袍，青缎衿领，腰系丝绳，红缎云鞋，素绫白袜，手执一根过头拐杖，笑容可掬。施公看罢，更加纳闷，心内沉吟：不像吾大清之人。右边的一定是有职分；左边的好似乡民。又听见外面吵闹，估量着是衙役三班人等，心中正是不解。只见二人行礼，拖地一躬。口称："星主，此事但求施展才能。"说罢，又见那老者用手往外一指，进来一个当差的人，左边手提定一面锣，右手持锤，将锣连打了三下。从外面又来了两物，扑进厅来。贤臣闪目留神，认得是两只绵羊，往里鱼贯而行，脖子上带锁，腿上带镣，少皮无毛，腿流鲜血，望着贤臣两只前爪跪下，吔吔不住叫唤，把头点了几点，如叩头之状。贤臣不解其意。待要问老者，忽见那锣里头跳出来一物，细瞧是个耗子，一尺多长，灰色皮毛，跳在羊背上，又抓又咬，急得那羊乱跳乱窜。贤臣一见，心中大怒，站起身来，两手扎杀着轰老鼠。又听门外一声响亮，蹿进一物来，又像驴子，又像虎，竟奔忠良梦境而来。贤臣吓了一跳，栽倒在地。又听门外风吼声鸣，噗噗蹿进二野虫来。贤臣虽倒，心内明白，闪目留神，原是两只猛虎，黄白二色。贤臣估量着命难保守，那知猛虎竟不扑人，剪尾摇头，竟扑怪兽而来。两只虎按着怪兽，又抓又咬，登时怪兽命绝。两只虎竟进内间屋去。施公害怕，见老者同那一位，连忙伸手扶起贤臣坐在正中。忠良说："请问二位贵驾，这事情愚下心内不明，望乞指示。"二人见问，躬着身说："此事星主自详。问我二人也不知晓，天机不可泄露。若要问咱姓名，有四句言词：

斜土焉能把金成，王子头白总是空。

十一轮回功行满，土也成金鱼化龙。"

言罢，复又用手指着，口尊："星主，须要小心，两只猛虎又来了。"贤臣闻听，失一大惊，猛然惊醒，乃是一场梦。吓得一身冷汗，"哎哟！"一声，吓坏了长随。

施安从外面忙来相问，将灯点上。口尊："老爷方才怎么样？"施公说："方才梦中喊叫了一声。天不知交了几鼓？施安说："正交三鼓。"施公忙把表盒打开，看了看，果是子时三刻。说道："施安，你将参汤熬些我吃，再把好茶对一碗来。"内司答应，登时把炉中火添旺，一时俱办停妥。老爷起来用罢。施安忙问："不知老爷方才作什么梦？也求老爷告诉小人听听。"施公便把梦中之事，对施安细说了一遍。施安低头想了半天，口尊："老爷，若依小的详解此梦，也好也不好。梦见虎头驴尾的怪物，扑了老爷一个斤头，定主不祥。幸有两只虎，又咬死他，大略无碍。又有耗子咬羊，想来不过驳杂点儿。老爷虽然吓倒，幸亏又有那穿红袍的和那老者扶起来，此乃吉兆。依小人想来，那穿红袍的和那白胡子老头，必是喜神、贵神。那虎头驴尾的怪物，必是个四不像儿。老爷只管放心，此去进京面圣，包管大喜高升。"那贤臣自思梦中之事，自言自语，嘴里说："好奇怪呀！"前已表过，贤臣不比平常之人。老爷登时参透，腹内说："原来是城隍、土地前来警教，内里还隐着一段的冤情，等施某前来才能结案。罢了，罢了！我这一进衙去，查出情弊，合郡官员，多有参罚。"忠良想罢，不觉东方大亮。施安服侍贤臣净面吃茶，用罢点心，更换衣服。吩咐传出去："预备轿马执事，伺候本院进州衙理事。"

轿马出馆驿不多时，到景州州衙门首，一直进了正门，到滴水檐前下轿。内司把被褥铺在公位，贤臣坐下。众官参见行礼。贤臣摆手，众官平身。这才分班站立。个个偷眼瞧着大人，见他头戴一顶貂帽，帽带紧扣，那时头上无顶，看不出官居儿品来。容貌长脸，细白麻子，三绺微须，萝菔花左眼①，缺耳，贡肩，小鸡胸，细瞧左膀不得劲。头里看他走路，还是踮脚。身量瘦

① 萝菔花左眼——说人的左眼像萝菔花，是比喻它像京剧中丑角眼眶图案，呈十字形状。萝菔花，即萝卜花，花瓣呈十字状。

小，坐在公位，不甚威风。身穿狼皮蟒袍，海龙外褂，青缎官靴，仙鹤补服，一串朝珠，硬红嵌花。众官看罢，却多暗笑，瞧不起是皇家二品大员。那知身量虽小，志量却大，是朝中一位干国能臣。众官正自暗中笑话，只听贤臣口呼："众位，本院奉旨前往山东，一来为放赈；二来为访查赃官污吏。今到贵郡暂住馆驿，所为查明档案，好进京面圣。大略众位无甚过犯，少不个要查看查看。钦限紧急，不敢久停，明日要进京交旨。"众官闻听，一起答应说："遵大人示谕。"言罢众官吩咐书吏，预备各处案卷，送至大人案前。施公将案卷看了一遍，留神细查，不过是奸情盗案、窝娼聚赌、行凶杀剐，杖斩绞犯，军徒枷号，判断明白，并无寻私之处——哪知州官与书吏暗定诡计，以哄施公。贤臣看罢，又查钱粮地亩，从头至尾，瞧了一遍。来到库内查验银子数目，分毫不差。施公连连点头赞说："到底是列位贤契做官清正，本院进京面圣，一定保举升官。"

众官闻听不敢怠慢。忠良总惦记昨日作的恶梦，并未查出梦中之情，老爷心中不悦。眼望众官开言说："此郡可有一人姓罗，名叫如虎，又叫如鼠。贤契可曾闻知否？"众官闻听，一个个眼望钦差，似聋似哑，都不作声。景州知州想罢，哈着腰儿，脸上赔笑，口尊："钦差大人，卑职查此郡，城里关外，并无姓罗有名之人居住。若有，卑职不敢在大人台下隐瞒。"州官说罢，贤臣心下暗自沉吟说："州官此话，大有情弊。他说城里关外，并无姓罗有名之人，必须得如此这般办法，才得梦中之情。"想罢叫道："贤契，本院此问，也无关紧要。明日本院就要进京面圣，一定保举贤契升官。”言罢，吩咐搭轿。内司传出话去，登时外面齐备。大人站起身来，往外就走。众官一起送大人上轿，登时来到馆驿下轿。贤臣进厅归座，吃茶用饭毕。复又献茶。施公手擎茶杯，眼望施安说：“我今有个主意，必须如此这般办法，庶可得梦中之情。”要知怎样，且听下回分解。

第一四一回

主仆闲谈说梦景　贤臣改扮访民情

话说施公少不得亲身出去私访，访真再议。长随说："老爷，小的请问爷，怎么就知是城隍、土地前来指教呢？"施公说："我的儿，你听我分解：那梦中的老者合那一位官长说，若问他们的姓名，临走留下四句偈言，本院记的明白。他说斜土旁边加一成字，岂不是一个城池的城字？王字头上加一白字，岂不是一个皇字？十一凑起来，是一个土字。土也并起来，是个地字。这明明是'城隍、土地'四字，何用细解。"施安说："既是城隍、土地前来托梦，何用私访？一来钦限甚紧，二来黄、关二人并未回来，谁保老爷同去？万一有个舛错，那时怎么办？"贤臣说："本院此去假扮，何用跟人？人多反倒招摇。再者既秉忠心，为国救民，焉怕是非。尔亦不必多言，快把此处人的衣服找几件来我用。"施安知道老爷的古怪性情，只得答应，走去问馆夫借衣不表。

且说贤臣打发长随出去，自己找了一块白布，提笔写上几行字，两头用竹竿绷紧，卷起来，掖在腰中。施安借来衣服，老爷连忙打扮停当。幸喜此驿有个后门，无人把守，老爷先行，施安瞧了瞧院内无人，这才一同出厅。才至后院门首，老爷低声吩咐施安说："我儿，本院出去私访恶人，或虚或实，天晚必回。若晚晌不回，就有了事咧！也不必叫众官知道，等黄天霸、关小西回来，叫他们去找本院。再者，我去之后，你传出去就说本院有病，众官一概免见。千万嘴稳要紧。”言罢，施安将门开放，老爷出门，吩咐仍将门闭好。

老爷出了馆驿，不知准往哪里去。此时是冬月光景：一片荒郊，树木凋零，草都黄败，朔风透骨，冷甚冰霜。忠良不由点头，是为除暴安良，受此辛苦。倘能拿住恶霸，救出良民，即受此惊惧，也不负康熙老佛爷重用之恩。老爷想罢，强抖精神，不管南北，信步而走。当时出城，更觉凄凉。老爷出馆驿时候，天才挂午，此进天已午错。借步走了五六里地，浑身又冷，腿又酸疼。忽见眼前一座院落，外门宽敞，门墙高大。两溜门房如瓦窑一般，住的仆人、佃户。那大院砖砌围墙，青灰抹缝，四角更楼，高耸碧空。往北一望，盖的更觉威风。三间一明两暗，露着窗户高台阶子有十数多层。一对黑鞭子挂在门首，两条懒凳左右分排。因为天冷，无人在门房存身。贤臣看罢，暗想：“这所宅子，不像民人富户，定是前程不小，不亚都中王侯卿贰，不知住的何等之人？施某倒要访他一访。”想罢举步而行，来至门前，往里观看。忽见由门房内出来一个人，穿着一身布衣，长了个横头横脑的。他把老爷打量了打量，见爷穿着一件翠蓝布棉袄，老青布棉裤，白布棉袜，油底的布鞋，头戴一顶宽沿儿老样毡帽。瞧模样麻脸歪嘴，萝菔花的左眼，缺耳，前有个小小的鸡胸，后有个贡肩，左膀矮，走道还带着点脚儿。又见他手擎着一块白布，宽有一尺，长约二尺，两头儿竹竿绷紧，上面写着几行大字，几行小字。这人并不识字，一声断喝说：“那小子探头缩脑的瞧什么呢？”

贤臣暗恨在心，忍气吞声，假意赔笑说：“愚下乃行路之人，从此经过，颇晓得些风鉴相法。看贵宅大有风水，将来必出将相之才，故在此多看。”言罢，把身一躬说：“休怪，休怪。”回身就走。那人不管好歹，竟不容情，赶上去倒揪着领子，把老爷揪了个趔趄，几乎跌倒。口内说：“回来罢！大哥那里溜啊？闹的是怎么花串儿，你又会看风鉴相地，我们这里又有风水咧！看你这嘴巴骨子，分明是来闯亮①，瞧着无人，你好进去，有得手的东西，你好偷着走。遇着人，你就说瞧风水呢！怪不得昨日院子里晒着一床被窝丢了，敢则是你瞧风水瞧了去咧！”贤臣闻听，忽的大声嚷叫：“哎哟！委屈死人了。学生乃是斯文人，况且又是才到贵宅门首，如何昨日丢的被窝，便赖自我偷去呢？”正然吵嚷，从里面又走出几个人来。贤臣暗闪虎目，打量出来的这个人，但见他身穿皮袄、皮褂，青绸子吊面，羔儿皮披风，内衬着月白绫子小袄，足登落地白底缎靴，头戴貂帽，大红丝缨猩血一般。海龙领袖，兜着银边。长的轩昂架子。年纪定有五旬。惨白胡须，赤红脸面，浓眉大目。贤臣看罢，疑是本主来到。哪知他乃管家，姓张名才，在本主跟前很是得脸，虽是恶人的管家，不屈枉人心，离着五里三乡，大有名头，此是闲言不表。

单说那些恶奴，一见管家出来，俱都垂手侍立。只见那人开言说道：“你揪的是什么人，因何吵嚷？”恶奴见问，连忙回话，口尊：“张大爷在上请听，方才我在门房，瞧见那人探头缩脑的

① 闯亮——江湖黑话，意为望风、探哨，也有碰运气的意思。

在门外，正观望呢！我问他找谁？有什么事情？他说路过此处，因为瞧见宅院很有风水，必出将相。我说他信口胡言，分明是闯亮，偷盗东西。瞧见有人，要脱身逃走，故此我把他揪住。正要回管家，请示请示，或是拷打，或送州衙，但等张大爷吩咐一句话，好把他锁捆起来。”管家张才听罢，面带怒色，气愤忿的瞧着钦差施大人。未知施公吉凶如何，且听下回分解。

第一四二回

酒肆闻恶徒名姓　路遇得霸道真情

话说管家听见门外吵闹，出来问了问，恶奴即对管家如此如彼告诉他一遍。管家听恶奴之言，把贤臣打量了一番，不由得心中动怒，将眼一睁，叫了一声："七十儿，你这个囚攮的！特地生事。我瞧此人的打扮，不过是个穷酸秀才，或者是个教书的先生。现在他手拿相面的幌子，定然是他懂得些相法。你坐家在地，那知出外的难呢。为你这个莽撞无故的生事，我说你多少。"骂的七十儿不敢言语，连忙把贤臣松开。

且说施公听见管事的这一些话，就知是个好人。连忙往里跟话，口尊："长官爷，真乃眼力高超。学生何曾不是个儒流秀士呢？因为上京科举未中，羞归故里，一气儿流浪江湖，来到贵郡。因无事可做，自幼学些堪舆①相法，暂借此为生。因看贵宅有风水，我才站住。哪知这位出来，不由分说把我揪住，说我偷出被窝，岂不冤屈。幸亏尊驾圣明，才说出学生清白来了。"大管家闻听老爷这一片诳言，满口里说："如何呢？我就猜的很是，再不错。不是教书先生，就是穷秀才。"言罢叫声："先生，你贵姓呀？"贤臣随口答应："岂敢，学生贱姓任。"大管家叫声："任

① 堪舆（kānyú）——风水。

先生，别理他，看我面上罢。礼当领教谈一谈。怎奈眼下我们老爷就回来，有些不便。”言罢，把手一拱说：“请罢，请罢，改日再会。”贤臣也巴不得离了此是非之地，也就拱手说：“多承看顾。”言罢，大人迈步前行。一边走，一边想，暗说：“好一个恶家丁，不亏了管家来善劝，施某一定吃苦，细想来真可恨。”

贤臣想罢，不觉离了村半里多地，忽见路旁有一茶馆带着卖酒。大人迈步，进了茶酒店，一来有些干渴，二来探访恶人的名姓。见里面放着一张桌子，两条板凳。有个人在那里坐着打盹儿，一见贤臣进去，连忙站起，把老爷打量了一番，说：“客官爷，是吃茶呀吃酒呢?”贤臣坐下说：“倒碗茶我吃。”那人连忙拿过茶杯、茶壶来，将茶呈上。贤臣斟上茶，手擎茶杯，眼望那人，叫声：“伙计，宝铺的生意可好?”那人说：“好啊，托客官爷的福。”贤臣说着话，搭讪着，就问说：“掌柜的，宝铺东边儿那一所房院，是个什么人家?”那跑堂的来至贤臣跟前，对面坐下，低言叫声：“客官爷，你既不是这里人，我告诉你，料也无妨碍。说起来，那所大宅院，村名叫做独虎营。要问庄主姓名，人人听见打个冷战，亚阎王罗似虎，人人都晓，又有银钱，又有势力，万恶滔天，专害民人。他弟兄四个，大爷净身，现在十岁宫内总管，康熙佛爷宠爱，封他是阿哥安达①。他二爷三爷在京都西沿河做买卖，有两座金店，当掌柜的。唯有罗老叔在家享福，捐纳候选州同六品职衔。不守本分，胡作非为，爱交光棍泥腿，包揽官事。开设赌场，讹诈官吏，喜玩斗鸡鹌鹑。听说新近

① 阿哥安达——皇太子的把兄弟。阿哥，清代对皇太子的通称。安达，满语，把兄弟的意思。

又入了穷家棍子头，越发的作恶了。霸占人家房产土地，硬教人家给他纳税银。若要不依，送到州衙枷打了，还得应允。更有一宗可恶之至：好色贪淫。家中妻妾已有十几个，还在外边霸占人家妻女。瞧见谁家妻女美貌，硬教媒人提说。若是不应，就使讹诈，说人家从前借过他几百银子，放账滚利，利上又加利，加二加三还是小利钱呢。那家若是还不起，就打算人口。女子貌美，给他为妾；幼童貌美，他硬鸡奸；不美的作为奴仆使用，无人敢作声。不然就要田房，若说了句不允，立派恶奴锁拿到家，打死了无处申冤。哪怕你告遍衙门，总不准情。许多恶处，一言难尽。不知害过多少人咧！私刻假印，讹诈州县。家中安炉，私铸铜钱，造作假银。若要出门，众恶奴前后围随一群，他比州官还有威风。民人见了，两旁躲开。新近听说出了一件事：他家使着的一个仆妇，有些姿色，硬行奸淫。后为本夫知觉，恶棍恐生不测，活活将本夫打死，大卸八块扔在河中。客官爷你想一想，恶棍如此行为，怎不令人可恨？”

施公听罢过卖之言，把脸气成个焦黄，咬得牙齿响。那伙计一见这光景，口中说：“啧啧啧！我的客官爷，这不是胡闹么？因尊驾再三问我，我又瞧着你不是我本处人，我才告诉你这底里深情，那知你有这么大气性呢？罢罢罢，我的爷，你喝碗茶，快些请罢！趁早儿别给我们惹祸。若教罗府人万一听见，我们是吃不住。不然，你老要气出痰火病来，那是玩儿的么？”贤臣闻听，把气略平了平，假意带笑，叫声：“掌柜的，休要着急，我也不过听着，令人可恨，与我什么相干呢？”过卖说：“这句话，尊驾言之有理。我见爷的脸色都已变了，故此我才着急。”贤臣说：

"还有一件事不明。请问这等恶霸，难道官府都不知道么?"过卖摆手说："休提此处的官员，谁敢惹他？与他都是朋友相交，弟兄相称。前任州官，为接了告状的呈状，将他大管家传入衙门，尚无沉动一点，恶棍便差人上京说与大哥送信去。几日工夫，京里的千岁官旨意来咧！把一个州官撤根子抹了回家。因此我才对你说说。"贤臣点了点头说："伙计你把酒烫上二壶，再剥两个鸡子我吃。"过卖答应走去筛酒不表。施公独坐，心中暗想："可恨景州众官，枉吃皇上俸禄。属下有这等恶棍，不能办理，施某盘问，又相隐瞒，不能首举。"

忽听酒铺门外乱哄哄的人声吵嚷，只见一群人都跑出铺门外站住。贤臣当官府来到，细看又不是衙门式样。贤臣纳闷。又见过来了一匹马，马上一人，相貌凶恶，两手捧着一件东西，足有二尺多长，外面罩定黄缎子套，不知是何物件。随后又来了两个人，打扮的格外两样。一个骑着走骡，黑如墨锭；一个骑的叫驴，色白似银。一个穿的小毛皮袄裤，灰绸面，一斗珠皮褂，黑漆漆的起亮，两边露出荷花色手巾。俱时新式样，头戴貂帽，生丝缨子，一色鲜红，足登青缎尖靴；白面无须，一双吊角眼睛，年纪不过三旬。一个身穿皮袄，不套外褂，里外发烧，腰中系着鸡皮绉褡包，足登紫绒毡靴，头戴双重东瓜帽，算盘顶儿相趁，倭缎云镶；浓眉人眼，满脸横肉，酒糟鼻子，四方口，赤红脸，连鬓胡须，身体胖大，在驴背上，还有三尺，腆腰大肚，长的恶相。二人并肩而行，后面跟人，一窝蜂相似，也有步下走的。又见揪着一人，那人直往后拽不肯走，马上的跟人，直用马鞭子打。那人疼痛难忍，直嚷求饶。贤臣看罢，沉吟了半晌。忽听旁边一人管着那边一个人叫声：“第五的，今日可尽了二皮脸的量了。他终日喝的醉醺醺的，满街上乱骂胡闹呢！今日可碰的钉子上了咧！”那一个说：“不知他怎么惹着独虎营罗老叔咧?”这个说：“因为罗老太爷从我们村里出来，正遇见二皮脸，喝得涨涨儿的在那里骂街呢！被罗老叔看见，叫他的家人就带起来了。这一带回家去，轻者二皮脸也有一顿棍挨。”那一个又问说：“罗老叔望你们村中怎么去了?”这一个说：“啧啧啧！我的糊涂爷，你没瞧见那个骑驴的，不是我们村中万人不敢惹的石八太爷么?”贤臣也在一旁，忽见那群人，有一人望骑驴的说了几句话。

贤臣离远，虽未听见，估量着此处乃是非之地，不可久住。才要进馆会钱起身，又听那二人讲话。总是施老爷目下合该有场大祸，不由得又要探听冤家头的恶处，好一并擒拿问罪。只听那一个叫声：“三哥！只因我在京中，做了二三年的买卖，哪知咱这里，就有这些缘故。请问这石八不亚如一路诸侯；再借着太后宫中王首领的脸，连坐四人轿的，都和他们相好。石八爷家里，本来也够了分咧！倚财仗势，纵容手下的小们在外，无所不为。这穷家一伙子，总有十几个人，都是磕头弟兄。石八算是头一个，有渗金佛吴六、泥金刚花四、破头张三、闯粗胳膊邓四，耍钱硬讹诈。短辫子马三、白吃猴儿郭二，他两个集市上私抽税务。还有崔老叔，外号叫秃爪鹰，单陪阿哥玩雪白脸儿外孙，若要叫瞧见，吓的冒走真魂。恶棍徒七恍，外号叫铁嘴儿，单讹牙行客人；火烧铛①上，他盘腿儿坐着，浑身脱个净光，烙出一身

① 铛（chēng）——烙饼用的平底锅。

燎浆泡来。五股高香点着，胳肢窝夹裹，一个时辰不害疼。外有真武庙六和尚，他是盐商一个替身，吃喝嫖赌，爱交匪类。只可恨咱这里地方官，连一个有胆的也没有，都是些无用怕事的攮包货。昨日闻听人说，奉旨钦差点了一位镶黄旗汉军的施老爷，往山东赈济放粮，一路上严查贪民污吏，又拿恶霸土豪。听说把德州有名的皇粮庄头黄隆基外号叫赛敬德这恶棍硬拿了开刀问了斩咧！真正的这才是位好官呢！什么时候来到景州访一访，拿住这伙子恶棍治罪，那才显出报应来咧呢！”贤臣在一旁听罢，心中正自思想。忽从外面进来了一群恶棍，揪住贤臣衣襟不放手。不知所为何事，且听下回分解。

第一四三回

恶阎王诓请相面　施贤臣巧用说词

话说施公访着了凶徒的住处名姓，又得了杆儿上①石八这些人的底细，恨之已极，一定拿住治罪；再将太后宫与千岁宫的两名首领，一起参倒，才解我心头之恨。思念之间，肚内饥饿，只得就着茶，吃了两个点心，会了钱才要起身行走。忽从铺门外闯进人来，走至老爷跟前，把眼上下先打量了一番，上去用手拉住叫声："先生，想必你会相面。"贤臣随口答应说："略晓一二。"那人说："走罢！先生跟我到我们家里，给我们爷相相面。"贤臣说："令恩主是哪位老爷？"那人说："要问我们上头，是独虎营罗四老爷。"贤臣闻听，不由得打了一个冷战，心内暗说：不好，施某眼下有祸。无奈勉强支吾，口尊："众位，相面请到这里来罢。天气晚咧，愚下还有事，二则还要赶路程。"只见又有一人插嘴声叫："先生，你怎么这样不懂？你叫我们老爷往这里来罢！好不懂事咧。我们下一请字，你倒这么不识抬举，拿糖摆式的。伴儿们过去揪住他，看他走不走。"又有几个做好做歹的，一起说话。贤臣是个居官之人，岂不懂这混话？谅着衙役不在面前，难以违拗，少不得走一场。无奈叫声："众位爷们，请先行，愚

① 杆（gān）儿上——指流氓兼做土匪的人。

下走就是了。”言罢，贤臣在前，众奴在后，一起走出酒铺，竟奔独虎营而来。

不多时来到恶霸门首，进了大门，见门底下奴仆无数。众恶奴内有一人叫声：“哥儿们，谁去回爷一声。”去不多时，出来说：“爷吩咐，叫你们把相面的带进他来呢！”七十儿答应，至大门以下，高声说：“爷吩咐咧！叫把算命的带进去呢！”众奴答应着，拉着贤臣就往里走。七十儿望着贤臣说：“老伙计，头前你说我们宅内有风水，这一会你可进去细细的端详端详。”老爷闻听也不理他，跟定恶奴往前走。忠良暗自思想：事情业经访真了，只怕眼下祸患不小。忠良一壁思想，猛见有一恶奴走出来，叫声：“老七呀，先把相面的带过来站住。等罗太爷发放了二皮脸，再带上他去。”这一个闻听，把大人带到穿廊底下站住。

贤臣从人背后闪目留神，往里观看，但见厅内迎门上面坐着二人，就是头里骑驴子的那个人，两旁站立恶奴不少。只听恶阎王罗似虎手指着那人，骂声：“忘八羔子，你是什么东西？竟敢见了我与你八大爷，还敢满口的胡凑毛嚼的讲闯。我的人说说你，你还敢不依，要打架，反了你咧！你也背地里打听打听，漫说是五里三村的庄民，就是那些府县的当差、书吏人等，他见了我们，哪一个不是垂手侍立的站着？哪像你这撒野的囚徒，不懂眼。”又见显道神石八望着罗似虎，叫声：“老兄弟，你也特烦咧！那有那么大粗的工夫和他劳神，不用问他咧，他的眼眶子也甚高，瞧不起你我，纵然把他打一顿，他也未必怕。不如拿石灰，把他狗入的眼睛揉瞎，就算完了。兄弟你没我爽快，但有撞了我的，不是把他滑子骨拧折，就是把他眼揉瞎。”罗似虎闻听，登时把石灰拿来。任凭二皮脸怎么哭嚷哀求，众奴不肯容情，按把着，登时把眼睛揉瞎，抬出去了不表。

且说厅外贤臣只恨得腹中暗骂：“我把你两个剁鲊①的奴才！这是怎样个王法，如此可恶。即便冲撞了州、县官的马头，也不至如此治罪。罢了，罢了！我施某依仗主子的洪福，出了贼宅，合你两个算账。”老爷腹中正恨，又听杆上石八说：“老兄弟，我走咧！”说罢站起身。罗似虎把石八送出门，回到厅房坐下，吩咐：“快把那相面的叫上来。”恶奴答应，跑出外一点首，冲着贤臣说：“大爷叫你呢。”忠良忍着气，一边走，一边偷眼观看。但见厅内陈设何等齐整，也难为他内监哥哥，怎么挣来的有这分家私，可恨恶人不会享福。

且说上坐的恶阎王罗似虎，一见相面的进来，留神闪目观看，只见他穿戴打扮了个难看，再配着其貌不扬的资格，恶人看了，不由得好笑——那知贤臣的贵处。贤臣在一旁，手拿着一块白布，一尺多宽，二尺多长，上写着“学看相”三个大字。还写着“全不识山人”五个小字。两旁又写了两行小字，一边是：“残眼能观善恶分贵贱”；一边是“歪嘴直言祸福辨忠奸”。恶人看罢这两句话，不由得心中吓了一跳，暗道：“好个施不全，他竟特意的来有心访我，立刻追他的命。不知是真是假，暂且留下狗官性命，问他的来意如何？但有一句说不对，必须如此这般。”

① 剁鲊（zhǎ）——剁开腌制的鱼。形容恨之入骨。鲊，腌鱼。

恶人想罢，眼望着手下的家人叫道："小子们不用拉他咧，叫他慢慢走，想必是他腿上有疮，不得动转。"贤臣闻听，暗说：这样慢待斯文？爽利是一点儿一点儿的蹭罢！一边里蹭着，一边里心中暗叹说："罢了，罢了！我施某现作朝廷的钦差，怎么倒给一个白丁行礼呢？要不依着他们，现今又在贼宅，就如龙潭虎穴。恶人一恼，我施某就是眼下不测之祸，就讲不得失官体咧。"一拐一点的走到恶棍跟前说："财主爷在上，艺士这里有礼了。"言罢，只得哈了腰，作了个半截揖。恶人一见，不由得大笑，口说："啊啊啊！好说好说。"众恶奴才耍狠，督着下跪。恶人手一摆说："你们拿过个座儿来，叫他坐下，好给我相面。"恶奴答应，取了个杌子①来放下，贤臣坐下。

恶棍叼着烟袋，手把鹌鹑，叫声："麻子，你姓什么？哪里人氏？怎到我们这里相面来了？"贤臣闻听，暗道："好哇，施某做官，越发体面咧！又有人叫起麻子来了。我只得气忍在肚里。"回答答话，口尊："财主爷在上，贵耳请听：学生姓任，贱字方也，祖居福建，现住北京地安门内锣鼓巷。自小攻书十数载，侥幸身列在黉②门。因为今岁乡试未中，心中一气，离家要到山东访友，偏偏扑了个空，故此流落贵处。盘费少短，因我幼习堪舆相法，不过暂取路费，好登路程。"恶棍闻听，点头微笑，说道："麻子，你方才说什么？那块布，又写着是什么幌子？'全不识'几个字，你别是倒过来念罢，你是施不全罢！"贤臣闻听，打了个冷战，口尊"财主爷，要问'全不识

① 杌（wù）子——小凳。
② 黉（hóng）——学堂。

山人'五个字，乃是愚下自撰的草号。因为招牌上那两句话，口气过大，恐怕久闯江湖的那些老先生瞧见了恼我，故此写着学看相的'山人全不识'。识者，认也。方才尊驾说什么施不全，我不懂得这是什么话?"恶棍口内冷笑说："你自然不懂得。你不懂得我可懂得呢。咱也别管是'施不全'，是'全不识'，你先相相我后来还有造化无有呢?"贤臣闻听，故意踮起身来说："尊驾把冠往上升升。"恶棍依言，把帽子托了一托。老爷又端相了一会说："尊驾今年贵庚?"恶棍说："我今年二十四岁。"贤臣说："财主爷这副尊容，好比浮云遮盖太阳光，休怪直言，要看贵相，四岁至十四岁，这十年讲不起丰年，连衣食不能足，其相应饥寒。怎么说呢?相书上说的好：眉低散乱妨少年，奔了吃来又奔穿。难得尊驾这一双眼，乃是将相之眼。十四至二十四，正走眼运，好比一轮日照浮云散，万里光华耀满川。愚下直言，并非是奉承。尊驾自二十四岁往后，有五十年旺运的，不但大富大贵，只怕后来还有个一字并肩王的造化。多亏一个似阴非阴、似阳非阳的贵人扶助，子宫迟立，寿有八旬。此愚下直言，财主爷休怪。"

看官，老爷一派谎言，不过是为自己身在危地，方才又被恶棍看破了招牌上的话语，知道是施不全前来私访，故此打算奉承恶棍几句，叫他放自己好出虎穴，发兵出来拿他，哪知竟被老爷谄着了。贤臣说他四岁至十四岁，运气不佳，那时恶棍的老子，给人家做长工呢！当差的哥，还未得时。他妈妈缝穷。自己正捡长粪、挖苦菜卖呢！老爷又说他有一个并肩王的造化。他想着：康熙皇帝万年后，千岁爷坐了殿，他哥哥把他带进去；千岁爷要一喜，就许封了他个王位。哪知贤臣是个哑谜：说他不久便要过铁，乃是亡故之词，闲言不表。且说恶人罗似虎被施公几句话，奉承了个眉开眼笑，心里甚欢喜，有放贤臣之意。不知毕竟如何，且听下回分解。

第一四四回

乔四怒激罗似虎　恶霸拷打施大人

话说罗似虎被施公一片奉承言语，说得眉开眼笑，恶人就有释放贤臣之意，忽见恶奴乔四在众人丛中站立，两眼不转眼的望上瞅着，耳内留神听话。他听见施老爷一派谎言，说的罗老叔喜出望外。沉吟半晌，心里明白，怕罗老叔心中一喜，放了忠良，他哥的仇就报不成了。急忙迈步走到恶棍跟前，一条腿打了个千儿，说："小的回舅老爷，千万别听他话，他竟是习就的一片熟套，信口胡诌。舅老爷要是听他的话，那就耽误了大事咧！若是信他，只怕连舅老爷都有不便。"恶棍闻听，叫声："乔四，你认真了，他是施不全么?"乔四说："小的千真万真，认的他是施不全。一来他亲到过我们村庄；二来他将小人主儿拿进德州衙门亲审，我随后暗跟去打听，曾见过他两次，岂有不认得的?"

看官，施老爷先前只打量恶棍是看出招牌上的破绽，再不想他是皇粮庄儿的至亲，有人早泄了底，说是施不全，这会子贤臣如梦方醒，才知黄隆基是恶人的姐夫；说话的人，是乔三的兄弟。此时老爷犹如高楼失脚，扬子江紧溜横舟，腹内想："罢了，罢了，活该命尽，我施某才遇见对头仇人。"老爷正然害怕，只见恶棍登时把脸撂将下来，叫声："施不全，你好大胆！我要拿你，还怕拿不住，你竟敢找到我头上来咧！"施公此时出于无奈，只得心胆壮起，口尊："财主爷，旁言休听。学生头里禀过：我乃千真万真看相卖卜之人，如何把我认作施不全？学生不懂得他是谁。他与府上有仇，财主爷千万休要委曲好人。"恶棍闻听，微微冷笑，叫声："施不全，你不用装假，虽然我不认得你，可有人认得甚准。我且问你，我们姑老爷与你有什么仇？你把他拿来问斩抄家？"恶棍说着，不由动怒，手指贤臣说道："你倚着你是钦差，不过是威吓府城、州县，怕你提参。再者，你来是为赈济之事，差满就来京交旨，缘以何故杀人？黄隆基与你何仇恨，将他问成斩罪？实言告诉你，我与黄宅姑舅至亲。你来到我家，是自投罗网。"施公自知事怕不好，命要不保，只得花言巧语诓哄恶人，不但不露惊惧，反带笑容，望着恶阎王罗似虎，口尊："财主爷，过耳之言，不可听信。再者，尊驾是圣明之人，我若果是钦差，任你斩杀也不委曲。学生本是相士，抛家舍业，才到贵村，拿我顶缸当作仇人，岂不损了阴功？"

恶人闻听，犹疑不定。恶奴在旁插言，叫声："施不全，你不用巧辩！想要逃命，万不能够。你瞧着我舅老爷好哄，怎能哄得了我乔四？我自幼跟着我们老爷，走南闯北，无论他是什么人，只一经我的眼，就断他个八成儿。何况你这一个资格儿最好认的：前鸡胸，后罗锅，倭胳膀，麻面歪嘴，左眼萝菔花；我猜你走道儿，还是个踮脚儿咧！是不是？"贤臣说："尊驾何苦只赖我是施不全？俗语说'人有同貌人，物有同形物'。"乔四说："任凭你说得天花乱坠，也不放你。只怕放了你，就误了大事咧！慢说你是肉身，便把你烧成灰，我乔四抓把闻一闻，就知你是施不全的味儿了。别耍巧咧，教你坑的我们主人、奴才，死的死，逃的逃，家败人亡。你又跑到这里充老实人来咧。你也想一想，你的行事毒不毒？我哥哥已经是跑了，就是怕你咧！你又搬砖弄瓦，教人把他淘寻着，将脑瓜儿片下去，你才歇了心。幸亏我跑的快，逃到这里来；不然这会子，也早就他娘的洗了三咧。”言罢，望着罗老叔，叫声：“舅老爷，千万别听他的话，俗言说：‘抄手问贼，谁肯应呢？’舅老爷你想想，他要不是施不全，他就立刻跪下叩头，恳求舅老爷咧。看他还是大人的架子，站着说话，皆因他怕失官体。再者，舅老爷你想想：我的主人与你是什么亲戚？舅老爷要不替他报这个仇，以后怎么见我们的奶奶？这是一；二来他又扮作相面的先生，到咱们庄上来。他必是打听出舅老爷与主人是至近的亲戚，终必想一并除害。不是小的多嘴，舅老爷若是放了他，犹如纵虎归山一般。”

看官，乔四说的话，不亚如火上加油，一片言语，就把罗似虎怒激起来了。又遇着恶奴七十儿，想着头里为施公挨了大管家张才一顿骂，他心里正没好气，一闻此言，他也跑过来加火儿，单腿打千儿说：“小的回爷，这相面的千真万真是施不全前来私访。怪不得爷未回家时，他就在咱们大门口儿走过来，走过去，探头缩脑的好几次。”恶人罗老叔闻听这一片话，不由得冲冲大怒。骂一声：“好！该死的狗官！怎么竟敢访你老太爷来了？小厮们！快些拿马鞭子来打这个狗官。”恶奴答应，登时手拿藤鞭三四把，专听主人吩咐。恶棍高声叫道：“快打！问他访我何事？”众恶奴上前动手，倒揪领子，按在地上，用鞭子照贤臣打了去。只听唰唰的响，好似雨点一般。贤臣两手抱着脸，疼得浑身乱抖，觉着有死无生，不能报答君王。有暗叹七绝一首：

一点丹心照太空，浩然正气贯长虹。

君恩料识难于报，直待来生再尽忠。

移时，恶阎王见施公这样光景，吩咐恶奴说道："尔等暂且住手，待我问明。"众奴闻了言，连忙住手。老爷一翻身，坐在地下，二目紧闭，一言不发。恶阎王叫声："施不全，你不用和我装着了。给我细说，扮作相面的到门上，做什么来了？"老爷把二目睁开，望着恶棍叫声："财主爷，我要是施不全，好说来历。我本不是，教我说些什么？"恶棍说："抽了顿马鞭子，还是这样嘴硬。老太爷今日倒要试试你的横劲。这顿鞭子，不过先给你送个信。再要不招，比这个辣的还在后头呢！"众恶奴在一旁，齐声断喝说："快！施不全说！"贤臣腹内说："好一起剁鲊的囚徒！本院今日倒被这起狗奴威吓起来了。正是：龙离沧海遭虾戏，虎落平川被犬欺！我施某就是一死而已，万不可说出真名姓来。"想罢叫声："众位不用威吓，我愚下也不求生，要杀要剐，只要早些给个痛快。我不过作个含冤之鬼。财主爷损点儿阴德，叫我什么施不全，那可不敢从命。"恶阎王说："你想早些求死，哪里能教你痛快死咧？还用惩治二皮脸的方法惩治你。快拿石灰来揉了他的眼！"恶奴答应，登时把石灰取来，又吩咐揉起来。恶奴答应一声，一起上前动手。贤臣暗说："这可罢了，纵然不死，也成了废人咧！"忽见从外边走进　人来，不知说些什么，且听下回分解。

第一四五回

张才求情暗救贤臣　小西下帖巧逢天霸

话说恶棍吩咐众奴挪起施公，用石灰揉了眼睛。众奴才要动手，从外面忽然走进一人来，高声叫道："且莫动手！等我见爷还有话说。"你道此人是谁？罗宅大管家张才。但见管家走至恶棍罗似虎跟前，在一旁哈着腰站定。恶棍说："你这半日哪里去来？"张才说："头里吴家村的王举人，把小的请去——就为那杨龙、杨兴的那宗事。他如今情愿拿出一百银子，赎他的表妹，还求爷开恩，告诉州里，不拘怎么，把杨龙、杨兴打几板子放下罢！王举人说：'他明日亲身来给爷叩头。'"恶棍闻言摆着头说："不中用，王举人他又充怎么有脸的？等他明日来再说罢。"管家张才复又开言说："小的不知这相面的先生犯了什么罪呢？又揍他。"恶棍说："他是施不全私访来了。"张才说："爷知道么？此人头里小的问过他，他是今科乡试未中的个秀才，名叫任方也。因为投亲不遇，故此相面为生。哪里来的施不全？再者呢，施不全他乃奉旨钦差，走动八抬大轿，全副执事，多少官役围随，不亚如康熙爷的圣驾出京；他哪有许多的工夫，这样冷天来私访呢？休要委屈无过之人。小人在外面听见人说，施不全于初四日才能到景州南留集上。明日才能到那里，今日哪有施不全呢？"恶棍闻听说："既是这样，暂且教他多活一夜。明日要有施不全过去，才放他；要无施不全过去呢，不用说，一定是施不全来私访，再要他的性命也不迟。小断们把他捆起来，锁在堆粮仓房里去！”众奴答应一声，遵恶棍的吩咐而去。张才本意要替贤臣讲情，教放了他，见主人的话口儿紧，也就不敢往下说了。恶棍站起身来，往后院而去。老爷在恶棍宅中受罪不表。

且说关小西奉老爷之命，往王家屯王善人家送拜帖。出驿馆上马，登时出城，眼看太阳平西，壮士心急，想着送帖回来，还要赶紧进城。打听得离城只有八里地，展眼之间走到。瞧了瞧，果然有座大庄院，庄前有座铺面。好汉下马，将马拴在铺门外，想着问个信儿，省的寻找。忽然从南来了一群马，从此经过。小西的坐骑是儿马，瞧见母马，挣脱开缰绳，赶着那群马，咴咴乱跑。小西一见，慌忙的赶坐骑，只看见前面群马之中，还有个人骑着马赶着，内中就有自己坐骑。好汉大声说：“大哥略站一站！我的马亦在你马群内了。”那人扬扬不理，赶着马越发跑的快，展眼跑出有二里之遥，只见那人将马赶进大门里去了。好汉跑到跟前，大门已闭，上前把门打了三响。看官你道此是那家？就是王栋的亲舅家。

前已表过，此人乃临清人，移居在此，名叫丁彪，外号神行太保。年六十四岁，身高六尺，背阔腰圆，说话声如铜钟，一顿要吃五斤肉，六斤的面饼，能打少壮小伙子六七十人。幼年系保镖为生，自今已挣的家成业就。关小西叫门半晌，无人答应。好汉动怒，用脚把门一踢，惊动里面众位徒弟，一起跑了出来，开门望着小西开言说：“你是哪里来的？砸我们大门。”小西勉强赔笑，尊声：“众位，刚才小弟惊了马，跑入府上马群之中。”众人说："谁见你的马来？也该打听打听，谁敢砸太爷的门？还不快些滚开！"小西闻听，心中大怒，骂声："挨刀的，休得无礼！明明昧下我的马，还敢开口伤人，快快送出来无事；少要迟延，就是饥荒。我要一恼，拆了你们的窝巢，还是要马。"一脚踢开了一扇门，砸倒了三个人。那几个一见了，齐声大骂，围住小西乱作一团。丁太保正在里面配药，忽听得门外面闹吵吵的乱嚷，正自设疑。猛见家里使唤的一个人，名叫大哥儿，喘呼呼的跑进来，叫声："老太爷，不得了！不知哪里来了一个醉汉，一脚把我们的街门也踢下来咧！那些小大叔们围着乱打呢！"丁太保一听，也顾不得配药咧，连忙甩去长衣，褡包煞腰，迈步出房。来至前院，噗！使了个箭步，蹿至门下，一声大喝："什么人找上门来撒野？"

好汉关小西一见里面又蹿出了一人来，虽然手里招架着众人的拳脚，眼里不住地瞅着那人，恐其上来帮手。好汉留神预备，那知老英雄见他八个徒弟围着一人动手，自己也不好意思上前，只得在旁边观其胜负。只见那一人蹿蹦跳跃，拳脚的门路精熟，不亚于一只疯魔的猛虎。丁太保点头暗夸，就知受过高人传授过的。猛见二徒弟呼雷豹，被那人一脚踢出四五步，趴在地下哼哼；大徒弟独眼龙，他乃是墙上画鱼的一只眼，冷不防备，被小西"吧"一拳打中了好眼，登时肿起来了，独眼龙竟成了瞎眼咧！丁太保一见，又气又恼，骂一声："无能的业障们，还不住手么？八个人打一个，还叫人家打了。"言罢，又回叫一声："朋友，你贵姓？"好汉说："我姓关。"丁太保说："关朋友，方才我见你的拳脚，却能使的好。你果然是一个汉子，敢与老夫比拼三合么?”关小西哈哈大笑说:“来来,那群奶黄未退的孙子们,还不是关爷的对手,你这老牛其奈我何!”丁太保心中大怒,骂声:“囚徒!休得胡说!你太爷开恩,让你把衣服脱了,好和你动手。”关小西也不答应,将马褂子、皮袄脱下,又将帽子摘下,连拜帖放在一处。丁太保往后退几步,两手抱拳,说声:“请!”关小西见他如此礼貌,也便拱手说:“请,请!”言罢,二人拉开架式不表。

且说黄天霸回明了大人,要去找王栋,登时出了城,一边骑着马走,一边想,猛见前面有座村,速速催马前行。展眼进村,抬头看见路北有座宅舍,门口四根旗杆,门上悬着金字大匾翰林第。好汉腹内暗说:“虽然听见王哥常提他舅舅丁三把是个财主,并未听见说是什么前程。这所宅子挂着翰林匾,大略不是。”猛见里门出来一个须发皆白的老者。天霸连忙落马带笑说:“请问老人家这里是姓丁么?”老者闻听,带笑回答说道:“这里不姓丁,此乃翰林院王宅。”天霸复又问:“可是与王希老爷一家么?”老者说:“不差,太老爷就是王希老爷的堂弟。我们大老爷在任上,二老爷是光禄寺少卿。你是哪里来的?”天霸说:“我乃钦差施老爷的长随。请问老人家,方才有我们的伴儿来下拜帖的,见了没有?”老者摇着头说:“并没见有什么人来下拜帖。”天霸说:“呵,莫非不是这里?”老者说:“请问这位老爷,莫非是做过顺天府尹的施不全施老爷么?”天霸说:“不错,正是。”老者说:“该回过敝上,前去叩见,才是正礼。怎奈我们大老爷、二老爷都在任上,太老爷现在染病不起。借重尊驾回去,替我们爷请大人的安罢!”天霸回言说:“好说,好说。还有一事,请问老人家，此处有个保镖丁太保住在那里？”老者说：“哦！你问先保过镖的丁太保？他家离此六里地，名叫做回回营。那里一问便知。”好汉回答说：“多承指教。”两个人哈了哈腰儿，分手。

天霸上马，直扑大路，展眼就是五六里。天色将晚，幸而天上有月。只见前面一村，好汉催马进村。走不远，前边路北有座大门，门前围的人不少。好汉勒马观看，但见门内是个空院，院内还有一群人，原是两个人比拳脚呢。天霸为人一生好武，瞧见这比试武艺的，也顾不得找人咧！坐在马上留神观看，打量谁赢谁输。只见二人你来我往，不分胜负，好似二虎相斗。天霸不住的喝彩，猛又留神细看，乃是关小西与那人比并输赢。好汉看罢，挤入人群，暗自忖度：有心招呼一声，关哥必回顾看我，倘被人家趁空打来，他必受伤；欲待上前帮助，又恐他与此人相契，再到归期再做主意，想罢复又观看，看了一会子，猛见几个人进去，取出来了几件器械，围住小西动手，天霸不由心中动怒，把两手往左右一分，蹿到当院。众人被好汉拨拉得一溜歪斜栽倒了几个。且说天霸一声大叫：“呔！好囚徒，我黄天霸在此，休得无礼。”看官，黄天霸道出姓名，为是叫关小西知道他来好放心。

且说关小西闻听此话，闪目一看，果是黄天霸。心中暗想：“黄老弟他怎么也来到此处？哦！是了，必是施大人不见我回去，故打发他来找我了。”且说老英雄丁太保，猛见一人蹿到眼前，自称黄天霸，老英雄心中设疑，高叫：“孩子们，且别动手。”又叫：“关朋友，你也且住手，我老夫有句话说。”言罢，走至天霸眼前，上下打量了一番，执手开言说：“请问尊驾贵姓黄么?”天霸言:“咱姓黄,怎么样?”丁太保满脸带笑说:“有位飞镖黄三太那是何人?”天霸见问,也就以礼相答,口称:“不敢,那是先君。”老英雄听了,赶着与好汉拉了拉手儿,口称:“黄兄,恕我眼拙,失敬失敬。早已久仰大名,今会尊颜,三生有幸。话不说明,老兄也不知晓。当日愚下保镖为生,在苏州路上,亏了令尊三太爷,仗义让我的镖过去,那时我就感激不尽。又蒙李红旗李兄引进,与令尊结为契友。”天霸闻听说姓丁,连忙说:“有位王栋兄,可是令亲么?”丁太保回言:“那是舍甥。”好汉也就拉手儿说:“恕罪。”又将特找王栋的来意,说了一遍。

且说关小西在一旁,见他二人说说,说到一家儿去了,听了半晌才明白。再说丁太保将天霸、小西让进书房坐下,又与小西赔罪。关小西也与丁太保作揖。丁太保又叫:“徒弟们进来,与二位好汉见礼。”但见大徒弟独眼龙的好眼被关小西打肿,二徒弟呼雷豹的腿也踢伤了。关小西一见,倒觉脸上发愧。丁太保吩咐摆酒,登时摆上酒饭,让天霸、小西上首,丁太保陪坐。饮酒间,叙起话来。丁三把才知他二人是保施公往山东赈济。又听小西说因为马跑到他家,他追来要马。丁三把闻听大怒,立刻叫人到园内去查看,果然查出。老英雄问众徒弟是谁放马去来,要昧下马?问来问去,是独眼龙放马去,拐来此马。后来有人找上门来要马,他执意不给,才惹得关爷动气。老英雄骂声:“打嘴的奴才!怪不得关爷把你好眼打瞎,你干的就是瞎眼的事。罢了,此刻我不究了,明日再和你算账。”天霸、小西再三相劝。不觉饮至四更,这才撤席安歇,霎时交了五鼓。刚到天亮,天霸与小西起来，穿衣净面，整顿齐备，告辞丁彪要走。老英雄苦留不住，又送了法制的伏姜，令人牵出两匹马来，把天霸、小西送出大门。三人彼此哈了哈腰儿，这才分手。不知怎么事情，且听下回分解。

第一四六回

活人命得知消息　救恩官暗探吉凶

话说黄天霸、关小西在回回营，告辞丁太保，要赶紧进城。出村正遇天降大雾，不辨东西南北。行走之间，马不前进，四蹄乱迸，往后直退。天霸知它的毛病，估量着前途必有岔事，就不肯紧催了，连忙下马。关小西忙问："此马不往前走，这是什么缘故?"天霸说："关哥你不知道，我这马有个贱恙，慢慢再告诉你。"言罢，将双镫连在马鞍之上，将鞊㩉起系好，叫声："关哥拉着这马，只管前走，头里等我，我随后赶你。若是工夫大了，你只管进城去。"小西只得拉着天霸的马，从西北绕道而行不表。

且说黄天霸见小西去后，把皮袄襟掖起，大踏步紧往前走，眼内四下观看，但见路旁雾罩罩的，细看是一攒大树林。好汉刚然走过去，忽听背后有脚步响声，回头一看，却是一人手举棍子，照着好汉的腿要下绝情。好汉双足一蹦，蹦起有三尺多高。那人打了个空，举棍又照顶门要打。天霸瞧着棍离不远，将身一闪，伸手抓住那人的棍，往怀中一拽，复又往外一搡。听听咕呼一声，把那人栽了个仰八叉。天霸赶上，踩了一脚，叫脱皮袄。贼人心里暗说："我若不脱皮袄，他把棍子一按，我就死咧！不如暂脱下来，然后再调动人来，将他拿住，再报此仇。就只是见了众伙计，我脸上无光。"贼人正打主意，只听好汉一声说："你再不言语，我就要动手了！”贼人见好汉动怒，连忙哀告说：“老爷息怒，且莫动手，放我起来，我脱就是了。”好汉闻听，放起贼人，只见他把皮袄脱下。天霸肩扛木棍，挑着皮袄往前走，见前面树上隐隐约约似乎有人。好汉暗说：“这树上不像个人么！此乃隆冬之时，这人在树上作什么呢？莫非是要上吊？”英雄想罢，连忙走紧几步，相离不远，看了看，是在树上捆着呢。浑身精光，脸如白纸，二目双合。好汉就知是被贼所害。贼把衣裳剥去，便不管草死苗活，说：“我有心搭救此人性命，又恐耽误了工夫，施老爷抱怨；待要不管，那有见死不救之理？也罢，我先看看还有救没有。”好汉于是把棍子皮袄放在地下，上前伸手摸一摸那人的心口，秃秃乱跳，还滚热呢。又摸口鼻尚有热气。好汉说：“有因儿，合该咱俩有缘。”言罢把绳绑松开，放倒在地。回手又将大皮袄拿过来，叫声：“老兄啊！这是我干儿子孝顺我的，帮了你吧。”说着给那人披在身上，又将那人的嘴掰开，瞧了瞧，塞着一嘴的棉花。好汉与他伸手掏出。猛见那边尘土飞空，像有许多人来。相离不远，但见七八个人赶来，尽都是彪形大汉，恶眉凶眼，来得正勇。那些人猛见好汉，举棍把旁边石台砸碎，又见上树如猫，暗暗惊慌，把雄心退了一半，就知此人是个英雄。互相观望，不敢前进。

内中恼怒一人，混逞好汉，大叫：“哥们且后，待我拿他！”言罢手举铁尺，撩衣进前。天霸在树上早把镖擎在手中，照准贼人手打去。只听唰的一声，“哎哟！”咕咚栽倒在地。且说众人见伙计铁尺落地，仰天平身栽倒，众贼还不知那里这东西，俱都怔忡忡的发呆。好汉在树上大喝一声说：“贼寇听着！你祖宗的宝贝，有一百多支，任凭你有多少人，只管快上来。叫你们来一对死一双。快来吧！”众贼听见这话，叫声：“第七的，我们可顾不得你咧！”言罢，撒腿就跑，好汉在树上蹿将下来，那人吓得直叫：“爷爷饶命！只当个买鸟放生。家中还有年残父母，无人侍奉。今日饶了我的命，你就是个老祖宗。”好汉闻听，就势把镖拔出来，搽了搽那血迹，收起来，大踏步往前追赶。走不多远，猛见旁边有个土坡儿，孤孤零零，有座破庙。天霸暗说：“那伙狗男女，大略去了不多远。这座破庙必是他们窠巢。”想罢迈步竟奔破庙，走至跟前，听见里面有人说话。这个叫：“老四呀！方才那个小子好厉害家伙，一棍把块祭台石打碎了。幸亏咱们跑的快，若被他打一棍，管把豆腐浆砸出来。”好汉在外听着，不由得暗笑。

正听着，忽有一人大言说：“何必给别人家贴金，伤我们的人。我们该报仇雪恨！皆因没本领，只得吃亏，就让那人有法术。常言说‘能人背后有能人’。”天霸一听，心中大怒，一脚把槅扇踢开，就倒了一扇。好汉站住，往里观瞧，但见里面漆黑，比外面阴昏雾罩。细看了一会子，才瞧出当地下有一池儿活火，几个人围着烤火呢。猛见有人把槅扇踢倒一扇，众贼刚要喝问是谁，好汉堵门而立，吓得众贼手忙脚乱，无处藏躲，一起跪倒在地，叫声：“我的佛爷！弟子没敢说什么，休要见怪。”天霸闻听，一声断喝说：“少要胡说！我只问你们，那树上绑的是什么人？是你们害的不是？但有虚言，我又祭起宝贝了。”众贼知道厉害，吓得一起都说：“别祭宝贝，神仙老爷，我等情愿实说。皆因小人们为穷所使，才把那人如此。不料并无什么值钱东西，只有一件破褥套，还有身穿一件破袄。老爷若要，小人情愿送还。”好汉说：“既然如此，都跟我来。”

众贼答应。天霸登时将众贼带到树下，将受伤的那人，并那名贼寇，叫众贼抬至庙内。天霸吩咐把那人放在火池旁边乱草上躺下。可巧有丁三把送的法制伏姜，好汉拿了一块，用滚水砌开，灌在那人腹内，叫他慢慢苏醒。好汉又盘问众寇说：“你等有多少伙伴？现在哪里窝藏？头目是谁？不许隐瞒。”众寇闻听，齐说：“小的们实回太爷。我们并无什么头目，也无别的伙伴。”天霸说：“既如此，快把此人衣服财物等项一起拿来，你们各自散去。”众寇答应，忙把褥套取来，放在地上。又有一人望着好汉叫声：“太爷，这皮袄赏与小人，他的棉袄，小人穿着呢。”天霸说：“那么着你俩就换了罢。不必多说，快些散去。”贼人不敢迟延，千恩万谢，出庙四散不表。

且说地下被害的那人，猛然腹内一阵汩汩作响，一连出了几个虚恭，姜赶寒散。好汉一见，心中大悦。只见他苏醒多时，把眼一张，翻身起来，四下观看，两眼发赤，口内只是哼哼，好汉知他心中纳闷，把已往情由，对他说了一遍。那人闻听如梦方醒，站起来，慌忙跪倒，叩头谢恩，好汉一见，说：“不必如此，快收拾回家去罢。”那人细把天霸上下打量了一番，说：“小的瞧爷很面善，就只不敢讲。”天霸说：“只管讲。”那人说：“小人家住德州。只因来了个钦差施大人，将本州庄头黄隆基、家丁乔三，一并抄拿。小人到州衙瞧看审案，故此认识大爷尊颜，知是跟钦差的。”天霸说：“不错。”那人说：“还有一件事情，大爷请听：小人姓宋，叫宋保。只因我姨家住独虎营，给罗宅作仆妇。

今日我看我姨去，见有个相面的先生，细瞧很像钦差大人，被罗宅拿住。”好汉闻宋保之言，不由失惊。忙追问下情说：“此话未必真罢？我们老爷身居钦差，那里有什么工夫去私访？”宋保说：“大爷，小人不敢撒谎，我把钦差相面记得很真；一见相面的先生，就有些疑心。又听罗宅的家人，纷纷乱嚷说：‘那相面的先生是施不全假扮私访。’小人越发信真咧。我倒替他老捏着把汗儿，怎么说呢？罗宅现是黄隆基骨肉至亲，他要替亲戚报仇，还肯轻放吗？”天霸闻听，虽然心内担惊，面上却不露出来，故意笑道：“傻朋友，别满嘴胡说咧！我们老爷现在馆驿之内，这就是你认错了。我且问你，此处离独虎营还有多远？”宋保说：“还有十数里地。这是背道；要打景州城里去，不过四五里。”好汉问：“这罗宅是个什么人家咧？”宋保说：“若提他家，仿佛一路诸侯。家有内监，他哥哥现是千岁宫的首领。京里有银楼、当铺七八座。罗老叔外号叫恶阎王，独霸此方，倚财仗势，连此处官府还怕他三分。”好汉听罢，唯恐贤臣遭害，也不肯往下再问，叫声：“朋友，我还有事，不能久在此叙话。你也急早回家去罢。”宋保扛起行李，同好汉出庙，千恩万谢，告辞而去不表。

且说黄大霸瞧了瞧雾散天晴。此时正逢冬至，天日短夜长，不觉天已晌午，心内着急，迈步紧走，要去搭救钦差。往前正走，只见远远一座村庄，村头有磨砖人门。好汉暗说：“这一定是恶人住的村庄。我再打听打听，好行事。”可巧一问就问着头里老爷吃茶的那座小铺儿。举步进内坐下，只见旁边座儿上一人站起，欲要招呼。天霸瞧了瞧，乃是小西，连忙望着他挤了挤眼。关小西也就明白了，复又坐下，一语不发。仍然两人故装不认识似的，各吃完东西，天霸先起身，会钱出铺；小西随后，也会了账，连忙出去，追赶天霸。二人走到无人之处，这才开言讲话。黄天霸先说："关哥，你到此为何?"小西见问说："老弟只顾咱俩分手，愚兄到驿馆等你，不见回程。谁知老爷改扮行装，私访出城。临走嘱咐施安，不许声张，因此我先到此处探听音信。但不知老弟如何来到此处?"天霸见问，就把路遇贼人，救人得信说了一遍。未知探得如何，且听下回分解。

第一四七回

黄天霸踩访贼宅　恶家奴谋害贤臣

话说天霸虽得了大人消息，不知大人是吉是凶。与关小西蹿到恶人房檐，潜身绕至内舍房后坡，隐住身形。幸喜这一晚天无月色。好汉低声叫道："关哥，飞檐走壁料你不行，你在这里等着倒妥，也看着衣服。我先到里边探探一准的下落，回来好叫你再搭救老爷出来。倘有了失闪，我须得发个誓，不论男女老少，杀个烟灭灰无，滚锅泼老鼠——一窝儿命尽。"小西答应说："就是如此，千万老弟你可想着我些，别忘了我。"天霸说："放心罢！"天霸顺着瓦陇，出溜出溜，登时不见。

不言小西老等，且说天霸来至恶人内舍房上，闪目各处观看，但见各屋都是明灯亮烛，人语喧哗，满院总不断行人。此时好汉穿的绑身小袄，紧系褡包，背插单刀，外带镖三支，腰掖用头一子，在房上隐住身形。先看了看，不知那是恶人的住房，也不知大人在何处，只急得眼中冒火。猛听下面有妇人之声，这个说："妹子快快的收拾罢，爷在书房等急了，把我骂了一顿。"又听那个妇人说："是咧，刚把锅子煽好，这又蒸馒头，还又炒野鸡片儿，一个人何曾得空闲儿?"又听一个妇人笑嘻嘻地骂道："浪东西呀！不用说咧，提防少时，还叫收拾一桌果酒呢。爷头里吩咐咧！今晚间要和杨大的妹子，还有个小寡妇儿，今晚成亲呢。但愿抢来的小寡妇应允了那宗事，咱爷要弄上手，一高兴一乐，多赏你个脸儿，叫你陪着睡一夜，岂不得福儿?”又听那个妇人照脸噗的啐了一口，骂声：“挨汉子的老养汉精！别说嘴咧！你问问他几时敢和我撒野来？只当是你呢！那一晚叫他挤在过道儿，摸着奶子，硬叫你与他咂舌头，咬了好几个嘴儿。罢了，别说嘴咧！”几句话，说得那个妇人脸上臊的满面通红，搭讪着，连忙煽火锅子去咧。

好汉在房上听了个明白，暗骂：这起不知羞的娼妇老婆，必是全被恶阎王养肥疯了。不然，必不如此轻狂！好汉听了多时，并未听见大人的生死下落，恨不得一时找着老爷。复又转想，何不趁早儿，绕到恶人的住房，隐住身形，再窃听窃听。想罢，复施展飞檐的本领，犹如狸猫一般，顺着房，随着妇人的声音，霎刻来至恶人的书房，上有天窗，前有卷棚。好汉于天沟内，隐住身形，顺着天窗眼内望屋里，听的真切，看的明白，好汉于是向里闪目暗暗窃视：只见炕上坐着一人，头戴瓜皮软帽，豹鼠尾，青红穗，身穿蓝缎细毛皮袄，青缎皮坎肩，腰系花洋绉褡包。又见他方面大耳，白净的脸儿，生来活像一个奸雄，就知是恶阎王罗似虎。两边伺候着几个妇人，看那样是才吃饭，面前碗盏满桌。天霸瞧毕，暗说：“我当罗似虎怎么样形势，虚担‘恶阎王’三字，我混号叫‘短命鬼’，少时我这鬼和阎王拼一拼!”

好汉心中正自暗想，忽听恶人说：“尔等把家伙撤去了罢，快把乔四叫来。”仆妇答应，手端油盘而去。不多时进来一人，口尊：“舅太爷呼唤小的有何吩咐?”恶人说：“叫你不为别事，就是头里那个相面的，果然认准了他是施不全么?”乔四说：“小的焉敢在舅太爷跟前撒谎。皆因小的见过几次，如何认得错呢？他亲身到过我们霸王庄拜客，那时我就认准了。他又把我们爷拿进德州，当堂审问；小的在旁边听着，怎能认错了？”恶人闻听，冷笑一声说：“是呀！你自然认得不错。这屋内并无外人，你想你的主人是我的嫡亲姊夫，他被施不全害得家破人亡，这个仇还不当报么？就只一件，你舅太爷并不犯上，这会子有点后怕起来咧！即要是那州府、县官，不是你舅太爷夸口，只用我二指大的帖子，就教他回家抱孩子去咧！纵要他的性命，也是稀松。你舅太爷为人，向日你也知道，我是那样怯敌么？就只是这个施不全，我听大太爷回家说过：他是施侯爷的儿子，系荫生出身，初任作江都县，办事很好，皇上喜爱他，把他越级升了顺天府尹。最是难缠，一进朝偏参了皇亲索国舅；二次又参倒了御前两名总管梁九公、李玉康。康熙佛爷偏喜欢他，把他又升了仓场总督。如今又派山东放粮，外兼巡按，奉旨的钦差。哥儿，你可估量着，别给我惹这个穷祸。”

恶棍在屋内言讲这些言词，天霸在房上俱都听见，才知施大人还有命，就只是不知现在哪里。好汉腹内暗说：“细听口气倒有因儿。恶棍意思，恐惹不了，八成有放老爷之心。但愿神佛暗中催着罗似虎释放了大人，我也就不肯伤人性命咧！免得他一门同遭横死。”天霸想罢，又听乔四说：“舅太爷此话说的不合理。小的斗胆说，既有此心，就该早吩咐。为何业已行出，又有悔心？头里既把钦差重打了一顿马鞭子，衣襟俱都抽烂，脸皮儿都打破，顺着脑袋流血。后又把他囚磨起来，单等天黑，就要害他性命。如何又后悔要放他呢？如果要是相面的，放与不放都是稀松；要准是施不全前来私访，要放了他，那祸可不小。那时咱爷们要想逃生，万不能够。咱爷们还是小事，还怕大舅太爷，罪也不轻。这是小的拙见，是与不是，望舅太爷酌量而行。”恶人闻听乔四之言，倒没了主意了，叫声：“相公，你坐下，咱们商量商量。”恶奴说：“舅太爷只管放心，这点小事儿，交给小的。别管他是施不全不是施不全，但等夜静了，用刀把他杀死，大卸八块，用口袋装上，背到菜园子里，扔在井内，就算完了账咧！明白纵有人来找寻，我就说有个相面的先生，相面相了会子出去了，不知去向。谁知就是咱家害了他咧？”恶棍点头说：“这也倒罢了，倘或他是相面的，明日又有施不全来在咱景州下马，我心里有点子怀着鬼胎，怎么说咧？我素日的声名在外，耳闻施不全爱管闲事，万一他要寻着我的晦气，那却怎么样呢？虽说我有书字到京，告诉你大舅太爷，求他不论怎么样使个法子，坏了施不全咧！怎奈远水难解近渴。俗语说得好：‘未曾水来先垒坝。’无的说咧，你再想个方法儿，自要保的成我脸。哥儿，你是知道的，我是最舍花钱的，我一百二十两银子新买的那个小使女玉姐赏了你，再者家里也无什么事，你到长辛店当铺管点事儿，强如闲着。”

恶奴闻听，心眼都乐，就势儿趴下磕了三个头，复又站起来，把脑袋一低，得了一计，口尊：“大爷，此事除非这样而行。小人想起一人来，我去找他，至容且易，施不全若是明日下了马，必往金亭馆驿。舅太爷须得破点钱财，小的托他行刺。若问此人是谁，提起来舅太爷也知道，他是真武庙的六和尚，武术精通，专能飞檐走壁，又有膂力。从先做过绿林，在霸王庄闲住过，与我兄是莫逆之交。因为犯事怕被拿，才削发为僧，硬刚儿霸占了真武庙。住持被他杀了，掩灭踪迹。我同家主到过庙内。他虽说出家，甩不落酒、色、财、气四字，专好耍钱，广交江湖朋友，俗家姓陆，名陆保，人都称他为六师父，听说如今又起了个出家法名叫惠成。使的兵器，小的曾见过，是两把戒刀，六斤有零。还有宗暗器，飞石子打人，百发百中。若教此人行刺，施不全有死无生。”不知到底害的施公怎样，且听下回分解。

第一四八回

城隍土地作护法　白狐大仙引路途

话说恶奴乔四千方百计在罗似虎跟前要献妙策谋害施大人，不言天霸在房上发恨。且说罗似虎叫声乔四："你说这六和尚，我倒不知他有怎样一身武艺。我虽未见过他，常听横房里的崔老叔与石八爷表过。但能他肯去杀施不全，我解了仇恨。纵费我几千银子，那可又算什么?"只见有个丫环走进房来，望着罗似虎尊声："爷，后面宴席齐备，请爷去与新来的那位奶奶吃喜酒呢!"恶棍闻听，连忙站起，望着乔四说道："这事就这么罢。天还早呢，等至夜深，你先办事去，明日我听你个信儿。"

不言乔四应允这事，等夜静了害人；亦不提罗似虎入内吃酒。且说在房上窃听的黄天霸，抬头仰看三星，天不过一更时候，不知老爷下落，心中着急，要想下房动手，复又来回各房上寻施公的下落，不表。且说贤臣从黄昏时被恶奴锁在仓房。恶奴乔四把老爷四马倒攒蹄捆了，放在高粮囤里，又抓了一把土填在老爷嘴内。噎的老爷口不能言，腹内暗叹：白日挨了一顿鞭子，如今又被捆绑起来，锁在仓房囤里，不由心内发急。起初一身直出虚汗，后来工夫大了，又冻得浑身发挺。此刻天到二更，腹内已空，怨气攻心。思念之间，心内发慌，两眼发黑，忽悠悠爷的魂灵早已出窍，飘荡荡就要归阴。暗中惊动当方土地、本处城隍，一见贤臣灵魂出窍，二位神圣连忙上前挡住爷的灵魂，知道目下有人来救，暗中保护不表。

且说恶奴乔四，自从领了罗似虎之命，单等更深夜静，要害施公性命。来到外边房中，众恶奴耍笑饮酒，直到天交二鼓。喝了个愣里愣怔的恶奴，酒够八分，猛然想起，嘴里说："哎哟！了不得，几乎忘了一件大事。"连忙辞众奴，趔里趔趄的迈步竟奔仓房而来。恶奴早就备下钢刀，在腰内掖着。倒运的恶奴伸手拔出，持在手内，犹如猛虎，晃里晃荡，看看临近仓房，恶奴猛一眼瞧见，唬的一跳。但见一物，浑身雪亮，眼似金铃，顺着窗台出溜出溜的走。恶奴虽认得是个猫儿，又大不相同，形如犬大，望着他不住的龇牙儿，瞪着眼，嘴里不住的喔喔的发吼。看官，你道此猫是哪里的？此乃是恶棍家那几年运旺，有狐仙爷在他家住下。皆因这三间仓房里洁净无人，老仙爷就在粮米囤内时常起坐。今被恶奴乔四把施老爷捆绑扔在高粮囤内。施老爷现是皇命钦差，官居二品，乃国之封疆大臣，好大的福分。狐仙爷虽然成仙，究竟邪不能侵正。一见乔四把一位上界的星官囚禁在内，老仙爷哪里能安稳？连忙就溜出去咧。正在满园里出溜寻找下处，迎头碰见乔四，喝得酒气醺醺。老仙爷知是他的邪火炽大，心里正恨他得很，故此望着他龇牙儿。乔四见是白猫。用刀照准一砍。狐仙大怒，站起前腿，望面上噗喷了一口仙气。乔四觉着打个冷战。那猫儿倏忽不见。恶奴此刻邪气附体，心里发迷，眼内发昏，手提钢刀误入仓房隔壁屋中。此屋乃是七十儿同他妻子居住，正与妻喝酒，冷不防乔四闯进，不分皂白，一刀一个，结果性命。乔四杀了七十儿夫妻，心中这才明白，腹中暗说："我本意要害施不全，为何无故杀了罗府之人？"想罢，抽身往外而走不表。

且说城隍、土地二位神圣挡住贤臣魂灵不放出去，见天霸来到，用圣手一指，爷的魂灵归窍，神圣复用法力使贤臣口中泥土化为乌有。老爷不由"哎哟"哼了一声。好汉猛然听见，又见那房下边影影绰绰来了一人不表。

且说小西来至二层房上，留神向下细听，不见大人的声音来，又不见黄天霸的踪迹，心内着急，但见靠着后沿堆着一捆杉篙杆子，小西借着杉篙溜下房来，忙把腰中褡包解开，抖出折铁刀来，复又将褡包系好，手提单刀，黑影里一直往前走。有条过道，顺着过道向东行。刚出过道，碰着一人，晃里晃荡的走过去，口里嘟囔着自己捣鬼。小西忙把身背向外，让过道去，随紧跟在后，留神听他的话。只听那人说："合该倒运，我乔四想是得了昏迷心，平白杀伤七十儿夫妻。明日舅太爷要追问，我怎么应承呢？"后又说道："不怕，若果杀了施不全的性命，舅太爷一喜，就不究情咧！"恶奴只顾走着，自言自语的，哪知背后跟着关壮士。房上惊动了黄天霸，才要下房，忽又听见房内"哎哟"，是大人的声音；忽见那边有人自言自语的说话，才知恶奴来杀大人，好汉岂肯容他展爪？忙取飞镖，照着那耳朵发去，只听唰一声，恶奴乔四"哎哟"一声，栽倒在地。小西不知是那里的帐①，只当此人有羊儿风，赶上前去按住，用刀一指，骂声："囚徒！快说实话。"恶人把酒也吓醒咧，也不心迷咧，只觉疼得难

① 帐——此处指恶人。

忍。他只当盗贼前来打劫他们家的，唬得浑身打战，叫声："大王爷别动手，我愿实说。就是要金银要首饰也有，都在上房里。只求爷爷放起我来，我好去取。"小西闻听，骂声："囚徒！别作梦咧！我们并非大王、二王的，乃是跟施大人的长随。你须要快说，把我们大人藏在何处？但有半句隐瞒，要你狗命。"

闲言少叙。且说天霸发镖打了恶奴，才要下房，猛听是关小西的声音，好汉嗖的一声，轻轻落地。天霸就不肯说官话咧，低声叫："合字儿，春点念团呢，要叫本克里的锆腕儿，苍啃子着熏着，他必凉上。"小西听了黄天霸这些春点，知道是要叫本家罗四听见，他必逃走，千万别放这个恶奴走脱。留神一看，但见恶奴在左耳上穿着一枝镖。好汉得了主意咧。忙把飞镖拔下来，递与天霸。又把乔四的裤腰带解下来，就从恶奴着镖的耳朵上穿的窟窿内穿过去拉着，同天霸来至仓房门首。小西把乔四拴在窗户棂上，又用刀背吧吧吧把膀打伤。小西唯恐他嚷，弯腰抓了一把土，填了乔四一嘴，恶奴就如死人一般。天霸摸了摸门上有锁锁着，好汉用手一拧，锁便开放。

此话不表。单说恶棍罗似虎，自从厢房回到自己卧房，不由得闷闷不乐，坐在炕上，耷拉着脸。猛听窗外脚走动，慌张得很，恶棍打量杨氏应了口，有人来请他去，那么个事儿，忙问："外边是谁呀？"只见一人走至窗下低声说："爷还未睡呢吗？小的是李兴。"恶人说："你有什么事？"恶奴说："爷快起来罢，了不得咧！小的方才从仓房门口过，听见有两三个人说他们是钦差的长随，来救施不全。外面有许多官兵，把着咱们家的大门呢。我见一人，举着明晃晃的钢刀，按住一人。我听了听哀告的声音，乃是乔四。唬得我连忙溜下来送信。爷须早定个主意才好。”恶棍闻听，犹如登楼失脚一般，唬得浑身打颤，心里不住的秃秃乱跳，口内半晌才叫：“叫管事的传齐佃户、长工，大家努力去挡官兵。先把进来的两人拿住，同施不全捆在一处，再把官兵杀退。任凭什么乱子，明日再说。等着石八爷与崔老叔来了，我们商量就是了。”李兴说：“说句俗语，三十六计，走为上策。”说：“可往哪里去呢?”李兴说：“北京现有千岁府，大老爷是名得脸①的首领。爷是他的亲兄弟，逃在那里管保无事。”恶棍闻听，叫声：“李兴，到底是你见识高超，不亚如孔明。还要问你一句话，不知到京多远? 几日才能走到?”李兴说：“离京大约不过五百余里，三日两夜，便可到京。”恶人说：“就快备两匹马，咱就立刻起身。”主仆出后门不表。

且说黄天霸拧开了仓门锁，推开了进去，里面漆黑。小西连忙把火镰取出，将火打着，入仓房照着火亮，留神细看。但见三间通连屋，一溜窗下，并无别的陈设，尽都是木桶、席囤。又瞧西北旮旯里，放着一张八仙桌子，桌面摆着香炉五供，还有酒壶酒杯，满满的供一杯酒，三个鸡子儿。小西见有一对蜡烛，登时点着，照的明如白昼。黄天霸猛见一物，原来头里猫叼的那一枝镖，上面裹写着一字柬。好汉拿起打开一看，上写四句诗词：

天上星君寿未终，引将侠士立奇功。

要知吾乃为何许，爪犬山人自老翁。

天霸看毕，不解其意，估量着是仙家指数。牢记着寻找大

① 得脸——得到赏识。

人，连忙收起。二位好汉举着蜡烛，四下留神，并无大人踪迹。小西说：“想必不在这房内，问问乔四咱就知道咧。”天霸说：“分明我听见这屋里是老爷哼哼。”复又细找，忽囤边又哼了一声。二人走到高粱囤边，只听哼声不止。天霸举着烛一照，但见高粱囤里躺着是大人。天霸说：“救爷来迟，望乞恕罪。”贤臣闻得是天霸，不由心内感伤，鼻翅发酸，眼圈发红。老爷恐失了官体，把眼一瞪，“咳!”了一声，叫声：“天霸，莫非是梦里相逢?”天霸闻听回说：“老爷，咱们不必起疑。”小西也叩头请罪。猛听外面又有脚步响声，慌慌张张来了一人。不知此人是谁，且听下回分解。

第一四九回

闻警恶阎王逃走　奉差黄壮士追亡

话说忽有人找到仓房，见了慌张。你道此人是谁？乃是恶阎王罗似虎的大管家。名叫张才。表过此人良善，不与恶棍一类。因在西院内着看众人作花炮盒子，他只听见有人里面喊叫吆喝，他只当又是主人饮醉了耍叉呢。知道别人劝不下来，故此慌慌张张跑来观看。他见各屋俱都熄烛睡了，就是西北旮旯仓房里，明灯火烛，有人说话。他猛然想起相面的先生，在这屋里幽囚着呢，疑是主人差人谋害，故此赶着来救护。刚走到门口，冷不防被小西揪住，晃晃的一举，喝声："囚徒那里走？"把个管家张才唬了一跳，当是盗寇前来打劫，连忙口尊："好汉，有话商量。必是太爷们短了盘费，小人和家主说明，也可资助一二。"小西说："休得胡言，跟着我来。"言罢，揪住领子，往里就走。且说张才此刻也不知是那葫芦内的药。但见席囤里坐着一人，瞧了瞧，是相面的先生。旁有一人站立，瞧光景相似盗寇。猛听那坐着的开言说："你认得我不认得？"张才说："我怎么不认得，尊驾是那相面的先生。"天霸说："休得胡说！这是奉旨的钦差施大人，还不跪下。"张才闻听，只唬得抖衣而战，腹内只说："阿弥陀佛，可了不得，幸亏我没得罪了他老人家。怪不得乔四说是施不全来私访，敢则是一点不差。"一面想着，连忙跪倒，咕咚咕咚不住的磕头碰地。贤臣说："不必害怕，你叫什么名字？"那人说："小人名叫张才。回大人，因我不亏负人，外人都叫我张公道。""我且问你，可是你是他家典买的呀？是雇工呢？"张才说："小人并非典买。我本是北京人氏，阿哥之处当买办。罗首领爱我为人忠厚，后来阿哥吩咐了罗首领，打发我家来给他管事。"施老爷听罢点头，又望天霸、小西开言说："你们要是拿住恶棍，带来本院审问。"天霸说："小的只顾先来救老爷，还未曾搜拿恶棍呢。请老爷示下，小的们立刻就去。"大人说："尔等快去搜拿，只要活口，本院好审问于他。"天霸、小西答应说："谨遵钧谕。"张才望着老爷说："此处不是大人存身之所，不如到小的屋里去。"大人点头。登时天霸、小西搀着老爷，往管家张才住房而来。到了屋内坐下。张才又拿出了一套衣服，给老爷换上。老爷又用了茶水，才觉身上清爽了。移时天交三鼓，贤臣说："天不早咧，管家你带着我的人，快去搜拿恶棍。天一亮，本院好回衙审案。"管事答应。只见老爷又望天霸开言说："壮士只可把罗似虎拿住，罪归为首一人，不可无故威吓众人。"天霸等答应。贤臣说："还有乔四、七十儿，这两个奴才也要擒住，勿令走脱。"天霸说："回大人，乔四早已擒住，现在仓房窗外拴着。"贤臣点头。天霸早见墙上挂着一口刀，伸手摘下，带在腰间，跟定张才竟奔恶人住房。小西在屋内保护大人，把乔四交给张才，派人看守不表。

且说天霸、张才二人来至后边，先到恶人卧房寻找，并无影响。天霸心内着急，又找到家奴李兴儿的房中，把李兴儿孩子、老婆唬的唧唧喊叫。见好汉举着明晃晃的刀，闯进门来，不知什么缘故。又见张才在后面说："你们不用害怕。咱家爷犯了事咧，这位爷奉钦差大人令来拿咱家爷，与你们无干。"只听李兴儿的儿子六狗儿在被窝里说："张大爷，你们不用找咧。这会子我爹爹早跟老爷逛去咧。"天霸闻听，连忙追问说："小孩儿，你知道你爹往哪里逛去了？"六狗儿说："我听见我爹爹说往京城里找太老爷去了，说回来还给我带个小北京城儿来呢。"黄天霸闻听，估量着小孩子嘴里说实话，必然是真。暗说：这也就不用忙了。二人仍回到张才的房中，见了施公，把恶棍逃走之事，说了一遍。贤臣闻听，暗说：不好！沉吟半会，叫声："天霸，还得你辛苦一场。"天霸答应，说："大人万安，此事交与小人。"贤臣叫张才快去备马。管家答应，登时将马备来。天霸拉马，出门骑上，追赶罗似虎不表。

且说恶阎王罗似虎，同着家奴李兴，从二更天悄悄开了后门，主仆二人上马，一前一后，直从北京大道而去。走到半路，忽听吱儿一声薄头响①又见树林中出来数十匹马，便将他主仆围裹上来。此时恶棍那魂都吓掉，他连声直嗐说："可杀了我咧！后边有人追赶，前途又遇强盗，这是该我的命尽。"一回头也不见李兴，恶棍说："可上了这奴才的当，诓着我抛家失业。我还指望他给我壮胆，谁知他先跑了。罢了罢了。只须合眼放步，凭命闯罢！"但见众寇发了一声喊，把他围住在居中。一个个手执钢刀，大声说："呔！那厮快留下买路银钱，饶你不死，少若迟延，大王爷把你心割下来渗酒。"恶棍一听众寇之言，在马上强

① 薄头响——响箭一类的信号飞器。

打精神，口道：“寨主爷不必发喊，听愚下一言奉禀，爷们今日赏我个脸。只因我上京引见，来的慌促，忘下盘费。上京见了千岁，办完官事，一定补情。”一寇道：“别拿什么王公威吓我们！就是皇帝老子也不遵。另说新鲜的罢，小子！”又有一寇插嘴说：“那有什么大工夫合他斗嘴！看起来就该割下他脑袋来当酒瓢用。”说着手举钢刀，搂头就砍。恶棍着忙，一带缰往旁闪过，忙说：“暂息盛怒，我还有个下情奉禀：愚下也认得一两位朋友。常走江湖，提起来大略也知道。”有一名盗寇说：“哦，看这样子，你是要提朋友，使得，你且道及道及是谁，若是个光棍，我们瞧着他的面上饶了你，却倒使得。”恶棍闻听，少不得要借脸咧，口尊：“列位爷，若要问我认的这位，原先在绿林很有听头。如今洗手不干，现在真武庙削发出家，人叫他六师傅。他俗家姓陆，那是我磕头兄弟。”强寇闻听，扑哧一笑，把脸羞了个飞红。又见一名盗寇喝声：“嗐！快说别的罢！打着朋友旗号就算咧不成？你方才自通名与道姓，说是恶阎王罗似虎，很好很好。哥儿，你若提是别人，还有个指望，留个情儿，放你过去。你既称什么恶阎王罗似虎，哪知你祖宗偏要去寻你，谁知哥儿你竟碰上来咧！”众强盗越说越恼，不由动怒，骂声：“囚徒，罪该万死！你素常欺压良民，鱼肉一方，硬抢妇女，鸡奸幼童，倚仗家有太监，胡作非为。人王爷虽身居绿林，替天行道，专劫赃官污吏，赈济贫穷。闻你霸道，背地发过誓愿，要到你家打劫财物，一掳而空，放把火将房屋烧个火烬灰飞，算给良民报了仇。不必多说，快些下马受死！”说着话手举明晃晃的钢刀望恶棍就砍。崔三说：“留他性命，你不可伤他却教他便宜了，不如将他绑上去见大哥，慢慢收拾他，只当咱们解闷。”刘虎闻听，说：“还是三哥高明，说的很是。”刘虎言罢，连忙先着几人拥恶棍先回庙中。留下黑面熊胡六、白脸狼马九、宽胳膊赵八、小银枪刘老叔四名强盗，催马齐进树林内不表。

且说天霸心急性暴，恨不得一时追上罗似虎，拿回好见大人交令，脸上才好看。不住的加鞭催马，顺着上京的大路追赶。此刻正是朦朦月色，假阴天远看不真，估量着前边马蹄声，追赶有二十里之遥，听见前面有马蹄之声。好汉自己暗想：这一定是恶棍的马跑呢。顺着声儿，追将下来。不知到底追上没有，且听下回分解。

第一五〇回

黄天霸独战众寇　金大力竟遇英雄

话说黄天霸自十五岁上，跟着他父黄三太就出马，专赶这个营生。一闻薄头响，就知道有绿林的哥儿们。好汉自说："不料此处也有江湖的朋友，我倒要认认是谁？怎么听不见前边马蹄之声呢？莫非恶棍听见后面我的马蹄响声，醒了腔咧，从别处走下去了？"好汉正然思想，只听发了一声喊，从树林中有两三匹马闯上来，把路挡住，一起在马上断喝，说："那小厮快留下买路钱，饶你不死，但少延迟，大王爷把你剜心渗酒。"天霸闻言，并不动怒，瞧了瞧，这些人全不认得。心里说："这都是那里饿惊了的？也不知有顿棒子棍子本事没有，就出来露脸。我黄某当日在绿林中的时候，总没有见过他们一个。"

且说众寇见天霸不语，低头勒马，他们以为好汉心里害怕。这内中唯有小银枪刘虎，年轻嘴快。他本是宝坻县人，一口的妾字①侉音，先就一声断喝，说："那小厮你不必打主意咧！有银子快献出来，算在大王爷跟前尽了孝心咧！若你是没有银子，快把脖子伸出来，吃你刘老叔三枪。"黄天霸仗着武艺精通，不慌不忙，早把那鞘内钢刀拿在手中，只听当啷一声，用利刀架住银

① 妾字——此处"妾"应为"怯"。

枪。刘虎在马上冲将过来，好汉仍勒马不动。刘虎复又旋回马来，只听喊叫连天，骂声："匹夫，好大胆子，你竟敢磕我兵器！想要逃生，大王爷不给你个厉害，你也不怕。"说着复又用枪望门面来刺，天霸勒马躲过。刘虎银枪刺空，把个强盗气得满脸通红。天霸马上犯想，腹内说："这厮枪法精通，我若不早教这小子出丑，他不死心，只恐怕误了我的路程。拿不住罗似虎，无面目见大人。"好汉心中正自犯想，又见那盗寇催马挺枪，闯将上来，举枪便刺。好汉又用刀架住。刘虎抽枪改势，使了个拨草寻蛇的门路，瞧冷子往天霸左肋下就是一枪。天霸见他的枪抽回，改了门路，便说道："好小子，往老爷使这个鬼呢。打量打量黄老太爷是谁呀？我脚丫子使出来的鬼，就得你使半年呢！"好汉一边里说着，眼内留神，见刘虎枪临切近，打胳膊一扬，身子一闪，让过枪尖，一伸手随把枪揪住，右手刀往上一举，喝声："小辈看刀。"刘虎说声："不好！"便把两腿甩蹬，就势往旁边一闪，只听"哎哟"了一声，天霸的刀正砍在马前胛骨上。那马负痛"咴儿"一声，蹿出数步之远，栽倒在地上。刘虎爬起来，抱着脑袋疾走如飞。天霸一见，哈哈大笑，复又说："好小子，必卖过元宵——会滚弹儿。"好汉连忙高声叫道："不必害怕，老太爷不赶你，慢慢的走，瞧着石头要紧。"刘虎只装未听见，跑的更快咧。

且说黑面熊胡六、白脸狼马九、宽胳膊赵八，见刘虎这个光景，齐催马闯上来，围住天霸齐骂。好汉微微冷笑说："谅你猫贼鼠辈有何能耐？"说着掏出镖，照准黑面熊哧的一声，正中左膀之上。胡六在马上一个筋斗，栽于马下。只见赵八、马九撒地快跑。天霸快下马来，见胡六躺在尘埃，不肯伤了他性命，插镖入鞘，上马追赶二寇。

且说二寇见风不顺，展眼之间跑到下处不表。单说金大力，因为夜里未得睡觉，时在偏殿里，同着几个响马对坐饮酒叙话。前已表过，这伙人都是久作绿林，金大力是新入的伙。因这绿林那是被他打跑了七八个，众人知他厉害，才邀请他入伙，瞧他的年纪又大，故此众寇都与磕头，拜成弟兄，尊他为老大哥，他才应了，闲言不表。

且说金大力见众寇擒来一个，忙问缘故。众寇就把擒罗似虎的话，说了一遍。金大力闻听众寇之言说："我耳闻他素日很霸道，正想找他呢！今日自投罗网，省的大王爷费事咧。"说罢叫声："小卒们，把他锁在尿桶上，等明日一早好摘心渗酒。"小卒答应，才把恶棍带去。又见刘虎慌慌张张的跑将进来说："了不得了！禀大哥知道，有只孤雁，甚是扎手。大哥你若不出去，倒只怕他找上门来。"金大力一听，把桌子一拍，怒冲冲的说："何处小辈，胆敢欺压大王爷的人？老兄弟你不用着忙，我金某与他拼命罢！"忙将长衣脱去，往架上取出棍来，率领众寇，就往外走。

此时天霸追赶二寇，刚刚来至庙外，猛见庙里出来一伙人，只见为首的一条长大汉子。右手斜提一根浑铁大棍，堆累着杀气腾腾，很有威风。天霸暗说："这厮来的凶猛，必是出来寻找于我，倒要留神小心。"天霸正打主意，只听那大汉喊了一声，蹿到跟前，照着好汉举棍打来。天霸见棍来至切近，忙用手把刀往上一磕，只听当的一声，刚刚磕开。好汉暗说："这厮好厉害，不但这哭丧棒不轻，手头上的劲还不小。”好汉正自沉吟，只见那大汉一棍没打着，急的他暴躁如雷，斜行跃步，两手举棍，照着马七寸子就是一棍。好汉的眼尖，急力甩镫，扑蹿到那边地下站住，只听把马腿上着了一棍，那马咴儿一声，栽倒尘埃。天霸心中大怒，骂声：“好囚徒！伤老爷坐骑，吃我一刀！”嗖就是一刀，金大力搭转身形，用棍腾开。天霸先抢了个上首站住。金大力两手拿棍，复又交锋。战了几个回合。天霸暗里夸奖：“这厮果然本领高强。”有心恋战，恐误追赶恶棍之事。想罢，把甩头一枝，擎在手中，复又犯想：“有心打他上三路，可惜这条好汉；不如打他下三路，叫他知道知道。”主意已定，手内照架着他的棍，眼里瞅了个空子，一撒手，只听吧一声，金大力“哎哟”，跳几跳，咕咚栽倒在地。天霸举刀才要砍，只见众寇着忙，说声：“不好！咱们快救大哥要紧。”言罢先迈步就跑。众寇吵发声喊，一拥齐上，挡住天霸，刀枪并举，把好汉围在居中。众小卒上前，把寨主扶起来，坐在地上。金大力真算好汉，竟连眉不皱，只见众人围着伤他的那人，他便高声大叫，说：“众家兄弟，你等须要大家努力，拿住小辈！哪个后退，放跑了那厮，我定削他的头示众。”不知众寇围天霸如何，见听下回分解。

第一五一回

王栋解群围认友　李兴救家主勾人

话说众寇围着天霸放箭，被天霸连接二支雕翎，扔在地下。众寇一见大惊，正在怯敌担惊之际，猛听人声吵发。但见庙内又出来十数余人，后跟着一人。众寇知是寨主的朋友，前来助战。后人空里呼的一声，直扑面门而来。此时乃是半夜动手，虽有月光，看的到底不真切，天霸也不知道是什么兵器，说声："不好!"才要低头，见那物仍又回去了，好汉正在纳闷，忽听得身后一人高叫："那里面的可是黄天霸黄老兄弟么?"黄爷闻听语音很熟，天霸也就高声说道："问我的可是王栋王哥么?"那人一听，说："众位慢着，休要动手，咱们都是一家人。"言罢，众人一起大笑。王栋又望众人说："大哥今在何处?"众寇才要答言，那个金大力已走至面前。王栋说："大哥应了一句俗言：'大水冲倒龙王庙咧!'来罢，二位太爷见一见罢。"说着，王栋便代二人道明姓字。金大力赶着黄天霸，与他拉了拉手儿说："久仰老太爷大名，失敬失敬。"天霸回答："好说好说。弟方才莽撞，望大太爷恕罪。"金大力说："岂敢岂敢，借着王兄弟的光儿，尊驾下遭儿还望大腿上打，就算留下情咧。"王栋接言："二位太爷都别挂怀，谁要忌恨一点儿，便是畜生。"金大力哈哈大笑，叫声："王兄弟，你是知道我的为人，是最爽快，不过说趣话儿罢咧。

这位黄爷既是你的朋友，与我的朋友一样。”大家一笑说：“无毒。”王栋又引见众人，俱拉拉手儿。又望金大力说：“大哥，这位黄老兄弟是我的心上兄弟，你们老哥儿俩，往后要比我多亲近些，就是和我姓王的好咧。论理二位早该认识才是，当日在江都县保施老爷就是此公。”金大力复又与天霸执了手，说道：“黄贤弟前在江都县，金某耳闻尊驾，真是位侠义的朋友，可恨金某未曾会过金面。”天霸说：“久仰兄之大名，就是未能亲近。”王栋在旁边哈哈大笑说：“你二位越说越到一家去了。此处非叙话之所，请弟台到我们下处一叙。”天霸说：“小弟还有要紧一事，不能从命，就改日再奉拜罢。”言毕就要起身。王栋说：“老兄弟如何这般外道？任凭有什么事，也须明早再办。”

且不提众寇与好汉相会，单说恶棍的家奴李兴儿，自从遇见众寇逃生，绕道而行，无面目回家，有心逃走，无处存身，偶然想起罗似虎主人的朋友来咧，暗说：“我何不到东村找石八爷去？外号人称显道神，现在是窃家头众。”想罢直扑东村而来。登时来到石八的大门口，打的门连声山响，叫个半天，里面有人答应，蹶声蹶气的说：“外面是谁？”里面那人气愤忿的出来，“哗啷”一声，把门开放。但见他披着衣裳，怒目横眉的说：“你是哪里来的，怎么这样不知好歹？三更半夜，拍户砸门，报娘的丧的？”李兴儿看那人有五十多岁，知他已躺下，怕冷，懒怠起来。连忙叫声：“老太爷，你不用生气。我是独虎营罗老叔那里来的，特见八太爷有件要事奉求。”那人闻听说：“八老爷被真武庙六师父请了去咧。”兴儿听罢，一抖缰奔真武庙，至庙门首下马，手拍门。有个小沙弥出来问：“是谁？”李兴儿把来意说了一遍。消弥入内回明，复又出来开门，让李兴儿进去，闭上山门。李兴儿把马拴在门柱上，跟随小和尚来至三间禅堂。但见墙上挂着弓箭、腰刀、弹弓子各样兵器。条山大炕，炕上放着骰盆，上有许多人围着掷骰子。李兴儿看罢，认得是罗老叔的把兄把弟。这人们是谁呢？渗金佛吴六、朱砂眼王七、泥金刚危四、短辫子马三、白吃猴郭二、破脑袋张三、净街锣邓四、秃爪鹰崔老、金钟罩屠七、显道神石八、蝎虎子朱九、作地炮刘十，还有红带子八老爷，共十二个人，俱与他爷相好。听着语音，还有两个西人，并不认得。又见一个凶眉恶眼的和尚，李兴儿知道他是此庙的六和尚。连忙上前，先给石八打了个千儿，然后挨次问了好，又望着六和尚说："六老爷好，我们爷叫我请六老爷的安。"恶僧最喜奉承，一听此言，点头带笑说："啊，好好！你老爷好啊！性广拿个坐来，叫他歇歇。"石八先就开言，叫声："相公，半夜三更到此找我，有什么事情？"李兴儿随口撒谎说："八太爷白日刚走，京里来了一封书字，乃是我们大太爷教我们爷立刻起身进京，后日老佛爷在定海引见我们爷直隶州同。小的主人心忙意乱，立刻登程。哪知美中不足，刚出门，遇见一伙大盗，截住硬要银子。偏偏的我们走的慌速，未有带银。强盗不依，还要剥皮摘心。小的主人无奈，说出众位太爷们来，心想着唬退众寇好走，还提六老爷的大法号。哪知他们不但不惧，反倒动嗔，说出来的言语，多有不逊。小的无奈，才转回程，到八太爷府上送个信，为是明日商会事情。家主吉凶难定，怕明日白劳太爷们空去一趟。故此小的特给太爷们送信，还要回家去商议商议，怎么搭救主人脱难。"言毕，回身就要告别。内中怒恼了显道神石八，叫声："李兴儿，你且坐下，我有主意。"

看官，恶奴李兴儿用了个激将计，分明是来求众棍，他偏不肯直言，只说来送明日他们家下摆众儿的信；他恐怕直说出来，再要使激将计就迟了，所以他故意要走。内中一个大汉，先就不悦。怎么说呢？他是头人会的会首，又是窃家头众，罗似虎与这些棍徒都比他小。今日一个座儿的兄弟有了事，他如何澄得上清儿？再者，康熙年间的王法甚松，不甚追究，闲言不表，且说显道神石八叫："李兴儿，你且站住。怎么个孩子！我既听见其事，何用你去往家里商量啊？难道八太爷还了不开这点小事吗？"李兴见石八着了急咧，连忙站住，尊声："八太爷，方才要是平常的人，小的就不回家。怎奈这些人都是马上的强盗，一个个凶如太岁，恶似金刚的，张口就要摘人心肝渗酒，这也是玩的吗？"六和尚在一旁，也就开言，叫声："李伙计，六老爷问你们爷儿俩走到那里，就遇见这伙子人咧？"李兴儿说："小的同主人离了庄，才走了二十多里地，东北上有一座破庙，庙前有一攒树林，就遇见他们咧。"六和尚闻听，扑哧笑咧："我当哪来的两脑袋的大光棍呢，原是那们。"那石八就问："六师父，莫非这些人你认得他们么？"六和尚闻听，口尊："八太爷，听我告诉于你，若提起破庙的这伙强盗来，全都是酒囊饭桶。亚油墩子李四、小银枪刘虎，这些晚秧子扬风乍刺，身上未必有猫大的气力。并非我说大话，六和尚眼瞪瞪，他们就得变了颜色。就只是如今咱不肯那么行事，既入佛门，礼当谨守清规，那里还管人的闲事？"李兴儿听罢，肚内说："这个秃业障说了会子大话，恐怕落到他身上，临了儿说出不管别人的闲事。此话分明是说与我听。纵你就是拉丝，你李老爷子使个方法，说出来，你只得应允。”李兴儿正然犯想，忽听石八说：“六师父不是那么说。”登时把脸一沉，叫声；“你说错咧！我方才问你认得不认得，有个缘故：如今和尊驾相识，我就不好意思糟踏他们咧！不过是把罗老叔赎过脸来，就算完事。譬如尊驾，若不对付他们，我岂肯善罢甘休吗？我要不弄得他们卷了兵刃，拿住送官究办，我石八爷就白在大面上混咧！再者，我石某从十几岁就挟着汗褡儿出身闯道儿，至今五十一岁，从不仗着朋友走道儿。罗老叔他是我一个坐的兄弟，我岂肯拉扯别位？哪怕红了毛的晁盖，我石八要不单斗，找了他去拼个死活，我就白交了许多的朋友，教慕名的那些人，也不免背后谈论我石八不赴汤蹈火，无患难相扶的义气了。”六和尚见石八急咧，复又拉勾儿说：“八太爷了不得了，该罚你老人家。我是无心之言，说了这么两句，哪知八太爷多了心咧。罗老叔我们虽不甚好，我看着很是个朋友，说又是八太爷磕头弟兄。这点小事儿，只怕不能，要能出点汗，不是好的吗？”红带子八老爷，一旁听之不过，叫声：“六师父、八太爷，都不用言语了，正该早办正事要紧。”石八爷叫声：“李兴儿，你头里说强盗们说了些什么话，你将那不逊话述说一过，告诉八太爷听听。”李兴儿闻听，故意的打打伤儿哼：“小的头里没说什么呀！”石八爷把眼一瞪说：“你快说呀！你头里说强盗们说了好些不受听的言语，怎么这会子又说没有咧？”李兴儿故意的叹口气，口尊：“八太爷，他们虽说了几句闲话，小的就是不敢往下说。”石八说：“孩子，不用害怕，只管说！你八太爷不怪。”李兴儿又故意为难了会子，口尊：“八太爷，要提起那伙强盗来，实在叫人可恨。小的主人曾道及过太爷们的名姓，还有六老爷的法号，指望唬退那伙强盗，哪知他们太也欺人。他们说，若不提这些狗头的名姓，大王爷到许开恩放过你去，你提起这些狐群狗党来，不过在本地欺压善良，一出了交界，管保迷了门咧。若提那真武庙的六和尚，玷辱僧人，空入佛教，大王爷早晚就要去捉住秃驴，解解众人之恨，也不剜眼，也不抽筋，单把他脑袋割下来，作夜壶用。”李兴儿言还未尽，气坏了一群恶棍，一个个的恶棍气的还好些，唯有恶僧六和尚气得暴跳如雷，一声大骂：“哎哟！好一起狂乍的囚徒，竟敢背地里骂的我连个杂毛而不值。罢咧。罢咧！”一起出真武庙去搭救恶人罗四，暂且不表。

单说黄天霸同众寇来到下处。金大力是最好交友之人，又耳听黄天霸是一条好汉，不肯怠慢，立刻叫人摆上一桌酒菜，让天霸上座。王栋对天霸说：“罗四现在此，兄弟只管放心，明日去解交差。见了钦差大人，贤弟只说没有见我，我不过三两天就起身，还要回家务农去呢。”天霸闻听咂嘴说：“很是，真信服你这汉子，说话有心胸。既然承众位哥儿们赏脸，替我拿住恶棍，我感情不尽，我礼当陪众位叙话。皆因大人立等审案，小弟就此告别起身，容日再谢众位帮助之情。”天霸说着才站起身要走，只见乱哄哄的跑进几个人来，不知所为何事，且听下回分解。

第一五二回

金大力棍扫众恶霸　黄天霸镖伤六和尚

话说黄天霸闻听恶棍被众寇拿住，心里熟记施公还在恶人家中等着，不肯久恋，才要起身。忽见从外面乱哄哄的跑进几个人来，口尊："众位寨主，不好了，外面来了好些人，手执短刀铁尺，蜂拥而来，口中直嚷：把罗老叔送出来，万事皆休，少若迟延，杀进来，连窝都要拆了！"金大力闻听，气冲两肋："哎哟！好狗男女，敢在大王爷跟前来要人。"跳起来就要往外跑。天霸相拦，叫声："金大哥，何用性暴？承太爷们情分，既把罗四拿住，交给小弟解去。他乃犯人，就算差使。如今有人指名来要，就算他劫夺差使。大哥不必动气，待小弟出去看看他们是什么人？"金大力、王栋说："既如此，我等奉陪老兄弟出去。也都想必是两个脑袋的人，不然也不敢老虎嘴里夺脆骨。"言罢，三个人站起身，各抓兵刃往外就走。众寇见头目出去，也都怒气冲冲，手提兵器随后而来。

登时开了庙门，但见门外有一群人围着，一个个吹胡子瞪眼睛，指手画脚的闹呢。天霸连忙上前答话："呔！你们这些人是做什么的？还不快些跑开。"但见有个凶眉恶眼和尚开言："呔！那小子休得作梦！快把罗老叔送出来，是你等的造化。别等六老爷动痰嗬嗬，你们吃不了兜着走。"天霸闻听，才要动气，复又压了一压，叫声："和尚，你一个出家人，只该背上块砖，挨门去化缘磕头，那是你的本等，为何随着这些人来太岁头上动土？我劝你趁早回去，实告诉你说罢，罗四被施老爷差人拿去，他乃犯法之人，并不与寨主们相干。"恶僧闻言，说声："那厮不必多言，我们也不管施老爷、干老爷的，快请出你罗老太爷来，咱就拉倒。再要多言，六老爷就要动手。"天霸一听，那还忍受得住，骂声："好个不知好歹的秃驴！太爷好言相劝，你却和我古眉古样，自称什么六老爷。我问你是哪个六老爷的夜壶？"恶僧闻听天霸之言，气得一声大叫："哎哟！好小辈，竟敢出口伤人，别走，吃我一刀！"照天霸就是一刀。幸而天霸眼尖手快，瞧刀临近，随手封避。金大力一边动怒，手执铁棍，竟扑石八而来，照准马腿遂下绝情。只听吧一声响，马觉疼痛难忍，连声吼叫，跳几跳，栽倒在地。大汉石八躺在地下。金大力赶上举棍要打，破头张三蹿将上来，把闪杆一摆，被棍崩为两段。张三手持半截闪杆，唬了一身冷汗，回身就跑。金大力赶上，随后照背一下，只听"哎哟"咕咚栽倒。众寇一见围上来，兵刃乱举。那边怒恼众寇，吵发声喊了，也冲上来，大骂："囚徒！以多为胜，你大王爷那个是省油灯？"说罢，两下兵刃战在一处。一个个虽都使着兵器，不过胡抡乱打，那里是众寇对手？只有真武庙和尚是可算挠儿赛。

且说众寇与众棍交手，只听一阵兵刃震耳，来回走了几趟。金大力不亚疯魔之虎，一条棍横撴竖扫，指东打西，水里蛟龙一般。猛见短辫子马三："哎哟"一声，躺在尘埃。那边粗胳膊邓四，冷不防耳门上也着一家伙，躺在地下。石八被亚油墩李四一锤，打的晃了几晃。金大力趁着这个晃，赶上去就是一棍，只听扑咚一声，如倒半截墙一般。王栋跑上来，用刀背吧吧，膀子上就是两刀背。众棍见他们头目被擒，一个个越发的着忙。正在忙促之间，白吃猴郭二被黄天霸单刀一撩，耳朵去了半个，疼得两手抱着耳朵，拔腿就跑。王栋一见，忙把飞抓抖开，哗啷随后打去。郭二正跑之间，猛听后面呼的一声，被飞抓连脖子带脸抓住。他仍指望要跑，飞抓的五个爪，打入肉内，抓得个结实。王栋这边把绒绳往回一搜，喝声："囚徒往那里跑？还不回来？"郭二倒听话的，依他回来。乃又吩咐手下人，快将拿住的这几个，全都上绑。手下人答应，登时上绑。众恶棍见光景不好，打个号儿，说声："跑！"一个个抱头乱窜，如风卷残云一样。众寇随后就赶，只剩下恶僧还与天霸交锋。王栋知道天霸心高气傲，不用别人帮助，站在旁边掠阵。

但见恶僧蹿跰跳跃，腾闪砍剁。天霸不肯用力，不到刀临切近，不还手。恶僧打量他要败，刀法越好，一步紧一步，空白费力，再也砍不着好汉。来往又走了十数步，使的张口发喘，浑身是汗，后力将要不加。天霸大叫："秃驴这会何不施展英雄？耳闻你武艺本来平常，出家人本当谨守清规，绝不该勾串狐群狗党，胡作为非。大略你也不知我黄天霸，竟敢班门弄斧。"恶僧闻听好汉之言，就有几分惧怕，把舌头一伸，腹内暗说："怪不得这小子扎手，敢则他就是黄天霸？我当日在真武府地方作响马，就知南路一带有个黄天霸，是一条好汉，才十五六岁，多少达官好汉，都不是他的对手。我还不信，今日瞧来，果然不虚。"想罢，随急就跑。天霸一见，随后追赶，大骂："秃驴往那里走?”恶僧一边走，一边里往肚兜里取出一物，回身望天霸一撒手。只听嗖的一声，黄天霸回头猛见一物，竟扑面来。看官，方才六和尚使的这宗暗器，是什么东西呢？提起来人人尽知，乃是槐莲丹皮砸烂撮成团，约鸡卵大，此物比石头还硬，还结实，恶僧闲来演习，能三十步之内打人，百发百中，从不落空。表过恶僧先作过响马，但遇扎手的达官，杀不过人家，就用此物伤人，闲言不表。且说黄天霸虽然追赶凶僧，他早留神提防着呢。正赶之间，忽听迎面有声，似一物打来，好汉眼快身轻，急中便将身往上一纵，把手打上往上一招，便将那一物招在手内，瞧了瞧，扑哧一笑说：“小子真会玩。”说罢，单臂攒劲，嗖的一声打去，又用大声说：“呔，大相公！拿你爹脑巴骨子去吧！”凶僧发出此物，扭项正看动静。猛听唰的一声，那物又打回来，凶僧才待要躲，只听吧一声，正中脑瓜勺子上。凶僧摸了摸，顺着脖子流血，原是打了个窟窿。凶僧连忙从棉袄上扯了一块棉花堵上。天霸早已赶到。凶僧忙把双腿一纵，嗖的一声，纵上庙墙去，顺着墙上了佛殿背脊。天霸一见凶僧登庙脊之上，随后单刀一背，嗖一声也上殿去了。且说六和尚在庙房上，猛见一人抄着影儿也跟上房来，凶僧轻轻的顺着瓦垄儿，趴在后坡里，隐住身形，偶生一计，忙把外面衣裳脱下一件，揉了个团儿，往下一扔，指望天霸必打量个人下去了，顺着必赶，他好就势儿脱逃。那知天霸早已轻轻绕到他身后。凶僧正脱衣裳往下一扔，天霸趁空儿站起，两膀攒劲，把他后腰抱住。凶僧作急，恐为所擒，忙把胳膊上绑的攮子往后一撴。只听吱的一声，好汉“哎哟”松手，凶僧得便脱逃。天霸不顾伤膀疼，紧紧相跟，从鞘内拔出镖来，照准凶僧大腿打去。只听恶僧“哎哟”一声，栽倒身躯，顺着瓦垄往下直滚，噗咚掉在地上。好汉往下一纵，脚踏实地，赶在和尚跟前，不肯伤他性命，留活口，还要见钦差交令，却用甩头一子，吧吧吧！把恶僧两膀打卸。

众寇也都进来，赶到跟前，见好汉将凶僧擒住。金大力为人莽撞，举棍照脑门上要打，天霸上来拦住，叫声：“大哥，不可伤他性命，小弟还要带他见大人交差。”说着伸手拔镖出来。王栋忙令小卒取绳来，把恶僧与那几个练在一处看守，然后让天霸同进屋内。好汉在灯下脱下衣服，瞧了瞧左膀上，被恶僧攮了有一寸多长的三尖口子，鲜血直流，金大力、王栋齐问缘故。好汉说：“方才被恶僧扎的。”二人说：“老弟千万别冒风，须用伤药调治才好。”不知天霸说出什么，且听下回分解。

第一五三回

黄天霸押解交差　施贤臣回衙审案

话说黄天霸见众寇业经拿住罗似虎，急力要起身告辞，说："兄长不必费心备酒，小弟就要起解，见大人交差，省的恩官在独虎营贼宅悬心。"王栋、金大力再三款留，天霸执意要走。二人无奈，只得依从，令人将恶棍罗似虎、杆上石八、真武庙六和尚、破头张三、白吃猴郭二，共五人，俱是绳扎脖子。又遣十名盗寇押送起解。又备马一匹，天霸骑着。五名恶犯在前，好汉在后，来到庙门以外。金大力、王栋俱送出半里之遥，执了执手儿，各自躬身别去。十名盗寇押解犯人，一起而行，竟扑独虎营而来。

不言天霸押解登程，却说钦差大人，自从打发天霸追赶恶棍去后，忠良坐在房中，单等回音。张公道在旁伺候，拿出各样点心，供奉大人。关小西把住门口，保护大人。唯恐贼宅有变，吓了大人。又怕张才别有异心，留神瞧他变动。贤臣在此，虽然无碍。如坐针毡一般，各样点心不能下咽。张才再三尽让，老爷只是哼哼，懒怠入口。见黄天霸不回来，心着急，忽听打了亮钟，越发不放心。

且说好汉押解众犯，心急性躁，唯恐钦差着急，催逼众人紧走，不多时到了恶棍门口。天霸望众寇开言，尊声："众位弟兄，略站一站，待弟进去回禀大人，再请众位里面坐坐。”众寇说：“老叔只管请吧！我等也不便进内，等尊驾出来带进犯人，我们好回去见寨主交令。”天霸说：“既如此，小弟从命。”好汉从后门走入，到了张才房中，才要打千儿，贤臣摆手说：“壮士请起，多有辛苦了。不知可曾拿住恶棍没有？”天霸说：“恶棍等俱已擒拿，现在门外。”施公闻听说：“好好，快快进来，本院先审一审。”好汉答应，迈步出房。去不多时，把众犯带至门外站立。众寇回去不表。

且说天霸进门说：“回老爷，犯人带到。”贤臣闻听，定神细看，但见有个和尚，不解其意，忙问：“壮士，那一个出家人是做什么的？”好汉说；“回大人，这是真武庙的六和尚。这三个乃是杆儿上的，他们都是罗似虎一党。小人追赶恶棍，路遇小人朋友之处，朋友业已将恶人获住。才要起解犯人前来。忽又去了这群恶棍，硬要劫夺差使。亏小人的朋友帮住小的，把他五人拿来，剩下的逃脱。求大人恩宽。”贤臣说：“壮士多礼了。这就很好，本院正要一并擒拿，壮士今既捉住甚妙。这起杆儿上的更又可恶。本院亲见着他们用石灰将人眼睛揉瞎。大清国岂可留这种恶徒，遗害良民？

贤臣正要往下审问恶棍，猛见外面闹吵吵的，有无数人进院。小西恐有别的缘故，持刀往外就跑，看了看，但见许多的官员带着兵丁，还有轿马、人夫、执事，挤满一院子。小西知是此处的官员站在门外。只见众官走至跟前，齐声口尊：“将爷，借重通禀大人，就说我等特来请罪。”小西闻听，连忙进房回话，说明此事。复又走出，立在台阶之上，把手一点，说：“大人吩咐叫众位进去。”众官闻听，一起进房见了施公，一个个手撩袍服，抢行数步，上前跪倒，口尊：“钦差大人，多有受惊。卑职等救应来迟，特来请罪。”贤臣一见说：“众位请起。此处多有这不法之徒，理当早除才是，为何容留他们，苦害良民。昨日本院在当堂究问，众位还推不知，必是受过他的贿赂。本院此时也不深究，俟入京奏闻圣上，听圣上的发落就是。”众官闻听，唬得闭口无言，只得站起伺候。施安、施孝、郭起凤、王殿臣四个人，上前请了安，回明来接的执事。施安才把包袱打开。老爷换冠袍带履，复又归座坐定，眼望众官开言：“列位贤契，快查恶棍家口男女共有多少，将男人带来见本院；查清妇女，不准差役混杂生事。”众官答应：“谨遵钧谕。”守备、千总去查家口不表。

且说贤臣派官去查恶棍家口，不多时千总、守备进来回话说：“卑职查出男女共四十三口，内有男女死尸三四个，并无遗漏。”贤臣闻听，忙问：“这死尸又是何故？”天霸在旁听说，连忙上前说：“回大人，这个女人，小的知道，他乃此地之民杨隆、杨兴的妹妹，妹夫死，他守贞。恶棍抢来，烈妇不从。恶棍教人用针将妇人十指钉住，又用麻绳将妇人命要了。小的从天窗亲眼看见。还听说妇人的哥哥杨姓弟兄二人，现在州衙受刑。恶棍讹诈杨姓该欠百两银子，又用银子买通了州官，非刑拷问，追这银两。若无银子，就拿他妹妹顶账，再不应口，就叫知州要了他们性命。”贤臣闻听黄天霸这些言语，气得咬牙切齿，眼望众官开言说：“列位贤契，所有恶人家中雇工奴仆，全都释放；其典买家人，守府派兵昼夜巡逻，不许放出一人。但有徇私，决不宽恕。回衙差人验尸，审问口供。本院奏明圣上，候旨发落。”文武官一起躬身。大人这才吩咐，吩咐："快搭轿!"又吩咐文武官员，严紧把守门口，发放雇工。管家张才，随他搬往别处。暂且不表。

再说钦差大人人马轿夫，直奔景州衙门而来，登时出了恶棍的门。只见许多人拦路而跪，手举状词，高声喊冤："叩求青天救人!"钦差轿内吩咐，接了状词。手下人接状词，递与大人。瞧了瞧，俱都是告罗似虎。复又吩咐青衣将原告带进州衙，好当堂对质。青衣答应，带领原告进城。不多时到了衙门，钦差下轿，立刻升堂，众官分左右站班。老爷吩咐："将罗似虎带上来听审。"青衣答应下堂，不多时，将罗似虎带到公堂。不知什么机事，且听下回分解。

第一五四回

黄带子庄头说情　恶阎王罗四正法

话说施公将原告叫上堂来，正要问话，与罗似虎对质，忽见青衣上堂打千儿说："回大人，有一位宗亲黄带子，同一个皇粮庄头，现在衙门外，口称有机密事，要见大人。"贤臣闻听，沉吟半晌，说："叫他们进来。"青衣闻听，翻身而去。不多时，只见外面走进两个人来。施公闪目留神：一个头戴貂帽，南红帽缨一色鲜明，灰鼠皮袄蓝缎子面，年纪有四旬；一个川鼠皮袄，川鼠外褂、青缎吊面，外面罩着合衫大呢面，头戴海龙皮帽，足蹬缎靴。身后四个跟人，彪形大汉，长的凶恶，手中擎着包袱坐褥。且说众官役见黄带子与何三太前来，算着必与罗似虎、石八讲情。且说施公见他二人走进堂口，因是皇上宗亲，不好意思不理，只得把屁股欠了欠，勉强含笑说："请坐。"黄带子与皇粮庄头哈腰说："岂敢，我二人久仰钦差大名，幸台驾光临，我二人特来拜望。"贤臣答言："好说好说。人来看个座儿。"青衣连忙持了两张椅子，放在公案左边。黄带子与庄头两人告坐，家下人把坐褥铺下，二人归座，眼望施公，口尊"大人，我们一来拜望，二来还求一件事情，奉恳大人赏脸。"贤臣明知故问说："不知所为何事？"黄带子闻听，满脸赔笑，口尊："大人，我们特为罗姓那件小事，还有穷家儿石姓一人，听说都被大人带到衙中。

他们向日忠厚老实。罗姓虽然豪富，并不自大，纵有不到之处，还望大人容纳一二。他令兄，大略大人也知道，现是千岁宫的首领儿。”贤臣听罢，不由鼻音冷笑，也不生气，说：“哦，我当什么大事？原为罗似虎之事。那可有多大事情，何用二位亲自来？只差人告诉本院，瞧着尊驾也不能不放。少不得本院当着二位略问一问，再放不迟。”黄带子与庄头信以为真。笑着说：“怪不得我等向来闻听老大人很圣明，今日看来，名不虚传。多承大人赏脸，我们实实感情不尽。”贤臣回言：“好说好说。请问宗亲现在哪衙门当差？”黄带子说：“不怕阁下见笑，在下是个闲散身子。提起来，大人料也认得，现在古北口做将军的伊公爷，就是我哥哥。刑部正堂八大人，那是我侄子。”施公闻听，口里哈哈啊啊：“我知道了。请问这位贵姓？”庄头回言：“不敢不敢，贱姓何，我乃八王爷府的庄头。”

施公想：少不得叫原告对证。吩咐：“原告快讲实情。但有半句虚言，本爵法不宽贷。”众民一起叩首，这个说：“罗似虎霸占我地，反与他纳租。”那个说：“硬讹小民家产，私立保人文契。”这个说：“我父惹着他，被他打死。”那个说：“小的儿子刚交十四，抢到他家作奴。”又见举人口称：“治晚回大人：罗似虎硬赖我表兄弟杨隆、杨兴该他银二百两，差人把他二人拿去；又派家人把表妹抢到他家作妾。治晚在州官台下告过，怎奈州官受贿，不准状词。”忠良闻听，冲天大怒，叫：“青衣与我快动手！”青衣闻听，一起动手。黄带子、庄头见收拾罗似虎，心中不悦，站起身来，叫声：“施大人，你错咧！方才你应下我二人的情分，说不过是略问一问，便放他回家，如何这会子就要动刑？这不是给我二人没脸面？你说你是钦差，那就是威吓别人，你宗亲爷可不怕！”贤臣闻听这些话，把脸气黄了，一声断喝：“哇！好二个不晓道理的，连王法全无了，人来，快将这两狂徒掐出去！”黄天霸、关小西、王殿臣、郭起凤四人，慌忙奔了黄带子、庄头。二人手下有四个家丁，才要拦挡，被王殿臣、郭起凤推住。黄天霸、关小西二人上前，就把黄带子，庄头掐小鸡子的一样，撵出衙门不表。

且说贤臣爷又重复再审问恶棍。恶棍还是不招，又夹了两夹，打了三十大板，这才招了。大人知恶棍走眼甚大，恐迟则生变，忙写折子差施安星夜上京奏事不表。且说贤臣才要审问杆上的石八与六和尚，只见州官上前回话，口尊：“钦差大人在上，卑职验得恶棍的家口，内有一男一女，乃是被人用刀砍死的。还有一个妇人的尸首，令稳婆①验了，十指发青是实，别处里无有伤。”贤臣闻听，把牙咬的山响，说：“如此恶棍，按律杀他还便宜！”叫声；“贵州，快把杨兴兄弟二人提来对口供。”州官答应。不多时，来到堂下跪倒。钦差叫声：“杨隆、杨兴，该欠罗姓多少银两？快对老爷实讲。”二人见问，磕头碰地，口尊：“青天老爷，小人实是冤枉。只因小人有个妹妹，出嫁半年，丈夫身亡，催他改嫁不允，情愿守节。妹夫周年，妹妹上坟祭扫，不期路遇罗似虎。看见妹妹姿容，回家托媒提亲。妹妹不肯改志。似虎硬

① 稳婆——此处指负责检验女身的女性差役。

说该①他二百银两，假写文书，立逼要银，如不还银，就将妹妹娶去折账，小人不应，硬叫家人把小人兄弟打伤，到次日拿到州衙。州官不问情理，非刑拷打，陷往监中。恶棍硬将妹妹抢到他家。倘有半句谎言，小人情甘领罪。”说罢，两眼含泪，不住叩头。老爷闻听杨隆、杨兴之言，与访问一点不错，且与从前梦境相符，扭头叫声：“州官呢？”州官连忙跪倒。老爷座上，冲冲大怒，叫声：“州官，可惜你作着皇家五品官，乃是此地民之父母，很该理军化民，除暴安良，才是正理。可恨你这种狗官，趋炎附势，受贿贪赃，不管子民冤枉，身该何罪？”州官唬得不住咕咚咕咚叩头，口尊：“大人，卑职该死，求大人开恩宽恕。”老爷说：“你且起去，候皇上旨意到来再说。”知州立起。不觉天晚，老爷吩咐把那恶棍罗似虎、六和尚、石八、乔四等俱皆陷监，仍把杨姓兄弟收监。老爷把诸事办完，上轿回驿馆安歇不提。

到了第三日，老爷吩咐搭轿到州衙理事。登时上轿，到了州衙，下轿升堂。才要审问众犯，忽听旨意来到，连忙离坐，率领众官迎接。太监说道：“此乃千岁爷王命。”贤臣闻听说：“很好很好，施某倒要听听千岁爷谕旨，所为何事？”太监忙把王命打开，从头至尾，念了一遍。又从怀中掏出一封书信，口尊：“大人过目。”贤臣拆开细看，认得是老太爷笔迹，瞧了瞧，也不过是叫放罗似虎，与千岁书上一样话语。贤臣看罢，叫声：“太府不必作急，略等一等皇上旨意，再作商议。”正讲话间，忽听外面说：“闪开闪开，这是京里旨意到了。”但见一匹马直扑堂口。

① 该——欠。

贤臣忙出坐位，走下堂口，看那马匹浑身是汗，施安在马上骑着，背后斜背着黄包袱。见老爷同众官俱在堂口站立，便高声叫道：“皇上旨意来到！请爷忙来接旨。”贤臣忙走几步，来至马前，双膝跪下，说：“奴才施不全接旨。”施安忙把背的黄包袱解下来。双手高擎，往下一递。贤臣接过，双手捧定，众官跟着，齐到公堂。施安这才下马。贤臣把旨意供在居中公案之上，带领众官行三跪九叩首。礼毕平身，宣读圣旨，高声朗诵：

奉天承运，皇帝诏曰：尔钦差施仕伦奏罗似虎万恶滔天，苦害良民。前者二千岁朕前保举罗姓升官，若非卿奏明，朕几误用恶党。二千岁当罚俸一年，全革去对子马。爱卿又奏恶奴乔四助恶行凶，与恶棍罗似虎均按律定罪，就地正法。又奏杆上石八等，素行不法，又劫夺犯人，按律拟罪。六和尚，河间府知府任宗尧业经奏过，是久犯盗寇，前有几件命案，调兵四处查拿，并未拿获，今出家仍复为恶不悛，着即就地正法。宫内王首领，念其年老，侍奉皇宫日久，姑开恩赦罪。千岁宫罗首领，念其在京，伊弟在家不法，不及觉察，姑宽恩免罪。罗似虎恃家豪富，武断乡曲，鱼肉良民，当抄家，悉充赈济饥民；朕另派员来抄。爱卿查拿赃官污吏，进京另有升赏。朕暂赏尔父一年俸银。黄天霸、关小西屡次涉险，擒贼有功，俟进京，朕封官授职。钦此。”

圣旨读罢，众官叩首。千岁宫太监听得明白，哪里还敢多言？出衙回京不表。且说施老爷遵旨，把杆上石八发西安府军罪三年，立将罗似虎、乔四、六和尚杀剐在景州，与民雪恨。又将杨隆、杨兴放出。老爷念他二人无辜遭屈，将罗似虎资财，赏了他二百两以为养伤之资。又念他妹妹贞节，赐“节烈留芳”匾一面，自奉俸银二百，交给杨隆、杨兴，以为旌表葬埋之助。诸事办毕，吩咐搭轿，立刻起身进京。不知后事如何，且听下回分解。

第一五五回

商家林费玉鸣冤　河间府施公接状

话说施公起身回京。一日走到一处，在轿内隔着玻璃一瞧，见路中人迹寂灭，不像别处道上，行人过客往来不绝。忽又远望前面一阵黑土飞扬，弥漫树杪。心中就不由的纳闷，即问："黄壮士，此处叫做什么地方？"黄天霸闻言，催马来到轿前，哈着腰儿说："回大人，此处叫做商家林。"老爷说："到河间府，还有多少路程？"天霸回道："这就是河间府地面，离城不过大约三十里。"老爷说："此乃是直隶交界，又是进京大道，因何路静人稀，并无行人往来，荒凉至于如此？"天霸见问，复又控背说："回大人，此处虽是大道，行人却不由此走，其中必有个缘故。小的曾听见先父说过，当初商家林、献县两搭界地方，有一盗寇姓窦叫窦耳墩，在此啸聚好汉，劫夺行人。虽系调兵把他拿住，至今余党未尽。"闲话暂且不表。却说黄天霸随着大人的轿，且说且走，猛抬头一看，看前边过来了一丛人马，驮轿人夫，前护后拥，真是一窝蜂一样，瞧见钦差的人马，竟奔西去了。

你说这一起坐驮轿的为何躲着钦差走呢？终是贼胆怯。他原是一伙响马盗寇。为首的叫做一撮毛侯七，年纪四旬开外，生的身高六尺，膀乍腰圆，一嘴的黄胡须，有飞檐走壁之本领，手使两把压油锤，外带铁弩弓，箭三支，不亚穿杨之技，百发百中。

其余盛大胯、郑剥皮、山东王、蝎虎子、张大汉、崔三、飞毛腿邓六等，俱是胁从党援。还带着熏香盒、软梯子，及众寇所用的一切器械等物件。驮轿内坐着一人，年方二十一岁，姓彦名八哥，外号叫赛饿鹰，面如敷粉，唇若涂朱，子都之姣①，不能擅美于前，故当为之语曰："莲花似六郎，粉团似八哥。"穿着一身式样衣裳，扮做官府形象。这彦八哥又非头目，如何教他坐轿？因为模样长的好看，假称：某处官府，从此经过，特来拜谒借宿。就有许多倚势的人家，觉着官府来拜，岂不体面长人？又搭着彦八哥相貌不俗，一见必要入彀②，因此就揖盗入门到家，吃喝个泰山不谢土。等夜间点着熏香，把各屋人熏倒，即把各屋财物抢去，就如盗入宝山一样，那个肯空手而回？

可巧遇见一位倒运的官府，姓费名玉，是南省庐州府的同知，因丁母忧回家。此人在任做官廉洁，并不贪图民财。六亲皆无，就是夫妻二人，膝下一子，才交三岁。原系直隶保定府雄县人，故由此经过。正走之间，忽见前面众寇一拥扑来。一撮毛先高声喝道："何处来的官府？把你苦害良民的金银财宝，快给爷爷留下，放你过去。不然教你人财两空，那时就悔之晚矣。"官府未及答言，但见驮轿后边跟着一个长随，姓鲁名叫醉猫，不达时务，想拿着官势压迫他们，遂催马前来，用鞭一指，大喝道："好一瞎眼囚攮的！还不闪开道路，让费老爷驮轿过去？"他还当

① 子都之姣——子都，古代美男子的名字。《诗经·楚风·山有扶苏》："不见子都，乃见狂且。"毛传："子都，世之美好者也。"《孟子·告子上》："至于子都，天下莫不知其姣也。"

② 入彀（gòu）——入圈套。彀，使劲张弓，引申为牢笼、圈套。

是黎民呢，怕他吓唬。这些强盗们哪怕他？盛大膀闻听大怒，骂道："这狗娘养的！不知好歹，和爷爷们发横，你是自来送死。"就着认扣搭弦，只听哧的一声，照着醉猫大腿射去。"哎哟"一声，咕咚栽于马下。山东王一见跳下马来，举刀赶来就砍，骂声："好个花驴筋，吃你老爷一刀。"咣吱一声，红光出现。这个鼠辈，把个醉猫儿结果了性命。那些人见风不顺，吓得撂下二府驮轿，一哄而散，驴夫、跟人都无影儿咧。把个官吓得浑身乱抖，强挣扎着说："好汉暂息雷霆，容下官一言告禀，请列位贵耳清听。下官虽在外做官，职原卑小，地方又遇荒凉，这几年官囊实在空乏。众位爷们放下官过去，合家感恩不尽，虽没齿不能忘也。"众好汉一听微微冷笑，说："好个狗官，谁合你个文呢？"内中又有一寇郑第二的说："哪有那么大工夫和他斗嘴，要不显显咱们的灵验，他也不知咱们是哪庙里的神道。"说着就蹿到跟前，举刀就砍。郑剥皮连忙用力把他的刀架住，高声叫道："四哥，你别伤他性命，哪里不是行好来呢？"山东王闻听大怒说："你是老虎戴念珠，假充什么善人？"赌气了站在一旁也不言。郑剥皮大叫道："要不亏我拦住，你早见了阎王老咧。再要为打正经主意，也就说不了咧。"费玉还是苦苦哀求。正说着话之时，郑剥皮一抬头，看见轿内妇人，怀抱一个公子，长的肥头大耳，目秀眉清，面白真似银盆，发黑浑如墨锭，真是令人可爱。细瞧脖项戴着赤金项圈，心中一动，就用刀一指说："把这赤金项圈给了我们，别的东西也就不要咧！"费玉说："大王爷既爱，理当奉送，奈因此事，乃是小儿满月，亲友留下的；他有一女，也刚满月，情愿大了与小儿为妻。因亲家往广东去做官，恐日后年深不认，临别故将一对项圈分开，以为后日之押记。今日若被大王拿去，可怜他孤鸾彩凤各东西，日后夫妻就不能团圆了。望大王爷开恩，成就这一段好姻缘吧！”郑剥皮大声喝道：“咧好你这狗官！真是善财难舍。”说着就将费玉拉出轿来。咕咚一声往下一扔。又往妇人怀中将孩子夺过来，用力在脖项上咣吱一声，将孩童杀死，脑袋扔在一旁，把项圈拾将起来。众盗寇一起催马而去，不表。

单说费玉躺在地下，爬不起来，待够多时，才挣扎着起来，瞧了瞧他儿子躺在地下，只剩下腔子咧，脑袋在一旁扔着。他的马氏，唬了个魂不附体，迷迷糊糊的，好像死人一般。费玉一见，哭得是捶胸跺脚，死去活来。登时几个跟人，同几个驴夫，见强盗去远，这才从树林内出来，会在一处。费玉一见，骂了几句，无奈只得将马氏救醒，又把公子死尸并首级，包在一处，搁在驮子上，然后自己上了驮轿。嘱咐驴夫趁天尚早，快些赶到河间府，好鸣冤告状。这且不表费玉赶路。

却说施大人执事顶马，正向北走。忽然从北来了一群人马，离大人轿子堪堪临近，头里三对对子马。对子马刚过来，跟着就是两匹顶马，后随人马无数。但见居中一人坐在马上。若不是王公宗亲，定是贝子贝勒，这马上的人，见施老爷这边下轿，他那边早也下马咧。便打发人前来问了：“是施大人，仓场总督奉旨钦差，由山东赈济回京。”一来人的名儿，树的影儿，听见是施大人，素日早知难缠，不由打个冷战。二来也是合该犯事，闲话不表。且说忠良见那人下马，心中未免疑惑，登时两下里走到一处，忠良口称：“奴才施不全，早知主子驾到，应当回避。”说着话才要请安，那个伸手拉住贤臣，口尊："施大人先请上轿，愚下何敢有僭？"老爷含糊答应说："有罪有罪。"哈了哈腰先上轿咧。那人随后也上马。两下里跟人也俱都上马，彼此分手。

施大人上轿才要登程，忽见前面来了一人，飞马而跑，到了轿前，弃镫下马，双膝跪倒，口尊："大人，冤枉！卑职费玉，系直隶雄县人，现任南省庐州府同知。因丁母忧回籍，路过前面密树林，对面遇着一乘驮轿，跟随人马，约有十余多口，讵知尽是大盗强人，截住卑职，硬要买路钱。卑职做官，原来寒素，并无金银奉献。却将小儿头颅砍断，摘下项圈，扬长而去，失盗是轻，人命唯重，可恨群囚并逸，偏成漏网之鱼。独怜小子何辜，竟作含冤之鬼。伏乞捕缉盗寇，得以申冤雪恨，则卑职举家感恩不尽矣！为此叩恳青天老大人，恩准施行。"钦差大人听见费玉一片言词，不由满面生嗔，暗说："大清国竟有这样不法之人，哪有坐着驮轿当响马之理？怪不得见本院，一个个贼眉鼠眼，瞧着就不像外官行景，敢则是一群强盗假扮官人！开言便问："费同知，你可曾记得面目？"费玉回言："卑职见了众寇，早吓软瘫咧！那里还记得？内中一人长的身躯高大，脸上有一瘊子，瘊子上有一撮黑毛儿，别的也记不得什么。"言罢叩头。忠良说："事已如此，不必着急。你先起去，本院准你的状子就是咧！"你且在河间府附近住下听候。"费同知听说，站在一旁伺候。忠良叫声："黄壮士。"天霸答应。贤臣说："你即刻回走，顺大路追赶那起盗寇来见本院。"天霸上马而去。

且说钦差大人，坐着轿望前正走，忽然河间府通城的官员，带着兵丁衙役等，俱投递手本，前来迎接。但见众官员紧走几步，迎面跪下，各报职名，口尊："迎接钦差大人。"大人在轿内一摆手，众官站起身来，往回里走。大人轿子刚要向前走，又有闹哄哄的几个人，来到轿前跪倒，口中乱喊："冤枉!"大人在轿内吩咐："把喊冤的这些人，都带到河间府听审。"衙役答应。不多时来到河间府。众官参见毕。大人吩咐："把喊冤的人带上来。"衙役答应，霎时带到堂下，一起跪倒。大人瞧了瞧，不是平民，俱是有体面的人。望着那人们说道："你等一个一个的各报姓名，不准乱说。"一个说："小人姓刘名叫刘成贵，作当行生意，家住任邱县东北。"一个说："小人姓赵叫赵士英，家住新中驿，开粮食店为生。"又见一人口尊："钦差大人，生员孙胜卿，祖居河间府首县。"又手指一人说："他住河间府东南，姓杨叫杨奎，是个举人。他父任江西教官。系生员表弟。"众人报罢姓名，贤臣先叫："刘成贵，你是什么冤枉？先诉上来。"刘成贵说；"前日是小人母亲的生日。小人从当铺回家，与母亲上寿。还有些个亲友正在家中吃饭。仆人拿进一个拜帖来，说外边有个坐驮轿的官府要求见。小人暗想：并无做官亲友，既来寒舍拜望，只得到外边恭迎。出门一瞧，果然有个坐驮轿的官府，跟了十数个人，都有马匹。彼称是广东的知县，前去上任，只因天晚咧，要在小人家借宿一宵。小人想了想，家中有的房屋，又是家母生日，粗茶薄酌不无有的，客官因天晚借宿一宵，为什么不作个脸儿事呢？让进去款待了，岂不是留下一个交情？哎哟！老爷！合该小人倒运，哪知是一伙强人！吃了喝了，让到书房安歇。到了半夜，把小人合家用熏香熏倒，将各屋衣服首饰打扫了个干尽。这还是小事，可恨那杀人贼，先用刀把小人母亲杀死。见小人妹子，生的美貌，他们就轮流奸淫了。妹子乃是有婆家之女，他公公现任守备，下月还要过门呢，这可怎样？说着放声大哭，叩头碰地，贤臣说：“你可记得那些人模样呢？”刘成贵说：“曾记得内中一人，脸上有个瘊子，瘊子有一撮毛儿。”贤臣听罢，又把那三人的状子接上来，瞧了瞧，原是告的都是那伙人，俱是失盗之事。连费同知共五家失盗，伤了三条人命，这内中唯有孙胜卿妻韩氏，年十九岁，被盗连被窝裹了去咧！贤臣看到此处，心中大怒，叫声：“尔等起去。此伙狗强盗，本院路上见过，已差人追去了。尔等下去。”且听下回分解。

第一五六回

二官府告假钦差　五大人住河间府

话说施大人到河间府公馆升堂，把道上喊冤四个人，带上堂来问了问，把状子接来看完，叫四个人下堂听候；等拿回强盗来，好与他们洗冤完案。又吩咐众官员各回衙门退堂，才要喝茶，听当差报道："外边有二位官府，进了公馆。"话犹未了，二位官府走到大人面前，一起跪倒。但见一人身穿宝蓝皮袄，红青皮褂，足下篆底缎靴，头戴貂帽红缨罩顶，面貌苍老，身躯瘦弱，很像个斯文样式。一个是穿着香色皮袄，青布外褂，薄底尖靴，也是貂鼠皮帽，生丝红缨，年纪不过三旬，虎背熊腰，面貌微黑，身躯肥胖。各递手本。忠良看罢，一个雄县知县蒋绍文，一个是新中驿守府卢珍。并有呈词，一起递上。大人先看知县呈词，上写：

具禀卑职雄县知县蒋绍文，为上差勒索银两，恳恩详细究查，以肃官箴，而重国典事。窃有天子宗亲、奉旨钦差五大人，据称钦差查道，皇上明年某月某日上五台进香，由敝县地方经过。教卑职速办道差，毋得故违。倘临期有误，先灭宗族，后平祖墓。在卑职衙门整住三日，日夜骚扰。一事预备不到，便就价折银两若干。卑职伏思：既是皇差，何以又要价折？叩乞青天老大人恩准详究施行。

忠良看完，又看新中驿守府卢珍呈词，却与知县蒋绍文呈词言语，是同一事。忠良不由心中大怒。腹内暗说："我瞧那起人的行径，就不正气，果然不错。哪有皇上宗亲行此不法之事。再说派人查道，各衙门应早有文书。施某身虽在外，来往也有报马，施某没有不知道的。若说此事有假，又有兵部印文。若说是真，如此到处讹人，教人难解。大清国哪有这样大胆人？再说，还有那起绿林，天霸要全拿住才好呢！只好等天霸回来再作道理。"贤臣座上开言说："蒋知县，卢守府，且请回去听候吧。"二人说："遵大人钧谕。"一起站起，出了公馆。

贤臣刚令二人回去，猛见黄天霸从外走上堂来。忠良一见，满心欢喜，说："黄壮士你回来了？"天霸答应说："小人尊老爷命，赶了二十余里，并没看见强人踪迹，那贝子爷也不知去向。"施公说："只得慢慢设计擒拿便了。"老爷嘴里虽是这么说，不免心下为难。

正在忧疑之际，忽报河间府知府杜彬要求见大人。施公即传谕："请他进来。"知府进了公馆，参拜礼毕，平身站立在一旁，哈着腰儿，口尊："大人，今又有奉旨钦差来到，说贝勒五大人特来查道，教卑职伺候公馆，快去迎接。"施公座上不由心中大悦，叫声："贵府，只管去迎接，让进贵衙，着他住在花厅。本院暂在贵衙二堂居住，以便察他动静。"忠良吩咐罢，知府杜彬急忙出去迎接五大人。贤臣又叫："黄壮士，尔出去见了知府，告诉他必须如此这般，千万不可走漏风声。"不知说些什么，且听下回分解。

第一五七回

设谋诓捉五林啊　派差遍搜一撮毛

话说知府杜彬听黄天霸之言，依计而行，把一位查道的钦差，接进公馆来。哪知这假钦差仍然打骂人，要东要西的混闹。知府并不提施大人一字，贤臣却不时的命天霸去察看他们行径。此日天晚，忠良就在二堂住下。知府竟伺候了一夜，不知不觉，就是三天，这位假贝勒爷种种恶款，不计其数。知府杜彬实在忍耐不住，来到二堂，见施大人行礼毕，站在一旁，控背弓身，口尊："大人，来的这位贝勒，仗着皇上宗亲，一事应酬不到，就要打骂，还叫卑职预备俊俏妓女，美貌顽童，又要银若干。孝敬五百两还嫌少。诸般折磨，卑职实在不能堪。"贤臣闻听知府之言，气得虎目圆睁，连说："岂有此理，这还有王法咧?"又叫黄天霸等人："速速收拾，同我前去。但看他有破绽，立刻擒拿。"天霸答应。忠良又望着知府开言说："贤契，你先去见了这位贝勒五大人，就说本院才到贵郡，听说贝勒爷在此，立刻禀见。"

知府去了，施公当即出公馆，不多时，来到钦差五大人公馆。施安、黄天霸等人下了马，扶持着施老爷下马，教差人传禀了一声，然后才带着众人进公馆。各归座位。两旁衙役献茶。黄天霸等紧贴儿施老爷一边侍立。大人圆闪虎目，瞧看他的破绽，但见满桌残酒剩肴，哪知他把小旦妓女早藏在别处去了。忠良开言，口尊："钦差五大人，不知哪位王爷殿下？现在贵府住在哪城？施某领教领教。"宗亲见问，便开言说："施大人若问我的来历，大王爷殿下老贝子，圣祖皇爷乃是一派宗亲，现今钦派总理带管茶房。大人，我到此处，只为皇上五台进香，特来查道。是钦差奉旨来的，并非私自出京。"忠良说："五台进香，早当发抄，天下共闻。此事施某竟自不晓，大料着未必是真。你乃金枝玉叶，凤子龙孙，该自尊自贵，为国尽心，严察不法官吏才是。你倒假传圣旨，讹官诈吏。尊驾也未必是宗亲。若是实言相告，施某念官官相护，倒要存点私情，免得声张。不然，我定上本提参。"施公所说的话，本自厉害，句句本是全戳恶人的心病。这位假宗亲，觉着事到临头，说的软了，还透着假咧，不由得羞恼成怒，叫声："施不全，你且住口！你怎么用话吓起我来了呵？"施大人道："尔等把大门二门闭上，不许放走一人！谁要偷私放走，立刻斩首。我看他这个贝勒有多大本事！"两边众役答应，登时将门紧闭，把守不提，且说忠良又吩咐众役人等说："尔等还不与我下手捉拿，等待何时？"但见那个五大人，气得将身站起，口中大嚷说："好个施不全，反咧反咧！你还说别人不遵王法，你竟是头一个不遵王法的野蛮人。我乃是皇上宗亲，你是一个臣宰，竟叫人拿我。我瞧你怎么一个拿法！"说罢站在当地，连气带骂说："我看哪个敢来动手！"

两边站班的马步三班，听说钦差大人吩咐拿人，才要下手，瞧见这个光景，又不敢动手。又听那里话头厉害，个个退步缩头。施老爷一见，虎目圆睁，大叫："尔等好一起不遵王法的奴才！那一个要再退后，立追狗命。尔等只要下手拿他！"一起上去七八个人，往前刚走到跟前，只见那人那胳膊一伸，往后一拨拉，只听咕咚咕咚的尽都栽倒。又有几个掌响马的番子头目，瞧着心中不服，耀武扬威的上来，才走了两三步，被那人胳膊一甩，就是一溜躺下了。又有一人绕到身后，指望拿他，被那人一个反嘴巴，只听吧一声哎哟、吐噜，打出四五步去，爬在地上。此时黄天霸、关小西等在一边，把拳头攥香蜡咯吱吱连声的响，单等大人吩咐一句，总不见老爷言语。小西、天霸二人忍耐不住，上前打了个千儿说："回大人，若依小人们看来，此处衙役，未必拿得住那人。讨大人示下，不如小的们动手吧。"大人点头说："很好很好，千万别伤人命。"二位好汉答应一声，一个箭步蹿将上去。怎知那人早已预备，会家遇见会家了。这边是蹿跃蹦跳，武艺高强；那边是闪辗腾挪，封闭精通。半天不见输赢。恶人那边手下恶奴，气冲冲也要动手。但听大汉高声喊叫："你们不必前来帮助，大料着你赵老叔，一个人也不至遭人毒手。"这一句就漏了空了。贤臣在一旁听得明白。暗说："赵老叔三字，宗亲如何有这称呼？一定是假。"按下贤臣参破之意不表。

且说小西、天霸二人拿不住大汉，心内着急。天霸生了一主意，绕到大汉身后。大汉只顾招架小西，冷不防备，天霸在背后对着腿凹儿跺了一脚，只听咕咚响了一声，他倒在地下，大叫："施不全，了不得！"那边座上恶人，见大汉栽倒，连忙站起说："罢咧，施不全，这件功劳，让你拿吧。"说罢，又望着大汉哇啦的翻了几句满洲话。哪知施老爷满汉皆通，一听此言说："你二人才说的话，是不教他招认。我岂肯合你们甘心？"恶人一听说："罢咧罢咧！既是你懂满洲话，难以瞒你，爽利告诉你罢。我叫五林啊，那位叫赵黑虎，既被你施不全识破二位老爷的行藏，咱们就是冤家对头，少不得你二位老爷要领领你的刑法咧。你若不服了你二老爷的本事，施不全你也不甘心。”施老爷闻听恶人之言，心中大怒，眼望着知府说：“贤契快请刑具来伺候。”知府吩咐三班：“将全副刑具立刻运到。”老爷座上开言道：“他两个乃是旗下，按例应该先动皮鞭。尔等撩着衣服，剥下他的下身，教施安按翻译‘厄木拙’等语数着数①。天霸、小西轮流着打。”登时打完了五林啊一百鞭子，又把赵黑虎照样打完。要平常人哪里禁得住二位好汉这等鞭子？两个恶人，挨着一百皮鞭，不但不输口，反到哈哈大笑说：“我们这几日觉着皮肉发紧，受这点刑法，倒觉着松快咧！”老爷见恶人不输口，又叫青衣用对棍，每人重打了三十。贤臣言：“尔等共有多少人？作的什么事？有话只管实说，本院全归罪他两个，与你们无干。”众人听罢，一起磕头，口尊：“大人，他二人全是五爷门上先当办押拉②，现今革退差使。五林啊的老娘是府内嫫嫫妈妈，很得时得脸。因此他在外招事惹非。官司打过几次，就提督衙门营城司坊，都有人情，越闹越胆大。故此又装宗亲，假扮钦差，教我们扮作奴仆，一路上讹过州城府县，当铺盐店，不计其数。这是以往实话，望大人恕罪。”贤臣微微冷笑，望着恶人说：“你们听见了没有？你们两人还是不承认么？”恶棍听见反倒指着说：“他们是怕打，满嘴胡云。难道他们招的口供，就算我们招的口供么？姓施的，你今儿

---

① “教施安”句——全句意为：教施安按翻译“一、二——”数着数打屁股。厄木，“一”的意思。拙，“二”的意思。

② 押拉——王府听差。

非叫短了太爷，不算你有能耐。”贤臣暗想：使尽各样刑法都不招认，不如改日设法再问。遂吩咐把十四个人一同收监。众役答应收监不表。

且说贤臣望着知府开言道：“把贵衙门捕快叫上来。”即叫喊堂的传捕快。不多时捕快上堂跪倒，口尊：“大人，小的姜成、杨志伺候。”贤臣即标了一支签，上写“五日限期，锁拿一撮毛到案，火速无违！”承差捕快姜成、杨志，限你们五日，把一撮毛拿来听审，违限重处。”二人听罢，唬了个倒抽凉气，暗说：“我的老老，这个差使要命。”爬起来捡签，迈步下了大堂，一个个哭丧着脸，撇着嘴，往外正走。门上的众伴儿，迎着上来，一起盘问：“怎么个话儿？你们老哥俩恭喜！如何施大人单叫上去？必有美差使给。你们发了财，可别忘了我们哪！”正说着，有名公差姓尼，外号叫泥球，夙日就与姜成、杨志离戏。他两个愁眉不展的，他就在旁边打着哈哈说：“姜第二的，杨第八的，你只当咱们本府老爷呢？出一张票，叫你传人去，上面写那人家住处某村庄某姓名。今日遇见这位施老爷子，叫你们拿什么一撮毛，就把你们毛住咧，便吃不躺咧！罢呦，你们到底不济呦松啊。枉闻了鼻烟儿，白走了月饼会了。还不及我老尼打个噎忿的工夫就得了使差咧。”姜成、杨志说：“你也算了人咧，问问你敢和我们一般一配么？你小子是老土着了水，和了和，变成泥里的球儿，真是个忘八蛋。你再娶个女人，不用说咧，也作出些个小泥蛋来。”众人一起大笑，笑的个泥球脸上下不来，说声：“你二人不用吹咧，这位新来的钦差施老爷子，比不得咱们官府。你们俩要把这一撮毛，恐拿不了来。哥哥儿是鸭子吃鱼，眼子朝上。”旁边人见他两下里话紧，怕玩笑恼了，一起上前解开。姜成、杨志这才迈步出衙。二人无精打采的到了家中，见天色已晚，在家住了一夜。到次日早晨，二人商量出城，到镇店村庄，私查密访。正在踌躇之际，后边有人赶来，不知此人是谁。且听下回分解。

第一五八回

讨限期连累家属　说谐话访出情由

话说姜成、杨志拿不住一撮毛，正要进城讨限，后边有人赶来说："要拿一撮毛，我晓得他下落。"二人回头一看，原来是冯七恍的儿子，好喝便宜酒，都叫他冯人嫌，外号叫高丽棒子。姜成、杨志夙日和他玩笑，说："你赶爷们来作什么？"冯人嫌说："今日有个巧机会，特来送信。"姜、杨二人说："什么巧机会，你小子又闹鬼吹灯呢。"冯人嫌说："请问头儿，施大人派你两个拿什么一撮毛，你两个须得扛扛屁股领刑罢。不是八十就是一百，几时打破了才算。还把家眷捕监，叫你们去访。要再访不着差使，硬把公差算凶犯。并非我说瞎话，只因我有个老舅舅在顺天府当门公，他有外号，人因他姓陶，人都叫他陶奴儿。他告诉这一位施大人最是狠刑，你们俩今日要拿一撮毛，不是吹，这差使就是老冯爷子知根底。"杨志说："玩笑话少说。这个差使要紧，比不得别事，你混耍笑。"冯人谦说："谁与你玩笑，他是三代玄孙！"二人见他又起誓，又说大人怎么厉害，刑法重，未免心中有些毛骨，叫声："小冯儿，你果然是个朋友，帮我们得了差事，没的说呀，大量不能别的，穿我们一双德胜斋的缎靴，料着准行。咱们先到酒铺里去，听听小冯是怎样个拿法，咱们好有主意。"二人说着来到山东馆。

只见铺门口挂着“太元居”一面匾。这店是知府的轿夫东家，甚是兴隆。三人走进去。掌柜是认得的，知府捕快头儿。连忙让坐。二人怕走漏了风声，到了楼上，打了个清净桌儿坐下。过卖净了桌子，问：“要什么菜?”杨志素日最是好脸，又搭着为打听差事，叫声：“堂倌，要一个金华楼火锅，半斤腊肉，通州火肉要熟的，五壶玫瑰酒，四斤荷叶饼，葱酱要两碟。”走堂的喊下去。不多时，热腾腾的端上来。冯人嫌一见真是吐沫往下咽，就红了眼咧，不等人让，斟上酒，先喝了一杯，拿起筷子先夹了一块肉。手不停筷，又喝酒，又吃饼卷葱，真是两眼不够使，满桌混看，眼如灯一样，登时吃了净。火锅边上有块红炭，他只当是炉肉，夹起来往嘴里就吞。二公差看看又是笑又是恨，叫声：“冯第二的，那么个眼神儿，你还要喝杂银去?连个熟货也没见过。”冯人嫌烫的两手握着嘴，说话也说不出，满嘴里乌噜乌噜。姜成说：“你不用翻满洲话咧！酒也喝了个足，菜也吃了个净。”杨志咬着牙，写了账，三人这才出了酒铺。冯人嫌喝了个便宜酒，唱着河南调，回家去了，姜成、杨志见晚了，也回家安歇，约会明日再上堂讨限。

到了第二天早起，二人只得进公馆讨限。且说施公自派出个捕快去拿一撮毛，指望拿回这差事来，好与费同知、刘成贵、孙胜卿等洗冤完案。这日算着限期已满，专等公差回来。忽见姜成、杨志进了公馆，走到面前，一起跪倒，磕头碰地，口尊：“大人开恩，小的们奉大人差派拿一撮毛。各处访查，并无消息。恳大人示下，再宽几日限期。”施老爷一听没拿住差使，冲冲大怒，喝道：“把两个奴才，每人重责三十大板！”青衣答应，登时打完。又吩咐众役，把两姓的家口，全都陷了监。又限三天，再拿不住一撮毛，把他二人就算凶犯。二公差无奈，只得下堂出来。杨志叫声：“老哥，这才算咱二人倒运，一伙大盗，又无名姓，就说是拿一撮毛。把家口尽都收了监，给了三天限期，再要拿不着，就替罪名。咱须早些拿个主意。”姜成闻听，叫声：“贤弟，我并无别的主意，除非跑海去躲避躲避。”杨志说：“跑海躲避躲避也了不了事情。常言说：‘事上无难事，就怕有心人’。我倒有个主意：愚弟有个手艺，除非咱们改扮行装？做着买卖，留心探访。或者访出个消息来，也未可知。”姜成忙问：“什么贵行？”杨志说：“从前我吹过几天糖人，家伙全有。”杨志回家，早把挑子收拾齐备，改变行装，走到乡村。看官，二公差做买卖，所为招人，好访一撮毛，外州府县捕快，都有些武艺，二公差这箱子里暗藏着些铁尺挠钩，为是预备有风吹草动，好下手拿人。这是闲言不表。

且说姜成、杨志，出来访查，不觉就是三天。这日又进一村庄内，人家不多，路东有座黑漆门，家中就是孩子多，还多卖两钱。二人把担子放在门首，姜成打锣，惊动了里边小孩子。但见哄的一声，来了一群，就来七八个，一个个跳跳蹦蹦，这个说：“我要个孙猴儿。”那个说：“我要黄鼠狼偷鸡。”姜成说：“拿钱来。”挨次把钱收了。杨志登时把糖人儿吹完，打发孩子们散去。内中有个孩子不很大，独他不走。问他叫什么，他说叫六斤儿，留着个歪毛儿。他可围着担子闹，小手儿抹了块糖稀吃，又把模子拿起来就跑。杨志说：“小六斤儿，你又淘气呢！还不放下模子？再淘气，把你一撮毛拔下来。”看官，杨志他无心说出这句话来，你说把个小六斤儿吓了一跳，眼似銮铃，东瞧西看，这才叫声："伙计，你要给我们这家里惹祸。一撮毛是我爷的朋友名字，你怎么混叫起来了？要叫他听见，还不把你屁股打烂！"你说两名公差，正没处访一撮毛呢，一闻此言，岂肯容他倒脚：正叫声："六斤儿，你拿几块玩去，等我明日再给你几块好的。"六斤儿笑着说："可别给他们。"杨志说："不给他们。你方才说什么一撮毛，是你爷的朋友。你再告诉我一遍，还有好的呢，也给你。"小六斤儿笑嘻嘻的说："一撮毛长的凶恶，人都怕他。他那脸上有个瘊痣，瘊痣上有一撮毛。使着两铜锤，一张弩弓三支箭；还不是一个人，好些个呢！"二公差听见小六斤说这伙人不少，都是有武艺的，觉着扎手，大料难拿，不如趁早离了是非窝。毕竟姜成跑脱没有，且听下回分解。

第一五九回

得虚实姜成送信　扫巢穴众寇伏诛

话说姜成、杨志，哄着小六斤儿，把一撮毛已往情由，俱都说出。正然盘问，忽见门里出来个人，把小六斤一巴掌打的，小六斤往里飞跑。二公差听小六斤说，这伙人都有武艺，觉着扎手，不如趁早回河间，禀报大人，再做主意。挑起担子才要走，只见那人上来，一把揪住杨志褡包。姜成一见，估量着不好，开脚就跑，杨志见姜成跑咧，自己挑着担子，被人揪住，想走不能。这恶人揪着杨志骂道："站住罢！"杨志见他这样，还装乡下怯样说："大爷，俺大小是个买卖，又没得罪你老人家，别要骂人。"恶奴说："别和我装羊，骂你就算了么？还得打你这三个。"恶奴把杨志推搡着，拉进大门去不表。

且说姜成见杨志被人揪住，自己撒脚就跑，为是进城报与施大人知道，好派人去拿。不多时跑到河间府，太阳已落。见了大人，把他们已往怎么访查，杨志怎么被人揪住，回了一遍。大人说："你知道那家姓名么？"姜成说："回大人，若问那家姓名，小的不知，瞧他房屋像个富户。小的听小孩子说有好些个人，都在他家居住，个个武艺精通。为首之人，名叫一撮毛儿侯七。手使怎么兵器，怎么厉害，全都告诉了。才要问他主姓名就被人听见，把杨志就揪住了。小的实不知那家姓名，还不知杨志吉凶如何。求大人恩典，早派人去拿。”施公座上一摆手，姜成叩头起来。施公叫声：“黄壮士，这是如何拿法?”天霸躬身，口尊：“大人，依小的愚见，还叫姜成引路，小的同关小西、王殿臣、郭起凤，趁天黑去打听明白。事情果真，不是小的夸口，任凭他有多少盗寇，保管拿来，明日结案。”施公点头。

四家好汉，同姜成各带随手兵器，出了公馆，走到恶人村外，略歇了歇。天霸叫声：“姜成你头里走。”姜成说：“眼前就是。”五个人进了村口不远，天霸叫声：“众位，你们在此等着，我先进去打听一个真实，回来再议。你们不可远离。但听有锁子响，就是我回来了。”言罢，倒退了几步，把手一拍，嗖的一声，蹿上后沿，顺着瓦垄爬到前坡。但见周围房舍，瓦窑一样。此处原是后院。好汉来至房前沿，扒扶着往下探望，细听有妇人声音，听不大真。挺身又往前行，来至前边，见各屋点着灯。又听得下面妇人说：“不好了！张姐姐，房上有人了。”又听一妇人说：“大婶，你别大惊小怪的。这两天猫起秧的时候，是猫在房上，你就乱叫。”天霸听见此话，借猫为由，“嗷嗷”的叫了两声。那妇人说：“你听何曾不是猫？快端油盏走罢！你没听太爷吩咐：今日是他的寿日，是个好日子，叫咱把前日偷来的那妇人劝醒，今晚要合房咧！”那一妇人说：“你劝去罢，人家是秀才之妻，就肯嫁他?”好汉听是偷来的妇人，心中纳闷。见那两个妇人走进屋内，好汉顺瓦垄伏下身子，探下头来，往屋内细听。这个妇人说；“新娘子你很聪明，为什么想不开？我们祖七太爷银钱广有，奴仆成群。”那妇人骂道：“你们这泼妇，要当我是下贱之人，那就错狠了。我告诉你们主人说，杀剐给我个痛快罢，我死了，提防我孙相公丈夫，替我鸣冤。”天霸听罢，暗说：原来这家姓祖，偷来的那娘子，定是一撮毛用被窝裹来的孙胜卿之妻。

看官，这祖七混名大头目，自幼集上扛粮食出身，一膀子能扛两条口袋。在集上经纪客人，不敢惹他。后又生讹了一张帖，量斗尖入平出，人须得用他的斗量，按加一要钱。又交这一伙大盗，坐地分赃，拿这闲钱交与官吏。衙门内都有看顾，所以越仗起胆来。闲话不叙。且说天霸又听了会子，转到另一屋顶。屋内祖七说："那厮你有什么分辩？吊起来打着问他。"正打之间，杨志怀内揣着一件东西，吧嗒掉在地下。众寇闻听说："方才落在地下的是什么？"家丁拿灯一照，捡起来原是油纸包，用线缝着。把线挑开，折去油纸，还有一层细纸。打开瞧是张纸，内有一人识字，一念上写："太子少保镶黄旗汉军仓场总督世袭镇海侯施，奉旨钦差仰役立拘锁拿大案一伙贼一撮毛儿，速赴河间府，当堂听审。毋得违误，火速须票。康熙某年某月某日。差捕快：姜成、杨志。"

众寇听罢，一起恼怒，有说将他公差杀了的，有说还打的。祖七说："你们没听见么？这票并非府县州官出的，乃是奉旨钦差所派，别当儿戏。"众寇说："莫非放了不成?"祖七说："也不用放他，暂锁在空房，等明早我到衙门打听打听，再议。"家奴立时将杨志锁在空房。天霸房上看得明白，见家丁回去，趁着无人，飞身下来，拧开锁进去，将杨志解下来，一同到外边，见了关小西等，各举兵器齐至恶奴后院，见各屋都吹灯安眠。天霸知道后院是些妇人，直奔前院。众好汉和公差只得跟着走。纵有狗咬，拿刀一晃，狗见刀夹尾就跑了。仆梯家奴俱是困乏睡着。四家好汉同姜成、杨志走过这道二门，来至前院。西边有一人出来开门解手，瞧见好汉，忙问："是谁?"小西低声说："老兄弟风紧。"天霸并不言语，紧走几步，赶上前去，手起刀落，吭吱一声响，那人栽倒。忙把脑袋砍下。天霸回身，叫声："哥儿们随我来。"言毕迈步当先。五个人跟着一同进这道门，内中唯有姜成不得主意，欲待不去，又怕被人瞧见了，眼睁睁的见杀了个人，心里发怔。

且说众寇打发祖七去安歇，也就睡了。这时盛大胯没睡着，叫声："郑老三，我瞧他酒不沉，如何出去这半会子?"听见咕咚一声，必是栽倒，说着即披衣裳下炕。刚出门，哪知天霸早在门旁，扬起刀背，往下一砍。"哎哟"一声说"不好了!"众哥们一听见他一嚷，忙上前砍了几刀，栽倒在地。屋内人全都惊醒出来，好几个手中都有兵器。头一个刚往外一跑，被地下躺的几乎绊倒，往前一栽，殿臣拿铁尺照滑子骨就一下。那人躲过，回手就是一刀。殿臣用铁尺架住。小西、起凤各举兵刃截住。那几个盗寇一起出来动手。杨志不知从哪里找了顶门闩，也就抡起来，单打众寇滑子骨。就只胆小的姜成，吓得在黑影里打战。盗寇头儿一撮毛手提铜锤"噗"的一个箭步，从屋里就蹿到当院，大喝一声："哪里来的小辈?敢在太岁头上动土!"言罢，照好汉就一锤。天霸一闪，回手一刀。二人战在一处，不分胜败。关太、殿臣、起凤三人，各使英雄，与众寇动手，黑夜之间，难辨清白。山东王举起拐来，照着自己人飞毛脚邓六大腿上就是一下。"哎哟"一声，山东王这才瞧出是自己人，心里一急，漏了空，被小西一刀背，把手腕打脱。“哎哟”一声，拐子落地。那边杨志抡起门闩，照盗寇腿上，又是一下。只听“吧”，正打在滑子骨上。“哎哟”一声躺倒。小西怕他跑了，连忙几刀，卸了他两膀。一寇叫闪电神见风不顺，撒脚就跑。那知杨志早把一道门用石顶上，离门不远，怎晓黑影里蹲着个人，只听“咕咚”把他绊倒，趴在那个人身上。这个空儿，殿臣赶来，不管一二三，抡铁尺就打，疼得盗寇“哎哟”不止。打的贼身子底下那个叫是“哎哟”。还有几名盗寇，都被小西、起凤拿住，看守不表。

单说天霸和一撮毛动手，猛见他用锤磕开自己刀，将身一晃，蹿上墙头。好汉对准盗寇腿上，回头就是一镖。盗寇才要迈步上房，只听“刷”一声，“哎哟”咕咚掉下墙来。好汉赶上，连三并四几刀，一撮毛难以动转。天霸叫声：“哥们，快找绳来捆上。”叫人看守，又寻找恶人祖七不表。

且说小西叫声：“哥们，谁带着火镰打火，咱们进屋去照照，还有贼人没有?”杨志答应，立刻打火引着火纸，进房点着灯，搜了搜，只彦八哥一人，也把他上了捆绳，拉到外边。举着灯到院内，把众寇一个个四马攒蹄绑上，才知道姜成也死了。数了数盗寇，共十一口，等天亮解送。

且说天霸举着刀闯进恶人院内，那知祖大头早知事不好，唬得他悬梁自尽，天霸拿住一个仆妇追问，言：“主人公自尽。”好汉不信，亲到外屋，果见一人悬梁而死。把管家李胡子找着，也捆上，带到外边。又找偷来的那位妇人，打算把他救出，哪知孙胜卿之妻，是个节烈妇人，自觉虽未失身，终无面目见人，夜间得空，早已自尽。

不多时，天已大亮。好汉黄天霸等，把拿的众寇解到河间府，面见施公交差。又将孙相公夫人死节的话回了一遍。贤臣大喜，吩咐升堂，将众寇带到堂下追问。众寇情知难推，尽情招认。又传孙胜卿到案，将伊妻节烈晓谕一番，教他回家收尸成殓。吩咐知府："把众寇监禁狱中，俟本院启奏皇上，候旨前来，连五林啊等，一起按例问罪，好与众官民报仇雪恨。"知府答应："谨遵钧谕。"忙令手下人，把众寇入监。贤臣见诸事已毕，心中牢记，保举黄天霸等功名。忙吩咐："搭轿，本院回京。"到底不知何事，且听下回分解。

第一六〇回

驿馆立拘牛腿炮　郑州踩访一枝桃

且说施公离了河间府十几里地，正走之间，忽见前边人马迎面而来。头里还有匹马，急跑如飞，正自诧异，那人已到轿前，下马跪倒。施公才知未起身之先，打发去的转牌马回来不表。但说贤臣霎时到任邱县亭驿，入了公馆。才入公馆，就有人喊冤。任邱县知县在一旁伺候，心中就有害怕。又听钦差叫衙役将喊冤人带上，开言道："喊冤人，一一报上名来。"一个说："小人叫刘进禄。"一个说："小人叫陈忠。"一个说："小人叫李富。我们三人住任邱县郑州镇。"施公说："有何冤枉？慢慢说来。"三人见问，各把呈词递上。施公将呈状逐次看完，俱告的是牛黄，绰号叫牛腿炮。霸占陈忠两顷地，讹刘进禄房产一所送与家丁，硬讹李富银两若干。俱各私立文书，有保人。内中还牵连武豹、金山、赵文璧三人。又问那两个喊冤的："你二人所告何事？叫什么名字？"一个说："小人周荣，年六十五岁。不幸妻李氏早亡，所留一女，名叫玉姐，已经受聘，未曾过门。上月二十日夜三更时候，父女各房睡去。忽小女在绣房一声喊叫。小人正在梦寐中惊醒，慌忙爬起点灯，见女儿门开了。进去一看，不知女儿被何人杀死。房中细软，俱都不见。次日天亮，见墙上画着一枝桃花，想来杀人偷财，必是一枝桃。叩恳青天大人恩准，拿一枝桃来追问情由，好与小人雪冤。”说罢磕头碰地。施公闻听周荣言词，不由心中着急，暗说：“这事又是缠手难办。”思想多时，便往下开言道：“那一个所告何人？慢慢诉来。”那人说：“小人蒋旺，娶妻吴氏，夫妻同庚，今年二十六岁。父母俱各去世。小人所仗厨行手艺。只因前日应喜事厨役，两日未曾回家。第三日回家叩门，屡次无人答应。撬门进去，瞧见妻吴氏血淋淋躺在炕上，不知被谁杀死。见墙上画着一枝桃花，故此前来鸣冤。”说罢不住叩头。忠良闻听蒋旺之言，腹中说：“这两个人原是一样事。”沉吟多会，座上开言道：“周荣、蒋旺，你二人家遭凶事。难道就不报官么？”二人上前，一起叩头说：“我二人俱各到县呈报。若不经官，谁敢擅自抬埋？怎奈县主并不拿凶犯追问。今日幸蒙钦差大人驾到，特来申冤，望乞青天拿住凶犯，好与小人报仇雪恨。”说罢不住叩头。

忠良点头，望着任邱县知县开言道：“贵县，周荣、蒋旺，他二人到县报官，你如何不出票捉拿凶犯？”知县见问，连忙跪倒，口尊：“大人，周荣、蒋旺他二人报官之时，卑职即到他二人家中亲自勘验，实系刀伤。令尸亲埋葬，卑职即刻差人到处捉拿。怎奈不知一枝桃姓甚名谁，怎样面貌，何方人氏？比追公差，也没处捕捉，望大人宽恕。”忠良一摆手，县官沈存义平身。忠良沉吟半会，叫声：“周荣、蒋旺，你二人暂且回家，十日内本院管保给你们断结了案。”二人叩头回家不表。

施公又叫：“贵县！”任邱县知县连忙答应。贤臣说：“李富、陈忠、刘进禄，他三人所告之事，并无虚假。本院出京时，沿途私访民情，路途上听见有个牛腿炮，在郑州居住，横行霸道，交官交吏。他还不是一个，还是一党三人：一个叫金刚武豹，一人叫金山，一个叫赵文璧。牛腿炮在涿州探亲，过三家店，在途中对人夸口，将自己所做之事尽情说出。本院只为赈济事重，未曾到此剪除恶党。既有人告在你县衙，为何置之不理?”沈存义见大人一问，惊慌失色，双腿跪倒，不住叩头哀告。忠良见他哀求，即便开恩说：“知县，你既这样苦求，本院看至圣先师面上，暂且恕你。速速派人把牛腿炮、武豹、金山、赵文璧四人，即刻锁拿听审。多带衙役刑具，本院在此立等，速去莫误!”沈知县叩头站起，往外走，留衙役在此伺候，出公馆上马回县，忙差衙役去拿恶棍不表。

且说施公往下吩咐：“刘进禄、陈忠、李富三人，暂且回家，等知县把四人拿到，好对词结案。”三人叩头退出公馆不表。下人摆饭，施公用毕，撤去家伙。猛见一人在下面跪倒说：“回禀大人，今有本处知县将牛黄等拿到，请大人钧谕施行。”贤臣闻听，满心欢喜，连忙吩咐：“叫知县将带来的刑具，俱各设在驿亭之上。”贤臣看见牛腿炮，冲冲大怒，吩咐差役：“带原告来!”霎时刘进禄、陈忠、李富跪在堂下。贤臣叫：“把你等所告言词，照前诉来。”三人见问叩头，将所告言词，如此这般诉了一遍。牛腿炮看见原告，不由着忙，且听原告将他恶款一一诉出，又听施公座上叫看大刑，心中越发害怕了。见他脸上变貌，口中还强自支吾。登时青衣将夹棍放在尘埃。老爷吩咐：“将牛腿炮夹起!”青衣答应，上前按倒牛腿炮，拉去鞋袜。一个青衣将刑竖起分开，把牛腿炮滑子骨入在里面，做扣拴绳，一背一拢，只听牛腿炮“哎哟”一声，口中只嚷：“招了招了!”施公吩咐：“从实招来！”牛黄尽行招认。沈知县在公案旁边亲自秉笔，立刻写完口供。这才吩咐将刑卸下。施公又把武豹、金山、赵文璧问了一遍，俱各承认，画供已毕。施公吩咐将人每人重责四十大板，立刻钉枷，枷在郑州镇上。枷满时分省发遣。青衣将四人领出，郑州镇枷号示众，暂且不表。

施公复又吩咐知县：“带领原告，到牛黄家追还房产土地银两。你就不必回来，在本县要用心办事。衙役也不用许多，本院等着拿住一枝桃完案，方才进京。”知县答应，带领原告出公馆，留下几名衙役，在此伺候大人，余俱带领回县不表。

施公退堂，用饭，众人俱各吃毕。黄天霸上前回话说：“回大人，小的要到外边踩访一枝桃的形迹，请大人示下。”忠良闻听，满心欢喜说：“壮士这一去，须要存神仔细。”黄天霸答应，告辞大人，带上盘费，暗藏飞镖甩头一子，还是个长随的打扮，出离公馆，任步而行，一路上留心踩访。哪有踪迹？意欲问人，不过知道有个“一枝桃”，不知姓名，也是无益。走到南关北城里，还热闹些。觉着口中干渴，看见路东有座茶馆，还带着卖酒。好汉走将进去，拣了个座儿坐下。欲知后事如何，且听下回分解。

第一六一回

白云庵计全泄底　玄天庙天霸寻踪

话说天霸正在茶馆，手擎茶杯，留神细访一枝桃的消息。外面来了一人，四面探望，走到天霸跟前，不住留神细看。好汉心中猜疑，即便问道："莫非认识在下么?"那人说："爷台莫非姓黄么?"天霸说："正是。"即便问他姓名。那人说："这不是讲话之处，找个僻静地方说罢。"遂叫堂倌："烫两壶酒，有现成菜蔬，拿两样儿来。"堂倌答应，登时烫两壶酒，两样小菜。二人将酒饮完，天霸会了酒钱，一同出酒馆。到关乡外，有一座破古庙，叫白云庵。四顾无人，二人进去，席地而坐。那人不等天霸开言，遂口称："黄爷，今年贵庚?"天霸说："在下虚度二十八岁了。"那人说："好快时光，真是光阴似箭，日月如梭。黄爷你可别恼，我别令尊的时候，爷还不过七八岁的光景。那时爷虽然年幼，大约也知在下的姓名。当初跟随令尊在绿林二十多春，都是我踩访盘子。论走道，胜过刘飞腿。神眼计全，绿林中无不知晓。若是有人叫我见过一面，不怕相隔多少年，永不忘失。只因令尊洗手，我也就回家。改邪归正，稀粥淡饭，为延残喘。膝下并无儿女。不幸拙妻去年病故，我也害了一场大病，险些没有了。老来茕独①，无依无靠，各处找寻朋友，故此流落郑州。今日正是‘他乡遇故知’。不知尊驾现作何事？莫非还干旧日营生？”天霸闻听，猛然想起来说：“老兄担带着些，小弟眼拙，多有得罪。幼年常听先父说过尊名，久仰久仰。”计全说：“岂敢岂敢。”天霸说：“小弟今日也归正了，跟随奉旨钦差山东放赈回来，路过此处，住在郑州驿。前日有人前来告状，是人命盗案，差小弟前来访查凶犯，不想今日遇见老兄。老兄既无依靠，不如随我去见大人，一同进京。”计全说道：“不知大人几时起身？”天霸说：“拿住贼人，就要起身。”计全说：“大人接了状子，是人命盗案，不知贼盗姓甚名谁？不是计谋口出大言，南方一带，直隶全省，有名盗寇，无一不晓。”天霸说：“这贼奇怪，每逢偷盗人家财物，临行墙上画一枝桃花。原告都是告的‘一枝桃’。”计全说：“若是一枝桃的底儿，愚兄尽知，连他窝巢，愚兄俱都到过。”天霸说：“既然如此，仁兄同我面见钦差。”

不多时，二人来到公馆。天霸叫计全等候，天霸进公馆，先到上房，见施公回话，口尊：“大人，小的奉命踩访一枝桃，偶遇故人名叫计全，是我父在日手下踩盘的小伙计。有名盗贼，他无不知，故此小的把他带来，老爷一问便知贼人下落。”施公闻听，满心欢喜说：“既有此人，何不教他面见本院？”天霸闻听，转身出公馆，带领计全到上房，参见钦差，天霸侍立一旁。计全跪在尘埃，口尊：“大人，小的计全叩见。”施公座上开言道：“接了两张状词，俱是人命盗案，告状的都是郑州人。告的是失

① 茕（qióng）独——孤单，孤独。

去财物，杀死妇人，天亮看见墙上画着一枝桃花，故此事主告的俱是一枝桃。但不知这一枝桃是哪里人氏？怎么个形象？因此难以捕捉。”计全听罢，口尊：“大人，一枝桃的姓名、窠巢、行踪、面貌，小的很晓得。这人手段高强，难以擒拿，不在此处住。原是河南怀庆府修武县人氏，自幼抛家失业。遍访名师，学成武艺，棍棒刀枪，样样精通，后来入伙为盗。拜师又得几宗惊人之艺，单刀一口，连珠药镖，百发百中，蹿房越脊，如走平地。现住郑州，他本姓谢，名谢虎。因他左耳边挨着脸有五个红点，好像一枝桃花，故此叫一枝桃。是他自己卖弄本领，偷盗人家财物，临走之时，他必在墙上画一枝桃花，显他的武艺，遮掩各州府县应役人等耳目，留下这个记号。”施公说：“他在城外窝藏之处，是人家呀？是店呢？”计全说：“全不是。郑州北门外有座北极玄天庙，庙内和尚叫静会，原先也是匪类，老来洗手，做了和尚。贪图谢虎贿赂，教他住在庙中。此庙原本是一层殿，谢虎给他新盖了两间禅房。”施公闻听点头说：“计全，你怎么知道这样详细？”计全说：“小的方才已经说过，幼年在绿林，对这伙人来往行踪无一不知。昨夜还到了玄天庙，指望借谢虎几两银子，好度日用。孰料他初一见，很相亲热，一提供银，他就沉下脸来，说的敢怒而不敢言。欲待要走，天色已晚，只得在庙内暂住一夜。今早起来，不辞出庙。竟到南关，适遇天霸引见前来，得见大人。”施公听罢，眼望天霸说：“这件差事大家商议，怎么办法。必须把他擒来，方可动身。若是不完此案，如何进京？”好汉闻听说：“也没什么商议处。不必忧虑，明日小的把他拿来。大人请放宽心。”施公点头说：“但愿你斟酌个万全之策，方好去行。”天霸告辞大人：“小的带领二人上郑州北关拿住一枝桃，好与民结案，咱好进京见驾。”

三人竟扑关乡。走不多时来到关乡。郭起凤说：“咱们在这里寻个饭店，随便用些饭，须喝点酒，歇歇脚、养养神，打听着玄天庙，然后再走不迟。”王殿臣点头。惟黄天霸恨不得一步走到玄天庙拿住谢虎，方称本心。欲待不依从他二人。俗言说：“一不敌众。”只得随着二人寻找饭店。望前一瞧，刚刚关乡口路东，有个饭店，挂着蓝纸幌子，门外边设着两张条桌。三个人就坐在外边。堂倌过来说：“客官爷是吃饭，是吃酒？要什么菜？”郭起凤说：“先给三壶酒，一个炮羊肉，一个青豆粉，一个豆腐汤，六张清油饼。”三个人连吃带喝，正吃着饭，天霸猛抬头，见从南来了一人。头戴着关东片毡帽，皂青绑身小袄，搧披着一件羔子皮袄，足蹬抓地虎靴，绿皮云头，相貌长的浓眉大眼，两扇薄片嘴，年纪约有四旬挂零。走到铺前，开霸留神看见，他左边挨着耳朵有五个红点，恰似一朵桃花。好汉望着郭起凤、王殿臣使了个眼色。二人会意，连忙放下筷子，就要起身追赶。天霸摆手，二人复又坐下。见这铺门口人多，也不肯明言。三人连忙吃完，叫堂倌算账会钱，起身往北而行。出了关乡，四顾无人，天霸说：“既知他姓名住处，又见了本人，还怕跑了不成？”竟不知如何，且听下回分解。

第一六二回

和尚开山门答应　天霸追谢虎中镖

话说黄天霸、郭起凤、王殿臣三人，在北关乡口真素馆吃完饭，会钱，出了关乡约有半里之遥，见大道西边有座庙，匾上刻着“北极玄天庙”五个字，山门紧闭。细看是一层殿，还有两间禅房，是新修盖的。离了两箭远，有二十多人家。三人看了多时，天霸上前敲门。里面一枝桃心下明白，常说“伶俐不过光棍”，就知是饭馆前吃饭的那几个人来了。看官，一枝桃怎么知是天霸等呢？真素馆与天霸打了个照面，见英雄有些眼岔，又见他望那两个使了个眼色，他就参透隐情，到庙中早就作了准备。听见敲门，仍然外面披着大皮袄，走入大殿内，“和尚出去把来人让进。如此这般。”嘱咐了一番，和尚答应。

前头表过，和尚也是匪类出身，老而无能，落发出家。一枝桃逛到郑州，看见周荣之女，蒋旺之妻，生的美貌，他就要在方近住下，以便图谋窃玉偷香之事。见这庙离人家甚近，他与和尚商议，每天房中两吊京钱，每饭不断酒肉，教他跟着白吃白喝。他贪图便宜，故此受其呼唤使令。闲言不表。且说静会来至山门，将门开放，见门外站着三个人，连忙问道：“三位施主找谁？”天霸说：“找姓谢的，不知在庙中没有？”和尚说：“不在，不过片时就回来。三位施主请进庙来。”天霸总是艺高胆大，并不踌躇，迈步进去。殿臣、起凤，也就跟进去。见里一切做饭家伙俱全，知是厨房。天霸坐在坑上，殿臣、起凤坐在床上，和尚搬了条板凳迎门而坐。和尚说：“不知三位爷哪里来的，找谢爷有什么事?”天霸说：“我们从北京来，找谢爷有件官司商议。”和尚说；“原来是为此事呦!”正说话间，忽听槅扇响，天霸等皆作准备。和尚站起来说：“谢爷来了。”说着话他就出去咧。那人走进房中，就在板凳上坐下，眼望着天霸等开言道：“三位找姓谢的，我就姓谢。咱们素常并不认识，找我有什么事？有话请讲，我还有紧事要出门呢。”天霸眼望贼人说道：“姓谢的，原是就是大驾，方才在北关会过尊容了。我三人这来非为别事，只因钦差大人从此经过，有人喊冤告状，为是大命盗案，大人差派拿人。在下心想是尊驾，故此找到庙中。少不得屈卑屈卑大驾，跟着我们见施大人去。”天霸心中大意，料着谢虎是必拿咧。哪知一枝桃更是高傲，他没把天霸放在心上，听见天霸这派言词，反倒哈哈大笑：“原来是有人在施公前告了状咧！为是人命盗案，也难为你们怎么想来，就想到我身上来了，真算是你们有能。这场官司，必是打的。但只是我愿去就去，不愿去就不必去，得依着我。别说是钦差，就是皇上圣旨，我也不遵！不知你三位有什么武艺，竟敢来找我。当面咱们比试比试。”

黄天霸性情高傲，见谢虎口出大言，心头火起，便道字号，说是黄三太的儿子。谢虎闻听，心中暗想，说：“常听我师李红旗说过，他会使甩头一子，飞镖三只，单刀一口，是传家绝技。怎么他又跟着钦差奉命拿我，是谁使的捻子呢？必是计全。因我不周济他，他就泄了我的底咧。”又见黄天霸甩衣拔刀早已准备，他甩了大衣裳，先蹿出院说："黄天霸，来来来。我倒要领教领教你的武艺。"说着从肋下取出刀来，恶狠狠站在院中说："敢上前来比试比试，真算你是好汉。"黄天霸闻听，一个蹿步，蹿在院中。二人交手，刀对刀，刃对刃，斗够多时，不分上下，郭起凤眼望王殿臣低言说："看他二人正是棋逢敌手，将遇良材。"王殿臣说："天霸刀法门路精通，谢虎刀法亦自不弱，不知谁胜谁败。"郭起凤说："天霸虽不至于大败，约也不能取胜，不如咱们拔刀相助。"王殿臣点头。立该二人手擎铁尺，蹿将上去，大叫："贼人不遵王法，我等奉钦差之命，特来拿你，还不快快服绑？"说罢，抡开铁尺就打。谢虎用刀架住。天霸也用刀劈来。谢虎眼快，也用刀架住，又虚砍一刀，闪在一旁说："你们人多，庙内窄狭，不能动手。来来来，咱们到庙外再赌输赢。"一转身直扑庙外而来，浑身攒了攒劲，只听嗖的一声蹿在墙头，又一煞身，跳在墙外。天霸一见说："这才算得是个飞贼呢。"随后也蹿在墙头，看见谢虎跳在尘埃，天霸也跳在墙外。一枝桃见天霸跳在庙外，郭起凤、王殿臣开了山门，一起也赶将出来，四人又合在一处，赌斗多时。一枝桃心中暗想："他是黄三太的儿子，飞镖必是精纯。我谢某虽然不怕，但只是一件，俗语说得好，'先下手为强，后下手遭殃'。又道'打人先下手'。我如今何不照着俗语而行，先给他个连珠镖吃吃，叫他知道我谢某的厉害。"

贼人谢虎居心要使镖打英雄，就不肯恋战，二目留神，用力磕开三人兵器，纵身跳出圈外，往正东就跑，说："谢太爷杀不过你们三人，我定要走咧！"说罢扬长而去，黄天霸拿贼心急，恨不得立刻擒住谢虎，解到公馆，在施公面前报功。随后紧紧相跟。谢虎是要败中取胜，见天霸赶来，回手一镖照着天霸面门打来。天霸见谢虎一扭膀，一只飞镖直冲面门，一歪脑袋躲过，飞镖落地。谢虎又一倒手，二只镖又照英雄前心打来。天霸又一闪身，刚躲过第二只飞镖，第三只镖又照着左腿打来，躲闪不及，只听哧的声，穿皮刺骨，痛不可忍。英雄止步，不往前赶。郭起凤、王殿臣一闻天霸追赶贼人，他二人随后也追来，见黄天霸腿中毒镖，心下着急，连忙赶到跟前说："贤弟怎么样了?"好汉见郭起凤、王殿臣一问，羞得满面通红，用手拔出镖来，扔在地下，只说："气杀我也!"不知天霸镖伤如何，且听下回分解。

第一六三回

天霸回公馆养伤　朱李投郑城望友

话说郭起凤、王殿臣二人，见黄天霸镖伤，药性行开，疼痛难忍，心中难以为情。又听天霸说："不回公馆咧！"不由心中更觉着忙。郭起凤说："贤弟，你把心放宽些，胜败乃兵家之常事。"天霸点头，二人即伸手搀扶着天霸，相辅而行。黄天霸终有愧色，觉得半世英名，一旦丧尽，一路上还是长吁短叹，唯有低头而已。走不多时，来到郑州驿，进了公馆。王殿臣不等天霸开言，连忙上前单腿一跪，口尊："大人，容小的细禀。"即将已往从前如此如彼的话说了一遍。施公听见王殿臣的言词，忙上前亲看镖伤，见围着伤眼有茶碗大一块漆黑。施公说："不好，这毒气不小，快些把他搀进厢房歇息将养，速速延请名医调治。"天霸说："小的无能，不曾拿住一枝桃，反倒重伤，又劳大人挂念，殊觉抱惭。"施公说："壮士你说哪里话来？误中毒镖，非尔无能，皆因轻敌之故，这又何妨？只管放心将养镖伤，擒拿谢虎与民结案，再为缓图可也。"说罢，令王、郭二人把好汉搀扶进厢房，安置在炕将养不表。

施公即饬令①任邱县衙役，立刻寻医调治。衙役不敢违误，即到外边找到了个姓李的医生，号叫李高手。领他到厢房，看见黄天霸伤痕甚重，到上房见了施公行礼毕，口尊："大人，我看那人伤痕甚重，不易调治。我是专理内科，只可开方吃药，保着毒气不至攻心。要是疗理外科伤痍，非鄙人所长，大人还得另请高明。大料着这样人，此处还是稀少。"施公点头说："既是如此，快些开方。"医生连忙把方开完。施公给了医生银钱，一面派人去取药。取了药来，把药煎好，放在茶碗，顿了个不凉不热的，教天霸吃下去，躺在炕上将养不提。

且说施公独在上房闷坐，正自沉思，忽看值日的青衣跪倒说："回大人，公馆外来了两个人，在门口下了马，口称要给大人请安，还要寻找黄爷。"施公闻听，一摆手。衙役退下，转身出去。施公心下暗想：这两个人是谁呢？一回头说："施安，你去把关太叫来。"施安答应，转身出去，不多时把关小西叫到上房。施公说："关太，你去看看，是谁来找黄天霸？问明来历，领来见我。"

小西答应出去，到公馆门口，抬头观看，但见有两个人拉着两匹马，马上搭着行囊包裹，立于门外。仔细观瞧，一个是赛时迁朱光祖，一个不认识。关小西看罢，向前紧走了十几步。朱光祖见是关小西出来，满心欢喜说："贤弟，你一向可好否？"关小西说："多承挂念，仁兄好否？"二人拉手亲近一会。朱光祖说：

① 饬（chì）令——旧时指上级命令下级。

“这位姓李名昆字公然，外号人称神弹子李五。怎么你二位不认识么？我给你们哥儿两个见见。李五爷你来。这是关贤弟，名太字小西。”李公然说：“多牵连着些。”关小西说：“彼此一样。”二人拉手儿，叙了些交情客套。关小西望着伺候公馆的说：“你们把马上行李解下来，放在厢房里面，把马遛遛喂好。”下役答应，上前解下行李，搬入厢房，然后把马遛了遛喂料不提。

且说朱光祖没看见黄天霸出来，心中纳闷，开言问道：“黄兄弟听见我们来了，怎么他不出来呢？”关小西说：“提起黄天霸的话来，等着咱们见过大人，自然就知道咧。”说罢，三人一同进了公馆。齐至书房门口，小西掀帘进去，将话回明。霎时把朱光祖、李公然带到上房，见了钦差，二人将单腿一跪说：“小的叩见大人。”施公欠身将二人亲手搀起，说道：“二位壮士请起。这位姓朱的本院见过，那一位不知贵姓高名？”李公然见问，连忙说道：“小人姓李名昆。久知大人居官清正，待人恩惠。昨日路途上遇见朱光祖，提起黄天霸来。我与天霸自黄河套相别，未曾见面。他说黄天霸现今又跟着大人呢，小人因此同来请安，顺便看望黄天霸诸位朋友。”施公闻听，问起黄天霸来，不觉长叹一声说：“二位壮士若问黄天霸，现在厢房将养镖伤。”朱光祖闻听大人之言，惊讶不已，连忙口尊：“大人，黄天霸会使飞镖，又被谁打伤？教人不解其意。”施公说：“壮士不信，叫关太领你们到厢房去探望探望，便知端的。”即叫：“关太，你去带他二位到厢房看看天霸去。”关小西答应，带领二位出上房。

至厢房门口，小西打着帘子说：“二位请进。”又叫：“黄老兄，有人来看你了。”天霸吃了药，在炕上靠着铺盖，正与计全闲谈拿谢虎这事，忽听有人叫他，抬头观看，但见关小西同来了两个人，一个是赛时迁朱光祖，一个是神弹子李五。好汉看罢，满心欢喜，连忙站起身来，口尊：“二位兄长，恕小弟失迎之罪。”朱光祖、李公然二人上前，把黄天霸扶住，连说：“不敢。”计全在旁站起身来，也与朱光祖、李公然拉手儿，叙了寒温，然后大家一同坐下。天霸说：“许久未见，不知二位兄长今日作何营谋？因何会在一处？”朱光祖说：“自打庄头黄隆基分手后，愚兄还是东奔西走。昨日路上遇见公然，李兄就提起旧日交情来咧，一心要看望贤弟。故同他一路而来，但不知贤弟与何人打仗，被暗器打伤？”黄天霸见朱光祖问这伤痕，未曾启齿，面红过耳，口尊：“二位兄长要提此事，真要羞杀小弟！”就将钦差山东放赈回来，在此有人告状。奉差拿贼，寻访到郑州，适巧遇计全，得了贼人消息，后来怎么与他交手中镖，说了一遍，朱光祖说：“此处没有作这么大活的人，拿的这个人到底是谁？”计全在一旁接言说：“朱爷，你不知道这人么？他是红旗李爷的徒弟，名叫谢虎，外号叫一枝桃。”朱光祖说：“怎么是他么？厉害难惹，又狠又毒。”计全说：“如何？我没有把话说在后头。黄爷再也不信，听听是真是假。”朱光祖说：“必是老兄弟轻敌太甚，才中毒镖。”计全说：“正是如此，那时要听我的话，不至误中毒镖，到此悔不及矣。他的意毒心狠，朱爷你是知道的。就是镖打黄爷，再也不肯远离此处，二三日内，必定暗来行刺，须得留神提防，这是要紧的事。黄爷这个镖伤，也得要紧调治才好呢！”

朱光祖望着关小西说：“你去回大人一声，说先把公馆看守严紧，提防贼人。然后再商议请人医治镖伤，设法擒拿谢虎。”关小西答应，立刻来到上房，将朱光祖的话回了一遍。贤臣吩咐说：“你将朱光祖、李公然同着计全，请到上房，大家商议商议。”不知如何商议，且听下回分解。

第一六四回

贤臣任邱县调兵　朱计李家务求救

话说施公登时将朱光祖等三人请到上房。施公说："黄天霸现在被谢虎镖打重伤。幸喜二位来到，帮助本院才好。"朱光祖说："要提谢虎，狠毒无比，虽是镖打天霸，心还不死，恐其乘虚而入，黑夜潜来行刺。大人需要提防着些。"施公闻听点头说："壮士言之有理。施安你快些伺候文房四宝。"施安答应，研了研墨，将纸铺好。施公提笔上写：

太子少保仓场督堂部院，奉旨钦差世袭镇海侯施，为晓谕事：照得本院居住郑州驿馆，与敌为仇，有虞无备，疏于防守，恐生不测。仰任邱县知县，即调同城营弁，前来公馆护卫，俾作干城之备。谨遵此帖，速速毋违。特谕。

康熙某年某月某日

施公将谕帖写完，令施安叫进青衣来吩咐："把此帖拿进城去，交给任邱县知县，不可迟延。"青衣答应，接谕帖前往任邱县不表。且说施公望着朱光祖说："本院已发谕帖，料公馆可保无虞。天霸镖伤，须得早些调治才好。奈此处没人会治镖伤，如何是好？"朱光祖说："会治镖伤的，小的倒还认得这个人。"施公闻听朱光祖认得会治镖伤的人，不由满心欢喜，连忙追问说："壮士，这个人倒是姓甚名谁？住在何处？快对本院说来，好派人去请他前来医治镖伤。”朱光祖说：“要把他请来，不但好治黄天霸镖伤，要拿谢虎也易如反掌，这人倒不是外人，乃天霸他父一师之徒，姓李名煜，江湖上号叫红旗，洗手有二三十年咧。现今年纪七旬余外，在家安居享富，教子务农。离此有百里之遥，属河间府管，地名叫做李家务。还是小人的长辈咧。小人不忘旧交，时常看望他去。每逢见面时，他就劝小人激流勇退，休做这样买卖。这个一枝桃就是他的徒弟，亲手传授的。李红旗若肯治镖伤，拿谢虎如探囊取物一般。”施公闻听说：“很好。”计全一旁开言说：“请红旗老爷要紧，保定公馆也要紧。依我的主意，不用李五爷去请红旗李爷，我同朱爷去。李爷在厢房内保守天霸，教关、郭、王三位在上房保护钦差，提防一枝桃。这就是万全之策。”施公点头说：“就依你这主意罢。”不表。

且说一枝桃谢虎，自从镖打黄天霸，见有两个人保守，料着不能成功，往正东竟扑任邱郑州驿而来。二更时候，赶到驿馆，闪目观瞧。但见大门并无关着，门口板凳上坐着两溜人。往前走了走，站在墙阴之下，看够多时。顺着墙根，返身往回里走，不过半箭之遥，才有人家。谢虎施展飞檐走壁之能，上房趴在瓦垄之上，欲往公馆那边。用眼一看，只见院内灯光照如白昼，许多人俱是手擎弓箭，腰悬刀剑，站在上房门口。谢虎看罢，心中暗想说：“赃官防得严紧。”那个意思有点下不去，觉得难以行刺，欲待动手，恐怕不能成功。欲待回去，胸中恨气不平。谢虎想罢站起来下房，脚踏实地，仍回玄天庙。走到庙前，见山门锁已揎开，就知和尚回来了。进庙看了看，南屋点着灯。谢虎走进屋内，望着和尚开言说：“怎么你走了？”和尚说：“我的爷，这是玩儿的么？我还不躲开！我见这个天有一更多了，我才回来。打谅着他们来不来？你别弄我一场诖误官司。”谢虎说：“我告诉你，我在这郑州，可有两个人命案。”说罢按住不提。

且说计全、朱光祖往李家务去，走到三更时候才到。来至门首下了马，用手敲门。叫了多时，里面才有人答应。将门开放，手提灯抬头一看，认的是计全、朱光祖。长工说：“二位半夜到此，有什么事？”朱光祖说：“烦你进去告诉一声，说我二人要见老当家的，有要紧的事请面见。”长工闻听，连忙转身进去，来到上房，窗外说：“老当家的，今有常来的那位朱爷，还有来过求您老人家周济的那位姓计的，他们两个人在门外，说有要紧事件，来见你老人家面讲。”老红旗的老伴不在了，儿子、媳妇俱在后边居住，他在这前边独自居住。这天虽有三更，老英雄尚未就枕睡觉，正在铺盖上坐着打盹呢，眼望着长工开言说：“请他二位进来。”长工答应，出屋到别房，先把安童叫起三四个，这才出去，走到门前说：“二位，我们当家的有请。”两个人将马匹交与安童，长工提灯引路，计、朱二人随后进来。到前边屋门口，先让计、朱二人进去，然后自己这才进去，将灯放在桌上，自己与安童一旁侍立。李红旗与朱光祖、计全见礼毕，这才坐下。李红旗带笑开言说：“二位半夜到此，有什么事？”朱光祖说：“老叔在上，容侄细禀：当初老叔一师之徒飞镖黄三太的儿子名叫天霸，现今跟随钦差大人，回京路过郑州，接了状词，是两宗人命盗案，告的是一枝桃。大人差派黄天霸在郑州踩访，遇见计全泄机，才知是你令徒谢虎。天霸玄天庙擒拿于他。”才说到这句，长工烹了茶来，递与每人一盏。红旗李煜让茶，手内擎了茶杯说："贤侄，怎么黄天霸要擒拿他？只怕黄天霸不是他的对手罢！"朱光祖说："与他交手，比并输赢。谢虎佯败。天霸追赶，左腿中了他一只毒镖，无人会治。我们两个奉了施公之命，前来请你老人家前去医镖伤，擒拿谢虎。老叔念昔日交情，少不得前去医治天霸，擒拿谢虎。"红旗李煜听罢朱光祖之言，沉吟多会，才开言说道："贤侄，你是知道的，因为他轻友重色，俺师徒两个可是不对。任凭怎么不和，总是师徒之情，我怎好前去？这事你等商量个万全之策才好。谢虎素常要是听我的话，所行正道，我岂肯告诉于你？也该天霸有救，一则他父和我是一师之徒，二来谢虎没良心、至今不上门，第三件贤侄待我不错，时常来看我。我若执意不应，贤侄怎么出门？要拿谢虎，必须把他的毒镖诓到手中，再拿他可得容易了。只可告诉你们怎么拿，我可不能身临其地。天霸这镖伤，给你一包子药拿去，再给你一张膏药。你回到公馆，将药撒在天霸镖伤之处，将膏药帖上，不过数日之内，就复旧如初。二位贤侄，休怪直言。你们俩去罢，休得迟误。见了天霸，替我问好，就说我恨恼他，怎么三哥死了，也不送信给我？他算眼空瞧不着我。"说着话就站起身来，走到立柜跟前，伸手将柜门开放，从里面拿出一个楠木匣。将盖揭开，拿了一个膏药，有一小包现成的药面子。开言道："朱贤侄，你过来，我告诉你。"赛时迁连忙站起。李红旗说："贤侄，这药面子叫做五花退毒散，膏药叫做八宝拔毒膏。你把这两宗拿回公馆去罢。"朱光祖答应，用手将药接过，放在怀内，说道："多谢叔父费心，你老人家等诸事已毕，教天霸登门叩谢。"李红旗连忙摆手说："贤侄好说，不用争出这个礼。"

施公与从人正讲计全、朱光祖取药之事，忽听帘响，抬头观看，见是他两个回来，惊喜不已。连忙开言说：“二位回来了，多辛苦。不知李红旗来与不来，快些讲来。”朱光祖就将就里情由，细说了一遍。施公点头说：“先治天霸伤痕要紧，朱壮士拿出药来调治罢，不必延迟着了。”朱光祖答应，忙伸手在怀内掏出药来，站起身来，走到天霸跟前，将膏药贴在上面。登时间见镖伤的周围，热气腾腾，拔出来的腥臭难闻，顺着腿往下直流。小西用毛巾替他揩擦。施公说：“此药果然神效！天霸合该五行有救，不过数日就好。”天霸说：“小人死不足惜，何用老爷这样挂心？但只恨不能拿住谢虎，与民结案，恩官才好进京见驾。”朱光祖说：“要听李红旗之言，谢虎实系狠毒。虽是镖打天霸，料他不肯歇心，公馆虽防守的严紧，犹恐在路途住宿之处，得空行刺，务得防备。大家商议，见了谢虎，将镖诓到手中，才好拿呢！”不知如何诓镖，且听下回分解。

第一六五回

金亭馆豪杰定计　归德驿谢虎被擒

话说朱光祖说："谢虎意狠心毒，虽说镖打黄天霸，还不肯远离此地，得空儿必来驿馆行刺，日夜须要防备。大家商议，见了谢虎，怎么把镖诓在手内，再拿才好呢！"施公、天霸、小西等一听诓镖之言，俱都无计不表。

且说谢虎回庙与和尚说破有人命几案，给和尚几两银子，自己也就打点预备。心内说："我如今不如先到雄县那里，等候赃官住宿之时，再去暗地行刺。"一枝桃思想了会子，主意已定，单等明日往雄县去不表。

且说施公在公馆中，到了晚间，内外灯笼火把，防守得风雨不透。计全说："回老爷，昨夜一枝桃必来咧，看见防守的紧严，因此不敢显形。这个贼要听见今日下谕帖，他一定不来了，必是先往雄县归德驿等候。"朱光祖说："咱们也不可大意，须要着意留神，才是正理。"李公然、朱光祖、关小西来到施公面前告辞说："我等回大人一声，我们要上雄县归德驿。"施公嘱咐说："你三个须要仔细留神。"三人答应，检点各人随身物件。李公然收拾弹弓弹子，朱光祖掖斧带镖，关小西隐藏折铁钢锋。打点已毕，告辞天霸，出公馆直奔雄县归德驿。关小西、朱光祖在前，神弹子李五在后。但说朱光祖、关小西，二人不觉已到归德驿，刚然进村，猛听有人招呼说：“朱大哥么？许久不见。”朱光祖闻听，抬头观看。但见路旁店门口站着一人，正是一枝桃谢虎。此时李五已来到跟前。赛时迁心中暗喜，高声说：“谢贤弟么？一别就是几年的光景了。”朱光祖与李五听见，说着话，二人拉手儿。一枝桃道：“小弟昨晚就在此处，仁兄来到算是客，请到里面坐，有话好讲。”朱光祖说：“我还有朋友等着呢，到里面再给你们哥儿俩见。”说着三人一同进店。谢虎说：“小弟就在这间屋里住。”说着伸手掀帘，让二人进去，他随后进到屋内。朱光祖说：“谢贤弟，我这个朋友姓秦，就是新上跳板儿的秦兄弟，和你哥儿俩见见。”小西闻听，忙伸手与一枝桃拉手儿，然后分宾主一同坐下。谢虎招呼店小二，倒了一吊子茶来，拿了三个碗来放在桌上。一枝桃说：“伙计给烫上。一是一家人了，不知贵庚多大?”朱光祖说：“贤弟你别客套，面上还瞧不出来？他比你小，本家是山西人。你两上同名不同姓，以后不用外道，就是亲兄弟一般。”谢虎说：“如此，我讨大了，再敬贤弟一盅。”小西说：“谨领。”朱光祖说：“弟台，你不是外人，实不瞒你说，劣兄这几年没得意的事。今年又搭上秦兄弟，从没做过一件好买卖。我们俩今日到此打听着奉旨钦差山东放粮回来。一路上州城府县，谁不馈送他些礼物，料想金银不少。听见说今日在此住宿，故同秦兄弟前来，要望他借些盘费。不知贤弟你现居何处？在这里有什么公干？买卖可好?”一枝桃见问说：“朱大哥，你我非比别人。我学武艺的时候，在家咱们可就相好。难道小弟贱性，大哥不知道么？我是懒意搭伴，今冬单身逛到郑州镇，就流落住了。”朱光祖说：“到此有什么公干?”一枝桃就将截杀施不全、黄天霸，以往从前的事，告诉了一遍。朱光祖说："他自从在扬州投顺施不全，只顾在本官前卖好，每与江湖为仇。莲花院拿了十二名寇，硬正典刑。恶虎村庄因为打救施不全，害了天刁、天虬两个好汉，硬将盟嫂逼死。如此毒心，叫做小罗成。愚兄听见这信，把他恨入骨髓。那日我要行刺杀施不全，黑夜之间到了顺天府。可巧施不全夜审官司。愚兄心中暗喜，等他完事退堂，就要刺杀赃官。哪知黄天霸这个短命死鬼伏在暗处，一镖把我左腿击中，他还道名道姓，自夸其能。愚兄忍疼越墙而过，得便逃脱。今日遇见贤弟，大家一心努力，合该成功。"谢虎闻听朱光祖之言，哈哈大笑说道："兄长之言，可是真么？既有镖，借与小弟一观。"朱光祖说："贤弟要看，休得见笑。"说着伸手掏将出来递与贼人谢虎。谢虎接来一看，掂了一掂，约有六两重，长不过六七寸有零。看罢，连连喝了几声，遂说："好东西，比我的毒镖分量不轻。"随手又递镖过去。朱光祖接过来又收入囊内，说："贤弟把毒镖拿出来，愚兄也要赏识赏识。"贼人谢虎把镖取出，递与光祖。光祖接在手内，看了看，九只原是一样，眼望谢虎说道："请问毒镖药在何处？告诉愚兄听听。"谢虎用手一指说："毒气全在此眼中。"光祖留神一看，口中不住夸好，往怀中一揣，眼望小西使了个眼色。关太心已明白，隔着桌子伸手来抓谢虎。一枝桃见朱光祖把他的毒镖揣在怀内，心中不悦，才待要问，见小西伸手来抓，就知中计咧。说："不好！"将身一纵，跳下炕来，掀帘跳在院内，从肋下伸手将刀拔出。随后，关小西腰间取刀，也就赶将出来。朱光祖见他二人出屋，他也蹿在院内，不管他们二人谁胜谁败，就势蹿在对面房上，镇唬贼人谢虎。谢虎开口骂道："光祖小辈，人面兽心，使计诓镖，忘却当年朋友之情了。"

且说朱光祖与一枝桃在店门口高声说话，李公然俱已听见。见他三个人进店去，神弹子李五，也就走进店内，到柜房将包袱放下，口说："哪一位是掌柜的?"店东闻听，连忙站起，口说；"不敢，在下就是。尊驾有什么事情?"李五说："我先告诉你说，先住下的那一个是大盗贼。那两个新来的与我都是奉钦差大人命令前来拿他。可告诉你，暗暗的将店门关上，若要走漏风声，贼人走脱，我们就拿你去见大人。"店东闻听，心下着忙，出屋暗暗的知会伙计们，将店门关上。神弹子李五，将弹弓子拿出来，听那房中动静。听了会子，听见房中有人对骂，有刀响声，就知道动了手呢。连忙拿弹子走出院外，抬头观看。但见关小西与贼人谢虎交手，就堵住门口。小西抬头看见神弹子站在门口，店门紧紧关闭，他仗手中折铁倭刀，明知谢虎不是对手，把刀照着一枝桃脑袋砍来。谢虎一见说："不好!"手内的刀难以招架，忙将脑袋一闪，只听哧的一声，将左边耳朵削下，顺着脖了往下流血，疼得难受。"哎哟"一声，左手拿刀，右手握着耳朵，一溜歪斜就是几步。神弹子一见，将右手弹子扭在扣内，两旁骨子一收，将弓拉满，对准贼人面门打去。只听吧一声，打在左眼之上。谢虎"哎哟"一声，咕咚倒在尘埃，当啷一声，钢刀坠地。小西连忙上前按住。朱光祖也就跳下房来，与店东家要了两根绳子，把贼人绑了个四马攒蹄，抬进屋中，放在地下。霎时天色已晚，光祖叫小二快点灯笼。三人饮酒叙话，看守贼人。到了第二天早起，店东叫人把车赶来，搭贼上车出了店。小西给了店东二两银，三人一同跳上车去，加鞭紧走。到了正午到公馆，把贼搭下，三人进内回禀按院。

施公立刻传衙役升堂。谢虎上堂跪在地下。蒋旺、周荣也来赴案。忠良吩咐松了绑，用夹棍加上，好问口供。衙役遵命，松了绑。一枝桃料难推托，前后所为尽情招认。施公一面具奏圣上，一面把谢虎枭首示众。且听下回分解。

第一六六回

店婆冯氏替夫告状　贤臣问明提审出监

话说施公在任邱县拿了一枝桃，奏明圣上，把一枝桃开刀正法，与民报仇雪恨。此案完结进京，不必细表。且说三声炮响，按院起身。任邱县的知县，城守营千总，俱在门外跪送。忠良在轿内吩咐说："你等俱各回去。办理自己应行之事，俱要仔细。"施公在途中晓行夜宿，这日到涿州地面，见有个妇人大声喊叫："冤枉！求青天大老爷救命。"大人吩咐："把喊的人带起来。"施公入了公馆坐下，那个妇人跪在下面。忠良坐上看罢，往下问道："有什么冤枉？"

妇人闻听，跪爬半步，不住叩头，口尊："大人，提起我这冤枉事来，古怪跷蹊。小妇人家住涿州北关外。丈夫姓蓝名田玉，今年五十二岁。小妇人年纪今年三十六岁。膝下一子，才交五岁。有几间闲房，开设客店。只因前者月内初三日，天色傍晚，住下了两三辆布车客人。后又来了一男一女。男子三十上下，妇女约有二十开外，口称夫妻。因为天晚投宿，奴丈夫就把他们让进店中，让他们明早赶路。丈夫回到后边自己房中，告诉小妇人说：'方才前边住下了两个客，是一男一女，虽口称是夫妻，并无行李物件，只有一个小小被套。一个要茶，一个要酒，看意思两个不对。眼见妇人穿戴打扮很俊俏，倒像涿州本地人氏。那男子却像是个京油子，眉目之间，瞧着不老成。我瞧着八成是拐带。’小妇人闻听这话，即便开言：‘不过住一夜，明早就走。俗言说得好，各人自扫门前雪，休管他家瓦上霜。’我夫妻说着话，也就睡咧。那天不过五鼓时候，客人起早要走，把丈夫喊将起来，开了店门。客人车辆出店，奴的夫又把店门关上。听了听晨钟未发，天还尚早，丈夫又打了个盹。天到大亮，丈夫起来，又把店门开开，才想起那住的一男一女来咧。到后边去看，但见双门倒扣，只打量他俩随着众客出店。丈夫上前开了门，他推门进去，唬了一跳!”施公说“怎么样了?”冯氏说：“丈夫到屋内一看，被窝褥满炕鲜血淋漓，腥气不可闻，死尸直挺挺的躺在炕上。细看是一男子，双眼剜去，尖刀剜出心来，凶器在地。那个女子不见踪影，不知躲在何处?”冯氏说到此，施公大惊，不由站将起来说；“冯氏不可慌忙，对本院细细禀来。”冯氏闻听，不住叩头，口尊：“青天，奴的丈夫不敢隐瞒，忙把地方找来，一同到店看了看，从头至尾告诉他了一番。地方闻听，领引进城报官。州尊立刻升堂。奴的丈夫据实直言，回了一遍。州尊出城，亲身勘验，又把丈夫细审一番。丈夫口供，还是照先前回了一遍。州尊此时面带怒色，说道：‘蓝田玉，你满嘴胡言，其中必有缘故。要不动刑，你也不肯实招。’州尊大老爷将丈夫蓝田玉打了三十大板，口叫实招，只说另有别故。丈夫不招，带进城去。这些日子，并无信息。昨日听见有人言讲，说蓝田玉定了抵偿之罪。小妇人听见这一个信儿，把真魂唬冒，心中害怕，几番要进衙门鸣冤，本州大老爷不容，今日幸蒙钦差大人至此，小妇人舍命救夫，特来告状。”说罢连连叩头。

施公听罢了冯氏一番话，沉吟半晌道：“冯氏，你暂且回家，等本院与你辨清此案。”冯氏闻听，连忙叩头谢恩，站起身来，出离公馆回家去不表。再说施公扭项，眼望知州说道：“贵州你且回衙办事，把衙役留在公馆听用。明日本官要到贵衙。”知州王世昌辞钦差出离公馆回衙。到第二日，忠良乘上轿，未出公馆，先放了三声炮。好汉天霸打着顶马，还有关小西等，前护后拥，出离公馆，竟奔州官衙门而来。州官的执事前头引路，霎时进城。许多军民来瞧钦差，你言我句，齐说：“这位大人性情忠烈，到处除暴安良，爱民如子。”内中有土棍无二鬼，见了噗嗤笑咧，说：“你们瞧罢，我领教过咧！打八下里瞧，总不够本儿，要戴上长帽子，活像打虎英雄的哥哥武大叔①似的。你们闪闪路让我出去。”贤臣在轿里这些话听的真切，心中大怒，吩咐：“人来！”公差答应，连忙跪在地下。忠良带怒说：“起去，快把方才多嘴的人锁起来。”公差答应掏出锁来，往脖上一套，拉着奔州衙门不表。

且说贤臣方到衙内下轿，走上大堂，升了公堂。天霸等两旁侍立。涿州的衙役喊堂。忠良座上开言道：“快把背后妄言之人，带上来问话。”衙役答应，拉着那人，当堂开锁下跪。衙役闪在一旁。贤臣望着堂下，打量那人年纪约有三旬，面貌黄白净子，

① 武大叔——指武松的哥哥武大郎。

身躯不矮，上下停匀，眼大眉粗，准头发暗，浑身上下光棍样式，穿着时新的一色青衣，跪在堂下，不是惊怕情形，摇头晃脑，立目拧眉。贤臣看罢大怒，叫道：“胆大刁民！快报名姓，在何处住？作何生理？”那人望上叩头，口尊：“大人，小的是本州人氏，木匠生理，姓张名思愚。”忠良闻听，微微冷笑说道：“你们瞧他这样打扮，哪像木匠？罢了，就打他一个醉后无知，枷号一个月，枷满责放。”不多时，打得木匠两腿鲜血淋漓。打完钉上枷，趱出衙去不表。贤臣座上开言道：“快带蓝田玉来听审。”衙役答应，不多时，把店家蓝田玉带来跪在堂下。贤臣座上留神细看，但见年有五旬，眉目慈善，面带悉容。忠良看罢，问道：“蓝田玉，为什么把人害死？”店家闻听，口尊：“大人，容小的细禀。”就将怎么开店，怎么住下一男一女，如此这般，这般如此，细回了一遍。贤臣闻店家之言，与冯氏回的言词，一字不错。忠良点头，往下叫道：“蓝田玉！本院问你，你这么座大店，难道也没个伙计么？”蓝田玉说：“有个伙计，五六天头里回家去了。”老爷说：“你这个伙计有多大年纪？是哪里人氏？”蓝田玉说：“小人的伙计是山西人，姓林名叫茂春，年四十二岁。”忠良点头，沉吟一回，扭项眼望涿州知州说：“贵州，前者你到底怎么问的？”知州道：“回大人，前者卑职到店家验看尸首，问的与今日口供言词一样。只因事有可疑，卑职才打他三十大板，带到衙门收监。有个衙役叫胡成，认得死尸姓佟行六，名叫德有，是本州人氏。自幼上京，跟着他的舅舅度日，日久年深。此处别无亲眷，只有他一个姨娘，又离的甚远。他还有点地儿，可也不多，也不知他在何处住。那妇人随他下店，口称夫妻，一定不假。若有差错，妇女焉肯这样称呼？大料此妇必是在亲戚家娶的，带着上京，住在此店。店家生心，安下歹意。若论此人，年老不敢。想是他那个伙计，又是山西人，又在强壮之年，见了人家褥套，只说内有银两不少，又有美貌的佳人，贪财爱色，与店主害了佟六，把褥套给了蓝田玉。趁早五鼓，他把妇人带回家去了，也是有的。卑职学浅才疏，无非是粗料至此，是与不是，望大人高明细究。卑职已差胡成，传他亲戚到案，查问地方去了。少时回来，大人一见，便知分晓。”

忠良点头，才要问话，只见外面进来了一个人，上大堂双膝跪倒，口中说：“小的胡成，奉命去把佟德有的姨夫传到，地户郭大朋也到。”忠良闻听，心中大悦，吩咐：“快把二人带上堂来，本院问话。”公差答应，站起来退步回身。不多时，带上二人，跪在堂下。施公往下观看，一个年有六旬，一个四十开外，面貌也不怎么凶恶。忠良看罢，开言道：“哪个是佟六的姨夫？”年老的叩头，口尊：“大人，小的姓冯，名叫冯浩。家住城南李家营，今年六十二岁，务农为业。佟德有是小人两姨外甥，他在京跟着他舅舅太监路坦平度日，数年不上门来。再者，他素日行为不正，结交狐群狗党，倚仗他的娘舅，赫赫有名。那年下来，住在我家，要娶媳妇。小的烦媒给他定下亲事，是西村的女儿，名叫春红。放下定礼三日，畜生任意胡行，先奸后娶。要想走动，西村亲家不容。后来闹的不成样式，勾引匪类，时常混闹。

要把女子带进京去，逼的姑娘无奈，悬梁自尽。亲家不依，要去告状。佟六偷跑，小的托亲赖友，息了此事。佟六自从那日逃走，至今五载有零，不曾见面。州尊大老爷差人把小的传来，说佟六是人扎死，小的实不知情。这是已往实话，并无半句虚言。”说罢不住叩头。

忠良闻听冯浩之言，才知佟六是个匪类。他座上点头，眼望州官开言说；“贵州，你可听见了，内中有这些情节，你就按着店家图财害命追问？你也不想想，他既是将人杀死，岂不掩埋尸首，还敢报官，招惹是非？但不知哪个妇人从何处跟他而来，因什么又将他杀死？”州官躬身说：“大人见教很是。卑职愚蒙，望大人宽恕。”贤臣微笑了笑，又往下叫：“冯浩，本院有话问你。佟六是你两姨外甥，他还有亲族没有？地土有多少？坐落在何方？何人承种？快对本院讲来。”冯浩望上叩头，口尊：“大人，佟六并无别的本族亲眷。地土不到两顷，却是两人承种。郭大朋种着一顷零八分；姓白的种着八十亩，他在涿州城内东街居住。公差去问了问，白姓出门贸易去了。家中只剩下妇女。曾对公差言讲，说是种着佟六地亩是真，并无拖欠地租，别事不知。”施公点头，往下又叫：“郭大朋，佟六在何处居住？与谁是朋友？与谁家走的殷勤？”郭大朋闻听连忙叩头，口尊：“大人，我虽种佟六地亩，不过秋收纳租。他的起落住处，小人不晓，望求钦差大人开恩。”说罢不住叩头。忠良含笑说道：“回去罢，与你地户无干。冯浩，你也回家去罢。完案时传你来领尸葬埋。”二人叩头起来，出衙不表。忠良又向蓝田玉说：“你且回家安心生理，不必害怕，本院自有公断。”蓝田玉闻听，连忙叩头，“谢大人天恩。”叩毕站起身来，出了衙门去了。忠良说：“本院要回公馆，过三日后，再入州衙理事。”心中思想：这件事情，毫无头绪，不知凶手是谁？到底怎么完结此案，且听下回分解。

第一六七回

施贤臣卖卜访案　白朱氏问卦寻夫

说话施公自州衙回到公馆，用饭已毕，手擎茶杯，心中暗想。忠良越想越闷，沉吟半晌，忽然想起题目，心中大悦说："方才冯浩在堂上说：'还有一个姓白的，也种着他的地亩，住在城内东街。今早差人去问，说男子不在家中，上京贸易去了。地租儿，丈夫在家交待清楚。别的事不管。'莫非应在此家，也未可定。不然，横竖也有知道底细的军民，在背地里谈论，我何不探访探访。"一夜无词，到五鼓，贤臣起来，净面更换衣裳，打扮了个卖卜的先生模样，算命外带着卖字。霎时天霸已来。贤臣口呼："壮士，咱两个出去，一前一后，不可远离。倘若访出消息来，须要仔细。"众人送出。贤臣吩咐："你们回去，千万不可走漏风声。"众人回公馆不表。

且说施公、黄天霸出了门，瞧了瞧天晓，尚未大亮。爷儿两个往东正走。一个手拿卦板，腕挎小蓝包袱；一个拿着一卷字画，霎时走散步前行。但见对面铺子，一边是茶馆，一边是酒铺。贤臣看罢，望着天霸递了个眼色，迈步前行，好汉在后跟随。进了酒铺，拣了个背地方，见一张小桌子，爷儿俩并不拘礼。二人对面坐下，要了两壶酒、两碟子菜。天霸斟酒，爷儿俩对饮。施公虽然坐着吃酒，耳内留神。那些个吃酒之人，内有一人口尊："众位，今日咱弟兄结义同盟，必须各用的东西，俱各随买停妥，方才不令人耻笑。须要访学古人桃园之义，意气相投，患难相救。"又有一人开言，口呼："列位，上次咱们商议结拜弟兄，小弟偶遇一人，说出来列位也必认识他，姓佟行六名德有，爱交朋友。听说我们结义，也要与咱们结拜。我们两个，才商量妥当，就出了事咧。前者，他住在此关蓝家店中被人杀死。并非他独自个住店，听说还同着一个妇女，口称夫妻，占了个独屋。天亮不见妇女踪影，剩下佟六尸首，血淋淋的躺在店中。只怕是妇女动的手，杀死佟六，暗里逃走，也是有的。细想佟六并无婚配，哪里来的妇女与他一同下店？教人好不明白。"又有一人说："大哥，你不知道，佟六他素日为人，吃喝嫖赌，无所不为。仗着他舅舅是个内监，发财回家，置买地土，任意胡行。全是那点地租，还不够他花费呢！咱们的乡里郭大朋种着点子，咱这里东街里白富全也种着点子。一定是佟六起了地租来咧，腰内有银钱，不知打哪里接了个烟花女子下在店内。女子起意杀死佟六逃走。再不然，他把人家糟蹋得苦，暗定巧计，诓出他来，下在店内，夜间把他刺死逃走，把祸搭给店中。店家报官，州官将他收监。店婆在钦差驾前鸣冤。钦差把店东蓝田玉释放出来。还不走呢，听说完了这案才走呢。依我说这件事要完，除非有了那个妇女才结了案呢。不知那妇女姓甚名谁，家住在何处？真是个无头无脑，连一点音信也没有，令人发闷！"只见又有一个说："哎哟！这件事情，我倒想起来咧，他别是合粉子万儿那么个眼儿了罢？我见他常晃晃住在那里，我如今心内只是疑惑。这宗事。管保不错，准是那一句戏言。"这个人的话未说完，只见有一个年长些的说："老七还多言呢！人家官司还没有完呢，咱这里只顾胡言乱语，倘若叫官人听见，咱就摆弄不清，也就晚了。依我说咱们还是喝酒，休要闲谈。"贤臣听说店中之事，被那人拦住不说呢。贤臣甚是着急，也难追问，少不得慢慢的访查。思想之间，将酒喝完，老爷站起，天霸会钱，出了酒铺。爷儿两个，进了一条小巷，瞧见一座小庙，左右无人，一同进去。细看原来是座七圣神祠，旁边有两间土房。爷俩坐在台阶石上面。贤臣眼望天霸开言说："壮士细听酒铺之中那个后生之言，事情可有些顺手。我如今要上东街上寻访寻访，你也不必跟着。咱二人今晚别入公馆，在北关寻店住下。你先出城，在城外等我，赶晚上再见。"天霸答应，辞别贤臣，出庙去了不表。

且说施公见天霸刚才出去，从外面来了两个人，往旁边那两间土房里去了。忠良连忙站起来，轻移虎步，搭搭讪讪往前行。走进禅堂，瞧见方才那两个人，一个在地下蹲着烧火，一个守着面盆和面。见老爷进去，二人连忙站起说："请坐。"忠良就势说："二位多有惊动。我要上京，腰中缺少盘费，到此借点笔砚，写几张字送人。一半是人情，一半是卖换几文钱糊口。闻听说钦差公馆要审命案，瞧个热闹。"二人闻听，只见烧火的带着笑说："若提昨日蓝家店之事，是合该倒运。妇女把人杀死逃走，撂下大祸，教店家遭殃。"和面的闻听，答了两声说："此事要完结也容易，除非翻遍了东半城。"烧火的说："你怎么就知道翻遍了东半城，就找着了呢？"和面的说："我怎么不知道？那一日我一早出城卖菜。刚开城，一个妇女进城。我见他面如金纸，唇如靛叶，年纪不过二十多岁。见他衣服上，微微有些血痕，慌慌张张进城去了。谁知到了清早，就出了此事。昨日我卖菜卖到东街小胡同里土地庙旁，一个门内有妇人出来买菜，我一瞧越像那一个妇人。”烧火的说：“你别胡说咧，这幸亏了遇见了这位先生，要叫外人闻知，是现成的官司了。”

贤臣得了真情，连忙告辞两个卖菜的，迈步出了庙，直奔东街而来。走到东街，贤臣手打卦板，口中吆喝：“算卦！”

且说这土地庙旁有一人家居住，只因男子出外，家中只剩下年轻妇女，却是姑表姊妹。妹妹尚未出阁，在表姐姐家寄住。姐姐朱氏，因丈夫出门贸易，夜得凶梦，正在房中手托香腮，呆呆的思想梦境。忽听卦板响亮，又听见算命吆喝的那些言词，意思要叫进来问问他丈夫音信。叫声：“庆儿，你出去把算命的先生请进来。算算命，问你姐夫几时回来。”庆儿答应，连忙迈步出门说：“算命先生，这里来！我姐姐要算命呢！”贤臣说：“你头走罢。”庆儿先进院内，放下了一张椅子说：“先生进来罢。”贤臣此时为民情私访，也不讲的受屈，只得走过来坐下，口中说：“讲命啊，可是问别的事呢？”只听里边娇音嫩语说：“我要问你个行人，不知几时回来，求先生仔细算算。”贤臣说：“你随口报个时辰，不许思想。”只听里面说：“未时罢。”贤臣在外面，掐指多时，口尊：“娘子，可曾记得他的时辰八字？”妇人屋内回音：“我丈夫今年二十七岁，康熙十六年七月十五日寅时生辰。”贤臣闻听，打开包袱，拿出书掀看。手指头又一掐算，忙站起来，眼望着屋内说：“娘子，此人哪，我可不怕你恼哇。别指望咧！半路途中有人谋害了。”佳人闻听此话，也就顾不得礼法咧，忙忙掀起帘栊，走将出来说：“求先生再与他细细推算吉凶如何?”说着就哭将起来了。

贤臣闻听，沉吟了会子，眼望妇人开言说：“你且不用哭，还有月德解救。再迟三日不见回音，可就没指望了。”妇人闻听此话，就不哭咧。贤臣说：“我且问你，不知你丈夫同去的那人，可是他的表兄啊，还是你的表兄呢?”妇人说：“是我的表兄。”贤臣说：“原来是表妹夫大表舅一路去了。”妇人说：“正是。”贤臣说：“料此无妨，一个骨肉至亲，哪里来的差错?”妇人说：“先生不知道，亲戚与亲戚不同。我表兄不行正道，胡作非为，不怕先生笑话，我表兄本来贫穷。这是他亲妹妹，常在我家住着。”贤臣闻听，点头暗想，腹中说：“这秃丫头，敢则是他表妹。必须如此这般，才得其中真情。”想罢，眼望着那妇人开言，口尊：“娘子，你丈夫在家作何生理?”妇人回道：“我丈夫在家，作着个小买卖，还种几亩租地。”这妇人说到此处，粉面一阵通红。贤臣这里察观行色，就参透机关，腹内想道：“若问其中底细，还得这等说法。”想罢，口尊：“娘子，但不知令表兄姓甚名谁?”妇人说：“我表兄姓贺，名重五。”贤臣点头说：“你丈夫同你表兄前去，不见回音，就该往他家前去问才是。”妇人说：“他若白家，怎肯把妹子扔在我家内呢?”说着话，见他掀起帘子走进房去，说：“庆儿，给先生拿出卦礼去罢。”不知到底怎样，且听下回分解。

第一六八回

消灾孽朱氏求神　访情由天霸装鬼

话说施公算完命，朱氏打发丫头，取出一百康熙钱来，递与贤臣。贤臣有心不收，又怕他们动疑。有心收下，又觉自愧，沉吟多会。秃丫头说：“先生嫌钱少罢？”贤臣笑了笑，只得收下，将包袱打开了，挎在手腕上，手拿卦板站起身来，往外就走。一边走着，往四下里观看。秃丫头说：“你去还瞧什么呢？莫非要偷谁么？”忠良说：“你这个姑娘知道什么？这院内不大干净。”丫头说：“有什么不干净处？”贤臣是安心设计，要访情由，连忙说道：“有鬼。”秃丫头说：“要是你家才有鬼呢，快出去罢！人家好好的院子，你说有鬼的。人家害怕。”

贤臣出门，回头观看，只隔着一家，就是土地庙。瞧了瞧，斜对过是枣树，土坯垒的墙，使瓦盖顶，石灰勾抹，两扇大门。贤臣看罢，把地方方向记清，走着心中暗想：“那妇人俊俏风流，夺尽春光，就只是满脸凶煞，带着死气，莫非内中有别的缘故？与佟六通奸，我看着他不像那等人。他丈夫偏又出门，我算他落个外丧鬼。报了个时辰，又逢凶死，岁数又逢三九之年。”贤臣思想着，往前走不多时，出了北门，四下里观望天霸。可巧天又漆黑，看不真切，急得老爷浑身是汗，一面敲着卦板一面走。黄天霸顺着卦板声音，往前紧走，走到跟前，看见贤臣，彼此都放下心来。贤臣说："我算命走进土地庙内，听见那卖菜的两个人泄漏了底细，才到东街算命。"那些言语，从头至尾，告诉了天霸一遍。复又叫："黄壮士趁着天晚，你还得走一趟，东街上有条小胡同，内有座小土地庙，庙旁有一门，斜对过儿有一棵枣树。你等到夜静更深，越墙而过，硬在那院内扔砖撂瓦、装神弄鬼。听那妇人说些什么言词，好查他就里情由。"天霸答应。爷儿俩说话，正走之间，忽见有一人在前面站立说："小店干净，炕是热的，住了罢。"忠良闻言，煞住脚，仔细一看，原来是座豆腐房。贤臣看罢，眼望天霸。天霸遵爷的谕不敢怠慢，连忙迈步，竟奔北门儿来。进了城，来到东街。不多时，进了小胡同，来到土地庙，去找妇人的门户。到门口隔门缝看着有灯光，细听正房内娇声语，叫道："庆儿，你且放下红绫被先去睡罢。"又听有人哼哼一声。天霸纵身上房去，轻轻落到尘埃，来到上房窗户底下，蹑足潜踪，用舌尖湿破窗户纸，使一个眼往里观瞧。但见佳人坐在炕上，一双眼内泪珠直倾。好汉观看到这光景，暗里赞叹一会子说："此妇一定牵挂他丈夫出外，没有回音。又遇见我们大人算命，算他丈夫在外，逢凶而死。果然是命丧他乡，那才真是红颜薄命呢！拿着如花似玉的美貌佳人，独守孤灯，实在令人可叹的。"好汉想罢，复又听着。又见佳人转身下炕，轻移莲步，到炕下伸出玉腕，拿过铜盆手巾来净手。拭面漱口毕，玉笋拈香，双膝跪倒，叩头顶礼，口念："大慈大悲救苦救难观世音菩萨。保佑夫主，逢凶化吉，转祸为福。从此弟子持斋茹素，不动腥荤。再者，还有那件事情，难哄虚空过往神灵，望求菩萨，从公判断，到底谁是谁非。老佛爷保佑弟子，消此灾孽。翻盖庙宇，塑画金身。”祝告毕，平身站起，坐在床上，涕泪纷纷。好汉在窗棂下复又往里偷看，见那佳人躺在红绫被上。又迟了一会，欠身形“噗”一口，把银灯吹灭。

天霸在窗外见此光景，暗说：“大人命我前来打探女子的消息，听了这么半天，连一点信儿也没有。我何不如此这般，看看如何。”好汉主意已定，听了听鼓打三更。忽然一阵朔风刮得窗纸响动，借着风声，口中呜呜号叫，又借手拍得门叭叭直响。复又抓了把尘土，唰一声扬在窗棂，四下里扔砖撂瓦，满院乱响。佳人在房中，并未睡着，听见院内声响，不由得心中害怕，连忙爬起来，打火点灯，坐在床上，叫了声：“庆儿呀！醒醒儿，醒醒儿。”叫够多时，那边床上的秃丫头，这才答应，口中哼着，爬起来说：“作什么呀？这么早起来。”朱氏说：“叫你起来，不为别的事情，我一个人怪害怕的，有你到底作个伴儿，还好些。你听听外面刮这么大风，倒像是有人在院里打窗户弄门。”那是的庆儿闻听，哈哈傻笑了一阵子说：“姐姐呀！不用害怕，有我呢。等着我出去瞧瞧，到底是人是鬼。”说着即忙下床来，拿着一盏灯，一边走着，一边自言自语的胡捣鬼话：“我出去瞧瞧，邪魔外祟都怕我。”来到门前，伸手拉开两道门闩，把门开放。往外走，刚一探头，天霸在门外噗的一口气，把灯吹灭。秃丫头吓得往后步一翻身，门槛子拌了个仰八叉，手中灯盏扔了在地下，大叫一声说：“我的妈呀！”翻过身来，爬了半步，颤颤打打爬将起来，连说：“不好了，有了鬼了。”佳人吓得浑身打战，连忙下床说：“妹妹别怕，八成是起大风，你往外走，一阵大风把灯吹灭了。”庆儿摇头说：“不是不是，要不是凶神，必是厉鬼。”朱氏说：“坐下罢，不用瞎话流舌了。”庆儿说：“要撒谎，烂了我的舌根子！都是那算命的先生说丧话，他说家院里有鬼，这才招的真有了鬼咧。姐姐呀，那位先生他还说过‘会拿鬼净宅，管保除根！’明日等他来了，请他进来给咱们净宅，叫他拿住那个鬼魂，是怎么个样，看他还闹哦呀？”

再说天霸吹灭了灯，翻身蹿上房檐，往下细听秃丫头说话。佳人并不言语。好汉自思，再扔下瓦去，再听听怎样。想罢房上揭瓦往下扔，就闹起来了。只听丑丫头说：“姐姐呀，可可可不不好了！插上门他进不来了，又拆房呢。”那妇人说：“少说话罢。”秃丫头可就不说了。只听那妇人说：“外面的听真，休要如此！你要是贼人前来偷盗呢，实告你说，家内银子衣服全都没有。我劝你另走一家儿罢。你要是见我丈夫不在家中，心生别念，妄想前来调戏良人呢，奴家不是那样的妇人。我劝你早些打断这个念头，快些去罢。”又听屋内佳人说：“是了，莫非是冤鬼？你要是我的丈夫，被人谋死，前来诉冤，只管明讲，何必敲门打户？你妻虽是女流之辈，还能替你申冤告状，报仇雪恨，延请高僧高道，超度亡灵，早脱幽孽。”女子说罢，外面还是响声不绝。只听大叫一声说：“啊！我知道了，敢是你来作耗？你的那冤魂不散，来缠绕我，莫非你死的委屈，不该死。果然若是你作耗，你也得担心自己想一想，是谁之过，千万莫屈心。等我丈夫回家见一面，我和你森罗殿上，对口供去。你先去酆都城①内等我罢！”佳人说罢，将牙咬得咯吱吱的连声乱响。房上的天霸听见这些言词，不由得心中另有缘故。复又想起施公吩咐的言语来，也不掷砖弄瓦咧，轻轻地下房来，走至窗外站住，思想了会子，暗说：“他的言语我已记清，不可久在此处。”猛听金鸡报晓，蹿到墙外走了。不知真情如何探法，且听下回分解。

① 酆（fēng）都城——县名。在重庆市中东部，长江沿岸。县城有“鬼城”之称。

第一六九回

探消息施公净宅　办差使吴徐领签

话说黄天霸找到老爷住的那座豆腐店的门首，见了老爷。老爷叫天霸会了店钱，爷儿俩又奔了涿州北门而来。一壁里走着，一壁里低言悄语，就把弄鬼装神，暗中探访之事，如此这般，这般如此，细细的告诉了一遍。贤臣闻听，不由心中欢喜："似此说来，害佟六之事，那妇人虽未明言，据我看就八成是他了。这件事情，还套着别的事呢，必须访个明白，此案才能断清。还有一事，还要你去。你速到州衙，告诉知州王世昌，叫他速发签，差两个能干的衙役，限三日内，或是白富全，或是贺重五，拿着一个，重重有赏。倘违误，惟州官是问。"天霸答应。贤臣又说："你告诉他就回来。"

天霸奉命来到衙门口，正遇州官升堂问事。天霸进了衙门。州官见天霸上堂，躬身带笑开言说："二爷到此何事？"天霸就将施公吩咐，叫拿白富仝、贺重五的话，说了一遍。又说："事情紧，叫老爷差派人速办才好。"州官连连答应。好汉说罢，转身下堂出衙不表。且说知州见是钦差大人要的重情人犯，怎敢怠慢？在堂上抽签二支，瞧了瞧该班的捕快徐忠、吴沛，堂上高声叫道："徐忠、吴沛。"二人在堂下连忙答应。但见二人迈步上堂，公案前单腿一跪。知州王世昌把两支签标上名姓，扔在堂下说："限三日内把白富全、贺重五拿到一个，就算有功，回来重赏。"暂且不表。

且说那暗访的贤臣，自从与黄天霸分手之后，又奔了东街。登时到小胡同土地庙，又是大声的喝叫，与昨日是一样吆喝。说是："净宅，算命，斩妖，除邪！"且说朱氏佳人，同着秃丫头庆儿，整整闹了五更天，才得安顿。佳人哪里睡得着呢？思前想后，心中害怕。不多时东方大亮，起来梳洗。秃丫头弄饭，刚吃了饭，只听街上大声吆喝说："净宅，算命！"庆儿说："姐姐，那个算命的先生又来了，何不请他进来？"朱氏答应。庆儿来到街门，伸手拉开了锁，将门开了，说："先生往这里来罢。"贤臣走进，只见秃丫头说："姐姐，叫那个算命的先生来咧，昨日晚晌实情告诉他。"佳人说："先生，我家昨夜晚晌，说起来令人惊怕。那天不过三更时候，院内忽然鬼哭神号，只听抛砖撂瓦，四下乱响，细听又像呼呼的刮大风，直闹到东方发亮才休息。不知是神是鬼，求先生看一看，净宅的谢礼格外从厚，多送先生。"贤臣说："待我看看是个什么怪。我一定给你把宅净的除了根。"又故意的东瞧西看，把四面八方瞧了个过儿，假装惊骇之状，大声说道："啊！可不好了！并非是别的邪物，原来是一个横死之鬼，怨气不散，前来显魂。你若不早早将他除灭了，将来祸患不小。"佳人闻听此话，隔着窗户说道："先生既知是一怨鬼，再细看一看，是男鬼是女鬼。"贤臣假装着又瞧了多时，口呼："娘子，我瞧他是个少年男鬼。"佳人闻听是一个年轻的男鬼，不由得心中害怕，连忙望外开言说："先生，可知道净宅除鬼，用些什么东西，好叫庆儿与你预备。"贤臣说："不用别的物件，你把黄表纸找半张，舀点水来。别的东西我是现成的。你就把水与纸拿出来。”庆儿答应，先掇了一张纸放在桌上，放施公面前，又把水拿来放在桌上。贤臣把包袱打开，取出笔砚朱砂、白芨①，打开了一本《玉匣记》看着。用白芨研了一研，提起笔来，照书上样式，画了几道符，用手擎起来。心中暗自沉吟：“这件事必须如此，方能套得出女子口气。如得其真情，将他传到公堂，要完结此案，岂非易哉！”想罢，眼望屋内开言说：“给你画了几道符，拿去罢，帖在街门一道，屋门一道，每个窗户各帖一道。还有一事，我的符能驱邪魔鬼怪，你们院内这个鬼，可不能制。他本是负屈横死，无着无落的，阎君也不能管束他，皆因他还有几年寿数，故此各处寻找仇人。大概死的不明白，焉肯善离此地？除非是知道这鬼的名字姓氏，写在一张纸上，也不用帖，等到夜静更深之时，用些烧纸银锭，一同焚化。焚化的时候，必得将来历祝告个明明白白的，怨鬼自然消灭。他若再有委屈，也只好等着仇人的阳寿将终，阴间告状，凭阎君判断去咧！”贤臣外面说话，佳人闻听，不由得左右为难，偶然心生一计说：“先生，你把写名字的一方儿，留下两个字的空儿。焚化时我自己填写罢。”贤臣闻听，不由得暗暗惊疑，腹内说：“如今妇人识字的很少，此女真称得起才貌双全。”老爷想着，也难往下追问咧，只得将符写完，眼望着庆儿说道：“把这一道符，到晚上焚化时，添上姓名，与烧纸银锭一同焚化。”秃丫头答应说：“这就好了么？到半夜，再要闹起来，我就骂你呀！明日再来了，我叫狗咬你那好

① 白芨（jī）——多年生草本植物，茎含黏液质和淀粉，可研磨出汁水，用以画符。

腿。”只听屋内的女子说：“庆儿呀，给先生拿出卦礼去罢！”庆儿答应，走进去拿出钱来说：“先生，咱这是老价钱咧，昨日是一百，今日还是一百。又不费什么事，这个买卖一天作这么八十多宗，你倒发了财了呢！”贤臣笑了笑，将钱收起，告辞出门。庆儿把他送出门外，抽身回去，关上街门。

贤臣手打卦板，顺着大街往前走，竟奔七圣神祠而来，走到七圣神祠，贤臣见天晚，奔公馆而来。天霸后边跟随。此时两边铺面，点上灯烛，正走之间，抬头一看，但见公馆门首，灯光灿烂。施公、天霸走进公馆，到了庭中。施安、关小西、计全、王殿臣、郭起凤，一同迎出来请安。贤臣说：“本院昨日清晨出去，今晚回来，算是整整两天。公馆内可有什么事情？”施安躬身回话说：“自从老爷去后，平安无事。”忠良说：“既然如此，明日歇息一天，后日再到州衙理事。”再说徐、吴二差不知究竟如何，且听下回分解。

第一七〇回

公差访拿贺重五　凶犯恰遇琉璃河

话说吴沛、徐忠二公差，自领签票访拿贺重五，在涿州城里关外，直访了一天，并无踪影。吴沛忽然想起一个朋友来，望徐忠说道："琉璃河，我有个朋友燕柏亭。咱二人何不去访访？"言罢直奔琉璃河而来。走的多时，到了琉璃河，进大街，登时来至燕柏亭门首。吴沛迈步上前，用手拍门。看官，这个燕柏亭是个快家子，专吃赌饭，爱交朋友。今日邀了几个人要掷骰子，听见门外有人叫，慌忙出来观看，原来是吴沛同着一个伙计，连忙说道："二位仁兄，怎么到这里？有什么事情？"吴沛说道："一点事情没有，特到这里叨扰。"说着又叫徐忠与燕柏亭拉了拉手。这燕柏亭是交朋友的人，焉肯拉了就放？随即把二人邀到饭铺吃喝已毕，燕柏亭说："二位老弟，咱们来家里去喝茶吧！今日我邀了个小局。"三人说着话，喝茶已毕。观瞧众人，可掷了个热闹，推了来，抄了去。燕柏亭望着徐忠、吴沛说："一点进钱的道儿无有，叫我怎么过？天是冷了，连一件盖面的衣裳无有。昨日才邀了这几个人，都是至亲厚友。还有外来了一个朋友，闻说他在拦把行中常混混。每人对捎，都是二十吊掷一局。弄几串也好赎几件衣裳出门。"三人正谈论闲话，忽听炕上一人叫："局家这里来！"燕柏亭连忙站起，走过去说："怎样？"那人说："有钱无钱，我输尽了。”燕柏亭瞧瞧，说声：“张四爷，赢了么？把你这钱，先充出十吊来。”张四爷意思不肯。燕柏亭说：“不怕，起局的时候，望我要钱就是了。”那人说：“燕大哥，不必借他的，烦人往北门外王六店内，说我说的，把钱取来，再赌不迟。”燕柏亭开言说：“老叔，何必如此？使着四哥这十吊。都是自己，不是外人，他府上住在涿州东门，算来都是乡亲。”说着话，连忙伸手将钱推给了那人十吊。二人复又下上注，重新另掷。局家转身下炕，眼望吴沛开言说：“老弟辛苦一趟，北门王六和你可不隔手。见了王六，把事说明。就说贺老叔叫你取钱去咧。告诉他在我这里。”

吴沛闻听，心中一动，暗说：“我们两人奉差来拿贺重五，正是明月芦花无处寻。贺老叔这三个字，倒是些缘故，又是本州人，正想找他。等到王六店内，仔细搜寻回来，莫管他是与不是，拿去见州尊，且搪一搪差役。”吴沛想到此处，离了座，连忙站起身来，望徐忠使了个眼色。二公差到了外边，商议已定，又把燕柏亭叫到外边，细细问了一遍。果然姓贺，又在涿州本地居住。二人闻听，满心欢喜。吴沛说：“待我到王六店内再打听打听，你可千万别离左右！”徐忠闻听吴沛之言，口中答应说：“大哥快去快回来，这件事交给我罢。”

吴沛出门，竟奔琉璃河北门而来，到王六店门口，天色将晚，走进店中。店家王六正在院里呢，抬头看见吴沛，开言道：“吴二兄弟么？到此何事？”吴沛说：“六哥，跟我到屋里，咱好说话。”王六答应，一同进屋坐下。王六说：“老兄弟，有什么事来呢？”吴沛说：“有个人叫我来取钱来咧。”王六说：“谁呀？”

吴沛说：“你们贺老叔啊。”王六说：“怎样啊？”吴沛说：“他在燕大哥那里耍钱呢，把拿去的钱输光了，又叫我给他来取咧。”店家说：“是了。他这几吊钱，赶早赶晚全都卸了，他才走咧。”吴沛说：“我瞧那位朋友很是朋友，他和谁家有亲？为何常在这里住着呢？”王六说：“老二，你不认得他么，他是你们本州人，名字叫贺重五。拦把行里是个想钱的。吃喝嫖赌无所不干，不住的常进彰仪门，来回都在咱这里住，所以我认识他，也不知道他那里弄来了几十吊钱，有十几天头，还有一个人来，在我这里住了一夜。第二日早晨，两个人同着出去，说往西乡里探亲去。那日不过晌午时候，贺重五自己回来，我问他那一个人来呢！他说在亲戚家住下了。”吴沛连忙跟话，说：“那人有多大年纪呀？”王六也说：“不过二十多岁。”吴沛点头也不问了，说：“六哥，他这里还有多少钱哪？给他拿了去罢。”王六说：还有十几吊。他还该我的店钱呢？先给他拿个七八吊去罢。”吴沛说：“就是罢！”就势和王六要了个钱褡子，装上了京钱八吊，告辞王六，扛着钱出了店，直扑燕柏亭家。

走的离燕柏亭家不远，路东有酒铺，进去要了壶酒。喝完了酒，会了钱，眼望酒家开言说：“借光，我这里有八吊京钱，暂且寄存，回来就取。”酒家答应：“这有何妨。”吴沛交待清楚，来到燕柏亭的门首，一直走将进去。燕柏亭连忙站起来说：“二兄弟回来了么？”吴沛说：“回来了。”燕柏亭说：“取的那钱呢？”吴沛回道：“店家不给。”燕柏亭说：“王六哥是个仔细人，处处小心。就是取钱来，也用不着咧！贺老叔这会子又赢了。”吴沛闻听，满心欢喜，连忙往前走了两步，将燕柏亭衣裳一拉，又递了个眼色。燕柏亭不知何故，只得在后跟随吴沛往外走，那一边的徐忠也跟着出来。三个人一起出了大门。吴沛说："大哥，我有件心事要讨教。"燕柏亭说："老二有话只管直说，何必又闹客套呢?"吴沛说："就是那个姓贺的，你可能知道么？如今他现有一件事情，我们哥儿俩奉差来拿他。"燕柏亭闻听吃惊，心内说："我的佛爷！不是玩的，算了罢，算了罢!"吴沛说："大哥不用害怕，横竖不连累你。你先把局收一收儿，我们好动手拿人。"燕柏亭答应，连忙回到房中，眼望众人说："咱们先歇歇罢，喝盅酒再掷。"说着把骰子盆全都拿开咧。内中这赢的自然欢喜，输了的就有些不如意说："大哥，才掷的好好的，这是怎么说呢?"燕柏亭暗使了个眼色，众人不解其意。

只见贺重五说："你们等等儿，我去去就来。"说罢就往外走。吴沛怎肯容情，一努嘴，徐忠把门堵住，吴沛早就掏出锁来，预备在手内，往前走了几步，来到跟前说："老叔，你且站站儿。"说着哗啷一声，套在凶徒脖项之上。贺重五说："来抓赌？是大家都有，怎么单锁我呢?"吴沛说："贺老弟，你作梦呢！锁你不为赌博，先把你自己事情摆弄清楚，然后再说赌。"眼望徐忠说："别的亲友，放他们走罢。"众人闻听全都散了。贺重五心中有病，一见这个光景，颜色都唬变了，眼望着燕柏亭说："大哥，他们二位也不知有什么事情把我锁上，到底也说明白，我好跟他二位去。哪里不是交朋友呢？何必如此?"燕柏亭闻听，把吴沛拉住说："老二，你且站住。别人都散尽了，这里没外人，贺老叔他既犯了官事。作朋友的人，他还走得了么？依我说，且坐下有话再讲。"吴沛闻听，只得入座。贺重五说："尊驾贵姓?”公差说:“姓吴哇!”贺重五说:“那一位呢?”徐忠说:“姓徐呀!”贺重五说:“吴大爷,你方才说,我自己的事情摆弄清楚。这话就是你说呀!我贺老叔一生就是吃喝嫖赌,耍乐交友,没有同人家揪过纽袢,诖误官司没有我。我又有什么事呢?你别错上了门罢?你再想想罢!”吴沛听得冷笑说:“贺老叔要问什么事,我们全不管。签票上犯人名字贺重五,我们只知道奉差拿人。见了官你再辩去罢!”贺重五说:“真是奇怪!我在这里等着朋友,耍钱间解解闷儿,硬说我犯了事咧。”燕柏亭拉着吴沛说:“咱们到外头有句话说说罢。”二人来到外面,燕柏亭说:“二兄弟,他的事情若不要紧,咱们想两个钱儿,叫他去罢。”吴沛说:“我的爷,可不是玩的,敢私放他么?这个人打着灯笼都找不着。”燕柏亭估量不中用,再者,一个官司谁肯多事?这才一同吴沛回到房中说:“贺老叔,你既无事,怕什么?跟随他们走一趟就是咧。”贺老叔见这光景,不去不成,说:“就是罢。”吴沛把八吊钱在酒铺取来,贺重五打点已结,辞了燕柏亭,跟着二差竟奔涿州。不知如何,且听下回分解。

第一七一回

马快头奉差违命　朱节妇诉状陈情

话说施大人上轿到了州衙，州官王世昌接进去，下轿升堂，州官躬身，一旁侍立。贤臣问道：“贵州，前日本院叫你派公差，拿的人怎样了？”知州说：“差去的人，今日必到。”贤臣点头说：“叫你快头上来，还有差使。”知州说：“快头上堂听差。”只见一人上堂说：“小的给大人叩头。”贤臣标了一根签说：“马林，你到东街小胡同内土地庙旁边高门楼儿，双扇门上帖着黄符的那一家，有个秃丫头，还有个少年妇女，到那里如此这般，这般如此。”

马林忙拿签出来，到东街小胡同内土地庙旁边，瞧了瞧第二大门，门上贴着黄符。马林看罢，上前拍门。只听里面说话，叫：“庆儿，到外头瞧瞧，有人叫门。”又听有人答应，不多时将门开放。马林一瞧是秃丫头——应了施公的话了，少不得依计而行，说：“你叫庆儿么？”秃丫头说：“你是哪里的？混叫人小名儿。”马林说：“快进去告诉你姐姐，就说你姐夫有了信来了。”二人外面说话，里面朱氏早已听见，连忙接言说：“既是有了信来的，请进来坐着。”庆儿说：“我姐姐叫你进去呢。”马林闻听，迈步向里就走。来到院内，佳人让坐，口尊：“大爷，先请吃烟喝茶罢。”马林端着茶碗，两眼直勾勾的，只是望着朱氏发愣。佳人心中不悦，说：“大爷何处遇见奴的丈夫？既捎带书音，必是至亲好友。或者书函，或有口音，望乞爷爷细细言明。”马林把施公吩咐的言语，全撇在九霄以外，那里痴呆呆的，还是瞧着朱氏。又见佳人慢启朱唇，露出银牙，正言厉色，开言问话。他一时对答不来了，说道：“我且歇歇儿再说。”朱氏不由得心中大怒，无名火起，张口就骂，还要拿棍子打出去。公差见妇人真恼咧，这才把根签拿将出来说：“娘子请看。”佳人一见，唬得惊疑不止，就知道事犯了。说：“上差一定是拿我来了。”马林说：“啊，不差呀！”说着就往外掏锁。看官，这马林是个邪癖人，施公并无叫他锁戴，他想吓唬女子，好叫那女子央求他，他好任意调戏。谁知朱氏不怕，反说道：“上差把锁拿来，我自己带上罢。今日见官，就是犯妇了，万岁爷的王法，谁敢不遵。”说罢接过锁来，自己戴上。复又说道：“得借上差个光儿，让我写张诉状。”马林听说他要自己写诉状，暗暗失惊，点头说：“写去罢！”只见他从镜奁里取出来了一张草稿，也不知是几时写下的。但见他又拿来张纸，铺在桌上，提起笔来，立刻誊清。阅了一遍，叠将起来，揣在怀内。复又回手拿了针线，把他浑身衣服缝在一处。头上罩了块乌绫首帕，素绢旧裙拦腰紧系，收拾已毕，叫声：“庆儿，我今跟随这位上差，到衙门见官去。我去之后，你要小心门户，休贪玩耍。等到天晚，我若是不回来，你到隔壁。刘老夫妻俱各良善。你把始末情由告诉他夫妻二人，叫他明日到衙门，再打听我去。”朱氏说着，就落下泪来。庆儿拉着朱氏，开言说："姐姐，我替你去见官府领罪。"朱氏闻听庆儿之言，心内更加凄惨，口中说："庆儿，你只管放心。我这一进衙门，若遇一位清官，断明此案，大料无妨。你在家照应门户，千万小心要紧。"马林在旁边听着，暗暗点头，望朱氏开言说："咱们走罢。这位官府比不得别的官府，坐了堂这么半天咧。工夫大了，保不住我要受责。"朱氏说："这是哪位官府呢？"马林说："这是奉旨山东放粮的施大人，脾气很躁呢！也不知为什么事情，进衙门升了大堂，就叫我前来拿的你。"朱氏闻听，暗暗欢喜，腹内说："我今日可遇见青天爷爷了，好叫我诉这满怀的冤枉。"想罢随公差前行。庆儿送出门来，又嘱咐了庆儿几句言语，庆儿回去，这才跟公差出小胡同，顺着大街来到衙门口。

衙役带一锁着妇人走上堂。贤臣见快头马林头前引路，后面跟随一个妇人，细瞧了瞧，正是那个女子，走到公案前双膝跪倒。公差单腿一跪，连忙回话，口尊："钦差大人，小的奉命领签，将东街妇女带到。"施公座上一摆手说："那一妇人，你是什么姓氏？丈夫何名？或是庄田，或做买卖，靠何生理？现今在何处存身？对本院据实言来。"妇人闻听，连连叩头，口尊："大人在上，容民妇细禀：民妇朱氏，丈夫白富全，在家时作一个小买卖，还种几亩地上。若提起丈夫之事来，真正是冤枉。"话说朱氏跪在堂下，听见施公讲话的声音，很是相熟，一时间想不起来，连忙偷眼观看，失了一惊。暗暗说："这大人，好像昨日那个算命的先生。"越瞧越是不由心中纳闷。朱氏连忙叩头，口尊："大人，小妇人有诉状一纸，请大人清览。"忠良说："递上来！"

朱氏双手捧举，该值的人接过来放在公案。贤臣打开留神细看，上写：

具诉状人白富全之妻朱氏，年二十二岁，系直隶顺天府涿州城内民籍，为不白奇冤，恳恩详究事。窃民妇生于朱氏之门，许与白郎为配，许字一年，父母不幸而早逝。过门数载，翁姑相继以西归。旁无宗支，独此一户，终鲜兄弟，惟予二人。无何夫主拟作经营，表兄愿同贸易。谁识表兄重五无本，外邀地主佟六出银，商同入银三股，嗣后买卖均分。密嘱表兄携银先往，并令夫主束载偕行。从此丈夫北上，地主中留，往来不避，出入无猜。因使民妇在家，时常看待。认成地主是客，日与供餐。岂料花看如意，一心爱我丰姿。遂将药下迷魂，遍体任其污辱。玉本无疵，竟作白圭之玷。垢岂可涤，空寻清水之波。常怀羞愧，觉无地可以自容。每念冤仇，知有天不堪共戴。于是暗藏短刃，潜设奇谋，虚情缱绻①，假意绸缪②。致令红粉容颜，不顾文君之耻，约以黄昏时候，愿偕司马之奔。日依山尽，抛家业而奔程途。夜到更余，同恶徒而投旅店。酒饮合欢，就此交杯而盏换；词同谑浪，见他骨软而筋麻。饮到更余夜静，听来语悄人稀，因操利器，遂下绝情。摘得心来，解却心头之恨；剜将眼去，拔除眼内之钉。冤仇已报，怨恨悉平。欲将尽节，恐蒙不韪之名。苟且偷生，待诉沉冤之状。叩乞青天，详分皂白。已往真情，所供

① 缱绻（qiǎnquǎn）——形容感情好得难舍难分。
② 绸缪（móu）——缠绵。

是实。

贤臣早已访清此事，知道事情不假。又将诉状看完，见字体端方，言词痛切。即问："这诉状是何人代写？"朱氏叩头，口尊："大人，是民妇自书自稿。"贤臣心内叹服，又问："这些事，秃丫头庆儿可知道不知道呢？"朱氏说："回大人，诉状上面的事，庆儿并不知道。"忠良点了点头儿，又见夹着一纸单，上写着是："仁明大老爷只管按律定罪，这张诉状千万莫叫人瞧见。老大人即阴德莫大焉！望爷爷隐恶而扬善。还有一件事情：今犯妇怀孕三月有余，叩恳青天垂怜，格外施恩，暂且莫动刑具。等我丈夫回家见上一面，说明此事，就死也甘心。"贤臣看罢，赞叹朱氏，痛恨恶徒，暗把该死的佟六骂了几声，沉吟了一会，即援笔为这批云：

才貌兼优，权谋独裕；闺门秀气，侠气英风。色若桃花，妒招风雨；春争梅艳，节凛冰霜！海棠睡去，潜来戏蝶姿餐；人柳醒时，恨杀狂莺暗度。桂叶偶因月露，香被人偷；莲花虽着泥涂，性原自洁。瑕不掩瑜，无伤于璧白；圆而有缺，何损乎月明？譬玉女之持操，温其可赋；见金夫而不惑，卓尔堪风。待敷奏于上闻，以嘉乃节！睹匪颁之下降，用表厥闾。

施公批完，暗说："前者，我算白富全命犯凶杀，果然他命丧他乡。这才真是红颜薄命呢。"叹罢又往下问话，说："那一妇人，你可认得那个算命的先生不认得呢？"朱氏闻听，在下面连连叩头说："小妇人有眼无珠，望老爷宽恕重罪。"不知如何，且听下回分解。

第一七二回

贺囚徒画供结案　朱氏女旌表流芳

话表施公座上点头带笑说："朱氏，你不认的本院，本院不怪罪你。我且问你：诉状俱是实话么？"朱氏说："小妇人不敢撒谎。"正然问话，只见知州王世昌在一旁躬身回话说："卑职差去的衙役吴沛、徐忠把贺重五拿到，在衙门外等候，专听钦差钧谕。"贤臣闻听拿了贺重五来，将朱氏带下去不表。

且说施公复又吩咐，叫带贺重五上堂听审。衙役答应，跑出门外，高声传道："大人说的，叫带贺重五听审！"公差把贺重五带到堂前，跪在下面。吴沛、徐忠二公差打着千儿回话说："回大人，小的二人吴沛、徐忠，奉钦差的钧谕，把贺重五拿到。"就把琉璃河燕家耍钱，漏出姓名，王六泄底，怎样拿住恶人的话，从头至尾，细回了一遍。忠良点头，心中大悦。老爷将手一摆说："暂且退去等赏。"吴沛、徐忠答应下去。州官上来在公案一旁躬身侍立。见施公眼望那人说："你叫贺重五么？"恶人见了向上叩头，口中答应说："是，小的叫贺重五。"贤臣说："本院打发人去把你传来，不为别故，今日有件事情必得问你。你是什么人？住在什么地方？作什么生理？为什么在琉璃河耍钱？是同什么人去的？对本院据实说来。"恶人闻听，吓了一跳，暗说："这话问得厉害！若非有人泄露机关，不能这样问法。"恶人正然低头拿主意呢，忽听衙役呐喊连天说：“大人问话，快快的说！”恶人无奈，望上叩头，口尊：“大人，小的原先住在南关时，当着个小买卖，苦度光阴。父母俱都去世，并无兄弟、妻子，就只有个妹妹名叫庆儿，尚在幼年。小的素常原好耍钱，把家业数年卖净，无奈把妹妹庆儿送在东街表妹家中存身。现今同着一个朋友在琉璃河商议买卖，住了几天。因为耍钱解闷，老爷的贵役就把小的拿来，这是已往实话，恳求大人恩典。”说罢连连叩头。贤臣闻听，往里跟话说：“你上琉璃河商议买卖，是同谁去的呢？”恶人说：“同着一个姓富的。”施公闻听，微微冷笑，就知事情真了，心中暗说：“果然不差，不出本院所料。”想罢又问说：“姓富的是你的什么人哪？”恶人说：“是小的朋友。”老爷说：“他叫什么名字？”恶人说：“他姓富名全。”老爷说：“别是姓白叫富全罢？”恶人打了一个迟误。老爷连连追问说：“是白富全不是？”恶人重五无奈，只得说：“是。”施公又问：“白富全怎么不回来呢”恶人说：“他瞧亲戚去了。”贤臣说：“他的亲戚姓什么？住在何处？”凶徒说：“小的不知道。”贤臣说：“你不知道，我可知道呢。听我告诉你，他的亲戚姓阎，排行在五，住在酆都城内。他是瞧阎老五去了，是呀不是？你还有个伙计姓佟，名叫德有，排行在六。他拿出本钱来，你们三个商议停妥，要做买卖，这事我全知道。你为何亲戚改作朋友？我再问你，你的表妹夫白富全，到底哪里去了？”贺重五听见忠良问的这些言语，吓得颜色俱都变了，腹内暗说：“他怎么知道白富全是我妹夫，出本钱的是佟六呢？说我把亲戚改作朋友，这话是哪里来的呢？官府果知道此事，大概难免刀下之祸。”恶人心下正然思想，堂上的施公冲冲大怒，骂道：“囚徒快些实说！若有一字不对，定动大刑！”恶贼闻听，把胆几乎惊破。连忙叩头，口尊：“青天，小的原本是同着表妹夫商议买卖。方才老大人提佟德有出本钱，也是情真。一出门就把亲戚改作朋友论，弟兄所为，便于称呼不碍口。佟德有在表妹夫家，等着银两，我们两个先起身要上京。谁知到了琉璃河，妹夫不走，住在王家旅店，表妹夫已往庐村探亲望戚。等了几天，他不回来，昨日在燕家只为耍钱解闷，偶见公差，不容分说硬上铁绳，不知犯了何事情？”说罢，连连叩头。贤臣闻听贺重五之言，越发大怒说：“好一个万恶囚徒！我且问你，是何人把佟六引到白富全家中走动？生出许多事端，淫污了真节烈妇？”贺重五往上磕头说：“回大人，那原是白富全种着佟六许多的地亩，他才往白富全家走动，不干小人之事呀！”贤臣闻听，把牙咬得咯吱吱连声乱响，大叫：“恶人作恶万端，图财害命！谁知佟六被你表妹扎死！”恶人闻听，就一大惊，连忙往上不住叩头，口尊：“青天爷爷，小的不知道这些缘故哇！”忠良一听断喝说：“我把你这万恶囚徒！还是如此！人来掌嘴巴！”青衣答应。一个青衣上前，揪住恶人贺重五，一个掌嘴巴，一边重打十五个，打得恶人满嘴流血，打完退闪在一旁站立。座上忠良带怒喝道：“贺重五！本院问你到底知道白富全下落不知道呢？想来是佟六买托于你，你把他诓将出去，暗暗害了他的性命，是呀不是？”只听两边的衙役发威，齐声断喝说：“大人问你，你快回话！”恶人上前磕头说：“回大人，小的就知道白富全种着佟六的地亩，若要别的事情，小的一事不知。”贤臣微微冷笑说：“白富全到底哪里去了？”凶徒说：“他往亲戚家去了，大人怎么只问小的呢?”忠良说:“好一挺刑的囚徒!本院不给你个对证,你也不肯实说。人来,带朱氏上堂。”

衙役答应往下跑去。去不多时,贤良女子带到堂上跪倒。大人用手指着恶人说道:“朱氏,你认得此人不认得?”佳人扭项一瞧,只见那边跪着一人,只打得满脸青紫。细留神一看,这才认出是他表兄来咧!且说恶人贺重五在堂下跪着,正自己暗里盘算主意呢!猛然抬头看见差人带一妇人上堂跪倒,细看原是表妹,顶梁骨上嘐的一声,直如凉水浇顶。不表恶徒害怕,且说朱氏看见是贺重五,往上磕头,口尊:“钦差大人,犯妇认得是表兄贺重五,同我丈夫出门,上京做买卖去了,为何来在衙门?可曾与我丈夫同来此处了么?”忠良座上开言说:“朱氏,你去问他,你的丈夫何处去了?”佳人答应,一扭项眼望恶人,口尊:“表兄,怎么自己回来?你表妹夫哪里去了?”佳人说到此处,心中惨切,带泪含悲,说:“表兄啊!你与你妹夫,还有那佟六商议买卖,你哥儿两个一同出门去了。莫非你两个没上京么?你表妹夫现在何处?快快的对我言来。”贺重五见朱氏问他,吓得泥丸宫内走了真魂,呆呆的愣了半晌说:“表妹,那日与我表妹夫出门,走到琉璃河住下,到第二日清晨起来,他说往庐村探亲去,我在店里等到他晚晌并未回来。”恶贼说到此处,气得那边佳人大叫:“贺重五!无义囚徒!你满口胡说。我们那里并无亲戚。不用说,定是你贪财,害了我丈夫的命咧!佟六拿银子买托于你,你把我丈夫诳出门去,他在家中好作事。越想越是。贼呀!你未曾起意,也该想一想,只为图财,害了自己的表妹夫,也不怕伤天害理,报应不爽。如今犯事,还敢抵赖?”那佳人越说越恼,指着那人骂了几声，复又向上叩头。口尊：“大人，小妇人只求爷爷报仇雪恨，小妇人死也甘心。”但见他说着站起身来，往厅柱上一撞，要一头碰死咧！施公喝叫青衣上前拦住。佳人无奈，只得回身跪在一旁。忠良说：“你的冤枉，本院早已明白。”说着，就把那店婆告状，自己私访的话，说了一遍。朱氏叩头说：“还是大人的天恩，明镜高悬，遍照覆盆之冤！愿大人公侯万代，子贵孙荣。”贤臣点头，随即吩咐州官派人去传佟六的姨夫冯浩，店家蓝田玉。这些话不必细表。

单说施公座上又望贺重五开言问道：“我把你这胆大的凶徒，你到底把白富全害死在那里？快些说来！”恶人往上磕头，不必多话，只说：“回大人，小的就知道他瞧亲戚去了，别的事小的实在不晓。”忠良气得虎目圆睁，说：“好一个挺死的囚徒，你是要叫皮肉受苦哇。人来！”差人答应。贤臣说：“着夹棍伺候。”登时差役取过夹棍来，放在堂下。施公吩咐动手。青衣上前拉去恶人鞋袜，套上两腿，两边的背起绳子来，紧紧的往外边一拉。堂上吆喝说：“加劲拢！”贺重五“哎哟”一声，昏将过去。公差手掇凉水，用口往恶人脸上喷了几口，囚徒哼了一声，苏醒过来。贤臣复又往下追问说：“快实招来。”囚徒挺刑不招，口尊：“青天，夹死小的也是枉然。”贤臣闻听，气得白面通红，吩咐青衣加劲。青衣呐喊，只听夹棍一响，恶贼叫唤一声，又昏将过去了。公差复又喷了两口凉水。二番苏醒过来，觉着疼得透骨钻心，实挺不住了，无奈只得尽情招认。口说：“小的原与佟六相交至好，表妹夫又种着他的地亩。前者，佟六下来起租子来咧。白富全请他到家吃过饭。谁知佟六瞧见他妻美貌，就起了不良之意，要想偷情。白富全又在家里，朱氏的秉性节烈，心如铁石，不能顺手。佟六无奈，千方百计，同小的商议，许了我二百银子，先给我五十两。小的见财起意，与他定计，天天儿同白富全在一处吃喝，常往他家走动。后来熟咧，又商量做买卖。佟六的本钱，我二人去作。白富全中计，佟六又给我五十两银子，托我把他害死。小的不肯，他又许了我一百两，一共得三百两纹银。如事成之后，跟他上京取银。总是小的贪财该死，我把白富全诓到琉璃河住在店内，只说北乡探亲。路过酒铺，饮到天晚，已下上蒙汗药。走到半路，药性行开，白富全麻倒在地。小的用绳子把他勒死，扔在一座破窑之内是实。并不知佟六怎么又被朱氏扎死。”恶人说罢，叩头在地。刑房一旁记了口供，叫恶人亲自画供。把一个朱氏哭得死去活来。公座上贤臣只气得浑身打战，又望州官说：“你听听，你这境内有这大逆之人，你竟不能办理。险些儿冤屈了良民，叫凶徒漏网。”州官吓得只是打躬说：“卑职愚蒙，望大人宽恕。”贤臣又问：“佟六的亲戚与店家，可曾传到了没有？”州官说：“俱各传到。”贤臣说：“带上堂来。”州官答应，立即把二人带上来跪下。贤臣说：“蓝田玉，查验佟六的行李，都是些什么东西？”店东说：“回大人，州尊太爷同差役亲查的。佟六的衣服等物，银子三十两，地契数十张，外无别物。”贤臣点头说：“冯浩，你外甥佟六，此处别无亲故，就是你一人么？”冯浩说：“是。”贤臣说：“那凶徒在世胡作非为，已遭凶报，死之当然，纵再有尸亲前来找问，有州官一面承当。这些地契你拿一张去，将尸首领了去罢。”冯浩答应，忙磕头爬起来出衙不表。忠良又叫：“蓝田玉，你无故被屈，身受官刑，乃是月令低微。若非本院到此，只怕你还有性命之忧。你把纹银三十两拿去作生理去罢。”蓝田玉说：“谢大人天恩。”言罢叩头爬起，出衙去了不表。且说贺重五罪犯斩决。

贤臣一面请王命，将恶人问斩。一面写本，表朱氏贞烈，奉明圣上。写完，眼望州官开言说：“贤契以后办事，须要留神仔细，倘再粗心，本院一定参奏。再者，白富全已死，朱氏现在缺少儿女供奉，所有佟六地土交官府照管，每年起租银钱全交朱氏，作为养赡之资。本院亲赐朱氏‘侠烈流芳’匾一面。朱氏收殓他丈夫尸首，一切葬埋所用银钱等物，罚你捐俸自备。州官答应。诸事办理毕，不敢久停，吩咐搭轿伺候，本日起身，赶紧进京为是。面君引见黄天霸等升官，所有面君升官一切节目，且听下回分解。

第一七三回

施巡按回朝缴旨　畅春园见驾诉功

话说施公在涿州审清蓝家店一案。把朱氏贞烈奏明康熙佛爷，详请旌表。将凶徒贺重五拟罪，请王命立斩决。恶人佟六业被朱氏扎死，置之不议。朱氏收殓他丈夫白富全的尸首葬埋，一切费用，派州官捐俸自备。朱氏终身养赡之资，均派州官照管。诸事办妥，即日起身进京面君，保举天霸等的功名。施公吩咐外边："快快备马！"说罢站起，迈步出了下处。贤臣上马认镫，随后众人也都上马。天霸在前，众人在后，齐撒坐骑竟奔御花园而来。须臾红日东升，老佛爷在安乐亭，众内臣侍立，就有该值奏事的内臣启奏："皇爷，施仕伦放赈回都，侯旨见驾。"老佛爷闻听说不全山东赈济回来，降旨召见。贤臣闻听不敢怠慢，跟随着一瘸一点的紧走。到了园门，遥见老佛爷在御园安乐亭中高居宝座，两边的文武官员，鸳班鹭序，鹄立森排。正是君明臣良，千载之奇逢也。后人有赞诗为证：

升平天子事西巡，几度銮舆幸畅春。
黄拥骞旗浮有影，红绡跸路①净无尘。
百官扈从瞻仪表，万国凫趋②答圣君。

---

① 跸（bì）路——皇帝所走的路。跸，泛指与帝王行止有关的事情。
② 凫（fú）趋——形容欢欣鼓舞的样子。凫，野鸭。

千载奇逢龙虎合，随时辅助仰同仁。

内侍带领施公进了辕门，行见主大礼，三跪九叩参驾毕，口呼万岁三声。康熙悔施不全身带残病，龙意要问施公山东赈济之事，时候多了，跪得腿疼，扭项望着内侍降旨说："朕要问施不全山东放米之事。拿垫子来赐坐，朕好问他件件。"梁九公答应，转身忙取垫子，放于龙驾下边。贤臣忽闻皇上降旨，连忙叩首说："奴才谢主天恩。"且单言老佛爷心中喜爱不全，龙面含春，漫吐玉音，开口望贤臣降旨说："朕差你山东赈济军民，且闻山东于六、于七二名强盗，劫夺赈米，不知爱卿如何将他拿获？详细奏来。"

贤臣闻听，连连叩头，口尊："我主听奴才细奏。奴才奉旨赈济山东，出京改扮经商，关太保随奴才在后私行，大轿让于长随施安坐着先行。头行一日走至漫洼，离村庄甚远，居中有一座三义庙，奴才此时焦渴，遣关太寻水。奴才正在庙中等侯，忽然进来了一群人，将弓箭利刃摘下，挂在庙内树上，马匹拴在庙外。忽听众人说：'怎么大哥还不见到？'又听说：'咱们先进殿坐等，一定少时必到。'又见他们一个个下马前行，走到殿内。忽见一人听见为臣哼了一声，他把众人复又叫出殿外，他们嘁嘁喳喳不知说些什么，忽一声一拥齐入，跑进殿来，用手指着为臣开言大喝说：'施不全！我等乃是绿林中的好汉。你在江都县做官，拿我们的人竟自问斩。正要伙众拿你报仇，哪知你命不该终，逃走进京。内中又有黄天霸跟随，因此未得下手，让你逃回京去。只说你今生不能见面，冤仇难报。闻听你去山东赈济，因此知会众人，寻你不见。哪知你又改扮私行，又不知你是安的什么心。但只好瞒哄愚人，那时终难瞒过好汉的神眼，见面将你点破。施不全，造定你今死在我们的手内，此乃是狭路相逢。你恰是笼中之鸟，网内之鱼，束手受缚，瞑目而死。'”贤臣言还未尽，把一位英明佛爷唬得一声大叫：“啊啦！”叫声：“不全，你的伙伴不在，他又人多势众，如何是好？你把脱身之情，细奏朕听。”不知见驾何以对言休命，且听下回分解。

第一七四回

旨宣黄天霸面君　敕赐安乐亭演武

话说贤臣将山东放赈路途所办之事，一一奏明。佛爷闻听，龙心大悦说："施仕伦，你道黄天霸自江都县就保护于你，他染病在招商店中，你将他瞒过，谎奏身亡。已往之事，朕全不究，一概宽免。将黄天霸、关小西等宣来见朕。"贤臣闻听，叩头起来，退出安乐亭，来到御园外，将旨宣了一遍。黄天霸等闻旨，即将兵器交给跟班的看守，整冠束带，立刻跟随老爷进了园门，至安乐亭下。五个人站在禁地台阶以下。贤臣迈步走上金阶。佛爷传旨高卷湘帘。贤臣来至御驾案前，双膝跪倒，口呼："万岁，奴才奉旨召下役五人随旨朝参。"万岁一摆龙腕，贤臣站起，退闪一旁。圣驾与随侍的文武一起观看，但见个个是少年豪杰，武将打扮，都在亭子下跪倒。皇上看罢，龙心大悦，降旨宣传说："单宣黄天霸见驾。"好汉答应，忙打一躬，上亭来至圣主面前朝参。

看官，贤臣已早把朝礼教演熟练。众人今见施公呼唤，不慌不忙来至驾前，双膝贴地，行三跪九叩朝王礼毕，俯伏金阶。表过康熙皇爷喜爱英雄好汉。一见天霸，龙心甚喜，叫声："天霸，朕素日闻名，并未眼见。今日你朝参寡人，朕问你祖上籍贯，从实回奏。"好汉答应，口呼："万岁，民子祖居福建，后又徙居绍兴。民祖是良民之后，姓黄名叫玉龙，民父黄三太不守祖业，家道凋零。自幼好武，异人传授单刀一口，外习神镖，百发百中，皆因家穷落草为寇，专劫赃官污吏。后生民子，天霸八岁学艺，十五岁出马为绿林。父传授单刀一口，甩头一子，外习飞镖，败中取胜。民父因绿林人，不分皂白，赌气单身独马上京。叩乞万岁赦民子无罪，方可实奏。”佛爷降旨说：“赦你无罪，从实奏来。”天霸连连叩头，口呼：“万岁，民父在皇城沙泥滩放过响马，曾动过爷家库银。提起民父当灭九族，罪该万死，安心要劫皇爷。可巧万岁进海子猎围打毕，銮驾回宫。民父独骑出了海子红门，走至漫洼，四顾无人，截住老佛爷，单要爷的黄马褂①。皇爷不唯不怪，反将开恩，将马褂赏与民父黄三太。民父领赏回家，将黄马褂供奉佛堂。后来上旨意要民父进京，民父自行投首，封官不做，情愿归籍务农，蒙皇爷恩准，放回原籍。民子天霸看破绿林无好，改邪归正，投了江都知县。今日得见天颜，求恩宽恕，举家大小都感天恩不尽。”天霸奏毕，连连叩头。佛爷闻奏，暗暗夸奖，不由天颜带笑点头，叫道：“天霸，朕问你可曾将兵器带来?”英雄答应说：“现在御园门外，民子见驾，无旨不敢擅带兵器。”佛爷点头，座上传旨，急令梁九公：“引领黄天霸快把他的兵器取来，朕好御览。”梁九公答应，带领天霸到安乐亭取兵器不表。

且说皇爷往下传旨：“召见关小西见驾；单等天霸取了兵器

---

① 黄马褂——清代官服。御前大臣、内廷大臣、侍卫什长，以及有功大臣，才能穿黄马褂，这是一种等级标志。就连皇帝也穿黄马褂，黄三太曾劫取为荣。

来，好叫他们当面演武。”该官等传旨，立刻追进关太引领前来，也是三跪九叩之礼，拜毕至驾前跪倒。佛爷往下观看，但见小西年貌当令，英英耀耀，叫：“关太，你把已往从前之事，实实奏来。”小西答应：“遵旨。”未曾奏事，他先照着施大人昨日传授的节目，朝上叩头。口呼：“万岁，民子原籍山西太原府。祖父买卖出身。民子关太，小西是民子别名。在京西门头沟开设两座煤窑。民子好赌博，将窑输尽，倚仗武艺，投入绿林。因偷盗入桃花寺遇见恶僧，来到顺天府告状，保大人奉旨擒拿恶僧，也曾在通州巡粮，当过海巡。大人奉旨放赈，保护大人前往山东，沿路敌挡众寇。差满回京，拿过许多盗贼。民子功不敌罪，望万岁天恩，宽恕重罪。”关太奏罢，连连叩头。佛爷闻奏，往下开言叫：“关太，你与黄天霸所奏略同。今朕定封你等官职。”言罢叫声：“天霸，兵器取来，献上来与朕过目。”好汉答应，连忙叩首，平身退下亭来，把兵器拿上来与皇爷过目。老佛爷留神观看，原是一口顺刀，镖枪一十二只。猛见好汉手拿一物，又把虎躯一挺，身形直立，用手往上一举，尊口：“万岁请看。”言罢用手一抖，只听哗啷啷一声铁链响亮，抖开竟有六尺多长。皇爷与文职一起闪目，借着日光留神观看。但见把有一尺，那头儿都是铁链儿，铁链上的那头儿，有酒盅子大的铁疙瘩。皇上降旨，就问：“此物是何名?”好汉回答，口尊：“我主，此物名叫甩头一子，打出去忙跟一步，管取敌人之胜。”皇爷传旨，即叫天霸先耍顺刀。好汉遵旨，把甩头一子放在地上，将刀擎在手中。但见他蹿蹦跳跃，那口刀耍得上下飞腾，光华一片，如雪片绕指一般。开手耍得一路“朝天子”，二路就是“一统天下定太平”，又耍一路叫做“捧日月”，然后又耍一路“童子拜观音”。恍是那七星宝剑腾空，彩凤抖翎，春风摆柳。还耍一路“玉女纫双针”。佛爷观罢，连声喝彩，龙心大悦。暗说道：“黄天霸武艺精强，实然不错。”

且说那些文武、内外群臣，一起观看天霸这路刀法，令人喜悦。要想那文职官不过是观瞧热闹，但见来往蹿蹦得灵便。要想做武官的人，观看天霸那样舞刀，刚砍劈剁，蹿蹦跳跃，体态轻灵，实然的便利，井井有法，人人夸奖，个个喜悦。齐观看，猛见天霸将身一纵，这般一路刀法更不相同，怎见得，有诗为证：

舞来秋水雁翎刀，闪烁寒光浪欲淘。

海马朝云身偃仰，犀牛望月首同搔。

漫空飞白迷江练，映日摇红叶彩毫。

六合尘氛应已净，趋朝奏捷系征袍。

天霸在亭下耍舞，但见刀光上下翻飞，并看不见身躯隐在何处。宝座上老佛爷不住夸奖。两边文武也是不住点头暗暗赞叹，内外群臣正是称赞天霸武艺高强。安乐亭忽然又听佛爷宝座上往下降旨。不知所为何事，且听下回分解。

第一七五回

复宣黄天霸见驾　钦派施仕伦擎杯

话说内臣梁九公高声叫道：“黄天霸快些放刀！佛爷有旨。”这才跟随梁九公同到安乐亭，在宝座前双膝跪地。老佛爷往下叫一声：“天霸，你的这口刀，寡人观瞧实然不错，朕意要看飞镖如何?”天霸答应：“民子遵旨。”当下就令：“梁九公，去在对面树上，两边拴定黄绒绳一道，上面挂起射箭鹄子，朕好看天霸的飞镖。”梁九公答应领旨，登时将诸事办妥。梁九公奏明不表，且说老佛爷金腮带笑，叫：“天霸，你言镖枪百发百中，悬针不错。你就立刻下亭去当面试来，寡人过目。”好汉答应：“遵旨。”叩头爬起，转身走下亭来，一屈膝从褡裢内取出金镖，来至对面看了一看，绒绳上悬了三个鹄子。暗说：“合该今日成功，等我格外留心，镖打红心。”天霸心中正在打算，忽听皇爷高声叫道：“天霸快些发镖。”好汉答应，左手托镖，怀中抱月，右手对准鹄子，把手一松。飞镖打出，只听嗖一声响亮，猛见对准鹄子，正中红心。宝座上老佛爷龙心大喜，两旁文武不住喝彩。又听皇爷传旨，叫：“黄天霸打第二只镖。”好汉答应又发二镖，又中红心。复又连发三镖，齐中红心。那些文武官员齐声夸奖。且说皇爷见天霸连中三镖，由不得龙心欢喜，立刻把黄天霸召进亭来。英雄先把打出的飞镖找回收起，这才在驾前拜倒。

宝座上的老佛爷望下叫："黄天霸，你的镖枪，朕已看过，当真不错。你再把甩头一子施展施展，与朕过目。"当下英雄叩头，口说："民子遵旨。"皇爷望下问道："天霸，你这宗兵器是怎么个施展法呢?"英雄见问，口遵："万岁，若施展甩头一子，乃是一宗绝兵器，要轻，轻似鸿毛；要重，重似泰山。可是两样劲儿，一样打法，悬针不错。夜晚之间，专打香头。如今皇爷要瞧此物，取过一个小茶碗。皇爷遣一位大臣，叫他高举茶碗，站在亭子下边，两面还得抬过一块顽石来。民子按着门路，先打顽石，后打茶碗，不能伤着举杯之人。这是轻似鸿毛，重似泰山。民子话不应口，情愿领罪。"说罢，叩头起身。佛爷点头，传旨准奏，扭项望梁九公叫道："快取茶碗一个，抬过一块顽石。"梁九公答应遵旨，转身出去。不多时诸事办毕，回来复奏不表。且说两旁文武官员，方才一闻天霸所奏，一个个又惊又喜，暗暗私语，这个说："年兄，这件事，还不知皇爷派着哪一位官员呢?举着茶碗这可不是玩的。一失了手，打不成茶碗，人叫他打掉了呢!"

不说众官害怕，且说宝座上皇爷往下降旨道："宣召仓场总督见驾。"但见忠良施公越众出班，进了安乐亭，慌忙拜倒。那老佛爷带笑叫声："不全，今日黄天霸要施展甩头一子，与朕过目。寡人命你托茶碗，站立在亭下边、顽石对面，好叫天霸施展甩头一子，朕当面验看。"贤臣闻听，登时唬了个面目更色，暗道："不好，这件事合该害我仕伦。若要举碗立亭下，万一天霸失手，伤损手腕，如何是好?又怕皇爷动嗔，诓君之罪难免。"

只得拿碗站在亭下。不说施公暗自沉吟。且说满朝文武一闻圣上降旨钦派仓场总督，个个称愿，暗道："这宗事正当派他。"内中有被他参过的心怀旧恨，说道："列位年兄留神请看，但愿老天睁眼，今朝显显报应，一下打死他，才趁平生之愿呢?"众人闻听，笑而不答。猛见宝座上老佛爷传旨，叫："仕伦下亭，高捧茶碗。"

贤臣无奈，只得遵旨下亭。内侍将茶碗递与贤臣。贤臣接来退出亭外，站在顽石对面，叫声："黄壮士。"好汉闻听连忙来至大人跟前，一屈腰将甩头一子拿将出来，用手擎定此物，一抖擞，只听哗啷一声，铁练抖开，将身一纵，施展武艺。把施老爷唬了一跳，那里还顾亭子上的皇爷、两边的文武，高声叫道："黄壮士千万的留神，可不是玩的。瞧着手上可是茶碗，下可是我的手，你估量着，可不是玩的。"你说这一路嘱咐，招得满朝文武暗笑。忽听天霸答应，说道："老爷只管放心罢！管保要不了你的命。"正说着，一抖铁练，甩头一子一晃，照定顽石吧的一声响，打得顽石四下飞迸。忠良暗说："不好。"又见他一回手，照定茶碗打来。又听吧、哗啷啷，茶碗粉碎。施公拍手打掌高声喝彩。把一位英明的帝王，只喜得金腮带笑，在宝座上翻着满洲话，不住夸奖。以后事如何，且听下回分解。

第一七六回

达木苏王抗旨比武　康熙佛爷怪罪含嗔

话说康熙佛爷见黄天霸把甩头一子试完，只喜得龙颜带笑，传旨叫黄天霸见驾。梁九公领旨，来至亭下，高声：“旨下！黄天霸见驾。”天霸随内侍进了亭子，来至驾前，双膝跪倒，连连叩头，口呼：“万岁。”座上老佛爷笑吟吟的要封天霸官职。忽听一人高声口尊：“佛爷，奴才见驾。”皇爷闪目一观，原来是达木苏王。众官一见王爷，不由失惊，俱都说道：“这位王爷膂力过人，昔在景山打过虎。天霸虽是英雄，大料非王爷对手。”不言群臣私相议论，且说王爷进亭，在驾前拜倒，口尊：“佛爷，奴才要比试较量武艺。”皇爷忽然想起一计，往下传旨，叫声：“达木苏王，你与天霸不可比武，你是寡人一家王子，天霸是区区一草莽之民。纵然他有满囊武艺，也不敢近你身体。这件事，万一若是被他打个一二下，岂不是当面取辱?”佛爷言词未尽，把王爷气得面黄失色，也顾不得皇爷归罪，口尊“主子开恩降旨，也别论我是王爵，他是庶民，只管叫天霸有什么本领，与奴才较量较量。俗云：‘当堂不让父，举手不留情’。那天霸有过人武艺，就打死奴才，不叫他偿。”皇爷想罢，往下降旨叫：“达木苏王，算准你二人比较。朕如今看你与黄天霸比武。他乃是一个草莽，你是朕的王子。寡人有三件事，要你依从，方许你们两个比武。”

王爷叩头，口尊："佛爷，奴才不知道是哪三件事?"佛爷说："头一件，你的力大无穷，不许伤着天霸的筋骨皮肉，你要损着他，朕要归你的罪名。第二件，只许天霸打你，不许你打他，若要无有这道旨意，他也不敢近你的身体。第三件，寡人只要天霸在，不要天霸坏，如若伤损天霸的性命，定要教你抵偿。"达木苏王闻听佛爷旨意，只得遵旨站起，迈步退出亭外。

且说天霸久闻王子勇猛无比，讲动手未必能服他，心内要使稳当计。来至王爷面前双膝跪倒，口尊："王爷宽恕小民。"磕头碰地，竟把王爷哄得一肚子气全消咧，自己倒后悔了，暗说："哎哟，我错咧！黄天霸乃是个草民，好容易随施不全进京，面参圣驾，实指望得个一官半职的。谁想我心怀不平，一定要与他要比武。这岂是我为国家亲王作一大位的行止？今朝若损伤了天霸的性命，不大要紧，倒教满朝文武取笑，说孤度量狭窄。只得当着御前走上几步，好遮掩满朝的耳目。"想罢叫声："黄天霸不必害怕，有什么本领只管施展，我给你拳脚上留情就是了。"黄天霸闻听连忙叩头说："谢过王爷！"说罢，天霸站起身来，掖上衣服，要与王爷比武，望王爷口呼："千岁！要容让小民。"言罢，施展浑身艺业，两个人一时之间，合到一处。天霸仗着身体灵便，蹿蹦跳跃，来回游斗，不教王爷抓住。宝座上的老佛爷看得明白，见天霸没教王爷抓住，不由龙心大悦，连连点头夸奖天霸，说："真是个巴图鲁好小斯！若不教王爷抓住，料想王子也就无能咧，朕在此处倒要看看他俩个的胜败。"

且不表老佛爷在宝座上观看，单言天霸再不肯近王爷身体。王子在御园中来回追赶天霸，只使得口中发喘，满脸通红，龙心急躁，也顾不得身在御前，口中大骂："哎哟，好一个挖不鲁①，气死人也！"言罢扎煞两只手，圆睁二目。但见天霸站在迎面说："王爷请啊！奴才一步儿也不敢多走，奴才上过当咧。来呀！有什么武艺只管使罢。奴才也没什么要紧的本事，就只会横蹦跳跃。"你说把个达木苏王只气得怪叫怪嚷，口中大骂。且说亭子上皇爷一见王子如此，又是恼又是笑，夸奖天霸身体灵便。不说老佛爷夸奖天霸。且说王爷见天霸来回跳跃，不能近身，只说："挖不鲁！坏了我半生英名。"言罢一个箭步扑上去。黄天霸见王爷要下毒手，着意留神，等王爷身临切近，只听嗖的一声，轻轻又纵到别处。这位王爷叫天霸闹的没有方法呢，浑身是汗，口内发喘，也不似从前那样英勇咧！也不肯与他蹿跳了，自己腹中暗说："好个天霸，我竟不晓的他这样身形轻利！我想赢他，只怕有些费事，这可怎么好呢？"达木苏王一旁暗打主意，要想赢天霸想不出个计策来。抬头忽见天霸迎面站立，满面赔笑，口尊："千岁，奴才只当输了，要不咱俩个算了罢！我瞧爷浑身是汗，必是身体乏倦咧！同到御前奏主，奴才情愿认输。"黄天霸这一片软硬话，把王爷气得直愣了半会，猛抬头一看，但见西北旮旯里可是配殿，一面是倒厅，不由满脸添欢，腹内说："要赢黄天霸，何不如此这般，将他挤在旮旯之中，料想他身轻，也难跳得出去。"王爷想罢，跳至东边，假意要抓天霸。谁想天霸他只顾躲避，往后就退，直往旮旯里避走。黄天霸再想不到王爷要下毒手。黄天霸他只顾往后倒退，堪堪退至旮旯之中。你说把个王爷

① 挖不鲁——满语，意为砍头的。

乐了个事不有余。连忙往前紧走了两步，竟把个夹道门就遮住了。王爷把龙体一斜，拉了个败式架子堵在口。就是往前多走一步也不能，把天霸唬了个惊魂失色。猛抬头见大殿内房子高大，椽子是两层，见明明露着。天霸看罢，暗暗喜欢，腹内叫着自己的名字说："黄天霸，你在江湖之中，不是一年半载的工夫，活了二十八岁，跟随施公却有七八年的光景，学成满肚子艺业。无曾施展。到了如今，蒙施大人抬举，把我领到帝王驾前，引见圣主，有本事不在此处施展，还想往哪里去卖？说不得我今把那作贼的本领使将出来，也教当今万岁看看我黄某，二则惊唬惊唬合朝文武。"想罢，浑身蹭一蹭劲，往上一纵。只听嗖的一声，起在空中，两手一伸，抓住了椽子，复又用脚往上一翻，身子贴在房子前檐。

且说王爷才要伸手去抓，一展眼不见踪迹，不知天霸何处去了，只顾留神往前找。天霸上面一撒手，将身一纵，轻轻落在尘埃，脚站实地，站在王爷背后，口说："千岁受惊。"王爷一闻此言，唬了一跳，一转身面带嗔怒，暗说："好个天霸，亚赛猴狲一般！我不但无面见驾，岂不教满朝文武耻笑。"达木苏王正自羞怒，忽然天霸口呼："千岁，奴才看，爷驾枉费气力，不如同去面君，只用圣旨一道，传与奴才，包管当下被爷擒住。要像这样较量，只怕使坏了王爷，也不能胜了奴才。"达木苏王一听，大叫一声："好个黄天霸！我若不把你活活摔死，誓不为王。"言罢将龙体一蹿，竟奔了英雄而来。王爷心中一怒，哪里还顾在御前安乐亭上现有当今万岁，这会子早把自己的命不要咧！只出这口气才好。将身一纵，往上举起手来，只要打死天霸。

且说亭子上老佛爷一见天霸从上跳下尘埃，还是英英耀耀，由不得龙心大悦。才要传旨宣召他两个前来见驾，见达木苏王又去动手，要打天霸，天霸又是照前跳跃不止，教王捉拢不着。宝座上喜坏了老佛爷，哈哈大笑说："好个巴图鲁哞拉吗①！"众臣宰一起随着佛爷龙音，大家齐笑。声音太大了些，把位达木苏王笑黄了脸，立刻羞恼成怒，满面发烧，浑身是汗，举目观瞧。你说上面笑声震耳，把个天霸笑得不知什么缘故，只得回头往上观看，不及提防了，一个大空，后又一扭项，但见王爷蹿至跟前，喝声："天霸！你还往哪里跑？"相离不远，把个天霸吓了一跳，说："不好！"浑身蹿劲，要想跑出圈外，怎能得个？早被王爷一伸手抓住了衣襟。好汉着忙。王子一见抓住天霸衣襟，心中大悦。想着：黄天霸捉拿住，用双手举到驾前献功。万岁要死的，活活的摔死；要活的，饶他不死。不过是堵堵皇爷的嘴，显显本领。谁料竟被天霸走脱。只气得王爷骂骂咧咧，赌气将衣襟扔在地下，还想前来动手。

忽听亭子上的皇爷传旨："宣王子、天霸齐来见驾。"王爷一闻降旨，不敢动手，只得来见老佛爷。黄天霸这才随后跟来，一个个尽礼磕头。佛爷见王子来参，气得满面含羞，一扭项眼望近御叫道："梁九公传朕旨意：宣仓场总督。"梁九公领旨，来至亭外高声喊道："旨意下！宣仓场总督施仕伦见驾。"下边忽听有人答应说："遵旨。"但见贤臣越众出班，来至驾前，万岁三呼，拜

---

① 巴图鲁哞啦吗——满语。意为"真是个勇士"。"巴图鲁"大致相当于戏台上常说的"勇士们"。"哞啦吗"或后面"哞啦嗎"，似"哞扎耶"之误，意为"真是"。

飏已毕。佛爷叫道："施仕伦，朕只为你保奏黄天霸，前来引见，朕当面看他演武，果然不错，才要封官。谁想王子心中不服，不遵旨意，要与天霸比武，以为操必胜之权。哪知天霸的身体轻便，虽无胜过王子，王子总不算赢。如今同着你等文武，寡人要问问他，也教王子自己后悔，也才知道一勇之夫，终久是祸。"言罢带怒传旨，下问达木苏王。王爷答应："奴才在。"佛爷说："你可知罪不知罪?"王子方才在下面听见皇爷对施公那派言词，心中就知佛爷动怒，他羞愧无地，摘了帽子连连叩头，口尊："万岁，奴才悔无及矣。"老佛爷座上带怒，传旨快把王子送在高墙问罪。不知这达木苏王罪过到底如何，且听下回分解。

第一七七回

老佛爷降旨封官　施总漕择吉赴任

话说康熙佛爷龙颜大怒，传旨把王子送在高墙问罪。王子摘下帽子连连叩头。唬得合朝文武互相观望，不敢进言。且说施大人在一旁暗想暗说："我始今引见天霸、小西等，所为教他等升官受职，方显施某不负勤劳。谁知达木苏王心中不服，又要与天霸较量武艺。谁想王子又不服天霸之胜，皇爷心中动怒，归罪于王子。这要叫王子为天霸获罪，一来黄天霸不能升官，二来我施某的名头儿不美。不如我在驾前奏明，将王爷免罪。如教皇爷加封天霸，岂不一举两得。"

施公想罢，往前跪爬了半步，口尊"万岁，奴才有短章启奏吾皇圣驾。"佛爷说："爱卿有本，对朕奏来。"贤臣说："圣主要为天霸归罪王爷，天霸罪该万死。不唯天霸负罪，连我奴才也该归罪。望乞皇爷开恩，放了王爷，赦免其罪，既然怜惜天霸，要不赦免王子之罪，黄天霸怎能身受皇恩?"言罢叩头，口呼万岁。满朝文武心中大喜，个个点头不表，且说皇爷宝座上闻奏点头，叫声："仓场总督施仕伦保本赦免王子，依卿所奏。"贤臣闻听准奏，叩头谢恩。又闻皇上降旨，叫："王子听朕谕旨：国法无私，本当归罪，朕看亲王面上，赦了你罪，罚你半年俸禄，赔补黄天霸衣襟，寡人一概不究。”老佛爷这道圣旨下，达木苏王焉敢不遵？敬礼叩头，口说：“谢主宽容之恩。”谢毕平身，立刻出了安乐亭，将半年俸禄令人取来，交还内侍，启奏万岁不表。

单说当今皇上望下叫道：“黄天霸，朕见你武艺精通，本领不弱。与王子较量，他将你衣服撕碎。朕罚他半年俸禄，料想够了你那衣裳的本了。并非我朕偏袒于你，寡人爱你武艺高强，少时朕加封于你。第一要野性收起，不比江湖中任意胡行。第二食朕之禄，须当报效尽忠，莫负雨露之恩。”嘱咐天霸已毕，天霸叩头谢恩。佛爷又望着忠良叫声：“施仕伦，你保荐黄天霸等，可见你是一派忠烈。从前蒙君之奏，一概不究，理当按功加封。还有余者之人，总算下役，不比天霸、关太二人功劳，由你委官用职。朕封你总漕粮务，巡查河路，查访那赃官污吏。钦赐赤龙金牌一道，上写：‘如朕亲临’四字，不论督抚提镇一概钦遵。倘有不遵，许你参奏，赏俸一年，赏假三个月，择吉起身，不必面君请训。”贤臣尽礼叩头谢恩。

只听宝座上佛爷降旨，叫黄天霸、关太听封。老佛爷喜忠良爱好汉，龙心大悦。加封施公总漕①巡按，外查河路一带府州县道贪官污吏、土豪恶霸。王、郭等下役几个人，教施老爷委用何官，另行奏章。贤臣谢恩站起。老佛爷传旨，叫道："天霸、小西再听朕封加：黄天霸为漕运副将，关太为漕运参将。一同总漕办事，听仕伦调用，与国效力有功再行升赏。"二人谢恩站起。皇爷封官已毕，龙袍一挥，文武散出园来。施公与合朝文武拉手道喜，俱各不表。

贤臣与天霸、小西等众人上马，回到私宅，与合家大小见过了礼。同僚亲友贺喜不表。三个月假满，打点起身。老爷将王殿臣、郭起凤二人暂行委漕运守备，合施安坐轿，先行走天津驿等候不表。老爷进内辞别父母、兄嫂、妻子，带领天霸等，俱是买卖人打扮。下人服侍贤臣等众人上马，小西、天霸俱各上马，穿过街巷，出了齐化门，要从通州奔天津而行。正走之间，贤臣猛然想起一件事情，眼望计全开言说道："你快快回去把施孝叫来，我在八里桥打尖等候。"计全答应，拔马回走，去叫施孝不表，且说贤臣与天霸等，复又催马，行不多时，早到八里桥。路旁有

① 总漕——即漕运总督。漕运，自秦、汉、唐、宋，历代封建政府均设此职，把各地粮运调京城或驻军地，多半指水路运输。清代常把东南地区粮食从运河北调京都，每年达几百万石。由于运输困难，贪污盗窃，消耗甚大，民间每缴一石漕粮，外加杂税，须缴一石四斗，历来弊病甚多。政府专设漕运总督主其事，施仕伦即漕督，又称其为总漕。驻扎在淮安（今属江苏省），以督南北。下辖督粮道、管粮同知、通判等官职，相当于省一级行政长官，且掌有一定兵力。

座饭铺，三人一起下马。铺中跑出两个小伙计来，把马拉去。主仆三人迈步进铺，刚要坐下，好汉回头一看，瞧见一个人，不知此人是谁，且听下回分解。

施公案

第一七八回

施总漕八里桥打尖　何路通十字街比武

话说施公主仆三人进铺饮茶。天霸伸手拿壶斟了一盅，递与贤臣，然后才是小西与自己各斟一盅。忠良手内拿茶盅，口内讲话说："二位，你们看这铺中好茂盛的买卖，满桌上尽是要酒要菜的。"天霸说："此处离京三十多里，正是打尖的地方。"好汉的言还未尽，只听对面座儿上，有一人大喝："过卖的！太瞧不起人咧！太爷进铺坐了这等一会子，也不来问问，倒是要什么东西，难道吃了不给钱么?"跑堂口中说："来了！来了!"连忙的往那边走去。天霸这边留神观看，那个人却是怎生的打扮。但见他身上穿黄色小夹袄，一条褡包系在腰间，下穿紫花布裤鸡腿袜子，绑在磕膝盖中，鱼鳞靴鞋足下紧蹬。又见外有一顶草帽，放在行李上面，小小褥套捆着连绳，旁边掖着双拐，拐头上明晃晃的露着枪尖，还有个钩儿带在枪上，这样的兵器甚是眼生。细看年纪不过四旬开外，身材不高，约有四尺有零。鹰鼻相配微须，两扇薄片嘴，眼大眉浓。天霸看够多时，不是客商买卖，不是庄农人家，又不像江湖绿林。再者也不过黑夜挖窟窿，作些营生而已。听他言语很像外路声音。

且说堂倌听见呼唤来道："要什么东西，请爷快快说明。这铺中伙计短少，说完了我还照应别的主儿去呢。"那人听见这些话，心中不悦，带怒开言道："你怎么忙，你就替我要了饭罢。"堂倌说："我的爷，我知道你老人家吃什么东西?"那人说道："我知道你铺子里可卖什么东西?"堂倌说："你老人家要上个饸渣豆腐，烙上两张饼，盛两碗饭，作一个常行汤，就很够吃咧!"那人说："这是你主意呀！我问你那盆内的鱼，案上的肉，都不是卖的么？堂倌说："爷，这么着省些。难道我们卖饭还怕大肚汉不成么？你老人家要吃鱼呢，是糟鱼，是酥鱼，锅烧鲇鱼，溜鱼片，烩甲鱼，烩白鱼。要吃肉呢，烧紫盖盐煎肉，排骨，丸子，炸肉骨碌儿。"那人说："不过这几样儿？这还没有我们南边小豆腐铺子菜多呢。听我告诉于你，买卖人和气为本。哪个吃了不给钱？别论衣服品貌，别欺负外乡人。在下教导于你，往后不可如此。我今日就是依你主意，给我个常行饸渣，两张家常饼，两碗合汁面汤，还要宽大碗盛着，越多越好。吃完了好登程。"堂倌闻听，照样传下去。这才照应别人。

这边的施公、天霸、小西用茶已毕，放下茶盅。贤臣叫道："堂倌!"堂倌答应，走至面前带笑开言说："大爷要什么?"贤臣说："我们三人要用饭。四两酒，给配四样菜，饼饭一起来。"堂倌答应，先把小菜、酒杯、筷子拿来，然后酒饭一起端来，放在桌上。天霸拿壶先给大人斟上了一杯，放在面前，然后与关小西和自己斟上。施公说："二位伙计，你我还要走路，咱们就是这四两酒哇！我就是这一盅，你们俩把那一壶喝完，吃点东西好走路。"二人齐声答应："很是很是。"正然说话，只听饼铛响，大人望着跑堂的开言说："伙计你来，如有现成的饼拿一张来我吃。"过卖答应："有哇。"说着走至柜内拿了两张饼，放在两个碟子里头，给贤臣放下一张，那一张才拿到那人桌上放下。那人一见，带怒开言说：“我要两张饼呢？”堂倌说：“爷爷先吃着这一张，赶吃不完，就得了那一张与你。”那人说：“我要了两张，你们将才要真忘烙了一张，我倒没的说。分明烙得了两张，你们为什么卖与别人？别人给钱，难道我是白吃么？我也给钱。此处离京不远，难道就不讲礼了，也没个先来后到吗？任凭是谁，自己既要吃饼，就该自己要。为什么人家要的，他吃现成的呢？我想这个吃现成的人，就漏着不开眼。”看官，这人因为腹中饥饿，才进铺内打尖，偏偏的跑堂的瞧不起他，他就一肚子气，有心要望跑堂生气，心中想着他又不值，满肚内成心要斗气。他见施公把他要的饼，留下了一张，他又见老爷那种相貌儿，很无人样，他心中就有好些不悦。方才说的这些话，何尝是冲跑堂的说呢？正是冲着这边桌上说呢！忠良本是一位文官，又是人臣极品，自尊自贵，宽宏大量，还恕的过去。像黄天霸、关小西他二人如何忍耐？听见那人说些闲话，你看我，我看你，互相观望，窃窥大人之意，但见施公总不动气，只管自己吃饭，二人只得权且忍耐。

猛见那人眼望堂倌复又开言说：“你这是怎么样呢？”堂倌回说：“少不得给爷另烙张饼。我本来错了，望爷爷宽容，不然另要点别的吃。在下情愿候了爷吃。”那么他更动了怒咧！站起身来，用手一指说：“你满口胡言。太爷有钱才进铺吃饭，什么要你候东？打谅太爷无钱。”说着话将银拿出说：“这银子全给烙饼。”将银往桌上一摔，说：“可恨堂倌瞧不起人，给我烙出来，摆开凉着，零碎吃点心。”那人越说越气，往堂倌脸上打了一巴掌，口鼻鲜血直流，只听叭的一声，堂倌咕咚倒在地下。掌柜的过来满脸赔笑说："我的伙计错了，望爷担带一二。爷照顾我一文钱，你就是我的财神爷来了。"说着屈腰打了一躬。那人一见哈哈大笑说："掌柜的，你家伙计我倒不恼，我只恼那个吃现成的。既知道吃饼，不知要吗？算是学吃学穿。"施公闻听此话，眼望小西、天霸说："二位伙计，你们听听，那边人分明是说你我呢！"天霸要问他去，施公未曾答言。小西先就立起身来，眼望那人说道："你休要胡言乱语，此乃是天子脚下，若讲豪横不成，管教你吃苦，不服就咱俩试试，打完了，给你个地方。"那人闻听说道："来来来！咱俩出铺去较量较量。"说罢一起跳出铺去，就动开了手咧。

看官，那人也是江湖中一条好汉，他却不在绿林里。前已表过，也不撥门挖洞，也不偷猫盗狗，却在水中凿船。皆因此条河路门，此时有船行走，他也探得有什么上任的大官在某处上船，他好在后跟随，得便下手。因打尖过卖瞧不起他，他是一肚子没好气。这些闲话暂且不表。且说天霸又站在铺门口高埠之处观看，但见两个人打了个难解难分，竟不见输赢。豪杰心中暗想说："这个人使的拳脚全是我家的门路，那是打哪里来的呢？从未见过这么一个人。"好汉惦记着老爷，复又进铺，看了看旁边的人，俱各出铺瞧热闹去了。忠良见好汉来至跟前，低言问说："小西胜败如何？"天霸说："大人只管用饭。小西若是不能取胜，大略也不能吃亏。"贤臣说："你还出去瞧瞧，要不然，给他们和解了罢。"天霸说："大人只管放心，那人一进铺子的时节，我瞧着他就有些眼岔，皆因他长了个贼样式。就是小西不能取胜，我还要并力擒拿，要问他的姓甚名谁，家乡住处？”贤臣点头，天霸转身出去，来到饭铺门口，留神观看。但见二人在十字街前，还是争斗。此乃是通衢大道，登时聚了人山人海，如上庙一般，拥挤的铺门风雨不透。掌柜的说：“合该今朝倒运，这买卖还怎么作？众位爷们劝劝，只当行好。”来瞧着看的人们，个个相视，不敢上前。且不言铺门口争斗之事。再说计全奉大人之命，回京叫施孝去，登时进了朝阳门，来到施侯爷府门前下马，望着门上之人说了一遍。门公闻听，入内回禀了太老爷。这太老爷叫施孝说：“你二老爷叫你有事，速同来人前去。”施孝答应，连忙备马，二人门外搬鞍，登时出了朝阳门，顺着大路，竟扑八里桥而来。不知计全怎么认识那人，且听下回分解。

第一七九回

计神眼巧逢故友 鱼鹰子扶保贤臣

话说计全同施孝来至八里桥铺门口外，但见人山人海，如上庙的一般，见天霸也在高处立着观看，叫声："老兄弟，这是为什么?"黄天霸说："你先见了大人，回头再说罢。"计全同施孝进铺门，走至上房，见了请安行礼毕，口尊："大人，关太哪去了?"贤臣说："关太在铺门口与人争斗了半天咧，不分胜败。你也看一看去。"计全翻身出上房，走到铺门口外，见围着一遭人。用手分开众人，挤将进去留神一看，连忙说道："关爷别动手，是自己一家人，怎么打起来了?"小西住手。那人回头一看，认计全相熟，连忙紧走几步说："多年没见了，如今现在哪里？作什么勾当?"计全说："说起来话长，且到铺中，有话再讲。"说罢，又望瞧看的人众讲话说："列位散了罢，一家人拌嘴，也没什么瞧头。若不散我就说别的了。"

众人闻听，除了本铺中吃饭打尖的，余者下剩的俱各散去。黄天霸也来到眼前。计全用手指着天霸，望那人讲话说："老弟你怎么不认得这位黄爷吗?"那人说："小弟总在南边，当时到不了此处，又搭着小弟眼拙，竟有些难认了。"计全说："拿耳朵来，我告诉你。"那人附耳到计全的嘴边。计全说："他是你师傅的儿子，名叫黄天霸，四霸天中的第一霸，十五岁出马为绿林，后来改邪归正。现跟着总漕施大人，新近引见万岁，封他巡漕副将。只因大人私访，改扮作经商客官行景，我在后边有点公干，这才来到，方才与你争斗的姓关名太别字小西，也是跟随总漕大人，官封巡漕参将。劣兄先在直隶一带，后也洗手归了正咧。因在郑州遇见天霸，多承他引见，跟随大人进京。如今又往淮关去，催趱粮船，沿路访拿赃官污吏，霸道强梁。不知老弟因何来到这里？如今意欲何往？”那人低声说：“我在南边专走水路。所作之事，难道老哥不知道吗？去年冬天有点积蓄，尽都输净。这如今河路开通，来到这边，想作些营生。因为打尖，就斗起闲气来了。谁知又遇恩师之子？要不是老哥说破，一家不认得一家咧！”那人拉住天霸亲热了亲热。计全说：“黄老弟，不认得这位么？此处人多也不必细讲，等你见过了大人，路上再讲罢。”二人齐说：“言之有理。”计全叫关小西也与那人拉了拉手儿解和了，这才一同进铺。计全先到施公身旁，附耳说了句话。忠良心里这才明白了，点头说：“既如此，先不用见我。你同他与施孝大家用饭。”计全答应，那人与施孝回到那张桌上，一起坐下。饭铺里掌柜的上前开言说：“大太爷你的银子、行李，全都交代明白。其错全是我们伙计错。那个嘴巴算是他白挨了。但愿你们爷们无事也就罢了。”说罢拱手而去。但说众人两桌上，俱各将饭用完，算明饭账。贤臣把施孝叫到跟前附耳说：“你把你骑来的马留下。你雇一个牲口赶到前途，告诉施安等，叫他们路途之中别延误，准在天津等候本院。快去罢！”施孝答应，雇驴前去不表。

且说天霸打开行李，拿出衣服来给那人更换衣服已毕，然后请贤臣出铺，服侍贤臣上马，又将行李搭在马上，叫那人骑上。大家也都搬鞍上马。计全紧靠施公的坐骑，关小西在马上拉着驮子，离了八里桥，竟往东奔。贤臣在前，众人围随在后。计全马上控背，低声口尊："大人，那个人家住江南常州府宜兴县，跟随黄三太学习武艺，因为绿林之中人多，故此在水路单身独立，自作营生。提起来此人本领不小，手使双拐，拐上带着枪钩，无人敢挡，水内能睁睛看人。如有仕官行台、买卖客商一切船只，专使拐枪凿漏船底，劫夺金银。在水内能住三日三夜，饿了活吞生鱼，因此外号叫做鱼鹰子，本名叫何路通。就是旱路上，拐枪钩也能抵挡四五十人。大人今往淮关，常住水路之中，难保无事。若依小的愚见，不如收他一同前去。"施公闻听，满心欢喜，说道："就依你的主意，何不与他当面讲明此事？"计全点头答应，带笑连忙勒马，让过施公去，扭项望着何路通带笑开言道："劣兄有句心腹话告诉贤弟，为人须习正道，世上百艺俱能养人。想你我幼年之间，不务正业，打劫为生，空混了半生，年纪都不小了，须当想个养老的主意，才能保得住收绿林结果。你瞧哪一个挣下房产地土咧？一辈子不落人手，这就算头等的光棍。谁能像黄三爷硬劫当今圣驾，成此名就，洗手不干咧！又养了个好儿子，十五岁上就出去露面，四霸天中数第一，江湖尽晓。难为他去邪改正，挣了个副将前程，年才二十余岁，又搭着他那一身武艺，又有施老爷提拔，何愁不高升？我如今跟着他吃碗闲饭，冻不着，饿不着，我就算知足。像贤弟，依我的拙见，何不跟着大人南巡？路上但能立一两件功劳，大人回京时见驾面圣，只是当今圣主一喜，你的功名有份，强似一生落个贼名。不是愚兄小看老弟，你未必能到金镖黄三太、红旗李八太爷那等分上。把这个事你得看破，难道你就不是江湖中人么？但只一件，如今的时事又与我年轻的时候光景改变了好些个。怎么说呢？你我也老了，王法也紧了，这时候想不出个收场结果来，也就难为了一世男子。我说这个话是与不是，老弟自己酌量而行。”那人闻听计全之话，回道：“老哥不忘旧日交情，才领小弟正道上行。多承老哥指教，小弟情愿跟随大人南巡，烦老哥回复大人去罢。你说我不为保举升官，但愿饱食暖衣，到老善终就足了意咧。”计全答应，前来回禀大人，就把那人情愿跟随的话，回了一遍。贤臣闻听，满心欢喜，一同催马东行。

忽听行路之人说道：“明日就是浬江寺庙热闹非常，各处之人烧香，贤愚不等。你我进香是善士，内中就是趁势作恶的。”贤臣马上闻此话，腹内沉吟说：“久闻此庙热闹，招聚凶徒匪类，再者，又有船只来往，是五方杂地，其中必有凶徒恶棍，倾害庄村黎民。何不去暗访暗访？”忠良想罢开言说：“众位伙计，你我去到浬江寺方近左右，寻找个房子住一夜，明早进香还愿。”未知后事如何，且听下回分解。

书香经典

中国古典公案小说丛书

施公案

中册

[清] 不题撰人◎著

浙江人民美术出版社

图书在版编目(CIP)数据

施公案/(清)不题撰人著. —杭州:浙江人民美术出版社,2017.1

(经典书香. 中国古典公案小说丛书)

ISBN 978-7-5340-4897-5

Ⅰ.①施… Ⅱ.①不… Ⅲ.①侠义小说-中国-清代 Ⅳ.①I242.4

中国版本图书馆 CIP 数据核字(2016)第 078059 号

责任编辑 雷 芳
特约编辑 袁 梅
策　　划 未来趋势文化传媒(北京)股份公司
责任校对 张陈丽
责任印制 陈柏荣

经典书香 中国古典公案小说丛书

施公案(中册) [清]不题撰人 著

出版发行: 浙江人民美术出版社
地　　址: 杭州市体育场路 347 号
网　　址: http://mss.zjcb.com
制　　版: 北京久榎图文制作中心
印　　刷: 三河市明华印务有限公司
开　　本: 620mm×889mm 1/16
印　　张: 130
字　　数: 1516 千字
版　　次: 2017 年 1 月第 1 版·第 1 次印刷
书　　号: ISBN 978-7-5340-4897-5
定　　价: 325.80 元(全三册)

第一八〇回

贤臣要访浬江寺　主仆偶住杏花村

话说主仆催马前行，直奔浬江寺。走不多时，忽见前面人马车辆往来，行人不断，独有一人在路口站着不动。是什么缘故呢？前已表过，贤臣先叫小西前去，在浬江寺附近庄村找房，将房找妥，在三岔路口等候。每逢这浬江寺开庙的时节，各处的人俱来进香还愿。这座圣母庙叫做护国佑民宁河保运观，有船来往，再无不进香之理。人烟凑集，甚是热闹，房屋店口不好找，可巧离庙不远，有座小乡村，名叫杏花村，属通州管。此处有个埋名的财主，姓刘名好善，为人老实忠厚。他家的房屋最多，见浬江寺开庙进香的人不少，他就想了个生财之道，腾出些闲房来开店。关小西找到此处，见房屋干净，与他的家童说明，将上房留下。小西将马拴好，到三岔路前来等贤臣。不多时忠良与天霸、计全、何路通俱各来到。贤臣看见小西，开言便道："你找的房子如何？"小西说："有了。"说罢回身退步，当先引路，登时来到村中。施公在马上举目观看，但见村中夏木荫荫。来到刘家庄仔细看瞧，青堂瓦舍，门楣焕然可观。门前四棵龙爪槐，用架往上托着，黑漆大门。贤臣在马上满面堆欣，说道："此处最好。"小西拉缰接过鞭来，服侍贤臣下马。众人俱各都下马，派店中搬运行囊不表。

且说贤臣进店，来到上房举目留神。但见芦苇扎棚，正面高悬一匾，上写“致中和”三字；匾下挂着一轴画，原是韩文公走雪图。左右相配一副对联，一边是：‘一窗佳景王维画’；下边是：“四座青山杜甫诗。”字画下放着条案，炉瓶三式放在中间。案边放着四张圈椅，堂中是铺炉子火炕，炕上铺着白毡。客房两间，暗着一间。里间屋一张红桌放着胆瓶、帽架，旁边也有两把椅子，蓝布椅垫。靠着南窗一铺大炕，炕上也有一条大毡。老爷看罢，椅子上坐定。天霸高声道：“来个人！”但见有年幼的人走进房中，他本是刘家的安童，生来伶俐，连忙带笑说：“若要茶登时就开，洗脸水也温上了。”天霸说：“你把我们的马，叫人拉出去遛遛。天也不早了，即刻收拾饭来，不论什么，只要爽利现成，休得迟误，快去！”店小二答应，连忙走去。不多时先将茶、洗脸水送来。贤臣与众人净面吃茶。不多时天色已晚，秉上灯烛。店小二进房说：“众位太爷是一席吃，还是各自用?”贤臣说：“我们是一席用。”店小二、计全将桌子抬放在当中。中间是一张椅子，两边是二条板凳。店小二说：“爷们用酒不用?”贤臣说：“先烫半斤来。”店小二答应前去。

贤臣居中，四人陪坐，分为左右。店小二将盅、筷、小菜端来放在桌上，又将蜡烛拿过来放在桌上，这才端酒端菜。天霸把壶斟酒，先给贤臣一盅，又将二盅与何路通斟上，口尊：“兄长，担待我小弟愚蒙，当面不识，多有得罪。”何路通连忙说：“不敢不敢，这算贤弟多心，愚兄也跟随大人，更算一家人了。”贤臣点头。天霸又斟几盅与计全、小西，然后自己斟上一盅。大家把杯饮酒。店小二端上菜来，放在桌上，恰好俱都爽口。鱼鹰子擎杯斟酒，奉敬贤臣，口尊：“大人，八里桥饭铺之中，多惊钦差爷驾，望乞宽容。”忠良接杯，带笑开言：“四位壮士听我告诉，这一去淮关上任总漕，大家须当努力齐心，帮助施某办理事情。差满回京，本院面圣乞奏当今，有功之人一定加封。但能身沾恩宠，封妻荫子，强似身在绿林。”四人一起点头，说道：“老爷天恩，如同再造。”说罢复又斟酒。大家齐饮，教店小二添汤添饭。大家饮毕吃饭。用完饭，店小二撤去家伙，擦抹桌案献茶。贤臣擎茶杯开言说道：“此事蹊跷，心中纳闷。明日就是娘娘庙门开，为什么别的进香人不住此处？难道有人走漏风声，知道施某是钦差按察，故此不来此处住店？”天霸说：“此处大略无人知晓。离此不远有大店，差不多的都住在那里。”好汉言还未尽，只听店外连声喊叫，口中直骂：“店小二狗娘养的！太爷们来到，你不伺候，看起来很欠摘爪，吃了你的心！”天霸闻听，心中纳闷：必是来了一伙绿林。不知是何处绿林，且听下回分解。

第一八一回

施贤臣假扮香客　众绿林群争店房

话说施公与黄天霸、关小西、计全、何路通讲话，忽听厅外面有人大骂说："店小二你这狗娘养的！明知太爷们来到，不能早去接驾。"说着要动手来打。店小二急忙跪下说："太爷息怒，小人叫那上房人躲避就是。"那人说："快去快去，你叫那香客即时让过上房，否则杀将过去，性命不保。"小二连声答应，抱头鼠窜的去了。不进上房，竟自咕咚跑进内宅客堂，见了主人哽咽不止，放声大哭，正不知所为何事。且说店家主人姓刘名望山，祖居此地，幼读诗书，稍知礼义。取妻李氏亦能持家。当时见了小二仓皇而来，恸哭不止，大家吃惊，连声问道："是谁难为与你？所因何事，如此悲恸？细细说来，我有主意。"小二见问，拭泪开言说道："今有五位香客，俱有马匹，让在上房居住，岂不是一件好买卖？却不想去年那伙恶霸，今天晚方才进店。被他一顿吆喝，骂个不了，硬要上房。我以好言答应说：'上房早有香客住下。他立时抓住，拳打脚踏，闹个不了，依旧不饶，立时要叫香客让他上房。小人不才，请主人去做主。'刘望山听这一段言词，倒觉作难，且按刘望山之为人，纵有大难之事，自彼处之不甚难。其为人也惯于应酬，巧于机变，奔走趋承，随高就低，因此有个绰号称刘祷告。"此时同小二出了内宅不提。

且说施大人在上房中，虽然不知原委，却是件件听真，心中纳闷。天霸虽亦自沉吟不语，何路通、计全满心不悦，关小西忍耐不住，叫声："众弟兄们都听见么？天下哪有这等无情无理之事？哪有这等霸道行凶之人？我关某若不是保着总漕大人，定拿了他送到地方官处，锁押正法，亦不为太过。"言还未尽，大人坐上带笑开言说："众位英雄不必如此，事情看冷暖，莫逞一朝之愤，方是远大之谋。"

正议论间，忽见二人走进房门，见了众人打躬行礼。众人亦带笑谦让。你道为何？一则康熙年间尚无顶戴之赐，二则大人与天霸诸人俱是香客打扮。施大人是不知者不怪罪，故此店主人一同平常香客称呼。当时行礼已毕，口尊："列位爷台，小人有一事相商，不知肯容纳否？"施大人故做不知，说是："有话请讲。"这刘望山本村人，都称他刘祷告，果然名不虚传，专能弄乖使巧，心苦嘴甜，当时见问，说道："十方香客爷们，我有一事，甚难出口。值此万不得已，只得前来奉禀，准与不准，但求容申一言。外面来了几个豪气客官，甚是凶恶，不讲礼义。去年香火之间，就住在这店里，俱各骑跨大马，身佩弓箭，好似凶神一般，还是硬要上房。望求爷们开恩，让他一让，小民举家不敢忘恩。"说犹未了，那关小西早止不住，喊叫一声，说是："不好了！不好了！可气死我了！你快快出去，叫他前来抢夺上房，我关某不怕他三头六臂，定要见个胜败输赢。理有短长，事有先后，天下哪有这样不懂情理的人？这岂不是惹事，出人意外？"店主闻听这般言词，只是发愣，不敢作声，痴呆呆站立一旁。不言店主迟疑不决，再说何路通见了光景，开言说道："店家，像你这等没主意的，如何办得了事？你再回去细细看他什么模样？姓甚名谁？或者是久闯江湖，闻名震耳，我们就让他上房。他若是无名小姓，凑胆子欺压平民的小辈，你叫他赶紧爬开，莫令老爷动怒，那时节玉石俱焚。快快出去问。”

且说刘店主，人称祷告，到此时无所祈祷，无门控告，嘴甜也不济事，心苦也无所施。事到其间，只得强忍，纯用反间之计，或者脑袋可保，也未可定。只得同小二来到厢房，双膝跪倒，口尊：“太爷容禀一声。”那些人正等得着急，见了店主，喊骂不绝，说：“狗娘养的！你有话快快说来。”刘望山口尊：“太爷不要动气。不是小民怠慢，只因那上房住的香客，更加来得凶猛，出言不逊。他叫我问问爷们姓名，如果是天下驰名的，便可相让。若是声名不重，小民就不敢说了。”只是磕头不语。那人越发着急，举起刀背打到肩背之上，好不疼痛，“嗐呀”一声，只见刀举起，只得跪爬半步说：“小民说就是了。”那人喝道：“快快说来！”店主说：“那人言道：‘若是无名小姓的，休想要住上房，你叫早早溜了为上，若稍迟慢他便打进房来，碎尸万段，马匹还要留下。’这是上房之人说的，小民一句也不敢虚言。”那人听罢，说是：“你且起去，与你无干。你去说：太爷们本是江湖客，提起名来，天下皆闻。你叫他一步一拜磕上房门，便就无事。不然杀进上房，一刀一个，尽夺他们行囊财物，那时后悔也就迟了。”

店主听罢，急转上房，一句加两句的诉说了一遍。施大人将始末根由思量，说：“此等必是绿林中人。众伙计们不必与他较量，即让了他上房，又便何妨，何须生此闲气。不知你们意下如何？”小西闻听大人一段言语，说：“我有一计可擒拿此辈，更无他虑。烦计大哥前去跟随店东认他一认，果是江湖有名之人，其中必有认得的，那时便好晋接礼让，不失义气。倘若一位不识，必是无名小辈，土豪下流，那时再拿治罪，也不为迟。”施公闻言道：“此乃两全之计，就烦神眼一往如何？”计全带笑起身，随着店主往外行走不提。

且说店主刘祷告，此时心中一发疑惑，无所区处，想：“上房中这伙人的言语，也必不是好人，是我有眼无珠，不识好歹，亏得他们量宽，日后切不可想此外财。”正在胡思乱想，一抬头时早听得那伙人大骂说：“这忘八羔子！一去又是不来。”正骂时，隐隐似有两人走进房来。店主旁边一闪。后面计全抬头举目，看不真切，猛听一人声音甚是耳熟，忽然想起说道：“那不是公然李五爷么？”李昆闻言忙答道：“你是何人，知吾草字？店家再点些灯来。”及时又点一灯。计全已到公然身旁，两下一看，李昆连忙问道：“老仁兄因何至此，这一向可好？今于此地相逢，真乃万幸。不知有何贵干，到了此地？”神眼见问，口呼：“贤弟，说咱们哥们自从任邱县内见面，多亏贤弟助咱，拿住了一枝桃。成功之后，扶保大人进京。圣上一见大喜，加封施公升为总漕之任，黄天霸升为副将，小西随漕赴任，却是参将。今日假满出京，先派人天津理事。施大人扮作商人，暗暗访查事情，今晚寓此店内。却不想与贤弟相逢，真乃万幸。不知贤弟因何到此？”李公然带笑开言说：“愚弟此来，为别人事情。这天津每因粮船一到，必要争帮打仗。愚弟邀人约情，意在助一阵，因此方来。既是施公与众好汉大驾到此，烦仁兄回禀，在下愿求一见，不知如何？”神眼闻听，连道：“好好，略候半刻，我回去一提，天霸必然出来迎接，就好相见。”公然连称：“不敢，但求容我拜见，三生有幸。”

神眼回身转入上房，未及开言，天霸忙问道：“看看却是如何？”计全说：“你打量着是谁人？先猜上一猜。”天霸摇头不知。计全说：“莫要性急，我给你一闷字，看你聪明如何？说起那屋里，闹的却是个神。”天霸猛然省悟说：“莫不是神弹子李爷。”计全笑道：“正是此人。”天霸说：“既是公然，何不同来一见？”计全说：“他有此意，要求拜见大人，与贤弟们一会，因是许久不见，未敢造次，故遣某前来回禀。”施公闻言说道：“李公然真异人也！自任邱县拿谢虎的时节，合朱光祖助我成功，飘然而去，真是一尘不染。今于此地邂逅相遇，亦为不幸。黄副将理当出去迎接，前来一会。”话未毕，只见天霸转身出来，说：“李公然李五爷在那里？”李昆闻言说：“那不是黄老弟兄么？”你看两相趋承，一团话笑，真是同声相应，叙离别渴想这情。公然遂将同伙人一一指出，都与天霸叙礼已毕。二人即转身同进上房，参见大人，说：“是言语不投机冒犯尊颜，伏望包涵为幸。”施公连忙说：“壮士请起，休得太谦。前者拿捉谢虎，多亏壮士助我成功，未尝面谢，时刻不忘大德。今于此地相逢，真乃三生有幸。”李昆复又控背躬身，口尊：“大人，外面还有在下同类之人，共十九个，皆是久仰大人贤德，无由拜谒，不知肯容纳否？”施公开言说道：“人以类聚，物以群分，既与壮士相交，必然也是豪杰，请来一见，便有何妨？”李公然闻言告退出门，招呼朋友一同进了上房，见了施公一起跪倒，高叫：“大人在上，我等都不是好人，俱在绿林为响马。今晚得见钦差大人大驾，真乃万幸。”大人说：“不必行礼，请坐。”众寇闻听，一起起身，各按次序归座。天霸又叫鱼鹰子相见，各通姓名，序了年庚，互相问好。店东在外听得这等称呼，不等吩咐，忙叫小二搭抹桌椅，设摆杯箸，立刻叫人设摆酒席，明灯高烛，不亚如肉山酒海，设摆数桌。众人敬施公首座，然后挨次坐下。众人斟酒让菜，满屋的大说大笑，各吐衷情，尽倾肺腑。正在喧哗之间，猛听外面连连敲门。不知是谁，且听下回分解。

第一八二回

众绿林店内畅饮　施大人复遇宾朋

话说李五闻听外边敲门，站起口尊："大人与众位俱各莫动。来者又是江湖中朋友，待我出去看看。"随叫店小二提灯引路，走至大门。小二将门开放。李五观看，说："那不是七侯贤弟么?"白马李七看见公然，叫手下人一起下马进店。小二将门关好。公然口呼贤弟说："这个店中住着钦差施大人和飞镖黄天霸。劣兄方才会过大人，真是谦恭礼貌封疆。贤弟须要拜见，不得轻慢。"李七开言说："有理。你我虽在绿林中，最喜忠臣孝子。况有黄老兄弟，犹属令人可敬。"言罢转身往里就走，口呼："黄老兄弟在哪里？一向别离，未得相逢。李七今日亲来拜望。"天霸闻言，翻身向外迎接，手拉李七，说是："久违仁兄尊颜，一向可好？今日天遣相逢，何等万幸！你叫众伙计前来一同参见大人，然后叙礼。"李七一声招呼，一字儿排开跪倒在地，口尊："大人在上，李七等叩头。"大人连忙站起，说是："不敢不敢，本院有何德能敢劳壮士行此大礼？快着请起。黄副将请众位叙坐饮酒。"李七等起身，再与天霸、计全、小西等一一叙礼，各通姓名。依次让了座位，重整杯盘，再添酒菜，欢呼畅饮。

施大人不知众人之来意，擎杯带笑，口呼："壮士，施某有一言请教，众位之来意何如?"李昆闻言欠身应道："老爷不得尽知，请听一言：因为粮船来到天津，各要争帮先交，皆不落后，故此各帮皆有约请的人，预备打仗。我被苏州帮约来。杭州请的白马李七，大约各帮都约下人了，只等五月十三日，在三岔口会战。句句实话，一字不敢蒙哄。”大人闻听，不知英雄们前来聚会，主何意思？天霸说：“列位请讲明白，即有不妥，大人也不怪。”七侯说：“杭州帮上约会我，苏州请了李公然，如若不来，便是失信于人。来时各站一帮，恐伤兄弟义气。因此约下杏花村相会中，再审区处之计。”施公闻言，连忙说道：“真义士也！从古豪杰不过如此。”李昆说道：“大人过誉。”施公说道：“某有一言，说来大家商量。到了日期，各执兵刃上船，只是虚张声势。我发文书，调拨人马兵将来助威，威镇河蛮不须动手。那时出示晓谕各帮，哪个不服，拿他治罪。平安之后，酌为定例，政平人和，永无争帮之患。众英雄代为审量可否？”众人听了，各各称能道善。李七复开言说：“还有一事未禀大人得知。杭州帮内有位姓侯的，名叫花嘴。生得五短身材，使两根李公拐，闻说他是异人传授，苏州帮内有一北方人，身在绿林，手使一根亚靶枪，身高胖大，外人多称他蒋门神。此两个人另宜防备。”大人未及开言，天霸一旁不悦，口称：“仁兄，休道他人武艺，灭却自己的威风。据我看来，不过狐鼠小辈。你们制住船蛮子，莫使混乱了战场，我与关小西专拿此二人。若有疏虞，从重治罪。”施公听罢，暗暗忖度道：“大事成矣！”口称：“众位助我平定此事，上报国恩，下救多少人命，俱有功德。须尽心力而为之。今日天气将晓，且请自便。”

单表五月十三日，在三岔口会面。店小二将家伙收拾，不必算账，赏了一大锭银子。众寇各备能行，奔了大路。天霸吩咐店家：勿得漏泄，恐有大祸，请大人上马，然后众人各跨能行。簇拥着大人前行。计全此一路上笑语闲谈，不觉日色西沉。天霸说：“你们保护大人缓行。”霎时来到公馆门前，天霸与众人下了坐骑。门内挂着灯笼，看不真切，门上的不知是谁，见这个光景，只得站起身来，一起迎下台阶。天霸说：“你等俱是什么人?”那些人见问说道：“我等是本处官兵衙役，派了来伺候大人的。”天霸说：“既如此，这是大人驾到，你等还不跪接，等到何时?”众人闻听一起纳闷，心内想着：“前日大人就来了，说是身有贵恙，并不办事，又不会客。怎么今日又有大人来了?”令人测摩不出，只得跪下。只说：“天津的兵丁差役跪接大人。”磕头将站起来，就有人报将进去。顷刻间但见王殿臣、郭起凤、施安、施孝，一起接出门来，好不威严。内外人等眼见总漕大人突如其来，即从天降，各各传宣，说是：“前日来的是假，这才是施大人驾到。”又说施公专好私访，前日不来，心是私访的事。人人害怕，各各担惊，只得坐轿乘马，都奔公馆门前来投手本，一起禀见。

又有天津盐院德老爷前来拜望。这个老爷虽是钦差长芦盐院，兼管钞关事务，他却与施公在京就相好，原是镶黄旗的包衣满洲，在三山行走，后来升任天津的盐院，听说施公来到，即来探望。门上之人回禀了贤臣，将名帖呈上。老爷看过吩咐：“余者官员外面待茶，请盐院德老爷、天津镇总兵李老爷相见。”门上人将话传出，德老爷与总兵往里就走。贤臣往外迎接，二门以里见面，先与盐院拉手，带笑开言说：“早闻贤弟到此，兼管钞关税务，劣兄想来探望，因为奉旨赈济山东，未得其便。如今皇上点我总漕，昨晚方才到此。我正想要去拜贤弟，反劳贵步来看愚兄。”盐院连说不敢。施公说：“请坐。”说着，那边镇台归了客位，总兵次之，须臾茶毕。施公说：“我有一事不明，与贤弟请教。这各省的粮船来到关上，是怎么样的过去?”德老爷说：“若问粮船到关，如单帮的，立刻开关叫他过去。若是三帮五帮，撞在关上，却又难了。若一开关，他就你抢我夺，槲头杠子，刀枪并举。去年那场就伤人不少，谁敢把他留下不成，只得任他们争斗，胜的在先。然后再开关。”施公听罢，眼望李公说道：“你管辖此处兵将，就该镇压地方，粮船争帮，为何不管?”李总兵见问躬身控背，口尊：“大人，卑职管辖马步兵丁，没有皇上文书，谁敢私动官兵？这粮船争帮一则，前后未有定例。都想先交，早行回程，谁肯落后？其中有些难处。故历年淹留，未有定例。今年总漕贵驾到此，必有嘉谋，乞酌量万全之策、不易之规。”施公听罢，哼了几声答道：“本院自出京以来，沿途私访，已访知有苏州、杭州两帮，为最刁恶。杭州有个侯花嘴，苏州有个蒋顺，这两处船来还许要争。咱这治服一帮强蛮，余船亦必畏法，再示以明条，令其遵守，有何不可?”总兵闻言，控背躬身，口尊：“大人说的是，下官不才，听凭大人驱使，无不从命。”施公带笑开言说：“虽是闲谈，按理亦当如此。”复问道：“每年粮船上坝，亦应有限期?”德爷说：“历年大约中秋以前，全粮上坝交纳以完。八月十五日后粮船要净，如若不净，应该参革有罪。今年天意水浅，重船难行，故来得迟慢。”施公眼望总兵说：“中秋节后，我要进京。”总兵点头道：“是。”

说话之间，门上人前来跪倒说：“禀明老爷，今有苏杭粮船来到关上。”施公摆手。再说施公回至庭堂归座，叫内侍传出话去。余者官员各自回衙理事。众官闻言，各自散去。只见人来回话，说：“外面有两个姓李的求见。”施公就知是白马、公然来到。不由满心欢喜。便唤参将关太出门迎接。关太来到门前，瞧见李昆同七侯来了，笑嘻嘻急趋了数步。携手进了大门，直到上房。二人见施公倒身下拜。施公连忙起身拉起二人，带笑开言说：“二位壮士，何必行此大礼？快看坐。”十分告罪坐下。李公然茶罢，控背开言说：“苏杭船前日虽在店中商议，今至临期，仍请大人示下，我们方能放心。”施公说：“苏州帮请的神弹子，杭州是白马七侯。不知二位见过船家没有？”二人道：“见过了，是约定五月十三日，要争胜败。”施公说：“二位的聘礼，必是十三日以前交代，交代之时节，便收下寄放在别处。到了临期，二位各站一船，待本院亲去验船，派下两个虚与二位交战；再派两个在两位身后拿人。拿住蒋顺、侯练，那些从犯自然懈怠，不思逞强。单等两帮平定，那时本院再定漕规，谁先谁后，永不许争。”即吩咐说：“快来摆酒席伺候。”应役人答应下去，须臾之间，杯盘满桌，酒饭齐备。施公说道：“今日算是个家宴，黄副将、关参将，郭、王两员守备，计全，何路通二位壮士，俱各前来陪二位壮士，大家痛饮一番，勿得推辞。”众人闻听一起告坐。施公居中，众人挨次坐下，欢呼畅饮。施公赔着笑，毫无骄奢，恰如同气一般。是可见：

大将用谋不在勇，贤臣折节不轻人。

且说这一群勇往之人，各各虎饮狼餐，心中叹服，一起哈哈大笑，直吃到天交二鼓。李昆和七侯二人告辞，说罢辞出，往外就走。施老爷令天霸等人一起送出大门。二人自去不表。再说天霸等人，仍回上房用茶。施老爷开言说："这神弹子所言，你等须得酌量万全之策才好。不然，我就要多调官兵，以防不测。"不知计全商议何计，且听下回分解。

第一八三回

两岸仰瞻施按院　浮桥怒打运粮官

且说计神眼口尊："大人，不必调用官兵。我有一计，管许擒贼。当令何路通、黄天霸上苏州船擒拿侯练，何贤弟可防其水遁。若在船上，黄贤弟自不让他。关小西同着郭起凤，战那杭州船的蒋顺，又约可以擒拿。不知大人以为何如?"施公点头说道："甚好，甚好。"诸位俱各无言，天交三鼓，各去安息不表。

次日清晨，施公起身。光阴似箭，不觉到了五月十三日的日期。那李七侯神弹子，早把两船上聘礼诳到手中，净预备着动手。这一日早，施公袍褂鲜明，靴帽齐整。众壮士早已装束齐备，伺候两旁。施公说道："天霸虚战李七侯，何路通擒拿侯花嘴。小西虚敌神弹子，郭起凤要争蒋门神。各要小心奋勇，不得误事。拿住两个头目，镇住余党，别帮自然不敢放肆。"施公迈步出门，刚往外走，忽见一人翻身跪倒，说："启禀老爷，外面来了苏杭两帮运粮官叩见，有手本投献。"施公用手一指，内司接过手本来，随吩咐门上人起来，传出去叫他进见。复至大庭正位归座，天霸等站立两旁。长随呈上手本，施公看来，却是五个。掀开看时，头一个上写：苏州大帮，重运千总贡士隆、空运千总怀英，叩大人天喜。第二个苏州小帮，重运千总李胜、空运千总叶法，叩大人天喜。第三个是苏州太仓帮，重运沈波安仁、空运陆祥；第四个是杭州头帮，重运张捷、空运李世雄。第五个是杭州临安帮，重运孙安、空运孙如虎。俱有叩喜之字，共千总十名。施老爷看毕一抬头，就有人掀起竹帘。十名运粮官走进庭堂，都是纱马褂衬着纱袍，头戴纬帽红缨。见了施公一起跪倒，自己口诵花名。施公说："平身。"重运空运分立两旁。施公说："船到关上这几日，为何今日才来？莫非不重钦差。"这重运五人见事不好，一起复跪尘埃，口尊："大人容禀，皆因是淮上见过了总漕，方敢催船前来。听见转牌请出，又点钦差，屡次寻问，听说大人私访未回，因此耽延日期。昨日晚间，方得实信，望大人宽恕。"施公说："你等既知新点钦差，粮务驻扎天津，船到住时，就该来公馆投下手本才是。粗心玩法，暂记捆打。"五人叩头，谢大人天恩。施公说："你们船不是随到就过关么？为何故意停留，耽误漕限。"五人一起叩头说："大人容禀，船到抄关，不能即过，皆因历年没有定例，俱各争之，皆不甘落后。都想早完早回。谁想就有人包揽，管许争先。因此船到浮桥，每致打仗相争。船到之时，就把揽头聚齐商量。内有侯练、蒋顺为刁恶首，最难治服。他们早已约定，今年争帮打仗，请大人示下定夺。"施公带怒手指说："你们竟是一派胡说！此离北京不远，辇毂①之下，就敢如此逞凶？你们这运粮千总应管的何事？"只见一起连连叩头。贤臣又说："你们先回去，就说本院随后就去查验，明日方许过关去咧。"千总们磕头，鼠窜而去。

---

① 辇毂（gǔ）——天子的车舆。用以代指天子。

施公随即起身走着，行不多时，到了浮桥。轿夫撑住轿杆。天霸等分立两旁，众兵丁衙役按字排开。施公闪目留神，但见一带长江粮船密摆，桅杆若麻林一般。单有两只大船在前，直抵浮桥。施公正然细看，忽听一片声喊，不知哪里来的。原来盐院德老爷早有谕帖传到，如施大人来验船，叫关上人役一同伺候，故尔一见施公轿住，众人声扬："天津关的德老爷家丁人役给大人叩头。"施公带笑说："又劳你们，回关上去罢，各治其事。"众人答应，复又叩头，方才起去退后不表。

再说重、空运十名千总，各有私心，早已上了船，各人嘱咐各帮：须要听大人吩咐，要是怪下来，无人敢担。船户亦自面面相觑，揽头微有忿色，亦不出言。你道此弊如何至此？属下人皆是做官当差的，皆知王法，一则揽头最是祸苗，无他不行，有他便是挑搏逞能，从中取利；二则运粮官亦各愿本帮先交先回，兼有私弊，故意纵容。一概是自逞私心，而网其利耳。今日见了施公，素知其刚直，又好私访，又有圣旨敕令，如皇上亲自到此一般，因此皆是毛发悚然，静等大人吩咐。大人轿到站住，每一船来人两个，一起轿前跪倒，自己口中报名，什船、什号、什旗下，"叩见大人天喜"一片声音震耳，施安招呼："平身。"众旗丁叩头起身，退入船中，施公吩咐："唤张捷、贡士隆前来。"

头里传嚷一片声喊。只见重运千总两员急趋桥前，俯伏跪倒，连连叩头。施公说："这两只船因何并行？"千总口尊："钦差大人，这两船并行，实有个缘故。他来已有数日，皆因两不相让。请讨示下，令他让路。”施公说：“谁先到的谁先走，哪个不遵，拿他问罪。”贡士隆忙道：“是苏州船先到。”张捷跪爬半步，口尊：“大人，千总杭州的帮，先到关口，住下一盏茶时，他们的船才到。”施公闻言，断喝说：“哇！满口胡说。在本院面前还敢如此抵赖，若无官之处！不用说了，你们分明是私事一般，哪有王法？”便叫：“人来！”衙役跪倒二三十名听令。吩咐：“先将这两名千总各要捆打二十。”青衣上前按倒。贡士隆声声求饶，大人只做不闻。军士举起军棍，一五一十，只打得血溅浮桥。打完放起一旁下跪。又把张捷照样行事，一并打完放起，轿前跪倒谢恩。

施公又吩咐黄副将招呼苏、杭两帮，谁先到的先走，后到的莫争，如敢故违，罪加一等。黄天霸高声嚷去。声犹未了，只见船上蹿出两个人，手执钢刀，一人嚷：“是苏州帮先来。”一人嚷：“是杭州帮先到。”一个就说：“你们烦了总漕来，也不管事，还是照旧例，谁杀得过谁先走。”一个就说：“你们弄了钦差来压派我们。咱们有例不增，无例不减，还是杀败了的在后。”两个人越说越近，赶到面前，各举钢刀，呐喊如雷。施公在轿内看的明白。双刀并举，门路不一，都是绑身汗褂，薄底快靴，身材雄壮。施公看罢时，认得是神弹子、白马二人，好生斗得畅快，知其假意争战。施公看得目呆，忽听李昆说道：“太爷受的苏州聘，到此争帮来显名。未曾与我动手，也该访访神弹子的名头，江湖之中那个不晓？若知好歹，让我先过去罢了，倘若不肯，管叫你尸丧此江。”李七侯微笑说：“李昆，你也曾晓得我白马李七的名么？天下谁人不知？那个不晓？倘你稍知时务，我劝你早早回去，让我帮先行，是你万分之幸。迟则死于钢刀之下，后悔也就晚了。”公然满面含嗔，二人复又动手，你来我往，翻上翻下，远接近迎，钢刀闪闪，真是杀得好看，不知如何拿法，且听下回分解。

第一八四回

李公然船头重义　何路通水底轻敌

且说张捷、贡士隆满心怨恨，站起来观看船头打仗，心中正愿船上人不服，心中暗想：看他麻脸如何办事？猛听得施公轿内高声喊道："人来！"只听面前有人应声而至。施公说："你俩把船上的人拿来。"那人答应，大踏步来到河边，喊道："那船头两人休得动手！我奉钦差大人命令，要把你们拿回，问把持之罪。"李公然、李七侯闻听此言，一起住手。各人站在各人船头之上，手内擎刀望下一看，原来是黄天霸、关小西。神弹子说："什么钦差，也管得我的事？要来拿就比比武艺，若是胜我，我就永不想这宗邪财。"小西、天霸二人闻听此话，不由大怒，高声喊道："好无王法的野人，如此大胆！"说着赶紧几步，竦身上船。两岸观瞧的一起喝彩。这关小西直扑神弹子。黄天霸手执钢刀，望七侯说话："像你这无法无天，真是大胆！皇粮是当今用的。把持漕粮，罪过不轻。总漕大人现在此地，还敢无礼？将你拿住，必是割头。"李七闻言说："黄天霸别小觑我等，看刀来！"劈面就是一刀，天霸随手撑开。只见刀架刀迎，咯当当响不住声。关小西和白马李，也在那边动手厮杀。真是将遇良才，直战了有一个时辰，胜负未分。

猛见杭州船舱中蹿出一人，手使李公拐，帮助李七。这苏州船舱也走出一人，手使亚靶枪，来助神弹子。两岸上人山人海，一起乱嚷，说是："不好了！不好了！船上又添了人。这跟随大人的，恐怕不能取胜。"议论纷纷不一。且说施公看的明白，吩咐："再去两个人把船上匪徒拿来！"郭起凤、何路通一声答应，飞身上船，一涌跳上船去。郭起凤在苏州船上，截住了蒋门神，铁尺挡住亚靶枪。何路通上了杭州船，与侯花嘴交战，钩枪拐挡住了李公拐。共是两对假战，四个真战，八人分在两船头上。先表那苏州船上李公然假战关小西，郭起凤真斗蒋门神。一则在众人面前，又是人烟稠密，众目所观，由不得不抖精神；一则今年包揽粮船，争些银两，以为活计，一有疏虞，下年便无人雇了，失去养命之源，只得拼命相争。那旁何路通合侯花嘴二人，也只如此，各人奋勇，蹿蹦跳越，谁肯让谁。各船上都有一对真、一对假。其余各船、两岸观者，目瞪口呆、不分真假。唯杭州船蛮子，专盼白马李得胜，苏州也望神弹子得胜。这闲散观者越聚越多，真杀假战的越斗越勇。

正在酣战之际，李公然丢个眼色，虚砍一刀，"哎呀！不好！"往船后里就跳。蒋顺一见，又气又恼："他仗着神弹子助胆，还如此怯，使了多少聘礼，竟听他说些大话。你会打弹子，百发百中，何不施展？"李昆在船中，也叫喊："蒋门神听真！与我交战的姓关名太，久保施公，天下驰名。我不能取胜。你若不服，和他比试，你若胜的了他，情愿退回你的聘礼。"说罢又不言语。弄得这蒋门神神魂不安，进退不得，心中想道："李五本事，虽未见过，这江湖人都交他。想这关小西必是武艺精通，为何众目所观，又挣我们银子，竟自败退？想来是实不能胜他，方才退败，剩我一人，双拳难敌四手。”想了多时，说道：“你们两个人，我是一人，必须单比，方为好汉。姓关的战败李五，咱俩单比武，不许别人帮助。”小西闻言，哈哈笑道：“像你这胆大奴才，真是可气，竟敢和老爷论输赢？伙计退后，待我擒这奴才。”郭起凤收了铁尺。蒋门神方才放胆，以为得意。遂说：“姓关的，快来动手。”将枪杆拧了又拧，想道：“此人战败李五，必不平常。下年的买卖成败，只在此人身上。”抖擞精神，尽力扑来，分心便刺。小西看准，一抡折铁倭刀，只听咯当一声，枪头落地，枪杆削去半截。门神大大的吃惊。且说施公看得明白，想着拿着两名揽头，也只在今日，早些平定粮帮，好奔淮安赴任。正自思想，猛听咕咚一声，船上倒了一人，乃是郭起凤等得不耐烦了，上前照腿上一铁尺，蒋门神栽倒。关小西向前按住，郭起凤随手又是几铁尺把两膀卸了，喊声：“拿绳过来。”青衣紧跑，将绳递过，把蒋门神四马攒蹄捆了个结实，提将起来，往船下一撂，摔了个昏迷不省。施公连忙吩咐：把这奴才送到公馆，等着把那个也拿住，好一并正法。手下衙役抬起来，送到公馆看守不提。

再说李七侯见了公然退败，自己早闪到一边去了。又见小西拿住蒋顺，连声喊：“拿去了！拿去了！”意在威吓侯练。花嘴闻听，一发动怒，把李公拐抡起，真与何路通打个手平。连那旁小西、起凤一同观看，天霸也不动手。看来花嘴真不在鱼鹰子之下。战够多时，不分胜败。看看天已晌午，黄、关、郭三位英雄袖手旁观，都要较量侯练的武艺，暗中赞叹：“可惜此人不入正途！”再等个时候，看他是谁胜谁败，那时再动手不迟。哪知施公轿内内心忙着，见何路通独战侯花嘴，鏖战多时，不由心头火起，说道："一起动手，将这奴才拿住，勿得怠慢！"黄、关、郭听得吩咐，一起着忙，各举刀兵，前来擒捉侯练，这花嘴一见势头不好，便是奋勇招架，往来冲突数合，一翻身跳入水中。天霸、小西、起凤各自束手无策，鱼鹰子大笑一声，一扭头也钻入水中，追下去了。

单说何路通能在水底睁眼，可住三日三夜，专会水底拿人，故人都叫他鱼鹰子。本在八里桥饭店相遇，与关小西斗回闲气，计全认得，相劝归附大人，并无寸功。今日见了花嘴入水，喜不自胜，所谓南人坐船，北人骑马，正是立功之所，甚觉得意，故一扭头沉下去了不提。

且说那众船户合两岸闲杂人等看得真切，各各惊讶喝彩，深服施公用人之周。正不知水底如何打仗，人人纳闷。猛听得一人跑来喊叫："黄副将，大人请你回话。"黄天霸闻听，大踏步赶至浮桥，轿前躬身侍立。施公说："你吩咐船家，莫留闲人，只是够用就得，先来在前，后来在后，勿得乱走。"天霸答应，翻身复上船头高声道："各船旗丁揽头听真！方才大人吩咐：那船先到先过关，后来在后，永不许相争。皇粮乃是国家要务，王法所关，勿得轻视。少时拿侯练与蒋门神一并开刀正法。再有不服的，早些出来放刁，别等没人时候撒赖。"并不闻一人答应，偶见两船上各来一人，直奔黄天霸说："我辈求见大人。"那两个人来到轿前跪倒。施公一见开言问道："你两个是什么人？姓甚名谁？为何来见本院？"二人叩头，口尊："钦差大人容禀。我们姓李，本是好人，因一时不明，又被他买嘱，帮助他们争帮，却不知此等厉害。方才知道后悔，故此前来请罪，身该万死。”施公闻言冷笑三声说：“这粮船乃是国家养兵所需要务，满、蒙、汉八旗兵丁尽赖此粮。把持漕粮，即是违逆圣旨。你等务宜知罪，以后切不可再犯。人来，把这两名投降带回公馆，俟后再审。”手下跟随领着李公然、李七侯到公馆不提。

再说侯花嘴逃在水内，指望逃灾避祸。哪知道就遇见鱼鹰子正自水底行走，偶然背上一拳打的他不知是人是鬼，是鱼是龙，心中胡思乱想，口内还得换水。不知不觉背后又来一下，比前觉重，更是吃惊。急中生智，用尽平生力量，抡动铁拐，乱打一阵，一下也没着什么，使得四肢无力。何路通想道：水里不能睁眼，捉他何不赶紧，拿去交差完事。想罢用右手钩枪拐，伸过去看准他脚跟上的筋，尽力一摔，拉起便走。何路通用踏水的法儿水波上行，如同平地，拉着侯花嘴在水面上半沉半浮。至于小西、起凤，无不暗暗称奇。

唯有苏杭两帮揽头、艄公、舵公等人，顾不得道好，只是咬指伸舌，探头缩颈的。各顾自己幸逃罗网。当时若与他相争，各各俱得遭擒，只这时不住说：“你看你看。”快到桥边，只见何路通纵身上了浮桥，把一个侯花嘴倒栽葱的，双手拽上桥去。两岸上人又道：“好!”喊声震地。只见两个人是水淋淋的。何路通怀抱钩枪拐单膝跪在桥前，口尊：“大人，小的奉命将贼拿到。”施公说：“把侯花嘴捆结实，带到公馆。”一摆手，何路通站起身来。施公又吩咐：“起轿，且回公馆。”只见拿执事，乱走一阵，各自排开。早有人牵过马来，黄副将乘马上前行。又听得轿内传出：“那十名千总，随到公馆听候。”一言传出，千总们闻声丧胆，哪敢怠慢，连忙下船跟随轿后，俯首随行。吩咐一声：“打道。”八人抬起，一阵风相似来到公馆，下了大轿，走到厅中升了公座，天霸等人两旁伺候。下役排班，喊过了堂。十名千总跪在上面，蒋顺、侯练跪在下面。施公带怒叫：“蒋顺、侯练，你俩个可知罪吗？”两人跪爬半步说：“知罪，是小人的错，不该收他们这几两银子。情愿领罪！”施公嗟叹不已。又叫人把蒋、侯枷号起来。不知究竟何如，且听下回分解。

第一八五回

赴淮安初经水路　到静海又接民词

且说忠良爷拿住蒋顺、侯练，枷号浮桥，单等粮船定规之后，仍然要从重治罪。施公传令："在前的先过关，各按次序而行，在后的勿得逾越，违令者斩。"一言宣出，众人畏服，按着次序，各不争强。公馆又传出话去，说明日起行，一言传出，霎时之间文武众官皆知，齐来至公馆，俱要伺候饯行。施公不能推辞，公馆中大摆筵宴。施公首座，开言说："施某有何德能？过蒙众位抬举，实不敢当。"众官齐说："老大人不必过谦。在卑职地方，多有怠慢，万望恕罪。"言罢大笑，痛饮多会，施公告辞。当时头里一只小船，喝道打锣，前站顶马开路而行，随后是太平大船，施公与众亲随人等。后跟九只小船，装载伙食器具、行囊私用诸物不表。且说沿河一路两岸来往人，以及近河军民无不夸奖，瞻云就日一般。各处文武官员无不畏惧。一路该汛官兵更相护送。行到曹家庄，又过杨庄村。

那一日到了新口，顺风帆起正走得急，隐隐有人连声喊叫："冤枉！"顷接船近，越听真切，乃是一个妇人。众人就早看见，不敢多言。忽然一声通到舱中，惊了大人的贵耳，猛见施安跑出说："此何地名？"撑船人说："前面离独流不远，有喊冤之人。"施公吩咐说："带鸣冤之人。"水手解开纤绳，举竹篙撑到傍岸，招呼告状人来见。那妇人急忙走到河边上船。水手顺篙摇上，立时赶上大船。船挨处，看那妇人上了官船，俯伏跪倒。施公上下一看：乌绫罩发，珠泪滚滚，穿一件蓝布褂，下面趁着青布裙，年纪四旬上下。施公看罢，开言说："你有什么冤枉，来到此地?"妇人说："小妇人是静海县人，特来告家主曹步云。"施公带怒说："赶下船去！以仆告主，我却不准！"那妇人站起，转身说道："只可闻名，不可会面。人称天上神仙一般，竟不想也是平常！可惜康熙万岁尽用些无能之人。"随说随走，到船边将身一扑，落在水内，吓得众水手齐声说道："不好!"施大人在船舱内听见此言一怔，且想："翰林院曹步云，为人耿介自持，不肯用钱打点，故未显达，一气告假回家，田园自乐。"施公素知此人，旁人告他，也未可深信，况且是他的奴婢，本无告主之理，故而喝退。哪知妇人有天大冤枉，因此那妇人听见施公路过此处，早前数日，暗想："此时一见施公，如见青天，哪知推脱不准。"他想："如此清官不管，天下更无人管了。我丈夫冤沉海底，何时得报?"必然有死无活，苦无出路，故此跳入水内。

施公猛然惊疑，说道："快去救他。"何路通一声答应，来到船头，早见有水手将人托出水来，放在船头。控了多时，方才甦醒。人役进舱回明。施公道："带进舱来!"人役一声答应，二人扶着他进舱里。可怜那妇人浑身水淋淋的，望上跪倒在船板之上。施公吩咐停船。水手连忙将船拢岸下锚，一阵锣响，船已稳住。施公说道："你莫怨本院不管。世界以上哪有奴告主人之理?你果然有天大冤枉，要你从实诉来。"妇人见问，口尊："大人容禀。小妇人李氏，年四十岁。嫁夫曹必成，年四十二岁。本是主人家中生养的，家主相待恩情非浅，前日差他忽然县中下书。县官一看此书，立刻升堂，不问青红皂白，当堂夹问，严刑处治半死，送到监中。小妇人前日往监中送饭，见他憔悴如鬼。小妇人夫主言说，他受刑不过，竟画招认承了勾引强盗打劫主人。小妇人听见人说，总漕大人代理巡按，惯断无头案。因此舍死忘生，拼命奔来，望求老大人施天地之恩，从公一断，问准是何情由。我们作奴婢的，虽死无怨。”

施公听罢妇人之言，心中暗想：“曹步云为人，与此妇人像貌，皆不是奸邪刁恶之人，此事叫人纳闷。”猛然想着：“其中必有关于名节，不便明言，故陷之以盗贼。此事若不审明情节，有玷我的贤名。”想罢开言说：“鸣冤妇人暂且回家，三日后听传，本院必定将事与你辨明。”那妇人望上叩头，站起身来下船，登了岸扬长而去。施公说道：“开船，今晚往静海奉新驿歇马。”从人答应，赶紧吩咐水手，说：“大人谕下，奉新驿歇马。”官船正来，忽见前面一人，身穿蟒袍补褂，高擎手本，后面有几名从人跟随，拉着坐骑，远远站住。那穿官衣的，紧跑了几步迎着官船，跪倒岸上，拿着手本，说：“静海县知县陈景隆，迎接老大人。”官船上有人进舱回话。大人说：“叫他公馆伺候。”将此话传出，陈知县起身上马，竟奔公馆去。施公催着水手，急忙快走。不多时来到奉新驿前。

吩咐守备四外各处汛地，又吩咐知县进公馆面谕。一言传出：守备归汛，陈知县来到公馆参见大人，行礼毕，一旁侍立。施公带笑开言说：“贵县你是什么出身？”知县见问，控背躬身说：“卑职是一监生。”施公说：“你是捐的功名，到任几年？”知县说：“卑职到任一年。”施公说：“前者有一个曹翰林的故事，你可记得否？”知县说：“有书来到，上写：‘家人曹必成，夤夜勾引强盗入宅打劫主人，故此叫他自去投首。招认口供，立杖毙大堂，待领尸首。’卑职虽然审明了口供，暂行收监。”施公带怒说道：“你素来审问，必动大刑，屈打成招。你曾问他勾引强盗是谁？共有几名？打劫是什么财物？”若知大人如何发落，且听下回分解。

第一八六回

宠美妾乐极生悲　送义仆绝情处死

且说知县陈景隆见施公话问得根切，满面通红，直吓得俯伏称罪，口尊："大人，卑职该死，未尝问及此处。"施公说："再请问贵县将那余者盗贼，可曾拿住?"知县只是叩求大人宽恕。施公说："陈景隆，你也须知诬良的罪名，大料你也难辞。暂且回衙，明日大早，将曹必成连你衙役刑具一并带来，勿得有违。"陈知县连说："是是。"起身而去。施公看天气不早，就在公馆安寝。外面民夫巡更，官兵巡逻，一夜不止。

次日清晨，贤臣起身，净面更衣，点心茶罢。家丁传进说："陈知县带领三班人役，各样刑具，连曹必成一并带到，现在外面伺候，请大人示下。"施公吩咐："叫衙役分班排开，刑具列在厅前，等候本院审问此事。"将话传出，知县连忙预备停妥，又吩咐衙役各要小心伺候。施公吩咐王殿臣、郭起凤、计全、何路通、施安、施孝站在后面，黄天霸、关小西线缨纬帽蟒袍补褂，各带腰刀，在公案以前，分班侍立。一声喊堂，施公吩咐说："先传知县。"下面齐声说："传知县!"知县闻听，连忙跑到公案前双膝跪倒，叩头已毕，站立一旁。施公又吩咐带曹必成上来回话。青衣答应出去，不多时将曹必成带到。知县说："带犯人。"施公说："解去项锁。"曹必成跪倒尘埃。

施公望下一看，见此人身穿布衣，慈眉善目，倒是个老实的长者。施公坐下假意带怒，说是："好大胆的奴才，你可是曹翰林的家奴曹必成么?"下面答应说："是小人。"施公喝道："你既是家奴，与主人有何仇恨，竟敢勾引强盗打劫家主财物？把从前的缘故一一说来。若有半句虚言，立追你的狗命。"两旁站堂的一起喝道说："大人吩咐，快些讲来!"义仆曹必成跪扒半步，口尊："大人，容小人细禀。小人自幼生在主人家中，看待如同父子，娶了妻子。前于五月节，有人来请家主同去饮酒。临行之时，家主说：'今晚怕不能回家。'令小人照看家务。家主去后，小人也有人来约会，因此小人在朋友家饮了一夜，次日清晨方回到家。听说主人半夜间就回来了。细看好像家有什么事故，急入房中问了妻子。小人的妻言说：'家主爱妾夜间吊死。'小的听说，魂不附体，不知因何，正在纳闷，有人来说："老爷叫曹必成。'小人连忙去见。家主拿着一封书子，叫我送到县衙，面交县太爷。小的正因二主母吊死，想必紧要出气，不知是谁。小的拼命跑至公堂，那知来到枉死城中。老爷看书，登时变脸，问小的说："你是曹必成么？为何勾引强盗打劫主人？与我从实招来。'小的闻听，我竟自不知因何缘故，只得跪下分辨冤枉。说破舌尖，那县太爷竟自不听，只是百般拷问，苦苦的来打，叫小的招承。因此小人受不过，屈打成招，囚入监内，有死无生。不想今日青天提审，也是该当拨云见日。老大人判明此案，分清是非，小的死个明白，生死不忘大德。"说罢磕头碰地。

施公暗想：听这一片言词，察言观色，分明是屈。乃因翰林爱妾，又是因何吊死？左思右想，必须如此这般，才得明白。施公说道："将他带去。"下役答应带到一边。又吩咐知县说："你拿我的名帖，亲身急去把曹翰林请来。就说本院有话与他商量。"知县答应走出公馆，上马加鞭，赶进城来。到曹翰林门首，门上人将帖递上。主人看是钦差名帖，又是本县来请翰林，总不知因为何事，必得前去，忙令家人备马，一同本县出城，来到公馆门首，甩镫下马。来到厅前，施礼已毕。施公吩咐看坐。曹步云谦让多时，方才坐下。施公带笑道："有个曹必成是贤契的家人么?"翰林说："正是。"施公说："你写书叫他自行投首，说他勾引强盗，不知贵府失去多少财物?我想其中必有别情。贤契你可千万实说，不可屈枉无罪之奴。"曹翰林见问得真切，料想隐瞒不住，便说："钦差老大人若问，废员也不敢不从实说来。奈因此事说出，与我脸上无光，老大人休得见笑。前者五月初五日，有人邀我饮酒，原说今夜不回，只因牵挂，故此四鼓时回来。直走到后园，见得小妾房中并无灯烛，听得屋内有打呼之声。废员走到里面问他是谁，猛见一人起来，抱住废员叫周氏。废员吃惊，大呼：'快来拿贼!'那人一松手，跑出房门越墙而去，家人追之不及。屋内撇上两只鞋。家中众人正忙乱之间，周氏同丫环回来。问他，他说：'花园内避暑，听得有人乱嚷，方才回来。'使女立时点灯，帐下一瞧，这双鞋正是曹必成的。"施公听罢，哼了几声说："后来怎样?"曹翰林说："后来我对小妾冷笑几声，将鞋藏起，恐怕羞名宣扬，有玷门户。我便走到前面书房对灯而坐，越想越恼，事有可疑。又想起白天给周氏一支金钗，废员使人去要，他竟自弄没了。"废员想："这金钗没了，鞋是曹必成的，这周氏必嫌我年迈，与家奴私通。越想越是可恼可恨，废员心中动怒，又恐怕传扬出去，故此想一拙计，将小妾处治，就写休书一封，和那双鞋都装在一匣内，叫丫环玉凤送与小妾。哪知小妾含愧自缢。废员倒乐其刚强。久闻老大人明镜一般，今日相逢，真乃三生有幸。废员说的俱是实情，并无半句虚言。”

施公带笑开言说：“贤契那如夫人也必是死后含冤。再想曹必成这件事，未尝无屈枉。”又说：“贵县，你可也听见?”知县听得话语不顺，连忙跪倒说：“卑职听见。”施公说：“曹必成，他是勾引强盗打劫主人么？若据来书所断，书上写他杀人，你就叫他偿命，你也不问是杀了何人，尸首现在何处？你这官做的倒也省心。”知县连连叩头说：“卑职才疏学浅，望大人担待。”曹翰林连忙站立，控背躬身说：“此事实是废员之错，与知县太爷无干，望老大人高抬贵手。”施公微微冷笑，说：“贤契，本院若将此案问清纤悉，难逃无故逼人误陷家奴之罪。贤契且请坐下。”曹翰林复又坐下。施公望知县说：“你速差妥当人去接玉凤，用车接来，一路上勿许惊吓于他。再把曹必成那双鞋带来，晚间要到。”陈知县叩头起身，往外便走。若知如何发落，且听下回分解。

第一八七回

县主徇情主仆疑忌　总漕折狱生死冤明

且说施公吩咐将曹必成带下去，立刻退堂，到后厅同了曹步云去用酒饭。酒饭已毕，天已将晚。知县进内回话说："启禀老大人在上，卑职将玉凤和曹必成的鞋带到。"施公说："吩咐堂上掌灯，先排班伺候，把那双鞋放在公案上。"施公同翰林来到前面公案旁依次而坐。衙役一声喊堂，排班侍立齐整。施公说："带曹必成。"下面答应，不多时将曹必成带到公案前跪倒。施公说道："你的言语，句句有理，并无欺主母之意。这里现有你的对证，拿下去叫他自己去看。"关小西拿鞋，放在曹必成面前。曹必成拿起看了看，口尊："大人，是小人穿过的鞋，为何拿到这里。"施公说："鞋是你的，为何放在你主母房中？你这还不实说！"曹必成跪爬半步，口尊："青天大人，此鞋是小的五月初四，穿着街上闲游，偶来一阵暴雨，小人紧跑了几步，将鞋陷入泥中。回到家内，叫小的妻刷洗干净，晒在外面。小的穿着布靴。于次日端阳，家主被人请去，不多时小的也有人请去，就是穿的靴子。一夜未回，次早回来，才知主母身亡，不知何故。及至到县投书，受百般严刑，那时就穿的靴子。这不是？县太爷那时当堂画招，小的不是就穿着靴子么？这双鞋为何在主母房中，我是一字不知。"施公说："将他带下去，再把玉凤带来。”玉凤跪倒公案前，下役解去项锁。施公带笑开言说：“你叫玉凤?”下面应声说：“是。”施公又问：“你在曹家所做何事?”玉凤说：“小人是曹家的使女，伺候周姨娘不离左右。”施公点头，又说：“你在主母处伺候，前者五月初五，你老爷有支金钗交与如夫人，此物不知有无？你主母自缢的情由，要你从实说明，不得错误。”

玉凤见问，说：“大老爷在上，小婢最不会撒谎。我家老爷也在这里。本来他老人家在我周主母身上也太过宠，有点应时新鲜物件，必要买来与他先吃。衣裳就不必说了，皮棉夹纱单，有数十箱子。首饰各样俱全，也有数十个匣子，还不够戴吗?那天端阳节，不知哪里打了一根金钗，他自己拿着，来到花园凉亭交与姨娘。姨娘接过放在桌上茶壶内。那一天因花园中穿廊的栏杆坏了，叫个木匠收拾。赶到晌午天气，木匠直是嚷热，被我主母听见，遂问我家老爷，把这香亭饮赏他点喝。老爷答应，就叫小婢给他送去。小婢不知，就拿着那有金钗的茶壶泡满了送去。那香亭饮是解暑去热的，我老爷早已给姨娘预备了好些，那时小人给木匠送去，说是周姨娘赏的。”随后老爷和周姨娘手拉手儿回房去了。那日晚间，我家老爷说是人请去，大料今夜不能回来。到晚上老爷不用跟人，自己去了。赶后主母来叫我跟他到花园避暑去。说着走到凉亭乘凉避暑，不觉天交二鼓，甚是凉爽，二人都在那里睡着。猛听得喊嚷，主仆二人惊醒，急忙跑到房中一看，原是自家老爷半夜里回家来了。奴婢们忙着打火点灯，见得老爷面带怒气，颜色改变，又见他对姨娘冷笑几声，竟往前面书房去了。”施公听到此处，说是：

"玉凤且住，本院有话问你。你家主人饮酒去，不带跟随，这一夜你可知道曹必成在哪里？"玉凤说："回大人：我们家主人去后，曹必成妻子曾对我说道：'玉凤，今日老爷不在家，你大叔也有人请去，临走就说今夜不回来。你好好服侍主母，我在前面去照应。'再说我们老爷在房中喊叫有人，我同主母跑到房中，李氏也来瞧看。我问他。他说：'你大叔尚未回来。'"施公听得玉凤这些言词，心内明白，说是："后来如何？"玉凤说："后来老爷在书房把我叫去，叫我和姨娘要金钗。奴婢去问主母，主母只是发呆，他说：'放在凉亭茶壶内。'奴婢闻听吃一大惊。木匠早已走了。急忙拿灯去看，穿廊下有把茶壶，里面却无金钗。事出无奈，回到书房，真话实说。家主闻听，沉沉大怒，随手递我一个木匣，叫我交与二夫人。奴婢回来交代，姨娘开看就是一双鞋，一封书子。折开看了多时，没甚言语，只叫我再上凉亭内外仔细找找金钗去。奴婢也不知是什么意思。我去找了许久方回，进房一看，将奴婢真魂唬掉，我家主母竟自吊死，想必是这金钗失去的缘故。"

施公听罢，眼望知县说道："你听见没有，这内中曲折？不懂审问，只据一书子，就将人处死，叫你判得生死含冤。不是他妻子舍死，告到本院手中，险些曹必成性命死在你的手。周氏死不瞑目，曹翰林恼悔含辱，都算你做得好事。"知县只是磕头。施公又道："贤契你暂带玉凤回家，不许难为于他。"又望知县说："你带曹必成回去好好看待，不可有误。"此时各自带人回去不表。施公退堂，下役各自退去。晚间灯下，施公说："此案件件问结，就是祸根难寻。分明是木匠得金钗起淫心，留祸于曹家，却不知其人姓甚名谁。吾意去三个人暗访，我想此木匠大料亦不远，访着下落，好结此案，好去赴任。你们大有以为何如？”计全说：“访访也好，大人费了多少心机，我们就去访一访何妨呢。”及至次日，黄天霸奔独流，关太到静海，计全上双塘儿，三人分路暗访木匠去了。

内中单言神眼计全，号称飞腿，这双塘儿相隔十五里之遥，片刻便到街上。寻了一酒铺坐定，要了酒菜，口虽饮酒，二目留神。见此地方靠河有几帮粮船湾住，买卖喧哗好闹热。计全暗想：并无岔眼之人，似乎难访。忽见一和尚走进里面对面坐下，要酒四两，鱼一碟，急速快来。走堂的不敢怠慢。计全见那头陀甚是凶恶，两道重眉，一双大眼，胡子是连鬓络腮，凶恶殊甚。计全不住留神，见他有什么忙事的一般。僧人问走堂的：“此地离杨村多少路程？”走堂的说：“大约二百余里。”正说间，又见外面来一和尚，口呼：“师兄，进来一坐。”那僧带笑说道：“我方才到你庙中，说你方才出去。直到这里才赶上。真是快得很。你还有个外甥吗？”先来的僧人说：“有。那日也不知什么事，躲在我庙中安身。他是一向做木匠手艺。”后来僧人说：“不错，他是静海县人氏。”后来那僧人又说：“师兄你往哪里去？”先来的说：“咱俩知已好友，有话不能瞒你，我要上杨村报成寺里找当家静成和尚。我们相好，闲走一遭。不知师兄要往何处去？”那僧人叹了口气，二目留神，看见计全，人物虽不惊人，心中暗想：“也要小心为是。”看了看左右无人，低声说道：“我兄弟二人是山东绿林客，俱被施公捉拿。先把家兄问斩。我因大风中得逃活命，隐姓瞒名作了僧人，至今怨恨在心。闻听施不全放了总漕兼署部院，奉旨南行。我要在船底用功。”那个说：“师兄何必如此费事？待我今夜去，手到成功，将他刺死。”未知如何行刺，且听下回分解。

第一八八回

怕刺客神眼留心　疑计全钦差遇险

且说二僧商量行刺施公，要报前仇。计全一听，毛发悚然。二僧抬头一看，见他人物有限，听话带神，就不言语。即刻改变，尽说些绿林中的反话。说的时候，以为无人知觉，哪晓得计全无一不懂。二僧言罢，看看天晚，会了钱钞，起身便走。计全也会了酒钱，暗地紧紧跟随。走至大街，遇见有人相打，围住许多的人瞧看热闹。一转身时，计全瞧不见二僧，紧赶几步，竟不见踪影，心中好不着急，只是无法，只好回公馆知会众人各要小心。霎时到公馆，想要到上房先瞧一瞧，纵身上房，身轻如猫，走到施公的住室卧寝，不见灯光动静，上房找遍无人。忽见一片灯光，乃是天霸居住的厢房，不打口号，轻轻落地，哪知天霸耳快，悄悄走出一看，回手取镖。计全慌忙说："老兄弟。"天霸吃惊说："计大哥做的什么事？险些一镖。"计全遂往里走。关小西欠身离座，说："计大哥何不敲门？竟敢逾墙。"只见计全把脸一沉，说是："不好。"就将酒铺遇僧人商量行刺，跟随如何落后，上房瞧看，从头至尾细说一遍。众人都不能睡，不住在院中偷看，一夜未眠，刺客未来。次日天明，不见动静，各人都说计全说话不实。计全说："你们不知，昨日一路上着了多少急呢！"天霸复又开言："计大哥虽爱说笑话，此必然是实。那麻脸和尚不是别人，想必是被斩于六的兄弟，风大迷失，就是于七。既然漏网逃命，就该远遁他方，改恶从善才是，怎么复作此逆事，残害忠良？真是可恶。但此事不许对外人言讲，大家多加小心便了。”候至施公起身，茶罢时候计全等大众回话说：“昨日未曾访出下落，启禀大人，今日再去查访。”施公吩咐黄副将说：“你今日带两名兵丁，前往天津看验苏、杭的船帮走到何地，是有何事？访探个明白，急来回话。”天霸即刻收拾，唤来兵丁，上马而去。施公又令计全等，再去查访此案，日限一多不结，又恐怕是耽搁漕运事务。计全说：“大人且莫着急，我等再去细细查访。”说着即去更换衣服，小西、计全、何路通、郭起凤、王殿臣五人，分头按各路而去。

且说计全想，昨日那和尚说他有个外甥是木匠，又说在庙里藏身，此必不是好人。仍来双塘儿酒铺坐下，要酒饮，询问走堂的，昨日那两个和尚，他也不认得。计全无奈只得又往南走。路上走着，心中暗想：直往南走，逢庙就问，或者问出和尚根由，那木匠就算有了。又想：不可沿路打听，万一和尚知晓，即便难拿，画虎不成，反倒类犬。再者去远，晚间难以回来，他们不信，必不精心，倘来行刺大人，必无人保护。想到此处，不由两脚如飞，甩开大步，登时来到公馆。进了大门，绕过茶厅，抬头一看，施公在院中坐着，才得放心。计全上前跪倒。施公赶紧扶起。计全说道：“今日我去访查，又无迹影。”霎时四人也来回话，俱是如此。施公说：“众位多受辛苦了，各自回房歇息去罢，明天再作道理。”四人答应而去，来到自己房中。此时天色已晚，掌灯用饭诸事已毕，大人主仆安寝各屋，都自宽衣大睡，唯有计全独自支更，不提。

再说那麻面和尚，真是于七。于六因抢粮被擒遭杀，于七乘风逃走，恐怕查拿，改姓薛名酬，带发出家，法名喜静。来到沧州地方，有座薛家窝。薛家大户有数十家，内有一家弟兄五人，称作薛家五虎，常在河路上做些打劫的买卖。见于七身量高大，又会武艺，就与他联宗，在本村关帝庙中居住。闻听施公钦点了总漕，从此经过，这贼要与他哥哥报仇。仗着他水性不小，要凿船底，谋害施公。那一日走至双塘儿，才遇见那和尚，也是个高来高去的飞贼，无奈身背重案，也带发为僧，俗家姓吴名成，法名静修，住唐官屯正乙玄坛庙内。因为路过杨村，走双塘儿歇息。与于七在山东相识，素日最厚，故此才叫住于七铺中饮酒。听见于七要与他兄长报仇，水底凿船，他便不悦。他要替朋友出气，在旱地行刺。于七恐他莽撞，不叫他去，他却不依。直饮到天晚出铺。于七说："师弟真心为朋友，请到庙中商量个万全之策，再来不迟。"吴成无奈，只得同于七赶着月色，走至二更时，才来到玄坛庙。徒弟点上灯光，自己放下包袱，叙礼归座。吴成叫声："师兄，若想报仇，全在为弟身上。我的本事你也知道，飞檐走壁，手到成功。"于七说："非也，若要行刺，必不能成功。他手下许多英雄保护，日夜必准备的。不如凿船为上，他手下尚无会水之人。"吴成说："师兄，你把我太看得轻了。他纵有人保护，不过是衙役兵丁，我一虎可敌千羊，明日晚间我定要前去。"于七见他执意不听，素日又知他是个浑人，便不复拦，只得点头依从，莫要亏负他好心。只说："明日晚间，你就辛苦一回就是了。"吴成见他应允，喜不自胜，遂拉着于七说："师兄，你跟我来瞧瞧我的兵器。”徒弟秉烛，走至一层大殿，推开槅扇。吴成手一指，于七一看，原是玄坛神龛以前有个木架，挂一把竹节铜鞭，本是村中修庙完了供献之物，长三尺半，重九斤，横竹节排十三段。于七看完点头。吴成说：“我已习熟门路。”于七说：“此物只可临敌招架，行刺何用?”吴成说：“有，有!”遂即走出大殿，到了卧房床旁边，拉出一把刀来，明晃晃的。灯下一看是好刀，长有二尺。于七点头连说好刀。吴成接过放入鞘中。徒弟收拾酒饭，用毕安寝，一夜晚景不提。

至次日，又同吴成的木匠外甥一同饮酒。到午后吴成打点应用之物，拿铜鞭利刃，辞了于七起身，竟奔大路而来。一气走了四十里，看看日落，又赶了一阵，离双塘不远，用过酒饭。天交一鼓时分，又往前走。忽然间风声大作，阴云四起。吴成心中暗想，真是天从人愿。走至公馆后面，坐在树下歇息。等到公馆交到三鼓，吴成穿了衣服，不用的物件捆好挂在树上。听得更夫转过，纵身上墙，轻轻跳在里面。公馆后墙里面是一层房，乃亲随居住所在。轻轻爬到上房，更夫又来，吴成伏在瓦垄，听得更夫过去，又爬到房脊上，探头望对面观瞧，东厢房尚无灯光，细听有打呼之声。但见西厢房灯光闪灼[1]，却无坐更之人。吴成即轻轻跳下房来，走至上房门首，用刀撬门，门随手而开。这贼人走入房内，看见大人卧榻之处，照准贤臣用刀一扎。不知贤臣死生如何。且听下回分解。

---

① 闪灼——闪烁明亮。

第一八九回

代友报仇吴成行刺　为平冤狱贤臣遇险

话说施公升了总漕，辞驾出京。只因御赐“如朕亲临”金牌，奉旨代理巡按，访拿贪官污吏，剪除势恶土豪，一路私访。到天津平定了粮船的争关恶习，收了神弹子李公然、白马李七，来到静海县地界奉新驿住下公馆。只为曹翰林遗失金钗，逼死周氏，冤屈家人曹必成一案，施公吩咐天霸、关小西，并飞腿计全等，各人分路私访。那计全来到双塘酒店之中，遇见了两个头陀讲话。计全听得说一个是唐官屯玄坛庙的和尚，名叫静修，俗家姓吴名成，原系是高来高去飞贼，只因犯了重案，故此来到唐官屯地方正乙玄坛庙出家，做了个披发头陀。那一个僧人，也是头陀打扮，原来不是别人，即是漏网的大盗于七。当时在双塘儿酒店内，于七说起他哥哥于六，被施不全所杀，至今此仇未报。现今闻得施不全升了总漕，奉旨代理巡按，一路出京，赴淮安上任，故此来到这里，要在沿途行刺，把施不全杀死，与他哥哥报仇雪恨。谁知静修一听，顿然大怒，便要替他行刺，把施公杀死。倒是于七劝他且慢鲁莽，须得商议个万全之计。二人同到玄坛庙内，那静修他自己来到里面，禅房之内，卸去长大僧衣，换上一身夜行衣服，把戒刀挎在腰间，外罩一件蓝缎英雄氅，带上了百宝囊，拾掇好防身暗器，吩咐老道好生看顾庙宇，叫木匠外甥款待了于叔父。于七说："哥哥替我报仇，请上受小弟一拜！"说罢双膝跪下。吴成连忙扶起，说："贤弟，自己弟兄闹什么这些话来，你耳听好消息罢！"于七说："但愿哥哥手到成功，把瘟官杀了。不独为小弟报了冤仇，亦替咱们绿林中人除去一害。"说着话同那木匠富明，送出庙门，看吴成撒开大步，头也不回，一手提了英雄氅，望奉新驿大路直奔去了。于七、富明回到庙中，等候静修喜信，我且不提。

如今单说飞山虎吴成，出了玄坛庙，离了唐官屯，一路望奉新驿而来。自玄坛庙到施大人公馆，整整的四十里官塘大路。那时天气又热，赤日当空，正是火炉一般，走得吴成满头大汗，正想歇息歇息，凉一凉再走。可巧前面望见一座大大的松林，赶紧奔到林子里面，在一块卧牛青石上坐下。只见那边先有二人在彼纳凉，旁边树上结着两个驴儿。吴成瞧这二人，却是一老一少。但见那老儿年纪六旬开外，头上戴顶草帽，上边露出花白的发鬏儿，身穿蓝布衫裤，外系一条白灰色的罗汉腰裙，足登快鞋，生得剑眉虎目，面似童颜，颔下五绺长髯，白多黑少。看他虽上了些年纪，却是精神充足，目光如电。再瞧那个年轻童子，约十五六岁光景，穿了一件大袖单衫，下面蓝布底衣，赤着双足，脸上面黄肌瘦，好似童子痨样子。吴成看了半天，瞧不出这两个是何等样人，大概总是买卖人罢了！看他们又不像主仆，又不像祖孙、父子。

正在呆看，忽听得头上呀的一声，抬头一看，却是一只孤雁，冲着树林飞来。只见那个痨病鬼，就地拾起一块小石片，往上一抬手，呀的一声，那个天鹅儿侧着翅直落下来。已早被痨病鬼儿抓在手中。这老头说："你做什么去伤他性命?"痨病鬼说："咱们少时叫伙计煮了，把来下酒。只是再有一个凑上，才够吃呢!"正在说着，也是活该，恰好又来一个天鹅儿，也是从树林旁边经过，只是飞得高呢，直是在半天云里，只怕鸟枪还打不到哪。只见那痨病鬼照样拾起一声小石片，向天往上一撩。看他不慌不忙，把个高高的飞鹅儿，又打下来了。吴成见这本领非常，心想："别看这么个痨病孩子，我枉称英雄，倒是万不及他。我今日要是没有正事， 定要问问他来历。"抬头一看，时候不早，且干大事要紧，休管闲事了。自己出得林子，往北奔走，直到了奉新驿，可巧天光方夜，一路来到公馆门首，正在观望，忽见一条黑影，蹿上房去。不知什么缘故，且听下回分解。

第一九〇回

计全忠心遭毒器　李昆为友盗灵丹

却说吴成来到公馆门首，观看道路，忽见一条黑影，蹿进墙内去了。吴成心内纳闷："这是什么人呢？大凡夜行人有规矩的，不过二更，总不出去行事，莫非于贤弟怕我有失，到来相助？他是绿林出身，难道这时候就进去不成？"自己一纵身上了房屋，看了一看，静悄悄毫无动静。蹿房跳脊，来到东厢房上，将身从檐头探看，屋内灯火全无。侧耳一听，微闻打呼之声。心中一想："只怕不是施不全罢，但不知他歇在哪间房内。"转身来到厅上，绝静无声。暗想这个时候，他们决不在厅上的了。又到西厢房，把两足勾住了瓦楞，将身从檐头倒挂下来。见窗内灯火未熄。将指尖着些津唾，在窗纸上戳了个小月牙孔，用一目向屋内张看。见桌上灯火半明半灭，炕上卧着一个人，面向里睡着。吴成看了一回，只是认不出谁来。这是什么缘故呢？只因吴成没见过施公，如今天气炎热，到了夜间睡觉，身上只有衬衫衬着，无论大人、从人，总是一样。再加灯光将灭，暗暗的瞧不见，脱下的衣服，抛在那里，故此认不出来。

有的人会说道："虽则吴成认不得施公，难道没听见人家说过，施不全是个十样景吗？"列公不知，有个缘故：大凡一个人睡的时候，与平时不同。凭你踅足、抓手、驼背、独眼、麻面、缺嘴、歪嘴，要是不见脸面，再也看不了来。当时吴成瞧了半天，认不出是谁，心中想道：“我也不管他是大人、从人，我且下去，见一个杀一个，先把此人开刀，总有个施不全在内。”转定念头，把手扳住窗格的上槛，一个倒垂莲势，将两足一脱，翻身下来，脚踏实地。轻轻把窗格开了，蹿进屋内。一回手早把背上戒刀拔在手内，一个腾步，已到炕前。这一进来不打紧，早把桌上那盏半明将灭的灯火早已扑灭。吴成举起戒刀，往炕上那人拦腰砍下。只听得拍的一声，吴成吃了一惊，明知此人本领甚高，一定不是施不全了。若然这口刀把他杀死，就不是这个声音了。

说时迟，那时快，此人早已跳将过来，一手便从壁上抽刀，望着吴成便砍。这吴成这一刀砍了空，情知不好，倘然惊动了大众全来，难以脱身。连忙将戒刀往上一提，当的一声，吴成力大，早把那人的单刀直荡开去。吴成不敢恋战，嗖的蹿出窗外，计全随后出来。那头陀已上房屋。计全因为与众人赌气，并不喊叫他人，独自一个追上屋房。见头陀在前面，连蹿带跳，计全跟将过去，吴成见背后追来，他便蹿到门前，飘身下去，也不回兴隆店去，只望东南唐官屯大路奔跑。计全哪里肯放，随着也下房来，一路追赶下来了。

吴成出了奉新驿，回头一看，见他追得近了，原来那计全有名的飞腿，吴成如何跑得过他？心中一想：此地四下无人，正好把他结果了性命。一回手从袋内扯出一件东西，扭转头来说声：“着！”计全正在后面追赶，看看赶上，相离不及二丈光景，忽见他一回头，发出一道寒光，直奔面门而来，要想躲闪那里来得及？算是偏得快，当肩尖上早已着了一下。情知不好，也不管中了什么暗器，只不觉疼痛，一味的发麻，就知必定中毒药暗器，只怕性命难保，急忙回转身来便走。吴成哈哈大笑说：“没用的糟囊，慢慢的跑罢！佛爷有好生之德，不来赶你，放你逃生去罢！”说着大摇大摆，回转玄坛庙去了，我且慢表。

再说神眼计全一路奔回公馆，要想蹿房而进，那得能够？只觉偏体酥麻，精神昏乱，只得把公馆门乱敲。里面家人听得有人打门，问明何人半夜前来叩门，听得是计老爷的声音，连忙开门。见他面上改色，随即问说：“计老爷何故这般光景？”计全说：“你去告诉黄老爷，说我中了毒药暗器了。”家人听了大惊，一面关门，一面送信与黄天霸、关小西。众人得知，一面点灯，扶了计全来到自己屋内，卧在炕上。里面众人得信，一起来到计全屋内。天霸便问计全：“如何中的暗器？”计全一丝没气的，言方才吴成行刺，自己如何追赶，被他发出暗器，中了肩头的话，说了一遍。天霸仔细一看，把暗器拔将出来，却是一柄五寸长的竹叶飞刀。那伤口内并无血出，只流黄水，就知道此事不好。这时施大人得信，也来省视。众人让大人坐定。施公见计全双目闭着，昏沉要睡的光景，便问：“黄副将此事怎的？”黄天霸便把计全说的话，照样学说一遍。施公听得计全一片忠心，保护自己，教他中了毒药暗器，分明性命难保，心中十分难受，便问：“众位可能救得计壮士才好。”只见李公然开口说道：“大人且请宽心。我的师叔那里有药，专能救治此伤。因我这师叔专能用毒药暗器，故此有这样灵药，只要敷上，立刻能起死回生。”施公便问：“公然贤弟，你师叔姓甚名谁？住在哪里？可还来的及呢？”

公然说："我师叔姓方，名叫方世杰。他住在静海县南，地名叫方家堡，离此有七十里光景。"施公听了，眉头一皱说："来回须要一日有余，只怕来不及救哪！"关小西说："就请公然兄立刻动身，到明日黄昏便可回转了。"李公然说："大人只管放心，大凡中了毒药暗器，极厉害的也耐得二十四个时辰。"不知计全的性命如何，且听下回分解。

第一九一回

神弹子无心结怨　方世杰有意报仇

且说李公然说："我那师叔性情古怪，与我不合。想我师叔的丹药，前些时见他把个五彩小瓶贮着。我等到夜静更深进去，手到拿来。单怕师叔知觉，但愿他不在家中，出去做买卖去了，只是我的万幸。"原来这方世杰是个独脚强盗。他与寻常绿林不同。并不占山坐寨，也不是剪径的响马，他自一人高来高去，走壁飞檐。又与平常飞贼两样，并不时常劫掠人家，每逢出去一趟，回来坐吃一年半载。他不要金银彩缎，只取珠宝重价东西。这就叫做个独脚强盗，非有大本领不行。他不劫近处，至少也出去数百里之遥，因此从未破案。近处的人，都称他方员外。近来家业更大，田也有了不少，房屋店铺，各处有些名望。只是本性不改，一年还要出去做一趟买卖，不说收账，定说贩货。只因三年前李公然在山东陈道台家居住，这陈道台与他父亲交好，后来多了几十万银子，就告老回家，安享富贵，带回的金珠宝贝不少。恰好李公然路过济宁，便道拜见陈老伯父。陈道台知他本领高强，自己有了些财物，又见山东地方响马甚多，便把李公然留住家中，"老贤侄"长，"老贤侄"短，好酒好菜，敬如上宾，无非要他保护家财，并且教训家人武艺，以便守家。公然却情不过，只得住下。

哪知事有凑巧，未到半月，这一夜公然回家的时候晚了，不便敲门打户。就从左边的后门进去，忽见一条黑影，哧的飞进墙去。公然知道夜行人到了，连忙来到书房，执弹弓返身出来。一眼就见房厅屋上立着一人，浑身皂色紧靠，背插单刀，面朝着里，正要跳光景。李公然即扣上弹丸，觑定那人后脑打去。那人听得弓弦声响，回过脸来。那粒弹丸不偏不倚，照准左眼睛内钻了进去，这眼珠子倒让了位，就到外边来了。李公然看他回头过来，就心下疑惑，看他好像师叔，因此并不追赶。哪知此人正是方世杰，也就瞧见发弹之人，好像李五这小子。当时忍痛逃回，到存身的地方，把弹丸取出来，洗去血迹，细细观看，只见弹丸上刻着“神弹”二字，方知果然是李五打的，因此怀恨，结下了冤仇。

方才李五在施公面前，不好说这段情由，只得推托“他性情古怪，与我不合。”施公好生委决不下，不表，说那神弹子李昆，走到午牌时候，离方家堡二里之遥，有个小村市，名叫刘村。也有几家小店，是过路打尖的地方，却也有肉店、酒店、杂货店，卖饼的、卖茶的、卖饭的。李公然走到一家酒店里头，在后面隐蔽的所在坐下。这家店是老夫妻二人开的，并不用伙计。那老儿姓杨，人家都叫他杨好人。当时见一位客官进来，即忙走将过来。李五爷说：“你与我打一斤酒来，可有什么下口？”杨老儿道：“爷们晓得的，我这里是个村店，没有好菜，只有牛肉、鸡子、咸菜、咸豆儿，别的可没有。”那老儿手忙脚乱跑去，端了一大碗来，放在桌上，又去打酒，切好牛肉，拿了鸡子、咸菜，一一搬来，与李爷斟上一碗酒，说道：“爷们这两年不来，一向在那里发财？我看爷们脸上毫光现现，你的运气来了，只怕将来还要大发达呢！”李爷笑道：“老人家休要过誉，我这几年，东飘西荡，免得饥寒二字便了。那有福分，依你的金口。我看你老人家，倒比前年强健了。我记得你不是叫做杨好人吗？””那老儿说：“只是人抬举我。”李爷说：“你独自一个周旋着生意，还要柜上照应，又要朝上开店、揩台扫地、汰碗净盏，你上年纪的人，如何使得呢？”杨好人说：“爷们不知，近来生意清淡，那里用得起伙计？我的老伴去抓柴，我的儿子出去佣工，这么样只得苦度光阴哪！”李爷一面吃酒，一面说着话道：“我也想起了，你有个儿子，前年也在店里，甚是老实，如今到那里做工去了？”杨好人说：“就在前面方家堡方员外家里，先前朝去夜回。这个儿子还算孝的，一早起身来，与我开了店门，扫地揩台，一切停当，便到方员外家去做田里。到了日落西山，田里做完，赶紧吃过夜饭，急急忙忙转来，替我收拾店面，洗壶涤器。我倒省力许多。只因前月方员外出外去收账，见我儿子老实，就叫他住在宅内，替他照应照应。至今一月有余，员外尚未回家。我叫老伴在家相帮着我，他又一定要去砍柴火。故此弄得我走了前顾不得后哪！”

李爷听了杨好人这话，心中大喜，暗道：“真是我运气来了，活该得着这件功劳。要是师叔不在家中，这解毒丹手到拿来，想计全命不该绝。”说道：“只是你老人家做了一世好人，才得争下这个孝顺儿子。我且问你，你这店里可好住夜的？我要去探望个亲戚，离此尚有二三十里路途，今天走的疲乏，意欲在你店中借宿一宵，来日清晨趁着早凉动身，可使得么？”杨好人说：“使得使得，只是屈尊些罢了。”指着店房背后说道：“这个炕上，就是我们儿子睡的，现下横竖空着。只要爷们不嫌龌龊，尽可耽搁。”李爷说：“如此甚好。”一回手身边摸出一两多银子，提与杨好人：“你且收下了，明日一并再算。”杨好人接了银子说道：“爷们，要不了这许多，我还没请教你老爷贵姓。”李爷说：“我姓李，你只管收了，我还要吃晚饭呢。先与我做几张饼来，酒是不要了。”那杨好人欢欢喜喜的把银子放好了，连忙做起饼来。李爷吃得饱了。杨好人夫妻两个，收拾收拾，关好门户，自到后面去睡了。李爷待他们去后，吹熄了灯火，跳上瓦房，来到外面，施展夜行术的功夫，连蹿带跳，望方家堡而来。岂知这一去，闹出大祸来了，且听下回分解。

第一九二回

方家堡李昆中药箭　大树林世杰遇三英

却说神弹子李昆，不片刻工夫，已到方世杰门首。四下里一看，静悄悄毫无声息。飞身上了围墙，往下一瞧，并无灯光，就在墙上施展走壁之能。李昆前时常到师叔家来，原系熟路，一直竟奔内院。到了西厢房屋上，使个倒挂金钩势，翻身而下。只因知晓方世杰不在家中，十分大意，也不窥探动静，一气而下，一手拧开窗格，侧身进内，百宝囊中取出千里火，顺手一亮，开了壁橱门，一看，只见五彩瓷瓶端端正正安放在内。一手抓来，连着千里火筒，一并藏在百宝囊中，心中好不欢喜，正要回身，只见里边帘子一启，闪出一个人来。公然抬头一看，吓得魂魄俱消。

原来那人不是别人，正是师叔方世杰。他自从前月出门，做了一趟买卖，可巧今日黄昏到家，带许多金珠宝贝回来，吩咐妻子藏好，正在内房闲话。这厢房只隔着一间房了，方世杰坐在房内，忽见帘子外火光一亮，心中好生诧异，暗道："我这里谁人敢来偷盗？莫非无名后辈。"一蹿身来到帘子底下，轻轻扯开一线，用目一看，正见李五开了壁橱门，把解毒灵丹连瓶放在身边去了。世杰见了仇人，正是仇人相见，分外眼明，即把无名火直冲上云端之内。将帘子拉开，闪将出来，大骂："畜生！你好大胆！我与你何仇，竟敢把师叔打成残疾！今日还敢来盗我灵丹，分明是自来送死，可不是我来寻你。”李公然一见师叔，情知难以抵敌，三十六着，走为上着。急从窗洞内跳窜出来，使个燕子飞帘的势，翻上瓦房，没命的奔逃了。这方世杰早已追到，跟着跳下墙来，举刀便砍。公然亮出单刀招架。二人就在门前动手，一来一往，不到五六趟回合，杀得公然只有招架，不能还手。打量不是他对手，虚砍一刀，撒腿就跑。方世杰一路追赶。约有半里之遥，才出得方家堡北口，公然叫声：“师叔，休得追尽杀绝，我要得罪了。”说着话手内弹丸早已扣上弓弦，只听得吧吧吧一连三个弹子，应声齐至。这是李公然的绝技，有名的叫做连珠弹子，谁也不能躲得。哪知他师叔何等功夫，不觉哈哈大笑，不慌不忙，见三个弹丸，头连尾连串而来，他起左手接了一个，右手抓了一个，第三个弹子就用牙齿咬住，公然留心瞧着，暗道：“这三弹之中，任他躲闪灵便，两手善接暗器，至少也着了一弹。当下李爷只吓得魂胆俱消，撒腿就跑。哪知这方世杰怎肯让他走得，便把两手中弹子，就用手指左右打将出来，口中咬的，也就忙的吐出，倒也与弹弓上发出来的相仿厉害。若论公然的本领，也是个惯走水路的大行家，背后有弹打来，如何不晓。左腾右挪，连躲三个弹丸，这也好算完了。岂知这老贼随手跟着三个弹，接上一条弩箭，哧的一声正中李公然后背。李爷说道：“哟呀！”噗咚一声，栽倒在地。世杰哈哈大笑，说道：“畜生，你盗了我的丹药，也把自己先治好了吗。”说着大踏步赶来，即举刀前来便砍。李爷躺下了，遍体麻木，心神昏乱，哪里能够挣扎，只得闭目掩睛等死。

你道计全中了吴成的药刀，还能跑到公馆，怎么李昆中了一枝弩箭，就如此厉害呢？列公不知，单这毒器，也有毒的深与不深；单说一般中在身，也有要害不要害。要论吴成的竹叶刀，器具虽大，毒药性还浅，计全中的所在，又在硬处，故此药力缓而发毒慢。如今方世杰的毒弩，东西虽微，药性最深，李昆中的所在，正是后心，箭头透入肉内，隔的不多地方，便是心包，因此毒气直走心包，不但立刻栽倒昏迷，而且死的快当，只要一时三刻，性命必然难保。闲言少叙。

且说方世杰奔将过来，举刀要砍，忽见树林哧哧的，跳出三个猛虎般的人来，一起直奔了方世杰。方世杰见三口刀上下里齐来，就不能去杀李昆，只得抵敌三人兵器。又遇着这三个，都是定作下的结实家伙，个个飞纵蹦跳，力大如牛，香炉足把世杰围定，又似走马灯相仿，哪里有丝毫放松。只闻叮叮当当的乱响。这一场恶斗，足有一个更次。

你说了半天，到底这三人是谁？一个金镖黄天霸，一个关太，一个白马李七侯。他们怎的到此？因这李公然动身之后，施贤臣一夜未曾合眼，只是放心不下，说道："公然昨日虽则前去盗他的师叔解毒的丹药，我只恐他独立难支，倘被他师叔知觉，这事就要不妥。倘或耽延时日，岂不误了计全性命？不知计壮士病体如何？"天霸答道："方才看他，只是昏迷不醒，滴水不进，伤处尽流黄水，比昨夜似觉沉重。"施公贤锁双眉说道："请问众位贤弟，想个主意，怎的救得他性命。"关小西听了便说："大人且请放心，吉人自有天相。大人若恐李兄独力难成，关某赶紧的追上相助公然哥哥，务把灵丹取到。他师叔倘然知觉，强抢也抢了他来。”施公说：“关贤弟既然如此，就请辛苦一趟，早去早回，切勿迟误！”小西欣然应允，正要立起身来，只见天霸开言说道：“昨日公然兄动身之时，小弟仍对他说过，与他巡风，他准要独自前去。今日你一人接应他，我若不去，分明是和他赌气，因此我与你一同前去的为是。倘遇用强之时，也可见机而作。”话言未了，李七侯道：“我也一同前去。我与他同时进身，此时你们二位前去，我只袖手旁观，岂非显得小弟无情！”施公闻言，便道：“三位贤弟同去最妙，不必迟疑，急速动身赶上要紧！”天霸说：“大人但请宽心，李兄白昼之间，料也不能盗取，必得黄昏以后，方能行事。方家堡离此只有七十余里远近，我走到那里，及迟申牌时候，红日还高高儿呢！只是一件也是紧要之事，我们三人一同去了，倘然恶僧又来，谁人保护大人?”何路通拍着胸前说：“保护大人有我呢！只要与王、郭二位守备老爷，小心巡察，包管没事。三位贤弟只管放心前去，要紧把丹药取回，搭救计大哥性命要紧。”

当下黄天霸、关小西、李七侯，各各扎束停当，挎上单刀，随带应用物件，辞别大人与众兄弟，三人离了公馆，出了奉新驿，望着东南大路而行，一路无话。到了方家堡，时候尚早，三人找了一座酒楼坐下。过买问了酒菜，搬将上来。三位走了大半天，腹中饥饿，狼吞虎咽，吃了一阵。看看日落西山，三人依着栏杆一看，街上行人，并不见公然到来，心中纳闷。他们岂晓得李爷此时正在刘村杨家酒店内，躲在里面，同着杨好人细细的谈家常呢！三位英雄看这街上行人稀少，天光将暗，抬头看那斜对门，一家人家，广梁大门，好似大户人家。六扇墙门，里内左右两条大长凳，坐着两个人。一位年老的，家人打扮，一个年轻的，雇工服色，坐在那里闲谈。忽见南面来了一位老者，年纪虽有花甲，精神十分强旺，生得长方脸面，两道细长眉插发，一对三角眼，可惜左目瞎了。鼻正口方，颌下长髯，黑多白少，两耳招风，高颧广额。身穿葛布箭袍，腰扣武带，足上薄底靴子。雄赳赳，气昂昂，坐在牲口背上，押着一辆太平车子，来到门首，下了坐骑。不知此人是谁，且听下回分解。

第一九三回

黄天霸镖打方世杰　李公然盗药救自身

且说三位英雄，在方家堡酒楼之上，看那老者下了坐骑，就走入里面。少时车夫出来，推着车子去了。小西说：“黄老兄弟，你看这个老儿，莫非是公然师叔吗？”黄天霸说：“我也在此疑惑。”正说之间，过买上来，问：“三位爷们可要添酒上来？”天霸说：“小二哥，我且问你，对门这家广梁门姓做什么？可是官宦人家吗？”过买说：“他们姓方，也不知道祖上可曾做官来。现下只是有钱罢了！我们这里的人，都称他方员外。方才骑着牲口来的，就是员外。他们田地也不少，各处皆开着店铺，上月员外出去收账目，直到今日方才回来。”黄天霸说：“原来如此。我再要问你，这个方家堡，可有住店的吗？”过买说：“爷们若要住店，此去北面，不到二里，有一个小乡镇，叫做刘村，那里倒有客寓饭店，亦带做居店。”小西说：“偌大一个方家堡，南北一里多长，为何没有客寓饭店呢？”过买说：“爷们有所不知，这个方家堡，不是冲衢大路。从静海县南门出来，六十里一条官塘大路，直到了刘村。要是依旧依着运河，直奔正南一百四十里官塘，便是沧州了。我们这方家堡，就在刘村分路，岔向东南，就到此地，并不通大路。再望南去，都是村子了，故此过往之人，走不到这里。我们主顾净靠乡庄生意。”天霸说：“原来如此，总共多少银子?”说罢三人起身下楼。过买收拾碗盏，吆喝下去，三位爷下楼会钞，共吃酒菜一两二钱五分。关小西来到柜上，取出银子，会清了酒钞。

三人出了店门，离了方家堡，一路向刘村而来。关小西说：“李老五，一定在刘村住下客寓，等候二更过后才来呢。我们此刻到刘村，一找就得了。单怕他此时就来，与我们走了岔路，这倒难找了。”天霸说：“刘村只有一条路，并无杂路，总得瞧见。”三个人一路说着话，不觉已到刘村。但见这里店铺早已关闭了。三位英雄东敲西打，惊动了几家人家，方才寻得客寓。及至来到里面，并没公然在内，只得住下一间屋子，吩咐烹了一壶茶来吃了。又到各家饭店内问了，都是没有，三人心中纳闷，想这李公然那里了？三位商议，也不必再回客寓，就此仍到方家堡而来。将近北口，正走到林子旁边，这林子名叫大树林。李七侯眼快，早望见两个人一前一后，奔出方家堡来。三人隐身树后，细瞧看，正是李昆在前，方才的独眼老者在后，一路赶紧下来。公然跑到林边，连打了三弹，俱被老者接去。天霸等三人见了发怔。随后他打回三弹，公然分明躲过，忽然“哎呀”一声，躺倒在地。方世杰举刀要砍。三位英雄一起跳将出来，就与世杰交手，这一场厮杀，是舍命忘生，足有一个更次。方世杰凭你英雄了得，究竟上了些年纪，怎耐得三个出林猛虎，渐渐气力不加，身手迟慢。黄天霸腾出身子，暗将金镖掏在手中，望着方世杰哧的一镖。世杰见暗器已到，要想躲闪，无奈关小西、李七侯这两口刀，如狂风骤雨的劈来。身子呆了一呆，左腕上着了一镖，手中这口刀，当的落在地下。方世杰说声：“不好!”纵身跳入树林，穿林逃遁去了。小西正要追赶，天霸连忙叫住，说道："他的暗器厉害。我们相救公然要紧，由他逃生去罢。"

三人一同来看李爷，见他趴在树根那里，人事不知，叫了几声，并不回言。细看背上中了一枝小小弩箭。天霸说："这不消说，是根毒药暗弩，只是怎的如此厉害？看此光景，断乎等不到天明就有性命之忧，这却如何是好？"小西说："不知他把解毒药盗了来没有？"李七侯说："你不听得方才老贼的话吗？这分明是他盗着的了。"天霸点头道："不错，不错！我是急的昏了，且把他上身搜看。"小西跑去胸前掏了一回，却是没甚东西，又在右肋下一个皮袋内一摸，只有十几个弹子。李七侯蹲在左边，一手抄着他百宝囊，说道："在这里了。"便将药瓶取出来，三人十分欢喜。关小西说道："不知此药是吃的，还是敷的？"李七侯说："我曾听他说过，只要把少许敷在伤口，立能起死回生。"黄天霸说："我与他把箭拔下。"便把这枝药弩拔下来一看，只有六七寸长，全是纯钢打就，尖头上三楞式的，显着蓝色，此时也无心细看，顺手抛在树林之内。小西把衣服解开，背心居中一个小孔，孔内沿出黑血，便道："这老贼的暗器，怎的毒到这步田地？"老七侯早把瓶子塞子拔去，倒出丹药，与他敷在伤口，仍把塞子塞好，将瓶藏在身内。天霸说："我们且到刘村，再行斟酌。"李七侯说："我把他扛着走罢。"关小西说："将他抓在你背上，你驮着他的好。"便将李爷扶起，李七侯把背凑上，双手挽住他的腿弯，站起来先走。黄天霸在地上拾起李爷的刀，并方世杰的刀，同着小西随后，跟着李七，一路望刘村而来。

原系一望之地，少时便到。叫开店门，一同来到自己屋内。

伙计说："三位爷们方才哪里去了？直到此时才来。这位爷们想是害病吗？"天霸道："我实说与你知了罢。咱们都是总漕施大人手下的军官。我们奉了大人的钧旨，到方家堡办案。这是咱们的弟兄，受了重伤，你快去安排卧具与他养神。"伙计听得他们都是办案的老爷，速速答应，哪敢怠慢。开店的手乱脚忙，一面吩咐安排卧室，一面叫伙计端整酒饭。自己烹起茶来，闹的住店客人没睡。天霸来到里面，见李七侯已把公然放在炕止，看他面色比方才好些。果然丹药灵验，神色也清了许多，身子也转动了，这伤口皮肉渐渐红活，黑血变紫，紫又变红，淌去了许多毒血，便能开口。李爷说："多蒙众位弟兄前来救我，恩同再造爷娘，重生父母。不然，我李某早死多时。"说罢要想起来，给他们叩头。天霸连忙止住说："自家弟兄，何用这些样子？李兄千万莫动，你身子才好，第一要养神。"吩咐伙计："端正粥汤，好生在旁伺候李七爷，明日重重赏你。"伙计自去服侍。开店的把茶斟了几碗，一面饭已好了，把酒先叫爷们饮起来。众英雄闹了一夜，腹中饥饿，正用得着，此时心中欢乐酒欢肠，大家吃了一阵。用罢了饭，天光大亮。天霸见李爷好了大半，心中要赶紧回公馆，还要救一个人哪。立刻算清店饭钱，赏了伙计，雇了一辆车子，就请李爷坐了，自己同了小西、李七雇了三个牲口，辞别店家，说声："打搅。"大众出了店门，离开了刘村，望馆驿而来，一路无话。到公馆门首，只见施安眼泪汪汪，从里面出来。大众一怔。天霸便问施安说："计爷好些么？"施安说："计爷即刻才死呢！"毕竟计全性命如何，未知后事如何，且听下回分解。

第一九四回

遇妙药计全活命　换服色李昆访案

话说黄天霸同了小西、李七，下了坐骑，李公然下车，打发驮夫、车夫同去。此时李公然伤毒消尽，但觉疲软无力。四人走进公馆，遇见施安说："计爷死过去了！"天霸众人先到计全屋内，看视计全。但见王、郭二人前来行礼，彼此就坐。正待开言，只见帘子启处，施公进来，背后跟着何路通。众人一起见过大人。施公便问："王殿臣，如今计壮士怎样了？"王殿臣说："方才昏晕了一阵，如今唤醒过来了。"施公便问："李贤弟，灵丹取了没有？"天霸说："丹药取到了。公然兄险遭不测，现下尚欠精神。这话少刻细说，今先要救计大哥要紧。"李七侯身旁取出药瓶来，交与天霸。天霸走到榻前一看，计全合目昏沉，气息如丝，随即将药敷上。公然吩咐："把单被与他盖上取汗。这就好得快了。"天霸说："李兄，方才小弟不知这个招儿，没与兄取汗。不然，此时还要强旺些吗？"公然点头说道："这丹药敷上，要是不见风，出透一身臭汗，只要六个时辰，归本还原。"施公忙叫何路通，把窗格关上。王殿臣早把单衾与他盖好。

施公带笑开言："李贤弟如何遇险？"李公然就把动身以后，如何到刘村，如何到杨家酒店，如何二更进去，盗了丹药，如何忽见师叔，如何被他射了毒弩，自己就昏迷过去，从头至尾，说了一遍。黄天霸接着说三人怎的到了方家堡酒楼，看见世杰回来的；再到刘村，找李兄不见，怎的行到了大树林，遇见他们追来；怎的与世杰大战一场；怎的一镖打伤世杰，他才跑了；怎的把李兄上药，回到刘村寓所，雇了牲口车子，回公馆。一五一十，也说了一遍。施公称赞一番，记了各人的功劳。吩咐摆酒款待众位。贤臣亲自把盏，与众英雄道劳，十分欢喜。施公提起曹姓一案，必须把木匠拿到案，方有头绪。黄天霸说："我等明日再去私访，好歹把此冤理明。计大哥在双塘儿遇见头陀，曾说有个木匠外甥，莫非有些来历？且待计大哥刀伤痊愈，再行探听。"李公然说："这头陀既来行刺，逃回去了，只怕不肯死心。众位兄弟还须小心保护大人。"众人点头道："是。"何路通说："咱们何不到玄坛庙去，把恶僧捉来？要是木匠在庙内时，一并就带来。不然，把两个秃驴夹起来，怕他不招出来吗！"李七侯说："这倒是条捷径路儿。"贤臣带笑开言说："你二位说得痛快雄壮，虽是依近就近的办法，这得众人斟酌个万全善策方妙。"关小西说："依我愚见，玄坛庙也可去得，私访也可访，明日派开各兄弟，各有专责。要到玄坛庙去的，只管整备玄坛庙去的法子。出去私访的，只管办理私访的路道。不知大人高见若何？"施公笑道："小西见得不差，但只明日先发私访的出去，私访起来，这玄坛庙去的可迟两天。方才李五弟说过，他师叔的解毒丹敷上，只要不见风，取出汁来，无论什么毒器所伤，只消六个整时，立能返本还原。若过两天，计全必然复原，然后一同商酌前去，还须设个计策，方为稳妥。倘若草草一去，被他逃了，非唯本案难理，兼且反种下后患，这不是打草惊蛇吗？"众人闻言，齐说：

“大人深谋高见。”施公又谈论些闲话，尽欢而散。

大人回到卧室。众英雄出来，看视计全，顿觉好得多了，面色也转了，说话也行了，粥也吃过了，众人一看见他精神也有了。一见公然，就与他道劳，又感谢天霸众位。天霸连忙叫他切勿如此，务要安心静养。大众说：“我们不必在此，惊动的计大哥不安，咱们外面去罢！”众人遂各去安歇。一夜易过，又到来朝，大众起身梳洗，用茶点已毕。天霸来见施公，说：“今日派谁出去？若论机灵，计大哥第一，可惜不能出去，其余就是神弹子。关小西细心谨慎，亦可去得。王殿臣精明老练，就是这三个人罢！”施公点头，天霸退出来，便与李公然、关小西、王殿臣三人说明：“大人吩咐你们出去私访，要访得出些风声，或是木匠名姓、住居，或是金钗着落，就算是功劳了。”当下三人议定了道路，各人自去理会，分头私访。

我就中单说李公然，回自己房内，脱去箭袍，内着小袖拳衣，外罩湖色绸长衫，白袜云鞋，手拿柄折扇，改扮了文人模样，腰内暗藏匕首。出公馆，望着正北而行，一路留心细看，不觉来到静海县的南门。公然步进城门，只听得背后一人抢步向前喊叫道：“富明，富明，你今天可上玄坛庙里吗？”公然回头一看，却是个木匠，见他背上背着斧头、锯子、肩上甩一个蓝布褡裢，向城门洞内，随追随喊。公然心内一动，只见前面这个人，也是手艺人打扮，穿着白布短衫，蓝布的裤子，脚上尖头薄底快鞋子，年纪不上三十岁，生得獐头鼠目，不像善良之人。听得背后有人唤叫，他便立住了脚，回转脸来说道：“做什么叫名叫姓的？大惊小怪！”那木匠已到他身旁，回答说：“你又不犯什么王法，就怕人叫喊名姓吗?”此人说：“不是这样讲，大街大巷，叫人听了不雅相。你叫住我，有甚话说?我要紧去干事呢。”木匠说：“我叫你不为别事，因为我们东家，要做佛事。出月初三，是他老太太的十周年，要拜三天大悲忏。你若到玄坛庙去，对你母舅说一声。他庙里与我东家老宾主，也不用讲价，叫他到出月初二，先到双林巷，来东家家里，把道场摆好，千万不可失期。可巧遇见了你，央求你带个信儿，就省我走一趟唐官屯了。”这人听了，也没等他说完，便把双手乱摇，说道：“庙内和尚忙得了不得，连下一个月都定满了佛事。你快到别处寺院去定罢！况且我今也不到庙去。你若去时，也不过白跑一趟。我还有要紧的事，过一日同你喝酒吧！”说毕扬长的去了。那木匠咕噜了一回，也就回转身来，出城而去。公然听得清楚，暗想：前面这个富明，准是吴成的木匠外甥。看他这个形象，这金钗一案，只怕倒有七八分光景。想定主意，就跟这富明走去，看他干些什么，远远的一路跟下去了。好半歇，到一条巷内，见他到一座酒楼里去，在沿街栏杆内坐下。李爷也走进去，靠里面坐了。酒店伙计过来，问过了酒菜，一一搬来。公然一面吃酒，一面留心瞧这富明。虽在那里吃酒，不时把眼睛看着对门一家人家。不知为什么，且听下回分解。

第一九五回

神弹子旅店逢三杰　白狻猊萍水识英豪

话说神弹子李昆在静海县，遇见这个富明，心中起疑，一路跟着他来到酒店之中。见他一面吃酒，时刻瞧着对门。李爷把对门一看，见是一家住户人家，门前扬州式子矮闼①门关着。公然心中纳闷，叫伙计做了几张饼来，添上些牛肉、羊肉，吃得饱了。忽听呀的一声，见对门矮闼门开了，有一个妇人在门口站着。李爷细看这妇人，年纪二十多岁，满脸抹着脂粉，身穿月白单衫，下面蓝绸裤子。立在门内，瞧不见两足的大小，只见鬓边插几朵石榴花，生得中等姿色，透着些妖淫气象，立在那里，观看过往之人。李爷心中暗想：看这个妇人，不像正经之人。忽听那富明连咳几声干嗽。这妇人就瞧着栏杆内，做眉做眼，把手指儿做着哑谜。富明把头点了两点，这妇人就关了门进去了。李爷心内明白：方才妇人那个手势儿，分明叫他从后面进去。半刻工夫，只见那富明会了酒钞，出店门去了。

李爷叫伙计过来，说："小二哥，你生意忙呀。"伙计说："这店全天都是没事。"李爷说："你要是没事，我与你闲谈闲谈。我且问你，这条巷叫做什么？"伙计说："人家都叫它新街。这里

---

① 闼（tà）——小门。

望东出了新街，由右手往南，走到十间门面，就是县署街了。”李爷说：“对门扬州矮闼门内，他们姓什么？做什么生意的呢？”伙计说：“这是王成衣店的家里。方才这个妇人，就是王成衣的老婆。一家子就这两口儿。他们这的主顾，都是大门墙呢！这王成衣好手段，人家都叫他到宅里去做生活，却时常不在家里住。爷们可认得他么？”老爷说：“我要是认得也不问你了。我是没事，与你们闲谈罢了。”伙计笑了一笑，就走到柜内去了。李爷看那天光，约有申牌过后，就把酒钞会了，走出店门。依着伙计的话，出了新街东口，顺手转弯，走不上几家门面，果然有条横街，也是头东尾西。进了东口，一路留心，打量着地段，差不多在酒店的对面了。一看北首的房屋，净是店面，并无后门的样子，心中纳闷。细想方才那妇人的手势，一定是叫富明从后面来的意思，为何这里都是店面，不见他后门呢？只怕还要过去一段才是呢。那李公然三五回次，走了两三趟，见净是店家，并无后门。忽然见那杂货店旁边，有条小弄，似不通的样子。李爷走到弄内一看，那净头处有个弯儿，转过弯来，正是一条后街，一眼就看见对面墙围内，露出招鸽子的小旗来了。公然心内明白，回身出了小弄，想时候尚早，且去落了寓所，待到黄昏过后，方可进去，探听他们说的什么，谅必这王成衣今夜不回的了。

一路走到县衙西首，有家悦来客店，走进门去，伙计就迎接说：“爷们住店吗？”李爷说：“我只要间厢房就是了。”伙计说：“有厢房，东西两间净空着呢。”公然举目一看说：“就是这间西厢房罢。”伙计说：“爷们要用酒，还是用饭？”李爷说：“酒是要的，时候还早呢。你先与我烹壶茶来吃了，少停上灯时候再打酒罢。”伙计答应一声，回到外面烹茶去了。

李爷走到庭心，望着上房中间一看，见有三个人坐着在西间内吃酒，一个白脸，一个紫脸，一个黑脸。心中暗道：“好似刘、关、张转世了。只见那白面的年纪四十左右，生得方面大耳，两道剑眉，一双秀眼，颔下三绺青须，身穿皂罗箭袍，英风透露。又看这紫脸的，长眉插鬓，虎目圆睁，年纪二十多岁，穿一领生纱短褂，身躯长大，像个好汉。那黑脸的，也是二十左右年纪，生得细眉圆眼，尖嘴缩腮，身材短小，骨瘦如柴，身穿皂绢小袖短袄，英雄挑包，下面兜裆扯裤，足登薄底骁靴，虽穿着武打扮，看看他没甚能为。”公然这个人天生的和气，到处礼貌谦恭，见了他们，就把手一拱，说：“三位尊兄请了。”只见那三人直站起来，齐说：“仁兄请了。”说着那白脸的早已走到中间，这两人也跟出来了。白脸的到了面前，一拱到底说：“仁兄请到里面小酌三杯。”公然连忙还礼说：“兄等在此相叙，小弟怎好扰阻清谈？”白脸的说：“我们都是结义的兄弟，没甚事情，兄台何故见外？”一手挽着公然，朝里就走。公然只得跟着三人来到西间屋内。那紫脸的扯了一张椅子过来，朝外放下。三人就让公然首座。公然哪里肯听，谦了半晌，还是把椅子抛开了些，然后坐了客位。白脸的坐了主位，那两个就左右坐了。伙计刚然拿了一壶茶，一个杯儿，走到西厢房，不见了李爷，就到上房来。一望，见他们一起儿在这里了，便笑嘻嘻的走进来，把茶壶、茶杯放在边头桌子上，移过三个杯儿，斟了四个半杯儿茶。一头斟一头说：“爷们在此请客，可要添酒菜么？”白脸的就说：“咱们本来要喊你，你快些添上一席上等的菜来。”伙计满面带笑，连说：

"晓得晓得。"回身去了。公然忙说："尊兄过费，使小可不安。"便问："尊兄贵姓大名？仙乡何处？"那白脸的说："我们哥儿三个，都是江南金陵人氏。因下姓甘名亮，外号人称白面狻猊。"指着红脸的说："这是我拜名弟兄，人称赛姜维邓龙。那位是他的胞弟，人称小元霸邓虎。"李爷听了，连忙站起身来，说："小可久闻金陵三杰的大名，只恨关山暌隔①，未能拜会，不想今日得遇尊颜，这是小可的万幸。"说着话作了个总揖。三人一起还礼，同说："仁兄过誉了。请问仁兄贵姓大名？"李爷说"小弟姓李名昆。"那甘亮便不待说完，接着道："莫非人称神弹子，李公然李五兄吗？"李爷连称不敢。三人刚然站起，说："我等久仰大名，只是无缘相会。"忽见伙计搬进酒席来了，两个托着两个大木盘，一个提着酒壶，先把残席撤去，把盘内酒肴排列桌上，添上一副杯筷，斟上四杯酒，说道："爷们要什么？只管喊叫就是。"甘亮点头，一摆手，伙计提了菜盘，带了残肴，到外面去了。

四人坐下，甘亮把盏敬酒，谈论当世时事，江湖上的勾当，说些拳棒枪刀，十分得意，真是相见恨晚。甘亮说："小弟意欲与兄结为手足，不知可能俯就否？"李爷说："不敢，小弟也有此意，只是不敢出口。"甘亮、邓龙、邓虎大喜，立刻吩咐店家。伙计听得连忙上前说道："爷们呼唤，还是添酒？还是要饭？"甘亮说："酒也再添十壶。你先去买办祭礼，我们要结义呢！"说着向兜肚内摸出两个二十两的长锭，交与伙计。伙计连连答应，用

① 暌（kuí）隔——隔开，分离。

手接了，欢欢喜喜的去了。这里四位英雄，传杯递盏，说得投机。不多时，伙计办齐了三牲香烛，一切祭献物件。把桃园三义神马，供在中央桌上。排列停当，点上红烛，便请爷们拈香。四位英雄一起出席，来到外面。这一拜有分交，黑夜交兵杀个地覆天翻，贤良遭险救出虎穴龙潭。后事如何，且听下回分解。

第一九六回

侠士窗前听密语　奸夫屋内露真情

却说四位英雄来到外面，先叙了年庚：甘亮居长，李昆第二，邓龙是老三，邓虎老四。伙计一面伺候拈香，一面到外面烫酒，忙忙碌碌，十分高兴。甘亮先上了香，斟了神前酒。然后四人排了次序，一起跪下，异口同音，称“我等甘亮、李昆、邓龙、邓虎四人，结异姓骨肉，从此有福同享，有马同骑，患难相扶，各无私念。不愿同年同月生，只愿同年同月死。若有异心，神明殛之。”四人誓了，对着神三跪九叩，站起来大家对拜了四拜。伙计把红毡毯收起，一面把十壶酒拿到里面。这五个伙计一起恭喜爷们。甘亮说：“少停，一起来领赏。”伙计们叩谢过了，伺候着四位入席，伙计斟酒。李爷说：“如今大哥上座。甘亮也不谦逊，坐在上首座了，说：“愚兄有占了。”李爷同邓氏弟兄，都依次坐下。一看桌上多了四只小锅，锅内无非一色的鱼、肉、火腿、鸡、鸭等类。便问伙计：“我们没有吩咐你们办下这个来。那是什么?”伙计齐说道：“这个名叫一品锅，是我们众伙计孝敬爷们的。今日在小店里义结金兰，将来四位爷们，都是官居一品，并列当朝的意思。”甘亮听了，对他们笑了一笑，说：“难得你们一点诚心。”说着摸出十两一锭银子，赏了伙计。众伙计连忙磕头谢赏，口称：“谢了四位老爷赏赐。”站起来欢欢喜喜的，立在那里伺候。李爷说："我们兄弟自己斟酒，你们不必伺候。"邓虎说："干你们的事去。"众伙计谢了一谢，多到外面去了。甘亮说："贤弟，愚兄闻得你在山东保镖，因何到此?"公然便把："受了粮船帮聘金来到天津，遇见施大人青眼相看，我就投在他部下效劳，也想争个出身。后来到了奉新驿，遇曹必成一案，计全中了药刀，自己到方家堡盗药，中了一箭，几乎殒命，幸得天霸等前来救应，将我救回公馆。今大人谕我等三人改装私访，各人分道而行。小弟进城，遇见木匠呼唤那人，我疑心是金钗一案，故而寻找寓所，意欲黄昏过后，前去窥探踪迹。不想遇着大哥。"把上项事一五一十，细细说了一遍，绝无半句藏私。甘亮等三人听了，同声叫："好，这才是大丈夫的志气。那绿林里面，江湖道上，俱非豪杰久居之所。"大家欢呼畅饮。只见伙计点上灯烛，烹上雨前茶来。四弟兄猜拳行令，直吃到二更之后，方才用饭。伙计伺候饭毕，把残席撤去，叫了安处，自去收拾店铺去了。李爷便说："大哥与二位贤弟，各请安歇，小弟去去就来。"三人嘱咐小心留意。

李爷回到西厢房，把长衣卸了，插好匕首，从庭心内飞身上屋，施展夜行的功夫，蹿房跳脊，在屋上望东而去。认准这杆鸽子旗，飘身下去，落在围墙之内。四下一望，见院子里灯光明亮，李爷鹤行鹭伏，来到窗前，侧耳细听，正是一男一女的声音。李爷就在窗前纸上戳了个小孔儿张看。男的便是富明，女的就是酒店内看见的王成衣老婆。只听那富明说："这东西我好容易得来，这一夜分明放在枕头旁边，到了天明，我见时候不早，要紧出去，一定是忘记了带去。及至到了庙内，找寻不见。路上又没耽搁，却到哪里去，不是你收拾了，还有谁吗?”又听妇人说：“只怕你在半路落了或是人多的地方，被扒儿手扒了。我要是拿了你的，肯叫你这样猴急，还不说出吗？与你也不是新交好，难道我的心事，你还不知吗？将来身子总还是你的，难道要你一根金钗不成吗?”富明说：“你的心迹我怕不知呢！这件东西，原是要与你做个久远之计了。岂知可巧的，来了个喜管闲事的施不全，被曹必成的妻子，在他手内告准了状子。四面八方，发人探访。我吓着了，逃到母舅的庙内。”妇人说：“既然你躲在庙内，人不知鬼不觉，他们要来拿你，再想不到这个所在的，你为何又出来了?”

富明说：“这个事也是活该。我到庙里时节，恰好有个同行叫做张四，正在庙内做工，就叫应我。他说：‘富明你今日可是望望母舅吗?’我只得答应他：‘正是。’口中虽则回他，心内就是一怔。我说：‘张四哥，你做了几天了?’他说：‘今日头一天呢。’我说：‘生活做完没有?’他说：‘还有两天做呢！’这时我母舅不在庙内。我心内就想等我母舅回来，叫他回绝了张四，说过几天再做。哪晓得，母舅回来，同了一个和尚朋友一起到庙。我见了母舅，就把自己的事儿，告诉了一回，又叫他把张四回绝了，免得人家起疑。母舅说：‘你只管放心，张木匠只管叫他做工。今夜不是明夜，施不全的脑袋，都在我手里了，你还怕他什么?’我一想这事更好了，我就放心住在庙里，张四来做工，也不必避他了。岂知到了后夜，我母舅前去行刺，却被他们看见。母舅见事不妥，回身便走。他们的手下部将，后面追赶下来。母舅细一看，原来前一天在双塘儿酒店内遇见过的，回手发了一把药刀，将他伤了肩头。母舅知道他中了药刀，不过两天工夫，终久要死，也就不去追他，让他逃回去了。母舅回到庙里，说起此事，于七一听，就说：‘坏了事了。’那时母舅也想着，也把两脚一蹭，说：是我一时疏忽了，放他走坏了。’我就问母舅为什么坏呢？母舅说：‘我们在双塘儿酒店里吃酒，说话的时节，这个人也在旁边桌子上吃酒哪！及至我们走出酒店，这人还没动身。只怕我们说的话，被他听见，岂不要到庙中找寻？就是他没听我们的话，他只要问了酒店里，就知我在玄坛庙了。如今中了药刀，虽然性命不保，他只逃到公馆，见了别人，岂不把我们的来历，告诉明白吗？’到了第四天，母舅同了于七又去行刺，到了公馆屋上，只见里面刀出鞘，弓上弦，周流巡察，保护得没处下手。就到外厢屋上细细探听。哪知他们全晓得了，正要到庙里来，连两个和尚，一个木匠外甥，一窠而擒。母舅回来，说明此事，唬得我魂魄俱消。忽听得外面敲门，我只道官兵到了，正想逃走，岂知来了母舅师父同师弟两个，我方才定心。听他们四个人商议，要在庙里设下埋伏，准备抵敌官军，杀他个片甲不回。我想了半夜，没有合眼。此事弄得太大了，还是走罢！故此前来看你，商量个法子，我与你及早高飞远去，想此地一日也住不得了。若说要走也是容易的，只是苦了这件东西没了，我与你逃到别处，怎过这样日子呢？”

李爷正听富明说到那里，忽然听前门砰砰的有人打门。不知何人到来，且听下回分解。

第一九七回

王成衣捉奸被杀 富木匠行恶遭擒

且说李公然在窗外侧耳细听，富明把前前后后一本说了，心中大喜。忽听得前门有人叫门。妇人慌着说："酒鬼来了。他这个时候从没回来的。"富明说："不错，他哪一晚上不喝酒？喝了酒不醉不罢休的。今天这个时候回来，一定知了风声，酒也没吃，特地叫了帮手来捉奸了。"妇人忙说："你快些走罢！"富明说："叫我哪里出去呢？"妇人说："你从后面围墙上跳出去罢！"富明说："围墙又高，又没接脚的东西，怎的跳得过？"二人正在着忙，忽听外面擂鼓也似的敲门，口内骂道："贱货！你在里头做什么？还不开门啦？"富明说："你且答应了他再讲，被他闹得四邻八舍都听得了。"妇人口内喊着："天杀的！半夜三更回来，我不要点起灯来，穿了衣服，才好开门吗？"外面不管，只是骂着说："你要不开，我就打门进来了。"妇人口里虽硬，心内越发着急。富明说："你且不用慌，我在这里静海县地面一天也住不得了。如今有两条路在此，凭你走哪一条罢？"妇人说："什么路？快说吗！"富明说："你要就跟着我的，我在房内等着，你去开门，放他进来，待我结果了酒鬼性命，与你拿了些细软东西，连夜逃去到别处去呢，天长地久过日子。你要是跟他的，我就此走了，与你断绝往来，今生今世再不见面了。"妇人听了，流下眼泪来说："叫我怎么舍得下你呢？"富明说："既然这样，你就去开门，放他进来吧！"妇人虽是点头，那两条腿抖得寸步难行。

忽听得外面豁喇喇一声响亮，果真打开大门来了。富明一手扯开房门跳出去了，随脚就见王成衣闯进房来。这李爷在窗眼内看得明白，见他五短身材，生成一个猫儿脸，断眉毛，小圆眼睛，小耳朵，十几根菱角髭须，眉毛眼睛攒聚在一处。可怜他死在目前，尚然未晓。一进房来，指着老婆就骂，气哼哼的说"你做些好事！"东一张西一看，瞧了床底下说道："这个忘八躲到哪里去了？"正要回身出房去寻找，忽然见富明抢将进来，手提了一把菜刀，一手扯住王成衣，举刀便砍。只听得"磕磕嚓嚓"的，一连七八刀，把个王成衣的脑袋砍得零里零丁，没有一半完全的了。李爷看见这个光景，也觉可怜。这妇人虽则与富明通奸，究竟与酒鬼十几年结发之情，见丈夫死得太惨，听他临死，砍到两三刀时候，还喊叫："大姐快来劝劝，饶尔罢！"岂知妇人这时光，唬得浑身乱抖，心头乱撞，一头哭着，一手扯住富明说："你把我丈夫杀死，叫我怎样呢？"富明说："你是唬昏了。快快收拾细软东西，替换衣服，打成两个包袱，等待天明，同你逃出城，往他乡再作道理。"妇人听了，越发哭起来了，说："我是小足伶仃，怎会跟你逃难？跟你去也是折磨死了。等在这里，明日官府捉去，谋死亲夫，也是六刀之罪。我前后总是一死。你索性把我杀了，倒是给我一个爽快，省着受许多惊恐。"说着揪住富明胸前衣服，只是不放，叫道："你要想走吗？"富明听了这句言语，见他真个不肯放他，不觉一时怒起，用他左手对着他胸前只一掌，打个正着。那妇人怎禁得这一下，把手一松，仰面朝天，往后噗咚的一跤，跌倒在地。也是活该，这一跤跌下去，可巧他的脑袋碰在柱磉石上，只听得“壳托”一声响，登时脑浆迸出，一命呜呼！富明见了，哈哈一笑说：“这是你自己讨死，与我何干。”

富明见妇人已死，把手内切菜刀抛在一旁，走过去把箱笼物件，乱翻乱倒，见了值钱的金银首饰，就向兜肚内乱塞。虽是小经纪人家，倒也有好几十两银子的东西。哪知他翻来倒去，随手抓得一件东西。富明又是哈哈一笑，说道：“原来果然是你拿的，想你平日与我恩受，都是哄我哪！你这死得一些也不冤枉了。”李爷听了，在门缝内瞧着，见他手内拿的黄澄澄的正是一根金钗，抓来也放在兜肚之内。笑嘻嘻的说道：“我有了这些东西，到处好过日子。难道没了老婆吗？老爷走他娘！”说着走出房门。不防李爷闪在旁边，等他走到近身，喝声“慢着！”把他夹颈皮抓住，小鸡一般提将过来。富明这一唬，几乎失落了三魂七魄，口中只叫：“老爷饶命！”李爷说：“你自己不肯饶人，倒晓得叫人饶你。也罢，你把兜肚解下来献了我，我便不来杀你。”富明无奈，自己性命要紧，只好将兜肚解下来，说：“爷爷拿去，放了我罢！”李爷一手接过兜肚说：“且慢，我得了你的贿赂，应许下不杀你，你只管放心罢！”说着话，将他拧在地下，找了一根绳子，把他四马攒蹄捆个结实，然后将兜肚束在自己腰间，一手提了富明，出了院子，直奔围墙而来。且听下回分解。

第一九八回

曹义仆当堂释罪　富木匠就地行刑

却说李公然提了富明，来到西厢屋内，只听得外面正打四更。把富明抛在地下，自己斜卧炕上，略息片时，天光大亮。只闻邓虎在里面说："恭喜二哥，差使得了。"公然连忙起身，来到上房，见了三杰。一同坐下说："哥弟此刻欲往何处？要没事何不与小弟同往奉新驿？兄弟们也得畅叙几时。"甘亮说："贤弟公事在身，理当先去交差，一路保着大人，建立奇功伟绩，争个名扬后世，荫子封妻，就是愚兄面上，也有光彩。我等现在要访探友人，与贤弟后会有期。"李爷说："小弟就此告辞。"叫伙计出去雇了车子，把富明安放车上，用一个大蒲包，套在富明身上。李爷不喜坐车，跟着步行。甘亮等三人送至外面。未免大家有些依恋之情。邓虎更加难舍二哥，定要独送一程。李爷挡住说："兄弟请留贵步，'送君千里，终须一别'。我等后会非遥，何用如此？"邓虎也只得罢了，四人各自一拱而别，不提。

单说李公然押了车子，出得静海城，一路望奉新驿而来，路上无话。不多时到了公馆门首，李爷唤叫从人伴当，把蒲包提到里面屋内，吩咐他们："留心看守，此乃要犯！"自己与何路通、李七侯、郭起凤等见礼。只见计全坐在那里，瞧见公然进来，早已迎将出来，又谢了盗药之情。李爷说："计哥哥贵体痊愈否？"

计全说："多谢贤弟。这个丹药真是仙丹，如今竟无一毫毛病。贤弟访得案情，且见大人交差，再与你贺喜。"李昆即到里面，见了大人，行礼已毕，吩咐一旁坐下。李爷叫把富明带来，此时从人早已开发了车子回去，把蒲包除了，将富明解开脚上绳索，单捆两臂，将他押到施公面前来。李爷便说："末将交差。"施公便问："此系何人？"李爷就把昨日私访的情由，从头到尾说了一遍。说着话，向兜肚内摸出一支金钗，两手奉与大人。大人接来一看，满脸堆笑说："李贤弟，又是一件头功，可喜可贺。"吩咐从人："叫军士们站班伺候。"施贤臣居中坐下，叫把富明带上来。从人答应一声，两个军士押了富明，朝上跪下。施公便说："富明，你便把得金钗，调戏周氏之事，从实供来，来院从轻发落。若有半句唐突，我请尚方宝剑，斩你脑袋，后悔莫及。"富明一想，左右是死，不如招了，免受刑罚。便说："小人情愿招来。只因小人在翰林家中做工。曹翰林有个小妾周氏，年方二十多岁，生得风流标致，常到做工的地方看小人做工。小人一见，生得俊俏，心甚爱他，恨不得把他一口囫囵吞下肚去。可巧他见了小人，常把言语搭讪。小人心中昏了，当他看中了小人，夜夜思念于他。这一日，玉凤送茶壶来，说道：'我家姨奶奶的好茶，叫我送与你吃的。'我听了此言，心内就想：姨娘怎地要好，把自己用的茶壶，给我木匠司务吃茶呢？及至呷了几口，这个味道，自出世以来也没吃过，我就开了壶盖，看看什么样子的茶叶？岂知一看，只见黄澄澄的一支金钗。我想金钗怎么在茶壶内呢？一定是姨娘看中了我，叫我夜里进去，这个金钗就是表记。我就收在身旁，到了黄昏时候，在门房内一问，今夜曹老爷不回来了，我想越发对了，这个时候，小人脚上没穿着鞋子呢！走进去，刚见有双鞋子，放在那里，认得是曹必成的，谅他晒着忘记收了。心中一想：若是赤了脚到姨娘房里，究竟不雅，我就借用一借用罢！谁知穿上鞋子，走到姨娘房中，灯火也没。我就轻轻叫了几声‘姨奶奶’，并不答应。我当他等得性急了，睡熟在床上罢！我就摸来摸去，摸到床上，并没有人。正想要出来，只听得脚步响，我心中欢喜得了不得，这总是姨娘来了，连忙将他一抱，就与他亲个嘴儿。哪里晓得一嘴毛烘烘的。他就喊叫起来，方才晓得曹老爷到了。我唬着生出急智，就把鞋脱在房内，赤脚逃走出来。倘然老爷追究起来，让曹必成去晦气，与我不相干了。如今遇着大人是青天，小人怎敢说谎？这就是以往从前，求大人笔下超生。”

施公说：“以后便怎样呢？”富明一想：“此事现被他们在窗外全听去了，当时就把我捉住，再也赖不过去，我横竖一死，索性说了，免得零碎受苦。”就把向来与王成衣妻子通奸，后来怎样躲在庙内，又进城去，将王成衣杀死一事，从头细说了一遍。施公吩咐记了口供，叫计全、何路通二人保护，军士押着富明，一封书信连着供单，送到静海县去。计、何二人上马，取了家伙。军士押了犯人在前，一路进城，到了县衙，二人下马。计全把书信取出，呈与知县。陈太爷见书信，知道前案已得，今又有两条命案：“只怕我的前程有些不妥。”吩咐伺候站堂，一面差人去请曹步云到来，一面监内提曹必成。不多时案犯齐集。知县升坐大堂，两旁衙役、书吏、皂隶，一起伺候。陈景隆先请曹翰林到堂，曹必成跪在下面。知县吩咐带木匠富明上来。差人传说：

"带凶手!"曹步云一看，认得是叫过他在家做工的木匠。看他见了知县，全不翻改，照前番的样子，一五一十说了遍。曹翰林方知冤苦了这义仆，心中好生难受。陈景隆审明了富木匠的亲供，书吏记了供单，随即当堂与曹必成除去刑具，换了衣服；将富明钉镣收监，吩咐狱官，格外留心。

一面叫差人快些备一乘小轿，一匹牲口，自己也不敢打道了，单传提轿伺候。先请计、何二位上马先行，陈景隆坐上轿子，曹步云乘了小轿，老家人骑了牲口，只用四个公人，一顶红伞，立刻出南门，到奉新驿而来，一路无话。

不多时，到了公馆门首，下马的下马，出轿的出轿。门上报知施公说："静海知县到了。"大人吩咐道："请。"陈景隆、曹步云主仆进公馆，来到书房，参见钦差大人已毕。大人吩咐："看座。"曹步云谦逊一回坐下。陈知县跪在地下，连连叩首说："卑职该死。回禀大人，现今曹必成一案，已将富明木匠审明口供，曹必成实情冤枉，今已开释。富明连伤三命，请大人谕下。"施公定了"立斩"罪名，因他尚有余党，不必详文上去，就于明日就地正法。岂知仍然不安，且听下回分解。

第一九九回

关小西私探玄坛庙　黄天霸护囚静海城

却说施贤臣代理巡按，可以先斩后奏，便宜行事，富木匠连伤三命，罪无可逃，定了斩决。因为他尚有余党，恐其反牢劫狱，沿途邀截等情，就命明日午时，在本城处决。陈景隆理事糊涂，理应开缺，姑且从宽，俾其改过自新，记了大过三次。曹步云枉为翰林，见事草率，诬告义仆，申斥一番，着将曹必成领回，好好看等。曹翰林诺诺连声，同了曹必成，谢了大人，先回去不提。静海县知县，启禀大人说："城中只有右营城守，别无武将，恐其监刑劫夺，请大人给发能员保护法场，方为妥当。"施公点头说："贵县先回衙理事。王成衣家内尸首，可曾料理？"陈景隆说："卑职昨日清晨，就得报王成衣家被盗，杀死二命。卑职立刻前去相验：就见大门打坏，王成衣夫妇被杀死房内，箱笼物件，倒翻满地。卑职也只道强人所为，怎想到因奸被杀的呢？就命地方，买棺木成殓，房屋封锁入官。及至回到衙门，大人的书信连凶手就到了。"施公说："这就是糊涂。你不想要是强盗，岂有不带刀剑，怎么凶器倒是切菜刀呢？你以后若不实心任事，照此糊涂，少不得要去了前程。"陈知县连连磕头称是："卑职再不敢粗心草率的了。"施公说："你就回衙去罢，明日我打发黄副将并王、郭二守备，一同保护法场便了。"陈景隆谢了大人，告辞出去，提轿回衙去了，不必细说。

且说施公平反了曹必成冤狱，只等明日斩了凶手，便可起身。只因玄坛庙凶僧吴成，结连了于七改名的薛酬，若不除去，终是百姓祸根。便与黄天霸、李公然、计全三人，商议此事。李公然说：“我听富明说，玄坛庙内，又到了吴成的师父师弟，这二人本领非常，不知叫做什么。如今庙内设下重重埋伏，全有准备，只怕将来为祸不浅。”施公说：“我不虑他行刺，所扰者只怕此时不将他除了，将来养痈遗患，陷害良民百姓。”计全说：“行刺最要严防。我料他们时常到来，只因防备得紧，故此不敢下手。”正在议论，只见关小西、王殿臣二人回来，见了大人行礼，又与众弟兄一拱手。大家还礼。大人吩咐一同坐下，便问：“二位今日私访如何?”小西说：“我听说曹必成案情得了哪!”施公说：“这个案已结了。我问的是玄坛庙的消息如何?”关小西说：“这玄坛庙的事，我也打听得大略了。今日我与王老爷出去的时节，就商议好了，同走一路，到唐官屯玄坛庙去。因为恐怕恶僧看破形踪，孤掌难鸣，所以二人同去，有个斟酌。到了唐官屯一看，却是个热闹去处。这条镇头南到北，也有二里路长，就在双塘儿的腹里。南头冷静，有个郑家花园极其宽大的。这玄坛庙就在北头市梢，离开市镇有一箭之遥，房屋倒也不少，大约总有数十间，四面围墙高峻。和尚不过十几个，都是念经拜忏的客师，并无本领。只有当家和尚静修，是个飞贼出身，就是行刺的这个吴成哪！如今来了这于七，法名叫静喜，与他一师门下。今日这两个贼秃，不在庙里。我二人胆大了，就走到里边各处游玩，并不见什么踪迹。丢了些香钱就出庙，来到镇上走了两趟，在一家大茶馆内吃茶。在里面阁子里坐下，泡了一壶茶，二人慢慢的吃着，就见旁边桌子上，也有二人在那里吃茶，正然讲得高兴，一个说：‘我实在劳不起，趁他这几个钱，不是买命钱吗？’一个说：‘原来倒还好哪，自从静喜师父来了，直闹的黄河浑了。时常半夜三更出去，回来时要茶要酒。伺候一天，已经乏了，巴不得放倒头就睡，他还要时刻叫唤，要长要短，实在不体惜旁人了。”一个说：“前日又来什么师父了。王二哥我且问你，为什么当家的师父、师弟，都是拖辫子的？’一个说：‘你不晓得，这个师父不是出家和尚的师父，是他拜的习学刀枪拳棒的一个师父呢！这是江湖上有大名大本领的，叫活阎王李天寿，人家遇见了他，就是遇见阎王了。你道厉害不厉害？那师弟叫个赛猿猴朱镳，别看他痨病鬼的样子，楼房也跳得上去哪！’那一个说：‘这个阎王一来，更不好了。又生出许多主意。到了黄昏时分，四周围弄这花巧，一样一样的安放，不知防着强盗呢，还是贼兵？直是累得人折筋拆骨，正要见阎王的了。王二哥，我昨日听得施主人家讲，说咱们南头那个郑家花园，出了妖精。我们回去，你就多辛苦点儿，我对当家说，叫他多加你多少钱就是了。’说着话出去，我与王爷见时候不早，也就回来了。据我看这玄坛庙，很有些费手。”

施公听了，愁眉不展，就把李公然听得富明的话，略说一遍。小西说：“合符的了。”计全说：“这个活阎王赛猿猴，我倒认得的，真是有大本领啦！”众人都说：“计大哥如何认得他们？究竟有多大能耐？”计全说：“究竟的能耐，我也不知底细。我单见着赛猿猴显过一回手段。”就前番到双塘儿私访，在半路之上松林里，遇见一老一少，那痨病鬼手打二雁的话，学说一遍。众人都说："一定是的了!"施公便问："众位贤弟，有何计较，擒这几个贼人，与百姓除害?"天霸说："明日待咱进城，保护法场。斩了富明之后，就叫知县着城守右营，调二百名官兵，会同黄昏时候，在双塘儿聚齐。二更到唐官屯。三更围住玄坛庙。我等众弟兄杀进庙内，一起动手，把他们拿住。"李公然说："众兄弟不能一起进去，只宜进去一半，其余要在外面，分头埋伏，把守各路，方为妥当。"施公点头说："五弟之言有理，各人预先派定，谁人进庙，谁守那一路，在那里埋伏，俱各有汛地。"说罢，天霸同着王殿臣、郭起凤，入城保护法场。不多时进了南门，到得知县衙门，丢鞭下马，来到花厅。陈景隆迎接三位入内。景隆升堂，传齐衙役。在监内提出富明，捆绑停当，判了斩条，就请天霸等三人上马。城守冯老爷带领二百名军士，弓上弦，刀出鞘，在前开路。黄副将同王、郭二守备，押着犯人而行。随后，陈知县摆道，亲自监斩。一路来到教场，上演武厅升座。旁边客位，坐着黄天霸。捆绑手把犯人推到教场中间跪着。二百军兵，把犯人团团围住，发一声喊。城守冯老爷骑在马上，手执大砍刀，四面巡哨。王殿臣、郭起凤，各抓兵器，在演武厅下，左右保护。当时看的人拥挤不开。这时正交午时二刻，只争一刻开刀，就没事了。岂知祸从肘腋起，变在转眼间。要知抢劫法场的情由，且听下回分解。

第二〇〇回

设埋伏阎王定计　劫法场聚贼乔装

且说静修头陀去行刺，无奈防备得紧急，难以下手，两次俱是空劳跋涉。那一天吴成的学武老师活阎王李天寿，同了小徒弟朱镳到来。吴成大喜，摆酒款待，就把于七报仇之事，对他说了，又提起外甥藏躲的情节，道："如今施不全那里知晓咱们在此，少不得迟早要来相犯我们。这施不全手下三人很有能耐之人。我正恐寡不敌从，幸得师父同师弟到来，这是徒弟的万幸。"活阎王便问："施不全手下共有多少能人？"于七说："旧时不过四五个。"吴成说："如今也不满十个，内中还有几个平常的呢。"活阎王李天寿听罢此言，哈哈大笑说："我只道有一百与八十，倒要费我手脚。原来这些小辈，杀鸡焉用牛刀？我料他们心肠狠毒，日间必不到，恐怕我们逃窜。一定到了半夜三更调了官兵官将，先把庙宇团团围住。各路设下伏兵，然后一网打尽。"于七拍手说："师尊料事如见，一些也不曾差错。"吴成说："这便如何是好？"活阎王吩咐：赶办埋伏，等到黄昏，一切办齐。活阎王李天寿教他按法埋伏，以后每天夜间关了山门，就设埋伏；到了天明，先行收了，然后开门。把个玄坛庙，摆布铁桶相似。哪知到了明天，就得着富明被擒的消息。吴成、于七连忙进城打听。就是关小西到庙里这一日，他们两个探得明白，明日午时，在县城处斩。商议而反牢劫狱，等到二更以后飞身上了监墙，四面观看，无奈把守得连风都吹不进去，三回五次，不敢涉险，只得越墙而出，回转庙内，告诉了师父、师弟。活阎王说："天已将亮，反牢劫狱，神仙也来不及了。横竖明日午时处斩，我们去抢劫法场罢！"当下四人计议停当。

一到天明，吃饱了酒饭，各人改扮了服色，方可混人眼目。活阎王李天寿善用一把铁桨，铁桨中间暗藏一把利刃，共重六十四斤，长有三尺五寸。他杀得性起，从桨柄内抽出刀来。左手舞桨，右手挥刀。凭你千军万马，所到之处，但见血肉交飞。此时就扮做一个渔翁，头上原系的露顶凉帽，身穿葛布大袖衫，下系蓝裙，足下草鞋，把桨别在肋下。那赛猿猴朱镳，形如病鬼，还有谁人起疑，不用更换，但将一对双刀，藏在身旁。吴成除去了头上金箍，将头发挽个结绉儿，身穿一套破衫破裤，手中拿一条硬树扁担，腰别一柄铜斧，扮个卖柴的汉子。于七也把金箍子去了，就用个紫檀道冠，将发盘上，串一枝竹簪儿，身穿蓝布道袍，足上穿一双半旧朱履，背上把宝剑，手中拿着白布招牌，上写："神符治病，不取分文"。就算个走江湖的画符道士。这等的乔装改扮，极是容易，立刻扮换停当，陆续出庙，直奔静海城来。

到城内，吴成远远望见教场内，人山人海，都是看杀人的。那差使还没来，只有当图地保在教场伺候。这些看的人有的吃酒，有的吃点心食物，有的赌钱，有的看把戏，有的看耍拳弄棒，东一堆，西一簇，纷纷扰扰。吴成四面寻找，只是看不见他们三个，走到演武厅那里，地方拿着藤条，不许闲人过去。吴成望了一望，他们也不在此处，回身再去寻找。走到一个人圈子里，就挤进去一看，正是于七在那里鬼画符哪。口中说道："不论什么打伤跌伤，无名肿毒，一不用刀针，二不用丹药，只要三道灵符，立刻痊愈。有毛病的请过来，当面见功，分文不取，有缘遇我，错过难逢。"吴成在旁边哧的笑出来了，就把身子往后一鞠。那背后的人直跳起来，骂说；"卖柴的忘八，只管好笑，把身子鞠什么？你把腰内斧头柄，搠的我卵脬都穿破了。"吴成一听骂他忘八，那里忍得住，就顿然大怒，一把揪住那人，把扁担就打。看的人发一声喊，都说："有你这样不讲理哪？大家来打呀！"这一乱，不知可要闹出事来，且听下回分解。

第二〇一回

飞山虎欣逢好友　七煞神大闹教场

却说吴成正要用强，众人乱嚷，于七恐怕弄出事来，不当稳便，连忙过来解劝说："这位卖柴的朋友，你碰了人家，还要动手，是你的不是了。"一手便把吴成扯住说："算了罢！"又向众人作一摔网揖，说道："众位施主，看出家人分上，让我医治人家毛病罢！"众人说："多一事不如少一事，也不与他较量。"闲话休提，吴成会同了于七会在一处，东寻西看，只是瞧不见活阎王、赛猿猴两个，走到一个人圈子里，二人挤到中间，见是卖拳的在那里打对子。看得人人齐声叫："好！"于七一看，这两个卖拳的，年纪都不上三十岁，上身赤着膊，下面都是兜裆扯裤，足上紧统绕骁。一个使一根三节连环镔铁棍，一个使两柄板斧，丁丁当当，打声真好看。这使棍的中等身材，白净皮面，竖眉鹰眼，露着杀气；那使斧的，魁伟长大，面如锅底，粗眉大眼，阔口招耳。颔下俱无须髯，像一对好汉。只见两人把一趟斧、棍打完，向众人拱手，借助盘川。顷刻间丢了一吊多钱。二人把钱收拾起来，只见吴成走过去把手一抬说："二位贤弟久违了！"二人看见就是一怔，便说："哥哥你怎的？"以下还没说出，吴成丢了一个眼色，二人就说："你怎的也来看杀的哪？"吴成说："不错，我把柴卖了，时候还早，听说今日杀人，因此来瞧瞧热闹儿。"

二人便把场子散了，穿了衣服，拿了家伙，同着吴成走到教场西首一条横街上。

看见一座酒楼，上里面阁子里头拣了一副座儿。只见一个游方道士也跟了进来，吴成拖他一同坐下。酒保问过了酒菜，立刻搬来摆放桌上，自去应酬别的主顾去了。吴成就对二人说："二位贤弟，你们来见见。这位便是于六的兄弟于七，现今改名薛酬，从了我师立本禅师出家，法名叫做静喜。"二人立起来，作了一揖，齐说："久仰大名，无缘拜会。"丁七连忙答礼相还。吴成指着那个白脸的说："这位就是玉面虎马英。"指着黑脸的说："那位便是七煞神张玉。他们都是卧牛山的寨主。"于七说："久闻二位英雄盖世，难得今日相会，真是万幸。"四人谦让坐下，马英便问："二位哥哥，为着何事，乔装打扮到来？莫非今日所斩这个人，与二位哥哥相关么？"吴成笑道："马贤弟真是机灵，一些也不错。这件事说也话长。"就把双塘儿遇见于七，要报仇的话说起，直至同了师父李天寿、师弟朱镳，改扮进城，意欲抢劫法场的话，大约说了一遍。"今日天赐其便，巧遇二位贤弟到此，望拔刀相助。"马英、张宝同说："自己弟兄，岂有袖手旁观之理？"四人一面吃酒，便一面讲话。吴成说："二位贤弟，为何在此卖艺？"马英说："我们的事，也是一言难尽，现今时候午牌快到，不能细说，过后了告诉哥哥罢。只是今日这一件事，也须定个主意，少停救了你的外甥打那里走哪？或者他们有了准备，施不全派下能人保护，少不得一场厮杀，倘然失散了，可到哪里叙会？"吴成说："我们全算计定了，少停等阴阳官报午时三刻，刽子手朝上打千，请刀为号，我们一起发作。于七弟杀死刽子手开路，我就抢了犯人背着，跟他一直杀出南门，直奔正南四五里路，有个大松林会齐，一同回唐官屯正乙玄坛庙。我师父李天寿、师弟朱镳，二人抵敌施不全部将。诸事安排，就是缺少挡住官兵、城守并这民壮马快的人力，这些为难，又没一个喽兵伴当。正在忧心，幸得二位贤弟到来，岂非愚兄的万幸么?”马英说：“哥哥放心。”正说着，只听得远远锣声响亮，那街坊上的人，向东乱奔，嚷喊道：“快去看呀！差使来的了！”吴成一个腾步，直蹿到前面楼窗上，向下一望，就见民兵官将，纷纷攘攘，已到教场里面。望到后边一顶红伞，如飞般的抢进去了。连忙回转身来，把手一抬，说：“三位快走!”

说着自己先下楼去，背后于七、马英、张宝，急忙取了家伙，随后连蹿带跳下了扶梯，直奔出来。酒保喊道：“四位出来会账，共吃一两二钱三分。”哪知他们连理也不理，直奔街上去了。掌柜的看这光景不好，准是要白吃了，还亏他心灵手快，隔柜台一把扯住了张宝的肩膊。哪知恰巧撞着这七煞神，顺手一摔，掌柜的怎挡他蛮牛般的力气，就直掼转去，只听得豁啦啦的乒乒乓乓一阵乱响，把案头上的鱼肉荤腥，碗盏家伙，打碎个精光。伙计连忙过来，将他扶起一看，头也跌破了，手也跌直了，还饶了一身油腻汤水。掌柜气得眼睛发定，又是气恨，又是疼痛，人又跑了。今天的人千千万万，哪里去追？只有把他们骂一场罢了。

且说四条好汉，离酒楼，出横街，趁着众人拥进教场。正见静海县知县出了轿子，上演武厅坐下。那一营五百官兵，都是弓上弦，刀出鞘，团团围绕着圈子。四人要想轧进去，却被官兵哼喝住了。四人不敢发作，暂且忍气，只在他们背后张望着。这演武厅上，居中坐着陈景隆太爷，旁边坐着黄天霸，捧着单刀威风凛凛。背后站着多少刑房书吏人等。厅下王殿臣、郭起凤，分立两旁。犯人跪在中央，捆绑手、刽子手，四围保定。只听阴阳官报说："午时二刻。"就见右营城守冯老爷，提着大刀，周围巡哨。此时看的人都在四面远看，谁也不能挤得进圈子里去。吴成心内着急，又不知师父、师弟可在这里，暗与于七、马英、张宝三人丢了个眼色，这就直跳的咆哮起来，乱叫了一声，犹如青天里起了一个霹雳。他提起碗大的拳头，照着那官兵乱打。就这一阵乱嚷，里头阴阳官正报午时三刻，不知富木匠生命如何，且听下回分解。

第二〇二回

教军场要犯被劫　静海城百姓遭殃

话说阴阳官正报午时三刻，陈知县吩咐："推下去！"左右把犯人双臂绑定，飞奔到教场中心，朝外跪倒。只见那刽子手捧着那把勾魂落魂鬼头刀，抢步上演武厅，单屈膝一跪，禀请行刑。陈知县说声"快砍！"忽听那边发一声喊，就见四下里噗咚噗咚如猛虎一般的跳进五六个人来。陈景隆只吓得浑身发抖，心头别别的跳个不住，二十八个牙齿捉对儿厮打。那刽子手刚刚才举刀，不料于七在人丛中直钻进来，一个滚地龙之势，早到跟前，把背上宝剑嗖的扯出，顺手一挥，刽子手脑袋已离却颈项，噗咚尸首栽倒。吴成此时早把官兵推倒，腰间拔出砍柴斧头，连蹿带蹦，也就到了外甥身旁，叫声："外甥，不要惊慌，我来救你出去。"口中这般说，手中柴斧起处，早把几个捆绑手砍倒。有几个机灵的，见势头不好，走得快，就算便宜。于七将绑富明的绳索割断，吴成背了外甥，抡柴斧一路使着，撒腿就跑。于七舞动宝剑，在前开路，把这些官兵晦气的，切葱切菜的乱杀。

有黄天霸一见，燕子般的飞进几个人来，便知事情坏了，站起身来大喝："大胆强徒！擅敢抢劫要犯，我来也，提了钢刀，直奔下演武厅来。劈面正迎着一个老者，发须皆白，长发打了个结儿，头戴草帽，身穿渔翁的服色，手中提着一把船桨，正是活阎王李天寿。黄天霸不问是谁，将刀当头就劈。只见老者不慌不忙，把手中船桨往上一提，天霸连忙将刀架住。这二人刀来桨去，杀在一堆。旁边郭起凤正要上前相助天霸，又恐不是这老头儿对手。忽见来了一个痨病孩子，手舞双刀直扑过来。郭起凤心中忖想："也是我的时运转了。"遇着这个痨病鬼，一定稳稳的拿来，他便要讨这个便宜货了。那知恰撞着了定头货哪！起凤大喝一声，舞动铁锏，迎身上去。赛猿猴把双足一蹬，往上打了个旋风，身子在空中滴溜溜旋打，两脚未踏到地，双刀先劈下来。王殿臣过来相帮，照定病孩子夹背一刀。朱镳年纪虽小，跟着活阎王遇过大敌，早已旋转一闪，还刀便砍。三个人杀在一处，只是王、郭二人哪里抵敌得住赛猿猴呢？再说马英、张宝正与官兵争打，忽见大家动手，马英把三节镔铁连环棍，施展开来；张宝拔出两柄板斧，不管官军百姓，男女大小，只要碰在板斧旁边，总归送命。当时教场内众百姓顿时大乱，齐声喊叫："反了！快些逃命，强盗杀人呀！"大家乱窜奔逃，惊天动地，我且慢表。

且说活阎王把铁桨挥动，天霸用尽平身之力，只是抵挡不住。幸亏李天寿无心伤他，见吴成已将犯人救出，便打了一个唿哨，虚晃一桨，杀奔南门而去。赛猿猴朱镳把王殿臣、郭起凤二人杀得没有招架的时节，忽听得师父胡哨，也便吼了一声，撇下二人追上活阎王去了。

黄天霸与王、郭二人会在一处。天霸说："差使被他劫去，如何回见大人？我们不能不赶。"王殿臣、郭起凤听了没法，只得说："不错，我们并力追到南门，谅他们总出南门。"三人追了一回，听逃命的百姓嚷说："方才一个道士，背了犯人，逃出东门去了。”天霸听了此言，招呼王、郭二人，一起追到东门。守城的军士说：“果然有个卖柴人的模样，使着柴斧在前，有个道士背着一人，跟着出城。我们正要拦阻，被他们砍伤了三人，幸亏不死，如今躺在门房间里。”天霸说：“这也难怪你们，如今好生把守。”搭讪着与王、郭二人，回转教场而来，一声喊，把马英、张宝围在垓心。冯老爷吩咐：四面分派弓箭手，若然强盗冲夺过来，将他射住。自己带领手下兵丁，杀上前拿贼。无如马英、张宝来的凶猛，如何近得？正在难解难分，恰好黄天霸三人到来，大叫一声，冲进围子。冯大老爷胆就壮了十倍，抡开金背大砍刀，催开坐骑，向张宝砍来。张宝并不作声，将两柄板斧向刀盘上嗒当的一架，真是力气大了，就把这柄金背大砍刀，直荡开去，几乎磕飞了。冯爷大惊失色。幸得黄天霸看见冯爷不好，一纵身跳过来，举刀就望黑脸大汉砍来，张宝将斧招架天霸的刀，冯老爷方得兜转马头，险些失了性命。王殿臣、郭起凤战住了马英。马英的三节镔铁连环棍，非常厉害。王、郭二人看看抵挡不住，冯老爷上前相助，三个杀一个，恰是正好。平空跳进几只大虫来。黄天霸大惊，暗想：“贼兵还有接应，今日我就难以抵敌的了。”毕竟来者何人，且听下回分解。

第二〇三回

李公然弹打玉面虎　白马李力战活阎王

且说施公自从黄天霸、王殿臣、郭起凤三人起身之后，只是放心不下，随同计全、李昆等商议。施公带笑开言说："如今黄副将与王、郭二守备，虽到静海城保护法场，犹恐贼党人多，难以万全，须商议个尽善之计。"李公然说："大人既放心不下，李某不才，愿同李七侯进城接应。这里有计大哥同关贤弟保护大人，万无一失。"施公点头称是说："既然如此，就请李贤弟一行，诸事见机行事。"公然说："不须大人嘱咐。"随即同了李七侯，带了家伙，辞别众人，出了公馆，直奔静海城去了。

岂知这一会恼了一个英雄，关小西见大人进内去了，便把计全拖到外边，说："计大哥，我自从跟随大人，哪一件不是我上前？如今大人只宠用李五哥，凡事皆他去干，你同我觉得面上无光。"计全说："由他罢了，总是一般。"小西说："我同你私自前去，倘有抢劫犯人之事，多少也得些功劳。"计全说："只怕使不得罢。今日法场上劫与不劫，还是未定，不过预防罢了。倘然大人有事，我与你担挡得住么？"小西说："不妨。叮嘱何贤弟，教他不离左右，万无一失。我同你到了城中，远远窥望，若然法场没事，咱们暗暗跑回，人不知鬼不觉，不过几个时光就回来了。难道有甚失事吗？你若不去，我一人也要去的。"计全被他缠住，只得应允。暗暗嘱咐了何路通："小心伺候大人。倘然大人问起，只说我们在近处走走，就回来的。"何路通说："我知道了。你们只管去罢，把大人交给我就是了。"

当下小西同计全扎束停当，也不乘马，就出了公馆，一溜烟向北而行。那知这时候已经迟了，也是鬼使神差，教他二人前去，却不道救了二李的性命。

且说李公然同着白马李来到静海城，但见家家闭户，街上百姓纷纷逃出城来。公然扯住一个年老的人，问他为什这般光景？那人便把法场上闹事，强盗抢去犯人，把百姓杀了无数的话，说了一遍。李爷撒腿就跑。二人直到教场，见正在那里杀得烟雾弥空的时节，李七侯大叫一声，舞动镔铁钢刀，公然使开了单刀，托地跳到里边。就把黄天霸吓了一跳，只道是贼人救应，岂知却是自己的人到了。李七早飞刀迎上去，大叫："强盗休逞能！俺李爷爷来结果你们?"将钢刀一摆，就与张宝交锋。那张宝原系与天霸战个平手，还是黑白棋子呢，如今添上一个李七来，如何挡得，渐渐的刀法乱了。李公然只是站在官军队里，不上去助战，把那弹弓取下，扣上弹丸，将弓弦扯得满满的，觑定了使三节棍的面门之上一弹打去。马英要算眼明手快，看见嗖一物直奔门面来了，连忙一闪弹，丸从颈内插过，带去一片皮肉，鲜血直淌下来。他咬牙切齿，撇下三人，来战公然。公然也就扯出刀来动手。这一会经不起添上两员虎将，那马英、张宝就抵挡不住，正要想脱身之计，忽见正南上官军大乱，好似竹排般的往两边倒去，中间杀出了一条路来，奔进三个好汉。一个就是活阎王李天寿，跟着飞山虎吴成、赛猿猴朱镳，舞动军器，如旋风般杀来，把官兵伤了无数。

原来李天寿同着徒弟朱镳，杀出南门，只是不见吴成、于七。师徒二人等了一回，商议着且到约会地方再议，二人就奔大松林而来。恰巧于七背了富明，后面跟着吴成，从东门出来，绕在大松林东面，穿林而出，碰个正着。于七把富明放下来了。此时手足绑得麻木，也活络了，神也定了，便向母舅磕头，并向于七、李天寿、朱镳等，逐一磕头道劳。大众还礼。吴成便把遇见张宝、马英的话，告诉师父们一遍。活阎王说："这事不妥，为何他两个还不来？"再说吴成打发于七同外甥回去，自己就同师父、师弟反复进静海南门。要算他们泼天大胆，直把个皇家城池，就当作自己房屋，看得了然不在心上。也是陈知县没能干，在教场内，见了贼人抢劫犯人，就吓得满身软瘫，目瞪口呆，连句话也说不出来。从人连忙唤轿，那知轿班都逃命去了，只有三四个二爷们等，那几个心腹从人，伺候保护着老爷，从教场后面逃走，到小户人家躲避了半日，从人出来打探，见街上人清静了些，方同老爷回转衙门。陈景隆方才定心，然后打发人出来打听贼人消息，并天霸等怎样了，快来回报。及至打发的人探明回报，已经活阎王两番到了教场。

且说活阎王师徒，把官兵乱斩乱劈，杀得众三军东倒西歪。马英、张宝正要走时节，忽见他们到了，顿然勇力百倍。黄天霸同着王郭二守备，晓得这几个厉害的，难免心中带怯。只有李七侯、李公然，不知高低。一见三人进来，李七侯撇了张宝，挥刀便照活阎王砍来。天寿把桨招架。李七侯就知不好，这家伙倒难受的了，只得使那花刀巧战之法，不让他家伙碰着才好。哪知这活阎王李天寿是个老辈英雄，件件懂得，随你什么战法，只是不行。黄天霸要想上前相助，又有张宝战住，不能脱身，如今又添上一个吴成，自顾尚且不暇。再说李公然撇了马英，来迎赛猿猴朱镳，又是遇着了对头。朱镳的飞跑蹿纵，身轻灵便，他在半空中打旋，两把刀如雨点般劈来。公然难以招架，只杀得遍体汗流。吁吁气喘。真叫做一番反复：方才这边来了二李，立时占了上风；经不起如今活阎王师徒到来，分着四堆儿厮杀。毕竟胜败如何，且听下回分解。

第二〇四回

关小西私出救二李　活阎王力托千斤闸

却说李天寿见自己的人尽占了上风，此时正好脱身，若是只管恋战，他们把城门关闭，打发人讨了救兵到来，那时就要吃亏。要像我师徒三个，还可越城而走，无奈这马英、张宝，不会高来高去，倘被他拿住，如何是好？那活阎王到底是个老贼，他得风就转篷的，便将手中铁桨柄内嗖的抽出刀来，左手执桨，把李七侯的单刀挡开，右手嗖的一刀砍去。李七侯不防这个招儿，几乎把脑袋削去，要算躲得快当，把个头巾削去一半，只得跳出圈子外来。活阎王大叫一声："我们去也！"连打几声唿哨，使动手中刀桨，直冲出围来。背后马英、张宝、吴成，鱼贯跟着他都走，赛猿猴朱镳断后，如五只猛虎。官兵怎敢拦阻，只得虚张声势，假做抵敌上来。冯守备把令旗一挥，官兵从两旁抄来，只管向前围裹。无奈贼人厉害，只苦了三军，死伤的不少。一直到了南门大街，两旁无路可抄了，官兵也死得多了，只好在后面随着天霸等追赶罢了。

活阎王抢到城门的时候，恰巧刚要闭城。守城官得知县飞报，传令关闭城门，守城官立刻叫军士将千斤闸放下。军士奔上城头，那绳索盘车早已整理了舒齐，众军士一起动手，立刻把绞桩带定绳索，左右平匀，然后将盘车转动，那千斤闸板，轧轧的慢慢下来。哪知这闸板下得还不到一半，可巧活阎王抢到。他见城上放闸，一跳有丈外地步，直到闸板底下，把桨刀插在腰内，双手把闸板托住，大叫："你们快走!"吴成便叫："二位贤弟快抢城门。"马英、张宝随后也到，一起连蹿带蹦，逃出城门去了。那城上的军士，见闸板停住不下，说："这是什么缘故?"到跟前一望，连说："下面有个老强盗托住呢！我们来相帮，你用力盘绞，闸死这老忘八的。"众军士听了，个个惊慌，全说："怪不得绞不下了。我们大家来呀!"那上来的几个军士，一起相帮，拼命的盘绞。这个时候有许多闲人百姓，正在城头上觌望①教场里厮杀，还没下去，军士就叫众位都来当个差使。这一下手，城门洞内活阎王真正要做阎王了！今这盘车一绞如何当得？且说赛猿猴朱镳在后面断后，黄天霸追赶上来，朱镳回身又战。他们几个人左右齐上，朱镳虽勇，究竟难抵敌，又不敢放他们溜到前面，只得且战且走，因此落后。那活阎王双手托住了闸板，过了吴成、马英、张宝三人出城走了，只不见朱镳到来。正在着急，忽上面顿时着力起来，好似泰山一般压将下来，老贼两臂发抖，汗如雨下。正在万分难忍之时，忽见朱镳到来，离到城门不到一箭之遥。朱镳看见师父正托住闸板，头上汗如雨下，两臂东西摇摆，知道来不得了，连忙大叫："师父休慌，小徒来也!"他便撇了黄天霸众人向前飞也似的奔来。正抢到城门相近，只有几丈地步。岂料背后的黄天霸也就看见了活阎王手托闸板，站在城门洞内，忙向袋内摸出一只金镖，照准了李天寿的咽喉，嗖的就是一

---

① 觌（dí）望——张望。

镖。那李天寿看见黄天霸紧跟在朱镳背后，久已用心提防，见他把手一扬，就知是暗器来了，一道金光直奔自己身上而来，叫声："不好!"只苦得双手托住闸板，本系正在性命交关的时节，他的身子那里还好躲吗，连忙把头一偏，这只金镖正中肩尖之上。李天寿吼叫一声，也顾不得徒弟了，把双手一松，身子向外一个脊背翻身跳将出来。这闸板"砰"的一声，就直闸到底。李天寿见闸板已下，也不能顾着朱镳，且回玄坛庙而去。

哪知赛猿猴朱镳，赶到城门，只离二三丈之遥，忽见师父中了暗器，将闸板放下了。朱镳把牙齿一咬，旋转身来，与天霸拼命，将双刀没命的剁来。天霸见他来势凶恶，向后退让，把手对了二李一摆。二李会意，便同了王殿臣、郭起凤一起上前，连着城守老爷，刀锏并举，只望朱镳砍来。四周围团团裹住，好似走马灯儿一般。朱镳心中着急，只怕难以脱身，战斗多时，刀法疏慢，正是急中生着计来，抬头见左边四五丈地步有一排楼房，家家关门闭户，朱镳有心越杀过来，将近一二丈，跃身一跳，只一纵直蹿到楼房之上。一弯腰就抽那瓦片望下面乌鸦般的飞来，把官兵官将打得乱跑。黄天霸同了二李，虽有轻身本领，只是跳不上楼房。只得寻打平房上面接脚，及至上到楼房那里，这朱镳早上了城头。黄天霸等也上了城头，朱镳已越城而下。天霸同二李虽能下去，只是要用百链索方可下得。急忙向袋中掏出百练索来，把钩钩住城墙上面，然后将身溜下。三人来到城外，收了钩索，藏好袋中，一望朱镳去得不远，三人就直追下去。一路来到三岔路口，黄天霸望见前面有个大松林，当下就放心追赶，岂知几乎没了性命。要知三人遇险情由，且听下回分解。

第二〇五回

两英雄双中金镖　活阎王松林遭困

且说李天寿虽然中了一金镖，打伤了肩尖，弄得鲜血淋漓，却不打紧。为何缘故呢？只因中的所在，正是穿骨锁地方，莫说黄天霸打的时候，离开较远，镖已脱力，就使穿肩而过，也没甚要紧。所以活阎王全不在心上，不过当时吃了一惊罢了。及至行到松林，早将金镖拔出。进了松林之内，正见吴成同着马英、张宝在那里探头探脑，见了李天寿到来，便问："你老人家怎的肩上着伤呢？"李天寿摇着头道："这倒不妨，只是把你师弟陷在城内了。"吴成同马、张二人听了，一起着急，同说："这便怎么处置？"活阎王同着三人坐在松树根上，说："我谅朱镳他可以脱身。"吴成说："师父在此歇息，我去路口望望看。"不多时，吴成跑进林来忙说："师弟被三个人追过来了，离此不到半里路咧！"李天寿说："不要慌，等他到来，我们如此的对他就是了。"吴成、马英、张宝依计而行。

说时迟，彼时快，半里的路程转眼就到。黄天霸在前，李公然正中，李七侯在后，三个人鱼贯着追来，看看赶上，只离着四五丈地步，见赛猿猴逃进树林大路。天霸因为熟路，放心追赶进来了。可巧这林里路径虽是宽阔大路，却有弯曲，黄天霸就追入乱林之中，东张西望，忽见前面树后，露出衣襟。天霸顾不得道路艰难，侧着身子，便低着头，七弯八曲的钻到那里，人又不见了。天霸心中焦躁，定神细看，忽见树缝内一隐一现的，反往北去。天霸暗想："凭你怎样藏躲，我终归跟定你了。"便高高低低一路追去，却是一个大坟挡住，看他转过坟后去了，天霸也就转到坟后去了。哪知后面的李公然、李七侯两人，起初见天霸追入乱林之中，公然知道朱镳厉害，动起手来，他一人难以拿住，因此便叫七侯在外守候，倘然贼徒逃出林来，快些叫喊。李七侯答应："晓得。"公然即追上天霸，相帮拿贼。哪知公然见天霸东一弯西一拐，眼花穿得缭乱，后来连影儿都不见了，公然心中犯疑大叫："黄大哥！在那里?"连叫两声，全不答应。只因树荫紧密，声音被树木隔住，况且离着又远，再有高坟挡住，因此听不见了。李公然正在疑想，东寻西找，不妨斜刺里嗖的一只镖打出来，一时措手不及，正中右肩，当的撒手抛刀，噗咚跌倒在地。李七侯在林外张望，不见公然身影，忽听得隐隐的"哎哟"一声。知道不好，连忙进来观看，依着公然走的路径，望见公然栽倒在地，旁边别无别人在彼。暗想必定遭了暗算。抬头四望，忽见右首不多远，树头顶上隐着一人，正要上前，又是一镖早到，直奔咽喉而来。李七侯偏得快，当打在脖颈上咽喉的旁边，这只镖直穿过去，颈中开了一个窟窿。李七侯疼痛难当，一时站立不住，也就栽倒树杈之内。这树顶上发镖之人哈哈大笑，跳将下来，嗖的一声，从桨柄内抽出刀来，纵步上前，说声："小辈，叫你认识活阎王李爷爷的手段。"走到跟前，举刀望着李昆就砍。若说七侯中这一镖，究竟不是中的要害之处，还可抵敌，只苦得夹在树杈之内，身子脱空，无从着力，一时间挣扎不起，只得束手待毙。那李公然打中右臂，更是硬伤，论理亦不妨事，又苦右手疼痛，难以熬住，不能执刀厮杀。正要爬起身，早被“活阎王”一脚踹住，举起刀来，正要砍下，李公然也是伸颈等死。

忽见树林之中，嗖的飞进一把大大的飞刀，正砍在活阎王手腕之上。那活阎王再想不到半腰里忽来这件东西，正是冷不防备，右手腕上着一刀了，虽则刀锋偏着，不很得力，只是手中捏不住家伙。只听当当的两响，那飞刀连李天寿自己的刀，一起落地。活阎王勃然大怒，怪眼一瞧，只见跟着飞刀，蹿进一个人来，遍身军装打扮，直扑过来，就地上抢刀。活阎王大喝一声：“好个大胆的奴才！擅敢暗算爷爷，教你尸分万段，才出得俺心头之气!”你道此人是谁，原来是关太，因他贪得功劳，拖了计全，一同私自进城。刚走到大松林三岔口，计全望见前面树林下有人，便把小西一扯，低低说道：“关贤弟，你瞧见么？吴成这厮在前面林子里鬼头鬼脑，想是他们败下来，躲在此地呢。”小西说：“我倒没留心哪！这厮即在此间，我与你拿住他再讲。”计全说：“且慢粗莽。我同你只到树密之处隐着身子，轻轻过去，不要惊动了他们。”向北走去，离着他们数丈地步，在树叶丛深之处，隐着身子，侧耳细听，把活阎王吩咐他们言语，听得清清楚楚。果见黄天霸被朱镳引进后面林内。及至二李进来，活阎王连发两镖，打倒二李，见他跳下树来，一脚踏住李公然，举刀便砍。小西急透了，别无救法，只得把手中这把倭刀，飞将过来，正中活阎王手腕，活阎王撒手抛刀。小西不管好歹，蹿过去就地上抢刀。不妨李天寿右手虽伤，左手尚在，嗖的抽出桨来，照准小西背上着力打来。不知关太性命如何，且听下回分解。

第二〇六回

黄副将追贼遇险　陈知县失囚请罪

却说关太见李天寿伤腕抛刀，大胆向前抢刀，一手正把两柄刀抓住，却被李天寿夹背心一桨，打得口喷鲜血。恰神眼计全也到，把泼风刀望着活阎王乱砍。这番活阎王大受其累，只因松树紧密，地方狭窄，他的铁桨足有三尺五寸之长，抡使不开。况且单是左手，东碰西撞，十分吃力。又遇神眼计全，只是没头没脑的一阵乱劈。关小西咬牙切齿，两人使着两把单刀，直上直下的刺来，只杀得活阎王连连呼喊。此时李公然也将左手拾起刀来，李七侯也从树杈内爬起来，拿了单刀，一起向前并力帮助。李天寿情知不好，吼了一声，纵身蹿上树头逃出林子去了。四人互问黄天霸，不知下落，齐到坟后找来。

正是四个人围住了黄天霸，杀得他遍体汗流，两臂酥麻。前面招架了赛猿猴的双刀，后面就来飞山虎的柴斧，左边才拦开了玉面虎的三节连环棍，右又砍到了七煞神的板斧。随你腾挪躲闪终是招架不住。长叹一声："罢了！"便欲将刀来自刎，以免落得强人之手，受他们的羞辱。忽听噌噌噌跳进四个弟兄来，顿觉精神倍长，心中大喜，便叫："列位哥哥，快些来助我！"四人异口同音，全说："老兄弟不必惊慌，咱们来也！"四个人舞动单刀，一起直扑上去，那边赛猿猴、飞山虎等，见他们添了生力救应，究竟贼人心虚，又不知活阎王怎样，个个心内着慌，无心恋战，便知难占便宜，打了一声唿哨，一哄走了。

且说强盗已去，天霸便问：“众位哥哥，怎的到此？”李公然说：“大人见你与王殿臣、郭起凤去后，放心不下，又恐强人多，寡不敌众，所以命小弟同着七侯前来接应。不知计大哥、关贤弟又来了，却救了我与李七弟的性命，若是迟来一刻，我二人也就早上鬼门关去了。”关小西笑道：“这也是吉人天相。实不相瞒，我见李五哥连连得功，因此赌着气，立时拖了计大哥，私自要进城去分些功劳。不道来到此处，看见吴成在林子中鬼头鬼脑，我料他必是探看追兵，故隐在树林内等着。后来见这老贼连发二镖，打伤二位哥哥，跳下树来，要害二位性命，我着急了，就把手内倭刀飞来了。可巧的就飞伤了他手腕，因此这老贼才走了。”天霸说：“这事怎样回复大人？要犯被劫，强人逃遁，官兵百姓，死伤无数。莫说罪应该死，就是羞也羞杀了。”关太说：“这也是个没法的了。我们回去见了大人，由他怎样定罪便了。”李昆说：“不是这个说法，既然事已做出来了，难道罢了不成？我们回去见了大人，商议个主意罢。”正在说着，只见王殿臣、郭起凤到来。天霸问：“城内怎样了？”二人说：“现下诸事都安排了。教场里共杀死军兵七十三人，带伤者三十余个，其余各处百姓死的也有一百余口，伤者不计其数。县太爷由水路动身，已到公馆去见大人请罪了。我们二人因为挂念你们三位，追的怎样了，故此不肯上船，就走到这里。你们到底怎样？事情如何？关、计二位也在此呢。”黄天霸就把方才的事，一五一十说了一遍。王殿臣听了说：“怪不得二位李兄都带着损伤，还算是侥天之幸了。”

正说着话，一同回转奉新驿。到了门首，就见陈景隆在外面伺候。众位直到里面见了大人，一起跪倒磕头，趴在地下，立不起来的了。口称："我等罪该万死，望大人按律治罪!"见陈景隆也在那里请罪。大人说："事已如此，你们且起来作速定下决策，拿捉在逃贼党和被劫凶犯的要紧。"众人只得谢了大人站立一旁。如今有静海知县在此，不能叫众人坐下，单单吩咐拿一个座儿，让知县坐在旁边。知县哪里敢坐。施公说："坐了有话计议。"陈景隆方才告过罪，然后坐下。

施公便问被劫情形。黄天霸从头至尾，细细禀告了一遍。施公说："强盗如此大胆，若不急为剿除，将来为祸不小。请问众位有何良策?"陈景隆说："卑职才疏学浅，实是无能。但不知贼人逃往何处，只怕不在玄坛庙的了。"黄天霸说："不然，他们的玄坛庙内，摆设的重重埋伏，铜墙铁壁一般。他们正当做泰山之靠，藐视官军，全不放在心上，故此决不抛了玄坛庙而走。只怕他又往别处找寻羽党，前来相助倒是有的。为今之计，及早调了官兵，人衔枚，马摘铃，夜间悄悄前去，把庙四面围定。众将们等拼命进去，把众贼连囚犯一裹而擒，方为上策。"施公点头称是。李公然说："依我另派三员勇将，各带二百官兵，准备绊马索，挖陷坑，挠钩绳索，分头埋伏，守住了必由之路。等他漏网到此，稳稳将他拿住。"施公带笑说："李壮士此计甚妙。"众人同声叫好。施公说："这是几时去好?还须预定日期，好去调兵前来。"黄天霸说："事不宜迟，明日就去。"施公说："这个来不及。要调一千五百人马，须到省城，或是府城，方能调得。此地最近的，就算天津，也有一百四十里路程，来去极快，也须三日。”李公然说：“迟这几日倒还不碍事，就不过防他邀请救应便了。作算添些毛贼，也不妨事。”施公说：“准是三日后罢。”随即吩咐备了一角文书，交与陈景隆，叫他连夜赶到天津府，拣选一千五百马步精兵，三日后黄昏时候，悄悄到双塘儿会齐。陈知县接了文书，辞别大人，立刻赶到天津调兵。大破玄坛庙，且听下回分解。

第二〇七回

陈知县连夜征兵　施总漕安排拿贼

却说陈景隆来日已牌时候，已到天津府里，立刻请见，将文书呈上。知府看了，怎敢怠慢，立刻乘轿，亲到镇台①衙门，请挑选一千五百马步精兵，着参将孙大老爷，同着副统带游击衔张都司②，立刻挑选精壮军兵，都是身长力大，山东、关西等人。辞了总镇，同着陈知县，连夜赶路，直奔静海城而来。一路偃旗息鼓，衔枚疾走，到了来日夜间，四更过后，已到静海城北门，喊开城门，直到教场，扎下浮营，一切停当。

陈景隆回到衙门，恰好天亮。那日正是第三日了，幸亏并不过期。县太爷用了茶点，立刻跨马出城，径到奉新驿公馆，见了大人交差。施公吩咐说："贵县路途辛苦，早早回衙歇息歇息。等到申酉之间，同着孙统带暗暗陆续而行。须将号衣军器藏着，扮作民人样子，五个一起，十个一群，全到双塘儿四散耽搁，切

---

① 镇台——清代武官。镇台即总兵，又称总镇，掌管本镇军务，属提督所辖。知府的职务并不比总督高，要亲自登门，"请挑"兵马。施仕伦是"漕运总督"，相当于地方总督，二品官，又是钦差大臣，自然可以调遣镇台。

② 副统带游击衔张都司——统带，满清绿营军营一级军官，称参将，又称管带，下辖绿营营标。游击，次于参将，故称副统带，又称帮带。书中张副统带是游击衔，又称张帮带。但他尚不是实授游击，只享受都司待遇，故又称张都司。

勿打草惊蛇，走漏风声。到了黄昏过后，贵县可同孙统带在朱家店里面，等候听调。冯守备，嘱伊看守县城，不必前往。”陈景隆连连声诺，拜辞了大人，出公馆上马，自回静海城去，知会了孙、张两统带，将施公嘱咐言语，学说了一遍。全在城中等候动身，我都不必细表了。

且说施大人打发陈景隆动身之后，就与众位豪杰聚谈。施大人吩咐摆上丰盛酒席，叫众位弟兄坐下，施贤臣开言道：“众位贤弟，方才探子报说，唐官屯玄坛庙，昨日黄昏时候，从南面到的人不少，都是野头野脑，面生之人，陆陆续续全进庙里去了。直到今日早晨，尚有许多进去，只没见一个出来。大约进去的人，倒有几百光景，我想必是别处山头上调了喽兵来了。众位以为如何?”计全说：“大人所见不差。”公差说：“论差使实在嫌人少了，只是大人这里干系重大，岂可走个干净吗？王老爷精明老练，本是去得，留着他保护大人，其余全去好不好?”众人都说：“使得。”王殿臣说：“把大人交给我了。”关太说：“我们拿贼的功劳，你们也有分的。”王殿臣说：“这个应当如此，说什么功劳，众位放心罢。”天霸把手一拱说：“全仗王老爷了。我们到唐官屯的话，依我愚见，也要改装。日间就去，又怕他们认识面目。”关太说：“还是夜里好，也不必改装。”天霸说：“既然如此，我们一准两起走罢，大家申初动脚。李五哥同了李七侯二位到双塘儿，约会孙统带，限戌末亥初带了官兵同到唐官屯北口。我们全在那里等着，一同把庙围住，再分派各处埋伏。”李公然说：“这也不必如此，何不我们七人一同到双塘儿，会见了陈知县并孙统带，我与李七侯、计大哥分兵六百，陆续先到唐官屯南口，就在郑家花园屯扎。到了二更时候，计大哥带兵二百，并绊索挠钩等物，到沧州去的路口林子里埋伏。李七侯也带官兵二百，并绊索挠钩等物，在奉新驿的去路茅草内埋伏。小弟也带兵二民，就花园左边往双塘儿去的小路上埋伏。你们四位共领了九百人马，一同直到玄坛庙围住了，就好攻打进去，岂不省事?”天霸说：“李五哥这话不错，咱们准定这样办罢!”当时说明口号是“得胜”两字，服色认是发际飘一条白布，就是自家人，黑夜也看得见。暗号是两声炮响围寺，三声炮响贼兵漏网，四声炮响，拿住了强盗要犯，得胜班师。若是一声炮响，这就是我兵吃紧，要败阵走了。击鼓是进兵交战，若听到乱锣，就是讨救兵了，倘然当当的慢锣响，这才是收兵锣呢。我们进庙章程，到时见机而行，不提。

且说活阎王跳出松林，望唐官屯路上行来。不多时，后面吴成、朱镳、张宝、马英一起追上。见了李天寿，大家诉说了一遍。李天寿云：“我们且回庙去，我料他们必来寻事。”说着话，已到庙里。吴成等五位定了神，净脸吃茶，然后入席饮酒。李天寿居中朝外，上首是马英、张宝，下首朱镳、于七，那吴成就打了横头坐下。敬过了三巡酒，吴成便问：“马、张二位寨主，何事到来此地?”马英说：“哥哥有所不知，只因前月有小偷九头鸟王庆，从北京回来，路过沧州，他与我们东方雄大哥，有一面之交，到俺卧牛山来，看望大哥。大哥就留他吃酒，问进京何事?他说香河县八里庄有个陶员外，先前做过大官，出使暹罗，得着无数奇珍异宝，至后来退归林下，家财百万，家中珍宝堆积如山。别的不要说起，就中有两样奇宝，真是世所罕有。”吴成听了，便问：“什么宝呢?”马英说：“一个叫做水火乌金甲，净用乌金做成，锁子连环式样，内用火浣布做的夹里，凭你刀枪宝剑响炮，一概不入，而且穿了此甲，水火不能损伤。还有一件是瓦瓮，名叫积银瓮，内能容一石的大瓮，内放了一锭母银，只要过得六十花甲，就是两个月之久，便变成满满的一瓮银子。但只一件，若换别样金宝，便是不得，单能积聚银子，故此叫做积银瓮。欲想盗此二宝，特地前去。就同了王庆一同起身，直到了香河县，下了寓所，商量着夜静了到八里庄去。谁知刚吃晚膳，就哄进来十几个做工的捕快，带了眼线，闯到屋里，一索子把那九头鸟捉去。我与张兄弟不知他为了何事，吓得连包袱银两全都没拿，趁而嚷乱之时，一溜烟走了。只得就此回业，身边又没盘费，因此一路卖艺来到此城，正巧遇见了哥哥。”活阎王道：“不错不错，此事我久已知晓，一向要想前去。如今只等此事平静，我与小徒同二位前去，务要拿他个干净，才趁我的心愿。”于七说：“今日劫了法场，他们岂肯罢休？我料他们必然调了官兵，前来拿捉我们。如何是好？”话言未了，张宝说：“不妨！不妨！”不知说出什么，且听下回分解。

第二〇八回

飞山虎沧州讨救　神弹子花园降妖

却说张宝说："他们若要兵马调来攻打，我便回转卧牛山去，统一千孩子们来帮助哥哥。怕他什么？我二哥有八白名飞鸦兵，都是自己训练的，善用诸葛连弩，一人可抵十人。随你超等大将，也被他射得无头没路。此地离着沧州不过一日之程，朝发夕至。哥哥要时，何不借来一用？"吴成听了立起身来，向马英作了一揖，说："只要马贤弟写一封书信，专托东方大哥代拨飞鸦兵三百，这就好了。若说五百喽兵，谅东方大哥亦肯赏脸哪！"马英说："若说东方大哥，最是仗义疏财，专爱结识朋友，所以他的交情广阔。就是吴大哥要去时，连书信也不必，我的护身兵，他亦能做主提调。哥哥要多少借多少就是了。"吴成说："既然如此，一准我明日去走一遭。"李天寿说："这诸葛连弩之法，久失传，马兄弟哪里得来？"马英说："这也是一个朋友传授我的。此人姓柴名叫继光，有天生的聪明机巧，他得着诸葛武侯的秘本，制造那稀奇的东西不少。他的家中也好玩的很，连这做工的人，都是木头做的，也会打米磨麦，也会看门闭户，也会耕田车水。自己骑的驴儿，都是木的，只要人坐上鞍桥，就会奔跑，那绳缰带动机关，要左就左，要右就右，比着活驴子还灵哪！他门前看家的木狗，也会吠叫。还制造多少攻城守御的器具，都是依了旧法，翻出新样来，比前更好了。此人现在沧州百宝村，耕种田地度日，却也家道小康，真有隐逸风，不愧小诸葛的外号了。”活阎王称赞道：“可惜此人没会过。”当夜各去安歇。

到明日起身，吴成别了众人，奔沧州而来，到了卧牛山下，伏路喽兵问了来历，报上山去。东方雄亲自下山迎接，同到聚义厅上，摆酒相待。吴成先将自己同于七的事，说了一遍。又把教场内遇见马英、张宝，拔刀相助，怎长怎短，直说到恐怕施不全调兵前来，故此昨日马、张二位说起卧牛山借兵一番言语，原原本本学说了一遍。东方雄满口应承，立刻差唤蔡猛、花豹两个小头目，速速挑选五百喽兵，三百飞鸦连弩手，跟随吴大师连夜下山，暗藏兵器，改扮买卖人服色。蔡猛领了五百喽兵，花豹管领三百飞鸦兵，陆续而行。吴成谢别了东方寨主，一躬到地。东方雄连忙还礼相送。吴成下山。明日下午，纷纷来到唐官屯，陆续都进了玄坛庙。有的先到，就黄昏时进去，后到的就在客店耽搁，直到次日早晨，才得齐到了庙内，于七安排杀牛宰马，款待众喽兵，吩咐富明管理酒席的职事。然后叫吴成在西面墙内，赶造云梯，下面有轮轴可以推动，倘有官兵到来，就好命连弩手扒上云梯，在墙上发弩，把官兵射退。庙门之内，连夜起了三重木栅，密排鹿角，两旁梅花桩，四围里陷坑绊索，设立得风雨不透，任你开直了庙门，看他怎样进来？吴成办理停当，请活阎王看了，慢表。

再说奉新驿公馆之中，等到未时过后，施公亲自与众人敬了一杯，打发众位动身。众人谢过大人，把酒一饮而尽。大家站起身来，回到自己屋内，装束停当，带了应用物件，随身家伙，从人跟着，辞别了大人。又嘱咐一番。众英雄一共七人：黄天霸、关小西、计全、何路通、李公然、李七侯、郭起凤，一起离了公馆，直奔双塘儿而来，一路无话。不多时已到双塘儿。只见日光西坠，正在傍晚时候，街上还是热闹。只因今日多了这一千五百个官兵，扮的客人，故此各店家生意倍觉闹忙。天霸等走到一家酒楼底下，抬头看见招牌上写着“得胜馆”三字，心中大喜说：“我们在此饮一杯酒罢。”从人都说：“使得。”正要上楼，只见门前柳荫之下，摆着一张桌子，有三个人在那里乘凉吃酒。内中就走出了一个人来，抢步到天霸面前，把手一拱。众人一瞧，见原来是陈知县太爷。一同到了楼上，拣一张圆台，团团坐下。酒保过来问了酒菜，搬到楼上，酒保自去应酬别的主顾了。黄天霸一看，楼上吃酒的人倒不少。陈知县说：“这些人大概都是三军扮的，我们说话不必避讳。”黄天霸说：“孙统带、张帮带可在这里?”陈景隆指着楼下树荫里桌子旁边坐着的两个人说：“这上首的紫长脸，就是孙大老爷。正首白面皮的便是张都司。”天霸说：“你去请来。”陈景隆就在楼窗内，把手一招，二人就走上楼来。陈知县说：“你们二位来见过黄大人，与众位老爷们。”二人抢步上前，与天霸要磕头。天霸一把拦住说：“我们不用这些套儿。”叫过二位哨官来，耳边说了几句。哨官点着头走去，知会哨长，分头陆续而去。这里张都司跟计全、二李，辞过黄大人，下楼下奔郑家花园而来。谁知遇着了妖怪。要知李昆捉妖情由，且听下回分解。

第二〇九回

战妖魔喜得青锋剑　拿凶僧兵围玄坛庙

却说李公然同了计全、李七侯、张帮带，到了郑家花园。四人直到里面，点上灯火，把后门开了。张都司同着众人到后门外，招呼官兵陆续到来，从后门进来，不必到前面去惊动大街上人了。这花园实在不小，进去了六百多人，全然不觉。张帮带吩咐哨长、棚头，把兵丁分为三队驻扎。

二人正讲说埋伏的事。军士说："张帮带老爷在后假山过去，有一支旱艇子，里面进去看看。忽来了一精怪，眼似铜铃，口似血盆，抓住张老爷要吃。我们吓着了逃出来送信与老爷们知道，快些去罢！要吃完了。"二人出了楠木厅，跟随军士转过太湖石，就见李七侯直奔出来。他满头汗出，气急败坏的说："老五快来，妖怪厉害呀！"公然说道："怎样的妖怿，这等厉害？"李七侯领着公然、计全，一头走一头说："前面就到了，你看罢。我是被他吓怕了。看见他这面孔，就一身肉都酥软了。"就见众官兵从假山内乱跑出来，有的在假山上跳下来，四散的奔逃。只见这妖怪，跟着众军士追赶，在假山洞内跳将出来。李公然抬头一看，实在可怕。它的身子不大，遍体绿毛，周身瘦得骨节都露出来，好像一层薄皮包在骨头上面，毫无一些肉的样子。这个脑袋方方的倒不小，脸似瓜皮，两道红眉，直竖到额尖上。这一双凶怪眼睛，怒气百倍，短鼻阔口，四个獠牙，露出在唇外，足有四五寸长。手爪好似利刃一般，两手揸开，别的还可，只是瘦得可怕，面上也是紧皮包着，骨骼全露出来，见了人这一怒，眼睛一竖，金光乱闪，鼻子这一绉，嘴这么一嘻，实在怕人得很，把人的汗毛都根根竖起来，再加上咆哮的声音，更加可怕，看它不知有多大力气哪！它把头一低，身子蹼的直蹿起来，足有一丈多高，对着李公然这怒目一看，迎面直扑过来。李公然将身一偏，妖怪扑了一个空。公然早已拔刀在手，顺势就是一刀，却砍在怪物的后背。听得**"峥"**的一声，妖怪全然不觉。此时计全正在公然的背后，跟着走来。不料公然一偏，那妖怪扑了一空，向前面撞去，正与计全对面相逢，把计全吓得往后直跳。岂知妖怪真快，一抬手早将计全的佩刀，拔在他手中去。那妖怪被公然砍了一刀，顿发狂怒，吼声一叫，蹼的旋转身来，举刀望着公然便砍。公然见了这妖怪抢刀砍来，十分大怒，大喝一声："逆畜！胆敢抢人刀子?"便把自己刀往上招架。那妖怪跳纵如飞，铜筋铁骨，任你砍它几刀，全然不怕。计全同着李七，要想上前帮助，只是心中胆怯。公然一头与妖怪动手一头想道："这个畜生如此顽皮，纵然砍着它，也是徒然。我且把它这刀子去掉，然后将它这么一下手，看它怎样。若然不行，今日我命难保。"想定主意，让它一刀砍来，公然将身一侧，偏过了刀，趁势一抬腿，照准妖怪的手腕骱上，狠命一踢，用的力大，妖怪经不起，这把刀一脱手，直飞到假山那边去了。妖怪大怒咆哮，直前抓他。公然将自己的刀，也不要了。望着妖怪面上掷去。妖怪并不躲避，着在它面上，当的一响，毫无损伤。妖怪只管把双手来抓他的上身，不防公然顺手将身往下一蹲，向左边扭转过来，双手把妖怪两足捏住，大喝一声，跳起身来，把妖怪倒挑在手。妖怪被他提空了，用不出气力来，只是两手乱舞，没法子的了。李公然便将妖怪顺着势，照准太湖石峰上，用尽平生之力，砰的掼去，只听当啷一声，把个妖怪掼的不见了，倒把那李爷吓了一跳。计全同李七也是一怔，说："妖怪哪里去了？"公然见妖怪没了，自己手内还是捏着一件东西哪，提起一看，却变了一柄耀目争光的宝剑。李七侯正走过来，说："五哥，妖怪哪里去了？"公然把宝剑递过说："妖怪在这里呢！"李七惊道："怎么变成了这一把宝剑呢？"计全也走过来，便说："恭喜贤弟，这一定是口宝剑了。"伸手接来一看，但见有三尺六七寸长，三指开阔的宽，青光闪烁，冷气侵人，顺手把假山石剁了一下，这块石头觉得应手而断，犹如砍了泥土一般。公然见了，心中喜欢，知道真是口宝剑，计全说的不差，计全说："这是天赐与李贤弟的宝物，只是不知此剑何名？"说着话将剑递与公然。公然接剑在手，拎起自己的刀来，插在腰间。计全也把佩刀拾起。李七侯说："我们且去看看张帮带怎样了。"

三人进了假山，走到里面，见有个小小金鱼池，池内起造一只楼船，就像真的船一般无二。走上船头，就见张帮带倒在船舱里面。计全忙唤从人："快取热水来！"从人答应，转身去了。计全与公然走到舱内，见里面也有炕床，就把张帮带扶起，卧在炕上。计全便问："李七侯，怎的看见妖怪？"李七说："我在月洞门那里走过，就听见这里大惊小怪的喊叫。我就依着声音跑过假山，正见妖怪望着张帮带直扑上去，要像咬他的样子。我就拔刀出来，跳到船上，将妖怪头上狠命的一刀。只听得铮的一声，火星乱爆，妖怪叫了一声，并无伤损。吓得我回身就走。回转头一路偷看，见妖怪东蹿西跳，追兵丁。我正要来叫你们，可巧你们就进来了。”正在说话，从人取到滚水。李公然将张帮带牙关挑开，计全将水灌了几口，将身子扶着，把手按在他胸前，轻轻叫唤。张帮带缓缓醒转过来了，停了一会，方与计全、李昆道劳。说：“那个妖怪怎样了？”二人把变了宝剑话说了。帮带不信，公然将宝剑与他看，方才相信。计全说：“我们上楼去看看。”李七说：“我做头站。”公然跟着，三人同到楼上。从人点了火把，照着四面一看，空空如也，连桌椅东西一些也没有。正要下楼，公然抬起头来，忽见上面挂了一个剑鞘，连忙摘将下来，把剑插入鞘内，恰是原配。计全接过来，就火光之下细看，是镂金嵌宝，十分精工，雕刻龙凤花纹，中间用珍珠嵌成“青锋”二字。计全看罢，说：“怪不得了，原来是魏武帝的青锋宝剑，乃价值连城之物。”三人就下了楼来。猛听得噗咚噗咚两声炮响。不知后事如何，且听下回分解。

第二一〇回

李天寿大战黄天霸　赛猿猴力败何路通

话说李公然把宝剑接来，佩在腰间。三人下了扶梯，听得两声炮响，知道天霸等大兵已到。计全说："我们速速分头埋伏罢!"张帮带忙叫："哨官，快将军士们分为三队，每队二百，各带应用物件，跟随三位老爷分头埋伏。"计全领了一队出南口。一箭之遥，有树林。计全吩咐众三军："就在林子北首，先把绊索安放。一面在林子南首，赶紧掘个陷坑，面上铺着芦苇，芦席上盖些浮土，只等恶僧逃走出来，就好拿人。"李七侯也带了一队，从花园后门出去，一路后街，抄出北口，就见玄坛庙那里灯球火把，照耀如同白昼一般，喊杀连天。李七侯出了北口一里之遥，两旁都是青草，有一人多高，吩咐就分开两边埋伏，也是安排陷坑绊索。再说李公然同张帮带，也带一队，就在园内埋伏，相近大街的口子，安了绊索。在花墙旁边要道之所，连掘二重陷坑，自己在园内后轩中等候。差军士一路探听，倘有动静，速速传报信息。按下了三路埋伏。

且说黄天霸见计全等都走动了，又饮了数杯，同着小西、何路通、郭起凤、孙统带、陈知县，大家起身下楼，会过酒钞，出了店门。黄天霸先自一人来到玄坛庙门前，只见皓月当空，四下并无声息。听那庙里巡更的，正打三更。轻轻跳上围墙，往里面一看，但见梅花桩鹿角，排得密密层层，四下里喽兵戎衣打扮，都在云梯下，连环躺着。一对对巡哨喽兵，背弓插箭，手执钢刀，四周巡察。天霸正要回身，早被一个巡兵看见，说了声："有奸细！"拈弓便射。只听得当当的一阵锣响处，众喽兵全上云梯。黄天霸躲过了箭，飘身下来了，喝叫："开炮！"掌炮的放了两个号炮，众三军抽出竹筒，扯出皮套，将火把灯球亮将出来，照耀得如同白日。这九百官兵，齐齐的发一声喊，将玄坛庙团团围住。只听得那庙内当当的一阵锣响，从喽兵全上云梯，梆子一响，弩箭如雨般的射来，三军们那敢来逼紧，只得退后，口中但只呐喊："捉凶犯！拿和尚呀！"脚里渐渐退后。

黄天霸领头说："众位亲兄们，随俺进寺。郭守备与孙统带，在外监督三军。"关小西、何路通一答应，冒着箭林弩雨，冲上前来。黄天霸挥动钢刀，但听呼呼风响，弩箭纷纷落地。到了墙边，便踊身跳上围墙，跨到云梯上面，把飞鸦兵乱砍。关小西使动倭刀，何路通舞开钩枪拐，跟着天霸，一起上前，把喽兵砍倒，大家飘身而下。哪知这庙内好比虎穴龙潭，如何进去得呢？黄天霸望见大殿上灯火明亮，吴成、于七、富明，三个人坐着，正在饮酒，全不放在心上。天霸见了大怒，说："死囚贼秃，死到临头，还敢如此大胆？"奋勇上前，连跳了三重鹿角，抢进大殿而来。那三人回身便走，转入屏风背后去了。天霸招呼："关小西、何路通，快些追上，今夜务将这三个要犯拿住方休。"三个人一路进来。

到里面七间后殿，只见露台上面站着一人，跑到临近一看，却是七煞神张宝，舞动两柄板斧，在白露台上耀武扬威喊道：

“黄天霸你是我手中败将，还敢来吗?”黄天霸喝道：“我与你拼个死活。”张宝说：“好，快来领死!”天霸怒道：“好狗强盗，死在目前，还敢口出大言。”张宝说：“我是强盗，你倒没做过，好个清白良民。”荡开两柄板斧，张牙舞爪迎来。二人杀了七八个来回。小西与何路通因见占不得便宜，就左右夹攻。张宝也不管人多人少，一味的恋战，只见殿内嗖嗖的跳出三个来，第一个就是活阎王李天寿，将铁桨一摆，冲将过来。跟梢就是赛猿猴朱镳，舞动双刀，从殿内打个旋风出来，滴溜溜从半空中连打翻身，人未着地，双刀先下。后面的就是玉面虎马英，撒开三节连环棍，上下扫将出来，直奔关太。关太忙把倭刀招架，两个人杀在一处。李天寿舞动铁桨，奔了黄天霸。天霸竭力抵住，与活阎王杀在一处。张宝见李天寿到来，他便撇了黄天霸，把双斧一摆，来助马英，夹攻来战小西。这赛猿猴朱镳荡刀滴溜花花的直旋出来，正对着何路通当头劈下来。何路通没见过这样战工，倒吓了一跳，这是个人呢?还是猴子哪?见他来势真怪，脚未点地，双刀已下，连忙将手中的钩枪拐，向上招架。只见他烁的一闪，跳在后面，就把两把刀使个玉带围腰之势戳过来。何路通急速转身，将拐分开，要想还手。他两刀使个朝天切菜，又下来了。何路通只得招架朱镳左手的刀。一个白蛇吐信。何路通刚要把拐来隔开，右手的使个叶底偷桃，早从下三路直杀进来。何路通连忙把拐挡住，要想还手，总是不能。朱镳一趟双刀，只杀得何路通满身是汗，吼叫连声，只有招架之功，并无还兵之力。黄天霸战住了李天寿，也是棋低一着。幸亏李天寿还是老了些年纪，一上手不肯使出全力，只用耐战之工，因为恐怕一冲奋力断杀，用得力尽，后手不能久战，故此黄天霸能够勉力支持。只是战到二十余个回合，渐渐两臂酥麻，额尖汗流，刀法慢慢乱了。那边关小西力敌马英、张宝，躲闪腾挪，勉强对垒，然而总是下风。蔡猛、花豹调动喽兵，一面在围墙之上看守，外面的官兵上前，便发连弩，把官兵射退，一面分兵一半，全到二殿露台上来，甬道两旁，齐齐的围着，口中呐喊助威。天霸等愈加着忙，战了一个更次，看看抵敌不住。忽听喽兵叫说道："二位师爷来了。"天霸偷眼一看，只见吴成提了钢鞭在前，于七举着单刀在后，从甬道上外面杀来。黄天霸暗想：今日断难活命。吴成举起钢鞭，望着何路通打来；于七挺着单刀，向黄天霸就刺。这两个一来，镇台衙门禀请挑选，怎样巧战夯战，总归不能胜了。他们三个人也不想活命的了，正要行个拙志自刎了罢。忽然看见半空中噗的落下一个人来，不知是人是鬼，黄天霸只道埋伏到了。三人定睛观看，全然不识，毕竟天霸三人性命如何，且听下回分解。

第二一一回

小元霸锤打赛猿猴　三义士并力助官兵

却说黄天霸同着关小西、何路通三人，在玄坛庙内，围困露台之上，又见吴成、于七到来相帮，实是再经不起的了。正在性命交关之际，忽见半空中落下一个人来，天霸一看，并不是自己弟兄。见他偏身皂罗紧靠，面如烟熏，大嘴缩颈，二目圆睁，骨瘦如柴，手执一对八角紫金锤，足有碗口大小，犹如李元霸再世，黑煞神临凡，大叫一声，好似青天里打了一个霹雳。黄天霸只道又是强人一党，吓得魂不附体。只听得那人说道："我把你这些杀不尽的狗强盗，擅敢拒敌官兵，目无王法，照俺小爷的家伙！"举起双锤，望着赛猿猴朱镳当头打下。朱镳叫声："黑小子，休得逞能。"把身一侧，将刀向上一抬，只听得当当的两响，就火星乱爆。朱镳连说；"好家伙！"正要还手，哪晓得他右手的单锤又到。朱镳急急招架，左手锤又来，要想还手，万万不能。一连五六锤，只打得赛猿猴乱纵乱跳，连连吼叫。黄大霸、关小西见了，知道是帮官兵来的，心中暗暗称赞，真好本领，感得自己精神顿旺。那活阎王与吴成、于七、马英、张宝，众贼见了，个个吃惊，却又认他不得。正在大家着忙，忽听得一声叱咤，从殿上又飞下两个人来了，都是紧身装束，头一个白面青须，剑眉虎目，手执朴刀，打一个旋风儿，从半空落下来，说声："狗强盗，看老子的刀。”照着活阎王便砍。活阎王将铁桨招架，哪知他的朴刀沉重异常，只觉得虎口震痛，暗道：“此人本领在我之上，不在我下。”哪里敢怠慢，二人交手厮杀。此时黄天霸与何路通两人，却是好了。天霸单敌于七、何路通单敌吴成，就轻松得多了，胆也更加壮了，力也有了。但见那个紫脸大汉，手执一对雪亮的护手钩，也是一个旋风，从殿脊上跟梢而下，大喝一声，挥动双钩，直奔了马英、张宝。但见他舞动了两柄护手钩，好似一团白光，滚来滚去，杀得马英、张宝，只有招架，哪敢还兵。

列公，你道三位是谁？这也不消得说，一准是金陵三杰了。如何来到此间呢？只因甘亮同邓氏兄弟，在招商客店，与李公然别后，仍寓店内，并未动身。到了明日就打听得街上百姓哄动，都到教场内看杀人去。三杰正在午饭时节，忽然外面大乱，店家纷纷的上排门关店，都说：“来了无数强盗，在教场劫抢犯人哪！”三杰回到上房坐定，甘亮说：“昨日李兄弟说的，这囚犯的母舅，倒是玄坛庙的恶僧吴成，并那头陀于七、活阎王、赛猿猴等，这几个狗男女，原系都是绿林飞贼。今日劫了法场，抢去犯人，不消说是这班强盗所为。我想这件事，施钦差必然派人到玄坛庙拿贼。闻得庙内层层埋伏，只怕大人左右，虽有能人，难保万全。我们一来为大义起见，二来为兄弟情分，先要打听几时动手。”邓虎说：“待小弟去探来。”一霎时回来，邓虎说：“晓得了，施大人差了陈知县上天津调官兵，三日准到静海，约定第三日下午时分，扮做百姓样子，陆续到双塘儿会齐。黄昏过后，施大人派定手下弟兄，在双塘儿领官兵到唐官屯，把玄坛庙团团围住，一面进庙擒拿强盗，一面在要道埋伏。我们只要等第三日上，等天津的官兵动身，暗暗跟着前去，就好见机而行。”甘亮听了，点头称善。当夜各自安歇。

到了明日，甘亮同了邓氏兄弟，赶到玄坛庙后面，飞身上屋。三人的轻身本领，算是超等，声息全无。在屋面施展夜行术的功夫，蹿房跃脊，来到居中所在殿脊之上，坐着乘凉。不多时光，就听得前面当当的小锣响，就是黄天霸初次进庙的时候。随后就听得噗咚噗咚的二声炮响，众三军一声叱咤，霎时间灯笼火把，照耀如同白日，官兵团团围住。后来就见黄天霸、关小西、何路通三人进了甬道，直到露台上面，与活阎王师徒、卧牛山寨主大战一场。后来又见到了吴成、于七，并蔡猛、花豹上来。邓虎哪里还忍耐得住呢！大叫一声，飞身而下。随后邓龙、甘亮一起都下，帮着将爷们动手。这边赛猿猴正迎着小元霸邓虎。两个都是渺小身材。一个儿形同病鬼，一个儿骨瘦如柴，他俩一对双刀迎着两柄铜锤，乒乒乓乓打到十余个回合。那朱镳怎敌得小元霸神力，只杀得汗流遍体，两臂酥麻。邓虎使一个流星赶月的架儿，朱镳使一个双燕穿帘，把双刀用尽平生之力，将他左手锤剪住，被邓虎右手锤加上一击，朱镳经不起，“哎哟”一声，双刀往下直沉。这柄锤头正打在朱镳的天灵盖上，只听得“壳秃”一声，脑浆迸出，“噗咚”的栽倒在地。且听下回分解。

第二一二回

玄坛庙吴成漏网　唐官屯于七就擒

却说小元霸邓虎一锤，把赛猿猴打死在露台之上。活阎王吃了一惊，手内一松，被白面狻猊一朴刀劈来，削去一片头皮，慌忙逃上房屋。甘亮哪里肯放，随后赶上房屋，不提防活阎王回手掏出一只金镖，正打中甘亮的肩尖。天霸看见，叫声："强徒休走，俺来也!"赶紧跳上瓦房，一直追下。何路通见了，知道活阎王厉害，恐怕天霸追去吃亏，喊了一声："黄老兄弟，我帮你同捉这厮!"说着也上房了。天霸在前，路通在后，一路紧紧赶来，我且慢表。

再说甘亮正中了一镖，掉下房来，幸亏伤得不重，浮伤罢了，镖已插肩而过。白狻猊随手抓了一把泥土，按一按伤处，提刀赶过来。一望见天霸、路通二人追赶活阎王去了，料想他们两个斗一个，不至吃亏，自己且把要犯拿住要紧。就将手中朴刀一挥，直奔吴成而来。且说吴成、于七同着马英、张宝见赛猿猴打死，活阎王逃走，心内吃了一大惊，想要三十六着，走为上着。只苦得被邓氏兄弟逼得手忙脚乱，招架还来不及。怎能脱身？幸喜白面狻猊中了金镖，掉下房来的时候，天霸、路通追赶活阎王李天寿，邓氏弟兄手中未免一慢，吴成第一个撒腿就望着殿内而走，恰巧甘亮跟着追进去了。这个时候，于七跳上瓦房，被他漏网。此时小西结果了蔡猛、花豹，并杀散飞鸦兵、连弩手。列公，你道喽兵四散的奔逃，小西任情追杀，哪知把要紧的吴成、于七皆逃走去了。只苦得马英、张宝二人，又不会高来高去，邓氏兄弟逼得他没处藏躲，自己的人全是逃的逃，死的死，帮手全无，被邓虎双双擒住。关小西过来把他二人四马倒攒蹄捆了个结结实实，然后过来向邓氏兄弟道劳行礼。请问："豪杰贵姓大名?"邓氏弟兄慌忙答礼，连称："关大老爷，我们都是小民，怎敢与老爷抗礼。"就把三杰的姓名，对小西说了。小西一听，不胜之喜说："原来李五兄说过大名，我等久慕金陵三杰的英雄，今日却来救了我等的性命。"邓龙连称："好说好说。"便问："关大老爷，李五哥为何不见?"小西说："在郑家花园埋伏。我有句话，告诉二位，我们都是兄弟，今后再不要闹这个老爷、小爷，实在难听不过了。"邓龙、邓虎同说："关大哥，我们遵命便了。"关小西说："他们虽则逃去，四面都有埋伏，横竖逃不了的。我们先来搜寻富明这凶犯要紧。"邓龙、邓虎连称："有理有理!"三人把马英、张宝提在二殿内神柜里面，同猪羊一般抛在里面。三人到各处搜寻。

这富明被冤魂缠住，在卧室内床底下安身，一想更不好了。正然钻出来，恰好小西进来，一把抓住。小西吩咐军士，将两个强盗一同看守。

先说逃回的喽兵，纷纷奔到卧牛山，报与大寨主东方雄知道。说："马、张二位寨主爷，都被擒住，大概凶多吉少。"因此东方雄和施不全结下了深仇阔恨，后文再讲。

且说甘亮追赶吴成，进了二殿，穿出后院。究竟吴成是熟路，藏在夹墙之内，心中想道："若是被人看见，准死无疑。倘能侥天之幸，这厮不留心，只道我跳出墙去了，不回来细寻，就有命了。"哪知道果然认做他越墙而去，赶紧追出墙去了，只见官军远远的围着，高声便问："只见一个强盗逃出来吗?"官兵说："有的有的，五个强盗，拿住了四个，被他走了一个。"甘亮一想，不消说得，这逃的准是吴成。就撒开大步，一直赶去，赶了一程，不见踪迹。忽见前面一条黑影，从斜刺里闪过。甘亮看得分明，见头上披着头发，想道："吴成这厮好快腿，怎的倒从那边过来呢?"随跟着赶上去。走不多远，只听前面一声吆喝，两旁跳出一彪人来，为首一位英雄手执单刀，喝声："捆了!"但见头陀早被军士绳捆索绑拿下。甘亮上前相见，各通姓名。李七侯大喜！甘亮上去，把头陀一看，却不是吴成，原来正是于七。当下李七同甘亮，一同来到玄坛庙内，与小西等人相见不提。

却说黄天霸同何路通，追赶活阎王。活阎王无心恋战，一直向南大路奔来。到了郑家花园，沿墙小路上转弯。不料掘下两重陷坑，在后不多远，噗咚一声，栽倒陷入坑内。天霸到了前面，活阎王果然跳出坑来。何路通大叫："强盗逃到哪里去?"就从花墙上面飘身而下，哪知正踏在陷坑上面，噗咚一声，跌下陷坑去了。活阎王跳过陷坑，哈哈大笑，向前奔去。未知可能擒住，且听下回分解。

第二一三回

黄天霸兵回奉新驿　活阎王夜走卧牛山

却说黄天霸望见活阎王跳出陷坑，直奔前去，军兵不敢阻挡，自己在后大叫："李天寿往哪里走？"跳过陷坑，在后追赶。忽见何路通从墙头跳下，跌入陷坑，倒被活阎王趁势跳过陷坑而去。天霸也把第二个陷坑跳过，紧紧追来。想道："这厮夜行术的功夫甚好，难以赶上，待俺赏他一镖。"想定主意，一手向豹皮囊内摸出一只金镖，照准李天寿后心里一镖打去。哪知李天寿乃是走关东闯关西，经过大敌的老贼，虽则向前直奔，一路眼梢，前后照着，觉得黄天霸把手一扬，嗖的一阵风来，知是暗器，便将身一侧，这只镖擦身而过，险些打着，只离一线，直打到前面而去。天霸见老贼躲过此镖，心中大怒，却不道这一镖坏了事！这一镖若然不发，今夜活阎王稳稳拿住，只因发了一镖，倒把个活阎王打逃走了。你道什么缘故呢？原来此地的埋伏，正是李公然的汛地，他晓得活阎王师徒本领高强，因此掘下了两个陷坑，自己又在花墙近处，躲于草内。带了二十名军士，两旁扯着绊腿绳，藏匿草中。如今果见活阎王逃过陷坑而来。骤然跳将出来，拦住去路。只要活阎王冲上前来拼命，两旁的军士一起将绳提起，活阎王一定栽倒，立时伸手拿来，全不费事。哪知黄天霸发了一镖，偏偏的又被活阎王躲过，这只镖向前打去，正中李公然胁肋之上，李爷“哎哟”一声，躺倒在地。活阎王直冲前去，两旁军士正要提绳，忽见自己主将“哎呀”跌倒，大家吃了一惊，手中呆了一呆，就被活阎王连蹿带跳，已过绊索的地方，一直往双塘儿而去。出了双塘儿南口，撒开大步，一路望沧州进发，投奔卧牛山去了。

且说黄天霸见镖误中了李昆，吃了一惊，连忙赶上前来，料想着阎王命不该绝，追赶也是无益的，急将李公然扶起。忙问：“李五兄受伤怎样了？小弟罪该万死。”李公然说：“不妨不妨，伤的还好。”天霸将他胸前一看，见他肋下淌血，这只金镖落在地下。幸亏隔的地方太远，镖已脱力，只打进半寸光景，就没了力，落于地下。况且公然跳出来的时节，看见活阎王忽然将身一侧，就觉有一件东西，烁的过来，公然知道不好，连忙也是将身一侧，虽然躲闪不及，那身子却已带偏，故此不甚着力。黄天霸心上不安，连连告罪。公然说：“老兄弟不必挂怀，不是你有意打我，况且浮伤罢了，有什要紧？”只见何路通已从陷坑里出来，随后也到。黄天霸便把方才玄坛庙内，如何被困，几乎送命，幸而有三个豪杰相助，怎长怎短，细说一遍。公然听了大喜，便说：“这三个就是金陵三杰。”把前日在客店结拜的话，告诉天霸。天霸十分欢喜，如今有了好帮手了。那李爷又把郑家园降妖得剑之事，亦说了一遍。天霸、何路通将宝剑看了，连声说：“好！真是希世奇珍，切金断玉的宝物。”李公然叫张帮带去吩咐兵丁，将陷坑填平，一起到玄坛庙来，自己同了黄天霸、何路通先行。

三人到了玄坛庙，与甘亮、邓龙、龙虎相见道劳，各人行礼通名，彼此客套几句，总是老套，我也不必多说。众人都在大殿上，分宾主坐下。黄天霸吩咐放出四声收兵炮。小西已早教偏将们等，都到大厨房内去，搜采吃食东西。那左右从人听了，个个高兴，闹了半夜，腹中都有些饥饿，大家赶到大厨房内一看，好有兴头哪！但见梁上壁上挂的风鱼腊肉、火腿野味，笼子养的鸡鸭鹅鸽，缸内是养的鱼鳝鳗鲤，柜内放的蘑菇香蕈、燕窝海参，钩上悬的猪肉、羊肉、牛肉，壁角内高高的一囤白米，墙脚边堆着数十瓮五彩花高泥头陈绍酒。一座五眼灶上，一切应用家伙齐备。旁边一只橱内，开了一看，更好了，都是现成煮好的肴馔，一碗碗，一盘盘，样样都有。众人见了好不快活，你拿柴，他烧火，先把熟的热了一热，先发出去，到大殿上，教将爷们先吃起来。厨房内手忙脚乱，切的切，斩的斩，洗的洗，煮的煮，十分高兴。那黄天霸请甘亮首座，甘亮哪里肯听？黄天霸一定不依。李公然同众人都说："不用推让了！"甘亮没法，只得向外坐了首位。其余谦谦逊逊，团团儿坐下。关小西执壶斟酒，甘亮一把夺了。李公然吩咐从人把盏。大家正要举杯，只听得门外一阵大乱，众人立起来一看，只见神眼计全带了埋伏兵到来。随后张帮带引了军士也到。众军士纷纷攘攘，在庙内四面歇息。大霸吩咐："将厨房内东西分给军士，埋锅造饭，犒赏酒馔，就请计大哥、张都司同入席。"计全、张都司与金陵三杰行礼，通过名姓。黄天霸又将三杰相助，活阎王同吴成漏网的话，也对计全说了一遍。计全重新作揖道劳，三杰还礼，大家坐下来饮酒。黄天霸便问："李七侯怎的擒了于七呢？"白马李七将方才的话，也说了一遍。李公然问起甘亮："怎样到来相助我们？”甘亮就将前日听得劫法场，邓虎打听信息的话，也说了一遍。李公然亦将郑家园降妖得剑的话，对大众说了一遍。众人无不称赞道喜。

众英雄开怀畅饮，吃到天光大亮，用饱了饮食，同出庙来。黄天霸吩咐众三军，守护四个要犯，传令起身。把玄坛庙前后门封锁着，着唐官屯地保看守。自己同了甘亮、邓龙、邓虎、计全、李昆、关太、何路通、郭起凤、白马李、陈知县、孙统带、张帮带，并裨将①牙将②，一起往奉新驿而来。路上说说谈谈，好不快活。“今日这件公事，虽则走了吴成、李天寿两个，幸而正犯已得，全亏甘大哥三位的功劳。”甘亮说：“我看这两个逃去，必然再有风波。众位保护大人赴淮安上任，路途向远，还须加意提防为要。”天霸、公然连连称：“是，多承指教。”说着已到大松林三岔口，天霸吩咐郭起凤，先到城内县衙门送信说：“陈太爷吩咐：叫差役人等，备了棺木等情，赶紧到玄坛庙收尸埋葬。目今天时正热，不能耽搁，庙内庙外死的人多那！独有朱镳的首级，须要割下来，装了木桶，只怕还要号令呢！”郭起凤同了一个陈知县的从人，分路到城内去了，少不得停会儿，回转公馆，我一言表过不提。当时众人一团高兴，押了四个盗犯，众三军敲着得胜鼓，浩浩荡荡，往奉新驿而来。过了三岔口，离奉新驿不远，不多时来到公馆门口，众人押着犯人，在门口等候。天霸命三军在外站着，然后教陈知县、孙统带，并金陵三杰，在

---

① 裨将——即副手、偏将。裨，次、副、偏之意。

② 牙将——《新五代史·康怀英列传》：“事朱瑾为牙将。”康怀英起初就是中下级军官。这里是孙参将以下千把总军官的统称。

外等着，自己同了众弟兄，走到了里面。只见公馆内众人，落乱纷纷，王殿臣急得面如灰色。从人们慌慌张张，见了众弟兄进来，多说："不好了！不好了！如今了不得了！我们大家都没有命了！"不知端的如何，且听下回分解。

第二一四回

恶霸行劫丢失大人　杰士设谋暗解要犯

却说黄天霸同众弟兄走进公馆，公馆里正闹的落乱，黄天霸好生疑虑。王殿臣一见黄天霸，就说："老兄弟，我等活不成了，昨夜门不开，户不开，把个大人丢了！我便同了施安到四面寻着，门也未开，依旧关得好好的，只是不见大人的形踪。"天霸听了此言，吓得面如土色。自己回到外面，且把陈知县、孙统带、金陵三杰，一并让到里边客堂里坐下，吩咐把强盗逃犯带到屋内，就把丢大人的话对大众说了一遍。众人尽皆失色。那知县吓得目瞪口呆。李公然说："依小弟看来，只怕有夜行人把大人盗了去呢！"关小西说："对了，这不是吴成来盗了，还有谁呢？"甘亮说："不是，不是，我眼见吴成往南逃去走的。"何路通说："我晓得了，一准是活阎王盗的。他不是望双塘儿路上去的么？到了双塘儿，他想起今夜公馆无人保护，他起意把大人盗去了。"黄天霸摇头道："也不是的，这里三更天就丢了大人，我们追赶活阎王的时候，已有四更天了。双塘儿到这里足有四十里路，任你走得快，到公馆天也亮了。"计全说："莫非李五弟的师叔方世杰盗的。"李公然说："他与大人无冤无仇，风马无关。前番盗他解毒丹，不过见怪着我，怎么盗了大人去呢？"甘亮说："此地可有恶霸，或是绿林，与大人有仇恨的么？"黄天霸、关小西都说：

"没有。"大家猜疑了半天，并无头绪。

计全说："老兄弟且把三军同犯人如何发放了，然后慢慢的商量。"天霸说："三军极是容易，只要相烦孙统领老爷带了回文回转天津交差便了。只是犯人倒是件难事。若是大人在此，不消说，就地砍了完事，如今我们又无权柄。"甘亮说："依我的愚见，解进京都为是。若怕路上有失，只要明日在外倡言，只说三日后解犯进京。到了第三日，备四辆囚车，装了四个应死的犯人，扮了富明、于七、马英、张宝，就命三营天津调来的官兵护送进京，及至到了天津，就好销差。将犯人带转，途中倘有差失，也不要紧。我这里就在今夜，将富明、于七、马英、张宝悄悄下了舟船，叫我们邓虎兄弟沿途保护，一路赶到天津。着天津府叫一班戏班，只说王爷府里来的文书，要做差戏，暗暗把四个犯人装在戏箱里面，只要稍露微缝不致将他闷死，就上了车辆一直进京，交到刑部衙门销差，万无一失。请众位商议商议这条计好不好？"众人听了，个个称赞："好计！"都说："甘大哥见识多广。"甘亮又说："就是奏折一节，昨夜丢了大人，今日去的奏章，一准不要提起。即使日后晓得，只差一日工夫，未必追究到此。"黄天霸听了，就依计而行。立时吩咐排酒款待众人，一面请师爷准备回文，并起了折稿。立刻腾写好了，将文书交与孙统带收了，叫他进城屯扎，到第三日护送假犯人囚车回天津销差。孙统带诺诺连声，饮过了三杯，同着陈知县、张帮带起身告辞，众人送出公馆。

三人一拱到底，扳鞍上骑，带领三军，回到城中。陈知县回衙理事，孙统带将人马屯扎教场，早派差役先到玄坛庙收尸埋葬，另派和尚管理庙事，将朱镳脑袋放在木桶之内。到了第三日，备下四辆囚车，监内调出四个死罪的囚犯，假充真犯，就打发孙统带带了兵马，命："左堂捕厅老爷并四个公人，一同送到天津，就同公差将原犯带回静海。倘沿路有党羽劫夺，你们丢下囚车逃命。"孙统带领了计策，辞别了陈景隆，同着张帮带并捕厅老爷，引领三军，保护囚车，出了城门，一路回转天津，把公事交卸了。捕厅老爷就同公差押了犯人，回转静海县销差，一言表过不提。

且说公馆之中，到了黄昏时候，郭起凤城中回来，黄天霸就命备了船，悄悄把四个犯人，下在船舱里面，只算民船模样，便教施安藏了奏折文书，带了从人伴当，请邓虎保护着进京。邓虎一身任当，带了两柄锤头，同施安连夜起身，依计而行。众人悄悄相送，然后回到里面，用过了晚膳，大家商议如何寻找大人。仍然测样不着头脑，说来说去，只有出去私访。李公然说："我倒想起一句话来了，但不知可走这条路呢?"众人听了，都要请教什么路道，说出来大家猜想猜想。毕竟李公然说出什么话来，且听下回分解。

第二一五回

众豪杰商议寻总漕　十义士月夜下沧州

话说众人听了李五之言，大家要问什么话来，公然便对神眼计全说："计大哥，你前回私访的时节，不是在双塘儿酒店，听得于七说的，他改名薛酬，在沧州薛家窝，遇见薛家五虎认了本家。想这薛家五兄弟，强凶霸道，无恶不作，原是个恶霸。莫非他那里有细作在此，将大人盗去，也未可知。"黄天霸说："只怕不是罢。一来沧州有百里之遥，二来他们与大人无冤无仇，怎么来管此事呢?"计全翻着眼睛一想说道："我晓得了，这件事倒有八分是薛家兄弟干的。"众人说："计大哥，都怎么缘故呢?"计全说："老兄弟，你说他们与大人无仇，内中人个委曲。这薛家窝薛氏兄弟总共五个：大的叫薛龙，二的叫薛虎，三叫薛凤，四叫薛彪，顶小的叫薛豹。这薛凤的妻子，名叫谢素贞，一身好本事，使两把双刀，会高来高去，比男子还胜三分，乃是河南怀庆人氏，你道是谁？我却晓得根底，就是一枝桃谢虎的妹子。当初施大人把他哥哥杀了，他岂不怀恨在心？如今听得于七说出行刺之事，他必然撺掇男人打听消息帮助于七，因此才到玄坛庙。恰遇见我们打仗，他就赶到公馆，将大人盗了，也是有的。"天霸与众人都说："有理，只是怎样办呢?"计全说："事不宜迟，我们赶紧到薛家窝去探实了消息，再行商议。"

黄天霸又嘱咐了几句，就命带过坐骑，众英雄各自上马，乃是甘亮、邓龙、黄天霸、关小西、计全、何路通、李公然、李七侯、王殿臣、郭起凤，总共十位，都是客商打扮，马上拴着包裹，带了自己从人，离了奉新驿，望着沧州一路而来。路上说说讲讲，颇不寂寞。只是天气好热，正在中伏，太阳犹如炭火一般。走了五十多里，将近申牌时候，方才到了市镇。众人肚中也饥了，而且热得周身湿透，口中火出，看见镇上一家酒店，各人纷纷下马。黄天霸让甘亮等，都进里面。计全说："天气甚热，你先拿几大碗凉茶来，我们渴得很呢!"李公然一面吃酒，一面观看屋内。只见靠着后窗一张桌上，坐着一个年轻人，看来二十岁光景，生得竖眉狼目，身材雄壮，十分凶恶之相，赤着膊，独自畅饮。窗槛上搭着一件青纱短衫，旁边桌上坐着两个人，约摸是他的伴当，主仆三个。那天霸转侧了脸来，瞧了一瞧，暗暗点头，众人都觉着了。众人都喝了一回酒，看那太阳渐渐下沉，天气也凉快了。用过些饭菜。天霸叫酒保过来，算清酒钞，大家出门上马。只见那人也同着伴当一路在后跟着走咧。不到十多里路，天色渐渐晚了。前面有条岔路，众人要到沧州，由大路而行。回头见他主仆三个从那条小路去了。李公然说："这是通方家堡去的。往沧州小路比大路远好许多了。"黄天霸说："前面没有宿店，横竖白昼走路太热，倒不如我们放夜行罢，落得凉快些。"众人说："不错。"

不知不觉天色大亮，来到沧州地界，离城五里之遥，地名叫做沙家集，是个热闹的所在。计全说："黄老兄弟，此处离薛家窝只有七八里之遥，我们就在此存身，你道好么?"黄天霸与甘亮都说："甚好！不远不近，进城也便。"郭起凤就到前面找了一个寓所，叫做顺隆店。众人下马，进了店门。从人自去牵马遛汗上槽。这里众伙计迎接众英雄到里面。黄天霸看了五间上房。伙计打脸水，烹茶。众人脱了衣裳，坐下吃茶，吩咐伙计打酒做点心。不多时伙计打上酒来，托着一大盘面食点心、牛肉、鸡子、饦饦、薄饼、锅贴、包子，大家饮酒用点膳。黄天霸开言问说："甘大哥，我们既到此地，未知大人究竟在不在薛家窝呢？如今怎样办法？"甘亮说："这个地方薛家窝，我虽没有到过，只听人家说起，倒有些棘手啦！他们住的庄子，是个断水圩，四周围都是水路，进去恐不能出来。他们既将大人盗去，岂无准备？须精细之人，深通水性，本领高强，方可得去。"天霸听了，双眉紧锁，心内为难。只见李七侯同何路通异口同音说道："甘大哥休长他人志气，灭却自己威风。想小小薛家窝，有甚难进？我们今夜泅水过去，务要探个水落石出。若然大人在内，就可救了出来。"甘亮带笑开言说："二位本领果然出众。"黄天霸说："二位不可造次，须要想条妙计，方保万全。咱若然打草惊蛇，反为不美。"李七侯说："黄弟兄虽说得是。只怕大人果真是他们盗了。一耽延两日，性命难保。"天霸听了此言，低着头无言可对。

列公，你道施公到底可是薛家窝盗的吗？哪说不是呢？原来于七在薛家窝的时节，与薛家五虎认了本家，结为兄弟，十分亲热。于七在席面上说："施不全害了我哥哥于六，我若不手斩施不全之头，誓不为人。"薛氏兄弟第三的名叫薛凤，为人奸谋百出。诡计多端，而且夜行术的功夫，算他最好，若论刀枪拳脚，也还去得哪。当时听薛酬之言，哈哈大笑，说出几句话来，就生出许多大事。且听下回分解。

第二一六回

施仕伦窝中受困　白马李私探遭擒

且说薛凤的老婆，娶的就是一枝桃谢虎的妹子，名叫谢素贞，生得娇娆标致，本领高强，善用双刀。自从施公杀了谢虎，那妹子就要与他哥哥报仇，在他丈夫面前撒娇撒痴的。薛凤应许他妻子："且等施不全进京，我就与他报仇。"谢素贞时常叫丈夫差人打听，晓得施公升了总漕，奉旨出京，到淮安上任。过一日庄丁进来报说："施不全到了静海，在奉新驿住下公馆。"恰巧于七说起杀兄之仇，那笑面虎薛凤说："酬大哥，你若要报此仇，有何难哉？现在施不全住在奉新驿，何不前去刺了就完事咧。"于七说："他手下颇有能耐之人，教我双拳难敌四手。"薛凤说："酬大哥你又来了，唐官屯玄坛庙的当家和尚，就是飞山虎吴成，你我都是好朋友，而且与你一师门下出的家。"于七说："我就到静海走一遭。"到了明日，薛家五虎排酒饯行，于七就别了五虎，来到双塘儿，就遇见了吴成酒店内说话，被计全听得的一段节目，前文表过不提。

却说薛家窝内发出探事的人不少，静海所做的事，薛家窝无有不知。那一日早晨，探事的庄丁来报："昨夜二更过后，有无数的官兵，把玄坛庙团团围住了，杀声震地。"薛氏兄弟得信正在惊慌，在后连连得信，说："官兵打进庙内，怕这事情不好哪!”不多时，只见吴成踉踉跄跄地进来。薛氏兄弟连忙上前迎接。到了厅上，彼此见礼落座。庄丁送上茶来。薛龙便问：“吴大哥，庙中怎样了？我们薛酬兄弟事体如何?”吴成未曾开言，眼中早已淌下泪来：“说来一言难尽，如今大事休矣!”薛家弟兄听了此言，知道薛酬凶多吉少，大家心慌。吴成便把遇见薛酬起头一字，从头说了一遍：“昨夜跳出墙来，藏在夹墙之内。幸亏到了天明，官兵官将回转静海去了，我们才敢出来，遇见庙内佣工，逃得性命。我想只得逃入深山，埋名隐姓，也无面目见天下好汉的了。”说罢就大哭起来。薛龙听了他一片言语，心中惭愧。薛虎急得拍案大叫说：“吴大哥，太长他人志气了！我只独自一人，要去见个高低。不杀施不全与黄天霸这两个刁娘养的，誓不为人。”薛凤说道：“吴大哥被人如此欺负，莫说由薛酬而起，就是单为他外甥之事，弄到这般地位，我们也当拔刀相助。咱们哥儿四个，何不同去静海走一遭？一来与吴大哥报仇雪恨，二来设法相救薛酬等四人。”薛龙说：“四弟言之有理，只是五弟尚未回来，不知探听得怎样的了。”正在说着，只见庄门外乱嚷嚷的拥进一起人来，扛着一个人，四马攒蹄倒捆做一团，背后跟着薛豹兴匆匆的进来。众人一起站起身来。只见庄丁们将那人丢在地下，吴成上前一看，认得是施不全，心中大喜。便问：“怎样的把他捉得来了?”

薛豹道：“我们自到静海境内，就入酉①牌时分，吩咐舟船停在方家堡。到方世杰家内，世杰排酒款待我。说起来意。方世杰

① 酉（yǒu）——酉时，下午五点到七点。

也是怀恨他们。因为施不全差遣他师侄神弹子李昆去盗他的丹药，把他伤着。故此就把一个熏香匣子借我，教我到奉新驿公馆，将众人熏倒，一并杀却，斩草除根。我就带了两个庄丁，赶到奉新驿公馆，吩咐庄丁在后边竹林内等候。我跳上瓦房，四周瞧看一番，哪知这一班手下之人，都不在公馆之中，只有几个从人，杀他也是无益。到上房一看，但见椅子上坐着个家人，在那里打盹，施不全睡在炕上打呼。我就飘身下去，将香点着，从窗孔内送进烟头。过了一刻，想必熏倒的了，我就进去，从炕上扛了施不全，回身出来，仍旧上屋，到了后面下去。到竹林内唤出庄丁二人，扛了施不全，悄悄回转方家堡。恰巧方世杰家内用午餐了，就拉着入席。世杰谈及昨夜官兵官将攻破玄坛庙，活捉静喜和尚，并当家和尚的外甥，还有卧牛山两位寨主。那当家和尚同他师父逃命去了。如今玄坛庙封锁，被擒之人，都带到静海城去了。我听此言就说："怪道昨夜公馆内没见这班贼将，原来他们恁地狠心，用这毒手。幸亏天网恢恢，把施不全拿到，也好出口怨气。当时就把施不全闭在空屋之内，然后与方世杰商量解救众人。吃到天晚，略睡片刻。天一明我就起身，带了两个庄丁，到唐官屯玄坛庙看看形景。那知静海城中发下差人、官军，正在收尸埋葬。我只得回转方家堡去。在半路上酒店内打尖，遇见十来个人，也到店内饮酒，却是客商打扮，带着一班从人。细看他们行为不像平民百姓，面上都是雄风杀气。我心估量莫非施不全手下之人，找寻主人来的。后来吃完了酒，跟着他们一路往沧州大路而来。找到岔路，自回方家堡，约定了方世杰即日准备帮助，我就带了施不全下船，一路回来了。众位哥哥须要留心着奸细进窝咧!”薛龙听了，立刻吩咐庄丁传话：“各处加意小心，防有奸细进来，若有陌生人的船过来，不问好歹，一并拿住。”哪知李七侯、何路通二人恰巧到来私探，就着了道儿。且听下回分解。

第二一七回

吊打钦差吴成雪恨　审问奸细薛凤诓言

且说吴成见了施公，顿时怒从心上起，恶向胆边生，拔出佩刀，要杀施公。施大人到此时，情知一死罢了，闭着眼睛等死了。薛氏兄弟一起拦阻，都说：“吴大哥暂息雷霆之怒，若然把他一刀挥为两段，倒是便宜他了。不如将他吊起来，打他一顿，将他禁在水牢里面，慢慢的消遣他，怕他插翅飞去不成?”薛凤一面吩咐庄丁们，将施公带到水牢中去。我且不表。

只说沙家集顺隆店内，众英雄席散之后，李七侯扯了何路通，到冷静所在说道：“他们看你我不上，估量不能成事。我与你今晚去走一遭，倘然大人在内，就将他救了出来，岂不是一件天大的功劳吗？你我脸上多少光彩!”何路通也是个浑人，听了白马李之言，心中大喜，就说：“李七弟说的不错，我心上也是这样想的。”哪知李、何二人，到了二更之后，众人全都睡了，李七侯悄悄起身，扯着何路通，各把夜行衣靠扎束停当，李七侯带了单刀，路通带了钩枪拐，轻轻走到庭心，跃上房屋，一路出了店房，从后面跃下房来，离了沙家集，向薛家窝而来。路上施展夜行术功夫，不多时已到滩边。但见一派大水，望见对面黑森森一座大庄子，便是薛家窝了。二人噗咚噗咚钻入水内，泅着水来到对岸。只见水苇内摇出两只小船来，每船三人，两个扳桨，一个拿着钩连枪站在船头，从小港内出来。李七侯与何路通踏着水，在芦苇旁边伏着，等他两只船过去了，就从这条港内进去，约有半里之遥，在水内摸着行走。哪知走来走去都是浅滩，并无出路，二人慌了。不知这个薛家窝有七十二条港，都有名目。何路通说："我们不要管他，就在水苇里走去，总要到了岸上。"李七侯说："咱们只望乌丛丛林子走去，必定是庄子了。"二人趁着月色向左边水苇内过去，只是实在难走，水倒甚浅，只苦的淤泥很深。二人扒上岸来，好像泥乌龟一般。这苇叶好比利刃，划得满面血痕。那知到了岸上，更不好了，东寻西找，并无路径，一派都丛林密竹，身子还挨不过去，满地都是竹签，锋利异常，而且七高八低。到了此时，进退两难。二人心中懊恼，向前望去，瞧见树空当中，露出围墙来了。二人心中大喜，直奔过去。

忽听得豁喇刺一声响亮，二人一起跌入陷坑。旁边树林内走出两个人来，手中拿个竹管，嘘哩嘘哩一吹，只听得四下里发一声喊："拿奸细呀！"立刻奔来十几个庄丁，手中都是挠钩的挠钩、飞抓的飞抓，都望陷坑内乱丢下来，将李七侯、何路通两个横拖倒曳捉了上来。众庄丁七手八脚，用麻绳四马攒蹄捆个结实，拉的拉，拖的拖，将二人带进庄门。早有人里面去送信。

薛家兄弟与吴成听说，在东团湾陷坑内捉住两个奸细，一起出来在大厅上坐下，吩咐庄丁："将奸细带上来！"庄丁一声答应，将二人扛上厅来，寒鸭浮水式，丢在地下。众人见俩浑身淤泥，好似活鬼一般。薛豹走下来扯住辫发，将脸面翻将过来。只见满脸泥土，夹着七横八竖的血痕。薛龙说："拉去砍了就完事！"薛凤说："大哥使不得，待我审问他一番，然后杀他不迟。"

只见薛豹说："哥哥，小弟认出来了，这两个狗男女，就是途中酒店内遇见一伙客商打扮的十人之内的。我看准是施不全手下之人，倒要细细敲打他的底细来才好呢！"薛凤叫庄丁把二人提到面前。就问道："你两个姓什名谁？何人指使？若然说一句谎话，我生平最恼，休怪我将你二人一刀一个，送到妈妈家里去。你到底叫做什么名字？"

列公，这何路通本是浑人，李七侯也是个直汉子，听了薛凤的甜言蜜语，只道当真了，就说出自家姓名，果然是来探大人下落，便问："如今大人在于何处？若然放了我二人回去，寻见了大人，我二人准在大人面前，保举你的功名，多少有些好处。"薛凤说："这倒不消，我们颇有田地，也不要做官，也不要银钱。我只为见你两个都像好汉。常言道'英雄惜英雄，光棍惜光棍。'我且问你，你们来的时候，总共十个人，还有八个现在哪里住？他们叫什么名字呢？"何路通正要开言，还是李七侯机灵，对他丢了个眼色，何路通就缩住了口。李七侯接说："你既肯告诉我们大人的下落，先对我说出地方，放我们去寻找。若是不肯说，也不必问三问四了。"薛凤正要开言，只见薛虎跳将过来，就把李七侯啪的一巴掌，骂道："你这刁娘养的，问你一句话，也不肯直说，倒与他做眉做目，却要想访得施不全的下落。我老实对你说罢！"下句还没出口，吴成恐怕薛虎说出真情，连忙过来劝阻。薛龙接口说："二弟，你又来胡闹了，这事没用你多管。"吴成也接着说："我看李七是个好男子，同那何路通两个，都是我们线上的朋友哪！"薛虎早被薛豹拖过去。不知何、李二人可要骗出真话来，且听下回分解。

第二一八回

好汉认死不露真情　恶霸机灵暗设消息

却说李七侯、何路通两个虽是浑人，到底老江湖了，他们任你软工硬工，只是不理。薛凤又细细套问一番，并无实话。吩咐庄丁："将他二人锁在后园空房之内。"打发四个心腹庄丁看守。众兄弟与吴成商议此事。吴成说："这般贼将，我多半认得他们面相。待我带几个庄丁，要拣认识黄天霸、关太的人，分头出去访查，只要看见一个，暗暗跟着他到寓所，就知众人住处了。常言道：'先下手为强，慢下手遭殃。'休等他来犯我境界，咱们哥儿弟兄先去杀他个凑手不及。"薛凤摇手说道："不必与他动手，若然晓得了他们住处，只要如此如此，就可一网打尽，永无后患，薛家名声更大了。"吴成说："三弟机灵，怪不得人称笑面大虫！只是你猜想猜想，他们在哪里住哪。"薛凤说："教我怎的猜料？不过据看着大略，离此不太远又不太近，总在十里之内、五里之外，来去呢总得便当。"薛龙拣选了二十个精细家丁，都是认识黄、关的，就教吴成指使他们分头出去访查，说："若然访着了住处，赏银一百两。"众庄丁听了，个个高兴，立刻跟着吴成渡河过来，往四下里打探去了。

薛家弟兄送了吴成上船，回进庄内坐定，就见庄丁进来通报说："方家堡方员外到来，要见我们五位员外，现在庄外等候。"薛龙大喜，一摆手就叫："开庄门！说我兄弟出迎。"庄丁回身出去，薛龙带领四个兄弟，一起迎将出来。就见方世杰带着一伴当，踱进庄内。彼此见面，无非说几句套话、久不相见的话，不必细说。薛龙立刻叫："排酒。"五兄弟让方员外坐了首位。各人敬过三杯，薛龙就把李、何私进薛家窝，在陷坑内拿住。审出是来找施不全到此。共有十人，其余不知住处等事叙了一遍。又道："我家三弟主意，欲想如此这般办法，全仗大力帮助。不知老员外的意下如何？"方世杰说："老夫正当效力。"薛凤说："老员外，我们这里难得到来，请你老人家四周瞧瞧形势好不好？"方世杰说："正要请教请教。"薛氏兄弟一同陪了方员外，先在庄内各处走了一回，只见房屋曲折，门户众多，东穿西走，认不出左右前后。有的所在好像不通，其实却有暗门，就在门内的背后。先要进去了，把门关好，方能开那暗门。若是不懂的人，一直走去，里面有扇假门，踏进去，就是翻板，跌下去二三丈深的陷坑。有的所在看去，四通八达，许多门户。那知到了里面，穿来穿去，没有出路，四面好比铜墙铁壁，插翅也难飞去。而且踏着机关走过的门户，自己关闭，又无门闩，又无拉手，任你千斤之力，也开不来的。地内埋着窝弓药箭，上去准死无疑。还有一处叫做留宾馆，是个小小厅堂，对面两间，中间隔着一方庭心。对面屋内居中有一只百灵台式的圆桌，只要桌面一转，那留宾馆立时旋转，有门处变成墙壁，无门处变出山林。门外也有庭心，庭心过去，也有对面屋子，屋子中间也有圆桌，与方才的一式一样。若然走过去的时节，里面许多埋伏，一定送命。这个圆桌也有消息，转不得的。若然桌子转动，机关一起发作。还有一处叫望山堂，却是五开间一只花厅，庭心极其宽大，庭中尽是假山，堆的玲珑奇巧，穿来穿去，洞门极多。若要走到里面去时，必须要穿走那假山，方能过去。他这假山里头，做就的消息，自己人都有记认，若是外人不知，经动了机关，那上面的石条，一起坍下，将人压在中间，或被打死，或被关住，再也不得出来。除非要等自己人在外面，将假山石条逐一搭好，也不费什么大力，都是四两拨千斤的借劲，就能假山归原，里面洞门依旧开通，方能出来，还有许多地方，尽是稀奇机关，做的灵巧无比，也说不尽哪！

薛氏弟兄领着方员外一处一处的与他试看，方世杰赞不绝口。便问："这些机关，都是三贤侄造的吗？薛凤说："小侄也不甚精通，幸亏我的先生指教，方才造的完成。"方世杰说："我倒不晓得令师姓甚名谁，何方人氏？"薛凤说："他就是沧州南门外七十里地名百宝村的人氏，姓柴名继光，今年五十多岁。"方世杰说道："怪不得了。他的老子叫做柴荣，与我拜把子弟兄。从小就看他十分聪明。他有三位哥哥，都做买卖，唯有老四读书，十五岁就进了秀才。那柴荣就叫他安居家内，靠着些田地，尽管过好过日子。他就听了父命，在家教几个学生。直到去年他老子故世，我还去吊奠的哪！"薛凤说："如此说来，员外是我的师伯公呢！"众人说着话，一路出来，又到庄外四围走了一遍。看那七十二港，九汊十八曲的地势，各处险要，都有埋伏。方世杰连连道好，说："此地若然把守的坚固，任你千军万马也难进得。黄天霸嗐！看你此番有怎样的通天手段，放出来罢！"大众回进庄来，天气已晚，薛龙吩咐："在荷花厅上用晚膳。"庄丁一声答应，不多时，排上丰盛的酒肴。薛氏兄弟陪着方员外到荷花厅上落座饮酒。这几句话就漏了消息。不知怎样的缘故，且听下回分解。

第二一九回

黄天霸初探薛家窝　甘教师镖打笑面虎

却说方世杰在薛家窝荷花厅上与薛家五虎讲论施公之事，其时正在二更过后，月亮渐渐升高。只因天气炎热，开齐了窗格。薛凤说：“将酒席移到厅前露台上去。”一头指使家人，一头眼望荷花池内，忽然叫声：“不好！有奸细来了！”众人一起着惊。薛凤早已跳出厅去，薛虎、薛豹跟着，薛龙、薛彪、方世杰并一众家人，都到外面来，向屋上瞧看。

你道究竟有甚奸细？怎说没有呢？并且不止一个哪！原来沙家集顺隆店内，到了来日天明，大家起身洗脸用茶点，却不见了李七侯与何路通两个。黄天霸走进卧室一看，那二人的家伙，也不在里头了，就顿足说：“这两个呆子，一准到薛家窝去的，必是弄出不好来。此时不见回转，不消说，被他们拿住了。”李公然说：“这样看来，大人也是他们盗的。如今倒饶上两个，更加费事了。”甘亮说：“待俺先去见机而行。”黄天霸说：“甘大哥去时，小弟与你巡风。”甘亮说：“黄兄弟不必客套，什么巡风呢？”那邓龙说：“小弟也陪着走遭。”李公然、关小西都要去了。白面狻猊说：“这件事不过私去探信，却不必人多。关贤弟与李二弟在此听信罢。我看这个薛家窝，必定有一番大大的厮杀。”就叫王殿臣出去备只扳桨快船，带领四个从人，在江边等候。

到得黄昏时候，众弟兄用过晚膳。黄天霸与甘亮、邓龙换上夜行衣靠，带了随身器械，扎束停当，三人如飞一般，霎时间到了江边，就见一棵杨柳底下，停着船在那里。听得王殿臣在船头上打招呼，天霸等三人噌的跳到船上。王殿臣解去缆索，四个从人扳动飞桨，望对港斜行。远远望见薛家窝芦苇荡内，摇出一只浪里钻小船来，看看渐近。那船头上立着一个庄丁，手拿钩连枪高声叫道："进来的是什么船？"王殿臣回答："我们沧州的报船，有紧急公文上天津哪！"说话之间，二船交肩过去。不多时，看这小船远了，天霸吩咐快抢进港去，幸没人看见。就与甘亮、邓龙三人上岸，叮嘱王殿臣速速摇过对岸，在芦苇内隐藏。天霸等望着庄院而行，走不多远，前面阻水了，只得望横路走去，看看离院落不远，只是左旋右转，无路进去。正在纳闷，忽见前面有人来了，天霸等内在旁边树后。

只见来的是两个巡丁，一个拿着钢叉，提了灯笼，一个手内提着梆锣，腰内佩刀，一路讲说而来。天霸等他们来到树旁，暗暗将左脚伸出草内。那巡丁只顾说话，不防脚下多出了一件东西来了，就在天霸脚下一绊，噗的跌了个狗吃屎，那盏灯也灭了。后面的那个人不防前面的跌下，自己留脚不住，对准前面人的身上，也扑了一跤，梆锣撇在草内，口中埋怨道："王第六的，你怎么走熟的路，倒也会绊跌了呢！"话还未完，天霸、邓龙一起跳出来，一人一个将脖子按住，把刀在他脸上晃一晃，喝道："你嚷，就是一刀！"巡丁吓得魂都没哩，只叫："好汉饶命！"天霸说："我且问你，你们这里的路怎样走法乃是通道？你只老实说出。我不杀你，千万快快说来！”巡丁说：“好汉，我们这里的旱道，遇着松树顺手转变，遇着柏树左手转变，三人再也不会走错的。”天霸说：“你可知道施大人藏在那里？”巡丁说：“就是施不全呀？现在关在水牢里面。”天霸说：“水牢却在何处？”巡丁说：“水牢进了庄门，东北角上，约来十多进房屋，走过一座假山，有个月洞门，进去就是水牢了。”天霸说：“昨夜可曾拿住了人吗？”巡丁说：“有的，有的，昨夜说有两个人进来，一个姓李，一个姓何，他们不知路径，走到死路上去了。那死路上看看宽阔的平路，那知埋伏甚多，不是窝弓，就是陷坑。他们跌在陷坑里去，所以拿住了，现下锁在花园内空屋内。我索性告诉你罢，在花园正北，过了长廊六角亭，旁边有四个人看守哪，以上句句实话，好汉放我起来罢！”天霸与邓龙将他两个身上带子解下，四马攒蹄捆了，将刀割下一片衣襟，塞在口内，把他们提到树林里面，放在树丫内夹着。说道：“你们睡一觉儿，我回头来放你。”甘亮早把钢叉、灯笼、梆锣丢在林子深处。

三人依着巡丁的说话，不过几个弯曲，果然到了庄门。远远望去，庄门外有人巡走。甘亮领着头，天霸、邓龙跟在后面，绕着大墙向西过去一箭之遥，望见前面屋内灯火明亮，人声嘈杂。三人走到窗前，将指尖蘸了口唾湿了窗纸，戳个小月牙孔，往屋内张看，原来是大厨房哪。有七八个厨丁怨恨：“姓吴的刚才滚去，又来了什么方员外了。吃了一天的酒还不够，弄到半夜三更，再要添长添短，不顾别人性命。”那个厨丁说：“姓吴的哪里去了，不说还要来吗？”那提木盘的说：“听得说带了二十个兄弟们，各处访查施不全的手下人哪，怎说不来呢?”天霸、邓龙看过了，将头昂起，把耳朵贴在檐头，听他们说话，恰巧提起施公之事，忽然听得下面说：“有奸细!”把天霸吓了一跳。不知笑面虎薛凤怎生知道，且听下回分解。

第二二〇回

天霸误撇赛姜维　邓龙大战飞驼子

且说笑面虎薛凤怎样晓得屋上有奸细呢？原来黄天霸躲在东边屋檐之上，那时月轮渐渐升高，把他的影子照在荷花池内。薛凤看见荷叶上映出人头的影子，所以晓得屋上有了人了。当时薛凤蹿出厅来，望见屋上东西两条黑影，薛凤便就跃上屋去，但见一件东西直奔面门而来。薛凤知道是暗器，只是眼见他们两个，从两边过去，再不防从对面来了暗器哪。要想躲闪，怎得能够？将头偏得快，“当”在肩窝上中了一下，“哎哟”一声，身子往后栽倒，跌将下来。方世杰同薛家兄弟上前，扶起了薛凤，自己与他拔下镖来一看，这镖上后面有个环儿，环上有三个小小铃儿。薛彪知道到了江南的名家了。这个名叫铃儿镖，又叫响镖，只有金陵白面狻猊一人用的，成了一代大名家。临了得道，成了地仙，这是后话。且说薛彪将镖拔出，连取出金创药来与哥哥敷上，用布扎好，教他躺着自在罢。

再说薛家五虎，因为晓得施公手下必有能人到来，早经防备。所以怎样暑天，各人随身都带着军械。当时见薛凤跌下厅房，一起大怒。薛虎扯出朴刀，跳上屋去，薛龙扯出单刀，薛豹抽出一封铁拐，方世杰也拔出佩刀，哧扑哧扑的都蹿上屋来。四个人赶到厅屋前面。望见左首跨院屋上站着一人，一持手，哧的一道金星，直奔薛虎面门。薛虎忙把朴刀扁着在面门遮蔽。只听得当的一响，金镖当啷的落在瓦楞内去了。众人都望左边追来。天霸发了一镖，见打不中他们，暗想今夜露了踪迹，谅难救得大人，不如趁早出去，免得吃他眼前亏了，就回转身来，跟上甘亮来了。

原来甘亮在厅后屋上探着头看薛家弟兄讲话施公与何、李之事。及至薛凤虽出厅去，甘亮明知他必要上来，就掉身来蹿上屋顶，一回手从身边取出一只响镖来。恰好薛凤上屋，脚还没有踏定，甘亮对面就是一镖，把薛凤打翻下去。天霸心中好胜，要在甘大哥面前显能，知道他们再有几个上来的。天霸立定身子，向袋内摸出金镖在手，只见薛虎跳上屋来，随手发了一镖，偏偏被他把朴刀挡住。后面薛龙、薛豹、方世杰跳上屋来。天霸回头一瞧，又望不见甘亮、邓龙二人，谅想他先走远了，自己也就无心恋战。

单说薛豹跃上屋面，周围一瞧，忽见右边离开一落房屋之上有一条黑影，如飞的越墙过屋而去。薛豹独自向着这个所在起奔过去。那邓龙觉得背后有人追赶，心内着急，暗道："这厮追来。待我将他结果了，然后好找寻大哥与黄兄弟。"想定了主意，见前面屋上有一垛分开的五岳朝天墙，越过墙去，将身伏在墙下，等待薛豹过来，出其不意，把他一钩斩了，岂不省事。哪晓得这薛豹乃薛家五虎之中，最厉害的东西，年纪虽然顶小，本领却是独大，外号人称飞驼子，又叫赤练蛇，使发了一对铁拐，随你千军万马，也能滚出滚进。而且性情乖觉，智谋颇多，虽不及笑面虎，却也诡计多端，机灵得很，他见邓龙越过分开墙去，心上就疑着这个招儿，却不直跃过去，有意从那边绕道而行，反到了邓龙背后，邓龙见势头不佳，即便扭转身来，恰好飞驼子奔到，就是左手单拐，豁的夹背敲来，那赛姜维将右手钩挡铁拐，将左手钩分心便刺。列公，邓龙用的家伙，叫护手钩，俗名叫做虎头钩，却是怎样的一件东西呢？这件军器在十八般之外，共有两柄，各长三尺六寸，其形似剑，两面有锋，它的头上却是弯转三四寸，好像钩子一般，所以又好向前直刺，又好向里钩拖，又好两面再砍，又好钩开人家的家伙。若是个流星锤，七节鞭，连环棍，这许多厉害军器遇着了它，更加是克星了。而且它的捏手柄上，更是稀奇，与那刀柄、剑柄、斧柄全然各别，却与半爿①方天戟无二，戟尖头反向下生，将手捏在方孔之内，若遇刀剑削他手指，却有四围护住，所以叫做护手钩，是极厉害的军器，只有它破别的，没有别的去破它。单单遇见了铁拐，好似下属见了上司。且说薛豹见邓龙一钩分心刺来，将右手单拐一靠，趁势把右手拐一折，直冲他腰肋。邓龙见来得快当手活，将身一闪，旋转来将双钩拦腰而进，使个玉带围腰之势。这赤练蛇薛豹，就使个双龙出海的解数，将双拐往下一沉，向左右分开，顺手还他个樵子劈柴之势，二拐一起而下，赛姜维把头一偏，将双钩使个王母献蟠桃，架开双拐，趁他荡开之势，撤下左手钩，侧身转来，名为敬德倒拖鞭，一钩削他的右腿。赤练蛇右脚退步，向后一偏，就将双拐往下直沉，唤做刀劈华山，将钩荡开，再又还手。二人钩来拐挡，拐去钩迎，战了十几个回合。赤练蛇见赢他不得，想一条计策。且听下回分解。

---

① 爿（pán）——量词。

第二二一回

方世杰惊走黄天霸　赛姜维误入望山堂

话说白面狻猊甘亮，单见三人追赶天霸过来，不见邓龙形迹，心中纳闷，暗想邓龙哪里去了？转眼之间，天霸已到。甘亮便问："黄贤弟，我家老三哪里去了？"天霸说："不要被他们战住在那里，俺与你去找寻一回。"甘亮说："使得。"二人正要回身，那后面追的人已到。只有方世杰却先追到，离着天霸只有七八丈之遥。这老贼看见他二人站立着屋脊之上，好似等候厮杀的光景。那后面薛龙、薛虎，隔着尚远，若是单身向前，又恐他们的飞镖厉害，不如先下手为强。他就一路用心算计，早把弩箭捏在手内，觑定天霸的咽喉，哧的一箭射来。这枝弩箭正贯头发之际，把头发铲去一路。天霸知道毒弩厉害，有名的见血封喉，此时无心厮杀。方世杰也怕他的飞镖，任他逃窜。后面薛龙、薛虎赶到，便问："方员外何不追赶？"方世杰说："这厮被我射了一药箭，少不得回去也是个死。况且这个长须的好像江南甘亮，善用响镖，四海闻名，与俺们素无仇恨，由他去罢。"薛龙、薛虎明知他胆怯，只得说："方员外言之有理，咱们回去看看三弟的伤重不重哪。"

方世杰就同薛龙、薛虎回转荷花厅，仍到露台上落下。这时候薛彪刚将金创药与老三敷好，见他三人到来，告诉说："三哥中的暗器，并非天霸的金镖，却是有铃儿的响镖哪。”一面说，一面将镖拿出与薛龙等观看。方世杰说：“如何，我说这厮像是甘亮。我六七年前到亳州做趟买卖，遇见一起大镖银，二十辆太平车，尽是大宝。旗号上并没镖局的记号，单只红布上画一只白粉的狮子。我见了这位达官，认他不得，就打听人家，这是那个镖局里来的？大家都说：‘老客人，这就是上元县的甘亮，甘教师都认不得么？你看他旗画的白狻猊，便是他的外号儿。他的飞镖有三个铃，发出来百不失一，有名的阎王帖子。’我所以认得他相貌，极其体面。”薛龙说：“老员外，一些不错，准是他了。你看这镖上不是刻着一个小狮子吆！”薛虎一瞧，果然有只狮子在根头。薛彪说：“我倒没留心。”也过来瞧着说道：“里面还嵌着白粉呢，只是小的很哪！”方世杰说：“怎的共天霸一路呢？咱们倒要留神才好。”回头一瞧，便道：“五贤侄哪里去了？”薛彪说：“他也跟你们上去的，你们没见他吗？”薛虎同方世杰都说：“忙乱之间，不曾留心他。”那知方世杰同薛虎、薛龙复返身上屋面来找寻的时候，各处看遍，并无踪迹。

你道他们两个哪里去了？原来飞驼子薛豹，见战不下邓龙，心生一计，他便假做力怯，渐渐退后，诈败下来，把邓龙一步步的引他到望山堂而来。若然薛豹撒腿就逃，邓龙再也不去追他了。实因这赤练蛇心刁意恶，到了望山堂屋面之上，直退到滴水檐前，假做两足踏空，背翻身跌将下来，叫声：“哎哟不好了！”噗咚的躺在庭心，庭心内都是假山。薛豹跌倒在地，邓龙便飘身下来，脚踏实地，举起右手钩砍去。只见薛豹就地一滚，望着假山洞内钻了进内，邓龙叫声：“小辈往哪里走？俺邓龙若不杀你，也不叫做赛姜维了。”一下子跟进了假山洞来。哪知薛豹早已穿到消息的地方，把机关抽动，只听得豁喇喇一声响亮，假山忽然坍倒下来，把邓龙压在中间。邓龙吃了一惊，好似天翻地覆，连自己死活都没有弄清楚哪！定一回神，唯有闭目等死。

且说飞驼子薛豹把邓龙压在假山洞内，心中大喜，就上面跑回来。这假山做得灵巧非常。此时方世杰同薛龙、薛虎，各处遍寻不着薛豹，正然走到望山堂左近屋上，忽听得崩塌之声，三人一起蹿到望山堂屋上来，向庭中一看，正是赤练蛇在假山上面过来了。四人一同回到厅上。赤练蛇薛豹意气扬扬，精神百倍，把方才跃上屋去追奸细，与赛姜维邓龙厮杀，把他引到望山堂，压在假山内，一套言语细述一遍。薛龙说：“我去架起石条来，瞧看瞧看他死也没死？若还活着，将他审问一番。”薛凤说：“此人与五弟战个敌手，眼见得有本领。倘若没有压死，将石条架起，他出来拼命，就费手脚了。今后庄子内外水旱各路，须要多添庄丁加意防护，他们必然再要来哪！”薛豹、薛龙、薛虎叫家人把残肴搬去，重整杯盘，与方世杰饮酒谈心，直到天明，我且慢表。

再说黄天霸同着甘亮下了庄院，仍由旧路依着柏树顺转，松树左转，来到前处。天霸走进林内，在树杈内提出两个巡丁，一刀割断了带子，回身出来。甘亮赞道：“黄贤弟精细哪！这巡丁放得很好，不然，被薛家兄弟晓得，审问出泄漏道路的话，他们把松柏砍去了，我们就难进去了。如今这两个奴才饶他，不敢说出被缚的话来。”我先交代这两个巡丁得了性命，在草内寻找得钢叉与梆锣、灯笼悄悄回去，果然不敢去声张。到了明日，薛龙查问水旱各路巡丁，都说："没有奸细来。"薛龙骂了众人一顿，吩咐："今后需要小心。"众庄丁诺诺答应。这事就瞒过去了。且说黄天霸与甘亮来到江边，并不见邓龙踪迹。不知此番如何，且听下回分解。

第二二二回

寻朋友有心临险地　传捕役无意得功劳

却说金镖黄天霸、白狻猊甘亮，同至江边，不见邓龙踪迹。天霸心中好生难受，好歹要寻见邓龙，方不失个义字。便道：“甘大哥，你看王殿臣的船就在芦苇内哪！趁此无人，你先上船渡了，仍到原处藏躲。待俺回进庄去，务要找到邓三哥一同回去。”二人复返身依着旧路进来，遇见巡丁，早就避匿林中草内，等巡丁过去再走。幸而识了路径，不多时便到庄院。跃进里面，各处找寻，并无影响。天霸好生焦躁，同着甘亮一路来到望山堂上，听得下面有人说话。伏在瓦楞之内，细细窃听，原来薛豹正在告诉薛龙、薛虎，将赛姜维压在假山洞口，生死未知的话。后来四个人都回到厅上。天霸、甘亮在屋面上一路跟来，又听他们告诉薛凤一番言话。甘亮情知不能相救，只听得金鸡三唱，东方渐渐发白，甘亮扯着天霸一同出来，依着熟路容易进出。

不多时来到江边，遥见芦中有人过来。听得一声唿哨，吩咐从人急急扳动木桨，那船犹如箭射般的过来。天霸、甘亮跳上舟船，立命掉转头来。王殿臣说：“邓三哥还没到来哪！”天霸说：“不要说起，邓三哥被他们压在假山内了。”王殿臣说：“这件事倒有些棘手啦。”正在讲话，那船出得港口，哪知被巡船瞧见，在港中出来，扳着飞桨追赶上来。口中喊道：“窝内出来的什么船？快停住了，问明白才好走哪！”王殿臣吩咐从人快快用力扳划，一面回答说：“你瞎了眼吗？我们静海来的公事船，其么窝内窝外问我的鸟？”巡船一路紧追，喊说：“我看明明白白，你们从桃花港里出来，莫非是贼船到窝内偷盗？快快停船。若不停船，咱们要放箭哪！”天霸从舱内瞧见巡船上共有五六人，扳桨的扳桨，把舵的把舵，一个站立船头拉着弓正要放箭。天霸一见气往上升，回手摸出一只金镖，等来船够得着，哧的一镖打去。只见拉弓的这个人，噗咚一声，跌在江里去了。巡船上慌了手脚，那把舵的庄丁，见他们打死了巡船上人，连忙取出锣来，呛啷啷呛啷啷一阵乱敲，顷刻间四周芦苇内，抢出许多巡船来了。王殿臣自己动手相帮，好似箭般的快当。众巡船追赶不上，只得回转窝内，不必细表。

且说黄天霸、甘亮一路回到沙家集。进了口子，众人上岸，一起回到顺隆店内，直到上房。计全、李昆、关太、郭起凤大家接着落座。伙计烹茶、打脸水。计全便问：“邓三弟怎不见回来呢？”天霸就把昨夜两番进窝的事，从头至尾，说了一遍。众人面面相觑，没有主意。李公然说：“昨夜这一趟，虽则失陷了邓三弟，幸亏里面细底并进去的道路，都打听出来了。为今之计，到沧州衙门去一角公文，说明暗访大人下落，却在你境内，问他要了通班民壮马快公差，四号大船、四号舱船。我们众兄弟一起同去。去的时节，不可声张，装做客船模样，夜间暗暗进去。大家上岸之后，将大小船只四散停泊在对港等候接应。捕快、差人不上岸，都在船内听令。弟兄们悄悄进庄，先将大人并三位兄弟救了出来，护送了上船。只是先要派职司，救大人的只管救大人，救弟兄的只管救弟兄，与他们对垒的只管敌住他们厮杀。若等救到手，就着救的人保护上船，对垒的人就着他挡住追兵。及至上船之后，捕快公人一起动手，捉拿追赶的人。这就叫软进硬出。你众位斟酌可使得吗？”甘亮说：“也好行得。只是一件，依你这样说来，但恐兄弟们太少呢。”关太说：“沧州城内的参将、城守，难道境内出了这样恶霸，做出泼天大事，还不该去吗？甘大哥，我看李三哥之计，很可行得。”甘亮说：“除了此计，也无别法，只得如此干去。只要大家协力同心，必然成事。”

天霸立刻备了文书，从人备马过来，亲自到沧州前去。天霸投了文书，将薛家窝劫去大人，告诉一遍。州官吓得一惊，一面立传通班马快并做公的；一面命家人请参将崔老爷，城守阎老爷，千总刁老爷，立刻要到，有紧急公案。家人领命而去。不多时三位武官都到衙前伺候。黄天霸同计全、李昆辞别魏知州，与崔、阎、刁三位武官，出了衙门上马，带着通班公人、捕快，就此出城。哪知无意之中，遇见一个紧要之人，正是“天网恢恢，疏而不漏”。要知所遇何人，且听下回分解。

第二二三回

白狻猊定计沙家集　黄天霸二进薛家窝

却说吴成自从领带了二十名庄丁，自己除下了金箍，打了发辫，改扮买卖人模样，越过对岸，分派众庄丁，分头到各处缉访黄天霸、关小西这一般人的住处。自己单单一个从人，到沧州城内，落下寓所，在州衙左近。吴成在城内各处闲逛，忽听得背后一人叫声："这不是静师父吗?"吴成回过头将他一看，忽然省悟，原来是卧牛山的小头目，叫做蒋国祥。当时跟随蔡猛、花豹来到玄坛庙会过面的，后来逃得性命回去。李天寿到了山寨将玄坛庙之事，告诉了东方雄一遍。东方雄打发蒋国祥到沧州城内打听消息。当时吴成说道："蒋头领到此何干？我们喝酒去罢。"就到前面一家酒肆，二人同着从人都进店门，叫伙计快拿壶酒，多搬上些下口菜的东西。蒋国祥开言便问："静师父为何如此打扮?小人一时不敢叫应哪!"吴成叹一口气，就把前事告诉一遍："如今因打听天霸等住所，故此仍改俗装。到了城内，并无踪迹。各处派去的访事人，还没来回复哪。"蒋国祥说："现在令师李寨主，也在我们山上住着，因此我家寨主吩咐我出来探听你们的信息。既然遇见了师父，晓得了情形，我就回山复命静师父何不也到山去?"吴成说："现因薛家兄弟义气深重，十分相待，俺只得就在薛家窝住了。你若回山，相烦你传话在我师父面前，并东方寨主处请安。”吴成抢着会了酒钞，同出店门，二人一拱到地。蒋国祥同了伴当，回转卧牛山上去了。

且说吴成同着庄丁，一路向州衙前走来，恰巧黄天霸同了崔、阎、刁三位武职老爷，带领通班捕役出州衙而来。吴成一眼就瞧见了天霸，吓得转入小巷口躲避。等他们一行人走过去了，吴成同着庄丁从小巷内出来，远远的跟着他们走。看他们往那里地方去的。将近城门，不防背后计全同李公然闲逛着走来。那计全这双眼睛，有名的神眼，何等厉害，早已认出是吴成来了，就把李公然的手击了一下，朝吴成的背后一指，轻轻说：“李五弟认得他吗?”李公然仔细留神一看说：“计大哥，可是吴成罢?”计全说：“还有谁呢，我与你一前一后守着，防他跑了，待我来动手。”公然把头点了一点，抢一步走到吴成前面把去路阻住。后面的计全把左手搭在吴成的肩上，叫声：“吴大哥到哪里去?”吴成听了，只道自己弟兄，将头回转来一看，认得是神眼计全，哪里还有魂咧。正欲逃走，早被计全将颈项一把扯住，用尽平生之力，将他直擒下去。那吴成不曾防备，被他栽倒在地。李公然将膝盖抵住他的背脊，将吴成四马攒蹄捆了个结实。那吴成的从人，看见事情不佳，早已趁着热闹，一溜烟逃出城来，在街坊上打听了底细：知道被施公手下姓计、姓李的擒住，同了黄天霸并三位武官，带领捕役同到沙家集去了。立时撒开两腿，奔回薛家窝送信去了。

天霸得信，听说擒了吴成，心中大喜，停住了马，等候押了吴成到来。计全、李昆同说：“仗黄兄弟洪福。”吩咐马快班头用木棍扛了吴成。叫从人牵过马来。崔、阎、刁三位武老爷都来贺喜。计全、李昆谦逊了几句，大家上马兴匆匆回转沙家集，来到顺隆店内。掌柜的见来了许多人，连忙出来迎接。上前一看，本城的参将、城守、通班捕快全来了，心内着慌。黄天霸吩咐："快备丰盛酒肴，不用惊疑。俺告诉你知道：我们众弟兄，乃总漕钦差大人施仕伦手下的部将。因为剿除薛家窝的恶霸而来，今日在你店中住歇。你把别的主顾尽行回却了，将店关闭无事。"掌柜的诺诺连声，爬起来去了。天霸先叫将吴成关在空房之内，轮流看守。

且说甘亮、关太等，见了崔参将、阎守备、刁千总，各各见礼，彼此通个姓名。伙计端上酒席，众兄弟一起坐下，饮了三杯。天霸开言："施大人与弟兄们陷在薛家窝内，死生难测。要去救时，以速为贵。今夜费众位弟兄，并三位老爷大力，须要协力同心，一战成功。只是这里沙家集可有大船没有?"阎守备说："多着呢，此地是个运河的口子，船只极多。"天霸就命阎守备先去备下四号浪里钻，停在北口江边等候。阎守备答应去了。不多时，阎守备回来说："黄大人，船只照说齐备，都在北口等候了。"大家饮了一会酒，用了饭食。却有二鼓光景，众人站起身来，各去扎束停当，随带了应用物件，随身家伙。叫那捕快公人，全都带了军器。吩咐军人看好了要犯。众英雄悄悄出了店门，一起到沙家集北口下船。不知此去胜负如何，且听下回分解。

第二二四回

黄天霸误投问路石　薛庄丁回窝送急信

却说黄天霸同了众兄弟，并崔、阎、刁三位大老爷，五十余名公人马快，自己的七八个从人，各执长短家伙，出了沙家集北口，望见江边一字儿排开四只麻阳大船、四只浪里钻扳桨船。黄天霸对三位武官说道："你们三位各领十多个公差捕快，登在四只大船上，停泊在薛家窝对江等候，听我们打唿哨，一起开出来助威抵敌。"只见那姓刁的总兵回答说："黄大人吩咐的极是。我等敬遵军令，但卑职本领虽则没有，若说高来高去，略还懂得。大人若有差遣，万死不辞。"天霸听了大喜，便问："刁老爷怎的也会夜行功夫？这是极好。即是如此，你到底什么出身？"刁千总面上一红说："黄大人问下来，卑职不敢隐瞒。我本是夜行人出身。一枝桃谢虎是我师兄，我叫做草上飞刁庆。后来弃邪归正，在营内吃粮。承蒙管带提拔，逐渐升了千总。"说话间，早到了船边。

崔、阎二人叫公人捕快分坐四只大船，望上流头驶去。甘亮说："黄兄弟，既然刁老爷一同进去，咱们总共八人，分驾四只小船，每船上两兄弟，两个从人，恰好均匀了。"天霸说："如此甚好。"说着就同甘亮一船，关太同刁庆一船，计全同李昆一船，殿臣同起凤一船，那从人也都纷纷下船。黄天霸把手一挥，众水手扳动飞桨，四只浪里钻，好像在水面上跑马射箭，望着前面的大船追赶上去。天霸说："这不是前日来的港呢。"甘亮说："管他是不是，我们横竖晓得了进法。只要依着松柏记认，到处可通庄里。可要一定记住归路，此地港汊嘈杂，耽搁了时候，被他们巡船看见，就有许多坏处了。"天霸说："大哥说得不错。"那后面的三只浪里钻也跟进港内，天霸吩咐停船。八位好汉，一起上岸。甘亮交代从人不可出去，此地多是水苇荡啦！只要将船扳到水苇中间。水手依着叮咛安排，扳进芦苇等候主人，不必细说。

且说那八位英雄跟着天霸，甘亮领头，各施展夜行功夫，直奔庄院而来。依着前法，不管路宽路窄，大道小道，见了松树就向右转，见了柏树就向左转，不多时已到庄院。列公，这薛家窝到底什么图形呢？他那里四面是水，中央是一片平阳之地，好似一只伏虎，头向南方，蹲在江中，倒无旱道可通，所以风水极好，当出虎将。可惜薛氏弟兄不归正道，以致不得收梢。他们造这庄子，就放肆得了不得。虽然地方不大，周围也有一百方里。他庄子周围差不多倒有二十里，围墙房屋四面接连，成了八角式的形状，东西南北开四个庄门出入，别无他路可通，岂不像一座城池了么？不过没有城墙罢了。他把朝南的一面当做正门，庄内西北角上并无房屋，都是膏沃之地，良田数千亩。外面障着坚固土城，所以他的庄丁共有千余人哪，都与他耕田种地。年年十分收成，又不完粮，故而越弄越富，起了不善之心，私藏军器，暗做埋伏。里面也有街市，与城内一般。此番众好汉进来的地方，叫做大树港。港内进去，正在东南角上，并无庄门的所在。天霸说："众位哥哥们，你看这薛家窝怎的修成这样好哪？团团数十里，四面都是丛林密树，包住了庄子。”甘亮说：“咱们进去看明了道路，方可下手。”众好汉施展飞檐走壁之能，噗噗噗大家跃上围墙，就那有屋处进去。天霸细细瞧看一回，说道：“公然哥哥，你往右手东去，就是花园，只要找寻长廊尽头，六角亭，就好救李、何二人了。”李公然点头在屋上直奔东面去了。天霸吩咐：计全、关太、刁庆、王殿臣、郭起凤五位好汉，四散埋伏屋面上，若有风声，彼此救应。五人依着他言语，四处分开去了。

天霸自己同白狻猊甘亮向左首直奔望山堂而来。到了屋面之上，看庭心中的假山，依旧前日的样子，并没有架起哪。向堂上望去，寂静无声。天霸投了一块问路石子，侧耳细听，毫无人声。那知坏了事了，这块小石子不过核桃大小，丢在假山上面，啪的一声，往着右边咯碌碌滚在下面，遇着一块假山石上，噗的一激，也是巧事，这石子望着旁边花墙的双钱内直跳出去。那花墙外面却是回廊，石子啪的落在方砖地上。恰巧有一个尴尬人经过，听得声音，仔细一看，原来是一块小石子。偏偏此人是个行家，晓得是问路石子，必定有夜行人到了，轻轻的走到墙边，在花墙眼内瞧看，正见黄天霸同甘亮飘身下来。你说此人是谁？原来是薛凤的老婆、一枝桃的妹子，名叫谢素贞，善用两把双刀，飞檐走壁的好本事，还有一件暗器，发出拿人百不失一。这个时候，他还不睡觉？出来做什么？其中有个缘故。

只因跟随吴成的庄丁，见吴成被计全、李昆拿住了，他就趁着熟路一溜烟走出城来，打听得细底，慌忙回转薛家窝通信，一口气奔到江边，渡河过来，进得庄门。薛龙、薛凤正在书房内与方世杰说话。方世杰问薛凤的镖伤如何，薛龙回答：“不妨事，幸而不是药镖，打在硬处，调养两三日，就可痊愈。”方世杰说：“此番他们失陷了一个邓龙在此，不免再来寻事，况且防备他调官兵到来攻打庄子。”薛虎正要起身，只见跟随吴成去的庄丁，慌慌张张，跟进书房来，见了薛龙，打了一个千儿。连说：“不、不、不好了。”薛龙见他如此光景，喝道：“什么事情，只管说来，为何大惊小怪？”庄丁定了定神，说道：“吴成分路出去探听，自己同着小人进沧州城，住在州衙前客寓内。今日早晨遇见一个朋友，叫应吴师父，同到酒店内吃酒，听说是卧牛山的蒋国祥，下山打听消息。说起活阎王李天寿，现在山上与东方寨主，十分要好。吴师父把自己事情对他说了一遍，寄信他师父，到薛家窝来会，商议报仇雪恨，设法救劫薛酬员外，并卧牛山两位寨主。后来这蒋国祥回转山上去了。我们爷儿两个出了酒店，走过州衙，正见黄天霸请了沧州城的崔中军、阎守备，并州衙内通班马快，一起出城。吴师父同小人远远跟着他们。不料背后来了二人，出其不意，把师父捉去。小人逃到城外打听明白，这两个人叫做计全、李昆。他们都住在沙家集客店内，只怕要来相犯我庄。小人得了这个信息，命都不要了，一口气跑回来，禀告大员外知道。”只见薛虎提了朴刀，直奔出去，不知为着何事，且听下回分解。

第二二五回

方世杰回取熏香盒　谢素贞力战白狻猊

却说薛虎听得庄丁说话，提刀要去解救吴成。薛龙一把扯住喝道："呆子！这等容易吗？你只仗着血气之勇，凡事须商量，岂可莽撞?"薛虎方才气哼哼的坐下。方世杰说："不要忙，我自有道理，包管救得吴家兄弟。"再说薛龙请问方员外："有何妙计救得吴成?"方员外说："如今晓得他们的住处，就好干了。只要到黄昏过后，悄悄去一两个人到沙家集，去寻着他的住店，暗暗进去，用熏香把众人一起闷倒，将他们一人一刀，杀个干净。然后将吴成带了回来，就完事了。"正在谈说，只见薛凤、薛彪、薛豹三人同来到书房，便问："二位哥哥，闻说庄丁回来，送的什么急信来了?"薛龙就把此事细说一遍。薛凤说："他们既然请了中军、守备、通班捕快，料想今夜不来，必然歇息一夜，明日昼前来攻打，或者明夜前来偷杀。常言道：'先下手为强，慢下手遭殃。'方员外既肯相助我们弟兄，事不宜迟。现在还是午牌，过午日子甚长，速备快船，架起八只倒扳桨，就请方老员外到府上，取了熏香盒子，赶紧回来。此地到方家堡来回，不过四十里足路，吩咐庄丁两班人替换着，拼命赶到，二更天就可以回来。趁今夜前去，将他们结果了，省得明日来惊动庄上，把天大一桩事情，化为乌有。天下的好汉绿林，都得着方员外的好处，我等弟兄不消说，感恩不尽了。”方世杰听了薛凤之言，慨然应允。薛氏五虎一起站起来，对方世杰一躬到地，说：“快去准备一号浪里钻，赶紧送方员外到方家堡，限二更准要回庄。”薛彪答应出去，不多时进来说：“船只水手一应齐备。”薛家兄弟相送方世杰到了船上，一拱而别。众庄丁扳动八桨，那只船如飞的一般，望上流头去了。

再说薛氏五弟兄回到书房，薛龙立刻吩咐：“将合庄庄丁传齐，叫他们四散在屋内，各处看守，上下半夜替换梭巡。”薛彪说：“但是上房内院，都是女人的所在，难道也叫他们巡走不成。”薛龙说：“这个容易。相烦你三嫂嫂辛苦些，他有八个丫环，亦有些武艺，亦可相帮替换，在各处房头看守保护。一有风吹草动，就把警锣敲起来，外面就好救应了。”薛凤说：“如此甚好，一准依计而行。”到了里面，对老婆谢素贞一五一十说了一遍。谢素贞答应。到了晚上，花手帕将乌云裹住，加上人生得标致，好似嫦娥降世。正在院内梭巡，忽见这块石子，他本是个女贼，岂有不知是夜行人的门道，在墙孔内望见二人从屋上飞身而下，落在假山上面声息全无，知道是有能耐之人。这谢素贞打量这年轻的，腰间挂着镖袋，准是黄天霸，今日自来送死，正好与哥哥谢虎报仇。他便悄悄转到院外而来，一面教个小丫环到丈夫、伯叔面前送信，自己先到望山堂来捉两个奸细。

且说薛氏弟兄用过晚膳，只等方员外来到，就叫飞驼子薛豹跟随了他，就将原船走水路，直到沙家集行事。一面早已差两个能干家人，先到沙家集打听黄天霸寓处，打探着实信，约在北口孙家酒店相会报信，免得临时找寻。诸事停当，听那巡更的打过三更，只不见方员外回来。薛氏弟兄，正在心中焦躁，只见庄丁出来通报说："对港来了四号麻阳船，每船连水手约有二十来个人，故此特来禀报。"笑面虎正要出去，就见里面帘子扯起，跑出老婆房内的丫环，慌慌张张说道："望山堂内有奸细哪!"薛氏弟兄听得，各人拔出兵器，一起进里面而来。

且说天霸同甘亮飘身而下，甘亮闪在太湖石背后。只见进来五个巡丁，手内刀的刀，钩的钩，在里面屏门背后出来，一路出庭心，走上假山而来。内中一个庄丁说道："今天操演了半天，还要巡夜。时候三更天快来了，换班的还不来替哪?这样日长天气，夜里没睡，我实在熬不住了。"一个说："我们到水牢门口走了一趟，还到屏门背后睡他娘。"一路说着，已上假山。甘亮提了朴刀，在石峰背后等着。那说话的两人方到石峰旁边经过，甘亮等他过来，将刀从背后削去。只见石峰背后闪出一位好汉，手中雪亮的钢刀，吓得魂不附体，要想转身逃走，哪里来得及呢?只喊得一声："快来，有了奸细了!"就被甘亮一刀一个，杀了二人。那末后的一个，望后一跳，从假山上滚了下来。甘亮正要上前结果那厮性命，只见旁边厅内，帘子唰的一掀，窜进一个标致脸的妇人，浑身打扮得俊俏，手执一对鸾刀，好似燕子一般的飞跳过来。甘亮迎下假山。直抢上望山堂大厅而来。那妇人叫声："奸贼大胆，敢来送死!"说罢两把刀朝天切菜，当头劈下。甘亮将朴刀往上一迎。谢素贞究竟是个女子，气力有限，怎能敌得过白狻猊的神力。当的一响，两把刀向后直荡开来，把大门开的直了。不知性命如何，且听下回分解。

第二二六回

甘教师大战五虎　黄副将独救主人

却说谢素贞气力单弱，亏的轻身跳纵的本领却是头等。被白面狻猊一刀砍来，躲闪不及，叫声："不好!"趁着仰后之势，只得背翻身直掼转去。跌个仰面朝天。甘亮踏一步上前，正待举刀便刺。哪知这妇人身法快当，把两只小脚一挺，身子在地上骨碌碌一个地滚，噗的跳将起来，一对双刀向着甘亮拦腰便刺。甘亮见他身子灵便，暗暗称赞："好一个女贼，真有能为，生的又端正，可惜嫁错了人了。"忽想着一件心事，暗道："不可伤害于他，留他一条性命。也是阴德，后来却有用处。"若说谢素贞与甘亮交手，随你轻身跳纵侥幸一时，总不出十个回合，丢了性命，只因甘亮有了存心，手下留情，所以在望山堂上，两人跳来跳去，战了十多个回合，杀得香汗淋漓，吁吁气喘。

薛凤第一个上前，手挥七星宝剑，对着甘亮分心就刺进来。甘亮将刀格开。那没毛虎薛龙夹背的一刀。甘亮扭转身来，虾蟆腰躲过。薛虎的朴刀，泰山压顶势劈下，甘亮将刀架开。那飞驼子铁拐，从脚踝骨上直扫过来，甘亮一跃而过，照准薛虎连肩搭背的一刀砍去。轰天炮用尽平生之力，将刀往上迎来。幸得病太岁薛彪背地里偷步过来，在甘亮后心一刀戳来。甘亮觉得有人暗算，将身一侧收转刀来，使个拖鞭势，当的响，薛彪的单刀荡开。那边笑面虎的宝剑又砍来了。甘亮不慌不忙，力战五虎，全无惧色，只是要还手，却也来不及了。那谢素贞见五弟兄来了，他便撇下甘亮，一心要找对头的仇人，飞身跃上假山，过去寻天霸去了。

且说天霸过了假山，转过弯，却见一片空地，对面有个月洞门，两扇朱红漆的蝴蝶门关着，金亮锁锁在上面。门旁一条大板凳上，两个庄丁面对面的骑马势坐着，中间摆了一碗酒一碗肉，你呷一口，我呷一口，正然吃得高兴。不防天霸斜刺里直奔过来，手起一刀先杀了一个。那一个还有魂吗？只叫得一声“好汉”，那“饶命”二字还未出口，哧的一声脑袋早已落地。天霸将刀砍去锁头，推开那蝴蝶门，向内一望，却是二丈见方一大间屋子，四周尽是石头砌成，下面好似石驳岸，有六尺多深方到水面。那位施大人垂头闭目，绑在中间柱子上面，只露出上半身子在水面上哪！天霸见了施大人这般光景，不管水的浅深，向着水牢内噗咚便跳，幸亏只有三尺来深。将施大人抱住腰肋，托将起来，走到门边，叫大人趴在石驳岸上，自己跳将起来，然后将大人扯到上面。施公方才开眼说：“快快离此险地！”天霸连声道“是”。也顾不得身上淋漓，把施公挟出水牢门，自己蹲下身，叫大人扑在背上，忙将腰带解下拴上，在胸前打一个蜻蜓结儿，站起身来。刚才举步，只见劈面跑进一个妇人，浑身紧靠，手执双刀。知道必定是谢素贞了。平日听见计全说起他善用飞抓拿人，百发百中，一眼瞧见他腰悬两个袋儿，不消说是暗器，今日撞见这贱人，倒要留神。想着，将手中刀一摆，迎上前来，举刀便砍。谢素贞叫声："奸贼！胆敢到来偷盗，凶人自来送死。"说罢，将双刀往上迎来，二人放胆儿厮杀。只因天霸浑身湿透，衣裤卷住两腿，更加背上驮着大人，因此闪了下风，渐渐抵敌不住。

此时屋面上的计全、关太、刁庆、王殿臣、郭起凤难道睡着吗？却也全来的了。方才天霸同甘亮进来的时候，他们五人在屋上四散分开，都在上面留心各处的动静。郭起凤的地方，离着望山堂最近，正在上面鹭行鹤伏，四面兜抄往下面瞧看，但见巡丁们掮着兵器，穿来走去，并无动静。来到望山堂左近，就听得叮叮当当兵刃相接之声。依着声音，走到望山堂屋上，听得底下正杀得热闹。将身伏在檐头，往下探看，正是薛氏五虎围住了甘亮厮杀之时。要想下去帮助甘亮，又恐自己本领平常，寡不敌众。正在踌躇，要想去知会关太、计全等四人，一同下去并力厮杀，只见他们四人如燕子般的来了。原来计全在屋面上侧耳细听，听得脚下有人讲话之声，屋内灯光射到庭心内。计全悄悄到了檐前，将脚尖勾在瓦楞，做了倒挂金钩之势，将身横挂檐头，倒瞧屋内，正是薛家兄弟，讲说方员外还不回来，随后巡丁来报："对港有船停泊来历不正"的话。薛凤正要出去，只见薛氏五弟兄各拔出兵刃，如飞的直奔进去。计全得了此信，知道走了风声，心中吃惊，连忙翻过身来，跃上屋脊。关太见了跟着过来。计全打了一声唿哨，依着他们走的方向，撒腿就跑。那王殿臣与刁庆听得计全打唿哨，知道下面有变，望见计全飞奔过去，也就跟着计全追赶上来。刁庆指着一处说："我们快去。"遥见屋檐之上伏着一人，正是郭起凤，也瞧见他们了，连忙把手打过照会，胆也大了，将手中双锏一摆，噗的跳到下面，叫声：“恶霸休得猖狂！老爷来结果你们性命。”舞动双锏直奔，随后屋面上关太、计全、刁庆、王殿臣一起飘身而下，大吼一声，四人齐上。不知胜负如何，且听下回分解。

第二二七回

神弹子有心打薛凤　黄天霸无意中吴成

却说白狻猊甘亮，恨不能脱身，正在为难，忽见计全等五人齐到，他便抽身蹿出庭上，跃上假山，直奔过来，正见黄天霸汗流满面，十分危急。谢素贞要想用飞抓拿他，只因跳不出圈子外来，一味的把两柄绣鸾刀，直上直下的紧逼。那天霸背着大人在身，跳跃不便，听得外面乱纷纷，又在那里厮杀，心中正在着急。急见甘亮抢步进来，直奔了谢素贞了，自己有此空隙，此时不走，更待何时？天霸背了大人，从假山上跳到屋面，往外撒腿飞跑。

且说计全等五人奔上望山堂来。计全接住薛虎，王殿臣战住了薛龙，关太与刁庆二人共战薛豹，连了郭起凤与薛彪九个人，分做四对儿相拼。旁边众庄丁高擎着灯球亮子呐喊助威。只有那笑面虎薛凤空闲，提着双锋剑东斩西劈，忽见天霸背了一人，从假山上跃上屋去，明知把不全盗了，这还了得，慌忙撇了众人，飞身上屋。瞧见天霸在前不远，他便紧紧追赶上来，大叫："庄丁们！快快阻挡奸细！不可放走了。"下面众庄丁一声答应，蜂拥的赶奔前来。天霸正在奔逃，听得有人追赶，暗想："我背了大人，厮杀不便，况且被谢素贞杀了一场，如今再难对敌。若再耽延时刻，被众庄丁裹住了，怎得脱身？不如待我赏他一镖，方能出去。”想定主意，一回手向袋内掏出一只金镖，照着薛凤劈面打来。薛凤将头一闪，这只镖从耳旁擦过，当啷啷的落在瓦楞内去了。天霸见打他不中，越发心慌，连打三镖，俱被他躲过。那时已被薛凤追上。天霸见他已到背后，唯恐伤了大人，只得回身抵敌。薛凤把七星宝剑直刺过来。天霸正待将刀招架，忽听得一声弓弦响处，薛凤应声而到。天霸吃了一惊，抬头望上，原来是神弹子李五发了一弹，把笑面虎打倒。天霸见他栽倒，举刀便砍着一个连肩搭背，鲜血交流，眼见得不活的了。

天霸便问：“李五哥，怎的到此相救小弟？李、何二位兄长怎样了？”李公然插了弹弓，跑到面前说：“黄兄弟，咱们且救大人上船要紧。”二人一同直向前奔下了庄院，出了薛家窝里。不多时，杀到江边，二人连打唿哨。崔参将、阎城守听得，将大船直放过江。天霸背了大人跳上麻阳大船，便说：“李五哥，他们都在东南角上混战，未知胜败如何。你且接应他们。俺保了大人先回客店了。”李公然把手一挥说：“老兄弟放心罢。”掉转身来，回进薛家窝去了。天霸吩咐阎守备，带领二号大船仍泊原处，接应他们要紧。自己同着崔参将驾了二只大船，二十余名公人捕快，保护大人。看看将近沙家集，忽见远远的一只小船，架着八把扳桨，如飞的过来。天霸眼快，就见船内水手之外，站着两个人，都认识，前面的是方世杰，后面的便是飞山虎吴成哪。

原来方世杰回到方家堡家内取了熏香盒子，立刻下船，一路回转沧州。心中想道：“不如我先到沙家集同吴成回转窝中，叫薛家弟兄佩服我英雄手段。”心中想定念头，吩咐庄丁不回窝去，先到沙家集而来，直奔孙家客店与探事庄丁相见。庄丁便说：

"老员外，小人们打探得明明白白，他们都在南市顺隆店居住。公差人等住在外面，施不全的手下贼将，都住在里面上房哪!"方世杰知了底细，回身出来，一直奔顺隆店后面，飞身蹿上后院房屋，挨身进去里外瞧看。世杰转到后面套房之内侧耳细听，只听得两个从人，正在说话："此番进去，有这许多帮手，料想成功的了。"一个说："都为了这个贼头陀，好似守死尸般的看他，不然也去瞧瞧热闹。"一个说："还是这样的安逸罢!"方世杰知道吴成在内，意欲救出吴成便了。就在身上取出盒子来，将千里火点着，轻轻吹动，将铜管对着帘子内透将进去，立时把两个家人一起醉倒。方世杰掀帘进去，但见二人东倒西歪，只是不见吴成，仔细看来，那吴成四马攒蹄捆着，丢在坑内。方世杰把他拖到外面，一刀割断了绳索，见桌上放了一钵冷茶，连忙舀了一碗。将吴成灌醒转来。一时间不能行动，向了世杰道劳称谢。世杰想他们既到窝中，必有一番争战，还须早早回去。便对吴成说明缘故，把吴成背到庭心，上了瓦房，仍由后面落下，一路出了沙家集，直到江边。跳上船来，放下吴成。便叫："庄丁，快快回庄去罢!"八个庄丁一声答应，扳动飞桨，望薛家窝行来。不巧遇见了黄天霸带领二号大船顺流而下。早被天霸看见。等得两船相近，天霸执镖在手，觑定[1]方世杰心窝，嗖的一镖打来。只听得"哎哟"一声，红光崩现，噗咚的栽倒船上。不知方员外性命如何，且听下回分解。

---

① 觑（qù）定——看准。

第二二八回

郭起凤贪功被获　众好汉江边受困

却说黄天霸嗖的一镖，直冲前心过来。方世杰是个行家，连忙将身一侧，这镖擦胸而过。却不道正打中了吴成，正中要害，鲜血直流。知道丢了性命，只叫快赶回庄。那船来得正快，转眼间交肩而过，与大船相离已远。天霸一来保护大人回寓要紧，二来没有好帮手在旁，那方世杰不是好惹的，只得让他过去，并不追赶。况且吴成虽被劫去，幸而误中金镖，正咽喉之处，必然废命的了。即去禀知大人。施贤臣心中欢喜。不多时，到了沙家集，黄、崔二人并二十余名捕快，簇拥着施公，来到顺隆店。进了上房，天霸快唤从人取衣服与大人，自己亦要换了衣服。排上了酒席，与大人压惊。不提。

且说神弹子李五回身复进薛家窝，依着原路来到庄前。庄前的巡丁齐齐守着。李公然往后兜抄，蹿上房屋，一眼瞥见薛凤的尸首偃倒在屋楞之上。李公然左手揪起他辫子，右手扯出宝剑，将首级割下。直跑到灯光之下，站住往下一看，只见一个大庭心内，围绕无数兵丁，各执刀枪器械、灯球亮子，口中只是呐喊。中间薛龙、薛虎、薛彪、薛豹，正与关太、计全、刁庆、王殿臣、郭起凤捉对厮杀。正在酣战之际，细看薛豹的本领颇好，两根铁拐，使得神出鬼没，那刁庆实在抵敌不住，渐渐刀法散乱。

李公然看得清楚，提起薛凤的脑袋，照准薛豹劈脸打将下去，叫声："看俺的法宝！"薛家兄弟留神一看，知是薛凤的脑袋，个个咬牙切齿。那些庄丁们，见了薛凤的首级，吓得同声叫喊。把个谢素贞急得没了魂咧！虚砍一刀，撇下了甘亮，直奔假山而来。薛彪高叫："嫂嫂！背后墙上有人暗算。"谢素贞扭转头来，瞥见李五在墙上，扯开弹弓，正在照着谢素贞一弹打来。谢素贞见了一点寒星，直往下来，即忙将头偏过。两旁的庄丁喊道："杀三员外的，就是此人哪！"谢素贞听了丈夫被他杀了，把牙关一咬，随手摸出一块飞蝗石，往上便打。李公然将身急躲，险些打着面颊。知道这婆娘必然要来拼命，"我且避他锋头。"托地跃到屋后去了。再说甘亮见谢素贞走了，随即追赶出来，正遇着薛豹接住厮杀。忽听李公然在屋上高声唤叫说道："大人出去已久，众兄弟随俺就走罢！"这一时忙乱得很，谢素贞头一个上屋追赶李昆，随后关太、甘亮、计全、刁庆、王殿臣、郭起凤各各跳出圈子，撒腿就跑上屋。薛家兄弟也上屋追赶。恰巧方世杰到了，众英雄几乎被困。

且说谢素贞跳上房屋，要捉拿李五。哪知方才上屋，随后关小西紧贴着跟上来的，起手就是一倭刀，砍上来了，谢素贞只得招架关小西家伙，二人杀在一处。那薛龙、薛虎追上了甘亮厮杀，那薛豹、薛彪追上了计全、王殿臣厮杀，都在屋面上蹿来跳去的混战。那郭起凤舞动双锏来助关小西，两人并力齐上。谢素贞暗忖："若不离开他们，被他缠住了，不好下手。"心生一计，渐渐向西北角上败走。关、郭二人贪功追去，谢素贞摸出一块飞蝗石，回手打来。郭起凤将身躲过，看看追上了，忽然瞧见谢素贞又是一回手打来。郭起凤只道仍是飞蝗石子，急忙一闪，哪知一件东西，好像似渔翁的摔网，金亮亮有二尺大小，揸开五个指头，往头上直落下来。起凤将头一偏，哪里躲闪得及，煞唧一声，在背肩上抓住。谢素贞将绒绳用力一扯，将郭起凤拖翻，一把提将起来。往下兜将落去，喝叫："捆了！"关小西要待救时已不及了。谢素贞复翻身来战小西，二人又杀起来。且说甘亮等与薛氏兄弟混战一场，也无心恋战，且战且走，一路杀到前庄而来。关太见弟兄都去了，心内慌乱，卖个破绽，跳出圈子，撒腿就跑。谢素贞紧紧追来。将近庄前，见自己兄弟全下围墙去了，小西正到前厅屋脊上面，刚要翻越过去，不料谢素贞一飞抓夹背打来。关小西忙把倭刀向上一挥，哪知飞抓的绒绳再也割不断的，这飞抓已在肩背上着了二指，连衣带肉的抓住。小西叫声："不好！"自分性命难保，忽见屋脊前面伏着一人在那里等候。他见谢素贞一飞抓抓住了敌人，正待要扯，就从屋脊那面忽的蹿起一条黑影，嗖的一剑，将绒绳割断，连飞抓都失落了。原来李昆在前看见他们追赶而来，在此等候，意欲出其不意，将这贼人擒了回去。巧恰关小西着了飞抓，故此他把宝剑斩割绳索，同小西出围墙去了。一路杀到江边，不知怎的脱身，且听下回分解。

第二二九回

草上飞单身救友　王头目途中泄机

却说甘亮等一众好汉，杀出薛家窝，被庄丁乱箭射住。幸亏甘亮使出了朴刀，在前开路。箭如飞蝗射来，遇着甘亮到处，俱从四面分开。果然刀法高明，保得众弟兄杀到江边，有几个不免着了几箭。计全打着唿哨，对江阎守备听得，忙将二号麻阳船开放过来，却被三四只巡船拦江截住。巡船强弓硬弩，两下里对垒。后面薛家兄弟、谢素贞狠命的相拼。弟兄们慌乱，一路沿江且战且走，向东而来。不料前面有一条港汊，截住去路，众弟兄越发心慌。李昆、关太被谢素贞打了几下飞蝗石子，头面着伤。正在危急之际，忽见那芦荡内飞箭也似的摇出四只浪里钻。原来这条港，恰巧正是进来的路，故此把船扳到港内，摇过来接应。幸亏江内巡船去拦阻大船去了，港内并无阻挡。众弟兄瞧见自己船到来，打了一个照会，纷纷跳上船来。众水手竭力扳桨，如飞的向南走了。阎守备也就回转沙家集而去。

薛氏弟兄回到窝内，方世杰说明救吴成一节，如今仍被天霸一镖打死的话。薛家弟兄只得吩咐："把船上吴成尸首抬上岸来。一面到屋内把薛凤死尸抬下来，将脑袋缝在一处，备棺木成殓。"谢素贞哭得死去还魂，换了一身缟素，要替丈夫报仇。薛氏弟兄将杀死的庄丁们一应料理停当，与方世杰商议要到卧牛山讨救兵。

众英雄一同回店，见了大人请安不表。再说甘亮等回到沙家集，只不见刁庆回，谅必失落在薛家窝。把窝内动手的话说了一遍。此番虽杀了一个薛凤，只见失陷了郭起凤、刁庆二人，存亡未卜。施贤臣安慰众人一番，吩咐款待甘亮，且允以保奏官职。甘亮谦让一番，回答说："我等弟兄三人，散懒惯了，不愿为官。"贤臣称赞说："既然甘壮士不愿做官，施某也不相强。还望把薛家窝的事定妥，然后听凭壮士去留。"甘亮应允。这一天大排筵席，众兄弟犒赏公差从人。只见施安、施孝、邓虎及一班幕友，一起都到，见过大人。邓虎把到天津唤戏班，将犯人藏在戏箱内，暗解进京，交到刑部的话，说了一遍。身旁取出回文。施贤臣见了邓虎年纪虽小，却有如此本领，十分敬重，夸奖了一番，就叫："一同入席饮酒罢！"只有甘亮心中不乐，不在话下。

且说草上飞刁庆到底怎样了？原来刁庆正在屋上，瞧见下面庄丁蜂拥而来，内中一人被他们横拖倒拽的过去。刁庆细看，认得是郭起凤，他便轻轻的飘身而下，跟在后面，一路追赶上前。大叫一声，举起单刀，将众庄丁乱砍，连杀五六个庄丁。众人弃了郭起凤，四散而逃。刁庆用刀割断了绳索，把郭起凤放了。起凤向刁庆道劳称谢。刁庆说："他们都出去了，我同你快些走罢！"刁庆把起凤扯到芦苇内藏着，等到巡船临近，突然跳出来，大喝一声，刁庆噗的先蹿到船上，起手一刀，把个巡丁杀了。郭起凤也跳上船，二人一起动手，把几个摇船的杀个精光。刁、郭二人自己动桨摇出港汊，望着对江摇去。到了岸边，跳将上去。哪知此处却在沧州城西门外的大路，离沙家集甚远。二人走到一个镇市，日已高高的了。来到一家茶楼，洗脸喝茶，用过了点膳，走到对门酒店内，叫伙计打二角酒来，摆上几样下口菜，二人慢慢的饮酒。

忽见外面进来一人，身上打扮好似营内当差的模样。那刁庆是个飞贼出身，岂有看不出路道，便轻轻对郭起凤说："郭大哥，你看此人，来路不正。"郭起凤说："谅来是个光蛋便了。"只见伙计拿了一角酒，一大盘菜，还有鱼、蛋、饽饽。那人吃着酒菜，便问伙计："此地到薛家窝还有多远？从那里走？"伙计说："爷们要到薛家窝路不远啦！出了市梢一直向北走，五里之遥，来到十字路口，向东走，再三四里就见三岔路。望东北那条路上走去，到沿江又向东去，又是三四里，望见对江一大圈树木丛深的地方，就是薛家窝。总共有二十里足路，而且小路极多，你到前面再问罢！"说完伙计走开去了。郭起凤对着刁庆抛了一个眼色，刁庆站起身来，对着那人一拱手，叫道："尊兄请了。"那人连忙起身答礼。刁庆说："请问兄台贵姓，可是到薛家窝里去吗？"那人说："不敢，在下姓王，排行第三。正是要到薛家窝。请问二位老兄贵姓？"刁庆说："小弟姓张。"指着郭起凤道："他是我的哥哥张大，我叫做张二，咱们哥儿两个都在薛家窝薛员外庄上帮闲。前日到乡下去取讨旧欠，今日正要回窝。方才听说王三哥要到薛家窝，我们吃了酒，三个人一起同行，路上也不寂寞。我们说起来，都是自己弟兄，未知王三哥与我家第几个员外交好的？"王三说："张大哥实不相瞒，小弟并不认得你家员外，也是别人差遣，到你员外处送信去的。”王三见了他哥儿两个十分要好，心中只道遇见好朋友了，就你一杯，我一杯，说说谈谈，不料中了刁、郭二人的计，顿使薛家窝土崩瓦解，血肉交飞。且听下回分解。

第二三〇回

施钦差将计就计　崔中军调取三军

话说郭起凤、刁庆在酒楼上遇着王三。王三只道他当真是薛氏的心腹家人了，岂知他们一派的鬼话。刁庆说："王三哥，我与你也是有缘。你既然来送信与员外，我告诉你句实话。"王三说："多承张二哥指教，却是什么呢?"刁庆说："我们员外庄上很不安静。前日有个姓吴的，也是员外的朋友，到沧州城内，不知怎的露了风声，就被他们拿住了。后来跟他的庄上兄弟逃回来报信，说起姓吴的，遇见卧牛山东方寨主手下的蒋头目，在酒店内吃酒，说了一番言语，就被人听出风声，因此被他们捉住了。王三哥你想，说话应该谨慎些吗!"王三说："张二哥，实不相瞒，小弟也是东方寨主手下的头目。自从那日蒋国祥回转山头，东方寨主就命他上京都打听马、张二位寨主，并于寨上的消息去了。今日李寨主要与薛家五位员外去捉黄天霸等一班对头，写了一封书信，差我到你们员外庄上送信。"刁庆听了，又把言语套出他许多底细，用过了些饭食，吩咐伙计把酒账算清了。伙计说："这银子还有几钱多呢!"郭起凤说："多下的赏了你，买杯茶吃了罢!"伙计千欢万悦说："谢了三位爷们，下次再来照顾小店。"三人直出店门。

且说刁庆、郭起凤同王三出了店门，向北市梢行来。刁庆说："哥哥，我腹中忽然疼痛，行不得了，你与我去雇一只小船来罢。"说着向起凤丢着眼色，刁庆装腹痛哼哼的叫唤。不多时，郭起凤雇了船来。三人一同下船，沿着塘岸一路开去。王三也不知路径。哪知郭起凤叮嘱船家，过了口内，只说到薛家窝，其实一径向东直行，赶着双桨，望沙家集而来。不上二十里水路，只消一个时辰，就赶到沙家集镇上。王三看见像个市镇模样，便问："张大哥，这就是薛家窝吗？"刁庆接着说："不是哩！这叫做薛家镇。离薛家窝只有一里多路，走出市梢，就望得见了。我们员外在镇上开着许多店铺，时常在店内往来。我同你先去瞧一瞧，若是在此店内，就同员外一起回去了。"王三信以为真，就跟着刁、郭二人同上岸来。那船钱郭起凤早已付清，船人自行回去，我都不提。

且说三人走到市上，正是顺隆店门前。王三一见仿佛此地来过的，只是一时想不起什么地名，心里犯疑，脚就站住了。刁庆一把扯住王三的手说："王三哥，我们员外正在店内哪，你快进来。"那郭起凤在背后推着他肩背说："走吓！"也不由王三做主，扯的扯推的推，一直拥进顺隆店内上房。正然施公与众弟兄饮酒开怀，看见郭、刁二人进来，心中大喜。刁庆回转来，就把王三的两手弯转，郭起凤将绳捆住两手。王三知道不好了。中了他们奸计，只不言语。刁庆过来见了大人，一同坐下。郭起凤便把昨夜被他们捉住以后，幸亏刁庆相救的话说起，直说到酒店遇见此人，"原来是卧牛山头目，叫王三，要到薛家窝送信。被我们二人将言语哄他，说出真情来。后来骗下舟船，将他摇到这里。"天霸上前扯开衣服，在胸前取出书信，呈与施大人观看。施大人遂拆开，从头至尾众人观看，原来李天寿写与薛家五虎："现今打听得天霸在沙家集，叫他同徒弟吴成并力同心，先把施不全并擒住的将官，一起杀哪！然后约定一个日子，李天寿带领卧牛山喽兵，同到沙家集，两路夹攻，把沙家集扫为平地，无论黄天霸与百姓，杀一个鸡犬不留。然后再议私进京都，解救于七、富明、马英、张宝。现已差国祥进京打听信息去了。就叫王三带转回音去。"众人看了大怒，都说："这贼好狠心哪！"甘亮说："我有一计，如此如此。"施贤臣听了说："甘壮士与我同心，我也是将计就计之法，先救了他三人，就好行事了。"

吩咐："把王三推上来！"众人一起动手，推到大人面前跪下。施公细问一番："李天寿怎样到你山上？如何要来害我左右？你们山上多少人马？多少山寨？你只从实说了，饶你性命。"王三看事到其间，不容不说，便一五一十的细说一遍："只求大人超生，小人家中还有老母，实因家寒，不得已在山上落草。"大人点头，吩咐说："将他锁在后面屋内，不可断他饮食，日后再行发落。"从人答应，将王三带到后面关锁不提。

当晚席散之后，施公进内，请了幕友，教他将书信的笔迹换写一信，只说："李天寿约会薛家弟兄并吴成，于后日一早在沙家集会齐，五更起身，不可误了时刻。今特差头目王三到来送信，并且帮助动手。此人颇有本领，乃是东方寨主手下心腹之人，今特地借他来相助动手。"其余加上救于、富、马、张的话头。

那幕友照他笔迹写成。到了来朝，大众起身。施公来到外面，众弟兄接着坐下。施公便对甘亮说道："此事非邓壮士不行，未知邓壮士肯去否?”甘亮说:“不错,只有他可以去得。”便向邓虎道:“贤弟,你兄长压在假山之内,未知生死?如今先叫你假冒王三,到薛家窝送信,先救了兄长,并何、李二位好汉。未知你肯去否?”邓虎大叫道:“小弟岂是贪生怕死之人?”施公道:“从西面进去,方是卧牛山到薛家窝的道路。见了薛氏兄弟,若然盘问你山上之事,昨日王三供的,你都听见了,就可照样回答。取出书信之后,他们必然另眼相看你了。你就用言语套问他何、李二人关禁的所在,并望山堂假山的机关。到了黄昏,叫他们早早歇息,天明就要起身,谅来有一场争斗,他们必然听信。你得空就把你兄长放出,并将何、李二人放了。我们到二更天,带领沧州城内的官兵,并众衙捕快,一起到来剿灭庄子。你们四人就做内应,你叫邓龙、李七、路通三人埋伏暗处,你就先把薛豹、方世杰两个之中打死一个,就好办了。”说罢,将信递与邓虎,接了信。施公吩咐:“施安,快去把王三的衣服换了下来,叫邓虎穿上。”又与他些人参饼,邓虎藏好,告辞了大人,带了书信、家伙,出了顺隆店,到薛家窝而去。再说施公打发邓虎去后,便叫崔参将、阎守备进城调齐了全营兵丁,傍晚时候,扮了百姓样子,三三五五悄悄来到此处。参将答应,同了阎守备告辞起身,入城去了。施公又叫施安、施孝出去整备大小舟船三四十只,约定于黄昏时分到北市取齐,须要暗暗行事,不可走漏风声。不知此番进去胜败如何,且听下回分解。

第二三一回

小元霸混入薛家窝　没毛虎泄机留宾馆

却说邓虎到了薛家窝，叫船过渡上岸。早被庄丁看见，便问："哪里去？来此做什么？"邓虎说："我要求见薛员外的。"庄丁说："你姓甚名谁？你在哪里来的？"邓虎说："我叫王三。我卧牛山上东方寨主命我来的，面见薛员外，有要紧的事，相烦大哥引领进去。"那庄丁听说是卧牛山来的，说："原来东方寨主差来的好兄弟。你跟我来罢！"邓虎跟了庄丁来到书房，只见薛家四弟兄并方世杰，都在那里。一见他进来，一起站起来相接。邓虎抢步上前见礼，一一问过了姓名。大众让他坐下。薛龙便问："王头领怎的今日才到的？"那邓虎是个机灵鬼，听得才到二字，打量着他有信息的了，便道："大员外不要说起，我在山上动身多吃了油腻东西，心头作恶，因此耽误了公事。"说罢，便将书信呈上。薛龙接了书信，吩咐摆酒。家人答应，摆上酒肴，款待邓虎。邓虎略为谦让。大家坐下，吃了三杯。薛龙拆开书信，看了一遍，连连点头，又送与大众看过了。方世杰便盘问了邓虎卧牛山上的事情，邓虎一一回答，众人大喜。原来薛家窝昨日差人到过卧牛山去，回来告诉说："李天霸、东方雄说早已打发头目王三送信到员外处来了，因此未写回信。但叫员外到了，约定日子同到沙家集动手。"薛龙说："我们这里未有人来。但说约的日子，是叫我们约他呢？是他已定下日子了呢？怎么王三不来呢？”正在猜疑，恰巧邓虎到来，故见了信心中大喜，全不疑心。方世杰是个老贼，他就细细盘问不出漏洞来，也就相信了。大家相劝饮酒，讲说黄天霸两次进来，怎样长短。邓虎探问何、李二人拘禁地方，薛龙告诉他捆在留宾馆里面，任他们本领大，总不能进此馆内去的。

邓虎趁此套问留宾馆并望山堂的机关。薛氏弟兄把他当为心腹之人，就把消息说了，领了邓虎到各处去了一遍。邓虎道：“我们去看看两个贼将。”薛龙说：“使得。”随即带了邓虎，来到留宾馆内。邓虎一看，方方一间屋子，四通八达，屋内并无别物，也不见何、李二人，便问：“大员外，为何没贼将呢？”薛龙说：“王头领与我到对面轩子里去。”邓虎同他过了庭心，薛龙把桌轧轧的转动，只见走过来的门户不见，庭心那边变成了墙壁，单存一间斋轩了。邓虎说：“贼将在哪里哪？”薛龙说：“你要看贼将的所在，极其容易。”说着话，把桌子向左转动，只见对面依然现出门户来。薛龙说：“王头领你过去瞧。”邓虎走到留宾馆一看，仍是先前的样子，只听得轧轧的桌子转到立脚的屋子，定神一看，对面轩子一切都在，单不见薛龙。邓虎走到对面，只见柱子上绑着李七侯、何路通二人。邓虎上前轻轻的送了个信说：“二位哥不用心焦，今夜必来相救你们。”李、何二人点头，心中欢喜。邓虎心中明白这留宾馆共有三处屋子。薛龙立在百灵台旁，哈哈大笑说：“王头领，这个消息做的好么？”邓虎说：“实在妙巧。”假意称赞，心中想到：“如此看来，我一个人断不能救他二人，须要等大众到来，有人进去了，方好我在外面转桌子。”

薛龙吩咐摆上夜宴。邓虎说："李寨主千万叮嘱，明日五更要到沙家集会齐，不可错误。众位可要早些歇息，明天定有一番狠战呢!"薛氏弟兄都说："有理，我们饮几杯，用了晚饭大家歇息，准备明日厮杀。"邓虎同方世杰就在书房内安歇。邓虎假意装醉，倒在炕上就睡。方世杰也就安歇。邓虎见世杰睡熟，轻身穿出窗外，到了望山堂内，跃上假山，细细瞧看，只见顶上一条路径，心中一想：莫非在这个下面？细看两旁石峰，被他看出破绽来了。且听下回分解。

第二三二回

赛姜维逃出望山亭　黄天霸三进薛家窝

却说邓虎细看石峰，“我哥哥定在这石板底下，只是怎样拿开石板，方好救他出来？”便四面寻看，只见假山孔内露出铁柄儿。邓虎用力抽将出来，只见石板一头压住的假山石，滚在一旁，那石板自己竖了起来，邓虎往下一看，下面还有两块石板，如同人字架式，想：“哥哥必在里面。”连将人字石板往上一扳，那块石板就立直了，下面却露出个山洞来。邓虎大喜，跳下假山，走进洞去，只见他哥哥坐在里面，便轻轻叫道：“哥哥，兄弟前来救你。”

邓龙自从压在中间，自分断无生理。忽听有人呼唤，是兄弟的声音，便睁开二目说：“我却没事，只是肚中饥饿。”邓虎便取了两个人参饼与哥哥吃了。邓龙吃了人参饼，渐渐有力了，拾起兵器，同了邓虎，正要走出门来。只见劈面来了个女子，浑身穿白，邓家兄弟知道是谢素贞了。邓虎道：“哥哥退后，待兄弟打死这贱人。”邓龙道：“兄弟，你小心他暗器哪！”邓虎已穿出门来。那谢素贞见望山堂内穿出一人来，便问：“你是何人？在此做甚？”邓虎随口答道：“俺乃卧牛山东方寨主麾下一等头目王三是也。你这贱人姓甚名谁？”谢素贞说：“王头领休得胡说，奴乃三员外之妻谢素贞是也。”邓虎说：“如此说来，多多有罪。”便把手中双锤向上一拱，道声：“请了。”谢素贞只道他行礼，把刀并在左手，也将两臂一抬说：“王头领请。”说着话，身已走过。那知邓虎就势将两柄锤头，望着谢素贞夹背打来。谢素贞连忙将身一扑，叫声：“王三，你来做奸细吗？为何暗算老娘？”谢素贞一面招架，一面高叫：“望山堂有奸细了！兄弟们快去通知四位员外。”

一时间，各巡夜庄丁都听得了，大众奔望山堂而来。谢素贞见方世杰到来，便说：“老员外，他不是王三，乃是黄天霸一路的，叫做邓虎。快来捉住他。”方世杰便叫退下，自己赶上前来。邓虎一人，怎好抵敌？正在心慌，只听得望内一声喊，跳出许多好汉来。头一个手执单刀，直奔方世杰砍来，乃是黄天霸；随后关小西、神眼计全、白狻猊甘亮、神弹子李昆、草上飞刁庆、王殿臣、郭起凤，各人上前厮杀。邓龙见他们动手，将护手钩一摆，也出来动手。邓虎看见弟兄全到，即招呼邓龙，一溜烟直奔望山堂来，就将李七侯、何路通二人放了下来，仍将百灵台桌左转，走过庭心，只见他三人都在外面了。李、何二人忙与邓虎道谢。四人一同出了留宾馆，只见自己兄弟与薛氏四虎，并谢素贞、方世杰正杀得难解难分。平空的加上四只大虫，薛氏兄弟抵挡不住，渐渐的往外退败。黄天霸一声大叫：“恶霸听着！今日天兵已到，特来捣巢灭穴，还不快快受缚！”薛氏弟兄不能脱身。庄外来了无数官兵，已把庄门打开。庄丁四散奔逃。不知薛氏弟兄并方世杰等人性命如何，且听下回分解。

第二三三回

邓虎锤打方世杰　甘亮活捉谢素贞

却说薛氏弟兄见庄门打破，心内更加忙乱。薛龙手内一松，被黄天霸一刀，红光崩现，一命呜呼。方世杰见大势已去，若不逃走，这条性命不保，将刀架开邓虎的锤头要走。只见崔、阎二位老爷，一口刀，一条枪，拦住了庭心里面。一众三军，如潮水般的拥进来。方世杰知道难以夺门而出，只得飞身上屋，摸出神弩，翻身照邓虎咽喉一弩射来，邓虎将头偏躲擦过。方世杰见射不中邓虎，心内着忙。哪知邓虎在方世杰背后手起一锤，正打在老贼顶门之上，尸身倒在地下。薛虎、薛彪、薛豹见大哥已死，方世杰逃遁去了，无心恋战。薛虎被李昆一剑削去右臂，大叫一声倒在地下，被众人踏死。薛豹见了，魂不附体，被关太一刀刺中肋下，计全又一朴刀，劈倒在地，结果了性命。谢素贞看见家破人亡，心中难受，将手中双刀荡开了甘亮的朴刀，踊身一跃，飞上瓦房。甘亮随手掏出一只响镖来，打将上去。谢素贞脚尖方踏着屋面，听得后面暗器到来，要想闪躲，那里能够？一镖正中肩头，翻身跌下，被甘亮擒了。薛豹见一门皆死，一声大叫，将刀向咽喉一拖，鲜血直冒，尸首栽倒在地。黄天霸见薛氏弟兄尽行诛灭，又见甘亮将谢素贞捉住，即吩咐快放船到沙家集迎接大人到来。

等到巳牌时分，大人并施安、施孝随从人等都到。黄天霸、甘亮带领了众兄弟出迎，三军跪接。施公笑容满面，进了庄门，来到大厅坐下，众弟兄站立两旁。黄天霸上前告禀了：“薛氏五虎尽皆格杀，方世杰亦然打死，活捉了谢素贞，听大人发落。”施公一一问明，便道：“首恶乃薛氏五弟兄，今皆已死。若论谢素贞助夫作恶，陷害钦差，本应斩首，姑念妇女无知，免其死罪，交官媒择配，得身价入官。其余薛氏妻子，无罪释放。所有市镇店房，留与妇女小子过活”。押着即日渡江，一言表过不提。且说甘亮回禀：“大人，我同邓龙兄弟，今已除却恶霸，我等便要回转金陵，就此告别。”施公道：“甘壮士虽不愿为官，只是施某多蒙相救，尚未酬报，怎说便去！”甘亮道：“既蒙大人抬爱，我的拜弟邓龙，新丧妻室，望大人将谢素贞配与邓龙为妻，是为德便。”施公点头说：“使得，叫邓壮士带去就是。”甘亮到谢素贞面前，与他解去绳索。施大人叫到面前，叮嘱一番，叫他跟随了邓壮士回去，休生歹念。谢素贞连声诺诺。甘亮就要动身，施大人吩咐摆酒饯行，众好汉依次而坐，直饮到黄昏已后，大家就在庄上歇了。

到了明日，一早起身梳洗已毕，用过早膳。甘亮等辞别了大人，又与众兄弟作别。施公就命众兄弟代送，直至江边。黄天霸备好一只大船，吩咐船上：“好好送到山东地方。”甘亮、邓龙、邓虎并谢素贞上了船，一拱而别。众弟兄见他扬帆而去，方才回庄。大人亦然要回沙家集，恰巧知州到来，见大人请罪。施公倒安慰一番。就把米粮银钱田房屋产，吩咐入官，尸首用棺木盛殓，掘土掩埋，施公说：“贵州就在此料理公事，本院要赶赴淮安到任。”知州连连称是，相送大人并众好汉上船。崔中军、阎守备、刁庆辞了大人回城中。后来施公表奏刁庆功劳，擢升都司之职，崔、阎亦然。一言表过，知州在薛家窝料理已毕，自回沧州去了。且言施公与众好汉回转沙家集顺隆店内，吩咐给了船人官价，叫幕友写本入奏圣上：薛家窝之事，某某等出力，有功人等，圣旨下来，嘉奖甚优不表。大人在店养息一日，叫天霸算清了店钱，施安雇了马匹牲口，就此起行。天色将晚，见一座高山，十分险恶，忽听山上一棒锣声，林内约穿出二百喽兵，为首一家寨主阻住去路，不知如何过去，且听下回分解。

第二三四回

施钦差剿灭卧牛山　黄副将活捉东方雄

却说施公行到山下，树林中一棒锣声，出来一个好汉，带领二百喽兵，一字儿排开，大叫："留下买路钱来，放你们过去！"黄天霸见贼人身高八尺，生得面如活蟹，眼似虾睛，阔口大鼻，颔下短短钢须，年纪不过三十，坐下战马，手持镔铁镏金铛，磕马冲来，黄天霸大叫："大胆山贼！通个名来。可知钦差大人在此？"那人扣住马，叫声："小子听者！俺乃卧牛山寨主爷东方雄便是。小子你留下姓名厮杀！"黄天霸喝声："草寇站稳了！俺乃钦差施大人麾下大将黄天霸是也。俺大人正要剿灭你这班毛贼，与民除害。"东方雄大怒，举起镏金铛，向天霸泰山压顶打下来。黄天霸用刀往上迎来，只震得两臂酥麻，用尽平生之力，将镏金铛抬开。正要还刀，恰好关小西赶到，直奔贼人马前，一刀砍去。东方雄将铛招架。小西扑到后面举刀就砍。那边何路通又一马飞来，举起钩枪拐望东方雄劈头就打。黄大霸拦腰砍来。东方雄连敌三般兵器，全不放在心上。

喽兵连忙报上山去，说："施不全已到山下。我家寨主被三个贼将围住。"活阎王听报，起身操了铁桨，带了二百喽兵，四个头目，出了寨门，一路冲下山来。只见东方雄与三人交手。施不全同着伴当人等，约离半里之遥，在树林边。活阎王吩咐："孩子们，快从小路抄去捉施不全要紧。"二百喽兵发一声喊，一起蜂拥上来。计全正在观看，只见一贼手提铁桨，步行如飞杀到，正是李天寿。计全知他厉害，忙说："五弟保护大人，小心。"自己同了李七，将手中刀挥动，迎将上去，大叫："杀不尽的强盗！胆敢有犯大人。"李天寿大叫："我把你这班助纣为虐匹夫！今日将你们碎尸万段，与薛家五虎报仇。"说罢，将铁桨舞动，力敌计、李二位好汉。那四个头目，吩咐喽兵一半呐喊助威，一半来抢施公。王殿臣、郭起凤把四个头目拦住厮杀。李公然拔出宝剑，护了大人。施安、施孝也各抽出佩刀，护住行李牲口。

看看天已昏黑，喽兵高擎灯球，如同白昼。李公然便将弹弓取下，悄悄把马一拎，冲到山坡之上，觑定东方雄，嗖的一弹，打得头目昏花。他手中一慢，被天霸一刀，直刺进来。东方雄要让来不及，被黄天霸狠命一扯，倒拖下来；何路通跳到一钩枪，打在东方雄手腕之上，将镏金铛打在石上。路通、天霸上前，将东方雄捉住，解下带子，就将他四马攒蹄捆了。各人收拾兵刃，抬了东方雄，到李公然那里看守。天霸叫声："关大哥，我们去捉李天寿那斯。"路通同关太、天霸来帮计、李二人。李天寿情知不好，把桨挡开二人兵器，撒腿就跑。黄天霸三人随后赶来，计全、李七也追了上来。关太与何路通赶杀喽兵，如砍瓜切菜一般。且说计全、李七、天霸追了一程，追赶不上。天霸说："二位大哥，我等且到山上破他巢穴要紧。"施公道："既然如此，一同上山毁了巢穴。”施公在山上歇息，天色已明，吩咐天霸将东方雄斩了，放火烧了山上房屋寨栅，免得日后窝藏盗贼。众人出了寨门，施公同了众人上马下山，但见山上火光冲天。不知以后如何，且听下回分解。

第二三五回

黄花镇又遇风波　朱家店夜逢刺客

却说施公下山，在马上与天霸说道："我自出京以来，至今始得安稳，赶紧要到淮安上任。"一路说说谈谈，已到日落西山，前面到一个市集。施公便问："此处什么地名?"左右有人回答："此地唤做黄花镇。"施公点首。不多时，到了镇市，只见一座大客店，招牌上写着："朱家老店，安寓客商。"黄天霸在先，刚然走到店门前，只见店内走出四五个伙计来拦住马来，将马嚼环扯住，口中齐说："时候不早了，请爷们照顾小店罢!"天霸说："咱们且到前面走一遭。"施公便道："黄兄弟，就在此处歇了。"天霸、大人一同下马，进了店门。

只见那掌柜的站起身来，把手一拱，满面堆下笑来说："诸位爷们到来，小人未曾远迎，多多有罪。请到里面选看房屋。"黄天霸人众一路到了里面，拣了三上三下六间楼房。伙计把窗推开。天霸走到后窗一看，后面还有一带平屋，还有后园，种些瓜茄之类，四周全是竹篱围住。便问："大人此地可好?"施公说："甚好。"伙计送上脸水、香茗。施公吩咐："拣好酒菜拿来。"伙计答应一声去了。计全私下拉了天霸低低说道："黄兄弟，你看这掌柜的不像个善良之辈。"天霸说："我也疑心。"李七便说："这朱家店是十数年的老店了，我也住过了多次，可从无别事。"

天霸心内释然。计全把酒斟了，大众饮酒，你一杯，我一杯，不到两巡，壶内空空。黄天霸唤叫添酒，伙计答应来了。施公吩咐：“楼下从人们，也添上几壶。”伙计应了，一时提了酒进来。李公然酒量不佳，饮了两三杯就不要吃了。黄天霸将要举杯，忽然一阵肚疼，锁了双眉。施公说：“黄兄弟怎么不自在？”天霸说：“肚中疼痛，要大解了。”施公道：“请便。”伙计说：“小人引爷上茅厕去。”

天霸起身，随了伙计进了茅厕，扯去底衣，大泻一阵。正要起身收衣，忽见一条黑影在茅厕外面闪过。定睛细看，只见一人细条身材，浑身穿着夜行衣，背上插了一把钢刀，穿上厢房，连跃到楼屋上面，将身伏在瓦楞之内，倒垂金莲之势，一手扳住檐瓦，向楼内观瞧。天霸知道不好，不知楼上兄弟们可曾知道防备。急得天霸搓手无措。不知此人是谁，黄天霸怎的救护大人，且听下回分解。

第二三六回

李天寿抱怨丧生　朱继祖为兄逃命

却说黄天霸一见此人，细看原来就是活阎王李天寿。这朱家店原系姓李，与李天寿嫡堂弟兄，后来入赘朱家，改名朱继祖。今天李天寿到来，见了兄弟朱继祖，就把前事说了一遍，要兄弟与他报仇。朱继祖听了，连连摇头说："大哥，他们能人甚多，我们有多大能耐，如何能行此事呢？"天寿说："不妨，咱们只要如此如此，哪怕大事不成？"天寿说罢，双膝跪下。朱继祖无奈，只得应允，就叫伙计们留心了。众伙计们一见天霸等走到，连忙出来接住，把马带进。施公等进了店，李天寿早已安排停妥。天寿来到后园，飞身上屋，正要进去下手，才向背上拔刀，恰巧黄天霸在茅厕上看见，掏出一只金镖，急望天寿打去，这镖正打在腰肢之上，噗咚的跌入楼窗之内。天霸大叫："兄弟们快拿刺客！"自己进了后门，直到上房。只见楼下从人，一个个东倒西歪，知道中了贼人奸计。连奔上楼，只见李公然已将贼人捉住。其余弟兄并大人，尽皆口角流涎，醉倒席上。李公然见了天霸便道："黄兄弟，此地原来黑店，我同你快杀到外面。"天霸说："咱们将大人并众兄弟灌醒了方好。"李公然应答，天霸扯了自己单刀，吹灭灯火，下楼拦门守住。

且说朱继祖手中提了钢刀，跟着十四五个力壮的伙计，各执长短家伙，一路赶奔上房而来。黄天霸听得一阵脚步声响，知道他们来了，啪的将帘子放下，自己闪在一旁，等他进来杀他个措手不及。哪知朱继祖是个行家，到了门口，挑开帘子，先用朴刀伸进来一探。黄天霸年轻性急，嗖的一刀，正砍在朱继祖的刀上。继祖一手扯开帘子，一手舞动朴刀进内。黄天霸连忙接住厮杀，这些伙计相帮助杀。

且说李公然灌醒了施公并众弟兄。公然说："落在黑店了，黄兄弟在楼下与他们厮杀。待我先下楼去助他。"说罢直奔下楼，叫声："黄兄弟，我来帮你杀这班狗男女。"手提宝剑，跳将过来。朱继祖正一刀砍来，被李公然的剑往上一迎，只听得呛啷一声，朱继祖倒吓了一跳，朴刀只存半截在手，转身向外飞逃。黄天霸随后追赶。李公然见天霸追去，自己挥动宝剑，将众伙计乱杀。关太、计全听得楼下相杀，就叫李、郭、王、何四人保了大人，抽出家伙，一起赶下楼来，见李五已把众伙计开发停当。关太便问："黄兄弟呢?"李五说："追赶贼人去了!"

且说黄天霸追赶朱继祖，出了店门，一路出了黄花镇，直赶了三里之遥。朱继祖见前面有一座大树林子，心中想着：有了救星了！望树林中钻进。不知黄天霸可追进林内拿他，且听下回分解。

第二三七回

黄天霸放走朱继祖　施贤臣限捉张桂兰

却说黄天霸见他逃入林中，说声："便宜你了!"回身走来。见李公然提剑赶来，天霸就把他逃入林中的话，告诉李五。二人同回朱家店内，来到上房，将贼人逃走的话说了。施公只得罢了，吩咐："把李天寿带上，跪下。"大人细细审问，天寿从头至尾供了一遍。大人又吩咐："将女掌柜带上来。"可怜朱氏，跪在大人面前求饶。大人道："你从实招来，与你无干。"朱氏便将父母开朱家店数十余年："后来李继祖入赘，改姓朱氏，自从到了我家未做犯法之事。"大人又把四邻叫来，细问一遍。都说："素来安分。"大人吩咐："起去。"传地保上来："将格杀伙计，备棺木盛殓。"朱家店既然素来安分，罪归朱继祖一人，着地方官行文捕捉正法。一面叫黄天霸押了李天寿，请上方剑就地斩决不提。

且说施公来日与众人起身，一路向南而行，已进了山东地界，来到乐陵县境内。知县周钊闻得施公到来，会同文武迎接钦差，备了公馆。施公一到乐陵城内，哄动了一城百姓，都说施青天到了，专审无头案件。施贤臣一连接下十几张状纸，都是血案，求大人追捕。施公传了知县，施公启口："贵县既为民之父母，应该除暴安良，捕捉盗贼，是分内之事，为何境内盗贼横行，采花血案，连出一二十件？”周钊回禀：“此地有个飞贼，来去无迹，许多案件乃一人所做。此人名叫张桂兰。卑职踏勘①时节，皆见墙上画有一枝兰花，一枝桂花。卑职起初严行追捕，一日早上睡觉醒来，只见脖子边一柄匕首，柄上刻着一枝兰花，一枝桂花。卑职吓得一身冷汗，因此只得缓了下来，望大人恩典。”

施公听了，回顾黄天霸众人说：“尔等可晓得此人否？”众兄弟说：“回大人，小将们但闻其名，未见其人。闻得他的外号，人称飞来燕，来去如风。只是不归正道，最喜女色。”施公道：“他是哪里人氏？现在居住何方？”计全说：“闻他就是本处乐陵县人氏。”施公对周钊道：“张桂兰即是本地人，公差捕快难道认他不得？我今限你三天，务要交到此人。”知县诺诺连声退下。回到衙门，传齐了通班捕快，限三天要破此案。通班捕快退下。那捕班头姓张名叫凤山，手下有个伙计，叫做彭二，最是机灵，人都叫他百晓。当下张凤山与彭百晓商量此事，不知百晓说出什么话来。且听下回分解。

① 踏勘——到现场实地查看。

第二三八回

彭百晓畏死泄底　飞来燕偷盗金牌

却说彭二说："张头儿你去回复本官，张桂兰我们实在拿他不住。要求施大人发下将爷来，我们领着做个眼线。"张凤山回明知县，禀了大人。施公说："先将张桂兰存身之所打听明白，我便命人相帮捉拿便了。"周知县回衙叫张凤山去打听。

凤山回到班房，对彭二说明。彭二到了日落西山，到斜桥打听，走来走去，不见张桂兰影儿。到了明日，彭二又去打听，仍然踪迹全无。刚要回去，走到一条巷口，只见巷内走出一人，将彭二扯住，叫声："彭百晓，这里来说句话儿。"拉了彭二望僻巷内便走，提起彭二飞身上屋，直到一座花园下来，说道："姓彭的认得我么？"彭二听说，就在星月之下，细细一看，吓得魂不附体，认得是飞来燕张桂兰。彭二说："张大爷，与你素来客气，从来没得罪于你。"张桂兰哼了一声，回手扯出一把刀来，说："姓彭的，你不用花言巧语，假作不知。你这两天里在斜桥要找哪个？实说了，便饶你一死，如有半字虚言，立刻送你回去！"那彭二不敢撒谎，只得说道："施大人奉了旨出京，升任淮安总漕，代理巡按。御赐'如朕亲临'金牌一面。一路访拿恶霸，扫除绿林，前日来到此地。那些百姓到他公馆告状，一连收十七张状子，都说你老人家做的。施公大怒，立刻传了本官，严限三日之内，拿到凶身。如拿不到，知县太爷听参离任，我们张头儿，立毙杖下。我吃了张头的饭，不敢违拗，故此伙计四处访探你老人家下落，好去回复本官。”张桂兰听了此话，便把彭二的带子解下来，捆了彭二，又扯了一片衣襟，塞他口内，把他提到假山洞口，说声：“姓彭的，你耐了性儿在此，我去了。”说罢，张桂兰去了。到了第二日，那看祠堂的老儿到园内拔草，听得哼声，见假山洞口有个人在内，老儿倒吓了一跳。细细一看，方知口内塞有东西，便与他取了口中衣片，解了带子。彭二吐了一会，方才开口，把前事告诉了老儿一遍，谢了回去不提。

且言那夜张头儿，不见彭二回来，正然猜摸不出。到了次日，听得钦差大人公馆内又出了重案，急得屁滚尿流。原来张桂兰听了彭二所说底细，一路来到施大人公馆，飞身上屋，到了跨院屋上，侧耳细听。只闻众弟兄一处谈闲话儿呢。张桂兰也不放在心上，他却转身来到内院，见一并三间房屋，一明两暗。张桂兰飘身而下，蹑住足来到窗前，将指甲在窗上戳个孔儿，往内观看，见炕上卧了一人，谅来施不全了，旁边谅必从人。张桂兰便将身从窗外穿到屋内，如燕子相仿，走到施公身旁，在大人胸前轻轻的将那块“如朕亲临”御赐金牌，拿在手内，将金链子割断，回身便走，仍从窗内穿到外面上房去了。到了天明，众弟兄人家起来，正在梳洗，只见施安慌慌张张出来说道：“众位爷，不好了！昨夜大人卧在炕上，到今早醒来，将御赐金牌丢了。门也没开，窗也未启。”众弟兄听了此言，吓得面如土色。不知如何查究，且听下回分解。

第二三九回

失金牌施贤臣丧胆　访盗迹计千总捕风

却说飞来燕盗取金牌而至，当夜并无一人知觉。次日天明，施公醒来，见金牌失落，吓得魂不附体，面如土色。便向施安问道："我那块御赐的金牌，昨晚明明挂在胸前，为何今日不见了？难道又有强人盗去吗？"施安听说，或者丢落在炕上，便去寻找了一回，只是不见。施公再将胸前仔细一看，那挂金牌的金链子，尚有二尺多长的双环头，挂在项上，两头一斩齐，却是用刀割断的样子。施公看罢大惊道："不用说，一定是强人盗去了。"便叫施安，将外边众爷们请来，大家商议。黄天霸等正在那里炕上梳洗，只见施安慌慌张张走来说道："众爷们，不好了！昨日大人好端端的卧在炕上，今早醒来，把挂在颈项上御赐的金牌失落了。门不开，窗不开，凭空的不知去向。现在大人在那里着急，叫请众爷们快去商议呢！"大家听了这话，吓得面如土色，即便跟着施安，进了书房，先与施公请了早安，然后依次坐下。

施公便将失去金牌的话，又说了一遍。大家复站起来，回头来看形迹，却没一点影响，复又坐下商议。只见计全说道："大人明见。依卑职看来，这盗取金牌的强人，一定是那一枝兰无疑了。"黄天霸道："计大哥，何以见得定是他呢？"计全道："昨晚在那里议论，全是说他的话，又兼黄贤弟赌气要去捉他，难保一枝兰不伏在暗处听见。等到咱们去睡觉，他便进来盗去金牌。此是钦赐物什，必须赶紧查缉，若访得踪迹，任他是龙潭虎穴，总要将金牌寻回，才可销案。但有一层，万万不可声张出去，被他知道是要紧之物，他便远走高飞，那时可格外棘手了。”施公听说，道：“计将军真善筹划。众位就照此办法，但愈速愈妙。因本院限期在即，须赶赴淮安上任。况且漕粮又须开办，若耽延日久，误了限期，本院就要被议。”计全等唯唯应诺，便站起来告退。

计全就向黄天霸道：“我看这无头公案，非是十朝半月可以破案的。”黄天霸道：“且不管什么限期不限期，只要寻到金牌就好了。计大哥机谋见识，比我等强些，又仔细又精明。若我等这暴躁性子，不但访不实在，就是访的确了，稍不机密，走漏风声，依然是无用。”关小西也道：“最好。”计全不能推托，当即改换服色，扮作江湖上卖卜的朋友，带了几两碎银子，又将朴刀藏好，即辞别众人，悄悄的出了公馆。先往乐陵城内访了一日，全无影响。当晚并未回到公馆，就在城内客寓坐下。等到三更时分，又由房屋上出去访查，仍无半点消息。次日，即将房钱算还店主，便去城外一带查访。又访了一日，仍访不出来。看看天色已晚，回城不及，见有个过路的走来，便上前问道：“借问你老，咱是要往乐陵去的，此间离城还有多远？借问一声。”那过路的道：“此去乐陵，还有三十多里。今晚赶不及，不如就在东边那个镇上歇一宿，明早再进城罢。”计全便拱一拱手道：“多承你老指点。”说着掉转头望东而去。

一会子又到王家集，计全就拣了一家客店，独自进去，当有小二上前招呼，计全拣了个座坐下。店小二问道："你可用什么酒？听你老拣。"计全道："咱酒是不大会吃，随便打一角来，可有什么投口的菜？"店小二道："有的是牛脯、烤鸡、牛肉丸子。"计全道："你把牛脯并烤鸡，拿两件来，你把薄饼拿一斤来。"店小二答应着去取。一会子将牛脯、烧鸡、薄饼全拿来，放在桌上，又打了一壶酒，摆在计全面前。就自酌自饮起来。正在那里吃喝，忽见对面桌上，两个老头说道："这两月乐陵城内，到了一位新放总漕的施大人。听说这施大人为官清正，审了多少无头案子，赛如宋朝包龙图，因此那些糊涂官，人人都有些害怕。"那个道："我还听说，去告状的人不少。这位施大人不有一件不准的。"这个又道："前庄赵三家媳妇忽然不见，寻找两三日，全无下落。不知他家曾去告状没有？"那个道："赵三要不知道便罢，要知道有这位青天大人，他还不去告吗？"这个又道："说来实在奇怪，怎么到龙王庙里烧烧香，就不见他回来。难道被和尚藏了没有？"那个道："这也说不定，你道那龙王庙的和尚是好人么？我曾听得人说，庙里那个方丈，叫做什么普清，先是强盗出身，后来犯了案，才出家的。还听有人说，他现在还同绿林中朋友来往呢！我们却是没有看见，不知是真是假。"计全听得真切，暗想："莫要那盗牌的人，就藏在龙王庙里。我何不过去问那老者？这龙王庙在何处？"正要去问，后又想道："我此时前去问他，他必见疑，反为不美。不若等到走了，问那店小二，便知明白。"主意已定，仍然饮酒吃饭。一会子，那两人老者出了门，计全也吃完了酒饭，店小二走来收拾，毕竟计全问出什么话？且听下回分解。

第二四〇回

招商店李四泄机　龙王庙计全得信

却说计全在饭店内，忽听两老在旁边桌上议论，因想店小二可以问个明白。却好店小二见计全酒饭已用过，前来收拾碗盏。计全便问道："小二哥姓什么？"那店小二道："咱姓李，名叫李四。还没请教官客尊姓？"计全道："咱也姓李。你这店里掌柜的姓什么呢？"李四道："姓王。"计全道："咱问你刚才那边桌上两个老者，也是姓王吗？"李四道："他不姓王，他姓张，他是张家甸的人，离此有一里多路。"计全道："这王家集是乐陵所管吗？"李四道："是归乐陵所管。"计全道："咱听见那两个姓张，讲什么前庄人家的老婆，早间出去烧香，怎么就不见了？"李四说道："那老儿讲那不见了老婆的那家姓赵。老夫妻两个颇有些田地。生平只有一子，叫做赵为富，今年二十二岁。去年上冬才讨的家小。这赵为富的家小，也是个财主的女儿，生得颇为美貌，更兼小两口极其恩爱。今春三月里，那赵为富得了一病，几乎要死，后来渐渐好了。听说病重的时候，曾在龙王庙内许愿。前日赵为富的家小，因去还愿，进庙烧香，不知怎么样就不见了。现在赵家各处寻找，全不知下落。还听说有个总漕施青天，现在乐陵城里，断了多少无头案件。他家还去告状申冤呢！"计全道："难道这庙里有歹人吗？"李四道："这庙内住持和尚，叫什么普清，原来是强盗，因犯了案，才出了家。从前倒也安分，渐渐不如从前，闻得专结交江湖上的朋友。近来来了一个师弟，也是江湖上的大盗。”计全道：“你可瞧见过么？是怎样一个人？”李四道：“咱可没瞧见，但听说罢了。”计全道：“这龙王庙离镇有多远呢？”李四道：“就在镇东，约有一里多路，黑丛丛一带树林，那就是了。”

计全暗想道：“才听店小二所说的，恐怕一枝兰，就是这和尚的师弟罢！”靠在椅子上，歇了一会。半夜时分，走出房门，仍旧将门带上，蹑着脚走到院落中间，使一个燕子穿帘的架式，轻身一纵上了墙头，复飘身跳下去，照着店小二的话，望东看去，一带丛林，四周环绕。到了树林，定神一看，见树林左边，有一条小路。顺着小路走入林内，复轻身跃上树梢，只见一带红土墙，墙中间有座山门，星月模糊，匾上的字，看不真切。计全在那里设想，在腰间掏出一块石子，望下一掷，问了路径。见里面毫无动静，跳将下去，四面一望，见东首是个三开间屋，内有灯光。计全悄悄走到那里，就从后墙上了屋顶，将身伏下，侧身窃听。忽见有人喊道：“张三！酒焖鸡子曾好呢？师父等着下酒。”计全暗道：“原来此处是厨房。”又听道：“我们家师父，这两日更闹得不像了！怎么将良家妇女藏在暗室内，逼人家从他；人家不从，还要杀他，这是什么道理？”又听一个人说道：“你道这是咱师父的本意么？这个行为都是那个来的师叔叫他做的。他向来到处奸淫妇女，不知糟蹋了多少人！他又仗着自己的一身本领厉害，做了大案，还敢画兰花。这明明是叫人晓得他做的，却又叫人捉他不住。”又一个道：“闻说施大人手下能人颇多，就是县里捕快没用，难道施大人就不得好手捉他么？”正在那里说话，忽听又有人来催：“快焖鸡子，并红烧猪首。”厨房里人，赶着将鸡子、猪头用碗盛好，给来人端去。

计全听得真切，瞧得明白，心中想道：“果然这一枝兰在此下落。今日访得实在，也不枉走此一趟。”想罢，就暗暗跟端菜的人前去，转了几个弯子，见西首一座五间的房屋，那人走到里边。原来此间，就是普清和尚的方丈。计全蹑着足，走到檐口，将身子轻轻一伏，望下又使个燕子倒垂帘的势子，两只眼睛探望进去。只见上首隔着房间，里面灯烛雪亮。靠着窗口，设了一张方桌，对面坐着一僧一俗，桌上排列着酒肴。见那和尚，粗眉大眼，凶恶异常，实非良善之辈。另一人却生得仪表堂堂，年约三十岁光景，颇似书生模样，却不像是个采花大盗。计全颇为惊异。只见那和尚，一杯在手，喝了一口酒说道：“你前日做的那个勾当，胆子也过大了么！将施不全的金牌也盗了来。幸亏他手下人，还没访到；若竟访了出来。晓得是你盗的，再知道你住在此处，调了官兵来寻捉，那不是闹大了吗？现在既然如此，到底那块金牌藏在哪里？还须埋藏好了，不要走漏风声才好。”一枝兰道：“大哥，你老放心。小弟干的这件事，自古道：‘一人做事一人当’。不做则已，既做还怕什么？至于那块金牌，咱也藏顿好了，就在这殿后大仙楼上，神龛内第二层夹板里，再没有人知道的。”说着端起酒杯来，彼此痛饮。计全听得明白，便想道：“咱何不趁此先到殿后，将金牌盗回。”不知计全如何盗取金牌，且听下回分解。

第二四一回

神眼计乐陵送信　铁头僧神庙遭擒

话说计全正欲趁着一枝兰与普清饮酒之时，去到后殿大仙楼神龛下盗取金牌。不意两脚挂在屋檐口瓦上，要将身子缩上屋面，因左足在瓦上用了点劲，那瓦咯噔一声响。房里的人知道，当下喊出来说："屋上有人!"普清与一枝兰就赶了出来。却好计全身子灵捷，一缩身已上了屋，随将朴刀抽出，一面预备抵敌，一面就望原处走去了。幸喜一枝兰四面一看，见无影响，普清也就丢了不问。且说计全仍由原路回到饭店，已是三更时分，便悄悄的进了房，就地铺上睡下。

次日天明，起来梳洗已毕，唤进店小二，算明饭食，连点心都没吃，背上包袱直望乐陵而去。约有巳牌时分，已到公馆。黄天霸等人正在那里盼望，大家都说："计大哥去了两天，怎么没有消息?"正在说着，只见计全从外面进来。忙着招呼坐下。黄天霸本来性急，计全尚未坐定，他即抢着问道："计大哥，所访之事如何？还有些消息么?"这计全便将在王家饭店内私访的情形及金牌下落，细说一遍。黄天霸听到此处，便大喜道："敢是你老已将金牌盗回么?"计全道："黄贤弟，你且莫急，听愚兄说来，咱正要趁他们饮酒时候，悄悄的先将金牌取回，不是一件美事么？不想咱的两只脚，挂在瓦檐上，缩身子的时候，脚上劲用重了，将那檐口上瓦踏碎，咯噔一声，里面早喊出来。幸亏愚兄走得快，还算不成叫他瞧见。不然，要是叫那处瞧见了，必定争斗，到那时反不美，金牌固不曾取到，而且是打草惊蛇。咱所以直跑回来，约同众兄弟同去，方可无失。”大家听了这席话，个个欢喜，金牌有了着落，只要取回就没事。

正说之间，施安已从里面出来，见计全已经回来，众人又将计全的话，大略告诉一遍，施安也是欢喜。大家就跟着施安进去。施安回明施公，即刻传见。计全等见了施公，行礼已毕，分两旁坐定。施公先向计全道乏，然后便问私访情形。计全又将对众人所说的话，说了一遍。施公深为叹赏。计全便道：“大人的洪福，金牌虽有了下落，但事不可迟，今晚就须前去。恐那一枝兰走向别处，不免又多一番周折。”施公听说，亦深以为然。于是计全等人退去。

用过了晚饭，约有申牌时分，黄天霸、关小西、李昆、何路通、计全五个人扎束停当。内穿夜行衣靠，各藏兵器宝囊，外罩大衣，陆续前去。只留郭起凤、王殿臣、白马李在公馆保护。且说计全等，出了公馆，直向王家集，将要日落，已是到了。计全仍到王家饭店。李四见是昨日住在这里的熟客，赶着接了进去。计全就将李四喊到后屋里，悄悄说道：“咱们不是过客，是施大人手下办公的。一会子还有四个人来，住在这里。”李四个人拿进酒饭，各人用毕，碗盏收去。计全说道：“咱们今夜前去：李五哥、黄贤弟、直奔方丈去捉一枝兰、普清；关贤弟与何贤弟接应，务要将一枝兰敌住；咱便往取金牌。使他首尾不能相顾。咱将金牌取来，可就先要回店，将此紧要物件寄顿妥当，然后再来助力。”商量已毕，已是二更将近，各人起来将外面大衣，全行脱去，带了兵器，一个个皆从院墙跳出。

计全在前引路，不止一会，已到龙王庙树林里。计全引着众人，仍由厨房后墙上了屋，一直来到方丈。计全又说了暗号，便独自往殿后大仙楼而去。这里黄天霸、李五到得方丈，黄天霸使一个猿猴升木，李五使一个单龙出水，皆从屋檐上挂着身子，探了进去。只见房内灯烛微明，毫无动静。两个心中大喜，以为今日一枝兰，合当该死，如何一点声息没有？两人想罢，就将朴刀、宝剑拔出，从屋檐口飘身落下，直奔普清卧室。到得房门首，见两扇门紧紧闭着。黄天霸便上去，轻轻撬开房门，进了卧室。李公然亦跟着进去，四面寻找，没有踪迹。但见房间上首，设着一副床帐，紧靠床头有张书架，亦是闭着。李公然心中疑惑，便悄悄说道：“黄贤弟，你看这书橱，设在这里，其中必有缘故。那两个杂种，或者躲在里间，也不可定。咱们何不将橱子搬过来看，是什么制度？”黄天霸道：“五哥之言有理。”两人正要上前搬移，书橱内忽闻隐隐有啼哭之声。再细细一听，却是妇女声音从书橱内透出。两人听得真切。李五道：“黄贤弟，那两个杂种一定藏在里面，必是掠得民间妇女，在那里面逼奸。不然，何以有妇女哭泣声音呢？”黄天霸道：“不错。”李五道：“咱们先将橱门打开，如果实系暗室，里面人知道，必然出来。咱们可藏在黑暗之下，等他出来时节，叫他出其不意，将他捉住，可不消许多气力呢？”李五道：“但愿如此。”二人主意已定。黄天霸便走上前去，要将书橱搬过来，哪知这橱子是砌在墙内的。黄天霸见书橱搬移不动，便将朴刀在橱门上劈。只见橱门呀的一声，开了一扇，里面响铃一阵乱响。李五道：“黄天霸须要小心，恐有人出来。”正说之间，忽见里面跳出两人：一个胖大和尚，手执禅杖；一个少年美男子，手执双钩连枪，大声喝道：“何处狂奴，半夜三更，擅敢闯入卧室？可知道铁头和尚、一枝兰两人厉害么？”黄天霸见普清跳出，劈面一刀。普清知道是有能人到此，赶着闪过天霸朴刀，一纵身，跳出房外。黄天霸紧紧追来，才到房门，普清的禅杖，当头打下。天霸见来势凶猛，隔开普清的禅杖，就势一个旋风，从肋下扫到。普清哪里肯放？赶一步直奔天霸。刚进房门，忽听噗咚一声，普清栽倒在地。天霸赶上一刀，正中背上，复一刀，将臂膊砍下一段。毕竟普清性命如何，且听下回分解。

第二四二回

九龙瓮神眼盗金牌　一枝兰独力退天霸

话说天霸将普清臂膊砍下一段，近前一看，仍恐普清爬起，又将他右手剁下，然后跳出房来，擒一枝兰。你道一枝兰是何时出去的？在天霸战普清的时节，李五就接着一枝兰，两下争斗起来。一枝兰因房内褊窄，不便厮杀，他就一个纵身，一腿将窗格打落，从此跳出。李五即忙来赶，立脚尚未稳，一枝兰早将钩连枪抓住在手，向李五胸前刺来。李五赶着用剑接住。一枝兰右手的枪又来，李五复用剑架住。一枝兰左手的枪，从肘下又到。李五左架右格，仅能拦住，不能回手，正酣战之际，关小西从屋上跳下，就在一枝兰背后，举起倭刀，连头夹背砍下。一枝兰觉得背后一阵风过去，知有人来帮助，忽掉转身来，却好关小西的刀已到。一枝兰赶着让开，关小西的刀砍了空。一枝兰就势一钩连枪，从关太左肘刺来。关太急拿回刀，将枪隔在一边，正欲还刀去砍，李五一剑又从一枝兰腰内刺下，一枝兰赶快招架，关太的刀又从迎面砍来。一枝兰力敌两人，毫不惧怯。三个人在院落内斗有数十个回合。此时黄天霸已到，举起朴刀向一枝兰便砍。一枝兰虽然勇猛，现放着李五、关小西，已成劲敌，再加上天霸，看看抵敌不住，便将钩连枪望黄天霸虚刺一下，就势四面一扫，只见两足一蹬，说时迟，那时快，早已跳上屋顶，站在上面说道："姓黄的，你们这一起杂种，敢上来与老子杀罢！倘不上来，咱老子就少陪你了。"一枝兰只顾上望下说，不提防何路通走在后面，当头一拐。一枝兰赶着躲闪，已中在肩上，急忙转身来迎何路通。此时黄天霸，已跳上屋；接着李五、关小西，俱已跳上。四人围住厮杀。一枝兰且战且走，黄天霸等紧紧追赶。看看到了大仙楼，一枝兰正望前走，忽然计全迎面撞来，两下接着又战了一回。计全被一枝兰的钩连枪，在腿上刺了一下，计全立足不定，就从大仙楼第二层屋上直滚下来。一枝兰见计全着枪滚下去，他也跟着望下一跳。黄天霸看得真切，随将金镖取出，一撒手，直向一枝兰打来。一枝兰见金光一闪，知是暗器，赶着闪开金镖，虽不曾着伤，李五的弹子却早到了，一枝兰却躲不及，面门早中一弹，打得血流满面。一枝兰遂不敢恋战，认定方向，望下就走。天霸等赶了下去，一枝兰已不向去向。

大家分头寻找，却好计全迎着李五、关小西二人，各处去寻，只寻不着。三人走到大殿前面，方欲转弯，又遇着何路通。一抬头，见两个人影一闪。李五喝道："前面何人？"但见那两个黑影，躲在墙下。李五上前一看，原来是两个粗大汉，便问道："汝等何人？快快说明。"那两个抖抖的说道："小的们是庙里看香火的。因听得喊杀之声，小的们害怕，疑是来抢庙的，因此小的要想躲藏。不想碰着好汉到此，还求饶命。"李五道："尔等不须害怕。你家庙里，那个师父师叔，逃到哪里去了？"那两个粗汉道："小的们见那个大人，追着师叔一直去了。"计全道："如此你带老爷前去。"那两个粗汉在前引路，一阵出了后门。走了有一里多路，有三条岔路，不知往哪道去，那大汉道："正中一条路，是到茂州；西南一条路，是到乐陵；正西一条路，是到王家集。”计全一想，乐陵、王家集，一枝兰必不敢去，必是往茂州去了。便道：“汝等带着我，向茂州赶去。”那两大汉听说，仍在前引路，直向中间那条路而去。

大家走入树林，忽听西北角上，有喊杀之声。计全跳上树顶一看，正是黄天霸与一枝兰战斗。跳下树来，望西北赶去，看见黄天霸渐渐的退敌不住。李五即取出弹子，打了出去。一枝兰正与黄天霸杀个对敌，渐渐的黄天霸要败下来了。忽听见“嗳呀”一声，是一枝兰躲避不及，额角上正中了一弹。一枝兰晓得厉害，便舍了黄天霸就走。天霸抢去追赶，转过几个弯，已是不见，只得回头。李五等接着问道：“黄贤弟，你从楼上跳下，在哪里寻着这厮?”黄天霸道：“小弟正寻到后院厨房，背后见有个人影一闪，咱便悄悄的赶上一刀，却好就砍中了一枝兰的肩背。小弟以为那厮杀了一刀，总可将他捉住。哪知他本领果然厉害，虽中一刀，毫不畏惧，掉转身躯，复战起来。且战且走，直至追出后门，他便窜入树林。咱也知道遇林不可追，只因他案情重大，不便轻放，因此又追了下来。那里晓得这厮依然走去，倒是咱们白跑一趟。”李五道：“一枝兰虽然放走，却喜计大哥已将金牌取回，已可在大人面前销差了。”天霸道：“计大哥去取金牌，是怎么取法的?”计全道：“愚兄与贤弟分头去后，即到大仙楼第二层，九龙龛子内，将夹板劈开，果然金牌藏在里内，咱即取出，握在怀中。”黄天霸道：“将来大人定然保头功。”大家一路谈说，已至庙内。

此时天已大亮，黄天霸仍到方丈里面，见普清依旧躺在地面，进前细细一看，已是奄奄一息。又叫那两个粗大汉，带领着去看暗室。大家进去，但见里面有个妇人，赤着体，被缚在铺上。计全便上前解了缚，叫他穿好了衣服，然后问道："怎么来的?"那妇人道："小妇人姓赵，家住前村。因我丈夫病好，来还愿。前日被这庙内和尚，骗到此间，当晚就要强奸；还有那个少年，也助纣为虐。两人正欲强行，忽听外面响铃乱响，他们就提刀出去，正好老爷们来。妇人要不是老爷们杀来，也只得拼了一死罢了。"说着便磕下头去，谢了计全等人。计全道："你不要怕，咱们已将那和尚杀死。等会子，叫他到你家内送信，着你丈夫来接你便了。"说着计全等又到方丈，就叫那粗大汉，将地甲喊来，把普清交他看管。然后大家同到饭店，就着店小二，去到那妇人家送信，叫他丈夫前来。诸事已毕，这才进城销差。欲知后事如何，且听下回分解。

第二四三回

乐陵县施贤臣断案　谢家庄一枝兰栖身

话说黄天霸等见了施公，就将各节情形，及一枝兰逃去的话细细禀明。施公慰劳几句，一面去传乐陵知县，往王家集踏勘。乐陵县当即前去，龙王庙普清已死，也不追究，即着人掩埋去讫。庙内僧众，及香火等人，一概免究。随后另招清真和尚住持。各事办毕，仍回公馆禀复一切。施公又命乐陵知县，认真缉捕。知县唯唯听命，然后退回本署。施公正拟歇息一日，即赴淮安。次日一早，施公梳洗已毕，才用过早膳，忽听公馆外面，有人喊冤。施公在内听得真切，便着人带来，手下人答应。

施公即刻升堂，只见一个老者，年纪约有五十多岁，手捧状词，跪在阶下。口称："青天申冤!"施公将状词仔细看了一遍，原来是诬控毒死亲夫，求恩申冤的案子。施公看罢，往下问道："你就叫刘丙禄么?"那老人道："小人叫刘丙禄。"施公道："你女儿嫁与李成的儿子李良几年了?"刘丙禄道："已七年了。"施公道："你这女婿向来做什么事业，多大岁数?"刘丙禄道："小女婿读书未成，家中颇有些田产，一向在家管理田务，今年三十二岁。"施公道："你这女婿，向来为人如何?"刘丙禄道："向来和厚。自从我女儿嫁了他，七年以来，连气都未淘过。有时小女向因有个叔子，绝无家产常相借贷。小女不甚情愿，说他从前一样产业，被他败完了。虽这样说，到他叔子婶娘来时，多少都周济他些。”施公道：“照你说，你女儿女婿，是向来和睦的，怎么又将你女婿毒死呢?”刘丙禄道：“去年十二月二十，我女婿出门收讨租账，回来已是日落，我女儿正在晚炊。我女婿腹中饿得很，要吃晚饭。我女儿盛了一碗饭，女婿吃了不一会，就七孔流血死了。其时我女婿的婶母也在他家。见他侄子身死，遂纠同他父母去告，硬说我女因奸谋害，毒死亲夫。后来县大老爷去相验，据报实系中毒，遂将我女儿带去，用刑拷问，只得屈打成招，供出女婿的表弟袁正明。小人冒死前来，大人代女儿、女婿、袁正明三人申冤。”施公道：“袁正明原来作何生理？多大岁数?”刘丙禄道：“袁正明约有二十来岁，亦是读书。”施公道：“你女儿多大岁数呢?”刘丙禄道：“女儿大女婿一岁，三十三。”施公又道：“你女儿可生过小孩子没有?”刘丙禄道：“女儿生过一子一女，男的今年六岁，女的两岁。”施公听罢，即叫刘丙禄好好下去候审；提原、被告复讯。刘丙禄望上磕了头，退出。

施公亦即退堂，着人传知县乐陵县。乐陵县即将原卷亲自送到。施公略一检阅，便问道：“这案因奸谋害，毒死亲夫一案，是贵县承审的么？其中无冤屈么?”乐陵县道：“卑职再三讯问，奸夫淫妇，毫无遁饰。且所招的口供，皆是亲自画供，叩求大人明察。”施公道：“据刘氏之父刘丙禄在本院这里控告，说贵县是屈打成招，竟可有此事么?”乐陵县道：“卑职承审的时节，委无严刑拷问。刘丙禄老奸巨猾。”施公道：“既然如此，明日早堂，烦贵县在本院这里听审。”知县唯唯而退。施公亦进书房，便将原卷重加检阅，也觉无甚疏漏。唯有据袁正明供称：与李良是姑表兄弟，平时并不常相往来。因见表嫂生得美貌，以致成奸，同谋毒毙表兄李良是实。刘氏供称，李良父母供：袁正明系内侄，平时并不常来。至如何因奸谋害不知底细。李成之弟李咸，及魏氏同供：胞侄李良的系为侄媳刘氏毒毙。施公看罢，心中早已明白。

到了次日，乐陵县已将原、被告人证，全行带到。施公升堂。刘氏跪在一面，虽然蓬头垢面，却是和顺从容，绝非厉色。施公道："刘氏抬起头来，问你的话。你今年多大岁数了？所有案情，快从实招来。"只见刘氏哭道："小妇人确系冤枉。去年十二月二十，丈夫出外。傍晚回来，其时小妇人晚炊将好，丈夫叫小妇人盛饭去吃。不意丈夫吃下不一会，就七孔流血死了。彼时，小妇人见丈夫身亡，已魂不在身。忽然叔婆硬说小妇人将丈夫毒死。次日告在县里，经县老爷问了一堂，即勒令小妇人交出奸夫。小妇人真无其事。后因受刑不住，只得招了。"施公又问道："你表小叔袁正明，是几时到你家来的呢？"刘氏道："却年三月来过一次，七月来过一次，十一月又来过一次，以后就没来了。"施公又问道："你表小叔离你家有多远呢？"刘氏道："离小妇人家有十余里。"施公点点头。又叫："带袁正明来。"差役即刻带到，跪在阶下。施公又将袁正明细细的看了一遍，问道："你向来作何生理，为什么因奸表嫂，毒死表兄？从实供来。"袁正明道："童生自幼读书，素明礼教，断不敢作悖逆之事，还求大人明察。"施公道："汝在县里已供认，何以到此又翻供？"袁正明道："大人明见。童生在县里因受刑不过，只得供认，其实是诬报。"说罢痛哭不止。施公又喝："带李成夫妇！"问道："汝儿子冤已可申了，尔的媳妇即刻受刑抵命。数年翁姑，可有什么话说?”李成夫妇走到说道：“刘氏平时极孝顺。我子不知谁人毒死，累得你受此苦楚，我两人好不伤心呀!”刘氏亦痛哭不已说：“你两个老人家，无人侍奉了。”说罢，就大哭不止。施公看见，也觉伤心。又喝问道：“你既未曾谋害，为什么又将奸夫交出呢?”刘氏道：“彼时受刑不住，因表小叔不久来的，就顺口说出，哪里晓得袁正明也就认了。大人的明见，这不是前世冤孽吗?”施公又问道：“李成，你这内侄，是几时来的?”李成又一一供出，皆与刘氏相同。

施公便命李咸合魏氏二人跪下。施公尚未问，魏氏即厉声说道：“叩求大人申冤。胞侄李良实系被侄媳毒死。”说罢，又指着刘氏骂声不绝。施公看见，更加明白，忽将惊堂一拍，喝道：“魏氏你这泼妇！胆敢欺侮本部院？尔胞侄显系是你毒死，所欲未遂，竟暗下毒手。本部院明察如神，尔尚敢欺瞒贻害。”魏氏听了这番话，吓得面如土色。施公细看，更加无疑，喝令魏氏快招。魏氏极口呼冤。施公又喝令用刑。魏氏因受刑不过，只得招出：“原来魏氏久欲谋吞李成家产，凡至李成家，必带砒霜。这日又去，恰值刘氏晚炊，魏氏遂暗将砒霜放下，不意李良因饥先吃，遂服毒身死，魏氏故乘机诬害，施公一一录供，判令魏氏抵罪。乐陵县问断不明，记大过一次。”诸事已毕，次日即赴淮安，且听下回分解。

第二四四回

因投宿李昆降妖　思报仇谢豹行刺

却说施公自乐陵起程，直望淮安进发，走到茂州地界，栖云谷口，已是日落。尚有二十余里，才到茂州。计全道："半山之上有庙宇，大人可暂借一宿，稍避风雨。卑职即上山去，呼招庙内香火，先行打扫，然后来接大人。"计全转身上山，不足半里之路，已至庙门口。抬头一看，见山门上写着四个大字，是"栖云古刹"。计全直入庙内，便有个老僧出来迎接，望着计全说道："贵客何来？尊名上性？"计全道："姓计名全，是奉钦放总漕施大人之命，借宿一宵。但不知大和尚是何佛号？"那老僧道："老衲名悟真，外号守一。贵官既奉命，欲求小寺以避风雨，老衲敢不竭诚相迎。"计全道："既蒙大和尚不拒，还求拣一处稍大的房屋，缘我辈人多，褊①窄恐难栖止。"悟真道："小寺只此二进。老衲只有徒弟一人，却值今日前往茂州，须明午方可回寺。"计全作别下山，见施公具述一遍。施公大众，一起上山，至栖云古刹。施公与悟真见礼后，悟真就请施公在自己上首房内下榻。黄天霸等人皆在外间。其余跟随人等，悉在前殿。悟真将施公让入房内，谈讲了几句世务，即便退出。施公又命人借庙内厨房，预

---

① 褊（biǎn）——狭小，狭窄。

备晚膳。一会子，晚膳摆上，大家用过。

各人正拟安歇，计全、李昆绕入神龛后面，见有两扇门关锁着。心中暗道："不好，明明后面还有一进房子，又是暗室。"想着复出来对计全说道："计大哥，你上了这和尚骗了。"计全便同李五走去一看，果然是不错。说着便去寻找悟真，带怒言道："咱们哪里晓得，你是个奸猾之徒！咱且问你这庙内，究竟几进？"悟真道："原本三进，只因后进这三间，去年出了妖怪，因此封闭起来。"计全哪里肯信，喝道："胡说！咱老爷是从来不怕妖怪的。你赶快将门开了，让咱老爷们进去住宿。"悟真道："万不能开此门，其实有怪在里面。"计全更不耐听，复大喝道："你若不开此门，其中定有别故！"悟真道："今既坚执要开，容老僧去取钥匙，请老爷们进去便了。如果有什妨碍，那时却不要怪老衲之不预言。"说着便取钥匙出来，与计全、李昆二人走到神龛后面，将门开下，复取了个火，让计、李二人进去。二人到里面一看，果然三间破屋，灰尘满壁，久不打扫的样子。计全道："照此光景，方才未免冤屈那和尚了，难道此中真有妖怪么？"李五道："计大哥，咱们且不管他什么妖怪不妖怪，且同你搬到这里住一宿再说。若果真有妖怪出来，好在小弟那口青锋宝剑，也是妖怪化身，拿妖服怪，有何不可？"计全也无可说，就同李五出去，搬了行李，在此住下。却好天霸晓得他们有这个所在，也就搬进来住在一起。施公房内，仍是施安、施孝伴宿。

方到三更时分，计全等正在好睡，忽听神橱里的蟋蟀之声。既而一阵腥风，吹得毛骨皆悚。计全从梦中惊醒，黄天霸、李五亦皆惊醒，三个人立刻起来，抽出利刃，察看动静。不一会，神橱下出来一物，青面獠牙，毛烘烘的一个怪兽，望着计全扑面而来。计全从旁一闪，那怪兽扑了一空了，嘶的一声叫，又向黄天霸扑去。天霸手快，身子一闪，等怪兽来得亲切，迎面就是一刀。怪兽并不避让，空叫一声，张口吐气，直向天霸脸上喷上。天霸只觉腥臊难耐，刚要举刀砍去，忽然恶心上犯，头一晕站立不住，跌倒在一旁。计全见天霸跌倒，赶紧提起朴刀，在怪兽背脊上砍了一下，那怪就地一滚，复跑过来，向计全吐气。计全将刀刺去。李五抽了空，即将青锋宝剑取出，跳出房来，大吼一声："妖怪向哪里走？看剑！"却好那兽听见，一声大吼，正向李五扑来。忽被李昆宝剑一挥，只见一道白光，那兽已迎刃而倒。李五复一剑，结果了性命。此时外面的人通知道了，大家点着火，齐来看视，原来是个山魈①。计全即命人拖去，将皮剥下。一面来看天霸，已是醒了，没事。

看看天已大亮，施公起来，众人请了早安。计全就将昨夜李五降服妖怪的话，告诉了一遍。悟真亦来问候，又谢了李五，歼除妖怪。于是大家用了早膳，施公命施安取了十两银子给和尚悟真。悟真又谢了施公。然后大家起身，直望茂州进发。这日到了茂州，知州林士元当即上了手本禀安。施公随即传见林士元，便问了些风俗民情。林士元一一禀毕，然后退出，仍回本署。一会子又送了许多酒席，大家就开怀畅饮。酒过数巡，计全说道："诸位兄弟，这茂州地界，风俗强悍，难保无歹人匿迹其间，今晚格外防备才好。"一会子酒席已散，惟黄天霸、李五二人，进

① 山魈——传说中山里的怪物。现代生物学将产于西非的一种猕猴取名为山魈。

房安歇，其余皆各执其事。施公连日亦觉困倦，晚膳后也就安歇。施安、施孝不敢全睡，留着一人在房内。关小西、何路通就在外防备。约到三更时分，忽见窗外有个黑影一晃。关小西正要向外面看去，又见桌上丢着一把七寸长的利刃。关小西知道有了刺客，随将利刃就灯下一看，上面有四个小字："茂州谢豹。"小西看罢，即击了一下掌。何路通也知有人，飞步跳出户外，复一纵上了屋顶，追赶前去。毕竟谢豹如何捉拿，且听下回分解。

第二四五回

防里防路通遭袖箭　急中急天霸发金镖

却说谢豹自从那日一枝兰到了他家，请他报仇雪恨，次日就着人迎上乐陵，打听施公住止。谢豹得了信息，算准日期，何时可到。他便预先一日，伏在茂州僻静处所。复又着人暗暗侦探。施公已到了行辕，即得报信。因此，施公日间才到，他夜间便去行刺。却想不到施公这里防备甚严。比及到了行辕，寻找施公卧室，将身挂在檐口，往里一看，还未曾睡，关小西与施安在那里。谢豹便知有了准备，所以将利刃丢在里面。哪里晓得刀是丢进去了，只不见里面的人出来，但听噗的一下掌声。谢豹知道此计不行，因此赶着逃走。到了大堂屋上，只见前面一人，也是短衣扎靠，提着朴刀，迎面砍来。谢豹急架来迎，两个人就屋上大战起来。

此时何路通也就追到，只见前面两人，双刀并举，杀得难解难分。何路通举起拐来，当头便击。谢豹见背后有人打来，急从旁边一让，何路通拐已落空，就此闪电穿针，谢豹的单刀已向何路通左肋搠到。路通说声："不好!"从旁边一跳，约有五六尺远，让过谢豹的刀。却好计全乘势，用了个枯树盘根的法，刀直望谢豹足下砍来。谢豹来的灵便，向上一跃，也就乘势将刀一举，用一个雪花盖顶，向着计全连肩带背砍下。计全躲避不及，即将刀望上架开。何路通一个猛虎下山，双拐一起，直望谢豹搠进。谢豹急转身躯，使了个金蝉脱壳，跳出圈子外面，只见一抬手，早将袖箭放出，直望计全射来。计全瞧得明白，见谢豹放了暗器，赶着避让，那枝箭已从肩上擦过，险些射中咽喉。谢豹见走了箭，不曾射着，复抢一步，提刀又砍。计全急架相迎，何路通亦赶着来助。谢豹力敌两人，紧紧招架，忽听一声大喝："老爷黄天霸来了！"谢豹一听，即撇下何路通、计全来迎天霸。却好天霸的朴刀已到，谢豹赶即架开，也便喝道："姓黄的，休得夸口！知道爷爷厉害么？咱若不将汝拿住，给江湖上朋友报仇，咱就不算好汉。是好汉休仗人多，咱与你双手两拳，杀个对敌。"黄天霸一听此话，气往上冲。两人斗战有三十余个回合，谢豹渐渐力乏不能取胜，望天霸虚砍一刀，说道："姓黄的，咱爷爷今夜杀尔不过，算输在尔小辈手里。"天霸二人手略一慢，早被谢豹跳出圈子外，一抬手又将袖箭放出，直望计全射来。计全赶着躲闪，已是不及，肩窝上中了一箭，跌落下来。只听谢豹又复喝道："姓黄的休要赶，咱爷爷去也！"黄天霸不睬，仍是追上前去。谢豹猛回头，将手一抬。何路通在天霸背后，看得亲切，急喊道："谢豹休得暗箭伤人。"天霸听见，知道谢豹的袖箭又到，赶着闪过。不意那枝箭不曾射中天霸，反将何路通面门上着了一箭，由屋跌落在地，所幸不曾跌伤。天霸见何路通、计全两人，俱被袖箭打落，大怒喝道："狗强盗！咱老爷今若不将尔捉住，誓不为人。"说着复又赶去，转过大堂屋面，方到上房，谢豹已不知去向。

黄天霸正望各处找寻，忽见对屋上一条黑影，直奔自己而来。天霸知道又是暗器，赶着将身子伏下，果然不曾射中，咯的一声落将下来。原来谢豹见袖箭射中了何路通，他即撒腿就走，转过大堂屋面，并未跑至上房，却伏在天沟以内，他想："万一再添上两个帮助擒捉，那时更难逃走，不若先发制人，将天霸射倒，先行回家，再作计议。"因此又发了一枝袖箭，指望天霸出其不意，天霸必然受伤，不料天霸又躲过去。此时谢豹不能再伏在那里，只得提刀抢步前来，又与天霸交手。却好天霸躲过袖箭已站起来，两个人接着又大杀一阵，仍是不分胜负。却好关小西、李昆、白马李大家一起跃上屋面，齐声嚷道："不要放走了刺客！"谢豹虚砍一刀，认定路径，纵身一跃，跳出五六丈外，一声大喝："看箭！"说着手一抬，箭已放出。大家听说看箭，个个防备躲让，谢豹却一溜烟，趁此走了。天霸仍是不舍，相前追去，相离不远，遂掏出金镖，撒手打去，谢豹冷不提防，腿上中了一镖，带着镖跳出墙外，逃走去了。此时已有五更时分了，只得回转行辕。欲知后事如何，且听下回分解。

第二四六回

白杨岗踏勘双飞鸟　茂州庙捉拿一枝兰

却说黄天霸等人追赶谢豹不着，回转行辕，已是天亮。施公已经起身。黄天霸等先去看了计全、何路通，幸喜二人受伤不重，尚自无碍，只要歇息数日，就可痊愈。黄天霸等也就放心，看视已毕，便向内室去见施公，行过早参礼。施公就问起夜间捉拿刺客的缘由。关小西、黄天霸将前后说了一遍。只是追拿不住，已是逃走。施公听罢，当即面谕："仍宜严加防范，恐其复来；一面探访踪迹，以便捕获。"各人唯唯退出。

施公又饬传知州林士元来见。却好士元并未去传先来禀见。当下施公传入。林士元行过常礼，坐在一旁。施公便将夜间行刺的话，告诉一遍。士元听说，只吓得面如土色，目瞪口呆，半晌方向施公请罪，说道："这总是卑职防范不严，有惊大人贵体。待卑职回去，赶紧加差缉捕，务获归案，尚求大人从宽。"施公道："贵州为民父母，既具呈请缉获，姑免惩究。务要限日擒拿谢豹来辕，听候发落。若再延宕，定行参处。"士元唯唯听令，当即告退回衙，加差勒限悬赏缉获，不提。

且说施公早膳用毕，施安、施孝伺候两厢。忽见窗外飞进两只鸟，望着施公哀鸣不已。施公觉得讨厌，便命施安赶去。任着施安赶去，终不出去。施公颇觉奇怪，即命施安：不必赶了。施公便道："汝向本院哀鸣，还有什么冤屈么？"那鸟便将嘴在书案上啄来啄去。施公顺着他啄的样子看去，像写了个"冤"字。施公又道："你当真有冤么？"那鸟又啄了一下。施公会意，即命施安去唤郭起凤、王殿臣。施安出去，一会王、郭两个进来，站立一旁。施公望着二人说道："此鸟有冤，着你两人跟它前去察看。"王、郭领命，出了行辕，直跟到城外。约有十里多路，到了一个山岗，之上栽着杨柳。那两只鸟飞进岗内，歇在一个新葬的坟堆子上面乱叫。王、郭二人便望着两只鸟说道："好鸟好鸟，如果此处坟是个含冤之地，尔再高噪三声！"那鸟果然又噪了三声，转眼间鸟已不见。王、郭两人，就在坟上做了暗记，走下岗来，遇着一个老者，便走上前问道："请问老丈，这个土岗叫做什么地名？"那老者道："这岗唤做白杨岗。"王殿臣又道："此间坟堆不少，想是义冢①么？"那老者道："此地并非义冢。"郭起凤道："既非义冢，何以岗上累累皆是坟墓？我且问你，那新筑的那个堆子，系何人家的？"那老者道："是前村朱家的。"王殿臣道："所葬何人？"那老者道："就是本人说起来，怪可怜的。这姓朱的名唤天佑，今年才二十二岁，家中很过得去，娶亲还不到四年。他本来有个痨病②，指望娶了亲，可以日渐其好。哪里晓得娶亲以后，更加坏了。前月二十，就一命呜呼，还丢下一个美貌娘子，才二十一岁。前五天才葬下去。"王、郭二人听罢，复又问道："你老尊姓？家住何处？"那老者道："老汉姓石，排行第五，人多唤我石五，就住在朱家后村。还没请教你两位尊姓

① 义冢（zhǒng）——旧时埋葬无主尸骨的坟墓。
② 痨病——中医指结核病。

呢!”王殿臣道:“咱姓胡,他姓周。”说罢,与石五就分路走了。

王殿臣、郭起凤也就回城。进了行辕,将刚才情形,并石五所说的话,细细对施公说了一遍。施公点头,即刻命传茂州林士元,带同差役仵作人等,明晨来辕谕话。手下人去讫。到了次日一早,茂州并差役人等齐到。施公当即传见,并将异鸟鸣冤的话,面谕茂州道:“此中显有冤屈,烦贵州随同本部院,前去勘验。”茂州唯唯。此时外面夫轿齐备,施公在大堂上轿,带随计全、李昆、王殿臣、郭起凤,并施安、施孝六人。此时林士元便请王、郭二人,先行同去,皆在辕门外上轿,直望白杨岗而去,不一会已到,茂州将当地保传至,听候施公按临。少时施公也来,下轿便叫王、郭、茂州林士元齐到岗上。王、郭二人,正要指那坟堆与施公看视。只见昨日那两只异鸟,已歇在坟上,望着施公悲哀,又若迎接之状。施公唤道:“好鸟好鸟,不必哀鸣。本部院给尔申冤。”那鸟一闻此言,便自飞去。施公就走进坟堆,周围看过,但见新泥尚湿,青草全无。当即传命地方。地方答应,跪在面前。施公问道:“尔唤什么名字?”地方回道:“小的名唤张标。”施公又问:“尔知这新筑坟堆,姓甚名谁?何时下葬?因何疾症而死?”地方一一回答,悉如王、郭二人听那石五所说一样。施公听毕,即命地方引导,前面行至朱家村,即在朱家升堂。

施公即传朱天佑妻出来问话。朱天佑妻大惊失色,赶紧毁妆,穿了重服,出见施公,拜伏在地。施公见朱天佑妻生得颇为妖荡,知非善类。便喝道:“尔系何氏?”朱天佑妻回道:“小妇人母家姓陈。”施公又厉声道:“本部院亲至汝家,非为别事。只因汝丈夫朱天佑，昨日托梦，跪在床前，诉称被汝害死，求本部院申冤。尔可从实招来，免得受刑吃苦。”陈氏听说，即向施公辩道：“大人在上，容小妇人上禀：丈夫天佑从小妇人未到他家，他即患痨病，于今已有四年。小妇人过门以后，尚为丈夫百般医治，终不见效，里党戚族人所共知。延至前月二十，竟至弃世。小妇人方自痛终身无靠，实命不尤，何敢存谋害之心，致罹悖逆？求大人勿以梦呓为凭。”施公道：“尔休强辩，本部院与汝夫素不相识，何来知其姓名？”陈氏道：“先夫姓名本不可以藏掩，人人可得而知，还乞大人明察，公侯万代。”施公见陈氏委婉辩驳，无隙可指。而见其妖荡之态，必非良善。左思右想：“非开棺检验，不能明白。”主意已定，即命开棺，明日检验。大家立劝，施公执意不行，甘心坐罪。大家不敢再说，当即打道回衙。

次日一早，复至白杨岗，传齐尸亲，并亲族邻里，登山开墓，启棺检视。朱天佑尸身，虽值天热并未腐烂。施公更坚信不疑，随命仵作周身检验，由头至足，不但无致命之处，且无微伤，更非服毒。唯骨瘦如柴，实系痨病而死。施公据报无奈，只得令盖棺封墓。陈氏便上前极口呼冤道：“大人以无凭之言，启墓开棺，翻尸倒骨。小妇人丈夫已死，何辜遭此惨毒？即已检验无据，又欲盖棺封墓，临政爱民者，固如是乎？小妇人实不敢从命。”说罢，俯首大哭不已。施公道：“本部院此举，亦觉孟浪①。我当具奏请命，甘受其罪。尔且暂行封盖，勿再暴露。”复

① 孟浪——鲁莽，冒失。

又命人盖棺封墓而去。回至行辕，闷闷不乐，然终不肯置之不理。

这日沐浴斋戒，亲诣茂州城隍庙祈祷，求神示梦。当夜施公，便梦城隍神差人赠红桃花一盆。施公醒后，仔细详辞，仍命王、郭两人，四出暗访，以便昭雪，暂且不表。

再说谢豹自伤了黄天霸一镖，当即逃走，等到天明，暗暗径回谢家庄去。黄天霸但知谢豹行刺，带镖而逃，不曾捉拿得住，却不知他窝巢在于何处。次日，施公即命金大力："改扮一个补锅的模样，挑了担子，出去私访。如有消息，却不可独自冒险，致误大事。可赶紧回来报信，大家并力去擒。"金大力奉命去后，访了四五天。这日探到实迹，便赶回来，先与大家相见，然后见着施公，慢慢禀道："自从奉大人命，前去私访。这日走到离城八十里外，谢家庄上。小人便叫：'补锅！'庄前有座大庙，庙内走出一人，唤小人进去。那人就拿出一口煮四五斗米的大锅，叫我修补。我见那口锅太大，便先要了价钱，然后问他：'你用这大锅，庙里有多少和尚吃饭？'那人道：'咱庙里和尚倒没有，英雄倒多着呢！'我就假装问道：'什么叫做英雄？要这些英雄何事？'那人道：'你不知道，咱家庄主数日前给人家吃了亏，现要在这庙里，大家聚义，前去报仇雪恨。'我又问道："你家庄主叫什么名字呢?'那人道：'谁不知咱庄主叫谢豹呢?'我又问他：'为首的共有几人?'他又说道：'这有个一枝兰，本领是极好的。'小人听说，便假词说：'这口锅须要火补，才能坚固，今日我家伙不曾带了出来，明日再补罢。'小人就此走了。后又细细探访，果是一枝兰、谢豹，聚集绿林豪客，要等大人经过那个地方，前来抢劫。因此小人就赶着回来了。”施公听罢便向计全、黄天霸等说道：“诸位看这件事，是怎样办法呢?”计全道：“此事还宜从速。”欲知如何捉拿，且听下回分解。

第二四七回

一枝兰茂州庙遭擒　黄天霸谢家庄施勇

话说金大力访明谢豹、一枝兰在茂州庙聚义，要拦劫施公报仇雪恨，回至行辕送信。施公便与大家商议，赶往擒拿。计全当下说道："谢豹、一枝兰二人本领高强，非大家并力前去不可。以卑职愚见，只留关贤弟与王、郭三位保护大人，其余一同前往。今夜黄昏起身，到他庄上不过四更光景。"那时计全说罢，施公点头，大家称善，于是各各退出。将日落之时，便饱餐饮食，换了夜行衣靠，各藏兵器。一到黄昏，即悄悄出了行辕，直望谢家庄进发。

约有四更将尽，已到庄口。金大力在前引路。大家走进庄内，四面一看，见西首一带庄房，周围树林丛密。距庄房处约有两箭远，是一座倒后三进的庙宇，群房亦颇不少，四面围墙甚高，也有树木围绕。金大力遂指着说道："那就是茂州庙了。"大家看罢，悄悄走去。却喜静无人声，钻入树林。忽见远远来了二人。金大力等却躲在树后。一会子，两个更夫敲着锣走了过来。金大力冷不提防，举起生铁齐眉棍，望着前头那个打更的腿上扫。那更夫"嗳呀"一声，栽倒在地，已是昏晕过去。后头一个正要喊"有人"，计全跳出将刀在那人面上一晃，说道："尔若要喊，咱便一刀。"那人吓跪在地。计全悄悄问道："尔可是谢豹家打更的么?”那人道:“是。”又道:“谢豹同一枝兰,皆住前面庙内。因这两日议论拦劫总漕施大人的事,故此常住在此。”计全又问道:“这庙里就是他两人么?”那人又道:“现在只有他两人,并百十名庄丁。听说还请了两位好汉,尚不曾到。”计全道:“一枝兰住在这庙里第几进呢?”那人道:“住在末了一进,各住各处。”计全听罢,便将二人四马倒攒蹄捆了,割下衣襟,塞在口内。

黄天霸等在树上听得真切,当即下了树,向茂州庙前进。这里四人,即由后墙上去。一看是一所院落,当先投了问路石,里面毫无动静,四人飘身落下。且说李昆由檐口挂下,望见窗内灯光未熄,将指尖着些津唾,在纸窗上浸湿,戳了一个小眼,觑着一目窃窥。近看,只见上炕上睡着一人,面却向外。李五定睛细看,正是一枝兰卧在那里酣呼大睡。李五不敢惊动,赶着取出香盒,燃着闷香,丢了进去。这也是一枝兰恶贯满盈,合该当死,一会子药料已到,一枝兰闻着这个香味,周身同软的一般。赶着招呼计全,一起飘身落下,脚踏实地,轻轻把窗格推开,蹿进房内。将桌上灯剔明,取出一根绳索,两人走到炕边,将一枝兰翻转身来,四马倒攒蹄捆了个结实。二人欢喜。计全道:“不若就烦五哥同金大哥,先将一枝兰送回行辕。”

再说计全,见一枝兰已由金大力、李昆押送回去,当即翻身蹿到第二进屋上,大喝道:“谢豹!尔这狗娘养的。还于此处拒敌,死在头上,尚且不知。尔的伙伴一枝兰,已经捉住送回城去了。”谢豹听了,吃了一惊。那些庄丁,通惊起来了。百十名大汉,个个从梦中惊醒,爬起来点上灯火,各执兵器,围绕上来。

谢豹见有人接应，也就起劲，一把刀力敌二人。计全在屋上见庄丁上来围绕，一箭步跳落院心，刀一起逢人便砍。那些庄丁，远远的呐喊助威。谢豹正杀之间，见屋上又跳下一人，把那些庄丁，杀得如砍瓜切菜一般，心中更加着急。将刀一虚砍，天霸即便踊身一纵，跳出圈外有二三丈远，复一跃上了房屋。白马李跟着蹿上，不提防谢豹的神箭打出。白马李尚没站稳脚，面上已中了一箭，立足不住咕咚跌落下来。却好黄天霸见白马李跟着谢豹跃上屋的时候，他也跃上屋顶，站在谢豹背后。谢豹见背后有人，一翻身又想放出袖箭，正要放出，天霸的刀已到。两人就在屋上大斗起来。

计全见白马李中箭落地，赶着上前砍倒了两个庄丁，将白马李扶起拉着就走。那些庄丁见他俩之中，倒有一人带伤，便又围绕上来。计全一面挥刀乱砍，一面说道："尔等皆是良民，赶紧散去。"只见那些庄丁，一闻此言，全向门外逃走。计全又说道："尔等且慢开门，门外尚有埋伏，尔等不知底细，出去必遭杀戮。"众人听说，仍然不走。计全就将白马李交付庄丁看守。众庄丁答应。计全又翻身进来，只见黄天霸与谢豹，仍在屋上厮杀，便大喝一声："黄贤弟，咱来帮你捉这狗娘养的！"谢豹自知难以抵敌，复虚砍一刀，将身一跳，蹿到第三进屋上。黄天霸也越屋而走，赶着掏出金镖，对准他小腿打将出去。谢豹还小心提防，左腿上已中了一镖。谢豹仍想带镖而逃，正要越屋，天霸又发一镖，打中右腿。谢豹站立不住，栽倒下来。计全见谢豹从屋上跌下，即忙跑到后进，但见谢豹躺在院落以内。计全走上前，想来按住，哪知谢豹等计全走到逼近，一举手仍发出一枝袖箭。

计全眼快，赶紧躲让，那枝箭仍在大腿上擦了一下。此时天霸已由屋上跳下，举起刀背就在谢豹右背上用劲搠了一刀。谢豹哟了一声，真是不能动弹。于是天霸、计全取出绳索，将谢豹背缚起来。却好天已大明，计全便走到前殿，开了大门，让何路通进来，把那些庄丁放了出去。计全又唤了两个庄丁，将谢豹抬起来，大家押解回城而去。欲知后事如何，且听下回分解。

第二四八回

施贤臣卖卜访冤屈　老渔翁觅醉吐真情

却说黄天霸等人，将谢豹、一枝兰二人先后解进城来。施公一一讯明，当即就地正法，人人称快。施公见此案已结，心中也觉少了一事。

惟白杨岗一案，虽曾有红桃花示梦，究竟未得其中端绪，必要有个水落石出，才可心安。不然冤屈难伸，还要自请开棺处分。左思右想，暗说要此案明白，必得如此如此。一宿无话。次日用过早膳，施公改扮卖卜的模样，却叫计全改扮摇串铃子的郎中，两人一起出了行辕，沿路细细访去。头一日毫无消息。

直至第三日，夕阳欲下，施公走至一处，清溪曲曲，碧水滔滔，两岸垂杨覆地。见有一人，手执竹竿在那里垂钓。施公走至背后，低低问道："借问一声，此去茂州，向何路径？"那渔人回头一看，见是个卖卜先生，便戏问道："先生善卜，能卜小人今日钓得起几尾大鱼？如果灵验，小人当请先生寒舍暂宿一宿。如不灵验，此去茂州，尚有七八里，现已日落，定赶不到，左近又无客店，住宿一事，即不便相留。"施公听罢，亦戏答道："据我所卜，你可连得三鱼，计重五斤以外。"那渔人笑道："偏且先生灵也不灵。"说着，又将钓垂下。一会子，果获一鲤、一鳊、一鲫。渔人大喜笑道："先生真是神仙也。小人茅舍不远，即请先生权住一宵。"施公也不推却。那渔人提了鱼篓，收了鱼竿，便同施公回去。约走有半里多路，已经到了渔人门首，即请施公进内。那渔人指着鬓发苍白的老婆子，向施公道："这是小人的老母，今年八十二岁，幸尚康健，眼目牙齿俱不曾损坏，就是两耳不行。人家向他说，他便牵七牵八。"又向施公说："先生请少坐，我去换壶酒来。"说着在鱼篓内，捡了一尾鲤鱼，交付他老母去煮。其余连篓子提出门去。一会子酒已换回，却好鱼已煮熟。当下摆了杯箸，请施公上坐，老母对坐，己在中间相陪。

施公向渔人说道："我也太觉洒脱，酒是吃了，宿也有地住了。闹了半天，还不曾问你尊姓大名。"那渔人道："小人姓洪。我也不曾请问先生呢。"施公道："我却姓方。"又道："我看你如此壮年，怎么无妻室？"渔人道："先生你说是壮年，小人已六十三岁了。怪不得大家送我个外号，叫我做红如桃哪！"施公听说"红如桃"三字心中早已惊诧，正欲开口再问。只见红如桃又道："先生若说我不娶亲，不瞒先生说，我只因老母，不便远去，不然早已去做和尚了。我是最看透的："天下最毒妇人心！娶亲有什么好处？"施公听他说"妇人心"一句，更觉有些引线，便假词说道："照你这样说，难道天下妇人心皆是毒的？娶了亲都是要死于非命么？"红如桃道："这却不知。因有一件事，是我亲目所见的。先生是个忠厚君子，旁又无人，说出来谅也不妨，但请不能泄漏。不瞒先生说，小人平生最好赌钱，刻不去心。有时赌输不能偿还，还得作无耻不堪的事。六月十八，因吃酒醉了，有个朋友又来约小人去赌。不料大输，不得已只好再做那不堪之事。久知前村朱天佑家颇有钱财，而且朱天佑久病在床，他家只有一个妻子，似乎易于得手。主意已定，等到十九，三更时分，由朱天佑家后墙扒入屋面。先听了一听，俱已睡熟，声息毫无。便从屋上跳下，走至朱天佑房外，向里一看，见房内灯光未灭。于是躲在窗下，意欲等房内灯灭了，再行下手。等了片刻，复在窗外往里去看。哪知不看倒也罢了，这一看，小人连魂都骇掉了！”施公又问道：“为什么可怕呢？”红如桃即忙说道：“此言大有干系，若先生誓不泄漏，我方敢说出原委。”施公道：“既然如此，我便发一个誓。”红如桃复又说道：“小人往里一看，见病人卧在床上，呻吟不已。他妻旁着这身子，坐在床前，低着头，在那里想心思。一会子，忽然站起来，将桌上灯重新剔亮，又点一枝蜡烛，向床后面招了招手。只见轻轻有个少年走了出来，两个人附耳小语，说了一刻。他妻复开了箱子，取了一匹白绢，将病人的口缠了个结实，两人又将病人抬至床下，把两双只手背缚起来，伏卧在地。褪下裤子，露出尻孔。又取过一个小坛子来，开了坛口，捉出一条小蛇，将蛇头纳入竹管。又将竹管对定尻孔，用香火烧著蛇尾，蛇被烧急了，既由尻孔窜入腹内。那病人口不能言，只听大喘一声，死于非命，病人气绝。又同那少年复将死者抬到床上，那背缚解去，白绢扯去，两人相顾而笑。小人惨不忍看，于是一跃上屋，恨恨而回，先生你想娶妻如此，有何恩爱？岂不是最毒妇人心吗？”施公道：“这妇人既谋害亲夫，难道死者竟绝无亲族，前去申冤么？”红如桃道：“朱天佑虽遭不测，却身无微伤。数日前正有个总漕施大人，说是朱天佑托梦求他申冤，特来开棺相验，只验不出伤来。恐怕他老人家还不了呢。”施公道：“你既知底蕴，何不去首告呢?”红如桃道：“非我亲戚，不干已事罢了!”时已三更，两人便去安息，后事如何，下回分解。

第二四九回

洪家翁具状代申冤　陈氏女认供甘抵罪

却说施公听了红如桃一席话，便叫他报告申冤，红如桃不肯多事，因此施公就在他家住了一宿。次日一早，便作别要走。红如桃又叮嘱再三，万万不可泄漏。施公答应，然后回城，这且慢表。

再说计全同施公出城暗访，到晚仍不得消息，只得回城。等到上灯过后，大家不见施公回来，个个都有些疑惑。黄天霸便问："计全，不知道大人怎么到此时还不回来呢?"计全道："咱就同你们前去朱家庄再走一遭。"又前后各村察访察访，到得日午，只得回城。两人才进行辕，金大力先说道："大人已回来了。"计全、关小西二人，赶着走向书房，见施公饭才用毕，便给施公请了安，站立一旁。施公又向他两人道了劳，叫他们坐下，然后将红如桃的话，说了一遍。计全、关小西道："这皆是大人为民心重，不肯使民间有负屈之人。"说罢，缓缓退出。

当下施公又传人去传茂州。一会子，茂州已来，便转入书房相见。施公又将红如桃所说的话，告诉一遍。林士元唯唯而听。时交申酉，有人进来禀道：红如桃已经提到。施公便命带进来。少刻，将红如桃带入书房。施公便服，众官站立左右。红如桃颤伏在地，不敢仰视。施公拈须微笑道："尔但抬头，毋需战栗。

尚识前夕把酒共话之卖卜者乎?”红如桃抬头一看,即磕头如捣蒜道:“小人有眼无珠,死罪死罪,望求宽恕。”施公又笑道:“本部堂决不罪尔,尔毋需恐惧。但朱天佑被妻害死,尔可细细再说一遍,让人知道不错。”红如桃听说,又磕了个头,就从头至尾,又告诉一遍。众官听说,无不恨恨。

施公立刻出了飞签,饬人协同茂州差役,将朱天佑之妻陈氏,并邻舍亲族,齐提到案。施公升堂。原被人证,环跪阶下。施公先向朱陈氏喝道:“尔这无耻淫妇,谋毙亲夫,尚敢讳言抵触。本部堂今已访明见证,朱天佑实系为尔谋毙。尔当从实招来,已属罪无可逃。本部堂若不与尔对证,是决不肯招。”遂命红如桃对质。红如桃便将十九夜间之事:如何在床后招出男子,将绢匹缠口,如何背缚伏地,如何取出小蛇,纳入竹管,对定尻道,如何用香火燃炙蛇尾,小蛇负痛,由尻①道窜入腹中,病者大喘一声而死的话,与陈氏对质了一遍。施公道:“陈氏!你听见么?此时尚有何辩?”陈氏禀道:“大人明见,这红如桃所说皆荒诞之言,若以一面之词为凭坐小妇人之罪,大人还请三思,不可偏信。”红如桃禀道:“小人那夜实系亲目所睹,愿具甘结。”当即具结画押。施公立刻传齐差役仵作等,备好舆马,率同茂州知州、尸亲、原被人证,重复登山,开棺检验。仵作细意检验,果见大肠以内,有条死蛇,约有七八寸许。仵作遂检出来。呈送施公详验。施公验毕,又命人盖棺封墓,然后率众回辕。原被人证,以及尸亲、邻舍,饬差暂行看守,听候晚堂复讯。

---

① 尻(kāo)——臀部。

施公少歇片刻，留茂州在辕晚膳。席间茂州知州，谈及此案，说道："陈氏刁猾，酷虐惨毒。若非大人神明，不仅死者含冤难伸，问官且不免处分，大人明察，卑职实佩服。"施公道："断狱悉皆避重就轻，以耳代目，行个通详禀稿，就此了事。或有难于推诿之案，当堂提讯，则又审问不当。"茂州连连称是。

少刻，晚膳用毕，饮了一碗茶，复升堂研讯。茂州仍坐公案左侧，众官环立两旁，书差衙役齐立阶下。施公命提陈氏。差役答应，即刻提到，跪在下面。施公喝道："开棺复验，确有凭据，谋毙亲夫，毫无遁饰。尔尚有何狡辩？快快从实招来，究竟奸夫何人？因何起意？若再仍旧强辩，本部堂将尔立毙杖下。"只见陈氏禀道："大人明察：尸腹有蛇，必系控告之人，暗地埋伏。不然，何以红如桃确凿有凭，愿具甘结呢？大人不严治，因衅诬告，私自盗棺之罪，反诬坐小妇人谋毙亲夫，小妇人实在受屈。"施公大怒，将惊堂木一拍，大喝道："证据确凿！谁诬尔来？尚敢狡展，以图嫁祸。"喝令掌嘴。两边一声吆喝，将陈氏扭翻面孔，一五一十，打了四十。陈氏仍然不认。施公又喝令鞭背。手下又剥去外衣，一连鞭了一百下。陈氏仍然不招。施公又令取过夹棍。差役将陈氏两腿夹起。陈氏受刑不过，只得喊道："大人请命松刑。小妇人愿招了。"施公命松了刑具。

陈氏跪在下面，望上说道："小妇人自嫁朱天佑为妻，彼时天佑已被痨病有半年之久。小妇人过门后，医药无效，日渐沉重，延至去年腊月，竟至卧床不起。小妇人犹望他病好，并无歹心。不意小妇人的表兄潘慕安，这日来看丈夫的病。见丈夫已是卧床，谅不会好，便暗地与小妇人说道：'表妹，你自嫁朱天佑，没过一天好日子。现在看看要死，不是误了你青春么?’因此触动小妇人心事。后来有个乞丐，拿着一条小蛇。小妇人与表兄，忽生毒计：将蛇买回，蓄在坛内。十九日夜间，遂与表兄谋害。当时以为得计，不料难逃大人明察。小妇人谋毙亲夫，实在该死，所供是实。”施公便命画了供，暂行收监。一面飞签，立提潘慕安到案。次日潘慕安提到。施公升堂讯问，始则狡辩，后命陈氏对质，一一供认。施公便判朱陈氏谋毙亲夫，律应凌迟处死；潘慕安诱奸表妹，谋害妹夫，律应斩立决。即命茂州知州就地正法。红如桃报告申冤，着于朱天佑遗产之内，酌分良田二十亩赏给，为养赡老母之计。又命择族中诚实子弟，立为朱天佑子嗣。此案断毕。后事如何，下回分解。

第二五〇回

中途遇盗又失金牌　狭路害人猝逢铁匠

却说施公往淮安赴任，这日已至徐州府所属安乐镇。也是一个通街要道，镇市上店铺林立。只因天已黑暗，施公使命人找了客店。大家进去，自有店小二上来招呼。店小二就在店后腾出一所上房，共计四间。施公宿在上首一间，施安、施孝、黄天霸、计全、王殿臣、郭起凤、关小西、李昆、李七侯、何路通、金大力各人，分别住下。小二送进茶、水。大家擦了面。用过茶，计全对小二道："你铺里有什么菜？拣那投口的，只管拿来。"小二答应出去，一会子，先将酒菜搬进，饮了一回酒。店小二又将饭送进来，大家用饭已毕，陪施公闲话。施公道："你们很辛苦了，早些去歇息罢，我亦要睡了。"各人退去安睡，不表。

到了三更时分，忽然施公喊道："你们快起来，有贼咧！我的那件东西，又不见了。"大家惊醒，四面一看，连影都没有。无奈何，只得回房禀告。但见施公拿着一张白纸帖儿，在灯下观看。口里说道："上面分明写着：'桂兰女子赛云飞到此盗去金牌。着黄天霸去取。'你道此事，不是愈出愈奇么？难道真是个女子盗去不曾吗？若真是女子盗的，这女子可也比得当年的红线盗盒了。"大家听着发怔。唯有黄天霸咬牙说道："既是这帖子上写明要卑职去取？请大家宽限十日，卑职若取不回来，提头请见。”施公道：“黄贤弟不必尚血气之勇。他若无把握，何敢指明黄贤弟去取？其所明指贤弟者，正激之以去也。贤弟若受其激，是入其圈套矣！”计全道：“据卑职愚见，须要去访，请一人帮助，才得妥当。”施公道：“是哪一个呢？”计全道：“离此约有百里，名叫褚家庄。此人姓褚名标，从前也是绿林出身，早经洗手不做。今年六十多岁，生得精神满足，最为爱友，而且慷慨好施。北路一带，无不知他名字的。不知大人意下如何？”施公喜道：“计贤弟之言，甚合吾意，就此办法便了。”说罢，大家仍去歇息。

施公一人逛至店堂外面，与掌柜的说道：“要寻个热闹地方去逛一逛。”掌柜的道：“此地没有大窑子，只有两家土娼，也不见怎么好。倒是前数日，从海州来了个走马卖艺的女子，约有二十来岁，生得怪体面的。而且有一手好武艺，能在马上飞舞，惯使的把双刀，还有好几枝袖箭，能在百步之外，打着香头，百发百中。在绳子上走路，就同飞的一般。更有一件奇怪，拿着数十斤的东西，可以站在人的掌上舞。并不是在他同来人的掌上，是我们本地人去看他的把戏，站在那里，他随便拉着一人，不论老婆子、小女子，却不拉汉子，叫人伸出手来，他就轻轻跳上舞起来咧！这托他的人，好像没有个人在的。”施公听说，心内有点明白。又问道：“掌柜的，你可知他姓甚名谁？”掌柜的道：“这姓名倒没听说。”施公道：“你知他住在哪家店里？”掌柜道：“听说住在西大路陆四房。”施公道：“你去喊了，陪咱们闲话一会子，多给他些钱，不知可做得到么？”掌柜的正要回答，只见店小二在旁说道：“你老要去叫他，待咱给你老先去问他，可行不行？”施公道：“你且快去快来。”店小二答应着，就出门去了。一会子，店小二回来，向施公说话：“你老可不要怪，小的跑到陆四房去叫，说是今天带亮走了。”大家听说，便道：“一定是他了。”黄天霸道：“咱们就此赶去，将他擒了来。”李昆道：“黄兄弟，不要心急。他此一去，你知他望哪条路走路？依我说，是计大哥那一着好。”施公到了晚间，将那房饭算明，给了店主，一宿无话。

次日大家起身，不过未末申初，即抵徐州境内。施公进城，就行辕住下。府县又递呈手本。施公即刻传见。府县行过衙参，坐列一旁。施公先问些风俗人情。杜家槐一一禀过。施公道：“如贵府所言，是定有一番善政了。”杜家槐道：“卑府才疏识浅，还求大人训示，俾得遵循。”又与铜山县杨继曾谈了一会，也觉为人尚属清正。施公便道：“前日住在安乐镇，夜间约有三更时分，忽将金牌盗去，还留下一张字贴，自称桂兰女子赛云飞到此盗去。贵府平日曾有所闻这女子名号么？”杜家槐、杨继曾见说此话，站起来告罪道：“此皆卑府等缉捕不力，以致如此。俟卑等赶紧加差，勒限严缉，按律惩办。”说着就此告辞。

次日，施公便去回拜府县，兼阅案卷，看了许多，无非田土细故。即有盗劫等案，皆系已定罪名，并无疏漏之处。只有一件系铜山县境内，刘家村张六，报称伊父张有德早间出外卖布，至暮未归。当据邻村王三送信：张有德在土沟地方，被人杀毙一案，至今凶手未获。施公再看卷上日期，七月十三具控。现在十月，已经是三个月了。便望杨继曾道：“这张六所控伊父被人杀死一案，已悬三月，何以仍未定谳？”杨继曾道：“卑职屡次比差，务获正凶，迄今未获。现仍悬赏在外，断不敢有意延宕，致使凶手漏网。”施公亦即回辕坐下，将张有德被人杀害的命案，说了一遍。忽见金大力在旁说道：“小的早间在西街闲逛，见有个铁匠店内在那里吵闹。小的站在外面，看了一回，原来是铁匠的老婆，望着铁匠骂道：‘你这杀头的，现在不知何处得了几十块钱，就认不得人，忘记从前的日子。自己做的事不明白，还要寻着打我，同你到县里去喊冤！’铁匠还是要打，后经人劝开了方没事。小的看那人凶恶异常。”毕竟所访如何，且听下回分解。

第二五一回

褚家庄副将访英雄　铜山县凶徒受国法

话说金大力看见铁匠夫妻相打，因他凶恶，便疑他是张有德的凶手，所以对施公说了一遍。施公听说，便命金大力再去细访，是否属实。大力答应去访，暂且不表。

再说施公因失去金牌，计全虽然去访褚标之论，只因才到徐州，又值府县秉见，施公调阅民词等事，因此又缓了一日。现在诸事已完，黄天霸向施公道："大人金牌失去，卑职要往褚家庄访那褚标。"施公道："贤弟一人独去，我却放心不下。不若仍烦计贤弟同去，彼此好有个商议。"黄天霸道："谨遵大人吩咐。"计全当时也就答应。施公道："你们明日再去罢！"两人唯唯听命。计、黄将应带之物收拾妥当，先去安歇。次日一早，带了盘费，各藏兵器，便向施公告辞。

走了三日，到了褚家庄上，但见黄叶半凋，清流徐绕。行去约半里便是庄屋。只见朝南三座大门，中间人门外站立两个庄丁在那里闲话。二人上前问了一声道："伙计们，你们这里可是褚家庄么?"庄丁答道："正是。"黄天霸道："你家老庄主在家罢?"庄丁道："在家呢!"黄天霸又道："烦你进去说一声，说外面有两个人，叫黄天霸、计全，特来拜访，务要相见。"庄丁答应进去，走入偏室，望着褚标说道："现在门外有两人，特来拜访的。”褚标听说，便命庄丁开了正门，出来说道：“我家老庄主，有请二位相见。”黄、计二人听见，跟着进去，过了院落。但见有个老者，约有六十开外年纪，须发半白，步履雄壮，从厅上走下来。计全心中早已敬服。忙同天霸赶着走上前去说道：“上面敢是褚老英雄么?”褚标见二人恭敬和平，英雄气概，不觉暗暗夸奖。遂道：“二位远来，有失迎讶，尚乞恕罪。”黄天霸、计全亦同声答道：“岂敢！岂敢！”说着已走上阶台。褚标让进客厅，彼此行礼，分宾主坐下。庄丁献了茶。黄天霸、计全道：“晚辈久仰老英雄芳名，无由得见，今幸不弃，得见英颜，足为钦慕。”褚标道：“岂敢！岂敢！老朽家居株守，日就颓唐，回忆少年，皆成往事，惟闻二少年英雄名世，弃暗投明，上为国家栋梁，下为苍生造福，前程远大，功业昭垂。老夫散闲，望尘莫及，惭愧之至。”黄天霸道：“晚辈无知，过蒙厚奖，实不敢当。虽现在博得一官半职，而绿林强人，与晚辈等不共戴天，欲复仇寻衅。晚辈等，又因施大人忠心为国，不敢遇事畏避。故此，皇上愈看重晚辈，晚辈之仇愈结愈深。甚至以杀兄逼嫂为名，欲将晚辈置之死地。不知恶党庄之事，亦迫于不得已为之，岂好为此残忍之举？老英雄高才卓识，不知以为然否?”褚标道：“令兄令嫂，同时弃世。依老朽看来，实他二人不识时务，非怪贤弟残忍不仁。黄天霸复说道：“老英雄明见使晚辈得明心迹，惟恨相见太晚。既蒙知许，以后请以叔侄称呼。”褚标大笑道：“既如此说法，老朽便放肆了。”计全、黄天霸二人齐道：“这是当得呢！”

褚标道：“今二位贤侄到此，是从哪里来的呢?”黄天霸道：“小侄实不敢瞒，有一事奉求老叔帮助。前数日行抵安乐驿，大人那块金牌，三更时分盗去，留下一个纸帖，上写：‘桂兰女子赛云飞盗去金牌’，并指明要小侄去取。小侄当时就要去访，后来大人一再拦阻，复经计大哥在大人前说项：欲知金牌失落何方，桂兰女子究住何处，必得叩问老叔方可明白。今特奉大人之命，与计大哥竭诚到此，叩求老叔指教，帮助一二。”褚标道：“原来他也要去同贤侄作对，可就难说了。这桂兰女子，老朽是知道的。他本姓张，住海州凤凰岭上，就是凤凰岭张七的女儿。这凤凰岭张七，在江湖上，也是大大有名的人。他却只生一女，生得极其美貌。可是生性骄傲，跟着他老子，学得一身好本领，飞檐走壁，身如轻云。所以他自己起个外号，叫做赛云飞，却是名实相符。又惯使袖箭，百步之外，百发百中。若要去捉此人，贤侄可不要恼，却是有些扎手。旁的不说，就是他那住处，就不容易上去。四面埋伏，不知道的践踏埋伏，就要被擒。更兼他父女两个英勇无敌。贤侄一人，恐不能料其必胜。就是计贤侄同去，也未必能拿到手。”只见黄天霸勃然变色道：“老叔不必见怪，小侄偏要前去。看他怎样厉害。连计大哥也不要同去，只小侄一人独往。若不将他父女或拿或杀，我黄天霸誓不为人！”褚标一面听他说，一面见他形色，真是敢作敢为，暗暗称赞，方欲开口，计全一旁说道：“黄兄弟听不了半句话，便要跳起来。褚老叔既认得姓张的，此事便好了。还求褚老叔设个法儿，能够善开交更好。”褚标道：“张七后因一件买卖，我劝他不要做，他不信，因此恼了。现已好久不来，必得请个人来，方能了结。”计全道：“老叔所说这个人，姓甚名谁？还求指教。”褚标道：“说起这人光景，大约二位也可知道。此人姓朱，名光祖。”计全道：

“就是朱大哥，小侄等也会过的，这就更好了。”说罢，褚标就写了一封书，叫庄丁往请朱光祖，不表。

再说金大力，访那铁匠，果是凶暴异常。回禀施公，施公即传知铜山县，将他捉拿前来，当堂拷问。那铁匠道：“小的名叫吴仁。因往乡间做工，回来天晚，走到土沟地方，见有个卖布的独行，肩担着钞袋，颇为沉重。小的不合见财起意，将手中铁锤，出其不意在卖布的头上打了一下，便见他脑浆俱出，死于非命。小的即将钞袋扛回，有青钱六千，纹银一锭。所供是实，叩求开恩。”知县命人录了口供，又叫吴仁画了押，并拟了死罪抵赏。先行收禁。一面申详上宪，俟公文到后，即处斩不提。

再说计全、黄天霸二人，等褚标去请朱光祖前来。却好朱光祖并未接着褚标的信，忽然而来。欲知朱光祖说出什么话来，且听下回分解。

第二五二回

群雄聚议褚家庄　光祖独上凤凰岭

却说朱光祖并未接着褚标的信，偶然来访。忽见黄天霸、计全在此，惊喜交集。大家相见已毕，便问黄、计二人道："闻说大人已赴淮安，你二位何以到此？"计全道："自别以后，沿途多有磨折，一言难尽。现在是保护大人前往淮安。不意在安乐镇，二次失去金牌，为张桂兰盗去。素知大哥与凤凰岭张七交情甚厚，本意登门奉求。但大哥行踪无定。后闻褚老叔知道大哥踪迹，因与黄贤弟先拜褚老叔，转烦褚老叔指明路径，再行登门奉求。乃褚老叔体贴小的等跋涉之苦，嘱小弟等住在此处，由老叔作书奉请。今幸大驾不速而来，是真天假之幸也。"褚标道："朱贤弟，你却不可推诿，须去走一遭才好。"黄天霸道："小弟本欲独往，褚老叔相阻，故未前去。最恨金牌盗去，还留下个字帖，定要小弟去讨，你说叫小弟可能耐得？今幸大哥前来。"光祖道："贤弟且休着急。愚兄既受褚老英雄之托，又得贤弟叮咛，岂敢推诿？但此事必须从长计议，想个尽善尽美的法儿方好。"说着，庄丁摆上酒肴，大家入座。朱光祖首位，计全对面，黄天霸上横头，褚标主位。三巡以后，黄天霸又问："朱大哥，你竟想个什么法儿？"只见朱光祖站起身来走到褚标面前，将手一拉道："老英雄到这里来，有两句话同你斟酌。你老可知张桂兰盗去金牌的用意么?”褚标道:“咱是猜详不出来。”光祖道:“张七久知天霸本领高强,欲将张桂兰匹配与他。又怕天霸虽是绿林中出身,现在做了官,倘要闹起官派来,不肯同你做亲,此件是一。又恐天霸虽肯,施大人不行,徒然岂不又落话柄。因此无意中与女儿谈起天霸本领来。张桂兰便说道:‘爹爹你常说天霸的本领高强,你女儿倒要同他比个高低。’后来张桂兰打听得施公有钦赐的金牌,他便前去盗来,并指明天霸去取,这其中就有了深意了。明日先去一遭,姑作前去做媒。他若肯了,将金牌取回,我再去见了施公,说明此事,以便择日迎娶。他若不肯,再作商量。总之,张七并无杀害之心,时常夸奖天霸。争奈张桂兰骄傲太甚。如果叫他见着天霸,也是愿意相从的。”褚标道:“据老弟所说,固怕天霸不肯,还怕桂兰不与天霸比高下断不肯相从的。”光祖道:“你老这话,实在明白。我们现在去,可向黄天霸如此如此,先将他定住。然后再去那里,善为说法,看是如何,便好计议了。”褚标道:“老弟之言,甚合我意,就此做法。”

说着走了出来,仍然归座。庄丁捧上热酒。褚标端杯在手,先望计全丢了个眼色,计全会意。然后向天霸说道:“老朽与朱贤弟计议了一个绝妙主见,此时却不便告诉。可是要贤侄先答应了,事成之日,不能改齿。”天霸不知他二人葫芦里卖的什么药,满腹狐疑,不便启口。计全道:“贤弟你只管答应,不要学那妇人见识,疑疑惑惑的。”天霸不得已,只得允了。计全见天霸已允,复向二人说道:“黄贤弟业已遵命。倘金牌取不回来,那时褚老叔与朱大哥,又将何如?”褚标、朱光祖道:“如果金牌取不回来,咱俩定然以手代足,来见你俩。但是天霸若有更改,咱俩便唯你是问。”停了一会子，饭已用毕，抽着空儿，褚标又将前话对计全说明，计全好不欢喜，一宿无话。次日朱光祖便辞了褚标，并天霸、计全，直向凤凰岭而来。

走了两日，这天已到。先在门口问明：“在家不在家?”庄丁回道：“朱爷是今天来的，如果十日前来，可碰不见庄主了。咱庄主回来，刚有五天，现在家呢！你老请进去罢!”朱光祖听说，便知张七是同他女儿一齐去盗金牌了。只见庄丁引着，朱光祖到了里面。请光祖在客厅上坐下，庄丁进去通报。一会张七出见，道：“贤弟何来?”朱光祖道：“特来道喜!”张七道：“何喜之有?”朱光祖道：“兄得快婿，非喜而何?”张七道：“此话怎讲？愚兄并未得什么快婿，贤弟莫非误闻。”朱光祖道：“兄与弟情同手足，何作此欺人之语？兄无快婿，弟何敢言？而且有人欲为令嫒作伐，虽红丝相系，千里姻缘，若无人执柯，亦属不成体统。弟今此来，一则为兄道喜，要做个毛遂自荐自居为冰人。弟所谓兄得快婿者，即兄常言之人也。今日天假之缘，以钦赐金牌为媒。褚大哥本拟与弟同来，但恐老哥难释前愆，相见反为不美。因此坚嘱小弟：先为致意，做媒吃酒，缺一不行。尚望老哥成事不说，和好如初。若以弟言为然，则褚大哥改日必当登门敬谢。”张七半晌答道：“褚大哥前者之事，贤弟是尽知的。愚兄虽有不是，褚大哥亦未免过于激烈。他但知一己之见，不顾大家受得受不得。愚兄因此才老羞变怒的，事后追想也是过意不去。屡想前去，只恐他念起旧恶，使愚兄难以为情。今既蒙褚大哥不弃，又得老弟前来，愚兄敢不遵命。至于小女之事，黄天霸虽称英勇，愚兄亦不过偶尔道及，何得以闲谈之言，据以为实。且施不全金牌，已为小女盗去，现在彼此已成仇敌。况小女盗那金牌之时，曾留下字帖一纸，指明要黄天霸来取，是小女与天霸又成仇敌了。以此两重仇怨，方欲报之不可，还说什么姻缘呢？若谓贤弟极思饮酒，愚兄好酒是现成的，绝不鄙吝。”毕竟朱光祖说出什么话来，且听下回分解。

第二五三回

凤凰岭光祖下说词　褚家庄天霸负豪气

话说朱光祖与张七说了一番，张七不肯应允。朱光祖恐怕再说便决裂。张七便命庄丁取出酒来，两人对饮，绝不提起要金牌联姻的话。朱光祖端杯在手，喝了一口酒，自叹自道："古今多少英雄，只为这'名利'两字，争了许多人出来。究竟这名可真好么？其实皆身外之物，可惜人皆看不破。还有一说，身前赫赫，到处闻名，岂知人生不过百年，到那一抔黄土的时候，连自家妻子骨肉总不能顾了，还说什么名利呢？最可笑者，有一种情痴之人，自己固以名为重，还要在儿女身上争个不了。即如施公他要做个清官，不落骂名，所以到处吃苦了。再加江湖上那班朋友，也是为不服气，要想名偏要出门来争个高下，到后来人亡家破，留下骂名，这是何苦呢！"张七听得这番话，晓得朱光祖是说的自己，说道："朱贤弟这话，固然不错，但是为父母的，在儿女身上也要用点情才好。若说天霸，虽是英勇，只不过道听途说，我又不曾见过，品貌武艺，究竟如何？况且我女儿生性骄傲，也是我过于溺爱，此时后悔无及。实不瞒老弟说，就是盗取金牌，哪里是我的意见，也是你侄女存了个好胜的心。料想黄天霸晓得此事，必然亲自前来。那时你侄女，与他交锋，本领如果真好，品貌也真好，再作计较。今日贤弟既来为他说项，如果黄天霸依我三件事，我便将女儿与他；若有一件不肯，可莫怪我执傲。”朱光祖听说：“是。但不知哪三件？七哥你说。”这张七道：“第一件，要黄天霸亲自前来，我与他比个高下，再与你侄女比试比试。”朱光祖道：“这件事做得来。第二件，我女儿过门之后，我便将此间一切物件，全行搬到他那里，与他合住，要他养我终身。我女儿添了外孙，第一个要过继我。”朱光祖道：“这也使得。”“第三件却要施不全出名，为天霸择配，应用婚帖，要写施不全的名字，还要施不全去请褚贤弟与老弟作伐。如果答应，叫他即日纳彩①，我便将金牌送去；倘若不行，断不遵命。”朱光祖道：“以上两件，总可依得。唯有第三件，七哥似过于作难了。小弟且将上两件，先行允下，那第三件，俟同褚大哥商议后，三日内当来复命。且还有一说，若黄天霸赢得老哥，赢不得令嫒，那时又便如何？”张七道：“既是老弟为他所虑，只要他赢得愚兄，也就遵命了。”光祖道：“七哥一言既出，驷马难追。”张七道：“难道愚兄还有更改吗？”光祖道：“好极了，承爱承爱。小弟就此告辞，改日再来复命。”张七也不复留，送出大门。

光祖不敢耽搁，走了一日，已到褚家庄内，当即进去。褚标一见，即问道：“贤弟，如何说法？”计、黄二人，也向他道了乏。朱光祖坐下，望褚标说：“行是行了，话却长呢！”将张七的话，说了一遍。褚标道：“第二件最易做，那第一件，却不可与天霸说明有婚姻一事，只说张七要他前去比个高下，无论输赢就把金牌送出。我与贤弟同他前去。唯有第三件，实是难办，如何

① 纳彩——古代定亲时男方送给女方聘礼叫纳彩。

是好?”朱光祖道:“小弟也是这般想法,必得出个妙计,将此圆了才好。”正说之间,计全走了进来。褚标将张七对光祖的话,光祖答应张七的话,告诉了一遍。又将与光祖所议的话,也说了一遍。计全颇为喜欢,道:“明日褚老叔、朱大哥与黄贤弟前去之时,我便赶回徐州,将这话对大人说明。再求大人必可应允。等大人允定了,我便赶上凤凰岭去送信,将金牌先行取回,然后择日迎娶。万一大人不行,也可另想别法。但是黄贤弟面前,万不可说出,连第二件的话,也不可说。只照褚老叔所议最妙,少时再见事论事。”褚标、朱光祖大喜。复走出来,厅上酒也摆好。

朱光祖肚里饿得鬼叫,吃了两杯酒,先自吃饭。褚标复向天霸说道:“刚才据朱贤弟所说,张七并非有意为难,不过张桂兰好名心重,且仰慕老侄的英勇,欲老侄前去一走。今朱贤弟与他说明老侄:‘不是无能之辈,他本拟要自己到贵处亲取金牌,是我等苦苦相留,因此彼此皆有会路,何必因此致伤和气?所以特地前来解和。今既无相害之心,系因仰慕所致,彼此欲相会相会,这也有何不可?就便比试比试,也无甚要紧。’因此朱贤弟约定张七,三日后我与朱贤弟同了老侄,三人前去相会,谈论些刀枪棍棒,以后便可往来了。”黄天霸道:“早知张七这等说法,又何必烦朱大哥偏劳一趟。今既如此,咱黄天霸不是受人挟制的。咱便与他较量较量。倘咱黄天霸将他伤了,褚老叔,朱大哥,你二位可不要怪咱做事鲁莽。”天霸打定主意,暗说:“咱若与他二人同去,便借他的势力,觉得不敢独去,岂不败坏咱一世英名?”因此存了这个心,负了气,遂瞒着人,竟连夜越墙而去。欲知黄天霸前去如何,下回分解。

第二五四回

天霸夜走凤凰岭 计全急回徐州城

却说黄天霸越屋而走，众人天明方知。计全道："天霸此走，恐闹出岔枝儿来，还要请褚老叔、朱大哥同去一趟。到了那里，便可与他们和解和解。"

单说黄天霸离了褚家，急急前进，走了两日。这天已晚，才到凤凰岭地方，他便拣了个客店住下，自有小二招呼。天霸用了晚饭，便问道："店小二，此地离凤凰岭，还有多远?"店小二道："此地到凤凰岭不过六七里地方。你老敢是要到那里寻张七么?"天霸道："咱与张七前在褚家庄会过一面，现在要去拜望。听说他里面，俱有埋伏，因此先要问明，然后上去，省得周折。你可知道上岭路?"店小二道："小人也曾听见人说。由此上岭，先是大路，约有半里的光景，反要从那曲折小路而去。若仍向大路走去，那里皆是埋伏，如若陷在埋伏里面，他便将人带回庄盘问。若是好人，便自罢了，倘若不对，关锁起来，不放下岭。"天霸又问道："他家有多少屋子?"店小二道："你看那岭上，所有的房子，全是他家的。你老请早点歇罢!"说着，小二走了出来。天霸暗暗说道："幸亏问了人，不然还要遭他擒了。"便靠在铺上，歇了一回，约有三更，便起来换上夜行衣靠，带了百宝囊，藏了金镖，提着朴刀，悄悄出了房门，越屋而走，直望凤凰岭去。

不一会，已到岭下。登时上了岭，记着店小二的言语，先由大路去。约走了半里，借着星光向前面一看，只见黑丛丛一带树林，中间有所庄屋，前后约共三五进房屋。再向路旁一看，果然有条小路。又走了约有半里，已至庄上。四面一看，一带围墙，墙头上密排着三尖刀、铁蒺藜，若要越墙过去，万万不得。复上前又看了一个土墩，天霸上了土墩，四面看去，就在此墩右首，围墙转角，那里有道小小的双开门，却是关着。天霸看罢，心中想道："此必是他家后门了。既负气到此，若不进去，哪里还有脸见他们?"说着，便向百宝囊中掏出软索来，一抬手，拔出几根铁蒺藜，将脚立在围墙上面，复将软索收起。转过身来，向里面望下去，乃是一座坑厕，便由此跳上正屋，正好是上房。遂蹑住脚，蹿到檐口，将身挂下，只听房里有个女子声音，说道："爹爹若果赢得天霸便罢了。如天霸赢得爹爹，或赢得你女儿这两口刀，那时便听爹爹做主。"又听一人说道："我儿不是这样说法。为父的已预备下两把竹刀，天霸此来，必同着褚伯父、朱老叔到此。见面之后，为父的便同他先行比试。我儿若要与他比个高下，我便将竹刀拿了出去，你与他再比，免得动了兵器，总有一伤。我儿且听为父的话，不要过于执傲，由着自己的性子。你今年也二十二岁了。"天霸听了一会，又从窗格眼内望下一瞧，见一个老的是男子，一个美貌佳人。看罢心中暗想道："难道张七说这话，还要将他女儿嫁我不成?他若果有此心，我得了一个才貌兼全的老婆，也可助我一臂之力。我此时倒不及先行下手，不要埋没人家一片好心，但不可不给他个凭据，要他知道我已经来过，听见这话才去的。一来显显本领，二来就是褚老叔、朱老哥明日来了，也好卖过情在他二人身上。”主意想定，便取一只金镖，对准房内他们坐的那椅子后面壁上，一撒手，打了进去，却好中在上面。天霸见金镖已中，登时出了围墙，直望客店而去。

张七正与张桂兰坐在椅上，忽见嗖的一声，赶着上前一看，原来是只金镖。张七笑道：“此镖只有天霸会使。”桂兰听说“黄天霸”三字，便取了朴刀，蹿出房外，一个箭步跃上屋面，去赶天霸。哪晓得天霸早已走了，连个影儿都没有。心中暗道：“人说黄天霸本领高强，照此看来，果然不错。”

且说施公，自从黄天霸、计全两人往褚家庄探信，七八天不见回来。忽见施安禀道：“计千总回来了。”一会子，计全跟着施安走进书房，行了礼，又代天霸请安。施公命他坐下，计全坐在一旁。施公问道：“褚家庄所访之事如何？黄贤弟为什么不同回来？”计全便将以上情形，说了一遍。施公听罢，便向计全笑道：“照你如此说法，本部堂失去金牌，黄天霸得了一个妻小，实是意料不到。如今金牌可曾取回呢？”计全道：“只因张七务要大人出面主婚。还要大人去请褚标、光祖两人作伐，即日纳彩，然后方将金牌送去。此事天霸还不晓得，唯恐告诉他这件事就要决裂了。而且张七父女，本领出众，天霸恐非敌手。不过说张七要与他比试，比及天明卑职等方知他越墙而走，这特请褚标、朱光祖二人赶去，料想绝无妨碍。故卑职先回，给大人送信，二则面求大人，许了张七之言，公私两济。卑职等有个变通章程，只须如此如此。”不知计全说出什么话来，下回分解。

第二五五回

英雄尚义巧遇良朋　女儿多情面求佳婿

却说计全想出变通法儿，向施公说道：“卑职愚见：最妙下一道札谕，先云招安，后说为天霸择妇。在大人既不失身份，在张七又有光辉，即天霸亦感激大人的恩德。卑职再前去作说，此事断无不成。至褚标、朱光祖二人，只须拿大人的名贴，向他们说一声，他两个自会答应，此外别无难事。”施公听说，遂道：“照此办法，甚合吾意。”即令施安请幕府议稿，即刻缮就，交计全带去。

且说黄天霸在张七家内留下金镖，仍回客店，不过四更时分。天霸独自靠在炕上，胡思乱想道：“张桂兰那个女子，真算是才貌双全。我黄天霸若得了这个老婆，平生之愿已足。只可惜一件，张七现虽洗手，当日即是强盗出身，若不将金牌盗去，我就跪求大人许我婚娶，也还可以答应。张桂兰呀，你既有心于我，太不该去盗金牌。”又想道：“我幸亏不曾莽撞，若把他父女杀了，不然将他伤了，不是负了褚老叔他们的好心吗？”只管乱想，想困极了，方才睡去。至次早，店小二送进面水。天霸洗了脸，便到外面，四处观望。走到店堂，忽觉褚标、朱光祖二人走进店来。天霸正要招呼，褚标已经看见，便唤道：“黄贤侄，你是几时到的？”天霸道：“昨日晚上到的。”褚标道：“你叫咱们赶得好苦呀！”说着，天霸将他二人让进里面，招呼店小二拿茶。小二答应，将茶摆在桌上，便自出去。褚标道：“贤侄既如此，为何还不去呢?”黄天霸道：“不瞒你老说，昨夜已去过了。”褚标道：“既已前去，为何又转回来？莫非不识路径，恐陷入埋伏么?”天霸道：“这也不是，小侄前去的时候，本是负气而行。及至到那里，在他房上，只听里面一男一女，唧唧哝哝的说话。小侄听了一会，只听出两句，说什么‘等你褚伯父、朱老叔来再议。’知是张七父女，因此小侄不曾下去，恐怕有负你二位盛情。后又想到，我既到此，若不给他们个凭据，也免空跑一趟。遂将金镖取出一只，由窗外打入房内。一来显显小侄的本领，二来叫他们知道不敢藐视，三来给你们二位做个见证。不然，小侄说去过了，你二位都不会相信。”褚标听说，便望朱光祖丢了个眼色，说道：“黄贤弟，据你说来，碍着老夫与朱贤弟面上，我看来倒可不必。如果要去，今晚我等在这里等候，看贤侄建功立业，你能将桂兰擒下岭来，或竟将他杀了，老夫便从此佩服。何必碍着我两个薄面，致使贤侄不能速取此牌，未免有负豪兴。”天霸被褚标这一番话，说得哑口无言。朱光祖在旁赶着说道：“褚大哥，不是这个说法。黄贤弟既看你我薄面，这也是他的好处，不可埋没人心，为今之计，吃过饭便同黄贤弟一阵上岭。见着张七，大家说开了，便没有事。万一张七要与黄贤弟比试，贤弟就计较计较，也是我辈应分之事。”黄天霸道：“二位先去。咱初更时分，仍是由高而进。那时二位等咱下来，比这同去，较为体面，却不可先行说出，此去见着张七，还要姑作问他，咱曾去过没有？等到咱去的时节，以后之事，便由二位做主便了，可不要叫咱太弱。”褚标道：“咱们好去了。”朱光祖答应，登时出了店门，竟望凤凰岭而去。

不一会已到，当由庄丁通报，张七便笑迎出来。三人到了厅上。张七先向褚标道：“些须小事，何足介怀？既已说明，更当格外相契。”庄丁献上茶。张七又道：“咱俩数年不见，老哥竟老得多了。”褚标道：“贤弟也老好些。我们皆无能为了，只好看那些后辈作一番事业罢！”说着，张七便叫庄丁将张桂兰唤出来。庄丁答应进去。少时桂兰出来，张七便叫桂兰给褚伯父、朱老叔见礼。桂兰一一见礼毕，站在一旁。褚标说道：“这位侄女越发长得脱跳了。竟不是女孩子气派，居然能做出一件惊人事来，可羡，可羡。”张桂兰转身向里走去。复问张七说道：“黄天霸曾来过没有？”张七道：“他是来过了，还留下一只金镖。等我们出去追寻，不知去向。”朱光祖道：“我们本来约他同来的，忽然夜间不见了，我就晓得他是一定到此，所以我们也赶着下来，不料他来而复去。他要与我们同来，觉得面子上不好看。到此不即动手，是看我们的薄面。留下金镖，是显得他的武艺，这便是他用意了。”褚标道：“此话有理。”光祖道：“今晚他必前来，望我们才到没有。我们今夜可要留心，等他来时，硬把他叫了下来，拜见丈人老子。”张七道：“贤弟不要戏谑愚兄，前说之话他究允与不允？”褚标道：“有什么不允。得了这样好老婆、好丈人，还有什么话说呢？莫说二件，就是三十件，也是依的。老弟你放心，将来还要得貤封①呢！”说得三人笑了一阵。张七道：“老哥你这么大年纪，还要戏谑，这是何必呢？”褚标道：“我可惜没有这样

① 貤（yì）封——这里是说，张七若以女桂兰嫁黄天霸，将来黄得了功名，连妻子、丈人也会逐个得到皇家荫封的。貤，重叠、重复。

女儿。如果要我有，一定要与你抢了过来。人品好，武艺又好，江湖上有哪个不知？现在放着堂堂的副将大老爷、皇上家三品命官，眼见得你女儿做了诰命。老弟虽不以为意，愚兄实是羡慕。”光祖道：“你不用急，叫他给你做干女儿，你不是也做了干丈人咧么？”褚标又向张七说道：“如果天霸今夜来时，我们叫他下来，你倒怎么说法？”张七道：“不瞒老哥说，总与他比个高下。”说着天已黑，摆上酒来，三人入座用酒。一会饭毕，又坐在那里闲话。忽听见院中有块石子一响，张七听得真切，即便走到院落内，一个箭步跃上屋面。毕竟张七如何与天霸比试，且听下回分解。

第二五六回

鸳鸯楼天霸大战　凤凰岭计全下书

却说张七看见有个人站在鸳鸯楼屋上，便一个箭步跃上屋面。褚标、朱光祖知道天霸到了，便跟出来。看见两个人在屋上已交起手来。遮拦隔架，蹿跳蹦纵，煞是好看。真是“棋逢敌手，将遇良材”。两人正在酣战之际，忽见后屋上一条黑影，如燕子穿帘一样，飞了过来，并不打话，举起朴刀，直望天霸便砍。天霸急架相迎。朱光祖知道是张桂兰来战天霸。只见天霸毫不惧怯，一把刀力敌两人，挡过张七，便砍桂兰，又掷张七。只见三人战在一处，难分难解。忽听张桂兰说一声：“姓黄的！你张小姐杀你不过，咱走了。”说着虚晃一刀，跳出圈外。天霸见张桂兰并无破绽，忽然不战，知是他要放暗器，正在防着，已见一枝袖箭到了面前。天霸顺手用刀一拨，那枝箭落在屋上。转手才要去战张七，只见自己的刀早被张七隔在一旁，张桂兰第二枝袖箭又到了。天霸身子一偏，一个箭步，离了原处，将第二枝袖箭又让过去。天霸急取出金镖，一抬手直望张桂兰腿上打去。张桂兰两足一纵，这只镖在屋面上擦了过去。张桂兰躲过金镖，复又起手，第三枝袖箭又望着天霸射来。却好天霸见前一只镖被张桂兰让过去，也急急的将第二只镖取出，对准张桂兰肩头打去。两人各放暗器，一转眼到面前。黄天霸便伸出右手，就说一声：“不要去！”在半腰里将那枝袖箭抓住。张桂兰见天霸的金镖又到，也说了一声："好，留着配个对儿！"一举手将镖接在手内。褚标、朱光祖二人看得真切，便喝一声彩道："真是配对呀！"张桂兰知此话大意了，遂一转身蹿过后屋。褚标见张桂兰已走，便向上喊道："你俩下来歇一会儿，再议罢！"又道："张贤弟，你未免坐家欺人了。黄贤侄一人独战你两上，咱姓褚的不服气。你下来，咱与你战二十合。黄贤侄，你也下来帮着你老叔，还他个两战一。"张七、黄天霸两人听说，只听噗噗两声，都跳下鸳鸯楼。

褚标上前，遂拉着天霸说道："独自来要给他家父女欺了。"朱光祖道："你老莫这样说，你说天霸给人家欺，咱说天霸很愿意呢！"褚标道："这是为什么呢？"光祖道："天霸若与咱们同来，必不会同他们这样大战。那时天霸既不能卖弄武艺，何能杀得配对呢？你道他愿意不愿意呢？"说着，已将褚标邀到厅上，大家坐下。褚标道："黄贤侄，好镖呀！"朱光祖道："如果没有这样好镖，怎么配这样好箭呢？要好是大家好，不好倒不能配对了！"天霸道："你们不要说闲话。请你老给姓张的说一句，叫他将金牌速速交出，咱回去销差。"褚标听着，使喊道："张老七，你还出来招呼招呼人家。"张七即来到厅上。大家又复行坐下。褚标又望张七说道："特来为你们解和。天霸的本领你是见过了，你父女两个的武艺他也见过了，都是不相上下的。咱通知道的。只等一个人来，便好计议。但现在可将金牌交出了。"张七道："金牌是在这里，咱要它没用处，我便给他。难道他这会子就走吗？且有你俩和好，不能不尽地主之情。"褚标道："好，咱就遵命。明日可将金牌交出来嚧。"张七道："褚大哥你从前很爽快，怎么现在变了？你们今日可早点歇息罢！咱是去睡了。"说着转身向后而去。褚标大家安息。

次日一早，褚标等尚未起来，张七已出来敲着房门喊道：

"还不起来么?"褚标听见，大家起来，净面漱口，用早点毕。只见庄丁进来禀道："门外有个姓计的，从徐州而来，要见庄主与朱爷呢。"诸标忙叫开正门迎接。只见计全从门外走进，望着褚标道："违教又两三日。"褚标接着说道："你到来的甚快，那事件怎么说了?"计全道："托庇行了。"一回头，见张七在侧，彼此见了礼，坐下。计全见天霸在旁边，即带笑道："恭喜呀!"天霸道："喜从何来?"计全道："这样喜事，还不喜么?"朱光祖道："计贤弟，你上门欺人了。只知给黄贤弟道喜，难道不给张七哥道喜么?"计全道："不错，是我荒唐。"于是又给张七道喜，张七也谢了。计全这才坐下，庄丁送上茶。诸标又问道："施大人怎么个说法？请教请教!"计全便在身上将那件札谕取出来。褚标拆开一看，但见上面写道：

钦差大臣头品顶戴一等侯爵漕河总督部堂，兼巡按都御史施，为示谕事。照得，自古英雄，半居草莽；从来巾帼，堪比须眉。豪杰奋兴，皆属国家之助；名媛静好，尤为父母之光。此所以版筑渔盐①，建一代承平之治；关雎麟趾②，启万年风化之原也。本部堂恭膺简命，总督漕河，所经大邑通都，无不采风问俗。凡遇英豪杰士，必将虚己以求；侠女名姝，要使择人而字。上为朝廷储国器，俾草野共庆明良；下为斯世重人伦，使内外皆

---

① 版筑渔盐——这里是说，当官的要注意人民各种生产事业，风调雨顺，国实民殷，以"建一代承平之治"。版筑，以木板夹泥，用杵筑之，后泛衍为土木营造之事。渔盐，指渔盐生产之业。

② 关雎（jū）麟趾——《诗经·周南·关雎》："关关雎鸠，在河之洲。窈窕淑女，君子好逑。"关雎喻青年男女爱情。麟趾，《诗经·周南》中赞美文王子孙多而贤，犹麟之趾。此处是用关雎、麟趾来赞美张桂兰与黄天霸两人缔结良缘，将来子孙满堂。

无旷怨。兹访得凤凰岭张七，老夫未耄，犹有雄心，有女及笄，偏多侠骨。何事隐身涧谷，朽木同摧？莫教待字深闺，摽梅①兴叹。兹有本部堂随员黄天霸者，官居副将，不世奇英，勇冠群伦，干城上选。正谱求凰之曲，谁歌鸣凤之章。② 乃千里姻缘，牵于一线；三生夙约，订自百年。所望月老多情，早修谱牒；差幸冰人有属，愿执斧柯③。六礼既成，吉期待卜；百两以迓，佳话永传。从兹夫唱妇随，喜看佳人附凤；更羡冰清玉润，竞夸快婿乘龙。本部堂有厚望焉！尔壮士其亟凛之毋违，特谕。右谕壮士张某遵此。

年　月　日　谕

大家看毕，褚标向张七说道："贤弟，施大人如此，可谓恩威并用。你再有何说？"张七已是满心欢喜。便命庄丁，赶速整备酒席，给老爷们洗尘。计全道："就算是褚老叔、朱大哥两人请媒酒罢。"诸标、朱光祖道："请媒酒，也是要吃的。今日先洗尘，明日再说别话。"大家又笑了一阵。计全道："张七哥，大人那件谕帖，你可收好了。我们这位黄贤弟，反复无常，恐怕他后来不认丈人，你可拿这谕帖，同他讲理。"说得

---

① 摽梅——《诗经·周南》"摽有梅，其实七兮；求我庶士，追其吉兮。"后喻女子已到出嫁年龄。

② "正谱"句——司马相如追求卓文君时曾作诗："凤兮凤兮归故乡，遨游四海求其凰。"《左传》中有"凤凰于飞，和鸣锵锵"。传说中还有萧史与弄玉吹箫引凤的爱情故事。人们因此用奏凤、凰之曲象征青年男女的爱情。

③ 斧柯——《诗经·伐柯》："伐柯如何，匪齐不克……取妻如何，匪媒不得。"后把伐柯、斧柯喻为做媒。

大家又笑了一会。酒席摆好了，张七让计全首座，褚标对座，朱光祖在褚标肩下，黄天霸上横头，张七主位，真是开怀畅饮。说不尽美满风光，直饮到日落西山，方才席散。欲知后事如何，且听下回分解。

第二五七回

施贤臣假神断山　黄天霸缴牌复命

话说大家席散，张七便将金牌亲送出来，交给天霸收好。于是各人闲谈了一会，厅上已点得灯烛辉煌。约至初更以后，张七又备出酒来，大家仍然原位，入席痛饮。等到散席，已是三更将尽，各人且去安歇。次日又留计全、褚标、朱光祖、黄天霸四人，盘桓了一日，依旧盛席款待，不必细讲。

到了第四日，天霸、计全皆要告别。张七不敢久留，只得答应。二人便辞了张七，并褚、朱二人。张七为托计全代谢施公，并求施公就近择吉迎娶。计全答应。于是二人一揖而别，直回徐州。褚标、朱光祖也各自回去，不表。

再说施公，这日接下一张状词，是本地一个秀才与一个捐职互控占夺坟山，已有二十余年，皆未结案。施公阅词已毕，便传知府县，将历次所控案卷，即日汇齐呈送，以便检阅。并限明日午堂，齐集原被人证，听候提讯。府县奉谕之后，赶将历次互控卷宗送至行辕。施公随即开勘两造词呈，均极在理，毫无疏漏之处，前后看毕，摆在一旁。到了次日巳牌时分，府县均已齐集。施公当即传见，彼此谈了一会，便命升堂。

有差役将原、被告带上，跪在下面。施公在上看他两人，一个衣冠华美，年纪不过四十上下；一个形容枯槁，贫穷不堪，年纪有七十开外。施公便先问衣冠华美的道："你叫什么名字？因何占夺外姓坟山?"那人道："职员姓曾，名唤本厚。只因职员曾祖，价买本县草山坟地六亩，为葬柩之地，相延已久，并无异说。直至职员生父去世，奉柩入山，以备安葬。忽有本学附生屠念祖，上山霸阻，坚说此地系伊所买。彼时职员向伊理论，屠念祖坚执不行。后来职员不得已，只得具控。奈因据契失落，无从凭验，以致二十余年，皆难断结。今闻大人神明，洞鉴烛照无遗，故此跪求，上渎公听。俾得水落石出，以安祖宗，而儆刁顽。"说罢，跪在一旁。施公又问："屠念祖，这据曾本厚所控，尔系霸占坟山，胶庠忝附，何得如此妄为？尔宜从实诉来，本部堂当为尔了结。"屠念祖道："大人明见，生员一介寒儒。何敢妄认祖宗，希图霸占坟地？只因祖上遗产，本为后代营葬之用，一旦为人攘据，不但于心不安，且无以上对祖宗。不得已，只得具告，以凭公断。无奈曾本厚，挟资甚大，贿赂通行。历任父母，皆属偏于一面，以致二十余年积案，均未能断结。"说罢，也跪在一旁。施公见两造均说得恳切，毫无漏隙可乘，且皆以大义指辞，不能指摘，遂婉委说道："汝两造为祖兴讼，历久不忘，实属孝行可嘉，不失水源木本。五日后登山验看，尔等齐集听候，以便本部堂判断便了。"屠念祖、曾本厚均唯唯遵命而退，府县亦告退回署。

施公退入书房，左思右想，实在为难。一想，此案必须如此如此。光阴迅速，已交五天日期。这日施公预备登山，判断坟地。却好府县已到，施公便传了进来，望府县说道："前日那争坟一案，本部堂筹思数日，毫无端倪。"忽见施安匆匆忙忙进来，跪下禀明："外面人马俱已齐集。"施公在大堂上轿，直望草山而去。不一会，已至草山。屠念祖、曾本厚早在山上伺候。施公下轿，随即升座，传屠念祖、曾本厚听断。施公望下说道："两姓不忘根本，实属孝思不匮。本部堂念尔等孝行，连夜斋宿城隍庙，求神示梦，为尔等判断是非。乃蒙城隍指示：命本部堂登山勘验，自有本山土地神具告一切。当为尔等秉公讯结。"屠念祖、曾本厚两造仍伏在地。忽见施公离座，望各官说道："本山土地神已至，须设座。"手下人答应，便在施公上首设下座位。施公便屈身作揖，作迎接之状，复又望空一揖，又谦让了一会，这才就本位偏身座下，若作与土地神对语。少刻，施公望上首座位上答应道："是。"又道："承尊神指示，施某当照此判断。"说罢，又向屠念祖、曾本厚道："本部堂顷奉神命：谓曾本厚实系诬告，此山本系屠念祖之祖所遗。本部堂自应遵照神示判断。但念尔等，皆系孝思所积，一经结断，是其子孙方准登山展祭，非其子孙即不准过问。今尔等当拜别祖宗，过此以往，便不能齐到此山祭扫了。"两个人皆唯唯遵命。施公又命两造拈阄，以定先后拜别。屠念祖拈得在先，施公便命先拜。屠念祖走到墓前，草草的磕了三个头，站在一旁。施公又命曾本厚去拜。曾本厚走至坟前，拜伏在地，放声大哭道："子孙为祖宗结讼多年，不辞劳苦。今施公祷神得梦，并有土地神暗中指示，说是此山系屠姓所遗。指子孙为诬告，究不知真伪。为子孙的，亦永远无祭拜之日了。"说罢，号啕痛哭，晕倒在地。两旁观者，无不代为太息。

各官众人正在叹息，互相议论。忽听施公命带屠念祖到案。只见屠念祖走至公案前，又伏在下面。施公问道："今将此山判断归尔，尔尚有他说么?”屠念祖道：“生员历控二十余年，所争者此也。今蒙断结，仍归原主，生员尚复何言?”施公忽将惊堂木一拍，喝道：“尔尚敢如此强辩！希图霸占，显系老奸巨猾。试问你与曾本厚拜墓情形，人所共睹。不但不知自愧，反存攘夺之心。本部堂若不念尔曾领青衿，定即从严究办。究竟此山系尔攘夺，抑系诬告曾本厚么？从实招来，或可从宽免罪。”屠念祖叩头谢罪：“实系心存攘夺，还求大人宽恩。”说罢汗流浃背，俯伏在地。施公又命人役将曾本厚扶至案前，说道：“尔诚孝行可嘉，不愧为真孝子。本部堂已问过屠念祖，具呈霸占，遵断切结。”两造退下，众人无不佩服。施公回辕，府县亦即告退。

再说黄天霸、计全取了金牌，赶回行辕复命。却好施公才断了坟山回辕。黄天霸、计全当即随着施公，进入内室。施公坐下。黄天霸上前给施公请了安，又谢了准其婚配张桂兰的恩，然后将金牌呈上。施公接去，望着金牌说道：“不料钦赐这宝物，竟为黄贤弟结下姻缘。”施公又问下书情形。计全一一禀过，并将张七求代施恩就近择吉，为天霸迎娶的话说了一遍。施公道：“如此甚好。”欲知天霸何日联姻，且听下回分解。

第二五八回

凤凰岭黄天霸联姻　菊花庄郝其鸾行劫

却说施公允许天霸就近择吉迎娶，不敢怠慢。天霸、计全站立一旁。施公命二人坐下，说道：“黄贤弟大娶吉期，今择定出月①初六，是个上吉良辰。但迎娶一层，途中颇为不便，莫非就在凤凰山入赘，两有裨益。今送黄贤弟纹银三百两，以二百两置备衣服首饰，及新房动用物料，以一百两给张七为赘费。计贤弟可同李五贤弟相送前去。顺道再将褚壮士与朱壮士请了为媒。若张七不肯招赘，可在凤凰岭左近，租所房屋，就近迎娶。但有一件，我却不能在此耽延，早晚就须起身。我沿途平安无事，自可克日接印。若遇土豪恶霸，以及民间冤屈，还须理结理结。”天霸道：“大人实在无微不至。但蒙赏银两，卑职万不敢领。其余各节，悉遵吩咐。”施公道：“贤弟若以此为太菲，竟却之不受可也。否则，不必存些客气。”黄天霸不敢再辞，只得谢了恩，然后将三百银子收起。施公又道：“你今前去，能将你丈人，及褚标、朱光祖三人，一起约上淮安，为国家出点力，帮助帮助，更好。”计全道：“张七是一定去的。他从前三件事内，就有叫黄贤弟与他同住，养老送终。至于褚标、朱光祖，也不便勉强。”说

---

① 出月——过了本月。

罢，天霸、计全退去。施公安歇。天霸又将施公所说之话，告诉李五，即请同行。李昆道：“大人委我送亲，怎敢辞却？但是愚兄也要预备菲礼才好。”天霸道：“五哥，劳你前去，已是万分感激，贺敬实不敢当。”次日，计全、李五便同天霸出外，置买物件，诸事齐备。第三日，即拜别施公，前往凤凰岭入赘。到了初六日，洞房花烛，不过那些俗事，不表。

单说施公见天霸去后，过两日却起身前往淮安。行抵宿迁县境，菊花庄口。忽见前面土岗子上，冲下一阵人来。当先一人，坐在马上，头戴英雄巾，身穿玄色湖绉洒花战袄，下踏薄底快鞋，座下一匹黄骠马，手端一杆方天画戟，生得颇为英勇。率领着多人，蜂拥而至，直望施公刺来。关小西赶即催开坐骑，迎了上去，大喝一声：“好大胆的狗强盗！留下名来。”那人亦大声喝道：“好小子听着！咱乃菊花庄庄主郝其鸾爷爷是也！尔亦将姓名留下，俺爷爷戟上不挑无名之人。”关太大怒，喝声：“草寇坐稳了！咱仍钦差总漕施大人标下参镇府关太是也。咱大人正要剿灭尔等这一伙草寇，今是自来送死。”郝其鸾大怒，劈面就是一戟望关太刺来。关太急架相迎，将倭刀往上一掤，那支戟已折了一段。郝其鸾吓了一跳，赶即将戟杆举起正望关太当头打下，却好关太的倭刀削去画戟，复一刀砍了进去，郝其鸾说声：“不好！”又将戟杆挡住。那知关太的倭刀是削铁如泥，这戟杆怎挡得住？刚一碰着，又削去一节。郝其鸾将马一拍，跳出圈子外，赶着掣出宝剑，兜转马头，复与关太交手。两人大战约有三四十合，不分胜负。

这边白马李飞舞朴刀，前去助战。郝其鸾见又来了一将，并不惧怯，仍是飞动宝剑，望关太胸前刺来。关太将宝剑拨开。白马李朴刀又砍过去。郝其鸾赶即招架，才算撇开朴刀，关太的倭刀又到。郝其鸾力敌两将，抖擞雄威，大喝一声，这一剑往白马李面上刺去。白马李说声："不好!"急急躲开，肩膀上已刺了一剑，幸亏不重。关太见白马李被剑刺中，复喝一声："狗强盗!休得猖狂，咱关老爷取你狗命。"话犹未了，倭刀已往郝其鸾颈上砍来。郝其鸾说声："不好!"身子一让，险些儿被刀砍中。此时二马过门，郝其鸾才兜转马头。关太来得快速，又一刀，往郝其鸾迎面砍来。郝其鸾一声喊叫，把马一拍，如飞逃去。关太哪里肯舍？紧紧相追，看看追上，郝其鸾带转马头，与关太战了数合，复又逃走。

关太仍是紧赶，前面有座土山。郝其鸾转过土山，忽然不见。关太仍在后相赶，一抬头见前面马上来了一个女贼，生得颇美貌。头扎元色湖绉包脑，身穿元色湖绉洒花紧身，下穿元色湖绉洒花扎脚战裤，窄窄的一双小脚踏着镫，坐下一匹银鬃马，手执两柄绣鸾刀，愈显得丰姿绝世，窈窕动人。关太在马上，已看得魂出窍了，忽然听得娇滴滴一声喝道："来将快报名来！咱姑奶奶刀下不伤无名之将。"关太听得呼唤，赶紧答道："俺老爷乃钦差总漕施大人标下参镇府关太是也。"只听那女子说道："俺姑奶奶乃菊花庄庄主郝其鸾之胞妹，郝素玉便是。"关太道："你的哥哥郝其鸾，已被老爷杀败。你这小小女子，有何武艺，敢与老爷对敌么?"郝素玉大怒，飞马舞刀直望关太杀来。欲知胜负如何，且听下回分解。

第二五九回

关小西大战郝素玉　何路通私探菊花庄

话说郝素玉大怒，舞动绣鸾刀，直往小西砍到。小西急忙接住，两人交上手大战起来，哪知郝素玉的绣鸾刀是异人所赠，刀法亦名师所传，更兼他有两柄软索铜锤打人，百发百中，也不亚张桂兰的袖箭。关小西见他刀法精纯，那绣鸾刀未曾削折，遂暗暗惊道："看这女子，小小年纪，武艺甚是高强。倒不可小视他，倘不经心，败于这小女子之手，岂不为众人耻笑，坏了咱半世英名？"于是抖擞神威，你来我往，只见刀光闪烁，马足奔腾，两人战有三四十合，不分胜负。郝素玉见不能取胜，便卖了个破绽，望关小西虚晃一刀，喝道："咱姑奶奶战尔不下，今日算输与你了！"说着拨转马头，奔驰而去。关小西紧紧相赶，约离一箭之地。忽见郝素玉大声喝道："来者休得追赶！看姑奶奶的利器，取尔狗头！"关小西听得清切，猛一抬头，郝素玉用软索铜锤，已向自己的面门打至。关小西说声："不好！"身子一偏，左手将偏缰一领，那马从旁边跑了过去，软索锤竟被他躲过。郝素玉见打不中，才将那锤收回，忽见关小西的马，已至身后。关小西来得急快，举起倭刀，便在郝素玉右腿上搠来。郝素玉也来得灵捷，那马已跑远了。二人复兜转马头，互相恶战，又战了有二十个回合，仍是不分胜负。两边齐声喝彩，他二人也各自暗暗夸赞。忽见郝素玉将绣鸾刀架住关小西的兵器，口中说道："姓关的，今已天晚，姑奶奶要回庄歇息，明日再战罢！"说罢，将刀一撇，把马一拍，如腾云驾雾一般，平空飞去。关小西哪里肯舍，仍追赶一程，因赶不上，只得回来。见着施公，具告一切，并禀明郝素玉约定明日再战。施公答应，随命众人，就近觅了客房住下，一宿无话。

次日一早，关小西饱餐战饭，取了兵器，请施公并众人督战。施公允准。关小西上马，大家也上马同行。走了一里多路，却好郝素玉也骑着马而来。关小西一马冲出，两人又交起手来。一个如猛虎归山，一个似蛟龙出水。一男一女，又整整战了五十回合，仍是不分胜负。关小西力敌不过，暗想道："咱何不用拖刀计，擒他便了。"主意想定，猛然卖了破绽，拍马便走。郝素玉拍马也就赶来。看看赶得切近，忽见关小西，突然将身翻转，一刀直往郝素玉砍到。郝素玉本来防备着的，见关小西用出拖刀计便喝一声："来得好！"将绣鸾刀把倭刀隔开，复一刀往关小西肩上砍下。关小西赶即架住。二人复又交手，又战了五十合。关小西道："尔敢步战么？"郝素玉听说跳下马来。关小西也下了马。郝素玉道："咱再与你战一百合。"关小西先抢了上首，摆开架式，两人正战起来，一来一往，战到有三十个回合，仍是不分胜负。施公远远看着，遂命人喝道："关将军与那女子，今日且各歇息！明日再决雌雄。"关小西听得明白，不敢违拗，便虚晃一刀，跳出圈外说："咱老爷奉命罢战，留你再活一日，明日擒你便了。"郝素玉也住了手。彼此皆极佩服，两人各自上马回去。

施公率领众人，回至客店，大众坐下，夸赞郝素玉不已。关小西也是赞叹，唯有何路通不语。他却另有个意见：要在夜间私自前去，将郝素玉劫来。何路通待人睡静，便悄悄的换了夜行衣靠，藏好了拐，越屋出了客店，自奔菊花庄而来，这且慢表。

且说郝素玉回至庄上，郝其鸾接了进去。郝其鸾问道："妹妹今日出战胜负如何?"郝素玉道："那个姓关的，本领果然高强，若以力敌，恐不能取胜，明日当以计取之。"郝其鸾道："愚兄自被那厮昨日砍了一刀，虽然不致妨碍，但不知何日才能出战?"郝素玉道："妹子闻得施不全手下能人甚多，飞檐走壁的不少，我们何可不防他夜间到此，暗地行劫。"郝其鸾说："妹子所见不差，愚兄早已虑到此。但是咱这庄上四面皆水，水中都有埋伏。"兄妹两人，谈了一会，也各自去歇息，这且不表。

再说何路通，出得店门，往菊花庄而来。不多时已到庄口，但见四面皆水，中间一座黑丛丛大庄，就是菊花庄了。只是无路可通，白茫茫一带皆水。何路通便噗咚一声，跳入水内，泅着水来到对岸。只见芦苇内，摇出一只小船来，船上两人，一个在前，一个在后，扳着将从小港内荡出。何路通在芦苇旁边将身伏住，等那只小船过去，就从这条港进来。约有半里之遥，好容易看见对岸。又走了两步，到了岸边，就扒到岸上。何路通顺着路走去，忽听豁喇喇一声，跌入陷坑去了。欲知何路通性命如何，且听下回分解。

第二六〇回

落陷坑放走何路通　比拳勇诱敌郝素玉

却说何路通跌入陷坑，暗说："不好，此番要遭恶人之手。"说犹未了，只听人声嚷道："拿奸细呀！"登时挠钩并下，将何路通擒上坑来，用绳索缚好，抬到庄上，进去通报。庄主吩咐："等天明审问。"才交天明，忽听说道："庄主叫你们把昨夜拿的奸细押去审问呢！"只听外面答应，房门一开，进来两个庄丁，叫声："罢咧，朋友，咱庄主爷，叫你去问个明白。"何路通也不答应。庄丁走上来，连推带拉，拥出房门。何路通道："尔等这些狗徒，何必拉拉扯扯？咱老爷既误中奸计，还怕什么？"说着走了两进房子，又转了七八个弯儿，才到一处所在。庄丁把他推上台阶。何路通往里一看，厅上坐着一男一女：男的是郝其鸾，女的是郝素玉。何路通大声喝道："尔这一对童男女！你们老爷到此，还敢这大模样的坐在那里摆架子，实在不知抬举。尔若知罪，应该亲自下阶，亲解其缚，加以上位，摆酒压惊。或者你何老爷见你如此款待，过意不去，那时等大人到此，代你求个情，死罪改成活罪，留你在世上多活两年，也显得咱老爷好生之德。尔等如此，那时可不要怪咱老爷。"那知郝其鸾姊妹并不动气，反笑说道："你姓什么？在施不全跟前做个什么官儿？好好说来，让咱老爷知道。"何路通大喝道："尔既问咱姓名，尔等坐稳了，咱老爷姓何，名路通，官居千总之职。”郝素玉道：“这千总是几品呀？”何路通道：“八品。”郝素玉道：“昨日那个红脸的，他是什么官职？位居几品呢？”何路通道：“你又问他，他是参将大老爷，位居四品。”郝素玉道：“照你这样说，你比他小了。我道是谁，原来是个无名小卒。你姑奶奶开好生之德，放你回去。还叫你那个红脸的出来，与姑奶奶步战。与尔这小卒不屑相斗。就便把你杀了，也不响名。”说着叫人将他解了绑，把他兵器还他，令他速速回去。庄丁答应，立刻把绳索解下。何路通听了这番话，把脸都气紫了，今见把绳索解下，遂望着郝素玉道：“你这毛丫头，休得大言，是好的，敢与你何祖宗战个几合。”郝素玉道：“你速回去，叫那个红脸的来，你姑奶奶不屑与你相战。”何路通没法，只得翻身望外就出了庄门。看看天色尚早，太阳才出。一面走，一面暗道：“我回去何辞以对？”忽然说道：“我何不如此如此。”主意想定，一会已至客店。

大家见何路通走外面进来，又见他脸上都是血痕，忙问道：“何大哥，你昨夜到哪里去了？敢是上菊花庄去过了吧？”何路通答道：“正是。”众人又道：“你为何脸上都是血痕？”何路通道：“不瞒诸位讲，咱昨夜由水路而去。到了那里，哪知他四面护庄河内，全种着水苇，咱又寻不出路径，只在水苇内蹿出去了。那水苇的叶子，其快如锋。后来到了岸上，又中着埋伏，跌入陷坑，被他们擒住。后来被我用话激他，又复放我回来。”说罢，又去见施公告禀一切。施公也说：“你辛苦了，且去歇息吧！”何路通答应了出来。

关小西一心念着：昨日与郝素玉步战了五十合，不分胜负，今日若不将他擒住，何能再有面目见人。心中想罢，便去请了施公并大众，仍同去略阵，施公答应，即刻一起出门，各上了马，复到昨日战斗之处。施公等勒住马，站在后面。关小西踊跃在前。只见郝素玉已先到了。关小西便跳下马，抢在上首立定脚步。郝素玉也早下马。二人更不打话，交上手又战起来。只见郝素玉一个斜插花势，执定绣鸾刀，猛向关小西左肋下刺进。小西正跑得飞快，忽见左肋下有刀刺到，说声："来得好!"赶着用刀将刀往下磕，指望这一刀磕下去，就要将郝素玉的刀打落在地。哪知郝素玉更加灵便，见关小西一刀磕来，知道他力已用足，必要将手内的刀打落，他即赶着把刀收回。关小西一刀磕了个空。两人一来一往，又战了二十几个回合，仍杀个对敌。郝素玉道："你昨日说马上战的不好，要步战。今天步战过了，也是难分胜负。咱姑奶奶另想个法儿，咱们不用兵器，在这拳脚上比些功夫，来往再战一百合。姓关的，你敢同姑奶奶比试么?"关小西闻听这话，正中心怀。关小西就摆开架式，搭上手复又战斗起来。只见两个人，一拳一脚，真不愧"拳打南山猛虎，脚踢北海蛟龙"。郝素玉更有一桩好看，一对金莲小脚，盘旋飞舞，煞是令人目眩神迷。毕竟关小西胜负如何，且听下回分解。

第二六一回

素玉深感关小西　其鸾巧败金大力

话说关小西、郝素玉二人，正在酣斗之际，忽见郝素玉飞起一脚，关小西看得真切，顺着来势，身子往后一倒，跌了个仰把四叉，睡在地上。此一套拳叫醉八仙。郝素玉见关小西跌倒在地，心中甚是欢喜，以为中了妙计，就赶着飞起一脚，认定关小西腹下踏来。小西说声："来得好！"右腿一起，一个鲤鱼跌子，就把郝素玉裹住。郝素玉却不认这拳法，但说声："不好！"急想跳出圈外，哪里能够？郝素玉暗暗惊道："今番上了他当。"关小西睡在地上大笑，说道："你可认得你拳祖宗么？"郝素玉听说，脸上好不惭愧，口中气喘。关小西忽然生出一团怜爱之心，复说道："今放你一着，让你跳出圈外。赶紧回庄，将你哥哥劝醒，叫他快快改邪归正，即速到大人处请罪。咱家大人，最是仁慈，不但不及加罪，还可收他在辕下，戴罪立功，将来尚有保举，如若他执意不悟，杀身之祸定难免的。"此时但见关小西已放松一着，郝素玉趁此一跳，就离了圈，口中大喊一声："姑奶奶力乏了，明日再战吧！"说着转身就走，心中颇为感激。

关小西到了施公面前禀道："卑职向大人请罪，恨不能将他擒来，实是有罪。"施公道："贤弟莫要这等说。"这才同施公回店。这句话本是关小西的假词，因为他自已放走郝素玉，怕得施公看出来，要问罪于他，故尔假些谎词，掩饰耳目。施公说道：“你已辛苦几日。黄天霸等不在这里，在这里的，又要保着自己。”这话也是真话，哪知旁边恼了一人，暗道：“大人独把关太看得那么高而且重，偏是他有本领能战斗，咱们就不如他？明日偏要将姓郝的拿来，看大人还把他抬得这样重了？”一肚子气不忿，但在施公前，不敢说出。你道此人是谁？原来就是好汉金大力，这且不表。

再说郝素玉回到庄内，暗自思道：“我看那姓关的武艺实是扎手，拳法更是出众。今日不亏他松一着，我一定被他擒住，不但性命难保，而且十几年的声名，全行抛弃。他叫我劝哥哥改邪归正，矢志投诚。原知他是好话，但我如何说得出口？但有一件，明日索战，何辞以对？有何面目见他？不若推病不出，以观动静，再作计议。”一人想了一会，主意已定，便即装起病来。当有丫环禀知郝其鸾去了。到了次日，郝其鸾一早起来，就到妹子房内看病。郝素玉困在铺上，听说哥哥进来，故意勉强坐起，先请教了一声。郝其鸾问道：“妹子今日身上觉得哪里不好？”素玉道：“只是浑身困惫，哥哥不要挂念。想是受了些寒凉，睡一天该就好了。”郝其鸾道：“寒凉固自有的。连日与那姓关的，也战辛苦了。”郝素玉道：“旁的倒不甚要紧，可是那姓关的，今日还是要来，哥哥刀伤尚未全好，谁人与他对敌？”郝其鸾道：“妹子放心，如果他来，为兄的自有主意。”话犹未了，只见有人慌慌忙忙跑进来说道：“禀爷得知，外面有个大汉，骑在马上，手提一根铁棍，声称奉施大人之命，特来擒捉姑娘与爷两个。差不多要进庄了。速请爷的示下。”郝其鸾听说，赶即出来，取了兵器，跨上马迎了出去。

刚到庄口，只见金大力已到，坐在马上，口里不住的乱嚷。郝其鸾一声大喝："来者是谁？快通名来，咱爷爷不杀无名小卒！"金大力听说，亦大声喝道："小子听了，咱金大力爷爷是也！特奉大人之命，捉贱婢郝素玉。尔可唤他出来受缚。"郝其鸾闻听大怒，将马一拍，手端方天画戟，直向金大力刺去。大力赶着迎接，将镔铁齐眉棍，用足了劲，往画戟上一拍，说声："去吧！"郝其鸾的戟，被他拨在一旁，险些儿打落在地。郝其鸾暗道："好像丈人，力量真有。真不愧为'金大力'三字。"正说之间，金大力的铁棍已当头打来。郝其鸾望上挡，两膀用足了劲，好容易才将他铁棍拨开，郝其鸾趁势又刺一戟，金大力仍是架住。你来我往，才战有七八个回合，郝其鸾渐渐抵敌不住，他心中作慌，便架住大力铁棍说道："咱马上战不过你。尔敢与咱步战么？倘若步战还是你强，咱就情愿受缚，与你去见大人。"金大力道："步战你老爷还怕么？"说着跳下马来。郝其銮才跳下马来，金大力赶着就是一棍。郝其鸾往旁边一纵。金大力打了个空，复赶着举棍打来。郝其鸾又跳了过去，蹿跳蹦纵，闹个不了，把金大力闹得个跟着打，赶着打，终无一棍打到他身上，只是打得汗流浃背，气喘吁吁。郝其鸾见他力已乏了，与金大力复战起来，欲知后事如何，且听下回分解。

第二六二回

黄天霸辞别凤凰岭　金大力怒打菊花庄

话说金大力被郝其鸾出其不意刺中一戟，金大力连马都不要了，撒腿就跑，大声嚷道："咱金老爷算上了你这小子当了！待咱养好了伤，再来要你的狗命。"一面说，一面跑了个不住。郝其鸾哈哈大笑，说道："你这狗娘生的慢跑，咱爷不追你就是了。若要跑死了，明日便不能战了。"说罢，也自回庄不提。

且说金大力，回到客店，也不与人知道，遂悄悄的进了自己房间，拿出刀疮药，在腿上敷了，又用布裹好，躺在那里气闷。事又凑巧，关小西自从那日放走郝素玉，是夜便害起病来。他却是感冒风寒，因此身发寒热，不能动弹。这也罢了，可怪何路通，自从私探菊花庄，在水里闹了一夜，被苇叶将脸上割破，又兼跌入陷坑，吊了一夜，不免又受些寒凉，因此也病在那里。李七侯、郭起凤、王殿臣三人，要保护施公，不敢稍离左右。施公只急得无法可想。

不说施公在客店暂住，再说黄天霸，当日奉施公之命，同计全、李五前往凤凰岭招亲。洞房花烛，极其热闹。翁婿亦极相契，夫妻是不必说得。招亲三日，天霸便与张七说道："岳父，今小婿有一事奉禀：只因大人，当小婿临行之时，谆嘱再三，一经姻事办毕，即须前去保护往淮安上任，叮嘱转请岳父同行。还有褚老叔与朱大哥，也吩咐一起同去。”张七道：“贤婿保护大人性急，这也是个正理。我女儿亦非不懂道理的女子。今既嫁你，各事自应听你做主了。施大人那里，万一有了岔枝儿，他还可以帮助帮助。等贤婿到了淮安，将各事料理清楚，再来接我。那时我琐琐的事，也可完结，就好一劳永逸，与你久住。”说罢，张七回房安息。二人也回房内。天霸说道：“我本意想贤妻随后与岳父同去，岳父说叫你同着咱前去，未免叫贤妻有些父女难别了。”张桂兰道：“只是一件，与你同行路上怪有些不好意思。若再碰计、李说句笑话，那可更难受了。”天霸听说，也笑了一阵，于是二人安睡。

到了次日，张桂兰就将应带物件，收拾妥当。外面摆出酒席，张七与褚标、朱光祖、计全、李五、黄天霸五人，又算谢媒，又算饯行，早晚两顿，均是畅饮高谈，极其快乐。席间朱光祖望着黄天霸等说道：“见着大人，代为先言，就说一经事毕，即便前来。”大家欢呼痛饮，直到二更将近，方才散席，众人回房。

次日天明，大家都已起身，将行囊等件，捆缚定当。庄丁装上驮车，各人暗藏兵器，扎束妥当，又向张七告别。张七一一答礼。末后张桂兰拜辞。张七又勉励了几句“夫唱妇随”的话。张桂兰口中答应，眼眶却流下许多泪来。张七见这光景，也不免依依不舍，终究是英雄气短，儿女情长，只得忍着泪送至下山。看看众人与女儿、女婿上了马，张七方才回去。黄天霸等下了山，走了一日。褚标、朱光祖二人先分了路，各自回去。黄天霸夫妇及计全、李昆四人，还有两个庄丁，直向淮南的这条路而来。暂且不表。

再说施公住在客店，日望黄天霸等回来。看看又过了五六日，仍是未到，施公颇为着急。所幸关小西、何路通的病，已渐渐好了起来。金大力的伤，已是全好。这日金大力正在那里纳闷，忽然走进一个人来，大声说道："今有菊花庄差人到此，说郝其鸾约金老爷，明日一决雌雄。若是不允，他便今夜前来行劫了。"金大力一闻此言，重重大怒，即叫来人去告诉他："明日准战。"来人回去。金大力便见施公，禀告一切，道："依卑职愚见，今日便去他庄上，给他个出其不意，打他个落花流水。"李七侯在旁说道："卑职愿与金大哥同去，以便做个帮手。"施公应允："但宜小心要紧。"二人答应，挨至日落，便取了兵器，直往菊花庄而来。二人沿途商议妥当，已到庄口。猛见对岸有个人，在那里拉曳吊桥。李七侯便一箭步，蹿到桥上，举起刀来，便将那人砍倒。金大力也过了桥，直奔庄上。李七侯绕至后墙，从高而下。金大力直向大门打进。此时大力如吃了虎肉一般，举起大铁棍，走到郝其鸾的门首，打倒了两个庄丁，一直冲杀进去。毕竟郝其鸾曾否被擒，且听下回分解。

第二六三回

郝其鸾中棍遭擒　李七侯奋勇杀敌

却说金大力打倒庄丁，庄丁飞跑进来，说道："庄主爷！外面有个大汉，手持铁棍，打死了好些庄丁，现在冲进来了。"郝其鸾闻言，才要转身去取兵器，只见金大力打了进来，庄丁拦堵不住。郝其鸾一面叫人，赶速将大门堵住，不要放他出外；一面一个箭步跳到院落。金大力瞥眼看见，举起大棍，劈头打来。郝其鸾此时，也有人给他兵器，他也手提画戟，杀上前来。金大力一看，说声："好呀！"将铁棍往下一沉，庄丁跌倒了十几个。金大力说："这才打得畅快。"话犹未了，但见郝其鸾道："狗囚休得逞能！郝爷爷取你狗命。"说着一戟。金大力看得真切，猛将铁棍往上一架。郝其鸾虎口一震，疼痛难忍，手一松，那枝画戟，已经打落在地。郝其鸾说声："不好！"赶着往外一跳。金大力第二棍又到，却好庄丁赶来。郝其鸾抽个空，叫人将宝剑取出，他便执剑在手，又杀进来，只在金大力前后左右，遇空就刺。此时金大力杀得性起，不辨青红皂白，将棍举起来，乱舞一阵。郝其鸾赶紧要让，已是咕咚栽倒在地，几乎送命。那些庄丁，见主人打倒，一窝蜂还要上来相杀。金大力复大声喝道："尔等快拿绳索，将他绑起。"那些庄丁，站在那里，口中答应，身子不动。又喝道："你等现不拿绳索，快快些给我退出大门之外！”金大力见郝其鸾躺在地下，已是动弹不得，便将他腰带及裤带，一起解下，把郝其鸾四马倒攒蹄捆个结实，又撕了一块衣襟塞在他口内，然后抛在黑暗之中。又将大门关好，用杠子闩起来，便提着棍子，直往后面而去。转过厅房，到了内宅第一进，只听屋上，叮叮当当，打个不住。金大力仰上一望，正是李七侯在那里与郝素玉厮杀呢。金大力看得清切，遂喊道：“老七使劲儿，底下那小厮已经捉住了。这个不要给他放走呀！”李七侯一听此话，便知金大力已将郝其鸾捉住，一面与素玉对敌，一面招呼底下道：“金大哥，那小厮既已捉住，你可先把他背回去见大人，不要再给他跑了。”金大力遂将郝其鸾背回。

再说郝素玉正与李七侯在瓦上厮杀，正是酣战，忽见素玉虚晃一刀，往后便走。李七侯疑惑他欲要逃去，遂在后面紧紧相追。看看追得切近，只见素玉一转身，将软索锤放下，直望李七侯打到。李七说声：“不好！”赶向旁边躲让。饶到让得快，肩膀上已着了一下。李七侯站立不住，只听咕咚一声，已从屋上滚到地下。郝素玉见李七侯中锤跌下，也从屋上跳下。李七侯就地一滚，两脚一使劲，望上一撑，已站立在院落之内。等到郝素玉跳下，他已一刀刺了过去。郝素玉望旁边一闪，让过一刀，顺着势复一刀，直往李七侯胸前刺去。李七侯用刀架住，拨在一旁。此时李七侯却换了刀法，喝声：“着！”一刀望郝素玉足下砍来，郝素玉身子一纵已上了屋。李七见他又上了屋哪里肯舍？也跟着纵上了屋。郝素玉便将软索锤取在手中，一转身，放了出去，正击中李七侯手腕。李七的朴刀已打落屋面。李七侯说声：“不好！”

转身就跑。郝素玉也不敢追赶，恐外面更有能人。只得回转厅房，复从屋上跳下，检点庄丁，死伤的共有十五六个。当时着人将受伤的抬去歇息；已死的，明日掩埋。欲知后事如何，且听下回分解。

第二六四回

李公然仗义释其鸾　张桂兰有心结素玉

却说金大力背着郝其鸾赶回客店，天色已晚。施公等俱已起来，金大力禀明各节。施公便命将郝其鸾锁在空房，等将郝素玉捉住，一起押入宿迁。

说着，忽听店外车马之声，吵嚷不已。施公便命施安往外观看，究系何事。施安答应，才到了店堂，已见计全等人进来，施安进去禀告，计全等去将行囊物件搬进店内，也就与李公然进去，先给施公请了安，然后将天霸招亲，张桂兰同来，朱光祖答应因要将自己事料理清楚，随后就到的话，一一禀知。却好黄天霸进来，见施公请安道谢，站立一旁，便将褚标不愿前来同张七等到淮安再去的话，又细细说了一番。施公道："你的房间，刚才已招呼店内另腾一间女屋，好让你夫妇同住。"天霸道："卑职感大人的恩典。"施公道："你妻子少停片刻，本部堂是要请他见见的。"黄天霸道："少停，卑职就命他前来给大人请安谢罪。"又道："卑职岳父还道先给大人请安，从前冒犯还求恕罪。"施公道："不是当日那一番举动，如何有今日这段奇缘。我生平是不念旧恶的。"天霸道："大人不知为何事，耽延至今？"施公见问，便将郝其鸾如何行劫，关小西如何大战郝素玉，何路通如何侦探菊花庄，后来二人有病起来，如何金大力与李七夜打菊花庄，郝其鸾使大力擒住，现在此间，李七因战素玉，尚未回来，才派王殿臣、郭起凤去接应的话，告诉了一番。黄天霸未及回答，只见李公然站起来说道："这郝其鸾，卑职是知道的。他向来领着妹子安分守业，并不恃强恶霸，却是一身武艺。郝素玉曾得异人传授，比他哥哥还高强。今已被捉，可否还求大人格外不咎既往，以警将来。让卑职令他矢志归诚，将功赎罪。"施公道："郝其鸾，贤弟既知其底细，当准如所请便了。"李五又谢了罪，然后退出。

关小西等迎接上来，给黄天霸道喜，还要请张桂兰出见。黄天霸又与大家叙谈了一番，接着李七侯、郭起凤、王殿臣也回来了，彼此问讯了两句。李七即往施公前，将与郝素玉大战的话，禀告了一番，这才退出，与大家闲谈一番。黄天霸又将自己的住房安置妥当，即便叫张桂兰去见施公。张桂兰当即换了衣服，随着天霸前去。天霸先向施公说知，然后张桂兰进去，先给施公行了个全礼。施公也还半礼。张桂兰复又磕头谢罪，施公又让了一回。张桂兰这才立一旁，娇声说道："前者冒犯虎威，自知罪不容赦。乃蒙大人恩施，格外俯准玉成，小妇人以当随着夫主竭效犬马之力。即小妇人之父，亦嘱转致谢罪，恕其前罪。"施公道："从前之事，是属冒昧而行，亦复天缘凑合，本部堂断不追念。以后能随天霸立功报国，夫唱妇随，不负本部堂撮合之心就是了。"张桂兰道："是，大人的恩典，敢不竭力报国。"说罢，施公即命他回房。张桂兰也就退出。黄天霸又命与众兄弟相次见礼已毕，这才归房。

此时李五已至郝其鸾房内，见他闭着二目，缚在那里。便上前喊道："贤弟不要惊慌，愚兄已在大人前给你求过。大人已准其不咎既往，特嘱愚兄前来特为你解缚。"郝其鸾听说，将二目睁开一望道："原来是李五哥，你老为何也在此处？小弟早知如此，悔不当初了。"李五一面将他背缚解下，一面说道："贤弟你为何也要学那一流人物。今日若非愚兄到此，贤弟少不得有灭门之祸。"郝其鸾道："此话说来甚长，皆是小弟为人所愚，以致如此。只因前者谢豹来信，甚言施公贪鄙异常，他曾前往行劫，因大受其辱，嘱小弟前去帮助。小弟及至到了那里，闻见他已经被捉。因此探听施公必走此地，才生出这个主意出来。等到后来，知其为人所愚，已成骑虎之势。今蒙老哥生救，小弟粉骨碎身，不足以报大恩。"李五道："好在愚兄在大人前，代你辨白清楚，只须同着贤弟去大人那里谢个罪，就是了。"郝其鸾闻说，即站起身来，跟着李五，先禀知大人。施公答应："即时带进。"跪下面，磕头请罪。施公见他人品还不俗，当即申斥了几句，又招呼他戴罪立功。郝其鸾唯唯听命，磕头退出。又与众人各各相见，然后回菊花庄而去。

于是大家复聚在一处，谈讲郝其鸾的事。关小西极言："郝素玉的武艺高强，若遇着黄嫂嫂，二人大战起来，那才好看。"李五道："据我看，不必一定要战起来，才知高下。不妨今黄贤弟媳将他请来两人比一比，大家就可看见了。"黄天霸道："五哥此话不错，等咱叫他请他来比试比试。"说着即站起身来，去往自己房内与张桂兰说知一切。张桂兰道："即是郝家女子有这等武艺，只须明天我去会他。不知大人可否允准？倘若应允，我也可显显我的武艺，并叫姓郝的也知道此间有我这么一个人。"黄天霸欣然到了施公房里，缓缓说道："卑职妻子闻说郝素玉武艺高强，实在心下羡慕。拟赶此时大人未曾启节，前去结识了他。或者随后有用他处的时候，就可用卑职的妻子前去招呼。卑职因大人已将该兄开罪在前，卑职故敢斗胆请命，行否即求裁夺。"施公沉吟半天说："此事未尝不可。但能与郝素玉说明，以后如有用他之处，悉听调遣，不得违拗。本部堂也可得一员女将，贤弟可将此话对尔妻说明便了。"黄天霸唯唯退出，当即告知张桂兰一切。张桂兰喜出望外。次日一早，张桂兰暗藏些兵器，又禀告施公，上马而去。欲知张桂兰见了郝素玉如何，且听下回分解。

第二六五回

语话衷肠佳人重义　情联手足侠女同心

却说张桂兰奉了施公之命，准其前往，结识了素玉。到次日，他便结束个簇新，身穿一件大红湖绉密扣剜云紧身小棉袄，上加湖色摹本缎通体镶滚灰鼠大衫，外罩元色湖绉洒花披风，下穿元色湖绉洒花百褶裙，内衬元色湖绉洒花滚脚罩裤，大红缎绣花弓鞋；头上盘了一个螺丝髻，八宝镶嵌足赤金簪，耳戴一副八宝镶嵌珠环，元色湖绉抹额，当中钉着一颗龙眼大的珍珠，一朵白绒球战巍巍高插顶门上面；腰间斜佩着八宝镶嵌剑，匣内藏一口七星宝剑，肋下暗藏两把朴刀，随带袖箭；坐一匹银鬃马，金辔勒，大红缨。结束停当，先往施公前请安禀辞。施公看那样装束，不愧为女中豪杰，巾帼英雄，实是可羡。便道："你要速去速回，毋须耽搁。"张桂兰答应，随即出了客店，跨上马，随跟几个庄丁，直往菊花庄而去。即时来到庄上，着庄丁进内通报，那庄丁转身向里跑去。

张桂兰骑在马上，在门口等了一会。只见正门开处，迎出一位女子，约在二十左右，生得颇为美貌。头挽凤翅髻，元色湖绉包巾，当中按着一块翡翠，两鬓斜插一对蝴蝶双飞镶八宝珠花，一朵朱缨，顶门高插，耳带干绿翡翠珍珠环；外穿着一件大红湖绉金银鼠袄，内衬湖色湖绉元缎镶滚密扣紧身，腰挂佩剑，下穿元色绣花百褶裙，藕花色元缎剜云滚脚罩裤，脚着湖色绣花弓鞋，紧系元色兜根缎带，窄窄的一双三寸金莲；薄点胭脂，淡施脂粉。后跟着两个丫环，缓缓的迎了出来，只听得一个“请”字，张桂兰赶着下马，走了进去。郝素玉让至厅上，见礼已毕。张桂兰道：“小妹久仰贤姐英名，无由相见。昨日同拙夫由凤凰岭到此，始知贤姐令兄误信人言，前去行劫。多亏李五老爷，在大人前力保，始将令兄解释回庄。小妹因闻关老爷道及贤姐武艺精通，真是女中豪杰，小妹因此禀求大人，冒昧前来拜谒，一来叩教，二来藉慰平生。唯恨相见太迟，不能久相共处。”郝素玉道：“小妹荒村陋质，蒲柳①之姿，敢云技艺高强？不过略知一二。久闻贤姐芳名远播，本领惊人，妹子亦相见恨晚。从今以后，还要时常请教，朝夕共聚。今日驾已到此，务留贤姐畅谈一日，彼此得能畅所欲言，不知贤姐肯与不肯。”张桂兰道：“乃小妹固所愿也。无如临时大人坚嘱再三，可早来早去，恐留此不免见责，且坐片刻，再行告辞便了。”因道：“小妹尚有一言奉告：顷者奉命至此，大人之意，令兄此既不见罪，将来戴罪立功。还欲求贤姐，如以后有借重时，尚拟奉烦人力帮助。特嘱小妹务请贤姐应允。但不知可否俯允？”郝素玉道：“施公手下能者颇多。即如那关姓之人，武艺亦颇出众，足以抗敌几辈。况有姊丈、贤姐共相保护，则施公左右，亦可谓‘人才济济，猛将如云’。小妹不才，何敢滥施其侧。倘施公既有此意，小妹亦不敢辞。如有召见之时，只须一纸书，小妹当奉命前往。非敢谓足供驱使，借

---

① 蒲（pú）柳——水杨，用以比喻低贱。

以与贤姐把晤。”张桂兰道：“既承不弃，小妹是心感不忘了。”郝素玉道：“小妹得一睹芳颜，便是三生有幸。前者贤姐去盗金牌，又是何意呢？”张桂兰道：“当日闻得拙夫本领素著。那时小妹赌气，去将金牌盗来，偏指名拙夫上山去取，意在瞻仰他的意思。现在细细想来，终觉荒唐太甚。”郝素玉道：“贤姐既如此做出，后来姊丈究竟去否？本领究竟如人言否？”张桂兰道：“此事说来，颇觉惭愧。既蒙见爱，不妨直道其详，尚望贤姐勿作笑柄。”郝素玉听了这话，不觉叹了口气，然后说道：“如此看来，姐夫与贤姐是怨偶，反成佳偶了。可羡可羡！”张桂兰听素玉话内有因，便跟着口气问了进去道：“此亦天缘凑合，莫知为而为。自古婚姻，大半天作之合。但不知贤姐青春如此，想定许字多时了。”郝素玉听说，脸上一红，便腼腆说道：“小妹自父母去世后，随兄嫂度日。况且自誓，非技艺出众者，宁作孤凰，不为双凤。”张桂兰道：“不知贤姐必得如何人而可事之乎？”郝素玉道：“如姊丈一流，可毕夙愿了。”张桂兰道：“贤姐青春几何呢？”郝素玉道：“痴长二十一岁。贤姐尊庚几何呢？”张桂兰道：“占长一岁。”郝素玉道：“我与你盟心结义。”张桂兰道：“若谓焚香燃烛，徒然见笑于人。”郝素玉大喜，因道：“自此以后，便以姊妹称呼，不可稍存客气。”张桂兰亦唯唯答应。此时酒席摆出，张桂兰又请郝素玉的嫂子出来相见，然后入席畅饮。直到未申时候，方才散席。张桂兰即便告辞了。毕竟张桂兰代素玉物色何人，且听下回分解。

第二六六回

施公为关小西议婚　李昆代郝素玉作伐

却说张桂兰辞别菊花庄回客店，便将天霸请进，于是把郝素玉的话说了一遍。因道：“妾意欲为小西择配，彼此年岁均各相当，武艺又不相上下。且小西口气亦颇属意，素玉心内也极赏识。而况大人曾言，有须用他的时候，还要叫他应命来此。若是闺中的朋友，而且他又与我结了姊妹，彼此皆情投意合，将来要做同帮同助的，你道此话如何呢?”黄天霸道：“话虽如此，怎么向大人说呢？让我同计大哥商量商量看。”说罢，黄天霸便走出房来，寻着计全，却好李五也在那里，天霸便将张桂兰所说的话，说了一遍。计全尚未开言，李五便道：“此事只须如此如此，便可成功了。”计全道：“既这么说，就请老五向大人说罢。”李五道：“计大哥，你代姓关的说不行，必得将他找来，叫他当面答应了，才得算数。就如黄贤弟把老婆带了来咧，到今咱还不曾吃他一顿。”天霸道：“五哥你不要挖苦咧。等你们到了淮安，大人请你们吃一顿就是了。”大家笑了一回，于是就将关太找来，叫他先给李五允下谢媒酒，关太也只得答应。

晚饭用毕，天霸去见施公，说明此意，施公应允，随即唤人招呼李昆商议。李五赶着进去，施公道：“顷据天霸述及张桂兰所言，郝素玉颇知感戴，且与张桂兰志气相投，并极佩服关太。现欲为他二人撮合。本爵之意亦可允许。但不知素玉之为人。”李五道：“若论素玉，是卑职素知的。武艺高强，为人贤惠，且具有忠义之气。如蒙大人恩准，既成就关太家室了，素玉亦幸托终身。即大人亦可得一女将，张桂兰也可添一帮手，将来同赴淮安，定能夫义妇顺了。”施公道：“既如此说，就烦贤弟明日即去作伐，以听回信，便定行止。”李昆道：“大人吩咐，实是经权两便。卑职当前去便了。”说着，天霸退出。李五将此言告诉众人，并同关小西说了一会笑话。此时天霸进了自己的房，正欲将施公允从的话告知桂兰。只见桂兰说道：“你不要讲了，我通听见过，知道了。”二人且自安寝，一宿无话。

次日一早，李五即辞施公，前往菊花庄而去。到了庄上，先着庄丁通报了。郝其鸾即便迎出。两人同到厅上，分宾主坐下。郝其鸾便先谢解救之德。李五让了一回，这才将奉施公之命，特来作伐的话，说了一遍。郝其鸾听说，赶着答道：“承大人之命，虽极谆谆，但小弟刑余之人，安敢上希荣宠。且舍妹质同蒲柳，亦难配松柏之姿。还希李五哥为我说辞，非小弟故违方命，实不敢妄攀耳。”李五道：“贤弟不愿俯从，愚兄亦不敢相强。若云高攀不上，如天霸之与张桂兰，这是前车之鉴，贤弟岂未有所闻吗？今令妹与张桂兰事同一体，还有什么高攀不高攀了？且大人之意，实为怜才起见。英雄侠女，天假姻缘，若故事推辞，竟是贤弟不许。”郝其鸾道：“承兄之爱，词意谆谆，倘敢再故辞，必拂盛意。小弟只好不自量力，请从台命便了。”李五大喜，又道：“还有一件顺人之意，拟在月内，即行择日，就近成亲。以后好带同令妹随赴淮安，作一劳永逸之举，并且大人恐怕尊处无多女眷，内事一切多有未谙①，已拟留天霸之夫人张桂兰，前来帮助令妹料理了。即请贤弟示下。”郝其鸾听说便道：“且待商量，容当报命。”不知郝其鸾能答应否，且听下回分解。

① 谙（ān）——熟悉。

第二六七回

代子申冤老妇告状　为民辨屈贤臣准词

却说李五，因郝其鸾踌躇未定，因道："贤弟无须踌躇。在愚兄看来，只须粗备各物，数日即可齐全。倘然说独力难为。愚兄尚可帮助。且大人留下一位同事，姓计名全，以备将来他作男媒，兄作女媒之计。愚兄径可将他约来相帮料理。若然后到了淮安，再来迎娶，时候虽觉宽展，不免跋涉多劳。倒不如趁此各从省俭，究觉两有裨益。贤弟还请三思。"郝其鸾听说，也觉有理，便道："既这么说，只得遵命。但各事粗鄙，礼节不周，还请老兄善为说解，求大人曲为原谅。一经择定吉日，便请老兄与计大兄前来帮助帮助。内事一切，则请黄夫人帮助贱内襄理。先请道达一言，那时再具帖过来。"李五道："今承尊命，三日后当先纳采。愚兄回去，便请大人选择良辰便了。至于一概俗例，还望涵容一二。"郝其鸾道："既为至戚，区区末节，何足讲求。"说罢，便命人摆酒。一会子摆上酒来，彼此用了午饭，李五就告辞回店，见了施公，备言郝其鸾已遵命应允，即请施公选择吉日，三日后，先行纳采。施公闻说大喜，当即择定十一月十五日入赘。又拿出三百两银子，为关小西的赘费。便命计全、李昆为媒。又招呼桂兰，即日移住菊花庄，帮郝素玉料理一切。大家均唯唯听命。次日，施公即吩咐动身，往宿迁而去。三日后，李昆、计全即至菊花庄纳采，仍与小西住在客店。张桂兰即于是日，移住郝素玉家。真是姊妹情深，痛谈衷曲。直待吉日一到，关小西便去入赘。

不言郝家预备招赘，如何忙碌。且言施公到了宿迁，早有地方官出城来迎接。施公便换坐大轿进城。轿子未入城，只见迎面来了一个白发苍苍、年有七十以外的老婆子，头顶状词，拦着轿子，跪在地上，口称冤枉。施公便命住轿，招呼手下人，将呈子递上。手下人答应，便将呈词递上来。施公接过来一看，上面告的是：谋害亲夫，毒毙幼女，两条人命重案。施公细细看毕，便望下问道："老婆子，你就是王陆氏么？"那老婆子道："孀妇便是王陆氏。"施公道："这王李氏，是你的媳妇么？"王陆氏答："是。"施公又道："你怎么知你儿子王开槐，孙女秀珍，是尔媳妇谋害的呢？有何凭据？可从实招来。若有半字虚言，定照诬告从重治罪。本部堂看看尔这所告的呈词，你儿子命，或是你媳妇所害。天下岂有自己的亲生女儿，也肯将他毒死么？此中显有不实之处，尔可细细讲来。"王陆氏跪在下面禀道："大人在上，容孀妇上禀：孀妇今年七十二岁。四十岁上才得儿子。不到两年，亡夫就病故，其时儿子才三岁。时孀妇就苦苦抚养，领到十六岁，便给他学了个鞋子店的生意。也算他知道艰难，每月除养孀妇外，他省吃俭用，历年积聚了百吊钱。到二十七岁，就凭媒说合讨了一房家小，颇为勤俭。过门第二年，就生这个孙女。哪知第三年冬间，因嘱儿子给他做件湖绉棉袄。儿子便道：'你我这寒苦人家，要这样衣服何用？'媳妇就不愿意，因此两人就吵闹起来。孀妇将媳妇劝了一番。媳妇后来赌气，回他娘家去了。一连过了八九天，这日回来，便见他穿这一件元色湖绉棉袄，他们又吵起来了。哪里晓得，媳妇由此就时常回他母家，动辄就与儿子吵闹，迥非初来的光景。今年八月初一时，孀妇女儿家来，接我去过了两日。初六早上，忽然邻居叫小毛，跑来送信，说是：‘儿子同孙女，昨夜暴疾身死。’孀妇听这话，吓得魂不附体，赶着同女儿回来，果然见儿子、孙女都已死了。该应凑巧，那小毛在暗地就告诉女儿，说他夜里先听见儿子声音求饶命，后来又听见孙女大哭起来。到了天亮，便听见我媳妇就惊慌起来，说是儿子同孙女，都得了急病死了，怕得此中有别的怪事，孀妇向县里去喊冤。后来县太爷就来相验。两个人周身验到，并无一处伤痕，就说是实在暴病而死。孀妇此时无法子，只得备棺收殓。不意料媳妇的父亲李卜仁，因县大老爷验得无伤，反告孀妇诬告。幸亏县大老爷百盘开导，李卜仁才算没事。媳妇便由李卜仁接回娘家，只落得孀妇一人。所幸我女儿搬来住在一处。于今三月，忽然前夜三更时候，见儿子满头鲜血，站在床面前，说他身死不明，今有施大人到此，叫孀妇代他申冤。忽然妇人惊醒，乃是一梦。次日起来，在外面打听打听，说是果有个施大人，早晚就到。因此孀妇叩求大人，给儿子申冤。”说罢，又磕了两个头。施公听了这番话，当即说道：“王陆氏，你先好好回去，听候传讯。本部堂代你儿子申冤就是了。”王陆氏起来。施公也就进城。到了行辕，立刻签提小毛，并淫妇王李氏对质。毕竟如何，且听下回分解。

第二六八回

酌理准情差提淫妇　蹈瑕乘隙①追指奸夫

却说施公立刻签差去提见证小毛、淫妇王李氏，并父李卜仁，就县署升堂复讯，宿迁县旁坐案侧。施公便命提原告，王陆氏跪在下面。王陆氏与前供相同。又命提被告。差役将李氏带到，跪在下面。施公观看李氏，颇有娆态，问道："你今年多大岁数了？你丈夫王开槐、女儿秀珍，究竟因何身死？尔可从实招来。"李氏道："大人容禀。小妇人二十三岁，凭媒说合，嫁与王开槐为妻。二年就生了珍儿。我婆婆见小妇人易于生育，也是欢喜。至今年搭交六年，从未忤过他家一句。不意祸从天降，八月初五夜间，忽然丈夫口称腹痛，女儿亦是如是。其时婆婆又不在家，到小妇人姑子家去咧。小妇人起来烧了姜汤，与丈夫并女儿服下，哪知仍然照痛。又当夜深人静，无处延医诊治，小妇人心想等到明天，再去将婆婆、姑子接回来，去请医生前来，代他两个诊治。不料天尚未明，丈夫与女儿两个一起死了。小妇人已是魂不附体，天明便去隔壁朱家，请他小毛去接我婆婆、姑子回来。他就说儿子与孙女儿，全是小妇人谋害死的了，便到县里告过。当经县大爷相验，并无伤痛，委系暴死。我婆婆才算没事。

---

① 蹈瑕乘隙——趁机顺便。蹈瑕，利用过失。

小妇人实在冤枉，总要求大人天断。”施公道：“本部堂且问你，那一件湖绉的棉袄，是谁送你的咧?”李氏道：“小妇人回到娘家，向父亲要。后来父亲做给小妇人的。”施公道：“你丈夫既死，为什么不在夫家守节，服侍孀姑，竟至回去母家，这又是何缘故呢?”李氏道：“当丈夫死后，小妇人也曾力劝婆婆：儿子虽死，也有你媳妇奉养，你老人家不必过恸哀切。争奈婆婆骂小妇人。因想：丈夫是死了，还要遭婆婆辱骂，实在忍不过去，屡欲自尽，又恐为人议论，说小妇人害死亲夫，畏罪身死。因此小妇人父，才将小妇人接了回去。过了一二月，等婆婆气稍平些，再回夫家，并无别故。”

施公听说，把惊堂一拍，喝道：“好大胆的淫妇！现有见证在此，等与你对质明白，那时尚有何说?”命提见证。差役即刻将小毛带到下面。施公问道：“你就是小毛，姓什么？多大岁数了？王开槐究竟怎样身死？你可从实招来。”小毛道：“小的姓韩，在朱家放牛，今年十五岁。八月初五夜，约三更时分，忽听间壁王家，有人喊求饶命，声音却不高。后来又听见他家小女儿，大哭两声，也就不哭了。小的当时也不知何事，只好罢了。等到天明，忽然王家大奶奶惊慌起来，说是他家大爷与他家女儿，全得了疾病了。复又到小的主人家中，央小的去接他婆婆。后来小的闲谈中，说起夜间喊求饶命的话，他家老奶奶，就说是‘谋死亲夫，毒毙幼女’，就去往县里告咧！这就是小的实供，别无虚谎。”施公道：“本部堂问你：他平时夫妻吵闹，你可知道么?”小毛道：“小的间或知道。”又问道：“你可知王开槐不在家，他家有什么人来走动呢?”小毛道：“外人并不曾看见过。”

施公又道："这李氏回娘家，一月去几次呢？"小毛道："有时今日去明日来，也有时两三天、三五天不等。"施公听罢，又命带李卜仁。差役答应，即刻带到，跪在下面。施公问道："你向来作何营生？年纪几何？为什么纵容女儿在家宣淫，不加防范？以致谋死亲夫，毒毙幼女。尔可从实一一招来，本部堂尚可从宽，免尔之罪。"李卜仁在下磕头回道："小的今年五十八岁，向为裁缝生理。女儿虽时常回家，只时暂来暂去，连三天都没在家过的。因为女婿的母亲，年纪甚大，无人服侍，亦且门户要紧。若问女婿是女儿谋害死的，小的实在不知底细。要害死的时节，小的也只道女儿不端，听凭夫家去告。即到县大老爷前来相验，说是实系暴病而死，因此小的才告他的诬告。后来经人说开，小的也就罢了。至于将女儿带回，因据女儿说，他婆婆任意辱骂，万难相处。后来女儿气岔不过，欲寻自尽，小的因此先将女儿带回来，过一两月，再送他回去。若说奸夫究竟何人？小的不敢妄指的，还求大人明察。"施公道："本部堂再问你：你女儿所穿的元色湖绉的棉袄，究系何人与他的？"卜仁道："这日女儿回来，就说是与女婿赌气。因为叫女婿做湖绉棉袄，女婿不肯，后来女儿就拿了钱问道：'爹呀！这件衣服要多少钱呢？'小的告诉他，差不多要十一二吊钱，做得成功。后来女儿就拿出四两银子。小的当时问他，这银子从哪里来的呢？因为女婿不过手艺，如何会有银子呢？"施公说："这却问的不错。他便怎么说，怎么回答你呢？""女儿便说：'这银子是女婿的一个舅表兄，现在江南跟官，不久回来，到他家看见表弟娶了新妇，把的见面礼儿。'小的听说这话，也就不追问了。当时把银子拿了过来，便就代添几吊钱，自己的工，做了一件元色湖绉的棉袄。”施公听罢，有个表兄，便问王陆氏道：“你可有个在江南跟官的外甥么?”王陆氏道：“这个外甥，还是娶媳这年走了一趟，从此并不曾来过。”施公道：“你可知道你外甥把了四两银子，给你媳妇做见面礼么?”王陆氏道：“这不知道。”施公又问道：“王李氏，你这四两银子从何来的？快讲。”王李氏道：“委实是表大伯给的。当时婆婆不在面前，丈夫还在家，亲目见的。”施公道：“你婆婆既不知道，你丈夫又死无对证，本部堂不动刑，你不肯招来。拖下去先掌嘴四十。”差役答应，当即一面打了二十。王李氏仍是不招。施公又拿鞭背。差役又将外衣褫①下，即一五一十，鞭了二十下背花。王李氏但喊“冤枉”，并无口供招出。施公便命且先行收监，李卜仁着一并收押。施公退堂。欲知王李氏如何谋害亲夫，毒死幼女真情，且听下回分解。

① 褫（chǐ）——剥，剥夺。

第二六九回

集英轩因梦悟诗　枯树岭开棺检验

却说施公回辕，参详了一回，只得安寝。睡至三更时分，忽觉信步走出辕门。走有半里之路，便是宿迁县城门。又望城外走去，过了吊桥，见左手有座大庙，庙前丛聚许多人在那里。又闻人说：三齐庙门口死了一人，不知是哪一家的路倒。施公听说，便走过去看。及至走到跟前，并无死尸，只是一班江湖上卖艺的人，在那里变戏法。围着一堆人在那里看热闹。施公也站下来去看。只见那戏法的先变了些瓜果，又变了两只雀子、一只山鸡，到后来竟变出一具棺材，旁边立着一个人，好像公门中仵作模样，手中掌着一柄斧头，忽然又不见了。一会子又装出一男一女，男的是书生打扮，女是俊俏佳人，在那里彼此戏谑。倏忽间一男一女，杳无踪影。又装出一个儒生，摇摇摆摆，走了出来，手中执着一柄白纸扇，嘴里咿咿呀呀念些诗。施公仔细听去，只听念道：

花事阑珊梦醒迟，玉人斜立倚花枝；

春光已逐东风去，害杀相思弱不支！

施公听罢暗想道："这不是咏的伤春诗吗？"正自说着，又见那儒生去换了衣服，仍就是卖武艺的打扮，复到当场耍起拳来。看了一回，因道："以前变戏法，以后打卖拳。单这中间变棺材、装儒士，是个什么意思呢?”一会子人也散了，拳也不打了，施公也走了。忽听人说：“宿迁县衙门失火。”施公赶紧往城根跑去。不料人多路拥，走到吊桥，忽然桥梁坍下一角，许多人跌入城河。施公一惊，醒来乃是一梦。又听一听，正打三更。施公便将梦中所见情形，详参一遍。因道：“棺材旁首立着一人，手执斧头，难道叫我开棺复验么?”又想那儒生咏的那首诗，起句是“花事阑珊梦醒迟”，这头一个安着花字。第二、三句，“玉人斜立倚花枝”，“春光已逐东风去”这两句头上，安着玉春二字。末句便是“害杀相思弱不支”，分明是“花玉春害杀”五字。这难道王陆氏的儿子王开槐是花玉春谋害的么？又道：“王开槐是个手艺人，如何是儒生打扮的?”想来想去，实可疑。不觉又入梦境：只见一人生得颇为粗俗，手携幼女，立在床前，口称“冤枉”。施公仔细一看，见那粗汉满头血迹，甚是可怜。施公问他姓名，已倏然不见。又见一武生打扮的，生得颇为俊秀，跪在床前，若作惧怕之状。施公也欲问他名姓，只听更锣乱响，惊醒仍是一梦。施公又悉心解悟道：“难道王开槐竟是为那武生谋害的么？且等明日再行严讯，务要追出了，才好为民治理。”于是施公复睡了一觉，已是东方已白了，红日高上。施公起来，梳洗已毕，用过早点，当命传知宿迁县听候，午堂亲临，复讯王陆氏控告一案。并着原差，将原告人证传齐。手下去后，日将晌午，施公便往县署，就在县署用过午饭。知县禀称：“原告人证传到，请大人升堂。”

施公随即升坐大堂，悉心复讯。先问王李氏道：“本部堂昨已住邑庙求神示梦，已蒙城隍神明示清楚：尔丈夫王开槐与尔女秀珍，实系为尔与武生同谋一并害死。尔尚有何言抵赖？可从实招来！”只见王李氏只低头说道：“大人明见，小妇人丈夫，实系暴病身亡，委无谋害情事。且不知什么武生。若大人定要小妇人招出，不必说要用大刑，就是把刀架在小妇人头上，小妇人情愿杀死。要招口供，还是暴病身亡，不知什么谋害。若果真是谋害死的，难道县大老爷与小妇人也有什么奸情？有伤反说无伤，有心袒护么？”施公听说，大怒喝道：“好大胆刁恶淫妇！还敢强词顶撞！不用大刑，定不肯招，快取夹棍上来。”差役答应，随将王李氏拖翻在地，将夹棍在腿上夹起，两旁将绳子收起。只见李氏大声哭道：“小妇人实被冤枉！虽夫死了，也没有奸夫交出。”施公听说便命松下，道：“本部堂明日再复开棺检验，那时给尔个真正凭据。验出伤来，看你再有何说，尔敢具开棺请验的甘结①么？”李氏道：“小妇人甘结愿具。但有一件，如验不出伤来，大人何以对小妇人丈夫呀？”施公道：“若验不出伤，本部堂自行参处，给尔请予旌表何如？”李氏道：“既如此，小妇人情甘具结便了。”施公便命具上来甘结，着即仍然收监。一面传谕知县，预备搭盖尸厂。另传著名老手仵作一名，明日随往枯树岭，开棺复验。吩咐已毕，施公回辕。

次日，知县早将原被人证，及书差、仵作等人，在枯树岭旁伺候。施公亦出城五六里，便至枯树岭，早见尸厂搭盖齐全。施公下了轿，升坐公案。知县参见已毕。便命尸母王陆氏、尸妻王李氏，率领地甲、书差、仵作人等前去伐墓，现出尸棺。仵作用

---

① 甘结——向官府写保证书。

斧子将棺盖砍开，把尸身翻出。先由原验仵作，周身复验，喝报仍无伤痕。施公又命另带著名老手仵作复验，据报由上至下，遍身验到，委系因病而死，实无致命之处。施公闻报，便离公座，与知县亲临检视，也看不出何处有伤，但只见尸身肉烂皮腐而已。施公看过，心中好不难受，只好命人将棺盖了，再作计议。“本部堂准备自行参处，给李氏旌表便了。”正自暗想，命人封棺。忽从自身左右，陡起一阵狂风，吹得各人毛发皆悚，两目皆难开展。施公颇为诧异，暗自说道：“本部堂为尔有冤，特来开棺检验，争奈毫无伤痕。若果致命部位实系难验，尔今夜再去本部堂那里托梦，明日指诉，以便本部堂代尔做主。”于是便命人先行盖棺，加了封条，并派地方，妥为看守。王李氏仍然收监。吩咐已毕，便命回辕。毕竟如何验出，且听下回分解。

第二七〇回

淫妇狠心冤魂不散　奸夫毒手弱女何辜

话说施公开棺验毕，然后打道回辕。施公回到行辕，左思右想，实在忧闷，只得暂且丢开，有什么动静，再看夜间，好作计议。这夜施公才睡着一会，便梦见自己到了枯树岭，四旁无人，只有尸身睡在棺内。可怪那尸身，见了施公到跟前，便由棺内爬起来，望着施公磕了一个头，嘴里说了许多话，只是不解。后来又站起来，满头仍是血迹，又用手指指头顶，忽然用手一招，从旁来了个小女孩子。只见那女孩子，望着施公也磕了个头，站起来，也用手指指腹上，又指指心口。倏然间女孩子已经不见了，那尸身仍在棺内。施公醒来，重复详解，明日再做主意。

到次日，将那个著名老仵作金标传来，望他说道："本部堂昨夜梦城隍神示兆，说王开槐实系致命中伤。尔亦明知其情，有意蒙混。本部堂定将尔照知情不报，得贿卖法例，加一等从重治罪。"那金标正欲辩白，施公不由他分说，便喝道："毋许多言，速速前去！若三日验出，本部堂重重有赏。"金标不敢再说，且先行回去，与老婆商量商量，有何不可。一会子到了家中，他老婆便问道："施大人传你去，究为何事？"金标听说，便将以上的话说了一大遍。只见老婆说道："你说死者周身无伤，你曾细细检验么？"金标道："哪一处不曾验过？"他老婆说道："头顶上可曾验过么?”这句话把金标提醒了，答道：“头顶上没有验过。”也是冤魂未散，合该金标的老婆，要在施公手上犯案。

且说金标听了老婆花玉春的话，次日便去施公那里悄悄告诉。施公便道：“你前日坚说不知，现在怎么知道?”金标禀道：“乃小的妻子向小的问头顶曾否验过？小的说不曾验到，他就说出这句话来。”施公听说此话，就疑惑起来：怎么一个妇人，就有这等见识？便望下问道：“你家妻子是姓什么?”金标道：“小的妻子姓花名叫玉春。”施公听说“花玉春”三字，忽又触起梦中那首诗来，暗想这里有什么岔事？因道：“你妻子见识很好，如明日果能验出伤来，本部堂从重有赏。尔且退去。”

次日，施公仍去枯树岭，先验封条，次命李氏之父李卜仁，及李氏同到棺前，跟同开棺。仵作将棺盖开下，当即复验一周。据报仍无伤痕。施公喝令将头上头发打开，细验头顶。说着，留神察看李氏形色。只见李氏登时变了颜色，两眼的光都瞪了。施公知道有异，旋据仵作喝报：“验得头顶中间，有四五寸长铁钉一根，委系被钉钉死。”施公听报，又命将钉拔出。仵作答应，随将铁钉呈上公案。施公便命宿迁县同看。又命将李氏带上，把铁钉与李氏看过。即叫人将棺盖好，仍旧用土工封墓。一面带同原被告人证，及书差、仵作，径回县署复讯。

施公升座大堂，问李氏道：“好大胆的淫妇，今本部堂验出真伤，尔尚有何辩驳?”李氏尚未回答，只见李卜仁禀道：“小的生这不孝之女，做出如此的大案，小的实不知情，求大人尽法惩治，好伸我女婿之冤。”施公道：“你既不知情。姑从宽发落，尔当听候判断。”又问李氏道：“尔是招与不招?”李氏见抵赖不过，只得招出，因道："小妇人听信人言，下此毒手。只因母家前庄，有个姓吴的名叫吴良，是一个武举出身，家中颇有些钱文。前年三月三日，小妇人在门口买菜，吴良走此经过，又起了一点邪心。他也见小妇人稍有姿色，于是两情相合，就此成奸。"施公道："那吴良难道没有家小么？"李氏道："妻子新死。"又问道："他家尚有何人？"李氏道："他有个祖母，今年已有七十多岁，双目不明。还有前妻生的儿子，今年三岁，寄在他丈人家过活。"施公道："尔既与他有奸，后来便怎么害你亲夫与你女儿呢？"李氏道："由此日往月来，来至今年已整二年多了。小妇人凡到吴家去，皆是两头说谎，因此娘、婆两家，皆不知道情节。这日小妇人刚从吴良家走未多远，先见丈夫走来。其时丈夫并未看见，小妇人终是胆怯，当晚也就回来夫家。过了几日又去吴良家内，将这话告诉吴良，原欲与他拆散。哪知吴良甘言蜜语，小妇人受骗，就答应了，也不料起这歹心。到八月初五，他听我婆婆到姑子家去了，他到了二更时分，他就一人到了夫家，手上拿了一柄刀，把门打开，见了丈夫就要杀他。小妇人见他那种杀象，就要喊叫。他又指着小妇人说道：'你如喊叫，就是一刀。'小妇人被他吓的也就不敢唤了。我丈夫也就被他吓昏了。他便将刀抛在地下，就把丈夫背绑起来，此时丈夫也醒了，便哀求他饶命。他哪里肯依？小妇人也去求他，他也不睬。复又撕了块布，将丈夫嘴塞住，就从身上掏出一根钉来。又在地下拿了刀，用手提刀，将钉在丈夫头顶上钉下，登时丈夫就死了。此时小妇人已吓软了，话也说不出，只眼睁睁的望着他动手。我那秀珍女儿，从床上忽然爬起来，哭个不了。吴良一见说道：'一不做，二不休。留了这小孩子，终久是祸，不如一起斩草除根。’说着，又将秀珍抱起来，在桌子抽屉内，寻出一根针来，在秀珍肚脐戳进去。天尚未明，女儿也就死了。他见二人皆死，复向小妇人说道：‘你不能说出来，你若是露出风声，你的性命立刻难保。你就说他父女两个，暴病死的。即是有人告你，虽把包老爷请来，都验不出伤来。’彼时小妇人也是无法，只得依允他了。”说罢，大骂吴良道：“你这狠心贼！害得我好苦呀！眼见得你还要抵命了。”施公听罢，叫人录了口供，着仍收监，候提吴良到案，再行断绝。

一面飞差签提吴良，当日就将吴良提到。施公随坐晚堂，先问了一遍。吴良仍思抵赖。后命带到李氏对质，吴良也一一招认道：“王开槐实是由小的一人用钉钉死，其女秀珍，亦是小的用针戳死是实，情甘抵罪。”施会也就往下不追，但命将吴良口供录下，分别收监，听候拟罪。欲知后事如何，且听下回分解。

第二七一回

案外案因案破案　奸里奸以奸从奸

话说施公审明王李氏听奸夫吴良谋死亲夫，虽未帮凶，实系因奸致害，仍与谋害亲夫事同一律，照谋害亲夫例拟以凌迟处死。吴良奸淫有夫之妇，复又谋死亲夫，又戳死幼女，实系罪大恶极，本拟斩监候，应照例加一等，拟斩立决。王李氏之父李卜仁，虽属不知情，究属教训不严，拟杖一百。王陆氏守节抚孤，老年丧子，实属可怜，着于亲房中择其应嗣者立继，并着宿迁县捐廉助银一百两，给于王陆氏身后之用，以示体恤，而悯孤贫。宿迁知县胡礼听断不明，办事草率，于此等重大之案，不能悉心讯察，实心地糊涂。本应参处，姑念尚未贿赂，着记大过一次，罚半年俸，以示惩儆。此案断结。随即签差去提仵作金标，并该妇花玉春，即时到堂，听候严讯。宿迁县见了这个公事，忙无头绪，不知金标犯了何罪，又提花玉春实为何因，而又不敢据问，只得饬差去讫。

施公退堂一会子，金标与花玉春，都行提到。施公随即升堂，命带金标先提讯。金标跪在下面。望上禀道："小的蒙大人恩提，不知身犯何罪？求大人示谕。"施公道："尔本无罪，办事勤劳，本应重赏。但有一事，不得不问尔明白。尔妻花玉春系个原配？抑系奸占？"金标道："小的是续娶。"施公道："还是处女？还是再醮[1]？”金标道：“是再醮。”施公道：“花玉春前夫，你可知道作何生理呢？”金标道：“花玉春前夫，小的是知道的，姓卜名唤卜干，是本县里粮差。只因卜干七年前死了，花玉春因无养育，凭媒说合，再醮小的为妻，于今已有七年了。”“花玉春今年多大岁数？”金标道：“现年三十九岁，三十二岁上娶他为妻。”施公道：“尔今年多大了？”金标道：“小的四十六岁。”施公道：“尔知花玉春嫁卜干时节是处女，是再醮？”金标道：“这个，小的记不清楚了。”施公道：“花玉春如何知道验王开槐的头顶的？”金标道：“那日小的心下愁烦，因此对小的妻子说出。后来小的妻子就问我头上曾验看？小的被他提醒了，就此来禀大人。”施公道：“他怎么就知道头顶上有伤呢？”金标道：“小的不知。”

施公又命带花玉春。花玉春慌忙跪倒地下。施公道：“你就叫花玉春么？”下面答应正是。施公道：“本部昨夜忽得一梦，见有个书生，在本部堂面前告你，说是你同什么姓卜的，把他谋害毒死的。本部堂正要问他姓甚名谁，忽然来了个粮差的打扮，与那书生对驳诘。那粮差说是不知情，全是你一人主意。本部堂不能不将尔略问一问，好让本部堂解此疑惑。”只见花玉春听了此言就呆了。跪在下面回道：“小妇人自嫁前夫卜干，不到两年就死了，再嫁金标，于今已有七年。向来安分，不敢为非，恩求明察。”施公道：“你初嫁时是几岁呢？”玉春道：“初嫁是二十五岁。”施公道：“你这话有些不明白。据你说今年三十九岁。再嫁

---

① 再醮（jiào）——再嫁。

金标，已有七年，定是三十二岁嫁金标的了。你又说嫁与卜干不到二年就死了，则是嫁卜干的时候，已有三十岁了。你怎么又说初嫁是二十五岁呢?”这话把花玉春问得目瞪口呆，一时难以回答。施公大怒，喝道：“好大胆的泼妇！尔可记得住桃花坞杨秀家隔壁，那日三更时分，用铁钉将尔亲夫钉死的时候么？快将谋死亲夫实话招出，免得动刑。”花玉春禀道：“小妇人只知亲夫卜干，委实因病身死的，别的不知。”施公道：“左右来将他夹起。”立刻拖倒在地，用夹棍夹起来。金标站在阶下，只吓得乱抖。花玉春被夹不过，只得喊道：“愿招。”施公命松了刑。花玉春跪在地下招道：“小妇人自幼时本与卜干住在一街，二十岁就与卜干有染，其时即以终身相托。后来小妇人父亲，因做了仵作行当，公门中饭吃怕了心，一意将小妇人嫁了读书之人。适有个姓宋的，名叫宋忠，是本县的人，却不曾进学。又因他单身人，于是就央媒说合，将小妇人嫁他。那时小妇人年才二十五岁。自嫁宋忠两年后，便与卜干决不来往。这日宋忠去考，小妇人在门口买东西，忽见卜干走此经过，于是又惹起孽缘。后来忽被宋忠撞见。当时宋忠碍些体面，不曾声张，决意搬下乡住。就在桃花坞杨秀家隔壁租了三间屋子，两间教书，一间做房。因此小妇人自知惭愧，亟思改过。不料神差鬼使，这日卜干下乡催粮，又走门口经过。千巧万巧，丈夫刚进城去，故此又与卜干做了无耻之事。后因丈夫教这蒙童，竟弄得衣不终身，食不终口，又因卜干时常托人带些银钱与小妇人用，因此小妇人就生出这个毒计，把宋忠钉死，声称暴病而亡。其时小妇人的父亲已死，无人责问，小妇人便跟了卜干。”施公道：“你怎么想得到用钉钉死的呢?”

花玉春道："只因小时听见过我父亲说过一回，却记不得什么案子了。后来竟未验出，直至二三十年，还是凶手自己说出来才破案的。"施公道："你自嫁了卜干，怎么又嫁金标？卜干又怎么死的呢？"花玉春道："小妇人既嫁卜干，以为遂我初愿。那知卜干得了疯疾病，不到二年他又死了。小妇人自叹命苦，且又无得养育。适值金标常走门口，竟被他勾引上了，后来才跟他的。"施公命人录了口供，又问金标道："尔与花玉春，是否先奸后娶？"金标道："实因卜干死后，然后娶的。"施公便提笔判道："花玉春因奸谋死亲夫宋忠，照例拟以凌迟处死。卜干虽无帮凶情事，然不应奸占有夫之妇，亦应问罪，姑念已死，着无庸议①。金标奸娶犯妇，虽不知情，究有应得之罪，着从宽杖一百释放。"后事如何，且听下回分解。

① 着无庸议——确实没有必要再依原计划议罪了。

第二七二回

吉日良辰小西入赘　佳肴美酒计全闹房

且说关小西自聘郝素玉之后，便与计全、李昆同住客店，只等吉期一到，就去招亲。张桂兰却在菊花庄帮同素玉料理各事。李昆、计全亦时往他家帮助郝其鸾料理。光阴迅速，这日已是十一月十三日，计全、李昆、郝其鸾三人，早将新房收拾焕然一新。郝家又接许多亲友，来吃喜酒，前后的房，都挂了红纱灯。到了十四晚上，便备了好两桌酒席，一来为的是暖房，二来又算请媒。另有一桌送到客店，专为关小西而设，因他这日，尚不便前来。关小西便收了酒席，晚间便将店主人约来同饮，倒也不甚寂寞。郝家这日晚上，前后的灯点得如同白昼。新房内高烧的一对红烛，桌上摆些许多珍奇宝玩，房内前后陈设一切，俱是簇簇生新。中间列着一桌盛席。计全首座，李昆对陪，郝其鸾的姑夫王明亮，坐在上横头，主人坐住主席。四人欢呼畅饮，说不尽绮丽风光。里面这便是张桂兰首座，其余便是郝其鸾的姑妈、姨娘、舅母、表姊妹、妻嫂等人，皆按次序坐下，他妻子相陪。也是欢呼畅饮，直饮至三更，方才散席。计全、李昆仍回客店。次日一早，便有鼓手到客店，伺候关小西换了衣服，坐了轿子。计全、李昆二人先行，鼓手引着小西，往菊花庄而去。

不一会已至，郝其鸾早迎出来。关小西即便下轿，到了厅上，先行过礼，然后坐下。计全、李昆相陪三道茶。又与诸亲六戚挨次见礼。诸事已毕，大家又谈笑了一会。光阴迅速，日落西山。傧相出来，迎请了新贵人一同参拜天地。只见得鼓手乐器齐鸣，笙歌聒耳①。小西穿了新衣，由计全、李昆送入后堂。但见张桂兰、郝其鸾盟嫂并喜娘妇②，拥出新人。傧相又请关小西将新娘盖头揭去。大家一看，但见郝素玉，打扮如同仙子一般：头戴凤冠，身穿蟒服裙，低垂二目，若有不胜羞涩之状，迥非阵上临战交锋那种雄赳赳的光景。于是关小西、郝素玉并立红毡之上，傧相赞礼，二人拜过了天地。傧相又请新人进房合卺③，安床撒帐。吃过交杯酒，由喜娘通报出来。外面傧相，复请新人登堂见客，于是双双走出房门，郝素玉由喜娘搀扶，两人分上下并立。傧相先请媒人二位见礼，计全、李昆赶着上去，傧相请新人须下全礼。计全、李昆赶急叫住道："不可。"郝其鸾道："谢媒须得全礼。"计全、李昆同道："真正媒人，还要算那八仙软索锤呢！"这句话，把关小西、郝素玉二人说得脸上通红，大家也是哈哈大笑。傧相又请郝府亲戚见礼。于是姑表姨舅等人，以及舅爷、舅嫂，一一参见已毕。然后请张桂兰与郝其鸾盟嫂李翠凤两位全福太太收拜了。新娘子进房，小西仍在外陪客。一会子摆上喜筵，前后男女共四桌。真个是觥筹交错，水陆交陈，说不尽喜气盈门，欢呼满室。直至二鼓相尽，方才散席。

---

① 聒耳——声音嘈杂刺耳。

② 喜娘妇——旧式婚礼中照料新娘的妇女。

③ 合卺（jǐn）——成婚。卺是瓢，把一个匏瓜剖成两半，新郎新娘各执一半饮酒。是旧时成婚时的一种仪式。

计全、李昆暗暗叫厨房里另备了酒菜，拣那会闹的留一两个，以便闹房。只见傧相来请全福老爷送房，好让新贵人入洞房花烛。计全、李昆一人执一枝烛台，将关小西送入洞房内。随即招呼人，开了桌子座位，叫厨房内把六碗八碟一坛酒送了进来。一会子厨房里送进来，摆在桌上。计全便走到郝素玉跟前，先作了个揖，说道："今日告罪在先，减去授受不亲之礼，即请贤弟媳，一起畅叙一番，以便说笑说笑。过此以往，见着面你只叫我们渗濑大伯。我们只托老实叫你声弟媳，快赏个脸罢!"郝素玉低着头，一言不发。旁边喜娘说道："姑娘理应相陪，只是初见面儿怪臊的，请老爷包涵的。还是姑老爷代姑娘陪着老爷们饮完一会罢!"计全仍是不依。李昆道："既是喜娘这么说，就依着他罢！譬如关贤弟门分一杯，却叫他吃双，陪那一杯是给代弟媳的。"计全道："如此也还使得。"说着，就拉关小西及诸人坐下。计全就叫人折了一枝花，拿出一面鼓来，效当日唐明皇击鼓催花的故事：将花由各人传递，只要花接到那人手里，外里鼓声停住，便是那人吃酒。大家皆道甚好。于是就传起鼓来，由计全递花，各人递了一遍。可巧关小西才接住花了，外面鼓声停了。计全就斟上两杯酒来给小西吃。小西也无推辞只得喝了。计全又叫起鼓，这回却是计全喝。由是传了六七遍，关小西倒喝了大半。李昆等又筛了六杯，小西要端起来喝。只见喜娘走了过来说道："诸位老爷赏个脸，姑爷这六杯酒，给小娘代吃了罢!"说着就去端杯。计全道："这个酒不准你吃。你要润嗓子，另给你吃罢!"喜娘道："且吃了这六杯，然后再请诸位老爷赏罢!"李昆道："也好，你既要吃，先把这六杯吃了。在席共计六人，你再代每人共吃六杯，共计三十六杯。你吃完了，咱们大家也就散，好给你服侍姑爷、姑娘安寝。”喜娘道：“诸位老爷们赏酒，小娘怎敢不吃。但吃了三十六杯，小娘可不是要醉了吗？平时倒不妨碍，今日是服侍姑爷、姑娘的时候，小娘若醉了，哪个去服侍？岂不要讨姑娘姑爷骂呢？就是家里老爷也要怪小娘贪杯误事。小娘酒是要吃的，只是不敢吃。还请诸位老爷们赏个情，明日再讨老爷们赏罢！”李昆道：“既是你这样说法，吃醉了不好服侍姑爷姑娘也罢，你每人再代吃一杯，好好的给姑娘姑爷服侍安寝。再给你叫他们明天早上多赏你些白白蜜、胡桃粉做点心，把你这两边包的嘴吃甜了，再给咱们陪酒。”说得大家笑个不住的大笑。喜娘又吃了六杯，大家才散。要知后事如何，且听下回分解。

第二七三回

郝素玉嫁夫从夫　郎如豹知法犯法

却说次日天明，关小西、郝素玉都一早起来。昨夜恩爱，自不必说。关小西梳洗已毕，就到外面陪计全、李昆等人。郝素玉仍在房内妆饰一会子，妆饰已毕，便去兄嫂前请安，又去张桂兰及诸亲友眷处，一一问好已毕。大家也回看了一回。一连热闹了一月，其中三朝满月，不必絮谈。早是完姻一月，关小西就要带了郝素玉动身。郝其鸾因小西是个有公事的人，计全、李昆也是不能耽搁，只得备了两桌饯行筵，与妹夫、妹子及计全、李昆饯别。倒是郝其鸾兄妹有些别离之意。郝其鸾便在酒席筵前又托李昆、计全，在施公面前善为说辞："本来是要去效力，争奈家务难丢，不能如愿。"计全亦唯唯笑应，也道谢了："打扰。"郝其鸾谦让一番，酒席散后，又命庄丁备了两乘骡轿、两辆大车、四匹骏马，又进去与他妹子说了许多话。已是十一月二十，大家收拾动身。郝素玉的东西，已经料理好的，七手八脚装上大车，于是大家拜别。郝素玉含些眼泪，与兄嫂说了一声。郝其鸾还送了一程，然后回庄不表。

且说关小西等人走了一日，已到睢宁。当时进城，找着行辕，先去通报。黄天霸等见他们回来了，也就同计全等去见施公。然后，关小西、郝素玉至施公前两人磕了头，素玉复又给施公谢罪。施公也让了一回，然后素玉与桂兰站在一处。施公见他们两人，生的皆是美色，不相上下，且皆绝妙武艺，施公大喜。郝素玉又说道："贱妾胞兄，给大人请安告罪。本拟遵命前来效力，藉赎前罪。争奈家务烦冗，急切不能分身，有负提拔，实在抱罪，还求宽恕。"施公道："这也不便勉强。"说罢，就命退出。张桂兰、郝素玉退了出去。施公又叫人将计全、李昆请进来，将所办的案件，告诉了一遍。计全、李昆、关小西皆道："这是大人的明察。"施公又道："后天一早起程。"黄天霸等退出。过了一日，施公命驾起程，各官恭送。

这一日已抵沭阳，当有县官出城迎接。施公换坐大轿，刚要进城，只见一丛人，扶老携女，手中执些神香，哀哀喊道："求青天大人申冤呀！小民等望了有两个月啦！"只听得一片人声喊个不住。施公便命住轿，当即招呼，将喊冤人带上。那些百姓，一个个环叩轿前。施公先把那年老的问道："尔姓甚名谁？有何冤枉？为着什么，聚积这许多人前来控告？快快从实招来。"那老人道："小民等各人都有冤枉，并非聚积，皆是不约而同。小民姓于名唤存仁，家住李海岛。只因为本处有个郎如豹，是个监生，专交结衙门公差，因此强霸一方，无恶不作，周围一方，受累不浅。就如小民，祖遗田产一分，此田却是极好，无论水旱皆有粮谷。郎如豹爱小的田好，先叫人来向小民说，叫小民卖把他。小民不肯，他后来做了一张假契，去到县里报了税，硬说这分田是他的。小民也曾到县里喊冤，经不起书差架词蒙混，把个县大老爷弄得糊里糊涂，直截就断把他了。到现在原契尚在小民身上呢！大人如不相信，有原契可凭。”施公点头，施公又问那个老婆道：“你又是什么冤枉？”只见那老婆子道：“民妇的冤枉更比他深了。民妇姓周，娘家胡姓。丈夫早已去世，儿子也早死了，只有个媳妇郑氏，孙女巧儿。这巧儿今年十六岁，生得有些姿色。郎如豹一见，便叫人来和民妇说，他给三十吊钱，叫卖与他做小。民妇同媳妇不肯，为的是过两年招个孙女婿回来，好给民妇与媳妇养老送终。那知郎如豹见民妇不肯卖与他，他便将孙女抢去了。民妇与媳妇见他用霸道抢去孙女，那时就跟了他去，准备同他拼命。他又喝令多人，将民妇与媳妇他用乱棒打回。民妇与媳妇没法，只得去县里喊冤。那知县太爷，不但不准，反说民妇诬告他。因此来求青天申冤的。”施公也点点头。又见一个十四五岁的小孩子也跪在地下。施公问道：“你这小孩子又有什么冤枉？也要来告？”那小孩子道：“小民姓赵名唤六十子。父亲叫赵三，母亲钱氏，因上月，郎如豹说我父亲欠他债，要叫父亲把住房抵他。我父亲实不欠他，因此不肯。他就把父亲送到县里收起来，押交住房抵债。现在仍收在县里，我母亲又病在家里，故此小民才来喊冤的。”施公问了好两起，不是谋夺田产，就是奸占妇女。施公便命各人补词，明日到行辕来呈递。各人答应一声，纷纷退去。

施公进城，就在行辕住下。随来各官及张桂兰、郝素玉俱安住已毕。沭阳知县钱星通上了手本请安禀见。施公便命传见。钱星通见了施公，行礼已毕，坐在下首。施公问道：“贵县莅任几时了?”钱星通道：“卑职是去年十月到任的。”施公道：“闻得贵县政声颇好。”钱星通道：“卑职愚鲁不才，倘有不是，还求大人宽宥!”施公道：“贵县暂回署，候传便了。”欲知施公如何准词，且听下回分解。

第二七四回

郎如豹闻风行刺　张桂兰捉贼立功

且说郎如豹在李海岛强霸一方。独有县署内这一班书差衙役，与他最为莫逆。当日那些被害受累之家，纷纷的在施公处控告，早有县差连夜就奔出城，前去送信。到了李海岛，郎如豹迎接进去。刁仁才坐下来便道："郎大哥，你今被人告发了。这回可不是在本县里告，却是总漕施大人那里告的。而且这施大人很古怪，莫说是钱不要的，就是金珠宝贝他也毫不笑纳。沿途办了无数大案，没有一个不怕的。就是江湖上赫赫有名的大盗，也被他办了不知多少。今日老哥那些案告在他手里，只怕有些不妥。"郎如豹听了这番话，也觉心惊胆战。因道："老弟，据你看，怎么打点呢?"刁仁道："施大人面前，有个差官，从前小弟与他拜过把了的。听说施大人无论什么公事总要差他。为今之计，只好用点银子，叫他稍迟两日下乡，老兄一面打点主意。再不然，能将施公暗中害死，虽有天大的事，也就没要紧了。"这一句把个郎如豹提醒过来，因道："老弟且拿一二百两银子用，去那里按捺公事，我就一面打点主意。不瞒老弟说，我有个极好朋友，武艺精通，飞檐走壁，江湖上称得个好汉。只须请他前去，将他施不全暗地刺死，那时就没事了。"郎如豹便拿出二百银子来，交给刁仁去讫。

郎如豹便将他说的那个好友请出来，你道这个人是谁？原来是个光蛋出身，自幼习了些枪棒，武艺却下得去。本是山东登州府人，姓蒋名熊。外人因他生得胖大，就给他个绰号，叫做“赛门神”。这蒋熊见郎如豹请他，他便出来，彼此坐定。郎如豹便将刁仁所说的这番话，原原本本告诉一遍。蒋熊道：“小弟素闻施不全之名，甚是扎手。今既如此，必得早点打算才好。”郎如豹道：“小弟有一心腹话，只是不好开口。如蒙兄台见允，小弟才敢奉闻。”蒋熊道：“老哥有话快讲，如有用小弟之处，虽赴汤蹈火，亦所不辞，聊以报平生养育之德。”郎如豹道：“只因施不全如此如此，因思兄台武艺高强，必有什么妙计。”话犹未了，只见蒋熊站起来道：“老兄莫非是要小弟行劫么？”郎如豹道：“小弟虽有此意，还请老哥三思而行，不必冒险。”蒋熊道：“咱为人半生只为个性直。老哥既有此意，小弟虽万死不辞，就此请去一走。”郎如豹道：“何必如此急急，且待稍备酒肴，以壮行色。”蒋熊道：“事不可迟，迟则生变。”郎如豹只得说道：“有劳大驾，仗兄之力，定然马到成功。今日之事，小弟生死不忘。受小弟一拜。”说着拜了下去。蒋熊赶着扶起。因道：“就此告辞了。”到了自己房内，换了衣服，带了利刃，一直出门，往沭阳而去，暂且不表。

且说施公在行辕内，已见人送进十几张状词。施公当将状词检阅一过，然后派黄、计、李、关四人前去李海岛，妥速将郎如豹锁拿来辕，以便严讯。黄天霸四人当即换了衣服，带了兵刃，直往李海岛而去。且说张桂兰与郝素玉说道：“妹妹，你今同我二人，皆受了夫主之嘱，必得要将大人保护得平安无事。”郝素玉道："姐姐此话有理。但据小妹愚见，须要在大人房外，东西各安一人。说不得一夜辛苦是要吃的。万一有什么动静，只须你我二人打个暗号。"张桂兰道："只须拍掌便了。"二人便换了衣服，是夜行的，通体漆黑，各执朴刀、袖箭、铜锤，按东西两处，黑暗中藏躲稳当。直至三更过后，猛一抬头，只见围墙上一道黑影一晃。张桂兰知道有变，且不惊动，单看怎样下来。又听见一块石头，望下一抛，噗的一声响，张桂兰更觉有异，还不声张。少停一刻，只见东墙上落下一人，蹑足潜踪，倒垂而下。张桂兰看得真切。只见那人跳在下面，四面瞧了瞧，是要顺那路径的样子。张桂兰更加躲藏好了，细看那人如何动静。又见那人复由下面蹿上屋顶，要望施公书房而去。此时张桂兰说声："不好!"赶着跳出，向外一看，见屋上那人，正往前走。张桂兰急急的拿出袖箭，对准那人手一扬，一枝箭早放出去。只见那人望下一蹬。张桂兰恐怕箭未打中，复又一箭直往那人左腿打去。但听咕咚一声，栽倒在地。张桂兰忙击一掌，郝素玉已早听见，一个箭步飞了过来。两人齐上前去，将那一个人按住，四马倒攒蹄捆了个结实。又将那人扛了起来，带回自己房内看守，以便早间报功。欲知这刺客究系何人，且听下回分解。

第二七五回

施贤臣严讯赛门神　黄天霸巧捉郎如豹

却说捉住刺客。到次日早施公起来，张桂兰、郝素玉都全夜未睡，当即禀知施公道："贱妾张桂兰偕同郝素玉，于昨夜三更时分，见一刺客由东墙而进。贱妾出其不意，用袖箭打中该贼右腿，复发一箭打中该贼左腿，由此从屋面跌下。当由贱妾招呼郝素玉，一同上前捆缚起来，带回空房，看守一夜。请示定夺。"施公闻言大喜道："莫非黄夫人与关夫人捉住刺客，本部堂的性命几不可保。"张桂兰、郝素玉齐道："大人说哪里话来，贱妾等重感大恩，无以为报。"施公道："俟到淮安后，再行论功。二位夫人且先回房歇息一会子。"

施公升堂，喝："将刺客带来。"手下人即刻将蒋熊随换了手铐脚镣，然后解去捆缚，推倒跪下面。施公喝道："尔姓甚名谁？何人指使，胆敢前来行刺？快快从实招来！"蒋熊心下暗想道："咱是个好汉，明人不做暗事。"便说道："听咱道来。只因你收了告郎如豹的那些状词，当有县差刁仁去郎如豹那里报信，叫他早为打点，郎如豹就重托他，叫刁仁代他设法。后来刁仁说：'这里有个人，是与他结盟的兄弟，所有提差案件，均是他办理。只要与他说明，先送他些银子，请他将公事延搁两日，稍缓下乡，便有法想。你就好一面打点主意，或逃或走均可。叫他能终久不去捉拿，那就更妙。’郎如豹听了这话，当时送他二百两银子，叫他先去捺搁公事。刁仁去后，郎如豹就来找咱，叫咱前来行刺。咱听这话，因他素日待咱甚好，咱住在他那里已有三年，多日款待，父母亦不过如此。咱所以欲报答他，一闻此言，就答应他前来。活该咱命运不好，被你的人用暗器打伤，不然你的这个头，也莫想在脖子上了。这就是咱来行刺的情形。”施公又道：“郎如豹现在还在家否?”蒋熊道：“他要逃走，不叫咱前来行刺咧！今咱被捉，倒不算其事。县里那些差役，也要捉几个来问问罪。郎如豹平时所作之事，皆是他们那狗头作出来的。若非刁仁去送信，与他说出那些话来，郎如豹也不会叫我前来做刺客。”施公听了，命人录了口供，不必发县收监，依然锁在空房，仍着人看守。

施公又命人传沭阳县谕话。手下人答应。一会子沭阳县钱星通进来。施公道：“贵县署中有个差役刁仁，本部堂闻得他很有干办。今因郎如豹作恶多端，又因李海岛路径不熟，欲差刁仁，带领本辕差官，前去捉拿郎如豹。”沭阳县唯唯退出，当即回署，立将刁仁传到，并将施公所说之话，转谕了一遍。刁仁听说，只吓得魂不附体，心中暗道：“难道我那事件施不全已知道了？就便施不全晓得，也无杀头之罪，说不得前去一趟。”主意已定，当即奉谕去往行辕。一会子到了辕门，便请值日的进去通知。施公随命手下人，将刁仁先传进来，上了刑具，严加看守，听候对质，暂且不表。

且说黄天霸等四人，星夜赶到李海岛。先在客店访了一访，知道郎如豹只倚着县里这班差役，心中暗想：“难保无人到此通风。我何不也装些县差役模样，就说是头儿叫我来此把信，看他如何?”心中想罢，便将此事同计全等商议妥当，即改了县差，直望郎如豹家而来。计全等亦陆续而来。黄天霸到了郎家门口他便问道：“你家太爷可在家么?咱是衙门里来的，叫王老三，要烦你进去通报一声。”庄丁听说，赶些进去通报。郎如豹听说是县差，叫：“请进他来。”庄丁走出，望着天霸说道：“大爷请你进去呢!”天霸答应，跟着走了进去，瞥见厅上立着一人，兔耳鹰腮，打量必是他了。赶忙走到厅上说：“咱们头儿昨日从这里去后……”底下一句尚未说出，郎如豹忙着问道：“那事曾办妥了不曾?”黄天霸听说，暗道：“上了路咧!”即跟着说下去：“办是办了，但是还差点儿。”郎如豹道：“难道那个整数还不敷用吗?”黄天霸道：“叫咱前来，请你老进城一趟。该事还有许多话非同你面谈不可。但事不可迟，迟怕生变，你老自主罢!”郎如豹听说，心下暗想：“同我商量，莫若就同他去走一趟，好在蒋熊今日才去，断没有那样快法。如果刁仁代咱弥缝得一点事没有，咱也可将蒋熊寻回，省得那样做法。”主意已定，因道：“王老三，既是你头儿招呼我城里，又累你跑这一趟，我就与你同走吧!”说着就叫庄丁，备了两匹骡子，给黄天霸一匹，二人出了庄，款款而去。计全等早已看见，便在后面跟了下来。走未多远，黄天霸打了个暗号，只见计全等一拥而上，将郎如豹从骡子上捉下。黄天霸也跳下来，将他捆好，绑在骡子上面，用手牵着，带回城去。欲知后事如何，且听下回分解。

第二七六回

真土豪伏法受诛　假知县虐民酷吏

却说黄天霸将郎如豹骗到庄外，就骡子上捉将下来，当时捆绑停当，就把他缚在骡子上，连夜押解进城。到了沭阳，天才大亮，当下来到行辕，将郎如豹交人看守。黄天霸等打听施公已经起来，进去将谎骗郎如豹的话说了一遍。施公大喜。施公也将张桂兰、郝素玉二人夜间捉住刺客的话，告知天霸、小西等人，又嘉奖了几句。天霸等退出，施公便命速传沭阳知县，即刻来辕讯案。又命将原告人等传齐，听候发落。一会子沭阳县到，参见毕。施公升了堂，知县坐在横头。郎如豹已经换上刑具，跪在下面。

施公问道："郎如豹，你平时声名颇大。尔可知所作所为皆是大逆不赦之罪么？尔可从实招来，免得本部堂动刑审问。"郎如豹道："小人素来安分，不知所犯何罪？今蒙提案，实在冤枉，还求开恩。"施公道："据尔所说，平时是个好人。这是本部堂冤枉你了。来，将原告带上。"即刻，那些老老少少，男男女女，有十几个，纷纷上来，环跪阶下，齐声喊道："青天大人申冤呀！我们这些小民，全被郎如豹害得家败人亡了。他仗着同县太爷通同一气，书差等狼狈为奸。"施公先望沭阳县道："原来贵县也在里面，但是贵县与郎如豹是何交情，帮着他殃民害百姓？"沭阳县躬身说道："卑职办事不明，或者有之。若说狼狈为奸，断断不敢！"说了未毕，施公又道："郎如豹，他们都来告你恶迹呢？快讲！"郎如豹道："小人在李海岛，惯打抱不平，并无奸占谋夺情事。这所告的，皆是素来刁顽之辈，全无实据。"施公尚未开口，又听那些人齐声喊道："青天大人明见，小人等皆是安分良民，不敢为非作歹，大人万万不可听郎如豹的话！"施公喝令："不许嘈杂！本部堂自有主见。"因又问道："郎如豹，尔说这些告你的全是刁顽之辈，他们却都不姓刁。到有个姓刁的，与你最为相契。"说着，喝令带刁仁。

少刻刁仁带到。施公问道："刁仁，你的好朋友在此，你有什么心腹，可以在本部堂这里同他讲说讲说。"刁仁见说，只是低头不语。施公又道："刁仁，你看下面跪的可是你的好友不是？"刁仁回头一望，见是郎如豹，只吓得汗流浃背，望上磕头，说道："小的知罪，求大人开恩。"施公道："尔所做之事，尔但从实招来，本部堂或可从宽发落。倘有半字虚谎，定即从重治罪！"刁仁没法，只得将已往之事，一一供出。但不敢说出指使郎如豹行刺的话。施公冷笑一声，又喝令带蒋熊。

少刻蒋熊带到。施公便叫蒋熊与郎如豹对质。蒋熊便望郎如豹道："在咱看，你招了罢！咱与你生来是好友，将来死了，还同你在一处。你还有什么办不来的事，还可以叫咱给你去做。咱今日虽为你而死，咱却不怨你。咱只恨那个县差刁仁，他叫你这个主意，前来行刺，以致咱与你都死在眼下。郎大哥，你快些从实招罢！免受刑具之苦。而且人都有一死的，二十年以后又是个好汉，算什么呢？你平时做的事，咱也劝过你两回，你都仗着县太爷与那一班忘八羔子的势，直不相信。今日被人告了，也算抵充得过了！”郎如豹抵赖不过，只得一一招出。又将刁仁如何指使的话，也招了出来。刁仁也无可抵赖。施公又命他三人画了供，当即批了个就地正法，立刻绑赴市曹示众。又命知县，先将赵三放出，所有郎如豹占夺民产田地，一概断还原主执业。又命知县，妥速往李海岛查抄郎如豹的家产，并将周胡氏孙女巧儿交出。着于郎如豹家产中，拨出纹银百两，交周胡氏带回，好为巧儿将来出嫁之资。知县唯唯，赶急前去办毕。百姓欢声载道。施公又将知县拟了罪名，说他：“纵容差役，交结土豪，不恤民情，私收贿赂。”着即行革职，发往军台效力，递遗员缺，再行拣员选补。诸事已毕，隔了一日，大家动身，县城印委各官，恭送如仪，不必细说。

这日刚到了赣榆县界，只见一伙人，跪在轿前，手捧呈词，口称：“冤枉！”施公命人将呈词接上，打开一看，是个公禀，上面写着：

具禀绅士、民人、书吏为赃官不法，酷吏虐民，环求申雪事。窃因赣榆县知县谢养儒，自上年七月到任，不恤民情，诛求无厌；广结强徒，奸淫妇女。境内盗案迭出，大半皆是本县亲随家丁所做。民间何罪？书吏何辜？若再容留，不堪民命。为此情急，环求青天大人，迅赐拿问，以重国典，而安民命，实为公便，上禀。再，谢养儒凶恶异常，似宜不动声色，密拿到案，庶不漏网，合并声明。

施公看罢，招呼众人先回，道：“本部堂当为尔等除害。”众人退去。施公等趱赶前行。欲知后事如何，且听下回分解。

第二七七回

施贤臣闲话论赃官　黄天霸卖拳逢恶仆

却说施公当下寻了客店歇下，自有店小二招呼不表。施公当与计全等商议道：“刚才那一起控赣榆知县谢养儒的人不少，果有此事？本院想那谢养儒是个两榜出身，而且部选出来的。我想此事，恐怕另有别情。本爵的意思，欲去暗访暗访。就于明日，假传本爵感冒风寒，不能前进，我却暗暗的轻车简从。计贤弟与黄贤弟打扮卖艺江湖的模样，同着本爵前去。在客店内住下，访了三两日，等得了实在情形，再行拿办。”大家齐道：“大人明见。”计全道：“卑职与天霸自然跟大人同行，但是沿途保护，唯嫌其少。卑职之意，可令关太、李昆等，陆续前进，俾有备无患。”施公随命：“李昆、关太为第二起；金大力、何路通、李七侯为第三起；王殿臣、郭起凤、张桂兰、郝素玉为第四起。进城以后，可在城隍庙探听住所。”吩咐已毕，一夜无话。

到了次日，里面传出话来：大人今日身体不爽，暂缓动身。施公便与黄天霸、计全、施安、施孝，悄悄出了店门。离镇不远，施公雇了一匹驴子，在前慢走。黄天霸、计全扮作卖艺在后跟随，在路行程不过一日，已抵赣榆县。施公开发了驴钱，五个人进城，寻了一个客店，分开住下。当晚施公便与店主人谈道：

“在下是从京都走此经过，闻得贵处是个热闹地方，在下意欲在此摆个命馆，相烦代在下租赁一间房屋。”店主人道：“还未请教贵客尊姓大名。”施公道：“在下姓方名也人，外号一豆山人。店东尊姓呢？”店主人答道：“小子姓吴名唤天祐。”于是吴天祐便向施公开谈起来，说道：“先生你老不知敝地人情，不知本地风俗，从来敝地向来风俗淳厚。只因得去年来了一位新任县太爷，叫个谢养儒，一到此间，就把我们本地闹到个不成话说。奸淫妇女，苛征钱粮。终日派出亲随，专在那热闹的地方，勒收规费，无论何项生意，他总要征收银钱。还有一件，只要看见人家稍有姿色妇女，便叫他亲随人，暗地访明住址，于夜间劫去，任其所为。书差中家眷如有好的，亦是如此。而且盗案迭出，无处寻拿；即访出，皆系本衙门所做的。因此人人侧目，个个含冤。先生你说要开命馆，不是在下劝先生不必，即是每日赚钱，也是替狗打食，这是何必呢？”施公道：“地方上有这样的官，难道绅士不告么？”吴天祐道：“怎么不去控告？我们此地属海州所管，也曾公禀海州。争奈州大老爷懦弱无能，虽传谕下来，令其改过，县太爷终是不睬。现在听说有位总漕施大人，早晚要到了。他老人家最是精明有胆量的，大约本县乡绅民人以及书差人等，候他老人家到了，还要去告求他老人家申冤呢！”施公听说，暗恨道：“谢养儒你如此作为。枉将两榜与你了。”因道：“承指教，咱明日就不去租房开命馆。但你们贵地有什么最热闹的地方，可以玩耍玩耍呢？”吴天祐道：“离此不远，有座都天庙，里面最为热闹。”施公听罢一切，当说了一句：“明天会吧！”就此进房安歇。黄天霸、计全二人，也听得清楚，就到施公房内说道：“卑职的愚见，明天大人可无须出店。等卑职二人去都天庙内卖拳，单看如何情形，回来禀复。”施公道：“此话也好。”

到了次日，黄天霸、计全二人，便带了枪棒，出了店门，望都天庙而去。一会子已到，二人捡了一处宽阔地方，打了个场子。黄天霸走在当中，将手一操，四面打了个揖，口里说道：“在下姓王名唤英标，这位朋友姓李名唤天龙，都是北直人氏。因望南边寻个朋友，到此脱了盘费，只得耍两手拳，给诸位们瞧瞧。耍得好，望诸位们帮个盘费。”于是计全执棒，黄天霸执枪，对面耍了一套。只见那些看的十个八个、三个两个的钱，掷了下来。黄天霸、计全将钱拾起，约了约数，有百文光景，拿在手内。忽见有人走到面前喝道：“你这两个厮！拳是卖了，得了钱。咱们的规矩，你可知道吗？”黄天霸说：“不知道。你尊驾贵姓？”那人道：“咱叫王六。”黄天霸道：“王老六，咱看你倒是个朋友，怎么闹得窝里来了？”王六道：“咱不知道什么窝不窝，奉了县太爷的命，按地收钱，以助公费。”黄天霸道：“你尊驾满嘴的县太爷，敢是县太爷是你姊丈，还是尊驾的妹夫？咱看你大不过是亲随差役，便这么狐假虎威，可笑不可笑？”王六举手就向天霸打来。黄天霸见他来得切近，不慌不忙的说道：“别动手，有话慢讲。”说着顺手就在王六胳膊拐子上一控。只见王六脸一苦，“哎哟”一声没喊出，但见一只手伸得笔直，还是恶狠狠的，不住的乱嚷。计全又把他骂了几句。王六不敢再去动手，但说：“是好的，咱同你见县太爷去。”旁边站的闲人，见他们争闹起来，就有上来解和，因望黄天霸道：“你初到此地，不知这里风俗，你就随乡入乡罢!”计全道:“既是这等说,也罢!只得看些众位的面子,给他规矩便了!”说着便将刚才收的钱,拿了出来,递给王六。黄天霸、计全也就收了枪棒,望客店而去。毕竟施公访出真情,且听下回分解。

第二七八回

假知县纵仆行凶　真钦差定计除害

却说黄天霸、计全，收了枪棒，刚到客店，碰见李五、小西众人。走到施公房内，将都天庙卖拳，遇见恶仆王六的话，说了一遍。施公暗暗切齿。又将李昆、关太来的话告诉，施公点头，便命天霸悄悄到外面去，将李昆、关太二人传进来。天霸答应出来，打了一个暗号。关太、李昆全知道了，当即跟了进去，先给施公请了安。施公就把前项的话，告诉一遍。因道："此事须怎么个办法，好早代民除害？"李昆等大家说道："不知这知县生得什么模样，等卑职们前往县衙，且去撞撞。能遇见他出来，或访得些消息，便好去捉他来问。"施公道："此话甚是有理。"

正自说着，只听店外的一片喊杀之声。施公赶着走出店堂，往外一看，只见两三个大汉，拉着两个做生意的模样，一面走一面哭道："我们一天能赚几个钱，哪里有这许多供应？求你们这些太爷们积积公德，在县太爷前方便一句，我们五日后，一定照缴。若至期不将款项缴出，请愿领罪。"说罢又哭。那两三个大汉，哪里肯听，拉着就跑。街上的人，却没有一个敢开口多话。施公只是切齿。李昆走到天霸跟前，低低说了一声："咱去看看，到底怎样。"天霸答应，于是李昆就跟了下去。一会子李昆已看了回来。施公见他回来，便与吴天祐又说了两句，也就进去。李昆跟进房说道："卑职跟着他们去看，指望那个赃官要坐堂审问。不意竟大出所料，将那两人交差之后，那两个大汉就去衙里。一会子又跑出来，走到班房里，向差人要了两根绳子，将那两个四马倒攒蹄，吊在梁上，用马鞭子周身打了一遍。直打到那人哀哀啼哭，说道：'二太爷们饶命，我就欠这两吊钱，也没有杀罪。就是皇帝老子下来，也还可以宽限。这宗钱又不是皇上家的国课，你们私下收去罢了。'哪知说了这些话，那两个大汉更加恼了，举起鞭子又打了一顿。后来还是差役向那大汉苦苦哀求，叫那两个人三日完缴，那大汉才撒手的。临走的时候还叫差人不准放下，要等他将钱拿来，才放他回家。说罢恶狠狠的进去。其时，卑职实在耐烦不得，就想上前将那两个大汉寻住，一刀一个杀了，才出心头之恨。又恐惊动了里面人，反为不美，只得忍些气。等大汉走了，悄悄问那两个人，到底欠着什么款项？那两人说是：'一个开杂货店，一个开小饭店，皆系小本营生，借此糊口，从来是没有这个钱把衙门里。自从这个瘟官到任后，他硬定下这一条例来，硬派我们每月出一吊钱，叫做规矩，到期就要。若过了期，就不答应。我们刚刚这两天没有钱，他就将我们拷打。我们这才是有冤无处申冤。'那些差役，也个个的在那里骂。卑职听见这些话，就问他们道：'既然如此，为什么不去告他呢？'那差役又道：'不必说是告他，不瞒你说，随什么法儿都想了，都不中用。后来大家齐心，暗暗的进去行刺，只要将他刺死了，送出一人抵偿，都是上算的。争奈他防备甚密，好武技的人，又有两三个，皆是飞檐走壁，明说是亲随，如同大盗之样。刚才两个大汉，一叫薛霸，一叫朱龙，还算衙门里顶好的呢？'

卑职还想问他底细，忽然说里头喊，他们即刻走了，卑职也就回来。据卑职看起来，总不是个正路，须得想个法儿，将他寻住，好为民除害。”

施公道：“本爵倒有个计较，只是对不起二位贤弟。”小西闻言说：“卑职受恩深重，虽赴汤蹈火，亦所不辞。”天霸说道：“大人的意思，卑职已猜八九，莫非还要卑职内里暗助么?”施公道：“正是此意。我因这个知县，是个好色之徒，见色必贪，用美人计赚之，庶几万无一失。”二人齐声说道：“此计甚好，卑职等定叫妻子前去，作为内应。莫若叫施安星夜赶回，将他们一起招来，以便并力擒捉。”说罢，各人出去。计全向街坊上豁然眼目，忽然见有一人，好像朱光祖模样。欲知朱光祖说出什么话，且听下回分解。

第二七九回

朱光祖暗地说原因　施贤臣巧使美人计

话说计全在店门口间，忽望见朱光祖从门外走过。计全赶出门，将朱光祖喊住，一起进入店里。计全即将光祖带入后面，见了施公，请安已毕。施公叫他坐下。朱光祖坐在一旁说道："民人前在凤凰岭奉到钧谕，请计守备转禀下情，现在还未料理清讫。只因昨在一处，风闻江湖中人云：'有一著名强客，于半途截杀知县，他便冒充将去。'当时却不知是何县分。后又闻得这假知县姓毛名如虎，是奉天人氏，武艺出众，本领惊人。手下有两个结拜兄弟，一名于亮，一名毕超，这两个人也是绝好武艺。但知在江苏、山东交界地方，今闻如此，恐怕便是这人。若果是毛如虎，民人见过他一次。待他出来，让民人看他一看，如果真是他，却不可以势力去捉，只能以计诱之，或可易于擒获。不然，这毛如虎练就一身刀枪不入的本领，所以人都不能奈何他。将来捉住，必须用檀木削成圆棍，由彼谷道①捣入，他便畏惧。不然，断不惧怕。到那问罪的时节，亦必如此，然后刀才能入。"

施公听罢笑道："壮士因何得知这个法儿呢？"朱光祖道："民人早知有人做此功夫，这叫运气功。将周身的气运在一处，

① 谷道——中医学指直肠到肛门的一部分。

便可刀枪不入。刚才听说，系得诸传授，非此断不能行。”施公点头说：“壮士尚有妙计否?”光祖道：“愚鲁不才，何得有计?”施公道：“某有一计，已与他们言过，拟须如此。”朱光祖道：“民人说出，有恐见恼于黄贤弟。”计全道：“朱光祖兄弟，你不知道我们关贤弟，现在也蒙大人恩典，给他娶了弟妇了。你说怕恼黄贤弟，独不怕恼关贤弟么?”朱光祖道：“关贤弟是何时娶的呢?愚兄却不知道，失敬失敬!”计全又将郝素玉的缘由说出来，光祖大喜，望施公说道：“有此二位内助，此天助成功也。但临去之时，民人还有一物，给他带去，以便临时应用。因为毛如虎奸狡异常。就是那张、郝两位弟媳，给他赚去，起先万不可就允，必得故意留难，等他将要动怒，彼时再勉强行之。只因毛如虎疑心颇大，若一口便允，恐被他看破，反为不美。必待将他骗定，然后以此物散入酒中，使彼迷乱，便可动手。一面大家接应，如此便稳当了。”施公道：“据某之见，俟张桂兰、郝素玉明日到此，着何路通、金大力二人，同他们往都天庙去卖艺，以何路通、金大力作为张桂兰、郝素玉二人胞兄，能叫毛如虎一起赚去，里面就有个帮助。”

次早，施安就回去调取张桂兰等人。朱光祖用过早点，出去闲逛。走了两条街，听得锣声响亮，街上人说道：“县太爷出来。”稍停，轿子已到。光祖仔细望去，正是毛如虎。前后随从，除本署差役而外，大半皆是绿林中人。朱光祖看了真切，等他的轿子过去，朱光祖也就回去禀知施公，众人均各大喜。过了一日。张桂兰、郝素玉等人皆到，大家仍分开住下，陆陆续续，给施公请了安。到了晚间，店中人都睡静，施公才将众人传齐，并张桂兰、郝素玉说明道："二位夫人，此事本不应有屈二位，但事关除害，不得不聊以行权。待事成之后，本部堂定当具奏入告，请旨嘉奖。"张桂兰、郝素玉齐声说道："愿效犬马，断不敢有负大人恩委。但不知如何去法?"施公道："张夫人前盗本爵金牌时，曾扮作江湖女子卖技，今仍以此法，去赚强人。此地有座都天庙，内中颇为热闹，你二人可到此庙中，耍演起来，另有何路通、金大力二人一同前去，作为兄妹。一面再请朱光祖暗地探听。只要该贼来请，你们进署耍演杂剧，何路通、金大力自然是一起进署。到署之后，务要劝他多饮。朱壮士另有下酒妙物，临时放下，总期他沉醉不醒。我自遣黄天霸、小西众人前来接应。尚有好些话，可去问天霸、小西。"施公吩咐已毕，大家退出。黄天霸、关小西将朱光祖昨日所说之话，告诉桂兰、素玉二人，然后安寝，一宿无话。

次日张桂兰、郝素玉便打扮了走马卖艺的模样。何路通、金大力亦改扮停妥，都要暗藏兵器。张、郝两人，又藏袖箭、铜锤，直往都天庙而去，耍演杂剧。欲知张桂兰等，如何到县衙，且听下回分解。

第二八〇回

都天庙姊妹双卖艺　赣榆县强寇中机关

却说张桂兰、郝素玉随同何路通、金大力，到都天庙耍演杂剧。到了庙内，先拣了一块地方，将木架支起，绳子拉平，棍棒丢在一处。何路通、金大力二人打开场子，庙内的闲人，就团团的站了下来，又兼张桂兰、郝素玉二人生得美貌，因此看的人，愈聚愈多。只见何路通望着金大力说道："老伙计，天也不早，人也不少了，咱们先耍一回枪棒，算个请客的帖，邀人的单吧！看得好，多赏些钱。"说罢，何路通执枪，金大力拿了齐眉棍，一人打了一回。看的人虽然喝彩，只是没有人把钱。金大力道："老伙计，咱们歇一会，换咱们女伙计来耍。"因唤道："女伙计，咱们耍乏了，又耍得不好。诸位老爷们说：'要看你们的玩意儿呢！'耍得好，大家把钱，大块银子赏你们，你们快来耍吧！"只听张桂兰、郝素玉二人齐声应道："来也！"

那一声真是娇柔可爱，带上个脆而酥。那些看的人个个目不转睛，只向他二人看去。两个美人慢慢的走在当中，桂兰招呼一声，说道："诸位老的少的，咱姊妹两个出乖露丑，为的是家道贫寒，随些哥子出外，混些钱糊口。你们诸位看的人都是大老官，只要咱们耍得好，便成大把的银子赏了。有那看得不够的，还要把咱们请到家里，叫他们闺女、媳妇看。咱们耍个全套儿，多给钱文银子。”郝素玉道：“此话不错，咱们耍起来吧！”张桂兰又道：“你们诸位听真，咱姊妹们耍的是拳棒，不是耍的戏法。”说罢，只见两人立了架势，一拳一脚的打了起来。起先还是慢慢的拳来脚去，后来便或上或下，或左或右，或前或后，飞舞跳踢，蹿跳退纵，各尽所长，两人打在一团。看的人已目不暇给，只听喝彩之声，不绝于耳。众人正在目不转睛去望，瞥眼间已见他二人，各立一边，手拉手望些众人笑道：“咱姊妹俩已经耍了一套，耳内听得喝彩之声，倒也不少，光景咱们俩没有大错，现在可要讨钱了。”一言未了，只见那些人，掏出钱来，望着他二人如雨点般打下来。金大力、何路通二人，将钱拾起来，约有二三百文光景。张桂兰、郝素玉看了看钱，便向金大力二人说道：“哥呀，咱是再不上你的当了。耍了一会，费了多少气力，你说有人家把银子，连铜钱还不上百十文呢！咱们是不耍了。”何路通道：“还是走两套索，给诸位看个热闹，包你有人赏你们大块的银子。”郝素玉道：“咱们不耍。看着这许多人，还不如前月在徐州，那个朱公馆里面耍了半日，除老爷太太赏的不算，就是那个二少爷一人还赏了四两银了，想留着我们吃饭。”金大力道：“可不要这样说。你们俩再将那索子走了两套，诸位老爷看高兴了，却说不定也会把咱们唤到公馆里去耍，那就有了银子了。你们没有货，怎样赚人家的钱。”张桂兰道：“妹子，咱俩就上去耍两套给大家瞧瞧，或者有几个阔老官看高兴了，叫咱们到他家去耍，也未可知。”

说罢，于是二人取了竹竿子，两头绑些沙袋，张桂兰由东边绳子上去，郝素玉由西边绳子上去。两人在绳子上走来走去，又做了许多的张飞卖肉、猿猴坠枝、燕子穿帘、双龙戏水架式，真是人人喝彩，个个称扬。一套耍毕，两人坐在绳子上歇息歇息。金大力、何路通四面收钱。忽见人堆里，钻进了一人，望着何路通说道："呔！你们在这里耍这行当，可知道这里规矩么?"何路通听说，将那人打量了一回，知道是那个路道，忙着笑嘻嘻说道："你老人家尊姓？在下所带着两个妹子，在贵地借借光，赚了两个钱。贵地有什么规矩，你老请讲，在下当得效力。"只见那人道："咱姓薛，单名个霸字。咱是奉县太爷的命，大凡什么行当，都要收些规费，去充善举。咱今见尔这厮倒还和气，咱不要你的费了。咱且问你姓什名谁？那两个女子叫什么名字?"何路通道："在下姓赵，名唤赵大。"指着金大力道："是我的兄弟赵二。那两个妹子，大的唤兰香，小的唤梅香。"薛霸道："咱家县太爷平时最喜看这玩法。尔等不要在这里耍了，跟我到衙门里去耍一会子。若是咱家县太爷看合了式，自然一定有赏的。"何路通望着他们喊道："快下来吧!"张桂兰、郝素玉听说，登时跳了下来，把木架拉倒，绳子卷起，棍枪扎好。那些人也就一哄而散。张桂兰等收了家伙，穿了衣服，就跟着薛霸，望赣榆县署而来。

一会子已到，薛霸先进去说明。毛如虎听见此话好不欢喜，便叫他进来。薛霸复走出来喊道："赵大，太爷唤你们进去呢!"何路通、金大力等走了进去，一直来至上房。只见毛如虎坐在当中，生得虽属俊秀，只是满脸凶气。薛霸在旁说道："这就是县太爷，你们大家须要见礼。"何路通、金大力等强屈了屈腿，便叫张桂兰、郝素玉上前行礼。毛如虎赶着拦道：'你二人就叫兰香、梅香么?”桂兰道:“咱叫兰香,他叫梅香。”毛如虎道:“你多大年纪了?”张桂兰道:“咱今年二十,他十九。咱是姊妹两个。”毛如虎又道:“你俩会走索么?”张桂兰道:“虽说会走,只是不精。如太爷赏脸,还要请包涵。”毛如虎道:“本县是最喜欢的。你叫他俩哥子在外面吃饭,兰香、梅香,咱留他在里面吃。等吃完了饭,便叫他们耍起来。”手下答应,将何路通、金大力领了出去。毛如虎见二人出去,又叫人将于亮、毕超请来。一会子都到,一见张桂兰、郝素玉皆是魂不附体,坐下便言三语四,评头评脚。张桂兰、郝素玉见了这样,恨不能立刻将他三人拿住,碎尸万段,才出心头之恨。只是不敢造次,恐怕有失,还要做出那勾引的样子来。少刻摆上午饭,五个人入座。张桂兰、郝素玉也不客气,拣好的吃了一饱。毛如虎在席上便问道:“你这女子两个,曾有婆家不曾?”张桂兰道:“都不曾有。”毛如虎道:“如本县这样人物,你可愿意嫁他么?”张桂兰道:“但须六礼周备,还要我哥哥答应方可允从。”要知张桂兰、郝素玉二人之事,如何说谎,如何捉拿,且听下回分解。

第二八一回

毛如虎醉后被擒　黄天霸急中诱敌

话说毛如虎见色心迷，欲得张桂兰、郝素玉二人成为夫妇。张桂兰遂以哥哥做主为辞。毛如虎暗想道："据咱看来，他两个哥哥不过得些钱便可允从，咱何不如此？待他吃了饭，便将他哥子唤进来，与他说明，谅他不敢推辞。万一有什么不允，只须硬做，他又其奈我何？"主意已定，饭也吃完，即叫将何路通、金大力二人喊进来，说道："赵大，你两个妹子生得颇好，本县适才问他曾否嫁人，他说还不曾择配。本县的太太不久因病死了，正欲续娶，又因无此美貌。今见你妹子如此人品，本县意欲娶了他，成为夫妇，眼见得是两位县太太。就是你们，也算舅老爷了。再给你们二百银子，做了个别的买卖，免得去打棒卖拳。你们两人可斟酌一会子，可愿意不愿意？"何路通听说，赶着回道："这是太爷的抬举，有何不愿？但是小妹粗俗，恐怕不能如太爷的愿。服侍不到，还求太爷宽恕。"毛如虎道："你这话太客气了。只要你应允，本县就心满意足了，还有什么服侍到不到呢？"

何路通又望着张桂兰、郝素玉道："妹子，这是你们大大好遭际，难得县太爷错爱你们，这是哪里的造化。你们可要把太爷服侍好了，不要使太爷憎怪。咱到后来，还要沾妹子的光呢！"郝素玉道："大哥，咱是不嫁他！这样深的房屋，咱们进来容易，随后要出去，倒不容易了。再死在这里面，才不上算呢！咱是不嫁他，不想太太做，让姐姐嫁他罢！”何路通道：“妹子不要不耐烦，别人家还想不到呢！这要将太爷服侍好了，太爷欢喜你，你要出去逛逛，太爷有什么不肯呢？你年纪不小了，不要闹孩子脾气。”张桂兰道：“大哥，你还是常在这里？还是就要走呢？”何路通道：“你们嫁了太爷，咱与你二哥还在这里做甚呢？自然是走呀！”张桂兰道：“我也不嫁他了。我们在这里连个亲人也瞧不见，他要欺负我们，申冤的地方都没有。你们要常在这里，我就在这里。”何路通道：“我虽要在这里，我不能做主，要太爷答应呢！”毛如虎听了这番话，赶着说道：“赵大，你们俩可不要怪我怠慢，就请你们常住下，令妹才能心安。”何路通对知县道：“咱们在此地又没有事，可请太爷招呼个把人，带着咱们在衙门里各处逛逛，给咱们见见世面。”毛如虎也就答应，当即叫人带出去，各处去逛。何路通、金大力二人将各处出路，暗暗记清，以便夜间动手。再说毛如虎见平白的得了两个美人，心中好不畅快。厨房里将酒席摆出，大家痛饮慢表。

且说朱光祖在都天庙内，混在人丛里，见张桂兰等已被毛如虎赚去，即刻回去客店告知。施公便命黄天霸、关小西、李公然、李七侯四人前去接应，便留朱光祖、计全、王殿臣、郭起凤在店保护。黄天霸等只俟二更时分，便去县衙，准备捉拿强人。

话分两头，毛如虎当晚先在外面陪着大家饮了一回，席还未终，就命人端正一席，送入新房。辞别众人，自入房内与张桂兰、郝素玉二人合卺。到了房中，见张桂兰二人，早有丫环仆妇，在那里陪伴。一见毛如虎进房，便站起来迎接进去。毛如虎当邀二人入座，丫环仆妇，将酒斟上。毛如虎便与二人传杯弄盏，饮了一会。张桂兰、郝素玉也轮流相劝，其中戏谑情状，不必细说。张、郝二人见毛如虎稍有醉意。毛如虎也思与他二人同入罗帏，便道："咱们酒已饮不少了，请二位娘子安歇罢。莫要负此良宵。"张桂兰道："咱姊妹每人再敬三杯。"素玉端着杯子，在嘴唇上靠了一靠，遂与毛如虎说道："咱俩喝个快活酒，等会给你就去成仙。"趁这时候，张桂兰已将朱光祖把那包蒙汗药，倾入壶内。毛如虎见郝素玉敬上酒来，当即一口饮尽。张桂兰已将斟上一杯，毛如虎又一气饮下。一连斟了七八杯，通饮了下去。此时被蒙汗药酒灌得多了，他已动弹不得。张桂兰闭上房门，郝素玉将他拖翻在地，于是二人卸去外衣，抽出佩刀，取出暗器，拿了一根粗麻绳，将他四马倒攒蹄捆了结实。郝素玉用佩刀在毛如虎大腿上，一连搠了四五刀。张桂兰将他两只膀子砍离骨节。毛如虎连哼都没有哼一声，但见身子一动一动的在地下。张桂兰、郝素玉二人各事妥当。张桂兰便轻轻开了窗格，蹿了出去，就望屋上一跳。早见上面有个黑影子，彼此击了掌，知道他是自家人。桂兰近前一看，正是黄天霸，当即说了个暗号。天霸就招呼李公然、李七侯，他二人答应。关小西不惯上高，只在墙外接应。于是天霸等人同着张桂兰，轻轻的跳下屋来，仍叫张桂兰、郝素玉看守毛如虎。

黄天霸与二李，便到各处搜擒伙伴。刚转到花厅后面，却巧遇着何路通。天霸三人，去捉毕超、于亮。到了毕超房门口，黄天霸便大喊一声："好大胆的强盗！"毕超正自睡觉，忽听得这声喊叫，一骨碌爬了起来，取了朴刀，即迎将出来，望着黄天霸举刀便砍。此时合署的人，俱已惊醒。凡是毛如虎的人，俱帮着毕超厮杀，其余的就帮着黄天霸等喊叫拿人。黄天霸与毕超刀来刀往，两个只是不能取胜，却好杀个平手。李公然见毕超杀胜了天霸，忙取了弹子，望着毕超打去，正中毕超额角。毕超吃了一惊，虚砍一刀，跳出院落，复一纵，跳上屋面。黄天霸看得真切，手一扬，一只金镖打了出去。毕超出其不意，躲避不及，正中手腕，只听当啷一声，朴刀抛落屋上。天霸来得飞快，赶上一刀，认定毕超胸前搠进，就势将他向屋下一推，只听叮咚一声，跌落在地。却好李公然赶上前，将他按住，用绳索绑好，抛在一旁。此时黄天霸正拟去擒于亮，只见李七侯、何路通二人赶着一人去杀，忽然不见。欲知于亮曾否被擒，且听下回分解。

第二八二回

于亮败走何路通　施公严讯毛如虎

话说金大力听见黄天霸那一声喊，早知毛如虎被擒，他也提了齐眉棍，打了出来。刚到花厅，只见对面来了一人，却是薛霸，也拿着木棍出来。金大力大声喊道：“你这杂种忘八羔子，看规矩罢！”说着，便是一棍。说时迟，那时快，只听哎呀一声，咕咚栽倒在地。只见薛霸血流满面，躺在地上，一会子就一命呜呼了。于是金大力又望各处寻那亲随仆役，打了个落花流水。李公然便望黄天霸道：“毛如虎今已被捉，他的党羽都已擒住，只走了于亮。好在路通、七侯已经赶去，谅那厮也逃不了。咱的愚见，此时已经天亮，不如将大人接来，免得放心不下。”黄天霸道：“此话甚是有理。”因说道：“咱先给小西个信儿，叫他先去客店送信，赶紧去。”却好小西尚在墙外等信，一见天霸，便问如何？天霸道：“得咧！你先去给施大人送个信儿。”关小西答应去讫。

黄天霸仍回县署，刚过堂口，忽见何路通满面血污，用衣襟包住额角，搀扶着李七侯，踉跄而来。黄天霸问道：“何大哥怎么了？”何路通低垂二目，将头摇了一摇。李七侯道：“咱俩去追于亮，忽然那厮不见。咱俩各处搜寻，哪知这厮暗躲在墙夹道内。何大哥刚要进内寻找，忽被那厮跳出，劈面就是一刀。幸亏何大哥让得快，额上已中一刀。咱虽追进夹道，哪知这夹道是通的，又不见了。只得回头来，看何大哥额角上被劈，因此将衣襟撕下来，给他包好了，搀扶他回来，只可恨放走了于亮。”黄天霸道：“何大哥到里面安歇一会子吧！”于是寻了一张铺，给他卧下。又叫人烧了些米汤给他喝了，然后来看毛如虎。此时已经苏醒，躺在地上，被捆得一点不能动弹，又兼两膀两腰，俱受了刀伤甚重。但听他嘴里嚷道：“咱被你这两个丫头所赚，也是活该咱的气数已到了。”黄天霸走近前来，望着毛如虎道：“好大胆的贼囚，你敢截杀命官，冒充知县，荼毒生灵。”二人在那里痛骂。只见有人匆匆进来说道：“大人来到。”天霸等一闻此言，仍命张桂兰、郝素玉看守，迎接出来。

但见施公进了暖阁，各人跟随来至书房。施公坐下，当有合署差役上来给施公磕头请安，齐声说道：“蒙大人恩典，今将本县捉住，万民感恩不尽！”施公道：“本爵因为尔等苦苦控告，故此明查暗访。这知县实非姓谢，却系大盗叫做毛如虎。那姓谢的本是个好官，被毛如虎半途截杀身死，他便前来冒充。尔等今可出去招告，将所有原告等人，限明日早堂齐集本署，听候提讯。”书差人等齐磕了头，遵谕退出。施公又命人传知本城守备即刻到署谕话，自有人去。又命人将毛如虎先行收监妥为看守。又命人将本署所有民间妇女，为毛如虎奸占者，悉数查清，其中有无毛如虎真正家眷，不得隐瞒蒙混。又命将毛如虎党羽，已死者无论，其但受伤的，着分别寄监，候讯问明白，再行分别治罪。大家遵命而去。一会子，张桂兰、郝素玉前来请安。施公又慰劳了好些，然后退出。此时施公才用早点，用毕以后，又见本城守备吴邦干，前来请安禀见，施公当即传见，吴邦干行礼已毕，站立一旁，施公话说："尔可知本县不是姓谢，实是大盗毛如虎？半途截杀谢养儒，他便冒领文凭来为民牧①，地方安得不受其害？尔虽武职，亦有缉捕之责，何以平时漫不经心，殊为荒唐之至。"吴邦干吓得战战兢兢，跪下求道："守备实在不知，罪该万死。还求大人格外施恩！"施公便喝道："明日督同全营兵丁，前来听候本部堂严讯毛如虎！"吴邦干遵谕退出。只见奉命去查毛如虎的家眷的人回来禀道："只有主客仆役十人，除首犯不计外，今已格杀三人，身伤五人，在逃一人。所有署内妇女，共计六人，皆系名为价买，实则奸占。"施公听罢，又命将妇女六人，一并收押，明早候讯。吩咐已毕，黄天霸才将何路通被于亮刀砍额角，受伤甚重，致被于亮在逃，现在何路通必须静养数日，方可痊愈。施公答应，大家退出。

到了次日一早，守备吴邦干督同合营兵丁，早到署堂伺候。一会子施公升堂，各官环列左右，兵丁手执刀枪环立阶下。施公命传原告。少刻，本城绅士、书差、乡民一起环跪堂上。施公晓谕一番，命："先退下，听候本部堂审问该贼。"说罢，便命提毛如虎。立刻将毛如虎提出，押到堂。施公喝令跪下，毛如虎大骂道："咱被尔诡计所算，要杀便杀，何得跪尔？"施公大怒喝道："尔这胆大的狗强盗！胆敢截杀命官，盗取文凭，冒充知县，残害百姓，奸盗邪淫。今既为本部堂缉获，即碎尸万段，亦不足以蔽其辜②。"喝令用刑。差役答应一声，即刻拖翻在地，用头号大

① 民牧——治理人民之人。

② 以蔽其辜——无法让人们忘记他的罪恶。蔽，遮掩。辜，罪。

板打了二百。又命鞭背。刑差答应，又鞭了二百背花。又命夹起来。差役将夹棍在毛如虎腿上夹起，两边绳子一紧，只听咯噔一声，夹棍截作两段。堂上堂下，无不惊讶。毕竟毛如虎可能审出真情，且听下回分解。

第二八三回

用奇刑假知县招供　枭逆首勇副将监斩

却说毛如虎使出运气功夫，施公笑道："好大胆的逆贼，本部堂早制下一物，预备给你受用。今尔挺刑如此，本部堂不能不给你受用了。"说着便命施安将新制刑具取来。施安即刻取到，摆在堂上。书差人等，但见檀木做成，约一尺长短，通体圆滑，上粗下细，一根木棍，安在一张檀木板凳中间，下面有关扭子消息，仿佛木驴形式。朱光祖、关小西、黄天霸三人一起走下，将毛如虎拖上板凳，左右按定。朱光祖便将木棍，从裤子外钻入谷道。施公又命两人鞭背，两人在他腰上用夹棍夹起。毛如虎此时被木棍捣入，气运不来，又兼夹棍、背花，痛楚难受，只得喊道："罢了罢了！施不全，你不要动手了，咱招出，给你去邀功罢！"施公命松了夹棍，住了鞭背，便喝道："你可从实招来！若是所招不实，刑法从事。"毛如虎道："咱不招则已，既招尚有什么虚言？"因道："去年八月间，咱从奉天同着两个伙伴，一叫于亮，一叫毕超，欲往南方干一趟买卖，便到北京看看风景。这日走至山东兖州府境内青草山，见有三个过客骑着牲口。咱只道他是经商大贾，便上前劫取财物。及至被我们三人，一人杀了一人，搜其身畔，只有一百多两银子，另有一张文凭。咱将银子取了，将文凭藏好，复将三人俱埋于青草山内。因思有文凭，何不就去到任？做个现任官儿，也觉有趣。于是就将毕超、于亮两人充做官亲，另外又伙了几个亡命到此。这是截杀谢养儒、冒充知县的实话。若问残害百姓，咱只知道索取规费，勒派地丁。有那做赃官的回来，咱知道了，同着于亮、毕超前去劫掠他的财物。他就到县里来告，咱只说这宗财物也是暗中劫的而来，就被人家劫去，也还可以抵其实，就是咱们取来使用了。至于奸淫妇女，也是有的，现在此间还留着五六个。有的是名为价买，实是暗占；有的是暗劫，而图其欢乐。咱若不在这色上用功，也不至于遭你这美人计所赚。这都是咱爷爷的一生所为莫大功德。别的事，咱就不知道了。”

施公听罢，命人录了口供，又叫人将那些被奸的妇女提来。施公一一问明姓名住址，当饬差役传知父兄，当堂领回。又命将那受伤未死的提来审问。一会子提到，跪在地上。施公问道：“你等叫什么名字？胆敢随了毛如虎作恶。你等快从实招来，若有半个虚浮，不免皮肉受苦！”只听到下面说道：“小的名唤张三，本是莱州人氏。因到南方寻亲不遇。毛如虎他说是现任知县，欲雇家丁服役，因此小的才来跟他，不知道是假的。自到此地，并不敢助纣为虐，衙内所有一切经手事件，皆是薛霸所为。”施公便问：“谁叫薛霸？”金大力便上前回道：“薛霸前夜已被小人用棍击死。”施公听罢，又问别人所供，大半相同，皆是为毛如虎所雇。施公又问本署差役，是否属实，有无作恶情事？本署书差也是说：“薛霸最为可恶，所有勒索规费，诱骗妇女等情，皆出薛霸一人之手。”施公便命各责一百板，备文递解回籍。差役答应，就将各人责罚已毕，先行收监，俟备文递解。施公判道："毛如虎以著名巨盗，伙合党羽于亮、毕超，于山东兖州府界，截杀部选原任赣榆知县谢养儒等主仆三人，即盗取文凭，冒名顶替，驰赴县任。半年以来，奸盗邪淫，残害百姓，无恶不作，小民受害匪轻。国法难容，天理何在？应照例加一等治罪。着即绑赴市曹。凌迟处死，以重国法，而恤民辜。被害之家，听其申雪。毕超、薛霸，相助为虐，律应处斩，既经格杀，着无庸议。于亮甘为党羽，乃敢刀伤千总何路通，虽经在逃，仍着悬赏严加缉捕务获到案，以清盗源。"判毕，即命黄天霸，督同守备吴邦干，率领本营兵丁，押犯赴市曹。并着李昆、关太、王殿臣、郭起凤、金大力、李七侯护押前行。

各官遵命，天霸立即换了服色：头戴大红贡缎风帽，身穿大红湖绉披风，腰挂宝刀，坐下战马。将毛如虎捆绑停当，当堂赏给盏酒片肉，两人推着前行，刽子手执刀在后。李昆等七人各执钢刀周围押护，城守兵丁亦手持刀刃围护而行，守备吴邦干恭请王命牌，一会子到了法场。黄天霸升座公案，毛如虎跪在一旁，李昆等紧紧相护，营兵环列四面，围得如铁桶相似。只听得炮声一响，刽子手走上一刀，毛如虎头已落地，复由刽子手凌迟。即将首级送监斩官验看，便命带赴县署，悬竿示众。然后各官回衙。施公便命计全暂行署理县事，一面札饬①山东兖州府前往青草山，起验谢养儒及家丁尸身三具，妥为封殓。并传家属领取尸棺；再由该管地方官，罚给恤银一千两，为谢养儒家小养赡之费。一面具奏请补赣榆县缺。当晚，施公又具了一道本章，

---

① 札饬——书面指示。

写道：

头品顶戴漕运总督兼巡按御史世袭一等侯爵臣施仕伦跪奏：为巨盗要杀命官，顶名冒替伪充知县，残害百姓，当经访拿审明，就地正法。并请旨简选知县，恭折仰祈圣鉴事。窃臣行抵江南海州赣榆县界，据该县绅商士庶，出境拦控现任赣榆县知县谢养儒，贪赃枉法，勒索规费，诱占妇女，无所不为，具告前来。臣当即准词，饬令原告听候查办。一面随带副将黄天霸、参将关太、改装服色，潜入赣榆县城，明查暗访该县劣迹，与原告相符，询谋佥同，毫无捏饰。当时，颇深所惑。查谢养儒由进士出身，补授斯缺，何致辜恩枉法，至于斯极，其中颇有不实不尽之处。正在疑虑之间，忽据壮士朱光祖驰赴前来，密报：‘该县系为著名巨盗毛如虎，曾于上年八月间，伙同党羽于亮、毕超，在山东兖州府界青草山地方，要杀知县，窃取文凭，冒赴斯任’，并称情愿协同缉获等语。臣随派朱光祖详加侦探，是否属实，具实呈报。后复据朱光祖报称：‘该县实系毛如虎，不但为著名巨盗，而且异常精悍，素有刀枪不入之功，非力敌可以擒获。唯好色太甚，可否以美人计去赚，等情。臣聆察该壮士朱光祖之言，似尚有当。唯难得貌勇兼备之妇女，堪当此任。正深筹划，旋据副将黄天霸之妻张桂兰、参将关太之妻郝素玉，奋勇当先，呈请前去。臣当即准如所请。复派千总何路通、把总金大力，随同张桂兰、郝素玉，改扮江湖卖技脚色，在于县城都天庙，耍卖杂剧，藉以引诱。并派千总计全，暗地侦探，是否为其所诱。迨①

① 迨（dài）——等到。

经千总计全报称：‘张桂兰等即于本日，由该盗头目伪充县署之家丁薛霸，招往演剧。’臣据报后，随派副将黄天霸、参将关太等，前往协同擒拿，毋任漏网。该副将等去后，旋于次日报称：‘张桂兰与郝素玉，自为该盗头目薛霸招往县署，即于当晚用酒将毛如虎灌醉，因而擒攻。其党羽毕超、头目薛霸，亦于是夜格杀身死。唯于亮逞凶拒捕，勇悍异常。当经千总何路通与之格斗多时，身受重伤，因被该盗逃逸，未获于亮’等语前来。臣前就县署将毛如虎提案严讯，始则挺刑不认，复经严讯，始称：‘于上年八月，伙同党羽，行经山东兖州府界青草山地方，见有过客三人，疑为商贾，上前截杀身死，搜其身畔，见有文凭，知系候补赣榆县知县谢养儒领凭赴任。’该盗便将该故县谢养儒，及家丁二人尸身，同埋青草山内。一面窃取该故县文凭，冒名顶替，前赴任所。迨经到任赣榆县后，遂又使纵该盗头目冒充家丁之薛霸，在外勒索规费；诱劫妇女，以供该盗欲壑。并于黑夜，伙同党羽毕超、于亮潜出，劫掠民间财物等情。臣研讯再三，供认如一。当经臣派副将黄天霸，及赣榆县守备吴邦干，押赴市曹，就地正法。其党羽毕超、头目薛霸，均格杀身死，着毋庸议。至拒捕在逃之该盗党羽于亮一名，复由臣通札各地方官暨防营，一体悬赏认真缉拿，务获到案，毋任远飏。并一面札饬兖州府，起验原任已故赣榆县知县尸身，妥为殡殓。仍由该管地方官传知该故县家属，领取尸棺，并着给恤银一千两，交故县家属，为养赡之费，以示体恤，而安亡魂。所遗赣榆县知县员缺，查系繁难要缺，非精明强干之员，不足以资治理。现经臣暂委臣千总计全，暂行护理。应请旨饬下部臣妥速遴选干员补授，以重要缺，而安地方。所有臣访拿著名巨盗，要杀命官冒充知县，遵例正法。并请旨简选赣榆县知县员缺，缘由理合恭折具陈。伏乞圣上圣鉴训示，谨奏。

施公将奏稿起毕，当命幕友[1]誊缮，以便入告。欲知后事如何，且听下回分解。

---

① 幕友——原指将帅幕府中的参谋、书记等，后用作地方军政官员延聘办理文书、刑名、钱粮等佐理人员的通称。

第二八四回

逃强盗还去投强盗　嫉仇人偏遇有仇人

却说施公诸事已毕，此时已交年底，不及赶赴淮安，便在赣榆度岁，不表。再说于亮逃走之后，便思无处栖身，因想海州地方，有个落马湖，内里有座水寨。寨主姓李名配，外号叫猴儿李配，专交结江湖上好汉。他有两个结拜弟兄：一名赛玄坛赵虎，一名出水蛟孙龙，皆是一身武艺。便想到这个所在，何不前去投他？一则有了栖身之处，二则也请他帮同报仇雪恨。主意已定，便趱赶前去。走了两日，这日已到落马湖。原来这湖内，寻常人不能进去，因湖之四面，皆有排栅，暗藏响铃。碰着消息，机关一动，船翻下去，将人拖出水面，押到寨中，听候李配发落。这于亮到了落马湖，便雇了一船，上得船时，就叫开到寨内。使船的也不知道这湖内有那些故事，也就答应着一直摇了进去。荡了一会，刚到栅口，只听得一阵铃声响，使船的也不晓得是触动机关消息。倒是于亮听见，赶着喝令："且慢！"那使船的只顾用力向前驶去，又见水上一个旋涡，把那船旋的滴溜溜圆转。霎时间支持不住，已翻入水底里去了。里面守栅的知道有了人，立刻取了挠钩，把人从水底拖将出来，用绳索绑好，押进寨内。头目说道："奉大王的命，把刚才拿住的两人押进去问话。"

喽啰将于亮、船户押到大寨厅上，推在下面跪倒。李配坐在虎皮交椅上问道："你这两个猪羊，因何来做奸细？快快从实说来，好凭大王爷的发落。"只见于亮说道："咱姓于名亮。这个使船的，却不知他姓名。望大王爷容禀：咱与毛如虎是结拜弟兄。只因毛大哥在山东劫杀赣榆县知县谢养儒，窃取他的文凭，冒做了赣榆县知县。咱兄弟在他任上还快活，做了一年有余，无人知觉。去年因来了钦放总漕施不全走此经过，不知他怎么访出真情。先使美人计将毛如虎灌醉，复又遣黄天霸等人里应外合，三更时分，一起动手，将毛大哥捉住，并杀了许多伙伴。咱幸亏跑得快，跑出城外。思因毛大哥已死，咱又被严拿得紧，无处栖身。忽然起意，因想毛大哥在日，常说有一至好朋友在此，这才决意来投。大王若念江湖上的义气，替咱毛大哥报了仇恨，咱情愿投在您老名下，做一名小卒。"于亮说罢此话，只见李配大叫一声道："气死我也！咱若不把这赃官拿住，黄天霸这小子擒来，碎尸万段，誓不为人。"说着将于亮绳索亲自解去，让在上面坐下，一面叫人将船户放了，一面说道："于大哥既系自家人，你我可同心协意，共守此寨，不可稍存异心。"又叫人将二大王赵虎、三大王孙龙、总管张才请来相见。一会子都已到了，大家相见已毕，讲论了许多闲话，杀人放火那一派强盗行为。少时摆上酒席，五个人一起畅饮起来。

只见那张才，在下暗想怀思，代施公担忧。你道这张才是为什么要代施公担忧？原来这张才从前是恶霸罗似虎家一个总管。因施公去访罗似虎，见张才是个老成人，后来将罗似虎捉住，张才不曾问罪，当时放走。张才去后，就弄了几个钱，去贩布卖。这日又因歇本过多，布又不能去贩，走在半路，要寻自尽。却又遇着施公私访，因此施公又助他些银钱，以便添本。哪知张才运气太坏，走至落马湖，被这伙强盗劫去，几乎送命。也是他命不该绝，偏偏李配看他老成，就把他留在寨内做个总管。数年以来，也还相安。此时听李配要去捉施公，所以在那里担忧。李配酒至半酣，与于亮谈得合式，又结拜了兄弟，当即命人喊于亮为四大王。于亮好不欢喜。

再说施公到了海州，就在行辕安歇。约在三更时分，忽然梦见一只马猴迎面扑来。施公惊醒，却是一梦。暗暗推测这梦甚是奇怪，难道是又有什么冤枉的案件？细细的推详一遍道："是了，定是此地有这侯姓，不是强霸，定是土豪。咱不免明日出去私访一回。"到得天明起来，瞒了众人，换了两件衣服，仍旧扮作算命的模样，悄悄的出了行辕，信步出了城。约走了二三里路，前面便是运河。施公正在那里临流叹赏，忽见河边系着一只渡船。施公即招呼渡船摆渡。只见摆渡的赶着笑道："你老可是叫船么？"施公道："咱要过河，你可将我渡过河去，再把你船钱便了。"船上那人将施公扶入舱内，开船而去。你道这人是谁，且听下回分解。

第二八五回

落马湖施公被难　阴山洞张才设计

却说于亮在渡船上巧遇施公，当即将施公谎骗上船。原来李配这日派他出来巡哨，打探客商买卖。这运河却有一条汊港，通落马湖内，可巧冤家路窄，偏遇施公叫船。于亮将船摇到河心，便将船头拨转，相望上流摇去。施公在船内说道："船家，咱是过河呢！为什么望上流摇去?"于亮道："你不知道，这河内水急，若不提一提溜，如何过得河呢?"施公听说，也还有理，便不再问，听了于亮望上流尽摇。不一时进了汊港，于亮将篙子插在港内，将船系好，进得舱来，向施公说道："咱请你上岸罢!"施公听说，即站起来，往舱外便走。只见于亮出其不意，猛抬起右腿踢去，将施公打倒舱内，大声喝道："你认得大王爷爷于亮么？咱大哥毛如虎、与你有何仇恨，你便将他杀害?"一面说，一面绑缚起他来，抛在一旁。仍然走到船头，将缆解开，篙子拔起了，操着桨，直望落马湖而发。施公在舱里面，只是讨饶道："咱委实是算命糊口的，大王可不要错认了，望你将我放去。咱家中尚有老母、妻子，等着我赚了几个钱，回家买米度日。"又暗中说道："我施某今日可不能活命了。就使黄天霸等见我不回，各处找寻，也不知我死在这人手里。"

不说施公暗想，再说于亮将船尽力摇去，将船摇到栅口，将响铃摇动。守栅的开了栅门，放船进去了。于亮先叫人将施公看守好了，直入寨内。李配、孙龙、赵虎，并总管张才，迎接进去。李配问道："贤弟今去巡哨，有什么大宗买卖探听回来？"于亮道："买卖倒没有，却有一件喜事，说来可痛快人心。小弟前去海州，将船泊在北门运河内。忽有算命的，叫声：'过河。'小弟仔细一看，不是别人，正是咱兄弟们一个大大仇人呢！"李配道："莫非就是施不全么？"于亮道："专待大哥发落。"李配等大喜，便叫剖心沥酒，祭奠亡鬼。一面又叫人备办酒席，等祭奠后，好大排筵宴。给于亮庆功。一会子，众喽啰将施公押到厅上，李配喝令下跪。施公站立不睬。李配又道："施不全，咱大王爷，久闻你的大名，惯与咱江湖上的朋友为难。你还仗着那黄天霸小子等人助着，杀害我等。往事不说了，咱只问你，毛如虎与你有何仇恨？为什么将他捉住，杀死了他？你今日也到了爷爷们手里，你尚有何话说？可能再叫黄天霸小子等人前来么？"施公道："大王不可错认，我委实姓任，名唤也方，借此算命度日。家中还有老小，望大王详察，不可以耳代目。咱且不知毛如虎是何等样人，更不知施不全是何等样人，怎么将我任也方，错认作施不全？且硬说我任也方，杀害毛如虎，这可不是冤枉！"李配大怒道："咱把你这赃官，嘴能舌辩！且不管是任也方、施不全，今既被我捉住，你真是任也方，也将你当作施不全，剜出心来，为那些死去朋友祭奠。"说了，随叫人将施公拖至下面，把衣服脱去，露出心腹，缚在柱子上。于亮执刀在手，只等上前开刀。张才站在一旁，暗暗叫苦。只见于亮手执钢刀，恶狠狠的走到施公面前，将刀尖对准胸膛，一刀剜去，只听当啷一声，刀落在地。再看于亮，站在一边发怔。李配道：“我不信，难道有个鬼不成!”说着，便拾起刀来，也是恶狠狠的，对准施公心口刺去。刚欲刺进，只觉手腕一酸，刀持不住，当啷一声，也似于亮那样，把钢刀又落在地下。李配等颇为诧异。只见张才上前说道：“大王两次刺他，刀落在地，一定今日不能杀人。”李配道：“且让他多活几日。必须派个诚实可靠的人看守才可，不致于误事。”张才道：“大王如可放心，即交于小人，包管无事。”李配道：“如此甚好。你想这后面有个阴山洞，四面皆是水，且将他关在里面，每日不与他饮食。他纵不被刀杀死，也叫他活活饿坏。贤弟再多派几人，妥当的看守。等到那天霸小子捉住，一起问他的罪名。”张才答应，随将施公放下，带入阴山洞去。却暗暗送些饮食与施公；并与施公说道：“大人不必害怕。小人名叫张才，前在罗四虎家当总管。后蒙大人救出，又蒙大人赏钱贩布。只因路过此处，被此地这伙强盗，劫去布匹，捉到此间，硬叫小的当了总管。今见大人被他们谎骗，小人已是心胆俱裂。不意大人洪福齐天，他们不得强害，故此小人才在他们面前，叫将大人交给小的，为的是要救得大人才好。不知大人手下那些将官，现在何处？小人打算去送一个信，叫他们众位前来。一则好救大人，二则可以将这伙强盗拿住，为民除害。”施公听说，又仔细一看，果然不是别人，却是张才。此时施公稍放下心，便将天霸等现在海州，告诉了张才。张才又请施公且自忍耐，三日后必然救出。施公更自放心。张才便即告辞出去，招呼了两个心腹，前来看守，又叫人时常暗暗送些茶水之类。故此施公也不过于吃亏。未知后事如何，且听下回分解。

第二八六回

褚家庄天霸送信　悦来店张才陈词

话说黄天霸各人寻找施公。寻了一夜，不见踪迹，知道又为恶人谎骗，大家惊疑不定。李五道："愚兄倒有一计：欲知大人消息，必到褚家庄褚老英雄那里一访，或可得其消息。"黄天霸道："小弟便去一行。"李五道："贤弟须快去快回。我们这里仍各处寻找。贤弟一有消息，万不可冒昧行事，必须斟酌尽善，方好前去。"天霸答应，当即辞别众人，出了行辕，直望褚家庄而来。

不过一日已到，遂令庄丁进去通报。一会子里面叫："请。"黄天霸大踏步进入里间，褚标已迎了出来。彼此见了礼，分宾主在厅上坐下。庄丁献上茶。褚标问道："贤侄久已不见。大人想已安抵淮安。侄媳当亦安好，众朋友想皆如意。"天霸道："众兄弟都好，侄媳亦好，都给你老请安。惟大人沿途耽搁，至今仍未到淮，现在驻扎海州。今小侄特地前来，因大人前日早间，瞒着众人，出去私访，至晚未归。小侄等各处寻找，杳无踪迹，定又有恶人将大人诓去。"褚标听说大惊道："据贤侄说来，敢是大人又为强人劫去？海州左近①，倒无甚强人；唯有那洛马湖猴儿李

① 左近——附近。

配，颇不安静。莫非大人是他劫去不成?”黄天霸道：“落马湖离此多远？那猴儿李配，又是怎样一个人物?”褚标道：“讲起李配这人，武艺精通，几有万夫不当之勇。且兼惯熟水性，能在水底下伏三昼夜，故此占了落马湖，专劫客商船只。若说他那湖的地势，曲折连环，周围有十数里宽大。不识路径，湖中必不能去。贤侄若要前去，找一人前来，与你同行，或者可以进去；若无此人，虽插翅也不能入此湖。”天霸道：“请问老叔，此人姓甚名谁?”褚标道：“此人姓万，名君召。那年偶至湖内，为李配所劫，即与李配比较一回武艺，还可以敌得过。因此李配爱他武艺，就将女儿与他，成了翁婿。但是万君召安分守业，不与李配同为，也曾劝过他改邪归正。争奈李配不听，万君召也无法想，实是貌和心不和。”天霸说：“既如此说，这万君召家住何处?”褚标道：“其实不远，要去落马湖，必由他那里经过。”天霸道：“可否请老叔同小侄一行，将万君召请出来，好使小侄同他前去。”褚标道：“此事非是我不肯同贤侄前往，奈因我有件事，与君召不和，不便前去；不若贤侄独自去访，见着他将真话说出，他必答应。不但他可以与你同行，还可给你设计。我若一去，恐反于事无济。不是我催促贤侄，你是要紧前去才好。万君召家，从咱那里去，向东南大路而行，不过二十里，即到万家庄了。贤侄恕老朽不留，就此请去罢!”天霸答应，不敢怠慢，辞了褚标，匆匆而行。

走了半日，已到了万家庄上。天霸问明门路，走到万家门口，向庄丁说明来历，请他进内通报。只见庄丁回道：“咱家大爷，前三日去往淮安，说是早晚就要回来。你老有甚话，请留下名帖。”天霸回道：“我来，因要去落马湖拜望李配，不知哪里的路径。因你家大爷，是他的女婿，故此前来约你家大爷同去。他既不在家，就罢了。大约你们也是常去的，那里的路，究竟怎么走法？还是坐船去，还是有旱路可通呢？”那庄丁回道：“不瞒你老说，小的到此未久，落马湖不曾去过。但是听说这湖内路，颇为难走。四面皆有消息，若不知路径，触动机关，恐有性命之虞。”说罢，走进去了。黄天霸寻找客店住了，问了落马湖。那人说道：“前去只有十里路，就是落马湖的地界。”天霸回头一看，见东首有个小小市集。天霸走到市集上，瞥眼见街口有一座楼，外面挂着招牌，上写“悦来客店，安寓客商。”天霸踏步进内。店小二迎接出来。天霸又拣了个座头坐下。店小二在旁伺候。天霸便叫：“店小二，拿两角酒，端两碟下酒的菜来。”店小二答应，少停酒菜全送上来。天霸一面斟酒，一面望店小二问道：“你姓甚名谁？”店小二道：“小人唤作胡四。”便回问道：“你老敢是从徐州来，到这里作什么贵干？”黄天霸道：“我要到海州做一买卖。此地是那里所管，离海州还有多远呢？”胡四道：“此地便是海州所管，到海州尚有四五十里。你老可是错走了道儿了？从徐州来，到海州去，应一直向东，怎么走到这里来呢？而且此地有个落马湖，其中歹人颇多，那些作买作卖的，皆要越此过去，不敢经过此地，你老怎么倒反走来？”天霸道：“我是偶经此地，向不出门，因此走了错路。但不知你刚才说落马湖，有些歹人，怎么叫个歹人？我实在不懂。”胡四道：“你老真是没出过门了。咱这里那落马湖内，有三个大王，皆是浑身武艺。凡在客商经过，他也不问贫富，务要将钱留下；若是客商们不肯，即刻就害了性命。”说着拿酒壶斟了一大杯酒，放在天霸面前。

天霸端起酒杯正要喝，忽听下首桌上，有个人在那里叹气。天霸掉转头来一看，像似熟人，于是也叹了一口气。两个人看得发怔。忽见那人走到面前说道：“尊驾敢是姓黄，下面是个天字么?”天霸道：“正是。不知你怎么晓得贱名呢?”那人道：“可记得前五年罗四虎家，有个总管张才么?”天霸听说后，仔细一看道：“咱的眼力太钝，咱竟全不记得了。”又道：“你为何也在此，来干什么呢?”张才又道：“若不是在此遇见你老，小人竟要跑到海州去了。”黄天霸道：“这是为何?”张才道：“正是小人有件要事，要去寻找你老。难得在此巧遇，真是大幸。”说罢，便叫店小二将自己的酒菜取过来；又叫店小二出去另拿两样新鲜可口的菜进来下酒。店小二答应着，出去叫菜。张才见店小二走了，又看一看左右无人，便悄悄的说道：“只因大人被毛如虎的党羽于亮诓入摇船，送到落马湖李配那里。哪知大人的洪福齐天，不知怎的，李配手上的刀，忽然落下。彼时小人也在那里，便谎说了两句话，将大人送至阴山洞内；故此又在李配跟前，讨了个巡哨差役，借着赶海州，给你老送信，前来搭救大人。不期在此巧遇，真是万幸!”天霸听说，又问道：“你为何在落马湖呢?”张才见问，便将以往之事，述了一遍。天霸大喜。张才还欲说话，只见店小二拿进酒来，张才便住口不言。欲知张才说出什么话来，且听下回分解。

第二八七回

张才设计救施公　路通独力擒李配

却说张才叫小二出去："等喊你再来！"店小二答应。张才复又说道："你老可想个什么法儿，将大人救出来才好。你老不知那水寨里面，到处有埋伏。依小人的愚见，你老还得去海州一趟，将保护大人的那些老爷，全请了来。约定明日二更时分，一起进寨。小人预先在水寨外面，拣那有埋伏的所在，插了柳树。你老就看定柳树，随弯就弯。直走进去，必须绕道湖后。因这湖面宽阔有十余里，前、左、右三面，皆是大水，非船不行。唯有后面，一交冬令，那湖里水就涸了，不要船可以由湖上走得进去。却要由西南那条小道，才可走到后湖。你老切记，须从那道而去。小人到二更时分，即着心腹，赶往前面放火，烧他寨栅。李配等看见前寨火起，必然出去看视。你们但见前面有了火光，此时我便将大人放出洞外。你老可一面专派两人接应，保护大人出去；一面由后寨杀入前寨，使李配出其不意，也可一鼓而擒。"彼此商议已定，张才抢去会账，仍然进湖。

天霸赶回海州送信。走了半日，已到海州城里。进了行辕，大家见天霸已回，个个前来问道："如今大人在于何处？褚家庄去了一趟，可有点消息不曾？"天霸见问，即将褚标如何说出万君召，如何去访万君召不遇，如何在酒店内遇见张才，如何与张才定计，去捉李配的话，前后说了一遍。大家好不欢喜。黄天霸道："事不宜迟，即须前去。李七侯与何路通两人，可暗暗伏在落马湖前寨左右，以防李配凫水而逃。关贤弟、金大哥专为接应，保护大人。张桂兰、郝贤妹，专等大人出了后湖，可即保护大人在僻静处所等候；殿臣哥、起凤哥前来接应，一起送大人入城。关贤弟、金大哥，将大人交给桂兰、素玉，仍即转回水寨，帮同杀贼。我与李五哥，先行杀入前寨。务要将李配等人拿住，不可放走一人。一来为大人报仇，二来为民除害。"大家齐声道好。又命施安去本城衙门送信。

一会子俱已装束停当，各带兵刃暗器，分头前往。将近傍晚，已到落马湖。何路通、李七侯便在僻静地方，换了水行衣，悄悄的钻入湖内，直望水寨左右伏身，专等捉拿李配。黄天霸等一干人，照着张才的话，认定柳树，随弯就弯，直奔后湖而去。

且说张才回去，将酒店与黄天霸如何计议的话，一一告诉了施公。又遣了两个心腹人，密去前寨放火。诸事已定，只等二更时，便好去救施公。看看时候已到，忽听前面喧嚷之声，张才知是火起，赶即来到阴山洞，将施公放出，急急送往后湖。此时黄天霸等人也看见火光。关小西、金大力一看，前去接应。却好天霸已将李五等人伏在左近 带，只等火起，便好行事。张才刚出寨中，遇见黄天霸，正好送出施公。关小西接着，便把施公背起，直奔过湖，交给张桂兰、郝素玉两人保护；随即仍赶回头，以便接应天霸、李昆。再说天霸与李昆，见张才放出施公，由关小西、金大力保去，他二人也就跟着张才，直望前寨杀去，不表。

再说李配、孙虎、赵龙、于亮四人，吃过晚饭，刚欲睡觉，忽听前面嘈嚷。正欲着人去问，只见有两个喽啰，飞奔前来说道："不知怎的，前寨起了火，寨栅已烧去了一大半，特报大王知道。"李配等闻报，吃惊不小，随手拿了件兵器，一起赶奔前寨而来。到了前寨，只见火光烛天，寨栅已烧去大半，连忙喝令："扑灭！"正扰乱之时，猛然知道背后有了奸细，即刻分派赵虎去往阴山洞，防备走了施公；又令孙龙去往右寨救火；自己与于亮，督率喽啰，竭力灭火。正在扰乱之时，猛觉背后一刀砍来，李配赶着招架。天霸复又一刀，望着李配肩窝上刺。李配将天霸的刀拨开，复还一刀，直奔天霸胸前刺进。天霸赶着相迎。二人一来一往，拼命的大杀起来。于亮正欲上前来助李配，那边李五的刀如旋风般，一路砍来。于亮接着便杀。四个人分两边，直杀得精神百倍，难舍难分。正在酣战之时，忽见李五虚闪一刀，一溜烟跑了出去。于亮不舍，随后紧紧追来。李五取出弹弓，按定弹子，觑得切近，对定于亮左眼打去。于亮躲闪不及，一弹正中左眼，登时站立不住，头一发晕，栽倒在地。李五见于亮跌倒，一个箭步跳到了面前，举起一刀，在于亮肩膊上砍下。那于亮"哎呀"一声，已不省人事，躺在地上，动弹不得。李五又用刀背，在他脚胫骨上尽力打了几下，于亮的胫骨，又成粉碎。李五复将他拖在一旁，再来帮助天霸去战李配。只见天霸与李配，杀了个对手。李五看得着急，顺手摸出一弹，扯起弹弓，啪的一声，认定李配面上打来。李配正杀之间，耳边听有弹弓声，知有暗器打到，赶着躲开过去。天霸见李配躲闪暗器，乘此一个闪电穿针，一刀从李配肋下刺进。李配从旁一让，不提防第二弹打来，正中右耳。天霸见一刀未曾刺中，便用了鲤鱼翻身，跳入左边，一刀望李配左肋刺进。李配复又让过。哪知李五第三弹又飞了过来，说时迟，那时快，李配万万让不过去，面门上中了一弹，打得鲜血直流。李配知不是对手。忍着痛向天霸虚砍一刀，直望寨外跑去。天霸率李五紧紧追赶，赶到寨外，但见李配望湖内一跳，噗咚一声，钻入水底去了。

天霸等见李配已经入水，便不追赶。复又到寨内探寻赵虎、孙龙。才转了两三个弯子，却好关小西迎面而来，左手执刀，右手提着一个血淋淋的人头——却是孙龙已被杀了。三人会合一处，复向前去寻党羽。刚到阴山洞，只见金大力与赵虎，正在那里厮杀。黄天霸取出金镖，出其不意，打了出来。赵虎未曾防备，腿上中了一镖，略吃一惊，手中的朴刀一乱，金大力来得快速，用足了劲，执定齐眉棍，使了个枯树盘根的架式，望着赵虎扫来。这一棍，赵虎不曾让得及，已被打倒在地，关小西来得急速，复上前一刀，将赵虎的右腿砍断，在地上不能动弹了。那些喽啰见寨主全然丧命，也就一起跪倒求降。再说李配跳入湖中，以为可以保全性命。哪知何路通在水底下等得正不耐烦，忽听湖上噗咚一声响，知道有人下来，赶着将眼睁开。仔细一看：果然有个人踏着水，缓缓而来，何路通即先抄在前面，等李配来时，急切将拐照李配身上一钩，李配正望前去，不曾防得，站立不稳，被他钩倒。欲知后事如何，且看下回分解。

第二八八回

落马湖众寇伏诛　淮安府施公赴任

却说李配逃入湖内，被何路通用拐钩倒；又将李配肩膊上，刺了几下。李配被刺，已是动弹不得。何路通便招呼李七侯，一同将李配拖出水面，拿出绳索，捆绑停当。两个人横拖倒拉，一直拉进寨栅，去寻天霸等。却好天霸等已将孙龙、赵虎、于亮三个人，杀死的杀死，打伤的都抛在地下，叫人看守，都来前寨，打听李配的消息。正遇着何路通、李七侯从外面而来。黄天霸便问道："何大哥，怎么样？果曾捉住没有？"何路通道："擒住了，现在这里。"天霸等好不欢喜，走上前来，先看了一看，复叫人扛抬到那三人一起。李五道："如今是一个没有漏，全被我们捉了，倒是要去大人那里送信。最好就请大人到寨内安歇一夜，明天传知海州文武各官，将贼就地正法。"金大力道："甚是有理。咱即便去请大人。"说着掉转飞跑，一直跑到后湖，不知施公躲在哪里，复大声喊道："大人在哪里？落马湖的强盗通捉了，请大人到寨内歇息发落罢！"一连叫了几声，方听见西北角上，树林子内，有人答应；却是女人声音，说道："大人在这里。那可是金老爷么？"金大力听得真切，知道是张桂兰答应，也就应道："咱家是金大力。大人在哪里？咱走哪里好接？"张桂兰道："金老爷不要来咧！咱们保大人来罢！你在那儿等着。"金大力也就不往前去，只在湖岸上等。一会子，见施公扶着两个人前行，后跟着两人，原来王殿臣、郭起凤在前搀扶着，正要请施公回城。又听见金大力说话，施公便扶着王、郭两人，缓缓前走，张桂兰、郝素玉在后跟随。金大力迎着施公，便先请了安。施公问其情形。大力一一回答。一路正在那里讲话：孙龙被关小西如何枭了首级，赵虎如何被棍打倒，于亮如何被李昆弹子打中左眼，李配如何凫水而逃，如何被何路通在水底里捉住……

只见前面许多灯笼火把，迎接出来。黄天霸等走到施公面前，请了安，站立一旁。施公又慰劳了数语，然后携同二人，缓步入寨。到了寨内，就厅上坐下。就有张才前来磕头。施公着实安慰了他一番，又命他随便坐下，大家好说话。张才只得告座。众人又谢张才保护施公之力。张才只是谦逊，并道："小人前蒙大人不杀之恩，又蒙慨助资本，虽粉身碎骨，难报大恩。而况此是应分，且不免有罪。今蒙大人不罪，还敢劳老爷们道谢么?"于是大家又说了一会捉拿李配的话。正欲叫人将李配押来讯问，只见两个喽啰，走到面前说道："酒饭已备办好了。"张才答应一声，即站起来对施公道："小人已招呼厨房，随便做了几件饭菜，请!"张、郝另设一桌。大家吃毕，此时天已大亮，只见人报进来道："今有海州营参将王立本、海州知州李穆，在寨外禀见。"施公听说，即令传见。张桂兰、郝素玉避入后面。

少停，海州参将及州官进来给施公行礼，请安毕，站立一旁。施公命二人坐下。知州李穆禀道："卑职等谬膺民社①，地方

① 谬膺民社——（卑职）不配承担百姓社稷的重托。

上有这等大盗，不知预为缉获，以致残害百姓，并累及大人。卑职等实在罪无可恕。即求大人从重参革，以儆效尤！”施公道：“贵州在此几年了？”李穆道：“卑职是去年十二月十九日才接印任事的。”施公不语。又问参将王立本道：“老兄光景也是去年十二月十九日接印的？”王立本道：“末将是去年二月间，即补是缺。”施公道：“既是老兄到此，已届一年，为何连这起强贼全不知觉呢？”王立本道：“末将也曾风闻，颇思剪除，以绝民患；但未据地方百姓禀报，境内亦尚安静。末将的愚见：以为多一事不如少一事，若真正前去缉捕，特恐那盗贼拒捕起来，卑营的兵力固自不足，且恐激成大变。等到激变，势必详报上宪。在上宪知道的，立刻派营助剿，说末将尚为认真理事；若不知道的，不但不添兵前往，反说末将好名太甚，不自量力，癣疥之患，也须大动干戈。一纸札文，做成个‘办理不善，调省察看’，这还算是万幸；甚至奏参上去，连功名总不能保。因思好容易补了这个缺，大宪衙门，花费了若干，还各处请托当道说项。总想署缺后，借此弥缝，兼可顾及一家妻子老小。怎么将此缺不要，做那好名之事呢？这样一想，便将此事懈怠下来了。哪知大人又落在那强盗手里，末将是万万想不到的。今既如此，只有听大人奏参便了。”施公听罢，拈须微笑道：“据老兄所说，并非掩饰之词，倒是出于本心。本部堂原可曲谅，但不过，你上负国恩，下误民事。即此两事，本部堂可不敢容情，只得据实奏参，听候圣上处置。”说罢，便将李配押解上来讯问。

手下人答应，即刻押李配、于亮、赵虎三人来到。孙龙已被杀死，自毋庸议。施公将李配等问了口供。李配等亦直认不讳。

施公当命立刻就地正法，并同孙龙首级，一起悬竿示众。又着海州知州，查点钱粮数目，一一运入州库，以备正用。将房屋拆毁，众喽啰解散。诸事已毕，施公又向知州说道："贵州为地方父母，理应剪除民害，除莠安民。今盗贼充塞，任意姑容，殊觉有负民望。姑念到任未久，着记大过一次。自后务要不避艰难，遇事认真。若再懈沓，本部堂定即参处。"州官唯唯应诺，复又叩头谢罪。施公这才起身，喝令："回城。"

早有人将绿呢大轿抬入。施公上了轿。知州与参将先行，施公在中，天霸等人骑马跟随在后。在路走了一日，进入海州，施公仍旧在行辕驻节。海州知州及参将，进来请安，然后禀见，各回本衙门而去。施公当晚即将海州营参将王立本，奏参出去。迟了两日，即望淮安而去。施公又命施安先行到淮去投红谕讫，这才乘坐官船，趱赶而行。不一日，已到淮安。当有漕标①各营统领、管带，淮扬兵备道，淮安知府，清河知县，南河各厅，佐贰杂职，以及闲官、候补人员，齐立码头迎接。施公船泊码头，有前任漕河总督，上船恭请圣安。施公代安毕，彼此茗谈片刻而回。接着淮扬道、淮安府、清河县、所属各厅、佐贰杂职，分班禀见。后又是漕标中军、各营统带、淮安参将，一起一起，先后问安禀见毕。施公这才上岸，乘坐绿呢大轿，导以执事衔牌。只见金锣鸣处，一对对清道旗、飞虎旗、肃静回避牌、钦命牌；继以：头品顶戴、漕河总督部堂、都察院左都御史、淮安巡抚大臣、钦赐金牌、世袭一等侯爵、仓场总督、山东查赈大臣、特授

① 漕标——清代绿营兵制设各级军标。漕运系统有漕标，由漕督管辖。标下有协、营、汛各职。

江都县正堂诸衔；以后金瓜隔路，令箭令旗，对子马、顶马、亲兵、护勇、红黑帽、刽子手，前呼后拥，直望行辕而去。不一会已至行辕，施公在暖阁下轿，进了后堂，早见陈设齐备。施公坐下，各官重复进见。施公又一一答礼毕，各官辞去。施公便择定次日辰刻接印。当有听差的传谕下去。到了次日，有本标中军，赍送王命、旗牌、关防前来。施公排设香案，行三跪九叩礼，望阙谢恩，领职任事。未知后事如何，且看下回分解。

第二八九回

褚壮士一意顺施公　贺人杰千里投天霸

前回中已说明，施公将落马湖猴儿李配等人拿获，就地正法；后即赴淮安漕督本任，接印任事。真是风清弊绝，廉正自持。那些候补实缺人员，内中有一二贪赃枉法的，见着施公恩威并至，严厉难犯，也不敢轻于试尝，赶将从前积习，改除殆尽。加以黄天霸、关小西、计全、何路通、李昆、李七侯、金大力、王殿臣、郭起凤，以及张桂兰、郝素玉，这一班男女武将，个个皆感施公恩德，无不尽心竭力，帮着施公为地方上除暴安良，代国家出力；以致道路传谈，皆言施公清廉正直，这且不表。

且说自黄天霸去褚家庄，打听落马湖消息以后，褚标逐日探访，后来知道业已救出施公，猴儿李配，俱已拿获正法。又闻施公已赴漕督本任，此时褚标就想前去淮安。忽有个至好的旧友，适从淮安到来，顺道来访。褚标便留他吃饭。席中他谈起施公许多好处，褚标听了，恨不得即刻前去看施公的新政，因此决计前去。他那朋友，过了一日，也就他往。褚标即打点行装，又买了好些土产，诸事停妥。这日带了一个庄丁，家里现成的骡车，将所有的行李各物，装上车子，又带了防身的兵器，叫庄丁赶动骡车，直往淮安进发。

不一日已至淮安，褚标并不另住客店，一直就往总督衙门而来。在辕门外，将骡车停住，叫带来的庄丁看守，他却进了头门，也不问清白，大踏步直向里走。那辕门上文武巡捕官，见着褚标那种样子：头戴灰色毡帽，身穿土布大袍，脚着尖脊蓝布百衲鞋，腰系一根蓝布束腰；黑黑的面庞，两道浓眉，一双圆眼，大鼻梁阔口，颔下一部银一般白须，雄赳赳走了进来，不知他是个什么人，遂上前喝道："你这老头子！好不知进退！你知道这是什么地方？你不曾见辕门口，挂着虎头牌，上写督辕重地。快走出去！"说着就有两个亲兵前来赶他。褚标见此光景，也知道自己鲁莽，并不见怪，忙对巡捕官打了一躬，堆着满脸的笑，向巡捕说道："诸位老爷们有所不知，咱有个至好的朋友，姓黄名叫天霸，现在施大人前做中军副将。咱特来寻他，叙谈叙谈。既是衙门内不许闲人擅进，就烦诸位派个人进去，向黄天霸通报一声，就说褚家庄褚标特来与他相会。一来与他叙谈些阔别，二来给大人请安。咱就在这儿候信，再行进去便了。"那巡捕官听了这话，暗道："这老头还与我们大人相好，又与咱们中军官是至好的朋友。看他这样，大概也是强盗出身。咱们幸而不曾得罪他，不然，要被黄天霸副将知道，咱们定然要讨没趣。"巡捕官一面暗道，一面也带笑答道："原来你老与咱们衙门里黄老爷至好，咱们实在不知，倒多有得罪。但是黄老爷虽是督辕的中军官儿，他却另有自己的衙门。除三八衙门期来此办公，平时却不在这里。有时大人传见，他才来呢！咱们派个人领你老前去。"那巡捕官即派了一名亲兵，带领褚标向黄天霸衙门而去。褚标亦喝令庄丁，赶着骡车，一同前去。

不一会已到，当由亲兵到号房内，先说明原委。那当差的即通报进去。此时褚标站在大堂上立等。不过一刻，只听里面传出一声："伺候!"那衙门内兵役，个个齐立两旁。又见暖阁门开，黄天霸打从暖阁后走出，赶着走到褚标面前说道："老叔远来，未曾迎接，多有得罪。请里面坐罢!"说着，便打了一躬，随即拉着褚标的手，一起进入里面。当由管仪门的人，将暖阁仍然关闭。黄天霸将褚标让入书房，天霸重新见礼。彼此坐下，有家人献了茶。天霸便问道："老叔行李，现在何处?"褚标道："现在大门外，还带了一个庄丁，一辆骡车。"天霸当即着人将行李等物，搬进来安放停当，又将牲口上槽喂料，车辆放在空屋。庄丁自有人照应，不必细说。天霸又道："自去年腊月间与老叔别后，不觉又过新年两个月了，老叔精神是康健的。此间大人亦时常念及老叔，极思老叔到来叙谈叙谈。等一会儿，小侄当同老叔去大人那里。"褚标道："便是老朽，也是时常念记大人。去年就要前来，后因又是家中不无有些琐事，所以直到今日。昨因有个朋友，从这里经过，到老朽那里，说及大人许多的好处，实在难得。老朽听了此话，恨不得即日就到，看看大人的德政。今到此间，看这城内的光景，真是名不虚传。大人的德政，自是好极了。还有那计贤侄、李五哥、关贤侄等人，并张家侄媳，想也都好。"天霸道："计、李等人都好，便是你老侄媳妇也好。"说着就唤当差的道："你快进去告诉太太，说褚老爷子来了，叫太太出来见礼。"褚标正欲阻挡，当差的已答应着进去。不一会子，张桂兰带了两个丫环走了出来。褚标看见，忙着起身。张桂兰已进了书房，向着褚标叫了一声，这才向上端端正正，拜了两拜。褚标回了一礼，赶着拦住。张桂兰也就起身，在对面下首座定。

丫环站立背后。张桂兰向褚标说道："自去年在咱家里见过老叔，不觉又是半年了，时常念记你老人家。今日见了面，你老人家的精神倒是怪好的。你老人家此来，可在此多住些时了。"褚标道："便是咱也时常挂念你。自见你出嫁以后，半年多不见，今日见了，比你在家做闺女的时节，越发出落的多了。我那老兄弟可有信来？他几时来此？"张桂兰道："咱爹不久尚有信到，就是三月底四月初定来，大概到此也不远了。"褚标道："咱极思与我那老兄弟谈谈。既是来得快，咱便在此等他。"张桂兰道："你老人家在这里多住些时，好在咱爹也来得快，你老两兄弟又谈的来，便住了一二年，也不为多。要是怠慢你老人家，可不要见怪。"褚标、张桂兰、黄天霸三人，正在闲谈，忽见有个当差的走到天霸面前说道："回爷话：现在门外有个小孩子，年约十三四岁，口称姓贺名唤人杰；他老子名天保——说与爷是结拜的兄弟。这贺人杰，是奉他母亲之命，特从山东前来见爷，说有话面禀。爷还见他不见？"欲知黄天霸见与不见，且看下回分解。

第二九〇回

黄天霸仗义抚孤儿　施贤臣诚心留壮士

却说黄天霸叫当差的将贺人杰带进来，那当差的答应着出去。不一会子，将贺人杰领进。黄天霸远远看见，但见贺人杰年约十三四岁。生得面如傅粉，唇若涂朱，两道剑眉，一双俊眼。高鼻梁、阔口。头戴一顶童子冠，一朵朱缨，战巍巍顶门高插。身穿一件月白湖绉洒花直裰，内衬大红绣花紧身短袄。葱绿束腰，长拖至足。下穿玄色湖绉洒花棉布马裤，脚着薄底绯缎绣花快鞋。满脸忠义形容，浑身英雄气概。大踏步跟着当差的走进书房。站定了脚步，望着当差的问道："谁是咱四叔爷。"当差的便指了一指，贺人杰便抢三步，走到黄天霸面前说道："咱侄儿贺人杰给叔父叩头。"说罢，叩头下去。此时褚标、张桂兰二人见了这年幼英雄，不由得极口夸奖。独有黄天霸见此情形，不由心内一酸，扑簌簌落下两行英雄眼泪，哽咽着说："侄儿罢了，且起来讲话。"贺人杰当即站起。黄天霸复指着褚标道："这是褚老英雄，贤侄当得以祖父礼相见。"贺人杰听罢，复又恭恭敬敬，给褚标见过礼，站了起来，又指着张桂兰问黄天霸道："此位是谁？"黄天霸道："此是你婶婶。"贺人杰听罢，又至张桂兰面前说道："婶娘在上，侄儿有礼。"说着，也叩下头去。张桂兰赶着还了半礼，即拉他起来。黄天霸便命贺人杰坐下，问道："你今年十几岁了？”贺人杰道：“今年十三岁。”黄天霸道：“你母亲康健么？”贺人杰道：“咱娘甚是康旺。叫给叔父请安。”黄天霸道：“你这小小年纪，怎么这老远的路独自前来？你母亲怎么放心的？”贺人杰道：“咱娘闻得叔父现在已做了官，跟着施大人在此。因此，咱娘叫侄儿前来投奔叔父。在大人跟前，图个小小前程，将来替皇帝家出点力。一来不负咱爹生前的志愿；二来自己也可借着叔父的力图个功名。咱娘还叫给叔父讲，请叔父看侄儿是个孤儿，不要忘与咱爹结拜之义。就便侄儿有什么不好，请叔父看其年幼，只顾当着叔父亲生的儿子管束。将来好让侄儿成人。在施大人面前，也请叔父转求大人。念咱爹生前有志向上，不意中途忽遭惨死，未能报大人一些恩德；还恳大人看顾侄儿。好教侄儿代咱爹报报大人的恩德。”黄天霸听了这些话，心中甚是难受。就是褚标、张桂兰听了，也觉代为叹息。

黄天霸道：“咱与你父亲，虽是结拜，义胜同胞。咱正恨不能远顾贤侄，今既到此，咱自当格外照顾。但是你年纪太小，无事可做，且在咱这里习学些武艺。再过两年，等你大些。咱自当给你转求大人，图个前程与你。”贺人杰道：“叔父在上，不是侄儿放肆，敢出大言。若说武艺一层，虽不十分精熟，咱在咱娘面前教授了几年，那刀枪棍棒，倒也会耍几套。叔父不信，当面请试一试。若有不精之处，即请叔父指教。”说着站起身来，将那月白湖绉外罩脱去。右手在背后将单刀掣出，脸向着褚标、黄天霸、张桂兰说了一声：“放肆。”噗一声，如一阵旋风般。一个箭步，纵出院落。在当中站定，摆了架式，手执单刀，舞将起来。先还慢慢的飞舞，愈逼愈紧。直到末后，只见一道白光，盘旋上下，对面看不见人。褚标、黄天霸、张桂兰三人，看到此处，齐声喝彩道："小小年纪，有这刀法，真不愧了。"喝彩声未完，贺人杰已收住刀。复打个箭步，跳入书房以内，说道："侄儿放肆，还求褚老爷子、叔父、婶娘指教。"褚标等再看贺人杰，面不改色。大家更自惊爱。却好当差的来请吃午饭，张桂兰便辞入内室。

饮酒之间，黄天霸又将自己当日在江都县，如何行刺，如何投顺；施公如何劝濮天雕等，二人立意不行，后来三雄绝义；贺天保被于六飞抓抓死。前后对褚标说了一遍。褚标说道："老朽当日听人说及贤侄逼死义嫂，砍死义兄，也怪贤侄不义。后来知道有那些情节，才知贤侄是迫不得已。就便天保贤侄，也是一团美意。劝他们向上，争奈他们恩将仇报，反忘了当年情义。贺天保贤侄后死于非命。今日看来，天保贤侄，有这样一个好小子，也不负他当年一番苦心。咱明日见了大人，倒要给人杰这孙儿，在大人跟前竭力的保举，求大人格外看顾。"人杰听这话，当即出了位，走到褚标跟前请了个安。说道："谢老爷子关切。"褚标赶着拉起来，便笑对天霸道："这小子倒乖巧，很有些武艺。有些聪明，将来不在你我之下。"褚标极其称赞，贺人杰重行入座。三人吃完了饭。

席间褚标甚夸贺人杰武艺高强，聪明伶俐。众人也自随声附和。饮酒已毕，众人散去。天霸就请褚标在小书房安歇。将贺人杰带入上房，又嘱咐张桂兰，妥为照应。褚标到了小书房，便将带来的土产取出来，叫人送了进去。又吩咐庄丁，明日先回，骡车仍带回庄。吩咐毕，这才安寝。

次早起来，梳洗毕，用过早点，换了服式。央黄天霸一同到漕督衙门，见施大人请安。黄天霸答应，当即同褚标，出了自己衙门，直望漕署而去。到了漕督衙内，黄天霸即进入里面见施公，请过早安，便将褚标求见的话禀明。施公大喜，随即请见。施安出来，见着褚标，彼时便先行了礼，然后施安带领褚标入内。褚标一见施公，便行下礼去。施公赶着拉起道："老英雄切不可如此，且请起来!"褚标立起，施公请他坐下，便叫人献茶来。然后施公说道："某时刻记念老英雄，为何直至今日才到?"褚标先将以上各情，回答了一遍，复又说道："还求大人恕民人来迟之罪。"施公道："老英雄说哪里话来。但有一件，老英雄既已到此，可不能急急就去。"欲知后事如何，且看下回分解。

第二九一回

贺人杰神技取风旗　余成龙巧智盗印信

话说褚标既见了施公，谈了一回。施公便留褚标在淮安，多住些时。褚标本有此意，今见施公实意相留，也就当面答应。当日施公就留褚标在衙门内吃午饭。并将众英雄齐集衙内，招呼厨房，备下两席酒。施公、褚标、黄天霸三人一席。关太、李昆、何路通、李七侯、金大力等一席。大家皆略言分情，欢呼畅饮。酒席中间，施公谈起往事道："某初任江都，巧逢贺义士改邪归正；因他一人，后来引荐了许多豪杰。某所以得有今日者，皆贺义士之力也。可惜贺义士中途猝遭惨死。今日诸君皆身受国恩，得皇家官禄。独贺义士不能享受，实是可叹！"黄天霸、褚标二人，正欲说贺人杰已来，转求施公照应，难得施公先自说起，却是绝好的机会。当下褚标便开口说道："贺天保中途惨死，也是他命该使然。仍蒙大人念念不忘，足见大人恩高义重。民人正为此事，拟欲转求大人，只是不敢启齿。"

施公听了忙问道："壮士有何事件？只顾说来，大家斟酌便了。"褚标道："自从贺天保死后，留下一子，名叫人杰。彼时才得六岁，跟着贺天保的妻子抚养，今年已十三岁了。昨日由山东来此投黄副将。适值民人先在黄副将衙门里，见了这贺人杰，年纪虽小，颇有胆识。民人当时以为他这小小年纪，必然同着伴儿，或是与他母亲同来。及至问他，他说是奉母命。一来因他父亲受大人的大恩，未曾报答，使他前来给大人请安，借图报效；二来知黄副将现已做官，他来投黄副将图个前程。因此，辞了母亲，独自到此。”黄副将听他这话，便与他道：“你这小小年纪，前来给大人请安，藉图报效则可；若说投我图个前程，我看你年纪又小，力量又小，有什么事可做呢？不如且在这里，学习些武艺。过了三五年，等你武艺会了，再说罢！”哪知贺人杰闻了黄副将之言，不由得发躁起来，当即说道：‘若说年纪小，我已是十三岁了；若说武艺，那刀枪棍棒，虽不能精熟，也还件件会使。’说着，他就将外面大衣掀去，在背后拔下单刀。不由分说，一个箭步，跳入院落之中，便使起刀来。民人与黄副将看他舞了一回，却是刀法精纯，毫无破绽，不愧他夸口。而且这小小年纪，有此武艺，有此胆识，实在难得。今早黄副将本拟带他前来给大人请安，后来又怕冒昧。意欲先禀知大人，等大人示下之后，再带他来见。现在既蒙大人提及他父亲，故此民人斗胆，在大人面前，面禀一切。可否求大人示下，唤他前来给大人请安。”施公听了，不由得笑容满脸。因叹道：“贺义士虽死，得有此子，也算后继有人了。而且据老英雄说，他的武艺高强，自然真实不错。黄副将可即将他领来，与某相见，也算是故人之子了。”黄天霸听了此言，一面谢了施公，一面答应出席而去。

走出辕门，即拉了一匹马跨上。一刻的工夫，已是到了自己衙门。黄天霸跳下马来，走入里面，不见贺人杰。正在询问，贺人杰已走进来，望着天霸道：“叔父一人回来么？褚老爷子呢？”黄天霸道：“你赶快去换衣服。”张桂兰已将他的衣服拿出，一见贺人杰向他要，他便递出来。贺人杰接过穿好，天霸又叫人备了一匹马，于是叔侄二人，上马而去。到了辕门，二人跳下马来。天霸在先，人杰在后，跟着径入书房。黄天霸便叫人杰给施公叩头。人杰即忙磕下头去，一连叩了三个头起来，复请了安，站立一旁。施公见人杰仪表非俗，满脸的英雄气概，心中甚是欢喜，便即唤人杰添上座头，命人杰也入席吃饭。人杰复给施公谢了座，又请了安，然后在天霸下首座定。施公问道："你今年多大岁数?"贺人杰道："十三岁。"施公又道："本部堂才闻褚老英雄说，你的武艺很好。我看这小小年纪，有什么武艺？可对本部堂说来。"贺人杰道："咱才八岁，咱娘就教咱棍棒。后来到了十岁，咱娘又教咱刀枪，并教咱飞檐走壁。咱有时不肯，咱娘就要打咱。还说爹是一身好武艺，又说咱这黄叔叔本领更好。叫咱学好了武艺，来见大人，求大人赏个官儿给咱。一来给咱爹报恩，二来咱好图上进。因此，刀枪剑戟都会，飞檐走壁也会。如果大人要试试，咱便勉强使两套。"

施公道："那院落中旗杆上那面顺风旗，你可取得下来么?"贺人杰见说，掉转头一望，便道："遵大人的吩咐。"说罢转了身，他已一个箭步到了院落。施公与褚标等一起向外观看。只见贺人杰如猴儿上树般，已是上了旗杆顶上。再一转眼，贺人杰已将顺风旗取在手中。又复轻转身躯，用了个坠枝架式，将两只脚倒挂在旗杆尖子上面。手中执着顺风旗，迎风舞了一回。复将身子向后一缩，又向前一纵，便如燕子穿帘一般；说时迟，那时快，贺人杰已由旗杆上落下，蹿入厅前。彼时施公见贺人杰由旗杆上忽穿下来，口里虽然喝彩，心内甚担惊。及至贺人杰已到了面前，又见他请了个安，双手将顺风旗呈上。不但施公极口赞赏，就是褚标、黄天霸等人，个个无不惊讶。一面施公叫贺人杰入座；一面叫施安去取十两银子，赏他买一套衣服。黄天霸又叫贺人杰谢了施公，这才入座。施公因叹道："贺义士义勇半生，今得有此子，虽在黄泉，亦当含笑。本部堂自当另眼看待，即黄贤弟亦要加意抚育，不负当年结义之情。"黄天霸亦即唯唯道："末将敢不遵命。"于是大家畅饮，直至日落方散。褚标、贺人杰仍自回天霸衙中，关小西也自回本署，李昆等仍在本衙门当差。

从来乐极生悲，是一定不移之道。只因施公自放了漕督，从出京来直至到了淮安，沿路上访拿那些恶棍土豪，强梁大盗，实在不少，怎能一律肃清？且说淮安府东北，与海州交界地方，有座高山，这山名叫做摩天岭。这摩天岭高与天齐，巉岩①峭壁，实是险峻。内中有伙强人，为首的姓余，名唤成龙。率领着头目喽啰，在此占据。平时并不劫掠往来过客，专门打劫富贵人家，因此左右颇为安静。余成龙具着一身本领，飞檐走壁，无一不精。闻得施公左右能人甚多，他偏要显显本领。因此，前来盗取印信。毕竟印信能否何如，且听下回分解。

---

① 巉（chán）岩——高而险的山岩。

第二九二回

施贤臣失去印信　众英雄议访强人

却说施公正在书房秉烛观书，忽见由窗户外送进简帖一个。施公取过来一看，见上面写着：“过天星特借印信一用，日后着人去取。”施公看罢大惊。一面饬令施安去守印信；一面飞传黄天霸、李昆等人。少时黄天霸等齐集，连褚标也跟进来。施公即将简帖与大家看了。褚标忙问道：“大人可曾差人去看印没有？”施公道：“已着施安去看守了。”褚标不胜惊讶道：“大人中了那人投石问路的计了。”施公问：“怎么为投石问路？”褚标道：“来人本不知印信在于何处？所以投此简帖，令人设疑。若不使人看视，他却无法可想；今已着人去看，是领了他去，印信必失无疑”。正议论间，忽听东首一片声喧，报称失火。褚标等赶紧前去看视，乃是东首耳房前面。窗户纸烧着，无甚紧要。黄天霸等知道衙门内有了强人，正拟分头去捉，一眼瞧见施安也在那里张罗救火。褚标忙问道：“施大爷，你看视印信如何？”施安道：“刚才那里看了，丝毫没动。”褚标道：“你又中了他的计了，你再看去看看！”施安慌忙飞奔前去看视，见那印信仍摆在那里，只见上面铜锁已落了下来。施安忙将印箱开了，往里一看，这一惊非同小可。果然黄金印已不在箱内了。施安忙着跑出来告知众人。黄天霸等一闻此言，一个个纵上房屋，四面寻找。哪里有个影响①？大家只得下来。此时已交四鼓，施公便命众人暂且散去。

到了次日一早，黄天霸仍到衙门内聚议，访拿强寇。黄天霸才进衙门，只见施安送上一枝弩箭。黄天霸接过一看，只见箭杆上写着‘余成龙’三字。黄天霸看罢，便问施安道：“施贤弟，你这枝箭从哪里得了来？”施安道：“在花园内太湖石上，拾了一枝弩箭，箭杆上有‘余成龙’三字。本部堂仔细思来，余成龙一定是个武艺高强的人。昨夜来盗印信的，十分就是他了。众位贤弟可有知道这余成龙是何等样人？住在何处的么？”大家听了，俱各面面相觑，不能回答。黄天霸道：“昨夜来盗印信的那人，据末将看来，定是那余成龙无疑。唯这余成龙，末将等向未听见这个名字，也不知住在何处？或者是后起的，亦未可知。好在褚标现在这里，待末将回去问问褚标，或者他可以知道。”施公道：“贤弟此话，甚合吾意。不必要贤弟回去，就请褚老英雄进来，大家商议便了。”说着就命人去请。一会子褚标已到，给施公请过安坐下。施公便将施安拾到弩箭的事，告诉褚标一遍。褚标道：“但这余成龙，民人虽有些晓得，却不甚清楚，不知果是此人不是？数年前曾闻人说：离此淮安东北，海州交界处。近东海口地面，有座摩天岭。

这摩天岭上，有伙强人。为首的听说姓余，其人武艺高强。惯会飞檐走壁，而且能使弩箭暗器。平时却不劫掠往来客众，打听有那富贵人家，或是为官的赃物。要被他知道了，昼则明抢，夜则暗劫。定然劫掠一空。还有一件，周围百里之内，他并不骚

① 影响——这里应为影子与动静之意。

扰。如此，其居心可想而知。大人的印信，若果是被他盗去，他一定有个用意。定是闻大人手下有许多能人，他赌作气，偏要前来试试众人的本事；就是效张桂兰盗金牌的事。不然，他岂不知大人为官清正，他要来此盗取印信呢?”施公听了这番话，连连点头。便道：“老英雄所见，甚是有理。但印信既为他盗去，必得设法取回才好。”褚标正欲回答，那黄天霸听说，不由得气往上撞。“哪怕他三头六臂，咱也要将他擒来，取回印信。”褚标见黄天霸发躁，赶着拦道：“黄贤侄，你总是这样性躁！凡事总须计议而行。况且我虽这样说法，也料不定就是摩天岭上那个姓余的盗去。万一不是，黄贤侄你又便如何？依我的愚见，明日可请一人，先去那里打听清楚。如果真是他盗去，咱们再设法向他要回。能可再劝他改邪归正，投顺大人更好。若不能如愿，就将他擒来问罪，亦未为晚。若依着自己性子，一味好胜，我知黄贤侄的本领，不在人下。要知‘强人更有强人，高手更有高手’。何能自恃己勇，蔑视一切？如此莽撞，甚至误却大事，也未可知。”施公听说极称道：“老英雄所说，真是在情在理。黄贤弟勇固有余，见识究竟不足。”此时黄天霸被褚标说了这一番的话，已是退下火去。便向褚标说：“依老叔所见，须先派人前去打听。但是印信是要紧的物件，有碍大人前程。须得赶紧去取回，不能迟缓时日。究竟应派何人去打听呢？褚标道：“诸位老兄弟、老贤侄，可不要怪老朽多事，却要在大人前讨个差使，一来聊报大人的恩德，二来帮帮诸位的忙。等打听的确，咱即回来送信，不知诸位以为然否?”施公说道：“某本拟相烦老英雄去走一趟，只是不便奉请。难得老英雄不辞劳苦，某即一切奉托。”大家见施公一口应允，又重托了褚标，大家皆有些暗暗不平之意，却又不能形于面色。一来碍着施公，不敢违拗；二来褚标究竟是个前辈。当下议论已毕，各人散出衙门。褚标仍与黄天霸同回到了衙门。褚标即打点包裹，带了防身兵器，预备前去。黄天霸进入里面。欲知后事如何，且听下回分解。

第二九三回

张桂兰缓言劝人杰　褚壮士暗地访成龙

话说黄天霸回了衙门，将褚标极称余成龙武艺高强，自己讨差去摩天岭的话，告诉了张桂兰一遍。彼时张桂兰并未有甚不愤。但道："褚老叔既是讨差前去，他自有他的把握。老爷虽不惧人，能得褚老叔将印信讨回，也省却许多事件。老爷何必有不平呢?"黄天霸听了，也只无言。此时贺人杰在旁边，先听黄天霸那一番言语，已是不平的很。及见张桂兰又说出这些话来，实在按捺不下。便厉声说道："婶娘此言差矣！我叔父自随大人以来，立了多少功劳，捉了多少强寇。江湖上谁不知叔父武艺高强？今日大人失去印信，如叔父再去取回，这件功劳定是不小。褚老爷子到此，不过玩耍玩耍。他便要夺我叔父的功劳，其实甘心不得。就便叔父容纳得下，侄儿也不肯将这件功劳让于褚老爷子。哪怕那余成龙三头六臂，不要叔父去。就凭着侄儿一人，若不将那印信盗回，把余成龙捉住，誓不见叔爷、婶娘之面。褚老爷子未免欺人太甚了!"说罢忿忿不已。

黄天霸、张桂兰二人听了此话，心下颇为喜悦。皆夸他年纪虽小，志气甚大。桂兰当即拦道："你这小小年纪，知道什么事情？褚老爷子他是一片盛意，我且让着他三分，尔何得如此粗鲁？是在背地说，褚老爷子不知道；若叫他听见了，岂不给他遭怪？若说你的武艺高强，就要一去摩天岭，能将那姓余的捉住，把印信取回，自然名震一世；万一敌不过那姓余的，闹出别的乱子来。不但我们对不起你母亲，即是你也对不起你母亲，那时叫你母亲怎样呢？侄儿你是个极聪明、极乖巧的人。好宝贝儿，你听婶娘的话。”贺人杰听了张桂兰的一番言话，才将一盆极旺的火熄下去，这且不表。

再说褚标在施公前，讨了差使。同黄天霸回来后，也不耽搁。打了个小小包裹，带了几两散碎银子，又将防身的兵器藏好。当即出了淮安城，直望摩天岭而来。不过一日路程，已至海州交界，当下寻了客店住下。褚标即与店小二闲谈起来，先说无关紧要的话。慢慢问道：“小二！咱问你这里有座摩天岭，走哪里去？离此有多远？”那店小二道：“你老问这摩天岭，是干什么呢？”褚标道：“咱有个亲戚，住在那里。咱去寻亲戚去呢！”店小二道：“摩天岭就在东北，离此还有十来里就到了。”褚标又说道：“咱闻这摩天岭上有强盗，可是不是么？”那小二又道：“岭上强盗虽有，是不打劫客商的。而且那个大王，为人最好。摩天岭左近一带，凡那没衣没食的穷民，山上的大王，还有时给他们的衣食，从来不与人为难。”褚标道：“你道他不打劫客商，他的钱从哪里来呢？”店小二道：“听说是从远方打劫来的，皆是些脏钱。”褚标道：“那大王名唤什么？”店小二道：“那山上共有三个大王：大大王姓余，名成龙，绰号过天星。二大王姓陆，名文豹，绰号铁臂汉。三大王姓任，名唤勇，绰号穿山甲。皆是全身武艺，飞檐走壁，无一不能。”褚标道：

“他们三个大王，有多大年纪了？”店小二道：“据人说，都在二十来岁。”褚标听说，心下大喜。暗道：“印信定是他盗去。咱既到此，莫如前去会他，先以厉害说之，却看他如何回答，再做商议。”主意想定，又吃了些面饭。此时已是日落，就拣了一间卧房，歇息一夜。

次早起来，梳洗已毕。唤小二打了一角酒，取了两块面饼，独自吃过。便将兵器藏好。又将包裹寄交店小二道：“咱去看看亲戚就来。这个包裹，暂且寄下。房饭钱待咱回来再算。”店小二答应，将包裹接去。褚标大踏步出了客店，直望摩天岭而去，不一会已至。褚标抬头一看，见那摩天岭，甚是高险，四面皆是峭壁巉岩。山顶上有十来间房屋。在山的左首，有一条石路。由山根下直达山顶，约有五里之遥。半山有一道栅栏，上面钉着许多三棱钉。栅栏里面有好些人看守在那里。褚标在山前看一遍，复绕至山脚背后。又看了一会，只是看不到头。

原来这摩天岭背后是海口，不通旱道。虽有出路，非船不能进口。褚标察看已毕，复到山前，顺着石路，走上山去。刚至栅门，就有人问道：“来者是谁？可通名来，好报与大王知道。”褚标答道：“烦你向你家寨主说声：咱海州褚标，慕名前来拜望，并有要话面叙。”当下喽啰闻说，即去通报。余成龙闻说，便问陆文豹、任勇说道：“这褚标此来，定有缘故。咱们若不见他，他还道咱们胆怯。莫若将他请进来，看他说什么话，咱们再作商议。”陆文豹道：“咱素闻褚标是江湖上的老前辈。此人颇有声名，武艺亦很过得去。就是他那口单刀，亦实在不弱。忽然到此，决非访慕咱们的名儿来，定有别的缘故。”余成龙道：“贤弟有所不知，这褚标现在施公那里，与黄天霸等人，同在一起。今日此来，一定为前日愚兄干的那件事。咱们且将他迎接上来再说便了。”因此就叫：“排队相迎！”余成龙三人，也换了衣服，迎将出去。

褚标在栅门外，等了一会，正在着急。忽见栅门大开，里面一队队走出，有二三百喽啰；末后有三个少年人。当首一人，身长七尺开外，头戴一顶英雄冠，身穿一件月白洒花直裰。脚踏乌缎粉底靴，面如满月，眼若流星，弯弯的两道浓眉。大鼻梁，阔口。后跟着一个，身长也有七尺。淡黄色面皮，一双怪眼，两道扫帚眉。尖鼻梁，瓢儿嘴。身穿玄色直裰，脚登薄底快靴。末后一人，却是个五短身材，黑漆漆一个团脸。一双环眼，两道浓眉，生得颇为粗笨。褚标看罢，正欲上前打话，只见那为首的，迎至面前，双手一拱，一声高叫：“褚老英雄到此，我等有失远迎，多有得罪。”说着就邀褚标进入栅门。褚标亦回道：“便是老夫，亦久慕大名，拜访来迟，亦望恕罪。但不知哪位是余贤弟？”那为首的答道：“岂敢，在下便是。”褚标亦望余成龙拱了拱手。余成龙便与褚标进内。一会子已至厅上，彼此重新见礼。褚标又与陆文豹、任勇两人通了姓名，这才坐下。余成龙首先问道：“闻得老英雄一向皆在总漕施公那里。同黄天霸等人，帮着施公建功立业，除暴安民。今日老英雄何以有暇光降到此呢？”褚标听说，知道余成龙已知自己的来意。便道：“老夫久慕贤弟的大名，早要来此拜访。只因承总漕施大人不弃，留在衙门，帮同照料。数日内衙门内出了一件事，施大人的印信，忽然被人盗去。

当时追擒不着，后来拾得一枝弩箭。那箭上写着大名。因此，老夫知道是贤弟前去，故意卖弄武艺，将印信取来。所以今日特地前来索取，但不知贤弟肯否见还?”欲知余成龙果肯交还印信，并说出什么话来，且看下回分解。

第二九四回

余成龙激走褚标　贺人杰智诱任勇

却说褚标向余成龙索取印信。余成龙道："施公印信却在此。老英雄此来，非是某等有却大面不给。当日议取印信的时节，在这山上设了一座凌虚楼。预备将来把印信取来，存在这凌虚楼上，为的是素闻黄天霸武艺高强，随了施大人，建了许多功劳，立了许多事业。我们江湖上，绿林中的朋友，不知被他害了多少。我等去取印信，并非要害施公，亦非假词给那江湖绿林的朋友图个报复。只因要与天霸比试比试。我能将印信盗来，他再能将印信盗去，我等便甘心拜服他是天下的第一个好汉，虽使我等拜他为师，我等亦甘心情愿。若他没有这等本领，不能将印信盗回，我等要这印信有何用处？便叫他亲自前来，拜求上山。我等也可将印信取出，交给他回去消差。我等并无他意，不过，要与黄天霸比一比手段罢了！"

褚标道："贤弟言之差矣！黄天霸又与贤弟毫无意见，贤弟等又说别无他意。今日将印信盗来，贤弟此举得在老汉看来，并非与黄天霸过不去，直是与施大人过不去了。这印信是圣上赐与施大人的，施大人失了印信，圣上知道，必然要见罪于他。黄天霸虽在那里当差，大人失了印信，他寻得着，固是他的功劳。就便寻不着，他也没有什么大罪，不过难为施大人罢了。贤弟等与施大人，平日又无意见，这是何苦做此举呢？若说要与黄天霸比试比试。自古‘好汉爱好汉，惺惺惜惺惺’。你既慕他的名，改一日等老汉带领他来，或是请贤弟等到淮安去，与他比试比试。又何必借作这个事儿挟制呢？还有一说，实不相瞒，老汉未来之先，黄天霸早要到此，是老汉再三阻拦，并在施大人面前，讨了这个差使。以为赖着老面子，与老弟说个三言两句，叫贤弟将印信送去。一来是免得黄天霸与贤弟伤了和气；二来老汉也可在施大人面前要个脸儿。我看贤弟也是个英雄好汉，老汉既来，又在施大人面前夸了口，非是老汉太弱，惧怕老弟。谅老弟也该知道，能予把个面子。即时将印信送交出来，咱们认个好朋友，以后还得来往来往。”

余成龙道：“老英雄言之差矣！我等既有成议，何能不践前言？非是我等不看老英雄大面。争奈凌虚楼既建造不易，又因我等既将那印信盗来，何可轻易送去？若要如此，给江湖上那些朋友知道，不说我等是因老英雄万难有却，只道我等终是胆怯，岂不见笑于旁人？若说施公不是好惹的，手下能人亦甚多。他虽三头六臂，且放着我这小小山寨，他们来打便了，我等又何惧哉？还请老英雄不必干预。你我是好朋友，不必因此翻脸。”褚标听了这番话，已是气往上撞，恨不得即刻拔出刀来，与他等争个高下。复一思想，因道：“贤弟等既是不看老汉的薄面，定要与黄天霸比试，老汉亦不能勉强；就便勉强，贤弟等不信老汉的话，也是枉然！老汉就此告辞，日后却不要悔恨。”余成龙道：“一言既出，驷马难追，何悔之有？就烦老英雄回去，将这话告诉黄天霸。说他来此盗取印信便了。”褚标辞去，余成龙等送至山下而别。褚标回至客店，算明房饭钱。取了包袱，仍回淮安送信，暂且不表。

再说贺人杰被张桂兰劝了一顿，当时虽默默不语，后来独自暗想道："我奉母亲之命，前来投奔黄叔叔。要想立点功劳，图个小小前程。现在眼见得有此机会，我也好借此图个出身。叔父、婶娘不让我去，好不闷杀人也！我何不瞒了叔父、婶娘，悄悄的前去一趟？将那印信盗回，也可显显我的本领。"主意想定，吃过晚饭，乘着张桂兰不在房内，便悄悄将夜行衣靠、单刀偷去，放在一旁。等到黄天霸、张桂兰睡熟，他便换了夜行衣。又将随身衣服，打了个包袱，系在身后，又将那单刀暗藏在身旁。贺人杰还有个绝技，惯使金钱镖，能在黑夜打人。百步之内，百发百中。时将二鼓，贺人杰悄悄出了厅房，施展出飞檐走壁之能，由后院墙绕越而去，所幸无一人知道。便更心中大喜，便大踏步顺了方向直望摩天岭而来。在路行了两日，已离摩天岭不远，就在左近，寻了客店，吃了些饭食。先与店小二谈了一会，又问了摩天岭上一番风景。只见那店小二答道："摩天岭现有三位大王；大大王姓余名成龙，二大王姓陆名文豹，三大王姓任名勇。这三个人，皆是武艺高强，本领出众。闻得前数日还将漕督施大人印信盗来，现藏在楼上。小客官，你想想看：总漕施大人那里，有多少能人。那印信尚且被他盗去，何况你个小客官，不过十来岁，就有多大本领，可以抵挡得住那三个强人？终不然白白的将命送在那里。这是何苦？"

贺人杰听了这一番话，暗自好笑，只得勉强说道："极承指教！"说罢，将房饭钱算还，携了包出了店门，直望摩天岭而去。

走了半日，已到岭上，便望寨栅前门行去。却好今日是任勇巡哨。刚至栅门，猛见山下走上一个年幼小子。但见：头戴玄色湖绉洒花包脑，周围安着一排雪亮镜光。顶门上打着一个英雄结，身穿玄色衣靠，脚登薄底快靴。背后结束着一个包裹，胯下藏着一柄单刀。雪白面孔，两道浓眉，一双秀眼。高鼻梁、阔口，约有十三四岁年纪。任勇看罢，暗自称羡。便大声喝道：“来者何人？敢探咱爷爷山寨！”贺人杰正往前走，忽听里面有人喝问。也便喝道：“上面听着，咱小爷爷乃江南四大霸天贺天保之子贺人杰是也！尔是何人？可是山寨之主么？快通名来，小爷有话要讲。”任勇答道：“咱便是第三寨主任勇的就是。尔既闻咱爷爷大名，有何话讲，即便讲来！”贺人杰道：“此间非讲话之所。快开寨门，让咱进去，与你说话。”任勇听罢，即着小喽啰开了栅门。

贺人杰大踏步走入。望着那任勇拱一拱手，说声：“请了。”任勇也回了一回，复问道：“有何话讲？请道其详。”贺人杰道：“一言难尽！若寨主不弃，请至里面，细陈衷肠。”此时任勇不知何意，也就将贺人杰邀入里面。贺人杰重行施礼，这才彼此坐下。贺人杰当下开口说道：“在下向闻大名，未经识面，刚才多多得罪，尚求见容。但在下祖籍山东，父亲贺天保，同称四大霸天，江湖上谁人不晓？只因黄天霸投顺了赃官施不全。他只恋富贵功名，忘却当年结义，勒逼我父亲投顺。我父亲不肯。看结义之情，勉强相从。黄天霸又逼着我父亲往恶虎村，说服濮天雕、武天虬二位叔父投顺。怎奈濮天雕二位叔父不从，黄天霸就杀死武天虬，逼死我两位婶母。濮天雕虽然逃走，他心中却疑我父亲忘绝结义之情。后来狭路相逢，濮天雕暗用飞抓，将我父亲打死。虽说濮天雕后亦被黄天霸所杀，总之不为黄天霸绝义，我父亲、叔父等如何就死于非命？彼时在下才交六岁，可怜我母亲抚我成人，今年已是十三岁了。此种父仇，如何不报？又恨孤立无势。因此竭诚，不远千里来投寨下。若念江湖上义气，即容收留，愿助一臂之力，去捉赃官同擒黄天霸，报仇雪恨。若不容收留，即便告辞。即去投他处，再图报复，不敢勉强。”任勇听了这一番言语，不知如何，且看下回分解。

第二九五回

余成龙误留贺人杰　施贤臣独遣李公然

却说任勇听了贺人杰一番假话，心中疑惑不定。欲便留住，又恐余成龙、陆文豹不肯。欲待不留，又深爱贺人杰小小年纪，有些胆识。只得叫贺人杰权且等待，他与余成龙、陆文豹商量妥当，再定行止。当下贺人杰便在外厢，暂且歇下。

任勇随即进内，将以上的话与余成龙、陆文豹二人说明。余成龙道："这小子现在何处？"任勇道："现在外面。小弟因不敢自主，特地禀明两位哥哥。如可收留，小弟便带他进来；若还不然，便叫他去投奔别处。"余成龙道："这小子你曾问他，多大年纪？"任勇道："小弟也曾问过了，今年一十三岁，倒生得伶俐乖巧。"余成龙道："你曾问他会什么武技？"任勇道："小弟却不曾问得。但见他腰下藏一口单刀，想来也知一二。"余成龙道："既然如此，且带他来看看，再作计议。"任勇听说，复至外间，将贺人杰带进大寨。贺人杰站立身躯，望着余成龙、陆文豹行了礼。余成龙看见贺人杰，年纪虽小，颇有英雄气概，也自暗喜。因问道："你只小小孩子，多大岁了？到此因何事？"贺人杰道："后辈今年一十三岁。只图报父仇。不远千里而来，竭诚投效，望助我一臂之力。"余成龙道："据你之言，要报父仇。但是你父亲死在濮天雕之手，并非黄天霸害的。何得冤屈好人？就便你父亲是黄天霸所杀，要知他的武艺高强，施不全防护甚严，何能便去报仇雪恨?”贺人杰道：“大王言之差矣！若说咱父亲不是黄天霸所害，反说他是好人。是大王名为江湖上朋友，最重的义气，实与黄天霸一类，即不肯助后辈去报父仇。那江湖上朋友被他所害，不知多少。大王独不知兔死狐悲，物伤其类?”余成龙听了此话，意欲收留。心中一转。便大声喝道：“好大胆的你！只小小年纪，胆敢在爷爷前蒙混，分明是你那赃官指使，叫你来探听虚实，还敢来蒙混爷爷么？下面听着：速将之小畜生绑去斩了。”但见贺人杰并不惊骇，复怒目而视，曰：“大王既不相容，复相疑忌。某父仇固不可报，反落不美之名，有何面目见先人于地下？是我不明。不若刎颈以谢误投之过。过日后自有那知道的以分皂白。”说罢，嗖的一声，将腰下所藏的单刀抽出，即向颈上刎去。当时任勇在旁，赶即上前，将刀夺去。余成龙亦向贺人杰道：“前言不过相戏耳，何必认真?”叫声：“贤侄你若果真为报父仇而来，咱自当同助贤侄一臂之力。但是贤侄亦不可稍怀二心。”贺人杰道：“父仇不共戴天，既承叔父等见容，何能心怀异志？请叔父等放心。”余成龙听说大喜，当下让贺人杰坐下，又与贺人杰谈论些武艺。贺人杰又使了一回刀法，却不敢过显手段——尚留着三分本领，好使余成龙等不为防备。由此，贺人杰暂且住下，专等得便，即将印信盗回，在施公前立功。余成龙只因误留了贺人杰，以致被打破凌虚楼，烧毁摩天岭。到后来身首异处，明正典刑，此乃后话，暂且不表。

且说黄天霸夫妇次日起来，不见了贺人杰。又见厅门大开。知道贺人杰负气而走，必要往摩天岭去盗印信。当下黄天霸却是大喜。以为：这小孩子有此胆量，有此武艺，将来大有作用。却又甚忧：此去摩天岭虽不过二日路程，沿途却无妨碍。但闻得余成龙颇有武艺，他若负着豪气，万一被余成龙所算，我如何对得起哥哥？自思自想，只得仍回上房，说与张桂兰知道。张桂兰听说，颇为着急。二人商量毕，黄天霸用过早饭，即便望总督衙门而来。却好施公已经升帐，黄天霸先与众人见过，说明贺人杰黑夜逃走，径往摩天岭捉余成龙，盗回印信。大家皆为贺人杰担忧，必须赶去，方保无虞。黄天霸道："正为此要回禀大人，亲自向前去。"正说话间，见施安出来问道："黄老爷今早可曾来？大人要传见问话。"黄天霸闻说，即便同施安入内。先给施公请了安，站立一旁。施公道："前日褚老英雄前去摩天岭，访拿余成龙，不知究竟如何？印信可能取得回来？使我放心不下。"黄天霸道："正为此事，要禀明大人：只因贺天保子人杰，因大人失去印信，他便负气。欲去将余成龙捉住，印信盗回。末将见他年幼，恐非余成龙敌手竭力阻止，末将之妻张桂兰，亦竭力阻止。他彼时虽未前去，等到夜半，他竟私自越墙而去，末将等全然不知。今早天明才知道。因此，禀明大人，末将欲亲去一走——恐这小孩子有失，末将便对不起贺天保。特来申明，求赏一行。"施公闻言，又惊又喜。因道："黄贤弟你自前去，固是好极，免得小英雄有失。但本部堂这里何人保护？在本部堂看来，好在褚老英雄现在那里。贺人杰虽然前去，褚老英雄必然是见面的。万一贺人杰与那姓余的动起手来，褚老英雄断无不帮助之理。在本部堂之意，黄贤弟之去，且后缓。莫若使李五贤弟前去一探，便知分晓。而且这贺人杰年纪虽小，他那一番举止动静，不是个一莽之夫，此去必有计谋。本部堂印信，由他取回，亦未可知。更兼他武艺出众，又有褚老英雄，这事决无妨碍。”黄天霸见说，亦不便再言，只得站在一旁，心中却是很不放心。

施公因立传李公然进内，将上项话，说了一遍。李公然哪敢怠慢？立刻收拾，出了衙门，直望摩天岭而去。走有十来里路，只见褚标迎面回来。李公然走上一步，便先问道：“褚老英雄所办之事如何？曾看见贺人杰么？”褚标道：“你怎么问我？我不曾见过此人。”李公然便将贺人杰私往摩天岭的话说了一遍，褚标颇为惊恐。复又将余成龙建造凌虚楼，藏收印信，定要黄天霸来取，不肯送还的话，亦告知李公然。二人谈了一会，李昆复请褚标同往摩天岭一走，褚标当即答应。二人赶往前进，不一会已到山脚下面。正要分路，忽见一人好似贺人杰模样。毕竟此人是谁，且看下回分解。

第二九六回

李公然前往摩天岭　贺人杰初探凌虚楼

却说李昆拉着褚标望岭上看去，分毫不错。李昆递了个暗号。贺人杰听见暗号，知道是自家人，因也递了暗号下来。说道：“雁儿落下海滩去了。”李昆听说，知道叫他在僻静处等候，有话面说。他心中大喜，即拉着褚标望山后行来。

走了有半里多路。但见一带树林，浓阴密布，甚为僻静。二人行入林内，坐下歇息。约有半个时辰，只见贺人杰也入林来。大家一见，好不欢喜。贺人杰便与褚标、李昆行过礼，然后坐下。望褚标说道：“孙儿自那日大人失去印信，当时就欲前来。后因黄叔父与婶母二人再三阻止，不肯放行。不然，与老爷子同来，也可会会那姓余的，是什么样。因气闷不过，只得黑夜暗暗出来。打算打此路走，定然碰着老爷子，彼此有个帮手。及至到了山下细细探知，知道老爷子说他不信，已经回淮安。孙儿暗想：既已到此，终不然还自回去，算白跑一趟不成？又恐怕那姓余的果然厉害，孙儿敌不过他。不但无功，反要见罪。因此，想了个法儿，前去骗他。假说：黄叔父只图富贵功名，不顾当年结义，逼死爹爹以及濮叔父等人。我特地前来，请他助一臂之力，前去报仇雪恨。余成龙等被我一片假言，把他说的居然相信，便留我寨内玩耍。还说等过两年，再给我做个头目，共图大事。我这两日，已将他岭上出入门路，看了个熟悉。唯有那藏印信的所在，叫做凌虚楼，但听说这楼上四面皆有消息，若不知道路径，踏着消息，便是死路。我今日已与那姓任的说过，叫他带我到楼上去看看。他已答应。我将这凌虚楼探看清楚，得便就将印信盗回，前去见大人立功。今日老爷子与伯父前来，却更天假其便。最好在附近客店，暂住一两天。俟将凌虚楼探明，便悄悄的前来报信。就请老爷子或李伯父，赶往淮安，禀明大人。即日请黄叔父与诸位伯父叔父等领兵前来，捉此强人，烧毁山寨。但是印信包在我身上盗回。此间不便久谈，早晚便来送信，还有一层，老爷子所住客店的门首，却要做个暗记，以便孙儿易见。”

褚标、李昆二人听贺人杰这一番说话，实在夸奖他真有见识，有胆量，“将来不在你我之下”。褚标等分别随即找了客店做下暗号，然后进店安歇，专等贺人杰前来送信，不表。

再说贺人杰别了他们回入山寨，仍然一样玩耍，余成龙等亦爱他少年英勇，听他自由。这日走到凌虚楼前，遇见余成龙由楼上下来。贺人杰故作不知，站立一旁，等他走到面前，上前说道：“叔父，这楼造得很好。侄儿来了几日，时常听见任叔父夸奖这楼的妙极。侄儿极想上去玩耍玩耍，任叔父只不许侄儿独自上去；说只这楼上有什么消息，如果误踏着机关，便要死于非命。请问叔父，究竟这楼上有何消息？当日造这楼，究为着何事？请叔父告知侄儿，以便知道此中奥妙。”余成龙道：“贤侄有所不知，今既问我，便告诉你，谅也无妨碍。”

只因三年前，那凤凰岭张七的女儿张桂兰，盗去施公那赃官的金牌。后来被黄天霸前往凤凰岭讨回张桂兰又许配黄天霸为妻。我听见此话，甚为负气。因此，造了这座凌虚楼。共计三层，将施不全那赃官的印信盗来，藏在一层上面。指明要黄天霸来取。在贤侄未到前一日，施不全那里就着褚标那老儿前来问说，叫咱讲些交情，看褚老儿薄面，将那印信交出。他从中讲和，两不相扰。咱却未曾应允。并叫他带信："速令黄天霸来自取。却把那老儿气走了。但是那老儿一去，必然回到淮安，说明此事。黄天霸听说此话，两三日内必定前来。眼见得黄天霸那小子，不久要死于这楼上了。"贺人杰又问道："叔父讲了一回，侄儿还是不得明白。怎么黄天霸上了这楼，就要死了？别人到这楼上就不死了？"余成龙道："侄儿你哪里知道？不是黄天霸到这楼上就要死，别人就不死。只因这楼四面皆有消息，知道路径的，便不会死。不知的便要送命的。黄天霸从来未到此地，现在要取那赃官的印信，如何不来？既来这里，不知这楼的路径，不是就要死了？"贺人杰道："照叔父所言，黄天霸不来则已，既来定要死的了！果真如此，不但叔父宿气可消，就便侄儿冤恨也算报了。但是侄儿有一件可虑：若黄天霸前来盗那印信，料不定要与他厮杀。三位叔父对这楼上路径是熟的。万一那时叔父等凑手不及，侄儿与他交手起来，这楼上的路径，侄全然不知，不是将余命送了楼上？"余成龙道："贤侄之言，甚是有理。你随我上楼一行，把那路径认明，以备一时的缓急。"贺人杰心中大喜。

当时随余成龙走上楼去。由那扶梯走上，一层层的共计有二十四级。上了楼面，迎着扶梯，有一黑漆板门，半开半掩。余成龙却不进去，偏从板门侧首，扶梯左边月亮门走进。贺人杰问道："为何不走这正门，偏从只小门进去，却是何故？"余成龙见问，复转身走到黑漆板门口，先将右脚在门外站定，后将左脚送入门内，轻轻的在楼板上足一踏，只听响了一声，一块板滚了下去。贺人杰走到跟前，望滚板上下一看：但见下面漆黑无光，深不见底。余成龙道："这下面便叫陷人坑。不知道的从这门进去，踏着这滚板，人就落下去了。不要刀杀枪刺，也便活活饿死。"贺人杰看罢，随着余成龙走入月亮门，向左首转了三四个钥匙弯，才到第一层楼面。但见楼面当中，设着一座朱漆神龛，龛后有两扇暗门。余成龙将暗门一推，吱呀一声开下。二人进内仍在左首转了一个弯，却是扶梯。由下至上，只有二十四级，也有黑漆板门两扇，左首也有月亮门一个。却不从月亮门进去，偏从正门走入。贺人杰又问道："因何这一层又不从月亮门走呢？"余成龙道："这叫做疑兵之计。万一有人上来，知道头一层是从月亮门走进的。到了第二层，定是仍然如此，他就上当了。这第二层的月亮门内，也装着滚板，下面尽是套索。有人落下，就被套索缚了。"贺人杰答应，二人走入正门，便是第二层楼面。中间也设着神龛，扶梯却不在龛内；由神龛背后有一小门，门内装作扶梯，也是二十四级。上得楼来，但见四面窗棂，俱皆关闭。贺人杰便去开那窗棂，并无格闩钩搭，只是开不下来。余成龙见贺人杰不知此中消息。便道："贤侄我开与你看。"说着用手在东首柱子上，将机关一按，窗格全开。余成龙便望中梁上一指道："贤侄你看那盒子内，便是赃官施不全的印信了。"贺人杰抬头一看，只见中悬一盒，四面皆是铁丝做成的细网，任他神仙也飞不出铁网。贺人杰暗暗记下。欲知后事如何，且看下回分解。

第二九七回

小英雄下山送信　老壮士回署搬兵

话说贺人杰将余成龙诱入凌虚楼，探明路径。并知印信悬挂中梁上面，一一谨记。复与余成龙在楼上耍了一会，然后同下楼来。又将转弯抹角，暗埋的消息所在，到处记明。遂与余成龙回至厅上。却好陆文豹、任勇也在那里，大家坐下。贺人杰又对着余成龙盛夸凌虚楼，如何险峻，如何奥妙。余成龙见贺人杰极口夸奖，自己也喜不自胜。因夸口道："贤侄，不是咱夸这大口，那赃官的印信，藏在那里。他黄天霸三头六臂，到了此地，也算到望乡台①了。"随时，余成龙等即命摆酒，彼此畅饮，欢呼而散。

到了夜半，贺人杰乘大家睡熟，独自起来。换了夜行衣服，手执朴刀，藏了金钱镖，悄悄的来到凌虚楼。先将四面一望，见那看守楼门及打更的喽啰，俱已睡着。他便展出飞檐走壁的武技，拨开楼门，复将楼门掩起，捏着步上了扶梯，记着路径，走到第一层楼面。真是身如飞燕，毫无声息。彼时不敢怠慢，复至第二层上面。略为喘息，便向第三层而来。到了三层上面，先将

① 望乡台——诗文中常用以比喻边远地方。唐杜甫《遣愁》诗："江通神女馆，地隔望乡台。"后来的小说、戏曲把它说成是阴司的台，人死后到这个台上瞭望家乡。

火光一亮。认定中梁右首。一个箭步，纵上神龛。略一垫脚，复望上一纵，将右手搭住中梁。随将两脚一缩，一弯腰。将两脚在梁上挂定，变了个猿猴坠枝的架式，左手执刀，右手便去摘那铁钢印信的盒子。正欲摘下，忽然想道："此时若即取下，如何下得此岭？不得下岭，事必泄漏。不但印信复失，连我的性命难保。好在此楼上已熟悉，取回印信，则又不难？且待等数天，明日先去送信。约定日期，叫褚老爷子同李伯父赶回淮安，禀明大人。等我黄叔父等人到来，约定行事，里应外合，还怕这三个狗强盗，捉拿不住。印信失去不成么？"主意想定复回原处。然后卸去夜行衣靠上床。

略一歇息，已是天明。即便起来。梳洗已毕。用过早点。便向余成龙说道："今日天气甚好，侄儿意欲下岭玩耍一回。约至当午，即便回岭。特与叔父说知。"余成龙道："贤侄既要去岭下玩耍，须得早去早回。"贺人杰答应退下，心中大喜。走至房内，换了衣服。藏起腰刀暗器，复与余成龙等三人告别，然后望岭下走来。到了岭下，顺着大路，匆匆而行，沿途留心客店。走有三四里路，见东首有一小镇市，便望镇上行来。走至街头，见西首有家酒店，檐口挂着一面招牌，写："悦来店安寓客商"。贺人杰走进酒店，见吃酒的人甚多。因拣了座头坐下，便叫小二打壶酒来。店小二才答应着去打酒。只见李昆从店后走出来。贺人杰一见，便递了暗号。李昆回头一看，见了贺人杰，彼此会了意。贺人杰坐着，仍然不动。一会儿店小二将酒打来，并有两碟小菜。贺人杰对店小二道："你这店内人多嘈杂，这店后面有座头么？"店小二道："店后座头倒有，但是钱要双倍的。"贺人杰道："你给我移到后面去，我就给你双倍钱，又有什么大事？”店小二答应，赶着将酒菜移至后面。贺人杰亦跟了进来，却好李昆已在那里等着。于是贺人杰拣了一个净座。店小二将酒菜排好，又赶着进内问道：“小客官有何吩咐？”贺人杰指着李昆说道：“不意在这里巧遇这位客人，他是咱的亲戚。你给我再添一副杯箸，再打一壶酒来。”说罢，店小二出去。二人方吃得两杯酒，店小二已将菜送进，却是一盘牛脯、一盘白煮鸡，排在桌上，问道：“你老还要什么菜？”李昆道：“你且等着，咱们再要什么。招呼你们便了。”店小二出去。

李昆因问道：“贤侄此来，定有消息。”贺人杰道：“伯父，小侄特来送信。那凌虚楼果然造得厉害！不是小侄用语言将余成龙同骗上楼。探明路径，问明消息，不必说黄叔父不能上去，便是神仙也难将印信取回来。”遂将凌虚楼共计三层，上面如何埋伏，如何暗装消息机关。铁网如何厉害，如何灵巧，细细说了一遍。又道：“小侄昨夜乘余成龙等人睡熟，却暗暗上去一次，观了路径。所以特赶送信，请伯父赶紧回到淮安，禀明大人知道。请大人快差我黄叔父及诸位伯父、叔父，悄悄的前来。约期五日后——二十六日，夜半子时，齐到岭上，在栅门前举火为号。余成龙等看见栅外火起，必然出来看视，小侄便乘其不备，去凌虚楼将印信盗出。便请伯父至凌虚楼后岭接应。但看楼上火起，便是小侄盗回印信的时候。但这岭上只有一条小路可通，且只能一人行走。余成龙又复派人在那里防守隘口。伯父到时，务将那把守的人先行打死，然后方无挡绊。小侄盗出印信，岭上的各事，便不能兼顾，却只管将印信星夜送回淮安。捉拿强人，焚毁山寨，皆仗诸位伯父、叔父之力。”正说到此，褚标亦从外面走入。瞥见这贺人杰与李昆在那里密语。褚标赶至跟前说道：“好话不瞒人，瞒人非好话。”李昆二人听见，吃了一惊。再一抬头，见是褚标，赶着让坐。贺人杰又向褚标行了礼，然后坐下，复将前言，细细说了一遍。只喜得褚标拍案叫绝。三人又密议了片刻。贺人杰又将店小二喊进，算明酒菜各账。当时将钱付出，即告辞褚、李二人，仍回摩天岭而去不表。

单说褚标见人杰走后，即与李昆说道：“这回去淮安送信，这个差使，不是老夫与贤侄争夺，最好让老夫且去走一趟。一来贤侄二十六夜，要去接应人杰，不能误事；二来老夫是个闲人，借此好去遛遛腿；三则好让贤侄在此养歇几日，等到那夜，好立大功。”李昆道：“既是你要去，小侄哪敢违拗？但日期急迫，须得如期而来，大家皆要扮作客商模样，在此会齐，一同做事。”褚标道：“贤侄放心，毋须叮嘱。”当即打了包裹，又与店主算还房饭钱，即刻起身，回淮安去。真是赶紧前行，无分昼夜，只走了两日，已到淮安。当时入了衙门。

黄天霸等人，单看见褚标一人回来吓了一跳。及至问了细底，才知贺人杰所为。施公听说，拈着髭须，赞不绝口。因说：“这贺人杰年纪虽小，却有如此见识，真不愧义士之子。不但本部堂多一勇士，即国家多一栋梁。今既如此，自黄贤弟以次，可急速前往。毋令小英雄望眼欲穿。褚老英雄业已往返两次，不能再劳，即请在署安歇。王殿臣、郭起凤亦毋须同行，留在淮安，听候调遣。”施公吩咐已毕，黄天霸唯唯而退。当即收束停当，各带兵刃暗器，连夜分三起出城。头一起是：黄天霸、何路通，二人扮作卖技模样。第二起是：李七侯、关太、金大力三人，扮作客商模样。第三起是：张桂兰、郝素玉，二人扮作村妇模样。共计七人，直往摩天岭进发。正走之间，只见李昆从对面迎来，彼此照会。分别投店歇下，只等夜半行事，去捉强人。毕竟后事如何，且看下回分解。

第二九八回

黄天霸大破摩天岭　贺人杰火烧凌虚楼

话说黄天霸等男女七人，猛然巧遇李昆，分别投店歇下。到了初更时分，忽然狂风大作，吹得那草木齐鸣。黄天霸心中大悦，暗道："有此好风，今夜去烧山寨，正是天假其便。"大家不言而喻，略微歇息。到了二更时分，一个个都换了夜行衣靠，饱餐饮食，手执利刃，各将暗器藏好；又各带火种，越出店门，打了暗号，齐奔摩天岭而去。且说李昆因贺人杰约定在凌虚楼背后岭下接应，他便望这条路而去。一会儿已至山岭背后。趁着星光，定睛看去，果然是一条窄径，两旁皆峭壁巉岩，笔陡直上，只容一人。李昆顺着路，一步步望上而行，走到半腰，有一排木寨，将人挡住。李昆正要越栅而过。只听栅内有人道："好大风，咱弟兄们在那里支更，遇见这样的天气，便是咱们的好日子到了。"又听一人答道："老三，你不要嫌苦，听见昨日大王还吩咐我们：小心看守，这条路虽无人知道，却逼近凌虚楼后面。万一有了奸细，偷过木栅，到了楼上将印信盗去，我们可了不得咧！"李昆在黑暗中听了细切，一个纵步，蹿上木栅，定睛一看，见里面有个更栅，栅内露出灯光。他一箭步，蹿跳下来，如秋风落叶，轻而且快。脚踏实地，先将弹子掏出几枚，捏在左手，右手执定单刀，大踏步跨入更房，飞的一刀劈去，只听咕咚一声，一个栽倒在地。又一个正要喊叫，李昆来得飞快，趁手一刀，又复砍死。旁边又有一个，见两人已经杀死在地，赶着跪倒，向李昆哀求饶命。李昆道：“你是何人？”那人道：“小人是看木栅的。”李昆道：“此去凌虚楼还有多远？”那人道：“还有半里路光景。”李昆道：“这凌虚楼何人把守？”那人道：“是两个头目把守，三大王任勇不时巡察。”李昆道：“你们这看更的共有几人？”那人道：“四个一班，共有八人。这上夜是派我们的班。”李昆道：“你这里只有三人，还有一人在哪里？”那人道：“那一个今日病了未来。”李昆问话已毕，即将那人背缚起来，将刀割下一块棉絮，塞在那人口内，抛在一旁。李昆便坐在更栅，专等凌虚楼火起，好出去接应。

再说黄天霸等七人，到了岭上，往前一看，见上面一排木栅，甚是坚固。木栅里面，还露着灯光未熄，耳内听得更锣声响。黄天霸等便低低的打了个暗号，大家明白，便将火种取出。除关太、金大力两个不能上高，其余五人，一个个如燕子穿帘，齐跳上木栅。一声呐喊，大家将火种抛下，随即跳进木栅里面。关太、金大力趁势将木栅砍开，一拥而进。只见那更房里面着了火种，又兼狂风不息，霎时风助火势，火仗风威，将一排寨栅及更房等屋，尽烧得一片通红。再加呐喊之声，不绝于耳。那些小喽啰从睡梦中惊醒，急急报知余成龙等三人。余成龙、陆文豹、任勇三人，忽听报栅门火起，赶忙提了兵刃，走将出来。却好黄天霸等已入了里面，一见余成龙等迎将出来，便大声齐喊道：“好大胆的狗强盗！胆敢将漕督的印信盗去！你可认得太爷黄天霸么？特来取尔的狗命。”余成龙听罢，哈哈大笑，也不答话，抡刀便杀过来。天霸往上一迎，将刀架住，趁势一个卧虎翻身，直望余成龙胸前砍来。余成龙又说声："不好！"纵身一步跳出圈外。黄天霸来得飞快，赶紧前进一刀，认定余成龙左肩砍下。余成龙将身一偏，转身一刀，望天霸大腿搠到。天霸往后一退，一招手将镖飞去，认着余成龙面门打来。余成龙眼尖手快，一面将头一埋，那只金镖从头顶上擦过，后进一刀，从天霸裆下搠来。天霸赶着让过，复一镖望余成龙腿上打下。说时迟，那时快，这一镖余成龙却让不过去，小腿上着了一镖。余成龙连说："不好！"负着痛带镖而逃。黄天霸追赶上去。

再说陆文豹同关小西两个，战到七十余合了。关小西杀得兴起，大喝一声，一刀将陆文豹砍下一只膀臂。陆文豹正待要走，关小西又赶上一刀，砍倒在地。此时张桂兰见黄天霸追赶余成龙，恐怕天霸有失，因亦赶去，却走错了路，不意向凌虚楼而来。刚到楼下，只见贺人杰同着一个矮大汉，在那里浑杀，看看贺人杰抵敌不住。张桂兰便大喊一声道："人杰快使劲儿！你婶娘在此。"说着一个箭步，纵到跟前，抡起一刀，直望那大汉砍下。你道这矮大汉是谁？就是任勇。本来同余成龙、陆文豹两个出去看栅门前失火，因听见黄天霸等到来，知道大事有变，急赶着望凌虚楼而来，恐怕印信有失。才到楼下，看见贺人杰在那里，已经杀死几个喽啰，正欲上楼去盗印信。任勇赶将上前，同贺人杰杀将起来。贺人杰虽然武艺高强，究竟气力薄弱，怎当得任勇力大如牛？看看抵敌不住，却好张桂兰一声喊叫，贺人杰听得清楚，犹如猛虎添翼，登时精神陡长，气力倍加。只说得一句："婶母，这王八羔子交付你了，我上楼去也。"说罢舍了任勇，竟上凌虚楼而去。任勇正杀得高兴，眼见贺人杰要死在手内，忽然听见张桂兰来助，不免心中一慌；加之张桂兰刀法神速，他招架不及，只虚砍一刀，转身逃走。张桂兰哪里肯放？随即一枝袖箭，直望任勇打来。只听得咕咚一声，任勇栽倒在地。桂兰复赶上一步，举起刀来，认定膀膊上搠了几下。那两只膀膊，已经离了肩窝，复一刀结果了一命。张桂兰见任勇已死，抛在一旁，再去寻找天霸。才转过两个弯，见天霸迎面而来，后跟着关小西、郝素玉、何路通、李七侯。天霸开口，便向张桂兰问道："你曾看见人杰么?"张桂兰道："他上凌虚楼去了！余成龙那厮曾捉住么?"天霸道："捉住了!"原来余成龙着了一镖，转身逃走，正要从地道内逃，该应天网恢恢难逃。正遇见何路通烧了大寨，迎面而来，出其不意，当头一拐。余成龙不曾让得及，在肩上着了一下；接着黄天霸复一刀，从背后直穿过前胸，倒地而死。黄天霸等正在那里说话，猛一抬头，见前面火光烛天，直冲霄汉。此时凌虚楼，已被贺人杰将印信取得，从顶上一层放起火来。黄天霸等赶着火光前去，欲知后事如何，且看下回分解。

第二九九回

缴印信人杰立功　敬河神贤臣致祭

却说人杰，既将印信取回，火烧了凌虚楼，同黄天霸等七人，寻了两间空屋，在那里歇息。话分两头，再说李公然在凌虚楼背后，山岭之上，窄路旁边，更栅以内，专待凌虚楼火起，便来接应人杰。一直等到四更将了，不见动静。正在心烦意乱，忽见凌虚楼火冲霄汉，知道贺人杰已经得手。他赶着提了刀，直奔岭上走来，赶到逼近，那条狭路，已被凌虚楼上烧枯的木料，压落下来，将路塞断。李昆转身回走，复望岭前赶去，走了好一会，才到摩天岭面前。抬头望岭上一看，但见余火犹存，浓烟尚袅。李昆赶着上了岭，一路寻找前去，只见尸骸遍地，血肉模糊，寻了一会才到。天霸人众，彼此见说了原由，皆各欢喜无限。此时天已将明，大家又略坐片刻，已是大亮，于是大家将大寨内所有未经焚毁物件、银两财帛，逐一查明，聚在一处。又将未死的喽啰等众，皆叫到面前，发放回家，又留二三十名，押令着扛抬物件，并将余屋拆毁。所有死尸，概行掩埋起来。诸事已毕，喽啰扛着物件。贺人杰捧着印信，并带了余成龙等三人首级，一起下岭，走至悦来店。李昆又到店内，说明情由，算还房饭钱。那镇市上方才晓得是施大人暗里派了官兵，来捉拿岭上的强人。黄天霸等也将所住的客店房饭钱算交清楚，这才一起望着淮安而去。

在路行了二日，到淮安。当即入城，回到衙门，先报进去。施公闻报，即刻传见。黄天霸趋步进内，施公一一慰劳，众人又各各请安。末后贺人杰恭恭敬敬将印信送到，交与施公，道："请大人验看收执。"施公接过了，将盒子开了，验明不错，当交施安收去掌管。施安接过去退下。施公因向贺人杰道："本部堂一时疏忽，将国宝为强人盗去。若非小英雄设计取回，本部堂亦难逃处分。今多亏小英雄胆识兼备，致国宝失而复得，这件功劳，要算小英雄第一。本部堂却无以酬报，先只好给个千总顶戴，归本标差遣，聊以酬今日之劳；待随后另有功劳，再行申奏，请旨奖赏。"贺人杰赶着上前请安，禀道："承蒙大人恩德。小民年幼，多有鲁莽之处。今大人不加罪责，反蒙厚赏，小民断不敢领。等随后立有微劳，再请大人恩赏罢！"施公拈须微笑道："小英雄不必过谦。一来为小英雄，稍承先志；二来使本部堂聊表寸心。幸毋再辞，反使本部堂难受。"黄天霸见施公说得恳切，即命贺人杰道："既承大人逾格栽培，厚加恩赏，却之反为不恭。且谢过大人，受了此职，以后再图报效，不负大人恩便了。"贺人杰因道："卑职既受了大人恩赏，当效犬马之劳！"说罢，又叩了两个头，谢了恩，这才站立一旁。黄天霸复又禀道："摩天岭大寨内，所有搜出银两物件，悉数命小喽啰扛抬回来。并余成龙、陆文豹、任勇三名首犯的首级，亦带到此，请祈发落。"施公道：

"将余成龙等三人首级，于头门外悬竿示众。所有财物，全行存库。小喽啰皆系赤子，尽放回家。"黄天霸答应，大家辞出，发落已毕，各回衙门。

且说贺人杰得了千总，心中十分欢喜。黄天霸、张桂兰夫妇二人，也是喜之无限，商议道："人杰侄儿，今蒙大人赏了官职，咱们虽不是嫡亲叔婶，也如骨肉至亲一般，也得给他做个面子，备两席酒，请请大众。一来是我们的体面；二来也给大家喜欢喜欢，拼个一醉，老爷意下如何?"黄天霸道："夫人之言，甚合吾意，就是明日请酒便了。"张桂兰又道："贺家嫂子，远在山东。他儿子今日做了官，也得寄封信与他，使他欢喜，以慰他抚养一番。"于是黄天霸就请人写好了一封书，寄往山东，并接他义嫂不题。次日又去备了两席酒，着本衙门差官，各处去请客。大家叨光，闻是喜酒，俱各前来。这个消息，又传到施公耳里，施公又着施安送了五十两银子，给贺人杰为犒赏之费。黄天霸只得代他收下，当时便与施安说道："本来也要请老弟到此小饮三杯，特恐被大人知道，诸多不便，故不曾去请。今蒙大人又有赏赐，贤弟可莫怪愚兄未曾下帖！屈留在此，大家欢喜一日。"施安也答应。此日正好是三月初三，上巳佳节。又兼天气晴明，春意融和，大家举杯痛饮。自午至暮，无不欢呼快乐。其中有猜拳行令的，有击鼓催花的，满座纷纷，谈笑典雅，及至酒阑，犹有余兴。褚标在壁上，取下朴刀按一按，跳出院落，舞了一路单刀，耍了个四门。果然刀法精纯，不愧老当益壮。舞毕，褚标站在院落，对众笑道："老夫不弹此调久矣！幸尚未生疏，将来还可凭这老伴儿解解闷。"大家极加夸赞。

褚标复向贺人杰道："你高兴么？咱与你杀个老少对手。"贺人杰道："还望老爷子指教！"说着，便取了一柄单刀，跳出院落，与褚标对敌。立定脚步，摆了架式，说了一声："请"。褚标还答了一句："有占。"即将刀望人杰砍来，人杰赶着招架；一来一往，左拦右隔，前遮后挡，两人舞在一团，俨然如逢大敌。大家看着无不赞赏。二人舞毕，复入了座，彼此又夸赞了一回，又饮两杯酒，饭毕各散。

时光迅速，又是四月初旬。这日正逢致祭河神之期，施公早三日前，挂出牌来：届期仰合署文武官员，军民人等，一体拈香。到了正日，施公五更起来，直望河神庙而来。不一会已到庙前，各官员纷纷下马。施公亦在庙门前下轿。此时早有淮扬兵备道，淮安府县，暨各厅各委佐二杂职，候备人员，挨次排班，齐立两旁伺候。施公从容上殿，先奏了乐，施公上香已毕。礼生赞礼。施公及大小官员，一起行礼。俟读祝后，礼毕，各官随着施公，站立起来。当有庙中住持道士，延请施公至客厅用茗。然后施公起身，各官恭送如仪。施公至庙门外上轿，吩咐回衙，各官亦纷纷归署不提。

再说施公端坐轿中，忽见道旁有一少妇，身穿白衣麻裙，手持纸锭。系新丧模样。站立路旁，让施公轿子过去。忽然起一阵狂风，在那少妇前旋转不定，猛然将那少妇麻裙吹开。施公瞥眼一看，见麻裙中露出红裤，心中大异。即于轿前，密令王殿臣、郭起凤二人道："你暗暗尾随这妇人前去。看他所往何处，及家住哪里，一一访明，回来禀告。"王、郭二人答应去探。施公回衙。欲知后事如何，且看下回分解。

衣，手持纸锞。忽遇旋风，见少妇麻裙卷起，中露红裤。本部堂心颇滋疑，即刻密令差官侦探。后据差官禀复，谓那少妇系祭扫新坟。从旁微窥，该少妇既焚纸锞，哭而不哀。忽旋风吹其纸钱四散，又将麻裙卷起，那红裤露了出来；及风过处，该少妇仍然穿着麻裙。又见该少妇当旋风吹散纸钱时，形色仓皇，叩祝不已，颇有愧对惊惶之色。及跟随进城，至该少妇家附近访察，知死者为妇之夫，无病暴卒，卒后遂殓，殓之后遂葬，殊见草率。且该少妇颇有丑声。本部堂想其中必有冤枉，因此请贵县，务即访察明白，俾死者不致含冤，生者难逃法网。今具限三日，贵县即行详复，毋得含混宕延①！”山阳县闻说，口内道是，心内却暗想道：“途中少妇，风卷麻裙，与他何涉？即有冤枉，也未据报，尽可不问。他偏闲得没事，寻件事出来做做，好博得他清正的名声。他又不肯自办，委我去访。你道这样无影无形的案件，从哪里办起？”无可奈何，只得答应出来，且回本署，再作计议。山阳县才告退出去。

未及一刻，忽听大堂上鼓声打得乱响，如山崩地裂一般，施公即令施安去问何事。施安这才至二堂，已有值日差官，传报进来，施安忙问何事。值日的道：“是个老头子击鼓，代儿子喊冤，求大人申雪。”施安道：“他有状词么？”值日的道：“没有。”施安道：“叫他候着，等回明大人再说。”施安说罢，当即进内禀明一切。施公听罢，吩咐坐堂。差役齐立两旁。施公命带原告。差役答应，顷刻从头门外，将原告带到，至公案前跪下。施公在

① 宕（dàng）延——拖延。

上，望下看去，见那老头，年纪约六十岁光景，鬓发业已全白，生得颇为良善。因喝道："你姓甚名谁？有何冤枉？不向县里告去，却向本部院这里上控！你可知越控的罪么？"

那老头儿道："小的姓朱，叫朱四。只因有个侄女，嫁与王家，已有六年。小的侄女婿叫王三郎，家住南门外河边口，向来撑船，在江湖上贸易。他夫妇两人，颇为和爱。小的儿子叫朱槐，也是撑船，在江湖上贸易，多在外少在家。前月二十四夜晚，从外面回来，因与他堂姐姐二年不见，顺便到王家探看，将船泊在岸边。不意到了王家，见他家后门虽开着，却无一人，喊了两声，却无人答应。小的儿子见没人在家，也就回船。当时觉得脚上穿的鞋子湿了，便脱下来，在火上焙干，吃了晚饭，也就睡了。不料次日一早，小的侄女婿王三郎即带了多人到小的儿子船上，望着儿子骂道：'我同你无仇无隙，何得杀死吾妻？'小的儿子大惊，不知所措。王三郎又不分皂白，即将小的儿子，捆缚在家，先打了一顿，随即送往山阳县。当蒙县太爷问王三郎道：'你妻子被杀，怎么知是被尔妻弟杀的呢？'王三郎口称："二十三日，我往附近卖货，当日未回。至二十四晚回家，推开大门，走进里面，喊妻子不应。即点了火，向房内照去，又不见人。正在疑虑，将火各处去照，行至后门口，见地下杀死一人，血流满地。再一细看，正是妻子。又见脚下所穿的鞋子，又不在脚上。当即喊叫起来，左右邻舍，皆说可随着血迹找去。次早即邀约邻舍，跟着血迹，找至河岸，直至朱槐船上，都有血迹。并在泊船那岸畔，拾得女鞋一只，却是妻子所穿。因此方知妻子是朱槐所杀。'当时县太爷临场相验，实系被刀戳伤咽喉，因而身死。县太爷因向小的儿子说道：‘真实凭据，你尚有何狡赖？’小的儿子虽欲辩驳，奈县太爷不问情由，即将小的儿子屈打成招，现在收禁监内。青天大人的明鉴：王三郎之妻，是小的侄女，小的儿子，便是王三郎妻弟，岂有堂弟去杀堂姐之理？即使王三郎之妻，为小的儿子所杀，亦断无将死者所穿的鞋子带去一只，抛在岸畔，做个杀人的实据。总要求大人给小的儿子并侄女申雪。”说罢，连连叩头。施公听罢，觉得老头儿说的话颇有理，遂命带下，候明日传齐尸亲，再行复讯。朱老儿出去，施公即命人将尸亲王三郎，限即日传到，晚堂质讯。欲知是何妙计，且看下回分解。

第三〇一回

张挂榜文招寻绣履　追申冤屈拘质公堂

话说施公既将王三郎传到，讯了一堂，嘱令三郎退下，听候申雪。次日，又出差至山阳县，调齐全卷，并将朱槐提到，细心严究。施公见朱槐亦颇为良善，断非杀人之人也，嘱暂行收监，听候申雪。于是施公心甚不安。遂思得一计，即刻命人写了榜文，在各处张挂。那榜文上写道：

为悬赏招寻事：据王三郎妻朱氏，被人谋害身死一案，除已将凶手拿在案外，尚失绣鞋一只，特悬赏格招寻，不论军民人等，如有将绣鞋检得，呈送漕督衙门缴对者，本部堂定重赏大钱五十千文，当堂给发，决不食言。尔等慎毋观望自误，特示！

这榜文一出。那些观望的人，尽作为新闻，到处谈论，却无一人拾得。看官，你道朱氏究为何人所害呢？原来王三郎家在淮安南门外，河岸上面。朱氏生得颇为美貌，夫妻亦极恩爱。只因对门有一家，姓李名唤宾如。其人先为府署书役，后来因误公事革去，性最刁恶，好色贪淫。见朱氏美貌，屡欲相通，未便得手。这日忽见三郎清早出门，李宾如便到朱家问道："王兄在家么？"朱氏听见有人叫唤，因问道："是谁？三郎早间上镇去了。"李宾如也不顾进退，即入里面，见朱氏道："我有件事，特来相托，未知他即回么？"朱氏因见李宾如是对门邻居，也不疑惑，因对他道：“三郎有事未完，至早也须日晚方回。”李宾如见朱氏云鬓半偏，朱唇轻启，不禁欲火上焚。因用手去拉朱氏道：“尊嫂且同坐，小可有事奉告，王兄回来，烦即转达。”朱氏见他有不良之意，因骂道：“你堂堂六尺身躯，不分内外。白昼到人家来调戏妇女，真是畜类不如。”说罢，进入房内去了。”李宾如羞愧难禁，因即怀恨在心。自想：倘若三郎回来，朱氏将此事告知，三郎岂不深怀仇恨？不如将朱氏杀死，既可泄我之恨，又可免泄其言。因怀了利刃，复来三郎家内，见朱氏站在门里，李宾如突出利刃向朱氏咽喉刺下，朱氏倒地而死。李宾如见朱氏已死，知道不好，意欲移祸于人。因将朱氏绣鞋脱下，去近河亭子旁去埋，不料半途失落一只。李宾如走到河亭旁边，来埋绣鞋，方知只剩一只，彼时也不顾回头去找，匆匆将一只鞋并一把利刃，埋入泥中而去。事有凑巧，遇朱槐来探朱氏，溅了两脚的热血，一路回船。又遇着王三郎听了邻舍之言，追寻血迹。因此朱槐被捉，抱屈难申。你道这是哪里说起呢？

话分两头，再说山阳县奉了施公委查风卷麻裙一案。回到衙门，随签差去捉吴何氏。那山阳县差人，奉县主之命，即刻到了吴家。却好何氏梳洗已毕，见着两名公差进来，先自吓了一跳。忙问道：“你这二位从何而来？为什么不分皂白，便往人家乱跑？”那县差便道：“你家可姓吴么？”何氏道：“是。”县差又道：“吴何氏现在哪里？”何氏道：“我便是何氏。有何话说？请讲。”那差人道：“这就是了。”因在袖中拿出铁索向何氏道：“你的案犯了！你丈夫吴其仁告你谋死丈夫。本县太老爷奉了城隍之命，特来捉你！”何氏闻言，暗自吃惊不小。急道：“我的丈夫暴病身死，连丧都出了，左右邻舍，谁人不知？去到县里说，不要凭空捏造什么谋死亲夫。敢是要索诈我寡妇的钱财么？既然如此，我便同你们去到县里说些！”就将铁索向何氏颈上来套。何氏忙道：“且慢来！我又不逃，自同你们前去，何必用此呢？”县差不由分说，仍将铁索将何氏套起来，一直带往山阳县去。何氏托邻舍照管门户。不一会，已至县衙。

县差报到山阳县，便传谕伺候，立刻升堂，将吴何氏带到山阳县。留心细看那何氏，但见他身穿重孝，生得颇有几分姿色。且而一种妖娆之气现于形端。心中就有几分疑惑。正欲开口问他姓氏。只听那何氏先自开口说道：“请问大老爷签饬公差，拘孀妇到案，不知孀妇死了丈夫，又犯着何罪？请大老爷明示！”山阳县闻言，暗说好个利口泼妇。因道：“你就是吴何氏么？”何氏道：“孀正是吴何氏。”山阳县道：“你丈夫叫什么名字？”何氏道：“名唤其仁。”山阳县道：“你丈夫死了几时？是何病症死了？现在曾否下葬？”何氏道：“已过六七，因病而亡。”山阳县道：“尔可知道尔所犯之罪么？”何氏道：“孀妇只知夫死，尚未终七。不知所犯何罪？”山阳县把惊堂木一拍，大声喝道：“好大胆的淫妇，尔敢谋害亲夫！本县奉城隍神托梦，说尔亲夫在城隍神前，告尔谋害身死，饬令本县提你到案，彻底根究，代尔亲身丈夫申雪。尔尚敢故作不知？殊属淫泼已极！若不从实将奸夫招出，本县定用严刑拷你！快快招来，因何谋害？本县或可原宥，从宽减等！”

何氏听说，因缓缓说道：“大老爷为民如父母。民间有了冤枉，自己力有不能申雪的，求大老爷代为申雪。此固大老爷分内之事，从未闻民间本无冤枉，大老爷偏欲代人申雪。而且谬言神来托梦，是究竟有何实据？尝闻诬告加三等。大老爷即此一举，自问如何呢？”山阳县怒道：“尔仗这利口辩驳，便思驳倒本县么？且再问你丈夫即使暴死了，尔何得死后遽殓？殓后即葬？足见情虚，恐致泄漏。所以草草葬了。即可杜绝人口！人如此狡谋，本县已洞悉尔的肺腑，尔尚有何强辩？”何氏道：“大老爷此言，更觉差矣！世界上随殓随葬的不知凡几。难道都是谋害亲夫的么？而且论国法，停柩不葬，是大干例禁。论人情，殓毕即葬，即所谓入土为安。孀妇以一妇人，既无翁姑伯叔。若将死者之柩，久停在室，万一风火不测，将何以对亡夫？在孀妇看，随殓随葬，于国法人情，两无偏废。大老爷以此借口，孀妇可不解大老爷何以谓，为民之父母了？”山阳县被何氏这一番话驳得了禁口难言。不禁大声喝道：“好大胆的淫泼妇！尔既说未曾谋亲夫，本县明日申详上宪，请示开棺相验。彼时看尔尚能狡赖不成？”何氏道：“大老爷既要开棺相验，孀妇如何不遵？但有一件。如果验出伤来，孀妇情甘认罪。若竟无伤，大老爷擅翻尸骨，于律例上尚有处分么？”山阳县道：“若验不出伤来，本县也愿自请处分。”何氏道：“大老爷既如此说，孀妇具一张甘结。大老爷也得具一张甘结。申报上宪，将来才可为凭。”欲知后事如何，且看下回分解。

第三〇二回

一官拼弃贤令开棺　双履招来冤民出狱

话说山阳县将吴何氏供词，并各具开棺甘结，叠成文卷，分别申详上宪。这日施公接到申文，随行看了一遍。暗道："这吴何氏反复辩驳，未为无理。但据亲目所睹，风卷麻裙；又据王殿臣等探访各事，其中实有冤屈。今据山阳县呈请开棺相验；这山阳县不但胆识过人，而且是个好官。本部堂不可不准。"因批道："据详已悉，该县即日开棺，详加检验。山阳县检验时务使水落石出，以彰国法。而儆淫凶，毋任死者含冤，生者漏网。缴!"批毕，随即发县。山阳县奉到批文，复又亲往漕督衙门，面禀一切。施公大加赏识。当向山阳县说："如果实非谋害，所有应得处分，本部堂当与贵县共之。不过，贵县临验时，务宜详细，恐有仵作受贿混等情。"山阳县唯唯而退。当即回了衙门。立刻传知书差人役、仵作人等。饬令预备尸场，明日早晨开棺。合署书差知道此事，皆谓"本官得了疯疾，硬说人家谋害亲夫"的。

到了次日，各事备办停当，山阳县带领书差、仵作，并吴何氏人等，一起出了东门，直望吴其仁坟墓而来。相离不远，见尸场已经搭得整齐。不一会已到，山阳县下轿，先往坟前绕走一圈。忽然一阵旋风，直吹得尘灰高起。山阳县又在坟前，暗祝了两句话。然后升入公堂，喝令土工掘冢。将冢掘开，露出尸棺，便令仵作开验。仵作答应，即随手持铁斧，先在棺头砍了三斧，然后凿开棺盖。当有土工抬过。随即，仵作请官亲临，眼同检验。山阳县离了公座，亲到棺前。

但见尸身毫不腐烂。因喝仵作如法检验。仵作不敢怠慢，遂即从头至尾检验一周。喝报："毫无伤痕，实系暴病身死。"山阳县又令再验。旋又报：委实无伤。山阳县无可奈何。只得命人盖棺封墓。何氏大声说道："大老爷以莫须有之言，妖幻无凭之梦，开人之墓，启人之棺，翻倒人之尸骨。死者何辜，遭此荼毒？既启棺而又欲盖棺，开墓而又欲封墓，此非孀妇所敢遵命。"

山阳县只得忍气吞声，缓言说道："尔言诚是。但本县前已具了甘结，申详上宪。今既验无伤痕，本县自甘认罪"。何氏听罢，才让封墓。山阳县打道回衙，何氏暂行回家。

再说王三郎之妻被人谋害，朱槐冤屈在狱。施公悬赏招寻之示，那赏格已悬有十日，并无人拾得。李宾如竟然法外逍遥。这日李宾如在一饭店饮酒。这酒店妇人，却同李宾如有奸。李宾如酒至半酣，合该朱槐灾难要满，朱氏冤屈可申，天网恢恢，疏而不漏。李宾如忽向那淫妇人说道："看你有心顾我，我从未有点好处与你的。今当以一宗财爻相报。"那妇人笑道："你自来我家，何曾使用过你半文钱？既有财爻，你还要自取，何得与我？我不受你这油滑嘴来骗我。"李宾如道："你可知道王三郎妻，被人谋害。朱槐现在监狱，将要抵偿。施大人出了榜文，招寻朱氏绣鞋。如有人拾得，当堂赏给大钱五十千文。我正知其绣鞋下落，今说与你知道，你可使你丈夫捡出，送往施大人那里领赏。"那妇人道："我不相信。你怎么知道？"李宾如道："我昨日走近东门外，河亭旁边，脚下被一物绊了一跤。低头一看，见是女人一只绣鞋。并一把利刃，埋在泥内。因此知之。”那妇人仍不相信。等李宾如去后，暗向丈夫说知，密令前往捡拾。酒店主本来好利心重。一闻此言是真的，即去找寻。因此走到河亭旁边，扒开松泥。果有女人绣鞋一只，利刃一把。忙取回来。那妇人一见大喜，即令其夫特将履呈送漕督施公。

那酒店主便携了绣鞋，直向漕督衙门而来。到了衙门，先将绣鞋交与值日，由值日差送进。施公正为此事在那里纳闷，忽见绣鞋，当即问道：“是何人送来？”值日差道：“是个开酒店的送来的。”施公一面饬令值日差传知来人，听候给赏；一面传伺候升堂。

施公升了堂，将酒店主带至问道：“这绣鞋你是哪里得来？”酒店主回道：“是从东门外河亭畔泥中捡出。”施公道：“谁叫你在哪里去找？”答云：“是小人的妻子叫小人前去。”施公道：“你妻子又怎么知道呢？”答道：“是在店内饮酒的一个姓李的客人说的。小人妻子听见这话，叫小人去的。”施公道：“这姓李的叫什么名字？常来你店吃酒的么？”答云：“名宾如，是常来的。”施公问罢，遂令吏役如数给发赏钱，酒店主拜谢而去。施公复令王殿臣、郭起凤道：“你二人跟他前去侦探。倘遇该酒店妇女在家，同人饮酒，即刻捉来。”王、郭二人奉令前去。

却说那酒店主将赏钱携到家中。他妻子喜之欲狂，因道：“你我得此赏钱，皆李某之力。可请他来取些分他。”那酒店主答应。即至李家。把李宾如请来。那妇人一见宾如，笑容可掬，越加奉承。便邀入自己卧房，安排酒肴相待。三人共席而饮。那妇人复向李宾如说道："我夫妻得此赏钱，皆是大郎指教，何能独得？应与大郎共分。"李宾如笑道："此事虽我指引，却是你的财爻。"三人正在那里谈笑，王殿臣已在外面探听清楚。同郭起凤即抢入房中，将三人捉住，解回衙门。

施公即刻升堂。先将该妇讯道："尔如何知道被杀的妇人绣鞋所埋之处呢?"那妇人道："系酒客李宾如所说。他说看见一只女子绣鞋、一把利刃埋在泥中。因此，小妇人才叫丈夫去拾。"施公道："你丈夫只将绣鞋送来，那利刃尚在何处?"那小妇人道："现在小妇人家中。"施公即命人去调利刃。一面即提李宾如严讯。李宾如始则不招，后被严刑，抵赖不过。只得将上项各节，及与酒店妇人通奸等情，一一招出，施公判令李宾如处死以抵朱氏。酒店妇责竹仗四十。即交酒店主领回，严加管束。朱槐出狱释放，闻者快心。欲知后事如何，且听下回分解。

第三〇三回

抱布贸丝贤臣私访　叩门投宿豪士泄机

话说施公既得绣鞋。朱槐与朱氏的冤屈，俱已申雪。唯风卷麻裙一案，未得真情，心中颇为忧闷。因暗道："莫若出衙私访一番，或可知其原委。"即日改扮了一个贩布的客人，悄悄的出了衙门。先在城内茶坊酒肆，背街小巷。借着卖布为由，各处访了两日，亦未访有消息。只得回衙门，闷闷不乐。

这日又去城外探访。离城，天已大晚，不便进城。远远见一个村落，施公即向村庄上走去。四面一看，不过七八家人家，却又均已关门。施公正在踌躇，又见离村约有百十步，有茅屋数间，灯光尚露。施公即往前去。但见柴门半掩，内有一老妇。约有六十多岁，就着灯光，在那里缝纫。施公推门而入。老妇惊起，问施公道："你这客人，从何处来？到我这村庄何事？"施公道："我本卖布为生，只因日暮途穷，进城已来不及。这左右又无客店，故特来前请借一榻之地，暂宿一宵，以避风露。"那老妇对施公道："借宿一宵，原无不可。但我家儿子生性极恶，虽老身亦无奈他何。恐他回来，得罪客官，使老身何以相对？"施公道："这倒不妨，即使你儿子回来，有甚言语污辱，我可忍耐。即不然，我与他请个罪，他断不能再与我为难了。"那老妇道："既如此，但有屈客官在柴房内暂宿一宵。如闻不肖儿回来，客官幸勿声张，免致饶舌。”施公答应，老妇即引入柴房。施公便藉草为褥。姑且假寐，以待天明。

时交四鼓，忽听叩门声响。施公知为老妇之子回家，即屏声息气，侧耳潜听。只听老妇先去开门，复后骂道：“现在幸而年岁好，可以度日。汝尚如此不长进，终日游荡，不顾家事。倘遇年荒，老娘要被你累死了！”骂了一顿，并不闻那儿子作声。他旋即取火，向厨房内觅食。复闻老妇说道：“今夜有一贩布的客人，因日暮不及进城，在此借宿。现在柴房中睡卧。汝宜善为看视，毋许再如往日所为，多有得罪。致令客官羞忿！”其子也不答应，即持火到厨房来。到了厨房内，将火照向施公面上，看了一会，微微笑道：“老娘不懂事，这位客人幸是个好人，留下来原无妨碍；若留下歹人来，家中原无家产，万一偷去物件，从哪里找来？”说罢，竟呼施公起来。施公见来意甚好，也就起来，先问了姓名。那少年道：“姓曾单名个志字。”复问施公。施公因说道：“姓方，名唤人也。”曾志又问道：“尊客从哪里到此？”施公道：“是从山东到此，今日欲往淮安。因贪走路程，不觉穷途日暮。因此，与令堂相商，在贵府借宿一宵，实在打扰之至。”曾志道：“萍水相逢，竟是他乡之客。不过敝屋蜗居，未免有屈尊驾！”

施公见曾志语言豪迈，颇为投气。因问：“平日作何生业？尊庚几何？”曾志又道：“痴长三十六岁，无所事事。唯喜饮酒赌博，他无所好。”施公复问道：“山阳县与某向曾有一面之交，但不知近来做官如何。尚肯为民出力么？”曾志道：“此山阳县却是好官。但现有一事，不知若何了结。恐不免因此挂误。”施公故问道："所因何事呢？"曾志道："因山阳城内，有一少妇谋死亲夫，并无首告的人。这日山阳县因城隍神托梦，说那少妇亲夫在阴间诉告。转托山阳县彻底追究。山阳县即将那少妇提案，讯了一堂。那少妇坚不承认。山阳县欲为死者申雪，遂申详大宪，开棺检验。终不得伤痕，恐不免因此挂误。但山阳县未曾问我。若问着我，或可得其实在情形。"施公闻曾志话内有因。复又问曾志道："那妇人真是谋杀亲夫的吗？"曾志笑而不答。施公复与曾志痛饮。酒至半酣，施公见曾志颇有豪爽的气概。便说道："他乡异客，萍水相逢，甚是感激！但某意欲与君结拜了异姓兄弟，但不识尊意肯不弃否？"曾志道："恐只妄攀，何敢言弃？既承见爱，敢以兄事何如？"施公大喜。曾志遂焚香燃烛，交拜起来。彼此行礼已毕，重复痛饮。

次日，施公欲行。曾志固留不放，盘桓一日。至晚，彼此又复对饮，施公复又问道："昨日弟言山阳县所办某妇谋害亲夫一案，可惜未问贤弟。终不能得其实在情形。如此说来，贤弟当必尽悉。何妨为愚兄略言一二呢？"曾志闻言，仍笑而不答。施公便故作怒色道："我辈既是异姓兄弟，便如骨肉一般。肺腑之言，皆可相告。岂容复有隐讳？今既如此，是弟终以兄为外人，怪某见识不明，徒以弟为知己。某何必再留，请从此去便了。"说着站起来便走。曾志赶着拉住，从容逊谢道："兄长勿怒。请一言，弟非敢故为隐藏。但以关系甚大，不敢明言。今既如此，当为兄说明此事。但则出诸弟口，入诸兄耳，外人切不可稍有泄漏。"说毕，即将大门关掩起来，复请施公坐定，因笑对施公问道："兄视弟为何如人也？"施公亦笑道："江湖上之豪士，天地间之快人！”曾志道：“实不敢欺瞒兄弟平日所为。凡城乡内外，见有不义的财物，朝见之暮夜必往取。取来固为弟自用。并见有那种不堪自活，及急难无援的人，必分之于彼。行有十余年，所幸均未败露。月前闻城内任家暗匿客资千金，弟即愤急往取。不意误入死者的家内。伏在他家庭前槐树上，遥见内室有男女二人对饮，态极丑恶。忽有一人扣门，妇人急收饮具，男子藏入夹弄内，女子始出开门。复有一男子，步履歪斜，入房即倒卧床上。妇人唤他不醒，摇他不动。复扶他起来，忽又倒下。那妇人因出房，将夹弄中那男子唤入，又取出一根长针，向床上男子肚脐中刺入，停一会即死。夹弄中男子即开门出去，那妇人便呼四邻入视。众人均以为暴卒。及开验时，弟亦在场。见那共饮的男子，以一包银给山阳仵作。虽验及肚脐，他亦报无伤痕。故山阳县为彼蒙混，殊代不平。”欲知施公尚有何言，且看下回分解。

第三〇四回

再开棺甘为佐证　重对质立破沉冤

话说曾志将吴何氏谋害亲夫的隐情，告诉施公，颇有不平气概。复与施公道："弟是晚归来，虽吾母前，终未曾少有泄漏。今与兄长言之，慎勿轻泄，要紧要紧！"施公点首，复又笑道："贤弟固视兄为何如人？"曾志道："兄长已明言贩布的客商，尚有何说呢？"施公笑道："贤弟固未识兄之为人。兄即贤弟所称的漕督施某。某因山阳县为民申屈，而又抱此'诬良'之冤。某不忍坐视，特扮私访。今幸贤弟具呈各节，不但山阳县诬良之罪可释，死者之冤可申，即某亦庶报朝廷于万一。"曾志闻言，只吓得面如土色，赶着望施公跪下请罪。施公笑扶曾志道："贤弟不必怕，某与弟兰谱已定，岂可复更？以后痛改前愆，勉为良善，兄当另眼看视。但某回署后，必札饬山阳县重复开棺，某亦亲自检验。彼时不得不屈贤弟去作见证。贤弟却不可辞！"曾志道："蒙公赦罪之恩，敢不公庭对质。"施公大喜，当晚仍宿其家，笑谈一夜。

次日施公进城，回至衙门，立刻传知山阳县进署谕话。山阳县亦即上院禀见。大人便将私访情形，细细述了一回。山阳县谢道："卑职见识不明，惭任县令。非大人逾格培植，卑职只有听候参处而已！"施公道："贵署回署后，切勿泄漏，可密饬妥人，赶买吸铁石一块备用。一面立提该犯妇到堂。就说本部堂心怀疑惑，定于后日，亲往该处再行开棺检验。另饬仵作，随同前往。”山阳县答应退出，回归本衙，遵谕奉行。施公又饬王殿臣将曾志传到，即暂寓漕督衙门。

过了一日，山阳县禀请莅场亲验。施公即带了黄天霸及曾志等人，亲往东门外而去。到了尸场，早见山阳县在那里伺候。施公下轿，升入公座。山阳县在公案横头坐定。施公命带何氏到案。何氏跪在下面。施公问道：“尔是何氏，你可知谋毒亲夫，罪不容逭①？尔亲夫不但在城隍神案前控告，转饬山阳县讯问；本部堂亦复知尔的底细。那日本部堂河神庙拈香回衙，见尔手持纸锭，站立道旁。忽遇旋风将尔所穿麻裙卷起，露出红裤。本部堂即知有冤。当饬妥差密为侦探。见尔到此扫墓。又有旋风高起，将纸灰飞入半空。尔彼时亦颇惊恐。赶向墓前叩祝至再。据本部堂侦探的差官回来详说，本部堂更知其中定有冤屈。正欲札饬山阳县查办。旋据山阳县禀请开棺，本部堂以为检验之后，定能水落石出。尔敢大胆，贿赂仵作，匿报无伤。反控山阳县擅请开棺，坐诬良善，使死者冤沉海底，尔反得法外逍遥。天理何在？国法何在？本部堂爱民如子，不忍使死者含冤，疾恶如仇，坐诬良善。尔即付亲夫不顾，忍心下此毒手。本部堂又何容淫妇藏奸，不使水落石出？你可从实招来，究竟如何谋死？免致再翻尸骨，使死者一再暴露。倘仍怙恶不悛，希图狡赖，本部堂定再开棺检验。还你个真凭实据，那时看你尚有何言！”

---

① 逭（huàn）——逃，避。

何氏听了施公这一番话，句句刺心。心中虽有些害怕，但不得不仗作胆道："孀妇只知丈夫暴病身亡，不知那谋害不谋害。前日县太爷既已开棺检验，并无痕迹。孀妇方且痛死者无辜，被令翻尸倒骨。今大人又欲检验，孀妇却不便阻拦。倘仍然无伤，大人可对得起死者么？"施公道："本部堂检验之后，倘验不出伤来，甘愿自行请旨参处。以抵擅自开棺、反诬良民之罪！"施公说罢，喝令启墓开棺，差役答应。

此时看的人真个是如山如海。一会子凿开棺盖，施公同山阳县离了公座，齐至尸棺面前，眼同仵作检验。仵作自头至足，腹背前后，检验一周，喝报：毫无伤痕。施公喝令：重验！仵作回道："委实无伤，不敢谎报。"施公大怒道："尔前者得银一包，县太老爷被你蒙混过去。今日在本部堂面前，还敢逞此伎俩，殊属不法已极！待本部与尔全个真实凭据，那时再与尔按律惩办！"说罢，便令山阳县将吸铁石拿出交与仵作。仵作一见此物，只吓得面如土色，拿在手中只是乱抖。施公又令将何氏带到尸棺面前，令他眼同检验。何氏跪在一旁。施公喝令仵作将吸铁石，按放在肚脐上面，约有半个时辰。施公喝道："将吸铁石拿起！"说也奇怪，仵作才把石头提起来时，只见石头上吸出一根寸半长的铁针，上面还裹着些淤血。

施公命仵作呈上，复与大家看道："这就是何氏谋害亲夫的实据。"何氏见此事验出实据，知道不容抵赖，复又说道："大人的明鉴：孀妇的丈夫暴病而死，安知他不是误食其针，因而身死？大人若指为谋害亲夫的实据，孀妇就为严刑屈死，不当谋害之名！"施公道："此时任你强辩，等到带回本部堂那里讯问。本部堂与你对个证便了。”说罢复令盖棺封墓，打道回衙。施公回了衙门，即刻升堂严讯。何氏仍然抵赖。施公即命曾志上堂，与何氏对质。曾志走到堂上，便向何氏说道：“你于那一夜，先有个男子在内房与你对饮，极尽丑态。后闻叩门声，你知道是你亲夫回家，赶紧将酒肴收起，将对饮的那个男子，藏在夹弄之中，然后才出去开门。你亲夫进门时步履歪斜，入房即倒卧床上。你又唤他不应，推他不动，将他扶起来，他复又倒下。你那时即出房外，将夹弄中的男子唤入，将你亲夫按在床上。你便去拿了一根铁针出来，又将你亲夫胸口衣服解开，露出肚脐。你便将铁针刺入脐内。你丈夫是得了暴病身死的吗？你丈夫卧在床上，过了一会，即飞滚起来。又滚了一会，这才不动。那夹弄中的男子，就开门出去。你就呼唤四邻。你说丈夫是得了暴病身死。此是那夜间实在情形。即至山阳县开棺的时节。那时我亦在场，见那夜与你共饮的男子，暗中递了一大包银子，给与仵作；那仵作得了他银子，验到肚脐伤处，仵作即蒙混过去，说是无伤。这是开棺检验时的实在情形。”何氏被曾志这一番话，说得他汗流浃背，俯首无言。遂认：通同谋害，并供出奸夫姓名。施公立将奸夫提来。讯而服。当拟何氏凌迟处死，奸夫亦拟抵命完案。曾志即令回家。施公与山阳县，亦时常周济，后来也得了功名。此是后话。施公断案已毕，正欲退堂。忽听大堂外一声呼冤。毕竟又是何冤，且看下回分解。

第三〇五回

淮安府乡民告状　八蜡[①]庙巨寇行凶

话说施公断结何氏谋害亲夫一案，正欲退堂。忽闻头门外大声呼冤。施公即令将喊冤的带进。只见两个人，一男一女，皆有五十余岁，是个乡民打扮。走至公案下面，一同跪下。向上叩了三个头，口称："青天在上，求大人申冤!"施公问道："尔这两人姓什么？叫什么名字？家住哪里？有什么冤枉？从实说来，不准虚浮捏告。"那老头儿先自说道："小人姓吴名用。这是小人的老婆，家住海州招贤镇乡间。今年小人五十八岁，妻子五十七岁。没有生过儿子，只生了两个女儿。大女儿已经嫁人，还有个小女儿，才交十八岁。已有个夫家，今年十二月里出嫁。三日前只因招贤镇八蜡庙里唱戏，小人就将女儿带到八蜡庙看戏。不料此一去，就惹下一场大祸来了。

小人与妻子将女儿带至庙中，一出戏并未看完，只听有人说道：'大王来了。'只见那个大王，凶恶得很。小人看了一眼，也就不敢看了。赶着回来，与小人的老婆、女儿说道：'现在庙内来了歹人，我们走吧！不要惹出祸来。'因此，就同女儿走了。

---

① 八蜡——自周朝起有一种习俗，每岁底腊月举行蜡祭，所祭对象包括管庄稼、管农事的神，和邮道、街坊、水堤、四周环境，以及飞虫走兽等八种。古时人们以为进行这种祭祀祈祷，明年便可丰收。

哪知冤家路窄，小人同妻子、女儿才走到庙门口，正欲出门，忽见两个大王从后走来。小人恐怕他出来看见我女儿。赶着将女儿一拉，叫他走开，好让那两个先走。哪知他两个走出庙来，忽然回转头来，看见女儿。他两个便不走了。一个就将庙门拦住，一个走到小人跟前。指着女儿问小人道：‘这闺女是你的什么人？’小人回他道：‘是小人的女儿。’他便说：‘你这闺女，生得颇为美貌。咱家大大王正少一个压寨夫人。你可将这个闺女，送咱家大大王做了夫人。将来你们老夫妻不愁没有快活。’当时小人听说这话，就吓去真魂，便与那两个大王哀求说道：‘我这女儿已经有了夫家，不久就要出嫁了。大王虽爱他生得好，无奈不能从命。算我女儿命薄，无福消受，请大王另寻吧！’那两个强盗听了这话，不但不去，反更恶狠狠的上来说道：‘咱不管你这女儿有夫家没有夫家。咱自看他生得好，咱便要他与咱大大王做夫人。’小人一再哀求，他两个哪里肯依？不由分说，遂走上前来硬抢。小人与妻子见他那种恶相，因即骂声：‘清平世界，难道没有王法？放出强盗行为，硬抢人家闺女，不怕王法么？’他见小人骂他，即将小人的妻子和小人打倒在地，他便硬将女儿硬抢去了。小人再爬起来追去，他已走得远了，追赶不上。此时小人的妻子，已被他打倒晕在地上。及至醒来，见女儿已被抢去，只得痛哭一场，要与那个强盗拼命，又不知那强盗住在何处。后来闻说是水龙窝的强盗，无恶不作，专抢人家财帛。大人明鉴：小人的闺女是有了夫家的。这被强盗抢去的话，怎么好对女儿的夫家去说？而况女儿生性极烈，此事断不相从，必至断送性命。可怜小人夫妇只生了两个女儿，今见女儿活活被强盗抢去，又不知性命如何，可舍得舍不得呢？为此前来叩求大人，申冤雪恨，捉盗拿人，救回女儿，使小人夫妻骨肉重逢，感恩不已！”说罢大哭。

施公听了这一番话，只恨得咬牙切齿，大骂不已。复又说道：“若果真是水龙窝强盗抢去，本部堂差人前去侦探，并派人前去救你女儿便了。尔等权且回去静候。”吴用夫妻叩头而去。施公亦即退堂。

看官，你道这两个强盗姓什名谁？水龙窝又在何处呢？原来这水龙窝，在海州境西北二十里一带支河汊港，四处皆是水道，曲折弯环，颇难认识。相传前朝有一条水龙，在此兴波作浪，故名水龙窝。这内里有三个水寇。一名叫做费德功，一唤米龙，一唤窦虎。这三个水寇，推费德功为首，俱是结拜的兄弟，聚了有二三百喽啰，专在水面上打劫。那米龙、窦虎，却又有两个分寨。离水龙窝有十里多路，一通清江，一通徐州。皆是水道要隘，往来客商必走此路。米龙却拦劫清江这条路。窦虎却拦劫徐州这条路。得了资财，皆送往水龙窝屯聚。从前落马湖未破以前，这费德功亦与猴儿李配，时常往来。那水龙窝的背后，亦有水道，可通落马湖，现在却已绝迹。离这招贤镇，亦不过十余里地面。因此常到镇上，打探客人的资财，并未劫掠过妇女。这年因费德功过四十岁，米龙、窦虎要送他寿礼，又因珠宝财物，金银绸缎，寨中屯积无数，毫不稀罕。唯缺少美人。因此米龙、窦虎便思抢个美人，献与费德功，作四十岁的寿礼。所以相约到招贤镇来。

及至到了镇上，打听八蜡庙唱戏，正合心意，遂一同来到庙里。米龙、窦虎前后看了一遍，并没有出色的女子。心中颇不高兴，也就走了。不期走至庙门口，在背后看见吴老儿夫妻带着一个闺女，匆匆出门。他二人心中一动，遂赶了过去。回头一看，见吴老儿的女儿，不过十几岁，犹如一朵鲜花，尚未开足。而且生得甚美。因此二人就起了念头，将吴老儿的女儿抢去。大路趱赶前行，不到一个时辰，已到水龙窝内。当即进了水寨，报与费德功知道。费德功大喜，亦即迎了出来。米龙、窦虎上前说道："你老不日过四十大寿，咱们没有什么孝敬。现在抢了一个美貌闺女，一来与你老作为寿礼；二来你老可以朝夕快乐快乐。现带到外面，待小弟带他进来见见你老，你老看可合适不合适?"费德功道："倒多谢你二位贤弟，大大的费心了。"说毕哈哈大笑。米龙、窦虎走出来，将抢来的女子带进。再看时，那女子已是昏倒在地，不省人事。毕竟如何，且听下回分解。

第三〇六回

因惊成病弱女全身　见色贪淫贞娘惨死

话说米龙、窦虎走出来，扶吴老儿的女儿进去。走到面前，忽见吴家女子晕倒在地，人事不知，口角流涎，二目紧闭，已是半死，把个米龙、窦虎吓呆了，站在面前呆看了一会，才大声喊道："可怎么好？怎么这一个绝色美人，好端端的竟会死了，这可不是件岔事！"费德功正在那里等得着急。忽见小喽啰报了进去，说是才新抢来的美人，已是死在外面了。费德功一闻此语，叹了一口气道："完了，只是咱爷爷消受不起。"只见费德功旁边有个妇人，便向小喽啰问道："你看那美人还有气么？"小喽啰道："气是有的，只是嘴里已经流出白沫来了！"那妇人道："不妨，这是他受了惊吓，一时昏晕过去。快将姜汤去灌，尚可得活。"费德功道："夫人言之有理。"赶着叫人去煮姜汤，一面与那妇人，亲自出来看。走至面前，看见吴家女子生得果然美貌，一叠连声催拿姜汤。一会子姜汤送来，那妇人将吴家女子扶坐起来，徐徐的将姜汤灌下，又将他抬入寨内的床上睡下。过了一会，吴家女子果然苏醒过来，只见他叹气一声，二目微启，慢慢地将眼睛睁开。四面一看，"哇"的一声大哭起来，口内不住的爹娘乱叫。那妇人在旁再三劝慰，这吴家女子也不答应，只是呜呜咽咽的哭个不了。哭了一会，虚气上冲，又复昏过去了。费德功、米龙、窦虎三个人，急得两头乱跑。倒是那妇人，有点见识。因向费德功道："大王且自随他。依我看来，莫若将他送到我房内，让我慢慢的给他调养。等他病好了，再行劝他。将他的心劝转过来，再送大王受用。"费德功没法，只得依从，任那妇人抬去调养。

合该吴家女子有救，不当失身伤命，遇了那个妇人。你道那妇人果是好人吗？实在是个极滥的货色。他见着吴家女子有此美貌，他却存了一个小人心意。以为此时将他服侍好了，将来费德功必然宠爱此女子，他亦可因这女子，得到好处，虽然不是好心，却成全了吴家女子名节。后来黄天霸捉拿费德功，搜出许多妇人，全行诛杀；独这妇人未曾被杀。也亏吴家女子一句话，保全性命。

且说这吴家女子被抬到妇人房内，虽然被那妇人灌些姜汤，醒过来了。不料受惊太重，因此就害起病来。那妇人倒也不嫌烦琐，每日寸步不离，殷勤服侍。吴家女子见这妇人，也没甚坏意，他也不甚过怕，专门的害病罢了。有时费德功进来问长问短，皆是那妇人代他说话。所以吴家女子，虽被米龙、窦虎抢来，除害病外，同费德功连一句话都没有说过。这也算是不幸中之万幸。

却说费德功自见吴家女子这样美貌，真是如获至宝。奈他又害起病来。看着不得到手，实在着急。大寨内虽然有许多妇人，又皆是司空见惯。只能杀火，不能调情，而况老生常谈，毫无趣味。你道他耐烦不耐烦呢？因此，日日找着那些喽啰厮闹，甚至于打骂。那些喽啰明知他放着美人可望而不可及，耐烦不得，寻着人闹，却也无可奈何。内中却有两个心思甚狡。暗地里商议：快去外面寻个有姿色的，不论他是妇人女子，抢了回来，送把于他。不但可以不寻吵闹，而且可以得个大好处。商议定了，暗暗的出去寻找。找了两日，居然碰到一个，是海州有名的土娼，名唤贞娘。这日到海州城外一家富户做喜事，酒罢回来。坐在轿内，行至半途，被小喽啰看见，觉得他甚为美貌，而且衣衫灿烂，装束鲜明，心中大喜。遂不分皂白，蜂拥上前，拿出兵刃，将轿夫赶去。他们便将轿子抬走，如飞也似向水龙窝抬去。

贞娘此时已吓得如醉如痴，不知是什么情节。不一会已到，将轿子歇下，小喽啰搀出贞娘，对他说道："我等抬你到这个所在，因为我家大王，想个美人前来受用。我等见你美貌，因此将你抬来，献与大王，做个压寨的女寨主。不日你得了好处，可不要将我们忘记了。去了须念着我们领你来的情义！"贞娘闻说，如梦初觉，才知这班人不是青皮地棍，是强盗窝里小强盗。正欲与喽啰分说，那喽啰已经都跑走了。欲待逃走，又不知路径，正在那里啼哭不止。

正呜咽间，忽闻笑声纷起，呼唤不休。一路喊来："美人在哪里？"只见那喽啰在前引路，随着两个妇人，后跟一个黑大粗莽、浓眉怪眼的大汉，一起走了过来。贞娘看得亲切，不禁放声大哭。口内骂道："你们这一起无耻的强盗！胆敢拦抢良家妇女！难道没了王法，不怕杀头吗？"正骂之间，那黑大汉已经走到面前，将贞娘一看，哈哈大笑道："果然是个美人。咱费德功何福修此，病了一个，又来了一个。"说着便向贞娘说道："美人，你不要啼哭，咱这里是个安乐窝。只要你顺从了咱，不必说吃的是珍馐美味，穿的是绫罗缎匹。就是打咱几下，骂咱几声，咱多不怪你。还说你打咱是情，骂咱是意；再封你做个压寨夫人，何等威风，可算快活。美人，你快不要说骂啼哭了，既已到此，就是啼哭也是枉然。”说罢，便叫那两个妇人道：“你们快将咱爷爷这个新美人扶了进去，多备香汤，给他沐浴。等到晚上，好让咱与他成亲。”那两个妇人，即刻走来。将贞娘硬拖硬扯，蜂拥着进去。贞娘一面哭，一面骂道：“不逢好死的狗强盗！要砍千刀的贼瘟人。”一路哭骂个不住。

一会子到了寨内，当由那两个妇人唤进房中，打了一面盆水，叫贞娘洗面。那两个妇人，复又百般劝道：“就如我们当日被他抢来的时节，也似姑娘今日一般。后来没法，才依从了他。现在倒也快活的很，不愁吃，不愁穿，胜如嫁了穷大汉。”那两个妇人一面劝说，贞娘还要百般痛骂。正骂声不止，忽然费德功前来，百般戏谑。贞娘气愤不过，立起来一头撞入费德功怀内。费德功大喜，便趁势将贞娘搂抱起来，硬欲行事。贞娘抵死不从，却又挣脱不了。贞娘忽生一计，暗暗将手伸入费德功裆下，将他的肾囊拼命勒定。费德功忍痛不过，两手一松，贞娘才算挣脱。哪知费德功此时怒从心上起，恶向胆边生，将贞娘按倒在地，一顿拳头，登时打死。可怜贞娘不幸，做了娼妓，又遭凶寇凶淫，顿时惨死，也算是妓中贞妇了。欲知后事如何，且看下回分解。

第三〇七回

漕督府老褚标献计　招贤镇金大力卖拳

却说施公自准了吴老儿的状词，允许代他女儿申冤。即日将黄天霸、褚标、李昆、何路通、关太、计全、李七侯、金大力等人传齐，大家集议，去捉水龙窝强盗，给吴老儿父女申冤。诸人奉谕，齐集督院。施公向大家说道："昨日乡民吴老儿所告水龙窝强盗，在招贤镇八蜡庙将他女儿抢去。求本部堂申冤，捉拿强寇。但不知这水龙窝在海州哪里？那强盗姓什名谁？诸位有何妙计，前去把强人捉住？"只见褚标应声答道："要捉水龙窝强人，老民却有一计，不知大人以为如何？"施公道："老英雄既有妙计，请道其详。"

褚标道："在老民之意，想在八蜡神诞前二日，请两位朋友，改扮卖艺的人。先去往该庙卖艺，借此探听水龙窝强盗姓名。倘能当面遇见，务要设法，将他姓名套问出来。一面老民随往招贤镇住下。此中却须一个美貌妇人。还要有武艺的，带一个少年孩子，才好行事。只是小孩子倒有，妇人难得。"黄天霸听说便问道："老叔要这美貌妇人、小孩子何用？"褚标道："贤侄有所不知。要这美貌妇人，是为诱敌之计。能有这一人，老夫便装作乡民，那妇人便装作村妇，小孩子便装作妇人的儿子。老夫既扮作为乡人，便使妇人做老夫的女儿，小孩子做老夫的外孙，带着他们一同去八蜡庙玩耍。那水寇见了，必定来抢；老夫便让他抢。等他抢到手，老夫便沿途追寻前去，追至地头，便可知道他的窠巢。那时老夫却不进去，再至附近一带，打听他的窠巢旁边，可有别的暗道。再使那卖艺的两位朋友，候老夫追寻去后，他们也即远远随去。约隔二三里路光景，以便节节传信。黄贤侄等候老夫去后，即便同行在招贤镇，暗中分头住下，听候老夫的信。一经得信，即赶得前去，约在二更尽行事。所以要有个色艺兼全的美妇人，诱那强人抢去，这叫个'不入虎穴，焉得虎子'；又叫做'追本穷源'。只是色艺兼全的妇人难得。"施公听罢，忙拍案称道："老英雄这条计策，的确万无一失。好个'不入虎穴，焉得虎子'。但是那妇人难得，可怎么好呢?"施公也明知褚标用意，欲借重张桂兰一走，但不好开口；郝素玉又值怀孕，行将足月，不便厮杀。所以也故意说："这一个妇人难得"，却是两只眼睛只望着黄天霸。

黄天霸心中好生焦躁。暗道："我妻子张桂兰的本领，不在人下。何以大人与褚标叔绝不提及他？尽管只说难得，难道我妻子不能前去吗?"却暗暗的发怒起来。再忍不住，就向施公说道："天霸受大人的恩，虽粉身碎骨，不足报于万一，今褚老叔所献之计，实在妙绝。就是天霸的妻了张桂兰，也是受恩深重。现在这里，虽不能算色艺双绝，也还可勉强一行。今大人与褚老叔绝不一提，天霸却不知什么缘故。还是张桂兰不配前去不成吗?"只见施公说道："天霸，你可不要错怪人。咱可是因他也是朝廷三品命妇。如何能使他去作美人计赚那强盗？所以想来想去，才说难得其人。"褚标也接口说道："便是老民也是这般想法。而况老民更有一层难处。要教张夫人做老民的女儿，老民如何敢当？所以不敢启齿。今天霸错怪，可不冤屈了老民么？”

黄天霸道：“大人言之差矣！天霸所以得有今日，皆大人恩德所致；即天霸之妻，得为三品命妇，亦皆大人所赐。既沐大人恩德。虽赴汤蹈火，又何敢辞？而况前者捉拿毛如虎，天霸之妻及关夫人，同授美人计策。难道关夫人现有身孕，不便前去。天霸之妻，即不能独行么？至于褚老叔所言，不敢使天霸之妻作自己的亲女，天霸却更有所不解。张氏之父，与褚老叔系结拜兄弟。褚老叔的年纪，又比咱岳父大。张氏既能为咱岳父其女，又何独不能为褚老叔之女呢？”施公听了说道：“既如此说，黄贤弟是千愿万愿的了。但不知夫人可愿前去么？”天霸道：“便是张桂兰虽是女流，也知大义，敢保是一定愿意的。”施公道：“难得你夫妻好义急公，倒是本部堂与褚老叔见识不广了。今既如此，就烦褚老英雄率领张桂兰前去一走。”褚标道：“还要使贺人杰同往一回。”施公道：“你老英雄实在想的周到，贺人杰为黄夫人之子，即为老英雄之外孙。又况武艺才貌，个个精强，岂但双绝，实成为三绝了！有此三绝，还怕那水龙窝的强盗不堕在手内吗？”说罢大笑。褚标又道：“那八蜡庙卖艺，可请金贤弟同王、郭二位，一同前去，彼此可以商量。留计贤侄在家中保护，其余皆烦同行。”大家欣然允诺，当日退出。黄天霸又向张桂兰说知，张桂兰亦欣然答应。贺人杰更是欢喜无限，因向褚标与张桂兰说道：“咱自今日起，但要改口喊褚老爷子做公公，婶娘做母亲了。就是婶娘，也要改口，唤褚老爷子叫爹爹。咱叔父还要改口，唤褚老爷子叫岳父。”说得四人，通笑了一回。到了次日，大家陆续起程，望海州招贤镇而去。

先说金大力、王殿臣、郭起凤三人，改扮了卖艺的模样，各拿兵刃棍棒，到了招贤镇。却好是三月二十八，三人便找了客寓，暂宿一宵。次日即持了器械，前往八蜡庙去。果然见庙内热闹非常。进庙来玩耍，只看见锣鼓喧闹，人声腾沸，好不拥挤。金大力等三人，在庙内拣了一块空地。将器械排在地上，席地少坐一刻，便站起来。说了两句走江湖的话。然后金大力拿了一根齐眉棍，向着众人说道："咱姓金名唤老大。咱这两个伙计，一叫张三，一叫李四。咱三人向来保镖为业。现因由山东下来，走到贵地，脱了盘费。因此卖两拳，向诸位爷台们，叨光借些盘费。自古道：'帮衬帮衬'，咱就此耍一套起来。"金大力就用齐眉棍，左旋右舞，耍了一回。接着王殿臣、郭起凤也耍了一套。未知后事如何？且看下回分解。

第三〇八回

张桂兰被劫八蜡庙　老褚标追探水龙窝

话说金大力、王殿臣、郭起凤在八蜡庙耍了一日拳棍，并无动静。次日又来，仍然如是。一连三日，总未见强人的踪迹。三人私相计议道："我等已来了三日，并没见什么水龙窝的强人。也许要来，说不得明日再去一趟。"于是三人即到街上各客店内寻访。才走了两条街，已见李昆走来。金大力瞥眼看见，赶着上前。唤住李昆，问明住处，并问褚标曾否到来？李昆回道："全来了，只待行事。"金大力又将这三日情形，告知李昆。彼此立谈了一刻，即同往褚标寓内又说明原委。褚标道："且过了明日，再作计议。"大家散去，各回客店不提。

到了次日，金大力乃往八蜡庙卖拳。褚标一早起来，即令张桂兰改扮。大家改扮齐全，实系一色乡民打扮。各藏了兵刃暗器，一起出了店门。张桂兰前引，褚标手挽贺人杰，跟随在后，直往八蜡庙而来。进得庙来，果然热闹非常，游人丛集。他们三人，先在庙内，各处看了一回。然后偏向人多处走去。瞥见金大力等，仍在那里耍枪弄棍。说个不了，看的人也团团的围了一大圈。褚标等也在那里站了一会，复又向庙内各处游玩。刚走到正殿东角门外，正欲进门，只见角门里迎面走出两个大汉。褚标瞥眼一看，那两个大汉，一穿大红绣花直裰，一穿玄色洒花直裰，头戴巍冠，脚登薄底快靴，状貌狰狞，形容凶恶。知道不是正路，便暗暗的与张桂兰递了消息。张桂兰会意，故意挽了贺人杰，向那两个大汉迎上前去。

你道这两个大汉是谁呢？就是米龙、窦虎。他因抢去吴老儿的女儿，献与费德功为妻。不料吴家女子，因惊成病，费德功不能到手。后来喽啰又抢了一个娼妓贞娘。这贞娘不从，被费德功打死。因此费德功颇为不乐。米龙、窦虎又在费德功前献了奋勇，说：“八蜡庙，四月初一是八蜡神圣诞。这日游人必多，内中必有美貌妇女。再抢一个回来，作寿礼罢！”因此，又到八蜡庙来。却好米龙、窦虎才从东殿上出来。见迎面来了一个绝色女子，手挽着十三四岁的孩子，生得颇为美貌。米龙、窦虎一见，心中大喜，齐声问道：“呔！你这妇人，姓什名谁？”张桂兰厉声说道：“你这两个好不奇怪？咱与你一面未识，要你问姓名则什？快快让开，让咱走路！”褚标亦赶着上前说道：“你这两人好不懂事！人家妇女姓名，与你这两人何干？各人走各人的路，为什么要拦住人家妇女？”米龙亦大声喝道：“咱爷爷爱他生得美貌，问他 声姓名，还是与他体面的。要你这老儿管什么闲事？”褚标亦喝道：“你这两个姓什么？唤做什么？家住何处？你说咱多管闲事，你可知道这妇人是咱的女儿，这孩子是咱的外孙。你怎么大胆，敢来调戏。难道不知王法么？”

米龙、窦虎大笑道：“老儿你站稳了罢！若问咱的姓名住处，咱叫米龙、咱唤窦虎，同在水龙窝居住。但知美貌的妇人，见了他便生欢喜心，把他带回家中。或自留作自己受用，或送与咱兄长快活。不知道什么叫做王法。”褚标骂道：“照你这两个贼囚攮的！行凶霸道，难道还把咱女儿抢去不成？”米龙道：“便抢了你的女儿，你又怎样奈何？”不由分说，就一起上前来抢。张桂兰也不退让，一面将贺人杰拉定，一面骂道：“青天白日，府城脚下，胆敢抢劫妇女！你这狗强盗不是要造反么？看你这一副杀形，免不得要被千刀万剐。”褚标也在旁大骂起来。这米龙、窦虎，被他们骂得性起，大喝一声，蜂拥上前。将张桂兰抢抱起来，飞也似向大门外跑去。贺人杰牢牢挽着张桂兰假哭着，跟往前去。褚标即在后面，一路骂，一路追赶。此时金大力等三人，知道强盗中了计，也将棍棒收起，远远的追踪而来。那庙内玩耍的都跑空了。也没有一个敢向前来阻拦。

米龙、窦虎抱着张桂兰，带拉着贺人杰，一路向水龙窝而去。走了五六里路，也觉得有些困倦，便将张桂兰放在地下。两人歇息。张桂兰骂道：“你将咱娘俩抢到何处去？”米龙道：“将你献与咱大王费德功，做压寨夫人。”张桂兰道：“原来如此，既这么说，你两个可着一个驮咱，一个背着咱小子，慢慢前去。倘把咱小子累坏了，那时见了大王，可是与你这两个狗头不甘休的！”又道：“咱爹爹现在那里去了？”米龙道：“你那老儿想是追赶不上，他回家去了。”张桂兰道：“你将咱爹爹寻来，一并儿同去。”正说话间，褚标已后面追来，仍是骂声不绝。米龙、窦虎也不顾他，便将张桂兰、贺人杰各驮在背后，大踏步直往水龙窝而行。走了二个时辰，已到水龙窝。便一起进入寨内，费德功一见，好不欢喜，便问道：“这个孩子是哪里来的？倒生得真好。”窦虎道：“小孩子是这位美人的小子。”贺人杰在旁说道：“是你的祖宗！”费德功大笑。此时张桂兰坐在一旁。费德功便向张桂兰问道："美人，你姓什名谁？你到了此地，不要害羞，咱爷爷最是多情的。"张桂兰道："你不要问咱姓氏，你随后自然知道。但有一件，咱既到此，料想也逃不得了。可是我有三件事，你如果答应，咱便从你；倘若不答应，虽死不从。"费德功道："美人莫说三件，就是三十件，咱爷爷也是从的。美人你吩咐吧！"张桂兰道："第一件，日间不许你到里面去，晚间房里不许有一个仆妇、丫环，只许你我对饮。第二件，咱这小子不能使他离咱左右，也要在里面住宿。我一声喊，他就要应声而至。第三件要多备些好酒肴，使咱与你同饮。等到吃的高兴，咱便与你干事。咱的小子也要多把好菜，与他吃个痛饱。不要饿了他。这三件你若答应，我便从你。"费德功笑道："这有何难，都准了你的吩咐。"此时费德功心满意足。毕竟张桂兰如何捉拿费德功，且看下回分解。

第三〇九回

老褚标暗约黄天霸　张桂兰巧拿费德功

却说张桂兰与费德功约法三章，费德功亦俱应允。张桂兰就带了贺人杰进入里面。当时便有许多仆妇前来侍候。张桂兰要茶要水，呼唤个不住。那些仆妇们不敢怠慢，走出走进，跑个不休。忽然张桂兰想起一件事来，即向仆妇说道："你去与大王说知，说咱这小爷要往各处去玩耍一会。叫大王派两个妥当人，带领着小爷同去。"贺人杰听见这话，早已明白是叫他探路，当即同了仆妇，仍到大寨里来。仆妇与费德功说明，费德功便叫人同贺人杰往各处玩耍。此时费德功已招呼备好了两席酒菜，准备晚间与张桂兰成亲，那些小喽啰亦都赏酒肉真是欢喜不尽，唯恨天不得晚，费德功心急如火，只望天黑好去成亲。

再说褚标追至水龙窝，认明寨门，便不进去。即向水龙窝左右前后，看了一会。又在左右探明了暗路，正待回去送信，只见金大力已到。褚标即将水寨一带的路径，告诉大力，便叫大力立刻回招贤镇去，约天霸准于三更，一起动手，务要初更时分赶到，不可有误。金大力听罢，随即转身回去。走有三五里路，却好王殿臣已来，金大力就把褚标的话，转告王殿臣，叫他前去；金大力仍转身回来，与褚标会合一处。王殿臣又将这话告知郭起凤，王殿臣又转身回来节节转告。约有未末申初的时刻，黄天霸等人已得了信，当即飞奔水龙窝，见褚标即向何路通说道：“何贤侄可往水龙窝北首三里，那条汊港内埋伏，以防贼人由此逃往徐州。”又向李七侯道：“李贤侄可往东首五里那条支河内埋伏，以防贼人由此逃往清江。待至明日天明，不见贼人到来，你们二位即到水寨相会。”二人答应，暗暗前去。褚标又向关小西、王殿臣道：“你二位于三更时分，可由水寨西首，直杀进去。李公然与郭起凤二位，又于三更时分，从水寨南首直杀进去。老夫与天霸、金大力，亦于三更时分从大寨正门杀入。务要绝尽根株，并力寻捉。”大家答应，分别埋伏去了。暂且不表。

再说贺人杰在寨内，各处玩耍了一会，已将径路认好，仍到寨内去寻张桂兰说明原委。此时已将日落，张桂兰又叫仆妇，带贺人杰去外面吃饭。仆妇答应，将贺人杰带了出去，与费德功、米龙、窦虎一起饮酒晚饭。张桂兰又叫仆妇，到厨房内，将那好菜、馒头等物，先拿些来吃。仆妇答应去拿，一会子端了进来。张桂兰独自一人，拣那投口的，痛吃了一饱。余下来的，便赏与仆妇去吃。又要了些茶水。诸事已毕，仆妇又掌灯进来。张桂兰就灯下先将兵刃暗器预备在手内，又将房内的出路认好，然后就靠在铺上，歇息，养些精神。一会子，贺人杰饭毕，先走了进来，与张桂兰悄悄的说了些话。张桂兰又将仆妇前来问道：“小爷的床铺，预备好了不曾，究竟睡在哪里？”仆妇答道：“床铺已经端正齐备，就在这房外屋厢屋里面。”张桂兰道：“离咱这房有多远？”仆妇道：“紧连着这间正房。”张桂兰便叫人杰去歇息。仆妇随即掌了灯，前领人杰去厢屋安歇。人杰进了厢房，关上房门，便将外面长衣脱下，又将朴刀取出，拿在手中，吹灭了灯光，靠在铺上，静等着动手厮杀。

不说张桂兰与贺人杰预备停妥，等到三更时分，好捉拿费德功。再说费德功在外面，与米龙、窦虎三人，欢呼畅饮。将尽初更时分，费德功向米龙、窦虎说道：“两位贤弟再多饮几杯，愚兄可要告辞了。”米龙、窦虎道：“今日兄长洞房花烛，本不敢有误佳期，兄弟等看来时候还早，弟等每人再敬三杯，然后送我兄长进入洞房，与新美人成就好事。”费德功道：“愚兄今日得有美人消受，皆二位贤弟之力。但不知愚兄消受得起么？”于是又饮了数杯，俱各有些醉意，方才撤去酒肴。费德功到了后面，当有仆妇传报进去，向张桂兰道：“大王进来了，请新娘出来迎接。”张桂兰靠在铺上，也不答应。只见费德功已进了房，张桂兰才立起身子，呼唤仆妇道：“尔等速与大王预备酒，拿些进来，咱与大王畅饮。”仆妇答应，立刻拿进两双杯筷，两大壶原泡高粱，八碟小菜。房内却点得灯烛辉煌。张桂兰便叫费德功坐下。费德功此时已然魂不附体，在烛下看着张桂兰，越看越美，开口问道：“娘子，今晚蒙你不弃，得了鱼水之欢。咱的酒已饮得不少了，再陪娘子少饮两杯，咱与娘子就睡了吧！”张桂兰道：“大王说哪里话来？今日既是佳期，哪有不痛饮之理？不但咱陪大王痛饮，还要使他们仆妇畅饮一回。”说着就教仆妇们出去饮酒。费德功也叫仆妇退出，尽管饮酒。仆妇谢了出去。张桂兰便拿起杯来，连斟三大杯，送与费德功道：“大王请饮此三杯，以助豪兴！”费德功见如此殷勤，笑道：“难得娘子如此情爱，咱就立饮了。”接过杯来，一饮而尽。当即也斟了三杯，亲手送与桂兰，说道：“咱同你吃个合欢杯。”桂兰接在手中说道：“咱是不能多吃，也就吃了一杯罢，余下的你替我吃。”费德功道：“不行，娘子也要立饮三杯。”桂兰道：“大王既然不行，咱将这三杯酒都饮了，再来敬大王三杯。”费德功道：“好！”张桂兰便将三杯酒，各呷了一口，仍送过了杯。费德功道：“怎么娘子并未饮着，倒又送了过来？”张桂兰道：“方才咱原说三杯酒都饮了，再敬大王。今已三杯酒饮过，虽未饮尽，也算是都饮过了。大王不饮此酒，想是嫌奴吃剩的，说咱不恭，咱就再换三杯，请大王立饮。若大王不嫌残酒，大王便将这三杯饮下，咱与大王行一套合欢令。”于是左一杯，右一杯，把个费德功已灌到八分醉意。张桂兰听了听更鼓，已转三更。费德功此时实在不能再等。遂站起身来，走到张桂兰跟前笑嘻嘻的说：“娘子时候不早了，咱与你上床睡吧！”

张桂兰一听此言，不由得杏眼圆睁，柳眉倒竖，大声喝道：“狗强盗！你认得姑奶奶么？你今日算中了姑奶奶的计了。你姑奶奶不是别人，咱是堂堂总漕施大人辕下副将先锋官黄天霸的夫人张桂兰是也。”说着劈胸将费德功望后一推。费德功站立不住，往床上一倒。张桂兰随身脱去大衫，拔出单刀，认定费德功砍来。费德功随即一个转身，顺手提起一张椅子来挡。张桂兰复行一刀砍去，直对费德功肋下刺去，费德功说声不好，身子一偏，将身让过。张桂兰见第二刀又未砍着，一面取出袖箭，手只一扬，一枝箭认定费德功面上打去；一面喊道：“人杰何在？”一言未毕，只见噗的一声，从窗外跳进一人。毕竟费德功如何就擒，且听下回分解。

第三一〇回

水龙窝众寇遭擒　招贤镇强徒示众

却说贺人杰从窗外跳进，执定单刀，对准费德功便砍。只听费德功“呵呀”一声，将一张椅子，抛在一旁。一个偏身，栽倒在地。原来费德功头上中了张桂兰一枝袖箭。两眼一花，跌了下去。此时贺人杰的刀已到，见费德功已经跌倒，便举起一刀，望费德功右背上砍来。只听咣嚓一声，费德功的右臂已经砍下。

外面的仆妇人众，从睡梦中惊醒。闻得房内乒乒乓乓，起身前来观看。但见房门大开，新来的妇人，与那小孩子，拿刀乱舞。再看费德功，已被砍倒，那些仆妇遂一溜烟出来喊道：“你们外面的人进来拿奸细呀！大王被人砍死了！”张桂兰忽听仆妇喊了出去，手执单刀，也追踪而去。赶得近切，手起一刀，将末后一个妇人砍倒在地。贺人杰正要从房内出来，帮助张桂兰厮杀。忽然一想，恐怕费德功还不曾死，复转身进内，又将刀在费德功腿上砍了两刀，给他砍下一只，这才出来。走到院落，只听外面人声沸腾，赶着与张桂兰跑了出去。只见灯笼火把，照耀得如同白日。窦虎、米龙带领着数十个喽啰，各持兵刃器械，杀了进来。贺人杰一见大怒。不由得大喊一声：“来得好！让小爷杀个净绝！”说着举起刀来，直奔窦虎；张桂兰也执定单刀，直向米龙杀去。米龙、窦虎在火光之中，看得真切，不是别人，正是日间抢来的妇人和小孩子。两个也不答话。米龙手持铁锏，窦虎手舞双锤，急向贺人杰、张桂兰杀来。贺人杰一刀砍去，窦虎即将左手锤挡开，随将各手锤望人杰的面门落下。贺人杰说声："来得好!"将刀往上一隔，哨的一声，将锤架在一旁正要还刀，窦虎的左手锤又复一起，向贺人杰的面门落下。人杰将刀架住，趁势一个箭步，刀这一抽，跳出圈外。一来一往，约有八九个回合。便心生一计，向窦虎虚砍一刀，便向宽阔处跳去。窦虎哪里肯舍，紧紧追来。贺人杰觑得切近，掏出金钱镖来，向窦虎打去。窦虎看得真切，见人杰右手一扬，知有暗器。赶着闪开，让过金钱镖，复又赶去。那边张桂兰敌住米龙，一刀一锏，正杀个对手，彼此不能取胜。

两旁正杀得难解难分。忽听一片声喧，从外面杀进两个人来。桂兰仔细一看，正是黄天霸、褚标，两把钢刀，如砍瓜切菜一般，蜂拥而来。黄天霸一见桂兰，便问道："人杰在那里?"桂兰回道："向西面去了。"天霸刀起处，分开众喽啰，直向西首寻去。褚标见天霸去寻人杰，便舞动板刀，来助桂兰。走到切近，见是米龙，便大吼一声说道："好小子！认得褚老爷爷么?"话犹未定，一把刀已望米龙左肩砍到。米龙更不打话，撇开张桂兰，便向褚标接住，二人交起手来。刀来箭往，真是个棋逢对手，将遇良材，斗到二十个回合，米龙抵敌不住，急思走脱。忽见一物从面上打来，说声："不好!"噗的一声，正中额角。米龙当时中了暗器，锏法一乱，褚标赶上一刀，正中米龙肩膊。米龙支持不住，"哎呀"一声，栽倒下来。看官，你道米龙方才中了什么暗器？原来李昆从外面杀进来的时候，他便蹿上了房屋，赶到后面。见褚标与米龙在那里厮杀，恐怕褚标年老，敌不过米龙。便发了一个弹子，将米龙额上打了一下。此时李昆见米龙已经栽倒，他也跳下房来。帮助褚标，将米龙四马攒蹄，捆了个结实，即叫张桂兰在那里看守。他便又与褚标来寻人杰。

再说贺人杰正与窦虎对敌，看看已不能取胜。忽见天霸赶来。人杰一见，神勇陡长，高声喊道："叔父来得好，婶娘已将那忘八羔子费德功砍倒在房内了。你快来擒这个杂种。"天霸闻言，亦大声喊道："侄儿且撇了他，你去歇一会儿吧！这个杂种交与叔父便了。"说着便大喝道："你这杂种！可认得老爷黄天霸么?"话声未完，一路刀直向窦虎滚了进去。贺人杰撇下窦虎，站立一旁，略为歇息。窦虎闻得黄天霸三字，已是惊魂不定，晓得不是对手。便向天霸面门上虚落一锤，天霸才待来挡，窦虎的锤已收回去了，拔转身躯飞奔而逃。却好关太从外面杀来。窦虎冷不提防，见对面又有个杀到，正待要向斜刺里逃走。关太早已看见，便将倭刀迎上，连肩带背，一倭刀砍了下来。窦虎万让不及，只听咕咚一声，栽倒在地。天霸又复赶到，复一刀结果了性命。

此时李昆、褚标，俱已到来。大家聚集一起，又喊了人杰，一起到了后面，寻着张桂兰。再去看那费德功，已然死在地下。褚标道："这寨内的头脑，不知道就是这三个，还有别人没有?"黄天霸道："待咱寻个喽啰来问问他底细。"说着便寻了个喽啰问道："你这里面共有几个强人？快快从实招来！"那喽啰吓得胆战心惊，哀哀跪求道："小人该死！求老爷赏条狗命！小人不敢撒谎。这里共有三人：费德功为首，还有米龙、窦虎。今皆被老爷们捉住了。此外皆是被他们掳来的男女，共有三四百人，现在已死了三股之一了。”

黄天霸问明，便叫他引路，各处去收寻妇女。喽啰不敢怠慢，便引着天霸前去。走到西首屋子门口，见金大力从里面带了一个妇人、一个女子出来。黄天霸问道：“这两个是谁?”金大力指着子女道：“这便是吴老儿的闺女；这是服侍吴家女子的。咱本来要将这妇人杀了，后来这闺女说他是好人，咱便饶他了。”天霸道：“怎么？他这妇人，难道也是良家妇女么?”吴家女子赶着上前，将前后原委说了一遍。黄天霸这才明白。随将这妇女两个带去，交与张桂兰。又去各处查点银钱物件，依然放在那里。待查点清楚，天已大明。何路通、李七侯两人在支河汊内埋伏。等到天亮，未见有人，也就到大寨来。于是各人收拾清楚，将三个强盗，割了首级，并埋了死尸。然后在附近雇了两三辆车，将寨内所有银钱物件，装上车辆。张桂兰与那妇人、女子，也坐了车子，一起出了水寨。天霸等人，又将寨内各处房屋放火焚了，这才回奔淮安，在施公前禀了一切。施公当令将银钱各物寄库。吴家女子，着令传来吴用，自行领回。水龙窝带来的妇人，释放回家。贯德功等三人的首级，悬竿示众。招贤镇上的人，无不欢声雷动，深感施公为民除害的恩德。唯有吴老儿夫妇，更是感激涕零。欲知后事如何，且听下回分解。

第三一一回

韩侯庙英雄救弱女　花神祠太岁活遭殃

话说施公发落了费德功抢劫女子一案，真是人人感德，个个衔恩，欢声雷动。日来月往，早又过了中秋。众英雄平日在总漕衙门内，无非是饮酒谈天，论枪耍棒。倒也颇不寂寞。这日褚标闻得韩侯庙甚为幽雅，想去闲游一遭。瞻仰瞻仰，并赏看些古迹。便与黄天霸说知，还想约着天霸同去。天霸道："小侄不陪，老叔一人去吧！"褚标也不勉强，即刻换了衣服，又带了一二两碎银子使用。出了衙门，直往韩侯庙而去。

不一会，走出东门，又走了一二里路。早看见庙宇巍峨，松篁①掩映，好一个所在。褚标信步进了韩侯庙，游人亦复不少，便去各处玩耍。但见一带红栏上面，排着三间高大房屋，檐口横列一方匾额。写着"花神祠"三字。走进祠内一看，原来是供奉着十二月花神。祠后一带回廊，一所大院落，中间种着数十株桂花，正是花蕊盛开。门内一块空地，搭着极大芦棚。内中摆设着许多兵器，架里面坐着许多人。内中有一少年，约有三旬左右，横眉竖目，旁若无人。褚标看见，觉得那少年断非善类。遂至外面，暗暗探听。方知此人姓花名振芳，绰号粉面太岁。他老子金

① 篁（huáng）——竹林，也指竹子。

淦，在淮安府当着班头。他遂借着老子势头，极其霸道，无恶不作。又请了个教师，养了无数打手，自己学了两套拳棒。因花祠桂花盛开，他便搭了座芦棚，比试棍棒。一连几日，并无人来与他比试。他便心高气傲，自以为绝无对手。褚标打听清楚，便暗道：天下的事情真是可怕。放着施大人那种样子判官，办了许多恶棍土豪，偏这一起王八羔子毫不惧怕。而且敢大胆在府城脚下如此行为，实在是知法犯法了。正在那里自言自语。

忽见外面多少穷凶极恶的人，架着一个哭哭啼啼的女子，进入芦棚里面去了。褚标不知是何缘故。忽又听从外面进来一个婆子嚷道："你们这伙强盗！青天白日，就敢抢劫良家女子。是何道理？"众恶奴一面拦挡，一面吆喝。忽又见从棚内出来两个恶奴说道："方才大爷说了，这女子是本府中丫头。私行逃走，总未寻着，并且拐了好些东西。今日既然见了，把他拿捉。还要追问他拐的东西呢！你这老婆子，快点走吧！倘若不依，我们大爷就要拿你到县里去，办你个拐带的罪名。"那婆子闻说，只急得嚎啕痛哭，又被众恶奴往外面拖拽，婆子抵死不走。褚标看见这样光景，实在按捺不住。遂上前拦住说道："你们有话好说，这是什么意思呢？"那众恶奴听说，把褚标看了一眼，说道："朋友！这个事你别要管。我劝你有事做事，无事趁早儿请。别讨没趣！"褚标冷笑一声道："天下人管天下事，哪有管不得的道理？你们既不向我说，咱亦不同你们讲，咱会去问那妈妈。"众恶奴听了道："伙计们可曾听见？这个光景，是管定我们的事了。"忽听婆子道："你老得快救救婆子性命呀！"那些众恶奴，见婆子说了这话，当即就要去打。褚标便走上前，把手一隔。那些恶奴即倒退了好几步，站立不住。褚标又向那婆子道：“妈妈不必害怕，只管慢慢讲来。”那婆子哭着道：“我姓姜，这女孩是我的邻居柳家的女儿。因他妈有病，韩侯庙曾许下愿。他妈还不能出来，因请我同他女儿到此还愿。不意遇了这一起恶人，将柳家女子抢去。婆子怎样回去呢？求你老总要搭救搭救！”说罢痛哭。只见褚标怒目圆睁，大声喝道：“这不是反了吗！妈妈不要哭，咱给你寻来，交回与你便了。”说着就同这婆子大踏步向后面寻去。

转过芦棚，直奔后面，正要进那敞厅。只见那芦棚内的少年，率领着一队恶奴，蜂拥出来。那些恶奴，望着褚标指手划脚道：“就是这个老儿。”粉面太岁眼一翻，喝道：“好狗才！谁许你管这事？那女子便是咱大爷抢的。你这狗才，又其奈我何？”褚标道：“清平世界，朗朗乾坤。难道没有王法！敢在府城脚下，抢劫良家女子么？你既抢去，咱偏要你送还！”粉面太岁不禁大怒，说一声：“打！”飞起来就是一脚。褚标此时还按捺住气。见粉面太岁一脚踢来，他便在旁边立住。口中仍然说道：“你可放明白些，不要这样动手动脚。难道抢了人家女儿，不送还人家女儿吗？”褚标尚未说完，粉面太岁第二脚又到。褚标又让过，又说道：“你可不要欺咱老，咱可让了你两脚！你赶快将女子放出，万事皆休。你若再这样倚势欺人，你可不要讨没趣！”粉面太岁哪里明白。第三脚又踢过来。此时褚标真按捺不住，不由得大骂一声道：“好杂种！试试你祖爷爷的手段吧！”一面骂，一面看着脚临切近。顺手就在粉面太岁胫骨上一捻，说声：“去吧！”话犹未完，只见粉面太岁“呀”的一声，站立不住，往下栽倒。褚标哈哈大笑道：“这样不中用的东西，也要动手动脚。”那些恶奴见粉面太岁被老头儿打倒，便嚷道：“你这老头竟敢动手，打倒咱家大爷。”遂一拥齐上，以为好汉打不过人多。谁知褚标将手望左右一分，一个个皆东倒西歪，再也不敢前去。褚标又欲望后面寻那女子，忽听那边喊一声：“闪开，咱来也!”一人手执木棍，举过头顶，照褚标当头打来。褚标见来势凶猛，赶将身子往旁边一闪。粉面太岁刚刚站起，却好太岁的头，不偏不倚，受了此棍。直打得脑浆迸裂。众恶奴齐声嚷道：“了不得了！老头儿打死人了，快拿呀!”褚标道：“不要拿，咱自不走。你们可将本坊地保喊来，咱有话讲。”即刻地保到来，见闹下人命案来。问道：“凶手是谁？现在哪里?”褚标向地保指着拿木棍的问道：“这人是谁？你可知道他的名姓?”地保道：“他姓施名杰。”褚标道：“这死的姓甚名谁?”地保道：“他是府里班头花淦大太爷的儿子花大爷。你今打死人，还噜苏什么？快跟我到这县里去!”褚标道：“慢着，咱还有话讲。这施杰也要同去。”那施杰大惊道：“咱不是好惹的，你配叫谁与你同去?”毕竟后事如何，且听下回分解。

第三一二回

柳溪村李公然访案　陶家庙贺人杰赠金

却说施杰大声道："谁敢拿我同去?"褚标赶了一步，上前将他木棍抓住。往怀里一带，说道："你打死人不同去？偏看你好惹不好惹。"一句话未完，施杰已咕噜滚在一旁边。褚标即刻将他按住。众人嚷道："不要打呀！到了官再说话呀！"褚标道："诸位不必嚷，咱不打他。咱只将他交于地保。"因对地保说道："这个人交把你了。后面还有个姓姜的妇人，一个姓柳的女子。一起带着，随咱同到总漕衙门里面去听审。"地保听说到总漕衙门，哪敢疏忽？随将施杰带住。又将那妇人、女子叫来，一行人随着褚标，直奔总漕衙门而去。一会子已到衙门，只见褚标进入衙门。那衙门的差役人等，一个个立起身来，垂着手两旁侍候。褚标笑望众人说道："我今日在韩侯庙拿住一个恶霸，现在已经带来。诸位可到头门外招呼地保。叫他当心些，可不要被那恶霸跑了。咱进去回禀大人。"那些差役答应，即刻传呼出来。方才知道是衙门里的人。褚标进去，将前后的话，细细禀了一遍。施公即刻传谕升堂。又饬令差役赶往淮安府，立提班头花淦。

施公升了堂，先将地保问了两句。又将姜婆子、柳家女子，带上堂来，前后问了一遍。这才传提施杰到。施杰跪在下面。施公问道："你就叫施杰？花振芳为何抢劫良家女子？你还助纣为虐！花振芳究系谁人打死？快讲！”施杰知道抵赖不过，只得从实招来。施公即刻判：花振芳身死，以施杰相抵。柳氏女子，仍着姜氏妥送回家。判毕正欲退堂，只见差役禀报上来，花淦提到。施公便叫带上来，花淦跪在下面磕了头。施公道：“你叫花淦么？本部堂问你，你既身为差役，亦可知道纵子为恶，抢劫良家女子，聚众行凶。这应拟何罪？”花淦道：“罪该万死！但是儿子花振芳所为，固是儿子不肖，小的失于检束；也多因施杰这厮谋串。今儿子已死，小的实无怨言，求大人开恩。”施公道：“姑念你儿子已死，不再加罪于你，尔可自行备棺收殓。施杰，本部堂已将他给你儿子偿命了。尔自此以后，可要小心办公。下去！”花淦磕了头爬了下去。施公退堂，众人各散。一宿无话。

次日早间，施公起来，梳洗已毕，才到书房。忽有两只斑鸠，飞在施公面前，左右飞鸣，若有申冤之状。施公知道有异，便立住脚说道：“斑鸠！斑鸠！你若有甚冤枉，就一翅儿落将下来。本部堂好给你申冤。若无甚事，你可赶快飞走。”施公话才说完，那两只斑鸠，已飞落在地。望着施公哀鸣不止。施公大奇，随传进来两名差役。吩咐道：“你二人跟着斑鸠前去。无论是何地方，见有形迹可疑之人，即拿来见我。”忽见斑鸠望着施公叫了两声，一展翅向上飞去。张才、李勇哪敢怠慢？只得赶了出去，望着斑鸠，不分高下，跟随前去，暂且不表。

再说施公见斑鸠飞去，进入书房。施安送上茶，拿进点心。施公用了早点，只见门皂在书房外面喊道：“施大爷！”施安听见出来，门皂即呈上一张状子。施安接在手中，吩咐道：“你等着，不要走开。”门皂答应。施安将状词拿进书房，送与施公阅看。

施公展开一看，原来柳溪村三官庙道士王紫霞替他师父赵炁①清鸣冤。施公看罢，吩咐候查明提讯。施安出外，传知门皂退出。施公复将王紫霞状词细看一遍，暗道：“怎么新任山阳县，就这样将老道屈打成招？这件事须得访明白，才好讯问。”随传黄天霸、计全等人，进内谕话。不一会，诸人已到。先给施公请了安，各人告座已毕，计全问道：“大人有何吩咐？”施公先将斑鸠的事，说了一遍，才说道：“王紫霞替师鸣冤，告的是新任山阳县屈打成招一案。本部堂想这件公案，必得须往柳溪村，细细先访一回。究竟三官庙道士，平时是否安分？访问明白，然后才好提讯。”计全道：“大人明鉴。”施公道：“拟欲烦李五弟辛苦一趟。务要访明根底，以凭讯究。”李昆答应，当即退出。收拾预备，往柳溪村而来。

此时贺人杰知道李昆外出私访，他便与天霸说道：“侄儿在此，终日无事。现在五叔出外私访，侄欲同李五叔一起前去，借可习练。”天霸说：“你懂得什么？万一被你泄漏，反于事无济。”人杰道：“叔父大人放心，侄儿自当格外谨慎。即使访不出消息，也断不会泄漏误事。”天霸道：“你要格外小心。”于是天霸便与李昆说明。李昆亦欣然允诺。二人收拾停妥，各藏了兵刃、银两，出了衙门，往柳溪村而去。贺人杰又与李昆说道：“在侄儿意见，我们就在陶家庙住下。于早间出去，分头探访，晚间仍回客店。五叔意下如何？”李昆道：“甚合吾意。”原来陶家庙离柳溪村只隔二三里路。二人在陶家庙投了客店，便去分头探访。

---

① 炁——音 qì。

贺人杰就在集上，拣了一座酒店，要些酒菜，独自坐在那里饮酒。忽见有个老者，形容枯槁，衣衫褴褛。进得店来，向旁边桌上那老者紧行数步，双膝跪倒，流泪不止，口中苦苦哀求。那老者仰面摇头，只是不允。贺人杰看见，好生不忍，便走过来问老者道：“你为何向他如此？有何事体，可对我说。”那老者将贺人杰一看，见是公子打扮，料非常人。口称：“公子有所不知。因小老儿前年欠了这位陶员外五两银子未还，员外要将小女抵偿。故此哀求员外，只是不允。”贺人杰道：“怎么五两银子，就要以女儿抵偿？我可不解。”那座上的老者说道：“原欠我五两，三年未给利息，就是三十两。共欠三十五两。”贺人杰听说冷笑道：“原来三年利息，就是三十两，这利息究竟太重了。”又道：“当初有借约没有?”老者道：“有借约。”人杰道：“既有借约，这银子咱给他还了。你可在此少待，咱便去取银。”说着转身出店。一口气跑回客寓，取了三十五两银子，复到酒店。向老者要出借约。当了大众，银约两交。老者收了银子出店而去。那老者磕头谢恩。人杰又向老者问明陶老儿居址，那老者这才出去。原来这陶老儿，就是陶家庙人。他仗着儿子是个武生，一味盘剥重利，强霸一方，人人侧目。贺人杰也便还了酒饭钱，大踏步走出去了。

访了一日，无什消息。晚间仍回客店，见李五尚未回来。因想起日间酒店之事，等到初更时分，遂改扮行装，带了兵刃，由店后越墙而出，直奔陶老儿庄上而去。欲知贺人杰潜往陶家庄毕竟何为，且听下回分解。

第三一三回

贺人杰有心盗员外　李公然无意救公差

却说贺人杰改了行装，直奔陶家庄而来。但见他家房屋高大，树木葱茏。贺人杰看了一会，便绕至庄后，在后院墙上偷看。不一会，来到客厅上，只见里面灯光明亮。人杰悄立细听，正是陶老儿与他儿子在那里说日间还银子的事。他儿子说道："你老人家年纪不小了，要这些银子何用？若说是留与儿子，我们也可以寻得出来。你老人家这一生也用不了，何必还将银子再做那盘剥重利的勾当呢？就使人家不敢与你老人家怎样，自己想想，也有些损德，而况终久都要出乱子的。"这陶老儿骂道："你这小畜生！以为那皮箱内，有了二三百两银子并有些田产，就算是个富翁了？你这样不长进的东西！老子帮你赚钱挣家私，你不说感激老子，反说老子许多不是。就便我得人家的重利，也是他愿意来借的。难道我勉强他们借的吗？"说罢气冲冲的拿了三十五两银子，进入内室去了。贺人杰也就追踪而去。

到了后面，见是三间内室，陶老儿走入东南一间。贺人杰便一伏身，由屋上倒垂下来。两只脚挂在檐口，探身向房内望去。但见陶老儿在房内，开了皮箱。将那三十五两银子收入，又将箱盖关好。正欲下锁，贺人杰在檐下忽喊一声："咱来也！"陶老儿一吓，赶出房外来看。并不见个人影。原来人杰喊了一声，即躲到夹弄里去。陶老儿见无人影，恐怕躲在那里，便往各处寻去。刚走到夹弄口，贺人杰便拔出刀来，跳出弄口。将刀向陶老儿一晃说道："要嚷我就砍一刀！"陶老儿吓得骨软筋酥，哪里嚷得出来？人杰便上前将陶老儿按住口，即在他身上割了一块衣襟，塞在陶老儿之口。又将他捆缚结实，抛在地下。然后走出来了。来到房内，将皮箱内所存的银子，共有三百余两，一起取出。藏在身边，这才出去。刚至廊下，是对面来了个丫环。手执灯光，望里走去。贺人杰即躲在黑暗之中，等那丫环过去，复至丫环后面，一口气吹熄了灯光。那丫环吓了一跳，急急的走入里面去了。贺人杰就此上了房檐，越脊跳墙，仍回客店。

丫环来到内室，原来是喊陶老儿去睡觉。谁知道到了房内，不见有人。又见箱盖大开，不知何故。正要到前面报信。刚走到夹弄口，只听里面有呻吟之声。那丫环也不敢看。急急的跑至前面，告诉陶老儿的大儿子道："大爷！老员外不知哪里去了。后边夹弄内，还听见有人在那里叹气。大爷赶去望望罢！不要有了强盗了！"陶老儿的儿子听说，赶着提了灯，手拿木棍，直奔后面夹弄而来。走进去一看，果然有个人睡在那弄内。仔细一望，不是旁人，正是他老子被人缚倒在地，再看，口内还塞着衣襟。赶着将口内衣襟掏出，解了绑。扶起来，陶老儿已是不能说话。又停了一会，才抽了口气，说了一声："好恶贼。"便立起来，扶住儿子，同到房内去看皮箱，见那三百多两银子，连一毫都没有了。老头儿只急得叫苦。他儿子又安慰了一遍。准备明日报官，暂且不表。

再说张才、李勇奉了施公之命，去赶斑鸠。出得衙来，一路赶去。直赶到柳溪村，那斑鸠忽然不见了。张才、李勇道："难道有什么冤枉在此吗?"二人跑得汗流浃背。便席地坐下，歇息歇息。忽见两个穿灰布衣的：一个大汉，一个后生，从小路上走来。那大汉在前，那后生在后跟不上。一着急，即跌了一跤。把脚上穿的靴子，脱落一只，露出尖尖的金莲来。那大汉看见，回转身来，将他扶起。又将靴子给他穿上。张才此时早赶过来。大声喝道："你这汉子，要将这妇人拐到哪里去?"一伸手就要拿人，那大汉眼快，反把张才的手腕拢住，往怀里一带。张才站不稳，便趴下来。李勇见张才被大汉摔倒，赶着过来嚷道："你这汉子，奸拐妇女，反将我们伙计拉倒。你这厮有多大胆?"说罢才要动手。只见那大汉劈面一推，李勇冷不防，应手也栽倒在地。仰面朝天，骂不绝口。却不敢站起来，与大汉较量。又听大汉对后生说道："你顺着小路，遇了树林，就是庄上了。叫他们庄下，赶紧前来绑人!"那后生答应，忙顺着小路而走。不多时来了许多庄丁，将张才、李勇捆缚个结实，带回庄去。

你道这庄主是谁？原来姓樊名洪。是山阳县的武举。其人广有田产，极为霸道。专与县里的差役结交。那大汉就是他家总管。姓林名魁，颇有些武艺。樊洪极为相信，无论何事，总与他商量。他也借着樊洪的势力，无恶不作。庄上养上几十个兵丁，个个皆是如狼似虎。张才、李勇到了庄上。樊洪叫林魁："将这两厮吊起来，给我着实拷打!"林魁答应，当即吩咐庄丁将张才、李勇带进东屋，随用绳索背绑起来，吊在二梁上，喝令庄丁拿了皮鞭，抽了张才，又抽李勇。庄丁一面打，林魁一面问道："你这两个，究竟是哪个衙门的狗腿？要想在爷面前索诈。我实告诉你，那妇人是我拐来的，你又怎样？”张才、李勇两个，便放出泼皮。任他怎样打法，还是嘻嘻笑。林魁没法，复走过来。又将张才抽了几下。正待要走，只见小童前来说道：“林大叔！员外叫你去吃饭呢！”林魁一面答应走出，一面也叫庄丁去吃晚饭。张、李二人见他们走了，李勇便悄悄说道：“张大哥，方才要不是你递过话来，我可实在忍不住了。”张才道：“你等着吧，等一会儿他回来这顿打，才够你驮的呢！”李勇道：“这可怎么好呢？”忽见檐口有个人影一晃，二人定睛一看，原来不是旁人，却是李公然。张才赶着喊道：“好了，李老爷来了！你老快救小的们才好。”李昆道：“不要忙。”从背后抽出刀来，将二人背缚割开。李昆问道：“你们二人怎么到这里来的？”张、李便将追赶斑鸠，途遇大汉、后生的话说了一遍。因亦问道：“你老也为何到此呢？”李昆道：“咱是奉了大王的命，因此间三官庙道士赵炁清被冤，徒弟王紫霞前去给他师父鸣冤。大人派我到此私访，因打听这樊洪颇不安分，所以暗地到此，看他的动静。不料你们被他捉了。现在你们二人，虽是不能动弹，待咱将你们送了出去。你们可赶紧奔往陶家庙王家饭店。请贺小爷赶速前来，同咱捉拿樊洪、林魁两个。不得有误！”李昆随将他二人，用绳子从院墙上系了出去。毕竟如何捉拿樊洪，且听下回分解。

第三一四回

安人好德婆子陈情　恶霸惊心英雄得意

话说李昆将张才、李勇送了出去，叫他赶往陶家庙去，喊贺人杰前来帮助。他便复转身，仍由屋上往各处探听。走到后面上房，见屋内灯光明亮。他却伏在檐前，往下细听。只听一个婆子说道："安人！你这一片好心，每日烧香念佛，只保小员外平安无事罢！"安人道："但愿如此。今日听说又抢了一个女子来，还锁在那边屋里。不知又是什么主意。照这样不改，恐怕这我老命，还要送在儿子手里呢！我倒也罢了，只可怜我那媳妇，那样贤德，若再带累于他，岂不是冤枉！"婆子道："可不是呢！今日抢来的女子，却顾不得了。另有了一个在那里了。"李昆听说暗喜。那女子尚未失身。

又听那婆子说道："你老人家可晓得，另外的这女子，这宗事可做的太狠了！我们庄南不是有个锡匠？月前有病，小员外就时常上他家去。后来锡匠病才好，小员外就叫主管林管家施一计：叫冯氏告诉他男人。说他有病时曾许下三官庙烧香。这庙内有个后院子，是一块空地，并埋着一口棺材，墙脚倒坍了。我们林魁就在那里等他。"安人问道："等他做什么？"婆子道："这就是他们定的计策。那冯氏烧完了香，就要上后院子里小解。解下裙子来，搭在坟冢上。及至小解完了，那裙子就不见了。冯氏也不寻找，就回家去了。到了半夜，有人敲门喊道：‘送裙子来的。’冯氏叫他男人出去。哪里晓得周二出去，就被人割了头去。这冯氏就告到县里，‘庙内昨日失去裙子，夜间丈夫就被人杀了。求申冤。’县官听罢，就疑惑是庙内和尚所为。随即派人前去查访。这三官庙，却不是和尚，是道士。差人便带着道士，各处搜寻。寻到后院坟冢子旁边，见有浮土一堆。刨开看时，就是裙子包着周二的头。差人当时就把庙内道士赵炁清拿去，用酷刑审问。他却不招，竟被县官收在监内。谁知炁清有个徒弟王紫霞，募化回来，听见此事，他要去总漕施大人那里告状，替他师父申冤。我们小员外听见这个风声，叫冯氏改装，藏在我们的家内。听说今晚成亲，你老人家想想，这是什么事。平白的生出这等毒计来。”

李昆在屋上，听得真切。原来那个道士，是真冤枉。心中大喜。复绕至东跨厅，轻轻落下。只听得屋内说道：“漕督施大人，断事如神。如今这个法子，谁想得到你在这里？这才是万年无忧呢！”又听妇人说道：“我今日来，遇见两个公差。偏偏的又把靴子掉了，露出脚来。喜的好在拿住了。千万不要把这两个放走才好！”樊洪道：“我已告诉林魁，三更时把他们结果，就完了事咧！”妇人道：“若得如此，事情才得干净。”李昆听至此，暗道：“好一对恶毒的奸夫淫妇！”却轻轻进了帘栊，来到堂屋内。见那边挂着软帘。走至跟前，猛将软帘一掀，口中说道：“嚷！就是一刀。”却把刀晃了一晃，满屋里都有刀光。樊洪说声：“不好！”便在壁上抽出一把宝剑，迎了上来。李昆暗道：“这厮光景是个会手。”一面暗想，一面将刀砍过去，樊洪赶将宝剑来挡。李昆复想道：“这房内如何厮杀。”遂望着樊洪晃一刀，退出房外。樊洪追赶出来。李昆却在房外，将暗器拿出。樊洪冷不提防，手腕上着了一弹，“呀！”的一声，手指一松，宝剑脱落在地。李昆赶着一个纵步，跳到面前，手起一刀，当头砍下。樊洪用手来隔，却迎着刀锋。一只手迎刃而断，跌倒在地。李昆复向前，用刀背在樊洪背上，连搠了几下。樊洪已是不能开口。李昆又在他身上，割下一块衣襟，塞在口内。此时，樊洪却穿着短衣。李昆顺手将他的丝绦拿过，把刀衔在口内。就把樊洪四马倒攒蹄，捆了个结实。

再见那妇人已吓倒在地，顺手提将过来，却把拴帐钩的绦子割下，将妇人也捆在一处；又割下一副飘带，将妇人的口也塞住。正要回身出来。只听一声嚷，却是林魁到东院持刀杀人。不见张才、李勇，只得来禀樊洪。李昆亦早迎至院中，劈面就是一刀。林魁说声：“不好！”往后一退。李昆便趁势一刀，正中左膊，林魁登时跌倒。不意屋上又跳下一人。李昆倒吓了一跳，再细看却是贺人杰。李昆这才明白，是贺人杰在屋上，打出金钱镖。林魁着了一下。于是二人将林魁捆缚起来。此时庄丁都已来到。

李昆道：“咱奉大人命，特来捉拿樊洪、林魁，现在二人并淫妇冯氏都拿到。尔等自系良民，与尔等毫不干涉。还有昨日樊洪抢来的女子，现在何处？尔等快快放出，咱老爷不累无辜之人。”众庄丁一个个都跪下来，齐声说道：“求老爷开恩！”李昆道：“你速将那女子放出，万事皆休！”众庄丁又磕了两个头，才爬起来出去。一会子，带了一个女子进来。李昆问道：“你这女子，因何被他抢进？你姓什么？家住哪里？”那女子道：“小女子姓陈，父亲叫陈德贵。家住陶家庙。昨日因往外婆家去，不料走错路途，走过他家庄前。遇着这里一个少年人，就喝叫壮丁，将小女儿抢来，关锁在屋内，不知是何道理？我家父母，还不曾晓得。”说罢痛哭不已。李昆道：“你不要哭，咱叫你父母领你回家便了。”便叫庄丁去到陈家送信，叫领人。又将樊洪的母亲请出来，安慰了一番。樊洪的母亲道：“皆是老身管束不严，他们自作自受，只求老爷们在施大人跟前，方便两句就是了！”欲知后事如何，且听下回分解。

第三一五回

施贤臣因公参县令　朱壮士仗义救书生

话说李公然捉拿樊洪、林魁，待至天明。却好陈德贵来领女儿回去。陈家感恩戴德，自不必说。李公然便令庄丁雇了两辆车子，将樊洪、林魁、冯氏三人，绑在车上。又到陶家庙王家饭店，招呼李勇、张才，又还了饭钱房钱。这才押解三人，一路进城销差。

进得衙门，李昆将前后的话，禀明一切。施公先差人至山阳县，提赵烝清到案，立刻升堂。将樊洪、林魁、冯氏等，严加审讯。三人毫无遁饰，一一招了。施公命他三人招了供，收禁按律定罪。此时赵烝清已提到。又把王紫霞带上堂来，问他斑鸠一事。二人发怔。想了多时，才想起道："原来这两个斑鸠，是三官庙内白果树上的。前因风雨吹落，雏鸠将翅膀摔伤，多亏赵烝清养在笼内。养好了，任其飞去，不意竟然会鸣冤。施公听了，叹息不已。因将二人释放回庙。施公退堂，贺人杰又将陶家庙赠金，夜间盗银的话说了一遍。遂将所盗银两，交存库中。施公点首称善。及至陶老儿报案，山阳县详报上来，施公早已知道。当传到山阳县，严讯了一番，说他判断不明，因循致误，勒令休致。原来这新任山阳县，虽是个进士出身，只知道之乎者也，所有世情一概不得明白。所以施公勒令休致。在本省候补人员内，拣选清明干练之员，请补斯缺。

闲话休讲。再说朱光祖自从在赣榆县献计，捉拿了毛如虎，他就回去，一年有余。近因事情已清楚，思往淮安一走，去看看众家兄弟。并给施公请安。这日走至西坝，时将日落，忽然天下大雨。猛见一座庙宇，忙着走到山门避雨。只见一个小童，手内提着雨具，只呼："相公在那里?"喊了两声，无人答应，便自往东去了。又见庵内角门开处，出来一个小尼，低低答道："你家相公在这里呢!"朱光祖一见，颇为纳闷，站起来便去追赶小童，将小童赶上问道："你喊那个?"小童道："喊我家相公。"朱光祖道："喊你家相公做什么?"小童道："我家相公，叫我回家去拿雨具。他说在山门口等我。现在雨具拿来，他不知哪里去了。"朱光祖道："这庵内，你家相公进去过么?"小童道："向来不曾去过。"朱光祖心知有异。便对小童道："你在这里等我，待我去将你家相公找来。"小童答应，仍在山门上等着。朱光祖便从角门飞身上墙，轻轻跳将下去。在黑暗中，细细留神。见有个道姑，一手托定方盘，里面热腾腾的素菜；一只手提定酒壶，进了角门。有一段粉油板墙，中间两扇板门，女尼将门一推，轻轻进来。朱光祖也挨进身躯，见屋内点着灯光。朱光祖悄悄立在窗外。只听屋内说道："天已不早了，请相公多少用些酒饭，少时也好安息。难得今朝下雨，天上还有云雨之时，岂相公倒忘了云雨之意么?"男子道："我不懂什么云雨，只知读书人，心正而后身修。似这样无耻之为，断断不能苟且!"朱光祖在窗外听了，只是暗笑。又听女尼道："读书也罢，修身也罢。"且请吃了这杯酒，见见来意。"那男子又道："你到底要怎么?"只听得当啷一声，酒杯打落在地。那女尼嗔怒道："我好意敬你酒，你如何不识抬举？且给你个对证；现在我们后面，还有一个卧在床上，那不是你的榜样么？"男子听了着急道："如此说来，这不是你要害人了么？"女尼道："说不定。你要依我，我便殷殷勤勤的看待你；若你仍然固执，你不吃酒，我们就要请你吃刀了！"男子又道："照这说，你是定要害人了。我却就要喊了！"女尼道："我这地方，上天无路，入地无门，你便喊断嗓子，也没有人来过问。尽管喊吧！"那男子果真喊道："院内尼姑要害人了，救人呀！救人呀！"朱光祖趁着喊叫，连忙将软帘一掀，答道："咱来救你！"话犹未完，已经进了屋内。

女尼见有人跳进来，这一吓却非同小可。朱光祖便向那男子问道："先生为何到此？尊姓大名？"那人道："学生姓杨，名叫柳村，乃扬州人氏。只因探亲来到这里，就在前街居住。可巧今日无事，出来闲游。不期天降大雨，未带雨具，便在这庵前暂躲，因此才叫小童回去取雨具来。小童走未多时，就承他开了角门，将我让进屋内。当时我并不肯进来。他们就再三拉我进来，关我在这屋里。怎么云情雨欢，说了许多混话。足下明鉴：尼奄是清净之所，如何说出这些话来？你道可着急不着急呢？"朱光祖道："先生你也太没意思。他既请你进来，又这样殷勤待你。在旁人求之不得，你反要绝人太甚，不免拂他们的一番好意。以咱看来，倒不如随遇而安。落得风流，做一个两全其美。"只见杨生怒道："足下如此说，请足下随遇而安罢！我是断断不可。"朱光祖暗暗赞叹！只是女尼先前见朱光祖进来，倒吓了一跳；此时见朱光祖责备杨生，他便忘其所以，遂将一种柔情，都付在光祖身上。两个女尼，一起斟上两杯酒，送到光祖面前说道：“多情的相公，请吃了这两杯美酒！”朱光祖接来一饮而尽。又将两尼的两只手，拉了过来，抚摩玩弄。那边杨生看见，大声说道：“这还了得，你竟忘却了男女授受不亲，实在岂有此理！”杨生话犹未完，只见两尼口吐悲声，哀求说道：“痛死我也！”只听朱光祖一声喝道：“咱把你这两个淫尼！无端引诱人家子弟，废害好人。该当何罪？你等害了几人性命？还有几个淫尼？快快讲来！”二尼跪道：“庵中就是我师兄弟两个，还有一个道婆，一个徒弟。小尼等实实不曾害人性命，就是后面的蒋生，也是他自己不好，以致得了弱病。望乞老爷饶命！”杨生此时，见朱光祖如此举动，方知也是个正人。向朱光祖说道：“足下幸稍存恻隐之心，饶他这一次罢！”朱光祖听说，也自好笑道：“今且饶你性命，尔可将后面那个蒋相公，速速给他家中送信，叫他回去。”两尼道：“小尼情愿给他送信，叫他回去，断不敢再留了。老爷快些放手吧！小尼的骨节都要碎了。”朱光祖道：“便宜你了。”说罢，一松手放了他两个，尼姑真如卸了拶子的一样。朱光祖于是同着杨生一起出去。毕竟两尼曾否送出蒋生，且听下回分解。

第三一六回

报水灾贤臣查赈　勘河道父老拦舆

话说朱光祖在水云庵，救出杨生。次日又往庵中走了一趟，问明那在庵得病的蒋生，果然走了。朱光祖这才奔往淮安而来。到了总漕衙门，见着施公及众家兄弟，无非彼此叙谈些阔别。朱光祖又将在水云庵救人的事，也略谈了一遍，众人无不畅快，闲话休叙。

这日施公忽然接到徐州一带各府州县的紧急公文。内中皆是禀报黄河决口，泛滥成灾。由德州以下，各州县被灾甚广。唯徐属一带尤甚，急急求赈，并呈请设法保护河堤。施公接着各处公文，心中颇为不乐。因道："黄河为灾，何代没有，这是中国的大害。既据各属呈请放赈，设法保护河堤，以防冲塌。据此看来，本部堂不得不亲自前往一趟。"心中主意已定，一面札饬各府县，将被灾处所，逐户查明，快赶具报；一面具折呈奏，查赈出巡。并声明总漕印信，暂委淮扬海道护理。在署各员，都知道此事，大家俱预为收拾，以备随行。不一日，奉旨已准，即着施公赶往灾区查勘，妥为赈济。当即将印信交与淮扬海道护理，并留褚标、朱光祖在署保护。一面传知本标各员弁，一体前往。此谕一出，早有山阳、清河两县，将夫马、船只，预备齐全。

这日，施公坐了大船，溯流而上，施公坐在船内，果见上流水势甚涌。因道：“如此水势，若不赶将运河堤岸加修坚固，必致刷塌难保。”沿途节节留心，并与熟悉河工各员，细加商议。不一日已至海州境界。当有地方官出境迎接，施公传上船来，面问了被灾情形。幸海州所属，不过淹没了些禾稻，尚无冲塌房屋各事。施公又吩咐海州府，果有被灾较重处所，准其核实具报给赈，唯不准借端浮冒。州官答应退出，随即开船，往徐州进发。

这日已到徐州境界，但见两岸一片汪洋，房屋田亩冲浸之处，不可胜数。又远远的见那些百姓，皆在水浸之处，搭了窝铺，借此栖身。儿哭女啼，凄惨情形，真是耳不忍闻，目不忍睹。此时徐州各属官员，俱已出来迎接。施公吩咐泊了船。各官上船禀见，施公大略问了一遍。当即上岸，乘轿与各官进城。黄天霸等众人，也一起随着施公进城而去。

施公进了行辕，各官参见已毕。施公便问徐州府道：“本部堂所托贵府，将被灾处所，逐户查明，想已查核清楚。计有多少户口？所坏田亩房屋，共有若干？淹毙人民共有多少？”徐州府赶着回道：“卑职自奉大人札饬，当即督同委员，逐段稽查，并转饬所属州县遵照。今徐州 府，经卑职业已查明，具造清册，并当给各人户牌票。求大人核对后，可即按户给发。所有外属，有因路途较远，尚未报到的。有已据报查明，未将清册送府的。卑府连日已经加札各属，饬令赶速造具清册，以凭核实给赈。俾被灾之区，得以早日领赈，庶免饥寒交迫，相继死亡。”施公听说点首。复又说道：“本部堂明日拟亲往灾区，踏勘一遍。贵府可与某同行？”徐州府道：“卑府自当伺候。”说毕，各官告退。徐州府回衙后，即将查明被灾户口清册，饬人送来。施公检阅一遍，心中暗道："这徐州府颇有干办。而且所造清册，皆是井井有条。待本部堂亲往查勘后，即可按户给发了。"一夕无话。次日，施公即带领随员，并徐州府印委各员，同至灾区，查看一遍，果与所造清册无异。施公大加叹赏，并饬令传知：被灾之家，定即于明日，在城内常平仓给赈。各灾户务持牌票，前往领取，毋得观望自误。施公回到行辕，徐州府复上前禀道："明日发赈，据卑府的愚见，但就常平仓一处给发。恐至灾民人众，各委员司事扰乱不清。好在城内有两处仓廒①。即分为两处给发。每发一次，即给三日米粮。三日后再行给发。并责成守城官，随时知照。凡为东西乡灾民，在一处领给。南北乡灾民在一处领给。如此办法，该委员司事，既不杂乱无章，即领赈灾民也不拥挤。再由卑府移至徐州营，拨派哨弁，督率营兵，分别弹压。再由大人派随员前往督察。卑府也率同营前往来巡，以期实事求是。不知大人意下如何?"施公道："贵府所言，甚合我意，就照此办便了。某明日当在委员前往督察。"知府退出，一到衙门，分派各事。那些委员司事及书差人等，整整忙了半日一夜。到了次日一早，便有灾民前来。扶老携幼，络绎于路。两处仓廒司事人员，又将发出粮米数目，与灾民人数，核对不错。随即登缮清册，呈送到府，由府委员到仓盘查，再由委员出具盘查相符切结，三日一报。真是个有条不紊。恩泽遍敷，那些灾民，亦复欢声雷动。施公在徐州耽延了三日，见知府如此认真，极加赏识，所有徐州放赈之事，及各属各县应办事宜，全责成徐州知府办

① 仓廒（áo）——贮藏粮食的仓库。

理。施公即日起节，查看运河一带河堤，预防刷塌。并测量河道，如遇有淤浅之处，须设法挑浚，以便疏通。

这日离徐州府城约有八十余里，龙王庙地方，施公弃舟登岸。乘坐大轿，往龙王庙拈香。进香已毕，便在河堤上面，逐段查勘。忽听喧哗之声，震动远近。不一会，只见男男女女，老老少少，跪在施公轿前，叩头不止，口称："救命！"施公传谕：不许众口嚣嚣。若有什么情节，或是要赈，或是冤枉，只要带上三四个人来回话。手下人当即遵谕，传话下去，并带上四个乡民。但只见那乡民衣衫褴褛，形容枯槁，苦不可言。跪在轿前，只是口称大人救命。施公问道："你们哪里人氏？"那四个乡民回道："小人们皆是徐州百姓。小民等现在忽遭水患，已是不幸；不想近日水中出了水怪，时常出来现形伤人。如遇腿快跑了，他便将小民等所住的窝铺，全行拆毁，铺内所有的东西，他也全行劫掠而去，弄得小民一刻不能聊生。闻得大人手下能人甚多，因此，跪求大人，捉拿水怪。好让小民等得顾残生。"说罢痛哭不已。施公睹此情急之状，心中实实不安。便道："尔等且自退去，本部堂自有主意，给尔等除害便了。"复又问道："这水怪现在何处？尔等可知他从何处出来呢？"乡民又道："离此不远，有一深潭，名曰白龙江。又叫龙窝，那水怪就在这潭里。每夜约二三更天，就出来了。"施公听罢，便叫乡民带领前去查看。约有半里路，乡民指道："就是那深水有旋涡的地方。"施公查看良久，又四面看了一回。只见满地窝铺，惨不忍睹。当令乡民且退。施公回到了船上，心中实实不乐。便与大家商议道："此间百姓，不幸遭此水灾，已是可怜已极。再有水怪扰害，更是可惨了！"计全在旁说道："据守备看来，照那乡民所说，既不伤人，而又拆毁窝铺，抢掠物件，其中定有缘故。"黄天霸也就说道："大人明鉴，计守备之言，甚是有理。待末将今夜前去，看看动静，等那水怪上来，将他捉住，以代百姓除害。"毕竟捉拿住水怪否，且听下回分解。

第三一七回

黄天霸怒擒水怪　何路通独探龙窝

话说黄天霸听了计全之言，便要前去察看动静。将水怪捉住，代百姓除害。施公听说道：“黄贤弟不可鲁莽，须三思而行。”天霸道：“大人言之差矣！此间百姓遭此大难，大人为民请命，开仓放赈，不过是保民全命。忽然出了个水怪，算是大人开仓发粟，非谓赈济灾民，是赈济水怪的了。不必说，未必真是水怪。即是真的，凭他三头六臂，末将也要去捉住。但看他如何厉害。除非那水怪知道，不出来，末将却不能到水里去捉，虽然我不识水性，何千总也可以去拿。总之，水怪不除，百姓不能免此苦恼。今晚定要前去。而况末将战争之事，已经历过多少，何怕一个水怪？大人不必疑虑！”计全道：“黄贤弟不必拘执，今夜前去看看动静，未为不可。若果真是水怪，咱们再作商量，总要将他除了，百姓方得安枕。”

施公道：“计贤弟之言，甚合吾意。黄贤弟亦不必徒抱奋勇，见机而作便了！”黄天霸见施公准将前去，这才唯唯退下。到了晚间，他便带上兵刃，独自上岸，来到窝铺面前。叫灾民腾出一个窝铺，进去坐下。又叫几个老民进来，大家席地而坐。细细问了水怪来踪去影。可有什么声息？众灾民道：“也没有什么声息，只口中嗷嗷的乱叫。”黄天霸道：“咱今夜给你们除怪，你们可仍在各处隐藏，咱就在这里等着。可有一件，你们不许乱嚷。恐怕水怪通灵。要被他知道，他便不出来，咱也不好去拿了。”灾民齐道：“遵命。”登时连个大气儿也不敢出，只是悄语低言。黄天霸看了，又是好笑，又是可怜。后又问那水怪是什么形状，究竟怎样凶猛，龙窝究有多深？众灾民哭道：“那龙窝究竟多深，我们亦不知道。但是那里有个旋涡。那点儿地方，不知伤害了多少性命。平时客船往来，到了那里，没有一个不担心的。而况现在又出了怪物，此时若不除害，就水势平了，那点儿地方比从前更加难过了！老爷可真正要开恩，等今夜水怪出来，务要将他捉住，救我等性命。”黄天霸道：“尔等休要声张，等那水怪出来，帮我拿他。”众灾民屏声敛气，只等水怪出来。

等至二更时分，只听水面上忽哗喇一声响，黄天霸将身躯一纵，跳出窝铺，伏在黑影之中，又将金镖掏出。只见水面上跳出一物，跳上岸来。只是披头散发，面目不分，竟奔窝铺而来。黄天霸等那水怪来得切近，便悄悄的尾在后面。忽听窝铺内众灾民齐声嚷道：“妖怪来了！”黄天霸也不答应，即将金镖拿在手中。在水怪后面，大吼一声道：“何方妖怪？往哪里走?”刷的一声，一镖打去，正打在水怪背后。只听扑哧一声，水怪往前一栽，猛回头一看。黄天霸手疾眼快，趁怪物回头的这个当儿，手一扬又是一镖打去，那水怪躲闪不及，不偏不倚，正打在面门之上。只听噗的一声响，那水怪“啊呀”一声，叮咚栽在地下。黄天霸急赶向前，将那怪按住。此时窝铺的灾民早已出来，一起拥上，将那怪物按住，抬入窝铺。那妖怪哼声不止。

大家一看，原来不是水怪，却是个人，外穿皮套，装作水怪模样。急将他皮套扯去，见他血流满面，口吐悲声，哀哀求道："爷们饶命！"刚说至此，只听那边窝铺后，又长喊道："怪来了！"黄天霸连忙赶出。仍然伏在黑暗之处，见是两个，天霸掏出两枝金镖，见那怪来得切近，手一扬，头一镖打去，正中头一个水怪肋下，那水怪即刻栽倒在地。第二个水怪，见头一个被人用暗器打倒，知道已被人识破，赶着转身回去。黄天霸大吼一声道："往哪里跑？"急急追赶前去。那水怪听见有人追赶，更加跑走如飞，及至黄天霸赶得切近，一镖打去，早听见水面噗通一声，他已跳下水去。天霸只得回来，见那中镖的水怪，已被抬入窝铺里面。黄天霸也进了窝铺。但见那些灾民，早将那水怪皮套扯下，用绳索捆个结实。你一拳，我一脚，在那里乱打，以泄往日的愤恨。那两个水怪只是求饶。黄天霸当急说道："尔等不要打了，等天亮，押至船上，请大人审讯。"灾民这才住手。

黄天霸看着他们也实是可笑，随即叫他们将两个假水怪，一起抬了上船见施公，回明夜间捉拿的情景。施公便叫将假怪物押在舱后，等到回至徐州，再行审问。黄天霸又禀道："那龙窝以内，一定是这水寇的窝巢。并据灾民详说，不但现在假装水怪，出水现形，以图抢掠；即是平时，未有水灾的时候，那个漩涡的地方，凡遇往来客船，在那里沉没的，实在不少。据末将愚见：在先并非假装水怪，专门劫掠客船；现遇水灾，客船稀少。他们无可劫掠，遂想出这个主意，借此抢掠些东西。若不设法捉尽，虽现在有官兵，走后仍受其害。虽假水怪暂时不敢出来，但是不尽拿完，将来商旅行船，还是要受其害的。"施公点首道："据黄贤弟所言，非捉拿尽，不足以绝其害。但是他伏匿深潭，怎可以捉得尽？且不知他窝巢在于何处，如何拿捉呢？”只见何路通在旁说道：“大人这倒可以不必过虑，黄贤弟既能将岸上的擒捉，末将亦可将水内的擒来，一同为民除害。偏是末将不能去捉那水怪么？”李七侯也便应声道：“何大哥既愿前去，小弟亦愿同往，稍助一臂之力。贤弟虽属急公好义，但如此大水，怎么下的去呢？”何路通道：“不是末将夸口，任他巨浪洪涛，汪洋大海。末将也可在大海中伏三昼夜。如这样的河道，这样水势，末将也可以不致疏虞①。”施公道：“二位既有此绝技，何方狂妖，不患不驱除殆尽了！”说罢，二人退下。何路通、李七侯当即饱餐饮食。各人换了水靠，暗藏干粮，以防伏水时要吃。何路通便携了钩镰拐，跳入水内，独探龙窝去了。不知那龙窝内如何情形，且听下回分解。

① 疏虞（yú）——疏忽。

第三一八回

假水怪抗敌尽遭擒　真妖魔待人方出现

话说何路通拿了钩镰拐，跳入水去。运动精神，睁开二目，直往龙窝而去。走了一会，已到那里。只见水势回环，深不见底。何路通四面一看，见左首有个窟窿，约容一人行走。何路通道："难道这个窟窿里面，便是那假水怪的窝巢不成么？我且进去，探看探看。"

主意已定，当即缓缓而入。走未移时，渐觉宽敞，又有了平坦大路。又走了一箭之地，但见一座房屋，不甚高大，也有七八间。何路通又向那房屋处所走去。到了屋外，却不见人，只听屋里有人言语，便悄悄的立在屏外细听。只听里面说道："昨日王二、张六，被岸上的人捉住，不知今日是怎么样了。我们既是同伙，也该出去探听探听，不能叫他二人在那里受罪过。"何路通听的真切，复悄悄的走了出来。才出洞口，忽听后面水声泼剌，知道有人出来，赶着走了几步，向旁边一闪，睁开二目，侧目观看。但见由洞口走出一人。穿着皮套。一手提着铁棍，一手乱摸。何路通知此人水中不能睁目，心已放下一半。暗道："任他再有本领，是难以手代目了。"即将钩镰拐拿在手内。等那人走过，他便从后面追来。赶得切近，对准那人背上，就是一拐。已将那人后背钩住，又复向怀里一拉，再向前一推。那人站立不住，连个“嗳呀”也不曾喊，便脸望下背向上，趴在水底里。何路通又将钩镰拐往上一提，复在肋下刺过去，再向外抽出。可怜他一缕幽魂，已早在蛟宫安顿了。

何路通正要往回而走，又见一个乱摸出来。何路通仍照前那个办法，即刻又了结一个。不到两个时辰，一连杀了两个。何路通暗道：“照此没用，再来几百个，也毫不费力。我又何必去喊李七侯前来帮忙？不如独自进去，将这一起杀尽了，显得我何路通的手段。”复又沉吟道：“即使他们这一起，毫无本领，他终久是以逸待劳，我究竟是深入险地。万一被他围在里面，那便如何是好？不如仍去喊了七侯，到底有个帮手。”主意已定，即踏水走回原处，一立身钻出水来。

却好七侯仍在那里等候，一见何路通回来，便道：“探听如何？”何路通道：“探是探明白了，却已被我杀了两个。但是他们窝巢里面，不知还有多少。我恐寡不敌众，有误大事。因此前来约你同去。杀他个鸡犬不留。”李七侯道：“事不宜迟，即便同去。”说罢，二人一起钻入水内。不一会已到龙窝，何路通在前，李七侯在后。到了有房屋的所在。遂大声一喊，直杀进去。那些水寇见外面有人杀进，一起提了兵刃，尽杀出来。何路通与七侯，且战且走，将他们诱出洞口。两个人一口气，连杀了四五个。

正在杀得高兴，猛然见后面一刀，何路通看得切近，赶着知会七侯，一起闪开，让他过去。再一细看，他却比前几个不同。也能睁眼。原来就是水寇头领，叫做毛宏。因手下人被人杀了，他得了信，奔出来报仇。何路通见他走过，便从后面跟来。毛宏见前面并无敌人，复又回头来杀。何路通来得飞快，就趁毛宏回头这个时候，便迎面刺了一拐。毛宏赶着拿刀来迎，不期李七侯已绕至毛宏后面，他便将钢刺在毛宏背后竭力一刺。毛宏不提防，已被钢刺着了一下。正欲转身去挡，迎面何路通的拐叉复打来。前后夹攻，任他毛宏本领高强，已然站立不住，栽倒水内。何路通赶着上前，将他按住。又在他腰眼内，用磕膝一捺，他的气往上一排，不由得口一张，咕噜咕噜，连吸了几口水下去，登时把个毛宏呛的迷了。加之前胸、后背极痛，只落得两手乱抓，不能动。何路通便拿出绳索，就在水内将他绑好，抛在一旁。此时李七侯已进了窟窿，寻了一寻，只捉得两个没用的东西。再一拷问，再没有别人了。李七侯就带了这两个，复出洞来，与何路通合在一处，把毛宏也推在水面，就近上了岸。喊了些灾民，抬到船上，见施公禀明一切。施公即令："将毛宏等分别押赴徐州，先行收禁。候本部堂河工勘毕，再行审问。就命李七侯押赴前往。"施公也随即开船，往上流一带估工去了。

过了两日，河工看毕，即令河工委员，分段修筑。施公仍回徐州，再办理灾民善后事宜。这日已到徐州城下，当有官员出来迎接。施公进城，仍在行辕住下，安歇一日。次日，将毛宏等提案，讯了一问。毛宏等直认不讳。也就立刻就地正法。又向徐州府所放之赈，近日如何情形？知府又回明了一切。施公知徐属各县灾民，俱可暂时安逸，无不爽快。稍安。这日晚间，坐在行辕，拿着一本书，就灯下看视。时将夜半，星月满天。忽听后面楼上，一阵狂风，吹了过来。将屋内灯光，吹得半明半灭。施公吓了一跳，正要喊人。只见窗前有一个怪兽，眼如铜铃，口似血盆，头若巴斗，一身的绿毛，约有七尺多长。跳跃飞腾，正从窗前扑进。施公被这一吓，遂大声喊道：“你们速来拿怪！”

此时，大家俱已睡熟，唯有贺人杰睡在施公贴近那间房内。忽被施公喊了一声，将他吓醒，便一骨碌爬了起来，拉着朴刀，飞似的往外跑。一面说道：“大人勿怕，贺人杰来也！”话犹未毕，一转身，已经进了施公卧房。随即问道：“怪物现在哪里？”施公道：“正在窗外。”人杰出外寻找一会，复至各处寻找，毫无影响；正欲回来，忽见后面一座高楼，心中暗想：“难道那怪物在这上面么？”信步行来，到了楼下。但见楼前挂着匾额，上写“斗姥阁”三字。人杰仗着自己本事不怕，将刀砍下锁头，推开楼门，直闯进去。人杰一时兴起，便将身一纵，飞身而上，四面一看，空无所有。唯中间设一座神龛，内供斗姥牌位。正欲凝神观看，忽神龛前一阵狂风。从神龛背后跳出一个怪物。人杰说声：“来得好！”迎面扑去。毕竟捉得住否，且听下回分解。

第三一九回

斗姥阁放胆独降妖　殷家堡同心议劫饷

话说贺人杰飞身上了斗姥阁。只见神龛前一阵怪风只刮得尘土迷空，星月欲暗。风过处便从神龛背后，跳出一物，手持一柄钢叉，嗷嗷乱叫，直望人杰迎面扑来。人杰喝声："来得好！何方妖魔敢在小爷爷跟前放肆！不要走，待小爷爷擒你！"说着，也就一刀砍去。那妖见来得凶猛，一声大吼，平地又起一阵怪风，只吹得人杰站立不住。等风过处，妖怪已不知去向。人杰哪里肯舍，便在楼上四面寻找，不见形影。忽见楼窗咣嚓一声，那妖怪手执双锤，从窗外跳入，平空举起双锤，望人杰打下。人杰见来势凶猛，即望旁边一闪，只听得楼板噗咚一声，将楼上四面震得各处摇动。那妖见双锤未打到，复转身躯，圆睁二目，又奔人杰打来。人杰仍望旁边一跳，那妖又打个空，只听乱吼起来，举起双锤，复又扑到。人杰此时，已将金钱镖掏出，看他来得切近，手只一扬，两个金钱镖认定妖怪两眼打去。那个妖怪不知暗器打到，仍自张牙舞爪扑来，忽然迎面两物飞到，正中面门。那妖吼了一声，弃落双锤，反转身从窗外跑出。贺人杰死不肯舍，亦从窗外飞身下楼，紧紧追去。妖精前跑，人杰后追。绕过斗姥阁，有道院墙，中间有道小门。那妖怪进了小门。人杰直追进去。那妖精见了人杰追得切近，复返身将前爪一扬，猛然扑到。

人杰将身一偏，那妖怪扑个空。人杰趁势一刀砍去，只听那妖又吼了一声，在地乱滚。人杰赶上一步，一磕膝将妖怪按住，正要举刀复砍。忽然二目昏迷，不能下手。约有半刻，才清明些。睁开二目，只见妖怪已毫无影响。再一细看，自己膝下却磕着两柄铜锤，颜色斑斓，实在可爱。心中暗思："怎么那怪物忽然变作铜锤呢？且莫管他。"说着拿起舞了一回，甚是称手。此时天已大亮。拿着铜锤，仔细一看，见上面还刻着字，写道："山东贺人杰用，凭此建功立业。"贺人杰好不欢喜，即刻拿了去见施公。

且说施公从人杰去后，静听动静。始则听楼上喊杀之声，不绝于耳，渐渐听下去，又毫无动静。恐人杰有失，赶着将黄天霸等人喊起，同去捉怪。黄天霸等听了此说，也是吃惊不小，乱纷纷赶着前去。大家跑到楼上，连个人影儿也不见。只见满地灰尘，有许多脚迹。窗门是开在那里，心中颇为疑惑。复又下楼，各处去找。走至楼下，正见贺人杰笑嘻嘻的迎面走来。左手提刀，右手拿着双锤。黄天霸首先问道："妖怪曾捉住了吗？你这手中的铜锤是哪里来的？"人杰对天霸道："叔父有所不知，铜锤便是妖怪！"天霸道："这小子倒会撒谎，哪有此事？"人杰道："叔父不信，请看锤上还有字迹，说留与侄儿用的。"黄天霸听说，随接过来，大家一起观看，见上面果有字迹。贺人杰又将捉怪情形说了一遍。李昆在旁说道："诸位兄弟，难道忘了咱的那柄宝剑，不是也如此得来么？"大家称是。于是一同往见施公，禀明一切，施公啧啧称好。不一会，徐州府进来禀见。施公叫请，知府进内，参见已毕，先谈了些公事。随后施公便将如何遇见怪物变为铜锤，上面有字，留为人杰授用说了一遍。知府当即贺道："此皆大人的洪福，贺小将军的造化。贺小将军及所得兵器可能请来一见么?"施公道："使得使得。"当即命施安去传贺人杰，并令将铜锤带来。施安去后，一会子贺人杰持了铜锤，进了书房。先将铜锤摆下，后与知府行了礼，已毕。知府便先看了铜锤，已是啧啧称羡，然后又问了贺人杰的年纪，更是赞不绝口，施公又将贺天保在江都县如何解围，如何投诚，如何惨死；贺人杰如何奉母命前来，如何在摩天岭设计盗回印信的话，细细说了一遍。知府极加赞说道："贺天保可谓义士，今日得有此儿，亦不负当年那番所为。虽然如此，若非大人知人善任，则诸位将军，亦何能愿为心腹，成为国家栋梁之臣。就这贺小将军，他亦未可限量，卑府实深钦佩!"施公又谦让一回。知府更赞了两句，方才告退。施公即传知各人，预备回辕。

过了一日，施公启节。各官恭送，不必细表。在路行程，不止一日，已抵淮安衙门。当由淮扬海道，送过印信。施公接了印，又将放赈灾民、动发仓谷、估修河工各情形，具了奏折，并发出去。过了半月，下旨着照所请。旋又接到部文，装运本年应解粮米，并奉旨着一半给价，即行押运来京。施公接着部文，一面札催粮道，及各府州县应解粮米，及给价银两，飞速如期交库。各府州县接到催札，赶即运赴到淮。施公一面派人收兑，一面催船装运，所有给价银两，装入木箱。即派计全、关太，遵旨押运到京。谁知关、计二人不去解饷，不过无荣无辱。只这一去，闹出一个天大的乱子来了。

只因德州地方，有个殷家堡。这堡内全是姓殷，周围有四十余里。内有一家堡总，家道饶裕广有田产，这堡内有二千多户，全为他所管，却是父子五人，都称他为殷家五虎。无论何事，都要与他商量。只因德州也遇了点水灾，地方官未曾具报。施公放赈，也未查到此处。殷家堡内的人，即大为不平，打听得漕粮银饷，行将北上。即大家议论，欲将粮饷劫下，来为赈济之用，因此存了这个心。所以关、计二人，险些儿功名送去。不知后事如何，且听下回分解。

第三二〇回

失饷银关太受伤　急搬兵计全报信

话说殷家堡因遇水灾，房屋田禾伤损，地方官未曾具报。那殷家堡内，周围二千多户，忿忿不平。因与堡总商量。这堡总广有田产，家有饶裕，单名一个龙字，绰号镇山东。膝下有四男一女：长子名猛，绰号双枪手；次子名勇，绰号赛仁贵；三子名刚，绰号一声雷；四子名强，绰号飞天虎。父子五人俱练就一身武艺，皆有万夫不当之勇。唯有女儿名唤赛花，也有个绰号：云中雁；却生得美貌异常，更是武艺精通，性情刚烈。还有绝技，惯用连珠弩箭，一百步外发射，万无一失。殷龙最为溺爱，今年才交十六岁，尚未配人。只因他平时常言，若非武艺精通可称对手的，虽老不嫁。至于品貌妍媸①，亦有所不计，只要是个顶天立地的丈夫，他便甘心相从。因此留心选择其苛，尚未许字。

这日殷龙在家无事，正与儿女讲些枪棒，谈谈家事，因说道："各处大闹水灾，房屋田禾，伤的勿计其数。我们这堡内，虽小有伤损，幸而水退得快，幸未大受其伤，还算不幸中之大幸！"父子五人正自讲说。忽见庄丁进来报说："现有五团十六保到来，要见庄主，有要话面讲。"殷龙心中疑惑道："有什么要紧

① 媸（chī）——相貌丑，跟"妍"相对。

事，都来会我？”即叫庄丁去请。那五团十六保，一起进来，大家齐声说道：“只因为我们堡内，遇了水灾，田禾产业，伤的不少。本处地方官，不曾具报，这也罢了。唯有那总漕既然各处放赈，为何偏把我们堡内忘了？难道我们二千多户，全不是国家的黎民？他堂堂的一个总漕，不能从公办事，我们可也要对不起他了。现在探听得运粮北上，这粮米银饷，皆要走我们这里经过，我们是要借他些粮饷，大家赈济赈济。因此前来，说与你老知道。”殷龙听说，大声喝道：“你们莫非是要造反么？皇帝家的国课钱粮，就敢乱去打劫。若说施公未曾放赈，他也不是有心偏废。只怪我们这地方官混账，他不曾具报上去，施公如何得知？若要求施公放赈，这件事亦未尝不可做。或是等施公到此，大家去求他。再不然，赶到淮安去告。你们这两层都未想到，偏要去劫饷银。不必说国课钱粮，运赴京师。沿途自有人保护；而况施公手下能人极多，诸如黄天霸等人谁人不晓？你们如此想法，岂不是活得不耐烦！”大家听了这番话，知道殷龙不肯，复齐声说道：“你老人家如此说法，倒不是施不全偏心，反是我们不是了！也罢，你既惧怕施不全手下能人甚多，更有黄天霸那斯英勇，我们也不便强求你老。我们拼着大家不要头，准备与施不全见个高下。”说着就一哄而散。

殷龙犹恨恨不已。此时殷猛等四人，便向殷龙说道：“他们一起恨恨而去，都怪父亲偏护施公。只怕一定要闹出事来，这便如何是好？”殷龙道：“孩子们不必多虑，为父的不应允，他们如何敢行？也不过嘴里说说狠话罢了！”殷猛等又道：“父亲倒不可不防备。他们这一回，实做成个众怒难犯了！”殷龙道：“孩儿们也太过虑了，为父的自有把握。”殷猛等不敢再来多说。五团十六保诸人，从殷龙家出来，个个愤恨不已。都说他偏护施公，惧怕黄天霸。于是大家商议，将各团各保二千多户，齐集赶来。先把殷龙这番话告诉了众人，都说不要殷龙做主，大家同心合力。偏要做出一番烈烈轰轰出色惊人的事来。偏要将饷银劫下，作为赈济。大家摊派。合该有事，这二千多户听了这话，便异口同音，竟没有一人不肯。分成各路探听，只等饷银经过，即便动手。

再说关太、计全，奉了施公之命，押运粮饷。在路行程不止一日。这日到了德州。那殷家堡内顽民早知道了，于是各带兵刃，共有五六百名，暗藏在西山岭下。关太、计全押十几辆大车，正望前行，看看到了西山岭下。只听一声嘈嘈，山岭下跑出五六百人。个个手执兵器，齐声说道：“我等皆是殷家堡良民，因遇水灾，总漕施大人不曾到我们这里放赈，我们现在没有得吃。田禾产业，俱被大水冲尽。我们奉了堡长殷龙之命，闻知总漕运解粮饷到此。特地叫我们前来，将这饷银借下。好让我们分派些，去买食物度命。”说着蜂拥上来。关太、计全看这光景，飞马上前，横刀拦住。那些顽民，哪里肯退。只顾抢着车辆，推了就跑。关太、计全分头去杀，那些顽民围绕不走。更以兵刃交加，不分轻重，乱杀一阵。关太、计全看看抵敌不住，正要逃走。想回淮安，再行领兵前来问罪。哪知那些顽民，围绕得如铁桶一般，冲突不出。关太杀得火起，大喝一声，手举倭刀，砍伤了两个。正要冲出，忽然马失前蹄，将关太跌落在地。那顽民见关太从马上跌下。大家一起上前，举起兵刃，只是乱砍。关太赶着爬起来，手执倭刀，复砍死两个。自己的大腿、臂膊上面，却也着了两三刀，幸亏不在致命处。计全也被人围住，虽是乱冲乱杀，终久不得出来，正在着急，忽听一声嘈嚷道："饷银已尽推回去了，我们走罢！"那些顽民一哄而散。

关太、计全，不敢追赶，奔回淮安。到了衙门。随即去见施公，将上项话说了一遍。施公大惊，立即调齐本标亲兵五营，着黄天霸率同各员弁，星夜驰走。郝素玉因关太身受重伤，一来要去看视，二来要去报仇；张桂兰恐怕黄天霸性暴有失，也要同去。施公俱皆应允，即日督兵起身。欲知后事如何，且听下回分解。

第三二一回

国法难容兴师问罪　天良不昧遗书通情

话说殷家堡顽民，假称殷龙之命，将关太、计全所解饷银劫去。关太受伤，计全赶回淮安，请兵问罪。当时施公命黄天霸统领漕标亲兵五营，二千五百人。着李昆为先锋，李七侯、何路通为左右翼。计全为行军参赞，贺人杰、金大力为随营将佐。关太现在身受重伤，一俟金疮痊愈，即着关太为副统兵官。施公派委已毕。当下郝素玉因关太受伤，要去看视；张桂兰也要随同黄天霸前去，剿灭奸民。一起去禀施公，情愿随营效力。施公也就应允，随即分兵动身。黄天霸等人，亦即带兵丁，陆续前进。

再说殷龙访知五团十六保诸人，齐集堡内。大众假自己的名字，在西山岭下，已将饷银抢下。并伤了解饷官一员，打散护解亲兵等人，知道这个乱子闹大了。当即着人传知五团十六保，来庄议事。那五团十六保头领，闻殷龙传他们议事，也就齐集一处，大家议道："堡总传我们进去，一定是为抢饷银一事。我们既做了下来，万不可虎头蛇尾。所有银子，大家不许稍动一点儿，就是堡总问起，我们也是这种说法。"殷龙一见他们齐来，便大怒骂道："尔等做的好事，胆敢聚众去劫饷银。不日大兵下来，尔等如何处置?"五团十六保一起说道："我们这堡内也有二千多户，一家出一个，也有二千多人。便齐心与他打仗，有什么要紧呢?”殷龙听了，更加大怒，即叫庄丁，将他们个个缚了起来，听候送官，尽依法惩办。那五团十六保诸人，听了这话，不由得庄丁动手，一个个提起两条腿，飞跑个干净。把个殷龙只急得怒发冲冠。咬牙切齿大骂不止。当有殷猛上前说道：“父亲不必如此发怒，依孩儿的主意，不若先写一封书信，将此中曲直辩明：并非父亲使令，他们假词，作此不法之事。等官兵到了，将此书送去，愿将饷银送还。他若答应，我便前去谢罪，并送还饷银；若不答应，只好让他来打。我们却不可与他对敌，只宜固守土围，不使他打破，以免玉石不分之惨。万一与他交手，切切不可伤他一人。一面我们将土围上面，多设檑木炮石，多派人看守。即使官兵前来攻打，只可将炮石放下，不许他前进。一来使他知我等实非有意，不过因求和未允，不得不自顾身家；二来也使他知道我等的厉害。可有一件，他的饷银，却不能丝毫动用，必须知照五团十六保，说就此事。既已闹得如此，我们亦不得不出头。叫他们将饷银一起抬到我处，以便将来充用。还要叫那二千多户，等官兵到来，那时或守或战，都要听我的号令。不知父亲意下如何?”殷龙听了点头道：“吾儿之言，甚合吾意。”

当夜殷龙便传知五团十六保，便告明此话，叫他们传知各户，一起预备。五团十六保听了这话，个个喜不自胜，一面将饷银抬送到殷龙家内，一面传知各户，赶紧预备抵敌。二千多户，也是家家情愿归殷龙约束。殷龙又连夜将土围上面，添设檑木炮石，护庄河内又钉下排钉，浮桥又重新修造坚固，各路要隘村口又设下木栅，上下皆密钉排钉。每一处又添派多人，暗藏弓箭，以备自守，诸事已毕。又写了一封书信，专等官兵到来，遣人投递，暂且不表。

再说李昆带领五百人马，一路上风驰电掣，直望殷家堡而来。路经小角镇，便至关太寓处，即说明一切。此时关太伤痕已好了一半，听见施公发了兵来，又命他为副统兵官，心中颇为得意。当下李昆稍谈了片刻，李昆即辞别关太，仍然赶紧前行。此时沿途人民，皆晓得殷家堡劫去饷银，施大人发兵剿灭，个个无不惧怕。这日李昆所带兵卒，已在西山扎驻，正坐在帐中思想，明日攻打的计策。忽见兵卒推推拥拥，拿进一个人来，喝令他跪下。望着李昆说道："小的等拿住殷家堡一个奸细，请令定夺。"李昆道："将那人推到帐下来。"那人便跪下说道："大老爷在上，小民并非奸细，实因奉我家庄主的令，前来下书的。今有书在此，大老爷一看，便知端的。"李昆接在手中，拆开细看，但见上面写着道：

"殷家堡堡总殷龙，谨致书于黄大总戎麾下：前者，因堡内偶遇水灾，伤及田禾房屋。本地方官未及具报。堡内村民，已自愤愤；嗣闻总漕施公开仓发粟，村民等又自窃喜，以为可得博施之惠，无不引领而待。迨未沾恩泽，村民又聚众前来声称：闻在漕总应解饷银，行将经过，拟往截留，作为赈款。某以国法难容，晓谕人众，并且痛加责备。讵①料因此衔恨，异口同声，皆以某趋附官长，不顾乡梓。暗地聚集堡内二千多户人民。不与某知，胆敢假某为名，肆行劫掠国帑。事后觉察，已无可及。似此目无法纪，实属罪不可逃！某亦知罪有攸归。事前既不能严密防

① 讵（jù）——岂，表示反问。

闲，临时又未及驰往保护。以致变生仓促。今大兵所指，虽将堡内人民，杀灭殆尽，亦不为无辜。第念愚民无知，良莠不一，倘尽加屠戮，实足伤上天好生之心。所有国帑，丝毫未散，似与擅自动用者，略有区别。且该村民等，并非敢效强寇所为，实迫于饥寒所致。某等敢冒死待罪，请为村民等乞命！倘蒙法外施仁，不加剿灭，某谨以国帑如数呈缴；并缚呈首犯，请申国法，不胜待命之至。某昧死谨上。”

李昆看毕大怒，将原书撕得粉碎，赶出来人。欲知后事如何，且听下回分解。

第三二二回

赛仁贵独挡护庄河　李公然一打殷家堡

说话李昆将殷龙书信，看罢大怒。向来人喝道："好刁猾死囚，他在先作那无法的事，现在知道大兵来到，要洗灭他的村庄，他便避重就轻。他不知道这样大的事，人人皆知。在他境内，岂有毫不知觉？他为堡总，他不答应，哪个敢为？"喝令乱棒打出。那人抱头鼠窜，赶奔回庄。将以上的话，与殷龙说了一遍。殷龙便叫他退下，随与殷猛商议道："似此如之奈何？"殷猛道："好在我们已有准备，等他来攻打便了！"殷龙亦无可奈何，只得传令各处，严加防守，布置得十分周密，不表。

再说李昆自将殷龙的下书人乱棒打出，便欲率兵攻打，后来一想："各兵丁远行困乏，让他们休息一日，明日再行出兵。好在一个殷家堡，还怕他跑了不成？"因此，当日并未出阵，却派了几名兵丁，往殷家堡去探听路径消息，以便进出。几个兵丁访了一日，回来禀道："小的们奉令探访，现已探得真切。西山堡是殷家堡内二千多户总口；东西两庄口是殷龙庄上的分路。东庄口却是临河，非船不能进去；西庄口又是临山，有一条小路可通，只能容一人行走。护庄河是殷龙庄上的防御，四面皆有土围。现在已一律预备坚守：东西两庄口，添了木栅；西山嘴设了檑木滚石；护庄河一带土围上面，也有檑木滚石、鹿角灰瓶之类，预备得甚为坚固。”李昆听罢，饬令退下。次日，李昆即吩咐各兵丁，饱餐战饭，预备出阵。李昆戎服，手执烂银枪，腰佩宝剑，坐下快马。一声炮响，率了五百名兵卒，杀奔殷家堡而来。真是杀气腾腾，威风凛凛。

看官，要知道此回打殷家堡，非同往日皆是步战，或是夜间穿夜行衣，暗到人家将人捉住那种打法。此次因殷家堡抢劫国粮，题目极其重大，所以前来剿灭，也要冠冕堂皇，施公即派黄天霸为统帅，关小西为副帅。李昆为先锋。是师出有名，欲申天讨。所以李昆今日出阵，便不能如从前短衣束扎，手提朴刀，身藏暗器，不脱他本来面目，必要得戎装戎服，骑马端枪，才合先锋的身份。一路下来，不必说黄天霸等人是戎装戎服，就是张桂兰、郝素玉二人，也是女将的装束。只有一个金大力，不善骑马，还是步行，趁此交代明白。

却说李昆带领五百兵丁，到了护庄河，排开阵势。李昆首先出马，喝令土围子庄丁：“叫殷龙死囚出来打话！”庄丁答应。即刻有殷勇站立土围，高声说道：“那位将军呼唤？有何吩咐？”李昆一看，不是殷龙，便是个少年，约有二十多岁，生得仪表堂堂，颇为不俗，手执方天画戟，也是戎装戎服。因喝道：“你是何人？敢来答应？快叫殷龙那老逆贼早早出来受缚，免得你家堡内玉石俱焚。倘若不然，指日大兵到来，生灵涂炭，悔之晚矣！”殷勇答道：“某乃殷龙次子殷勇便是！将军尊姓大名？”李昆道：“咱乃漕总老爷标下实授千总，现为黄副将麾下先锋，姓李名昆是也！”殷勇笑道：“原来昨日所上的书，是送差了。本来送与黄统帅，送书人误送在将军那里，所以将军见怒。今将军既已到此，殷某尚有一言，乞将军俯纳！昨日所上之书，本非怙恶。无奈将军不容，反说殷某父亲狡猾，希图避重就轻。却原不能怪将军见疑。但是我父亲有不能亲自请罪者三：我父亲去请罪，万一将军不容，就此按了国法。我父之冤，如何可白？一也；合堡二千多户，天良不昧，密伺我父，待令出围，亦恐我父因事不关己，反遭执缚问罪，二也；我父亲既上书求赦，允将饷银、首犯交出。倘蒙大人俯允，我父亲便自押解麾下，肉袒负荆，谨谢失察之罪。将军既免得断杀，念我父亦可辨其冤屈，三也。有此三件，所以才上书通诚。不料将军不容，某等亦无可如何，只好听之而已！”

李昆大怒，遂拍马挺枪直杀过来。殷勇也即出了土围，上马出迎。各庄丁跟随有后，也是手执器械，摆开阵势。李昆一枪刺到，殷勇赶着架开，二马过门。李昆拨转马头，顺手一枪，从殷勇背后刺到。殷勇即将画戟在枪上一拨，李昆觉得震手。暗道：“好大膂力！”急抽回枪来，复一枪杆，认定殷勇当头打下。殷勇往上一迎，说道：“将军且稍息雷霆，某已让了一枪，切勿谓某甘心相让。”李昆哪里肯听，急将枪杆收回，复一枪，对准殷勇胸前刺动。殷勇暗道：“好个不知进退的东西，他倚仗官势，欺压殷某，若不放点本领与他看看，他不知我的厉害。”想罢，即将画戟掀开李昆的枪，大声喝道：“将军休得十分相逼！殷某也不是懦弱之辈。不过村中顽民，自知闹出事来，某等不无微罪，所以不便与将军较量。若将军十分相逼，可莫怪殷某，眼中认得将军，这画戟认不得将军了！”李昆大怒，也大声喝道：“好大胆的匹夫！你敢抗敌大军。老爷若不将你捉住，碎尸万段，也不算堂堂的先锋。”说着又是一枪刺来。殷勇此时真是兴起，将手中画戟一摆，或上或下，或左或右，或前或后，四面杀来。把个李昆杀得不必说不能取胜，真个是连一枪都不能还他，看看抵敌不住。殷勇也就虚晃一戟，说声：“将军请自回营，殷某去也！明日再比高下。”说罢，飞走入土围去了。李昆见殷勇退入土围，便喝令兵丁，用力攻打。那五百名兵丁，一声喧嚷，个个皆横冲直撞，望土围进攻。毕竟可能攻打得下，且听下回分解。

第三二三回

双枪手巧敌关小西　一声雷吓退金大力

却说各兵丁奋勇去冲土围。走至切近，只见土围上面檑木滚石，直打下来。各兵丁不能进攻。打了半日，只是攻打不开。李昆见此情形，只得鸣金收军，退回本寨。暗自想道："我看殷勇本领不在我之下。刚才在阵上与他交战，我已抵敌不住。若再战上八九回合，我一定是要败的。为何他不战自退？其中必有缘故。"思来想去，毫无主意。休息一夜。

次日带了兵丁，又来攻打，殷勇却未来，李昆在马上便自辱骂，土围上毫不见怪。李昆喝令兵丁百般的辱骂，仍是不答。在土围外骂了半日，见里面闪出来一人，也是戎装打扮，手执双枪。坐下白马，一声喝道："来者休得无礼，咱来会你，大战一百合。"只见吊桥落下，飞马过来。李昆也不答话，见他马来得快，即将马头一领，迎面一枪，当胸刺到。殷猛说声："来得好！"将左手枪一拨，右手枪在李昆腿上刺来，李昆赶着让过。两匹马各自过门，复兜转马头。李昆一枪从殷猛肋下刺进。殷猛便将右手枪望下一磕，左手枪急向李昆腰下刺来。李昆正欲来迎，殷猛已将左手枪收回，右手枪复向李昆左腿刺到。李昆赶着去架，殷猛枪又收回。只见他使出花枪的妙法。前后左右，共计六十四枪。把个李昆围裹得不能逃脱。杀到末了一枪，也似殷勇那样，喊了一声："我去也！将军请自回营罢！"话犹未定，已飞过吊桥，进入土围去了。李昆还要赶去，只见吊桥高提。李昆没法，闷闷不乐。意欲晚间飞越进去，又恐寡不敌众，无计可使。只好等大兵到来，再作计议。

却好次日黄天霸等已率领大兵行抵。当下立了寨栅，安营已毕。李昆便去参见，黄天霸即刻相见。李昆见了天霸，将连日出战情形，说了一遍。又将下书求和各节，细告天霸。当下计全说道："照此情形，这殷家堡急切断难攻得下。他那里志在坚守，不再力战。某等必须用计破之。不然必致旷日持久，无济于事。但李五哥曾去将他堡内四面路径探听一番么。"李昆道："已经探问清楚。"便将各处要隘及若何防守各情说了一遍。计全道："此人用意甚深，设险防守，甚为得当。倒不可小觑于他。"此时关太疮伤已愈，一起前来，当下在旁怒道："计大哥何得长他人志气，灭自已威风！前者是出其不意，又寡不敌众，所以小弟被他砍伤。今者，大兵到此，小弟伤痕已好，明日出阵。若不将这殷龙捉住，以消前日之恨，誓不回营！即烦诸位兄弟明日观阵便了！"说罢，李昆回营。大家亦各去安息。次日一早，排齐队伍，直抵殷家堡护庄河前。关太戎装戎服，手提大砍刀，腰挂倭铁短刀一柄，坐下枣骝马。后面打着大纛①旗，旗上显出斗大的"关"字。前面排立着一百校刀手，真个是威风凛凛，杀气腾腾。关太催开坐马，扬鞭遥指着土围上面喝道："尔等听着！咱关老爷特奉施大人将令，前来活捉殷龙问罪。尔等须早早将逆囚送

① 纛（dào）——古代军队里的大旗。

出，若再迟延抗敌，咱老爷打破尔等的巢穴，必要杀个鸡犬不留。那时悔之晚矣!”话犹未完，只见土围上栅门开处，冲出一个人来。手执以枪，坐下快马，到了吊桥口。关太大怒喝道：“尔系何人？快留下名来!”那人答道：“某乃殷龙长子双枪手殷猛是也！欲取某首级，殷某在此，将军来便了！恐怕将军徒劳无益。殷某的首级未必容易取去，那时又便如何呢?”说着便飞马过来。关太举起大砍刀，连肩带背砍下。殷猛不慌不忙，将双枪架开大砍刀。二马过门，关太趁势拦腰一刀砍到。殷猛急将右手枪隔开，右手枪望关太胸前便刺。关太急将刀拨开，殷猛左手枪复又刺来。关太正欲来迎，殷猛已将枪收回。关太见收回枪，便砍一刀，认定殷猛马头砍下。殷猛把马头一领跳出圈围。随即双枪并举，一从马腹刺进；一从关太腿上刺来。幸喜只两枝枪皆在一边。关太赶将刀平摆，望下一磕。殷猛不等他来磕，已将双枪收回。关太复一刀，向殷猛左腿上砍来。殷猛又将右后枪架住，左手枪急向关太肋下刺来。关太说声：“不好!”忽将刀杆望开一拨。只听当啷一声，拨在一旁。正欲还手，殷猛的枪又在胸前刺进。

两下里一来一往，足有三十余合。但见刀到处寒光灿灿，不离头背肩腰；枪来时冷气飕飕，逼近胸前肋下。真个是棋逢敌手，将遇良材。两个人杀得兴起，各逞平生之力，殷猛使出六十四路花枪妙法，关太亦使出六十四路花刀。此往彼来，两旁看的人，只见刀枪的光芒，不见一些人影，无不齐声喝彩。关太见不能取胜，正欲收兵，明日再用计来打。哪知殷猛见关太武艺精强，也是极其佩服；况且他本来无心取胜，不过要显显自家本领。到此时已杀到筋疲力倦，再战下去，恐怕彼此有失，遂虚刺一枪，拨转马头。高声说道："将军请暂回，殷某首级，明日再取罢！"说着，马已飞过，吊桥高悬。关太只得大声哧道："你的首级权且寄在项上。等老爷明日来取便了。"遂收兵回营。

黄天霸等闻殷猛十分骁勇，便向大家议道："似此如之奈何？"计全道："愚兄看来，非设计暗取，断难擒获。"黄天霸道："计将安在？"计全正欲开口，忽见金大力在旁说道："咱有一计在此，说与你们知道，能用便用，不能用算我没有说，如何？"天霸道："金大哥且请说来，大家商议。"金大力道："咱今夜扮作庄丁模样，混入他们堡内。将各处进出路径探明，再混出来。约定时刻，我再混进去。到了约定时候，我便放起火来。你们就一起杀进，岂不省了许多事。"计全道："计虽可行，只怕你混不进去。"大力说道："混不进去，我又不邀功。你们也不要见怪，只算没有这件事。"天霸答应。金大力到了晚间，便改扮了庄丁模样。跑到西山嘴，却好遇见一起庄丁，他便杂入里面。正欲混入进去，不料殷强打从东庄口巡查到此。看见金大力不像堡内的庄丁，便大哧一声。犹如半天里起了一声霹雳，将金大力哧退出去。欲知后事如何，且听下回分解。

第三二四回

何路通一探护庄河　黄天霸二打殷家堡

话说金大力扮作殷家堡庄丁模样，混入堡内。欲探各处路径，以便里应外合。却好走至西山嘴，遇见一起庄丁，他便想混了进去。不料殷强打从东庄口巡查到此，看见金大力不似庄丁，便大声喝道："来者何人？胆敢冒充庄丁，混入里面来做奸细！与我赶出！"金大力正往前进，忽听有人喝阻，那一声，便吓了一跳。再一细看：见栅门内一人，约有二十多岁。生得仪表不俗，手提双刀，站在那里，喝令庄丁赶人。那些庄丁一起答应，好似潮水一般，涌涌的来赶。金大力见他已经看破，跑了出来，奔回大寨。

计全道："我却另思得一计，但恐仍不能胜。意欲请何贤弟，今夜暗地从护庄河偷渡过去。转过东庄口，将那里木栅砍开。进入里面，各处放起火来。他见各处火起，必然惊疑不定，前去救火。我等便分兵往西山嘴、护庄河两处攻打。他纵有准备，东庄口也得稍分其势，我等并力猛攻。或者可以攻破土围，擒获逆贼父子。"何路通道："小弟非不愿往，但恐他那里防备甚固。不能中我等之计，那便如何？"计全道："某亦正虑及此，且去走一趟，见机而作。行则好极，不行可赶紧回来，再作计议。"何路通答应。

次日两边停战。待至夜间，约有二更时分，何路通换了水靠，提了双拐，暗暗地走到护庄河边，当即下了水。才走到两步，觉得刺脚。便钻入水底，用手来摸，不摸犹可，只一摸方知河底下层层钉着梅花柱子。何路通一面拔桩，一面前进。哪知愈拔愈多。越至前面，更难立定。何路通暗想："此处系土围紧要的所在，他恐怕人偷渡过河，故而如此。莫若绕至河边，沿河边望东庄口走去。或者那里没有。就是如有，也可少拔许多。"主意想定，复走回来，顺着河边，悄悄向东庄口走去。走了一会，复想渡河，仍是如此。复又绕到河岸，再向前行。忽见前面来了两只小船，正是东庄口防护水栅的巡船。何路通在水里看得真切，赶急藏入水底，居心等那巡船来至切近，即用钩镰拐将船钩翻。哪知巡船上人早已看见水内有人。一声呐喊，说道："河底下藏有奸细了！咱们放船回去，叫他们来捉呀！"何路通也不做声。伏在水内，静观举动。不到半刻，果然来了五六只巡船，如飞而至。每船上站着四五个人，每人手内一把挠钩，全望水底下去搭。何路通看见，暗道："不好！"赶着回头，幸而跑得快。若慢一刻，已被他挠钩搭住了。还算何路通命不该绝。倘若不遇见巡船到了，东庄口碰着滚钩，不必说一个何路通，就是十个何路通也不能逃脱。

闲话休表。何路通急急的跑了回来。回至营中，说明此事。黄天霸等颇为忧闷。当即传令五更造饭，黎明出战。关太、李昆、金大力率领兵丁一千，去打西山嘴。黄天霸、计全、何路通、李七侯，统领大队，攻打护庄河。张桂兰、郝素玉、贺人杰往来接应。分拨已定，次日天明，兵分两路前去。

再说殷家堡东庄口巡船，未能将何路通捉住。回至堡内，细细禀明殷龙。当下殷龙仍命他们加意防备，就便大营内有人偷渡过来，切不可伤他性命。要捉拿活的，巡查船工人等答应下去了。殷猛在旁说道："孩儿看官兵，这两日未曾出战，定有暗谋。不是偷渡，就是养精蓄锐。总在这一二日，必然督领全队，并力来攻。我们虽防备甚严，还须加意保守。西山嘴一处，最为紧要。可加派三弟去帮孩儿。护庄河，虽有二弟在彼，仍须嘱令四弟前往，以厚人力。其东庄口，官兵万难过来，西庄口路狭难过，亦难飞越。父亲可与妹子往来接应，方可保全无事。"殷龙闻言，深为合意，当即派守停当。

次早天才黎明，即有护庄河看土围子的，西山嘴看守寨栅的庄丁急急跑来禀道："现在大队官兵，已分为两路，进攻护庄河与西山嘴。离此不远，请庄主定夺。"殷龙闻言，当即率同儿女，披挂上马。各执兵刃，分往各处保护。且说殷勇、殷强二人才到护庄河，上了土围。见黄天霸等率领官兵，已将浮桥搭起，纷纷过来。殷勇见势不妙。赶着开了土围栅门，手执方天画戟，率领众庄丁，一起冲出。庄丁奋勇直前，那些官兵正在过桥，抵挡不住，只得纷纷逃命。殷勇一面喝令庄丁，将浮桥拆毁；一面驰马端戟，驰过桥来。却好正遇黄天霸。两人通过姓名，随即交起手。黄天霸手执烂银枪，真是神出鬼没之技；殷勇那枝戟，亦不减天霸的枪法。两个约战有二十个回合，不分胜负。官兵阵上却恼了何路通，手执双拐冲出阵来助天霸。殷强在对面，也就手舞双锤，飞出阵来，敌住路通。四个人四匹马，你来我往。这一场恶战，只杀得尘头高起，日色无光。看看何路通抵敌殷强不住，却好贺人杰那支兵接应前来。他在马上，看得真切。遂大喊一声："咱来也！"说着马已飞到，更不打话。举起双锤，直向殷强当头落下。殷强说声："不好！"赶着撇了路通，来抵人杰。四柄锤盘旋飞舞，直如流星赶月一般。贺人杰锤法虽精，究竟气力不足。要败下来，此时路通又赶着上去助战。官兵阵上，李七侯又手提鹅毛钢刺，冲杀出来；计全早已飞出去助天霸。只见殷强、殷勇弟兄两个，架开枪，拨开马，隔开锤，迎住刺拐，混战在一处。毫无惧怯。自辰时战到午时，殷勇、殷强，也觉力敌不住。只见殷龙手执银枪，前来助战。殷龙的那杆枪，真如出水蛟龙，翻江搅海。黄天霸看见土围里跑出一个老者出来，料是殷龙。赶着虚刺一枪，撇开殷勇，直奔殷龙。殷龙接着又战。大家直杀到申刻，始各收兵。

再说西山嘴关太、李昆前去攻打。那里早已预备，也是接着就战。却是关太战住殷猛，李昆战那殷刚。金大力提了镔铁棍，左右横冲直撞，去冲木栅。争奈檑木炮石，望下打来，不能前进，却好张桂兰、郝素玉前来接应。见关太、李昆二人，不能取胜。也就催开坐马，直杀过来。那木栅里面殷赛花，一见官兵队里，出来两员女将。他也抖擞精神，跨下桃花马，手执绣鸾刀，飞奔出来。娇声问道："来者二位女将军，快通下名来。待咱姑娘前来会你。"张桂兰便道："咱乃总漕标下黄副将夫人张桂兰是也！”郝素玉也道：“咱乃总漕标下关参将夫人郝素玉便是！你是何人？敢来与太太接战，快报名来，咱太太刀下不杀无名之辈。”殷赛花道：“咱乃云中雁殷赛花。”说着，举起绣鸾刀，直砍过来。张桂兰一面接住，郝素玉便一枪刺来，欲知胜败如何，且看下回分解。

第三二五回

贺人杰巧计败赛花　郝素玉软锤打殷勇

话说殷赛花来战张、郝二人。张桂兰迎住赛花的绣鸾刀，郝素玉便往斜刺里一枪刺进。殷赛花赶着抽回刀来接着郝素玉，却好将素玉的枪架开，二马过来。张桂兰拨转马头，举起双刀，认定赛花砍来。赛花一面架住桂兰，一面防着素玉。此时素玉的马已转回，趁势就是一枪，照定赛花腰下刺进。赛花拨开桂兰的刀，紧来磕素玉的那枝枪，将把素玉的拨开。张桂兰的刀又当头砍下。殷赛花力敌两个，毫无畏惧。抽个空摆开绣鸾刀，向郝素玉拦腰砍去。郝素玉不及招架，说声："不好!"赶将马一拍，跳出圈外。那马忽然前蹄一跪，郝素玉坐身不稳，向前一栽，幸而未跌下来。赶将马缰一提，那马才算立定，此时殷赛花见郝素玉马失前蹄，颇有惊慌之色，忙着喊道："姓郝的不要害怕!咱姑娘不来伤你，你好好回营去罢!"说声未完，张桂兰的双刀又盘旋砍到。殷赛花见素玉已经退下，便放着胆，大战桂兰。两个人一往一来，足有三四十个回合，不分胜败。只听两边金声响亮，遂各自收兵。张桂兰、郝素玉、关太、李昆等人，回到大营，与黄天霸等互相陈说鏖战情形。大家忧闷不已。黄天霸道："且歇息两日，务要拼个你死我活。若不取胜。死不回营。"郝素玉道："我看殷家那个女儿本领也还不弱。我今日马失前蹄，若非他故意不追，险些儿送了性命。明日上阵的时候，倒要小心防备他呢。”张桂兰也道：“我看殷赛花的刀法，不在你我之下。但不知他们还有什么绝技？”

不说张桂兰等议论殷家父子兄妹，再说殷赛花收兵回堡，父子兄妹，齐集厅上。大家称说：“黄天霸这一班人，个个武艺高强。以后上阵，我们还要小心防备，恐他暗箭伤人。”到了第三日，黄天霸等又排齐队伍，冲杀进来。此次却用了声东击西的法子。把那大队排在护庄河，却留李公然、何路通在此攻打。黄天霸等，皆暗到西山嘴去攻寨栅。殷猛、殷勇，当即出战。正遇着李昆、何路通二人。战未数合，殷猛忽然看见后队并无统帅，只有兵丁在那里，大喊乱嚷，殷猛知道有诈，即令殷勇赶去西山嘴接应，以防疏失。殷勇听说，即望何路通虚刺一戟，奔回土围，与殷龙说知明白。殷龙当即令殷勇、殷强并赛花赶紧接应，自己却接应护庄河。且说黄天霸等人，到了西山嘴。一起攻打寨栅，但见殷刚一个督率庄丁，死守住赛栅。正在危急之际，忽见栅门开处冲出四匹马来，马上坐着四人，却是三男一女，个个手中皆执着兵器。一起大声说道：“黄将军仿那声东击西的诡计，怎样瞒得咱父子过去？咱们劝将军，就此停了战罢！”黄天霸闻言大怒，即催开战马，直奔殷刚杀来。关小西也就舞大砍刀，奔着殷强杀来。张桂兰一声大喝，飞舞双刀，直杀过去。殷赛花赶着接住。那郝素玉也就趁势冲杀过来。早有殷勇持戟敌住。此时八匹马，八个人，混战在一处。但见刀枪并举，锤戟交加。枪挑处犹如出水蛟龙，刀砍处好似归山猛虎；一枝画戟，不亚吕氏温侯，两柄铜锤，赛过岳家小将。大战了约有二三十个回合，只是不分胜负。黄天霸心生一计，忽然把马一拍，跳出圈外。哪知殷刚早已知道黄天霸诈败，要再用回马枪来挑他，却是故意去追，显显自己本领。但见他一枪刺到，殷刚不慌不忙，将手中兵器轻轻的接住，说声：“来得好。”即将天霸的枪拨在一边，顺手就是一刀，拦腰砍来。天霸说道：“不好！”赶着用枪望开一拨，乘势一枪杆，认定背上打来。殷刚知道难让，他赶着把马头一夹，那马嘶一声，如飞的跑向前去。黄天霸哪里肯舍，急急追来，却一面小心防备。忽见殷刚马失前蹄，黄天霸赶得切近。正欲一枪刺去，殷刚却把马一拍，那马突然站起。他便趁热反将大砍刀猛向天霸马头上砍来。天霸说：“不好！”赶将马头一领，偏了过去，那刀已逼近左腿。天霸复将左手一提，殷刚的刀砍了个空。又兼用力过猛，就马上一倾。黄天霸顺手一枪，殷刚躲闪不及，正中马腹，那马负痛，唿喇喇一声，飞跑去了。黄天霸犹欲追去，已是不及，只得仍回转来。到了西山嘴，只见张桂兰与殷赛花，还在那里对敌。一个双刀，一个绣鸾刀，飞舞盘旋，颇为有趣。

张桂兰正欲设计取胜。忽听贺人杰高声喊道：“婶娘且稍息一会，待侄儿前来取这丫头的首级！”殷赛花耳中听得真切，眼中看得清楚。见是一个十五岁美貌的男儿，正在凝神观看。贺人杰的两柄铜锤，已是当头落下。殷赛花吃惊不小，赶将绣鸾刀往上迎住，颇觉得有些沉重。贺人杰来得飞快，忽将两柄铜锤收回。复把左手锤一起，认定赛花面门打去。赛花急急的架开，右手的锤复又打到。由是或前或后，或左或右，如雨点一般，落将下来。殷赛花左遮右隔，前避后躲，只有招架之力，并无还刀之功。直杀得香汗直淋，红云满面，看看抵敌不住，虚晃一刀，勒转马头，回身飞跑，进入寨栅里去了。虽然败了一阵，却暗暗称羡不止。贺人杰见殷赛花败入寨栅，便想冲杀过去，趁势夺了寨栅。及追到赛门下面，已见檑木滚石打下，不能前进，只得退马而回。

再说郝素玉战住殷勇，两人斗杀有二十回合。郝素玉杀到兴起，暗思不用暗器取胜，等到何时。主意想定，把马往旁边一领，背转身来，急急将软索锤取在手中。殷勇此时虽不来赶，只因那马走得甚快，已逼近郝素玉背后。殷勇正欲用戟来刺，只见郝素玉将马头一拨，兜转过来手一扬，那柄软索锤，已经打出。殷勇不曾防备，忽见一个圆球儿飞了过来。说声：“不好!”已是避让不及，赶将身子一偏，那软索锤正打中殷勇肩窝，负痛而走。殷强正与关太杀得难解难分，忽见自己兄妹已败回去了，单个不敢恋战，只得拨转马头，飞跑入寨。关太等追到寨栅，殷强已进去了。上面檑木滚石又纷纷打下来。关太只得退兵回营。却好李公然弹伤殷猛额角，何路通拐刺殷龙的马腿，俱各得胜而回。大家见面，各述战事，满心欢喜。唯有贺人杰打败了殷赛花，更是欢喜无限。欲知如何打破殷家堡，且看下回分解。

第三二六回

发号令再渡护庄河　决夜战三打殷家堡

话说黄天霸等得胜而回，大家欢喜，唯有贺人杰最为喜悦。当下计全说道："自带兵到此攻打，算是今日才胜了一阵。依某愚见，乘此锐气，今夜便去攻打。可分兵四路：何贤弟与李七侯设法偷过护庄河，到东庄口。能将水栅斩开，并力攻进更好；万一不能，可虚张声势，使彼疑心。我便同李公然贤弟，带五百名校刀手，初更时分，暗至西庄口，同攻他的西路。关贤弟和夫人，带领兵丁一千，也于二更时分，去攻打西山嘴。黄贤弟和夫人，可领兵一千，也于二更时分，去攻打土围。贺贤侄、金大哥，可往来接应。所有人马，务要人衔枚①，马疾走。我便可乘其不备，且攻其所不料。能早日攻打开了，即将贼将拿获过来，也好早日回辕缴令。诸位贤弟，意下如何？"大家闻言，齐声称："是！"当即传了密令：黄昏造饭，初更出兵。各带灯笼、篾缆，衔枚疾走。等到逼近，一声号令，便将灯笼点起。猛力进攻，倘有不遵，或先已泄漏，定按军法从事。此令一出，各营兵丁，大家皆准备起来。到了初更时分，陆续进发，果然是衔枚疾走。但

---

① 衔枚——古代军队秘密行动时，让兵士口中横衔着枚（像筷子的东西），防止说话，以免被敌人发觉。

闻号令，不闻人马行走之声。

先说何路通、李七侯两人，各执兵器，渡过护庄河。沿着河边，一路进往东庄口去。约走了三里多路，远远见有巡船到来。二人便伏在水底，不敢稍动。等候来船切近，何路通便将钩镰拐，向船头上一搭，用力往下一拖。那巡船未曾提防，即被一拐拖翻过来。船上水手落下水去。李七侯二人赶紧前来接住，用绳索绑了两个起来。这船上本有四个水手，因何路通等只有两人。不及全行绑缚，所以逃走了两人。何路通也不追赶，驾着原船，直望东庄口而去。看看已到，忽见迎面又来了四五只巡船。船上点了灯光，照得如同白昼。那些水手，一个个手执挠钩，望敌船杀来。原来逃走的两个水手，已回去送了信，所以他们俱有了准备。何路通见敌人已有准备。遂大喝一声，驶着船飞杀过去。对面船上，也即相迎。只见兵刃齐施，挠钩并举。何路通、李七侯二人，抖擞精神，用力接杀；虽然勇猛，终是寡不敌众。杀了半会，见不能取胜，只得跳下水去。思想凿他的船底。哪知才跳下去，水底下全钉着梅花桩，不必说不能施展武艺，连行走都不便，而且腿脚皆被梅花桩戳了许多伤处。二人没法，只得赶着跑转过来，按下不表。

再说计全与李公然，到了西庄口，率领兵丁，暗暗的渡过山去。果然那一条小路，只容一人行走，又在黑暗之中，看不真切。那两条路旁，皆排着荆棘。所有兵丁，个个皆戳伤腿足，不能前进。计全、李昆喝令将灯球点起，照着好行。兵丁得令，即刻将灯球点得雪亮，手执短刀，斩去荆棘。并力前进，好容易出了小路，各兵丁只得叫苦。原来前面路口，已被树木乱石塞断，不能前进。计全等没法，只得传令以后队作前队，赶紧退出。驰往西山嘴接应攻打。

再说黄天霸、关小西两路兵到了护庄河、西山嘴两处，一声号炮，灯火齐明，并力攻打。果然堡内不曾防备，那守土围的庄丁，从梦中惊醒，一面赶将檑木滚石放下，一面驰报殷龙父子。殷龙等一闻此言，立刻端了兵器，飞身上马，分头前去。先说护庄河，攻打了一阵。土围上面，檑木滚石，已是行将告尽。救应若再不到，即刻就要被官兵打开。各庄丁正在盼望，忽见殷龙、殷猛、殷勇，父子三人，飞马而来。各庄丁一见救应已到，大家精神陡长，死力固守。黄天霸等人，在外攻打甚急，看看已将攻破，冷不提防，忽见土围内冲出三匹马来。各执兵器，更不打话，直杀过来。黄天霸赶紧接住殷龙，张桂兰接住殷猛，四个人四匹马，马枪并举，往来驰杀。在那灯光之下，好不有趣。殷勇两手端戟，拦守土围，以防官兵冲突。两边正杀个难解难分之际，却好贺人杰、金大力接应兵到。贺人杰手持双锤，一马冲入，认定殷龙便打。殷龙留意，见是个小将，当即挡开天霸的枪，来接人杰的锤。贺人杰抖擞精神，只见那双锤如雨点一般纷纷打下。殷龙遮拦格架，得个空儿，还要回他一刀。殷龙虽然力猛，却不知尖刁。一老一少，杀了有三四十合，两人对敌，不分胜败。人杰暗道："若再不趁此时取胜，更待何时？"即将金钱镖掏出，一面舞锤，一面打镖，却好打中马眼。那马嘶一声，将殷龙掀下马来。贺人杰正要去捉，已被庄丁抢入土围去了。黄天霸与殷勇正战得难分难解，忽见殷龙跌下马来，黄天霸这一欢喜，又分了一点神。手中枪略慢了一下，被殷勇的画戟，在腿上刺了一下。鲜血迸流，不敢恋战。张桂兰见丈夫中戟，恐怕殷勇赶来，急将袖箭掏出，认定殷勇打去。殷勇未及防备，也却好打中右腿。殷勇赶着把马一夹，逃入土围。官兵见已得胜，个个奋勇进攻。争奈土围上檑木滚石复又打下，众兵丁虽然突冒矢石，终是攻打不开。直到天明，大家力乏，只得收兵。

再说关小西进攻西山嘴。那边虽未防备，却比护庄河来得弯转。因关小西的兵到来稍迟，他那里已先得信，所以不至急迫。及至关小西所带大兵到来，他已防备妥当，却不出战，合力固守。关小西、郝素玉虽然督率兵丁，奋力攻打，怎奈他檑木滚石，并弓箭一起施放。众兵丁不能前进，攻打到四更时分，仍是攻不开来，大家也都力乏，各自席地而坐。稍息片刻，再去攻打。此时计全、李公然所带五百校刀手，已由西庄口驰回，看见关小西等皆席地而坐，上前问了情形。计全又喝令五百校刀手，上去攻打一阵。争奈矢石如雨，攻打不开。直到天明，也只得收兵回去。

不说官兵旷日持久，攻打殷家堡不表。再说殷龙、殷勇、殷猛父子三人大败而回。各受微伤，心中颇为焦闷；又悬念西山嘴，不知如何。等到天明，见殷刚、殷强、殷寨花三人回来。言明死守，未经攻破。殷龙等方始放心。又说明身受微伤情形。殷刚怒不可遏，当下说道："孩儿明日出战，定要与他拼个你死我活。若不捉他一个回来，誓不回堡！"殷勇道："贤弟且不必发怒，那黄天霸已被愚兄刺了一戟，也可稍泄其忿了!”殷刚这才稍为息怒。午后，殷龙复与他四个儿子说道：“现在官兵已与我等势不两立。若不赶紧设法解围，我这堡内必然难保。”设出什么法来？且看下回分解。

第三二七回

思罢战驰信请良朋　想求和甘心许幼女

话说殷龙因久战不停，已成势不两立之势。想：抢饷银虽非自己的主意，究竟在我境内，罪不容辞。若赶早求和，或可保全身家性命，倘再相持日久，万一战争之际，再伤了国家将弁，更加罪不容逃。且必致再调大兵，终是寡不敌众。因将这番话，与殷猛等四人商议，殷猛答道："孩儿等亦知如此。但前次已经求和，怎奈他决意不行；此次再去相求，万一他仍然执意，却是如何呢？"殷龙道："为父倒想了一个法子在此。我看官兵内，那员小将，武艺固是高强，人品亦颇不俗。意欲将你妹子许他为妻，借此以为赎罪。但不知那小将可曾定亲事？若还未曾，我却有个至好的朋友，离此地不远。就在山东、江苏交界地方，朱家庄内。其人姓朱名叫光祖。先也是一个江湖上出色朋友，现在早已洗了手。曾经在施大人前献计，捉拿一枝桃，以及毛如虎，施公颇为见信。若得此人与施公说项，施公必然应允。但是朱光祖在前两个月，闻说去到淮安。但不知果曾回来？"那殷猛答道："据孩儿看来，必然不在淮安。他若在那里，既与施公相得，又与父亲友好，岂有不从中调停之理？以此看来，定然还在家里。既然如此，孩儿便去走一遭，面请他来，好好息事。"殷龙道："我儿前去固好。但他不认你，如何请得他来？必得要我写一封书信，与我儿带去方妥。”殷猛道：“既是这样，父亲可急速作书，孩儿即便前往。”殷龙随即写了书信。书信上面写道：“光祖老弟台足：多年好友相各一方，思念之情殊切饥渴。前因堡内顽梗聚众，假兄贱名，抢劫总漕北上银饷，并伤及押运官将。那现在官兵云集，声称认罪，终日攻打。合堡危在旦夕。曾经上书求和，愿将首将饷项献出。未蒙统帅见允。兄原可绝意抗敌，亦既罪无可逭。何敢再起罪端？所幸官兵将士月来虽对敌数阵，并未伤彼一人，杀彼一卒。似此兵连结祸；诚无已时，不得已念及老弟。上既见重于施公，下亦于诸将士契合。是以驰书遣子星夜趋教，务请即日惠然肯来共议一切解围之举。非足下不为也，不尽所言容面再罄。幸勿见却举家幸甚。合堡小弟殷龙顿首。殷猛藏好书信，连夜偷出土围。

走了两日，已到朱家庄。先问了庄丁，朱光祖在家与否？恰好朱光祖自从到了淮安，在施公那里，过了两个月。他又各处去看望朋友，耽搁了一个多月，不久才回庄来。殷猛便请庄丁进去通报。朱光祖听说殷龙的儿子，当即相请，各道契阔。殷猛便将书信拿了出来，递给光祖。光祖拆开，看了一遍，说道：“这是怎么说？现在贤侄那里，究竟是什么事情？可请一一说明。”殷猛便将以上各节，细说了一遍。朱光祖道：“这可不是令尊大人与贤侄等无辜遭屈么？”殷猛道：“是！叔父明鉴。因此家父饬令小侄星夜前来。务须请叔父大驾，即日前去，好解此围。不然，一旦被官兵攻打开来，不但小侄一家难保；即合庄人众，亦必生灵涂炭。务求叔父念家父的交情，与小侄一同前去，以救此难。”朱光祖道：“贤侄哪里话来？今日已来不及，明日某当与贤侄同往，力解此围便了。”殷猛拜谢。一宿无话。

次日天明，即备了马匹。二人上马，追赶前去，看看已到。朱光祖先令殷猛回堡，他便至大营，往见天霸。到了营门，通了名姓，饬令兵丁进去通报。黄天霸等人，听说朱光祖到此，只说是施公请他前来，帮助攻打，断不料是殷龙请他来说和。大家欢喜，当即相请。朱光祖进入大寨，大家相见已毕，先叙了阔别的话，又问了出战的情形。黄天霸等也将上项各节情形，及近日交战事件说了一遍。黄天霸首先说道：“难得朱老叔来帮助，这殷家堡指日可破了。”朱光祖听说大笑道：“黄老贤侄，只以为老朽前来是帮助你们诸位。老朽却有一言，请诸位贤弟、贤侄容纳。这殷龙向与老朽最为交好，也是多年弟兄。日前闻得人说，他抢了饷银，我就不甚相信。因他向来颇知礼法，必然有人诬害于他。后来又听说诸位带兵前来剿灭。近闻殷家堡被官兵昼夜攻打，危在旦夕，我故星夜赶来。为的是：殷龙果有前项事情，倒也罢了；若是被人诬害，岂不屈杀好人？今闻诸位说他已经上书求和，足见此事实非他的本意。务望诸位看老朽薄面，停战数日。让我亲会殷龙，看他那里是何光景，再行计议。”大家听说，始知朱光祖前来说和。当下计全说道：“非是小弟等不遵台命，怎奈大人差遣，何敢以私废公？既如此说，朱大哥且前往一走，咱们暂行停战三日。专候你老回复，再作商量。”朱光祖大喜，即刻辞了众人，到了殷家堡。

殷龙早已知道，一闻朱光祖前来，即率领着四个儿子，出来迎接。两人一见，俱各执手言欢，进了内厅。先令四个儿子见礼已毕，便分宾主坐下。有人献了茶。殷龙又命摆了酒。朱光祖首先说道："老哥，你被屈了！只恨小弟在施公那里，早走了一个多月；若迟一个月不走，也不至闹到这样地步。现在既要求和，老哥是个什么主见呢？"殷龙道："愚兄前次上书求和，本来说是献出首犯，并将饷银如数交出。后来那黄天霸未允，只得且战且守。前两日愚兄在阵上，与一个小将对敌。见那小将人品颇好，武艺亦复高强。愚兄却存了私心。因为你侄女赛花，今年已十六岁了。他平时却有个志愿，说是武艺不如他的人，他情愿一世不嫁。前者你侄女也与那小将对打过一次，并且被那小将打败而回，他却没有什么私心。但是做老子的，不能不代他留意。今彼此兵连祸结，愚兄的意思，意欲借此为题，将小女配与小将。就烦老弟。以此前去说和，作为赎罪。但不知老弟意下如何？且不知那小将曾否婚配？"朱光祖听说大喜道："老哥！你道那小将是谁？就是贺天保的儿子。施公因他盗回印信有功，特保举他为千总。在漕标当差，住在天霸那里，今年方十五岁，本领却是高强，而且智谋甚好，却未曾婚配。如果老哥愿意将侄女匹配与他，你老哥真是得了个快婿了！此事包在小弟身上。我明日便与天霸去说。他若不敢做主。咱说不得为老哥的事，只得淮安一走。与施大人说明，不怕天霸等人不肯。我料这件事施大人一定是应允的。老哥你且放心罢！"此时酒已摆上，殷龙便请朱光祖饮酒。朱光祖又道："我那侄女还是七八岁的时候见过二三次。

后来全未见面。现在小弟要叫他出来见见老叔。不知老哥意下如何?”殷龙立即叫赛花出来。相见行礼已毕。朱光祖极口称赞。当下便向赛花说道：“早晚要吃姑娘的喜酒了。”赛花两颊飞红，告辞退出。朱光祖这才入席饮酒。毕竟后事如何，且看下回分解。

第三二八回

朱光祖力主和议　施贤臣慨诺良缘

话说朱光祖饮酒之间，向殷龙说道：“我那侄女长得如此出落，那贺人杰又生得仪表堂堂，真是一对天生的夫妇。将来作成了这段美事，老哥应谢我什么呢?”殷龙道：“如此从此罢兵，彼此和好，将来谢仪定然加倍。”朱光祖笑道：“老哥太小量小弟了。咱等作成这件事，咱自会讨谢。不怕你这老头儿作难，也不怕我那侄女儿不肯。将来再说便了!”大家大笑。于是开怀畅饮，尽欢而散。

次日，朱光祖即辞了殷龙来到大营，与天霸说道：“你们这场恶战，两边都有些吃亏，却有一个人最讨便宜。”说着望着贺人杰道：“你且过来，我同你说话。”贺人杰走到光祖面前。光祖问道：“你今年多大了?”人杰道：“今年十五岁。”朱光祖道：“是了，你先给我磕头，我再告诉你。”人杰站在那里发怔，大家也不知所以。计全抢着说道：“朱大哥，你究竟是什么葫芦卖什么药？拿人家小孩子在这里作耍，何必呢?”朱光祖笑道：“我说出来，可是要人杰给我磕一百个头，我才依你呢!”黄天霸道：“你老只管说，如果应该磕头的，自然叫他给你老磕头。”朱光祖道：“我实告诉你，咱到殷家堡内，见了殷龙，先说了些交好事情。后来他就请我说和。我就说了他许多不是。他就发誓说："非是他的主意，实在被族众诬屈。我说这件事闹大了，若去求和，就便统帅应求，还恐大人不允。他再三又求我，我只得勉强应允。后来他又叫他女儿出来见我。这一见便触起一件事来。我想人杰年纪已不小了，也可以对亲了。我见赛花模样儿又好，武艺儿又好。因此就说：'你若要我叫他罢兵，我却有件事要你应允。你女儿今年已是十六岁了；那贺天保儿子今年十五岁。模样儿又好，武艺又出众，现在是漕标千总大老爷。若将你女儿配了人杰，这罢兵的事，包在我身上。'他听见我这话，便问：'贺人杰可在这里？'我就说：'你应该看见过了。'他说：'可是那舞锤的小将？'我说：'一些不错，就是他了。'他还说：'惭愧。'我问他：'为什么惭愧？难道被那小将打败了不曾？'他说：'我岂但被那小将打败，连你侄女儿也被他打败过的，可不是惭愧么？'我问他：'你既被他打败，想必他的本领不在你之下了。我要给侄女儿做媒，到底可允不允呢？'他听我说，真个是千愿万愿，再没有半个不字。现在已答应将女儿配匹人杰，借此赎罪。"大家听了这一番话，才得明白。天霸道："若论平时，应该磕头敬谢。但是现在公事未清，何敢谈及私事？虽承你老美意，恐于公事上有些违碍。不必说人杰侄儿不敢应允，就是某也不敢轻于应承。只是随后再议罢！"朱光祖道："如此说来，贤弟是定要拼个你死我活了。"天霸道："非是某拘执，只因大人之命，不敢违背。只得有违台命！"朱光祖道："若恐怕大人不行，我就前去淮安与大人面讲去。诸位若可体谅，免得咱去走一趟。就请你们据我的话，写封书去禀大人，将前后情节，细细写明。请大人批示，我等便可遵行。”天霸道：“朱大哥这个话儿，最为得体。我们就据你老的口气，作书去禀大人便了。”当就写了书信，将前后各情形，一一写好，差人星夜前去。过了五六日，施公的批示回来，大家上前观看。但见上写道：

据禀已悉。既据朱壮士力保殷龙，实非本意。委系遭诬，姑从宽恕。着令将原解饷银如数交出，并为首要犯，押送来辕，听候按律惩办。至殷赛花由朱壮士促合，匹配贺人杰为妻，殷龙亦颇情愿；男婚女嫁，古礼皆然。贺人杰即作为出力酬劳。殷赛花即作为代父赎罪，着即邀同媒妁，先行择日行聘。俟贺人杰年交弱冠，再行完娶可也！其余一切应办善后事宜，仍着朱壮士会同该副将等，妥为商酌。应解饷银，仍着参将关太、守备计全。克日护送到京交纳，毋得延误！切切此批！

大家看毕，朱光祖非常得意。黄天霸也是欢喜无限。当下就命贺人杰给朱光祖磕头道谢。贺人杰只是臊皮。此时郝素玉、张桂兰，也都出来，望着贺人杰说道：“侄儿，现在有了老婆，就是大人了。可不能再有小孩儿的皮气①了!”于是你一句，我一句，把他取笑，只说得贺人杰面上通红。站立不住，跑到张桂兰面前说道：“婶娘，你老可请他们不要取笑罢，怪臊皮的，咱可要急了。”张桂兰见他两只眼睛，已急得要流下泪来，又可怜又可笑。当向众人说道：“我替人杰说个情儿。等他大娶的时候，

① 皮气——顽皮气。

再闹新房罢！现在这小孩子，已臊得要哭了。”大家哄然大笑，方才住口不谈。此时合营俱已知道准备撤营回海州。是日营中大排筵宴，俱各尽欢痛饮。

次日，朱光祖便去殷家堡，说明各节。殷龙父子感激不已，当将银子如数缴出；又将首犯捆送到营，听候治罪。一会，又晓谕合堡人民撤防，各安本业。毋得再行借端生事。诸事已毕，殷龙又率领四子，亲到大营，肉袒谢罪。黄天霸等亦款待甚殷。就此择了吉日，预备行聘。到了吉日，那男家黄天霸夫妇，代做主人，备了礼物，就请朱光祖为女媒，计全为男媒，贺人杰这日打扮得簇簇生新，由朱、计二人，带往殷家堡求亲。殷龙甚为欢喜，当日就出了庚帖。所有两家彩缎金银物件，皆不及备办，随后再行补送。殷龙家内这日大摆筵宴。酒至半酣，朱光祖向殷龙说道：“老哥今日是得了快婿，算是心满意足，但昔日阵上之威，而今何在？小弟却不曾看见。遥想前日那一对儿老少，在那里厮杀，煞是有趣。今日却好逢场作戏。你翁婿两上何妨再杀一场。勿要不许容情，各尽平生之力，输者罚酒三杯。”殷龙道：“酒席上比武，亦复常事。今欲如此，老弟未免作谑了。”大家通笑了一回，直吃到日落，各散席。朱光祖、计全仍带着贺人杰作谢而别。次日殷龙又亲自到营，给计全、朱光祖谢步。隔了一日，黄天霸带了贺人杰又去告辞。殷龙又备了许多礼物，前来犒师；又代黄天霸、计全、关太送行，并送各人聊尽东道之意。黄天霸、关太、计全等又去谢道：“此来彼往，非同昔日仇。你敬我亲，俨以大家姻戚。”此固朱光祖善言之力，抑亦贺人杰天缘凑合之功。及至黄天霸撤队回营，面禀施公各节，施公亦甚喜悦。黄天霸命贺人杰给施公道了谢，诸事才算清楚。欲知贺人杰何时娶亲，以及安东县打擂台并捉拿蔡天花连环套盗御马，黄天霸巧立功，许多热闹事，下集书中再叙。

第三二九回

贺人杰奉命接慈亲　关小西无意逢强寇

前集书中说到大闹殷家堡殷龙知事不了，去请朱光祖说和，将殷赛花配贺人杰，借此赎罪。后来奉施公允准。看今先行纳聘，待贺人杰弱冠之后再行迎娶。因此，两处罢兵。关小西、计全仍押解饷银，前赴京师交兑。黄天霸等当亦撤营回淮，各守责任，这也不必细表。如今且说贺人杰自离山东，已经三载，这日忽然想起他的母亲来。在前，本有书信寄回山东，接他母亲到淮安居住。他母亲一来不曾代朝廷立过大功，他居心要人杰在人前立些功劳，将来再讨一房家小。然后再去淮安居住，故此他母亲不曾来。现在贺人杰实在思念不已。

这日便与黄天霸说道："叔父、婶母在上，侄儿有件心事要与叔父、婶母商议！侄儿自奉了母亲之命，到此投奔叔父、婶母。承蒙不弃抚如己子。又蒙大人破格看待，赏了官职。今复蒙叔父、婶母及大人等成全，给侄儿定下这婚事。叔父、婶母的恩德，固是感谢不尽。但是母亲远在家乡，侄儿一别三年，实在思念得很。意欲回去一走，看看母亲精神如何，稍尽为子之道。请叔父给侄儿在大人前请三个月的假，不知叔父意下如何？"黄天霸道："这是贤侄的孝思。回籍省亲，自是正理。愚叔明日当代贤侄在大人前请假便了。但有一件，你母亲远在山东，贤侄又不免思念，最好一劳永逸。贤侄此去，就将你母亲接来在此居住。贤侄既可朝夕侍奉；况贤侄且现已定下婚事，两三年后即要完娶。一家团聚，何等不好呢？贤侄你想这话可是不是吗？”人杰道：“承叔父指教，何敢不遵。但恐母亲不肯前来，那便如何是好？”黄天霸道：“这倒不难，就说是奉大人之命，特地着你回籍迎亲，以尽子职。你母亲听了这说，他必然肯来。”人杰听了这话，大喜道：“承叔父指教，明日便请叔父与大人先代请假便了。”黄天霸答应。

次日，天霸进了辕门，见着施公，便将人杰思亲，欲请三个月省亲的假回山东省亲，与施公禀明。施公当下说道：“难得小孩子不忘孝道，本部堂自应准许。但本部堂之意，母子各住一方，彼此究竟心悬两地。不若趁此就将他母亲接到此地，也不致悬念儿子。而况人杰即带本标，又不能常离职守。如此办法，倒觉一劳永逸。母子团聚，何等不好呢？天霸你看如何？”黄天霸道：“承大人格外恩典，此是极好的了。副将回去，当将大人的恩典，告诉人杰，叫他就遵大人的命，去接他母亲便了。”施公点首。

黄天霸退出，当即回衙。贺人杰迎接进去。叔侄坐下。天霸便将施公准假省亲，并着令迎养的话告诉人杰。张桂兰一闻此言，当下喜道：“既蒙大人恩典，着令贤侄回去，迎养你母亲到来，这便是好极了。贤侄一面回去，咱就一面收拾收拾后进房屋，专等你母亲到此居住，咱妯娌两个便可朝夕畅谈。”人杰道：

“虽承叔父、婶母如此厚爱，不免要搅扰叔父、婶母了。只好随后等侄儿稍有寸进，再为报答罢！”张桂兰闻言大笑道：“到底是要讨老婆的人，也会说这样的客气话了。而况你叔父与你父亲，如同亲骨肉一般。便是你母亲来了，咱与你母亲也同亲姐妹一样。一家人有什么搅扰？你今日说了这话，你想可臊皮不臊皮么？咱婶子大胆喊叫你声孩子。”黄天霸听说也是大笑。只见贺人杰把个小白脸臊得通红的，坐在那里一言不发。张桂兰见了复又笑道：“咱不过说了这两句话，你就臊得这样，将来讨老婆的时节，要被人家闹起新房来，还不知要怎样害臊呢！算了罢！你且去料理整顿，明日去大人那里谢了假。并禀知回籍迎养，到各处辞了行，三日后便可动身。早去早回，好让咱与你母亲早得相见。”贺人杰这才站起来，自去料理了一日。

次日，即到漕督衙门禀谢辞别。施公又将他传进去，吩咐了许多话。叫他赶紧将他母亲接来，听候差使；又叫施安在账房内，取了一百两银子，赏他做了盘费。贺人杰再三不肯领。施公命他收下。贺人杰却不敢再推，只得收了。又与施公重谢了恩，这才带着银子退出。回见天霸，便将施公赏银的话，告诉了一遍，天霸也自然感激。此时同衙各人，俱已知道，大家就来给他饯行。郝素玉因关小西解饷未回，不便请他筵宴，只得送了几样点菜，又买许多土产，送给他母亲。贺人杰不敢推却，只得全收了。又去各处辞了行，道了谢。黄天霸也送了一百两银子，与他作盘费；又派了四名护勇，同他前往。随后好护送他母亲到淮，诸事已毕。这日贺人杰即拜辞了黄天霸夫妇，带着护勇回奔山东，暂且按下。

再说关小西、计全等，将饷银押解赴京，交兑已毕，领了回批，即便出京，仍回淮安供职。沿途上早行暮宿，渴饮饥餐。一路直至山东交界，到处闻说这两省界内。出了一个采花大盗，闹得不成样子；便是各地方官妻妾，也有被他奸淫的，拐去的。所以自天津以至山东，无论军民人等，个个皆知，大街小巷，无不纷纷传说。就便这样严拿得紧，那强盗还是照旧行事。不但不能将他擒获，连他的那个影儿，终不曾瞧见他一面。以致日久了，那些被害之家，反而不疑是强盗。倒反疑到妖怪身上去，或者建醮拿妖的，或有延僧超化的。

关太、计全沿途上得了许多见闻，心中好不纳闷。急要访拿，为民除害，却又不见形迹，不知姓名，连个风声儿都不知道。这是怎么拿法？只得赶着回淮安衙门销了差，再行与施公说明，请示办理。彼此商议妥当，就赶速起程。这日已到了徐州草桥驿地界，关太等就在那镇上找了客店住下。到了三更将近，关太正一觉睡醒，忽见有个人影儿在窗外一闪，就如风飘落叶一般。关太一见，立刻从铺上爬起来，提着倭刀追了出去。计全此时也知道了，提了兵刃追赶出来。两人四面一看，哪里有个人影？又四下寻找一回，一些影响都没有。只得仍自回房，取了火种，将灯点上。忽见桌上有封柬贴，计全拿起一看，但见上面写着："赛罡风①采花魁首蔡天化奉拜。"计全看毕，便低低的告诉

---

① 罡（gāng）风——道家将极高处的风称为罡风。

关太说道："那些采花案一定是这个人了。既知姓名便好办事。咱们且回去销了差，再作计议罢！"关太答应。两人复又睡了一会，已是天明。便起来，梳洗已毕。用了些早饭，算还房钱，带着亲兵赶路，向淮安进发。不一日已到，当即到施公前缴了回批。施公大喜，便令二人坐下。关、计二人就将以上各情节说了一遍。欲知如何，下回分解。

第三三〇回

施贤臣聚议访淫盗　贺人杰驰归见老母

话说关太、计全将沿途上闻说各项奸淫案件，并在草桥驿客店，遇见蔡天化留柬露名各情节，一一向施公禀明。施公闻言，大怒当下说道："如此强人，贻害百姓。若不严行拿办，以正国法，本部堂何以对朝廷而安百姓呢？计贤弟与关贤弟，你二人沿途不免辛苦，且各回衙暂歇。"关、计二人唯唯退下，自去与黄天霸等说知，不必细表。

且说这蔡天化，系关东人氏，今年才交二十五岁。是飞来禅师的首徒，却是一身好武艺。不但刀枪剑戟，件件精通，飞檐走壁，般般熟悉；他更有一个绝技，善运神功，任你刀枪厉害，皆不能在他身上动入分毫。那飞来禅师是极爱他的，后来因天化仗着武艺高强，又喜一色字，师父就将他赶出了门。他见师父将自己赶出，却正中心怀。便往来于天津、直隶、山东各处，专以盗劫财物、奸淫妇女为事。他有一种闷香，叫做鸡鸣断魂香，只要将那闷香烧起，总要到鸡鸣时候，女子才会醒来。及至自己知道，却又不知被谁人污辱。为此有含羞自尽的，不一而足。虽经各地方官悬赏缉获，无如他来无影去无形。又无一定的下落，故此拿他不住。这日因各处拿他得紧，又打听关小西等，是施公面前得用的人。走此经过，沿途上不免听人传说，料定他们要在施公面前禀告的。又因施公向来专与他们为难，江湖上朋友，绿林中豪客，不知被他拿办了多少。因此要显显自己本领，露出姓名，偏激他派人拿捉。蔡天化存了这个心，所以才在草桥驿留了柬帖，通了姓名。使关小西、计全知道，回去向施公说知，好使施公差人擒捉。这便是蔡天化始末原由。

且说关小西自见过施公，退出衙门，便去黄天霸那里见着褚标、天霸，说明各节。并将施公传知各人聚议的话头，又告诉一遍。次日天霸等，皆齐集辕门，见施公请安毕，站立一旁。施公便命大家坐下。因说道："昨日关参将、计守备解饷回来，说及由天津至山东一带，近有采花大盗。专门奸淫绅商士庶人家妇女，被辱之家不可胜数。闾阎①受害，尚复成何天日？虽经各地方官悬赏缉获。怎奈该盗行迹无定，不易擒拿。又据关参将、计守备声称，于徐州交界草桥驿地方，有人留柬帖。上写'赛罡风采花魁首蔡天化'。本部堂之意，或者该盗不是蔡天化，却与蔡天化有仇。借此挟嫌诬害，亦未可料。诸位贤弟英雄以为然否?"当下褚标即应声说道："大人明鉴。在老民之意：那采花大盗一定是这留柬露名的蔡天化无疑。"施公道："据老英雄所料自是不错，但是他犯法露名，却是何故呢?"褚标道："大人有所不知，大凡有武艺的人，无论英雄好汉，以及江湖上朋友，除非不闹出事来。若是已闹出大事，总不肯缩头缩尾，嫁祸于人。就是这个蔡天化，明知所犯之事，于国法难容，他却仗着武艺高强。又因该处各地方官拿他不住，他便目空一切起来。他料定此事，终久

① 闾（lǘ）阎——古平民居住的地区，也指平民。

要被人人知道，差人访捉他，却偏要显自己武艺高强。却值关参将等解饷回来，打从那道经过，他便留那么个柬帖，露出姓名，故意使关参将报知大人，由大人差人擒捉于他。偏叫人拿他不住，那才显他本领，显然如此。这天化既有此举，在老民看来，他的本领，恐亦不在我辈之下。只怕此人现已到了淮安，不过我等大家认不得他便了！老民还有一说，大人贴身，还要格外防备才好！”施公道：“据老英雄所言，这蔡天化是有些难捉了。这便如何是好？总不能使他逍遥法外，扰害良民！”褚标道：“这蔡天化如此行为，怎么能容他幸逃法网？但不过不宜太急。在老民之意，最好不动声色，先将他形迹访查确实，然后合力去擒，较为妥当。不知大人意下如何？”施公正欲开言，忽见黄天霸在旁大怒，便向褚标说道：“你老为何长他人之志气，灭了我等的威风？难道那蔡天化有三头六臂不曾？就他真有三头六臂，须放着我众兄弟不死，也要将他擒获住了，碎尸万段，给那些被辱之家申雪。照你老这样说法，慢慢的捉他，倘一日不将他捉住，民间多被一日之害；不但如此，还要给他笑我等无能。我黄天霸是不能忍的！”褚标道：“贤侄所言，急于为民除害，固是贤侄的好心，不避艰难，敢为敢作。但老朽有句话要问贤侄：你可知道他现在何处？譬如当面见之，你可认得他么？”天霸一闻此言，顿觉语塞。褚标复哈哈大笑道：“贤侄！依老朽的主意，定然是明查暗访。等有了实在消息，那时再并力合攻，不怕他插翅飞去。便是老朽也可助诸位一臂之力。”施公道：“老英雄所见正合某意。黄贤弟不必性急，就照老英雄这样办法也罢了！”褚标道：“虽然如此说，大人左右还须每夜得两人，轮班保护才好。访到那人消息，将那人捉住，大家就可庆太平宴了!”大家答应，看官，要知此一番英雄聚议，内中却没有朱光祖，因他自与殷龙解围之后，他就另有别事去了。直到后来三访铁臂哪吒万君召，那时他才出来，趁此交代。黄天霸等由此叙议之后，就各处眼线分头，查蔡天化的消息去了。

再说贺人杰由淮安起身，在路上非止一日。这日已到家中，见着他母亲梁氏，久别相逢。本是极喜之事，更是极乐之事。哪知乐极生悲，他母子二人倒反相视无言，对着面流下许多泪来。觉得这三年之中，有许多话，竟不知从哪里说起，对面流了一回泪。还是贺人杰破涕为笑道：“母亲，你老人家近来身体还康健么？孩儿自那年离了母亲，去到淮安，已经三载，何日不思念你老人家？刻刻想回来走走，无奈不得脱身。”梁氏听说，就把人杰拉到怀中来，望着他笑道：“难得孩儿有志向上，显亲扬名，不必说为娘的心上欢喜，便是你父亲在九泉之下，也要喜欢的。”于是贺人杰就将大闹殷家堡，奉命婚配殷赛花，以及迎养的话说了一遍。梁氏听说，好不欢喜。当下又问道：“孩儿，那殷家女子模样儿生得如何？你可不要害臊，照实说与为娘知道，好使为娘放心，为你欢喜。”人杰见问，便带羞又细说了一遍。梁氏更加欢喜，当下即命人杰将带来四名护勇安顿住下；一面料理择日动身到淮。毕竟梁氏何日起程，且看下回分解。

第三三一回

思尽孝幼子承欢　因贪心老成遭骗

话说贺人杰回家，见了他母亲梁氏，将奉命迎养的话细说了一遍。梁氏见儿子做了官，前来接他，自是满心欢喜。当下就料理起来，收拾有半月光景，诸事已毕，择定日期动身。在路上行程，非止一日。这日已至淮安城外。贺人杰即着带来的护勇先进城通报。黄天霸知道，一面命人出城迎接，一面命人将房屋打扫洁净，以便盟嫂安住。不一会，梁氏已与贺人杰来到。黄天霸即与张桂兰迎接出来。梁氏下了驮轿，张桂兰先让他进去。到了内室，黄天霸先给梁氏见了礼，又命张桂兰相见。梁氏回礼已毕，张桂兰让梁氏坐下，早有丫环献上茶来。梁氏便说道："小儿在此，一向承叔叔、婶娘照顾，提拔他成人，愚嫂实是感谢不尽。"黄天霸、张桂兰也道："便是侄儿在此，诸多简慢，有照应不到之处，还望嫂嫂包容！"梁氏谢道："当今之际，就是同胞叔侄尚有如同仇寇的呢！何况异姓叔侄，抚养犹如己子，教养兼全。再说照应不周，却要怎样才好？"张桂兰又谦让了一会。此时带来的物件，已纷纷搬运进来，梁氏见黄天霸在那里招呼，委实过意不去，即命人杰进去自己收拾，将所有物件安放妥当。此时日已正午，外面已开了饭，丫环进来请他二人吃饭，张桂兰就将梁氏邀了出来，彼此坐下。于是二人吃了饭，张桂兰又帮着梁氏在房内收拾了一会，他两人就在房内畅谈起来，彼此倒着实心投意合。

梁氏忽想起一个人来，因问道："咱曾闻你侄儿说起，此间有个褚老爷子，是怪疼你侄儿的。这褚老爷子现在这里么？"张桂兰道："在这里。"梁氏道："愚姐要去见他，给他行个礼，并谢谢一向关切。就请大妹着人出去通报一声，好使愚姐前去。"张桂兰答道："愚妹倒把此事忘了，幸亏姐姐提起来。这褚老爷子可真是怪疼侄儿的，就是大人面前，也是他代侄儿说了许多话。姐姐既已到此，却是应该给他道谢；况且他前日还记念着姐姐与侄儿，不知何时可到这里的话，他老人家真是个热肠古道人呢！"说着就命人去外面通报。一会子家人进来回道："褚老英雄说：挡贺太太的驾，断不敢当。如果贺太太定要去，也可请贺太太见见，随后就好常见了。"张桂兰听说，一面拉着梁氏往外就走，一面笑道："这个老儿真讨厌，你听见那种半推半就的话罢！"梁氏觉也好笑。说着已到外面，便与褚标行了礼，又道谢了一回，这才与张桂兰进来，一宿无话。次日，贺人杰一早到施公那里禀到，并禀明已将母亲梁氏接来。梁氏又取出许多土仪，分送张桂兰与褚标。又取了一份，着人送与郝素玉。接着郝素玉又过来相见。隔了一日，张桂兰又备了一席盛筵，给梁氏接风，就请郝素玉相陪。郝素玉又备了一席请梁氏，便转还张桂兰的东道。梁氏隔了一日，也备了一席，复请张、郝二人。由此你来我往，好不亲热。更兼贺人杰朝夕侍奉，曲意承欢，梁氏甚为欢喜，这也不必细表。

且说清河县境坂浦地方，多系盐侩居住。内中有两家盐侩：

一个姓李名唤成仁；一个姓刁名唤祖谋。这刁、李二家，即是贴邻居住，虽不能称为通家之好，却也颇谈得来。李成仁居心忠厚；刁祖谋却是奸险无匹，更兼家道贫穷。这一日，刁祖谋忽然心生一计，走至李家门首，喊了一声：“李家仁兄回来么？”李成仁见有人来问，他即走了出来。见是刁祖谋，便请他进去。刁祖谋道：“老哥此趟出门，一定是得法的。”李成仁道：“什么得法？不过料理些未完事罢了！”彼此就谈了一会，见已是晌午时候，李成仁留他午饭。饮酒之间，在先无非说些经纪的话。酒至半酣，刁祖谋忽然叹气说道：“小弟是苦于本短，看着一场大利，不得到手，只好让着旁人去得。”李成仁原来为人虽然忠厚，却有一层，利心太重。刁祖谋又深知他见利忘义的，故此拿这个话去诱他。哪里知道李成仁听得此话，不知是计，却认以为真，因问道：“刁兄！你说什么一场大利，这话果真么？”刁祖谋道：“怎么不真？而且是千真万实的事。现在有个南京客人，贩了百十箱绸缎，到海州、徐州以上一带贩卖。不意走到海州，才知徐州以上一带，去年被了水灾，无人爱买，仅靠海州一处销售。因此那南京客贩贬价贱售。若得数百金，将这宗绸缎买下来，随后再卖出去，虽不能对本对利，五分利钱靠得住的。小弟是短于财，见着此等大利，不能到我手，你道可惜不可惜么？”李成仁道：“如兄所言，究竟要多少银子，才得将这票货买下来呢？”刁祖谋道：“大约至少也须五百两纹银。”此时刁祖谋已早料定李成仁入了圈套，因此说道：“小弟昨日已经向友人借了一百两，自己凑了一百两，打算前往海州先买他一半。后来听人说起，那南京客人虽然贬价销售，却也不肯分几起售出，须要一起售去。小弟闻得此言，虽有二百两银子，仍是毫无用处，因此就将这一百两银子，就还了那个朋友。”李成仁道：“刁兄你那一百两银子，虽已还去，如果有人与你合本去做，这一百两银子可拿得回来么?”刁祖谋道：“拿是拿得回来，哪里有人肯与我合做呢?”李成仁道：“你如果真拿得回来，我便出三百两银子，与你合做。”刁祖谋道：“此话真么?”李成仁道：“谁骗你来?”刁祖谋大喜，即刻吃完了饭，辞别而去。到了晚间，果然带了二百两银子来，当时交与李成仁道：“我们后日便可动身，约定一早下船。我先在码头上雇定船只等候，你可随后就来，愈早愈妙。”李成仁答应。刁祖谋辞去。此时李成仁的妻子王氏知道此事，却不以为然，就极意阻拦。李成仁不听。到了第三日，天将微明，就起来带了五百两银子，出门而去。不一会已至码头，刁祖谋早已在那里守候。便将李成仁邀至酒店内且饮三杯。欲知后事如何，且看下回分解。

第三三二回

图财害命反告诬栽　托梦申冤据情互控

话说李成仁与刁祖谋同至酒店坐下，祖谋说道："李兄清晨到此，尚未用点心。"即招呼店小二打了一角酒来，又做了些面饼，二人就对饮起来。李成仁哪里晓得刁祖谋已暗带了蒙汗药，等到酒将饮毕，刁祖谋便将蒙汗药放入酒中，又斟了一杯，与李成仁饮，说道："饮此一杯，我们便吃些面饼。"腹中已饱。二人带了包袱，一起出门而去。走了一会，那酒已是药性发作，李成仁便向刁祖谋道："刁兄！我头晕得很，极不能走了，你且搀扶着我，同到船上睡罢！"刁祖谋没法，只得扶着李成仁慢慢前行。刚走到一个僻静河口，是向来无人经过的地方，那时节李成仁实在万难行动了，只觉得一阵眼花，就跌倒在地。刁祖谋看了大喜，当即赶上前来，找了一块大石头，用绳索缚在李成仁身上，复拖到河口，望河中一放。他便将所有的银子，全行收下。仍自回家。

到了午时，走到李家门首向内喊道："李兄！为什么耽搁在家，这却是何故？"李成仁的妻子王氏听说，赶急开门出来，看见是刁祖谋来问，王氏便惊讶道："刁伯伯！你怎么说我家大爷没有去？我家大爷天将微明，就带了包裹去了。莫非他走岔了路了?”刁祖谋道:“我约他去的码头,是直通大路的,怎么会走错呢?”王氏道:“既是直通大路不会错的,这就奇怪了。伯伯且请回去,我家大爷去是去的,到了那里,不见伯伯,他必定也要回来,再叫他到伯伯那里去罢!”刁祖谋答应回去。到了晚间,刁祖谋又走过来问道:“李兄曾回来么?”王氏道:“便是我也在这里疑惑,不知为什么到此时,还不回来?”刁祖谋登时变了脸怒道:“我知道了,你们串通一局,谎骗我那二百两银子,叫你在家糊混搪塞。我实告诉你,我姓刁的,也不好惹。”说罢,怒冲冲而去。王氏听了,好不着急,当下即着家僮,向各亲友家寻找,哪里寻得到?王氏更加着急,整整啼哭了一夜。到了天明,刁祖谋又过来催逼。可怜王氏不知是中了计,只得央着刁祖谋:“先到各处找寻。”刁祖谋说道:“嫂嫂!我是看你女流。照你这样光景,大约是真不知道你丈夫躲藏何处。我且再限你三日,你可赶紧着人寻他。倘三日之后,再不还我银子,我一定到县里告他谋骗了。”说罢,又大怒而去。王氏听了这话,可怜急得他要寻死觅活,幸亏他家内丫环、仆妇再三相劝,只得仍请了许多人,帮着他四处找寻他丈夫的下落,一连又寻了三日,哪里有个影响?刁祖谋届期又至,王氏只得仍然回答他不曾回来。刁祖谋便恶狠狠的说道:“你不要瞒混了,你丈夫是一定与你串通的了。也罢,我合该与你丈夫是有些口舌,明日我们到县里去说罢!凡事经到官,都要有个水落石出的!”说罢掉头而去。王氏听说他要到县里去告,这一吓非同小可,当即着人将自己的哥哥请来商议。他哥子原来清河县学的生员,名唤王有章,为人亦极其诚实。王有章听见妹子要被刁祖谋拉到县里告状的话，哪晓得他一听此言，比王氏还要怕些，连一句话都说不出来。倒是李成仁平时用的家僮，名唤王福，他还有些主意，当下说道："大奶奶不要着急，刁祖谋如果去县里控告，大奶奶不敢上堂，奴才愿去县里。不但与他对质，还要告他将我主人藏匿，后来诬告串骗我家，就此勒令他交出主人呢！"

王氏被王福这一句话提醒了，心中反倒疑惑起来，一人坐在房中，不觉蒙眬睡去。忽见他丈夫李成仁走进房来，满身的衣服湿淋淋，如同水内拖起来一般。正欲问他如何这等模样，又见李成仁苦着脸向自己说道："我悔不听贤妻之言，致有今日之祸。尚望贤妻结发之情，代我申雪，抚我幼子。虽在九泉，也是感激的。"说罢，忽然一阵清风，登时不见了。王氏惊醒，听了听正交三鼓，他放声大哭。这一哭，把那些家僮使女都惊醒了，全赶着进来，问是何事？王氏便将梦中所见，细说了一遍。只见家僮王福也哭着说道："果不出奴才所料，主人一定是被刁祖谋见财起意，将主人害了。等到天明，奴才便与大奶奶前去县里控告，直告他图财害命。他若狡赖，就请县太爷勒令他交人。若交得出主人，我们情愿认诬；他若交不出主人，一定要他抵命。"王氏此时也有了主意，居心要代丈夫申冤。等到天明，王氏就带了家僮王福，一起到了清河县堂上，一面就将那面大鼓，敲得咚咚的响，一面口中喊道："求县太爷申冤呀！"

此时清河县陈文亮刚梳洗已毕，忽听外面有人击鼓申冤，即刻吩咐坐堂，将喊冤的人带上堂来审问。家丁答应，也就立刻出来，将差役传齐。陈知县升了堂。当有值日差将王氏带上，跪在下面。王氏磕了个头，口中说道：“求太爷申冤呀！”陈知县先将王氏打量一回，见他是个正经人家的妇人，就开口问道：“汝姓甚名谁？有何冤枉？可从实诉来。”王氏又磕了一个头，说道：“小妇人王氏。丈夫李成仁。住居坂浦，向以铺售官盐为业。只因五日前，有贴邻刁祖谋，前来小妇人家内，伙合小妇人丈夫前往海州贩卖绸缎。小妇人丈夫素来忠厚，当时就允与刁祖谋合本，约定三日后一起动身。到了动身这日，天将微明，小妇人的丈夫就带了银两出门而去——因刁祖谋约定丈夫愈早愈好，他在码头上先等。丈夫出门后，小妇人以为丈夫一定同刁祖谋去了。不意到了晌午时候，刁祖谋忽然回到小妇人门首喊道：‘李兄！你为何在家耽搁，到这时候还不去，把我等到这会？’小妇人听说，不觉诧异，当即告诉他，说：‘丈夫于天明时，已经带了银两寻你去，怎么说他未去？’刁祖谋又道：‘委实不曾去的。’小妇人便说道：‘既是伯伯未曾等到，我丈夫莫非走错了路不成？’刁祖谋又道：‘若说走错了路，此去码头一直通大道，断不会错的。’小妇人也就疑惑起来，复向刁祖谋说道：‘伯伯既不曾遇见我丈夫，等我丈夫回来，叫他到你家去罢！’哪里知道一直等到晚上，丈夫都未回来。小妇人固自着急，遂疑惑丈夫果真昧良，将他银子骗去，藏匿不出。只得央求他宽限三日，准我将丈夫寻回，与他结理。因此小妇人就央了许多人四方找寻，哪里有个影响？小妇人正在烦闷。不意昨夜三更时分，在睡梦中忽见丈夫回来，满身湿淋淋，如从水里拖起来一般，望着小妇人说道：‘悔不听你之言，致有今日之祸。’并嘱小妇人代他申雪。一梦惊醒，正交三更。因此知道丈夫被刁祖谋图财害命，特冒死前来，求县太爷申冤理枉！”陈知县听他申诉了一遍，正欲问王氏那“悔不听你之言”一句，忽见值堂的书差，送了一张状词上来。毕竟这状词内是何案情，且看下回分解。

第三三三回

刁祖谋欺心对质　李王氏上控鸣冤

话说陈知县见值堂差送上一张状词，打开一看，原来就是刁祖谋控告李成仁“因财串骗，逃匿无踪”，求饬提家属押交一案。陈知县看罢，回头问原差道：“这告状的人，可在这里么？”原差禀道：“现在外面。”陈知县道：“可将他带来，候本县审问。”原差答应下去。陈知县这才问王氏：“本县问你：你说你丈夫托梦于你，叫你给他申冤。但是你丈夫所说‘悔不听你之言’，究竟你曾对他说些什么话来？说与本县知道。”王氏道：“太爷容禀：只因那日刁祖谋到小妇人家内，与丈夫谈了一会，不知他们谈了些什么？小妇人因刁祖谋这人平时极其奸诈，就劝丈夫不要与他合本，就怕他一人盘剥去。小妇人丈夫却不曾听信此言。也断不料老刁图财害命，将丈夫害了。所以丈夫托梦前来向小妇人说的那句‘悔不听你之言’，就是我拦阻丈夫不要与刁祖谋合本的话。太爷的明鉴：丈夫实在死得好苦。总要求太爷申冤！”说罢，又连连磕头。陈知县听说，沉吟了一会，即命人将刁祖谋带上。只见原差禀道：“刁祖谋业已到案。”当下刁祖谋跪在下面。陈知县便开口问道：“你就叫刁祖谋么？”刁祖谋道：“小人便是。”陈知县喝道：“刁祖谋你为何图财害命，谎骗李成仁合伙，将他害死，反要诬告他见财串骗？你可从实招来！现在尸亲已经将你告发。

若有虚言，定即严刑讯问。”刁祖谋又磕了一个头，向上说道：“太爷的明鉴：小人与李成仁合伙是实，若谓图财害命，小人却不知从哪里说起。况且小人先将二百银子送交与他，并未见他有银子出来，岂有图财反将银子送去的道理？若说小人将李成仁害死，究竟有何凭据？李成仁之妻素来悍泼，难保不因小人要告他丈夫见财串骗，他先将这个图财害命的大题目，在太爷前控告，太爷的明鉴，却不能被他蒙混过去。总要求太爷一来追他串骗款项；二来治他诬告之罪！不然小人不但失去银两，还要担那图财害命的罪名，哪里担受得起？”

陈知县正要驳诘，只见王氏在旁哭道：“青天大人呀！小妇人的丈夫，实是被刁祖谋害死的呀！他说小妇人的丈夫串骗他的银两，小妇人的丈夫避匿不出，求太爷即着他指出小妇人丈夫避匿的处所，将小妇人丈夫交了出来。小妇人有了丈夫，情愿任诬反坐；若交不出来，还求太爷明察！”刁祖谋听说，便向王氏驳道：“你可不要在青天大人案前撒泼。你将你丈夫藏匿起来，我知道他现在何处？我如果知道，我便要求太爷签差提他来。”陈知县听了他们两造的供词，俱是有理，便又沉吟了片刻。又问王氏道：“你丈夫是何时出门的？”王氏道：“是天才微明就带了包裹出去的。”陈知县又问刁祖谋道：“你既与李成仁贴邻居住，应该约他一起出门，为何先自前去，要在码头上等？你又为何先将银子交付与他？既是他真与你合本，尽可各带银两，俟到地头，再行交出不迟。此中显有情弊，快讲！”刁祖谋道：“太爷容禀：小人所以不与他同行者，因小人尚多俗事，要去料理；又因李成仁托小人雇船，所以小人才先走，为的是预先将船定好，李成仁一到便开，免得耽延时刻。若谓将银子先交付与他，这也是小人脚踏实地之处。因小人家贫，无人与小人合本。难得李成仁答应，若不将银子先交与他，恐他回想起来，又不与小人合本，所以小人先将银子交付，使他放心。”陈知县听了，亦似有理，一时难以决断，只得着两造取保，暂行回家，听候复讯。过了两日，陈知县便密饬心腹到外面察访。一连访了几日，竟访不出一些消息。

这日陈知县适有公干，到淮安漕督衙门，见施公面禀要事，就将这案两造供词，顺便带在身上——准备见过施公禀明公事，就将这案情供词呈上去，请施公的指示。主意已定，带了供词，即便动身。这日来到淮安，见了施公，先将原禀的要事细细禀过；正要禀告这件事情，却好施公问道：“贵县那里，近来还有什么疑难的案件？”陈知县见问，正合心怀，因即答道：“卑职正有一件案情，要求大人指示！”说着，便将刁祖谋及两造供词呈送上去。施公接过一看，首先见着刁祖谋这个名字，就有些不悦；及至看了他的状词并供词，已知大略。又将王氏状词看了一遍，随即问道：“贵县却以此案如何办法？究竟曲在谁人？”陈知县道：“卑职正因两造俱似有理，而刁祖谋似较有不实不尽之处。卑职也曾悉心访察，却毫无头绪。屡想用刑将刁祖谋审问，争奈不能指出他们的实在曲处，因此不敢滥用刑法。还求大人指示才好。”施公正欲将案中是非曲直明白，告诉陈知县，忽听大堂上一阵喊冤之声，施公即命施安出去，观看是何人喊冤。

施安答应，出来见是一个妇人，带了一个家僮，头顶状词，跪在那里听候。你道这人是谁？就是李成仁的妻子王氏。他因代丈夫申冤心急，清河县不能判断，久闻施公办了许多无头案件，他便带了王福故此连夜赶来，求施公申冤。施安将王氏状词接了过去，当即叫王氏在那里听候。王氏答应。施安将状词拿进去，走到施公面前，在旁站定，先回了两句道："喊冤的是个妇人，说是他丈夫被人害了，求大人申雪。"说着，就把状词呈上。施公接过，看了一遍，又递与陈知县看。道："贵县你看这张状词，内中所说各节，本部堂看来无一字虚假，而且实在情急。若果串骗刁祖谋的银两，他断不敢到本部堂这里来告。"陈知县唯唯。施公又道："贵县且稍坐一回，等本部堂亲自问他一遍，方知虚实。"陈知县躬身道："是。"施公即命升堂。施安赶快出来，叫人伺候。立刻，书差人等，俱已齐集。施公升堂已毕，坐在上面，即命带王氏听审。差役一声答应，立刻将王氏带上，跪在下面。王氏便望上磕了一个头，施公留神细细将他看了一回。只见泪流满面，神色仓皇。因问道："你丈夫究竟被何人所害？你可从实诉来，本部堂定代你申雪便了。"王氏便将以上各情，申诉了一遍。施公便命他退下，候将刁祖谋提案再行复讯。毕竟如何审问刁祖谋，且看下回分解。

第三三四回

据案推详终求定谳① 严刑审问立破奸谋

话说施公退堂，到了书房与陈知县说道："本部堂方才审问王氏，委系情急上控，并无虚假告词。就烦贵县将刁祖谋押解来辕，听候本部堂亲自研审。"陈知县唯唯退下，也就即日回至清河。施公复将陈知县带来两造的供词，细心推详了一遍，心下暗想："是了，这刁祖谋素来贫穷，且与李成仁贴邻居住，李成仁的家道，他必尽知光景。李成仁家道虽说饶余，却是好利心重。刁祖谋平日知其本性，欲要图他财帛，必因无由可入，所以特设此计：先以甘言诱他，知他心动，再以现银安住他的心，使他不生疑惑，然后再一网打尽。又怕被李家告发，复又托言，说他等了许久不见前去，反而倒说李成仁串骗他的银两，好站住自己脚步。不然，他与李成仁贴邻居住，何不约他同行？即使李成仁托他雇船，尽可先期把船雇定，然后与他同往，何以要先在码头等候？又谆嘱李成仁愈早愈好，其中显有情弊。且据王氏诉称，李成仁天将微明，就提了包裹出门。如此看来，一定是刁祖谋先用抛砖引玉之计，将李成仁骗入圈套，然后在码头僻静之处，趁着天将微明，无人行走，就于那里将李成仁谋害；取了银两，行送

① 定谳（yàn）——审判定罪。

回家，再去李成仁家，假称李成仁未曾前去，这是一定无疑了。又据王氏诉称，李成仁托梦回家，见他满身皆湿，欲令王氏代他申冤，又说：‘悔不听你之言，致有今日之祸。’照此详察，李成仁定是为刁祖谋抛入河中，以致毙命。且待刁祖谋押解到此，本部堂再行彻底追究，就可水落石出的了！”

不说施公仔细推详，且说陈县令回衙。将刁祖谋先行寄监，准备明日亲自押解到淮安听审。次日正欲起行，忽见地保来报：“昨夜三更时，他经渔人高光斗网得男尸一具，年约四十岁左右，背后绑有青石一块；系人故意绑缚，抛弃入水，因此禀报。现在高光斗已一并带到，候太爷的示！”陈知县见报，忽然心下一动，暗道：“这男尸莫非就是李成仁，因刁祖谋图财害命，将他抛入水中？且待本县前去相验毕了，再作道理。”想罢，即命地保：“预备尸场，本县亲点相验。”地保答应退下。到了午后，陈知县即带了仵作，前去芦苇港相验。不一会，到了尸场，陈知县升坐公案，即命仵作检验。旋据仵作喝报：“验得尸身委系因酒后为人绑缚，抛弃入水身死。”陈知县据报，出位周视一遍，遂命书差填明尸格。一面命地保暂行棺殓掩埋，俟招寻尸属认明，再行给领。地保遵谕。陈知县打道回衙。又将渔户高光斗带上堂来，讯问一遍，遂即交保释放。将来如要对质，再行候传。陈知县即将尸格带在身边，就于当日押解刁祖谋，前往漕督衙门听候复讯。不日已到淮安，陈知县先到督辕禀见。施公当即传见。陈知县进内参见已毕，施公命他坐下。陈知县禀道：“奉提之刁祖谋一犯，卑职已将他解到，候大人的示下。”施公道：“该犯既已解来，可即着先寄山阳县监内，候本部堂明日亲提严讯。”当令施安传话出去。自有清河县原差，将刁祖谋解往山阳县寄监，不必细表。陈知县又向施公禀道：“卑职昨日派差，押解该犯起程，忽据芦苇港地保报称：‘该处渔户高光斗，网获男尸一具，单身有绳索绑缚，背后并缚有青石一块。’卑职闻报，当即亲往相验。并据仵作喝报，委系酒后为人故缚，抛弃入水身死。卑职复又亲视一周，与仵作所报无异。卑职的愚见：李王氏控告一案，难保非刁祖谋有意图财害命，将李成仁抛弃入水身死。李王氏所控李成仁托梦申冤，李王氏又见他满身透湿。据此看来，似觉已有先兆。不过李王氏现在此地，是否该氏之夫，无人前去相认。”施公道：“贵县将尸格填明么?”陈知县道：“尸格已经填明，现已带在身上。”施公大喜道：“既有尸格，这就易办了。”陈知县便将尸格呈上。施公看了一遍，即刻传齐差役升堂，将李王氏带来复讯。

一会子，李王氏已到，跪在下面。施公问道：“李王氏，汝控刁祖谋有意图财，将你夫害死。本部堂且问你，你夫那日天明出门之时，身上所穿的是什么衣服呢?你可细细说来，本部堂可代你申冤。”李王氏磕了一个头，说道：“氏夫那日出门，身上所穿的，是玄色湖绉马褂，米色土绸袍子，蓝布套裤，玄色布鞋。”施公一面看那尸格，一点不错。因将渔户网获尸身一具，说了一遍。李王氏见说，不觉放声大哭。施公说：“李王氏你不必如此。刁祖谋现在已经提到，候本部堂明日讯问明白了，便可代你夫申冤。”陈知县已经进来。施公命传齐差役升堂，并令往山阳县监。将刁祖谋带来听审。不一会子由清河县原差将刁祖谋解到。施公即与陈知县一起升堂，刁祖谋跪在下面。施公将刁祖谋一看，见他满脸奸相，施公已知道他不是善人。便往下问道：“刁祖谋你控李成仁串骗，藏匿不出，你可将以上情节细细诉来，或本部堂好代你做主。”刁祖谋见问，即磕了一个头，便将如何合本情形申诉一遍。施公听了不觉勃然大怒。即将惊堂一拍喝道：“好大胆的奸刁，在本部堂面前还敢逞你的奸计。你敢用那抛砖引玉的奸谋将李成仁图害。还敢反告他串骗，快快从实招来！究竟如何将李成仁害死。如再三假词搪塞，本部堂定即严刑拷问！”一面词说，一面留神看刁祖谋的神色。刁祖谋道：“小人实在与李成仁合本。先将银子交付与他，约定一起动身。小人先在码头久候。不料李成仁居心谎骗，将小人的银子骗去，藏匿不出，反串他妻子王氏诬告小人图财害命的。小人真是冤枉呀！要求青天大人明鉴。”施公听罢怒道：“该死的刁民，本部堂已察破你的隐情。你还敢强辩。本部堂且问你，为何将李成仁灌醉绑缚起来？还用青石绑在他背后，抛弃入水，将他害死？你既设此狠毒心肠，还敢在本部堂面前强辩。拖下去将他夹起，再向差役吆喝一声，立即将刁祖谋拖翻在地。把他两条腿就此一夹，刁祖谋受刑不过。只得一一供出。实系图财害命。用酒将李成仁灌醉，绑缚起来抛入水。施公命人录了供词，当判刁祖谋图财害命着于秋后处斩。所有李成仁纹银三百两仍令该家属缴出付还李成仁亲属，令李王氏领回。判毕退堂。陈知县也跟了进去。施公向陈知县勉励了几句话。陈知县这才告辞退出。且看下回分解。

第三三五回

蔡天化二次露真名　老褚标一议捉强寇

话说施公审明刁祖谋图财害命一案，退堂以后，正欲宽衣。忽见王殿臣进来禀道："卑职奉谕寻访蔡天化，现在该贼已有了下落。请大人示下，传知黄副将等，一起前去并力捉拿。"施公听了，好生欢喜。当时传知各人，赶速随同王殿臣前去捉拿。

你道王殿臣如何知道蔡天化的下落呢？原来蔡天化自那日草桥驿留柬露名之后，本来就要暗地跟随关小西、计全来到淮安。只因他闻说徐州一处美貌妇女甚多，耽搁了好些日期。这日蔡天化在一个酒楼上饮酒。那酒楼名唤做："一醉楼"，要算得淮城里第一座酒馆。蔡天化就在那里独自小饮。忽见楼下走上一人，仿佛差官打扮。那酒堂的小二一见，立刻立在一旁，垂着手喊了一声："王老爷。"那人上得楼来，就在里面一间房内坐下。那店小二也就跟着进去招呼，且是应酬不迭。蔡天化见了，就有些疑惑，当时并未开口。停了一会，店小二到了蔡天化面前，问蔡天化还要什么菜？蔡天化先要了两件菜。趁此就问道："那房间里坐着的那个人，他姓什么？你为何那样应承他，却是何故？"店小二道："你老有所不知。那人姓王，名唤殿臣。是总漕施大人衙门里一位千总。这王老爷在施大人面前颇为得用，平时却不常来饮酒。偶尔来了，待我们极其宽厚的。赏我们的小钱，说不定一样比正账还多。所以我乐得殷勤的去招呼他，是想他老人家多赏些钱。你老不要笑话。”

蔡天化听了，也就微微笑了一笑。暗想：“原来就是施不全那里的人，咱何不趁此就叫他带个信回去，使黄天霸那个小子知道。叫他前来会咱呢！”主意已定，又自斟自饮起来。蔡天化将酒饮毕，便将店小二叫到面前问道：“咱吃了多少银子酒菜？算明白了，咱就走了。”店小二道：“连酒共菜，一共八钱三分；外加小账是我们的。听你老人家赏给是了！”蔡天化道：“咱知道了，现在身上未曾带钱，代我权记在账上，午后到城外天齐庙内向咱领取。”店小二闻此言，好不诧异。暗道：“这人看他不像光棍，怎么竟来吃白食？向来又不认识他，怎么叫我代他记账？”一面暗想，一面带笑说：“你老不要见怪。我们这个铺子内，向来是不赊账的，皆是现钱交易。而且与你老初会，你们虽叫我们到天齐庙内去讨，又不知你老姓甚名谁，这不是叫我们去白跑一趟。还请你老现惠罢！”蔡天化见说，忽将两眼一睁，一声大喝道：“好个有眼无珠的小子！你要问咱的名姓，你可站稳了。咱就唤做赛罡风采花魁首蔡天化！你若识时务的，快快给咱将账记上。午后到天齐庙内向咱去讨，咱断不少把一文。若有半字不行，你可不要怪咱眼睛里认得你是跑堂的店小二，拳头上可认不得你了！”说着就将左手在桌角一拍，只见那张桌子角如刀削的一般，已削去一角。店小二一闻此言，知他就是蔡天化，已是吓得魂不附体；又见手这一起，他已将桌角剁了下来。更是不敢声张，只得抱头鼠窜，跑下楼去。

此时王殿臣早已听见，如在从前，也早已跳出来，与他交手了。只因蔡天化声名大了，一个人拿他不住。又因他说出住在天齐庙内，王殿臣心中暗想道："明明是他知道我在这里，有意说把我听，叫我前去与他交手。我若出去与他动起手来，能够胜他也还罢了；若再打败了，我这淮安城里，就不能住了。况且他既说出姓名住址，分明叫我们去捉拿，料定他绝不逃走。我不若还是不出去的好；等他走过，再回去送信，约同大家一起到天齐设拿捉，也觉得稳当些。"主意已定，即向壁缝内，将蔡天化认了个真切，以便一同大家前去，好认明捉拿。蔡天化将自己的姓名住址报了出去，也料定王殿臣不敢出来与他交手，他也就下楼去了。此时楼上的酒客，等蔡天化走过，就大家议论起来。有的说："蔡天化不像做强盗的！"有的说："蔡天化真是好武艺！"还有的说："施大人正在那里各处访拿，他竟敢明目张胆出来，是要自寻死的！"议论纷纷，不一而足。王殿臣听了也是好笑，赶急算了账，走下楼去，赶回衙门，报与施公得知。

施公传齐各人，连褚老听见，也就一起进来，商议捉拿之计。当下施公说道："方才据王殿臣来报，说是蔡天化现在此地，他已见过本人。诸位贤弟，看怎样前去捉拿？"黄天霸见问，便将如何见着蔡天化的细情，问了一遍。王殿臣也就将上项的情形说明。黄天霸不由得气望上冲，即向施公说道："大人的明鉴。这没有什么计策。蔡天化既在天齐庙，副将等即刻前去捉他便了！"褚标当即拦阻道："黄贤侄，你不必性急。依老朽的愚见，咱们此时不必前去，还是在衙门里等候，可一面各处埋伏起来。他到夜间见咱们不去，他必然到此探试。那时出其不意，将他擒获住了，实做个以逸待劳。若此时就大家前去，反要被他笑咱们无见识。”

施公听了，也觉有理，即向黄天霸拦道：“黄贤弟，老英雄所言，甚合吾意。你等就照老英雄这样办法便了。”黄天霸实在气愤不过，怎奈施公拦阻，不敢违拗，只得勉强答应下去。当时就议定黄天霸、关小西二人，在施公卧房内保护。计全、李昆在施公卧房外埋伏。何路通、李七侯在书房外埋伏，贺人杰、褚标在夹巷内埋伏。王殿臣、郭起凤、金大力在二堂内外埋伏。又将张桂兰、郝素玉二人传来，令他们各处巡风，帮同接应。商议已定，到了点灯时候，大家皆饱餐饮食。带了兵刃暗器，各处埋伏起来。那夜并不多点灯火，仍同平时一样，若作毫无准备之状。

大家等到二更时分，不见动静。看看又到了三更，仍是毫无影响。大家都有些着急。黄天霸正在施公卧房内，与关小西说道：“咱不懂，褚老叔专代那个蔡天化小子说话。长他人志气，灭自己的威风。”关小西正欲回答，忽见窗外有个黑影子一晃。黄天霸递了个暗号，立刻提着刀，将窗格推开，飞身出来。关小西不敢走开，也就打了个暗号，与各人知道。张桂兰、郝素玉二人，是早已瞧见。正欲递信与黄天霸，已见天霸飞身出来。当下三人即刻蹿上房檐。四面一看，见施公卧房上面立着一个人，手内提着单刀。黄天霸一见，便大声喝道：“蔡天化小子不要走！你认得黄天霸老爷吗?”只听蔡天化答道：“天霸你这小子不要逞强。咱老爷特来会你，与你比个高低！”天霰一听大怒。立刻飞过房檐，向着天化就是一刀。天化也不格架，将左手往天霸的刀口上一迎。只听哓噔一声，天霸的刀犹如砍在石头上一样。天霸说声：“不好!”赶将单刀抽回。才要复下一刀，向天化肋下刺去。天化的刀已向天霸胸前砍来。不知胜负如何，且看下回分解。

第三三六回

众英雄大战天齐庙　蔡天化小住藏春楼

话说蔡天化、黄天霸二人在房檐上交起手来。一来一往，约有十数个回合。黄天霸暗暗赞道：“怪不得褚老叔料他武艺高强，果然不出所料，如此扎手。若要捉他，倒觉有些费事。”蔡天化也暗自夸赞。

且说张桂兰见黄天霸战蔡天化不下，也就提着刀飞了过来。出其不意，认定蔡天化肋下就是一刀。蔡天化实在眼快，说声：“来得好刀！”这一刀就望下面一磕，复一转刀背。将张桂兰那把刀掀在一旁，趁势就一刀，向张桂兰胸前刺到。张桂兰望后一缩，一转跳到蔡天化左边。蔡天化正欲掉转身躯来战桂兰，天霸已早又一刀，向天化肩背砍到。天化也不躲让，一面用肩背向刀一迎，一面执定利刃，向张桂兰便刺。黄天霸见他不避刀枪，心中好生着急。正欲拿暗器伤他，只见蔡天化说声：“不好！”已飞下房檐。你道这是为何？原来贺人杰在对面屋上，见天霸、桂兰二人战他不住，便暗暗取出金钱镖打来。以为这一镖打去，必然将蔡天化二目打瞎了，好让黄天霸趁势擒拿。哪知蔡天化实在眼快，才将黄天霸、张桂兰两把刀分开左右。瞥眼见对面屋上有人将手一扬，向他双目打来。他早知道是暗器，如果要让，是万让不去。只得说声：“不好！”将头一低，一个箭步，跳下屋去。

黄天霸一见他飞下房檐，也就取出金镖，认定蔡天化腿上打去。张桂兰也就飞出袖箭，向他脑后射来。那知蔡天化练的本领，不必说金镖、袖箭。任你什么暗器，要想在他身上，都不能伤他。只有两处照门是他的要害：那两眼、两腋，他是刻刻防护着的。所以贺人杰将金钱镖打来，他便赶紧跳了下去。蔡天化正跳落地面，只觉脑头、腿上都有两样暗器打到，他也毫不介意。却好关小西舞动折铁倭刀，从施公卧房内跳了出来。接住蔡天化便杀。黄天霸、张桂兰见两般暗器俱伤他不得，也就噗噗一起飞将下来。却好郝素玉又舞动绣鸾刀前来助杀，贺人杰也从对面房檐上直蹿下来。五个人将蔡天化团团围住，在院落中间大杀起来。只见蔡天化抖擞精神，力战五将，毫不介意。

斗了有一个时辰，不但拿他不住，且未曾伤他分毫。此时却恼了关小西，大喝一声，舞动折铁倭刀，向蔡天化左右前后乱砍下来。蔡天化一面迎战关小西的那把刀，一面防护着自己的要害，得空还要向黄天霸等人还上一刀。就此又斗了好一会，只见关小西的那把折铁倭刀，本来锋利无比，又兼他杀上气来，将吃奶的力气，皆贯足在这把刀上。因此，一撒手，向蔡天化顶门劈下。蔡天化见这一刀甚是厉害，赶将手中的刀望上一迎。不意关太的刀用力过猛，又因锋利异常。也算得削铁如泥，吹毛即断。蔡天化的刀才迎靠上去，只听咣嚓一响。又听当啷一声，天化的刀已折成两段在地。蔡天化知道此刀厉害，将自己的刀折断，手无寸铁，何能厮杀？也就不敢恋战，抽个空举起双拳，先向贺人杰面门打来。虚晃了一下，贺人杰赶紧望开一让，蔡天化回手一拳。出其不意，认定黄天霸肩背上一击。黄天霸冷不提防，被中了一拳。“哎呀”一声，反倒退两步。蔡天化就趁这个空儿，已飞上房檐。大声喝道：“尔等这些小子！有胆气的，明日到天齐庙内，与咱再比个高低。咱今去也！”说着就蹿房越屋，早已不知去向。

此时已将天亮，各人也安睡一会。次日起来，施公复聚众议道：“蔡天化如此厉害，若不设法将他拿住，不但是心腹之患，而且闾阎必定受害不浅。”黄天霸道：“副将等今日准备会合全力，前往天齐庙捉拿。若不将他擒住，誓不回署。”施公道：“黄贤弟此言差矣！我料蔡天化，今日必不在天齐庙内。昨日所言，是其诈也。”褚标道：“大人虽料得不错。在老民看来，蔡天化必不逃走。他正要在此大显武艺，若就此逃去，他还恐惹人耻笑。今日正该会合全力，前往擒拿。且到那里，再行见机而作。”施公道：“既是老英雄所料如此，本部堂之意，还要请老英雄同他们一行。不知老英雄尚肯臂助否？”褚标道：“老民当得效力。”于是大家饱餐饮食。一起带了兵刃，出了衙门，直往天齐庙而去。

不一会已至天齐庙内，大家一拥而进。蔡天化是早已预备，知道他们今日必来。一见大家进来，即便迎出，向众人说道：“咱们今日比试，你是大众齐上？还是轮流而来？”褚标听说，赶着应声说道：“咱们每人与你各斗五十合，轮流转战，尔敢应承么？”蔡天化道：“就便是一百合，却又何妨。谁先过来见个高下？”话犹未了，只见金大力手举齐眉镔铁棍跳上前来。认定蔡天化顶门，就是一棍打将下来。蔡天化说一声：“来得好！”赶着将双刀望上迎住，身子向旁边一跳。趁势一个猿猴摘桃，先将左手刀向金大力面上一晃。金大力赶着用棍来迎，蔡天化已将右手的刀，向金大力腿上刺去。金大力躲闪不及，小腿上已着了一刀。李昆看得真切，大喝一声，跳了过来。手起刀落，直向蔡天化砍去。招拦隔架，战有三十余合，李昆看看抵敌不住。计全即提着刀，上来轮换。李昆、计全二人，又勉强围战了二十余合，也是不能取胜。大家皆轮流已遍，蔡天化并未分毫受伤。此时大家皆已急了，一起拥上，你一刀，他一锤；你一拐，他一剑；更有许多暗器。如李昆的弹子，张桂兰的袖箭，黄天霸的金镖，郝素玉的软索锤，皆纷纷打下毫不中用。

贺人杰也就将金钱镖掏出，手一扬直向蔡天化两腿飞来。蔡天化看得真切，就趁此借机。先将头一低，让过金钱镖。复大笑一声道："尔等这些本领，咱已全领教过了。各种暗器，咱也见过味儿了。咱可要饮酒吃饭去了，咱们再会罢！"说着两脚一蹬，由平地飞上屋檐。黄天霸等一见，也赶着一个个追了上去。蹿屋越房，赶了许多地方，终是赶他不上。忽然见蔡天化望下一跳，黄天霸也就赶了下去。登时就不知他的去向。急得黄天霸等怒目咬牙，与他势不两立。此时，那蔡天化已不知去向。只得各处搜寻一回，终不见个形迹。大家复又会合，一起赶回衙门，再作计议。

哪里晓得黄天霸等，才到衙门见了施公，正欲回明各节。施公已拿出一张简贴，递与天霸等人观看。大家环视一遍。只见上面写着："咱蔡天化特地前来给你送信，黄天霸等那班小子，皆被咱杀败。你可再请武艺高强的人，前去捉咱。咱限尔一年，如若捉咱不住，咱就要把你捉去了。"大家看罢，又恨又愧，好不难受，连褚标也觉惭愧起来。施公见他们俱有愧色，反用好言安慰了一会，大家才退了出去。互相议论设法捉拿天化不表。再说天化自从天齐庙别了众人，又到施公那里留了柬帖，他便缓缓行去，仍暗暗回到天齐庙内。取了些银两，带在身旁，复又出去。庙内和尚一个都不知道。天化复出了庙门，心中一想："咱此时往何处去呢？不若前往藏春楼取乐一回。"蔡天化如何取乐，且看下回分解。

第三三七回

妓女无心窝留巨盗　狗儿畏罪首告强徒

话说蔡天化要往藏春楼取乐。你道这藏春楼是何所在？原来这藏春楼是淮安城内数一数二的妓馆。馆内有十数个妓女，皆是名震一时。唯有一个金玉姑，更是超群出众。蔡天化初到淮安，他就到了那里住了两宿。这两日与施公那里两相争斗，因此未去。现在已与黄天霸等比试过了，他便来与金玉姑取乐。

等至天黑，天化便走了进来。鸨儿、龟奴见是熟客，也便笑迎出来道："我道是谁？原来是蔡二爷。请里面坐罢！"说着就迎了进去。蔡天化走进金玉姑房内坐定，早有人送上茶来。蔡天化问道："玉姑娘往哪里去了？"当有鸨儿答道："方才被河坊街五八老爷家接去陪酒，一会儿就回来的。你老请坐一刻，小的先去叫两个姑娘来陪着。"蔡天化道："很好，快去叫来！"鸨儿答应，转身出来，就喊了两个进去。蔡天化一看，见那两个，一个十七八岁，一个十四五岁。虽不如金玉姑美貌，倒也不甚讨厌。只见那两个妓女走到面前，先请了个安，站立面前低声问道："老爷贵姓？"蔡天化笑道："咱姓蔡。"便随问那两个道："你们唤什么名字？"十七八岁的道："我唤小红。"那个十四五岁的也答道："我唤小宝。"蔡天化便将小红、小宝，一手拉一个在两膝上坐下。又问小宝道："你今年十几岁了？"小宝道："我今年十四岁。”又问小红道：“你今年多大年岁了？”小红道：“我今年十七岁。”蔡天化道：“你两个会唱曲子吗？”小宝道：“我是才学的，唱的不好。小红姐姐唱的绝好的京调。”蔡天化听了大喜。就叫小红去唱，小红也不推辞。就叫人取了一把胡琴过来。小红接在手中，且先拉了一会。就将胡琴上的弦子校准，然后调着腔，唱了起来。

蔡天化一面静听，一面与小宝戏谑。一会子小戏唱完，蔡天化喊了一声：“好！”便问小红道：“你唱是唱得好极了，可是咱但知你唱得好，可不知你唱的是些什么？你告诉咱罢！”小红抿嘴笑了一笑道：“你老别客气罢！我知道我不会唱，还请你老包涵些儿。”蔡天化听说也笑道：“咱真不知你唱的是什么，谁骗你来？快些讲罢！”小红道：“我方才唱的是《捉放曹》。”蔡天化道：“这《捉放曹》是怎么一回事儿？你明白的说了罢！”小红道：“是曹操先被陈宫捉住，后陈宫又把他放了。就是这么一回事。”蔡天化道：“原来这就唤《捉放曹》。”

又问小宝道：“你会唱什么呢？”小宝道：“我是更不会唱的。”小红道：“他的昆腔唱得最好。你老叫他唱罢！”蔡天化听着，就逼住小宝唱昆腔。小宝推辞不过，只得央着小红吹笛，他也唱了一出《佳期》。蔡天化听了更是一句不懂了。又笑问道：“你这个把戏儿好不闷人，只管咿咧咿咧，胡闹不清。究竟唱的是些什么？”小宝道：“是唱的一出《佳期》。在唐朝有个莺莺小姐，给张公子瞧见了，那时张公子就爱上莺莺。要与他成就好事，争奈不得到手。却也好，莺莺有个丫头，唤作红娘。张公子就买嘱了红娘，给他牵马。红娘就答应张公子，把莺莺的心说动了。这日红娘就约定了张君瑞公子，在花园书房内相会。他又把莺莺约了出来，给他两人成就好事，他自己却在书房外面等着。这曲词是写红娘在此思想那张生、莺莺两人在里面的动静。后来有人编首曲子就叫做《佳期》。”蔡天化听罢大笑道：“原来就是这样。”

正说之间，只见门帘一掀。走进了个人来笑着说道：“蔡二爷！你为什么这许多时，都不到我这里来？贵忙①吗？”蔡天化见是玉姑回来，赶着撇了小宝、小红，迎上前去，一伸手将玉姑的手拉住。顺便就在旁边一张椅子上坐下，将玉姑抱入怀内。先将他的脸看了一遍，说道：“你今日的酒饮得不少了，你那春心想也要动了。”玉姑见说，两手将他推开，走了过去。在对面那张椅子上坐定。便问道：“你还没有吃饭吗？”蔡天化道：“便是咱要吃饭，也等你回来，咱们一道儿吃，才觉得有趣。”金玉姑听说，便笑着说道：“隔了有半个月才来，还要说这些米汤话，你不怕臊吗？”说着便掉转头来，向着小红、小宝谢道：“有劳二位妹妹给我陪客了。”小红、小宝答道：“一家之人，何必这样客气？”说着就站起身来向蔡天化道：“二爷请坐，我们少陪了。”小红、小宝要走，被蔡天化留住。当下就叫人摆下酒来，金玉姑、小红、小宝陪着蔡天化四人同饮，说不尽那般快乐。

不表天化饮酒取乐。且说这院内有个打杂的，唤作胡狗儿。可巧叫他到金玉姑房内上菜。他一进了房，见着蔡天化就是一怔。蔡天化却不曾留意。胡狗儿上了菜，赶着跑到领班的房内，

---

① 贵忙——很忙。

悄悄向领班的王二说道："二爷，咱们院内要出事了！金玉姑房内，现今接了一个强盗了。"王二一听，慌忙问道："你这是怎么说？玉姑娘房内是个熟客，前已来过两次，还在这里住了两宿。你怎么说他是强盗？"胡狗儿道："他不是姓蔡吗？"王二道："他正是姓蔡。"胡狗儿道："那更不错了！"王二道："你怎么知道他是强盗呢？"胡狗儿道："昨日我寻贾老爷去。才走到天齐庙门外，见那庙里拥着许多人。我便问做什么呢？就有人说道，'施大人派了黄副将等一干英雄，现在在庙里捉拿什么采花大盗蔡天化。'我听见这话，就挤进庙内躲在旁边偷看。但见黄天霸老爷，还有十几位老爷。两位女将，都在那里与蔡天化厮杀。斗了有两三个时辰，忽见蔡天化就平地上跳上房檐，逃走去了。黄老爷等人，也就追赶上去。我看了一会，见不曾拿住蔡天化，我就回来了。方才到金玉姑房内上菜，见着那个客人，正是采花大盗蔡天化。所以特来告诉二爷，好早些作准备。不要被施大人那里的人知道了。说我们家窝藏大盗，那些罪名是洗不清了。"

王二一听，已吓得魂不附体。忙与胡狗儿商议道："据你这样说，你有什么好主意呢？"胡狗儿道："在我看来，去到施大人那里赶紧报案。请他老人家派人前来捉拿。无论拿得住拿不住，我们就可没事了。"王二听说，又道："既这么说，你就赶紧前去一趟，请他老人家那里派人来拿。"胡狗儿道："我去是去的。但是我们家里不必惊动第二个人。也不要告诉谁，还照常关门，与平时一样。若把他惊走了，等到施大人来捉他已逃走，那时他们必然说我们买放。我们还是个不了。"王二答应。

胡狗儿便立刻出了门，一口气飞跑到漕督衙门。先到门房

未动手，敛声屏气。又听了一会，只听那床上呼声如雷，又听见接连两个喷嚏。黄天霸知道他已受了熏香的气味，因此睡熟过去。黄天霸等三人进来，见他一些儿也不知道。黄天霸等知道他已动弹不得，即拔出刀来跳至床前，将帐门一掀。李昆把火种一亮，只见蔡天化紧抱着金玉姑并头而睡。黄天霸赶上前去，即将蔡天化两手扳开。把金玉姑向床里一推，又把一床薄被掀起半边，但见蔡天化赤条条如死的一般睡在床上。黄天霸急将单刀提起，在蔡天化腿上用足了力，连捌了四五下；只见蔡天化的两条腿乱动了几阵，并未有甚伤痕。黄天霸等见了，也觉诧异。当下哪敢怠慢。李七侯便在旁边衣架上，取了一件衣服，把蔡天化的下身盖起来。即刻取了绳索，将天化翻过身来，四马倒攒蹄捆了结实。此时黄天霸等三人把他放下地，随即招呼屋上。计全、贺人杰听见，也就由楼窗内进去。李昆又将火种取出，把灯点了起来。褚标同关小西等在楼下，也知道蔡天化已擒住，便招呼了合院的上下人等起来。

藏春楼的人听见招呼，也知道蔡天化被捉住。大家也把心放了下来，一个个寻着火种，各处的灯光重复点起。这一惊动，便吓坏了许多住客。那些住客从睡梦中惊醒，听说捉住强盗。这一吓却也非同小可，只吓得他们乱抖。跪在那里，不住声的求大爷饶命呢！

且不说各住客、妓女、鸨母等乱乱纷纷。再说黄天霸等，见合院的打杂人等，俱已起来，各处的灯光，俱已点得明亮。当下即会合了大家，先将蔡天化送下楼来，一起在那里看守等至天明，再行押解回衙，听候施公发落。一面又叫院内的鸨儿取了凉水上楼去，将金玉姑胸膛上用凉水喷了，将他唤醒。鸨儿答应，立刻取水上楼，如法炮制。果然不到半刻，金玉姑已是醒来，睁开二目，不见了住客。只见院内的老鸨在那里叫唤。他便问道："妈妈！你在这里做什么？蔡二爷如何不见？他到那里去了？"鸨儿见问便答道："姑娘再不要提那个蔡二爷了！你道他是个什么人？原来是一个有名的大盗，唤作什么蔡天化。幸亏胡狗儿送信去，已被施大人那里的人捉住了。此刻放在楼下呢！我也是施大人面前那位黄老爷叫我上来。将姑娘唤醒，怕的是等到天明，还要将姑娘带去，一同审问呢！姑娘你可不要怕。如果将你带去审，你千万不要说别话；只回他个接客是有的，其余一概都不知，包管你没事的。万万不可说出胡狗儿前去报告的话来！"金玉姑听了这番话，真个吓得三魂少了二魂，七魄只有一魄，不觉大哭起来。那鸨儿赶着又安慰了一回，金玉姑这才不哭了。便胡乱将衣服穿好，坐在床沿上一人叹道："总是我的命苦，即已流落烟花，将皮肉卖钱。还要惹出这一场无辜大祸，这是从那里说起。又接了一个强盗进门。若果托菩萨保佑，念我苦命，到了施大人那里不受苦恼。仍然放我活命回来，我从此就削发为尼，死也不吃这碗饭了。"不言金玉姑自说了一回。再说那些住客及各房内的妓女。打听得金玉姑房内接了一个强盗，现在被黄天霸等已经捉住，专等天明押解到总漕衙门审问治罪。这一起住客与妓女，才算惊魂甫定。

看看已是天明，蔡天化此时业已醒来。知道已经被人捉住，也不懊悔。便睁开二目四面一看，只见黄天霸等，皆团团的围住那看守。蔡天化看罢，望着众人大声笑道："你等这一起小子好不惭愧！咱爷爷误被尔等捉住，终不能算尔等的功劳！"黄天霸等听说，也出口骂道："狗强盗！任你胡作胡为，也有了今日。眼见得死在头上，还敢逞强！"蔡天化复又笑道："这皆是爷爷贪恋烟花，偶尔大意才被尔等这一起小子捉住。不然，任尔等再用平生之力，也不能损动咱一根毫毛。如尔等这些没用的东西说情，给咱爷爷做儿子，咱还不愿意呢！"当下褚标便向天霸说道："咱们可以回去了！"黄天霸答应一声，立刻吩咐藏春楼的人，取了一根杠子，就将蔡天化四马攒蹄倒抬了起来。又命将藏春楼的领班王二、妓女金玉姑二人带了。便一起押解出门，直望总漕衙门而去。回到衙门，黄天霸先进去禀报。施公得知蔡天化已经捉住，立刻升堂。先将领班王二、妓女金玉姑带上堂来审了一遍。玉姑、王二只认了个接客是实，其余一概不知情。施公早已知道，也就不再追问。即命二人跪在一旁。喝带蔡天化审问。蔡天化被抬到公案面前，仍是四马倒攒蹄那样子。他不等施公问他，便向着施公说道："施不全！你不要问了。咱爷爷误被你手下的那一起小子捉住，你就照例问罪罢！咱也没有别样口供，就是一个采花大盗；所做的案子，咱也记不清楚。多着呢！"施公也不望下追问，就照他的话录了口供。当时就提了朱笔，判了个"斩立决"。即刻要就地正法。黄天霸等一见施公判下，个个抖擞神威。雄赳赳，气昂昂，立刻将他重新背绑。忽见蔡天化大笑一声，向众说道："尔等小子不要追赶，咱爷爷去也！"说时迟，那时快，话犹未了，只见绑他的那根绳索，一段段堆在地上，蔡天化已飞身上了牌楼。黄天霸等说声："不好！"也就立刻追了上去。蔡天化一见，早已揭了许多乱瓦，纷纷掷将下来。黄天霸等反被打伤了两个，不能近前，瞥眼间已不见蔡天化的踪迹。毕竟如何再拿，且看下回分解。

第三三九回

老褚标两议捉强徒　蔡天化一心访名妓

话说蔡天化武艺高强，在公堂以上挣断捆绑绳索，复行又逃脱。当由黄天霸等奋勇追赶，已经不知去向。仍旧在逃未获。黄天霸等只得依然回到衙门，在施公前请罪。施公道：“诸位贤弟不必介意。蔡天化当堂逃脱，诸位不可稍懈，竭力购线擒拿就是。”黄天霸等齐道：“末将等仰蒙大人宽宥，不加疏忽之罪。末将等虽赴汤蹈火，终要将蔡天化复行捉住。但不知该盗今日逃走，又向何处藏身？须得暗地缉访。得有消息，才可合力去捉。此非急切之事，还求大人宽限才好。”施公道：“诸位贤弟，但须各处购线。加意擒拿，不必定限日期，只要将他捉住了就是。”黄天霸等道：“以末将的愚见，拟求大人饬令闭城三日。并通饬各客店、妓馆、酒楼，以及庵观、寺院，一律知悉：遇有面生可疑之人，前去游玩、沽饮、投宿等情，赶紧前来禀报。仍责令各地方地保认真访察；并通饬邻境各府州县营汛。一体悬赏，设法擒拿，或者易于为力。”施公听罢，也就答应，一面飞饬各城门暂闭城三日；一面悬示晓谕合城居民，关闭城门。系为搜擒在逃巨盗蔡天化，以安众心。并飞饬邻境各府州县营汛一体协拿。黄天霸等即刻就退出衙门，先在城内分头查访一遍。到了晚间，各人又暗地在酒楼、妓馆、庵观、寺院，加意访查。一连访了三日，毫无形迹。只得据情禀告施公，再行购线。这也不在话下。

且说蔡天化由公堂脱越之后，当时因手无寸铁，又兼身无衣服，便在一个僻静所在藏躲起来。到了天黑，打算仍暗地回到天齐庙中，去取他的衣服。及至走到城下，见城门已经关闭，他便越城墙而去。悄悄地到了天齐庙，换了衣服，取了银两。又将兵刃藏好，挨到天明，也就向别处去了，暂且按下。

再说黄天霸等，虽各处购线缉访，仍然毫无消息。这日，褚标便与施公议道："蔡天化缉访无着，不知他现在何处？在老民的愚见，思得一法，可以赚他前来。但不知大人意下如何？"施公道："老英雄既有妙策，也可大家商量而行。"褚标道："蔡天化来去无踪，又不知他窝藏何处，老民意在邻境摆一擂台；就借大人之名，欲招众天下英雄。明为国家储财，实为蔡天化逃逸无踪，合力用心，设法捉拿。蔡天化是个自恃才能的人。一听了此言，居心要在大众前显个武艺。必定前来打擂，那时再合全力捉他，或者可以捉住他。况擂台一开，天下有武艺的英雄，也就闻风而至，因此得两个出众的武艺出众人帮助，也说不定。"施公听了此话，虽未一定答应，也觉有些道理。当下便说道："老英雄所言，虽甚有理，本部堂且再商量是否能行，便请老英雄作为台主。"褚标听说，觉得有些不大愿意，也只得说道："大人且商量定了，再定行止也好。"说罢退出。

过了两日，施安送进一角公文。施公打开一看，是淮安府转据东安县详称：该县义勇村武举曹德彪请设擂台，欲招取天下英雄，给他的女儿曹月娥择婿，禀请东安县。东安县不敢自擅，所以详明施公。施公将这件公文看罢，当下就将褚标、黄天霸等传到书房，与大家说明此事。黄天霸道："大人的意下如何呢？"施公道："前承褚老英雄议设擂台，以为可以诱捉蔡天化。本部堂明知此计甚妙，诸如建造擂台，不无耗费库款，因未及遽行照办。今既该府县详禀前来，本部院便想将计就计，批准下去，让他们自行搭盖。等到临期的时节，如果蔡天化悍不畏死，敢到该县擂台，那时再将他设法擒拿。如果曹德彪父女果真武艺出众，请他帮同捉拿。诸位贤弟及褚老英雄，以本部堂之言为如何呢？”褚标欣然说道：“大人就此批准下去，到了临期，蔡天化包管前去。那时候务要将他捉住的。”施公听说大喜。当下就将淮安府的来文批准，发了出去。褚标等人也就退出，一个个摩拳擦掌，准备前往东安县打擂台，捉拿蔡天化，暂且按下。

再说蔡天化这日到了河南开封府，寻了客店住下。当有店小二前来招呼，蔡天化即叫他先打二角酒，拣两件有口味的菜来。店小二答应下去，当下拿了二角酒、四碟菜，摆在桌上。蔡天化将酒斟了一杯，端在手中喝了一口。又拣了一筷子菜吃了下去，便问店小二道：“你姓什么？”小二道：“咱姓洪名唤姓四。”蔡天化道：“你是这本地人氏吗？”洪四道：“咱就是本城的人。”蔡天化道：“咱且问你，这河南古称繁华之地，想那烟花中的所在定是不少。你可知道这里哪一家有出色的好媳妇儿吗？”洪四见问，不知这媳妇子就是婊子。原来关东一带的婊子，皆叫：“媳妇子”呢！洪四便问道：“你老说媳妇子，这是怎么讲？”蔡天化道：“你不懂吗？咱告诉你。这媳妇子就是婊子的别名。咱们那里皆是叫他媳妇子的。”洪四听了，这才明白。当下答道：“你老不知道，这里人叫婊子是唤做粉头的。你老是问有什么好出色的粉头。这里粉头却也不少，皆是些家常货。只有枇杷巷柳二家，新到的一个粉头。唤做花月英，是南边人，今年才有十五六岁，生得真是美貌异常。而且唱得一口顶好的京调。咱们这里那些乡绅老爷们，谁不与他来往？还给他起了个绰号，唤他做盖河南。因此这花月英，就高抬声价起来。平时见了客，真要那客人模样儿好，钱钞儿好，方肯招待他。若有一件不到，他见了一面，第二次再也不肯出来陪他了。还要一件，若是有人要在那里住宿，除去外面的使用不算，他要三十两一夜。还要客人是个标脸；若生得丑陋些，便是三百两，他也不肯给他住宿。生得可真出色，就是那性情儿太傲些，眼眶儿太大些，瞧不起人。”

蔡天化听了暗道：“咱不管他性情儿傲，眼眶儿大。等一会儿，咱便去他那里会他一会。他果然殷勤相待，咱就使三十两银子在那里住下。也不算什么大事。他若有些儿不到，咱便黑夜里去与他宿了，他又怎奈咱何?”心下想罢，便向店小二说道：“枇杷巷离这里有多少路呢?”店小二道：“离咱们这里不远，出了门向东。走彩衣巷，过落星桥，再向南一直走。过双珠巷，再向西就是枇杷巷了。不过只有二里之地，你老要去吗?”蔡天化道：“咱正要去见识见识。”店二小道：“你老既要去，咱给你老领道儿便了。”蔡天化道：“好！等咱饮过酒，你便领咱前去。”店小二复又笑道：“咱可真发昏了，和你老讲了这半天的话，还不曾请教你老尊姓？咱可不该死吗！你老贵姓呀？从哪里到此？也得见教。”蔡天化道：“咱姓蔡，由关东到天津、山东、徐州、淮安有事。现在刚从淮安到这里，做些买卖生意，寻找两个朋友。”店小二笑着走了出去。一会子蔡天化酒已吃完，便唤店小二领他去访着花月英。不知后事如何，且看下回分解。

第三四〇回

安东县德彪摆擂台　万家村光祖访良友

话说蔡天化饮酒已毕。将包裹安顿停当，即令店小二洪四，领他前往枇杷巷，访那粉头盖河南。一路行来，不到半个时辰，已至枇杷巷内。店小二洪四走到柳二家门首，正欲推门进去。忽见两扇大门上，贴着府县的封条。洪四看罢，不胜骇异，因转向蔡天化道："你老可来得不巧，不知怎么他家门上贴了封条。想是闹出事来，被府县封了。"蔡天化闻言，甚为不乐。因道："你去左右的人家打听打听，看他所犯何事被府县官封门，现在搬往哪里？"洪四答应，即走到贴邻王二和尚家问了一遍，才知柳二家被封的缘由。

洪四便将此事告知蔡天化一道："咱去问话的那一家，叫做王二和尚。也是个做这个买卖的；他家也有几个粉头，也还下得去。不过不如花月英罢了？"蔡天化道："既如此，你且领咱到他家去耍一会儿。"洪四答应，便领了蔡天化到了王二和尚家内。那些龟奴、鸨母见来了一个生客，又兼洪四暗地与王二和尚说了两句；无非说的蔡天化是一个做买卖的客商，若将他接稳了，定是一位大财主。王二和尚听了此话，更加酬应不迭。将蔡天化先领到客厅上坐下，随即唤出七八个粉头。蔡天化一见，都不出色，勉强挑了一个，唤作林二宝。当下林二宝便将蔡天化领到自己房内坐下，早有人献上茶来，林二宝又问了蔡天化的尊姓。蔡天化也就问了他的名字。这林二宝虽然不甚出色，却是袅娜异常。一派言语，居然把天化笼络住了。当下蔡天化即叫洪四回店，将包裹物件看守好了。洪四也就回去。蔡天化这夜就宿在林二宝姑娘那里，倒也颇觉有兴。暂且按下。

再说淮安府东安县，这日奉到施公的批示。见曹德彪禀请摆设擂台，已蒙施公批准，当下即饬知曹德彪。曹德彪欢喜无限，也就拣了地方。择定日子，唤了工匠营造起来。约有一月光景，擂台已搭好。曹德彪一面贴了招贴；一面禀报三月初一日开擂。五月初一日收擂，由县通报上去。只见满街招贴上写道：

为摆较擂台，招聚英雄事：今有淮安府东安县义勇村曹德彪，摆设擂台一座。择于三月初一日开擂，五月初一日收擂。凡属四方豪杰，天下英雄。如有愿前来比试者，有能打台主一拳，敬送花红银五十两；踢台主一脚，送花红银一百两；能将台主打倒，或抛落台下者，除送花红银五百两外。不论官商绅庶，富贵贫贱，并招为婿。如果技艺平常，希图侥幸前来，被本台主打伤至死者，只给棺殓，概不抵偿。业经禀请各大宪照准立案，合再通知。凡属英雄豪杰，有愿来此比试，务望如期而来。切勿观望自误！本台主曹德彪特白。

这道招帖一出，不但邻境四方知道。就是各省各府，一传十，十传百，尽皆知道了。却说朱光祖自从与殷家堡议和之后，便各处闲逛。或寻找他的朋友，或到名胜地方游玩，倒也消闲自在。

这日，偶然想起旧日的一个好朋友万君召起来。这万君召你道是何人？就是落马湖困施公猴儿李配的女婿。他的绰号叫铁臂哪吒，江湖上却是大大的有名，而且武艺高强。与凤凰张七，以及褚标、朱光祖等，皆是至好的朋友。从前也是绿林中的豪客，后来挣了些钱财，他也就洗手不做那件买卖。自己在家享他田园之乐。这日朱光祖想起他来，便去他那里拜访。却好万君召在庄，见庄丁转报进去，听说朱光祖前来，好不欢喜。即刻迎接出来，老远招呼说道："朱大哥！咱们多年兄弟，各在一方。小弟正渴想得很，难得老大哥前来，真是意想不到。咱两兄弟好畅谈畅谈了。"朱光祖也就伸出手来，拉了万君召的手说道："兄弟你好呀！愚兄久已想来。争奈穷事太多，欲来了几趟，复又中止。今日咱两兄弟特来会会，畅聚几日。"万君召道："老大哥，你既来了，咱可要作个霸王请客，要留你在此一月。你若答应便罢。倘不答应，就不留你了。你就趁早儿走，咱们各干各事。"朱光祖笑道："老兄弟！你真是霸王请客了。既这么说，咱就在此住一月，与老兄弟畅谈罢！"万君召大喜，此时已到了客厅，彼此坐下。有人送上茶来。

万君召就一面命人摆酒，一面问朱光祖道："老褚标现在施公那里还做个什么官儿吗？"朱光祖道："那老儿也古怪得很。施公要给他做官，他定不肯要。却又喜欢住在天霸那里。遇有什么难事，给他们商量商量。施公倒极器重。"万君召又道："天霸他们想皆是得法的了。"朱光祖道："他们皆是得意的人，不比咱们终老田园的。老兄弟，你可知道施大人那里，现在还有个小子，是施大人极其赏识的。那个小子却也怪好。"万君召道："是谁呀？"朱光祖道："是贺天保的儿子，名叫做贺人杰。年纪虽只十七岁，却生得仪表非俗；更兼一身好武艺。飞檐走壁，件件皆能。前因盗回印信，施大人就赏了他千总之职。后来大战殷家堡，那殷龙老儿请咱前去说和。咱又代他作伐，将殷龙的女儿赛花，又匹配人杰，现在还未迎娶。施大人的主意，要等贺人杰过了二十岁，才与他们配合起来了。”

万君召道：“贺人杰之父贺天保，当日为飞抓打死，可是怪惨的。他既有了这个小子，也算他是一心改邪归正的好报。但是老大哥专喜代人作媒，黄天霸的老婆，也是你作的伐。现在贺小子又是你给他作伐，你那喜酒想饮得不少了。”朱光祖笑道：“可不要提这喜酒的笑话罢！黄天霸招亲张桂兰，咱与褚标不过吃了张七一顿酒。后来还说要天霸请咱们的，接着就大闹菊花庄。那时还有什么空儿讨他的喜酒？可是酒虽不曾吃得。菊花庄一闹，可是给关小西得了一个老婆。那郝其鸾的妹子郝素玉配了小西了。现在张桂兰与郝素玉两个，一个是副将的夫人，一个是参将的夫人。居然称起太太来了。至于贺人杰，我虽然给他作了伐，殷龙的酒，虽是吃过他的了，贺人杰的酒，不必说是一杯，连一滴也不曾到嘴呢！”万君召听罢，大笑不止。正在大笑，庄丁已摆上酒来。当下即入席痛饮起来。真是“酒逢知己千杯少。”直饮到皆有醉意，这才撤席。二人复又闲谈起来。正谈得高兴，忽见庄丁送进一张字帖来。欲知这字帖上所写何事？且看下回分解。

第三四一回

见招帖慷慨论英雄　说姻缘殷勤求壮士

话说朱光祖与万君召饮酒之后，正闲谈得高兴，忽见庄丁送进一张招帖。万君召接过来一看，原来是东安县曹德彪摆设擂台，招集天下英雄豪杰，前去比试。万君召看罢，便递给朱光祖看。朱光祖看罢，说道："这摆设擂台，是个大干例禁①的事，东安县又逼近淮安，怎么施大人不预为禁止？难道施大人是知道的吗？"万君召道："老大哥！你不瞧见这招帖儿上明明写着，业经禀过各大宪批准遵行？这不是施大人一定是准了的了。"朱光祖道："这就不解他们是何用意了。"万君召道："施大人既准了他，这其中必有个用意，随后皆可知道。但是那姓曹的，虽然摆设擂台，就你我所晓得的，现在也没有什么人了。"朱光祖道："矮子中选将军，也可将就的。"万君召道："咱那知道一人。说起这个人来，老大哥也该知道。"朱光祖道："是谁呀？"万君召道："那蔡天化小子，也算过得去了。"朱光祖道："咱倒不知蔡天化是谁呢？"万君召道："说起他来，是飞来禅师的首徒，本领却不在你我之下呢，飞檐走壁，无一件不精。还有一件绝技，会使神功：只要将这神功运用起来，不论你再厉害的刀枪暗器，总不能伤他

① 例禁——法规明令禁止的事情。

分毫。只有两处命门，他是最护着，不使人近的，那时咱才知道。到了去年，咱又因他事，去飞来禅师那里，并不曾见着他。咱就问他到哪里去了？飞来禅师就带着怒告诉我说：‘那蔡天化因不务正业，仗着自己本领，专门黑夜去各处采花，屡说不改。本来就要将他致于死地；后来一想，他如此作为，我即不送他于死地，总有一日要死于非命的。’后来咱走过天津，闻说一带被害家实在不少。官府虽然悬赏缉获，争奈拿不住，又不知他是个什么样儿的人。那时我就料到他身上，大概是他所为。现在曹德彪这擂台一设，蔡天化如果知道，他一定是要去的。朱光祖道：“老兄弟，你在家也没有事，难得那里有这等热闹，咱们去走一趟，瞧瞧热闹也是好的。现在开擂的日期已近了。咱们明日就同去走一趟罢！”万君召道：“老大哥！小弟是不去了。料想也没有什么热闹瞧。还是在咱这里，咱两兄弟谈论谈论还好。老大哥若一定要去，咱也不敢屈留，老大哥一人去吧！”朱光祖道：“老兄弟既不愿去，咱也不敢有屈。咱明日可是要去走一趟。等到他们收擂以后，咱再来你这里住半个月，痛谈痛谈！”万君召道：“老大哥！你的年纪虽也不小，还是这样高兴。也罢，老大哥既要去瞧瞧，等到他们收擂之时，可定要到这里来住半个月。你如失信，咱以后就与你绝交了。”朱光祖道：“那时定来的。”此时夜已深了，彼此安歇，一宿无话。

次日天明，朱光祖起来，梳洗已毕，与万君召同用过早点，就辞了君召，望东安而去。出得门来，心中想道：“咱此去何不先到淮安施大人那里走一趟？一来给施大人请安，二来与众兄弟会晤会晤，有何不可？”主意已定，即望淮安进发。不一日已到，大家一见，皆来叙别。当下褚标便问道："老兄弟，今日是甚风儿将你吹来？你可知道咱们这里的事吗？"朱光祖道："咱别的事可不知道，只晓得东安县曹德彪摆擂台，招集天下英雄前去打擂。咱想这摆设擂台，是个大干例禁的事。为何那姓曹的禀请上来，大人就准他开擂呢？"褚标见问，便将蔡天化如何两次露名留柬，如何奉命拿捉，如何大战天齐庙，如何已经被捉，复行逃走，不知去向；如何曹德彪禀请摆设擂台，施公就此意欲诱他前来打擂，那时合力再行拿捉他因此批准的话，前后细细说了一遍。朱光祖这才明白，因道："原来如此，小弟还不知道其中有这些缘故呢！"黄天霸也就说道："难得老叔前来，正好帮助帮助。但不知蔡天化，老叔可曾会过？可知他那刀枪不入，是何功夫？还求老叔见教。"朱光祖道："你问这蔡天化吗？咱虽不曾见过，也曾耳闻其名。可是他这刀枪不入的功夫，只有一人可破他。若得此人前来，不患蔡天化不为所获。但是这人不易到此。这便如何是好？"计全在旁问道："朱大哥，你说这人可破蔡天化刀枪不入的功夫，究竟是谁呢？咱们还可以请得到他吗？"朱光祖道："这人你们大概也知道，就是猴儿李配的女婿。"褚标道："原来就是万君召。他怎么能破蔡天化那刀枪不入的功夫呢？"朱光祖便将万君召所说的话，一五一十细细告诉了一遍。

众人大喜，当即就禀明施公。施公也就立刻将朱光祖请进。朱光祖见了施公，先给施公请了安，然后坐下。施公道："自从一别，本部堂无日不念及壮士，久思差人前去问候。奈壮士行踪无定，未识究在何所，以致有疏问候，实在渴想得很！"朱光祖道："便在民人疏散性成，也少得过来给大人请安，还求大人勿罪。”施公道：“岂敢，岂敢。但是方才天霸进来说，壮士有个至好朋友，可以帮助拿蔡天化。壮士可即明白见教，以便本部堂饬人去请。”朱光祖道：“大人的明鉴。若得万君召前来，蔡天化那是一定拿住的了。不过万君召尚恐不肯前来；便是大人饬人去请，也未必如期而至。再不然，托故不出，倒是一件难事。”施公道：“既如此说，本部堂亲去一趟。昔成汤聘伊尹，三使往聘之；刘皇叔三顾诸葛亮于草庐之中。自古求贤大半如此，某当躬身去请便了。”朱光祖道：“万君召是何等之人，敢蒙大人枉顾？民人倒有个主意：明日可请褚大哥辛苦一趟，到了那里，切不可说是遇见小弟，就说大人求助之意，务必请你帮助帮助。若不肯出来，大人便要亲自来请。某后日便要再由此动身，趱赶前去，再到他那里去走一趟。我就说奉大人之命，恐怕你不肯应命，特地着我前来二次奉请。大人可再稍备薄礼，于第三日饬令黄天霸再行前去。他如果见咱们两人去了，他已经答应前来，便是天霸与他途遇；他定感激大人的知遇。他如仍不肯来，又得天霸前去面请，他见去请了三日，虽实在不愿到此，那时也不得不来的。民人的主意如此，不知大人意下如何？”且看下回分解。

第三四二回

求勇士三顾万家庄　捉盗徒同上淮安府

话说朱光祖献计，延请万君召前往安东，协拿蔡天化。施公闻言大喜，当与褚标商议道：“据朱壮士所言，甚是有理。但本部堂仔细想来，恐老英雄如此高年，若再跋涉程途，使某心实不安。还得大家再筹良计才好。”褚标听说，便慷慨说道：“老民荷蒙大人如此恩德，正当竭力图报。况此去万家庄并无多路，不过三日即到，老民何敢推辞？”施公听说大喜，因道：“英雄既肯前往，那万君召重以台命，必然是肯来的。今日也来不及了，便请明早起程罢！”褚标答应，大家一起退了出去。施公又命施安预备黄金、彩缎之类，以便两日后，交给黄天霸带往万家庄。到了次日，褚标即告辞先行；接着朱光祖、黄天霸亦陆续就道。

这日褚标已至万家。当有庄丁报进。万君召听说褚标前来，心中颇为疑惑，即刻跟着庄丁迎接出来。笑道：“褚老叔！咱们有好多年不曾相见，你老甚风吹来？”褚标也是笑道：“便是老朽也刻刻记念得很。今特有事奉请，所以不辞千里而来。咱们且到里面再谈罢！”说道，二人走到客厅，见礼已毕，分宾主坐下，庄丁献茶已毕。褚标就将施公之意说出。万君召听出这句话来既哈哈大笑道：“你老岂不知咱无意于人世吗？虽蒙施大人如此谬赏器重，但是咱绝无技能，不敢承此重责。仍望另延高士建立功名，某不胜侥幸。”褚标听说，因道：“贤侄此言差矣！贤侄英勇过人，天下之大，谁人不晓？难道施公诚心慕访，正贤侄知遇之时，何必委心田园，愿作农夫以终世？贤侄虽功名心淡，无意取求，在老夫看来，正宜见机而作。若泥于终隐，窃为贤侄不敢焉！还请三思，勿过拘执才是。”万君召道：“老叔勿急，容某再达鄙意，老叔当自明之。”褚标见他执意不行，不觉气望上冲，因道：“贤侄无须故意推辞。如蒙见允，请以一言；若竟不行，亦请一绝。某当即告辞，勿作老厌物，有扰清况。”万君召笑道：“老叔何太逼迫耶？无论行止，也得容某三思。而况某与老叔阔别数年，今既前来，某亦当聊尽东道，切勿相拒太甚，使某汗颜！”说道，即命摆酒。不一刻，酒已摆上。此时已是下午，二人就入席畅饮，绝不再谈此事。饮酒已毕，将已二鼓，万君召就请褚标在书房安歇。褚标也就去安睡了。到了书房，暗自想道：“这厮何太可恶。咱若在少年，听了他这些言语，早已与他绝交了。且待朱光祖明日到此，看他如何，再作计议。”一宿无话。

到次日，又问万君召行止如何，万君召仍无决断。褚标也不追问。时将午刻，只见庄丁报进说：“朱光祖来了。”万君召一听，好生诧异道：“他去未许久，何以又来？”当令庄丁去请。少刻，朱光祖走进，正欲与万君召说话，忽见褚标在旁，故意说道：“小弟前去奉候，不意未遇。后闻施大人见谕，说是大哥已到这里，来请君召兄弟。彼时小弟不知何事，后又闻施大人说出蔡天化那番事来，这才明白。小弟当时就对施公说了一句无意话：‘大人虽派褚标前往万家庄，那君召兄弟是个不管闲事的人，恐怕未必肯来。’哪里知道把这句话说出，施大人即问小弟道：‘想是你与万君召壮士，也是要好的。既如此说，褚老英雄一人既未能将万壮士请来，还请你再去一趟，帮同褚老英雄竭力说项，务要将我求贤若渴之意说出，必定前来，倘再不行，我即亲自前往，效那刘皇叔三顾草庐之事了。’小人被你家大人缠绕不过，只得遵谕前来，邀请咱们君召兄弟。但是咱一路想来，既有老哥这老面子，又兼大人那种诚意，想君召兄弟一闻此言，定是愿意前往的。咱不过既蒙大人之托，不得不到此一行，都算是来过一趟了。”说道，又望君召说道：“老兄弟何日启行呢?”万君召听了也觉好笑，暗道：“他们做成圈套，前来诱我。这是何故呢？但既如此，若再拒绝，就对不起朋友了。”因道：“朱大哥！昨日小弟与褚老叔谈了一日。小弟本不愿去，后因褚老叔再三相劝，小弟虽未明言，本拟过了明日与褚老叔前往。但去虽去，设若其功不成，还求二位善为说辞，请大人格外宽宥才好。”褚标、朱光祖见他已允，均大喜道：“但请放心，君既肯行，此事未有不成之理。设若不成，包管大人断不见责。”万君召听罢，又命人摆出酒来，三个人一起痛饮。过了一宿。

次日一早，黄天霸即带了黄金、彩缎，到了庄外，当下通了名姓，并具道来意。庄丁不敢怠慢，立刻飞报进去。万君召一闻此言，也就立刻与褚标、朱光祖迎接出来。大家到了客厅，天霸先与万君召行了礼，然后分宾主坐下。天霸即将施公来意说了一遍，因道：“大人仰慕已久，前、昨虽两请褚老叔、朱老叔奉请，奈因空言造访是非所以求贤之意。今特遣某赍呈黄金、彩缎，聊答速驾之意。区区私忱，尚乞笑纳！”万君召先谢了来意，复又再三推辞，聘礼坚不肯受。还是褚标、朱光祖再四说项，劝他收了，当时万君召只得收下。随命庄丁大摆筵宴，四人痛饮，过了一宿。等到次日一早，大家起来梳洗已毕，用过早点。万君召又将家事稍为安排，吩咐庄丁：妥为照料门户。这才带了包裹，藏了兵刃，与褚标、朱光祖、黄天霸三人一同出庄，直奔淮安而来。

不一日已到，当下天霸先报进去。施公见报，立刻命人开了正门，带了关小西以下一班勇士，亲自迎接出来。万君召见施公如此相待，甚是过意不去，赶紧上前给施大人跪下，口称：“小民何德何能，敢劳大人如此厚待？小民虽肝脑涂地，不足报效于万一。”施公赶着将他扶起，邀入后面坐下，因道：“久仰壮士贤名，恨无由得见。只因蔡天化如此作恶，实为天下人民之害。因特敢攀玉趾，枉驾前来，协助本部堂共拿恶盗，成功之日，本部堂定即据情保奏，聊报壮士见义勇为之心。”万君召道：“小民一无技能，谬承栽培，敢辞劳苦？不过蔡天化武艺高强，虽小民亦不敢操必胜之理。但期协拿成功，以辅大人为民除害之至意；设若力有不及，还求大人格外宽恩，不加谴责，小民更就感恩不尽了。”施公道：“壮士毋得过谦，既蒙慨允协拿，蔡天化必难再逃法网。惟望合力协助，除莠安良，是所切望！”万君召又逊谢了一回，施公即命人大摆筵席，款待君召。不一会，酒席摆好，施公亲自邀万君召上首座下。君召再三不敢，争奈推辞不过，只得谢了座，然后又与人各告罪，这才坐了。施公坐了主位，大家畅饮起来。饮酒之间，万君召又将蔡天化始末根由，细细与施公说了一遍。施公听说，又极意奉承万君召两句。万君召见施公如此器重，也就死心塌地，竭力报效。一会子酒席已散，施公便命天霸好生款待。天霸答应。万君召又给施公请安道谢。大家这才告退。欲知如何捉拿蔡天化等事如何，且看下回分解。

第三四三回

邂逅相逢女郎属意　仓皇遇害公子无辜

话说万君召自施公饬令朱光祖、褚标、黄天霸三人，丰礼厚币，请他到淮安。施公又优礼相待。不必说万君召是个草莽的英雄，就是当日诸葛亮，受了刘先主三顾之恩，也曾“鞠躬尽瘁，死而后已。”你道万君召有施公这一番厚待，他自然以身相许。看看东安县开擂日期已近，黄天霸等一众英雄，就约同万君召一起前往。不一日，到了东安，即寻下客寓，只待开擂，他们便去等候蔡天化前来，合力捉拿，暂且按下。

如今再说一件奇案，虽在先未曾经施公判决，到后来案情已定，仍要施公判明奇冤。原来镇江丹徒县，有一世家姓卫。这卫家有一儿子，名唤增祥。母亲陆氏，早已去世，只有父亲在堂。他父亲也是丹徒县学的生员，名唤家禄。这卫增祥聪颖过人，十四岁上就进了学。当时学政见他文学优良，颇为夸赞，与他本学教官说道：“卫生聪颖过人，他年必致清贵，此今日之小卫玠。”由是小卫生之名无人不知，就有那羡慕他的，争相前来与他老子说亲，愿以己女相配。他父亲固爱如掌珠，行止皆问之。卫生自负殊胜，不肯草草择配。父亲也不勉强，他年已弱冠，尚未配婚。彼时，同邑有一富翁姓张，名玉球。这张玉球有个女儿名唤珊珊，年交十八，不但美貌异常，而且诗词歌赋，以及针黹，无一不精好。张玉球也是爱如拱璧，常与人道："吾家有扫眉才子①。现在是不开女科，若开女科，不患不状元及第。"因此择婿颇难。

这日，正当二月十九，相传观音神诞，镇江西门城外有个观音洞，每年到了这个日期，四方善男信女皆往烧香。那日珊珊与他嫂嫂李氏，也去同往观音洞拜佛，烧香已毕，回来路上巧遇卫生。珊珊见卫生丰姿绝世，不觉秋波一顾，意甚恋恋。他嫂子李氏在旁看见，暗与珊珊笑道："姑娘你知道这个人吗？"珊珊道："邂逅相逢，妹子怎么知道他姓氏？"李氏道："他便是乡里中所称小卫玠便是。他与我哥哥同为文社的朋友，往来甚密，且是极要好的。我所以相识。妹子如果属意，当与我哥哥说明，使我哥哥代妹子发媒。"珊珊听说，只觉两颊飞红，笑而不答。不一刻已抵家中。姑嫂又笑说了一回，也就各自归房，略为歇息。不意珊珊即归之后，思念卫生，顿觉忘餐废寝。李氏本来与珊珊情同姊妹，也就不时省问。李氏早知其意，又戏问道："妹妹如此，想是不忘那日所遇的小卫玠吗？若有此意，以妹妹与卫生得偕伉俪，的确是天生一对的好夫妻。可请我哥哥到爹爹前说项，当无不谐。但有一件，卫家甚贫，恐将来作合成功，妹妹不能过他家那一种日子，所以我代你甚虑。"珊珊听说，因叹了一口气，与李氏说道："实告嫂嫂知道，妹妹于此事筹之已久。我想命好，今日虽贫，安知他日不富？命不好，今日虽富，安知将来不穷？

① 扫眉才子——扫眉原指女子画眉，扫眉才子喻有文才的女子。

富贵贫贱，皆由于命，何必以今日之贫为患耶？嫂嫂即代妹筹，妹敢不敬告心腹？唯望嫂嫂设法便了。”李氏听说又道：“即是妹妹所见如此，那撮合一事，自觉不难，包管在我身上，力代撮合，三日后当有好音。唯望妹妹善保身躯，不必过为烦恼便了。”珊珊闻言大喜，说也奇怪，不到数日，病也好了，终日便望嫂子回复了。

不料天不从人愿。同里有个许公子，名唤炳文。他父亲曾做广东知府，因死在任上，官囊极其丰厚。这许炳文却与珊珊同年，也是年交十八。这日搬他父亲灵柩回来；又因他已聘之妻在籍亡故，极求再聘。闻珊珊美貌异常，又能文墨，因此就请了媒人，前来与张玉球说亲。张玉球因许家门第固好，又兼财富，因此一说便允。这日，珊珊的嫂子闻知此事，知难挽回，便来与珊珊说道：“前者妹妹托我之事，我当与我哥哥说过。我哥哥亦很为赞成，也曾与卫生微露其意，卫生也颇情愿。不料天不从人愿，昨有许公子名唤炳文，曾闻妹妹的芳名，特请人与爹爹说项。爹爹因他家父亲曾为广东知府，门第固极相对；又兼他家道甚丰，因此就当面许了。可见婚姻大事，自有天定，非人力能为。似此天作之合，未尝非妹妹之福，妹妹亦何必重卫生而轻许公子，成心不化呢？”珊珊听说，亦觉无可如何，虽不敢有违父命，却是心甚不乐。

光阴迅速，又过了半年光景，这日吉期已届，许公子前来亲迎。珊珊亦备极装饰，簇然一新。两家宾客自不必说。到了晚间，珊珊乘坐彩舆，鼓乐喧天，送至许家，当有伴房搀扶新人送至洞房，与许公子坐床撒帐，合卺交杯，诸事已妥。许公子复又出来款待众客，当晚极为热闹，酒阑人散，许公子也就入房，更衣已毕，正欲与新人效于飞①之乐。忽然自觉要去小解，便身着短衣，出房便溺。刚至厕所，突有一人掩至背后，就是一刀。许公子毫不提防，当被那人洞穿胸背，扑地而死。那人见许公子已死，疾入新房内，将灯烛吹灭，走过珊珊面前，猛然钻身入帐求欢。珊珊以为许公子前来，因便问道："如此鲁莽，夫何为者?"那人见问便低声答道："我……我非公子，乃小卫玠也。感念汝意，特……来报你。"珊珊闻言，大惊失色道："你速去！公子即来。不然两有不便。"那人又道："汝……勿虑，公……子我已将他杀了，就可请放心。"珊珊听说，更加惊恐，复又问道："汝言果真吗?"那人道："哪，哪敢相谎？谁，谁来骗汝?"珊珊闻言，不觉失声顿足大哭道："你如此所为，真累我不浅了!"那人还拥抱不放，极意求欢。珊珊且骂且哭，至死不从。那人无奈，又怕人至，只得急将珊珊头上所佩金钗拔下，跑到房外逃去。此时外面丫环、仆妇闻珊珊哭声，大家拿了灯火进房来看，只见珊珊坐在床上，披头散发，呼喘不定，面无人色。大家急向前问视，珊珊将上项话说了一遍。众人大惊，急急跑出房外，各人寻找公子，寻至厕所，果见公子扑倒在地。再将火光往下一照，只见血流满地，公子胸膛业已被利刃洞穿。许家一面将合宅男女聚集，一面飞报女家。张玉球一闻此言，当即飞奔至许家，进入内堂，只见许炳文尸身僵扑在地，旁立许炳文两弟抚尸大哭。张玉球亦惊恐异常。等到天明，许家即具了状词，前往丹徒县控告。那状

---

① 于飞——本指凤和凰相偕而飞。后喻夫妇和好亲爱，相处融洽。

内并有“珊珊不无知情”一节。丹徒县阅词已毕，即刻带了差役、仵作，前往许家相验。随据仵作喝报：委系出其不意，刀穿胸际，扑地身死。丹徒县又亲视无讹，当命先行棺殓。一面将珊珊带往衙门，一面饬差飞提小卫玠到案质讯。不知后事如何，且看下回分解。

第三四四回

月明镜破据梦推详　物在人亡伤心控告

话说丹徒县将珊珊与卫玠提至公堂，讯问刺杀许炳文一案。珊珊一见小卫玠大哭道："大爷在上，小女子向与这小卫玠素不相识。究因何事刺杀许炳文？小女子实不知情，还求太爷明察！"丹徒县喝令跪在一旁。又问小卫玠道："尔一介书生。为何胆敢挟嫌刺死许炳文？尔可从实招来。若有半字虚言，本县定要用严刑讯问！"小卫玠向未登过公堂，一见差役如狼似虎，早已吓得魂不附体。及至县官讯问，更不知所对，只得仓皇失措，勉强说道："小生实不知情。"丹徒县见小卫玠如此仓皇，更是信以为实，一面将小卫玠的生员革去，一面用严刑讯问。小卫玠被刑不过，屈打成招。因此县令就拟了监斩候的罪名。珊珊虽非知情，却事出有因，也就一并系狱。此时小卫玠的父亲，见着儿子无端坐罪，心实不甘。又知县里既拟了罪名，断断不可挽回。因想道："施公清明异常，不愧当年龙图文正；并且施公断了许多冤案，不若前去施公那里求他申冤，或者增祥儿子沉冤可白。"主意已定，即写了状词，赶往淮安，去到施公那里控告。

不日已至。卫家禄即头顶状词，到了衙门。将鼓击得咚咚的响，口称："冤枉！"施公即命人出来查问。当有值日差问明卫家禄各情，并将原告状词，带了进去呈上。施公看罢，即命升堂。

将卫家禄带上堂来，先将他一看，见他委系书生本色，毫无奸猾情形。施公又问了前后各情。卫家禄又细细告诉了一遍。因道："大人一秉至公，遐迩皆仰。生员的儿子增祥，当许炳文那日迎娶，儿子增祥实在不曾出门。不知为何许炳文被杀，诬指生员的儿子所为。此种奇冤，非大人不能判明。亦非大人不敢平反。总求大人格外怜恤，法内施仁，亲提严讯，俾生员的儿子沉冤早白，生员感恩不尽了。"说罢，磕头不已。施公在上观看，觉得他那种情状，实在情急可怜，因即准词，候亲提严讯。卫家禄又磕了一个头退下。施公也就退堂，进了书房，又将卫家禄的状词细细审视，不觉伏在公案上睡熟过去——但见一人手持铜镜一枚，向地下一掷，登时掷碎了一半，那一半毫无损坏。又见那人歌道："铜镜如月，半明即灭，先缺后圆，先圆不缺。"歌毕忽然不见。施公也就惊醒。细想这铜镜的梦兆，又想那歌中语意，不觉有所触发。即刻签差备文，到丹徒县移提小卫玠、珊珊二人，并将张玉球及许炳文家属一起提到。不一日，原被告人证，俱已齐集。施公升堂，先将珊珊问了一遍，珊珊仍对以与小卫玠素不相识，实不知情。施公喝令退下。又问小卫玠道："尔为何胆大图奸，刺杀炳文？尔父亲尚以尔为诬屈，到本部堂这里控告。尔可从实招来？"一面问讯，一面察看小卫玠，实系是个美貌书生，断非杀人之辈。施公问罢，只见小卫玠禀道："小生一介寒儒，向以礼法自守，何敢妄萌异念，持刀杀人？况且许炳文迎娶珊珊那日，小生实未出门。小生又与珊珊素不相识，何得妄指许炳文被杀，即是小生所为？前经县令严刑问讯，小生受刑不过，只得承招。今蒙大人亲提前来，若蒙明镜高悬，为小生雪此冤枉，则小生得庆再生，皆大人因德所赐！若犹以为许炳文系小生所杀，还请大人勿再用刑：小生亦无他供，唯有坐以待毙而已。”说罢，大哭不止。施公讯罢，即令暂寄山阳县监，听候再行复讯。差役答应，将小卫玠、珊珊一起带下。施公当即密传令施安，授以密计；嘱狱吏净除一室，备设床帐，故纵小卫玠与珊珊聚处其中，以察其情来告。施安答应，随即往告狱吏。狱吏如命而行，随将二人封闭一处。

当日珊珊途遇小卫玠时，小卫玠并不曾看见珊珊。今与珊珊聚处一室，又见美貌动人，因即向珊珊一揖道：“小生素与卿未经谋面，平日并无仇隙，一旦妄遭诬陷，却是何故？尚望卿指示明白，小生虽死亦瞑目了。”珊珊见小卫玠如此温柔，实非杀人之辈，也就叹道：“君所作之事，君自知之。杀人者抵罪，国法自在，于妾何尤？”小卫玠听说，复又叹道：“卿至今日，直以杀人者尚为小生吗？小生手无缚鸡之力，卿虽女流，亦当审视得出。岂有力无缚鸡，而能持刀杀人者乎？小生曾不解其中究竟是何冤孽？以小生与卿并未有一面之缘，何以诬陷若此？岂真夙冤耶？”珊珊闻说，复又叹道：“君真与妾无一面之缘耶？”小卫玠道：“素昧平生，何得妄称相识？”于是珊珊便将如何途遇，如何抱病，如何与嫂氏同谋，细细说了一遍，小卫玠这才明白，复又叹道：“即蒙卿谬爱，今者已百喙难辞①。但枉被虚名，心实不甘。卿如慈悲，俾得一亲香泽，死亦感恩非浅。”说罢，便拉珊珊求欢。珊珊闻言，心甚凄惨。不觉双目泪下，也不拒绝，任其

① 百喙（huì）难辞——意思是纵然有一百张嘴也难推脱这一罪责。喙，嘴。

所为。事毕。珊珊复又向小卫玠问道："昔日之夜，君既口吃，而又狐臭不堪。今何二者皆无耶？"小卫玠闻说，因道："小生素无此疾，卿何所见而云然？"珊珊因又历述昔日许炳文被害后，那人灭烛入帏，所闻实系如此。复又叹道："据君所言，向之杀人者果非君耶？"于是二人又细谈了一会。

一会狱吏在外潜听甚明，便一一转告施公。施公听说，当即笑道："此中果有冤枉，杀人者果非其人了。"因密传张玉球进内问道："你家中平日往来之人，可有口吃而狐臭的吗？张玉球见问，沉吟了一会，当即禀道："平日来往之人，只有个裁缝金二朋如此。"施公听说金二朋三字，更与梦中铜镜歌相合，不觉笑道："尔可知杀许炳文的，就是此人吗？"张玉球好生惊异。施公便将梦示铜镜，及授以密计的话，告诉一遍。张玉球这才明白。施公道："候本部堂提到金二朋审明之后，再与尔女及卫生做主。"张玉球唯唯退下。施公备了文书，飞差前往丹徒县提金二朋；并传知丹徒县，一并应解来辕听审，暂且按下。

再说浙江绍兴府山阴县，有个银匠姓吴名唤质仁，向在北京开店。这吴质仁有个胞妹，名唤婉姑，也随着哥哥在京中居住。因婉姑曾许原籍一个秀才，唤作刘国材。那年，吴质仁有个表弟，是个举人，因进京会试已毕。吴质仁因思妹子年纪已大，固应当出嫁了，就筹划一些奁资①，托他表弟带同他妹子，一起回籍，送他妹子于归。他表弟将他妹子带回，择了吉期，出嫁之后，第二日，不料他妹子的丈夫，及他妹子、婆婆，皆被人杀

① 奁（lián）资——嫁妆。

死。当时报官相验。山阴县问了一堂，即硬指他妹子与表弟通奸，谋害亲夫与他婆婆。当下就定了罪名，秋后俱已处斩。吴质仁因在京中，不能分身，闻知此事，也疑惑他妹子与表弟通奸。如此隔了一年，吴质仁因有事回南。这日，走至淮安城内一家当铺里，要与这典内的东家说话；忽见有人手持金钗一只来当。吴质仁瞥眼看见，却认得是自己手制之物——赠给他妹子出嫁的。因暗道："为何落在这人手内？因念及他表弟向非苟且之人，他妹子又极其端庄，其中定有冤枉。"因一面请典主人请将那当金钗的人圈住，一面就请缮了状词，到施公那里喊冤。欲知施公是否准词，且看下回分解。

第三四五回

呈金钗银匠诉冤　悟铜镜缝工起解

话说吴质仁在典当内，偶见自制金钗，系赠嫁婉姑之物，因知此中有异；更虑他表弟与胞妹婉姑，此中定有冤情。因请那当典内的主人设法，将那质钗的圈留起来，他便一面缮具状词，赶紧到了漕督衙门投告，求施公代他申冤。施公见了状词，当即升堂，将吴质仁带上问道："你有何冤枉？可从实招来！"吴质仁磕了一个头，向上诉道："小人原籍浙江绍兴府山阴县人。从幼年在北京，从师学银工。数年之后，技艺毕业，挣了几个钱，在北京开了一爿银楼。那时原籍家中，尚有老母、弱妹。这年老母病故，弱妹无依。小人便回原籍，将老母殡葬的清楚，带了弱妹到京，居住一起。彼时弱妹婉姑方才十三岁，已由母亲做主，许字同籍一个秀才刘国材。那时国材尚在书房攻书，还未进学。到前年二十岁上才进学的。小人带着妹子在京居住，小人的妹子年交十九岁了。小人又闻得妹夫刘国材已进学了。大人的明鉴：男大当婚，女大当嫁。小人就要送妹子于归。争奈小人店务冗繁，抽不出空来。可巧那年适逢会试之期，小人有个表弟陈邦彦，是上一科的举人，由原籍进京会试，就住在小人家里。小人这表弟，真是个诚实君子，守理法的人，因此就与表弟商量定了：将妹子托他带回原籍，择吉于归，以了婚姻大事。小人的表弟当时也就答应。甚为欢喜。又因妹子的夫家甚为贫穷，妹夫虽然进了学，他家中尚有老母，就便给人家教读，每年能得几何？再加自己房用，将来添儿育女，家用日大，进项又少，小人的妹子如何度日？因此，小人就多备了些嫁资，又给妹子自制了几件工巧的钗饰，一起交与妹子。择了日期，就托小人的表弟，将妹子带回原籍，小人以为了却了一件大事。不料妹子与表弟回籍之后，将妹子于归刘家。第二日忽然妹夫刘国材，及妹夫的母亲，均被杀死。当经妹子喊齐邻舍投告县里；彼时妹子为是新夫及夫母被人杀害，求县里申冤。哪知县太爷相验之后，追问小人不在原籍，便将小人的表弟提去；及至问到同路回籍的缘由，县太爷就说小人的表弟与小人的妹子："一对怨女旷夫，岂有同行数千里，绝无暧昧情事？"又令稳婆验得小人的妹子果非处女，因即严刑拷问。小人的表弟与小人的妹子，只得承认通奸谋杀。因此小人的表弟与小人的妹子，皆抵偿问罪，业已明正典刑。彼时小人在京尚不知道。后来原籍的亲戚寄书，小人方知此事。当时小人亦以为表弟与妹子存此狗彘①之行，理应身受国法；即又想小人的表弟与妹子，实非此无耻之辈，其中难免无冤屈之处，因此疑信难决。现在因离乡多年，又因妹子与表弟这件事，故此暂行回籍侦访侦访。不料走至治下裕丰典内，与典主说话，忽见典伙手持金钗一股，到典主面前说道：'此钗制法精巧。因质价太巨，不敢自主，请典主定价。'彼时小人在旁看见，实小人妹子回籍时赠嫁之物；因思既有此物，小人的表弟与小人的妹子之冤，

---

① 彘（zhì）——猪。

当可明白。因此，小人请典主一面将质钗之设法圈留，一面小人亲到台前投告。小人实系情急，又念表弟与妹子实在冤枉，为此叩求大人俯念无辜问罪，死者含冤，急速飞签将质钗之人提到追究，以求水落石出。感德非浅！”诉毕，又磕了一个头，跪在地下。

施公听罢，当即准词，飞签去提质钗之人；一面饬令吴质仁暂行退下候讯。吴质仁唯唯退下。施公也即退堂。不一会，差役来报，已将质钗之人提到。施公立刻升堂，问那人道：“尔唤什么名字？是哪里人氏？”那人道：“小人是北京人氏，姓王名六。”施公道：“尔为何在绍兴刘家奸盗财物，杀害他母子？尔可从实招来。”王六见施公问出情真，不觉毛发悚然。施公见王六有畏惧之状，也知道是他所为，因将惊堂木一拍道：“该死的强盗！本部堂即将尔的实情察出，尔还敢不招吗？”当即望两旁喊了一声：“来，将他夹起再问！”王六见要上夹棍，赶即求道：“小人愿招了。”因道：“小人前在京中，访知吴银匠嫁妹子，嫁资甚厚。当时便思盗取，因不便下手，后来即跟着出京。他们沿途又防备得紧，因此一路跟到绍兴。那日刘家喜期，小人即伏在左近。等到亲友各散，小人即乘闲入门，暗伏厨下。到了二更时分。刘家的老婆子，到厨房里来检点什物。小人怕那老婆子看见不便，即拿出刀来，将那老婆子杀了。那刘家新郎听见厨房内有响声了，也就点了灯火，到厨房照看。小人见他又来，就将那刘家男子一并杀死。彼时小人就将刘家男子所穿衣服再换起来，复行秉烛入房。其时新娘初来，不辨真假。小人就与新娘同寝。当时就骗他道：‘闻说汝兄赠嫁时，有金钏金钗等件，制法颇为精巧，可能取出与我一看吗？’其时小人与新娘说话，那新娘以为小人真是他丈夫，因即将所有赠嫁之物，全行拿出与小人观看。小人看毕，夸赞了两句，又令他仍然收好。小人又与他同寝。天明，看见新娘睡熟，小人便将金钗、金钏等物，取来藏在身旁，越屋而去。此皆小人的实供，小人也自知犯法，求大人明察便了。”

施公听罢，即唤吴质仁道：“尔可听清楚吗？”吴质仁道：“小人听真了，还求大人做主才好。”施公道：“尔且在此等候一月，候本部堂将此案缘由，奏明圣上，候奉到谕旨，应如何办理之处，再行给尔定夺。现在本部堂一面移咨浙江抚台，请将山阴县先行革职；并着该县将全卷查明，随带前来归案讯办。一面即奏闻圣上，请旨定夺便了。”吴质仁又磕了一个头，这才退下。施公又命将王六交山阴县监禁。差役答应，将王六带下，施公退堂，进了书房，更衣已毕，即刻拟了奏本，并拟明各项罪律。次日签发出去；又备了咨文，移咨浙抚，请解山阴县带同全卷，迅速到淮归案，暂且不表。

再说张珊珊与小卫玠一案，经施公因梦铜镜，察出真情。着令原差赶往丹徒，迅提金二朋到案讯断。那丹徒原差奉了施公之命，哪敢怠慢，日夜趱赶，不日已到镇江。当即在本县衙门投了文。丹徒县即将原差唤进，问明一切。原差便说施公如何审问，如何在监用计，不知如何牵出一个金二朋来。“现在着令小的回来，拘获金二朋前去讯诘。”丹徒县道：“难道许炳文果非小卫玠杀死吗？”那差人道：“小的也不知其中委曲，但见施大人只问了一问，就叫小的前来提金二朋了。”丹徒县道：“既是如此，尔可赶将金二朋提来，好让本县备文申解便了。”那原差听说，即刻出了衙门，各处查拿金二朋。不到两日，居然将金二朋捉住，先解到县里。由丹徒县问明无误，即日加差押解前往。欲知如何审问金二朋，且看下回分解。

第三四六回

折疑狱大审金二朋　雪奇冤参处山阴县

话说丹徒县，备了申解文书，将金二朋加添差役，押解到淮，听候施公讯断。这日，丹徒县差，已将金二朋解至淮安。便至施公处投报，禀明金二朋已经提到。施公次日升坐大堂，将原、被告人证，及许炳文家属全行带至堂上，施公便先问了小卫玠、张珊珊二人，又问了许炳文家属一遍。施公便望许家的原告说道："尔可知许炳文并非小卫玠所杀。本部堂已察得真情，现在凶手已经拿到，俟本部堂少刻问明。尔等且在这里听断，少时自知。"原、被告，人证，俱各唯唯答应，站立一旁。施公喝提金二朋。不一刻，从堂下带上一人，在公案前跪下，施公喝道："你是金二朋吗?"金二朋答："小……的叫金二朋。"施公道："尔所犯之案可知道吗?"金二朋道："小的不知所犯何事提案，还……求大人明示。"施公道："尔既不知道，待本部堂告诉你便了!"因令张玉球走至公案前面，喝令金二朋认道："尔可认得此人是谁吗?"金二朋将张玉球一看，已是惊恐，便悚栗答道："此……此人是小人相……相识的。"施公道："你如何认识?"金二朋道："这……这张家的衣服，皆……皆是小人承做的。"施公道："尔既随做他家衣服，他家有个姑娘，名唤珊珊，你可见过吗?"金二朋见问，不觉神色俱变，因答道："小……小人不曾见过。”施公此时即将惊堂木一拍，喝道：“好大胆的强徒！尔胆敢图奸害命，为什么冒称小卫玠，妄想图奸，将许公子杀死，嫁祸于人？尔快从实招来，若有半字虚诬，定即严刑处治。”金二朋见施公如此威严，又见他全部道破，就便勉强抵赖，也抵赖不过，以免还要皮肉受苦。料想亦不能活命，终久是死，不如招出实情，少受眼前苦恼。主意已定，即向上说道：“大……大人不必动怒，小……小人愿招。”因道：

“小……小人向为衣工，张家男女衣服，因小人缝纫得好，皆唤小人去做。及至他家小姐大了，所穿衣服，也因小人做的甚好；非小人手制，他家小姐不穿。彼时小人不应据萌妄想，以为他家小姐，既爱小人手制之衣，大约与小人有缘。无奈小人虽闻他家小姐甚为美貌，却从来不曾见过。这日因小姐到亲戚家去，小人偶见一面，实在生得美貌，困此小人更萌妄想。自己暗道：小姐既非我所制之衣不着，如果他真与我有缘，得能与我伴成夫妇，那就好了。当时张家有个仆妇，与小人有私。这日那仆妇忽与小人说道：‘我方才在小姐房外，听得大奶奶与小姐谋合。因小姐途遇小卫玠回来，思念不忘，就得了病。大奶奶这里劝小姐不要烦，只要你病好了，小卫玠与你匹配，包管在我身上。’后闻小姐并未许与小卫玠，是许与许公子。当时小人就存了这个计策：等张家小姐喜轿进门后，小人就掩了进去；意想将公子杀死，假冒小卫玠之名；张小姐听了，必然应允。即使不遂，也可嫁祸小卫玠，因此那日就到了许家，趁许公子出来便溺，小人即突出利刃，将许公子杀死；复入房中假托小卫玠之名，求欢与张小姐。不意小姐拒绝不行。小人又恐有人捉住，因将张小姐头上的金簪拔下，小人带了金簪出房逃走。及至次日，闻知小卫玠被县里捉去，后又闻得已定了罪名。小人自料无事。不意被大人察出，提小人前来。自知该死，此是小人一往实供，并无虚诬，求大人明察。”

施公听罢，便唤许炳文家属，说道：“尔可知杀人者，果非小卫玠吗？若非卫家前来控告，真使他二人屈死了。尔等可知本部堂如何察出是金二朋所为呢?”因将梦示铜镜，及暗授密计，嘱告狱吏的话，说了一遍。大家方才明白。施公当即拟定罪名：金二朋拟抵许炳文命，着即发回原县，就地正法。丹徒县判断不明，妄加定罪，本拟重严参处，姑念卫生虽几陷大辟，尚未正法，着从宽不予追究；即着丹徒县为媒，发珊珊许配小卫玠，并着罚金助奁，以资小卫玠膏火之用。所有原、被告人证及凶手金二朋，一并发回原籍，分别释放、处治。施公退堂，大家出去。次日，小卫玠与珊珊全行出狱。小卫玠感谢施公之德，又亲自往总漕衙门叩谢。施公又将他传了进去，勉励他一番。小卫玠又磕头重谢。因是回到丹徒，当由丹徒县为媒，将珊珊匹配小卫玠，又助装奁。小卫玠从此更加用功，后来点了翰林，这也不表。

再说施公判明吴质仁代他表弟与妹子婉姑鸣冤一案，当时就具了表章，拟定了罪名，申奏圣上。不日奏到上谕：王六著寸磔①处死。所有承审之山阴知县，听断不明，自负精明，即交浙江巡抚处决论抵。承讯在事各官，自督抚以次，均着一体从严议罚，以为有司草菅人命者戒。又特旨：婉姑给予旌表建坊。举人

---

① 寸磔（zhé）——古代的一种酷刑。把肢体分割为一寸一寸的。

陈邦彦，准予一子入监读书，用示体恤。施公奉了这道谕旨，立即将王六提出，绑赴法汤，寸磔处死。山阴县派委员押解原省，交浙江巡抚遵旨处决论抵。吴质仁也就释放回籍，不表。

且说东安县曹德彪，摆设擂台，施公欲借此捉拿蔡天化。又将铁臂哪吒万君召请来，与黄天霸等一同到了东安县，寻了客店住了。看看已至三月初一，前两日，黄天霸等就先至擂台的地方，看了一回，只见那座擂台高耸半天，四面挂着彩灯。两旁皆有厢台，专为地方官起坐之处。台口横挂着一方匾额，上写“英雄本色”四字；两旁台柱上挂了一副对联，上联是：“拳打南山虎豹”，下联是：“脚踏北海蛟龙。”陈设得精致异常，毕竟蔡天化如何捉拿，且看下回分解。

第三四七回

推诚接物大宴群英　协力锄强允拿草寇

话说黄天霸等到次日，他们十三人，一起出了店门，直往义勇村而去。不一时已到庄上。黄天霸首先即向庄丁说道："烦你进去通报一声，就说淮安总漕施大人标下副将黄天霸，参将关小西，以次一众人等，奉了施大人之命，特地前来拜望你家庄主。务要相见；咱们还有要言面叙。"那庄丁听说总漕施大人那里来的人，只得飞跑进内去，通知主人。不一会，开了正门，曹德彪带领两个教习，一起迎出。

当有庄丁先走至门外，与黄天霸说道："咱们家庄主迎接出来了！"黄天霸正欲迎了上去，曹德彪已到了面前。只见曹德彪将两手一拱，口中说道："荷蒙诸位老爷远临，有失迎接，望乞恕罪。请里面坐罢！"说罢，就与两个教习站立一旁，让黄天霸等进内。黄天霸等见曹德彪虽然是武举，那一番谦和的气象，也实在令人可敬。因答道："冒昧奉访，亦望勿罪。"曹德彪道："岂敢！岂敢！且请到里面，咱们再谈罢！"黄天霸等计共十三人，一起挨次入内。曹德彪让进客厅，大家行了个总礼，分宾主坐下。庄丁各献了茶退下。曹德彪又与各人通了名姓，黄天霸又与那两个教习通过名姓。曹德彪这才开口，说："久仰各位英名，如雷贯耳，争奈无缘相见，今幸诸位台驾远临，顿使蓬门生色，实是千万之幸！”黄天霸也就答道：“便是某等久慕高名，亦欲前来奉拜。奈公事羁身，无暇及此，今幸蒙大人之命，特派某等前来监察擂台，因此得以瞻仰。”曹德彪又道：“某初设擂台，以往情由，又未与诸位细谈。只因某膝下无子，只有一女。幼年好使枪棍，现已及笄。某当为小女择婿，无奈小女自负太甚。仰慕古人摆设擂台，可以招聚英雄，前来比试，借此可以讨择讨婿。某曾拦阻至再，争奈小女不依，这也是某姑息太甚之处。因此就答应他。在县主台前禀请摆设。某以为县主必因此事有干例禁，一定不准。某借此以绝小女之意。不料县主转禀上台，又蒙施大人批准下来，某只得遵命照办。今又蒙大人委派诸位前来监视，倒使某抱罪不浅了。”褚标道：“但我辈子女能有此豪气，亦不愧我辈本色。今足下擂台一开，天下英雄齐集于此，将来是定得佳婿的。可贺！可贺！”曹德彪道：“某岂敢望必得佳婿。不过聊以遂女之愿罢了！”此时庄丁已摆出了四席酒来。曹德彪就与黄天霸等让道：“不知诸位远临，未曾预备东道。谨具水酒一杯，聊申洗尘之意。草草不恭，尚乞诸位原谅。”天霸等亦同声相谢：“到此打扰，实是不该。真所谓却之不恭，受之有愧了。”曹德彪道：“怠慢亵尊，统望包涵是荷！”于是大家就序齿列坐，这也不必细说。

酒过三巡，黄天霸便开口向曹德彪问道：“小弟有一事动向：那赛罡风采花魁首蔡天化，此人，老哥哥相熟吗？”曹德彪道：“这蔡天化也曾耳闻其名，未见其人。并据传说其人甚不安分。现在访拿在案，可有此事吗？”万君召就插口说道：“这蔡天化与小弟有一面之识。现在急须访问，要与他一会。因此动问老哥。

如果知他现在哪里，小弟便去寻访。老哥既不相识，这就罢了。”曹德彪听他们说话有因，即追问道：“诸位既蒙不弃，如果以某为心腹，有需小弟为力之处，尚乞指教。某当效力，断不有负诸位。倘若今不说明，是真见外于某，亦不敢谬托知己了。如蒙指示，或者小弟可以帮助，也未可知。”褚标见曹德彪如此说法，知他与蔡天化毫无瓜葛。便将捉拿蔡天化的事，细细说了一遍。曹德彪听说，这才明白了。计全又道：“实不相瞒，大人所以准老哥摆设擂台者，为此也。因借老哥摆设擂台之名，意欲招诱蔡天化到此，可以协力捉拿。因此，某等临行之时，大人又再三吩咐：务必先到尊处与老哥说明这事。是恐怕将来捉拿之时，老哥误会其意，那就误事不浅了。今既说明，想老哥是可以帮助。如果蔡天化将来到此，上得台时，还望老哥与令小姐，暨两位教习，加意防备。助弟等一臂之力，那就感谢不尽了。”曹德彪听了这番言语，复说道：“诸位放心。蔡天化不来则已，如果前来，愚父女暨两位教习，倘稍存偏怠，不助诸位协力擒拿，与万民除害，弟是誓不为人！”说着，便将自己杯中的酒，倾了一半在地，洒酒为誓。黄天霸等见曹德彪如此仗义，又如此爽快，大家好不欢喜，于是就痛饮起来。直至夕阳西下，方才散席。黄天霸等当即告辞回店，专俟次日去看打擂。欲知后事如何，且看下回分解。

第三四八回

曹德彪只手败吴嵩　史占魁奋身敌石勇

话说曹德彪自送出黄天霸等人，回至客厅与徐宁、石勇二人说道："原来是为捉拿蔡天化。两位教师在此，我方才已允过他们协力捉拿。万一蔡天化到此，还望两位教师克践前言，稍助一臂之力！"徐宁、石勇齐道："但请放心，我等情愿助一臂之力！"曹德彪大喜，又闲谈了一会，便进入内宅与他女儿月娥亦说知。曹月娥亦满口答应。

话分两头。再说黄天霸等回到客店，大家又谈论一会，用过夜饭，即各自安睡。次日一早起来，梳洗已毕，用过早点。约有辰牌时分，大家就暗藏了兵刃，出得店门，直望擂台而去。不一刻来到擂场，只见有游人往还，热闹异常。此时台主尚未上台，大家就在茶棚内坐下。不一会，东安县已到，望着他上了台，在东厢坐下。有人献上茶点。又一会东安营守备，也骑着马来到。上了台在西厢坐定。也有人献上茶点。台下有一群东安县小队城守营护勇，手执皮鞭，在那里喝打闲人。

大家正看之时，忽人声喧叫，哄传："台主来了！"黄天霸回头一看，只见曹德彪当先骑在马上，头戴玄缎包脑，当中打了英雄结，颤巍巍高插顶门；身穿一件秋葵色素缎直袍，腰束杏黄丝带，脚踏薄底快靴。到了台口，翻身下马，立定脚步。将罩袍用手一提，只见一个箭步，跳在台面，在台中间一张交椅上坐定。接着两个教习也飞身上台，就曹德彪下首两张交椅上坐下。黄天霸等看见曹德彪、徐宁、石勇三个人，步法轻捷，身体灵便，正自夸赞。忽又哄传："小姐来了！"黄天霸等复又掉头，观看小姐的身段：头戴玄缎抹额，上面打着一个鸳鸯结。滑滴滴螺髻高盘，鬓旁斜插两朵绒花，一对珠环低垂耳下；身穿一件大红素缎绣花外罩，内衬灰色湖绉绣花密扣紧身短袄，腰束湖绿丝绦，斜挂一口佩剑。下穿一条玄色湖绉百褶裙，内衬玄绉洒花扎脚套裤。一双金莲紧踏着大红绣履。真个是柳眉杏眼，粉脸桃腮，生得极其美貌。缓缓地到了台口，跳下马来。先将身上衣服拂了一拂，然后将外罩拽起，一只手提起裙角。只见他身子一缩，柳腰一摆，已轻轻地飞上擂台。就在曹德彪上首那张交椅上坐下。有丫环送上香茶，曹月娥喝了一口，即站起身来，同着曹德彪望两旁厢楼上，给县主、城守请了安。然后曹月娥进了内台，脱去外罩。曹德彪也将外衣脱下，父女两人走至台口，两手一拱，望台下说道："在下曹德彪，率领小女月娥，因欲招集天下英雄，到此比试。特为禀请各大宪，摆设擂台。今日是开擂之期，四海英雄，各方豪杰，想已齐集到此。如蒙不弃，便即请上台来领教：两手若有能打在下一拳者，即赠花红纹银五十两；踢在下一足者，赠给花红银一百两；有能将在下及小女掷落台下者，除送花红银五百两外，还招为女婿。决不失言。倘若被在下及小女、教师打伤，或致毙命。在下除备棺盛殓外，概不抵命。业经禀请各大宪准予立案，不得借此生端。有武艺的便请上台来领教领教！"

话犹未了，只见东北角上一人大喊道："你胆敢口出狂言，藐视天下豪杰，俺来会你。”说着一个箭步，跳了上去，抢在上首立定脚步。曹德彪将手一拱，问道：“足下尊姓大名，何方人氏？”那人道：“俺乃山东曹州府人氏，姓黄名唤毓英。”曹德彪说道：“请了。”黄毓英就分开架式，直向曹德彪一拳，认定曹德彪胸前打来。曹德彪一看，便知他拳法平常。岂有开手就向人家胸前打到之理？曹德彪也不回手，但将身子一偏。黄毓英一拳落空，又举起右拳向曹德彪面门打下。曹德彪见他右拳来得切近，喝一声：“来得好！”急将左手向上一手，捏住来人右拳。右手一起，便从来人腰下一托，趁势一推，将黄毓英掷下台来。台下人一起喝彩。

忽见东南角上又有一人大声喝道：“台上人休得逞能！俺来会你！”喝声未了，那人已跳上台来。曹德彪道：“通个名姓，本台主好与你交手。”那人道：“俺乃山西绛州人氏，飞山虎吴嵩便是！”说着，在上首站定脚步。曹德彪将手一拱道：“请了。”吴嵩分开架式，右拳向前按定，左手曲着一半。胳膊向外，使了个鹞子反探爪，一反手向曹德彪面门打来。曹得彪将身一偏，头向左边一扭让过，趁势就用了个鹞子翻身。右手一起变成了白虎探爪，向吴嵩左臂抓下。吴嵩就趁势一让，一转向跳在曹德彪背后。认定曹德彪后心，即飞起 拳。曹德彪早已防到。赶将身子向左边一让，吴嵩这一拳打了个空。正欲飞起右拳，认定曹德彪左肋打下。曹德彪已转身来，就地飞起一腿，这唤做枯树盘根。吴嵩知道这一腿厉害，赶望旁边一跳。曹德彪见他让过，随将右腿缩转进来。立刻将左腿撒开，用了个旋风扫叶，望吴嵩扫去，吴嵩便使了个燕子穿檐，将身一纵，直望曹德彪一扑。又起了二指，认定曹德彪双眼点来，这叫个双龙取珠。曹德彪一见，赶紧收回左腿，右腿站定。使出金鸡独立势，等吴嵩来得切近。左腿往上一翻，认定吴嵩右肋踢去。吴嵩说声："不好!"赶紧身子一翻，使个鲤鱼大翻身，满想让了过去。曹德彪怕这一腿就伤了他性命，也就缩转来。却变了个泰山压顶，趁他翻身的时节，就一只手将吴嵩的右臂抓住。向空一提，离了台板，顺手就望台下一抛，跌落下去。台下的人又齐声喝彩。黄天霸等远远看着，褚标即开口说道："你看曹德彪，那样身躯灵捷，煞是好手。"

黄天霸等正欲回答，又听大声喝道："台上的听着！尔休得自逞其能，可认得我史占魁吗？尔且站稳了，等我来将你抛下台去!"说着，已跳上台了。当下曹德彪已退入台后，教师石勇抢上前来。彼此通了名姓，二人分了上下首。史占魁占了客位。石勇道了一声："请。"史占魁便使开架式，向石勇打来。石勇也摆了架式敌住。二人在擂台上，你一拳，他一脚，上打泰山压顶，下打枯树盘根。左打青龙剔鳞。右打白虎探爪。一来一往，彼此斗了有三十余合，不分胜负。只见石勇忽然身子一倒，跌入擂台当中，四仰八叉，睡在下面。史占魁便趁势飞起一腿，认定石勇裆下踹来。不知石勇性命如何，且看下回分解。

第三四九回

石勇巧打史占魁　徐宁误败殷家虎

话说史占魁即飞起右脚，认定石勇裆下踹来。史占魁不知是计，误认他真个是跌在地。哪里晓得石勇是用的醉八仙。史占魁右脚才要踹进，石勇不慌不忙，收转左腿，望裆下一护。又将右腿往下一缩，说时迟，那时快。史占魁才要进裆，石勇已将右腿发出，认定史占魁肋下踢来。史占魁就此说声："不好!"见来势甚猛，自己上了当。赶紧要躲让，哪里躲让得及？才算将身子偏过，石勇的右腿就到，正踢中坐臀。史占魁就此向地下一坐，正要立起来再打，石勇已站立起来。趁势进一步，右脚一起，认定史占魁踝儿上就这轻轻的一踹，随即伸开两手，一弯腰将史占魁的束腰抓住。提了起来，高高举起，走至台口。打了两三转，大笑一声道："请你下去罢!"说着，轻轻地丢下台来。众人同声喝彩。

此时日已过午，曹德彪又到台口向台下说道："还有哪位英雄上来比试比试?"招呼了半会，并无一人上台。曹德彪只得又向众说道："诸位不肯见教，咱们可要回去了，明日再来领教罢!"说罢，退入后房。带着曹月娥，及教师徐宁、石勇，又向两厢与县主、守备道了乏，收擂回庄。县令、城守也就下台，各乘轿马回衙而去。曹德彪父女、教习，等候地方官走后，他们也下台乘马回庄。黄天霸等也即回至客店。那些看热闹的人，也不必细说。自然各散回家，一宿无话。

到了次日辰刻，大家还是前来观看。地方官先到，接着曹德彪父女及两个教习又上了台。还如昨日先向地方官请过发。略坐片刻，到后面脱去外罩衣，走出台口，又望台下招呼了一回。但见下面跳上一人，约有二十岁以外年纪，黑漆漆的面皮，头戴玄色湖绉包脑，当中打个英雄结。身穿玄色湖绉包扣紧身，腰束杏黄丝绦，下穿玄色湖绉马裤，脚踏薄底快靴，立在台上，先向曹德彪拱了拱手说道："在下姓殷名勇，殷家堡人氏。殷龙是俺父亲。在下特奉父命前来。自知武艺生疏，何敢与台主比试？不过父命难违，借此可以讨教讨教。设有不到，还乞台主指示才好。"曹德彪听了这番言语，不觉羡慕之至。又见他仪表非俗，更觉可爱，心中早已存了个让他三分之心。当下也将两手一拱，望殷勇说道："久仰尊翁大名，恨无由得见。今幸小英雄远临见教，某年衰力竭，小英雄拳足之下，还请稍让三分，实为万幸。"他们二人在那里叙话，黄天霸等早已看见。当时贺人杰就要叫唤，黄天霸等紧拦住。一面就指与万君召道："这小子就是殷龙的次子。"又指向贺人杰道："就是他二舅爷"。万君召听说，又向台上将殷勇打量一回。说道："俺看这小子仪表非俗，大概武艺也还下得去。"黄天霸道："这小子的本领是好的！"正谈之间，只听台上说了一声："请。"大家仰面观看。

但见殷勇占了上首立定。二人分开门户，曹德彪就使了个童子捧银瓶的架落，等他入来。殷勇就使出黑虎偷心，照准曹德彪当心一拳打去。曹德彪将身一侧，左手一起，将殷勇的拳头钩开。即将右手照定殷勇肩窝一掌打去。殷勇转身，担左手帮右手，将他的拳头隔开。进一步还他一拳，彼此搭上手来。一来一往，打了有三十多个照面。论殷勇的拳法，也还不坏，争奈气力究竟不佳，看看抵敌不住。曹德彪见他要败下去，故意卖个破绽，是让他一着的意思，看他知也不知。哪里晓得殷勇误会其意，以为有了空儿。趁此便好进步，赶着使了个蝴蝶穿花式，向曹德彪一拳打来。曹德彪一看，不觉哈哈大笑道："来得好！"就将身子一偏，殷勇这一拳打了个空。曹德彪就趁势使了个鹞子翻身，伸开右手，顺手就在殷勇肩头上，只用二指轻轻一点。殷勇正欲躲闪，已来不及。正中肩窝，登时就觉麻木起来。只见殷勇脸上一红，跳下台去。台下的又喝了一声彩。

曹德彪正欲招呼，又见台下跳上一个二十岁上下的少年。但见他也是头戴玄色包脑，打着英雄结。巍巍高耸顶门，身穿一件湖色湖绉密扣紧身短袄。腰束鹅黄色丝绦，下穿玄色洒花马裤，脚踏花脑头薄底快靴。紫檀色面皮，两道浓眉。一双豹眼，高鼻梁、阔口。满面精神，一身胆气。在台口立定足步，将手一拱道："俺乃殷刚是也！俺二哥被台主打败，俺应该退避三舍。何敢不知进退，妄自称能。欲与台主比试？争奈既奉父命，不敢暗地欺瞒。明知交手必败，但不得已而为之。还请台主不弃，指教两手。俾得后辈长些见识，回家好复父命。"曹德彪听了这番言语，比殷勇更说得好，不觉心中更加喜悦。因道："小英雄既如此说，谅来武艺一定高明的了。请了！"殷刚答应一声，即抢到上首，立下门户。曹德彪也就摆下架落。只见殷刚出其不意，飞一拳直向曹德彪肋下打到。曹德彪赶紧将右手一起，一转身就一切掌，认定殷刚的拳头切下。殷刚眼尖手快，见他一掌切下来了，立刻收回右拳。身躯向旁边一闪，随即一个鹞子翻身，趁势一拳，向曹德彪左太阳穴打到。曹德彪见他一拳打来，暗暗喝彩道："好灵捷!"就说了一声："来得好!"左手一起就来托他的右拳。殷刚不等他来，一面将右拳在他面上一晃，那只左拳已到了曹德彪腋下。曹德彪看他这样灵捷，不觉喝一声："好!"殷刚一看，就此稍分了一点神。曹德彪已伸开右手，将殷刚束甲绦提住，轻轻向台下一丢，说一声："去罢!"殷刚才被曹德彪从台上丢下，话犹未了。又见从人丛中跳出一个十七八岁的小孩子来，大喝一声："休得逞能！将我两个哥哥打败，俺小爷爷殷强前来会你!"说着已上了台，不分皂白，便飞起一拳。向曹德彪打来。曹德彪正欲回手来敌，那边跳出徐宁，将殷强接住。殷强拳打脚踢，好似不成家数，哪知他是练就这等功夫。徐宁欺他年幼，就不把他放在心上。彼此往来有二十余合。殷强故意卖个破绽，徐宁就趁势来进一腿。殷强看得真切，说声："好得好!"便将两手一抱，身子向后一缩，徐宁就打了空。正待回身，早被殷强出其不意，两手一开，且向徐宁面门打下。喝一声："着!"险些儿打中面门。不知胜负如何，且看下回分解。

第三五〇回

贤郎舅旅馆谈心　假英雄擂台献丑

话说徐宁被殷强两手一开，直向面门打下。徐宁一见，说声：“不好！”赶着将头一埋，望旁边一闪，虽让了过去，险些儿一个面磕地。殷强却也乖巧，见徐宁如此，也算他吃了点小亏。若再等他转个身来，自己却不是他的对手。因喝道：“小爷爷打得不高兴了，且下台去玩耍玩耍，明日再来会你。”说了几句大话，跳下台去。徐宁只气得七孔生烟。再要与他争能，他又是个小孩子。就是胜了他，也不甚响名。而况他已经下台去了，只得忍气吞声，闷闷不乐。

此时已是晌午。曹德彪就约了徐宁，到后面午饭。黄天霸抬头看见一酒楼，前去用酒。才进酒楼门，忽听有人招呼道：“黄叔父！你老人家在这里吗?”黄天霸抬头一看，不是旁人，乃是殷龙的次子。因道：“殷贤侄！你们昆仲来了几天了？住在哪里?”殷勇道：“昨日才到的，住在城里万家巷兴隆店。你老共来了几人?”黄天霸正欲回答，殷勇又见计全、褚标、朱光祖、关小西、李七侯、李昆、金大力、何路通、王殿臣、郭起凤、贺人杰等人，一起进门来。因又说道：“诸位伯父，叔父，连贺兄弟都一起在这里呢。可巧极了，幸会幸会。”说着，即让黄天霸等人齐入座。黄天霸道：“咱们大家一桌坐，不必分开来坐罢！”于是便令贺人杰与殷勇等一起坐了。黄天霸等人，就分开两桌坐定。殷勇见了万君召却不认得，便走至朱光祖面前问道：“这位，小侄不曾见过，也得要行个礼儿。但不知尊姓大名。”朱光祖道：“这就是铁臂哪吒万君召，你爹爹也曾会过他的。”殷勇听说，便到万君召面前行了礼，口中说道：“还望叔父宽恕，小侄未曾谋面，勿罪才好。”万君召又谦让了一会。殷勇又叫两个兄弟前来见礼，殷刚、殷强随即过来见礼。万君召先夸赞了他三人一回，当下又问了他些闲话。殷勇仍归本桌坐下，大家各用了酒菜。三张桌上，欢呼畅饮起来。一会子用完酒饭，黄天霸抢着一起算了账，把钱还了。大家又一起出了酒楼，还到擂场去，看了一回。

可巧午后并无一人上台比试。曹德彪在台上招呼了一会，并没一人上台。殷勇便低低地向黄天霸道：“你老人家有着一身本领，怎么只在这里旁观，不上去比试一回？你老上去，也可将那曹老儿打下台来，给人家畅快畅快。免得他在台上目空一切。”黄天霸见问，因说道：“贤侄有所不知，咱们那里是为看打擂台到此？是因奉了施大人之命，前来有要紧公干的。少时再与贤侄说明。便知道了。”殷勇见说，也就不往下问。曹德彪招呼了一会，见无人上台，也就穿了衣服，率领女儿并两位教师下台而去。

黄天霸等也就一同进城回店。到了城内，说明了住处。他便叫殷勇将行李搬来往在一处，好大家谈论。殷勇也极欢喜，立刻将兴隆店算明了房饭钱，搬出店门。挑到黄天霸等客店里去，不一会已到。黄天霸就叫店小二，快腾出一顺五间，大家皆住在这一进内。殷勇兄弟喜之不尽，因又向黄天霸问道：“方才叔父所说，不为打擂而来。是奉大人之命，有要紧的公干。到底是为着什么事呢？请说明一回，好使小侄得知，如有须用小侄之处，小侄还可相助一臂之力！”黄天霸见问，将蔡天化之事说了一遍。彼此谦逊一番，稍叙阔别，正谈高兴，忽见店小二进来请吃晚饭，四个人便出用晚膳去。用过晚膳，彼此又略谈了一会，就各去安歇。

次日一早起来，梳洗已毕，大家用了早点，便一起出门，仍去看打擂台。不一时已到擂场，大家就在原处那个茶棚内坐下。见有人在台上交手，未及数合，忽将那人丢下台来。接着又有一人上来，也是不到数合，又打落下去。接连有五六个人皆是如此。曹德彪便在台上喊道：“若再有如这样不中用的，尽可不必上来罢！免得有累本台主的拳足。”话犹未了，只见正南上人丛中挤出一人，大声喝道：“台上的听着！你有多大的本领，胆敢口也大言？俺来送你的狗命！”哪里晓得还是如此。上去不过三五合，仍旧被丢下台。曹德彪哈哈大笑道：“我道是个真有本领的，原来还是个不中用的小子！”笑声未毕，忽见台上已跳上一人。毕竟此人是谁？且看下回分解。

第三五一回

粉金刚力敌曹德彪　冲天炮奋斗徐文豹

话说曹德彪将那人打量一回。暗自喝彩道："这人大约是劲敌了。"他外穿一件白绫绣花外盖，脚踏粉底乌靴。头戴逍遥巾，手执白纸扇。面如傅粉，唇若涂朱。分明是个白面书生，哪里像前来打擂？他偏不矜才，不使气，连响也不响，就跳上擂台。因此，曹德彪就知道他是个劲敌。忙将两手向那人一拱道："请教尊姓大名？住居何处？"那人道："小生姓徐名唤文豹，祖籍浙江人氏。因往直隶探亲，路过贵地。听说得老丈大开擂台，招聚天下英雄豪杰。小生不揣冒昧，妄自班门弄斧。还请尊拳之下，稍让三分，使小生得全颜面！"这一番话，真说得儒雅风流，令人动听。黄天霸等在那茶棚内，听见他说了这一番话儿，估计是有绝妙本领。

正在凝神观看，又见曹德彪向徐文豹拱一拱手，说道："既蒙不弃，即请见教罢！"只见徐文豹答应一声，便将外盖大衣脱下。现出一件密扣紧身，湖色短袄，将一根丈二长的杏黄丝绦在腰间束好。又将脚下粉底乌靴蹬了一蹬，说一声："有占了。"当下在上首立定脚步。只见曹德彪已分开门户，左脚曲起，右手挡定顶门。左手在右肋下按定，使了个寒鸡独步之势。徐文豹不慌不忙，先将身子带偏。左手按着胸膛，右手搭在左肘之下，腾身进步。将右手从后面团过来，使了个叶底偷桃的架落。阴泛阳一拳打来，便破他的那个寒鸡独步的解数。曹德彪将身子一侧，左手一起，将徐文豹一拳掀开，趁势发出右手，还他一下。徐文豹来得飞速，赶紧躲过他右手。使了个毒蛇出洞，认定曹德彪背心点来。曹德彪看得分明。也赶着使了个王母献蟠桃，将徐文豹的那只手托了出去。徐文豹将身一转，又使了个鹞子翻身，扑转来双手齐下；这唤作黄莺卷翅。曹德彪赶着将身望下一蹬，把头向左边一偏，躲过他双手；趁势使了个金刚掠地，将右腿在台上一旋，直认徐文豹旋转扫来。徐文豹赶着将身跳过，又使了个泰山压顶，照定曹德彪脑门打来。二人在擂台上，你来我往，拳去脚来，只打得眼花缭乱。这一个好似蜻蜓点水，掠一掠便飞向空中；那一个如蛱蝶穿花，点一点又飞来墙外。一个是如南山饿虎，见着人扑面而来；一个是如北海怒蛟，得了势腾空而去。真个是棋逢敌手，将遇良才。那些台上台下的人，看得个个齐声喝彩。就连黄天霸等这一班会手，见着二人如此，不觉得也高声喝起彩来。二人足足打到了一百余合，还是不分胜负。你也莫想打我一拳，我也莫想踢你一脚。二人见不分胜负，更觉抖擞精神。又斗了有五十余合，还是不分胜负。

正在难解难分之际，忽见曹德彪将两只手，竟在那当胸一合说声："且住，停一会儿，再决雌雄。"徐文豹一听此言，也就说道："悉听尊便。"说着，各人举了手，跳在一旁。曹德彪复将手一拱道："此时日已晌午，俺们且吃过午饭再来。"徐文豹便道："使得。"说罢，就走到衣架旁，拿过长衣。就身上披好，轻轻地跳下台来。大家一看，见他打了有两个时辰，还是面不改色，无不称赞。徐文豹下得台来，摇摇摆摆，挤出人丛。便去寻找酒楼。好用午饭。黄天霸等也就去到酒楼用饭。

上得楼来，大家坐定，便呼店小二拿了酒茶。一面饮酒，一面谈论方才他二人交手情形。贺人杰便插口问道："这等拳法，究竟是哪家宗派呢?"褚标道："这就是少林一派。他二人的拳法，也算是得其奥妙；末了还有那一着撒手拳，唤作独劈华山。只有那天王托塔这一着可以解得，其余皆不能解。不知他二人有这两着妙拳。俺们且吃过午饭，再去看他们各耍一会。"大家听说，颇为高兴。赶着狼吞虎咽，一会子如风扫残云似的，大家俱已吃过。算了账，还过钱，大家净了面。又吃了两杯茶，复一起出门。仍到擂台下面，看曹德彪与徐文豹二人比试。

此时曹德彪已用过午饭，在台上坐在那里等候。不一刻，徐文豹也前来，仍旧轻轻地跳上擂台。曹德彪一见他来，赶着立起身来，让他坐下，稍尽待客之礼。徐文豹将手一拱，说声："请。"二人同坐下来。有人过来各献了一杯茶。二人稍坐片刻，各饮了两口茶。徐文豹便站起来，脱去外衣。将衣服挂在衣架之上，复走到台面当中，在上首立定脚步。曹德彪正要上前请他开拳，旁边早走上教习徐宁，忙向曹德彪说道："难得这位徐兄到此，你已与徐兄会过了。可否让小弟与徐兄领教一番?"曹德彪道："我未尝不可，只怕徐兄见怪。说咱们自家欺人，轮流与他比试。恐不大稳便。"徐文豹听说，心中暗想道："你们不必施这诡计，两个人递换着与我交手；就使有十个人轮流而来，我姓徐的要说出半个不字，也称不起是英雄好汉。"因说道："这个又何妨？便是我迟早皆要领教的。但不知尊姓大名，还得请教才是。"

徐宁道："在下也是姓徐，与老兄同姓，单名是个宁字，绰号冲天炮。略知拳棒，本领平常。还得有请稍让一二!"徐文豹道："岂敢！岂敢！太谦，太谦。小生是久仰的，幸蒙赐教，也算是三生有幸了。"说罢，便道了一声："请!"彼此立了门户，即刻就交起手来，你去我来，倒也是一对劲敌。两个人也斗了有八十余个回合。徐文豹并未稍见破绽。徐宁见他拳法甚精纯，急切不能将他败下。自己又心高气傲，总想在东家面前要个面子，方肯甘心。但既存了这个心，便用出一个毒着出来：先使了个蜜蜂进洞。将两拳向着文豹两太阳穴打来。文豹一见，早知他要用那手毒着，已暗暗防备起来。文豹便先用了脱袍让位的解数，将两手并在一处，从下泛上，向两边一分，去掀他的两只手。徐宁见他来分自己的两手，便借他分开之力，趁势一反手，正对文豹脑门劈来。这一着，就是褚标说的那独劈华山。文豹是已防备到此的。见他一掌劈来，此时文豹早将两手平住了胸膛挡来。说了一声："来得好!"立刻将右手向上一托，泛住徐宁那一反掌，顺势将左手向徐宁胸前一点。这就叫做天王托塔。只听徐宁说声："不好!"正待要将身子一偏，文豹这一拳已经逼近胸膛。毕竟徐宁有无性命如何，且看下回分解。

第三五二回

徐文豹大斗曹月娥　众英雄协拿蔡天化

话说徐宁说声："不好！"赶将身子一偏，亏他让得快，已在肩膊上擦了一下。曹德彪看得亲切，怕徐宁有失。赶速走过来，向当中一隔。说道："今日天已过午，咱们明日再来比较罢！"二人听说，各人收了手。徐文豹就衣架上拿了衣服，换好下台。曹德彪父女及两个教习，也自下台回庄。黄天霸等自不必说，也是回转客店。

曹德彪到了家中坐下，歇了片刻，即向女儿月娥及徐宁、石勇两个说道："咱们打了这几日擂台，还不曾遇见劲敌。今日这姓徐的，倒有些扎手。方才徐师傅若再与他交手下去，恐怕要敌不过他了。"徐宁道："若不是台主那样说开，真个有些敌不上来。但是明日怎样设个法儿，要败他一次才好。"月娥在旁，也道："石师傅，且待你敌他，看是如何？咱再与他较量一次，便可分其高下了。"曹德彪道："我儿，你可不要小视于他，就是与他比试起来，也须仔细才好。纵不能胜他，也得要与他不相上下，方才不被人笑话。那时为父自有主意。"月娥答道："女儿自当遵爹爹之命。"说了一会，也就各自用膳，不提。

再说蔡天化自从在河南勾拦中住下，恋着一个妓女，倒也不想往各处采花。却住了半个多月，有些不耐烦起来。这日出门，到街坊上闲游。忽然听人传说，东安县现在摆设擂台，为的是招赘女婿。蔡天化听了这话，心中暗想道："这摆擂的人家，那个女儿，想必是色艺俱全。咱何不到那里去会他一会？若果真美貌，咱打胜了他，定然给咱做老婆。咱也落得有个色艺俱绝的家小，也可帮助帮助。好在咱在这里没有一些儿事。不但将他打胜可以得个好老婆，咱还可以格外响名。"主意已定，即日由河南动身，日夜兼行。不到六七日工夫，已到了东安县内。当下落了客店，就从各处打听了一回。听说有个徐文豹，现在那里打得不分胜负。他听在肚里，暗道："这姓徐的，难道有三头六臂吗？俺若不到此，由他逞能耀武；俺既到此，可不能让他逞能了。"想了一会，也去擂台下看了一会。这日却因曹月娥果真感冒风寒，不曾上台。那擂台上面，可挂着一面白漆粉牌，上写着告白："暂停一日"。蔡天化看了告白，当夜就思量曹家去走一趟。如果见着曹月娥，果真是好。他便放出采花的手段，与他暗战一番。又想道："俺既然到此，且等他明日上台，俺将他打败下来，还怕不是我的受用。若是今夜就去，倘被他知道，反败了咱的英名。"因此一想，遂未前去。这也是曹月娥应该不被污辱的，天化死期将临。所以古人说得好："人之将死，其言也善。"蔡天化向称采花魁首，今日忽然动了这个念头。未去污辱曹月娥，要想争那英名。

闲话休表，却说隔了一日，曹月娥的感冒已是大好。先着人到台上，将告白牌下去。那时来打擂的，并那些小本营生的，热闹异常。蔡天化此时，也到了擂台场内，却因人多拥挤，不曾看见黄天霸等人在此。就使他会想到，他又倚恃着自己武艺。又因黄天霸等拿过他两次，均不曾捉住他。及至酒醉，误为捉住，仍旧被他挣脱。他所以将黄天霸这干人也不曾放在心上。倒是黄天霸等，虽然在此看打擂台，却刻刻留神，防着他到此。可巧贺人杰走出茶棚小便，瞥眼瞧见一人走过，好像蔡天化。他将溺也不解了，就蹑足潜踪，尾随在后远远地跟了过去。仔细一看，真是蔡天化。已进了那首茶棚坐下。他便赶急飞跑，回至茶棚，打了个暗号，告诉众人。大家听说，还未开口。只见黄天霸等要奋勇出去，预备去捉。万君召一见，即刻将天霸拦住。说道："老兄弟！还不曾到时候，且不要空了手足！"你道这是什么话儿？原来万君召说的，不要空了手足这句话，就是不要空捉了他。将这捉字拆开说成"手足"二字。黄天霸听说，只得耐住性子坐在那里看光景。

此时台上的人已到全了，曹德彪又往台下招呼过了。徐文豹已跳上台去。只见石勇到台口，向徐文豹拱手道："尊驾学的高艺，咱家台主与那位徐师父，都已领教过了。但是在下还不曾领教呢！请赏个光儿，指教一两手罢！"徐文豹笑道："既是尊驾不弃，当得请教。便请过来罢！"石勇道："主不占客，还请在先。"徐文豹道："既如此说，我可有占了。"说着，既将外衣脱去，有人接过，向衣架上挂定。二人先分了门户，即刻就交起手来。你一拳，我一脚，只见或上或下，或前或后，或左或右，各尽所长。一来一往，斗了有八十余个回合。忽见徐文豹飞起一拳，直向石勇打来。石勇才待要让，徐文豹这一拳并未打下，复飞起一腿打来。石勇一见，说声："不好！"正待将身子一偏，让他这腿。忽听一声娇喝道："姓徐的你不必逞能！俺姑娘曹月娥出来会你！"话犹未了，又听台下一声道："好！"就如万马奔驰一样。徐文豹正是一腿飞去，打算石勇断让不过去。不意一声娇喝，走出一个女子出来。徐文豹赶着立定了脚步，将曹月娥上下打量了一回。但见他头挽乌云，高高的盘着一个堆螺髻，玄缎抹额。中间打着个鸳鸯结，高耸顶门，两耳斜插着两朵绒花，一对珠环低低垂下；身穿一件大红缎洒花密扣紧身短袄。腰束着一根苹果绿丝绦，下穿玄色湖缎洒花扎脚马裤；窄窄的一对三寸金莲，穿着一双大红绣履。真个是柳眉杏眼，粉面桃腮。虽为闺阁佳人，实是裙钗武士。徐文豹看罢，不觉暗暗喝彩。曹月娥也将徐文豹看了一回，只见他两道长眉，一双俊眼。面如傅粉，唇若涂朱，心中也着实羡慕。彼此均打量已毕。只听徐文豹说道："小姐既然下顾，我徐某也算三生有幸了。"曹月娥听说，面上一红，也就应声说道："从来未有主占客先的道理，还是先请赐教罢！"徐文豹听说，立刻就分了门户，与曹月娥交起手来。只见他们两人，一个是身如铁树，拳到处不让分豪；一个是腰若柳枝，足踢时颇难躲避。忽然间蛟龙出水，气挟风云；忽然间卧虎翻身，势崩山谷。两个人一来一往，足去拳来。足足斗了有百余个回合。那台下的人都看得呆了，哪个不大声喝彩！

正在难解难分之际。忽听西北角上大吼一声道："姓徐的！休得逞能。尔休想这个老婆，须留给俺蔡天化爷爷受用！"这一声大喝，那些台下的人俱听得清楚。暗道："这蔡天化是个缉拿的人，为何敢如此大胆，前来打擂？"台上的曹月娥、曹德彪，及徐宁、石勇四人早已听见。正要防备，蔡天化已跳上擂台。曹月娥抽了空儿，即向徐文豹说了一声："慢走，俺去就来。"说着，便退入后房。蔡天化才上得台，即与徐文豹两下交手。不知蔡天化如何，且看下回分解。

第三五三回

逞强能众英雄鏖战　中要害蔡天化成擒

话说蔡天化一声大喝上了擂台。也不打话，便与徐文豹交手。这却是何缘故？他却存了一个心，恨不得一拳就将徐文豹打死，他便可得了曹月娥去做老婆。不料徐文豹果然毫不畏惧，就与他力斗起来。又兼曹月娥是早已知道，要合力拿他。所以向徐文豹说了一句："且慢，俺去就来。"他便退入后房去拿了兵刃。会同他老子及两个教习，一起拔刀相助。蔡天化却不知其中缘故，正与徐文豹一拳一脚的，打了个正对。忽听噗！噗！噗！一阵声响。瞥眼一瞧，见黄天霸等一众英雄都拿了刀，齐到了台上。徐文豹一见虽知大概，却不晓得细底。

正是疑惑，又听黄天霸等齐声喊道："咱们大家合力呀！不要再给这狗强盗挣脱逃走呀！"一声未完，只见兵刃齐施。你一刀，他一剑，认定蔡天化砍到。蔡天化一见，知道不好。即忙运动神功，赤手空拳，来与黄天霸交手。奋力恶战。只见黄天霸一刀砍来，蔡天化将右手一架，隔开过去，连皮都不曾伤了一块。黄天霸正待要砍他二刀，那边褚标已一刀砍来，又接着何路通双拐齐下。蔡天化抖擞精神，一声大喝道："尔等这些小子忘八蛋！俺爷爷要惧怯你一点，就不算好汉了。尔等这一起小子，将所有的兵刃，只管砍来！俺爷爷只放着这两只手，两条腿，与尔等杀。这一起忘八断儿!”一面将两手拿开去挡兵刃。黄天霸等听了此话，大家皆气望上冲。你一刀，我一枪，有的被他让过的，有的他并不让。竟自使着膀臂去迎接兵刃的，总不能伤他半点。大家都有些紧急。只见贺人杰抽个空，便掏出两个金钱镖。手这一扬，直向蔡天化双眼打到。蔡天化早已防备，便举起右膀曲转过来，将二眼牢牢挡住。及至金钱镖打到，却打在手膀上面，就同碰在铁上一般。仍旧掉转下来，他竟毫无伤损。李昆在旁看见，也就拿出弹子，认定他咽喉打到。蔡天化觑得切近，用手一接。将那颗弹子接入手中，顺手一放，居心要还打李昆。可巧李七侯正一刀砍来，不提防正遇着蔡天化正放那粒弹子。正打中手腕，只听当啷一声，手中刀丢落在地。蔡天化瞧得真切，趁势就是一腿，将李七侯打倒一旁，一伸手就去拾刀。此时朱光祖赶着架开，关小西在上首也就一倭刀砍来。接着贺人杰舞动双锤，当头打下。褚标也就飞舞朴刀砍来。天霸又赶着取出金镖掷去。蔡天化架过刀，让过锤，躲过镖，正欲抽空向台下逃去。却好曹德彪一声大喝：“该死的囚徒！还要哪里逃去?”说着，就舞动竹节钢鞭，认定蔡天化打下。蔡天化即将手内的单刀掀开钢鞭，不意曹月娥又从背后举起双锋刃，从蔡天化肋下刺来。蔡天化一声大喝，当下骂道：“好贱婢！我与你向无仇隙，何得趁火打劫？来得好!”手起一刀，将曹月娥的双锋刃磕下。趁势就还进一刀，向曹月娥当胸刺来。曹月娥一个箭步，向旁边一躲，却好贺人杰又是一镖打下。蔡天化说声：“不好!”赶着将手中单刀望上一挡，将金钱镖打过。复又飞舞单刀，向贺人杰搠来。贺人杰正欲举锤招架，却好关小西的倭刀从半空中接住。金大力也就插漏当空，举起镔铁棍，认定蔡天化两腿扫来。蔡天化一面避关小西倭刀，一面两脚一蹬，向半空中一纵，又让过金大力镔铁棍。十几个如娘似虎的英雄，将他团团战住，他竟一些惧怯没有。

万君召自黄天霸等齐上擂台之后，大家与蔡天化大战起来，他却暗暗伏在上面台顶上，在那里细心观看；要等黄天霸等将蔡天化打到有个八九分数，他就下来，只用一个撒手着，就要将他捉住。所以打了这半会，总不见万君召和他交手。此时蔡天化力战众人，任他本领再高，也难敌得住黄天霸、关小西、褚标、李昆、朱光祖、李七侯、何路通、计全、金大力、贺人杰、王殿臣、郭起凤十二个人，并有殷家三兄弟，加之曹德彪父女两个，并徐宁、石勇两教习，共计十九个，又都是能征惯战的英雄。你一刀，他一拐，你一锤，他一鞭，你一棍，他一剑，还有许多暗器。这可是蔡天化本领真高，又兼着能运神功，可以刀枪不入，要换着第二个，还等到这个时候，终不成将他捉住。李七侯被一腿打倒，天化就抢了他的刀，与众人对杀。片时又打倒了两个：一个是何路通。被他刺了一刀，正中大腿，跌倒台下去了；一个是石勇，肩窝上被他的刀着了一下，不能再战，只得躲到台后。黄天霸等不曾将他捉住，反被他打倒了一人，砍伤两个，好不着急。于是人家拼命的杀来，就连曹德彪父女，并教习徐宁、也是奋力去杀。看看蔡天化他有些抵敌不住，心中暗道："俺若再与他们恋战，真个要被他捉了。不如趁早逃罢！"主意打定便舞动单刀，认定朱光祖面上一晃。朱光祖赶着架住，计全早一刀飞来，蔡天化也不去架，居心让他砍一刀，趁此就可得空逃走。不期贺人杰看真切了，看见他无心恋战，有要逃走之意，即刻又掏出两个金钱镖来，向天化两眼打去。这对金钱镖才打出去，忽见万君召从擂台顶翻身倒挂下来。先使了燕子穿帘的架式，只见一个黑影儿一晃。平空蹿到蔡天化面前，随即用了个叶底偷桃，就向蔡天化左腋下一点。只听蔡天化“哎呀”一声，登时缩了下去。万君召趁势将身一转，翻到蔡天化右首。轻轻的将蔡天化右膀一拉，也用两指在蔡天化右腋一点。任他铜筋铁骨，再也不能动弹了。于是大家一起上前，将蔡天化拿住，绑缚停当。再仔细一看，已见他两眼打得血流满面，却是被贺人杰的金钱镖打伤。因他伤了两处要害，才被人捉住。这也是他恶贯满盈，天网恢恢，疏而不漏，应该如此。毕竟后事如何，且看下回分解。

第三五四回

正国法强徒授首 挟私仇恶霸伤心

话说蔡天化因被万君召、贺人杰二人伤着他两处要害，致被人捉住。黄天霸等人，就将蔡天化绑了个结实，抛下台去。此时东安县知县，也就赶到这里。黄天霸即将蔡天化交给东安县，带回衙门，先行收监。万君召又道："太爷回衙后，可即命差役将他的琵琶骨穿起来，用刑具上了，方保无虞。"东安县听了，好生担惊。因说道："本县虽有监守之责，还求诸位保护一程。送进城去收了监，那就是本县的责任了。"天霸等答应，即刻一起护送进城。

到了东安县衙门。当由差役用头号铁链，将蔡天化的琵琶骨穿起来。用刑具上了。说也奇怪，自伤了他要害，那神功也不能运动了。当下给他送进内监。黄天霸又请东安县写了文书，申禀施公说："蔡天化已设法拿住，但使沿途押解，恐有不测情事，是否就地正法，以昭慎重，而免疏虞！"东安县随即备文专差，连夜投报，暂且按下。

再说黄天霸等，当日又去曹家村道谢。曹德彪迎接进去。黄天霸当即给他道了谢，又问了他教习受伤的话。曹德彪道："敝教习虽然受伤，却还不重。但须歇息一两日，就可痊愈了。"当下曹德彪即命人摆出酒来，给大家道贺。黄天霸再三推却不过。

只得入席叨扰，大家痛饮起来。饮酒之间，谈起徐文豹打擂一事。褚标先自说道："那姓徐的，如果未曾娶亲，居心想来招赘，他明日必然前来。那时再将他问明，便可招为快婿了！"曹德彪听了大喜，大家又复痛饮起来。直饮到日落西山，方才散席。黄天霸等回到客寓，又看了何路通、李七侯，所幸受伤俱不过重，大家便去安歇。次日又往看打擂台，果然徐文豹复来。曹月娥又与他斗了一回，仍是不分胜负。曹德彪即命他二人住了手，问明徐文豹曾否娶亲。徐文豹道："实未娶亲。"曹德彪当下将女儿赘他为婿，徐文豹也就应允。即将他带回庄上，过了一日，就与月娥成亲。一面将擂台拆去，这也不必细表。黄天霸等仍回客店，专等施公回文。

不一日回批已到，蔡天化着即就地正法。这日，黄天霸等皆全身装束，各带兵刃。东安县又将城守请来，带了兵刃，沿途护卫。蔡天化着即提出，打开刑具，当下如法背绑起来，押往市曹斩首。一会子到了法场，等到午时三刻，即将蔡天化斩首。将首级用木笼装好，以便解往淮安，悬竿示众。诸事已毕，黄天霸等也就一起回去淮安销差。殷家兄弟却由东安县回殷家堡而去。不一日，大家俱至淮安，见了施公销了差。施公又将捉拿蔡天化的情形，细细问了一遍。黄天霸等也就细细禀明。当下施公就与万君召道谢，并欲保奏君召。万君召再三推辞，不愿为官。施公这才罢议。又将众人保奏上去。后来奉到圣旨。各人俱加一级。黄天霸加了总兵衔，关小西加了副将衔，其余各官按原级递加。唯有贺人杰升了守备，大家好不欢喜。朱光祖、万君召二人，在淮安盘桓了半月，也就回去。有话即长，无话即短，且将黄天霸等人按下。

如今再说桃源县新出了一案。全家被害，实是可惨。桃源县西乡有一梁家庄。庄主梁世和，是个本县的武举。家道极其富有，为人亦颇正道，而且任侠好义。这梁世和年交四十余岁，妻子陈氏，生了两子一女；长子名唤家驹，年交十八；次子名唤家骥，方交十二。唯有那女儿玉贞最大，今年正交二十岁。真个是诗词歌赋，件件皆精，而且生得美貌动人。这梁世和夫妇，真是爱如拱璧。自幼与他那表兄结下姻事。他表兄名陈仁寿，住在城里。这仁寿今年二十二岁，也曾进过本学生员。父亲早已去世，只有母亲许氏在堂。家道虽不大富，也还小康。只因梁家庄西北五里，有个温家寨。这温家寨的寨主，名唤温球。是个武进士出身，绰号戆①太岁，为人极其凶暴险恶。家中广有田产，多蓄豪奴，并养着教习数人。打手数百，专抢民间妇女，强霸一方。人人见他侧目，却与梁家庄梁世和家，不敢沾染。因梁世和为人正直，而且武艺高强。虽然是个武举人，却还比他那个武进士强着几倍。前两年为争买田地，温球意欲强占。梁世和不肯甘休，后来两下动起武来。温球打梁世和不过，依旧还把那分田地让给世和，却暗地下都有怀恨。这两年之内，虽然各不相扰，温球却刻刻要设法报仇。

也是合当有事，这日梁世和的女儿适在门口，随着他母亲在那里闲看春景。不期温球方从城里回来，走此经过。忽然看见梁世和的女儿那般风流俊俏，美貌动人。他这一见，却存了一个混

① 戆（gàng）——愚而刚直。

账心，要想他作妾。回家以后，便神游痴想起来。隔了一日，就托人出来到梁世和那里去说。托言给他儿子求婚。争奈他儿子是个十不全，人人皆知的。不必说梁世和的女儿，已经许下姻事；就是没有许下，梁世和也断不肯把一个爱如拱璧、貌若天仙的女儿，许这个十不全。只得对来人说明，已经自幼许下亲事。那来人只得回复温球，说他早已许下人家。哪知温球一听，心中大怒。他不念人家果真许字与人，他反疑惑梁世和嫌他儿子十不全，不肯与他结亲。因此怀恨在心，愈加要寻事报复。可巧这日梁世和家，来了一个外乡人。因脱了盘费，访问梁世和是个任侠好义的人，就前来找他，给些盘费。梁世和见了那人，生得仪表非俗，而且是个武生打扮。就问了他尊姓大名，住居何处？那人一一告诉他一遍。原来姓郭名仁，是山西人氏。到南边投亲不遇，因此脱了盘程，却有一身好武艺。因此梁世和更加亲敬，就留郭仁住了两日，又送了他几十两纹银。哪知温球打听出来，便到桃源县贿嘱了差役，硬说梁世和通同大盗，勾结强人。桃源县也不问情由，便将梁世和捉去严加拷问。叫他招出通盗的各情。梁世和哪里肯招？桃源县又将他妻子带去拷问。温球见梁世和一家俱已下狱，只有他女儿不曾下狱。便率领众豪奴，到了梁家庄，将玉贞小姐硬行抢去。不知玉贞果有性命不虞，且看下回分解。

第三五五回

因惊成疾梁女全贞　抱屈鸣冤陈郎入告

话说戆太岁温球因挟私仇，诬害梁世和通同大盗，在桃源县出首。经桃源县知县不问情由，将梁世和合家下狱。梁玉贞当为温球抢劫回庄。及到了庄上，当将梁玉贞扶入后房。温球便劝他道："你父亲通同大盗，眼见得性命难保。故此将你接到我家。你若肯与我儿子成为夫妇，我一定设法将你老子与你母亲、兄弟救了出来，仍旧成为亲戚。"哪里晓得温球尽管说，梁玉贞一字不答。温球不觉大怒，正欲伸手去打。再一细看，但见梁玉贞玉容惨淡，声息毫无，坐在那里已是昏厥过去。

温球一见，赶着呼唤仆妇，立刻取了姜汤灌下。复又慢慢地低声轻唤，好容易唤醒过来。只见梁玉贞叹了一口气，挣了半会，才说一声道："苦呀！"众仆妇见将梁玉贞已经唤醒，大家不胜欢喜。温球在旁也甚喜悦，因命仆妇将梁玉贞扶入卧房，好生将他安睡。服侍妥当，随后自有重赏。梁玉贞眼睛虽然闭着，耳内却听得清楚。闻得众仆妇将他送入内房安睡，他即睁开二目骂道："尔等这一起无耻贱人！可知你家主人诬栽我家通同大盗，捉入县监。又将我有夫之女抢劫过来。如此作为，我一死原不足惜。但温球伤天害理，总有恶贯满盈的时节。我虽死到了阴曹，要追他的性命！尔等众人若将我好好送回，给我全家的骨肉申了冤枉，日后自然感激尔等救命之恩！如若不然，我死之后，也一起要追你们的性命了！”说了这一番话，又将温球骂了一番。不觉气急上拥，又昏厥过去。

内中只有个姓刘的老妈妈，虽然在温家做工，却是存心忠厚。他赶着又取了姜汤来灌，好容易又灌醒过来。此时温球听说玉贞复又昏厥，又来看视。及至房内，见玉贞已醒。当下那刘老妈妈，即插口向温球说道：“大爷，你老放心出去罢！这梁姑娘交给我婆子，包管你老，服侍他好好的就是了。”温球当即答应出去。刘妈妈见温球出去，也就令那些仆妇都走开。他就对梁玉贞道：“姑娘，你放心罢！且到里间歇一会儿，我包管你不至被他奸贼强逼。且耐两天，我再设法救你便了。”梁玉贞听说，见他不是歹意。也就随他进入内房，就床铺上睡下。那刘妈妈又殷殷勤勤地服侍他一会，又与他谈了些家事。又叹息了一回，又切齿痛骂了一回，这才出去。少刻又进来看视，又与梁玉贞问茶问水。梁玉贞也着实感激。不期梁玉贞因吃了一惊，又困在这里，不能出去，心中自然着急；又虑到他父母兄弟不知如何设法解救，因此几凑，不觉头痛起来。温球屡次欲进来侵犯，多亏刘妈妈将病推托，还幸梁玉贞不曾受些污辱。暂且慢表。

再说梁世和一家四口下在狱内。此时城里城外通哄传开了。他的女婿陈仁寿，一闻此言，着实吃惊不小。因赶着出了城，先到庄上看视。才到庄口，只见梁世和家的一个老家人梁孝，匆匆忙忙走了过来。惊慌说道：“姑爷来了吗?”陈仁寿道：“老爷怎么忽然遭这一场大祸？究竟里面有什么仇人?”梁孝道：“姑爷休提了，真个祸不单行。老爷、太太同两个少爷，才被县里捉去；

不料温家寨温球这个奸贼，就率领了许多打手，撞进门来，硬将姑娘抢去。老奴等赶了一回，实指望将姑娘夺回。不但不能夺回，反被他家那些豪奴打了一顿。姑爷来得好极了，也得赶紧设个法儿，一面去县里救出老爷、太太、少爷；一面去温家寨救出姑娘才好。在老奴看来，还是先到温家寨救姑娘要紧！老爷等虽在县监，急切尚无性命之虞。唯有姑娘，平日性情最烈，姑爷是早知道。现在被奸贼抢去，万一强逼起来，姑娘断不肯从他，必然要送性命，岂不白白的将性命送在奸贼之手吗？姑爷必须赶紧设法才是！”哪知梁孝只管对陈仁寿在那里诉说，不曾细看仁寿。原来仁寿听见他表妹被温球抢去，就这一急，已经气绝过去；及至梁孝把话说完，忽见陈仁寿跌倒在地。梁孝又赶着将陈仁寿扶坐起来，取了姜汤灌下，才算苏醒。陈仁寿即切齿骂道：“若不将温球置之死地，以报此仇，我陈仁寿誓不为人！”说罢，即令梁孝道：“你且与我到城里一行，先往狱内将老爷等安慰好了。然后再设别法，去处置那个奸贼。但你见了老爷、太太，切切不可说姑娘被他抢去。我自有道理。总要先将老爷、太太、少爷们救了出来，然后再去救你家姑娘呢！”梁孝也只得答应，立刻随着陈仁寿到了县里。贿通了狱卒，进了内监。见着梁世和夫妇，暨两个儿子。梁世和夫妇一见他女婿到来，便哭着回说道：“我不知哪世与温家结下这样大仇，将我全家诬害。眼见得我全家是没有性命的了。但是我那女儿玉贞，要望贤婿好生看待。现在我家内也不知弄得是怎样了？”陈仁寿见了好生难受。只得忍住眼泪，勉强说道：“姑父姑母，你老人家不要害怕。好在这件事纯属他诬我，他们没有真凭实据，就是县里也不能屈打成招。你们二位老人家，且安心在这里住些时，待侄儿出去，好歹总要设法将你们两位老人家及两个兄弟救出去，一面再报复那温球奸贼。至于表妹，你老人家格外请放宽心，侄儿已将他接回去了！”梁世和夫妇听了这话，方宽了点心。复又问道：“贤婿，你说设法救我等全家，究竟是怎么个解法呢?”陈仁寿便走到梁世和跟前，附耳悄悄地说了几句。梁世和听了大喜。陈仁寿即刻就告别出去，走到监门口，又切实嘱托禁卒道：“望你老人家方便方便，随后这个家人如果进来，还请你放他进去，我将来一起再谢你。”说着又在腰间掏出五两银子，赏给禁卒。禁卒自然欢喜无限，满口应承。

陈仁寿出了县门，即到家中，与母亲说了一遍。又同梁孝说道：“你不许在外稍露风声。我即赶往淮安，去到施大人那里控告。你可每日去到县里探视一回，再密访你姑娘生死如何。我到淮安，住在总漕衙门照壁后王四房客店内。你可每日去到县里打探情形，逐日写一封信，寄与我知道。我一经将事体办定，即刻就回来。”梁孝唯唯答应。陈仁寿连夜雇了船，带了银子，直往淮安进发。不一日已到淮安，就在总漕衙门照壁后王四房客店住下。当时就写状词，专待次日一早，前去告状。却好第二日，正是七月初一，施公要到河神庙拈香。陈仁寿打听清楚，带了状词，便出了店门，去到总漕衙门。等待施公河神庙拈香回衙，他便去拦舆告状。毕竟施公可否准他状词，代他申冤，且看下回分解。

施公案

下册

[清] 不题撰人◎著

书香经典
中国古典公案小说丛书

浙江人民美术出版社

图书在版编目(CIP)数据

施公案/(清)不题撰人著.—杭州:浙江人民美术出版社,2017.1

(经典书香.中国古典公案小说丛书)

ISBN 978-7-5340-4897-5

Ⅰ.①施… Ⅱ.①不… Ⅲ.①侠义小说-中国-清代 Ⅳ.①I242.4

中国版本图书馆CIP数据核字(2016)第078059号

责任编辑 雷 芳
特约编辑 袁 梅
策　　划 未来趋势文化传媒(北京)股份公司
责任校对 张陈丽
责任印制 陈柏荣

经典书香 中国古典公案小说丛书

施公案(下册) [清]不题撰人 著

出版发行: 浙江人民美术出版社
地　　址: 杭州市体育场路347号
网　　址: http://mss.zjcb.com
制　　版: 北京久椽图文制作中心
印　　刷: 三河市明华印务有限公司
开　　本: 620mm×889mm 1/16
印　　张: 130
字　　数: 1516千字
版　　次: 2017年1月第1版·第1次印刷
书　　号: ISBN 978-7-5340-4897-5
定　　价: 325.80元(全三册)

第三五六回

察理准词亲提县令　闻风报信暗告强梁

话说陈仁寿将状词缮好，专等施公到河神庙拈香回辕，便去拦舆告状。在辕门外等了一会，金锣响处，施公已打道回衙。陈仁寿即将状词捧在手中，等施公轿临切近，他便拦着轿杠，跪在一边，口喊："冤枉！求大人申冤！"施公在轿内闪目观看，见是个秀才打扮。手捧状词，口称冤枉。施公即命住轿，问道："你有什么冤枉，到本部堂这里来拦舆呢?"陈仁寿见问，便将状词呈上。当有家丁接过。施公打开，看了一遍，就在轿内向外面问道："你叫陈仁寿，是桃源县学的生员。你可再将这状词内所告的各节，细细诉禀上来。"陈仁寿旋将梁世和与温球恶感及诬良通盗，强抢玉贞，世和全家收监细说一遍。追求申雪！又道："再，生员如有半句不实，大人一经察出，愿领诬告之罪！"说罢就磕了一个头，仍然跪在那里候示。

施公听罢，不觉勃然大怒道："该县既如此糊涂！境内有这等恶霸土豪，不能先事预防，还敢通同诬害，实属不法已极。陈仁寿你可先行退下，候本部堂一面亲提该县，并及那原、被告，人证，来辕审讯；一面札饬该县，即日前到温家寨温球家里，将你聘妻梁玉贞保出。查明有无奸占情事，再行核夺，分别治罪便了。"陈仁寿唯唯而退。施公回衙进入书房，更衣已毕。立刻命人缮就饬知：委派计全、何路通二人星夜驰往桃源县。督同该县前去温家寨温球家内，赶将玉贞保出；并将温球及桃源县知县，暨拿捉梁世和一并四口之原差。并梁世和一家人等，限五日内一并押解来辕听候讯办。

计全、何路通奉了施公之命哪敢怠慢？即日带了亲兵，拿了文书，星夜直奔桃源县而去。不一日到了桃源，先行通报进去。桃源县闻知施公那里派来的人，不知为作何事，赶紧迎接进去。计全、何路通到了书房，彼此相见已毕。有人献上茶来。原来这桃源知县姓胡，名唤维世，是个捐纳出身。为人极其贪财，而且心地又极糊涂。所以计全、何路通到了此地，还疑惑是来打抽风的。因道：“二位惠临，有何见谕？但是兄弟这里清苦异常，除每年例得养廉外，毫无生色。而且桃邑强悍，地土瘠弱。兄弟自到任以来，并无别事，并赔累得不少了。不知贵衙门每年还有什么例规，还望二位仁兄指教明白，以便兄弟设法措备。”计全因抢着说道：“老兄尽管放心。兄弟等此来，并非需索例规。实因奉了大人之命，有件小小财爻送与老兄。可即前去赶办，不可误事。将来办得好，大人是一定要保奏的。”这两句话，在稍微明白的人，早知道内里有些不妥。哪里晓得胡维世还当是真是美差。忙笑着说道：“既蒙大人恩典，委兄弟去办，兄弟何敢误事？便请二位仁兄指教罢！”计全道：“当得！当得！”说着就在靴统内，取出一件文书出来，递给胡维世观看。胡维世接过，拆开封套，将公文抽出，捧在手中，由头至尾看了一遍，不觉汗流浃背。且看下回分解。

第三五七回

计全大闹温家寨　路通误落陷人坑

话说桃源县知县胡维世，见计全、何路通二人在靴统内取出公文给他看过，方知道是为梁世和一案。奉了施公之命，前来亲提人证。并限期往温家寨捉拿温球，保出梁玉贞，一并押解原、被告，人证，暨原差人等。亲往淮安听候讯问。胡知县看罢这件公文，吓得汗流浃背，立刻就传差役，亲往温家寨提人。哪知那些差役，大半与温球有些来往。一闻此言，故意延宕，不肯立刻就去；为的是先差心腹，去到温家寨告知信息，叫温球急速准备。及至胡知县与计全、何路通追赶前去，温球早已得了消息，准备起来。专等人来捉拿。

却说胡县令带领计全、何路通，及本署差役人等，到了温家门首。计全向何路通丢了个眼色，何路通会意。即退后一步，看他们进了大门，他便到温家后门埋伏，恐防温球到后门逃走。计全等进了大门，当有庄丁故意拦道："你们自哪里来的？为什么不问情由，擅自向人家宅里乱闯？"计全听了此言，不由得气望上冲。大声喝道："好大胆的恶奴！咱老爷是奉了钦差总漕施大人之命，特来捉你的主人温球。前往淮安对讯控告梁世和通同大盗一案。你敢阻大老爷不许进去么？"那恶奴听说道："原来如此。既是前来捉咱家主人，难道咱家主人还躲避你不曾么？但是咱家主人现不在庄里，等他回来，叫他前来投到便了。"计全听说，不觉大怒，便道："你既说你家庄主不在庄里，待咱进去搜一搜。如果搜出来，再与你这狗头说话。"那恶奴道："你要进去搜查，可不怕你见怪。这是不容你撒野的啦！"计全此时实在容纳不下了，立刻就喝令亲兵，先就这狗头给我拿下。亲兵一声答应，也就立刻上前去拿那个恶奴。哪知那恶奴不但全不畏惧，还胆敢在身旁拔出腰刀，即向亲兵砍来。

诸公请想：计全这时节可能容他过去么？也就亮出单刀，一撒手向那恶奴砍去。那恶奴一声大喊，登时来了十五六个，皆是手执刀棍，一起向计全围绕过来。刀棍齐施，把计全团团围住。计全见此情景，不下毒手，是要吃他的苦了。因此大喊一声，舞动单刀直向众恶奴乱砍。到底那些庄丁，不是计全的对手。一连被砍伤了几个，其余也就不敢上来。计全带来的亲兵，一起动起手来。立刻将众恶奴打得东倒西歪。此时胡县令站在一旁，见这等光景，已是吓得不能动弹。计全见胡县令站在那里呆若木鸡。便走上前将胡县令一拖，口中说道："贵县这地方上出了这等恶霸，平时不及早治，到了这会儿，还在这里袖手旁观？咱此时也不便与贵县细讲。且待捉住恶霸，与你再说不迟。还不与我搜寻要犯么？"胡县令没法，只得抖抖的跟着那计全进去搜查。一直到了里面，哪里搜查得出？

原来温球家有个暗室，设在后花园内。这暗室四面皆是石板砌成，上面有个消息，只要将那消息扳动，那石板自然开了。中间露出门来，人即可以下去。平时温球抢了人家妇女回来，皆将她藏入里面，任你搜寻，再也搜不到。此时他自己却躲在那个暗室之内。这暗室旁面还有一个陷人坑，是专为防备来人。万一搜寻到此，要叫他跌入陷坑内，随后再将来人捉住。或打或杀，置之死地而后已。

计全见搜寻半会皆搜不出来，暗想：难道这恶贼果真不在庄上么？一面暗想，一面委决不下，仍在那里疑惑。忽见从屋檐上跳下一个人来，再一看时，却是何路通。计全喊道："何贤弟，我与你分头去看，你去将梁玉贞找寻出来，先保护她出去。将她送到县里，令人看守好了，我再去找寻那温球恶贼。"何路通答应，立刻就各处找寻玉贞。计全还带着胡县令往各处搜寻温球。又寻找了好一会，仍是找寻不出。正自着急，忽听隐隐有哭泣之声。计全心下一动，暗道："这哭声，莫非就是梁玉贞么？"仔细一听，就依着了声音找寻过去。胡县令也就跟了过来。转了几个弯，见有一道小门。计全便从小门而进。觉得那哭声就从后面出来。计全赶着走了进去，原来里间是一个小小书房。计全又走进书房，并无门窗。计全好生疑惑，正自凝神观看，忽见东首有个书橱。心下暗道："莫非这书橱就是暗门？"于是走到那里，将橱门开了，向里面一看，内中并无书籍。又将里面的板用手一按，只听剥落一声，跳下一根闩来。计全复将手在板上两边一推，又听呀的一声。那书橱板推在两旁，中间果然露出门来。计全好不欢喜，即将书橱移在一旁，他便拉着胡县令，一同进入里面。

但见里面却是一间静室，陈设得颇为精致。那哭泣之声便在这里。计全一声喝道："这里间哭的，可是梁家庄梁世和的女儿玉贞么？"话犹未了，那刘妈妈早已从里间房内走出。答道："正是梁家姑娘，你老是哪里来的？"计全道："咱是特来救她的。现在那里？因她家表兄陈仁寿，亲往淮安在总漕施大人那里告状。准了他状词。咱乃施大人面前河营都司。特奉大人之命，率同桃源县到此。一来捉拿温球，给她父亲申冤；二来救她出去。快叫她出来，将她救出，咱还要去捉拿温球呢！不要延迟了。”玉贞在内听明了，方才相信。立刻坐了起来，扶着刘妈妈出了房门。问道：“哪位是救我的恩人老爷?”计全道：“咱便是奉了大人之命，前来救你。”玉贞便要行礼，当时计全赶着拦道：“咱们快走罢!”说着就将玉贞背了起来，往外就走；县令也就跟了出来。

才出得小门，只见对门拥进数十个打手，个个手执兵刃，拦住去路，一起杀到。计全一面舞动单刀，准备抵敌。一面暗想：“将那女子送了出去，再来与他们厮杀。还怕他们跑了不成?”心中正难定主意，又听那些打手齐声喝道：“背女子的听着！你可知道你家伙计，已落在陷人坑内，被咱庄主擒住。你若知进退，速速将梁家女子留下，饶了你的狗命！若言半字不行，咱等再将你捉住，且得你个现成的。好在咱们法已犯了，随后总是要定罪的。不如开开花了，反觉易于做事。”说着便拥上前来。计全一听此言，知何路通已误落陷坑，更加不敢耽搁。即将身子一缩，立刻一个箭步，跳上墙头。随即越屋蹿房，将玉贞救了出去。何路通自误落陷坑，被恶奴捉住，恶奴去告知温球，问他如何处治？温球即命众打手，将他吊入一间空房内，也不要打他，活活的将他饿死便了。毕竟何路通有无性命之虞，且看下回分解。

第三五八回

憨太岁潜投聚夹峰　何路通救出温家寨

话说计全背了梁玉贞出了温家寨。本拟将玉贞送到县里，后来一想，进城往返，不免耽延时刻。不若就近先行送她回庄。主意已定，便一口气跑到梁家庄。却好梁孝站在庄门口。玉贞在计全背上，见了梁孝如同见了亲人。当即哭道：“多亏这位恩人老爷，将奴救出。不然，是一定死在温家了！”梁孝赶着上前，将那玉贞扶下，当即给计全磕了一个头，谢他救命之恩。计全也不及同他说话，只将玉贞放下来，随即他就回走。

不上半里之遥，已见胡县令坐着轿子回来。计全一见，好生大怒。立刻上前问他向哪里去？胡知县道：“我现在进城，请城守营带兵前来围他的房屋。”计全道：“你好不糊涂！就是要请城守营带兵前来围他的住宅，不应擅离职守。可饬差请他来，为什么要你亲自前去？你这一走，万一温球逃走他方，你又怎么回复？”胡知县被计全问了这番话，只见他翻着两眼，一句话也不能回答。计全看了煞是好笑。又说道：“贵县不必沉吟，依我看来，还是赶紧遣差飞跑进城，去请城守。咱与你再回去搜寻恶贼。但愿将他捉住，贵县的处分还觉得轻些。倘若再被逃脱，贵县可怎么好？在哪里交出温球来？”计全虽然这样说法，早料着胡知县这一走，温球必趁此而逃。却不得不与他说这两句，好把自己一肩重担，全个儿卸在他身上。胡县令听了计全这一番话，也不知如何回答。只得依着计全，便差了一个家丁，拿了名帖，飞马进城去请城守带兵前来，帮助捉拿恶贼；一面仍与计全回奔温家寨而来。此时胡县令也不坐轿了，跟着计全用双脚的驴子，追赶前行。可怜胡县令跑得气喘吁吁，汗流浃背。计全将脚步稍微带慢，只是催着他紧跑。哪里知道县令心内愈着急，愈走不快。在先还可以走得快些，越到后来越跑不动。暗恨道："早知今日，悔不当初。总是我那些二班差役通同作弊，累苦了我！今日弄得这般光景。若将温球捉住，将来这官儿，或者花些钱，还可以保得住。若是温球再逃走了，上司再勒令我要人，我又没有人交他。那时必然勒限缉获，我就要各处购线悬赏缉拿。倘若花些钱，购了眼线，将人捉住，还算不幸中的万幸。若竟永远捉不住，逾限之后，必定奏参。那时弄得财、官两败，我才不上算呢！"

不表胡县令跟着计全一路跑，一路暗想。且说温球打听得计全已救了梁玉贞出去，胡县令又打道回衙。心中一想："我犯下这弥天大祸，若再不趁此逃走，万一官兵回来。再将我捉住，解往淮安，定然性命难保。不如趁此赶紧收拾，逃走他方，再作计较。"主意已定，即刻到了内宅，拿了些银两，连家僮都不曾带。换了衣服，就逃走出门。出得门来，上马加鞭飞奔而去。一口气跑了有十余里。一想道："我逃是逃出来，但现在投奔何处才好？"眉头一皱，计上心来。暗道："不若往聚夹峰投奔铁头和尚。到那里住下，再作良图。"

你道这聚夹峰是个什么所在？原来这聚夹峰在河南、江苏交界地方。两边两座山头，中间一条小路。只容一人出入，那山险峻异常。山内有座轩辕庙，极其宽大。那铁头和尚便在那里住持，名说出家，实系据着山头，借此地落草。这铁头和尚却生得铜筋铁骨，一身的好武艺。飞檐走壁，件件精通。手下聚了有五六百喽兵，专门打家劫舍。温球当日曾从他习过武艺，因此想到，不若就投奔到他那里。温球此一去，随后黄天霸等得了消息，便往聚夹峰去擒温球。铁头和尚抗不交出，又与黄天霸等杀了一次。三打聚夹峰，捉拿铁头和尚，此是后话，暂且按下。

再说胡县令便跟着计全、好容易跑回温家寨。又前后各处找寻殆遍，总寻不出人。此时天已大黑，又不知何路通性命如何？计全没法，只得到了内宅，将温球的家小一概拿下，令人绑缚起来，勒令家小交人。温球的妻子被逼不过，只得谎骗计全，引指他的暗室内搜寻。计全听说，随即带了胡县令，并亲兵人等，走到后花园内。将石洞挖开。进内搜找。那里有个温球？虽然温球未曾搜检出来，却救出两个女子。计全复又各处去找，刚出了花园，转过一条小巷，只听东首矮屋内有呻吟之声。计全就带了亲兵，走入矮屋一看，原来何路通四马倒攒，吊在屋内。计全立即上前，将何路通放下，复又一同出来。问温球的妻子，究竟温球现在何处？他妻子此时只得将温球逃走的话说了出来。计全又问他何时逃走的呢？他妻子道：“大约桃源县离了庄上那个时候才走的。”计全听说，便望胡县令道：“贵县如何？果然不出吾所料。”胡县令听说，只得向温球的妻子埋怨道：“本县与你家丈夫有何仇隙？他居心抢劫梁家女子。反说人家通同大盗，到本县那里控告。本县以为他是个本地乡绅，说话向来不错。哪里知道竟是这等一个混账东西！现在又畏罪逃脱，害得本县官是要丢了，还要用钱，保不定何时才可缉获到手。你家丈夫一日缉获不到，本县就要多用一日钱，倒为了你家一个混账东西，弄得本县财官俱丧。他不想本县这个七品前程，也非容易到手。在上司面前，不知叩了多少头，说了多少‘求大人栽培’的话。哪里晓得到任未及一年。本钱虽然赚回来了，利钱也得了好些，就被你家丈夫这一闹。不但本县利钱一个落不到，只怕本钱还是有命无毛。你家害得本县好苦呀！”说罢望着温球的妻子跳了一会。温球妻子见他这等着急，也只得望他说道：“太爷不必说了，打个倒算盘罢！只当从前少赚了几个。而且俗语说得好，‘汤里来一定是要水里去的’。看破些罢！”毕竟后来如何，且看下回分解。

第三五九回

讯家属追究行踪　缉强梁购觅眼线

话说胡县令见温球逃脱，不知去向。急得没法，只得将他的家小一并拿入县衙。庄房封锁起来，候缉到正凶，再行发落。次日，即提出梁世和一家四口，又将梁玉贞并捉拿的原差，由桃源县亲身押解淮安，听候审问。不日已到，将一干人犯，先行寄入山阳县监。然后，计全、何路通见了施公，将上项的事禀了一遍。施公点头。接着桃源县胡维世也来禀见。施公当即传见。胡维世给施公行了礼，站立一旁。施公命他坐下，当下问道：温球控告梁世和通同大盗一案，贵县可曾访查明白，究竟有无证据呢？”胡县令道：“卑职该死。总是卑职一时糊涂，致屈好人下狱。”施公道：“贵县既为朝廷命官，本县境内出此等强徒恶霸。应该早为惩办，除暴安良。即使力有未逮，也应该申详大府，并力合拿，才是道理。为什么通同作弊，诬害良民。但听一面之词，便谄害他一家五口。这是有人告到本部堂这里；倘若无人出首，这梁氏一家五口，就屈死贵县手里了。现在温球又复逃脱，贵县一定知他的踪迹。仍烦贵县十日内，将温球获到，本部堂或看贵县一官非易，从轻惩处。倘再怙恶不悛①，袒护恶霸，本部

① 怙（hù）恶不悛（quān）——坚持作恶，不肯悔改。怙，仗势。悛，悔改。

堂断不轻恕。那时，贵县可不要怨本部堂铁面无私！姑候明日讯明原、被告人等，贵县便请回衙，赶紧缉获温球到案。”胡县令听了这话，哪敢强辩？只得请了安，告退出去。

次日施公升堂。先传原告陈仁寿问了一遍，即将梁世和夫妇父子提来。梁世和夫妇跪在下面，又将前情申诉了一遍。施公又命将梁玉贞带上。玉贞跪下，先磕了一个头。施公问道：“陈仁寿是你何人？”玉贞道：“是小女子表兄。自幼经父母凭谋说合许字，尚未过门。”施公道：“温球将你抢去，你曾被逼过吗？”玉贞道：“小女子也曾被逼两次，后因小女子惊吓成疾；又亏温家一个姓刘的老仆妇，多方防护，所幸小女子未被污。”施公道：“这还是你的造化。但是温球究意为着何事，诬害你父母兄弟？可知道么？”梁玉贞又将前情申诉一遍。施公命他退下，带桃源县原差。下面答应，将两原差带上。施公问道：“你是去捉梁世和一家四口的么？”那原差道：“是小的奉了县太爷之命去捉的。”施公道：“你两个唤作什么名字？”两个原差回道：“小的名唤吴能。”“小的名唤张淦。”施公又问道：“你等前去梁家的时节，可曾见有强盗在他家么？”吴能道：“小的未曾看见。”又问张淦道：“你曾看见呢？”张淦道：“小的也未曾看见。”施公又问道：“可拿着他真凭实据么？”原差道：“也不曾拿着。”施公道：“你等说不曾见他家窝留大盗，又不曾拿着实据。你等怎么就将梁世和一家四口拿去呢？”吴能道：“小的这日在班房闲坐，忽见温大爷家有个小使唤作扣子，来唤小的赶紧前去。说是他家大爷有要紧的话说。小的不知何事，就随着扣子去了。

到了温家寨，温大爷就向小的说道‘你们这两个月内，闹的盗案是不少了。一件皆不曾破案。老实告诉你，现在梁世和家窝藏大盗。说不定这些案内，就有他家窝藏的人。你只须将梁世和一家拿到县里，请官严讯一堂，就可以明白了。’小的听说，便问他道：‘温大爷，你老如何知道呢？’温大爷说的是他亲眼看见：某日有个山西人，实在形迹可疑，在他家住了两日才走的。小的听说，就回去禀知。本官听了这话，当时就加差张淦同小的一同前去梁家。将世和夫妇父子四人，一并解到县里。经本官讯了一堂。怎奈梁世和坚不承招。本官只得监禁。以待复讯，彻底究根。哪知他竟是个好人？那温球竟是个万恶奸刁的贼子！不但小的为他所累，连本县太爷也因他受累不浅了。”施公道：“你曾得温球贿赂么？”吴能道：“委实不敢受贿。”施公听说，忽将惊堂木一拍，怒声喝道：“尔等还敢隐瞒？本部堂早已访知其事。若不用刑，你等如何肯招？拖下去从重拷打！”手下一声答应，将吴能、张淦两人拖翻，重重的打了四十大板。施公喝叫：“住了！本部堂问你，究竟受了多少贿赂？”张淦被打不过，只得招道：“温球先送了二十两银子，叫吴能将这件事办妥。随后再为酬谢。吴能嫌少，温球又加了十两，共计三十两。分小的五两，他得二十五两。当由吴能进去禀明了本官，立刻就同小的前去捉拿了。施公听说，又喝令将吴能打了四十，吴能受打不过，也只得一一招出。

施公又命提温球妻子周氏。温周氏提到，跪在下面。施公问道：“尔夫诬害良民，抢劫妇女。平时强霸一方，你可知道么？”周氏道：“小妇人也曾劝过几次，怎奈丈夫总不相信。前者诬害梁世和，小妇人实在毫无知觉。就是梁玉贞被丈夫抢回，小妇人也不知道。求大人明察。”施公道：“你果实不知？本部堂问你，怎么胆敢将你丈夫放走呢？”周氏道：“大人的明鉴。若谓小妇人暗地将丈夫放走，这可实在冤枉了。那时小妇人已吓得几乎要死，自身还愁保不住，何暇再顾及丈夫？后来大人派去那两位老爷，追问小妇人的丈夫所在。小妇人还指着他去寻。怎奈没有寻出，那两位老爷又再三逼问，小妇人被逼不过，只得随口应道是逃走了。其实真不晓得。”

施公听了怒道：“好个刁妇！你在庄上已经对本部堂委员说过你丈夫是趁胡知县暂离尔庄上那个时节逃走的。尔现在说‘实不知道’。足见平时助夫为虐！拖下去先给她掌嘴四十，问她可招也不招？如若不招，再给她拶起来问。”手下答应一声，即刻将周氏扭转面孔，一五一十打了四十。只打得周氏哭叫连天，哀哀求道：“小妇人愿招！”施公命手下住了。便又问道：“你丈夫究竟逃往何处？你可快快从实招来。再若有半字虚言，定即拶起再问！”周氏道：“丈夫逃往何方，小妇人委实不知真切。但知丈夫从前有个习武艺的师父，是个和尚，在什么聚夹峰。或者此次就逃往他师父那里，也未可料。这就是小妇人真实口供，其余就将小妇人拶死了也不知道。”施公听说，便问黄天霸道：“你可知道这聚夹峰在什么地方？”天霸回称：“不知。”施公也不追问，又将胡知县传上堂来。将各人的口供，先与他看了一回。胡县令已吓得魂不附体。施公便予了限期，着他购线在限内缉获温球到案。如逾限未获，定即一并严加处治。又令梁世和等，安分守业。吴能、张淦及温周氏，一并着桃源县带回监禁，候再提讯。胡县令唯唯退下。施公亦自退堂。如何捉拿温球，且看下回分解。

第三六〇回

聚夹峰师徒设谋　桃源县众寇劫狱

话说知县胡世维将一干人犯带回收监。一面购线缉拿温球，暂且不表。再说温球逃出温家寨，上马加鞭，直奔聚夹峰而去。走了两日，前面已到。这山上是他的熟路，无须请人通报。直到轩辕庙内，见了铁头和尚，哭诉一番。铁头和尚就命人做了些酒菜，与温球吃了。然后又命人将山上众头领请来大家商议。原来这铁头和尚是陕西人氏，习得一身好武艺。果真是钢筋铁骨，有万夫不当之勇。用一根纯铜禅杖，足足有七八十斤。更会飞檐走壁。手下积聚五六百喽兵。更有三个头目：一个姓万，名唤世雄，惯用钩镰枪；一个姓周名鹿，惯用双戟；一个姓熊名海，惯使单刀。俱是武艺精通，能征惯战。却又是铁头和尚的门徒。当日铁头和尚见温球如此狼狈，逃到此间。即将他们三人一起传来商议，设法报仇雪恨。

万世雄、周鹿、熊海见师父叫唤，立刻到了方丈。一见温球，同声问道："师兄如何这等狼狈?"温球见问，便将以上各情说了一遍。大家一听，个个咬牙切齿。大怒骂道："施不全！与你有何仇恨？你专要管咱们的闲事！与咱们一流人作对。别人由得你这赃官作威作福，咱们可容不得你这等作为？今日又将咱同门弄得这般狼狈。若不将你擒住，咱等誓不为人！"大家骂了一顿。还是铁头和尚说道："诸位贤徒，温球虽然到此，他的家小一定要拘入监牢。咱们也要设个法儿。先将他的家小救出，然后再与那赃官施不全为难。大家有什么妙计，不妨说出来商量商量。”只见万世雄说道：“据徒弟看来，一面到淮安行刺；一面到桃源反监，叫他两头不能兼顾。如此办法，家小可以救出，仇恨也可以报了。”熊海道：“万大哥你这个计策虽好，劫狱还可做得到。若去淮安行刺，一人恐怕不能。在小弟愚见，莫若先去桃源县，将大哥的家小先行救出，最为妥当。只要一经劫狱，那桃源县必要去报。桃源县一经去报，施不全定即派人前来。咱们等他派人前来，那时再合力敌他。总要将他杀个片甲不留。实做个以逸待劳，以主待客。若要前去行刺，即赃官手下，虽则黄天霸等人不过尔尔，究竟寡不敌众。万一不测，反为不美。不若如此办法更为妥当。不知尊师与诸位兄长意下如何?”铁头和尚道：“此言甚合吾意。但有一件，必得先着一人去桃源县那里探听的确。城中有无防备，然后去反监，一起带了出来。”温球道：“徒弟还有一事：那梁家庄还要走一趟，纵不能将他全家诛戮殆尽，这梁世和是放他不得的。”铁头和尚道：“且到临时再作计议。”温球大喜。铁头和尚又命人摆出酒来，与徒弟接风。当晚师徒五人，就在方丈内畅饮起来。

次日，铁头和尚又派了四五个喽兵，先到桃源县打探消息。隔了六七日，喽兵回山报说：“城中并无准备，唯有桃源县知县出了赏格，各处缉获温球。”铁头和尚便命喽兵退下，遂与众人商议道：“城中既无准备，可即速速下山。恐怕稍有延挨，多有不便。”万世雄道：“师父之言，甚是有理。咱们众兄弟就是明日下山便了。但有一件，温大哥却要改扮起来才好。”温球道：“我这改扮倒也容易，只须将头发剃去。与师父一样，旁人便看不出来。若再恐怕不济，脸上再涂些黑灰。任他眼紧的人，也难认出。”大家笑道：“这个法儿倒好。”于是大家便去装束。

到了次日，温球已将头发剃去，就借了铁头和尚的外衣，穿了起来。万世雄就改扮了镖客；周鹿改扮了卖膏药的；熊海改扮了卖艺的。各人暗藏了兵刃。又挑选了四五十个精壮喽兵。此时正是八月天气，这日众人下山，正是八月初七。便约定：中秋夜三更行事，不可有误。大家俱已晓得。便别了铁头和尚，直奔桃源而去。下得山来，大家又各自分开，陆续前进。到了八月十四，已陆续到了桃源，各人先混进城来。温球等到天黑，挨城而进。这日大家皆未会面，只寻了客店住歇下了。

到了次日，大家装模做样，在街上闲逛。只见周鹿拿着两张狗皮膏药，在那里叫卖。万世雄见了，好生发笑，各人会意。万世雄当即走开，走未多远，又见一堆人团团的围在那里。万世雄挤进人丛中，向里一看。原来是熊海在那里打拳，彼此就会了意，万世雄站了一会儿，也就走开。又各处去走了一趟，单单看不见温球。便暗暗想道：“他是个正主儿，咱们皆为他的事而来，怎么他反不见面？”正在暗说，忽见温球从东首直街上行来。二人又会了意，便走到一个僻静所在。万世雄道：“师父今夜二更准到。咱们大家在东首城隍庙旁侧，那座三官殿楼上会齐。二更过后，你便掩进监门。我与周兄弟、熊兄弟，却不由头门进去，打从监后围墙上去。你只听大堂上鼓打三更，便砍开监门进去。我与熊海两个兄弟，在屋上面接应你。一经将监门砍开，即大声一喊，我便跳下屋来。指明你到女监去救嫂嫂，以便唤出尊嫂；我便再同你去认令郎。”温球答应，二人不敢多立，仍然各自走开。

看看到了晚间，大家皆用饱饭，陆续的到了三官殿楼上，只等三更便去行事。不多一刻，已是二更。温球便掩入县门，至监门外面。却好这夜，所有监卒人等，皆因中秋佳节，个个皆赏月，吃得大醉。睡的睡，回家的回家。因此一个不曾遇见的。温球伏在黑暗的地方，侧耳静听。不一刻，只听得大堂上那面鼓，咚咚咚的正打三更。温球不敢怠慢，在腰间拔出一把朴刀，认定监门使劲砍去。不过五六刀，已将监门砍开。便即大喊一声："兄弟们快来动手！"此时万世雄等，早已在监屋上面。将瓦揭开了几路，看明女监的路径。温球喊声未完，万世雄早跳下来。领着温球，一同砍入女监。温球复大喊一声道："温球在此，俺的娘子在哪里？速速前来，俺救你出去！"只听应道："奴家在此，快快救我出去！"温球上前，一刀斩断镣铐，正欲前去抱她，忽见周鹿从屋上跳下。说："哥哥将嫂嫂先交与我，你赶紧去寻侄儿罢！"说罢就将周氏一把就提上了监屋。万世雄又带着温球进入男监。温球复又喊道："我儿天德在哪里？为父今特来救你！"天德一答应，温球即忙上前，将镣铐斩断，也是正欲抱他。又见熊海从上面跳下来，他也不打话。便将十不全的温天德，救上屋顶。于是大喊一声道："咱乃聚夹峰的好汉！如有难友情愿出去的，快快随咱们一起杀出去呀！"后事如何，且看下回分解。

第三六一回

万世雄独力退官兵　众囚徒同心归贼寇

话说温球一声大喊道："众难友有情愿出狱者，快随咱们杀出！"一声未完，那些囚徒谁不要命？是有武艺的，一个个挣断铁索，齐抢杀来。却好众喽兵已经杀到，于是一同杀出监门。此时监卒俱已惊醒，赶忙各处飞报。不到片刻工夫，桃源县守备郑德标，已带了合营兵丁，点着灯球火把，直向南门追赶前去。暂且不表。

且说周鹿、熊海二人，将温球妻、子二人救出。哪敢怠慢，立刻背在身上，走到南门。他二人运动壁虎游墙的功夫，越过城墙，一口气跑到六七里。拣了一座树林，将温球的妻、子藏入树林里面。他二人复又还转身来，天还未明，仍从城墙越入。跳下来就砍死两个守门丁，又将城门大开下来。周鹿便守定城门，熊海便去接应。走未多远，只见前面灯球火把，照耀如同白日。喊杀之声，震动天地。熊海飞舞钢刀，一声大喊，直杀过去。万世雄正与官兵在那里格斗，又要兼顾温球。原来温球本领平常，看看已抵敌不住。幸亏熊海杀到。万世雄一见，赶着喊道："熊兄弟！你赶紧将温大哥保护出城，上山要紧！这些乌龟忘八，牛子狗官，让俺来敌他罢！"熊海答应，即杀开一条血路，将温球保护出城。到了城门口，又合同周鹿一起出城。走到树林里面，又背上温球妻、子追赶前去。走到天明，就在半路上，雇了一只船。将温球妻、子安放上船，一同保护上山不表。

再说万世雄与守备郑德标，杀了有两个时辰。郑德标虽然本领高强，究竟敌不过万世雄精悍。万世雄也不敢恋战，只得且战且走。到了城门外，看看城守追得切近。他便复转身来，出其不意，认定郑德标腿上一刀。郑德标赶紧躲过，自己虽不曾伤着，马肋上正中一刀。那马嘶的一声，飞奔而去。万世雄也不追赶，即刻放开脚步，带领众囚徒、喽兵一起出城，直往聚夹峰而去。话分两头，再说城守营守备郑德标，那马被砍中了一刀，飞奔回去。及再换了马，随急赶出城来，已是不及。只得回来查点营兵，受伤的却也不少。此时天色大明，一面去到县衙会胡县令商议；一面打发受伤的人等先行回家，暂为养息。胡县令此时，已知道温球会合聚夹峰大盗前来劫狱。劫去温球妻、子、一众囚徒，急得两手捶胸，呼天抢地。城守营见他如此，实是好笑。当下说道："老寅兄！事已如此，急也无益。不过拼着丢官而已，再没有别样事情。为今之计，须赶紧申详上宪，才是道理。"胡县令听说，只得赶紧命人写了文书，飞申上去，静候听参。次日，梁世和家也知道了，梁世和即同妻子说道："我家是他的仇人，他既能前来劫狱，难保他不前来报仇，不若暂避到女婿家。"于是合家就搬进城中，稍避仇人报复。

再说胡县令申文，这日到了总漕衙门，当有书差呈送进去。施公一看不觉大惊失色。立刻将黄天霸等传进道："方才桃源县知县胡维世申文前来。说是八月十五夜三更，温球胆敢勾结聚夹峰大盗进城，反监劫狱，抢去温球妻子周氏，儿子天德，并死囚六名，各监犯十六名。经守备郑德标追赶接战，复被该盗斩开城门而逸。似此目无王法，胆大妄为。若不设法将这伙大盗赶紧捉拿，将来为祸不浅！但不知这聚夹峰究在何处？山上强盗共有几人？须得细细探明，以便前往剿灭。”黄天霸等皆默然不答。施公道：“诸位贤弟何以不答一言？”计全道：“大人明鉴。都司曾闻人说，这聚夹峰在河南、江苏交界地方。两面山头，峰高险隘。中间只有一条小路，还只能容一人行走。顶上有一座轩辕庙，大概那些强人，就在这庙内盘据。非是都司等不答一言，只因这聚夹峰险峻异常，恐怕一时难破。所以都司等，在这里打算如何去法，如何将那伙强贼剿除。还求大人勿存他意。”施公道：“原来如此。但诸位贤弟既知道这个所在，你们大家商量妥当，再去剿除，也是事半功倍的一法。本部堂却只恨桃源县不能事先预防。境内有这等恶霸土豪，他敢与他通同作弊；及至事发，将温球的家小收入内监，就应该刻刻担心，时时防备。还是一味昏昏，弄到反监劫狱而后已。尚复成何事体？若再姑容，何以能警愚恶之辈？本部堂是万万不能容了他的！”黄天霸等大家称是。施公当即批饬下去，批：桃源知县胡维世居官昏昧，着即先行革职；仍一同勒限缉获越狱在逃之温周氏、温天德各犯人等。并将胆敢勾结大盗之温球，暨聚夹峰各盗寇，一并拿获到案，照律惩办。若再奉行故事，定即从重治罪。桃源县守备郑德标虽经闻报，追之不及。究属有疏防范。着一并革职留任，以观后效。施公批饬已毕，黄天霸等退出。大家便筹划计策，预备前往聚夹峰剿灭匪寇，暂且不表。

再说温球带同妻、子一路之上，并未有查问。不日到了聚夹峰，当即挈领上山。先与铁头和尚道谢，铁头和尚将劫狱情形问了一遍。温球一一回答。铁头和尚便道：“你们都困乏了，且去歇息。等万世雄回来，大家再议守山的良策，以防官兵前来剿灭。"温球等答应退下。当即寻了一所房屋，给温球的妻、子居住。隔了一日，万世雄也就回山。禀明铁头和尚说："带了好些狱中的好汉，他等都情愿附从在此。即请师父定夺!"铁头和尚道："他们既情愿前来，没有再使他们下山的道理。好在这里也不多他们这十几个人，就留他们在这里照应罢!"万世雄答应，即刻出去，将带来的各犯领进来，给铁头和尚相见。铁头和尚又吩咐了几句话，各犯这才退出。万世雄也就走了出去。

次日，万世雄等走入方丈，与铁头和尚相见。说道："徒弟们既已前去劫狱，这时节定然各处都晓得了。施不全那个赃官是一定是要委派人到此的。咱们也要预备预备。一来免得临时措手不及，二来也使他知道咱们的厉害。"铁头和尚道："为今之计，山上的粮草都是足的，这一件无须虑得。唯有两座山头，加添些檑木炮石。寨栅外面再加些鹿角上去，恐防官兵前来攻打。各处隘口多派巡查，还怕黄天霸等人不是明来却是暗至。这件最要防备！好在这山前只有一条小路可通山寨。后山的那条路，是没人知道的。"万世雄等答应。即日预备起来，以防官兵来此剿灭。毕竟后来如何，且看下回分解。

第三六二回

铁头僧设险守要　黄天霸奉命出征

话说万世雄与铁头和尚，商议拒敌官兵之策，铁头和尚已将各处要隘筹划一番。次日忽又想起桃源囚徒内中，难免有武艺高强、胆量出众之辈。我何不将他们呼唤前来盘问一番。万世雄当下即转身出去，一会子将那二十二人全行带来。先令他们给铁头和尚行礼，站立两旁。铁头僧开口说道：“你等久处监牢，自分必死。难得有此机会，逃脱出来，真是虎口余生，万分之幸！但是你等既到咱这里，必欲代咱做一番事业，也不负咱救你等性命之恩。你等内中有武艺高强者，可即报上名来，生平会使哪般兵器？待为师各给你等的兵刃，就在这里比试一回，好派你等一处责守。如系向来既无武艺，又无胆量的，便给你充作喽兵，以听使用。”铁头僧话才说完，只见那囚徒中走出六人。个个相貌狰狞，精悍无匹。[illegible]起大声说道：“咱等既承师父救命之恩，如有用咱等之处，皆愿效死力！”铁头僧听了大喜道：“你等姓甚名谁？可说与为师知道。”只听各人齐声说道：俺唤陆老幺。俺唤曹如虎。俺叫沈三魁。俺唤卫达。俺唤韩豹。俺唤吕飞熊。六人报名已毕，铁头僧又问道：“谁会使哪般兵器，可自取来演试一回，待老僧量材使用。”

话犹未毕，只见陆老幺走到旁边兵刃架上，取了一柄牛耳拨风刀走到院落当中。放开大步，舞了一回。铁头僧一见，觉得很有些膂力。陆老幺舞罢，仍然走上厅来，将刀插在架上。接着吕飞熊取着一枝方天画戟，也走到院落中间。只见他将方天画戟端在手中，忽然一摆，足足有那碗来大的花头。铁头僧看见，已是喝彩；又见他用尽生平之力，将那枝方天画戟舞了一回。真如万道寒光，轻身活泼，铁头僧大喜。吕飞熊舞毕，走到厅上，也将方天画戟插在架上。曹如虎见他两人试了刀戟，也就在兵器架上，取下一口大砍刀，也走到院落当中，飞舞旋转，演试了一回，仍然送上兵器架。接着沈三魁取了单刀，韩豹取了镔铁点钢叉，卫达取了烂银枪，三个人也走到院落中间，各耍了一回。个个皆本领高强，技艺精绝。铁头僧复又问道："你这等六人所用兵器，老僧俱已试过。但你这六人之中，可有能飞檐走壁的么？"只见陆老幺一声答应："俺愿献末技与师父一看。"说着，一纵身已飞上大厅中间那根梁上。铁头僧一见，好不欢喜。大家喝彩不已。其余五人却不会这等功夫。于是铁头僧即收了这六个人为徒弟。铁头僧即命手下大摆筵宴，一起坐下畅饮，大家好不畅快。饮酒之间，铁头僧又开口说道："本师自从得了这山寨，并无官兵前来攻剿。现因温徒弟这件事，太闹得大了。咱料施不全那里，一定派兵前来窥探。大家都要协力抵拒，不可使官兵得手，挫动本山锐气。"大家齐声答应道："师父但请放心。如有官兵到此，定然杀他个片甲不回，使他不敢藐视。"于是大家畅饮而散。铁头僧即命吕飞熊、韩豹二人，守东山青龙岗；曹如虎、卫达守西山白虎岭；陆老幺、沈三魁守谷寨栅；万世雄、周鹿、熊海守中军寨栅；自己独守山头。分派已定，大家各执其事，这且不表。

且说施公是日又将黄天霸等传齐问道："聚夹峰强寇猖獗，

胆敢劫狱反监。若不及早征剿，恐怕养虎成害。诸位贤弟可有什么妙计，破得这聚夹峰么?”黄天霸道：“自从那日奉谕之后，总兵等已经饬派心腹何三前去打听。将聚夹峰的山势情形，并山内有多少强人，为首的究竟是哪一个，令他细细探听清楚。限十日内回复。现在已去有六日，早晚便可回来。一经得了实在情形，与副将等即预备前去剿灭。但闻聚夹峰山势险峻，他山上即闹了这样大事，必然料有官兵前去，他那必然是要准备起来。现在实无破敌之策，只好待到那里，大家再等计议。在末将看来，此次剿灭聚夹峰，非多派官兵，不足以助威势，还请大人裁酌!”施公道：“那个自然，贤弟等可即挑选起来。一俟细作回来，便可即日前往，免得再延时日。”黄天霸唯唯答应，当即退出。一面即吩咐所有漕营各标兵丁，一并于三日后，齐赴教场点选，听候调用。各营兵丁奉了这个号令，到了第三日，皆齐集教场，听候挑选。黄天霸等当日即挑选了二千五百人马，分为五队。并传令：所有军装一切，赶紧齐全预备。一经择定吉日，便要起行，不得违误军令。各营答应下去。

不一日细作回来，报与黄天霸等知道：“小的奉了老爷之命，前去聚夹峰察看形势，并探听一切。兹杳得聚夹峰两山对峙，左为青龙岗，右为白虎岭。中间有一条小路，只容一人行走；由小道进入谷中，约半里多路，便是该盗外口的寨栅。由寨栅进内，攀岩而上，还有座中寨。进了中寨里面，便是轩辕庙。庙内有四个强盗。为首的叫做铁头和尚，其余三人：一唤万世雄，一唤周鹿，一唤熊海。俱是铁头和尚的门徒，都有万夫不当之勇。自那日劫狱之后，铁头和尚又得了同时出狱的六个囚徒：一唤吕飞熊，一唤韩豹，这两人把守青龙岗；还有曹如虎、卫达这两个现守白虎岭；还有陆老幺、沈三魁，这两个守谷口寨栅；万世雄、周鹿、熊海，这三人守中军寨栅；铁头和尚自守山头。并有喽兵五六百名，个个皆是精悍无比。峰后还有一条小路，非本地土人不知。小的到了那里，却好遇见山上一个喽兵，也是寿州人氏。小的从前在家乡的时节是认得他的。后来他因犯了法，就逃走在外。有了四五年，不知下落，不知怎样到了那里。小的看见他，就央他带着小的上山，各处耍了一日。他还问小的从哪里来的？小的未敢说出是从这里去。说是由河南有事，从此经过，现在就要回家。闲谈之中，他便将以上的情形，通通告知小的了。”黄天霸道：“你这个家乡人叫个什么名字？现在那里管什么事呢？”何三道：“小的那个同乡叫个张四保，现在那里充当一个小头目。就派在吕飞熊、韩豹两个名下听用。”黄天霸道：“你不必走开，咱还有事用你呢！”何三磕了个头道：“老爷如有差遣，小的即当伺候便了。”说着，退了下去。

黄天霸听了何三这一番话，即刻就到了施公那里。又将众人约齐，把何三打听回来的话，细细说了一遍。施公道：“既然如此，诸位贤弟当于何时拔队呢？”黄天霸禀道：“请大人吩咐。”施公道：“后日是十月初一，而且是个上吉良辰。就于初一拔队，包管诸位贤弟马到成功。”毕竟后事如何，且看下回分解。

第三六三回

黄天霸督师征草寇　李公然故意败强徒

话说黄天霸奉了施公之命，准备十月初一日拔队起行。先于前一日，施公传谕出来：命黄天霸总统全军，关太为帮统。褚标为参谋，张桂兰、郝素玉为中军左右羽翼，共带兵一千。李昆、金大力为前军，李七侯、何路通为左军，王殿臣、郭起凤为右军，各带军兵五百。计全、贺人杰为全军护卫。务共恪遵号令，追赶前进。一俟剿灭有功，再行保奏升赏。

黄天霸等奉了宪谕，即日各按队伍预备齐全。到了初一天明，黄天霸同关小西二人，先到施公前告辞。施公又奖谕了两句话。二人退出，即刻到了大教场。祭过大旗，拔队起行。那一千五百名兵士，个个弓上弦，刀出鞘。一路之上，浩浩荡荡，直奔聚夹峰而去。不一日，探马报道："前面已到聚夹峰不远，只有十里之遥。特请元帅令下！"黄天霸闻报，命就地升炮安营。分为前、后、左、右、中五队，立下寨栅，各歇一宵。

次日，天霸传出号令，命前队先探贼势。李昆、金大力立刻带领兵弁前去哨探。不一刻，到了聚夹峰下。李昆把马一拍，端着烂银枪，一马冲至谷口。大声喊道："你等这伙狗强盗听着！俺老爷特奉总漕施大人之命，因你等胆敢袒护温球，前去桃源劫狱，实属目无法纪。今特前来剿灭你等。速速将头领献出，尚可免你等一死。若再抗拒官兵，立刻就将尔等的巢穴踏为齑粉①！”李昆喊了一阵，里面并无一人答应。也无一人出来，李昆好不疑惑。再向两边山头一看，真个是险峻异常。正在凝神观望，忽听一声梆子响。两边山头许多檑木炮石直丢下来，李昆赶着拨马就走。忽听后面銮铃响处一声大喊道：“好大胆的狗官！敢来窥探咱爷的山寨。咱吕爷爷前来擒你！”话犹未了，一马冲杀过来。李昆赶着拨过马头，将那人细细一看，正要问他名姓。只见那人自己报道：“你认得吕飞熊爷爷么？”说着摆动方天戟，直向李昆刺来。李昆急举银枪招架。两人搭上手，就大战起来。

一来一往，杀到有数十回合。忽见吕飞熊一戟刺到，李昆向旁一闪，顺手一枪，直向吕飞熊肋下刺去；吕飞熊急用戟杆向旁面一格，趁势倒转戟头，便往李昆劈面刺到。李昆也即举枪杆向上一迎，顺手就还他一枪。吕飞熊一面让开，一面把马一拍，向斜刺里跑去，李昆紧紧追赶。只见吕飞熊那匹马忽然失了前蹄。李昆急急赶上一枪，以为这一枪定要送他性命。也因李昆自负太甚，未免大意，不曾防备得到。李昆一枪方要刺下，吕飞熊觑得切近。忽将马一领，一转身摆动画戟，直向李昆当胸刺来。李昆说声：“不好！”赶紧身子一偏，那一戟正中马腹。那马直立起来，把李昆掀翻在地。吕飞熊看得真切，复一戟要来送李昆性命。不提防金大力在后面，看见李昆跌于马下，他挨命飞奔前来。举起柄镔铁棍，认定吕飞熊腿赶忙一棍，就地扫到。那马后足被金大力这一棍，已是断送了一只。也就立刻将吕飞熊掀于地下。金大力正要复一棍结果他性命，只见谷口内飞出一骑马来，

---

① 齑（jī）粉——碎屑。

将吕飞熊救入谷内。金大力不能追赶，就将李昆扶起，换了马匹，给他坐上，好回营而去。

李昆回到营中，闷闷不乐。金大力在旁劝道："李五哥何必如此。胜负乃兵家常事，何必挂怀？好在那姓吕的，也被小弟将他打翻下马，两边皆算扯直。明日五哥再与他决一雌雄便了！"金大力正在劝慰李昆。忽然黄天霸、关小西二人前来，李昆让他们坐下。原来天霸已经知道他未曾得胜，怕他有些惭愧。因此约同关小西前来观看。一到营内，便见李昆垂头丧气，当下天霸开口说道："五哥！今日虽然小挫，可切勿介怀！兵法有云：我欲大胜，必先小败。然后使他自骄，我则可以一鼓而下。今五哥此举，却隐合兵法之妙。以后小弟便处处以此法待之，包管一月之中，将此山剿灭。五哥切勿自馁，要紧，要紧。"李昆见天霸如此殷勤，前来宽慰，也就把羞愧丢在一旁，这且不表。

再说吕飞熊回转山头，到了聚义厅上。铁头僧一见，当即夸道："贤弟初次出马，今日就能将前部的先锋打败，足使他挫动锐气。只要三五次一连将他们打败，那些狗官定然闻风胆落。那时再将施不全杀了，咱们就可随心所欲了。"说罢，即命手下摆酒庆贺。当日合山人等，无不欢呼畅饮。一宿无话。

次日天明，李昆吃饱了战饭预备出营，到山下挑战。忽见关小西飞马而来。向李昆说道："昨晚褚老叔与计大哥、黄贤弟三人在那里议论，说是五哥昨日既小败一阵。山上那些狗盗必然谈论，以为我等本领平常。先锋不过如此，他必然骄满。我等便可长其骄心。今日如果出战，万万不可取胜，还是要败。特恐五哥不知，因此使小弟前来奉达。并使小弟在此，俟五哥败下，小弟便与他们再战。小弟再败，随后黄贤弟等前来接战，还是诈败。

说是仿那诸葛孔明火烧博望坡七十二败之法，以骄其心；然后再战，便可以一鼓而下，攻他的巢穴。”李昆听说，也觉有理，当下答应。立刻上马出了营门，仍去山下挑战。李昆才到谷口，早见喽兵飞报进去。少刻，吕飞熊即飞马出来。彼此相见，更不打话。一枪一戟，二人便交起手来。吕飞熊抖擞精神，恨不能一战就可结果李昆的性命。李昆也处处留神，刻刻防备。两下正杀得难解难分，两面喊声震地。忽见李昆把马一拍，落荒而走，吕飞熊紧紧追来。李昆复战数合又走，吕飞熊又追。李昆又掉转马头，再战数合又走。吕飞熊哪里肯舍，复又追去。直追至十里之外，吕飞熊方才回马转去。走又未多远，又见韩豹一人追赶前来。吕飞熊看得切近，当下把马一拍，直迎上去。却好关小西已到面前，吕飞熊即摆动画戟，直刺过来。关小西早已看见，赶着用刀架开。二人搭着手，又大战起来。战未两合，韩豹提着点钢叉已经赶到，劈头就是一叉，向关太搠到。关太急急架开钢叉，便望着韩豹虚晃一刀，拍马便走。吕飞熊、韩豹哪里肯舍，奋力紧紧追来。欲知后来如何，且看下回分解。

第三六四回

关小西刀斩吕飞熊　贺人杰镖打曹如虎

话说吕飞熊正赶关太。忽然他坐下马将头一摇，立刻壁立起来，将吕飞熊掀翻在地。那马溜缰而去。你道这是何故？原来李昆藏在树林之内，看见吕飞熊追赶下来，要试试他的本领如何。看他留神不留神，因此发了一弹。正打中那马眼，故此那马即刻壁立起来。将吕飞熊掀倒在地，尚不知何故。李昆看罢，知道吕飞熊不过一莽夫。本领也不过如此，彼此收兵回营。

次日一早，吕飞熊便下山挑战。小军报入帐内。李公然正欲出马，关小西便道："李五哥！这狗贼让我去将他杀死了！"说着飞身上马，出了营门。两边排成阵势，彼此更不打话，立刻交起手来。一来一往，两个人战了五十余个回合，不分胜负。此时贼兵队里，却恼了一人。手执大砍刀，一马飞出。大喝一声："好大胆的狗官，休得逞能！俺曹爷爷前来取你的狗命。"手起一刀，即向关小西当头劈下。关小西正欲前来招架，官军队里李公然手执银枪飞马出来。喝一声："狗强盗！你老爷特来擒你！"说着也就一枪刺来。曹如虎端定大砍刀，将李昆的枪掀过。李昆觉得来贼很有些膂力，就这一刀掀过，已将李昆的虎口震出血来。当下将长枪横在手中，正欲问来人姓名，只见曹如虎又是一刀砍来。李昆将枪架住："喝问道："狗强盗！你可通名来。俺老爷枪下不挑无名之卒！"曹如虎听说便道："你这狗官听了，俺爷爷乃聚夹峰镇守白虎岭大王曹如虎是也！你亦将名留下，待俺杀一个有名的狗官！”李昆大喊一声：“狗强盗听了！俺老爷乃钦差总漕施大人标下都司，李公然老爷是也！你既问俺老爷的大名，就该早早下马受缚，免污了老爷的宝枪。”那曹如虎大怒，又是一刀砍来。李昆赶紧招架。好容易将曹如虎的大砍刀架了过去。正要还他一枪，哪知曹如虎刀法精通，不容李昆回手。李昆只顾招架，不能还枪。看看已抵敌不住。

只听关太大喝一声：“李五哥使劲儿，小弟前来助你！”原来关太与吕飞熊，两个斗到有六十个回合，关太便使了个拖刀计，先向吕飞熊虚砍一刀，拍马便走。吕飞熊不知他用计，只道他败了下去，即便赶紧追来。关太也不回顾，只管朝前跑；吕飞熊也只顾紧紧相追。关太等他追得切近，忽然将身一转，就从马腹下翻起一刀；吕飞熊正赶得高兴，措手不及，被关太一刀斩于马下，即刻枭了首级，挂于马项。正欲回营，见李昆战曹如虎不下。看看要败下来，他便赶上前来助战。李昆一见关太杀到，自己有了臂助。不觉陡长精神，奋力大杀。曹如虎也便舍了李昆，直奔关太而去。关太舞动金背大砍刀，一声大喊道：“狗强盗！你尚不知死活，看俺老爷马下挂的头是谁呀？你可知吕飞熊已被俺老爷斩了！”曹如虎一见，更大怒起来。也就奋力提了大砍刀，直向关太砍来。关太接住便杀，两柄大砍刀杀在一处。真是一对儿，刃芒耀目，冷气逼人。

那山顶上韩豹看见吕飞熊已被关太杀了，曹如虎恐非关太对手，赶着把马一拍，飞下山来。舞动双股点钢叉，直向关太刺到。李昆一见，赶紧上前接住，四个人战在一堆。关太与曹如虎战有四十余个回合，看看也抵敌不住。又使出拖刀计诱他，当下即虚砍一刀，拍马便走。曹如虎也不知是计，仍然紧紧追赶。关太在前夹马飞跑，曹如虎在后拍马狂追。看看已经追上，关太正欲翻起刀来去斩曹如虎，哪知曹如虎已经看破，便大吼一声："俺爷爷不怕你的诡计！你这拖刀计瞒得过别人，怎瞒得俺爷爷的？"说着就是一刀当头砍到。关太幸亏眼快，知道曹如虎看出了破绽，定然不肯相饶。立刻把马一夹，那马嘶的一声，复又跑去。曹如虎哪里肯舍？

关太正在危急，恰巧贺人杰一支军前来接应。当即摆动双锤，接住厮杀。曹如虎见贺人杰，不觉哈哈大笑道："我道什么三头六臂的大将，原来是一个小子。"也就舞动大砍刀，奋杀起来。贺人杰战不三合，知道不能抵敌，一拍马回头飞奔。曹如虎还是不舍，在后紧紧追赶。贺人杰身躯便捷，腰间掏出金钱双镖，勒马相待。看看曹如虎追得急近，手这一扬。大声喝道："贼囚不要赶了，看镖吧！"曹如虎正赶得高兴。忽听一声："看镖！"倒是他不抬头，还可以躲得过去。哪知他这一抬头，说时迟那时快。一对金钱镖已打入曹如虎眼内去了。只听曹如虎："啊呀"一声，栽于马下。贺人杰看得真切，哈哈大笑。遂即把马一拍，直飞过来。手起一锤，登时将曹如虎打得脑浆迸裂。山顶上贼寇见伤了两个头目，赶着鸣金收军。韩豹正与李昆杀个对手，忽听金声响处，便搠①了一枪，奔回谷口去了。这边官军擂起得胜鼓，大家回营。黄天霸将李昆、关太等接入大寨。大家欢喜无限。

且说韩豹回了山寨，铁头僧闻知吕飞熊、曹如虎两个死于非

---

① 搠（shuò）——刺，扎。

命，伤感不已。当下急叫韩豹退下。铁头僧便与万世雄议道：“今日一阵，连丧两个徒弟。以此看来，官军昨日之败，还是诱敌。为师倒有个主意在此：明日出战，俺们也诱他一阵。将他们诱入谷口，两边山上将檑木滚石放下，把他的归路截住。俺们就可在谷中与他厮杀，任他插翅也难飞去这谷中。然后再并力擒拿，可以大获全胜。”世雄正欲回答，只见陆老幺上前说道：“师父！徒弟倒有一计在此。今夜二更时分，徒弟前去官兵营中，察看他的动静。如果能于下手，就此将他的主将黄天霸刺死。若是他那里防备得紧，徒弟便回山报信，就于夜间前去劫寨。徒弟料他们杀了两日，大家也是辛若；今日又胜了一阵，必然将我们不放在心上。且料我们不敢出去。趁此出其不意，攻其无备，可以大获全胜而回。不知师父与诸位师兄意下如何？”

铁头僧道：“此计却甚有理。但是你二更前去，未免太迟。往返恐来不及，不若一黑即便前去。无须行刺，只要探听他那里有无准备。如若他们果然无备，你便可速速回山，我一面派人前去劫营。若待你二更始去探明一切，再行回山，往返极快，也要两个时辰。哪里还来得及？所以叫你要走，一黑就前去。但不可大意，务要格外小心，不能给他们看破。”陆老幺道：“师父！不是徒弟夸口，俺这飞檐走壁之功，到今已用了八九年。俺从前有个绰号，唤做一阵风。因为俺往来飞快，就同起了一阵风的一般。这个绝技，徒弟自己也相信得过，师父但请放心。”毕竟后事如何，且看下回分解。

第三六五回

探军情妄思劫营寨　授密计暗地取山头

话说陆老幺等至天黑，换了夜行衣靠，急急的跑下山来，直奔大营而去。这且按下。且说黄天霸见今日胜了一阵，又杀死两个贼人，便思传令出去。令各营人等休息一夜，明日再去攻山。计全在旁说道："黄贤弟！"万万不可如此，岂不知兵法有云：我胜则不可轻敌。今日虽胜了一阵，不过杀了他两个头目，他山上并未大伤元气。万一他探知我们因胜了一阵，便疏忽起来。他就趁此前来劫营，那时措手不及，如何是好？在愚兄看来，今夜必有人前来暗探。我们外面尽可放出疏忽样子，让他来探我。我却暗暗防备，使他不出我所料。然后可如此如此而行。贤弟以为何如？"黄天霸听说大喜，即刻密传号令：各营于初更时分，一律吹灯熄火。却暗暗严加预备，不可略有疏忽。二更以后，听候调用。如有泄漏风声，定按军法从事。此令一出，各营不敢略有怠慢。

看看天黑，黄天霸即在大帐内聚起众兄弟，在那里欢呼畅饮，大家皆随声附和。有的说："铁头僧早晚就要被捉的！"有的说："聚夹峰的强盗本领平常的！"正在高谈阔论。忽见大帐外有个黑影儿一晃，黄天霸瞥眼看见，就望了计全一眼。大家会意，故作不知，仍然欢呼畅饮。一会子饮毕，黄天霸即传令出去：各营兵士连日辛苦，今夜暂歇一宵，明日当合力奋攻山寨。当有旗牌号令出去。一会子，前、后、左、右、中五营，吹灯熄火。大家说道："这两日实在辛苦极了，难得统领今日发出令来，吩咐我们歇息歇息。真乃意想不到之事。我们不要耽搁了，早一刻儿多睡一刻呢！明日还要出去打仗。但愿这两日就将那个忘八羔子的铁头和尚捉住，我们就可以回去了。"大家你一言，我一语，说个不休。一会儿工夫，这五营内连声息一点都没有了。

陆老幺早已到了寨内。方才黄天霸看见那个黑影儿，就是他在那里侦探。所以黄天霸故意发出那一号令，吩咐各营暂歇一宵。当下陆老幺听得真切，心中大喜。以为却中妙计，立刻回转山头送信，叫他们前来劫寨。就在这个空儿，黄天霸就密传号令：令李公然分一半人马，会同何路通、贺人杰二人暗暗抄出大路，直望青龙岗东首埋伏；李七侯分兵一半，会同王殿臣、郭起凤二人，暗暗抄出大帐，直望白虎岭西首埋伏。只听中军号炮一响，即抢上山。各将山头占住，不得有误。又令张桂兰、郝素玉，各带精兵二百，在营门左右埋伏，但听中军号炮一响，直杀进来。又令关小西、计全各带兵丁二百，在于青龙岗、白虎岭脚下埋伏。但听中军号炮，却按兵不动。等到连珠炮响，即便前来接应，以断贼众归路。自己却与褚标把守中军，各人得令而去。真个是人衔枚，马勒口，各人带了兵卒，暗暗的埋伏去了。

却说陆老幺回至山寨，将前项的话说了一回，铁头和尚立刻传齐众寇。便令万世雄、周鹿，带领喽兵二百名，往前冲寨。又吩咐两边，直抢官兵大营。熊海、韩豹各领兵丁二百名，直抢官兵左营。沈三魁、卫达，各带兵丁二百名，直抢官兵右营。陆老幺、温球，带领兵丁二百名，往来接应。吩咐已毕，众寇各带人马，也是人衔枚，马勒口，直奔山下而来。到得官兵大营，正交三鼓。

万世雄、周鹿一起杀入大营，不见里面动静。他二人以为却中妙计，直奔中军杀来。刚走至箭道，忽听一声梆子响。两边灯球火把，照耀如同白日。左边黄天霸杀到，右边褚标杀来。万世雄、周鹿知道中计，正待要走，已来不及。黄天霸战住万世雄，褚标战住周鹿。这一场大战，直杀得喊声大震，鼓角喧天。万世雄、周鹿正在危急，却好韩豹、熊海从左边杀来；沈三魁、卫达从右边杀来。黄天霸见左右皆有贼兵接应，即令人将号炮放起。只听一声响亮，张桂兰、郝素玉，各带兵丁二百，从营门外掩杀进来。一见天霸、褚标与贼众在那里混战，黄天霸被万世雄、周鹿二人围住。看看要抵敌不住，桂兰即在身旁掏出神箭。飕的一声，直向万世雄面上打去。万世雄毫不防备，面上中了一箭，只听“哎呀”一声，手这一松，那两柄飞抓丢于马下。黄天霸看得真切，知道他中了暗器，顺手就是一刀，结果了性命。周鹿看见万世雄已死，奋力来战天霸。却被天霸出其不意，在周鹿手腕上砍了一刀。周鹿负痛，不敢恋战，把马一拍冲杀出来。却好金大力正来接应，一见周鹿败下，不问情由，迎将上去，夹马头就是一棍。那马嘶的一声，壁立起来，便将周鹿掀于马下。金大力正欲上前举棍就打，斜刺里跳出陆老幺将牛耳拨风刀架住金大力的大棍，周鹿趁此逃脱。金大力与陆老幺战不二合，被陆老幺一刀砍伤右腿，金大力只得负伤而逃。陆老幺也不追赶，便去接应熊海、沈三魁等人。褚标此时已将韩豹砍死。沈三魁、卫达、熊海三人，正与黄天霸、褚标、张桂兰、郝素玉四个，团团围住，那里厮杀。正在危险之际，只见陆老幺杀入，他们三人还不奋力杀出重围，难道还是坐以待毙么？

黄天霸等见熊海等奋力杀出，一面将连珠炮放起，一面追赶出来。计全、关小西一听连珠炮响，也就带了兵丁前来接应，却好正遇沈三魁等人出来。关小西一见，也不打话。当头便是一刀，向沈三魁砍去。沈三魁哪里还敢接战，只得将关小西的大刀架开，仍自奋力冲出。关小西哪里肯舍，接着又是一刀砍了进来。沈三魁心下一慌，手中一慢，正欲招架，又被关太一刀砍于马下。此时熊海见沈三魁被砍死，越发不敢恋战。急急的上马加鞭，一路冲出营门，飞奔而去。计全一见，也就赶上前去。熊海转过大营，却不从谷中逃走，反而落荒而逃。计全紧紧穷追，转了两弯，忽然不见。计全不敢深入险地，恐有埋伏，只得拍马而回。你道那熊海何以忽然不见？他却转过山后，从那条小路上山去了。此时卫达、陆老幺仍在营中，未能逃出。二人正在危急，不得杀出重围。陆老幺忽然心生一计，望着黄天霸手这一扬，一声喝道："看宝贝！"黄天霸一听，只当他有暗器打来，赶着将头一低，让了过去。陆老幺就在这个当儿，身子一缩，穿上帐房。连纵带跳，登时不知去向。卫达见陆老幺复又逃走，自知不能活命，只得下马受缚。黄天霸等人并不收兵，复又杀出营门，直向聚夹峰而去。毕竟青龙岗、白虎岭如何攻破，且看下回分解。

第三六六回

众英雄合力攻山　铁头僧拼命拒敌

话说黄天霸等到了山下，仍见李昆等在那里攻打青龙岗、白虎岭，尚未攻破。你道这是何故？原来这两个山头形势颇险。由山下直到山顶，那条道路壁立上去。加之山上多设檑木滚石，不必说李昆等人，就是飞将军也不能立破。先是李昆一闻号炮，知道大营里已经得手，立刻就率领兵丁直杀上去。走至半山，只见檑木滚石如雨点一般直打下来。众兵丁不能上去，正在为难之际，恰好黄天霸等率众来攻，遂领兵一同杀攻上去，仍不能上山。只得收兵回营。

再说铁头僧打发万世雄等下山劫营。到了三更以后，忽然大营内号炮一响。心中便疑惑道："怎么大营内有号炮声响？难道他那里有了准备，陆老幺不曾打听得的确？真是如此，山上的锐气失矣！"正疑惑间，忽见青龙岗、白虎岭两处守山的小头目，慌慌张张地进来报道："大王师父！大事不好了！大营内已经有了准备。现在两个山头，被官兵攻打甚急，请令定夺！"铁头僧一闻此言，只吓得魂不附体。也就慌忙说道："尔等赶即将檑木滚石放下，务要死守。不得被官兵夺了这两个山头。若被他攻破此山，我等性命难保。"小头目得令，赶着飞奔回了山头，死力拒守。因此，不曾失去。到得天明，小头目又复来报："大王师父，现在官兵已退去。青龙岗、白虎岭均幸保无恙。檑木滚石打伤官兵不计其数。但不知大营内诸位爷们如何光景？也恐怕是败多胜少。怎么不见一位爷回山？其中必有不妙之处。”正在那里说着，忽见熊海狼狈而来，一见铁头僧哭拜在地。铁头僧一见忙问道：“那里胜负究竟如何？”熊海道：“师父！不必讲了。咱们总算上了陆老幺的当了。现在万世雄、周鹿、韩豹、卫达、沈三魁俱被杀死。温球不知去向，所有喽兵尽遭杀戮。徒弟幸亏拼命杀出，方才逃走，回上山来。不然也要死在那里。为今之计，这个地方是住不得了。速速早寻去路才好。”铁头僧闻言大叫一声：“气死我也！本师定与这黄天霸小子势不两立！”

正在怒不可遏，忽见陆老幺抱头鼠窜而回。走到铁头僧面前伏地请罪。铁头僧道：“你还有何面目来见我？”陆老幺跪在地下战兢兢的说道：“非是徒弟打听不确，委系黄天霸诡计多端。徒弟到他大营的时节，分明见他们聚众饮酒，快乐非常；后又传令，叫各营一律安息。徒弟打听确了，才敢前来报信。哪知他其中有诈。徒弟见识浅短，可是未及察出，现在徒弟自知罪不可赦，求师父做主便了！”铁头僧听了这番话也知他并无他意，不过未曾识破官兵的诡计。现在山寨需人之际，若再将他治罪，山寨内外无人帮助。不如仍然恕了他的罪过，叫他奋力帮助。他必然感激我不杀之恩，也就死力战斗了。心中主意已定，因道：“乱报军情，本当推出斩首。尚念你并无他意，不过见识浅少，未能识破，误中敌人诡计。本师加恩格外，既往不咎。尔须知道，现在山中兵力已衰。从今以后，务要死力合众据守。但能保得那两个山头。这大寨尚可保全无恙；不然，你我就死无葬身之地了！”陆老幺道：“徒弟蒙师父不杀之恩，定竭力死与敌人相拒。但是寨中兵卒无几，兄弟已杀了殆尽，如何守法呢？”铁头僧道："徒弟！这倒不要过虑。那两个山头，只要闭关死守。如有敌人前来攻打，切不可与他接战。但将檑木滚石打将下去，他自不能杀上山来。为今之计，熊海与你二人各守一山。你守青龙岗，他守白虎岭，不得再有贻误。若再疏忽，本师一定二罪并治！"陆老幺唯唯退下，各去把守山头不表。

且说黄天霸等过了一日，便留张桂兰、郝素玉、褚标三人守营。其余出队，一同前往攻打聚夹峰。到了山下分兵一半：黄天霸、何路通、贺人杰、王殿臣四人，攻打青龙岗；关小西、李公然、郭起凤、计全四人，攻打白虎岭。只听一声炮响，如潮涌一般飞奔上去，并力攻进。那山头上喽兵早已看见，也就赶着将檑木滚石如雨点一般打将下来。一连攻了四五次皆是如此，只得传令收兵。黄天霸等回到营中，即将前日来做细作的那个何三喊来问道："你前日所说这山寨有条小路，只有本地土人知道，你可就此出去，代我拿一个土人前来，本统领有话问他。作速前去，不可有误！"正自吩咐，忽见巡营小卒拿进了一个人来禀道："小的们方才行到后营巡查，见一个形迹可疑之人在那里窥探。小的们恐怕他是奸细，因将他捉来听候示下。"黄天霸听说，即着小军将那人带进帐中，便问道："你叫什么名字？谁人指使令你前来充作奸细，窥探本帅的大营？速速招出。若有半句不实，推出营门斩首！"那人吓得战战兢兢的说道："小人实在不是奸细，是本地土人。姓林名保，家住不远。只因我到娘舅家去，由此经过。看见老爷这里颇为热闹，不晓得做什么，要想进来耍一会。不料被他们拿住。硬说小的是强盗差来做细作的。小的实在冤枉，求老爷开恩。"黄天霸看林保那种样子，却非奸细的举动。因说道："你既不是奸细，本帅差你去做一事。你若去做得来，本帅不但放你，而且有赏；你若做不来，本帅定要把你作奸细办，推出营门斩首。”林保道：“小人愿做，听大人吩咐。”

黄天霸道：“你可知这聚夹峰有几条路可以上去?”林保道：“前面谷口有一条路；后面走田家洼转过去，还有一条路。就这两条路，再没有第三条路。”黄天霸道：“这田家洼离此有多远呢?”林保道：“不过五六里。”黄天霸道：“你认得么?”林保道：“小的但知有这条路，却不曾到山上去过。”黄天霸道：“你既知道，今夜三更时分，可同本帅前去，将功折罪。”林保道：“小的是不去!”天霸道：“为什么不去?”林保道：“山上强盗甚是厉害。若被他知道，定要送小的性命的。”黄天霸道：“你怕强盗杀你，不怕本帅杀你么?”林保道：“小的怕老爷还比怕强盗好些；老爷讲理，强盗不讲理。譬如小的现在是被老爷人捉住，还问小的许多话，但不过要杀小的，并不曾真杀。若被强盗捉去，早已头不在脖子上了。”黄天霸道：“你无须怕，但同本帅前去，可以保你。而且不要你上山，只要你将本帅领到那里，就叫你回去便了。”林保道：“如果这样，小的便遵老爷之命，带老爷前去。可是要交代明白了：到了那里，小的只管指明老爷的去路；若是叫小的上山，小的虽死也不去的。”黄天霸道：“本帅决不骗你，只要你指明本帅认得路径，你就回去便了。”林保答应。到了三更时分，黄天霸换了夜行衣靠，即同林保上山。毕竟如何捉拿铁头僧，且看下回分解。

第三六七回

黄天霸偷渡田家洼　众英雄大破聚夹峰

话说黄天霸问明土人林保的路径，心中大喜，当下就将林保留在营中。一面聚起众英雄商议，说道："方才拿到一个土人，问明到聚夹峰的山后小路。现已将他留在此处，晚间叫他带同小弟前去。为今之计，李五哥、计大哥、李七哥、何大哥四人，可于三更时分，率领兵丁前去攻打青龙岗、白虎岭；小弟带同贺人杰、王殿臣、郭起凤四人，偷渡田家洼。由山后小路上去，去打轩辕庙；褚老叔、关大哥、张桂兰、郝素玉四人，看守营寨。如此内外合攻，任他聚夹峰铜打铁浇，也要于今夜攻破。若再攻打不下，小弟誓不回营！"大家听说，齐声说道："难得有此机会。这聚夹峰今夜必破了！"众英雄俱退出。

到了二更以后，天霸、贺人杰、王殿臣、郭起凤，皆换了夜行衣靠。各带单刀，藏好暗器，将林保喊进，命他带路，一路出了营门而去。不一会，已到了田家洼。林保便指道："那边弯弯曲曲的，便是上山的小路了。"说着，又转了几个弯子。约有二里多路，林保便站脚不走。指定前面的路，望着黄天霸说道："老爷已到了。由此前往，就是上山的那条路了。小的闻得半路上，还有一道寨栅。有强人在那里把守，老爷们此去可要小心，不可大意。那条路上不甚好走。"黄天霸听说答道："你要回去，你就走罢！"林保也就走了。黄天霸便同贺人杰、王殿臣、郭起凤四人，顺着路径，攀岩附葛，爬了上去。走到半山，已望见前面有条寨栅。

黄天霸一看，只见寨栅上钉着许多三棱钉，外面排着许多鹿角。黄天霸即拔出单刀，到了寨栅面前，先将鹿角砍去。正砍之间，寨栅里面已跳出两个喽兵，手执朴刀，向黄天霸腿上砍去。天霸身子一偏，顺着手劈面就是一刀，将一个喽兵砍倒在地。还有一个看见这个已被砍死，赶着就要逃走。早被贺人杰看见，赶上一刀背，正中那喽兵肩膊。只听“哎呀”一声，跌倒在地下。贺人杰即走上前，将那个喽兵一把提起来。问道：“你如要命，带领老爷们进去，指明铁头和尚的住所，便饶你的狗命；倘若不然，就是一刀将你杀死！”那喽兵一见，赶着哀求说道：“小人愿领老爷们前去，只求老爷们饶命！”黄天霸便走过来，一手提住那个喽兵，一手执着刀，叫他领路。那喽兵真是动也不敢动，直向前面领着黄天霸等一直上山。

不一会已到山项。天霸说：“铁头和尚在那里？”那喽兵道：“就在前面这个庙内。此是后墙，庙门还在前面。”黄天霸又将他提住，走了一刻，已到庙前。天霸手起一刀，将那个喽兵杀死，命王殿臣、郭起凤从大门杀入；他便同贺人杰跳上墙垣，一路蹿房越屋，直向庙内大殿而去。到了大殿屋上，先看明了出路，然后又向后面方丈而来。不一刻已到方丈。黄天霸即从屋檐上倒挂下来，向房里一看。但见那房里点着灯火，并无一人在内。复又仔细一看，只见靠墙坐着一人，却不是个和尚，在那里打盹。天霸一想，“何不就将此人捉住，向他问明和尚的踪迹。”想罢，即飞身下来，一伏身即蹿进房内。那人正在那里打盹，忽然惊醒。见有一人身穿夜行衣靠，便即问道：“你是何人，敢到此地作贼?”天霸听说，也不与他辩白，赶忙上前，迎面一刀。喝道：“你是何人？可认得老爷黄天霸么?”那人一闻此言即要大喊起来。天霸又将手中刀在那人面上一晃道：“你喊就是一刀。”那人再也不敢喊了。只得跪下哀求：“老爷饶命！小的是服侍铁头和尚的人。”天霸闻言，因即问道：“老爷正要问你，那铁头贼秃如今往哪里去了?”那人道：“和尚因外面官兵前来攻打白虎岭、青龙岗甚是危急。他自己出去帮助把守去了。”黄天霸道：“此去前面山头尚有多远?”那人道：“约一里路。”天霸道：“你可带领老爷前去，便饶你狗命；不然，就是一刀将你砍为两段!”那人答应。黄天霸便提着人出了房门，到了院内，忙将贺人杰招呼下来。走不多远，却好王殿臣、郭起凤二人也到。天霸就与贺人杰，押解着那人去到前面。走不一刻，只听喊杀之声，震动山岳。天霸即催着那人快走。那人不敢怠慢。那人半走半跑，一刻的工夫，已到了青龙岗。天霸又向人杰说道：“贤侄，把这个人交给你，叫他领你去到白虎岭，可如此如此。”人杰答应，即走过来，将那人在天霸手中接过去。随即就往白虎岭而去。

且说天霸到了青龙岗，远远看见一个人在那里指挥众喽兵。天霸一见，便一声大喝道：“俺老爷黄天霸在此！狗强盗死在头上，还不知道！轩辕庙已被咱老爷焚毁了，铁头僧已被咱老爷杀了!”说着就飞舞单刀，直杀过去。青龙岗今日却是熊海把守。熊海正在那里指挥喽兵，将檑木滚石望山下打去。忽听这一声大喝，那些喽兵个个吓得胆战心惊，急欲想逃走。无奈熊海在此，不敢就逃。只见熊海提了刀即向黄天霸杀来。天霸也就接着厮杀。那些喽兵一见他二人厮杀起来，晓得大事不妙，也就一跑个干净。山下李昆等人，一见山上檑木滚石不往下打。知道上面已经得手，当即奋勇登山。大喝一声，俱已上了山顶。

熊海正在与黄天霸杀得难解难分。忽见青龙岗已破，山下官兵俱已上山，兵刀齐施，乱砍乱杀。他正要逃走，忽见一个喽兵飞奔前来报道："轩辕庙已经被火焚毁了！"熊海闻言，哪里还敢恋战，只得抽身而逃。黄天霸见他逃走，哪里肯舍。即取出金镖打去，正中熊海小腿，登时跌倒在地。天霸赶急上前，手起一刀，结果了性命。于是大家会合一处，直望白虎岭而来。不一刻已到，瞥眼看见贺人杰正与铁头和尚在那里厮杀，已是抵敌不住。黄天霸一声大喝道："贼秃休得逞强！咱黄天霸老爷前来擒你！"贺人杰见天霸已来，顿觉精神陡长。飞舞单刀，直望铁头和尚厮杀，如旋风般。接着黄天霸等人又一拥上前，将铁头和尚围住。铁头和尚也就飞舞禅杖，力敌众人，毫不惧怯。大家正杀得难解难分，忽听李七侯"啊呀"一声，登时跳出重围，向旁边蹲下。原来李七侯被铁头和尚禅杖打中右腿。黄天霸一见，更加大怒。奋起雄威，大喝道："众兄弟奋力呀！不要将那贼秃放走呀！"一声未了，只见刀枪棒棍，一起如雨点一般打下。大家正奋勇格斗，此时白虎岭已被何路通、计全等攻破，登时拥上山来。铁头和尚见白虎岭已破，正在惊惶无措。猛一抬头，只见山内火光冲天，知道庙已被焚，不敢恋战，要想逃走。不知铁头僧如何拿住，且看下回分解。

第三六八回

恶战头陀凶僧被捉　扫清贼寨众将班师

话说铁头和尚被黄天霸等人，围得铁桶相似。虽欲逃走，插翅难飞。自己一想："我前后总是一死，与其逃走不出，被他们杀死，不若打死他们几个，我就死了，也还扯直。"于是大喝一声："尔等不要走，看佛爷的家伙!"说着，端起禅杖拼命扫来。真如出水蛟龙，翻江搅海一样。只见他那条禅杖舞得神出鬼没，那个雨点都洒不进去。黄天霸等看了个个伸舌，大家也就拼命杀上前去。

不一刻，何路通肩膊上，被禅杖扫了一下；幸亏让得快，稍慢一点，一只右膊已被打折下来，何路通只得负痛而逃。又一刻，计全的后背，也被禅杖头子点了一点。计全也就禁受不得，只得退了下来。李昆正欲一枪刺进，被他的禅杖一扫，一杆烂银枪折为两段。李昆也不敢恋战，只得退在一旁，在那里助喊。黄天霸见许多人杀他不过，心中好不着急。暗道："若再被他逃去，咱们也不算人了!"于是急中生智，故意将身一缩。猛叫"啊呀"一声。说时迟，那时快，黄天霸已偷手将飞镖取在手内。铁头僧见黄天霸弯下腰去，又听他"啊呀"一声。以为他中了禅杖，即抢进一步打来，黄天霸就在这一个空儿，一个鹞子翻身滚在一旁。一撒手已将一只飞镖，认定铁头和尚面门打去。只听铁头和尚说一声"不好!"，那只飞镖早已打中铁头和尚额角上面，陷进了有二寸多深。又听“啊呀”一声，铁头和尚已跌倒在地。大家一见，这才把心放了下来。便一起走到他面前，先将绳索将他绑起。四马倒攒蹄捆了个结实，然后将镖拔下。他已是血流满面，不省人事。

此时陆老幺见事不妙，已经逃走。不料走至半路，却遇着王殿臣、郭起凤二人在庙内放火回来。一见陆老幺，接着就杀。陆老幺见庙已焚毁，两个山头又被官军得了，哪里还敢恋战，恨不能插翅飞去，逃得性命犹如升天一般。哪知心内越慌，手内的兵器，不必说与人家对杀，连招架人家的兵器，都有些不活动起来。因此被那王殿臣、郭起凤二人擒住，那些喽兵自不必说，早已逃走去了。于是大家会合一处，将铁头僧、陆老幺推在一处看守。黄天霸便率领着众兵丁，前前后后，搜寻温球和他的家属。各处寻了一遍，只是搜寻不出。忽然寻到一个马棚内，见里面有呻吟之声。大家进内一看，只见两男一女在那里上吊。众人一起上去，将三人解了下来，当时就问了一遍。原来就是温球与他妻、子。黄天霸便命人将三人绑了，也抬到里面，与铁头僧一起放下。

你道温球如何同他妻、子在马棚内上吊？他也因势已去，无处可奔。与其被官兵擒住，解到淮安斩首，不若寻个自尽。就使官兵寻出，见他已死，也可就此算了。不再杀头问罪。哪知他恶贯满盈，不能容他不受国法。所以将要自尽也不能由他，还要被天霸等搜出，带回淮安，以正国法。可见天理不能违背的。

闲话休表，且说黄天霸等人见山寨已扫清，强人业已捉尽，并未逃走一人，心中大喜。又命众人将放火扑灭，又命到青龙岗、白虎岭两处，将山寨也放起火来，烧得个尽绝。又将大寨内所有的金银财宝，一起查明清楚，派了两个小军在山上看守。于是大声喝令小军，抬着铁头和尚、陆老幺，并温球父子夫妻，一起押解下山，回到大营。

当有关小西、褚标、张桂兰、郝素玉迎接进去。大家聚在一起。当日营中大排筵席。此时金大力的伤痕已好，李七侯、何路通二人并未受甚重伤。大家就在大帐内痛饮起来，直饮到二鼓方才散席。说不尽那般快活，一宿无话。次日，即命小军到山上，将所有金银财宝，一起抬到大营，以便带至淮安存库。不一刻，小军已将金银财宝等送到。天霸又复点明，寄存一旁。又饬令小军将所有杀死的士卒，查点清楚，共计死者若干？小军查明，一会子来报：共计杀死兵丁二十四名，受伤兵丁二百一十六名。黄天霸即命：将杀死者赶紧葬埋。受伤者带回淮安医治。小军答应，又去将死尸埋好。诸事已毕，大家休息一日，预备班师。过了一日，黄天霸即命拔队转回淮安。一路上真是：鞭敲金镫响，人唱凯歌还。

不一日，已到淮安。天霸命兵丁仍旧各部。当日就率领众人，见了施公。行礼已毕，施公将以上情形问了一番。天霸也细细禀了一遍。施公大加慰劳，当下命令：将铁头和尚、陆老幺，并温球夫妇父子共计五人，一同交山阳县分别收监。黄天霸等回衙门的回衙门，执旧事的执旧事。隔了一日，施公又将铁头僧等五人提出监来，问了一堂。铁头僧等直供不讳。施公即命黄天霸监斩，将铁头僧等五人，分别绑赴市曹，按律斩首示众。于是聚夹峰一案才算清楚。

过了两月，施公在书房内看书史，忽然奉到一道圣旨。施公当即排设香案，跪接圣旨。即拆开，诵读已毕，施公大惊失色。

当下谢恩已毕，回到书房，即传齐黄天霸等，说道：“本部堂方才奉到圣旨，因仁寿宫有御用宝马一匹，忽然遗失，不知去向。在京文武各官缉获殆遍，查无下落。今奉上谕：勒令本部堂限半年之内缉获原物，恭送进京。这不是一件难事？叫本部堂如何复旨呢？”大家听了面面相觑，不能回答。毕竟这御马为何人盗去，如何缉获出来？并有贺人杰追赶马虎鸾，黄天霸三进连环套，且看下回分解。

第三六九回

施贤臣说词激猛将　黄总镇负气访强人

话说黄天霸众人自带兵剿灭聚夹峰，大破贼巢，各贼灭除殆尽，班师回淮，销差缴令，满望从此地方安静。不料竟又出了意外之事。这日施公忽然奉到一道圣旨，当即开读已毕，施公大惊失色。原来当今皇上，有一匹日月骕骦千里龙驹马，真是价重连城世所罕有，忽然不知去向。当由在京各大臣踏勘明白，实系为巨寇所盗。京内各官自九门提督，以至五城兵马司、捕盗局等，无日不明查暗访，缉获御马，追拿大盗。争奈缉获虽严，却是毫无影响。

这日，便有值殿大臣奏明圣上，请饬令外省各督抚州县，一体查获，务要追寻御马，捕获贼盗。因此当今想起施公面前有个黄天霸。现为漕标中军副将遇缺即补总兵官。此人猛勇过人，屡获巨寇，迭破大案。因此饬令施公，指明勒令黄天霸将盗取御马之贼寇，并日月骕骦马限半年内一并缉获交出。将宝马驰送京师验明无误，再行升赏。施公奉了这道旨意，当将黄天霸、关小西、计全、何路通、李昆、李七侯、褚标、朱光祖、贺人杰、张桂兰、郝素玉、金大力、王殿臣、郭起凤等人，传入署内，告明一切。大家听说。俱各大惊失色。暗道："这件无头公案，从哪里办起？可不是件难事？"施公见众人不回答，因说："本部堂想来，这件事甚不易办。虽然黄贤弟武艺出众，功绩昭然，久为圣上器重。但是这御马，既为盗贼窃去。这盗马的贼寇，自必隐姓埋名，伏在偏僻处所，或深山野洼，或高岭深渊，从哪里得知消息？且又不知姓名，毫无影响。纵然黄贤弟虽有通天本领，亦未必得知。而限期又促，只有半年。这事从何处着手？若是据情复奏，又怕违旨。不若乘此将为难之处，婉转复奏上去。请旨另派精明强干之人，悉心缉访，黄贤弟但任帮同缉获。如此办法，黄贤弟责任较轻。即使不能访出，黄贤弟亦不致因此获谴。不过此等奏章一发，虽与黄贤弟没有什么大责任，究不免减却黄贤弟半世英名，然亦无法。不知黄贤弟及诸位贤弟意下如何？”施公这一番话，说得虽然婉转，外面看似代黄天霸分身，其实用的是激将法。只因黄天霸生性如此，若但令他遵旨缉获，他虽不敢违背，究竟怕他不肯为力。因此不说他能缉获，只得请旨另派精明强干，武艺过人，胆识兼优之辈，悉心缉访，不过于英名上有些减色。黄天霸向来好名心重，别人办不来，做不到的事，他偏要去办去做。等到成功之后，却争了这个名字。哪怕龙潭虎穴，为这名字上，也要拼死去的。所以施公知道他有此性情，惯用这个激将法激他。

哪知黄天霸在先，本有个为难的意思，也知道此事实在不容易办。及至听了施公这一番话，不觉气往上冲。黄天霸道：“大人言之差矣！某自从江都承恩提拔，以至今日执鞭随镫。历有十数年之久，是凡大人差遣之事，某无不赴汤蹈火，力效微劳；虽无大功，总未累及大人有获谴之事。今御马为强人盗去，此乃国家无价之宝。即非明降谕旨，也当一体缉获，方是为臣的道理。况某上受国恩，理应协力拿获。无论获谴与否，稍尽其力，藉可上报朝廷。况今日即明降谕旨，饬令某悉心查缉，则是朝廷高厚之处，某焉敢辞？若以难办推诿，畏缩不前。不但有负国恩，有辜大人提拔之德。便是某自己也觉惭愧！某这贱名不敢说四海皆知，晓得的却也不少。难道即因此一事，将从前的英勇微名，因而埋没？某也不肯甘心受人耻笑。况某有此六尺身躯，既为国家之臣，即为国家所有，即使捐躯报国，亦分所当然。何能因畏难而自惜残质？若谓毫无影响，无从着手，则盗御马的，必有一个人在那里。只要费些工夫，暗暗访查，自然有个水落石出。常言道：'天下无难事，只怕用心人。'只要用心，还怕查不出么？等到查明出来，任他三头六臂，虎穴龙潭。某黄天霸若说半个怕字，也不算为顶天立地的大丈夫，出色惊人的奇男子！总要将那宝马取了回来，亲自驰往京师，恭呈御览，那时才显得某不是畏难苟安之辈。大人但请放心，某若不将御马盗回，誓不立于天地间！"这一番话罢，只见黄天霸气浮于色，好比受了一肚皮的委屈一般。

施公听他这番话，实在暗暗夸赞他有胆识、有忠心。虽然好名太甚，却是难得。因想道："他既如此，爽性再激他一二句以坚其志。让他由此功名成就，为一朝梁栋，有何不可！"因又说道："黄贤弟，你虽有此忠荩①之心，代国家出力，原是难得。但是凡事必三思而行。本部堂细细想来，这御马既为盗去，那盗马的，若非有出色惊人的本领，也不敢前去盗取。不必说捕风捉影，消息毫无；就便访到下落，恐怕那个盗马的强盗，本领不在贤弟之下。贤弟却不可因一时豪气，不望后想，只管鲁莽从事。虽然是奉旨的要案不能违旨；若照本部堂方才所说，也不算违

① 荩（jìn）——忠诚。

背。不过自家的责任，究竟轻松许多。至于少减英名，这也算不了一件大事。而况名之一字，足以累人。本部堂为贤弟计，仍以三思为是。”黄天霸听说，更加气望上冲。望施公说道：“大人！某虽不才，未免小量某太甚。难道这强寇有三头六臂？这御马会飞上天去不成？只要这桃花玉马不曾飞上天去，任那盗御马的有九头十八臂。我黄天霸拼着一死，总要将那强盗捉住，碎尸万段。定将御马去取回，方雪今日之恨，方显我黄天霸的手段！某之志已决，请大人不必疑心了。某便今日告假前去查访。”施公正欲说话，只见褚标一旁插口说道：“黄贤侄！你也不必如此着急。大人的美意我也知道，并非不让你去。且非怕你查访不出，不过用这些话警戒你，不可鲁莽，细细访查。你不明大人的厚意，反而仗着自己的性子暴躁起来。我有一言，最为平和，说出来大家斟酌。”不知褚标说出何言，且看下回分解。

第三七〇回

奸猾贼留书露信　英勇士暗访明查

话说褚标在旁插口说道："黄贤侄不必负气。我有一言，大家商量便了。"施公道："老英雄有何言语，即请说出。以便大家商议。"褚标道："在老朽愚见：最好请大人一面出奏，言明遵旨。惟限期太促，请旨宽期日期。约以一年为度，俾可从容访查。一面令黄贤侄明查暗访，得有真实消息，可赶紧回来送信，以便大家同去。如此办法，既不违背朝廷旨意，又可令天霸如愿以偿，所谓两全其美。不知大人意下如何?"施公听罢道："老英雄所见，与本部堂略同。便照老英雄所言，据情复奏。但黄天霸如果得有真实消息，还要请老英雄助一臂之力。"褚标道："好在老朽在署终日无事，就与天霸同行。往各处一游，也可稍练筋力。且可助天霸成功，有何不可？谨遵大人吩咐便了。"施公听罢便道："能得老英雄同去，吾无忧矣！某当即日具奏，请旨展限日期。"此时，天霸见施公已允他前去查访，并请旨展限，好不欢喜，当即辞出。大家亦俱告退，各回本署，各就本职。施公即便拟了奏本，反复看过。饬人缮写，准备明日即发。

施公晚间，用过了晚膳，在书房内灯下观看书史。约有二更时分，忽见从窗户外送进一封书来。上写着："总漕施公赐览"。施公一见，吃惊不小。暗道："此是何人送来?"因将书信拆开。只见上面写着十六字，乃是："上不在天，下不在田，欲访此人，即在其间。”施公看毕，不知何意，想了一会，仍是不知用意。只得将施安喊进，告知明白。令施安传知外面众人：小心防护，恐有刺客来到。施安答应，去到外面告诉了众人。于是李昆、计全等人得了这个信，便来书房问明一切。施公又将大略情形说了一遍。计全道：“在末将看来，定非刺客一流。实系为那盗御马一事。只因此间奉了圣旨，饬令黄天霸访查缉获。这盗马之人，必然暗中打听，晓得大人令黄天霸去访。又因大人说毫无影响，他却送一封信来，露些风声。而又不将名姓说出，是令黄天霸作难。末将所见这人本领定不可及。不但在末将等之上，恐黄贤弟也未必有此本领。”

正在谈论，忽听屋上有人说道：“尔等不必妄自议论。可转告施公，速令黄天霸前去，讨取宝马便了。俺去也!”计全等听了此言，即刻飞上屋檐，预备兜拿强寇。哪知计全等人上得屋面，四面一看，连一些人影也看不见。于是大家又前前后后，各处寻了一遍，那里有一些形迹？将至四更，大家才算下来回明施公，各去安歇。施公亦明知此人断不前来相害，也就安心睡觉。一宿无话。

到了次日，施公起来梳洗已毕，正欲令人去传天霸，却好天霸已得着昨晚有人留不露姓的信，早已进来。先向计全等人备细问了一遍。计全等也就细细告知明白。然后天霸便走进书房，给施公请安已毕，侍立一旁。施公便将夜间之事细说一遍。“本部堂仔细想来：他既然令贤弟前去取马，为何又不将地名明白说出。只留这不明白的十六个字令人猜详，好不令人纳闷。黄贤弟，你看此人究竟姓甚名谁？居住何处呢？”天霸道：“据末将看来，御马定为此人盗去。他今前来送信，促末将速去，是他要在此显显本领，单看某敢去不敢去的意思。此人既来，末将焉得不去？哪管在天在田，或上或下。末将务要将他访明下落，擒获出来。把御马交出，方不愧末将半世英名。”施公道：“也须商妥而行，万万不可鲁莽，自贻后患。”天霸道：“谨遵大人吩咐。末将之意，即于明日出署，先在就近查访一番。若能访得消息最好，若访察不出。必得远至邻省，细意密查。总期访出盗情，取回御马。捉住强人，方才甘休。不然，暂时也不回署。”施公道：“也不必如此说法，但能细意慢慢访查便了。”天霸道：“末将明日就动身去访，不再进来叩辞。如果就近地方查访不明，再回来一趟，然后再去。大人但请保重便了。”施公道：“但愿贤弟此去，早早得手，立此大功。本部堂专等佳音，为贤弟庆贺罢！”天霸唯唯，当即辞出。又与计全等人熟商了一会，然后回转自己衙门稍事收拾。准备先往就近地方访查数日，再作计议。

次日一早，即扎束停当，带了银两、包裹，别了褚标、张桂兰，径自出门而去。褚标将天霸送出城外，一路上又叮嘱许多言语：总令他不可负气好胜，慢慢访查。若就近地方访不出来，须早日回来，再作计议。天霸亦唯唯答应。于是天霸去往各处查访。褚标亦即回城，暂且不表。

再说阜宁县杨家庄出了一个命案。这杨家庄本是一个极大的村落，聚族而居有百十户，俱是姓杨。内中有一家名唤杨士兴，妻子王氏。老夫妇两个，生有一子，名唤大富。这大富曾习杂货生意，向在苏、杭一带贩杂货。今年二十六岁，于二十三岁上娶亲。岳家姓吴，也是阜宁人氏。其妻吴氏，比大富小一岁，今年二十五岁。于二十二岁上过门，生得颇为美貌。过门之后，与大富极相恩爱，事奉翁姑亦最贤孝。大富娶亲三月，亲往杭州贩卖杂货，本约定年终回家。哪知到了杭州，因有一个至好朋友与他合本，前往闽、浙贩卖桂圆，因此一去三年。虽然获利甚厚，未免归期太迟。这日捆载而归，要知后事如何，且看下回分解。

第三七一回

数载归来一朝死去 百身莫赎两个含冤

却说杨大富自闽、浙贩卖杂货，颇获厚利，捆载而归。这日到家，父母、妻子自有一番阔别情怀、天伦乐事。杨大富先给父母请安已毕，又问了许多家中情事。他父母也问了许多福建、浙江各处的风景。彼此俱诉说了一遍。他父母因儿子平时最喜吃活鲫鱼，今儿子老远的归来，当下便命媳妇吴氏烹鱼烧笋。吴氏既奉翁姑之命，便去烹鱼烧笋。一刻儿俱已齐全，真个五味调全。又煮了两壶酒，于是父母、妻子团聚一桌，心下更加喜悦。大家俱各畅快，说不尽那天伦之乐，骨肉之欢。因此大家就痛饮起来，直至日落西山，才算吃毕。一会子点上灯火，所有杯盘碗盏，均有吴氏撤去，亲到厨房收拾一番。杨大富即与父母在室中闲谈。不一刻，吴氏将锅碗收拾清楚，也就回转堂中，老夫妻见媳妇收拾已完，此时已有初更时分，便暗存了一个爱子之心，因与大富说道："我儿沿途辛苦了，你早些睡去罢！为娘的为父的，今日多饮了两杯酒，也有些困倦起来，也要去睡了。"他们说罢，便同杨士兴提灯进房。这里小夫妇也就拿了灯，一同进房安寝。这一夜被底情柔，枕旁私语，自然说不尽那千般恩爱，万种绸缪。常言道："久别当新婚"。其言虽俚，其情的确。一宿无话。

哪知器满招覆，乐极生悲。等到次日天明，吴氏一觉睡醒，因昨晚婆婆吩咐早些起来，代丈夫检点物件，不敢违背。一经梦觉，便即起来。又低低的唤大富道：“你醒醒，我起来了，你独自再睡一会罢！”唤了好几声，只是不应。吴氏因笑骂道：“懒郎！怎这般好睡？敢是假装不醒么？你会假装，我偏要将你唤醒。”因即隔着被向大富身上摸了一回。哪知大富仍是不醒；又觉得他身体板硬。杨氏暗自疑惑道：“如此乱推，何以还不醒来？这也奇了。为何摸他身上，这身子是板硬的？不似昨晚上床时那样身体。就便熟睡不醒，也不至如此板硬。难道有什么怪事不成？”愈想愈疑，因将手探入被里，向大富身上一摸。哪知遍体冰冷，毫无一点热气。吴氏这一吓，可实在吃惊不小，复又向大富脸上一靠，也是冰冷透骨，鼻孔呼吸毫无。原来杨大富早已死去。吴氏此时，真如半天里打下一个霹雳一般。本来要痛哭一场，怎奈惊恐太甚，过于作急，不但哭不出，连话也说不出口。好容易挣了一会，才大声说了一句：“不好了！”这一声可实在惊诧之至。说这句话，便呆立床沿，第二句话再也说不出。

却好对房里老夫妇也早睡醒，忽听媳妇喊了一声：“不好了！”那种声音急诧得极。老婆子便大声问道：“媳妇！你为着何事，如此大惊小怪？究竟什么事不好了，这样来吓人？”老婆子问了好几声，见对房中只是不答应。因说道：“怎么不答应，难道真有什么不好的事么？”杨士兴道：“敢是媳妇睡魔了？”老婆子道：“不是睡魔。我刚才听见媳妇低低喊大富的，怎么会睡魔？”因又喊：“大富所为何事？”哪知再喊不应。老婆子着急道：“其中必有缘故，我倒去看看究竟为着何事如此惊诧？”一面说，一面穿了衣服赶即开了房门，来到对房去推房门。里面闩着推不开来。便又在房外大声喊叫，儿媳还是不应。只得将门打开，走进房内一看：只见他媳妇吴氏瘫在床面前地上。面如白纸，口角流涎，已是吓昏过去。老婆子一见，已吓得魂不附体，赶忙上前。一面去拉媳妇，一面喊儿子道："大富！你还不快些起来，你媳妇子昏过去了。快起来去取姜汤。你昨日才回来，究竟为着何事，与媳妇吵嘴？敢是你将她推跌了么？"一面喊说，一面已将吴氏扶坐起来。复又喊杨士兴过来，帮同看视。杨士兴听说，也就抢走过来，嘴里唧唧哝哝说道："好好的夫妻，为什么吵起嘴来？况且昨日才回来，就便媳妇有什么不好，也不应就吵闹得这快法。"说着已进了房，看见老奶奶扶着媳妇；又见媳妇面如纸色，只有出气，没有进气。杨士兴见着不忍。只得骂着儿子道："你这该死的畜生！你不在家，为父母的，全亏你媳妇小心服侍。并没有一件不贤孝的事情。你为什么才到家中，就将媳妇气得如此？还不给我快快起来，去烧姜汤来灌。"骂了一顿，哪里见大富答应？杨士兴也就疑惑起来。正要上前去拉他，只见他媳妇叹了一口气。说了两字："苦呀！"说罢，又不言语，唯有两眼流下泪来。老婆子见此光景，只得劝慰。说道："我儿不要如此。儿子有什么委屈你的事，只管对为娘说明。有为娘代你理直，切切不可如此气恼！"此时吴氏虽然口不能言，却已醒转过来。耳内听婆婆如此说法，真正文不对题。连忙摇头，又将手指着床上。老夫妇误会其意，还是疑惑儿子给他受了委屈，仍然絮絮叨叨"有为娘代你理直"的话头。吴氏实在着急，这才死命的说出两句话来。带哭道："娘呀！他……他已是死了！"老夫妇见他说出一个死字，便大惊问道："哪个死了？"吴氏又连哭带说道："你儿子好端端的，不知何时竟死在床上了。我好苦呀！"老夫妻一闻此言，老婆子便大哭起来。杨士兴还不相信，暗道："好端端的一个人，怎么一夜就死呢？"一面说，一面走到床前将被掀开。近前一看，果然僵卧床上。再用手向他身上一摸，直是体冷如冰，毫无呼吸。于是杨士兴就大哭起来。老婆子见老头子大哭，知道儿子真死了，愈加痛哭不已。吴氏是不必说。翁姑婆媳一起跌足捶胸。哭儿的哭儿，哭夫的哭夫。嚎哭之声，直达户外。

这一哭即惊动了左右邻舍，那些族下不知所为何事。也就打门进来，见杨士兴嚎哭不已。大家先问了个大略，然后将士兴等劝住了哭，复又细细问了一遍。大家也是疑惑：怎么好端端的一个人，昨日才回家，今日就会死，其中必有缘故。内中有个族长，是杨士兴再从的堂叔。此人性情奸猾，刁恶非常。平时人家无事，他况且寻事去做，好于中取利。今见士兴家闹出这样一个大祸事来，他却有了主意，居心想在这件事上得一注大横财。当下因即冷笑说道："大富昨日回家，今日便死，其中也没有什么缘故。显系身死不明。此事非报官相验不可。"又望杨士兴说道："你们只知道乱哭，就算代儿子申了冤不成吗？你媳妇平日虽然贤孝，可知道'知人知面不知心'。我在看来，这其中必然有些不妥。还不快些将吴家的人唤来，我们大家也好说话，给你儿子申冤！"杨士兴夫妻听了这番话，半疑半信。也只得着人到吴家送信。毕竟后事如何，且看下回分解。

第三七二回

未亡人明心求殉节　刁族长得意代鸣官

话说杨士兴听了堂叔杨怀仁这番话，不免半信半疑。因暗道："不论是身死明与不明，也该去吴家送信。"因立刻着人前去。原来吴家也是阜宁县的大族，在有名的吴家甸。这吴氏之父，名唤吴有德。他妻子李氏，膝前有两儿一女。女儿就许配杨大富为妻。这吴有德为人忠厚非常，实在是个有道长者。家里也有些薄薄的产业，在吴家甸居住，就要算他是个首富。自女儿嫁到杨家之后，除非家中有婚丧喜事，才将女儿接回来过两日。事完之后，又将女儿送回夫家。虽常有旁人说道："你女婿久不在家，就留你女儿多住一两个月，也不算什么事。"吴有德听了这些话，便与人争论道："女婿在家，将女儿接回来多住些时日，他翁姑①自有女婿侍奉。女婿不在家，便仗着我女儿侍奉他父母。我若将女儿接回来，则女婿的父母又靠谁人侍奉?"这是向旁人说的话。及至向他女儿所说，皆是叫他：善事翁姑，留心家务。却好吴氏也从未违背，总是唯唯听命。所以在杨家也极其贤孝。这日吴有德正从外面回家，忽见杨家有人前来送信说，女婿于昨日回来，今一早不知如何便会身死，请他赶紧前去。

吴有德听了此话，真是半天里打下一个霹雳。因问来人道：

---

① 翁姑——公公和婆婆。

"究竟大富因甚病死的，你可知道么?"来人道："听见说大富是身死不明，所以请你老人家赶紧前去商议。"吴有德只得进内，大略告诉妻子李氏一遍，李氏也吃惊不小。当下夫妻两人即刻出了门雇了一辆车子，趱赶前去。吴家甸距杨家庄有二十余里，不一会已至杨家。

未入大门，吴有德夫妻便一路哭了进去。杨士兴夫妇见亲家已来，吴氏见父母俱到，于是大家又哭起来。唯有吴氏哭昏了几次，真是哭得肝肠寸断，死去活来。好容易慢慢劝住了哭。吴有德先问了一遍，如何身死情形。杨士兴即大略告诉了一遍。吴有德又细细问了女儿一遍；吴氏也就细细将始末根由，哭诉了一遍。因道："我的爹妈啊！你女儿也不要活了，就此随你女婿一起儿死了。免得你女儿有冤无处申，死了丈夫还落个不美之名。不如从此一死，也可表表心迹!"说着，就一头向壁上撞去。杨士兴的妻子在旁看见，赶紧抢上一步，将吴氏一把拉住。说道："我的儿！你不要如此。你的心迹，为娘是知道的，是非自有公论。好在你爹妈俱已在此。我儿子虽说死得不明不白，总不能够说是你害死他的。大家商议起来。看如何代我儿子申冤！不然，你的冤枉也无处申。我的儿子也不知因何而死?"吴氏听了这番话，虽觉得有理，总以死了干净。免得随后纠缠，口口声声，直是要死。吴有德明知女儿绝不能得个水落石出。女婿到底因何而死，所以存了这个心。因道："我的儿！你切切不可寻死觅活。虽然痛夫心切，你翁姑却无甚他意。但是女婿身死不明，连我也有些疑惑。在我看来，倒是去县里报报案。请县官前来相验一回，你也可明一明心迹。就是女婿也可弄清他是因何身死。你若现在死了，在知道的，说你是大义殉夫；在那不知道的，还说你畏法身死。你此时可死不得，等将来有了水落石出，你那时再死不迟。”这一番话，说得在情在理。吴氏本来决计殉夫，甘心死节，现在听了父亲这些话，忽然大悟，暗道：“我此时可实在死不得，就便我没有良心，也要代丈夫申一申冤枉，才对得起他。”因此一悟，也就将死抛在一旁，专等报官相验。

那杨怀仁初意说了许多唆使的话。本想吴有德暗暗买嘱他，便好得些钱财，再来说项。现在听见不以为然，因道：“我这侄孙昨日始回，今日便死，其中显有情弊。不怕你亲家见怪，光景非鸣官不行。”吴有德听说也道：“你老人家言之差矣！我本来也是此意。但是报官一层，从无母族去报之理。亲家翁是分不开身来。此外又无人可去。在我看来，莫若就烦你老人家进城一走。好在你老人家也是杨家族长，此事也应该问的。我等当在尊府，恭候本县到此相验，好见个明白。事宜早办，就请你老人家进城一走罢！”杨怀仁被吴有德这番话，说得顿口无言。又不好说不去，只得答应着前去报县。说着，当即出大门，匆匆的直望城里而来。进了城，到了县门。却好这日是放告之假，便请人写了一张状词，即刻吴递进去。阜宁县接到这案，见是“谋毒亲夫”重案，当即准词。饬令：预备尸场，听候相验。杨怀仁见准了词，也就即刻出城，直奔杨家庄送信。当有本庄地保预备尸场，听候县官前来相验。

到了次日，约有巳牌时分。阜宁县带同差役、仵作乘轿而来。及至杨家门口，降舆而进，即刻升坐公案。先提原告杨怀仁略问数语，又提被告杨吴氏至公案前，略问一遍。吴氏便将前后的情形，哭诉了一遍。因道：“小妇人丈夫身死不明，总要求大老爷申雪！”阜宁县正欲下问，杨士兴便跪在地下向上说道：“儿子杨大富身死不明，求老爷从公申雪！”阜宁县向下问道：“你是何人！”士兴道：“小人是死者的父亲。”阜宁县道：“你叫什么名字？”士兴道：“小人名唤士兴。”阜宁县道：“怎么那状词上不是你的名字？何以怀仁反是原告？本县可不明白。”士兴道：“怀仁是小人从堂叔父，小人因不能分身进城，所以请叔父怀仁前去喊冤。”阜宁县道：“原来如此。”一面问话，一面察看吴氏动静。只见吴氏跪在地下嚎啕痛哭，实在不是谋害亲夫的情状。而且吴氏端庄诚实，哀毁之至，又非那淫泼一派。阜宁县此时已知道其中定有奸人唆使。又将杨怀仁望了一回，觉得杨怀仁颇非善类之人。看了一遍，因饬令仵作悉心检验，据实详报。仵作答应下去。不一刻，喝报上来，验得尸身肚腹青紫，委系中毒身亡，余处并无伤痕是实。阜宁县据报，复走出公案，亲视一周无误。因命填了尸格，饬令先行收殓。所有原、被告带回衙门再讯。毕竟杨吴氏是否谋害亲夫，且看下回分解。

第三七三回

法外推情恩准视殓　事后报案意图雪冤

话说阜宁县姓颜名继祖，山东人氏。是个两榜出身，屡膺①要缺，清白自持。而于这命案上，尤不肯鲁莽从事。唯恐有冤抑等情。所以颜县令沉吟良久，因望杨士兴道："尔子虽然中毒身亡，其中不无冤抑。据本县察看，尔媳亦非凶恶之妇。本县此时却不能草草定案。即谓尔媳谋死亲夫，必须带回衙门彻底根究，才能定谳。尔子既已身死，尔可妥为收殓。本县将原、被告一并带往衙门审讯便了。"杨士兴听了这话，感激非常。因跪下求道："求大老爷公断，总期儿子含冤得白，大老爷便朱衣万代了。"颜县令点头，正欲饬差将原、被告带往。忽见吴氏跪下哭诉道："小妇人求恩暂免带往，俟丈夫收殓已毕，小妇人亲视含殓，稍尽夫妻之道，然后再奉提听审，按法处治。若此时便去，小妇人实在不忍。自小妇人嫁夫三月，丈夫就出外经营。一别三年，未克稍尽妇职。满望此次回家，得遂偕老初愿。不料昨归今死，此为小妇人意料之所不到。抑亦小妇人命该如此，猝失所无。虽是不美之名，小妇人亦唯有一死报之。使地下人知我无他，小妇人纵死亦得瞑目。若竟舍此而去，即使仰邀冰鉴。小妇人并无谋害亲夫情事，发放生还。那时小妇人虽有余生，对于地下人多有负

① 膺（yīng）——承当。

疚。所以求大老爷恩准亲视含殓，趁此相对片时，聊当相伴。过此以往，须等大老爷治罪之后，未亡人伏法之时，才可得见于地下呢！”说罢痛哭不已。吴氏说了这一番话，不但吴氏自家痛哭，就是杨士兴夫妇、吴有德夫妇，以及左右邻舍，杨家本族人众都哭起来。就是颜县令也不免闻之酸鼻，涕泗滂沱。因暗道：“这样一个贤德妇人，说他谋害亲夫，本县实在不信。又何以尸身实系中毒身死，真令本县难办此案了。也罢，且准他亲视含殓，再行带往复讯便了。”心中想罢，因吩咐道：“姑念你一再哀求，从宽。着俟尔夫殓后，即行到署候讯。原告杨怀仁着暂行看管，一并候提。”颜县令吩咐已毕，打道回衙。

这里杨士兴便请了许多人，进城制备棺木衣衾。诸事已妥毕，然后入殓。吴氏三番二次，哭晕在地。那一种可惨情景，虽铁石心肠人，也没有不见此垂泪的。杨士兴夫妇，吴有德夫妇，一是痛儿子死得不明不白，媳妇如此哀痛，又不像是他谋害的神情；一是痛女儿死了丈夫，还落个不美之名，免不得匍匐公堂，出乖露丑。大家俱有心事，也是哭个不了。又听吴氏哭诉道：“我的亲人呀！你把我抛得好苦！我担不美之名，还是小事，究竟你因何而死？死得这不明不白，叫人好不伤心！但愿你这不白之冤，早些儿申雪出来。你这不肖的妻子，就死也可瞑目。我的夫呀！你这魂灵儿须要有些灵验才好哇！”一面诉，一面哭，真个哭得死去活来。吴有德夫妇也再三劝慰道：“我儿！你的心是唯天可表的，只要县太爷断明女婿究竟如何中毒，我儿就可落得个清白身子了。就便此时殉了节，终久是不明不白，也不知谁是谁非。在我看来，还是养着些精神，明日好去公堂上辩白的好。”吴有德夫妻劝说了一回，吴氏才算隐忍。此时已是天晚了，大家安歇一夜，吴氏虽然睡在铺上，哪里睡得着，却又哭了一夜。

次日，一早起来，两只眼睛已是红肿合缝。大家也俱起身。吴氏垢面蓬头，麻衣如雪，勉强吃了点饮食，度度正气，便催着翁姑父母率领他进城，亲自赴县报到。杨士兴夫妇、吴有德夫妇，也不便拒却，也就收拾预备出门。杨士兴又在庄上雇了两辆小车，给吴氏等人乘坐。吴氏又到大富灵前磕了两个头，哭诉了两句。然后上车，直望城中而去。

不一会已到了县衙，由杨士兴报到已毕。颜县令知道，立刻传谕：值日班好生看管，并将原告提到，听候午堂审讯。差役答应下去。不一刻已至未末申初，颜县令升堂，书差衙役齐立两旁。县令命先带原告杨怀仁听审。差役即刻将杨怀仁提到跪下，望上叩了一个头。说道："侄孙被吴氏谋害身死不明，求大老爷申雪。"颜县令问道："尔说你侄孙被吴氏谋害，尔何以知其细底?"杨怀仁道："小的居已死侄孙家间壁。十六日见侄孙作客归来，好端端的一个人。为什么过了一夜，就会身死？若说他因急病所致，又何以早不得病，迟不得病。偏在第一日回家，第二日就得病而死？天下哪有这样的巧事？而况侄孙妇自从嫁与侄孙之后三月，侄孙便出外作客。平时见侄孙妇外似庄严，内实轻佻，难免毫无外遇。求大老爷严加审讯，必得其情。俾侄孙不至含冤莫白!"颜县令道："尔说侄孙系为尔孙妇谋害，尔能指出实据么?"杨怀仁道："小的不必再指实据，大老爷已验得尸身肚腹青紫，委系中毒身亡，此即谋害的真凭实据。但求大老爷严讯，自能水落石出。"颜县令道："本县看尔孙妇痛夫甚切，并无乐生怨死之意。恐怕尔侄孙并非尔孙妇害死，其中另有别情罢!"杨怀仁道："大老爷明鉴。在大老爷已经验得中毒，若非侄孙妇谋害。

难道还是侄孙自己服毒以寻死吗？再不然，父母将他害死？天下万无此理。若谓自己服毒，侄孙在外经商，获利甚厚，又无不了之事。今始归来，正好叙天伦之乐，何以自寻死地呢？总求大老爷明察。”

颜县令道：“据尔所言，尔的侄孙定是尔孙妇谋害无疑了。本县可有一事不明白。尔侄孙身死，何以他父母不来喊控，偏是尔前来代他申冤。这是什么道理？”杨怀仁道：“大老爷明鉴。小人既为杨氏族长，是凡本族无论大小事件，理应小人出问。何能置身事外？而况堂侄痛子情深，已三番两次欲自寻死地。小人见如此情形，侄孙已身死不明。何能眼见堂侄自觅死地，置之不问？又因堂侄委顿不出，特地嘱托小人报案禀控。不平之事，外人尚可代庖。何况一族，又何况一族之长乎？大老爷未免错怪小人了！”颜县令被他抢白了一番，本待急欲申饬，又因他所说并非无理；而且杨大富实系中毒，不免有不实不尽之处，且待问明之后再作道理。因此暂为隐忍，不及申饬。当下说道：“尔且退下，带杨士兴问话。”杨怀仁答应，退下一旁。

差役将杨士兴带到，跪在下面。杨士兴向上叩了一个头。颜县令问道：“尔子身死，据尔叔禀控：谓系尔媳谋害。在本县看来，尔媳似非狠毒之人，未必下这毒手。究竟尔媳当尔子在外经商之时，有无流动情事？尔终日在家谅可知悉。尔不妨据实陈明，本县令好代尔子申冤。”杨士兴哭诉道：“若说儿子不在家，媳妇也不曾忤逆；也能操持家务，并没有什么不安之处。不知为什么儿子才回来，他就下此毒手，将儿子谋害死了。总求大老爷申冤！”颜县令听罢点点头。又命退下，便叫带吴氏听审。毕竟问了什么情形出来，且听下回分解。

第三七四回

疑案难明县令宿庙　宝物未获总镇寻踪

话说颜县令先将原告杨怀仁，同杨士兴二人问了一遍。先后命二人退下，即令带杨吴氏听讯。不一刻，差役将吴氏带进。颜县令望下看去，只见吴氏垢面蓬头，麻衣如雪。悲痛之状，有奄奄欲绝之势。低着头一步步望前慢慢走进。到了堂上，向公案前跪倒，便向上磕了一个头。匍匐在地，口中哀哀哭诉道："小妇人蒙恩提案，求大老爷明镜高悬，从公判断。只要生无负屈，死不含冤。小妇人虽罪拟凌迟，也不算愧对亡夫于地下了。"

说罢，哀哀哭泣不已。颜县令见此情形，闻此言语，真是目不忍见，耳不忍闻，酸鼻痛心，莫此为甚。因暗道："照此看来，若说这个妇人会下毒手谋死亲夫，本县虽死也不相信。但这所中之毒又是何故呢？诚如杨怀仁所言，断不会自寻死地。此种疑案，好令人难明呀！也罢！且待本县恐吓他一番，看是如何，再作道理。"因问道："吴氏！尔夫中毒身死，据尔夫族叔祖，谓尔谋害毙命。尔究因何事将尔夫谋死？尔可从实供来！若有半字含糊，本县言出法随，三尺法棍决不宽恕的！速速招来，免受大刑吃苦！"吴氏在下面听了这番话，痛入骨髓。便哭诉道："大老爷，冤枉！小妇人虽不读书，也曾粗知大义。岂有忍心害理，谋死亲夫，自罹法网？但亡夫既已身死，小妇人亦百喙难辩。好在小妇人本系未亡人，夫死随之，自古所尚。惟望大老爷将亡夫究竟因何中毒，以致身亡，一一剖明。小妇人虽死之年，犹生之日。若令小妇人招出如何谋害，小妇人亦不知如何招法。大刑俱在，唯有待死以报亡夫于万一耳！小妇人当亡夫方死之时，即欲相从于地下，怎奈觅死不得。总以人言可畏。皆言小妇人一死，显系畏法身亡。因此忍死偷生，苟延残喘。一俟亡夫含冤得白，小妇人当死于公堂之上，用以自明。若大老爷定谓小妇人实系谋害，加以大刑，治以国法，小妇人亦所甘愿。不死于亡夫方死之时，而死于国家公堂之上。则从夫之义，殉节之情，较之自寻死地者尤胜百倍！大老爷应如何讯断之处，总求赐以一死便了。"说罢，嚎啕痛哭不已。

颜县令听了这番话，好生不忍。又暗道："照此情形，听此言语，实在是个烈妇。本县若定照谋害亲夫例严刑拷问，不但这妇人冤沉海底，便是本县亦不免要受冥法。若不讯明，不但原告不肯了结，就是死者亦不甘心。虽非死于吴氏之手，究竟这所中之毒从何而来，本县也要求个自信。"沉吟良久，忽然想道："我何不如此，或者可以明白。"心中想罢，因饬令："将原、被告分别看管，听候本县复讯。"差役将杨怀仁、杨士兴及吴氏带下。颜县令亦即退堂，走入书房好生不乐，专等晚间好去办事。你道颜县令想出什么法子？要去宿庙求神指示，好知孰是孰非。颜县令所说如此如此，便是宿庙求神。用过晚膳，便斋戒沐浴换了衣，带了一个书僮，背着一个行李，就出衙门。直望本邑城隍庙而去。入庙以后，焚香点烛祷告一番。然后就命书僮将铺盖在大殿上打开；又命书僮先自回去，明早天明再行来接。书僮去后，颜县令即就大殿旁侧睡下，以觇梦示。

始则翻来覆去，不能合眼。好容易蒙眬睡去，但觉已身走入一处，非寺非庙。地方并不宽大，内里走出一人，古服古装，便向自己通名问姓，自己问问那人姓名。只见那人道：“在下姓金名介，字花封，久仰清操，欲见无由。今幸辱临寒舍，在下增光多矣！某酷嗜诗词，有近作一首，敢求赐教。不卜尚蒙俯赐一顾否？”颜县令当即拱手敛容谢道：“先生高才，即蒙见教，敢不拜读。即乞示阅。”那人便在袖中出一纸，递与颜县令。颜县令接在手中一看，见是一幅花笺，上写着一个题目是：《村居小饮》。以下便是一首七绝。因读道：

紫荆花下碧栏边，正是江南春暮天。

有酒一樽鱼一尾，陶然醉卧便神仙。

颜县令将诗读毕，因赞道：“即景生情，古音古节的是村居雅致。先生殆有意隐乎？”那人正欲回答，忽见一阵狂风，飞沙走石。风过处一声长啸，一只斑斓猛虎迎面扑来。颜县令不暇顾及那人，望里面躲去。不意心急力软，足下又被石子一绊，跌倒在地。因此惊道：“我命休矣！”这一声喊，急出一身冷汗。忽而惊寤醒来，乃是南柯一梦。即披衣而起，走下大殿，但见月明在天。走上殿打坐一回，又将梦境及诗句默悟一会。似与所办之案，文不对题。因暗道：“难道求神指示，即此梦境么？果如此，好令我索解不得。”停了一会，又觉有些倦意，因攲①枕而卧。才一合眼，便见殿上所供城隍站立在前，以手指道：“尔能关心民瘼②，慎重人命，不肯草率从事。求之近今，不可多得。吾神已令稽察司显示案情，尔可回衙细悟之，自会明白。倘仍不解得，可

① 攲（qī）——倾斜；歪。

② 民瘼（mò）——人民的疾苦。

趋晤漕督施某。请其解说，自能彻底澄清，两无冤屈。好自为之，吾神去也！”说罢，拂袖而去了。忽然惊觉，已将天明。又将神示各语，将梦中诗句，在花笺上写出。照字逐句再四推敲，细细研究，毫无领悟。又将幕友请到，大家参悟一回，仍然未得真解。因此大家商议，便叠成文卷，预备详请施公办理。这且不表。

再说黄天霸，自受施公用了激将法，他便往各处明查暗访，缉那盗御马的强人。先在附近一带州府县、城乡内外留心访查。一连访了三四日并无消息。又亲往酒楼、妓馆查访一番，仍是终无消息。这日，直到海州一座酒楼，这酒楼名叫醉白楼，乃是海州城里第一座有名的酒楼。是凡绅商仕宦经过海州，无不到此痛饮。更有一种自酿美酒，名唤玉壶春。此酒甘美出奇，比那玉液金波尤胜百倍。而且物美价廉，每两只须大钱六文。只要将此酒倾在杯中，固然酒花错落，颜色动人。那一种芳香，尤足动人，不饮而醉。及至饮在口中，不但香沁心脾，还可使浊者能清，迷者能悟。所以此酒有如此妙处。这酒楼因此生意之盛，亦甲于海州。真是“座上客常满，杯中酒不空”。闲话休提。黄天霸上得酒楼，就向南窗子口拣了座头。当有小二上来问道：“老爷还是一人小饮？还是请客？”天霸道：“咱便小饮。你这店内有什么下酒的时新小菜，及顶好的美酒？”小二道：“你老爷若问小菜，俺这店中最时新的，是竹笋、鳜鱼；此外鸡鱼肉鸭，无不俱全。还有牛肉脯、鳝鱼丝，听老爷点用。若问好酒，小店最出名的是玉壶春。”天霸听说，便点了一样牛肉脯，一样竹笋红烧肉。又命将玉壶春先打两斤，随后再添。小二答应下楼而去。天霸忽然向东一看，只见靠着东壁墙一张桌子上坐一人。毕竟此人为谁，且看下回分解。

第三七五回

醉白楼道士泄机　漕督府贤臣聚议

话说黄天霸在醉白楼才拣下座位，令小二去拿酒来。忽然掉转头来向东一望，只见靠着东壁以下一张方桌子，上坐一人。头戴逍遥巾，身穿鹤氅。淡黄色面皮，大鼻梁，阔口。两道浓眉，一双秀眼。虽然道家装束，飘飘然，却实在不凡。靠着桌子，有一面白布招牌，上写着："知机子善相天下士。"两旁又有两行小字，上写一行是："能知过去未来事"；下写一行是："善识穷通寿夭人"。

黄天霸见了那人，觉得他生得不凡，好生惊异，因即频频注目。道士瞥见天霸如此，也就将目先径送过来，直对天霸看视。天霸被他看得心下有些不耐烦起来。因就对面喝道："呔！你这道士，为何频频注目看着咱家？难道咱家脸上与众不同么？"那道士见他喝问。因即冷冷的答道："长官何以局量如此褊浅？长官不看小道，怎么知道小道看长官？而况小道这招牌上写着是：'善相天下士'。即使小道擅看长官，亦与招牌上五字相合。长官亦何必见怪？又何必见恼？然小道推察长官之意，长官固存着一肚皮的心事。殊不知长官的心事非私事，乃公事；且不但公事，而且是奉旨紧要的公事。小道本欲趋前为长官一卜，又不敢冒昧，恐触长官之怒。或者长官见了小道的招牌，亦将就小道一决趋向。哪里知道反触长官之怒？"黄天霸被那道士一番抢白，本待欲极力发作。又听他这些言语，却是道着自己的心事，不若且问个明白。主意已定，当即改容谢道：“某不识道长能知过去未来，言语冒犯，尚望见宥！某还有一言动问。据道长所说之话。是知道某的心事。但不知某有何心事，已现于色？乞道长一言，究竟是否？”那道士便也笑道：“长官心事，小道虽不能尽知，却也略知一二。长官此时这件心事，所谓：‘踏破铁鞋无觅处，得来全不费工夫。’现在失物虽然未获，又不知失落何方？但不过费些时日，吃些辛苦，自然就有头绪。一有头绪，那时就好办了。长官的心事，可是如此么？”天霸闻言，暗自吃惊不小。因道：“他既知道我如此心，他必知道那盗马的人。我何不细细一问？或可凭他言语，前去找寻，有何不可。”因敛容谢道：“道长既如此高明，何不请来同坐？得以畅聆大教呢！”那道士亦欣然允诺。却好小二已将酒菜送上楼来。天霸又叫小二添了一副杯箸，便邀那道士入席。又让那道士坐了首席。天霸便满斟一杯，送至那道士面前，然后方自斟酒。

三巡酒罢。天霸问道：“道长幸勿吝教，乞即明白一言，卜着失物落于何处？系何人所盗？限日能得人赃俱获，某定当重谢，决不食言。”那道士笑道：“长官少待，俟小道一卜，以决趋向何如？”天霸道：“便请赐教，少时再当奉饮。”那道士即从袖中取出一个小小课筒。内藏金钱三枚，先将课筒执在手中，默祷了两句。然后将课筒摇了三次，金钱亦倾倒三回。然后照着卦爻①，自己先解了一回，方才向天霸说道：“小道据这卦爻上看来，这所失之物，却非寻常人盗去。要去寻找，必须向西北方追

① 爻（yáo）——组成八卦的长短横道。

寻。但这地方，三面皆水，一面是路。若由正路进去，曲折连环，甚不易行；若由水路而去，亦复连环曲折，不易出入。所失之物，虽在那里，毫未损坏。但暂时不能到手。即使有人领路到了那里，亦还有一番大大的周折。这是小道据卦爻上所断。若照长官尊容上看来，早晚必可得一个实在的消息。其中还须有人帮忙前去，方可成功。小道句句实言，长官不必疑惑。”天霸听罢，即谢道：“多承指教，事成之日，当再奉谢。”于是二人痛饮了一回，用了饭食。天霸还了酒饭钱，与道士下楼而去。道士亦再三致谢而去。

天霸下了酒楼，与道士别后，心中想道：“我已出来好些时，大人在衙门内，必然记念。我何不先回去一走，将此话与大人禀明。然后再出来到各处缉访呢？”主意想定，当即向淮安而去，不日已到。大家先问了有无消息？天霸便将道士的话，向大众说了一遍。这才进内，到了书房，给施公请安已毕。施公命他坐下，便问道：“贤弟出去，将有半月。曾否有些消息探出？”天霸道：“消息却不曾探访出来，倒是在海州醉白楼酒馆内遇见一道士。那道士颇有些气概，末将便与他闲谈起来，哪里晓得他早已知道此事。他说能知过去未来，末将便请他一决。他便代末将卜了一卦，据说照卦爻看来：所失之物，现在西北方。并未损坏，如寻此物，须向那一方寻去。但是那个地方，三面是水，一面是路。若由正路进去，亦是曲折连环；若舍陆而水，亦复连环曲折，由入甚不容易。设使有人带路，到了那里边，有一番大大的周折，急切断不能到手。他又说：照末将面上的气色看来，早晚必得有实在消息。既得消息之后，还须有人帮助前去。方能成功。据那道士所言如此，末将因思西北方地方甚大，必须慢慢踩访，方可探其下落。又恐大人记念，所以先自回来一走，将此事禀明，再行出去明查暗访。”

施公听了，甚为喜悦。因命施安道：“你可出去将他们大家请进来斟酌斟酌。再到黄老爷衙门内，将褚老英雄请来。”施安答应，不一刻，关太、李昆、计全、李七侯、何路通、朱光祖、金大力、王殿臣、郭起凤等人已进来。又停了一回，褚标与贺人杰亦复来到。大家施礼已毕，褚标便向施公问道：“大人叫唤小人，有何吩咐?”施公道：“并无他事。只因黄天霸方才回来，说起一个道士能知过去未来，他便请了道士卜了一卦。据那道士说：这所失的物件，可向西北方去寻。便是那个地方三面是水，只有一面是路。若从正路而进，却是曲折连环，颇不易走；若从水路而入，也是连环曲折，出入颇难。但不知这是一个什么地方？有如此许多曲折连环，连环曲折。本部堂因此请老英雄及诸位贤弟进来，大家斟酌一回。或者这个地方黄贤弟不知道，诸位中有知道的，便可说出来，好设法前去。但不知褚老英雄及诸位贤弟，照那道士所说这曲折连环地方，可有知道的么?”褚标首先说道：“据老民看来，虽据道士所言，却亦不可深信。他怎么就知道这地方三面是水，一面是路？皆是曲折连环，不易出入呢？这总是江湖卖术的通病。”忽见朱光祖在旁说道：“弟倒记起一件事来。”毕竟朱光祖说出何事？且看下回分解。

第三七六回

忽悟前言具供死状　细推诗句莫解冤情

却说朱光祖在旁说道："小弟在二年前，听得江湖上朋友所说：窦耳墩有个儿子叫窦飞虎。其人本领异常出众，他却安分守己。他所住的地方，就叫做连环套。今照那道士所说，什么曲折连环，莫非就应在此地？但是这窦飞虎从来不做这些事的。果是窦飞虎将御马盗去。不是小弟多嘴，还是褚大哥前去一走，当面与窦耳墩要回。又因窦耳墩那老儿，与褚大哥也有些交情。如今褚大哥前去，只要与窦耳墩说明。窦飞虎究竟是个小辈，不能回绝褚大哥的面子，或者御马要得回来。若令黄贤侄亲去，他虽与天霸并无仇隙。究竟因天霸的父亲黄三太，三打窦耳墩，其中不免有些违碍之处，恐怕因此，顺事反成逆事了。褚大哥你老的意见，尚以小弟之言为是么？"

褚标正欲待言，忽听外面喊冤之声不绝于耳。施公即命施安出外询问。施安答应出去。不一刻，进来禀道："外面喊冤的叫做吴其士。因他女儿为采花大盗先奸后杀。该盗临去时，留下一枝白绒扎就双燕子的花为凭据。其父到此喊冤，求恩公代他女儿申雪！"施公听罢，将眉一皱，因道："这真是一波未平，一波又起。御马盗去，尚未得有消息，现在又出了一件采花杀人盗案。这从哪里下手？先办哪一件是好？而况这采花大盗又是谁人？偏又留下一枝双飞燕花来，皆是令人恍惚。"只见朱光祖上前复又说道："大人放心，这件案不难破获。这留花的人，民人虽未曾见过，却也已是早知其名。见了此花，即知他的名号。此人绰号就唤双飞燕，专擅采花本领，比那蔡天化亦不相上下。蔡天化有运气的功夫，这双飞燕却惯用一对倒刺钩。百步之外，百发百中。任你什么兵刃，总敌他不过的。但此人行迹无定，不知他现在何方？也须暗访明查，打听踪迹，然后方好动手。"

施公听说，因即说道："朱壮士既如此说，本部堂之意，拟请褚老英雄先往连环套一行；朱壮士与天霸亦齐同往。若探得御马果在那里，即烦褚老英雄向窦耳墩要回，先结了一宗公案。若再能沿途访出双飞燕的踪迹，就请褚老英雄与朱壮士、天霸就近会议。应如何捉拿之处，悉听裁夺。若打听不出实在踪迹，就先将御马一案结清。然后再捉拿双飞燕归案。不知褚老英雄尚肯屈驾，以助天霸一臂之力否？"褚标道："大人吩咐，怎敢不遵？但有一层，虽据朱老兄弟说得如此容易，若御马不在连环套；或御马果在那里，老民也进去面索。窦耳墩竟不肯交，那时大人可莫怪老民做事不力。总之，老民竭力去做，此时却不能预定，还求大人宽恕。"施公道："但得老英雄允准，本部堂已感激不尽。如若御马实在连环套，窦耳墩又看老英雄的金面。三言两语，便即取回，固是大幸；即或不然，本部堂只好再想他法。何能怪及老英雄不力？老英雄但请放心！惟愿此去，御马取回，双飞燕又被拿获，二案齐破，本部堂当再竭诚奉谢便了。"褚标道："大人说哪里话来。老民当诚心竭力去做，何敢言谢？特恐老朽无能，有负大人吩咐。只要大人不罪老民，便感激无地了。"说罢，便即告辞。大家亦即同退出去。施公又命施安，即刻吩咐差役伺候升堂，带吴其士审问。施安答应，也就传出话去。施公稍停一刻，便自升堂。吴其士趋赴堂上，向公案前跪下。先磕了一个头，然后哭诉道：“生员吴其士求青天大人代女儿申冤，捉拿强盗。”施公当下问道：“尔系何处人氏？家住哪里？你女儿为何被强盗所杀？可一一从实说来。”吴其士道：“生员祖居山东济南府。近因就幕徐州，故将家眷移寓村城居住。不意本月初八日早间，有婢女兰香，到女儿房内有事，瞥见女儿床前有血迹一堆。婢女即颇为惊讶，便走向面前看视。又将帐幔掀开去呼唤女儿。哪里晓得掀开帐幔，已见女儿被杀身死，赤身倒卧床上。婢女一见，惊喊生员之妻子何氏进房亲看。生员的妻子闻声赶去，果见女儿被杀。因思女儿遵听母教，何以赤身露体，仰面而卧？当时即颇生疑虑起来，因此检察私处，已为污辱。彼时当由生员妻子用被覆上，喊生员进房。生员才进房门，忽见帐幔上插着一枝白绒扎成的双飞燕。见了此花，便想到是采花大贼所留记号。本日即往铜山报案。当蒙县主到房检验，验得果系强奸不遂，先奸后杀身死。铜山县亦即俯准，饬差缉获正凶，所有绒花存案备质。无如县差虽不敢疲玩，大盗实在难擒。因思大人素著威严；又兼台下将士甚多，皆是武艺出众之人。故此匍匐求恩；申冤雪枉，擒拿大盗。以申国法，而慰亡魂！”说着，复叩头不已。施公道：“据尔所言，已赴县投报，何以该县并未申详到来？须候本部堂札饬该县详报情形后，本部堂当为尔严加缉获便了。”吴其士见施公已准严缉，这才起来从容退下。

施公正欲退堂，忽见承发房书吏送进两角公文递呈上去。施公一看，却是两件申详公文。一件封面上写着铜山县谨封；一件写着阜宁县谨封。施公先将铜山县那封申文拆开看了一遍。即是申详吴其士女儿被采花大盗先奸后杀一案。施公看毕，摆在一旁。又去拆阜宁县那封申文，从头至尾看了一遍，又细细揣度一回。因暗说道："据这申文上所详情节，这阜宁县却是一个关心民瘼的好官。就是那女人也似非谋害亲夫之辈；何以诗句上又令人恍惚，不可思议？倒叫本部堂殊难测度了。也罢，暂且退堂，容再寻思这诗句上的道理。"暗自说罢，将这两件公文拿在手中，即刻退堂进去。

你道阜宁县这件公文，却是何事？原来就是杨大富中毒身死，杨怀仁控告杨吴氏谋害亲夫，阜宁县宿庙求神那宗案卷。阜宁县因解悟不出诗句上的隐语，又不敢擅自讯断，妄作解人。故此叠成文卷，申详上来，求施公指示。施公退堂以后，即将那两件公文带入书房后。更了衣，施安又泡了一碗茶，送到施公面前。施公喝了两口。且看下回分解。

第三七七回

观书消遣顿悟诗词　报病传医密询底蕴

话说施公将阜宁县申详的那件公文据详推究，又将颜县令梦中所看的诗句反复推敲，终不能解。正在寻思之际，忽见施安来请吃饭。施公便站起身来去用晚饭，一会儿用毕，净面漱口。吃了两口茶，就在书房内一面散步，一面又推敲那首诗的语意。左思右思，还是悟解不出。当时就在书架上顺手抽了一本书，携至书案上，就灯下观看。见书签上写着本草六反第三函，原来是一本药书。施公坐定，就翻开来从第一章看起。上面皆是说的某药与某物相反，不能同用。某物又与某药相仇，服下立毙。施公看至第八页第三行。只见上面写着：“荆芥不可与鲫鱼同食。如误食者，必然肚腹青紫中毒而死。施公看到此处，忽然触悟那诗句，第一句：“紫荆花下碧栏边。”因道：“这定是荆芥。”第二句：“正是江南春暮天。”想道：“此时却是荆花大开。”第三句：“有酒一樽鱼一尾，”又道：“难道他所食的鱼，是鲫鱼么？何以大家同吃的。旁人偏不中毒，偏他一人中毒呢？”末句那：“陶然归卧便神仙。”想道：“这是他吃醉之后去睡觉了，这便神仙三字，一定含着死字。”施公解悟一会，颇有领会。便欣然写了一道饬知，饬令阜宁县即日带同杨怀仁原、被告人等来辕，候本部堂亲提详讯。将这饬知写毕，命施安发了出去。自然星夜前往，可不必交代。一宿无话。

次日，朱光祖、褚标、黄天霸便进来告辞，前往连环套打听消息，及饬拿双飞燕一案。施公答应，当又与褚标、朱光祖道了辛苦。吩咐黄天霸诸事小心，三人唯唯而退。且按下黄天霸等前往连环套不表。

再说阜宁县虽然将杨大富这一案申详上去，但不知施公是否准驳，不免心下悬悬。又于无事之时即去推敲那四句诗，终想解悟出来。就代他将冤判别清楚，便可使他回家守节。因此日盼施公那里来文，或亲提面讯，或遵谕结案。就如此急上加急，已有了一个多月。施公的下行公事尚未见到，颜县令颇费踌躇。不期看管押所的家丁，这日禀报上来说："杨吴氏近日呕吐异常，不沾饮食，已是大病起来。"颜县令一闻此言，即刻传到官医代杨吴氏诊治。官医奉命，哪敢怠慢。也就即刻到了押所，先代吴氏将两手脉细细按过，觉得吴氏六脉平和，并无大病。唯细按左关，脉起如珠，却是一派喜脉；不时呕吐，此乃胎气上冲所致。官医看毕，因暗地问明看管押所家丁，此是何案？那家丁即将原委告诉了一遍。那官医道："烦你回明县太爷，就说在下已经代这犯妇看过，无须服药，细按该归，六脉皆是和平；惟左关脉起如珠，却是一派喜脉。照此脉象看来，受孕不过一个多月。胎气上冲，以致不时呕吐，毫无妨碍的。"说罢，官医告别而去。

那家丁听说此言，不敢隐瞒。即刻进了衙门，据情在颜县令前陈说一遍。颜县令不听此言犹可，一听此言，心下好生惊讶，登时神沮色变。叹道："此事本县见理不明，还说杨吴氏是个节妇，哪里知道他已怀孕在身；据此说来，这杨怀仁告他谋害亲夫，是未必无因了！"说罢，长叹不已。那家丁在旁说道："老爷不必因此一言，就委屈贤妇。且据医生所云，细按此脉，受孕不过一月有余。在小人愚见，揣度吴氏之夫，也不过死了一个多月。难保非受孕之日，即该夫回家之时。老爷明鉴，可再参酌一番。果以家人之言为然，则该妇既有身孕，亦足为该妇可喜。况据那医生所说：‘左关脉起如珠。’家人之意左为男，右为女，说不定还是男喜。苟能如此，将来也可为死者留存一脉，且可坚该妇守节之心。若疑惑到不实不尽上去，在家人看来，未免冤屈该妇了。家人还有一个主见，可以立见分晓，但不知老爷意下如何?”颜县令道：“你有什么主意？不妨说出来，好待让我斟酌。”那家人道：“此事必须请太太将该妇之姑传进去一问，便如虚实了。”颜县令闻言，已明白此话。因道：“尔之主意甚好，我即进去与太太说明。尔便出去将该妇之姑传来，以便太太问个明白。”那家人答应出去。颜县令也就即刻回进上房，将这番话与太太说明。颜太太亦颇乐从。

到了次日早晨，吴氏之姑王氏已传进来。见了颜太太先磕了头，站在一旁。颜太太便命他坐下。王氏道：“民妇蒙太太呼唤，有何吩咐?”颜太太道：“我唤你进来，没有别事。只因你媳妇在押大病，呕吐时作，不沾饮食。据看管家人禀报上来，老爷即命医生去诊。据医生诊视，你媳妇脉象，说是并非有病。是喜脉，已有了一个多月的身孕。因此看管家人，又据医生的话禀报老爷。我家老爷在先看你媳妇，并非谋害你儿子的人。今闻他已有身孕，老爷便疑惑起来。说你儿子久不在家，何以你的媳妇就有孕呢？照此看来，显系你媳妇是有外务，将你儿子害死了。现在老爷要照谋死亲夫例，治你媳妇的罪。我因此与我老爷争执，请老爷暂缓定罪，等我将你传进来问个明白。究竟你媳妇平时为人如何，是否端正贤孝？你与他为婆媳，自然是知道的。你必须从实说来，告知于我！”

王氏听罢，忙即说道：“太太的明鉴。若论这个媳妇，平时那种孝顺，民妇是更不必说了。不知道何以冤祸临门。儿子才回来第二日，就中毒身死。所以民妇等也是半疑半信。若论医生说，我媳妇已有身孕这件事，这句话确有些凭据。不瞒太太话，我那媳妇的天癸①，儿子回来前三日，才算干净的。依此看来，就是我儿子回来之日，这一夜我媳妇受孕的。还求太太在老爷面前，将此话说明，求老爷开恩。但请老爷将儿子的冤枉判明，留着我媳妇不要治罪。一来随后让我媳妇回家，我老两个人有人侍奉；二来媳妇现在既已有了身孕，将来生男生女，生一个出来。儿子虽死，还有这一条根。如果是个男的，那不必说，自然抚养成人，靠他传宗接代；若是女的，也是我儿子的一点骨血。所以民妇总求老爷公断，俾儿、媳两无冤枉才好。”颜太太听了这番话，又夸赞王氏一番，又叹息吴氏一回。因道：“我知道了。将你这话告诉老爷便了。”王氏又磕了个头谢过又复说道：“民妇还有一事，要求太太开恩。媳妇现在押所，既这样呕吐不止，不思饮食，民妇却是放心不下。想求太太恩典，向老爷说知。准民妇到押所一看。”不知情意如何，且看下回分解。

① 天癸——指女子月经。

第三七八回

探寡媳老妇哭监　奉来文贤令押解

却说颜太太听罢道："你却是一番怜爱媳妇的好意，我可不能自主。是否能令你前去，须要问老爷。你在这里等一会儿，我叫人去与老爷说。"因即喊了一个仆妇，使他去颜县令那里告知。哪知颜县令早已藏在附近处所，听得清楚。仆妇走到颜县令面前，就将颜太太使他前来的话说了一遍。颜县令也是允许。那仆妇回来禀明，王氏便千恩万谢，告退出去。这里颜县令与颜太太又议论一番。颜县令又道："吴氏这身孕，据王氏所说，虽然的确无疑；唯恐案结之后，吴氏分娩之时，杨氏族中不免又有一番议论。必得想个法儿，此时代他预先留下地步，以杜将来人之多言才好。且待我慢慢想来，再作计议便了。"颜太太在旁也极称是。

不表颜县令处处留心，矜孤恤寡。且说王氏出了县衙，先去会着杨士兴。将以上的话告诉一遍，杨士兴也无话说，王氏便往押所而来。到了门口，并无阻挡。原来颜县令已着人招呼过来，王氏一直进去。见了媳妇，便想起儿子，好不悲惨。又见媳妇那种情形，更加伤感不已。吴氏一见婆婆进来，止不住抱头痛哭道："娘呀！莫非是与你不孝媳妇，梦中相见罢！你媳妇累得你儿子送了性命，我是百身莫赎。但是你老人家偌大年纪，将来依靠何人早晚侍奉？媳妇已是不孝，还累及我的亲娘到此看我，你媳妇更加有罪了。"自已说了一遍。王氏见他如此，本来有一肚皮话，要与媳妇谈谈。因此反而一句说不出来，只是相对而哭。

过了一会，王氏向吴氏耳畔低声问道：“为娘的昨日被县令太太喊进去告诉我，说是你近日呕吐时作，不思饮食。此间看管的人，报与县太爷知道。县太爷即命医生代你诊治。后来据医生说，你不是病，是恭喜①了，才有一个多月。因此县太爷便疑惑起来，使县令太太将我喊进去问。为娘的已代你说明白了。我听见这句话，所以不放心。好容易求了太太，转求县太爷，才准我到此看你。我的儿，为娘的记得你那月事，不是我大富回来的前三日么？我儿可实告诉了我，好使我放心。”吴氏听了这句话，不觉面红过耳，羞愧难胜。因道：“这总是你媳妇作的孽，你老人家还问他作什么呢？无论是与否，好在你媳妇打定主意，只等县太爷判明你儿子如何中毒身死，我便随你儿子去了。只不过可怜娘日后无人侍奉，亦说不得这句话了。何必生在世间，被人家耻笑。连父母翁姑都不能兼顾，问什么别的事呢？”

王氏听了这番话，却是一悲一喜。喜的是儿子虽死，现在媳妇已有身孕。将来还可生个遗腹子孤儿，传宗接代；悲的是媳妇负屈含冤，口口声声皆是要死。因此又不免流了许多眼泪。因道：“我儿，你的心我已明白了，听说县太爷已详报出去。好在县太爷是个最清不过的青天，将来不致使你含冤负屈。就是为娘的，现在已深自懊悔，大不该听信人言。为今之计，我儿既有了身孕，更见我儿子死得苦。可怜为娘的，将来无人侍奉。能得托祖宗保佑，你日后生个遗腹子。一来为我家传宗接代；二来为娘的，也可有人侍奉。我的儿，你切切不可存那寻死的心。我儿子已死，这已是挽回不来的了；你若再死去，使为娘的尚有什么指

---

① 恭喜——指怀孕。

望呢？劝你好好的保养，不要糟蹋了身子。等事结之后，就可回家。虽说不能如儿子在日一家团聚，到底也算骨肉重圆。我的儿，听为娘的话是不错的。我也不能与你多谈了，过两日再进来看你罢！”王氏说了这番话，吴氏也无他言，只说了一句：“娘呀！怎怪得你老人家？这皆是你不孝的媳妇命苦，带累了杨氏一家。你老人家也可早些出去罢，免得那班人再啰唆。”说着，又催了两次。王氏无奈，只得别了媳妇，含着两眼的泪，悻悻而去。

再说颜县令这日接到施公来文，令他将杨怀仁控告侄孙媳谋害亲夫一案，即率原、被告，人证，尸属、尸亲，及犯妇母家人等，一并解往淮安，听候亲提讯问。当下颜县令即刻备了申文，报起解日期，交来人带回呈缴。一面将原、被告、尸亲，以及吴氏之父吴有德，一并传齐，即日押解前往。当下颜县令又封了两只船，一只是自己坐的，一只是给原、被告人等及差役坐的。这日押解动身，开船而去。却好顺风，不过一日时光，已抵淮安城下。将船停泊。当即饬差先将杨吴氏、杨怀仁押解进城，分别寄交山阳县官寓羁禁；其尸属人等，亦着来差妥为看管，听候提讯。颜县令这才上岸，坐轿进城，先到漕督衙门禀见。当有漕辕巡捕官禀报进去。施公闻说原、被告，人证，俱已由阜宁县解来，现在辕门候示，当即传见。巡捕官传谕出来，颜县令即便趋进。一见了施公，请安已毕，站立一旁。施公命他坐下，有人献了茶。颜县令禀道：“卑职自奉大人亲提的公事，已将杨怀仁、杨吴氏原、被告，人证，俱已解到。现在寄交山阳县，分别羁押。听大人明断！”施公道：“据贵县来文详诉各节，足见贵县慎重民命，钦佩之至。现已解到，候本部堂明日午堂亲讯便了。”欲知如何审出实情，且看下回分解。

第三七九回

因疑案县令诉前情　秉公心贤臣听冤讼

话说阜宁县蒙施公奖励了两句，并属令听候亲提审讯。颜县令当下禀道："卑职查得该氏，实系端庄自守。谋害亲夫，似非出于该氏之手。但氏夫杨大富又系中毒身亡。因此卑职详讯数次。该氏既不辩驳，亦不呼冤。唯有声称将故夫因何中毒身亡实在情形判明后，该氏即欲从夫殉节。卑职因此宿庙求神指示，或可得知底细。不意蒙神所示诗句，卑职推敲测度，殊难悟解。故此申请大人定可否，仰求先为教诲，卑职就感激之至了！"

施公道："本部堂在先亦殊费讲解。后来偶阅药书，见有荆芥与鲫鱼相反。若食者立毙，因而才将那诗句解悟出来。虽然如此，还有可疑之处，俟明日讯问时，再作计议。"颜县令听了施公这句话，登时也解悟过来。因又道："大人卓识，卑职实在惭愧。今已有头绪，便好为该氏解脱冤枉了。尚有一事，还要求大人代该氏预留地步，以免他日之患。昨因该氏在押抱病，卑职即传官医诊治。据官医诊看，谓氏已有身孕，才有一个多月。卑职反复推究，与该氏故夫回家之日，身死之期，亦颇相合。将该氏之姑王氏密传到县，询问各节。据氏姑所言亦颇确凿，并谓：'该氏既有身孕，还算杨氏不幸中之大幸。'据称如此，是该氏委无别项情事无疑。原告杨怀仁，系该氏再从叔祖。其人奸险异常，今若不为该氏留下地步，将来生产遗腹，难保不生枝节。所以卑职再三思虑，总想代该氏免绝后患，方可得安。愚昧之见，不知大人意下如何？”施公听罢，先点了点头，再说道：“贵县成人之美，本部堂何乐不为。明日一并计议罢了。”颜县令唯唯告退出去，施公也就回了书房，当日无话。

次早辰刻，阜宁县也早来到。施公亦即升堂正面坐下，颜县令坐在旁侧。施公即命先带杨怀仁听审。当有原差将怀仁带到，跪在下面。施公望下问道：“你唤杨怀仁？”答称：“小的便是杨怀仁。”施公道：“杨吴氏是你何人？”怀仁道：“是小的侄孙媳。”施公道：“尔控告吴氏谋害亲夫，是将你侄孙谋害？”怀仁道：“大人的明鉴，正是侄孙被其谋害。”施公道：“尔既知尔侄孙为尔侄孙媳谋害身死，可将当日如何谋害情形，对本部堂据实禀来，本部堂好代尔侄孙申冤。快讲！”杨怀仁道：“大人听禀：只因侄孙娶媳三月，即出外经商，一去三年。于本年三月初八日，才由外路回家。那日到家时，甚是强健，不意当夜就为吴氏谋害身死。次日早晨，方才知觉。小的因侄孙身死不明，这才赴县禀报。蒙县太爷恩往相验。据件作验得尸身肚腹青紫，实系中毒而亡。可怜侄孙三载离乡，一旦回家，即遭谋害。堂侄又系独子养亲，吴氏存此辣手狠心，实为族人共嫉。总求青天大人严讯吴氏，为侄孙申冤。”施公听罢，因道：“杨怀仁，尔与杨士兴同门居住么？”杨怀仁道：“小的住在士兴家西首，算是紧邻，却不同住。”施公道：“据尔所说，吴氏谋害亲夫，尔当有些实据了。尔究竟有何实据？可对本部堂说来。”杨怀仁道：“大人若问实据，小人却不敢妄说。但吴氏平日甚为流动，因此生疑。这请大人明鉴：若非吴氏谋害，何以侄孙前一日回家，第二日即中毒身死呢？这是千人共见，非是小人敢妄指的。”施公道：“本部堂只有一事不懂。尔侄孙上有父母在堂，何以他父母不去首告，偏是你前去首告呢?”怀仁道：“小的忝居族长，族中凡有事，理应小的承管。今侄孙为侄孙媳谋害，小的首先控告，此亦义不容辞。”施公道：“原来你是个族长，所以你要首告。但本部堂看你这人似非忠厚之辈，难免其中无借端敲诈之处。你且退下!”杨怀仁只得跪在一旁。

施公又命带杨士兴。即刻，杨士兴带到，跪在下面。施公问道：“你唤杨士兴?”答称：“小的是杨士兴。”施公道：“本部堂问你儿子如何被你媳妇谋害，可将实情诉来，本部堂好代你儿子申冤。”杨士兴道：“小人的儿子前一日由外路归家，次日即死于床上。小的当时并不知道，还是小的妻子王氏在房里面，见媳妇喊了一声‘不好了!’，那声音颇为惊诧。小人的妻子闻声而去，打开媳妇房门，见媳妇已昏晕在地，不省人事。当时小人的妻子，即招呼小人前去。小人进房一看，见媳妇如此，还道儿子与媳妇吵闹，将媳妇推倒在地，跌晕过去；并且还骂了儿子两句，呼唤儿子起来，去取姜汤来灌媳妇。哪知再唤不应。一会儿，媳妇醒过来，见小人在那里骂儿子，他便摇手，又指着床上。小人不知他的意思，还以为他是叫小人去拖儿子。小人正欲前去。媳妇忽然挣出一句话来，说是儿子已死了。小人与妻子这一听，便走向床前将被掀开一看，果然死在床上。小人夫妇即悲恸不已，大哭起来。小人的堂叔也就来了。问及情形，他便说：‘其中定有缘故。何以你儿子昨日回来，今日就会死呢?怕是你媳妇谋害死的，此事非报官相验不可。’小人听堂叔所说之话，也甚有理，因即请他进城报县。后来县太爷到小人家内相验，果然验出是中毒身死。所以小人就相信不疑了。今蒙大人饬提前来，还求大人代儿子申冤，此就是小人的实情。若说媳妇如何谋害，小人却不知道。”

施公道：“还要问你，这媳妇平日待你等夫妇如何，可端正不端正么?”杨士兴道：“小人是从来不撒谎，有一句说一句。若说媳妇，平日待小人夫妇也还孝顺，举动也还端庄。并不似人家那种不孝顺、不端庄的人。不知他怎么会把儿子谋害死的?”施公道：“据你所说，你儿子定被你媳妇谋害身死无疑的了。”杨士兴道：“小人也不敢说定是媳妇谋害的。但是儿子中毒是实，还求大人公断。”施公道：“你且跪在一旁，候本部堂代你儿子申雪。”杨士兴移跪下面。施公又命带杨王氏。少刻，杨王氏带到。施公问一回。杨王氏所供的，与杨士兴相同。施公也命他跪在一旁，听候发落。这才命带杨吴氏，当有原差答应。一会儿，将吴氏带进，向公案前跪下。先磕了一个头，然后匍匐在地哭诉道：“求大人明镜高悬，从公判断，但为亡夫，死无冤枉，小妇人虽万死不辞。”施公听说便道：“吴氏！你可抬起头来。本部堂有话问你。”吴氏答应，将头微微抬起。不知施公问出什么话来，且看下回分解。

第三八〇回

折疑狱吓煞族叔祖　断遗腹恩及未亡人

话说施公见他泪痕满面，悲痛难胜，颇觉可怜。因问道：“吴氏，尔可将自从你丈夫回家时，以至身死，其中所有情形，及所食的饮食，一一详诉明白。本部堂好给你丈夫申冤，代你辩白。不可稍有半字不实。快讲！”

吴氏因又磕了一个头，说道：“丈夫大富，自三月初八，由外路回家。小妇人翁姑，因丈夫在他乡日久，家乡风味久不领略。又因丈夫平日喜食鲫鱼，命小妇人挖取了许多竹笋。于是烹鱼煮笋，翁姑父子夫妇，一家团聚饮食，当时甚是快乐。直吃到日落才吃毕。大家都有酒意，小妇人即收拾杯盘清楚。此时已是上灯时分。小妇人的翁姑，因丈夫沿途辛苦，即命丈夫早些去睡，因此大家提灯进房安睡。不意小妇人次早起来，见丈夫死于床上，当时小妇人即惊慌起来。婆婆闻声，即至小妇人房里看视。彼时小妇人已吓晕在地，后来被婆婆唤醒；此时公公已被婆婆喊进房内。大家一见丈夫死在床头，便大哭起来。那时小妇人痛夫心切，只想随丈夫同死。不意有夫族叔祖见此情形，说是：丈夫昨日回来的，何以今日就死？显系为小妇人谋害。小妇人亦不敢赖，当下将小妇人父母请来。小妇人父母也无从分说，只好听报官相验。哪知县太爷来验，果系中毒身亡。小妇人亦不知如何中毒。但是小妇人嫁夫从夫，夫死理应同死。即谓小妇人谋害，小妇人亦不敢辩。好在同一死法，有何足惜？惟恳求大人将丈夫如何中毒身亡判时，小妇人死亦感恩不已。”

施公听罢道：“但本部堂看你似非谋害亲夫之人，本部堂又何能委屈你这贤妇？可知你丈夫中毒之故，本部堂早已知道。且再问你，你家厨房离正屋有多远，院落内有何花木？再对本部堂一一说来。”吴氏道：“小妇人家中厨房，只离正屋相隔一间院落。这院落之内，也无别样花木，只有荆芥一棵。”施公点点头，因又道：“你等由正屋去往厨房，可走荆芥树下经过么？”吴氏道：“这荆芥是有架子的，平时出入都要走荆芥架子下经过。”施公道：“你那日在厨房内将鱼煮好，端回正房，是荆芥花下经过，曾有荆花落入鱼碗之内么？”吴氏道：“小妇人将鱼煮熟，端入正房，并未见荆芥落入鱼碗之内。后来去厨房内添汤，复走出来经过荆芥架上，忽然一阵狂风，将荆芥花吹得纷纷落下。鱼碗内也曾落了许多。”施公道：“曾将荆花拣去么？”吴氏道：“小妇人当时并未拣去。因手内还有别物，到了正屋，才将荆花拣去。”施公道：“你拣去后，还有别人吃这鱼汤么？”吴氏道：“彼时翁姑饭已吃完，只有小妇人丈夫一人饭未吃完，因用这鱼汤泡饭的。”施公道：“这一碗鱼汤，你丈夫那里一人饮尽了，还有余剩下来的么？”吴氏道：“不曾剩余。丈夫将饭吃毕，那鱼汤还剩了半碗。是婆婆又叫丈夫喝了罢！因此丈夫就喝完了。”

此时施公在那里问吴氏，堂上跪着的那些人，即堂下听审的人，皆不知何故。个个暗道：“何以专问荆芥花与鱼汤，这是什么缘故？难道其中有道理么？”正在疑惑，忽听施公喊道：“杨士兴，你听本部堂告诉你，尔的儿子并非尔媳妇将他谋害身死。乃系鲫鱼汤吃死的。”杨士兴道：“大人明鉴，小人却有些不懂。小人及小人的妻子媳妇皆吃鲫鱼，何以都不死。独有儿子被鱼汤毒死？好使小人不能明白。”施公道：“你无须多言，听本部堂将中毒的缘故告诉你，自然明白。尔等所食鱼汤，内中无荆芥花；尔子所食的汤，有荆芥花落下，所以因此身死。本部堂且问你，尔子末后所食鱼汤，尔可曾看见尔媳妇将碗内荆芥花拣出去么？”杨士兴道：“小人亲眼看见我媳妇拣去的。”施公道：“尔等曾喝此汤么？”杨士兴道：“小人等皆不曾喝，只有儿子一人喝的。”施公道：“尔等皆不曾喝？”杨士兴道：“小人等皆不曾喝。”施公道：“这就是了。你可听本部堂说，荆芥与鲫鱼本来相反。若是荆芥与卿鱼并在一处，不知道的误食下去，必然肚腹青紫，中毒而亡。尔子误食荆花鲫鱼汤，所以身死。本部堂还有个效验与尔等见证，尔等方知杨大富非吴氏谋害，实系误食荆花鲫鱼汤而死。”

说着，已命差役速去街上买两条活鲫鱼，药铺内买二两荆芥穗，立等应用。又命到厨房里取一口锅，拿一个火炉。及木柴之类，听候应用。又命人在外面牵一只狗来，各人遵命去办。一会儿俱已齐备，施公即命人将火炉烧着，把锅放在火炉上面。又把两条活鲫鱼，二两荆芥穗放入锅内。然后将水倾入，去煮鱼汤。一会儿鱼汤煮好，将锅从火炉上端在一旁。等那鱼汤将冷，令人将狗牵至锅面前来吃。不一刻，狗倒在地下，乱滚乱叫。又一刻，狗死。施公见狗已死，又命人将狗翻在地下。看那肚腹，果然青紫不堪。忽听施公道：“杨士兴尔可相信你儿子不是你媳妇谋害死的么？”杨士兴道：“大人的明鉴。小人相信了。若非大人如此神断，不但儿子有冤难申，连媳妇还要冤沉海底的。”杨士兴话未说完，杨王氏又向上连连磕头道：“小妇人蒙大人的神断，不但代儿子申了冤，代媳妇雪了枉，保得媳妇性命，还可保得我媳妇的遗腹呢!”说着又连连的磕头。

施公正欲设法代吴氏保全遗腹，难得他婆婆先说出口，这就更觉好办了，心中不觉大悦。因故作正色喝道：“王氏你何得胡说？据尔等所说，你儿子娶亲只有三月，便即出外经商。一别三年，始于前月初八回家。尔媳妇哪里来的身孕。这不是胡说？来给我将王氏拖下去掌嘴!”王氏听说要打自己的嘴巴，因极口呼冤道：“求大人开恩！不是小妇人胡说，媳妇实在是有了身孕。计算起来，将及两月。实系小妇人的媳妇从儿子回来后才有身孕。”施公道：“本部堂万不能信，你且跪在一旁，候本部堂验明，方可相信。如果不实，再行掌嘴!”当传官医到堂来细细验脉。不一刻，官医传到，当堂给吴氏细验两手六脉。当下官医喝报：“验得该氏左关脉起如珠，是受孕将近两月，而且是个男孕。”施公道：“你验明白吗?”那官医道：“医生验明确实，毫无虚假。”施公道：“你敢具结么?”那官医道：“医生愿具切结。”施公便命官医具下切结。官医退去。施公正欲与杨怀仁说话，忽见吴氏跪在下面，向上面磕了个头。口中说道：“今蒙大人神断，将小妇人夫妇两重冤枉，俱已判明。小妇人生不能报答大人，只好结草衔环于地下了。”说着，立起身来，便向堂上柱子上一头碰去。毕竟吴氏生死如何，且看下回分解。

第三八一回

贤臣恤寡节妇请旌　总镇知风强徒遁迹

话说吴氏一头向庭柱上撞去。施公一见知道不好，却好吴氏的父母站在一旁。赶着抢上一步，将吴氏抱住，幸而未曾撞着。施公见有人将吴氏救下，心中好不赞叹。因问道："尔是何人？"吴有德答道："杨吴氏之父。"施公道："你叫什么名字？"吴有德道："小人名唤有德。"施公道："尔居然有一个节烈的女儿，可羡！可羡！本部堂就将你女儿交付与你，听候本部堂发落。"吴有德才赶紧跪下，磕头道谢毕。又站立一旁去防女儿再要自尽。只见施公向吴氏说道："尔之节烈，本部堂已知道。现在尔之冤枉，也算判明，何必再寻自尽？原知妇人以殉节为重，但是你现有身孕，尔夫又无兄弟，可以接嗣大宗。难得尔尚有遗腹，将来生产下来，也可传宗接代。况且尔平时又恪尽妇道，侍奉翁姑，亦极孝顺。尔若此时但以殉夫心重，将来尔之翁姑，又有何人侍奉呢？尔须明白这个道理，只要善事翁姑，即是尔夫虽死，也要感激你代他恪尽孝道。本部堂再代你请旨旌表，日后果系生下男孩，还可令他读书，功名上进。尔有这许多大事，许多好处，在你一人身上，何必定要殉节呢？须遵本部堂的好话，不可再存妄想。"吴氏立在一旁，听了这许多劝慰的话，也是感激不已。只得谢道："蒙大人恩典，小妇人焉敢不遵！夫死妇亡，理所应得。既承大人谆嘱，小妇人当谨遵恩命。以后自当格外善事翁姑，代亡夫克尽子职便了。”

施公闻言，更加赞叹。因又向杨士兴道：“你媳妇节烈可嘉，尔等当谨善视。不得因她系无夫之妇，又感于世俗之谈，说她‘命不好’了，将你子妨死等语。须知你媳妇如此孝顺，如此节烈。在那世家之中，也就难得，而况出在尔等乡村之中？本部堂尚且敬重尔媳，尔等倘敢故违，有什么闲言闲语，本部堂一经访出，即提从重严办。”杨士兴道：“小人断不敢待媳妇不好，而况媳妇是我杨氏门中第一个贤孝节烈的人。小人等若薄待了媳妇，也对不起小人的儿子。当谨遵大人恩命。”王氏也说道：“小妇人当作儿子一样看待，能于日后生个遗腹孙子下来，那就更感大人的大恩了。”施公见杨士兴夫妇如此，心下十分喜悦。因又将杨怀仁喊到面前，向杨怀仁喝道：“你现在可相信你侄孙非你侄孙媳谋害死的么？”杨怀仁道：“小的此时相信了。”施公道：“若非本部堂给你侄孙媳判明。吴氏的一条命，岂不被你冤诬而死？本部堂本来要办你一个诬告的罪名。姑念你尚无别项情事，从宽发落；着重责二十板，以惩将来好事生非。”杨怀仁听说，更加吓得胆战心惊。哀求道：“小的知罪，唯求大人格外宽恩，以后再也不敢如此。”施公还是喝令要打。此时吴有德复跪下求道：“杨怀仁虽然诬告小人的女儿谋害，但彼时小人也不敢不信。现在既蒙大人判明，好在女儿并未谋害，还求大人格外宽恩。杨怀仁以后当不敢再如此借端生事了。”施公见吴有德也代他苦苦哀求，方转弯说道：“姑看你代他哀求，着令当堂具下切结，以后断不借端生事的始准从宽释放。”杨怀仁在旁跪道：“小人具切结，以后再也不敢如此。”施公答应，当下杨怀仁具了切结。施公令：杨士兴等退下，即日回家，好生宽待吴氏。施公也就退堂。

阜宁县跟随进去。施公道："可了结此案，你可回去。"次日即禀辞回署。这里施公也就代吴氏请旌表。吴氏怀胎十月，居然生了一个遗腹儿子。后来抚养成人，还进了一个阜宁县学的生员，这也算吴氏能尽节孝的报应，这也不在话下。

回头再说黄天霸同着褚标、朱光祖三人，前往连环套，探听盗御马的消息。一路上饥餐渴饮，夜宿晓行，已走了半个多月，却不曾打听出来。这日走到一个所在，忽见前面有镇市。天霸便向褚标道："褚老叔！咱们到前面那座镇市上歇一会儿，再向前进罢！"褚标道："便是咱也有此意，咱们可赶到那里去歇罢！"说着，三人走了一会，已到了面前的镇市。天霸就在这镇上街口，寻了一座大酒楼。只见牌上写"集贤居"三字。天霸与褚标、朱光祖等三人，进得店堂。上了楼，在窗口一张桌上坐下。当有小二上来回道："你老还是饮茶，还是饮酒?"天霸道："先泡两壶茶来解解渴，然后再打酒来。"小二答应下去。一刻工夫，送上两壶茶来，又打了三盆面水，在各人面前放下。褚标等洗净了面，然后坐下来喝茶。小二站立一旁伺候。褚标便问道："这镇市唤什么名字？哪一县所管?"店小二道："这镇市叫桃花镇，系济宁州所管。"褚标道："原来这就是桃花镇。人说济宁州有座桃花镇极其繁华，果然名不虚传。却是一个好地方。"因向窗外观看街上的人景。只见往来杂众，车马喧阗，实在是个冲衢要道的景象。

看了一会，小二又向天霸问道："你老还是拿酒？还是再等一会儿?"天霸道："你这店里有什么好酒?"小二道："原泡高粱是顶好的。"天霸道："你就给咱打二斤。"小二道："你老用什么菜?"朱光祖道："你可将你店内顶好的菜，随便取两件来下酒。"

小二答应下楼。一会儿拿了两壶酒，四碟菜，摆在桌上。无非是鸡、鱼、牛肉、蛋之类，这也不必细表。三人便饮起酒来。正在吃得高兴，忽听一片吵闹之声；接着乒乒乓乓一阵乱响，好似摔了许多碗碟。黄天霸首先向楼外一看，只见对街一座酒楼上拥着许多人，在那里吵闹相打。

黄天霸看了一看，但见内中有一人。身体魁梧，相貌不俗。身穿一件白缎绣花直裰，头戴一顶英雄巾，脚踏一双薄底快靴。是个武生打扮，按着一人在那里厮打。口中嚷道："咱将你这囚攮的打死，方知道爷爷的手段！难道我是过路人，就应该被欺负么?"说着，又是几拳头打下去。只听底下那人哀求说道："小人有眼不识泰山，还求爷爷饶恕！再打可是要死了。"黄天霸正不知所为。忽见店小二在旁说道："这人也真奇怪。自从上月到了这里，已有二十余天。每在酒馆内专门与我等作对。稍不遂意，便即相打。听说住在桃花庵，又不知他来此何事？但有一层，只要将他伺候好了，可真是银钱毫不吝惜。三两五两，十两八两，只管乱使。"朱光祖在旁听说，便望天霸就使个眼色。天霸会意。褚标此时也看出来了，于是三人不追问。毕竟此人是谁，且看下回分解。

第三八二回

黄天霸大闹桃花庵　马如龙独战吕祖殿

话说黄天霸等三人，才上得对过酒楼，已不见断打店小二的那人。你道这人是谁？就是双飞燕。他因闻得施公着令黄天霸去到连环套要那御马，他便想也去送信与窦耳墩。后来到吴其士家采花，将那吴其士女儿杀死。他即预备赶往连环套。走此经过，却恋着一个妓女，因此在这镇上耽搁下来。这桃花庵是这镇上第一个大寺院，双飞燕所以也住在庵内。他一来恋着妓女，二来他又想打听有什么好女子、好妇人，便又采花。不意在那酒楼上，正打得那小二叫苦连天，哀求不已。瞥眼看见黄天霸等在对楼上，目不转睛望他。他这一见，虽然认不得黄天霸。自古道："好汉识好汉，英雄识英雄。"他已猜着九分。又见朱光祖望黄天霸丢了个眼色，他格外明白。因此撇了店小二，便下楼去。他又料定黄天霸必然打听他的住处，故此去到庵内好作准备。所以黄天霸等到了那里，已不见双飞燕的踪迹。当下便向褚标说道："那人已不见了。咱们还得前去那里才好？"褚标道："咱们且走到那里，探听探听是否那人，再作计议。"天霸、朱光祖答应。

于是三人出了那酒楼的门，又问明那个桃花庵的路径，一起前去。不一会已到，三人便走进庵门。果然里面金碧辉煌，好一座庙宇。三人信步而进，直走到方丈。当有住持僧迎接进去，彼此坐下来谈了片刻。褚标正要探问，忽见打店小二的那人走了进来。褚标一见，即低问那和尚："大和尚，你可知道此人姓什么？"那和尚道："据他说是姓马。"褚标道："大和尚，可知他哪里来的？"和尚道："他说从淮安而来，又说从徐州而来。"褚标正盘问和尚的细底，瞥眼间又不知那人去向。因与黄天霸道："此人定是那人了。"天霸点头称是。褚标又向和尚问道："向来认得他么？"那和尚道："本来不相识，因他住在这里才认识的。"褚标又向和尚道："我等有一句话奉告：此人是著名的一个采花大盗，名唤双飞燕。我等俱是淮安总漕施大人那里的人。近因奉了大人之命，出来访拿他。不意他住在你这庵内，我等即刻就要去拿他，所以先告诉你一声，你可不必怕。但是他现在住的什么地方？你可告诉我，好让我前去。"和尚道："原来这姓马的，还是个采花大盗！僧人从哪里得知？他却住在九十九号屋内，在后殿西首廊下。门口有方横匾，上写着'吕祖殿'三字。"褚标听说，记在心中。当下天霸等三人，也就将外面大衣脱去。各人拿了兵刃，跳出方丈，直向吕祖殿而来。

此时正是六月十三酉末戌初之候，月色正明。他三人顺着路径，到了吕祖殿门口。褚标站在门外，黄天霸首先入内。朱光祖一个箭步，上了房檐。顺着房垄来至屋后，在屋上接应。天霸走入屋内，趁着月光，便去寻九十九号。转弯抹角，过了月亮门。只见对面走出一人，天霸定睛一看，正是双飞燕。此时打扮却不是在那酒楼上的装束。但见他身穿紧身衣靠，头扎英雄包脑。脚踏薄底快靴，手拿着一对倒刺双尖钩。因大声喝道："来者可是天霸小子么？"天霸答应道："既知老爷的大名，还不早早受缚？免得老爷动手。"双飞燕道："你若能赢得咱爷爷手上家伙，咱爷爷任你处治。"天霸道："好大胆的贼子！你到处奸人妇女，又将吴其士之女杀死，今奉总漕施大人之命，特来擒你。你还敢恃强抗敌？不要走，看刀！”说着，就是一刀砍去。双飞燕大笑道：“好小子，来得好！”说着，即将左手刺钩向上架住，右手一起。那把钩已放了出去，来打天霸。天霸见来势凶猛，即将手中刀拔回，对准刺钩向上一迎。只听“当啷”一响，将双飞燕的钩拔在一旁；趁势一刀，向双飞燕左肋下刺去。双飞燕左手的钩望下一磕，靠着刀就要来绞。天霸看得清楚，不敢怠慢。将刀一挈①，急急一个箭步，纵到双飞燕背后，一转身，就从他后肋送进一刀。双飞燕也就即转身过来，将天霸一刀让过，起右手钩来刺。天霸复一纵，到了双飞燕左边。用了个旋风刀，直向双飞燕腿上搠到。双飞燕两钩合就一起舞动，认定天霸前后左右上下，钩绕进来。天霸的那口单刀，也算用法精明，遮拦格架，来破他的双钩。哪知双飞燕的双钩，实在神妙莫测。把个天霸直杀得只有招架之力，并无还刀之功。天霸杀得性急，尽力杀了几合，知道敌他不过。便急急拨开一钩，撒腿跳出圈外。当时就取出飞镖，预备去打。哪里知道双飞燕亦早防备，怎容得天霸发镖，他却早已赶了过去，仍是双钩齐下。口中喝道：“好小子！你打算用镖来打爷爷，可知道你爷爷早已识破你那诡计。往哪里走？看钩罢！话未说完，钩已应声而到。黄天霸只得仍然用刀来敌。二人又杀了一二十个回合。黄天霸看看抵敌不住。

朱光祖在屋上看得亲切。一声大喝道：“双飞燕！你休得逞强！咱祖爷爷来取你的狗命！”说着手舞双刀，从半空中跳下来。手起刀落，直向双飞燕顶门砍到。双飞燕见屋上又下来一人，他

---

① 挈（qiè）——用手提着。

哪敢怠慢？一面敌住黄天霸，一面留神顾着上面，正在预备招架。已见朱光祖双刀到，逼近顶门；双飞燕此时，可是万难招架，只得一甩手，向天霸甩手一钩。复将腰一弯，向斜刺里一蹿，让过朱光祖的双刀。朱光祖双刀扑下，却扑了个空。险些儿误砍到天霸身上去。朱光祖才算立定脚步，双飞燕已将双钩飞舞回，复向朱光祖钩来。黄天霸一见，从斜刺里接住。接着朱光祖也就舞动双刀，齐杀过来。三个杀在一团，真个是将遇良材，棋逢敌手。正在难解难分之际，忽见朱光祖一声喝道："好强盗！你不要逞能，看镖！"双飞燕听说看镖，疑惑朱光祖也有暗器，便分了一点神，防备镖打。哪知那里有什么镖来？却是朱光祖用的诈敌之计，居心想吓他一吓。他一定要分神在这镖上；便可趁这空儿刺他一刀。哪里知道双飞燕未见有什么镖来，他知道是诈语，也就无意提防，仍是死力接战。黄天霸实在杀得兴起，便拼命与他死杀。朱光祖亦不遗余力，拼命上前。三人又杀了一会，只见黄天霸喊了一声道："好强盗！咱老爷杀你不过，你休得来追！"双飞燕就急急赶来。朱光祖怕天霸有失，也就赶下去杀。双飞燕赶得切近，只见天霸手这一扬，毕竟双飞燕曾否中镖，且看下回分解。

第三八三回

双飞燕败走桃花庵　老褚标夜宿松林甸

话说双飞燕正赶黄天霸，忽见天霸手这一扬，知道放了暗器，急急预备留神躲让。哪知天霸的镖，已到了面前。双飞燕说声："不好!"赶着将身子向偏一让，算是让了过去。接着天霸又是一镖打来。双飞燕久知天霸是传家的镖法，百发百中。今幸将他第一只镖躲过，连着又是一镖过来。双飞燕知道难让，正在打点主意，还想闪让。那第二只镖已认定右足打到。双飞燕即刻向上一纵，离地有三尺多高。那只镖又被他让过。却好朱光祖已赶到双飞燕背后，乘势就是一刀，向双飞燕连肩带背砍下。双飞燕知道朱光祖已至背后，说时迟，那时快，他已跳在一旁。朱光祖见这一刀落空，复进一步去砍。双飞燕接住，又斗起来。此时黄天霸又复上来助战。

外面褚标等了一会，见里间毫无动静，又不知胜负如何，因也提了朴刀，走了进去。转过月亮门，早看见他三人在左首那方大院落内厮杀。正是杀得难解难分，不分胜负。褚标飞舞朴刀，一声大喝道："好小子！认得褚标么?"话犹未了，已从人丛中砍杀进去。双飞燕一闻此言，赶着留神。急拨开黄天霸的刀，顺手还了朱光祖一钩。正要撒腿就走，却好褚标刀已经向面门砍到。双飞燕此时可急了，将右手钩一起，接住了褚标的朴刀。左手钩先向朱光祖虚晃一钩；朱光祖才待让开，他便趁势向黄天霸甩去。黄天霸不曾留意，肩膊上已被双飞燕的钩搭住了。双飞燕见打中了天霸，一面拦住褚标的朴刀；一面使足了劲，就将搭着天霸的那把钩，向怀里一拉。天霸说声："不好！"肩膊上衣已被他拉下一块来。幸喜不曾伤动皮肉。只将紧身衣靠却拉破了一块。朱光祖、褚标二人，见天霸已中了双飞燕的兵刃，便一起拥上来。不分皂白，乱砍乱杀。双飞燕见不是势头，当即抖擞精神，将褚标、朱光祖二人的三口刀分开。自己即从平地将足一顿，犹如一条黑影一般，立刻飞上屋檐。乘势就揭起片瓦来，望下一摔。黄天霸、朱光祖见他上屋，他二人也就要赶了去。只见摔下七八片瓦来，黄天霸、朱光祖略停滞了一刻。双飞燕就在这些工夫，已撒腿蹿房越屋，一溜烟逃走。等到天霸、朱光祖二人上了屋檐，急急赶下。双飞燕已走得远了，追赶不及。黄天霸还不肯舍，仍急急地向前面赶去。赶了好一会，只不见踪迹。天霸道："寺内不就这一片地方，这忘八羔子走向哪里去了？"原来双飞燕上房檐后，他便到方丈内寻住持和尚，要与他说话。不意和尚不在方丈，他只由方丈内墙上越蹿而去。黄天霸等又寻了一会，仍然不见他，只得怏怏而回。下了房檐，仍请朱光祖分头去赶，他亦用力赶去。只不见个踪影，未免心下不乐。此时已将五鼓，大家见捉不住双飞燕，只得齐回方丈，歇息片时。

那方丈却备了许多早点，请他们受用。黄天霸等杀了一夜，正在腹中饥饿，却好和尚备出点心，正可以疗饥。于是大家吃了一饱。此时业已天明，三人穿好外衣。天霸道："咱们这会儿向哪里去呢？可恨双飞燕这厮，又被他逃走，甚是可惜！不免往后又是费周折了。"褚标道："这也没法，只好再为查访，能将他的住处访明，那就容易设法了。咱们此时，只好先向连环套，打听御马的消息，再作道理。”天霸答应，便与朱光祖三人，一起出了桃花庵，直往连环套而去。沿途趱赶，戴月披星。

这日，因贪赶路程，过了投宿之处，无所止宿。褚标等三人正在犹疑，打点主意。忽见东北角有座松林，劲节参天。浓阴匝地，约有千万株松，却是好个所在。就从松林里面，隐隐的露出烛光。天霸道：“那松林内定有人家，咱们到那里借宿一宵。”于是三人走了一刻，进了松林。只见松林内有三五人家，茅舍竹篱，颇有脱尘之概。黄天霸仔细看见末了一家，屋内尚有灯光。即向褚标说道：“那家定未睡觉，你老前去打门。只要将门打开，有人出来，见了你老偌大的年纪，与他商量借住一宿，定然应允。若是小侄前去，他们见了少年的人，深夜前去借宿，断不敢相留。”朱光祖道：“黄贤侄这话倒说得不错。褚标哥就去打门罢！”

褚标答应，即走到有灯光的那家门口。先用手在大门上拍了两下，只听得里面有人问道：“夜晚更深，哪个前来打门？有什么要事？”说着，好似走出来开门的声音。少刻，只听里面先把门闩拔下，又听吱呀一声，门已开了。里面走出一个老者，苍颜白发，约有六十岁开外年纪。手上执着一个手照，先将手照向门外一照。口中问道：“是哪个到此敲门？有什么事？”褚标见问，便上前先拱了一拱手，然后说道：“老丈，是俺等惊扰。只因贪赶路程，走过宿头，无处落店。故此冒昧到府，意欲奉商暂宿一宵。不知尚肯容纳否？”那老者先将褚标上下打量一回。见他也是白发苍颜，也自己年纪仿佛，谅非歹人。因说道：“寒舍蜗居，恐不堪老丈下榻。既然无处投宿，有屈一宵，谅也无妨。”褚标便谢道：“既蒙老丈相留，已是感激之至。但某尚有同伴二人，现尚在林外立等，未知老丈尚可一起容留否?”那老者道：“贵同伴的现在何处？就请老丈将二位请来便了。”

褚标见那老者已经答应，心下甚喜。当下就将朱光祖、黄天霸邀来，一起进内。那老者将大门关上，手执手照，在前引路。过了院落，便是三间客堂。那老者将手照摆下，便请褚标等坐。褚标等三人也就与老者行了礼。然后问道：“老丈尊姓大名？某等多多冒昧，尚乞弗罪!”那老者道：“某复姓东方名亮。相逢萍水，亦人之常，何罪之有？尚不曾请教三位尊姓大名，仙居何处?”褚标道：“某姓褚名标。这位姓朱名光祖。这位便是姓黄名天霸。现同在总漕施大人标下。只因近来往北直一带访案，贪走路程，因此造府投宿。得见尊颜，这真三生有幸了。”那老者听了褚标这番话，当下惊讶问道：“原来就是诸位英雄。某闻名久矣！惜未能一见尊颜。今见尊颜何幸如之。但有失迎迓，尚求见宥。”当下谦逊了一回。东方亮即起身向褚标说道：“失陪片刻，便即出来。”褚标道：“请从尊便。”东方亮转身入内。原来他进去喊了人烹茶造饭，款待褚标等人。不一刻，复又出来向褚标道：“诸位沿途辛苦，戴月披星，想尚未用过晚饭。某已办了水酒，诸英雄能赐光么?”毕竟后事如何，且看下回分解。

第三八四回

樽酒言欢为长夜饮　是非代白作不平鸣

话说东方亮入内，嘱令家人制酒备饭，款待褚标等人。你道这东方亮究是何人？何以与褚标等素昧平生，一见便如此殷勤款待？原来东方亮也是个年高有道的隐者。不一会，已有庄丁拿出酒菜款待褚标等人。褚标道："老丈高义，世所难得。但某等以萍水相逢，过蒙厚待，心甚不安。"东方亮道："不必过谦了，我们吃酒罢！"于是大家吃了一回酒。东方亮又道："某有一事，敢问诸位，施公为世之名臣。朝廷之柱石，所谓至公无私，清如水，明如镜，比之龙图阁学士亦不过如是。天下凡有冤屈者，莫不思得施公而一剖之，以为可以明白，可以申冤枉。街谈巷议，妇孺皆知。施公之声望，可谓至大且远。施公之神明，可谓至奇且精。但不知非所辖者，如有冤枉，可能向施公而一诉奇冤么？"

褚标等听了这话，暗道："这老儿问的话，可也奇怪。难道他有什么冤枉，要去大人处申诉么？"因问道："老丈你不知道，我们施大人是位钦差大臣，并巡按大人。凡有民间冤屈，只要有原告前去，无不准词的。哪怕就是隔了省份，也可移知本省督抚，将案卷调去审问的。老丈忽然问及此话，难道老丈有什么过不去的事么？"东方亮道："某寄情泉石，啸傲烟霞。日与老妻、稚子作布衣暖，菜饭饱，以乐晚年。哪里有什么冤枉？不过于耳闻目睹中，有一件极不能平的事。若非施公神明。恐今生今世不能判断明白；便是来生来世，也不能申此冤枉。久有此意，欲去淮安告状，恐怕施公因越省渎诉不准；待欲京控，又怕京中无施公之神明独断者。因此负屈含冤，已将半载。若再延时日，不免要定成死罪了。”黄天霸道：“敢问老丈，这受屈的究是何人？系为何事呢？”

东方亮道：“说起来也甚可惨。离此不远，有一市镇。名田家集，系属固始县所管。集上有一家药材铺，唤作大生堂，店主姓沈名天成。这沈天成夫妇两个，他妻子梅氏，生得颇为美貌，年约二十开外。这天成却是续娶；前妻并无儿女。这大生堂的生意颇好，店中除伙计以外，沈天成有个表弟姓杨，名唤式玉，也在店内帮同沈天成管理账务。三月间，沈天成就命他表弟出外办货，约一个多月。杨式玉办货回来，见他表兄，已经身死。药铺亦复关歇不开，店中伙计全行歇去。杨式玉这一见，自然惊慌无地，追问表兄如何身死？他表嫂梅氏说是‘患瘀而亡。’杨式玉就有些疑惑，而又死无对证，也就罢了。那杨式玉也未回家，当日仍在表兄家内住下。因为表兄虽死，各伙计虽然辞歇，店中还有些账目要盘查一番；该还的还人家，该讨的讨回来，好为寡嫂将来过日子。杨式玉这个好存心，也不算坏。哪里知道第二日一早，即有本集地保陶三，说杨式玉杀毙寡嫂，将他拖到县里报案。固始县因人命重案，随即到集上相验。果见有个无头的女尸横在房内。因此固始县即将杨式玉讯问了几堂，叫他招出如何杀毙表嫂？这杨式玉受刑不过，只得屈打成招。固始县又要叫他将人头交出，他哪里交得出来？两次三番，受尽苦楚，到现在还不曾将人头交出。诸位你看他可冤屈不冤屈么？”

黄天霸道：“据老丈所言，这杨式玉既受此冤枉。难道他无家属，不去上宪那里控告么？”东方亮道：“这杨式玉并无家小。只有一个老母，今年有五十多岁。他也曾到府里喊冤，怎奈府里不准。又往省里控告，依然批驳下来。真所谓：天高皇帝远，有冤无处申！居心欲往施公那里告状，又恐越省渎诉，还是不行。因此在家，坐而待毙。”黄天霸道：“这陶三家离沈天成家有多远？他又何以知道沈梅氏是杨式玉杀死呢？”东方亮道：“陶三家紧靠沈天成家宅后。据陶三所报，系这日早间，因见沈家后门口有血迹一条，因此追问。又去沈家探视，才知道梅氏被杀。”黄天霸道：“何以晓得梅氏被杀，确系杨式玉所杀呢？”东方亮道：“据陶三所说，当沈天成在日，这杨式玉便与他表嫂不睦，时常吵闹，有要将他害死之说。却好他表兄已死，沈家又无旁人，定系挟仇将他杀害。陶三因贴近紧邻，恐将来受累，因此前去投案，将杨式玉捉去。”黄天霸道：“这陶三现在还住沈家宅后么？”东方亮道：“并未移居，还住在原处。”黄天霸道：“据老丈所说，这杨式玉的冤枉，恐是一定无疑了。但不知杨式玉这人平时行为如何呢？”东方亮道：“若问杨式玉的为人，虽然才二十多岁，却甚忠厚老实。通田家集的人，没一个不知道的。现在他遇了这件事，通集的人也没有一个人不给他喊冤枉，却是没法。”天霸道：“虽然如此，好在杨式玉不曾将他表嫂的人头交出来。就固始县再糊涂些，总不能定案。施大人那里原可去告。怎奈路途太远，他一个老母怎能去得呢？我们施大人秋间要请陛见。不过九、十月便要进京。那时必走此处经过。可命杨式玉的母亲就近拦控，施大人也可就近准词审问。”东方亮道：“照尊驾说来，没有人头，是不能定案的？”黄天霸道：“俗语说：‘捉奸捉双，拿贼拿赃’。何以见得是他所杀呢？因此虽已成招，却无真实凭据，所以不能定案。”东方亮道：“施大人究于何时才可驾临此地呢?”天霸道：“至迟十月，就要从此经过了。”东方亮道：“那时诸位还同来吗?”天霸道：“某等都要来的。”东方亮道：“那就好了。这事非是某多言，实在见那杨式玉是个好人，不是杀人之辈。今遇此难，未免可怜。究竟有无冤枉，必待施大人一断便可明白了。将来大人来此，杨式玉的老母前去控告，还求诸位就中照应才好。”黄天霸道：“那倒不须嘱托。”说着，东方亮又劝了一回酒。然后才撤去残肴，大家安歇。不一会，真果东方已亮，天霸等起来预备动身。东方亮又做了许多早点，请他们三人用饱，然后告辞而去。后来杨式玉的老母，果然等施公陛见进京，道经河南，他便前去告状。经施公将杨式玉判明冤枉，又捉到奸夫淫妇，将固始县参革结案，此是后话。暂且不表。

且说褚标、黄天霸、朱光祖三人离了松林甸，只望连环套而去。你道这连环套在什么地方？说来可实在不近。当时窦耳墩专在北路一带做马贼。后来被黄三太镖打之后，他便远走他方，逃至张家口外，择地而居。就寻了这座连环套。这连环套不但三面皆水，曲折连环。而且山岭参差，高耸天外。周围有四十多里方圆，上面还有关寨。窦耳墩就择了这个地方住下；又聚集了许多江湖上绿林中的朋友，在此地又做了一个寨主。平时分遣各头目下山打劫大注之财物，上山使用，却从未破过案。因他这地方，那些捕快固然不知道。就便有一两个知道的，也不敢来。因此颇觉相安，比那从前做马贼的时节，还要安逸。毕竟黄天霸何日才进连环套，且看下回分解。

第三八五回

老褚标患病在中途　朱光祖设计诱强寇

话说黄天霸、褚标、朱光祖三人，直望连环套而去。这日走至天津不远，寻了客店住下。忽然褚标在路大病起来。一连三四日，不但是腹泻不止。而且寒热交作。黄天霸、朱光祖二人，好不急躁。好容易到了七日，才算退了寒热，腹泻也算止了。二人正在互相议论，忽见关太、计全、何路通、李昆四人走进店进。黄天霸一见，好生诧异。因急问道："诸位兄长何以也到此地?"计全道："不期在此遇见，真是巧极了。只因大人于贤弟走后，忽然有个朋友从京里出来，便道淮安，到衙门里去拜。大人随即相见，闲谈中说起连环套一事。大人的那个朋友因说：'连环套这个地方，尚在口外张家口。'大人听了此话，第二日即命我等前来，为得是恐怕贤弟等不知连环套在口外，难于探访。不意在此遇见，正好一起同行了。但不知贤弟也住这里呢!"黄天霸闻说，心中好不喜悦。因得了连环套的所在，免得沿途探访地名。因将褚标害病的话说了一遍。计全这才知道，因又同至褚标房内问病；又将来意说明，褚标也甚喜欢。当日大家商议，即留李五爷在客店内与褚标做伴。其余同往张家口连环套，探访御马消息。

过了一日，黄天霸、朱光祖、关小西、计全、何路通五人，辞别褚标、李五，直往连环套而去。在路行程，非止一日。这日，已至口外，沿途问明路径，又走了一日，已离连环套不远。黄天霸等寻了客店住下，当有小二进来招呼。晚间无事，计全便问店小二道："我等闻得这里有座连环套，这里面地方甚是广大，我等意欲进去一游。不知你可能带我等进去么?"店小二一闻此言，先将舌头一伸，说道："你老可真奇怪，什么地方不好去游玩，偏要到连环套去。这个地方也可去游得的么?"计全道："我等闻得那里甚为热闹，怎么去不得呢?"店小二道："你老真是所闻不实了。这连环套是个强盗窝，怎么你老要去哪里？俺们可实在不懂了。"计全道："怎么连环套现在变了强盗窝了？我可不知道。但是那里有多少强盗？为首的姓甚名谁?"小二道："俺也不知道为首的是哪个，姓甚名谁，更加不清楚了。若问如何厉害？但听人说：'个个皆会飞檐走壁，武艺精强。'俺却不曾见过。"计全道："你可知道那里有什么规矩么?"小二道："也曾听说这连环套三面皆是水，只有一面是陆路。内中曲折连环，不认得路的。走了进去，必然走不出来。而且山下皆有人把守，进出的人皆有腰牌，若无腰牌，除非头目不问，其余总要盘查的。不但盘查，而且还要当奸细看待。虽是强盗，规矩却是极其厉害。"计全道："你可知周围有多少地方么?"店小二道："周围四十里，皆是连环套所管。由平地直到山顶，听说共有三道关寨。把守得极其严密，若无腰牌，虽插翅也不能进去。"计全道："原来如此，我们误听人言了。若不细细问你，误到那里，还要险遭不测呢！真所谓'欲知山下路，须问本方人'。这真是古语不错了。"计全将连环套大概问明，店小二也就出去。

计全便与大家商议道："据店小二说来，这连环套如此严密，怎么能进去呢?"黄天霸道："计大哥不必过虑，任他龙潭虎穴，俺们既到了这里，还能不进去么？无论他怎么把守严密，总要设法进去的。好在已知道路径，今夜便可前往探听一回，再作计议。”朱光祖道：“老贤侄！你倒不可孟浪①。窦耳墩这老儿可非寻常的小辈，你家令先尊大人那种盖世英雄，还须三次才将他打服降了，即此也可知他的厉害。此时老贤侄若将他当为寻常小辈看待，孟浪前行，恐怕于事不成，反受其累。必得大家商议个妥当计策，然后依计而行，方免后虑。只要进去将那御马的消息打听出来，那御马果在那里，却就易于设法了。”黄天霸道：“据老叔所言，好谋而成，固是极好之事，但不知计将安出呢？”计全道：“愚兄倒有个主意在此：明日可即离此地，换一家客店。将我们带来的人，全装着车夫模样。再在本地雇一二十辆小车，车上多装石块，又用包袱盖好。贤弟扮作保镖装束；我等也装着保镖人，押着小车走他山下经过。他见了这许多银两，岂有不来劫掠之理？那时再并力与他们一战，务要将他头目擒一个过来，然后再作计议。却不可将车子的物件，被他看出破绽来，那可不好行事了。”黄天霸道：“此计虽好，哪里去雇这许多小车呢！”朱光祖道：“小车倒不难，只须有钱便雇得到。不过须请本地人去雇，我等恐怕不行。还有一说，计贤弟说须要离此地，重换一家住下，好去办事。我的愚见，客店也不须重换，不妨将这店内的主人请来，告诉他明白。”大家答应，于是便将店主人唤进。

原来这店主人姓陆，名唤松云。陆松云走到房中，先问了黄天霸等尊姓大名，然后问道：“客官呼唤，有何吩咐？”计全道：“我等没有别事。只因连环套是个大盗的窝巢，往来客商，无不

① 孟浪——鲁莽，冒失。

受他的大害。我等并非客人，乃系奉旨前来，剿灭山寨。方才听你家伙计所说一切，奈他那里防守甚严。外人不易进去，因此我等设计前去诱他。现在却少一物，非贤东代办不可。所以相烦一办，却不可稍露风声。使该盗知觉，我等枉劳心机。”陆松云道：“不知诸位官长所需何物？请即吩咐便了。”计全道：“烦你代办小车十几辆，沙袋二三十条，石块千余斤，后日都要齐备。”不知陆松云能否答应，且看下回分解。

第三八六回

黄天霸解饷诱贼　朱光祖借牌还刀

话说陆松云听说此话，因道："既承诸位官长到此捉拿强人，剿灭山寨，为我们地方除害。小人们且感恩不尽，理应稍竭微劳。但是，长官所要各物，这车辆尚可如期应命。沙袋也还可以设法。唯有千余斤石块，后日断不能如数全有。长官能展限一日，小人便好去办了。"朱光祖道："稍迟一日，却也无妨。但不过务要机密，万不能稍露风声。倘若泄漏风声，那时可不能怪我等毫不容情了。"陆松云道："长官但请放心，小人若稍漏风声，甘愿治罪。"朱光祖大喜。陆松云也即出去。

到了第四日，俱已全备。这日，黄天霸改扮了保镖的装束，朱光祖、何路通、关太、计全，也各改扮随行保镖的模样。大家饱餐已毕，暗藏了兵刃。将沙袋所装的石块，分装上十二辆小车。车上插着保镖的旗号，命车夫推着车辆，出了店门。黄天霸等在后押解，直往连环套而去。走了约有半日，早望见一座高山。但见峭壁巉岩①，由山根上去，大概有二十余里。山顶上并不见什么房屋，唯见树木森森，上蔽天日，这山势好生险峻。天霸一面前行，不一会已离山根不远。

天霸正在凝神观看，忽听一声梆子响。山中冲出一队喽兵

---

①　巉岩——高而险的山岩。

来，后面有四个大汉皆骑着马。为首一人，身长八尺开外。猪肝色面皮，颔中一部钢须，手执朴刀。后面跟随三人，皆是强盗形容，满脸的穷凶极恶之状。只见为首的那人，一声大喝道："你等听着！快将买路钱送来，放你等过去。若有半字不肯，可知道你爷爷的厉害！"黄天霸一见，也就迎了上去。喝问道："你是何人？快通名来，咱爷爷刀下不斩无名之辈！"那为首的强盗道："好小子！要问咱爷爷的大名，你且听了，咱乃连环套大王郝天龙的便是！这后面三位，是咱爷爷的三个兄弟：郝天虎、郝天彪、郝天豹是也。你是何人？快快报名过来，好待咱爷爷送你归阴。"黄天霸大怒道："咱乃保镖大师傅王雄是也！你不必多言，快放马过来厮杀。"郝天龙闻言大怒，大喝一声。飞舞朴刀，拍马过来。黄天霸也舞刀相迎。两人战未数合，郝天龙已是抵敌不过，正要败走。早被黄天霸伸过手去，将郝天龙生擒下马，命车夫将他绑了。郝天虎三人一见哥哥被人生擒过去，大家一起并力杀上前来。黄天霸抖擞精神，便迎住郝天虎。计全、朱光祖、关太、何路通也就齐来迎战。战未一刻，郝天虎等因然力不能敌，且又寡不敌众，皆被黄天霸等杀得大败而去。黄天霸便要赶杀上山。朱光祖道："老贤侄不必性急，现在已经捉住一个。咱们欲进连环套，就在捉住的那人身上。咱们可先将他带回去再作道理。"天霸道："现往哪里去呢？"朱光祖道："咱们来的时节，见离此三四里路有一客店，咱们且回到那客店住下，再作商量。"

天霸当下答应，吩咐车夫，将车辆回头赶去。他便押着郝天龙一路回来。不一会，已到客店。黄天霸等将车辆安下，又将郝天龙放在一旁。走进房间，当有店小二招呼已毕。黄天霸便问朱光祖道："朱爷，你老方才说欲进连环套，就在此人身上。但不知如何设法，乞道其详。”朱光祖闻言，即走到黄天霸面前，附耳低低说道：“只须如此如此，便可知里面的消息了。”天霸听说大喜，即刻同朱光祖、计全、关小西、何路通五人，来到郝天龙房里。只见郝天龙四马攒蹄捆在那里。黄天霸即上前亲解其缚，向他躬身一揖，道：“某多多冒犯，幸勿见罪！”郝天龙也还礼答道：“某被捆之人，敢劳如此？前者冒犯，亦望恕罪无知。”天霸道：“岂敢！岂敢！”随即送郝天龙到房间重新施礼。郝天龙又与朱光祖等人见礼已毕，然后坐下。天霸又命店小二送上茶来。天霸复问道：“好汉在这连环套，还是独守此山？还是另有寨主？”郝天龙道：“俺不过率领兄弟四人。多蒙寨主之情，在这连环套当了四个头目，镇守四座寨营。俺家寨主平时却不出来。”天霸道：“但不知贵寨主姓甚名谁？镇守此山有几年了？”郝天龙道：“俺家寨主姓窦名耳墩，到此已有多年。从前专在北路一带，做些买卖，江湖上也大大的有个声名。还有个小寨主，名唤飞虎，也是武艺精强，江湖上也有些名望。”黄天霸道：“我道是谁？原来就是窦老英雄，某闻名已久矣！常要去拜访，恨无其便。今幸到此，明日当竭诚去拜他一拜。但不知这山上那四座寨栅如何严密，某可能上山么？”郝天龙道：“若问这四座寨栅，第一道名叫飞豹栅，是俺四弟把守；第二座名飞彪栅，乃俺三弟把守；第三第四这两座名飞虎、飞龙，却是俺与二弟分别把守。平时无论什么人，欲进大寨，却不容易。俺们上山有个规矩：是凡在山的人，上自俺等兄弟，下次小喽啰。每人都有一面腰牌，出入须要验明腰牌无误，方准放他行走。若无腰牌，就便是自家人，也要当作奸细办的。因此人人腰间各有腰牌一面悬挂。尊驾若要上山拜访寨主，俺便即日回山告知俺三个兄弟。如见尊驾一到，叫他们即刻开栅便了。”

此时朱光祖在旁见郝天龙身旁挂着腰牌，因暗与黄天霸打了个手势。天霸会意，也就指着那腰牌与郝天龙道：“尊驾这腰间所挂的，莫非就是腰牌么？”郝天龙道：“正是腰牌。”天霸道：“如要上山拜道，就以此物为凭据？”郝天龙道：“即以此物凭据；若无此物，就干例禁了。”黄天霸道：“既如此，某明日要上山拜访寨主，虽有尊驾之言，可请令弟开放进去。若令弟那时偶然不在那里，某无此腰牌，不但不能进去，还恐有干例禁。那不是空跑一趟么？某意敢请尊驾这腰牌一用，到山之后，即使奉还。不知尊驾尚可见允么？”郝天龙笑道：“尊驾未免过虑了。既然如此，这腰牌借与尊驾有何不可？”说着，便从腰间摘下来，递与天霸。天霸道：“某还有一虑：今虽承尊意肯借腰牌。若某到了宝山，寨主爷不肯相见，那不还是空跑一趟。有负某的诚意么？”郝天龙道：“尊驾如实意前去，俺家寨主断不会不见的；即使有什么话说，俺当一力荐引。断不至有负尊驾之意，但请放心。”天霸道：“能得尊驾先为我荐，咱便毫无他虑了。”郝天龙大喜，当即辞别。原来郝天龙是个莽夫，被黄天霸这一番说项，把个郝天龙说得糊里糊涂。把腰牌送与天霸，道谢而去。黄天霸将他送出门外，转身回来。朱光祖又向天霸用话激道：“老贤侄，现在腰牌虽有了，但是那山上实在不容易上去。虽然郝天龙有此一番说话，强盗的心却不可测度；万一郝天龙明日有变过来，那时老贤侄身入险地，恐怕不便。在我看起来，还是不进去的好。”天霸一闻此言，直急得七孔生烟，三尸冒火。大叫一声道：“俺黄天霸若不将御马探听出来，誓不相见！”说着掉转身，便气冲冲而去。毕竟后事如何，且看下回分解。

第三八七回

联交结强盗苦陈词　探情由总兵假献马

话说黄天霸被朱光祖这一番话，激得他三尸冒火，七孔生烟。也不管他是虎穴龙潭，便负气出门而去。暂且不表。再说郝天龙别了天霸等人回转山寨，走到半路，正好遇见郝天虎等带了许多喽兵，重新赶到杀来。郝天龙一见便喝住道："兄弟不必如此！那姓王的却是好人。为兄的被他捉去，以为性命难保。哪里知道，他不但不与我为难，反而给我亲解其缚，与我谈了半日。我将寨主大名说出。他原来久慕寨主的大名，要来拜望寨主。将为兄的腰牌借去，说是明日一定到山给寨主拜望。"说了，当下便一起回转山头。

到了次日，窦耳墩便将郝天龙等传至大寨，大家参见已毕。窦耳墩道："近日山下有什么肥羊从此经过？"郝天龙道："并没有什么肥羊。"窦耳墩道："诸位贤弟，既然无有生意走此经过，还须到各处张罗才好。不能坐吃山空。"郝天龙答应道："早晚当去远方打听便了。"正说之间，只见有个巡山喽兵拿了一封简帖，走到窦耳墩面前跪下，说道："启大王爷！山下现有一个姓王的，说是久仰大王的姓名，前来拜访。不知大王可招呼进来么？"窦耳墩闻言，因问道："此人有多大年纪？"喽兵道："约有三十岁开外，倒是江湖的朋友。"窦耳墩吩咐，请随迎接出去。

你道黄天霸如何上得山来，只因他有了腰牌，因此毫无阻挡。黄天霸正在寨外等得心急，忽闻大吹大擂，鼓乐齐鸣。知道山上有人迎接出来，他便留神观看，但见：前面走的四人，便是昨日会见的郝家兄弟。后面一人，身长八尺相开。五色脸，凹眼睛，尖鼻梁，扫帚眉。颔下一部红须，实在相貌狰狞，穷凶极恶；身穿一件洒花直裰，脚踏粉底乌靴。黄天霸正自凝神观看，忽听一人招呼道："来者莫非姓王么？"黄天霸一闻此言，知道是郝天龙的口音。因抢进一步，答道："在下便是王姓。哪位是寨主？"郝天龙指着窦耳墩道："这便是俺家寨主。"黄天霸便即上前，欲与窦耳墩行礼。窦耳墩当下拦道："且请大寨内坐下谈心。"黄天霸答应，窦耳墩便让天霸前往大寨。

不一刻，已到了大寨，彼此行礼已毕，窦耳墩让天霸上座。有喽兵献上茶来。天霸开言说道："在下久仰大名，如雷贯耳。早欲前来拜访，恨无便到此。今日便道经过，一来拜望；二来特献一匹好马与寨主乘坐。但不知寨主爷尚肯笑纳否？"窦耳墩道："俺与尊驾向未谋面，何敢擅收宝马？但不知所得之马，何谓宝马？可能一闻其详么？"天霸道："寨主若问此马，虽不能算龙驹，也要算得一匹马中的良骥。俺因此马非绝大英雄，人中豪杰，恐不能消受。某素仰寨主英名，故愿献此马以为坐骑。这匹马某本无意而得，昨经过张家口，偶在马市闲游。忽见这匹马身长丈二，离地高有八尺，浑身毛片雪白如霜。四足开张，大如盘盖，两个呼风耳，高竖顶门，真好一匹坐骑。某见此马，便要出价去买，可恨那卖马的高抬其价，说要一千银方可出售。某一时性急，见故意居奇，便存了一个盗马的心思，使他一两银子都取不回去。因于夜间到马市，轻轻的将马盗了出来，某便骑上那马飞奔而走。那知此马放出一身绝技，其快似飞，真个是逐电追风，日夜可行八百里。某亦明知此马虽然盗了出来，也是难带回去。若欲送与他人，实在又不能割舍。因仰寨主大名，所以特此奉献。但寨主不可小量此马，务要笑纳的。倘若见外不收，不但令进献之人生愧，且埋没此宝的宝贵了。而况此马真不易得，寨主爷可肯笑纳否？”

窦耳墩见说，哈哈大笑道：“原来尊驾得了这匹马，就将他说得如此宝贵。在俺家看来，也不算什么稀罕。俺家现放着一匹不世的宝马，真要算得价重连城，名唤‘日月骕骦’①，日行千里。比尊驾的这匹马，可是要宝贵百倍了。”天霸此时闻得此言，心中暗喜道：“果然此马，被他盗来。既有着落，那就易于设法了。”因问道：“寨主爷既夸得这‘日月骕骦’马，如此宝贵。但某不曾亲见，总有些不肯相信。某以为咱这匹马，就无处寻觅。那里还有‘日行千里’的马么？恐怕是寨主爷故作此说罢！若果真有此马，可能赐咱一看，好给咱见识见识。”窦耳墩道：“尊驾如不肯信，俺家就将那马牵出，给尊驾一观便了。”天霸道：“既如此，便请寨主爷牵出来与在下一看。”窦耳墩当即命人将“日月骕骦”马牵来。当有喽兵答应前去。

不一刻，已将马牵至寨内。窦耳墩即请黄天霸去看。天霸只得极口赞道：“果是好马，不愧寨主爷居奇。但是寨主爷这匹马，系从何处得来？可能一道其详么？”窦耳墩道：“尊驾不知，此马乃当今万岁之叔梁九公千岁的坐骑，向在御马房喂养。俺家久已羡慕，因此将他盗来。”黄天霸道：“这匹马就是御马。现在被寨主所盗，难道当今万岁就罢了不成？也不追问么？”窦耳墩道：

---

① 骕骦（sùshuāng）——古书上说的一种良马。

"尊驾此话又不明白了。御马房既失了马，哪有不追问之理？但是他不知道是俺所盗，又向何处追问呢？"天霸道："若是有人知道，这匹马现在这里来，到京里报上一信。当今万岁便即刻发兵前来，那时寨主爷能不将此马交出否？"窦耳墩道："果能有人知道，俺家别有道理。哪怕他发兵前来，只要寻不出此马，他又能奈我何？"天霸道："敢是寨主爷到了那时，又将此马藏在他处，使官兵搜不出来，或是闻风而逃么？"窦耳墩道："俺实不相瞒，只因有一家，可以去寄在那里。不但寄在那里，俺还要去送信：说是此马是他所盗，俺便可以置身事外。自古道'捉贼拿赃，捉奸拿双'，只要有了真赃实据，还怕他赖不成？不是他盗的。到了那时，见有原马在此，也是他盗的了。不然何以这匹马就在那里呢？即使有人实在知道是俺所盗，将俺捉去，俺也要将他扳上一扳；说是他使俺去盗，也要将他扳倒，使这一家问罪。"黄天霸道："寨主爷如此所为，莫非这一家与寨主有仇么？"窦耳墩道："俺若与他无仇，何必要去移害？"天霸道："但不知那家姓甚名谁呢？"毕竟窦耳墩说出何人，且看下回分解。

第三八八回

争胜负窦耳墩定期　决输赢黄天霸讨战

话说窦耳墩因天霸问他这仇人的姓名，当下便道："尊驾有所不知。这人虽非血海冤仇，也算仇深似海。只因当日有个黄三太那老儿。"天霸听他说了一句，便变色问道："黄老英雄怎样？"窦耳墩道："那老儿俺与他向无仇隙，他做他的镖客，俺做俺的买卖。这日因打擂台，他将俺三次打败，因此俺的名望被他败了！"天霸道："据寨主所说，到底他老人家算得是个老英雄，天下闻名了。寨主既被他老人家打败，就该自悔，才是道理。为何要出这等毒计，前去害他？"窦耳墩道："你这话说得太不近情了。你可知道谁不要名？谁不要脸？那老儿虽有了声名，俺家可不能名闻天下。不但如此，而且被江湖上朋友耻笑。你道这仇恨可深不深么？俺家久思报复，恨未得便。现在将御马盗来，移害他一家性命，才出俺心头之恨呢！"

天霸道："寨主爷！俺且问你一人，现在那总漕施大人，此人究竟如何么？"窦耳墩道："那施不全俺家亦久闻他的大名了。"天霸道："这施大人还算是清官么？"窦耳墩道："他要算是大大的一位清官。"天霸道："还是清官好？还是赃官好？"耳墩道："自然清官好，哪有赃官好的？"天霸道："你既知道清官好，你怎么不怕清官呢？"窦耳墩道："俺又不去惹他，为什么要怕他呢？"天霸道："你虽不去惹他，就是你移害于人的恶计，若被施大人知道了，也不能轻恕于你。就便施大人不知道，难保黄老英雄不去他老人家那里申诉？既到他老人家那里申诉，这要经他老人家讯问，也不怕你不招出实在口供来。那时虽要移害于人，恐怕未必能够。”窦耳墩道：“就便施不全知道，或是黄三太那老儿去告。不必说施不全没处寻俺；即使将俺寻到了，只须俺咬定牙关，硬栽那老儿主使，施不全又能奈我何？”天霸道：“据你所说，施大人死也不怕的。你可知道黄三太老英雄早已去世么？”窦耳墩道：“那老儿死了？”天霸道：“他老人家去世了。但是他老人家虽然去世，却有个儿子。又是一个大大英雄黄天霸么？”窦耳墩道：“原来那老儿已死，可是便宜了他。若说他的儿子，也不过是个无名小辈。未必有什么能为，你不必说他的儿子如此的厉害。”此时天霸正是怒不可遏，免不得大声说道：“你说他儿子是无名小辈，你可曾会过这黄天霸么？”窦耳墩道：“俺虽不曾会过，料想也甚平常。”天霸道：“你要会他么？”窦耳墩道：“俺又何必会此小辈？”天霸此时实捺之不住，因大声喝道：“窦耳墩！你这老儿坐稳了。你可认得漕标副将，遇缺升补总兵官，咱老爷黄天霸么？”

窦耳墩一闻此言，大惊失色。因也怒道：“黄天霸！你这小子，休得口出大言。须知俺爷爷不是好惹的。”天霸道：“俺老爷哪管你好惹不好惹，只要你将御马速速献出，俺老爷与你万事甘休；若再有半字含糊，可莫怪咱老爷有些对不起你。”窦耳墩道：“天霸，你休得猖狂，你可知道俺的双钩厉害么？”天霸道：“咱也不管你双钩单钩，只要将御马火速送出，咱爷爷或可看你的薄面，不加罪于你；若再自恃武艺，难道你有钩，咱老爷没有刀么？”窦耳墩道：“天霸！俺家也不与你辩此口角。尔若赢得俺的双钩，再将御马复盗出去。俺家便从此撒手，永不再做此等买卖。只恐你徒有虚名，赢不得俺爷爷的双钩，盗不出御马，那就是一个没用的小子了。”天霸道：“但是咱今日手无寸铁，不便与你争论。明日吾来擒你便了。”窦耳墩道：“既如此说，君子一言，快马难追。”天霸道：“明日定来会你便了。”黄天霸说罢即辞出，独自下得山来，当即赶回客店。

朱光祖一见便问道：“所访各节，究竟有无消息？”天霸道：“御马也曾见过。原来就是这窦耳墩老头儿所盗。他因为与小侄的父亲有夙仇，要将此马来送到咱家，扳害俺全家性命。① 现在小侄已经与他说明。他说：只要小侄赢得他的双钩，便将御马送出。小侄也与他说定：明日会他，与他比个高下。如小侄赢得他的双钩，不怕他不将御马交出。若再有反悔，咱可不能善待他了。”朱光祖听说，当时眉头一皱，又将头摇了一摇。天霸道：“叔父如何这等模样？敢是料小侄不能赢他的双钩？还是怕他不还御马么？”朱光祖道：“俺倒不甚怕他不交出御马，只愁老贤侄赢不得他手内双钩。”天霸道：“他的双钩就怎样厉害么？”朱光祖道：“贤侄有所不知，他的这双钩，却非别样兵器。名曰‘虎头倒刺软索钩’。百步之外，钩人兵器，百发百中。人若碰到他钩上，这人定然肉绽皮开，筋酥骨断。而且他这一对虎头钩，曾用毒水煮过。所谓见血封喉。人不被他钩上，却不要紧；若皮肤被他钩破，只须七日，浑身定然发肿而亡。他却有解毒的妙药。所以昔日你家尊大人与他比试擂台的时节，曾经与他讲明，不准

① “扳（bān）害”句——此句意为，转回来要害俺全家性命。扳，背转，反转。

带着兵器，只比拳脚。后来被你家尊大人暗用金镖，将他打败。因此与你家尊大人有如此仇隙。他今既约你前去与他比试，贤侄又答应下来。如若不去，必然给他耻笑；如若前去，他这双钩，贤侄定然赢不得。非是俺长他人志气，灭自己的威风。其实那人双钩真是厉害。贤侄既与他约定，明日前去，务要格外留心。万万不可勉强，更万万不可凭自己生性！能赢得最好，如若不能，可赶速回来。好在御马既有着落，即使赢不得他的双钩，咱们大家再设计策，总要将御马取回。不然，贤侄有违旨之罪，就是咱也无面目回见大人。贤侄宜见机而作，不可任性而为。”天霸听朱光祖说了这话，知他是一片好意，也就唯唯应命。黄天霸安歇一夜。

次日一早，即便起身。饱餐已毕，便约朱光祖等，一起前去。走了一会，已到连环套山下。天霸即向朱光祖等道：“诸位可在此稍等一回。”朱光祖慨然答应。但见天霸装束停当，取了单刀，藏了镖囊，飞身上马。各人亦带兵器。黄天霸一骑马，便飞到山前。高声大喝：“上面听着！你可速报知窦耳墩那老儿。就说漕标副将升授总兵黄天霸老爷，特来与他比试。叫他速速下山，比个高下。”那巡山喽兵一闻此言，即刻飞报进去。到了大寨，就将黄天霸说的话，告知窦耳墩。窦耳墩闻言，也就命人备马。他便将钩提上马，直望山下冲来，与天霸比试。毕竟胜负如何，且看下回分解。

第三八九回

使双钩败走黄天霸　设妙计暗算窦耳墩

话说窦耳墩提钩上马，冲下山来，早见黄天霸立马以待。黄天霸一见窦耳墩出来，大怒喝道："该死的匹夫！大胆的强盗！不思悔过，反要移害于人。擅盗朝廷的御马。咱老爷今日到此，还不早早下马受缚。难道真要与老爷比试么?"窦耳墩闻言，也大怒道："你若赢得咱老子手上的双钩，咱老子自然将御马交出，让你去朝廷立功；若赢不得咱老子的双钩，不但休想御马，还要使你磕了四方头，方饶你性命。你快放马过来便了！"黄天霸闻言，将马一拍，飞纵过来。举起一刀，直望窦耳墩劈面砍去。窦耳墩一见，黄天霸举刀砍来，哈哈大笑道："来得好！"说着将右手虎头钩一起，就向天霸的刀上来迎。天霸也知他的双钩厉害，哪里能将手中刀给他的虎头钩搭住？随即将刀向怀里一收。窦耳墩一刺落空，不曾将天霸的刀钩住。当下即飞起左手的钩，向天霸刺来。天霸见这来势甚猛，即便将马向旁边一领，那马从窦耳墩身旁擦过。天霸就回身反手一刀，向窦耳墩连肩带臂砍下。窦耳墩说声："不好！"赶着将左手钩向里一收，又将右手钩向背后来迎天霸。

天霸已打定主意："任你双钩厉害，我总不与你对面交战，专在你背后乱砍。难道你有后眼，可使双钩么?"天霸见窦耳墩已回转身来，左手钩刺到。天霸也不去迎接，又将马一拍，从窦耳墩右侧闪躲过去；趁势又是一刀，直向窦耳墩右肋下刺进。窦耳墩道："好小子！来得好！"说着就将右手的钩，向天霸的刀上一磕。准备碰上去，就这一绞，哪怕你刀法再厉害，总要被他绞落下去。天霸见了这钩磕将下来，知道他要来绞刀，便又将刀向怀中一收来，窦耳墩的钩落空之时，复一刀认定窦耳墩胸前刺到。此时窦耳墩右手的钩不及来迎，只得将左手钩复又来迎。天霸这一次又未刺中，他的钩复又刺来。天霸暗想道："我与他如此战法，怎能赢得他的双钩？不若冒险与他试一试看，单看他双钩怎样厉害。"主意已定，一面将钩让过，一面喝一声道："窦耳墩你这老儿，看你老爷的刀罢！"说着就一路花刀砍进去。只见前八刀，后八刀，左八刀，右八刀，上下又是八刀。真个是舞动如飞，大有神出鬼入之妙。窦耳墩也就前后左右，上下遮拦隔架，迎接他的花刀。在天霸满想这一路花刀杀进，总可伤及窦耳墩一处；哪里知道窦耳墩的钩法，实在厉害。不但不能伤他，而且无懈可击。在窦耳墩初以为他藏闪躲避，不敢与他左右争斗。只道他有名无实，今见他舞出花刀，暗暗有些惊讶！虽然自家钩法，却是精妙无匹，唯花刀一层，不能过于藐视。若偶然大意，不免即为所败。因此也就格外留神迎敌。两个人全有用意。等到天霸一路花刀使完，你也不曾将我刺伤，我也不曾将你打败。

此时天霸杀得兴起，准备与他死战，偏要胜他的双钩。因大吼一声："窦耳墩你这老杂种！咱老爷不愿你在马上相斗，你敢下马步战么？"窦耳墩闻言，正中心怀。当下说道："你步战，咱老子还惧你不成？"说着就跳下马来。黄天霸见他下马，自己也即跳下，站立身躯，放开架路，随即一刀向窦耳墩刺来。窦耳墩也就接住。两人一来一往，又杀了三十余个回合。忽见天霸一刀砍去，窦耳墩将双钩一接。不知不觉这左手的钩已将天霸的刀搭住，趁势向怀里一拉。天霸说声："不好！"知道自己的刀已被他钩住，因急向怀中来拖。居心将他的钩拉断下来，便可将刀收回。哪里知道正在用尽平生之力，与窦耳墩夺刀，又见窦耳墩左手钩又到。天霸心中暗道："此时若欲胜他，断断不能。不如使他上个小当，后再设法。"因将手一松。窦耳墩出其不意，咕咚一声，栽倒在地。天霸见他跌倒，便趁着抢进一步。一面取出镖来，准备去打。哪知窦耳墩虽然跌倒，并未昏迷。还是刻刻留神，防备天霸暗算。此时已看出破绽，赶将身子爬起。一撒手，早将手中的钩抛了过来。天霸不及提防，小腿上早被着了一钩。所幸不曾着肉，系将靴统子钩住。天霸连说："不好！"急急将小腿望后一缩，那靴统被钩下一段来。黄天霸手无寸铁，不敢恋战，只得撒腿就跑。

朱光祖等远远的见天霸败下，赶着追过去，给他将马圈住。天霸上马，一起败回客店而去。窦耳墩大获全胜，心中好不欢喜。也不再追赶，率领众喽啰回山。且说黄天霸等败回客店，众人下马，进入房间。朱光祖首先问道："老贤侄你中了他一钩，曾伤及哪里？"天霸道："幸不曾伤及皮肉，但将靴统子钩去半截。"朱光祖道："还是不幸中之大幸！若伤及皮肉，那可真费事了。"天霸道："果然这老儿双钩厉害。怎样想个法儿，去破他双钩？"朱光祖道："他双钩一日不破，这窦耳墩一日难除，御马一日不能取回。可是要破他的双钩，实在不甚容易。别样兵刃他可许你近身，独有双钩只准他钩人，人却近身不得。"天霸道："便如何是好？"朱光祖道："也实在没法。"关太道："何不也学黄老伯父，不与他比试兵刃，明日约他比试拳脚。若胜得他，就叫他将马交出；否则群起而攻之，将他打死。可将那御马取出来了。”朱光祖道：“关贤弟！你只知道与他比试拳脚，可知从前他上黄老英雄的当，现在再要如此那样，他也不肯与你比试的。”计全道：“既如此说，难道一日不能破他双钩，就一日取不出御马；若一年破不了双钩，这御马就不去取了不成么？”朱光祖道：“咱却有个主意在此，但能成功。不但御马可取出来，就是窦耳墩那老儿也可擒获。但恐一次不行，又恐他防卫甚密，更怕他收藏地方咱不知道。”计全闻说此言，忽然大喜道：“朱大哥能如此办法，那就妙了。”黄天霸在旁虽闻此言，却不知是何意见。因急急问道：“朱老叔！你究竟是什么主意？快说明了罢！免得使人怪气闷的。”朱光祖道：“老贤侄！你可不必着急，任那老儿双钩厉害。咱都要略施小技，将那老儿收服过来，以助贤侄立此大功。非是咱故意夸口，那老儿不过仗着那双钩。除去双钩，那老儿就无依靠了。”毕竟朱光祖如何用计破他双钩，且看下回分解。

第三九〇回

朱光祖问路斩更夫　郝天龙巡夜回本寨

却说朱光祖笑道："老贤侄！这窦耳墩所恃的就那双钩厉害。唯有将他双钩先盗回来，然后再与他交战。"黄天霸闻言大喜道："能得你老如此出力，小侄就感激不尽了。但不知何时去呢?"朱光祖道："说去便去。"天霸谢了一回，然后摆出酒饭大家用完，朱光祖就定了一回约。至初更时分，他便装束停当。带了单刀，又将鸡鸣断魂香藏收在身旁。并带了火种，使出那赛时迁的手段，即刻出了店门，直望连环套而去。

原来朱光祖有两个绰号。一唤草上飞，一唤赛时迁。只因他飞檐走壁的功夫，要算第一，不论到什么地方，皆是毫无声息。真是轻快如风，展出那偷盗的本领出来，不亚当年时迁盗甲。一路走来，不一会已至连环套山下，当即使出飞檐走壁的武艺，由山脚下蹿到半山，早到第一座关隘。此关原来郝天豹所守，名为飞豹关。朱光祖到来关下，一纵身飞过寨栅，见里面尚有人声，他知道是守关喽兵尚未睡觉。暗想道：这里面的道路，连环曲折，甚是难认。即在山路上拾了一块石子，向那更房门上打去。只听"啪"的一声，早惊动里面巡更喽兵。疑惑是巡夜头目出来巡查，赶着拿了更锣即开门出来。朱光祖此时，却早隐在黑处，等那巡更的喽兵敲着更锣，走到僻静地方。朱光祖抢上一步，拔出单刀，先将刀背向那巡更喽兵一刀背。只听得巡更喽兵"哎呀”一声，还未喊出来，朱光祖已跳到面前。亮出刀去，口中喝道：“你喊，咱就是一刀。”那巡更喽兵一见，实在吃惊不小。赶着跪下，哀求：“老爷饶命！小人再不敢嚷。”朱光祖道：“咱且问你，此去大寨，还有多少路程？究竟是什么走法？你如说得一字不差，咱就饶你狗命。”喽兵道：“由此路先向东南，后向西北。再走一里多路，便到了大寨了。”朱光祖听得清白，又细细记了一遍。复又问道：“现在这时刻你还进去么?”那更夫道：“小人们待到三更时分，便进去换班。现在已将三更了。小人要进大寨去换班了。”朱光祖道：“你叫什么名字?”那更夫道：“小人叫王八。”朱光祖听了他一番言语，将路径切记清楚，便起手一刀，将王八杀死。就将他的灯笼向他身上一照，只见王八腰间，挂着一面腰牌。上写：“前哨更夫一名王八”。朱光祖一见大喜，当将王八的牌儿取下来，又将王八身上衣服剥下。先将腰牌挂在身间，然后将王八衣服，也穿在身上。这才将王八的尸首，推在一旁。他便提着灯笼，提了更锣，又将自己的单刀藏好。便一路敲着锣，依王八所指路径，一直向东南走去。

约有二更的时辰，果然到了第二座关。正在越关而进，早见关内已走出一人。手里也提着灯笼，由关内唱出，向朱光祖迎而走出来。到了朱光祖面前，只见那人问道：“来的可是王老八么?”朱光祖也就含糊答应，走了过去。进得关来，仍照着王八的话，向西北走去。不一刻，已到了第三座关。朱光祖一看见栅栏关闭，他便上前叫门道：“换班了！开关呀！”里面答应道：“不要叫，换班就换班，要这样喊法做什么呢?”朱光祖也道：“人家巡了半夜，你们好睡呀！还不换班，难道还要巡到天明吗?”正说之间，关门已开。朱光祖不问原由，埋着头直往里走。

那守关的喽兵，也不盘问，总以为是自家人，每夜皆是如此的。朱光祖过了第三关，仍是照着王八的话，直向前进。一会儿已到了第四座关，却比前三关紧，每夜皆要盘查的。朱光祖才走到关前，当有人出来问道：“你是谁呀?”朱光祖见问便答道：“咱是王八。”那人又问道：“你是哪一哨的?”朱光祖道：“是前哨的。”那人道：“你是前哨第几队?”朱光祖见他盘问他第几队，可是回答不出。只得含糊应答“是第三队”。那守关的道：“你的腰牌拿来我看!”朱光祖就从腰间将腰牌取下。那人验明无错，复又换了一面腰牌递与朱光祖。朱光祖当将腰牌接过，仍然挂在腰间也不与那人闲话，掉转身，即向大寨而去。

不一刻已到大寨。心中一想：“我倒是到了此地，却不知那窦耳墩那老儿的卧房在哪里？与其前去寻找，不如再停一刻，等个人出来，问他一问房间。问明白了，好直截前去，岂不较为爽快?”主意已定，便在黑影子里将身子隐藏好了钻在那里。等了一刻，只见对面走来一个人。朱光祖仔细一看，不是别人，正是郝天龙。朱光祖赶着将身子缩过去。转到那里探身来望，只见郝天龙走过，后面跟着三人，仿佛喽兵模样。又见末后一人，不跟着郝天龙一起走出，偏向旁边走过去了。朱光祖看了一会，见郝天龙已经走过，他偏去追那末后的一人。赶到那人背后就是一腿。只听得咕咚一声，那人栽倒下来。就在这个时候，朱光祖已将单刀拔出，向那人面上一晃，口中说道：“咱老爷有话问你。你若不说真话，咱老爷就是一刀，送你的狗命。咱且问你，你家寨主现在哪里?”那人道：“容小人奉禀，俺家寨主现在上房。”朱光祖道：“咱再问你这上房在哪里?”那人道：“在这大寨后面第三进。咱家寨主所住的房间，是东首一个。西首房间，是咱家小寨主住的。这两日小寨主不在寨内，出去做买卖去了。”朱光祖道：“你可知你家寨主的那一对虎头钩，他平时放在何处?”那人道：“小人这个实在不知道，还求老爷恕罪。”朱光祖见他说不知道，也不追问。随手一刀，结果了性命，直望上房而来。要知如何盗出双钩，且看下回分解。

第三九一回

盗双钩初进连环套　借火亮惊醒窦耳墩

话说朱光祖此时将王八的衣服脱下，摔却灯笼，直向上房而去。只见房里面，尚有灯光。那房内靠东首板壁，摆着一张方桌子。当面有一张床铺，挂着蚊帐。朱光祖心中想道：这床铺，大概是窦耳墩的卧床了。即轻轻的走到床铺前，将帐门拨开。向里一看，床上并未睡人。朱光祖惊讶道："窦耳墩那老儿不在这里，难道我受了那人骗了么?"又因道："且不管他在哪里，只要将他的双钩寻找到了，将这件东西盗了去，就没有事了。"一面暗想便转过身来，在房内各处寻找了一会，并不见有什么双钩。只见壁间挂着个木匣，约有三尺来长，有七八寸宽。朱光祖看了：难道他那双钩藏在那木匣内不成？一面想，一面即从壁上将木匣取下。来就灯前开了，向木匣内一看，原来是一对雌雄剑。朱光祖见不是双钩，心中好生着急。又将木匣盖好，仍代他挂在原处。复又寻找了一回，仍然不见。暗说道："这双钩藏在何处呢？也罢！咱寻不到双钩，便将御马盗出来，亦是好事。"又想道："又不知御马现在何处，又如何去盗呢？不若仍是寻双钩为上策。"因此又出了房间，到西首那房间屋上，伏身细听。

只听西首房里有酣睡之声。朱光祖暗道："大约那老儿睡在这边了。"因又走到房檐口，将身子跳落下来。先在窗外静听一会，房里那鼻息之声，仍然如是。朱光祖便放着胆，将窗子拨开，取出火亮。向房里一瞧，见当面也是一张床铺，也挂着蚊帐。朱光祖便即蹿身进房，只听见又鼻息如雷。朱光祖道："此人定是窦耳墩了，那双钩无论寻得出来与否，人既杀死，虽有双钩，也无用的，咱就如此办法。"主意已定，手执钢刀，走到床前，将帐幕挑开。忽又听床上有人说道："咱爷爷的双钩尔等就将他摆在鼓楼上，万不可又换地方。还要严加看守，提防有人来盗。"朱光祖一听，心中大喜道："原来他的双钩摆在鼓楼上面。既知收藏所在，那就易于寻找了。"正要转身去寻双钩，忽又想道："我何以如此呆法，为何定要盗他的双钩？还不乘此将这老儿杀了，免得随后又要与他争斗，又何必定要盗去双钩呢？"心中想罢，即刻抽出刀来将火卷一亮，向床上一照，举刀向床上砍去。早把窦耳墩惊醒过来。即听他说声："不好！"又喊道："有奸细，快来捉人！"朱光祖一听此言，也不管他何如，随即一刀向床上砍去。只听得啪一声响亮，并未砍在人的身上，却是砍到床上去了。朱光祖便掉转来，蹿出房外，一箭步飞身上屋檐。再四面一看，东方已经发白。他却不敢怠慢，急急向山下投奔。却好未碰着一个，走到天明，已经到了第一座关。守关喽兵尚未起来，他便越关而去，暂且按下。

再说窦耳墩醒过来，说一声："不好了！"喊人："来拿奸细！"怎么他就不见了？难道他会隐身法不成？诸公有所不知，因他这床后有个暗门，里面安了消息，外人看不出来。他却特为装好此门，以防人家暗算：若遇到三更半夜，措手不及之时，他便将暗门推开，就从这门里逃走。所以他一经惊醒，喊了一声："不好！"又喊了一声："有奸细！拿人！"他却早已从暗门内逃走去了，所以朱光祖不曾砍中。此时朱光祖虽走，窦耳墩却传齐合寨人来，各处寻找奸细。哪里寻得出人来？早已不知去向。一直寻到大寨以外，忽见有个死尸倒在那里，大家一起上前一看，不是别人，却是郝天龙随身使唤的小扣子。大家惊讶道："怎样他死在这里？却是被谁所杀？"郝天龙也就道："奇怪了！咱昨夜巡查回寨，他还跟在后面，怎么就死在这里？却是被谁所杀？"正在互相惊讶，忽见第一关守山喽兵，匆匆的走到窦耳墩面前，先请了个安，然后说道："启大王爷！前哨巡更夫王八，不知被何人杀死，尸首抛在地下。"窦耳墩更加疑惑，这王八又是何人杀的呢？郝天龙说道："据小弟看来，定是那黄天霸小子到此。"谁不曾见他想来必定是他。窦耳墩道："咱昨夜曾照见那奸细，却非黄天霸那小子，可不知究系谁人？"郝天彪道："即非黄天霸，也是那黄天霸那里一起的人。"窦耳墩道："这话却也有理。除却他那里，还有什么人到此作奸细呢？"郝天龙道："大哥不曾见个什么物件么？"窦耳墩道："幸亏愚兄被他火卷惊醒。不然，险些儿送了性命。"郝天龙道："照此说来，还不是个奸细，竟是刺客了。这两日内，大哥还要小心。就是咱们大家也要小心巡查，不可再被这奸细混进来才好。"窦耳墩道："贤弟这一二日内，倒可无虑。那奸细定料咱们这里这两日必然加意防守，他决不敢来到。再过了两天，反要严加防守。他以为过了几日，俺们这里见没有事，也就松懈下来。他却趁此又到，以致后患。"郝天龙说道："大哥的高见，咱们就遵命照此办法罢！"于是大家各归本寨而去。

再说朱光祖奔走下山，便一口气跑回客店。黄天霸等一见，便迎接上来。计全首先问道："朱大哥辛苦了，所办之事曾到手么？"朱光祖道："再莫提起，算是白跑了一回，咱早虑到，怕是一次不能到手。却好打听出来，那老儿的双钩收藏之处。"毕竟这事如何，且看下回分解。

第三九二回

朱光祖再进连环套　黄天霸搜寻窦耳墩

话说朱光祖与天霸道："今日双钩虽未盗回，好在他藏钩的所在，咱已知道。包管我明日再去，将那双钩盗回便了。"天霸道："他这双钩，究竟藏在哪里？"朱光祖道："咱在先也不知道，只以为随身所带。哪知到了他房里，四处寻找，不见此物。后来听他梦中所说，才知他双钩所藏的地方。那时也怪我贪心，想将他杀死，只要他死了，那双钩虽然厉害，即无人用，也就成了废物。"天霸道："你老的这主意，真是不错呀。后来怎么不杀那老儿呢？"朱光祖道："咱方将火卷一亮，哪里晓得就这一道亮光，把老儿惊醒了。他便大喊起来。说是：有奸细，叫人来拿。咱听此言，哪敢怠慢，即刻举刀去砍。哪知道一刀砍去，已不知那老儿何处去了。因此才出了他的房门。再向外面一看，东方已经发白，我便急赶回来。这不是咱贪心么？"天霸道："原来如此。但是老叔明日再去，他那里岂不严加防备，怎么得盗出来呢？"朱光祖道："咱料彼这此日来，不致防备，以为咱断不敢去的。咱偏要在他料所不及料，防所不及防的时候，前去出其不意。将他双钩盗来，岂不省了许多事？"计全道："朱大哥！你真可谓知己知彼了。但你老虽然料事如神，咱却有些不放心你老独自前去。在咱的愚见，不若黄贤弟与你老同去。使他在那里掣老儿肘，你老便去盗钩。等得盗到以后，再来招呼他。能合力将那老儿制服住了便好。不然，能将那御马盗回，亦是大妙之事。不知你老意下如何？”朱光祖道：“计贤弟，你这话倒使得。叫黄贤弟与咱同去，咱也多一帮手，就此说法便了。”

到了晚间，黄天霸与朱光祖，各自脱去外衣，穿了夜行衣服，各藏了兵刃，又望连环套而来。天霸与光祖道：“老叔！你便前去盗钩，咱便去那老儿房里办事。”朱光祖道：“此言甚合我意，咱就去了。”黄天霸道：“你老请便。”朱光祖说罢，即便蹿身而去。

这里黄天霸也飞身上屋，到了大寨后三进。先到东首那间屋上，伏身望那房里静听一会。里面既无声响，又无动静。便缩身下去，一只脚倒挂在檐口，一只脚盘在树上。向房里细瞧，仍不见有什么动静。天霸因将腿放下来，跳落在地。取出火种，将纸卷燃着。就手一晃，放出亮光，向里一看，仍看不清楚。因有窗户阻挠，天霸即用刀尖戳了一个眼，近身窗外。用足了眼力，向里观瞧，房里并无人睡。天霸见窦耳墩不在这里，因又蹿到西首房间外面，靠着窗户旁边。正在凝神侧耳，忽听更锣响处。天霸知道有寻更的人来，因暗道：“何不捉住那寻更的，问个明白？”一蹿身飞上屋面，专等那更夫前来。不一刻，只见那更夫敲着锣缓缓而来，嘴里喊道：“各寨睡醒些呀！恐防有奸细进来呀！”一面喊，一面转过大寨的后面。天霸在屋上望下一看，见大寨后并无房屋，乃是一片空地，地上堆了许多乱石。天霸此时即飞身向寨后跳去。只见他一个箭步，向他早已飞到地下，却好站在那更夫面前。那更夫正往前走，忽见半空中跳下一人。这一吓即便往后一倒，跌倒在地下。天霸见他跌倒，随即将手中刀向更夫面上一晃，说道：“你嚷，咱就是一刀，立刻送你的狗命！你不必害怕，但直说便了。”那更夫听了这番话，好容易挣了一会，才说出一句话来：“老……老……老爷开恩!”黄天霸道：“咱且问你，那窦耳墩这老儿今往哪里去了？为何他不在寨内？他平日所住的是两个房间，咱已寻过了，皆不见他在哪里。你可知道他现在何处?”那更夫说道：“还有一个好地方，别人是不能到的。除非自家人才可进去；不然，连门都不会开，怎么进去呢?”天霸道：“这到底是什么所在？何以如此难进去?”那更夫道：“那要晓得却不难。”只用两个指头，向那石板上一按，不知怎样那石板就竖了起来，里面就现出石门。人即从门内进去。等进了石门，又用两指在门上一按，不知怎么，那石板复又盖上了，依然如初。天霸又问道：“你可知这石室在哪里呢?”那更夫道：“知虽知道，但是不会开那石门。还听人说，那石门如不会开的，误碰里面消息，定然要被大青石压死。因此小人不但不敢去开门，连那里也不敢常去。”天霸道：“你若怕死，便领咱前去一看，将那石室看过，再领我到内寨去走一遭，咱便饶你性命了。”那更夫道：“只要老爷不杀小人，无论什么地方，小人都情愿领带老爷去的。”天霸说：“既如此，引咱前去。”那更夫不敢怠慢，便站起身来。提着灯笼，在前引路。领着黄天霸，直望石室而去。转弯抹角，已离石室不远。只见那更夫指道：“那峰岭参差，巉岩峭壁的，那里就是了。”黄天霸闻言，便将更夫两膀背绑起来，又在他身上割下一块衣襟，给他塞在口内。把他向无人处一抛，这才前去。不知如何，且看下回分解。

第三九三回

施神勇英雄盗双钩　畏罪法巡卒私逃难

话说黄天霸处置了更夫，直望石室而来。才转过两个弯子，只见对面来了一人。他一见天霸，便大声喝道："来者何人？到此何故？"天霸正欲躲避不及，只得答道："你是何人？快通名来。咱老爷乃黄天霸是也！特来盗窦耳墩的双钩。"那人一听此言，也不回话，转身就走。天霸一见，知有缘故，也就跟随下去。又见那人爬上鼓架，一吃惊，就从鼓架上跌倒下来。只听咕咚一声，把那楼板震得乱响。天霸此时便抢进一步，将那人按住。只见那人已如半死。天霸便要问他的话，见那人张着口，苦着脸，好像有件不了之事。停了一刻，只见那人喊了一声道："双钩不见，性命休矣！"天霸听得清楚，知道这鼓内就是收藏双钩的所在，现在已被朱光祖盗去了。此时心下好不欢喜，也来不及问那人的话。掉转身出了楼门，寻找朱光祖去了。此人是谁？原来是窦耳墩看守双钩的头目，唤作吴用人。这吴用人因得了腹泻的病，出来上厕，忽遇见天霸。听天霸一句话，说要去盗钩，他已惊吓不小，所以没命的赶着跑回去，预备将双钩拿出来，赶紧送把窦耳墩，他便没有事了。哪知天霸一见他那种情形，早已猜着八九分。所以也就急急跟他跑去，打算如朱光祖不曾盗去，他便自己去盗。哪知此钩早被朱光祖盗去了。

自从朱光祖与天霸分头去后，朱光祖便找到了鼓楼，从鼓楼内将双钩盗出。他当即向背后插定，打算仍由楼屋上面回去。正在打算，忽听楼梯声响，朱光祖大吃一惊。便即敛声息气，侧耳细听那声音。听一刻，那声音渐渐而远，方知是楼上人下去。又听得声响，是开门出去的声音。朱光祖暗道："难道楼上看管的人，知道咱在这里，前去送信不成？且不管他，好在咱已将钩盗出，即使有人前来，咱又何惧？就是窦耳墩老儿亲来，咱也不怕他奈何我了。"复又想道："楼门既开，且不问他是否前去送信，咱何不从此下楼出去较为爽快呢？"主意想定，即刻带双钩下楼，去寻天霸。哪知彼此相左，天霸又跟着吴用人到了鼓楼。及至见吴用人说出那："失去双钩，性命休矣！"他知道已被朱光祖盗去。当即下楼去寻光祖，预备一同下山。

天霸出得楼门，仍望大寨而去。心想："若碰见朱光祖更好，如遇不见，好在双钩他已盗去，咱也可回店，稍歇一日，明日再来与那老儿讨马。"一面走，一面打点主意，正望前进，忽见一个黑影子一闪。天霸当下便击了一声掌，送了个暗号。只听得对面也击掌相应。天霸知道是朱光祖无疑了。当下便走到面前，低言问道："可是朱光祖老叔么？"光祖道："老贤侄，咱们走吧！"黄大霸道："那东西得了么？"朱光祖道："得了，咱们快走吧！时候儿不早了。"天霸答应，便与朱光祖二人，仍使出那飞檐走壁的功夫。真个是人不知鬼不觉，将双钩盗出，下山去了。

再说吴用人吓倒在地，渐渐醒来。见双钩已不知去向，心中想道："我若去送信，他必然说我不小心，性命必不可保；若不去送信，也是不好。三十六着，走为上着。不如趁此逃下山去，寻找天霸。给他送上一信，将御马在何处的所在，告诉于他。叫他前来，或取或盗。我不但无性命之虞，说不定还有好处。"主意已定，连衣服行李都不要了。只穿着随身衣服，连夜的绕转山后小路，攀岩越岭，逃命下山。我且将他暂且按下。再说窦耳墩这夜，正在那石室内睡觉。因他近今得了一个美人，故此在那里取乐。次日一早，窦耳墩到了大寨，正要传齐各寨的头目，商量大事。忽见有几个喽兵，飞跑进来，向窦耳墩请了个安。然后跪下道："启寨大王爷！今有巡更喽兵李四，不知被何人背缚，口塞衣襟，抛在石室相近之处。小的今早走到那里一看，才知道是李四。现在已经带来，求大王爷示下。"窦耳墩一闻此言，已吃惊不小，因即说道："将他带来问话。"未知何事，且看下回分解。

第三九四回

窦耳墩据报问情节　郝天龙奉命看双钩

话说窦耳墩命将李四传来问话。那传令喽兵出去。窦耳墩又命传合寨的头目集议。当即有人前去。不一会，郝天龙、郝天虎、郝天彪、郝天豹等，都已齐集大寨；那巡卒亦将李四带到。窦耳墩对郝天龙道："方才据巡卒来报，声称巡更夫李四，昨夜不知被何人背缚在石室相近之地，口塞衣襟，昏倒在地，今早始被巡卒看见。难道昨夜那天霸小子又来过不成？"郝天龙道："这事不难追诘，但须问明李四便知分晓。"窦耳墩道："咱已去传李四了。"只见那巡卒禀道："小的奉大王之命，已将李四带来，听候示下。"窦耳墩道："叫他进来问话！"那巡卒答应，即刻将李四带进大寨。李四跪在下面。窦耳墩将他一看，只见他惊魂尚未大定，面色如土色。窦耳墩道："你昨夜何时被人背缚？抛在那里？你可从实诉来。若有半字虚言，即刻推出斩首！"李四跪下磕了一个头，战兢兢回道："小的于昨夜四更以后，由东寨巡更，走到大寨围墙以外。正走之间，忽见大寨屋上跳下一人。小的一见，便欲声喊：'捉拿奸细！'哪知小的还未喊出声，早被那人一刀背，将小的打倒，恶狠狠说道：'你可知黄天霸厉害么？'"

窦耳墩听了"黄天霸"三字，便吃了一惊。因向郝天龙道："贤弟，果然不出咱之所料，竟是天霸这个小子复来。但是仔细想来，这件事还要怪贤弟的不是了。"郝天龙道："怎么又怪咱不是?”窦耳墩道:“咱不怪你不曾防备。咱怪你当日见事不明,将那小子带进山来,使他知了路径。不然任他武艺再好,如何能到我此山来?”郝天龙道:“咱当日因不知道是黄天霸,就是你老也不知道是他。后来他追究御马起来,你老又将那御马牵出,与他去看,他这才说出他的名字。你老又约定与他比试武艺,这又怪谁来呢?”窦耳墩还要与辩驳。郝天彪道:“大哥也不必与窦寨主辩驳了。在小弟看来,都有失察之误。此时不必说前番的话,且问李四便了。李四便将天霸如何进了石室的情由细说一遍。又说:“小的受大王的恩典,是何等深重!不能开门揖盗,做哪家鬼弄哪家人的事呀!”

李四才说得这句话,忽见窦耳墩一笑道:“你还知这家鬼弄这家神、开门揖盗的事是做不得的么?”李四道:“小的虽是个小人,这点道理也还明白。所谓在一家顾一家,在一国顾一国。何能做出那等事来呢?”在李四却是无心话,在窦耳墩可实在有些括着郝天龙。此时郝天龙明知窦耳墩这话有因,是括着自己将天霸引上山来,却不能再与他辩。而且自己有些不是,只得隐忍不言。只听窦耳墩又问道:“黄天霸叫你开门,你怎么与他说的呢?”李四道:“小的就向他说道:‘老爷若真送小人性命,不肯放这残生,便请老爷将小人即此一刀杀死,免得受罪。小人实在不知开那石门,老爷使小人开,小人如何开法呢?’黄天霸听小人这番话,当下说道:‘你既真不知道,咱老爷也不勉强你。咱自会去开,但不能将你放去。’小人听了这句话,心下暗想,难道还杀我不成?小人正在暗想,忽见他将小人两只臂膊,向背后一剪,立刻缚了个结实。又在小人身上,用刀割下一块衣襟,叫小人把嘴张开来,他将那割下的衣襟塞在小的口内。那时小的可真不能开口了。他还不肯放松，又将小的抛在山凹子里。”窦耳墩道：“他将你抛在山凹子里，后来可知道他究竟去开那石室的门没有么？”李四道：“哪里还看得见他去开门呢？但远远听得一句道：‘咱黄天霸特来盗取双钩的！’可不知系同何人所说？以后可全不知道了。直至天明，方才遇见这巡卒，将小人救起来的……”

李四尚未说完，只见窦耳墩听说盗钩的这话，即刻面色如土。大惊道：“这便如何是好？万一我那双钩被天霸那小子盗去，咱可真无所仗恃了！”郝天龙道：“寨主休得惊慌，即使天霸本领精强，要去盗那个双钩，甚不容易，而且他绝不知这双钩藏在鼓内。他此来是先打听，看这个双钩究竟在于何处；等打听实了，然后再来盗取。”窦耳墩道：“即如此说，贤弟可前去一看，是否被他盗去？速速回信！”郝天龙答应，随即动身出寨，直望鼓楼而去。到得鼓楼门口，只见楼门大开。郝天龙走上楼梯，向上一看，这一吃惊，实在不小。只见楼屋上面，有两架宽阔椽子，露出光来，是通天的。郝天龙知道有人揭去了天窑子了。再仔细一看，又见那鼓架子旁边有拔下来的三棱钉。再从鼓上一看，那鼓皮已经划开。郝天龙照平时那取钩的法，向鼓内去取，哪里还有什么钩来？此时郝天龙知道双钩已为人盗去，便急急寻那看管双钩小头目吴用人，再寻也寻不出。只得转回大寨，回复窦耳墩。毕竟如何，且看下回分解。

第三九五回

失双钩窦耳墩吓倒　报机密吴用人投诚

话说郝天龙见双钩已被人盗去，当即去寻看管双钩的头目吴用人。哪知再寻也寻不到。只得回转大寨，回复窦耳墩。且说窦耳墩着郝天龙去后，两眼望穿，等他回信。忽见郝天龙跑得气喘喘奔进寨来。窦耳墩见他那种光景，知道不妙。便急急问道："咱的伙伴，怎么样了？"郝天龙道："还要问他作什么？完了！明白告诉你吧！被人家盗去了。可不是完了吗？"窦耳墩一听此言，只听"哇呀呀！"一声不曾喊得完，向后便栽倒在地，登时昏晕过去了。于是大家七手八脚，取姜汤的取姜汤，呼唤的呼唤。好一会，那窦耳墩才算苏醒过来。口中喊道："黄天霸！黄天霸！你家父子皆与咱作对定了。你既与咱作对，咱定与你势不两立。不拼个你死我活，我不甘休！你以为盗去咱爷爷的双钩，咱爷爷就此惧你，把御马送还与你么？好小子！你真是梦想呢！"此时窦耳墩真急得七孔生烟，三尸冒火。喊了骂，骂了喊，暴跳如雷，闹得不已。郝天龙、郝天虎、郝天彪也是骂不绝口。

郝天豹道："诸位兄长不必作恼。小弟却有一言，望诸位兄长容纳。自古道'兵来将挡，水来土掩'，此一定不易之理。今双钩既为他盗去，咱料他明日必定复来要索御马。但是他明日果来要马，诸位兄长还是与他战？还是与他和？若与他战，诚如我大哥所言，黄天霸虽无三头六臂，可是我辈皆非他的对手。前者尚有寨主的双钩，可与对敌；就是他亦甚惧寨主的双钩。今双钩已入他人之手，战是定战他不过，不战便与他和。但既与他和，不将御马送出，那还是句空话，他也总不肯依。势必送出御马，还要低心降气，与他言和，这又未免失了咱们志气。在小弟之见：莫如等他明日再来时，与他讲明。双钩既为你盗去，这便算是你的本领；你若再能于三日内，再将御马盗去，咱便与你世代言和。若三日之内盗不去，不但仍将双钩送还，而且不能再要御马。你坚执不行，咱们就与你拼个你死我活。如此办法，似于咱们面子上好看多了！”窦耳墩道：“贤弟！你这话又差了。咱这双钩，他既能盗去，岂有不能盗御马之理？这不是徒说白话么？”郝天龙道：“在咱看来，还是与他拼力斗一回。拼个你死我活，免得又被他耻笑。”

窦耳墩道：“还是这样好。”郝天龙道：“可不是这样好么？”郝天豹复又再三说道：“小弟之意，还是约他前来盗御马。若盗得去，咱们就与他言和；若盗不去，他也不甘心，势必要与我厮杀。那时再拼个你死我活，也还不迟。何必就如此急急呢？而况小弟还有一说，那御马所藏之地，他即使前来，绝不知道。咱们再一面日夜巡防，还怕他来盗去么？等到三日后，他如盗不去，那时他必不甘心，势必与咱为难。好在咱们山上地雷火炮多，咱们就预先埋伏起来。等他来时，将他诱到有埋伏的地方，放起地雷火炮，把他轰死。也可以报复前仇，消却此恨了！小弟愚见如此，不知诸位兄长意下如何。”窦耳墩听了此言，因道：“咱倒忘却地雷火炮一事了。今既如此设法，咱们就预备起来便了。”大家答应。窦耳墩又问道：“咱还有一事，那看守双钩的吴用人，现在何处？他为何不来禀报？”郝天龙道：“还提他什么？吴用人却早不见了。”窦耳墩道：“就是不见，也寻个下落，还是被天霸杀死，还是到哪里去了？”乃命喽兵四路寻找，此事暂且不表。

再说黄天霸与朱光祖将双钩盗出，回至客店，心中好不欢喜。当下计全、何路通、关太都将朱光祖称赞一回。朱光祖也觉自鸣得意。大家摆出酒来，尽欢而饮。席间，计全便议道：“朱大哥今日将双钩盗出，那老儿自必无所仗恃，小弟愚见：明日咱们大家各带兵刃，一起上山，与那老儿索取御马，使他速速送出。他若再有犹疑，咱们趁此就焚毁他的寨栅，将窦耳墩捉住，与御马一同送入京师销案。”大家称是。一会儿酒饭已毕，大家正坐在那里闲谈。忽见店小二进来问道：“哪位是黄老爷？外面有个人，说是要见黄老爷，有机密话说。”大家一听，顿觉奇异。因道：“这是何人，有机密来报？”计全便对店小二道：“你且叫那人进来问话。”店小二答应出去。你道这人是谁？原来就是窦耳墩着人各处寻找、疑惑被黄天霸杀死的那个看管鼓楼上双钩的小头目吴用人。这吴用人自失去双钩之后，他便畏罪，由后山小路逃走下山。沿途访问，知黄天霸住在此地，即前来求见，禀报机密；也算是悔罪投诚。当下店小二出来道：“黄老爷叫你进去呢！”吴用人听说，就跟着进去。店小二先向黄天霸说道：“求见黄老爷的人，带进来了。”天霸道：“叫他来见我。”店小二即命吴用人进去里间屋内。吴用人到了屋里，他也看不清楚谁是黄天霸，只得说道：“哪位是黄老爷？”天霸道：“你唤什么？见我有何话说？”吴用人听说，即向黄天霸面前跪下，说道：“小人姓吴名唤吴用人，本是连环套的小头目。因有机密事，特前来禀报，还求老爷屏退众人，以便呈诉！”欲知吴用人说出什么机密事来，且看下回分解。

第三九六回

吴用人详细说机关　黄天霸决计索御马

话说吴用人一见天霸，跪在地下。天霸问了他的名姓。吴用人将名姓报出。天霸又问他前来禀报何事？吴用人道："小人却有机密奉禀，请老爷屏退左右，小人才敢细说。"天霸道："此间皆是同来的老爷们。尔有什么话，但说不防！"吴用人道："小人本是连环套窦耳墩寨内看管鼓楼双钩的小头目。因闻老爷的大名，是一位忠心赤胆的国家大忠臣。而且武艺超群。名闻天下，故想前来投诚。又思窦耳墩他虽然现在强横，不过是一名草寇。因此左思右想，还是投到老爷麾下，哪怕当个马夫，执鞭随镫①，总比那做强盗的声名好多了。"天霸道："你既有机密，速速说来，不必再说闲话了。"吴用人道："只因那匹御马，自盗来的时候，以至老爷第一次上山，皆在马房内喂养。及至老爷去后，窦耳墩便藏到那石室内去喂养了。"天霸听了此言，便问道："你可知道，那石层的门户如何开关么？"吴用人道："小人知道的。小人此来，就是要将那开石门的法儿禀知老爷，好使老爷前去他那里，将那御马取回，送往京城复命。"天霸道："你既知道，你可详细说来。"

---

① 执鞭随镫——执马加鞭，跟在马镫旁边。比喻追随左右，尽心效力。

那吴用人道："那石板上面安着一副铁环，猛然间可瞧不出，必得细细去看，方才看得出来。只要将那铁环用手指扳定，先向外一推，后向里一拉，那石板大开，即有门径可入。但必须将那铁环再向中间一按，内中便有双连环钩，将石板钩定，再也不得覆关起来。不然人才下去，一触消息，石板即压下来。任你有本领的人，总要压成肉酱。这件事为最最要紧。不过下去之后，皆是连环路。人家但知此山名曰连环套，其实这石室内才是连环套呢！老爷如进去时，切记八十步一转，少一步不能，多一步不可。若实在记不了这许多，但看那有石墩子所在，就向右首转弯。随后出来，都向左首转弯。到了里面，有个六角门，门内就是那养马的所在。但是那六角门是终日闭着不开。看起来并不稀罕，只要将他推开来，就可进去了；其实不能推，如若去推，不但门不能开，而且上面有两个八十斤重的大钢锤，只要将门往里一推，那两个锤头就打下来了，即刻脑浆迸裂，如要开此门，还要将门上两个大铁圈，攀定在手。轻轻的向怀里一拉，那上面两柄锤头，自然而然就分在两边，那两扇门他就自然而然开了。若要关此门，那门后还有两个小铁圈，也将那铁圈执在手中，还是向怀里轻轻一拉，那两扇门自然关了。出来的时节，人在门里，却不要开门，反要推门。那门经人一推也就开了，这是六角门的暗记。窦耳墩的住房，就在这里面一块玲珑石背后。那玲珑石也是暗记，只要认定石头左半边，有个拳大的小孔，用二指按在那小孔里，一按，那块玲珑石自然推过去了，里面便现出门来，人就在此进去。到了里面，有道月亮门，门后有根铁索。只将铁索向右边一拉，外面的玲珑石，复又将门挡起来。出来的时节，将铁索向左边一拉，那玲珑石又推过去，那门复又现出。若误拉了铁索，上面埋伏着钢刀五把，就要落下来，将人斩为两段。除此以外，并无难破之处了。老爷若要前去，但将小的所说的话记清了，未必不马到成功的。”

黄天霸等听了吴用人的话，觉得句句是实在，并无虚言。吴用人当下给黄天霸磕了个头，又给计全等大家谢过。复又说道：“以后若有用小人之处，小人虽赴汤蹈火，亦所不辞，或者藉图报效。”黄天霸即命他到外间歇下。此时天已将晚，一会儿店小二送进晚饭，大家用毕。闲谈了片刻，便去安歇，以便明日一起到连环套，与窦耳墩要马。一宿无话。

到了次日一早，大家起来，梳洗已毕，用过早膳，装束停当，各带兵刃，直望连环套而去。不一会已到。黄天霸等共计五人，一直来到山上。先向守山喽兵喝道：“你等听着：速报窦耳墩知道！就说黄天霸老爷到此，叫他速将御马送出，或可以留他一个全尸首。若再延迟，咱老爷就要立刻削平山寨，将他捉住，碎尸万段了。”那守山的喽兵听了这番话，怎敢怠慢，随即飞跑进去。却好窦耳墩尚在寨内与大家商议埋伏地雷火炮的事。那守山喽兵，跑到寨内禀道：“启大王爷，不好了！前夜来盗双钩的黄天霸，现又带领了四五个人，前来要那御马，声称叫大王爷若速将那个御马送出，还可稍留情面，舍大王爷一个全尸首。如再迟迟，便要削平山寨了。请大王爷从速示下！”窦耳墩听说，直气得三尸冒火，七孔生烟，一声大叫道：“天霸你这小子！欺人太甚！咱定与你势不两立了。”说着即命人备马，决计与他拼个你死我活。郝天豹当时拦道：“寨主且请息怒，天下事急行缓办。何如仍照前议，等他三日之后，御马盗不去，他必不肯甘休，定要与咱们厮杀，那时咱们的埋伏已预备好了还可以将他诱入。此时出去，万万不可！”窦耳墩听了这番话，才将气平下去。因与郝天豹道：“据贤弟所言，虽甚有理。但天霸这小子，在山前索马，还是出去与他说明才好。”郝天豹道：“小弟愚见，还是把他请上山来，先以礼节待他。他见咱们以礼相待，他不立刻翻脸。然后再约他盗马。天霸虽是厉害，却处处要面子。他即不肯答应盗马，只须用言反激他，无有不答应之理。”窦耳墩道：“就如此办法，且将天霸等迎接进来，然后再作计议便了。”当下即命人：摆队相迎。窦耳墩率同郝天豹等兄弟四人，一同下山，迎接天霸。到了山口，只见天霸在山下大骂不止，口口声声说道：“怎么这许多时候，还不将御马送出？”正在暴跳如雷，忽见窦耳墩从山上迎接下来。远远的就招呼道：“诸位到此，某等有失相迎，尚望恕罪。敢请诸位进寨一叙，某还有要话面商。好在敝寨不远，请即前去如何？”不知黄天霸等肯上山否，且看下回分解。

第三九七回

约盗马暗施毒计　再探信顿破狡谋

却说黄天霸等听了窦耳墩这番话，向计全、朱光祖道：“咱们就进去一走，看他有何话说。”计全道：“使得。”朱光祖道：“可行。”于是大家一起走上山来，进了大寨。黄天霸首先说道：“窦耳墩！你现在应该知道咱老爷们的厉害了。你双钩既为我等盗去，你也无所恃仗。正可悔过自新，将御马速速交出。可行则行，否则可不要怪向你们动怒！”窦耳墩道：“俺家双钩虽失去，这盗的未必是你所为，谅你这小子无此本领。今虽双钩已失，你若有此胆识，能于三日内，独自上山，将御马盗去，俺家从此即拜你为师。”天霸道：“你预备好了，三日内看咱老爷来盗御马。”说罢天霸也就站起身来，与朱光祖等人出寨，下山而去。窦耳墩见天霸等人已走了，也预备埋伏地雷火炮，专等黄天霸三日后的消息。

且说黄天霸、朱光祖等下得山来，沿途计议道：“这老儿可真要死在目前了。他不思速将马送出来，悔过自新，尚自怙恶不悛，叫咱前去盗马。他以为咱不知道他藏马的所在，又不知道开他的那座石门。咱看他真不知自量了。”计全道：“在愚兄看来，窦耳墩必有他谋，决不是叫贤弟前去盗马。而况窦耳墩向来性情暴躁，今虽自己双钩被人盗去，而又当面遇见了仇人，不但不万分仇视，而且故作从容，其中必有诡计。倒不可不防。”朱光祖道："咱亦虑及至此，但是如何办法呢？"计全道："咱倒有个主意：咱们回店后，即令吴用人上山细细打听，究竟有何诡计，再作商量。"朱光祖道："此事正合吾意。"一路闲谈，不一会已到客店，此时天色尚早，计全即将吴用人喊至面前，向他说道："今有一事，非你不可。你既矢志投诚，这件事若打听清楚，将来定然重重有赏。但不知你敢去不敢去？"吴用人道："只要老爷不疑小人，赴汤蹈火，小人也是情愿的。老爷有什么事，但请老爷吩咐，小人当遵命前去，竭力报效便了。"计全道："咱今使你连夜往连环套一走，将近两日内的实在情形，打听明白，赶速回来禀报。不知你敢去不敢去？"吴用人道："小人当得遵命。但有一件，须要呈明。今夜前去，明日夜间，方可回来。只因小人不能由前山进去，要由后山小路而进去。这后山小路，还须渡河，方能上去，所以要夜来夜往，才得无事。若白日上山，恐怕为窦耳墩知道，小人的性命，倒不算什么大事，将来贻误了公事，那就有负老爷的恩典了。"计全道："明夜回来，倒不妨事，但须打听确实方好。"吴用人道："小人自当悉心打叫确实，老爷但请放心便了。"说罢便即告辞出去。等到天黑，他便饱餐晚饭，装束停当，又带了些干粮，然后出了客店，直望连环套而去，闲话休提。

到了次日四更时分，居然打听回来。此时黄天霸等，正在盼望。只见吴用人敲门而进。天霸等一见，好不欢喜。因即问道："你去打听窦耳墩山上，还有什么新闻？"吴用人道："幸亏老爷料事如神，若不差小人前去打听，几遭窦耳墩所算。"黄天霸道："到底怎样？你快说来。"吴用人道："小人由后山上去了，悄悄去找一个至好朋友名唤高三。这高三也是山上的小头目，小人找到他，即假意说道：‘高三哥，你要救我嚯！’高三便问道：‘你这两日到哪里去的？大王的双钩不见了，你怎么不看守好？’小人便与他道：‘这件事怎么能怪我呢？我现在已两天不吃了。’高三问道：‘你怎么两天不吃呢？’小人便说道：‘自从那夜来了个姓黄的，到鼓楼上盗那双钩。我当时惊醒了就要喊了，不意被那姓黄的看见，就将我绑缚起来，口里又塞了衣襟，将我塞在楼梯底下。后来，他去盗那双钩，那时我在那里喊又喊不出来。说又说不出。到了次日，还听见有人寻找，我定在楼底下，真急死了！想人前去救我，哪里晓得去寻找的人，总不曾到那里去找。我打量一定死在那里。该因命不断绝，不知怎样忽然松下绑来，我才得活手活脚，将口内的衣襟掏出来。打算去到大寨报知大王；后来一想，不能前去。不知近两日的情形，若是话说得不对，反而性命难保。因此先到你这里，问个明白。请你想个法儿，救救我的性命！不然，我虽不为大王所杀，若是大王将我赶下山，我又到哪里去吃饭？那还不是饿死了么？所以请你想个法儿，安插我个吃饭的所在。或是先请你在大王面前见机说，烦将我这番苦衷说明。’高三见小人说了这番话，他便对我说：‘你真是被塞昏了！你还不知道，这两日忙碌异常，在各处埋伏地雷火炮。’小人见说，就问高三：‘埋伏地雷火炮作什么呢？’他就说道：‘窦耳墩约定黄天霸，三日内前去盗御马，预备乘此就要害天霸的性命。’小人见他说了这句话，便又问他：‘地雷火炮，埋伏在什么地方？’他说：‘凡要道口，都埋伏下了。只有石屋与后山两处，不曾埋伏。’小人听这话，又问他道：‘为何石室与后山两处不埋伏呢？’他说：‘听窦耳墩等议论，石室那里，若有埋伏，恐怕把石室毁了。后山，天霸不知道从哪条路上山，故此不曾埋伏。’小人见他说了这些话，小人也就不托他想法了。后来小人就躲在那里一天，等到天黑，才瞒着他悄悄出来，仍由后山下来，赶回来给老爷送信。老爷可急速打点主意。”不知又想出什么主意来，且看下回分解。

第三九八回

避火炮偷渡后山河　盗御马三进连环套

话说吴用人探明连环套内各处埋伏地雷火炮，急急回来禀明了黄天霸等人。天霸即命他出外歇息。黄天霸与计全、朱光祖道：“今据吴用人所言，果不出二位所料。”计全道：“在愚兄看来，此事竟非何大哥不可。”天霸道：“但恐何大哥不行臂助又便如何？”何路通道：“黄大哥，你怎么说我不行呢？”天霸道：“小弟说这不行两字并非说你不肯。只因那水荡不知离后山尚有多远？又不知有无船只？你虽能在水里埋伏七昼夜，咱们大家皆不识水性。就使你一人由水荡能过去，咱们不能过去，还不是个枉然么？若今你老哥独自上山，那后山的路径，你又不熟，咱们又何能使你独自前去？所以咱说出那不行两字，是这个道理。你怎么就误会其意？只当咱说你不肯了。”何路通被天霸这番话，说得哑口无言，连一句话都辩不出来。听了一回，这才说道：“既这么说，还得大家想法儿前去才好，终不成就半途而废么？咱总是现成，如有用咱之处，咱总效力便了。”计全道：“你们两个人也不要抬杠，皆是公事。这个公事仍照公办了。在咱看来，还将吴用人喊来，问明他后路情形，再作计议罢。”

当下又把吴用人喊进来，问道：“据你所说后山，皆是蚕丛鸟道①，又有水荡拦阻，行走颇为不便。但是你如何得过来的

① 蚕丛鸟道——形容道路十分狭窄。

呢?”吴用人道:“小人曾识水性,因此涉水而过。”天霸道:“这水荡周围有多少宽阔?中间的水有多少深浅?你可明白说来。”吴用人道:“山后一带皆是水荡,所谓‘三面是水,一面是路’。”计全道:“方才据你所说,前山各要隘,皆设有地雷火炮,除却后山,万不能上去。而后山又有水荡阻隔,不能飞越而过,你不有什么法想,可以上得山来?”吴用人道:“小人只有一个主意。而今之计,小人先下水去,来背老爷好上去。所幸那河面不过五六丈宽阔,次第将老爷们背过去,那不是老爷们可上山么?”计全道:“你既能如此,这就可以设法了。你不知道咱们这位何老爷,才是绝好的水性呢!”吴用人道:“小人不知。”计全道:“你且去歇息,再听咱们招呼罢。”吴用人当下退出。天霸道:“计大哥,你老有什么主意呢?”计全道:“也没有别样主意,所幸那河面不宽,只得请何大哥辛苦一趟,与吴用人到了那里,将我等背驮过去。好在我等人数不多,除何大哥以外,只有四人,只要两起,便可背过去了。”朱光祖道:“就此办法,不必再打主意了。”计全道:“但是明日午后,就要起身。”一宿无话。

到了次日午后,约有申牌。众人都收拾停当,各带兵刃。何路通便穿水行衣靠,即带了吴用人,一同出了店门,直奔连环套而去。不到初更时分,已到了那里。当下何路通即将外面大衣脱下,递与黄天霸手内。天霸也将外面大衣脱下来,执在手中。何路通便先下水,先试一试,觉得不太深,正要来背天霸,忽见吴用人喊道:“此处不能去,这地方的水是最深的,老爷虽不怕,恐黄老爷到了中间,也要下水了。还要走过去一箭路,那里的却是最浅。”何路通听说,即向西首走了一箭多路,然后叫天霸伏在背上,他背驮过去。朱光祖就在吴用人背上,也驮了过去。何路通、吴用人将天霸、光祖送至对岸，后又过来背关小西、计全，四人皆已过去了。何路通与吴用人，就席地坐下，歇了半刻。此时大家俱是短衣紧扎，当由吴用人在前引路。果然山势嵯峨，崎岖万状，大家皆是攀藤附葛，好容易走了有一个更次，才把那蚕丛鸟道将次走完。又走了一会，已看见正路。黄天霸道：“咱们已进了山，但是怎么办法？还是分头前去？还是合力同行？”计全正欲答话，忽见吴用人道：“在小人愚见：莫若先到石室，将窦耳墩捉住，或将御马先盗出来，然后再搜寻埋伏，平毁山寨。”计全道：“此言甚合吾意。就请朱大哥、黄贤弟进到石室里面，咱们全在外面接应。”

黄天霸、朱光祖二人答应，便急急望石屋而来。不一刻到了石室外面，此时已有三更时分。黄天霸即照吴用人所说之话，向那石板上仔细一看，果然有两个铁环，安在石板之上。天霸即将铁环执定，先向外一推，复向怀里一拉。急听“吱呀”一声，那石板向旁边转过，内里闪出一道石板门来。天霸又将那铁环向中间紧紧一按，果然落下一个双连环铁钩，将石板钩住。黄天霸在先，朱光祖在后，进了石门。又记定吴用人所说八十步一转。但见有石墩子，就向右边转弯，走了一会，果然见了六角门。黄天霸又记定吴用人的话，看定门上那两个铁圈，执定在手，轻轻的向怀里一拉。只听得门里哗啦啦一声响，好像有两样物件从旁边分开的声音。朱光祖道：“你我便去那里寻找。”就顺着声音一路寻去，到了假山那里，四面一看，并无空地。那假山以外，便是一道围墙。天霸道：“这可把我闹糊涂了。”朱光祖道：“咱们何不上假山一看呢？”天霸答应。当下二人便一起跳上假山，向那围墙里面望去，只见围墙里面一带房廊。天霸便悄悄与光祖道：

“你看那里这一带房廊，莫非即关在房廊里面么?”朱光祖道：“咱们且跳下去寻一寻。”黄天霸道：“但一件，跳下去可极容易，必要将出路寻出方好。我看围墙外面并无门路，此时跳下去，得了御马，没有门径，怎么将马牵出来?”朱光祖道：“老贤侄！你且这里等一等，让咱先下去踏看一番，那御马究竟在与不在，再作计议。”天霸答应。朱光祖即刻一个蹿身，飞跳下去。毕竟御马是否藏在里间，且看下回分解。

第三九九回

黄天霸活捉窦耳墩　众英雄大闹连环套

话说朱光祖跳入围墙里面，四面一看。当下便使出草上飞的本领，走到那房廊，轻轻将窗格撬开，探身入内，凝神定睛一看：果见有匹马拴在里面柱子上。将那马细看一番：实在与凡马不同。朱光祖大喜。立刻又飞身出来，将此情告知天霸。天霸闻言大喜。也就立刻下了假山，寻找石头左边那个拳大的孔。不一刻居然寻到，天霸将二指在石孔一按，并不费事，也不费力。只见那假山就移动起来，即刻推在一旁，现出门来。天霸又向光祖道："朱叔台！你可仍由里面墙上跳过去，以便接应。咱便由月亮门进来便了。"朱光祖答应，复又从围墙上跳入；天霸即从月亮门内进去。二人见面，天霸道："朱叔台！马在哪里？"朱光祖道："马在这里。"天霸就跟定光祖，走到房廊那一间，正要进去盗马，忽听对面那所高大的屋内，窗格响亮。天霸掉头一看，只见迎面走出一人，出声大喝道："来人敢是盗马的么？"天霸见有人知道，也就高声大喝道："你是窦耳墩！咱正是前来盗马——那马已被咱老爷盗去了，你还在梦里呢！"未毕，对面的那人已不知去向。天霸好生疑惑。

正说之间，忽见一片灯光，即从那对面屋内出来，为首一人，正是窦耳墩。手执双刀，一声大喝道："好小子天霸！你当真敢来盗马吗？"天霸道："老匹夫！你死在头上，还不知道，尚敢说出这无耻的话么？御马已被咱盗去了，特地前来捉你。”窦耳墩一听，真个是三尸冒火，七孔生烟，当下“哇呀呀”一声，手舞双刀直奔天霸。左右齐舞，叫做连环刀。这个刀法，如遇见旁人，也是万难抵敌。天霸见连环刀接连砍下，也就杀得高兴起来，使出六十四路的花刀出来，窦耳墩与天霸二人过了手，愈杀愈急。窦耳墩抵挡不过，便举起刀来，向天霸虚砍一刀，即思奔逃。却好朱光祖在旁，一声喝道：“你向哪里走？可认得朱光祖么？”说着就是一刀，从窦耳墩背后砍到。耳墩一听朱光祖三字，便大吃一惊，暗道：“我今性命休矣！”一面暗想，一面即转身躯来迎。光祖方转过身来，天霸又是一刀砍到。耳墩知是不济，便跳出圈外，将朱光祖、天霸两刀让了过去。那天霸真个飞快，便就抢进一步，又是一刀向耳墩左肋刺入。耳墩急将手中刀望下一磕，将天霸的刀掀在一旁。此时他也不还刀，但向后退，天霸见他后退，便直向前进。正赶之时，忽听耳墩喊道：“天霸小子！不要赶，看家伙！”天霸一听，怕他有暗器来打，凝了一刻神志。窦耳墩便趁此时，一个箭步，飞身上屋。黄天霸见他飞身上屋，也就将身子一缩，两脚一跺，即刻追上屋去，方到檐口，耳墩早揭了几片瓦向天霸打来。天霸说声：“不好！”将头向旁边一偏，所幸不曾打中，让了过去。却好朱光祖也上了屋面，就从背后出其不意，一脚将窦耳墩打倒屋面。天霸见光祖将耳墩打倒，赶进一步，举起一刀，认定他右手一下，耳墩万避不及，只听“哎呀”一声，刀已落下。天霸砍第二刀，朱光祖又在他腿上砍下一刀。耳墩已是动弹不得。天霸便将他从屋上摔了下来。但听咕咚一声，耳墩已死了一半。于是天霸、光祖一起下屋，就将耳墩绑缚起来，四马倒攒蹄，捆了结实，抛在一间房内。

光祖便与天霸道："老侄！你就在这里看好御马，咱出去望望他们现在哪里，曾否与他们动作？"天霸道："咱也去走一趟，好在耳墩已被捉住，还怕谁来？"说着就与光祖一同由月亮门出来，一同走出石室。只听西北角上一片喊杀之声，真是震动山岳——知道关小西等已在那里动起手来了。即便顺着声音，赶杀过去。只见关小西敌住郝天龙，计全战住郝天虎，何路通力敌天豹、天彪，七个人杀得难解难分。天霸大喝道："各位兄长使劲儿！御马已得了！耳墩那老儿已被捉住了！不可以将这些毛贼放走，咱们齐力将他这伙强盗一个个捉住，解到京师，听候按律治办。"关小西一听天霸此言，更加高兴。真是个个争先，人人恐后，奋勇杀上前去。郝天彪等听了这话，却是个个胆寒。暗道："大王被人捉住，御马又被他盗去，这还有什么想头呢？"各人就此存了这个心，不觉看看抵敌不住。只见关小西一刀，早将郝天龙砍倒在地。接着计全又是一刀，向郝天龙砍去，天虎正要去架，不料关小西在郝天虎背后砍来。两面夹攻，郝天虎也被砍倒在地。那边郝天豹、郝天彪双战何路通，见两个哥哥俱被人砍倒，于是心慌意乱。郝天豹早被何路通打中肩窝一拐，只听"哎呀"一声，往后便倒。郝天彪此时更加慌乱，便向何路通虚砍一刀，急待要走；哪知天霸跳到他背后，将他手擒过来，趁势望地下一摔，也跌得个七死八活。于是大家一起喊道："你等喽兵听着！窦耳墩今已被捉，郝天龙等又被拿获，你等如要性命的，快快归降！倘若再执迷不悟，咱老爷等即刻将你等杀得个鸡犬不留。"这番话方说出去，早见那些喽兵一一跪下哀求。要知后事，且看下回分解。

第四〇〇回

分给资财恩威并济　误肆劫掠冒昧而行

话说连环套众喽兵，见天霸等众英雄将窦耳墩众人一一捉住，真是个个心寒，人人胆怯。向天霸等哀求，免其一死，情愿投降。天霸等准如所请，即命众喽兵赶速将前所有各处埋伏的地雷火炮，全行拆去。那些众喽兵怎敢怠慢，立刻一起到各处拆毁埋伏去了。

这里天霸道："耳墩这老贼虽已被捉，众头目亦已被擒。但是他的家小必在后寨，咱们且将他家小搜寻出来，好一起解往京师，听候治罪。"话犹未了，只见吴用人跪下道："小人冒死有一言上禀：还求老爷俯纳。窦耳墩虽然作恶，罪不容赦。他家小平时也甚正道。今祸首已被擒获，自当按律治罪。可否祈求恩体罪属不拿之意，免诛家小科条，耳墩将来虽明正典刑，他也要衔感大老爷大德。这是小人冒死央求。只因小人眼见得他全家遭戮，实在不忍。"天霸见吴用人如此哀求，心中也未免不忍。乃说道："念你一再哀求，又道他家小亦甚正道。你可即传言，令他家小从速搬下山去，另谋居住，安分为民。所有细软资财，准他带往，以示体恤！"吴用人闻言，磕了个头，给天霸谢过，直向后寨而去了。及至到了后寨，早已不见。吴用人又寻了一遍，毫无形迹。知道是闻风逃去，只得复行出来，对天霸等禀知。天霸道："既然畏罪而逃，也就算了。"却好此时那些去毁埋伏的人也来禀报：地雷火炮已一一毁去。黄天霸即向众喽兵道："你们这些人，从前皆是良民。误入此地，本总镇不为难你等。有家者归家，无家者各寻生活，不得再蹈故辙！若无财产者，等本总镇将窦耳墩所有家财查明，再行分给尔等，速速下山，各安生业。"这些话一说，那些喽兵个个感激无地。真个是欢声动振，专候分给资财。

这里黄天霸与朱光祖、关小西、计全、何路通四人，去到石室，将御马敬谨牵出；又解窦耳墩出来。此时窦耳墩已经半死，不复从前那样极恶穷凶。天霸等将他押解到大寨，与郝天龙等放在一处。又将那匹御马拴在一旁，命人守好了。复去各处查点赀①财，以一半散给众喽兵下山；以一半带了下山，充作沿途的经费。然后命人将连环套内所有的房屋，放起一把火来，烧得干干净净，然后与众人带了这一匹日月骕骦御马，并押解窦耳墩五人下山。一直到了客店，大家住了歇息。即命店主人传了好些木匠来，连夜的打了五个囚笼。又命铁匠打些铁索，就将窦耳墩五人等锁链起，打入囚笼。又将那无家可归、情愿投降的喽兵，拨了二三十名，充作护勇。以便保护御马，押解囚车，又请朱光祖会同褚标、李昆回淮安报信，分派已定。

停了一日，黄天霸等及一切众人，保着御马，押解囚车，直望京师进发。在路行程，非止一日。这日进了张家口，到了一个所在。大家走得困乏，就树林内稍为歇息。大家才坐下来，忽见林内蹿出一人，浑身短衣找扎。手执双刀，一声大喝："你等哪里去？快快丢下买路钱来！"说着就飞舞双刀杀入。众人一见，

---

① 赀（zī）——钱财，同"资"。

吃惊不小，报知天霸。天霸闻言，立刻跑到面前。正见那些侍从的人，被那手执双刀的人，杀得乱奔乱走。天霸喝道："好大胆的囚徒，竟敢抢劫！快快留下名来，好让我送你性命。"那人一见后面来一人，手执单刀，迎杀上来。他就应答道："咱爷爷乃独角蛟李霸是也！你是何人？敢来送死。"天霸大怒道："这个贼囚！咱老爷乃总兵黄天霸是也。"独角蛟听说黄天霸三字，知道不妙，也就急急的向天霸虚砍一刀，掉转身向树林内跑去。天霸见独角蛟逃走，也就追赶下去。只见他进了树林，片刻间已不知去向。天霸一人，怅怅而回。

你道这独角蛟是何人？原来离张家口八十里，有座卧牛岗。岗上有三个大盗：一唤抱不平王勇，一唤唬死人薛超，一唤都不怕胡广。这三个大盗，专门在各处掠抢贪官污吏的财物，从来不打劫经商过客的。因此，也就从来不曾破过一案。这独角蛟是卧牛岗上的一个头目，这日因派他下山，打听各路买卖。忽见黄天霸那一起护从，抬着囚车。他却不曾看得明白，疑是一注大财，因此就下山来抢劫。及至黄天霸说出自己名姓，独角蛟一听，早已胆战心惊。向来虽未会过此人，却是久仰大名。又抑他是个忠义之士，而且素知他武艺出众。因此料无本领与他对敌，所以战不数合，逃入树林内，跑回卧牛岗去了。

到了卧牛岗，见了王勇三人，行了礼，坐下一旁。胡广首先问道："兄弟你今日下山，打听得有什么买卖？"独角蛟道："三位兄长在上，小弟今日下岗，买卖倒不曾打听出来。却遇见一个三位兄长平时极敬重的那个人。小弟险些儿送了性命？"王勇道："你这话说得好不明白。这是个什么人？你怎么又险些儿送了性命？好叫我听得气闷！"独角蛟道："大哥！你不是平时常说，现在最了不得的英雄，只有一个黄天霸么?”王勇道：“这天霸本来是天下第一大英雄，你难道遇见了他不成?”独角蛟道：“正是小弟遇见，因此险些儿送了性命的。”王勇道：“你遇见他也不算什么，怎送了性命呢?”独角蛟便将以前的话说了一遍。王勇道：“这本是怪你鲁莽，不打听明白，就去动手么!”当下薛超便与王勇道：“今李兄弟如此说法，黄天霸押解的不是恶霸，定是强人①了。”王勇道：“我有一事可疑。他怎么从口外来的？他现在淮安施不全那里做副将。忽然去到口外做什么呢?”胡广道：“好在早晚都要走此地，将他那跟随的人，捉一两个人来问一问，就知道了。”王勇忙应道：“这主意我看来却不妥。愚兄想来倒有一个方法，说出来不知二位兄弟可肯依从么?”胡广、薛超一起答应道：“只要大哥说出来，小弟们有什么不从?”欲知王勇说出什么话来，且看下回分解。

① 强人——强盗。

第四〇一回

担酒牵羊情殷谢罪　察言观色心许投诚

话说王勇听说天霸走此经过，便与胡广等议道："兄的意见：我等在此落草，也皆出于无奈，不过暂为之计。久想图个出身，早离了这个行业。倘久久恋此，终非了局。即如天霸，当日也是我辈中人，一旦向上，投顺施公，今日可做了国家的大臣。何等威风，何等有名？说起来那个不敬重？愚兄久有此意，欲去结识他图做行业。怎奈路途遥远，不便前去。难得今日走此经过，咱们就预备些羊酒，一起下山。就以李贤弟误犯劫掠为名，到他面前谢罪。他本是个义气人，见了我等如此行为，必然心许。那时我等就将他请上山来，将这一片诚心，对他讲说，请他携带，图个出身。他如肯携带，那便极好；即使不肯，我等也从此结识一位天下的英雄，国家的栋梁。然后就舍此他去，或买些田产，耕种度日。或往各处贸易经商，也可不失个好人。二位贤弟看愚兄的话，错也不错？"

薛超、胡广听了此话，齐声答道："便是弟等亦有此意久矣！所以不敢出口者，恐有违大哥的本意。今兄长既决意如此，弟等焉有不从之理？当从兄长之命便了。"即时命喽兵预备了许多羊酒，仍命独角蛟前去打听。一经离此不远，何时可以经过？即便回来送信。独角蛟答应前去。约有半日光景，忽见独角蛟匆匆回来向王勇说道："小弟奉三位兄长之命，前去探听黄天霸的行止。

今探得明白，明日定过此岗了。”王勇大喜，一宿无话。次日一早，即命众喽兵担酒牵羊。率同薛超、胡广、李霸三人，一起下得岗来。就在那要道口歇下，专等黄天霸经过，便去谢罪。

且说黄天霸自将独角蛟打败，逃入林内，他便遵江湖上的规矩，遇林不追，让独角蛟逃去。然后率众又带着御马，押解窦耳墩、郝天龙等五辆囚车，往前进发。又走了一会，约有午牌时分，已到卧牛山下。正走之间，只见前面站立着一排人，约有二十多个。为首三人，虽带着些强盗样子，却是气概不凡。天霸好生疑惑，暗想道：“若说这等人皆是本地良民，却又带些凶恶之气象；若说是些强盗，又何以如此循规蹈矩，拱立道旁。”正在疑虑。忽见一人走到马前，双膝跪下，口称：“小人独角蛟，前日冒犯大老爷的虎威，特地前来请罪。”天霸在马上一闻此言更是不解。又复暗想道：天下哪有这人，自己犯了罪并不去躲避，还敢前来请罪，此却今世罕闻了。正在那里暗想。又见那为首的三人，一起走到马前，也双膝跪地，口称：“卧牛岗草寇王勇、薛超、胡广，只因前日头目独角蛟李霸冒犯虎威。回来说与小人等知道，小人才晓得是老爷到此。今特带领独角蛟李霸，亲向老爷请罪。并聊备羊酒少许，用犒护从诸人。借赎李霸之罪，尚求老爷赏纳。”天霸见说这番，更是犹豫不定。因道：“尔等且站起来，有话再说。本总镇与尔等素不相识，何以如此多情？即是独角蛟有冒犯之处，只要尔等悔过自新，改邪归正，本总镇亦断不与尔等为难。尔等又何必多此一举？而况本总镇现有钦犯在此，须急押往京师。尔等可速退去，休误本总镇的公事。”王勇、胡广、薛超又说道：“老爷的台命，敢不遵从。但小人在此落草，亦出于无奈。久思前趋投效，又思公门深远，不敢冒犯虎威。今幸虎驾遥临，正千载难逢的机会。若过此以往，再欲瞻仰颜色，正不易得。因此攀辕志切，叩马情殷。若蒙不弃卑微，许以执鞭随镫。小人等当焚毁山寨，愿效犬马之劳。这是小人等的本志，不知老爷肯俯诺微忱么?”

天霸听了此言，道：“尔等既是有心向上，改邪归正，咱也非决绝之人。但是有钦命在身，不敢顾及私事。俟某将钦犯押解到京，复命之后，当再为诸位设法引荐。至于羊酒等物，某本不当领。既蒙情意殷殷，某当领一半，分酬护从，俾共沾惠赐便了。”王勇、薛超、胡广三人，见天霸见允他设法引荐，好不欢喜。当即又谢过一番，复又说道：“今日天色已经将晚，也不能趱赶路程；即到前途，也须假寓客店。小人等拟屈驾到山，暂住一宵。明日小人等当护送前行，聊尽执鞭之意。务望勿却，则更幸甚了。”天霸道：“为时尚早，尚可进前。诸位不必如此多情了。”王勇道：“老爷若再辞却，这仍是不能心许，小人等不敢深信无疑。”天霸道：“某虽可以暂驻行踪，但同伴既多，护从又多，何能尽行打拢呢?”王勇等道：“老爷说哪里话来。但能见赐惠临，便是万千之幸。说甚打拢的话呢?”天霸一想：此时天已将黑，到了前面也是要寻客寓的。他等既如此情殷，断非歹意。不若就在此暂宿一宵，明日再行前往罢。因又暗道：“天下事一人不敌二人计。咱与计大哥商量一番，看是如何，再定行止。”因与王勇道：“承诸位美意，是好极了。敢劳诸位稍待，咱且到后面招呼一声。”王勇等答应。

天霸即飞马来到后面，将以上的话，与计全说知。计全道：“老贤弟！你的意下以为如何呢?”黄天霸道：“在小弟看来，似非心存歹意。但小弟不敢自决，仰求老哥斟酌而行。”计全道：

“待我看来，再定行止。”天霸大喜，便与计全一同来到前面。计全将王勇等三人大概情形，看了一遍，因悄悄与天霸道：“可行可行。”当下又与王勇道：“但是承诸位相留甚殷，我等实过意不去。”王勇道：“老爷切切不可如此客气，即请上山便了。”于是黄天霸便先令护从人等押着五辆囚车先行上岗。然后带着御马，与计全、关小西三人这才上山。当由王勇让入大寨，复与计全等通过名姓，行礼已毕。又将五辆囚车，安置在一所妥当地方。又派了几名心腹，在那里看守。然后又将御马送入后槽，好生喂养。安排已毕，这才复入大寨。黄天霸见王勇等人如此情殷，倒也敬重他能明大义。知道改邪归正，因与王勇等畅谈起来。天霸等虽与他不拘礼节，王勇等还是小人长、小长短的。天霸好不过意，便道：“咱们可再不要如此称呼了。”不知王勇等可否依从，且看下回分解。

第四〇二回

缴御马黄天霸升官　为暴客双飞燕行刺

话说黄天霸听了这些话不耐烦起来。因道："咱们既承诸位不弃，岂有个东道主人，有如此称呼之礼。此种称呼，务望改去罢!"王勇道："何敢越分?"天霸道："这有什么越分不越分?只要心心相印，便是知己。而况'四海之内，皆兄弟也'。诸位若再如此，咱黄天霸就即刻告辞了。"计全、关小西、何路通也从旁说道："万不可如此，咱们即以兄弟称呼罢!"王勇又说道："既承诸位如此谦逊，咱就放肆改口了。"说着即命人大摆筵宴，众人各依次序坐定。酒过三巡，王勇就问黄天霸，因何出关?天霸也将朝廷失去御马，如何钦命访拿，如何各处缉访，如何三进连环套，捉拿窦耳墩的话前后说了一遍。王勇道："原来你老有此一番功劳，此去京师，交还御马，解送强人，朝廷定然器用，更加升赏了。但是某等今承你老不弃，并蒙诸位一视同仁。将来仰求携带，大小挣点功名，也不愧为人一世。"天霸等齐道："但请放心!某等只要有机，定代置位的。"于是大家欢呼畅饮。外面那些护从的人，也皆待以酒食。直至夜半，方才散席，各去安寝。

到了次日一早，天霸也就起来，预备动身。王勇等知道天霸有钦犯在身，急需解京复命，也不敢再留。只得备了早饭，给黄天霸等人大家饱饭一餐。押解囚车，保护御马下山。王勇、薛超、胡广三人，又亲自护送。黄天霸再三拦阻，王勇等再三不行，天霸只得答应。当下便一起下山。王勇等送了一程，天霸又复相阻，王勇等这才答应。临别时又谆嘱再三，请黄天霸等人，将京中事料理清楚，务必再过卧牛岗，盘桓数日。当下天霸即与他说道："某等复命之后，即须赶到淮安，万难绕道再至尊处。如尊处等实系有心撒手，即请回山后，速为料理，直往淮安漕督衙门，寻访某等便了。"王勇等道："既然如此，某等亦不敢强留。不知诸位何时可得到淮安。"黄天霸道："某等至迟亦不过九月间，总要赶到了。那时当在衙门恭候。"王勇等听说，这才揖别而去。

这里天霸等也就押着囚车，带了御马，直住京城进发。在路行程，非止一日。这日，已到京师。当在九门提督衙门，先挂了禀报。九门提督听说御马寻回，并将正盗缉获到案，当即到了兵部。由兵部会衔呈奏进去。万岁见了这道本章，龙颜大悦，即传旨：令黄天霸将御马亲自送到御苑，以便验看。所有窦耳墩等五名，发交刑部按律治罪。内监将旨意传出，黄天霸即将御马敬谨送入御苑，呈请万岁验明无误。

隔了一日，又传出谕旨：着令黄天霸升授淮阳总镇，遇缺即补提督。其余在事出力诸人，均看照本官加升一级。施公亦传旨嘉奖，并着来京召见。这道谕旨一出，所有在京官员，无不到黄天霸的客寓来恭贺。真个门前车马，闹热喧阗①。黄天霸次日又具了谢授升缺总兵的奏本，仍请兵部代奏上去。隔了一日，又蒙召见。直至刑部，将窦耳墩等五人问明口供，按律治罪之后，黄

① 喧阗（tián）——声音大而杂；喧闹。

天霸这才陛辞。与计全、关小西等出京，仍回淮安供职。

大家出得京来，还是饥餐渴饮，夜宿晓行。在路行程，约有半月。这日，走至王家甸，大家寻了客寓，歇息下来。晚饭已毕，天霸坐在那里，与计全诸人闲谈，讲说了一会。大家皆因沿途辛苦，总是早些安歇，于是各去安寝。约有二更时分，天霸还未曾睡熟。只听窗外蟋蟀之声，天霸便不敢睡，侧耳细听。忽又听见那窗格好似推开来的声音。天霸知道有人，便急急地将刀顺在手中，细听动静。他才将刀顺过来，早见从窗外蹿进一个黑影子来，直向天霸床前扑到。天霸知道有了刺客，说声："来得好！"两脚一挺，就在铺上蹿过去。早离那张床铺，却好那刺客扑了个空。你道这刺客是谁？原来就是双飞燕。他自败走桃花庵之后，便思去到连环套送信。只因沿途耽搁，直至黄天霸盗去御马，捉住窦耳墩，焚毁山寨，他才得到那里。一见如此，知道是天霸所为。便急急赶回，预备去寻窦耳墩的儿子窦飞虎去报仇雪恨。沿途听说黄天霸已将御马护送进京，窦耳墩已问了罪。天霸因此升授了总兵，而且遇缺即补提督。他这一听此信，更加不平，因即沿途探访，总要将黄天霸刺死。一来为窦耳墩报仇，二来为自己雪恨。这日打听黄天霸等五人在王家甸歇下，他以为天霸等人沿途辛苦，到了客店，必然睡熟，因此便来行刺。

哪知被天霸知道，当下一刀，从双飞燕背后杀来。双飞燕急将双钩执定，一个转身来迎天霸。一面厮杀，一面骂道："天霸你个小子！窦耳墩与你有何仇隙？他将御马盗去，又与你何干？你便仗本领高强，要灭尽江湖上的我辈。咱双飞燕今是偏要与你拼个你死我活。"天霸一听，好不欢喜。说道："咱老爷若再将你放走，也算不得老爷堂堂的一家总兵。"一面说，也是一面去杀。

此时计全、关小西、何路通三人，俱已惊醒，也就一起赶杀上来。只见双飞燕力敌四人，毫不惧怯，遮拦架隔，井井有条。

大家杀了半个多时辰。双飞燕心中一想："咱在这房间里与他厮杀，终是碍手碍脚，不能尽我所长。不若且到外面，杀个畅快。就使咱被他等杀死，也做个畅快鬼。不然，这里局促得实在难受。"一面暗想，一面留神看，预备得空就走。虽然如此想法，争奈各人本领精强，哪里还让他得空就走。大家又杀了一会，只见刀来钩挡，钩去刀迎，五个人杀在一团。此时双飞燕杀得兴起，便大喊一声，紧一紧双钩，直望何路通杀到。何路通急将双拐去架双飞燕的双钩，真如两条龙飞舞半空相似。何路通也就有些抵敌不住。虽然双飞燕望何路通杀去，那还顾着黄天霸、计全、关小西三人的刀，不时还要遮拦隔架。哪里能全然不顾呢？双飞燕杀到了妙处，只见他双钩一起，先向天霸劈面一钩。天霸便要来迎，他钩早已收回，向计全钩去。计全这一吃惊，便欲来迎。万来不及，只得向旁边一让，闪出一条路来。双飞燕就得着这个空，便一个箭步，认定去路，从窗户内蹿到院落当中去了。天霸等说声："不好！"也就一个个噗噗噗齐蹿出来。哪知双飞燕早已上屋，毕竟双飞燕如何就擒，且看下回分解。

第四〇三回

极恶穷凶飞燕授首　奇谈怪事麻雀鸣冤

话说双飞燕从房中窜到院前，等到天霸等追赶出来，他早已飞上屋面。天霸等也就赶上屋面，大家又在屋上面大杀起来。此时黄天霸杀得兴起，一刀认定双飞燕肩膊上砍去。双飞燕赶着将身子一偏，让了过去，才预备还他一钩，不意关小西舞动倭刀拦腰搠来。双飞燕说声“来得好！”就将手中钩认定关小西的刀钩去，却好正钩在关小西的刀背。正拟向怀里拉，却好何路通的双拐在双飞燕的手上磕到。双飞燕看得真切，急急将钩收回，来迎何路通的双拐。哪知计全又是一刀，从背后砍到；黄天霸又飞动单刀砍来；关小西也就抖擞精神，将倭刀舞动如飞，好似旋风般一样，直向双飞燕浑身上下乱砍。天霸等见战他不下，也就个个胆寒，暗道：“咱们四个人杀他一个，若再不能取胜，真是枉为人了。”因此大家暗打了号，都要拚力死斗，务要将双飞燕捉住，不能再将他放走。合该双飞燕恶贯满盈，今日难逃此难，不知不觉一钩向关小西搠去，关小西将倭刀一起，来迎他的双钩，只听磕碴一声，又是当啷一声响，无意中将双飞燕右手的钩削毁了一节。双飞燕这一吃惊实在不小，意欲逃走，便将左手钩向天霸虚刺过来。天霸向后一退，双飞燕就抽着这个空撒腿就跑，只见他穿房越屋，其快如风。天霸等一见，哪里肯舍，也就飞赶下来。正赶得急切，忽见双飞燕身子一晃，接着咕咚一声，从屋上滚跌下来。此时天霸好不欢喜，赶着就向腰间掏出一支镖来，正欲望下打去，却好计全已从上飞下。关小西本不会上高，已从外面转到那里一起来捉双飞燕。哪知双飞燕由屋上滚跌下去，大家以为他失足，哪知他却用了一计，让人以为自己跌倒下去，屋上的人定然赶跳下来，他便在地上蹲着，等到上头的人跳下，他好行事。计全还不知是计，才从屋上跳下，立足尚未定，哪知双飞燕一钩已经向计全腿上钩到。计全说声："不好！"只听咕咚一声，也就栽倒在地。双飞燕好不欢喜，即刻身子站起来，一钩刺去。天霸在屋上看得真切，说声："不好！"即刻将那支镖认定双飞燕执钩的那手打来。双飞燕不曾提防，正欲将钩向计全刺去，已被黄天霸的镖打中右手，不觉手这一松，登时钩落在地。可巧关小西一刀砍去，就在双飞燕右腿上又砍中一下。此时各人一起动手，把个铁铮铮的双飞燕就弄得如泥塑木雕的一般，听人侮弄。天霸近前一看，见双飞燕已经不能动弹，倒在地上只是哼声，于是才住了手。大家把双飞燕拖到厅内，此时客店里人众俱已惊醒起来，前来看视。天霸即将前后的原委，向客店内的人细说一遍，又叫店小二拿了两条极粗且结实的绳索，将双飞燕四马倒攒蹄捆绑起来。然后大家这才又去安歇。不一刻，天已亮了，天霸等也就起来，命店内人将本坊地方传到，抬了双飞燕，一双往解本处地方官衙门里去。当由地方官审明口供，录了供状，黄天霸即叫地方官就地正法。地方官也知有此案件，原来施公早已行文行省州县，一律缉拿，且要拿住，即行就地正法，所以地方官毫无为难。将双飞燕正法之后，又将首级装入木桶，带往犯事处悬竿示众。诸事已毕，这才赶回淮安。暂且不表。

且说施公这日往大王庙拈香回来，才出了庙门，便有五个麻雀向施公轿前飞来，一翅飞进施公大轿以内，就在扶手板上歇下来。施公一见，好生诧异，即用两手撵麻雀，哪知一再撵那麻雀，也再不去。施公心知有异，暗暗说道：“麻雀麻雀，若果有冤枉，你便各叫一声。”可也奇怪，那五个麻雀果然向着施公叫了五声。施公便将此事告诉施安，施安也甚觉奇怪，因道：“据大人看来，这件事还办不办呢?”施公道：“若待不办，这其中定有冤情；若待要办，又从哪里办起?况且天霸等人皆不在此，还不知那御马之事究竟如何。好叫本部堂好生烦闷。”施安道：“非是施安多事，前日桃源县来告的那个李盛民，他那状词上说是他儿子李世良，身死之日，媳妇高氏就不知去向。在施安看来，难保其中无冤屈之处，或是那李世良竟是为高氏所害，他随奸夫逃走远方。今是有此麻雀一事，说不定应在高氏那件案上。”施公道：“本部堂也未始不曾想到此处，但是何以有五个麻雀一起前来呢?这可实在参详不出了。”施安道：“大人也不必为此过烦。只将这事件放在心中，或者随后也会巧机碰着的。”施公道：“只好如此，若要一定去办，这毫无头绪的事件又从哪里办来?总之，本部堂这为国为民的一个心，上可以对神明，中可以对父母，下可以对幽独，总不敢置之度外便了。”正与施安在那里谈论，忽然值日的禀子进来，说是李昆与褚老英雄、朱壮士三人回来了。施公一听，好生疑惑：“怎么他们三人回来?这可实在奇怪了。”忽见褚标、朱光祖、李昆三人一起进来，先给施公请了安，施公就命他三人坐下。三人依次坐定，褚标先向施公说道：“老民可以要代大人道喜。”施公道：“喜从何来?”褚标道：“怎么不要道喜?这喜事非小呢?”不知褚标说出什么喜事，且看下回分解。

第四〇四回

喁喁小语妯娌谈心　煌煌纶言英雄受赏

话说褚标给施公道喜，却又未曾说出何事。施公道：“老英雄究有何喜，可请你明白说出罢。”褚标道：“天霸已将御马盗出。窦耳墩捉住，现在已解京师去了。这不是一件天大的喜事，怎么不要给大人道喜呢?”施公听说，心中真是大喜，因道：“此皆仰众英雄之力。”便问了朱光祖连环套内如何盗御马，如何捉住窦耳墩的情形，朱光祖将以上的情节细细说了一番。施公听罢，道：“如此说来，真是可敬。此次功劳，朱壮士居多了。”大家辞出，此时贺人杰、金大刀等人均已来前，与褚标等行礼已毕，又将各情细问一遍。贺人杰虽然是个千总，究竟还有小孩子的脾气，因即跑回天霸的衙门，与张桂兰送信。张桂兰闻此言，那一番欢喜自不必说，就是贺人杰母亲也是欢喜无限，因向张桂兰道：“妹妹，我看此次叔叔既将御马盗回，窦耳墩捉住，解赴京师，万岁爷定有一番恩赏的。这是我妹妹的福气。”张桂兰道：“妹子何敢妄想，不过是姐姐的福。老爷能平安无事，捉住强人，呈缴御马，早日回来，便是妹子心满意足了。还望升官授赏?若是圣恩浩大，忽有非分之加，这也是老爷的作为，妹子也不过妇随夫贵罢了。姐姐不须烦恼，在我看来，大哥虽然弃世，不曾受皇家一官半职，固然有些遗恨，便是姐姐今日看见我们如此，也不能怪你心酸。但是我这侄儿有此品貌，有此武艺，现在官职虽小，不患将来不做国家栋梁。而况现在亲已定了，前次老爷还提起侄儿的亲事，预备今冬明春给他成亲起来，好让姐姐有个媳妇在面前服事。况且殷家的女儿也是极美貌、极壮严①、极有武艺，将来一对小夫妻，两个佳儿媳，在姐姐面前孝顺，姐姐也可以消闲了。再等一二年，人杰侄儿再生个小孩子，姐姐不是就有抱孙的日子了吗？若我那侄儿再立一二件大功劳，也就可以邀朝廷的上赏，给姐姐请了诰封，那时姐姐也是一位夫人了么。看着妹子现在虽然夫荣妇贵，但小孩子不过才两岁，若等到我侄儿这样大的岁数，还要狠费一番心力，才可以抚养到如此呢。还不知道将来能成人不能成人。姐姐，你有我这侄儿这样一个好儿子，还有什么可虑，还有什么烦恼么？不是妹子取笑你，即便我大哥尚在，你俩也老了，也没有什么趣味了。怎比得少年夫妻那等你恩我爱，刻难离开么？”这句话倒把贺人杰的母亲引笑起来，顺口说来一句：“妹妹你真会讲。但是昔日妹妹与叔叔在凤凰岭招亲的时节，想必终日终夜不肯与叔叔拆开的了。不然何以知道少年夫妻是刻不能离么？”张桂兰听了这些话，真羞得面红过耳，当下带笑说道：“我不过说了一句，看你就说出这一篇的话来，好不叫人怪臊的。咱们说别的话罢，不要取笑了。”却好贺人杰在旁说道：“母亲你老人家不须烦恼，儿子虽小，也有十八岁了。再过几年，也可建立些功劳，与叔叔一般的荣贵。”掉转身便向外面跑去。

闲话休表。再说施公这日正坐在书房，思想那五个麻雀子的事，忽见值日巡捕官进来禀道：“有圣旨到！”施公听说吃了一

① 壮严——此处概指殷女身体健康，且极守家规门风。

惊，不知又有何事。因即命人排设香案，到大堂上接旨。宣读已毕，原来是传旨嘉奖，并着施公来京召见，暨转饬黄天霸补授淮安镇总兵，原任总兵杨大本着开缺来京听候而用，关太顶补漕标中军，副将计全顶补漕标参将，何路通顶补漕标都司，递遗员缺，着令施公拣员补授。施公当即谢恩，行了三拜九叩首礼，这才起来将圣旨恭请进去。一面将众人传了进来，告知一切，一面就写了谢恩的奏稿，并遵旨转饬黄天霸等各补本缺。所遗守备员缺，即以李昆请补；千总员缺，即以李七侯请补。又申叙觐见日期，大约在十月中旬。并读旨简放大臣，署理漕督各等节，一一起了奏稿，发与幕宾缮写。此时漕标合营上下人等，都晓得黄天霸开授了淮扬镇总兵，关小西升授了副将，其余各人俱各递升。唯有郝素玉因关太尚未回来，不敢遽①以为信，心中一想："莫若我去副将衙门，姑作给张桂兰道喜，便可打听出来。"主意已定，即刻命人预备轿子，到黄老爷衙门道喜。

不一刻已到，当即投了帖，自有人传报进去。张桂兰一听，即刻迎接出来。两人一见面，郝素玉对张桂兰说道："我来给姐姐道喜呀。"张桂兰道："妹妹你这是怎说？何有喜事，给愚姐道喜？"郝素玉道："你不要故作不知了，现在外面谁不知道？"一路说着进了内宅，贺人杰的母亲也就迎了出来。大家坐下，有丫环送上茶来。张桂兰便向贺人杰的母亲说道："姐姐，妹子告诉你一宗奇事，郝妹妹方才到此，一见面就说是特地前来给咱们道喜。咱问他有何喜事，他便怪咱故作不知。姐姐是终日在这里的，咱妹子可有什么喜事？"说着，又掉转脸来，望郝素玉道：

---

① 遽（jù）——立即；赶快。

"妹妹你说咱有喜事，你既知道，何不说出来，给大家知道？便是愚姐也可明白。这样一个闷葫芦，教人怎打得破呢？"郝素玉道："姐姐，你真个不知么？"张桂兰发急道："妹妹你这是什么话？咱若知道，也还问妹妹么？"郝素玉道："非为别事。只因方才听人传言，说你家老爷升授了淮扬镇总兵，我家老爷就递补了你家老爷的缺，计老爷递补了参将。外间传说纷纷，所以妹子过来道喜。今据姐姐说不知道，难道这件事还是谣言么？"张桂兰听说了这句话，登时也就半信半疑起来。正欲回答郝素玉的话，忽见贺人杰气喘吁吁跑了回来，一见张桂兰，便抢着磕了个头；才站起来，忽见郝素玉也在这里，又走到郝素玉面前，也抢着磕了个头，毕竟贺人杰给他二人何以行此大礼，究有什么事来，且看下回分解。

第四〇五回

报佳音老幼两相欢　齐赴任英雄双接印

话说贺人杰迭连给张桂兰、郝素玉二人，磕了两个头，站起来正要开口，他母亲便急急说道："你为什么如此？敢是发疯吗。"贺人杰道："孩子不是发疯。现在黄叔父与关叔父都升了官了，孩儿可不要给二位婶娘道喜吗？孩儿回来本欲给张婶娘道了喜，再去郝婶娘那里道喜的。难得郝婶娘在此，孩儿省得又过去了。所以就在此磕了头，不过就不恭些。不曾亲自登门。"张桂兰郝素玉听了此话，不等贺人杰的话说完，就一起抢着问道："你叔父真升了官吗？"贺人杰道："二位叔父不曾升官，难道侄儿这两个头是无辜磕的么。那却如母亲所说，真个发疯了。侄儿早问到衙门里去，尚不曾有此消息。后来奉谕出去接到圣旨。黄叔父升补淮扬总镇。关叔父坐升黄叔父的缺，计叔父就补关叔父的缺，何伯父顶补计叔父的缺，五叔父现在大人已给他请补守备缺了。圣旨上还着令大人进京陛见呢！侄儿本早要回来送喜信的，因衙门里走不开，所以此时才回的如此喜事。难道不要给二位婶娘磕头道喜吗？"

张桂兰、郝素玉二人听了这番话，真是喜出望外，登时就眉飞色舞起来。贺人杰的母亲也就给他二人道了喜。郝素玉便向张桂兰说道："姐姐你现在深信无疑了吧。方才说我冤枉与你，这可是一件大事。"张桂兰道："罢呀！你还说不冤枉人家，不晓得你偏要说人家晓得，这可不是冤枉我吗?”郝素玉道：“此时不冤枉你了。是一位堂堂皇皇的总镇夫人了。”张桂兰听说带着笑望郝素玉说道：“你不要嚼碎舌头。你家老爷回来，反不能与他说话。”郝素玉还要回他两句，取笑一番。却好，褚标走了进来，向他二人说道：“你们二人不要如此斗闹。咱看起来都是夫人，都是太太，只是咱老头子到今日还是个白丁。”说罢，不禁哈哈大笑。却好有人来，请吃晚饭，褚标这才出去。这里，张桂兰也就留郝素玉吃饭。素玉也不推辞。此时二人好不欢喜。

晚饭以后，郝素玉告辞回去。张桂兰送上轿，然后进来又与贺人杰母亲闲谈了一会，这才大家安歇。

过了两日，黄天霸、关小西及何路通俱已回来。先到衙门里见了施公，请安已毕，施公命他们坐下。当下慰劳一番，又将京中的事问了一遍。天霸就将御马解进京，直至捉拿双飞燕为止，细说了一回。施公大喜道：“足见恶人万作不得。即如双飞燕那种凶恶，今日也将他捉住，明正典刑了。”当就传出话去。令山阳县将双飞燕的首级解往徐州，犯事所在县首示众。并着令传原告，当面验明销案。当下人传话出来，外面自然遵照办理。施公又与黄天霸等说道：“诸位贤弟，恭喜你们都升了官。本应即日饬令各赴本位，以重责守。但是本部堂昨奉御旨，着令进京召见。本部堂意见还想诸位贤弟一同进京去走趟。”

黄天霸等人听说，齐道：“悉听大人的吩咐。”施公见他们如此，心中甚喜。因即说道：“诸位贤弟，现补各缺，皆是钦差谕旨的。本部堂何能擅自做主，好在各衙门皆在城里。诸位贤弟稍停一两日就择期赴各本任接印，以责守为重便了。”黄天霸等当即谢了，饬赴本任的恩。施公又将麻雀子飞来鸣冤的话告诉了天霸等，亦觉可怪，当下又道："大人不必过虑，好在总兵等已经回来。细细打听，细细查访，将此案访明便了。"施公点头又道："诸位贤弟沿途辛苦了，可各回衙门歇息歇息罢。"天霸等这才告辞出来，外面又与众家兄弟谈论一番，然后各自回衙门而去。

且说黄天霸、关小西回到自己衙门，张桂兰、郝素玉接着自然是先行道喜，然后叙一番阔别之情。又过了两日，黄天霸、关小西两人，先就料理起来，预备交代各赴新任。这日择定九月二十四日吉日，黄天霸、关小西，接印上任。计全等自然也是二十四日接印，不必细说了。到了这日，早有两边衙门里书差，预备齐全。两个各接了印，谢恩诸典礼俱皆行过后，二人又到辕门禀知，接即任事，并谢恩。这一日，在城文武各官及两地绅士，均两处道贺如仪。隔了两日，黄天霸又将家眷迁到总兵衙门里来。计全等人自然也就各往任所。大家忙碌了有半个月，这才部署大定，接着施公进京的日期不能迟误，大家又欲预为料理，恐怕施公还要带他们随行。因此，各人又预备起来。暂且按下。

再说施公看看十月将近，批折尚未回来，不知漕督着何人署理。麻雀子鸣冤一案，究竟是何冤情，尚未访查得出，倒也是烦恼异常。此日正在盼望拟折，忽然由驿递将批折寄回。施公当即敬谨拆开一看，见了上面奉朱批：漕河总督印务，淮扬海兵备道兼行护理。施公看罢一面札饬淮阳道遵批一面，择了十月二十六日起程；一边随将日期奉报，出去又附片奏明，即带黄天霸等北上。所有淮扬镇总兵等员缺，均就近拣员署理，直等届期起程。唯有那麻雀鸣冤一事，至今毫无头绪。施公实是纳闷。又过了有半个月，又是十月十五日。循例往大王庙拈香，施公便乘兴亲往拈香。已毕打道回衙，才上了轿。忽然那五个麻雀又飞进轿来，落在扶手板上，望施公喳喳乱叫。施公心知有异。因暗道，雀儿，雀儿，果有灵验，应在今日破案。便带本部堂前去，本部堂即带你申冤了。施公说了此话，那五个麻雀果然一翅飞出轿。施公见麻雀飞去，命随从人等跟着麻雀儿走去。毕竟后事如何，且听下回分解。

第四〇六回

报恩德麻雀再鸣冤　察形迹和尚真倒运

话说施公在轿内命随从人等，抬着轿子跟那麻雀儿前行。忽听施公在轿内喊道："尔等将路旁的那五个和尚拿来，不准放走一个，带回衙门听审。"

差人闻言，一声答应，即将头果一转，果见路旁有五个和尚。似有躲避之意，那种形色甚为局促。差役一见，一起动手，立刻将五个和尚拿住了。施公见捉住了五个和尚，就命打道回衙。你道施公如何捉这五个和尚？只因他坐在轿内看得清楚。那五个麻雀在前面时飞时止，忽见飞到此处便站在和尚那里喳喳地叫了几声。施公便细看那五个和尚，皆着一色簇新的缁①衣，就如那麻雀儿身上羽毛一般。因此，施公顿然省悟。又见那五个和尚面目颇非善类，所以才命人捉拿。

一会儿到了衙门，当即吩咐差役，将和尚好生看管，听候午堂严讯。施公下轿进入书房更衣已毕，便将计全等人传来告知他的五个和尚的光景。因道诸位贤弟，你们大家看这五个和尚，内中有什么缘故。计全道："末将等不敢妄议。"施公道："恐怕不尽是和尚。"计全道："如此说来甚觉可疑。少时大人升堂审问，末将却有愚见。"说至此便走近一步，低低说道，可如此如此便

---

① 缁（zī）——黑色。

能分别出来，立判真假了。不知大人意下如何？”施公听罢，站起微笑道：“所见甚是，本部堂随机应变便了。”不一会，施公便命升堂，外边也就传了伺候。差役各人均已齐集，听候升堂。施公从里面走了出来。堂下差役即齐呼威武吆堂已毕，施公已升了公座，当将朱笔标了提刑牌，促人去提和尚。差役答应，不一刻立将那五个和尚一起提到当堂跪下。五个人齐磕了头，施公便拣那中间灰黑面皮的一个问道：“你唤什么名字？”那和尚道：“僧人唤作悟空。”施公又问道：“你是哪里人氏？俗家姓谁？”“悟空僧人是桃源县人，俗家姓邬。”“你出家几年了？”悟空道：“僧家出家两年了。”施公道：“你为何事出家？”悟空道：“只因看破世情，向空门中寻些乐趣。”施公道：“你在哪里剃度？”悟空道：“在镇江金山剃度。”施公道：“你受过戒吗？”答道：“还不曾受过戒。此时正从金山告假前往北五台受戒，路过此处便道俗家，省事父母。然后再行北上，顶礼皈依。”施公听他说话甚是不俗，因又问道：“尔等读过书吗？”答道：“也曾读书，但涉猎不精，初识之乎而已。”施公问罢，又问上首那淡黄色面皮的人。施公道：“尔唤甚名字？哪里人氏？俗家姓谁？”那一个道：“僧人名唤悟性，也是桃源人氏，俗家姓黄。”施公道：“为何出家？”答道：“也因看破世情，因此一起在金山与悟空削发。”施公又问下首那个人道：“你叫什么名字？哪里人氏？”那和尚道：“姓李，名叫悟色。”施公听他说姓李，便即留神。因为李盛氏一案。又听他说道：“我也是桃源人氏，悟性与我家是邻居。也因看破世情，一起前往金山削发。”施公听他说话不甚圆满，因又望下追问道：“尔俗家尚有何人？”答道：“俗家并无多人，只有一个母亲。”施公道：“你为什么不在家中奉养老亲，欲去削发为尼？”

施公有意错说一句为尼，即从此看他颜色。哪知悟色一听此言，立刻脸上变了颜色。而施公看得清楚，便将惊堂木一拍道：“尔往下讲来，为什么削发为尼？”只见悟色已吓得说不出话来。勉强答道：“大人怎说我削发为尼，这话可不奇怪？”施公一面听他说话，一面又去看悟空、悟性。但见他俩神色不定，施公早已看出有五六分奸情。因又向悟色说道：“尔说不是女尼，本部堂细看你相貌，微察你声音无一非妇人形。似本部堂在先就看出来了。因此才叫人将尔等捉来，尔尚敢狡辩。”这一番话只问得悟色面如土色，不敢声张。施公道：“尔为什么不开口，难道本部堂所说的话不是么？”悟色正要勉强辩狡，只见悟性在下面禀道：“大人可不要错疑惑了。僧人与悟色系邻居，他实不是女尼，尚请明鉴。”施公道：“若非同行，焉得尼僧同志，本部堂明镜高悬，你何为她狡辩。本部堂少停一刻给尔凭据，究竟是尼是僧，那时尔才得无抵赖。”说着又去问那两个和尚。“你们两个叫什么名字？是哪里人氏，俗家姓谁，与他们三人想也是一起削发的了。”一个说僧人名唤觉慧。那个道僧人名唤了凡，均是出家五年，尚未受戒。今年闻说北五台山放戒，僧人前去受戒。走此路过，遇这二位师兄，约同一起前去。僧人万不敢为非，务求大人超豁。

施公听罢，见这两个和尚却非悟性、悟空那种酒肉气象见于形色。因道：“你们两个不是与他三个一起削发的。”觉慧、了凡齐声道：“僧人实在不是与他三人一起削发，而且从前并不相识。还是前月在此地客栈内遇见，说起来才与他们三人相识的。”施公道：“你既要往北五台受戒，为何不去呢？”觉慧道：“僧人因悟性、悟空约伴同行，因此就耽搁下了。”施公道：

“你等既与他不是一起，所穿衣服为何又与他们三人一色簇新呢?”觉慧道：“这两件新缁衣也是悟空做给的。”施公听罢也不往下再问，即传官媒，立即到堂谕话。毕竟传官媒所为何因，下回分解。

第四〇七回

命官媒仔细验僧尼　审逃妇推敲判曲直

话说施公命传官媒，当下差役答应，立刻将官媒传到，给施公磕头。施公便指悟色道："尔将这个和尚带去，将他验明，前来回话。"那官媒听说，暗道："我这官媒是个妇人，何以令我去验和尚？"口中只得答应，不动身子。施公见此形情，又问道："你为什么违背本部堂的堂谕？还不去么！"那官媒听说，不敢不遵，只得走到悟色面前，即拖她前去。悟色一见官媒来拖，真个吓煞，跪在那里哀求。施公看罢，忽然大怒，喝令差役帮同动手，将悟色翻倒在地。官媒婆首先动手，先将她外面缁衣剥去，用手在悟色胸前一按，掉转头来向施公回道："大人的明鉴，底衣毋庸剥了。"官媒验得她胸前两乳高耸，实非和尚，乃系女尼。

施公闻言，即命将她翻转过来问话。差役答应，又将悟色推至公案下面跪倒。此时悟色真吓得口噤难言，向上只是磕头求恩。施公道："本部堂将尔验明，尚有何抵赖么？"悟色道："尼僧再也不敢抵赖了。"施公道："尔为什么与和尚杂居一处？"悟色道："这总是悟性害我得好苦，求大人问悟性便知道了。"施公道："但凭你据实说来，若真为她所骗，本部堂当代尔申冤。"悟色正要说出，见悟性在旁使了一个眼色，悟色又欲言不语了。施公看得清楚，即向悟性大声喝道："好大胆的刁僧！在本部堂公堂之上，还敢如此刁狡，速看大刑！将这刁僧拖下去，先行打五十大板，然后再问。”差役一声应，立刻将悟性拖至阶下，按倒在地，褪下裤子，一五一十打了五十大板。悟性只打得叫苦连天，皮开肉绽。施公命将他拖翻过来，又问道：“尔为什么与尼僧杂居一处？其中定有隐情。尔快从实招来。若有半句不实，再看夹棍相待。”悟性在下面还是辩道：“僧人不知所犯何法，来遭大人提案，真是冤枉。而况僧人实不知道是个女尼，她说为僧人所害，僧人还说为她所累呢。要求大人明鉴，格外开恩。”

施公见他还是不招，因又问悟色道：“尔为什么为他所害？可从实招来，若有虚言，也叫尔皮肉受苦。”当下悟色见悟性被打如此，若不说出来，定要挨打。只得说道：“小妇人本非女尼，他也本非和尚。小妇人姓李，母家姓高，他姓柏，名唤长善。与妇人是邻居，只因他将小妇人骗出来。当时小妇人尚恐为人看破，他便叫小妇人削去头发，他自己也将头发削去。一路改扮和尚，由桃源逃至淮城的。”施公道：“原来尔被他奸拐出来的。”李高氏道：“何尝不是？”施公道：“尔为何受他哄骗呢？”李高氏道：“只因小妇人家贫，丈夫实不能养活。因此他逐日甘言蜜语，将小妇人诱上手，然后逃出来的。也是小妇人一时不明致罹法网。”施公道：“家中有何人么？”李高氏道：“丈夫名世良。”施公道：“你家中曾有人出来寻找么？”李高氏道：“小妇自从柏长善奸拐出来，怎么知道家中有人出来寻找？料想我婆婆会要着人出来寻找小妇人的。”施公道：“这句话倒被尔猜着了。尔可知尔婆婆到本部堂这里来告，说是儿子世良被你因奸将他谋害死了。头一日他儿身死，第二日尔就逃出。可是据尔所说，尔丈夫是被尔谋害无疑了。快讲为什么将他害死？从实招来！”

李高氏这一听，更是吓得魂不附体，因哭诉道：“小妇人实在不曾害死亲夫，是他自己病死的。大人如不信，可传小妇人的婆婆来问，便知明白了。”施公道：“尔说不曾谋害亲夫，尔夫第一日死，你为什么第二日就跟人逃走呢?”李高氏道：“只因家中贫苦，丈夫一死，小妇人更难度日。因此柏长善就将小妇人带出。”施公道：“胡说！天下岂有如此情理？亲夫才死，尔便跟人逃走，其中显系谋害，恐怕日后被人觉察，因即先期脱逃。何可瞒得本部堂来!”说着即命人将夹棍抬上，将她夹起，喝道：“尔不吃苦恼定不肯招。”喝令：“收起!”下面差役即将两头绳子一收，只见李高氏大声哭道：“小妇人愿招。”施公便命松下来。李高氏这才招道：“丈夫李世良本来多病，自从去年又添了病症。只因家贫无力医治，柏长善就常来资助些银钱，给丈夫医病。日过一日，渐渐的与小妇人眉来眼去，后来竟被他诱奸。到了两上月前，小妇人的丈夫更加病重起来。柏长善这日又到了小妇人家内，他见我丈夫病在垂危，他又向我婆婆说道：‘若要病好，须得一付灵丹，或者碰他的造化。’我婆婆就谆嘱他：‘如有处讨就讨一付来给他吃。’到了晚间，他果然拿了一包末药来。我婆婆将药交与丈夫服下。到了半夜，丈夫果然死了。我婆婆也不疑惑是那末药吃死的，当口就将我丈夫收殓起来。后来他就告诉我道：‘你丈夫是本来要死的，与其留在世上受罪，不如叫他早些死了还好，就是我那末药毒死的。’”以后如何，且听下回分解。

第四〇八回

治罪人遵依国法　率臣职入觐天颜

话说李高氏说出她丈夫李世良，是柏长善用末药毒死收殓，“又为他强迫，要不跟他逃走，反要鸣知于官，说小妇人谋害亲夫。彼时小妇人听了这话，若不答应跟他走，怕真个报了官，小妇人还是没命，因此就跟他出来。到了外面他又说，我同你男女同行不便，不若一起削去头发才好。小妇人只得依从了他的话。这就是小妇人的实供。丈夫实在不是小妇人谋害的，求青天大人明鉴。”施公道：“据尔所说，只有尔与柏长善逃出来的，怎么又与那三个在一起呢？”李高氏道：“那个觉慧、了凡，实是在客店内遇见的。这悟空也是桃源县人，小妇人却不识得。这日走到路上遇见他，他却认得柏长善。他一见了柏长善，又见着小妇人，他就问柏长善道：‘这是何人？’柏长善当时便瞒他道：‘是我表妹。’他又说道：‘既是你的表妹，你为何私自与她出来？’柏长善听见这话，疑惑他知是奸拐的情节，便邀他到了客店，就各种哀求道，叫他不要声张了。他见柏长善情虚，也就各种的敲诈起来。柏长善见他如此，怕他声张，因此衣服饮食均是柏长善包管。”施公道：“怎么他也去削发呢？”李高氏道：“他本来是和尚，就是柏长善及叫小妇人削发，还是看见他才想起这个主意来的。”施公听了，便叫李高氏跪在一旁，又去问柏长善及悟空。他两人见李高氏一一招来，知道不能抵赖，也就画了口供。施公便命分别收禁，俟传到李盛氏，再行发落。差役答应，即带下分别收禁。施公也就退堂。那些看审的人，无不佩服。

过了两日，差役又将李盛氏传来。施公说明，李盛氏才知儿子被柏长善害死，当即求施公申冤。施公命将李高氏复讯一遍，又命柏长善照原供细细供明。李盛氏在旁听得清楚。施公即判将柏长善秋后处决；李高氏虽非谋害亲夫，亦非自己起意事先知情，但不应从前听凭柏长善诱奸，事后即已知情，亲夫为人所害，因何不报官求雪。反因柏长善吓骗，遂致潜逃，亦是罪有应得，判将李高氏绞死；悟空遇事生风，任意敲诈，着重责二百板，押解回籍，勒令还俗；觉慧、了凡讯无别项情事，姑从宽释放，着即赶紧出境，不准逗留；李盛氏着准其于族中择嗣应继。施公判毕，当即发落清楚，方才退堂。

你道那五个麻雀儿又何以知道前来鸣冤呢？只因李世良当年，见有一座古照壁上，有个麻雀儿窠，那时被狸猫在上争食，误将麻雀儿窠跌下来。李世良上前一看，见窠内有五个雏雀。他心存不忍，即将这五个雏雀带回家中喂养。等到羽毛丰满，即将这五个雀儿放去。所以五个麻雀儿为这一点好生之心，今日前来与他申冤雪恨。亦老人结草，黄雀衔环之意。所以世间人万不可因细物无所知识，遂致戕其性命。一念好生竟致大富大贵，福寿绵长的不知凡几。类如晋董昭在河边，见了一丛蚂蚁被水冲散在水面。他即用一根芦慢慢地将蚂蚁救起。到了夜间，梦见一位黑衣使者前来谢他。口中说道："我乃蚁王是也，蒙君能拯救我家的族类，性命赖以更生。感君之德，特来敬谢。我已上恳天曹，保君今科大魁天下。"谢毕，那蚁王辞去。后来董昭果然状元及第。又毛宝于幼时，见渔人网一大龟，浑身绿毛，他一见便觉奇异，就掏出钱来，向渔人去买。那渔人见他钱少，不卖与他，他便将那渔人领至家中，向他父母索出多金，将这绿毛龟买了。渔人走后，他又重到那河边上，将龟放去。后来毛宝被难，到了前临大河，后有追兵，他自问是死定了。忽见河内浮起一个绿毛龟来，那龟头只望他乱点，若有救他之意。毛宝想起幼时，曾放过一个龟的，“或者就是那龟前来救我。”因此跳上龟背，将毛宝渡过江去。后来毛宝官居极品。

施公将各事办毕，便料理行装北上。到了起行即日，便带了黄天霸等一干人，乘坐绿呢八人大轿，出了衙门。只见六街三市，扶老携幼，望切攀辕者塞满于途。施公命人一一致谢，然后开船而去。施公此一去，沿途又闹出许多事来，且看八集书中分明。

第四〇九回

夫妻母子惜别依依　兄妹姑娘叙谈款款

话说施公自钦命南河漕运总督，三年任满，循例禀请陛见。迨①奉旨着即日来京，施公便遵旨入觐，并带领黄天霸、关小西、何路通、计全、李昆、李七侯、金大力、王殿臣、郭起凤、贺人杰等人，一同进京。为得沿途恐有事办，一来用资防护，二来借此防拿恶棍土豪。这日雇了船只，率众同行。前集书中，已说明一切，不必再表。此时随从诸人却都情愿，唯有关小西有些放心不下。看官你道为何？只因郝素玉已有身孕，行将足月临盆。只得重托黄天霸转托张桂兰并贺人杰的母亲，随时照应。张桂兰与郝素玉，本来情同姐妹，岂有不答应之理？关小西这才跟随施公入觐。临行时，又亲至总镇衙门，与张桂兰面托一番。这总是儿女情长，英雄气短的光景。

那贺人杰此时，也跟随施公前去，在人杰的意思，只想立一两件功劳，再升个一官半级，不但自己有荣耀，且可慰死父于地下、生母于堂前。哪里知道他母亲却实在有些不放心他前去。这日未动身的前一日，向着人杰说道："儿呀，你明日就要跟随大人，与诸位伯父叔父进京，在我的本意，固是一心向上，耀祖荣宗。但愿你沿途谨慎，不可逞一己之勇，目下无人。诸事总要听

① 迨（dài）——等到。

你黄叔父的教训，不可违背好言。只要随着大家安稳回来，为娘的也可放下一段肠子了。”说罢，不禁流泪不止。贺人杰看见如此光景，不免也流下几点英雄泪来。因即说道：“母亲何必如此伤感，孩儿此去，有诸位伯父叔父的指示，总期有利无害，免得你老人家挂怀。”他母亲听了人杰这番话，实在又悲又喜，喜的是儿子不过才十八岁，便知立功，替祖增光；悲的是这样一个年轻的孩子，在别人家方且连大门尚不许他出去，只因他没有老子，便几千里的跟着施公，出远门进京。因此一想，故又不禁悲喜交集。好容易忍着泪，又向人杰说道：“我儿，你能如此谨依母命，为娘的也可放心了。”人杰退出。他母亲又去黄天霸住宅内，面托天霸道：“叔叔，你明日跟随大人进京去了，家中叔叔倒不必挂心，妹妹与侄儿，自有愚嫂照应。但是愚嫂要重托叔叔。人杰儿年轻，叔叔看他父亲分上，随时随事教训于他。不但愚嫂铭感不忘，就是他父亲在九泉之下，也要感激叔叔的。”黄天霸道：“嫂嫂说哪里话来。我天霸与大哥，情同骨肉，只恨他去世太早，不能共享荣华。今人杰侄儿能与大哥增光，也是嫂嫂的福气，咱天霸说的话，不必嫂嫂吩咐。此去回来，即使沿途无甚功劳，想大人也要保举侄儿，加一官半职的。那时回来之后，咱便要与人杰完娶婚姻。殷家女儿年已不小了，早一年娶回来，也可早些抱孙子，好慰晚景。嫂嫂你但放宽了心，侄儿又不是三岁两岁的小孩子不懂事，他已十八岁了，又兼他聪明加人一等。嫂嫂你还有什么可虑呢?”人杰的母亲也道：“这总是叔叔抬举他的。”说罢，又谈了几句闲话，这才大家各去安睡。一宿无话。次日早间，黄天霸带领贺人杰，便随施公动身。那边关小西也叮嘱了素玉许多说话，无非教她临产时，加意保重。郝素玉也不免有一番惜别之情。施公等动身以后，定是水陆并进，按站而行。代访土豪恶霸，并一切疑难案件。暂且不表。

再说郝素玉。自关小西动身之后，不到十日，便觉身孕沉重，大有临盆之意，他便预为防备。俗话说得好：六甲行人，说到就到。郝素玉早将临盆一切应用物件，及饮食之类，预备停当；又将贺人杰的母亲接来，以防备临盆时需人照应。却好她的嫂子，是早知她身有孕的。且晓得她将及临盆，也从菊花庄家内赶来，并由郝其鸾亲身送到，兼来看看他妹子。是日兄妹姑嫂见了面，好不亲热。你道郝素玉，自从嫁与关小西之后，与他的哥嫂已有三四年不见，今日见面，岂有不亲热之理。当下郝素玉就备了酒席，代她哥嫂接风。此时郝其鸾还不知道关小西跟随施公进京陛见，还是郝素玉说出来，方才知道。当下其鸾夫妇又与贺人杰的母亲见过礼。郝素玉又将始末情由，告诉其鸾夫妇知道。郝其鸾方才晓得是贺人杰之母，也就羡叹了一回。一宿无话。次日郝其鸾独自向街坊上闲游了一回，他妻子又去拜望张桂兰。当由桂兰接入，彼此又谈了许多阔别之情。是日桂兰即留他便饭。次日桂兰又去回拜，郝素玉也就留桂兰便饭。隔了几日，桂兰又备了盛筵，请郝素玉的嫂子赴宴。郝素玉的嫂子又多送了些土仪过去。

此时褚标闻说郝其鸾来了，也思去拜望一回，又因只有行客拜坐客，没有坐客拜行客之礼。却好郝其鸾闻得褚标尚在天霸衙门内，他便先去拜望。褚标听说他来，好不欢喜，即请见。彼此见面，真个是言语投机，心心相印。谈了好一会，郝其鸾这才别去。次日，褚标便去回拜于他。郝其鸾正把褚标请入里面，家丁献上茶，彼此尚未谈了两句话，只见有个小丫环匆匆地走了出来，向外边喊道：“你们快来两个人！贺太太吩咐：着一个去总镇衙门里，将黄太太即刻接到。着一个赶速去接稳婆。太太现在要临盆了，你们切不可误事。”那外面的家人听了此话，哪敢怠慢，即刻如旋风一般，分头前去。这里小丫环也就仍回上房。褚标与郝其鸾听了此言，也就帮着催人，再去接张桂兰与稳婆前来。不一会，张桂兰先到，接着稳婆也来。大家到了上房，此时也不便与郝素玉说话，只问了两句：“腹中觉得如何?”郝素玉只是双眉并蹙，勉强答应道：“也不觉得怎么样，唯有腹痛难忍，好是往下坠的光景。”毕竟何时方产下来，且听下回分解。

第四一〇回

郝素玉喜产佳儿　张桂兰巧捉窃贼

话说郝素玉身孕已经足月，将次临盆。只见她紧蹙双眉，哼声不止。当由稳婆代她试验了一回，知已要产，即便扶她上了盆，又命人打了许多水来。外面自有素玉的嫂嫂，率领丫环仆妇，安排参汤等。不一刻，只听房内稳婆喊人拿参汤。外面答应，即刻将参汤端进，由稳婆取在手中，递于郝素玉唇边。素玉轻启樱桃，呷了两口。此时只觉腹中愈痛愈紧，虽当此九月天气，总痛得香汗盈腮。房中虽围着多人，却是静僻，毫无声息。大家正在等候，只见郝素玉眉头一蹙，脸一苦，一个紧阵，忽听“哇”的一声哭，已产下一个孩儿。稳婆接在手中，先报了一声喜：“是一个公子。”大家欢喜，只催着稳婆将素玉扶上床，好生坐定。稳婆这才来与小孩用水捡洗。

此时却早有小丫环飞报出来，给郝其鸾报喜。其鸾一听此言，自也喜欢无限。褚标在旁，便与贺喜，道：“老侄台，添了外甥了。关贤侄虽不在家，这汤饼筵是要老侄台代办的。”郝其鸾道：“自不必老叔烦心，小侄自当代办。”当下又问了小丫环：“产妇是否结实?”那小丫环回道：“太太结实得很，现在已上床了。舅老爷放心罢。”郝其鸾自也欢喜。不一刻，褚标辞去。郝其鸾便走进上房门口，问了一声，由他妻子代应了一句。郝其鸾又吩咐他妻子，好生照应。又向贺人杰的母亲并张桂兰道了谢，然后出去。张桂兰因自己家中无人，也要回去，临行时，又谆嘱素玉一番，教她格外保重。郝素玉又道了谢，张桂兰这才回去，当由郝大奶奶送上了轿。郝大奶奶回到上房，自然小心照应。

郝素玉自上床之后，果然结实异常。隔了一日，便下床来，净洗一回，又抚弄婴儿一番。说也奇怪，那孩子酷肖关小西的模样。贺太太在旁取笑道："妹妹，当日倒难为你家老爷呢，怎么这小孩子与你家老爷竟是一模无二。不必说是睁眼睛的看见，知道关老爷的儿子，就便瞎子来摸，也不会说错的，真正像极了。"这两句话，把个郝素玉已说得满面通红，好不害臊。

光阴迅速，又是三朝。张桂兰一早就来道喜，接着稳婆又来。到了巳午未初，洗儿已毕。正要抱出去给人观看，却好郝其鸾领着褚标，已走了进来。稳婆即把小孩子抱出来，先给郝其鸾拜了两拜，然后送至切近，与其鸾观看。其鸾便命稳婆抱着小孩子，代褚标拜见。口中说道："尔还不曾给老爷子磕头。"稳婆即便抱着小孩子，转身向褚标拜了两拜。又送至切近，给褚标观看。褚标一见，便笑道："不必猜疑了，分明是个小关西，还有什么话说。"于是抚弄一回。又在身上取出两件金器，是一把镀金锁，一副小金镯。当下给小孩子带上，口中说道："保佑你福寿绵长。"适稳婆在旁，在即代为谢过。郝其鸾又谢了一回。却好外面已有家丁进来，请赴汤饼筵席。当下郝其鸾便邀褚标至外面饮酒，上房里面摆出酒席。是日，贺太太首座，张桂兰对座，郝大奶奶相陪。素玉独在房中，自己生产后不能出来，恐怕经风。稳婆自有老妈妈陪他去吃饮。一会子，大家饮酒已毕，郝素玉开发了稳婆的钱，稳婆告退下去。于是张桂兰等四人，大家笑说了一回，也就散去。郝其鸾与褚标饮酒已毕，褚标然后告退，仍回天霸署中。郝其鸾又写了一封书，着人送到驿站。沿途探报关小西，使他得知，以免悬挂。郝其鸾夫妇等，到素玉满月之后，因家事摆脱不开，也就回去。趁此交代。

这日张桂兰与贺太太回到衙中，也无甚闲话可表。用过晚膳，各自安歇。不期这日夜间，总镇衙门里，却捉住一个窃贼。过天星的小贼，姓蒋，排行第二，唤作蒋二。他本是宿迁人，因在本地犯窃的案子太多了，各衙门捕捉得紧。他因此怕被捉住，便离了宿迁，换个地方，一来让让风头。二来拣个把富户，做一趟买卖。这日到了淮安，听说城里有一家大富户，叫做王十万，就在总镇衙门间壁。蒋二打听清楚，便思去王十万家行窃。又因逼近镇台衙门，更兼闻得黄天霸新近升了总镇，恐怕此去王十万警觉，惊动了黄天霸那边，那可实在不妙。后来又打听天霸已随施公进京，这蒋二便大胆前去，准备将王家偷窃一空。当晚就独自喝了一两壶酒，趁着酒兴，挨到三更时分，便从黑暗里溜到王十万家后垣墙。本来是挖洞而进，因墙垣的根脚，皆是石头与三合土砌就的，甚难钻入，因改从由高而进。哪里知道看错了路径，不意走到总镇衙门里来。他当下还不知道，跳过垣墙，一路穿房越屋，直望上房而来。可巧走到这进房屋上面，就是张桂兰的卧室。

此时桂兰早已睡觉，忽从梦中惊醒，觉得房屋上面有脚步声音。再一细听，果然不错。因暗道：“这个笨贼，也不打听打听，怎么偷到你祖宗这里来。也罢，我且看你如何偷得去。”暗自说罢，便一翻身坐了起来，侧耳细听，只听得“拍”的一声响，从屋上掷下一物来，知是问路的石子。张桂兰一听，也就轻轻地下了床，顺手取了一把刀，正要开房门出去，复又听那屋檐口，有人下来的消息。他便蹑着脚步，走到窗子口，向外面一看，果见一个人从屋檐上，用着一根绳子系了下来。张桂兰一见，便知此人无大本领，也就不放在心上。心中暗道："我何不使个关门捉贼计么。"又听房门外有拨门之声，张桂兰还是不声张，及将窗户轻轻用刀拨开半扇，他便一纵身跳出窗外，复将窗户反关起来，便由外面绕到堂前。此时蒋二已将房门拨开，挨身进去。张桂兰见窃贼已进了房，他也挨身进内，便从房门后将身子掩住，看那家人行事。只见那小贼先将火卷一亮，四面一照，便走向皮箱前，从脚中取出一把小刀，准备去划开皮箱，以便倾倒。这个时候，张桂兰却不等他划皮箱了，便一个箭步轻轻跳在蒋二背后，将刀一举，便将刀背子认定蒋二的右臂上，一声断喝，一刀背砍了下去。不知蒋二究竟性命如何，且听下回分解。

第四一一回

总镇署桂兰抚窃贼　济南府施公接状词

话说窃贼蒋二被张桂兰一刀背砍中右臂，登时蹲倒在地，口中哀求说道："求老爷饶命！"一连喊了二声。张桂兰复又在他左肩上头，用刀背又砍了一下，直砍得哼声不止，死去活来，蹲在地上，动弹不得。张桂兰见他已是不能动弹，这才取了火种，将灯光亮将起来。在蒋二脸上一照，见他约有二十多岁的年纪，虽然来做窃贼，倒也生得不甚丑陋。再将他身上一看，也穿一身玄色衣靠，旁边地下，落下一把八寸多长的尖刀。张桂兰看罢，将灯放在桌上，便向他喝道："该死的贼囚！尔胆敢来犯太太的虎威么？尔可知这是什么地方？"蒋二此时已被他两刀背砍昏过去，渐渐苏醒过来，一闻此言，方才明白是偷错了人家了。又听张桂兰太太长、太太短，在那里乱嚷，心中暗道："怎么女人家有这等本领？想来定是个蛮婆子。"一面想，一面将眼睁开一看，见是个三十上下的美貌妇人，心中更觉奇异。正要开口求饶，又见桂兰问道："你这贼囚，姓甚名谁？哪里人氏？怎么太太问你的话，你还装样不睬太太么？"

蒋二哀求道："求太太格外施恩，小人实是误犯。小人姓蒋，排行第二，就唤作蒋二，是宿迁人氏。只因小人幼失父母，稍长便喜舞弄枪棒，又好结交朋友，却是无以生计，因此就做了这狗盗之事。起初窃了一二回，并无人知道，也未犯过案被地方官捉去，由此胆大起来，以为这件事是终不犯案的。哪里知道，愈做愈多，失窃人家恨极了，就去禀了地方官，请地方官捕捉。地方官因窃案迭出，觉得于自己官声有碍，又恐被地方上绅士，告发他纵贼贪赃。因此差了捕快，立限捉拿，务要将屡犯贼案的窃贼，拿获到案，追究惩办。果真上头追得紧了，他们就叫小人去别处躲避躲避，等过这阵风头，然后再行回去。小人因此到了此地，才进了城，就听人说，衙门隔壁有个王大户，有万贯家财，只可恨他为富不仁，专在小人身上刻薄。小人听见这句话，又因他是个为富不仁的人，就便偷他些钱财，也不为损德。后来一想，断不可去，他既靠在总镇衙门，难保不与总镇黄天霸大人有些往来。黄大人是一个名闻天下、武艺超群的人，万一小人去偷时，把他家人惊醒，黄大人前来捉我，不必说这一个蒋二，就有一百个蒋二，也不在黄大人心上。那时小人还想逃命去，不料又闻人说，现在黄大人已随施总漕进京去了，动身尚未多日。小人因此才拿定主意，前去偷他。满拟此次得手，必然得注大财香。小人是误犯的，赐小人一条生路，小人当感太太的大德。自今往后，再也不做此偷儿的事了。”说罢，磕头不止。

张桂兰听了她这些话，暗道：“这个人虽然是窃贼，听他所说之话，倒也是句句老实，并无狡赖情事。而况我家物件，又不曾损失一件，我又何必难为他呢？”因又问道：“你这贼囚，你说能蒙咱太太宽恕于你，饶你一条死命，尔便从此洗手，不做此等生涯，咱恐怕你有此言，并无此心。况你除了这件事，又有何事可以做呢？”蒋二听张桂兰说出这些话，似有放他的意思，因又哀求道：“小人是真实是要洗手，再也不做此等生涯。太太的明鉴，从前小人所以恋恋不舍者，实因所窃各案向来不曾被人捉住，故也不曾吃过苦恼，今日吃过太太这两刀背子，小人想来，从前实乃万幸去干这等事业。从今以后，小人洗了手，不论什么事，只要我混得一碗饭吃，小人也就愿心愿意去干，再不做此等事了。”张桂兰说道：“你果真再不做此事么?”蒋二道：“如再做这偷儿的事，小人定死于刀箭之下。”张桂兰道：“你果能如此，咱太太有一件事，你可做得。咱这衙门里，虽不要人使唤，就再添一名兵卒，也还可以使得。你如愿心愿意，咱就给你补上，每月兵饷三两六钱。你可甘愿做此事么?”蒋二一听此言，赶着叩头说道：“能蒙太太提拔，小人虽死，也难报此大德，还有什么不愿干呢？就请太太给小人补上这名兵额罢。”张桂兰答应。

此时已将天明，内里的仆妇，丫环是已早知捉住窃贼，皆在房内看张桂兰审问的。桂兰当下即命丫环，到外面将褚标请进来，告明一切。褚标也甚愿意，暗暗羡慕张桂兰，居然能恩威并用，收伏小人。又与桂兰说了两句话，便将蒋二带了出去，一面命人随时补了兵额。蒋二自以后就在总镇衙门当兵，后来居然是个好人，而且成家立室，这也不在话下。

且说施公进京陛见，一路上水陆并进，按站俱有地方官迎接。施公不肯骚扰，所有一切供给费用悉行免去，故此一路上颂声载道。又兼施公断案神明，清白无比，那赛龙图的名声，早已传闻远近。因又引出许多事来。这日到了山东济南府衙，暂住一宿，一来息肩，二来打探些本地人情风俗。一众人等，方到济南府衙门，忽见轿旁有一美貌女人，手捧状词，跪在一旁呼冤。施公听她呼冤之声颇为情急，因命天霸收下状词。天霸答应，随即在妇人手里，将状词取过，呈送施公细看。施公看毕，当即准词。先退下候补提被告，再行审断。毕竟后事如何，且听下回分解。

第四一二回

节妇鸣冤孤儿待恤　贤臣听讼太守无知

话说施公在济南府，收下一张状词。先令原告退下，候提齐被告，再行判断。那美妇当即退下候讯。施公也就由济南府迎接入内。济南府参见已毕，分宾主坐下，家丁献上茶。施公先问道："贵府所属民情，想是循良的。"济南府道："卑府所属，托大人的福，物阜民康，这四个字，尚可称得。"施公道："这府城内绅士，尚跋扈否？"知府道："绅士与卑府，倒也是和衷共济。凡遇地方大小事件，无不禀公酌办。"施公又道："据贵府所言，绅士悉皆品行端方，这也难得。可有一二劣绅借势欺人，凌孤虐寡，贿赂公行的事么？"知府忽听了这句话，登时就有些不安，你道为何？只因这知府姓汤，名法，是个捐纳出身，今见施公问了这句话，他不安起来，当下回道："卑府自到任以后，弊绝风清，断不敢行赂。即遇有所属解府的词讼案件，卑府亦皆悉心研究，总使民不含冤。上酬朝廷知遇之恩，下慰小民清白之望。兹郡贿赂之事，一概尽绝不行。"施公道："这是贵府难得了。但本部堂方才在贵府署前，收得一张状词，据那状词上看来，贵府就有不公的意思。但不知道贵府曾判断这宗公案么？"汤法道："卑府不知是何案件，求大人明白示知。"施公见说："当在靴筒内，将美妇控告的那张状词，取将出来，递与汤法观看。"汤法接过，随即打开看去，只见上面写道：

具禀孀妇王梁氏为族侄背义，诬陷贞节，斩宗灭伦，谋夺家产，迫叩申冤事。窃氏夫王有仁，向为绸业，家资数万，年逾八十，嗣续尚虚。氏父梁鸿才，数受氏夫恩德，无可报德，于五年前，将氏身许与氏夫为妾。春宵一度，氏遂有身孕。不料氏过门以后，未及三日，氏夫便尔身亡。应派族侄王法过门立嗣。彼时族侄见氏年轻，又听信合族之言，恐氏不安于室，令氏再醮。氏因女子从一而终，誓以死守，不甘再嫁。彼时氏亦不知有身孕，比至三月后，方才知觉，当以含羞不便告人。迨至足月后，产有遗腹一子。在氏方且窃喜，以为氏夫虽死，尚留一点亲骨肉，以为嗣续。讵料氏族侄见氏生有一子，不谓氏夫有此遗腹，反诬氏以苟且之行。当即邀集王姓合族人等，聚议纷纷，皆谓氏夫年逾八十，枯杨何得生稊①。合族人等又以族长王守道为主，王守道亦诬氏定有私情，硬将氏母子即日逐出。氏父母又以王家势力甚大，不敢与辩；又复因氏夫家合族之言，据以为信。当时将氏母子由氏父母带回母家，氏父复以氏作此不端之事，以为羞辱，遂欲置氏母子于死地。幸氏母舅张弼臣闻风到来，百般劝说，令氏父母不能以无端讹语，屈贞节为淫污。因此氏母子由母舅领回，权为收养。氏遭此诬蔑，心实不甘，遂呈控本县，迫求申雪。讵料氏夫族长王守道，唆令氏夫族侄王法，贿通官吏，得以批驳不准。氏又控诉本府，以为可以申雪，亦复显遭驳斥，皆因氏夫族长王守道暨族宗王法，贿通所致。氏因此含冤未雪者已及五年。氏含此覆盆，若不切实申雪，非但氏遭此诬蔑，心实不甘；即氏夫嗣续，亦将绝灭。氏不忍既受诬蔑，复又绝灭氏夫宗支。为此

① 稊——通“荑（tí）”，指树木新生的枝叶或嫩芽。

迫求：青天大老爷雷赏签提氏夫族长王守道暨族侄王法，暨合族人等集讯，以申冤屈，而存宗嗣。实为德便，朱衣万代。上禀。

汤知府将这状词前后看了一遍，不觉吃惊不小，暗道：“王梁氏竟有如此胆略，敢在施公前告起状来。这件案既经了施公判断，一定有个水落石出。等到判明，果真王梁氏实系冤屈，本府恐有些判断不明的处分。莫若此时趁他未审之先，自己站立脚步。”因说道：“王梁氏具控一案，当原告来控时，卑府就思彻底根究。后因族长王守道并该侄王法等，合众辞具禀情自行理结。卑府的愚意，以为地方上总以息讼为是，因此也就批了个：着该族人等持平议结。去年已经两年，并未具见该氏复禀呈控。今该氏见大人驾临此地。或者该氏将欲以刁狡之情形，冀一蒙蔽大人神明之听，亦未可料。在卑府的愚见，大人既准了该氏状词，何不就先提该氏一问，但须加以恫吓，岂料该氏定能吐实承招。是否虚实，亦得以明白了。”

施公听罢，因与汤法道：“贵府所言极是，就请贵府转饬差役，提该氏立即到案。待本部院先讯一堂，是否问个大概。”汤法答应，即刻传令差役，立提王梁氏到案听审。差役答应下去。不一刻将王梁氏提到，回明施公。施公当即升堂，并令知府汤法坐在一旁观看。差役将王梁氏提到堂上，王梁氏就在公案前跪下，先向施公叩了头后，口称：“钦差青天大人申冤。”施公在上，复将王梁氏看了一遍，见她生得端庄贞静，绝非苟且淫污之流。因望下问道：“王梁氏，据你所控各节，尔父向来做何生理？尔是几岁由尔父许与王有仁为妾？尔夫在日实在年纪究竟若干？尔父因为何事感尔夫的大德，将尔许嫁与他？尔可从实诉来，本部堂自然代尔申冤。若有半个不实，可莫怪本部堂问尔诬告之罪。”

王梁氏见问，又磕了头，口称：“青天大人容禀：孀妇的父亲曾领氏夫一千两银子资本，出外贩卖绸缎，不料半途遭风，资本消灭，因此回来不敢见氏夫之面。哪知祸不单行，是年孀妇的祖母又因病弃世，孀妇的父亲此时就出外，给祖母设法向人借贷置备棺木，不期中途遇见氏夫。当经氏夫问明原委，孀妇的父亲颇抱不安。后经氏夫百般解劝，说道：‘出外经商，赚钱折本，亦复常事，何必如此，现在尔母亲既然见背，棺木衣衾想也无从设法，不若仍在我处取一百两银子，回去置办停妥，赶紧成殓。等你将来转运之后，再还我不迟。’因此氏父就感氏夫之恩不尽了。”王梁氏说罢此处，知府汤法便插口说道：“大人何必如此审问，只须问他到底有无苟且之事便了。”施公听了此言，登时将脸沉下，不知施公说出什么话来，且听下回分解。

第四一三回

梁节妇申诉冤诬　施贤臣设策试验

话说施公正问王梁氏的情由，忽见知府汤法从中说道：“大人只须问他有无私苟之事。”施公听说，也不等他说完，便将脸望下一沉，正色说道：“贵府你也为民父母，怎么问案不从根源上问起，何以能得实在情由？今贵府受了王姓之贿，不令本部堂问出实情。贵府安坐，忽复一言，施某当得悉心根究。”因又问道：“王梁氏，你父亲后来还受他什么恩德呢？”王梁氏道：“后来孀妇的丈夫因孀妇的父亲终日在家，毫无生计，又命他与孀妇的堂侄王法，合理绸业之事，孀妇的父亲更加感德了。后来见孀妇的丈夫已经八十余岁，尚然无子，常叹道此人平生积善，存心忠厚，怎么没有子嗣。又见他虽然年老，却是强壮过人，因此将孀妇情愿嫁与他为妾。彼时亡夫尚且不肯允，后经我父苦苦相劝，亡夫方才允纳。不料过门之后，一宿而有身孕。未及三日，氏夫便自身亡。彼时孀妇才十六岁。此是孀妇父亲感受氏夫大恩，将孀妇许配为妾的实在情形。至以后各种情节，悉在状词以内，求大人公断便了。”

施公又问道：“这王法是尔丈夫的侄儿，还是远房，抑或近房呢？”王梁氏道：“孀妇过门三日尚未得知，后来才知道是亡夫的四服族侄。因近房无人，不能应继，所以才派王法承继过来，其实亡夫所遗家产，将来也不免公分。”施公道：“王法既不容尔守节，尔既生产以后，他倒没有谋害你么？”王梁氏道：“大人的明鉴，怎么不存心谋害？只以孀妇防守甚严，他等无路下手，因此才将孀妇的父亲唤来，诬我孀妇不节，退回母家。孀妇的父母，又迫于势，只得领回。又因亡夫八十多岁，似不能一宿即有身孕，也就疑惑孀妇有私，故亦要置孀妇于死地。幸亏孀妇母舅张弼臣到来，将孀妇母子才领过去，得以不死，以全王门之后。孀妇彼时心实不甘，屡在县老爷及府大老爷前控诉，均被王守道、王法串通贿赂，俱经驳斥不准。今蒙大人驾临，是以孀妇渎诉，还求大人从公提讯，以昭冤屈。”施公道：“你那遗腹子今年几岁了？”王梁氏道：“今年六岁了。”施公道：“尔子曾带来么？”王梁氏道：“不曾带来，尚在母舅家内。”施公道：“下次集讯，尔可将尔子一并带来，给本部堂看视。”王梁氏答应：“遵大人吩咐。”施公又道：“尔且退下，候传齐被告，再行讯断。”王梁氏遵谕退下。施公退堂，与知府回至书房，又道：“再烦贵府即刻传谕，本部堂明日早堂集讯，所有原被告，均限辰刻带到听候，不得有误。如有抗提不到等情，俱惟贵府是问。”汤知府只得唯唯答应，当即传谕出去。一宿无话。

次日一早，施公起来，梳洗已毕，用过早点，即传命升堂。就公座上坐定，即命先带原告。差役答应，将王梁氏带上，施公见王氏右手携一小儿，虽只六岁，却生得鼻正口方，眉目清秀，实是仪表非俗，心中已暗暗欢喜，道：“老翁有此令子，实为积德之征。”因望下问道：“王梁氏，这就是尔的遗腹子么？”梁氏答道：“正是。”施公道：“叫甚名字？”梁氏道：“乳名唤作八三子，因亡夫八十三岁有的，所以取名八三，以纪念不忘之意。学名还不曾起呢。”施公道：“本部堂给他起个学名，唤作德官罢，以取他父亲积德而有此子之意。”梁氏叩首称谢。施公于是又将前情，细问一遍，梁氏复申诉一番。施公便命带王守道、王法，不一刻，二人上堂。

施公先问王法道：“尔之庶母梁氏，既为尔继父之妾，又复生遗腹孤子，尔为什么谋绝宗支，不顾大义，忍心害义，诬以不贞，暗图谋害，希图独得家产，不顾继父骨肉，勒令尔庶母母子退回家，究竟尔庶母有何不贞之处，可有实在凭据？尔须从实招来。如有实情，本部堂当代尔讯断。”王法道：“此子断非继父亲骨肉，遂令梁氏父母将他母子领回。在监生的用意，已算宽待梁氏的了。以贱妾与人私通，妄称家主骨血，若监生不分皂白，据以为真，岂不蹈孽子乱宗之罪？因此监生不忍诛求，只令他回转母家，听其再嫁。而况此事，亦非监生所敢自主，并且商之族长王守道。族长亦谓如此，是以监生方有此举。历经王梁氏蒙控，县主及府尊均蒙明察，不准。今王梁氏闻得大人驾临此地，又来捏词诬控，居心欲使大人巧受其欺。监生久仰大人听断如神，自能洞烛该氏的欺诳。若梁氏所生遗腹，果系继父的骨血，在监生方且保护不暇，何敢做此灭伦之事不认宗支呢？求大人的明察。”

施公道：“据你说来，梁氏所生之子，定非尔继父的亲骨肉。若果真是亲骨血，尔果相认么？”王法道：“大人的明鉴，怎么知道是真假呢？”施公道：“待本部堂还你那真凭实据便了。今尔跪在一旁，听候本部堂试验。”王法遵谕跪在下面。施公又唤王守道道：“尔为王氏族长，凡有不公不平的事，尔宜代为理谕，总宜两造毫无偏倚，方是尔做族长的道理。本部堂看你年纪也有六十余岁，怎么这些小事，总不能明白其中道理，硬说梁氏遗腹，并非王有仁所生，冤屈梁氏母子，勒令回母家再嫁。显系串通图谋家产，斩宗灭嗣，逼寡欺孤。此系尔这族长做的事么？若说老翁不能育子，你又有什么凭据？而况年老生的人，亦复不少。尔等是以存心吞产，故加其罪，致今梁氏母子含冤莫申，王有仁九泉遗恨。本部堂欲严刑拷问。姑念你年过六十，不能受那重刑。今本部堂法外施仁，思得一验试骨血真假之法，以便尔等心服。尔等各人愿意试验么？”王守道道：“若蒙大人有法可验，职员岂敢不遵？特恐恍惚难凭，职员也不甘折服。”施公道：“尔这说话，也尚有理。若非王有仁真正骨血，本部堂也不能勉强尔等行事的。”王守道答应，不知施公果将何法试验，且听下回分解。

第四一四回

验真假刺血断孤儿　惊刁顽备礼迎节妇

话说施公将王守道讯斥了一番，令他跪在一旁，听候验试。又将梁氏的生父梁鸿才传到，问道：“尔既为梁氏的生父，在前虽受王有仁的大恩，受恩必报，古之大义也，应该另想他法以报恩德。怎么将一个亲生弱女，不知审慎，猝然许与王有仁那一个垂死的老夫。这也是错之于前，也该自己追悔，怎么王有仁既死之后，尔女生有遗腹子，王氏不能容留，勒令尔女改嫁，尔就该与王法等人争辩，何能听信王法等一片诬栽之言，遂令尔女母子自寻死地。尔难道不知尔女平日性情如何么?”梁鸿才道：“小人岂不知女儿在家时生性端庄，小人因感王有仁大恩，又在他老年无子，不过一时之念，便将女儿许他为妾。过门未及三日，王有仁便自身死。又岂料女儿自出嫁之后不过一宿，便有身孕，这是小人再也想不到的。及生下遗腹，王法等便疑女儿这遗腹子，定非王有仁的骨血，当将小人呼唤前去，与小人理论，小人也曾与他辩驳道：‘我女儿这身孕，如果未满十个月生下孩儿，这就是我女儿在家不端；若果已经足月，且不止十个月，这就是我女儿从王有仁死后，干出不端的事情。今日女儿所生遗腹子，计算起来，从嫁与你家日起至生产日止，不多不少，足足十个月，怎么说道我女儿不端，不是王有仁的骨血呢?’小人虽如此向他理论，争奈王守道与王法执定‘八十多岁的老翁，固然不能生育，且从来没有一度之后，即受胎成孕，什么凭据？’小人见王守道、王法两人说的这句话，虽有强词夺理，细想起来，不尽无理，只得将女儿带回，令她自寻死地。不料小人正使女儿自尽，忽然小人的妻弟闻风而至，将女儿母子二人，带在他家。并说小人万分糊涂，冤屈亲生女儿，小人的女儿既到他家，也是心实不甘，便控诉府县，以冀申雪。哪知均未曾允准。今闻大人到此，又来申诉求雪，还求青天大人明断。”

施公听罢，鸿才实系是个忠厚老实人，并无半字刁滑。因又说道：“今本部堂已思得一法，代尔女试验，如果验得确实，尔女并无苟且不端情事，本部堂不但令王守道、王法置备花红，将女领回好生看待，还要代尔女出奏，请旨旌表。但尔一误于前，再误于后，不得不稍有薄惩。”梁鸿才说道：“小人实是昏聩，情甘领罪。”梁氏也听候试验。当下施公又与原被告人等说道：“尔等不知道试验之法，待本部堂告诉尔等人一番。但凡少年强壮之人，所生之子先天满足，这小孩子浑身精血，皆坚凝沉固。垂老之人所生之子，先天便自不足，那生下的小孩子，身上的精血便也轻薄不凝。现在试验之法，只须在外面，拣那贫户人家少年人所生的，抱一个来，再将中年人所生的，也抱一个来，更将老年人所生的，也抱一个来。当用清水一碗，将各小孩儿身上的血刺一点出来，滴在清水内。那少年人生的儿子，其血滴在水内，登时沉在碗底，聚而不散。中年人的小孩子，其血滴在水内，凝结水之中央，欲下不下。老年人所生的小孩子，其血滴在水内，即刻见水便散。此为真凭实据，万不能假的。”

这番话说得王守道等大家皆是将信将疑，就连知府也不甚信。施公见他等都有些不信，因命下役出外去，抱了三个孩童进来，施公验明，分别少年、中年、老年，各立一处。又命将王梁氏的儿子德官也拉起来，站在一旁。又命人取了一碗清水，并一张洁白纸，放在当堂地下。各物俱备，施公便命知府汤法亲自取根针来，并在上房内取些果子饼饵食物之类。知府答应，即刻命人取出。施公命将果子食物，先分给孩童吃，然后用话先将少年所生的孩子拉过来，令知府一面用言语哄他，一面将小孩儿的手执定，随即取出针来，在小孩子的手上刺出血来；即将刺出之血刮下，滴在水碗内，那血见了水，果然如真珠一般，滴溜溜圆沉到水底，知府此时见此光景，已是有八分相信。又去刺那中年人所生的小孩子，血滴在碗中，真个凝结中间，欲下不下。又去刺那老年人所生的孩子，血滴在碗中，真个说也奇怪，登时便散布开来，只有些形迹浮在水面。

施公见抱来三个孩童，俱已如法试验，毫不差谬。施公便命差役，将这碗水拿与王守道、王法二人并梁鸿才看了一遍。施公道："尔等看清了不成?"王守道、王法道："职员、监生俱看清了。"施公道："此是外来的小孩子，梁氏所生的遗腹，尚未验试。待本部堂令府尊再如法试验，以坚众信。"说着，又命汤法去试。汤法哪敢怠慢，随即将王德官的手取过来，也用针刺出血来，也放在水内，哪知德官的血才见了水，即刻就散布无影，连一点血丝也不见浮在水面。此时王守道等皆众目昭著。当下王守道、王法二人，见了这个真实凭据，唯恐施公治罪，赶不及跪下来，叩头说道："大人的神明，职员等情甘认罪，梁氏实系贞节可嘉，此子亦实系王氏真正骨血。职员等情愿置备花红，将梁氏领回，好生看待他两个母子，以表贞节而存宗支。尚求大人格外施恩，宽免职员等不明之罪。"施公见王守道、王法等人，如此哀求请免治罪，当下说道："本部堂本应从重治尔等诬屈节妇，谋占家产，绝灭宗支。姑念尔等一再哀求，着从宽发落。王梁氏即着先行回转母家，尔等即于三日内，备置花红送转，王法亦当以庶母看待。所有家产现在暂归王法管理，俟王德官成立后，归并德官。王法既在先承继王有仁，着将家产分出一半，以为承继应得。并着于三日内，将家产所有若干，呈报地方官立案，不得稍存吞没。如敢有违，一经王梁氏查出，准予赴县控告。王梁氏贞节可表，本部堂自应专奏，请旨旌表。梁鸿才为父不明，本应薄惩，姑念当无别项情事，亦着从宽释放。梁氏之舅，着王法罚银五百给送，以为见义勇为者赏。所有小孩子三名，亦着王法各给纹银三两。供事差役，亦着王法共给纹银二十两，以酬奔走之劳。"施公判毕，不知王法可能一一遵断否，且听下回分解。

第四一五回

窦飞虎矢志报父仇　马虎鸾同心存友谊

话说施公判毕，王守道及王法俱各叩头遵断。王梁氏及梁鸿才等，更加叩头感恩不已。众人只是唯唯听命。施公退堂，各人散去。当下二公到了书房，又将知府汤法，训斥一遍。还算这汤法运好，不曾经其参革。王守道、王法回至家中，果然依施公所判，三日内置备花红，迎归梁氏，并将王有仁所遗家产，悉数查出，赴县存案，当由该县官申报施公。施公也就代梁氏申奏旌表。诸事已毕，施公即便起行，向北京进发。在城文武各官，还是恭送如仪，这也不必细表。

如今且说有两个人，又要与施公为难，你道是谁？原来是窦耳墩之子窦飞虎。当日黄天霸三进连环套，但将窦耳墩捉住，问了典刑。其时，窦飞虎适值因事外出，故不曾寻获，也算他局运甚高。及至他回来，见已家破人亡，再一打听，方知他父亲系为天霸所害，因此杀父之仇，刻不能忘。总想将天霸捉住，报仇雪恨。又恐一人力不足敌。他却有个极好朋友，姓马名虎鸾，其人也是关外热河人氏，与他最为莫逆。却学得一身盖世无双的本领，两臂有千斤之力，惯使一百炼纯钢两刃刀。若论飞檐走壁夜行功夫，不在天霸诸人之下。还有一种暗器，唤作三棱箭，这箭仿佛袖箭，却比袖箭厉害百倍，那箭头上有三角棱，锋利无比。若是人无意中了此箭，虽不能殒命，却要大大的受一次大伤。他放了出来，而且箭无虚发，百发百中。却向来不曾到南方一带来过，皆是在关外做些买卖，所以南方人没有一个知道他的本领却好到这般。可有一件，生平最喜吃酒，只要吃了酒，则各事皆废了。他有两个绰号，一唤盖三省，此指东三省而言；一唤赛谪仙，此指喜酒而言。窦飞虎既已无家可归，便去投奔于他，见了他面，哭诉前由。马虎鸾道："老兄弟不要悲痛，愚兄帮助你报仇雪恨便了。"窦飞虎道："现在黄天霸这小子，跟随施不全在漕督任上，我辈南方不曾去过，虽欲报仇，实因路途不熟，如何去得?"马虎鸾道："兄弟你此话错了，只要报得此仇来，哪怕他远在天边，也是要去的。若怕路径不熟，老兄弟你一人不敢前去，咱同你俩一道儿去走一趟。总要寻着这天霸小子，或将他捉住，剖心沥血，以祭伯父的灵魂。即不然，能将施公刺死，黄天霸也就要有罪，也算是报仇雪恨了。"窦飞虎道："若得兄长帮助，小弟是感恩不尽了。"

于是二人就由热河一路，向南方进发。这日走至河南、山东交界的地方，名唤草凉驿，见有许多的官员及差役人等，乱哄哄地在那里搭盖彩棚，是个接差的样子。又听旁人说道："光景今晚明早总要到此地。"那个又道："不知到了此地，还有耽搁么?"那个又道："这倒说不定，但愿此处无人喊冤，他没有事干，总走得快。"这个才说完，那个又道："到底是做大人的好，你看他这一个人不过走这里经过一趟，就有这些人给他办差，本地的官员还要按站迎接，等他走了。又要护送出境，为他一人，你看这是忙了好多人。"又有一人道："你倒不要这样讲。还有一件，要把你气死呢！听说这位大人，还是个十不全的样子。偏是他有福，皇帝又相信他，那些有武艺的人，又佩服他。你不要说别的，只看当日这北道儿上，有多少绿林中强盗，有多少恶霸土豪，自从他老人家到处察访，随地擒拿，不足十年，竟被他老人家收服的收服，正法的正法。现在道途平坦，往来行旅无不颂德歌功，真所谓功德在民，垂之不朽。”那个又道：“你这话咱却不懂，你又说他是施不全，怎么他又能擒拿绿林中的豪客、江湖上的强人呢？你这不是自己在这里打自己的嘴巴吗？”这人道：“老兄弟！我说他老人家是施不全，是他老人家的样子，至于访察强人，捉拿豪暴，他哪里亲自去么？是他设了妙计，是他那一班跟随的好汉前去拿捉，就如那黄天霸一人，江湖上哪一个不闻他名，不怕他的武艺？你想有这一班好汉，那绿林中暴客，江湖上强徒，岂有不被擒获之理？”

两个在那里你一言我一语，正是谈得高兴，马虎鸾与窦飞虎也在旁边，听得清切，彼此打了暗号，心中颇为欢喜，暗道：“咱们正要去寻他，以报大仇，难得他自来送死，这就是冤家路窄了。”两人想了一会，便故意上前，向那谈论的几个人问道：“咱请问一声，方才你老等所谈的这施不全，究竟是谁？他竟有如此干办，为北道上的来往行人除害，他到底是什么人？现在做什么官呢？你老等称道他这等好法，可能请教请教么？”内中有个老者，见问此话，就将他二人打量一回，只见上首站的一个，年约二十四五岁，身穿一件蓝布直裰，脚踏扳尖靸鞋，黑漆漆面庞，两道浓眉，一双圆眼，凹鼻梁阔口，颇具凶恶之状，此人便是窦飞虎。下首立着一人，也是年纪二十四五，身穿一件紫花布短袄，脚踏芒鞋，瘦小身材，淡黄色面皮，两道长眉，一双圆眼，高鼻梁四方口，虽然瘦小，却具有英雄气概，此人便是马虎鸾。那老者将二人看毕，因问道：“敢问二位尊姓大名？你问这位官长，有何事件?”窦飞虎先答道：“在下姓窦名飞虎，这一位姓马名虎鸾，皆是关外人氏。只因到南边，要访一位官长，这长官姓施名唤仕伦，诨名不全，闻得他为官清正，惯能除暴安良，收服天下四方豪杰。咱等不惮远路而来，要前去投他，图个出身。不知你老所说的，可是这位施不全大人么?”那老者答应道：“正是这位老大人。”窦飞虎道：“咱闻这位施大人，现在做着漕督，为何到此呢?”那老者道：“尊驾有所不知，只因他老人家，不久奉了圣旨，着他进京陛见。此是进京必由之路，咱们地方官，例当接迎，所以在这里办差。你看那馆驿中，就是预备他老人家行辕的所在。”窦飞虎道：“原来如此，不知几时可到呢。”那老者道：“至迟明早也就到了。”马虎鸾道：“这真遇巧了，咱们正要去投他，不料竟在此相遇，也可免咱们跋涉之苦了。”说罢，向那老者拱一拱手，道：“惊动，惊动，咱们再会吧。”说毕，转身而去。不知后事如何，且听下回分解。

第四一六回

狭路相逢雠仇必报　只身保护勇敢可嘉

话说窦飞虎与马虎鸾二人，探听得施公早晚就要到此，他二人便就近寻了客店住下。当下二人私相计议道："施不全这赃官，早晚就要到此，咱们务要竭力去将他刺死，方才消心中之恨。"马虎鸾道："兄弟，你前怨黄天霸小子，害了老伯的性命，虽然是天霸动手，其实指使的人，乃是施不全。赃官他奉了圣旨，命天霸去干。天霸既归施不全节制，这就唤作奉公差使，身不由己。他若不将人捉住，他便自己有了处分。所以因此看来，天霸虽属可恶，情尚可原。只是这施不全，专使刁钻恶计，实在难恕。今既狭路相逢，这就是运气，准要在此把他的命送掉了。"窦飞虎道："施不全既来，咱们俩断没有饶他过去之理。可是怎么报仇?"马虎鸾道："兄弟放心，等施不全既到此地，在馆驿内住下来，咱便与你去打听消息，看他有无耽搁，如有耽搁，此事即好极，若无耽搁，只好咱们俩再追上一程，务要将他捉住。"窦飞虎道："总要仗兄长之力，以报先父之仇。"此时天已将晚，二人又说了一会，有店小二送进酒饭，两人饱餐一顿，然后安歇。

次日一早起来，梳洗已毕，用了早点，便去街坊上打听施公曾否到来。才出得店门，但见街上乱哄哄的，皆道："钦差到了，咱们去看接钦差呀!"窦飞虎、马虎鸾闻得施公已到，他二人便杂在人丛中，也去观看。只见一骑马飞来，马上一人说道："尔等闲人站开，钦差到了。"话犹未了，一班本地各官员趋跄而走，皆于行辕两旁，分文东武西，站立下来，以便迎接。随后便是飞虎旗、清道旗、衔牌各执事；接着有十来匹马，马上皆坐着些武士，有红顶子、蓝顶子、水晶顶子不等，末后一人，八人大轿，轿旁有两个人扶着轿杠，直向行辕而来。才到行辕，那马上各官，一个个都跳下马来，站立两旁。顷刻，施公的轿子已到，只听三声炮响，鼓乐齐鸣，施公进了行辕。那两旁文武官员，也都随着大轿，趋跄而入。施公在暖阁后下轿。当有黄天霸等进内参见。接着卫辉府各文武官员，进来禀见。施公均一一接见，有差各官员退出，黄天霸等也就退出来。施公自有施安、施孝各书童伺候。这且不表。

且说黄天霸正从行辕内出来，出得辕门，瞥见人丛中站着两人，面带杀气，颇有凶恶之形，天霸一见，就知有人在此探望，夜间恐怕出事。一面暗想，一面又将那二人看了一遍。两边闲看的人，一会也就各自散去。卫辉府虽然退出，却还在这里听差，恐防钦差有事，吩咐才得灵便。施公在内稍息了片刻，外面就有办差的，送进酒肴。施公用了午饭，净面漱口已毕，便命施安传话出来，准于明日早晨启马。所有迎送各兵，一概不必护送出境。这话一经传出，登时你传我，我传你，各各皆知道了。窦飞虎、马虎鸾二人，打听的确，当下回转客寓。飞虎与虎鸾说道："施不全明早方走，今夜正好前去行事。但不知怎的个去法呢。"虎鸾道："愚兄前去行刺，老弟在外巡风，总要期事必成，不可徒然空跑。"窦飞虎道："咱们可于三更时分，暗暗出了客店，到得行辕，正是三更过后，那时他哪里也可睡静了。若去得太早，惊动里边的人，于事便觉不济。”马虎鸾道：“贤弟之言，正合吾意。”二人从此就在客店内，养精蓄锐，也不出去游玩，专等三更行事，暂且按下。

再说天霸自见了窦飞虎、马虎鸾二人，虽然不知他二人是何姓名，却见他面带杀气，心中就万难放下。当时又到了行辕，与计全、关小西说道：“小弟方才在辕门外，偶见人丛中站着两人，一个怪眼浓眉，一个身材瘦小。见两人那四只眼，尽向辕门里探望，而且俱是面带杀气。不是小弟过虑，怕的今夜又要出个把乱子，咱们倒要防备防备，宁可无事，也就罢了。若过于疏忽，万一闹出事来，咱们就大有处分的。”计全道：“贤弟所说怕闹乱子，想是怕有人前来行刺么?”天霸道：“正是此意。”计全道：“咱们今夜大家辛苦些，防备防备就是了，咱们既有这许多兄弟在此，不必说他是两人，就便来上十个，还惧怯他不成吗?”天霸道：“话虽如此，咱们自然是要防备的。但是大人前这句话可告诉不告诉呢?”关太道：“咱的愚见，是宜禀知大人，请他老人家加意小心些才好。”计全道：“此计你又错了，既有了刺客，大人还是能与刺客砍两刀、战一阵么？徒然使他老人家心忧，不若不告诉与他，咱们暗地里加意保护。”李昆道：“计大哥之言甚是有理，我们今夜无论有无刺客，总是大家合力保护便了。”天霸道：“小弟看那二人的本领，却也不在你我之下，万一撞上了小弟的话，务要合力将那两个捉住，方免后患。”关太道：“这个自然。”计全道：“今夜黄贤弟、李五弟你二人，可暗伏在大人书房外面。贺贤侄可在书房内，随时保护。若大人要问你为什么要来保护，你可说此地向来系盗贼的窝巢，难保无人存心不善，宁可保护，不可疏忽，这叫做有备无患，李七贤弟与何贤弟，在书房外面两廊上黑暗之内巡风。如见有了动静，即击掌为号，总使他不能下来。我与关贤弟往各处巡察，王贤弟、郭贤弟可在前半段巡察。如此办法，还怕他前来行刺么?”

计全安排已毕，大家俱放在心上，于是才去用酒用饭。到了午后，各人便去安歇。午觉既醒，已是上灯时分。天霸等又用过酒饭，各人便预备起来，只见各人都换了玄色紧身衣靠，身藏暗器，手执兵刃，各按地段前去防守，贺人杰便至施公卧房内保护。施公一见人杰进来，因问道：“此时你来做什么呢？还不去睡觉吗?”人杰道：“不瞒大人说，这个地方，向来是盗贼窝巢之所，难保无歹人黄夜前来，卑职所以特来保护。”施公见说这两句言语，直喜得心花都开了，当下赞道：“难得你用心甚深，前来保护，好一个有备无患。虽然如此，我命系之于天，虽有强人，亦何能害我？但是你这小小孩童，有此深心，实属可嘉之至，你便在此坐下，本部堂与你闲谈个一夜，一来防备未然，二来借此消遣永夜。”人杰道：“大人尽管安睡，卑职一人在此防护，是不妨事的。”施公道：“你且坐下来闲谈一会，好在这会儿尚早，本部堂就去睡觉，也睡不着的。不若与你谈谈，借此消遣消遣。”人杰见说，只得在一旁坐下，与施公闲谈起来，暂且不表。

再说窦飞虎与马虎鸾二人，到了三更时分，便脱去外面便衣，换了夜行衣靠。窦飞虎手执双钩，马虎鸾暗藏三棱箭，取了两刃刀，轻轻地将房门拨开，就从店后院墙上，噗噗两声，跳出墙外，认明路径，直奔草凉驿行辕而来。不知施公性命如何，下回分解。

第四一七回

遇仇雠[1]强盗双行刺　施胆略英雄独立功

话说窦飞虎与马虎鸾二人，出了客店，直奔草凉驿行辕而来，到了行辕，正是三更已过，二人先在行辕外面，静听了一会，觉得里面静悄悄的，毫无声息。二人便走到行辕后院墙，靠着墙根，窦飞虎便缘墙而上，就如壁虎一般，快捷异常。接着马虎鸾亦跳了上去，真个是身轻似燕，体捷如猿。二人上了墙垣，就在墙头上借着星光，向里面四处一看，但见里面灯火不明，人声静悄，又看了看，只见逼近后垣墙，有一所竹院，竹院前面便是一进五开间上房，左侧又是一所三开间的客厅。窦飞虎说道："那五开间里面，光景施不全就住在那里了。即不然那左侧客厅内，一定是他的住屋。咱们何不就此下去呢？"马虎鸾道："老兄弟你且慢着急，你听那边来了更声了。"窦飞虎侧耳一听，果然闻得从行辕里面有了更锣之声，渐闻渐近。窦飞虎道："咱们何不等他更夫来得切近，将他捉住？问明他施不全实在住的所在，好去下手。也免得捉摸不定。"马虎鸾道："正是如此。"

二人正说话间，那打更的已来得切近，但见前走一人，手提灯笼，后跟一人，敲着更锣，口中喊道："里面诸色人等睡醒呀！防备有人来偷物件呀！"说罢，又将更锣敲了三下。窦飞虎听见

---

① 仇雠（chóu）——仇人。雠，同"仇"。

更夫口中喊说有人，他倒吓了一跳，赶紧将身子往下一伏，预备等那更夫走到跟前，便去动手，那边马虎鸾见他将身子伏下，他也作了个倒卷珠帘势，两只脚挂在墙头上，两只眼仔细去望更夫。不到半刻，那两个更夫已到了切近。马虎鸾一见，便将手掌一击，用了暗号，随即拔出两刃刀，将两只脚一松，一个翻身，已跳落在地。当下认定前一个更夫，迎面就是一刀，却不曾伤着，只迎着他面门晃了一晃。那更夫正向前走，忽见墙上跳下一人，已经吓了一跳，正欲嚷叫，已见一把明晃晃的钢刀，到了自己的面门之上，只听说道："你嚷咱就是一刀，断送你的狗命。"这更夫被此一吓，再也不敢声张。那后面的更夫，眼见得前面的人如此，掉转身来欲逃，哪知两只脚就如钉在地上一般，再也提不起来。正在着急，窦飞虎又从后面跳下来，出其不意，就认定这更夫背后一刀背砍下，这更夫连一句话都不曾喊出来。窦飞虎倒又跳在当面，举刀在手，低声说道："你若要嚷，咱也是一刀。"这更夫也是不敢张声，只得跪在地下哀求道："乞大王饶命。"窦飞虎正欲问话，只听马虎鸾向那个更夫问道："尔既怕死，尔可将施不全的住处，说明现在何处，就饶你的狗命，若有半字不实，即刻一刀，将你砍为两段。"那更夫道："大王如果饶命，小人定然实告。"马虎鸾道："你速速讲来，不要多话。"那更夫道："施不全可是总漕施大人吗？"马虎鸾道："正是！"那更夫道："施大人知现在就住在那一顺五开间那所屋内，东首第二个房间里面。"马虎鸾道："现在施不全想也睡熟了。"那更夫道："施大人是早睡了，小人方才走那边来，看好个房内还有他带来的一个人，是十八九岁的孩子，还不曾睡，此时不知他睡也不成。"

马虎鸾见说施公房中有个孩子，并不曾睡，心中就有些疑惑起来。暗道："难道他逐夜皆有人保护吗？"因又想道："凭我这一身武艺，不必说是个小小孩子，未曾睡去，还在那里保护，就便是个三头六臂的汉子，又何惧哉！"因又问道："你话果真么？"那更夫道："小人焉敢撒谎。"马虎鸾当下执刀在手，就在那更夫衣上割下一块小襟，喝令更夫将口张开，用小襟塞了口，使他唤叫不出，又将他两手臂绑起来，轻轻地提向竹院内一摔。那边窦飞虎亦复如法炮制，也向竹院内一抛。然后二人又飞身上了房檐，直奔上房而来，蹑足潜踪，轻快无比。不一刻到了上房，马虎鸾就照着更夫所说的话，直向东首那房间屋檐上，轻轻地用个猿猴坠枝的架式，两只脚挂在檐口，将身子倒垂下来，贴近窗户，将刀轻轻地在窗户纸上戳了一个小孔，自己用了眼光，向房间里去望，但见房里还点着一盏半明不灭的残灯，当面设着一张铺，铺上垂着帐幔。施公此时已睡的光景，就铺面前下首，坐着一个十八九岁的后生，手中拿着一对软索铜锤，却在那里打盹。马虎鸾一看，心中大喜，暗道："施不全，你今日合该要断送性命了。你叫人保护，就该叫那年力精壮的人，在你身旁看守，怎叫这个小小的娃儿在此保护？"说罢，便将身飞落在地，急将两刃刀去拨窗户，不曾拨了一刻，那窗户已被拨开。此时真是怒从心上起，恶向胆边生，手执两刃钢刀，脚一蹬就从那里一个箭步，飞身进内，认定房间里铺上戳了进去。至铺面前，那把刀尚未送进去，还不曾落得稳，正向前面跑的时节，忽听当的一声，只见一样物件在两刃刀上一击。马虎鸾说声："不好！"再一细看，是铺旁边坐着的那个小孩子。此时马虎鸾却顾不得去刺施不全了，只得掉转身来，敌住这两柄软索铜锤。

你道贺人杰为何到此时才知道的呢？看官有所不知，他却早已知道了。当马虎鸾与窦飞虎跳上房檐，来到上房之时，他就有些知道，及至马虎鸾从房檐上倒垂下来，用刀轻轻地去戳窗户眼，他那时更是清清楚楚，晓得有人前来，却故意装作打盹，让马虎鸾不把他放在心上。他却居心要诱马虎鸾进房，他便出其不意，想一个人将马虎鸾捉住，在施公前显显手段。所以等马虎鸾将到床前，正欲将刀送进去行刺，他此时可不能再缓了，是以即将软索铜锤先向他两刃刀上打去，居心想这一锤打了出去，只要他受伤，就可将他捉住，在施公前献功了。哪知马虎鸾功夫纯熟，又兼力大无穷，手中的刀握得甚紧，虽然经了一锤，却不曾被他打落。只听当的一声响，马虎鸾知道不妙，便转过身来，敌住铜锤。贺人杰见一锤不曾将他的刀打落，心中想道："咱这一锤，却臂力不算轻的，他的刀既不曾被我打落，此人的本领，也就不在我之下，咱倒要防备防备，不可看轻了他。"心中一面想，手中那柄锤头，趁马虎鸾掉转身来时，也就认定马虎鸾太阳穴打来。马虎鸾转过身躯，见一锤从太阳穴打到，说声："不好！"赶着将头一偏，把这锤让过。贺人杰见这一锤又不曾打中，却是杀得兴起来，口中大骂道："好大胆强盗！咱家老大人，与你有何仇恨，你敢黑夜前来行刺，须放着老爷在此。尔可快留下名来，待老爷擒捉于你，将你明正典刑！"说着，手舞铜锤，如雨点般直往下落。毕竟二人胜负如何，且听下回分解。

第四一八回

三杰大战马虎鸾　小西杀退窦飞虎

话说马虎鸾见贺人杰的一对软索锤，如雨点般打下，也知道此人虽然年轻，这锤法甚是精到。因也一面招架，一面喊道："好小子！尔既问咱爷爷的名姓，尔可站稳了。爷爷姓马名唤虎鸾，绰号盖三省。只因咱与窦飞虎是誓同生死之交，他的老子窦耳墩，被黄天霸小子受了施不全的诡计，将他害死，咱特与窦飞虎一同前来，替他报杀父之仇的。你若知道进退，可赶紧将施不全献出，与你无干，若有半字不行，可莫怪咱爷爷这两刃刀送了你的性命。"贺人杰听说，方才明白，原来是为窦飞虎报杀父之仇。因也骂道："大胆的狗强盗，咱老爷道是谁，原来是个无名小子。尔不怨窦耳墩那老儿自作自受，反怨及咱家大人，与黄天霸老爷，这真是怙恶不悛了。尔既到此，咱若不将尔捉住，也不算老爷保护大人之功。"马虎鸾又道："好小子！既如此，尔亦须通过名来，好待咱爷爷送尔的狗命。"贺人杰道："你听真了！咱老爷乃总漕施大人标下千总贺人杰是也。"说罢，便又抡起铜锤，直往下打。

马虎鸾正要招架，忽听窗外噗噗两声响，又跳进两个人来。大声喝道："狗强盗休得猖狂，咱老爷黄天霸、李昆前来捉尔，快快受缚！"马虎鸾见天霸、李昆二人又跳进来，心中一想，咱在此与他们相斗，咱虽不惧怯，怎奈这房间内窄狭，何能对敌？

万一被他捉住，那是阳沟里遭风呢！一面想，一面乘个空儿，退到窗户口，将手中两刃刀向着天霸、李昆、贺人杰三人，用了个狂风扫落叶架势，就此一扫。他三人一见这刀法甚是厉害，便赶着向后退了一步。马虎鸾就趁此一个飞身，跳出窗外去了。黄天霸等三人，见他已跳出房外，唯恐他就此逃走，也就赶着一起飞身出来，追赶马虎鸾。马虎鸾跳出房外，他实指望窦飞虎前来接应，哪知窦飞虎从屋檐上跳下，早被关小西、计全、李七侯、何路通四人，在那里接着大杀。你道窦飞虎如何又被计全等接着厮杀起来，原来计全向各处巡察，在先并不知道，巡到后院，只听竹棵里有哼声，计全便进去一看，见是两个更夫，被捆绑抛在那里，他只一看，知道是有人了，因急赶回来，却好窦飞虎正从屋上跳下，计全一见，即大声喊了一句道："捉贼！"一面喊一面就与他对敌起来。那边黄天霸等一闻喊声，个个齐奔出来，一起动手，天霸、李昆正要前来帮助计全，又闻得施公房里有厮杀之声，因即转身杀进房中去助人杰，关小西、李七侯、何路通便来帮计全。

话分两头，如今且说马虎鸾望窦飞虎不至，虎鸾就知道有人与他交战，此时也不能兼顾，只得各顾各的性命。他便虚张威雄，舞动两刃刀，如旋风一般，或上或下，或前或后，专认定天霸、李昆、人杰三人致命的要害处所刺去。天霸等三人也是各尽所长，遮拦隔架，合力厮杀。四个人在院落中间，三把刀、两柄锤，你来我往，足足杀了有百十个回合，不分胜负。正杀之间，忽见马虎鸾将两刃刀往两边一扫，随即撤回，进一步直向天霸当胸就刺，天霸说声："来得好！"正要招架，那马虎鸾的手法，可是真快，早已收了回去。天霸的刀落空，马虎鸾一面将刀收回，一面又把刀先从左边向李昆一点，李昆不及招架，肩窝上已着了一刀，只听呵唷一声，赶紧退了下去。马虎鸾明知李昆中刀，却又不敢再去追赶，因右边贺人杰的铜锤，又打了过来，他就赶着撤回刀去挡人杰，才把人杰的锤挡过去，迎面天霸又是一刀，向当胸刺来，马虎鸾急急招架，掀在一旁，复又一刀，在天霸面门上虚晃了一晃。天霸往后一退，马虎鸾纵身就认定对面屋上一个箭步，跳上房檐。贺人杰见他飞身上屋，他也赶着纵身跳上屋檐，接着天霸也就上去。贺人杰才上了屋檐，只见马虎鸾右手一扬，贺人杰知道有了暗器，说声不好，赶着向旁边一闪，才闪过去，险些儿中了暗器。马虎鸾见自己的三棱箭不曾打中人，又从腰间百宝囊内取了一枝出来，正要往外发，忽见迎面一道金光，从面门上打到。他也知道有了暗器，也就赶着将身子一偏，却好那道金光，也就从耳畔擦过，只听“当啷”一声落在瓦上。他听了这声音，早知道黄天霸的飞镖了。心中想道：“人说天霸的飞镖百发百中，今观如此，咱虽不曾被他打中，可是他这镖法，实在名不虚传，咱倒要好生防备。”

话未说完，天霸第二枝镖又打出来，马虎鸾见他第二镖打出，心中暗道：“咱何不也将三棱箭放一枝出去，单看你中我的箭，还是我中你的镖。”说时迟，那时快，马虎鸾亦就将三棱箭放了出去。黄天霸见马虎鸾手一扬，也知道他是放暗器。这马虎鸾早见天霸放出飞镖，两个人你防我，我防你，却都身手快捷，不约而同。马虎鸾到飞镖切近，左手一扬，说声：“往哪里走!”便将一枝镖从半空里抢了过来。那边天霸见马虎鸾的三棱箭到了面前，也就用右手一起，将三棱箭抓在手内。他二人还不肯抛落，彼此复又打出，各还各人，可是皆无准劲。二人到了此时，却是你羡慕我，我羡慕你，将那拼命捉贼、矢志报仇的意思，全抛在九霄云外去了。贺人杰在旁看见这般光景，他却不耐烦起来，依旧将两柄铜锤，飞舞打去。马虎鸾见他铜锤复又打来，只得再用两刃刀招架。接着天霸又舞刀过来助战。马虎鸾此时一面招架，一面退后，又见天色将欲明亮，若再不走，那可就逃不脱了。因此且战且走，直退至后垣墙，一翻身已跳落墙外，连钻带蹿，把个身子一转，已跑得远了。及至天霸跳下来去赶，早已不知去向。依人杰还要分头赶去，天霸却依遵古语："穷寇不追"四字，只得仍由墙垣跳进，预备帮助计全等捉拿窦飞虎。

哪知窦飞虎早已逃脱。你道为何，只因窦飞虎与计全等杀了有五六十个的回合，渐渐抵敌不住，并非他力不如人，实因寡不敌众。他便急急地想了一个妙法，乘计全一刀砍来，他故意向后一倒。计全以为他是中了刀了，便抢进一步，居心要结果他的性命。哪知窦飞虎刁恶非常，出其不意，将双钩一起，认定计全肩窝上一钩，计全毫不防备，措手不及，竟被他钩中一下，所幸不曾钩到肉，只将紧身靠衣钩了一片下来，计全掉转身就走。关小西见计全败下，他便舞动折铁倭刀，飞舞过来。窦飞虎仍用前计，打谅再将关小西钩中一下，也就可以走了，哪知关小西才近身，窦飞虎已从地上站起来，也是出其不意，撒手一钩向关小西钩去，关小西说一声："来得好！"急用手中刀，认定那钩上一削，把他的双钩削去一个，窦飞虎因此再也不敢恋战，只得飞奔仍由墙垣上逃走去了。欲知窦飞虎逃去何方，且听下回分解。

第四一九回

施贤臣受惊暂驻　卫辉府悬赏缉拿

话说窦飞虎自草凉驿行辕，被关小西的铁倭刀将双钩削去一个，他却更不敢恋战，立刻从墙垣上跳出来，飞奔而逃。所幸关小西不能上高，他得以赶回客店，仍由后院墙跳了进去，此时天已将明。自己虽然逃走出来，却记挂着马虎鸾尚在行辕以内。若要再去接应，手中又折了兵器；若不去救应，又恐他一人不能抵敌大众。正在踌躇之际，忽见房门轻轻的推动，外面进来一人，正是马虎鸾，心中不觉大喜。因悄悄问道："兄长，你如何逃得出来？"马虎鸾就将以上情形说了一遍，又问窦飞虎："如何先走出回来？"飞虎也将如何钩打计全，如何关太削折双钩，因此不敢恋战，急急逃走的话说了一遍。虎鸾道："为今之计，施不全固未将他刺死，又未伤折他手下一人，反使他知道我等几个，这便如何是好？在兄之意，此地是万不能耽搁。黄天霸等，虽然不曾赶了下来，他一等到天明，必然各处寻找，那时他寻找到了，我等究竟是寡不敌众。而况你的兵器又折断了，如何与他等对敌？咱们不如趁店主人未起来，此时天尚未大明亮，就此走了，赶到前站，再寻下客店。你赶将双钩配全，再设他法去报仇雪恨。"窦飞虎道："兄长之言，甚合吾意。"于是赶将包裹打好，即刻出了房门，仍从院墙跳了出去。此时天已明亮，窦飞虎、马虎鸾二人，哪敢怠慢，直奔来的路，向回头去了。暂且不表。

再说天霸等赶马虎鸾不及，只得回转书房去，安慰施公。此时施公见强人已走，早已从床上起来。一见天霸、贺人杰二人进来，便即慰劳道：“今日本部堂险些儿又送了性命，若不亏黄贤弟，与贺千总防患未然，本部堂的性命断然难保。贺千总之功，真莫大焉。”人杰当下躬身谢道：“千总不敢自邀其功，若非黄叔父在先防备，千总亦不知这两个强人到此。”施公见说，便问天霸道：“贤弟何以有先见之明呢？”天霸道：“卑镇昨日私出辕门，在人丛中，见有二人，相貌凶恶，带有杀气，在辕门外窥探。卑镇见了，恐有意外之虞，是以回来，便与计全参将商议防护，然亦不过有备无患之意，不期竟为卑镇所料，这也是大人的洪福。只可恨二贼在逃，李都司受伤，计参将亦受微创，可喜关副将的铁倭刀，能将窦飞虎的双钩削去一支，还算差强人意。但此二贼虽然在逃，那窦飞虎具着一腔杀父之仇，此是纵不敢再来，恐前途尚有可虑。”施公道：“在本部堂之意，何不趁此趱赶前去，将这二贼捉拿前来，以免随后又多一番周折。”天霸道：“大人明鉴，何尝不是？但卑镇逆料二贼，自此以后，断不敢再留此处，一定奔向他方。此时纵竭力追寻，又不知他向哪方逃走，歧途观望，于事无济。不若待他自来，卑镇等自当合力擒捉，以免后患。至前途防护，好在有卑镇等随侍，料亦无妨，大人尽管放心便了。”施公道：“本部堂既有贤弟等随时保护，还有什么意外之虑？其所以令贤弟趱赶前去者，诚恐该贼远扬，将来兜拿不易。今据贤弟如此说法，亦系至稳至当之理，本部堂悉听贤弟之便罢了。”

正说话间，关小西、计全等皆来请安，并请未经擒获窦飞虎、马虎鸾二贼之罪。只有李昆未来。施公见他等前来请罪，因道："诸位贤弟，这件功劳，甚是不小。本部堂若非诸位贤弟暗中保护，恐不免为刀下之鬼了，何罪之有？而况李贤弟因与贼斗，又复身受重伤，本部堂实深抱歉。但不知李贤弟所受之伤，尚不妨碍么。"计全道："李都司不过身受微伤，谅不妨碍，只须稍微歇息，便可痊愈，大人不必挂念。"施公道："但愿无妨，本部堂稍免忧虑。"说罢，众人退出，施公也就不睡了。

顷刻天明，施公梳洗已毕，用过早点，外面已有人传禀进来，卫辉府禀见。施公传谕请见，卫辉府趋跄而进，参见已毕。施公命他坐下，卫辉府便请示道："大人昨日吩咐，已将车马齐备，所以过来请示，在卑府之意，拟仍求大人暂住行旌，稍歇征尘，再行启行，不知大人可蒙俯允？"施公道："本部堂本拟今日即便启行，只因昨日夜半，忽有刺客二人，前为行刺。多亏本标总镇黄天霸等，先事预防，当时保护，格杀一夜，本部堂方保无虞。又以该贼凶恶异常，故竟被逃脱。本部堂因此竟被闹了一夜，到这会儿还不曾睡，所以本部堂今日不走了。"卫辉府闻说，这一吃惊非同小可，当即谢罪道："这是卑府防范太疏，致累大人受惊，卑府死罪。还求大人宽恕。"施公道："贵府不必如此，这也非贵府所知。皆是本部堂向来严拿太甚，以致若辈含恨刺骨。但此二人，一名窦飞虎，一名马虎鸾。这窦飞虎即系前盗御马窦耳墩之子，马虎鸾是帮助飞虎前来报仇之人。贵府可即移知各府州县暨防营一体缉拿，务必拿获前来，照律惩办便了。"卫辉府当即又说道："此是卑府分内之事，卑府一面赶令皂快两班，购线缉获，一面移知各府州县暨防营一体查拿便了。"说罢，当即告辞出去。又至黄天霸等人那里，前去道谢保护施公。当日又送入几桌上等酒筵，以为供应。一面即签命本衙门三班差役，先在草凉驿各客店内，搜寻一遍。

此时窦飞虎、马虎鸾二人所住的那家客店，到了天明，见店中少了两个店人，正暗想惊讶，忽闻总漕施大人昨夜遇了刺客，今日卫辉府雷厉风行，令人在各客店搜查。那客店主一闻此言，再也不敢声张，不说店内昨日住的两个客人，今早忽不知去向的话了。公差先在客店内搜寻一遍，并无踪迹，只得回来复命。卫辉府又来禀知施公道："卑府自闻大人遇盗之谕，即刻先令随来差役，往本镇各客店搜寻，并无踪迹，想非下在客店。卑府只得又命差役赶紧访拿，务获照律惩办。"施公点头称是，心中却道："这两个恶贼，若靠你衙门里那几个差役，就便访拿一年，也寻获不到，这不过是官样文章罢了。"卫辉府回禀明白，复又退出，便到黄天霸那里，问明窦、马二人身材长短，面貌如何，以便画影图形，悬赏缉获。黄天霸即将二人身材相貌，与卫辉府说明，卫辉府即用笔记下，收在怀中。俟施公启行后，回至本衙，即便悬赏，闲话休表。

且说施公又住了一宿，次日一早起来，梳洗已毕，用了早点，即传谕大众启行。黄天霸等是早预备好的，一闻传出此谕，即刻将行装等物，装上骡车，派人先行押往，然后与施公出了草凉驿，往前途而行。卫辉府自然恭送如仪，休要烦絮。我且将这边摆下，再说卫辉府将施公送了上路，当日回城，到了署中，即刻命书差写了赏格，先拿出去，各处张贴起来。卫辉府将此赏格，凡属通衢要道，城乡内外，令人遍贴晓谕，以冀缉获正凶。不知究竟拿得到否，且听下回分解。

第四二〇回

毛家营强盗落店　贺二房店主设机

话说卫辉府将赏格悬挂出去，并移知邻境各府州县防营。不到数日，各处皆接到公事，也就分别派人擒获，更兼通衢要道，画影图形，往来之人，无不知道。因此大家俱有些想得赏的心，也就处处留神，凡那些营汛门兵，遇有往来面生可疑之人，都要向他盘诘。这个风声传出，远近皆知。

且说窦飞虎、马虎鸾二人，自从草凉驿逃走出后，便从原路赶奔回行，预备前途得空，再行动手。窦飞虎又将双钩收拾好了，准备再厮杀一场。这日走至毛家营，这毛家营系与山东直隶交界的地方，也是个极大的乡镇，做买卖的亦复不少。他二人到了镇上，先拣了客店住下。才进了店门，见有一丛人在那里观望，墙壁上贴了一张告示，大家啧啧咂咂，念个不了。窦飞虎二人看见，也不认识，虽听得各人念道，却也不甚清楚，再一细听，却听出他二人自己的两个名字，说什么要捉拿，与他还有赏银五百两。二人听到此处，窦飞虎即将马虎鸾暗暗一扯，马虎鸾会意，当即走了过来。窦飞虎又向他做了个暗号，马虎鸾更加明白，当下便借话说道："咱们到这儿好一会子，你们店主连招呼都不招呼，敢是瞧不来咱们是过客吗？既如此，除了你家这客店，难道没有别家吗？咱们走吧，免得这里受他娘的鸟气。"说着就掉转了身来，向店外就走。

那店主人先见他二人进来的时分，倒不在意，此时见他二人口中借说发作，又见他二人形色仓皇，便有些疑惑起来。再将他二人细细一看，与那赏格上所填的相貌，一般无二，因即吓了一跳，暗道："原来就是他两个，怪道这般仓皇，欲借话发作，趁此逃走呢，咱何不作个见怪不怪，将他二人诓下来，先以好相慰，再以美酒灌醉他，然后把他二人绑起来。听说施大人早晚也要到了，将去请功，岂不是一件大大的财帛吗？"心中想罢，便即赶步上前，向他二人说道："二位尊客，休得动怒，还请恕小人接待来迟。只因小店过客甚多，往往有应接不暇之势，难得尊客前来照顾小店生意，小人岂有将生意推出门之理？只要尊客住下来，所有一应茶水面饭米饭酒菜，一切都件件精美，小二们包管一呼即至，尊客要什么有什么。在小人看来，尊客还是在这里住下吧！省得又去别家了。"窦飞虎与马虎鸾二人，听了店主人这番话，倒觉得委婉动听。又见那店主人一团和气，自己觉得有些不好意思起来，因也说道："非是咱们要别家去住，你瞧你家可有招呼么？"那店主人见窦飞虎等二人似有活动之意，因赶紧进言道："你老如果住下，咱们必加意照应，以赎前罪何如呢？"窦飞虎望马虎鸾道："兄长，你意下如何？"马虎鸾向窦飞虎道："老兄弟！咱想这儿到处皆然，既是掌柜的这等殷勤，咱俩就住下吧。不必三心两意了。"窦飞虎听他说这儿到处皆然一句话，也早会意是含着那件事了。因也接口道："既是兄长看掌柜的好，咱们就住下便了。"说着，二人复转身进来。

店主人见他二人进来，心中好不欢喜。当即带着笑，将他二人引到店后那间空房内去。窦飞虎二人进了上房，将房子一看，果然洁净，心中也甚欢喜，就便坐下。那店主人在旁说道："你老请坐，咱去唤伙计来伺候。并去打了水来，泡上好茶，请你老净面饮茶。”窦飞虎答应，那店主人出去，不一刻店小二果然打了两盆面水，两壶好茶，摆在二人面前。窦飞虎二人先净了面，这才喝了两口茶，店小二在旁又问道：“你老还是先饮酒？还是等一会儿？如果就饮酒，可要什么？你老吩咐咱好出去叫唤。”窦飞虎道：“你家有什么好酒好菜，讲两件给咱们听听，好使咱们拣合意的要。”店小二道：“咱们店里顶好的酒，是竹叶青，菊花黄，玫瑰露，原泡的黍黍①高粱。菜是醋溜鱼，白切鸡，烧牛脯，鸡子儿，油煎豆腐，黄芽菜，炸肉丸，炒肉丝，玉兰片，皆有。听你老拣点吧。”窦飞虎道：“你就给咱们把那烧牛脯切二斤，肥鸡切一盘，黄芽菜、炸肉丸各作两件，竹叶青打上二斤。有面饭吗?”店小二道：“卖的是面饭肉馒首，糖馒首，薄饼，锅贴儿，大饼，通有的。你老要谁呀?”马虎鸾道：“你就再给咱薄饼打四十张，锅贴儿做二十个，再拿两碟甜酱，与黄芽菜就得了。”

店小二答应，不一刻拿了两壶酒来，两副杯箸，四个小菜碟，就桌子上摆好，那四个小菜碟内，一碟是大椒黄芽菜，一碟是拌韭黄，一碟是猪肉，一碟是干牛脯。窦飞虎在下面，马虎鸾在上面，二人对面坐下，小二在旁又说：“你老叫的菜，顷刻就来，厨房里在那儿做了下锅，一会就到，你老请先饮酒呢。”窦飞虎二人便将酒壶拿起来，各人先斟了一杯，在口边呷了一呷，觉得一阵清香，直入鼻孔，暗道：“果然好酒。”于是一饮而尽。正要催菜，只听外面喊道：“王家第二的，快来端菜吧。”店小二

① 黍（shǔ）——一种草本植物，籽实是粮食作物之一，可以酿酒。

听喊，赶着答道：“来了。”一声未完，早掉转身出去，顷刻间端了进来，在桌上一件件摆好。窦飞虎二人也就执着筷子，一件件尝了滋味，觉得件件可口，心中大喜。店小二此时还不曾退出，站在一旁伺候。窦飞虎就向店小二问道：“你敢是姓王么?”店小二道：“正是姓王，排行第二。咱这店里都叫咱作王家第二的。”窦飞虎又问道：“你那掌柜的姓什么呢?”王二道：“姓贺名世保。”窦飞虎道：“你这店里有多少人？在此开了几年了?”王二道：“咱这店是家老店，连咱家少掌柜的已有三代。不瞒你老讲，南来的北往的，谁不知道咱这贺二房买卖公平，伺应周到。但是咱与你老两位谈了这半天话，咱还不曾请教你老两位尊姓呢!”窦飞虎见问，不敢说出真姓，随口应道：“咱姓张。”指着马虎鸾道：“这位姓李。”王二道：“你老两位是打哪儿来的？还是往北边去？还是往南边去呢?”窦飞虎道：“咱俩是往南边去的。”王二又道：“你老两向来作什么贵业呀?”窦飞虎道：“咱向来做布业，这位李客人做烟业，一向在北边做买卖。现在因有两个朋友，约咱俩到南方合做一家买卖，因此经过这里。”王二道：“原来是两位大客人，小人倒失敬了。”窦飞虎又问道：“王第二的，你这店里共计有多少伙计呀?”王二道：“没有多少，连咱家掌柜的共计十七个伙计。到了忙的时节，还是照管不来，所以常常得罪客人。所幸咱掌柜的从来不曾见怪，都是笑脸相迎。因此来往的客人，只要住了一次，下次皆要到这里来的。”不知后事如何，且听下回分解。

第四二一回

恶强盗因醉遭擒　贺店东半途送信

话说窦飞虎与马虎鸾一面饮酒，一面与王二闲谈，王二也不厌烦，有心有肠，在一旁回答。窦飞虎二人，不知不觉，已将两壶酒饮完。加之马虎鸾更喜饮酒，今日见了这上等好酒，只顾在这里痛饮，把那赏格上的事忘了。两壶酒饮完，王二在旁看得清楚，不等他二人叫添，他早到外边又拿了两壶进来。马虎鸾二人，见他灵巧非常，心中甚喜，因又接壶在手，二人又斟上一杯，对面畅饮。窦飞虎又问道："王第二的，咱且问你：咱们方才进来的时分，那边哄着许多人，在那儿看什么？你可知道吗？"王二一听此言，心中暗道："你这王八羔子的狗强盗，你还在爷爷跟前装佯不知，你既装样，咱倒不能不告诉你，给你知道。"因说道："你老不知，只因淮安有一位总漕施大人，奉旨进京陛见，打从草凉驿经过。于前月二十六日夜在行辕内，忽然来了两个刺客，要刺他老人家。后来他手下一个总镇，唤作黄天霸，还有什么副将参将等一干人，就与他等大杀起来。哪知两个刺客本领高强，不曾被黄天霸等捉住，反而逃脱去了。因此施大人心中不甘，定要捉住这两个刺客问罪。又恐这两个刺客走远了，所以各处行文，悬了赏格，就同古来那画影图形一样。那些人哄在那里看的，就是赏格。上面写得好不厉害，说是不论军民人等，如有将那刺客窦飞虎、马虎鸾二名擒获住了，每名赏银五百两。如有知风送信，因而拿获者，每名赏银一百两。有些人看了这赏格，皆道这两个刺客大概本领是天下无敌，连那天下闻名的黄天霸，总不曾将他捉住，还有什么人能捉住他呢？这张赏格，还不是空贴了吗？不过他们做官，不能不这样办法，才好掩人耳目呢！你老两位的明鉴，可是不是吗？”

窦飞虎、马虎鸾二人听了小二之言，心中也觉得有理。暗道：“有一个黄天霸，还有许多狐群狗党，皆是能征惯战之人，总不曾将咱等捉住。兄见咱俩的本领，也可算得天下无敌了！”想罢，因也说道：“王第二的，你这话果然不错，就是咱俩看起来，这两个刺客，也是拿不住，那张赏格还不是白贴吗？”说着好生得意，又一面大饮起来。他二人一壁厢畅饮，王二一壁厢暗道：“你这两个死囚，死在头上，还不知道，眼见得用酒将你灌醉，好歹拿去施大人那里献功。”王二尽管暗想，他二人的两壶酒倒又饮完。窦飞虎饮了两壶，却也够了。唯有马虎鸾最是贪杯，只要有了酒，虽把刀架在他头上，他皆不顾，还是吃酒，总要吃到烂醉如泥的时分，他才丢手不吃。此时的酒只不过有了十分之四，他哪里就肯不吃呢？因又叫小二去添。王二答应，即刻出去，又添了两壶进来，不一刻倒又饮完。马虎鸾又喊添酒，王二在旁暗暗惊道：“这两个死囚，如何酒量这般大！咱家这竹叶青，从来不曾有人能吃两壶，只要到一壶多些，就要醉的；任他大量，至多两壶，从无不醉之理。他两个已经各人三壶了，还是要添，难道这酒不曾吃在他肚里，吃到隔壁人家去了吗？且不管他好歹，把他灌醉，好给咱等献功得财。”想罢，便又去添酒。

窦飞虎见王二出去，便低低向马虎鸾道：“兄长！你老可留些量吧，不要吃醉了误事。咱们虽不怕人，到底是醒的好，醉了究有些不妥当。”这句话一说，把马虎鸾提醒起来，正要回答，却好王二将好的酒又打了两壶进来。马虎鸾接着壶，又斟上一大杯，向飞虎说道：“咱们吃了这杯，也吃饭了。”飞虎道：“可吃饭了。”因向王二道：“那薄饼可曾打好吗？”王二道：“早好了，你老就吃吗？方才两壶酒还不曾饮完呢！”飞虎道：“你去取来，咱们如要吃的，这两壶酒还怕不完吗？”王二答应，转身出去取饼，一会子饼取进来。二人便将酒壶放在一旁，来拿饼吃。此时窦飞虎已吃得有八分醉了，马虎鸾已有九分醉了。你道为什么方才不过十分之四，怎么顷刻间就醉到九分呢？诸公有所不知，刚才王小二拿进来的这两壶酒，虽然同是一色，却加了些作料进去了。就是《水浒传》上所说的蒙汗药，因此马虎鸾吃了一杯就醉到有九分了。且说窦飞虎已醉了八分，勉强吃了两张薄饼，便就不能吃，就想去睡。那马虎鸾正吃之间，忽觉头一晕，眼一花，便坐不住，登时就往后一仰，跌倒在地。窦飞虎在旁虽然思睡，心中却又明白，一见他跌倒下来，心中暗道：“这怎么了？咱们俱醉了！咱虽不曾醉倒，如何也是四肢无力？万一此时有人将咱俩暗弄起来，却才是照着眼自投罗网呢！”一面想，一面也就不知不觉的睡去了。

王二在旁看得清楚，只见他二人仰面朝天，酣呼大睡。当下飞奔出外，走到店东西前说道：“少掌柜的！那两个狗强盗，已醉倒了，现都已熟睡了，你老去动手吧。”店主一听，好不欢喜，赶着迈步上前，走到房里一看，果然不错。窦飞虎与马虎鸾二人，俱是酣呼大睡。当下店主人即与王二，先将他二人的包裹打开来一看，只见里面包着有二三百两银子，外一把两刃刀，一把双钩。店主人看见这两件兵器，知是他二人所用之物，因代他拿出来，叫王二在外面藏好，防备他二人醒来提刀杀人。将他的兵器拿过去，他虽醒来，也就英雄无用武之地了。又在窦飞虎身旁搜了一回，并无他物。复在马虎鸾身上去搜，搜到腰间，见有一件东西，有八寸长一个竹筒。他店主人也不知何物，拿在灯下仔细一瞧，见竹筒两头俱有消息，因此便不敢动，想是里面有什么伤人之物。幸亏他自家小心，若稍一大意，一定是要受伤的。原来这竹筒内，就是马虎鸾所用的三棱箭，暗藏在内，贺主人若要取出来看看，那就不妙了。也就叫小二拿出去，与那兵器放在一起。这才命王二寻了两根粗麻绳，又喊了五六个伙计，进房来大家一起动手，去捆窦飞虎、马虎鸾二人。大家七手八脚，一面捆，一面骂道："你这两个王八羔子，施大人是当今的一位清烈贤臣，自从有了他老人家出来，代我们这些老百姓除了多少害。你这两个狗强盗，不思改邪归正，又要仗着自己本领，做那无法无天的事，前去行刺他老人家。幸亏黄天霸老爷与一众英雄知觉，与你格斗了一夜，施大人不曾被你害了性命，不然就送在你两个狗强盗手内了。"骂着早将二人绑缚起来，抛在一旁，贺店主率领众人出房而去。毕竟后事如何，且听下回分解。

第四二二回

恨店东马虎鸾杀店　擒巨盗黄天霸施镖

话说窦飞虎、马虎鸾二人，因酒醉之后，被贺家店的老板率领店伙，将他二人绑缚起来，又将他二人所有兵器暗器，悉数收出藏在一旁，把他二人闭在一间空房内。贺店主一至天明，便趱赶去迎施公送信，好献功领赏。沿途迎去，不到五十里光景，居然迎到施公的台驾，当下便由施公的手下人传告进去。施公一闻此言，当即传贺世保问话。贺世保走到后面，面见了施公，参见已毕。施公便问了姓名，又将捉拿情形问了一遍。贺世保一一诉说，因道："小人虽将那两个强盗设计擒获，绑缚在店，唯恐该盗本领高强，万一醒来，被他逃脱，不但有误大事，小人还要受累。务求大人速派大将前去，将他押解来此，听候大人惩办，方不致误。"施公道："尔之所言，甚是有理，本部堂便即刻命人前去便了。尔且带路，俟验明本身不错，自当领赏。"说罢，令贺世保退下。施公即命黄天霸、李昆、关小西、贺人杰四人前去。当下四人答应，即刻跟着贺世保去。暂且不表。

再说窦飞虎被绑之后，到了天明以后酒已醒了，但觉身上四处疼痛，四肢皆动弹不得。心中暗道："还是吃了两壶酒醉到这样也是有的，为何身上痛得如此，这是何故？"此时倦眼迷离，欲将两手来揉两眼，正欲抬手，哪里抬得上来，却是被绑在背后。窦飞虎这一吃惊非同小可，赶着睁开眼向旁边一望，见马虎鸾也被捆在一旁，还未醉醒，尚在那边鼾睡，窦飞虎看毕，更加吃惊，暗道：“咱俩上了那王八羔子的当了，他用酒将咱俩灌醉，设计害咱俩，他定前去报功了。也罢，且待咱俩挣脱起来，若命不逢绝，尚可挣脱逃去。万一应死在这里，也是命里所遭，不可设法。”一面想，一面就运起气来，准备将身上绑的绳索，全行挣断，他便可脱身。哪知运了好一回气，用尽平生之力来挣脱绳索，再也挣不断。心中作急，又平平气，准备再挣。却好马虎鸾已是将醒要醒了。窦飞虎在旁。只见他打了一个呵欠，也是想用两手擦眼，忽然两手抬不起来，他便即此一急，早将酒吓到九霄云外去了。当下醒来，向旁边一望，见窦飞虎也睡在一旁。他疑惑窦飞虎尚不知道，便即唤窦飞虎：“你醒来，咱们被这店内那王八羔子暗害了，你醒来吧。”窦飞虎不等他说完，当即答道：“小弟是早知道了，欲要挣脱，无奈用尽平生气力，只是挣脱不开。兄长尚有甚办法吗？要想一想才好，不然难道我们俩还束手待毙吗？”马虎鸾听了此言，只急得三尸冒火，七孔生烟，大叫一声道：“真气杀我也！大江大海，总走了过来，皆不曾有什么畏避，不料在这阴沟里遭风，须放着咱挣不脱，若能挣脱开来，不把这一起王八羔子杀个尽绝，咱誓不为人，老兄弟且等着，不要惧怯。”说着，便将浑身上下的气运足了，便来挣断绳索，不一刻气已运足，只听他又大叫一声道：“咱道你是钢绳铁索，也不过是两根麻绳，就想将老子捆住么？去吧！”一声未完，只听咯噔咯噔几声响，早见身上所有的绳索，一寸寸如刀割一般，齐断下来。窦飞虎在旁好不欢喜，因急喊道：“兄长！可速来将咱解下，好去一起动手，将这伙王八羔子杀个干净，以泄心中之恨。”

此时马虎鸾正欲去亲解窦飞虎的绑缚，忽见房门外拥进七八个店伙来，因在外边听得里面大声喊叫，恐有失误，怕他们挣断绳索，所以赶将进去。个个手中皆执着木杠门闩等类，以防不虞。马虎鸾一见这许多人进来，知道他们是预备要争斗的光景，他也等不得去解窦飞虎的绑缚，便去取他的两刃刀，好待厮杀。哪知掉转身去取兵器取不着，连包裹都没有了。你道他可急不急，复又向腰间一摸，想取三棱箭出来去打这伙人，哪知也不见了。这才知道是被店人一起搜去。此时马虎鸾见这伙店小二，拿着门闩木杠，蜂拥而来，就大喊一声道："好一起王八羔子，胆敢暗害爷爷么，还把爷爷的兵器藏了个干净。尔等以为爷爷没了兵器，就不能与尔等厮杀？好小子来得好！看爷爷的手段吧！"说着便进身去打，却好那七八个小伙子，皆是一拥而上。马虎鸾先闪躲了一回，得着空便进了档，见迎面有个小伙子，举着大杠子当头打下，马虎鸾说声："来得好！"只见他将腰一弯，右手一起，认定迎面来的那小伙子一冲拳，正迎他小腹上打去，那小伙子万来不及让，早中了一拳，"呵呀！"一声，一个屁坐子，跌倒在地，只听得乒乒乓乓，所有进来七八个小伙子，皆被他一个个打死的打死，打伤的打伤，还有见事不妙，趁着腿快，溜出来的。

马虎鸾正打得落花流水，以为可以解了窦飞虎的绑缚，趁此逃走了。正要去解窦飞虎的绳索，又见拥进有十来个壮汉，手中皆拿着钉耙锹锄之类，蜂拥而来，内中还有两个人拿着两柄铡草刀。马虎鸾大喜，心中想道："咱将他这两柄刀夺一把过来，咱便可以无虑了。"正是心中暗想，那些壮汉已一起不分横竖，直打过来。马虎鸾也就不分青白横竖，打了过去，一阵招拦隔架，已打倒了几个。两只眼却觑定那拿刀的两个人，只听他大喊一声，直奔拿刀的两个打去。那拿刀的两个人，见他恶狠狠地打过来，也就恶狠狠地举刀就斫。马虎鸾毫不畏惧，见这个来得切近，他便钻身进前。那人正举刀砍下，他便趁势往下一托，却好将那人执刀的那只手腕抓住，就此用劲一捻，那人已痛入骨髓，这把铡草刀早已离了手，只听哨啷一声，抛落在地。马虎鸾也不去拾，复觑定那一个，赶着飞去一脚。那一个不曾防备，复又跌倒在地，手上的铡草刀，又抛落下来。还有那些壮汉，见又打倒了两个，还不肯甘心，还是上前乱打，马虎鸾杀得兴起，也不管他有锹锄之类，一阵乱打，早把那些壮汉打得个个倒退，再也不敢上前。

马虎鸾此时才把两把铡草刀从地上拾起来，退转进房，就拿这刀去割窦飞虎的绑缚。窦飞虎爬起来，马虎鸾就将手中的铡草刀，分了一把与他，二人说道："咱俩就是走，也要勒令他将咱俩的兵器交出，前途方保无虑。不然怎么个去得?"二人正在计议，要到后面搜寻贺世保。又听得一片锣声，接着人声鼎沸。窦、马二人要赶紧逃走，忽又见从半空中飞进一支金镖来，毕竟马虎鸾中镖不曾，且听下回分解。

第四二三回

贺人杰追赶马虎鸾　关小西捉拿窦飞虎

话说马虎鸾、窦飞虎二人，听得一片锣声，人声鼎沸，知道不妙，正思逃走。忽然从半空中飞进一支金镖来，认定面门打来，马虎鸾说声："不好！"赶紧向旁边一闪，那支镖却不曾打中。只见扑扑两声，从对面屋上跳下两个人来，再一细看，却是黄天霸、李昆二人，彼此见了面，也不搭话。黄天霸舞动单刀，直奔马虎鸾。李昆舞动朴刀，直奔窦飞虎就砍。我且先说黄天霸一刀认定马虎鸾砍去，马虎鸾赶着将铡草刀向上一架，就势向旁边一撇，隔开黄天霸的刀，便急急还了一刀，认定天霸半腰扫去。天霸急抽刀向中间一隔，随即向外一拨，早将铡草刀拨在一旁。马虎鸾见这一刀不曾砍中，又被他拨开，便急纵鸾面往下一翻，这叫海底捞月，向天霸脑门砍到。天霸向旁边一跳，让过一刀，跟着就翻起一刀，向马虎鸾右肋下搠进。马虎鸾也将刀隔住，两人一来一往，斗了有七八个回合。马虎鸾总碍兵器不合手，又因在店房内，不好施展，因就一面杀，一面向外边退，居心想退到店屋外面，院落中间，便可以大展武艺，黄天霸的心也是如此。哪知两人斗来斗去，终不能出这间屋，此时两人杀得兴起。

马虎鸾一声大喝道："黄天霸你这小子，且住一住手，咱与你有话讲，若用暗器伤人，就不算好汉，咱俩且到院落，杀个痛快。你敢与爷爷争斗吗？”黄天霸听说此话，正中心怀，当即骂道：“好杂种！既如此说，咱老爷还惧怯你不成？咱们走！”说着，他两人一个箭步，跳在院落当中。马虎鸾不等天霸站定，就急急地出其不意，一铡刀向天霸砍去，天霸道一声好，当即将两足一纵，离地有五六尺高，让过铡刀。马虎鸾这一刀又砍了个空，正思拔回来再砍。哪知天霸的刀已用了个泰山压顶的架式，当顶砍下。要在旁人，这一刀万万躲不过去。可是马虎鸾当一刀砍空时，他早防备到这一着，因急急地将身子一缩，等他的刀离当顶逼近，他便一纵，这叫做毒蛇出洞，早已纵到一边。天霸的刀欲要收住，不往下砍，却万不能够，只听嗑喳一声，将院落中一块石板，砍成粉碎，只见火星子乱迸。天霸说声：“不好！”正要将刀提回，不提防马虎鸾的铡刀，从他背后也用了个泰山压顶的架式，向天霸砍来。天霸也知道定有此着，他却不慌不忙，将手中刀执定，又用了十二分足劲，等马虎鸾来得切近，他便出其不意，一个翻身，背往下，脸往上，手中刀一翻，认定上面的刀，就这一隔，只听丁当一声，两把刀金光乱迸，接着又是一声响亮。原来马虎鸾的铡刀，被天霸的刀削去了一段，掷落在地。

马虎鸾一看，吃惊不小，暗道：“此刀一折，咱的性命不能保。”复又想道：“怕什么？只要拼得命，还怕敌不过他吗？”正想之间，天霸的刀又到。此时，天霸却欺他手中无合手的兵器，因此一刀连一个，一刀紧一刀，如疾风砍了过来。马虎鸾先还用那半段的铡刀，遮拦隔架，斗了有十数个回合，爽性将那半段的铡刀抛去，凭着赤手空拳，与天霸争斗。只见他蹦纵蹿跳，闪躲避让，身躯却再没有像他那种灵便。任是天霸的武艺高强，刀法精妙，并不曾伤他一下，还把天霸闹得个发昏。正在心力并用之时，居心想这一刀发出去，就要伤了马虎鸾的要害。哪知马虎鸾更加狡猾，不知不觉蹿到天霸背后，顺势右手一起，急将天霸的胳膊，就顺手一拿，左手便来夺刀。天霸不防备胳膊被他拿住，正要将那只手来打马虎鸾，早被虎鸾将刀夺住。天霸没法，又恐刀被他夺去，自己反倒赤手空拳。急中生计，便赶将右手一起，一披掌认定马虎鸾手腕一剁。马虎鸾见势一松，不期那把刀就抛落在地。天霸也来不及去拾，只得将那被马虎鸾拿住的一支胳膊，就用力一挣，算是挣脱下来，赶着一转身，又与马虎鸾交手。所幸贺人杰在房子上，看得清清楚楚，见天霸没有兵器，便舞动软索铜锤从屋上跳下，就来助战。马虎鸾见屋上跳下一人，就是只身保护施公的那个小孩子。此时见天霸人来助，他也有些惧怯，唯恐随后还有人来。虽然自己本领高强，到底寡不敌众，只得思想逃走，当下觑定空处，向着天霸虚打一拳，拨转身蹿蹦纵跳，一路飞跑出去。黄天霸见他逃走，正要取镖去打。却好贺人杰从后赶去，天霸就趁此在地下将刀拾起来，也就赶了出去。及至追到店外，早已不知二人去向。随后黄天霸赶了一回，仍无踪迹，只得回来。心中暗道："好在马虎鸾手无寸铁，又无暗器，大概人杰也吃不了他的亏。"

天霸掉转身回至贺二房，却好李昆与关小西二人，已将窦飞虎捉住。你道如何捉住的？先时那窦飞虎与李昆竭力抵杀，看李昆已有些敌不过，可巧小西从店外进来，不问青白，一路花刀，也就将窦飞虎杀得头昏眩目，还可以抵敌。哪知道窦飞虎手中的铡刀，又被关小西的倭刀削去一半，却万万不能抵敌，因思逃走，却又无处可逃。那时就急中生计，却好店内桌子上放着一只铁香炉，便急急抢在手中，认定关小西打去，关小西怎能不让？

李昆欲待动手，却被他奋身一纵，上了屋檐，撒步就跑。李昆一见他逃走，哪里肯合，当下也就上了屋，急将弹子掏出，按在那刀上，急急认定窦飞虎的背后颈子上一下打。窦飞虎此时却只顾向前逃命，万难兼顾后面，因此不提防中了一弹。急将脸掉转来，就往后看，李昆第二个弹子又到，正打中面门。窦飞虎一声“呵呀！”还不曾喊出来，李昆又一弹正打中左眼。窦飞虎血流满面，痛不可忍，只听咕咚一声，打从屋上滚跌下来，关小西见屋上滚下一人，就近一看，正是窦飞虎，因又举起倭刀背，在他腿上砍了几下。窦飞虎此时真个不能动弹了。当下关小西就招呼李昆下来，随用绳索将窦飞虎四马攒蹄，捆个结实，抛在一旁。绑缚停当，黄天霸已是回来，并将追赶马虎鸾不着，并贺人杰追寻前去，不知去向的话，说了一遍。关小西、李昆二人，便急急说道：“好在窦飞虎就擒，咱们再分头去赶罢。”后事如何，下回分解。

第四二四回

马虎鸾力竭势穷　贺人杰餐风宿露

话说黄天霸、关小西、李昆三人，正议分头去赶马虎鸾，好帮助人杰。忽听外面传说进来："大人到了。"天霸等一听，当即迎接出去，正好施公下轿。天霸等上前请安。施以进内坐下，天霸就将马虎鸾仍复在逃，窦飞虎业经就获，贺人杰追赶马虎鸾，不知去向的话说了一遍。施公道："黄贤弟！贺人杰既追赶马虎鸾不知去向，诸位贤弟也须赶紧分头去赶，贺人杰年轻好胜，恐有疏失。诸位贤弟杀了一日，皆辛苦了，可在此稍微歇息，本部堂再派旁人分头去追。"因即向计全、何路通、李七侯、金大力四人说道："四位贤弟！分头去赶一趟，务要将人杰寻到，至马虎鸾能否就获，倒也不必偏执，就此一行，不可有误。"计全等四人，当即答应，转身出店，飞赶而去，暂且不表。

且说施公见窦飞虎已经捉住，当下便令天霸把贺世保传来，夸奖了两句，并着他去查受伤人等。一会子，贺世保进来跪禀道："小人查得本店，共计伤八人，身死一人，本镇壮汉，受伤五人，却无身死。"施公又命天霸去看，天霸随着贺世保，将身死受伤的人，验看属实，回来禀明。施公又命将身死的备棺盛殓，并将尸属传来，所有棺殓一切等费，均由施公发给，并每人赏给恤银五百两，受伤的各给纹银五十两，借以养伤。贺世保店中所毁物件，着估价加倍赏银，亦如数发给。当下又命本镇地甲前来，饬令他到本地方官衙门禀明，并拿了一封名帖，令施安随同地甲，去请本地方官。次日本地方官即来。施公交代清楚，所有各项赏给银两，均着本地方官如数发给，准期正用开支。本地方官哪敢不允？并将窦飞虎押解回衙，即行就地正法。吩咐已毕，本地方官告辞而去。

看书的人看到此处，又要说我作书的人胡说了。怎么一位钦差大人，沿途经过各地方，岂有该管地方官要拿帖子去请，哪里有这等事？诸公有所不知，只因施公已在先札饬各地方，所有经过该管地方官，毋须出境迎接，并办差各事，理宜关心民事为重。所以各该管地方官，知道施公言出法随，不在这些浮文末节上讲究，因也遵命照办。这皆是施公清廉的好处。若放着那些专好礼节儿的大员，经过处所，该管地方官，若不出境迎接，也便大怒起来。轻则借端记过，重则借词参劾，此等人还是好的。更有一种贪婪的，所有经过的地方，各该管地方官，还要送程仪路费，若送少了，心中还不愿意。试问这些程仪，难道真是地方官的腰囊吗？俗话说得好："官出于民。"也还是剥削民脂民膏，取诸庶人，供彼所欲。施公知道这等弊端，又以保民为重，所以才这等做法，不然倒不算是清烈贤臣了。闲话休表。施公命本地方官，即日回衙，不必在此伺候。本地方官不敢违背，只得唯唯听命，告辞而去。这里施公就在贺二房住了一夜，次日一早，也就起身。

再说马虎鸾自逃出贺二房，以为可以就此飞奔而去，哪知贺人杰又从后紧紧追来。马虎鸾见他追赶得紧，欲思与他对敌，又恨手无寸铁，如不与他对敌，追到天边，也是要被他追上的了。直杀了一日，腹中也有些饥饿，身上也有些困乏，跑也跑不快了，又看看天色将又晚了，到了此时，真个穷无所之，毫无法想。正是一面跑，一面想，作何去处呢？忽见前面有一带树林，马虎鸾见了这座大树林，好不欢喜，当即一口气直向树林跑去。你道他为何向树林跑去？自来作强盗的，有个入林不追规矩，任他仇深似海，只要一入了树林，后面追的人便要止步。为什么呢？只因树林丛密，前面的人已经入了树林，后面追的人，看着里面不甚清楚，若再赶入树林，万一被追的人伏在林内，赶他的人追了进来，便放了一件暗器，外面的人不及防备，那不是自投罗网呢。马虎鸾见着树林，心中大喜，便一口气钻入进去，便以为贺人杰必不进来追赶。哪知贺人杰虽明知有此规矩，他偏要赶了进去。虽说他是好胜心重，却也免不得行险侥幸。马虎鸾一见人杰复赶进来，若在平时，人杰今日是吃定苦了。幸而马虎鸾防身的暗器，早被贺世保代他收藏起来，这也算是英雄无用武之地。人杰既入了树林，马虎鸾心中一想：咱若在平时，今日叫这小杂种，定然命伤我手，只因手无寸铁，又无暗器，就急中生计，咱何不如此如此？于是就在树林内各处躲藏，贺人杰也是无可奈何。他二人就趁着月光，在树林内鬼闹了半夜，到了二更以后，马虎鸾见西北角上，有一所大村庄，因复想道：“咱何不抽个空，再跑出树林，向那村庄暂借一宿，他不能再去追赶。”心中想罢，便一溜烟跑出树林去了。

人杰正是在那里急得三尺冒火，七孔生烟，捉也捉他不住，赶也赶他不及，忽然间不见虎鸾踪迹，心中更是气恼。因道：“难道他飞上天去了不成吗？”于是在树林内，又寻找了一会，只是不见。此时人杰实也身体困乏了，因又暗道：“这狗强盗既不知去向，咱也困乏起来，此地又无村庄可以投宿，不如且在林内歇息一夜，明日天明，再作计议便了。”心中想罢，就席地坐下，歇息片时，不料坐下未久，两个呵欠一打，不知不觉睡着了，幸亏在林内，虽是孟冬天气，夜间不免风霜侵骨，所幸他睡的所在，是靠着一株大的树根，上面又是树枝密交，尚不曾为风霜所苦，他因辛苦很了，也不知道寒气逼人，一觉直睡到天明，还未睡醒。忽闻耳畔有人喊叫，他才惊醒，两眼一睁，诧异道：“计伯父！你为何也到此处！”原来叫唤他的人，却是计全。当下计全就将来意说明。贺人杰方才知道，因向计全说道：“小侄赶马虎鸾到此，他便进了树林，小侄本不敢追进去，却因他手无寸铁，料他不能奈何，因此也就赶入林中。实指望将他捉住，哪知咱四面兜拿，他却四面藏躲，忽隐忽见，直闹到三更以后，小侄偶一疏防，早被他逃脱，不知去向。小侄彼时因夜深了，又无处可以投宿，身上又困乏起来，因席地坐下来歇息歇息，哪知才坐下，不知不觉就睡着了。若非伯父到来喊叫，小侄还不能就醒呢！”计全道：“你睡这里，也不怕风霜侵吗？”贺人杰道：“小侄倒不怎么冷。”

二人正在谈论，计全忽见林外头西北角上有所村庄，因作惊道：“原来那边还有一所大村落，贤侄昨夜可曾看见吗？”贺人杰被计全这句话一说，便即看去，果见林外有一所大村落。因答道：“小侄不曾看见。”计全道：“吾料马虎鸾这小子，定然向那村落中投宿去了。”贺人杰道：“伯父怎么见得？”计全道：“贤侄到底年轻，不知他的诡计，他料你在此，只管与他追赶，断不防他有去处，即使见有这所村落，他亦料定你断不疑惑他前去。为什么呢？他却存了这个见解，以为你的心，觉得他可以前去投宿，难道你不会再赶前去？所以料定你料他不敢去的。他偏料你所不及料，却好你也不曾看见这所村落，这也是他不该就擒。就便昨夜看见了这所村落，贤侄可去赶不赶呢?”贺人杰道：“诚如伯父所言，小侄也料他断不敢去。为今之计，伯父已到了，小侄也可仗胆了，不论他在那里不在那里，咱们去寻他一寻。伯父意下如何呢?”计全道：“此言甚合吾意。”因此二人又追赶去了。毕竟寻得着马虎鸾否，且听下回分解。

第四二五回

大树林虎鸾遁迹　花豹村人杰寻踪

话说计全与贺人杰出了树林，直奔林外西北角那所村庄而去。你道这村庄是何地名？原来唤作花豹村，只因当日有一只花斑野豹，在此村中，居民受害不浅。后来有个风水先生，走此经过，知道那花豹厉害，便令村中人将村名改唤，叫做花豹村，可以免其豹患，因此就叫做花豹村了。这村中聚族而居，约有十数家人家，皆是姓花，平日皆以打猎为生。内中有个庄首，叫做花熊，绰号赛活猴，其人生得尖嘴猴腮，约有三十多岁，习就了一身好武艺。在这庄中，算他是一庄之主。却有一层好处，平时仗义疏财，扶危济困，更喜打抱不平。无论你是什么人，只要落下难来，他无有不帮忙的。惯用一把牛耳拨风刀，有万夫不当之勇。庄上十数家，每家的男子，也没有一个不学武艺。他自己家中养着有十数个壮汉，也是个个武艺精湛。平时放出各山打围，得了禽兽，便去城中变卖，得的钱也是大家均分。此外有百亩良田，只有夫妇两个，初倒过得极其舒服，官不差，民不扰，做一个小小的富家翁。却有一门亲戚，也是赫赫有名的人，就是殷家堡殷龙。那殷龙却与他是姑表兄弟，殷龙的姑母，就是他的母亲。这花豹村离殷家堡，不过四十里地，一个在东南，一个在西北。

这日他已经睡觉，忽听有人叫门，他便命人出去动问，却好就是马虎鸾前来投宿。马虎鸾却说是往南方有事，不意在中途被盗将盘缠盗去，险些儿害了性命。现在正往南方，不意又走过了宿头，因此前来暂借一宿。那庄丁见他说出这些话来，便进去告知主人。花熊听说，只以为他是遇盗实情，当即命庄丁请他进去。花熊将他一看，见他颇有英雄气概，于是便问他姓名。马虎鸾却不敢说出他的真实姓名来，改了一个姓，他说姓熊，名如虎。花熊也就信以为真。当晚又具餐以待，两人饮酒之中，又问他可会武艺。马虎鸾见问，倒不曾瞒他，当下说道："也曾学过，但不过不精。"花熊见他会武艺，便请他试演了一回。虽都平常，也还过得去。因又与他说道："不怕尊驾见怪，如尊驾这般武艺，遇见了一个初出来的，你还可以抵敌，若是老于江湖的人，要吃他亏了。在愚看来，如尊驾这样，能再习练三五年，便可以去南到北，不患有强人打劫了。"马虎鸾听了花熊这番话，口中虽是唯唯，心中却暗暗笑道："你真个是'门缝看人，少所见而多所怪了'。咱今日是因手无寸铁，不得已故意如此，若在平时，我把武艺显出来，要把你吓死呢！不必说你一个花熊，就是数十个花熊，也不是咱爷爷的对手。"当下只得暗笑了一回。

两人饮酒已毕，花熊就留他在西厢房过宿。次日才交天明，他便起身，就要告辞，花熊再三留道："你我虽是萍水相逢，这也不可多得。尊驾既已到此，敢留一日，愚下也稍尽地主之情。"马虎鸾推辞不过，只得不走。当时花熊又备了早点，请他用点心。二人正在用点心之时，忽见庄丁又进来说道："回庄主爷知道，外面有两个官家模样，说是奉施大人之命，特地过来拜望庄主，有话要说。"花熊见说，心中暗道："咱向来与什么施大人，不曾见过，平时也绝无往来，为什么特地差人前来拜望？这倒有些奇怪。”因问道：“这两个差官有多大年纪？姓甚名谁？”那庄丁道：“一个姓计名全，约有四十岁上下，一个姓贺名人杰，不过二十岁上下。”花熊见说，当下便命庄丁去请，庄丁答应出去。这里马虎鸾听计全、贺人杰前来，知道是一定来寻他的。却也不便说出，若是见面，免不得就要动手，若即告辞而去，又要为花熊所疑。因暗想道：“咱何不如此如此，作个脱身计呢？”因假意说道：“尊府贵客到此，在下礼当回避。”花熊见他如此说法，也是应有之事。当即说道：“这在下也向来不相识，今既前来，也不得不见他一见。但不免有虚尊驾了。好在这两位到此，料想也无甚紧要事件，不过一见而已。纵使有话商量，耽搁久了，在下也可嘱小儿出来相陪尊驾，倒未免对不起了。”马虎鸾见他答应，好生欢喜，当即避了过去。仍到西厢房内，静听计全等有何话说。

你道计全、贺人杰为何也寻到花熊庄上呢？只因他二人到了庄前，并无别家，问了一遍，“曾有人前来借宿？”别家皆言没有。二人正在疑惑，忽见旁边有个庄丁插口说道：“咱今日早听说，大庄主家，昨夜来了一人，在他家投宿，不知可是此人。”计全听说，便追问道：“你们大庄主家住在何处？他姓甚名谁？”那庄丁道：“咱们这庄上无别姓居住，皆是姓花。咱们大庄主，就是这庄上的首领，单名叫个熊字，绰号赛活猴。只因他老人家平时仗义疏财，无论远方近地，有人前来，或是投宿，或是借贷，他老人家无不应允，因此借宿的人，常是有的。不知你们二位长官，寻的是何人？可到他家里问一问便知道了。”当下庄丁就指引他二人前去。

计全、贺人杰在庄门外等了一会，见庄丁走出来，请他二人进见，心中大喜。二人跟着那庄丁走了进去，才进了二门，早见里面走出一个人来，身穿紫花布棉袍，头戴暖帽，脚穿扳尖鞑鞋，黑淹淹的面皮，两道长眉，一双凹眼，大鼻梁，阔口，迎接出来。计全将他一看，知道此人必有本领，而且不是凶恶之人。正要上前动问，只见庄丁走到他面前，说道："这就是来拜我庄主的两个长官。"花熊见说，赶着趋步上前，将手一拱道："二位长官请了！不知二位长官驾到，小人有失恭迎，尚乞恕罪，请里面坐吧。"计全与贺人杰也就拱手答道："倒惊动了。"花熊见计全二人，实在是两个英雄的官长，而且毫无习气，没有官家的架子。再一细看，两人皆是短衣袖扎，计全背后插着一柄单刀，贺人杰腰间挂着一对铜锤。花熊看毕，甚是不解，即便让计全、人杰二人到了厅上。计全二人复又与花熊行礼，花熊各还一礼，然后才分宾主坐下，有庄丁献上茶来。花熊开口便问道："二位长官，是打从哪里到此？寻此小人，有何见谕？"计全道："一来久仰大名，特来拜望。二来要动问一事。"花熊道："有何见谕？"计全道："只因总漕施大人奉旨进京，路过草凉驿，特于夜间进来两个刺客，要报仇雪恨，一名窦飞虎，一名马虎鸾。现在窦飞虎已在毛家营贺世保家擒获，当即就地正法。那马虎鸾当场逃走，夺路而去。贺人杰在后追赶，直追至尊居前面那树林之下，马虎鸾进了树林，咱这位老贤侄，也追进树林，还在林内相斗了两个更次。忽于二更时分，马虎鸾忽然不见，复又被他逃脱。彼时因夜静更深，难以追赶。今早才看见了尊居，离那树林不远，或者马虎鸾昨夜前来投宿，因此才来造访。到得贵庄，打听一回，后闻贵庄的庄丁说，是尊府昨夜有人到此投宿。因此，在下过来，动问一声，昨夜曾否留下一个姓马的强人，尚乞见示。"计全一问，不知花熊如何回答出来，且听下回分解。

第四二六回

寻恶寇庄主说原因　想逃生强人入死路

话说花熊见计全问马虎鸾曾否留下，当下便答道："昨夜有三更时分，有一过路客人，因错过宿头，前来借宿，姓熊名如虎，因往南方作客，不料半路遇盗，劫去盘缠，所幸不曾有伤性命，只身逃脱，仍往南方。因贪赶路程，特来借宿一宵。小人所留的，实系熊如虎，并无什么马虎鸾，长官尚请容察。"贺人杰道："还请问尊驾，这熊如虎约有多大年纪？他是个什么样面貌？身穿什么衣服？请一一告知。"花熊又道："此人年约三十上下，面并不凶恶，似非强盗一流。身穿紫花布短袄，脚踏扳尖靸鞋。"话犹未完，贺人杰在旁说道："不瞒贵庄主说，马虎鸾所穿衣服，同与此人一色无二。贵庄主所留的，唯恐即系马虎鸾了。"花熊道："长官幸勿多疑！小人还有一说，若谓此人即系马虎鸾，照长官所言，这马虎鸾悍勇异常；以长官之武艺，尚未能就地擒获，足见马虎鸾本领过人。既然彼为刺客，岂能手无寸铁，便去行刺？你这二位长官快快不必多疑了好。"贺人杰道："贵庄主有所不知，他还有许多情节，容在下说明，便可知其详细。"因将以上各节，细细说了一遍。花熊仍不肯信。

计全道："某有一法，与贵庄主说明，照贵庄主所说，昨夜留宿的实系姓熊名如虎，却非马虎鸾，在下亦不必与贵庄主深辩，好在此人现在此间，即请贵庄主将这熊如虎请出来，俾某等见一见，如果是熊如虎，某等万不难为他，且与他客礼相待。若果系马虎鸾，可要请贵庄主助一臂之力，帮同拿获。俟某等回禀施大人，定然酬报，何如呢？”花熊听说这句话，倒也公平之至：“我且去请他出来，他如果肯出来，便非马虎鸾，若有疑难，一定就是他了，此种大胆妄为的强人，咱又何必帮助？什么酬报，倒还小事。咱也可落得个声名，足见咱正直不阿。一味相抗，不但无功，恐还有罪。”主意已定，因答道：“长官所言，实系公平之至。小人当得允从，请二位长官稍待，小人去去就来。”说着起身就去。再说马虎鸾在厢房内，听他们在外面讲话，始则听花熊坚不肯认，心中大喜。继则听计全说要请他出去相见，心中就有些不悦。后来又听得花熊答应计全，前来招呼，心中却吃惊不小，暗道：“我若不出去，也由不得我自主。若出去对了面，这是怎说？”正在左右为难，忽见那壁上挂着一口宝剑，心中大喜，随即将那口剑取下来，拔剑在手，暗自说道：“咱得了这件兵器，如虎添翼，咱何不趁此就走？免得他来啰唆，反为不美。”一面说，一面就将窗格大开，正要耸身飞出，忽见花熊从房外走来，说道：“熊大哥！方才有两位官差，误疑尊驾为马虎鸾，经在下再三辩白，他等终不相信。欲请尊驾出去一见，分个真假是非。因此在下特来相请，前去一见何如？”

马虎鸾见此时欲不去不可能，忽然想道：“咱何不如此如此？也甚便当。”因道：“既如此说，咱便与庄主一行便了。”说着，花熊在前，马虎鸾在后，一同出了厢房。花熊只以为他果然前去，哪知他暗存诡计，走到院落中间，忽见马虎鸾将身子一缩，两足一蹬，飞身上了屋檐。花熊见了说声：“不好！咱中了他的计了。”正要追上屋去，却好计全、贺人杰二人，在客厅内早瞧见，也就飞身出了大厅，一起飞上屋面。这花熊赶着到兵器房内，取了一把单刀。他却不上屋，竟自大门赶了出去。马虎鸾却又早逃出庄外，计贺二人复又跳下，那马虎鸾在前跑，计贺二人在后追。正赶之间，花熊又提刀赶到，三人合在一处，并力追赶。马虎鸾却是脚不贴地，舍命猛奔，一直奔庄口而去。不一刻出了庄口，只因心急，不辨脚下有物，忽被石块一绊，登时跌倒在地。贺人杰一见，好生欢喜，因即大踏步向前，满拟一锤，即要伤他的性命。哪知才赶到面前，马虎鸾已从地下站起来，一见贺人杰赶到，而且手舞铜锤，直往下打，此时不能再不招架，也举起那口宝剑，更不搭话，两人就交起手来。马虎鸾一面与人杰交手，一面防备计全、花熊二人前来助战。只见他遮拦隔架，得手还剑，毫无破绽。人杰杀得兴起，也就飞舞铜锤奋力死战。二人正在杀得你要我死，我不许你活的时节，计全、花熊二人飞赶前来，舞动双刀如旋风般砍到。马虎鸾见来势凶勇，心中暗道："若与他三人死战，我必不免于难，不如还是逃走。"主意已定，望着贺人杰虚击一剑，复又撒腿便跑。人杰、计全、花熊三人，见他又逃脱而走，哪里肯舍？仍合力紧紧赶去。马虎鸾脚法轻快，不一刻已走下十余里。人杰等三人，终是可望而不可即，三人好生着急。

忽见花熊笑道："该死的贼囚，跑入死路去了。"计全不知所谓，因问道："庄主何以说他跑入死路？果实不解，敢请详告。"花熊道："前面有两条路：向西北一条路，是通京大路。东南一条路，就是殷家堡的后路，此路不过五六里宽阔地方，其余皆是九弯十八曲，路径不熟的人，万万不能进去。为什么呢？只因殷家堡新近设了防备，凡遇有面生可疑之人，只要进了这条路，都要将他拿去，送到殷龙那里，细问一问。如果实非歹人，当即着人将他送出；若审出有什么不妥之处，他也不私设刑罚，就随时送交地方惩办。这条路上，固然是九弯十八曲，却又一里一个分寨，每寨设五人防守，不论他是何人，只要进去，断不能出来的。若是熟人，外有暗号，只要将暗号说出就没事了。咱说他跑入死路，就这缘故。不必急急去追，自然有人给咱们代捉。咱们也可稍歇气力了。而况小人与殷龙是姑表兄弟，只要他捉住了，咱去他家里要过便了。”计全听说他与殷龙有亲，便大喜道：“原来庄主与殷老英雄是亲戚，某等实在不知，多多得罪。如此说来，咱们又是自家人了！”花熊见说，不知所谓，因急问道：“莫非长兄与殷兄长有什么瓜葛吗？”计全道：“在下与殷老英雄，并无瓜葛。我们这位贺侄，却是殷老英雄的驸马。前者殷家堡误劫饷银，后来奉大人之命，征讨殷家堡，彼此相持有一个多月，还是朱光祖听见这个消息，由他出来和解。后殷老英雄请朱光祖作媒，将赛花小姐匹配这位贺贤侄，如此说来，庄主是我们贺贤侄的表叔岳了。真是奇遇。”花熊听说，乐不可支。毕竟马虎鸾后来如何被擒，且听下回分解。

第四二七回

羡奇遇郎舅相逢　说前情英雄畅叙

话说计全将贺人杰系殷龙的女婿告知花熊，花熊当喜道：“原来如此，真是奇遇了。既这么说，那马虎鸾更加无处逃脱，咱们可赶紧前去，招呼他堡内的人，设法兜拿。”说着，三人同飞赶而去。不一刻，已进了后堡。花熊先打了暗号，堡内的人知道是自家人，当即上来招呼。花熊将追赶马虎鸾的话，告诉了一遍：“有人进堡，务令擒获。这位小将军，就是你家老庄主的姑爷。咱们现在到你家老庄主那里去了。你们一得信，或已经将马虎鸾捉住，随急前去告诉咱们大人。”众人听说，哪敢怠慢，即刻转身而去。于是花熊就同计全、人杰往殷龙家中来，走未多远，忽见迎面那个少年招呼道：“来者可是花表叔么?”花熊答应：“你可是三贤侄与四贤侄?”又听那少年向人杰招呼道：“人杰兄，咱们违教了。现在何以到此，有何贵干？真是奇遇!”人杰一看，就是他第三、第四两个舅子，一唤殷刚，一唤殷强。二人行了礼，人杰说道：“便是小弟也违教久了。还是那年在安东打擂台，捉拿蔡天化的时节，一见以后，便直至于今了。岳父岳母想均康健？大哥、二哥想亦安好?”殷刚、殷强道：“两位老人家及哥嫂均托庇安好。但不知兄长为何从后路而来?”贺人杰就将赶这马虎鸾的情形，前后大略说了一遍。并道：“现在该贼已进了堡内，还望贤弟代愚兄设法，赶紧拿获，不能再使他漏网才好。”殷刚道：“兄长放心，包管在今日将这逆贼绑缚献上便了。”说着，便向殷强道：“四弟，你可去招呼各人，务获该贼，莫使漏网。一面赶紧回去禀知父亲，就说人杰兄来了。”说罢，又与计全行了礼，然后四人就缓缓而行，直望殷龙家内而去。

走了一会，已望见前面一带庄房。殷刚道：“小侄引导。”计全道：“岂敢岂敢。”不一刻，过了护庄河。只见一簇庄丁齐声笑道：“来了，来了。”说着，就有两三个飞奔进去。计全等刚到庄门，早见殷龙带着殷猛、殷勇、殷强三人，迎接出来。向着计全说道：“不知老兄弟到此，有失迎迓，尚望老兄弟恕罪。”计全道：“岂敢岂敢。小弟只因公务羁身，有疏问候，亦望恕罪。”殷龙笑道：“彼此彼此。”说罢，又向贺人杰道：“三年不见，你越发成人了。”贺人杰不等他说完，即上前先请了个安，把个殷龙乐得笑容可掬，不知要怎样才好，当下说道：“罢了罢了，此非行礼之处。咱们里面坐罢。”说着，就让计全先行，人杰在后，花熊相陪，一同进了门。到了客厅，大家重复见礼已毕，分宾主坐下。庄丁献上茶。殷龙首先向计全说道：“老兄弟，自从那年咱们一别，于今又是三年了。光阴迅速。可怕可怕。老大人身体想当康健，诸老英雄与朱老兄弟，并黄贤弟以次想均安好？”计全道：“均托庇平善。但是朱大哥不常在淮安，他是或去或来，行踪莫定，倒也悠游自在。”殷龙又道：“愚兄方才听说小儿言道，什么马虎鸾前去行刺，当场格斗，未能擒住，复又脱逃。因此沿途追赶到此。到底是怎么一回事？究竟这马虎鸾在何处行刺？贤弟可以将前后细情说一遍，使愚兄得知罢。”计全道：“说来话却甚长，兄长请听便了。只因大人奉旨陛见，于月前率领咱兄弟们动身。”殷龙方听到此处，赶着问道：“老大人来了么？现在哪里?”计全道：“现在毛家营地界不过暂住，未知这两日动身没有?”殷龙又说道：“既是大人现在毛家营，那里不过是个村镇，怎么好住?咱且着人将大人请到这里来，住上两日，也可稍尽地主之情。”计全道：“恐怕大人未必肯来。”殷龙道：“咱亲自前去恭请，料想大人鉴咱的诚心，或者可以光顾，也未可定。”说罢，因即命殷勇二人道：“你两个赶紧分头迎上前去，若遇见施大人，务必请他老人家惠顾一走。还有诸位叔父，一起都请过来。不可迟误，协力迎上。”殷猛、殷勇哪敢怠慢，当即转身出门而去。

殷龙见两个儿子去了，复又问道：“大人既动身进京，这马虎鸾在何处行刺?”这计全道：“这日走至草凉驿，就是前月二十六夜。三更以后，忽有窦飞虎、马虎鸾两人，暗往行刺。当更黄贤弟预先到了晚间，就大家防备起来。这一次，若非令婿独力保护，大人几有性命之忧。”殷龙听到这句话，望着人杰欢喜非常，因又问道：“后来怎样呢?”计全道：“到了三更以后，那两个狗强盗居然进来，先是马虎鸾去大人卧房内，令婿一见有人进来，即与他格斗。后来黄贤弟、李五贤弟，均进去助战。马虎鸾复又抽空跳出房来，当下又在院落内杀了两个更次。马虎鸾带伤逃脱，未经擒获。大人因日期急迫，只得将本地方官传来，令他悬赏缉捕。这日忽有毛家营开店的上前去送信，声称马虎鸾、窦飞虎两人误落客店，被他看破，用酒灌醉，绑缚在他店内。大人在他店内，即命黄贤弟、李五贤弟、关贤弟，并令婿四人，飞赶前去。以为好生看守，以防不虞，哪知黄贤弟等尚未到贺二房，二人早将绳索挣断，已与贺二房的伙计大杀起来。正在彼此相斗之时，黄贤弟等却好已到，赶紧上前厮杀。哪知马虎鸾赤手空拳，又复被他逃走。窦飞虎即于彼时擒获。令婿一见马虎鸾逃走，他却不肯放松，紧紧去赶。此时小弟尚跟随大人在后，及至到了客店，方才知道。当下大人唯恐令婿年轻或有疏虞之处，因命小弟与何贤弟与李七弟、王郭金三位，分头赶来。不意在令亲花庄主东南方那座树林内，瞥见令婿在树根下打盹。因将令婿喊醒，方知马虎鸾在林内杀了有两个更次，不料马虎鸾逃走。复与令婿追至花庄主家。哪知天缘凑合，愚弟再也想不到此时可以相会的话。”话犹未完，只见两个庄丁，走到殷龙面前，说道：“老庄主吩咐的已办妥了。”不知所办何事，且看下回分解。

第四二八回

枯树湾马虎鸾就缚　六里铺施贤臣息肩

话说殷龙正与计全畅叙寒暄，忽见两个庄丁上前说道："老庄主吩咐的事，已办妥了，请示定夺。"殷龙听说，问道："拿住了吗?"那庄丁道："现在庄外。"殷龙道："将他押进来。"庄丁答应，转身出去。殷龙便与计全道："马虎鸾已被捉住，幸不辱命。"计全大喜。马虎鸾怎么被殷龙的庄丁捉住?原来他误入后堡，固已不知路径。后来因殷刚、殷强遇见计全，殷刚便与殷强到内堡招呼。又听得殷龙将值日的庄头传了来，吩咐一切，真个是一呼百诺。这一句话出来，不到半个时辰，合堡的人都知道了。原来马虎鸾走到枯树湾，只见两旁有两株枯树，道路倒也甚阔，并不知道此地是陷人坑。正往前走，忽然脚下踏空，跌下陷坑以内。一声响亮，当时转出好几个庄丁，手执挠钩，将他搭住，遂用麻绳绑缚起来。当由庄丁抬至殷龙庄上。

不一刻，将马虎鸾押至厅上，并有一个庄丁，呈上一口宝剑。花熊在旁看见，认得是自己的。因方悟道："原来他将我的宝剑盗去。"当下与计全说明，即将宝剑取过来。马虎鸾一见计全、贺人杰大骂道："你等用这诡计，将俺擒获，这算什么好汉?给咱做小子，还嫌你等无用。"贺人杰在旁大怒，便欲上前拷打。计全忙拦道："贤侄不必如此，好在他已被擒，暂且寄在令岳处，多派数人看守，等大人到此，请示定夺便了。"人杰见说，方才止住不动。计全又与殷龙道："这恶贼悍勇非常，可惜他不为正，若是归正，也可为国家出力立功。如今还要请兄长多派几人，将他看管起来，更要多加两条麻绳方免后患。"殷龙道："不消贤弟费心，愚兄这里多可应办。"只见庄丁插口说道："大老爷不消烦虑，这绑缚他的绳索，并非麻绳，却是牛筋结成的。小人们知道他是个要犯，又闻得本领甚好，恐有疏虞，故特为拿这牛筋绳将他绑起，任他本领高强，也断不能挣断的。"计全听说，甚是放心。庄丁也就将马虎鸾押解出去，自有地方将他锢锁起来，派人看守。

此时天已正午，殷龙早已命人备了酒筵，当有庄丁来请，酒筵业已摆上。殷龙便邀计全赴席，大家入席，分宾主坐定。真个是欢乐畅饮，直饮到日落西山，方才散席。这日便留计全、贺人杰并花熊，在庄上住下。晚间殷龙回到内室，早有他妻子李氏向他说道："我日间听计老爷道，施大人本拟出京回任时，预备给人杰完姻。此事在我看来，施大人陛见之后，回任与否，尚在未定。人杰今年也是十八岁了，赛花儿年纪也不小了。难得施大人既有此意，又难得他老人家现在这里。不如等他老人家明日到我家来的时候，就请计爷与他老人家说，留人杰在此，择个吉日，代他们把这百年大事成就起来。免得随后又要费许多周折，好在女儿的妆奁一切，终是预备现成的，只要拣个吉日就是了。不知你意下如何。"殷龙听了，甚是有理，因道："你这话说得却也不错，不过有一件，你我皆无可无不可，即是人杰也没有什么为难的，但不知施大人能否应准。"李氏道："我看施大人虽然脾气古怪，我料他于此等事件亦不致不允。"殷龙道："且待明日与计全说知，请他在大人前或先探探口气，然后再作计议便了。"当下夫妇两个人，也就安息。

到了次日，一早起来，殷龙梳洗已毕，便至外面来看计全，却早已梳洗清楚。贺人杰、花熊也早已起来。殷龙就命人拿了早点，大家一起用毕。计全就要告辞，殷龙再三相留。计全道："小弟本可盘桓一日，只因大人不知现在到了何处。又不知令郎前去曾否碰头，故要前去探探踪迹。况马虎鸾既捉到，也当与大人禀知一切，好使大人放心。有此几层，小弟所以不敢久留。"殷龙道："既如此说，愚兄劝贤弟再留半日，一来等大小儿与二小儿回来，看他曾否迎到大人，二来愚兄尚有两句要言，要与贤弟商酌。"计全见殷龙说出这话，心中早已明白八分，因说道："兄长所云要言，敢是要请我吃喜酒吗？"殷龙道："贤弟你真个聪明，怎知道就是此事呢？"计全道："欲识心中事，但听口中言。此事确是也要办了，但不知兄长是个什么主意。如何办理呢？"殷龙就将他妻子所说的话，细细说了一遍。计全道："此举甚好，容小弟见了大人，当代婉转陈辞，善为说项，料想大人不能不允。"殷龙道："此事总请老弟大力一言便了。"计全满口答应。贺人杰在旁，听了这番话，羞得满面通红，低头不语。殷龙见人杰如此形状，却也暗暗发笑。

日将至午，里面又摆出酒来，于是大家又复午饭。席尚未终，殷猛、殷勇已经回来。殷龙一见即问道："施大人曾否迎上么？"殷猛道："孩儿已迎上了，现在六里铺住下，今日不来了。孩儿说：'奉父亲之命，特地前来。恭迎大人宪驾，请大人到敝庄暂驻行旌，一洗征尘。顿使辉生蓬荜，务乞辱临。'大人向孩儿道：'多感令尊翁厚情。本当从命，无如召见日期已近，早日到京陛见，候回来时，再来拜谒庄主。'孩儿说：'大人若不俯允，孩儿的父亲，就亲自前来请安。求大人枉顾了。但是父亲本不敢屈大人的大驾，只因此间房屋甚为窄小不堪，所以斗胆请大人光临茅舍，却是过分之举。’施大人见孩儿说出这番话，又道：“既承你尊大人之意，本部堂本不当却，实因趋赶进京，只得心感厚意，俟回任之日再去吧。’孩儿见大人如此推辞，却也不便往下再说了。施大人又问孩儿：‘马虎鸾究竟何以设地将他捉住？’孩儿说：‘总可报命，所患他不曾进堡。若果进来，断没有再让他脱逃的。’施大人听说，又嘱咐我爹爹设法相助，毋任该贼再有漏网之事。孩儿也就唯唯退出了。到了外面，又重托黄叔父，再三奉请。黄叔父道：‘大人既执意不行，也就不必勉强了。’正谈之间，却好何叔父、李七叔父、金叔父等人，亦俱皆回来，说不曾赶上人杰贤弟。当时黄叔父就将人杰现在我处的话，告知诸位叔父，均放心了。孩儿临走时节，黄叔父道，计叔父与人杰兄弟已经将马虎鸾捉住了，即刻回去。又令孩儿多拜上爹爹说：‘本来要过来拜望，实因不便离开，望父亲恕罪。’”殷龙见说施公不来，便与计全道：“大人虽执意不来，愚兄却是要亲自前去拜见一番，聊尽地主思慕之意。不如贤弟意下如何？”欲知计全说出什么话来，且听下回分解。

第四二九回

村老多情恭迎宪驾 贤臣略分接见乡愚

话说计全见殷龙欲去拜见施公，当下答道："兄长既如此竭诚，或即前去一走，想大人礼贤下士，也不致托故不见。他老人家唯恐一来，兄长这里多所应酬。他老人家却是万万不肯打搅人家的。"殷龙道："愚兄已深知大人用意了。为今之计，咱们就往六里铺一行何如?"计全道："使得使得。"当下殷龙即到里面，换了大衣，命庄丁备了三匹驴子，同计全、人杰三人，一同出了庄门，上驴子而去。

不多时刻，早到了六里铺。施公因人杰等赶马虎鸾未回，又因前途尚有六七十里，方有客店上宿，打尖之处，所以就在六里铺暂住一宵，明日再行，打听人杰等的消息。现在殷龙与计全、人杰到此，当下问明镇上的人，施公住在哪家店。这六里铺的人，无不认得殷龙的，因此告知施大人就在方四房居住。殷龙即带着计全、人杰到了方四房。进得门来，先有店主人方得贵上前问殷龙说道："你老人家是难得光顾的，今日到此，有何贵干?"殷龙道："咱来是给施大人请安的。施大人现住哪里?"方得贵道："施大人现在第三进上房内居住。他们那些老爷们，皆在第二进居住，你老人家认得吗？可要咱送进去?"殷龙道："不消送得，咱自会进去。"说罢，即与计全、人杰去往里间。

才过了店堂，却好天霸从里面出来。人杰瞥眼瞧见，当即喊道："黄叔父，你老往哪里去？计伯父与侄儿的岳父都来了。"天霸见说，即止住脚步，正要问人杰的话，早见殷龙、计全二人进来。天霸抢一步走到殷龙面前，拱手喊道："老英雄违教了！不识老英雄到此，有失远迎，尚望勿罪。小弟本拟竭诚奉拜，实因此间寸步难离，所以早间请令郎再三上复老英雄，请安致意，不恭之至，惭愧之极！"殷龙见天霸如此亲热，当即亲与天霸拉手说道："贤弟你别要如此说了，便是咱也不知大驾遥临，未曾远接。咱们大家总不要说客气话了。老弟你我自从一别，老弟是升官了，现在是怎么个好法？劣兄望着老弟，实是羡慕钦佩，不拟劣兄老朽无能，与草木同腐。"天霸道："老英雄你是安享田园之乐，儿孙绕膝，夫妇齐眉，何等不乐，何等不快。不似咱们勤劳王事，身非由己，东西奔驰，无一刻休息之期。"殷龙道："这也是贤弟能者多劳，国家梁栋。"计全在旁说道："你们如此亲热，何必立谈，何不请到里间坐呢？"天霸道："荒唐荒唐，请里间坐吧。"

当下殷龙到了里面，先与诸同仁见礼已毕，然后分宾主坐下。大家又略叙寒暄。黄天霸复问道："请问老英雄，那马虎鸾曾否劳驾捉住么？"殷龙道："已经敝庄丁在枯树湾用挠钩将该贼擒获，现在敝庄饬人看守，万无一失。劣兄所以特地前来，一则给大人请安，二则过来请大人示，该贼是否押解前来，抑送往地方官惩办？三则劣兄尚有一件要事，与老弟斟酌，并求大人恩准。"天霸道："马虎鸾既承协力擒获，感谢之至。稍停小弟当代禀知大人，看他老人家可否请见。但不知老英雄有何要事与小弟相商，尚乞见教。"殷龙道："此事曾与计贤弟说过，就是为令盟侄之事。"黄天霸闻言暗道："咱本有此意，难得他先有此言，这是好极了。”因问道：“老英雄应如何商量，小弟无不从命。”殷龙道：“劣兄也知老弟无不应允，不过恐怕大人不能即时俯允，所以要与贤弟商妥了，然后再求大人恩准。”黄天霸道：“老英雄且请说来，大家斟酌。”殷龙即将他妻子与他说的话，一一告知。天霸道：“老英雄的用意未为不妥，小弟何能不遵办，但不知大人意下如何?”计全、李昆皆在旁说道：“据某等之意，即照老英雄之言，与大人说知，想大人亦可从权。老英雄能与大人面言，想大人或者不能过却来意。某等从旁襄赞，此事必谐。若大人不即传见，再由某等善为说辞。不知老英雄意下以为然否?”殷龙道：“诸位所见略同，就照此办法。但是老朽当面与大人谈及此事，恐有些冒昧。”天霸道：“不然，某等进内禀明大人时，即谓老英雄竭诚前来，请大人光临他家，暂息征骖。二来有事面求大人。某等说了这句话，大人必要追问何事，然后某等只说老英雄须要面见大人之后，方肯面禀。如此一说，大人势必传见。老英雄便可面禀了。”

殷龙大喜道：“好计好计！就此办法，就请诸位劣兄禀知一声吧！”计全道：“爽性我去，本来还未销差。”说着，又将人杰一同带了进内，见了施公，先请了安，站立一旁，正要开口。施公先问人杰道：“小英雄！你连日辛苦了，那马虎鸾曾经捉住吗?”人杰道：“马虎鸾刁滑异常，悍勇百倍，千总三番五次与他格斗，终被他逃脱。后来他误入殷家后堡，现在由千总岳父殷龙，派人在殷家堡内设计将他擒住，还在殷家堡派人看守，是以千总与计伯父赶紧回来，禀知销差，并候大人的示下。再千总的岳父殷龙，现亦前来给大人请安求见。”施公听说，便带笑道：“这殷龙未免殷情太过了，昨日命他两个儿子到此，请本部堂到他庄上暂住。却也是他仰慕之忱。计贤弟你可就请他进来，但不知他有何话说。”计全道：“便是参将也曾问过他，他也说道此事总要求大人恩准，还说要参将与他在大人前善说词。参将细细想来，他也无甚要事求大人恩准。或者是为人杰的姻事，亦未可定。”施公听说此话，便笑道：“计贤弟你猜的这句话，恐怕有七八分就为此事；若果殷龙的是此意，本部堂且看他说得如何，怎么样个办法，再行酌办便了。计贤弟你且将他请来再说。”计全答应，转身出来，告知殷龙。殷龙大喜，随即与计全进内。

殷龙见了施公，倒身下拜，先将昔日误劫饷银的事谢了罪，然后又将蒙允与人杰结亲，谢了恩。施公见他如此谦让，也就出位，将他扶起，说道：“老英雄何必如此？当日的话，咱们一概不谈。你请坐下来，咱们叙谈便了。”殷龙还不肯就座，又再三谦让，然后才告座。便与施公说道：“村民久感大人的威德，极思趋往淮安，上叩尊颜，又恐冒昧不便，私衷耿耿，迄未释杯。今日大人入觐天颜，村民实系不知，有失远迎，抱罪之至，昨日特命犬子恭请宪驾，以冀惠顾茅庐。此事本是村民之举，不过因大人行旌暂驻此地，究觉窄狭非常。所以胆敢竭诚恭请，乃未蒙大人俯允。村民想来，还是自家未尽竭诚，以此不能速驾。所以今日特地趋前，务乞光临。”不知施公答出什么话来，且看下回分解。

第四三〇回

心存私意乞假完姻　体恤下情蒙恩入赘

话说施公见殷龙说出这番话，觉得他虽是个村民武夫，言词委婉，礼貌谦恭，耐人接见。当下笑道："老英雄说哪里话来？本部堂亟承厚意，也思造府拜望。只因行期太促，未便过于耽延。满拟新年元旦到京，现在是十月将尽，不过才到此处，计算路程，始有一半。前途尚不知有无事件耽搁。所以如无要事，也就不便过事耽延了。今承老英雄如此盛情，倒叫本部堂实深抱歉。好在后日方长，俟本部堂入觐以后，如蒙奉旨回任，彼时道经贵处，再当造府盘桓。计算日期，亦不过明年二三月内。或竟留京内用，老英雄这番美意，本部堂当铭泐①不忘。况本部堂秉性耿介，你我相知在心，不必定于形迹上，作外面的通套。老英雄也是个直朴人，想不以本部堂之言为谬。本部堂实非故却，尚望老英雄原谅。"殷龙见施公执意不行，也不能勉强，只得说道："村民实系竭诚而来，大人既不肯惠临，只得遵命，于明年春间，恭迓②大人台驾便了。"施公道："本部堂如果回任，定然造府。"殷龙又道："马虎鸾既经村民设法将他擒住，锢禁敝庄，该贼还是押解前来，请大人亲自办理，还是送往本地方官惩办？悉听大

① 铭泐（lè）——即铭勒，镌刻之意。泐，通"勒"。
② 恭迓（yà）——恭迎。迓，迎接。

人吩咐。”施公道：“该贼既承老英雄协力将他捉住，锢禁贵庄。本部堂仔细想来，此间亦非审问之所，好在他是个行刺的正身，也无甚口供审问。本部堂之意，明日可令关副将，将该贼送交本地方官，按律惩办便了。”殷龙唯唯。

施公又问道：“顷者计参将与本部堂说及，老英雄有话要与本部堂商量，但不知有何见教？”殷龙见问，因道：“这件事，村民本不敢冒昧上陈，特‘王道不外人情’，或者仰蒙俯允。只因赛花小女，今已及笄，贺人杰行将弱冠，男婚女嫁，当在此时。论男女年岁，原不得谓过大，但人杰随侍大人，刻不能离，又不便告假前来，有误公事。若将小女送上淮安，沿途亦多周折。难得人杰随侍大人，经过此地。想面恳大人恩准，赏假一月，就于此时，为一对小儿女成就起来，一俟满月后，即令人杰赶赴京师，听候驱策。俟大人回任之时，再令小女同赴淮安。觉如此办法，两有裨益。在村民既可了却一件心事，在人杰亦可定了终身。诚如大人所言，入觐之后，如奉旨内用，大人就暂时不能回来，人杰亦何可独自回南。如果回任，自令小女随同人杰偕赴淮安。即使大人高升，擢为内用，人杰亦可在京供职，那时村民也可将小女送到淮安，服侍婆婆。则贺人杰可不致心挂淮安老母无人侍奉，而贺亲母亦可得小女晨昏定省，不患无人。且使人杰在京，一劳永逸，伺候大人供职。或者蒙大人的恩典，逾格栽培，所谓一举而数善。在下愚见如此，但不知可否蒙恩，曲谅下情，俯准是幸。”施公听了他这番话，心中暗道：“不料这老头儿，如此设想，竟是面面俱到。”而且施大人想到不能徇私，“倒教本部堂不能不答应他。”因道：“据老英雄所言，实与情理兼尽，本部堂有何不可？况婚嫁大事，理所应然。但本部堂为贺人杰设想，极承美意，在人杰固是感激不尽。但是人杰随本部堂前来，初未料及此举。老英雄已为令爱备置一切，而人杰一无备办，似难草率从事，虽老英雄未必责备求全，总之男家亦须略尽仪文，方是道理。今者各事未备，何以为情呢？”殷龙道：“大人说哪里话来？世俗之见，方在那仪文末节上用功，村民虽是乡僻村夫，也只知六礼既全，便为婚嫁的大礼。其余一概浮文末节，尽可消除。而况人杰六礼早全，尚复有何未备之处？至于衣冠一切，现在可由村民代为置办，将来俟人杰回南时，再令他如数偿还。此事本是从权，何能计及到此？大人未免为人杰过虑了。”

施公听罢笑道：“老英雄未免多情儿女，本部堂当照老英雄所言，未免于人杰面上，稍微减色些。”殷龙道：“人杰得蒙大人恩典，逾格栽培，便是村民也不知增光几许，他又有什么减色呢？既蒙恩准，村民真感激不尽了。”当下就出位给施公叩头道谢，施公亦谦让不遑①。叩头起来，却好人杰从外面进来，殷龙又命他向施公磕头道谢。施公此时也甚喜悦，因将天霸等传了进来，告知一切。天霸等无不喜悦，齐道：“这皆是大人的恩典。”施公又向施安道：“你去取三百两银子出来，把与贺千总，作为婚费。”说罢，施安答应去取。施公又向殷龙道：“当日黄总兵、关副将完娶时，皆是三百两婚费。今日仍照旧例，此款请老英雄收下。所有应备物件，亦请老英雄代为置办，幸勿推辞。”殷龙本来要辞不肯收，因见施公说出黄天霸、关小西二人当日亦是如此，现在仍照向例，所以也不再辞，只得唯唯答应。不一刻，施安已将三百两银子取出来，交与殷龙。殷龙只得收下，又复向施

① 不遑（huáng）——来不及。

公道谢。贺人杰也就过来谢了施公。殷龙当下亦即告辞而出，到了外面，大家欢喜无限。有与殷龙闹喜酒吃的，有与人杰取笑的。说一回，好不快乐。唯有贺人杰脸上，只是红一阵，白一阵，害臊得不得了。此时已将日暮，殷龙便辞别众人回庄。

到了家中，与他妻子说及施公已允准贺人杰入赘，他妻子更是快乐。因此举家都忙乱起来。殷赛花听说此言，早已躲了不见面。他妻子说道："施大人光景明日不走，我们这里就多备两桌盛筵，送到客店内去，以为供应，俟他老人家动身的时节，再去恭送。如此办法，我觉得比送重礼还高，不知你意下如何？"殷龙道："你这话倒是不错，我就照你这样办罢。"一宿无话。到了次日大早，殷龙就起来，梳洗已毕，用了早点，正要出门打听，却好关小西已来。殷龙就将他迎接进去，彼此坐下。殷龙问道："大人今日可动身么？"小西道："便是大人着某前来，将马虎鸾押送本地方官究办。如果回来得早，大人就动身，设若稍迟，明日方能起驾。"殷龙道："既如此说，今日是不能起驾的了。此间进城尚有二十里，来往便是四十里，任你走得快，回来已是晌午了，怎么还可动身呢？老弟台不必作急，稍停一会，咱再派几名庄丁，与老弟台一同押解马虎鸾进城罢。"欲知后事如何，且听下回分解。

第四三一回

殷家堡强人起解　六里铺贤臣启行

话说关小西在殷龙家内耽搁一刻，用了些早点，由殷龙派了八名庄丁，将马虎鸾抬出来，随着关小西押解进城，交本地方官按律惩办，暂且不表。再说殷龙料定施公明早方可动身，当下即招呼厨房内，赶紧备了三桌盛筵，到巳牌时分，即着庄丁挑往六里铺，一面自己又往客店来。不一刻到了客店，先与黄天霸说明，今日供应已经备办，叫他们不必零备；还请施公务要赏收。黄天霸就将他言语回明施公。施公见他诚意殷勤，也不便过却，只得答应。即令天霸代为致谢。天霸出来说明施公道谢的话，殷龙好不欢喜，当时并不告辞，就在客店内与诸人闲谈。并议论贺人杰所用的物件入赘礼节。

大家正谈论之间，忽见施安出来，向天霸说道："大人请进去说话。"天霸答应，即刻随施安进内，施公向他说道："我想人杰入赘一事，虽然由殷龙代为料理，总不能使他一个小孩子独自在此，也未免有些不便当。而况他诸事未谙，也须有两个人陪他在此，遇有事件，也可大家商量。即无事件，姑作媒妁之人，于理上也说得去。即是当日贤弟入赘的时节，有褚标、朱光祖为媒。关太入赘时节，有李昆、计全料理。人杰的原媒，虽然是朱光祖，他却不在此间。我想将计全、李昆二人留在此地，作为媒妁之说，等人杰满月以后，便与他一起进京，沿路也可有伴。或者到了那时，我已陛见过了，仍奉旨回任，我再有信与他，便令他们就在此等候。贤弟你看如此办法，究竟如何呢?”天霸答道：“便是标下也是这样想，但不过未便与大人说明。今大人格外栽培，将计参将、李守备留在此处，帮同人杰照应，这是更加好极了！大人的恩典，待人杰可谓无微不至。不必说人杰仰感大人恩惠，就是贺天保在九泉之下，也是仰感不置的。”施公道：“这也不算什么恩惠，不过因这小孩子甚是可造之器。又因贺壮士在这里有功劳，他总不负本部堂，我却有负他之处。他今日遗下这个孤儿，我若再不照应他，未免就有负故人之谊了。而况婚嫁大礼，岂能无媒妁之言。贤弟可将这话转告计贤弟、李贤弟二人，并告知殷龙，使他得知。能再与殷龙商量，他庄上能有空屋腾一所，让他三人居住，等到吉期，再搬过去，就格外有些规模了。至于人杰的吉日，本部堂已代择定十一月初六，是个上吉良辰，万一赶不及，就是十六，这两个日期，均是大吉大利。可告知殷龙，使他照这办理便了。若是初六，人杰满月之后，他三人还可赶到京城，若是十六，爽性过了年，再动身一起进京罢。”天霸答应出来，就向殷龙、计全、李昆、贺人杰悉数告知了一遍。殷龙更加欢喜。人杰的面上，虽不喜形于色，心中却是欢喜非常。计全、李昆二人也落得清闲一月。殷龙又向计全、李昆道：“二位贤弟，等大人动身后，你二人同人杰就搬到咱庄上去。咱庄南有一所空屋，虽不宽大，却也洁净，而且离我家不远，不足半里之遥。好在喜期尚有十日，这十日之中，愚兄也可陪二位贤弟小聚小聚，畅谈畅谈。但是礼节多亏，不能把二位贤弟当作大宾款待，一切尚望包涵。”计全笑道：“你这话，是怎么说？咱们既是大宾，你就不能怠慢了，况又是奉钦差大人之命，委派为媒，更加不能怠慢。每日供应，早晚六个鸡蛋茶，午饭青菜豆腐汤，晚间烧酒豆腐干小米粥，这总是要的，若有一件缺少，总非待尊客之道。”殷龙笑道：“谨遵吩咐，断不敢稍缺一件便了。”大家听说，皆笑个不住。

正笑之间，庄丁已将酒席挑来，当即送了一席进去与施公，外面分摆两席，却好关小西也回来，当下进内，在施公前销了差：“马虎鸾照大人吩咐，一经审明口供，即行就地正法。”施公点头。关太退出，到了外面，大家就一同入席，畅饮起来。直饮到日落西山，方才散席。这里才散席，那边庄丁又送了两席过来。殷龙道：“爽性畅饮到天明，好伺候大人起马。”此时大家亦颇高兴，于是又掉开座位，复将酒席摆上。施公的一席，仍然送进里面。大家稍停了一会，约有初更时分，复又入席，痛饮起来，直饮到三更将尽，各人皆有些倦意，方才散席。各就铺上安歇一回。殷龙这夜也未回庄，就在客店借了一床铺盖，胡乱困了一夜。到得五更以后，大家俱已起来，料理行装，准备伺候施公起马。不一会施公升帐，梳洗已毕，用了早点，外面的夫马，俱已齐备。施公便命动身，又招呼计全、李昆、贺人杰三人几句话，又向殷龙致谢一番，并让他不必远送。殷龙哪里肯应？施公见他诚心，也不便过于拦阻，只得由他。当下就由天霸算还房钱，哪知房饭钱早由殷龙付讫。施公也只得道谢一番，然后动身而去。殷龙直送至二十里外，方才与计全、李昆、贺人杰回来，便到自己庄上安住。只待吉日，与人杰完姻。这且慢表。

再说马虎鸾送往县里，当由本县审明口供，录了词供。因为是行刺钦差的要犯，奉了施公的公文，哪敢怠慢，一面申文申详本省督抚，不数日接到批文，着即就地正法。知县奉到这件公事，当即请了本城守备，将马虎鸾从监内提出，如法绑赴法场，枭首示众，趁此交代。施公自六里铺起身，沿途无事，不必细表。

回头再说贺人杰自与计全、李昆到了殷龙庄上住下，只待吉日完姻。看看十月已到，又是冬月。殷龙本拟初六使人杰入赘，因为有施公那句话，可以在此度岁，落得稍迟数日，就择定十六喜期。一到冬月初间，殷家就大家忙起来。一面着人向各家亲戚送信，一面派人进城备办一切应用物件。不数日，所有亲戚亦皆陆续前来。加之堡内的族中，凡有面子的，亦皆来此帮忙。自初八九，就将喜房逐次收拾，所有前后房屋，一律收拾清楚。真个是张灯结彩，挂紫悬红，好不热闹。到了十三这日，殷龙便备帖请两位大宾赴宴，兼看新房，毕竟新房内如何讲究，且听下回分解。

第四三二回

洞房春暖措置咸宜　金屋风和铺陈美丽

话说殷龙请计全、李昆二人去看新房，计、李二人当下随着殷龙去往内室。先走过两进房屋，到了第三进，在院落左侧，有一道六角门。进了六角门，是一所小小花园，内种了许多梅花，正是大开的时候，芬芳扑鼻，一色清香，令人如入神仙境界，计全赞赏道："这个地方咱们何修而得此，殷大哥真不愧为神仙中人。"迎面是一排朝南五间的楼房，上下窗明几净，亦雅洁，亦繁华。殷龙在前带领着计、李两个，穿过那朝南的房屋后面，又是一座院落。在右侧上有一个月亮门，殷龙进了月亮门，计全看见门头嵌着一方小匾额，写着三字，乃是"小桃源"。计全同李昆进了月亮门，里面叠石为山，周围皆种着碧桃。计全道："可惜此时正交冬令，若至春间，这桃花鲜艳，又是一番乐境了。"说罢，因问道："到底新房设在何处？"殷龙道："就在这里。"计全抬头一看，见上首一顺三开间朝南的房屋，檐口挂着许多灯彩，迎风荡漾，红绿相间，一色通明。三人进了那屋，只见明间上面摆着一张搁几，左边摆着一座寄红红瓷花瓶，瓶中插了许多梅花、天竺。右首一面大理石插牌，当中挂着一幅刘阮到天台的图画，两旁挂了一副描金团龙红笺七言对。两边分排着一色红木雕花八张交椅，壁间上首挂着八幅米襄阳的行书，下首挂着八幅唐伯虎的汉宫春色。当地铺了五彩毡毯，上面悬四张大红纱灯。

在搁几下，摆着一张红木八仙方桌，桌上也摆着许多古玩，桌面前摆着一幅大红平金福禄寿三星的桌围，旁设两张宝座。

他二人已是观看了一回，称羡不已，榼然间见上首一幅大红门帘被风飘起，计全、李昆一同看视，乃是贡缎五彩品金绣成的帘，额上是百子千孙。金字门头上，白绢画成五彩和合图灯匾，门柱上贴着万十红贴金联句，写的是“无双美玉称完璧，第一仙人许状头”。当由殷龙邀进房，一进新房，只见五光十色，几有目不暇接之势。但见迎面一排红木嵌玻璃竖柜，以上四双一排，两排朱红漆大皮箱，下面箱柜皆钉着白铜，四脚锁匙搭配齐整。上面当中安设了红木雕花大床，床有花板雕刻满床笏花纹。上还有一架床棚，是嵌名人画就的织女图，内挂湖色湖绉鸳鸯帐幔，大红缎平金帐沿，镀金帐钩，大红飘带。床上堆叠五色丝绸被褥，一对鸳鸯绣枕并列中间。紧靠房门摆设着一张四仙桌子，二面交椅，桌上摆了许多芸香炉烛台并花烛等类。壁上挂着一幅天仙送子图，两边也悬着七言联对，对面檐口是一排两扇吊窗，上糊着绯色红纱窗，脚下摆着一张红木条桌。这厢房迎面也是一排吊窗，一样的绯色红纱糊就，窗脚下也摆了一张红木三抽屉条桌，桌上又见设了许多妆镜梳箱之类。迎窗户对面壁上挂了四幅美人琴条，下面摆着一座红木雕花衣架条桌，对面一排红木杌四张。红木靠背椅竖柜面前，摆了两张红木春凳。

计全、李昆二人细细看了一遍，因向殷龙道：“老大哥，你将这房内代他铺设如此整齐，便宜了小两口儿受用了。”殷龙道：“二位老弟有所不知，咱的赛花女儿虽然性情有些倔强，她却有一件好处，于‘忠孝节义’这四个字上，颇能讲究，而且善事我老两口儿，就是她处姑嫂的分上，也还尽情尽理，从来不肯恃爱。所以我们见她如此居心，等她嫁人的时节，好好儿陪她一分妆奁，觉得心上才可以过得去。又说我那女婿，见识是大的，逐日皆是繁华富丽之场，若太鄙陋，岂不给他笑话。又况施大人待我女婿那段恩德，我将妆奁稍陪得厚些，便是施大人听见，我也觉得体面些了。”计全、李昆复赞道：“老大哥真是表里兼尽，文质得宜，但未免太费心了。”说罢，哈哈大笑。当下一同出了新房，到了外面，计全便指着对过一个房间问道：“这房间又做何用？想也陈设精致了。”殷龙道：“这个房间却是为人杰设的，好让他做个退步，咱们一同请到里面去看看。”说着，三人进了房内，果然陈设得精致，却不同那新房内，一派旖旎的风光。

计全、李昆又称赏了一回，正自要去，忽听一阵妇女笑语之声，打从门外进来，计全、李昆便不敢出去，就在房间里坐下。殷龙见外面笑语嘈杂，出了房门，低低说道：“有客在这里，你们到新房去罢。”就在殷龙出去招呼的时节，计全与李昆便在房内向外偷瞧，但见她是二十以外上下的女子，生得颇为娇美。原来是殷龙内侄女，名叫李月英。接着是三个二十以外的妇女，一个是殷龙的外甥女，名唤王兰珠，那二个是外甥媳。后面又是两个少妇，是他的媳妇。末后是一个老太婆，那就是殷龙的妻子。计全、李昆看罢，却好殷龙转身进来，计全、李昆赶着坐定。只见殷龙请道：“劣兄这几个内侄女、外甥女，平时与赛花最为亲热，比同胞的要好几倍呢。我昨日把她们接了来，让她们与赛花儿谈说谈说。不过就是惯好说笑，未免有些不雅。”计全、李昆道：“少年人大半如此，这也寻常。”后事如何，下回分解。

第四三三回

占中雀屏允称快婿　梦联鸳枕竟遂良缘

话说计全、李昆看了新房，由殷龙陪伴出来，仍到客厅饮了一回酒，这才席散。贺人杰今日却不曾来，仍在庄南那别屋内，有殷龙的两个大儿子陪他。计全、李昆回去，殷猛、殷勇这才回来。当下计全、李昆就把新房内的所有陈设如何景致，如何繁华，与人杰说了一遍。人杰外面害臊，心里却是欢喜。

光阴迅速，早到十六日。是日一早，殷龙就派人拿了名帖及衣冠等类，过来请二位大媒并新郎，当由计全、李昆将衣冠接过，令人杰装束。不一会，那边又放了三乘大轿过来，却好人杰已装束停当。计全、李昆先上了轿，然后人杰也上了轿，鼓乐导前，一路吹吹打打，已到庄前。早有人取了一挂旺鞭，燃点起来，炮声震耳，一乘大轿由正门而进，到了前厅，三人下了轿。计、李二人引着人杰趋跄而进，里面早有亲戚朋友迎接出来，一起进了正厅。

计全、李昆先与殷龙道喜，然后贺人杰由殷龙领着挨次行礼，拜见亲友。行礼已毕，又有傧相将人杰领入后堂，拜见岳母等人。当下殷龙体贴入微，就命傧相："此时不必拜见，随后一同见礼罢。"傧相随即退出。此时客厅上来看新姑爷的人，已拥挤数层，你言我语，有的道好体面的，有的道武艺的，有的道年岁的，有的道赛花姑娘，看见过他的那个人又道："你记不记得那年赛花姑娘还与他战了好两阵，两个人一般的不分胜负。”大家正笑之间，忽闻得一片乐鼓之声从里面吹出，原来是傧相率领着乐人，出来请贺人杰进去沐浴更衣，参拜天地。当下贺人杰随着傧相进去，停了好一回，复由傧相鼓乐，将人杰引导出来。

只见人杰此时不似进门时模样，但见朝衣朝服，披红插花，簇新一个贵人。到了客所，略坐片刻，有庄丁摆上酒席，大家依次入席。今日贺人杰是首席首座，大家坐定，由殷龙送酒已毕，然后各人胡乱自吃了一顿，为的是巳正二刻吉时，新人交杯合卺。因此大家不便闹酒，唯恐耽误吉时，且留着等晚间痛饮。因此吃得颇为痛快，午饭已毕。又消停了片刻，只见傧相又请新贵人登堂交拜。贺人杰即随着傧相进内，红毡贴地，殷赛花早有两位搀新全福太太并喜娘人等，搀扶出来。傧相赞礼，先拜了天地祖宗，然后彼此交拜，送入洞房。二人坐床撒帐，合卺交杯。诸事已毕。傧相在外又请两位新人出堂参拜亲戚故旧，喜娘在里面应声，不一刻又将二位新人扶出洞房，来到客厅，分上下站定。

此时厅上所有亲友，齐列两旁。只听殷龙开口说道：“请二位大宾老爷开拜。”傧相接声奉请，计全、李昆二人即便上前。傧相便请二位新人拜见计，李，共拜了四拜，计、李二人亦复回了四拜。那边殷龙道：“诸事偏劳费神，礼当再拜两拜。”计、李二位再三逊谢，傧相这才止住。接着家中亲眷挨次拜毕，然后请殷龙夫妇暨家内诸人拜毕，亲友退下。复由喜娘搀扶新娘进房，人杰亦随了进内。两位新人稍歇片刻，傧相复又出来，请诸位亲友去看新娘。殷龙首先邀了计全、李昆二人，其余诸亲友亦各随其后。大家一阵来到小桃源，计全、李昆首先进房。喜娘一见大宾老爷，当即请新娘立起迎接。计全、李昆进前，将赛花小姐上下看了一遍，极口赞道："风流庄静，体态端凝，将来定是一位夫人，真生得好个福相。"说罢，又掉转头来望殷龙说道："老大哥，这是你的福气，这样一对佳儿佳婿，也算得心满意足了。"殷龙道："这也是托老弟的福、大人的恩典，成全他们的良缘。劣兄有什么福分呢。"接着诸亲友挨次看了一回，无非是称赞一个"好"字。

大家看过新娘，复由殷龙邀同出去。此时仲冬天气，日光极短，却又是上灯时分。只见前后各处，所有的灯烛点得一色通明，如同白昼。殷龙因喜欢热闹，又雇了两班清音，分为前后演唱曲词。只听得鼓乐喧天，声音嘹亮，前后都大唱起来。不一刻，摆上晚席，首席首座便是计、李二位。厅中间一顺排了两席，计全年齿稍长，就在上首一桌首席上坐下，殷龙相陪。殷猛在李昆这席相陪。其余诸亲友各依年齿坐定。殷龙又叫人将贺人杰请出来，派他在第三席坐下。酒过三巡，清音拿了戏目，上请诸位尊客点戏。乃送至计全面前请点，计全也不看戏目，只点了一出"满床笏"，其次李昆点了一出"佳期"，再其次即挨到人杰面前，人杰不敢占亲友的面子，招呼班头送往他客先点。各亲友有点"教子"的，有点"梳妆跪地"的，有点"大宴"的，有点"小宴"的，还有点"封侯"的。各人点毕，挨到殷龙面前，殷龙点了一出"甘露寺相婿接唱洞房"。大家一看殷龙点了这出戏，齐声笑道："你看这老儿，自命得太厉害了，谁不知道你相得好女婿，你还怕人说你眼色不好，偏要点这出戏炫耀于人。你这老儿也未免太狂了罢。"大家笑个不止，于是清音就唱起来。请亲友传杯弄盏，互相痛饮。酒至半酣，大家皆吃得高兴。如何大闹洞房，且听下回分解。

第四三四回

贺人杰初入婿乡　施贤臣经过神庙

话说殷龙家内厅上，摆着酒筵，大家酒至半酣，另使厨房内再备一席，送往新房痛饮。殷龙不便推却，当即命人前去。反是计全、李昆拦道："今日天气已不早了，主人也连日辛苦了，咱们不必往新房内去再饮罢。停一会时两新人送进了房，好使主人安歇，明日再使人杰陪诸位痛饮数杯何如?"大家见说，碍着情面，也就不再深说。只得又大笑了一回，向殷龙道："今日便宜你了。"殷龙道："深蒙诸位见爱，明当令小婿赔罪何如?"于是又饮了一回，方才散席。计全与李昆说道："咱们送房罢。"李昆道："好。"便命乐人作乐，将人杰送入洞房。当有喜娘代两个新人宽了衣带，随同丫环仆妇，出了房门，将房门倒掩起来。人杰在房内，便与殷赛花叙了些阔别思慕之言，然后同入罗帏，共谐鱼水之乐。真可似鸳鸯交颈，其乐如何。古人皆然，这也不必细说。

明日天甫明亮，即有丫环仆妇喜娘之类，进房洒扫各事已毕，两新人也就起身。殷赛花见了这些仆妇丫环，若有羞态。贺人杰亦未免有些赧颜。当下仆妇送进面水，两人梳洗已毕，用了些早点，遂即冠带起来，出房往内室给岳父母请安，并与亲戚参见。殷龙见一对佳儿佳婿，好不心满意足。当下又赠了许多见面礼，两新人当又拜谢。接着参见诸亲长毕。贺人杰此时就往外厅陪客。内里各女眷们，有与赛花说玩话的，有与赛花昵昵私语的，有与赛花半说笑、半挖苦的。最是她两个表姊妹，出口尖利，李月英先说道："妹妹你昨夜可曾与妹夫打仗么?"殷赛花登时脸上飞红，欲说不好，不说又不好。接着，李秋英说道："姊姊你不要说这些旧话了，赛妹妹从今后我料她将那人作心肝般看待，还有什么打仗不打仗呢? 即打起仗来，也是恩打，断不是如那年那样仇打了。"王兰珠在旁边道："你们二位都不是这般说，我有句至公至平的话，没有当日那般仇雠，何有今日这般恩爱，仇雠其名也，恩爱其实也。有今日之恩爱，即断不记当日之仇雠。我恐从此以后，赛妹妹一定帮着妹夫去与别人家打仗了。我看你们两位倒是要防备些，出言不可太利，若触了赛妹妹的怒，合同妹夫前来，与我等为难。你可知妹夫的本领高强，武艺出众，咱们已闻风先惧了。"李月英道："你怕咱是不怕，为什么妹夫初到来，就有此屈情之虑，即使赛妹妹唆使他出来，料他也不肯听信。"李秋英道："打仗倒也未必，设若赛妹妹使出母老虎的脸来，我那妹夫吓就要吓煞了，还敢说半字不肯吗?"

殷赛花听了她的言语，真是急煞，欲要发作，怎奈是个新娘子。若不发作，实在气不过，忍之至再，只得站起来到她母亲房内去了。哪知王家一个，李家两个，不肯就罢，还要将她取笑一阵，也就跟了出房。正要再言，却好殷龙进来，她们三人也就住口不说。此时又是正午，外面仆妇又进来，请她们出去吃酒，由是才把那说笑打断。

当下表姊妹一同出来午饭。外面厅上已摆了酒席，大家又复入席，欢喜畅饮起来。今日贺人杰却陪了众人吃了许多酒，好一会才席散。是日就有路远的亲戚。告辞回去。三日已过，所有各处的亲戚陆续告辞而去。计全、李昆也就搬到殷龙庄上居住。贺人杰温柔乡里，尽得风流，亦颇安心适意，只等度岁以后，打算起身进京。还指望施公回任，可以免此一番跋涉。且可在婿乡多留恋几日。哪知事不如愿，不足半月，不但贺人杰、计全、李昆要去效劳供职，便是殷赛花也要帮助乃夫，做一件极大的事，殷家父子也不免劳力一番。

如今将这边搁下，再说施公从六里铺动身，夜宿晓行，饥餐渴饮，循途而进。走了十程，沿途并无事件。这日走至直隶大名府界，忽然出了一件大事，几乎丧了施公性命。只因大名府大名县界西南，有一座关王庙。这庙亦系敕建的丛林，从前住持僧道，道德高妙，惯守清规。三年前忽然从外方来了一个行脚僧，在这庙里挂单。这庙内住持名唤静性，看那行脚僧倒也甚好，因就将他留在寺中供职，名唤无量，却生得仪表非俗，以外面看起来，是个有德行的样子。哪知他奸淫邪盗，无所不为。却生得一身好武艺，惯使一条禅杖。这禅杖有一百余斤，他出外云游，只拿这禅杖担着物件，外人却不在意。静性将他留在寺中，起先他也蹈矩循规，渐渐地就有些不端，却是不敢在住持面前放肆。不到半年，静性一病奄奄，当因寺内无可靠之人使之住持，又看这无量外场又好，气概又好，将寺内所有一切的事件，尽交付他掌管，他即做了住持。静性死后，他也代他穿孝，各事料理，外人看起来，都说他是个有道的僧人，即是本地的人见了他，也还器重他。更有一件好处，不但武艺过人，还兼能文墨，平时无事也常与文墨往来，诗酒往还，颇合人意。即是本地大缙绅①，也与

① 缙（jìn）绅——古代称有官职的或做过官的人。

他来往，他便有了护身符。先暗暗的将庙内常往的僧人，陆续借端逐退。复又召集他从前一班朋友，俱是大盗出身。无量党翼已成，便日渐放肆。先在附近见那村中美貌妇女，无论何如，都要百端引诱，奸宿起来。又去各处暗访，觅到美貌的，他便使人于半夜抢劫回来，在寺内逞其所欲。有那不愿从的，贞节的，因此送命，亦不知凡几。就是失节妇女之家，虽控告到官，地方官亦无从缉访，一二年来，从未破案。可是他的胆愈壮愈大，渐渐又使他的党羽往各处抢掠财物，以充庙内的应用。这关王庙的田产，虽不甚多，谨小慎微，每年除去开支，还可以稍余。他却挥霍太甚，万万不足。

这日施公到了大名府界，离城十余里，由此经过，忽见关王庙大殿屋上，卷起一阵狂风，到了轿前，接着庙门口，又是狂风大起，吹得溜溜圆不散。施公见此大风，知道有异，暗说："这青天白日，云净风微，他处毫无风丝，为何这庙内如此狂风，其中必有缘故。"不知后事如何，下回分解。

第四三五回

遇怪风驻节大名城　访淫僧私探关王庙

却说施公见关王庙狂风大起，知道有异，当命从人即往大名府城。吩咐已毕，早有人飞马进城通报，施公拦阻不必，便与从人缓缓进城。及至离城不远，又命分头进去，不要惊动府县，只在城内寻一大客店住下，就说是进京的客商，不可说出实情，众人答应。进得城来，就在热闹市口，寻了一所客寓，名唤泰安栈，施公同黄天霸等人，均拣了房间，分别住下。外面只说途中相认，搭伴进京。主人倒也深信，晚间有店小二进来伺候。

施公与店小二闲谈起来，因说道："店伙计，你姓甚名谁呀？"那小二答道："小人姓陆，排行第三，人都唤小人陆老三。你老尊姓呀？"施公道："咱姓任。"那小二又问道："你老贵府是那里呀？"施公道："咱是北京城里。"施公又问道："这城外十余里地，那西南上一座大庙，是什么庙呢？"陆老三答道："那庙名叫关王庙，是咱这大名府第一座丛林。"施公又问道："这庙内是和尚住持，还是道士住持？"小二道："和尚住持。"施公道："有多少和尚？"小二道："连住持、方丈计算起来，倒有二三十个呢。你老问这庙内的和尚住持么？"施公道："咱只因有个亲戚，因与家内怄气出家，现在有人传说他在这大名府关王庙内居住。咱走此经过，想去庙内访一访，但不知这庙内住持唤作什么名号。"小二道："庙内住持名唤无量。你老不知道，这无量和尚，甚是势利。咱们本地的乡绅，都与他往来。因为他腹中甚好，还能吟诗，本地绅士往往到他庙中闲坐。他却决不进城到绅士家。今年六月里，他几乎吃一场官司，并非本城的人告他，却是外乡的移文，移到本县，说他窝藏妇女，奸盗邪淫，移知本县，一体访拿。后来多亏本地缙绅，代他公保，方才没事。”施公听这话，忽然一动，暗道：“这和尚并非安分之徒，一定是藉本地绅士作为护符，窝藏妇女。我何不再追诘他一番，追究些破绽出来，本部堂好自作事。”因又问道：“你曾见过这无量么？”小二道：“咱怎么不曾见过？每年逢三月，那庙内都要做这一次水陆道场，小人到了那时，也要去玩半日。那住持他也亲自登坛，参拜神佛，宣讲经忏，可是他目不斜视，只管说法。事毕之后，他便往方丈去，与本地这一班绅士们闲谈，或讲论些经忏，或谈论些诗文，从来不曾听见有一句闲言。所以今年六月里，那场官司，若非本地绅士保护，地方官知道他平时的作为，那可真要冤气他了。”施公听罢，好生疑惑，暗道：“据他说来，又是如此规矩，却为什么他庙里起那怪风呢？倒叫本部堂好生疑惑。也罢，明日间我出去私访一番，再作去处。”当下用了酒饭，小二出去。

施公暗将天霸、关小西喊进来，即将看见关王庙起那怪风，并店小二所说的话，告知一遍。天霸道：“大人不必过疑，既据店小二所说如此，而且本地绅士又与他往来，光景无甚邪恶。”施公道：“虽然如此，本部堂有些不信。不然这狂风来得奇怪。即使这和尚果真清正，其中难免有缘故。本部堂是要前去私访一番，若实在无甚奇异，本部堂也不致寻事去问。”黄天霸见施公决计要去，知道拦不下来，只得说：“既是大人要去，标下随大人前去便了。”施公道：“这倒可以不必，仍然本部堂独自前往，料无什么意外之事。”天霸、小西也只得随口答应，心中却是暗想：你老人家又要冒险了。施公见他二人若有疑虑之状，早知他们心事。因道：“二位贤弟不必过虑，就是本部堂前去私访，只也是随机应变，断不有累二位贤弟的。”天霸一闻此言，真急得三尸冒火，七窍生烟，当下说：“大人！你这是什么话！难道标下是怕累不成么？标下所以疑虑的，又恐你老人家万一有了意外之事，你老人家又要吃苦了。标下所以疑虑，还是为的你老人家，怎么说起标下怕受累起来？还求大人明鉴！大人即如此说，明日便不随大人前往，不过务要请大人见机而作，早去早回，以免标下挂念。”施公道：“那个自然。”说罢，天霸、小西退出，即将此话告知何路通、李七侯等人。大家一听此言，也是说施公多管闲事。众人议论了一回，各自前去安歇。

到了次日早上，施公起来，梳洗已毕，用了早饭，便装了一个书生的模样，出了泰安栈，独自往城外而去。踽踽独行，直走到午后，方见关王庙。到了庙外，先在四面一看，只见一带红墙，里面的房屋不少。庙门口一顺三座大门，对面有座大照壁，上写着六个大字，乃是“南无阿弥陀佛”。山门上嵌着五个大字“敕建关王庙”。施公进了山门，迎山门有座神龛，中间供一尊韦驮，两旁值日功曹。转过韦驮殿，是一座极大的院落，上面一道台阶，以上便是大殿，看见竖着一方大匾额，乃是“关帝殿”。施公暗道：“原来这不是佛殿，是关圣大帝。”于是进了这大殿，向关帝神像行了三跪九叩首礼，就这行礼之时，将来意暗暗祝告一番。参拜已毕，两旁望了一回，这才出殿，由殿外渐至后面。又见是一座五开间金碧辉煌的殿宇。施公抬头一看，见殿屋顶上嵌了四个朱红磨砖的字，是“大雄宝殿”。施公说道：“这便是佛殿了”。进入里面，但见中间塑着三尊大佛，两旁十八尊罗汉，皆是金身，装严得极其华丽。当下有小沙弥送上茶来，施公接在手中，喝了一口，又递还过去，便在腰中摸了几个铜钱，放在茶盘内。小沙弥将茶钱送在一旁。施公就在蒲团上坐下，歇息歇息。那沙弥复走过来，合十问道：“施主尊姓？从那里来的？”施公道：“在下姓任，从城里而来。”因又问道：“你家大和尚可在家么？”小沙弥答道：“现在方丈内，与城里两位乡绅老爷在那里敲诗。施主亦认得方丈吗？”施公随口答应道：“咱也与他会过。”说着立起身来，便向殿外而去。不知后事如何，且看下回分解。

第四三六回

探情由无意遇绅士　藉诗句当面讽淫僧

话说施公见说方丈在家，与城里的绅士在那里吟诗，欲往方丈而去，才要出殿门，只见小沙弥喊道："施主你向那里去？到方丈里去，要从这殿进去呢！"施公听说，随机应变道："我知道，我要出门小解。"小沙弥又喊道："小解这后面有便处可解，何必出去呢?"施公就趁此回转身来，向殿后转去。过了大殿，又是一道朱红门。又穿过此门，便是一所院落。只见院落内松草交翠，幽僻异常。穿过院落，又是三层台阶，一顺三开间，外面摆着一块粉红漆牌，上写"禅堂"二字。这禅堂门是闭着，施公便也不进去。左首是个六角门，却是磨砖砌就的，上贴着"方丈由此进"五个大字。施公看罢，便从六角门而进，但见一道鹅卵石砌就万字纹的曲径，两旁竹篱笆编成麂眼，篱笆以外种些松竹，也颇幽僻。

施公顺着曲径走去，走至尽处，只见一道方门，里面六扇云蓝洒金的屏门，门上横嵌着"方丈"二字。施公进了此门，只见山石玲珑，有二三十盆鲜花，香气扑人，芬芳可爱。施公暗道："如此好境，偏使那秃头受此清福。"一面想道，一面信步走去。远远听得有吟哦之声。施公暗道："照此看来，这和尚似非奸淫凶恶一流了。"想着早已到了方丈。只见一顺三间，中间装着风窗，上面挂着一条秋香布暖帘。施公走到风窗前，将暖帘轻轻掀开，里面走出一道人，将施公一看，当下说道："先生从哪里来？到此寻谁？"施公道："咱因慕你家大和尚的诗名，特来拜访。请你通报一声。"那道人又将施公上下打量一回，进去不一刻，那道人先走出来，随后方丈无量亦跟至门首。施公瞥眼看见，便问那道人道："这就是你们方丈么？"那道人答道："正是。"施公正欲上前，无量早已迎出，将两手一合，口中说道："请了！僧人不知先生惠临，有失远迎，尚望恕罪。"施公也答了一揖，口中说道："久仰大和尚诗名，特来拜访，尚乞见教。"无量道："岂敢！先生饱学，尚乞裁成。"说着，就请施公里面坐。

施公跟了进去，但见里面陈设精致，毫无尘俗之气，施公实深叹赏。无量又将施公邀入上首一间房内，原来这房屋，是两明一暗。施公进内，只见有两位老学究模样的人，一见施公进来，赶紧起身迎接，彼此一揖。无量便引施公，先指着一个六十多岁的说道："这位是本城的庚子翰林吴幼山老先生。"又指着一个五十多岁的道："这位是本城壬辰科翰林黄宜伯先生。"施公听说，又与吴黄二人，重新揖了一揖。吴黄二位让施公上座，施公谦逊了一番，这才坐下。有道人献上茶来，吴幼山开口问道："还不曾请教尊姓大名。"施公道："学生贱姓任，草字也樵。"吴幼山又问道："尊居何处？"施公道："敝处北京城烂面胡同。"吴幼山又问道："贵榜是哪一科？"施公道："说来惭愧，学生是大兴优廪膳生①。"吴幼山道："岂敢岂敢。"接着，黄宜伯又问道："先生此来，向哪里去公干？"施公道："因为学生有一世伯，现在任

① 优廪（lǐn）膳生——明清两代称由府、州、县按时发给银子和粮食补助生活的生员。

山东巡抚，月前折柬相招，命学生前去就幕，道经贵地，访一至好友人，不期出外未归，未免有室迩人遥之叹。故而假寓客邸，稍候数日，或者可以相晤。昨日在寓闲暇，与店中人闲谈，说及此间大和尚颇擅诗才。因不揣冒昧，特来相访，私心窃意想与这和尚结一个方外的文字因缘。但不知这位大和尚能允许否。”吴幼山在旁又说道：“这位大和尚，广结交游。且与文墨中人，更喜结纳。难得老先生不弃，惠然肯来。这大和尚是求之不得了。”无量也就说道：“僧人略识之乎，过蒙诸位老先生谬奖，得以忝附末光，交成文士。今得任老先生惠临敝寺，倘蒙不弃鄙陋，时赐教言，则僧人受惠多矣。”说罢，便向施公打量一番。

施公一面说，一面也将无量细细观看。但外面虽一表非俗，而且满口斯文，其实内藏凶恶之形，更多酒肉之气。为最的，那两只眼睛淫光灼灼，凶气射人，实非善类。施公看罢，又问道：“某方才从方丈室进来，闻有吟哦之声，光景两位老先生与大和尚，在这里推敲诗句，但不知大作，可能乞赐一观？”黄宜伯道：“某等因梅花大开，在家沉闷非常，特来此地与这大和尚作首梅花诗，亦不过随口胡诌，借消岑寂。既蒙见爱，当得献丑。尚乞见教，勿吝下音。”而已将诗稿取出，送与施公观看。施公接在手中，但见一张梅花笺，纸上写着一个题目，却是“寻梅”二字。以下便是一首七绝。施公吟道：

“山深水曲静无哗，惹得诗人兴更赊；

到处寻芳寻不到，美人偏在老僧家！”

施公吟罢，哈哈笑道：“好个‘美人偏在老僧家！’老先生之言，有意乎？无意乎？然以某视之，当为老先生易一字，便成双绝了。”黄宜伯道：“当易何字？不防赐教。”施公道：“如是易来，未免过于作谑，然谓之为打油诗亦无不可。其‘老’字不如易一‘小’字，岂不即景双关吗？在老先生以为何如”黄宜伯、吴幼山齐声笑道：“这一字改得真正趣绝，我两人要拜你为一字师了。”施公道：“即景生情，文人游戏笔墨，大都如此。但和尚色即是空，空即是色，谓为绝无美人亦可，谓为真有美人，亦无不可。好在这个美人，非真正美人，若果真正美人，某亦不敢如此失言了。”一面说，一面偷看无量，但见他神色顿改，局促不安。施公看罢，便料到有九分了。故意又要吴幼山的诗看，幼山也就取了出来。施公看了一遍，也不过平常诗句，无甚新声，便赞了两句好，摆在一旁，又向无量索观。无量不得已也取出来，施公接过手中一看，只见上面写道：

“闻到梅花处处开，骚人镇日费徘徊，

暗香疏影知何处？踏遍山隈与水隈。”

施公看罢，一面赞好，一面又暗讽道：“但须和尚费点心，各处打听打听，便得暗香疏影的所在。然以某看来，这暗香疏影，虽绮阁画楼之畔，蓬门板屋之中，亦多有之，不必尽在山隈水隈，要在和尚寻找得法耳。”这两句话说罢，施公又暗暗偷看无量的情形。不知无量说出什么话来，且听下回分解。

第四三七回

辩诗句无量难言　识仇人智能报信

话说施公暗暗的说了那番话，皆是刺着无量的心。无量一听此言，心中好不疑惑。暗暗发恼道："这王八羔子，忒也可怪！为什么处处总刺着我的心？这是什么人呢？"心中暗恼，脸上却带着有些怒色了。因问施公道："你这老先生，咱出家人，并不曾与先生有什么难过，为什么要斗僧人的玩笑？"施公道："大和尚忒也见怪了，某说的是佛经上言语。大和尚既参禅说法，怎么连佛经也不知道吗？况且始作俑者，并非某为，有黄老先生之'美人偏在老僧家'一句。他已先某而言，某不过假而戏谑，以'老'字易一'小'字，这也不算什么。至说'暗香疏影知何处？踏遍山隈与水隈'，这是和尚自己作的寻梅诗，某亦不过讲一说，不必在山隈水隈，就是绮阁红楼，蓬门板屋，暗香疏影亦是有的，难道和尚是定派在山隈水隈去寻，别的地方，就不许有梅花么？大和尚，非是某强辩，你也未免少见多怪了。"这番话抢白得无量顿口无言，半句也说不出。只是暗暗含怒道："咱若不因黄吴二人，咱倒不管他是什么廪膳生不廪膳生，咱就要结果他性命。他处处打趣我，偏说出一片大道理，堵住我的口，岂不可恼。"此时脸上就有万分不善的样子形色现出，而且露出杀机。施公一见，便料得十分了，正想要拿话打开，免致受他的苦恼。却好吴幼山在旁说道："和尚不要动气，任老先生也不要动气，我们到此为寻消遣的，既是你老先生到此，为慕诗名而来，若因这游戏笔墨，两人动恼起来，不但结不成方外之交，而且反成文字之祸了。现在天时已不早了，将次日落，咱们进城，还得有十余里地，不如趁早回去吧。不要赶不上，城门闭起来，那就要费事了。”施公见说，因乘话说道：“若非吴老先生提起来，某真个忘却路远的事了。但今日乘兴而来，尚未尽兴而返。诸位大作，均已捧读。某尚未效颦呈政①，拟明日仍与二位老先生约定，再来此一聚，好好地作一个围炉饮酒，联句吟诗，不知大和尚可还见绝鄙人，闭门不纳么。若得见容，当一洗今日恶习，不准涉于游戏，如不遵者，罚以金谷酒数②何如?”这一番见怪不怪的话，说得无量倒好笑起来，暗道：“这分明是个浑人，不然定是个书腐。不必说他别的，只看他说的这些话，也不曾看看我的脸色，尽着随口乱道便了。”心中尽管这般想，口内却不能不答应，因答道：“任老先生说哪里话来？僧人唯恐老先生动气，再也不来。若老先生仍以僧人为可教，明日务望早临，以便僧人领教。”施公道：“如此则太妙矣。也可补今日之不足。”说罢，便与黄宜伯、吴幼山一同站起身来，向无量拱拱手，说道：“打搅了，明日再来叨教。”又与黄宜伯、吴幼山谦让了一回。吴黄两位，让他先走，施公只得在前走了，黄吴二人在后相陪。无量直送至方丈外，才转身进内。

施公与黄宜伯、吴幼山三人出得庙门，缓缓进城而去。沿途

---

① 效颦呈政——此处为谦词，意为仿效诸位作诗。效颦，典出东施效颦。

② 金谷酒数——谓罚酒三大杯。金谷，园名，晋代石崇建。石崇《金谷诗序》：“遂各赋诗，以叙中怀，或不能者，罚酒三斗。”

三人谈得颇为高兴，盖因都是学究，所以极谈得来。那知施公当出庙门的时节，迎面来了一个和尚，一见施公，就将他上下一看，心中好生疑惑，暗道："这不是施不全么？"原来这和尚名唤智能，在先姓黑名唤一个亮字，绰号黑煞神，本在落马湖李配名下做一名小头目，惯使一把戒刀。当施公被困落马湖的时节，他曾见过。后来李配被擒，破了落马湖，他借水逃出来，流落在外，作了一二年流寇。后来遇见无量，与结生死之交，又经无量劝他削了发，好掩人耳目，又代他改名智能。所以现在关王庙。日间无事，派他各处巡风，打听有什么大注财物，并美貌妇女。打听实在，就回来送信与无量，就派人前去抢劫。这一班弟兄，共计十八名，唤作十八罗汉。个个皆是武艺超群，一律是智字排行，一个唤智亮，绰号赛金刚，使一把牛耳泼风刀；一个唤智明，绰号铁背汉，使一把五股叉；一个唤智化，绰号三太保，使一把戒尺；一个唤智武，绰号伏地太保，使两把双刀；一个唤智慧，绰号飞毛腿，使一根齐眉棍；还有智行、智空、智其、智悟、智性、智静、智诚、智定、智法等人，皆是武艺出众。唯有智慧两条飞毛腿，一日可行五百里。只要在五百里之内，有了财帛，或有美貌妇女，他便去抢劫到来，往返只消两日，从来不曾被人捉住。更兼那齐眉棍，有五六十斤。更有铁背汉智明，赛金刚智亮，飞檐走壁，其快非常。而且他二人两般兵器，亦复超群出众。无量看重他们三人，就是抢劫来的财物妇女，都与他们这一起人大家享用。这十八人，平日却不常见面，都在外面居多，即使回庙，多半在禅堂里，关着禅堂门，不使外人看见。

黑煞神智能进了方丈，一见无量便问道："师兄，今日有什么客人到来？"无量见他问得诧异，因即说道："贤弟，你向来不曾问过这些闲事，今日忽然问我有甚客来，却是何故？”智能道：“师兄！我问的不是熟客，问的是什么生客到来不成！”无量见问，更加疑惑，因答道：“有是有的，但是一个十不全的模样，他自称姓任名唤也樵，北京人氏，是一个优廪膳生，说因山东巡抚与他有世谊，请他去做师爷，他路过此地，要见一个至好朋友，不期未遇，住在客店。闻得愚兄诗名，特地前来拜访。愚兄见他倒是个书生本色，觉得有些傻气。彼时黄翰林皆在此处，便与他谈了一阵诗词，才走了没有一会。他临行时，还说明日再来，与愚兄联句吟诗，就是这个任也樵，并没有别个生客了。”智能又问道：“他还是同黄翰林、吴翰林二人一起来，向来与他们相识，还是独自来的呢？”无量道：“黄翰林、吴翰林本不认识他，还是这里相识的，贤弟追问他做甚？”智能道：“他独自来的了？”无量道：“不错。”智能道：“小弟问你，那总漕施不全，兄长可认得么？”无量道：“咱不认识。”智能又道：“可曾听别人说过这施不全三字吗？”无量道：“施不全这贼官专与咱们一路上的朋友作对，谁不恨他？要将他碎尸万段呢！”智能道：“师兄可知今日来的那个任也樵是谁？”无量见问这句话，忽然将他提醒过来，便说道：“难道他是施不全吗？”智能道：“不是他还是谁呢？你不问他姓，但看他那十不全的样子，就该明白了。”无量听说，直气得三尸冒火，七孔生烟，大怒不止。智能道：“师兄何必如此，有何益处？须得想个方法，将他捉住才好。”不知他们想出什么法来，且看下回分解。

第四三八回

贼秃寻仇遣刺客　英雄有眼识凶人

话说无量见智能叫他想法将施公捉住，以免后患，当下无量说道："照贤弟看来，怎么去把他捉住呢？"智能道："就此赶上前去把他捉回来，又有什么难处，这不是手到擒来么？"无量道："说虽如此，可有一件难处。他是与黄吴两个翰林一起走的。你若此时去赶着他，将他捉住，这黄吴二人看见，岂不是是想免后患，反弄出后患来么？"智能道："这怕什么？黄吴两个翰林，他从不曾见过小弟，他知道是谁呀？"无量道："他虽不曾见过你，咱们却有一件碍眼之处，你我皆是和尚，他二人岂不疑惑？"智能道："他二人决疑惑不到这庙里来。"无量道："这话料不定。咱们今年三月里，不闹那件事，县里没有拿访咱们的消息，今日做了这件事，他二人疑惑不到此处。既有三月里那件事，今日若做了这件事，他二人也就要疑惑到这里来了。贤弟这个法儿甚不妥当，还是另想他法方好。"

智能听说这番话，也甚有理，因道："如兄长所说，难道放他过去吗？他今日独自前来，小弟料他不存好意。若不将他置之死地，恐怕不出十日，就要坏事了。"无量道："愚兄却有了主意，想请贤弟尾随在后面，单看他进城住在那家客店，然后回来送信，再使智明、智亮两位前去，将他刺死，岂不是两全其美么？又不碍黄吴二人的眼，咱们又免了后患。贤弟你看如何？"

智能道："此计虽好，在小弟看来，还嫌慢。若等小弟访实他的住处后，再来送信，然后再使智明、智亮二人前去，这一往还，万一他走了，又向哪里去赶？"无量道："他怎么能走得这样快呢？"智能道："等我探明住处，赶紧出城回来送信，再同智明二人进城，那时城门已闭了，必不能越城而进，势必等到天明，方能进去，到了天明，还能行刺吗？既不能行刺，保不定他明日不走。而况还有一说，即使他不走，我料他断不是一人住在这客店，一定还有他的从人，如黄天霸之类，保护着他。不说旁的，就是那年在落马湖，也见他前来私访。后来被人识破，因他在湖内，准料无人知觉。依李大王初见，当时把他杀死，倒也罢了，后一转念，将他困在阴井内，要叫他活活饿死。就此一来，反被黄天霸等人，将他救出，大破了落马湖，把李配等人，一众拿去治了死罪。弄得画虎不成，反被犬害。只因施不全那种三分不像人七分不像鬼，却是诡计多端，神出鬼没。又兼黄天霸等人，武艺高强，本领出众，所以要捉他，都要出其不意，还欲飞速飞快，使他那一众保护的人，迫不及防，才可有益。若稍迟延，就不能下手了。因此，小弟觉得兄长干得太缓，还须另想章程为是。"

无量道："除却愚兄，贤弟可再想一个法儿，说来大家商量想至妥至稳的去干。俗语说得好：'开弓不许回头箭。'方才高妙呢！"智能道："正是此话呢。在小弟愚见，现在小弟即行前去尾随于他。师兄即赶紧使智明、智亮二人，也随在后。小弟一进城，他二人也就进城，相离总不能远。能于城里空阔处得手，就好将他刺死。万一不能，只得认定他客寓，智明、智亮可于三更时分蹿身追去。小弟在店外巡风，以防他保护人等。如此办法，觉得较为快速，或者可以得手。其实最好此时赶即前去，不须什么费事，只要走在他背后，出其不意，给他一刀，管包他见阎王。怎奈又碍着黄吴二人的眼，这事可冤不冤呢！”无量道：“贤弟你就此去吧，量这施不全走得慢，不能与黄吴二人并行，他一人落在后面，只要所过之处，没有人烟，贤弟也可照你这法儿去办，不必活活的，就是结果了他，亦未为不可。愚兄也就命智明、智亮二人前去。”

智能答应，随即提了戒刀，大踏步转身而去。出了庙门，直向前赶。这里无量也就密请智明、智亮到了方丈，告知一切。二人一闻此言，怒不可遏，因道：“施不全你这赃官，今日大概是你死期到了，人不寻你，就是开恩，让你多活几年，你反要来寻俺们，这可怪不得心毒。”骂了一顿，又向无量说道：“师兄你尽管放心，咱们兄弟此去，包将这赃官捉住，以免后患便了。”说着，也就转身出外，到了禅堂，各人藏了利刃，换了夜行衣，外面仍将法衣加上，直奔庙外而去。

且说智能在先追赶前去，走了有十里开外，远远的见着施公还与黄、吴二翰林在前面一颠一跛的缓步，一路闲谈走了一会，已见城门。智能道：“咱可要紧走两步，跟着他进城方可。若放他进城，城里人烟稠密，歧路又多，只要二三个弯子一转，咱就无处寻了。”一面想，一面紧二步赶上来，没片刻已跟在施公后面。

又一刻，施公与二人进城，智能也就随后进城。只见施公走了两三条街，便与黄吴二人分别。吴黄走向东街，施公走向西街，智能故意退后几步，让吴黄二人走过。他又赶下去。不提防李七侯已从后面迎走上来，一见施公，彼此打了个照面，并不曾说话，让施公走过，见后面跟随了一个和尚，满脸凶恶。李七侯心知有异，故意装看不见，反向岔路而去。等智能走过，他又从背后跟来，只见那和尚跟定了施公。李七侯看在肚内，好生疑惑。也就跟了一回，不一刻已到泰安栈，施公进了客寓，智能还在客寓左右，看了一会，这才转身而回。李七侯看见这般光景，早已明白。一见智能回身，又向旁边一闪，不使智能看出破绽。远远的见智能走过去，他再出来大踏步向客寓而来。进了客店，直奔后进。此时黄天霸等人不曾回来，心中好生纳闷，要去寻他，又恐施公一人在寓，无人保护。不看见和尚那种光景，也就罢了，既见了，就不能不格外小心防备，若不去寻天霸等人，又恐夜间有意外之事，一人怎生兼顾。

正在纳闷，却好天霸回寓，一见李七侯便问道："大人回来么？"七侯道："回来了。"天霸道："既回来了，咱去叫他们不要出城了。"七侯道："他们在哪里？把他们唤回来罢！今夜恐又要出事。"天霸道："这是何说？"七侯将遇见智能跟定施公的话说了一遍。天霸诧异道："果有此事么？"七侯道："谁骗你来？"天霸答应一声，即转身出去，尚未走到城门，只见关小西、何通路、金大力、王殿臣、郭起凤五个人，匆匆行来。天霸赶上前打了个照面，大家打了暗号。天霸一听暗号，也就转身与众人陆续回寓。看下回分解。

第四三九回

黄总镇客店说来由　恶秃贼黑夜双行刺

话说黄天霸等人，一起回至泰安栈，将上项的事说了一遍。七侯道：“你我等且进去问一问大人，到关王庙的时节，见了和尚是什么光景，然后就明白了。”当下天霸即至里间，先给施公请安，然后问道：“大人今日到关王庙，曾遇见和尚么？还有什么形迹可疑之处？”施公见问，便将如何看诗，如何讽刺，无量如何怒形于色，只碍着黄宜伯、吴幼山不便翻脸，只辩白了两句。后来又用言话驳斥他一番，和尚无言可对，及至临行时，又如何约于明日再去的话，细细说了一遍。天霸道：“似此看来，那和尚并无什么恶处了。”施公道：“外面虽如此，只见面色不善，两眼的淫光，灼灼射人。本部堂当讽刺的时分，偷眼观瞧，见他实在有心虚之处。本部堂也因那和尚似非善类，所以借口回来。若留恋在彼，难保无意外之事。”天霸道：“大人还遇见什么和尚么？”施公被这句话一问，猛然提醒，说道：“本部堂在先进庙时，只不过有一个小沙弥，后来出庙的时节，见迎面又来一个和尚；这和尚也非善种的样子，将本部堂瞧了一眼，他随后就进庙去了。”天霸道：“大人幸亏回来，不然又要为他所算了。”施公道：“贤弟何以见得？”天霸就将李七侯遇见和尚跟随施公背后，及关小西等看见和尚进城的话说了一遍，因道：“大人明日可不要去。”施公道：“本部堂也不过那般说法，本也不去了。满拟明日想令贤弟前去再探一番。”天霸道：“这倒使得。”说罢即便退出，却好店小二送进晚饭，大家便饱餐一顿，然后就各去安寝。

再说智能将施公住处，看在眼内，当即便迎智明、智亮，可巧智明、智亮从城外进来。智能便暗暗的递了消息，于是三个贼秃一起走到僻静处所。智能与智明、智亮商议道：“如今施不全这赃官的住处，是打听明了，但不知二位师兄，是如何见教?”智明道：“且待三更时分，咱与智亮兄弟前去，将这赃官刺死便了。”智能道：“依小弟的愚见，三更迟了，施不全他左右保护人多。常闻人说，他们每夜到二更过后，便分班保护，为是有备无患。若至彼时再去，万一被人看见，虽不致于给他拿住，于事究无益了。不若趁他们未上班的时节，给他毫无准备，于事或者有济。好在你二位身轻似燕，不似小弟这笨汉，不能上高。二位师兄以为如何?”智亮道：“这个法儿，倒也甚好。”说罢，去街市上寻了一个饭店，三人用饱了酒饭，就在饭店内稍行歇息。约至二更到了，街坊上少人来往，智明、智亮、智能三个贼秃，便出了饭店，走奔泰安栈而来，到了客寓门首，照壁后面，三个贼秃，寻那黑处站立。智明、智亮便将外衣脱去，交智能拿着，向他说道：“贤弟，你就在门外巡风，若有人出来，只要是施不全手下的人，便用刀去砍。”智能答应。

当下智明、智亮各带了兵刃，绕出照壁，直奔泰安栈而去。走到泰安栈后面，两个贼秃，便一蹿身，皆上了屋面。由是蹑足潜踪，各处寻了一回，不知他住那间屋。忽然见后院内有个人影儿一晃，智亮瞥眼看见，登时一晃身，也就跳下屋去，跟着人影儿蹑足潜踪，尾随下去。再一细看，原来是个店小二打扮，前去登厕。智亮远远瞧见那店小二进了厕所，才将裤子褪下来，智亮一手提刀，一蹿身蹿到厕所，将手中刀即在小二面上一晃。小二只一吓，向后一仰，幸亏这厕坑上有木板，人不能跌下坑去，若无木板，这店小二早就请他吃粪了。智亮也不管他什么，当即一弯腰，将店小二提出厕所，到那僻静之处，将他掷在地上，复用刀架在他项上说道："你若喊，咱就一刀结果你的命。咱且问你，这店内有个施不全，住在哪个屋里，你且说明，饶你狗命，若有半字虚语，咱师父这口刀，是不留情的。"那小二在先被他那口刀一晃，早已吓了个半死，被他提到此地，再用刀架在他项上，看官你道那小二可怕不怕吗？智亮尽管问，那小二尽管不答，原来已吓昏过去了，智亮见他如此，复又等他醒来，然后又问。店小二说道："求爷爷饶命！小人实不知有个什么施不全，咱店内住店客人，倒有一二十个，却没一姓施。小人若有谎言，情愿千刀万剐。"智亮听说，因暗道："我又问错了，想他是不知道，不可冤枉了他。"因又问道："你既不知道这姓施的，咱且问你，尔店内可有个十不全样子的客人，住在哪里？这个你该知道了。"那小二道："那个客人不姓施，他姓任，这是有的，他却住在中进那上首的房间内。小人方才从那里出来，你老要寻他，他还不曾睡呢。"智亮又问他道："你既从他那里来，可知他在房内干什么？"小二道："他一人在灯下看书。"智亮道："你可说真么？"小二道："小人焉敢撒谎，你老不信，且请去看。"智亮闻言，满心欢喜，因道："咱本待送你狗命，因你说出真言，饶你去罢。"说着用刀在小二衣襟上割下一块衣襟，放在小二口内，使他不能声张，然后在腰间掏出一根麻绳，给小二捆绑起来，就将他抛在一旁。然后智亮复蹿身上屋，直奔客店中进而来。

却好智明在前面屋上老等，一见智亮已来，两下一击掌，彼此心照。智亮在先，智明在后，两人便走到上首房间屋上，轻轻的由屋檐倒挂下来，向房内一看。不看则已，这一看，把两个贼秃，只喜得心花多开了！原来施公所住的这个房间，屋檐下那六扇窗槅，只关着两扇，其余却都是大开，这两个贼秃心下大喜，暗道："真是天助成功了，难得这窗槅也不曾关闭，由此进去，好不便当。"虽然如此，他们不敢冒昧，唯恐是诱招，且恐施公不在房内，复探身细看了一遍，只见房内靠东首墙壁一张方桌，桌上点了一盏油灯，却不十二分明亮，施公坐在上面椅上，手扶着头，在那里打盹。智亮看罢，暗道："合该这赃官要死了，窗槅既不关，又在那里打盹，咱还在这里做什么呢?"心中想罢，便一翻身跳落在地，智明也随即跳下。真个是毫无声息。只见智亮认定窗门，将身一缩，一个箭步，蹿到里面，就举手一刀，认定施公胸膛刺去。不知施公究竟性命如何，且看下回分解。

第四四〇回

中金镖智亮被获　免大难贤臣受惊

话说施公打盹时，智亮进房，劈面就是一刀。只见施公身子一缩，向旁边一闪，跌倒在地。智明在外看得清楚，心中大喜，以为施公一定被智亮刺死。说时迟，那时快，正要进房帮助智亮动手，忽然又见智亮跌倒下来。智明心知有异，赶着蹿身进房，拔刀来杀。尚未走至里面，忽见里面来了一物，直向面上飞来。智明说声："不好！"旁着身子一偏，转身即走，已在肩头上擦了一下。智明知道中了暗器，不敢进房，急思逃走。只见房内跳出一个人来，手持大刀，大声喝道："贼秃可认得黄天霸么？"话犹未完，早已跳出窗去，迎面望见智明就是一刀。此时智明急架相迎，未及两合，只听一片声喧："不可将这贼秃放走了！"说着关小西、何路通、李七侯、金大力、王殿臣、郭起凤等人，各执兵刃，围杀过来。智明见事已败，又见这里人多，无心恋战，只得且战且走。正欲想逃脱，无如他一刀，你一棍，包围得如铜墙铁壁一般，万难分身逃去。还亏智明武艺过人，不然早被天霸等捉住。彼此大杀了一回，只见王殿臣大喊了一声："不好！"早咕咚一声，栽倒在地，大腿上被智明刺了一刀。智明趁此睹着空儿，往屋上一蹿，接着黄天霸、何路通、李七侯亦就追赶上去。正往上蹿，忽见上面哗啦啦一片声喧，抛下许多物件，照定下面打来。智明一溜烟飞逃去了，及至天霸等上去，已是赶他不及。

原来智明逃走至后园墙，当即跳下。却好智能仍在那里巡风。此时已是三更过后，智明一见智能，即打了个暗号，说道：“再想法儿，快走罢！”智能一听，便知未能得手。等走至僻静的所在，智明方将以上的话，告知与他。智能方才想道：“咱们到那里暂避一避，候天明才好出城。”智明道：“你且随我来。”不一刻到了一个地方，智明上前敲门，只听里面有人答应，将门开放，智能走进去，当下那妇人见了智能仓皇，便开口道：“你等为何如此，做什么的？”智明即将以上的话，说了一遍。那妇人道：“既如此，且在此处暂避一夜再说罢。”当下两个贼秃安歇下来，且待天亮，再回庙内送信。暂且按下。

再说天霸等见智明逃走，他等也不追赶，恐怕房中那个贼秃，还要逃脱。因即赶到房内，看了一看，见智亮仍昏卧地下，不能动弹。天霸令人将他绑起来，以便明日送交本地方官审问。此时客寓的人，都道捉住刺客了，也都起来看视。此时刺客智亮已醒过来，心中好不切齿。施公命看守好了，以便送县。你道施公明明坐在那里打盹，智亮明明将刀刺去，这施公又将身子一歪，跌倒在地，是施公明明的被智亮刺中，又何为施公并不曾死，而且未受微伤，反是智亮中了暗器被擒，却是何故？原来天霸自从与施公说明，忽遇见和尚尾随在后，嘱令施公不必再去关王庙之后，他便用过晚饭，回到自己房内略歇了片刻，准备三更将近，再行起来保护施公。那知到了二更将近，忽听屋上隐隐有脚步声，这种声音，若在稍微心粗的人，也听不出。只因他心细神定，刻刻留心，听了这脚步之声，当即暗自说道：“不好，屋上有人。”即刻爬起来拿了刀，即奔施公房内而去。打从院落经过，将头仰起望屋上一看，只是有个人影一晃，早不见了。天霸便知有异，此时也不及喊众人，赶奔到施公房内。见施公在那里打盹，施安在旁站着。天霸看见施安，招招手，施安过来，天霸向他耳边说了两句话：等贼人来时，协力兜拿，房中自有我保护。施安即便出房，招呼何路通等人。天霸又不肯惊动施公，复又想道："何不用个法子，将贼人引诱进来，使他中我这条计?"因又将窗槅轻轻开了两扇，他便伏身在施公背后，所以智亮进来的时节，做梦也知不道的。智亮因此蹿身进房，拔刀就刺，哪知天霸在旁先将施公椅子一挪，施公已坐立不住，身子一歪，跌倒下去。让出这个当儿，他便出其不意，一镖认定智亮下部打去，智亮不及防备，正中大腿胯。腿一软，一负痛，所以向后一倒，栽倒在地。及至智明见智亮栽倒，知道不妙，赶着进房，预备助救，又见迎面飞上一物。这也是天霸见第二个人来，满想"一箭射双雕"，因又祭上一镖。不意智明躲得快，不曾打中，只在肩头上插了一下，依旧被他逃走。这就是智亮被捉，施公免祸的原委。若不补说，看官要说小子叙事不清了。

且说施公见已捉住刺客，而且是个和尚，心中大喜，向天霸道："若贤弟不能未事先防，施某今日定为所害。"天霸等答道："标下沐恩，何足挂齿？还是大人的鸿福罢了。说着，大家知已无事，便去安歇。次日一早，施公即将店主人以及住客，一并请来，招呼他们一切。店主人听捉了刺客，愿同众人押送县署惩办。现在一闻施公招呼，当即进来。施公便将以上的事说出。店主人方知施公是钦差大臣漕运总督，现在进京陛见。当下只一吓，赶紧跪下说道："小人有眼不识泰山，尚求大人恕罪。"施公道："店老板，你且起来，不须如此。"店主人谢了一回，当即爬起来退出，约束伙计，招呼客人，果然并未泄漏。施公又写了一封信，着施安送往大名府投递。大名府知府章有为接到此信，阅看一遍，这一吃惊非小。当即传了大名县，一同来泰安栈，给施公请安，并问明各节。施公接见之下，但问了两句闲话。随后说道："本部堂要借贵署审一审那个刺客。"章知府唯唯答应。却好此时人夫轿马，已纷纷到了泰安栈门首。有人进内回明，章知府便请施公暨众人，一起搬往衙门居住。一面又派差役，押着智亮向大名府而来。不一刻施公到了大名府。章知府暨大名知县王智珪，也跟随施公进内。请入书房坐定，有人献上茶。章知府知道施公尚未用过早点，即令厨房赶着办了茶点，请施公与大众人等饮食。施公用了早点，便命章知府饬令各差役站堂伺候。欲知审出什么情节来，且听下回分解。

第四四一回

惯用骗供细审情节　难熬刑法尽吐真言

话说施公饬令章知府传齐差役，站堂伺候。又命在二堂审问，不许闲杂人等进内。章知府又传命出去，差役奉命即刻将闲人驱逐殆尽。来到二堂，请施公升堂，黄天霸等只陪列案旁。章知府、王知县也随施公旁坐在侧。施公升了公座，两旁下役吆喝已毕。施公命带刺客，下役答应。顷刻将刺客智亮押推到堂。那智亮立而不跪。施公喝令："跪下！"智亮两眼圆睁，望着施公骂道："施不全呀！咱师父不幸为你所寻，这也是咱不慎之处，误中诡计。今日既被你擒住，当杀当剐，速速行刑，不必多问。"施公见他如此，因想道："本部堂若要严刑拷问，他定挺刑不招，不若用骗功骗他，或者可得实情。"正自暗想，忽听两旁差役吆喝道："好大胆的恶贼，见了大人，还敢出言不逊，不给跪下，咱知道你的皮肉要受苦了。"智亮亦复大骂不止。施公赶着说道："尔等不必如此，且听本部堂说来。凡行刺的人，皆是本领出众，武艺超群，敢作敢为的好汉。本部堂最敬重这一起人的。况且本部堂自从初任江都，即有刺客与本部堂为难。本部堂钦佩他们的本领，是个好汉，有的收服在名下，有的问两句，即放他去的。诸如黄总镇，当初也是前来行刺的。后来被擒，本部堂劝了一番，他便诚心归服，到而今功成名就，连皇上都夸奖他的武艺出众。累建大功，赏他记名提督，实缺总镇，也是一位大人了。这和尚前来行刺本部堂，都以为行刺钦差大臣，是个杀罪。要知道所刺之人，是否身死，若已经被他刺死，无论当场就获，或事后缉拿到案，只要果是正凶，断无可赦之理。若并未将人刺死，自己已被人获，那问官就要问明他的根底，还是故杀，抑是有人指使。倘是故杀，还要问明是何缘故，如可宽解，也当减一等问罪。设或因人指使，自身为从，指使为首，应得之罪，还归指使之人。如此代他分判，他岂有不感激之理？若一概绳以法律，制以科条，未免有屈了好汉。”

施公说了这番话，便要使智亮打动心意，回转口来。哪知智亮闻了这番话，竟入了施公圈套。当下噗咚地往地下一跪，口呼：“青天大人呀！你是一位至明至冤的青天大人哪！咱只闻人言说，你是专与江湖上朋友、绿林中豪杰为难。哪知耳闻不如目睹，咱今见你大人这般如此，可实在人的话冤透了你老哪！哪有如此青天大人，甘与咱们为难的道理？”施公见说，心中大喜，便和言问道：“本部堂且问你，尔叫什么名字？在哪里削发？既有这身本领，为何要做和尚？既做了和尚，现在哪座庙里？又为什么不拜佛参禅，反来作盗，行刺本部堂？看你也是好汉，恐怕也是被人指使？你且从实说来！本部堂定不难为你的。你若不尽情吐出，本部堂可是不容情了！你说出来，本部堂当从轻释放你，好好儿讲。”智亮在下面见了施公和颜悦色，并无一点难为他的话。心中想道：“咱何不尽情招出？不使皮肉受苦，或是还可得些好处。那黄天霸当日也是如此，咱们是尽知道的，并非他谎言。咱说出来，若他高兴，也可能赏咱的功名，咱何必不招呢？”正要向上招，复又一想：“咱不要上了他的当，仔细想来，他这些话，分明是骗咱的，咱若实供出来，给他得了实情，一定带人前去毁庙，将咱师兄弟捉住，到后来一并问罪，那里还有什么好处？这不是梦想么？咱可不要错打了主意，还是不招的好。”因又大声喝道：“施不全呀！咱师父几乎上了你的当，你这番话，分明是骗咱的口供，咱若实供出来，你又不是如此了。咱何必被你骗，害了旁人？咱是不招的，前后总是死，听凭你这赃官便了。”

施公见说，顿时勃然大怒，惊堂一拍，口中骂道：“好大胆的贼秃，本部堂看你是个好汉，有心要提拔，不肯加罪，只要你说出指使的人来，就免你的罪。哪知你怙恶不悛，反把本部堂的美意看坏了，实属可恶已极。拖下去，先打二十大板，然后再问。如若不招，再看大刑伺候。这是他自讨苦吃，怪不得本部堂忍心了。”说着，即望黄天霸使了一个眼色。天霸会意，正要过来，忽听两旁下役吆喝一声，来拖智亮。天霸拦道：“你等且慢拖他，待本镇再劝他一番，好使他知道。”因即走过来，便即设身处地，将自己行刺的事，一直至今，施公如何待他厚恩的话说了一遍，来劝智亮。又道：“大人从来不撒谎，你放心罢！你若将细情招出，大人包管有好处与你。你若不信，本镇可以代你作保。在本镇看来，还是招的好。”智亮道：“你这小子，也尽为骗人，谁信你的话？”天霸道：“你若不信，不干我事，只要你受得住那等夹棍拶子，此时尚可来得及，只要你吐出实情，大人面前，咱代你作保，亦未为不可。你从实说了吧。”智亮听说：“咱不上你的当，你这小子，但图自己功名，不顾当年之义气。逼死义嫂，杀死义兄，谁似你这无义气种子？或剐或剮，咱自现成。若要使咱招供，咱也不知道什么叫做供，只知道义为重。咱告诉你实话，咱的同类多着呢。”说着又向施公道：“施不全，你若将咱斩了，便二十年一过，又是一个好汉，也不算什么。而况咱自有兄弟们前来报仇雪恨，你小心便了。”说罢，复大骂不止。

施公此时，真是不能再用骗功了。只得喝道：“尔等速将这贼秃拖下去，重打四十大板，然后再问。”下役答应，即刻将智亮拖下来，一五一十，用足了劲，打了四十板。足打得皮开肉绽了。施公又命将他推上来，问他：“招是不招?”智亮道：“你不过打咱这板子，咱早已说过，连杀头也不怕，这板子就算事了么？咱不知道什么招不招。你这赃官要打，就重重打一顿，咱若是讨饶，就算不了是个好汉。”施公见说，又命抬夹棍，下役答应，顷刻将夹棍抬上。把智亮翻倒在地，将夹棍在腿上夹起，两边人扯定绳索，只听施公示下。施公又问道：“尔招是不招?”智亮道：“你这赃官，怎么这般啰唆，要夹便夹，不必多问了。”施公又命：“快夹起来。”一声未完，下役顷刻将绳子一收，只听嗝噜噜响，早将智亮的腿几乎要夹断了。此时智亮已昏晕过去。施公命且松下，叫人取了凉水，在智亮脸上喷了一回。智亮醒来，施公又问他：“招是不招?”智亮还是熬刑。施公又命：“将他那一只腿，再夹起来。”下役答应，即刻又将那只腿又夹将起来，照前一样。智亮此时已不能再熬，心中悔道：“咱早知有如此刑法，不如招了。事到此时，咱若再不招，还不知有什么厉害刑法呢！不如招罢！免得皮肉受苦。”心中想罢，大声呼道：“施不全你松开来，咱告诉你便了。”施公见他招了，便命人松开来，好使他从实招出，这才是“任他民情似铁，难逃官法如炉”。毕竟招些什么话来，且看下回分解。

第四四二回

案情重大知府调兵　淫恶难逃总镇献计

话说智亮受刑不过，口呼愿招，施公命人松了刑。施公问道：“你将实话招来，本部堂自可宽免于你！”智亮道：“咱叫智亮，现住城外关王庙；咱师兄名唤无量，现为该庙中住持，同类共有十八名，名唤十八罗汉，各人皆是本领出众，武艺超群。”施公道：“尔为什么前来行刺本部堂呢?”智亮道：“只因大人昨日到咱庙内去了一趟，咱师兄无量并不认识大人的面目。后来是咱师弟黑煞神智能，在庙门口遇见，他便到方丈里告诉师兄，说是：‘此人叫施不全，此来必非好事，一定私访咱们的隐处。若不将他捉住，后患无穷。’咱师兄就问他何以知道？他说：‘在落马湖见过，因此认得。’咱师兄听了此话，便命小人与智明前来行刺，智能因不能上高，在外巡风，昨夜连小人共来三个。这是小人的实供。”施公又问道：“本部堂闻得关王庙内私藏妇女，专在外面劫夺财物。到底现在庙内还藏着多少妇女？总共害了多少性命？外面的劫案，共做了几回？快讲出来与本部堂知道。”智亮道：“自从无量开了色戒，先在附近村庄，诱引民间妇女，入庙奸宿，却不曾逼死人命。后来便向境外，劫夺妇女，黑夜带往庙中，逼令奸宿，若有不从，登时送命。”说完，施公又问道：“你庙中除却无量如此奸盗邪淫，其余那些人，也像无量如此么?”智亮道：“大半如此。”施公道：“哪里有这些美貌妇女来呢？”智亮道：“有的无量分给的，有的自家出外去奸宿的，还有半途劫夺而来的。”施公道：“尔倒不与他们从事么？”智亮道：“小人也曾有过的，不久才死了。”施公问道：“你的这个是哪里来的呢？”智亮道：“是无量分给我的。”施公道：“这个妇人是怎么死的？”智亮道：“附近村庄因病死的。”

施公又问道：“你方才所说的那间暗室，在庙内什么地方？”智亮道：“若问这暗室，不知道的，有些难寻的呢！就连小人，也不曾进去，是在方丈室里面花园内假山石下。这暗室四面，皆有消息，若误踏消息，便要被无量捉住。这也是恐怕有人前来探他的隐事，故此这样做的。”施公道：“究竟有什么消息呢？”智亮道：“听说四面皆有翻板，若踏着翻板，人便滚下去了，他便将你捉住。”施公又道：“据你说来，这无量是个万恶的凶徒了。难道所做的事，没有一些影儿风声么？”智亮道：“怎么没有？今年三月里，还有外县差役捕快，到这大名府里投文，访那无量的。后来多亏本地绅士，代他出了公保切结，方才没事。县里也据着绅士的切结，移复到外县罢了。”施公道：“你可知道本地绅士哪些人最好呢？”智亮道：“本地绅士，皆与无量有往来，也都与他甚好。承各绅士的情，均说他志诚老实，才学精通，皆愿与他结交。”施公道：“本城绅士有个黄翰林、吴翰林，无量与他要好么？”智亮道：“那吴翰林、黄翰林是与他最要好的朋友。”施公道：“这两个人，平时未曾做些什么坏事呢？”智亮道：“听说这两个，是本城最肯为善，最肯出力，最有势力的绅士。大概专做好事，不做坏事的。”施公又道：“你说关王庙有十八个罗汉，你可将那些名字，都告诉本部堂知道。”智亮又将那十八个罗汉的名字，告诉出来。施公听罢，命将智亮钉镣，发交大名县收禁。俟将无量等十八名擒获后，再一并议处。当下差役答应，即刻将智亮上了刑具，押往县监收禁。

施公退堂，到了书房，便与府县说道："贵县地方，出了这凶恶的僧人，贵府县不能明查暗访，为民除害；反凭本地绅士，一纸空文，就据以为实，似乎难为民牧了。就外面看来，然其中有无受贿情事，本部堂尚须访察。即无受贿情事，亦不免随波逐流，以耳代目，并不能关心民疾，除莠安良。我辈受国家俸禄，本当代国家裕民。以贵府县如此所为，是真尸位素餐，有负朝廷恩典。为今之计，请教贵府县，如何办理？还是听他所为？还是赶紧设法拿获呢？"章知府、王知县见施公所说各节，已自惭愧无地。又见问他若何办理，真是毫无主意。不得已勉强应道："大人明鉴，关王庙凶僧人众，断非捕役所可擒拿，若不调取营兵，断难一网打尽。卑府的愚见，可即请取营兵，先将该庙围住，然后多派捕役营勇，各备兵器，并力擒拿，或者可以就获。不知大人意下如何。"施公道："这大名府城内，有多少营兵呢？"章知府道："连防营城守营，计共约一千余人。"施公道："其能猛力杀敌，奋勇不惧的，有多少呢？"章知府道："城守营额设五百名，其强壮的不过百余人，防营较此过半，通计不畏兵刃能力战的，约五百名。"施公道："有此五百名，足可敷衍。贵府县可即调取齐全，按兵不动。一俟本部堂往调，即刻就要飞奔前往，若有迟误，定以贵府县参革并该管营官是问。"章知府、王知县唯唯答应。

施公又向黄天霸等人说道："今据智亮所供一切，贤弟等有何良策？总宜即早剿灭，免生后患。还恐该凶僧等一闻此言，立即逃脱。那时再四处访拿，更加掣肘。"天霸道："该僧逃脱一层，大人倒不必远虑，某料该僧必不逃走。他以为寺中人多，且有暗室可恃，负隅自固，势在必然。所虑者此处诸人，不敷调遣。计全、李昆、贺人杰又在殷家堡，急切不能调回。此间各人，又不能齐赴该庙，为的是大人面前，还要留二三人保护。难保僧人不再分遣贼秃前来为难。某之愚见，莫若一面差人星夜飞往殷家堡，调取计全、李昆、贺人杰，并再能请殷家父子及殷赛花前来，一同帮助更妙。一面大人诈称赶紧进京，明日就起程，连府县差役，总不可使其知道。大人却深住此地，某等佯为护送一程，随后行来。倘能于途中遇见贼人则更好。半途拦劫，或可随时擒拿，多捉他一人。即捉住之后，当就该管地方官界内，押送收禁，随后一同完案。该僧等一闻大人已经起程，他便毫无顾忌。又恃本地绅士为护符，包管他无逃走之事。不过所虑者，他一闻大人起程，难免不来劫狱，此事却不可不防。好在此间尚有五百余名可用之兵，即令该管营官，日夜督率各兵，妥为防护。如此办法，似觉稍微妥当。大人意下如何?”施公道：“此计甚妙，就这样办法便了。”即作了书，交与知府，转饬心腹家人，星夜前往殷家堡而去。欲知后事如何，且看下回分解。

第四四三回

接公文无心稍恋　读信札见义勇为

话说施公将书作成，即差章知府心腹家人，驰书以往。一面许令差人赶紧预备车马，以便施公起节。这个风声传了出去，合城的人，个个知道是施大人私访前来，捉住一个和尚，不知为了什么，现在本县监内。你传我，我传你，传说纷纷。就连本地绅士黄宜伯、吴幼山也知道了。再一打听，即是昨日在关王庙遇见的那人。黄、吴二人不免暗自说道："咱们不曾小觑他，若有得罪他的事情，虽不能奈何我等，又何必使他怀恨呢?"闲话休表。到了次日，施公起身，合城文武各官，恭送程仪。

再说智明与智能逃脱之后，在智明的姘妇那里住了一宿，刚至天明，二人即赶回庙送信。众人闻言大惊，当即命飞毛腿智慧，赶紧进城打听消息。到了晌午时分，又回到关王庙，与无量说道："师兄放心吧！智亮虽被获，现经施不全严刑审问，他竟是抵死不招。施不全没法，将他收禁，饬令知府知县悉心审问，务追出指使之人，及窝藏之人。施不全明日即动身了。我想施不全一走，这件事可以松懈下来。咱们再设别法，或去劫狱，将智亮救出，亦无不可。"无量听了这话，心下稍定。又命智慧道："贤弟，依某愚见，还请贤弟进城，悉心打听，到底施不全明日走与不走。"智慧道："此事放在愚弟身上，打听明白，回来告知师兄便了。但小弟还有一说，趁施不全走的时候，最好在半途将他刺死，那可就免了后患了。”无量道：“恐怕不能。如能将他刺死，那更好了。”智明、智能在旁说道：“师兄这句话，倒也不错，只恐他前途人多，不能下手。”智慧道：“且打听的确实，再作商量。”无量点头。智慧转身而去，复进城细细打听。到了次日一早，果是施公动身，在城各官仍然送到城外。施公坐在轿内，自有黄天霸等在旁保护而行。飞毛腿智慧看得清楚，当即抽身飞奔回庙，告知无量去了。这且慢表。

再说投书到殷家堡去的人，星夜飞驰，不日已至。当即问明路径，到了殷龙庄上，先问庄丁道：“这里可是殷龙殷员外家么？”那庄丁将府差看了一眼，见他是公门中打扮，便答道：“正是此处。”那府差道：“烦前去与计老爷通报一声，就说施大人有要紧公文在此。特差某前来投递，须要面交，不可迟缓。”

庄丁听说施大人差来的，也就不敢怠慢，赶着奔进去，告知殷龙，殷龙也就与计全说知。计全命将来人唤进。那府差随着庄丁到了里面，见有三个人坐在庭上。便问道：“哪位是计老爷？”庄丁便代为指引道：“这位是计老爷，那位是李老爷，这就是咱家庄主。”来差给计全、李昆二人请了安，又给殷龙请了安，然后向计全说道：“小人王贵，是大名府章大老爷转奉施大人面谕，饬令小人驰书前来，请计、李、贺三位老爷，并殷老员外公子，还同贺太太一起赶紧星夜驰往大名府，有要事相商。如殷老员外公子等不去，计、李、贺三位老爷并贺太太，一定要去的。”说着，将书掏出递过来。计全等听了他这一番话，不知是何事情，即将来书接在手中，原来是一封加紧公文。又拆开一看，尚有另外一封书信。只见公文上面写道：

钦差大臣，头品顶戴，正任漕河总督部堂，世袭一等侯爵施

为札饬飞调事：本部堂道经大名府界西门外二十余里，见有关王庙一座。忽见该庙旋风大作，当知有异。即于是日驻节大名，次日亲往私访。虽查无异事，唯见该庙住持僧，形色不正。当经本部堂面为讥讽，该僧若有仓皇之色。本部堂见查无实据，旋即回城。讵当夜即有恶僧三名，前来行刺。当即拿获一名，其余二名在逃未获。次日，就大名府署严讯，该僧口供。据称：该庙共有僧十八名，俱系奸盗邪淫，无恶不作，名曰“十八罗汉”。并有地窖，私藏妇女等各节。似此淫恶凶僧，不法已极。若不尽行诛灭，何以正国法，而安闾阎？为此饬令，急飞书到，该参将计全、都司李昆、千总贺人杰，即便遵照，星夜驰赶前来会同拿获该僧等，以正国法，毋得观望迟误，致干未便。火速飞速。特札。右仰知悉。

计全看罢，一面着人到里面将贺人杰唤来，告诉他底细，即令赶紧收拾，急速动身；一面又将那封书，拿在手中一看，见上面写着，是殷老英雄惠启。计全向殷龙道：“这封书是大人与老哥的。”殷龙道：“你且拆开来看，里面讲的什么话，好斟酌行事。”计全便拆开大家同看，道：

殷老英雄足下：前日道经贵地，诸蒙辱爱。情文兼尽，纫①感之至。迩来起居顺当纳福，羡颂无既！人杰想已入赘，佳女快婿，朝夕随侍，其乐如何？某行经大名府，目睹怪异，凶僧淫恶，不法已极。现在设法拿获，上正国法，下除民害。除另札饬计全等，飞速前来外，合再驰书奉告足下，令爱赛花，武艺超绝，可否割爱，令随人杰同来大名？事成之后，某当汇奏，请予

① 纫——深深感激，多用于书信。

恩赏。足下想亦疾恶，再得贤郎，共襄大事。该僧虽顽，定难幸免。如蒙见允，惠然肯来，协力擒拿，以除大恶，地方幸甚！闾阎幸甚！临书仓猝，不尽所言。施某特白。

殷龙听此书，写得如此谦让，因大笑道：“大人也太客气了，既然关王庙淫僧不法，欲令我父子前去，但须招呼一声就是，还要如此作书，倒叫殷某何以克当呢？”说罢，因向计全道：“计贤弟打算何日动身？”计全道：“大人的来书急迫，某等就此前往，若一迟误，该僧闻风逃脱，我等就不免处分了。”殷龙道：“贤弟之言甚是有理。愚兄也就可与贤弟等，即日同行便了。”说着，即叫人到里面，将赛花喊出来。却好贺人杰已经出来。计全就将以上的话告知人杰。人杰亦欣然前往。不到片刻，殷赛花也就出来，先给计全、李昆二人行了礼，然后向殷龙问道：“爹爹呼唤孩儿，有何吩咐？”殷龙见问，就将施公来函的话，细细说了一遍。殷赛花一闻此言，不禁眉飞色舞，当下说道：“孩儿就此收拾，好与爹爹同去便了。”殷龙大喜。又将四个儿子喊出告知了各节。四人无不欣然愿往。就此各人收拾起来。殷龙命人备了马匹，大家饱餐上马。毕竟后事如何，且听下回分解。

第四四四回

飞毛腿刺杀假施公　殷赛花投宿关王庙

话说计全等九人，直往大名府而去。走至中途，计全因问来差王贵道："大名城中，有什么宽大的客栈?"王贵道："要算泰安栈最大了。施大人就在那里住的，捉住刺客之后，才搬到府衙。"计全道："咱们就在泰安栈聚齐。"大家答应，计全又向王贵道："你可先赶一步进城，先见咱们大人，告诉他就在泰安栈聚齐。"王贵答应，飞马而去。计全又向众人说道："我等这个样儿，还是不妥。须要改扮起来，陆续进城方好。"殷龙道："使得使得。咱就装扮乡老的模样，叫赛花扮作村女。"猛、勇、刚、强四人道："咱弟兄装扮什么呢?"计全道："你四人就是本来面目，好在所穿的衣服，皆是公子打扮，不要更改。"四人答应。计全、李昆、贺人杰却改扮了军官模样，先赶进城，就往大名府去见施公，回明一切，然后退出来，往泰安栈住下。殷龙父子及殷赛花亦陆续来到，大家见面，彼此会意，分别住下。只等施公令下，便去关王庙行事。暂且按下。

再说假施公与黄天霸等人，离了大名府直往进京大道而行。走了一日，已至广平府界，时将日落。正要寻找客栈，忽见前面有一处苇塘，这苇塘芦草丛杂，地方幽密。若有刺客藏在此间，必无人看见。天霸等已在暗中防备，又故意不作防备。施公的马刚走到苇塘旁边，那些苇草一动，扑一声，蹿出一个人来，迎着假施公就是一刀。天霸急急上前救护，假施公已被刺死，跌于马下。那人一见刺死施公，好生欢喜，正要转身飞跑，却好天霸、关小西等已蜂拥上来，四面围杀。那人便竭力招架。只见他凶勇异常，毫不畏惧。天霸等与他斗了二三十个回合，忽见那人觑着空虚，砍一刀，撒腿就跑。天霸等急急相赶，那能赶得上？你道此人是谁？原来就是飞毛腿智慧。他打听施公已经起节，先与无量送了个信，然后他就一人瞒着大众，独自出来，跟了下去，在此埋伏，刺死施公。他却不知道是个假的。看官，这假施公，又是哪里来的呢？原来是从监内那死囚与施公仿佛的模样，装扮起来。黄天霸等人，也是假扮的。其实施公、黄天霸等皆在大名府内住着，飞毛腿哪里得知？就是大名府合城的人，也一个不能知道。当下假施公自有人将他掩埋起来，假黄天霸等也就回转大名府而去。飞毛腿自然也就跑回关王庙送信，夸耀自己的本领功劳。无量听说，好不欢喜。复又防备几日，怕有人前来查访捉拿等情。过了好几日，见并无人来，心下也就没事。唯有思量去救智亮。

且说施公见计全等到，便暗请殷龙到大名府署，向他商议道："本部堂请老英雄前来，有一事要与老英雄商酌。拟请老英雄扮做村老的模样，令爱扮做村姑，暗带利刃，前往关王庙投宿，诱令该庙住持，将令爱骗入暗室，作为内应。老英雄也在那里，用言将该僧稳住了心，然后再将寺中的路径，打听明白。本部堂自然派人前来接应。"黄天霸道："某等定于今夜三更前去，断不有误。此系除患之事，幸老英雄切勿推却。"殷龙道："某等奉命而来，何却之有？当照大人吩咐便了。"施公又道："事成之后，本部堂当为令爱奏请奖赏。"殷龙道："这却过当，恐有疏忽，望乞勿罪。”施公道：“这须老英雄协力相助，断无不成。”殷龙答应，当即退出，回至泰安栈，将此话与赛花说明。赛花本意，要助人杰立功，今闻此言，焉有不愿之理？当下就改扮起来，不多一刻，改扮停当，殷龙也改扮清楚。至日落时分，父女二人，出了店门，出城望关王庙而去。这里黄天霸、贺人杰、计全、关小西、李昆、何路通、李七侯、猛、勇、刚、强殷家四虎，也就陆续扎束停当。当即出城，在附近一个所在，暂且住下，专等三更时近，以便前往，一起动手。

且说殷龙带着赛花，约有二更时分，到了关王庙门前。此时庙门尚未关闭，父女两人奔入山门，直往庙内而去，走至大殿，见有两个小沙弥，在那里讲白话。殷龙首先走了两步，走到小沙弥面前，说道：“大师父！敢在你们庙内借个光，让咱父女两个暂住一宿，明日当得奉上些香仪。”那小沙弥见说，当即涎皮涎脸，向殷龙说道：“放着客店你们不去投宿，反到这里来借宿。须知道咱们出家人怎么留得妇女在此，这是有干法纪的。”殷龙道：“大师父！你们两位有所不知。只因咱们贪赶路程，今日多赶了些路，此时已有初更时分，城门是闭了，城外又没处止宿，不得已才到宝刹，借宿一宵。务望大师父行个方便。”那两个小沙弥道：“你们虽如此说，我们真不能专主，须告知我们当家的，他说行就行，说不行，你们父女，只可再寻别处投宿。”殷龙道：“一家有一主，一庙有一神。既如此说，就请二位师父进去，与你当家的大和尚说明，恐怕他不行，我们与你一起进去，哀告他老人家，做个方便。”小沙弥道：“你们且在这里等候便了。”

小沙弥转身进去，到了方丈，却好住持无量在那里晚饭。小沙弥道：“禀师父！现在庙内来了父女两个，口称因贪路程，无处止宿，要在庙内止宿一宵，明早便走。徒弟不敢自主，特来禀明师父，留与不留，好去回话。”无量听了他这番话，心中一动，暗道：“这真是咱的局运到了，但不知那女子生得如何，如果品貌美丽，便将她留在庙中，与她乐一乐，有何不可?”一面想，一面问道：“这两个父女，有多大岁数了?”小沙弥道：“看那老头子，约有五十岁上下，那女子，不过二十岁上下。”无量一听，就想问小沙弥，那女子生得如何？却又碍难开口，因说道：“既如此，咱且与你看了。”说着就起身同小沙弥往外便走。不一刻，到了大殿，殷龙在那里正是盼望，忽见小沙弥出来，后面还跟着一个和尚，殷龙想道：“一定是方丈无量了。”打算上前问话；又听那和尚道：“人在那里呢?”小沙弥答道：“就是坐在窗楞口的那两口。”无量见说，就近前来。殷龙父女也就迎接上去，赛花故意说道：“爹爹！你老人家务要同这位大和尚说，请他留我们在此住一夜，行个方便，孩儿实在不能走了。”就这两句话，那一种娇声娇语，早把个无量的魂儿捏在半空中去了！当下无量连名姓都不曾问，便道：“我们庙内，本不能留妇女止宿，因你如此年纪，你这女儿又走不动了，出家人行的是方便，故此留你们父女暂住一宿，你且跟我这里来。”不知带往何处，且听下回分解。

第四四五回

殷赛花假意诱贼秃　恶无量放胆犯佳人

话说殷龙正想他带往里面，当下说道："这就是师父行方便了。"说罢，无量就将他父女，带往里面。转弯抹角，走了好一会。殷龙处处留神，记定出路。一会子走到一个所在，抬头一看，却是一明两暗，两间瓦屋。无量便道："我这地方，本来是为城里有绅士们到来，碰着晚了，不能进城，就留他在这里住的。你们就在这里住一宿罢!"殷龙当时谢道："难得大和尚行这个方便，真是感激不尽了，明日再当告谢。"无量就将他父女引了进去，又叫人点上灯火进来。无量这才将殷赛花仔细看了一遍。只见她柳眉杏眼，粉脸桃腮，身穿一件翠蓝布棉袄，腰系青布裙，轻踏弓鞋，那一对金莲，刚有三寸，头上一束乌云，挽了一个螺髻，实在美貌出众。看罢心中暗想："咱这庙里现放着有七八个，哪个能及她这样美貌？今日真是意料不到，有如此美人送上门来。只可恨这老头子碍眼。"又想道："我何不如此如此？那就好办了。"

无量一面望赛花，那知赛花也就故意卖风骚，去勾引无量，心中却恨不能立刻将他杀死，剁成肉酱。暗道："你这秃驴，你把姑奶奶当作何等人物！眼见你死期要到了。"无量却哪里得知？因又问道："你是从那里来的？曾吃过晚饭没有？"殷龙道："我们从沧州来的，要到大名府，投一个亲戚，晚饭却不曾吃呢!"

无量道："我叫人送些晚饭来与你们吃，饿着肚子，那不难受吗?"殷龙道："师父，既打搅你宝刹，再叨扰晚饭，怎么过意得去呢?"无量道："这又什么要紧?"又问道："你会喝酒么?"殷龙一闻此言，更料着他的用意了，因说道："老汉生平一无所好，唯有见了酒就是命。任谁送老汉的东西，都不受，若送老汉的酒，比送什么还高兴!"接着殷赛花在旁接口说道："大师父!你老人家不必给酒把他喝，他只要有了酒，任什么事都不管了。唯他酒量并不大，至多一壶就醉了。醉后就要去睡，任什么事都叫不醒他。大师父虽然是美意，在我看来，可不要赏酒与他喝吧。万一他喝得醉了，咱又是一个人，要有什么意外之事，这便如何?"这句话一说，无量心内暗道："若不将酒与他灌醉，这事却不好办。"正自暗想，忽见殷龙道："姑娘!你这是什么话?难道你不知我爱的是酒?不许我喝，岂不是要我命么?若说有意外之事，还怕有强盗来打劫吗?身上不过几两散碎银子，拿了去不算什么，而况在这庙里怕什么。老子跑了两天，不曾喝一顿好酒。今晚让老子喝一顿好酒罢!"

无量听说，好生欢悦，便转进去。这里殷龙与殷赛花见无量毫不疑惑，心中大喜。赛花道："爹爹，你看这个幽僻地方，断不是个好所在。咱们何不趁秃驴不在此地，咱们四面瞧看一回呢?"殷龙道："使得。"当下便执着手灯，先到下首房内一看，只见有两张铺，也有帐子挂着，铺上被褥俱全，这便是预备本地绅士在此住的。殷龙父女两个，看了一会，无有可疑之处。又到上首房内来看，只见上面也设着一张铺，也有帐子被褥，靠铺旁边，上首设有两张书柜。那柜可不小，柜门关住，上面有锁锁着。殷龙就有些疑惑，到此处，便执着灯，走近书柜，细细一看，却早已看出破绽了。原来那柜门是假的，内里藏了消息，若要将消息在那里一带，这两扇柜门，登时就开，人便可从此进去。这边也有消息，这须将柜门上那把锁一按，柜门也就登时大开，殷龙看罢，心中大喜。便低声与赛花说道："我儿你可瞧见么？"赛花道："瞧见了，合该这秃驴要倒运了。"

话犹未了，外面有人送进晚饭来，在桌上摆好。那道人就请殷龙父女用酒饭，而且颇为殷勤，向殷龙说道："我家大和尚，因有点小事，不便过来相陪。请你老多饮一杯罢！"殷龙也就回说："请你谢谢你家师父，就说我感激他盛意。"那人答应，于是殷龙与赛花二人，饱餐了一顿。却不敢多饮酒，恐怕误事，壶内酒却泼在房内地下去了。此时已约有二更时分，殷龙道："咱们就在这房内住下，等等消息，再作计议罢。"赛花答应，当下父女两个，进了上房。殷龙一倒身向那铺上一困，养歇精神，好去动手。才倒上铺，不到片刻，只听柜门吱呀一声响。殷龙知道，暗暗将赛花喊过来，说了两句，赛花就在铺上一坐，低住头如有所思。殷龙在铺上故意打起呼来。赛花偷眼观瞧，只见那柜门果然大开，那和尚从里面走出来，在柜门口略停脚步，一听了铺上有人打呼，知道那老头儿已是熟睡。便走至赛花面前，深深一揖。赛花故作惊惶道："和尚！你且放稳重了！为什么一人到此？你且退去。我父亲已睡熟了，我是个女子，不便与你接谈。"口中尽管如此说，那眼睛还是只管溜。无量看着了哪得不动心？更向前走近一步道"小僧大胆，一见小姐如此美貌，就心慕神追，总求小姐行个方便才好。"殷赛花见他如此说法，心内恨不能拔刀，就此一刀，将他砍为两段。又恐他寺内人多，外面众人未到，一经动手，无人接应。只得耐着性子，脸一红，说道："和尚！你敢是疯了么？你趁我爹爹熟睡，你来欺负我女子么？”无量道：“小僧怎敢欺负？实在是心爱不舍，务乞小姐方便！”赛花道：“这可不行，你赶快出去，若再如此，我要叫我爹爹了。”

无量此时也就勃然大怒道：“我且告诉你，这是什么地方？你不进来，算是你的运气，既到了这里，不给你师父快乐一夜，那是断断不行。你如果是明白的，好好儿跟师父到那边屋里，先陪师父饮几杯酒，然后与师父行乐，咱把你作心肝看待。若有半个不字，咱就要动武了。”赛花听了此言，直气得柳眉倒竖，杏眼圆睁，就想拔刀相向。殷龙在床上，知道他女儿忍耐不住了，恐怕性急，反于事无济，只得暗暗捏了他一把。赛花知道，复又将一口气捺住，仍与贼秃商量，万万不可。无量那里答应？抢一步就将殷赛花的手执定，拖住就跑。进了柜门，直向那边去了。殷龙见赛花被和尚拉到那边去，他也就一翻身爬了起来。将身边利刃取出，一蹿身到了房外，随即纵身上了房檐，向那边屋内看，忽见迎面来了一条黑影一蹿。不知此人是谁，且看下回分解。

第四四六回

贤父女诱擒恶贼　小夫妻力杀淫僧

话说殷龙蹿身上屋，打算向那边屋内探听，忽见迎面一条黑影飞身过来。殷龙知是外面的人已到，因就一击掌，迎面那黑影子也就立定脚，应了一声。殷龙知是自家人，再一细看，原来是贺人杰。殷龙便低低招呼一声道："大众来了么?"人杰答应道："全来了！黄叔父派我来帮你老人家。现在里面怎样了?"殷龙道："赛花儿已深入内地了，你就在这里等着，好接应里面。咱还要下去从暗门进去，帮赛花厮杀。你但听咱的招呼，你便进去便了。"人杰答应，殷龙随即跳下房檐，仍去里间房内，将那柜门的锁轻轻一扭，那柜门吱的一声，开了下来。殷龙向上一看，见上面有根软绳，带住柜门，只要一松手，那软绳往下一落，这柜门又关起来。他便将手中刀，把那软绳挑断，柜门便关不起来。他就悄悄进去，转弯抹角，只见里面还有些消息，他先一处一处，将那些消息破去，然后入内。又见里面是一所净室，净室内灯光明亮。殷龙便在窗外，用刀戳了一个小孔，将眼看将进去，只见自己女儿，与无量对面坐着，旁边站了两三个妇女，在那里斟酒。又见无量笑嘻嘻的说道："美人哪！咱不能饮了，咱们去睡吧。"赛花道："你再饮一杯，就招呼她们撤去残肴便了。"无量又端起酒杯来，一饮而尽。才将酒杯放下，只见从窗外面飕的一声，飞进一枝弩箭，正望无量脑后打到。

殷赛花一见，知道是自己丈夫的暗器，便一撒手，将外面衣服一抛，从腰间拔出两把刀来，大喝一声："大胆的贼秃，认得姑奶奶殷赛花么？特奉施大人之命，前来拿你。"说着，就是一步，劈面砍去。无量虽然坐在那里饮酒，背向外脸向里，看不见外面的人。耳畔忽听飕的一声，也就知道有人暗算。赶着躲开过去，却不料殷赛花翻起脸来。此时殷赛花拔刀相向，就一声大喝道："好丫头！你敢以美人计前来赚咱么？咱看你小小年纪，今日要死在咱师父手里了！"话声未完，殷赛花的双刀已到。无量此时虽然手无寸铁，赶着将坐的那张椅子，提起来挡过来刀，便一蹿身，到上首靠床那壁上，摘下一口宝剑，拔出鞘，就与赛花交手。赛花也就不肯放松一着，刀刀要害，奋力向前。此时殷龙也就舞动大环刀，飞砍进去。却好贺人杰也从屋檐上跳下来，由窗户外纵身进内，举锤就打。此时父女夫妻三个人，将无量团团围住，四个人又杀了好几合。忽见贺人杰虚砍一锤，将身躯向后倒退了一步，故意卖个破绽。殷龙不知何意，殷赛花早明白了。又见贺人杰退到窗子口，反而故让出路来，好似让无量走的光景。哪里知贺人杰暗用妙计，无量趁此虚砍一剑，拨转身向窗外就跑。殷赛花赶紧急急追来，将到窗子口，忽见无量往后一仰，咕咚一声，栽倒在地。却好殷赛花身临切近，一见无量栽倒，哈哈大笑道："贼秃，算你今日没有乌珠儿，给咱家老爷取去罢。"一面说，一面起右手刀，就认定无量的身上，一刀砍去，代他卸了一支右臂下来。

贺人杰见无量困在地上，已是不能动弹了，心中大喜。当下拿出绳子，就将无量两条腿捆个结实。又拿着铜锤，在无量左肩上，打了几下，又把那左臂打折下来，就将他抛在那里。便与殷赛花道："你去到里面搜一搜，如有妇女被陷在里面的，都将他们放出来，不要再伤他们性命了。"赛花答应，心中一想，但不知这些妇人，藏在何处？正在思想，忽见右首有一个小门，赛花一见，心中暗想：莫非这里面，还有暗室不成？想着就走了过去，抬头仔细一看，只见上面有个铃铛子，下拖着一根绳子。赛花顿觉灵机，暗道："这铃子有点奇异，我何不将铃上绳子一拉，看里面动静。"想着，一抬手就去拉绳上的消息，只听那铃子一阵响，那小门内走出两个虔婆，一见赛花，吓了一怔，正待思想往外要走。被赛花赶上一步，刀一晃喝道："你是何人？快快讲明，饶你的狗命！"那虔婆见问，也就说道："尔是何人？到这里来干什么的？"赛花道："特来捉淫僧无量的，咱姑奶奶已将那淫贼秃杀死了。尔如不信，且出去看看。"那虔婆果真将头向外一探，只见一个秃头躺在地下，浑身是血。那婆子这一吓，即刻向赛花面前一跪，哀求道："姑奶奶！姑祖宗！求你老人家施恩，婆子们在此，也是出于无奈，今日你老人家既来，想是要救人性命的呀！这里还有七八个少年妇女呢！皆被这和尚抢来的。老人家开恩！一起将她们救出去罢！"赛花道："既如此，你前引路，给姑奶奶进去看看再讲。"

婆子答应前行，赛花随后跟来，弯了好几个弯子，这才到了一处。四面明窗净几，陈设精致。赛花到屋中坐定，就有好几个妇女走过来说道："这小姐也是那贼秃抢来的么？"赛花正欲答言，那婆女在旁说道："这位姑奶奶，并非和尚抢来，他是来杀和尚，给大家救命的。现在外面住持已被杀了，特来救众人的。"那些妇女一闻此言，大家环跪下来，齐声求道："总望小姐速速救我们大家性命。若迟了，这庙中不止贼秃一人，还有许多呢。

若要齐来，那可不得了呵!”赛花道：“你们不要害怕，咱们奉施大人之命，前来捉拿凶僧的。外面还有许多老爷在此。庙外更有许多官兵团团围住，不怕那些凶僧再来。”那些妇女一闻，真喜出望外。赛花又向那婆子说道：“这间屋内出来的路径，可走那里呢?”那婆子道：“来看，东首还有一个门，通着方丈花园里面。”赛花道：“你且带我看来。”那婆子又带她去，赛花看在眼中，到一处，就代她破一处消息。走了片刻，又到了好些层数台阶，一层层走上去，婆子指道：“这就是翻板的背面，若是有人踏着这个翻板，准跌下来，跌入坑内，叫家人拿住。”赛花仔细一看，见旁有两个大坑，坑上两块石板。赛花又问那婆子：“这个怎么上去呢?”婆子说：“你看我使来。”只见她将手向旁边窟窿内一按，毫不费事，那石板就转开。赛花已然明白，急将手中刀，在那石板上一划，忽见那块石板掉落坑内去了。此时却现出一个地道来。赛花便由台阶上去，出了地道，果然是座花园。只见花园墙上两条黑影，一个在前面跑，一个在后面追。不知此人是谁，且听下回分解。

第四四七回

李公然香闷众淫僧　众英雄大破关王庙

话说殷赛花出了地道，见花园墙头上两个黑影儿，一个在前跑，一个在后追。前面跑的那个，实跑得飞快，后面追的那个，再也赶不上。殷赛花再仔细一看，原来前面那个却是个和尚，后面赶的却是黄天霸。你道这是为何？只因黄天霸等到了关王庙，大家上了屋。贺人杰就直奔方丈，帮赛花去杀无量。那些人都到禅堂，捉拿智慧、智能、智武等人。合该这一起凶僧就法，大家都困着了。李昆就想了个主意，与天霸等说道："咱们能不与他们厮杀更好，只要将他们一起捉住，咱们可不必费事了。"天霸道："李五哥！你这话可是戏言了，这许多人，不动武就捉得住吗？"李昆道："不瞒老弟说，咱身上带有熏香。因为这里人多，恐怕捉不住，带了这个物件，准备到此，若遇他们睡着了，就要拿这熏香将他们熏昏了，好活捉的。"天霸道："那更好了。"于是李昆就将熏香燃着，将香透入禅堂以内。李昆又狠命的一烧，把那气味烧浓透了，送进禅堂，约待到了时候，所有那些凶僧，大家都着了香气，不能动弹。李昆等一起进内，正要拿出绳子去绑。忽见外面噗噗的跳进三个秃贼，各举兵刃前来。黄天霸等知道有了接应，也就赶着招架。

你道这三个贼秃是谁？原来是智慧、智武、智能，他们三个却不在禅堂里面，是宿在禅堂旁边。此时他三个人也已睡了，忽然智慧起来小解，一见屋上站了许多人，又见禅堂外站了好几个，皆是执着兵刃。他就知道不妙，赶着回房，将智能、智武唤醒，各执兵器，直奔禅堂而来。到了禅堂，已见禅堂门大开，知道来人已进去了。他三个也就扑奔进来，预备到里面帮着师兄弟动手。哪知到里面一看，见他师兄弟俱是高卧不起。更知道有异，等不及问话，大家便动起手来。智慧直奔天霸，智武直取李昆，智能直奔何路通。天霸等也就各自抵敌，大家厮杀了一会。智武中了李昆一弹子，拨转身就跑，却好计全上来，迎面一刀，智武闪开，李昆从背后又是一弹，正中在手腕之上，哨唧一声，把手中兵器打落在地。旁边走过殷刚，手起一刀，认定肩窝砍去，智武见手无寸铁，就想上屋逃走，才把头向上一望，忽见有两个物件直向两目飞来，万躲不及，正中两眼，咕咚一声，栽倒在地。李昆见智武栽倒，正要上前去捉，却好殷勇一刀，认定智武脚上一剁，已代他削去一足。那边智能与何路通正在打得难舍难分之际，忽觉两目内钻进两件东西，再也躲闪不及，只听哎哟一声，也是咕咚一声栽倒在地。何路通心中颇为疑惑，这是什么缘故？哪里知道贺人杰在暗室内，用金钱镖，将无量两眼打瞎，被殷赛花捉住之后，他便叫赛花去搜寻妇女，自己便来到此处，却好智能、智武、智慧三个秃贼，正与天霸等厮杀。忽见智武要逃，贺人杰一见，就将金钱镖取出，先打中智武，后打中智能，所以这两个贼秃，均栽倒在地。

智慧还与天霸在那里厮杀，忽闻智武、智能均已捉住了，可不敢久恋，仗着自己飞毛腿跑得快，当时卖了个破绽，拨转身，蹿上房屋，放开飞毛腿而跑。天霸哪里肯舍，也就蹿上屋，直追下去。这飞毛腿跑得真快，只见他穿房越脊，如旋风般相似。天霸在后紧紧相追，只是赶不上，直赶至花园内，飞毛腿打算从花园围墙跳下，便逃命去了。哪知殷赛花忽然在下面一声喊，他便吃了一惊。殷赛花叫道：“好贼秃！往哪里走？着姑奶奶的镖。”一声未完，将手一扬，飞毛腿智慧正跑得急急，忽闻一声喊，手一扬，料定是有暗器打到，赶着躲闪，却原来并无一物。正要往前又跑，又听殷赛花一声道：“你这贼秃，想躲姑奶奶的暗器，哪里能够？着镖罢。”飞毛腿一听，不能不防备，恐她前一回是诱着，此次是真有暗器打来，又看定下面好着防备。又见殷赛花的手一扬，飞毛腿赶着向旁一躲，就在这个时候，不提防脑后来了一镖，只听咕咚一声，从墙上滚跌下来。天霸也就跳下，却好殷赛花早到面前，已将飞毛腿小腿砍下一段。天霸望着赛花赞道：“贤侄媳！若不亏你那一声虚喊，这贼秃说不定照常被他逃走。”赛花道：“这贼秃跑得真快，侄媳还不曾见过这般快腿呢。”天霸道：“侄媳你不知道，他就叫做飞毛腿。”殷赛花听得哈哈大笑道：“现在不能叫飞毛腿了，只好叫做半条腿罢。”天霸道：“里面这事情，想已办妥了？”赛花道：“幸不辱命，无量已就擒了。现在绑好放在暗室里面，我爹爹在那里看着呢。”天霸大喜，又问道：“这暗室走到哪里去？”赛花指着地道说：“走这里。”天霸道：“我且将这半条腿绑起来，再到外面去看一看，那里怎么样，然后再到这边。”说罢，将飞毛腿捆缚起来，抛在一旁。便从方丈内出去，走到禅堂里面一看，只见那些秃贼，一个个都绑缚好了，点了一点数，少了一个，连无量计算，应该十七个，现在只有十六个。你道这一个是谁？怎么不在庙内？原来这个就是智明，他因进城探听智亮的消息，这日并未出城回庙，就在他相好的那里住了，所以不曾被捉。其余一个不曾逃脱。

当下天霸见那些贼秃，俱已捉住，只少一人。又向各处搜寻了一回，只见了些小沙弥。那些小沙弥，一见如此，早吓了个半死。其余那些看香火的道人，天霸也就不许与他们为难，却一个不准走。那些小沙弥等，哪敢不遵？只得聚在一处，听候发落。天霸又至庙外，将那二百名小队，调了一半进来，看守这些被捉的贼秃。关小西此时也就同着兵丁进庙来了。天霸就请小西督率兵丁，看守贼秃，他便带了十数名兵丁，到暗室内及花园内，将无量及智慧抬出来，放在一起。又去暗室内，将所有妇女及婆子等众，都告诉她们，在此听候发落。此时天已将明，大家歇息了一会。等到天亮，天霸即差了几个兵丁，去城里府衙门送信，说庙内贼秃全被捉了，请大人与知府知县监临察看，以便发落，兵丁遵谕而去，毕竟施公如何发落，且听下回分解。

第四四八回

关王庙淫僧正法　保和殿贤臣面君

话说施公及大名府知府、大名县知县，见兵丁前来说到，关王庙已破，所有淫僧全行捉住，请大人前去踏勘，以便发落。施公闻言，心中大喜，当下即命知府传齐差役人夫轿马听候，一同出城，章知府答应，即刻传谕出去，一面命厨房预备早点。不一会施公用过早点，外面人夫轿马已齐，便有丁役进来禀报，施公便与知府一同出城。走了一会，已到关王庙门首。早见知县在庙门首伺候，施大人下轿，知府也就下轿，一同进内。

此时天霸等早已得信，大家一起迎接出来，将施公迎至方丈坐下。大家上前，参见已毕。施公便问大概情形，黄天霸等人也大略告诉一遍，又把逃走的一个说明。施公点头，便命人先将无量带上来审问，有人答应去带，不一刻进来回报，无量因伤身死。施公便命章知府亲往察勘，章知府验勘属实，进去回报。施公又命将未死的各僧，一起带入方丈内听审。不多一刻，共计抬进十五个。施公一一讯明口供，此众皆直认不讳。施公命人落了口供。随即命黄天霸督率兵丁，就在这庙门外的左首那片空地，立刻就地正法，为的是收禁以后，恐有意外之虞。好在这十五个，皆是直认不讳的，正法之后，他便无虑了。黄天霸答应，立即将十五个凶僧，五花大绑，推出庙外斩讫，回来销差。施公又命悬竿示众。此事自有差役去办。所有尸身，亦命掩埋。施公又命将暗室内所有妇女，概行提出，问了一遍，俱是民间妇女，被庙内各淫僧抢劫来的。那些妇女见了施公，皆是哭哭啼啼，哀求拯救。施公见此情况，当命章知府将各妇女姓氏居址记明，近者着令妥差饬送回家，远者行文与该管地方官，转饬家属，命其亲自来领，现在暂寄官寓，好生留养。章知府也就遵谕，饬令妥差，先行将妇女送往城中官寓寄养。那些妇女，见如此办法，人人望着施大人叩谢大恩。施公命她们退下，自有妥差，先带进城去了。施公又命将庙内所有小沙弥，一律驱逐出境。其余香火道人愿回家的，准其回家，各寻生业，不准逗留庙内。那些小沙弥，怎敢不遵？也就一个个，打点打点，即日出庙，往各处挂单去了。施公又将庙内所有什物银钱，及田产之类，概行查明，一起入官。俟随后招有虔诚僧道住持，再行发给。诸事办毕，施公仍回府衙。

到了衙门，即命大名县，在监内提出智亮，即于是日正法，以绝根株。不一会大名知县将智亮斩讫，到府衙销差。此时已是正午，施公大众用饭已毕。殷赛花是被章知府太太请进上房里面去了。施公便向知府道："烦贵府将那黄宜伯、吴幼山两个绅士请来，本部堂有话与他们面讲。"章知府不知何意，即刻命人拿了一封愚弟帖子，到黄吴两家去请。吴幼山、黄宜伯二人，见府里有人来请，说是施公请他们到府衙说话。二人好生疑惑道："这可是怪事，十日前施公已经动身，怎么他倒又来了？既然请我，就前去走一趟，也无妨碍。"一面回复来差，一面即刻乘轿到府，不多一会，因施公是个钦差，他们二人用了红呈，投递进去，自有家人执帖，进内禀报。施公命请，未有一刻，黄宜伯、吴幼山一起进内，到了花厅。施公迎至厅口，拱手说道："二位老先生违教了。”黄宜伯、吴幼山赶着答道：“岂敢岂敢！便是晚生，不知钦差宪驾，仍在敝地，有失趋前请安，尚望恕罪。”说着进了花厅。黄、吴二人便给施公行礼已毕，分宾主坐下。有人献了茶，黄宜伯首先向前说道：“大人呼唤晚生等，有何见谕？”施公道：“只因某现在查办得一案，就是为那关王庙住持僧无量，乃合寺凶僧作恶多端，现为某查访明白。因二位老翁，曾经出具保结，代该僧立保，委无奸淫情事。今有该僧等口供单在此，所以某特请两位先生前来一阅。”说着将各凶僧的口供单，取过来递与黄吴二翰林阅看。黄吴二人接过来一看，看毕羞得满面通红，汗流浃背，一面将口供单仍递给知府，一面躬身向施公谢罪道：“晚生等昏聩糊涂，罪不可赦。仰感教诲，铭泐难忘。”说罢，跪下去磕头。施公赶着扶起，仍请他二人坐下，说道：“某请二公到此，并非加罪之意；不过有一事相托，以后如遇有这等情事，总请老先生慎益加慎，会同本地方官，妥为访查，不可以耳代目才好。”黄吴二人恭恭敬敬答道：“晚生等谨遵宪谕，以后敢不慎重，以仰副大人今日教诲之意。”说罢，又站起身来，深深一揖。施公又谦逊一番。黄吴二人又问道：“宪驾何日起程？”施公道：“某明日即便动身了。”黄吴二人道：“晚生暂且告辞，明日再当恭送宪驾。”施公再三叮嘱了不必有劳，然后送出。

施公回至花厅，又将殷龙请进来，向他说道：“此次老英雄辛苦，令爱首捉淫僧，其功不小，待某面圣后，当为令爱令婿保举，以邀恩奖。老英雄贤父子，也得请旨奖励。”殷龙道：“小民父子，无尺寸之功，断不敢妄邀恩奖。虽是小女随夫从事，理所应然，亦不敢上冀荣宠。”施公道：“本部堂自有主见。但某明日即要起程，令爱仍请老英雄与她同回。贺千总即随本部堂进京，明年本部堂回任或不回任，再令贺千总前来接取家眷。”殷龙唯唯答应。当即退出。施公又申斥章知府几句，以后令他倘若遇有要件，务要随时访察，章知府诺诺连声。晚间，章知府即传谕差役，将所有人夫轿马，预备齐全，伺候施公明日动身。当晚又备了几桌盛筵，给施公众人送行。大家俱各畅饮而散，一宿无话，到了次日天明，施公等起程，本城文武各官，前来恭送。殷龙父子，亦与各官直送至二十里外，方才回城。

施公沿途趱赶，却好这日到京，正是十二月二十八日，施公当下先在宫门禀到。次日传旨出来，着令元旦日率同黄天霸等朝贺之后，便殿召见。施公奉旨到新正月元旦就换了朝服，带同黄天霸、关小西二人，随同朝臣，挨班朝贺。其余计全等因官职不合随班上殿，只得在午门庆贺。各大臣朝贺已毕，圣上退朝，诸臣朝散。施公在朝房内，先与同僚诸人，谈了些外省事。不一刻内侍宣旨，着令施公在保和殿召见。施公遵旨即刻趋跄进而。见了圣上，自然俯伏，口呼万岁。圣上当即问了许多事情，施公便一一奏对，又将黄天霸等以及殷赛花各人所立的功劳，又复细细奏了一遍。天颜大悦，遂传旨黄天霸、关小西即刻召见。天霸、小西哪敢怠慢，也就赶紧趋跄而进，俯伏金阶，口呼万岁。圣上又顾问了许多话，黄关二位，也是奏对详明。圣上龙心大悦，当即面谕，退出候旨升赏。施公等又叩头谢恩，然后下殿出朝，退回公廨，静候恩旨，欲知后事如何，下回分解。

第四四九回

施贤臣再回漕督任　黄天霸初访琥珀杯

话说施公陛见之后，当蒙圣上令他候旨。施公便带黄天霸等在京内公馆中居住，专候圣旨。这日元宵佳节，京城内外大放花灯，共庆升平之乐。宫内自然也是大排筵宴，庆赏元宵。凡宫内所有筵宴上的器皿，自然藏于内府。这日圣上因元宵佳节，又因四海升平，龙心大悦，因命内监在大内里将外国进贡来的一对琥珀夜光杯取出来饮酒。待至筵宴既毕，内监未及珍藏原处。到了次日，忽然这一对琥珀夜光杯不知去向。当下经管内监即各处寻找，哪里来的形影？内监见这琥珀夜光杯忽然失却，只吓得胆战心惊，却又不敢隐瞒。只得于圣上驾临早朝时，自己待罪奏闻，先请失察的罪名。圣上闻奏，龙颜不悦，却是仁慈为心，当下并未问着内监的处分。便与大众说道："朕用的这一对琥珀夜光杯，原不算什么宝物。即使丢失，却也无关紧要。但宫廷之内，居然有此不顾王法的人前来盗劫。若不严加拿缉，何以伸国法而肃宫廷？尔等文武功臣，着即一体明查暗访。果为何人盗去，务要追回原物，统限三个月，将原物进呈，不得空言塞责。倘逾期不获，所有值日各官，定即革职拿问。"当下施公却也在朝，听了这道圣旨，随即出班俯叩金阶奏道："据臣愚见，皇上所失宝物，决非宫廷之内的人所盗，必有外来巨盗，将此宝物盗去。但不知昨日御膳之后，这夜光杯摆在何处。圣上可传经管内监，询问明白，便知底细。”圣上当即传旨，即着施公将经管内监，带往刑部讯问，施公领旨。圣上退朝，施公也就朝散。当下并不先回私第，即将经管内监，带往刑部讯了一堂，方知这琥珀夜光杯，是御膳后未经收入大内，即摆在内监房中，预备明早再行珍藏。施公问明，次日又奏明圣上，请旨踏勘失窃之处，颁旨着照所请。当下施公即遵旨，着经管内监带领失窃之处，看了一遍。施公见它无甚形迹，好不纳闷。当即退出，回到公馆，便将上项的话，说了一遍。黄天霸一听，吃惊不小。因向施公道：“在大人意见，这琥珀夜光杯忽然失落，还是为宫内的人所盗去，还是为宫外的人盗去呢？”施公道：“据本部堂看来，宫内的人，断不敢有此胆量，定然是宫外人所盗。但经本部堂亲去察访，毫无形迹，因此又疑惑是宫内人了。”天霸道：“据卑镇看来，定是宫外人所盗。惜卑镇不能进宫察看，若能奉旨入宫，察看形迹，便可知道这盗杯的人是宫内的人，抑是宫外的人了。”施公道：“且俟本部堂明日奏闻，如蒙奉旨准予贤弟入宫察勘，即就有些端倪了。但不过一层，如果有旨奉行，何敢不遵呢？”天霸道：“大人之言差矣！为臣子者，食君之禄，当忠君之事。今者上用之物，被人窃去，访拿缉捕，是卑职应有之事。”施公大喜道：“贤弟明日可即预备，候旨遵行。”天霸唯唯答应。施公到了次日，果然奏明圣上。当即奉旨，着天霸入宫察勘一番。已见失落御杯那间房内屋上，有一排望砖，非同他处可比。分明是盗贼由屋面，揭去砖瓦，垂身而下，将御杯盗去。天霸看明，也就出来，回明施公，请施公代奏，并请旨宽限。施公答应，次日又代奏明，圣上大喜。

这日圣旨出来，仍着施公回淮安漕督本任，黄天霸补授江南提督，所有漕标出力人员，均着以本缺座升。其贺人杰着加恩以游击，遇缺补用。殷龙着赏给急公好义的匾额；殷猛等兄弟四人，均以千总，发交施公差遣；殷赛花也有奖赏。施公遵旨，便率领黄天霸等前往江南，沿途缉访御杯所在，俟拿获正盗，取回御杯，再行赴提督本缺。施公、黄天霸，复又遵旨谢恩退出。三日后即行出京。

出京之日，自然还带了关小西、何路通、计全、李昆、李七侯、金大力、王殿臣、郭起凤、贺人杰等人。沿途之上，大家皆为那琥珀夜光杯，用心察访。在路行程，不止一日，并未访出一毫影响。这日到了山东沂州府界，正是三月中旬，颇觉春光和熙。当下施公就命随从诸人等，就驿站住下。施公因闻沂州有座琅玡山，甚为高峻。当日齐景公曾与晏子说过："吾观于转附、朝儛，遵海而南，放于琅玡。"这琅玡山就在沂州府境内。施公便想到此琅玡山凭眺一回，却不曾与黄天霸等人说明，心中却是暗想。哪知天霸早已知道，却不是为去游观，想要到琅玡山左近察访察访，可有夜光杯消息。当下施公就馆驿中住下，当晚就与黄天霸等说道："本部堂因近日车马劳顿，意欲此间暂歇一两日，再行前进，不知诸位意下如何?"黄天霸等齐道："便是某等也想暂歇一两日，却不敢与大人启齿。今大人既有此意，某等应当遵命。"施公大喜，一宿无话。次日，黄天霸等也就进内禀明施公，欲往附近一带缉访缉访夜光杯的消息。施公当此之时，便也答应。黄天霸等大家商议就留贺人杰、金大力保护施公，其余诸人，皆分头往各处而去。施公自己也就换了便服，招呼施安看守馆驿，便自己出去，游玩一番。各人听施公吩咐，各自歇息去了。但施公此一番出游，闹下许多天翻地覆大事件出来，欲知后事如何，且听下回分解。

第四五〇回

钦使遥临琅玡税驾　高贤戾止蓬荜生辉

话说施公出了馆驿，向街坊上走去，原来这馆驿的地方就唤作琅玡驿。也是六街三市，颇为热闹。施公在街上闲逛一回，只见人烟稠密，甚是齐整。因信步走去，不觉走了有二三里地，却离街坊已远。但见前面有座大树林，当此暮春天气，树木正旺之时，远远看见，好不可爱。施公心下颇为适意，因慢慢向着那大树林走去。

不一会，已走至树林前面。但见林外现出一所大村落，有数十间房间，施公便穿林而过。到了村口，又见村庄迎面一条护庄河，旁边支着一道小板桥，方便人来往出入。河堤一带栽着许多垂柳，更夹着许多桃花，真是别饶风景。施公看罢，又向村中那一带房屋看去。那一带房屋甚是造得齐整、清爽，施公看罢，羡慕之至。意欲过小桥游玩一回，又恐人地生疏，不敢冒昧前去，意欲回去。正在斟酌行止，忽见从门内跑出两只狗来，一见施公，便狺狺[①]的乱吠，接着一个苍髯老者走了出来。施公将他上下一看，但见他身穿一件玄布夹衫，脚踏芒鞋，身携竹杖，颇有隐士之风。那老者一听狗吠，知道有生人前来，赶紧出门。一见施公站在村口徘徊观望，他便将施公细细打量一番。觉得施公的

① 狺（yín）狺——狗叫的声音。书面语。

形容虽然生得古怪，却有一派正气，与俗不同。他便上前说道："老先生请了。小庄僻陋无华，老先生何不请至敝庄暂住芳躅①，何事站立桥畔观望、徘徊呢？"施公见老者前来招呼，且听他言语不俗，也就赶着应道："岂敢岂敢。只以施某路经贵地，偶尔闲游，不期信步而来，得瞻风采。某因爱尊居如此清雅，真是城市山林，亟拟造府奉拜。又恐素昧平生，不敢造次，所以在此徘徊观望。不期老先生赐教，施某真是万幸了。"施公因羡慕他人品又好，地方又好，不意将自己名姓忽然道出，所谓"一言既出，驷马难追。"那老者听施公说出施某两字，凝了回神，不禁正色说道："老先生得毋总漕施公么？"施公见说自己为人家说破，不能隐瞒，只得说道："督漕使者便是施某。"那老者听施公说出，便亟向施公道："某僻居村落，不知钦使遥临，有失迎迓，罪何可及。敝庐跼促②，不知台驾尚肯惠临一叙否？"施公道："亟拟造庐，不敢造次；既承相召，幸何如之？"老者见施公答应，喜悦非常，便向施公道："既蒙辱临，某当领道。"说着，就引施公过了小桥，不一刻已到庄门。

只见有两个庄丁站在庄门两旁，鞠躬伺候。那老者并不向庄丁言语，一直领着施公进了庄门，走了两进房屋。从东南角门内走进去，便是一座小小花园。其中虽无玲珑山石，却是竹篱茅舍，潇洒出尘。中间有一条曲径，两旁编着一路的麂眼的篱笆。走过曲径，便是朝南一座五开间的一所竹屋，甚是宽敞洁净。那老者邀施公入内，两人站定便行了礼，即让施公坐下。施公也不

① 躅（zhuó）——足迹。
② 跼（jú）促——狭小。也作局促。

过于谦让，就客位坐了下来。这才向老者说道："施某荒唐之至，虽承雅爱，还不曾动问尊姓大名，疏略之愆，务求宽宥。"那老人亦谢道："某姓吕，名焕，贱字云章。曾中丁酉科进士，世居于此。只因无志功名，告老致仕，守两亩田园，免得与人争名夺利。"施公道："据老先生所言，真是勘破俗尘。安享田园之乐，可羡可羡。"吕云章道："岂敢岂敢，不过聊以守拙而已。岂似大人兴利除害，救弱锄强，为国家栋梁。功在社稷，德被民生呢？"说着，有庄丁献上茶来。吕云章一面让茶，一面招呼茶丁备酒，庄丁答应。吕云章又向施公道："某久闻大名，如雷贯耳，亟欲趋诣，恨无缘可入。今幸得见颜色，真乃识荆有负了。但不知大人此次驾经敝地，还是进京陛见，还是公干到此呢？"施公道："某因去岁奉旨陛见，入觐天颜之后，又奉旨仍回本任。现在道经贵地，是往淮安回任。因连日车马劳顿，暂息征尘。又因天朗气清，故此偶尔出游，不期得遇老先生，并瞻仰华堂之盛，某亦是喜出望外了。但老先生有几位世兄，想皆是清贵之品，可能请出一见么？"吕云章道："有三个豚儿：长名沛，系前科的举人；次名济，曾补县学生员；三名泗，尚在幼读。本当唤出来谒见，只因长、次两子皆就馆于外，使他们借此阅历。少子因连日感冒风寒，不堪出见，容日后令其谒忱恭叩便了。"施公道："有老先生家学渊源，三位公子某即虽不见，可想见其饱学了。"吕云章道："辱承雅爱，又何敢当。所幸三子皆守书本，幸能遵守成规，奉法而已，其他就毫无知识了。"施公见说这番话，施公又问道："此间沂州府知府秦蔼仁，老先生想是常见的了。"吕云章道："秦太尊自去岁到任后，承他到敝庄拜过一次，某也曾答拜一次。今年彼此循俗例，互相贺了年节。此外如宴会等事，皆未与列。

且某亦不愿与官府往来，并非某故事耿介，只因敝族亲友甚多，难保无有词讼事件。他们见某与本地父母官时常往来，设若遇有事故，必至前来请托。某如不应，势必有拂亲友之情；若竟答应，今日你来，明日他至，不但烦扰之至，且于某声名有碍。存了这个心志，就是亲友之类也不能相怪于某。某若遇有地方兴利除弊之事，倒也挺身而出，所谓‘公事则与闻，私事则不敢稍涉’也。好在秦太尊亦复是个良吏，更此间民俗质朴，亦不难治。”施公听说，又着实称赞一番。此时已有晌午，庄丁已将酒饭摆上，吕云章就请施公入席。就此宾主二人，施公坐了首位，吕云章在对面相陪。施公先道了谢，然后举杯饮酒，不一时，酒饭已毕。净面漱口，又饮了两杯茶，吕云章即刻请施公到他花园内游玩一回。但见插竹编篱、豆棚瓜架之外，也有些四时不谢之花，颇为雅洁。又在草亭上坐了片刻，但闻有朗朗读书之声，又闻有琴音自墙外而至。施公便问道：“读书之声，想系令孙辈在馆中所读，只琴声又从何而来呢?”吕云章道：“只因幼女漱兰，酷好丝桐①，想是她在那时胡乱拨弄的。”施公听说，又复称谢不已。各处游玩殆遍，施公便道谢兴辞，吕云章只得将施公送至庄口，一揖而别。

施公仍走回原处，穿入树林，忽从后面有一人在施公腿上着力打了一棍，将施公打倒。不知性命如何，且听下回分解。

---

① 丝桐——指琴。古时多用桐木做琴，练丝为弦，所以叫丝桐。

第四五一回

琅玡山曹勇激云鹤　二贤村世雄劫施公

话说施公进了树林，走不多远，忽从背后过来一人，给施公冷不提防，在他两小腿上，就是一棍，施公哎呀一声，登时栽倒在地，已昏晕过去。那人从身上掏出绳索，将施公四马倒攒蹄捆绑起来。又脱了一件衣服，将施公连头带足包裹好了，向肩头上一负，背了就走。你道这人是谁？原来就是关王庙的智明和尚。因那日黄天霸等大破关王庙，他却不在庙中，至城里探访情事，因被他漏网。后来他知道关王庙的人全被黄天霸等人捉住，一概正法。他又怕随后仍要补捉于他，因此别了他的相好，就远走高飞，投奔他一个至好朋友。他这朋友，姓曹名勇，绰号盖世大王。生得虎背熊腰，两臂有千斤之力，惯使一对镏金镋。更有一种暗器，名唤百练飞抓，百步之内打人，百发百中。这曹勇却是绿林中后辈，现在朝儛山独自为王。专劫远方远地富商大贾，或一年做一次，或半年做一次。下有两个结拜兄弟，一姓朱名唤世雄，一姓尹名唤朝贵，这两人也是飞檐走壁，本领甚高。朱世雄惯用两柄飞抓，能在空中打人；尹朝贵惯用一把单拐。平时帮着曹勇做些买卖，到了山上，三股均分。这日智明从东昌府逃至此处，见了曹勇，将关王庙如何被施公私访，如何被黄天霸破了，杀死众位兄弟，因自己不在庙中，幸未被捉，赶紧逃奔前来，请他报仇的话，说了一遍。当下曹勇闻说，大怒道："俺不料施不全竟如此作恶，专与俺绿林中作对，此仇不报，还叫什么义气?”说着，就将智明留下。又与他道：“贤弟但请放心！为兄慢慢打主意，给众兄弟报仇便了。”智明道：“兄长但说报仇，不知施不全手下能人甚多，仅靠咱们这三四个人，断断不能行事。总要想出个妙法来方妥。”曹勇道：“贤弟无虑！劣兄自有章程。因不久得了一个极好的朋友，与愚兄也是结拜过的，姓云名鹤，绰号就唤飞云子。却是道家装束，其人能在空中行走，如风卷白云一样。他有两口宝剑，名叫灵武剑，却有一雌一雄。这两口宝剑，真是削铁如泥，任你什么兵器，只要碰着剑，立刻截为两段。当今之世，可算天下无敌了。若哀请他前去，何患不能到手呢?”智明道：“若得如此，就使我们不能亲自报仇，也算是借刀杀人了，但不知此人现在何处。”曹勇道：“现在镇山太岁王朗那里帮忙，起造一座名楼，名曰齐星楼。”智明道：“这镇山太岁起造此楼，做何用处?”曹勇道：“镇山太岁这座楼，起得却大有道理。现在也不必问，随后你我自然知道，而且可以到他楼上去，立一番事业。”智明见如此说法，也就不往下追问了。隔了一日，曹勇来到琅玡山，见了飞云子，说明一切。飞云子道：“此事万不可行。”曹勇听罢，高声说道：“兄长平时常说，为人一生，总要做两件惊天动地的事来，我等皆以兄长必非虚言。今日有这件事，我等料兄长必能欣然前去，哪里知道反而畏惧起来。也不知兄长是恐怕自己本领不佳，不敢前去。若是不愿前去，我等却也不敢勉强了。”这番话说罢，飞云子冷笑一声道：“两位贤弟言之差矣！想愚兄具此一身本领，虽不敢说天下无敌，却也不弱于人，有什么不敢前去？但恐闹出事来，将本贤弟等恐遭不测，愚兄才有这些言语。今两位贤弟，既如此说，愚兄只好勉强一行。

若能得到手中，可是有一句话——愚兄交与贤弟之后，我就要远走高飞了。好在此间，楼已造成，无事可帮助。贤弟等若能答应，愚兄便去走一遭；如若不然，我却不敢应命。”王朗道：“兄长且将此物取来，再作计议。如果不弃小弟，共图大事，则是小弟的万幸。万一坚执，小弟亦不敢勉强，听兄自便是了。”此时曹勇、王朗二人，见飞云子答应，好不欢喜，是日即大排筵宴，给飞云子送行。飞云子也就即日前去。你道飞云子所取这件东西，却是何物？为何如此贵重？原来就是盗的琥珀夜光杯。飞云子走后，曹勇也就回朝儛山，这是十二月的话。飞云子到了京中，就将那琥珀夜光杯盗出，送回琅玡山，交与王朗，他也就真个走了，不知去向。直至后来黄天霸大破齐星楼，捉拿王朗，方才有飞云子话说，随后自有交代。

曹勇回至朝儛山，就与智明、朱世雄、尹朝贵三人说道：“现在飞云子虽然前往北京，能否到手，也不可必。咱总要再遣一个人去京打听打听，且看施不全是否留京，还是回淮安本任，咱们还好另想别法。”智明便说道：“小弟愿往前去走一趟。”曹勇道：“你不能去，莫若朱贤弟辛苦一趟。”世雄道：“小弟何敢推却？明日前行便了。”曹勇大喜，说：“贤弟此去，务要小心谨慎，不可疏忽。”朱世雄唯唯答应。次日就别了曹勇，往京师而去。及至到了京中，细细打听，那琥珀夜光杯，早为飞云子盗去。现在京城内外，一体访拿盗杯之人。并有旨饬令黄天霸等细细访缉，务要人杯并获。朱世雄打听清楚，好不喜悦。就将此事，摆在一旁。再探施公是否内用，抑系回淮。这日有旨下来，着令施公仍回本任。黄天霸又升了江南提督。等到施公陛见出京的日期，朱世雄暗暗想道：“我若此时回山送信他们，前来拦劫，此事不必妄想，他手下有这许多，如何拦劫得住？我何不跟他下去？等他沿路住下，若有疏漏的时候，我能独自将施不全捉住，送回山中，这件事也算是一件惊天动地的事了。”因此一路跟着施公，可巧这日施公在琅琊驿住下，又往二贤村游玩，不期竟被朱世雄说着。当施公出了驿馆，在街坊闲游时，朱世雄正在酒馆内饮酒。瞥见施公出来，又看了看并无一人跟随，好生喜悦。当下就尾随于后怎奈人多不能动手。及至到了二贤村，又被吕云章邀入庄上，朱世雄暗想道：“你这赃官，除非是不出来，你若由此经过，却休想逃脱。”说罢，便在树林内暗自躲好。等到施公由庄上出来，朱世雄便等施公到了林内，他由施公身后，拿出铁尺，在施公腿上击了一下。毕竟后事如何，且听下回分解。

第四五二回

恶智明疑是疑非　贤总漕不生不死

话说朱世雄一铁尺将施公打倒，当下绑缚起来，用衣服裹好，背负而走。看看天色已将近黑，走到河口，叫了一只船，将施公放在船上。他也上船，喝令船家开船。那船户便问道："今夜如何开得？且等天明再开吧！"此时施公却也醒了。听说此话，便大声说道："船家你万万不能开船，这个人是个强盗。我乃漕督施某，被他劫夺而来。你若能将此强盗捉住，将本部堂送回琅玡驿，本部堂自有重赏。"此话尚未说完，只听朱世雄大吼一声，向那船户说道："你胆敢多言！若再不开，咱便送你狗命！"那船户也道："你这大胆的狗强盗，胆敢劫夺钦差，该当何罪？难道你不知王法么？若要咱开船，只怕今生也休想。"朱世雄听了这言大怒，随即在腰间拔出铁尺，恶狠狠直往那船户打来。那船户知道不妙，亟将身子一让，只听扑咚一声，往水里跳下。朱世雄却也会水，见船户跳下水，他也跟着下水追。那船户知道不能抵敌，只得踏着水逃命而去。朱世雄在河底下，追了一回。见捉不住那船户，也只得钻出水面，仍然上船，即便将船开去。原来这条河却通朝儛山后面，不过半日即到，但须走那后港；若走他河，非两日不能到山。朱世雄独自撑篙，不过到天将微明，已经行至后山脚下。当即弃船登岸，仍将施公背起来，直往山上而去。

却好有巡山喽啰见二大王回来，赶即入内报信。曹勇、尹朝贵、智明等人迎接出来，进了大寨，挨序坐下。曹勇更急急去问，朱世雄便将以上情形，说了一遍。大家听说，齐道："比那夜光杯更宝贵。"大家喜形于色。独有智明说道："诸位兄长，不必过于喜悦。依小弟看来，恐怕不是真施不全。"曹勇道："此话怎讲?"智明道："施不全诡计甚多。去年在东昌府将智亮捉住后，他便假扮了自己，即日动身，将智亮交与府县审问。那时小弟见他已经动身，便赶着回庙送信。我大哥便暗暗差人送信，约弟兄行刺。居然出其不意，将他刺死。我大哥自然心满意足，以为除了一害，又可为我们绿林中报仇。哪知等到大破关王庙之后，方才知道，前次刺死的并非施不全，而是东昌府狱内的死囚。改扮起来，故意让我们刺他，好叫我们不防备。他好于中行事，乃竟上了他的当了。朱兄长今日又将他捉住，所以小弟想起去年的事来，颇为疑惑，唯恐又是假的。"朱世雄一听此言，倒也疑惑起来。暗道："如果是假的，即便将他杀了，也是枉然。"当下说道："智贤弟！你既如此说，真施不全你可认得么?"智明道："咱曾前去行刺，看得明明白白，怎么能认不得呢?"曹勇道："这就容易了，莫若将他抬上来，立辨真伪。"正说之间，只见喽兵已经将施不全抬上山来，请大王示下。曹勇道："即将他推过来。"喽兵一声答应，即刻退了下去。不一刻，蜂拥推到，来至大寨。施公向上一看，只见四个强盗，内中还有个和尚，心中想道："这和尚莫非就是关王庙所逃的秃驴么?"正是暗想，忽听上面一声大喝道："施不全！你抬起头来，可认得法师么?"原来智明一见施公，已知道不是假的了，故有此言。施公见他一问，更明白他一定是关王庙在逃的了，因大骂道："好个贼秃，尔前次幸逃法网，不曾问罪，就该悔过自新，勉为好人，方是道理。竟敢不知悔过，仍复怙恶不悛，将本部堂劫夺到此。尔等究竟意欲何为？"智明道："那师兄等，平与你有何冤仇？你偏欲同咱等作对。尔以为仗着黄天霸一班小辈，可以保护于你。今日尔既被捉，你那些人，尚能来此救你出去么？这也是你作恶太多，杀人无数，也有今日之报。你尚有何话讲呢？"施公道："本部堂既已到山，要杀便杀，不必多言。我就死了，看尔等恐未必能够逃罪。"说罢，便低头不语。只见曹勇说道："智贤弟！愚兄却有个主意，若就将他杀了，即破腹开堂，也不费事，却反便宜他受用。咱便叫他受些凌辱罪，然后等他将死未死之时，再将他破腹开膛，二罪并罚。你道如何呢？"智明道："兄长你道如何处治他呢。"曹勇道："可以将他先吊在厕所旁边，叫他受些秽气；再把他抬入暗室，饿他三天，将他饿得气息奄奄；再把他拖出来，给他一个开边劚，从背脊上用刀划开，劈分两片，将他的心割下，遥祭绿林诸位已死的朋友。你看这个主意，可好不好么？"智明道："兄长此言，甚是有理。"施公听了暗道："不期结怨已深，致有今日，料想这条命，今日是活不成了。但不过这起恶贼，存心未免太毒。"施公正在暗想，忽听曹勇喝叫喽兵："将他推下，先吊在厕坑旁边，教他受些秽气，然后再将他收入暗室，封锁起来。多派人看守，给他饿三日，等他气息奄奄，再来禀报。"喽兵答应，当下推推拥拥，将施公拉出寨外，就向厕所旁去吊。里面寨内是日大排筵宴，互相庆贺。

且说施公吊在茅厕旁边，固然臭气难闻，更加心骨疼痛，恨不得自己寻死，免得受此恶罪。无奈欲死不得，实在悲惨交集。

约有半日光影，忽然有个喽兵，走此经过，一见施公，登时吃惊不小。暗道："这便如何是好？我就想救他，你道如何救法才好呢？"急中生智，忽然想起一个主意来，我何不如此如此，问问他们情形呢？便向左右喽兵问道："这是什么人？将他吊在这里。"内中就有一个人答道："王头目！你那里不知道么。"那人又道："我那里得知呢？我刚才从山下回来，到底他是谁人呢？"那喽兵又道："我就是漕台施不全，今日被二大王将他捉上山的。"那人又道："既将他捉住，为何不杀他呢？"那喽兵又将曹勇的话，细细告诉了一遍。那人一闻此言，故作失惊。说道："既大王招呼你们那样办法，何如救出施公？"且听下回分解。

第四五三回

用巧言报恩旧主　设妙计醉倒喽兵

话说那人向喽兵说道："你看他气息奄奄，已是将死的样子，还不快将他送入暗室，受那饥饿罪去。"

那个喽兵见他说了这话，向他冷笑了一声，说道："王头目！这句话不像你说的，三位大王的脾气，你还是不知道？他如何吩咐，是要照做的。招呼我将这施不全吊到向晚时节，然后令他另受别罪。此时才有半天功夫，便将他换了地方，设若为大王知道，岂不说我们违他的号令？那时问起罪来，岂能担受得起？你们是事外人，故可说此现成话，我是万万不能违他号令的。而况这赃官，平日专与我们绿林中作对。曾记我哥哥在关王庙当个庙祝，好容易小心服侍，讨了无量的欢喜，将庙中所有的田地，归他掌管。满心三年后，便可起家立业，享个半世安闲。谁料不上半个月，就遇见了这个赃官，无量的不干他事，偏要明查暗访，寻出破绽，命黄天霸、贺人杰等将无量杀死，复将我哥、十八罗汉正法。幸亏智明师父那日未曾上山，脱了此难。我连夜逃走，所有辛苦钱财以及我哥哥的遗物，全行丢了干净。后来若非访知智师父到此，来这里投奔，已早经饿死了。平时想起来，恨不能将这人碎尸万段，方泄心中之恨。难得今日为二大王捉住，命我看管这厮。你想一想，如此大仇，可能轻恕么？"说罢，大气不止。又将施公大骂了一顿，复将绳索紧了紧，然后向那人道：

"王头目！等到向晚时节，你我两人沽壶酒，慢慢的在此饮酒，看他受罪。"那人见喽兵说了这番话，方知他与施公也有前仇。心中想道："这厮如此恶毒，若再深说，反叫他见疑于我。看他这样，也是一个酒徒。何不如此如此，将他灌醉，然后行事。"登时笑着说道："老哥！我看你平时甚是和气，凡有大小事件，无不彼此相商；今日为何如此动气，原来有此缘故。若不说明，小弟几乎怪你。此时既遇仇人，报了前仇，小弟理当要奉敬一杯，为老哥贺喜。"说罢，转身出去，到了厨房。向厨内取了一壶暖酒，另用托盘，摆了四碟下酒小菜，将酒也托在里面。唤了一个打杂的喽兵，令他端好，自己来到原处，向那看施公喽兵说道："老哥！此时且平一平气，咱们先到那屋里，饮一两杯，谅这赃官在这里没什么碍事。等到那向晚时节，搬到那忍饥受饿地方，使他很受点罪孽。在老哥意下如何?"喽兵见他如此殷勤，又见盘内端着酒菜，本是个酒徒，岂有不欢喜之理？随即满脸堆下笑来，向那人道："王头目！小弟承你这般美意，只得领情了。但是这赃官在此，也须要人防备，不可大意才好。设若大意，保不定他那干人将他劫去。咱们就此胡饮一顿，岂不是公私两便?"

那人听了喽兵这两句话，心下很是着急。暗道："你这厮倒也小心。若不将你骗离此地，何以能报从前大恩？他现在如此讲说，究竟用何说法，方使他随我进去?"想毕，哈哈大笑道："此时仇人见面，正宜痛饮两杯。难道小弟请老哥饮酒，该派在这污秽地方吗？你自己虽忍得下去，也不问人能受不能受。"说罢，脸上便装着怒容出来。喽兵见他已经动气，赶着笑脸说道："王头目不必动恼，此不过小弟谨慎的意思。既然你老不愿在此，咱们到里面去便了。"说罢，命那打杂的喽兵，将酒菜端入屋内。

自己与那人也就端过两副坐头，彼此对面坐下，先向那人道：“王头目，今日得报大仇，该咱做个东道，反叫头目费钞，这是如何说起？也罢，头目先请一杯！”说着，取了两双箸儿，摆在各人面前，遂将酒壶提起，满满地在杯内斟了两杯。那人见他如此爽快，正合己意。忙道：“老哥也不必谦让，你我皆是直性，不分彼此。但以多饮的为是。”喽兵本是个有酒必醉，不醉不休的人。见那人如此说，却杯空即斟，斟满即一饮而尽，如是连添数次。王头目不禁大喜，便道：“老哥！你平时酒量甚好，为何今日便醉了呢?”喽兵不等他把话说完，忙道：“王头目！你也是门缝内看人了。我虽比不得李太白为酒中的仙人，若说这两杯酒将我醉倒，也太胡说了。你若不信，我再饮与你看。”说着，满口流涎滴滴地站起身来，将那酒壶执在手内，也不向酒斗去斟。自己的嘴对着壶口，噜噜苏苏地说道：“你看我醉不醉!”这句话未曾说完，早已听不清楚，但见他如牛饮水仿佛，一口气将所有的酒全行饮下。只听噗咚一声，连人带壶，俱跌入桌下了。那人哈哈大笑道：“我说你醉了，偏不相信，此时真醉倒了。有这差事在此，又不能无人看管，只好我代你照应一会了。”那人此时见醉的醉，走的已走，忙道：“此时不救恩公，等待何时？但是我一人万不能将他救离此地，必得问明他来历，方好设法。”想罢，走到外面，先将头道绳索解了下来。不知施公此时性命如何，且看下回分解。

第四五四回

叙前言将恩报恩 骗恶贼因计生计

话说那人复将绳索从铃铛上解开，轻轻将施公松下，用手将他胸口一摸，所幸周身温暖，再向脸上望去，虽然皮色大变，鼻孔内尚有呼吸之气。知他未曾气闭，赶将施公扶坐在地下。将他手足舒展开来，又在背脊上轻轻地拍了数下。此时施公虽不能开言，心下却甚明白。过了一会，将眼睁开，将那人上下一望，好像在哪里见过相似，一时想不起来。暗道："在这强盗窝内，谅有什么好人，无非是他一类。但他忽然将我放下，不知他有什么意见，倒要将他一问。"当时先伸了一口气，然后问道："汝这狗强盗！本院乃朝廷的大臣，只因赤胆忠肝，为民为国，将天下的强人恶寇，扫除净尽，为百姓除害。今日不幸，遭那强盗之手，要杀便杀，还有何说！方才为那班狗头吊在此地，是已拼着一死。汝为何复将本院解下？难道那强盗使汝前来，又有什么摆布吗？"那人此时，正想施公说话，一见他能言语，不禁心中大喜道："小人受大人厚恩，何敢另有歹意。小人此来，是救大人的。大人且看一看，可认得小人么？"施公见他说了这番话，反而疑惑起来。忙道："汝这人姓甚名谁？为何说前来救我？汝且将名姓说来，免得本院疑惑！"那人道："小人不说，大人已忘却了。可记得大人前在江都任上，捉住那窃贼王雄么？自蒙大人不治死罪，历年以来，恨不得结草衔环，以报大德。今见大人遭此大难，人非草木，何能不拼命来救?”施公听了此言，方才明白。原来初任江都时，合境窃案迭出，屡次出签提人。那些有本领人，早已闻风逃走，独将这没本领的王雄捉来完案。施公讯了一堂，知他是生意中人，不肯将旁人的罪名，推在他身上。因此劝了他一番，令他改邪归正，又赏他几吊大钱做营生，免得做这不法之事，此时听他说出王雄两字，方才想起。乃道：“王雄！你这人毫无血性。本院从前免汝死罪，正想汝改邪归正，做个好人，为什么事隔多年，仍然怙恶不悛，在这山上为寇？今日还亏你有这面目来见本院！送往厅前，不干汝事。少不得日后黄天霸等，闻风到此，将汝等捣巢灭穴，鸡犬不留。”当时大骂不已。王雄见施公动了真怒，不敢言语，跪在地下，只不开口。等施公骂毕，然后说道：“请大人息怒，小人有下情上禀。自蒙恩放之后，便将赏给的钱文，做了生意。在前数年，倒也无往不利，每日不论多少，总赚数百余文。后因本钱稍多，因想这小本营生，断无出头日子，适身边积聚得百十千文，有人与小人合本，说近年北货甚好，如金针菜、枣子、柿饼等，若由出产地方运回江都贩卖，可得数倍之利。只因小人图利的心重，一闻此言，便将所有的本钱，同人合本，预备到河南、山东一带，贩卖各货。谁知到了这琅玡山下，被这班强人打劫得一无所有。彼时自忖，不想活命。谁知山上的寨主，名叫盖世大王曹勇，见小人生得魁梧，不但不杀小人，反向小人说道：‘汝若能归顺俺大王，补你个喽兵头目，包管你一生吃着不尽。’小人彼时出于无奈，因此在这里数年。不想今日得遇恩公，为何被捉？还是一人来的？还是另有别人？大人可从速说明，小人好设法解救。”大人听他这言语，方知他无什么歹意，便将进京陛见，蒙恩仍回淮安本任以及无意遇见朱世雄，被捉上山的话，说了一遍。乃道："本院今日被捉，能将我救出，随后我自与你个前程，免得在此做这不法的事件。但是方才那个喽兵，到哪里去了？为何换了你来？"王雄便将酒醉喽兵的话告知了。施公便道："此是你一片诚心，但此时天已不早，耳目又多，设若这看管人，酒醒过来，或有人前来探看，见将我解下，那时两人的性命不保。"王雄道："惟此之际，大人且将同来的人姓名说明，住在何处，今晚谅曹勇等人，决不能将大人置于死地，必得小人下山送信与众人。然后大众商议一条妙计，好将恩公救出，方保无事。"施公正要告知黄天霸等人住处，忽见屋内一声响亮，施公吃了一惊，忙令王雄里面去看。原来那喽兵因饮酒过多，睡在地下，一时酒涌上来，不禁大吐不止，原未即醒，过了一会，复又转身呼呼睡去。王雄道："此时天已将晚，必得如此如此，方可无事。是以禀明大人，非是小人斗胆。"施公道："汝此番救我，正是汝周密之处，汝但照行便了。"原来王雄欲将施公仍然捆起，然后去喊那喽兵。此时见施公允许，当时在地下先请了罪，依然照方才所禀的话及以前所捆的样式，捆缚起来，放在地下。走到里面，将那喽兵喊醒。叫道："你这人酒量不佳，便不该说嘴要吃。你是醉得快活，只是累得我苦费了钞请你吃，还要我代你当差。你看天已晚了，大王怎样招呼你的，还不将这厮送到那暗室里面，然后去禀明大王呢？"喽兵被他喊叫了一番，此时酒已半醒，睁眼看来，果然天色已晚。无奈身体困倦不堪，满口如麻布一般，实是懒于起来，就说道："王头目！你一个人人情可做到地头，我万分起不来了。大不了的事，将他搬到那暗室里去，怕他还逃得么？等到半夜之时，真是奄奄一息。那时我酒已全醒，再去禀明大王，结果这厮性命，岂不是好？免得此时空跑了一趟。”说着，向王雄谆嘱了几句，正又要睡。谁知曹勇已派人来问。王雄见有人来问，又来回道：“施不全现已不能动弹了，我现在帮同这老哥，送他到暗室里去，使这赃官再受些饥饿的罪，方泄我的仇恨。等到临危之时，送与大王等处治便了。你们此时回去禀知大王，说我也在此处。”来人见是王雄，也就别无话说，照他的话回复曹勇去了。这里王雄只得将施公送至暗室，先寻了一张葫芦席铺在地下，令施公睡下。低声说道：“大人权且耐心片刻，小人出去，取点人参，好请大人充饥。”转身奔到自己房内，取了两支出来，得去送与施公，又叮嘱了一番。施公只得答应。王雄直至更定以后，方才偷下山来，寻找天霸等人。欲知后事，且看下回分解。

第四五五回

出驿站细访琅玡山　入酒馆小闹沂州镇

话说黄天霸、关小西等人，早间出了客店，去访琅玡山的所在，以便将夜光杯的下落探访出来。到了上午时节，又值暮春天气，不免困人。小西向天霸道："黄贤弟，你我走得困了，此时腹中饥饿，不如找个酒馆，众人痛饮几杯，借可问知路径。"天霸听他说得有理，乃道："走不多远，即到一座镇市。"众人遂信步而上镇去了。只见那个牌坊上面，有三个金字，乃是"沂州镇"。到了镇上，但见客商店面，热闹非常，原来是个水陆码头。离城三十五里，由北京大道，至沂州城内，皆须由这镇上经过。

天霸到了此时，见前面街口挂了一个酒幌，下面悬了一个灯笼，上写："家常便饭"四个红字。天霸向众人说道："谅想这个地方，无甚太大酒馆，就在这里面胡乱饮酒吧。"说着，领了众人，到里面去了。见那里面起座尚好，众人即在中间桌上坐下。哪知坐了半晌，并无人前来答应。天霸一时兴起，也不问他原由，举起手掌，在桌上乱拍了几下。早把那吃酒的从人，吓得鼓舌摇唇。只听天霸骂道："汝等这班狗头，老爷坐了半会。全没有人来招呼。难道吃酒不给钱吗？人家来此吃酒，老爷也是吃酒，同一买卖，为何如此看待？"小二见他动怒起来，要想上去，又不敢上去。又见他是个武职的打扮，同来的人，皆非寻常之辈。内有一个胆大的堂倌，见天霸如此，远远的丢下笑来，高声喊道："上面老爷，且请息怒，小人有言奉禀。老爷初到敝地，不知这地方事件，只道我等懒惰，也不怪你老动怒。小人说明原由，老爷便不怪小人了。"天霸见这人笑面前来，反不怪他。乃道："汝有话快快说来，究竟是什么原因，不来招呼？"小二说道："老爷是明理之人，我们开了酒馆，为生意二字，岂有买卖上门，不来招呼之理？老爷若是在别处坐头，见我等不来服侍，便是小人们不是。只因这中间座落，任你是天王到来，坐也不许坐的，莫说要我们服侍了。"天霸听了此言，越发不解。骂道："汝这狗头，格外胡说了，这位置既不买卖，为何又设在这里呢？这分明是无话可说，用这言语来支吾老爷。今日偏要在这位上饮酒，看汝能奈我何！"两人正在争论，旁边有位五十多岁的中年老者，见天霸如此着急，深恐小二吃苦，赶着起身，向天霸说道："我辈以杯酒消闲，何必遽然动恼？且请过一叙，可知中间这席位，店小二不让与尊驾，却有苦衷？这沂州道中，不比南方各省，平安无事。只因离此三十里，有座山头，名叫琅玡山。山上有个寨主，姓王名朗，真是人才出众，武艺超群，任你千军万马，也没有一个伤他性命。手下有一班头领，俱非寻常之辈。只因这王朗喜于饮酒，见这酒馆地方洁净，肴馔俱佳，因此与店主说明，将这第三进中间的席位包定。每天无论来与不来，以十两纹银交兑。凡有过路的客人，不知道他包去，要想在正中这席请客，一切责成小二，不许一人上前招呼。违了他的号令，这个酒馆就开不成了。所幸这通镇的人家以及来往的熟客，皆知道这寨主的厉害，凡到这里饮酒，俱不到中间席位上去。客人既不知道，老汉说明，尊兄就不怪这小二了。好在酒老汉已吃完，且请在这边坐来！"说罢，便命小二收拾残肴等件。

当时天霸等听了此言，心下想到，我等此来，正为琅玡山起见。难得遇见这机会，何不就此探探这人口气。当下也就转过脸来，向着老者拱手道："咱等不知贵地有这缘故，既是老丈指教，何必寻找是非！便借光老丈桌位了。但咱等萍水相逢，便蒙厚爱，何必克当。拟请老丈暂停玉趾，加饮一杯，聊伸敬意。不知老丈可肯赏脸否?"那老者笑道："贵客盛意相招，理合前来奉陪。"说着，天霸便请老者坐了首位，小二上来问道："请问客官用什么酒菜?"小西道："但有上等的酒肴，尽管送来，临了一起给钱与你。"小二见他如此说话，知道是个阔老，随即答应，向前而去。转眼间托了两大盘酒来。又将杯箸摆好，然后说道："客官要添热菜，随意招呼便了。小人还要招呼别处，求客官莫怪。"天霸道："咱知道了。"说毕，随手满斟一杯，递与那个老者道："在下初临贵地，还不知老丈尊姓大名。"老者道："老汉姓徐名德升，向以钱业为生。但不知尊兄何方人氏?"天霸道："在下姓李名霸天，这位姓胡，这位姓汤。"不知徐德升说出什么，且看下回分解。

第四五六回

贪赏赐小二说真情　访行踪云章留豪客

话说黄天霸说了姓名，向那老者问道："方才老者所言，这琅玡山寨主，名唤王朗，想必是横行不法的了。为何这偌大的府城地方，各官不去拿获呢?"老者见他追寻根底，深恐惹出是非，乃道："客官是过路之人，管他什么?"又见天霸是行伍装束，深恐连累自己。忙道："老汉也不过是道听途说。现有紧急事要去，实在不能奉陪了。"说着，打个招呼，匆匆而去。天霸也不便再问。当时关小西说道："这老者方才说琅玡山离此只三十五里，今日天气尚早，何不就此一行?"当时王殿臣、郭起凤齐说："愿往。"反是计全说道："黄贤弟，你们真是性急，难得这里有点头绪，少顷小二上来，再问他个仔细，俟明白了，前去不迟。而况大人面前，也要禀明，随后方有准备。"众人正说之时，那小二又来问菜。计全便在身边，摸出一锭碎银，向小二说道："方才这位客官，不知你这里的缘故，错怪于你，这一锭银两是赏你吃茶。但是那个姓徐的老者，说道琅玡山的寨主名唤王朗。我们这位朋友，惯走北道，与这王寨主很有交情，目今正要打听他的路程。汝等既然晓得，可快快说明，好让我们酒后前去。"小二见他如此赏号，已经喜笑颜开。又见他们说是个保镖的出身，而且如此装束，也就深信不疑。忙笑道："客官哪里要如此费钞?早说是王寨主朋友，敢不招呼吗?此去出镇，向南走去约有五里远近，有座吕祖庙，过了庙子，向左转弯，便是一带树林，树林过去，再走十数里地方，名唤琅玡道，就此一直前去，不足二十里远，远见那座高山，便是琅玡山了。”说毕，复问长问短，方才走去。天霸道：“路径是问明了，既然今日不去，也该早回馆驿，回明大人了。”计全道：“咱也不住在这里，问明了，谁说不走？”当时酒饭吃毕，给了钱文，出了酒馆，仍由旧路，回馆驿而去。

到了日落时节，已离馆驿不远。只见贺人杰站在门首，两头盼望。一见天霸等回来，连忙迎到面前，向他问道：“黄叔父，你们去了这一日工夫，可知大人向哪里去了？”天霸见他说此言，忙道：“我们早上是赶先走的，临行时节，还招呼汝等在家保护。为何大人出去，汝两人不知，此时反来问我？施安可在家吗？”贺人杰道：“我与金叔父到后园内闲逛，回来时，便不见大人。那时就问施安，他说大人招呼，一人出去闲逛，不必人跟随。登时换了便衣，就出去了。施安此时也在这里盼望呢。”众人听了此言，一个个惊疑不定。天霸道：“这地方，非比寻常，设有意外之事，便觉十分碍手。这街坊上面，也非说话之所，且到馆驿内计议。”当时众人走入里面，施安见众人进来，也是这番言语。计全道：“大人此去，必又是暗访去了。稍停上灯，再不回来，必另有意外之事。此时再等一等，然后再分头去寻。”内中唯有天霸性急说：“无论有事无事，我等且去寻找一番。若能遇见好了，否则还须另想方法。”说毕，仍留贺人杰与金大力在家等候，自己一人先出门而去。随后，郭起凤与关小西向东寻找，李昆与李七侯向北，计全与何路通向南，王殿臣已先随着天霸向西前去。众人分头走后，四面八方，寻找了半夜，哪里访得出影响？但说黄天霸与王殿臣两人，出了镇口，凡有村庄镇市，无不细细探问，皆说不见有此人经过。约有二鼓以后，肚中不免饥饿，心中甚是着急，忽见一个村庄，一带树林遮盖在四面。天霸道："你看这个院庄，倒是个大户人家，咱们且进去询问一声，能在里面最好。不然也与他说明缘故，寻点饮食充饥，然后再去寻找。"两人计议已定，迈步向庄前而去。不知里面，早已惊觉，犬吠之声，不绝于耳。天霸到了前面，见一带护庄河，甚为宽阔，只得高声喊道："里面庄上有人吗？"他两人在外面喊问，里面早已来了数人，手执火把，向外答道："汝等是哪里来的？我家庄主问你，欲寻何人？"天霸见有人答应，只答道："贵庄可有一位学究先生，布衣布履，年纪五旬以外的人吗？"天霸正在这里喊问，忽见里面走出一个苍髯老者，身着布衫，手执竹杖。见天霸过来，将两人上下一望，说道："汝等可是找漕运总督施大人吗？"天霸听了此言，不觉也吃了一惊。又见他气度不俗，知道是个隐士。只得据实说道："下官实为施大人而来，但不知尊处何以知道。"只见那老者笑道："施公午前惠临敝地，老夫尚与他杯酒盘桓，本拟屈他暂住一宵，以尽地主之谊。只因他以萍水相逢，不肯久留，已于午后回去了。何以二位此时还来寻找？"原来这地方，并非别外，就是吕云章的庄上。天霸见他如此说项，以为施公又向别处耽搁，上灯时节，当可回去。吕云章道："如此说来，真是先后一步。料想此时尚未晚膳，敝庄粗酒残肴，若不嫌弃，就在此权请充饥。"天霸道："叨扰不当，何敢嫌弃？既然老丈命食，下官只得领情了。"便随云章到了里面。顷刻之间，庄丁端出酒肴。天霸与殿臣谦谢一番，彼此饭罢，已是三更之后。天霸道："下官冒昧造府，又扰嘉珍，唯有铭诸心版，此时未见大人，总觉放心不下，就此告别。"吕云章见他二人如此忠心，保护着施大人，重复问过姓名，方知是黄天霸与王殿臣两人，又赞叹一回。知他们不可久留，命庄丁送过庄河，自己与天霸一拱而别。不说吕云章回庄而去。单说天霸二人，出了庄外，遥想施公早已回去，两人戴着月色，一路向馆驿而来。到了门外，已交四鼓，两人到了里面，只见计全、李昆等人已经回来，忙问："大人可曾回来否?"计全道：'这话从何说起？我等寻了半夜，也不知大人的下落。不得已又回来询问，你忽然问几时回来，难道你送大人回来否?"天霸听了此言，不禁跌足道："这明是出事了。"当时就将在吕云章家的话，说了一遍。众人道："照了此说，这必是回来时节，有了阻隔。但是这地方，很不安静，设若遇见仇人，那时如何是了？今日既知这琅玡山的路径，唯有明早前去一趟，以便访个实在。"众人就此也不睡觉，等到天明，仍向沂州镇而去。不知此去可访出施公，且看下回分解。

第四五七回

听言语天霸追踪　说姓名吴球交手

话说天霸等到天明，一路向沂州镇而来。到了镇口，已是辰牌时候，觉得肚中饥饿，大众仍然到了那酒馆内。小二看见，忙招呼道："客官说到王寨主山上去逛，为何今日复来此地?"天霸随口应道："咱此时正要前去，由此经过，特来用了早点心，好去赶路。"小二听了此言，忙道："现在二进内，正有空桌，客官就此请坐吧。"天霸一心要问他底细，只得依他的言语，走了进来。谁知才走了进去，见上首桌面上，坐了一个黑面大汉，年约四十上下，满脸的杀气；旁边坐着一个少年小子。见天霸进来，将他上下一望，若有惊疑的模样。天霸也将他一望，遂与计全丢了个眼色，彼此目中会意。拣一桌空的，坐了下来。当时小二送上茶水，去喊点心。只见那个小子向大汉说道："爷！咱们吃了点心，赶快走吧？听说朱二爷得彩，这也是意外之事，咱们前去看看。"大汉听了此言，连忙打了个暗号，叫他不必多言。天霸等是个绿林出身，岂有不解之理？暗使何路通在门前守候，自己吃完了早点，已见大汉给了茶钱，出门而去。天霸连忙起身，便在后面追去。到了门外，向何路通说道："这厮有几分着眼，汝且进去，命大众前来。"说着，使一直向北跟去。约走了有一二里远近，忽然大汉转身一望，见天霸跟在后面，也就知道不妙。向着少年说道："你我今日不利，此时仍然回去吧。想他那里，也不能瞒我。”说着，便向东北上义路走去。天霸听得明白，一人暗道：“不怕走到天边，要想将大人藏匿，也是万难。”当时仍旧紧紧的跟在后面。复走了四、五里路，忽然想道：“我已经为他识破，此时跟在后面，他越发不露真实了。”想罢，见前面有座树林，抢一步，隐身入内，远远望那前面路径。大汉在前走了一会，回头见天霸已不知去向，复向少年道：“你这个小狗头，几乎为你误事。茶坊酒店，乱喊乱叫，就此一面言语，那厮便跟了这偌远的路程。设若为他访出朱二爷，岂不是白白的辛苦?”少年听了这话，乃道：“爷也太多心了，哪里会这遇巧？此时那厮已去，你我还是前去。听说朱二爷昨日下午时分，将这对头捉住。俺便要前去瞧观，究竟这人有多大的胆量，偏与咱们作对。”大汉随即骂道：“你这杂种，叫你不必多言，你偏在此路乱说。你道他真走了？咱们今天偏不前去。”天霸此时虽在树林，远远的听得清楚，见他不肯回去，深恐误了大事。忍不住大声喝道：“汝这狗强盗向哪里走？俺黄天霸在此。”说着，身躯一纵，如燕子穿帘仿佛，早到大汉前面，将身落定，便想动手。大汉也就吃了一惊，将身倒退了几步，高声骂道：“俺道你是个三头六臂，享这大名，照此看来，也是鼠辈。不要走，吃我一拳。”说着，举起左手，便向天霸胸前打来。天霸全不在意。身子一转，让在右边，将左手腾出，用了个披刀削掌势，在大汉脉络上打来。大汉知道不好，收了拳爪，改作个泰山压顶，一拳向天霸顶上打去。天霸将腰一扭，让过一拳，两脚在地上一垫，早蹿到大汉的后面，飞起右腿，向大汉肋下扫去。大汉见一拳打空，知道后面暗算，欲回转身，已来不及。所幸少年看得清楚，见大汉不能招架，赶着迈步上前，用了个海底捞月的架式，将周身的气力，运于右膀，伸开手掌，便想雕天霸的右腿。天霸哪里在意，遂将腿一缩，脚尖向下一进，认定少年手掌，踢将过去。只听哎呀一声，早已五指断落地下。少年既已受伤，不敢向前再斗，只得没命的奔逃而去。天霸正想去追赶，又见大汉转身过来，拔出腰刀，当头劈下。天霸回向大汉劈去。彼此一来一往，约有数十个照面，若论天霸的本领，早将大汉杀死。无奈他欲访问施公的消息，须得将他生擒过来，方可问个明白。彼此正在恶斗，后面计全、何路通等人，早已追到。李昆见天霸擒他不得，忙向身边取出个弹子，向那大汉的面门，泼溜的打去。大汉见天霸刀法厉害，已是兼顾不及。不提防，迎面又来暗器，一刀才架过去，忽然迎面一阵冷风，来了一个石子。晓得不好，将头向右一偏，耳旁大面早已中了一下。当时鲜血直流，十分疼痛。知道迎面有了帮手，不敢再战。随即向前一刀虚晃逃去。天霸哪里肯舍！一声暗号，众人紧紧追来。谁知大汉迅速非常，转眼之间，已被他逃入树林里边。天霸此时只急得三尸冒火，七窍生烟，也不问有什么暗器，不问深浅，蹿入林中，提着朴刀，四下里寻找。谁知找了一会，早已不知去向。只得复行出来，向计全道："这厮不知躲到何处去了！大人的下落，他明明的知道。只是寻他不住，这如何是好?"计全道："我看此人，也不过住在此左近。他既到沂州镇酒馆，或者那小二知他的下落，也未可知。贤弟与李贤弟且去寻他一回，若仍然寻他不着，我等仍在酒馆内聚集便了。"天霸听了此言，复又向前追去。

此时日光已经过午，计全等人，回转镇上，进入馆内。忽见昨日那个老者又在那里，彼此招呼一番，拣了副座头坐下。先把那小二喊来，问道："方才那个黑脸大汉，与一个少年小子，在此吃茶，我们见他甚是面熟，一时记忆不清，不敢上前招呼，此人可是琅玡山的大王么？你可晓得他仔细，可说与咱听。”小二见问，笑道：“客官是看错人了，他却也不是大王。此人姓吴名球，绰号一溜烟；那个少年小子，便是他的义子。名叫吴洪；此人以砍柴为业。平日王朗也招他来结义，他却也不肯前去。说绿林买卖，终无了局。若山上有什么疑难事件，一经招呼，定来帮助。因此，王朗知他的秉性，也就不去勉强。所有绿林中朋友，却与他皆有交情。此人离镇十里远近，有座高岗，叫做猫儿墩，他就与他义子住在那里。”计全听了此言，乃道：“原来就是吴球，我说有些面善。你且去取几件酒肴，这人我知道了。”小二答应，走了出去。却巧黄天霸与李昆已走进来，计全也不动声色，命他与徐德升打了照面，众人入座，吃饱酒饭，仍然出门而出。走到僻静的地方，计全把方才的话说了一遍。天霸道：“既有此处，便好寻找了。莫若我等分头前去。”众人齐声道：“好!”就此各人前去。不知天霸果访出施公否，且看下回分解。

第四五八回

寻黑汉力斗父子　送实信路遇英雄

话说天霸分头寻那吴球，走了有七八里路程，果见前面有一高阜之处。天霸向前远远望去，但见周围一带，多是松林，没有什么房屋。心中暗道："莫非是计大哥受了那小二的谎骗？这所地方多是树木，连来往客人俱是没有，从哪里去寻吴球？"正望之间，忽见林内一闪，好像一人窜了过去。天霸便大声喝道："你这狗头！向哪里躲僻？俺不将你捉住，誓不甘心！"说罢一个蹿身，进入林去，早又不见，天霸此时更加心急，只得穿林越树，提着朴刀，四下张望。忽有一声响动，从背后一支冷箭射了过来。天霸知是暗算，赶将身子往前一俯，用了个毒蛇出洞的身法，向旁蹿去有一丈多远，那支冷箭早落于地下。天霸转身，再向前一望，又是一个少年小子，与那吴洪仿佛相似。只听他向天霸骂道："你这无义的死囚，俺兄弟的手指为你段落，正要寻你报仇，却好自来送死。不要走，吃我一棍！"天霸见他说出吴洪，知是他们一类。忽见他一棍打来，也就提起朴刀，举手劈去，用个独手寻王势，右手前去，左手背后，刀尖向前进上，认定少年胸口，拼力挑来。少年见这刀来得凶猛，赶将身子一转，复又蹿于林前，将天霸一刀让过。天霸见自己的刀落空，只得也追出林外，与他厮杀。谁知这少年身体异常灵便，等你进去，他便出来。等你出来，他又进去。就此来来往往，把天霸急得大叫连天，做了个“英雄无用武之地。”突然心下想道：“我何必一个人在此与他胡缠，谅这小子也无什么本领，且将他置之死地，然后再去寻那吴球。”主意打定，故意这次用了足劲，举起朴刀，穿入林内。那人依旧蹿跳出来，天霸在林内也不追赶，随在身边，掏出金镖，对准少年打去。那人在林外，不见他追来，心下已是疑惑。赶着回头望去，一镖已到了面前，说声：“不好！”右腿上已中了一下。哎呀一声，栽倒于地。天霸见一镖已经打中，正欲上前摆布，只听得大吼一声道：“黄天霸休得逞能，连伤我二子，怎肯甘休?”天霸吃了一惊，掉转身来一望，原来就是那黑脸大汉，一刀已到了腰间。天霸赶将朴刀招架过去，高声骂道：“吴球你这狗才！汝不识好人，与俺交手。今日不将汝这厮生擒活捉，也不知俺的手段。”吴球听他此言，也就高声骂道：“天霸你休胡言！”两人一对利刀，杀在一处，斗作一团，此往彼来，日光早已落尽。天霸见天色已晚，想道：“自己一人在此恶斗，后面又无一人前来，虽然不惧怕这吴球，设若为他逃走，那却又费周折了。”到了此时，只得倒退了数步，取出金镖，向他打去。谁知吴球眼力甚好，见他手一起，知有利器到来，赶着向左边一让，天霸的金镖已落于地下。吴球哈哈大笑道：“汝这物件，能打别人，焉能伤我？不要走，俺的宝贝也来了。”说着袖口一扬，早有一支袖箭，向天霸面门射来。天霸也不在意，将朴刀一起，打落一旁，天霸未见打中，只用了个虚张声势，仍然喊道：“吴球！我金镖又来了！”说着将左手故意一扬。吴球不知是计，也就防备躲让。天霸进前一步，举起朴刀，已到肋下。吴球说声：“不好！”赶着移动脚跟，向后一纵，退去有一丈远近，天霸一刀仍未斫到。彼此正在拼力恶斗，却好关小西与何路通已到，远远向天霸喊道："黄贤弟！不要将这厮放走了，愚兄等前来助你。"说罢，扑扑两个都到面前。关小西将倭刀一摆，杀上前来；何路通双拐一提，紧紧地拐下。吴球见天霸有了帮助，知道难以取胜，不禁大声喊道："汝等这狗类，也非英雄好汉，一人斗俺不过，便添了帮手，俺今日放你去了。"说着撇了众人，复行穿入树林。此时天霸见天已不早，虽然有点月光，究意不比日间，可以入林追赶，只得在林外大骂不止。何路通道："黄贤弟且莫焦躁，这人不过躲入里面，俺去寻个火种，将这松林烧着，看他到何处躲避？那时将他捉住，再要他交出大人。"你一言，我一语，在此叫骂。

谁知路旁，喘吁吁的走来一人。听见众人说大人二字，连忙问道："诸位在此何干？方才所说，可是淮安漕督施大人么？"小西一听此言，赶将那人一望，虽是看不明白，隐约之间，好像是个喽兵装束。忙道："俺等正是寻找大人，汝是何人，前来问俺？"那人道："众人且莫问我，究竟大人与你们在何处分手的？为何此时寻访？若说明来，大人自有下落。"天霸忙接口道："大人是昨日早间，由琅玡驿起身的，一夜未曾回去，我等有保护之责，安得不来寻访？偏生遇着这对头，他知道大人的下落，再也不肯说出，故与这厮打了半日。现又为他逃入树林去了。汝果晓得，赶快回明俺等，将大人救出，随后自保举于你。"那人听了这言语，不禁失声道："小人跑得苦了，这也是大人命不该绝，因此得遇众位老爷。但不知这里面有黄总镇么？"天霸见他问到自己，忙道："俺便是黄天霸，汝有话赶快说来，大人究竟性命如何？"那人道："此地不是说话的地方，且到前面，小人当告诉明白。"说罢，匆匆地便向前走了去。众人见他言语实在，也就一起在后面跟来。约走了一里多路，见旁边有座古庙，那人将庙门推开，让众人进去，然后又将门关上。到大殿之内，趁着月色，向天霸等人纳头便拜，众人甚是诧异。小西道：“汝这人姓甚名谁？何以知道大人的消息？此时见面，又何以行此重礼？从实说来，好与咱等明白。”那人道：“小人不是别人，就是大人在江都任上捉住的那个王雄。只因近日在琅玡山上栖身，昨日奉令下山差事，晌午回山听说：二大王朱世雄将总漕施公捉住，现在吊在茅厕，使他先受些秽气，然后剖腹剜心，为绿林中朋友泄恨。小人听了此言，吓得魂不附体，赶紧销差已毕。到那厕屋里一看，果见施大人吊在那里，已是个半死的样子。当时欲想救他，又困一人乏力，救他不出。只得想了一法，如此这般，问明了首尾。”说着，就将酒醉喽兵的话，说了一遍，然后又说道：“黄总镇！这事万不可迟延。今夜大人睡在暗室里面，遥想尚不碍事，但是明早便要前去。方才那个大汉，与我们山上大王很有交情。但是这大汉，何以认得山上的大王？”不知王雄说出么来，且看下回分解。

第四五九回

众好汉回转琅玡镇　三英雄潜入朝儛山

却说天霸见王雄说出施公下落，遂问：“吴球何以与山上大王有交情？朱世雄又从何处捉住大人？”王雄道：“这吴球虽是个砍柴的樵子，心地却是甚好。虽有一身本领，却不肯落草为寇。他此时怀恨恩公，大约也是平时王朗等说起，大人专与绿林中作对，害了多少英雄豪杰，所以他不服这气。听见朱世雄将大人捉住，也就要去看望。为今之计，若能够将话说明，告知大人是为国为民，并非与强人作对，能将他疑心除去，请他同到朝儛山去，大人包管是万无一失。”天霸道：“他今与我杀了半日，此时即便前去，他也未必相信。而况他出没不定，虽知他住在猫儿墩，方才那树林一带，也不见有房屋，叫俺何处寻他？此时不知大人便了，既知大人在这朝儛山，拼着俺这本领，哪怕他有千军万马，俺也要将大人救出。你且将路径说明，俺此刻便去是了。”王雄道：“小人岂不想如此？只因那座山头，十分险峻，由此前去，有十数里宽河，方可到得山下。上岸之后，尽是小路，就连我们本山的人，尚难出入。昨晚朱二大王，就是在吕家庄前面树林，将大人捉住，从后山河路乘船上山。总镇此时若冒险前去，设若误入他埋伏，那时岂不误了大事？且设法将大人救出，随后自然知道。但这山头，虽比不得琅玡山高大，也是非比寻常。论你三人偌大的本领，这道宽河，今晚皆不得进去。若由后山上去，那路更绕远了。我现在信已送到，此时还须赶回山去，唯恐大王查问。”说着，匆匆的要向外去。天霸一把揪住道：“你这人太无见识。方才说河面宽，不得过去，难道你来去多是半飞的吗？”王雄道：“我岂不想带你们进山。只因我来时节，偷了一面腰牌，下山有事。此时回去，喊那渡船，只要将腰牌取去，自然无事。你等又无这凭据，山上查得又紧，何以混得过去？若到明早，将木排推下，趁那无人时节，穿了过去，躲在那僻静地方，等到晚间进去。那时我出来接应，人不知，鬼不晓，将施大人救出，岂不是好？”天霸听他此言，虽是有理，总之心在施公身上，恨不得立刻救他出来。登时向王雄说道：“你此时快快回去，告知大人，说我等明日定来便了。”说毕，放了王雄，只见他匆匆开了庙门，回山而去。

此时已交三鼓，三人肚中甚是饥饿。天霸道：“计大哥等人，不知向何处去了。照此看来，今夜是来不及前去，总是明早的事件。此刻须要将计大哥寻找，找个地方充饱肚子，然后方好计议干事。”说罢，三人出了庙门，不问东南西北，顺着月光，一路走去。行不多远，忽见前面来了一伙人，三人疑惑是吴球的党类。正欲上前去问，对面一个哨子，早打了过来。不是别人，正是计全与李昆、贺人杰一众人等。天霸见是自家人，连忙招呼道：“计大哥！你们到哪里去的？听我一人杀了这半日，方才将大人的下落问明。这是什么办法？”当时聚在一处，便将王雄的话说了一遍。计全道：“我们这山东道上，但知有个琅玡山，谁知道又有朝儛山？但不知这姓朱的又何以与咱们有仇，还是在这山上闻信，说大人到此，下山将他捉住？抑是由远处跟来，将大人捉住，然后奔逃上山的？若是由远处跟来，不但大人有了下落，恐那个案件，也在这人身上。你可曾问明这王雄？”天霸道：’小弟也是这般想法，正要问他，怎奈他立脚不定，说此时要赶快上山，唯恐山上查出，那时误事不浅。因此未曾说明，他便去了。但是大哥等在何处会见？为今之计，如何前去？既然王雄如此叮嘱，除却天明，谅难到他的山上。咱们此时又饥饿了，左近一带地方，可有处买点饮食？”计全道：“你因这事，倒把方向忘却了。由猫儿墩一路穿小路而来，走过这处树林，不就是琅玡驿么？无论何处，此时夜半更深，也没有吃物买卖。不如仍到馆驿饮食了。”天霸向四下一望，果然不差。当时随着大众走过树林，但见前面瓦屋如林，知是到了驿馆。众人进得门来，施安早来询问，天霸又将王雄送信的话，说了一番。便命他去做面饭。稍停，做好出来，众人饱餐了一顿。然后天霸说道：“今番前去，除小弟与贺贤侄外，须请何老哥同去一趟，方觉妥当。”何路通本欲前往。乃道：“贤弟本领虽佳，但那水面的功夫，未曾习过。愚兄此去，正可助一臂之力。”说着，三人带了干粮，天霸命计全等人在河岸一带接应，吩咐已毕，已交四鼓时分。顺着王雄所说的路程，一路飞奔而去。却巧五更的光景，已到了朝儛山下。但听水声潺潺，周围一带，有十数里河面，绕住山根。天霸道：“这一道宽河，哪里有什么木桥？除非摆渡，方可过去。”正说之间，见对面岸上，隐隐约约有三四个喽兵，在那木排上面，好似撑篙的一样。天霸连忙问道：“何二哥，你看对面何事？”何路通道：“俺知道了。只因这河面太宽，摆渡又费周折，若造木桥，又无此工料，必是用篾缆将木头编好，从那边撑转过来，编成了一个极大的浮桥，便人行走。你看前面已到了河中间了，我们在此也不能立足，莫要被他们看见，反为不美。”

说着，拖了贺人杰并天霸，到了树林里面，藏着身躯，向对面望去。不多一会工夫，早见两个喽兵，将一座木排，撑过岸来，然后由浮桥上，如飞似的又跑了过去。何路通道：“我们趁此，可以过去了，再迟，有人过来，便不佳妙。”说着，举步向前，运动提功。顷刻工夫，由那木桥上过去。天霸见人杰年纪尚幼，深恐他不知厉害，一时粗心失足落水。只得退后一步，命他先行过去，然后自己过去。三人到了山前，天色尚未大亮。也有个理解说：日落时，浮桥起去，山上的人，便不得私下山去闲游，外面进来的人，也就便于稽查。五更时将桥放下，山上物件，方可着人到那沂州城内去卖。再说那山上，毫无动静，天霸向着何路通道：“你两人先在那树林背后藏躲一会，俺进去先探个消息。如能会见大人，就此将他背出，也免得惊天动地的，为人知觉。”说罢。一个箭步，早上了树头，以上视下，向山内仔细一望，但见有三座关头，头一座的关头，甚为雄壮。却好把守的喽兵，不在此处。天霸看明路径，即由树林穿入里面。不知天霸进去，救得施公否，且看下回分解。

第四六〇回

入山寨窥望雄关　杀仇人邀请好友

话说天霸见关内喽兵不在那里把守，即用一个蹿身，到了里面。只见头关之内，一个大大的兵房，约有四五千喽兵，睡在里面。兵房一带，皆挂着那弓箭之类。当中六扇屏门，门上皆钉了些铁钉。绕过屏门，有个极大的院落，两旁栽了些树木。天霸向前走去，约有两箭远近。复有一座牌楼，周围一带，皆排列着枪炮。当中一门，将倒刺钩钉得密密层层，关闭在上面。门前一连六层坡台，皆是青石砌就。两边又有两座兵房，无非是喽兵把守所在。天霸正往前进，见有这个所在，知道是第二座关了。若想由当中进去，门既关闭，自然难入，只得复将身躯一纵，蹿到那牌楼顶上，两脚尚未站稳，忽听咯咋一声，兵房门里早来了一人。天霸吃了一惊，所幸此时交过五更，天将发白，那个月光正暗下去，猛然向黑里望去，尚辨不清楚。天霸只得将身子缩小，将牌楼的横额遮住自己。只听下面人说道："王三，你也该起来了，今日是你的班期，少顷里面有人出来，见我们还不开关，岂不又是倒运？三位大王连日正喜得不亦乐乎，终日饮酒喝叫。昨日李头目回来晚了，大大王问他在何耽搁，他说老子开关开迟，以致过河不早。大大王就迁怒到老子身上，将差额除去，还打了四十大棍，欲将我治死。幸有智大王说情，保了性命。我看你早些起吧，现在已不早了。"说着，好像小解似的，过了一会，复行进去。

天霸听下面无什么动静，仍就转身向里望去。谁知二关之里，又是三关之外。里面所有埋伏，迥非头两关可比。一带空地，约有一里多许，地下连一草一木都没有。一蹚平阳，好似铺就的一般。顶头一连三座大门，皆用铁皮包就，也是两座兵房。兵房里面，灯光雪亮，将一座九层台阶，照得明明白白。每层台阶上，皆设着檑木滚石，当中一座大炮，高悬在半空，四面皆置就车轮炮。若有外人进来，只要将车轮一开，四面八方，皆可照打。天霸细细看去，却晓得它的厉害。但地下如此平稳，不知下面埋着什么物件。正在为难，忽然左边来了一个灯笼，一人在前，两人在后，且说且走。说到施公在石室里饿了一夜，打量不曾死，也有八九分没气了。听说方才大大王下令，命人去看他，如已经要死，便将他拖到聚义厅前，照着智大王所定的，将他开边劚。一人分做两个，把所有的心肝五脏，俱皆取出，遥祭那班朋友，为绿林中报仇雪恨。谁知道不但未死，且比上山时十分精神，听说他还大骂大王呢。这不是件奇事吗？后面两人答道："施公究竟何如？"三人你言我语，已到关口喊关。天霸再细一望，原来左边有一条极窄小路，曲曲弯弯，直抵第三座关下。天霸方才省悟，它中间这条路，尽是埋伏，若不知它的路径，定然遭它暗计。当时听了此言，知施公仍然无恙。看看东方已经发白，心下急道："这三个死囚还不出去，再迟俺便不得进去了。"正急之间，忽听呼隆一声，关上横闩已经开下。一声响亮，关门大开，三人走了出去。天霸趁着此时，蹿身下来，由那条小路，飞奔而去。到了前面，却是一个小小的铁门。天霸在前正想摇动，忽然里面有人一推，将门开下。天霸吃了一惊，赶着一个箭步，将身蹿到上面，谁知里面那人，早已看见。低声喊道："黄总镇，小人在此。"天霸见有人招呼，低头向下一望，乃是方才送信的那个王雄。也就飞身下来，向他问道："大人究竟怎样了？你何故此时出来？"王雄道："小人幸亏早到山上，不然几乎为大王查出。却好我上山时，已是三鼓以后，到了暗室里面，才将总镇的话，回明大人。聚义厅上查问，说大大王立等大人到厅上问罪，幸亏回了一番言语，方才挽回。直至五鼓以后，始行安静。小人怕总镇已到山上，冒险前来，唯恐有误大事，因此随那采办的喽兵一同出来，却好在此遇见总镇。就此尚无人知觉，赶快出去。山外左边有五六里地方，有个马房，是从前盖的，现在破坏不堪，久无人到，大众可在那里藏躲一天。到了二鼓以后，再由这一路进来，小人总在这里接应便了。"天霸听他所言，又见天色欲亮，只得说道："大人在那里，我便不去了。但是这里面路径不熟，夜间前来，又多一番周折，汝必要到此方好。"说毕，仍由原路，出了头两座关头。只见那浮桥上面，已有许多人来往，所幸相离尚远。天霸赶着运用功夫，穿到树林里面，对何路通说了一遍。依着王雄所说的那个马房，一路而来。果然走了六、七里路，渐渐离后山不远，却有一所破屋。四面八方，无人来往。天霸道："想必就是此处了。"说罢，当先到了里面。何路通与贺人杰两人，也就随着进来。但见些朽坏的马槽，余下也别无物件。当时三人便在里面藏身，专俟二鼓以后，便去干事。

话休烦絮。单说曹勇自从施公捉到山上，喜得眉飞色舞，更兼智明要报关王庙大仇，更见十分高兴。一夜之间，叫喽兵到那房里去，去了几次，皆见施公精神陡长，毫无受苦神情。曹勇见喽兵如此回复，向着智明说道："这施不全究是何人转世，便如此强硬？从昨日下午被捉，到此时，未进饮食，而且被捆受苦，仍然不见伤损。照此看来，虽饿他两三日，也不得就死。咱们此时正在高兴，何必要到那地步方才下刀？此时将他拖来，照着你的法则，由脊背下刀，用那开边剮格式，送去他的性命，岂不爽快？”智有道：“大哥有所不知。这赃官既来山上，若是咱们自家处死，即便说与人知道，绿林中朋友，也未必相信。咱们山上的威风以及朱二哥英名，也不能大振。在小弟看来，莫若等到天明，命喽兵赶到琅玡山，将那王朗这一班英雄，请至咱们山上，饮酒杀人，使他们亲眼看见，随后也见得咱们公道。便是日后绿林说起，也皆称赞。”曹勇听了此言，不禁大笑道：“还是智贤弟言之有理，此时可教这赃官多活几时。”说着便命了一个小头目，等天明开关，由山后小河，到琅玡山去请王朗。我且将他摆着再叙。

再说飞云子得了琥珀夜光杯，自己便匿迹京中，打探事后的消息。到了次日，听见街坊传说，昨日大内里面丢失宝物，现在皇上召见施公，命他捉拿强盗。飞云子听了说道：“施不全你也太糊涂了。天下事，你可奉旨承办，这件事，也要追究，可知我此次前来，也是你种下深仇，用这事来害你。莫说你倚仗的这一个黄天霸，便有十个黄天霸，能奈我何？既是你为这案出京，我虽不做你的对，那王朗面前，也不能不去交代。”到了次日，果然施公回任。他就跟了施公后面，一路由那山东而来。不知后事如何，且看下回分解。

第四六一回

献宝杯云鹤说威风　报喜事王朗消仇恨

话说飞云子得了琥珀夜光杯，随着施公到了山东，将宝杯交下，远走高飞。忽见施公在琅玡驿住下，知道他为访这案件，也就自己找了客店住下，夜间出去探访消息。你道他为何不就去寨中？只因他并非是杀人放火的强盗，知道施公是个好人，此次进京，也是出于无奈。总因他有这身本领，加之王朗又有深交，若不前去，反说他失了义气。此时施公在此，深恐一到了山上，王朗复将他绊住，同害施公，故此想暂避一时。不料到第二日，施公就为朝儛山捉住。飞云子得了此信，心下想道："不趁此还了这事，随后事件，愈加多了。"次日，便回到琅玡山上。早有喽兵去禀知里面，适值王朗与一班强寇，在聚义厅上会议。喽兵说道："现在云老爷已上山了。"王朗听了此言，便起身来至山前。早见飞云子到了关口，彼此见面，携手而行，直至厅前坐下。王朗首先问道："兄长此去，事件何如？前日曹勇大哥还着人来问，究竟这件宝物，可曾到手？"飞云子道："来是取来了，不是愚兄夸口，非有通天的本领，也不能得此宝物。自从那日离山，到了京中，已是正月十四。北道上虽走过几次，京城里却未经久住，那大内里更未去过了。那日晚间，先在琉璃胡同，寻了一家客店住下。到了三更以后，蹿出了寓所。那街坊上面，还是来往的行人，加之月色又好，两边的铺面，所有灯球，点得如灯山一般。

当时内宫太监，也有出来观灯的。愚兄便随他们混入里面，将路径看熟，以便次日动手。十五这天，由早至夜间，满街闲人，络绎不绝。那些灯光，也说不尽五光十色，天上人间。凡到一段街坊，皆有那武职巡察，愚兄也就在各处游玩了一回。到了三更以后，方渐渐稀少游人。此时见天色不早，也就不回客寓，直向大内而去。到了里面，谁知许多穿宫太监以及值殿侍卫，仍在那里看守。愚兄那时便穿在屋上，听下面的动静。那时午门外转了四更，这许多人始纷纷退去。末后来了个掌院太监，向那二人说道：'汝们在此看管一会，少顷五更，便可换班，免得此时收去，明日又要费事。'说罢，他也去了。愚兄仍怕下面有人，赶即将瓦揭去两片，向下面一望，那看管即两人，已在那里吃酒。虽然此时尚未走尽，若不趁此下手，便永久不得到手了。只得用了一个缩身法，将身钻入里面，蹿到供桌面前，正要动手。无奈皇家宝贝，摆满案前，早不知这杯子设在何处。但见那二十四碟的果品，全是些珊瑚翡翠玛瑙水晶洗就的器皿；还有些核桃大的珍珠、酒杯大的猫眼以及乌金盆、铁珊瑚等类，无不见所未见，闻所未闻。那时见有许多宝物，其中独无这御杯，要正移步细望，那帮看守的人，已站起身来。愚兄彼时急中生计，赶用了个鬼招手法，右手一起，将御案前两副烛台，全行掀熄，即由桌上穿到上手。果见正中间有只雪亮的酒杯，杏黄颜色，润泽非常。就此顺手取在手中，仍由那原来的瓦屋，钻到上面，回到寓中。刚欲动身，已交五更了。"说罢，将那夜光杯取出，递与王朗。王朗接杯手中，细细的一看，真是有身以来，目所未睹。这杯子规模，比寻常的酒杯略大一套，现出一种鹅黄的颜色，既薄且静，与鸡蛋壳子相仿。上面镌的一派山水，由山水里看去，如吞云吐雾仿佛。两条龙盘聚在里面，鳞头爪牙，无不活现。王朗夸奖了一番。一面令人摆酒，为飞云子接风；一面向他说道："这件宝物，非寻常可比。兄长既然取来，也该命人到朝儛山去，将盖世大王曹勇并朱世雄、尹朝贵、智明等人，请到山上，珍玩一番。然后送到齐星楼上最上层，以杜人来盗取。"飞云子尚未答言，只见一个喽兵跑上厅来，向着王朗说道："禀大王，朝儛山大王，派了头目朱童，前来请大王上山，说有天大的喜事，在明日去做。大王去与不去，还请示下。"王朗笑道："曹大哥你也太鲁莽，你那里的喜事，总比不得琥珀夜光杯重大。既可将施不全报仇，又得了这件宝物，岂不喜上加喜？"当向喽兵言道："汝且命来人进来，咱们有话问他。"喽兵答应下去，顷刻将朝儛山的人带上。王朗问了一遍，不禁拍案大叫道："这可算一时双绝！咱们去盗此杯，也不过为施不全这一人，现在人杯两得，真乃意想不到。"随即向飞云子道："不料兄长去后，曹通又命朱世雄入京追赶，也不过为施不全这一人。现在仇人见面，正好为众英雄报仇雪恨。曹大哥既来招请，兄长也该前去一趟。"飞云子听了此言，心下说道："我当初本与他说明，将杯盗来之后，随我走往他方。他此时却不提此话，现在若遽然说明，反而不得走脱。"当时笑道："朱贤弟此次也吃苦了，贤弟且与来人同去。愚兄稍息征骖，明日定到。这御杯既交与贤弟，愚兄之事也毕，自落得去看一看喜事。"原来飞云子这句话，却暗藏别见，王朗此时正是高兴，全不以此言留意。当即笑道："这宝贝既到我山上，理应镇压山头，只好等大众前来再看了。"说罢，命喽兵将楼门开下，自己上楼，将那琥珀夜光杯收藏在顶一层之上那个八门柜内。然后下来，陪飞云子吃了酒席，遂与朝儛山的喽兵下山而去。这里飞云子见他去后，回到自己房中，将随身物件，打了个包裹，也就不辞而别。就此一去，直至大破齐星楼，方有交代。

且说曹勇打发喽兵去后，直至上灯时候，又向智明说道："王郎离此也有数十里路，今日晚间断不会前来，你我此时何不到暗室一走。若施不全尚有支持，便等客来，再行处治。若已经要死，莫如将他剐心破腹，将个空尸骸留放在这地，以为凭据。但不知贤弟意下如何?"智明道："俺便与你去，将他数说一番，问他破关王庙的英雄何在？现在既已到此，他知道是自作其孽，不可挽回。看他若何解说？我恐他此时也悔之无及。"说罢，两人哈哈大笑，一同到暗室里来。不知施公后事如何，且看下回分解。

第四六二回

贺人杰拼力救施公　黄天霸飞镖伤曹勇

却说曹勇与智明、朱世雄、尹朝贵来到暗室里面，先向那兵问道："你在这里看守了两日，施不全究竟怎样了？"喽兵道："捆在这里面，虽是动弹不得，但有一层，令人可怪！饿了一日两夜。居然毛皮不变，一点伤损也没有，终日里仍是骂不绝口，连小人都为他骂厌了。"曹勇大怒，便与尹、朱说道："不待王郎到来，你两贤弟，可就此动手。"说着，只见朱世雄、尹朝贵两人，一起答应，走到里面，早将施公平搭出来，一溜烟来到聚义厅，将施公掉下。早见曹勇问两个喽兵，端一口油锅，一张大凳，所有那麻绳钵头以及火炉柴炭之类，无不各备齐全。然后曹勇又命那宰坊的喽兵，先将施公捆起，四马攒蹄，并在一处。正要向大凳上推去，忽见两个执刀的哎呀一声，向后一仰，早已栽倒在地，将手上那柄刀，摔去有五六尺远近，一声响，正落在智明身旁。众人不解何故，反向喽兵骂道："你好不济事！未经下刀，就摔了家伙，还能干这事件吗？"正说之间，又有第二个上来。谁知尚未起身，忽又听得噗噗两声，早下来两人，高喝道："曹勇你这狗头，敢杀朝廷的命官，俺黄天霸来也！"说着，就是一刀，向曹勇砍下。众人不提防，忽听黄天霸三字，如霹雳一声，所有喽兵，没命逃去。此时智明虽在后面到了这地步，也就不能不去动手。赶即跑到前面，将上面一把虎皮交椅抢在手中，便来与天霸抵敌。谁知天霸一刀向曹勇砍下，曹勇也是个手无寸铁，仗着身体灵便，用了个燕子穿帘式，两足在下一垫，早到天霸背后。顺手将腰一弯，在地下把喽兵摔去的刀，拾在手内，便想赶到施公面前，一刀结果了性命，然后再与他斗。说话之间，前面厅口，早已进来一人，双锤一摆，认定曹勇打下。曹勇看得亲切，急架相迎，尹、朱二人看见来人，已为他两人接住。趁此便飞到面前，各取自己的兵刃，一个飞抓，一个单拐，抢在手中，复奔到厅上。高声喊道："大哥且莫惧怕，俺两人家伙来了！"说着，又直奔天霸。天霸此时，见三人敌他一人，明知贺人杰已到，深恐为众人缠住，不得分身。设若有人将施公结果，那时如何是好。不禁大叫道："贺贤侄！不将大人保出，在此恋战什么？"这句话，把贺人杰提醒。一手舞动飞锤，把曹勇的刀紧紧逼住，一手便将施公身上的索强，向上一提，往腰中一夹，拼力将曹勇的刀架开，蹿花纵跳，早出了厅前。曹勇见施公被一个后生救去，这一急非同小可，赶着向后追来，大声喝道："汝这小娃，胎毛未净，竟敢与俺作对！不将你这厮杀死，不能占这山头。"说罢，也就赶来，穿房过屋，向他赶去。贺人杰见他来赶，虽无惧怕，只因腰间夹着施公，不能自便。还未走出第二座关寨，后面曹勇已到，只听他高叫道："前面喽兵，赶快放箭，莫要将这厮逃去！"一声招呼，那守关喽兵，早已得信。见一人将施公夹住，向外奔逃。知是他手下勇士，当时矢如雨点一般，向贺人杰身上射来。此时，前有喽兵，后有曹勇，仗他有通天本领，总不能与这乱箭相敌。贺人杰知事不妙，忽叱咤一声，复行杀人。里面，黄天霸与尹朝贵、智明三人战在一处。见人杰已经出去，也就无心恋战，一刀将朱世雄的飞抓开去，撇开众人，撒腿就跑。所幸出了厅外，便见那个铁板腰门，开在前面。窜过前面，已见贺人杰为乱箭逼住，不得上前。黄天霸到了此时，只得将金镖取出，相隔有四、五箭远，对定曹勇一镖打去。曹勇此时一个正与人杰恶斗，见他复转身来，与自己拼力，将身一口大刀一摆，对定锤头招拦格架。二人正是要你死我活，不防着后面暗器前来。一刀将锤头格开，正要还手砍去，忽觉脑后冷风一阵，一物打来，晓得不好，赶用一个进身，奔到旁边。哪知已来不及，哎呀一声，肩头上已中一镖。天霸见已打中，随即一个箭步，到了跟前，便想再砍一刀，送他性命。忽听后面智明喊道："王大哥！快来助战，莫要为这厮走了。"说着，对面来了一个人，如风驰电掣一般，从关头忽然飞下，手执连环枪，向天霸便刺，贺人杰见曹勇中镖，便想就此拨箭奔逃。无奈智明等见有人来，将天霸敌住，也就一拥上前，来阻人杰，此时把天霸与人杰等团团围住。不知天霸等果否能杀出重围，且看下回分解。

第四六三回

出重围人杰失路　渡宽河王雄驾舟

却说贺人杰见曹勇中镖，正想就此杀出重围，忽见对面又来一人，年约四旬以外，手执连环枪，将天霸敌住。后面智明等人，又复涌上。虽然拼力冲突，只是难出重围。危急之间，忽听叱咤一声："贺贤侄勿得惊惧，俺何路通来也。"言罢，只见朱世雄栽倒地下，眼角上面，流出飞红。何路通双拐并施，早把智明战住。贺人杰见有人帮助，赶着一锤，将尹朝贵开去，转身向外来打喽兵。顷刻之间，已杀出一条血路，掉身往上，站定关头，一路飞奔出去。无奈昨夜到此，虽是五更天气，月色微明，从那浮桥而过。谁知此时这一阵恶杀，早已将方向忘却。出了山下，不向原路走去，却向山后而来。一气奔驰，约走了有八九里地面，看见树林丛杂，不辨东西。心下明知走错路径，想再寻原路，又恐遇见了强寇，厮杀起来。那时复又入重地，只得穿林越树，向后逃奔。又走了二三里路途，方将树木走遍，以为可寻大路。再朝前一望，不禁失声喊道："大人！大人！天绝我也！"乃是白茫茫一道大河，横于前面，河内连一舟一筏俱无。再朝那树林内望去，所幸敌人未来，只得将施公从腰间放下，喊了两声，方才苏醒。见人杰一人在此，忙问道："黄贤弟到何处去了？此时离驿馆还有多远？后面可有人追来？设非众人前来，施某久经已没命了。"人杰见施公尚可能言语，乃道："黄叔父尚在里面，是千总将大人救出的，但是走错了路途。前面这河阻住，设若有人追来，那便如何是好?”施公听说，向前一望，也就吓得哑口无言。过了半晌，向人杰问道：“何贤弟也曾到此，何以不见前来？若他能来此，你我便可有命。此时走入绝路，且让我在此少坐，汝可向沿河一带，寻看寻看。若有什么渔船，无论何人，先给他些银两，渡过此河，再灭此山寨。”人杰也是没法，只得依着言语，向前寻找。走了不上半里多路，见那芦滩里，出来一只小船，只有一人把舵而驶。人杰喜出望外，正要向他喊叫，只见那人远远的招呼道：“岸上这人，可是救施大人的么？前面不能回去，赶快由这里下去。”人杰听了此言，疑惑是山上的喽兵，用这话来哄骗，反而不敢答应。再到前面一望，不是别人，正是昨日送信的王雄。连忙地答应道：“施公正在此处，汝可将船拢岸，我去请来。”说着，飞奔就走到了原处，禀明施公，一同到了岸口。搀扶上船坐下，此时天色已将五更。王雄一面撑篙，一面向贺人杰问道：“老爷们昨日五更到此，黄总镇渡河前去，偷看路径，若非小人细心在那里等着，请众人在马房里去躲，日间便立身不住了。及至到了晚间，曹寨主要摆布大人；智明还想等个客来，再来动手。那时小人倒甚欢喜。若能再停一个更次，黄总镇与老爷们便可进去。那时人不知鬼不晓，将大人救出，岂不是好？偏生那该杀的尹朝贵与二大王，啰啰唆唆的，说了许多的话，把大人便抬出厅前了。小人见刀又拿出，锅又抬出，分明是没命的了。那时眼泪直向肚内流出，恨不能代大人受罪。欲想去杀曹勇，无如又没有本领。正在无法之时，忽见老爷与黄总镇已到，小人又欢喜。忽然对面又来了帮手，此时小人如淋水一般，浑身乱颤，怕老爷敌他不过。急中生计，赶着又由便门出了后山，驾了这小舟，预备过河，奔到馆驿送信，请那几位老爷们前来接应。不期在此看见，这是朝廷的运气，大人的福泽，绝处逢生了。”说着，那船渐渐的已到对岸，还未撑篙，只见那对面来了数人，一见施公，齐声喊道：“大人受惊了！卑职往救来迟，身该万死。”贺人杰再为一望，却说计全、关小西等人。自从天霸走后，昨日一天，未得回信，故此众人齐来探访。黑夜之间，不知路径，此时方才到此。大众见了施公，便向人杰问道：“贺贤侄！你何以一人在此将大人救出？黄叔父、何叔父两人向哪里去了？”人杰道：“他两位现今尚在里面，不知胜负如何。众位叔父既来，大人便交代众位了。小侄此时尚要前去接应。”说着，李昆便将施公搀扶上岸，与众人保护回到馆驿。忽见王雄说着：“贺老爷，山上去不得了，小人舍命前来，山上喽兵，也有看见。此时小人回去，岂不遭他们毒手？而且黄总镇战了这半会，现在天已大明，他岂有不杀出之理？老爷何必再去？”李七侯听了此话，知他不敢前去，连忙说道：“汝且同大人前去，这篙子交与我便了。”说着，跳上船头，将篙子一撑，早去了一箭之地，直往山前而去。

再说黄天霸将曹勇打伤，正要上前结果他性命，忽然来了一人，手提连环枪，与他帮助。天霸将他一望，知是个绿林好汉。所幸施公已去，何路通又来，将朱世雄打伤，人杰救了出去，心中无所惧怕。当时将刀一起，对定来人，只见刀枪，不见人影，两人正杀得不分上下。何路通虽与尹朝贵、智明交手，总不以两人在意。此时见黄天霸不得脱身，天又渐渐大亮，设若再有人帮助，那时虽杀个对手，何时才得出去？一时性急起来，双拐一摆，左右开弓，将尹朝贵的单拐掀格在面后，掉转身躯，来助天霸。那人一声叱咤：“该死的贼囚，何人畏汝这班死囚？俺不将你两人杀死在此，也不知俺的厉害。来得好，吃我一枪。”说着，转身架去天霸的刀，枪尖一进，便向何路通刺去。何路通见他来得凶猛，赶将双拐用了个古字势，拼力将枪开过。三人你来我往，战在一处，恨不得你要我死，我要你亡。怎奈那人枪法精通，只见他上下盘旋，把枪杆舞得如雪舞梨花相似，力敌两将，全无惧色。又战了有一二十回合，天霸虽拼力向前，何路通已只能招架。一人暗道：“天色现已大亮，即便此时出去，那条大宽河，也难过去。不如先将这厮治死，随后再行出去。”想罢，双拐一架，跳出圈外。此时天霸一刀，向小腿砍去，那人连忙枪杆一缩，枪头往下来掀这一刀。忽然耳边一阵风声，晓得有了暗器，赶将枪杆往外一送，身子往下一蹬，那个石子由头顶过去。不禁高声骂道：“你这无能的杂种，用暗器，也不算英雄好汉。咱们一刀一枪，见了高下，方算得正大光明。这暗器能奈我何？若有石子，尽管打来，看我怕你不怕。”说罢，手提起一杆长枪，向着何路通便刺。不知路通性命如何，且看下回分解。

第四六四回

助曹勇王朗大施威　救天霸人杰重入寨

话说何路通一石子未能将那人打中，此时反被他一枪刺来，只得复行追进，再来杀住。天霸从昨日到此，虽然带着些干粮，到了向晚时节，已吃得干净。现在战了一夜，已是力尽筋疲，腹中渐渐饥饿。恨不得脱身回去，以后再来灭此山寨。无奈山上人并未动手，忽然来了一人，竟至如此厉害，两人杀一，尚不能得胜。此时见何路通一弹子，又未打中，不禁怒气填胸，连声叱咤。忽然后面又来了兵刃，也就呵呵的喊叫，舞动长枪，前后左右，直奔他两人的命门刺来。此时天霸不敢怠慢。将刀紧了一紧，觑定他的枪头，也是前后左右，招拦格架。二人此时正混战在一起，远远一声喊道："黄叔父休得多虑，小侄复杀来也。"说着，人已入了重围。手起双锤，用了个流星赶月，一连两下，将那人的枪打开在旁面。赶即举动锤法，如锤山一般，只看那人打下。此时尹朝贵、智明两人，复见那个小子杀来，知施公被他救出。吓得摇唇鼓舌，惊骇非常。到了此时，又恐那帮助的人有失。只得复提兵器，赶上前来，仍然为黄天霸获住。那人见贺人杰锤头厉害，唯恐再杀多时，败战下来，反为两人耻笑。存了这个意见，也就无心厮杀，三十六着，以走为上着。等贺人杰将一路锤法使尽，末了一锤有点破绽，赶即用了足劲，将锤开去。反手提枪，穿到关外。但听喊杀之声，震动山谷，赶着此时，仍回本山去了。

你道此人是谁？却是琅玡山的寨主，镇山太岁王朗。自从曹勇命喽兵去请他上山，当时便趁着月色，下山而来。到得这朝儛山前，已是四鼓以后。当时浮桥已去，那个喽兵，在对河喊了暗号，守山的人，方才放船，将他渡过。才进了关头，又听得一片喊杀之声。心下正是惊疑，忽然山里跑下两个喽兵，向着众人说道："不好了！施不全在厅上，正要将他开刀，突然黄天霸与那幼年后生，走到厅前，将施不全救去，欲将他带下山去。现在三位大王与智大王，俱赶了出来，在二关里面交手呢。你们把守好，莫要令他逃走，大王招呼进去放箭了。"王朗听了此言，不觉吃了一惊。喝道："这姓黄的，大本领大胆量，他一人便敢来此。我今不到此地，也就罢了；既到山下，若让你将人救去，随后那许多大事，何能去做？"因此，不问情由，便在兵刃架上，提了一杆连环枪，纵上关头，前去却敌。不料又来一何路通，用弹子打伤了朱世雄，贺人杰依然将施公救去。此时天霸见那人已走，也就招呼一声："贺贤侄！何兄长！你我就此走吧！随后再同这厮算账。"说罢，二人答应一声，噗噗早已身起半空，跳过了第二座关寨。接着，何路通、贺人杰亦是跟随出来。三人来至山下，天霸赶着问道："大人哪里去了？"人杰道："计叔父已经接去。现在李叔父也在这里。前面那浮桥已走不过去，随我前来！"说着，飞身在前引路。不多一会，已到岸前。李七侯见他三人前来，赶将篙子一撑，靠在岸上，三人噗噗上了船头，一直向对岸过去。天霸问了人杰，方知这船只是王雄得来。不多一时，弃舟登岸，已是日出东方。一路而来，直至向午时光，到了馆驿。

此时施公诸人，在馆驿中，正拟着人来探问。见他三人均已回转，方始改忧为喜。早有施安送上茶来，为大众梳洗了一回。进了饮食，然后施公向王雄问道："汝尚天良不昧，记得前情。本院回任之时，代你保举一言，给你个小小的官职，也不负你这一番美意。但是这朝儛山上情形以及手下众人名姓，细细报来，本院好命人上山剿灭。"王雄道："大人有所不知，这朝儛山上，并没有什么厉害，所仗的，不过这三座关头。平时打劫客商，却是在别处动手，便是小人从前为他打劫，也是有一无两，故一向地方官俱未得悉。大人现在欲灭此山，必先用计，把守这宽河，不得使它拦阻。然后命地方封了船只，由水路攻山，方可得计。"施公听了这些言语，正是踌躇不定。只见黄天霸向他问道："照你说来，如此难破，方才那个用枪的强盗，岂不是他们本山的人吗？此人姓甚名谁？"王雄道："此人也是个强盗，他却不是本山寨主，乃沂州镇那边，琅玡道过去，琅玡山寨主，姓王名朗。我们寨主，与他至好朋友。从智明到了此间，曹勇也将他请过来了，想了两天，方想出个主意，请他一个朋友，到京干事。"施公与天霸听到这里，连忙问道："你知道他这朋友是谁？到京干的何事？"王雄道："当时小人也曾打听，只因他们甚为机密，只是打探不出。后来曹勇又叫智明到京打听，究竟这事可办成没有。朱世雄又说，他是犯事之人，怕遇见老爷们，不大妥便。所以自己下山而去。这皆是去年年底的话。不料前日回来，在半路之间，便将大人捉住，这不是意外的事吗？"天霸听毕，向施公说道："照此看来，那个案件，有几分在这琅玡山上了。但是这王朗十分厉害，手下的羽翼又多，一时何能前去？在总兵看来，大人此时权往淮安赴任，然后商议个妙策。"此时天霸附耳与施公细说如此如此，施公但笑而已。不知天霸说的什么，且看下回分解。

第四六五回

王头目倾心献策　施漕督虚己下人

却说施公听了黄天霸之言，随即笑道："这事也可行得，但不过又要打扰人家。"你道他两人究竟何竟？原来天霸见施公不肯先行回任，须俟破了朝儛山，方肯回至淮安。犹恐这馆驿之内，不大稳便。曹勇今番受了这大亏，心下定然不甘，事后又必着人下山打听。若知施公在这琅玡馆驿，夜半更深，前来行刺，纵有人防备，只可防得一时，不能日夜守候。因思吕云章乃是这地方财主，那里房屋又多，欲请施公到他家暂住数日。一则来就近等他破山，二则来可无意外之事。就是他们大众，与强人争斗，也可放心前去。故将这话向施公说了一遍。又将前晚寻找施公到他庄上，并在沂州镇酒饭，饭馆里面遇见徐德升以及争中间座位并与吴球争斗的话，说了一番。施公道："这吴球究是何人？何以也知本院为山上捉去，莫非也是他一类么？"天霸道："总兵前日也如此着想，后听王雄所言，乃知这人是个樵夫。平日并不做强盗，此人本领也还去得。但不知他这信息从何得来！"施公听说，复向王雄问道："汝既认得这吴球，可是不做强盗，本院为朱世雄捉上山去，他又如何得知呢？"王雄道："大人倒不必如此疑惑。此人的本性，前夜已与黄总镇说过。至说他得此信息，他每日午后，皆向我们山上打柴，前日定是上山之后，听得人说，将施大人捉住，所以喜出望外，欲去观见，看是真假。莫说此人虽是粗鲁，平生专抱不平。若告知他大仁大义，教他前去，虽赴汤蹈火在所不辞。”施公道：“你既说他如此好法，本院为国家出力，为民间除害，与强盗种下深仇，被强人捉去，他若稍知大义，理合同天霸等人，将本院救出，方是正理。如何他不但不去，反为要去观呢?”王雄道：“大人有所不知，所以他成了粗人。他但听曹勇平时一面之词，说大人如何贪赃，如何与绿林作对，将人捉去。所有的家财，尽行入己，仍要将绿林之家小，杀个净绝。因此他听了这话，甚是不平。一听朱世雄将大人捉住，他所以要来看望。在小人看来，此人乃一勇之夫。若能待之以恩，便可为我所用。大人能将他说之归顺，命他诈入山中，里应外合，此事无不成之理。”施公道：“本院自有章程。但不知这吴球家中，汝可认得否?”王雄道：“他住在猫儿墩地方，前日黄老爷与他还在那里斗的。”施公听罢，向着众人说道：“汝等连日已是辛苦了，此时可去歇息一番。向晚起来，本院有话吩咐。”众人见施公如此，已就猜着八分。当时天霸命金大力、郭起凤等人，保护施公，自己与众人，也就前去打盹。

闲言少叙。到了晚间，大众醒来，齐至施公前请示。施公道：“古人云：‘询于刍荛①。’又云：‘匹夫之言，圣人择焉。’王雄所说之言，正合本院之意。难得有这吴球，本院相请黄贤弟同王雄一行。如这人尚在家中，望即赶快回来送信，本院预备亲自前去，拼着三寸之舌，两行之齿，说以厉害，晓以大义，命他投往山内，约期里应外合，将一干强盗获住，除了这沂州大害。

---

① 询于刍（chú）荛——向割草打柴的人征询意见。刍荛，割草打柴的人。

不知你等意下若何。”黄天霸道：“总兵等恐大人不行。”说着，王雄也到了里面。天霸便向他问说：“这个吴球，想你必是认得了。大人今想自己前去，将为国为民的话，对他细说一番，使他归顺。意欲与你同去，作个引线，你看这事可行得吗?”王雄道：“若果大人前去，小人看来，他必然一心归顺。此时如果前去，他必然在那里面。不过他那地方，不比寻常的所在，大人前去，恐未免亵尊。”施公道：“本院也不是到那里去住家，不过看他这个人，有这身本领，徒然误听人言，不能上进，故此前去劝他。一则为民除害，二则使他立点功业。”王雄道：“大人有所不知，他所住的地方，虽有地方，却无房屋。只因猫儿墩这个所在，从前有个猫精，在那树林里面，掘了极大的窠巢，青天白日，在满山的作怪。彼时被吴球父子打死，恐它窠巢内仍有余孽，因此下去探看。谁知这下面有五间大小的地方，深也有一丈多深，一踏平阳，十分齐整。他正无处栖身，见有这么大的地方，便同他义子吴洪，将这物件收拾干净，改为自己的住所。人要前去，须走尽树林，由那个方洞下去，方可入内。”天霸听了此言，不禁说道：“怪不得的日前与他交手，只不见他的房屋，但见他由树林内走来。原来他有这个所在，倒也别致非常。”施公道：“无论什么地方，本院皆去一走，以表我的诚心。”当时计议妥当，施安做了饮膳，众人吃罢。王雄便在前引路，施公带领着天霸并关小西、贺人杰两人，一路向猫儿墩而来，约至二鼓以后，将近三更，已离前面不远。施公止步说道：“我们在此且住一住。王雄可先前去通报一声，说漕运总督施仕伦前来讲话。”王雄见施公待下如此，实是满心敬服。于是一人向前走到树林面前，不禁高声喊道：“吴大郎，你可在家吗?”一声问毕，果有人答道：“王头目，你可以此时前来？寨主买卖可好否？听说朱二大王昨日得了件喜事，我打柴回头，碰见刘老四，方才晓得。次日到镇上吃酒，预备茶后前去。忽然遇见黄天霸那杂种跟着，俺恐此去露了风声，误了寨主大事。不意他出言不逊，两人便交起手来。后来不耐烦与这厮动手，也就退到里面。所恨俺两个儿子，皆为他打伤。你此来干什么？可为我说明!”王雄听了此言，不知他如何回答，且看下回分解。

第四六六回

施大人求贤枉驾　吴壮士弃暗投明

却说吴球见王雄喊他，便问道："王头目，你此时到此何干？听说朱二大王得了一件喜事，你不在山上热闹，为何到我这里？"王雄见他乃道山上的事件，一时不便说出，更不便将施公说出。乃道："我们寨主，虽是兴高采烈，在我看来，也不算件喜事，恐以后的忧愁愈觉多了百倍。"吴球一听此言，乃喝道："王头目！你何出此言？幸亏你在这地方言语，若是在山寨内讲说，被几位寨主听见，岂不恼你？"王雄道："我正为此事，所以向这里前来。我看我们二大王，虽将施不全捉住，可知他乃是朝廷的大人，平日为国为民，方与他们结下这仇恨。推他的心迹，也不过想地方上安静，杀一儆百，使人不为非作歹，做一种好人，不做那杀人放火、打家劫舍之事，并非有心要杀那帮朋友。咱们这朝儛山，虽也是绿林一班，施不全又不曾与咱们见过一面，交过一言，理应各做各事。谁知寨主不知道理。自从智大王上山以来，偏把个施不全说成个人间恶鬼、世上魔王，恨不得顷刻之间，将他碎尸万段。虽是寨主想出这条妙计，命人进京，朱二大王现已将他捉住，不知皆中了智明的诡计，说是为绿林除害，其实报他的私仇，哪里是什么喜事？所以施不全上山之后，次日就为人救去，闹下这场祸来。眼见得大祸临身，你老难道不知道？"吴球听了这番言语，忙道："你说什么？昨日俺还想上山去，看这施不全，究竟是个什么样。怎么倒为人劫去！难道就是那黄天霸上山去的吗？”王雄道：“何尝不是！便是此人。”说着，便将天霸等劫救施公的话，告诉他一遍。然后道：“你看不是大祸么？”吴球听了此言，也就十分诧异。说道：“俺与黄天霸战了半日，虽觉本领高强，万不断他有这通天本事。你此时前来，莫非曹勇胆怯，请我上山相助？”王雄道：“倒不是这个意思。因俺有一事不明，特来请教。大凡人生在世，皆晓得善恶循环。此时山寨上既有这祸，而且这施公威名大振，是天下之清官，此时又在此间，回想当初实有恩于我，意欲去投他，实是委决不下，因此前来问计于你。”吴球听他这番言语，大喝道：“王头目，莫非疯了吗！据你说来，施不全是天下一个好人，何以绿林中提起他来便恨如切骨。况且你是个头目，他是个漕督大员，风马牛不相及，焉得说有恩于你？”王雄道：“你老哪里知道！其实施不全是屈煞了。小人若不遇他，哪有今日！”当将他在江都地方，如何为贼，如何被施公捉住，不但开恩放他，而且给钱与他，使他做买卖，以及施公断案如神、申冤理枉、虚贤下士的话，说了一遍。吴球道：“你这话可是真的吗？”王雄道：“我今日正无主意，特来问你，哪里有句虚言？我若是一派假话，肯说自己做贼么？”吴球不等他说完，忙道：“曹勇、智明这几个死囚，俺老子几乎被他们误了！天下有这等好人，我还要与他作对，代他们出气，岂不是不知人事？王头目，既是施大人待你有恩，理该投他前去，在此山寨中，终无了局。我吴球恨无门径，若有这个恩人，虽千山万水，也愿去投他的。”王雄见他这言语，已有投顺之意，忙道：“你老之言，可是真心吗？”吴球道：“谁与你说谎？”吴球即大叫：“曹勇等人骗得我好苦，将此等好人当作坏人，叫我吴球岂不被人耻笑！”王雄道：“你老也不必焦躁。设若施大人到此，你可肯代他出力吗？”吴球道：“你不是说那梦话，他是个堂堂大人，我是个砍柴樵子，他如何到我这里来？若有人引路，我去投他，收做小吏，也是甘心愿意，留个好名。”王雄到此时，知他是真心归顺，不禁道：“大郎不必如此，咱实对你说：现在施大人已经来了，还不去迎接？”说着，便将自己如何搭救施公以及施公前来的话，说了一遍。吴球听了，忙问道：“王头目，你这话是真的吗？”王雄道：“谁同你作耍！我且去请来，好让你相信。”当时便飞身出来，去请施公。

此时施公与天霸等，正在树林盼望。见他前来，忙问道：“吴英雄意下如何？”王雄尚未答言，后面吴球早又跟将前来。一见施公，纳头便拜道：“小人有眼不识泰山，身该万死，此时如梦初醒，有负大人盛德。若蒙恩不弃，赏识收留，虽赴汤蹈火，亦所不辞，何敢劳大人大驾！小人这地窖里面，万不敢劳玉趾。若不弃好，此去不远，有座古庙，且请大人与众英雄暂行歇步。小人取灯便来。”说着，爬起身，复向里面去了。施公见他已肯投顺，心下好不欢喜。当时向黄天霸道：“既然吴壮士如此多情，本部堂便到古庙中权行歇足便了。”说毕，仍是王雄在前引路，到了前面那个古庙内。不多一会，早见吴球提着个灯台，后面两人拿了些矮凳、茶壶之类，到了里面。先请施公坐下，然后向天霸赔罪道：“前日冒犯虎威，多多得罪，还求总镇海涵。”施公道：“不知者不罪。本院昨日听见王雄一番言语，方知壮士是个清白英雄，虽与强寇往来，却是一尘不染。本院十分敬礼！即如黄贤弟、关贤弟等人，从前也是做这买卖。初时也不知本院为何人，故江都任上，还去行刺。后来为本院劝说一番，改为好人，立下多少功劳，做了多少事业。现在身居总镇，耀祖荣宗。莫说本院敬服他，就是当今万岁，也以他为重，那些百姓们更不必说了。壮士既有此一派人材，又有这两手武艺，虽然砍柴为食，不做那强盗事业，可天地生人，皆要立一番事业，方不愧为男子丈夫。若隐姓埋名，与草木同腐，岂不可惜？而况壮士与曹勇等，尚有往来。设若他后来被擒，扳连壮士，有口难辩，势在可疑，岂不以清白的好人，入于恶党？果壮士真心向上，弃暗投明，便随本院在馆驿中暂宿一夜。明日到朝儛山中，扮为细作，里应外合，除去强人，为地方百姓除害，然后随本院上任，商议妙计，去打琅玡山，查访那钦限的案件。不知壮士意下如何？”这番话，把个吴球说得舒心服意，哑口无言，伏于地下言道：“大人之言，句句金石。人非草木，焉有不知？既蒙大人如此提拔，小人虽执鞭随镫，皆是乐从。但今夜静更深，小人趁有器具，存在此间。大人如肯相信，小人明日早间带上小人两子，定到馆驿便了。”说着，便将两个儿子带上，为施公见礼。施公问了名字，方知这个是吴洪，那个是吴涛。然后复问吴球道：“大丈夫一言既出，驷马难追。果诚心归顺，即是明日前来，这也无妨。但不要有负本院的来意便了。”当时王雄说道：“吴壮士决无反齿，此时请大人先行回去，小人还想在此耽搁片时，以便另想个主见，报效大人。明早定与壮士前来便了。”施公听了此言，不再追问。当时起身，嘱咐了一番。然后与天霸由原路回转馆驿。这里吴球将施公送出大门，走了二三里路，方才回来。不知他两人计议出何样妙算，且看下回分解。

第四六七回

行假计入山相助　说真情回驿陈言

却说施公与大众回到馆驿。吴球与王雄两人，仍是回到林内那地窖中坐下。王雄道："你主意是一定无疑了，但是施大人如此恩宽收留你我，若无半点寸功，为进见之礼，自己也未免无味。但不知智明上山之时，曹寨主与王寨主商议那条计策，欲害施大人性命，不知究是何事。未有数日，朱大王便下山去了，直至前日回山，便将施大人在半路捉住，你可知道这个消息吗？"吴球道："俺虽有所闻，只因此事，与俺无涉，也就未曾访问。你近来在山，可听见琅玡山云鹤的话么？"王雄听了此言，方才省悟道："怪不得近来的到那山上，不见那个飞云子，莫非他干出什么大事来？"吴球道："便是此人。听说是正月十五元宵佳节，到京城内，盗那什么琥珀夜光杯，来害施公。虽有这个议论，不知可曾盗来。"王雄道："如此说来，便实在了。我想朱大王进京，也是为的这事，所以随施大人出京，将他拿去。若能将这事访明，禀明大人，岂不是一件大功？而且施大人方才还说回任后，再来剿灭这琅玡山，想必也为的这事。访明禀知大人，要在山上返寻了。我想你老今夜何不上山一走，姑作听喽兵传说，施不全为黄天霸救去，深恐山上另外出事，特来探访。曹勇见你前去，必将细情告知于你，请你助他一臂。那时便将飞云子的话，细问一遍，然后下山，到馆驿而去，岂不是件大功？"吴球听了此言，甚是有理。忙道：“此去虽好，但是明早拿不定回来。若施大人见我不去，疑我反悔起来，如何解说?”王雄道：“这事不必多虑，咱先同你的儿子前去，将这话说明如何?”吴球道：“如此讲甚好，你同他在此收拾，俺就此前往。”说着，吩咐了吴洪，吴涛，各将兵刃物件，收拾已毕，随王雄去投施公。然后自己出了树林，直向琅琊山而去。

且说曹勇自天霸救出了施公。腿上中了一镖，已是疼痛难忍；又见朱世雄又中了一弹，不禁怒气填胸。大骂道：“黄天霸你这死囚，我到手的功名，又被汝抢去，俺与你势不两立了!”此时尹朝贵与智明两人，见天霸已走，只得向前说道：“大哥、二哥暂回内寨，遥想这施不全，不过在此左近，哪怕他再有多人，也经不起王大哥与飞云子两人的本领。为今之计，一面着人到琅琊山，请王大哥再来助一臂之力，顺问飞云子可曾回来。一面着人下山，打听他的下落。两位兄长在此徒骂，也是无益。”说罢，便命人将朱世雄与曹勇两人，抬至寨内。尹朝贵又在外面查点一番，但前那番喽兵，被天霸杀伤者，不下有三十人，死者倒有十余人之多，只得命人掩埋，照旧的布了埋伏。三座关头，添人把守，怕天霸等再来破寨。这些事布置已毕，方才回转里面。只见曹勇与朱世雄两人哼的不止。智明道：“天霸这个金镖用药水制就，其毒非常。所幸小弟这里，尚存了些末药，敷了上去，只要一服时，便可无事。”当即到自己房中，取出末药，向那伤痕敷好，令他睡下，将养精神。朱世雄虽中了一石子，所幸伤痕不大，也用绸子扎好。智明道“这皆是小弟累及兄长，目今事已至此，不去寻他，他必来寻我。不知二位兄长意下如何?”曹勇道：“方才贤弟已经说明，唯有着人前去，王大哥何以半途而去，莫非他回去，约那些朋友吗？”他两人正说之间，只见那个请王朗的喽兵道：“大王有所不知，那个到京里去的云老爷回来了，小人到了那里，王寨主也是着人来请大王，但听什么宝杯，已经到了。”智明听了此言，不禁大乐道：“大哥不必烦恼了，此乃天助我等。飞云子已经回来了，王大哥此去，必是约他去了。此时大众且歇息一番，到了晚间，他必然至此。”曹勇听见如此，也是欢喜非常，安心歇息。谁知到了晚间，依然未有动静，心下十分盼望。乃道：“莫非王大哥惧怕天霸，不敢再来吗？他有那身武艺，平时胆量又大，何以今日如此？莫非在半路又遇见对头么？或者他是这个想头，不到我这里来，便知施不全的住处，去他那里行刺吗？”众人你言我语，只是想不出个道理。直至三鼓以后，方见那下山的喽兵，前来回信说：“小人奉命前往琅玡山，请王寨主，哪知他日间回山，便想请飞云子前来相助，谁料到房里已是不知去向。四处寻问，那守山的喽兵说：‘自从王寨主下山之后，飞云子带一人拿了自己物件，也就下山。临行时，向我等说明，寨主回山，多多上复，说我飞云子事情已毕，从此到他方去了。’因此寨主听了此言，大惊失色。疑惑他将那琥珀夜光杯依旧带去。当即到齐星楼上八门柜内去看，所幸这物件尚在里面。王寨主怕天霸等访出这事，到他山上寻事，因此不敢前来，并命小人禀知大王，若怕山上有事，人少难防，就迅速将吴球父子请来，防备数日。打听施不全动身，即便可以无事。”这番话，把曹勇说的没了主意。向智明道：“我们这两个山头，如何是好？”智明见他惧怕如此，深恐不替他出力。乃道：“大哥这样烦闷，还能干那事吗？小弟血海冤仇，我们去请吴球，此人本领比我们强胜几倍，何不就去请他？”正说之间，早有那守关的喽兵，前来禀明："回寨主，猫儿墩吴球，前来喊关，未敢放他进寨。请示下。"智明忙道："好极。"与曹勇道："咱们正想去请，俺同你出去迎接。"说着起身，一路出来，到了头关，赶着将关开了。吴球见是智明，问道："智寨主，你们受惊了。小弟傍晚回家，听我儿吴洪道，朱大哥前晚回来，在半路将对头捉住，今早忽然又为黄天霸闯进关来，将他救去，还将两位寨主打伤。那里可曾报信？若将飞云子请来，大有裨益。"智明听他言语，便将飞云子盗取夜光杯前后细情，说了一遍，吴球方才明白。故意对智明道："照此看来，大仇是不能报了。"智明道："小弟岂不知道？只是无人帮助，也没有别法。你老哥素存好意，果能助我一臂，定当生死不忘。"吴球道："愚弟今日即在此防备一夜，等至天明再说。"智明大喜。一宿无话，次日，吴球向馆驿来报信。不知施公若何施行，且看下回分解。

第四六八回

何路通入水杀巡兵　黄天霸拼力战强寇

却说飞云子的事件，吴球打听了明白。即于次日，便下朝儛山，向琅玡驿而来。到馆驿时，吴洪兄弟与王雄早已到此，将吴球上山打听虚实的话，禀明施公，施公自是喜出望外。又见吴球到来，便问道："壮士昨夜前去，所访之事，有无消息?"吴球道："小人探得，琥珀夜光杯，却是在那琅玡山上，盗杯的人，已经走了。"话尚未完，天霸跳身起来道："杯子真在此么？飞云子究是何人？有这本领？杯子究竟放在何处？这人到何处去了?"吴球道："这人之去，连王朗也不得而知。现在王朗日夜与那班众好汉商议妙策，共图大事。"天霸道："既然这人走了，此事倒还易办，咱们既有这许多人，又有这一身本领，他既盗得来，咱们就不能盗去吗?"复向施公道："大人此次出京，多半为这案件，不料仍在这里破案。飞云子你究竟有多大胆量？竟敢做出这天大的事来。钦限在即，朝儛山这班狗盗，也没有什么本领。这夜光杯，既在琅玡，不若将它盗回，先销了钦限的案件。不知大人意下如何?"王雄忙道："总镇莫小视他，可知王朗的本领，不比寻常。况那齐星楼许多埋伏，虽有千军万马，也不得进去。听说从前造这楼时，王朗求了飞云子，数月功夫，始肯将这楼图画下。真有神出鬼没之势。想这琥珀夜光杯藏在楼上。除却得了楼图，方可去破。设若朝儛山再招集好汉，联络一气，激成大祸，反为不美。不若先将朝儺山破去，然后攻打一头，好在这山头有吴壮士内应，还怕不一战而获吗?”计全听王雄之言，颇为合理。随即向吴球耳旁如此如此，吴球诺诺答应。又带了吴洪、吴涛，回朝儺山去了。施公见天霸不言不语，不知他又想出什么主意。喊道:“黄贤弟！可恼这智明，关王庙死里逃生，还是不知悔过。复又生出这毒计，陷害本院。贤弟今晚不将此人捉来，也不消我这仇恨。”天霸听施公此言，说道:“大人吩咐如此，卑职何敢不从?但是这里须人保护。不如留贺贤侄同金大哥、郭大哥在家防守。咱们与关小西、何大哥、李七哥今晚前去，将这厮结果性命，以为百姓除害，以报昨日之仇。”大家饱餐了一顿。命贺人杰等在家，小心保护。自己与众人，带了兵刃，换了夜行的衣服，直奔朝儺山而来。

且说曹勇自吴球去后，果然末药效用甚大，到了巳牌时候，已经止痛，且可行走。向着智明说道:“吴大哥今来助我，真是幸事。恐天霸昨夜未来，今晚必来寻事。必得打听施不全的消息，方可无事。”此时吴球与他两个儿子，已经到了山上。听了曹勇之言，乃道:“寨主但放宽心，今有俺父子在此，管他三头六臂，叫他为一团肉饼。我等今晚，但开怀饮酒便了。”当时众人听了此言，甚为欣悦。唯有智明一人闷闷不乐，浑身如坐针尖之上仿佛，皆不安稳。暗中想道:“莫非今晚有什么祸，应在我的身上！不然他们俱不觉得，我何以这样难受?”也就无心饮酒，便到各处巡视一番。等到上灯以后，依然不去睡。吴球一心想将智明等人灌醉，天霸到来，便上前动手。此时见智明如此防备，疑惑他看出形迹，反而不美，不敢再饮。尹朝贵等，见智明如此，也就带了喽兵，到各处探看。谁知智明正从里面出来，黄天霸等，已经到了山下。只因何路通与李七侯俱有水性，到了岸口，已交三鼓。知道浮桥已撤，正在钻身下水，将众人渡上岸来。忽听见上流头，咿唔的声音远远而来。李七侯眼力正足，随即向前一望，却是一支巡船，顺流而下。三个喽兵立于船中，露出一点灯光。何路通笑道："妙也！咱们正怕费事。"便同李七侯一起跳下水去。两人在水内，将船帮搭住，往下一拖，那三个喽兵喊声"不好"，咕咚咕咚，一起栽入水内。何路通伸手一捞，早将两个喽兵夹住，其余那个喽兵，又为李七侯揪住。复行跳上船来，将三人杀死，摔下水去。两人一前一后，撑过岸来，渐渐离寨不远。正拟上岸，忽前面关寨上，有人问道："来者何人？为何不打暗号？"何路通向李七侯道："咱们未免粗心，早将他暗号问明，再结果他的性命。此时被他识破，其奈之何？"天霸急道："问由他问，怕他什么？"说着提刀上岸。上面的喽兵，见他回不出暗号，忙将铜锣，乱敲一顿。天霸见他鸣锣报信，赶向众人喊道："诸位！就此去吧。"说罢，关小西、李七侯、王殿臣等人，各取兵刃，到上面去。天霸本是熟路，知头座山寨，无甚埋伏。随即带领众人，在前面引路。山上的喽兵，见是天霸，正要来阻，早被一刀一个，杀死数人。其余喽兵，只得向里面喊道："不好了！黄天霸又来破寨了！二座关上，快放箭呀！"这派声音，早已传到里面。天霸也不问他只箭射来，放定心路，直向里面杀去。此时曹勇与智明，正在外面巡查，听见外面喊声，知道不好，即将镏金镋端在手中，复又带了百练飞抓，拼命杀出。智明也将钢刀提在手内，随后赶来。奔出三关，遇见天霸，未知后事如何，且看下回分解。

第四六九回

黄天霸大破朝儛山　何路通押犯沂州府

却说黄天霸正赶曹勇，忽见他掉转身躯，左手一抬，早把个百练飞抓，对他打下。天霸晓得不好，赶用了个倒扳桨的势，两手将刀护定身躯，脚跟向后一起，倒退有五六尺远近，方将这飞抓让过。曹勇见一下未中，复行飞步前进，认定天霸没命的打来。链索声音，不绝于耳。所幸天霸那口刀，十分锋利，招拦格架，便捷非常。把曹勇两膀，震得酸麻，只是近身不得，不禁失声喊道："黄天霸！咱与你往日无怨，今日无仇，两次三番，入我的山寨，今日这一命，同你拼死了！"就把飞抓一手执定，一手镏金镋高起，双手并用，两物齐施，直向天霸没命地打下。天霸见他舍命的恶斗，一时杀得兴起，恨不得就此一刀，结果了性命，也就精神陡长，拼力前来抵敌。两个人杀在一团。两人正敌之际，那边关小西见智明来迎敌，不禁高声骂道："不怕死的秃贼，关王庙为汝逃走，未得施刑；今又死灰复燃，在此作恶。你认得关爷爷么?"当时将折铁倭刀一摆，跳上前去，交起手来。智明见是小西，提起腰刀，便向他胸前刺下。小西将左边一让，躲过这刀，一个旁势，也就一刀向他肋下砍去。智明见他还手，当时不敢怠慢，用了个秋风扫叶势，把身体向前，手拐向后，勒定刀柄，觑定小西的刀，顶面一拦，响亮一声，火星乱迸。小西见他将刀开去，不禁大怒道："该死的秃囚，还如此猖獗，偏要看汝这腰刀，有多大厉害！”说着，将身进前一步，舞动刀法，一路砍来。智明到了此时，已吓得心惊胆战，欲想逃走，也不得脱身。只见他上下盘旋，如刀山相似，直向自己的要害砍来。当时只得将刀握定，前后左右，拼力招拦。哪知小西这口刀，却不比寻常。碰在刀背上，还可支持；若遇着刀口，便立时损坏。智明不知它是削铁如泥的宝物，正是舍命地招架，忽然一声响亮，自己的刀，被小西的兵刃，早已削去半段，飞在空中。这一惊非同小可，欲想再斗，更是万难。只得大叫一声，转步往寨里跑去。谁知何路通看得清切，飞起一个弹子，直对他左眼打去。智明没命跑来，不提防另有暗器，一个黑影，飞到前面，正欲向旁边让去。早已躲闪不及，大叫连声，鲜红飞出。何路通见石子打中，紧追一步，双拐打来。智明晓得不好，赶着掩住眼眶，复行奔跑。谁知下面有块乱石，未曾看见，一绊一个筋斗，早已栽倒在地下。后面关小西已经追到，手起刀落，割了首级。

里面尹朝贵与朱世雄得了这信，赶着拿了兵刃，飞奔出来。迎面遇见吴洪，连忙说道：“吴贤侄，天霸来了，赶快前来助战！”吴洪听了此言，也就应声答道：“小侄来也！”说罢，单刀一摆，直向尹朝贵劈下。尹朝贵这一惊不小，喊道：“吴洪！你认错人了，咱叫你去杀天霸，怎么杀起俺来？”吴洪骂道：“你这狗头，谁是你的贤侄？你还在梦中呢！实对你说：俺父亲已投顺施大人了，命我等来灭山寨，快快将头割下，让俺前去投功。”尹朝贵听了此言，方知中了他计，不禁怒道：“汝这小小匹夫，俺道你父子是个好人，故请上山相助，谁知道反去助敌，真是人面兽心！”说罢，手提兵刃，将刀开去，两人在聚义厅，便大杀起来。此时李七侯、王殿臣等人，早已进入寨中，遇见喽兵，举刀便杀。曹勇在外面，与天霸对敌，只能招架，不能还兵。满眼望吴球前来助战，忽听后面一番喧嚷，如天翻地覆一般。一派红光，照耀得如同白日。早见来的一众喽兵，高声喊道："大王，不好了！后寨里面火起了。"那片哭喊的声音，已震动山谷。曹勇见大势已去，再见智明已为人杀死了。此时无心恋战，只得虚晃一刀，向前逃去。天霸哪里肯舍？朴刀一舞，紧紧追来。出了关头，但见他向左角一钻，忽然不见。天霸知他有什么诡计，也就不敢前近，提转朴刀，杀入里面，正拟寻朱世雄等人，杀个净绝。谁知第三座关上，火绳一亮，随即响亮一声，如春雷仿佛。天霸这一惊不小，知道是车轮炮发作。正是无可躲避，一时失措，两足站立不定，早已突下那陷人坑内。哪知就此一来，反救了他的性命。原来那第三座关门埋伏已久，欲将车轮火炮，开出关来，去轰天霸。只因下面曹勇与天霸交手，一时不敢开放，怕伤了自家寨主。此时见曹勇逃走，天霸复又杀入，故此用这埋伏，以便送他的性命。哪知天霸一吓，跌入陷人坑内，那许多炮子，皆由上面过去，反而未能伤损。不多一时，炮子放尽。天霸便在下面，一个纵身，复行跳上。穿烟拨雾，杀上前来。早有关小西由里面出来，见天霸在此寻觅，赶着喊道："黄贤弟，快随我来！尹朝贵已被吴洪活捉了。"说着，只见李七侯、何路通俱皆到了。说道："咱们到了里面，正寻那朱世雄的踪迹，适巧他迎面出来，咱们就与他交手。忽听大炮声音，深恐这里有失，手头一松，就被他走去。"众人聚在这里喊问，只听那山上的喽兵，哭声震耳。原来那派火光，是吴球到他那马料房中放的火。此时天霸见贼首已走，欲想追寻，已来不及。只得高声喊道："山上喽兵听了，汝等皆地方上百姓，总因这曹勇强寇，诱骗前来，做了这不法的买卖。若能改邪归正，就此将曹勇妻小并强人羽党，活捉前来，皆免汝等的死罪。”这声吩咐，早见那班喽兵，皆跪倒于地，声称情愿改悔。当时众人一声拥起，概找入内寨，将曹勇的家小，全行捉出。复又将那几个亲信的头目，俱皆捉住，送到天霸面前。天霸命李七侯、何路通等人，押着人犯，自己前去，找着了吴球。带了关小西并吴洪弟兄，将山中所有的埋伏并那三座关寨，全行拆毁。此时天已大亮，命喽兵放下浮桥，一路过河，向琅玡驿而去。

此时，施公正在驿馆内盼望，忽听贺人杰跑了进来，说道：“黄叔父与大众皆回来了。关叔父手里，还提了个首级，想必就是强人。现在门外招呼地甲，随同何路通，押解人犯，往沂州府投报呢。”施公听罢此言，心下甚为得意。只见天霸与众人进来，将上项事说了一遍。施公道：“贼首虽走，所幸这智明当场格杀，这也是一件快事矣。且说何路通押着人犯，随地甲一路向沂州府而来。此时沂州府秦蔼仁，正在坐堂问案。忽闻值日差上堂禀报此事，吃惊不小。只得命原、被告暂退，自己迎接出来。不知如何交代，且看下回分解。

第四七〇回

施漕督先回淮安任　黄总兵夜探琅玡山

却说秦蔼仁听说施公押犯人到沂州来，赶着出来迎接。只见许多喽兵，押着一个强人，两个女子。另外五六名少年大汉，纷纷拥拥，到了大堂前推下。早有地甲上前禀道："小人琅玡驿地甲李坤，日前漕运总督施大人路过本驿，驻驿馆中，访问本境朝儛山强人，横行不法，特命现任总兵黄大人，带领众位英雄，前去剿灭。现在人犯俱由何老爷押解到此，请大老爷发落。"秦蔼仁听了此言，赶着向着何路通行礼已毕，邀入内厅坐下。何路通开口问道："贵府在此，为一邦的太守，境内有这项强人，不能预期剿灭，叫百姓何以安枕？本路通奉施大人之命，与黄总兵前往山头，现获得强寇一名，名叫尹朝贵，当场格杀了关王庙的逃犯智明，贼首曹勇与朱世雄两人现已逃脱，获得曹勇妻小二人并几个犯事的头日。大人吩咐，赶快审明，就地正法。"秦蔼仁到了此时，已吓得浑身乱颤，明知自己的处分，只得诺诺连声，敷衍了一会。何路通也就告辞出来，回转馆驿。施公自将吴球父子并天霸等人，夸奖一番。仍想趁此便破琅玡山寨，复取宝物。唯有吴球同王雄两人，十分苦劝，说请施公先回淮安，然后再来破齐星楼，完那要案。

施公正犹豫不定，到了上灯时分，秦蔼仁早赶了前来，施公当时传他进见，问了一番，知已将尹朝贵与曹勇的妻小正法。其余喽兵头目，俱各具改过切结，恳令归养。施公见所办的事，尚觉稳妥，当即说道："本院初到此地，访闻贵府的声名尚好，但是这强人在境，姑息养奸，未免稍耽处分，此后还须整顿方好。"秦蔼仁道："卑府捕务废弛，自知其过。"施公也不过于督责，反而向他问道："贵府在此，可知这朝儛山外，另有什么强人么？"秦蔼仁道："还有一山，有什么镇山太岁王朗，却不清楚。"施公便将飞云子盗取琥珀夜光杯，王朗砌造齐星楼的话，对秦蔼仁说了一遍。秦蔼仁道："看来此案，非急切可破。大人若不先回淮安，不但误了任期，而且于事无济。况久闻这飞云子，无人可敌。此楼虽王朗本人，尚不能破，非将飞云子原图得来不可。此事还望大人三思。"施公听了此言，知秦蔼仁是个好官，所言谅皆是实。只得命他小心防守城池，自己择定后日起程，先到淮安赴任。

哪知其中，唯有黄天霸与贺人杰两人不服，说道："这飞云子，也不过是人，难道他制造这楼，便无人能破！照此说来，设若飞云子原图竟无人晓得，这钦限的案件，终久不破了？好在大人后日方才起程，今夜咱两人便去偷看一番。若能取得杯来，也免得往来转折。"两人计议妥当。等施公安设已毕，命李公然与小西两人，在家保护施公；自己换了夜行衣服，各带腰刀，出了馆驿，一路奔驰而去。琅玡驿到山头，虽有数十里地面，怎奈他两人夜行功夫，十分纯熟，顺着路径，一路而来。约至三鼓之时，见前面一座高山，峭壁悬崖，树立在琅玡道前面。远远向前望去，但见半山上面，起了一座牌楼，万丈苍松，将它遮盖。又走了数里，已至山跟，隐约一带山坡，倚斜而上。天霸向人杰道："你看这座山头，好一派气概，俺与你就此上去吧！"说着，二人大踏步上了山坡，只见九曲三弯，甚为险峻。好一会，将山坡走尽，见有一片旷地，当中竖立那个牌楼，磐石砌成，约有五丈宽阔，周围上下皆悬空，有万笏来朝的花样。顶上有块横额，高耸在半空，细细看来，好像是“独居胜地”四字。天霸看罢，向人杰道：“狗强盗如此无礼，你看这四字，自是至尊无上了。”人杰道：“管他则甚？俺但前去，将杯盗来，那时他也就惧怯了。”说着，复向山头望去。只见牌楼前面，有座寨门，约离有半里之遥。寨门一带，皆是粉壁高墙，两扇铁门，关得水关相似。天霸就此便一个纵步，上了墙头，瞥眼向前看去，乃是一个大大的院落，正中一条甬道，两边有十数间廊房，窗槅内放出许多灯光，照在那院内。天霸知是喽兵的房屋，随即蹿房越屋。过了二座重门，乃是朝南五开间大厅。上面排列着十八般兵刃，左边有六角月门，月门内是一带曲折廊房，环抱着个抱厦厅。屋对面一个假山石洞，穿过洞去，是一个花园，杨柳画桥，牡丹亭榭，真所谓无美不备。天霸是看了一遍，对人杰道：“这一带地方，皆非正屋。究竟那齐星楼在于何处，必得寻了门径，方好前去。”正说之间，忽见花园东首，有个船厅，厅旁有个石桥，石桥那面，见了两个十数岁的孩童，一人提着个灯笼，一人端个茶托。嘴里说道：“偏生你我晦气，昨日上班，今日便出了这事。他山上的事，与我们何关？我们大王偏如是多事，说替他报仇，将什么黄天霸拿着，碎尸万段。到了此时，还未睡觉。一时要茶，一时要酒，我看曹寨主好像个疯子一般，笑一会，哭一会，闹得人不得安稳。这不是倒运吗！”天霸听得清楚，知是曹勇到了这里。赶着将人杰一碰，将身躲入假山后面，等那两个孩子走过，也就提步随后跟来。只见出了船厅，穿过竹院，过了有十数进深房大屋，方到了一个方厅，四面八方，虽有槅扇，那前面有块石板，忽然竖起，里面却现出园门一个，两层坡台，由此进去，复见铜铃响动，依旧还原。天霸看在眼内，不禁诧异道："这是他会客地方，便有如此关键，那齐星楼更可想而知了。"当时与人杰侧身蹲下，只听里面许多人讲话。有的说："曹大哥不须烦恼，但求王大哥大事定后，俺们也不怕不富贵。"有的说："咱们这齐星楼，也是人间少有，天下无双。将这物放在当中，一日不得出楼，施不全一日不能无事。违了钦限，固然有罪。若来争取，也是死命一条。而况我们这班弟兄，谁人好惹？总之，黄天霸再有通天本事，到了齐星楼前，恐也入于死路。"天霸听了此言，只气得两眼圆睁，双眉倒竖，便想趁此杀入里面。无奈见他有这埋伏，二来齐星楼尚不知在何处。天霸道："此时已四鼓了，只不见那个所在，这山势又高，加上这座高楼，岂有不见之理？"说着，两人复蹿到前面，四下看来。不知这齐星楼，究在何处，且看下回分解。

第四七一回

入深地问路杀更夫　闯高楼放箭伤人杰

却说黄天霸与人杰两人，到了高步之处，四下一望，只不知齐星楼在于何处，心下正在着急。忽听远远一派金声，由东北角而来。那声音渐来渐近，乃是两个更夫敲着更锣巡夜。当时天霸怕为人看见，仍然躲在屋上。哪知人杰性急，一时见找不到高楼，见此两个更夫，随即蹿步上前，到了他后面，提起右腿，一腿打去，只听咕咚一声，栽倒一个。前面那人不知何事，正欲回身来望，人杰举起左腿，复又打倒。两人见是夜行的强人，知道事情不妙，便想喊叫起来。人杰早提过一个更夫，刀柄一抽，刀口向上，刀背向下，在那更夫颈上押定。骂道："你这狗头，若喊一声，便送你回去。"说着，天霸也飞身下来，将前面那人揪住，也是如法炮制，不许他出声。更夫见他两人，各执明晃晃的利刀，早已将舌头吓短。连忙说道："爷、爷，饶、饶、饶，饶命！"人杰道："你要性命，俺有一句话问你，如若说明，便放你回去。你这山上，那座齐星楼，在什么地方？快说明来！你便无事。"更夫听了此言，忙道："楼、楼、楼，楼不是在前面么？"人杰道："你这厮，死在头上，还要说谎！你说它在前面，为么咱两人皆看它不见？"更夫道："爷爷！从我来处走去，向那边看去，便看见那座高楼了。"人杰还不相信，忙道："黄叔父！这厮如此可恶，你老爷偏去一走，究竟看有没有。"天霸听了此言，松开那个更夫，交人杰看着，自己到了前面，果然一座极高的高楼，在那山顶上面。只因前面有些大树，将它遮住，因此在下面看来，反而不见。连忙向人杰道："贺贤侄！这楼看见了。"人杰听了此言，一刀结果了更夫性命。复又一刀，将前面那人杀死。随着天霸，向齐星楼前来。

原来这座高楼，共有五层。头一层，一带栏杆。每栏杆面前，一支花朵。栏杆里面，虽是走马廊檐，却又曲曲弯弯，宽窄不一。大约有五六步的远近，便有小小石墩子，上设着一灯。里面便是正屋，却又门径不一，或大或小，不下有一、二十门。里面透出灯光，好像有人在里把守。第二层，是个六角式样，每面一个圆门，圆门里又套了一门，门上现出些虎头模样，张牙舞爪，凶猛非常。周围十二个滴水出檐，支在外面，每处瓦角上挂着两个铜铙。就此两层，已有一丈余高。欲想再向上望，只是看不清楚。天霸向人杰打个暗号，见身后那个高树，有二三丈高，无限的树头，由下至上。天霸便想蹿到树上，再看那三、四层楼，以便到最顶上去。当时将身躯一转，用个晚雀归林势，两脚一升，蛮想落定在树上。哪知齐星楼上早已看见，只听灼落一声，大树面前，早放出一支火箭。天霸晓得不好，赶着在树头上一垫，一个游鱼送水势，复行落下地来。谁知火箭躲开，只听炮响一声，那一带栏杆，一起倒下，所有那些花朵，皆变作铁子流星，四下纷纷，直对两人打下。但听上面喊道："何处鼠辈？敢偷看俺寨主的禁地！"说着，灯球一起燃着，周围照耀得如同白昼一般。天霸到了此时，已吓得手足无措。只得将朴刀取在手中，预备人前来厮杀。谁知但听人言，却不见出来动手，更把个黄天霸弄得惊疑不定。正拟转身出去，只听一人喊道："黄天霸汝这狗头！今既入我山寨，欲想出去，留下头来。”天霸转身一望，正是镇山太岁王朗，手提连环枪，劈面刺下。天霸赶将朴刀架去，让过一枪，随手一刀，也对命门劈去。王朗哈哈笑道：“黄天霸！你也不打听打听，当着我还是在朝儛山上么？来得好，会我一阵去吧。”说着，枪头在刀口上一格，身体一掉，蹿到楼前。只见他左手一挥，将那铜铃乱敲，屋中立出有十二个大汉，皆是青黄赤黑白，五色面孔，锤棍斧叉，直向天霸砍杀。此时贺人杰恐天霸有失，只得将双锤一摆，前来助战。哪知这十二个才要动手，复又一派喧嚷，齐声喊道：“王大哥！莫让这厮走了，俺兄弟们来也！”只见扑扑扑穿过树林，八九个强人，手执刀枪，前后夹战。天霸与人杰到此地步，只得将性命置之度外，施开手段，抖擞精神，格架招拦，与众强寇大杀不止。王朗在上面，看得清楚，只见他两人，两般兵器，左冲右突，惧怯毫无。复又望下说道：“黄天霸！你是好汉，便上楼来，俺与你杀个你死我活。”说罢，跑到第二层楼上。飞出一件利器，到了树前，那树响亮一声，忽咙倒下，几乎压在天霸身上。两人不知这里面暗器，从何而来，赶着虚晃一刀，蹿身逃走。王朗见他两人败去，复行一声吆喝，许多强盗，紧紧追来。人杰也就且战且走。到了那花园里面，只见一大汉，提斧砍来，后有人追，前有人阻，不禁叱咤，双锤格过斧头，复又向前而去。谁知向前跑时，又见一支火箭，从旁射来。举起锤头，正拟将它打落，哪知第二支火箭，复又射到，闪躲不及，肩头上已中了一箭。当时，只得忍痛逃奔，夺路而去。所幸前面尚无阻隔，一直蹿房越屋，穿出山来。四下找寻，只是不见天霸。心下此时好不着急，只得在牌楼前等候天霸。

哪知天霸在里面，几乎送了性命。他见人杰敌住众人，心想：王朗在那楼前，趁此上去，背后一刀，结果了性命，岂不完事？当时主意想毕，提起朴刀，便蹿身绕过大树，飞上楼来。谁知到了面前，那个滴水廊檐，忽然倒下，圆门一转，出来个蓬头使者，手执许多铁索，对面飞来。天霸到了此时，还想向旁躲避，谁知那铁索锋利无比，每圈上面，皆挂着倒刺钩儿，早已钩住他短袄。天霸这一惊不小，赶将朴刀割去衣襟，转身蹿出楼前，直奔院落而去。所幸人杰现已逃走，虽然有人在后追赶，仗着夜行的功夫，胜人一着，也就从正屋蹿到山前。人杰见他出来，连忙喊道："黄叔父！小侄在此。"说着，依旧聚在一处。过了牌坊，向琅玡道而去。两人一路言语，到了日光东出，已抵馆驿。不知后事如何，且看下回分解。

第四七二回

负冤仇三更托梦　诚孝子满口怀疑

却说天霸与人杰，一路回来，到了馆驿，已是日光东出。关小西连忙问道："齐星楼可易破么？"天霸道："俺是绿林出身，英雄好汉，也不知遇了多少。今日遇见这案件，便不能将此害除去，岂不令人可恼！"说着，就将夜间话，说了一遍。人杰道："但有一件，小侄不解。姑作这飞云子厉害非常，他也不是神仙，哪里便会变化？你记得那大树有三四丈高，顷刻之间，便尔倒下；栏杆上的花朵，就改作流星。六角门内，又有圆门。这许多暗门、暗器，皆人所未见。虽有通天本领，也不能一刀一枪，两下厮杀，何能同那些争斗？眼见得目前破不下来了。"计全在旁道："这齐星楼，不过飞云子用的一套功夫，制就这许多暗器，无非是关连子、生死斗而已。只要知道他妙法，便一点不难破了。据我看，还是同大人先回淮安上任，那里朱光祖、褚标等人，见多识广，或者他们知道这破法，亦未可知。不然，或有人知飞云子的名，然后再大家设法，重破此山。完了那琥珀夜光杯的案件，方是妥当。"人杰道："叔父之言，固是有理。但小侄肩头中了这火箭，此时疼痛非常，如何是好？"计全道："此箭不知可有毒药么？如没有毒药，咱这里尚有药治。"便取药末，在他肩头敷好，令他养息一番。此时施公已经醒来，听得他等所言，知是黄天霸夜间去访山寨。当即将计全喊去，问了一遍，方知这齐星楼的厉害。随即命贺人杰与天霸，好生歇息，定于次日回转淮安。早有秦蔼仁率领带来兵丁恭送，施公又命他以地方为重，平日小心防备，莫为强人肇乱的话，说了一遍，然后命他回城。次日一早起程，夜宿晓行，非止一日，奔淮安去了。

这日到了徐州府属萧县境内，渐渐天色已晚，随命施安拣了村镇，投店住下。这地方唤陶家洼。当时众人下了店，一切安顿已毕，送上茶来，坐了一会，吃了晚膳。施公因连日途中辛苦，便命众人早为安设，自己也就安心去睡。到了三鼓时分，忽见一只猛虎，向他身上一扑，正是张牙舞爪，欲来啖①吃。卧床下面，爬起一人，举起一棒，将虎打死。施公正要开言，问他名姓，又见床下睡着一人，满身是血，不禁一惊，转醒过来，乃是南柯一梦。施公自己甚为骇异。当时又将梦中之言，记忆了一遍，复行安歇了一回。已是日光将上，外面俱皆起身，吃了早点，便皆动身赶路。施公道："本院今日身体不爽，在此权住一日，俺还要访一案呢。"众人见他如是，只是不解何故。忽然管账的小二进房有事，施公见他穿一身孝，便问道："汝姓甚名谁?"小二道："小人名字叫裘龙。"施公又问道："汝今几岁了？身上服制，为何人戴孝?"小二又道："是为我父亲带的。"施公道："你父亲叫什么名字?"小二道："我父亲叫裘伯虎。"施公听毕，不禁一惊。忙道："他是几时死的?"小二道："去年腊月十四日，与我叔叔一天死的。"施公惊讶道："哪里有这巧事！他两人便一天同死么?"小二道："何尝不是。小人的父亲同我的叔叔睡在一个房内，次日早间，小人到房内喊他，两个人全没气了，小人那时如

① 啖（dàn）——吃或给别人吃。书面语。

天塌一般。一天遭此横事，心下有点疑惑，恐怕为人害死。无如他两人是住在一间房内，临死之时，我叔叔尸骸在床上，我父亲的尸骸却倒在我叔叔床外，当时小人进去看，便是如此。怎奈我年幼无力，要想告官，又无势力，只得将我叔叔同我父亲的衣服等件变卖钱，买棺收殓。”施公听了此言，暗道：“这事必有缘故了。我夜间所梦的，是一只虎向我扑来，床下那人便一棍将他打死，后来床里又睡着一人，浑身又有血迹。这孩子说他父亲如此死法，名字叫裘伯虎，伯与扑字虽不同，意还相同，必是他有冤枉，前来示梦与我，这是求我的意思。照此看来，又与这姓裘的裘字相合，必是裘伯虎这人，求我申冤了。”随向那小二问道：“你说你父亲身死，岂无伤损？可有什么伤痕？”孩子道：“可怜他两人，初死时尚不觉得，后来临下枋，我叔叔眼肉内不住流血，我父亲脊梁骨忽然断下，这不是显而易见吗？”施公道：“你父亲平时可有仇人么？”小二道：“他在这店中二三十年，从无人与他为难，不知为何如此。”说罢，不禁大哭起来，依然走去。此时施公甚是不乐，暗道：“本院出仕以来，为民申冤理屈。若不在此将这案访明，岂不令人鬼含冤？”当时便将计全等人招呼到房内，将这点说明。众人齐声说道：“现在饮限在即，琅玡山之事，尚无头绪，且请大人回任罢。这事虽属可疑，无奈他儿子皆说不出底细，这从何处访问呢？”施公见众人如此，乃道：“本院连日路途辛苦，本想在此暂停几日，又有这个疑案，若竟自不问，未免亏心。现以两日为度：若两日之中，破了此案，便是死鬼的阴灵；如若不能，本院也就起程了。”计全知道施公的秉性，当时只得退了出来。

施公一人到了店前，便在外面闲游了一会，信步到了镇外。

但见些乡民农户，服力田间，一遍秧歌，颇为有趣。行了一二里，忽然天云漫黑，山雨欲来，施公深恐自己遇雨，只得复行回来，谁知走到镇前，那黑云复又散去。当时一人暗道：“天有不测风云，你看这雨势到又过去了。”想罢，依然转身向乡间走去。正走到方才的所在，谁知风声又起，大风裹面，犹如两只野猪，顷刻不见，满天红日，照耀如常。施公当时点点头，知道是裘伯虎的案件。随即回转，到店内坐下，将那小子喊来，问道：“你们这店中，可有个云里猪么？”小子道：“没有，没有。”施公见他回得切实，也不向下问。随命天霸、小西与计全等人出去，到镇上去问同音的姓名，拿来讯问。大众听了此言，暗道：“我们初到此地，向何处去问？岂不是苦人所难。”计全道：“好在大人有言在先，两日之后，访问不出，便仍然起身，此时咱们便去访一访算了。”当时众人吃了午饭，彼此出门去访。唯有天霸性急，不问东南西北，直向那有村庄的一路而来。忽然来了一人。不知此人是谁，且看下回分解。

第四七三回

访奇案无意得凶人　招口供欺心是赌鬼

却说黄天霸奉了施公之命，到各村庄访问那个云里猪。走了几处村庄，见那些男子、妇女均不在家，只有些年老妇人、幼年孩子，向她问话，皆是所问非所答，把个天霸急躁的万分。此时又到了个人家，仍然见一孩子。天霸不得已，问道："这家可有姓云的么？你家大人向何处去了?"谁知那小孩子是个哑子，见来了一个生人，已是惊疑不定，又见天霸那身装束，是武士派头，更是呀呀呀呀，闹个不了。天霸见他指手画脚，说不出一句话来，更是怒气非凡。当时骂道："偏是俺今日晦气，遇见你这小杂种，连言语还说不出，还要在世上吃饭!"说着，便匆匆向前而去。哪知这个哑子，见天霸如此模样，一时惧怕，便大哭起来。正闹之时，前面田内早已听见，随即跑来数人，向哑子询问，劈面遇见天霸，疑惑他是个强盗，连忙骂道："汝这狗头，白日间想来打劫，不是爷爷宽厚，将你这厮捉住送到县衙，送汝一条狗命!"天霸听了此言，哪里忍耐得住，转身喝道："汝这班混账杂种，在此撒野。知道俺是谁？县衙里也管得老爷么?"说着，便立下身躯，端然不走。谁知那人也是应该破案。见天霸说这大话，不禁抢上一步，举起拳头，劈面打来。嘴里骂道："老子在此立业，谁不知道俺的大名！你也同拳头粗做对!"天霸一时听不清楚。见他说："拳头粗"三字，疑惑他说的是云里猪。

赶着将左手伸开，对定那人拳头，一把揪住。忙问道："你便叫云里猪吗？"那人不知他问的是何缘，依然怒道："老子便叫拳头粗！能将老子的拳头挡得住？"说着，便猛力向前，想收回去。天霸见他承认，也不问是与不是，便将他向身边一提，夹在腰间，大踏步转身便走。

来到了镇上，便在店门外面，摔了下来，那人还是大骂不止。里面许多人见门外喧嚷，赶着出来，瞧见地下睡着一人。天霸左脚踹在那人身前，右手取了条麻绳，便行捆缚。此时施公也就出了店外，见天霸捉来一人，连忙问道："黄贤弟，且莫动手，让本院前来问他。"说着，只见天霸将他提起，到了店内，高声喊道："汝这厮知道俺是谁？俺乃现任总兵黄天霸是也。这位乃漕运总督施大人。可知道你做的案件？有人告你。在此吃苦。"此时店主连忙上前请罪道："小人不知大人驾到，照应不周，望大人恕罪。"施公道："本院向来如此！汝到城内县衙投信，命萧县知县前来会我，本院有话吩咐。"店主听了此言，哪里还敢怠慢，随即传了地甲，到县衙而去。

施公一面命那人跪下，问道："你这人姓甚名谁？还是祖居于此，还是目下到此？"那人听说是施大人，心下早经吓慌，深恐那亏心的事为他问出。连忙道："小人姓朱行二。"说着，那人脸变了色，战战兢兢的，现出那个情虚的模样。施公见他如此，连忙喝道："汝这狗头，可知你平日事情！本院已皆知道了。你明是姓云，叫云里猪，为何将上两字改去，单说姓朱呢？"朱二听了此言，方知天霸的言语误听。一时急道："小人实是姓朱，排行第二。只因平时性情不好，动辄与人交手，因此外人起了个插号，唤拳头粗的朱二，并非什么云里猪。大人不信，这店中管账的小二认得小人，问他便知真实了。”施公本是个依样葫芦问这案件，见他说是“朱二”两字，心下恍然悟道：“这人定有眉目了。方才黑云里面两个野猪，分明是个朱二。”当时大声喝道：“汝这狗头，还要提那管账的小二。他的父亲、叔叔，皆为你害死。你还想他来辨认么？”把个朱二吓得魂不附体。脸上颜色早已吓变，嘴里噜噜的问道：“小人此事不敢，求大人放我回去。”正说之间，那个小二已由外面进来。忽见施公面前跪着一人，再为细望，不禁说道：“朱二叔，你还在此么？”施公见他向他说话，连忙问道：“此人你何以相识？可知你父亲身死，便是此人谋害？某非别人，正是现任漕督施某便是。汝可将这人的原由告知本院，自代你父亲、叔叔申冤。”小二一听，方知是施公，赶着俯伏在地下，放声哭道：“小人今日遇见青天，这疑案可以明白了。但是这朱二是我父亲的表弟，前来借钱。因父亲手头无钱，未能应命，后来我父亲死后，他因无人可靠，第二日便回去了。不知何以为大人捉来？”施公听毕，冷笑一声，复向朱二问道：“你这厮，可招也不招！当时因何物害死他二人？可知本院日为阳官，夜为阴宰。日前你表兄已经告你，我劝你赶快说来，不然便用刑来。”当时便命施安取出五根铁条，约有七八寸长；另外一个铁筒，有笔筒大小，摆在旁边。朱二本知施公断案如神，现在见他一语道破，心下如同小鹿一般。过了一晌，方才说道：“大人之言，乃是无辜牵涉。若叫小人招供，小人从何招起？岂不将小人冤杀么？”施公听罢，怒道：“汝这巧辩，瞒不得本院。本院这刑具，向不常用，今日倒要试验你这手段。”便命施安将铁条放在筒内，将朱二手拖出来，盖在筒上，每手夹内，隔一根铁条。只见施安两手抱定，上面用力，将铁条一夹，早把个朱二夹得叫苦连天，筋骨暴露。连忙道：“大人饶命，小人情愿供来，求大人先行松下！”施公冷笑道：“你这厮，赶快说来，将汝松下。”朱二此时，实是疼痛难忍，连忙招道：“这皆是小人一时之错，干出这丧心害理之事。小人家住沛县十里庄地方，因连年五谷不登，日食难度。所有陈米陈稻以及衣服等件，又为小人平时赌尽。加之天寒岁尽，无可如何。心想：我表兄，在这店中有二三十年之久，谅该积聚许多钱文，因此前来借钱度岁。谁知他一毛不拔，也不令我回去的，问起他来，便说无钱，小人疑惑他现财难舍，怀恨在心。暗道：‘我与他是个至亲，他竟如此悭吝，何不用个毒计，将他两人治死。他儿子年纪又小，不知世情，便可得他的财物了。’那日主意想定，听说那药老鼠药内放有砒霜，赶到城中，买到两包末药回来，和在酒内，以便将他药死。谁知这裘伯虎未曾吃酒，反被兄弟裘伯龙吃下，当时并未发作。小人恐他一时不死，访出真情，反害自己。小人左思右想，无计可施，当晚便以睡着为名，先行走去，却暗躲在他床下。到了二鼓，裘伯龙只喊肚疼。未到三更，便大叫一声，竟尔死去。裘伯虎也在房中，听他这个声音，随即起身来问。小人怕他看出破绽，顺手便是一棍，打中他的腰下，大叫一声，栽死于地。小人见他两人已死，仍就回到自己房内。次日，他便收殓了。”这番供毕，不知后事如何，且看下文分解。

第四七四回

传县令录供根柢　归故乡毙命离奇

却说朱二招出一派口供，施公复问道：“汝即将他两人害死，为何不回沛县，仍在此处呢?”朱二道：“小人于裘伯虎入殓之后，次日便回去了。近因家中田地已经卖去，无田可耕，特来此地。今日便破这案，也是小人作恶报应。但求大人开一线之恩，苟全性命。小人还有八十余岁的老母呢。”这派口供，说得那店中人，各吓得目腔口呆。齐都说道：“我们这店中出此横事。凶手在内，皆不晓得，大人昨日到此，今日便破此案。便是宋朝的包龙图，也未必如此神断，真乃是民之父母，万家生佛了。”众人正自讲说，唯有裘伯虎的儿子，见了父亲被朱二害死，顿时嚎啕痛哭，抢上前来，揪着朱二骂道：“你这丧良心的强盗！我父亲、叔叔，待你不薄，平时也常周济于你，你反恩将仇报。所欲不遂，便下这毒手。不是我父亲阴灵有感，遇见这青天大人，便有血海冤仇，也无时申雪。”便将朱二乱打乱踢，拼命起来。施公连忙说道：“裘龙，你此时且勿胡闹。可知本院既已讯明，断不能轻待这凶犯。且待本县太爷到此，自有定夺。”当时便命施安与郭起凤等人，将朱二带去看管。小二又向施公磕了几个头，方才哭哭啼啼的站立旁边，专候县官前来。

再说这萧县知县，姓刘名大成，祖贯洛阳人氏。本是少年科第。十六岁上，中了乡魁，连捷进士，用了榜下知县。适值萧县出缺，便令他前来接篆。到任之后，果然一清如洗，一明似镜，案无留牍，钱不私留。三月之后，萧县的绅民无不颂声载道。这日正坐早堂，谁知本邑有一乡户姓仇的人家，婆媳、母子共是三人，儿子名叫仇瑶。娶亲之后，未有三月，闻得广东潮扇颇为获利，便自凑集些资本，预备贩买回来，转卖各户。这日本钱凑定，择日起程，谁知一去十年，毫无音信。于是母亲李氏，自是倚闾①而望，日夜焦愁，衣食乏资，渐无着落，所幸他媳妇王氏，恪尽孝道，平日为人家针钱指头之费，为供养之资，虽然不能富丰，也不至冻馁，而且这王氏，终日亦绝不出门。她说，人生在世，所靠者丈夫、儿子，现在她年老之人，儿子远出，已是悲苦万状。我若再出门另觅生活，虽然一样孝养，终不比依依膝下，可解愁怀。因此人家知他这个，将衣服、针钱送来，与他做活。每夜晚间，皆婆媳同枕。虽然思夫甚切，却又不现于形色。每逢李氏愁怨之时，她反百端慰藉。这日午后，正在家做活，忽然门外敲门声甚急，哎唷哎唷的，好似挑夫的声音。连忙问道："谁人敲门?"门外早有人答应："娘子，仇瑶回来了。"她婆媳一听，真如半空中得了个日月，赶着将门开下，果是仇瑶，骨肉相逢，自然悲喜交集。当时仇瑶开发了挑夫，将行李物件搬到母亲房中，然后他母亲问道："我儿一去，十年不归故里，将为娘同你媳妇苦坏了。"仇瑶千里归来，此时见他婆媳无恙，自是喜欢不尽。当时便将在广东遇见了客人，同约到南洋，买卖了一趟，因此飘海出洋，行迹无定，以致归期久滞。所幸买卖尚佳，颇为获利。当时他母亲自是喜出望外，随命王氏烧了茶水，与他梳洗，

---

① 闾（lǘ）——里巷的门。

即办了饮食。仇瑶复了走后的事情。他母亲道："我儿此去，设非有这贤孝的媳妇，老娘早经饿死了。"仇瑶感激他妻子不尽。到了晚间，他母亲见他夫妇久离，遂不免生了怜爱之意，向着王氏说道："我儿，你丈夫今日回来，衣服等件，恐有破坏。今晚搬到自己卧房去睡罢，就近可以询问。"王氏听了此言，也知婆婆的用意，而且丈夫远别，男女大欲，岂有不思也，也就答应。将房内收拾出来，三人又谈说一会。俟他母亲安寝，夫妇两人方同归房内，锦衾用枕，各叙离怀。久别鸳鸯，自不免欲翻水浪。哪知仇瑶的阳具，才进入里，忽然大叫一声："痛煞我也！"喊罢，翻过身来，顷刻呜呼，送了性命。王氏不知何故，赶着起身，提灯来看。谁知他一支玉杵，如刀削一般，连根断去，血流被褥，气息毫无。王氏此时，自是魂飞天外，不禁大哭起来。他婆婆正是睡熟梦寐之中，为她惊醒，疑惑她儿子，委曲她媳妇，赶着问道："我儿何故拌嘴？今日远出方回，为什么两人不合？"王氏听她婆婆开言，赶着道："不好了！他死了。"说完，亦即气闭倒地。李氏赶着起身，忙忙的跑进房来，只见她媳妇已气闭过去，不知何故，将帐幔掀开一望，果然他儿子直睡在床上，摸一摸，鼻息已是冰冷。当时也就痛入骨髓，大哭一声："我儿苦也。"一个跟斗，昏晕过去。此时她婆媳，已痛绝过去。所幸她乡间之内，尽是草房，间壁人家，听得如此喊叫，说是她儿子死了，也不知道是何事，只得起身出来，将她家大门推下，走到里面，见她婆媳皆在地下，赶着将自己家人喊醒过来，烧了姜汤，将她婆媳灌醒。忙向李氏问道："你儿子今日方听见回来，为何便身死了？"李氏见众人询问，忙道："我正中房中熟睡，忽见我媳妇叫喊一声，惊醒过来，便到这里，谁知我儿子已死了。这不知道，他是何病症。今日到家，便遭此事，这不是天突下的祸吗?”复向王氏问道：“我儿，你丈夫回来，究竟同你说何言语?为何便自己死了？你且说个明白!”王氏见她婆婆问他身死的缘故，真是又羞又苦，说不出来。过了半晌，乃道：“这总是你媳妇命苦，叫我从何说起？你老母但看你儿子，便知道了。”李氏听了此言，只得哭哭啼啼到了床前，将被一掀，早见他儿子鲜血淋漓，身上洞然无物。不禁失声道：“这是怎么说了，天下哪里有这病症？此事总该知道，究竟怎么去的，现在向何处去了。”王氏此时愈觉苦恼，只是说不出口。此时邻家众人，见她婆媳如此，有那好事的男人，也上来观望，真是猜疑不定。只得向王氏说道：“人生色欲都是有的。即使他在玩笑场中染了毒气，他也不致连根皆拔尽了。”你一言，我一语，王氏羞得无地可容，嚎啕痛哭。那众人愈见她不说，愈来追问。王氏被众人逼迫，不得已，只得哭道：“他方要”，三字尚未说完，复又忍住，哭个不止。众人再向下问，她实是回答不出。乃向李氏哭道：“婆婆，总是命苦。你儿子既死，我也无望，只得随他到地下了。”说罢，一阵伤心，复又昏去。李氏见媳妇如此伤心，不知如何是好。众人到了此时，只得向她说道：“你家出了此事，全无男子做主。听说你的内侄，现尚在家，喊他来照应各事，总比我等邻居亲近许多。”不知后事如何，且听下回分解。

第四七五回

无赖子挟仇报案 贤令尹据禀登场

却说众人见仇家出了此事，说将李氏内侄出来做主。李氏此时也是无法，只得道："我的内侄，闻说昨早动身，到扬州买卖，不知他可还在家。如尚未动身，便请你们将他喊来。"众人道："我等且喊他去。"常言道：远亲胜似近邻。当时有人便匆匆寻了灯笼，出门而去。谁知这李氏的内侄，名叫李贺芳，自幼读书不成，改习了绸缎生意。从前在这萧县绸缎店内做个伙计，无奈他不守本分，终日与那班差伙光蛋、游手好闲之人联为至好，吃喝嫖赌，无所不为，不到数年，把祖上产业，败得干净。店内管事的见他所搭非人，也就将他歇下。谁知他更肆无忌惮，终日与一班搭台讹诈的朋友，吓诈乡愚。时常到仇家看他姑母，哪知他在看姑母为名，实则因仇瑶久出不归，见王氏有几分姿色，起了那不良之心，言语之间，百般挑弄。无奈这王氏十分贞烈，任他如何言语，总以正言责之。两次三番，碰了恶语，李贺芳知她不得上手。因此怀恨在心。近来谎言骗他姑母，说到扬州买卖，因缺盘川前来借贷，那李氏因自己的儿子远走，一个内侄，本有不怜之理，且他说做买卖，便欲将王氏针线活给他。虽然有此意思，总因自己家贫，媳妇寻钱甚苦，不好明说出来。王氏明知李贺芳是派假言，无奈见婆婆如此用意，孝顺媳妇总得讨老人欢喜。因向她婆婆说道："表叔无钱前去，媳妇前日还有三吊铜钱，可给他贴补盘费。”李氏见他说出，自然赞叹一番，将李贺芳喊来。王氏将钱取出，向着李贺芳说道：“叔叔此去，将本求利，愿你生意兴旺，发业起家！愚嫂因你改邪归正，故给你这盘费。若后日归来，依然如故，恐你自己惭愧了。”这番话，说得李贺芳无言可答。只是敢怒而不敢言，诺诺连声，称谢而去。因此，愈加怀恨，此时在家，正与人赌钱。忽见他姑母的邻舍于二匆匆跑去，喊道：“李大爷，你表兄死了，你姑母喊你快去呢！”李贺芳听了此言，忙道：“哎，于二爷，你作耍什么？仇瑶出去，十年未回，你哪里知他死的？是谁前来送信？”于二道：“你还不知此事？仇瑶今日午后归来的，方才进房睡觉，忽然大叫一声，那阳具便连根断去，死过去了。问你那表嫂，何以如此，她又不肯说出，这事岂不奇怪？现在你姑母同她媳妇，俱哭昏在地，请你赶快去罢！”李贺芳听了此言，笑说道：“我两次三番，不得到手，她反骂我一顿。今日遭了这事，到我手里，也叫她知我们厉害。”当时将赌账算明，与于二匆匆而来。到了仇家，他姑母与王氏俱已为人灌醒。李氏见了她内侄，自是格外伤心，将仇瑶回来的话，说了一遍。李贺芳向着王氏说道：“冤有头，债有主，哥哥是个活人家来的，这事喊我前来，也是无益。但问嫂嫂，方知底细。既不是暴病而死，又非带病回来。至于那人道的事情，也人人有的，从未听过因此绝命，难道不是人类、是件铁货将他咬去吗？这事显见有别情。若不控官，也不明白。”说着，恨恨的将他姑母拖去，向她说道：“你老人家，平时以她为好人，左一个贤孝的媳妇，右一个贞烈的妇人，今日知道为人了？不是与人通奸，被奸夫将仇瑶害死，为何她方到家内，便如此死去么？”李氏听她内侄之言，连忙哭道：“这明是他身死不明，但是我媳妇孝贤万分，断无这苟且之事，你切莫如此乱说。这也是我命苦，老年丧子，好在他今日回来，带有银两，你代我前去买口杉木棺材并那衣服等件，这惊官动府之事，我是不言。儿子已死，不能再冤枉媳妇了。她平时与我片刻不离，而且连大门不出，哪里会有此事！”李贺芳看他姑母如此，冷笑道：“私盐越紧越好卖。她做的事，你怎能知道许多？表兄身死不明，我若不代他申冤，外人还要骂我。照此看来，谋害亲夫，已是可怕，随后再将你老害死，我们这般亲戚，担当不起。”他两人在外面讲，王氏在里面早已听见，知他欲报前仇。赶着出来，对她婆婆说道：“自古妇人，出嫁从夫，这四字我也知道。现在你儿子已死，我里外全无妄想，居心一死，相从地下。但是他这身死不明，连我也不明白，既然叔叔惊官，此事甚好。听说这县太爷，也是一个清官，果能将此事审明，那时媳妇虽剐虽剁，也是甘心，对得起你儿子了。不然，目下虽死，还落个不美之名，还说我畏罪身死呢。”说罢，不禁大哭，反催李贺芳前去报案。李贺芳本是个无赖，当时便出去，找了地甲并那班搭台儿讹诈的朋友，写就禀词，到城内报案。

此时刘大成正升早堂，看见一个状词，当时展开看道：

具禀民人李贺芳，年二十八岁，本邑人。为谋弑亲夫，迫叩临验事：窃身姑母仇李氏，生有一子，名唤仇瑶，兹因娶妻王氏，举止不端，秽声四播，不得已远出广东，集资贸易。近以老母在堂，日久未归，殊深焦灼，于某日回乡视亲，兼扫祖墓。不意王氏伺夫夜睡，私约奸夫，将亲夫仇瑶谋害受毙。治命之处，难入呈词。为此姑母遣民据情投报。叩求青天大老爷，迅速赴乡，验明尸身，将王氏讯明，照律惩办。实为德便。上禀。

刘大成将这呈词看毕，随向李贺芳问道：“这案件乃逆伦之事，何以仇李氏不前来具禀呢？”李贺芳道：“仇李氏以年老难行，族下又无他人，唯恐自来报告，仇王氏乘间逃脱。小人是他的内侄，属在姑表，理合禀诉。”刘大成见他所言，也还觉确当，当时只得传了通班，带同仵作刑房，下乡而来。

到了午后，早已临场。随将地甲并邻舍传来讯问，皆说仇瑶久出是实，至于昨日回来，夜间何故身死，小人等实是不知。刘大成道：“你既是邻舍，人家出了这逆事，也不能置身事外。李贺芳那禀上说：‘仇王氏谋弑亲夫。但仇王氏这人，平时为人如何，应该知道。晓得他奸夫是谁？从实供来，本县好出捕拿人。”邻舍道：“小人虽近，但仇王氏平日实是贤孝无比，大人如不相信，问她婆婆便了。唯有死者伤痕，令人实是奇怪，非大老爷验后，不得而知。”刘大成见众人如此言语，又不说伤痕在于何处，即是李贺芳禀上亦未说明，已是满腹疑惑。此时只得将仇李氏并她媳妇，提到面前，只见王氏垢面蓬头，悲苦情形不可言状，虽然有几分姿色，却无一点轻狂气习，到了案前，大哭不止。县官问了数句，但说道：“小夫人愿随夫死，但夫死之故，实是不明，叩求大老爷判明这缘故，小妇人虽千刀万剐，亦所不辞。”说罢，便大声痛哭。又将李氏问了数句，皆说是儿子昨日回来，夜间身死，求大老爷申屈。县令此时，只得命衙役如法相验，才将尸身抬至场上。不知他说出什么来，且看下回分解。

第四七六回

刘县令具详请示　施漕督拍案惊奇

却说刘大成登场之后，命衙役将尸身抬上，把被褥掀开一看，吃了一惊。暗道："这案叫本县实是惊骇。"旋命仵作验看。只见衙役等人，须臾验毕，高声报道："男尸身阳物断落，系毒物咬毙。"衙役尚未报完，李贺芳忙到案前，向县官说道："这案请大老爷另掉衙役，秉公相验。此人显系奸夫贿托，相验不明。仇瑶夫妇，两人在床，明是行房之时下的毒手。这衙役报的毒物咬毙，此乃有心掩饰，欺蒙老爷，求大人复验！"刘大成听了此言，赶将衙役传来，问道："这尸骸身死，乃是夫妇同房，以致毙命。汝何以说是毒物呢？汝受何人贿托？从实供来！"衙役见县官如此询问，忙跪下回道："老爷的前程，小人的性命。弑夫案件，非同儿戏。小人若受贿欺蒙，情甘具结；如果相验不是，请老爷反坐便了。"刘大成见他如此言语，乃道："你说他是毒物咬毙，你究竟有何凭据呢？"衙役道："下物根蒂，尚有齿痕，照此验来，尚是蛇物等类。"刘大成还不相信，只得亲身下了公座，目睹一番，果然不错。无奈李贺芳一口咬定是奸夫谋杀，当时请县令，只得将尸骸权行小殓，详请邻村相验，然后将李氏、王氏并贺芳一概人证，带回衙中，细细审问。无奈据仇李氏说，她媳妇十分贤孝，绝无苟且；王氏但说愿随夫死，唯求大老爷将此案讯明，究竟是何物毒毙；李贺芳总说是另有奸情，请老爷照弑夫案办。把个刘大成弄得挖耳挠腮，直是委决不下。却巧施公命地甲同店主前来，断那裘伯虎的案件，传他前去。刘公得着此信，自是喜悦非常。说道："本县正因这案难办，难得施大人到此，他乃是第一个清官，疑难案件，不知断了多少，何不向他禀明，请他详察。"当时便带了原班，随着来人，一起前去。

到了坊店，向施公请安已毕，侍立一旁。施公道："只因本院路过此地，歇息在此店中，夜间阴鬼托梦，因此破了这案。本院虽是漕督，只因此案乃贵县境内的事件，特请贵县前来，将朱二带回衙中，录供详报。照那谋财害命的律例，抵罪便了。"当时刘大成诺诺连声，口称遵命。随即上前，打了一恭，禀道："卑县有一案不明，本欲具详请示，幸得宪驾到此，特来面询。"说毕，便将仇瑶的案卷呈上。施公展开，看了一遍，也是惊骇非常。乃道："据这仇李氏的口供，说是王氏实是个孝媳，但是这仇瑶身死，实在可疑。贵县权将朱二带回衙中，将此案完结，明日前来候示。"刘大成见施公也断不出个虚实，只得遵命退出。带了人犯，回衙而去。

这里，施公俟他去后，复将案卷细看了一番，只是不明其理。暗道："夫妇敦伦，本是常有。而且他彼此阔别，自必鱼水和谐，胜人一倍，为何反将这物伤去？若谓毒物咬毙，姑作床上有什么蛇物，为何王氏也无伤损呢？这事叫本院实在不明。"一人坐在房内，将原卷看了有十数遍之多，依然寻不出理解。到了二鼓以后，复又寻思一番，忽然拍案叫道："必是这个缘故了！"说着，当时便写一道札文，将那审案的原由，叙在上面，命黄天霸连夜进城，传刘大成明日午堂验明，前来复命。当时，黄天霸只得领了札文，向城中而去。

到了县衙，刘大成当即迎入。天霸随在身边将公文取出，交与县官。向刘大成说道："大人吩咐，请贵县依计而行，定可知晓。"刘大成当时称谢一番，请天霸吃了夜膳，命人送回馆驿而去，然后将公事细细看了一遍，回至上房，与夫人商议了一夜。

次日早间，未及升堂，先将人证传齐，说是午堂问讯。此时王氏在狱，听候审讯，忽见有个老年媒婆，进来说道："娘子，今日里面夫人传出话来，命我带你到后堂问话。"当时便将刑具除去，出狱门向后堂而去。王氏到了里面，只见上面椅上坐下了一位二十二三岁的妇人，正中间坐了一位四、五十岁的中年太太。向前问道："哪位是夫人？"早有媒婆指道："这位便是夫人。那中间的便是太夫人。"王氏上前，叩了两礼。只见太夫人言道："好一位娘子，偏生遭了这事，老身听见，皆可怜煞了。你今年纪多大了？"王氏见他两人皆是一团和气，连忙答道："小妇人今年二十八岁。"太夫人道："你多大嫁与仇家的？于今几年了？你丈夫出门贸易，何以这许多年代？家中除了婆婆而外，尚有何人？"王氏听了此言，不禁心内一酸，登时流泪。忙问答："罪妇十八岁于归，弹指之间，已是十载。丈夫完姻三月，便赴广东，直至前日，方回故里。谁知命途多舛，便尔身亡，想来好不苦恼。"说到此处，那声音便呜咽下来，不能再说。太夫人见她如此讲说，实不是个淫妇，乃道："据你说来，实为可叹。但是你丈夫外出，家中作何养活呢？"王氏道："针指度日，侍奉婆婆。"太夫人道："你可有小孩么？"王氏道："丈夫在外，焉有小孩？"问到此处，太夫人便起身叹道："照此说来，你真苦煞了！难得你年少青春，便能久旷如此，我知道你受屈了。随我走来，有话问你。"便将王氏携进房中，低声问道："你这案件，老爷只知道你是孝妇，无奈你丈夫实是死得奇怪，不将这缘故说明，你那个表小叔李贺芳固然是要上控，就是你这一生名节，反而有伤。你且将你丈夫那日回来以及临睡时如何同房、如何死的话，细说一番，好与你转禀老爷，结此案件。”当时王氏只得将前后的话，带泪含羞，说了一遍。太夫人想了半晌，问道：“照你说来，是交媾之时身死的了。但你平日可曾思念么?”王氏道：“丈夫初出之时，四、五年间，心有所欲。只因妇人从来不敢越礼而行，每逢火炽之时，便尔定气平心，除此邪念，故十年以来，犹恐守身未固。适值婆婆年老，立志同卧一床，一则代丈夫聊尽子道，二则完全自己名节，不觉苦志十年，反遭此祸。”太夫人道：“你但言四、五年前偶尔思想，近年可还思想么?”王氏道：“近年之间戒思欲。每逢动念的时节，觉一物在里面蠕动，稍顷便也忘却了。”

太夫人听了此言，忙道：“难得难得！你今日的冤枉，可以明白了。”王氏听他所言，也是不知何故。只见她出来，向那少年的妇人，低低的说了一番，然后向王氏道：“你且出去，等候顷刻，老爷便升堂了。”当时王氏只得出来。谁知刘大成早已在套房里面，听得清楚，随即传令坐堂，讯明此案。不知如何讯结，且看下回分解。

第四七七回

验毒物表扬节操　明字理叙述案情

却说王氏退了出来，听说传令升堂，当时便在大堂伺候。谁知刘大成往日皆坐大堂，今日忽然在花厅升座，命将人犯，一并带入。当时威武一声，皂役、书差，两旁侍立。先将李贺芳带了上来，问："汝供你表嫂，谋弑亲夫，可知你那表嫂，实是个孝妇？本县已访明实情了。好言劝汝，反强词夺理，可知诬害节妇，罪名难逃？本县若不将此案理清，也不能使汝心服。尔且具结前来！若果取出这毒蛇，便将汝加等问罪。"李贺芳心下暗道："明是狗官欲了此案，见我言词坚执，特用这言语哄吓。此时若听他所为，何能泄我仇恨？"当时回道："小人所禀，系是实情。若有虚浮，小人反坐便了。"说罢，当时便具了一张切结，送到案前。刘大成复又说道："王氏乃女流之辈，讯案之际，本县与汝应得避嫌，你我两人，权在此堂上，令她婆婆协同王氏并媒婆等人，到上房取物。若有毒蛇，随禀前来，你心可甘服么？"李贺芳此时拿稳，他取不出物件，当即回道："只求我姑母亲眼看见取出这蛇，小人也就深信了。"说罢，刘大成便命媒婆并李氏、王氏，同到那花厅对过闲屋里面，复行将太夫人、夫人请出，督同看视。只见太夫人向李氏说道："你这媳妇，甚是贤孝。可知你儿子身死，并非他不端之故，乃是他贞烈所致？以致生此毒物，伤害你儿子性命。我们老爷，禀明施公，方得了这件秘法，为你儿媳申冤。你在这里，眼看着了，便命媒婆取物。”只见那个媒婆，命王氏睡下，先将底衣脱去，命李氏将两眼遮盖起来，免得她见了害怕。随即身边取出一根短小铁条，一面用牛肉裹好，先在滚水内烫得温热，然后由阴户送了进去，赶紧用力，将那一头抓住。谁知方递进去，好像有一物衔着铁条，便向里拉去。媒婆觉得吃力，赶紧用力向外一拖，只听“呼”的一声，早见有一物，穿在地下，随即上前，将它一击，再细为一道，好似没毛的老鼠，约有七八寸长，死于地下。李氏此时，大惊失色，忙哭道：“我媳妇也不是妖怪，为何里面有这毒物？难道我儿身死，便是这物件害死的么？”太夫人连忙道：“何尝不是！若非施大人寻出这道理，几乎将你媳妇冤煞了。”说罢，便将王氏搀扶起来。连忙回道：“你此时觉得身上怎样？”王氏道：“不知何故，但觉腹下松了许多。”媒婆当时说道：“娘子，你肚内有此怪物，害人的性命。现在老爷在堂上等信，我去禀明就来。”说罢，取了那毒物，到了花厅。

正是刘大成在那里盼望。见她走来，随即问道：“媒婆，尔可曾验明白么？手中所取何物？”媒婆见问，连忙上前禀道：“小人奉命，将王氏试验，果如施大人所言，腹中有此一物，现在此间，请老爷查验。这仇瑶身死，必是此物咬毙！”刘大成听了此言，真是惊叹不已，随向李贺芳言道：“现在已有实据，这毒物是方才验出。”说罢，便将王氏在上房说的言语以及媒婆如何试验的话，说了一遍。然后道：“汝这狗头，无端诬控。非本县细心察核，几乎将那贞烈的妇人，污了名节。可知此物，名叫女贞。凡是女流，丈夫久久不归，欲火常燃，思虑过度，却又保全名节，不肯非为，那一团结凝嗜欲，无可泄发，日久年深，便生此物。此乃纯阴之气，聚积而成，故一见阳物前来，便一口咬伤性命。此乃防节保身之物，非真是节烈妇人，断不有的。汝此时可明白么!”正说之间，李氏又哭了出来，说道：“大老爷，我媳妇为这案件，拖累多时，今日方才明白，这是老妇人亲眼看见。想必我儿那日，也是这样送命的了。但求大人将我媳妇放回家去，买棺为我儿成殓。这里老妇人叩求销案。”李贺芳听得刘大成一派言语，复见他姑母前来销案，当时只得不发一言，听县官做主。刘大成随又说道：“大凡平常细故，一经诬告，审出情由，皆加三等问罪。此乃弑夫重案，汝乃挟己偏见，赴诉公庭。若是你表嫂往日不端，尚可解说；她自从丈夫外出，尽心竭力，奉侍孀姑。今日特遭此事，汝便该愈加怜悯，曲示张罗，代她办此丧事，方是亲戚的道理。本县屡次劝汝，还敢坚辞固执，顶撞本县，如此刁风，岂可不儆！本县且将汝带至施大人前，面禀此案，排定罪名，以为遇事生风者戒!”说罢，便命差役，先将李贺芳钉上刑具；然后命人取了一块大红绸匾额来，铺在公案上面，自己取了大笔，浓墨写了四字，乃是“贞节可风”。复将自己官轿执事，预备在堂前，然后将王氏传到面前，说道：“汝事姑尽孝，守节堪嘉，可知非遇着本县，几将汝冤沉海底？本县非施大人到此，也不能水落石出。今日既案讯明，此后可愈加谨慎，以保终年。若日用不周，本县定来接济。那请旌表之事，谅大人皆要代奏的。守节孝妇，幸勿稍失，勉之慎之!”这番话说罢，随命人升炮奏乐，用了自己的仪仗，送王氏回去。王氏当时却感激万分，随即磕头称谢，同李氏一同乘轿回去。

这里刘大成带了那女贞毒物同李贺芳，到了陶家庄，来见施公，已经下昼时分。当时到了里面，先将试验明白的话，说了一遍。然后问道："卑职年幼无知，自从赴任以来，无不以民心为心，实缘事大案重，卑职思量数日，实想不出个缘故，不知大人从何处得来，便如此明鉴万里，敢来指示，俾有遵循。"施公道："贵县如此用心，诚为难得。本院昨晚因看案卷，见贵县详文，说这王氏平时颇为贞节，因思古人造字，大抵因鸟兽成名，如犹豫梼杌①等类，不一而足。曾记《说文》，'贞，定也。精定不动感之谓贞。'尸格上面，又说他治命所在，是毒物咬毙。显见这物是腹中之物了。以她贞节上推求，必是她丈夫外出，思念过深，将一团纯阴的精血，无可发泄，随结于此，日久便生此物。若是她平时不端，阴阳交合，断不会有此事的。而况人之一身，常有虫物，如虱子、蚤虫等类，无不由皮肉内生来，由此类推，方悟此理。"不料果然验出，便叫人取来看视。不知后事如何，且看下回分解。

① 梼杌（tāo wù）——古代传说中的猛兽，借指凶恶的人。

第四七八回

施大人谢恩任事　黄天霸远别回衙

却说施公说明那女贞缘故，随将那物命人取来，看了一会。又道："可知这断案一层，万不可粗心浮气。若仅以一纸供词便为可据，或以原告口利，辨说分明，即定了罪案，也不知冤枉许多人了。但能酌理准情，细心揣度，断无不明之理。贵县如此细心，尚不愧为良吏，但这王氏口供案卷，贵县可摘由详报，以便申奏朝廷，表请旌节。"刘大成便将先上匾额及将她送回去的话，说明了一番，施公甚为称赞，即命刘大成将李贺芳，因照诬控例，严加惩办。唯念情节太重，罪至凌迟，着减等永远留禁。朱二之案，讯明正法。刘大成一一领命下来，伺候施公起程。施公又道："贵县且请回衙，办理案件，本院明早起程，无须贵县往送。"刘大成知道施公平时秉性，当时只得进城而去。次日早间，果然大众起程，唯有裘伯虎的儿了，痛哭非凡，恋恋不舍，施公便去安慰他一番，然后向淮安进发。

萧县离淮安不远，数日程途。这日早间到了城外，早有漕督衙门差官，前来迎接。施公亦不另择公馆，随即乘轿到了衙门。此时护院的总督，却是淮扬道代护，当时出来迎接，请了一安，预备交卸。所有黄天霸等人，皆到院上。施公择了次日子时接印。天霸等人，虽各有衙门，欲想回去看视一番，无奈见接印的时辰甚早。当时众人计议道："我等连日车马劳顿，此时回去，又有一番讲说，不如在此权住一宵，候大人接印之后，再回衙署。”于是命人到厨房里面，备了酒肴。大众到了晚间，吃酒已毕，安歇了半夜。到了二鼓以后，便起身穿了披风，齐到大堂，两旁侍立。少顷，巡捕官设了香案，三声炮响，鼓乐喧闹，淮扬道差官捧出敕印。施公朝服行拜印礼，然后望阙叩头谢恩，升公堂座，用印标封，受僚属贺礼。这些仪制行毕，已是天亮时候。黄天霸候施公退了后堂，众人方来请示，各回衙门。

此时张桂兰久已得信，听说大人回来，连忙着了差官，到院上打听。随命厨下备了酒席，以便为丈夫接风。所有褚标、朱光祖，现在俱在衙门。得了这个消息，也就到里面，向桂兰说道：“听说你家大人回来了，此时夫荣妻贵，做了夫人，万勿将我老朽逐出门去。现在预备的何席？赏点我两老吃吃。”桂兰听了，忙道：“老爷子，酒已摆了，你去吃吧。”朱光祖早将褚标拖出。此时天霸到了署内，夫妻见面，自必欢喜非凡。桂兰忙问道：“贺贤侄哪里去了？为何不同你前来？”天霸道：“贺贤侄究竟有些孩子气，今日一早，便同我说，听说关叔父的婶娘，生了个兄弟，他要去望，此时准是去了。”说罢，他的母亲，也就走了出来，与天霸见礼已毕，问了入京以后的话。却巧人杰走了回来，见了张桂兰磕头便拜，然后又向他母亲磕头。此时母亲见他得官回来，自必愈加欢喜。桂兰道：“姐姐真是福气，佳儿佳妇，美玉成双。此时官职虽卑，日后定然重用的。”人杰母亲，也只得称谢一番，说：“承妹的提携。”当时人杰向天霸问道：“黄叔父！那个飞云子，你老曾问过老爷子么？他们可曾晓得？”天霸道：“我们方才回来，哪里就要问起这事。总之，这人也非什么大有名人，不过那座山头，有些碍手。”张桂兰听了此言，知道又出了事情，连忙问道：“你们问这人何故？莫非又有什么案件？”天霸道：“何尝不是！不然我们还在京中，哪里便可回任！只因皇上内殿的御物，为人盗去，因此大人禀明出京，访此案件。”当时便将元宵佳节飞云子盗去琥珀夜光杯，沂州府施公被擒以及劝降吴球、大破朝儛山、杀死智明并自己偕同贺人杰夜走琅玡山，人杰中了火箭，逃回馆驿的话，说了一遍。张桂兰道：“照此看来，这飞云子又不可小看，而且此人必不是歹人。他如与王朗一类，何不便在山中？这总是智明与王朗以义气待他，故此他去盗此物。见说是犯禁之物，依然远走高飞。我们虽在江湖上多年，可知强人之中还有强手。且请老爷子等人进来询问，或者他们知道这人。”当时人杰早已出去，对褚标与朱光祖说知。朱光祖一闻此言，随即到了里面。向天霸道：“这飞云子可是姓云叫云鹤么？”天霸见他来问，疑惑知道此人，忙答道：“正是此人，你老可知道吗？”朱光祖道：“这人虽未见过，但他这大名，久听万君召说过的。他说陕西五子，唯有这飞云子最狠，其余什么穿云子、吞云子，皆不及他。照此看来，必得将这人访明，细问了他的楼图，然后这案方可明白。但不知万君召现可在家，必得命人前去问他，随后寻找飞云子，方有下落，不然则偌大的天下，从何处得知呢？”天霸听了此言，方晓得飞云子本是个能人。当时又谈论些闲言。人杰便将肩头的伤痕褪出，与朱光祖看。朱光祖道：“这必是此人了。不是老汉说大话，凡此道上的利器，无论谁人的物件，到了眼前，未有不知。你这伤痕，却是云派，所幸入肉未深，不然也没有性命了。”彼此谈论一番，日光已是交午。天霸饭罢，早有何路通、计副将、李参将、关总兵都到了天霸的衙门，与褚标、朱光祖两位老英雄请安。天霸又将朱光祖的话，说了一遍。计全道："黄贤弟总是性急。当时王雄前来说道'飞云子'这三字，俺就知道他不是等闲了。此时万君召既知道此人，且等明日，禀明大人前去，到那里询问。"众人在此议论了半日，复又日光落尽，明月东升，大家便饮酒畅谈，席散回去。

贺人杰虽是新婚，无如殷赛花大破关王庙之后，已随殷龙仍回殷家堡而去。此时到了内堂，母子两人，各叙了些家常的事件。唯有天霸与关太两人，久别闺房，此时张桂兰、郝素玉鱼水寻欢，自不必说那夫妻之乐。次日，天霸一早起身，同贺人杰到了衙门，见关太等人，已到了里面。当时等施公升堂，堂参已毕，天霸等进入里面，便将朱光祖知道飞云子的话，说了一遍。施公道："朱老英雄，本院久经阔别，现在仍住在贵提督衙内，何妨就此去同褚老英雄一起请来，一叙离愫！"天霸见施公如此，只得命人杰先行回去，说大人相请。不知后事如何，且看下回分解。

第四七九回

说姓名好汉识好汉　谈委曲英雄感英雄

却说褚标、朱光祖两人见人杰回来，说大人请他前去。当时两人换了衣服，同人杰到了辕门，来至后厅里面，早有差官报了进去。施公当即起身迎到檐前，高声招呼道："老英雄一向可好？本院久违了！"朱光祖两人见他迎来，赶着抢上一步，口称："我等山野村夫，何敢劳大人迎迓！"当时进入屋内，彼此行礼坐下。施公先叙了寒暄，褚标等向施公道喜道："某等前闻差官传说，大人钧驾已抵前路，知是王眷优渥①，复莅此邦，真乃万民之福，昨日大人接印，便当前来叩贺，借叩钧颜，只以山野村夫，不知仪节，反恐有扰大典。适才正拟趋前，面申阔怀，不料大人不弃葑菲②，遣使相传，实深感激。但不知大人自破关王庙后，圣意若何？连日京中有无新政？我等虽不知时事，但道听途说，聊助谈资，尚祈示教。"施公见他二人说这闲话，那琅玡山之事，犹同不知一般，因自想道："这必是他想我请问了。"乃道："本院自蒙诸位贤弟及殷老英雄大破关王庙，除去淫僧，谁知漏网一

---

① 王眷优渥（wò）——皇帝的深厚关怀。优渥，雨水充足。后来泛指丰厚优裕。

② 葑（fēng）菲——蔓青一类的菜。《诗经·谷风》："采葑采菲，无以下体。"下体，指根茎。原意指采者不应因其根茎不良而连叶也抛弃，后因袭用作有一德可取的歉词。

人，复行为祸。虽蒙主上加恩，宠优眷渥，无奈恩光愈重，报效愈难。此次出京，几为关王庙逃犯智明丧了性命，皇家宝物，亦为人盗去。虽蒙众贤弟将本院救出，复莅斯邦，无奈这钦限的案件，未能破获。明知这琥珀夜光杯，在琅玡山里面，只是无人破得，徒叹奈何。以上各情，想黄贤弟已与老英雄等说过，但不知这飞云子，众英雄何以能知此人，尚求见教。”朱光祖道：“我等生长江湖，绿林中英雄，无不知道。后来与万君召偶然谈论，那时也不过是一句闲言，谁知今日果有此事。若要访飞云子下落，除万君召知道，别无一人。”施公听了此言，也半忧半喜，喜的万君召尚能知道，忧的万君召非褚朱两人去请，不肯前来。当时向朱光祖说道：“万君召既知此人，足见是国家鸿福，但他远在海州，本院虽想趋前，无奈到任伊始，未便擅离。拟求大驾一行，将本院下情，务求转达。然后将飞云子下落，细问一番。务请他同老英雄前去寻找，上为国家出力，下为百姓除害。不但本院刻刻不忘，那百万苍生也受德惠的。”朱光祖听了这番言语，不禁愁思半晌。乃道：“某等自蒙知遇，虽赴汤蹈火，万死不辞，岂有万家村不肯前去之理？但万君召性格，不与人同。自他回转海州，立志再不出来，管世间闲事。即如我等在黄贤侄衙内，他还说我等俗尘未尽，贪恋那富贵场中。即便前去，他亦闭门不纳。想要他出来，更是无望了。”施公见他推辞，乃道：“万英雄性格，本院岂有不知，但此时非江湖中绿林可比，为国为民，一举两得。老英雄与他是莫逆的朋友，前去尚未必行，如黄贤弟等人，皆身有官职，这些人前去，更是火水不入了。”复向褚标道：“褚老基雄与万君召也是至好，故求两位同去海州，将本院不得已苦衷，细细转达。万英雄素称爽直，或可鉴本院的诚意，惠然肯来，两位幸勿推却。”朱光祖还是推辞。只见贺人杰走了上来，向朱光祖说道：“老爷子！大人如此言语，你何故总是不去？可知我这肩头上，中了那一箭，虽然未曾伤命，至今还未痊愈。设若因此伤了性命，我父亲英雄一世，半路之上，只留下我一人继承宗嗣。那时老爷子也不代我报仇吗？你平时很为疼我，今日我为人伤害，又有大人如此相求，你竟不肯前去，忍令我这无父的孩子，吃人家暗苦，你平时亦是白疼我了。若是我父亲在日，何至如此？”说罢，站立在朱光祖面前，好像要流泪样子。谁知这番话说来，不但施公与黄天霸等人，听了悲惨，反把个朱光祖与褚标说得哑口无言。心想：贺天保在世，那样英雄，江湖上谁不知道？现在只有这孤子，即便施大人不令前去，自己看人杰吃人家暗苦也要拔刀相助，为其报仇，方不负义气两字。而况贺天保与大众皆有交情，平时又疼爱这人杰，今日坐视不顾，不独负施大人的盛意，兼又何以对得起天保？故听了此言，不觉悲感起来，十分惭愧。褚标在旁看见，知朱光祖甚为作难。乃道：“万君召那人，虽然古怪，但以大义相劝，未必终始不允，你我两人便去一走罢了。”光祖到了此时，也是推辞不得。乃道：“我们明日便去就是了。”人杰见他已经答应，自是欢喜非凡。当时向他说道：“老爷子！你可要将他请来，不然我这伤痕一天不好，那就不恨王朗同飞云子两人，专与你这老爷子作对了。里外你这胡须太长，爽性将它拔去，同心拼命。”这番话反把朱光祖说得笑起来。本来施公最喜人杰，见他说了此言，虽是戏话，却比自己亲嘱的愈加切实。乃道：“人杰！你也休得无礼。老英雄前去，自会将万英雄请来，何容你在此乱说。”当时便命人摆酒，请朱、褚二人上座，为他送行。两人道：“大人初回此任，我等理合具酒奉敬，为大人洗尘。乃寸意未伸，先叨厚惠，岂不是倒来么？”当时逊谢一番，大家坐下。朱光祖说道：“此去海州虽不远，但琅玡山一事，此非数人可以破得。殷龙老英雄在家，而且他令郎令爱，俱有一身好武艺，出色惊人。若能请他到此，随后借重甚多。不知大人意下何如？”施公道：“本院久有此意，且殷赛花与人杰新婚未久，便随本院赴京此时正思念人杰前往，一则使殷老英雄与佳婿聚会，二则将赛花接到淮安，使他夫妻完合，好侍奉他母亲。只因各事纷纭，未计及此。且俟老英雄赴海州去后，本院使人同人杰前去便了。”人杰听了此言，自是欢喜不尽，天霸亦甚欢喜。当时彼此痛饮一番，席散而去。朱光祖向施公说道：“不知大人可有书信么？”不知施公意下如何，且看下回分解。

第四八〇回

回衙门激说朱光祖　问路径打倒王大拳

却说朱光祖与褚标席散之后，问施大人可有书信带往海州。施公道："本院岂可无信，人既不能亲往，简贴复又不周，岂不令万英雄怪我？老英雄且请回衙安歇，本院少顷写就，命黄贤弟带回如何？"朱光祖道："如此，某等前去，便可措词了。明早动身，不再来聆请示，俟万君召若何回答，再来禀明。"当时与褚标两人，就此告别，带了人杰，一同回总兵衙门。此时张桂兰与贺人杰的母亲，见朱光祖、褚标两人到衙门，一天未曾回来，正在家里盼望。忽见他俩人一同走了进来，张桂兰连忙问："老爷子！可是今日吃醉了，睡在施大人那里，胡说连天吗？不然何以此时才回？"朱光祖笑道："我倒未曾胡说，偏为这小猴狲说了一气，惹下这件事来，叫我如何办法？"张桂兰忙问何事，褚标只得将施大人请他到万家村的话，说了一遍。张桂兰道："这事实是难说，即如我父亲回去之后，至今连信息俱无，把个凤凰岭，以他为养老的所在，听你有何大事，他不但不肯出来，连好歹一句话皆不开口。万君召叔叔，也是如此古怪，此事确是难行。但施大人如此盛情，贺贤侄又是个年幼孩子，怪可怜的，吃了人家的暗苦，免不得你老下一番说词，将他请出。好在你老口舌便利，虽然这题目难作，尚不致惹人笑话，说你全无用处，连客皆不会请来。"朱光祖听了此言，不禁笑道："你看你这张利口，用这派话头来激我，总要将他请来，不然羞也羞煞了。可是你这口利，我也不同你辩，但愿黄贤侄出外十年，终日与那些男子英雄打仗，不回来同你交锋。那时你也就要念佛修行，不说这刻薄话了。”说着，自己也就回转房去。却好黄天霸也由院上回来，将书信交与朱光祖，然后取出一包银两为路费。当时又说了些闲话及请他致意万君召，一同前来的话，然后回转上房。次日一早起身，朱、褚两人，每人各带了一个包裹，吃了早点，只向海州而来。

原来海州虽是个直隶州，却与淮安毗连，不过三、四日路程，便到万君召的所在。虽在海州乡下，离城也只有数十里地方。这日朱光祖与褚标到了海州，先在城外找了个客店住下，向那小二问道：“这一带有一万家洼，你们可知道么?”小二道：“这个最大的村庄，谁不知道！但是姓万的太多，他们族中，连自己皆认不清楚，不知你要问哪一个万家?”朱光祖道：“他村上有个万君召，这人可在家么?”小二道：“别人或不知道，这个万英雄，却甚有名望。听说淮安漕督施大人羡慕他的武艺，保举他为官，他只是不肯。现在终日在家，栽花插柳，种竹养鱼，享那田园之乐，就连这城内也轻易不到。你老从何处前来？问这位何故?”朱光祖道：“咱不过与他朋友，便问一声，看他在家不在。”当时小二送上茶水，问了酒肴，与他两人饮食。当晚与褚标歇了一夜。次日一早，给了房钱，直向万家洼而去。行至晌午时候，见前面有座大大的村镇，镇外一带尽栽着些杨柳，每棵杨柳中间，夹着杏树，遥想二三月之内，真是个绿荫满地，红杏在林。两人到了镇前，见有个杂货铺子。朱光祖道：“你看这个镇市，好一个所在。为什么与我从前来时不对，莫非咱们走错了不成?”

褚标道："咱虽与万君召认识，他这所在，却未到过。既是你有点疑惑，何不到镇上问他一问?"当时朱光祖只得进了镇门，上首有个杂货铺子，门前站立个少年，约在三十上下年纪。朱光祖走上前来，打了个拱手道："朋友！借问一声，这里可是万家洼?"那个少年将他一望，见是个过路客商，乃道："你这人，也不是瞎子，这圈门上明明写的是华家镇，为什么要代它改号，说是什么万家洼？还不为我滚去。你这个老杂种，向着你爷噜苏。"朱光祖看了此人，反觉好笑。心中暗想道："你这厮真是造化，放着俺十年前的性情，早将你这厮一拳打死，俺问你的路，便出口伤人。"当时反而笑道："朋友，不必动怒，老朽不认得字，故而动问。既不知道，再问别人何如?"说着便向前去，谁知那少年见他如此，疑惑他可以欺吓，当时追了上来，一把将他的肩头揪住，骂道："老子叫你滚，你便要在这镇上胡闹。你要问路便出镇门去，这地方不准你到！"此时朱光祖虽然动气，总因自己手辣，不肯轻易动手，反将一肚怒气按捺下来。谁知后面褚标正是忍不下来，当即上前喝道："汝这少年，如此撒野，俺朋友问你路，你不知道，也就罢了，为何不许他另问别人？难道这镇上是你一家住么？还不与我松手！像你这模样，也要在俺面前骂人?"少年见褚标前来说他，当时转过脸来，高声骂道："你这老乌龟，老子与他说话，谁要你多言？你来，我爷爷就与你作对，只要你认得爷爷的拳头。也不打听打听，爷爷在镇上，谁不知道个王大拳，容你这老杀材的多嘴。"褚标见他竖起拳头，实是又怒又笑，骂道："你这小狗头，便叫王大拳吗？你褚爷也叫褚大拳，怕你那个大拳遇见俺这大拳，就叫王小拳了。"那个少年听了此言，哪里容得下去？当时举起拳，便向褚标的胸前打下。褚标倒也好笑，顺手向外一推，只听咕咚一声，一个仰面朝天，早跌在地下，当时爬起身来，抱头便跑。嘴里骂道："你这两个老杂种，在此等着，爷爷总叫你吃苦便了。"说着，出了镇口，飞奔而去。朱光祖笑道："这人也是倒运，今日遇见你我。但不知他姓什名谁？"旁边那店内说道："二位爷！这人便是前面万家洼的，此人姓王。你老问万家洼何事？"朱光祖闻了此言，便问他路径。不知那人说出什么，且看下回分解。

第四八一回

见良友入室谈心　命表弟鞠躬赔礼

却说朱光祖听那人说出万家洼来，连忙道："在下正要向万家洼去，不知走哪条路径，方要借问一声，偏遇着这杂种，胡乱了一气。"那人见朱光祖年纪虽大，却是甚有精神，知他两人不是寻常之辈。因指道："此去转弯，向东而去，过了那三岔大路，前面一带树林，便是的了。"朱光祖谢了一声，两人顺着他的路径走去。果然到了前面，一派村庄，不下有四、五十家户口。朱光祖道："这地方不错了。"二人过了护河，便是个大大的打麦坞，门外高积了一个草堆。大门口外，坐着个小童。看见有客前来，连忙起身问道："二位客人到此何干？且请说明，好进庄通报。"正说之间，接着又走出一个四、五十岁中年老者，向朱光祖询问。光祖道："烦你进去通报一声，说淮安府黄总兵衙门内，有位姓朱的同一姓褚的前来造访。"那小童听了此言，忙道："可是黄天霸么？"光祖见那个孩子甚是伶俐，也实道："便是此人。你何以知道？"小童道："我家爷爷在家时，常说起什么黄天霸、关小西，我等已经听熟了。你二老来此，有何事件？"褚标道："稍顷见了你家爷，便知道了。你知道我叫什么名字？"小童道："我家爷也未说过，我又未与你见过，哪里知道？"正说之间，早听里面有人招呼道："朱老叔！褚老叔！你二老什么风吹得到此？小侄屡次思想，欲着人前去相请，又恐这山野村庄，不比得那富贵场中热闹，因此屡屡中止。既然不远而来，且请里面坐吧。”说着，命小童代他将包裹携着，向里走来。褚标四下一看，只见大门之内，一个极大的院落，院内皆种绿竹。过了竹院，便是二门，却是三间矮屋。过去一带竹篱，编就些蘋条等类，弯弯曲曲。一条幽径，下面铺着卵石。穿着竹篱，朝南一个方厅，皆是竹子造就。里面摆设，皆不脱个竹字。上面设了一张竹炕，炕上铺了两面竹簟①，正中设一个竹几。竹几上摆的是竹根帽筒，下面竹椅、竹桌、竹凳、竹帘、竹窗、竹灯，无物非竹子造成。过了方厅，又是一个院落。中间四棵柏树，清风纡拂，音韵欲流。地下栽的绣墩草旁边有一个六角洞门，进了此门，却是一个花园，里面海棠、兰草、芍药、牡丹，各种齐备。当中一个六角玻璃厅，里面铺设十分幽雅，万君召将他俩人邀至里面。朱光祖道："老朽一别经年，实深怀想，还不知贤侄有如此乐境，较之前次造访，益发幽逸了。"说着，彼此见礼，下榻而坐。小童送上茶来，然后打了面水，为他俩人净面。褚标道："难怪贤侄置身高尚，原来有此幽境，我等到此，几成俗物了。"万君召道："二位老叔前来，经过此地，唯问施大人与诸位兄弟可好？诸位可升官否？侧耳听来，好代他们称贺！"朱光祖见问，忙道："某等特地前来，专诚造谒，不知贤弟可能容纳否？"说着，早有小童送上酒肴，请他俩人饮酒，彼此方才入座。忽听外面一人喊道："这两个杂种，连跌我两个筋斗，还未同他算账，哥哥为什么留他？"朱光祖听清了，不禁大笑起来。向万君召道："听说贤侄武艺越发长进了，两手拳头，长有水缸大小，不知这话果确与

① 簟（diàn）——竹席。

不确?”万君召不解何故，忙笑道：“你俩人初来此地，何故拿小侄取笑？人的拳头，哪里会如许大法?”朱光祖道：“你说拳头不大，怎么你家有个王大拳呢？没武艺人，尚称大拳，你这有武艺的，拳头岂不有水缸大么?”万君召听了，方才明白。忙道：“莫非这厮得罪老叔么?”光祖道：“他虽得罪于我，我却未与他动手。却是褚老叔气他不过，跌他两个筋头，但不知此人，贤侄可认得么?”万君召道：“此人便是小侄的表弟，名叫王陶。只因姑母亡故，无处安身，因此将他留在庄内，无奈他不肯上进，教传他武艺，也不经心，学了几趟毛拳，便自生非闯祸，每日里在那镇上与他人争闹。所幸小侄尚有人缘，因人人看小侄面情，不与他较量。今日又得罪老叔，岂不是自寻苦楚么?”当时只听得他在外乱叫，随即喊道：“王陶！你还不进去赔罪，不知这两人便是时常我说的朱光祖与褚标两位老叔，你有眼不识泰山，还在此乱喊乱叫。”说着，便自己出去，将王陶拖近。此时褚标反不好再说什么。只见王陶到了里面，向朱光祖道：“咱王大拳，听哥哥吩咐，为你老赔礼了！今日你老跌我筋斗，为你作揖，明日你老将送我命，哥哥还要磕头呢!”朱光祖见他是个半痴，忙道：“贤侄，且请坐下，老夫有一言奉劝：大凡人生世上，皆不可以自满。强中更有强中手，何能自以为是？譬如咱与你这表兄，本领不在人之下，还以和气为贵。况你本领未经到家，何能与人交手？下次这个性情，千万要戒一戒方好。”王陶听他言词，只得默坐一旁，无言可对。还是褚标将他邀入席中，一同饮酒。彼此饮了数杯，朱光祖道：“某等今番到此，也是喜者喜，愁者愁，不知此时施大人怎样了!”万君召忙问道：“老叔由淮安而来，不过数日，何以便虑及他人？闻得施大人去岁进京的，皇恩高厚，而且大破关王庙，除去淫僧，久已威名大振。此时出京回任，正是喜事重重，哪里有什么愁事?”朱光祖便将智明如何在关王庙逃走投到朝儛山，曹勇等人到琅玡山上请飞云子计害施公，盗取琥珀夜光杯、起造齐星楼以及大破朝儛山的话，前后说了一遍。然后道：“某等此来，正为此事。”说着，将施公亲笔的手书，由身边取出，递与君召。不知他所说什么，且看下回分解。

第四八二回

辞委任褚标用激词　感知遇君召勉应命

却说朱光祖将施公的书信取出，万君召看了一遍，方知是欲叫他去寻飞云子的下落。当时冷笑了一声，向朱光祖说道："这事你二老也空跑了。小侄蒙大人知遇之恩，不究前罪，此恩德没世不忘，理宜为其前去，稍尽微劳。只因其中有两层缘故；一则小侄避居此地，闭门思过，犹恐难周，名利两途，久无此志。此时忽然出去，知道的为宪命所迫，不知的恐笑我无恒。虽承施大人盛意殷殷，屡思保奏，无奈宦途人事，缺然于怀，故小侄不肯应命。如此时可以前去，当日保荐的时节，久已为官。耿耿此心，你二老谅皆知道。二则飞云子虽与小侄有旧，他却远在陕西。自从早年路过潼关，与弟兄见面，承飞云子盛意苦留，小侄歇马陕西，不必再回此地。那时小侄心高志大，立意回来。临走之时，飞云子言道：'但愿你老哥此去，大业能成。设有不然，切莫再来此地。'言犹在耳，何日忘之？不料回转此间，大事未成，依然故我。虽蒙施大人宽厚，得以养晦田间。回思飞云子之言，尚自羞惭无地。此时再到面前，恳求此事，岂不令人愧死？而且他行踪无定，或往或来，还不知现在何处。有此两层，小侄万不能前去。还求老叔回禀大人，另派能人前往，方不有负委任。若命小侄，断不能从。"朱光祖听了，言道："贤侄之意，老夫岂有不知？故动身之前，久向大人告禀。无奈他谆谆劝导，义不容辞，故此前来一走。但人生在世，与其隐姓埋名，与草木同腐，何如为国出力，留此芳名。虽不做官，未为不可。若说飞云子无颜见他，这话殊为费解。未来之事，岂能预知？那时未遇施公，自然独行其是。古人言：‘识时务者为俊杰，明哲者必知机。’既遇贤人，理宜从顺，此正是英雄的为作。即令飞云子听见，还道是贤侄不敢去会他。在某看来，总宜前去为是。”万君召乃是一言不发。褚标道：“朱大哥！那时我说不来，你偏不肯相信，可知他果不出吾料了。我如有这样田园房产，虽死在此地，也是情愿。管他什么大人的知遇，朋友们盼望，旁人耻笑，名声好不好，只求快活便了。难得生个人来，为什么要奔走劳苦？我看施大人，也不思想思想，有人能行的，有人不能行的，一味的苦心苦意，屈己求人，到此有何用处！万贤侄不肯前去，想必知道这个飞云子，有不敢去的缘故，方才如此。何必苦苦的奉劝呢？可惜多等老朽无能，不知道这飞云子的住所。若有一面交情，虽万水千山，也要前去一走。一则蒙大人如此看待；二则为国家出力，替主宣劳；三则为朋友助一臂之力；四则虽不做官，也教人敬重，享个大名。有此四件，虽赴汤蹈火，也可去得，而况访人的下落呢？”褚标这一派激功，把个万君召说得开口不得。过了半晌，言道：“你老之言，人非草木，岂有不知！但不过一出此山，更多事故。若小侄执意不去，两老岂不责我！但有一言，先行告禀：此去陕西，有两个月的来往。若到潼关之时，飞云子在家，自是顺事。设或他未曾回去，由琅琊山往别地方，这偌大天涯，尚不知在于何所。既然大人有命，总之将飞云子的楼图，得来为度。随后事件，小侄不能过问了。况飞云子之父云逸，其人家法渊源，不可究竟。制造一切，奥妙非常。如诸葛武侯之木牛流马①，淮南子飞车等类，无不得其真传。五子之中，长名云龙，次名云虎，三名云鹤，四名云鹏，五名云鹄，飞云子班次行三，凡云逸的真传，他俱皆学会。所造这个齐星楼，想必另有秘法，俱是他殚心竭虑，始获造成。未必轻易将图取出，这事只好临时再说了。”朱光祖、褚标见他肯去，当时自是欢喜。席终而罢，撤去残肴，彼此又谈论了一回。万君召方将他两人带出庄前，观看了一番村景，直至月色东升，始行入内。晚间席散，便在内花园内，安歇一宵。依朱光祖两人，便想次日起行，无奈万君召苦苦相留，耽延了两日。到了第三日，三人方才一起动身，各带包裹，向淮安进发。

晓行夜宿，一路而来。这一日已到了淮安城内，当时来至辕门，先命差官进去通报。此时施公正与黄天霸等人在里面议论，说朱光祖有心推却，虽然勉强前去，尚不知万君召果否肯来！设若绝计不行，这飞云子无人去寻，齐星楼何日能破？那时误了钦限，如何是好？黄天霸道：“大人不必忧虑！朱老英雄不去则已，既往海州，不将万君召请来，他也不能辞责。而况褚老英雄一同前去，即使君召不肯前往，见他两人殷殷劝驾，也觉得不能固执了。”正说之间，只见差官进来，禀报说：“朱老英雄同万壮士皆在辕门伺候，请大人示下。”施公一听了此言，自是喜出望外，当即命人请见。一面与众人走出后堂，在厅前迎接。一见他三人进来，连忙高声言道：“老英雄回来么？万壮士一别数年，今始到此，真乃万幸！”说着，抢前一步，携手同行，一同到了厅内。

① 木牛流马——三国时蜀汉的诸葛亮攻打魏国时，曾用机制的木牛和流马运送粮草。

君召道："小人自蒙知遇，片刻不忘。日前朱、褚二位老叔，言之谆谆，万不敢自外生平，安居乡里，只得趋前请示。但不知大人何以知道这齐星楼是飞云子所造？设若假用其名，虽万某奉命前往，恐亦无济于事。"说着，与施公见了一礼，然后与天霸坐下。此时彼此又叙了寒暄，复又提到这齐星楼之事。不知施公与天霸如何方使万君召前去，且看下回分解。

第四八三回

万君召远赴陕西城　贺人杰三入殷家堡

却说万君召到了淮安，施公接入里面，说那齐星楼，何以知道是飞云子所造，恐有人冒名，为此欺愚外人。施公道：“壮士不必多虑。此楼本院虽未亲见，据黄贤弟说来，甚为险峻，所有埋伏，皆是目所未睹，况朝儛山头目王雄，现尚在本院衙门，曹勇与王朗所谋之事，无不尽知。非壮士将飞云子下落访明，将原图得来，此楼万难破去。”万君召道：“岂敢推却？但是飞云子远在陕西潼关口外，若他果在家中，自是幸事。设若行踪无定，再往他方，那时再等小人回来，岂不误了钦限？在某愚见，一面到陕西寻访，一面请大人派人前往，另请能人，先破这山寨。万某此去，断不偷安推却的。”施公听他所言，甚是有理。当即命人摆了酒席，众人入座谈心。酒至三巡，施公道：“本院除黄贤弟等人，别无能手。且请壮士先行前往，此处再为设法便了。”朱光祖道：“某等在海州数日，不知大人果命贺人杰到殷家堡去么？”施公尚未回言，万君召接着问道：“可是那殷龙老英雄么？此人本领甚是惊人，何不请他同去？此外如黄贤弟之岳父，老英雄张七，此两人皆与朱老叔、褚老叔是江湖上前辈，见多识广，本领高强。若得此两人，与众位仁兄前去，何愁此山不破！”褚标道：“据你说来，将这琅玡山，视同儿戏了。可知你我长枪大戟，虽斗个三天五夜，也不惧人。若是摆什么阵图，设什么门径，不知他的法则，何能去破他？贤侄能将原图得来，那时也要随众兄弟稍助一臂。日前命贺人杰去请殷龙，不知大人可有吩咐？”施公道：“贺千总已于昨日动身了。”万君召见众人所言，是专等自己前去，心下甚是欢喜。当时便道：“明日万某一定动身。”施公称赞了一番，席终而散。是晚朱、褚众人，也不回去，一起在此歇息，以便明日送行。次日绝早便起身，出来取了二百两碎银，命他作为路费，又给了沿途文凭一道。恐此去日期耽搁，脱了盘川；或另有什么案件，或到地方官那里办事。万君召当时接在手中，用油纸包好，揣在身边，别了众人，直向陕西而去。

单说贺人杰从朱光祖到海州去后，次日施公便命一个差官，同他上殷家保而去。在路行程，非止一日。这日到了庄前，却巧殷强在庄前闲游，举头见是人杰，不禁喜出望外，迎面跑来，向他问道：“贺贤弟！你今日来了么？老爷连日正是盼望，不知道大人可曾出京？蛮想命大哥到淮安探问，你我快些进去吧。”说着，命庄丁将他包裹接上，自己一人，先跑进去。人杰与差官进了庄院，早听里面许多笑声，跑了出来，齐声笑道：“我们娇客到了，快些进来，好教赛花妹妹放心。”人杰抬头一看，乃是赛花的两个表姐并殷刚、殷猛等人，接着殷龙也走了出来。人杰赶着上前请叫了一声，然后到厅前。只见赛花站在厅前，笑容可掬，人杰反不好意思前去招呼，只得向殷龙见礼，然后与殷刚兄弟见礼坐下。殷龙问道：“大人是何时出京？你此时由何处前来？”人杰道：“小婿从正月十五大内里失去御物，次日皇上命黄叔父擒获此贼，便命施大人回任，一路访获这案。小婿等于十七日，便随大人起程，到日前方抵淮安接印任事。”殷龙忙道：“怪不得久久无信，原来有这些情节，看来这是个钦限的案件。但不知大内里失去何物？这盗取的人，可曾访出么？”人杰道：“访是访出了，实是有许多碍手，小婿几乎送了性命。”这句话，把个殷赛花吃了一惊，忍不住出声问道：“谁人与你作对？现在怎样了？”殷龙道：“怎么讲？可慢慢讲来，与岳父知道。”人杰道：“一时也说不了这案件，小婿前来，无非是施大人的意思，请岳父同破此山。少顷，小婿再为细细告知。”殷龙见他如此，只得命人取面水来，送上茶点，使他进了饮食。人杰方将前后的话，说了一遍。殷龙明白此事，忙道：“我儿肩上伤痕可好么？你母亲精神可好？”人杰道：“家母幸尚康健，命小婿请安道谢。肩上伤痕，虽未全好，谅也别无妨碍。但不知这个飞云子，岳父可曾知道么？”殷龙道：“北道上面，虽常听人说及，是什么云家五子，想必就是此人。但是未曾见过，不知他本领怎样，我儿且在此间多住几日，养息伤痕。即使朱光祖到了海州，将万君召请出，既是飞云子远在陕西，非一朝半日之事，便可回来。明日且着人到淮安，打听万君召何日动身的日期，几时回来。然后你我再行起程，也不误事。”贺人杰听了此言，乃道：“岳父之意，虽是爱惜小婿的道理，但大人为这个钦案，日夜焦愁，恨不能立时破去。故命小婿前来，面请岳父助一臂之力。若是在此耽搁，岂不令他盼望？”殷龙道：“他虽着急，你今日才到这里，难道明日便走么？你岳父自有主见。”当时命人预备了酒席。郎舅夫妻，到了晚间，便在后堂畅叙。当时众人酒过数巡，殷龙又问起关王庙之后，皇上升赏如何。人杰更将众人推升及自己升官的话，告诉一遍。殷龙望着他，直笑声不止。随向赛花道：“我的儿！人杰居然已升官了，这也是你的命好。”大家笑谈了一番，然后席散。殷龙向人杰说道：“你连日路途辛苦，今日且早些安歇吧。”说毕，复命殷猛兄弟，各自回上房而去。这里人杰与赛花彼此就寝。次日一早，便自起身。要知底细，且看下回分解。

第四八四回

小夫妻逃走殷家堡　贤郎舅约探齐星楼

却说贺人杰要起身，只见殷强走了进来，对人杰道："愚兄此来，非为别事。但是那琅玡山究竟如何厉害？若能将飞云子访到，自是好事；设若寻不到他，难道这山头便不去破吗？我想王朗等人，也不过是个我辈，只要将他引出山来，把他擒住，这楼自然可破。即便有埋伏在内，有了人，还怕那御杯不得到手吗？因此愚兄前来询问，但不知贤弟与妹子意下如何？"殷赛花听了此言，也知道他的用意。乃道："哥哥莫非前去破山么？妹子也有这个意思。只因他初到此，不知他可情愿？咱们想施大人如此厚恩，设若万君召将飞云子寻不到，误了限期，固是有那处分。江湖上面，谁不知我们这班英雄的大名！今日为一个王朗，造了这齐星楼来，便无一人敢破，还要寻张找李，求人帮助，岂不为人取笑？爹爹的意思，虽是爱惜你我，只不想这个道理。想我等此时，若能前去将王朗捉住，破了此楼，无论施大人要重重保举，便是万君召、黄叔父等人，也要看我们得起。而且张桂兰与郝素玉婶婶，从前干了许多大事，咱这本领也不在她之下，为何不能去破山头？因此欲想前去。一则恐爹爹不肯答应，二则怕他初来，贪恋此地。那时逼迫他去，设有他虑，爹爹与母亲岂不说我不贤？故尔未经说出。你今既有此意，只问他便了，妹子无有不可。"贺人杰听了此言，正是喜出望外，忙道："你俩人果能如此，岂不是条上策！虽然我肩头上中了一箭，向无大碍。有我三人这本领，只要王朗下山，那时不怕他走上天去。不过岳父面前，要你们开口，方可行得。若是我与他问说，他必定说我伤痕未好，且待痊愈，再行回去，那就无可更改了。”殷强道：“贤弟！你说哪里话来？若想告知爹爹，一年也走不了。在咱看来，不去则已，去则不辞而别，好在这条路径，你也走过。到了那里，破得齐星楼更好；不然，纵有人受伤，或为他擒上山去，那时再赶回来报信。我三人，皆是爹爹心爱的人，怕他不去解救么？”他三人本是个年幼无知，恃着自己的手段无敌，便把琅玡山看得极淡。贺人杰听了这话，不禁喜道：“果然哥哥如是妙计，你我今晚便收拾停当，明日午后，便自起身。”殷强同殷赛花也就答应。当时商议停当，三人到了殷龙的房内，请安已毕。殷龙见他一对小夫妻，如一双美玉一般，自是欢喜。当时便吃了早点，又到了上房里，与一班舅嫂等人谈说了一会。殷龙见人杰不提淮安之事，疑惑他安心在此，以待消息。谁知到了晚间，赛花先将自己的动用短衣并两口利剑，打在一个包裹里面，随手带了铁背花装弩，换了小袖衣衫、大脚裤、铁尖快鞋，复行取了二百银子，放在包裹之内。此时贺人杰已与殷龙吃了晚膳，回转房中。见殷赛花收拾已毕，两人便连衣而卧，安歇了一宵。到了五鼓时分，殷强又过来，肩头上负着一个包裹，身穿玄色短衣，排门密扣，布列胸前；头戴一项英雄盔，滚圆一朵红球，贴住面前；元色洒花丢裆叉裤，薄底靴儿，手提一枘生铁飞叉，腰刀藏在里面。向着人杰道：“天色现在不早，再迟可有人看见，那时便走不了。”赛花道：“你我虽然前去，也要留个信下来，使爹爹知道方好。不然，岂不说咱等避父而逃？”殷强道：“咱那里已留下字迹，爹爹起来，到我房中，便可看见，你两人不必耽延了。”人杰听了此言，也就催赛花赶快前去。当时三人到了房外，将窗格倒关起来，出了檐口，噗噗两声，便由屋上出庄而去。

一路晓行夜宿，赶奔而来。这日已到沂州府界内，殷强道：“贺贤弟！此地离琅玡山还有多远？你我且寻个客店，安歇一天，打听他山上的事件，然后再去破楼，你道我此言如何？”人杰道：“前面离琅玡驿不远。这地方热闹，虽有客店，但是我等，前月在此，耽搁了许多日期，总有人认得。设若露了风声，王朗逃走，或使人暗来行刺，那时岂不是多事吗？在俺看，还是另寻个坊店为是。”赛花道：“你如此说，就此前去寻找，惟最要便当方好。”人杰答应了一声，当时转过了那驿站，走了有四、五里远近，有个小小村镇，里面有十数家户口，其中有个客店。人杰到了门首，只见个老者向他问道：“客人可是寻店么？这里面虽小，一切尚是洁净。现在上首房内，尚无人住。客官共有几人？何不在此歇马？”人杰道：“此地正好，我去找个朋友便来。”当时转身向外，前来告知了赛花，三人便在这店中住下。店中那老者忙问道：“客官由何处前来？到此何干？”人杰道：“只因咱们这朋友，到此寻亲，忽然身子不快，故在你店中暂歇两日。”当时问了酒肴，送上茶水，当晚，三人饱餐一顿，在房中养息了一番。到了二鼓以后，每人各带了兵刃，蹿出房屋，只向琅玡山而来。行了有十数里路径，所幸星光之下，尚辨得出东西。人杰在前引路，穿林越树，到了半山。那个楼前搭着个更棚，里面点着个灯球，两人在里敲那更鼓。殷强走上前去，将那个更棚一掀，拔出腰刀，一刀砍去。更夫见有人来，赶着起身，一望见是个少年大汉，一刀砍来，早吓得魂不附体，连忙让过一刀，向殷强跪下道："爷爷饶命！"殷强道："你且将埋伏说明，由此上去，还有没有埋伏？俺便饶你这狗命。"再寻那一个更夫，早已不知去向，殷强疑惑他逃命去了。出了更棚，便与赛花上山去。谁知方上山坡，未到那个楼门前面，忽然脚上一绊，咕咚一声，栽倒在地下。接着一阵铃声，早将殷强滚入陷人坑内。性命如何，且看下回分解。

第四八五回

陷深坑险擒小将　中火弹急煞佳人

却说殷强跌下那陷人坑内，赛花正欲前来相救，复听铜铃声响，半山来了一人，手执大刀，飞奔而至。嘴里喊道："何处的野囚，前来偷探？不要走，爷爷来也！"到了面前，举起一刀便向殷赛花砍下。原来王朗自从黄天霸与贺人杰两人那夜来后，便知道施公那里总有人来，当即命各处埋伏了许多暗器。半山那个更棚，与这陷人坑，是一人看守。殷强杀死一个更夫，那一个见有人来，便出了更棚，前去报信。因此铜铃响动，把殷强陷入坑中。此时这人前来，殷赛花双剑一分，用了个二龙出水势，左手一剑，将刀格去，右手一剑，对定来人的咽喉刺去。那人见是个女子，也不将她放在心上，见自己一刀掀去，剑已前来，赶将身子偏让于左侧，刀头一转，格在一旁，两人厮杀起来。那二百个喽兵，齐声喊叫，山谷里面，如千军万马一般。贺人杰赶到面前，见殷强已中埋伏，唯恐山上头再来强盗，赶着双锤一摆，杀上前来。谁知殷强跌入坑中，却是个鱼鳞铁网，铜铃一响，早有把守的军士走来擒捉，殷强晓得不好，遂将生铁飞叉双手一举，两脚在铁网上一垫，便想由坑内蹿纵上来。此时山寨里早已得信，王朗听得铃响，遂向朱世雄说道："朱二哥，你可赶快前去，怕施不全那里又有人来，交手起来，务必将他引到里面来，等俺活捉这狗头。"朱世雄答应一声，也就提了飞抓，前来争敌。见殷强正往上纵，随即高声叫道："你这杂种，还想上来！不要动，爷爷来请你。"说着举起飞抓，在坑前护定。两边喽兵一声呐喊，挠钩齐下，早将殷强擒捉上来。人杰到了此时，吃惊不小。当时一声叱咤："朱世雄休得逞能，俺贺爷爷来也！"双锤飞起，从后顶上打来。世雄抬头一看，见是人杰前来，知道他的厉害，赶将飞抓勒定，贯了足劲，并力上前，人杰知他武艺有限，遂将锤头乱舞，一气打下，早把个朱世雄杀得浑身是汗。殷赛花与那个人战了六、七个回合，忽见殷强被人捉去，心头大怒。双剑分开一个二龙出水，早把那人头颅砍下。两足一纵，到了前面，直向那喽兵砍杀。朱世雄见来了一员女将，深恐将殷强救去，只得舍了人杰，反奔前来，将赛花敌住。后面人杰又到，锤如雨点，一路打出。王朗在里面听得，正欲派人前往迎敌，蒋责喊道："大哥把守此楼，让小弟前去。"钢叉一摆，飞下山来。见殷强正要挣扎，赶着一叉。谁知人杰手段飞快，见他来得厉害，将身躯一矮，锤头高起，格去钢叉，一手将殷强夹在腰间，便想逃走。蒋责哪里肯舍，一声吆喝，所有的喽兵围绕上来。殷赛花见救了殷强，也就放胆宽心，与朱世雄厮杀。两人一来一往，复战了有七、八合照面，朱世雄只能招架，到难以还手，掉转身材，直向山上逃去。赛花此时已不追赶，上前一步，将蒋责敌住。遂向人杰喊道："你将四哥解下，就此杀上山头。"说罢，双剑齐施，早将蒋责的钢叉逼住。人杰听了这句话，来不及解绳索，在殷强肋下，拔出腰刀，将绳索割断，殷强放开手足，飞叉乱舞，杀上前来。蒋责哪里是他三人的对手。高声叫道："若是好汉，奔上山来，俺与你斗三百回合。"人杰笑道："汝这个狗头，也要逞嘴，俺怕你的埋伏，也非好汉。"说罢，三人各举兵刃，奔追上来。

谁知王朗见朱世雄败回，知那些寻常埋伏，擒他不住。随即传令让他进来。当时与众人到了楼前，站立台阶，直等人杰。他三人见无人抵敌，也就蹿跑纵跳，到了花园，离那个大树不远。殷强还要前进，人杰知他的厉害，赶着喊道："四哥且住，待俺前行。"当时便想绕过那树木，蹿上楼去。王朗早已看见，刀头一指，霹雳一声，火球飞至。人杰知道不好，随即向旁一让，到了左边。谁料殷强随后走来，迎面相逢，正落在肩头上面。登时顿起大泡，痛入骨髓，大叫一声："痛杀我也！"飞叉一舞，跳到树前，直向王朗打下。人杰恐他有失，也杀奔前来。王朗也不交锋，复将栏杆一推，花朵中早飞出流星火弹，前前后后，直向两人打来。殷强到了此时，也就不敢前进，飞叉在手中，舞得如雪片一般，遮挡流星火弹。奈此弹总线发作，火弹过去，无限的火箭，复又射来。殷强身上早已中了数箭，人杰犹恐他再战，赶着喊道："四哥此时不走，尚待何时？""俺脸上已中了火箭了。"说着，掉转身躯，便想逃脱。到了琉璃厅口，里面已蹿出数人，锤棍刀枪一起杀入。当时便高声喝道："汝这小贼，前番未送汝命，已是万幸，今日复来送死。曹寨主在此，不要走，吃我一镋！"说着，镏金镋一起。连肩带臂，一下打来。人杰此时不敢恋战，只得将双锤一架，夺路而逃。所幸赛花未曾受伤，此时见众人杀到，知道力敌不过。遂将铁背花装弩取出，一声响亮，一弩射出。曹勇冷不提防，见有暗器飞至，赶将身躯一让。后面那人躲避不及，早已射中了命门，哎呀一声，栽倒地下。曹勇一人来断杀，他三人趁此漏空，出了花园，复向寨门逃去。

到了山下，方才并在一处，喘息一番。此时殷强脸上已肿得有面盆大小，冷风吹入，疼痛非凡。赛花此时也就着急，只得将殷强背负肩头，回转店中，将原由告知了店主，店内方知他三人是施大人手下的人。赶着烧了面水，让殷强熏洗了一番，身上箭伤，复行扎好。人杰虽未中弹右背上又中了两支火箭，两人睡在房中，疼痛非常。到了天明，殷强大叫一声，早已疼昏过去。殷赛花真是手足无措，向着人杰道：“这事如何是好？早知如此，临动身时，将爹爹的末药皆带来了。现在用何药敷治呢？”人杰到了此时，也是哼声不止。见赛花如此着急，便道：“此去十数里，有个村庄，这人家姓吕名叫云章，你到他家，说明缘故，或者有什么解救，亦未可知。不然，请他儿子到殷家堡送信，他必然肯的。”不知如何，且看下回分解。

第四八六回

见伤痕英雄痛儿女　探消息豪杰访强人

却说殷龙自他三人走后，天明起来，梳洗已毕，只不见人杰出来，心下暗道："这总是他夫妻贪睡，尚未起身，我且不必喊他，看强儿在那里何事!"随即信步走了出来，才到殷强房内，但见案上放了一张纸帖，上面写了数句："禀父亲安，男与妹子妹夫，同破齐星楼去也。"殷龙见了此字，不觉大惊道："这三个畜生，好不知事！连天霸与朱褚两人尚不敢前去，你们有多大本领，竟自背我而行，岂非是自寻死路么?"当即跑到赛花房中，哪里有个人杰！殷龙这惊不小，遂命殷猛、殷勇两人前去追赶，哪里追赶得上？到了上午时分，仍就回来。这三人本是殷龙心爱的儿女，此时见他们冒险，只得向殷猛说道："汝且去赶赴淮安，报与施大人知道，说贺人杰带同你妹子三人，去破琅玡山，唯恐他此去有失，快请黄叔父与朱老英雄一班人众，前去救护。我此时随即动身，在琅玡山左近等候。设若万君召回来，得了齐星楼的原图，那时便大众去破这山头，千万莫要误事!"说毕，殷猛只得领命，到淮安而去。

却说殷龙与殷勇、殷刚，带了动用的各件，一路追赶而来，这日到了山东，正访琅玡山的路径。忽见有个老者，喘吁吁地向那人说道："我昨日店中住下三个客人，谁知是施大人的手下，昨日夜间去破齐星楼，皆受了王朗的重伤，现在问我吕云章的庄子，你们可知道这路径么?”殷龙听了此言，忙向那人道：“这三人可是两个男子，一个女子么?”老者见殷龙询问，忙道：“你老何以知道?”殷龙道：“此人现在何处？赶快带我前去，那伤痕可致送命么?”原来此人，就是店内店主。见殷龙问得急迫，指道：“前面过去，东边那个庄上第二家，便是他住的所在。”殷龙听了这话，顺着路径，飞奔前来。到了店前，只见殷赛花站在店前。殷龙不禁怒道：“你这三个畜生，瞒得我好苦。设若伤命此地，教我怎见施公？现在他究竟怎样了?”赛花见了父亲前来，如半空中接着日月。忙道：“他虽中了火箭，尚还支持得住。唯四哥伤痕太重，现在昏在床上呢!”殷龙此时看着殷强，自是着急，忙道：“你且将受伤的原由告诉我来，看我可有敷治的药料!”赛花将昨夜入山，中他埋伏，说了一遍。殷龙尚未听毕，不禁顿足道：“这事如何是好？这花弹名叫流星弹，内有毒药造成，打在人身，不过七日，便要身死。为父的无救药，只有褚标那里的化热丹，可以解救。此去数日路程，着人前去，也来不及，如何是好?”殷勇道：“爹爹且勿着急，孩儿看咱们那个清陈散，也可用得。何不先代他敷上，能将这火气拔去，也就轻松一半了。人杰兄弟已中了火箭，此时先代他将箭药敷上，然后再讲吧!”当时殷龙只得将包裹打开，取出末药，将箭疮敷好。究竟人杰受伤未重，虽然觉得疼痛，自从敷药之后，那火气已去了几分。唯有殷强只是昏迷不醒，殷龙此时眼望他受罪，恨不能将王朗擒住，一刀报了此仇。焦躁一番，只得出来向赛花埋怨。赛花也是悔之不及。只望褚标果能到此，两人方可有命。

且说殷猛奉了他父亲之命，去到淮安送信，一路之中，不敢怠慢，破夜而行，这日已到了漕督的衙署。当时找了巡捕，说明来历，进内报知施公。施公听了此言，也是大惊失色。说道：“贺千总如此冒险，设若有失，如何是好？”随即将殷猛传了进去，问了一遍，方知是殷龙留他在家，恐怕误了限期，因此他三人暗自去的。施公道：“贺千总你性急了，那样一座高楼，岂是你三人能破的？”当即将黄天霸、关小西一班人众并朱光祖等人，一起请来。见了殷猛，方知这番事件，无不齐声说道：“三人前去，必然有失。殷龙虽是赶去，还请大人示下。”施公道：“本院为这案件，恨不得立时破获，无如飞云子下落未曾访明，因此权且等候。褚老英雄虽然又去探访，不知何日回来。本院此时，只好急其所急：黄贤弟、关贤弟同朱老英雄三人，就此随殷猛连夜而行，赶到沂州。如他三人未曾受伤，仍然一同回来，等飞云子访明，再行前去。设若有意外事件，大众便聚在那里，等万壮士回来，再行定夺。那时能破不能破，皆可知道了。”黄天霸见人杰为齐星楼案件，复又冒险前去，心下甚为着急。见施公如此吩咐，唯恐朱光祖推辞，忙道：“朱老叔，人杰这小孩子，你老怪欢喜他的，设若此去有失，冥冥之下，何以对得起天保？你我就此去了吧。”说着拖了光祖，别了施公，回转自己的衙门。张桂兰与人杰的母亲，也是吃惊不小。当时将天霸朴刀以及随身的物件，一起打入包裹，命他连夜而行。朱光祖此时，也无可推却，带了兵刃，与天霸到了辕门。关小西同殷猛两人，已在那里等候。天霸又向计全、何路通叮嘱一番，叫他们小心保护。万君召一经回转，便大众齐来。说毕，别了众人，直向沂州而去。

看官，你道殷猛前来，为何施公道褚标又去探访？只因万君召走后，褚标向朱光祖说道：“我看齐星楼这案件，断非此数人可破。若能将凤凰岭张七请出，便可得个大大助臂。今日万君召虽去，迟不救急，误了钦限，为害不浅。”光祖说：“张七那人，倒不必去请。唯有琅玡山的消息，现在如何动静，全不知道，不若且去打听明白。一经万君召回来，那时便可以前去，也不至于耽搁，岂不比去请张七较为的当么?”两人计议停当，褚标也不告知施公，便向山东一路走去。后来施公不见褚标，询问起来，方才晓得。这也是殷强命不该绝。他三人未到沂州，褚标已先期住下。殷强这日上山之后，受了重伤，次日褚标已打听明白，心下吃了一惊。明知这化热丹可以解救，虽在自己身边，却不知他们的下落，只得在琅玡山左近，四处寻访。不知殷强性命如何，且看下回分解。

第四八七回

褚标解药救殷强　君召投山寻普润

却说褚标因探听王朗消息，预先到了山东。贺人杰等人受伤，次日他已知道，只不知他三人住在何处，只得在琅玡山一带探访。谁知殷龙见殷强受伤甚重，无法可治，只得自己想出些败毒的药件，预备进城制合。却巧走出店来，未有四五里路，正是心中焦急，不防着对面有人招呼道：“殷老英雄何时到此？你令郎究竟何如了？现向哪里前去？”殷强抬头一看，见是褚标，自是喜不自禁，也就迎了上来。忙道：“褚哥！你何以也在此地？快随我来，救你侄儿性命。”褚标疑惑贺人杰上山，殷龙知道。忙道：“你老也太大意了，怎么在江湖半世，不知这个厉害，令他三个孩子前去冒险？”殷龙见他知道这事，心下也甚疑惑，忙道：“你老哥怪我，我也冤煞，他们三人，瞒我到此，教我怎么样？昨日前来，已经如此，正想你老到此解救，不知那化热丹可曾带来么？”褚标道：“这也是他们命不该绝。我由淮安到此，不过因大人走后，此地无人探听，怕王朗乘此起事，故而前来打听。那日动身时，并未随带多物，所幸这化热丹，还在这里。你我且前去看了伤痕，再行取药。”殷龙听了此言，自是感激不尽。随即二人一路转来，到了店内，早有赛花看见，忙道：“老爷子你来了吗？真是巧极了，你的丹药可曾带来？”褚标见她问得急迫，故意说道：“我知道你们有这身本领，断不会受人的埋伏，因此未曾带来。听说你三人已将齐星楼破去，那琥珀夜光杯现在何处？且取来把老汉一看。”殷赛花见他如此说来，明知是取笑的意思，乃道：“你老不必说了，现在既已如此，后悔已迟，我哥哥伤痕太急，请你老就此看视吧。”说着，殷龙只得将褚标领到房中，此时人杰见他进来，也是欢喜。只见他到了殷强床前，将那清凉散先行洗去。当时取出一根金针，是凡有泡的地方，俱皆挑破，但那淌出的毒水，腥秽非常。褚标便令赛花将房内窗格全行糊好，以免露风，然后出了房门，回转自己寓所而去。到了上午时分，已转回来，命赛花向店家取了一杯暖酒，先将末药冲入里面，向殷强灌下，然后用净水调了许多，轻轻地敷上。未有一个时辰，只听殷强大叫一声：“疼煞我也！”殷龙等人见他转醒，方才放心。赛花忙上前问道：“哥哥此时怎样了？”殷强将眼睁开，看见了殷龙在此，忙道：“爹爹几时来的？王朗好厉害呀！”殷龙此时正是转忧为喜，看他如此，也是可怜，哪里还去抱怨。乃道：“我儿且安心在此，等你伤痕全好，不日大人到来，这齐星楼便不难破了。”当下又复安慰一番出来。褚标又带贺人杰将箭药敷好，然后出来向殷龙说道：“这座山头，万分难破。即便无此埋伏，那负隅之势，已猛勇非常。非等万君召回来，不能得手。闻说现在有准备，他三人受伤之处，尚是极小的埋伏。那四、五层楼上，连他山上的人，尚不知道，何况我等外人！但贺人杰由淮安动身，为何这般迅速？在殷家堡临走之时，你难道不曾知道？”殷龙此时只得将他三人约伴逃走的话说了一遍，然后又将命殷猛到淮安送信的话说了一番。褚标道：“照此说来，我也不必回去。施大人得了此信，总要命天霸前来，不如大众权歇此间，专等万君召的消息。咱看这个店中，也不妥当，俟殷强伤痕全好，搬至那洪家道镇上泰来店中，与咱住在一处，岂不是好？”殷龙听了此言，也就答应。自此未有数日，殷强的伤痕已好有九分，人杰已能行走。这日打算移守客店，忽见褚标笑脸进来，向殷龙道：“你老放心吧，天霸与朱光祖俱来了，现在到我寓所饮食，稍顷便来。你儿子也来了。”殷龙、人杰听了此言，随即问了路径，去见天霸。行至半途，天霸等早已遇见。向着殷龙笑道：“老英雄可谓是儿女情长了。设非人杰冒险，你老肯轻易到此吗？现在咱们已经前来，这事究竟怎样说项？连日可曾到那山上么？”殷龙还未开口，人杰道：“黄叔父，此时万不能前去了，小侄两次受了重伤，所幸未曾送命，唯有等万叔父前来再说。”天霸笑道：“你这个孩子，想得也太容易，难怪吃了此苦。此去陕西有两月路程，哪里便如此迅速？现在殷强伤痕已好，我等在此住下吧。”殷龙道：“可知你我住在此间，无济于事。张七果能前来，便要他交手方好，不然也是空路。但是飞云子的下落，不知君召可曾访到？意想今晚我等众人上山，细探一番，看他究竟怎样厉害！”朱光祖见他高兴，也就答应愿往。于是众人进了寓所，约定同探那齐星楼的消息。

且说那万君召别了施公，一路向陕西行来，走了一月有余，离潼关只有十数日的路径，那日向晚，寻店住下。想道：“此地离潼关不远，曾记早年在此，有座山头，名叫狮子山，那个铁背头陀普润，此人甚有本领，与飞云子也是朋友，何不到他山上先问一番，便知他的下落。”当时主意想定，命小二取上酒肴，一人饮毕，然后问道：“这里到潼关还有多少路程？那个云梦山，你们可知道么？”小二道：“此去半月光景，方才得到。但听得人讲，现在老寨主已死，那后辈五个兄弟，也不在山内，每人每年也不过回来两趟。”君召听了此言，心下闷闷不已，只得安歇了一宵。次日早间，便向狮子山而去。到了山下，正拟向前招呼，忽然一棒锣声，出来了数个喽兵，高声叫道：“牛子慢去，留下买路钱来。”万君召到了此时，甚为好笑，乃道：“汝等喽兵，且勿动手，你家铁背头陀，可在寨内么？”喽兵听了此言，赶着退了几步，齐声问道：“你问寨主何事？你老从何处而来？且请说明，好进山通报。”万君召道：“俺乃万家洼万某是也。与你寨主，从前在云梦山相会，今有多载，特来拜谒。”喽兵听是生客，也就不敢怠慢，报上山来。顷刻之间，早来了一位胖大和尚，远远的喊道：“万大哥！何以到此？僧人久别了。”说着，万君召也上了山头，两下进寨，彼此行礼坐下。普润问道：“闻得大哥回转南方，干那大事，今日何以到此？”君可道：“小弟自愧无能，岂会成事？一向在敝乡闲处，寂寞无聊，故而前来访友。但不知飞云子贤弟，还常见面么？”普润见他问及云鹤，忙答道：“能者多劳这四字，他足当的了。可惜老哥迟来一天，不然在此会见。”这句话把万君召说得急煞。不知后事如何，且看下回分解。

第四八八回

出潼关义重普润僧　献楼图得遇飞云子

却说万君召听普润说他来迟，忙问道："他是几时到此的？现在又往何处去了？"普润道："云龙、云虎，现自从云老叔父亡故，便与咱们这绿林中朋友联为一气，唯有他怕后来多事，想脱这个买卖。无奈我辈中朋友，皆闻他的大名，请他共图大事。近闻又在山东，干出一件大大的事来，唯恐后来牵连在内，因此仍然回来。在俺寨中，住了有两月工夫，前晚方才辞别，此时大约还未到家。大哥若要会他，非得到潼关不可。但是你轻易不来，今日到此，必有要事。"君召道："自从与老哥别后，便想自树一帜。无奈事业未成，反为黄天霸等人所诱。不料施大人恩德高厚，收留小弟。又见咱有两手武艺，保举为官。只因俺不悉世情，近数年来，只在敝乡闭门思过，足不出户，所以黄天霸屡次升官，小弟俱不在座。谁知飞云子干出这一件通天大事，累及施公。访知小弟与云家五子有死生之交，特命人前往海州，登门奉请。小弟受恩深重，义不容辞，故此前来探问一番。不料在此不遇，只得再往潼关去了。"普润听了他这派言词，方知已归顺施公。乃道："咱闻这施不全，专与咱绿林作对，乃是我等仇人，大哥何以归顺于他？"君召道："这也将施公冤煞了。你老虽未至淮安，北道上的英雄无不知道，诸如凤凰岭张七、殷家堡殷龙以及褚标、朱光祖等人，谁不是江湖上的朋友？现今俱在施公麾下。施公所捉强人，皆是奸盗邪淫强盗，见施公威法过严，布这谣言，坏他名声。不然小弟还肯归顺么？”普润听了此言，乃道：“照你说来，施不全既是好人，飞云子做的这事，是害他不得，你今前来，有话怎讲？”君召料他已是知道口气，乃道：“你老既然明白，还不知小弟来意么？现在钦限在即，皇上的御物，固然要紧，那王朗的作为，你老还不知道么？那些事已把绿林中脸面丧尽，地方上的人，也不知为他害了多少。这样的人，飞云子竟帮他干事，岂不是助纣为虐么？小弟前来，无非因那座楼的事件，你老还知道这门径么？”普润道：“僧人一向不知王朗如此为人！照此情形，莫说他施不全不能容他，俺普润也要杀这狗贼了。但是飞云子有言在先，从此回家，再不出世。唯恐此去，也是空走。也罢，大哥既不远而来，俺与你且同走一走，看他如何！”当时万君召听他此言，正是喜出望外。次日一早，两人便下山而去。

这日出了潼关，离飞云子山前不远，山上的人，见是普润前来，无不认得，忙道：“普师父你来么？且请里坐奉茶！”普润道：“你家三爷，现在哪里？”众人道：“我等方才上山，不知可在里面，小人且进去看看。”君召见这个人言语，皆不实在，怕他推辞，遂向普润道：“你老既是常来，咱们就此进去吧。”普润也知他的意思，不等那人回报，便自向里走来。过了厅前，正听那后面回道：“你去说，我前日出门去了，早则半年，迟则一载，方才回来，免得外人知道。以后无论何人，皆是如此吩咐。”君召在外听得清楚，知是飞云子口音，不禁高声喊道：“云鹤你也太高了，咱由海州到此，数千里路，方至山头，难道你一面不见吗？便与我万君召，也有这交情？”飞云子在后面听得此言，知是回报不去，而且听是万君召，自是又愧又喜。只得走了出来。

忙道："我当何人，原来是大哥到此。现在大事想必干成了！"万君召听了此言，不禁满脸飞红，向他说道："贤弟何故再言，愚兄已悔之无及了。但是吉凶顺逆，人贵知己。愚兄之大事不成，贤弟干大事，回转此山，也是一样的意见，何必仍以从前的言语，作为口实呢？"飞云子见他说了这话，已知他的来意，忙道："小弟既回山中，大哥也不提既往，你我从此隐姓埋名，那外面的是非，彼此皆不必多管吧！"普润本是个直性人，听飞云子如此言语，乃道："贤弟之言差矣。要得人不管，除非己莫为。琅玡山你管下那事，累得施大人好苦。今日君召前来，无非问那个齐星楼的门径。这楼既是你造，未有不能破之理。不如与他同至淮安，破了这案，改邪归正，留个英名，岂不是个好汉？"这番话，把个飞云子说得哑口无言。半晌道："小弟也是一时之误。听了智明的言语，为王朗等人逼迫，看那个义气为重，只得做了此事。事后回想，也是后悔，因此独自回来。但不知天霸等人，如何救出施公？琅玡山可有人前去。"万君召只得将前后的话，并施公命朱光祖到海州，请他前来的话，说了一遍。然后道："愚兄此来，专为这事，现在钦限在即，大人以下，无不等俺回去，破那个琥珀夜光杯的案件。尚望贤弟看愚兄的薄面，同去一行，不然将原图取来，好令愚兄带回，按图办事。不但愚兄同施大人感激，便是当今皇上，也要喜笑的。"飞云子到了此时，自是情不可却，乃道："小弟既为王朗造楼，又何能复行去破？此图唯有请老哥带去，他日将御杯取出，入奏朝廷，幸勿株连小弟，那时便感激不尽了。"当时将万君召留在山中，次日将图取出，指示一番，命君召回转淮安，复行到沂州前去，未知后事如何，且看下回分解。

第四八九回

说细情虚言允许　动盛怒举手交锋

却说万君召同普润二人，在飞云子山上说了来意，欲请他前去同破齐星楼，或将原图献出，以便召请妙手，打破山寨。当时云鹤见万君召说得恳切，又见普润在旁说话，欲不答应，无奈这事实是自己一时受人之愚。欲待应允，那些江湖上的朋友，也是说自己全无义气。思前想后，左右为难。当时只得说了几句虚话，道："此事小弟干得鲁莽，既二位兄长到此，敢不将图献出？唯是这件琥珀夜光杯，乃是皇家的御物，随后入奏朝廷，将宝物敬献。"君召见他应允，甚是欢喜非常。乃道："贤弟美意，足感盛情，既蒙慨允，何不就此前往？目下施大人望眼欲穿，恨不得立破此案，销了钦限。而且贺人杰到殷家堡去后，此人性急如火，必然冒险去破山头。殷龙见他女婿冒险，自必率同儿女飞奔前往，到了彼处，仍然大败而回；设若遭了毒手，施大人面前又少了几位英雄。在愚兄看来，这杯酒盘桓，其事甚小，救人破案的事大，便请即刻下山。"飞云子尚未开口。普润在旁哈哈大笑道："万贤弟，你也太性急了，你不远千里而来，云兄弟这个地主之情岂能不尽？只要他肯去，便万无一失，哪在此一二日功夫？我也要在此耽搁一宵的。"飞云子见普润如此言语，正是合了本意，随即答道："还是普师父爽快，万大哥可莫再催。"说着便命人到厨下，吩咐酒肴。三人坐在厅上，谈论些别后之事。君召又将施公及黄天霸等人如何义气，自己如何不肯做官的话，述了一遍。当时摆下酒肴，三人入席畅饮。

酒吃数巡，忽见个孩子匆匆进来，高声叫道："禀三爷！二爷、大爷回来了。"普润听了此言，赶着起来，向君召说道："万贤弟，今日是巧极了。他二人前日到我山上说：'往陇西买卖，早则半年，迟则一载，方可回来。'此时回转山头，岂不是凑巧已极！"君召看外面进来两个人，身材高大，气宇轩昂。走至厅口站下。原来这两人，便是云龙、云虎。君召与他本是自幼的朋友，虽然阔别多年，未有不认得的道理。慌忙出席喊道："二位兄长，今日相遇，小弟君召想煞了。"云龙二人见是君召，当时不知他的来意，正是惊喜非常。也就齐声答道："贤弟何以到此？你我阔别多年，不期先君见背，回思往昔，如在梦中。今日相逢，真是出人意外。"说着彼此行礼已毕，便在上横头坐下。云龙本来性急，不等大众开口，遂向君召问道："贤弟心大志大，欲想干一番大事，目下自是功成名就了。但是北道上的朋友，屡屡传知，闻你现在万家村稳姓埋名，不问外事，岂不与初志相反？"万君召听云龙这番言语，知他是一团热意，欲想将来意说明。无奈他不比云鹤，一经说出缘故，必有一番争论。只得含糊答道："多承大哥盛意，小弟足感美情。此时大哥回来，谅必车马劳顿了，小弟仍有一番细情，尚须细说。"云虎见他半吞半吐，疑惑他落魄下来，前来投奔，连忙插言道："贤弟何必如此？我兄弟也非那势利之人淡薄贤弟，贤弟有话，但说不妨。"君召听了此言，虽然感他美意，只连连称是。普润知他的用意，乃道："二位贤弟虽是美意，可知万贤弟此来，正是你我出身之路。从前江湖上面皆说施不全是个赃官，专与我们绿林中朋友作对，谁知是个好官，为人冤煞。我等把琅琊山王朗当着了好汉，哪知竟败坏了我们的体面。非万贤弟前来，几乎误了大事。”云龙听了此言，起身叫道：“普师父，你这派言语从何说来？无论江湖上朋友，不知为他害了多少性命！就是那个黄天霸杂种，杀死盟兄，逼死义嫂，投在他麾下，巴结功名，此人也非人类。施不全如是好官，还肯受用这等人么？你今说这言语，莫非万贤弟也为他所骗，前来骗我不成？”他俩人在此言语，把万君召在旁急煞，一人暗道：“照此看来，今日免不得要动手了。”只见普润道：“你二人勿得多疑，可知三弟造那齐星楼，误中王朗的计策，把个施大人冤煞了。万贤弟在家隐姓埋名，不问世事，施公命朱光祖驰赴海州，登门奉请，令他千里而来，请问三弟。此时到此，正是为那齐星楼案件。现在三弟已经俯允，将图献出，完了这钦案。两位贤弟回来，正好就此同愚兄与贤弟两人，奔赴山东，助施公一臂之力，也落个弃暗投明，免得为江湖耻笑。”云龙见普润欲投施公，这一怒非同小可，登时虎眉倒竖，怒眼圆睁，高声大叫道：“你这秃驴，口说何言？我云家五子，肯投在这赃官麾下么？敬重你喊一声师父，咱翻脸过来，哪怕你三头六臂，俺云龙也让你不得。咱本欲留万贤弟盘桓几日，以尽愚兄这个地主之情，如此说来，便是绿林中仇敌。三弟既摆酒相酬，且看旧日交情，饶他一次。你这秃驴赶快回去。若有不然，我这两个拳头谅你也知道厉害。”说毕，高竖拳头，恶狠狠地望着普润。无如普润也不能受人言语，到了此时，已气得三尸冒火，七窍生烟，大声骂道：“云龙你这狗头，俺劝你一派好言，反而出言不逊，你这拳头，谁人怕汝？若不同去破了山头，欲想我二人下山，也是登天向日。欲斗便斗，难道俺怕你不成？”说着也就出了席位，以便与他们动手。飞云子见他二人动怒起来，赶着起身，居中拦住，忙道："普师父切勿动怒，此事容缓商量，不可伤了和气。"他一人正在调处。忽然云虎跳起身来，向云龙喊道："大哥，且不必向秃驴争论，且将这奸细逐出门去，便安然无事了。"说着提起左脚，一个旋风腿，将个坐头踢在院落里面。袖口高卷，露出拳头，向万君召面门打来，君召吃了一惊。不知君召性命如何，且听下回分解。

第四九〇回

飞云子强作解纷人　普润僧翻成和事老

却说云虎举起拳头，对着万君召打来。君召碍于飞云子情面，只得向左让过。谁知云虎疑惑他惧怯，接着骂道：“你这杂种，也知道你二爷厉害，还不为我滚出！难道为你让去，俺就此无事么?”说着又是一拳，在左边打来。君召只得又向右边躲去。此时君召又恐他再行打来，只得向云鹤说道：“三贤弟亲目所睹，愚兄被二哥连打二下，皆看昔日交情，未曾还手。若再争斗，非是愚兄无礼了。”云虎听了此言，更是怒不可遏，骂道：“你这无志杂种！用这花言巧语前来哄谁？俺兄弟为你哄骗，若要他下山，休生妄想!”说着一个蜻蜓点水，到了君召面前，便用二指想将他乌珠挖出。君召见他来得厉害，心下想道：“我被他打了二拳，也就算情理两足，此时再不还手，只道我惧怕于他。”登时举手答道：“云虎你休得猖狂，俺君召手段也不在汝之下，既然苦苦相斗，却就难怪小弟了。”说着竖起两个指头，名曰恶鬼敲门法，在云虎寸关上着力地打了一下。只见云虎脸嘴一苦，那只手如不是自己的一般，酸麻难动。顿时将左手收缩回来，掉转身躯，将腰刀拔出，仍然向前争斗。君召见他取出兵刃，唯恐彼此皆有失误，登时将身跳在云鹤身后，高声叫道：“三弟救我。”此时飞云子正拦普润同云龙二人，忽见云虎与君召争斗起来，心中格外着急。正是左右为难，见君召已着身后。赶向普润道：

"普师父，你知道俺大哥的性情，且请你老息怒，护庇着万家兄长，俺与二哥说情。"说着便将普润向后一推，同君召站在一处。自己蹿身到了前面，向云虎道："二哥不可动怒，小弟有言奉告。万大哥此来，虽为那齐星楼案件，但此事实系小弟一时之误，干出这懈怠事来。今日万兄前来，也非苦苦逼我，不过想我等投明弃暗，落个好名，为江湖上朋友生色。去与不去，皆由我等做主，何必伤了和气？且万大哥乃是我等自幼的兄弟，千里前来，不能尽地主之情，反要送了他命，那时你谈我论，我等肚量太小，将他逼死，岂不为外人耻笑？彼时虽万语千口，也难分辩了。在小弟看来，且请二哥住手，咱们再从长计议。"说着一面上前，便将云虎拖开。此时云龙见三弟如此语言，气也就平了一半，站在一旁。君召本是个解人，见他两人没有言语，趁此上前，对着云龙道："小弟一时失言，冒犯虎威，致劳二位兄长动怒，此时务望包涵容纳，实为万幸。小弟这旁有礼了。"说罢向他两人深深一躬到地，复向那原座坐下。云龙兄弟本是个直性，见他如此服礼，回思从前交情十分亲密，现在一言不合动起手来，反觉自己无味。只得道："贤弟既然知过，彼此还是交情，再不许言施不全的话了。"君召唯唯答应。飞云子连忙命人将座头扶起，复整杯盘，重行入座，再不敢提那齐星楼的事。无如君召只为此事前来，深恐飞云子借此反悔，不肯下山，那时便误了事。嘴里虽然谈论，两只眼睛直望着云鹤。飞云子无奈一时不能开口，只得向云龙问道："大哥前月下山，说往陇西，为何此时便回？莫非遇见敌手么？"云龙道："不知万贤弟是何日到此，别后在何处栖身，何故又受施不全驱使？"飞云子见云龙复行询问，不等君召开口，便将他如何受施公厚恩，如何保举，他不愿为官，如何在万家村居住，朱光祖登门奉请，如何前来访问，遇见普润，以及到此间请他下山的话，前后述了一遍。云龙道：“照此说来，施不全倒是个铁面无私的好官了，但是江湖上提起他三个字，无不恨如切骨。古人所云，真是做人难耳。好在此去离山东不过一个月光景，由山东到淮安，再加半月日期，来往不过三个月工夫，也可转回。且待愚兄前去访问，若施不全果是个好人，不但贤弟可去，连愚兄也可助他一臂。”君召听此言语，心下急道：“现在钦限已过，再等他前去回来，已早误了大事。若再另生他故，将大人在淮安结果了性命，那便如何是好？”正想趁此开言。普润早又说道：“贤弟如此过虑，可知此去淮安，非旦夕的路程，等你回来再去，岂不误了大事？即使万贤弟所言不实，三弟在北道上面，也时常来往，一路上百姓谁不知施公是个好官，难道他访闻不实，还须你打听么？在愚兄看之，贤弟既不相信，自然不敢勉强，而万贤弟到此，又不能久持。唯有一法，且请贤弟同我等一起前往，贤弟到了淮安，访知施公是个好官，那时便令万贤弟禀知大人，我等驰赶山东，将齐星楼破了。如若不实，仍然回家，岂不两全其美？”君召见了此言，不觉喜出望外，忙谢道：“还是普师父语言爽快，他日事成，定当泥首！今日暂住一宵，明日二位兄长同三弟起身如何？至于那一座楼图，仍望三弟取出一观，俾知大概。”飞云子见他要楼图观看，乃道：“大哥，且勿着急，如能小弟前去，还怕那座楼不破么？但不知大哥二哥意下如何？”云龙道：“普师父所言也是，咱家明日便同他前往，若是所言不实，不但施不全用我不上，唯恐琅玡山又添了几个英雄好汉了。”君召见他已经答允，也就称谢了一番，不再言语。那知云虎坐在一旁，却是一言不发，复饮了数杯闷酒，起身向普润说道："师父在此多饮一杯，小弟一路而来，车马劳顿，此时实支持不住，稍时便来。"当时打了招呼，遂起身向后去了。君召与普润疑惑他是个真话，也就不向下问。唯有飞云子神情慌乱，见云虎起身前去，知他另有别的意思，赶着出席，随后追去。到了里面，见云虎取出一个小小包袱，往肩头上一背，便是个出门的样儿。赶紧抢上一步，向云虎问道："二哥，你我到淮安前去，无非为这事件，欲走同走，现在一人欲向何方？且请说明，以定行止。"云虎道："贤弟改邪归正，愚兄尚有何说？这包里乃是方才带回的物件，你问做甚？"飞云子见他如此，也就不便再问。后事如何，且看下回分解。

第四九一回

佛众意云虎窃楼图　寻宿店君召入古庙

却说飞云子闻此言语，当作他是真言，也就不敢再问。但道："二哥既是如此，也免得遗臭万年，小弟与大哥大约明早便须动身了。因施大人钦限在即，万大哥又苦远而来，若大哥不允君召同去则已，此时既已允许，迟早皆要去的，何必在此耽搁？二哥这包袱可无须再解了，好在明日便要起行，免得临走时，再行收拾。"云虎此时只是糊涂答应，也不说出缘故，竟自携带着包袱，向旁边书房去了。云鹤当时也就出来，复行饮了数杯。看看天色不早，只得命从人将残肴撤去，安排普润与君召安息。然后回转自己书房，与云龙议论些山上的事件。

且说万君召同普润来到个小轩内，见西首一个大大的房间，里面点着琉璃灯球，上下设着两张床铺。二人到里坐下，君召道："蒙师父大力解了此围，实为万幸！但云二哥匆匆席散，不知明日果否动身，若再迟延，岂不令大人在淮安盼望？"普润道："俺们不答应则已，既已允你同去，少不了飞云子总要动身，若能此人前去，还怕这事件不成么？"彼此在内谈论，一面和衣而卧。普润本是个浑人，头落枕边鼾呼睡去。君召恐飞云子仍有推却，而且云虎在席间忽然走去，此番甚是疑惑。设有变动，这便是空跑一趟了。一人思前想后，总难睡熟。到了四更以后，方才沉睡下来，才至五更，早有普润起来，高声叫道："万贤弟，此时不早了，你既有要事在身，还不到前面催促么？”君召为他惊醒，也就拗起身来，将灯剔亮了，复行将衣服整理了一会。然后来到厅前，天色才微亮。普润便呼么喝六，将孩子们喊了起来，一面命人去打面水，一面招呼到里边催促。停了一会，早已云龙出来，问道：“三弟曾起身么？厨下已招呼置办馒首，稍停出来，我等便可饱餐赶路。”正说之间，飞云子也就走出。当时四人净面漱口，送上清茶，专等云虎前来饮食。等了好一会工夫，只是不见动静。普润着急，问道：“二弟昨日在先去睡，此时我等俱来，难道他还未起来么？再不出来，咱便要先吃了。”云龙见普润性急，只得命人到前厅书房喊叫。谁知过了一会，那人回来说道：“二爷昨晚酒后，回转书房，将那口佩刀带了去，说是下山去了。若有人问他，便说到淮安访案。看书房的胡德听他说这言语，疑惑他便为施大人之事，前去助他破贼，故而未来禀报。方才小人去问，方知这事，二爷是一夜未回，不知向何处而去，且请你老同万将军先去罢。”君召听了此言，吃了一惊。忙向飞云子问道：“二哥与贤弟是不住一处么？”飞云子道：“这里边本有五个书房，为我弟兄五人所住，因敝眷居住后山，偶来此间，稍可便当。不料二哥昨晚席散，复然下山，想必他是不愿前去了。所幸大哥与普师父皆在此间，若能同行，非是小弟夸口，这山头定可破下。”普润道：“既是二弟去了，此时说也无益，我等赶快饮食，下山赶路。”说着便拿了几个馒首，夹些牛肉葱白大嚼起来。云龙也就一同饮食。早有孩子们打好包袱，放在厅前，只等他四人行路。

众人吃了早点，君召向飞云子道：“多承贤弟盛情，此去定可成事。但不知那幅楼图，可曾带下否？”飞云子道：“此乃紧要之物，何能忘却？大哥在此稍待片刻，小弟取来如何？”说毕，便转身到了里面，以便取那物件。谁知走进书房，再向那书柜内一看，早吓得魂飞天外。忙将管书房的孩子喊来问道：“这柜子除你这里有这钥匙，旁人决不会开，今日天气尚早，你开这柜子何事？”那个孩子转眼望去，也就如木偶一般。过了半晌，方才说道：“昨夜二爷进来，听见这柜子响动，小的只道是爷招呼他来，故未进去看视，想必就是他开的了，但不知里面携去什么。爷且查它一查，当可知道。”飞云子听了此言，也就猜着八分，只得将抽屉掀开，翻了一会，那个齐星楼的原图，早已不知去向。当时心急如火，只得匆匆出来，向云龙说道：“不好了！二哥昨晚下山，谁知道将楼图窃去，这便如何是好？”万君召听了此言，格外着急，又恐飞云子借此推却，未必就有此事。当时大笑了一声，向着普润说道：“普师父，我万君召也不是个孩子，只因与云家弟兄非泛泛之交，故允了施公这差事，此时鹤弟说原图窃去，眼见得这琅玡山不能打破，可知这事尚小，教俺如何回去？知道的，说咱吃空一趟辛苦，连自幼的兄弟皆不能请来，还说什么义气？不知的，还说小弟躲艰避苦，假意说项。哪里有这兄弟的物件，哥哥盗去之理？这不是掩耳盗铃的话么？”飞云子听他所言，知他是疑惑的意见，不禁急道：“万大哥，你我是相好多年，不敢如此欺人。今日如小弟谎说，咱云鹤便有凶恶报。大丈夫明去明来，不答应你则已，既允你同行，岂肯不往？也罢，少不得小弟与王朗翻脸，这楼图尚有一副存在他楼上，且等小弟到了山东，将此图盗出，交与大哥办事，那时便知咱云鹤了。”万君召见他如此着急，方才深信不疑。只得说道：“贤弟何必如此？愚兄也是情急了。果能如你所言，不过多一番手脚，随后大人面前，当竭力保举便了。现在天已不早，咱们就此走罢！”说了同普润、云龙等人，各自带了包袱，一起下山，向潼关前进。

行了数日，已到了陕西境内。这日天气将晚，满望前面有个村镇，以便借宿一宵，次日再走。谁知一直大路，走了有二三十里，依然不见个村落。众人又走了数里，见前面隐隐的有带廊房，为树林遮住。普润首先说道：“万贤弟，前面有人家了，你可先行一步，无论这人家是谁，问他要些面饭，让我等充饥，然后再与他借宿。”君召听了此言，奈因为自己的事件，当时不能推却，只得答应前去。到了树林，趁着月光将那房屋一望，谁知不是个住宅人家，乃是一座古庙，不能借宿。一人正自踌躇，忽听咯咋一声，山门天开，里面出一个大汉，高声喊道：“老大，你在这里稍待，小弟取些野食来，请你老下酒。”说着，两手将山门一带，直向大路而去。君召此时好不欢喜，他既有酒可饮，自必也是有面饭了。且待我进去一看，如果是个软货，或是个熟人，免得我们动手。想毕，转身打了个哨子，叫普润等在前面待着，自己将长衣掀去，两脚一垫，蹿上墙头，展眼向里面看去。只见窗格眼内露出灯光，知道有人在内，随即飞身下了墙头，蹑足潜行，到了窗口，偷眼朝里望去。不知里面果有何人，且听下回分解。

第四九二回

投王朗巧遇旧宾朋　见李成喜分佳饮食

却说万君召到了窗格前面，轻身向里一望，却不见有个人影，只听见里面一派笑声，送出大厅。君召暗道："这必是有了买卖，他们既有多人，料想硬来不得。不若听一听，究是谁人，再作道理。"想罢，一人便靠着门框，侧耳听去。但闻里面说道："四弟，可知道'强中还有强中手'？江湖上面，谁不知道贺天保是个好汉的，他的儿子自必也不落人后了。谁知王大哥造下这座高楼，竟无一人破得。贺人杰不知分量，初次与天霸前去，受了重伤，二次与殷龙的儿子又去，几乎送命。现在听说殷龙赶了前去，与朱光祖要了救药，救了他二人性命。虽然未能身死，可见得这座高楼难破了。"接着一人答道："二哥，你莫这样说项，我看黄天霸断不肯甘休的。王大哥今日请我等前去，也是他惧怕的意思，准备敌人来破此楼，以便厮杀，但不知施不全在淮安，现在如何？"里面你言我语，不料君召早已听见，心下如意，好不欢喜。原来这伙人乃是王朗的朋友，或者飞云子与他认识，亦未可知。当时赶着回转身子，蹿出到了外面，将所听的言语，对飞云子说明。云鹤道："既然如此，大哥同普师父在此稍待，俺与咱哥哥前去便来。"说毕，便同云龙到了门前，高声向里喊道："哪位朋友在里面饮酒？小弟飞云子接待来迟，是兄弟前来相会。"说着，两人早进了大殿。里面众人正是谈论，忽然外面来了两个，吃了一惊，起身到了外面，也就高声答道：“是谁在此？”飞云子道：“原来朋友方才言语未能清楚。可知飞云子便是在下，此乃家兄云龙。此去正拟前往山东，不期在此得遇足下，不知里面尚有何人，朋友尊姓大名，宝山何处，与王寨主有何交情？”这番话尚未说完，只见那人倒身下拜道：“小弟有眼不识泰山，素闻大名，如雷贯耳。今日萍水相逢，设非大哥自道姓名，几乎失之交臂。小弟说来，也甚惭愧，先君在日，名叫黄通，绰号火弹子。与云老伯父也是深交。自从到了关西，彼此才生疏音信，后来在五虎山做了响马。生下小弟兄弟两人，小弟名唤黄成，江湖上因俺面黑，为俺起个绰号，叫黑玄坛。里面便是胞兄黄达，绰号叫红毛犼。今日得遇尊颜，实乃三生之幸！”说毕，请飞云子到里面入座。飞云子道：“咱弟兄此来，尚有伙伴，只因赶路错过路头，以到此借宿，现有朋友在外。”黄成道：“且请进来一同饮食。”

当时飞云子便转身出来，到了外面，早见普润在那里站起，一见云鹤出来，赶着上来问道：“你在里面言谈些什么？可知我这肚皮却要饿坏了。现在如何说项，无论是朋友是谁，且让我吃他一饱。”飞云子道：“此人说来，谅师父也可知道。便是火弹子黄通的儿子，名叫黄成，是他弟兄在这里面。只因王朗怕黄天霸攻打，特地命人请他入伙，故而在此耽搁里面。此时正有酒肴了，且请师父同我进去。”普润听了此言，自是喜出望外，大着步子，先到了里面。万君召也就随后跟来，低声向飞云子问道：“贤弟进去，愚兄作何话说？”飞云子道：“这事不必多言，小弟久经遮改了。”当时一起到了里面，大家问了姓名，黄成方才知道。正说之间，方才那个大汉才转回庙来，见有众人在此，一时未曾瞧见，便向黄成问道："这四人何外而来？难道是咱们一伙么？"这句话反把黄成疑惑起来。忙道："你是琅玡山之人，为何不相识？莫非他是冒名顶替么？"飞云子不等他说，赶将那人一望，不禁哈哈答道："我道是谁？原来是李头目呢？"大汉再将他一望，也就惊讶非凡，忙道："你老为何到此？可怜王寨主自从你去后，如失左手。不知目今要往何处？"飞云子道："俺正欲投他去，不期在此路遇，真是可喜之至。"普润在旁喊道："你们既认识，便不必文绉绉的了，我腹中已饿得老久，里面既有酒肴，快取出来让和尚先饮数杯，方是道理。哪里有饿肚子闲谈的道理？"黄成听了此言，赶着同黄达将酒肴取出。吃了一会，然后方才谈论。飞云子向李头目问道："自从我下山之后，山上可有别事么？朝儛山曹勇，何以为人攻破，将施不全救了出去？嗣后有谁人来破楼？目下来请黄成，是何主见？"李头目见他询问，不知他顺了施公，就将以前的话说了一遍，君召细细想道："这必是我走之后，大人命贺人杰到殷家堡去请殷龙，因此他夫妻郎舅，干出这冒险的事件。"当时只得唯唯否否，不置一词。只见飞云子问道："汝三人明日可能起身么？为何在这半路上耽搁？"黄成道："我等因闻这路上有件买卖，因此做这个露水，若是你老欲去赶路，咱弟兄少不得奉陪。"飞云子听他说尚有耽搁，正是合了己意，乃道："我等也要到别处访个朋友，多则十天，少则五天，方可向琅玡而去。如二位先到山上，且请将路遇的话禀报一声，好使王寨主知道。"黄成也连连称是。众人谈论了一回，便在殿上和衣睡去。

次日早间，飞云子与君召说道："小弟此去，正要盗那原图，不期遇见这两人，正是我等引路的机会，俺与哥哥且同他前去，你同普师父就此奔淮安，报与大人知道，遂同黄天霸等人前来攻打。那时众人齐到山头，小弟便趁便将图取出，听随众人攻打。以后事件，咱也不能过问了。”万君召见他如此，更是喜出望外，随即与普润跳起身，将黄成兄弟喊醒，乃道：“昨晚俺兄弟多承厚爱，本当结伴同去，为他相助，无奈前途有人守候，不便遽行，俟小弟将这事件办完后，再往山头助王寨主一臂之力，此前只得告别了。”黄成不知他是施大人手下的，见他与飞云子同走，也就深信不疑。忙言道：“朋友且请自便，我等后会有期，在琅玡山恭候便了。”说着，便将昨晚所剩的酒肴先让普润等饮食，随后送他两人起行。不知万君召到淮安后事如何，且听下回分解。

第四九三回

送消息施公得信　扮刺客赵五行凶

却说万君召将饮食吃毕，与普润别了飞云子，出了庙门，直奔淮安而去。且说施公自从贺人杰去后，日夜望殷龙前来，大家便商议主见。这日见殷猛前来，说：“人杰与赛花同他四弟殷强，私下逃走，前奔琅玡山攻打。特奉殷龙之命，前来报信，请施公速派能人前去接应。”施公听了，十分焦躁，乃道：“贺人杰乃是本院极钟爱的将士，虽是他有一身本领，总不比黄天霸手段高强。他二人前在沂州镇时，尚不能将齐星楼破去，此时虽有赛花，自然也是无济，设若伤了性命，这钦案未曾破获，反失了我的将士，这便如何是好？”此时黄天霸、关小西等人皆得信，也是陆续到了辕门。众人面面相觑，想不出个主见。施公道：“万壮士此去潼关，尚无多日，即使将飞云子请来，也是个缓不济急，黄贤弟、关贤弟有何妙策，救了他二人性命？”天霸道：“在总兵看来，唯有我等赶速前去，接应于他，舍此无法。所幸殷老英雄已先追去。纵然人杰冒险受伤，是他自己的爱婿，绝无不设法之理，这事虽险，尚无可虑。唯是我等起行，大人这里无人兼管，设若王朗暗施毒计，前来行刺，甚是可虑。”施公道：“本院自莅任以来，民心爱戴，此间断不致有此事。即使王朗命人来谋害，而且何游击、计副将皆在此间，汝两人走后，将这干人传来上宿，也就万无一失了。”黄天霸与关小西两人，见施公如此言语，知道他说一不二，也就不敢推诿，只得领命下来，以便次日动身，前往山东救应。谁知：“无巧不成书”，黄天霸领命回家，便向计全等人商议妥当，命何路通、李七侯、金大力、王殿臣、郭起凤、李昆等人，二人一班，分夜巡绰①，专等万君召由潼关回来，将飞云子请到，便大队人马前往琅玡山而去。

不说黄天霸两人次日起来赶程，单说施公吩咐之后，一人坐在书房思想了一回，便传了李七侯、郭起凤两人进来上宿，自己仍然办那些公事。到了二鼓之后，忽然听前屋上响了一声。郭起凤虽不留心，李七侯甚是细心，随即拗起身来，将郭起凤一推，登时用了个燕子穿帘，上了房屋。定睛向四面一望，只见花厅后面有个黑影子一晃，顷刻间便不见了。知道有人暗算，赶即蹿跳迸纵，一路追去。正行之间，后面又听有一个哨子，向南边去了。李七侯知道不止一人，也就向南望去，正恐一人难以兼顾，幸郭起凤也上房来。李七侯连忙叫道：“郭贤弟，有刺客了。”说着拔出腰刀，蹿下房来，一路向那人追去。到了大堂外面，但见那人一身皂衣，头上扎了个青布包儿，当中一个大红绒球，站立在院落中间。见李七侯追出大堂，高声叫道：“俺一朵缨不肯下手，汝尚苦苦追来，不要走，吃我一刀！”当时如赤练一般一道红光，早见一口苗刀，对李七侯命门砍来。李七侯见来得凶猛，知他非是无名之辈，赶急举刀相架，两人就此交锋。

谁知那郭起凤上了屋檐，望见李七侯与一人对敌。起凤凝神一看，忽然吃了一惊。赶即举刀在中间一格，连忙喊道：“李大哥休得动手，赵五哥勿得参商！且听小弟一言，彼此息怒。”那

① 巡绰——巡察警戒。

人再将郭起凤细细一看，也就吩咐一声，将刀绊去。连忙向起凤言道："郭老爷，小人知你老在此，再也不敢来了。"起凤听了此言，不禁失声问道："汝可是上年路过蟹虎山，那里寨主一朵缨赵五么？"大汉道："小人何尝不是？外面便是咱哥哥赵四。老爷若欲问他，咱便叫他下来。"起凤道："这便奇了，你即知道俺在此，如何前来做这事件？可知施大人乃国家栋梁，今日非俺在此，设若为尔等送了性命，那便如何是好？"赵五道："老爷且请下来，小人有一言奉禀。"说着便打了哨子，一个纵步进了大堂，将刀绊下，接着外面也跳进一人，便是他哥哥赵四。起凤随即也将李七侯招呼下来，赵五道："俺弟兄自从蟹虎山相别，今已相隔多年，早知老爷在这地方，也不答应王朗了。"李七侯听了此言，也不禁吃惊道："朋友，你说这王朗，可是那山东琅玡山的寨主么？"赵五道："便是此人。只因施大人专与我绿林中人作对，因此王朗奉请了飞云子，盗去玉杯陷害，不期黄天霸与贺人杰屡次攻山，王朗听了曹勇之话，特命我等来到此间，见机行刺。今既遇见二位，反叫小人为难了。"李七侯笑道："难怪王朗不能成事，他也不知进退，这偌大一座衙门，又复有俺众人在此，汝两人前来，有何用处？汝今既难回复，且待咱禀明大人，自有道理。"说毕，便命众人退去。

自己到了里面，见施公已抖战万分，赶着上前说了原委。施公道："此人来得甚巧，此时黄天霸等尚未动身。汝可将他带来盘诘一番，一面到黄贤弟衙门传他说话。"李七侯答应退出，先叫施公之仆施安去请天霸，自己到了堂口，将赵五弟兄喊了进去。施公见他进来，随即起身迎道："两位英雄尊姓大名？今晤尊颜，实为万幸！但不知与王寨主有何交情，何故舍命进来？设若送了性命，岂不误了自己?”赵五道：“大人有所不知，小人虽是鲁莽，那义气二字也还知道。只因十数年前，小人未上蟹虎山聚义，其时小人兄弟万分落魄，投奔于他，始有今日。命小人到此，所谓点水之恩不能不报。不期在此又遇见郭老爷，反成画饼。今日之事，尚求设有妙策，命小人回转山东，从此弃了这生涯，改邪归正。”众人还在此谈论，早有施安率同天霸进来，先向施公行礼已毕。赵王见了天霸，随即起身问道：“这位可是黄老爷么？小人久仰大名，如雷贯耳，今日相逢，足慰景念!”天霸见他如此谦和，也就答道：“在下正是天霸。二位英雄，到此何干?”赵四在旁答道：“俺兄弟已向大人言过，不过是知恩报恩的，可知俺弟兄此次前来，因琅琊山上出了大事。”施公听了此言，明知乃是贺人杰前去，不由地吃了一惊，连忙下问。欲知后事，且听下回分解。

第四九四回

得细情天霸赴山东　施手段普润打客店

却说施公见赵氏兄弟说琅琊山出了大事，忙问道：“英雄所言，究是何事？莫非为那齐星楼之事么?”赵四道：“大人所见不错，小人此来，正因贺人杰二次上山，同他妻子二人偷探，被王朗拨动机关，用火箭射他，二人受伤，虽然逃走，大约下山之后，便要送命。此事在王朗看来，已觉得毫无怯怕，奈因曹勇从旁怂恿道：事由根起，祸不单行，贺人杰上山，皆是大人指使，若不将大人送了性命，这里能人广众，少不得寻了好手，报复于他。故命小人兄弟来干这事。可怜他那山上那个姓殷的，必是送命了。小人倒有一计在此，黄天霸老爷有这一身本领，何不同我等前往山东，用一个里应外合，岂不是好么?”施公道：“英雄此来，所为此事未成，已令汝兄弟为难，若再命黄贤弟同去，设处事不密，岂不反送却汝二人之命?”赵五道：“大人且放宽心，常言道：‘良禽择木而栖，贤臣择主而事。’大人为国家的栋梁，口碑载道，谁不知之。王朗虽有恩于我，是私恩也；咱们为大人出力，是公恩也。公而忘私，有何不可？但得黄老爷同去，里面消息自可得知，若能趁此破了此楼，小人也有了出头日子了。”施公听了此言，也觉出于至诚，便向黄天霸道：“贤弟本欲前去一往，难得有他弟兄作为内应，谅无不成之理。本院忠厚待人，他弟兄当可为力。”天霸道：“既然大人吩咐，咱与他同去便了。”

说着，施公便命厨下送出酒肴，就在书房一席坐下。赵五又与郭起凤等人，谈论些江湖上事件，约至四更以后，方才散席。众人谢了施公，各回自己的所在。唯有天霸仍回自己的衙门，同张桂兰说明此事，命他瞒着人杰的母亲，自己收拾包袱，率同关太，复行到了辕门，拜别众人，与赵氏弟兄，向山东而去。

在路已非一日，这日到了徐州，已是夕阳西下，远远见前面有个村镇。天霸向着小西说道："关大哥，咱们走得困了，今日在此权住一宵，明日赶路。"赵五道："俺也饿了，前面这镇上咱有个至好的朋友，名叫独眼龙方刚，在此开设个吃食店面，俺往来皆在他家客店中住，好酒好肴，悉听其便。"天霸道："既有这座所在，你便前去通知，俺三人后来便了。"赵五听了此言，随即趋前先去，到了镇上，见方家店前，拥着个大大的人圈，叫喊之声，络驿不绝。赵五不知何事，只得将长衣抛去，两个拳头用了个分水势，一声叱咤，闯进店中，便将方刚推了过去，那和尚见来了一人，将自己拦住，也就向赵五道："朋友，且听我讲明，便知出家人的委屈。咱与个朋友，由潼关而来。到了河南，不期抱病。谁知一病半月，精力不佳，暂时不能举步，只因要事在身，故命俺先自起行。今早到了这店中，觉得身子不爽，犹恐再去赶路，受了风寒，反误了事件，见这店中也还洁净，遂取了五六两银子，命他代办些面饭，并命他蒸两笼馒首下酒。谁知他早间将银两取去，进来客人俱已吃毕，只有俺久久不来，你道恼不恼?"赵五还未开口，方刚早已骂道："你这贼秃，还亏你会撒这谎话，若再开言，便要汝这乌珠去合药！你道俺惧你不成?"赵五知他两人总有不是，乃道："方大哥，你且将原委说来。"方刚道："五哥有所不知，午前这秃贼进来，说是出家人，与这里化顿午饭，咱还道是嬉耍的话头，也就不向下问。方才下昼之时，又要许多酒菜，小二便向他要钱，他便老羞成怒，敲打起来。咱在江湖上也有这一派名声，谁不知俺的毒手？他这贼秃，前来放肆，还能受他的威胁？”赵五听他所言，勃然大怒道：“汝这秃驴，在俺爷爷面前，胆敢花言巧语！不要走，吃俺一拳！”说着左手一起，一个独力擒王，劈面打去。和尚见他动手，也就翻过脸来，左手向前右手向后，用了个关门捉鬼势，五指分开，便来雕他这手膀子。赵五一时性急，不分皂白，乱打起来。和尚见了说道：“汝这无用的死囚未走了，四五个来往，便现出这个模样，你佛爷爷便怕你不成么？”当时叱咤一声，如雷贯耳，两只手将兵刃尽对着赵五的手肘紧紧格来。赵五本想乱打一番，打他个措手不及。谁知这和尚十分勇猛，不但不能取胜，反而支持不来。加之肚内空虚，早已汗流浃背。

正在危急之际，外面黄天霸等人早已到了，见赵五与和尚动手，也不知道原因。赵四欲上前，只见黄天霸迎面上前，大声喊道：“赵五哥权且住手，俺黄天霸助你一臂之力。”说着袖口一起，取出金镖，便向和尚打去。和尚正欲摆布赵五，忽听黄天霸三字，不禁吃了一惊。正思住手招呼，只见犹如闪电一般，一阵冷风，对命门打下。和尚晓得不好，赶急转身一扭，左手一起，将那支镖接着，复向黄天霸笑道：“姓黄的，闻你大名已久，能奈你佛爷怎样！有金镖全数打来，若伤俺片毫毛，也不在北道之上了。”天霸也甚惊讶，忙道：“咱天霸萍水相逢，何肯遽然动手，只因路过至此，见汝这和尚与俺朋友交斗，特恐互有伤损，因此略施一镖，以解此争。咱们皆是久慕，还不知和尚仙山何处，到此何干？”和尚见他如此言语，乃道：“汝问俺到此何干？

汝问那个万君召与和尚的来历了。”天霸听了此言，心下更觉疑惑，赶道：“和尚俗家莫非姓云呢?”和尚听了笑道：“汝这言语也就奇了。难道万君召的朋友，只有姓云的一人，此人而外，别无朋友么？在汝既认识君召，何故又与俺动手呢?”这番言语，反把黄天霸说个疑信半参。只得上前问道：“和尚既言万君召，何以此时他不来，抑或中途另有他故不成？且请说明，俾知底细。”和尚道：“此地非谈心之所，若欲问他事件，且命沽壶酒来，咱们谈论谈论。”天霸欲问万君召，只得命赵五退了下去。不知后事如何，且听下回分解。

第四九五回

遇僧人欣然叙旧　得良友各述前因

却说天霸听和尚如此言语，只得命赵五退了下去，向着和尚打了个稽首，乃道：“万君召乃俺至好朋友，只因前月奔往潼关，日久未回，正深盼望，你老何以知他的底细？且请与俺说明。”和尚道：“说来谅也知道，俺非别人，乃普润是也，自从君召过俺山头，方知为琅玡之事，访那造楼之人。俺与云家兄弟，交非泛泛，故一同驰往潼关，说明缘故。”当时便将路遇黄成的话，前后说了一遍。天霸不禁大喜，乃道：“照此看来，是俺自家朋友了。赵五哥，这店主也是你的朋友，彼此谈起，皆有面熟，今日俺作一小东，大家聚谈一晚，明早各自行路。”方刚听说黄天霸到此，不禁肃然起敬，听他如此言语，随即走了出来，向着普润道：“和尚，俺们不知不罪。既然赵五哥在此，又有黄大人吩咐，你老的房饭的银两，皆小弟代办了。”此时店门外的闲人，见他们俱已无事，也就各自散去。

方刚将众人邀到后面，拣了一座大大的席面，请他众人坐下。普润先行向黄天霸问道：“黄贤弟，汝此时意欲何往？君召现病在河南，特命俺到淮安送信。汝今复又他往，还是得着琅玡的消息，还是另有他故么？”天霸将那赵五弟兄行刺的话，说了一遍。普润道：“飞云子与黄成分路前去，无非为这楼图，非盗了出来不可。今俺既然相遇，何不一同前去？若能里应外合，俱省却许多事件。”关小西在旁言道：“你老虽急欲盛事，在俺看来，还是待图的为是。咱虽未见这齐星楼如何厉害，前在沂州镇时，早已打听明白的。目下大人盼望君召，如大旱望雨一般，仍是请兄台赴淮安送了那信，我等仍在沂州守候。候你到来，咱们再行上山攻打。”普润哪里肯信？说着：“咱们今日遇见，方知万君召的下落，设若彼此相左，有谁再往淮安？咱不知道这机会便罢，既是赵五哥可以为力，正可相助一臂，何故又往淮安？”天霸道：“既然佛爷不去，咱也不便相强。唯君召病在河南，这便如何处置？在俺意见，请你老前去迎接，同至山东聚会。”普润道：“这事又可不必。遥想此时他病已全好，设若彼此两误，徒然耽延日期，大人面前自有他回去报信的。”天霸与小西见他执意要同去，不便过为勉强，早有方刚命小二取出许多酒肴，掌上灯台，众人入座。普润道：“俺肚中实在饥饿了，上午那样馒首，还要俺十两银子，幸亏俺未带银子，打了一顿，不然吃你的苦处，还能抵赖么？”方刚听了笑道：“还亏你说得出口，方才与赵五言语，说咱们用你十两，此时又说出真情了，不然为你打了一顿，尚是当这白吃的，账目还无着落呢。怪不得说出家人是茭瓜心，原来你便是这样。”说着众人也大笑起来。直至二鼓，方才散席。次日早起，赵五便起身，将众人喊醒。此时连普润共是五人，别了方刚，即向沂州进发。

且说王朗自贺人杰二上山头，虽恃着齐星楼埋伏，心下不无有许多畏忌，因此命人各处去请人。这日正在山头，忽见喽兵前来报道：“启寨主，李头目与黄成兄弟现在山下，飞云子也一同前来。”王朗听了这个信，便到牌楼前面，远远望见飞云子兄弟，如获至宝。不到一刻，三人进了方厅，大众分宾主坐下。王郎向飞云子问道："三哥一向何处安身？"飞云子道："某自别后，便往陇西九羊山铁面阎王胡熊山上，适值家兄云龙、云虎皆在彼处，弟兄相遇，各道来由，多蒙胡大哥十分过爱，将愚兄弟留在山中，过了几日。怎奈长安虽好，终非久恋之家。二位家兄，欲回故里，故前月复回潼关，不期道路传闻，说黄天霸攻打琅玡山，欲将齐星楼拆毁。因思此楼乃小弟所造，虽然机关灵动，也须有精熟之人，方有验效。特恐寨主用人不当，误了大事，累及众人，那时反难对了寨主。适值家兄有南行之志，因此邀同前来，相助一臂。"说着，指着云龙说了名号。王朗听说是飞云子的长兄，慌忙起身说道："小弟有眼不识泰山，大哥光临，未及远迓，抱罪之至！"说着，到了云龙面前，彼此行礼。云龙也就将路遇黄成的话说了一遍。王朗自是欢喜，随即命厨下摆酒接风，众人入座。王朗便将别后之事，细说一遍。飞云子接着说："小弟造下此楼，除却俺兄弟五人，别无一人可破。贺人杰与黄天霸连来两次，也算得个胆大包身，但不知他受了重伤，随后可曾送命？"王朗道："黄天霸来后，现已与施不全回转淮安。贺人杰二次前来，闻又为殷龙救了他的性命。目下住在左近村镇，行踪无定，迁徙频闻。小弟久想前去，究他下落，先送了此人性命。又恐殷龙非无名之辈，前去不易成事，设若彼此相左，我去寻他，他反上山攻打，那时反误了大事。因此虽有此意，久久未行。若得大哥兄弟相助一臂之力，还虑这两人不成路鬼么？"飞云子听说贺人杰未曾送命，心下安慰了许多。彼此谈论，直至二更之后，方才安静。

次日绝早起来，云龙向飞云子道："普润与万君召驰赴淮安，目下恐未到此，愚兄久闻殷龙大名，意欲借此访一访，且可将我的细底，告知与他，命他安心等候，俟淮安众人到此，便破此山，岂不是好?”飞云子道：“大哥所言极是，但这山下村镇，非止一处，知他现在何处？此时东寻西找，设若露了风声，反为不美。在小弟看来，不若在此权住数日，先为暗探一番，知道他居住地方，然后暗暗前去，岂不完密?”云龙本来性急，不待说完，便道：“昨晚已经说明。”遂不听飞云子所言，硬行要去。不知后事如何，且听下回分解。

第四九六回

用机谋复见王朗　探消息初访殷龙

却说云龙欲去探访殷龙，飞云子虽绝意阻拦，全不肯听，当时起身，梳洗已毕，早有王朗前来问道：“两位兄长不远而来，实乃合山之福。但不知三哥有何见教，设使黄天霸等人再来攻打，有何法将他擒获？”飞云子知道云龙阻拦不住，与其随后露出风声，为王朗知道，不若此时见机进言，免得随后疑惑。当时向王朗说：“寨主但放宽心，既有俺兄弟前来，哪怕黄天霸怎样？常言道：‘水来土掩，将领兵行’，昨晚寨主曾言殷龙父子并贺人杰夫妻，尚在左近，俺大哥欲想就此下山去寻找这班寇仇，若能打死他一人，他等便少一帮手。寨主不来，俺兄弟也想说明前去。”云龙见飞云子言语，也就从旁说道：“俺云龙不到此则已，既上山头，岂能袖手？寨主有何人识他面目，且请同俺一行，代为引路。”王朗听此言语，心下甚是欢喜。当时王朗便命人摆上早点，复请了黄成兄弟吃了饮食。云龙别了众人，带下几个引路的喽兵，下山而去。

且说殷龙自救醒贺人杰夫妻，恨不得将齐星楼立时破去，以报今日之仇。无如万君召前往潼关，不知何日方到，只得等淮安的人来，再为斟酌。这日人杰与赛花两人向他说道：“爹爹你我在此，孤立无援，设若万君召一日不来，难道俺们便不攻打么？常言道：‘人闲思旧怨’。你看这王朗如此声势，岂不令人闷煞！

意想今日再往山头，杀他几个喽兵，也泄了这口鸟气。咱们在殷家堡独霸一方，也不在人之下，今日为这高楼，便束手无策么?”殷龙听了此言，连忙拦道：“吾儿有所不知，虽属气人，须防‘强中还有强中手’，前此一时之愤，便中了他的毒手，此时唯有暂时忍耐，少不得万君召总要前来。等到众人来时，其事方觉妥当。”正说之际，只见殷勇、殷强跑了进来，向着殷龙说道：“方才店内来了两人，向小二问咱们可曾在此，孩儿看那模样，好像似琅玡山的喽兵，不知此来所为何事?”殷龙还未开言，早有贺人杰跑了出来，高声骂道：“何处杂种，前来探问?俺贺人杰现在此间，难道惧怕这狗头么?”说着便飞身冲了出来，到了店堂，不分皂白，便叫喊起来。殷龙恐又肇祸，即时随后追出。只见人杰向小二问道：“你见这两厮向哪边去了?赶快说明，饶汝狗命!”小二知道他的性急，欲想说出，又见殷龙追出，知他是阻拦的意思。欲不告知与他，犹恐他动起气来，性命不保。当时只得答道：“他已去的远了，小人未曾看见，请你再问他人罢。”贺人杰不由分说，登时骂道：“汝这乌珠，也不是个瞎子，方才他两人明明白白问你，为什么同俺撒谎?”说着，伸开指头，将那小二的左手拖出，按着手缝套进去，便拼力的一夹，只见小二如牛吼一般，已是疼不可忍，只得说道：“他二人是向正北去了，爷爷可快撒手!”人杰听毕，顺手一松，只听咕咚一声，早将小二推倒在地下，一溜烟飞奔而去。

跑了有数里路远近，早见两人在前行走，忽然一个少年回头一望，见了人杰，遂向那人耳边低声说了许多，人杰知他是琅玡山的奸细，走上前去，高声道：“汝这两个杂种，前来为谁打探?俺贺人杰来也!不要走，吃俺一拳!”说着，一泰山压顶对那少年打下。你道此人是谁？正是云龙同那个喽兵二人。云龙看见人杰动手，遂将身子一闪，让在一边，早把个喽兵唬得魂飞天外，赶即两手举过头顶，用了个二龙出水势，将人杰一拳让了过去，转过身躯，飞奔逃走。人杰本是个会手，见云龙站在旁边，晓得他是试看武艺。当时冷笑道："俺贺人杰生在江湖，好汉英雄也不知见了多少，若是不服，何妨战个高下？"说毕，立身躯望着云龙。云龙也就答道："朋友，你这话头说谁？若要动手，俺便陪你。若回你半个不字，也不能在潼关行走了。"这句话，原来云龙有心说出，令人杰知道。谁知人杰一心好胜，当时便大怒起来，他两人就打在一团，斗在一处。

正然难解难分，后面殷龙复又追到，见他两人拼命的恶斗，知对面不是个落脚，赶着上前叫道："人杰休得无礼！何处英雄，前来访问？俺殷龙来也！"云龙见对面又来一人，听他报出姓名，心下不禁大喜。随即蹿身跳出圈外，望着殷龙道："俺云龙此来，正自访汝，来得好，俺两人且见个高下！"殷龙听他说云龙两字，不禁疑惑道："君召曾说过云家五子，此人自说云龙，莫非此人便是那个飞云子一类么？此时前来，特地访我，莫非其中另有别故？"当时不便问他。只得答道："你既前来会俺，莫说是无名小辈，便是潼关以外的名脚，若回他半个不字，也不知俺的厉害！"云龙听他已经知觉，连忙笑道："今日俺有事上山，不能在此耽搁，若是好汉，明日在此拼个你死我活。"说着，便撇了众人，与喽兵回山而去。

这里殷龙同贺人杰聚在一处，开言说道："汝这畜生！全然不知厉害，可知此人前来，并非与我寻仇，乃是有益于我，汝可知道么？"人杰道："岳父何出此言？他乃琅玡山的强人，岂得于咱们有益？若存好意，还与我等动手么？”殷龙道：“汝方才不听他言，自称是云家五子，居住潼关，见咱说出姓名，便尔回山而去，汝试想来，岂不是飞云子一类么？”人杰听了此言，真是如梦初醒，乃道：“孩儿既已与他交手，显见负却他的美意，设若翻过脸来，岂不误了大事？”殷龙答道：“这事倒可无虑，他如不来，又何必约定明日呢？明日到此，汝可勿来，咱与他自有道理。”说着，两人一路而来，到了店内，专等云龙的消息。

且说云龙回转山中，早月王朗上前问道：“大哥今日下山，可曾遇见殷龙么？”云龙道：“咱因日光已午，腹中饥饿，不便交锋，只与贺人杰斗了数十合拳脚。此人在我看来，也不过是寻常之辈，只须明日将殷龙打死，这许多小辈便可无虑了。”王朗见他如此言语，不禁欢喜非常，连声称谢。随即命喽兵摆下酒来，款待他兄弟。席散之后，飞云子向他问道：“大哥今日下山，既已会见人杰，但不知黄天霸可曾在此么？”云龙道：“愚兄正要询问，只因喽兵在旁，不便启齿，已约定明日相会了。”正说之间，早有黄成进来询问。不知他说出什么，且看下回分解。

第四九七回

浅见识妒忌云鹤　乱交战打死黄成

却说黄成自到山上，见王朗款待他兄弟不十分周到，暗与黄达说道：“我等也是他命人请来，虽然未曾落后，究不比云氏兄弟，如花如火，连这合山的喽兵，皆敬重与他，相形之下，岂不令人可恼?”黄达道：“贤弟有所不知，你看山下多少英雄，胜我的固多，不如的也有，所有周旋供应不相上下，推原其故，大约因这齐星楼是飞云子所造，故此十分恭敬。”黄成道：“咱们昨日始到这里，这楼虽未见过，遥想也不甚出奇。据俺看来，飞云子也不过是寻常之辈。今日他哥哥下山，连一贺人杰也敌他不得，还说什么今日明日。遥想殷龙也斗他不过。依愚兄之意，明日禀明寨主，讨令下山，将殷龙性命送了，好令他知俺兄弟也不在他人之下。若不在这事上现出本领，在此随声附和，与那班鼠辈一样看待，岂不令人羞煞!”黄达听他所言，也只得唯唯答应。当时二人便到云龙房内，先向云鹤道：“三哥造下此楼，真乃惊人出色。小弟虽不目睹，以众人夸奖而论，便知此楼的厉害了。但殷龙如此无礼，住在山下，专等人来，眼见得小觑我辈。若不送了他性命，焉知咱们厉害？小弟不才，明日请大哥暂歇息一日，待小弟前去会他，两脚三拳，打死在地，好代两位兄长出气。”云龙见他抱这愤勇，无非要王朗敬重的道理，心下不禁动怒。正要开言，早有飞云子笑道：“黄大哥若能如此，便是王寨主的造化了。咱看殷龙，也不过是我辈，有大哥这身本领，还不能送他性命么?”黄成听了大喜，专待明日下山动手。这里云龙向飞云子说道：“贤弟何必长他人志气，灭自己威风，令他下山会敌。”飞云子道：“大哥有所不知。殷龙久著大名，谁不知他手段?这黄成不知进退，欲去得了下风，占我两人的体面。谅他也非殷龙的对手，待他送了性命，王郎这厮也少一帮手，借刀杀人，有何不可呢?”云龙道：“贤弟之言甚是有理。愚兄明日同他下山，使他个死无葬身之地。”两人谈笑了一回，一宿已过。

次日绝早，黄成便起身前来，却巧王朗已到此处。飞云子首先说道：“黄大哥昨日有言，说殷龙住在山前，实为本山之害。俺大哥约他今日相会，唯恐手段有限，输败与他，黄大哥愤勇直前，出身相助，若不将殷龙打死，誓不在此山中，小弟特禀明寨主，请他施行。”王朗道：“虽承黄贤弟美意，但是此人非无名之辈，万不可小觑于他。俺这山中也不下有数十好汉，皆闻他的大名，不敢轻易交手。非是小弟阻格，黄大哥且请在此，共保山头，小弟便感激不尽了。设若此去，送了性命，那便如何是好?”黄成冷笑一声，向着王朗道：“既如此怯怕，除却这齐星楼一无可恃耳！俺兄弟不到此则已，既在此间，焉能不稍助一臂！”王朗见他执意欲去，只得听其自去。

当时吃了早点，黄成便邀同云龙下山而去。行了有数里远近，却遇殷龙劈面而来。见了云龙高声叫道：“云大哥信人也，俺殷龙在此候你多时，今日前来，有何见教?”云龙恐他说出破绽，当时答道：“昨日放你过去，只因日光当午，饥渴万分，姑且全汝性命，今日既不知死活，且请放手过来，比个上下。”黄成恐他先行动手，随即插身说道：“云大哥且请住手，俺黄成在此，怕他怎样？”说着，将身一纵，到了殷龙面前，起拳头当胸打去。殷龙见他来得凶猛，将身一闪，偏在一边，便想回手打去。那知黄成万分性急，见自己一拳未中，右手一举，肋下捶来。殷龙知他是个冒失鬼，哈哈笑道：“汝这拳头，奈何俺怎样？”黄成又将右腿打来。殷龙将功夫一提，黄成那只右腿如坐在棉花上一般，绵软非常，全无痛苦。殷龙见他三下打毕，向他哈哈笑道：“不要走，俺也奉奉你一拳！”说着，用了个出水蛟龙，分心打来。黄成见三下未中，已慌得七上八下，着急非常。此时见他还手，更是躲避不及，随即掉转身躯，往上边一让。殷龙见他闪躲过去，也是如法炮制，第二次迎面打来。黄成知道他厉害，赶即脚跟倒退，离去七八尺远近，方才让过。殷龙道：“今日休想活命！”说着，两手舞来，如落花相似，左右前后不住地打来。早把黄成打得个只能招架，不能还手。顷刻之间，汗流浃背。这一拳手脚稍慢，只听咕咚一响，一个筋斗，早跌下尘埃。殷龙赶上一步，左脚踹住他小腹，右手上前，将两手握定，向他骂道：“汝这乌龟王八，有眼不识泰山。王朗这厮尚不敢小觑于我，汝偏恃才逞勇，自寻死路。今日落在我手，存亡死活，在我一人。若欲全你性命，只须喊俺三声爷爷，俺便饶汝狗命！”黄成到了此时，哪里还肯放口，赶急叫道：“爷爷，咱有眼不识泰山，不知你爷爷的厉害，且请你爷息怒，从此便回转本山了。”殷龙听了笑道：“你这无耻的狗头，敢在俺面前说谎，即然到此地步，还能全你性命么？休得多言，为我回去！”说着，一手将衣领揪住，向下一撕，将胸口露出，贯好足力，连皮带肉，披了下去，早把黄成的胸前戳了一个窟窿，顷刻呜呼，死于非命。云龙见他如此布置，其时在旁说道：“殷大哥，你且撒手罢，这个尸骸随他在此，咱们还须谈正事呢。”殷龙听了此话，随即站起身来，将手上血迹抹去。举起左脚，将尸首踢了过去，然后向云龙招呼道：“朋友到此何干？既由潼关到此，但不知路途上面，可曾遇见个姓万的么?”云龙道：“此人名叫君召，现已回转淮安，月内定可到此。此处非聚话之所，且请向前一步，咱们再谈。”不知后事如何，且看下回分解。

第四九八回

抱忿勇兄弟亡身　遇宾朋翁婿得胜

却说殷龙见云龙说出君召，正是喜出望外。随他走到前面，有座大大的松林。云龙向他问道："请问老英雄何时到此？黄天霸可曾前来？昨日令婿交锋，多多冒犯，致乞恕罪！"殷龙言道："朋友莫非是云家五子内一位英雄么？"云龙道："咱便排行第一，学名叫个龙字，飞云子乃是俺的三弟。老英雄既到此间，为何在此静坐？英名久震，难道为这座齐星楼，便尔埋没么？"殷龙见他说这言语，无非是探他口气，乃道："大哥有所不知。常言道：'惺惺惜惺惺，好汉识好汉'，若以拳棒而论，咱殷龙在江湖上面，也不致落在人下，只因这齐星楼另有机关，非咱一人可以识得。故施大人命黄天霸屡次窥探，皆大败而回。无非为暗兵冷器，防不胜防的道理。目下万君召尚未前来，且不知前去潼关，可曾请将令弟来否？但不知大哥可知令弟的行踪么？"云龙听了笑道："老英雄果然名不虚传，肝胆照人，实为确当。既承实言相告，俺三弟现已到此了。万君召与咱们在半途分路，计算日期，久已到了淮安，为何黄天霸等人尚未到此？"当时便将遇见黄成弟兄，以及君召到潼关的话，说了一遍，殷龙方才知道。说毕，两人约了日期，分别而去。

不说殷龙转回客寓。且说云龙回到山上，来至牌楼前面，早见黄达大哭而来。见着自己放声哭道："云大哥，俺弟弟死于非命，此仇不共戴天！此去不将这殷老狗头拼了此命，也不能泄此仇恨！你老此时回山，命意何在？小弟敢求引路，到前面助我一臂！”说着，跌足捶胸，哭跪下去。云龙见他这样，心下暗道：“汝这两个狗头，此时方知厉害，咱若助你，也不去访那殷老。”乃道：“黄贤弟，且勿悲伤，此乃令弟自寻死路，俺昨日便早讲过，殷龙非无名之辈，若果交手，定难生还。他反向我动怒，此时既已身死，即使贤弟前去，也奈殷龙不得。若说命愚兄相助，如可胜他，方也报仇雪恨了。在俺看来，贤弟且回山中，另思别计。譬如没有这无用的弟弟，你还可以夸口，若再前去送了性命，连尸骸也无人埋葬了。此乃俺金石之言，信与不信，听你做主，愚兄是不能奉陪了。”黄达本想他同去报仇，故尔哭跪在地下。此时听云龙这派言语，明是灭锋于他，直急得三尸火冒，七窍烟生，站起身来，大声骂道：“云龙你这杂种，欺吾太甚！殷龙与你有何交谊？如此助他的威风。俺弟弟同你一起下山，死于非命，你若以义气为重，便舍命报复，以泄此仇，方是好汉的作为。现在怕死偷生，回转山寨，已算不得个好汉，还敢这派胡言，代他说话。难道我弟弟是该死，殷龙的仇是不应报的么？俺且不同你耽搁，若我弟弟有灵，此去报仇雪恨，那时回的山寨，再至王寨主面前，同你讲论！”说罢，大骂不止。一路嚎啕痛哭，下山而去。直至黄成身死所在，满拟殷龙在此，拼个你死我活。谁知到了前面，除却山上几个喽兵，那殷龙的形影，早已不在。黄达更自焦急万分，向着喽兵骂道：“殷龙躲在何处？”那班喽兵见黄达如此，只得开言答道：“黄将军且勿悲苦，殷龙离此不远，你老且去寻他，定可遇见。”黄达一听了此言，不问青红皂白，一路飞奔而去。跑了有四五里远近，前面不见一人，直是哭骂不已。也是黄达合该身死，殷龙与云龙会见之后，回到店中，将此言告知赛花，众人自是贺喜。无奈贺人杰是个火爆将军，听见殷龙将黄成打死，更是喜出望外，跳舞如飞。出了店外，一路飞奔而去，以便到了前面，加上两拳，踢上两脚，若有喽兵看守，顺手打死几个，出口鸟气，正走之间，见路上一人哭骂，嘴里说长道短，大骂殷龙。贺人杰那里忍耐得住，走到面前，高声喊道："汝这杂种在此寻谁？俺便是殷龙的女婿，贺人杰是也！"说罢，就举手向前，便是个泰山压顶，当头打下。黄达正然嚎哭，忽听贺人杰三字，正个开言，见顶上一拳打下，不禁吃了一惊。赶着将身躯一偏，一拳让过，随即骂道："汝这不怕死的野种！两次上山，命在危急，今日还敢来送死！若不将殷龙交出，代我弟弟泄恨，欲想有命，转世为人！"当时提起左腿，对定人杰的裆下一脚。谁知踢在裆下，如棉花一般。见人杰全无苦色，晓得不好，赶即将腿收回，哪知已容他不得，只见人杰将两腿一并，自己的腿脚如入火坑一般，既麻且木，非凡烫人。人杰当时笑道："汝这杂种，还有什么本领？"顺手向前一劈，咕咚一声，将黄达送去有四五尺远近。黄达此时，为他牵这筋斗，已是人魂出窍，不省人事。人杰疑他装腔做势，一时性急起来，对定他鼻头一拳打下，登时血流满面，白沫直流；复行一拳，送了性命。那几个看守喽兵，见黄达去寻殷龙，多时不见他回来，知道不是好事。当下穿杨越榆，才到前面去看动静。谁知众人来时，黄达已死于非命。贺人杰打得性起，看见喽兵，即穿到面前，追奔而来，三拳两脚，早见阎王。还有几个喽兵，早已飞奔上山，进寨报信。

此时王朗已在聚义厅上，向那班强寇说道："愚兄这座山头，幸得诸位相助，也算得人马极盛了。若非施不全与俺作对，命黄天霸众人攻打，就此领带兵马，杀奔下山，还怕不成大业么？无奈天不从愿，遇见这个对头，岂不令人恼恨！”话犹未了，早见巡山的喽兵，飞奔而至。到了檐口，单落膝报道：“禀大王，大事不好！黄寨主与云寨主下山，被殷龙打死山下，现在云寨主回山报信，黄达已前去报仇，不知此去如何，快请寨主定夺！”王郎听了此言，叹道：“黄贤弟也太为自满了，殷龙非等闲之辈，愚兄昨日劝你，全然不听我言，今日死于山前，令我又失一臂助，岂不令人可恼！”话犹未了，早已见云龙走来，向王朗言话。不知说出什么，且看下回分解。

第四九九回

莽和尚吓倒老村夫　名秀才礼接黄总镇

却说王朗见喽兵报信，正在厅前叹息，直见云龙到了里面，向着自己说道："黄贤弟不听我言，致有身死之祸，愚兄自愧无能代他报仇泄恨，此罪难恕！但不知黄达下山胜负如何，快请寨主定夺！"王朗见云龙如此言语，急忙道："此非大哥之过，乃黄成不听人言，致有今日。殷龙武艺本是高强，大哥尚不能胜他，还有何人敢去？"正说之间，又有喽兵来报说："黄达为贺人杰打死。"王朗听了此言，不禁滔滔泪下，大声骂道："贺人杰，汝这死囚！咱与你有何仇恨？两次三番与我作对，今日又将他二人打死，此恨此仇，何时可泄？"遂向云鹤言道："自从贤弟造下此楼，本拟共图大事，不意贺人杰这班小辈，如此英雄，若不除却此人，老弟英名岂不挫灭？目下楼已造就，所有机关，皆按图行事，贤弟能再助一臂之力，就此下山，将殷龙治死，这山上威名，便可大振了！"飞云子听了此言，正是合了意见。当时乘机说道："寨主不必焦急！黄成身死，虽是可恨，若以一朝之恨，就此下山，二虎相争，必有一损。假若胜不得殷龙，这座高楼，有谁可守？在俺想来，仍然静以待助。今晚同寨主上楼，复将原图取出，将各处埋伏细阅一番，咱想施不全必不肯甘休，旦暮之间，定有人来攻打。那时等众人上山，将埋伏发出，一战而获，送了他性命，岂非上策！"王朗本是个草寇，听飞云子这番言语，犹如至宝一般，连声说是，只得命人下山，先将黄成兄弟的尸骸抬回，买棺收殓。此乃是飞云子骗图本之计不表。

单说赵五与天霸等人，在方刚店内遇见普润，一路向沂州而来。行了有两三日路径，这日晌午时分，正拟寻店饱餐，忽然东北角上一朵黑云从空而起。普润道："黄贤弟，你看这天色要变了，我们赶紧前走罢。"走了未有半里之遥，早已活泼倾盆，大雨如注，只得冒雨向前而行。复走了一里远近，忽见松林外面一带高墙，像个大家庄院。普润道："你们慢行些，咱先一人前去，包令你有好酒好肉，吃个快活。"说罢，撇开大步而走。只见庄前一个小后生，同一苍髯老者，站在庄门里面，指东画西的闲谈。普润看在眼内，不禁动怒起来，心下说道："咱们众人如此苦恼，这般大雨，还在大路上赶路，腹中如此饥馁。这两个狗头既看见我来，应将我们请进去，摆出酒来，咱们饱餐一顿，方是道理。他偏全然不采，闲嚼他娘的皇天，明是看老子的穷像了。你既这样，且待俺吓你一吓，好令你知俺手段。"当时一声吆咤，骂道："汝这两个狗种！在里说甚？俺乃云南普润和尚是也。快去通知主人，前来迎接；如若稍迟，先送汝两个狗命！"说毕，身躯一落，却巧站在那老者面前。老者正看雨景，不防着胖大和尚站在面前，犹如玄坛一般，只听得咕咚一声，栽倒地下，嘴里直叫："大王饶命饶命！"普润见了这样，心下实是好笑，骂道："汝这狗头也没有乌珠！俺乃路过的和尚，谁是大王小王？"那人听见，方才心定。乃道："佛爷爷今日来得不巧。若是往常，莫说募化斋饭，便是起庵造庙，也可随缘乐助。咱们主人，最喜布施，每年也要用够一千八百。只自出了好心没好报，遇见这般强盗，闹得人神不安。现在主人主母，正在上房痛哭，谁敢进去回禀？连咱们午饭还未到嘴，那里有斋饭与你呢?”普润听他所言，知是有了缘故，忙道：“汝这主人姓谁？为什么受强盗啰唣①？可知俺这身手段，专与强人为难。若你主人请我吃顿斋饭，并我朋友一起前来，包管你安然无事。”那老者听他这派言词，也不知是真是假，只得问道：“和尚你法号何名，那方人氏，可真能擒强盗么?”普润见他不肯相信，忙道：“你这老奴说俺撒谎，俺且令你看个见证。”说毕，举起袍袖，走到场前，两手举起两个极大的石滚，前三后四乱舞了一回，然后一起摔下。忙道：“你两人可能相信么？若再不为我通报，即便将你两人当着强盗，看你怕也不怕?”老者到了此时，早已魂飞天外，忙道：“佛爷息怒，咱且进去禀明。”

正说之间，后面黄天霸等人已到了门外，普润便将方才的话告诉众人。天霸道：“这也难怪老者，想必这左近地方，有什么草寇为害。”随即向老者道：“汝且进去报知主人，说淮安漕运总督施大人标下，有人黄天霸求见，他便可以知道了。”那人听了此言，先将黄天霸上下望了一眼，然后噗咚一声跪在地下，忙道：“小人有眼不识泰山，你老可是追随施大人那个黄总兵么？今日前来，该应我主人可以脱难了。且请在此稍待，容小人进去通禀。”说毕站起身来，匆匆进去。普润向黄天霸问道：“俺也不少半个鼻孔一对乌珠，为什么与他说话，他说俺是个强盗，吓得如古牛愤地一般；一见你来，便如此模样，岂不把人气煞!”天霸听他所言，心下实是发笑。还未开言，早见那个老者领着个中年官客迎走出来，高声说道：“在下荒野村夫，不知大人驾到，

① 啰唣（luó zào）——吵闹寻事。

有失远迎，抱罪之至!”说着，举手一拱，便请天霸入内。天霸也就还礼答道：“某等冒昧造府，实因大雨倾盆，难寻客寓，故而众至此处。但不知尊兄高姓大名？初次识荆，有劳远接。”说着也就进了庄门，后面赵氏兄弟并普润也一起入内。到了厅前，宾主坐下。天霸开言问道：“尊兄住居此地，想必是自耕自种，共享田园。何以与强人结了仇恨?”那人见他询问，不禁长叹一声，乃道：“大人有所不知，且待老拙细禀。村夫姓李名根，祖父道荣乃落第的举子，只因未谙吏治，不愿为官，遂以舌耕度日，到了晚年，积蓄得数百余亩地，在这地方置下薄田；先父遂勤劳耕种，日有余资，以致家业日进；老朽苦守祖业，博得衣襟，左近乡人便以李秀士称我。目下年近花甲，膝下只有一女，名唤桂英，只以择婿太苛，尚然待字。不料上年有一伙强人，名唤爬山虎秦明，在这东庄虾蟆山中结伙为寇。谁知前月初一，这秦明忽然前来送信，说他家寨主近奉沂州琅玡山王朗之命，请他上山聚义，共图大事，只因自己山中尚无压寨夫人，闻得你家小姐尚未婚匹，因此前来通知。择定初四日行聘，娶你家小姐做个压寨夫人。”说罢不禁放声大哭。不知天霸听了此言如何处置，且看下回分解。

第五〇〇回

傻和尚努力加餐　浑强盗艳装入赘

却说李根说了这派言词，不禁放声大哭。天霸连忙说道："尊兄且勿悲伤，某等作宰为官，专除的强人恶寇。此时既知这事，断无坐视不救之礼。"普润不等李根开言，连忙插言说道："李根你还自称是秀士，连这人情世务全不知道，也难怪秦明欺负于你。咱们冒雨而来，为的是腹中饥饿，想问你要讨顿饭食，大嚼一餐。此时请咱们进来，只顾你说长道短，我腹中乱响乱叫，便不曾听见。这不是你不识时务？俺与你明讲，你们将大壶酒大块肉堆盘满盏，请俺们吃顿舒服午饭，莫说一个秦明要娶你女儿，便是十个秦明也将砍为肉浆。"这番话把个黄天霸说得发笑起来，只得向李根说道："某等冒雨造府，实因腹中饥饿。尊兄既称慷慨，且命厨下略备一餐，加倍算给便了。"李根听了此言，连忙起身说道："老朽因见大人前来，如拨云见日，遂将所有冤情尽情告禀。以致累诸位老爷挨饿，有罪有罪。"说毕，遂命人到厨去取酒肴，顷刻之间早摆得满桌，李根遂请从人入坐。普润最饿得厉害，并不谦让，张开大嘴，如狼吞虎咽一般，一连几次，早吃得干净。那知普润仍然未饱，复向李根说："你这老汉也太悭吝，常言道'斋僧不饱，强如活埋'。这的伙食，如何够吃？快些再办两桌来，俾俺们吃饱，好捉强盗呢。"李根听了此言，复又命人再多添酒肴，请众人畅饮。

普润吃毕之后，捧着肚皮，十分高兴，遂向李根言道：“咱们无功不受禄，且将秦明行聘时是何情形与咱说明，好代你们捉这强盗。”李根道：“老朽自他送信之后，心下正无主意。那知初四早间便先来两个强人，一个名叫赛活猴孙五，一个名叫恶老虎高三，说他前来为媒，所有聘礼随后便到。当时老朽恐他反过脸来，全家没了性命，只得忍气吞声出厅迎接。不多一刻，果然大吹大打，无限的喽兵抬着牛羊、彩缎，到了厅前，一起放下，转身就走，孙五同高三也就起身，言道：‘秦寨主择定八月十五日为上吉良辰，前来入赘。尊处所有陪奁，就此赶快备办。’说毕，也是不分皂白，回山而去。这伙强人，全不知天理国法，说将出来，便做到这地步。可怜我女儿得了此信，两次三番寻死觅活；老朽的妻子也是哭得死去活来。今日是八月初十了，离十五还有五天。那时他前来招赘，叫我如何处置？因此为这事情想不出个主意，不料大人忽然到此，真乃万分之幸！大人能伸了此冤，除去这大害，不独老朽感激不尽，便是这左近地方老幼百姓，也是感恩戴德了。”说毕，便向天霸叩头不已。

普润哈哈大笑道：“他是要娶你女儿，即是他要来入赘，这也是他倒运了。不瞒你说，我也同他一类，从前在山寨里面要娶压寨夫人，如此这般吃了那一次的毒手。秦明这事件也与从前仿佛，咱也用这条妙计，请他受用。汝看妙与不妙？”赵五等人大笑不止，乃道：“怪不得你老做了和尚，原来受过这苦楚，方才削去头发。既然如此，咱们便在此等候数日，除了这地方大害，那琅玡山上也少一强人。岂不是一举两得？”黄天霸也以为然。李根见众人如此，自是喜出望外，随命人收拾了三间房屋，取出衣服请众人穿换。当晚又备了酒肴，为天霸等人接风，这许多闲话权且不表。

单说黄天霸到了十四晚间，对李根说道："明日便是十五，咱们与秦明交手，若不将他擒住，更是火上加油，归罪于你。动手之时，又恐汝女儿怯惧。不知道左近地方可有闲屋，且将汝妻子女儿先行躲避。等秦明前来，汝与他略见一面，等到送房之后，汝便乘此躲去。随后之事，汝且不问，只听有了锣声，然后再回转家。"李根连连称是。只是普润笑道："俺这个胖大和尚，装做新人起来，也不十分丑陋。但是他进了洞房，汝等要超先打个暗号，不然为他看出破绽，那时便为祸不浅。"天霸道："这事咱自理会。咱们定个条例，在房外捉他不住，咱们三人的责任；若进分洞房，汝擒他不得，便归罪于你。"普润道："这个主见也好。"说毕，当晚李根便将妻女送至别处，二鼓已过，方才回来。厨下备了酒肴，为天霸、普润四人助威，只吃得明月西沉，方才席散。

次日早间，也照着办喜事一般，前前后后挂灯结彩。到了日昼时分，普润便饱餐一顿，然后换了紧身短袄，腰间藏着利刃，进入内堂。早有两个大胆的仆妇，命普润净面漱口，换了装束，在床沿边上，专等秦明进来。外面黄天霸、赵五等人，早有李根送出三套衣衫，命他三人换上，扮作儒士的模样，好陪新人。所有那庄汉长工，无不派着执事。直至日落时分，远远的听人声喧嚷，鼓吹齐鸣。早有门丁进来禀告道："离此约有里许，有顶绿呢花轿，前面许多执事大吹大擂，向庄前而来。想必便是秦明了。"天霸听了此言，恐他们临时慌忙，乃道："汝且前去等候，等他到了门前，然后再来报信。"正说之间，听门外一片人声。爆竹声音到了里面，说是媒人来了。天霸见不是秦明，也只得耐着性子，整束衣冠，同赵五迎了出来。向着高三一揖。高三不意是天霸在此，当时同至厅前，叙了寒温，分宾主坐下。却巧李根正在里面，听说媒人前来，也只得出来与两人见礼。接着门外大爆连声，人喊马嘶，纷纷而至。高三知秦明已至，随即迎了出来。到了门前，但见许多喽兵排立两旁，当中远远的来了一匹五花大马，白铜鞍辔，五色争光；鞍乔上一匹大红绸绫，打了十字两朵团珠，挂在后面。上面坐着秦明，也是满身的大红红袍，红袄红帽红靴，远处看来，犹如火星菩萨相似。到了庄前，早有喽兵放爆连天，奏乐之声不绝于耳。李根见他这般恶相，早已浑身发抖，站立不住，噗咚的朝下一跪，秦明不知他为害怕所致，疑惑他是跪接自己；当时在马上相见，赶着撇了鞍鞭，正下坐骑，高声叫道："岳丈请起。小婿初次到府，理合登堂拜谒，下了全礼，方是子婿的道理。何敢劳岳父如此，是不将令婿折煞么？"说着，便走上前来，一拉李根。不知李根拉他之后，其事如何，且看下回分解。

第五〇一回

华堂上灌醉新郎　洞房中误逢和尚

却说秦明来拉李根，早有高三将他扶起，道："秀士何必如此，女婿乃是半子，理合入内受拜。"说着便命行人升炮，将秦明、李根一起邀入厅上。李根心下直是乱抖，只得大着胆量向秦明说道："大王乃一世英雄，入赘寒门，已万分之幸。何敢自居长辈，受此重礼。"高三哪里肯听，早命秦明拜了四拜。厅下鼓乐喧天，倒也十分热闹。黄天霸与赵五弟兄，早已换了装束，扮作文士模样，儒冠儒服，站立阶前，此时见秦明行过仪注，当即向前作了一揖，命人奉过莲茶，请秦明上坐。但见他身高八尺向开，黑漆漆的面目，两道锅底眉，一双铜铃眼，高鼻梁，阔口，腮下一部短须，丑陋之中露出杀气。他也不知是天霸等人，见他文士衣服，心下暗暗笑道："这两个朽烂腐儒，居然有这大胆，敢来陪我。俺且用两句话，吓他一吓。"随向天霸说道："你这人尊姓何名，两臂有多大膂力，每天能杀几人么?"天霸见秦明如此言语，明知他来吓自己，乃道："某等乃文墨之士，不知杀人。大王若肯教传十日半月，照着大王头颅，即照这个可也杀去。"秦明见他这样，也不知有意骂他。乃道："秀士你也不知厉害了，杀人两字乃性之所致，岂是传教而来？你若俺教你，等俺花烛之后，一同到俺山上，看俺杀人如何?"天霸道："大王说俺不会杀人，今日便想显显手段。不知大王可惧怕么?"大众也大笑起来。

赵五道："黄贤弟又发狂论了，常言道：'书呆造反，永不成功'，也与你杀人的一样。"

李根此时，恨不得将秦明送进里面，早早完结他性命，当时说道："今日天已不早，厅前备下酒肴。且请大王聊饮数杯，然后送入洞房，与小女百年和合。"说着，便请众人入座。天霸与赵五有意将秦明灌醉，入座之后，任意传杯，你三拳我五杯，上了四五个大菜，秦明已有了五六分醉意。高三在旁笑道："大王今日花烛，酒是不可使尽。黄秀士可看主人薄面，少饮一杯。"天霸想他烂醉如泥，前去摆布，忽见高三插言拦阻，暗道："你这助纣为虐的强盗！他本人已情愿如此，你反这般讲究。若不将你灌醉，也算不得俺之手段。"乃道："高寨主所言虽是，今晚乃吉日良辰，理合开怀畅饮，不醉无归。你既恐大王昏醉，你何妨为大王代饮呢。"说着，满斟一杯，递了过来。高三不好推却，只得一饮而干。赵五，赵四也是如此，于是你来我往，有半个时辰，早将两个媒人醉得如泥塑木雕的相似。秦明虽有了几分醉意，只因一心好色，恨不得立刻入内，心下尚是明白，向着李根说道："岳父年迈，理当安息。令爱想他盼望，何不就此席散。且小婿酒量太浅，设若误了佳期，反恐令爱不怿。"说着，便想起身进去。天霸见他要走，恐他进去，看出破绽，心下正然着急，却好李根女儿的乳娘甚为伶俐，见秦明尚未大醉，赶着上前言道："老奴奉小姐之命，转告郎君，请郎君多饮一杯，以助兴致。"说着，取过大斗，满斟一杯，奉敬过来。秦明听说是小姐之命，只乐得心痒难熬，便伸手接过，一饮而尽。谁知这里面放下醉药，顷刻之间酩酊大醉。

天霸想此时就结果他性命，无奈他带来的喽兵俱在厅下，只得令人奏乐，将秦明送入里面。一面命赵五兄弟拦着腰门，自己同他直至里面。向着那几个随身的喽兵说道：“你家寨主今日花烛，这里面无招呼。外边备下酒肴，汝等且出去饮酒。”说毕，使一起出去。天霸照着送房的仪注，命两个女仆掌着两张灯在前引路。到了洞房门口，见里面直是漆黑，一点灯光没有，不由的含糊问道：“俺今日来前招亲，正夫妻完聚之日。为何这里没有灯光，难道你家小姐不在里面么?”天霸听了正吃一惊，忽见乳娘答道：“寨主也太粗暴了。我家小姐乃金玉之体，兰蕙之姿，从来在闺房里面不见生人。今日寨主前来，虽是夫妻情面，初次见面总有点羞答答的，故命老奴将灯熄灭。寨主进去，脚下放稳一点，不要惊吓了小姐。”秦明听了笑道：“咱们既为夫妻，还有什么害臊？既然如此，俺便轻轻走路便了。”说着，果然如蹦死蚂蚁一般走入里面。

此时普润躲在床上，吃了满肚的黄酒，将上下衣服脱个干净，直挺挺仰在床上。听见秦明进来，当时也不声张，先将那口戒刀顺在手内。但听秦明噗咚一声将门关上，嘴里咕咕哝哝的说道：“我的娇娇滴滴的心肝，魂灵儿为你想煞了。”说着，又听见外衣脱去，一连脱了几件，遥想也是个赤身。走到床前，两手先将床沿一摸，却巧普润直挺挺睡在那里，那只手摸在他大腿上面。秦明哈哈大笑：“我道你衣服未脱，哪知道在此等候了。”说着，便将磕膝跪，来一个硬梆梆的家伙便想鼓动。此时普润实在忍耐不得，左手向前一伸，揪住那个巨货，身体向上一拗，高声骂道：“你这狗强盗！道俺是谁，还不为我滚去！”说着，向外一摔，直听哎呀一声，秦明早跌了下去。知道有了变局，赶着在此拗起，直奔前来，以便开门逃走。普润哪里容他，跳下床来便是一刀，黑暗下砍去。秦明幸是一个会手，听见有刀风到了身上，赶向左边一让，伸手想摸个物件可以抵挡，却巧窗格里面竖着个盆木架，提在手中，便上下左右乱舞一阵。无如木架甚大，房间里面地方狭窄，虽然有这件手的家伙，不是碰了这件，就是打倒那件，全然不能顺手。二来有几分酒意，加之由外面亮处进去，黑暗之中不分皂白，比不得普润本在黑处暗看，尚有个地步。两人乱打一会，此时天霸在外面，早听两个动手，遂赶着脱去长衫，拔出腰刀，踢了进去，高声喝道："汝这无名的草寇！俺黄天霸是也。还不为我将头留下！"当时劈面进来，前后攻杀。秦明听是黄天霸三字，已吓得魂不附体，架上单刀，便想夺门而去。不知秦明性命如何。且看下回分解。

第五〇二回

贪女色秦明被获　重友谊洪魁报仇

却说天霸劈门入内，便是一刀砍去。秦明到了此时，酒已吓醒了几分，听是黄天霸进来，哪里还敢怠慢，赤条条举起木架，左遮右格护着周身，想从房内跳出。无奈普润不能相让，大骂道："汝这狗头，吃我一刀！"秦明股头上早中了一下，登时血流不止。忙用一个燕子穿帘跳出房外，反将那个木架摔去，两个拳头摆出门路，专等他两人的刀来。普润先是在黑暗之中，料他不能取胜；现在到了外面，唯恐他就此逃走，不住的戒刀一路砍来。秦明两个拳头直向命门打去，欲要砍中难乎其难。天霸到了此时，也只得将金镖取出，大声喝道："狗强盗休得逞强，俺宝贝来也！"左手一伸，早打中他的肩上。秦明正与普润对敌，不防着一镖打来，哎呀一声跌了下去。普润上前，用脚踹定胸前，顺手一刀，先将阳物削去，然后取过绳索捆绑起来。

此时赵五弟兄在腰门外面，听见里面响动，知已动起手来，也就命人将庄门紧闭，拔出腰刀，向那许多喽兵喝道："汝等这般鼠辈，胆敢助纣为虐！良家妇女，抢掠上山。还有什么王法么？"言还未了，后面冲出个胖大和尚，手执戒刀，向赵五说道："那个狗头，已为咱们获住了。这里还有何人，还不为俺动手？"说着前飞后舞，如砍瓜切菜一般，早杀死十数个头目。其余喽兵早已跪下，哭道："佛爷爷饶命，此乃高三一人主使，不关我等之事。我等皆是秦明擒上山的，三日一打，五日一抽，不得已顾了这性命，顺他做个喽兵，心中实是不愿。现在山上还有两个寨主，一个叫八大刀洪魁，一个叫冷箭王杰，此二人皆是秦明结伴的兄弟。老爷们若饶我等性命，就此回转山中，将他两人诱来，为老爷擒住，将他置之死地。”接着黄天霸也喊了出来，“赵贤弟，汝先进去看守那强盗，俺有话问这般狗头。”当时也就照赵五所说的话问了一遍。普润还说：“你是个内行，连这打草惊蛇尚不知道，让他们回去，先不与咱们有碍么？汝且放他回去，咱是不能饶过的，且留下一件宝贝做了记号，方知道俺的手段。”说毕，把那些喽兵耳朵每人割下一只，命他回去报信。

这里黄天霸等人众去后，知道山上必有人来报复，赶着将秦明推到厅前，结果了性命。然后传齐庄汉，各执家伙火把，一路迎去。行了有半里之遥，早见远远来了两匹坐骑，灯球火把蜂涌而来。但听他高声叫道：“黄天霸你杀俺哥哥，俺洪魁来也！”天霸见敌人来前，赶着命庄汉排立两旁，执着腰刀，当先骂道：“狗强盗！既闻俺的大名，便应束手就缚。秦明已为俺杀死，汝是何人？速来纳命！”洪魁见说是天霸，也就不分皂白，磕定鞍缰，一刀砍下。天霸见来得厉害，也就贯了足劲，一刀掀去。洪魁见杀他不得，登时喊叫连天：“黄天霸汝这无情无义的匹夫！咱们绿林朋友待汝不薄，汝乃杀死盟兄，逼死盟嫂，随那施不全做了这个鸟官，与俺绿林作对。今日来前送死，又将俺大哥骗醉，杀死庄前。此仇如何可恕？来得好，看刀！”说罢，不住的大刀砍下。先前黄天霸见他这样厉害，疑惑他是个好手，此时几刀砍来，顺手掀去，也是个无力之辈。到了七八刀上，拼力一刀格在旁边，向着洪魁骂道：“汝这不知死活的强徒！俺在这北道上面，也不知遇了多少英雄豪杰，谁不知俺大名？汝这一口大刀，只能杀得他人，能奈俺天霸怎样？王朗山上还去过数次，况汝是他的伙伴么？不要走，也吃俺一刀！”说着，用了个蛟龙出水势，对定洪魁胸前刺下。洪魁见他还手，赶将大刀横栏，在马上说声：“来得好！”响亮一声，拼力掀去。天霸怕他再来还手，随即取出金镖，左手执刀向马头砍去，右手一起早已放去。洪魁正掀过一刀，又见他一下砍来，忙将马头一拎，意向左边让。谁知一道金光，早到了面门之上，晓得不好，哎哟一声，未曾喊出，脸上早中了一下，登时疼痛万分，栽于马下。

天霸正要结果他性命，忽听有人喊道：“黄天霸休得逞能，俺也有宝贝来也！”说道也嗖的一声，对太阳射来。天霸是惯走北道的，岂不知道这暗箭，连忙将身子一偏，将一支冷箭让过。原来便是那个冷箭王杰所放。到了面前，向天霸说道：“俺们两人，这还是斗拳脚的功夫，也是斗那个暗器。大丈夫明去明来，说定在先，随后便没有反悔的。”天霸道：“汝乃无名的小辈，俺若开言，便说欺汝这小辈，马上步下，听汝便了。”王杰当时跳下马来，舞动流星锤，便与天霸交手。彼此一来一往，约有十余个回合。天霸见胜他不得，心下想道：“此人本领不在俺之下，若能将他收服，做个内应，岂不是个上策？”当时将刀一隔，说声：“且住！俺与你有话讲来。”王杰见他住手，也就站定，说道：“黄天霸，你莫非斗俺不过么？”天霸道：“汝且勿得猖狂。俺有一言问汝，咱在这北道上面非止一年，好汉英雄无不知道。汝可知道俺的名姓么？”王杰听了笑道：“汝的名姓岂有不知？连汝忘恩负义的事情全然知道。绿林中谁不骂你？休得多言，从速动手！”天霸道：“俺也不怕于你，何必问你这闲话。但汝等只知其一，不知其二。俺也是绿林出身，何故不做这买卖呢？这因有个缘故，人生在世，不过‘忠孝节义，礼义廉耻’这八个字。尔是明白之人，与其同王朗一类，遗臭万年；何不急早回头，改邪归正？倘得一官半职，封妻荫子，为祖争光，方不虚生一世。汝且仔细思量，是与不是。”这番话早把王杰说得哑口无言，心中想道：“既有这机会，何不趁此投去？”当即向天霸道：“这派言词俺也知道，但是俺这山中不下数千余人，即便依汝所言，一时如何遣散呢。”不知天霸听了此言，如何回答，且看下回分解。

第五〇三回

施暗器普润受伤　进谗言云龙动怒

却说王杰听天霸一派言语，心想归顺施公。乃道："既大人有心提拔，人非草木，岂不回头？大人可上敝山，先将秦明等尸骸埋葬，然后将喽兵遣散，所有资财送回淮安。咱们一同齐赴沂州，到王朗山中做个内应。不知你意下如何?"天霸听了大喜，忙道："大丈夫一言既出，驷马难追。俺便与你上山便了。"说着，便命那些庄汉在山下等候，自己将一口腰刀撇下，单身在前一路而去。到了山寨，王杰便请他上坐，拜了四拜，便道："咱王杰虽是绿林草寇，也知顺逆厉害。难得大人如此婆心，便是俺出身之路。所有事件，全凭大人做主了。"说着到了后面，先将人名册籍并粮草账簿，送在天霸面前。天霸命他将山上头目先行喊来，将洪魁、秦明治罪该死，并王杰改邪归正的话，说了一遍。然后道："汝等虽目前为寇，从前也是良民，无非为秦明这狗头逼迫所致。但是本总兵宽其既往，将这山上的资财分给于汝。去恶从善，可速三思。"话犹未了，早见阖山的喽兵纷纷而至，高声道："大人开罪，情愿回去归农。"说着，一个个跪在檐前，同声感戴。天霸当时就唤了两个老年头目，命他按名散放，择定后日，各自回家，放火烧山，以除大害不表。

此时天色已早大亮，普润在李根庄上提刀出了庄门，那种赤条条一丝不挂的，实在不堪入目。正跑之间，谁知秦明的喽兵躲在树林里面，见个胖大和尚赤身过去，知是天霸一类，紧紧取出一箭，对定他胸前拼命射去。普润是鲁莽，这秦明兵暗器尚可遮护，正向前来，忽听嗖的一声对面而至，赶着将刀往下一打。谁知他用力太过，将那支箭打断，箭头穿入尊臀上面，鲜血淋漓，痛不可忍。再将自己一望，方知没有衣服。骂道："俺不是为黄汤灌醉了，为什么不穿衣服追杀出来，设若射中了和尚，连撒尿也不便当了。"登时拔出箭头，转身回去。却巧赵五劈面走来，见他受了这苦楚，只是大笑不止。少时，天霸已命山上的头目前来送信，令庄汉去请李根，命他安然回家。然后普润、赵五等人同上山去。一连数日，喽兵遣散已毕。王杰取了流星锤，先将山寨烧去，随后同天霸等人向沂州而来。

在路非止一日。这日离琅琊山不远，王杰开言说道："咱就此投往琅琊山，诸位兄长若有了下落，务必设法报信山中，好让小弟知道他底细，送信前来。"天霸道："俺们此时也不能预定，等到将殷老英雄寻到，各事便易商办了。"不说黄天霸与赵五等前去。单说王杰别了天霸，走到琅琊山下，早有巡山的喽兵，高声问道："汝这大汉从何处而来？快将来历说明，好禀明寨主知道，不然俺便放箭了。"王杰道："俺乃虾蟆山寨主王杰是也！王寨主屡次相邀，请咱入伙，今日特地到此，汝可进去禀明，以便彼此相见。"喽兵听说是王杰，连忙道："王寨主，你老且在此待着，小人进去禀明，好请咱们寨主出来迎接。"说毕，命人看守着关寨，自己转身奔上山去。

此时王朗正因黄达弟兄为殷龙翁婿杀死，请飞云子各处埋伏，整顿高楼。日前云鹤命他将楼图取出，当时并无疑惑，到了晚间，早有曹勇到他房内，言道："寨主以黄达弟兄死在殷龙之手，抑死在云龙之手么？”王朗道：“此言是何说项？黄成先为殷龙打死，后来黄达前去报仇，遇着贺人杰，因此两人先后身死，怎么说是云龙呢？”曹勇道：“寨主无须执见，明是云龙置之死地，咱若不说明出来，寨主亦未必深信。先是云龙初次下山，遇见殷龙，他若帮助寨主，理合便与动手。那时不肯交锋，反说他武艺高强，敌他不过，以免寨主命他出战，此是第一个破绽。黄成心抱不平，欲与殷龙斯杀，他又故意拦阻他去，又出激词与他赌胜，是第二个破绽。黄成为殷龙杀死，自亲眼看见，不与他报仇，黄达前去，他反回来，此是第三个破绽。有此三层，回想飞云子临行之时，不辞而别，前日又无因而至，这不是他心存别见么？这楼是他所造，图又是他绘成，岂有忘却之理？此时寨主请他整顿，他应一望而知，何必取图查看。咱恐他弟兄不怀好意，欲想将楼图骗出，乘隙逃走，除了这个干系，那时回往潼关，尚是小事。设若投顺殷龙与黄天霸等人，联为一气，里应外合，攻破此山，那时悔之无及！咱见他事有可疑，因此与寨主说明，那个楼图千万不能取出，等咱们各处的朋友齐请上山，然后再将这高楼大加整顿，彼时众目昭彰，飞云子方不能更变呢。”王朗听了此言，真乃如梦初醒，忙道：“若非贤弟看破，几乎为他所卖。方才已允将原图取出，现在如何回答他？他若真个改变，这便如何是好呢？”曹勇道：“寨主不必多虑，且待飞云子明日如何。他果有心计算，自必催寨主取出，临时如此这般回答；如若不催，等各朋到齐，再行举办。”

王朗本是个无谋强盗，便信曹勇之言。到了次日，决不将此事提起。飞云子见他怠慢，也知是有了变局，心下虽急，想取此图，恐说出为他疑惑，也就不去催促。谁知云龙等待不得，当时向王朗说道："大哥造下此楼，本想共图大事，外有殷龙等人窥探，内无十分埋伏之功，倘黄天霸一旦而来攻打山寨，那时恐不比初次，不趁此时精益求精，置下埋伏，等到何日预备？昨晚与俺三弟已经说明，难道今日忘却么？还不趁此时将图取出，更造一番，岂不完美？"王郎听了，笑道："云大哥，你不远而来，理合歇息数日，再行办事，方是正理。咱这山中，虽不能如铜墙铁壁一般，也不致轻易攻破，虽有一两个奸细，恐也不能成事，此乃咱一人之事，大哥能屈留数日，便请稍助一臂，如若不能，天下名山，何止倍蓰，请大哥另行别路便了。"云龙听了此言，明知有人进了谗言，不禁大声怒道："王朗你这狗头！这派言语，前来吓谁？俺三弟为你这强徒造下这铜墙铁壁的楼，大事未成，便尔相弃，还有什么义气？你既无情，俺便无义。你若是好汉，同你斗个你死我活！"说着便是一拳当胸打去。王朗见他翻脸，又恐飞云子动了真怒，兄弟两人，难以制服。登时向左边一闪，让过一拳，向飞云子喊道："三弟可为我劝解！"飞云子也只得故意拦住。谁知云龙蹿到外面，携了自己包裹，便向王朗骂道："汝这狗头，不知进退，咱云龙再见便了。"说毕，便下山而去。不知后事如何，且看下回分解。

第五〇四回

恶曹勇献计请名人　妙赛花当场施毒手

却说云龙见王朗说他是奸细，登时大怒起来，下山而去。这里飞云子恨不得将王朗结果性命，无如楼图未得，此图乃是家传宝物，奈他生死各门，以及八卦五行之类，稍一错误，便坏了大事。就向王朗说道：“大哥，你我金石同心，肝胆相照。你乃是一山之主，用人好坏，且不知道，尚能成什么大事？今日与你说明，这里俺在山中，这楼上事件，须凭专主，不能由你牵制；如若不能，俺也自走他路，莫说俺有始无终。”这番话直说得王朗哑口无言。曹勇在旁，只是面红耳赤。当时只得答道：“云三哥幸勿多疑，寨主想汝上山，如鱼得水，岂有反听人言之理？这楼上制度，请你摆布便了。”飞云子到了此时，也只得趁此下台，回转书房而去。

这里王朗为飞云子一顿抢白，也是将信将疑，只得仍将曹勇请来，暗下计较。曹勇道：“这情形早已露出，目下唯有开列山名，派人星夜到各处敦请，若将众英雄齐集，山下虽再有黄天霸等人，也无大碍于事。”说毕，便开了一单，写了名姓，并珍珠宝贝聘请之物，命人分路而去，约定下月初一到山。两人分拨已定，拣来几个亲信的头目，带着礼物分头而去。次日，王朗恐飞云子疑惑，就出来赔礼，请他上楼，商量各事。飞云子也耳有所闻，也就不动声色。光阴倏忽，未有半月光景，这许多强盗，皆陆续而至。到了初一，王朗便命阖山杀牛宰马，重新聚义。内中唯有黑阎罗同蛮和尚最为凶恶。当时向王朗言道：“大哥这山中，也有这许多人马，一个施不全尚摆布他不得，还想什么天下呢？非俺出大言，今日就此下山，奔赴淮安，除去这狗官，共图大事，也如探囊取物，何至一个殷龙便各惧法？”黑阎罗道：“殷龙这杂种，也只能在殷家堡独霸一方，见了俺两人，恐那个盖世英名一朝丧尽。”两人你言我语，豪兴登时勃发，便要下山寻殷龙厮杀。王朗知道不能拦住，只得命人送他下山，向殷龙店内而去。

怎奈云龙下山之后，便先寻了殷龙，将王朗之言说了一遍，乃道：“俺家三弟与俺性情不同，此时未得楼图，断不肯半途而去。但是普润到淮安送信，至今不知如何，万君召与天霸皆不见前来，你们翁婿二人，久久在此，也是无益。咱既与他翻脸，此处安身不得，不若此时直奔淮安，催促众人到此，那时里应外合，一鼓可破。”殷龙也知道人少力薄，于事无济。见他自己要去，自是喜出望外。当时便写了信，禀明施公，速请天霸前来相助。云龙就此前去。

这日，殷龙与赛花在店前闲谈所做的事件，忽见前面有个少年，在门前望了一眼。殷龙知道是巡风的喽兵，登时向赛花说道：“我儿你曾看见么？”赛花道：“与爹爹就此前去，看有谁在此探窥。”说着，两人离了客店，约走了二里多路。前面一带树林，早见方才的喽兵站在林外，后面一个束发金箍的和尚，手执了禅杖，高声叫道：“殷龙这狗头，既在此地，俺去试他一试。”说着，连蹿带蹦，跳出林外。赛花那里忍耐得住？腰间拔出利刀，两个足尖向前一垫，早到了树林之外，向着和尚叫道：“秃驴休得猖狂，奶奶乃殷龙之女殷赛花是也！汝是何人，敢来送死？”蛮和尚见来一个女子，那里放在心上，不禁哈哈大笑道：“佛爷爷菩萨心肠，不肯犯色戒，要你这贱货无用，看你娇嫩的女子，也难挨这一禅杖。今日开莫大之恩，饶汝狗命，从速回转，命殷龙前来，好好送死！”赛花听他这样言语，不由得举刀来砍，说声：“秃厮，休得逞嘴，看刀！”说着早望那秃头上一下。蛮和尚毫无介意，将禅杖望下一迎，说声：“来得好！”但听当啷一声，早将那口刀掀在边旁，接着一禅杖，也就拦头打来。赛花见他来得厉害，也就不敢怠慢，两手贯了足劲，用了古字势，将刀架住。殷龙见女儿吃力，恐败在这秃驴手内，赶着到了面前，喝道：“秃狗头！与这女子交手，尚算英雄好汉么？要会殷龙，殷龙在此！马上步下，听汝前来。”和尚见殷龙出面，随即收回禅杖，将殷龙上下一望，笑道：“俺道你是个人间恶鬼，天上邪神，不能奈何汝怎样，在俺看来，也不过寻常之辈。不要走，看俺家伙！”说着，用了个拜佛听经的势，身躯向上一提，禅杖头在上，铁柄在下，左手向前，右手提杖，由上而下，拼力的在头顶打来。殷龙看了，吃了一惊，暗道：“这贼秃驴，好一派气力。”当时赶将利刀握在手内，一个鹞子翻身，翻去圈外，用个四两拨千斤的刀法，对上禅杖，拼力掀格。和尚不等他还手，复又一下，拦腰扫来。殷龙反前进一步，到了和尚面前，举起利刃，便向他手脉上一下。和尚吃了一惊，随即骂道：“好杂种，汝这诡计，前来吓谁？”说着，拖着兵器，两足向后一退，方将一刀让过。殷龙恐他又来还手，遂用了雪舞梨花的刀法，前后上下，如刀山一般，直向和尚砍去。蛮和尚见了笑道：“殷龙，汝享了半世大名，今日英名何在？俺只杀了两下，汝便现出这模样，难道佛爷爷便怕汝这刀法么?”当时也就将禅杖飞舞起来，对定刀头一路掀去，招架上下盘遮，毫无半点漏空。殷龙一路刀法舞毕，末了一刀，稍有破绽，被和尚一禅杖，掀落在下面。然后将禅杖高起，四十八路一起打来。殷龙幸知道他这门路，赶将利刀护着周身，对定那禅杖头儿紧紧的格去。此来彼往，约战了二三十合，彼此不分胜负。赛花见殷龙不能取胜，起手从那袖内取出金镖，向着和尚一镖打来。蛮和尚正斗之间，忽然一道白光向命门飞下，知道有人暗算。但将头颅一偏，两指头当中一夹，却巧那支金镖夹在手内。赛花见一镖未中，复又一镖放出，正对咽喉。蛮和尚将头向下，张开大口，随即咬住。此时赛花心下着急，一连发了两支金镖，已到前面，仍然用手接住。接着第二支，又将才接的金镖放下。赛花连发四镖，俱未打中。忽见蛮和尚袖口一起，放出一物。欲知什么兵刃，且听下回分解。

第五〇五回

喜相逢击走黑阎罗　诉离情恨煞恶强盗

却说殷赛花连发四镖，未能将蛮和尚打中，心下正然着急。忽见他袖口一起，飞来一物，有酒杯口大小，此便是这和尚的十八菩萨子内铁弹。赛花也眼明手快，弃了利刀，拔出双剑，舞得如天花堕地相似，早把个铁弹个打落在地下。殷龙见女儿也不能取胜，一时大怒起来，舞动朴刀，当头乱砍。那边黑阎罗孙勇见和尚力敌两人，恐有损伤，也就摇动铜锤当先争斗。正是难解难分的时候，前面远远来了四人，当首一个出色英雄，高声叫道："殷老英雄权请住手，俺黄天霸来也！"叱咤一声，飞入圈内。

原来天霸与普润等人自虾蟆山收服了王杰，次日便一起动身，向沂州进发。这日离琅玡山不远，王杰向天霸道："小弟多蒙兄长提拔，把给功名，本拟随兄长共破山寨。无奈王朗人多粮足，山中事件不得而知，现在离山还远，难得王朗与俺有约，此去投他做个内应，岂不是条妙计？唯恐兄长未能相信，故尔将这事禀明行止，请兄长定夺。"天霸听了笑道："这皆是贤弟多疑，贤弟自便罢！"王杰见天霸答应，当即便分路而去，投奔琅玡山。这里天霸与普润、赵氏兄弟，到各处村镇，去寻殷龙的下落。走了十数里地面，不是说人已走，便说搬移别处。行了半日，皆未访实，心下正然着急，忽听喊杀之声，震动山谷，赶急顺着声音寻去。却巧殷龙正与个和尚厮杀，因此跳入圈内，拔出单刀，向黑阎罗便砍。

殷龙与赛花正战斗两人不过，忽听天霸二字喊叫而来，抬头一看，已到前面，心下好不欢喜。就高声叫道：“黄贤弟来得正好，万勿将这厮走了!”普润见天霸说出殷龙，知已寻着朋友，也就应声言道：“俺普润寻觅多时，不期在此相会，这秃厮且留下与俺罢!”说着，两柄利刀一起砍下，将蛮和尚的禅杖撇去。接着赵四、赵五各取兵刃，两面杀来。赛花见来了多人，愈加忿勇几倍。六个人八件兵器，如走马灯相似，将黑阎罗、蛮和尚夹在中间，四下八方，全无漏空。此时他两人虽有十二分本领，怎禁得他六人，皆是个有名好手，到了此时，已是只能招架，不能还兵。杀了有半个时辰，黑阎罗恐有伤损，虚晃一锤，冲开门路，直向山前败走。蛮和尚见他逃走，也就随后赶来。普润还要追赶，还是天霸叫道：“咱们不必追了，老英雄方才寻着，正有要话面谈。这两个强徒，明日还不结果么?”普润听了此言，当时回转身来。早有殷龙向天霸问道：“贤弟何时到此？何日由淮安动身？大人面前谅该安静。为何万君召与殷勇未曾回来？贤弟请快说明，与俺知道。”天霸道：“咱们一言难尽。这地方非言谈之地，你老现住在何处？咱们歇息下来，再行谈论。”

赛花听说，便在前引路。却巧殷强与人杰坐在店内，闻殷龙与赛花与人交战，也就前来助战，不期在路又遇见众人，正是喜出望外。人杰首向天霸喊叫了一声“叔父!”一路到了客店，殷强先命小二收拾面水，备下酒肴，众人净面漱口，将包裹取下，送至里面。然后天霸便将殷勇送信，说人杰与赛花私自逃走，冒险攻山后，正想命人打听，却巧赵五弟兄入衙行刺，收服两人，方说出人杰受伤，褚标救了他们性命，因此大人命自己前来，在路遇见普润，方知君召在河南有病。虾蟆山又收服王杰，此时去投王朗，做了内应的话，前前后后说了一遍。殷龙方才知道。又把飞云子弟兄已到此处，杀死黄成，气走云龙，现在邀约强人的话，复又告知天霸。天霸道："咱们现已到此，少不得要上山一走，但飞云子不知可能一会么！"殷龙道："此人虽归顺咱们，无奈曹勇这狗头心怀不善，专门窥探他的破绽，现在楼图又未到手，故他不肯轻易出来，连咱们今日尚未见过。"普润道："咱们既晓得这缘故，若再耽延时日，此山何日能破？今晚咱们同上山头，先看一番动静，明日再设法攻山。"众人计议妥当，当时吃了饮食。到了二鼓时分，早有普润、黄天霸、贺人杰三人，换了黑夜的衣服，各带家伙，飞奔而去。

且说黑阎罗孙勇，与醉菩提蛮和尚为天霸等人败走，当时到了山中，向着王朗说道："咱们今日下山，不期便遇殷龙与他女儿，一同厮杀，满拟将他结果了性命。谁知交手之时，忽然黄天霸与一个胖大和尚，共计四人前来助战。天霸的本领高强，真乃名不虚传，他那一口单刀，实是惊人出色，因此将殷龙救了回去。咱想殷龙父女在此，尚无妨碍，今又添了这许多人，眼见得不日便要攻山，还须请寨主加意防备才好。"王朗听了此言道："咱便请云家兄弟，整顿高楼。现在两位贤弟杀败，而目下唯有紧守山头，查拿奸细，唯恐天霸等夜间窥探。"黑阎罗道："俺们今夜轮班上宿，若天霸大胆前来，务必将他擒住。施不全除了此人，便没有妙手了。"王朗道："这事须告知那云家兄弟，请他今夜防备一宵，专管楼上的埋伏。其余飞叉将军郭天保、急三枪龚得广、双枪将邓龙，以及穿山甲刘飞虎等人，务必齐上高楼，各守一面，方才无隙可入。"三人计议已定，随即将众人请到聚义厅上，向着飞云子道："今晚黄天霸必然上山，三弟乃齐星楼之主，故求上楼专司埋伏，余下八门，及第二三层的关键，愚兄皆派人分守。总期将来人置之死地，方知道咱们的厉害呢！"飞云子听了此言，心下甚是踌躇，不能言语。曹勇在旁言道："云三哥，你莫非有退志么？大丈夫始终如一，不能半途而废。今晚天霸前来，正是绝好机会，何故半晌不发一言呢？"飞云子笑道："你以俺惧怕于他么？只因此楼非一朝一夕可成，自从俺前日去后，以为黄天霸等人来过数次，不知现在可有损伤，今晚便想开了机关，将敌人擒获，设误触机关，不但不能擒人，反伤了自己的性命。在俺看来，今夜但防守一夜，只须将他败走，随后等埋伏步位齐全，再行约期，与他斯杀。王大哥若定要在今晚发动，那时误了大事，与俺无涉。"王朗听了此言，乃道："三哥用意甚是，咱便遵命是了。"当时便命厨下备了酒席，大众开怀畅饮，直至二鼓以后。王朗向众人言道："从前方厅里面，皆是众人埋伏之所，自黄天霸追来之后，便换了他处。今晚齐星楼下，必须分了地段，谁人愿守何处，各人自己说明，此不过权且之事。等到云三哥功成圆满，然后听咱调度！"飞云子当时说道："寨主如此吩咐，极为妥当。"不知王朗如何守候，且看下回分解。

第五〇六回

普润僧再上琅玡山　黄天霸三探齐星楼

却说飞云子回转到自己房内。王朗便向众人说着："云三哥虽不上楼，那黄天霸非寻常之辈，敌人前来，也要施放埋伏。咱们各人各守一路，大家以金声为号，无论何处见有人来，便将机关关下，然后传信各处，四面兜拿，方可万无一失！"黑阎罗日间为黄天霸败下，恨不得将他捉住，以享大名。当时言道："咱们在这山中，虽不能居一居二，那平常的小事，俺也不做。乃做毛遂自荐，楼台上面，头道铁栏杆，为俺把守。俺看栏杆里面，每根皆有支火箭，这埋伏甚是厉害，非俺有这身本领，也不能当此重任。王大哥可将此事让俺罢！"说着也不等他回答，便向楼前而去。接着蛮和尚言道："俺闻方厅外面那块石板底下，是个陷人的大坑，欲至楼上，非过此不可，这个小差使可以让我罢。"说着，提了禅杖，也就走了。这里王朗言道："他两人所守的地方虽是要害，尚还有躲避地方。唯有第二层埋伏最多，所有那乌鸦嘴、长蛇头、金龙爪、蜂虿刺、壁虎尾、猘狗沫这六件毒器，都在那前后左右上下六门，非得六位好汉把守不可。第三层乃是昼夜六时，按着子丑寅卯十二个时辰；第三层乃是金木水火土五行的埋伏，黑阎罗守的那火气的兵器，便是火门；所有总头，皆在第三层上面。此层楼面最高，非将一二层破去，方能够到得三层。此时人不敷用，天霸虽然凶猛，也未必如此易破，尚可不必防守。咱拟郭天保把守乌鸦嘴的前门，小阎王管理长蛇头后门，邓得仁防护金龙爪的右门，一撮毛看守蜂虿刺的左门，穿山甲把壁虎尾的上门，何福坤司理恶狗沫的下门。”这六门分拨已定，还有那龚得广、邓龙这班强盗，在第一层及二三层按着金木水火土五门巡缉，分派已毕，早是三鼓时分，每人饱餐一顿，各带兵刃短衣结束，分头而去。王朗与曹勇仍然在第三层防备。还有许多小头目，在山前山后四面巡风，更鼓之声不绝于耳。

且说黄天霸与普润、贺人杰、赵四、赵五出了店门，直向山前进发。天霸与人杰虽是熟路，无奈前几次上山，皆是黑夜到此，临走之时，又受了重伤，加之隔了数月。此时前去，反记忆不清。所幸赵氏弟兄本在山内，此时便在前引路。到了山下，穿过牌楼，扑扑扑如飞燕入巢一般，五个人齐到了上面。赵五举眼向里面看去，但见高楼上面隐隐出现灯光，或明或灭，第二层杀气腾腾，已是有了防备了。普润道：“这又奇了，此楼除却云鹤无人会用这埋伏。飞云子既归顺了咱们，何至再为他用？但不知飞云子住在里面何处！若能探出真情，俺便下去，先将他找着通个消息，随后再去攻打。”赵五道：“这个里面地方，俺尚认得。”天霸听了此言，正拟命他下去。赵五道：“咱们趁此便进了去如何？”说着，进了寨门，顺着那无埋伏的地方，暗暗走来。走过许多曲折，进了花园，来至方厅下面，倒着身躯，暗下细听。

谁知王朗在第三层楼上照着个千里灯球，由下而下，看得十分清楚。此时四面巡来，忽见方厅外有个黑影，赶着将金钟敲了数下，随即四面八方，无限金钟敲起。顷刻工夫，许多火球向方厅前面照来。只听高声叫道：“不要放走了奸细！黄天霸进了山寨，咱们快来兜拿呀！”赵五这一惊不小，唯恐自己被众人看见，知他顺了施公，愈加不妙。所幸路径尚熟，赶即掉转身躯，躲入假山背后。黄天霸到此时也顾不得存亡死活，叱咤一声，向人杰叫道："贺贤侄，咱们就此杀上罢！"说毕，舞动单刀，逢人便砍。贺人杰双锤并举，一上一下，杀得如雨点一般。顷刻之间，早把那巡夜喽兵打死了数个。蛮和尚听外面喊叫，犹如火上烧油，禅杖一提，寻人厮杀。却巧当头便遇着普润，对定秃头一杖打去。普润举刀来架，揿在一旁，随手一刀砍去，蛮和尚见他用了刀法，随即招架，杀在一团。两人正在混杀，天霸早又到楼前，见那一带生铁栏杆，不禁心中大怒高声骂道："王朗汝这该死的强盗，前次在此为汝暗算，能奈我何？今日前来，定伤汝命！"说着，一个垫步，蹿到面前，便上了栏杆垛上，就此想穿上楼梯，取回宝物。王朗看得真切，早把关键握定手内，正拟来开，忽见黑阎罗孙勇不动声色，王朗不解何意，只道他惧怕天霸，躲在别处，深恐将关键开来，下面无人答应，反触了别项关键。谁知孙勇也是刁顽的强盗，听说天霸屡次前来，皆为他逃走，此时见他上楼，反而随他入内，等他到了里面，然后再开关键，将他治死。天霸不知有人，正拟上楼，忽听一人蹿了出去，举起双锤拦腰打来。天霸晓得不好，赶即转了身躯，将身让过一边，一个顺手推门势，一刀便向后砍去。黑阎罗见一锤让去，已早知他厉害，接着一刀砍来，赶将双锤高起，左手来格单刀，右手将锤磕下。天霸恐放出暗器，拼力砍了数下，让出左手，取出金镖，对定黑阎罗打去。孙勇久闻他大名，也防着放出暗器，举头金镖打来，已是闪躲不及，只得身躯向外一偏，那金镖从肩头插过。接着使个猛虎归山的形势，蹿身穿进栏杆，高声叫道："黄天霸俺战汝不过，休得前来！"说毕，便向里一钻，早已不见人影。天霸晓得不好，只得转身就走。无奈非常快利，顷刻工夫，如同白昼，一声响亮，栏杆垛上，早放出许多火箭，向天霸扑来。不知天霸性命如何，且看下回分解。

第五〇七回

启埋伏八方受敌　逞英雄众将施威

却说黄天霸用镖正打孙勇，顷刻工夫栏杆上面早放出许多火箭。天霸防不胜防，当时四下一看，见栏杆左边有块石头台阶，当中有个门路。天霸便拨着火箭，到了阶前，身上已伤了两处。只见台阶上站着一人，手执红旗，两边摆舞。见天霸上来，也不阻隔。天霸也道他是个真人，谁知他动也不动。但听扑隆一声，如天翻地覆一般，顷刻倒了下去。再细一看，乃是个木偶人物造就机关，在此摆舞，此时为天霸一刀砍跌下去，只见它左手膀上套着一个铁绳，由下望上一抽，将那两扇铁门顷刻开下，里面早出来一人，手执双锤，望天霸便打。天霸举眼一看，便是黑阎罗孙勇。不禁怒气冲天，接着一连几刀，向他要害砍下。此时孙勇也无心力战，但想诱他进门来，置之死地。当时双锤高起，将天霸的刀格在一边，高声叫道："黄天霸，汝死在目前，尚然猖獗！若是好汉，进来与俺战三百合！"说毕，握定双锤，转身入内。天霸只道他战他不过，舞刀前进，冲入门来。忽然响亮一声，那门依然关闭。天霸吃了一惊，晓得中了埋伏，正拟转身就走，左边现出个楼梯，只得钻身上去。谁知到了上面，宽阔非常，一带平楼，空无一物，当中悬着个灯球，两边现出六个门径。天霸也不认好歹，钻上楼来，待要寻条生路。忽见那灯球一动，左边门内走出一人，手执长枪，高声骂道："黄天霸狗头贼，与俺击三枪，郑得仁在此！”举手一枪，对着咽喉刺去。天霸此时已将命置之度外，提起刀来，便向何福坤头顶砍下。何福坤见来得厉害，赶将铁棍横开，架住兵刃，顺手用了那泰山压顶的门路，拼力一棍，向头顶盖下。天霸自受了金龙一爪，已是疼不可言，忽见一棍到了面前，深恐打着伤痕，性命不保。把那口刀也就同鹞子翻身相似，靠上铁棍，掀在一旁。两人一来一往，约有五六个照面。天霸究竟带伤，站立不住。

只听贺人杰也与那边一人恶斗。你道人杰何故也中了埋伏？只因他同天霸前来，见普润在方厅外面，已与秃头厮杀，晓得这里面知觉，欲想回头，所来何事？心想：“赵五兄弟，必知里面门径，出入死生，当可了然。”转头想寻他同去，那知赵五已经躲避。复见天霸一人到了楼下，早把那栏杆触动，放出火箭。心下怒道：“大丈夫死得其所，虽死犹生。咱非黄叔父竭力提携，安有今日？”想罢舞动两锤，飞身上去。彼时小阎罗与天霸交战，人杰想拟寻个生门，进内攻打。谁知早为王朗看见，赶将灯球一起，下面掌楼强寇，放出暗器。不知贺人杰性命如何，且看下回分解。

第五〇八回

临危地赵五救人杰　道其名天霸遇云鹤

却说贺人杰上了二层楼来，王朗早经看见，赶将灯球一起。守门将士飞叉将军郭天保在门前正然防备，忽见灯球打了本门暗号，随即舞动飞叉，到了楼上，果见一个少年孩子，手提双锤，在那里乱闯。郭天保首先喝道："汝这无知的黄芽，乳臭胎毛未干，有何本领，前来送死！俺郭天保一生无子，看汝这小畜生，尚有人品，不忍送汝的狗命。汝要保全性命，喊俺三声义父，俺便抬手让你过去，唤那殷龙前来会俺。如再在此耽延，这飞叉上面，便是汝送命之处。"贺人杰那里忍耐得住，喝声："狗强盗！休得胡言，你先吃小爷一锤！"说着，一个流星赶月，双锤一连打下。郭天保只道他是个孩子，全不放在心上，见他双锤打来，将叉向上一架，蛮想就此开去。谁知人杰天生的膂力，两锤堆在叉上，犹如泰山一般。天保的气力又未全行使出，只听哎呀一声，几乎将飞叉打脱。当时连开数次，带拖带架，让过两锤，那虎口早经震裂。贺人杰见他不能招架，锤头起处，不住地打来。郭天保早杀得汗流浃背，赶将飞叉虚刺一下，拨转身躯，向前便走。高声叫道："汝这小畜，俺杀你不过，若有本领，就此追来。"人杰知道他又施诡计，到了此时，但想结果他性命，也顾不得这里面的厉害。喝声："强寇那里逃走？俺贺人杰爷爷来也！"说着摆动双锤接踵追去。天保见他紧紧追去，心下大喜，顺手拨动机关，前面早露出个门户，身躯一转走入里去。人杰不分皂白，一气到了里面，正寻天保厮杀。但听喳喳声音，飞出一群乌鸦，向着自己乱啄。人杰疑是个羽毛鸟雀，无什么厉害，但将双锤向前打去。谁知一只乌鸦对定人杰头上啄了一下，犹如铁锥一般，真正痛杀。再想提那柄铁锤，已提不起。原来里面造就机关，这群乌鸦尽是铁嘴，所以啄了一下，登时大叫一声，顷刻之间毫无影响。人杰只得带痛四下寻路，谁知铜墙铁壁，无处可逃，黑暗之间，辨不出个东西南北，肩头上伤痕，又十分疼痛，因此一声大叫，连喊天霸。天霸为恶狗咬了一下，也是痛不可支，此时但听见言语，欲想见面，绝无门路。他俩人困在楼上，暂且按下。

但说赵五两人躲入假山后面，虽然王朗未曾看见，无奈藏躲的地方，与那方厅的方石皆一气砌成，方石一起，这假山便要下去。当时躲在那里，但见普润与蛮和尚正杀得难解难分之际，天霸、人杰上了楼去，心下这一惊不小。赵五忙向赵四说道："普润师与醉菩提战斗，咱们素不认识，还可上前相救。唯有他两人上楼，多半凶多吉少，设若伤命在内，这夜光杯取不出来，尚是小事；若因此下山谋反，争城争池，施大人面前，尚有何人除这恶寇？"赵四道："咱们两人要想救他，除非是奔赴飞云子面前，请他设法相救，舍此就别无良策了。"赵五听了此话，忙道："咱就此前去，汝仍在这地方暗助普润。"说着，转过假山，一路向里面走去。谁知那灯球火把，照得如白昼一般。正走之时，劈面来了一人，正是王朗的兄弟王彬。一见着赵五高声叫道："赵五哥，汝赴淮安，何以夤夜回来，那施不全可曾结果否？"赵五见是王彬，即应道："这狗官已经摆布了。方才走到山前，听说天霸上山攻打，因此赶上山头，以便助战，现在寨主可在楼上么？咱同你去杀他一阵。”王彬只道他是好意，乃道：“黄天霸此时已中了埋伏，此刻命在须臾，咱同你就此前去。”说着，在前引路，向楼上而来。赵五见他同行，正中他妙计，拔出腰刀，对定肩头就是一下。王彬不曾防备，转身向后，见赵五一刀砍来，知他有了反变，正要喊叫，又是一刀，结果性命。赵五随即飞奔前进，到了飞云子房内。谁知飞云子因王朗与曹勇有心疑惑，唯恐露出破绽，正要私下传信殷龙，如若天霸前来，暂缓上山动手。后来听得人言，王朗已亲自摆派多人，分守了各处。接着听见杀声，知是天霸到此，心下正然着急。无奈那楼图未经到手，一经翻脸去救天霸，再后大破此楼，就费了许多周折。只得出了房门，向前观望。但见第二层楼上，黑雾迷天，下面火光腾腾直上，知已中了埋伏。不禁大声喊道：“咱飞云子不去搭救，更待何时？”掀去长衫，一路飞奔而去。因此赵五前来，已不见面，彼时不知飞云子在何处，眼见得球灯乱起，也就奋不顾身，拔刀而去，一路砍到楼上，早杀死许多喽兵。但听下面喊道：“不好了，杀上来了！”

王朗在上面正命人去捉天霸，忽见下面人喊马嘶，正要命人查看。早有喽兵到来，说飞云子由生门手执宝剑上楼助战。王朗听了喜道：“咱道此楼是他所造，他如上去，这两人便可擒获了。”飞云子上了楼，劈面遇见孙勇，孙勇道：“先生此进来得好，黄天霸同一个乳臭孩子，俱围在里面，此时前去，正可擒他。”飞云子答应道：“这上面有俺动手，方厅外面，那个胖大和尚十分厉害，赶快去助战。”孙勇不知他是计，双锤提起，匆匆下楼而去。飞云子不敢怠慢，入了生门，先到长头蛇那个门径，按定机关，踹了上去。想道：“这两人必定是天霸了，俺与他虽未见过，且将他救出门来，然后再作道理。”不禁大叫道：“里面何人，可是黄天霸与贺人杰么？俺飞云子前来救汝，速通名姓，早早下楼。”人杰与天霸正是两下猜疑，忽听“飞云子”三字，天霸大叫道：“云三哥，俺天霸已受重伤，不分门径，若蒙搭救，真国家之福也！”飞云子听说是天霸，赶即开了门户，绕过乌鸦嘴，穿到恶狗沫，到了前门，转身进去，只见天霸正睡在地下，举手将他提起，伏上肩头，便想出去。天霸道：“云三哥且缓，那边仍有贺贤侄受伤甚重，不知从何而去，可快前去将他救出！”云鹤道：“可是贺天保之子贺人杰么？”天霸道：“正是此人，是俺盟侄。”云鹤道：“那边虽隔了一壁，就此前去，又入死地，咱先同汝下楼，然后再来相救。”说着，飞步到了楼口，所幸孙勇不在前面，一个垫步飞下楼来，便向花园内奔去。正恐无人保护天霸，却好赵五到了楼口，但见火光高起对着楼上，自己不敢上去，只得转身去助普润。一路走来，只见飞云子背着天霸，当即上前将他接下。飞云子复去救人杰。不知此去如何，且看下回分解。

第五〇九回

贺人杰绝处逢生　王寨主难中改悔

却说飞云子背到花园，赵五劈面遇见，当时喊道："云三哥肩上，可是天霸么？咱们正寻他不着，三哥既将他救出，此时意欲何往?"飞云子见是赵五，不觉喜道："天霸身上受伤甚重，此时虽到此间，尚不能径自出去。贺人杰仍在楼上，必得将他救出，一同走出，方可无虞，汝来得正好，且将他交付与你。"即将天霸放下，复行抱上赵五的肩头，转身又上楼去，仍入生门，到了里面，将人杰夹在腰间，回身就走。不意龚得广在外面巡风，劈面撞见，不禁吃了一惊，向着飞云子喊道："云三哥，此人已困在楼上，你此时将他负出，意欲何为？王寨主现在上面，一看破了，又何回答？那不是出尔反尔，私通敌人么?"云鹤见他不住的喊叫，犹恐再有人来，当时并不回答。举头向第一层楼上观看，见王朗手执令旗，各处招展，命人去捉普润。飞云子见他未曾看着自己，便回头向得广道："汝来得正好，汝道俺出去么？只因天霸受伤，无人进去将他捆缚，咱方才下楼，见这乳臭孩子，凶恶异常，因此拨动机关，令他中了埋伏，将他送与寨主发落，汝既前来，且将他交付与汝，俺去捆天霸去了。"龚得广不知是诈，便将兵刃丢下，来接人杰，早被飞云子砍中咽喉，噗通一声，栽倒在地，接着又是一剑，结果了性命。人杰虽受了伤痕，心下尚然明白，见一人将他救出，虽未与飞云子见过，料想必是此人，见他将来人杀死，带着疼痛，拼力地拗起身来问道："救我者莫非飞云子么?"云鹤道："休得多言，须防耳目，俺便是云鹤也！黄天霸现在前面，且随我来。"当时便抱着人杰，一路到了花园。赵五见了人杰，忙来迎接。飞云子向他两人言道："此时楼图未得，俺不能随汝出去，天霸伤痕，非消除万毒丸不能相救，切记切记!"正说毕，将人杰放下，转身就走。

这里天霸早已抬身不得。赵氏兄弟各自负在背上，每人拔出利刃，大喝一声："俺赵五赵四，顺了官兵，汝等让我者生，挡我者死！王朗乃无名的草寇，恶贯满盈，改日必有杀身之祸。黄天霸、贺人杰，已为俺兄弟救出了!"说着，不分皂白，一路杀去。那些喽兵，听说是赵五救出天霸，犹如天翻地覆一般，无不同声喊叫："不好了！赵五到淮安顺了施不全了，现在楼上将黄天霸救出，在楼前杀人无限!"同声呐喊，早惊动了王朗，赶即传令，将寨门紧闭。赵五到了门前，但见守山头目排列两行，枪棍刀叉，迎面砍下。他两人到了此时，也只得拼命的厮杀。赵氏兄弟两柄刀犹如砍瓜切菜一般，逢人便砍，遇贼即斩。蛮想杀出一条血路，谁知里面已知山前无多能人，王朗命黑阎罗孙勇前来追赶。孙勇本在前面施放火箭，忽听王朗调度，带了双锤到了山下，见赵五肩上背着天霸，暗想道："这狗头既有反心，与他交手起来，总有个不肯相让，不如先将天霸打死，然后与他争斗，便是万无一失了。"当时便在鱼鳞甲内，摸出个铁弹子，向前喊道："赵五，俺孙勇宝贝来也!"说着放出弹子，便向天霸的后心打去。赵五正夺路而走，也不防着孙勇赶来，谁知天霸命不该绝，铁弹子正然放出，忽然喽兵队里冲出一人，手中将铁弹接住，袖口一起，放出一支冷箭，向孙勇左眼射去。孙勇见一弹未中，忽然一箭射来，已是吃惊不小，赶着将头一偏，那箭射在豹子冠上，不禁怒气冲天，飞起一锤对来人打下。你道此人是谁？正是虾蟆山王杰。与天霸等人同到沂州分手之后，便投到这山上，方才听说紧闭寨门，莫放天霸，正是焦急万分，无可搭救，只得同李兴一同前来，看个动静。不意进了寨门，见赵五背着天霸，后面赵四也负着一人，又见一个大汉拼命的追赶。忽见孙勇一弹打来，只得蹿身到前面，将弹子接住。此时孙勇一锤打来，只得将护身佩刀拔出来，将一锤开去，复行一刀阻住去路。一面招呼赵五："俺王杰在此厮杀，赵五哥快快下山，勿再耽搁了。"赵四背了人杰见王杰出来救应，胆子大了数倍，奋力当先，举刀乱舞。顷刻之间，两人早冲下山来，到牌楼前，却巧赛花与殷龙前来接应。赛花见人杰又受了重伤，心下好不难受，只得在赵四肩上，将人杰扶下，人杰此时尚是清楚，遂向殷龙说道："俺与黄叔父虽受伤痕，所幸脱离山寨，但普和尚在山内厮杀，里边好手甚多，一人恐难抵敌，岳父可前去将他救出，与王杰一同前来，再作计议。"说罢，一声大叫："疼煞我也！"几乎昏跌下去。

殷龙听了此言，只得命赛花同赵家弟兄，送他两人回店。自己提动朴刀，一路而去。进了寨门，果见一人勇力厮杀，便知道是同来的王杰。当即蹿身上去，就是一刀，对孙勇肩头劈下。孙勇见王杰将人杰放走，已是虎眉倒竖，怒发冲冠，两个锤头，不住的打下。殷龙跳入圈内，忽然一刀砍来，孙勇更是怒不可遏，骂道："汝这两个狗头，若有本领，尽行放出，欲想逃去，除非转世为人。"左手一锤将刀掀去，右手一锤向胸打来。殷龙也是个有名好汉，彼此一来一往，杀在一团，斗在一处。王杰见有人敌住孙勇，即抽身到了里面，见蛮和尚正与普润恶斗，还有许多强盗围在垓心，普润已是招架不住。王杰将刀一摆，杀入重围，大声叫道：“普润和尚，俺王杰前来救汝，快随我杀下山去！”一声叱咤，普润见有了帮手，也就放心厮杀，戒刀起处，滚滚人头，杀开一条血路，与王杰下山而去。

蛮和尚杀了一夜，虽然未曾输败，两膀也提动不得。当时只得回转方厅，命人上楼打听。早有王朗走上前来，向众人说道：“不料俺们这山中，竟有许多奸细，天霸、人杰已是身临死地，乃竟为赵五两个狗头将他救出，从此又成后患！虾蟆山乃俺邀他入伙，他反顺了敌人，上山厮杀。这不是意想不到么？此次虽获胜仗，无奈楼上的关键，损去七八，又非修理不可。云三哥昨日言语之间，早有退志，昨夜之事，未必不怨于我，若再袖手旁观，不肯出力，岂不是进退两难？”说罢进入大厅，众人闷闷不乐。但见孙勇首先说道：“寨主何出此言，胜败军家常事，咱们大杀一夜，天霸虽然未死，也不敢再来报仇了？飞云子今夜未曾出来，正是他避嫌之意。寨主若去当面请他，将高楼复行整顿，岂不照旧么？”这番话说得王朗不知如何，且看下回分解。

第五一〇回

寻救药送信淮安　脱病躯误临黑地

却说孙勇让王朗去请飞云子，当时蛮和尚也就言道："寨主何必以此为虑，咱们山上有这许多好汉，还怕殷龙怎样！即使飞云子有了他意，俺这刀枪头上，也不致落在人后。"王朗道："多谢诸位仁兄竭力帮助，但是强中还有强中手，纵有能人，总不比这座高楼可静以待动。"说罢，便命人到飞云子房内，请他前来商议。飞云子自救了天霸，深恐被人看见，进入房内，先将自己的宝剑，并许多暗器带在身边，准备厮杀。到了天明时节，外面杀声渐渐散去，忽见一个喽兵，匆匆进来说道："王寨主在方厅的里面守候，请寨主速去议事。"飞云子只得随那人走入厅内，见众人闲坐，里面并无防备之意，心下方才坦然。只见王朗起身言道："这也是小弟薄命，难得你老造下此楼，满意共成大事，不料天霸三番两次，为他逃脱。今日上楼，期其必死，谁知王杰与赵五兄弟顺了官贼，救了众人，不是'画虎不成反类犬'么？因此请三哥前来，为俺想一个良策。"飞云子听了此言，不禁大喜道："也是你气数该绝了。他既请俺划策，不趁此时将原图骗出，更待何日？"想了一回，乃道："这事请寨主无须多烦，但能信实待咱，不听谗言，这座小楼凭在小弟身上。莫说黄天霸受伤甚重，性命尚且不保，便是转死还生，前来攻破，也不过是自寻败亡。但此非一朝一夕之事件。现在楼上杀死众人不计其数，且命人前去埋殓，然后命人下山访天霸消息。一面命人上山置下埋伏，整顿高楼，再图机会，还怕什么官兵攻打?”王朗信是好意，乃道：“三哥如此用心，小弟敢不深信？但是我这楼图存在楼顶上面，与夜光杯收在一处，一时恐不能取出。”飞云子见他不肯取出，也不过于催促，乃道：“此乃不急之务，但山寨前面，非严加把守不可，恐殷龙见女婿受伤，前来报仇。”王朗只得依言办理。

不说飞云子守候楼图。且说赵五将天霸救出，已经不知人事。赶将人杰与他放将下来，赛花见丈夫命在垂危，不禁放声大哭。赵五道：“人杰虽然受伤，一时尚不致命危，天霸头足皆肿，神志昏迷，唯恐性命不保。飞云子临行之时，说是消除万毒丸方得救性命。但不知此丸在何处购买，又是何人所造。现在且不必痛哭，打算主意，救人为重。”殷龙想了一回，道：“从前人杰伤痕，幸得褚标前来救命，此时这消除万毒丸绝非市廛[①]所有。咱们先把那万功散，代他敷上，一面命人奔赴淮安送信。或者张桂兰与众人知道这个药名，也未可知。”殷龙正然吩咐各事，忽见人杰睁开两眼，向殷龙说道：“岳父不必焦虑，前在淮安，屡闻张婶母谈及，说他父亲张七，自制炼就一丸，名为消除万毒丸，无论跌打刀伤，虫蛇恶毒，将此丸服下，不到一夜工夫，便可起死回生，上场交战。孩儿伤痕尚无大碍，岳父可从速命人赴淮安而去。”殷龙听了此言，虽是有了出处，但是天霸受伤甚重，来回有个月程途，若辗转不及，如何是好？心下正自踌躇。王杰道：“此去淮安非俺不可。咱这两条腿起去铁条，一日可行三四

---

① 廛（chán）——古代指一户平民所住的房屋。

百里，约有半月工夫，便可回转，不能耽搁。你老如有信字，从速写成，就此便去。”殷龙道：“此乃汝亲目所见，到了淮安，将此细情禀明，自有人去请桂兰前来解救。”说毕，王杰就带了包袱，出门而去。

且说万君召自与飞云子弟兄别后，与普润到了河南，一病不起，只得命普润先去送信，自己在店内养病，满想耽延数日，便可动身。谁知个月以来，病尚未愈，所有川资概行用尽，渐渐将衣服变换。那开店的店主见他如此落薄，不但不去照应，反而赶他出去。君召初时尚有在意，后来愈催愈紧，不禁怒道：“知道老爷们是谁？我乃漕督施大人的朋友，前往潼关办案，路过此地，不料病在店中。难道你这房饭还有差错么？今日来催，明日来要。不是老爷耐气，先将汝这乌珠挖下，然后同你再算账!”谁知那店主也不是好人，专在那黄河一带开那黑店，与那绿林朋友皆有来往，王朗欲害施公，此事他也知道。听说施不全是他朋友，又说到潼关访案，无非与绿林中作对，心下暗道：“这也是此人该死。咱闻王大哥与他等反对，何不将此人送了性命，献上山头，做一个见面之礼？好在他山上入伙，免得在此做这买卖。”当时，故意说道：“小人有眼不识泰山，不知大人是钦差所使，还求大人方便。”说罢，便命人送茶送水，周到万分。君召只道他是真心照应。

到了上灯时分，店主复又进来，向着君召问道：“老爷前往潼关，去访何案？咱闻施大人正直清官，咱想投奔于他，谋个出路。老爷若能引进，小人便有出头之日了。”君召道：“此事在俺身上。但是俺病初愈，如有上等酒肴，快送些来，日后加倍照账给你。”店主听毕，喜出望外，暗道：“咱正虑无处下手，他既要酒肴，何不就此摆布?”应道：“这事小人专心奉敬。想要什么，但说不妨。”当时便走出来，命人送上四个菜碟，皆是清松的肴馔。到了自己房内，将蒙汗药放入酒内，然后打了一斤黄酒，送在君召面前。君召正在病后，闻这派酒香，登时透入宫庭，垂涎欲饮，不禁斟了一杯。只见颜色娇黄，令人可爱。随即饮了一口，真是色香味美，三绝俱佳。取过箸儿，夹着肴馔。究竟是病后方愈，禁不起这个酒兴，忽然头晕眼花，不禁诧异道：“咱平时虽不能十分豪饮，也不至如此浅薄。何才饮一口便如此昏晕?莫非这店主有什么歹意么?”想到此处，便将酒放下，暗道：“若果这狗头如此暗算，不将他送了狗命，也不知道俺的厉害。”却巧院落内有只花狗，遂割了一片咸肉，在酒杯内端了一下，摔在阶前。那狗一口吞下，未有多时那狗乱咬起来，四下乱窜。再过了一会，只见那狗倒下，鼻孔流出鲜血，一命呜呼，死于院内。君召见了这样，登时心头火起，站起身来，将桌子掀去，一声响亮，早惊动外面。店主不知君召看出破绽，急急跑进里面，准备结果他性命。谁知君召举眼看见，蹿前一步，便将店主领头揪着，按在地下，举拳就打。不知那人性命何如，且看下回分解。

第五一一回

万君召痛殴店主　华天王杀害客商

却说君召将店主按在地下就打，店主知他是个辣手，连忙求道："老爷息怒，这事小的实是不知，且求饶命！"君召明知是他所为，想道："咱便将他打死，也是就不能动身，不若如此这般。"想罢，便在鼻梁骨上就是一拳，早已流血不止。店主在地下只是磕头，说道："若舍了小人，随老爷吩咐，皆可应允，只是不能带上淮安，那就全家没命了。"君召见他苦求，心下说道："这狗头也是无用的货色，偏生要干出这事，岂不是倒运吗？"当时喝道："汝既要活命，老爷的言语，可是要依从。不是此时答应，一经放下，尔便不睬。"店主见他换了口吻，只在地下求道："老爷何必多虑，只求饶了小人，便是重生父母，再造的爹娘，哪里还敢违拗。求老爷从速吩咐。"万君召道："既有这条心，眼见店中不能居住，若要走去，又无川赀①。汝且将好酒肴供应老爷一顿，送出纹银二十两作个买命的银钱，随即饶汝狗命了！"店主听说放他，赶向外面喊道："汝等快将咱们的好酒送上一壶来，上等的肴馔送进几盘，老爷便饶我命了！"君召不等他说完，接着又是一下，骂道："汝这杂种不肯改换心肠！若将汝的酒取来，分明又是暗号了。且同你讲，若请老爷饮酒，须要你自己相

① 川赀（zī）——盘缠，路费。赀，同资。

陪。凡有酒来，汝必先饮一杯，所有肴馔也是如此。那二十两银子，还要先取。老爷方才无事。”店主两手护着面孔，口里连连应到：“老爷莫打！老爷银两照付便了。”

此时，那许多小二见店主如此吃苦，早已跑了干净，怕君召迁怒于他。店主喊了几声，只是无人答应。君召故意骂道：“汝这丧人的狗贼！预先命人躲去，此时反要乱喊！我也不想酒吃，不要钱文，但要送汝见阎王！”说着，举起拳头，对着脊背打下。店主格外作急，喊了王三，又喊李四，末了一声叫道：“诸位小二哥，再不来，敢是我性命不保了！”连喊带哭叫了一会工夫，方才有一人前来。君召道：“这事乃店主所为，与汝等无涉。快依他所说的话，将银两酒肴一起取来，好让俺去走路。不然，连你这班狗头全行送命！”小二听了此言，自是不敢怠慢，赶取了一壶顶上的美酒、四碟的佳肴放在桌上。君召道：“俺已说明在前，要与你这店主同吃。取一小小几子，搬到俺这所在。”小二见他怒气冲天，哪敢多话，赶到客堂将几子取了过来，放在院落里面斟了一杯酒。无奈君召有意寻仇，君召接在手中，饮了一口，骂道：“老爷向不吃哑酒，汝不饮，便无法处治你么？”说着，一手拨开他大嘴，一手端定酒杯，硬向下灌。登时在小几上取了一条连头带尾鱼，向他嘴里一揣，那店主如同鸡子一般，所有的鲜血尚未淌完，早已随酒咽下，正要作呕，那条鱼又揣了下去。两下在咽喉内一撞，不由地忍耐不住，又咸又酸，又辣又臭，四个气味混在一处，大嘴一张，犹如冒鸡屎一般连呕带吐。冒得君召满脸，故意怒道：“俺说这里面放了毒药，汝才吃下便如此发作。”说着一连几拳复又打去。店主只得忍气吞声，不敢言语，只好两手在地下作揖道：“且请饶命！”君召到了此时，怒气已出，骂道：“汝这狗贼！不是俺高抬贵手，顷刻命入黄泉。这酒肴难道真吃么？不过命汝权知厉害。快将银两取来，让俺动身！若再不改变心肠，指日由淮安回来，定将汝身首异处！”当时小二早已取出二十两银子，揣在身边，携了包裹，带怒而去。

在路有四五日路程，这日到了徐州府肃县界内，看看天色不早，心下想到：“此地离淮安不过三五日光景，今晚且寻个客店歇息一宵，明日天明起身，夜间再放个夜站，两日可到淮安了。”想着路径，一路往淮安而来。此时日光已经落去，但见月色渐渐东升。看看前面有个镇市，正待前进，忽见前面来了一人，手提一篼篮，两眼泪痕，匆匆而去。君召见了甚为疑惑，故意止步问道：“你前面镇市是何地名？汝亦行路之人，为何不住在此地？”那人见君召询问，摇手道：“客人快转回去，这个镇上是不能住的。前面镇口有个来福客店，咱们同来五人皆住在这店内，今早起来已不见了四个人。咱道他们还是起早出去了，谁知找了半个月，找到他后屋里面，有个宰坊，闯了进去，但见那四个人犹如牛羊一般，赤条条挂在宰凳上，那人头早不知去向了。小人这一下非同小可，明知一人敌不过他。又不敢喊叫出来，送了自己性命，只得走了出来，以便鸣保投案。谁知这地方正保全不闻问，听说是来福客店的案件，如同没有此事，反将咱们骂了一顿，要将我送回店内。这不是有冤难申么？因此愈想愈怕，不敢再去住宿，此时天晚尚要赶路。”君召听了怒道：“青天白日，村镇上面哪里还有此事？汝且随俺前来，指个明白，待俺今晚送他性命。”说罢，不问他肯行与否，挽着手膀向前就走。问道：“汝这人姓甚名谁，何方人氏，约伴到此干何事业？”那人道：“小人名朱魁，祖籍扬州人氏。只因路过鸡山，遇见一伙强盗，名叫托天王华盖，所有银钱货物均为他劫掠到山上，同伴之中杀死三人，其余五人逃躲在树林里面，方得活命。满想奔赴淮安，到施大人衙门告状，谁知在此又遭这个大祸。小人准备是没命了。”君召道：“汝且不必号哭。俺便是漕河总督施大人的朋友，这案你要告状，俺可助你一臂之力，包管此案不难破。汝且随我前来，提明店面。”朱魁见他这派装束，又听他一番言语，也是半信半疑，只得随他到了镇上。远远的将客店指明，然后说道：“小人向别处安身，明早在此候信。”说罢，掉转身躯，寻路而去。

君召背了包裹，到了客店面前，迎面站下，向着里面问道：“汝店中可有闲房么？若有洁净的所在，俺便住宿一宵。房金照算。”里面见有人问话，只道是个富户，忙道：“客人且请里面坐。里面有宽大房间，一切俱全，听便赶取便了。”说着，出来一个堂官，便将君召的包袱接住，君召就随他入内。但见五开间一所，店堂上首支个厨房，七口大锅，一连而下，下面设个案板，鸡鱼鸭肉列在一堆。当中一个腰门，里面一个院落。穿过院落，又是五开间房屋，当中三间许多桌椅，便于饮酒，两边两个房间乃客人的卧室。君召找了一个宽大的所在，命小二将包裹送下，放水泡茶，净面漱口。小二尚未回来，忽然响亮一声，摔下一物，君召吃了一惊，赶着出来观看。不知此人是谁，且看下回分解。

第五一二回

闹酒市恶打王七　见豪客巧遇朱魁

却说君召听得响亮，正是出来观看。只见客堂上坐了一人，年约四十上下，身高七尺向开，两道浓眉，一双怪眼，身穿元色短袄，头戴一顶英雄盔，当中一朵绒球。坐在上面，但见满脸的怒气，高声骂道："咱也不是白吃的，黄金白银听汝算账！为何来这多时，酒肴尚未取出，那边有后来的人，早已吃毕。这不是有意欺人么。"说着，拍着桌凳骂个不已。君召听了一会，知道他为酒肴来迟，因此也不过问。只见那小二送进茶来，向他问道："你老何方人？这店内有上等酒肴，欲吃何物，在先说明，好前去叫。"君召心下想到："朱魁说他这店是个黑店，想必所卖的肴馔也是人肉所造的了。咱且将他的包饺试他一试。"乃道："咱们远道而来，别项物件总要等候，先取盘包饺为俺先吃，然后上等酒肴一总送来，再为算账。"小二答应而去，顷刻送到十个馒头，一壶清茶，放在君召房内。君召待那人出去，先将房门闭上，点了灯火，将那馒头拨开细望，也不见有什么破绽。只得送入口内品一品气味，只有一点微酸。一人在此犹疑未决，暗道："这就令人莫解了。这店既是歹人，不应有许多客人，而且这个馒头又无人腥气味。若说平常客寓，朱魁那样痛哭，绝无假装之理。俺且等到夜间，再办个真假。"净面漱口，少顷，小二又送进酒肴。

君召正在疑不胜疑，那外面一片声音早惊动各处，但听一人骂道："汝这瞎眼的狗头！俺在北道往来多时，好汉英雄不知遇过多少，汝敢出言不逊，挺撞老爷！且将你店主唤来问个明白，咱姓王的难道与他有仇隙么？进来这许多时候，酒未见有一角，菜未见有一箸。将俺的银钱骗去，令俺在此挨饿，究竟是个道理？不要走，且与汝问你店主！"说着，见这所有桌凳并许多动用物件概行毁去。正闹之间，忽然走出一人来，大声喝道："何处的野种？也不问俺的大名，便在俺这店中啰唣！俺偏没酒肴与汝，若知麻利，便赶快出去！不然便送汝狗命！俺这店中不容汝在此喊叫的。"话犹未了，那人怒发冲冠，大喝道："好狗才！你道俺不知底细么？汝既做这买卖，江湖朋友也该探访。俺若仍在山头，将汝这厮先结果了性命！"君召听了此言，知他两人皆非善类，当时出了房门，走到两人面前，问道："二位请了。咱们初到此地，不知地方规矩。彼此交易，一去百来，客人出外行商，理合和平为贵；店主将本求利，又何能怠慢来人。二位权行息怒，且向店主道个明白。"那客人见君召这番言语，忙道："咱们皆是过路之人，不是腹中饥馁，何必在此闲坐？小弟一进门前，即交下十两银子，命他送两壶酒、几碟菜来，吃下还要赶路。该派早早送来，谁知他将咱的银子收下，命俺在此守候，自下昼等到此时，酒菜俱不见来。这客堂内许多后来的人，尽行走去，咱还未曾饮食，这不是有心亏负么？"君召道："这乃是店主不是。如何收下银钱，不去买卖？他也不是白吃你的。"那人见君召也说他不是，怒道："你也不是他亲娘舅，汝多这闲话！咱这店内喜卖就卖，不喜卖与这人！他有，难道咱们就没有吗？进了门来，就用这银两吓人。如此小视咱们，还能使他受用么？俺看此狗头亦无甚本领，三拳两脚便见阎王，自寻苦恼。”君召听了，怒道：“汝这人好不明道理。即不愿向他买卖，为何收下银钱？这不是汝不是么？汝若识得抬举，就此送出酒肴，使这朋友饮食；若道半字不行，莫说你这样身材，就生个铁罗汉也要将你磨个光亮！你道咱这样是惧怕你的吗？且与个榜样，方才晓得咱厉害。”说罢，见那客堂外面有棵两个人抱不过的一株槐树，到了面前，举手一摇，随即一腿打倒在面前。

店主见了这样，也就半晌不言，所有那饮酒的客人无不惊讶。当时来了两个小二，生恐那店主眼下吃苦，赶着上前，带笑说道：“客人有所不知，咱这敝东平时有些呆气，但凡酒后便不知轻重。方才这位进来，说是将银钱交下，小人们却未看见。常言道：‘买卖认分毫’，咱们东家又未招呼送酒菜，一人说已经交钱，一人说未经交下，两不认账。难道还是小人晦气么？内中有此缘故，说明出来，两位客人便可息怒。现在既已争论起，想必是敝东呆气发作，忘却银钱，致令这客人受饿。但今天色已晚，不便赶路，不如在此暂宿一宵，小人立刻送饮食来。”说着，便拖那人向外而去。

那人见君召如此慷慨，走上前来，“老哥尊姓大名，何方人氏，由何地而来，此去欲将何往？”君召只好答道：“在下乃漕抚施大人的至好朋友，海州万家洼万君召是也。汝是何人？请明示名姓。”那人听说是君召，喜出望外，忙道：“莫非你老由河南来么？目下贵恙如何？普润和尚已自沂州来了。”君召听了此言，更是诧异，忙道：“普润僧人正是与咱朋友。汝何以与他相识？”那人道：“不欺尊驾，咱也是绿林出身，向在虾蟆山与秦明这干人聚义。姓王名杰，排行第四，便是小可。只同黄天霸与赵四兄弟，路过山下，杀死秦明，欲烧山寨，普和尚劝俺归降，同赴沂州，攻打王朗。不料王朗十分厉害，天霸与人杰同上山头，为齐星楼的埋伏打了半死。现在人杰尚可言语，天霸已经不省人事。因此到了这店中，进了饮食，仍去要向前赶路的，不期这个杂种同咱作对。现在急赴淮安，到凤凰岭那里，将那消除万毒丸要来，方救得天霸。今幸遇你老前来，定将这狗死打一顿!”君召听了此言，自是吃惊不小，忙道：“飞云子既在王朗山中，为何不将楼图取出，反致天霸中了埋伏?”王杰道：“咱也上山杀了一阵。只因云龙与曹勇角口，不辞而去，王郎也就疑惑。屡次要这楼图，皆是托那辞故。飞云子又不便过于露迹，以至迁延至今。日前天霸非飞云子搭救，早经死在楼上了。你老在河南抱病，何故这许多日子？此时大约是前赶淮安了。”两人说明了名姓，自是一家的好汉，君召便命王杰将自己的包裹搬到一处，乃道：“今日已将更鼓，夜站也不便行走。咱们坐一夜，明日早起，两人一起赶行路途，也要有个伙伴。”王杰听了此言，自是愿意。

不必说二人在此等候。且说两小二将店主拖了出去，到了店堂坐下，低声言道：“这两个皆是肥羊，不过那一个甚是辣手，咱们须设个计策将他擒住，得一宗大财爻。”你道这店主姓甚名谁，此外有个外号，称他赛时迁的王七。此时为小二拖出，乃道：“这两口羊虽然缠手，但是用了药酒将他灌的烂醉，也就是直手直脚。”说罢，便命小二前去置办，以便害他二人。不知君召与王杰性命如何，且看下回分解。

第五一三回

施大人待客情殷　张桂兰救夫心切

话说王七被万君召抢白了一顿，到了外面，对小二说道："这两口肥羊大有油水，只是不易动手。咱们仍将那一杯灌顶妙药放入里面，多备绳索，抬入后面，专候我前去动手。"小二道："咱们自理会得。但前来的那人不过是火暴性子，唯有后来的人，看他那样膂力，好像是个内行，咱们倒要留心才心。"说罢，便命几个伙计托了一盘肴馔、一个酒壶，放在里面。后面的人来取筷箸儿，担了抹布，一直到了后面，把当中一个方桌放下，向君召说道："请你老陪客，为咱们这客人解恼。咱们小人先奉敬一杯了。"说着，按了两副座头，将筷子放好，手执酒杯，每人斟了一杯，便请他两人入座。君召虽是病后，各事仍然留心，又因朱魁说他是个黑店，犹恐中他的暗计，当时虽然是坐下，并不去取酒杯，两只眼睛但向那杯望。王杰早经饥饿，只恨没有酒肴在此，现在到了面前，端起酒杯一饮而尽。那个小二在旁，复又斟了一杯，放在桌上。王杰见面前又斟下酒来，举手要饮，君召见了，赶着拦道："且缓，咱理合再敬他一杯才是道理。"说着，将王杰的酒取了过来，便命小二饮下。小二见君召这般讲论，心下早经害怕，暗道："倘若这个内容被他知道，如何是好？不若再骗他一骗。"忙道："这事小人何敢？一杯已是不当，还敢再饮二杯？情愿领罪，不敢这样无礼。而且方才言明，敝东有点呆气，若为店主看见，他不说是客人赏赐，反说小人嘴馋，打着客人的旗号，自己饮酒。有此两层，还请客人自饮罢。”君召冷笑说道：“汝这厮倒会遮饰，汝道俺不知你这个买卖？方才中指甲内放的是何物件？从实说来！若有半字虚言，定送汝狗命！”说罢，一把揪住小二，用力一摔，倒在地下，一手握定他下腮，一手将嘴巴下，不由分说向下一灌。

王杰见君召如此，更是火上加油，骂道：“原来这狗才下这毒手！此必是店主所使，咱且将他擒住，送回阎王，然后与他算账！”当时站起身来，一脚将杯盘踢去，蹿过腰门，到了前面。果见那个店主坐在店堂里面，不禁大声怒道：“与汝何怨，往日何仇？一心要害于俺！汝既有此心，也不怪俺手毒了。”说罢，到了前面，将王七提起，纳于地下，便是一拳，早打得面门流血。王七尚自骂道：“汝这两个野种，何故在此撒野！咱也不是开黑店的，谋害人财，惊官动府咱也不怕。打得老爷便会得交手！”说着，便想在此挣扎起来。王杰不等他说完，顺手就是个嘴掌，骂道：“老爷倒想饶你，只是汝这强嘴容汝不得！”说着又是一下，早打去几个门牙。君召又到了前面，向着王杰说道：“咱们不必与他拌嘴，那怕他走入天牢，俺要将他破绽寻出。且将这厮带了同去，若搜出不尴不尬的物件，然后将他治死，为众人报仇。王杰听毕，便将他提立起来。

君召在前，王杰在后，穿过后堂，四下寻找。过一会子，不见有甚形迹。君召正是疑惑，忽见墙脚下有块方砖向上一竖，又望下一落。君召连忙喊道：“王杰，这所内有了埋伏，咱们且看他一看。”说着，将方砖撬下，便是个绝大空塘，下面黑洞，洞内全无一物，左边一顺下去，却有数层披台。君召对王杰道：

“这里定有消息了。咱们且带领他进去，分个皂白。”两个人当时下了台阶，到了下面，仍是一个绝大的地窖，都是砌就的三间暗室。上首三口大锅，刀铲刷帚各式俱全；下面一个方凳，抽作凹槽，四只腿钉在地下，旁边有一个大盆，里面水桡木桶放在其内。王杰道：“这厮原来也是我辈，你看这几件家伙，是那快活凳、送命盆、浇水桶、刷毛台。”说着，再抬头一看，墙壁上面尚挂了四五个人头，便是朱魁所说的那几个人。君召勃然骂道：“你这狗贼，丧尽良心！取了客人财物，还要伤他性命，这不是情理两亏么？汝既害得他人，俺便要汝偿命。”说着，便将王七捆缚起来，纳在凳上，命王杰上去将几个小二一同喊来，使他见个明白。

当时王杰到了上面，所有的客人见君召掀出他的破绽，知他是个黑店，一起起身，跑个干净。许多小二恐带累自己，也各自逃走去了，只有那个送酒的尚躺在地下。王杰寻了一会，不见有什么别人，只得复行前去。王七知道没命，当下哀哀求道：“二位老爷，小人触犯，有眼不识泰山。你两个盛怒，小人自知死罪，但是家有老母，便有人养，也是活活的饿死了。”君召骂道：“汝这狗头，做这丧心害理的事件！你母亲要你这逆子，也是玷辱家庭，不如结果了你的性命，倒也干净。若你母亲无人奉养，咱们回明大人，命地方官月给口粮一份，作正开销，也比你这逆子胜加十倍。”说着，王杰握定身子，君召拔出刀来，咽喉一下，结果了性命。随即将锅灶、木盆以及动用的物件，毁个干净，将尸首放在一旁，然后走了出来进饮食，到街坊问了保正所在，然后将他喊来说明来历，使他到县里报案。保正听是施大人差遣，分明是顶头的上司，哪里还敢怠慢，一面命伙家进城，一面连夜备了棺木。

到了天明，君召将这事吩咐已毕，仍然同王杰一同起身，向淮安而去。这回到了衙门，却巧李七由里面出来，劈面遇着君召，不禁喜出望外，忙道：“大人连日间正然盼望殷殷，为何一去潼关，杳无音信？飞云子可曾寻到么？”君召道：“咱们一言难尽。大人现在何处？且去谈个明白。”李七道：“大人现在书房，你我可一同前去。”说罢，便向前引路。到了衙门里面，早有照门的门丁见是君召回来，知道有紧要的公事，即速到了里面。施公在书房内，正看那日行的公事，忽见门丁进来说：“万英雄在外求见。”施公不禁大喜，说声：“有请！”施公随即出了书房，向外迎来。转过院落，早见李七在前，后面两人，一是万君召，其余一人不识。便道：“万壮士别来无恙，此去潼关，何多日也！且请里面奉茶。”君召见施公迎出，连忙赶上一步，向着施公奉礼毕，云称：“万某不才，一介村夫，有负大人盼望。大人一向公事可平顺否？”说着已进了书房。彼此见礼坐下，君召望着王杰道：“此人乃殷老英雄使来送信的，姓王名杰，所有琅琊事件皆他亲目所睹。万某路遇此人，故此一同进谒。”说罢，王杰便上前行礼已毕，侍立一旁，便将天霸如何路遇普润，如何在琅琊山杀秦明，如何飞云子二上琅琊山，及天霸受了重伤，并飞云子等候楼图，说那消除万毒丸可救天霸，话说了一遍。施公惊喜十分，忙道：“天霸受此重伤，下官如何拯救此人？若果丢命，这琅琊山头从此便难除了。既是人杰说张七有这丸散，且快传信桂兰，使她早早前去。”当时便留万君召住在书房里面，命李七传进几个官差，将计全、金大力、王殿臣这干人分头传来，先命计全到总兵衙门去送信。

此时张桂兰自天霸动身之后，久久不见来信，但不知他胜负如何，心下正然盼望。忽听见中军到了宅门，向着里面说道："漕抚大人吩咐，快请黄太太速进衙门，有要话吩咐。现在沂州来送信，说大人二上琅玡山，中了齐星楼的埋伏，命在垂危，快请夫人前去救命。"张桂兰听此一番言语，大惊失色，忙道："此人是报马前来，抑是别人送信么？"中军道："听说万壮士回来，并有一位姓王的。"不知张桂兰可能救得天霸，且看下回分解。

第五一四回

郝素玉结伴寻张七　张桂兰并力战李奎

却说张桂兰骂了一阵，随着中军一路向漕运衙门而去。不一会到了衙门，只是李七、金在力、何路通这干人纷纷而至，彼此见面。各自问道："黄贤弟受了重伤，如何是好？若有差错，俺们与王朗这强徒势不两立了！但是大人心急如焚，必然要亲身前去，就此一来，又闹出许多周折了。"桂兰道："我丈夫受此重伤，咱的性命也只与王朗拼个你死我活！咱们且到里面，问明缘故。究竟何物打伤？"正说之间，接着郝其鸾、郝素玉也陆续而来。众人一起过了大堂，在内厅坐下。中军在书房报知施公，只得请大人一起出来，先与众人行礼。桂兰首先问道："万大哥，你兄弟的伤痕，究竟怎样厉害？从速与俺说明，作个道理。"施公见张桂兰神色仓惶，忙道："女英雄且勿着急，此乃王杰，这次由沂州而来，故知底细。汝但问他，便知明白了。"当时王杰便将天霸在齐星楼上，被金龙爪抓破头颅，恶狗沫伤了两足的话，说了一遍。桂兰含泪言道："此楼乃飞云子所造，这许多的毒物莫非有什么邪术么？"王杰道："夫人有所不知，并非那妖怪用那种邪术伤人，乃是按着休生伤景杜死惊开八个门户，内里藏着五行，分着八卦，所有一切机关，皆是生铁造就，关键一切，就如活龙一般。至那恶狗毒沫，皆是五行的毒气生了此水，譬如那诸葛亮木牛流马，杨子云自飞喜鹊也是这个道理。无奈此楼非寻常可比，论生门死户，无数的变化。飞云子虽然可造，却要看图行事。离了此图，莫说起造不成，便是破这高楼也是妄想。因此他为这幅图，不能擅离山下，不然这齐星楼早经破了。但是这消除万毒丸，只有张老英雄有此物件。设非人杰说知，尚不知何处寻找。现在人杰尚是明白，天霸俱然不知，多亏殷龙将万功散敷上，若再迟延，恐有性命之虞。”张桂兰听了，急说道：“此丸我父亲那里虽有，但此处到凤凰岭也有五六日路程。自从他回转山头，临走之时，便说不问世事，即俺亲自去，恐他也是个不肯见面。即便得了此丸，恐非在受毒的面前亲自调服，不能见效。这事他如何肯行？”说罢，不禁大哭起来。施公见他如此，心下愈加懊恼，乃道：“女英雄所说虽是，常言：‘英雄气短，儿女情长’。汝是他的女儿，为丈夫受了重伤，求他相救，岂有不救之理？本院命郝素玉同汝前去，修书一封，命汝带去。”桂兰到了此时，也是出于无奈，一面请施公写书，一面与郝素玉回转自己衙门。收拾了一夜，预备次日一早动身。

当时贺人杰的母亲听说，他儿子也有重伤，自是放心不下，见张桂兰去求张七，也只得忙了一夜。到了次日，送他起程，自己在衙门候信。带了两个亲随，一个丫头，张桂兰先到了漕抚衙门，郝素玉尚未到来。施公先将他传了进来，向着桂兰言道：“汝去凤凰岭，请汝父同你一起径赴了沂州，先救了天霸。本院与万英雄众好汉，择日带队亲赴山东，向琅玡山攻打。”桂兰道：“大人行期，尚未定了主见。殷老英雄现在沂州，不知如何盼望，咱们顷刻便自动身。仰求大人仍命王杰先回，报个信息，好令赛花等知道。”施公道：“本有此意，毋须女英雄吩咐。”此时，郝素玉已进了内堂，施公叮嘱一番，一路小心前去。两人随即出了大堂，跨上鞍桥，飞马而去。

在路走了两日，这日夕阳西下，到了一个小庄。见有一个小小酒店，一角酒旗挂在檐外。素玉道：“咱们且进去，略进点饮食。那亲兵、丫头该饿了。饱餐一顿，夜间便可夜走。”说着，两人进了柜台，外面见坐着个黑脸大汉，犹如锅底一般，两道扫帚眉，一双茨姑眼，腮下一部黄须，五短身材，坐在前面。看见桂兰进来，连忙问道：“娘子莫非欲饮酒乎？”桂兰道：“咱们酒是不饮，有什么肴馔，尽数取来，一总给钱与汝。”那人听了，道：“这里大肉馒头、牛肉包子都有。”桂兰与素玉到了里面，外面两个兵丁与丫头坐在一处。素玉将那黑汉一看，向着桂兰说道：“这个黑畜，咱看他不是善类。咱们且防备片刻，免得又生枝节。”桂兰道：“妹妹请用点心，咱们可摆布于他。”说着，那黑汉走到面前，张开大嘴，露出黄牙，笑着向桂兰说道：“现在天色已晚，娘子乃女流之辈，有何要事，便不坏了身体。连日来往客商说，前面十里地方，有一个山洼，名叫猴子窝，出了一伙强人，专门打家劫寨。凡有客人走他山前经过，不分男女掳入山来，女则为妻，男则为伙。数月以来，所有行人但取巳午未三个时辰，路过此地，交到申初便不能行走了。咱看你两个娘子皆是女流之辈，鞋弓脚小，有何本领？见了强人，不独不能抵敌，恐一吓要栽倒了。那两个亲兵也是个身大力亏人，有何胆量。咱这店中，另有洁静房屋，在此暂住一宵，明日上午起行，岂不是好？”素玉尚未答言，桂兰带怒答道：“承你店主盛情，前来关照。无奈我是强盗窠中自幼长大的，莫说一伙强人，便是上千上百的强人，奶奶也不惧怯。汝且勿管闲事，若有强人，俺会摆布，不要汝在此噜哧。”黑汉听了此言，不禁带怒言道：“汝这贱货不识抬举！咱好意将此事告汝，即是如此抢白，若遇强寇，可勿后悔！”说罢，含怒而去。

桂兰也不理他，吃毕馒头，向小二取水净面。给了银钱，同素玉前去赶路。谁知这个汉子本是个有名强盗，自幼在此做这买卖，名叫黑李奎张焕，平时劫掠客商、奸淫妇女不计其数。将才见桂兰有点颜色，本想将他骗去，到了夜间，好去苟且。不料桂兰是个绿林豪杰，为她看破，无可发泄，又受她这一顿抢白，心中暗道：“汝这两个贱货，老爷要想你两人到手，怕汝跑上天去？不令他知道俺的厉害，不能叫做李奎了。”说罢，便到了里面，便取出他一身装束，出了后门，直向前去。

且说张桂兰与郝素玉出了店门，明月早经东上。两人策马当先，带着亲兵，一路向凤凰岭而去。行了有十多里路径，前面有一派树林，密密层层，遮盖在前面。桂兰向素玉说道：“我们加上一鞭，免得再费周折了。你看这树林里面恐不干净。”素玉尚未开言，忽听树声响动，一柄锤头在马头打下。桂兰说声：“不好！”赶将马头一领，向左边一让，拔出利刀，将锤开去。不禁高声叫道：“何物强人，敢来剪径姑奶奶？张桂兰在此！”说罢，飞下马来，钻入树林，便寻人厮杀。只听里面也叫骂：“出来！”汝这无耻的贱妇！尔出言不逊，顶撞老爷么！俺非别人，黑李奎张焕是也！汝既然前来，且与汝杀个死活。”说罢，便跳出树林，举锤便打。桂兰抬头一望，正是那酒店黑汉，当时骂道：“黑贼，你敢在你姑奶奶面前现丑！不要走，吃我一刀！”说着，便对着肩头打下。张焕总欺她是个女子，料她无什么本领，也就急架来迎。双锤并起，将桂兰的刀格于下面。桂兰见一刀不中，不觉心中火起，蹿前跳后，舞得如蛟龙出水相似，一刀紧是一刀，向张焕浑身乱砍。黑汉与她战了一回，心下甚是踌躇，虚败一锤，跳出圈外，定身向桂兰问道：“汝这女子从何处而来？为何也用这张家的刀法？”这句话说出，不知桂兰如何回答，且看下回分解。

第五一五回

历险路兄妹相逢　述下情父女觌面

却说张焕见了桂兰刀法，不禁诧异，问道：“汝何以也知刀法，莫非是俺一门传授否？”桂兰见他来问，不知他果怀好意，乃道：“汝问俺的刀法，且在树林中站稳。俺乃是凤凰岭的张七之女，黄天霸的妻子，张桂兰是也！自幼跟随父亲，也不知杀多少英雄好汉，岂惧汝这毛贼！”话犹未了，只见张焕随即将两锤向地下一扔，双膝跪落在尘埃，高声叫道：“咱乃疲鬼张五的儿子，自幼父母亡故，多蒙叔叔爱怜，教养兼收，只因俺不肯向上，到了十一岁时节，私下便逃下山去。仗着两手拳棒，东飘西荡，行踪无定。一提及，双泪难干。今日得遇阿妹，岂非天假之缘？方才冒犯虎威，求阿妹见恕。”桂兰想了一会，道：“且将汝名说来，便知真假。”张焕笑道：“父母随意命名，叫做黑头陀，不知是与不是。”桂兰也就笑道：“此真是咱的五哥了。因是自己哥哥，即以实言相告。”遂带泪言道：“长兄有所不知，俺们骨肉相逢，理当稍叙衷曲。只因汝的妹丈，遭强人毒手，立等消除万毒丸前去解救。因此与这妹子披星戴月，一路而来，意欲到凤凰岭，求父亲到沂州，救丈夫的性命，但急在旦夕。此去琅玡山尚有许多时日，万不能再有耽搁了。”张焕道：“愚兄早欲上岭，拜见叔父。追念前事，无颜相见，今日得遇贤妹，何不趁此同行？若有效劳，应助一臂。”桂兰见他言语，也就认作兄妹，请他在前开路，跨马而行，直向前进。

过了两日，这日到下分时分，已离凤凰山不远，桂兰开言说道：“哥哥暂缓一步，让愚妹上山通报。”说着，下马拔出戒刀，上了山坡。早有个喽兵对面而至，桂兰上前问道：“孩子住了，咱们老爷子可在山上？”喽兵抬头一看，见是桂兰前来，登时笑言答道：“姑奶奶从何至此？咱们老爷子正在山上，你老但上山便了。”桂兰只得迈步上前，过了山寨，再向西望，与从前的景象不大相同。当初这凤凰岭前一带树林，皆按着九曲三弯的埋伏，现在一片空地，改作田园，现出个隐士的气象。当即领着素玉到了寨门，直向内而去。走了两重厅屋，并不见有一人。素玉说道：“老爷子倒会享福。你看这座高山，好一派气概。得闲暇无事，饮酒钓鱼，栽花种竹，也真的是神仙境界了。无怪大人两次三番命他为官，就是不肯出山。”两人一路闲谈，早到了东花园内，见许多孩子拿着鱼竿，张七坐在石墩上面，看着众人钓鱼。桂兰不敢遽然上去，轻移莲步，到了前面，正拟上前行礼，早被那几个喽兵看见，齐声喊道：“老爷子，你昨日思念着姑奶奶，这不是桂姑娘回来了？”桂兰见众人喊叫，趁此便跪了下去，说道：“爹爹在上，女儿桂兰这旁有礼了。”张七转身一望，果见桂兰前来，不由大惊失色。连忙问道：“我儿权且起来，有话问汝，前闻天霸升了总兵，汝为何不在衙门？来此何干？”桂兰道：“爹爹有所不知。只因琅玡山王朗，造下高楼，盗取琥珀夜光杯，藏了皇家宝物。因此施大人三打琅玡山，未能将此楼攻破。日前天霸与人杰，复上了山头，中了齐星楼埋伏，奄奄一息，困在沂州。因此女儿求见爹爹拯救！”

张七听说，半晌，言道：“这事非为父的推托，自从施大人命我为官，那时便矢口不移，回转山头，不问外事。天霸现虽要紧，但是穷通得失，听之于天。即是汝此时前去，他若寿岁短夭，已早亡故；若是他命不该绝，为父不必前去，他自遇有救星。此去山东非一朝一夕，咱实不能去。而且王朗的埋伏，不知所用何物。俺亦不能知道，即便前去，也不过空跑一趟，无济于事。”桂兰不等他说完，复又跪了下来，忙道：“爹爹膝下只有女儿一人，天霸辛苦半生，至今尚无子嗣，设若因此送了性命。女儿依靠何人？父亲盖世的英名，亲生的女婿死在恶人之手，知道的说爹爹高尚，不知道的反说是欺善怕恶，徒有虚名，为人唾骂。若能救了他性命，皇天保佑，生下孩儿，两姓兼祧，接了爹爹的后代，香烟接续，万代流传，岂不是受享不尽。爹爹看不到此，图一时快乐，误我终身，丈夫若有差池，女儿性命也就不要了！”说着，跪在地上，只是哭。郝素玉在旁说道：“老爷子，你也太高尚了。功名不就，这也算隐士；女婿不救，岂不是个恶人？俺姊姊又无一男二女，若是天霸不救，你老也为人唾骂。而且施大人盛意殷殷，致书劝驾，此时不去，岂不有负她的来意？便是江湖上的好汉、绿林中的豪杰，也要在旁议论呢。”说着，便在身边取出施公的来信。张七拆开看了一回，乃道：“飞云子既是知这消除万毒丸，何不当时就给他服下？此去沂州偌远的路程，为父的何能得去？而且这丸药久经用罄，非修合半年不能成功，教俺一时从何置办？”桂兰听了，说道：“父亲不必推辞，若无丸药，那末药便无用吗？女儿千里而来，几乎送了性命，非遇着咱的哥哥，已在半路伤命。父亲竟不看这情面，女儿又尚有何望么？”说罢，大哭连天，站起身来，便想寻自尽了。被郝素玉一把揪住，当时也苦苦的哀求。张七为她缠得无法，不禁长叹一声，开言说道："俺道是看破世情，一尘不染，在这山上做个隐士，谁知天不由人，出了这事。叫我怎生说项。也罢，且与汝前去一行。但是救活天霸，仍然独自回山，所有琅玡事件，是不能过问的了。但是这一带山林，无人管理，为父怎么放心得下。"张桂兰道："孩儿前已说过，路遇着哥哥，便是五伯的儿子，现在山前等候示下。"张七一听此言，喜出望外，忙道："莫非是黑头陀张焕么?"桂兰道："正是此人，爹爹且命人去呼唤。"当是便将如何会面的话说了一遍。真是悲喜交集，悲的是自己一身无依无靠，兄弟七人惟我孑然独存，回想从前的光景，不觉如在眼前；喜的是多年叔侄一旦相逢，百年之后张氏门中尚有这一个后代。有此两层，以致悲喜不定。当时张焕早走了进来，向着张七磕下头去，嘴里一面说道："不孝的侄儿，自幼远离，不知家事。父母亡故，渺不知期，生不能侍养于前，死不能成哀于后。抚衷为人，不能为人。平时专恃两个拳头，为非作歹。回思昔日，玷辱门庭。今得见尊颜，求叔父开一线之恩，收留教诲，便趁此改邪归正了。"说罢，也就匍匐台前，放声大哭。常言道："一息尚存，皆可为善。回头是岸，福得在人。"张焕是个杀人放火的强盗，想到父母身上，也不住流下泪来。不知后事如何，且看下回分解。

第五一六回

大英雄负气往沂州　女将军妙手伤强寇

却说张七听了张焕一派言词，当时起身，将他扶起，忙道："我儿回转山头，乃是祖宗之德，就此住在山中，安居乐业，那强盗的买卖是万做不得。"张焕只是诺诺连声，随即命人到了店内，叫剪门闭歇。这里张七向桂兰说道："既是侄儿到来，这山上大可照应。汝姊妹两人今晚暂住一宵，明早为父的与汝同去。"当时桂兰便同郝素玉，到了后寨，细看一番，回想从前在山的时节，另是一番的路径。有话即长，无话即短，到了次日，张七起身到了后面，将所有的物件并粮草等物，交付张焕，然后取了药料，带上盘川，来向桂兰说道："俩两人虽善行走，但是天霸命在垂危，早一日到沂州，便少一日的灾难。俺此时便独自先去，汝俩人带着亲兵，随后前去便了。"桂兰知他的用意，深恐救了天霸，众人不肯将他放走，先到了前途，只要将他救了过来，便乘隙逃走。若自己一同前去，便留心在他身上，逃走不得。桂兰心下虽不愿意，无奈是自己的父亲，却是违拗不得，当时只得应道："爹爹前去，路上一人，如何是好？孩儿看来，虽不与我同行，带个喽兵一路也可照应。"张七道："为父的自己晓得，汝等随后赶来便了。"说着，便背着包裹，一路下山而去。桂兰与郝素玉未有半个时辰，也就起程。

不说他俩人向沂州进发，且说那日殷龙自天霸受伤之后，只是闷闷不乐，所幸万功散敷在上面，虽不见有什么功效，却亦未有坏处。唯是日夜提防，派人看守，却比交锋打仗辛苦数倍。殷赛花见贺人杰受了重伤，一时不能全好，咬牙切齿，只恨王朗。怎奈飞云子楼图未得到手，即便上山，也是无益。只得日夜望王杰回来，好知道张七的消息。

谁知王朗自得胜之后，次日杀牛宰马，大犒三军。当晚饮酒之间，孙勇向王朗言道："咱有一言，与寨主商议，不知可能曲从么？"王朗道："贤弟有言，但说不妨，何故这半吞半吐？"孙勇道："咱闻兵贵神速，又云先声夺人。昨夜一战，已叫那殷龙丧气。咱想趁天霸受伤之时，前去将他结果了性命。此人乃施不全第一个助臂，若将此人伤命，余者便可无虑了。"王朗道："咱们久有此心，只因昨晚诸位辛苦万分，一时万难开口。因此聊备杯酌，以庆功劳。贤弟若肯相帮，这便是愚兄的造化了。"孙勇道："受人之托，要忠人之事。小弟明早定下山头，先将那个殷龙结果了性命，然后再杀那人杰。"蛮和尚听了此言，高声叫道："喜逢双人，祸不单行。昨晚那秃头和尚，咱们与他杀了有数回合，未能将他送命，俺明日也下山一走，决个死战。"飞叉将军郭天保也应声答道："俺也前去走走，杀他俩人，开个利市。"三人一时商议妥当，次日一早，各带家伙，向殷龙的寓所进发。殷龙连日打了败仗，正是加意提防，深恐琅玡山上趁此来人，不时地请普润在门前打听。普润暗自说道："殷龙是个有名的老辈，为何杀了一阵，便如此心惊胆颤？在俺看来，也是有名无实。"正是暗想，忽见那店小二走了进来，匆匆说道："普和尚不好了！琅玡山又来了几个强人，现在离店前不远了！"普润听了此言，哪里忍耐得住？一声斥咤，提了戒刀，冲了出去。殷龙恐他一人难以抵敌，赶即提了朴刀，一同前去。赛花等他俩人走后，向着赵五说道：“汝弟兄在此看守着他二人，俺不将来人送了性命，也不泄心头之恨！”说着，将那双剑佩在腰间，带了铁背花装弩，招呼一声，出门而去。

且说普润出了店来，拣了一个宽大的地方，当中站下，果见那个交手的和尚，远远而来。彼此见面，并不答话，两人就此争杀起来。彼此战了有三四十回合，未能分个胜负。孙勇在后面看得火起，舞动双锤，前来助战。殷龙见来势凶猛，上前就是一刀，对孙勇肩头劈下。孙勇见是殷龙，知道他的厉害，双锤高起，急架相迎。四个人杀在一团，战在一处。赛花在后观战，见普润虽是英雄，只是战个平手，不趁此时送他性命，尚待何时？想罢，便在肩头上面，将铁背花装弩取下，扣上好弦，一箭射去。蛮和尚正与普润战个对手，急想获胜。看普润提刀来格，忽听得索然一声，犹如电闪一般，一弩向命门射去。蛮和尚说声不好，赶即将头一扭，肩头上面早中了一箭，抬头一看，正看见赛花，哪里忍耐得住，骂道：“汝这妇人，敢来暗施毒计！不要走，留下命来！俺来会汝。”说着，撇下普润，直奔赛花。赛花深恐不与他厮杀，此时见和尚奔来，两脚尖轻轻向上一蹿，早到了蛮和尚的身后，对定后心，一剑刺去。蛮和尚晓得不好，掉转身躯，已来不及。只得将两足向前一起，已蹿去十数步远近，方将一剑让去。转身回来，还了禅杖。赛花将双剑高起，用了个古翦①字势，将那禅杖架住，骂道：“汝这秃驴，不过是个肉头！任汝刀枪不入，水火不怕，俺也不惧。来得好，汝这禅杖能奈我

---

① 翦（jiǎn）——同剪。

何？就长出三头六臂，谅也难逃狗命。”说罢，便用了十二分气力，两旁分开向前一送。蛮和尚见她来斗，也就拼力下坠。赛花见他不肯相让，心下想道：“且叫这厮吃了此苦。”想罢，两足向地下立定，两支宝剑向身边一缩，随即向后一退，早把蛮和尚那条禅杖落空在地下。只见他向前一个筋头，跌在下面。赛花见他中了妙计，当时抢上一步，举起宝剑，当头砍下，后面飞叉将军见蛮和尚要丢性命，抢上一步，大声喝道：“汝这贱妇，勿得伤人，俺郭天保来也！”只见飞叉一起，早把赛花的宝剑格在一旁，两人便就此交手。郭天保道她是个无用的女子，全不放在他心上，或而在前，或而在后，随便向身上刺来。赛花见他这样，知道是小觑于她，心下正是欢喜，暗道：“难得汝这厮如此猖狂，不若先将汝送了性命，使他们知俺的厉害。”随时战了数合，即虚晃一剑，假意败走。郭天保见她败去，举动飞叉，紧紧地在后追去。赛花见他追来，正中己意，随又转身，复战数合。此时一面招架，哪知铁背花装弩箭早已装好，放将出来了。郭天保只道她长枪大戟，来不及施放那弩箭，谁料她一下早经射到了面前，正对左眼角上。当时这一惊不小，赶着向左边一让，耳门外面，早是个通心直过，血流满面。一柄飞叉直奔赛花刺下。赛花两口宝剑，也是如游龙一般，前后左右，认定他兵刃招架，杀了有二三十合，郭天保也是胜她不得，飞叉起处，一路的叉法，四面杀来。男女二人，只分不出个胜负。孙勇与殷龙杀了一会，也不见有个胜负。当时孙勇那一柄锤头，直对殷龙的要害打下。不知殷龙性命如何，下回分解。

第五一七回

见乌鸦漕督究奇案　起身骸县令赴尸场

却说孙勇因战殷龙不过，不禁怒发冲冠，大声喝道："殷龙，俺与汝势不两立了！不是你死，就是我亡！"两个铁锤，尽对他肩头打下。殷龙虽心下着急，只得将朴刀舞起，上下遮拦。战了有十数个照面，殷龙渐渐地招架不住。赛花虽与郭天保交手，所幸她一双宝剑，快舞如飞，上下盘旋，毫无半点破绽。远远见父亲欲败了下去，赶将剑法便紧紧逼住天保的飞叉，一手将铁背花装弩搭上弓弦，说声："孙勇休得逞能，俺姑奶奶宝贝来也！"说罢，一弩飞到前面，正对孙勇的太阳一下，哎哟，一声，栽倒在地。殷龙见孙勇倒栽个筋头，赶着上前，便想一刀结果了性命。谁知蛮和尚甚是眼快，正将普润的戒刀格去，转身一步，赶到面前，将殷龙的朴刀架住。孙勇拗起身来，不敢恋战，只得转身回山而去。赛花见射中了一弩，哪里肯让他逃走。迈步上前，随后追到，叫道："恶贼休走，俺姑奶奶追得来也！"殷龙恐她有失，赶即撇了蛮和尚，仍然追去。这里郭天保与蛮和尚两人，早已脱了圈子，也就各自回山去。

不说殷龙回转店中。再表施公自张桂兰走后，将地方上公事一连三日连夜办清。这日早间，便将淮扬道传见，将所有要件，交付于他，一切寻常事件，命他代拆代行。然后择了日期，将计全、何路通、李七侯、金大力这一干将士皆传了进来，每人带漕标亲兵，可约有一千余人，分作五队，每一队五百余人，按队而行。所有褚标、朱光祖等人，皆约在沂州相会。到了行期前一日，先将册印送与淮扬道。到了吉期，放炮三声，拔队前进。在路非止一日，这一天到了沛县境内。施公正值思念天霸，不知他性命如何，忽然一个乌鸦对定前面，恶恶地叫了三下。施公当他好生疑惑，暗道："本院出辕，并非为那诉讼案件，何故这乌鸦向本院乱叫？莫非有什么冤情吗？"当时在轿内喊道："乌鸦乌鸦，若有冤情，再叫三声！"只见那乌鸦在轿前叫了三声。施公只得命人住轿，将何路通喊到面前，说道："汝且带亲兵八名，随着这乌鸦一路而去。本院在前面驿站等汝，若有动静，赶快告知，以便就地方官追究。"何路通领命而去。

谁知这乌鸦一路飞叫，在何路通前面不疾不徐，缓缓飞去。约有半里远近，前面有一个水塘，乌鸦便盘旋绕了一会，飞身向水上一歇，一个蜻蜓点水啄了下去。何路通站在岸上，心下疑道："这事甚是奇怪，乌鸦乃天上的飞禽，何故反入由水内？莫非塘内有什么异事么？"随即在塘外周围观看一回，然后命亲兵将本地乡保喊来，当时问道："这水塘还是官塘，还是乡户自己的么？"乡保听说是施大人的差官，已吓得神昏失态，忙道："小人是新近上的卯，尚未查问这底细。老爷前来动问，且待查问明白，再来奉告。"何路通见他这畏缩的样子，看在眼内，甚是好笑，乃道："汝这狗头，所干何事？自己分内的事，尚敢说个不知。本官本欲严责，姑留尔的体面。从速查访，立待回话！现在施大人在驿站候信呢。"乡保战战兢兢磕了个响头，站起身来，一路而去。未有片刻工夫，带了一个少年，约有三十外岁，身高体胖，凶恶异常。到了何路通面前，回道："小人奉命查问，此塘乃是这男子的家塘，祖业流传，世居此地。小人已将本人带到，请老爷查问他便了。”何路通即向少年问道：“汝姓甚名谁，做何生理，家下尚有何人？从实说来，好禀大人定夺。”少年见是路通，当即答道：“咱姓高名飞字翔云，祖籍是这沛县人氏，向以贩席为业。清白平民，毫无劣迹，不知老爷唤小人则甚。”何路通道：“非是俺与汝作对，只因汝做的事情不安，把这家塘埋了什么物件，因此大人前来查勘。本官且带汝见大人，然后定夺。”当时便将高飞交付了亲兵，自己押解到沛县驿站。

此时沛县知县郭昌年早得了信息，飞奔而来。何路通当即将方才的事禀明，施公随即命带高飞。高飞一见了施公，早已魂飞天外。施公命他抬起头来，但见他满面的凶形，一团的杀气，不禁将惊堂木一拍，喝道：“汝这狗头干得好事，还不将实情说出！”高飞见施公突然而来，说不出个题目，乃道：“小人安分守业，从来不敢作歹为非。大人提小人前来，但命小人实供，小人即无人控告，且又未曾告人，叫小人从何供起？”这番话反把施公说的开口不得，心下想道：“这狗头倒说得有理，但这个面目实非善类。俺又不能以那个乌鸦据以为实，不若如此诈他一诈，若能问出个情由，便可由此追问了。”想了一会，笑而说道：“汝这狗头，倒会辩嘴。可知本院一清如水，日理阳间，夜理阴间，若无人在本院前控告，本院又何必拿汝？且将那个姓邬的事件，从实供来，若有半字含糊，这顷刻送汝狗命！”说着，将惊堂木拍的连天，令他挺身直认。高飞见施公突然说出一个姓邬的，又如半空中突下一个霹雳，形色仓皇，露于外面，乃道：“小人家并无什么姓邬的，只有五年前有个长工伙计名叫邬三，他乃四川人氏，早经回转家乡了。”施公见他说出个姓邬的，正应乌鸦叫了三声，赶把惊堂木一拍，大声喝道：“汝这狗头还不从快说出！邬三乃于前晚已在阴间告状子了，说你将他害死，隐瞒了他历年的工钱，并奸骗他妻子。若不从实吐供，先打断汝这条狗腿！”说罢，便命人将他推下。高飞哪里肯承认，乃在下面喊道：“大人乃当朝官长，小人若果为非，情甘领罪。实无这个事件，即便将小人打死，也无口供！”说着矢口不移，绝不认供。施公心下暗道：“此案却无确实证据，何能遽尔用刑？”当时只得向高飞说道：“本院不还你个实据，谅汝不甘引罪。且待汝同去见个皂白。”

说罢，起身带了人众，同沛县知县郭昌年一路到了水塘前面，向着昌年说道：“此案乃贵县分内，可向左右村庄、前后田户百姓借一部水车，将里面清水车去，命人到下面踏勘，便可分明。”郭昌年只得遵命照办，当时到村中借取水车。忙忙地闹了一日，到了向晚时节，方才将水车尽。当时早有五六个亲兵跳了下去，众人用手一摸，齐声喊到：“下面是块方石，约有方桌大，咱们移动他不得！”施公听说，当添了数人下去搬动，只听哎哟一声，众人吓得摇唇鼓舌，个个惊疑。你道何故？只因众人到了下面，先将边匡一摸，好似个石磨相似。每人握定一面，拼力向上一翻，早有个尸骸绳捆索绑纳在下面。此时早经看见，向着郭昌年说道：“此事已见有形迹了。”随命将尸骸抬上，搭盖户棚，将他遮住；一面命仵作前来，将尸骸泥污洗去，露出身形。施大人与郭昌年走到尸骸面前，细为一察看，却是个四十岁以外的中年男子，面上皮肤虽为泥污，那身形看他得出。仵作当时如法细相验过了一会，仵作下面报道：“无名骸一具，年约四十以外，身前中毒身亡。胸下有铁尺伤痕，宽约二分，长约二寸；发根有铁钉一根，深有五寸；背脊绳索一根。死后捆缚所致。”唱罢，施公命郭昌年填了尸格，发价棺殓，然后带领众人转回衙门。不知此人如何，且看下回分解。

第五一八回

审淫妇戴氏据口供　治奸夫高飞处刑罪

且说施公填了尸格，将人众带回官驿，升了公座，将高飞带到面前，喝道："汝这狗头，还有何说！此乃彰明较著之案，这口尸骸汝可认得么？再不招承，便用大刑拷问了。"高飞已是开口不得，过了半晌，言道："小人方才禀明，用的那个长工是在三十以外，天差所供已是四十上下。而且他面目模糊，从何辨认？若说郛三，此人早回川去，何至死于此处？这分明另是一案，小人的水塘这个骸骨污秽，已是不问了。不能无辜再受冤屈。"施公听了，怒道："你这厮倒会强辩。左右将他重打四十，然后用大刑拷问！"两边一声答应，拖到下面，如数的打毕。施公只得向何路通耳边说了许多言语，随即起身退后，命人将高飞带入县衙。何路通领命出来，先将乡保唤到面前，问道："汝知这高飞家内尚有何人，做何生理？就此赶速前去，将他家小带来回话。"

乡保答应下来，真个是到了高家，如鹰啄小犬，早将高飞的妻子，并一个六岁的女儿，带到驿站。施公先命人将所用的大刑全行伺候，升了公座，将人犯带上，问道："汝这妇人，可住在高飞家内么？本院知你有了冤情，特为你丈夫申冤。你可情愿么？"施公此言，正是用话诈他。那女子只道是为高飞申冤，会错了意儿，当时在下面禀道："大人恩典，小妇人丈夫实是冤枉。”施公道：“你既为冤枉，且将高飞如何害你丈夫，从实说来。本院自可减等问罪。汝是何方人氏，娘家姓甚名谁？”只听下面禀道：“小妇人娘家姓戴，丈夫即是高飞。现为仇家暗害，将死尸送入咱家水塘里面。蒙大人将丈夫提案，欲问根由，其实不知此事。”施公听了，喝道：“汝这无耻的淫贱妇人，在本院面前尚自抵赖！汝丈夫早已言明，汝乃邬三之妻，与他奸合，谋死亲夫，汝还信口胡赖！本院执法如山，不将汝这淫妇问出口供，那无头的案件还能审么？左右先将这淫妇叉入油锅，烹她的狗腿，看她招与不招？”施公一声，两旁兵役如狼似虎地一般，早将戴氏拿下。顷刻之间，火油鼎沸，赤焰焰的如火蛇相似。两个差官将戴氏提起一双脚爪，担在锅边上面，专候施公再喝一声，便向里面丢下。戴氏见了这个情形，不禁心惊胆颤，哭道：“恳求大人活命，小妇人情愿实供。”施公见她肯认这案，当时命人放下，道：“汝这贱妇，从快说来！怎样将邬三害死？”戴氏到了此时，欲不说出，眼见下油锅，没命即在立刻；若欲说出，与高飞那样恩情，顷刻定了死罪。当时欲言又止，半晌无言。施公见她又欲抵赖，骂道：“本院还未松刑，便又如此狡猾。左右速将她叉入油锅！”戴氏听了此言，不禁失声哭道：“此事小妇人虽闻其事，实高飞有心谋害。邬三本是四川人氏，十五岁逃难至此，在前庄王家饭店做了伙计，二十岁娶了小妇人为妻。那时高飞亦在店中执役，见小妇人有几分姿色，多方勾引，骗诱成奸。向邬三说道：‘为了执役，无所了局。咱们家内有几亩薄田，自耕自种，免得受人家使唤。’邬三是异方人氏，听了此言，岂有不情愿，因此到了他家。因慕成奸，因奸成妒，遂起谋害之意。不料邬三命该逢绝，这日思念家乡，欲与小妇人回转家乡，同归故里。高飞听了此言，哪里忍耐得住？暗与小妇人商量，等他动身之时，前两日将左邻右舍请到家中，代他饯行。到临行的日期，故意送他一程，出了本庄，便将他结果了性命。又恐事后发作，特将一个石磨捆在后心，推入塘内。就此与小妇人作为夫妇。后见他杳无音信，便彰明较著，嫁他为妻。不期郐三阴灵不散，复向大人面前告了阴状。此乃小妇人的实供，求大人开一线之恩，饶我性命。”施公听毕，使沛县招房写了一个口供，命戴氏画供，然后将她送到城内，收入女牢。复行将高飞提出，问出实情。施公便判了秋审施刑，斩首抵罪。耽搁一夜，次日绝早起程，直向沂州进发。

单说张七当日下了山头，提了朴刀，直向沂州进发。他本是单身独马，适值夜色又好，他便放了夜站。忽然后面一声响亮，灯球一显，四面儿朗排于两面，挠钩火搭向身上逐来。张七见了好生笑道：“老爷是强盗祖宗，并不知是这样规矩，难怪当日劫掠客商，一经动手便可得利，原来有如此凶勇。”当时四下围裹上来，只是不敢动手。命了一个头目，匆匆去飞报上山。不一会，来了一人，舞刀下山，劈面见了张七，骂道：“汝这该死匹夫，丢下黄金买路!”张七向他一望，也知是个会角，登时怒道：“无知强寇，敢出此言！不要走，看刀!”说着举手一刀，劈面砍去。那人见张七来得凶勇，赶将单刀一起，用了个丹凤朝阳势，还手一刀咽喉刺下。张七毫不在意，顺手开了过去。彼此杀了有数十余合。张七志在赶路，虚砍一刀，转身就走。口内说道：“俺张七往沂州去有事，改日回来，再与汝战个你死我活。”那人见他收兵要走，赶即上前拦道：“你这人到沂州何干？莫非也投那琅玡山王朗么?”张七听他说出王朗二字，中间定有他故，也就止步答道：“俺乃捉王郎之人，岂肯前去投他？”那人诧异非常，乃道：“汝这人究竟姓甚名谁？”张七笑道：“汝问俺的名姓，说来也该知道，俺乃绿林老辈，凤凰岭张七是也！”那人听了此言，大惊失色，忙道：“咱道是谁？原来老英雄到此，小可多多得罪。但是此番前往沂州，还因有人拜请，抑是与王朗有隙？且请说明，俾小可知道。”张七见他细问根底，只得止步答道：“汝问俺则甚？汝且将名姓道来。老夫自可相告。”那人听了此言，只得向张七言道：“王朗此楼，乃某等之过也！在下姓云名虎，排行第二，飞云子乃某之兄弟。只因万君召奔赴潼关，请俺三弟。彼时因施不全是个赃官，不肯与他前去，一时之愤，竟将楼图窃去，奔走四方，满意到了淮安，将施不全结果性命。谁知一路而来，口碑载道，沿途百姓无不歌功颂德，说他是个清官。咱反悔从前不当如此，这明是王朗害他性命可知。琥珀夜光杯，乃是皇家的宝物，过了钦限，赃贼两无，岂不获了重咎？而且他这齐星楼，只有俺三弟可以照着楼图前去攻破。现在此图尚在吾山上，虽然有心交付三弟，奈因无颜见面；又恐万君召等人笑俺反复，是以欲行不果，在此胡混。老英雄既来此地，敢烦将此楼图带去，交与普润和尚，好与三弟大破此楼，为国家出力，俺就此便回转潼关了。”张七听了此言，自是喜出望外。当即同云虎上了山头，一同入寨。到了聚义厅，云虎便请他上座。命喽兵取过面水，奉了清茶。厨下已备了酒馔，当时摆了筵席，为张七接风。不知后事如何，且看下回分解。

第五一九回

张老七解囊施药　黄天霸起死回生

却说张七被云虎请到山上，酒席之间，各将衷曲说了一遍。张七便想约云虎一同前去，攻山之时，多一帮手。无奈云虎执意不从，只得随他去了。一宿无话，次日黎明，张七便起身赶路，早有云虎送出个小小拜匣，外面一个红布包裹，裹在里面当中一幅楼图，卷藏在内，当时交付张七，复送了许多盘川。张七也不肯受，只取了那拜匣，别了云虎，下山而去。

复走了七日路程。这日离沂州不远，一路上但听说道："琅玡山上王朗建造高楼，以便争取天下，现在黄天霸身受重伤，命在旦夕，报马到了淮安，施大人亲自前来破敌，昨日沂州府得了施大人公事，命他备一所行辕，择地下寨。听说所带的兵马，不过一千上下，唯有那麾下的将士，个个皆是飞檐走壁，出色惊人。这一路而来，破了许多无头的案件。眼见得沂州这界内要做战场了。"张七听在耳内，所幸天霸尚未送命。当向那人问道："汝可知施大人麾下，那个老英雄殷龙现在何所？连日王朗曾命人同他厮杀？"那人道："此人谁不知道，此去约二三十里，有个庆成客寓，就是他住居的所在。日前飞叉将军郭天保同黑阎罗等人，屡到盘龙镇与他交战。所幸殷赛花有那个铁背花装弩，射人百发百中，到了临斗之时，战她不过，便用这暗器伤人，因此战了数日，并无胜败。"张七想道："此去不过二三十里路径，何不就此前行？今晚便可救天霸了。”主意打定，即在酒店里打了一角暖酒，牛肉馒头，吃个顶饱，趁有月色，一路飞奔而去。行了二十余里，只听远远的杀声，料想是王朗山上前来厮杀，随将包裹紧了一紧，拔出单刀，一路前进。到了前面，果见一个黑汉，舞动双锤，与一个年少的妇女在那里交战。张七知是赛花，赶即大叫一声：“赛花侄女，休得慌忙，俺张七前来助你！”说着一个垫步走到面前，手起刀落，那个黑汉的锤几乎脱离手腕，随即一刀对孙勇马头砍下。孙勇与赛花正杀得难解难分，忽然来了一个年老的英雄，约在六旬以外，身背包裹，拼力杀来，不由吃了一惊。赶将锤头紧了一紧，招拦格架，一路提防。约战有七八个照面，孙勇撇了一刀，回山便去。张七也不追赶。只见殷赛花站立在后面，见了张七，自是喜出望外，赶即上前喊道：“老爷子！你到今日才来，咱们想得好苦！黄叔父与俺的丈夫伤痕未愈，连日言语皆不能启口了！咱爹爹现在店内，你老快同我来！”说着，便在前引路。

过了一会，早见赵氏弟兄同普润迎来，见了赛花忙忙的说道：“天霸的妻子，同那个郝素玉俱皆到了，说他父亲张七已在前动身，已可到了。”赛花听了，笑道：“你这和尚当面错过，这不是老爷子张七么？”又道：“刚才非他助战，正不知与孙勇战到何时。”张七也就问了姓名，一路到了客店。赛花首先叫道：“爹爹赶快出来，老爷子来了！”这一声，早惊动了里面。殷龙匆匆出来，见了张七赶忙问道：“俺的哥！为何今日才到？这两个侄女已到了半日，莫非有甚耽延？你看你那女婿，那样的英雄，到了如此地步，你见着岂不心疼？”当即挽着张七入内，早见桂兰两眼通红，向张七叫了一声：“爹爹！”止不住盈盈泪下。张七到了里面，先将肩上的包裹放下。向着殷龙说道：“咱虽在路耽搁了一日，不但不曾误事，而且反有一件大功。说了出来，真是走遍天涯无觅处，得来全不费功夫。”当将桂兰喊来，命她将自己的拜匣取了出来，交她收好。殷龙道：“你女婿如此重伤，不急去解救，在此闲谈，令人急煞?”张七道：“咱女儿必是放了夜站，连夜而来，故走得如此之快，俺若不破站行，尚在半途，那时又便怎样？且俺这个药料，非按时敷上，不能收效。非俺在此夸口，即普润偌远而来，比不上俺的机遇。”殷龙听了此言急道：“咱们是绿林的汉子，虽不干这买卖，也不逢场应考，但这文乎文乎，有话便说，免令人猜问。”张七道：“那个齐星楼图得着了，岂不是件喜事?”普润不等他说完，连忙问道：“照此说来，莫非遇了云虎么?”张七道：“正是此人，岂非喜事?”当时便将云虎剪径，彼此交手，以及送出楼图，他回转潼关的话，说了一番。众人听见，自是喜出望外。殷赛花见众人出神问话，并来吩咐小兵取水进来，赶着备酒肴请他饮食。

张七净面漱口，奉上茶来，然后执灯台到了天霸面前，叹道：“此乃金龙爪抓伤头角，以致如此肿溃，再过三日，肿到胸前，那就解救不得。”说着，便命桂兰取过一个茶杯，自己在身边取出一个葫芦，将塞子拔去，命人引了火炉，烧了热水，茶杯放在水壶里面，烫了温热，然后将药末放了少许。复取出个药瓶，约有三寸多长，里面许多黑线。张七取出一条，放在水壶里面，登时那线便长大了数倍，明亮非常。乃是个琉璃药管，将茶杯内末药，放入里面。复取了一盆冷水在内浸了一会，拣起之后，又在火盆里熏了一会。如是七次，方将那末药倒出。其时已有三鼓时分，张七先用白布手巾，代天霸将伤痕揩了一回，取了一根鸡毛，将末药慢慢地扫在天霸伤痕上面。只见那个颜色或红或紫，或青或黑，顷刻工夫，但见那伤痕上面露出几个颜色，如火烧一般，热辣辣地冒出青烟。张七赶将方才的凉水洒了一次，火气方才冒出。如是到了天明，天霸忽然大叫一声：“疼煞我也！”翻身又睡。众人听他已能喊叫，转悲为喜。张七道：“汝等且勿多言，所幸来得甚巧，咱这药料，轻则半个时辰，重则两个时辰，便可转轻。他自三更以后，到了此时，方才苏醒，也算病入膏肓了。”遂又用药在他腿脚之上敷了。然后方将人杰推了过来，如法炮制，敷在面部，等到红日上升，两人方可言语。桂兰与赛花两人，见丈夫安然无事，自是喜不自胜。随命人煎了两碗粥汤，慢慢地为他俩人灌下，只见人杰睁开两眼，骂道：“这个瘟贼的王朗，竟敢下此毒手，闷得小爷多苦！心下虽尚明白，只是说不出来。你老既到了此地，又不怕他的埋伏，何不今晚与岳父一同上山，同破他的山头？打他个防备不及。”张七听了，笑道：“汝这小狗头，倒是个真种，汝父亲在日，也是急不及待，汝也是这般性格，所以易吃亏。咱既至了此间，岂能让他逃过？而且大人的兵纷纷而至，汝亦应去迎接。此事理合，等大人定夺。汝与天霸养息数日，专待厮杀便了。”说着，早有飞马到来，知大人离镇不远，赶即上前，追问下落。欲知后事如何，且看下回分解。

第五二〇回

施漕督临镇沂州　陆知府弥缝巨盗

却说贺人杰正请张七同上琅玡山，忽然报马到来，说大人离镇不远。殷龙向张七说道：“咱们此时先见了大人，将天霸苏醒的话先行禀明，然后看大众在何处下落，大家好前去参见。”张七道：“此时大人自必到了城内，一时忙忙碌碌，即便前去，也不能细说，待他营寨扎定，沂州知府晓得俺们在此，自必令人寻找。”殷龙见他有意推辞，只得先在客店坐下，与张七同在店候信。

且说赵五出了店门，直向沂州城而来。行了有一二十里，远远见雉扇高撑，墙头远立，前面有一个帐棚，知是大人的行寨。赶即抢步到了前面，却好王殿臣也奉了大人的钧命，各处找他众人的下处。你道是何缘故？只因王杰由淮安动身，但说在沂州界内，未曾将所在地落说明。施公到了沂州料定，沂州府知府早已知道了，出来问知。这知府姓陆名平，夙昔甚是糊涂。当时见了施公，问知此事，反说：“卑府界内，甚是安静。”施公听了此言，不禁怒道：“照此讲来，颇有虚言。本院已经访察明白，强盗王朗将皇上琥珀夜光的宝物盗去，造下一座齐星楼，招集四方强寇，准备共图大事。本院与黄天霸等人，迭次前来攻打山寨，此乃天霸等奉身廉洁，不肯骚扰地方，故此当地官未曾供应。还说没有此事，岂不是昏聩糊涂。本院此次到此，访闻汝在此地方，有了形迹，本院定即详参，此时先将汝摘去顶戴。”陆平听了施公这派官话，已吓得魂不附体。当时请罪施恩，自己将顶戴摘去，施公遂命他让出衙门。只得命王殿臣四下寻找，劈面遇见了赵五，彼此一同进城。到了府城里面，殿臣带着赵五回来，禀见了施公，将张桂兰请动张七救活天霸与人杰，并路遇云虎，得了楼图的话，说了一遍。施公甚是欢喜。当时命赵五先行回店，次日早晨所有的人众，全行进衙居住，俾得呼唤灵通。赵五便领命回来，将此事禀明天霸。天霸此时虽然活了性命，但精神疲懈，仍在店内。独殷龙言道：“咱们明早定行前去，唯有桂兰与赛花在此，仍要稍住数日。天霸同人杰暂时不能进城。他的人在此调理多时，等大人看了全图，分派已定，择日攻山，然后再去。”殷龙此等讲说，只见张七哑口无言，一词不赞。彼此并不在意，唯有桂兰心下明白。攻山之时，欲派他前去，定然不肯出面，又恐临时情义待他，告辞不得。心中急欲先行回去，免却许多烦恼，因此一人闷口无言。桂兰到了面前，向他言道：“施大人偕远而来，爹爹与他久未见面，平时在天霸面前屡次询问，何不与殷老爷子同去一见，以慰渴想。”张七道：“为父自有道理，汝且不必多言。”殷龙在旁也看出缘故，恐他就此走了，攻山时节又少了一个助手，且这齐星楼十分险恶，设若有人再受重伤，非他解救不可。心下主意想定，当时并不开口。出了店门，将郝素玉喊到面前，叫她就要进城，将此言与关小西说明，回禀施公，请命定夺。素玉随即领命而去。

到了次日，殷龙与众人正要收拾进城。谁知小西已飞马前来，到了里面，说道：“大人闻张老英雄偕远而来，救了两人之命，且喜且敬，特命咱先来通报，大人随后即到。”张七听了此言，心下虽不愿意，无奈他十分恭敬，只得起身说道：“咱乃村野之人，何劳大人下问。”正说之间，外面人喊马嘶，说大人已经下轿，众人只得迎了出来。施公首先见张七道：“老英雄别来无恙？自别尊颜，倏经数载，不期今日在此相遇，真乃国家之福，令婿之造化也！施某不才，得劳老英雄相助，喜乐何如！”说着，便携张七的手，里面坐下，此时殷龙、殷强、殷赛花、贺人杰、王杰、赵五等大众，俱来见礼。施公先问了人杰的伤痕。见天霸未曾前来，想必伤痕未愈，便即起身，向人杰说道：“你黄叔父住在哪里？幸亏老英雄救了性命，真也难得。”人杰只得领他到了天霸的榻前。天霸拗起身来，尚要行礼。施公遂将他止住，问了山上的路径，并埋伏上有何毒物。天霸回答了一遍，然后在施公耳边说了许多言语，施公只是点头，随后出来，向张七说道：“王朗造下齐星楼，这图既为老英雄所得，其中生死门户，恐不能一望而知，非将飞云子请到城内，令他指示一番，方可知悉，此事非老英雄助我一臂不可！咱们且到城内，快叙数日，俟令婿伤痕全愈，择日破山，尊意如何？”张七为施公这番言语，早已推辞不住，只得答道：“某乃村野愚民，不知经略，大人若有差遣，敢效驰驱，何敢有劳枉顾！”施公见他并不推诿，心下十分喜悦。就此同众人一起入城，单留天霸及人杰在内，这且不表。

且说王朗自获胜仗之后，请飞云子复整高楼，愈加埋伏。每日命人下山，打听天霸与人杰的伤痕如何。这日正与郭天保等人商议发兵之策，忽有喽兵急忙报上山来，向着王朗说道：“禀寨主，不好了！殷龙那里来了什么张七，用消除万毒丸，将天霸与人杰救活。今又来了两员女将，厉害非常，不日便要上山，攻打我们山寨了!”王朗听得此言，真个是惊恐无地了。随向飞云子道：“云三哥，这消除万毒丸，他何以知道消息，莫非有奸细露了风声么?”飞云子听说有人前来，既有如此妙药，必非等闲之人。今晚倒要乘隙下山，访问消息。当时对王朗道：“寨主不必多虑，凡事成败，皆有一定。咱山上有许多好汉，即使那天霸死而复生，到了山中，也是个死命。明日可命人先与他会战。若这人果是厉害，俺便用毒物伤他。此时不必多虑!”王朗听他这个言语，自是欢喜非常，命人再去打听。到了晚间飞云子正要飞身出外，忽听窗外有弹指的声音，随即推窗问道：“哪位朋友在此?若有要话，何不面言?”话犹未完，赵五早蹿入里面，转身将窗格关起。飞云子见他前来，忙问道：“五哥到此，有何见教?莫非张七与天霸复行上山么?”赵五面前道：“小弟特到此处来报佳音，令兄云虎与张老英雄路途相遇，已将齐星楼原图带回，因此施大人命俺前来报个信息，请三哥与俺同回城内，指点那齐星楼，如何布置。”飞云子未及等他说完，自是喜不可遏，忙答道：“俺哥在何处遇见?咱们因在山上，不过为这件图样，咱既有了原图，咱何必久困在这里面!汝且此时回去，明日晚间，我便前来相见。”说罢，便催赵五下山而去，不知明晚飞云子如何下山，且看下回分解。

第五二一回

逞威风独临战阵　筹计策欲阅楼图

却说飞云子命赵五回转城中，次日早间，便到王朗那里言道：“昨日听见施不全亲自前来，他手下能人甚多，虽这座高楼无人可破，唯恐今日来战，明日来攻，带领众人将四面围定。咱们这山上粮草虽多，总不能吃食不尽，一年半载，困于此地，咱们山上不能外出打粮借草，断了咽喉。即是他以逸待劳，以静待动，等到山上食尽，那时拼力破山，一鼓而下，咱们这番心血，岂不是空用么？咱也想了一条妙计，山上各人，分作三寨，前寨在牌楼面前，后寨在山后小路，中寨仍然不动。外面如此布置，里面却连为一气，金敲则退，鼓发则进。设有敌人，巡防较易。但不知寨主意下如何。”王朗道：“三哥之言，甚是有理。但山上虽有多人，这座高楼上中下三层，尚不敷调度，若再分为三处，如何分派得来？”飞云了道：“寨主何必拘泥？常言道：‘水来土掩，兵来将挡。’咱们内里本合为一气，等到敌人进了中寨，那时寨主放了号炮，众人赶奔楼前，各守门户，岂不是首尾相顾？”王朗本是个强寇，哪知用兵之道，但听他说得周到，那个“用兵之意，急如星火”这两句话，久经忘却了。飞云子见他不再多问，犹恐他犹豫未决，忙道：“咱们趁此下山，与殷龙打个照面，他若恃而无恐，闻俺自己前去，定命人与俺对敌，一经交手，高下显分，那时自有把握了。”王朗尚未开言，早有郭天保、孙勇陆续到来，听飞云子这派言语，一个个齐声说道："三哥何能出去？倘有人趁隙破楼，寨主一人，岂能如此灵便？如要探访消息，小可不才，愿代三哥一往。"当时孙勇便提动双锤，一路下山，向沂州城下而来。

此时施公正与张七等人，将云虎的楼图取出，尚未观看，忽有探事进来，说："琅琊山的强寇在外讨战。"施公怒道："汝这强徒，真乃目无王法，本院亲自到此，不知将御物献出，本院可以饶全狗命。乃敢如此无理，命人讨战！本院若不将此人擒获，偌大的山头，如何能破？"当即命人取出衣冠，自己率领众人到了城外。孙勇正在那里观望，忽见城门大开，出来许多壮士，后面一人，手足脸嘴无一全美，那种丑陋的样子，出生以来，实未见过。孙勇见了，笑道："人说施不全不是他名号，看来这种丑样，必是外人取笑，说他是不全两字。咱既与他对敌，倒要显个威风。"当即抢上数步，将鱼鳞甲在身上一抖，然后大声喊道："来者何人，莫非施不全这狗官么？老爷在此，快来纳命！"普润见他猖獗，手执戒刀，跳上前去，一刀便对孙勇砍去。孙勇见是普润，手提双锤，将一刀掀去，劈面用了个二龙出水势，一上一下，顶上打来。普润见他甚是凶猛，头向左边一闪，戒刀向上一格，撇过两锤，扭动身躯，早到了孙勇的背后，一刀刺去。孙勇晓得不好，欲待转身，已来不及，只得用了一个调虎离山的身法，两足运了气力，脚尖在下跕了跕，前去有十数步远近。孙勇一锤打个落空，一时动了怒气，双锤并舞，追上前来，对着普润上下乱打。普润本是个浑人，见他拼力前来，也就急架相迎。一场的乱战，他俩人各不相让，刀砍锤迎，约斗了三十个照面。施公在上看得清切，向殷龙说道："这个强徒便如此恶斗，无怪齐星楼更十分难破了。今日初次交手，若果失利，岂不为王朗耻笑！”殷龙尚未开言，早见关太穿到面前，高声叫道：“大人不必多虑，咱去将这厮拿来！”说罢，将折铁倭刀提在手内，就此一个猛虎寻羊蹿入圈内，说道：“和尚火速让开，咱关太来擒此贼！”倭刀一摆，举起便杀。孙勇正在混战之际，忽见来了一人，换去和尚，即将锤头紧了一紧，丁当一声，将倭刀开去，顺手就是一锤认定后心打去。关太全不在意，兜回箭步，打了个照面，一刀早将铁锤开去。孙勇见他刀法厉害，恐一时胜他不得，便将双锤握定手内，虚砍一锤，转身就走。关太不知是诈，随后紧紧追来，喝道：“狗强盗，留下头来！”孙勇见他来追，将双锤并在手内，鱼鳞甲向前一洒，犹如撒网一般，早飞下十数个铁弹子，七零八落，向关太身上打来。关太见他放出暗器，晓得不好，仗着自己的倭刀，可以斩钉削铁，随即舞动刀法，前三后四，左五右六，舞得如天雨飞花相似。只见刀来，不见人身。孙勇的铁弹，早已被他的刀风打滚在地。再看他的身上，全无半点伤痕。孙勇此时也就吃惊不小，暗说：“怪道绿林中传说施不全麾下能人不少，即此一人，可知众人手段了。但见前面这一班将士，皆不是无用之人，自己一人拼力攻打，也是徒然。不如且回山上，然后约众下山，战个胜败。”只得复上前去，同关太又战了数合，锤头一摆，拼力逃出，直向山上而去。

这里施公见他败走，向着关太言道：“非关贤弟刀法厉害，几乎失去了锐气，若不早除此害，如何是好？”只得回转城内，施公进了官衙，便将计全、殷龙、张七三人，请到书房里面，令人备了酒肴，四人入席。酒过数巡，将云虎交出的那座楼图取出，向着计全说道：“计副将，汝看他一幅图，便贻下如此大害，今日咱四人且细瞧一瞧，若能得明其故，盗出御杯，岂不为美?”计全道：“据我看来，这楼图非飞云子指示，不能明白。此楼是他所造，若里面无什么精奥，飞云子既然投顺，何不能破？以他而言，尚不能离图做事。何况咱们门外汉，这里面的门户生死机关，一时不能明白，看来非等飞云子不可。”施公虽以他的话为然，只因案情重大，不知飞云子可一定前来，与众说道：“你等且细看一看，如若不知，再等他来指教明白。”当时起身，到了签桌上，将零星物件全行搬过，然后开了包裹取出一个拜匣，拜匣上面锁着一柄铜锁。施公道：“这不是有意谎人么？既将拜匣送出，何以没有钥匙，这便如何开法?”计全听了笑道：“大人不必焦灼，在计某看来，钥匙必在这拜匣外面，云虎既献楼图，岂有忘却钥匙的道理？咱们再细细地瞧看瞧看！”施公听此言语，只得又将拜匣端起，四下望了一会，仍然空无一物，复递在计全手内道：“这也不是刺绣的细针，一时瞧不见，你看它四面金漆造就，哪有钥匙在内?”计全接在手中，先四面一望，果然没有一物。心下思想道：“他这铜锁，造就的套锁么?”随手在锁上拨了两下，见一面有条丝纹横在两头。计全遂取了一根牙签，用裁纸刀削得针尖一般，对定丝纹里面，轻轻的向外一推，忽然露出一根钢丝，约有半寸长。计全向施公说道：“既然露出这个物件，其余便可下手了。”便即将牙签放下，两个指头将钢丝拈定，向外一抽，复然丁当一声，锁壳下面，早落了一块铜片。计全将铜片拈起，细为一望，边框上制的凸棱，再将铜片翻身一望，里面却另一铜锁铺在当中。计全如何开法，且看下回分解。

第五二二回

开金锁巧样精工　击铁箱楼图毕露

却说施公看了那铜锁，仍然不知开处。计全说：“这钥匙必在铜壳里面。”随将那铜片取在手中，将边上的凸边，折入铜轧夹缝里面，却巧不多不少，一气将三块铜片拨完，上面只是不动。暗道：“此事甚是疑惑，金锁虽是贵重，三面开来，这一面哪有开它不下的道理，究竟是何机关，想它不出?”顺手便将那铜片一推，谁知这三块并在一处，却是三层槽缝，再向壳子上面望去，也是一连三四个缝。计全不禁喜道：“这钥匙必在这上面。”登时将那铜片并作一块，对定原缝投了进去，早已响亮一声，应手而下，一柄金钥匙约半寸多长，端端正正摆在金锁在面，顶头一个金圈，将它套住。施公见了喜道：“无怪这齐星楼如此险要，但看这金锁，便知其内了。”计全随即取下钥匙，将锁开了，复行将外面锁壳仍然套好，放在施公案上抽屉里面，然后将拜匣开下，交与施公。施公取在手内，里面有个黄绸包裹，紧紧结扣，打在上面。当时将包裹取出，放在桌上，将结打开。只看见一方锦裱的册页，叠成四叠，装在里面。施公命计全将拜匣取过，搬着一张金漆方桌，将楼图轻轻地打开。四人看了，但见五色争光，填写明白，却是三层楼角。第一层一带栏杆，围于四面，周围共有四门，按着东南西北；东边方位写着甲门，甲门里面三个台阶，上写着“天地人”三字，台阶一带画着半截短墙，墙上布列着铁网，铁网总线穿在墙内，里面一根铁杆，将总头扣在竿上，下面一条矾石路径，注明一丈五尺，顶面一道围门，围门上面，画了许多榆柳枣杏的树木，上面铺着一层铁板，便是第一层楼面，左边望去，便是南边方位，上写着内门，是面便是一个极大圈子，上写“圆坑”二字。坑外一个小门，周围堆了许多煤铁，当中一个六角方亭，中间站立一人，手执一柄火叉。亭内许多箭头。穿过亭子，三间房屋，檐前一个生铁照壁。向东看去，有一条石路前去，也到了楼面。向西看去，便是庚门，门内画了许多金甲神人，手执利器，在一所四角厅上，前面排列许多大架，架上写的“春夏秋冬”四字。过去有条生铁绳索，通到南方，索上系个铜铃，却又穿到后面木柱子上头，木柱子登立当中，周围一带全是杂木栏杆，防护在四面。过去仍然是一条石路，直至楼底。北方写着壬门，里面尽是一派黑气，凹凹凸凸许多土堆横排在里面。再向前看，辨不出什么物件。众人看了一会，但知它按着四面方位，不知那生死门存于何处。第二层楼梯，即在第一屋楼梯上面。顺着东边上楼，四面八方俱是矮屋，每间屋内或写着龙蛇鸡狗，或画着走兽飞禽，种种不提，笔难尽述。但见那房屋俱是毗连，彼此可通，亦彼此阻隔。要想知何处进出，实在寻找不着。顶上便是第三层楼面，四下八个门户，上写着“休生伤杜景死惊开”，每面有套门，里面一带设着许多铁柜，顶上制就铁梁铁瓦，当中梁上系着一个铁箱子。众人看毕，只不知从何处破起。计全道：“这图既已得到，少不得有破山之日，咱们且等天霸痊愈，飞云子到来，自有个主意。”当时只得将楼图叠起，议论一会，方才酒散。

且说孙勇败回山上，见了王朗，说道：“施不全名不虚传，手下能人十分厉害。今日咱与关太交手，几乎送了性命，设若众人皆如此手段，虽有这座高楼，未必全行得胜。云三哥既在山头，何故不谋一策呢?”飞云子听了，心下暗道：“汝这狗头自恃凶勇，此时也杀败回来，不趁此时下山，尚待何日?”随即言道：“孙大哥你也太为无礼，这高楼是俺所造，几次要取楼图，寨主皆犹豫未决。连日闻施不全亲身到此，某欲自己下山，看他动静，又为汝等阻挠。此次汝大败回来，不说汝本领平常，反说俺不谋一策，是何道理！非是俺自满夸口，这山寨里面，除却俺飞云子造下此楼，将黄天霸败了数次，何人能在俺之上？不说俺尽心竭力，武艺出众，反道俺有了外心。为这样寨主、这样帮手、这班无能无谋无见识的种子干下这通天的大事，此非俺不识人之过么？你说我不谋一策，你的妙计何在？莫说汝这班匹夫不能施一策，就是汝这糊涂寨主，也是听人谗言，不分好歹，今日俺先说明，非是俺有始无终，半途而去，照此不分贤愚，明日俺可回潼关了。”这番话说得孙勇与王朗哑口无言，羞惭无地，半晌不能言语。郭天保见他如此决裂，赶即说道：“云三哥，咱们乃至好的朋友，孙大哥有口无心。你若负气而去，岂不为绿林中耻笑么?”飞云子也不开口，当时一人回到房内。郭天保又让王郎前去赔礼。到了晚间，正置酒款待，只见喽兵前来说道：“云寨主方才下山，有个字帖，命咱们送与寨主，且请寨主电阅。”王朗接在手中，拆开一望，乃是：“愧不知人，妄为汝用，留下高楼，听汝更动，自去潼关，消息早送。”王朗看毕大惊道：“云三哥半途弃我，如何是好？你看他末了一句，想是去投施不全了。这楼是他所造，岂有不能攻破之理？此去敌营，如何是好?”孙勇道：“寨主不必多虑，他楼图未曾取去，即使投顺敌人，也奈何咱们不得。此时唯有分派各人，紧守山寨，专等他前来破寨。此次交战，所谓骑虎之势，两不相下。非是俺们获胜，即是俺们大败。成败在此一举，请寨主定夺便了！”王朗此时也就无法，全凭众人你言我语，各守门户，以便厮杀。

且说飞云子回到自己房中，将双刀插在身边，打了个小包裹，一路而来。先到殷龙店内，却巧殷龙与普润由城内到此，见飞云子到来，心中大悦。忙道：“汝何就此便来，莫非山上有什么消息？大人方将楼图看了一遍，听说不知底细，专等你进城，择日行事，俺与你就此前去罢！”殷龙见是飞云子到此，当即向前行礼道：“咱殷某无德无能，致令小婿身受重伤，不能解救，非英雄慷慨，大力提携，焉能出得山寨？如此厚谊，铭感不忘！”说着便奉上一揖。天霸当时也起身相谢。飞云子谦逊一番，然后与普润别了众人，进城而去。到了府衙，普润命他在外守候，自己先到里面，与王殿臣等人说明，进来通报。施公听说飞云子到了，连忙与计全、张七迎了出来，说声：“有请！”王殿臣传了钧命，早有普润领着飞云子到了里面，只见施公在前说道：“施某久仰大名，如雷贯耳，自万壮士登门奉请，每饭不忘，何幸惠然肯临，在此相见，实为万幸！”飞云子也就答道：“云某不知时事，误入迷途，身负大罪，多蒙大人不咎既往，今日到此，尚乞恕罪！”当时施公便将飞云子让入里面，与张七、计全行礼坐下，通了姓名。即命人治酒接风，饮了数巡，便说起王朗之事。飞云子道：“此人无智无谋，不难剿灭，推原祸根，皆云某之罪，若非误听人言，造下齐星楼，盗取御杯，这强盗也不敢如此胆大。现在山上唯有孙勇谋划拨弄，能将此人擒获，枭首示众，则王朗不足破矣！”不知后事如何，且看下回分解。

第五二三回

飞云子初次识施公　众英雄更番战王朗

却说施公听飞云子一番话头，当时喜出望外，乃道："施某得遇英雄，可谓相见恨晚！但是所绘楼图，何以看它不出？此时壮士既到，敢求指示一二！"飞云子道："此中变化，言之不尽，便是云某说来，也是言其大概。总之，它按的东西南北中五行，由五行变成八卦，由八卦分了生死门户，临时破敌，在先将众人派定，某人破何处，某人在哪个方位，指示明白，然后方能前去。且这原图非某所绘，乃祖代传留。诸如东边甲门，乃按东方甲乙木，木能生火，故里面栽首榆柳杏枣许多引火之物，砜石路径通于南方。南方丙门，即丙丁火之说，六角方门堆积许多箭头，箭必有矢，矢乃属金。故南方虽是火门，里面与西方相遇。西方庚门，庚者，庚辛金，金盔金甲神人，手执利器，虽是本位埋伏，其实金能生水，故铁索穿到后面本位之上，直达北方。北方壬癸，又是属水，那派黑水皆水之致，许多土堆通于中央。中央属戊己方位，戊己皆是属土。故外面看来，分为四门，里面却有生生不息之意。木能生火，火能生金，金能生水，水又能生木，木又能无土，水又能克火，火又有克金。其中或生或克，非临时细心的体认不可。第二层即由五行中生出八卦，外面是'休生伤杜景死惊开'八字，其实内里是

'乾坎艮震巽离坤兑①，所有那走兽飞禽，皆是铜铁造就，按着方位，运动机关。由生门进去，处处得生；由死门进去，则步步逢殃。云某今日到此，不知大人麾下有多少能人，此去破山，云某愿在前引路，使各人上去，皆入生门，将那许多关键闭住，便可横行无阻，毁折此楼。此时且请大人将麾下众人的姓名开出，云某好量材器用。”施公听了此言，十分欢喜，忙道：“承蒙指示，如梦方醒。欲取花名，此事甚易，明早大堂传呼，请壮士择人从事如何?”当时便命备了盛席，将万君召、赵五、赵四这些人传来相陪。

一宿无话，次早黄天霸与贺人杰早领着桂兰、赛花进城而来。他四人本在店中养病，昨晚中军传出信来，说明早大人大堂传令。深恐上山时节，没有他四人的差使，因此带病前来，准备厮杀。少顷，施公具了衣冠，所有漕标的将士概行站在两旁。先将花名册铺在公案面前，点名已毕。飞云子先将众人观看一回，拣那有名壮士派了方位。过了一会，自己在公案前写了一个名单，送上施公观看。乃是：引路赵五、赵四，守牌楼郭起凤、王殿臣，寨门金大力、何路通，巡防李七侯、李昆、方刚、关太。第一层栏杆，张桂兰、殷赛花。东门黄天霸，南门贺人杰，西门普润，北门郝其鸾。第一层楼面，金龙爪万君召，长蛇头褚标，蜂虿②刺朱光祖，恶狗沫张七，乌鸦嘴郝素玉，壁虎尾王杰。所有殷勇、殷猛、殷刚、殷强皆跟着殷龙在

---

① 乾坎艮（gèn）震巽（xùn）离坤兑——八卦，分别代表天、水、山、雷、风、火、地、泽。

② 虿（chái）——古书上一般指蝎子一类的毒虫。

各处接应。施公将人名单看毕，向着飞云子道：“壮士如此分派，足见井井有条，但是第三层，乃紧要的地方，琥珀夜光杯，必然在这上面，何故这地方并未派人？”飞云子道：“大人有所不知。此处乃王朗开拨关键的所在，等他下面破去，再行上楼。那机关一转，开闭死门，这就大为不利。因此云某不才，在这上面以助一臂，以俺一人敌一王朗，将那总关键抢到手内，开动生门，那就万无一失了。但云某年幼无知，将许多老英雄分派前去，尚祈原谅！”说着，两眼直望着张七，施公会意，答道：“壮士何必过谦？率土之滨，莫非王臣！何况众英雄也曾受国家恩典。张老英雄此次前来，更属公私两尽，岂有不愿出力之理？壮士但请放心，协力相助便了！”当时分派妥当，传命众人勿得走了消息。

是日到了晚间，施公大摆酒宴，犒赏三军，预备上山破敌。二鼓之后，一个个结束停当，各带兵器，飞步出城。到了琅琊山上，早有赵四、赵五在前引路，转过牌楼，飞身上了寨门，到了里面，听山上毫无动静，悄悄无一人声音，心下反而疑惑。暗道：“王朗莫非已得了消息，就此逃走不成？”正疑之际，早见飞云子运动身子，黑布包脑，皂衣皂裤，手执短刀，一路向楼前而去。少顷，天霸、贺人杰也过了方厅，在假山前守候。其余众人也就到此会了齐。栏杆前面，早见张桂兰与殷赛花在那里混杀，孙勇见是个女子，全不放在心上，双锤并起，左右开弓，每人一下打去。张桂兰见他来得凶勇，双刀将一锤格去，高声骂道：“狗强盗！姑奶奶的丈夫两次三番，皆为汝这狗头用了埋伏，几乎送了性命，今日特来寻汝，以报前仇！”说罢，双刀还未砍去，殷赛花的宝剑已经刺来。孙勇仗着自己的武艺，奋勇当先，力将她战，毫无半点惧怯。这里正杀在一处，那东南西北四个门户，早有人前去攻杀。只见飞云子高声叫道：“汝等均由东门进去，到了里面，再分方位。”正走之时，忽见邓龙、郭天保一路迎来，见了众人，赶即敲动金声，传了号令。上面王朗在第一层楼上听见金声，早已魂飞天外，赶将机关拨动，只见栏杆外面火焰当空，火光直射，许多火箭由里面发出。张桂兰、赛花正杀得性起，忽见火箭乱飞，晓得他的厉害，只得转身向外逃走。谁知火光到了空中，忽然一阵风来，倒转到里面而去，栏杆里面一带喽兵，直烧得焦头烂额，喊叫连天，赛花见埋伏无用，复行将双剑舞动，对孙勇上下砍来。孙勇此时更加诧异，暗道：“寨主在楼专司拨那关键，何以这埋伏忽而更变，烧入里面去了？”当时只得拼力上前，力敌她两员女将。邓龙与天保在那里正阻天霸，满想金声一动，火箭射来，接着上面的铁板突下。谁知敲了一会，机关不灵。天霸的单刀在肩头砍了一下，已是动弹不得。郭天保知有了奸细，赶即上楼开动埋伏。那万君召与褚标二人，早已上了二层楼面，与郑得仁、一撮毛二人杀得难解难分。郑得仁舞动枪头，分心刺去。万君召早是一刀格在旁面，随手一下砍来，用了个丹凤朝阳的式，得仁向后一退，枪头舞起，架在一边。战了三四个回合，知是战他不过，忙将金龙爪的关键拨了一下，果见一条金龙舞爪张牙，向君召面前横下。君召吃了一惊，正待举刀挡，但听一声喀喳，那龙爪断折在下面，囊然一声，全行突下。得仁这一惊不小，见自己的门户为人破去，随即拖动枪头，便想逃走。早被万君召上前一刀，结果了性命。转身向北行去，见一个小小的方门，顺手一推，早见一撮毛、褚标两人杀在一处。褚标虽是一员好将，然一撮毛的手段，却也不相上下。君召大吼一声：“恶贼胆敢如此猖狂！王朗的埋伏已为俺破去，汝看金龙爪还在那所在么？”一撮毛见君召进来助战，已是出乎意外，听他说金龙爪无用，更是惊惧非常。不知此人性命如何，且看下回分解。

第五二四回

临大敌埋伏齐开　得御杯英雄出色

却说一撮毛见长头蛇关键拨开不动，知是埋伏破去，一声叱咤，拼刀上前，那柄刀紧对君召与褚标砍下。褚标见他杀得性起，反将身躯一让，眼见一撮毛一刀落空，随即上前一刀砍去，早砍中肋下。君召接上又是一刀，结果了性命。朱光祖与张七，正在那蜂虿刺、恶狗沫三个门户里面，何坤福与小阎王各提兵刃前来。张七本是英雄老辈，那口单刀犹如游龙一般，前后盘旋。直对何坤福砍下。何坤福四五个照面，已只能招架，不能还手，让过一刀，来开恶狗沫的门户，未及动手，早被张七一腿打倒，结果了性命。王朗此时见埋伏无用，真是气冲牛斗，大骂道："云鹤汝这狗头！俺待汝不薄，为何一言不合，遽尔逃去？弄得俺弃山不得，逃避无门，这座齐星楼反害咱的性命，岂不是白用机关，将俺暗害么？"谁知背后早有一人，大声喝道："俺飞云子来也！只因投顺施公，特来破汝。汝若一心改过，就此自己束缚，同俺去见施公，或者可饶全性命；不然，要想逃出此楼，也是登天向日。"原来飞云子上楼之时，王朗未曾看见，便先将各处关键往里拨开，所有死门一律闭起。大众人在下面就拨动埋伏，不是翻身打了自己，便是猛然突下，触坏机关。王朗见火箭倒射回来，更手足无措，正在仓皇之际，飞云子便趁此纵上正梁，将铁柜取下，把琥珀夜光杯端在手中，揣入怀内。此时与王朗拼力断杀，当时不肯伤他性命。随即虚晃一刀，向外喊道："众位英雄，莫走了王朗！咱送琥珀夜光杯与大人去了。"说罢，跳跃飞去，一路招呼，往山下而去。

王朗见飞云子已经走远。正要走脱，天霸大声喝道："汝该死的狗强盗，向哪里走？"王朗向着天霸道："追人不可追急，咱王朗大事不成，也是天不容我。大丈夫可杀不可辱，一刀一枪为汝杀死，岂可容汝擒获？"说罢，一双钢鞭，犹如天翻地覆一般，不住地向他两人打下。天霸与李七侯各将兵刃紧了一紧，前后夹攻，直战了二三十个回合，王朗早已两膀酸疲，动弹不得，周身汗如雨下。正在难解难分之际，只见殷赛花远远而来，高声叫道："李叔父、黄叔父暂住手，这强贼待侄媳擒获。"当时如飞燕一般，蹿身到了面前，双剑砍下。王朗一人岂能力敌三将，忽然孙勇远远赶来，说道："休得惊慌，俺孙勇前来助你。"赛花见孙勇前来助战，虽是毫无惧怯，唯恐王朗趁此逃走，赶将铁背花装弩取下，嗦然一声，对孙勇射来，喝道："恶贼休得逞能，俺的宝贝来了！"孙勇正然争斗，不料对面来了一物，吃了一惊，赶让身躯，左肩上已中了一下，哎哟一声，栽倒在地。王朗见孙勇受伤，更是心慌。天霸一刀砍来，已是招架不住。李七侯抢上一步，早将王朗打倒在地。若在别人，就此一刀，便结果了命，无奈他是个钦犯，要随后审明，奏知天子，要将他解送京城判罪施刑。因此李七侯赶上前来，将他按住，腰下解廾丝鸾带，将王朗紧紧缚住。天霸在前，赛花在后，转身一路杀出。那山喽兵见寨主已经被擒，各自逃命去了。

话说飞云子弃了王朗，将夜光杯揣入怀中，下山向城中而去，不一刻进了官衙。施公正在大堂听候消息，见飞云子匆匆而来，忙问道："壮士此来，莫非是琅琊山已破了。"飞云子答道："托大人洪福，王朗已困在楼中定难逃去，因这夜光杯乃皇家御物，既已取来，何能再失？因此先将这宝物呈上，再去接应。"施公喜出望外，忙道："英雄立此大功，改日申奏朝廷，定加升赏。"飞云子道："云某不求升赏，但求大人恕罪，减等施刑，那就衔恩不尽了！"说着转身向外，复又前去迎敌。只见普润与李昆早抬来一个和尚，满身鲜血淋漓，到了公堂，噗咚一声，将秃囚掷下，飞云子见是醉菩提蛮和尚，向普润问道："一路而来，王朗可曾擒获么？"李昆道："咱们为这秃厮，早已用尽气力，几乎为那方砖突下了去，哪里晓得王朗的事件呢？"飞云子一听此言，转身又去。施公道："将蛮和尚推在一边，等人犯到齐，一并勘问。"不知后事如何，且看下回分解。

第五二五回

飞云子计破齐星楼　黄天霸威震沂州府

却说飞云子复上山头，行至半路，早见山上火起，赤焰当空，一片呼喊之声，令人不忍听闻。再行数里，朱光祖、褚标等人，已命人将一撮毛、郭天保等人尸骸抬至楼前，接后黄天霸押着王朗已到城下。飞云子见山寨已破，前去扑灭了余火，直至日光高照，方才同进城来。施公命人将所有的要犯先行下监，自己带领天霸等人到山前追勘。施公命人查了仓谷，装送入城。然后将大寨烧去，同众人入城治酒，为众人庆功。午后将王朗提到堂前，先为讯问。当时具了衣冠升堂，皂役排列左右，堂上一声："传钦犯王朗提到。"但听威吓之声，早将王朗提到堂上，该犯大骂道："施不全，若要俺说实情，大逆不道之事，皆王朗一人所为，与众人全不干涉。俺一人送了性命，死也瞑目。若将俺朋友送了性命，那时咱虽死在地下，生不能啖汝之肉，死当寝汝之皮，要杀快杀，有何多问！"施公见他如此，乃就命上了大刑，收入监内。所有一撮毛、孙勇、蛮和尚这干人众，皆是枭首示众，悬挂城门，诸事粗定。施公到了里面，先将夜光杯赃盗并获的奏折写好，穿上朝服，在大堂望阙谢恩，拜了奏折，飞马进京，升奏皇上。所有钦犯或是解京审问，或是就地正法，等批折回来，便可定夺。

次日，施公将殷龙、计全、黄天霸等人传进书房，言道：

"本院初到此间，方知这沂州府知府名叫陆平，郡下有强盗大案，全然不知，平日吏治废弛，已可概见。本院想就撤任，因不知在这地方与百姓是宽是酷，汝等且出去打听打听，回来禀明，以定去留。"殷龙答应出了书房，向着天霸说道："只因咱有这女婿，便生这许多事件，破了强盗，又访赃官，真是他不惜劳苦。若待不去，又是殷殷劝驾，一时何时推却？咱们今日且快乐一天，然后再去访案。"黄天霸因他年老，推重于他，当时到了外面，便在中军房内打了床铺，命人在厨下要了许多酒肴，众人就此痛饮起来。到了二鼓时分，忽然大堂屋上，轻轻地响了一声，殷龙听见，忙将天霸一推，向上一看，早见一个黑影向东而去。天霸对殷龙打个暗号，两下会意，彼此细听。只见贺人杰由里面而来，天霸问道："大人现在书房没有动静吗？"人杰道："正与飞云子在那里说话。"天霸听了此言，不是里面事件，赶问殷龙道："这必是王朗的伙伴了，设若就此脱逃，那就误事，咱倒要前去观看。"这话说罢，就运动身子，蹿到屋上，也就向东看去。谁知官禁的内监，却在东边明巷里，天霸到了面前，举眼见屋脊上伏着一人，蹲然不动，知是等候稍静。天霸看准人来，举手在袖内取出金镖，喝道："何处强徒，敢来劫狱！俺老爷宝贝来了！"说着，一镖向那人打去，但听哎哟一声，早中了那人腿上。只见其人竭力起身，急忙逃走。天霸又追了前去，接着一镖将那人打倒。里面殷龙等人听见天霸动手，也就随后追来，见那人已经栽倒，赶着上前捆在一旁。天霸命人推倒在大堂，自己到了后面禀报。施公随即升堂，自己到了后面审问。你道此人是谁？即是那琅玡山的强盗，把守壁虎尾的穿山甲。自从飞云子破了埋伏，王朗被擒，便躲入方厅陷人坑下，等到施公踏勘之后，烧去山寨，他便下山打听，知道了王朗未曾送命，便想了这劫狱的主意，前来相救。施公问出真情，推出门前，枭首示众。

过了一夜，殷龙与天霸两人扮做买卖客人，向前走去，到了个浴堂里面。堂倌问道："二位爷可是沐浴么?"天霸道："正因沐浴而来，何必多问?"堂倌道："非是小人多话，只因这地方有个规矩，凡是沐浴之人，皆要挂号，个个如此。"天霸道："这也不是旅店客房，要问明人的来历?"小二道："老爷们有所不知，从前沂州府内，没有这个规矩，自从前年来了这个姓陆的知府，便立下许多名目。初到任的时节，真个是一清如水，一明如镜，一到三更半夜，皆是亲自巡查，不论大小案件，一切随到随问，随问随结，是非曲直，剖得明明白白，地方上百姓感他的恩，称他陆青天。谁知二三月之后，白天变作一个黑天，一味的糊涂，不分皂白，当时原告翻作被告，不应打的，不是一千，便是五百，如此颠倒错乱。若他但是糊涂也就罢了，谁知他生出许多名目，如咱们浴堂、剃头店、饭店、酒店，皆用那个循环的薄子，名为查匪，其实每人每日皆须送他钱文。就此一来，变作一个赃官了。"又骂道："若非赃官在此，哪里有这累害?"说罢，恨恨不已。又有一人插言叙说，不知说出什么，且看下回分解。

第五二六回

递公禀百姓呼冤　施薄惩知府撤任

却说黄天霸正听那小二说陆平的陋规，又有一人插言道："王三！你但知其一，不知其二，这狗官一日不走，咱们一日不得安静。日前北门街朱大武家被劫，失去有五六金家产，人家出了这件横事，理应进城禀案。在先他是下乡踏勘，出了赏格，待他捕获。不知未到数日，竟将朱大武提案，说是有人密告他，乃是诬盗做赃，有心诬告，反将朱大武打下四十大棍，勒令他堂上具结。这朱大武虽不是缙绅人家，也是个秀士。哪里忍耐得下？其时在堂上顶撞了几句，不肯具结。谁知这狗官买盗诬良，硬要监禁，报他同谋作案，他恐为人察出，故意来报案，反将朱大武钉了镣铐，收下监牢，将他定成死罪。"天霸道："这又奇了，难道朱大武遭如此大难，他家竟无别人，不会上宪衙门上控？"那人听了此言，忙道："老爷是外方人氏，不知这狗官的厉害。从前有一家人大同小异，命人到臬台衙门控告，他接有这个消息，一面令人上省里外花费，一面五十银子买个大盗，在半路将这人杀死。朱家知道这个事件，不敢再蹈此辙。"天霸道："照此说来，这沂州府缺分，每年可得多少银两呢？"那人道："在别的官府做来，真是刻苦非常，自他到任之后，各处设法搜罗，贪财害民，每年可得二三十万。便是朱大武这个案件，外人传说，正盗已获，送他一万银子，即将真盗放去，翻过脸来与朱大武为难，这不是有冤无处伸吗?”天霸听了此言，已是按捺不住，忙道：“若是俺家在此间，明不能奈他怎样，暗地里将他结果了性命。”殷龙恐他使出怒气，连忙拦道：“黄贤弟，咱们乃过路之人，何必作此闲气？少不得有恶贯满盈的日期，彼时总要现报。”天霸道：“咱们前日到此贵地，听说漕运总督施大人在此剿贼，不知这强盗是何姓名，平日陆知府何以不知道呢?”那人道：“说来也是可恨，他与王朗结拜的弟兄，三节两寿，王朗皆有孝敬，故此不肯详报。听说施大人昨日已将王朗擒获，尚未审出这段情节，能将这狗官定罪，那便是地方上的洪福了。”天霸听了此言，随即沐浴了一会，回转衙门，禀明施公。

次日清早，施公升坐大堂，发出告示，如有贪官污吏剥削贫民，准其据实控告。这个风声传开之后，次日早间，便有许多百姓焚香跪道，来衙喊告。施公命中军将呈词细细的看阅一遍，无非皆是受陆平冤屈。当即传命出去，三日后来衙听讯。百姓听了这话，真是喜出望外。到第三日纷纷前来，只见施公升坐大堂，传命到沂州府陆平，两面传话出去。不多一刻，陆平进来，堂参已毕，此时见了许多人告他，自己开话不得，当即将顶戴自己摘去，到了案前站下。施公向他冷笑道：“贵府身居五马，为一郡太守的分位，不为不重了。受国厚恩，理合为民理事，何以这无知的百姓前来控告？本院也不知是真是假，且将众人呈状，听汝理结。”说罢，将所有的呈词，递与陆平一看。陆平见施公这番言语，早已魂不附体了，只得接得手中，翻开一望，实是平时害民的案件，当时哑口无言，半晌不能言语。施公见了怒道：“汝这狗官！皇上待汝不薄，厚食俸禄，取之于民，何意不思报上之恩，反贪害百姓，岂不是伤心灭理么？汝也是个一榜出身，读圣贤书，辜负苦功十载了！”当将那百姓的案件，是非曲直，断得清清楚楚。将陆平撤任，将本县升署府缺，复行查了仓库，所有欠缺，皆令陆平赔补。诸事已毕，到了晚间，书房具了奏折，将陆平劣迹奏知皇上，专等批折回来。

且说沂州城内有个显宦人家，姓胡名文骏，官居刑部尚书。在京之日，一味贪财，目无王法，欺君害民，朝廷大臣不知参劾了十数余次。无奈他忍辱负重，小忠小信，欺骗皇上，因此不能将他治罪。到了施公二次回京，将他劣迹载明十大款，奏知皇上，始行交部议处。到施公出京之后，复又重用。膝下一子，名唤胡通，名为在家读书，其实仗他父亲的势力，贪花问柳，欺虐平民，强占良田，抢民妇女，不知干了多少无法无天的事件。受害的人家，畏他势力，多半忍气，不与他较量；即使有人控告到官，地方上的官吏，皆知他父亲的财势，不但不待他申冤，反而受了重罪。合当这胡通恶贯满盈，这日娼家饮酒回来，是半夜的时分，蒙眬醉眼，见前有一少年妇人，提着个灯笼，向前行走。胡通在轿内暗道：“看看夜深，有这女子一人行走，必非是良家妇女。不是夜奔，必有苟合。何不就此寻着他短处，带回府内，明日拿帖送官。”仆从听他招呼，知道他的用意，如狼似虎，走上前去，将那妇人揪住。谁知这妇人乃是孝妇，丈夫姓高名万成，是已科第的举子，去岁方才亡故，娘家王氏，也是乡宦人家。只因婆婆身抱大病，无人延医，只得自己出来延医诊治。忽见胡通的家人上来啰唣，骂道：“汝等这般狗头！皇城之下，啰唣人家妇女，该当何罪？我丈夫也是一榜出身，殴辱斯文，王法何在?”胡通在轿内，听她那姣滴的声音，早已魂飞天外，连声命人拿获。谁得知众人正闹之间，殷赛花与张桂兰正是出衙门闲散玩月色，一路而来。见前面有人喊叫，当时便想上前。又因自己是个女子，若为大人，就有许多不便，两人只得纵身上屋，以观动静。只听那妇人有喊叫之声，有“抢掠”二字。桂兰其时并不知轿内是何人物，总以胡通无非是地方的官出来查夜。当时只得回转衙门，命人杰传了中军前去打听。顷刻回来，告知底细。贺人杰大怒不止，便想前来，结果了胡通的性命。张桂兰连忙阻拦，叫他进去，禀明大人，然后定夺。殷赛花在旁说道：“这事可不必。听咱父亲言过，胡文骏与大人有不解之仇。此时若禀知大人，前去将他擒住，自是上着；设若传言不实，将胡通提来，这狗头一味抵赖，写信进京，请他父亲奏知天子，说大人诬栽凌虐，岂不又多一番唇舌？在俺看来，仍然咱两人前去，先将那个女子救出，然后再结果胡通的性命，使他无影无踪，岂不两妙？”

两人计议妥当，复又带了兵刃，一路而来。到了刑部府内，只听里面人声喊叫，骂道：“汝这贼妇，好不知造化的女子！俺公子是个六品的判官，刑部大堂是他生父。要你这女子为妾，岂不天大的造化！不说前来谢俺的公子，反而在此叫骂。等到公子动起怒来，滴血挑牙，置之死地，看你何处去申冤？”那女子听了此言，更千强盗万狗贼大骂不止。桂兰伏在檐上，见下面有一二个男仆，围着那个妇人，你言我语说个不了，当时向赛花打了个暗号。身边取出袖箭，对定灯头射来，早把那灯光射息。众人正在议论，忽然灭去，黑漆漆不见你我。正在诧异，那妇人早被桂兰蹿身下来，救了上屋。那妇人不知是谁，只知有人搂抱，大骂不止。那许多仆从，听见妇人的声音到了屋上，这一惊非是小可。赶着取了灯光，四下里照看，早已不见了人影。当时你望我，我望你，猜不出个道理，只得约齐进去，禀知胡通。此时胡通醉意已醒了大半，正在后面命人来问。众人将此事告知于他，也就魂飞天下，忙道："不不不好了！听说王朗的山头为施不全所破，咱们家中有了这件事，必是施不全手下能人干出这个手段。明日施公前来追问，那可如何是好？"胡通正在惧怕，旁边有个蔑骗，名叫活嘴王三，从旁言道："公子何必多虑？常言道：'捉贼获赃，捉奸拿双。'他手下人将人救去，咱们门内已没有形迹了。即便他前来追问，不说是有意诬扳呢？且老大人在京华，写信前去，奏知皇上。施不全虽不送命，也要罢官。"谁知他两个在下言语，上面早有一人听见。不知此人是谁，且看下回分解。

第五二七回

获强人申奏朝廷　治奸臣降施刑法

却说活嘴王三正与胡通言语，谁知上面早恼了一人，两手端定一物，对定胡通劈面摔来。胡通正在言谈，忽然头顶上面落下一物，冷水淋漓，臭不可遏。动手一摸，起身跳道：“不好了！这是谁人与我作对，用这污秽之物倒在咱公子身上？汝等从速上去，将这人捉下。”话未说完，又是一物劈面泼下，耳孔眼目无处不有。一个白面书生，成了个黄脸的道士，那个臭秽之气味，早满了那间屋内，一个个闹得不定。但听上面喝道：“胡通汝这狗头！平时干的甚事？俺贺爷来送汝狗命！”说着飞身上了阶前，拔出腰刀，下手砍死。随即将那个家人及动用的物件，皆打得死的死、坏的坏。将有四鼓的时候，方才散去。原来贺人杰见张桂兰去后，他也跟来，不知胡通的大门在于何处，只得顺着院墙由后花园进去。谁知月光又暗，飞身下去，看不清，脚就踏在毛厕里面。心下一恨，想出一条妙计：“俺这两只鞋子，也是不能再穿，不如将这物件请胡通受用。”便折两树枝儿，将鞋子拖到前面。却巧那妇人为张桂兰救去，就此便请胡通受用这美物。此时既将他致死，随即回转衙门，禀知施公。施公道：“胡文骏这个赃官，生下如此的儿子！且命人将那妇人送回家去，命他不可张扬，本院自有道理。”次日，施公又具了奏折，说他与王朗曾通连一气，审出实情，就此正法。又将胡通的家人提来两个，问供具结，才完了这个案件。

且说当今皇上，自命施公出京访那琥珀夜光杯案件，务要人赃并获。每有施公奏折进京，皆是请皇上治罪，皇上知他是个清官，平日勤劳久著，明知这案个难办，也就不去究办。这日上朝，黄门官上前奏道："今有漕运总督施不全，移节山东沂州府界内，将盗取琥珀夜光杯的要犯、琅琊山强盗王朗擒获，大破山头，得了御物。"皇上闻了此言，正是喜出望外，命值殿官将奏折呈上，展开观看，即传旨驰往沂州，命施不全带领各官押解钦犯来京治罪。这日，旨意到了沂州，早有报马先进府衙禀明。施公随即具了朝服，大堂设着公案，三跪九叩，行了朝礼，然后匍匐在下面，命人开读毕，施公望阙谢恩，将圣旨便供在堂上，然后告知众人，择日进京，论功行赏，大家无不欢喜。唯有张七、殷龙、褚标、朱光祖、万君召五人，不发一言。施公进了签押房，便择了第五日起程，命人打造囚车，押送要犯。行期前两日，早有地方上百姓焚香，为施公饯行。到了晚间，张七首先进来向施公说："咱野外村夫，不知荣辱，为官作宰，俱非咱们的本领。大人此去京城，自必受国厚恩，开府内阁。女婿天霸，自随大人前去，咱便想明早就此告别了。"施公尚未开言，接着朱光祖、万君召、褚标、殷龙异口同声，皆来告别。施公知他五人不愿，只得说："此番有劳大驾，为国宣劳，指日进京，若有佳音，定当登门奉请。"命备酒肴，为他五人饯行。次日，张七等别了施公，各自回去。施公亦于第五日升坐大堂，将王朗提出，当堂钉了铐镣，穿上红衣，打入囚车里面。先命黄天霸、关太二人，率领众人作为头站。然后将所有行装，陆续扛抬出去，自己方才起身。

施公回转京中，先择个大寺改做行辕，不敢先回府第。当晚先往起发处投到，到了五鼓，穿了朝服，来至朝房。许多旧好同僚，见施公回至京中，无不前来动问。少顷，景阳钟响，皇上受百官朝见。文武官员两旁排立，早有值殿官出班说道：“有事出班启奏，无事卷帘退朝。”文班中早有施公出班，奏道：“臣施某愿皇上万岁！前因奉旨回任淮安，当即衔命出京，择期赴任，旋蒙御旨，以琥珀夜光杯于元宵夜为贼窃去，命臣一路查拿，务必人赃两获。数月以来，有误钦限，抱罪实深！曾当具折申明，自请处分。蒙恩免咎，感戴无涯！月前攻破山头，拿获钦犯，奉旨押解来京，解交刑部。所有那琥珀夜光杯御物，臣已随身敬谨带来，进呈御览。”遂将御杯取出，双手捧过头顶，递与值殿官，转呈御案上面。皇上听他奏毕，不禁龙颜大悦。说道：“卿家公忠体国，为国勤劳，将御物取回，是深可喜！”即将夜光杯取在手中，观看了一会，果然是大内御物。随即赐了一柄如意，命施公先行出朝。所有在事出力之人，开列姓名，论功行赏。施公见了这道旨意，匍匐阶前谢恩。只见皇上已卷帘退朝，文武百官皆散。施公到了行辕，公事办毕，退回私第。此时施公府内早已得信，一见施公到了，自必喜之不尽。

这日，施公正在厅前与兄嫂闲话，忽门官禀道：“方才刑部胡文骏大人讯问王朗事件，说王犯逃脱，从犯冒充，欺君罔上。申奏朝廷，请皇上将大人治罪。”施公听了，当即命人再去打听王朗如何认供。正说之间，天霸也就前来，施公命他在书房相见。天霸见了施公，问道：“大人可知胡文骏是谁人之父么？”施公道：“本院岂有不知？他乃沂州恶豪胡通之父。日前贺人杰因他抢逼妇女，将他杀死。本院已奏明朝廷，说他与王朗连为一体，大逆不道，请皇上治罪，至今尚未揭晓。莫非他已知道此事?”只因奏事许昌，是文骏门生，平日外省所有奏折，若有关系的事件，须先送他银两，方代奏明皇上。不料施公第三次奏折前来，却是奏劾的文骏，说胡通与王朗表里为奸，大逆不道。见了这个奏折，随即揣在身上，来到刑部，告知胡文骏，请他作速料理。未有数日，施公到了京中，这奏折仍然未递。不知施公明早入朝，如何奏明皇上，乃与文骏如何辩白。后事如何，且看下回分解。

第五二八回

除奸贼满朝清正　降谕旨众将加封

却说奏事许昌，将施公奏参的事件纳下。未有数日，施公已到了京中。却巧王朗这案件发在胡文骏部，命他承审。当时想道："若不趁此时行下，等他面奏朝廷，将俺治罪，那时圣旨高厚，盛怒难逃。"随即升堂，将王朗提进，串了一遍供，说施不全得了正犯的钱财，将他放走，将从犯作为正犯，奏明天子。皇上听了，骇道："施不全乃清正廉明的官吏，何得有此不端之事？胡文骏既已奏来，且等明日早朝，再为问明缘故。"次日，施公先将胡文骏的家人在沂州所具的供折揣在怀中，五更便入了朝房。王居正等人早已风闻此事，为着施公担忧，低低的询问。施公道："小弟身受国恩，何忍做此非礼之事。少顷本院奏参于他，实有确据，圣上面前，自分皂白，年兄便知高下。"正说之间，胡文骏先入朝房，见施公已先到此，故意殷勤。施公问道："闻说敝属下沂州府的案件，发交大人讯审。但不知这强寇可曾供认否？"胡文骏见他来问，故作惊疑："这事小弟不明，方将奏明天子。老兄清正自矢，不但同寅晓得，即今圣上、地方百姓，也是无不知道。何以该犯供认不是王朗正身，乃是从犯王奎顶替？只得前来奏明。"施公道："原来如此。但不知大人近来可得家信么？贵府人众曾有供给一通，少顷参呈御览，大人便知这王朗真假。"这句话把文骏说的神色仓皇，手足无措。忽听景阳钟响，天子临朝。

早有胡文骏出班奏道：“臣蒙皇上将琅玡山钦犯王朗交臣部审讯，奉命之下，细心究问。据王朗所言，并非王朗，乃是从犯王奎，施不全一路串供，命他顶替。推原其故，王朗被获之后，将山上金银粮草送给与他，不下有数万余金，因此将他放去。又恐皇上亲提要案，只得命王奎换替。此乃一品大员，盗取金物事，叛逆之要案，臣不敢自行擅专，请陛下天鉴。”天子当下传了旨意，命施不全参见。施公领旨，到了御案前面，匍匐跪下。天子开言问道：“方才胡文骏所奏，贤卿谅皆见闻。且将王朗是否真假，据实奏明，凭朕核断。”施公道：“臣有一事不解，自从王朗被获之后，部递奏折，未奏批回。不是圣上收臣几个奏折？”天子道：“卿家所奏的本章只有两本，皆为擒王朗要案。”施公道：“照此看来，且将臣所奏第三次本章追回细阅，便知这要犯真伪。且臣仍有一物，特即进呈，便知底细。”说着，将胡家所具供单呈了上去。天子龙目亲看，大发雷霆：“胡文骏！汝教子不明，反来欺辱大臣，误国家的事件！朕平日待汝不薄，何敢欺君罔上，诬害大臣。不将汝这奸臣按律治罪，在廷诸臣何能诚服？左右将胡文骏推出，枭首示众！”殿前侍卫一声：“领旨”，早将胡文骏捆缚起来。正要推出午门，早有他那羽党匍匐金阶，口称：“皇上暂息雷霆，胡文骏身在都中，其子胡通枉法为非，实出于教管之不到。伏念胡文骏乃一品大员，平日在京供职，勤恳自矢，丛脞毫无①，恳皇上俯念，免其死罪，革职致仕，驱逐出京，实为万幸。”天子见众臣如此启奏，也只得将胡文骏推转

① 丛脞（cuǒ）毫无——连小错都未犯过。丛脞，细碎，细微。

回来，金殿上打了四十军棍，然后驱逐出都。随发圣旨一道，明日午时三刻，将钦犯王朗枭首示众，仍施公临刑监斩。施公领旨谢恩，出朝回府。早有黄天霸、贺人杰接着这个消息，一个个欢喜非常。说：“大人宠眷优隆，虽有奸贼诬害，一言之下，便尔分明，皇上便将他治罪，这不是‘善恶到头终有报应’么？”

到次日早间，施公上朝已毕，先到刑部将王朗提出，略问数句，验明正身，然后命武士绑好了。此时护杀场的将士，如黄天霸、关小西及贺人杰等人，无不顶束戎装，威风凛凛，先在杀场等候，所有京城里百姓，听说施不全监斩那盗取夜光杯的要犯，你传我，我传你，顷刻的工夫，站下无限的人，来看王朗临刑。少顷，一片喊呐之声，远远而来，知是人犯已到，天霸等先让出一条路径，三下炮响，施公已到了杀场，在公案前坐下。中军官将王朗跪在一块土堆上面，一人将头发倒拖到前面，一个行刑的刽子手，手执明晃晃的大刀，专等阴阳生报了时辰，便一刀身首异处。此时破锣破鼓的声音闹成一片。许多百姓见阴阳生手执红旗到了法场中间，向着施公面前案下一舞，高叫一声：“午时三刻！”只听一声炮响，王朗的头早落在地下。百姓一声呐喊，四下飞奔，各自散去。施公随进朝复命，奉旨将该犯首级，发往出事的地方示众。然后命施公将在事人员开单御览。施公谢恩出来，自己回到府中，将各人所出力的功劳，细推一遍，然后挨次开了人数，次早入朝恭呈御览。天子展开龙目，看了一遍，即朱批了一道旨意，将在事各官衔名列于后：提督黄天霸赏穿黄马褂，并加宫保衔，妻张桂兰赏给正一品夫人；总兵关太升授提督，并赏果巴哈噜，妻郝素玉加封勇静夫人；计全升授总兵，并加提督衔；李昆升授副将，并加总兵衔；李七侯升授游击，并加参将衔；金大力升补都司，并加游击衔；王殿臣、郭起凤升授守备，并加都司衔；贺人杰着免补都司，以游击参将补用，妻殷赛花屡次破敌有功，赏给四品恭人；郝其鸾、王杰封为守备；殷勇、殷猛、殷刚、殷强四人，均着以守备；云鹤以参将用；云龙以守备用，殷龙、张七、褚标、朱光祖、万君召五人，不愿为官，均赏给“豪迈英雄’匾额。施公公忠体国，加恩赏给太子太保衔，紫禁城骑马，南书房行走；曾祖父三代以原官加一级封典。施公接到这道旨意，随即入朝谢恩，赐官授职。从此清平世界，共享太平；君明臣良，国家永固矣！